享读经典丛书

你可以读懂《红楼梦》

下册

北京烁享阅读编委会——编著

河北大学出版社
·保定·

你可以读懂《红楼梦》

第一部分 导论

一、《红楼梦》的神话结构

《红楼梦》最特别的地方，是在创作上使用了神话和写实相结合的手法。一方面，把日常细节描绘得极度写实，仿佛小说里的生活就在读者面前徐徐展开；另一方面，又穿插着充满超现实和象征性的内容，用一个“梦”字，把作者奇特的幻想和对哲理的思考烘托到顶点。

小说前五回，在主体情节正式展开之前，曹雪芹开创性地以两个奇幻的神话故事作为全书总序幕，并且把这两个神话的内容与之后的贾府人物及家族命运进行了紧密关联。畸零玉石、太虚幻境、一僧一道等一系列寓言式的符号，为整部小说编织了一个宏大的象征主义神话结构。

无材补天的玉石神话

《红楼梦》又名《石头记》。作者在开篇第一回就写了一个关于石头的神话故事。这块石头原本是一块天然原生态的顽石，女娲氏锻炼顽石用以补天，结果在三万六千五百零一块补天石之中，它是唯一剩余的一块，被弃置在了大荒山无稽崖青埂峰下。

石头因灵性已通，能口吐人言。有一天，听到一僧一道谈论红尘中的荣华富贵，便动了凡心，希望能“得入红尘，在那富贵场中、温柔乡里受享几年”。于是，僧人将这块弃石化为“鲜明莹洁”“扇坠大小”的美玉，并“镌上数字”，带往了“昌明隆盛之邦，诗礼簪缨之族”，去“历尽离合悲欢炎凉世态”。

玉石来到人间的故事被刻在一块大石头上面，这也就是《石头记》的缘起。后来，有个空空道人经过青埂峰，又把《石头记》的故事抄录下来，流传世间。其间，作者还借石兄之口，对历代世情小说发表了一番批评，也顺便交代了《红楼梦》又名《情僧录》《风月宝鉴》《金陵十二钗》等的缘由。

这个故事看起来天马行空，但仔细想来，其中却包含着《红楼梦》深刻的主旨，与后来小说中发生的故事息息相关。

首先，女娲补天的神话本身就是个巧妙的隐喻。小说中赫赫扬扬近百载的世家大族贾府已经面临末世之灾。在神话里，天塌下来有女娲炼五色石来补，而现实中，贾府的末世则面临着无人可以继业的困境，要靠贾母、凤姐、探春这样的优秀女性来应对危机，实在令人可敬可叹。

其次，在补天神话里，这块经锻炼而成的灵石最终在女娲的补天大业中"无材不堪入选"，以至于"自怨自叹，日夜悲号惭愧"，成为孤零零被剩下的畸零之石。而在现实世界，幻形入世的贾宝玉，口衔五彩晶莹之玉，出生公侯富贵之家，却是个无心仕途经济、"于国于家无望"的不肖子孙，难以承担起家族复兴的重任，可以说，同样是块"无材补天"的"假宝玉"，最后只有眼看家族覆灭的悲剧发生，徒生忏悔懊恼之心。

另外，玉石被弃置的地方"大荒山无稽崖"，恰好暗合了"荒诞无稽"，作者以此暗示读者，小说所写如梦似幻的故事，无非是些荒诞无稽之言，大可不必认真。"青埂峰"则暗合了"情更"（一说"情根"）二字，又是在告诉读者，《红楼梦》确是一本"大旨谈情"之书，因而，主人公贾宝玉和钗、黛及大观园一众女儿的青春故事，也被脂砚斋称之为"通部情案，皆必从石兄挂号"。

木石前盟的还泪传说

衔玉而生的贾宝玉，在小说里还有另外一段神话身世。

在入红尘之前，他本是赤瑕宫里的神瑛侍者。这位神瑛侍者天赋一颗慈悲博爱之心，看到灵河边快要枯死的一株绛珠草，便每日以甘露加以灌溉，使其修成人形。神瑛侍者下凡时，绛珠仙子立志要一起下世为人，把

“一生所有的眼泪还他”，以报偿“灌溉之德”。

脂砚斋曾在第一回眉批中提示读者，“瑕”字是“玉小赤也，又玉有病也”。也就是说，这位赤瑕宫中的神瑛侍者，和那块青埂峰下“无材可去补苍天”的弃石，都具有某种缺陷，在身世上不谋而合。而且，“瑕”字和“瑛”字都是玉字旁，也是在向读者表明，神瑛侍者和畸零玉石有着密不可分的关系。

这个故事正是宝黛“木石前盟”的缘来。绛珠仙草为“木”，神瑛侍者即为“石”。“木石前盟”中，神瑛侍者尽心浇灌陌生的绛珠仙草，贾宝玉多情体贴的性格正源于此，对身边弱势之人他也一视同仁地呵护和同情。而绛珠仙草来到人间是为了还泪，因此形成了林黛玉多愁善感的性格，又特别表现在她“素昔爱哭”这一点上。

初进贾府头一天，黛玉就因宝玉摔玉而“淌眼抹泪”，到了第四十九回，黛玉对宝玉说：“近来我只觉心酸，眼泪却像比旧年少了些的。心里只管酸痛，眼泪却不多。”宝玉安慰她：“这是你哭惯了心里疑的，岂有眼泪会少的!”

有学者就认为，绛珠仙子眼泪流尽时，她的生命也将跟着香消玉殒，因为她来到人世间，化身为林黛玉，就是为了来报恩的。所以说，泪水是绛珠仙子生命的象征。还泪的黛玉，是把自己全部的生命投入进来，她对宝玉是用整个生命去爱的，黛玉最后的结局，很可能是“泪尽夭亡”。

绛珠仙草和神瑛侍者的还泪传说，为小说主人公林黛玉的性格和命运定下基调，也预言了宝黛爱情的悲剧性质。

实际上，作者在小说里还写到另一个有关还泪的故事，也同样和林黛玉有关，即“娥皇女英洒泪成斑竹”的传说。第三十七回，探春召集宝玉和众姊妹雅结海棠诗社，李纨提议“何不大家起个别号，彼此称呼则雅”，黛玉因为打趣探春，被她调侃道：

> 当日娥皇女英洒泪在竹上成斑，故今斑竹又名湘妃竹。如今他住的是潇湘馆，他又爱哭，将来他想林姐夫，那些竹子也是要变成斑竹的。以后都叫他作“潇湘妃子”就完了。

娥皇女英的故事和绛珠还泪的故事有一点非常相似，就是用长流不息的泪水来表达对爱情的执着。这也是为什么探春一封黛玉为“潇湘妃子”，大家都拍手称妙的缘故。黛玉此后在大观园的诗社里也以这个别号自居。

作者在林黛玉一人身上同时加诸两个还泪传说，不仅是在向读者强调，林黛玉的眼泪是忧伤甚至肝肠寸断的，也是为木石前盟在今世的缘分谱写了一份感人肺腑的爱情宣言。

从太虚幻境到世间红楼

在小说第五回，贾宝玉在秦可卿的闺房里午睡时，做了一个梦。在梦里，他遇到了“居离恨天之上，灌愁海之中”“司人间之风情月债，掌尘世之女怨男痴”的警幻仙子。宝玉随警幻仙子来到太虚幻境，见一座宫门上面有四个大字“孽海情天”，两边的对联写道：

> 厚地高天，堪叹古今情不尽；
> 痴男怨女，可怜风月债难偿。

警幻仙子又带着宝玉进入“薄命司”，翻阅了记载金陵十二钗为首的正册、副册、又副册中女子命运的册子。警幻焚了名为“群芳髓”的香，烹了名为“千红一窟”的茶，又奉上名为“万艳同杯”的美酒，命舞女演出了《红楼梦》十二支曲。

贾宝玉梦游太虚幻境是《红楼梦》全书的一大关键，从小说的整体结构上来看，也可以说具有总纲的性质。作者在此运用了大量隐喻和谐音，来暗示《红楼梦》的悲剧底色。

比如，警幻所住的是“离恨天”“灌愁海”，她负责掌管的是“风情月债”“女怨男痴”，她带宝玉进入的是“薄命司”，这些都是在暗示读者，小说后来的情节离不开男女风月的恩恩怨怨，而且，这些重情重义的男孩女孩全都逃不过“薄命”的结局。

“群芳髓”谐音“群芳碎”，“千红一窟”谐音“千红一哭”，“万艳同杯”谐音“万艳同悲”，这种美好之物终将幻灭的意象，又是在层层推进地渲染一种悲伤、哀怨、无奈的情感。

宝玉在参观薄命司的时候，看到金陵十二钗的命运图谶和判词。显然，作者在小说开始的时候，就已经为这些女子设计好了最终的命运。值得注意的是，在所有这些人物判词里，作者唯独令两大女主角林黛玉和薛宝钗共用了一首判词：

可叹停机德，堪怜咏絮才。
玉带林中挂，金簪雪里埋。

上半首诗先说宝钗之德，又提黛玉之才；下半首诗则先写黛玉为宝玉所牵挂，再写宝钗的结局凄苦冷清。从中可以看到，在作者心中，林、薛两位女主角并无先后、高下、正邪之分。脂砚斋也曾有过“钗黛合一”的说法，认为“钗、玉名虽二个，人却一身，此幻笔也”。而这一点，作者在贾宝玉梦游太虚幻境时已经表明。

除了人物图册，还有咏叹贾宝玉和金陵十二钗女儿命运以及贾府家族命运的《红楼梦曲》，这些曲词也被认为是整部小说的点睛之笔。在收尾一支《飞鸟各投林》里，不仅交代了宁荣二府事败抄没、子孙流散的悲惨景象，也透露了贾宝玉悬崖撒手、悟道出家的最终结局。

根据脂批，《红楼梦》在创作之初，作者已经设想了结尾的“情榜”。在小说结尾为主要人物拟“榜”，源自中国古典小说的传统，比如封神榜、《水浒传》中的梁山英雄榜等。但由于后四十回原稿佚失，《红楼梦》的“情榜”今天我们已无缘得见。

不过可以肯定的是，曹雪芹在第五回中所写人物判词及《红楼梦曲》，与原本规划的“情榜”是息息相关的，书中所有人物的性格和命运都能够前后对应得上。

在第五回中，贾宝玉从世间红楼进入太虚幻境，又从太虚幻境回到世间红楼，小说此后的故事从这里才徐徐展开。

甄士隐、贾雨村和一僧一道

关于《红楼梦》的神话结构，除了以上提到的玉石传说、木石前盟、太虚幻境，还有一条隐藏脉络，即是有关甄士隐和贾雨村以及一僧一道的情节线索。这条情节线由于和小说中的主要人物及故事脉络有诸多交叉，也被部分学者归入小说正文的现实情节。

但如果仔细分析，小说开始时，连接玉石神话和还泪传说的，即是这位甄士隐。他在经历了女儿英莲被拐、房屋家产一应烧毁两起祸事后，晚年寄人篱下，饱尝人间冷暖，最终归隐出家，留下了颇具深意的一首《好了歌注》，把世间万事万物熙来攘往、变幻无常、杂乱荒唐的真谛倾吐而出，恰似整部《红楼梦》的一次预演。

在第二回冷子兴演说荣国府时，有关贾宝玉“正邪两赋”“情痴情种”的性格特质，作者则交由贾雨村来完成阐述，其中天地生人蕴含正邪两气之说同样包含诸多玄机。到第一百二十回收结全书的时候，贾雨村再次从世俗故事中抽离出来，以局外人的超然姿态，成为玉石故事的最后一位觉悟者。

这两个人，“甄士隐”谐音“真事隐”，“贾雨村”谐音“假语村（言）”，又刚好构成全书一真一假的一组对照，与太虚幻境“假作真时真亦假，无为有处有还无”的对联相照应，承担起全书真假辩证的哲学思考。

至于一僧一道，从全书开篇，女娲所炼灵石就是经由这二人带至人间，并对这块灵石说：

> 那红尘中有却有些乐事，但不能永远依恃；况又有“美中不足，好事多魔”八个字紧相连属，瞬息间则又乐极悲生，人非物换，究竟是到头一梦，万境归空，倒不如不去的好。

这段话无疑是作者借由一僧一道之口所表达的人生态度，又和《好了歌》所阐述的思想完全相同，同时，这也是玉石来到人间之后所经历的全部故事的总纲。

此后，一僧一道便留在人间，度脱那些“风流冤孽”，使人规引入道。黛玉、宝钗、香菱、贾瑞、柳湘莲等人，都曾与这二人有所关联，宝玉遭受魇魔法和失玉时，也曾得到二人相助。

由此看来，全书由女娲补天的神话而起，经过甄士隐的穿引，又由一僧一道度脱启悟，最终以贾雨村来归结，就形成了全书和现实主义情节并行发展的神话结构。

二、《红楼梦》中的谶语运用

《红楼梦》作为曹雪芹追忆过往的一曲悲歌，作者时常流露出先知的口吻，以此来暗示人物和家族的未来命运。这一点从大处看，是由女娲补天、太虚幻境等组成的神话结构；从小处看，则是散落全书各处的谶语式的表达。

“谶”的运用在中国古代文学作品中流行已久，最早见于贾谊的《鹏鸟赋》。宋代文人洪迈在《容斋随笔》中也曾提到：“富贵中作不如意语，少壮时作衰病语，诗家往往以为谶。”简单来说，谶语是一种特殊的预言方式。古时候，文人运用谶来进行双关联想与暗示。谶的运用使文章更具可读性，体现出作者娴熟的文字驾驭能力。

《红楼梦》中运用了大量谶语，为小说结局埋下伏笔。其中既包括预示人物悲剧命运的谣谶与诗谶、暗示贾府衰亡命运的戏谶，还包括人物情感关系的预言等。脂砚斋在第四十二回回末总评中曰“其中隐语，惊人教人，不一而足”，可见谶语的寓意不仅在于提示下文，它还有警醒世人的教化意义。

人物悲剧命运的前奏

在暗示人物悲剧命运时，作者主要采取了谣谶与诗谶的方法。前者用歌谣的形式结合谶语，以此来达到暗示目的；后者则是引用相关诗句对人物进行评述，其中暗含着人物的命运走向。

《红楼梦》中最典型的谣谶出现在第五回，即金陵十二钗的人物判词、《红楼梦曲》等。作者站在一个繁华过后追忆前尘往事的视角，使书中人物结局一目了然地呈现在读者面前。

较为特别的是，作者在此还运用了文字和图画配合的“图谶”形式，与判词内容相辅相成，来帮助读者进行理解。清代文学家周春指出：“十二钗册多作隐语，有象形，有会意，有假借，而指事绝少，是在灵敏能猜也。”[1]

比如，十二钗正册中，贾府四位小姐元春、迎春、探春、惜春，作者是如何为这几位“原应叹息”的女儿设计结局的呢？

迎春判词为：

子系中山狼，得志便猖狂。
金闺花柳质，一载赴黄粱。

卷册上还“画着个恶狼，追扑一美女，欲啖之意”。《红楼梦曲》中，关于迎春的一支为《喜冤家》，曲中写道：

中山狼，无情兽，全不念当日根由。一味的骄奢淫荡贪还构。觑着那，侯门艳质同蒲柳；作践的，公府千金似下流。叹芳魂艳魄，一载荡悠悠。

“中山狼”一般用来形容忘恩负义、恩将仇报的人，这里指的是迎春后来所嫁的孙绍祖，这个人“得志便猖狂”，而且“一味的骄奢淫荡”，迎春嫁给他后，饱受羞辱欺凌。从图上恶狼追扑美女，以及“一载赴黄粱”“一载荡悠悠”可知，生性柔弱的迎春最后不堪折磨，出嫁仅一年就命丧黄泉。

探春判词为：

才自精明志自高，生于末世运偏消。
清明涕送江边望，千里东风一梦遥。

所配图为“两人放风筝，一片大海，一只大船，船中有一女子掩面泣涕之

[1] [清] 周春：《阅红楼梦随笔》，一粟编《红楼梦资料汇编》卷三，中华书局 1964 年版，第 69 页。

状”。可见，这位能力颇强、志向高远的女儿，终究无用武之地。远嫁时辞别家人的景象，又应和了《分骨肉》一曲中“一帆风雨路三千，把骨肉家园齐来抛闪”“告爹娘，休把儿悬念”“从今分两地，各自保平安。奴去也，莫牵连”这些内容。探春所遭遇的骨肉亲情割裂之痛，是红楼女儿的悲剧里一种独特的形态。

惜春判词为：

勘破三春景不长，缁衣顿改昔年妆。
可怜绣户侯门女，独卧青灯古佛旁。

画面上“便是一所古庙，里面有一美人在内看经独坐”。而她的曲词《虚花悟》最后两句写着：“似这般，生关死劫谁能躲？闻说道，西方宝树唤婆娑，上结着长生果。”把惜春终将出家为尼的命运勾勒出来。这位从小就说要剃了头做姑子的小女孩，早就在生活中“把这韶华打灭，觅那清淡天和”，表现出与世俗世界的决绝态度。出身世家望族，却最终与青灯古佛为伴，则又是一个与众不同的悲剧形象。

元春的判词在学术界始终争议较大，无论是“二十年来辨是非”所示年份，还是“虎兕相逢”（也有版本作“虎兔相逢”）究竟何指，但有一点可以肯定，这位入宫为妃的元春，既拥有“榴花开处照宫闱”“三春争及初春景”的荣耀，但同时，又在深宫大院中香消玉殒，一生身不由己。

《红楼梦》中，还有许多作诗联对的场景，都包含着诗谶的手法。第二十二回更是在回目名称“制灯谜贾政悲谶语”中直截了当地点出这些灯谜是预示后文情节的“谶语”。其中，探春所作的灯谜“游丝一断浑无力，莫向东风怨别离”，谜底为“风筝”，与其在正册中所画的风筝一致，暗示了探春离家远嫁的命运。宝钗所作灯谜的谜底为“更香”，是古代为夜间打更制作的一种香，燃完一根即是一更。在此，更香既是漫漫长夜的代表，也意味着宝钗在婚后将过着孤独寡居的凄凉生活。

第六十三回“寿怡红群芳开夜宴”中，众女孩同宝玉一起掣花签，每支花签上都题有一句诗，各人所得诗句都暗藏着人物命运的蛛丝马迹。

不过，作者在此运用诗谶手法时，并没有直接把答案放在所引的这一句上，而是需要读者能够熟悉掌握所隐藏的另外几句，就好像只把冰山一角呈现出来，而真正的内容暗藏于水面之下。

比如，宝钗所得的诗句“任是无情也动人”出自晚唐罗隐的《牡丹花》，原诗中还有“芍药与君为近侍，芙蓉何处避芳尘”“可怜韩令功成后，辜负秾华过此身”之语，意指宝钗与身为“芙蓉”的黛玉之间在感情问题上的纠葛，以及最终虽然成功嫁给宝玉，却也只是“辜负秾华”，落得独守空闺的境地。

黛玉的“莫怨东风当自嗟”出自宋代欧阳修的《明妃曲》，诗中原句为“红颜胜人多薄命，莫怨东风当自嗟”。这与黛玉所作《五美吟》中的《明妃》诗题材相同，在歌咏王昭君“绝艳惊人”的同时，也对君王不怜惜美人提出质疑，从而共同传递出红颜薄命的信号。纵观黛玉的一生，确是“枉自嗟呀”的一场水月镜花之旅。

此外，李纨的“竹篱茅舍自甘心”上一句为“不受尘埃半点侵”，与其早年丧偶、心如槁木的形象完全贴合；描述麝月的诗句为“开到荼蘼花事了”，意指繁华落尽、诸芳散去的凄凉结局，袭人出嫁后，宝玉身边唯一留下的可靠之人就是麝月，这正是她抽中此签的原因；袭人抽中“桃红又是一年春”，暗示着她与蒋玉菡的姻缘；香菱掣得的“连理枝头花正开”本意为她与薛蟠的美满爱情，但原诗下一句为“妒花风雨便相催”，则暗示着在善妒的夏金桂嫁入薛家后，香菱被虐至死的结局。

贾府家族命运的预言

戏谶是指用戏曲编排来暗示情节走向的手法。在《红楼梦》中，作者往往在庆生、贺寿等场合安排几出戏曲依序演出，主要用于暗示贾府在“过去—现在—未来”的不同时期，所经历的“创建—鼎盛—衰亡”的过程。

比如，第十一回“庆寿辰宁府排家宴”中，凤姐等人所点的三出戏就符合这一规律：

尤氏叫拿戏单来，让凤姐儿点戏，……凤姐儿立起身来答应了一声，方接过戏单，从头一看，点了一出《还魂》，一出《弹词》，递过戏单去说："现在唱的这《双官诰》，唱完了，再唱这两出，也就是时候了。"

从文中可以看到，三出戏的顺序是"《双官诰》—《还魂》—《弹词》"，《双官诰》讲述了冯琳如与儿子双双得官，衣锦还乡，其婢妾碧莲获得双官诰的故事，正契合贾府宁荣二公创建家业的过程；《还魂》即《牡丹亭》的结尾，描写的是柳梦梅根据启示掘开杜丽娘的坟墓，使其复活的故事，与宁荣二公的魂魄在书中两度出现相关，一是托警幻仙子教化宝玉时，二是第七十五回夜宴时祠堂传来的叹息声；《弹词》是《长生殿》中的一出，讲述"安史之乱"后李龟年流落江南，由御前红人沦为民间歌者的过程，这正暗示着贾府此后难以避免地走向衰亡的命运。而凤姐"也就是时候了"一语双关，更是将贾府的衰亡命运全盘托出。

第十八回元妃省亲时所点的四出戏，则暗含了她个人与贾府的双重命运。四出戏分别为：第一出《豪宴》；第二出《乞巧》；第三出《仙缘》；第四出《离魂》。《豪宴》出自《一捧雪》第五出，内容为莫怀古初到京城拜会严世蕃时，向严世蕃介绍古玩，为后来遭受迫害埋下了伏笔；《乞巧》出自《长生殿》，讲述了杨贵妃与唐玄宗的爱情悲剧；《仙缘》是《邯郸记》中的一出，描写了卢生在吕洞宾的帮助下看破红尘，随吕洞宾升天的故事；《离魂》出自《牡丹亭》，即杜丽娘苦闷而死的故事。

按照脂砚斋的说法，这四出戏分别为"贾家之败""元妃之死""甄宝玉送玉""黛玉死"的伏笔。也有学者对此持不同看法，认为《豪宴》与《仙缘》代表贾府由兴盛到衰亡的过程，《乞巧》与《离魂》则预示着元春必将由得宠而早逝的命运，如此便将这四出戏分为贾府与元春两个脉络，二者是息息相关、荣辱与共的。[1] 无论哪种观点，无异议的是，这四出戏都是贾府与众人悲剧的预告。

此外，第二十九回，贾母前往清虚观祈福，贾珍等人在神前拈了三出

[1] 参见徐扶明：《红楼梦与戏曲比较研究》，上海古籍出版社 1984 年版，第 82 页。

戏，分别是《白蛇记》《满床笏》与《南柯梦》。《白蛇记》讲述的是汉高祖刘邦斩白蛇起义的故事，对应着贾府的创建；《满床笏》的内容为唐代郭子仪出将入相，七子八婿皆为朝廷显官的故事，对应贾府的繁荣鼎盛；《南柯梦》则对应着贾府的衰亡。

以上的戏曲编排都运用了戏谶的手法，以戏曲本身的内容暗示贾府的家族命运，隐晦地说明贾府发展的必然趋势，增加了小说的可读性。

两性婚姻关系的连接

随着情节推进，不同人物之间情愫暗生，除了直白地刻画人物心理活动外，通过描写共有或交换的小物也可以向读者传达二人之间的细微情感变化。一般来说，物谶有联姻与关情两种类型。

在《红楼梦》中，最典型的联姻类物谶便是宝玉与宝钗的玉石和金锁。其中，宝玉的通灵宝玉上镌有"莫失莫忘，仙寿恒昌"八个字，宝钗的金锁上刻有"不离不弃，芳龄永继"八个字，刚好与宝玉的配上了对，二者共同构成了"金玉良姻"的婚姻预言。

袭人与蒋玉菡的缘分则系于两条汗巾。第二十八回，宝玉在席间与蒋玉菡一见如故，蒋玉菡随即将自己的大红汗巾赠予宝玉，宝玉则回之以松花汗巾。但松花汗巾是袭人送予宝玉的，为了赔罪，宝玉便将大红汗巾赠予袭人。贾府败落后，袭人听从安排嫁给了蒋玉菡，二人因汗巾相认，才最终成全了这段姻缘。

小说中还有一物，是联姻象征无疑，即史湘云所佩戴的金麒麟，后来宝玉从清虚观张道士处也得了一个金麒麟，第三十一回回目名"因麒麟伏白首双星"，应是指涉联姻。但由于后四十回原稿佚失，这两只金麒麟是否如脂砚斋所说最后属于史湘云与卫若兰二人，现已无从得知。

除联姻外，物谶还有关情的作用，其中最突出的便是以手帕作为定情信物的情节。小说中与手帕相关联的情侣有两对，分别是宝玉与黛玉、贾芸与小红。第三十四回，宝玉挨打后行动不便，难以探视黛玉，遂遣晴雯将自己的旧帕送给黛玉。黛玉细想之后百感交集：

> 这里林黛玉体贴出手帕子的意思来，不觉神魂驰荡：宝玉这番苦心，能领会我这番苦意，又令我可喜；我这番苦意，不知将来如何，又令我可悲；忽然好好的送两块旧帕子来，若不是领我深意，单看了这帕子，又令我可笑；再想令人私相传递与我，又可惧；我自己每每好哭，想来也无味，又令我可愧。如此左思右想，一时五内沸然炙起。

在古代，旧手帕是贴身之物，又兼有“旧情”之意，因而能让黛玉左思右想，心潮澎湃。也正因如此，作者安排小红误丢手帕而恰好被贾芸捡到，也暗含了二人将生情愫之意。按照脂批的说法及学者周汝昌的考证，曹雪芹原稿中，在后期宝玉入狱后，贾芸与小红还曾前往探望，以报宝玉昔年之恩，与袭人和蒋玉菡这对夫妻一样，都是知恩图报的典范人物。

《红楼梦》是一本规模宏大的小说，虽然在开篇第五回就对大部分人物的命运与悲剧进行了暗示、铺垫，但是在前八十回中，情节的推进是缓慢的、循序渐进的。主要人物都处于温柔乡中，戏剧冲突并不十分尖锐，命运之网在顺境中慢慢交织，直到后四十回才呈现急转直下的衰亡态势。在这样的过程中，谶语的运用不仅可以丰富小说的内容，使其更具可读性，也使得全书的表现形式更加多元化。

同时，曹雪芹广泛吸收前人积累，于《红楼梦》中大量运用谶语，在可读性的基础上也增加了思想性。诸如诗谶、戏谶的运用，不但需要读者具备相应的文学、戏曲常识，也鼓励读者在阅读时对个人命运、家族盛衰甚至国家兴亡规律进行思考，由此达到“惊人教人”的目的。

三、人间仙境大观园

大观园是《红楼梦》中的一处人间仙境，不仅承载着贾宝玉和众女儿们的喜怒哀乐，也推动故事情节不断向前发展。它诞生于“烈火烹油、鲜花着锦”的省亲之际，最终破败于家散人亡之时，从这一角度而言，大观园与贾府及府中众人是命运与共的。

《红楼梦》故事的总引擎

大观园是曹雪芹特意为《红楼梦》所虚构，并在小说中一手创建出来的一处场所。从第十六回贾元春“才选凤藻宫”后，大观园的建造正式提上日程。尽管在此之前，小说情节已经推进了十五回，但《红楼梦》中的主要情节却都发生在大观园建成之后。

脂砚斋在第十二回回末总评中提示读者：“后大观园方是宝玉、宝钗、黛玉等正紧文字，前皆系陪衬之文也。”因此，大观园可谓全书故事的总引擎。

大观园建成后，首先衔接的便是元妃省亲这一重要情节。在作者的描述下，我们看见省亲前几日，便有太监出宫先探方向，又有“工部官员并五城兵备道打扫街道，撵逐闲人”，仪式之浩荡已可以想见。至省亲当日，园内各处“金银焕彩，珠宝争辉”，元妃在由八个太监抬着的“金顶金黄绣凤版舆”中缓缓出场。在这样充斥着皇家规范的仪式感笼罩下，小说描绘了一幅锣鼓喧天的大喜、大盛之景，将故事情节推向一个小高潮。

省亲过后，第二十三回，元春在宫中“忽想起那大观园中景致，自己幸过之后，贾政必定敬谨封锁，不敢使人进去骚扰，岂不寥落”，便命太监下一道谕，让宝钗等姐妹只管入园居住，同时也“命宝玉仍随进去读书”。

作为同胞姊弟，元春对宝玉可谓关怀备至，特命其入园。另一方面，从小说结构的完整性来看，宝玉入园也是一种必然：作为诸艳之冠，连大观园对额都“必得玉兄题跋”，及至入园时，必然不能没有宝玉。

在大观园出现之前，这些女孩们有的居住在宁国府，如迎春；有的居住在荣国府，如黛玉；有的甚至不在贾府中长住，如湘云；宝钗也只是以亲戚身份暂居贾府……从创作手法而言，作者每刻画一个情节就需要将群芳诸艳聚集一次，还要保证理由自然、不露痕迹，可谓“难于上青天”，不若设置一个大观园来得方便，后续诸多情节也可由此合理展开。

作者将主要人物聚集到大观园中后，贾宝玉和这些未婚少女们如诗如画的故事便随之展开了。

《红楼梦》中的理想世界

元妃省亲的消息一经传回，大观园的建造随即也提上了日程。第十六回提到，贾珍等人议定大观园的地理范围后，“已经传人画图样去了”。对此，脂砚斋有一条批语称：“大观园系玉兄与十二钗之太虚玄境，岂可草率?”这里的“太虚玄境”其实就是太虚幻境，可见，大观园与太虚幻境关系匪浅，它既是人间的真实存在，也带着太虚幻境“虚”的特征。

黛玉葬花是众人搬入大观园后的首个重要情节，出现在小说第二十三回。宝玉在园中读《会真记》时，偶遇来葬花的黛玉，便有了以下一段对话：

> 宝玉笑道：“好，好，来把这个花扫起来，撂在那水里。我才撂了好些在那里呢。”林黛玉道：“撂在水里不好。你看这里的水干净，只一流出去，有人家的地方脏的臭的混倒，仍旧把花遭塌了。那畸角上我有一个花冢，如今把他扫了，装在这绢袋里，拿土埋上，日久不过随土化了，岂不干净。”

花在《红楼梦》中往往作为女孩们的化身。在黛玉看来，这些花瓣一旦随着水流到外面的世界，也就是被“遭塌”了，只有埋到土里，永远留在大观园内，才能保持洁净的本质。也就是说，外部世界对于生活在大观园中的女孩们和宝玉而言，都是肮脏与污秽，唯有园中是一片乐土。只有留在大观园中，女孩们和宝玉才能保住天真烂漫的本性。这一点在湘云口中也曾得到验证。第四十九回，她告诫宝琴，贾府中唯有老太太跟前和大观园里是安全的，其他地方的人心坏，“都是要害咱们的”。

因此，大观园最大的“虚”，在于其所代表的是一个理想世界，和现实世界相对。它不仅是小说重要情节展开的背景，更是“把女儿们和外界世界隔绝的一所园子……是保护女儿们的堡垒，只存在于理想中，并没有现实的依据”[1]。从这个角度来说，大观园正是人间的太虚幻境，是神仙世界的一种投影。

“大观园是《红楼梦》中的理想世界，自然也是作者苦心经营的虚构世界。”[2] 为此，作者不惜笔墨，将平生美学理念放入其中，布置穿插，使有限的空间如大千世界，更是一次次带领读者神游于大观园的山水亭台之中，领略各居所展现出的主人的灵魂与性格特征。

可惜的是，大观园这样一片乐土，最终还是没能经受住外界的侵蚀而轰然倒塌。当贾府盛势不再，曾经受其庇护的女孩们四处分散，甚至香消玉殒，小说的情节也逐步走向衰败的结局。

大观园的高潮和末日

正如鲁迅所言，“悲剧将人生的有价值的东西毁灭给人看”。因其存在是有价值的，毁灭时才格外使人扼腕叹息。在刻画大观园的过程中，曹雪芹也使用了这一种创作手法。

女孩们和宝玉在大观园中过的是一种诗意的生活，书中曾不止一次写到姊妹们结社作诗的高雅情趣。

比如，第三十七回的海棠诗社，黛玉、宝钗尽情展现诗才，后来的湘云也不甘落后，一口气补上了两首咏海棠诗，引得众人拍手称赞。随后，在宝钗的帮助下，由湘云做东，众人又作了一番咏菊诗，黛玉以《咏菊》《问菊》两首诗一举夺魁，宝钗也在咏螃蟹诗中大展身手，令众人不禁叫绝。由此可见，大观园中的诗意不仅蕴含于园中清逸幽雅的亭台楼阁、山水草木，也在女孩们与宝玉高贵优雅的品性与才华中不时流露。

---

[1] 宋淇：《论大观园》，《红楼梦识要——宋淇红学论集》，中国书店2000年版，第18页。
[2] 余英时：《红楼梦的两个世界》，上海社会科学院出版社2002年版，第42页。

诗社过后，故事愈发进入高潮。第四十回的“史太君两宴大观园”中，作者以刘姥姥的视角，再次带领读者细细走访了大观园的各处景致，并着重刻画了宴饮中的欢声笑语，将大观园的美描绘得淋漓尽致。比如，潇湘馆“两边翠竹夹路，土地下苍苔布满”，何等僻静清幽；蘅芜苑里的“奇草仙藤愈冷愈苍翠，都结了实，似珊瑚豆子一般，累垂可爱”；以及后一回中写到的怡红院“锦笼纱罩，金彩珠光”，竟像个精致小姐的闺房。

除了景观陈设，这一场宴饮中的细节也足以体现大观园中极致奢华、极致享乐的美，比如需要“十来只鸡来配他”的茄鲞，各式各样、玲珑剔透的小面果子等，甚至用来泡茶的都是往年梅花上的雪水，高雅至极。这个时期的大观园，恰如贾府鲜明华丽的表面景象，是最辉煌光彩的时刻。

当情节无法阻挡地向前推进，大观园内的诸多弊端也逐渐显现。于是在第五十六回的“敏探春兴利除宿弊”中，探春以其治家才干对大观园进行了一番整改，但这一系列的改革也仅仅是延缓了贾府的衰败，而无法根除隐患。

最终吹响大观园末日号角的，是在第七十三回，因傻大姐拾到“绣春囊”而引发的抄检大观园行动。在这一场风波中，司棋、晴雯被逐，探春受辱，宝钗因避嫌而搬出大观园，至此，昔日热闹非凡的场景已成过往，大观园的生活也进入了倒计时。

在抄检中，探春曾悲愤地表示：“可知这样大族人家，若从外头杀来，一时是杀不死的，……必须先从家里自杀自灭起来，才能一败涂地!”竟是一语成谶。到了第七十五回的中秋夜宴时，连贾母都忍不住怀念往年众人吟诗作乐的热闹场面，“今日就这样，太少了”。往日热闹的联诗活动，如今也只剩下黛玉与湘云二人，更是作出“寒塘渡鹤影，冷月葬诗魂”这等“过于颓败凄楚”的诗句，引得妙玉以关人之气数为由制止了这次联诗。

到了后四十回，随着迎春、探春、湘云、宝琴等人出嫁，黛玉在潇湘馆中泪尽而逝，宝钗与宝玉在掉包计中完婚，大观园中众女孩散尽，也就迎来了贾府真正的末日。当时情景，正应了作者在第五回《红楼梦曲》中留下的那句“好一似食尽鸟投林，落了片白茫茫大地真干净”，《红楼梦》的悲剧内核也因大观园这一人间仙境的幻灭而愈发凸显。

第二部分 主要情节

一、元妃省亲：大盛伏大衰

插曲迭出，横云断山

《红楼梦》的主要情节始于元妃省亲。在此之前，作者已对诸位关键人物做了出场交代，并安排黛玉和宝钗两位女主角来到贾府。另外，秦可卿、秦钟这条线索也在前回故事里进行了合理的安插铺排。

接下来，从第十六回起，小说中最大的一场“虚热闹”敲响了上场的锣鼓——荣国府的大小姐贾元春加封贤德妃，并将于不久后省亲。这不仅是贾府阖家上下的“非常喜事”，也是《红楼梦》中第一个“烈火烹油、鲜花着锦”的高潮情节。

早在第二回，冷子兴就对贾雨村说过，贾府“如今外面的架子虽未甚倒，内囊却也尽上来了”。第十三回时，秦可卿临终托梦王熙凤，也为这个表面风光无限的百年家族勾勒了一幅末世图景。

对贾府来说，元春封妃、省亲，犹如一剂续命的强心针，成功延缓了贾府衰亡的进程。同时，作者这一安排也使得小说后续故事得以顺理成章地继续下去，可谓一大关键节点。

第十六回为元妃省亲的准备阶段，封妃喜讯、省亲之议、筹备园子等情节不断展开。值得注意的是，该回在主干情节之外，作者还不时插入叙写了一些其他事情，因而读起来丝毫没有拖沓累赘之感。

其中最重要的插曲是秦钟之事。秦可卿刚刚病逝，弟弟秦钟就因为在水月庵和智能儿私会偷情一事败露，气得父亲旧病复发而亡，自己也最终命丧黄泉。

秦钟英年早逝和元春封妃省亲，看似没有关联，作者这样的穿插笔法却有其特别的用意。首先是避免了情节的平直叙述，一喜一悲，变换了节奏，达到了脂批所谓“有如歌急调迫之际，忽然戛然檀板截断”的效果。这就是中国古典章回小说的“横云断山”之法。更重要的是，二者穿插互动，还巧妙勾勒出了贾宝玉的一个性格特点——“呆”。当全府上下得意非凡、宾客往来祝贺之际，唯有贾宝玉毫不在意，他只记挂着好友的遭难。贾琏护送黛玉回府的消息传来，他才略有些喜意。这种无视荣华、只重真情的表现，落在别人眼中，就成了“呆”。

贾琏回府，又引出和王熙凤的对话，以及对香菱一事的补充交代。另外，通过乳母赵嬷嬷为儿子讨差事的插曲，又进一步引出对省亲的讨论。

这位老仆追忆往昔，提到当年为接驾，贾府“把银子都花的淌海水似的”的辉煌历史。寥寥几句，读者就能强烈感受到，那才是贾府真正的顶峰时期，如今元春封妃和省亲至多不过是家族势力的一次中兴罢了。这样的虚写、“不写之写”，既省去诸多笔墨，又留出了无尽的想象空间。

插曲不断、枝节横生，又往往与主干情节有所呼应，使小说中千头万绪的内容顺畅衔接。在层层铺叙之中，省亲最浩大的工程，也是小说最重要的一个舞台——大观园，横空出世了。

试才题额中的父子“交锋”

众所周知，大观园是宝玉和红楼金钗们诗意的栖息地，是宝黛爱情最纯洁美好的所在。如此重要的地方，它的出现须得顺理成章。庚辰本第十六回有一段畸笏叟的眉批即道：“大观园用省亲事出题，是大关键事，方见大手笔行文之立意。”以皇妃省亲这样一个郑重的大题目，搭建一个大工程，再加上周贵人、吴贵妃之事做陪衬，方显得合情合理。

不过，对于这样一个园子，如何谋划，如何建构，文中却未用太多笔墨，而是快节奏带过。紧接着，我们便通过贾政父子的游园，第一次领略到大观园初建时的风貌。

父子游园和试才题对额，是第十七回的主要内容。[1] 作者在此又巧设了这场“交锋”的来龙去脉，使读者能于轻松节奏中出入这段重要情节。

父子二人的相遇十分偶然。大观园工程告竣，贾政与众清客首次游园，准备为各处景致初题匾额，不想遇到了因秦钟之死入园散心的宝玉。贾政听闻宝玉“专能对对联”“有些歪才情”，便有心试才。

结果如何呢？客观来说，对于这次试才，贾政大体是满意甚至欣慰的。整个过程，这位严父竟笑了十六次。第一次题“曲径通幽处”，众人齐赞。贾政笑道：“不可谬奖。他年小，不过以一知充十用，取笑罢了。再俟选拟。”虽极力表示谦逊，但作为父亲的暗自骄傲已溢于言表。第二次为一座亭题额，宝玉当众批评贾政的“泻玉”不妥，进而提出“沁芳”之名。可贾政非但不恼，反而“拈髯点头不语”。

可见，贾政虽重儒家学问，却并非迂腐之人，甚至还颇具诗词才情。对于儿子的“歪才”，他是有欣赏眼光的，难怪脂砚斋此回评贾政对宝玉的感情，实乃“爱之至，喜之至”。

当然，父子间并非一味和谐。贾政多数时候还是端着一副严父的架子，称宝玉为“畜生”“无知的蠢物”，对宝玉又是冷笑又是断喝。在稻香村，父子俩发生了一次较大的冲突。贾政对这个“富贵气象一洗皆尽”的农家院落喜爱不已，甚至勾起了这位官场中人的归农之意。宝玉却当场反驳父亲，认为这处田庄是“人力穿凿扭捏而成”，和“天然”毫不沾边，气得贾政下令“叉出去”。

不过，贾政并非真的动怒，实在是因为宝玉表现欲太旺，得意忘形，违背了“父为子纲”的礼教，让贾政在清客面前失了面子。很快，贾政又喝命宝玉回来，继续题额，令人忍俊不禁。试才结束时，作者又轻描淡写，使贾政以老太太悬心为由，喝令宝玉“快进去”，可见，爱子之心也得做足了面子工程。

---

[1]《红楼梦》第十七回和第十八回，已卯本和庚辰本并未分回，脂评对此写道：“此回宜分二回方妥。”其余第十七回和第十八回分回的版本，第十八回开始的位置也不尽相同，有开始于宝玉退出园子的，有开始于元春进园的，还有开始于请妙玉的。不过无论哪种分法，试才题对额都是第十七回的主要内容。

大观园试才题对额，结果是十分成功的——贾宝玉的题额通通被采用了。这当然是贾政对儿子“偏才”的认可，不过他也藏着一个小心思：考虑到元春怜爱幼弟，若用宝玉题额，让长姐知道其成长进益，必然深感欣慰。身为人父，这样的做法极其自然，且饱含爱意。

至此，借由元妃省亲这个大题目，全书最重要的舞台搭建好了，人物也暗暗配置好了。而在大观园的生活正式开启前，元妃省亲的大幕已经拉开。

悲喜交映，冷热相参

元妃省亲是《红楼梦》中的大场面、大热闹，作者如何写来？省亲的前半段进程，是隆重的国礼。对此，作者的笔触精到细腻，犹如工笔细描，一丝不苟，比如对皇家仪仗的描绘：

> 半日静悄悄的。忽见一对红衣太监骑马缓缓的走来，至西街门下了马，将马赶出围幙之外，便垂手面西站住。半日又是一对，亦是如此。少时便来了十来对，方闻得隐隐细乐之声。一对对龙旌凤翣，雉羽夔头，又有销金提炉焚着御香；然后一把曲柄七凤黄金伞过来，便是冠袍带履。又有值事太监捧着香珠、绣帕、漱盂、拂尘等类。一队队过完，后面方是八个太监抬着一顶金顶金黄绣凤版舆，缓缓行来。

如此细致繁复的仪注描绘，脂批不禁赞道：“难得他写的出，是经过之人也。”

国礼部分，不仅是写实和细腻，更营造出一种森严、压抑的氛围。元春更衣、乘舆进园、登舟，直至升座受礼，都没有和家人交流过一句。一切都按冷冰冰的礼仪进行着。直到元春来到贾母正室，欲行家礼开始，才是真正的团聚。

不过团聚的喜悦很快就被呜咽的哭声代替了：

> 贾妃满眼垂泪，方彼此上前厮见，一手搀贾母，一手搀王夫人，

三个人满心里皆有许多话，只是俱说不出，只管呜咽对泣。邢夫人、李纨、王熙凤、迎、探、惜三姊妹等，俱在旁围绕，垂泪无言。

除了反复不断出现的哭声外，元春的几句心里话也流露出悲苦之音。她先是对祖母、母亲说："当日既送我到那不得见人的去处，好容易今日回家娘儿们一会，……一会子我去了，又不知多早晚才来!"后来又对父亲感慨："田舍之家，虽齑盐布帛，终能聚天伦之乐；今虽富贵已极，骨肉各方，然终无意趣!"

这位表面尊荣无比的贵妃，却无法享受普通人家的天伦之乐。为了家族的富贵前程，她不得不献出青春和自由，独自一人在深宫中苦苦支撑。宫里生活的种种艰难书中统统未讲，不过，仅从元春压抑的哭泣和克制的怨叹中，我们却能隐隐窥见她心里深沉而无涯的痛苦。

家人对元春的回应也耐人寻味。尤其是父亲贾政隔帘对女儿说的一段话，既有对皇恩浩荡的感激涕零，也深藏着"伴君如伴虎"的不安和恐惧。他提醒女儿要"业业兢兢，勤慎恭肃以侍上"，宽慰她"切勿以政夫妇残犁为念"，字字句句，既未逾越臣子本分，也曲折地表达了对身为贵妃的女儿的担心和关爱。在说这番话时，这位平日不苟言笑的老父，已是眼含热泪。

元妃省亲是体现贾府权势地位的大场面，又选在象征团圆的元宵节进行，为此，作者用了不少笔墨来渲染贾府的富丽景象。"只见园中香烟缭绕，花彩缤纷，处处灯光相映，时时细乐声喧，说不尽这太平气象，富贵风流"，连当年大荒山青埂峰下的那块顽石都感叹不已。

不过，从时时可闻的哭声中便可知，元妃省亲这件"非常喜事"，真正的底色其实是悲凉的。作者这样的写法，悲喜交映，冷热相参，以乐景写哀情，强烈的对比令人动容。对此，脂砚斋概括为："偏于大热闹处写大不得意之文，却无丝毫牵强，且有许多令人笑不了、哭不了、叹不了、悔不了，惟以大白酬我作者。"

中兴与危机

《红楼梦》里，元妃省亲的正篇仅有一回。作为金陵十二钗之一、贾家最大靠山的贾元春，正面出场也仅此一次。不过元妃省亲的回响却绵绵不绝，甚至在一定程度上决定了贾氏家族的兴衰荣辱。

前文已提到，这次省亲是贾府家族势力最大的一次中兴。不过，元妃省亲带来的直接后果，就是贾府经济危机的加剧。

为了短暂的省亲，却盖了一座“天上人间诸景备”的园子。这到底要花多少钱？文中并未给出一个具体数目，但仅“下姑苏聘请教习，采买女孩子，置办乐器行头”和“置办花烛彩灯并各色帘栊帐幔”两项的花费，就高达五万两，其余花销数额之大可想而知。连见惯了皇家气派的贾元春都“默默叹息奢华过费”，并再三嘱咐家人，“倘明岁天恩仍许归省，万不可如此奢华靡费了”。

关于省亲带来的贾府经济亏空，在第五十三回乌进孝交租时，贾蓉的一番话可证明：

> 头一年省亲连盖花园子，你算算那一注共花了多少，就知道了。再两年再一回省亲，只怕就精穷了。

从第十八回省亲之后，元春并未再次获皇恩归省娘家。第二十八回之后，小说已鲜少提及元春的消息。有学者推测，很可能元春在宫中的日子并不好过，甚至已逐渐失宠，而这又为贾家的最终衰败埋下伏笔。

元春的加封和省亲为日益没落的贾府带来了短暂的繁荣和欢乐，却埋下了更大的隐患。大盛伏大衰，大盈埋大亏。小说中的第一个高潮情节便与家族兴衰的主题紧紧相连。

到了第二十三回，元春“忽想起那大观园中景致，自己幸过之后，贾政必定敬谨封锁，不敢使人进去骚扰，岂不寥落”，遂命太监到荣国府下了一道谕，“命宝钗等只管在园中居住，不可禁约封锢，命宝玉仍随进去读书”。

这又是全书重要一笔。大观园因元妃省亲而造，又借由元妃的一道旨意让宝玉和姊妹们住了进去，这样的安排使情节显得十分自然，对后面的情节发展也至关重要。正如学者宋淇所说，“众姊妹分散住在荣府和宁府，大家不能集中在一起，故事一定会变成千头万绪，无从发展”[1]。

当省亲落下帷幕，群芳入住大观园，贾宝玉与姊妹们的诗意生活开始了，宝黛爱情也在这里悄然升温，谱写出最动人的篇章。

[1] 宋淇：《论大观园》，《红楼梦识要——宋淇红学论集》，中国书店2000年版，第19页。

二、宝黛定情：性灵之爱与知己之情

两小无猜的感情萌芽

第十九回，省亲大场面终于落下帷幕，小说叙事又转入了贾府的日常生活，主角贾宝玉和林黛玉在这一回迎来了令人难忘的一幕——“意绵绵静日玉生香”。两人的情感逐渐从青梅竹马向着热恋阶段过渡。

关于宝黛之间的前世缘分，《红楼梦》开篇已有交代。第一回甄士隐的一场梦中，作者借一僧一道之口，讲述了一个离奇的故事：

> 西方灵河岸上三生石畔，有绛珠草一株，时有赤瑕宫神瑛侍者，日以甘露灌溉，这绛珠草始得久延岁月。

后来，神瑛侍者要下凡历幻，绛珠仙子希望能偿还他的灌溉之情，表示：

> 他是甘露之惠，我并无此水可还。他既下世为人，我也去下世为人，但把我一生所有的眼泪还他，也偿还得过他了。

“还泪”之说堪称“千古未闻的罕事”。这个超验的神话故事，也即宝黛二人的一段“木石前盟”，为宝黛之爱赋予了浪漫而诗意的基调。用作家王蒙的话来说，“它是感情的一种幻化的表现而不是真实的存在，它是对宝黛的爱情悲剧的一种无可解释的解释而不是一种见解”[1]。

不过，宝黛之爱的基调虽极为浪漫，其发生、发展却是在日常生活的细枝末节中，故而其表现形式就极其写实，甚至于琐碎。第三回黛玉进贾府，宝黛初相见，这对年幼的姑表兄妹得以在“老祖宗”贾母的庇护之下“同行同坐”“同息同止”。后来，虽然又来了个表姐宝钗，引发了宝黛之间

---

[1] 王蒙：《双飞翼》，生活 · 读书 · 新知三联书店 1996 年版，第 184 页。

的“不虞之隙”，但也并没有发生什么大矛盾。

宝黛二人因为默契和投缘，对彼此都多留了一份心，互动也有了些小情侣的味道。在大观园试才和元妃省亲两大事件之间，黛玉铰香囊的小插曲颇令人回味。说起来无非一点儿小误会，但作者写黛玉先恼后愧，又愧又气，由气突然转笑，把少女的性情和心思刻画得入木三分。而宝玉呢，恼不过半分钟，便做小伏低状，“妹妹”长“妹妹”短地赔不是，更是令人忍俊不禁。两人间特别的在意和珍视，在这场小风波中自然流露，不着痕迹。

紧接着，就到了“玉生香”的著名场面。宝玉探望黛玉，因怕妹妹午饭后睡出病来，想方设法为她解闷逗乐。两人此时尚在童稚年纪，同床嬉闹，耳鬓厮磨：

> 只闻得一股幽香，却是从黛玉袖中发出，闻之令人醉魂酥骨。……
>
> ……（黛玉）一面理鬓笑道：“我有奇香，你有‘暖香’没有?”
>
> 宝玉见问，一时解不来，因问：“什么‘暖香’?”黛玉点头叹笑道：“蠢才，蠢才！你有玉，人家就有金来配你；人家有‘冷香’，你就没有‘暖香’去配?”宝玉方听出来，笑道：“方才求饶，如今更说狠了。”说着，又去伸手。黛玉忙笑道：“好哥哥，我可不敢了。”宝玉笑道：“饶便饶你，只把袖子我闻一闻。”说着，便拉了袖子笼在面上，闻个不住。

先有黛玉的“奇香”“暖香”戏言，后有宝玉随口编的耗子变香芋“典故”，两人玩笑打闹，又是拉袖子，又是挠痒，又是拧嘴，亲密之至，却心无杂念，不闻一丝情欲气息，道尽了两小无猜的真实形态。

宝黛之爱虽有神话命定，一旦降临人间，任何一个桥段拿出来看，又都好似真实发生的事情一般。中国的古典小说中，不乏才子佳人、偷香窃玉的艳情故事，像《红楼梦》这样细腻的儿女之事反倒罕见。而真正的儿女真情，便是藏于琐碎的日常之中。作者在小说一开头，便借一僧一道之口开宗明义：“大半风月故事，不过偷香窃玉、暗约私奔而已，并不曾将儿女之真情发泄一二。”宝黛的爱情，就是要“比历来风月事故更加琐碎细腻”。

于是在两小无猜、耳鬓厮磨的日常琐碎中，宝黛的感情逐渐积累和渗透，不知不觉间，就发生了质的变化。

爱情与生命一同觉醒

第二十三回，在元妃的旨意下，宝玉随姐妹们一同住进了大观园。在这片诗意的栖息地，少男少女们的情怀得到释放。尤其是宝玉，这个青春期的男孩子，在小厮茗烟的“帮助”下，看起了描写爱情的各种野史小说，“性”和“情”都在日渐觉醒。

一日，宝玉正在偷看《西厢记》，遇到了前来葬花的黛玉。宝玉藏之不迭，便邀请黛玉同看。结果，黛玉也看得津津有味，“自觉词藻警人，馀香满口。虽看完了书，却只管出神，心内还默默记诵”。

伴随着大观园内的阵阵落红，情窦初开的少男少女一起看着缠绵悱恻的爱情故事，心中怎能不起波澜？“西厢记妙词通戏语”的经典场面便自然而然发生了：

> 宝玉笑道：“我就是个‘多愁多病身’，你就是那‘倾国倾城貌’。”林黛玉听了，不觉带腮连耳通红，登时直竖起两道似蹙非蹙的眉，瞪了两只似睁非睁的眼，微腮带怒，薄面含嗔，指宝玉道：“你这该死的胡说！好好的把这淫词艳曲弄了来，还学了这些混话来欺负我。我告诉舅舅舅母去。”

面对宝玉的“戏语”，黛玉内心已是涟漪阵阵，面红耳赤，但嘴上却一定要表达不满，方才符合一位大家闺秀的本分。不过待宝玉发了个滑稽的重誓，表白自己绝无“欺负”之意后，黛玉很快转怒为喜，也现学现卖，用书中的“银样镴枪头”来打趣宝玉。

二人用“戏语”掩盖真情，你来我往中，把微妙的情愫传递给了对方。这一次《西厢》共读，标志着宝黛原本懵懂朦胧的感情逐渐变为有意识的爱情。

《西厢》共读的一幕还引发了“潇湘馆春困发幽情”的余波。这位陷入爱情的少女躺在床上，情不自禁地长叹：“每日家情思睡昏昏。”这是《西厢记》里崔莺莺思念张生的唱词，爱情含义不言而喻。

这“忘情”的一幕恰恰让心上人宝玉听到了，因此激起了宝玉更加“忘情”的反应。宝玉见黛玉“星眼微饧，香腮带赤，不觉神魂早荡”。紫鹃要去给宝玉倒茶，宝哥哥脱口而出：“若共你多情小姐同鸳帐，怎舍得叠被铺床?”

果然，宝玉的这番“轻薄之语”让黛玉“登时撂下脸来”，一边哭，一边责备宝玉说的是“村话”，看的是“混帐书”，而自己“成了爷们解闷的”，好似完全忘了这“混帐书”是自己和宝玉一同看的。

作为传统礼教下成长起来的大家小姐，林黛玉的反应是理所应当的。她内心深爱宝玉，又害怕他的“轻薄”，更怕自己的不当回应会失去他的尊重。而宝玉带有情欲意味的调笑，则是青年男子面对心爱女孩的真实反应。

可以看到，除了精神层面的爱恋，宝黛爱情中也有性的吸引力，这才是符合现实的。作者对此并不讳言。不过，作者很快就安排了一场唯美至极的葬花，将宝黛之情升华。

第二十六回末，黛玉无故在怡红院吃了闭门羹，宝黛因此又闹起了别扭。到了第二十七回，大观园里祭饯花神，黛玉却独自往花冢去葬花。她边哭泣边吟诵了一首葬花词：

花谢花飞花满天，红消香断有谁怜?

……

桃李明年能再发，明年闺中知有谁?

……

侬今葬花人笑痴，他年葬侬知是谁?

……

一朝春尽红颜老，花落人亡两不知!

这首《葬花吟》哀婉悲戚，字里行间都透露出黛玉内心的感时伤怀。看似是因为和宝玉的误会引发了她的这些愁绪，实际上，这却是黛玉对生命的一次大觉醒。

这种觉醒其实早已开始。在黛玉听到《牡丹亭》的唱词“原来姹紫嫣红开遍，似这般都付与断井颓垣”“则为你如花美眷，似水流年……”，她便感到了“心动神摇”“如醉如痴”。爱情如此美妙，生命如花般美好，岁月却是无情的，黛玉体会到了大自然、生命与无情的时间的关系。待到葬花之际，这种感受更加明晰和强烈。

黛玉的葬花词恰被宝玉听到，引发了强烈的共鸣：

> （宝玉）不觉恸倒山坡之上，怀里兜的落花撒了一地。试想林黛玉的花颜月貌，将来亦到无可寻觅之时，宁不心碎肠断！既黛玉终归无可寻觅之时，推之于他人，如宝钗、香菱、袭人等，亦可到无可寻觅之时矣。宝钗等终归无可寻觅之时，则自己又安在哉？且自身尚不知何在何往，则斯处、斯园、斯花、斯柳，又不知当属谁姓矣！——因此一而二，二而三，反复推求了去，真不知此时此际欲为何等蠢物，杳无所知，逃大造，出尘网，始可解释这段悲伤。

宝玉由恋人花容月貌的无可寻觅，联想到生命的消逝，甚至感受到存在的幻灭。这已经不是恋爱中的感慨，而是颇具禅意的思考。

可以说，宝黛的生命觉醒与爱情的觉醒一同到来了。在这场葬花中，他们共同体悟到了生命的悲剧性与存在的幻灭感，这种深层次的精神共鸣让他们的感情超越世俗的男欢女爱，上升到了哲学的高度。

木石前盟与金玉良姻

一起葬花之后，二人哭哭笑笑，冰释前嫌，那个爱意萌动的春天就这样过去了。炎炎夏日到来，感情逐渐明朗化的少男少女进入到频繁试探和互相折磨的阶段。

点燃导火索的，是元妃娘娘的端午节礼——宝玉和宝钗得了一样的礼物。元春此举出于何意，作者并未直接交代。但很有可能，就是这位贾家最位高权重之人在委婉传递对宝玉婚姻的倾向。

黛玉性格向来敏感多疑，见此情状，备受打击。果然，二人为此口角起来：

> 林黛玉……因说道："我没这么大福禁受，比不得宝姑娘，什么金什么玉的，我们不过是草木之人！"宝玉听他提出"金玉"二字来，不觉心动疑猜，便说道："除了别人说什么金什么玉，我心里要有这个想头，天诛地灭，万世不得人身！"

宝玉衔玉而生，宝钗有个金锁，金玉之上的吉祥语恰好相对，和尚又有预言金玉相配，这使"金玉良姻"有如阴影笼罩在这对有着"木石前盟"的恋人头上，让他们常常陷入猜忌和焦虑之中。

最终，宝玉向黛玉表白道："除了老太太、老爷、太太这三个人，第四个就是妹妹了。"这话放在今天，一点儿也不浪漫，但在当时宗法礼制之下，把黛玉排在祖母和父母之后，就等于宣布了，黛玉就是他最重要、最在意的人。

不过，才一转眼，宝玉这位多情公子却盯着宝姐姐的雪白酥臂发起呆来。难怪黛玉对他总不放心。

一连串的小摩擦，终于酿成了惊心动魄的争吵。两人吵到砸玉、剪穗子、无言对泣。此处，对于他们的内心活动，作者给予了大篇幅的描写：

> 宝玉的心内想的是："别人不知我的心，还有可恕，难道你就不想我的心里眼里只有你！你不能为我烦恼，反来以这话奚落堵我。可见我心里一时一刻白有你，你竟心里没我。"心里这意思，只是口里说不出来。那林黛玉心里想着："你心里自然有我，虽有'金玉相对'之说，你岂是重这邪说不重我的。我便时常提这'金玉'，你只管了然自若无闻的，方见得是待我重，而毫无此心了。如何我只一提'金玉'的事，你就着急，可知你心里时时有'金玉'，见我一提，你又怕我多

心，故意着急，安心哄我。”

如此微妙复杂的心理，宛如九曲回肠，作者仿佛钻进他们心中去看过一般。这或许是古典爱情小说里心理描绘的极致典范了。

两个相爱的“痴病”人儿，却都把真心藏了起来，变着法儿用假意彼此试探，必致喜怒无常，互相折磨。说到底，这不独是黛玉的“小性”使然，更是爱情使然，是宝黛爱情的纯粹和热烈程度使然。

看起来，小说中宝黛钗是“三角关系”，实际并非如此。正因为有金玉之论，宝钗反倒是处处避嫌，唯恐有丝毫越礼之处，甚至和凤姐等人一起打趣宝黛。可以看出，宝钗绝非“心里藏奸”，更没有蓄意破坏宝黛的爱情。后来，在宝钗的真心关怀下，钗黛这两位女主角也最终和解，迎来了“金兰契互剖金兰语”的感人一幕。

不过，另一方面，宝钗对宝玉并非没有好感，也偶有“忘情”的时刻。这些看似矛盾的情感，都是真诚的，是自然并存的，自然到恐怕连当事人都没有刻意去思考。所以，“金玉良姻”既有现实基础，也有感情因素，切切实实构成了对“木石前盟”的威胁，埋下了未来的变数。

知己之爱，肺腑衷情

经历了两小无猜的温馨、浪漫诗意的情动、互相折磨的试探，宝黛爱情逐渐褪去青涩的酸苦，迈入成熟的笃定。“诉肺腑”这一里程碑事件，终于在第三十二回到来了。

这场表白的前奏，是宝玉与湘云、袭人的一次谈话。宝玉因不喜与贾雨村等官场中人应酬，牢骚满腹。在场的湘云便顺势劝宝玉会会“为官做宰的人们”，谈谈“仕途经济的学问”。谁知一向随和的二哥哥当场就翻脸了。

在宝玉心中，这些话都是“混帐话”，无论是宝钗说了，还是湘云说了，他都不屑听的。而林妹妹从来不说“这些混帐话”，这是他最欣赏和敬重林妹妹的一点：“若他也说过这些混帐话，我早和他生分了。”

显然，儒家正统的仕途之路根本不是宝玉的追求，他不屑于建功立业，只愿与清净纯洁的女儿同生共死。这样的价值取向，与同样没有功利心却极具文人情怀和诗人气质的林黛玉不谋而合。

当这些话被黛玉无意中听去，她“不觉又喜又惊，又悲又叹”，真正从内心深处确认了宝玉为“知己”的事实。

直到此刻，宝黛之间才自然而然地流露出了肢体上情不自禁的接触，而不再严守着男女大防的矜持了。

> 宝玉笑道：“你瞧瞧，眼睛上的泪珠儿未干，还撒谎呢。”一面说，一面禁不住抬起手来替他拭泪。……林黛玉见问，方想起前日的事来，遂自悔自己又说造次了，忙笑道：“你别着急，我原说错了。这有什么的，筋都暴起来，急的一脸汗。”一面说，一面禁不住近前伸手替他拭面上的汗。

动作上的暧昧是内心彼此接受的直接信号。接下来，宝玉就向黛玉倾诉了一番从“肺腑中掏出来的”表白：

> 宝玉瞅了半天，方说道“你放心”三个字。林黛玉听了，怔了半天，方说道：“我有什么不放心的？我不明白这话。你倒说说怎么放心不放心？”宝玉叹了一口气，问道：“你果不明白这话？难道我素日在你身上的心都用错了？连你的意思若体贴不着，就难怪你天天为我生气了。”……“好妹妹，你别哄我。果然不明白这话，不但我素日之意白用了，且连你素日待我之意也都辜负了。你皆因总是不放心的原故，才弄了一身病。但凡宽慰些，这病也不得一日重似一日。”
>
> 林黛玉听了这话，如轰雷掣电，细细思之，竟比自己肺腑中掏出来的还觉恳切，竟有万句言语，满心要说，只是半个字也不能吐，却怔怔的望着他。……宝玉忙上前拉住，说道：“好妹妹，且略站住，我说一句话再走。”林黛玉一面拭泪，一面将手推开，说道：“有什么可说的。你的话我早知道了！”口里说着，却头也不回竟去了。

“你放心”这三个字，看似平淡，却极具东方式的委婉和深情，不独黛玉听起来“如轰雷掣电”，放在古今中外的小说情话榜中，也占有一席之地。与“我爱你”的一时激情相比，它更代表着长久的爱恋、承诺和责任。这样的话说出来，无疑是深思熟虑的，是一诺千金的。

当“你放心”的承诺一出，黛玉也真正彻底放心，宝黛之间从此再无大的口角。心灵的相通默契和彼此的爱护珍惜代替了此前的猜忌和试探，爱情的高峰体验使宝黛之爱迈入了新的阶段。

值得一提的是，在这段两人心心相印、此时无声胜有声的表白之后，痴痴的宝玉一时回不过神来，竟把袭人误认作林妹妹，一把拉着手，说出了“睡里梦里也忘不了你”这样露骨的话来，吓得袭人“魄消魂散”，“心下暗度如何处治方免此丑祸”。这又为后来袭人对王夫人的进言，乃至更遥远的宝黛婚恋的未来，埋下了重要的伏笔。

三、“宝玉挨打”中的宗法与人情

到第三十三回时，发生了一件里程碑式的事件——宝玉挨打。在古代宗法制社会的大家庭里，父亲管教十几岁的顽劣儿子，将他狠打一顿，本不是什么大事。不过经作者的妙笔写来，却有惊心动魄之感。在这场家庭内部风暴中，荣国府的各种矛盾，或浮出水面，或暗潮汹涌，集结于一起，来了一次全景式的展示。到了第三十四回前半部分，又牵连出钗黛探伤的关键情节，对人物塑造也起到推波助澜的作用。为此，宝玉挨打一事，实在值得细嚼慢品。

重重矛盾，终酿毒打

宝玉挨打是如何发生的？该回标题已给出了答案——“不肖种种”。也就是说，是多重矛盾的集中爆发。首先第一个，就是贾政命宝玉会见贾雨村，宝玉却“全无一点慷慨挥洒谈吐”，“葳葳蕤蕤”，表现欠佳。这显然违背了贾政望子成龙的期望。

宝玉内心一直十分抵触同仕途经济相关的人和事，对学业也毫不上心。上一回写道，当他听到贾雨村要见他时，就满腹牢骚。在场的史湘云劝了几句，立即惹得宝玉当场送客。通过袭人的话还可知，同样的情况在宝钗身上也发生过一回。由此可见，这个矛盾由来已久。

会过雨村后，宝玉又被母亲数落，出来时再次遇到父亲，他垂头丧气的样子惹得父亲不悦。贾政“原本无气的，这一来倒生了三分气”。就在此时，蒋玉菡事件的爆发更为宝玉添上一罪。

蒋玉菡小名琪官，是唱小旦的名伶，和宝玉相识于一场宴会之上。这位美优伶“妩媚温柔”，与宝玉十分投缘，二人初次见面就互赠贴身汗巾。这是第二十八回写到的事。此后，二人如何交往，书中皆隐去不谈，直到第三十三回，忠顺王府派人到荣国府索要琪官，直指王爷喜爱的戏子失踪，是被宝玉藏匿起来。宝玉先是矢口否认，后被揭发汗巾之事，才被迫交代琪官去处，也间接承认了他与琪官非同寻常的关系。

在贾政这位儒家正统君子看来，贾宝玉的行为就是“流荡优伶，表赠私物”，是纨绔子弟的狎优恶习，发生这样的事当然令他感到气愤。

更严重的是，这件事牵扯到了十分棘手的政治问题。据书中描述，贾府与北静王府、南安郡王府交好，却与忠顺王府素无往来，可见隶属不同的政治阵营，而且很可能存在矛盾。

忠顺王府派长史官来到贾府，盛气凌人，多次冷笑，贾政却又是赔笑，又是当面训斥儿子。显然，王府的势力比贾府更胜一筹。宝玉结交伶人，得罪了忠顺王府，使得矛盾升级，贾政岂止是恼怒，简直可以说是恐惧了。正因此，他才会在众门客来劝时说道：“明日酿到他弑君杀父，你们才不劝不成!”可恨宝玉只顾自己玩乐，从未考虑到这层要害。

小说内容主要着眼于贾府内部，读者看到的多是府中人安富尊荣的日常生活，一个蒋玉菡却引出了贾府之外不同政治集团的复杂矛盾，这也为日后贾府败落抄家埋下了伏笔。在宝玉挨打事件中，寥寥几笔就带出如此重要的内容，可以说极具匠心，不着痕迹。

琪官事件的暴露，成为宝玉挨打的直接导火索。此时，贾环将金钏儿事件添油加醋地告知贾政，可谓火上浇油。

金钏儿是王夫人的丫头。第三十回时写道，她因与宝玉的几句调笑话，惹得王夫人盛怒，被无情撵走。之后她因不堪名誉受辱，跳井自杀。

金钏儿之死，宝玉难辞其咎。他的所作所为已触及贵族世家严格的门风家规，在被贾环“小动唇舌”一番编排后，竟成了在太太房中“淫辱母婢”，既无耻又不孝，恶劣程度大大升级。

贾环是宝玉的异母弟，因庶出身份，地位远不及哥哥。再加上母亲赵姨娘的挑唆，自小就对宝玉十分嫉恨。在此前的章回中，母子二人已做出过泼灯油、行巫蛊等行为，欲置宝玉于死地，嫡庶之争早已暗流涌动。此时贾环乘机大进谗言，贾府的嫡庶矛盾更加凸显。

以上矛盾冲突，看在贾政眼中，就是宝玉的“不肖种种”。实际上，贾政早就对宝玉心怀不满。婴儿时期，宝玉抓周就只抓脂粉钗环，被贾政预言将来要成“酒色之徒”。此刻，贾政更觉得这个儿子“于国于家无望”，痛心绝望之际，不由得“目瞪口歪”“面如金纸”“眼都红紫了”。

事已至此，宝玉挨打已成定局。

我们回溯宝玉挨打的原因，可以看到，这些错综复杂的内外矛盾，在此前章节中已是草蛇灰线，这时被巧妙地穿插组织，汇聚于宝玉挨打事件中，使得看似自然发生的普通家庭日常呈现出极为丰富的面貌。

礼法不容，亲情难平

精心铺垫之后，暴打一幕正式拉开帷幕。板子声、叫嚷声，以及从头到尾的哭声，如暴风骤雨般袭来，令人透不过气。而其中哭得最多、情绪起伏最大的，竟是那位刚硬冷酷的父亲贾政。

俗话说，男儿有泪不轻弹，只是未到伤心处。平日严正端方的贾政，却当着众人一而再、再而三地痛哭，这里面，实际上暗含着两方面的复杂因素。一来，贾宝玉所作所为礼法不容，贾政怒不可遏，必须严惩他；二来，贾政内心仍有爱子之情，因而板子落下，尤其是在王夫人和贾母到来之后，他的悔恨之情终于表露出来。从贾政的三次痛哭中，我们能读出关于宝玉挨打更深层的内涵。

第一次痛哭，在将打未打之际：

> 那贾政喘吁吁直挺挺坐在椅子上，满面泪痕，一叠声“拿宝玉！拿大棍！拿索子捆上！把各门都关上！有人传信往里头去，立刻打死！”

读到此，气氛立刻紧张起来。贾政之前还说了这么一段话：

> 今日再有人劝我，我把这冠带家私一应交与他与宝玉过去！我免不得做个罪人，把这几根烦恼鬓毛剃去，寻个干净去处自了，也免得上辱先人下生逆子之罪。

这几句狠话看似气头上脱口而出，却透露出重要信息，贾政最在意的是“上辱先人下生逆子之罪”。后来他对贾母辩白：“为儿的教训儿子，也为的是光宗耀祖。”可见，贾政教训宝玉，是为了家族后继有人，不辱没了祖宗先人创下的根基家业。

小说第二回中，我们就从古董商冷子兴口中得知，贾家正处在一个特殊的阶段——从宁国公、荣国公打下基业，传到贾宝玉已是第四代。中国有句俗话：君子之泽，五世而斩。清代政治体系也存在着降等承袭的爵位制度，也就是说，世袭的爵位传到下一代就要降一等承袭。如此一代代传下去，必然归于零。为了保住家业，钟鼎之家最好的出路就是转型走科举之路。

不过现实却是，这个家族“如今的儿孙，竟一代不如一代了”。在贾家第三代中，唯一肯读书上进且有家族责任感的男子，仅贾政一人。第四代中，贾珍、贾琏等都是好色之徒，贾环人品猥琐又是庶出，唯有贾宝玉聪颖俊秀，是家族中兴的最大希望。

贾政是儒家文化培养出来的典型读书人，他所认可的人生道路是修齐治平，上报君恩、下承祖德。可贾宝玉却是一位叛逆者，他不喜科举功名，厌恶谈论“仕途经济的学问”，与贾政为他规划的人生道路背道而驰，也与家族继承人的要求格格不入。贾政既觉得宝玉已彻底堕落为一个荒淫无耻的不肖逆子，便要为愧对君父而哭，为家族后继无人而哭。

这之后，王夫人就匆匆赶来劝阻，并抱住贾政哭诉道：“我如今已将五十岁的人，只有这个孽障”“今日越发要他死，岂不是有意绝我”。贾政听了这些话后，“不觉长叹一声，向椅上坐了，泪如雨下”。对这位日渐衰老的父亲来说，宝玉也是他后半辈子最大的指望，王夫人的“绝我”之说显然触动了贾政心中隐痛。

贾政第三次痛哭，发生在王夫人哭忆贾珠之际。贾珠是贾政和王夫人的嫡长子。与宝玉不同，他十四岁进学，一心走科举入仕之路，完全符合父亲的期望，谁料不到二十岁就英年早逝。贾政不仅痛失爱子，少了依靠，也失去了振兴家族最合适的继承人。所以当王夫人提及贾珠，贾政“泪珠更似滚瓜一般滚了下来”，既是哭早逝的爱子，也是在哭贾家的未来。

贾政三次痛哭，出自恨铁不成钢的父爱，出自养不教父之过的自责，更出自强烈的家族责任感。对此，脂砚斋的评语一语中的：“严酷其刑以教子，不情中十分用情。”

就在事情闹得不可开交之际，“老祖宗”贾母的出现迅速平息了这场风波。之前暴怒的严父，马上变为谦卑的孝子，又是躬身赔笑，又是磕头认罪。

贾母在处理这对父子矛盾的时候，对贾政的责备威严又不失分寸。她先是：

> 颤巍巍的声气说道：“先打死我，再打死他，岂不干净了！”

接着又厉声说道：

> 你原来是和我说话！我倒有话吩咐，只是可怜我一生没养个好儿子，却叫我和谁说去！
>
> 我说了一句话，你就禁不起，你那样下死手的板子，难道宝玉就禁得起了？你说教训儿子是光宗耀祖，当初你父亲怎么教训你来！

而后，她又假意劝王夫人道：

> 你也不必哭了。如今宝玉年纪小，你疼他，他将来长大成人，为官作宰的，也未必想着你是他母亲了。

这几句话一出，贾政只有含泪跪下，惶恐认错。

贾母非常了解自己这个儿子。贾政笃信儒家伦理，他既为家族孝道打宝玉，她就以母亲的身份用不孝来指责他，可谓以“孝”制“孝”。

那么，贾母是不管是非黑白，一味纵容宝玉吗？并非如此。在贾母看来，贾政痛打宝玉看似合乎礼法，却于情难平，她发自内心地疼爱这个容貌、气质都像祖父的孙子，当然必须极力制止。由此可见，传统中国的女性地位虽低，但在宗法体制和儒家的孝道文化下，寡母的地位却是超然的。这顿教育家族“逆子”的毒打，最终在宗法社会的“母权”庇护下冰消瓦解。

余波连绵，开辟新局

宝玉挨打的风波由多重矛盾汇聚酝酿而成，高潮过后又生出种种余波。从第三十四回到第三十六回，挨打的余波都在连绵不断地发酵着，这正是《红楼梦》写大事件的手笔：前有铺垫，后有余波。

首先，宝玉一挨打，打出了两位女主角更为直白的真情流露。先登场的是薛宝钗。这位严守礼法的贵族少女，此时不自觉地真情流露：

> 宝钗见他睁开眼说话，不像先时，心中也宽慰了好些，便点头叹道："早听人一句话，也不至今日。别说老太太、太太心疼，就是我们看着，心里也疼。"刚说了半句又忙咽住，自悔说的话急了，不觉的就红了脸，低下头来。

宝钗是个"冷美人"，奉行的是儒家的克制、中庸，对她来说，这样的忘情十分罕见，唯有在宝玉遭受毒打的强烈刺激下才合情合理。这让宝玉感到"亲切稠密，竟大有深意"，读者也由此见到了全书中宝钗对宝玉唯一的一次真情流露。

与宝钗相映成趣的是林黛玉。黛玉的情感表露更为直率、强烈。她"两个眼睛肿的桃儿一般，满面泪光"。宝玉见了她，不顾疼痛，反来安慰："我这个样儿，只装出来哄他们，好在外头布散与老爷听，其实是假的。"这般忘我的真情让黛玉十分感动。养伤期间，宝玉又遣晴雯送旧帕子给黛玉。黛玉也不避嫌，题帕作诗，以诉衷肠。宝黛感情由此进入默契相知的稳定期。

除了两位女主角，挨打风波更是深深触动了宝玉的大丫鬟袭人。在王夫人询问宝玉挨打的原因时，她说出了深藏心中的一番话，希望王夫人想办法，日后让宝玉搬出大观园外住，以保全他一生的声名品行。

袭人很早就明白，贾母将她给了宝玉，自己将来注定是宝玉的人，所以不仅一饮一食照顾妥帖，宝玉的声名前途更是记挂在心。第三十二回写道，她撞见宝玉向黛玉诉肺腑的一幕。袭人是个严格遵守礼法的女孩子，这样的事情让她又惊又畏，所以这次借王夫人谈话之机，说出了防患于未然的话。

王夫人感念于袭人的真切，欣赏她的衷心和周全，对她的一席话产生了强烈共鸣。事后，她从自己的月例中划出二两给袭人，等于把这个丫头的待遇升到了姨娘级别。

因为宝玉挨打，女孩子们或真情流露，或忧思焦虑，就连林黛玉都开口劝他："你从此可都改了罢!"那么，这场风波的主角宝玉，他改变了吗?

当然没有。他对知己黛玉说："你放心，别说这样话。就便为这些人死了，也是情愿的!"对宝玉来说，他为跳井的金钏儿伤痛，为被忠顺王府捉拿的蒋玉菡悬心，但他绝不后悔与"这些人"结交，不后悔为他们受到牵连。

所以这场兴师动众的毒打，并没有起到贾政想要的作用，甚至还起到了反作用。

贾母亲自出面，为宝玉挡掉了接下来几个月的"会人待客诸样的事"，于是，宝玉光明正大地拒绝了各种应酬往来，甚至将《四书》之外的书通通焚了，与"仕途经济的学问"表现出更明显的决裂姿态。贾政对他的管束也松了起来。小说第六十六回，兴儿与尤三姐谈话说到宝玉时，就道："（宝玉是）老太太的宝贝，老爷先还管，如今也不敢管了。"可谓一个补充交代。

在这样相对宽松的环境下，宝玉挨打的阴影逐渐散去，他与女孩子们在大观园中最为美好自由的时光也真正开启了。

四、刘姥姥二进荣国府：贵族世家与平民情结

贾府兴衰的见证者

第三十九回，一位乡下老太太的出场，让前几回还沉浸于结社吟诗的大观园儿女们体会到前所未有的乡野风情，也成就了整部小说中最富喜剧色彩的篇章。这就是《红楼梦》的著名情节——刘姥姥二进荣国府。

其实，这位姥姥早在第六回就亮相过一次，到了第三十九回，已是二进荣国府。从第三十九回至第四十二回，大约有三回篇幅，几乎都以她为中心展开情节。后四十回写到贾家败落之际，她又三进荣国府，救下凤姐的女儿，堪称《红楼梦》外围人物中篇幅最多的角色。这位“千里之外，芥荳之微”的人物，与贾家关系并不密切，身份地位也颇为卑下，为何会有如此重要的分量呢？

我们先来回顾一下刘姥姥一进荣国府。

刘姥姥是一位乡间老寡妇，本靠着两亩薄田度日，后被女婿王狗儿接到家中，照顾外孙、外孙女。女婿家的日子不好过，连过冬的吃穿都无钱置办。幸得刘姥姥灵机一动，想起女婿祖上曾与金陵王家连过宗，当年王家的二小姐如今已是荣国府贾二老爷的夫人，便决定“舍着我这付老脸去碰一碰”，到贾家去打秋风。所以刘姥姥一进荣国府是去求人的，去向富贵人家讨一点儿生活，难怪有论者叹其“昏暮乞怜，煞是苦境”。

不过，正是因为境遇可怜，当刘姥姥走进繁华的公侯之家时，才感受到极其强烈的冲击。她随周瑞家的来到贾琏住处：

> 上了正房台矶，小丫头打起猩红毡帘，才入堂屋，只闻一阵香扑了脸来，竟不辨是何气味，身子如在云端里一般。满屋中之物都耀眼争光的，使人头悬目眩。刘姥姥此时惟点头咂嘴念佛而已。

随后，刘姥姥见到凤姐的心腹丫头平儿，把她误认为凤姐：

> 刘姥姥见平儿遍身绫罗，插金带银，花容玉貌的，便当是凤姐儿了。才要称姑奶奶，忽见周瑞家的称他是平姑娘，又见平儿赶着周瑞家的称周大娘，方知不过是个有些体面的丫头了。

在刘姥姥眼中，荣国府的人和物都是耀眼夺目的，连一个有些体面的丫头都打扮得犹如贵妇。这种观感是由她的身份和境遇决定的。她从很低的位置，从十分困苦的生活境遇中，来仰望荣国府的生活，自然一切都显得高不可攀。而这正是刘姥姥这一人物的特殊意义。

古诗有云“不识庐山真面目，只缘身在此山中”。为了让读者更真实地了解贾家这个大家族，作者一次次透过外界的眼光来观察它。冷子兴演说宁荣二府，从远处看、从外部看；林黛玉投奔外祖母家，开始从内部审视这座国公府。不过，从一个官宦小姐眼中看来，虽也觉得“外祖母家与别家不同”，气派不凡，终究不够震撼。贵族小姐见过世面，所站的位置不够低，而且很快成为贾府的一分子，从局外人变成了局内人。

刘姥姥却不同。吴组缃在《说稗集》中有一个生动的比喻：“她是让我们从最低洼的地方——乡村里一个破落户——来看山的”，“她是带我们一步步登入山里，攀到山的顶峰，而后又周览了全山的”。[1] 唯有借着这位村妇的眼睛，我们才能把贾府的风光看得真切，才能看到挺胸叠肚、指手画脚的骄仆，看到插金戴银的丫头，看到贾府的泼天富贵。

所以作者浓墨重彩地推出这位村野姥姥，很大的一个用处，就是借着她的眼睛，来更深入、更透彻地看贾府，而且还不止看一次。

一进荣国府，已将百载、正日趋没落的贾家，在外人眼中依旧是大富大贵。凤姐随意赏了刘姥姥二十两银子，她就“喜的又浑身发痒起来”。因为凤姐眼中给孩子做冬衣的这点儿钱，已足够让刘姥姥一家渡过眼下的难关。

刘姥姥二进荣国府，安排在元春省亲、贾府中兴之后。短短两三日，

---

[1] 吴组缃：《说稗集》，北京大学出版社1987年版，第208—209页。

刘姥姥过得如梦似幻，“把古往今来没见过的，没吃过的，没听见过的，都经验了”。她亲身体验了贾府挥金如土的生活，看到了人间仙境大观园，见证了书中贾府最为繁华鼎盛的时代。而在刘姥姥进大观园的狂欢之后，贾府的情况急转直下，各种矛盾不断暴露，逐渐走向尖锐。

在后四十回中，秉承原作之意，续作者安排了刘姥姥三进荣国府，目睹贾府没落衰败的悲惨景象。刘姥姥反过来成为凤姐的托孤之人，拼死救下凤姐留存世间的唯一血脉。

三进荣国府，刘姥姥见证了贾府的兴衰荣辱，当初对它的富贵愈感震撼，后来目睹其衰败才愈觉幻灭，繁华一梦的感受也愈发强烈。于是这位与贾府略有瓜葛的乡下老太太，成为这个贵族世家重要的旁观者、见证者。

平民代表，天生趣才

在刘姥姥三进荣国府中，当属二进描绘得最为精彩。一进荣国府时，刘姥姥只是对这个家族的富贵有个初步了解。二进之际，由于“投上缘分”，受邀在府内住了两三日，她有机会切身参与到贾府女眷的日常生活中。

刘姥姥首先看到的，依旧是贾府生活之奢，并且有了更清晰的概念：贾府一顿螃蟹宴要二十多两银子，够庄家人吃一年；一碗茄子，要十来只鸡来配，让她摇头吐舌直叫“我的佛祖”；被贾母嫌弃、其他人也不稀罕的点心，在刘姥姥眼中是玲珑剔透，“我们那里最巧的姐儿们”也做不出……

若不是刘姥姥心里的这一笔笔账，我们如何能站在平民的角度，真正体会到贾府的生活到底如何精致奢华？可以说，刘姥姥的出场，为这部专注于描绘贵族家庭琐事的小说带来了可贵的平民眼光。

当然，刘姥姥的作用不止于此。二进荣国府中，我们还将跟随这位可爱的老太太，去一览大观园的风光。

这是书中第三次隆重展示大观园的面貌。

第一次在园子建成之际，贾政、宝玉父子等人边游园边题额。此时的大观园尚未有人居住，小说的着眼点在于园林和建筑，给人印象最深刻的是宝玉的诗词才情。第二次则借元春的贵妃之眼，来展现大观园的太平气象、富贵风流，更侧重氛围的渲染，未着眼于具体的景致。

第三次就是刘姥姥游大观园。这里的一阁一亭、一草一木，仿若工笔细描般被一一勾勒。与前两次不同，这时的大观园已有人居住，屋内有了摆设，因此每一处建筑都透露出主人的性格和气质。

林黛玉的潇湘馆幽静清雅，“窗下案上设着笔砚，又见书架上磊着满满的书”。在刘姥姥看来，“这那像个小姐的绣房，竟比那上等的书房还好”。黛玉屋内并无寻常闺阁的脂粉气，反倒是充满书卷气，可见其纤细柔弱的外表下，是不同凡俗的心志。

薛宝钗的蘅芜苑，除了原有的奇草仙藤，屋内陈设更显与众不同：

> 雪洞一般，一色玩器全无，案上只有一个土定瓶中供着数枝菊花，并两部书，茶奁茶杯而已。床上只吊着青纱帐幔，衾褥也十分朴素。

极简素淡的风格，与宝钗藏愚守拙、克己复礼的性格暗暗相合，既表现了“冷美人”之“冷”，也突出了她“山中高士”的清高品格。

就这样，读者随着刘姥姥的步伐，从贾母和刘姥姥等人的视角，一一体味各位主角的生活环境和才华情致，对他们有了更为全面深刻的了解。

需要指出的是，刘姥姥这一角色并非仅仅为了见证贾府、旁观大观园而设，这个角色本身在全书中出场虽不多，刻画却极其精彩，有其独立的存在价值。

表面看，刘姥姥村言村语，朴拙粗陋，实际上，这位积年的寡妇颇懂人情世故。比如一见贾母，她就送其“老寿星”的称呼。因为刘姥姥知道，对于贾母这种锦衣玉食、儿孙绕膝的贵妇人来说，延年益寿很可能是其最大的心愿。

又如，凤姐和鸳鸯为席间捉弄刘姥姥赔不是，刘姥姥却道：

> 姑娘说那里话，咱们哄着老太太开个心儿，可有什么恼的！你先嘱咐我，我就明白了，不过大家取个笑儿。我要心里恼，也就不说了。

众人自以为捉弄了姥姥，在没见识的乡下人身上逗乐取笑，却不知是姥姥明白通透，豁达包容。她知道自己的角色和众人的期待，遂主动配合，几乎做到了无一语不趣，无一事不趣。

花插满头时，刘姥姥自我打趣："我这头也不知修了什么福，今儿这样体面起来。"更自称"老风流"。大家行酒令，要看刘姥姥的笑话，姥姥便不负众望，"一个萝蔔一头蒜""花儿落了结个大倭瓜"等语，俗中带俏，以拙胜巧，自带泥土气息，引得深闺中的贵族女子放肆大笑。类似言谈举止不胜枚举，看似浑然天成，实则刻意逢迎，让论者忍不住赞其才。清人陈其泰就形容刘姥姥："其人可爱，真有清客之才。"[1]

可以说，刘姥姥二进荣国府，贡献了《红楼梦》中最幽默的片段，堪称中国古典小说中的一座喜剧高峰。不过，刘姥姥其人还不只是逗乐的"丑角"，她身上还有更深刻的东西，使得她不仅能带来一时的欢乐，还将对贾府发挥更重要的作用。

土地救赎，乡野重生

刘姥姥二进荣国府，已为这个角色将来的重要作用埋下伏笔。这一次她的到来，性质和第一次截然不同：

> 刘姥姥……又说："家里都问好。早要来请姑奶奶的安看姑娘来的，因为庄家忙。好容易今年多打了两石粮食，瓜果菜蔬也丰盛。这是头一起摘下来的，并没敢卖呢，留的尖儿孝敬姑奶奶姑娘们尝尝。姑娘们天天山珍海味的也吃腻了，这个吃个野意儿，也算是我们的穷心。"

可见，刘姥姥不再是来打秋风，而是回礼来了。她把自家种的新鲜果蔬献上，虽不值多少钱，其心其情却淳朴感人。这充分说明，刘姥姥是一位懂得感恩的人。

---

[1] [清] 陈其泰评，刘操南辑：《桐花凤阁评〈红楼梦〉辑录》，天津人民出版社 1981 年版，第 143 页。

对于刘姥姥的回馈，贾府里以贾母、王夫人等为首的女眷，都“至至诚诚地接受了她的馈赠，并赞赏这样的田家风味”，于是就有了几天难忘的相处时光，又有了贾府的真诚回礼。双方贫富悬殊，却礼尚往来，正如邓云乡先生所指出，“这种感情的交流，是纯东方型的、是中国式的，是淳风厚俗的表现”[1]。

贾府的这次回礼，并非刘姥姥所算计，其分量之重也完全出乎她的意料。尤其是怜贫恤老的王夫人，一出手就是一百两，凭借这些钱，刘姥姥一家从此就能过上自给自足的小康生活，可以说是从根本上解决了这户贫苦庄家人的困境。

后来，刘姥姥也确实知恩图报，在贾府败落后，救下了贾琏和凤姐的女儿。

尽管后四十回原著残缺，但从第五回金陵十二钗的巧姐判词中，我们已经读到了刘姥姥的还恩之举：

> 事败休云贵，家亡莫论亲。
> 偶因济刘氏，巧得遇恩人。

这一点，在刘姥姥二进荣国府时作者也埋下了诸多伏笔。比如，刘姥姥为生日不好的凤姐女儿取名“巧哥儿”，说她未来“或一时有不遂心的事，必然是遇难成祥，逢凶化吉，却从这‘巧’字上来”。这不仅预示了巧姐的命运，也暗示着她与刘姥姥一家极深的渊源。而板儿和巧姐在玩闹之中，无意互换了佛手和柚子，更是伏下二人的姻缘。

在续写的后四十回《红楼梦》中，作者的原意被部分体现出来——刘姥姥再进荣国府，受凤姐托孤，后与平儿、王夫人合力救出差点儿被卖掉的巧姐。最终，巧姐由父亲贾琏做主，嫁给姓周的地主家。

不过，也有学者认为，按照原著的判词和脂砚斋的批语推断，巧姐未

[1] 邓云乡：《葫芦条儿·山药糕·燕窝》，见氏著《红楼风俗谭》，中华书局1987年版，第133页。

来应当是被卖入烟花巷中，沦为妓女，后被刘姥姥救出，嫁给了外孙板儿，其经历更加悲惨不堪，而刘姥姥的雪中送炭之恩也更显深重。

当然，无论是哪种结局，刘姥姥对于贾府而言，终将由一位乞怜者上升为一位拯救者。这种来自乡野的救赎，既源于贾府的施恩济贫、刘姥姥的知恩图报，还蕴含着更深层次的道理。

《红楼梦》这部充满贵族趣味的小说中，刘姥姥是一个与众不同的存在。她充满泥土气息，拥有从土地中汲取的原始而强大的生命力。在看似不食人间烟火的大观园，她大吃大嚼、放屁拉屎，把清净的女儿之地弄得一片狼藉，被贵族小姐们讥为"母蝗虫"，却实实在在地展示着生命存在的另一面。这是原始质朴的一面，也是生机勃勃、矫健强壮的一面。

所以，当那个理想洁净却过于精致脆弱的世界倒塌后，若说女儿们还有一线生机，就在于刘姥姥所代表的土地之中。对此，欧丽娟教授提出一个发人深省的观点，她把刘姥姥形容为"真正的大地之母"，"她来自真正的土地……如果说女娲是抟土造人，那么刘姥姥则是'抟土助人'，用土地的力量让受苦受难的巧姐儿在乡野中获得新生"。[1]

于是，眼见他起高楼，眼见他宴宾客，眼见他楼塌了，这个旁观了贾府兴衰的乡村老妪，不再冷眼，勇敢地救下了贾府子孙一脉，让其在土地上重生，成为这个贵族世家最后的救赎。

[1] 欧丽娟：《大观红楼 2：欧丽娟讲红楼梦》，北京大学出版社 2017 年版，第 505 页。

五、探春理家：奋起改革，难支大厦

第五十五回，一向精明要强的王熙凤小产病倒了。这给荣国府造成了一个难题——谁来代替凤姐理家？为此，王夫人找来三个人，一个是大儿媳李纨，一个是庶女贾探春，再加上外甥女薛宝钗，组成“三驾马车”，以集体领导的方式，暂时取代凤姐的个人执政。

“三驾马车”中，李纨素日厚道多恩无罚，似个佛爷，最好搪塞；宝钗碍于亲戚身份不好管事，多数时候抱定“不干己事不张口，一问摇头三不知”的态度；所以主要的管事人，乃是未出阁的三小姐探春。

在前面的章回，我们已初步领略了这位三姑娘的行止见识。她英爽刚毅，素喜“朴而不俗，直而不拙”的东西，隐隐然有丈夫之风。尽管诗才略逊，但风雅不输钗黛。大观园里的“海棠诗社”即是由她发起，还放出豪言：“孰谓莲社之雄才，独许须眉；直以东山之雅会，让馀脂粉。”直欲与男子一争长短。而这次理家，探春真正施展才华的机会终于到来了。

重重矛盾，塑造人物

当然，理家的位置不好坐。探春一上台，便被置于矛盾的漩涡之中：

> （众人）想着不过是个未出闺阁的年轻小姐，且素日也最平和恬淡，因此都不在意，比凤姐儿前更懈怠了许多。……
>
> ……彼时来回话者不少，都打听他二人办事如何：若办得妥当，大家则安个畏惧之心；若少有嫌隙不当之处，不但不畏伏，出二门还要编出许多笑话来取笑。

执事媳妇们不但欺李纨老实、探春年幼，懈怠敷衍，而且想看她们的笑话。探春新官上任，就被丢来了烫手的山芋——赵姨娘之弟赵国基去世，要赏多少银子？

此事之所以棘手，一在于经办人吴新登媳妇的态度——既不说出自己的主意，也不提供旧例查询；二在于当事人身份的敏感——赵姨娘乃探春生母，处理稍有不当，就会落下徇私的口实，从此再难管家。

不过，刁奴蓄了险心，幼主却心如明镜。李纨认为，可参照袭人之母的例子赏银四十两。探春当即指出，按照以往成例，赏赐姨奶奶家人的安葬费，有“家里的”和“外头的”之分，并责令百般推诿的吴新登媳妇立刻查明旧帐。报上旧帐后，探春便按“家里的”成例吩咐，赏银二十两。

一个回合下来，探春公正无私、雷厉风行，且处处抓住要害，不仅让吴新登媳妇羞得满脸通红，也让“众媳妇们都伸舌头”，感受到了幼主的威严。

然而，仆人们稍稍消停了，更大的矛盾却随之浮出水面。赵姨娘一把鼻涕一把眼泪，前来质问亲女，并祭出母女亲情的大旗，要求探春以权谋私，拉扯赵家。如此一来，却戳到了探春最大的痛处。这位“带刺的玫瑰”先是表示，“谁家姑娘们拉扯奴才”，把赵姨娘和赵家亲戚归入奴才之列。在赵姨娘批她尖酸刻薄，不愿为死去的舅舅多赏安葬费时，探春更是明确和生母划清界限：

> 探春没听完，已气的脸白气噎，抽抽咽咽的一面哭，一面问道：“谁是我舅舅？我舅舅年下才升了九省检点，那里又跑出一个舅舅来？我倒素习按理尊敬，越发敬出这些亲戚来了。既这么说，环儿出去为什么赵国基又站起来，又跟他上学？为什么不拿出舅舅的款来？……也不知谁给谁没脸？幸亏我还明白，但凡糊涂不知理的，早急了。”

探春不承认赵国基为舅，却认王夫人之兄王子腾为舅，这等于间接否认了自己与赵姨娘的母女关系。今天看来，此举未免过于薄情，却十分符合当时的宗法正统。

按照宗法制度，妾是半个奴隶，所生子女名义上都是嫡妻的子女，妾的亲属也不能列入夫家的亲属之内。妾称自己的亲生子女为少爷、小姐，而子女只称其为姨娘，而非母亲。

所以面对赵姨娘以亲情要挟，探春便还以宗法正统，抵挡住生母徇私的要求，维护住公平的原则。从这方面来看，探春此言此行不失为推行下一步改革的一种手段。

但我们也要看到，这也是探春的心里话。对她来说，生母不仅身份低微，而且品行不佳，受到全府上下的轻贱，这让自视甚高的三姑娘十分痛苦。为了摆脱庶出的宿命，她拼命撇清与生母的关系，一心认王夫人为母，流露出冷酷无情的一面。

于是，在一浪高过一浪的矛盾冲突中，探春的性格越来越生动地展现出来。她清醒、果断、公正，又不免自卑和薄情。唯其如此，她才真正是一个丰满的角色、生动的角色。也唯其如此，她才能震慑住群仆，开启府中“兴利除宿弊”的改革。

开源节流，兴利除弊

探春的改革，从小处试验，再逐渐波及大面。

首先被“开刀”的，是宝玉、贾环和贾兰。这三人上学的点心纸笔钱，每人一年八两，被取消了。因为探春发现，他们每人每月都已领取二两月钱，再领银子实属重复开支。接下来，探春又把包括自己在内的姑娘们每月重支的头油脂粉钱免去了。

以上二项属于“节流”。真正触及体制改革的，是“开源”的一个大动作——大观园管理新方案。

事情的缘起，是探春对贾府奴仆赖大家花园的观察：

> 探春道：“……年里往赖大家去，你也去的，你看他那小园子比咱们这个如何?”平儿笑道：“还没有咱们这一半大，树木花草也少多了。”探春道：“我因和他家女儿说闲话儿，谁知那么个园子，除他们带的花、吃的笋菜鱼虾之外，一年还有人包了去，年终足有二百两银子剩。从那日我才知道，一个破荷叶，一根枯草根子，都是值钱的。”

探春善于观察，又勇于任事，颇具家族责任感，便把这种管理方式引入大观园中。具体做法是把大观园的土地分片包给几个本分老诚、能知园圃的仆妇，责任到人。承包者不用交纳租税，只供给园子里人日常的吃用各项物品。如此一来，有几大好处：

> 一则园子有专定之人修理，花木自又一年好似一年的，也不用临时忙乱；二则也不至作践，白辜负了东西；三则老妈妈们也可借此小补，不枉年日在园中辛苦；四则亦可以省了这些花儿匠山子匠打扫人等的工费。将此有馀，以补不足，未为不可。

简单来说，对上可节省头油脂粉、禽兽粮食等开支，省去花匠等杂役的工费，院子里的花果树木也能确保滋生繁盛；对下则让承包人多获利益。可谓“在上者既得其利，在下者又得其惠”，两全其美，颇符合儒家理财的观念。

此方案一出，仆妇们纷纷响应，竞争上岗，积极性被极大地调动起来。探春的经营头脑和管理才能，也在这项改革中显山露水。

不仅如此，探春甚至考虑到减免中间的剥削，让婆子们跳过帐房，到里头归帐。

就在此时，原本从旁协助、低调处事的宝钗提出一个补充方案——“里头也不用归帐”，即年终时不用和凤姐去算帐。如此一来，年终不会因为入帐多寡不均导致新的矛盾。“谁领这一分的，他就揽一宗事去”，直接承包，得利也更多。同时，承包责任人也要拿出少量盈利，分给没有获得承包权的仆妇，让她们利益均沾，协助照看，而不至于从中捣乱和破坏。

宝钗此议可谓切中要害，既避免了中间盘剥的弊端，调动了承包人的积极性，也兼顾到更多人的利益，深得“不患寡而患不均”的儒家思想之精髓。

由此一节，可知少言寡语的宝姑娘心下非常明白。其实，早在探春提出改革方案之初，宝钗就引用朱子的《不自弃文》，把改革与朱子理学联系在一起。这篇经典的大意是，天下之物，即使是顽石、蝮蛇、粪便、草灰之流，都可因其有一节可取而不为世所弃。这与探春所说的“一个破荷叶，一根枯草根子，都是值钱的”，其实是同样的道理。

宝钗提出此议，为探春兴利除弊的改革赋予了思想的高度，其目的正如她所说，“此刻于小事上用学问一提，那小事越发作高一层了。不拿学问提着，便都流入市俗去了”。从这个方面来说，宝钗比探春看得更为透彻，更为高远。可惜受制于亲戚身份，再加上藏愚守拙的行事作风，宝钗在此次理家中始终不愿过于出头，因此也只能居于辅助地位。

不过，有了敏探春的精明果断、兴利除弊，补以宝钗的顾全大局，贾府难得一见的家政改革还是得以较为顺利地推行下去，为日渐落败的家道带来一线希望。

才自精明，末世运消

探春理家，不仅赢得了同伴赞扬、下人拥护，也获得了凤姐的支持。听到平儿转述探春如何处事、如何立威，凤姐情不自禁赞道：“好，好，好，好个三姑娘!”又对平儿交代：“他虽是姑娘家，心里却事事明白，不过是言语谨慎；他又比我知书识字，更利害一层了。”对于事事要强的凤姐来说，这样的真诚赞扬实属难得。

凤姐和众人的支持赞扬背后，则藏着作者的心声。对于探春这个角色，作者是深为欣赏的，他把政治家的素质、改革者的气魄统统给了她。不少学者甚至认为，作者在探春身上寄托了“补天”之志。

在《红楼梦》这部自传色彩浓厚的小说中，作者时时流露出企图挽救家族命运的愿望，并把他的“补天”之志、“补天”之法寄托在一些人物身上。他曾借着秦可卿之口，说出应付末世、提早筹划的方案。这一次，他又让探春在家道衰落时奋起作为，革新气象。

“补天”之说有一定的道理，探春理家也确实收到一些成效。不过，这次改革所触及的层面，主要集中在大观园内，影响的人群是姑娘、婆子、丫鬟等，并没有真正地覆盖到整个贾府。对于这座将倾的大厦，探春所能做的仅是小修小补，延缓它的坍塌，并不能真地支撑全局、力挽狂澜。

家族的没落无法挽回，红楼的繁华终成一梦。尽管作者在书中流露出“补天”之愿，但天终究难补。其实，在探春理家的篇章中，作者除了表达出内心的“补天”之志，更重要的是，他要为闺阁立传。

早在第一回开篇，作者就袒露心声：

> 今风尘碌碌，一事无成，忽念及当日所有之女子，一一细考较去，觉其行止见识，皆出于我之上。何我堂堂须眉，诚不若彼裙钗哉？……我之罪固不免，然闺阁中本自历历有人，万不可因我之不肖，自护己短，一并使其泯灭也。

第五十五回至第五十六回就是探春的小传。在一系列矛盾冲突中，三姑娘的人物形象光彩夺目，她代表女儿们发出振聋发聩的呐喊：

> 我但凡是个男人，可以出得去，我必早走了，立一番事业，那时自有我一番道理。

可惜，作为一名女子，在男尊女卑的古代社会，她的才华和志向注定难以施展，更何况，她还生于一个日渐没落的贵族世家。

“才自精明志自高，生于末世运偏消”，探春的命运终究入了“薄命司”的档案，成为“千红一哭，万艳同悲”中的一员。

六、红楼二尤：高洁的“堕落者”

第六十三回，大观园群芳在怡红院的夜宴刚刚散去，贾府的欢乐正到达顶峰，作者笔锋陡转，死亡骤然来临——宁国府一心修仙的贾敬吃金丹归天了。

时逢国丧，贾珍、贾蓉等都去守丧，家中无人。为了给贾敬理丧，贾珍之妻尤氏请来继母尤老娘帮忙看家，尤老娘又带来了两个未出嫁的小女——尤二姐和尤三姐。

风流绝色的红楼二尤登场亮相，在宁荣二府掀起了不小的波澜，也带来了一场既关乎“风月”又超越“风月”的精彩故事。

不肖子孙，败家根本

二尤尚未出场时，故事的基调便定下了。听说两位姨娘到来，贾蓉“便和贾珍一笑”。这一笑，心照不宣，暧昧不明。

人前扮演孝子贤孙，人一散，贾蓉立刻赶着来看两位姨娘。一句“我们父亲正想你呢”，把父子二人与二尤的不伦私情当众道了出来。这两位姨娘也非贞洁烈女。面对嘴里不干不净的外甥，尤三姐“上来撕嘴”，面上在教训，实则在调笑。二姐更是和贾蓉抢砂仁吃，吐了贾蓉一脸渣子，贾蓉竟“用舌头都舔着吃了”。

这种让丫头们都看不下去的调情举动，在宁国府不是什么新鲜事。早在第七回，宁国府老仆人焦大就骂出过“每日家偷狗戏鸡，爬灰的爬灰，养小叔子的养小叔子”。这一次的二尤事件，恶劣程度进一步升级，不仅涉及纵情声色、淫荡败德，而且是父子聚麀。

有意思的是，《红楼梦》体现“风月宝鉴”主题的事件，都由宁国府引出，且有个共同的中心人物——贾家现任族长、宁国府长孙贾珍。“漫言不肖皆荣出，造衅开端实在宁”，宁国府一支在小说中承担了乱伦败家的祸首角色。

二尤事件发展下去，很快就波及荣国府——一向好色的贾琏对尤二姐垂涎不已，竟不顾国孝家孝、严父妒妻，偷娶其为二房。而怂恿贾琏偷娶的贾蓉，看似为叔叔出谋划策，实则是存着能和姨娘长期鬼混的私心，目的十分不堪。

《红楼梦》中，作者往往只陈述其事，不轻易臧否人物。但对于宁荣二府诸男的淫乱不伦，批判之意却相当强烈。第五回《红楼梦曲·好事终》里便唱道："擅风情，秉月貌，便是败家的根本。"一针见血地指出，违反儒家伦理的"风月之情"是导致家族败亡的重要原因。

随着二尤的出场，贾府诸男的丧德之举被置于放大镜下，而贾家败亡的结局也被进一步铺垫。不过，对于引发这场危机的两位"尤物"，作者却一改红颜祸水的老调，进行了别具一格的描绘。

既堕落，又高贵

贾琏偷娶尤二姐后，尤三姐的故事鸣锣开演。当贾琏"撞破"贾珍与尤三姐之事，又拉着三姐陪酒时，戏剧化的一幕发生了：

> 尤三姐站在炕上，指贾琏笑道："你不用和我花马吊嘴的，清水下杂面，你吃我看见。见提着影戏人子上场，好歹别戳破这层纸儿。你别油蒙了心，打谅我们不知道你府上的事。这会子花了几个臭钱，你们哥儿俩拿着我们姐儿两个权当粉头来取乐儿，你们就打错了算盘了。……"

三言两语就扯开遮羞布，道出了兄弟二人的龌龊心思。接着，三姐"搂过贾琏的脖子来就灌，说：'我和你哥哥已经吃过了，咱们来亲香亲香。'"不仅"唬的贾琏酒都醒了"，也让贾珍对她的"无耻老辣"暗暗心惊，自愧弗如。

镇住珍、琏后，一场反客为主的精彩表演正式到来。只见尤三姐：

> 松松挽着头发，大红袄子半掩半开，露着葱绿抹胸，一痕雪脯。底下绿裤红鞋，一对金莲或翘或并，没半刻斯文。

尽展绰约风流、泼辣风情。兄弟二人对此毫无招架之力，“连口中一句响亮话都没了”。尤三姐则“高谈阔论，任意挥霍洒落一阵，拿他弟兄二人嘲笑取乐”。

好个未出阁的尤三姐！把两个风月老手玩弄得团团转。放眼《红楼梦》中若干女子，皆无如此有胆色、有手段者。

需指出的是，在程高本百二十回《红楼梦》中，却有另一个尤三姐。凡是涉及三姐淫荡失节的描述，几乎都被删除或改写了。尤三姐着实成了一个出淤泥而不染的刚烈女子。学者白先勇对此有自己的见解：“如果尤三姐本来跟贾珍有染的话，那么尤三姐后来的行事根本不能成立，她骂贾珍、贾琏两兄弟那一场戏，是《红楼梦》里写得最好的片段之一，如果尤三姐已经失足了，还有什么立场再去骂他们？”[1] 显然，在他看来，如果尤三姐以前是个失足女，那么，她是没有资格去骂人的，她的刚烈言行乃至后来的自杀都失去了说服力。

那么，庚辰本《红楼梦》中的尤三姐，真的是前后矛盾的人物形象吗？

实际上，尤三姐的转变早已有迹可循。戏耍珍、琏一段，她明白自己被玩弄的处境，正是脂砚斋所说“醍醐贯顶”“大翻身大解悟”。因此，她恨，她怒，她不甘，她反抗。她要以最激烈的举措，来维护自己的尊严。

尤三姐后来对姐姐尤二姐说得很明白：

> 咱们金玉一般的人，白叫这两个现世宝沾污了去，也算无能。……趁如今我不拿他们取乐作践准折，到那时白落个臭名，后悔不及。

从这段话中可以看出，尤三姐并非自轻自贱之人，她放浪形骸的非理性发泄，暗藏着强烈的自尊和反抗。这般看似不通的行为，恰恰体现了人性的幽微曲折与矛盾张力。相比之下，一个贞烈的尤三姐，她的反抗虽也动人，

[1] 白先勇：《白先勇细说红楼梦》，广西师范大学出版社 2017 年版，第 524 页。

却不免失之单薄。

不过很快，尤三姐就清醒地意识到，这并非长久之计。她决定和姐姐一样，寻个一辈子的安身之处，好与不堪的现实彻底一刀两断。

与姐姐的任人引诱安排不同，尤三姐要主动择婿。她不愿听从父母之命，也不在乎财富容貌，只愿“拣一个素日可心如意的人方跟他去”。此等宣言，在当时的社会环境下说出来，真正称得上是闺中女儿的豪言壮语，甚至依稀闪烁着婚姻自主的超前意识。

可惜，尤三姐寄托了终身希望的柳湘莲，虽风流倜傥、任侠不羁，却摆脱不了世俗道德的束缚。他听说尤三姐是宁国府的亲戚，马上就怀疑到她的贞洁和品行，打定主意要退婚。这对情深义重、刚烈要强的尤三姐来说，既是希望的破灭，也是极大的侮辱。留给她的，就只有“玉碎”一条路了。

尤三姐失过足，后来反抗了，改变了，可依旧得不到世俗的谅解。这种悲剧具有深刻的社会意义。都说浪子回头金不换，对女性来说，却是回头无岸，只有无尽的深渊等待着她们。

作者给予了尤三姐极大的同情，乃至是相当的欣赏。他把尤三姐称作“情小妹”，为她叹息，把她纳入“为闺阁昭传”的对象中，又为她安排了一个死后的好去处——尤三姐的香魂到了太虚幻境，奉警幻之命，去“修注案中所有一干情鬼”。

尤三姐的眼光和见识，不仅在古代社会是一股清流，即使放在今天，也是许多人所不及的。

不露坏形，借刀杀人

尤三姐自杀后，尤二姐的命运也急转直下。二尤虽为亲姐妹，性格举止却截然不同。三姐泼辣刚烈，斩钉截铁；二姐软弱善良，失于精明。尤二姐嫁给贾琏后，以为终身有靠，一改往日轻浮的言行，和丈夫一心一意过起日子，却没料到丈夫的“妒妻”凤姐终将把她置于死地。

尤二姐的悲剧很大程度上是被凤姐操纵的，凤姐的性格和手段在尤二姐之死中得到了一次充分的展示。

客观来讲，凤姐本是偷娶事件的受害者。但她却没有选择直接大哭大闹，相反，她“眉头一皱，计上心来”，低声下气来拜访尤二姐，讨好卖乖，以情动人，邀她到贾府一同居住。

在传统宗法制度下，妻子的嫉妒被视作一种恶行。贤妻应该宽容大度，尤其在未能生子的情况下，更要接纳妾室，甚至主动帮丈夫纳妾，以夫家子嗣繁衍为己任。所以，为了不落人口舌，凤姐收敛锋芒，面上不露任何不满，私下却布下了一盘复仇大局。

尤二姐一入大观园，凤姐即刻行动起来。她打听到二姐原本有个未婚夫张华，他父亲因惧怕贾珍，拿了尤老娘的银子退了亲，张华自己还不知道。于是，凤姐命人怂恿张华，状告贾琏“国孝家孝之中，背旨瞒亲，仗财依势，强逼退亲，停妻再娶”。这一招，既坏了二姐名声，也让她有了兴师问罪的正当理由。紧接着，她就上演了一场“酸凤姐大闹宁国府”的好戏。

凤姐先向尤氏和众人声明，自己并非吃醋，而是因为贾蓉怂恿贾琏“违旨背亲”，在国孝家孝期间背着父母偷偷娶亲，单这一条，就在情理上站住了脚。接着，凤姐又拿张华打官司说事，痛诉此事累及家族，并装可怜，说自己如何担惊受怕，送银打点，平息事态。

凤姐这一闹，委实高明。从始至终，她都只讲大道理，只提家族声誉，丝毫不露出内心的嫉妒，不仅占据了道德的高点，还不动声色地讹到了五百两银子。最后，她还要以“贤良人”的名声假意表示，由自己出面说通贾母，把这桩丑闻遮掩过去，使得尤氏和贾蓉不得不认她的好。

凤姐的最后一步棋，是“借刀杀人”。凤姐先借的“刀”是张华，想让张家把二姐领去，事败后为免东窗事发，就要杀人灭口。贾琏的新宠秋桐则是凤姐的另一把“刀”。这位贾赦所赐的侍妾，在凤姐的煽风点火下，三番几次用言语折辱二姐，甚至到贾母等处告黑状。

尤二姐入住贾府，在凤姐的默许下，侍奉的仆人们已对她诸多刁难，只有一顿没一顿地拿些不堪之物给她吃。再加之秋桐的冷言恶语，“花为肠肚雪作肌肤”的尤二姐在这般折磨下，很快就一病不起。最终，胡庸医乱用虎狼药，打下二姐腹中男胎，使她灰心绝望，吞金自杀。

尽管从一开始，凤姐并没有计划置尤二姐于死地，但最终的结局，却是彻底要了这位青春妙龄的可怜女性的命。胡庸医打胎是否受到凤姐指使，书中并未叙及，这也给读者留下了遐想的空间。

从一开始以退为进，好言哄骗尤二姐进府，到后来这一系列筹谋，凤姐精心布局，步步推进，但她的高明之处就在于“并无露出一点坏形来”，不仅骗过了贾母诸人，连贾琏起先也认为她十分贤良。如此心机城府，令人不寒而栗。

对于这样的凤姐，还是贾琏的心腹小厮兴儿形容得入木三分：“嘴甜心苦，两面三刀；上头一脸笑，脚下使绊子；明是一盆火，暗是一把刀。”

值得一提的是，早在尤二姐入大观园之前，兴儿同二姐、三姐的这场经典谈话，不仅又“深”又“透”地分析了凤姐和贾琏这对小夫妻的情形，还以一个下人的眼光介绍了荣国府的各种内情。无论是“风儿一吹就倒了”的林黛玉，还是“雪堆出来”的薛宝钗，抑或是“没上没下”“没人怕他”的贾宝玉，乃至“大菩萨”李纨、“二木头”迎春、“玫瑰花”探春等，都成为这几位主角的经典注脚，在二尤事件中，巧妙地安排了又一场“演说荣国府”的好戏。

七、抄检大观园："理想国"的毁灭

二尤的悲剧暂告段落，从第七十回起，小说情节急转直下。林黛玉重建的桃花社没能顺利开展起来，大观园的诗词唱和之声大大减少。相反的，各种矛盾却此起彼伏，交错汇聚，终于酿成一个大事件——抄检大观园，成为前八十回的最大高潮。

"理想国"的毁灭开始了，贾府的末世阴影也以无法回避的姿态笼罩下来。

矛盾汇聚，大祸来临

其实在抄检大观园之前，已有一次"预演"。宝玉为躲避贾政的学业检查，以被贼人跳墙吓到为借口，装病蒙混。贾母追问贼情，意外得知大观园内已赌博成风，于是这位贾府的最高权力人亲自下达了清查大观园的第一道指令。在老太太的高度重视下，园内很快查出了二十多名聚赌仆妇，为首的三人各被打了四十大板，直接撵出大观园，惩罚十分严厉。

这次清查的缘起看似偶然，造成的影响却立竿见影，大观园的种种问题开始暴露在贾府当权者眼中，而清查导致的紧张氛围也在不断发酵，更大的风波即将来临。

果然，就在查赌刚出结果之际，一个心性愚顽、不懂风月的傻大姐，在园子里拾到了充满性意味的绣春囊，交给了恰在大观园散步的邢夫人。

长房媳妇邢夫人转手派人将此物交给了二房媳妇王夫人。王夫人立即如临大敌，来向实际掌家者凤姐兴师问罪，把一向精明强硬的女强人吓得双膝跪地，含泪申诉。

一个小小的绣春囊，一下子牵出了贾赦、贾政兄弟两房中暗藏的重大矛盾。

贾赦是荣国府的嫡长子，在宗法制度下，是名正言顺的继承者和掌权人。可实际上，贾赦虽然袭了爵位，弟弟贾政却由贾母做主，成为荣国府真正的当权者。反映在家事内政上，就是王夫人压过了邢夫人。何况，邢夫人娘家没有实力，身世背景远不及王夫人，自己能力也差，就更加被边缘化了。更让贾赦夫妇难堪的是，长子贾琏并非邢夫人所出，儿媳王熙凤又是王夫人的亲侄女，所以反倒成了王夫人一派，总把婆婆邢夫人晾在一边。

显而易见，在家政大事上，贾府的主流派是贾母、王夫人和凤姐，邢夫人只有靠边站。这让自诩为“正经太太”的邢夫人愤愤不平。再加上贾赦讨鸳鸯时碰了个大钉子，夫妇俩把气全撒在了儿子和儿媳身上，不时找机会让贾琏和凤姐难堪。

在这种情况下，邢夫人拿到了绣春囊，等于拿到了王夫人和凤姐治家不善、败坏风气的罪证。于是，借着一个绣春囊，邢夫人向贾府的管理权威发起了无声的挑战。

面对王夫人的质问，凤姐思路清晰，脑筋急转，一番陈诉后，不仅洗清了自己作为绣春囊主人的嫌疑，而且把矛盾转嫁到了下人身上。她的建议是“平心静气暗暗访察”，同时借机撵人，节省用度，缓解贾府经济危机，一箭双雕。

可凤姐的暗访建议并没有被执行。在邢夫人的陪房王善保家的不断煽风点火、挑拨离间下，绣春囊事件的焦点很快被模糊和转移。

因为大观园里的丫鬟们平日不大趋奉她，王善保家的心怀怨愤，借机告起这些人的状来，并把宝玉的贴身丫鬟晴雯抬出来做靶子。这又牵扯出了贾府中仆人间的矛盾，尤其是婆子与丫鬟的矛盾。

王善保家的告状触动了王夫人的心事。前有金钏儿事件，后有袭人一番肺腑之言，王夫人清楚，宝玉和园中女孩子们都已长大，若是叫王善保家的口中这些“妖精似的”女孩子把宝玉勾引坏了，声名受损，自己的未来，乃至整个荣国府的命运，都将受到重大影响。

如此想来，王夫人又惊又怒，决心对儿子的生活环境来一次彻底“净化”。

晴雯成了第一个牺牲品。尽管她“并没十分妆饰”，王夫人仍从她身上看出“春睡捧心之遗风”。所以无论晴雯如何巧妙应对，极力撇清和宝玉的关系，仍旧动摇不了王夫人驱逐她的决心。

趁王夫人盛怒之际，王善保家的献上了雷霆手段的抄检之策：

> 如今要查这个主儿也极容易，等到晚上园门关了的时节，内外不通风，我们竟给他们个猛不防，带着人到各处丫头们房里搜寻。想来谁有这个，断不单只有这个，自然还有别的东西。那时翻出别的来，自然这个也是他的。

王夫人当即拍板赞成。至此，抄检大观园之计已定。

事情发展到这一步，王夫人对儿子前途命运的忧虑，转而成了对其作风问题的关注，又进一步外化为她这位母亲和儿子身边漂亮丫鬟的矛盾。由绣春囊引出的查淫行动，变成了惩办“妖精”丫鬟的净化风气运动。

一场大风暴即将来临。

沉默的，反抗的

抄检大观园在决策当晚就“猛不防”地进行了。大观园众儿女突然暴露在风暴之中，被激起了不同反应。

怡红院是第一个搜查重点。向来谨慎会做人的袭人选择了逆来顺受，“只得自己先出来打开了箱子并匣子，任其搜检一番”。而白天刚刚受了侮辱的“爆炭”晴雯，“挽着头发闯进来，豁啷一声将箱子掀开，两手捉着底子朝天，往地下尽情一倒，将所有之物尽都倒出”。好一个无言的愤怒，无声的反抗！哪怕大病在身，无辜受骂，即将被逐，也绝不示弱，也要维护自己的尊严。

与此同时，怡红院主人宝玉的反应却耐人寻味——他彻底“失语”了，没为丫鬟们说一句话，没做出哪怕一丁点儿抗争和不满的姿态。爱护女儿的多情公子，同时也是个懦弱的人，金钏儿事件如此，抄检大观园时更是如此。

最精彩的一幕发生在探春的秋爽斋内。这朵带刺的玫瑰花化被动为主动，“命众丫鬟秉烛开门而待”。面对抄检的荒唐行为，她的态度十分强硬：

> 我的东西倒许你们搜阅；要想搜我的丫头，这却不能。我原比众人歹毒，凡丫头所有的东西我都知道，都在我这里间收着，一针一线他们也没的收藏，要搜所以只来搜我。你们不依，只管去回太太，只说我违背了太太，该怎么处治，我去自领。

这既是在维护丫鬟们，更是在捍卫自己的尊严。面对张牙舞爪的王善保家的，探春更是给了清脆的一巴掌，为众儿女们出了一口恶气。

真正令人振聋发聩的，是她关于抄家的一席话：

> 你们别忙，自然连你们抄的日子有呢！你们今日早起不曾议论甄家，自己家里好好的抄家，果然今日真抄了。咱们也渐渐的来了。可知这样大族人家，若从外头杀来，一时是杀不死的，这是古人曾说的"百足之虫，死而不僵"，必须先从家里自杀自灭起来，才能一败涂地！

由抄检之事预见到家族被抄家的未来，探春的目光之远、见识之高委实令人惊叹。

这位"才自精明志自高"的奇女子，一直有着强烈的家族责任感，一心想像男儿一样立一番事业，助家族振兴，从她协助理家时锐意进取的家政改革可见一斑。

此刻，她在抄检这样自杀自灭的荒唐事中，看到了家族秩序被肆意破坏的现状，因而对家族未来感到异常失望。

作家王蒙认为，作者在抄检大观园时，让尚未出阁、未经风浪的青春小姐探春说出以上字字千钧的沉痛之言，其实是借小说人物之口发个人感慨，"这样深刻的论断实出自曹氏雪芹之口，没有过来人的清醒与犀利，很难说出那一段话来。通过自己的人物说出自己想说的话，是小说家包括伟大而且客观如曹氏者很难抵挡的诱惑……"[1]

---

[1] 王蒙：《双飞翼》，生活·读书·新知三联书店1996年版，第216页。

以事写人，千人千面

探春掷地有声的抵抗成为抄检大观园的一个高潮。紧接着，作者的描述却没有归于平静，而是奇峰迭起，精彩不断，比如惜春之处的搜检。

《红楼梦》中，惜春是一个相对次要的角色，此前着墨也不甚多。在这次头绪纷繁的抄检事件中，她的形象却前所未有地丰满起来。

四姐妹当中惜春最小，面对抄检，她“吓的不知当有什么事故”。可她的丫鬟入画却被发现私藏哥哥之物。这时，惜春性格里“孤介太过”的一面马上表现出来了。面对自幼服侍、情同姐妹的入画，惜春却一味要和她划清界限。连凤姐都松口说入画所犯之事可以饶过，惜春却只是说“好歹带他出去打罢，我听不惯的”“嫂子若饶他，我也不依”。

抄检后第二日，惜春与尤氏一番交谈更是展现了什么叫作“百折不回的廉介孤独僻性”，任人如何劝说，她都要把入画赶走。“或打，或杀，或卖，我一概不管”，“我只知道保得住我就够了，不管你们。从此以后，你们有事别累我”。这位年幼胆小的四姑娘身上竟有如此“心冷口冷心狠意狠”的冷酷一面，人性的复杂多姿实在令人惊叹。

抄检的最后一站是迎春处。在查赌中，作者就给了这位诨名“二木头”的姑娘一个特写，把她的懦弱怕事通过累金凤事件描绘得十分透骨。到了抄检时，二姑娘果然“已经睡着了”，万事不问。

迎春处的重点在于一场“现世报”——抄检最卖力的王善保家的，偏偏在迎春丫鬟、自己的外孙女司棋这里，发现了最大的“赃证”：男人的袜子和鞋，还有一个小包袱，里面有一个同心如意，以及一张大红双喜笺帖的“情书”。

司棋和表弟潘又安的私情就这样曝光了。“王家的一心只要拿人的错儿，不想反拿住了他外孙女儿，又气又臊”，沦为众人笑柄。抄检的“闹剧”至此演变成一场黑色幽默般的“喜剧”。

不过，王家的“现世报”纵然令人叫爽，其外孙女司棋却是另一番表现：

凤姐见司棋低头不语，也并无畏惧惭愧之意，倒觉可异。

这位平日颇有些跋扈的丫头，在爱情上面倒是十分坦然和勇敢，令人起敬。

于是，这场演员众多、节奏快速的群像戏，在有限的空间内让各色人物都得到了充分的表现，堪称“以事写人”的绝妙篇章。

此外，抄检当晚没有正式露面的薛宝钗，第二天寻了个借口，立即搬出大观园避嫌。反应之快、行动之敏，正是其明哲保身的一贯做法，也是作者对其个性的一次巧妙展现。

理想幻灭，败亡在即

抄检那晚过后，一切复归原位，仿佛什么事也没有发生过。作者转而开启新章，写起了贾珍聚众淫乐、贾府中秋家宴等事。

尽管贾府表面上看起来热闹依旧，却难掩悲凉肃杀的萧条气氛，家宴上，贾母强颜欢笑，连笛声都充满悲怨。稍有诗性的湘云和黛玉，作出的诗也充满颓丧凄楚之感。经过了那一夜，一切终究不同了。

这种大高潮之后，不写结局，反而停顿下来，插入他事的写法，借用了书法艺术中的“提按顿挫”之法，既避免了平铺直叙带来的单调感，也使得小说更加有节奏和韵味。

中秋之后，到了第七十七回，抄检大观园的连锁反应才终于显现。绣春囊的主人依旧没有找到，不过这已经不重要了。王夫人真正关心的重点是大观园的风气整顿，所以不仅被搜出“赃证”的司棋被赶出园子，那些无辜的丫鬟们也纷纷遭了殃。

在王夫人这位慈母心中，“美”等于“浪”，等于“妖精”。为保全儿子，她要尽力清除可能勾引宝玉的“妖趫”丫鬟。清白的晴雯依旧被逐，而且是在重病之际，被从炕上拉了下来，由两个女人“架起来去了”。四儿因为平日的玩笑话被逐。而芳官和其他唱戏的女孩子也统统被当作“狐狸精”，一律驱逐。

花一样的青春少女像秋天的落叶般凋零了，而丫鬟们的遭遇又成为小姐们未来命运的预演。

抄检过后，宝钗搬出大观园，迎春马上嫁了人，诸钗的离散开始了。尚在园内住着的林黛玉，听到宝玉写给晴雯的悼词“茜纱窗下，我本无缘；黄土垄中，卿何薄命”，也隐隐嗅出不祥的气息。

一夜抄检，群芳离散，大观园这个“理想国”一去不返。正如余英时所说：“许多迹象显示，曹雪芹从《红楼梦》的七十一回到八十回之间，已在积极地布置大观园理想世界的幻灭。”[1]

现实世界各种力量的不断冲击，包括大观园内部的种种矛盾，都在促使这个理想世界走向毁灭。而这一切矛盾，又在抄检大观园这一高潮事件中暴露无遗。

大观园的抄检与甄府的抄家，一内一外，共同构成了贾府抄家败亡的预演，“家亡人散各奔腾”的最终结局已清晰可见。

---

[1] 余英时：《红楼梦的两个世界》，上海社会科学院出版社2002年版，第56页。

八、“黛玉之死”兼谈后四十回：遗憾与完满

在《红楼梦魇》中，一代才女张爱玲总结人生的三大遗憾：一恨鲥鱼多刺，二恨海棠无香，三恨《红楼梦》未完。显然，在她心目中，后四十回并非真正的《红楼梦》。

《红楼梦》后四十回与前八十回并非出自同一个作者，但其中或许包含着原作者的残稿内容，这是目前学术界的主流意见。

尽管如此，在各种《红楼梦》续书中，程高本后四十回依旧被认为是最好的一种，也毫无疑问是流传最广的一种，其中有些情节甚至成为经典，被后世反复讨论，比如“黛玉之死”。

“黛玉之死”是后四十回知名度最高的情节，也是争论极大的情节。赞扬之人认为写得非常精彩，是后四十回中最具感染力和艺术性的情节，甚至可与前八十回相媲美；另有一部分学者认为“黛玉之死”是个败笔，甚至是后四十回最大的败笔。

如何看待后四十回的功过是非，“黛玉之死”是个绝佳的切入点。

“第一流的好文字”

八十回之后，随着宝玉的婚事提上日程，贾母弃黛拥钗的决心暗下，宝黛钗的婚恋悲剧已呈不可逆转之势。

黛玉先是噩梦连连，后又误听宝玉定亲的谣言，竟至于杯弓蛇影、绝粒自戕，直至疑团破除，方才回转过来。

这一边，黛玉活在死亡濒临的阴影之下；那一边，宝玉失玉，走向疯癫，又引出贾母等人“冲喜”的决定，要让宝玉迎娶宝钗，以金锁压邪气。

可以说，真正的死亡到来之前，小说已在层层铺垫、不断蓄势了。

第九十六回，曾因误拾绣春囊引发抄检大观园的傻大姐，又误打误撞，将“宝二爷娶宝姑娘”的事情泄露给了林黛玉，由此拉开了“苦绛珠魂归离恨天”的序幕。

宝黛生离死别的一幕很快到来了：

两个人也不问好，也不说话，也无推让，只管对着脸傻笑起来。……忽然听着黛玉说道：“宝玉，你为什么病了？”宝玉笑道：“我为林姑娘病了。”袭人紫鹃两个吓得面目改色，连忙用言语来岔。两个却又不答言，仍旧傻笑起来。……

那黛玉也就站起来，瞅着宝玉只管笑，只管点头儿。

宝黛诀别，没有任何眼泪，只有“笑”。这样的写法既新颖别致，又合情合理，堪称神来之笔。对于此时的黛玉来说，泪已流尽，哀莫大于心死。巨大的刺激之下，又导致了神志的模糊，“笑”比“哭”更合理，也更加震撼人心。近代大学者王国维盛赞这一段“动吾人之感情”，甚至称它为“最壮美”的一例。[1]

此后，瞒天过海的“掉包计”紧锣密鼓地上演了。作者在这部分进行了精巧的设计：黛玉的死亡与宝钗的出嫁被安排在同一时辰，而且均位于荣国府内。

在相距不远的地方，一边是亲人见证，金玉良姻，拜堂成亲；一边是孤苦无依，形单影只，病入膏肓。两相对比，形成强烈的冲击，令读者悲愤莫名，扼腕叹息，具有荡气回肠的艺术感染力。

在“黛死钗嫁”这场大戏中，“黛玉焚稿”和“宝钗冲喜”两个情节更是奇思妙想，尤其是第九十七回的“焚稿”，达到了和前八十回一样家喻户晓的程度：

只见黛玉接到手里，也不瞧诗，扎挣着伸出那只手来狠命的撕那绢子，却是只有打颤的分儿，那里撕得动。紫鹃早已知他是恨宝玉，却也不敢说破，只说：“姑娘何苦自己又生气！”……

……黛玉这才将方才的绢子拿在手中，瞅着那火点点头儿，往上

[1] 参见王国维：《红楼梦评论》，一粟编《红楼梦资料汇编》卷三，中华书局1964年版，第255—256页。

> 一撂。紫鹃唬了一跳，欲要抢时，两只手却不敢动。雪雁又出去拿火盆桌子，此时那绢子已经烧着了。紫鹃劝道：“姑娘这是怎么说呢。”黛玉只作不闻，回手又把那诗稿拿起来，瞧了瞧又撂下了。紫鹃怕他也要烧，连忙将身倚住黛玉，腾出手来拿时，黛玉又早拾起，撂在火上。……雪雁也顾不得烧手，从火里抓起来撂在地下乱踩，却已烧得所馀无几了。

对黛玉来说，她与宝玉的相知相爱并不被家族和社会所认可，以她的敏感和骄傲，自然不会留下任何“证据”供人在她身后议论和嘲笑。

更重要的是，手帕和诗稿承载着宝玉对她的爱和承诺，承载着两人过往的种种思绪与深情。她把如此珍视的东西毫不留恋地付之一炬，任其化为灰烬，这样的心死是多么的彻底，绝望是多么的强烈，姿态又是多么的决绝啊！

的确，焚稿后不久，黛玉留下“宝玉，宝玉，你好……”的未完之语，带着对宝玉至死不解的误会与恨，离开了人世。

整个“黛玉之死”情节写得跌宕起伏、曲折沉痛，直教读者肝肠寸断。作家王蒙认为，这是对“黛玉之死”最好的处理：

> 这种情的悲剧性，恨与痴的至死互不理解互不相通，这是比离异、争斗、嫉妒乃至奥赛罗式的误会情杀、罗密欧与朱丽叶式的双双殉情等等都更加悲剧的悲剧性。有人能设想比这样的高鹗续作更好的处理与描写吗？[1]

“写得好与写得对”

单独来看，“黛玉之死”无疑写得很好。但也有观点认为，写得“好”并不代表写得“对”。

---

[1] 王蒙：《双飞翼》，生活·读书·新知三联书店1996年版，第208页。

后四十回作为续书，要写得“对”，就要符合原作的逻辑和风格，一以贯之。恰恰是在这方面，“黛玉之死”受到了诸多质疑。

正如前面所说，“黛玉之死”的情节脉络是用“黛死钗嫁”的对比描写来进行的，戏剧张力十足。可正因戏剧性太强，不免多了斧凿和人为的痕迹。这与前八十回形成了鲜明的反差。

前八十回的风格写实、生活化，所有的矛盾冲突都“像生活和自然本身那样丰富，复杂，而且天然浑成”，而这正是《红楼梦》的一个总的艺术特色。[1] 其实，曹雪芹在书中第一回也称：“不敢稍加穿凿，徒为供人之目而反失其真传者。”像续书这样，一边拜堂、一边死亡的高度戏剧化的情节，很难想象会出自原作者之笔。

对于这个问题，学者李小龙在《续书中的黛玉之死符合原意吗？——写得好与写得对》中谈得比较中肯：

> 中国文学向来不太主张这种过于强烈的对比，它是要有层次的。在这一点上中国文学跟西方文学差别很大，西方特别喜欢非常强烈的对比。……我们会用西方的标准来看，觉得它还是有艺术浓度的。但是要反过来用中国的标准，就会觉得虚假。[2]

此外，为了营造强烈的对比和冲突，还带来了一个问题：有时必须以损害人物的合理性为代价，来强行推动情节的发展。比如宝玉失玉疯癫，在任人摆布的情况下与宝钗拜堂，就显得人为痕迹过重。当然，在前八十回中，曹雪芹也一再提到宝玉的“呆病”，但这种“呆病”是指宝玉不符合主流价值的言行和追求落在世人眼中的印象，并非真的疯癫。此“呆”非彼“呆”。

被扭曲最严重的当属贾母。这位一向疼爱儿孙的老人，竟成为亲手拆散宝黛的“罪魁祸首”。黛玉的母亲贾敏曾是贾母最为疼爱的女儿，黛玉从

[1] 参见何其芳：《论红楼梦》，人民文学出版社1958年版，第113页。
[2] 李小龙：《红楼梦问思录》，东方出版社2020年版，第176页。

很小时就因父母双亡寄居贾府，贾母向来对这个外孙女疼爱有加，黛玉也因“老祖宗”的庇护在贾府中拥有诸多特权。像续书中这样冷漠甚至残酷地对待这个外孙女，的确不符合贾母一贯的形象。

抛开人物形象的矛盾不谈，凤姐的“掉包计”本身也漏洞百出。贾府人多口杂，宝玉又在重病中，在经历了“慧紫鹃情辞试忙玉”的风波后，贾母等人为何还敢不顾宝玉安危，冒这么大的风险？况且，这样重大的密谋，居然连一个粗使丫头都知晓得一清二楚，转身就不经意泄露给黛玉，也是不合情理的。

当然，“黛玉之死”最受争议的地方，还不是它的写法、人物和情节，而是其背后的逻辑——林黛玉含恨而死。

关于此，评论家们多引一段脂批来质疑：

> 绛珠之泪偏不因离恨而落，为惜其石而落。可见惜其石必惜其人，其人不自惜，而知己能不千方百计为之惜乎。所以绛珠之泪至死不干，万苦不怨。所谓求仁而得仁，又何怨。悲夫！

木石前盟的基础是绛珠还泪报恩，而还泪是为了“酬报灌溉之德”，这样的眼泪怎会因恨而落？另一方面，接受报恩的神瑛侍者，到底想要什么样的眼泪呢？其实，贾宝玉在第三十六回“识分定情悟梨香院”中也早已表达过了：

> 趁你们在，我就死了，再能够你们哭我的眼泪流成大河，把我的尸首漂起来，送到那鸦雀不到的幽僻之处，随风化了，自此再不要托生为人，就是我死的得时了。

毫无疑问，贾宝玉所渴望的，是女儿爱他、惜他的眼泪。绛珠既然要报他的恩，又岂会以“恨”来回报？

所以，诚如不少红学家所指出，“黛玉之死”并非写得不好，而是支撑整个情节的核心逻辑确有可商榷之处。

“殊不类茫茫白地”

如果说“黛玉之死”是《红楼梦》爱情悲剧的巅峰，那么“贾府抄家”则是家族悲剧的高潮。这个情节也是后四十回中写得颇为精彩的段落之一。

作者把这个突如其来的变故放在贾政设宴之际，用了“变生不测”的写法。在抄家过程中，贾府诸人的反应也描写得极具层次感。贾政从一开始的狐疑、紧张到惶恐、感激，再到哀叹、悔恨，情绪变化真实可信。贾府内眷虽然全都惶恐无助、毫无主见，具体表现则又不尽相同：邢、王二位夫人“魂飞天外，不知怎样才好”；丫鬟平儿则披头散发、哭哭啼啼；内心有愧的凤姐更是“圆睁两眼”，“一仰身栽到地下”……

这一段抄家描写把贾府众人的紧张凄惶展现得淋漓尽致，情节上也跌宕起伏，让人有身临其境之感。有学者甚至认为，贾府抄家是曹雪芹的原稿，写得“形神兼备，逼真可信，非亲身经历之人不能办”[1]。

不过，抄家的结果显然与前八十回的伏笔不太吻合。

从前文伏笔和脂批可大致推断，抄家之后，贾府一败涂地，家破人亡，主人公宝玉甚至沦落到“寒冬噎酸齑，雪夜围破毡”的地步。而在续书中，续作者却“手下留情”：宁国府被抄，荣国府只抄了贾赦一房，贾政不但“沐天恩”被归还查抄的家产，甚至不久之后“复世职”，代替大哥承袭了祖上挣下的爵位。

与“贾府抄家”一脉相承的是“宝玉出家”。在即将赴考之际，宝玉与母亲和贾府众人告别：

> 只见宝玉一声不哼，待王夫人说完了，走过来给王夫人跪下，满眼流泪，磕了三个头，说道：“母亲生我一世，我也无可答报，只有这一入场用心作了文章，好好的中个举人出来。那时太太喜欢喜欢，便是儿子一辈的事也完了，一辈子的不好也都遮过去了。”

---

[1] 沈新林：《〈红楼梦〉中林黛玉结局考论》，《南京师范大学文学院学报》2011年第2期。

勘破情爱，又不舍亲情，即将出家的宝玉并没有真正的“四大皆空”，因而出家之后他还要来拜别父亲：

> （贾政）抬头忽见船头上微微的雪影里面一个人，光着头，赤着脚，身上披着一领大红猩猩毡的斗篷，向贾政倒身下拜。贾政尚未认清，急忙出船，欲待扶住问他是谁。那人已拜了四拜，站起来打了个问讯。贾政才要还揖，迎面一看，不是别人，却是宝玉。贾政吃一大惊，忙问道：“可是宝玉么？”那人只不言语，似喜似悲。……三个人飘然登岸而去。……贾政还欲前走，只见白茫茫一片旷野，并无一人。

这样的描写是感人心魄的。其动人之处是血缘亲情、儒家忠孝与佛道理想的矛盾，是当时之人思想状况的真实反映。与此同时，这个特写画面也是宝玉在俗世间留下的最后一幅肖像，“是拜倒于父亲面前的人子，是感恩，是忏悔，是眷恋”[1]。

然而，这段出家情节在逻辑上同样受到质疑。尤其是贾宝玉在出家之前，为报父母之恩，一反常态，参加乡试，高中“乡魁”。在其出家之后，贾家更是有了明显的复兴迹象，“将来兰桂齐芳，家道复初，也是自然的道理”。

这样的结果已经带有了“大团圆”的味道，不仅与曹雪芹设下的伏笔不一致，某种程度上也削弱了《红楼梦》的悲剧力量。对此，鲁迅先生的评论最是精辟：“是以续书虽亦悲凉，而贾氏终于‘兰桂齐芳’，家业复起，殊不类茫茫白地，真成干净者矣。”[2]

“像个完人了”

以上面几个情节为例，《红楼梦》后四十回在逻辑、人物、情节乃至艺术手法上都饱受争议。甚至有学者指出，续书还存在“低级”问题——对

[1] 欧丽娟：《大观红楼 4：欧丽娟讲红楼梦》，北京大学出版社 2018 年版，第 169 页。
[2] 鲁迅：《中国小说史略》，《鲁迅全集》第九卷，人民文学出版社 2005 年版，第 245 页。

前八十回的不断模仿和重复。红学家何其芳甚至提出，《红楼梦》后四十回的价值之一，就是“鲜明地衬托出曹雪芹的原著的不可企及”[1]。

但不可否认的是，为他人续书本身就是个高难度创举。续作者需要压抑自己的写作风格和创作欲望，去努力保持和原作者的一致，更何况，《红楼梦》明显带有自传性质，这些生活经验也是续作者所缺乏的。如此看来，程高本后四十回能写到这样的水平，已属难能可贵。

总体来说，今天我们读到的《红楼梦》后四十回，基本保持了原作的悲剧基调，一反明清时期大多数文学作品偏好大团圆结局的习套。当时流传各种版本的《红楼梦》续书，纷纷采用离奇手段，想尽一切办法来让林黛玉死而复生，和贾宝玉完满结合。相比之下，程高本堪称一股清流。

除了悲剧基调外，人物性格也做到了“形似”，这使得一百二十回《红楼梦》更像一本完整的书。红学家吴组缃有个形象的比喻：

> 一个没有下肢的人，装上了橡皮腿；这腿没有神经血肉，捏捏不痛，搔搔不痒；但站得起来了，可以行动了，像个完人了。想到续书比装腿难，岂不教我们叹为不幸中之幸！若没有这个百二十回的本子，单凭那八十回，二百年来，这部书能如此为广大读者所传诵，那是无法设想的！[2]

是的，无论对后四十回的功过做何评价，在帮助《红楼梦》这部经典小说的流传上，它都是居功至伟的。

---

[1] 何其芳：《论红楼梦》，人民文学出版社 1958 年版，第 170 页。
[2] 吴组缃：《说稗集》，北京大学出版社 1987 年版，第 243—244 页。

第三部分　重点人物

一、贾宝玉：正邪两赋，情痴情种

《红楼梦》是一部具有浓厚自传色彩的小说，作者曹雪芹在男主角贾宝玉的身上倾注了心中最充沛、最复杂的感情。

他是“神彩飘逸，秀色夺人”的翩翩公子，也是“安富尊荣”“于国于家无望”的纨绔膏粱；他是“聪明灵慧”“情性体贴”的绛洞花主，也是“禀性乖张，性情怪谲”的孽根祸胎……

贾宝玉的性格充满了矛盾性，这使得历来的读者对他又爱又恨。实际上，作者在创造这一人物形象的时候也怀着同样的心情。小说第二回，作者就借贾雨村之口，一针见血地道出了贾宝玉“正邪两赋”的性格特质：置之于万万人中，其聪俊灵秀之气，则在万万人之上；其乖僻邪谬不近人情之态，又在万万人之下。

这样一位不同凡响的主人公，是历代小说中绝无仅有的。清末评点家野鹤认为：“此人有极精细处，有极醇厚处，有极刁滑处。最有作用，最宜细看。”[1]

侯门公子，富贵闲人

贾宝玉是荣国府贾政和王夫人的次子，哥哥贾珠早夭，夫妇俩中年得子，王夫人对这个衔玉而生的儿子宠爱有加。贾府最高权威人贾母也将这

[1] [清] 野鹤：《读红楼札记》，一粟编《红楼梦资料汇编》卷三，中华书局 1964 年版，第 287 页。

个孙子爱如珍宝，亲自带在身边抚养。说他是贾府优宠的中心，无可非议。

在贾母和王夫人的庇护之下，宝玉一直享受着侯门公府的优渥生活，名正言顺地躲避父亲的管教和正统的学习。贾琏的贴身小厮兴儿都知道，宝玉“长了这么大，独他没有上过正经学堂。我们家从祖宗直到二爷，谁不是寒窗十载，偏他不喜读书。老太太的宝贝，老爷先还管，如今也不敢管了”。

至于贾府大厦将倾的种种征兆，宝玉也全不放在心上。他每天的生活，就是在大观园里和姊妹丫头们吟诗作画、描鸾刺凤、斗草簪花、拆字猜枚。

挨了父亲毒打之后，因贾母出面回护，“不但将亲戚朋友一概杜绝了，而且连家庭中晨昏定省亦发都随他的便了”。经历了家族内部的抄检，大观园内的女孩儿们散的散、嫁的嫁，宝玉呢，还只是“和那些丫鬟们无所不至，恣意要笑作戏”，“凡世上所无之事，都顽要出来”。

湘云曾劝说宝玉多留心仕途经济的学问，宝玉当场拉下脸来就要送客，并毫不客气地反驳说这些话都是“混帐话”。宝钗有时见机导劝，他一听也要生气。

探春谋划大观园改革方案后，黛玉向宝玉吐露：“要这样才好，咱们家里也太花费了……出的多进的少，如今若不省俭，必致后手不接。”对此，宝玉的反应却是：

> 凭他怎么后手不接，也短不了咱们两个人的。

后来，鸳鸯、探春等人在一起感慨贾府内部是非纷杂、不好管理的烦难，宝玉听了却对探春说：

> 谁都像三妹妹好多心。事事我常劝你，总别听那些俗话，想那些俗事，只管安富尊荣才是。

在宝玉看来，治家、理事、算经济账，这些都是“俗话”和“俗事”。尤氏听了，一言道破：

> 谁都像你，真是一心无挂碍，只知道和姊妹们玩笑，饿了吃，困了睡，再过几年，不过还是这样，一点后事也不虑。

可见，宝玉对家族不需要承担任何责任，因而，也是一众子孙当中“安富尊荣”的典型代表。薛宝钗送他一个“富贵闲人”的称号，形容他正合适。

不过，生长在贾府这样一个诗礼传家的百年世家，也使得宝玉深受礼教纲常的影响，知礼守节。正如贾母所言：“可知你我这样人家的孩子们，凭他们有什么刁钻古怪的毛病儿，见了外人，必是要还出正经礼数来的。”

第十五回，在秦可卿出殡仪式上，宝玉第一次见到北静王，即表现得“语言清楚，谈吐有致”，北静王赐给他一串念珠，宝玉“连忙接了，回身奉与贾政”，并与贾政“一齐谢过”，礼数周全得体。脂批在该回回前评说，这才是宝玉的“本来面目”。

第五十二回，宝玉要骑马出门，打算绕过父亲书房，从角门出去。理由是“省得到了老爷的书房门口又下来”。仆人周瑞说，老爷不在家，书房天天锁着，可以不用下来。宝玉却回：“虽锁着，也要下来的。”

如此看来，这些伦常礼数已经内化为宝玉性格的一部分，是习惯成自然的表现。不仅如此，在人情世故方面，宝玉也并非完全不谙世事。

第三十三回，忠顺王府长史官来到贾府，质问琪官蒋玉菡的下落，宝玉先是佯装不知，称自己“连‘琪官’两个字不知为何物”，说罢还哭了起来。直到长史官讲出琪官的大红汗巾就在宝玉腰间挂着的实情，为了不牵出更多秘密，宝玉马上决定，将琪官的下落交代出来：

> 宝玉听了这话，不觉轰去魂魄，目瞪口呆，心下自思：“这话他如何得知！他既连这样机密事都知道了，大约别的瞒他不过，不如打发他去了，免的再说出别的事来。”

从琪官事件就能看出，宝玉心思细密，反应机敏，遇事时毫不糊涂，其“人情乖觉取和”的一面可见一斑。

值得注意的是，尽管宝玉无心考取功名，却仍是个修养颇高的侯门公子。他天资聪颖，三四岁时已经读了“几本书、数千字在腹内了”。塾师曾赞他“偏才尽有”，宝钗又打趣他“每日家杂学旁收”，父亲贾政也认为宝玉在诗词曲赋上有些“歪才情”。

第十七回，大观园刚刚建成，贾政命宝玉一同前往园内，试才题对额。最终宝玉不负众望，他所拟的“有凤来仪”“杏帘在望”等，都得到了清客们及元春的赞赏。此后，大观园里起诗社，宝玉的诗虽比不过姊妹们，但这些诗句出自十几岁少年笔下，也足见得贾府家学渊源之深，宝玉天生才情之高。

还有个细节读者往往会忽略，那就是宝玉虽然厌恶读经，但内心并不反对孔子及儒家《四书》等经典。他曾说：

> 除《四书》外，杜撰的太多……

还说过：

> 只除“明明德”外无书，都是前人自己不能解圣人之书，便另出己意，混编纂出来的。

挨打后，宝玉更是“除四书外，竟将别的书焚了”。在他看来，“孔子是亘古第一人说下的，不可忤慢”，连孔子所赞美的松柏都不能随便拿来自比。这也是他“还正经礼数”的表现，是他价值观的一个重要体现。

正因此，贾家祖先宁荣二公才会嘱托警幻仙子，说贾府现如今“遗之子孙虽多，竟无可以继业。其中惟嫡孙宝玉一人……略可望成”，希望警幻能将他“规引入正”。

诸艳之冠，爱博心劳

从很小的时候，宝玉就表现出了他的特别之处。周岁抓周，他“只把些脂粉钗环抓来”；七八岁大小，就说出“女儿是水作的骨肉，男人是泥作的骨肉”这样的怪话。无怪乎众人都认为，他将来必定是个无所作为的酒色之徒。

贾雨村在解释宝玉种种表现时提到，天地生人，除了大仁、大恶两种，其余多是平常人。大仁之人，秉承的是“天地之正气”；大恶之人，秉承的是“残忍乖僻之邪气”。而贾宝玉属于极少一部分“正邪两赋”之人，这样的特异人物，如果生在公侯富贵之家，就会成为“情痴情种”。显然，贾府嫡孙贾宝玉就是一位“情痴情种”。这倒是十分符合宝玉平日的为人。

仗着贾母疼爱，宝玉自幼“同姊妹们一处娇养惯了”。在姊妹中间，他向来随和，体贴入微，有求必应，并且“惯能作小服低，赔身下气”。最后这点，尤其体现在宝黛年幼时的多次争吵当中。每每那时，宝玉总是“妹妹”长“妹妹”短地赔不是，最终，黛玉也忍不住笑他“涎皮赖脸”。

宝钗初入贾府，敏感的黛玉马上有些“悒郁不忿”，但作者形容宝玉却“自天性所禀来的一片愚拙偏僻，视姊妹弟兄皆出一意，并无亲疏远近之别”。至太虚幻境，作者又借警幻之口，说出宝玉是“天下古今第一淫人”：

> 如尔则天分中生成一段痴情，吾辈推之为“意淫”……在闺阁中，固可为良友，然于世道中未免迂阔怪诡，百口嘲谤，万目睚眦。

在曹雪芹看来，宝玉的“痴情”出自浑然天成的禀性，并非为好色而刻意迎合讨好女儿们。这正是警幻所谓“闺阁良友”之宝玉不同于“皮肤滥淫之蠢物”的地方。

另一方面，在宝玉的眼里，大观园这些女孩儿们也没有等级贵贱、门第尊卑之分。对身边的丫鬟，如袭人、晴雯、芳官等，他也一视同仁，玩笑打闹在一起，甚至“每每甘心为诸丫鬟充役”。这在贾府，及至当时整个社会，都是极为难得的。

宝钗戏称宝玉为“无事忙”。只三个字，便把宝玉专在女孩儿身上用功夫的性格刻画得入木三分。“无事忙”的宝玉，往往令读者哭笑不得，时而为他的调脂弄粉、不思进取叹息，时而又被他的慈悲博爱、至纯至情感动。

而且，宝玉似乎从不关注别人如何待自己，只顾着自己如何为他人尽心。

平儿因凤姐泼醋受了委屈，他喜出望外，邀平儿至怡红院理妆；香菱弄脏了新做的石榴裙，他马上吩咐袭人，把一条一模一样的送给她换；鸳鸯抗婚后，刻意冷落他，他却丝毫不恼，见鸳鸯来了怡红院，还要特地避开，怕她不愉快……

这真应了清代评点家二知道人说的“（宝玉）但是女子，俱当珍重”[1]。当代学者刘再复评贾宝玉，认为他待人是一种无分别的爱，并且是无目的、无动机、不分对象的，“一切都是源于‘心’”。[2]

正是出于这颗质朴纯真的心，宝玉所追求的爱情也是与世人全然不同的心灵之恋，不掺一点儿杂质。

宝黛是姑表兄妹，从小在贾母处一起长大，同桌吃饭，同床睡觉，才有了比别人都要好的感情基础。不过，宝黛之间真正从亲密无间的两小无猜，转变为心心相印的炽烈爱情，还是因为两人有着共同的价值观，彼此都认对方作“知己”。

宝玉虽然自诩“绛洞花主”“怡红公子”，但他的知音却唯有黛玉一人。宝黛都有着极为浪漫、诗意的情感，对于孔孟的经世济民之道则表现得比较淡漠。宝玉说过，林妹妹从不对他说“混帐话”。

从心无杂念的耳鬓厮磨，到共读《西厢》、双双葬花、赠帕题诗，他们发自内心地认可对方，把彼此视为自己生命里的精神支柱。

宝黛之间既合乎时代又超越时代的知己之爱，在中国古典小说中实属罕见，可以说，这是曹雪芹在《红楼梦》中留下的最为精彩的一笔。

脂砚斋在第十七回回前批中提示读者，“宝玉系诸艳之冠”。他是《红楼梦》中唯一以男性身份跻身诸钗之列的人，同时，凭借着“女孩儿一样的人品”以及对女儿们的百般呵护，他又位列众金钗之首。小说中，作者着墨较多的金钗们都与宝玉有着不解的缘分。

由此可见，贾母说他“想必原是个丫头错投了胎”，宝玉自称“见了女

[1] [清] 二知道人：《红楼梦说梦》，一粟编《红楼梦资料汇编》卷三，中华书局 1964 年版，第 90 页。

[2] 参见刘再复：《贾宝玉论》，生活·读书·新知三联书店 2014 年版，第 8—10 页。

儿，我便清爽；见了男子，便觉浊臭逼人”，都是再贴切不过的。

另外，在曹雪芹为小说结局所拟“情榜”中，宝玉也榜上有名，他的评语为“情不情”，意即宝玉每每以真情和温情对待“不情”者，一如他在赤瑕宫中给予绛珠仙草的甘露之惠。他的慈悲博爱发自肺腑，不求报偿，对弱者尤甚。聚焦到贾府，聚焦到大观园内，则俨然一位“爱博而心劳”[1] 的多情公子。

启蒙悟道，超离尘世

如果说，贵族家庭赋予宝玉的礼教因子、人情乖觉，和他高度的审美品位、精神追求，都是宝玉身上“正气”的一面；那么，整日沉湎于温柔乡，耽溺于女性美，无心家族振兴大业，则是宝玉身上“邪气”的一面。

正邪的博弈始终在宝玉身上发生着。“正气”使他不至落入淫魔色鬼的纨绔之流，“邪气”却令他“见弃于世道”。[2] 第三回，作者有两首《西江月》形容宝玉：

无故寻愁觅恨，有时似傻如狂。纵然生得好皮囊，腹内原来草莽。潦倒不通世务，愚顽怕读文章。行为偏僻性乖张，那管世人诽谤！

富贵不知乐业，贫穷难耐凄凉。可怜辜负好韶光，于国于家无望。天下无能第一，古今不肖无双。寄言纨袴与膏粱：莫效此儿形状！

这两首词几乎把宝玉贬得一无是处。但实际上，这其中也包含着作者对他“更真切更责备，更忏悔更留恋，更原谅更挑剔”[3] 的矛盾心情。

宝玉当然有他出类拔萃的优点，否则他绝不可能从《红楼梦》众多人物中脱颖而出，成为当之无愧的第一主角。

鲁迅先生早就发现，《红楼梦》的故事“悲凉之雾，遍被华林，然呼吸

[1] 鲁迅：《中国小说史略》，《鲁迅全集》第九卷，人民文学出版社 2005 年版，第 237 页。
[2] 参见欧丽娟：《大观红楼 4：欧丽娟讲红楼梦》，北京大学出版社 2018 年版，第 76—81 页。
[3] 王蒙：《双飞翼》，生活·读书·新知三联书店 1996 年版，第 283 页。

而领会之者，唯宝玉而已”[1]。宝玉所表现出来的是天赋的灵气和悟性。

生活中，这位安富尊荣的贵公子有着各种各样的缺点，弄性、逃学、爱红……最典型的要数毫无担当。无论是在金钏儿自杀事件爆发后，还是在抄检大观园的荒诞闹剧中，他逃避的本能总是占据上风，护花使者的形象竟踪影全无。

他不愿这些“极尊贵、极清净”的女儿们受到伤害，却并没有真正为她们抗争什么。事实上，整个贾府里也没有人真正把宝玉的这个愿望当回事。他虽在宠爱的中心，又分明只是个家族的局外人。

然而，即便如此，细腻聪慧如宝玉，在很小的年纪就本能地领悟到了生命的真谛，开始思考聚散、生死等根本性问题。

宝玉常对姊妹丫头们说些化灰化烟的痴话，如：

> 等我有一日化成了飞灰，——飞灰还不好，灰还有形有迹，还有知识。——等我化成一股轻烟，风一吹便散了的时候，你们也管不得我，我也顾不得你们了。那时凭我去，我也凭你们爱那里去就去了。

又如：

> 这日子过不得了！我姊妹们都一个一个的散了！……为什么散的这么早呢？等我化了灰的时候再散也不迟。

他也曾在紫鹃试探他对黛玉的真情时表示：

> 活着，咱们一处活着；不活着，咱们一处化灰化烟，如何？

宝玉始终对人的宿命抱着消极悲观的态度。在他看来，只有和姊妹们相守一处才是美好的，其余的一切都太过无常和虚无。不过，随着年龄渐

[1] 鲁迅：《中国小说史略》，《鲁迅全集》第九卷，人民文学出版社 2005 年版，第 239 页。

长，他也在生活中不断得到新的启悟。

第二十二回，宝玉听宝钗念了一支《寄生草》："赤条条来去无牵挂。那里讨烟蓑雨笠卷单行？一任俺芒鞋破钵随缘化！"又听宝钗讲了惠能法师"本来无一物，何处染尘埃"的故事，人生中第一次朦胧地觉悟了禅机。

第三十回，宝玉看龄官在地上反复划"蔷"字，看痴了，连淋了雨都不自知。到第三十六回，宝玉闲逛至梨香院，龄官对他视若无睹，他生平第一次遭人弃厌，终于发现世上女孩儿的眼泪"竟不能全得了……只是各人各得眼泪罢了"，至此，才悟出了"人生情缘，各有分定"的道理。

第五十八回，藕官在大观园内祭拜死去的"戏里夫妻"药官，并对宝玉道出："便只是不把死的丢过不提，便是情深意重了。若一味因死的不续，孤守一世，妨了大节，也不是理，死者反不安了。"这番话使宝玉对夫妻情分有了更深刻的理解。原来人世间除了"痴情"，还有所谓"两尽其道"的"痴理"，使得两性之情皆能符合伦理和道德的规范。

这三次关键性的启悟为宝玉后来的悟道奠定了基础，也为宝玉的人物形象留下了动态成长的印记，使之更为丰满。

在贾府由盛转衰之前，宝玉似乎已经预感到了美梦幻灭的悲恸。听到黛玉作《葬花吟》时，宝玉"恸倒山坡之上"，心里想道：

> 试想林黛玉的花颜月貌，将来亦到无可寻觅之时，宁不心碎肠断！既黛玉终归无可寻觅之时，推之于他人，如宝钗、香菱、袭人等，亦可到无可寻觅之时矣。宝钗等终归无可寻觅之时，则自己又安在哉？且自身尚不知何在何往，则斯处、斯园、斯花、斯柳，又不知当属谁姓矣！

黛玉在葬花时，生发的是对自身命运的悲哀、对光阴流逝的无力，而听者宝玉则进一步由个人生命的终结，推及整个家族的兴衰成败，进而预感到富贵生涯是有限的，人生的困境终难以避免。

正是有此先见，在八十回后，贾府被抄家，彻底败落，宝玉遭遇了"寒冬噎酸齑，雪夜围破毡"的困苦，最终，他在苦难中彻底顿悟，超离尘世。

宝玉的出家不再是对世俗苦难的逃避，而是在成长中最终完成了思想的蜕变。

茫茫冰雪中，宝玉怀着对父母的感恩与愧怍，对人间的不舍与悲叹，向父亲告别。衔玉而生的宝玉最终以这样的方式，完成了由神界到凡间又复归神界的奇幻轮回。

回顾《红楼梦》全书，观察贾宝玉的一言一行，我们会发现，这是一个十分真实的人，但同时，又带着浓厚的超现实色彩。有学者称贾宝玉为儒释道三家之化身，也有学者认为，他就是活生生一位纨绔子弟，毫无建树。这种褒贬不一的评价本身，也恰好证实了贾宝玉这一形象的复杂性，而这也是《红楼梦》在人物塑造方面的迷人之处。

二、林黛玉：孤标傲世，花魂诗魄

《红楼梦》在历史上的一大公案，就是女主角林黛玉和薛宝钗孰高孰低。自小说问世起，拥林派和拥钗派一直争论不下，有人甚至为此“几挥老拳”，让两位女主角的关注度丝毫不亚于第一主角贾宝玉。

具体到林黛玉身上，评价则是两极分化：爱之者，说她直率纯真、清雅高洁，是“花的精魂，诗的化身”；厌之者，批她多疑、刻薄、小性儿，不能尊重他人。

其实，以上种种，皆是黛玉。作者既赋予了林黛玉绛珠仙草的神话背景，风流袅娜的绝代姿容，又丝毫“不为贤者讳”，写出了一个优缺点都极为鲜明的，可爱可叹的女主角。

对于一言难以蔽之的林黛玉，从何来说？就先从她“外面的形容”谈起吧。

孤高自许，目无下尘

林黛玉的待人处事，大概是这个人物身上争议最大的部分了。敏感、多疑、小性儿、爱刻薄人等，不仅是贾府中人对她的评价，也成为这个人物的经典标签。

林黛玉是贾府的亲戚，因幼年丧母，被外祖母接入府中抚养。初入贾府时，她“步步留心，时时在意，不肯轻易多说一句话，多行一步路”，颇懂得察言观色、进退礼让之道。然而在贾府生活日久，她的真性情逐渐“暴露”出来。

第七回，周瑞家的为薛姨妈送宫花给姑娘们。林黛玉的关注点是：“还是单送我一人的，还是别的姑娘们都有呢?”在听说各位都有了后，她冷笑道：“我就知道，别人不挑剩下的也不给我。”

这种表现，堪称任性无礼。“孤高自许，目无下尘”诚不诬也。

“爱刻薄人”的特点更是上下一致公认的。宝玉的乳母李嬷嬷就说：“真真这林姐儿，说出一句话来，比刀子还尖。”被打趣“咬舌”“爱哥哥”

的史湘云也道："他再不放人一点儿，专挑人的不好。你自己便比世人好，也不犯着见一个打趣一个。"就连与黛玉鲜有交集的丫鬟小红，也有"林姑娘嘴里又爱刻薄人"的评价。

这样的林黛玉，像个刺猬，充满了紧绷的防御姿态，令人难以亲近。不过，若设身处地思考一下，林姑娘这样的行为又是可被理解的。

林黛玉入贾府若干年后，又遭遇了父丧，成为父母双亡且无亲兄弟姐妹的孤儿。这样一个孤女，自小体弱多病，"从会吃饮食时便吃药"，这让她身心都处在一种异常的状态。

她所栖身的贾府，表面上是"温柔富贵乡"，但这个钟鸣鼎食的大家族人多嘴杂，人与人之间充满是非算计。"带刺的玫瑰花"探春就说："咱们倒是一家子亲骨肉呢，一个个不像乌眼鸡似的，恨不得你吃了我，我吃了你!"平儿也批评管事的婆子们："你们素日那眼里没人，心术利害，我这几年难道还不知道?"

这些是非风波，又岂是"心较比干多一窍"的林黛玉感受不到的？更何况她"原是无依无靠投奔了来的"。因此，她一方面抱着"我又不是正经主子"的强烈客居意识，小心进退，连吃个燕窝粥都怕麻烦底下人；一方面又对周遭的议论和眼光十分敏感，甚至以攻为守，用孤傲、尖刻筑起一道防护之墙，来努力维护自己的自尊。

当然，爱情上的极度不安全感，对未来的极大不确定性，也不断强化着她这样的性格。

自薛宝钗进入贾府的那日起，林黛玉的心态便失去了平衡。宝钗性格端方、容貌丰美、随分从时，颇得下人之心。而且，宝钗还有癞头和尚所送的金锁，和宝玉的通灵宝玉凑成"一对儿"。"金玉良姻"之说遂成为黛玉心头挥之不去的阴影。

在当时的社会环境和礼教规矩下，黛玉是无法和心上人宝玉明白求证的，只能用假意试探，怀疑、怄气甚至争吵便层出不穷。在没有父母依靠的情况下，面对古代女性"命定婚姻论"的威胁，黛玉自然处处表现得虚弱可怜。[1]

不过，若仅仅如此，《红楼梦》里这位女主角虽值得同情，也不过是个普通小性儿的女子罢了。

率性任情，我为我心

“我为的是我的心。”宝黛的一次争执中，林黛玉如是说。这句话道出了黛玉小性儿背后的真正诉求。

在那个时代，一个少女的“心”是不重要的，重要的是礼法道德、庭训闺范，甚至要压抑自己的“心”来克己复礼。林黛玉却偏偏重视这颗“心”，为此不惜反复试探，折磨自己也折磨他人。可以说，这是黛玉的自我意识在发挥作用，她对宝玉的疑心、试探、嗔怪，都是这种自我意识的独特表现。[2]

在贾宝玉向她诉了肺腑衷情，她又与薛宝钗剖了金兰之语后，这颗心逐渐放平了。

尤其是宝姐姐一番“看杂书不好”的劝告，再加上一次“吃燕窝粥的话”，让黛玉感受到来自亲人的教导和关怀。这是自父母去世以来鲜有之事。一向骄傲的黛玉开始深刻反省自己，毫不留情地自我剖析：“往日竟是我错了，实在误到如今。”从此以后，她看待宝钗如亲姐姐，再无一丝怀疑和猜忌。

林黛玉甚至爱屋及乌，对薛宝钗的亲人也亲近起来。后文中，大观园里来了个更标致、更讨老太太喜爱的薛宝琴，是薛宝钗的堂妹，她也毫无嫉妒之心，反而像对待亲妹妹一样。

相比年幼时，后期的林黛玉在性格和为人处事上确实有明显的成长。她更会体贴下情了，对送燕窝来的婆子说“误了你发财”这样的客套话，连对一向看不上眼的赵姨娘也能做到基本的礼貌。

如果从头审视，我们会发现，即使在前期，只要不涉及自尊和感情的问题，黛玉在很多时候都是平和的，甚至是宽容的。

---

[1] 参见王昆仑：《红楼梦人物论》，北京出版社 2004 年版，第 259 页。

[2] 参见吕启祥：《花的精魂　诗的化身——林黛玉形象的文化蕴含和造型特色》，《红楼梦学刊》1987 年第 3 辑。

宝玉为她与湘云的小别扭弄得心灰意懒、跑去参禅时，黛玉却像什么事也没发生过，转身就约着湘云、宝钗前来开导宝玉。妙玉请宝黛钗三人喝茶，讽刺林黛玉品不出雨水、雪水之别，“竟是大俗人”，她却一点儿也不恼。姐妹们结海棠社作诗，林黛玉的诗被评在第二，宝玉为她鸣不平，她自己并没有任何不满……

林黛玉的敏感多疑、小性儿刻薄，与心无芥蒂、宽厚真诚，看起来是矛盾的两极，实际上皆是由“心”而发。她的变化，是因为她的“心”切实感受到了尊重和关怀。别人投以至诚，她也必以至诚来回报。

从脂批中可以窥得，曹雪芹在构思小说结局时为众金钗拟了“情榜”，其中，评黛玉即为“情情”，意思正是，对她有情之人，她必报答以情。

男儿教养，露才扬己

林黛玉出身钟鼎之家、书香之族，因林如海、贾敏夫妇膝下无子，唯一的女儿林黛玉被当作男孩教养，从小就令读书识字。因此，黛玉的身上有着种种异于正统闺秀的特质。

母亲去世后，黛玉被接到外祖母贾母处抚养，虽然在生活上锦衣玉食，却无专门的亲人长辈管教。所以，黛玉的成长环境尽管孤独，却相对自由，不仅没有“未嫁从父”的父权影响，也没有过多“女德”和“闺范”的熏陶。再加上贾母的万般怜爱和宽容放任，她的性格和思想便朝着不受束缚、特立独行的方向发展了。

比如传统社会崇尚“女子无才便是德”，林黛玉却偏偏“一肚子文章”，不重女工重读书。她住的潇湘馆，“窗下案上设着笔砚”，“书架上磊着满满的书”，用刘姥姥的话来说，“这那像个小姐的绣房，竟比那上等的书房还好”。因而，这位极具女性柔美气质的女主角，从另一方面来看，却是少脂粉气多书卷气的，甚至有学者指出，她身上多少带了一些“男性气质”[1]。

当然，这种“男性气质”并不是所谓的阳刚之气，而是指一种不受闺阁教养约束的自我个性和价值取向。

---

[1] 郑虹：《至刚至柔至阴至阳——破译林黛玉的男性气质》，《红楼梦学刊》2004 年第 3 辑。

薛宝钗同样才华横溢，但本着“作诗写字等事，这不是你我分内之事”的观念，有意压抑个人才情。林黛玉却颇为看重自己的才华，总想展露才智，甚至显得有些争强好胜。元春省亲，林黛玉“安心今夜大展奇才，将众人压倒”，却因受限于“一匾一咏”的规定，“未得展其抱负”，直到为贾宝玉捉刀代笔，间接得到贾妃的肯定后，方才作罢。

金陵十二钗的钗黛判词“可叹停机德，堪怜咏絮才”，一个强调“德”，一个侧重“才”。这其实也是钗黛二人各自的价值取向。你看林黛玉的《五美吟》，其中所写人物全都不是贞静贤淑的女德代表，反倒是以“才色”出挑。尤其是《红拂》一首，颇有些巾帼英雄的气象：

长揖雄谈态自殊，美人具眼识穷途。
尸居馀气杨公幕，岂得羁縻女丈夫。

红拂女一眼看中了尚未发迹的李靖，毅然逃离司空府，与李靖大胆私奔。这样的眼光和气魄，林黛玉显然是欣赏的。当然，现实并没有给她这样的机会，她也并没有存着效仿红拂的心思，但她的恋爱至上，她的露才扬己，本就是有悖于“闺范”的自主选择。

诗人气质，文人品格

一个率性任情、锋芒毕露的林黛玉，不独来自特殊环境的缔造，按照作者的描绘，这更像一种与生俱来的气质。很多研究者把她的这种独特禀性归结为诗人的气质，或者说是艺术家的心灵。

大观园里的女儿多爱作诗。在众人的公论中，薛宝钗与林黛玉的诗才双峰并峙，各有千秋。另有一个“疯湘云”，也常有奇章佳句，吃了块鹿肉就能诗兴大发、思如泉涌。

不过，最具诗人气质的还当属林黛玉。

与宝钗的博学多识不同，黛玉拥有的是诗人天赋的敏才、捷才。海棠初结社，各人都在苦思冥想，只有黛玉“或抚梧桐，或看秋色，或又和丫鬟们嘲笑”，最后“提笔一挥而就，掷与众人”。

诗才还只是外在表现，林黛玉更有难以遏制的创作冲动，甚至达到了废寝忘食、日夜萦绕的地步。“无赖诗魔昏晓侵，绕篱欹石自沉音”——她在菊花诗中袒露心声。她不仅在结社时作诗，在日常生活中也以诗来诉说衷情，以诗来抒写内心，成为大观园中最高产的诗人。现代学者多用“诗的化身”“花魂诗魄”等词来形容林黛玉的这种诗人气质。[1]

充溢内心的诗情又让黛玉常带着一种诗人特有的直觉和颖悟。她的名篇《葬花吟》写道：

愿奴胁下生双翼，随花飞到天尽头。
天尽头，何处有香丘？
未若锦囊收艳骨，一抔净土掩风流。
质本洁来还洁去，强于污淖陷渠沟。
尔今死去侬收葬，未卜侬身何日丧？
侬今葬花人笑痴，他年葬侬知是谁？

春末夏初的明媚阳光里，林黛玉就提前为大观园里的群芳们写下了这篇关于青春和生命的祭文，字里行间透露的是对命运无常的深刻洞彻。这样一种绚烂的凄凉、亘古的惆怅，不正是作者笔下“万艳同悲，千红一哭”的无可奈何吗？

在这一点上，林黛玉的悟性是极高的，甚至超过贾宝玉，因为宝玉“心中怀着理想，不忍见到理想的幻灭。相形之下，黛玉心如明镜，一切早在她洞鉴之中”[2]。

与诗人气质相伴的则是文人品格。作者在塑造林黛玉时，不仅赋予她诗人的灵心慧性，还寄托了浓郁的文人情怀，把诸多富有文人情趣和品格的意象与她关联起来。

---

[1] “诗的化身”出自吕启祥《花的精魂　诗的化身——林黛玉形象的文化蕴含和造型特色》（《红楼梦学刊》1987年第3辑），“花魂诗魄”出自王海燕《花魂诗魄女儿心：林黛玉新论》（中国社会科学出版社2007年版），类似评价在当代学者中比较常见。

[2] 宋淇：《红楼梦识要——宋淇红学论集》，中国书店2000年版，第251页。

林黛玉的住所有“千百竿翠竹遮映”。在中国古典文学里，竹不仅代表了湘妃泪竹的悲情，也是文人刚直不阿的气节的表现。不仅如此，历来隐士多爱竹，中国历史上最具声名的“竹林七贤”就是以竹为象征的。所以“世外仙姝寂寞林”虽身处“花柳繁华地”，却偏偏居住在翠竹掩映的潇湘馆。

在诗社中，林黛玉的诗常被排在第二，唯有菊花诗一举夺魁。因为诸钗中她的性情最与菊花相通，也与同爱菊花的陶渊明相近。而菊花与陶渊明，一个为花，一个做人，全都落落寡合、卓尔不群，颇能代表文人的清高。

怡红院夜宴，林黛玉抽到的花签是芙蓉，这花也为文人所喜爱，并写下佳篇无数，赞扬其“出淤泥而不染，濯清涟而不妖”的品格。

由此可见，文人隐士的不慕功利、孤芳自赏、高洁率真，在林黛玉的身上都有明显体现，她甚至被学者称为“集文人审美之大成”[1]的女性形象。就连在情感的选择上，林黛玉也透着文人的孤高：

> 孤标傲世偕谁隐？

其实，她心中早已有了答案，或者说有了明确的期待，那就是和她同样具有文人气质的贾宝玉。

众所周知，宝黛之爱的精神基础是不说“混帐话”，即不抱有仕途经济的功利心。他们的这种价值观造就了抗拒主流的清高姿态。不过，这与其说是深思熟虑之后的选择，不如说是出自诗人的天性和文人的禀赋，是自然而然甚至无意识的选择。“不想建功立业，只想诗意地栖居在大地上。”[2]对这两个人，这样的形容不可谓不精辟。

因此，在世俗的价值体系中，贾宝玉“于国于家无望”，林黛玉则没有作为一名贤惠女性的“实用的品德”。尽管关于林黛玉在后四十回的结局，学术界仍存在种种猜测和争论，但是，她在世俗社会中终将走向悲剧却是无可争议的。

---

[1] 白鹿鸣：《林黛玉形象循绎》，《红楼梦学刊》2012年第2辑。

[2] 周月亮：《宝黛悲剧是人文知识者无路可走的悲剧——细读第三十二回（诉肺腑）、第三十四回（情中情）》，《红楼梦学刊》1999年第3辑。

三、薛宝钗：外静内明，随分从时

“写宝卿正是写人之笔”

《红楼梦》中，林黛玉和薛宝钗往往一起出现，在全书中所占篇幅也不相上下，这是作者有意为之的布局安排，称之为“用双笔”。第三回写到，贾母派人把幼年丧母的林黛玉接到自己身边。紧接着，第四回薛宝钗就跟随母亲和哥哥也来到了贾府。

在第五回开篇，两位女主人公便有了第一次对比描写。宝钗是“品格端方，容貌丰美”“行为豁达，随分从时”，黛玉则是“孤高自许，目无下尘”。大家私下里议论，说黛玉不如宝钗，对此黛玉心里多少有些“悒郁不忿”，宝钗却“浑然不觉”。这么一比较，贾府中就有不少人暗暗欣赏起宝钗来。

不过，在小说之外，读者们的看法却并非如此，其中，喜爱黛玉而诋毁宝钗的人占了绝大多数。究其原因，无外乎后四十回里，宝钗最终和宝玉完成了“金玉良姻”，拆散了宝黛的“木石前盟”，让这对有情人阴阳两隔。在小说其他情节中，宝钗也常被读者认为是理智过头的冷心肠，城府深又无趣，俨然一位迂腐的礼教卫道士。

但根据曹雪芹在第一回中批评才子佳人小说行文时“必旁出一小人其间拨乱”的观点，他不可能使宝钗沦入“拨乱小人”的俗套。实际上，《红楼梦》中的绝大多数人物都立体饱满，鲜活生动，可以说是撒豆成兵。[1]脂砚斋在第八回眉批中有“写宝卿正是写人之笔”的评价，认为宝钗是一众角色中最为真实立体的人。由于具有可贵的现实性，宝钗的人物形象反而要比其他人更崇高、更深刻。可见，曹雪芹在塑造薛宝钗这位《红楼梦》中重要的主角之一时，始终是以正面、积极的态度落笔的。这一点不可忽视。

---

[1] 参见白先勇：《白先勇细说红楼梦》，广西师范大学出版社 2017 年版，第 26 页。

既然曹雪芹无意贬低宝钗，也就不会使宝钗与黛玉处于正邪对立当中。但在着墨这两位才情风韵旗鼓相当、性格思想又截然不同的女孩子时，曹雪芹又十分巧妙地使用了画家的“阴阳笔法”。比如，对黛玉初进贾府时的排场极尽笔墨，而宝钗的出场仅用几句话轻描淡写地交代了原委；黛玉的所思所想通常直白地展现在小说中，一览无遗，而对宝钗则只有浮于外表的行为描写，其心理活动只能靠读者揣测。[1]

在“阴阳笔法”的刻画下，薛宝钗内在的一面被作者有意无意地藏了起来，加上时代背景和文化认同的距离感，读者往往不能深入地透视和了解这个人物。不过也正是基于这种“阴阳笔法”，曹雪芹笔下薛林两位女主人公，其风采始终难分伯仲，展现出了她们别具一格的美。

冷而香，静且明

薛宝钗的美和林黛玉大异其趣。第四回首次出场时，作者形容她“生得肌骨莹润，举止娴雅”，第八回从宝玉眼中看到的宝姐姐则“唇不点而红，眉不画而翠，脸若银盆，眼如水杏”，可以说是丰满却素雅，低调也大方。

和她清爽明朗的相貌相对应的，是她一贯清冷素雅的装扮。平常的穿着都“一色半新不旧”，又“最怕熏香”，也“从来不爱这些花儿粉儿的”，屋里用的还是“半旧的红绸软帘”，丝毫不露奢华派头。

其实，曹雪芹在描写薛宝钗时，是有意将其与“薛”的谐音“雪”这一莹洁脱俗的意象联系起来的。比如，宝钗的判词中有“金簪雪里埋”一句，《红楼梦曲》中以“山中高士晶莹雪”指代她，她所住的蘅芜苑“雪洞一般，一色玩器全无”，加上她长期服用“冷香丸”，活脱脱一位气质如雪的“冷美人”。

但宝钗之冷又并非无心世事的冷淡、冷漠，而是表现为一种贞静、含蓄的闺阁教养。从小在良好的家庭氛围浸润下成长，她总能待人有情、宽

---

［1］“用双笔”和“阴阳笔法”参见［清］张其信：《红楼梦偶评》，一粟编《红楼梦资料汇编》卷三，中华书局1964年版，第215—217页。

容随和。第三十二回，从宝钗对袭人说的一番话中，我们便能感受到她对史湘云生活境况艰难的细腻关照：

我近来看着云丫头神情，再风里言风里语的听起来，那云丫头在家里竟一点儿作不得主。他们家嫌费用大，竟不用那些针线上的人，差不多的东西多是他们娘儿们动手。为什么这几次他来了，他和我说话儿，见没人在跟前，他就说家里累的很。我再问他两句家常过日子的话，他就连眼圈儿都红了，口里含含糊糊待说不说的。想其形景来，自然从小儿没爹娘的苦。我看着他，也不觉的伤起心来。

这些细节，连从小服侍过湘云、感情比一般人更深厚的袭人都没有察觉。

第三十七回，大观园里开诗社，爱诗如命的湘云火急火燎地赶来，要做东请客，却没有考虑到自己在经济上的拮据。又是宝钗帮她出主意，安排了一场"又要自己便宜，又要不得罪了人"的螃蟹宴，同时，还不忘安慰湘云："我是一片真心为你的话。你千万别多心，想着我小看了你，咱们两个就白好了。"湘云当场表示，自己早已把宝钗当作亲姐姐一样看了。

第四十回，众姐妹和贾母、刘姥姥等在大观园行酒令，黛玉无心将禁书《西厢记》《牡丹亭》中的词说漏了嘴。事后，宝钗私下找到黛玉，以自己的成长经历教导她，女孩子千万不可因看杂书而移了性情。到第四十五回，宝钗去探黛玉的病，竟引出了黛玉一番肺腑之言：

你素日待人，固然是极好的，然我最是个多心的人，只当你心里藏奸。从前日你说看杂书不好，又劝我那些好话，竟大感激你。往日竟是我错了，实在误到如今。细细算来，我母亲去世的早，又无姊妹兄弟，我长了今年十五岁，竟没一个人像你前日的话教导我。怨不得云丫头说你好，我往日见他赞你，我还不受用，昨儿我亲自经过，才知道了。

黛玉向宝钗感慨，自己不是贾府"正经主子"，不便每日要燕窝调理身体，宝钗就从家里给她送燕窝，并宽慰她："你放心，我在这里一日，我与你消遣一日。你有什么委屈烦难，只管告诉我，我能解的，自然替你解一日。"

从这几件日常小事可知，宝钗体贴人情总在细微之处，不显张扬，恰到好处。无论是湘云或者黛玉，都发自内心地感念她的好。后来，黛玉和宝钗之间也确实亲密无间，情同姊妹。

当然，宝钗亲善以待的远不止这二人。宝玉挨打后，情急的宝钗还不忘托着药丸前去探望；身世可怜的香菱、岫烟等人也都切实感受过她的周到体贴；贾府上上下下几百号仆人，无不对她称颂。正如宝钗自言，"只愁我人人跟前失于应候罢了"。

清代评点家二知道人对此分析得极为恰当："宝钗外静而内明，平素服冷香丸，觉其人亦冷而香耳。"[1] 也就是说，在薛宝钗冷静沉稳的外表之下，她虽感情收敛，却能思虑周详，因而令她的内在品格散发出清明的芳香，不可不谓"外静内明"。

儒家中道智慧的化身

在太虚幻境钗黛合一的判词中，曹雪芹主要突出了宝钗之"德"。"停机德"出自《后汉书·列女传》，是对女性谨守妇德的褒扬。但宝钗的德行显然远不止大家小姐的淑女气质。作为读书明理的女孩子，她的身上还充分展现出传统儒家所信奉的理想人格。作者在第八回以"罕言寡语，人谓藏愚；安分随时，自云守拙"来形容宝钗。脂批认为"这方是宝卿正传"。其中，"藏愚""守拙"即意为处事低调，不露锋芒，口不妄言，行不逾矩。这是仁人君子才拥有的精神境界。

薛宝钗出身"丰年好大雪，珍珠如土金如铁"的金陵薛家。薛家不仅是权势显赫的皇商，更是"书香继世之家"。金陵官场流传的护官符上即道出，薛家先祖曾任紫薇舍人一职。紫薇舍人也就是中书舍人，是负责撰写

[1] [清] 二知道人：《红楼梦说梦》，一粟编《红楼梦资料汇编》卷三，中华书局1964年版，第92页。

朝廷封官授爵敕书的文官，担任该职位的往往是资望极高的文人。

宝钗曾对黛玉说：“我们家也算是个读书人家，祖父手里也爱藏书。”父亲在世时，因酷爱这个女儿，就命她读书识字。在儒家思想的熏陶影响下，宝钗将“藏愚”“守拙”作为自己的行为准则，尽可能地谨遵分寸，恪守中道，所谓“大智若愚”“大巧若拙”。因此我们看到，宝钗在贾府从不会刻意表现自己，很多时候都如凤姐所言，是“拿定了主意‘不干己事不张口，一问摇头三不知’”。但遇事时她也能宠辱不惊，表现出超越年龄的通透和稳重。

第十八回，元春回府省亲，面对皇家排场，宝钗照常平和应对，所题匾额“凝晖钟瑞”含蓄典雅，所作应制诗中“高柳喜迁莺出谷，修篁时待凤来仪”，用词用典既稳重得体又巧妙脱俗，得到元春的特别赏识。

第二十二回，贾府元宵猜灯谜，见贾政在席，生龙活虎的宝玉变得“唯唯而已”，本性孤僻的黛玉始终“不肯多语”，连活泼多话的湘云也“缄口禁言”，只有宝钗“原不妄言轻动，便此时亦是坦然自若”，这和她在第七十回所填词中“万缕千丝终不改，任他随聚随分”的内在精神一脉相承。脂砚斋在此忍不住夸宝钗“前三人之长并归于一身”。

凤姐病倒后，宝钗应王夫人之请协助李纨、探春理家，就很恰当地扮演了辅助者的角色，在贾府纷繁的人事上退居二线，又不时在旁提点探春，帮她分析利弊，使她不至有所疏漏。庚辰本第五十六回回目“时宝钗小惠全大体”以“时”这一字来评宝钗。脂批在该回回末也有评价：“宝钗认的真，用的当，责的专，待的厚，是善知人者，故赠以‘识’字。”指的都是宝钗懂得以中庸之道处理世俗事务的能力。

另一方面，对待男女感情，宝钗也一贯含而不露。对于癞头和尚的“金玉良姻”一说，宝钗本人表现得十分冷淡，平时就“总远着宝玉”。发现元春赏赐节礼，只有她和宝玉的一样，“心里越发没意思起来”。哥哥薛蟠因和她起争执，拿金玉之说激她，惹得她“满心委屈气忿”地哭了一整夜。只有一次，当看到宝玉被贾政打得奄奄一息，宝钗才难得地流露出些许少女真情，但她也很快意识到不妥，话“刚说了半句又忙咽住”。“发乎情，止乎礼”，这正是宝钗“清洁自厉”的精神所在。

曹雪芹在刻画薛宝钗形象的时候，为她在大观园的住处蘅芜苑做了特别布置。庭院中种植着无数香花异草，包括藤萝薜荔、茝兰、清葛、紫芸、青芷等，这些都是出自《楚辞》《文选》的香草。很明显，作者是有意将薛宝钗比作屈原笔下的“香草美人”，而屈原所谓“香草美人”，恰恰就是对君子贤人所具有的高洁人格、芬芳德行的赞美。

回顾薛宝钗首次出场时，作者给她的评价是“随分从时”。《孟子·万章下》里，孟子评价孔子时也用了这个“时”字。孟子认为：

> 伯夷，圣之清者也；伊尹，圣之任者也；柳下惠，圣之和者也。孔子，圣之时者也。孔子之谓集大成。

由此可见，“时”是一种集君子美德之大成于一身的理想人格。而曹雪芹笔下事事恰如其分的薛宝钗，一如脂砚斋言“待人接物，不疏不亲，不远不近。可厌之人亦未见冷淡之态形诸声色；可喜之人亦未见醴蜜之情形诸声色”，最能体现这个“时”字，无疑就是大观园里儒家中道智慧的化身了。

艳冠群芳，雪埋金簪

薛宝钗的智慧和通达，在当时的社会环境和文化背景下，的确是难能可贵的精神品格。不仅如此，她的腹有诗书、博学宏览，也是大观园中当仁不让的第一人。

姊妹们几次结社作诗，宝钗的“含蓄浑厚”“温雅沉着”总能与黛玉的“风流别致”“逸才仙品”平分秋色。

咏白海棠诗，仅从“珍重芳姿”四个字，宝钗的稳重端庄就展露无遗。“冰雪”“清洁”又很好地暗合了她冷静、淡然的性格。而“淡极始知花更艳”，历来被认为最能体现宝钗信奉的儒家价值观，也是她本人的一笔绝佳写照。

螃蟹宴上，宝钗一句“眼前道路无经纬，皮里春秋空黑黄”，从日常生活的极小细节里，一笔点出了世事大义，被众人奉为“食螃蟹绝唱”。

填柳絮词，宝钗又另辟蹊径，把暮春之际柳絮“轻薄无根无绊”的特质，用积极的笔调勾勒出来，完全没有陷入飘零、凄楚的哀伤情绪里。结尾“好风频借力，送我上青云”一句，反而能将其转化为自在、高洁的乐观追求，实在是不落俗套的典范，令众人拍案叫绝。

无怪乎脂砚斋评宝钗之诗才，会说她“全是自写身分，讽刺时事。只以品行为先，才技为末。纤巧流荡之词，绮靡秾艳之语，一洗皆尽。非不能也，屑而不为也”。

除了高明的诗才，宝钗对于佛学、戏曲、绘画、中医也都颇有研究。她能品《寄生草》中“赤条条来去无牵挂”的佛理哲思，也能引惠能大师“本来无一物，何处染尘埃”的名句回应宝黛的悟道之想。在惜春为画大观园图而头疼时，她竟能从起稿、结构、颜料、画器等角度提出许多切实的建议……如此种种，难怪贾府最高权威的当家人贾母要赞叹道：“千真万真，从我们家四个女孩儿算起，全不如宝丫头。”

更为难得的是，作为闺阁女子，宝钗不仅才华出众，思想也颇具深度。读者往往只记得她说女孩子“只该做些针黹纺织的事才是”，却忽略了她的一番高阔之谈：

> 男人们读书明理，辅国治民，这便好了。只是如今并不听见有这样的人，读了书倒更坏了。这是书误了他，可惜他也把书糟踏了，所以竟不如耕种买卖，倒没有什么大害处。

在宝钗看来，男人有机会施展抱负，却不能心怀理想，成为辅国治民的能人志士，那就是糟蹋了老祖宗书里的智慧。能有这番见识的，恐怕整部《红楼梦》里再也找不出第二个人了。

第六十三回怡红院“群芳开夜宴”时，宝钗抽到的花签是牡丹花，上有“艳冠群芳”四个字，以及一句唐诗“任是无情也动人”。

以牡丹花喻薛宝钗再合适不过，她稳重识大体，事无大小都“拿学问提着”，任何时候都不会失态。也正因为这样，才会被人看作是“无情”的宝姑娘。但曹雪芹在这里所要强调的，显然不是宝钗的“无情”，而是她德才兼备的“动人”，完全配得上“艳冠群芳”的评价。

事实上，宝钗处事时的含蓄浑厚，往往使人遗忘了她也只是个十几岁的少女，偶尔也会流露出天真率性的一面。第二十七回“宝钗扑蝶”一节，便展现了她天性中的童真。正如宝钗自己说过，“我也是个淘气的。从小七八岁上也够个人缠的”。当她发现自己不小心偷听到了小红的秘密，急中生智，金蝉脱壳，少女的机灵与慧黠跃然纸上。只此一笔，足可见曹雪芹笔下的薛宝钗是丰富的、灵动的，绝非“拘拘然一迂女夫子”，也无关陷害黛玉之心机。

可惜的是，如此灵动大方、艳冠群芳的少女，最终却落得个“金簪雪里埋”的悲剧结局。后四十回，嫁给宝玉后，宝钗的“停机德”并没有找到施展的舞台，表面上门当户对的“金玉良姻”不过是一场空。随着贾府落败，宝玉出家，宝钗的命运恰如她多年前所作的灯谜谜底——“更香”一样，在身心煎熬中独守空房，落寞终老。正应了那首名为“终身误”的《红楼梦曲》，令人唏嘘感慨，“到底意难平”。

四、史湘云：英豪阔大，霁月光风

金陵十二钗正册中，史湘云的身世最孤苦，但她却集天真、爽朗、乐观、热情、美貌、才情于一身，是大观园里难得的“开心果”。“真名士自风流”的湘云，有着其他女孩子没有的别样妩媚。

在第五回的《红楼梦曲》中，曹雪芹用“幸生来，英豪阔大宽宏量……好一似，霁月光风耀玉堂”来形容史湘云的性格。其中，“英豪阔大”喻示着她自在风流、不拘一格的洒脱，“霁月光风”则是借天气的皓朗来比喻她宽阔、磊落的胸襟，这两个词正是对史湘云这一人物的最佳注释。

侯门的千金，本家的孤儿

史湘云出身金陵四大家族之一的史家，是保龄侯尚书令史公的后人，也是史太君贾母的侄孙女。

和小说中其他贵族世家不同的是，史家的世袭爵位似乎并未在承袭中有所递降。第四十九回写道，“保龄侯史鼐又迁委了外省大员，不日要带了家眷去上任”。可见，史家到了第三代史鼐，仍袭着保龄侯的爵位。

第七十一回贾母生日，南安王太妃、北静王妃等诰命夫人前来庆贺，问起众小姐，贾母便让凤姐将湘云、宝钗、宝琴、黛玉和探春带过来。书中写道：

> 其中湘云最熟，南安太妃因笑道：“你在这里，听见我来了还不出来，还只等请去。我明儿和你叔叔算帐。”

王府太妃是皇亲国戚，地位比贾府高了不止一个等级。而南安太妃与湘云的言谈中却显得十分熟稔，所以，护官符所言的“阿房宫，三百里，住不下金陵一个史”并非杜撰。史家不仅是达官望族，而且家族延续至今，荣盛依旧。

金尊玉贵的湘云，本该像宝玉一样受到万般宠爱，可惜的是，她很小的时候就父母双亡，被寄养在了叔叔婶婶家。小说里虽然没有直接交代湘云平常的生活细节，但通过一些情节，读者也可以从侧面了解到她在家庭中的种种不幸福。

第三十二回，宝钗得知袭人请湘云帮忙做女红时，告诉袭人“云丫头在家里竟一点儿作不得主”，为了节约开销，史家大大小小的针线活都由太太、小姐亲自承担：

> 上次他就告诉我，在家里做活做到三更天，若是替别人做一点半点，他家的那些奶奶太太们还不受用呢。

虽说婶婶并非单单苛待湘云一人，但缺少父母的照料，湘云的处境的确充满辛酸。第三十六回还写道，史家打发仆人至贾府接湘云：

> 那史湘云只是眼泪汪汪的，见有他家人在跟前，又不敢十分委曲。少时薛宝钗赶来，愈觉缱绻难舍。还是宝钗心内明白，他家人若回去告诉了他婶娘，待他家去又恐受气，因此倒催他走了。……一时，回身又叫宝玉到跟前，悄悄的嘱道：“便是老太太想不起我来，你时常提着打发人接我去。”宝玉连连答应了。

书中诸如此类的细节还有很多，比如湘云想在大观园里做东结诗社，却被宝钗提醒：“一个月通共那几串钱，你还不够盘缠呢。这会子又干这没要紧的事，你婶子听见了，越发抱怨你了。”

不仅要像个仆人一样承担家中的大量劳动，经济上也捉襟见肘，寄人篱下的湘云总是有苦难言。只有来到贾府，住进大观园，她才能抛开生活的琐碎与烦恼，与姊妹们肆意顽笑，酣畅淋漓。

和同样失去双亲的林黛玉相比，史湘云的处境显然更加困窘。作为史家的千金小姐，就连史太君贾母也无法时时照顾她，只能隔段时间打发人接她到贾府小住一阵。随后，她又得回到她的侯门叔叔家，当回一个要看人脸色度日的孤儿了。

可以说，史湘云这个角色身上，既有着侯府千金的大家门风、诗学涵养，也交织着身不由己、孤苦无依的悲剧色彩，这使得湘云的人物形象更加惹人怜爱。

心直口快，坦荡豪迈

和湘云的身世处境正相反，她的性格却出奇的豪爽天真。曹雪芹不止一次运用“人未见形，先已闻声”的手法，来展现湘云心直口快的特点。

第二十回，史湘云第一次出场，作者先是轻描淡写交代了一句“亲戚中又有史湘云、林黛玉、薛宝钗等诸人”。紧接着，在宝玉与宝钗说笑间，有人通传称“史大姑娘来了”，二人连忙一齐去往贾母处，便见到了正在“大笑大说”的史湘云。这是湘云给读者留下的第一印象。

湘云爱说爱笑的性格贯穿了整部小说。

宝玉就曾说湘云“还是这么会说话，不让人”；宝钗对她也有“话口袋子”“疯湘云之话多”等评价；一向寡言少语的迎春都不忘打趣道“我就嫌他爱说话。也没见睡在那里还是咭咭呱呱，笑一阵，说一阵，也不知那里来的那些话”……

“极爱说话”的湘云给大观园里的姊妹们带来了无限的欢乐。但客观来说，在当时社会，闺阁女儿有如此开怀不羁的表现，是与端庄少言的传统妇德格格不入的，从这个角度看，湘云可谓是“红楼群钗中打破性别界限的第一人”[1]。

除了爱说笑，史湘云还有另一个突出的说话特点，就是爱“咬舌”。牙尖嘴利的林黛玉一听她喊宝玉“爱哥哥”，忙不依不饶地调侃道：

> 偏是咬舌子爱说话，连个“二”哥哥也叫不出来，只是“爱”哥哥“爱”哥哥的。回来赶围棋儿，又该你闹“幺爱三四五”了。

不过，湘云却不以为意，但她也不忘“还击”回去：

[1] 欧丽娟：《大观红楼 3：欧丽娟讲红楼梦》下卷，北京大学出版社 2018 年版，第 625 页。

> “专挑人的不好。你自己便比世人好，也不犯着见一个打趣一个。……这一辈子我自然比不上你。我只保佑着明儿得一个咬舌的林姐夫，时时刻刻你可听‘爱’‘厄’去。阿弥陀佛，那才现在我眼里!”说的众人一笑，湘云忙回身跑了。

这两个能说会道的女孩子打起嘴仗来，简直精彩得不得了！可以看到，咬舌的缺陷并没有让湘云羞于言语，欲说还休，她反而能顺其自然，甚至更加活泼机灵，这一来，缺点成了特点，湘云洒脱爽朗的性格跃然纸上。

值得注意的是，湘云虽然快人快语，却绝不会只为发泄情绪而胡言乱语。宝琴初到贾府，湘云好意提醒道：

> 你除了在老太太跟前，就在园里来，这两处只管顽笑吃喝。到了太太屋里，若太太在屋里，只管和太太说笑，多坐一回无妨；若太太不在屋里，你别进去，那屋里人多心坏，都是要害咱们的。

说得大家都笑了。只有宝钗观察入微，心思缜密，坦言相告：“说你没心，却又有心；虽然有心，到底嘴太直了。”确实，湘云这番话听起来没遮拦，实则是“有心”对初来乍到的“新人”坦率道出事实。

同样的情况也发生在邢岫烟身上。宝玉、宝琴生日当天，袭人说出平儿也是同一天生日，湘云发现大家忽略了邢岫烟的生日也在这一天，就开玩笑说，应该让宝玉、宝琴、岫烟和平儿“四个人对拜寿，直拜一天才是”。不经意一句话，便让客居贾府的邢岫烟感到了温暖。

此前，第五十七回中，邢岫烟受下人欺负，无奈将衣物拿去典当。这件事被姊妹们知道了。黛玉悲观感性，由此生发了“物伤其类”的感叹。湘云却因此“动了气”，愤愤不平地表示：“等我问着二姐姐去！我骂那起老婆子丫头一顿，给你们出气何如?”被宝钗拦住后，又说要将岫烟接来一起居住，以免她再受欺负。

这种不拘泥于个人喜怒好恶的心直口快，甚至还带着维护正义、扶弱济贫的侠客气质，正是出于史湘云内心的正义感和是非观。她坦荡豪迈的性格，即在她直率而真诚的言语中一一呈现在读者眼前。

名士风流的“诗疯子”

第四十九回，大雪天里，李纨要招呼众姊妹商议作诗赏雪的事，大家齐聚稻香村，只见：

> 一时史湘云来了，穿着贾母与他的一件貂鼠脑袋面子大毛黑灰鼠里子里外发烧大褂子，头上带着一顶挖云鹅黄片金里大红猩猩毡昭君套，又围着大貂鼠风领……里头穿着一件半新的靠色三镶领袖秋香色盘金五色绣龙窄裉小袖掩衿银鼠短袄，里面短短的一件水红妆缎狐肷褶子，腰里紧紧束着一条蝴蝶结子长穗五色宫绦，脚下也穿着麀皮小靴，越显的蜂腰猿臂、鹤势螂形。众人都笑道：“偏他只爱打扮成个小子的样儿，原比他打扮女儿更俏丽了些。”

如此细致入微的一段女扮男装的白描，史湘云不拘一格的装扮和她“蜂腰猿臂、鹤势螂形”的轻捷姿态相互映衬，栩栩如生，使读者仿佛真的见到了一位俏丽“公子”。

若只说她是十足男子气概，又掩盖了她娇俏的女性之美，林黛玉用“小骚达子”形容她，惟妙惟肖。

如此一位豪爽、豪放的公侯小姐，在大观园群芳中别具一格，她的英气勃勃、倜傥风流最是兼具两性之美。这一点也直接表现在她的行为举止上。

刘姥姥二进荣国府后，黛玉讥笑刘姥姥为“母蝗虫”，说惜春的画要起个名字就叫《携蝗大嚼图》。众姊妹都笑得前仰后合，湘云更甚，她全身伏在椅子背儿上大笑，只听“咕咚”一声，那椅子“两下里错了劲……连人带椅都歪倒了”。

宝玉庆生宴上，众人行令，湘云直言，还是“拇战”简断爽利，合了自己的脾气，“我不行这个‘射覆’，没的垂头丧气闷人”。可听到香菱“射覆”答不上来，她又悄悄说与答案，结果被黛玉揭发，湘云恨得“拿筷子敲黛玉的手”。而后，她又“和宝玉‘三’‘五’乱叫，划起拳来”。

小说中还有两次，作者特特描写了湘云的睡姿。

第二十一回，宝玉一早去黛玉屋里，看到她和湘云还睡着。湘云“一把青丝拖于枕畔，被只齐胸，一弯雪白的膀子撂于被外”。这睡态虽不似淑女的优雅，却显得率意自然。

第六十二回，湘云在席上喝醉了酒，独自跑开去，被小丫头看到，竟醉卧在青石板凳上：

> 说着，都走来看时，果见湘云卧于山石僻处一个石凳子上，业经香梦沉酣，四面芍药花飞了一身，满头脸衣襟上皆是红香散乱，手中的扇子在地下，也半被落花埋了，一群蜂蝶闹穰穰的围着他，又用鲛帕包了一包芍药花瓣枕着。……湘云口内犹作睡语说酒令，唧唧嘟嘟……

湘云如此随性酣饮，怡然沉梦，完全不在意世人眼光，令人又觉可爱，又觉可笑，相较魏晋名士的逍遥洒脱一点儿不差。

与这可爱、憨态的睡姿相比，在芦雪广吃鹿肉的湘云又是另一番自在风流，浑然天成。黛玉调侃狼吞虎咽的众人为“叫花子”，要为芦雪广“遭劫”一大哭，湘云当即回应道：

> 你知道什么！“是真名士自风流”，你们都是假清高，最可厌的。我们这会子腥膻大吃大嚼，回来却是锦心绣口。

后来，“真名士自风流”的湘云果然在即景联句中独占鳌头，以一己之力对战宝钗、宝琴、黛玉三人。尽管她自嘲“不是作诗，竟是抢命呢”，但爱诗到如此地步，湘云“诗疯子”的性格在这一回里也展露无遗。

湘云对于作诗有着极大的热情，这一点在小说前回中已有交代。

大观园第一次成立海棠诗社，湘云在家听说，“急的了不的”，直抱怨众人不提前请她来。次日她就赶着来了，兴冲冲一口气作了两首诗，“众人看一句，惊讶一句，看到了，赞到了”。可见，论诗才，史湘云丝毫不逊色于林、薛二人。

香菱满心想学诗，去请教湘云，这一下湘云“越发高了兴，没昼没夜高谈阔论起来”，被宝钗笑话“我实在聒噪的受不得了。一个女孩儿家，只管拿着诗作正经事讲起来”。

更经典的情节在第七十六回。中秋夜湘云与黛玉在凹晶馆联诗，凭借“寒塘渡鹤影”一句，几乎要让黛玉搁笔认输，挖空心思只对了半句“冷月葬诗（花）魂”，便后力不继。

黛玉爱诗，多在凭栏寄怀，伤春悲秋；湘云爱诗，则在诗性驰骋，清逸风流。

湘云的诗词中，时常表露出珍惜时光、热爱人生的积极态度，如“秋光荏苒休辜负，相对原宜惜寸阴”“且住，且住！莫使春光别去”等，这也是她豁达心胸的表现之一。

可叹乐中悲，难得悲中乐

令人叹息的是，气质坦荡、心胸宽广、充满乐观精神的史湘云，最终难逃命运的悲剧。

关于史湘云的结局，学术界较为一致的认可是，应该与“因麒麟伏白首双星”这一回目名有所关联。

然而，曹雪芹并未写完全书，所谓“白首双星”到底所指何意，小说前八十回中也没有再做交代。从脂砚斋第三十一回回后总评的内容推测，麒麟这一伏笔指的是史湘云与卫若兰的姻缘。第十三回秦可卿送殡队伍里出现过这位世家公子，如此看来，史卫联姻也颇有可信度。

第五回《红楼梦曲·乐中悲》中，“厮配得才貌仙郎，博得个地久天长，……终久是云散高唐，水涸湘江”几句，作者很可能是在暗示史湘云出嫁后不幸早夭的结局。但后四十回续书中，史湘云的命运却是婚后不幸青春守寡，虽未殒命，其凄凉悲哀也并未减少分毫。

作为诗书名门的千金，史湘云从小受到极好的教育，深谙人情事理，却又能够跳脱出命运的阴影，始终以磊落的心态面对生活的坎坷。在她身上，我们不难看到“世界以痛吻我，我却报之以歌”的豁达。她的美，既是心直口快、坦荡豪迈的侠客气质，也是“越名教而任自然”的名士风流，更是兼具男性之爽利与女性之妩媚的独特风格。

这样的史湘云，给予读者面对命运之黑暗的力量，她也因此成为《红楼梦》里能够令每位读者都喜爱的女儿角色。

五、王熙凤：逸才逾蹈，脂粉英雄

许多读者对王熙凤的第一印象，都是林黛玉进贾府时未见其人先闻其声的泼辣爽利。其实，在前回冷子兴演说荣国府就曾提到过王熙凤，称她“模样又极标致，言谈又爽利，心机又极深细，竟是个男人万不及一的”。这一评价可以说是比较全面中肯的。秦可卿临终托梦时也称她为“脂粉队里的英雄”。

曹雪芹笔下“裙钗一二可齐家”，一个说的是心怀“补天”之志的三姑娘探春，另一个说的就是这位被脂砚斋评为“逸才逾蹈”的“凤辣子”。“逸才”是指她才干超群，“逾蹈”则带有邀功外露之意。王熙凤精明强干、说一不二，又奸险狠毒、口蜜腹剑。一个如此充满张力的少妇形象，令人不禁感慨“恨凤姐，骂凤姐，不见凤姐想凤姐”[1]。

男儿教养出的女强人

小说第三回，作者借林黛玉的眼睛看凤姐，写出了一位和《红楼梦》其他金钗截然不同的美人形象：

> 这个人打扮与众姑娘不同：彩绣辉煌，恍若神妃仙子。头上戴着金丝八宝攒珠髻，绾着朝阳五凤挂珠钗；项上带着赤金盘螭璎珞圈；裙边系着豆绿宫绦双衡比目玫瑰珮；身上穿着缕金百蝶穿花大红洋缎窄褃袄，外罩五彩刻丝石青银鼠褂；下着翡翠撒花洋绉裙。一双丹凤三角眼，两弯柳叶吊梢眉，身量苗条，体格风骚。粉面含春威不露，丹唇未启笑先闻。

从服饰看，凤姐的美是绚烂缤纷、浓墨重彩的；从体貌看，“丹凤三角眼”“柳叶吊梢眉”，有别于传统美女的柔弱妩媚，反添了精明干练的神态；从

[1] 王昆仑：《红楼梦人物论》，北京出版社 2004 年版，第 152 页。

气势看，凤姐的“体格风骚”“含威不露”，则具有张扬奔放的侵略性。这段描写正渲染了她身上少脂粉气而多豪侠气的阳刚特质。

《红楼梦》里众多女儿，只有两位是被家里“充男儿教养”的，一位是林黛玉，另一位就是王熙凤。在古代，女子小时候主要学习女红，奉行“女子无才便是德”，男子则需要学习治国齐家之要义。自小被“充男儿教养”，使得王熙凤比一般女儿有更广泛的生活阅历，也在为人处事上更具才能。

王熙凤出身“东海缺少白玉床，龙王来请金陵王”的王家。王家的富有从护官符中已可窥得。第十六回说起当年接驾之事，凤姐之言又可佐证。凤姐道：“那时我爷爷单管各国进贡朝贺的事，凡有的外国人来，都是我们家养活。粤、闽、滇、浙所有的洋船货物都是我们家的。”

也难怪她小小年纪就见闻广博。第四十回曾提到，凤姐“纱罗也见过几百样”，这都是凤姐治家理财的重要倚仗。同时，从小的历练也令凤姐养成了举止大方、泰然从容的气质。比如，第十四回秦可卿的丧礼上，曹雪芹通过描写妯娌们“羞口”“羞脚”的种种姿态，反衬出了凤姐得体自若的气韵。

有意思的是，这样一位“托生在诗书大宦名门之家”的小姐——《红楼梦》中唯一拥有“学名”的女性——却并不能知书识字，连平日里念花名册的活儿都是由下人彩明完成，宝玉也偶尔被她叫去抄写帐目。

后来，探春理家时，宝钗曾说过一句至理名言：“学问中便是正事。此刻于小事上用学问一提，那小事越发作高一层了。不拿学问提着，便都流入市俗去了。”尽管宝钗不是在明说凤姐，却很难不让读者联想到这位大字不识几个的贾府大管家，而这也恰好解释了，凤姐虽有女强人之才，巾帼不让须眉，却终免不了“流入市俗”的原因。

心灵口利，八面玲珑

王熙凤的姑母王夫人是荣国府二老爷贾政的妻子，凤姐嫁进贾府，成为大老爷贾赦之子贾琏的妻子，是亲上作亲。入府后，凤姐就一直跟着贾琏在贾政那边住着，夫妇二人共同协助贾政和王夫人管理家事。

作为贾府极为年轻的主事孙媳妇，聪明俊俏、伶牙俐齿的凤姐深得“老祖宗”贾母宠爱。贾府下人周瑞家的曾形容凤姐：

> 这位凤姑娘年纪虽小，行事却比世人都大呢。如今出挑的美人一样的模样儿，少说些有一万个心眼子。再要赌口齿，十个会说话的男人也说他不过。

确实，凤姐的口才最是精彩。任何场合只要有了凤姐，气氛就活跃了起来，她在各种场合说的话都切实表现出她的聪明、心眼多。尤其，她又最会博贾府最高权威的老太太欢心。在贾母面前，凤姐的伶俐诙谐每每令人拍案叫绝。

贾赦要讨鸳鸯做妾，贾母得知后着实生了一场气，一大家子都被吓得大气不敢出。这时，凤姐出面缓和气氛，一句“谁教老太太会调理人，调理的水葱儿似的……我幸亏是孙了媳妇，若是孙了，我早要了”，终于让老太太开怀。之后，陪贾母打牌时，凤姐又故意输钱赖账，哄贾母开心：

> 薛姨妈笑道：“果然是凤丫头小器，不过是顽儿罢了。”凤姐听说，便站起来，拉着薛姨妈，回头指着贾母素日放钱的一个木匣子笑道：“姨妈瞧瞧，那个里头不知顽了我多少去了。这一吊钱顽不了半个时辰，那里头的钱就招手儿叫他了。只等把这一吊也叫进去了，牌也不用斗了，老祖宗的气也平了，又有正经事差我办去了。”话说未完，引的贾母众人笑个不住。偏有平儿怕钱不够，又送了一吊来。凤姐儿道：“不用放在我跟前，也放在老太太的那一处罢。一齐叫进去倒省事，不用做两次叫箱子里的钱费事。”贾母笑的手里的牌撒了一桌子，推着鸳鸯，叫：“快撕他的嘴！”

还有一次，在第五十四回的荣国府元宵宴上，作者描写了一段“王熙凤效戏彩斑衣”：

> 薛姨妈笑道："你少兴头些，外头有人，比不得往常。"凤姐儿笑道："外头的只有一位珍大爷。我们还是论哥哥妹妹，从小儿一处淘气了这么大。这几年因做了亲，我如今立了多少规矩了。便不是从小儿的兄妹，便以伯叔论，那《二十四孝》上'斑衣戏彩'，他们不能来'戏彩'引老祖宗笑一笑，我这里好容易引的老祖宗笑了一笑，多吃了一点儿东西，大家喜欢，都该谢我才是，难道反笑话我不成？"贾母笑道："可是这两日我竟没有痛痛的笑一场，倒是亏他才一路笑的我心里痛快了些，我再吃一钟酒。"

难怪清代评点家二知道人评价："能开媪之笑口者，熙凤一人耳。"[1]

关于凤姐对贾母的逢迎讨好，有人认为是她善于在偌大贾府抓住最有利于自己的一环，使贾母成为她理家的最大靠山。但平心而论，凤姐对贾母的感情也是出于真心。贾母晚年别无他求，只想儿孙承欢膝下，凤姐则总能打起精神，发挥自己的诙谐才能，哄得贾母开怀不已，这不能不算是诚心孝顺。

另有件事值得一说，第四十五回，大观园里姊妹们起诗社，大家去找凤姐筹钱，寻了个冠冕堂皇的理由，让她来当"监社御史"。凤姐早看破了，笑道：

> "你们别哄我，我猜着了：那里是请我作监社御史，分明是叫我作个进钱的铜商！你们弄什么社，必是要轮流作东道的。你们的月钱不够花了，想出这个法子来拘了我去，好和我要钱。可是这个主意？"一席话说的众人都笑起来了。
>
> 李纨笑道："真真你是个水晶心肝玻璃人。"

凤姐虽不擅作诗，但世事洞明。李纨追问，姊妹们的诗社她到底管不管，

[1] [清] 二知道人：《红楼梦说梦》，一粟编《红楼梦资料汇编》卷三，中华书局 1964 年版，第 88 页。

她答说："这是什么话，我不入社花几个钱，不成了大观园的反叛了？"

可见，"上头三层公婆，中有无数姊妹妯娌"，在贾府这张长幼、尊卑、亲疏、嫡庶错综复杂的关系网中，凤姐若没有见风使舵、八面玲珑的性格，恐怕也难于应对，稳坐理家之位。

不过，凤姐也非草木之人。她对丈夫贾琏亦有真情，两人闺房中不乏趣味，丈夫远行她也是百般牵挂。而她待宝玉、黛玉等姊妹兄弟，同样心存怜爱，倍加呵护。对于宝黛之情，她心中有数，既不时戏谑，又发自肺腑地关心。唯一和她投缘的贴心人秦可卿去世，她更是"眼泪恰似断线之珠，滚将下来"。以上这些，既可以说是凤姐善于处理家族内多方关系，事事周全，又实在是她真情真意的另外一面。凤姐的鲜活生动在《红楼梦》中堪称第一。

精明强干，贪权好利

第十二回，宁国府的重孙媳妇秦可卿突然去世，尤氏旧疾复发，丧礼事宜无人料理，贾珍来荣国府求邢王二夫人，借凤姐暂理宁国府：

> 从小儿大妹妹顽笑着就有杀伐决断，如今出了阁，又在那府里办事，越发历练老成了。我想了这几日，除了大妹妹再无人了。

这绝非贾珍的恭维之词。接下来，凤姐的杀伐决断在协理宁国府一段展现得淋漓尽致。凤姐一到宁国府，便马上梳理出了府上的一系列问题：

> 头一件是人口混杂，遗失东西；第二件，事无专执，临期推委；第三件，需用过费，滥支冒领；第四件，任无大小，苦乐不均；第五件，家人豪纵，有脸者不服钤束，无脸者不能上进。

一个左不过二十岁的青春少妇，竟能在如此短时间里切中要害，充分显示了凤姐的精明干练。此后，在她雷厉风行的铁腕整治之下，家下仆人们按时点卯、专人专岗、分毫不差，但凡有所差池，一概严惩不贷。

之前，宁国府下人们觉得凤姐是个脸酸心硬的烈货，荣国府的仆从也私下里说她“待下人未免太严些个”。可在协理宁国府的这段日子里，凤姐不讲情面、不避锋芒的行事，把宁荣二府都“筹画得十分的整肃”，却也令“合族上下无不称叹”，真的应了那句“脂粉须眉齐却步，更无一个是能人”的评价。

丧礼之后，在第十五回，发生了一件要紧事，即“王凤姐弄权铁槛寺”。水月庵老尼净虚来求凤姐摆平一桩两家争一女的婚姻官司，凤姐先是推脱：“我也不等银子使，也不做这样的事。”结果，在净虚的激将外加奉承之下，她“越发受用”，竟瞒着王夫人和贾琏，冒充贾琏之名，托长安节度使从中活动，造成了两桩人命案，凤姐却坐享了三千两银子。作者写道，“自此凤姐胆识愈壮，以后有了这样的事，便恣意的作为起来”。

脂批在该回有两处批语，寥寥数字，却是对凤姐精妙的一笔勾勒。一处在凤姐听闻这桩风月官司后笑道：“这事倒不大。”脂砚斋批为“五字是阿凤心迹”。另一处在凤姐答应办事，净虚一路奉承话后，脂砚斋批为“总写阿凤聪明中的痴人”。

凤姐的逞强好胜在协理宁国府时已经展露，她对仆从立威的同时唯恐落人褒贬，自己也是费尽精神，日夜不暇，“茶饭也没工夫吃得，坐卧不能清净”。到弄权铁槛寺，更变本加厉，甚至说出了：“你是素日知道我的，从来不信什么是阴司地狱报应的，凭是什么事，我说要行就行。”

所以脂砚斋要说她“聪明中的痴人”，比别人都能干的凤姐也是有致命缺点的。弄权铁槛寺一段，写凤姐自恃，逞威弄权，谋财害命，又是她杀伐决断的另一种体现，令人不禁汗毛竖立。

机关算尽，反为聪明累

凤姐手上的人命官司还有一桩，在更早的时候。

从第十一回，宁国府摆庆寿宴，贾瑞在会芳园见到风情万种的王熙凤，便起了淫心。面对贾瑞的挑逗，凤姐感到了被冒犯，这对从小接受名门之家正统教育的女性来说，显然是不可忍受的。再加上凤姐的性格又是如此泼辣狠毒，到第十二回，凤姐就想了一出“毒设相思局”的计谋，联合贾蓉、贾蔷狠狠收拾了贾瑞一通，最后还在贾瑞病入膏肓时落井下石，将他置之死地。

贾瑞之死，他自己固然要负主要责任，而凤姐从头到尾心机深重、残酷无情的情态也暴露无遗。贾瑞垂死之际，王夫人要凤姐找些人参给他送去，“救人一命，也是你的好处”。偏偏凤姐不信这些。觊觎她的好色之徒，她当然视之如蝼蚁草芥，死不足惜。

第四十四回，贾琏在凤姐生日当天，在家中和鲍二家的偷情，被凤姐当场抓获：

> 这里凤姐见平儿寻死去，便一头撞在贾琏怀里……贾琏气的墙上拔出剑来，说道：“不用寻死，我也急了，一齐杀了，我偿了命，大家干净。”……凤姐儿见人来了，便不似先前那般泼了，丢下众人，便哭着往贾母那边跑。此时戏已散出，凤姐跑到贾母跟前，爬在贾母怀里，只说：“老祖宗救我！琏二爷要杀我呢！”

这一出酸凤姐泼醋，一直闹到了贾母那里，最后由贾母出面平息了下来。但经凤姐这么一闹，鲍二家的回去之后竟上吊死了，她的娘家人来贾府闹事，作者怎么写凤姐的反应呢？

> 凤姐儿道：“我没一个钱！有钱也不给，只管叫他告去。也不许劝他，也不用镇吓他，只管让他告去。告不成，倒问他个‘以尸讹诈’！”

这是活脱脱一个“凤辣子”！可是，反观贾府这些子侄的行为举止又能看到，作者在此着墨凤姐的心计和毒辣，恰是从侧面描绘了贾府的末世景象。府中不肖子孙又何止贾瑞和贾琏，也正因此，作者才在忏悔中发出了“金紫万千谁治国”的感慨。

这些事之后，作者继而写了凤姐拿着贾府官中的月例银子去放高利贷，从中牟利，这件事当然也是瞒着王夫人和贾琏的。在小说第十六、三十九回等情节中，都可以看到关于凤姐放高利贷的描写。

第十六回，来送利钱的旺儿嫂子撞上了贾琏，幸得伶俐的平儿掩饰才没让贾琏发现：

> 平儿笑道："那里来的香菱，是我借他暂撒个谎。奶奶说说，旺儿嫂子越发连个成算也没了……奶奶的那利钱银子，迟不送来，早不送来，这会子二爷在家，他且送这个来了。幸亏我在堂屋里撞见，不然时走了来回奶奶，二爷倘或问奶奶是什么利钱，奶奶自然不肯瞒二爷的，少不得照实告诉二爷。我们二爷那脾气，油锅里的钱还要找出来花呢，听见奶奶有了这个梯己，他还不放心的花了呢。"

对凤姐的这一行为，袭人表示了不理解："难道他还短钱使，还没个足厌?"而上文中平儿的一番话则道出了凤姐理家的难处。

此时贾府已处于外强中干的境地，表面看似繁花似锦，其实底子里早已被淘空，陷入了入不敷出的地步。一方面，贾府已没有可靠子孙为家族开源；另一方面，贾母尚在，庞大的世家大族还要按旧例维持体面，节流也不可能实现。

面对这样的困境，不能"拿学问提着"，又争强逞能、独断专行的王熙凤，只有将月例银子拿出去放贷来赚取一定的利润，延缓贾府衰败的进程。

然而，这样的筹谋绝非上策，这些弄权枉法之事后来在贾府抄家时统统被拿来作为罪证，王夫人将荣国府的理家大权交托给凤姐，也为贾府带来了覆灭的厄运。

曹雪芹在最初给凤姐的判词中写道："凡鸟偏从末世来，都知爱慕此生才。"对于凤姐这只凡鸟（繁体即写作鳯）来说，她的身上有许多男人所不及的本领，却也流露着斗智逞才、桀骜自恃、贪财好利的势利和俗气。她将真心托付给青春伴侣贾琏，却没能求得一生一世一双人的美好结局，在将尤二姐赚入大观园并最终将其逼死之后，凤姐的悲剧命运也已无可逆转。

但实际上，凤姐在贾府也有难于对外人道的软弱和苦楚，一生无子的她在人前也不得不"恃强羞说病"。而她以"裙钗一二可齐家"的理家才干试图捍卫大厦将倾的贾府，却还是没能扭转衰败的命运，枉费了"意悬悬半世心"，自己也落得"哭向金陵事更哀"的凄凉下场。

六、贾母：严君慈母，爱公而溥

《红楼梦》故事开始时，贾府正处于“烈火烹油、鲜花着锦之盛”，但衰败的伏笔早已埋下，其中最主要的原因，就是子孙后代无人可以继业，即便是精明能干的王熙凤也无力挽回。幸而贾府还有一位德高望重的“老祖宗”贾母。

作为贾府的当家主母，贾母在家族中拥有绝对的话语权，她凭借自身的丰富阅历与卓越才干，凝聚着这个末世之中的庞大家族，在一定程度上延缓了其衰败的进程。到晚年时，这位“老祖宗”又以静水流深的智慧，一力摆脱各方的束缚，尽情享受天伦之乐，成为大观园众女儿坚实的避风港。

贾府真正的主心骨

贾母是金陵世勋史侯家的小姐，属于史家的第二代人物，人称史太君。作为四大家族联姻的第一人，她嫁入贾府，成为荣国公贾源的儿媳，贾家第二代贾代善的妻子。

丈夫去世之后，按照宗法制社会的伦理传统，贾母作为寡母，就被奉为家中最受尊敬的“老祖宗”，不仅得到后代的孝顺奉承，在贾府也具有不可撼动的最高权力。贾母曾对儿孙说：

> 我进了这门子作重孙子媳妇起，到如今我也有了重孙子媳妇了，连头带尾五十四年，凭着大惊大险千奇百怪的事，也经了些……

在如此长一段时间里，管理着偌大一个家族，并在家内诸多矛盾和利害冲突之间能够左右逢源，这充分显现出贾母独到的人生智慧和不凡的才情。

第五十四回，贾母与众人听戏时，有一段对才子佳人故事的精彩批评：

> 贾母笑道：“这些书都是一个套子，左不过是些佳人才子，最没趣

儿。把人家女儿说的那样坏，还说是佳人，编的连影儿也没有了……只一见了一个清俊的男人，不管是亲是友，便想起终身大事来，父母也忘了，书礼也忘了，鬼不成鬼，贼不成贼，那一点儿是佳人？……这样大家人口不少，奶母丫鬟服侍小姐的人也不少，怎么这些书上，凡有这样的事，就只小姐和紧跟的一个丫鬟？……编这样书的，有一等妒人家富贵，或有求不遂心，所以编出来污秽人家。再一等，他自己看了这些书看魔了，他也想一个佳人，所以编了出来取乐。何尝他知道那世宦读书家的道理！别说他那书上那些世宦书礼大家，如今眼下真的，拿我们这中等人家说起，也没有这样的事，别说是那些大家子。”

贾母的观点和小说第一回曹雪芹批才子佳人小说的观点如出一辙。正因为出身诗礼大家，才熟知这样的人家对子女的教育十分看重，礼教可谓严苛，绝不可能出现私订终身、弃父母与家庭于不顾的情况。这也是世家之德的重要表现。

评说一段戏文，即能窥得贾母不俗的见识，这位“老祖宗”的智慧在生活的方方面面都有所体现。

比如说，贾母喜欢模样爽利、能言善道的女孩子，这是贾府上下都知道的，她身边的鸳鸯、晴雯等丫鬟都是如此。没想到她挑选孙媳妇的标准竟也是如此：

不管他根基富贵，只要模样配的上就好……便是那家子穷，不过给他几两银子罢了。只是模样性格儿难得好的。

这一择偶观念和一般人想象中的贵族大家长做派截然不同，贾母更看重女孩子的品格，而不太关注物质条件。另外，关于子孙后代的尊礼守法，贾母的态度也十分明确：

凭他们有什么刁钻古怪的毛病儿，见了外人，必是要还出正经礼数来的。若他不还正经礼数，也断不容他刁钻去了……若一味他只管没里没外，不与大人争光，凭他生的怎样，也是该打死的。

贾母的博爱宽和令她在非正式场合对子孙极为宽容，更愿意看到他们不受拘束的样子，尤其是对宝黛二人，近乎宠溺，但也要求家中后代要谨守礼教，不能逾矩，令家族丢了颜面。第三十八回，王夫人笑称贾母将凤姐惯的“越发无礼”，贾母却回说：

我喜欢他这样，况且他又不是那不知高低的孩子。家常没人，娘儿们原该这样。横竖礼体不错就罢，没的倒叫他从神儿似的作什么。

家规严明，又能疼顾子孙，这是贾母的治家之道。半个世纪里，她始终是统摄整个家族、维系百年家风于不坠的严君。即便已将理家大政交托给儿媳王夫人及孙媳王熙凤，她也并非一味高乐的昏聩老人。实际上，她还是贾府真正的掌舵人，整个贾府的事务在她心里如明镜一般。一旦有重大事件发生，她仍然能够雷厉风行，杀伐决断。

第七十三回，在探春理家期间，发生了一件意外之事。宝玉的怡红院里，大半夜闹了一出贼人跳墙。是不是真有贼人虽未可知，但却由此牵引出了大观园内聚众赌博的现象。事发之后，贾母先是一针见血地对探春指出问题的严重性：

你姑娘家，如何知道这里头的利害。……其中夜静人稀，趋便藏贼引奸引盗，何等事作不出来。况且园内的姊妹们起居所伴者皆系丫头媳妇们，贤愚混杂，贼盗事小，再有别事，倘略沾带些，关系不小。这事岂可轻恕。

而后，贾母亲自出面，第一时间以雷霆手段展开清查，整治赌博之风，并毫不留情地驳回了探春、宝钗、黛玉等人为迎春乳母求情的请求，表示“你们别管，我自有道理”。

> 贾母命即刻查了头家赌家来，有人出首者赏，隐情不告者罚。
>
> 林之孝家的等见贾母动怒，谁敢狗私，忙至园内传齐人，一一盘查。……贾母便命将骰子牌一并烧毁，所有的钱入官分散与众人，将为首者每人打四十大板，撵出，总不许再入；从者每人打二十大板，革去三月月钱，拨入圊厕行内。又将林之孝家的申饬了一番。

其实，家里那些有头有脸的老仆人仗势生事，贾母"都是经过的"，凤姐病倒，府中乱象丛生，她也有所耳闻。平日里，她睁一只眼闭一只眼，可一旦威胁到孙儿们的生活，她就会立刻出手，毫不手软。

还有一件事，也可例证贾母在家中的威望。第七十四回提到，贾琏和鸳鸯合计把贾母的金项圈拿出去典当，换取银子贴补家里开销。表面看起来，连贴身丫鬟都能联手孙子背叛她，实际上，从平儿口中，读者才得知了事情的真相：

> 平儿笑道："这也无妨。鸳鸯借东西，看的是奶奶，并不为的是二爷。一则鸳鸯虽应名是他私情，其实他是回过老太太的。老太太因怕孙男弟女多，这个也借，那个也要，到跟前撒个娇儿，和谁要去，因此只装不知道。"

由此可知，贾母平时不过问府内事务，更多的是为了维持府内表面的平和，顾及彼此的面子。府中人口众多，难免一碗水端不平。"身经百战"的贾母选择用这样的方法来回避矛盾，又能帮到家里执事之人，实在是高明至极。

除此之外，贾母的治家手段还体现在知人善任等方面。在宝玉身边跟着伺候的"贤"袭人、黛玉身边使唤的"慧"紫鹃，都是贾母拨给他们的，可见她看人之准。

在后四十回贾府被抄家之时，贾母沉稳不惧，将自己"做媳妇到如今积攒的东西都拿出来"，分给众人，帮贾府度过了最艰难的时刻。直到这时读者才发现，贾母的理财手段比凤姐、探春有过之而无不及。难怪李纨、尤氏等人称老太太之精明，是“年轻力壮的人捆上十个也赶不上”的。

及时行乐的老祖宗

贾母曾说过，她平时在家“不过嚼的动的吃两口，困了睡一觉，闷了时和这些孙子孙女儿顽笑一回就完了”。的确，年过古稀的“老祖宗”最是能及时享乐，安度晚年。

小说从第三十七回之后，宝玉挨打的大高潮逐渐平息，姊妹们在大观园里的幸福时光开始了。第三十八回起，贾母也加入了这美好的乐园生活。作者渐次描绘了贾母参加螃蟹宴、两宴大观园、栊翠庵品茶、芦雪广踏雪赏梅等一系列热闹景象，有了贾母的出席，姊妹们的生活非但没有陷入沉闷，反而掀起了一朵朵欢乐的浪花。

湘云的螃蟹宴设在藕香榭，贾母到了榭中，忽然心中一动，和薛姨妈提起了自己的一桩儿时趣事：

> 我先小时，家里也有这么一个亭子，叫做什么“枕霞阁”。我那时也只像他们这么大年纪，同姊妹们天天顽去。那日谁知我失了脚掉下去，几乎没淹死，好容易救了上来，到底被那木钉把头碰破了。如今这鬓角上那指头顶大一块窝儿就是那残破了。众人都怕经了水，又怕冒了风，都说活不得了，谁知竟好了。

从这段往事可以看出，年轻时的贾母和活泼好动的湘云有着性格上的相似之处。后来宝钗根据史家的“枕霞阁”，给湘云取了名号“枕霞旧友”，也有学者指出，这一称号其实也暗指贾母。从小淘气又率性，造就了贾母对事物都保持天然的好奇与欣赏的个性。

在对贾府的奢华生活进行描写时，作者多次着笔，描绘了一个热衷于赏雪、赏雨、赏花、赏月的风雅老人。比如，在第三十九回，借宝玉之口说出“老太太又喜欢下雨下雪的”。到了第七十五回的中秋夜宴上，贾母提出在山上赏月最好，“因命在那山脊上的大厅上去”，又正面点出了贾母对自然之美的鉴赏能力。

音乐方面，贾母的审美也有独到之处。第四十回，贾母带刘姥姥参观大观园，听到戏班女孩们演习吹打，便叫她们去藕香榭的水亭子里演奏，称“借着水音更好听”，引得众人都说好。至第七十六回，在凸碧山庄赏月时，贾母提出：“如此好月，不可不闻笛。”又说：“音乐多了，反失雅致。”命她们“只用吹笛的远远的吹起来就够了”。小说中这样描写这一场景：

正说着闲话，猛不防只听那壁厢桂花树下，呜呜咽咽，悠悠扬扬，吹出笛声来。趁着这明月清风，天空地静，真令人烦心顿解，万虑齐除，都肃然危坐，默默相赏。听约两盏茶时，方才止住，大家称赞不已。……贾母道：“这还不大好，须得拣那曲谱越慢的吹来越好。”

贾母不只对音乐本身有很好的鉴赏能力，对于如何用音乐渲染烘托当下情景也熟稔于心。这在当时社会是只有“世家明训之千金”才得以具备的能力。

贾母听戏，也不满足于只做个观众，她还能当一位别出心裁的导演。第五十四回，贾母称要“弄个新样儿的”，命芳官只用提琴与管箫唱一出《寻梦》，又让葵官不用抹脸，唱一出《惠明下书》，以此让薛姨妈等人“听个疏异”。若非是见过好戏、听过好曲的人，如何能做到如此得心应手呢？

不仅如此，贾母对色彩的搭配也十分在行，最集中体现在第四十回游览大观园时对众姊妹闺房布置的指点。尤其是在宝钗所居住的蘅芜苑：

贾母摇头道：“使不得。虽然他省事，倘或来一个亲戚，看着不像；二则年轻的姑娘们，房里这样素净，也忌讳。我们这老婆子，越发该住马圈去了……我最会收拾屋子的，如今老了，没有这些闲心了。他们姊妹们也还学着收拾的好，只怕俗气，有好东西也摆坏了。我看他们还不俗。如今让我替你收拾，包管又大方又素净……”说着叫过鸳鸯来，亲吩咐道：“你把那石头盆景儿和那架纱桌屏，还有个墨烟冻石鼎，这三样摆在这案上就够了。再把那水墨字画白绫帐子拿来，把这帐子也换了。”

宝钗一向不爱脂粉钗环，其居住环境也偏于素净。贾母对其进行一番改造之后，所添置的四样物品在色彩上依旧以素色为主，符合宝钗的个人喜好。其中，石头盆景与石鼎都属于重物，在视觉上又多了几分沉着大气，水墨字画的帐子则更显高雅，与案上的三样物品相得益彰，果然如贾母所说"包管又大方又素净"。

这些还不算什么，在潇湘馆时，贾母要为黛玉更换新窗纱，凤姐说库房还有好些"银红蝉翼纱"，贾母笑话她"连这个纱还不认得"，并告诉众人，这种纱叫作"软烟罗"，比当今皇宫用纱质量都好，且"只有四样颜色：一样雨过天晴，一样秋香色，一样松绿的，一样就是银红的"。这是贾母的见多识广。然后，她吩咐"送这刘亲家两匹，做一个帐子我挂，下剩的添上里子，做些夹背心子给丫头们穿，白收着霉坏了"。这又是贾母毫不吝惜、物尽其用的慷慨境界。

从上述示例不难看出，曹雪芹笔下的贾母，爱玩，会玩，还玩得高雅脱俗，无疑是《红楼梦》里把世家大族的文化修养发挥到极致的人物典范。

慈爱宽柔的避风港

作为"老祖宗"，贾母对后辈的关怀、宠溺到了无以复加的地步。

她非常宠爱贾赦之子贾琏和儿媳王熙凤，更对贾政之子宝玉视如性命。最疼爱的小女儿贾敏不幸早逝，她把外孙女黛玉千里招来，养于膝下，多加呵护。宝玉和黛玉从小在贾母房内长大，两人拌嘴闹别扭，贾母也跟着心急如焚，有一次竟还急哭了：

> 老人家急的抱怨说："我这老冤家是那世里的孽障，偏生遇见了这么两个不省事的小冤家，没有一天不叫我操心。真是俗语说的，'不是冤家不聚头'。几时我闭了这眼，断了这口气，凭着这两个冤家闹上天去，我眼不见心不烦，也就罢了。偏又不咽这口气。"自己抱怨着也哭了。

除了宝黛之外，“老祖宗”对迎探惜三姐妹、湘云、宝钗、宝琴等女儿也都是关怀备至。三春因“老祖宗”授意，得以从小在王夫人身边一起长大，避免了父母辈恩怨纷扰的诸多影响。刘姥姥进大观园时，贾母体贴地考虑到姊妹们都不爱人来坐，怕脏了屋子，早早地引着众人离开。寿宴当天，园中来了两个旁支穷亲戚喜姐儿和四姐儿，贾母还特意嘱咐仆从要和家里姑娘们一样照看。

除了家中晚辈，贾母对待那些身处社会底层的人们同样毫无轻视之心，处处宽和以待。

刘姥姥二进荣国府，贾母得知便请她相见叙旧，又命人为刘姥姥搬来椅子，一声“老亲家”叫得既亲切又不失对这位贫穷庄稼人的尊重，毫无世家贵族的架子。对府内的唱戏女孩子，贾母也怜惜他们，“令人另拿些肉果与他两个，又另外赏钱两串”。可以说，贾母对众人的爱护是出于本心，不分阶层的。

嫁进贾府的五六十年中，贾母见证了这个大家族由盛转衰的全过程。身为当家主母，她既有卓绝的理家才干，又绝非一般故作庄严、颐指气使的封建大家长，而是兼具严君、慈母双重风范，以宽柔待下的慈爱，凝聚着这个庞大的家族，守护着大观园世界中的纯洁美好。

在这样一位“母神”般人物的庇护下，宝玉和众女儿才得以拥有无忧无虑的青春时光。同时，贾母的存在也是宁荣二府的关系得以维系的最关键所在。清代评点家二知道人以“公而溥矣”[1]来形容贾母之爱，可谓恰当。

---

[1]［清］二知道人：《红楼梦说梦》，一粟编《红楼梦资料汇编》卷三，中华书局1964年版，第87页。

七、其他金钗

在《红楼梦》里，曹雪芹写了许多性格鲜明、才华出众的女子，为读者打开了一个生动、广阔的女性世界。这其中，除了十二金钗正册的几位贵族女儿，还有许多“有命无运”“身为下贱”的薄命丫头。这些女孩子或才华出众，或八面玲珑，或耿直忠心，或倔强叛逆，在现实的折磨、命运的阴霾之下，她们却活得像阳光一样明艳动人，令人难以忘怀。

呆香菱

贾府的故事还未正式铺陈开之前，香菱已然出现在读者的视野之中。

作为整部小说第一位出场的金钗，香菱以其自身悲惨的经历为“千红一哭，万艳同悲”的《红楼梦》悲剧吹响了前奏，这一角色的重要性也就不言而喻了。

香菱本名甄英莲，是姑苏乡绅甄士隐的独生女。甄家虽不是钟鼎之家，却也是衣食无忧的一方望族。因而，香菱实际上也算是主子小姐的出身，“原与正十二钗无异”。

作者对香菱的容貌品格没有专门刻画，但小说中有几处从侧面进行了描述。在提及甄士隐的妻子封氏时，作者曾形容她“情性贤淑，深明礼义”，脂砚斋在批语中指出，这实际上是在“写日后之香菱，见其根源不凡”。贾府仆人周瑞家的有一次在薛家住所梨香院见到香菱，说她“倒好个模样儿，竟有些像咱们东府里蓉大奶奶的品格儿”。脂批对此评道：“二人之美，并可知矣。”

然而，就是这么一位优秀的女儿，却一生曲折多难，悲喜交错，从主子身份沦为社会底层，成为“群芳中薄命之尤者”[1]。也因此，本该进入十二金钗正册的香菱，最终只能居于副册之首。

---

[1] [清] 话石主人：《红楼梦本义约编》，一粟编《红楼梦资料汇编》卷三，中华书局 1964 年版，第 180 页。

香菱的一生经历了三次重要的转折，伴随着她名字的改变，其命运也发生了重大变化。

首先是她还叫作“甄英莲”的幼年时期。那时，“粉妆玉琢，乖觉可喜”的她在家中被父母视若掌上明珠。但美好的童年只维持了不到五年，她就在一场元宵灯会上被拐子拐走，从此音讯全无。不幸往往在不经意间悄然降临。作者给予她“甄英莲”这个名字，其实就暗含了“真应怜”的一腔悲悯，为人物的命运埋下了伏笔。在这之后，香菱迎来了人生的第一个转折。

她成了一个无名无姓的被拐儿童。香菱这第二阶段的生活，作者并未详细描述，从葫芦庙小沙弥的叙述中，可以得知她“被拐子打怕了”，且渐渐遗忘了自己的童年。被冯家公子与薛蟠同时看上后，香菱的命运再次发生逆转，进入了第三阶段。

从人贩子手里来到薛家后，香菱不仅拥有了这个新名字，她的生活水平也有了质的提升。既有薛姨妈的慈爱关怀，也有薛蟠的呵护宠爱，宝钗对她也是十分理解维护。后来，她更得以入住大观园，跟着黛玉、湘云学诗，享受了一段无忧无虑的美好生活。

但香菱命运中的悲凉底色却从未改变。好景不长，夏金桂嫁入薛家后，因忌惮香菱这一“才貌俱全的爱妾”，时常刁难她，还为她改名秋菱。由此，香菱的人生又急转直下。从她的判词“自从两地生孤木，致使香魂返故乡”可以推断，作者最初为她设计的结局是被夏金桂虐待致死。香菱之“香”是“根并荷花一茎香”，指的是她与生俱来的美好品格；而秋菱之“秋”却带着秋风扫落叶的肃杀悲凉，秋去冬来，莲枯藕败，这个名字也为香菱的苦难命运画上了句号。

作者在小说中直言“香菱之为人，无人不怜爱的”。她之所以“应怜”，除了命运之严酷令人哀婉，难得的是，她在不幸中仍保持着纯良的心性品格以及高贵的精神禀赋。

香菱学诗一段最为读者所津津乐道。在大观园中，香菱如愿以偿地拜黛玉为师，开始学习作诗，因学得如痴如醉、废寝忘食，被宝钗冠以“诗呆子”的绰号。比如，闲暇时独自出神，苦苦思索：

> 香菱听了，默默的回来，越性连房也不入，只在池边树下，或坐在山石上出神，或蹲在地下抠土，来往的人都诧异……只见他皱一回眉，又自己含笑一回。

走路时也“耳不旁听，目不别视”，别人说了什么她也不管，只往她的诗句上想：

> 一时探春隔窗笑说道：“菱姑娘，你闲闲罢。”香菱怔怔答道：“‘闲’字是十五删的，你错了韵了。”众人听了，不觉大笑起来。

皇天不负苦心人，经过一番苦学，香菱终于在梦中写出了八句诗，得到了众人“不但好，而且新巧有意趣”的肯定。就连宝玉也不禁感叹：“我们成日叹说可惜他这么个人竟俗了，谁知到底有今日。可见天地至公。”

香菱学诗时所展现的憨与呆，其实恰恰是她的生命本色。

纵观红楼众金钗，香菱所受的苦最多最凄惨，可她却始终天真醇厚，从不过分敏感脆弱。第六十二回，香菱和女孩子们斗草，毫不忌讳地在大家面前说出“我有夫妻蕙”，结果遭到芳官等人的调侃，大家闹起来，弄脏了她新做的石榴裙，她也没有丝毫恼怒。可以说，香菱的“呆”既是对所爱事物的执着追求，也是其内心耿直憨厚的一种体现。曹雪芹对香菱的一字评定为“呆”，不可谓不精辟。

有趣的是，薛蟠的绰号“呆霸王”中也有一“呆”字，与香菱相互呼应。事实上，在夏金桂到来之前，香菱与薛蟠是非常恩爱的，否则香菱也不会在薛蟠遭柳湘莲毒打后“哭得眼睛肿了”。就性格而言，香菱之呆憨与薛蟠之直爽确是很般配。

当然，以“呆”形容香菱并不是一种负面评价。由于性格上的“呆”，香菱才能够把诸多不幸淡忘，始终保持健全的人格和乐观的态度。脂评曾形容香菱为人“根基不让迎、探，容貌不让凤、秦，端雅不让纨、钗，风流不让湘、黛，贤惠不让袭、平”，对其出身、容貌、品格做了很高的评价，这正是对香菱本性纯真、本质醇厚的褒扬。

贤 袭 人

曹雪芹善用重像笔法，即数个人物拥有高度相似的外貌特征或人格特质，以较为次要的人物来烘托主要人物的典型形象。脂砚斋在评语中也多次提及《红楼梦》人物间的“重影”关系。袭人是宝钗的影子，这是历来已经公认的。

不过，袭人这个角色也有自身突出的特点。脂砚斋极为看重袭人，曾留下“足见晴卿不及袭卿远矣”等评语，又赞袭人为“又副十二钗中之冠”。清代评点家王希廉则给予袭人“慈厚存心”的评价，认为她是因此而免于最终凄楚的结局。[1] 的确，袭人也是众金钗中难得得以善终的一个。

小说中，袭人其实是个多面形象。宝玉眼里的她“柔媚娇俏”，遂与她有过一次云雨之情。贾赦逼迫鸳鸯做妾，她也曾直言不讳：“这个大老爷太好色了，略平头正脸的，他就不放手了。”但袭人最为人所称颂的，则是她“温柔和顺”的性格，“似桂如兰”的贤德。她自己都自嘲，“我原是久已出了名的贤人”。

袭人的贤惠，一方面表现为识大体、顾大局。

从孩童时代起，袭人就懂得委曲求全，在家境最艰难的时候，她被家人卖进贾府，换取些许银两救济母兄。

入了贾府后，袭人很快受到贾母的倚重，将她留在房中伺候，成为一等丫鬟，每月领一两月例，属于贾府丫鬟里的最高级别。后来，贾母因她“心地纯良，克尽职任”，把她拨给了自己最宠爱的孙子宝玉使唤。这也使得袭人成为怡红院众多丫鬟中地位最特殊的一个——既是宝玉屋里的管事大丫鬟，人称“副小姐”，又有老太太屋里的一层身份，被默许为未来的准姨娘。

即便如此，袭人行为处事仍是谨守本分，毫不逾矩。第六回，和宝玉云雨情后，袭人服侍宝玉更为尽心，却也更加在意避嫌，“凡背人之处，或夜晚之间，总不与宝玉狎昵”。第十九回，当宝玉开玩笑说日后要用八人轿

---

[1] 参见［清］王希廉：《红楼梦回评》，朱一玄编《红楼梦资料汇编》，南开大学出版社 1985 年版，第 592 页。

接袭人时，袭人的回应是“不希罕”，认为“有那个福气，没有那个道理”，对不属于自己分内的待遇她并不奢求。

身为众丫鬟的表率，袭人既能忍得了委屈，也能以智慧的方式化解矛盾，起到怡红院里稳定大局的重要作用。

第三十回，宝玉淋雨跑回怡红院，叫了半天无人应门，窝了一肚子火，等袭人去开门时，被宝玉狠狠一脚踢在肋上，晚上竟吐了血。伤势如此重，可袭人却只是忍着疼说：“没有踢着。”边安慰宝玉，还不忘规劝他：

> 我是个起头儿的人，不论事大事小事好事歹，自然也该从我起。但只是别说打了我，明儿顺了手也打起别人来。

又说不让宝玉去请大夫：

> 你这一闹不打紧，闹起多少人来，倒抱怨我轻狂。分明人不知道，倒闹的人知道了，你也不好，我也不好。

第七十七回，晴雯病重被逐，宝玉伤心不已，故而说起了孩子气的呆话来，疑心春天怡红院里一株好好的海棠花枯萎，是晴雯将死的预兆。袭人为了劝住他，帮他宽心，说道：

> 真真的这话越发说上我的气来了。那晴雯是个什么东西，就费这样心思，比出这些正经人来！还有一说，他纵好，也灭不过我的次序去。便是这海棠，也该先来比我，也还轮不到他。想是我要死了。

一席话，说得宝玉连忙称“再别提这事”，一定程度上开解了宝玉的忧愁。客观讲，袭人说的都是事实，因而这些话也常被读者引用来批袭人表里不一。但这番话之后，作者又为袭人补了一笔：

> 袭人听说，心下暗喜道：“若不如此，你也不能了局。”

由此看来，袭人用论资排辈的强硬道理去平息宝玉的心情，更多还是为顾全大局，并没有太多考虑自己的身份和形象。综观袭人在宝玉身边的所作所为，她实在是一位有智谋、顾大局的贤人。

另一方面，袭人的贤惠还体现在她的善解人意，以及时常劝解宝玉，希望把他规引入正的苦心上。

袭人本名姓花。作者所拟第十九回回目“情切切良宵花解语”，一语双关，点出了“花袭人”即是宝玉的“解语花”。在这一回里，袭人编造了自己将要离开贾府的谎言，哄得宝玉与她约法三章，收敛那些在外人眼里不思进取的毛病，正是其“解语”之处。

然而，袭人对宝玉的规劝往往被读者解读为是迂腐、心机的表现，甚至有人以此猜度，王夫人抄检大观园是由于袭人告密在先。其实，这种看法缺少依据。且不说同为大丫鬟的袭人与晴雯关系甚佳，如同亲姐妹一般，袭人对王夫人的建议也完全是发自肺腑的：

> 如今二爷也大了，里头姑娘们也大了，况且林姑娘宝姑娘又是两姨姑表姊妹，虽说是姊妹们，到底是男女之分，日夜一处起坐不方便，由不得叫人悬心，便是外人看着也不像。

在当时礼法严明、男女有别的宗法制社会中，袭人是熟谙人情事理的，她这番想法不仅是为宝玉的将来考虑，一定程度上也顾及姊妹们的名声，绝非在挖空心思为自己的姨娘身份排除障碍。

根据袭人判词“堪羡优伶有福，谁知公子无缘”推断，袭人最终并没有成为宝玉的妾室，而是和蒋玉菡结为连理。脂砚斋在第二十回批语中提到，袭人出嫁之后，劝宝玉“好歹留着麝月”，“虽不及袭人周到，亦可免微嫌小敝等患”。在曹雪芹的佚稿中，袭人虽嫁为人妇，却始终对贾家尽忠尽责，在贾府被抄家、宝玉入狱后，她还能雪中送炭，前去探视，难怪脂砚斋称“袭人虽去，实未去也”。

曹雪芹以“贤”字评定袭人，可见袭人的行为举止完全符合儒家对女性贤德的定义。薛姨妈有句话说袭人，公道在理："模样儿自然不用说的，他的那一种行事大方，说话见人和气里头带着刚硬要强，这个实在难得。"薛姨妈所赞"行事大方"，又恰恰应了王夫人最看重袭人的一点："若说沉重知大礼，莫若袭人第一。"

勇晴雯

贾宝玉梦游太虚幻境，在薄命司首先翻开的十二钗命运卷册，是"金陵十二钗又副册"，晴雯正居首页。

晴雯是曹雪芹所写一众丫鬟当中最精彩的角色，也最能够激起读者的喜爱和同情。身为地位卑微的丫鬟，晴雯却有着极为出众的容貌，凤姐曾说："若论这些丫头们，共总比起来，都没晴雯生得好。"她的性格也活泼张扬、千伶百俐，虽是黛玉的影子，又独有一番风韵。

学术界普遍认为，第七十八回宝玉为屈死的晴雯作《芙蓉女儿诔》，其实是为后四十回黛玉之死的情节伏笔，诔晴雯即是在诔黛玉。黛晴二人同样直率任情，最终也因同样的肺痨病症而逝，独留"多情公子空牵念"。

晴雯这一角色之所以精彩，就在于她的性格具有鲜明的两面性，但这种两面性又非自相矛盾，而是如硬币的正反面一样，是同时并存、一体两面的。

硬币的正面，是她的要强、率性、风流灵巧。

晴雯之美貌，是众多丫鬟中的佼佼者，甚至比起小姐们也不遑多让。王夫人曾描述晴雯为"水蛇腰、削肩膀、眉眼又有些像你林妹妹"，寥寥数语，将晴雯风流窈窕的身段刻画得栩栩如生。

晴雯之才干则在于其超凡的女红技能。她与袭人一样，原来都是贾母身边的丫鬟，因其他丫鬟"模样爽利言谈针线多不及他"，便被拨给宝玉使唤。在贾母心中，晴雯将来也是宝玉的妾室人选之一。

当然，晴雯性格中最精彩的部分还在于其率性生动之"勇"。

天生不受束缚的性格，使得她常常对贾府中的不平之事进行猛烈抨击。对于像芳官的干娘一般倚老卖老的老妈子，晴雯当即挺身而出，为芳官讨回公道；对于偷金的坠儿，晴雯知晓后断不能容忍，寻了由头打骂一顿，假借宝玉的名义便将其逐出怡红院；对于无人能补的雀金裘，病中的晴雯强忍不适，义无反顾地帮助宝玉弥补这一过失；对于王夫人的赏赐，秋纹心内欣喜，晴雯却不屑一顾，认为那是别人挑剩下的，“一样这屋里的人，难道谁又比谁高贵些?”如此种种，都是晴雯性格中打动众人的可爱之处。

不过，在硬币的反面，我们也看到了晴雯轻狂、出格、不稳重、不安分的缺点。

和香菱一样，晴雯也是一位遗忘了父母故乡，被辗转卖到贾府的凄苦之人。不同的是，晴雯性格中有着难以束缚的烈性，“心比天高”，这便造成了她牙尖嘴利、语薄言轻的特点，连平儿都忍不住称她“是块爆炭”。

第三十一回，晴雯不小心将扇子跌在地上，宝玉只说她一句，她便不管不顾发起了脾气，甚至和前来劝架的袭人也吵起嘴来，气得一向怜香惜玉的宝玉都想将她赶出贾府，在袭人等人的劝阻下才得以平息。从这个角度看，晴雯之“勇”也可以说是傲慢无礼的表现。

有意思的是，晴雯是在贾母房里调教出来的丫鬟。贾母对子孙的礼教极为看重，但凡不知正经礼数“也是该打死的”，对下人的要求自然更是如此。所以最有可能的就是，在到了宝玉身边后，晴雯在宝玉的宠爱、“副小姐”的娇贵生活，以及自为准姨娘的心态暗示下，性格里不受拘束的一面被释放了出来，从而愈发的恃宠而骄、争强善妒、轻狂无理。而这样的性格，最终也为她的悲剧命运埋下了伏笔。

晴雯被逐出大观园，使无数读者为其痛心。晴雯虽然浮躁性急、娇纵任性，和宝玉之间却并未有所逾越。正如她临死之前对宝玉所说：

> 只是一件，我死也不甘心的：我虽生的比别人略好些，并没有私情密意勾引你怎样，如何一口死咬定了我是个狐狸精！我太不服。今日既已担了虚名，而且临死，不是我说一句后悔的话，早知如此，我当日也另有个道理。不料痴心傻意，只说大家横竖是在一处。不想平空里生出这一节话来，有冤无处诉。

这段诀别的肺腑之言，晴雯倔强、要强、毫无心机的性格尽在其中。

不过，一个丫鬟究竟如何，王夫人也并不关心，她关心的只是自己唯一的儿子宝玉。王善保家的借绣春囊事发趁势挑拨：

> 太太不知道，一个宝玉屋里的晴雯，那丫头仗着他生的模样儿比别人标致些，又生了一张巧嘴，天天打扮的像个西施的样子，在人跟前能说惯道，掐尖要强。一句话不投机，他就立起两个骚眼睛来骂人，妖妖趫趫，大不成个体统。

这番话使王夫人猛然想起了金钏儿之事。对王夫人而言，贾珠早逝，宝玉是她后半生唯一的指望，任何可能影响宝玉声誉的轻浮女子都是她所不能容忍的。晴雯被驱逐也就势在必行了。

况且，连凤姐都知道，晴雯“原有些轻薄”，故王夫人说她“妖精似的”“轻狂样子”“浪样儿”，也不算完全冤枉了她。这正应了判词中“风流灵巧招人怨，寿夭多因毁谤生”的说法。

值得注意的是，曹雪芹以“勇”字评定晴雯，并不能将其简单理解为褒赏。晴雯的性格中有光彩照人的一面，无论是撕扇子作千金一笑，还是病中勇补雀金裘，都足以给读者留下深刻的印象。但是她恃宠而骄、张狂轻浮的一面，也是不容忽视的。晴雯的“勇”既是难能可贵的勇气，同时也是不加约束的“勇而无礼”。

“心比天高，身为下贱”，身份的卑微与个性中的刚烈直率难以调和，最终使晴雯在冲撞中无奈地死去，空留下读者对于悲剧的叹息。再回想抄检大观园当晚她在怡红院里的表现：

> 只见晴雯挽着头发闯进来，豁啷一声将箱子掀开，两手捉着底子朝天，往地下尽情一倒，将所有之物尽都倒出。

这简直是丫鬟之中最有反抗精神的一幕了！学者何其芳表示，晴雯的夭折代表了封建社会里许多无辜者的屈死。[1] 清代评点家野鹤甚至认为，“王

[1] 参见何其芳：《论红楼梦》，人民文学出版社 1958 年版，第 87 页。

夫人撵逐晴姑娘，为《石头记》中第一不平事”[1]。

俏 平 儿

读者在赞叹凤姐不让须眉的卓越才干时，另一人的光芒却时常被其掩盖，那便是周全体贴的平儿。作为王熙凤的陪嫁丫鬟，平儿与凤姐感情笃深。正如平儿对尤二姐所说，她对凤姐“一片痴心，从没瞒他的话”，人前人后更是以凤姐为重，忠心耿耿。

平儿的另一个身份是贾琏的通房丫头，也即侍妾。夹在凤姐与贾琏夫妇之间，这令她的处境并不轻松。宝玉就曾感慨：

> 平儿又是个极聪明极清俊的上等女孩儿，比不得那起俗蠢拙物……独自一人，供应贾琏夫妇二人。贾琏之俗，凤姐之威，他竟能周全妥帖……

贾琏的小厮兴儿，在背后批凤姐阴狠虚伪、两面三刀，夸平儿则说她是“正经人”，从不把妾的身份放在心上，也不会“挑妻窝夫”，只是一味“忠心赤胆”地服侍凤姐。

小说中多次描写了平儿忍辱负重，努力在贾琏、凤姐二人中间转圜调和。

第二十一回，平儿收拾床铺时意外发现贾琏偷情的证据，为避免夫妇二人发生冲突，机灵的平儿便将一缕青丝藏了起来，在凤姐面前替贾琏隐瞒，化解了一场潜在的风波。同时，对于贾琏的行为，平儿也予以规劝：

> 平儿道：“他醋你使得，你醋他使不得。他原行的正走的正；你行动便有个坏心，连我也不放心，别说他了。”

[1] [清] 野鹤：《读红楼札记》，一粟编《红楼梦资料汇编》卷三，中华书局 1964 年版，第 287 页。

此外，对凤姐放高利贷的行为，平儿也在贾琏面前替她隐瞒。第十六回中，旺儿媳妇来给凤姐送利钱，恰好撞上贾琏，平儿谎称是薛姨妈打发香菱前来问话，巧妙地遮掩了过去。不得不说，平儿是贾琏夫妇和睦的一大助力。

除此以外，平儿的善良厚道也有目共睹。尤二姐不幸赚入大观园，只有平儿对她表示同情和关怀。下人们看主子脸色欺负她，平儿最先为其抱不平：

> 平儿看不过，说丫头们："你们就只配没人心的打着骂着使也罢了，一个病人，也不知可怜可怜。他虽好性儿，你们也该拿出个样儿来，别太过逾了，墙倒众人推。"

尤二姐吞金自杀后，平儿更是瞒着凤姐偷偷给了贾琏二百两碎银子，为尤二姐的葬礼尽一份薄力。另外，对乡下来的刘姥姥，平儿也从未轻视，反而将自己的衣物赠予她。这些正是平儿身上宽厚慈善的一面。

就能力而言，平儿是凤姐管家时的得力干将和左膀右臂，被李纨称为王熙凤的"总钥匙"。面对贾府诸多事务和错综复杂的人际关系，平儿总能不偏不倚、不卑不亢，以智慧处事，用道理服人，既得体又伶俐。

第五十五、五十六回，凤姐小产病倒，探春等人代为理家，平儿作为凤姐的"代言人"，面对新到任的李纨、探春、宝钗"三驾马车"，以及一家子仆人丫鬟大小事务，其聪慧干练、八方周全展现得淋漓尽致。

媳妇们刁难探春，她懂得及时提点下人要摆正位置、恪尽职守："那三姑娘虽是个姑娘，你们都横看了他。二奶奶在这些大姑子小姑子里头，也就只单畏他五分。"

探春要兴改革之法，她又代表凤姐称道支持、坚决落实："这件事须得姑娘说出来。我们奶奶虽有此心，也未必好出口。"惹得宝钗笑说她：

> 你张开嘴，我瞧瞧你的牙齿舌头是什么作的。从早起来到这会子，你说了这些话，一套一个样子，也不奉承三姑娘，也没见你说奶奶才短想不到，也并没有三姑娘说一句，你就说一句是；横竖三姑娘一套

> 话出来，你就有一套话进去；总是三姑娘想的到的，你奶奶也想到了，只是必有个不可办的原故。

其间，凤姐与平儿曾有这样一段对话：

> “还有一件，我虽知你极明白，恐怕你心里挽不过来，如今嘱咐你：……‘擒贼必先擒王’，他如今要作法开端，一定是先拿我开端。倘或他要驳我的事，你可别分辩，你只越恭敬，越说驳的是才好。千万别想着怕我没脸，和他一犟，就不好了。”
>
> 平儿不等说完，便笑道：“你太把人看糊涂了。我才已经行在先，这会子又反嘱咐我。”

新旧两代理事人难免有观念上的分歧，凤姐担心平儿为维护自己与探春起冲突，却没想到性格好、情商高、能力强的平儿完全应对得体，令凤姐更加高看她一层。

此外，下雪那天平儿在芦雪广丢了虾须镯，后来查清是宝玉房中的坠儿偷拿了，她并不声张，一则是考虑宝玉的感受，二则担心“老太太、太太听了也生气”，三是顾忌袭人等大丫鬟的脸面，更担心晴雯知道后忍不住爆发，将此事抖搂出去，因此只悄悄告诉了麝月，提议变个法子将坠儿打发出去。经此一事，可见平儿胸中不乏大局观念，更有大事化小、小事化了的理家智慧。

清代学者涂瀛在《红楼梦论赞》中称赞平儿：“求全人于《红楼梦》，其维平儿乎！平儿者，有色有才，而又有德者也。”[1] 曹雪芹则以一个“俏”字评她，既有模样清俊之意，也意为性格至善、才干精明，更有周全四方的玲珑之心。综观她在凤姐、贾琏间的周旋，与尤二姐、刘姥姥等人的共情，对贾府事务的妥善处理，平儿确实是当得起“俏”字的“全人”。

---

[1] [清] 涂瀛：《红楼梦论赞》，一粟编《红楼梦资料汇编》卷三，中华书局 1964 年版，第 128 页。

名家谈《红楼梦》

《红楼梦》超越传统文学的悲剧意识

《红楼梦》是中国小说最伟大的丰碑，也是中国文化集大成的一部奇书。其中，既有精湛绝妙的层次结构，又有丰富深刻的哲思妙想。阅读《红楼梦》，一大主线是贾府的由盛而衰，另一大主线是主人公贾宝玉的悟道出家，这两条情节主线共同构成了《红楼梦》的悲剧主题。

20世纪初，大学者王国维在《〈红楼梦〉评论》一文中，从西方悲剧美学的角度对《红楼梦》的悲剧意识做了深刻的阐释。他写道：

> 吾国人之精神，世间的也，乐天的也。故代表其精神之戏曲小说，无往而不著此乐天之色彩，始于悲者终于欢，始于离者终于合，始于困者终于亨；非是而欲餍阅者之心，难矣。若《牡丹亭》之返魂，《长生殿》之重圆，其最著之一例也。……《红楼梦》，哲学的也，宇宙的也，文学的也。此《红楼梦》之所以大背于吾国人之精神，而其价值亦即存乎此。

在王国维看来，《红楼梦》是“与一切喜剧相反，彻头彻尾之悲剧也”。他进一步引用德国哲学家叔本华的悲剧理论，并加以阐释，认为《红楼梦》所呈现的悲剧，既不是因为恶人作恶所导致，也不是命运无常所带来，而是“通常之道德、通常之人情、通常之境遇为之而已”，是每一个普通人在最平常的生活里都不得不面对的残酷现实，人们甚至无法为此鸣不平，也无法得到真正的解脱。王国维认为，《红楼梦》正揭示了人生的这一真相。因此，从艺术的高度看，他认为《红楼梦》是“彻头彻尾的悲剧”“悲剧中之悲剧”，是“我国美术上之唯一大著述”。

关于《红楼梦》的悲剧精神，华裔学者余英时也在他的文章《红楼梦的两个世界》中有过精彩论述。余英时将《红楼梦》所描写的理想世界的毁灭称为“人间世的最大的悲剧”：

> 总结地说，《红楼梦》这部小说主要是描写一个理想世界的兴起、发展及其最后的幻灭。但这个理想世界自始就和现实世界是分不开的：大观园的干净本来就建筑在会芳园的肮脏基础之上。并且在大观园的整个发展和破败的过程之中，它也无时不在承受着园外一切肮脏力量的冲击。干净既从肮脏而来，最后又无可奈何地要回到肮脏去。在我看来，这是《红楼梦》的悲剧的中心意义，也是曹雪芹所见到的人间世的最大的悲剧！

余英时从《红楼梦》小说架构的宏观视角肯定了其悲剧主旨的内涵，而当我们把阅读视角转向《红楼梦》里大多数读者最揪心的宝黛爱情的情节之上，会发现其中也处处流露着悲剧的意味。当代文学大家王蒙在《天情的体验——宝黛爱情散论》一文中这样评价宝黛的爱情：

> 它是人生悲剧，充溢着对人生的空虚与孤独的共同体验。它是社会悲剧，浸沉着忽喇喇大厦将倾的不祥预感。它是性格悲剧，黛玉的促狭、高洁与宝玉的“无事忙”、“富贵闲人”的随和安适是常常对不上号的。它是命运悲剧，“俺只念木石前盟”，却偏有“金玉良缘”的达摩克利斯之剑高悬在他们的头上。它还是处境的不谐和造成的悲剧：处于优宠的中心的宝玉，处于以男性为中心的礼教与习惯势力之中，事实上享受着男性的可以多妻自然可以多爱的特权的贾宝玉，无论怎样剖心析腹呕心沥胆，也体会不真切孤苦的“无人做主”的黛玉的苦处，去除不了黛玉内心深处的疑惧，宝玉即使用尽全部生命全部热情去爱黛玉，黛玉仍然放不下心安不了心，太苦了！

《红楼梦》中宝黛爱情的悲剧，是作者在向读者揭示王国维所谓“以生活为炉、苦痛为炭，而铸其解脱之鼎”的理想，使读者沉浸于悲壮的艺术冲击中，暂时忘却真实世界里的痛苦和无奈。

由此可见，作为古代小说之典范的《红楼梦》，同时兼具了美学价值与伦理学价值，它突破时空壁垒，向后世传递其中的“真、善、美”，这正是其超越古代其他小说的价值所在。

《红楼梦》中摈弃旧爱情的个体生命观

《红楼梦》中最缠绵悱恻的莫过于宝黛的爱情故事，但我们并不能将《红楼梦》简单地归类为古代言情话本小说。相比于传统以爱情为主题的文学作品，如《莺莺传》《桃花扇》等，《红楼梦》中所描写的爱情不再是出于“怜才爱色”，而是从日常生活所生发出的知己之情，书中的恋爱情节也一反传统才子佳人小说的套路，而更多关照了时代和社会的现实性。对此，文学史家林庚在《〈红楼梦〉中所反映的新的意识形态的萌芽》中写道：

> 《红楼梦》作者把恋爱主题与整个现实社会问题结合得如此深刻，作为恋爱主人公的贾宝玉，也同时就是反对科举，尊重女性，萌芽着自由平等的观念，要求着个性解放，释放丫环的具有叛逆性格的主角；在这里恋爱主题是被初次带到整个社会现实问题的面前，它将要作为一个指向整个封建制度的前哨而出现。它的问题已不能单独解决，而是将要与整个社会问题一起来解决（这正是为什么《红楼梦》在当时不可能不是一个悲剧，因为整个社会问题在当时还并没有条件来解决），这就是《红楼梦》全新的面貌。恋爱主题在这里，已经意味着比它本身更丰富更深刻的涵义。

尽管有“木石前盟”的宿命羁绊，但宝玉与黛玉之间仍存在着鸿沟，使有情人难以终成眷属。这道鸿沟，不仅是薛宝钗，也不仅是贾母等长辈，而是封建礼法的藩篱，是整个社会环境对个体命运的倾轧。正因如此，宝黛之爱情愈是坚如磐石、缠绵悱恻，愈是令人为之扼腕叹息。

此外，《红楼梦》在人物塑造上也与其他小说迥然不同。书中的主要角色几乎都特色鲜明，立体丰满，对他们的刻画倾注了曹雪芹对时代和人生的深层次思考。诸人物之中，最为重要的是主人公贾宝玉。贾宝玉被作者称为“天下无能第一，古今不肖无双”，在封建礼教中显得格格不入。文艺评论家宋淇在《论贾宝玉为诸艳之冠》一文中，谈及曹雪芹对贾宝玉角色的塑造，感慨道：

> 《红楼梦》能使我们相信女儿的确比男人高明、纯洁、可爱，并且接受贾宝玉的想法和信仰，这是《红楼梦》的魔力，也是《红楼梦》的不可思议之处。这不是艺术上的胜利，是甚么？
>
> 在现代人心目中，贾宝玉可能不合潮流，因为现代人崇拜暴力，追求官能上的刺激和满足。可是在中国小说中，贾宝玉是最凸出的人物，理由很简单，因为《红楼梦》克服了各方面的矛盾，创出这样一个无古无今的人物——一个男人，而同时却又是诸艳之冠。这样一个人绝非19世纪西欧诸大家——如狄更斯、巴尔扎克，甚至托尔斯泰等写实主义大师所能创造出来的。我们幸而生为中国人，能从本国的文字直接体会和欣赏《红楼梦》的伟大，真是值得庆幸和值得骄傲的事情！

除了贾宝玉，《红楼梦》中最令人瞩目的莫过于那些不输须眉的女孩们。曹雪芹着大量笔墨描绘了“女儿国”般的大观园，并赋予置身其中的女儿们各有千秋的美，无一雷同。古典文学研究专家孙逊在《〈红楼梦〉对于传统的超越与突破》中对其女性观给予了肯定：

> 《红楼梦》彻底打破了传统小说对女性的误读和歧视，它把一个鲜活的女性世界第一次带进了文学的领域：林黛玉、薛宝钗、史湘云、贾探春、王熙凤、晴雯、袭人、平儿、鸳鸯、紫鹃……这些女性形象虽出身不同，性格迥异，但都是充实的、鲜活的个体生命，与《红楼梦》之前那些被丑化、异化和神化的女性截然不同，与《红楼梦》里空虚、萎顿的男性生命也形成了鲜明的反照。

可以看到，曹雪芹在创作《红楼梦》的时候，开创性地把对个人生命和精神的巨大关照，渗透于具体、细腻的生活与情感之中，这使得《红楼梦》呈现出其他中国小说都未曾达到的思想境界。

《红楼梦》突破常规小说的写作手法

文学巨匠鲁迅在他的《中国小说史略》中把《红楼梦》归为“清之人情小说”，并指出，“全书所写，虽不外悲喜之情，聚散之迹，而人物事故，则摆脱旧套，与在先之人情小说甚不同”。关于《红楼梦》不同以往的写作手法，鲁迅在《中国小说的历史的变迁》文章中分析道：

> 至于说到《红楼梦》的价值，可是在中国底小说中实在是不可多得的。其要点在敢于如实描写，并无讳饰，和从前的小说叙好人完全是好，坏人完全是坏的，大不相同，所以其中所叙的人物，都是真的人物。总之自有《红楼梦》出来以后，传统的思想和写法都打破了。

美国学者夏志清对《红楼梦》在小说界的地位也给予极高的肯定，他表示“即使是最好的现代小说，无论在深度或广度上，都不能同《红楼梦》相匹敌”。

在《中国古典小说》一书中，夏志清提出，曹雪芹在创作《红楼梦》时，“具有自曝个人生活和重现亲密经历的强烈冲动”，这使他成为“远比吴敬梓激进的反对中国小说非个人化传统的革命者”。在夏志清看来，《红楼梦》中大量“坦白的、忏悔的语调是相当令人惊讶的”。他同时强调：

> 曹雪芹并不满足于只讲述一个重要的自传性故事；他有更强的欲望，即力图以现存的所有中国文化理想为标准来衡量这个故事。……为了将自己对中国传统的复杂回应充分容纳进小说之中，曹雪芹使用了大量的寓言与象征手法。

在情节构思上，《红楼梦》运用了草蛇灰线、伏脉千里的手法，尤其对小说中的人物命运进行了多重隐喻。小说第五回，贾宝玉在太虚幻境看到的画和诗，本质上即是谶，这些谶暗含着主角们最终的归宿。全书中也多处可见类似写作手法，都是作者为情节发展和人物命运所埋下的伏笔。关于这一点，当代学者刘再复也曾在《论〈红楼梦〉方式》中提及，他认为：

> 我国的古代小说，大体上都是一个情节暗示一种道德原则，唯有《红楼梦》是多重暗示。一个人物的命运，都有多重暗示，……

与此同时，刘再复还在《论〈红楼梦〉的永恒价值》一文中指出，《红楼梦》打破了古代小说惯用的叙述笔法，令叙述者比他笔下的人物站得更高，但同时，却又没有一点儿傲慢之态，用超越世俗的眼光、娓娓道来的方式，为读者呈现了一个充满艺术张力的红楼世界。他称这种叙事方式是“高视角而又低姿态”的：

> 而曹雪芹作为创作主体则是一种低姿态，反映他的“大观”眼睛并不是他自身的贵族眼睛，而是另外两种眼睛：(1) 跛足道人的眼睛；(2) 贾宝玉的“侍者”（仆人）的眼睛。两者全是高视角而又低姿态，是《红楼梦》独一无二的叙述方式。……《红楼梦》没有“圣人言”的方式，也没有三言二拍那种因果报应的“诫言”形式（即不是世间功利法与世间因缘法），而是“甄士隐言”、“假语村言”、“石头言”等一些与读者心灵相契相交的平常形式。

《红楼梦》是以白话文写就的长篇小说，但其中又穿插着大量文言句式，以及诗词曲赋、楹联匾额等，其精练传神的语言艺术极具美感，也成为刻画人物形象的神来之笔。对此，古典文学大家吴组缃在《略谈〈红楼梦〉研究》中谈道：

《红楼梦》的语言，无论铺叙、描写，都言简意赅，非常传神。特别是对话，总把人物内心情绪，神情意态，饱满深刻地透露出来，把人与人之间内心精神的关系，把种种特定场面的形态与气氛活生生地描摹出来，使读者如亲见其人，如身历其境。那种本领，在世界文学中也未曾有。

丰富的人生阅历、深厚的文学素养造就了曹雪芹炉火纯青的艺术境界。无论从情节构思、叙事方式还是语言风格上来看，《红楼梦》都足以称得上中国最优秀的长篇小说。

阅读指南

长篇章回小说怎么读?

——以《红楼梦》为例

《红楼梦》是中国古典章回小说的巅峰之作。在汲取前人小说创作成功经验的同时，曹雪芹进行了大胆的突破和创新，其思想内容的深度和广度、艺术手法的丰富性、结构的严谨性，以及语言的炉火纯青，都堪称典范，对此后的中国小说发展产生了不可替代的影响。

打开《红楼梦》这部厚重的经典名著，应该怎么来进行阅读呢?

首先要明确的是，阅读中国古代小说和阅读中国现当代小说、西方小说的方法应有所不同。中国古代小说在其漫长的发展过程中，逐渐形成了一套独特的审美逻辑和艺术风格，也有自己的一套文化传统和理论批评体系。

接下来，我们将从章回小说的特点谈起，逐步走进中国古代小说宏大而精致的世界。以《红楼梦》为例，具体赏析书中所运用到的古典小说创作技法，学会在阅读的过程中，用东方视角、中国审美，品味《红楼梦》这部中国文学史上最受关注的长篇章回小说。

认识章回小说

在长期流传的过程中，一些讲史评话不断被艺人加工，不再只做讲述之用，而是逐渐形成分回标目、供人阅读的文学作品——章回小说。这种由宋元长篇说话嬗变而来的通俗小说以分回标目、分章叙事、情节繁复、内容通俗、语言晓畅、文备众体为主要特征，是中国文学史上具有代表意义的文体。

从题材来看，章回小说主要有历史演义、英雄传奇、神魔小说、世情小说等类型。语言风格上，章回小说以通俗浅近的口头语为基础，加工提炼成文学语言，文不甚深，言不甚俗，具有较强的可读性和一定的文学性。在结构方面，分回标目是我国古典长篇小说特有的体式特征，这也对章回小说家集中力量经营好每一回的创作非常有利。回目要尽可能概括故事的重要内容，后期亦讲究文学性。早期回目常为七字单句，即单回目，后期出现了对仗工稳、平仄和谐的双回目，如《红楼梦》的回目还充满诗意，可见作者文学功底之深厚。

除分回立目之外，章回小说一般还保存了宋元话本中开头引开场诗、结尾用散场诗的体制。正文常以“话说”两字起首，往往在情节开展的紧要关头煞尾，用一句“欲知后事如何，且听下回分解”的套语，中间又多引诗词曲赋做场景描写或人物评赞等。元末明初，章回小说大多为世代累积型的集体创作，明代中晚期之后，个人独立创作已经出现，显示了充分的个性色彩，也是章回小说走向成熟的标志。

明清章回小说批评发达，不仅名家辈出，如金圣叹、毛宗岗、张竹坡等，而且形式多样，各具特色，有序跋、凡例、正文评点，还有笔记、杂著、书信中的相关论述。此外，在理论方面也多有创获。一些大部头的作品，在序跋、评点之外，批评家们还会开宗明义地在卷首冠以读法，明确全书意旨，做提纲挈领式的读书指导。

小说评点是赏析中国古代小说时读者应重点关注的部分。其主要形式包括回批、眉批、旁批、双行夹批等。评点的内容主要针对小说的思想内容和创作手法，也会对其中比较具体的艺术表现方法加以总结和归纳，提炼出一些范式和技法。

以《红楼梦》为例，该作品最初以八十回抄本的形式在社会上流传，大都有署名脂砚斋、畸笏叟等人的评语，因此习惯上称之为“脂评本”或“脂本”。

相比而言，西方文艺批评更关注哲理和思辨，而中国古典小说批评则更侧重于诗意和体悟。具体到古代小说，尤其是明清的长篇章回小说，读者在阅读原文的同时，通过辅助阅读这些名家的鉴赏文段，就能够更充分地领悟作者的创作意图，并欣赏作品中流光溢彩的美。

如何欣赏《红楼梦》

《红楼梦》是章回小说发展到后期的伟大作品，它极大地丰富了小说的叙事艺术，在创作技法上具有极高的造诣。

首先，书中的回目不仅提纲挈领，引导阅读，且整饬、精炼、含蓄、典雅。比如像“情切切良宵花解语，意绵绵静日玉生香”“俏平儿情掩虾须镯，勇晴雯病补雀金裘”等回目，把人物、物品、典故等内容引入对句中，和文章内容高度契合，又极富文采，贴切生动。

其次，曹雪芹比较彻底地突破了中国古代小说单线结构的方式，采取了多条线索齐头并进、交相联结又互相制约的网状结构，使众多人物活动于同一空间和时间，并且使情节的推移也具有整体性，表现出作者卓越的艺术才思。

此外，《红楼梦》更是塑造出一大批有血有肉的个性化人物，具有丰富的性格内涵，呈现出立体式的形象特征。

曹雪芹在写作《红楼梦》的时候运用了怎样的艺术技法，在小说第一回中，脂砚斋眉批就指出：“事则实事，然亦叙得有间架，有曲折，有顺逆，有映带，有隐有见，有正有闰。以至草蛇灰线、空谷传声、一击两鸣、明修栈道、暗度陈仓、云龙雾雨、两山对峙、烘云托月、背面傅粉、千皴万染，诸奇书中之秘法，亦不复少。”

这些创作技法贯穿于整部小说，也可以说是我们打开《红楼梦》这部浩瀚大书的钥匙。我们从中试选十二种技法，以引导读者领会《红楼梦》在人物刻画、情节安排和语言运用等方面的艺术成就。

（一）人物

1. 连环对比法

所谓“连环对比法”，就是将几个人物放在同一事件、同一环境中进行对比描写，在矛盾冲突中显示人物性格的差别。

如第四十回中，作者描绘了一幅生动活泼的群笑图：

众人先是发怔，后来一听，上上下下都哈哈的大笑起来。史湘云

> 撑不住，一口饭都喷了出来；林黛玉笑岔了气，伏着桌子叫“嗳哟”；宝玉早滚到贾母怀里，贾母笑的搂着宝玉叫“心肝”；王夫人笑的用手指着凤姐儿，只说不出话来；薛姨妈也撑不住，口里茶喷了探春一裙子；探春手里的饭碗都合在迎春身上；惜春离了坐位，拉着他奶母叫揉一揉肠子。地下的无一个不弯腰屈背，也有躲出去蹲着笑去的，也有忍着笑上来替他姊妹换衣裳的，独有凤姐鸳鸯二人撑着，还只管让刘姥姥。

同样在笑，众人却各有其态。湘云向来活泼直爽，“一口饭都喷了出来”也是必然；黛玉体质娇弱，便笑岔了气；宝玉在贾府最受宠爱，因而笑得躺在贾母怀中；王夫人要保持端庄稳重的姿态，但也没忍住笑，只能用手指着凤姐，责备她捉弄了刘姥姥……众人各具风采的笑态恰恰反映出性格和身份的差异，可见作者笔法之精妙。

2. 特犯不犯法

刻意将相同或相似的事件、情节做出或接近或遥对的艺术安排，但又能实现同中见异的技法，被称为“特犯不犯法”。正如脂批所言：“《石头记》贯用特犯不犯之笔，真令人惊心骇目读之。”

在第七十四回“抄检大观园”中，怡红院、潇湘馆、秋爽斋等都依次被抄。作者一处不落，写出了整个大观园被翻个底朝天的仗势，但读来却并不因情节雷同而感到乏味。写晴雯“挽着头发闯进来”“将所有之物尽都倒出”，以凸显其倔强性格和反抗精神；又写探春痛斥抄检丑态，刻画其凛然高洁的形象。之后对稻香村却一笔带过，待到抄检蓼风轩、缀锦楼，笔墨又变得详而又详了，例如惜春胆小怕事的性格在此处尽显。

如是，抄检大观园不仅显得来势汹汹，更富有不少个性化的细节，彰显了不同人物的性格特点，达到了“犯不见犯”的效果。

3. 烘云托月法

“烘云托月法”出自元王实甫的《西厢记》，后多用来比喻从侧面加以点染以烘托所描绘事物的手法。

在《红楼梦》中，曹雪芹借宾衬主，因小见大，把烘云托月的技巧发挥得淋漓尽致。例如第五十九回的“嗔莺咤燕”，便是前回探春理家的连带效应。大观园各处由专人专管后，路边的一枝花、一株草、一颗果实都被严格看守，不准采摘。这引发了小丫头们的不满，也挑起了她们与婆子们的冲突。正是在贾府日益衰败、矛盾相继激化的时候，曹雪芹通过下人作反的小视角，表现了贾家这个大家族的颓丧没落之势。

戚序本回后批道：“苏堤柳暖，阆苑春浓，兼之晨妆初罢，疏雨梧桐，正可借软草以慰佳人，采奇花以寄公子。不意莺嗔燕怒，逗起波涛。婆子长舌，丫嬛碎语，群相聚讼，又是一样烘云托月法。”

再如第三回贾宝玉初次登场，更是体现出烘云托月法的妙处。见到宝玉之前，黛玉先后通过母亲贾敏和舅母王夫人之口，了解到这个表哥的与众不同。

> 黛玉亦常听得母亲说过，二舅母生的有个表兄，乃衔玉而诞，顽劣异常，极恶读书，最喜在内帏厮混；外祖母又极溺爱，无人敢管。

王夫人说得更夸张：

> 我有一个孽根祸胎，是家里的“混世魔王”，今日因庙里还愿去了，尚未回来，晚间你看见便知了。你只以后不要睬他，你这些姊妹都不敢沾惹他的。
>
> ……
>
> 你不知道原故：他与别人不同，自幼因老太太疼爱，原系同姊妹们一处娇养惯了的。若姊妹们有日不理他，他倒还安静些，纵然他没趣，不过出了二门，背地里拿着他两个小幺儿出气，咕唧一会子就完了。若这一日姊妹们和他多说一句话，他心里一乐，便生出多少事来。所以嘱咐你别睬他。他嘴里一时甜言蜜语，一时有天无日，一时又疯疯傻傻，只休信他。

宝玉虽未出场，曹雪芹却借他人之口对其形象进行渲染烘托，读者未见其人，已经对这位男主角充满想象和期待。

（二）叙事

1. 横云断山法

“横云断山法”，亦称“横云断岭法”，最早由金圣叹提出，即一段大情节被一段小情节隔断，好像云把山隔断一样的写作手法。

第四回中，贾雨村在密室察看“护官符”的紧要关头，却被突然打断：

> 雨村犹未看完，忽听传点，人报：“王老爷来拜。”雨村忙具衣冠出去迎接。

脂批在此处点出：“横云断岭法，是板定大章法。”

再如第六回写刘姥姥一进荣国府，正向王熙凤表明来意之时，贾蓉突然来访，王熙凤示意刘姥姥不必说了，又问下人：“你蓉大爷在那里呢?”此处脂批曰：“惯用此等横云断山法。”

贾蓉的突然到访使情节曲折跌宕，能引发读者阅读的好奇心理，并且作者借刘姥姥的视角，描画了一位典型的贾府纨绔子弟。更为重要的是，同是为“借”而来，凤姐的态度却明显不同。这一插入表面上中断了情节的发展，实则从多个角度展现了贾府内外错综复杂的人际关系，也使得故事波澜起伏，更加立体。

2. 倒卷帘法

一件曾经发生的事情前文并未交代，却于后文叙述类似的事件时将前面发生的事顺带说出，这种技法被称作“倒卷帘法”。

如第二十回中，宝玉与莺儿玩棋之事偏偏在贾环输钱赖账的时候被莺儿道出，使得宝玉与贾环构成鲜明对照：

> 莺儿满心委屈，见宝钗说，不敢则声，只得放下钱来，口内嘟囔说：“一个作爷的，还赖我们这几个钱，连我也不放在眼里。前儿我和宝二爷玩，他输了那些，也没着急。下剩的钱，还是几个小丫头子们一抢，他一笑就罢了。”

这里，脂批为作者补充道："倒卷帘法，实写幼时往事，可伤!"再如第二十七回，探春要宝玉弄一些"土物"：

探春道："小厮们知道什么。你拣那朴而不俗、直而不拙者，这些东西，你多多的替我带了来。我还像上回的鞋作一双你穿，比那一双还加工夫，如何呢?"

宝玉笑道："你提起鞋来，我想起个故事：那一回我穿着，可巧遇见了老爷，老爷就不受用，问是谁作的。我那里敢提'三妹妹'三个字，我就回说是前儿我生日，是舅母给的。老爷听了是舅母给的，才不好说什么，半日还说：'何苦来！虚耗人力，作践绫罗，作这样的东西。'我回来告诉了袭人，袭人说这还罢了，赵姨娘气的抱怨的了不得：'正经兄弟，鞋搭拉袜搭拉的没人看的见，且作这些东西!'"

脂批在宝玉告知探春此前遇到父亲的段落处批作："补遗法。"实际上，这里的补遗即倒卷帘的技法。

整体观之，倒卷帘法能够轻轻将发生的事情补出，前文却毫无蛛丝马迹，读来生动而紧凑，并不觉突兀累赘，这也是倒卷帘法与补叙法的不同之处。

3. 避实就虚法

所谓"避实就虚法"，就是对作品中的人物或事件采用虚笔的描写方法来映衬和表现现实。

我们以第六回刘姥姥一进荣国府为例：

周瑞家的听了，连忙起身，催着刘姥姥说："快走，快走。这一下来他吃饭是个空子，咱们先赶着去。若迟一步，回事的人也多了，难说话。再歇了中觉，越发没了时候了。"

脂批认为，这一段是"写阿凤勤劳等事，然却是虚笔，故于后文不犯"。从周瑞家的话来看，王熙凤究竟忙于处理哪些具体的事务我们不得而知，然而，这并不妨碍作者塑造一个日理万机的凤姐。

再如第二十六回中，黛玉因误会宝玉亲近宝钗不理她而气恼哭泣，作者并没有正面描写黛玉如何伤心地哭泣，而是采用了这种避实就虚的写法，让读者领会到黛玉美得不同凡响：

> 原来这林黛玉秉绝代姿容，具希世俊美，不期这一哭，那附近柳枝花朵上的宿鸟栖鸦一闻此声，俱忒楞楞飞起远避，不忍再听。真是：
>
> 花魂默默无情绪，鸟梦痴痴何处惊。

（三）情节

1. 穿针引线法

将若干看起来毫无关联的事用一条线索串连起来，构成一个有机的整体，读起来觉得自然连贯，即“穿针引线法”。

在第二十七回中，人物看似无意间的行为却为后文情节埋下伏笔：

> 红玉听说撤身去了，回来只见凤姐不在这山坡子上了。因见司棋从山洞里出来，站着系裙子，便赶上来问道：“姐姐，不知道二奶奶往那里去了？”司棋道：“没理论。”

自司棋这次出场后，除了因一碗鸡蛋羹与柳家的在厨房起争执外，就再无其他有关司棋的具体情节。到了第七十一回，司棋再次出场：

> （鸳鸯）偏生又要小解，因下了甬路，寻微草处，行至一湖山石后大桂树阴下来。刚转过石后，只听一阵衣衫响，吓了一惊不小。定睛一看，只见是两个人在那里，见他来了，便想往石后树丛藏躲。鸳鸯眼尖，趁月色见准一个穿红裙子梳鬅头高大丰壮身材，的是迎春房里的司棋。

蒙古王府本第七十四回回前批道："司棋一事，在七十一回叙明，暗用山石伏线。七十三回用绣春囊在山石上一逗便住。至此回可直叙去，又用无数曲折，渐渐逼来，及至司棋，忽然顿住，结到入画。"

司棋与表弟潘又安在园中幽会，不小心被鸳鸯撞见，几天后，绣春囊被傻大姐在山石拾得，形成了抄检大观园的导火索。

第七十四回中，周瑞家的在司棋房里搜出了男人的鞋袜和潘又安写的大红双喜笺帖，帖中还提到了香袋一物。至此，作者虽未明确绣春囊的主人，但的确是司棋嫌疑最大了，之后便有司棋被逐、殉情的结局。由此，整个事件的发展脉络若隐若现，却浑然一体，自然连贯。

2. 宾客避主法

作者有意借故让次要人物下场，留下广阔的时空让主要人物登台表演，以起到减少头绪、突出主要人物的作用，这种方法被称为"宾客避主法"。

我们都知道，大观园是《红楼梦》里的清净"女儿国"，凡书中重要金钗，都必在大观园有故事发生。第四十八回中，曹雪芹为让十二钗副册中的香菱进入大观园，特意做了一番安排。

脂批在此提示："然此一人岂可不入园哉。故欲令入园，终无可入之隙，筹划再四，欲令入园，必呆兄远行后方可。"

我们来看，作者先是让薛蟠外出做买卖，而后才有香菱入住大观园陪伴宝钗的契机，以及香菱苦学诗的著名情节。但是，薛蟠因何事远行才合情合理呢？比起名、利、正经之事，游艺之志似乎更符合其性格特点。那么，薛蟠又是怎么生出游艺之志的？上回说到，薛蟠因为表错情，被柳湘莲狠狠教训了一顿，自觉无脸见人，所以动了随薛家当铺总揽张德辉出外游艺的念头。通过这样的安排，香菱入园的前因后果可谓环环相扣、严密妥当。

3. 避难法

以闲笔开端，从一件小事说起，引出比较难于描述的复杂事件，可称为"避难法"。

例如第十六回元春省亲之事的缘起，通过贾琏、凤姐和赵嬷嬷的一段席间对话引出，建造大观园的规模排场、人员安排也都通过对话传达。

> 凤姐道："可是别误了正事。才刚老爷叫你作什么？"贾琏道："就为省亲。"凤姐忙问道："省亲的事竟准了不成？"贾琏笑道："虽不十分准，也有八分准了。"凤姐笑道："可见当今的隆恩。历来听书看戏，古时从未有的。"赵嬷嬷又接口道："可是呢，我也老糊涂了。我听见上上下下吵嚷了这些日子，什么省亲不省亲，我也不理论他去；如今又说省亲，到底是怎么个原故？"

赵嬷嬷讨人情给儿子安排差事一段虽然是闲文，却引出了通部脉络。这是由小及大的写法。如果建造大观园一事要"从如何奉旨起造，又如何分派众人，从头细细直写将来，几千样细事如何能顺笔一气写清"，不仅会显得冗长，而且行文也过于死板。

对此，甲戌本回前总结道："故只用琏、凤夫妻二人一问一答，上用赵妪讨情作引，下文蓉、蔷来说事作收，余者随笔顺笔略一点染，则耀然洞彻矣。此是避难法。"

总之，避难法闲笔不闲，每每成了一段踌躇难书的主要情节的引子，反成了关键之笔，使得文章简洁、明晰，不落于拘泥板滞，而尽得自然之态。

（四）结构

1. 草蛇灰线法

藏头露尾、时明时暗的笔法即"草蛇灰线法"。金圣叹曾言："骤看之，有如无物，及至细寻，其中便有一条线索，拽之通体俱动。"

《红楼梦》中对"草蛇灰线法"的运用可谓浑然天成、不着痕迹。

"刘姥姥进大观园"是大家耳熟能详的情节。实际上，曹雪芹在全书一共安排了刘姥姥三次到荣国府，分别穿插在小说前中后三个情节架构中，前后跨度非常大。从第六回刘姥姥一进荣国府，攀上了这门富贵亲戚，及至第三十九回刘姥姥二进荣国府，目睹了贾家最鼎盛的繁华荣光，此后，刘姥姥这条情节线就基本中断了。一直到八十回后，贾府抄家败落，上下萧索凄凉，作者才安排了刘姥姥三进荣国府，还报恩情，拯救巧姐。我们今天看到的续书后四十回该处情节，虽和曹雪芹原来的设想略有出入，但大致符合他的本意。

刘姥姥三次到荣国府，所发生之事看似毫无关系，实则是作者刻意安排的连锁伏笔，并非闲笔墨。全书最后，刘姥姥带巧姐来到自己的村庄避难，并给巧姐找到一门亲事，使得贾家这最后一点儿血脉得以保留延续。读到这里，我们才能领会曹雪芹前文笔墨的妙处。

可以说，刘姥姥这样一位乡村老妪，是贾府由盛转衰的见证者，作者用这样一个独特的角色指引我们观照大观园中的悲欢离合、人情冷暖。

再如作者在前几回中多次提到了“通灵宝玉”，直至第八回，作者才借宝钗“细细的赏鉴”一一展现通灵宝玉“大如雀卵，灿若明霞，莹润如酥，五色花纹缠护”的特点及其正反面图式。脂批评道：“余亦想见其物矣，前回中总用草蛇灰线写法，至此方细细写出，正是大关节处。”

2. 首尾照应法

在《红楼梦》中，各种照应、伏笔似在不经意间推动情节的发展，并深刻揭示作品主题。

大的方面来看，小说以甄士隐起，甄士隐结，以一僧一道勾连前后情节，以太虚幻境联系故事的前因后果。例如，第一回以女娲炼石补天的神话开场，引出青埂峰下的通灵顽石。它正自怨自艾时，碰到高谈阔论的一僧一道，便请求二人将自己带入凡尘。

> 二仙师听毕，齐憨笑道：“善哉，善哉！那红尘中有却有些乐事，但不能永远依恃；况又有‘美中不足，好事多魔’八个字紧相连属，瞬息间则又乐极悲生，人非物换，究竟是到头一梦，万境归空，……”

脂批指出：“四句乃一部之总纲。”

小说结尾，宝玉在人间历经离合悲欢，最后又被一僧一道带走，回到原点，万事皆空：

> 这一日空空道人又从青埂峰前经过，见那补天未用之石仍在那里，

> 上面字迹依然如旧，又从头的细细看了一遍，见后面偈文后又历叙了多少收缘结果的话头，……

尽管后四十回的文字是否为曹雪芹原作，今天学界尚无定论，但续作在结尾处照应了故事的初始，使得全书形成了一个严密的圆形结构，一僧一道于贾宝玉的意义可谓大矣。

小的细节方面我们试举一例。第二回冷子兴向贾雨村介绍贾府概况时说道：

> 亏你是进士出身，原来不通！古人有云："百足之虫，死而不僵。"如今虽说不及先年那样兴盛，较之平常仕宦之家，到底气象不同。……如今外面的架子虽未甚倒，内囊却也尽上来了。

冷子兴认为贾府外表极尽奢华，实则败絮其内。正如第七十四回抄检大观园时，探春痛斥：

> 你们别忙，自然连你们抄的日子有呢！……可知这样大族人家，若从外头杀来，一时是杀不死的，这是古人曾说的"百足之虫，死而不僵"，必须先从家里自杀自灭起来，才能一败涂地！

探春这番话与冷子兴所言遥相呼应，揭示了贾府盛极必衰的命运。

3. 一击两鸣法

写一个人的时候，夹带着写出另一个人来，以达到一笔写两人的目的，即为"一击两鸣法"。在《红楼梦》中，这种技法用于叙写人物外貌、揭示人物关系、展现人物内心世界等。

如第五回：

> 如今且说林黛玉自在荣府以来，贾母万般怜爱，寝食起居，一如宝玉，迎春、探春、惜春三个亲孙女倒且靠后；……

脂批评为："妙极！所谓一击两鸣法，宝玉身分可知。"

又如第七回：

> 正说着，只见香菱笑嘻嘻的走来。周瑞家的便拉了他的手，细细的看了一会，因向金钏儿笑道："倒好个模样儿，竟有些像咱们东府里蓉大奶奶的品格儿。"

脂批点出："一击两鸣法，二人之美，并可知矣。"

再如第六十六回：

> 话说鲍二家的打他一下子，笑道："原有些真的，叫你又编了这混话，越发没了捆儿。你倒不像跟二爷的人，这些混话倒像是宝玉那边的了。"

脂批又赞："好极之文，将茗烟等已全写出，可谓一击两鸣法，不写之写也。"

长篇小说人物众多，事件纷杂，一击两鸣法能够将情节事件、矛盾冲突环环相扣，达到条理顺畅的效果。

至此，我们通过对《红楼梦》中一些古典小说经典创作技法的赏析，逐渐领会到如何从小说细节处来感受《红楼梦》的艺术魅力。

毫无疑问，这部伟大的作品尚待我们细品慢读、反复琢磨。将来，通过更加深入的阅读和学习，大家也将积累更多、更深厚的文学修养，再来重读《红楼梦》时，也会得到与此刻不同的思想上的领悟。

巩 固 练 习

“元妃省亲”学习检测

一、选择题

1. 元妃省亲当夜，最初点的四出戏目是（　　）。[整体感知]

A.《豪宴》—《乞巧》—《仙缘》—《离魂》

B.《豪宴》—《乞巧》—《游园》—《惊梦》

C.《豪宴》—《乞巧》—《相约》—《相骂》

D.《游园》—《惊梦》—《相约》—《相骂》

2. 原文第二十三回中，元妃下谕，命宝钗等搬入大观园，宝玉与诸位姊妹都住了进去。下列人物与住所名称对应正确的一项是（　　）。[整体感知]

A. 宝玉—怡红院；迎春—藕香榭

B. 宝钗—蘅芜苑；李纨—沁芳亭

C. 黛玉—潇湘馆；探春—秋爽斋

D. 妙玉—栊翠庵；惜春—紫菱洲

3. “大观园试才题对额，荣国府归省庆元宵”两回中，贾宝玉为大观园里的景点题写了不少诗句。以下诗句中不是贾宝玉所题的是（　　）。[整体感知]

A. 绕堤柳借三篙翠，隔岸花分一脉香。

B. 宝鼎茶闲烟尚绿，幽窗棋罢指犹凉。

C. 三径香风飘玉蕙，一庭明月照金兰。

D. 吟成荳蔻才犹艳，睡足荼蘼梦也香。

4. 新冠肺炎疫情愈演愈烈，因元妃深得皇帝恩宠，皇帝命太医院给贾府送来三剂疫苗。你觉得这三剂疫苗应该给谁打？（　　）[整体感知]

A. 宝玉、王夫人、贾母

B. 黛玉、宝钗、袭人

C. 王熙凤、贾母、贾政

D. 贾母、贾政、宝玉

5. 对《红楼梦》元妃省亲章节中涉及的成语理解表述错误的一项是（　　）。[整体感知]

A. 贾政点头道："畜生，畜生，可谓'管窥蠡测'矣。"（管窥蠡测：意为从管子里看天，以瓢测量海水，喻见识短浅。）

B. 众人道："极是。非胸中大有邱壑，焉想及此。"（胸中大有邱壑：原指作画前的布局构思。后亦喻人胸有才识、意致深远。）

C. 贾政："贵妃切勿以政夫妇残犁为念，懑愤金怀，更祈自加珍爱。"（懑愤金怀：心中忧郁烦闷的敬称。）

D. 贾政："惟朝乾夕惕，忠于厥职外，愿我君万寿千秋，乃天下苍生之同幸也。"（朝乾夕惕：从早到晚非常警惕。）

6. 脂批说："大观园系玉兄与十二钗之太虚玄境。"以下选项中不能支撑这一观点的是（　　）。[整体感知]

A. "宝玉见了这个所在，心中忽有所动，寻思起来，倒像那里曾见过的一般，却一时想不起那年月日的事了"

B. 大观园中沁芳亭的描写"只见佳木茏葱，奇花烟灼，一带清流，……则清溪泻雪，石磴穿云，白石为栏"与宝玉至太虚幻境见到的"朱栏白石，绿树清溪"相似

C. 大观园和太虚幻境一样，都是"清净女儿之境"

D. 大观园和太虚幻境中一样都有警幻仙子

二、简答题

1. 小说中，在元妃省亲前，贾政安排贾宝玉题匾额和对联。如贾府这样的煊赫世家，为何不遍邀名家题名，反用宝玉所题？[整体感知、理解阐释]

____

____

____

2. 元妃省亲时，特意安排了一场题咏，让宝玉和众姊妹为大观园的匾额赋诗。贾宝玉一人领了四题。在宝玉作诗的过程中，薛宝钗和林黛玉对

他提供的帮助是什么？请概括回答。[整体感知、理解阐释]

3. 阅读下面的文字，回答问题。

至贾母正室，欲行家礼，贾母等俱跪止不迭。贾妃满眼垂泪，方彼此上前厮见，一手搀贾母，一手搀王夫人，三个人满心里皆有许多话，只是俱说不出，只管呜咽对泣。邢夫人、李纨、王熙凤、迎、探、惜三姊妹等，俱在旁围绕，垂泪无言。

半日，贾妃方忍悲强笑，安慰贾母、王夫人道："当日既送我到那不得见人的去处，好容易今日回家娘儿们一会，不说说笑笑，反倒哭起来。一会子我去了，又不知多早晚才来！"说到这句，不禁又哽咽起来。……母女姊妹深叙些离别情景，及家务私情。

又有贾政至帘外问安，贾妃垂帘行参等事。又隔帘含泪谓其父曰："田舍之家，虽齑盐布帛，终能聚天伦之乐；今虽富贵已极，骨肉各方，然终无意趣！"……

……贾妃见宝、林二人亦发比别姊妹不同，真是姣花软玉一般。因问："宝玉为何不进见？"贾母乃启："无谕，外男不敢擅入。"元妃命快引进来。小太监出去引宝玉进来，先行国礼毕，元妃命他进前，携手揽于怀内，又抚其头颈笑道："比先竟长了好些……"一语未终，泪如雨下。

……

众人谢恩已毕，执事太监启道："时已丑正三刻，请驾回銮。"贾妃听了，不由的满眼又滚下泪来。

（节选自《红楼梦》第十七回至十八回）

（1）第十六回中凤姐听说省亲事定后，笑道："可见当今的隆恩。历来听书看戏，古时从未有的。"可见，元妃省亲是闻所未闻的喜事，然而元妃省亲时却不住地哭泣，试分析原因。[整体感知、理解阐释]

(2) 元春被封贵妃，显赫至极，你是否觉得羡慕？请谈谈你的看法。[整体感知、理解阐释]

4. 写元春加封贵妃时，作者穿插写秦钟之死，有人认为极不协调。对此你怎么看？[整体感知、赏析评价]

5. 元妃省亲之时，让宝玉和众姊妹赋诗，其中黛玉替宝玉作诗《杏帘在望》，得到元妃赞赏。按照要求回答以下题目。[赏析评价]

杏帘在望

杏帘招客饮，在望有山庄。
菱荇鹅儿水，桑榆燕子梁。
一畦春韭绿，十里稻花香。
盛世无饥馁，何须耕织忙。

（节选自《红楼梦》第十七回至十八回）

(1) 诗歌的体裁是__________。

(2) 赏析诗歌中间两联。

6. 阅读下面的文字，回答问题。

元春入室，更衣毕复出，上舆进园。只见园中香烟缭绕，花彩缤纷，处处灯光相映，时时细乐声喧，说不尽这太平气象，富贵风流。

……

且说贾妃在轿内看此园内外如此豪华，因默默叹息奢华过费。忽又见执拂太监跪请登舟，贾妃乃下舆。只见清流一带，势如游龙，两边石栏上，皆系水晶玻璃各色风灯，点的如银花雪浪；上面柳杏诸树虽无花叶，然皆用通草绸绫纸绢依势作成，粘于枝上的，每一株悬灯数盏；更兼池中荷荇凫鹭之属，亦皆系螺蚌羽毛之类作就的。诸灯上下争辉，真系玻璃世界，珠宝乾坤。船上亦系各种精致盆景诸灯，珠帘绣幙，桂楫兰桡，自不必说。……

……贾妃听了，不由的满眼又滚下泪来。却又勉强堆笑，拉住贾母、王夫人的手，紧紧的不忍释放，再四叮咛："不须挂念，好生自养。如今天恩浩荡，一月许进内省视一次，见面是尽有的，何必伤惨。倘明岁天恩仍许归省，万不可如此奢华靡费了！"

（节选自《红楼梦》第十七回至十八回）

有学者认为，元妃省亲给贾府的经济造成了致命一击。你是否认可这一观点？[整体感知、理解阐释]

______

______

______

7.《红楼梦》中，贾元春出场的时间是很少的，但是在金陵十二钗正册中，她排名第三，仅位于主角黛玉、宝钗之后，可见，其重要性高于多次出场的王熙凤、史湘云等人。结合元妃省亲相关章节的具体内容，分析贾元春的人物形象。[整体感知、理解阐释]

______

______

______

8.《红楼梦》中元妃省亲这一情节历来被形容为"烈火烹油，鲜花着锦"。有人说，曹雪芹抓住这一大关节，浓墨重彩，细致描绘了省亲的盛况和热闹；但也有人说，省亲中元妃多次落泪，热闹中暗含悲凉。请对此谈谈你的看法。[整体感知、推断探究]

______

9.《红楼梦》中，贾府为迎接元妃省亲，花费大量财力物力建造大观园。《红楼梦》自问世以来，关于大观园原型的探讨从未停止，学者对此提出不同观点。中央电视台《国宝档案》曾推出节目《恭王府与〈红楼梦〉》，探讨了二者之间的相似之处。阅读下文对于恭王府及后花园的简介，结合《红楼梦》相关内容，探讨为什么有学者认为恭王府后花园为大观园的原型。[整体感知、推断探究]

恭王府及后花园简介

恭王府位于北京什刹海的西南角，前半部是富丽堂皇的府邸，后半部为幽深秀丽的古典园林。府后花园名为萃锦园，衔水环山，古树参天，曲廊亭榭，富丽天然。景致之变化无常，开合有致，实为中国园林建筑的典范。全园景致典雅，载滢总结为二十景，有“曲径通幽”“吟香醉月”“艺蔬圃”（艺，种植）等。入园迎面为左右两青石假山夹道，之间有一空地。立此上看，则额“曲径通幽”，载滢称其为“园中第一景”。载滢诗《补题邸园二十景》“长桥卧波，四顾浩如”，此景描述的为渡鹤桥。萃锦园中种植大量珍贵植物，香雪坞中长满秀丽的竹子；园中还种植了名贵的西府海棠，恭王府的海棠在京城里也很出名。

10. 大观园试才中，贾政对于宝玉的态度是“可见就是个轻薄人”“畜生，畜生，可谓‘管窥蠡测’矣”“快进去，疼你也白疼了”，贾政是否真的看不上宝玉？[整体感知、理解阐释]

11. 大观园试才中，贾政和贾宝玉就稻香村这一居所是否“天然”引

发分歧，试分析两人产生分歧的原因。[整体感知、推断探究]

____

____

____

“宝黛定情”学习检测

一、选择题

1. 下列说法中不正确的是（　　）。[整体感知]

   A. 元宵听戏之时，史湘云在大家对长得像林黛玉的戏子笑而不言时，脱口而出“倒像林妹妹的模样儿”，体现出史湘云心直口快、不拘小节、心无城府的性格。

   B. 元妃送出灯谜让大家猜，贾母见元春喜欢，也命人在大观园制作灯谜让大家猜，还请来了贾政，整个聚会的气氛融洽欢快。

   C. 贾政猜灯谜时，一听就知道是荔枝，却故意乱猜，是为了讨自己母亲的喜欢。猜不着，就罚了东西，最后猜对了，得到贾母赏赐。

   D. 贾母喜欢宝钗稳重和平。贾府为宝钗作生日，贾母问宝钗喜欢什么戏，宝钗知道贾母喜欢热闹戏文，依贾母喜好点戏，贾母很高兴。

2. 下列说法中不正确的是（　　）。[整体感知]

   A. 元妃回宫后，下谕叫大家去大观园中居住。宝玉住了怡红院，宝钗住了蘅芜苑，黛玉住了潇湘馆，贾迎春住了缀锦楼，探春住了稻香村，惜春住了蓼风轩，李纨住了秋爽斋。

   B. 凤姐给黛玉等送暹罗国进贡的茶叶，取笑说黛玉给她家作媳妇，黛玉骂她贫嘴贱舌讨人厌恶。

   C. 一日，黛玉在梨香院听《牡丹亭》，感慨缠绵，点头自叹，心动神摇，如醉如痴，眼中落泪。

   D. 贾府中处处存在矛盾。一日，宝玉和彩霞玩耍，贾环对此不满，便用滚烫的蜡油烫伤宝玉的脸。

3. 下列各项叙述有误的是（　　）。[整体感知]

   A. 黛玉因记挂宝玉被父亲叫去，晚上来怡红院看望，由于晴雯发脾气，且没有听清黛玉的声音，烦躁得很，没有开门，这不禁动了黛玉的身世之悲，开始哭泣。

B. 三月桃花开时，宝玉在大观园里偷读《牡丹亭》被黛玉发现，后来黛玉也认真阅读，二人借《牡丹亭》里的词句表白。宝玉自比柳梦梅，黛玉自比杜十娘。

C. 林黛玉性格忧郁，因一个误会触动寄人篱下的凄凉，正逢花落时期，又勾起伤春愁思，于是将残花埋葬在沁芳亭。她由落花想到自己的命运，口吟《葬花词》。

D. 史湘云劝说宝玉去走“仕途经济”之路，宝玉不开心，之后谈起林黛玉，宝玉说林妹妹才不会说这些混帐话。

二、填空题

1.《红楼梦》第二十三回，林黛玉所听到的戏文“花落水流红，闲愁万种”出自《__________》。［整体感知］

2. 端午节元妃赏赐诸人物件，因为__________和__________赏赐的东西相同，令宝玉吃惊、黛玉含酸。［整体感知］

3. 到了端午节，贾母带领众小姐、太太及丫头们去清虚观打醮。老道士当着贾母的面给宝玉提起亲来，被贾母以“命里不该早娶”的话婉言拒绝。后来在众人敬献的饰物中看到一个__________，因__________有此物，宝玉便留心收藏。［整体感知］

三、简答题

1. 阅读下面的文字，回答问题。

这里袭人见他去了，自思方才之言，一定是因黛玉而起，如此看来，将来难免不才之事，令人可惊可畏。想到此间，也不觉怔怔的滴下泪来，心下暗度如何处治方免此丑祸。正裁疑间，忽有宝钗从那边走来，笑道：“大毒日头地下，出什么神呢?”袭人见问，忙笑道：“那边两个雀儿打架，倒也好玩，我就看住了。”

（节选自《红楼梦》第三十二回）

（1）结合原著，简述袭人出神的原因。［整体感知、理解阐释］

______

______

______

（2）曹雪芹善用伏脉千里的笔法，袭人此处的出神对小说后面的哪个情节起到了推动作用？［整体感知、理解阐释］

______

______

______

2. 阅读下面的文字，回答问题。

①那一日正当三月中浣，早饭后，宝玉携了一套《会真记》，走到沁芳闸桥边桃花底下一块石上坐着，展开《会真记》，从头细玩。正看到“落红成阵”，只见一阵风过，把树头上桃花吹下一大半来，落的满身满书满地皆是。宝玉要抖将下来，恐怕脚步践踏了，只得兜了那花瓣，来至池边，抖在池内。那花瓣浮在水面，飘飘荡荡，竟流出沁芳闸去了。回来只见地下还有许多。

②宝玉正踟蹰间，只听背后有人说道：“你在这里作什么？”宝玉一回头，却是林黛玉来了，肩上担着花锄，锄上挂着花囊，手内拿着花帚。宝玉笑道：“好，好，来把这个花扫起来，撂在那水里。我才撂了好些在那里呢。”林黛玉道：“撂在水里不好。你看这里的水干净，只一流出去，有人家的地方脏的臭的混倒，仍旧把花遭塌了。那畸角上我有一个花冢，如今把他扫了，装在这绢袋里，拿土埋上，日久不过随土化了，岂不干净。”

③宝玉听了喜不自禁，笑道：“待我放下书，帮你来收拾。”黛玉道：“什么书？”宝玉见问，慌的藏之不迭，便说道：“不过是《中庸》、《大学》。”黛玉笑道：“你又在我跟前弄鬼。趁早儿给我瞧，好多着呢。”宝玉道：“好妹妹，若论你，我是不怕的。你看了，好歹别告诉别人去。真真这是好书！你要看了，连饭也不想吃呢。”一面说，一面递了过去。林黛玉把花具且都放下，接书来瞧，从头看去，越看越爱看，不到一顿饭工夫，将十六出俱已看完，自觉词藻警人，馀香满口。虽看完了书，却只管出神，

心内还默默记诵。

④宝玉笑道："妹妹，你说好不好？"林黛玉笑道："果然有趣。"宝玉笑道："我就是个'多愁多病身'，你就是那'倾国倾城貌'。"林黛玉听了，不觉带腮连耳通红，登时直竖起两道似蹙非蹙的眉，瞪了两只似睁非睁的眼，微腮带怒，薄面含嗔，指宝玉道："你这该死的胡说！好好的把这淫词艳曲弄了来，还学了这些混话来欺负我。我告诉舅舅舅母去。"说到"欺负"两个字上，早又把眼睛圈儿红了，转身就走。宝玉着了急，向前拦住说道："好妹妹，千万饶我这一遭，原是我说错了。若有心欺负你，明儿我掉在池子里，教个癞头鼋吞了去，变个大忘八，等你明儿做了'一品夫人'病老归西的时候，我往你坟上替你驮一辈子的碑去。"说的林黛玉嗤的一声笑了，一面揉着眼睛，一面笑道："一般也唬的这个调儿，还只管胡说。'呸，原来是苗而不秀，是个银样镴枪头。'"宝玉听了，笑道："你这个呢？我也告诉去。"林黛玉笑道："你说你会过目成诵，难道我就不能一目十行么？"

⑤宝玉一面收书，一面笑道："正经快把花埋了罢，别提那个了。"二人便收拾落花，正才掩埋妥协，只见袭人走来，说道："那里没找到，摸在这里来。那边大老爷身上不好，姑娘们都过去请安，老太太叫打发你去呢。快回去换衣裳去罢。"宝玉听了，忙拿了书，别了黛玉，同袭人回房换衣不提。

（节选自《红楼梦》第二十三回）

（1）概括以上选文重要事件。[整体感知、理解阐释]

______

______

______

（2）第④段两处画线句分别源自何处？[整体感知、理解阐释]

______

______

______

（3）宝黛"共读《西厢》"在宝黛爱情中发挥了重要作用。结合你对

宝黛爱情的理解，谈谈“共读《西厢》”这一情节的作用。［整体感知、赏析评价］

3. 阅读下面的文字，回答问题。

且说宝玉因见林黛玉又病了，心里放不下，饭也懒去吃，不时来问。林黛玉又怕他有个好歹，因说道：“你只管看你的戏去，在家里作什么？”宝玉因昨日张道士提亲，心中大不受用，今听见林黛玉如此说，心里因想着：“别人不知道我的心还可恕，连他也奚落起我来。”因此心中更比往日的烦恼加了百倍。若是别人跟前，断不能动这肝火，只是林黛玉说了这话，倒比往日别人说这话不同，由不得立刻沉下脸来，说道：“我白认得了你。罢了，罢了！”林黛玉听说，便冷笑了两声道：“我也知道白认得了我，那里像人家有什么配的上呢。”宝玉听了，便向前来直问到脸上：“你这么说，是安心咒我天诛地灭？”林黛玉一时解不过这个话来。宝玉又道：“昨儿还为这个赌了几回咒，今儿你到底又准我一句。我便天诛地灭，你又有什么益处？”林黛玉一闻此言，方想起上日的话来。今日原是自己说错了，又是着急，又是羞愧，便颤颤兢兢的说道：“我要安心咒你，我也天诛地灭。何苦来！我知道，昨日张道士说亲，你怕阻了你的好姻缘，你心里生气，来拿我煞性子。”

（节选自《红楼梦》第二十九回）

（1）贾宝玉“因此心中更比往日的烦恼加了百倍”，他为什么如此生气？［整体感知、理解阐释］

（2）“林黛玉听说，便冷笑了两声道：‘我也知道白认得了我，那里像人家有什么配的上呢。’”林黛玉因为什么事情如此说？体现了林黛玉什么心理？［整体感知、理解阐释］

（3）宝玉“昨儿还为这个赌了几回咒”，“还为这个”指的是什么？［整体感知、理解阐释］

（4）宝玉和黛玉为什么会有文中的口角之争？［整体感知、理解阐释］

（5）选文之后，又发生了什么重要的事情？［整体感知、理解阐释］

（6）分析此次争吵在宝黛爱情中的作用。［整体感知、理解阐释］

4．宝黛初会时双方都有似曾相识之感，它照应了书中的哪一传说？［整体感知、理解阐释］

5．阅读下面的文字，回答问题。

语段一：

又问黛玉：“可也有玉没有？”众人不解其语，黛玉便忖度着因他有玉，故问我有也无，因答道：“我没有那个。想来那玉是一件罕物，岂能人人有的。”

宝玉听了，登时发作起痴狂病来，摘下那玉，就狠命摔去，骂道：“什么罕物，连人之高低不择，还说‘通灵’不‘通灵’呢！我也不要这劳什子了！”吓的众人一拥争去拾玉。贾母急的搂了宝玉道：“孽障！你生气，要打骂人容易，何苦摔那命根子！”

（节选自《红楼梦》第三回）

语段二：

那宝玉又听见他说“好姻缘”三个字，越发逆了己意，心里干噎，口里说不出话来，便赌气向颈上抓下通灵宝玉，咬牙恨命往地下一摔，道：“什么捞什骨子，我砸了你完事！”偏生那玉坚硬非常，摔了一下，竟文风没动。宝玉见没摔碎，便回身找东西来砸。林黛玉见他如此，早已哭起来，说道：“何苦来，你摔砸那哑巴物件。有砸他的，不如来砸我。”

（节选自《红楼梦》第二十九回）

（1）玉是宝玉的命根子，是宝玉受到重视和宠爱的重要原因，宝玉为何初见黛玉就摔玉？［整体感知、理解阐释］

____

____

____

（2）语段二中，宝玉为何狠心摔玉？［整体感知、理解阐释］

____

____

____

6．阅读下面的文字，回答问题。

语段一：

黛玉冷笑道：“难道我也有什么‘罗汉’‘真人’给我些香不成？便是得了奇香，也没有亲哥哥亲兄弟弄了花儿、朵儿、霜儿、雪儿替我炮制。我有的是那些俗香罢了。”

宝玉笑道：“凡我说一句，你就拉上这么些，不给你个利害，也不知道，从今儿可不饶你了。”说着翻身起来，将两只手呵了两口，便伸手向黛玉膈肢窝内两胁下乱挠。黛玉素性触痒不禁，宝玉两手伸来乱挠，便笑的喘不过气来，口里说："宝玉！你再闹，我就恼了。"宝玉方住了手，笑问道："你还说这些不说了？"黛玉笑道："再不敢了。"一面理鬓笑道："我有奇香，你有'暖香'没有？"

宝玉见问，一时解不来，因问："什么'暖香'？"黛玉点头叹笑道："蠢才，蠢才！你有玉，人家就有金来配你；人家有'冷香'，你就没有'暖香'去配？"宝玉方听出来，笑道："方才求饶，如今更说狠了。"说着，又去伸手。黛玉忙笑道："好哥哥，我可不敢了。"

（节选自《红楼梦》第十九回）

语段二：

二人正说话，只见紫鹃进来。宝玉笑道："紫鹃，把你们的好茶倒碗我吃。"紫鹃道："那里是好的呢？要好的，只是等袭人来。"黛玉道："别理他，你先给我舀水去罢。"紫鹃笑道："他是客，自然先倒了茶来再舀水去。"说着倒茶去了。宝玉笑道："好丫头，'若共你多情小姐同鸳帐，怎舍得叠被铺床？'"林黛玉登时撂下脸来，说道："二哥哥，你说什么？"宝玉笑道："我何尝说什么。"黛玉便哭道："如今新兴的，外头听了村话来，也说给我听；看了混帐书，也来拿我取笑儿。我成了爷们解闷的。"一面哭着，一面下床来往外就走。宝玉不知要怎样，心下慌了，忙赶上来道："好妹妹，我一时该死，你别告诉去。我再要敢，嘴上就长个疔，烂了舌头。"

（节选自《红楼梦》第二十六回）

语段三：

不想刚走来，正听见史湘云说经济一事，宝玉又说，林妹妹不说这样混帐话，若说这话，我也和他生分了。

林黛玉听了这话，不觉又喜又惊，又悲又叹。所喜者，果然自己眼力不错，素日认他是个知己，果然是个知己。所惊者，他在人前一片私心称扬于我，其亲热厚密，竟不避嫌疑。所叹者，你既为我之知己，自然我亦可为你之知己矣；既你我为知己，则又何必有金玉之论哉；既有金玉之论，亦该你我有之，则又何必来一宝钗哉！所悲者，父母早逝，虽有铭心刻骨之言，无人为我主张。况近日每觉神思恍惚，病已渐成，医者更云气弱血亏，恐致劳怯之症。你我虽为知己，但恐自不能久待；你纵为我知己，奈我薄命何！想到此间，不禁滚下泪来。待进去相见，自觉无味，便一面拭泪，一面抽身回去了。

（节选自《红楼梦》第三十二回）

（1）结合语段一中画线句，分析“宝玉方听出来”中听出来的是什么。[整体感知、理解阐释]

______

______

______

（2）语段三中黛玉所喜“素日认他是个知己，果然是个知己”。古代男女大防极为严格，结合原书，分析宝黛二人是如何培养出知己之情的。[整体感知、理解阐释]

______

______

______

（3）宝玉用《西厢记》里张生和崔莺莺的爱情比自己和黛玉的感情。有人认为，这就是古代男女之间一种间接的情感倾诉，况且莺莺张生的爱情和宝黛之爱同样真挚，这么比是贴切的；也有人认为，《红楼梦》对宝黛之爱的刻画和传统才子佳人小说是不一样的，不应该用莺莺张生比宝黛。你比较支持哪一种说法？[整体感知、推断探究]

______

______

______

7. 阅读下面的文字，回答问题。

语段一：

小说《简·爱》中，女主人公简·爱得知深爱的罗切斯特即将迎娶一位女子，同时罗切斯特要求简·爱留下来，简·爱对罗切斯特说了下面这番话：

“我告诉你我非走不可！”我回驳着，感情很有些冲动。“你难道认为，我会留下来甘愿做一个对你来说无足轻重的人？你以为我是一架机器？——一架没有感情的机器？能够容忍别人把一口面包从我嘴里抢走，把一滴生命之水从我杯子里泼掉？难道就因为我一贫如洗、默默无闻、长相平庸、个子瘦小，就没有灵魂，没有心肠了？——你不是想错了吗？——我的心灵跟你一样丰富，我的心胸跟你一样充实！要是上帝赐予我一点儿姿色和充足的财富，我会使你同我现在一样难分难舍。我不是根据习俗、常规，甚至也不是血肉之躯同你说话，而是我的灵魂同你的灵魂在对话，就仿佛我们两人穿过坟墓，站在上帝脚下，彼此平等——本来就如此！”

（节选自《简·爱》第二十三章）

语段二：

宝玉瞅了半天，方说道“你放心”三个字。林黛玉听了，怔了半天，方说道：“我有什么不放心的？我不明白这话。你倒说说怎么放心不放心？”宝玉叹了一口气，问道：“你果不明白这话？难道我素日在你身上的心都用错了？连你的意思若体贴不着，就难怪你天天为我生气了。”林黛玉道：“果然我不明白放心不放心的话。”宝玉点头叹道：“好妹妹，你别哄我。果然不明白这话，不但我素日之意白用了，且连你素日待我之意也都辜负了。你皆因总是不放心的原故，才弄了一身病。但凡宽慰些，这病也不得一日重似一日。”

林黛玉听了这话，如轰雷掣电，细细思之，竟比自己肺腑中掏出来的还觉恳切，竟有万句言语，满心要说，只是半个字也不能吐，却怔怔的望着他。此时宝玉心中也有万句言语，不知从那一句上说起，却也怔怔的望着黛玉。两个人怔了半天，林黛玉只咳了一声，两眼不觉滚下泪来，回身便要走。宝玉忙上前拉住，说道：“好妹妹，且略站住，我说一句话再走。”林黛玉一面拭泪，一面将手推开，说道：“有什么可说的。你的话我早知道了！”口里说着，却头也不回竟去了。

（节选自《红楼梦》第三十二回）

(1) 结合原书内容，分析语段二中宝玉的肺腑之言在宝黛二人感情发展中的意义。[整体感知、理解阐释]

____

(2) 一位外国友人感叹，宝玉、黛玉既然如此相爱，为什么他们之间的怄气和哭泣远远多于快乐呢？请结合语段一及语段二中的画线句，分析简·爱和黛玉两个女孩子语言表达上的差异，并根据你对两部原著的理解，解答外国友人的疑问。[整体感知、推断探究]

四、诗歌赏析

《葬花吟》被认为是林黛玉感叹身世遭遇的哀音代表，也是曹雪芹在这部书中最具艺术表现魅力的诗词之一。阅读《葬花吟》，回答以下问题。

葬花吟

林黛玉

花谢花飞花满天，红消香断有谁怜？
游丝软系飘春榭，落絮轻沾扑绣帘。
闺中女儿惜春暮，愁绪满怀无释处，
手把花锄出绣闺，忍踏落花来复去。
柳丝榆荚自芳菲，不管桃飘与李飞。
桃李明年能再发，明年闺中知有谁？
三月香巢已垒成，梁间燕子太无情！
明年花发虽可啄，却不道人去梁空巢也倾。
一年三百六十日，风刀霜剑严相逼，
明媚鲜妍能几时，一朝飘泊难寻觅。
花开易见落难寻，阶前闷杀葬花人，
独倚花锄泪暗洒，洒上空枝见血痕。
杜鹃无语正黄昏，荷锄归去掩重门。

青灯照壁人初睡，冷雨敲窗被未温。
怪奴底事倍伤神，半为怜春半恼春：
怜春忽至恼忽去，至又无言去不闻。
昨宵庭外悲歌发，知是花魂与鸟魂？
花魂鸟魂总难留，鸟自无言花自羞。
愿奴胁下生双翼，随花飞到天尽头。
天尽头，何处有香丘？
未若锦囊收艳骨，一抔净土掩风流。
质本洁来还洁去，强于污淖陷渠沟。
尔今死去侬收葬，未卜侬身何日丧？
侬今葬花人笑痴，他年葬侬知是谁？
试看春残花渐落，便是红颜老死时。
一朝春尽红颜老，花落人亡两不知！

（节选自《红楼梦》第二十七回）

1. 葬花吟的体裁为__________。运用的主要手法是以__________喻__________。[整体感知]

2. 对下列诗句中加线词语解释有误的一项是（　　）。[整体感知]

A. 游丝软系飘春榭：筑在台上的房子

B. 未若锦囊收艳骨：比不上

C. 怪奴底事倍伤神　奴：我，女子的自称。底：何，什么。

D. 知是花魂与鸟魂：知道是

3. 此首诗歌是林黛玉在什么场合下创作的？[整体感知、理解阐释]

____

____

____

4. 任选角度，赏析画线句。[鉴赏评价]

____

____

____

“宝玉挨打”学习检测

一、选择题

1. 下列表达中，关于蒋玉菡情节内容相符的一项是（　　）。[整体感知]

A. 蒋玉菡是北静王府的小旦。

B. 蒋玉菡与宝玉初次相见是在薛蟠所设的宴席中。

C. 蒋玉菡最终娶袭人为妻。

D. 蒋玉菡逃出王府后躲在贾府。

2. 第二十五回中写道，贾环素日恨宝玉，“每每暗中算计，只是不得下手”。以下符合这一内容的是（　　）。[整体感知]

A. 贾环用热油烫瞎宝玉的眼睛。

B. 贾环、赵姨娘给宝玉、王熙凤作法。

C. 贾环赌钱和宝钗的丫鬟莺儿赖钱。

D. 贾环向贾政诬告宝玉逼奸金钏至死。

3. 宝玉挨打时，王夫人叫着贾珠哭道：“若有你活着，便死一百个我也不管了。”下列人物关系描述正确的一项是（　　）。[整体感知]

A. 贾蓉是贾珠的遗腹子。

B. 贾珠与王熙凤育有一女。

C. 贾珠妻子李纨在他去世后改嫁。

D. 贾珠是荣国府贾政的嫡长子。

4.《红楼梦》历来有“中国文化百科全书”之称，下列关于第三十三、三十四回中涉及的文化常识理解表述错误的一项是（　　）。[整体感知]

A. 未及叙谈，那长史官先就说道：“下官此来，并非擅造潭府，皆因奉王命而来，有一件事相求。……”（潭府：深宅大院，常用作对他人住宅的美称。）

B. “大约我近年于家务疏懒，自然执事人操克夺之权，致使生出这暴殄轻生的祸患。”（执事人：主管具体事务之人。）

C. 袭人抽身回来，心内着实感激宝钗。进来见宝玉沉思默默似睡非睡的模样，因而退出房外，自去栉沐。（栉沐：梳发与沐浴，梳洗。栉：梳子、篦子的通称，引申为梳头。）

D. 晴雯道：“白眉赤眼，做什么去呢？到底说句话儿，也像一件事。”（白眉赤眼：心里着急，脸色难看。）

5. 电影《你好，李焕英》讲述了女儿贾晓玲回到母亲的年轻时代所发生的种种趣事，感人至深。试设想，宝玉也回到了贾政的年轻时代，看到祖父正把父亲绑住打板子。下列选项中各反应最符合宝玉性格特点的一项是（　）。[整体感知]

A. 宝玉忍不住拍手，心中暗喜：你也有今日！

B. 宝玉从未见过贾政如此狼狈，见此情景不由笑出声来。

C. 宝玉忙冲进去，扑在父亲身上，大喊：别打了！

D. 宝玉伤心不已，一溜烟跑了。

二、简答题

1. 阅读下面的文字，回答问题。

话未说完，把个贾政气的面如金纸，大喝“快拿宝玉来！”一面说，一面便往里边书房里去，喝令“今日再有人劝我，我把这冠带家私一应交与他与宝玉过去！我免不得做个罪人，把这几根烦恼鬓毛剃去，寻个干净去处自了，也免得上辱先人下生逆子之罪。”众门客仆从见贾政这个形景，便知又是为宝玉了，一个个都是啖指咬舌，连忙退出。那贾政喘吁吁直挺挺坐在椅子上，满面泪痕，一叠声“拿宝玉！拿大棍！拿索子捆上！把各门都关上！有人传信往里头去，立刻打死！”众小厮们只得齐声答应，有几个来找宝玉。

（节选自《红楼梦》第三十三回）

(1) 本段开头说“话未说完”，请简要概述前文谁说了什么。[整体感知、理解阐释]

______

（2）文中加点字“又”写出贾政对于宝玉的不满由来已久。结合原著相关内容，分析贾政对宝玉不满的原因。［整体感知、理解阐释］

（3）宝玉挨打中贾政多次哭泣，结合文中画线句和下文，试辨析贾政三次哭泣的不同之处。［整体感知、理解阐释］

①王夫人连忙抱住哭道：“老爷虽然应当管教儿子，也要看夫妻分上。我如今已将五十岁的人，只有这个孽障，必定苦苦的以他为法，我也不敢深劝。今日越发要他死，岂不是有意绝我。既要勒死他，快拿绳子来先勒死我，再勒死他。我们娘儿们不敢含怨，到底在阴司里得个依靠。”说毕，爬在宝玉身上大哭起来。

②贾政听了此话，不觉长叹一声，向椅上坐了，泪如雨下。……王夫人哭着贾珠的名字，别人还可，惟有宫裁禁不住也放声哭了。贾政听了，那泪珠更似滚瓜一般滚了下来。

（节选自《红楼梦》第三十三回）

2．阅读下面的文字，回答问题。

只见王夫人翻身起来，照金钏儿脸上就打了个嘴巴子，指着骂道：“下作小娼妇，好好的爷们，都叫你教坏了。”宝玉见王夫人起来，早一溜烟去了。

……王夫人便叫玉钏儿：“把你妈叫来，带出你姐姐去。”金钏儿听说，忙跪下哭道：“我再不敢了。太太要打骂，只管发落，别叫我出去就是天恩了。我跟了太太十来年，这会子撵出去，我还见人不见人呢！”王夫人固然是个宽仁慈厚的人，从来不曾打过丫头们一个，今忽见金钏儿行此无耻之事，此乃平生最恨者，故气忿不过，打了一下，骂了几句。虽金钏儿苦求，亦不肯收留，到底唤了金钏儿之母白老媳妇来领了下去。那金钏儿含羞忍辱的出去，不在话下。

……

却说宝钗来至王夫人处，只见鸦雀无闻，独有王夫人在里间房内坐着垂泪。……

王夫人点头哭道："你可知道一桩奇事？金钏儿忽然投井死了！"宝钗见说，道："怎么好好的投井？这也奇了。"王夫人道："原是前儿他把我一件东西弄坏了，我一时生气，打了他几下，撵了他下去。我只说气他两天，还叫他上来，谁知他这么气性大，就投井死了。岂不是我的罪过。"……

王夫人道："刚才我赏了他娘五十两银子，原要还把你妹妹们的新衣服拿两套给他妆裹。……要是别的丫头，赏他几两银子也就完了，只是金钏儿虽然是个丫头，素日在我跟前比我的女儿也差不多。"口里说着，不觉泪下。

（节选自《红楼梦》第三十、三十二回）

（1）金钏是在王夫人身边侍奉多年的丫鬟，为什么王夫人动怒大骂金钏？（15 字以内）［整体感知、理解阐释］

______

______

______

（2）金钏死后，王夫人多次垂泪，有学者将其解读为"鳄鱼的眼泪"。你是否认可？谈谈你的看法。［整体感知、推断探究］

______

______

______

3. 阅读下面的文字，回答问题。

一句话未了，只听窗外颤巍巍的声气说道："先打死我，再打死他，岂不干净了！"贾政见他母亲来了，又急又痛，连忙迎接出来，只见贾母扶着丫头，喘吁吁的走来。

贾政上前躬身陪笑道："大暑热天，母亲有何生气亲自走来？有话只该叫了儿子进去吩咐。"贾母听说，便止住步喘息一回，厉声说道："你原来是和我说话！我倒有话吩咐，只是可怜我一生没养个好儿子，却叫我和谁说去！"贾政听这话不像，忙跪下含泪说道："为儿的教训儿子，也为的是光宗耀祖。母亲这话，我做儿的如何禁得起？"贾母听说，便啐了一口，说道："我说了一句话，你就禁不起，你那样下死手的板子，难道宝玉就禁得起了？你说教训儿子是光宗耀祖，当初你父亲怎么教训你来！"说着，不觉就滚下泪来。

贾政又陪笑道："母亲也不必伤感，皆是作儿的一时性起，从此以后再不打他了。"贾母便冷笑道："你也不必和我使性子赌气的。你的儿子，我也不该管你打不打。我猜着你也厌烦我们娘儿们。不如我们赶早儿离了你，大家干净！"说着便令人去看轿马，"我和你太太宝玉立刻回南京去！"家下人只得干答应着。

……贾政听说，忙叩头哭道："母亲如此说，贾政无立足之地。"贾母冷笑道："你分明使我无立足之地，你反说起你来！只是我们回去了，你心里干净，看有谁来许你打。"一面说，一面只令快打点行李车轿回去。贾政苦苦叩求认罪。

（节选自《红楼梦》第三十三回）

《烛之武退秦师》中，烛之武以其能言善辩，凭一己之力使秦晋退兵。贾母劝说贾政也有很高的论辩艺术。试分析二人论辩艺术的异同。[赏析评价]

____

____

____

4. 下面三句话是哪些人在宝玉挨打后对宝玉说的？对三人出场的先后顺序进行排序，并辨析三人情感的区别。[整体感知、理解阐释]

A. "你从此可都改了罢！"（　　）

B. "早听人一句话，也不至今日。"（　　）

C. "我的娘，怎么下这般的狠手！你但凡听我一句话，也不得到这步地位。"（　　）

5. 鲁迅先生曾说：“（《红楼梦》的）要点在敢于如实描写，并无讳饰，和从前的小说叙好人完全是好，坏人完全是坏的，大不相同，所以其中所叙的人物，都是真的人物。”结合选文，评析鲁迅先生的观点。（200字以内）［赏析评价］

宝钗叹道：“姨娘是慈善人，固然这么想。据我看来，他并不是赌气投井。多半他下去住着，或是在井跟前憨顽，失了脚掉下去的。他在上头拘束惯了，这一出去，自然要到各处去顽顽逛逛，岂有这样大气的理！纵然有这样大气，也不过是个糊涂人，也不为可惜。”王夫人点头叹道：“这话虽然如此说，到底我心不安。”宝钗叹道：“姨娘也不必念念于兹，十分过不去，不过多赏他几两银子发送他，也就尽主仆之情了。”

（节选自《红楼梦》第三十二回）

6. 宝黛二人是真正的知己，宝玉挨打后，两人的交流更显超出旁人的默契。请结合下列选文，分析加点字的内涵。［整体感知、理解阐释］

袭人去了，宝玉便命晴雯来吩咐道：“你到林姑娘那里看看他做什么呢。他要问我，只说我好了。”晴雯道：“白眉赤眼，做什么去呢？到底说句话儿，也像一件事。”宝玉道：“没有什么可说的。”晴雯道：“若不然，或是送件东西，或是取件东西，不然我去了怎么搭讪呢？”宝玉想了一想，便伸手拿了两条手帕子撂与晴雯，笑道：“也罢，就说我叫你送这个给他去了。”晴雯道：“这又奇了。他要这半新不旧的两条手帕子？他又要恼了，说你打趣他。”宝玉笑道：“你放心，他自然知道。”

……

这里林黛玉体贴出手帕子的意思来，不觉神魂驰荡……

（节选自《红楼梦》第三十四回）

7. 阅读下面的文字，回答问题。

宝玉从梦中惊醒，睁眼一看，不是别人，却是林黛玉。

宝玉犹恐是梦，忙又将身子欠起来，向脸上细细一认，只见两个眼睛肿的桃儿一般，满面泪光，不是黛玉，却是那个？……此时林黛玉虽不是嚎啕大哭，然越是这等无声之泣，气噎喉堵，更觉得利害。听了宝玉这番话，心中虽然有万句言词，只是不能说得，半日，方抽抽噎噎的说道："你从此可都改了罢！"宝玉听说，便长叹一声，道："你放心，别说这样话。就便为这些人死了，也是情愿的！"

（节选自《红楼梦》第三十四回）

（1）"就便为这些人死了，也是情愿的！""这些人"是指哪些人？[整体感知、理解阐释]

（2）宝玉此句回答，与前文黛玉的"你从此可都改了罢"看似毫无关系，是否如此？试做分析。[整体感知、理解阐释]

8.《红楼梦》在人物形象塑造上改变了以往小说人物类型化、单一化的写法，书中人物形象立体、真实多面。请结合这一观点，分析宝玉在"挨打"事件中所体现的人物形象特点。[整体感知、理解阐释]

9. 宝玉挨打后，众人有不同的反应表现，但是对于精明能干的探春，作者却未着一字，只写了“那李宫裁王熙凤与迎春姊妹早已出来了”。结合探春性格特点，想象探春可能会有的反应。[整体感知、推断探究]

10. 美国人 John 近来对中国古代文学产生了极大兴趣，他在网友的推荐下阅读中国古代小说巅峰之作《红楼梦》，但是他读到“宝玉挨打”相关内容后却产生了一些困惑。你作为一个学过《乡土中国》的学生，试结合《乡土中国》中的相关知识，为他解答下列困惑。

(1) 困惑一：金钏跳井死后，为什么她的家人不去报警（官）？[整体感知、理解阐释]

(2) 困惑二：宝玉被父亲打，母亲求情是情理之中，为什么奶奶、嫂子、堂姐妹、表姐妹都来求情、探望？[整体感知、理解阐释]

11. 父亲教育儿子是一件极为寻常之事，曹雪芹笔下的“宝玉挨打”却历来为人称道，被赞为《红楼梦》情节发展的高潮之一，也能体现作者看似平常却极为精心的构思。请对此加以赏析。[赏析评价]

三、写作

阅读下列材料，结合“宝玉挨打”相关知识，以“教育”为话题写一篇作文。(800 字左右) [表达与交流]

材料：

孩子成长要靠自己，不要过分要求，让他自由发展。教育不在于他将来成功不成功，先希望他长大做个好人。什么叫修佛修道？规规矩矩做事，老老实实做人，有好的人品和教育修养。——南怀瑾

“刘姥姥二进荣国府”学习检测

一、选择题

1. 以下说法正确的一项是（　　）。[整体感知]

A. 第六回中，刘姥姥因与王夫人有旧交，故而带了板儿去贾府打秋风。

B. 刘姥姥二进荣国府，两次都见到了贾母、王夫人、薛姨妈等人。

C. 刘姥姥说宝钗住的屋子不像女儿家的绣房，像公子的书房。

D. 刘姥姥一进荣国府是为了打秋风，二进荣国府是为了还情报恩。

2.《红楼梦》中刘姥姥一共去了荣国府三次，以下关于三次进荣国府内容阐释错误的一项是（　　）。[整体感知]

A. 刘姥姥一进荣国府，使贾府认下了这门亲戚，还拿回来二十两银子和一吊钱。

B. 刘姥姥二进荣国府，见识了贾府全盛时期的泼天富贵，又得了许多银子、衣服。

C. 刘姥姥三进荣国府，贾府上下对这个老太太的贪婪十分厌恶，派人把她打了出去。

D. 刘姥姥三进荣国府，贾母已经去世，凤姐病得骨瘦如柴，让巧姐认了刘姥姥做干娘。

3. 以下文化常识理解表述错误的一项是（　　）。[整体感知]

A. 丫鬟回说：“南院马棚里走了水，不相干，已经救下去了。”（走了水：旧日迷信，忌讳说“失火”，用“走水”替代，取水能灭火之意。）

B. 西墙上当中挂着一大幅米襄阳《烟雨图》，……（米襄阳：宋代书画家米芾，因为是襄阳人，故称米襄阳。）

C. 我最不喜欢李义山的诗，只喜他这一句：“留得残荷听雨声”。偏你们又不留着残荷了。（李义山：唐代诗人李商隐，与杜牧并称“小李杜”。）

D. 依我说，给他瞧瞧祟书本子，仔细撞客着了。（撞客：在路上被人撞到碰伤了。）

4. 鸳鸯又道：“左边一个‘天’。”黛玉道：“良辰美景奈何天。”宝钗听了，回头看着他。黛玉只顾怕罚，也不理论。

以下关于宝钗回头看黛玉的原因分析正确的一项是（ ）。[整体感知]

A. 黛玉说的“良辰美景奈何天”出自汤显祖的《西厢记》，在当时是禁书。

B. 黛玉说的“良辰美景奈何天”非常好，文才漂亮，令宝钗震惊黛玉的才华。

C. 黛玉说的“良辰美景奈何天”出自汤显祖的《牡丹亭》，在当时是禁书。

D. 黛玉说的“良辰美景奈何天”出自王实甫的《西厢记》，在当时是禁书。

5. 刘姥姥二进荣国府感叹大观园美丽，贾母让惜春将大观园画下来。贾母对如何作画也做了要求。惜春道：“原说只画这园子的，昨儿老太太又说，单画了园子成个房样子了，叫连人都画上，就像‘行乐’似的才好。我又不会这工细楼台，又不会画人物，又不好驳回，正为这个为难呢。”结合以上内容，推断下面哪个选项不能出现在《大观园行乐图》中。（ ）[整体感知]

A. 元妃省亲

B. 贾母带着刘姥姥和众人在园中开怀畅饮

C. 刘姥姥醉卧怡红院

D. 众姐妹举行螃蟹宴会

6. 刘姥姥二进荣国府可谓一个极为重要的事件，但是小明却惊奇地发现，整个事件中除了宝玉之外，全不见贾府男性人物的参与。以下是来自《乡土中国》的观点，请你为这个现象选出最恰当的一项理论依据。（ ）[推断探究]

A. 中国的道德和法律，都因之得看所施的对象和“自己”的关系而加以程度上的伸缩。

B. 乡土社会是个男女有别的社会，也是个安稳的社会。

C. 儒家所注重的“孝”道，其实是维持社会安定的手段，孝的解释是“无违”，那就是承认长老权力。

D. 中国人在感情上，尤其是在两性之间，充满矜持和保留。

二、简答题

1. 阅读下面的文字，回答问题。

平儿等来至贾母房中，彼时大观园中姊妹们都在贾母前承奉。刘姥姥进去，只见满屋里珠围翠绕，花枝招展，并不知都系何人。只见一张榻上歪着一位老婆婆，身后坐着一个纱罗裹的美人一般的一个丫鬟在那里捶腿，凤姐儿站着正说笑。刘姥姥便知是贾母了，忙上来陪着笑，道了万福，口里说：“请老寿星安。”贾母亦欠身问好，又命周瑞家的端过椅子来坐着。那板儿仍是怯人，不知问候。

（节选自《红楼梦》第三十九回）

原著写刘姥姥“虽是个村野人，却生来的有些见识，况且年纪老了，世情上经历过的”。结合语段，分析刘姥姥这一特点。[整体感知、理解阐释]

____

____

____

2. 阅读下面的文字，回答问题。

语段一：

刘姥姥因见窗下案上设着笔砚，又见书架上磊着满满的书，刘姥姥道：“这必定是那位哥儿的书房了。”贾母笑指黛玉道：“这是我这外孙女儿的屋子。”刘姥姥留神打量了黛玉一番，方笑道：“这那像个小姐的绣房，竟比那上等的书房还好。”

（节选自《红楼梦》第四十回）

语段二：

探春素喜阔朗，这三间屋子并不曾隔断。当地放着一张花梨大理石大案，案上磊着各种名人法帖，并数十方宝砚，各色笔筒，笔海内插的笔如树林一般。那一边设着斗大的一个汝窑花囊，插着满满的一囊水晶球儿的白菊。西墙上当中挂着一大幅米襄阳《烟雨图》，左右挂着一副对联，乃是颜鲁公墨迹，……案上设着大鼎。左边紫檀架上放着一个大观窑的大盘，盘内盛着数十个娇黄玲珑大佛手。右边洋漆架上悬着一个白玉比目磬，旁边挂着小锤。

（节选自《红楼梦》第四十回）

语段三：

贾母忙命拢岸，顺着云步石梯上去，一同进了蘅芜苑，只觉异香扑鼻。那些奇草仙藤愈冷愈苍翠，都结了实，似珊瑚豆子一般，累垂可爱。及进了房屋，雪洞一般，一色玩器全无，案上只有一个土定瓶中供着数枝菊花，并两部书，茶奁茶杯而已。床上只吊着青纱帐幔，衾褥也十分朴素。

（节选自《红楼梦》第四十回）

分析画线句和加点字对三人住所环境描写的作用。［整体感知、理解阐释］

____

____

____

3. 阅读下面的文字，回答问题。

贾母这边说声“请”，刘姥姥便站起身来，高声说道：“老刘，老刘，食量大似牛，吃一个老母猪不抬头。”自己却鼓着腮不语。

众人先是发怔，后来一听，上上下下都哈哈的大笑起来。史湘云撑不住，一口饭都喷了出来；林黛玉笑岔了气，伏着桌子叫“嗳哟”；宝玉早滚到贾母怀里，贾母笑的搂着宝玉叫“心肝”；王夫人笑的用手指着凤姐儿，只说不出话来；薛姨妈也撑不住，口里茶喷了探春一裙子；探春手里的饭碗都合在迎春身上；惜春离了坐位，拉着他奶母叫揉一揉肠子。地下的无一个不弯腰屈背，也有躲出去蹲着笑去的，也有忍着笑上来替他姊妹换衣裳的，独有凤姐鸳鸯二人撑着，还只管让刘姥姥。

……刘姥姥便伸箸子要夹，那里夹的起来，满碗里闹了一阵好的，好容易撮起一个来，才伸着脖子要吃，偏又滑下来滚在地下，……

（节选自《红楼梦》第四十回）

（1）蔡义江先生评价本段描写说："最神奇的文字，每种笑态都合其人的特点。"请你结合原文，分析每个人笑的特点。［整体感知、赏析评价］

______

______

______

（2）书中并未描写宝钗此时的反应，假设你是宝钗的扮演者，你会如何演绎宝钗在这个场景中的行为？［整体感知、推断探究］

______

______

______

（3）结合加点字，赏析语段中的动作描写。［整体感知、赏析评价］

______

______

______

4. 阅读下面的文字，回答问题。

一时吃毕，贾母等都往探春卧室中去说闲话。这里收拾过残桌，又放了一桌。刘姥姥看着李纨与凤姐儿对坐着吃饭，叹道："别的罢了，我只爱你们家这行事。怪道说'礼出大家'。"凤姐儿忙笑道："你可别多心，才刚不过大家取笑儿。"一言未了，鸳鸯也进来笑道："姥姥别恼，我给你老人家赔个不是。"刘姥姥笑道："姑娘说那里话，咱们哄着老太太开个心儿，可有什么恼的！你先嘱咐我，我就明白了，不过大家取个笑儿。我要心里恼，也就不说了。"鸳鸯便骂人"为什么不倒茶给姥姥吃。"刘姥姥忙道："刚才那个嫂子倒了茶来，我吃过了。姑娘也该用饭了。"凤姐儿便拉鸳鸯："你坐下和我们吃了罢，省的回来又闹。"鸳鸯便坐下了。婆子们添上碗箸来，三人吃毕。

（节选自《红楼梦》第四十回）

（1）结合原文，分析刘姥姥所说的贾府"礼出大家"具体体现在哪些

方面。[整体感知、理解阐释]

(2) 有人认为，刘姥姥二进荣国府受到了贾府的极大羞辱。结合语段中凤姐和鸳鸯的语言，谈谈你的看法。[整体感知、推断探究]

5. 高鹗续书中写巧姐得平儿与刘姥姥相救，才没有被王仁、贾蔷、贾芸等人贩卖给一个外藩王爷做通房丫鬟，最后由贾琏做主嫁到姓周的地主家。而 1987 年版电视剧《红楼梦》中贾府败落后，巧姐被卖到青楼，刘姥姥带着板儿倾家荡产救回巧姐。你认为上面两种结局哪种更合理？结合第五回巧姐判词（“事败休云贵，家亡莫论亲。偶因济刘氏，巧得遇恩人”）和原书其他内容，谈谈你的看法。[整体感知、推断探究]

6. 结合以下语段，分析贾母的形象特征。[整体感知、理解阐释]

语段一：

说笑一会，贾母因见窗上纱的颜色旧了，便和王夫人说道：“这个纱新糊上好看，过了后来就不翠了。这个院子里头又没有个桃杏树，这竹子已是绿的，再拿这绿纱糊上反不配。我记得咱们先有四五样颜色糊窗的纱呢，明儿给他把这窗上的换了。”

（节选自《红楼梦》第四十回）

语段二：

贾母摇头道：“使不得。虽然他省事，倘或来一个亲戚，看着不像；二则年轻的姑娘们，房里这样素净，也忌讳。我们这老婆子，越发该住马圈去了。你们听那些书上戏上说的小姐们的绣房，精致的还了得呢。他们姊妹们虽不敢比那些小姐们，也不要很离了格儿。有现成的东西，为什么不摆？若很爱素净，少几样倒使得。我最会收拾屋子的，如今老了，没有这些闲心了。他们姊妹们也还学着收拾的好，只怕俗气，有好东西也摆坏了。我看他们还不俗。如今让我替你收拾，包管又大方又素净。我的梯己两件，收到如今，没给宝玉看见过，若经了他的眼，也没了。”说着叫过鸳鸯来，亲吩咐道：“你把那石头盆景儿和那架纱桌屏，还有个墨烟冻石鼎，这三样摆在这案上就够了。再把那水墨字画白绫帐子拿来，把这帐子也换了。”

（节选自《红楼梦》第四十回）

7. 以下语段出自《红楼梦》第七十五回的中秋夜宴。同样是在大观园中的相聚，试比较分析中秋夜宴和刘姥姥游大观园的不同。[整体感知、理解阐释]

语段一：

因见伺候添饭的人手内捧着一碗下人的米饭，尤氏吃的仍是白粳米饭，贾母问道：“你怎么昏了，盛这个饭来给你奶奶。”那人道：“老太太的饭完了。今日添了一位姑娘，所以短了些。”鸳鸯道：“如今都是可着头做帽子了，要一点儿富馀也不能的。”王夫人忙回道：“这一二年旱涝不定，田上的米都不能按数交的。这几样细米更艰难了，所以都可着吃的多少关去，生恐一时短了，买的不顺口。”

语段二：

于厅前平台上列下桌椅，又用一架大围屏隔作两间。凡桌椅形式皆是圆的，特取团圆之意。上面居中贾母坐下，左垂首贾赦、贾珍、贾琏、贾蓉，右垂首贾政、宝玉、贾环、贾兰，团团围坐。只坐了半壁，下面还有半壁馀空。

贾母笑道：“常日倒还不觉人少，今日看来，还是咱们的人也甚少，算不得甚么。想当年过的日子，到今夜男女三四十个，何等热闹。今日就这样，太少了。待要再叫几个来，他们都是有父母的，家里去应景，不好来的。如今叫女孩们来坐那边罢。”

____

____

8. 阅读下面的文字，回答问题。

语段一：

老嬷嬷听了，于是又引黛玉出来，到了东廊三间小正房内。

正面炕上横设一张炕桌，桌上磊着书籍茶具，靠东壁面西设着半旧的青缎靠背引枕。王夫人却坐在西边下首，亦是半旧的青缎靠背坐褥。见黛玉来了，便往东让。黛玉心中料定这是贾政之位。因见挨炕一溜三张椅子上，也搭着半旧的弹墨椅袱，黛玉便向椅上坐了。

（节选自《红楼梦》第三回）

语段二：

周瑞家的道：“早起我就看见那螃蟹了，一斤只好秤两个三个。这么三大篓，想是有七八十斤呢。”周瑞家的道：“若是上上下下只怕还不够。”平儿道：“那里够，不过都是有名儿的吃两个子。那些散众的，也有摸得着的，也有摸不着的。”

刘姥姥道：“这样螃蟹，今年就值五分一斤。十斤五钱，五五二两五，三五一十五，再搭上酒菜，一共倒有二十多两银子。阿弥陀佛！这一顿的钱够我们庄家人过一年了。”

（节选自《红楼梦》第三十九回）

语段三：

贾蓉等忙笑道：“你们山坳海沿子上的人，那里知道这道理。娘娘难道把皇上的库给了我们不成！他心里纵有这心，他也不能作主。岂有不赏之理，按时到节不过是些彩缎古董顽意儿。纵赏银子，不过一百两金子，才值了一千两银子，够一年的什么？这二年那一年不多赔出几千银子来！头一年省亲连盖花园子，你算算那一注共花了多少，就知道了。再两年再一回省亲，只怕就精穷了。”贾珍笑道：“所以他们庄家老实人，外明不知里暗的事。黄柏木作磬槌子——外头体面里头苦。”贾蓉又笑向贾珍道：“果真那府里穷了。前儿我听见凤姑娘和鸳鸯悄悄商议，要偷出老太太的东西去当银子呢。”

（节选自《红楼梦》第五十三回）

许多人认为，贾府的经济衰败是贾府的奢侈所导致的。结合以上语段和原文，谈谈你的看法。[整体感知、理解阐释、推断探究]

____

____

____

三、写作

阅读下列语段，以“善良”为话题写一篇作文。（800 字左右）[表达与交流]

语段一：

“……这且别说，老爷你当被卖之丫头是谁？”雨村道：“我如何得知。”门子冷笑道：“这人算来还是老爷的大恩人呢！他就是葫芦庙旁住的甄老爷的小姐，名唤英莲的。”

……

至次日坐堂，勾取一应有名人犯，雨村详加审问，果见冯家人口稀疏，不过赖此欲多得些烧埋之费；薛家仗势倚情，偏不相让，故致颠倒未决。雨村便徇情枉法，胡乱判断了此案。冯家得了许多烧埋银子，也就无甚话说了。

（节选自《红楼梦》第四回）

语段二：

宝玉和妙玉陪笑道：“那茶杯虽然脏了，白撂了岂不可惜？依我说，不如就给那贫婆子罢，他卖了也可以度日。你道可使得？”妙玉听了，想了一想，点头说道：“这也罢了。幸而那杯子是我没吃过的，若是我吃过的，我就砸碎了也不能给他。你要给他，我也不管你，只交给你，快拿了去罢。”

（节选自《红楼梦》第四十一回）

语段三：

刘姥姥因上次来过，知道平儿的身分，忙跳下地来问“姑娘好”，又说：“家里都问好。早要来请姑奶奶的安看姑娘来的，因为庄家忙。好容易今年多打了两石粮食，瓜果菜蔬也丰盛。这是头一起摘下来的，并没敢卖呢，留的尖儿孝敬姑奶奶姑娘们尝尝。姑娘们天天山珍海味的也吃腻了，这个吃个野意儿，也算是我们的穷心。”

（节选自《红楼梦》第三十九回）

语段四：

平儿一一的拿与他瞧着，说道：“这是昨日你要的青纱一匹，奶奶另外送你一个实地子月白纱作里子。这是两个茧绸，作袄儿裙子都好。这包袱里是两匹绸子，年下做件衣裳穿。这是一盒子各样内造点心，也有你吃过的，也有你没吃过的，拿去摆碟子请客，比你们买的强些。这两条口袋是你昨日装瓜果子来的，如今这一个里头装了两斗御田粳米，熬粥是难得的；这一条里头是园子里果子和各样干果子。这一包是八两银子。这都是我们奶奶的。这两包，每包里头五十两，共是一百两，是太太给的，叫你拿去或者作个小本买卖，或者置几亩地，以后再别求亲靠友的。”说着又悄悄笑道：“这两件袄儿和两条裙子，还有四块包头，一包绒线，可是我送姥姥的。衣裳虽是旧的，我也没大狠穿，你要弃嫌我就不敢说了。”

（节选自《红楼梦》第四十二回）

语段五：

“善良”在《汉语大词典》中的解释为“和善，心地好”。网络上对该词则另有解释：（1）懦弱，愚昧；（2）以无须出力为条件而对别人怀有良好的愿望。

“探春理家”学习检测

一、选择题

1.《红楼梦》第十三回末写道：“金紫万千谁治国，裙钗一二可齐家。”下列选项中属于可齐家的“一二裙钗”是（　　）。[整体感知]

A. 李纨、贾宝玉　　B. 林黛玉、薛宝钗

C. 贾探春、贾惜春　　D. 王熙凤、贾探春

2. 探春道：“因此我心中不自在。钱费两起，东西又白丢一半，通算起来，反费了两折子，不如竟把买办的每月蠲了为是。此是一件事。第二件，年里往__________家去，你也去的，你看他那小园子比咱们这个如何？”

下列选项中，哪一项应该填入横线处？（　　）[整体感知]

A. 吴新登　　B. 周瑞

C. 赖大　　D. 林之孝

3. 以下对宝钗形象分析最恰当的一项是（　　）。[整体感知]

A. 宝钗同意协助探春理家，是为了以后嫁给宝玉做宝二奶奶做准备。

B. 宝钗对贾府的事一问摇头三不知，是因为她对贾府的人和事都漠不关心。

C. 宝钗身体虚弱，费神关注贾府家事会让她心力交瘁。

D. 宝钗懂得避嫌，明白自己是贾府亲戚，不能做逾矩之事。

4. 结合原文分析，下列来向探春禀报要钱的选项中，探春最有可能拒绝的一项是（　　）。[推断探究]

A. 贾环买纸笔的费用

B. 为南安王妃准备寿礼

C. 林黛玉回苏州祭扫的路费

D. 王熙凤要办家塾

二、简答题

1. 阅读下面的文字，回答问题。

语段一：

王夫人便觉失了膀臂，一人能有许多的精神？凡有了大事，自己主张；将家中琐碎之事，一应都暂令李纨协理。李纨是个尚德不尚才的，未免逞纵了下人。王夫人便命探春合同李纨裁处，只说过了一月，凤姐将息好了，仍交与他。

……

如今且说目今王夫人见他如此，探春与李纨暂难谢事，园中人多，又恐失于照管，因又特请了宝钗来，托他各处小心："老婆子们不中用，得空儿吃酒斗牌，白日里睡觉，夜里斗牌，我都知道的。凤丫头在外头，他们还有个惧怕，如今他们又该取便了。好孩子，你还是个妥当人，你兄弟妹妹们又小，我又没工夫，你替我辛苦两天，照看照看。凡有想不到的事，你来告诉我，别等老太太问出来，我没话回。那些人不好了，你只管说。他们不听，你来回我。别弄出大事来才好。"宝钗听说，只得答应了。

（节选自《红楼梦》第五十五回）

语段二：

大奶奶是个佛爷，也不中用。二姑娘更不中用，亦且不是这屋里的人。四姑娘小呢。兰小子更小。环儿更是个燎毛的小冻猫子，只等有热灶火坑让他钻去罢。真真一个娘肚子里跑出这样天悬地隔的两个人来，我想到这里就不服。再者林丫头和宝姑娘他两个倒好，偏又都是亲戚，又不好管咱家务事。况且一个是美人灯儿，风吹吹就坏了；一个是拿定了主意，"不干己事不张口，一问摇头三不知"，也难十分去问他。倒只剩了三姑娘一个，心里嘴里都也来的，又是咱家的正人，太太又疼他，虽然面上淡淡的，皆因是赵姨娘那老东西闹的，心里却是和宝玉一样疼呢。比不得环儿，实在令人难疼，要依我的性早撵出去了。如今他既有这主意，正该和他协同，大家做个膀臂，我也不孤不独了。

（节选自《红楼梦》第五十五回）

（1）结合原文，说说看你是否认可王熙凤对府中各人的评价。［整体感知、理解阐释］

（2）王夫人选择李纨、宝钗、探春三人管家，结合凤姐对三人的评价，分析王夫人的选择是否准确。［整体感知、理解阐释］

2. 阅读下面的文字，回答问题。

语段一：

刚吃茶时，只见吴新登的媳妇进来回说："赵姨娘的兄弟赵国基昨日死了。昨日回过太太，太太说知道了，叫回姑娘奶奶来。"说毕，便垂手旁侍，再不言语。彼时来回话者不少，都打听他二人办事如何：若办得妥当，大家则安个畏惧之心；若少有嫌隙不当之处，不但不畏伏，出二门还要编出许多笑话来取笑。

（节选自《红楼梦》第五十五回）

语段二：

说着，又向平儿笑道："你知道，我这几年生了多少省俭的法子，一家子大约也没个不背地里恨我的。我如今也是骑上老虎了。虽然看破些，无奈一时也难宽放；二则家里出去的多，进来的少。凡百大小事仍是照着老祖宗手里的规矩，却一年进的产业又不及先时。多省俭了，外人又笑话，老太太、太太也受委屈，家下人也抱怨刻薄。若不趁早儿料理省俭之计，再几年就都赔尽了。"

（节选自《红楼梦》第五十五回）

结合画线句，你认为管理贾府这么一个大家庭，有哪些难处？［整体感知、理解阐释］

3. 阅读下面的文字，回答问题。

语段一：

赵姨娘没了别话答对，便说道："太太疼你，你越发拉扯拉扯我们。你只顾讨太太的疼，就把我们忘了。"探春道："我怎么忘了？叫我怎么拉扯？这也问你们各人，那一个主子不疼出力得用的人？那一个好人用人拉扯的？"李纨在旁只管劝说："姨娘别生气。也怨不得姑娘，他满心里要拉扯，口里怎么说的出来。"探春忙道："这大嫂子也糊涂了。我拉扯谁？谁家姑娘们拉扯奴才了？他们的好歹，你们该知道，与我什么相干。"赵姨娘气的问道："谁叫你拉扯别人去了？你不当家我也不来问你。你如今现说一是一，说二是二。如今你舅舅死了，你多给了二三十两银子，难道太太就不依你？分明太太是好太太，都是你们尖酸刻薄，可惜太太有恩无处使。……"

探春没听完，已气的脸白气噎，抽抽咽咽的一面哭，一面问道："谁是我舅舅？我舅舅年下才升了九省检点，那里又跑出一个舅舅来？……"

（节选自《红楼梦》第五十五回）

语段二：

读过《石头记》的人自然记得探春为了赵姨娘那种使人讨厌的劲儿，在她当家时，明白地向她说，要她不要弄错了，自己是王夫人的女儿。意思是赵姨娘不过是替王夫人怀次胎，并不是赵姨娘用自己名义生的。王夫人尽管心里疼她自己所生的元春和宝玉，可是她对于探春和贾环等在名分上依旧是母亲。在社会关系上，她得公平地待遇所有的儿女，不论是自己生的还是别人替她生的。熟悉中国大家庭的人自能用亲自见过的事实来证实这类以婚姻关系来抹煞生物关系的情形。

（节选自费孝通《生育制度》）

（1）结合画线句分析探春不肯多给赵国基二三十两银子的原因。[整体感知、理解阐释]

（2）有人批评探春不认母舅，不近人情，结合语段二，谈谈你的看法。［整体感知、理解阐释］

4. 阅读下面的文字，回答问题。

语段一：

探春因又接说道："咱们这园子只算比他们的多一半，加一倍算，一年就有四百银子的利息。若此时也出脱生发银子，自然小器，不是咱们这样人家的事。若派出两个一定的人来，既有许多值钱之物，一味任人作践，也似乎暴殄天物。不如在园子里所有的老妈妈中，拣出几个本分老诚能知园圃的事的，派准他们收拾料理，也不必要他们交租纳税，只问他们一年可以孝敬些什么。一则园子有专定之人修理，花木自又一年好似一年的，也不用临时忙乱；二则也不至作践，白辜负了东西；三则老妈妈们也可借此小补，不枉年日在园中辛苦；四则亦可以省了这些花儿匠山子匠打扫人等的工费。将此有馀，以补不足，未为不可。"

（节选自《红楼梦》第五十六回）

语段二：

探春道："凡爷们的使用，都是各屋里领了月钱的。环哥的是姨娘领二两，宝玉的是老太太屋里袭人领二两，兰哥儿的是大奶奶屋里领。怎么学里每人又多这八两？原来上学去的是为这八两银子！从今儿起，把这一项蠲了。平儿，回去告诉你奶奶，说我的话，把这一条务必免了。"

（节选自《红楼梦》第五十五回）

结合语段，分析探春在经济方面是如何实施"开源节流"的。［整体感知、理解阐释］

5. 阅读下面的文字，回答问题。

语段一：

他三人说道："这一个老祝妈是个妥当的，况他老头子和他儿子代代都是管打扫竹子，如今竟把这所有的竹子交与他。这一个老田妈本是种庄稼的，稻香村一带凡有菜蔬稻稗之类，虽是顽意儿，不必认真大治大耕，也须得他去，再一按时加些培植，岂不更好？"

探春又笑道："可惜，蘅芜苑和怡红院这两处大地方竟没有出利息之物。"李纨忙笑道："蘅芜苑更利害。如今香料铺并大市大庙卖的各处香料香草儿，都不是这些东西？算起来比别的利息更大。怡红院别说别的，单只说春夏天一季玫瑰花，共下多少花？还有一带篱笆上蔷薇、月季、宝相、金银藤，单这没要紧的草花干了，卖到茶叶铺药铺去，也值几个钱。"探春笑道："原来如此。只是弄香草的没有在行的人。"

平儿忙笑道："跟宝姑娘的莺儿他妈就是会弄这个的，上回他还采了些晒干了编成花篮葫芦给我顽的，姑娘倒忘了不成？"宝钗笑道："我才赞你，你倒来捉弄我了。"三人都诧异，都问这是为何。宝钗道："断断使不得！你们这里多少得用的人，一个一个闲着没事办，这会子我又弄个人来，叫那起人连我也看小了。我倒替你们想出一个人来：怡红院有个老叶妈，他就是茗烟的娘。那是个诚实老人家，他又和我们莺儿的娘极好，不如把这事交与叶妈。他有不知的，不必咱们说，他就找莺儿的娘去商议了。那怕叶妈全不管，竟交与那一个，那是他们私情儿，有人说闲话，也就怨不到咱们身上了。如此一行，你们办的又至公，于事又甚妥。"李纨平儿都道："是极。"探春笑道："虽如此，只怕他们见利忘义。"平儿笑道："不相干，前儿莺儿还认了叶妈做干娘，请吃饭吃酒，两家和厚的好的很呢。"探春听了，方罢了。又共同斟酌出几人来，俱是他四人素昔冷眼取中的，用笔圈出。

（节选自《红楼梦》第五十六回）

语段二：

宝钗笑道："依我说，里头也不用归帐。这个多了那个少了，倒多了事。不如问他们谁领这一分的，他就揽一宗事去。不过是园里的人的动用。我替你们算出来了，有限的几宗事：不过是头油、胭粉、香、纸，每一位姑娘几个丫头，都是有定例的；再者，各处笤帚、撮簸、掸子并大小禽鸟、鹿、兔吃的粮食。不过这几样，都是他们包了去，不用帐房去领钱。你算算，就省下多少来?"

……宝钗笑道："却又来，一年四百，二年八百两，取租的钱房子也能看得了几间，薄地也可添几亩。虽然还有富馀的，但他们既辛苦闹一年，也要叫他们剩些，贴补贴补自家。虽是兴利节用为纲，然亦不可太啬。纵再省上二三百银子，失了大体统也不像。所以如此一行，外头帐房里一年少出四五百银子，也不觉得很艰啬了，他们里头却也得些小补。这些没营生的妈妈们也宽裕了，园子里花木，也可以每年滋长蕃盛，你们也得了可使之物。这庶几不失大体。若一味要省时，那里不搜寻出几个钱来。凡有些馀利的，一概入了官中，那时里外怨声载道，岂不失了你们这样人家的大体?如今这园里几十个老妈妈们，若只给了这几个，那剩的也必抱怨不公。我才说的，他们只供给这个几样，也未免太宽裕了。一年竟除这个之外，他每人不论有馀无馀，只叫他拿出若干贯钱来，大家凑齐，单散与园中这些妈妈们。他们虽不料理这些，却日夜也是在园中照看当差之人，关门闭户，起早睡晚，大雨大雪，姑娘们出入，抬轿子，撑船，拉冰床，一应粗糙活计，都是他们的差使。一年在园里辛苦到头，这园内既有出息，也是分内该沾带些的。还有一句至小的话，越发说破了：你们只管了自己宽裕，不分与他们些，他们虽不敢明怨，心里却都不服，只用假公济私的多摘你们几个果子，多掐几枝花儿，你们有冤还没处诉。他们也沾带了些利息，你们有照顾不到的，他们就替你们照顾了。"

（节选自《红楼梦》第五十六回）

（1）结合画线句分析，宝钗为何推荐怡红院的老叶妈去侍弄香草?［整体感知、理解阐释］

______

______

______

（2）结合原著分析，宝钗给众人分红的方式与探春给众人分红的方式有什么不同？这种分红方式体现了宝钗什么样的特点？［整体感知、理解阐释］

____

____

____

6. 阅读下面的文字，回答问题。

平儿笑道："奶奶说，赵姨奶奶的兄弟没了，恐怕奶奶和姑娘不知有旧例，若照常例，只得二十两。如今请姑娘裁夺着，再添些也使得。"探春早已拭去泪痕，忙说道："又好好的添什么，谁又是二十四个月养下来的？不然也是那出兵放马背着主子逃出命来过的人不成？你主子真个倒巧，叫我开了例，他做好人，拿着太太不心疼的钱乐的做人情。你告诉他，我不敢添减混出主意。他添他施恩，等他好了出来，爱怎么添添去。"平儿一来时已明白了对半，今听这一番话，越发会意，见探春有怒色，便不敢以往日喜乐之时相待，只一边垂手默侍。

……

平儿冷笑道："你们明白就好了。"又陪笑向探春道："姑娘知道二奶奶本来事多，那里照看的这些，保不住不忽略。俗语说'旁观者清'，这几年姑娘冷眼看着，或有该添该减的去处二奶奶没行到，姑娘竟一添减，头一件于太太的事有益，第二件也不枉姑娘待我们奶奶的情义了。"

……

平儿道："这件事须得姑娘说出来。我们奶奶虽有此心，也未必好出口。此刻姑娘们在园里住着，不能多弄些玩意儿去陪衬，反叫人去监管修理，图省钱，这话断不好出口。"

（节选自《红楼梦》第五十五、五十六回）

李纨曾对平儿说："有个唐僧取经，就有个白马来驮他；有个刘智远打天下，就有个瓜精来送盔甲；有个凤丫头，就有个你。"李纨对平儿这一评价可谓极高。结合选段，分析平儿在探春理家时表现出的智慧。［整体感知、理解阐释］

____

7. 阅读下面的文字，回答问题。

语段一：

袭人又叫住问道："这个月的月钱，连老太太和太太还没放呢，是为什么?"平儿见问，忙转身至袭人跟前，见左近无人，才悄悄说道："你快别问，横竖再迟几天就放了。"

袭人笑道："这是为什么，唬得你这样?"平儿悄悄告诉他道："这个月的月钱，我们奶奶早已支了，放给人使呢。等别处的利钱收了来，凑齐了才放呢。因为是你，我才告诉你，你可不许告诉一个人去。"袭人道："难道他还短钱使，还没个足厌？何苦还操这心。"

（节选自《红楼梦》第三十九回）

语段二：

如今嘱咐你：他虽是姑娘家，心里却事事明白，不过是言语谨慎；他又比我知书识字，更利害一层了。如今俗语"擒贼必先擒王"，他如今要作法开端，一定是先拿我开端。倘或他要驳我的事，你可别分辩，你只越恭敬，越说驳的是才好。千万别想着怕我没脸，和他一犟，就不好了。

（节选自《红楼梦》第五十五回）

结合语段分析探春理家和王熙凤理家的区别。[整体感知、理解阐释]

8. 阅读下面的文字，回答问题。

语段一：

宝玉道："你不知道呢。你病着时，他干了好几件事。这园子也分了人管，如今多掐一草也不能了。又蠲了几件事，单拿我和凤姐姐作筏子禁别人。最是心里有算计的人，岂只乖而已。"黛玉道："要这样才好，咱们家里也太花费了。我虽不管事，心里每常闲了，替你们一算计，出的多进的少，如今若不省俭，必致后手不接。"宝玉笑道："凭他怎么后手不接，也短不了咱们两个人的。”

（节选自《红楼梦》第六十二回）

语段二：

宝钗道：“天下没有不可用的东西；既可用，便值钱。难为你是个聪明人，这些正事大节目事竟没经历，也可惜迟了。”

（节选自《红楼梦》第五十六回）

语段三：

贾珍笑道：“婶子的意思侄儿猜着了，是怕大妹妹劳苦了。若说料理不开——我包管必料理的开——便是错一点儿，别人看着还是不错的。从小儿大妹妹顽笑着就有杀伐决断，如今出了阁，又在那府里办事，越发历练老成了。我想了这几日，除了大妹妹再无人了。婶子不看侄儿、侄儿媳妇的分上，只看死了的分上罢!”说着滚下泪来。

（节选自《红楼梦》第十三回）

结合以上语段，试分析宝钗、探春、凤姐、黛玉、宝玉五人谁最适合管理贾府？[整体感知、理解阐释]

____

____

____

“红楼二尤”学习检测

一、选择题

1. 原著第六十六回中，柳湘莲说：“你们东府里除了那两个石头狮子干净，只怕连猫儿狗儿都不干净。”第七回中，也有人大骂宁国府“每日家偷狗戏鸡，爬灰的爬灰，养小叔子的养小叔子，我什么不知道?”此人是谁?（　　）［整体感知］

A. 焦大　　B. 赖大　　C. 周瑞　　D. 贾雨村

2. 京剧《红楼二尤》别名《鸳鸯剑》，鸳鸯剑是______的传家之宝，后______以此自刎。下列选项中正确的一项是（　　）。［整体感知］

A. 柳湘莲　尤二姐　　B. 贾琏　尤二姐

C. 薛蟠　尤二姐　　D. 柳湘莲　尤三姐

3. 王熙凤调唆张华告状，告贾琏国孝家孝之中，背旨瞒亲，仗财依势，强逼退亲，停妻再娶。其中，“国孝家孝”是指______和______去世。下列选项中正确的一项是（　　）。［整体感知］

A. 老太妃　贾母　　B. 老太妃　贾敬

C. 元妃　贾敬　　D. 皇帝　贾母

4. 1987年版电视剧《红楼梦》拍摄地北京大观园曾举办泥人展，泥人艺术家们对书中的一些人物设置了以下标签：“贾珍——大坏蛋；尤三姐——自杀、傻吧；贾琏——花心大萝卜；金钏——不要向她学；……”泥人艺术家们会为尤二姐设置怎样的标签？请你从以下选项中选择最合适的一项。（　　）［整体感知］

A. 带刺的玫瑰　B. 做美人可真好　C. 撕扇穷开心　D. 吞金、呆吧

二、简答题

1. 阅读下面的文字，回答问题。

语段一：

冷子兴笑道："……更有一件大事：谁知这样钟鸣鼎食之家，翰墨诗书之族，如今的儿孙，竟一代不如一代了！"雨村听说，也纳罕道："这样诗礼之家，岂有不善教育之理？别门不知，只说这宁、荣二宅，是最教子有方的。"

子兴叹道："正说的是这两门呢。待我告诉你：当日宁国公与荣国公是一母同胞弟兄两个。宁公居长，生了四个儿子。宁公死后，贾代化袭了官，也养了两个儿子：长名贾敷，至八九岁上便死了，只剩了次子贾敬袭了官，如今一味好道，只爱烧丹炼汞，馀者一概不在心上。幸而早年留下一子，名唤贾珍，因他父亲一心想作神仙，把官倒让他袭了。他父亲又不肯回原籍来，只在都中城外和道士们胡羼。这位珍爷倒生了一个儿子，今年才十六岁，名叫贾蓉。如今敬老爹一概不管。这珍爷那里肯读书，只一味高乐不了，把宁国府竟翻了过来，也没有人敢来管他。……"

（节选自《红楼梦》第二回）

语段二：

①贾蓉当下也下了马，听见两个姨娘来了，便和贾珍一笑。②贾珍忙说了几声"妥当"，加鞭便走，店也不投，连夜换马飞驰。

……

贾蓉得不得一声儿，先骑马飞来至家，忙命前厅收桌椅，下槅扇，挂孝幔子，门前起鼓手棚牌楼等事。又忙着进来看外祖母两个姨娘。原来尤老安人年高喜睡，常歪着，他二姨娘三姨娘都和丫头们作活计，见他来了，都道烦恼。贾蓉且嘻嘻的望他二姨娘笑说："二姨娘，你又来了，我们父亲正想你呢。"尤二姐便红了脸，骂道："蓉小子，我过两日不骂你几句，你就过不得了。越发连个体统都没了。还亏你是大家公子哥儿，每日念书学礼的，越发连那小家子瓢坎的也跟不上。"说着顺手拿起一个熨斗来，搂头就打，吓的贾蓉抱着头滚到怀里告饶。尤三姐便上来撕嘴，又说："等姐姐来家，咱们告诉他。”贾蓉忙笑着跪在炕上求饶，他两个又笑了。贾蓉又和二姨抢砂仁吃，尤二姐嚼了一嘴渣子，吐了他一脸。贾蓉用舌头都舔着吃了。

众丫头看不过，都笑说：③“热孝在身上，老娘才睡了觉，他两个虽小，到底是姨娘家，你太眼里没有奶奶了。回来告诉爷，你吃不了兜着走。”

（节选自《红楼梦》第六十三回）

（1）语段二中几处画线句分别运用了动作、语言描写，赏析其表达效果。[整体感知、赏析评价]

（2）结合语段中的画线句，分析贾府衰败的原因。[整体感知、理解阐释]

2. 鲁迅评说《红楼梦》的价值：“其要点在敢于如实描写，并无讳饰……其中所叙的人物，都是真的人物。”结合贾琏在偷娶尤二姐事件中的行为表现，分析《红楼梦》中人物形象塑造的真实性。[整体感知、理解阐释]

3. 第六十八回章回名中有“苦尤娘赚入大观园”，“赚”字用得极妙。结合原著情节分析，“赚”字好在哪里？[整体感知、理解阐释、赏析评价]

4.《红楼梦》写人物改变了以往小说类型化、性格简单化的写法，其中主要人物都有多个侧面。结合下列语段和原著相关情节，分析王熙凤的

人物性格。[整体感知、理解阐释]

语段一：

这位琏爷身上现捐的是个同知，也是不肯读书，于世路上好机变，言谈去的，所以如今只在乃叔政老爷家住着，帮着料理些家务。谁知自娶了他令夫人之后，倒上下无一人不称颂他夫人的，琏爷倒退了一射之地：说模样又极标致，言谈又爽利，心机又极深细，竟是个男人万不及一的。

（节选自《红楼梦》第二回）

语段二：

如今合家大小除了老太太、太太两个人，没有不恨他的，只不过面子情儿怕他。皆因他一时看的人都不及他，只一味哄着老太太、太太两个人喜欢。他说一是一，说二是二，没人敢拦他。又恨不得把银子钱省下来堆成山，好叫老太太、太太说他会过日子，殊不知苦了下人，他讨好儿。估着有好事，他就不等别人去说，他先抓尖儿；或有不好的事，或他自己错了，他便一缩头推到别人身上来，他还在旁边拨火儿。如今连他正经婆婆大太太都嫌了他，说他“雀儿拣着旺处飞，黑母鸡一窝儿，自家的事不管，倒替人家去瞎张罗。”若不是老太太在头里，早叫过他去了。

（节选自《红楼梦》第六十五回）

语段三：

凤姐听了，心中一想：若必定着张华带回二姐去，未免贾琏回来再花几个钱包占住，不怕张华不依。还是二姐不去，自己相伴着还妥当，且再作道理。只是张华此去不知何往，他倘或再将此事告诉了别人，或日后再寻出这由头来翻案，岂不是自己害了自己。原先不该如此将刀靶付与外人去的。因此悔之不迭，复又想了一条主意出来，悄命旺儿遣人寻着了他，或讹他作贼，和他打官司将他治死，或暗中使人算计，务将张华治死，方剪草除根，保住自己的名誉。

（节选自《红楼梦》第六十九回）

____

____

____

5. 尤三姐说王熙凤是“外作贤良，内藏奸狡”。请结合时代背景分析，王熙凤对待尤二姐时为何不能外也奸狡？[整体感知、理解阐释]

6. 在不同版本的《红楼梦》中，对尤三姐的塑造有所不同。程高本塑造的尤三姐最开始就是贞洁女，因误会而自杀；庚辰本的尤三姐最开始是淫浪女，因以前的过错而自杀。哪个版本更好？[整体感知、赏析评价]

7. 阅读下面的文字，回答问题。

语段一：

尤二姐笑道：“猴儿肏的，还不起来呢。说句顽话，就唬的那样起来。你们作什么来，我还要找了你奶奶去呢。”兴儿连忙摇手说：“奶奶千万不要去。我告诉奶奶，一辈子别见他才好。嘴甜心苦，两面三刀；上头一脸笑，脚下使绊子；明是一盆火，暗是一把刀：都占全了。只怕三姨的这张嘴还说他不过。奶奶这样斯文良善人，那里是他的对手！”

（节选自《红楼梦》第六十五回）

语段二：

尤二姐见了这般，便认作他是个极好的人，小人不遂心诽谤主子亦是常理，故倾心吐胆，叙了一回，竟把凤姐认为知己。又见周瑞家的等媳妇在旁边称扬凤姐素日许多善政，只是吃亏心太痴了，惹人怨；又说：“已经预备了房屋，奶奶进去一看便知。”

尤氏心中早已要进去同住方好，今又见如此，岂有不允之理，便说：“原该跟了姐姐去，只是这里怎样？”凤姐儿道：“这有何难，姐姐的箱笼细软只管着小厮搬了进去。这些粗笨货要他无用，还叫人看着。姐姐说谁妥当就叫谁在这里。”尤二姐忙说：“今日既遇见姐姐，这一进去，凡事只凭姐姐料理。我也来的日子浅，也不曾当过家，世事不明白，如何敢作主。

这几件箱笼拿进去罢。我也没有什么东西，那也不过是二爷的。”

（节选自《红楼梦》第六十八回）

语段三：

尤二姐因说：“没了头油了，你去回声大奶奶拿些来。”善姐便道：“二奶奶，你怎么不知好歹没眼色。我们奶奶天天承应了老太太，又要承应这边太太那边太太。这些妯娌姊妹，上下几百男女，天天起来，都等他的话。一日少说，大事也有一二十件，小事还有三五十件。外头的从娘娘算起，以及王公侯伯家多少人情客礼，家里又有这些亲友的调度。银子上千钱上万，一日都从他一个手一个心一个口里调度，那里为这点子小事去烦琐他。我劝你能着些儿罢。咱们又不是明媒正娶来的，这是他亘古少有一个贤良人才这样待你，若差些儿的人，听见了这话，吵嚷起来，把你丢在外，死不死，活不活，你又敢怎样呢!”一席话，说的尤氏垂了头，自为有这一说，少不得将就些罢了。

那善姐渐渐连饭也怕端来与他吃，或早一顿，或晚一顿，所拿来之物，皆是剩的。尤二姐说过两次，他反先乱叫起来。尤二姐又怕人笑他不安分，少不得忍着。

（节选自《红楼梦》第六十八回）

（1）结合语段中画线句，分析尤二姐的性格特征。[整体感知、理解阐释]

（2）都说“性格决定命运”，结合鲁迅的小说《祝福》，分析尤二姐和祥林嫂的悲剧结局是不是由她们自己的性格造成的。[整体感知、理解阐释]

“抄检大观园”学习检测

一、选择题

1. 下面关于抄检大观园的抄检大军组成人物，正确的一项为（　　）。[整体感知]

A. 贾母、王夫人、王熙凤、王善保家的

B. 贾母、尤氏、王熙凤、周瑞家的

C. 王夫人、尤氏、王熙凤、周瑞家的

D. 邢夫人、王夫人、王熙凤、王善保家的

2. 抄检大观园的顺序正确的一项为（　　）。[整体感知]

A. 怡红院、蘅芜苑、潇湘馆、秋爽斋、稻香村

B. 怡红院、蘅芜苑、稻香村、秋爽斋、蓼风轩

C. 怡红院、潇湘馆、秋爽斋、稻香村、蓼风轩

D. 怡红院、潇湘馆、蓼风轩、秋爽斋、稻香村

3. 下面关于抄检大观园内容叙述不正确的一项是（　　）。[整体感知]

A. 王善保家的因“素日进园去那些丫鬟们不大趋奉他，他心里大不自在”，在王夫人想要进园暗暗查访时，她献计抄检，大言自请。

B. 王善保家的在抄检大观园中，对上夜的婆子也声色俱厉，抄检出蜡烛灯油也不放过，体现出仆人与仆人之间的矛盾。

C. 王善保家的仗着有邢夫人撑腰，在众人面前掀起探春的衣襟，被探春狠狠打了一巴掌，凤姐、平儿等忙与探春束裙整袂并呵斥王善保家的。

D. 抄检到迎春处，发现迎春丫鬟司棋为哥哥藏了一包金银锞子，司棋为王善保外孙女儿，王善保家的气无处泄，自己打自己。

4. 下列各项中对作品故事情节的表述，不正确的一项是（　　）。[整体感知]

A. 在王善保家的唆使下，抄检大观园之后，晴雯被驱逐出大观园。

B. 晴雯被赶出大观园后便卧床不起。宝玉放心不下，曾偷偷地跑去看望她，晴雯见到宝玉后悲喜交加。

C. 宝玉见园中司棋等五个丫鬟被驱逐，宝钗也离开大观园。宝玉认为大观园不久要散，悲痛不已，作《芙蓉女儿诔》祭她们。

D. 宝玉作《芙蓉女儿诔》，改“红绡帐里，公子多情；黄土垄中，女儿薄命”为“茜纱窗下，我本无缘；黄土垄中，卿何薄命”，黛玉听了，忡然变色，心中虽有担忧，也未表现。

二、简答题

1. 阅读下面的文字，回答问题。

语段一：

邢夫人接来一看，吓得连忙死紧攥住，忙问：“你是那里得的?”傻大姐道：“我掏促织儿在山石上捡的。”邢夫人道：“快休告诉一人。这不是好东西，连你也要打死。皆因你素日是傻子，以后再别提起了。”这傻大姐听了，反吓的黄了脸，说：“再不敢了。”磕了个头，呆呆而去。

（节选自《红楼梦》第七十三回）

语段二：

王夫人喝命：“平儿出去!”平儿见了这般，着慌不知怎么样了，忙应了一声，带着众小丫头一齐出去，在房门外站住，越性将房门掩了，自己坐在台矶上，所有的人，一个不许进去。

凤姐也着了慌，不知有何等事。只见王夫人含着泪，从袖内掷出一个香袋子来，说：“你瞧。”凤姐忙拾起一看，见是十锦春意香袋，也吓了一跳，忙问：“太太从那里得来?”王夫人见问，越发泪如雨下，颤声说道：“我从那里得来！我天天坐在井里，拿你当个细心人，所以我才偷个空儿。谁知你也和我一样。这样的东西，大天白日明摆在园里山石上，被老太太的丫头拾着，不亏你婆婆遇见，早已送到老太太跟前去了。我且问你，这个东西如何遗在那里来?”

凤姐听得，也更了颜色，忙问：“太太怎知是我的?”王夫人又哭又叹说道：“你反问我！你想，一家子除了你们小夫小妻，馀者老婆子们，要这个何用？再女孩子们是从那里得来？自然是那琏儿不长进下流种子那里弄来。你们又和气，当作一件顽意儿，年轻人儿女闺房私意是有的，你还和我赖！幸而园内上下人还不解事，尚未捡得。倘或丫头们捡着，你姊妹看见，这还了得。不然有那小丫头们捡着，出去说是园内拣着的，外人知道，这性命脸面要也不要？”

（节选自《红楼梦》第七十四回）

（1）语段一中邢夫人拿到绣春囊，派______交给了______。[整体感知]

（2）语段二中，王夫人拿着绣春囊责问王熙凤，为什么会说“小丫头们捡着，出去说是园内拣着的，外人知道，这性命脸面要也不要”？[整体感知、理解阐释]

____

____

____

（3）一个小小的绣春囊引起抄检大观园这么大的风波，通过这一事件，你看到了贾府内部的哪些问题和矛盾？[整体感知、理解阐释]

____

____

____

2. 阅读下面的文字，回答问题。

语段一：

到了晴雯的箱子，因问：“是谁的，怎不开了让搜？”袭人等方欲代晴雯开时，只见晴雯挽着头发闯进来，豁啷一声将箱子掀开，两手捉着底子朝天，往地下尽情一倒，将所有之物尽都倒出。王善保家的也觉没趣，看了一看，也无甚私弊之物。回了凤姐，要往别处去。

凤姐儿道：“你们可细细的查，若这一番查不出来，难回话的。”众人都道：“都细翻看了，没什么差错东西。虽有几样男人物件，都是小孩子的东西，想是宝玉的旧物件，没甚关系的。”凤姐听了，笑道：“既如此咱们就走，再瞧别处去。”

（节选自《红楼梦》第七十四回）

语段二：

“……只是一件，我死也不甘心的：我虽生的比别人略好些，并没有私情密意勾引你怎样，如何一口死咬定了我是个狐狸精！我太不服。今日既已担了虚名，而且临死，不是我说一句后悔的话，早知如此，我当日也另有个道理。不料痴心傻意，只说大家横竖是在一处。不想平空里生出这一节话来，有冤无处诉。”说毕又哭。

（节选自《红楼梦》第七十七回）

语段三：

话说两个尼姑领了芳官等去后，王夫人便往贾母处来省晨，见贾母喜欢，便趁便回道：“宝玉屋里有个晴雯，那个丫头也大了，而且一年之间，病不离身；我常见他比别人分外淘气，也懒；前日又病倒了十几天，叫大夫瞧，说是女儿痨，所以我就赶着叫他下去了。若养好了也不用叫他进来，就赏他家配人去也罢了。再那几个学戏的女孩子，我也作主放出去了。一则他们都会戏，口里没轻没重，只会混说，女孩儿们听了如何使得？二则他们既唱了会子戏，白放了他们，也是应该的。况丫头们也太多，若说不够使，再挑上几个来也是一样。”贾母听了，点头道：“这倒是正理，我也正想着如此呢。但晴雯那丫头我看他甚好，怎么就这样起来。我的意思，这些丫头的模样爽利言谈针线多不及他，将来只他还可以给宝玉使唤得。谁知变了。”

王夫人笑道：“老太太挑中的人原不错。只是他命里没造化，所以得了这个病。俗语又说‘女大十八变’。况且有了本事的人，未免就有些调歪。老太太还有什么不曾经验过的。三年前我也就留心这件事。先只取中了他，我便留心。冷眼看去，他色色虽比人强，只是不大沉重。……”

（节选自《红楼梦》第七十八回）

（1）语段一中的画线句运用了什么描写手法，塑造出晴雯怎样的性格特点？［整体感知、理解阐释］

____

____

____

(2) 语段三中贾母表示“晴雯那丫头我看他甚好”，认为“将来只他还可以给宝玉使唤得”。读完《红楼梦》后，根据你对晴雯前后变化的了解，结合上文语段，你认为贾母当初该不该把晴雯放在宝玉身边？[整体感知、推断探究]

---

3. 阅读下面的文字，回答问题。

语段一：

凤姐只瞅着他嘻嘻的笑，向周瑞家的笑道：“这倒也好。不用你们作老娘的操一点儿心，他鸦雀不闻的给你们弄了一个好女婿来，大家倒省心。”周瑞家的也笑着凑趣儿。

王家的气无处泄，便自己回手打着自己的脸，骂道：“老不死的娼妇，怎么造下孽了！说嘴打嘴，现世现报在人眼里。”众人见这般，俱笑个不住，又半劝半讽的。凤姐见司棋低头不语，也并无畏惧惭愧之意，倒觉可异。料此时夜深，且不必盘问，只怕他夜间自愧去寻拙志，遂唤两个婆子监守起他来。带了人，拿了赃证回来，且自安歇，等待明日料理。谁知到夜里又连起来几次，下面淋血不止。

至次日，便觉身体十分软弱，起来发晕，遂撑不住。请太医来，诊脉毕，遂立药案云：“看得少奶奶系心气不足，虚火乘脾，皆由忧劳所伤，以致嗜卧好眠，胃虚土弱，不思饮食。今聊用升阳养荣之剂。”写毕，遂开了几样药名，不过是人参、当归、黄芪等类之剂。一时退去，有老嬷嬷们拿了方子回过王夫人，不免又添一番愁闷，遂将司棋等事暂未理。

（节选自《红楼梦》第七十四回）

语段二：

凤姐道：“司棋已经出去了，为什么来求我？”那人道：“自从司棋出去，终日啼哭。忽然那一日他表兄来了，他母亲见了，恨得什么似的，说他害了司棋，一把拉住要打。那小子不敢言语。谁知司棋听见了，急忙出来老着脸和他母亲道：‘我是为他出来的，我也恨他没良心。如今他来了，妈要打他，不如勒死了我。’他母亲骂他：‘不害臊的东西，你心里要怎么样?’司棋说道：‘一个女人配一个男人。我一时失脚上了他的当，我就是他的人了，决不肯再失身给别人的。我恨他为什么这样胆小，一身作事一身当，为什么要逃。就是他一辈子不来了，我也一辈子不嫁人的。妈要给我配人，我原拚着一死的。今儿他来了，妈问他怎么样。若是他不改心，我在妈跟前磕了头，只当是我死了，他到那里，我跟到那里，就是讨饭吃也是愿意的。’他妈气得了不得，便哭着骂着说：‘你是我的女儿，我偏不给他，你敢怎么着。’那知道那司棋这东西糊涂，便一头撞在墙上，把脑袋撞破，鲜血直流，竟死了。他妈哭着救不过来，便要叫那小子偿命。……”

（节选自《红楼梦》第九十二回）

（1）在司棋处抄检出了什么？[整体感知]

______

______

______

（2）结合语段一和语段二，分析司棋的性格特点。[整体感知、理解阐释]

______

______

______

4. 阅读下面的文字，回答问题。

探春冷笑道：“我们的丫头，自然都是些贼，我就是头一个窝主。既如此，先来搜我的箱柜，他们所有偷了来的都交给我藏着呢。”说着，便命丫头们把箱柜一齐打开，将镜奁、妆盒、衾袱、衣包若大若小之物一齐打开，请凤姐去抄阅。凤姐陪笑道：“我不过是奉太太的命来，妹妹别错怪我。何必生气。”因命丫鬟们快快关上。

平儿丰儿等忙着替待书等关的关，收的收。探春道：“我的东西倒许你们搜阅；要想搜我的丫头，这却不能。我原比众人歹毒，凡丫头所有的东西我都知道，都在我这里间收着，一针一线他们也没的收藏，要搜所以只来搜我。你们不依，只管去回太太，只说我违背了太太，该怎么处治，我去自领。你们别忙，自然连你们抄的日子有呢！你们今日早起不曾议论甄家，自己家里好好的抄家，果然今日真抄了。咱们也渐渐的来了。可知这样大族人家，若从外头杀来，一时是杀不死的，这是古人曾说的‘百足之虫，死而不僵’，必须先从家里自杀自灭起来，才能一败涂地！”说着，不觉流下泪来。凤姐只看着众媳妇们。

周瑞家的便道：“既是女孩子的东西全在这里，奶奶且请到别处去罢，也让姑娘好安寝。”凤姐便起身告辞。探春道：“可细细的搜明白了？若明日再来，我就不依了。”

（节选自《红楼梦》第七十四回）

（1）抄检探春住处时，探春提到甄家，甄家发生了什么？甄家的遭遇和后面故事情节中的哪个情节有映衬关系？[整体感知]

（2）结合上文语段，分析探春的人物形象特点。[整体感知、理解阐释]

5. 阅读下面的文字，回答问题。

语段一：

只见惜春正同水月庵的小姑子智能儿一处顽耍呢，见周瑞家的进来，惜春便问他何事。周瑞家的便将花匣打开，说明原故。惜春笑道：“我这里正和智能儿说，我明儿也剃了头同他作姑子去呢，可巧又送了花儿来；若剃了头，可把这花儿戴在那里呢？”说着，大家取笑一回，惜春命丫鬟入画来收了。

（节选自《红楼梦》第七回）

语段二：

惜春胆小，见了这个也害怕，说：“我竟不知道。这还了得！二嫂子，你要打他，好歹带他出去打罢，我听不惯的。”凤姐笑道：“这话若果真呢，也倒可恕，只是不该私自传送进来。这个可以传递，什么不可以传递。这倒是传递人的不是了。若这话不真，倘是偷来的，你可就别想活了。”入画跪着哭道：“我不敢扯谎。奶奶只管明日问我们奶奶和大爷去，若说不是赏的，就拿我和我哥哥一同打死无怨。”

凤姐道：“这个自然要问的，只是真赏的也有不是。谁许你私自传送东西的！你且说是谁作接应，我便饶你。下次万万不可。”惜春道：“嫂子别饶他这次方可。这里人多，若不拿一个人作法，那些大的听见了，又不知怎样呢。嫂子若饶他，我也不依。”凤姐道：“素日我看他还好。谁没一个错，只这一次。二次犯下，二罪俱罚。但不知传递是谁。”惜春道：“若说传递，再无别个，必是后门上的张妈。他常肯和这些丫头们鬼鬼祟祟的，这些丫头们也都肯照顾他。”

（节选自《红楼梦》第七十四回）

（1）结合语段二分析惜春的人物形象特点。[整体感知、理解阐释]

____

____

____

（2）惜春判词为“勘破三春景不长，缁衣顿改昔年妆。可怜绣户侯门女，独卧青灯古佛旁”。高鹗续作中，惜春出家做了尼姑。结合以上语段分析，续作是否合理。[整体感知、理解阐释]

____

____

____

6. 阅读下面的文字，回答问题。

语段一：

绣桔因说道：“如何，前儿我回姑娘，那一个攒珠累丝金凤竟不知那里去了。回了姑娘，姑娘竟不问一声儿。我说必是老奶奶拿去典了银子放头儿的，姑娘不信，只说司棋收着呢。问司棋，司棋虽病着，心里却明白。我去问他，他说没有收起来，还在书架上匣内暂放着，预备八月十五日恐怕要戴呢。姑娘就该问老奶奶一声，只是脸软怕人恼。如今竟怕无着落，明儿要都戴时，独咱们不戴，是何意思呢。”

迎春道：“何用问，自然是他拿去暂时借一肩了。我只说他悄悄的拿了出去，不过一时半晌，仍旧悄悄的送来就完了，谁知他就忘了。今日偏又闹出来，问他想也无益。”绣桔道：“何曾是忘记！他是试准了姑娘的性格，所以才这样。如今我有个主意：我竟走到二奶奶房里，将此事回了他，或他着人去要，或他省事拿几吊钱来替他赔补。如何？”迎春忙道：“罢，罢，罢，省些事罢。宁可没有了，又何必生事。”绣桔道：“姑娘怎么这样软弱。都要省起事来，将来连姑娘还骗了去呢。我竟去的是。”说着便走。迎春便不言语，只好由他。

（节选自《红楼梦》第七十三回）

语段二：

迎春已经睡着了，丫鬟们也才要睡，众人叩门半日才开。凤姐吩咐：“不必惊动小姐。”

（节选自《红楼梦》第七十四回）

语段三：

说着，便命司棋打点走路。迎春听了，含泪似有不舍之意，因前夜已闻得别的丫鬟悄悄的说了原故，虽数年之情难舍，但事关风化，亦无可如何了。那司棋也曾求了迎春，实指望迎春能死保赦下的，只是迎春语言迟慢，耳软心活，是不能作主的。

司棋见了这般，知不能免，因哭道：“姑娘好狠心！哄了我这两日，如今怎么连一句话也没有？”周瑞家的等说道：“你还要姑娘留你不成？便留下，你也难见园里的人了。依我们的好话，快快收了这样子，倒是人不知鬼不觉的去罢，大家体面些。”迎春含泪道：“我知道你干了什么大不是，我还十分说情留下，岂不连我也完了。你瞧入画也是几年的人，怎么说去就去了。自然不止你两个，想这园里凡大的都要去呢。依我说，将来终有一散，不如你各人去罢。”周瑞家的道：“所以到底是姑娘明白。明儿还有打发的人呢，你放心罢。”

司棋无法，只得含泪与迎春磕头，和众姊妹告别，又向迎春耳根说：“好歹打听我要受罪，替我说个情儿，就是主仆一场！”迎春亦含泪答应：

"放心。"

（节选自《红楼梦》第七十七回）

（1）兴儿在评说荣国府时，评价迎春"浑名是'______'，戳一针也不知嗳哟一声"。[整体感知]

（2）语段二中，抄检大观园时，在迎春住处众人叩门半日才开，抄检出司棋东西时动静也很大。你认为迎春真的是睡着了吗？请说出你的理由。[整体感知、理解阐释]

______

______

______

（3）性格决定命运。迎春判词是"子系中山狼，得志便猖狂。金闺花柳质，一载赴黄粱"。《红楼梦》迎春最后被虐待至死。结合以上语段，分析迎春性格。[整体感知、理解阐释]

______

______

______

7.（1）抄检大观园时，没有被抄检的住处是（　　）。[整体感知]

A. 潇湘馆　　B. 蘅芜苑　　C. 怡红院　　D. 稻香村

（2）结合《乡土中国》"差序格局"观点分析，为什么没有抄检此处？[推断探究]

______

______

______

8. 阅读下面的文字，回答问题。

凤姐听说，又急又愧，登时紫涨了面皮，便依炕沿双膝跪下，也含泪诉道："太太说的固然有理，我也不敢辩我并无这样的东西。但其中还要求太太细详其理：那香袋是外头雇工仿着内工绣的，带这穗子一概是市卖货。我便年轻不尊重些，也不要这劳什子，自然都是好的，此其一。二者这东西也不是常带着的，我纵有，也只好在家里，焉肯带在身上各处去？况且又在园里去，个个姊妹我们都肯拉拉扯扯，倘或露出来，不但在姊妹前，就是奴才看见，我有什么意思？我虽年轻不尊重，亦不能糊涂至此。三则论主子内我是年轻媳妇，算起奴才来，比我更年轻的又不止一个人了。况且他们也常进园，晚间各人家去，焉知不是他们身上的？四则除我常在园里之外，还有那边太太常带过几个小姨娘来，如嫣红翠云等人，皆系年轻侍妾，他们更该有这个了。还有那边珍大嫂子，他也不算甚老，他也常带过佩凤等人来，焉知又不是他们的？五则园内丫头太多，保的住个个都是正经的不成？也有年纪大些的知道了人事，或者一时半刻人查问不到偷着出去，或借着因由同二门上小幺儿们打牙犯嘴，外头得了来的，也未可知。如今不但我没此事，就连平儿，我也可以下保的。太太请细想。”

王夫人听了这一席话大近情理，因叹道：“你起来。我也知道你是大家小姐出身，焉得轻薄至此，不过我气急了，拿了话激你。但如今却怎么处？你婆婆才打发人封了这个给我瞧，说是前日从傻大姐手里得的，把我气了个死。”

（节选自《红楼梦》第七十四回）

（1）面对王夫人的质疑和指责，王熙凤没有争吵，而是列出五点原因，为自己洗脱嫌疑。分析王熙凤的说理艺术。[赏析评价]

____

____

____

（2）作文

甲：你这是偏见。

乙：你说我是偏见是基于你的立场对我进行判断，我认为你对我的评判也是出自偏见。

甲：你不相信科学吗？你刚才的话违背了科学常识，就不要和我饶舌了。

乙：科学是你家的宠物吗？我没有觉得我前面表述的观点违背了科学常识。

以上的争吵很难有结论，对于思想交流意义不大，如何让两个意见不一致的人尽量接近，得出双方都能接受的观点？请结合上文王熙凤说理的艺术写一篇文章，谈谈你对这个问题的认识和思考。题目自拟，不少于 800 字。[表达与交流]

《红楼梦》诗词专项学习检测

一、填空题

1. 宝玉在第五回中梦游太虚幻境，在薄命司中看到自己家乡金陵女子的生平判词。请你填写下列判词对应的人物姓名。[整体感知]

（1）根并荷花一茎香，平生遭际实堪伤。自从两地生孤木，致使香魂返故乡。______

（2）二十年来辨是非，榴花开处照宫闱。三春争及初春景，虎兕相逢大梦归。______

（3）富贵又何为，襁褓之间父母违。展眼吊斜晖，湘江水逝楚云飞。______

2. “子系中山狼，得志便猖狂。金闺花柳质，一载赴黄粱”是______（人名）的判词，其中“中山狼”是指______（人名）。[整体感知]

3. 《红楼梦》采用“草蛇灰线，伏脉千里”的方法，十四支《红楼梦曲》对全书走向已经有所暗示，收尾曲《飞鸟各投林》亦对诸人结局有所暗示。请填出下列句子所暗示的人物姓名。[整体感知]

（1）有恩的，死里逃生——______

（2）欠泪的，泪已尽——______

（3）分离聚合皆前定——______

（4）欲知命短问前生——______

（5）老来富贵也真侥幸——______

（6）看破的，遁入空门——______

4. 结合原著，在下面空格内填入合适的内容。[整体感知、理解阐释]

不错，《红楼梦》中部分人物的姓名，确实含有某种特殊功能，对理解作品或者人物有一定的指向性。比如小说采用谐音方式，或者提示作者整体的创作原则，如甄士隐（①______）和贾雨村（②______），或者点出了人物的特殊遭遇，如“娇杏”谐音“③______”，“冯渊”谐音“④______”，

"元、迎、探、惜"谐音"⑤______"等。

（节选自詹丹《猜谜不是理解〈红楼梦〉的正道》，有删改）

5．结合原著，在下面空格内填入合适的内容。［整体感知、理解阐释］

《红楼梦》中的谶多是隐蔽式、不明朗的暗谶，如有以小说中的戏曲情节来暗示人物命运的，如元妃省亲时点了四出戏，从脂砚斋批注看，《豪宴》是伏了（1）__________，《乞巧》是伏了（2）__________，《仙缘》是伏了（3）__________，《离魂》是伏了（4）__________。而宝钗过生日时，又点了《鲁智深醉闹五台山》的戏文，点中了（5）__________……

（节选自徐雅萍《〈红楼梦〉中的谶言艺术》，有删改）

6．第六十三回"寿怡红群芳开夜宴"中，众人掣得花签。请把花签与人物一一对应。［整体感知］

（1）任是无情也动人——________________

（2）日边红杏倚云栽——________________

（3）竹篱茅舍自甘心——________________

（4）只恐夜深花睡去——________________

（5）开到荼蘼花事了——________________

（6）连理枝头花正开——________________

（7）莫怨东风当自嗟——________________

（8）桃红又是一年春——________________

7．下面是书中的四副对联，顺序被打乱了，请把它们组合起来。［整体感知］

①钗于奁内待时飞　　②眼前无路想回头

③假作真时真亦假　　④人情练达即文章

⑤玉在匵中求善价　　⑥身后有馀忘缩手

⑦世事洞明皆学问　　⑧无为有处有还无

（1）______为上联，______为下联。

（2）______为上联，______为下联。

（3）______为上联，______为下联。

（4）______为上联，______为下联。

二、选择题

1. 第二十二回中，贾政读众人所制灯谜，心中悲哀。下列选项中，哪一项应该填入横线处？（　　）［整体感知］

贾政心内沉思道："娘娘所作______，此乃一响而散之物。迎春所作______，是打动乱如麻。探春所作______，乃飘飘浮荡之物。惜春所作______，一发清净孤独。今乃上元佳节，如何皆作此不祥之物为戏耶？"心内愈思愈闷，因在贾母之前，不敢形于色，只得仍勉强往下看去。

A. 爆竹、算盘、风筝、海灯　　B. 荔枝、砚台、算盘、海灯

C. 更香、荔枝、风筝、海灯　　D. 爆竹、荔枝、算盘、风筝

2. 判词中"心比天高，身为下贱"是指的（　　）。［整体感知］

A. 晴雯　　B. 袭人　　C. 黛玉　　D. 宝钗

3. 袭人判词为"枉自温柔和顺，空云似桂如兰；堪羡优伶有福，谁知公子无缘"。在全书结局中，她嫁与蒋玉菡为妻。这一结局在前文宝玉把蒋玉菡所赠的（　　）转送袭人时已经有所暗示。［整体感知］

A. 手帕　　B. 玉石扇坠子　　C. 松花汗巾　　D. 大红汗巾

4. 有人认为在曹雪芹的设计中，巧姐最后应是嫁与了板儿。之所以这样说，是因为刘姥姥二进荣国府时，巧姐与板儿互换了（　　）。［整体感知］

A. 柚子与佛手　B. 手帕与柚子　C. 柚子与书册　D. 佛手与点心

三、简答题

1. 阅读下面的文字，回答问题。

张恨水对高兰墅所续《红楼梦》后四十回予以肯定，他说："其写王熙凤、史湘云、甄香菱等人，虽未能合曹雪芹之原意，而宝玉之走、黛玉之死、袭人之嫁、宁国府之被抄，以及惜春一大部分人之下场，皆能与前八十回之草蛇灰线，水乳无痕。"

（1）高兰墅是指______（人名）。［整体感知］

（2）张恨水谈到高兰墅所续王熙凤未合曹雪芹之原意，结合原著内容和判词，分析张恨水为何这样说。［整体感知、理解阐释］

(3) 阅读下列其他续书所续内容，分析张恨水肯定高兰墅所续后四十回的原因。[整体感知、理解阐释]

《后红楼梦》：晴雯还魂，黛玉回生，宝黛成婚，宝玉中进士，贾家复兴。

《红楼幻梦》：黛玉回生，宝黛成婚，宝玉娶二妻十妾，宝玉中状元，黛玉生下龙凤胎，家族复兴。

《红楼梦补》：黛玉回生，宝玉中探花，奉旨成婚。黛玉发掘潇湘馆藏金一千三百万两，黛玉理家重经商，家业大盛。

《红楼圆梦》：黛玉回生，奉旨与宝玉完婚，宝玉封侯，平定匪乱，宝玉共娶二妻十妾，生五子一女。

2. 阅读下面的文字，回答问题。

语段一：

《红楼梦》里黛玉与湘云曾月夜联诗。湘云看到池塘上惊起一只瘦鹤，出了上句“寒塘渡鹤影”，黛玉呢，见到一轮月儿冷冷清清，想了一会儿，吟出一句“______”。这两句诗，看上去都只在描写一种外在的景物，实际上却字字传递着浓烈的情感。寒塘，鹤影，冷月，花魂，这样的诗，必是寄人屋檐之下、人生遭际相似的湘云与黛玉才能作出的，如果换了春风得意的王熙凤，肯定作不成。

为什么王熙凤就作不成？因为王熙凤没有黛玉的人生遭际，也就没有那种忧伤、萧索的情怀，对事物的看法就会不一样。寒瘦、清冷，这不是王熙凤的风格，她是鲜花着锦、烈火烹油式的。所以，字句可以雕琢，故事可以敷衍，唯独“情怀”二字作不了假，是怎般情怀，便作怎般诗，诗歌就是诗人情怀的一种外化与呈现。

（节选自张健《无情不作诗》，有删改）

语段二：

宝玉一壁走，一壁看那纸上写着《桃花行》一篇，曰：

桃花帘外东风软，桃花帘内晨妆懒。
帘外桃花帘内人，人与桃花隔不远。
东风有意揭帘栊，花欲窥人帘不卷。
桃花帘外开仍旧，帘中人比桃花瘦。
花解怜人花也愁，隔帘消息风吹透。
风透湘帘花满庭，庭前春色倍伤情。
闲苔院落门空掩，斜日栏杆人自凭。
凭栏人向东风泣，茜裙偷傍桃花立。
桃花桃叶乱纷纷，花绽新红叶凝碧。
雾裹烟封一万株，烘楼照壁红模糊。
天机烧破鸳鸯锦，春酣欲醒移珊枕。
侍女金盆进水来，香泉影蘸胭脂冷。
胭脂鲜艳何相类，花之颜色人之泪；
若将人泪比桃花，泪自长流花自媚。
泪眼观花泪易干，泪干春尽花憔悴。
憔悴花遮憔悴人，花飞人倦易黄昏。
一声杜宇春归尽，寂寞帘栊空月痕！

宝玉看了并不称赞，却滚下泪来。便知出自黛玉，因此落下泪来，又怕众人看见，又忙自己擦了。因问："你们怎么得来？"宝琴笑道："你猜是谁作的？"宝玉笑道："自然是潇湘子稿。"宝琴笑道："现是我作的呢。"宝玉笑道："我不信。这声调口气，迥乎不像蘅芜之体，所以不信。"宝钗笑道："所以你不通。难道杜工部首首只作'丛菊两开他日泪'之句不成！一般的也有'红绽雨肥梅''水荇牵风翠带长'之媚语。"宝玉笑道："固然如此说。但我知道姐姐断不许妹妹有此伤悼语句，妹妹虽有此才，是断不肯作的。比不得林妹妹曾经离丧，作此哀音。"众人听说，都笑了。

（节选自《红楼梦》第七十回）

(1) 语段一画线处，有的版本作"冷月葬花魂"，有的版本作"冷月葬

诗魂”。结合黛玉人物形象特点，谈谈哪句更合适。[整体感知、理解阐释、赏析评价]

____

____

____

（2）结合语段一和原著，试分析宝玉为何猜中此诗是黛玉所作，非宝琴之作。[整体感知、理解阐释]

____

____

____

3. 阅读下面的文字，回答问题。

《红楼梦》最大的艺术特点就是全书贯穿着一种“伏线”。比如说一上来有一个《好了歌》，《好了歌》______做了注解。每一句都是伏线，那里边说“陋室空堂，当年笏满床”，床，古代的一种坐具，这句话意思是说，这个大富贵之家，他们家做官的下了朝来，笏板都摆满了床。“衰草枯杨，曾为歌舞场”，意思是当年那个繁华，现在一看，一堆荒草，一根衰柳，这就是荣国府大观园的变迁。后面每一句，“金满箱，银满箱，展眼乞丐人皆谤”，“说什么脂正浓、粉正香，如何两鬓又成霜”，这每一句一个埋伏，伏在那儿，指的是后面的一个人。那么也就是说，他写的这里，他的心血、精神一直贯穿到那边——后半部。这一个大手法，是他的个性，这个个性是他运用了我们传统的这个伏笔，伏笔贯穿全书；是他个人的，所以叫个性。

（节选自周汝昌《〈红楼梦〉艺术的个性》，有删改）

（1）下列选项中，应填入画线处的一项是______。[整体感知]

A. 贾雨村　　B. 贾政　　C. 贾宝玉　　D. 甄士隐

（2）文中画线句说《好了歌注》每一句都暗指人的结局，任选两处，进行分析。[整体感知、理解阐释]

《好了歌》注

陋室空堂，当年笏满床；衰草枯杨，曾为歌舞场。蛛丝儿结满雕梁，绿纱今又糊在蓬窗上。说什么脂正浓、粉正香，如何两鬓又成霜？昨日黄土陇头送白骨，今宵红灯帐底卧鸳鸯。金满箱，银满箱，展眼乞丐人皆谤。正叹他人命不长，那知自己归来丧！训有方，保不定日后作强梁。择膏粱，谁承望流落在烟花巷！因嫌纱帽小，致使锁枷扛；昨怜破袄寒，今嫌紫蟒长：乱烘烘你方唱罢我登场，反认他乡是故乡。甚荒唐，到头来都是为他人作嫁衣裳！

（节选自《红楼梦》第一回）

---

4. 有人说“两首《西江月》似贬实褒、明贬暗褒、寓褒于贬，全面地概括了贾宝玉的不合时宜特征”。阅读下面的文字，谈谈你的看法。[整体感知、理解阐释]

语段一：

后人有《西江月》二词，批宝玉极恰，其词曰：

无故寻愁觅恨，有时似傻如狂。纵然生得好皮囊，腹内原来草莽。潦倒不通世务，愚顽怕读文章。行为偏僻性乖张，那管世人诽谤！

富贵不知乐业，贫穷难耐凄凉。可怜辜负好韶光，于国于家无望。天下无能第一，古今不肖无双。寄言纨袴与膏粱：莫效此儿形状！

（节选自《红楼梦》第三回）

语段二：

宝玉道：“罢，罢，我也不敢称雅，俗中又俗的一个俗人，并不愿同这些人往来。”

湘云笑道：“还是这个情性不改。如今大了，你就不愿读书去考举人进士的，也该常常的会会这些为官做宰的人们，谈谈讲讲些仕途经济的学问，也好将来应酬世务，日后也有个朋友。没见你成年家只在我们队里搅些什么！”

（节选自《红楼梦》第三十二回）

语段三：

宝玉道："你不知道呢。你病着时，他干了好几件事。这园子也分了人管，如今多掐一草也不能了。又蠲了几件事，单拿我和凤姐姐作筏子禁别人。最是心里有算计的人，岂只乖而已！"黛玉道："要这样才好，咱们家里也太花费了。我虽不管事，心里每常闲了，替你们一算计，出的多进的少，如今若不省俭，必致后手不接。"宝玉笑道："凭他怎么后手不接，也短不了咱们两个人的。"

（节选自《红楼梦》第六十二回）

5. 红学家丁广惠先生在《〈红楼梦〉诗词评注》中说："《红楼梦》的总纲是第四回，而《护官符》则是这个总纲的集中表现。"你是否认可他的观点？结合下面的文字，谈谈你的看法。［整体感知、理解阐释、赏析评价］

语段一：

这门子道："老爷既荣任到这一省，难道就没抄一张本省'护官符'来不成？"雨村忙问："何为'护官符'？我竟不知。"门子道："这还了得！连这个不知，怎能作得长远！如今凡作地方官者，皆有一个私单，上面写的是本省最有权有势、极富极贵的大乡绅名姓，各省皆然；倘若不知，一时触犯了这样的人家，不但官爵不保，只怕连性命还保不成呢！所以绰号叫作'护官符'。方才所说的这薛家，老爷如何惹得他！他这件官司并无难断之处，皆因都碍着情分面上，所以如此。"一面说，一面从顺袋中取出一张抄写的"护官符"来，递与雨村，看时，上面皆是本地大族名宦之家的谚俗口碑。其口碑排写得明白，下面所注的皆是自始祖官爵并房次。石头亦曾抄写了一张，今据石上所抄云：

贾不假，白玉为堂金作马。

阿房宫，三百里，住不下金陵一个史。

东海缺少白玉床，龙王来请金陵王。

丰年好大雪，珍珠如土金如铁。

（节选自《红楼梦》第四回）

语段二：

雨村便徇情枉法，胡乱判断了此案。冯家得了许多烧埋银子，也就无甚话说了。

雨村断了此案，急忙作书信二封，与贾政并京营节度使王子腾，不过说“令甥之事已完，不必过虑”等语。此事皆由葫芦庙内沙弥新门子所出，雨村又恐他对人说出当日贫贱时的事来，因此心中大不乐意，后来到底寻了个不是，远远的充发了他才罢。

（节选自《红楼梦》第四回）

语段三：

平儿咬牙骂道：“都是那贾雨村什么风村，半路途中那里来的饿不死的野杂种！认了不到十年，生了多少事出来！今年春天，老爷不知在那个地方看见了几把旧扇子，回家看家里所有收着的这些好扇子都不中用了，立刻叫人各处搜求。谁知就有一个不知死的冤家，混号儿世人叫他作石呆子，穷的连饭也没的吃，偏他家就有二十把旧扇子，死也不肯拿出大门来。二爷好容易烦了多少情，见了这个人，说之再三，把二爷请到他家里坐着，拿出这扇子略瞧了一瞧。据二爷说，原是不能再有的，全是湘妃、棕竹、麋鹿、玉竹的，皆是古人写画真迹，因来告诉了老爷。老爷便叫买他的，要多少银子给他多少。偏那石呆子说：‘我饿死冻死，一千两银子一把我也不卖！’老爷没法子，天天骂二爷没能为。已经许了他五百两，先兑银子后拿扇子。他只是不卖，只说：‘要扇子，先要我的命！’姑娘想想，这有什么法子？谁知雨村那没天理的听见了，便设了个法子，讹他拖欠了官银，拿他到衙门里去，说所欠官银，变卖家产赔补，把这扇子抄了来，作了官价送了来。那石呆子如今不知是死是活。老爷拿着扇子问着二爷说：‘人家怎么弄了来？’二爷只说了一句：‘为这点子小事，弄得人坑家败业，也不算什么能为！’老爷听了就生了气，说二爷拿话堵老爷，因此这是第一件大的。……”

（节选自《红楼梦》第四十八回）

6. 第六十三回中，宝钗第一个抽得一签，“只见签上画着一支牡丹，题着‘艳冠群芳’四字，下面又有镌的小字一句唐诗，道是：任是无情也动人”。结合原著相关内容和下面的文字，谈谈你对这句诗的理解。［整体感知、理解阐释］

比如，说她破坏宝黛爱情，觊觎宝二奶奶的位置，甚至还为此耍了阴谋——移祸黛玉。我承认，宝钗是有缺点的。但读者如果不存先入之见，实事求是地分析此事的前因后果，则不难发现，指斥其“奸”过于严苛。那日正值芒种，宝钗与凤、纨、迎、探、惜等在园中玩耍，因独不见黛玉，故去潇湘馆找她。由于忽见宝玉进去怕自己也去“一则宝玉不便，二则黛玉嫌疑”，她便抽身回来。这恰好证明她心地纯正，不存妒忌之念。接着见一玉色蝴蝶，十分有趣，遂追扑起来，又证明她当时并无醋意与不快。这时听见亭内红玉与坠儿说话，宝钗认为“奸淫狗盗”，固然反映了她的封建正统观念，实不足取，但她装着追寻黛玉，却是彼时彼境合乎实情之言。人们情急之下做出的反应往往与当时正在进行的事有关。宝钗当时就是为找黛玉而来，因此，说寻黛玉实在是最正常不过的。毕竟，处境窘急，脱口而出，情有可原。

比如，在金钏自杀的问题上，宝钗说她“纵然有这样大气，也不过是个糊涂人，也不为可惜”，确实是无情到了冷酷的程度。但说她将自己两套新衣拿来给金钏装裹，是为了对照贬损黛玉，实在有失偏颇。因为黛玉“素日是个有心的”之类的话是王夫人所说，且宝钗历来心胸宽大，从不计较琐事，连庭院花木、房间布置、衣服首饰等都不大讲究，所以在姨妈精神上承受巨大压力这一情境之下，她主动提出此议是十分自然的。她在宽慰王夫人时说的一席话，除了表现其惊人的无情外，确实有讨好巴结之嫌，但也仅仅是嫌疑而已。因为人们为了安慰亲人、朋友，有时会说一些减轻其责任的话，这并不能完全代表她心中真实的判断，只能说有讨好之嫌。断言其“奸”，并无铁证。

（节选自周思源《探秘集》）

____

____

____

7. 阅读下面的文字，回答问题。

又有顿饭工夫，十二题已全，各自誊出来，都交与迎春，另拿了一张雪浪笺过来，一并誊录出来，某人作的底下赘明某人的号。李纨等从头看起：

忆菊 ①______

怅望西风抱闷思，蓼红苇白断肠时。
空篱旧圃秋无迹，瘦月清霜梦有知。
念念心随归雁远，寥寥坐听晚砧痴。
谁怜我为黄花病，慰语重阳会有期。
……

问菊 ②______

欲讯秋情众莫知，喃喃负手叩东篱。
孤标傲世偕谁隐，一样花开为底迟？
圃露庭霜何寂寞，鸿归蛩病可相思？
休言举世无谈者，解语何妨片语时。

簪菊 ③______

瓶供篱栽日日忙，折来休认镜中妆。
长安公子因花癖，彭泽先生是酒狂。
短鬓冷沾三径露，葛巾香染九秋霜。
高情不入时人眼，拍手凭他笑路旁。
……

菊梦　潇湘妃子

篱畔秋酣一觉清，和云伴月不分明。
登仙非慕庄生蝶，忆旧还寻陶令盟。
睡去依依随雁断，惊回故故恼蛩鸣。
醒时幽怨同谁诉，衰草寒烟无限情。
……

众人看一首，赞一首，彼此称扬不已。李纨笑道："等我从公评来。通篇看来，各人有各人的警句。今日公评：《咏菊》第一，《问菊》第二，《菊梦》第三，题目新，诗也新，立意更新，恼不得要推潇湘妃子为魁了；然后《簪菊》、《对菊》、《供菊》、《画菊》、《忆菊》次之。"宝玉听说，喜的拍手叫"极是，极公道。"黛玉道："我那首也不好，到底伤于纤巧些。"李纨道："巧的却好，不露堆砌生硬。"

黛玉道："据我看来，头一句好的是'圃冷斜阳忆旧游'，这句背面傅粉。'抛书人对一枝秋'已经妙绝，将供菊说完，没处再说，故翻回来想到未折未供之先，意思深透。"李纨笑道："固如此说，你的'口齿噙香'句也敌的过了。"探春又道："到底要算蘅芜君沉着，'秋无迹'，'梦有知'，把个忆字竟烘染出来了。"宝钗笑道："你的'短鬓冷沾'，'葛巾香染'，也就把簪菊形容的一个缝儿也没了。"湘云道："'偕谁隐'，'为底迟'，真个把个菊花问的无言可对。"李纨笑道："你的'科头坐'，'抱膝吟'，竟一时也不能别开，菊花有知，也必腻烦了。"说的大家都笑了。

（节选自《红楼梦》第三十八回）

（1）文中①②③处应填入的是______。[整体感知]

A. 潇湘妃子　　蘅芜君　　蕉下客

B. 蘅芜君　　潇湘妃子　　蕉下客

C. 蘅芜君　　潇湘妃子　　枕霞旧友

D. 怡红公子　　蘅芜君　　潇湘妃子

（2）"彭泽先生是酒狂"运用的是______（人名）的典故。[整体感知]

（3）"孤标傲世偕谁隐，一样花开为底迟？"两句千古传诵，请从抒情

的角度加以赏析。[赏析评价]

(4) 周汝昌先生说："过去小说里的诗词，多属附加物的性质，出自旁人或者说书者的口吻，到了《红楼梦》里，诗词，才正式成为小说内容的有机部分，用诗来帮助刻画人物性格自然是目的之一。"结合全诗，分析《簪菊》诗作体现了诗人怎样的形象特点。[整体感知、赏析评价]

8. 阅读下面的诗歌，回答问题。

白海棠和韵（其二）

史湘云

蘅芷阶通萝薜门，也宜墙角也宜盆。
花因喜洁难寻偶，人为悲秋易断魂。
玉烛滴干风里泪，晶帘隔破月中痕。
幽情欲向嫦娥诉，无奈虚廊夜色昏。

（节选自《红楼梦》第三十七回）

(1) 这首诗从体裁看，属于__________。[整体感知]

(2) 下列说法正确的一项是（　　）。[整体感知、理解阐释]

A. 从诗题可以看出这是一首唱和之作。

B. "蘅芷阶通萝薜门"，反衬海棠的高洁形象。

C. "玉烛滴干风里泪"，写出了诗人内心凄苦。

D. "幽情欲向嫦娥诉"，写出白海棠的寂寞愁苦。

(3) 从修辞手法的角度赏析画线句。[整体感知、理解阐释、赏析评价]

____

9. 香菱曾向黛玉学诗，黛玉极为推崇杜甫的七律诗。阅读“七律之冠”《登高》，根据你对黛玉人物形象的理解，分析黛玉为何推崇杜甫的七律。[整体感知、理解阐释、赏析评价]

登 高

杜甫

风急天高猿啸哀，渚清沙白鸟飞回。
无边落木萧萧下，不尽长江滚滚来。
万里悲秋常作客，百年多病独登台。
艰难苦恨繁霜鬓，潦倒新停浊酒杯。

____

____

____

10. 第七十回中，钗黛二人所填的“柳絮”词得到了众人的推崇。阅读词作，回答问题。

唐 多 令

粉堕百花洲，香残燕子楼。一团团逐对成毬。飘泊亦如人命薄，空缱绻，说风流。 草木也知愁，韶华竟白头！叹今生谁舍谁收？嫁与东风春不管，凭尔去，忍淹留。

临 江 仙

白玉堂前春解舞，东风卷得均匀。蜂团蝶阵乱纷纷。几曾随逝水，岂必委芳尘。 万缕千丝终不改，任他随聚随分。韶华休笑本无根，好风频借力，送我上青云！

(1) 结合原著情节，试分析两首词的作者分别是______、______。[整体感知]

(2) 两首词都是吟咏柳絮，但是在情感表达上却殊为不同，你认为哪

一首写得更好？[赏析评价]

《红楼梦》综合检测

一、填空题［整体感知］

文创产品就是文化的延伸品。中国数千年流传下来的传统文化，经过巧妙构思，可以制成书签、折扇、手机壳、行李牌……现在全班要设计一本《红楼梦》日历，各位同学纷纷提出自己的看法。

小明：封面上可以画一块石头，因为《红楼梦》又名（1）______。

小李：嗯，封面上还应写上“中国古代（2）______体小说巅峰之作”这样的文字。

老师：封面背后还应加入《红楼梦》的版本介绍。由于《红楼梦》版本颇多，可以选择最常见的两个版本，一个是保留了大量手写批注的（3）______，另一个是一百二十回足本排印的（4）______。

小张：十二个月正好可以用十二名女子的画像，正好是“（5）______”，像林黛玉、贾元春、（6）______、（7）______等人都可以。每幅画像旁边都配上人物判词！

小言：具体每一天里面还可以按照《红楼梦》中的事件配图，比如元宵节就可以放入“元妃省亲”，中秋节可以放入（8）______画面。

老师：大家的想法都不错，班长汇总后交给我。

二、选择题

1. 班级组织同学去北京剧院观看越剧《红楼梦》，演员扮演角色以及台词对应的情节，全部正确的一项是（　　）。［整体感知］

演员①：似一支寒梅独自放，今日里，接来娇花倚松栽，从今后，在白头外婆怀里藏……

演员②：盼姐姐盼得我痛难诉，盼不开啊宫门锁，盼了七年才回家……

演员③：老爷，你就看在我们夫妻的份上，我年已半百只有这一个孽障……

演员④：我竟不知道。这还了得！你要打他，好歹带他出去打罢，我听不惯的……

A. 演员①—林黛玉—林黛玉进贾府　　演员②—贾环—元妃省亲
演员③—王夫人—宝玉挨打　　演员④—惜春—抄检大观园

B. 演员①—贾母—林黛玉进贾府　　演员②—宝玉—元妃省亲
演员③—王夫人—宝玉挨打　　演员④—惜春—抄检大观园

C. 演员①—林黛玉—林黛玉进贾府　　演员②—贾环—元妃省亲
演员③—王夫人—宝玉挨打　　演员④—迎春—抄检大观园

D. 演员①—贾母—林黛玉进贾府　　演员②—宝玉—元妃省亲
演员③—王夫人—宝玉挨打　　演员④—迎春—抄检大观园

2. 南京地铁3号线有个很文艺的名字——“红楼专线”，有六节车厢展示了《红楼梦》中六大经典场景。薛宝钗的居所蘅芜苑、贾宝玉的住所怡红院……成了这六节车厢的名片，每节车厢的拉手上都印有这六个地名标识。

无独有偶，北京地铁4号线也有个“红楼专列”，车厢以清代画家孙温手绘本《红楼梦》图案进行装饰，展示了“大观园试才题对额”“憨湘云醉眠芍药裀”等《红楼梦》经典事件。北京地铁磁器口站内的壁画是以红楼梦人物为主题的。

(1) 下列选项中，不能选入南京地铁3号线六节车厢中的场景是(　　)。[整体感知]

A. 林黛玉的住所潇湘馆

B. 李纨的住所稻香村

C. 探春的住所秋爽斋

D. 惜春的住所栊翠庵

(2) 下列选项中，不能用来装饰北京地铁4号线“红楼专列”的是(　　)。[整体感知]

A. 林黛玉临终焚诗稿

B. 勇晴雯深夜病补雀金裘

C. 薛宝琴怀抱红梅立于白雪中

D. 贾赦因贾琏为石呆子求情对他痛打一顿

（3）北京地铁磁器口站内的壁画中，不可能会有的人物画面是（　　）。[整体感知]

A. 在芙蓉花边写诗的忧愁少女

B. 牡丹花边雍容华贵的女子

C. 梅花边华彩照人的年轻妇人

D. 海棠花边憨态可掬的女孩

（4）上海现在也要建造"红楼专列"，下列选项中不适合选入地铁中的画面是（　　）。[整体感知]

A. 曹雪芹于悼红轩中写《金陵十二钗》

B. 史湘云的经典道具金麒麟

C. 探春建议设立"海棠诗社"

D. 潇湘妃子与怡红公子成婚

三、简答题

1. 阅读下面的文字，回答问题。

①子曰："君子食无求饱，居无求安，敏于事而慎于言，就有道而正焉，可谓好学也已。"（《论语·学而》）

②子曰："人而不仁，如礼何？人而不仁，如乐何？"（《论语·八佾》）

③子曰："朝闻道，夕死可矣。"（《论语·里仁》）

④子曰："君子喻于义，小人喻于利。"（《论语·里仁》）

⑤子曰："见贤思齐焉，见不贤而内自省也。"（《论语·里仁》）

⑥子游问孝。子曰："今之孝者，是谓能养。至于犬马，皆能有养；不敬，何以别乎？"（《论语·为政》）

（1）将文中画线的句子翻译成现代汉语。[整体感知]

①敏于事而慎于言，就有道而正焉。

____

____

____

②人而不仁，如乐何？

____

③朝闻道，夕死可矣。

____

④见贤思齐焉，见不贤而内自省也。

____

（2）下列各选项对选段内容理解与分析不正确的一项是______。［整体感知］

A. “人而不仁，如礼何？人而不仁，如乐何？”孔子把礼、乐与仁紧紧联系起来，认为没有仁德的人，根本谈不上礼、乐的问题。

B. 孔子认为，践行孝道首先必须做到赡养父母，替父母出力做事；其次，在“养”的基础之上对父母尊敬，并且是因发自内心的敬意而保持和颜悦色。

C. 孔子认为，利要服从义，要重义轻利。而孔子赞赏的君子就是只重义而不重利的人。

D. “君子食无求饱，居无求安”，孔子认为君子求学应该有较高的精神追求，不仅仅是为了吃饱饭和睡舒服，更要努力向有道德的人学习，言论谨慎，好学不厌。

（3）结合选段①和选段④内容，简要概括儒家君子观的内涵。［整体感知、理解阐释］

____

（4）贾政作为贾宝玉的父亲，是《红楼梦》中重要的男性角色之一。他为光宗耀祖，重视读书上进；最喜读书人，礼贤下士，济弱扶危；他严厉管教子女，认为宝玉行为离经叛道，痛打宝玉；他也一心孝顺贾母，宝玉挨打中，面对贾母的责骂，一声不敢吭。结合《论语》相关内容，试分析贾政是不是典型的儒家君子。[整体感知、理解阐释、赏析评价]

2. 电视剧《觉醒年代》播出后，剧中的高燃台词、坚定的理想信念让我们热血沸腾、深受震撼。阅读以下新文化运动相关选文，回答问题。

语段一：

中国旧学，是世界学术中的一部分；儒家孔学，是中国旧学中的一部分；孔教三纲，是孔学中的一部分，甚至是很小的一部分。对于孔学本分之内的价值存在，我们并不反对。我们反对将一部分中的一部分的一部分的孔教三纲尊为道统，我们也反对将全体的全体的全体的中国旧学都一起踩在脚下，说得分文不值。

（节选自《陈独秀文章选编》）

语段二：

他们要打倒的不是先秦时期的那个教育家孔子，而是被后人伪形化了的孔子。正如李大钊所说：掊击孔子，非掊击孔子本身，乃掊击孔子为历代君主所雕塑之偶像权威也。非掊击孔子，乃掊击孔子专制政治之灵魂也。

（节选自刘再复《贾宝玉论》）

《红楼梦》中贾宝玉不喜仕途，被认为是一个儒家叛逆人物。但是贾宝玉始终尊崇《四书》这类儒家正典，对孔子抱有敬畏心，生活中也能谨遵儒家礼仪规范。结合以上选文，分析贾宝玉的行为与新文化运动的不谋而合之处。[整体感知、理解阐释]

3. 学校举行了“《红楼梦》文化展”，《红楼梦》中的精彩情节都配有生动形象的图片。请参考以下示例，在四个精彩情节中任选一则，对图画进行描述，字数120字以内。[整体感知、理解阐释]

示例：“宝钗扑蝶”——图片中描绘了薛宝钗于芒种这天在滴翠亭附近赏春扑蝶的场景。天气晴朗，彩蝶飞舞，宝钗见状，追逐不停，香汗淋漓，娇喘细细，写出了薛宝钗身上的天真活泼，画面美好动人。

情节：史湘云醉眠芍药裀、晴雯撕扇、黛玉葬花、宝玉出家

4. 阅读下面的文字，回答问题。

视角叙事是古代小说常用的叙事观点，《红楼梦》可以从每个章节的不同人物视角来读，对同一件事也可以从不同人眼中写出。黛玉进府，是从贵族少女兼伶仃孤女角度；刘姥姥进大观园是从穷人兼世故老妪角度；查抄大观园是从权力顶峰跌落的王熙凤角度。这是作者熟谙人物视角叙事的结果。曹雪芹善于使用人物视角叙事，喜欢变换视角，但目标始终围绕着贾宝玉和贾府盛衰。《红楼梦》的人物视角叙事既考究又华丽，站在叙事视角的人物一定有特别深刻的叙事角度，他（或她）和所叙之事或人肯定有重要联系。

（节选自马瑞芳《红楼故事及文本写作》）

结合选文内容，从香菱、贾雨村、刘姥姥三人中任选一人，分析其在结构串联上的意义。[整体感知、理解阐释]

5. 贾府举办“说贾府”短视频拍摄大赛，兴儿、冷子兴进入决赛，请用描述性语言描写两人拍摄的画面和旁白。[整体感知、理解阐释]

6. 阅读下面的文字，回答问题。

中国古典小说的回目与西方小说标目在文体功能上是相同的（虽然二者有更深刻的不同）：回目都是一个完整的叙述句，概括叙述一段情节；一般而论，回目的设置又均位于每回正文之首，在本回情节尚未展开的时候，读者已经读到对其概括的回目了。从叙事学的角度来看，这无疑也是“事先讲述或提及以后事件的一切叙述活动”之一，即预叙。

……

重要的是，不仅每回的回目置于本回之首从而对本回故事进行预叙，而且，全书的回目还会集中为目录置于书前，有的作品除此之外在每卷前还有本卷的目录，打开目录，即可提前知道它的情节发展——应该说，在这种标目体制中，全书故事被不同层级的回目重复预叙、反复皴染，因而，阅读中国古典小说几乎没有秘密可言。

不过，中国古典小说回目体制的预叙功能是一把艺术的双刃剑：一方面它向潜在的读者提供了更多有关叙事世界的信息，从而使读者的选择可更明确，也使其对此叙事世界的进入更为顺利；另一方面却也养成了叙事艺术欣赏的保守。

如果把对一部小说的阅读看作一次艺术世界的探险乃至于冒险的话，那么，中国古典小说所培养起来的读者们也许会缺乏一些勇气与耐心，其成因自极复杂，但是，回目的预叙体制无疑也是其中之一。这种体制养成了对叙事艺术欣赏的保守：听众或读者需要在一个艺术事实发生之前便得到一定的提示信息，如果没有，面对无法把握的艺术世界，他们可能会难以接受。

进一步看，还可以发现，此种倾向无论是因读者的口味引导了作者的创作，还是作者的追求培养了相应的读者，总之，它与其他因素一起形成了中国叙事文学的特点：因循过多，缺少艺术世界中的远征与新拓。西方大部分小说文本给予读者的仅仅是一个信息量极少的书名，简单的书名后隐藏的东西在阅读之前无法预知，因此，读者的阅读过程便是与这一叙事世界中的人物、情节、沉思猝然相遇的过程，这种对未知世界的探险式阅读其实关联着相应的创作机制，因此，作者的创作也尽量避免程式成规，从而在艺术表现上拥有了生机勃勃的新陈代谢。

（节选自李小龙《中国古典小说回目的叙事功能》）

（1）下列对文章内容的理解，正确的一项是（　　）。[整体感知]

A. 阅读中国古典小说完全没有秘密可言，看到回目便知全文

B. 读者阅读中国古典小说会因为过于复杂的回目望而却步

C.《鲁滨孙漂流记》这个书名能够提供给读者的信息量极少

D. 中国古典小说的回目体制养成了叙事艺术欣赏的保守

（2）《红楼梦》中一些主要人物进入回目，作者往往在其名字前加一个字，来概括或凸显其品性，即所谓“一字评”。结合全书内容，为下列人物填写适当的“一字评”。[整体感知、理解阐释]

①______凤姐　②______探春　③______袭人　④______晴雯

（3）《红楼梦》的回目不仅在叙事功能上独树一帜，本身也具有极高的艺术成就。从下列回目中任选一条，结合原著内容，赏析回目的妙处。[整体感知、理解阐释、赏析评价]

第十九回　情切切良宵花解语　意绵绵静日玉生香

____

____

____

第二十七回　滴翠亭杨妃戏彩蝶　埋香冢飞燕泣残红

____

____

____

7. 阅读下面的文字，回答问题。

①中国一贯以农立国，农业在经济上占着绝对重要的地位。中国人根本思想为“农本主义”，几千年来的观念都以修齐治平之道，必衣食足而后可，衣食则皆仰求于农业。儒家为中国学术思想的主流，其经济上的主张是“节用裕民”“不患寡而患不均”，这些主张都建立在自给自足的农业经

济上，重农而轻工商，其经济的设施即在压迫工商业的发展，而达到经济上的均衡与自足。农民虽受地主的压榨，但只要不遇荒年，仍够维持最低限度的生活，这种自给自足的自然经济乃是封建社会的特色。

②农业在经济生活中占着最重要的地位，农业生产最主要并且是唯一的生产手段是土地。土地的分封为当时土地分配的基础，其中授田者与受田者之间，存有隶属的关系，而下一级对上一级都有必然履行的义务，这都是封建经济下的特点。

③清朝初年这一段时期具有着其他封建时期经济的性质，但它本身也有着一些独有的特点。绅士阶级的发生。清朝统治者为求巩固其统治权，采用更彻底的封建制度，对于诸王公开国功臣都赐以封地，同时剥夺了他们政治上军事上的权力。这些享有大量土地而没有政治上军事上职务束缚的人们，又有无报偿的奴隶劳力供其利用，当国家承平日久，经济日趋繁荣之后，乃利用其剩余的精力，从事高级的奢侈的享受，并有暇致力于精神生活的发展，衣、食、住、行皆极端考究，吟风弄月，扮演点才子佳人的故事。《红楼梦》中所描写的正是这一类的人物。

④商业在此时已经成为最好获利的职业，或许他们本身就经营商业。因为政治的腐败，也必然要勾结官僚，方能顺利无阻，而商人于获得利润后，又以之投资于土地，成为地主，故地主、官僚资本家的互相勾结，三位一体，为这一时代的特色。从这里产生了非法的高利贷盘剥，倚强凌弱，包揽刑讼，以及贪污舞弊的种种现象，在《红楼梦》中活灵活现地刻画出这一幅互相勾结、狼狈为奸的图画。

⑤《红楼梦》是这一个时代的文学巨著，作者抓住了这一时代经济上的特质，透过艺术的造型而具体地表现出来，基于这一个时代的经济关系而产生的社会关系与社会意识，在《红楼梦》中都有着详尽而深刻的描写。

（节选自王增宝等《红楼梦与中国经济》，有删改）

(1) 下列选项中不属于封建社会中国经济特点的一项是（　　）。[整体感知]

A. 农业占绝对重要地位

B. 地主和受田者之间有绝对必然履行的义务

C. 已经出现成熟的商业体系

D. 统治者有意地“重农轻商”

（2）农业在中国传统社会中占据最重要的地位，下列费孝通的观点中可以作为论据来支撑这一观点的是（　　）。[整体感知]

A. 维持乡土社会行为准则的是道德和法律。

B. 乡土社会的基本社群是“小家族”，中国的家是一个事业组织。

C. 与西洋“家”的概念界限分明不一样，乡土社会“家”的概念是可伸缩的，甚至可以一直推出去包括无穷的人。

D. 从基层上看去，中国社会是乡土性的。

（3）下列《红楼梦》的情节中，③④两段论述内容没有涉及的一项是（　　）。[整体感知]

A. 贾家先祖贾源作为开国功臣，被封荣国公，贾代善、贾赦等后代世袭爵位。

B. 贾府用茄鲞招待刘姥姥，姥姥吐舌感叹“倒得十来只鸡来配他”。

C. 薛家是皇商，贾、史、王、薛四大家族通过联姻结成同一阵营，薛蟠打死冯渊案，贾雨村为巴结几大家族，徇情枉法。

D. 宝玉在经历了家族的兴亡后，随着一僧一道出家为僧。

（4）《红楼梦》作为一个时代的文学巨著，也体现了时代的经济特质。第二回中，冷子兴演说荣国府就已经谈道，“如今外面的架子虽未甚倒，内囊却也尽上来了”，经济的崩溃也是贾府衰败的一大祸根。请结合本文和《红楼梦》原著分析，贾府的经济为何会走向崩溃。[整体感知、理解阐释]

____

____

____

（5）受儒家文化影响，对尊长生养死葬是孝文化的主要内容，所以清朝统治者设立祭田保护制度。清初历史学家谈迁有云：“令各处抄札人口家财，解本处卫所，犯人家产田地外，内有坟茔不在抄札之内。”秦可卿临终前给王熙凤托梦，提出“趁今日富贵，将祖茔附近多置田庄房舍地亩”“将家塾亦设于此”的治家策略，认为“便败落下来，子孙回家读书务农，也有个退步，祭祀又可永继”。结合选文第①段和第②段，试分析秦可卿为何会提出这项策略。[整体感知、理解阐释]

四、写作

1. 阅读下列材料，完成作文，题目自拟，不少于 800 字。[表达与交流]

材料一：

《红楼梦》中，宁荣二公曾托梦警幻仙姑，感慨家族“遗之子孙虽多，竟无可以继业”。

材料二：

社会学家费孝通在《乡土重建》中提到当时的社会状况：乡土培植出来的人已不复为乡土所用，乡间把子弟送了出来受教育，结果连人都收不回。他认为：“人也有根的，个人不过是根上长出的枝条，他的茂盛来自这个根，他的使命也在加强这个根。……中国落叶归根的传统为我们乡土社会保持着地方人才。”

材料三：

2021 年中央一号文件于 2 月 21 日正式发布，文件提出全面推进乡村振兴，加快农业农村现代化。

一个家族的兴旺发达需要人才，乡村的振兴也需要人才。现实中也有如李子柒制作乡土美食视频、大学生秦玥飞毕业后回县担任村主任助理……结合你的生活体验，谈谈你对人才回归农村、建设农村的看法。

2. 阅读下列材料，完成作文，题目自拟，不少于 800 字。[表达与交流]

材料一：

习近平指出："对传统文化中适合于调理社会关系和鼓励人们向上向善的内容，我们要结合时代条件加以继承和发扬，赋予其新的涵义。"可见，我们要传承发展中华传统文化中优秀的内容，而且在传承中要有发展，只有发展才能更好地传承。创造性转化和创新性发展是传承发展中华优秀传统文化的根本之路。

（节选自洪修平《挖掘中华优秀传统文化的价值追求》）

材料二：

《红楼梦学刊》第一辑发行8. 5万册，第二辑11万册，但第三辑后，销量逐渐下滑。在当时，这未必是由学术质量引发，读者发现《红楼梦》研究并不是他们想象或习惯的那样了。

自流传时起，读《红楼梦》就有两套系统："引车卖浆者流"的普通人往往满足于故事层面，而文人学士则更乐于在衣食起居器物仪制的细节中发现种种文化意蕴。也因此，《红楼梦》在民间的传播，除了小说本身，依靠的是戏曲、评书、影视作品等文化产品，与研究作者、版本、家世、探佚的红学实为殊途。当大众需要一种普及性的形式的时候，红学家没有及时站出来，适应大众的要求，当然就出了问题。

（节选自《红学的当代困境》）

材料三：

2017年8月3日、4日，上海昆剧团最新原创作品《红楼别梦》在上海交响乐团音乐厅首演。该剧以当代人的视角解读薛宝钗的人物命运，舞美制作回归早期昆曲的舞台式样"明式厅堂"。新闻发布会上，上昆团长谷好好直言期待了十多年，"越剧《红楼梦》太强大，昆剧《红楼别梦》以薛宝钗和宝玉情爱纠结，引发兴趣和亮点"。

《红楼别梦》没有习惯的创作思维。结构非常有意思，一到四场情节集中于两天，最后一场则在二十年后，表面波澜不惊，心底却非常动人，这是静静的痛心与动心。它与看热闹的戏不同，却是昆曲最悠长的地方，让观众恨不得自己上去喊一声。

（节选自央广网）

《红楼梦》被称为中国传统文化百科全书、古典章回体小说巅峰之作。结合以上内容和《红楼梦》原著，围绕“传承与创新”完成一篇文章。

参考答案

“元妃省亲”学习检测答案与解析

一、选择题

1. A

【解析】知识点：元妃省亲所点戏目，四出戏所伏内容极为重要。考查整体感知。

2. C

【解析】知识点：大观园中人物与住所。本题属其他章回内容，但与元妃省亲有关。考查整体感知。

3. C

【解析】知识点：宝玉所题诗句。考查整体感知。

4. D

【解析】知识点：《红楼梦》中人物地位。贾母是老祖宗，地位崇高；贾政是元妃之父，在朝中有实权，地位不同寻常；宝玉是元妃之弟，爱护非常，衔玉而诞，又是贾家中兴之希望，也很重要。考查整体感知。

5. D

【解析】知识点：元妃省亲相关章回中文化常识积累。惕：勤勉谨慎，不敢懈怠。考查词语理解，侧重整体感知。

6. D

【解析】知识点：大观园是太虚幻境的人间仙境。考查整体感知。

二、简答题

1. 答案示例：宝玉所题内容富有韵味，且元春素爱宝玉，用宝玉所题内容可以慰藉元春爱弟之心。（意对即可）

【解析】知识点：大观园选用宝玉所题匾额的原因。考查整体感知、理解阐释。

2. 答案示例：宝玉作“怡红院”一首时，写了“绿玉春犹卷”，薛宝钗提醒他，元妃不喜“绿玉”，让他将“绿玉”改为“绿蜡”，并指出这是化用唐钱珝《未展芭蕉》诗句。

林黛玉去问宝玉进度时，发现已然作了三首，只少“杏帘在望”一首了。黛玉让宝玉先誊抄其他三首，自己替宝玉作了“杏帘在望”一诗。（意对即可）

【解析】知识点：元妃省亲题咏情节。考查内容整体感知、理解阐释。

3. （1）答案示例：元春见贾母时，欲行家礼，却被贾母阻止，看见年迈的贾母还要对自己行君臣之礼，看到贾母与自己此时因身份差别产生的隔阂内心感伤流泪；元春与父亲贾政对话时流泪说“今虽富贵已极，骨肉各方，然终无意趣”，这其中包含了她对于和父母天各一方的悲哀难过；元春见到宝玉时哭泣，发现宝玉长大了泪如雨下，既有对宝玉的思念，也有对宝玉已经长大成人的欣慰。（意对即可）

【解析】知识点：元春省亲时不住哭泣的原因。考查整体感知、理解阐释。

（2）答案示例：不羡慕。元春虽然生于大年初一，生日吉祥，后晋封为凤藻宫尚书，加封贤德妃。元春的风光也确实为贾府带来了辉煌，元春省亲使贾府越发烈火烹油、鲜花着锦。然而元春芳年不永，盛年即卒。元春省亲时也毫无欢颜，一直垂泪，见祖母不得行晚辈之礼，见父亲要隔帘相见，见弟弟要待通传，实在是伤心至极。元春或许是得到了世俗的风光富贵，但是她内心忧愁苦楚，也逃不过“千红一哭，万艳同悲”的悲剧命运。（意对即可）

【解析】知识点：元春人物形象分析。本题要结合其他章回元春的判词、元春的逝世一起思考。考查整体感知、理解阐释。

4. 答案示例：并无不协调之处。元春加封贵妃是烈火烹油、鲜花着锦，秦钟之死是人生悲哀、世事无常。将秦钟之死这样的悲剧穿插在元春封妃这样的大喜事之中，更加能够加深人生悲喜交加的对比，也衬托出生命无常、祸福难料，凸显出所有繁华终将消失的悲哀。而众人对于秦钟之死的淡漠，对于元春封妃省亲的热情，也凸显出宝玉和周遭世界的不同，强化了他的叛逆性格。（意对即可）

【解析】知识点：秦钟之死的写作意义；悲喜对比的理解。考查整体感知、理解阐释。

5. （1）答案示例：五言律诗。

【解析】知识点：诗歌体裁知识。考查整体感知。

（2）答案示例：“菱荇”句，运用了一系列的名词排列，意象叠加，写出了客人眼中所见的山庄景色。此句为近景及动景描写。鹅儿在长满菱叶、飘着荇菜的清澈水面上自由自在地嬉戏玩耍，燕子更匆匆忙忙地从桑榆林中衔泥而去，到屋梁间构筑它们温暖的窝巢。“一畦”句为远景及静景描写。在弥望无际的田野上，一畦畦韭菜于春风中长得翠绿欲滴，一片片稻田飘溢着阵阵花粉的清香，好像在预告一个丰收的年成。两联运用了动静结合、远近结合的手法，描绘出一幅怡然自乐、幸福安谧的美好景象。

【解析】知识点：诗歌赏析。考查理解诗歌内容及手法，侧重赏析评价。

6. 答案示例：认可。元妃省亲花费颇多，江南采买女孩子、置办乐器行头、置办花烛彩灯并各色帘栊帐幔等就花费了五万银子。还有其他各项支出，如采买尼姑道姑、园内陈设、花灯烟火。连元妃在宫中见惯奢华场面都叹息奢靡，可想而知省亲花费之巨。第五十三回中乌庄头给贾珍送年货交地租时，说起娘娘和万岁给贾府的赏赐，贾蓉便说：再两年再一回省亲，只怕就精穷了。由此可见，元妃省亲确实在经济上给贾家造成了巨大负担。

【解析】知识点：元妃省亲造成的影响，经济上对贾家造成的巨大打击。考查整体感知、理解阐释。

7. 答案示例：①贤德，重视亲情，孝亲爱弟。贾元春才选凤藻宫，加封贤德妃；省亲时，见到亲人，多次落泪，不忍离去；在宫中挂念对宝玉的教育。②不擅长诗作。省亲归家时，元春自己说“我素乏捷才，且不长于吟咏，妹辈素所深知”。③崇尚节俭，关注家族命运。省亲过程中游幸大观园，多次叹息奢华过费；劝诫家人，“以后不可太奢，此皆过分之极”。④有风流雅趣。省亲中让诸位姐妹题咏，大观园出现了首批大规模的“匾额”题咏诗作。⑤宽容善良。省亲中，龄官顶撞元春改戏后，元春旨意为不可难为了这女孩子，好生教习。

【解析】知识点：元春人物形象分析。主要结合元妃省亲章节的具体内容进行分析。考查整体感知、理解阐释。

8. 答案示例：元妃省亲过程中有盛况热闹描述，热闹中暗含悲凉。热闹的具体体现有：省亲前，准备工作热闹非凡。贾府耗时耗财，齐集各行匠役，建造了富丽堂皇的大观园；迎接元春归来前，大观园内张灯结彩，火树琪花，鼓乐喧天，华丽出彩；元妃到来之时，贾府上下几百人口等待，整个场面盛大隆重、繁华极盛；之后元妃让大家题咏、看戏、行赏中也都体现出热闹欢快。然而，省亲过程多处体现出悲凉伤感。元妃观赏园内景色，多次默默叹息奢华过费；与家人相见的过程中，在皇家礼仪制度的限制下，元妃与家人不能尽乐——元妃与贾母、王夫人循礼三次才相见，与父亲贾政隔帘相望，多次满眼垂泪，忍悲强笑；元妃所点四出戏也暗含了贾府与自己的悲剧性命运。作者采用“以乐景写哀情”的手法，在铺写繁华极盛的场面中暗蕴着悲剧气氛。特别是元妃的角度，让大家感受到了无尽的悲凉伤感。

【解析】知识点：元妃省亲情节、元妃人物形象。需要结合省亲整个过程分析探究。开放性题目，考查学生阅读文本内容进行探究，言之有理即可。考查整体感知、推断探究。

9. 答案示例：①大观园景观中，贾政与众人观赏景色，第一处“往前一望，见白石崚嶒，或如鬼怪，或如猛兽，纵横拱立，上面苔藓成斑，藤萝掩映，其中微露羊肠小径”，宝玉取名为“曲径通幽”，与简介中“入园迎面为左右两青石假山夹道，之间有一空地。立此上看，则额‘曲径通幽’”非常相似，都为园中第一景，取名相同。

②大观园中怡红院，种植着让众人惊叹的西府海棠。恭王府后花园的西府海棠在京城里也很出名。③贾元春描写大观园作诗“衔山抱水建来精”，写出大观园衔山抱水的特点；李纨作诗“秀水明山抱复回”，体现大观园被河水环抱。这与简介中萃锦园衔水环山特点一致。④大观园中有景观“浣葛山庄”，后改为“稻香村”，以种植蔬菜为主，“分畦列亩，佳蔬菜花，漫然无际”。萃锦园中有蓺蔬圃，也以种植蔬菜为主，二者意境相似。⑤大观园潇湘馆“里面数楹修舍，有千百竿翠竹遮映”，种满秀美的竹子。简介中香雪坞中也长满秀丽的竹子，二者有相似之处。⑥林黛玉与史湘云在大观园池塘边联诗曰：“寒塘渡鹤影，冷月葬诗魂。”其中“寒塘”句为史湘云看到眼前之景自然作出，与简介中萃锦园“渡鹤桥”有关联。

【解析】开放性题目，考查学生阅读文本内容进行探究，言之有理即可。知识点：大观园景观原型、诗歌赏析。大观园为《红楼梦》故事展开之地，熟悉大观园相关知识点对于整体把握本书内容大有帮助。考查整体感知、推断探究。

10. 答案示例：不是。贾政对宝玉充满殷切期待和拳拳深情，严厉是贾政管教孩子的方式。贾政自己诗才很好，也欣赏宝玉的诗才，就连宝玉否定了自己的题拟，他也是“拈髯点头不语”，可见对宝玉比较欣赏。封建社会里，父亲对儿子的爱一般都不外露，只藏在心里，面上还要严加管教，才是履行父责，教子有方。在皇权专制的封建社会，父权是家庭关系最基本的存在方式，贾政也是这一传统的维护者，他要在宝玉面前维持威严的形象，因此在宝玉展露才能的时候不能够露出得意之色，在宝玉言之有理之时也要批评他，众人赞赏宝玉时给他泼冷水。

【解析】知识点：贾政对待宝玉的情感分析。需要结合小说时代背景、贾政身份分析阐述。考查整体感知、理解阐释。

11. 答案示例：贾政的审美趣味是与士大夫的文人生活相适应的，无论是日用起居的摆设布置，还是文学风格的欣赏，或是艺术园林的游览，都体现出强烈的文人雅趣。这种文人雅趣以其较高的审美标准、丰富的文化气息独具一格，但是与以宝玉为代表的自然审美是有区别的。贾政所代表的是以人的眼光去欣赏一个外在之物，从中得到的是人为的美感，他的观点属于儒家正统范畴，讲究社会秩序，一切包括自然都要按人为的秩序规划清楚，他是合乎礼教的社会人；宝玉在此处的态度则更偏向道家思想，返璞归真，一切的礼教是束缚，所以宝玉面对稻香村，批评其为非“天然图画”，而是“人力穿凿扭捏而成”。从这里其实可以看出父子二人不同的人生取向。

【解析】知识点：推断探究题目，言之有理即可，但是要结合贾政、贾宝玉思想观念分析。考查整体感知、推断探究。

“宝黛定情”学习检测答案与解析

一、选择题

1. B

【解析】知识点：贾府元宵节情节，聚会的气氛很沉闷。考查整体感知。

2. A

【解析】知识点：大观园人物住处，探春住了秋爽斋，李氏住了稻香村。考查整体感知。

3. B

【解析】知识点：宝黛共读《西厢》、《西厢记》文学常识。考查整体感知。

二、填空题

1.《西厢记》

【解析】知识点：名句出处。考查整体感知。

2. 贾宝玉、薛宝钗

【解析】知识点：金玉良姻情节。考查整体感知。

3. 金麒麟　史湘云

【解析】知识点：史湘云金麒麟情节。考查整体感知。

三、简答题

1.（1）答案示例：宝玉向黛玉倾吐了“你放心”“你皆因总是不放心的原故，才弄了一身病”的肺腑之言，黛玉走了，宝玉出神拉住来送扇的袭人说：“睡里梦里也忘不了你!”袭人听了这话出神。(意对即可)

【解析】知识点：宝玉诉衷情事件概括。考查整体感知、理解阐释。

（2）答案示例：袭人劝王夫人想办法让宝玉搬出大观园，以免被有心人搬弄是非，坏了名声；后来绣春囊事件爆发，王夫人决心抄检大观园，也是出于对男女大防这一底线的坚守。

【解析】知识点：袭人劝说王夫人、王夫人抄检大观园。考查整体感知、理解阐释。

2.（1）答案示例：宝黛葬花、宝黛共读《西厢》（黛玉细读《西厢》）、宝玉戏语诉衷情。(意对即可)

【解析】知识点：宝黛共读《西厢》重要情节概括。考查整体感知、理解阐释。

（2）答案示例：两句都出自《西厢记》。其中，宝玉的话，《西厢记》中张生称自己是多愁多病身，莺莺是倾国倾城貌。林黛玉的话为红娘调侃张生的话。（意对即可）

【解析】知识点：文学常识、诗词出处。考察整体感知、理解阐释。

（3）答案示例：①《西厢记》在当时的时代为“淫词艳曲”，属于禁书。宝玉阅读之后，非常喜爱此书，由衷赞赏。宝玉偷偷读《西厢记》被黛玉撞见，与黛玉分享并认为黛玉会喜欢，宝玉不怕被黛玉知道，在此就体现他将黛玉视为知己。②事实上，黛玉看后果然喜欢《西厢记》，边读边诵，认为它“词藻警人，馀香满口”。《西厢记》在当时属于禁书，二人高度认可此书，实际上思想相投，为宝黛爱情提供了共同的思想基础，体现二人对封建制度的反抗。③宝玉借《西厢记》文段，对林黛玉说“我就是个‘多愁多病身’，你就是那‘倾国倾城貌’”，黛玉就明白了宝玉拿书里的张生自比，把她比作莺莺，此时宝玉是借《西厢》戏说，黛玉听后生气，在宝玉道歉后，也用《西厢记》中内容回应，二人关系又转好。二人对书中张生、崔莺莺关系十分认同，感情也完全融入其中。二人共读《西厢》，如此融洽、默契，是心灵相通的表现。（意对即可）

【解析】知识点：宝黛二人感情理解。考查整体感知、赏析评价。

3.（1）答案示例：张道士给贾宝玉提亲，贾宝玉心中有林黛玉，因此心中有气。贾宝玉记挂着林黛玉病情，前来探望，黛玉却让他去看戏，宝玉将黛玉的关心误当作奚落，心中更生气。（意对即可）

【解析】知识点：张道士提亲、宝黛生气情节。考查整体感知、理解阐释。

（2）答案示例：林黛玉因为张道士向宝玉提亲以及金玉良姻如此说，体现了林黛玉对于金玉良姻、麒麟之说的不自信，也是对宝玉感情的试探。（意对即可）

【解析】知识点：金玉良姻、麒麟之说情节。考查整体感知、理解阐释。

（3）答案示例：贾元春赏赐端午节礼，贾宝玉与薛宝钗的相同，而宝玉和宝钗又有金玉之说。林黛玉心中恼宝玉，说“我没这么大福禁受，比不得宝姑娘，什么金什么玉的，我们不过是草木之人”；宝玉听到黛玉提到“金玉”，说“我心里要有这个想头，天诛地灭，万世不得人身”。（意对即可）

【解析】知识点：元春元宵赏赐情节、宝黛二人情感试探情节。考查整体感知、理解阐释。

（4）答案示例：表面是二人之间发生误会，都想歪了。本质是因为未确定对方心意，试探对方的心。宝黛二人都是痴情之人，彼此爱慕，心中都存了一段心事，不能直接诉说。宝玉常常暗中试探黛玉，黛玉也用假情试探，二人都将真心真意瞒了起来，

只用假意，两假相逢，终有一真，其间琐琐碎碎，难保不有口角之争。(意对即可)

【解析】知识点：宝黛二人情感试探、宝黛二人性格特征。考查整体感知、理解阐释。

(5) 答案示例：宝玉摔玉；黛玉剪穗；袭人、紫鹃劝架；宝玉、黛玉、袭人、紫鹃四人对哭；贾母劝架。(意对即可)

【解析】知识点：宝黛二人争吵相关情节。考查整体感知、理解阐释。

(6) 答案示例：此次争吵写出宝黛二人因为对对方有情，未确定对方的心意，彼此试探，引得贾母说出“不是冤家不聚头”的话来，宝黛二人对此深受触动，在各自住处潸然泪下，情发一心。争吵看似越吵越凶，实则互相贴心，互相亲近，互相密不可分。为下文宝玉对黛玉诉肺腑奠定基础。(意对即可)

【解析】知识点：宝黛二人感情、宝黛二人性格特征。考查整体感知、理解阐释。

4. 答案示例：木石前盟。宝玉前身是神瑛侍者，黛玉前身是三生石畔绛珠仙草。神瑛侍者曾浇灌绛珠仙草，使之久延岁月，脱去草木之胎修成女体。后神瑛侍者投胎人间，即为贾宝玉。绛珠仙草为报灌溉之恩随之而去，投胎为林黛玉，用一生的眼泪报答灌溉之情、甘露之惠。又因神瑛侍者也即女娲弃于青埂峰下无材补天的那块顽石，故有木石前盟之说。(意对即可)

【解析】知识点：木石前盟、宝黛初见。考查整体感知、理解阐释。

5. 答案示例：(1) 表面看是因为宝玉以为家中的姐姐妹妹都没有，唯独他有，如今来了神仙似的妹妹也没有，他觉得玉不是好东西。深层而言，这是木石前盟的前世之缘所注定的，没有“摔玉”这石破天惊的举动就无法体现出宝玉初见黛玉时的异样情感，一见如故、久别重逢是他特殊的心理反应，“摔玉”是本能原始的情感反应。(意对即可)

【解析】知识点：木石前盟、宝黛初见。考查整体感知、理解阐释。

(2) 张道士给贾宝玉提亲，黛玉说“我那里像人家有什么配的上呢”和“你怕阻了你的好姻缘，你心里生气，来拿我煞性子”这两句充满醋意的话。宝玉这次摔玉，是要以此向林黛玉表白自己的心，即他心中的爱情不是世俗生活里大家普遍认为合适的“金玉良姻”，而是建立在彼此相知相惜、拥有共同思想和价值观基础之上的“木石前盟”。(意对即可)

【解析】知识点：宝玉摔玉。考查整体感知、理解阐释。

6. (1) 答案示例：黛玉对宝玉的试探、对宝钗威胁二人感情的不安。

【解析】知识点：薛宝钗冷香丸。语意接近即可。考查整体感知、理解阐释。

（2）答案示例：宝黛二人的爱情是非常自然发展起来的，他们从小一起在贾母处长大，两小无猜、耳鬓厮磨，有条件日夜相处，培养出知己之情。

【解析】知识点：宝黛之间的知己之情。语意接近即可。考查整体感知、理解阐释。

（3）答案示例：支持第二个说法，《红楼梦》对宝黛之爱的刻画和传统才子佳人小说不一样。①传统才子佳人小说中，男女主角产生爱情的常见模式都是“一见钟情”，《西厢记》即是如此。宝黛是日久生情，二人从小青梅竹马、朝夕相处，随着年龄增长，逐渐变成少年情侣，而且他们有特殊的前世之缘——木石前盟。②以往的才子佳人小说中，男女主人公的吸引往往脱不了“怜才慕色”的窠臼，《西厢记》也是如此。宝黛之间的爱情却是超越感观层面、直逼灵魂深处的知己之情。③传统才子佳人小说中都是以大团圆结局结尾。但是宝黛爱情却是悲剧结局，它不再用历尽险阻、苦尽甘来的美满结局来告慰大家，而是以宝黛的爱情悲剧如实地反映了封建社会的真实生活面貌，蕴含了深刻的悲剧内涵。

【解析】知识点：宝黛爱情与传统才子佳人爱情的区别、宝黛爱情的特殊性。支持后一个说法，语意接近即可。考查整体感知、推断探究。

7.（1）答案示例：这次宝玉的诉肺腑使宝玉、黛玉的感情由猜疑、争吵逐渐发展为灵犀相通的知己之爱，他们之间欲言又止、欲亲反疏的爱情终于第一次被明确表达出来。宝玉的“你放心”表白了爱情，彻底消除了黛玉的疑虑，此后宝黛的感情日趋稳定。

【解析】知识点：宝玉诉肺腑。大意符合即可。考查整体感知、理解阐释。

（2）答案示例：①从前世缘分来说，宝黛之间有木石前盟的神话前缘，黛玉有“还泪之说”，黛玉注定要为宝玉不断地流泪伤心。②从语言的表达特点来说，宝黛生活在中国古代封建社会，在儒家礼法的约束之下，不能直接表达爱情，因而言语间总是含糊晦涩。③黛玉自小父母双亡，客居外祖母家，自身性格敏感多疑、多愁善感，对于宝玉对自己的感情非常不自信，常常说些酸话刺激宝玉。随着他们年龄渐长，有“金玉良姻”之说的薛宝钗常住贾府，以及身配金麒麟的史湘云常来贾府走动，都让林黛玉感到了感情上的威胁，常常多次用假意试探宝玉，难免发生争吵。而宝玉也是痴情之人，也常用假意试探黛玉，难免会发生很多误会，从而引起争吵伤心。④相比之下，简·爱的语言表达比较直截了当。她生活在提倡自由、平等、博爱观念的英国，深受这些观念的影响，同时自身性格刚烈、敢于斗争，在爱情中也非常勇敢。当简·爱发觉她爱上了罗切斯特后，在地位如此悬殊的情况下，也敢于去爱而不是自怨自艾，因为她坚信人在精神上都是平等的。当罗切斯特为了试探她而假意要娶英格拉姆小姐时，她的直接表达也更有利于误会的解除和感情的推进。

【解析】知识点：宝黛爱情中的试探争吵、简·爱与黛玉语言表达的差异及原因。推断探究题，言之有理即可。考查整体感知、推断探究。

四、诗歌赏析

1. 古体诗　花　人

【解析】知识点：诗歌体裁判别、诗歌表现手法。考查整体感知。

2. D

【解析】知识点：文言实词理解。“知是”意为哪里知道是、还是。考查整体感知。

3. 答案示例：黛玉去怡红院找宝玉，恰逢宝钗在宝玉处，晴雯未听出黛玉声音没有开门，黛玉误会宝玉只和宝钗好而不和她好，引起无限感慨，一是自己寄人篱下的凄凉，二是爱情方面的无助，“必竟是宝玉恼我要告他的原故”，在贾府中没有安全感。正逢花落时期，又勾起伤春愁思，于是将残花埋葬在沁芳亭。她由落花想到自己的命运，创作了《葬花吟》。(意对即可)

【解析】知识点：黛玉作《葬花吟》情节。考查整体感知、理解阐释。

4. 答案示例：画线句意思为“不如用这锦绣的香袋，收殓你那娇艳的尸骨。让一堆洁净的泥土，埋葬你这绝代风流。愿你那高贵的身体，洁净地生来，洁净地死去。不让它沾染上一丝污秽，被抛弃在那肮脏的河沟”。以花喻人，花喻林黛玉，写出林黛玉宁愿为坚持自己高尚净洁的品格节操而死去，也强于身陷渠沟的污泥中而活着的思想，塑造出林黛玉高洁、孤傲的精神品格。(意对即可)

【解析】知识点：诗歌赏析。考查理解诗歌内容及手法，侧重鉴赏评价。

“宝玉挨打”学习检测答案与解析

一、选择题

1. C

【解析】知识点：宝玉挨打原因之一——结交琪官。四个选项都为其他章回内容，考查整体感知。

2. D

【解析】知识点：宝玉挨打原因之一——贾环诬告。四个选项都涉及贾环行为，考查对于贾环人物形象的把握，侧重整体感知。

3. D

【解析】知识点：宝玉挨打时王夫人哭诉贾珠。考查理清人物关系，侧重整体感知。

4. D

【解析】知识点：宝玉挨打相关章回中文化常识积累。白眉赤眼：平白无故。考查字词理解，侧重整体感知。

5. C

【解析】知识点：宝玉人物形象分析。开放题，考查人物形象分析，侧重整体感知。

二、简答题

1. (1) 答案示例：贾环说宝玉强奸金钏不遂，导致金钏投井而亡。(语意接近即可)

【解析】知识点：宝玉挨打原因之一——贾环诬告。考查内容整体感知、理解阐释。

(2) 答案示例：①宝玉周岁时抓取脂粉钗环，贾政心存偏见，担忧宝玉成为酒色之徒。②贾政对宝玉不认真念书、不务正业，在浓词艳赋上做功夫不满。③贾政对宝玉在日常行为中所体现的叛逆的、与自己完全相悖逆的人生价值观不满。

【解析】知识点：贾政与宝玉的父子关系。贾政对宝玉长期以来的不满，是宝玉挨打的重要原因之一。对其二人父子关系的梳理，便于理解《红楼梦》“草蛇灰线、伏脉千里”的前后照应。考查整体感知、理解阐释。

(3) 答案示例：第一次是愤怒、伤心绝望的哭。宝玉原是贾府光宗耀祖的唯一希望和寄托，忠顺王府长史官的突然造访和贾环的谗言使贾政希望落空，还让他发现宝玉如此不堪。第二次是悲哀的哭。王夫人的“绝”字触动了贾政，宝玉若有闪失，二人都无所依靠。他和王夫人一样感受到了没有依靠的“绝”的悲哀。第三次哭是伤心的哭。哭贾珠的早亡和自己希望的破灭。贾珠身为嫡长子，十四岁时就已进学，本是贾政的希望，却不幸早亡。贾政再次感到希望的破灭。

【解析】知识点：贾政人物形象分析。“贾政三哭”传神体现出曹雪芹在人物形象塑造上的多层次，对“贾政三哭”的辨析能够使学生深入理解贾政这一人物形象。大意符合即可。考查整体感知、理解阐释。

2. (1) 答案示例：王夫人认为金钏在勾引宝玉。

【解析】知识点：王夫人责骂、撵走金钏的原因。考查整体感知、理解阐释。

(2) 答案示例：不认可。金钏死后王夫人独自在房内垂泪，并无旁人所在，她不必掩饰，可见是真实反应。王夫人对于金钏所说的轻浮之言并未声张，如果她心存歹毒，本可以用勾引宝玉的罪名公开惩罚金钏。金钏死后，王夫人安排多赏银子，还把宝钗的衣服送金钏装殓，说明她对金钏的死确实是痛心、惋惜的。

【解析】知识点：王夫人人物形象分析。开放性题目，言之成理皆可。金钏之死、驱逐晴雯、抄检大观园这些重要事件都和王夫人息息相关。客观、细致地分析王夫人形象，有助于理解《红楼梦》塑造"圆形人物"的艺术特征。考查整体感知、推断探究。

3. 答案示例：异——烛之武面对的是强国，首先以退为进，迎合对方心理，赞美对方，再寻机反击。他抓住对方心理，设身处地为秦国利益考虑，诱之以利，夸大秦晋之间的嫌隙，分化瓦解秦晋之间的联盟。贾母面对儿子贾政，气势凛然。她首先转移论题，使宝玉该打变成了"我没有养一个好儿子"，彻底否定贾政教育宝玉的资格。最后提出一走了之，以退为进，以致贾政叩头请罪。同——二人都是在极其紧迫的情况下，通过论辩实现自己的目的，所以语言使用上都显得悚动非常，充满感染力。

【解析】知识点：宝玉挨打中贾母的表现。贾母只用短短的几句话就逼得贾政叩头请罪，语言艺术极有特点。结合课内经典选文《烛之武退秦师》，考查赏析评价。

4. 答案示例：A. 林黛玉　B. 薛宝钗　C. 袭人

顺序：C、B、A

区别：袭人首先责怪打宝玉的人，心疼宝玉被贾政打重了，袭人像母亲，对宝玉的身体有深切疼惜；也有对宝玉的责备，责备宝玉不听规劝，以致被毒打至此。宝钗第一个来探病、送药，情急之下说出"心疼"，是真情流露，是宝钗第一次直接表露心思，但是发乎情止乎礼；对宝玉也有责备，觉得宝玉挨打是咎由自取，只是心疼打得太狠。黛玉是黄昏时独自前来探望，她没有半点儿责备意味，只是担心宝玉将来还会挨打，所以劝他都改了，她的哭泣劝告都是发自内心的担心，是心心相印的真情表白。

【解析】知识点：宝玉挨打后众人的表现。个性化人物形象的塑造是《红楼梦》的一大艺术特征，探究宝玉挨打后三人不同语言背后的情感有助于深入理解《红楼梦》人物形象塑造的特色。考查整体感知、理解阐释。

5. 答案示例：鲁迅先生对于《红楼梦》人物形象塑造的点评非常准确。"金钏之死"事件中，宝钗没有表达对金钏的同情怜悯，一直在宽慰王夫人。这虽然显得宝钗"无情"，但却符合宝钗真实的人物特点。王夫人是薛宝钗的亲姨妈，素日里王夫人对宝钗也关爱有加，遇到这样的事，宝钗安慰王夫人也在情理之中。原著中也从未写出金钏和宝钗有什么往来，她们之间本也无情谊。而且宝钗不知金钏被撵的真相，事后也不忌讳把自己的衣服给金钏入殓，可见她并非真无情。她的行为完全是符合当时礼法的，也表现了宝钗稳重的性格特点。这样真实的写法更显得宝钗真实立体。

【解析】知识点：宝钗形象特点分析。宝钗在金钏之死中的反应历来被许多人诟病，深入解读宝钗在金钏之死中的真实性能够避免人物理解的脸谱化。言之有理即可。考查赏析评价。

6. 答案示例：宝玉认为黛玉能够理解送旧帕的含义，黛玉也确实理解了送旧帕的内涵——①黛玉多愁善感，常常垂泪。宝玉挨打后，黛玉必定又在房中垂泪。宝玉不能前去安慰，所以送了手帕去，意为代替自己为她拭泪。②旧帕传情。宝玉和黛玉一起读过《牡丹亭》《西厢记》等才子佳人小说。冯梦龙《素帕》曰："不写情词不写诗，一方素帕寄心知。心知接了颠倒看，横也丝来竖也丝，这般心事有谁知。"手帕代指相思，旧手帕带着自己的体温，只有中意的人才可以给。在此两人借旧帕传情。可见，宝黛二人心意相通，能够理解彼此。

【解析】知识点：宝黛二人情感、宝黛二人人物形象特点分析。开放性题目，考查学生阅读文本内容进行探究，言之有理即可。宝黛二人自由恋爱为《红楼梦》中重要线索，宝黛二人为书中最重要二位人物，此知识点对于整体把握《红楼梦》的思想内容大有帮助。大意符合即可。考查整体感知、理解阐释。

7. （1）答案示例：和他挨打有关的投井而死的金钏、戏子蒋玉菡这些被侮辱和被压迫者。

【解析】知识点：宝玉挨打的原因。考查整体感知、理解阐释。

（2）答案示例：宝玉此句看似与黛玉的"你从此可都改了罢"毫无关系，实则联系紧密——黛玉心疼宝玉，千言万语只说一句"你从此可都改了罢"，体现出黛玉对宝玉的无尽的关怀与怜惜；宝玉此句回答，写出宝玉可以为这些人死，并未悔改，属于自己的肺腑之言，挨打后这种真心话只对黛玉述说，体现出他真正听懂了黛玉话的真意，领会了黛玉对他的真情，也对黛玉道出真情。此句回答体现宝黛二人心心相印。

【解析】知识点：宝黛二人情感理解。宝黛二人自由恋爱为《红楼梦》中重要线索，此知识点对于整体把握《红楼梦》的思想内容大有帮助。考查整体感知、理解阐释。

8. 答案示例：①直接描写。金钏死后，直接写宝玉"五内摧伤"，"恨不得此时也身亡命陨"，对金钏之死感到震惊，体现宝玉对金钏充满同情。②贾政让宝玉见贾雨村，他磨磨蹭蹭半天才去，去了之后话也不多，体现出贾宝玉讨厌仕途经济，不愿与为官者为伍。③宝玉挨打之后，对林黛玉说，宁愿为他们而死，体现宝玉对这些人的同情和尊重；历经一场生死挨打之后，没有悔改，体现出宝玉坚决的反抗；这句话是黛玉前来探望时说的，属于宝玉肺腑之言，体现出宝玉对黛玉的真情。

【解析】知识点：宝玉人物形象塑造分析。探讨挨打过程中的宝玉形象，能够更深刻理解宝玉立体、多面、真实的性格，更深刻地体会《红楼梦》的艺术价值。考查整体感知、理解阐释。

9. 答案示例：探春会有多种心理、多重行为。身为和宝玉关系不错的妹妹，在看到宝玉挨打之时，她会心疼、关怀宝玉；探春为人仁孝，中秋之夜只有探春一直陪着贾母，贾赦鸳鸯事件中也是探春替王夫人叫屈，见到王夫人、贾母为宝玉伤心，自然也会安慰二人；探春为人正气凛然，必然不忿自己的弟弟贾环的诬告，她一身傲骨，定然会责骂贾环的卑劣行径；赵姨娘素来袒护贾环，也一直不满探春对宝玉胜过对贾环，对于探春责骂贾环必会出言埋怨，又会使探春产生苦恼之情，为自己的身世伤心。

【解析】知识点：探春人物形象探究。首先需要结合整本书其他章节分析探究探春的形象特点，再根据形象特点结合具体情境分析探春可能会有的反应。考查整体感知、推断探究。

10. (1) 答案示例：①《礼治秩序》一节中提到：中国乡土社会施行礼治，礼是社会公认合式的行为规范。金钏属于贾府的丫头，在封建社会，实际上就等同于贾府的私有财产。贾府在当时属于贵族世家，尊崇儒家礼法制度，且具有一套复杂严格的家规。金钏自杀后，贾府给予其家人银子和新衣服补偿，既合乎当时的礼制，也是贵族世家“宽柔以待下人”家风的体现。如后文宝钗与王夫人谈话中说“不过多赏他几两银子发送他”，可以看出这种处理方式是长期的规范传统，因此金钏家在收到银子和新衣服后，不会认为此事有何不妥而去诉讼。②《无讼》一节中说：在乡土社会中，维持礼治秩序的手段是教化，不知廉耻的“败类”才会不服礼而去寻求法的保障。基于此，金钏家人也不会想到去诉讼。③《差序格局》中讲到，传统中国的社会结构里最基本的概念是差序，社会地位不同，所对应的道德规范就不同，主仆身份有差别，因此，他们之间的相处有严格的言行规范。除非存在莫大冤屈，否则金钏家人不会突破常规去状告主人。

【解析】考查知识点：《乡土中国》；金钏身份分析。开放性题目，言之有理即可，涉及观点要准确。首先分析《乡土中国》观点，再结合《红楼梦》内容进行分析。考查整体感知、理解阐释。

(2) 答案示例：《差序格局》中谈道，中西方对于家庭的概念存在很大区别，西洋的家庭是界限分明的团体，中国的家的概念比较模糊，可大可小。中国社会的亲属关系是同心圆的波纹性质，从生育和婚姻结成的网络可以一直推出去，包括无穷无尽的人。贾府的结构属于传统社会的大家庭，从宝玉这个圆心推出去，贾母、王夫人、李纨、王熙凤、宝钗、黛玉、三春，都在这个亲属关系的格局之中，且这些人和宝玉的关系都很亲近，知晓宝玉挨打后必然要来求情、探望。

【解析】考查知识点：贾府人物关系分析、《乡土中国》差序格局。开放性题目，言之有理即可，但基本观点要准确。首先分析《乡土中国》差序格局，再结合《红楼梦》宝玉与其他人物关系进行分析。考查整体感知、理解阐释。

11. 答案示例：①情节作用：宝玉挨打和多个章节相关联，串联起故事情节。宝玉挨打之前详细描写了三件事情：金钏之死、贾政命宝玉去会来访的贾雨村、忠顺王府前来向贾府索要小旦琪官。此三件事情都为宝玉挨打的原因。②人物塑造作用：宝玉挨打这一事件中，刻画出贾府各个人物不同的性格特点——宝玉挨打过程中的贾政、王夫人、贾母，宝玉挨打后前来探望之人的不同表现。③主旨作用：宝玉挨打这一情节体现封建时代贵族世家中传统正派的贾政和叛逆者贾宝玉之间不可调和的矛盾冲突，暗示了贾府的衰败。

【解析】知识点：宝玉挨打。题目属于综合性分析题目。构思分析可从小说故事情节、人物形象塑造、主旨等角度分析阐述。考查赏析评价。

三、写作

参考角度：结合当前教育现状思考。教育的功利化，我们的教育不能只为应试服务；教育的产业化、功利思想深入教育，教育要打破单一的分数评价体系，要倡导多元教育和个性化教育。教育应该回归教育本质，不能一味培养精致的利己主义者。教育不应该被异化为竞技教育，而应该是人们从狭隘走向广阔的过程，应该尊重个性、独特性和多样性，不能一味扼杀人的天性，要给每个个体自由发展的空间。

【解析】开放性试题，言之成理即可。考查表达与交流。

“刘姥姥二进荣国府”学习检测答案与解析

一、选择题

1. D

【解析】知识点：刘姥姥二进荣国府。考查整体感知。

2. C

【解析】知识点：刘姥姥三进荣国府。考查整体感知。

3. D

【解析】知识点：文化常识。撞客：民间用语，人遇鬼神为其所附以致生病招灾。考查整体感知。

4. C

【解析】知识点：黛玉独听《牡丹亭》曲，小说《牡丹亭》的作者是汤显祖。考查整体感知。

5. C

【解析】知识点：惜春画大观园。刘姥姥是误闯进了宝玉房间，不能出现在画中。其他几项都体现出在大观园的“行乐”，可以出现在画中。考查整体感知。

6. B

【解析】知识点：《乡土中国》中说乡土社会中男女有别，家族的主轴在父子、婆媳之间，是纵向而非横向。考查推断探究。

二、简答题

1. 答案示例：①刘姥姥进屋后见到一位老婆婆，看到丫鬟在服侍那位老婆婆，便知是贾母，体现出刘姥姥善于察言观色，对世家规矩也有了解。②刘姥姥主动向贾母请安，体现刘姥姥行为得体大方，不拘谨失礼。③刘姥姥称呼贾母“老寿星”，既不会显得过分谄媚，同时也表达了对贾母有福的恭维，体现出刘姥姥的机智和不卑不亢。

【解析】知识点：刘姥姥人物形象。考查整体感知、理解阐释。

2. 答案示例：①语段一刻画了黛玉住所中笔砚、书之多，书桌就设在窗下，反映出黛玉更具有文人气质。②语段二刻画了探春房间空间开阔，器具之大、多，体现出探春性格大气爽朗、志向高远。③语段三写出了宝钗住所的素净，暗示宝钗的自律和无欲无求。

【解析】知识点：黛玉、探春、宝钗三人性格特点；环境描写作用赏析。考查整体感知、理解阐释。

3. （1）答案示例：①黛玉体弱多病，经不起大喜大悲的折腾，所以容易笑岔气，体现出黛玉的含蓄、有教养而又体弱。②宝玉笑得滚到贾母怀中，体现出宝玉的天真、孩子气。③贾母独独搂着宝玉，体现出贾母对于宝玉的疼爱。④王夫人笑得想说话而说不出来，对于笑的描写非常真实。⑤探春、薛姨妈的笑自然流露，反映出她们率真、爽朗、不受拘束。⑥惜春笑得离开座位叫奶母揉肠子，体现出她的娇气、年幼、孩子气。

【解析】知识点：黛玉、宝玉、贾母、王夫人、探春、薛姨妈、惜春等人的性格特征。考查整体感知、赏析评价。

（2）答案示例：在这个场景中，以浅笑、淡然处之来表现。因为宝钗为人恪守儒家体统，她对于刘姥姥会心存善念，所以不会取笑刘姥姥。同时，宝钗感情从不外露，故而不会有很大的反应。

【解析】知识点：宝钗的性格特征。内容大意符合即可。考查整体感知、推断探究。

（3）答案示例：①"闹""撮"两字写出了刘姥姥使不习惯沉且滑的筷子，夹不住鸽子蛋，以至于鸽子蛋满碗乱跑的情形，生动、传神地写出了刘姥姥夹鸽子蛋时的窘态。②"伸"字突出了刘姥姥吃鸽子蛋时的小心翼翼而又憨态可掬。③"滑"和"滚"两字写出了筷子光滑、鸽子蛋小，且鸽子蛋掉下时速度之快。④这些动词生动传神地写出了刘姥姥吃鸽子蛋时的滑稽可笑而又憨态可掬的神态，突出了刘姥姥的朴实纯真。

【解析】知识点：动作描写赏析、刘姥姥性格特征分析。内容大意符合即可。考察整体感知、赏析评价。

4.（1）答案示例：①贾府日常生活严格遵照世家大族的仪式和排场。用餐时的各道程序、安排等都有明确规定。如招待刘姥姥这天，吃饭在不同地点，早饭在秋爽斋、午饭在藕香榭，饭前饭后丫鬟都要端茶来吃，体现贾府的政治地位和社会地位。②贾府人际关系讲究尊卑次序，长幼有序。用餐顺序、座次安排等都按人物身份有严格要求。如吃饭时按照人物身份，三桌落座，贾母吃饭时，凤姐、李纨等要在旁服侍，负责安箸、盛饭，贾母吃完后，孙媳妇才能吃饭，体现了儒家所尊崇的礼。

【解析】知识点：贾府的尊卑有序，贾府日常生活中的规矩礼仪。考查整体感知、理解阐释。

（2）答案示例：我认为并不是对刘姥姥的故意羞辱。当刘姥姥表演完毕，鸳鸯和王熙凤都对刘姥姥进行了真诚的道歉，而且刘姥姥也是早就被嘱咐过，知道自己要逗乐贾母，以她的人生智慧也不会觉得自己是被羞辱了。

【解析】知识点：王熙凤、鸳鸯的人物形象；刘姥姥的生活智慧。考查整体感知、推断探究。

5. 答案示例：①我认为电视剧版的结局更合理。②巧姐的判词意思是，在贾家落败以后，贾家的人都不肯帮助巧姐，只有当年王熙凤偶然资助过的刘姥姥成了巧姐的恩人。同时为巧姐描画："一座荒村野店，有一美人在那里纺绩"，可见巧姐最后是成为一个普通的农村妇女。③续书中巧姐并没有遭遇实质性的灾难，只是虚惊一场，嫁给周财主，又家道复兴，她就不可能在荒村野店里纺绩。④《红楼梦》中多有伏笔，如第四十一回中，板儿本来拿着一个佛手在玩，巧姐拿着柚子在玩，巧姐用柚子换了板儿的佛手。两人交换柚子和佛手，也可以视作后来刘姥姥救出巧姐，巧姐嫁给板儿的伏笔。

【解析】知识点：巧姐的人物结局，曹雪芹前八十回的构思。电视剧版结局更好，理由言之成理即可。考查整体感知、推断探究。

6. 答案示例：①语段一中贾母见黛玉房中窗上纱的颜色旧了，考虑到此院子里只有竹子，认为绿纱与院子不配，建议拿其他纱来匹配，可见贾母在审美上独具一格。并且贾母交代要“明儿”就办，体现出贾母对黛玉的珍爱。②语段二中贾母见宝钗房中过于素净，不以为然，决定以“我的梯己两件”做摆设，这样“包管又大方又素净”，使得此房间不再过分清冷。这里再次体现了贾母的艺术品位，也体现了贾母不太赞成宝钗无欲无求的性格，衬托出贾母对生活的热爱、对生命力的喜爱。

【解析】知识点：贾母人物形象。考查整体感知、理解阐释。

7. 答案示例：①刘姥姥游大观园时贾府尚处兴盛之时，从经济上来说，刘姥姥游园时贾府经济富足，刘姥姥说“古往今来没见过的，没吃过的，没听见过的，都经验了”，一道茄鲞令她叹为观止。而到了语段一中，作为当家奶奶的尤氏竟用的是下人才食的白粳米饭，贾府经济拮据已露端倪。②刘姥姥游大观园时，贾母在众人簇拥下游园，热闹欢腾。这年中秋人却突然变少，贾府中人只坐了半壁，余下半壁是空着的，桌圆人空，看似团圆的节日却显现出一种凄凉。显赫世家从人丁兴旺到冷清萧条，露出家族败落的征兆。③两个场景虽然都在大观园中发生，但是中秋夜宴时，贾府已现颓势，不可同日而语。

【解析】知识点：史太君两宴大观园、贾府盛衰。考查整体感知、理解阐释。

8. 答案示例：①贾府的生活确实有其奢侈的一面，一顿螃蟹宴就值二十多两银子，够庄家人过一年，天长地久吃下去，难免要造成经济上的拮据。而且吃法上也有名目繁多的讲究，吃莲叶羹还有各种模具，连薛姨妈都感叹：你们府上也都想绝了。②但是贾府的排场也有其无奈的一面，例如语段三中提到的因为元妃省亲而建造大观园，仅成立戏班子聘请教习、采买女孩子、置办乐器行头等就花费五万两银子，作为贵妃省亲别墅，也不得不排场豪华，否则难免使元妃举步维艰，又带累贾府。③为了维持体面和官场上的交往，其他的与王公大臣们庆吊往来的费用也是不能省掉的。④同时贾府也并没有到达穷奢极欲的程度，以语段一为例，贾府中的各项摆设也有不少是半旧的。贾府的经济衰败有多方面的原因，既有不得不维持的排场，也有众人的营私舞弊。

【解析】知识点：贾府的经济。开放性试题，言之成理即可。考察整体感知、理解阐释、推断探究。

三、写作

1. 语段分析：

（1）①语段一中贾雨村恩将仇报，是一个伪善、品行低劣之人。②语段二中，宝玉与妙玉形成鲜明对比，宝玉更有慈心，妙玉虽为修行之人，却匮乏善心。③语段三中，刘姥姥以报恩之心二进贾府，并且在贾府回馈出自己力所能及的最大善意。④语段四中，王夫人对刘姥姥也有很大的善意，希望刘姥姥以后可以自食其力，不必再求亲靠友，因为求亲靠友难免会被取笑，是对刘姥姥尊严的顾及。

（2）①这些人之中，最可称善良的是宝玉与刘姥姥，他们二人都是发自内心地对这个世界有悲悯之心，这二人是真正的善良的典型代表。②王夫人次之，王夫人在这件事里是表现了善意，但是在金钏之死中就显得不那么善良，体现出人性的复杂和善良的条件性。③贾雨村是最不善良的人，他也正是语段五如今时代中人们会将“行善”视为“愚昧”的典型原因。④语段五中则是体现了当下社会中部分人的冷漠和利己。

（3）人类心里的善并不是无条件的、绝对的、永久的，只有在一定条件下才会表现为善。恶劣环境条件下，人们更容易表现出心理变态和丑恶行为。所以真正的善良就更加难能可贵。我们更推崇真正的善良。

2. 写作角度：

真正的善良，在于内心对恶的鄙夷，对弱势群体的怜悯，对人类命运共同体的认知，对所有人的善意，并将这些内心的力量转化到外界，外化于行，用一言一行诠释自己对于善的理解。或许我们的能力不足以使我们随心所欲地为善，但至少，我们可以选择不去做“伪善”之人。

【解析】开放性试题，言之成理即可。考查表达与交流。

“探春理家”学习检测答案与解析

一、选择题

1. D

【解析】知识点：裙钗一二可齐家。考查整体感知。

2. C

【解析】知识点：探春把园子承包出去想法的来源。考查整体感知。

3. D

【解析】知识点：宝钗人物形象特点。考查整体感知。

4. A

【解析】知识点：探春的缩减开销政策。考查推断探究。

二、简答题

1. (1) 答案示例：认可。①王熙凤认为李纨是“佛爷”，佛爷不管事。李纨诨名“大菩萨”，平日里是“只把姑娘们交给他，看书写字，学针线，学道理，这是他的责任。除此，问事不知，说事不管”。并且在协助理家时，李纨确实一直是支持探春的想法，而不是主动提出一些理家的举措。②王熙凤说二姑娘迎春“不中用”。迎春老实无能、懦弱怕事，诨名“二木头”，她的攒珠累丝金凤首饰被下人拿去赌钱，她不追究，探春设法要替她追回，她却说：“宁可没有了，又何必生事。”③王熙凤认为黛玉和宝钗二人是有治家才能的，确实如此。黛玉曾经在心中替贾府算账，说过“如今若不省俭，必致后手不接”，可见黛玉确有治家之能，但是她身体太弱，精力不够。宝钗在探春理家时对探春多有协助，也比探春更懂人情世故，只是她懂得避嫌，明白自己是贾府亲戚，不能做逾矩之事，正是王熙凤说的“不干己事不张口”。④王熙凤最赞赏探春有才干，也得王夫人喜爱。从探春治家的一系列行为来看，探春能够不徇私、蠲免各项烦冗支出，大胆把大观园承包出去，可见探春确实有治家之能。⑤因此，我认可王熙凤对府中各人的评价。

【解析】知识点：李纨、迎春、黛玉、宝钗、探春人物形象特点。大意符合即可。考查整体感知、理解阐释。

(2) 答案示例：①正确。②探春本人无私无畏，她极有原则，为了治家大局，她可以和赵姨娘翻脸，也敢于蠲免千金万贵的宝玉的笔墨钱。选择探春治家，能够破旧立新。但是探春毕竟是闺阁小姐，所以难免会不通人情世故。③宝钗就是对探春最好的辅助。宝钗出身皇商之家，比探春更懂人情。最典型的例子便是挑选婆子承包园林时，她能够补充挑到活儿的婆子每年要散几吊钱给没揽到活儿的，众人皆喜，也避免了一些隐患。④此外，探春是庶出小姐，宝钗是贾府亲戚，难免会有人觉得二人治家名不正言不顺，造成麻烦。而李纨作为贾珠之正妻、贾府长媳，她在团队中可以更好地体现这个团队的权威性。

【解析】知识点：李纨、宝钗、探春人物形象特点。大意符合即可。考查整体感知、理解阐释。

2. 答案示例：①刁奴欺主。王熙凤曾和贾琏诉苦：“咱们家所有的这些管家奶奶们，那一位是好缠的？错一点儿他们就笑话打趣，偏一点儿他们就指桑说槐的抱怨。‘坐山观虎斗’，‘借剑杀人’，‘引风吹火’，‘站干岸儿’，‘推倒油瓶不扶’，都是全挂子的武艺……”贾府的下人们很多都从主子身上攫取利益，中饱私囊，狐假虎威，对于主子也是看人下菜碟。探春管家时，她们就敢给探春出难题。一旦自己的利益受到损害，又要和主子产生矛盾，这些下人是治家的一大难点。②贾府日渐入不敷出，又不得不维持排场体面。贾府是国公府，必须有国公府的规矩，每个主子用几等的丫头婆子、用多少丫头婆子都有一定的数量，因此要遵守规矩，要维持国公府的高贵气派。贾府也是贵妃的娘家，属于皇亲国戚，不能给皇家丢脸，必须维持排场体面。这就造成贾府开销上无法省俭，又成为贾府的经济负担。

【解析】知识点：贾府治家的难处。大意符合即可。考查整体感知、理解阐释。

3. (1) 答案示例：①贾府的规矩定例就是给二十两，原文中写道：“探春看时，两个家里的赏过皆二十两，两个外头的皆赏过四十两。”赵姨娘的弟弟属于“家里的”，所以探春只给二十两。探春临时管家，不能破例。②探春并不认为赵国基是她舅舅，她的嫡母是王夫人，舅舅是王子腾，赵国基和赵姨娘一样属于奴仆。所以，探春不肯多给银子。

【解析】知识点：赵国基事件中探春的行为表现。大意符合即可。考查整体感知、理解阐释。

(2) 答案示例：我认为探春不是不近人情。我国古代宗法制明确规定，庶子女也属于嫡母的子女，要称嫡母为母亲，生母为姨娘。赵姨娘虽然是探春的生母，但是她不是正妻，所以探春的嫡母是王夫人，自然王夫人的兄长王子腾是她的舅舅。同时，如果探春不认王子腾为舅舅，认赵国基为舅舅，才是探春失礼之处。

【解析】知识点：古代宗法制；探春和王夫人、赵姨娘的母女关系。大意符合即可。考查整体感知、理解阐释。

4. 答案示例：①开源：大观园的花草竹木池塘等的管理承包给个人并要求其上缴一定数量的钱物。②节流：蠲除了宝玉、贾环和贾兰上学的点心和纸笔钱。蠲除了每月支付给买办采购小姐们头油脂粉的钱。

【解析】知识点：探春理家行为。大意符合即可。考查整体感知、理解阐释。

5. (1) 答案示例：平儿推荐的莺儿妈是薛家的仆人，莺儿又是宝钗的丫鬟，宝钗是贾府亲戚，出于避嫌的缘故，不想让自家人掺和到荣国府的经济事务里去。同时宝钗是贾府目前的管理者之一，更是大观园改革的设计与参与者，她必须避嫌，以免授人以柄。而老叶妈既有专业技能，又老实可靠，还和莺儿妈也颇有交情，让她老人家打理花草比较靠谱。

【解析】知识点：宝钗拒绝莺儿妈管理香草原因分析。大意符合即可。考查整体感知、理解阐释。

（2）答案示例：①探春是要婆子们取完自己劳动所得，剩余的收益上交主子，而且收益是给到园子帐房，而非交给贾府总帐房。这样可以避免盘剥、亏空，也可以让婆子们有所得。宝钗是要婆子们每年凑足一定数目的钱，分给园子里其他任职者。宝钗强调经济利益共享，她担心年终归帐时会由于入帐多寡导致承包者之间、承包者与贾府之间的矛盾，从而节外生枝。②宝钗这样的分红方式比探春的更为周全，考虑到了大观园中众人利益分配时的复杂性，有效地避免了大观园中矛盾的发生。这体现了宝钗的稳重、识大体。

【解析】知识点：宝钗和探春的分红方式；宝钗的人物形象特点。大意符合即可。考查整体感知、理解阐释。

6. 答案示例：①平儿懂得察言观色。平儿对探春提出可以给赵国基多拨些钱被探春驳回，她就明白了当时的情势，非常聪明。她不作声，只在一旁“垂手默侍”，等着探春的气消了，再做决定。此时保持沉默，避免事态恶化，是平儿的智慧与忍让。②平儿识大体，帮助探春震慑那些下人，帮助探春辖制奴才并重新树立主子的威信。探春蠲免贾环、宝玉上学费用，平儿顺承探春，还说凤姐原也是要免的，既维护了凤姐的利益，也支持了探春。③平儿能够协调人际关系。当探春提出要把大观园交给园里的老婆子来打理的时候，平儿说，这件事需要姑娘提出来才好，我们奶奶就是有这个心，也不好说这样的话。面对探春对王熙凤治家时许多行为的一次次否定，平儿既没有随声附和顺着她说，也没有为自己的主子辩驳一番以示忠诚，而是用“早就该改而最后没改”这样的话，既保全了主子的颜面，又支持了探春的工作。

【解析】知识点：平儿的人物形象特点。大意符合即可。考查整体感知、理解阐释。

7. 答案示例：①凤姐以权谋私，探春大公无私。语段一可以看出，凤姐会把众人的月钱拿去放高利贷，自己收利钱。而探春理家时却大公无私，她对生母赵姨娘的弟弟赵国基之死也不愿意逾矩多拨银钱。探春为了贾府的未来发展，开源节流，蠲免贾环、宝玉等人的上学、点心钱，凤姐理家时却不曾这么做。凤姐在对待府中众人时也比较势利，会看人下菜碟。②探春比凤姐更有远见卓识。探春由于知书识字，所以更能够审时度势，勇于改革。在探春理家时，她就能够学习赖大家，把大观园承包出去。

她和凤姐一样都意识到贾府现在存在入不敷出、开销过大的问题，但是探春敢于打破陈规、兴利除弊，这是她比凤姐出色的地方。

【解析】知识点：凤姐探春理家的区别。大意符合即可。考查整体感知、理解阐释。

8. 答案示例：①宝玉不适合，其他各人言之成理即可。宝玉不适合的原因：宝玉没有治家御下的能力。怡红院经常闹得鸡飞狗跳，拌嘴也是常有的事儿，袭人和晴雯拌过嘴，晴雯和秋纹拌过嘴，比较混乱。而且宝玉对于家中琐事也一概是不上心，没有远见，只想着过一天算一天。②宝钗适合，原因：宝钗出身皇商世家，从小耳濡目染，早就协助母亲治家，里里外外井井有条，有实际经验。她性格稳重，为人随和，丫鬟婆子们都喜欢她，史湘云认为她完美无瑕，黛玉也乐意接受宝钗教导。她通人情世故，让大观园的老妈子们得到实惠；也懂得避嫌，平儿提出莺儿的妈懂香料，可以承包怡红院的花花草草，宝钗马上就拒绝了。③探春适合，原因：大公无私，也能够开源节流。对生母赵姨娘的弟弟赵国基之死也不愿意逾矩多拨银钱。探春为了贾府的未来发展，开源节流，蠲免贾环、宝玉等人的上学、点心钱。意识到贾府现在存在入不敷出、开销过大的问题，学习赖大家，把大观园承包出去。④凤姐适合，原因：凤姐有勇有谋。没有操持过丧礼，但是贾珍请求协理宁国府时凤姐也敢于答应；协理宁国府时，是先理出头绪，后深入实际进行调查，然后才拿出治理的方案。凤姐是贾府里的大忙人，忙得几乎到了“不可一日无君”的地步。忙是忙，然而凤姐管理起来，无论是大事小事，里里外外，都是井然有序，妥帖周详。⑤黛玉适合，原因：黛玉有御下之能，潇湘馆的丫鬟婆子很规矩本分，没出过什么是非。平时黛玉也能够自己主动替贾府算账。黛玉作为一个闺阁中没有接触过家中实务的小姐，都能敏锐发现贾府经济情况已经不容乐观，可见黛玉也是有管家能力和长远眼光的。

【解析】知识点：宝钗、探春、凤姐、黛玉、宝玉治理才能。开放性试题，言之成理即可。考查整体感知、理解阐释。

“红楼二尤”学习检测答案与解析

一、选择题

1. A

【解析】知识点：焦大大骂宁国府。考查整体感知。

2. D

【解析】知识点：尤三姐以柳湘莲传家之宝鸳鸯剑自刎。考查整体感知。

3. B

【解析】知识点：宫中老太妃与贾敬去世。考查整体感知。

4. D

【解析】知识点：尤二姐吞金自杀。考查整体感知。

二、简答题

1.（1）答案示例：①写出了贾珍、贾蓉父子听说尤二姐、尤三姐来到宁国府时的喜悦，热孝之时两人却想寻欢作乐，体现出贾珍、贾蓉父子的道德败坏。②写出了丫鬟们对贾蓉热孝时与尤二姐打闹的不满，侧面烘托出贾珍、贾蓉父子的道德败坏。

【解析】知识点：人物形象塑造角度；贾珍、贾蓉父子形象特点。考查整体感知、赏析评价。

（2）答案示例：语段一由冷子兴之口写出贾府的后代一代不如一代，贾珍在宁国府中胡作非为。语段二正面侧面结合，全面形象地写出了贾珍、贾蓉的道德败坏。贾敬热孝之中，身为宁国府一家之主的贾珍却带着贾蓉寻欢作乐，可见贾府男子不学无术，偌大家族却后继无人，也是贾府衰败的一大原因。

【解析】知识点：贾府后继无人。大意符合即可。考查整体感知、理解阐释。

2. 答案示例：①贾琏在偷娶尤二姐事件中诸多表现都体现出《红楼梦》人物塑造的真实性。②贾琏在国孝家孝之中受贾蓉怂恿偷娶尤二姐，在宁荣街后小花枝巷内另立门户，全不顾国孝家孝之中娶妻可能为自己和家族带来多少灾祸，可见其为人昏聩；③偷娶尤二姐以后，向尤二姐承诺一旦凤姐死后就把她扶正，完全不顾和王熙凤的多年夫妻之情，体现出他的狠毒；④娶了尤二姐之后，对于尤二姐过往的不检点，他也不予计较，只是说“谁人无错，知过必改就好”，又对人十分包容；⑤贾赦把秋桐赏给贾琏后，他与秋桐如胶似漆，又把尤二姐抛在脑后，又显无情；⑥尤二姐死后，贾琏又信誓旦旦地要为尤二姐报仇，为她伤心欲绝，又似有情。⑦贾琏是一个既无情又深情、既昏聩又有点儿良心的软弱的公子哥儿，极具真实感。

【解析】知识点：贾琏人物形象特点分析；红楼梦人物形象塑造真实性。大意符合即可。考查整体感知、理解阐释。

3. 答案示例：“赚”有诳骗的意思，以“赚”字为章回名，写出尤二姐是被王熙凤诳骗入大观园。原著中，王熙凤淡妆素颜，向尤二姐服软示弱，诉说自己的理家苦处，把尤二姐骗入了大观园。王熙凤把尤二姐骗入大观园后，既可以暗中折磨她，也保全了自己的贤名，一个“赚”字既凸显出王熙凤的狡诈、机敏，也突显出尤二姐的易于被骗、单纯。

【解析】知识点：王熙凤骗尤二姐入大观园；王熙凤的狡诈；尤二姐的单纯。大意符合即可。考查整体感知、理解阐释、赏析评价。

4. 答案示例：①冷子兴介绍王熙凤时，就凸显出王熙凤的精干，既有男子的气魄与能力，又能够左右逢源操持家事。王熙凤治理荣国府确实颇有建树，家中上下一应人事都能权责分明，井然有序，宁国府办秦可卿丧事也要请她总理一切。但是作为治家之人，王熙凤又贪恋权势利益，私自在外放高利贷，甚至克扣、挪用月钱放利，还倚仗权势，勾结官府包办官司，这些都成为后来贾府被抄家的案由。②兴儿评价王熙凤时，说王熙凤一心讨贾母、王夫人的欢心，对下人强硬压制，说一不二，令下人又恨又怕。兴儿认为王熙凤处事圆滑，又十分势利，笼络贾母和王夫人是为了巩固自己在贾府的地位，握牢手中的权力。比如刘姥姥二进荣国府时，王熙凤为讨贾母欢心，对刘姥姥热情款待，甚至哄刘姥姥表演来取悦贾母。兴儿的说法代表了一大部分下人的态度，他们眼里只能看见凤姐脸酸心硬、两面三刀的一面。③贾琏偷娶尤二姐，王熙凤示弱服软，"外作贤良"，把尤二姐骗入大观园以后，借秋桐折磨尤二姐，给尤二姐造成巨大的精神压力，又让她吃粗茶剩饭，令尤二姐生不如死。同时，她暗地里挑唆张华打官司，官司没打赢，还要旺儿将张华治死，毫不顾惜人命。这是凤姐骄傲自大、阴险毒辣的一面。这在小说其他地方也有所体现，在"毒设相思局"事件中，王熙凤也两番使计让贾瑞重病在床，甚至欠下巨额债务。另外，凤姐弄权铁槛寺，为了三千两银子的贿赂，通过关节，暗使对方退婚，结果害得金哥和王守备的儿子双双自尽。④本书从生活的多个角度、多个事件，塑造了一个时而精干、时而贪婪、时而狠毒、时而阴险的王熙凤。

【解析】知识点：王熙凤人物形象特点分析、王熙凤相关情节。大意符合即可。考查整体感知、理解阐释。

5. 答案示例：古代对女子有很多的约束要求，"七出"是古代男性休妻的标准理由，无子、嫉妒都是七出之条。在当时的时代里，贾琏纳尤二姐为妾，王熙凤作为贾琏的正妻，若嫉妒贾琏纳妾有害家族的延续，必为贾府不容。在传统中国，家族的延续被认为是婚姻最重要的目的，而王熙凤膝下只有巧姐一个女儿，又曾小产，子嗣艰难，她更没有理由阻碍贾琏以子嗣为由去纳妾。所以她不得不外作贤良，博得贤名。

【解析】知识点：古代七出之条；王熙凤的困境。大意符合即可。考查整体感知、理解阐释。

6. 答案示例：①后者更好。②庚辰本的尤三姐，曾与贾珍有过暧昧，贾琏打过她的主意，她自己偷偷爱慕柳湘莲。她和贾珍、贾琏夜饮时给贾琏灌酒，其“无耻老辣”连贾琏、贾珍都受到惊吓。这样的尤三姐虽然令人惊叹，但是这才具有真实性。尤三姐出身微贱，与贾府有亲戚关系，又被贾珍、贾蓉利诱威胁，女子失足，继而走向“无耻老辣”才是必然的、真实的结果。③程高本的尤三姐是一个贞洁女，后因误会，以鸳鸯剑自杀。这样设置，虽然情节冲突更突出了，但却把尤三姐的身份背景弱化了，她的自杀缺少了现实意义的支撑。④庚辰本的尤三姐自杀所指向的是社会中犯错的女性无法被谅解、没有机会从头来过这样一个更为宏大的、深刻的命题，在人物形象塑造上也更具有真实感。程高本的尤三姐自杀就变成了一个偶然的误会，这会削弱整个故事的悲剧性和必然性。

【解析】知识点：人物形象塑造的真实性；尤三姐人物形象的悲剧意义。大意符合即可。考查整体感知、赏析评价。

7.（1）答案示例：①尤二姐作为贾琏纳的妾室，在兴儿已经明确告诉她王熙凤手段狠辣时，她却还想要主动去见素有手段的正妻，可见她为人单纯，不够精明。②尤二姐已经明确知道王熙凤是一个手段狠辣的女子，但是在王熙凤淡妆素裹、示弱服软来见她时，她就相信了王熙凤的说辞，连贾琏给她的梯己也毫不私藏全都和王熙凤交代了，为人愚蠢不设防。③尤二姐被王熙凤骗入大观园，虽然身份地位不及王熙凤，但她毕竟是贾琏名义上的妾室。被下人欺负，她也只会忍气吞声。为人逆来顺受，不知反抗。

【解析】知识点：尤二姐人物形象特点。大意符合即可。考查整体感知、理解阐释。

（2）答案示例：①不完全是。②尤二姐的软弱、逆来顺受、识人不明都是她悲剧结局的成因。但是归根到底，《红楼梦》中这些女子的悲剧是当时时代造成的普遍现象。《红楼梦》写的是“千红一哭”“万艳同悲”的女性悲剧，这些悲剧不仅仅是由于个人的性格造成的，更是几千年积淀凝固的正统文化的深层结构造成的人生悲剧。③同样的，祥林嫂的悲剧既在于一再丧失亲人的孤苦无依，更在于精神受到巨大折磨的悲惨，而根本上是源于封建礼教观念，是落后的礼教制度摧垮了她。

【解析】知识点：《红楼梦》的悲剧性；祥林嫂的悲剧性。大意符合即可。考查整体感知、理解阐释。

"抄检大观园"学习检测答案与解析

一、选择题

1. D

【解析】知识点：抄检大观园的主要人物。考查整体感知。

2. C

【解析】知识点：抄检大观园时，被抄检的各位人物及其住处。考查整体感知。

3. D

【解析】知识点：私藏一包金银锞子的为惜春的丫鬟入画，不是司棋。考查整体感知。

4. C

【解析】知识点：宝玉作《芙蓉女儿诔》是为了祭晴雯。考查整体感知。

二、简答题

1.（1）王善保家的　王夫人

【解析】知识点：邢夫人让王善保家的将绣春囊交给王夫人。考查整体感知。

（2）答案示例：王夫人这样说体现出贾府对于儒家礼法的尊崇。古代儒家礼法对于男女之间约束很强，认为自由恋爱是伤风败俗。男女婚嫁，应有父母之命、媒妁之言。婚嫁之前，男女之间不可有私情。大观园里住的都是未出阁的女孩子，因此，若被外人发现与男女私情有关的绣春囊则有违风化，关乎贾府的"性命脸面"。

【解析】知识点：男女有别礼法礼仪。考查整体感知、理解阐释。

（3）答案示例：绣春囊事件引发抄检大观园，体现了贾府内部的多重矛盾。①邢夫人和王夫人之间的矛盾。由于长子贾赦不受宠，贾府家内事务一直由二房媳妇王夫人掌管，长房媳妇邢夫人因此心怀不满。②邢夫人和王熙凤之间的婆媳矛盾。王熙凤是王夫人的侄女，帮着王夫人管理贾府，却和自己的公婆疏远，引发邢夫人怨气，绣春囊被邢夫人发现，邢夫人想趁机打压王夫人和王熙凤。③贾府众仆人间的矛盾。邢夫人陪房王善保家的借主子之名，欲打压平日对她不好的丫鬟。

【解析】知识点：贾府内部矛盾。考查整体感知、理解阐释。

2.（1）答案示例：画线句运用了动作描写，如闯、掀、捉、倒等动词，塑造出晴雯在抄检大观园之时脾气火爆、敢于反抗、心高气傲的性格特点。

【解析】知识点：人物描写、人物形象塑造；晴雯的形象特点。考查整体感知、理解阐释。

（2）答案示例：开放性试题，可以回答当初该把晴雯放在宝玉身边，也可以回答当初不该把晴雯放在宝玉身边。

当初该把晴雯放在宝玉身边。①晴雯拥有绝色美貌，且言谈敏锐、针线出色，在众丫头中格外优秀。②晴雯直率要强、聪明伶俐、风流灵巧、心地高洁，具有反抗精神，如病中勇补雀金裘，关键时刻为宝玉排忧解难。语段二中，作为贾母放在宝玉房里的丫鬟，她并没有私情密意勾引宝玉，确实是担了虚名，对此她到死都不甘心，体现出晴雯高洁而又痴情的形象。

当初不该把晴雯放在宝玉身边。①晴雯脾气向来火爆，心高气傲，受不得气，会顶撞宝玉、任性撕扇等。②在贾母知遇和宝玉宠爱之后，晴雯自认是准姨娘，开始变得恃宠而骄，语薄言轻，在大观园中不与人交善，常常嘲讽袭人；对待比她低等的婆子丫鬟们刻薄无情，如羞辱小红、利用权力赶走坠儿等。

【解析】知识点：人物形象分析；晴雯情节分析。言之有理即可。考查整体感知、推断探究。

3.（1）答案示例：男人的鞋袜、同心如意、潘又安写给司棋的信（情信）。

【解析】知识点：抄检大观园中抄检到的司棋的东西。考查整体感知。

（2）答案示例：①语段一中，司棋被抄检出男人的东西，神色如常，体现出她的坚强不屈、敢作敢当。②语段二中，母亲要把司棋嫁给他人，司棋坚决不从，面对出逃回来的潘又安，司棋恳求母亲成全二人感情，无果后，司棋毅然选择撞墙而死，为爱殉情，体现出她对情感的忠贞和刚烈。

【解析】知识点：司棋人物形象特点。考查整体感知、理解阐释。

4.（1）答案示例：甄家被抄家。贾府被抄家。

【解析】知识点：甄家、贾府被抄家。考查整体感知。

（2）答案示例：①抄检之时，探春命丫头们秉烛开门而待，主动反击，故问何事，向抄检之人示威；不让抄检丫头们的东西，体现她对丫鬟的维护、对于抄检的反抗。②探春提到甄家，说出“‘百足之虫，死而不僵’，必须先从家里自杀自灭起来，才能一败涂地”，此处探春认识到了抄家的实质，抄家源自贾府内部矛盾，这种内部矛盾会加速贾府的没落和家族的覆亡，体现出她对于贾府命运的深切关注。

【解析】知识点：抄检大观园中探春敢于反抗的人物形象特点以及其对家族命运的关注。考查整体感知、理解阐释。

5.（1）答案示例：抄检惜春处，惜春丫鬟入画藏匿哥哥个人物品，并非大罪，连凤姐都认为可以饶恕，但是惜春坚持不饶恕她，并且急于跟宁国府里的人撇清关系，体现出她胆小怕事，看重自己的干净名声，不念主仆之情，嘴冷心冷、孤傲耿介。

【解析】知识点：惜春的人物形象特点。考查整体感知、理解阐释。

（2）答案示例：续作合理。①惜春判词中“独卧青灯古佛旁”，体现出惜春之后的遭遇是青灯古佛旁边。②周瑞家的送花时，惜春曾说“明儿也剃了头同他作姑子去”，是之后惜春作姑子的暗示。③惜春性格决定的，如语段二体现出惜春孤独冷漠，可以与青灯古佛、漫卷经书为伴。

【解析】知识点：惜春的人物形象；《红楼梦》重要情节。考查整体感知、理解阐释。

6.（1）二木头

【解析】知识点：迎春被称为二木头。考查整体感知。

（2）答案示例：迎春并未真的睡去。①抄检大观园是贾府的一件大事，来的人很多，声势浩大。②在迎春处抄检出了丫头司棋私藏的东西，属于此次抄检中最大的收获，王熙凤、王善保家的在抄检过程中反应很大，迎春不可能完全睡去。③文章写迎春真的睡去了，写出迎春不想掺和这些事情，体现出迎春的逃避软弱。

【解析】知识点：抄检大观园时迎春的表现。考查整体感知、理解阐释。

（3）答案示例：迎春的性格特点是懦弱、无能。语段一中，迎春奶母私自拿走攒珠累丝金凤，迎春反应为“罢，罢，罢，省些事罢。宁可没有了，又何必生事”，体现出迎春对于自己利益的漠视，一味退让，软弱无能。语段三中，迎春丫鬟司棋被赶出去，去求迎春，“迎春语言迟慢，耳软心活，是不能作主的”，体现出迎春的懦弱、无能。这种性格使得她之后在遭遇丈夫虐待时也无力反抗，悲惨死去。

【解析】知识点：迎春人物形象分析。考查整体感知、理解阐释。

7.（1）B

【解析】知识点：未抄检薛宝钗的蘅芜苑。考查整体感知。

（2）答案示例：《乡土中国》差序格局指“发生在亲属关系、地缘关系等社会关系中，以自己为中心像水波纹一样推及开，愈推愈远，愈推愈薄，且能放能收、能伸能缩的社会格局，且它随自己所处时空的变化而产生不同的圈子”。抄检大观园属于贾府内部行为，要抄检的都是贾府家内人员。薛宝钗的母亲薛姨妈是王夫人的妹妹，从亲属关系看，薛宝钗属于贾府亲戚，不是贾家人，是差序格局中较远的关系，因此蘅芜苑不应该被抄检。

【解析】知识点：薛宝钗与大观园的关系；差序格局。意思对即可。考查推断探究。

8.（1）答案示例：①面对指责和质疑，王熙凤虽又急又愧，但说话态度柔和，礼数到位，“双膝跪下，也含泪诉道”。②面对指责和质疑，王熙凤思维清晰，注重逻辑，有理有据地说出了五点原因，辩解绣春囊绝非自己所遗，洗清了自己嫌疑。第一，从绣春囊的做工可知其属于市面上的普通物件，自己即便用也“都是好的”。第二，携带入园的动机，“我纵有，也只好在家里”。第三，其他年轻媳妇入园，可能是她们的。第四，邢夫人、尤氏等常带过几个小姨娘入园，也可能是她们的。第五，可能是大观园内的丫头们，保下平儿。

【解析】知识点：王熙凤的语言艺术。考查赏析评价。

（2）答案示例：概括材料内容，判断材料重心，分析“如何让两个意见不一致的人尽量接近，得出双方都能接受的观点”。

按照材料作文的分析思路，先分析现象产生的原因，即“意见不一致的人，为什么难以得出双方都能接受的观点”，如我们对于异见往往带着先入为主的偏见、认知的差异等；接下来可以分析我们该如何做，即“如何让两个意见不一致的人尽量接近，得出双方都能接受的观点”。从王熙凤的说理艺术中可以得出两点建议，即说理态度要柔和，以及说理逻辑要清晰。此外，还可以写在沟通交流中要注重倾听，要多包容，交流中要“以情动人”“以理服人”，等等。

【解析】开放性试题，言之成理即可。考查表达与交流。

《红楼梦》诗词专项学习检测答案与解析

一、填空题

1.（1）香菱（2）元春（3）史湘云

【解析】知识点：人物判词。考查整体感知。

2. 迎春　孙绍祖

【解析】知识点：人物判词。考查整体感知。

3.（1）巧姐（2）林黛玉（3）贾探春或史湘云（4）贾元春或贾迎春（5）李纨（6）贾惜春

【解析】知识点：《红楼梦曲》对人物命运的暗示。考查整体感知。

4. ①真事隐②假语存（或假语村言）③侥幸④逢冤⑤原应叹息

【解析】知识点：《红楼梦》中的谐音。考查整体感知、理解阐释。

5.（1）贾家之败（2）元妃之死（3）甄宝玉送玉（4）黛玉之死（5）宝玉出家

【解析】知识点：元妃省亲和宝钗过生日戏目伏笔。内容符合即可。考查整体感知、理解阐释。

6. （1）宝钗（2）探春（3）李纨（4）湘云（5）麝月（6）香菱（7）黛玉（8）袭人

【解析】知识点：红楼梦花签与人物对应。考查整体感知。

7.（1）⑤ ① （2）⑥ ② （3）③ ⑧ （4）⑦ ④

【解析】知识点：红楼梦对联。考查整体感知。

二、选择题

1. A

【解析】知识点：《红楼梦》第二十二回灯谜。考查整体感知。

2. A

【解析】知识点：晴雯判词。考查整体感知。

3. D

【解析】知识点：袭人、蒋玉菡结局的物谶。考查整体感知。

4. A

【解析】知识点：巧姐、板儿结局的物谶。考查整体感知。

三、简答题

1.（1）高鹗

【解析】知识点：文学常识，高鹗续《红楼梦》后四十回。考查整体感知。

（2）答案示例：高鹗续书中写王熙凤病逝，病逝后由贾琏送灵柩归金陵。王熙凤判词是“一从二令三人木，哭向金陵事更哀”，应是指王熙凤被贾琏休弃后哭着回到娘家，所以说不合曹雪芹原意。

【解析】知识点：后四十回王熙凤结局、王熙凤判词。大意符合即可。考查整体感知、理解阐释。

（3）答案示例：高鹗所续后四十回虽然在很多情节上与《红楼梦》前八十回中的诸多暗示不符，比如最后兰桂齐芳、贾家复兴落入俗套，香菱扶正后难产去世，王熙凤病逝后由贾琏送灵柩归金陵。但是黛玉逝去、宝玉与宝钗成婚、宝玉出家的大致走向，还是基本遵照了曹雪芹《枉凝眉》及“白茫茫大地真干净”的悲剧原意，值得肯定。

【解析】知识点：后四十回结局走向、后四十回的意义和价值。大意符合即可。考查整体感知、理解阐释。

2.（1）答案示例：①“冷月葬花魂”更好。“花魂”一词常见于形容黛玉的诗中，如“花魂默默无情绪”；“花”为具体名词，与“鹤”对仗工整；“花魂”与“鹤影”都是写景，符合当时景物特点；“花魂”既可指黛玉，也可以代指大观园中其他女子。②“冷月葬诗魂”更好。“诗魂”在前人诗句中也有出现，如“闲听不寐诗魂爽”；小说中多有黛玉吟诗的情节，“葬诗魂”也可表达对诗意消亡的哀悼。

【解析】知识点：诗歌字词赏析。开放题，言之有理即可。考查整体感知、理解阐释、赏析评价。

（2）答案示例：诗歌是诗人情怀的外化与呈现。《桃花行》虽然作于春暖花开之时，却充满了哀音。诗作哀伤凄楚，只有黛玉有过离丧之遇，心中有忧伤、萧索的情怀，才能作出这样的诗句。而宝琴并无黛玉的遭遇，所以不会是她的作品。

【解析】知识点：诗歌字词赏析。开放题，言之有理即可。考查整体感知、理解阐释。

3.（1）D

【解析】知识点：甄士隐注《好了歌》。考查整体感知。

（2）①昨日黄土陇头送白骨：黛玉、晴雯之死；②今宵红灯帐底卧鸳鸯：宝钗、宝玉成婚；③金满箱，银满箱，转眼乞丐人皆谤：宝玉抄家后沦为乞丐；④择膏粱，谁承望流落在烟花巷：巧姐。

【解析】知识点：《好了歌注》对人物命运的暗示。考查整体感知、理解阐释。

4. 答案示例：①《西江月》确实是“似贬实褒”。词作写他不学无术，但是他对《西厢记》《牡丹亭》之类理学先生所最反对读的书却爱如珍宝；他给大观园题额，为芙蓉女儿写诔文也显得很有才情；宝玉并不是“不通世务”，而是厌恶贾雨村之流的政客，不屑与之为伍；不愿读的文章也只是那些“圣贤”的说教和一文不值的科举时文。实则赞扬宝玉独立不羁、追求个性自由的性格。②《西江月》并非是“似贬实褒”，而是对宝玉的批评。宝玉的叛逆思想在当时虽然是进步的，但他毕竟是一个生长在贵族家庭里的“富贵闲人”，不通人情世故，不追求功名利禄，一旦富贵云散、家道败落，必然“贫穷难耐凄凉”。他既不能像其祖先那样“理朝廷治风俗”，不能像王熙凤那样治家理财，确实是“于国于家无望”。

【解析】知识点：宝玉人物形象特点分析。开放题，言之成理即可。考查整体感知、理解阐释。

5. 答案示例：认可。①护官符形象生动地描述了贾、史、王、薛四大家族的豪奢，展现了四大家族及其门生们织就的势力强大的关系网。②揭示了当时社会的黑暗，豪强相互勾结，欺压普通百姓。③护官符使得贾雨村乱判冯渊案件，写出贾雨村的忘恩负义和见风使舵的本性，为薛蟠去贾府埋伏笔。④为后来贾雨村为讨好贾赦诬陷石呆子做铺垫。⑤护官符体现四大家族已经发展到鼎盛，盛极必衰，也是为四大家族最终的覆亡做铺垫。

【解析】知识点：护官符在全书中的作用。大意符合即可。考查整体感知、理解阐释、赏析评价。

6. 答案示例：①这句诗非常生动、准确地写出了宝钗的性格特征。②古代无情不是指现在的冷酷无情，而是接近无欲，是不偏袒不纵情。全句是指即使宝钗处事低调，藏愚守拙，其实也很动人，风姿卓绝，气韵非凡。宝钗并不奸诈，也不冷酷，只是相较于黛玉的直接、情感外放，宝钗更含蓄，也更冷静。③宝钗的行为举止体现着儒家的德行和智慧，同时她的身上也有着少女的天真烂漫，并且她历来心胸宽大，不计较琐事，即便有时遇事应对不算完美，却始终是心地纯正、磊落坦荡的。

【解析】知识点：宝钗人物形象特点分析。大意符合即可。考查整体感知、理解阐释。

7. (1) B

【解析】知识点：诗歌作者。考查整体感知。

(2) 陶渊明

【解析】知识点：诗歌作者。考查整体感知。

(3) 答案示例：间接抒情。这两句诗以询问的口吻问菊花，孤标傲世的人应该找谁一起归隐？为什么同样是开花，你却比春花更迟？其实是间接地表达对于菊花不趋势从众的品性的赞美，抒发了黛玉清高孤傲、目无下尘、寂寞失意的情怀。

【解析】知识点：赏析诗歌抒情手法及内容情感。大意符合即可。考查赏析评价。

(4) 答案示例：该诗以男子的口吻、情怀和语言，抒写男子重阳簪菊的种种举动、心理，生动地透露了探春不作女儿之态和蔑视流俗的性格特征。

【解析】知识点：赏析诗歌内容情感；探春人物形象特点。大意符合即可。考查整体感知、赏析评价。

8. (1) 七律

【解析】知识点：诗歌体裁。考查整体感知。

(2) A

【解析】知识点：诗歌内容理解。考查整体感知、理解阐释。

(3) 答案示例：画线句运用比喻的修辞手法，将秋风中摇曳的白海棠花比作白玉色的蜡烛在风中滴干眼泪，形象生动地写出了海棠花的洁白无瑕。在夜色中，花月相对，花儿洁白，明月皎洁，中间却被水晶帘“隔破”，于是洁白的花儿印上了道道斑痕。诗句写得极富朦胧美，富有情韵。

【解析】知识点：诗歌修辞手法赏析。大意符合即可。考查整体感知、理解阐释、赏析评价。

9. 答案示例：①杜甫诗中具有真景物、真感情，他把自己的一生经历都融入诗歌，他的律诗最有成就。②《登高》对仗精巧，用韵讲究，颔联字字珠玑，已成千古传诵的名句。全诗情景相融，具有极为深广的内涵和社会意义，充分表现了沉郁顿挫的杜诗本色。③黛玉自幼经离丧之苦，从情感上来说偏向于杜甫的忧愁寂寞；从诗歌艺术手法来看，黛玉自己的诗歌也多是直接抒发自己内心真实的感受，多是由眼前真实之景产生身世之感，如《葬花吟》。所以，她推崇杜甫的律诗。

【解析】知识点：黛玉人物形象特点；杜甫律诗艺术特点；《登高》赏析。大意符合即可。考查整体感知、理解阐释、赏析评价。

10. （1）林黛玉　薛宝钗

【解析】知识点：柳絮词作者。考查整体感知。

（2）答案示例：①宝钗之词，其词立意高远。柳絮本是一种漂泊无根的东西，以柳絮为意象作词，容易奠定诗歌悲愁哀切的感情基调。而宝钗却不同于他人，将悲观转为乐观，立意高于他人。“好风频借力，送我上青云”，是宝钗有着远大志向、胸中有丘壑的体现。②黛玉之词，其词托物言志，物我交融，感人至深。黛玉以漂泊的柳絮自比，抒发了她寄人篱下感怀伤逝的悲苦之情。又借柳絮的飘零映射自身的漂泊，用柳絮的“逐对成毬”对应自身空自缠绵而伤心绝望的爱情，有力地烘托了“我”的哀愁。结尾在“谁舍谁收”以及“凭尔去，忍淹留”的无奈叹息中道出了自身的凄惨结局及其周围人物的冷酷无情。

【解析】知识点：《柳絮词》赏析。开放题，言之成理即可。考查赏析评价。

《红楼梦》综合检测答案与解析

一、填空题

1. （1）《石头记》

【解析】知识点：《红楼梦》别名。考查整体感知。

（2）章回

【解析】知识点：《红楼梦》小说体裁。考查整体感知。

（3）脂评本

【解析】知识点：《红楼梦》版本。考查整体感知。

（4）程高本

【解析】知识点：《红楼梦》版本。考查整体感知。

（5）金陵十二钗

【解析】知识点：十二位正册女性合称。考查整体感知。

（6）（7）薛宝钗、贾探春、史湘云、妙玉、贾迎春、贾惜春、王熙凤、贾巧姐、李纨、秦可卿（每处任选一人即可）

【解析】知识点：十二位正册女性人物。考查整体感知。

（8）“黛玉湘云凹晶馆联诗”

【解析】知识点：中秋节黛玉湘云凹晶馆联诗。考查整体感知。

二、选择题

1. B

【解析】知识点：演员①对应林黛玉进贾府，贾母疼爱黛玉；演员②对应元妃省亲，贾宝玉盼望姐姐；演员③对应宝玉挨打时，王夫人对贾政哭诉求情；演员④对应抄检大观园时，惜春对发现丫鬟入画私藏东西不予徇私。考查整体感知。

2. （1）D

【解析】知识点：大观园中各人住所。考查整体感知。

（2）D

【解析】知识点：场景与地铁装饰画面的契合性。D选项不适合作为宣传画面，故选D。考查整体感知。

（3）C

【解析】知识点：女性人物与花的对应，梅花代表李纨，“华彩照人”错误，故选C。考查整体感知。

（4）D

【解析】知识点：宝玉与宝钗成婚，潇湘妃子是黛玉，怡红公子是宝玉，两人并未成婚，故选D。考查整体感知。

三、简答题

1. （1）答案示例：①工作勤勉，说话谨慎，到有道的人那里去匡正自己。②人如果不仁的话，怎么对待乐呢？③早晨得知了道，就是当天晚上死去也心甘。④见到贤人就想要向他看齐，见到不贤的人就应该反省自己是不是也有类似的问题。

【解析】知识点：文言文重点词句翻译。考查整体感知。

（2）C

【解析】“而孔子赞赏的君子就是只重义而不重利的人”有误，原文为“君子喻于义，小人喻于利”，意思是君子看重的是道义，小人看重的是利益，君子只是把道义看得比利益更重，并不是只重义而不重利。考查整体感知。

（3）答案示例：根据题目中的两则材料，分别提取观点。第一句中“敏于事而慎于言，就有道而正焉，可谓好学也已”说明君子应热爱学习，勤勉办事，谨慎说话。第二句“君子喻于义，小人喻于利”，说明君子看重的是道义，小人看重的是利益，从“利”和“义”的关系来阐述君子观。

【解析】知识点：儒家君子观；文言文翻译理解。考查整体感知、理解阐释。

（4）答案示例：贾政是典型的儒家君子。①儒家君子热爱学习，主张修身、齐家、治国。贾政自小酷爱读书，原本就是要走科举之路，他心系家族前途命运，出入官场，恪尽职守，并希望能培养出合格的接班人来光宗耀祖。②儒家主张孝，“百善孝为先”，选文中“子游问孝”主张尊敬父母。贾政对于母亲孝顺有加，以敬为孝。如宝玉挨打中，贾母到来，贾政躬身赔笑；面对贾母的责骂，一声不敢吭。③儒家主张“仁”，如“人而不仁，如礼何？人而不仁，如乐何?”，贾政为人处世的原则也是以仁为标准。贾政为官清廉，体恤府中的奴仆，曾表示贾府中“皆是宽柔以待下人”，金钏投井自尽，他以此事为契机，痛打宝玉。

【解析】知识点：贾政儒家形象分析。言之有理即可。考查整体感知、理解阐释、赏析评价。

2. 答案示例：①新文化运动中，陈独秀认为孔教三纲是孔学中的一小部分，反对将孔教三纲尊为道统，未否定儒家其他价值。李大钊的观点是，要打倒的不是先秦时期的那个教育家孔子，而是被后人伪形化了的孔子。在新文化运动主将心中，有两个孔子，一个是原型孔子，一个是伪化的孔子；也有两种经典，一种为孔孟原典，一种为改造的伪典，要打倒和反对的是伪化的孔子和伪典。②贾宝玉不排斥儒家经典。他喜欢读《四书》，认为《四书》为原典、正典，其他书为伪典。他曾说：“除《四书》外，杜撰的太多，……”在挨打后，贾母命把宝玉“会人待客诸样的事”都免了，宝玉自己则“除四书外，竟将别的书焚了”。贾府家规“凡作兄弟的，都怕哥哥”即是从孔子之言而来，宝玉从来不要人怕他，但“因孔子是亘古第一人说下的，不可忤慢，只得要听他这句话”。贾宝玉否定的是打着圣人旗号，实际上怀着功利目的的伪行之书。因此，贾宝玉反对的也不是孔子本身，而是反对利用孔子、把孔子工具化，把《四书》当作进入科场名利场的行为。他反对《四书》之外的伪典，反对“伪孔子”。因此，贾宝玉思想上和新文化运动主将相通。

【解析】知识点：新文化运动观点；贾宝玉儒家人物形象。考查整体感知、理解阐释。

3. 答案示例：①史湘云醉眠芍药裀：喝醉的湘云卧睡于石凳之上，头枕一包芍药花瓣，只见她头脸衣襟皆是红香散乱，手中扇子落地，半被落花掩埋，细看她口内犹作睡语说酒令。四周仍是芍药花飞，一群蜂蝶嬉闹，好不美丽，好不心醉！整幅图画塑造出史湘云纯真、美丽、憨态可掬的少女形象。②晴雯撕扇：晴雯撕扇讲述的是宝玉、晴雯发生矛盾，宝玉为了给晴雯赔罪，知道晴雯喜欢听撕扇子的声音，就任凭她将名扇痛快撕尽的事情。画面中貌美的晴雯手撕扇子，露出天真无邪的笑容，宝玉坐在一旁，嬉笑纵容。晴雯撕扇体现了晴雯天真幼稚、张扬率性的性格。③黛玉葬花：画面中阳春时节，桃花盛开，一阵微风吹过，树上的桃花抖落，残红满地。此时，黛玉缓步走来，眼中含泪，满目感伤。只见她肩上担着花锄，锄上挂着花囊，手内拿着花帚，准备俯身拾取落地的桃花瓣，埋葬于花冢里。黛玉葬花塑造出林黛玉多愁善感的人物形象。④宝玉出家：宝玉出家讲述的是贾宝玉经历大起大落的感情而看破红尘之后的事情。宝玉出家前告别母亲，话别薛宝钗，对父亲贾政行了大礼，谢过了生养之恩。冰天雪地中，白茫茫一片，贾宝玉光着头，赤着脚，身披大红猩猩毡斗篷，毅然朝着大荒山走去，出家为僧。

【解析】知识点：《红楼梦》经典情节表述。此题为画面描述，言之有理即可。考查整体感知、理解阐释。

4. 答案示例：(1) 香菱：①香菱带动了许多重要人物的出场。②香菱是全书第一个出场的金钗，又是全书最后一个到警幻仙姑处接引交割的金钗，串联全书一大脉络。③香菱开篇出场，引出了贾雨村、薛蟠。香菱本名甄英莲，后被拐子拐走。拐子将她同时卖给冯渊和薛蟠，两家争抢英莲，冯渊被薛蟠打死，薛蟠抢了英莲进京。贾雨村在贾政的谋划下补授了应天府，接手了抢夺英莲打死人命的官司。他恩将仇报，置英莲不顾，乱判葫芦案。葫芦案折射出官场上的相互勾结、四大家族串通一气，进一步加深了作品的批判性。④也正是因为薛蟠为争夺香菱打死冯渊，出了人命官司，薛家才要投奔贾府，引出宝钗进京这一情节。

(2) 贾雨村：①贾雨村在全书中承担连接的功能。②贾雨村是林黛玉、薛宝钗进贾府的连接人。贾雨村遭遇革职后，四处漂泊游历，做了林黛玉的老师。后来为了复职，在林黛玉父亲林如海的推荐下，进京寻求贾政的帮助，林黛玉跟随他一同前往，这才有了林黛玉进贾府的故事情节。③贾雨村复职补了金陵应天府的缺，一上任就遇到了官司，两家为争买一婢以致打死人命，由这件人命官司带出了薛宝钗进贾府。④贾雨村是冷子兴和门子述说贾府情况的连接人，小说第二回“冷子兴演说荣国府”，对宁、荣两府的人物关系做了全面的介绍。⑤贾雨村的人生起落与贾府盛衰具有对应关系。贾雨村在小说第一回即出场，涉及他的情节虽少却贯穿全书，他因贾府的提携而平步青云，又在贾府衰败抄家时落井下石，最后自己也被罢官贬为平民。⑥小说结尾处，也是由贾雨村指引空空道人往悼红轩中找到了曹雪芹，完结全书。

（3）刘姥姥：①刘姥姥三次出现，连接了贾府和农村、城市的贵族和乡下人的生活，以她独特的视角展现贾府发展的不同时期。②刘姥姥一进荣国府，以刘姥姥这个农村老太太的视角为我们展现了荣国府的繁华，生活的富足而精致，极尽荣国府繁华之盛。③刘姥姥二进荣国府，是贾府的鼎盛时期。刘姥姥的所见所闻让我们认识到贾府的豪华奢侈、醉生梦死的腐朽生活。刘姥姥也体验了一番，逛园子，吃那些从没吃过的，看那些从没看过的，玩从没玩过的，犹如神仙般的生活。④刘姥姥三进贾府，贾府已经全面崩溃。宁国府已经被查抄，凤姐在众叛亲离的垂死之际把自己的女儿巧姐托付给刘姥姥。刘姥姥凭一己之力为贾府保留了最后一点女性的血脉。⑤刘姥姥三进荣国府，以平民视角，见证了贾府的由盛转衰。

【解析】知识点：香菱、贾雨村、刘姥姥在全书中的结构意义。大意符合即可。考查整体感知、理解阐释。

5. 答案示例：（1）兴儿：兴儿的视频里拍的是贾府内宅。首先出场的是平儿，平儿总是陪在王熙凤身边，她性格和顺，最受众人喜爱。平儿身前站着的气度华贵的美妇人是管家的二奶奶，她最是精明能干，人人都怕她。画面来到大观园，这一处是一派郊野气色的田园农舍，杏花盛开，这是大奶奶的住处。大奶奶清雅端庄，活像一尊菩萨，诸事不管。站在大奶奶身旁的是三位小姐，木讷老实的是二小姐；神情伶俐的是三小姐，人称“玫瑰花”；旁边那小女孩儿是四小姐。画面来到怡红院，怡红院门口立着两株桃花，院内垂柳依依，站着三人。中间那位戴着紫金冠、唇红齿白的少年就是宝二爷，宝二爷左边娇滴滴的是姑太太的女儿，姓林；右边那位端庄丰腴的是姨太太的女儿，姓薛。咱们都知道，宝二爷和林姑娘将来准是一对。

（2）冷子兴：冷子兴拍摄的是贾府外观，街东是宁国府，街西是荣国府，二宅相连，占据了大半条街。大门前略显冷清，虽然宅院还有世家气派，但贾府如今已经是一代不如一代了。画面中出现宁国公、荣国公画像，这两位原是兄弟。宁国公死后贾代化袭官，贾代化长子贾敷已经去世，穿着道袍的便是次子贾敬，如今沉迷修道。贾敬身后是他的儿子贾珍，贾珍身后的俊美少年是贾蓉。画面转向荣国府大门，荣国公死后由贾代善袭官，娶了史家小姐，便是视频中的史老太君。史老太君身后站着的是贾赦、贾政，如今是贾赦袭爵。老太君怀里的少年公子便是衔玉而生的宝二爷，最受祖母疼爱。

【解析】知识点：兴儿、冷子兴演说荣国府。大意符合即可。考查整体感知、理解阐释。

6.（1）D

【解析】知识点：回目的特点和作用。考查整体感知。

（2）①酸　②敏　③贤　④勇

【解析】知识点：王熙凤、探春、袭人、晴雯的人物形象特点。考查整体感知、理解阐释。

（3）答案示例：（1）情切切良宵花解语　意绵绵静日玉生香①“情切切”“意绵绵”音韵上运用叠词，形成回目语言韵律和谐、悦耳动听的艺术效果。②对仗工整，用典巧妙。“花解语”典出唐玄宗说杨贵妃“争如我解语花”，特指袭人善解人意且具有讲话艺术，与“情切切”呼应，写袭人对宝玉的真心劝谏。“玉生香”是宝玉为哄黛玉所杜撰典故，与“意绵绵”呼应，表现宝黛爱情的甜蜜缠绵。交代该回主要情节，符合人物身份，切合人物心理，又使回目本身增强艺术感染力。（2）滴翠亭杨妃戏彩蝶　埋香冢飞燕泣残红①语言形象生动，凝练地概括了宝钗戏蝶、黛玉葬花两个情节。表现薛、林两大女主角“双峰对峙二水分流”的对比映照。②用典巧妙。以玉环代指宝钗，传神写出宝钗雍容华贵、容貌妩媚、体态丰腴的特点。以飞燕代指黛玉，形象写出黛玉婀娜多姿、秀美轻盈的特点。表达含蓄蕴藉，也使人物形象更加立体，增添诗意。

【解析】知识点：回目赏析。大意符合即可。考查整体感知、理解阐释、赏析评价。

7.（1）C

【解析】知识点：封建社会中国经济特点。考查整体感知。

（2）D

【解析】知识点：《乡土中国》中国社会乡土性。考查整体感知。

（3）D

【解析】知识点：《红楼梦》情节与文本内容一致性。考查整体感知。

(4) 答案示例：①《红楼梦》描绘的中国社会是一个农业社会，经济主要依赖农业，一旦遇到荒年便会出现经济问题。贾府祖先作为开国功勋，受封土地，收租收物是贾府最重要的经济来源，乌进孝给贾府送年货时便说年成实在不好，一直下雨，这就导致了田地上收入不足。②元春封妃，省亲必须遵从皇家规制，花费颇多。江南采买女孩子、置办乐器行头、置办花烛彩灯并各色帘栊帐幔等就花费了五万银子。其他各项支出，如采买尼姑道姑、园内陈设、花灯烟火，连元妃在宫中见惯奢华场面都叹息奢靡。而且元妃在宫中，贾府必须要打点宫里上下，这个打点又是一个无底洞，有一次王熙凤不得不把自己的两个金项圈当了打点太监。③贾府中的后代都注重奢侈的高级享受，安富尊荣者尽多，运筹帷幄者无一。贾府第四代，贾宝玉是聪明也有才情，可他的心思不在仕途经济上，对于家族未来也没有任何规划。连黛玉都看出贾府入不敷出的经济状况，宝玉却只说反正短不了我们的。其他诸人更加荒唐不堪，如贾珍、贾琏等人荒唐好色、不求上进，贾环行为猥琐、品行不端。④家中奴仆太多，为维持贵族体面，无法裁撤，开销过度。如贾母日常起居要八个大丫头照顾，每人月例一两银子，还有傻大姐这等做粗活的小丫头；王夫人四个一两月例的大丫头，小丫头若干；而宝玉怡红院就有八个丫头、四个小厮；贾政养的詹光、单聘仁等清客，花费更大。每人都是拖家带口，每年最少超过千两。⑤参与贪污舞弊，为以后的经济破产埋下祸根。王熙凤拿月钱放高利贷、包揽诉讼收取贿赂结果逼死人命。放高利贷是抄家时的罪名之一，为了钱财去包揽诉讼也是贾府贪污舞弊被严查的一大原因。

【解析】知识点：贾府经济崩溃的原因。大意符合即可。考查整体感知、理解阐释。

(5) 答案示例：①清代有祭田保护制度，在祖茔附近多安置田庄、房舍、地亩，属于自家祭田，家族落败时也不会被充公。在农业社会中，人们也可以依靠田地自给自足，满足生活需要。②将家塾设在祖茔，有祭田稳定的供给，即使家族败落，子孙也可以在家塾接受教育，将来靠科举复兴家业，不至于流离失所。

【解析】知识点：秦可卿治家策略的意义。大意符合即可。考查整体感知、理解阐释。

四、写作

1. (1) 材料分析：①材料一中显示贾府后继无人，而贾府后来也正是因为后继无人、子孙不肖，才导致家族覆灭。②材料二中费孝通先生指出当时中国的严峻现实：乡土培植出来的人才不能回到乡土，无法为乡村重建起到作用。他提出，乡土培育出来的人才应回归他们的家乡，为乡土社会留住地方人才，才能令每个中国人的“根”

保持强健。③材料三中提出，国家要全面推进乡村振兴。

(2) 写作角度：《红楼梦》告诉我们，家族的复兴需要人才；费孝通指出，国家的发展同样需要人才。今天，国家提出全面推进乡村振兴的口号，乡村振兴需要人才、重视人才。中国历来有落叶归根的传统，应鼓励优秀的青年人才回归乡村，投身乡村建设。在新四化深度融合、良性互动的新时代，学有所成的青年人才完全可以在新农村建设、乡村振兴的广阔天地学以致用，实现自己的人生理想和价值。

【解析】开放性试题，言之成理即可。考查表达与交流。

2. (1) 材料分析：①材料一中提出创造性转化和创新性发展是传承发展中华优秀传统文化的根本之路。②材料二中提出红楼梦的流行和红学研究存在差距。③材料三中显示上海昆剧团最新原创作品《红楼别梦》没有习惯的创作思维，引发兴趣和亮点。

(2) 写作角度：《红楼梦》被称为中国传统文化百科全书、古典章回体小说巅峰之作，是中国传统文化的集大成之作。其所涉及的传统文化，有诗词歌赋、历史名人典故、神话、中医、人文地理、礼仪典制、园林艺术……几乎无所不包，其蕴含的中国优秀传统文化元素琳琅满目，俯拾皆是，因此对于《红楼梦》的传承非常重要。那如何进行传承，结合以上材料可知，需要进行文化的创新。可以以《红楼梦》为素材，进行“文化是在继承和创新中发展”的作文写作。

【解析】开放性试题，言之成理即可。考查表达与交流。

附录

附录 A　《红楼梦》主要人物关系图

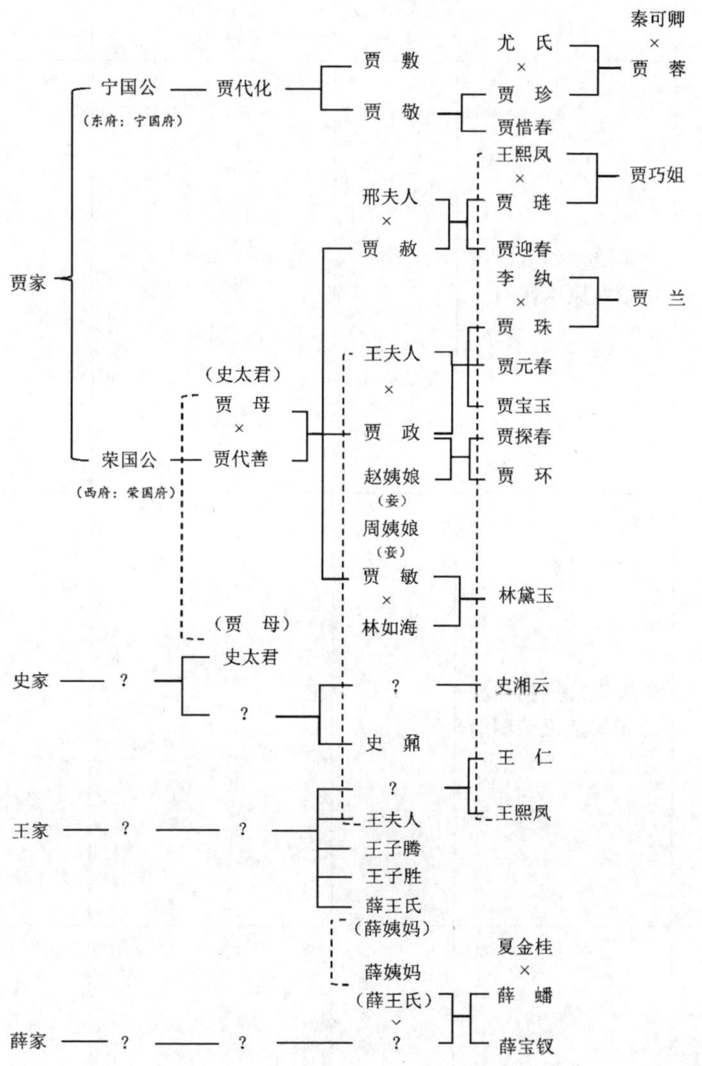

图 A-1　《红楼梦》主要人物关系图

说明：1. 此图根据鲁迅《中国小说史略》中《〈红楼梦〉贾氏谱大要》整理而成。

2. 表中符号“×”表示夫妻关系，妾室由“（妾）”标明，同一人在不同家族中由虚线连接。

附录 B 《红楼梦》章回分段信息表

表 B-1 《红楼梦》章回分段信息表

章回分段	章回	回目	主要出场人物	故事情节概要	阅读体会
一	一	甄士隐梦幻识通灵 贾雨村风尘怀闺秀			
	二	贾夫人仙逝扬州城 冷子兴演说荣国府			
	三	贾雨村夤缘复旧职 林黛玉抛父进京都			

续表 1

章回分段	章回	回目	主要出场人物	故事情节概要	阅读体会
一	四	薄命女偏逢薄命郎 葫芦僧乱判葫芦案			
	五	游幻境指迷十二钗 饮仙醪曲演红楼梦			
二	六	贾宝玉初试云雨情 刘姥姥一进荣国府			

续表 2

章回分段	章回	回目	主要出场人物	故事情节概要	阅读体会
二	七	送宫花贾琏戏熙凤 宴宁府宝玉会秦钟			
	八	比通灵金莺微露意 探宝钗黛玉半含酸			
	九	恋风流情友入家塾 起嫌疑顽童闹学堂			

续表 3

章回分段	章回	回目	主要出场人物	故事情节概要	阅读体会
二	十	金寡妇贪利权受辱 张太医论病细穷源			
	十一	庆寿辰宁府排家宴 见熙凤贾瑞起淫心			
	十二	王熙凤毒设相思局 贾天祥正照风月鉴			

续表 4

章回分段	章回	回目	主要出场人物	故事情节概要	阅读体会
二	十三	秦可卿死封龙禁尉 王熙凤协理宁国府			
	十四	林如海捐馆扬州城 贾宝玉路谒北静王			
	十五	王凤姐弄权铁槛寺 秦鲸卿得趣馒头庵			

续表 5

章回分段	章回	回目	主要出场人物	故事情节概要	阅读体会
三	十六	贾元春才选凤藻宫 秦鲸卿夭逝黄泉路			
	十七—十八	大观园试才题对额 荣国府归省庆元宵			
	十九	情切切良宵花解语 意绵绵静日玉生香			

续表 6

章回分段	章回	回目	主要出场人物	故事情节概要	阅读体会
三	二十	王熙凤正言弹妒意 林黛玉俏语谑娇音			
	二十一	贤袭人娇嗔箴宝玉 俏平儿软语救贾琏			
	二十二	听曲文宝玉悟禅机 制灯谜贾政悲谶语			

续表 7

章回分段	章回	回目	主要出场人物	故事情节概要	阅读体会
四	二十三	西厢记妙词通戏语 牡丹亭艳曲警芳心			
	二十四	醉金刚轻财尚义侠 痴女儿遗帕惹相思			
	二十五	魇魔法姊弟逢五鬼 红楼梦通灵遇双真			

续表 8

章回分段	章回	回目	主要出场人物	故事情节概要	阅读体会
四	二十六	蜂腰桥设言传心事 潇湘馆春困发幽情			
	二十七	滴翠亭杨妃戏彩蝶 埋香冢飞燕泣残红			
	二十八	蒋玉菡情赠茜香罗 薛宝钗羞笼红麝串			

续表 9

章回分段	章回	回目	主要出场人物	故事情节概要	阅读体会
四	二十九	享福人福深还祷福 痴情女情重愈斟情			
	三十	宝钗借扇机带双敲 龄官划蔷痴及局外			
	三十一	撕扇子作千金一笑 因麒麟伏白首双星			

续表 10

章回分段	章回	回目	主要出场人物	故事情节概要	阅读体会
四	三十二	诉肺腑心迷活宝玉 含耻辱情烈死金钏			
五	三十三	手足眈眈小动唇舌 不肖种种大承笞挞			
	三十四	情中情因情感妹妹 错里错以错劝哥哥			

续表 11

章回分段	章回	回目	主要出场人物	故事情节概要	阅读体会
五	三十五	白玉钏亲尝莲叶羹 黄金莺巧结梅花络			
	三十六	绣鸳鸯梦兆绛芸轩 识分定情悟梨香院			
	三十七	秋爽斋偶结海棠社 蘅芜苑夜拟菊花题			

续表 12

章回分段	章回	回目	主要出场人物	故事情节概要	阅读体会
五	三十八	林潇湘魁夺菊花诗 薛蘅芜讽和螃蟹咏			
六	三十九	村姥姥是信口开河 情哥哥偏寻根究底			
	四十	史太君两宴大观园 金鸳鸯三宣牙牌令			

续表 13

章回分段	章回	回目	主要出场人物	故事情节概要	阅读体会
六	四十一	栊翠庵茶品梅花雪 怡红院劫遇母蝗虫			
	四十二	蘅芜君兰言解疑癖 潇湘子雅谑补馀香			
	四十三	闲取乐偶攒金庆寿 不了情暂撮土为香			

续表 14

章回分段	章回	回目	主要出场人物	故事情节概要	阅读体会
六	四十四	变生不测凤姐泼醋 喜出望外平儿理妆			
	四十五	金兰契互剖金兰语 风雨夕闷制风雨词			
七	四十六	尴尬人难免尴尬事 鸳鸯女誓绝鸳鸯偶			

续表 15

章回分段	章回	回目	主要出场人物	故事情节概要	阅读体会
七	四十七	呆霸王调情遭苦打 冷郎君惧祸走他乡			
	四十八	滥情人情误思游艺 慕雅女雅集苦吟诗			
	四十九	琉璃世界白雪红梅 脂粉香娃割腥啖膻			

续表 16

章回分段	章回	回目	主要出场人物	故事情节概要	阅读体会
七	五十	芦雪广争联即景诗 暖香坞雅制春灯谜			
	五十一	薛小妹新编怀古诗 胡庸医乱用虎狼药			
	五十二	俏平儿情掩虾须镯 勇晴雯病补雀金裘			

续表 17

章回分段	章回	回目	主要出场人物	故事情节概要	阅读体会
八	五十三	宁国府除夕祭宗祠 荣国府元宵开夜宴			
	五十四	史太君破陈腐旧套 王熙凤效戏彩斑衣			
	五十五	辱亲女愚妾争闲气 欺幼主刁奴蓄险心			

续表 18

章回分段	章回	回目	主要出场人物	故事情节概要	阅读体会
八	五十六	敏探春兴利除宿弊 时宝钗小惠全大体			
九	五十七	慧紫鹃情辞试忙玉 慈姨妈爱语慰痴颦			
	五十八	杏子阴假凤泣虚凰 茜纱窗真情揆痴理			

续表 19

章回分段	章回	回目	主要出场人物	故事情节概要	阅读体会
九	五十九	柳叶渚边嗔莺咤燕 绛云轩里召将飞符			
	六十	茉莉粉替去蔷薇硝 玫瑰露引来茯苓霜			
	六十一	投鼠忌器宝玉瞒赃 判冤决狱平儿行权			

续表 20

章回分段	章回	回目	主要出场人物	故事情节概要	阅读体会
九	六十二	憨湘云醉眠芍药裀 呆香菱情解石榴裙			
十	六十三	寿怡红群芳开夜宴 死金丹独艳理亲丧			
	六十四	幽淑女悲题五美吟 浪荡子情遗九龙珮			

续表 21

章回分段	章回	回目	主要出场人物	故事情节概要	阅读体会
十	六十五	贾二舍偷娶尤二姨 尤三姐思嫁柳二郎			
	六十六	情小妹耻情归地府 冷二郎一冷入空门			
	六十七	见土仪颦卿思故里 闻秘事凤姐讯家童			

续表 22

章回分段	章回	回目	主要出场人物	故事情节概要	阅读体会
十	六十八	苦尤娘赚入大观园 酸凤姐大闹宁国府			
	六十九	弄小巧用借剑杀人 觉大限吞生金自逝			
十一	七十	林黛玉重建桃花社 史湘云偶填柳絮词			

续表 23

章回分段	章回	回目	主要出场人物	故事情节概要	阅读体会
十一	七十一	嫌隙人有心生嫌隙 鸳鸯女无意遇鸳鸯			
	七十二	王熙凤恃强羞说病 来旺妇倚势霸成亲			
	七十三	痴丫头误拾绣春囊 懦小姐不问累金凤			

续表 24

章回分段	章回	回目	主要出场人物	故事情节概要	阅读体会
十一	七十四	惑奸谗抄检大观园 矢孤介杜绝宁国府			
	七十五	开夜宴异兆发悲音 赏中秋新词得佳谶			
	七十六	凸碧堂品笛感凄清 凹晶馆联诗悲寂寞			

续表 25

章回分段	章回	回目	主要出场人物	故事情节概要	阅读体会
十一	七十七	俏丫鬟抱屈夭风流 美优伶斩情归水月			
	七十八	老学士闲征姽婳词 痴公子杜撰芙蓉诔			
	七十九	薛文龙悔娶河东狮 贾迎春误嫁中山狼			

续表 26

章回分段	章回	回目	主要出场人物	故事情节概要	阅读体会
十一	八十	美香菱屈受贪夫棒 王道士胡诌妒妇方			
十二	八十一	占旺相四美钓游鱼 奉严词两番入家塾			
	八十二	老学究讲义警顽心 病潇湘痴魂惊噩梦			

续表 27

章回分段	章回	回目	主要出场人物	故事情节概要	阅读体会
十二	八十三	省宫闱贾元妃染恙 闹闺阃薛宝钗吞声			
	八十四	试文字宝玉始提亲 探惊风贾环重结怨			
	八十五	贾存周报升郎中任 薛文起复惹放流刑			

续表 28

章回分段	章回	回目	主要出场人物	故事情节概要	阅读体会
十二	八十六	受私贿老官翻案牍 寄闲情淑女解琴书			
	八十七	感秋深抚琴悲往事 坐禅寂走火入邪魔			
	八十八	博庭欢宝玉赞孤儿 正家法贾珍鞭悍仆			

续表 29

章回分段	章回	回目	主要出场人物	故事情节概要	阅读体会
十二	八十九	人亡物在公子填词 蛇影杯弓颦卿绝粒			
	九十	失绵衣贫女耐嗷嘈 送果品小郎惊叵测			
	九十一	纵淫心宝蟾工设计 布疑阵宝玉妄谈禅			

续表 30

章回分段	章回	回目	主要出场人物	故事情节概要	阅读体会
十二	九十二	评女传巧姐慕贤良 玩母珠贾政参聚散			
十三	九十三	甄家仆投靠贾家门 水月庵掀翻风月案			
	九十四	宴海棠贾母赏花妖 失宝玉通灵知奇祸			

续表 31

章回分段	章回	回目	主要出场人物	故事情节概要	阅读体会
十三	九十五	因讹成实元妃薨逝 以假混真宝玉疯癫			
	九十六	瞒消息凤姐设奇谋 泄机关颦儿迷本性			
	九十七	林黛玉焚稿断痴情 薛宝钗出闺成大礼			

续表 32

章回分段	章回	回目	主要出场人物	故事情节概要	阅读体会
十三	九十八	苦绛珠魂归离恨天 病神瑛泪洒相思地			
十四	九十九	守官箴恶奴同破例 阅邸报老舅自担惊			
	一〇〇	破好事香菱结深恨 悲远嫁宝玉感离情			

续表 33

章回分段	章回	回目	主要出场人物	故事情节概要	阅读体会
十四	一〇一	大观园月夜感幽魂 散花寺神签惊异兆			
	一〇二	宁国府骨肉病灾祲 大观园符水驱妖孽			
	一〇三	施毒计金桂自焚身 昧真禅雨村空遇旧			

续表 34

章回分段	章回	回目	主要出场人物	故事情节概要	阅读体会
十四	一〇四	醉金刚小鳅生大浪 痴公子馀痛触前情			
	一〇五	锦衣军查抄宁国府 骢马使弹劾平安州			
	一〇六	王熙凤致祸抱羞惭 贾太君祷天消祸患			

续表 35

章回分段	章回	回目	主要出场人物	故事情节概要	阅读体会
十四	一〇七	散馀资贾母明大义 复世职政老沐天恩			
	一〇八	强欢笑蘅芜庆生辰 死缠绵潇湘闻鬼哭			
	一〇九	候芳魂五儿承错爱 还孽债迎女返真元			

续表 36

章回分段	章回	回目	主要出场人物	故事情节概要	阅读体会
十四	一一〇	史太君寿终归地府 王凤姐力诎失人心			
	一一一	鸳鸯女殉主登太虚 狗彘奴欺天招伙盗			
	一一二	活冤孽妙尼遭大劫 死雠仇赵妾赴冥曹			

续表 37

章回分段	章回	回目	主要出场人物	故事情节概要	阅读体会
十四	一一三	忏宿冤凤姐托村妪 释旧憾情婢感痴郎			
	一一四	王熙凤历幻返金陵 甄应嘉蒙恩还玉阙			
	一一五	惑偏私惜春矢素志 证同类宝玉失相知			

续表 38

章回分段	章回	回目	主要出场人物	故事情节概要	阅读体会
十四	一一六	得通灵幻境悟仙缘 送慈柩故乡全孝道			
	一一七	阻超凡佳人双护玉 欣聚党恶子独承家			
	一一八	记微嫌舅兄欺弱女 惊谜语妻妾谏痴人			

续表 39

章回分段	章回	回目	主要出场人物	故事情节概要	阅读体会
十四	一一九	中乡魁宝玉却尘缘 沐皇恩贾家延世泽			
	一二〇	甄士隐详说太虚情 贾雨村归结红楼梦			

享读经典丛书

你可以读懂《红楼梦》

中册

北京烁享阅读编委会——编著

河北大学出版社
·保定·

第五十一回

薛小妹新编怀古诗　胡庸医乱用虎狼药

众人闻得宝琴将素习所经过各省内的古迹为题，作了十首怀古绝句，内隐十物，皆说这自然新巧。都争着看时，只见写道是：

赤壁怀古　其一

赤壁沉埋水不流，徒留名姓载空舟。
喧阗[1]一炬悲风冷，无限英魂在内游。

交趾[2]怀古　其二

铜铸金镛[3]振纪纲，声传海外播戎羌。
马援自是功劳大，铁笛无烦说子房。

钟山怀古　其三

名利何曾伴汝身，无端被诏出凡尘。
牵连大抵难休绝，莫怨他人嘲笑频。

淮阴[4]怀古　其四

壮士须防恶犬欺，三齐位定盖棺时。

---

[1] 喧阗（tián）：声音喧哗，嘈杂。
[2] 交趾：古代郡名。今越南北部。
[3] 金镛：铜钟。
[4] 淮阴：古县名。在今江苏清江浦。西汉开国功臣韩信是淮阴人。

寄言世俗休轻鄙，一饭之恩死也知。

广陵怀古 其五

蝉噪鸦栖转眼过，隋堤风景近如何。
只缘占得风流号，惹得纷纷口舌多。

桃叶渡[1]怀古 其六

衰草闲花映浅池，桃枝桃叶总分离。
六朝梁栋多如许，小照空悬壁上题。

青冢[2]怀古 其七

黑水茫茫咽不流，冰弦拨尽曲中愁。
汉家制度诚堪叹，樗栎应惭万古羞。

马嵬[3]怀古 其八

寂寞脂痕渍汗光，温柔一旦付东洋。
只因遗得风流迹，此日衣衾尚有香。

蒲东寺[4]怀古 其九

小红骨贱最身轻，私掖偷携强撮成。
虽被夫人时吊起，已经勾引彼同行。

梅花观[5]怀古 其十

不在梅边在柳边，个中谁拾画婵娟。
团圆莫忆春香到，一别西风又一年。

---

[1] 桃叶渡：故址在今江苏南京。晋代王献之曾与其妾桃叶在此作别，由此得名。
[2] 青冢：即王昭君墓，在今内蒙古呼和浩特南。
[3] 马嵬（wéi）：即马嵬驿，在今陕西兴平县马嵬镇。安史之乱中，唐玄宗携杨贵妃逃往四川，行至马嵬，军士认为罪在杨门，唐玄宗被迫缢杀杨贵妃。
[4] 蒲东寺：即《西厢记》中张生和崔莺莺相会的普救寺。因在山西蒲津之东，故又称蒲东寺。
[5] 梅花观：《牡丹亭》中杜丽娘相思成疾而死。杜家为守护杜丽娘坟墓而建造了梅花观。

众人看了，都称奇道妙。宝钗先说道："前八首都是史鉴上有据的；后二首却无考，我们也不大懂得，不如另作两首为是。"黛玉忙拦道："这宝姐姐也忒'胶柱鼓瑟'[1]，矫揉造作了。这两首虽于史鉴上无考，咱们虽不曾看这些外传，不知底里，难道咱们连两本戏也没有见过不成？那三岁孩子也知道，何况咱们？"探春便道："这话正是了。"李纨又道："况且他原是到过这个地方的。这两件事虽无考，古往今来，以讹传讹，好事者竟故意的弄出这古迹来以愚人。比如那年上京的时节，单是关夫子的坟，倒见了三四处。关夫子一生事业，皆是有据的，如何又有许多的坟？自然是后来人敬爱他生前为人，只怕从这敬爱上穿凿出来，也是有的。及至看《广舆记》上，不止关夫子的坟多，自古来有些名望的人，坟就不少，无考的古迹更多。如今这两首虽无考，凡说书唱戏，甚至于求的签上皆有注批，老少男女，俗语口头，人人皆知皆说的。况且又并不是看了'西厢''牡丹'的词曲，怕看了邪书。这竟无妨，只管留着。"宝钗听说，方罢了。

大家猜了一回，皆不是。

冬日天短，不觉又是前头吃晚饭之时，一齐前来吃饭。因有人回王夫人说："袭人的哥哥花自芳进来说，他母亲病重了，想他女儿。他来求恩典，接袭人家去走走。"王夫人听了，便道："人家母女一场，岂有不许他去的。"一面就叫了凤姐儿来，告诉了凤姐儿，命酌量去办理。

---

[1] 胶柱鼓瑟：原指用胶粘住瑟上架弦的柱，则音不能调。比喻拘泥固执不知灵活变通。

凤姐贯彻落实王夫人的意图，按姨娘的标准来安排袭人回家探母的规格。

凤姐儿答应了，回至房中，便命周瑞家的去告诉袭人原故。又吩咐周瑞家的："再将跟着出门的媳妇传一个，你两个人，再带两个小丫头子，跟了袭人去。外头派四个有年纪跟车的。要一辆大车，你们带着坐；要一辆小车，给丫头们坐。"周瑞家的答应了，才要去，凤姐儿又道："那袭人是个省事的，你告诉他说我的话：叫他穿几件颜色好衣裳，大大的包一包袱衣裳拿着，包袱也要好好的，手炉也要拿好的。临走时，叫他先来我瞧瞧。"周瑞家的答应去了。

半日，果见袭人穿戴来了，两个丫头与周瑞家的拿着手炉与衣包。凤姐儿看袭人头上戴着几枝金钗珠钏，倒华丽；又看身上穿着桃红百子刻丝银鼠袄子，葱绿盘金彩绣绵裙，外面穿着青缎灰鼠褂。凤姐儿笑道："这三件衣裳都是太太的，赏了你倒是好的。但只这褂子太素了些，如今穿着也冷，你该穿一件大毛的。"袭人笑道："太太就只给了这灰鼠的，还有一件银鼠的。说赶年下再给大毛的，还没有得呢。"凤姐儿笑道："我倒有一件大毛的，我嫌风毛儿[1]出不好了，正要改去。也罢，先给你穿去罢。等年下太太给作的时节我再作罢，只当你还我一样。"众人都笑道："奶奶惯会说这话。成年家大手大脚的，替太太不知背地里赔垫了多少东西，真真的赔的是说不出来，那里又和太太算去。偏这会子又说这小气话取笑儿。"凤姐儿笑道："太太那里想的到这些。究竟这又不是正经事，再不照管，也是大家的体面。说不得我自己吃些亏，把众人打扮体统了，宁可我得个好名也罢了。一个一个

[1] 风毛儿：有的皮毛衣服特意将领、袖等边缘部分的毛露在外面，以增添美观，故有此名。

像‘烧糊了的卷子’似的，人先笑话我当家倒把人弄出个花子来。”众人听了，都叹说：“谁似奶奶这样圣明！在上体贴太太，在下又疼顾下人。”

一面说，一面只见凤姐儿命平儿将昨日那件石青刻丝八团天马皮褂子拿出来，与了袭人。又看包袱，只得一个弹墨花绫水红绸里的夹包袱，里面只包着两件半旧棉袄与皮褂。凤姐儿又命平儿把一个玉色绸里的哆罗呢的包袱拿出来，又命包上一件雪褂子。

平儿走去拿了出来，一件是半旧大红猩猩毡的，一件是大红羽纱的。袭人道：“一件就当不起了。”平儿笑道：“你拿这猩猩毡的。把这件顺手拿将出来，叫人给邢大姑娘送去。昨儿那么大雪，人人都是有的，不是猩猩毡，就是羽缎羽纱的，十来件大红衣裳映着大雪，好不齐整。就只他穿着那件旧毡斗蓬，越发显的拱肩缩背，好不可怜见的。如今把这件给他罢。”凤姐儿笑道：“我的东西，他私自就要给人。我一个还花不够，再添上你提着，更好了！”众人笑道：“这都是奶奶素日孝敬太太，疼爱下人。若是奶奶素日是小气的，只以东西为事，不顾下人的，姑娘那里还敢这样了。”凤姐儿笑道：“所以知道我的心的，也就是他还知三分罢了。”说着，又嘱咐袭人道：“你妈若好了就罢；若不中用了，只管住下，打发人来回我，我再另打发人给你送铺盖去。可别使人家的铺盖和梳头的家伙。”又吩咐周瑞家的道：“你们自然也知道这里的规矩的，也不用我嘱咐了。”周瑞家的答应：“都知道。我们这去到那里，总叫他们的人回避。若住下，必是另要一两间内房的。”说着，跟了袭人出去，又吩咐预备灯笼，遂坐车往花自芳家来，不在话下。

这里凤姐又将怡红院的嬷嬷唤了两个来，吩咐道："袭人只怕不来家，你们素日知道那大丫头们，那两个知好歹，派出来在宝玉屋里上夜。你们也好生照管着，别由着宝玉胡闹。"两个嬷嬷答应着去了，一时来回说："派了晴雯和麝月在屋里，我们四个人原是轮流着带管上夜的。"凤姐儿听了，点头道："晚上催他早睡，早上催他早起。"老嬷嬷们答应了，自回园去。一时果有周瑞家的带了信回凤姐儿说："袭人之母业已停床[1]，不能回来。"凤姐儿回明了王夫人，一面着人往大观园去取他的铺盖妆奁。

宝玉看着晴雯麝月二人打点妥当。送去之后，晴雯麝月皆卸罢残妆，脱换过裙袄。晴雯只在熏笼[2]上围坐。麝月笑道："你今儿别装小姐了，我劝你也动一动儿。"晴雯道："等你们都去尽了，我再动不迟。有你们一日，我且受用一日。"麝月笑道："好姐姐，我铺床，你把那穿衣镜的套子放下来，上头的划子[3]划上，你的身量比我高些。"说着，便去与宝玉铺床。晴雯嗐了一声，笑道："人家才坐暖和了，你就来闹。"此时宝玉正坐着纳闷，想袭人之母不知是死是活，忽听见晴雯如此说，便自己起身出去，放下镜套，划上消息，进来笑道："你们暖和罢，都完了。"晴雯笑道："终久暖和不成的，我又想起来汤婆子还没拿来呢。"麝月道："这难为你想着！他素日又不要汤婆子，咱们那熏笼上暖和，比不得那屋里炕冷，今儿可以不用。"宝玉笑道："这个话，你们两个都在那上头睡了，

---

[1] 停床：人刚死，停尸于床，尚未入殓，称作"停床"。

[2] 熏笼：罩在炭盆上的罩笼。

[3] 划子：这里指穿衣镜框子上押镜帘的签子。

我这外边没个人，我怪怕的，一夜也睡不着。”晴雯道：“我是在这里睡的。麝月往他外边睡去。”说话之间，天已二更，麝月早已放下帘幔，移灯炷香，服侍宝玉卧下，二人方睡。

晴雯自在熏笼上，麝月便在暖阁外边。至三更以后，宝玉睡梦之中，便叫袭人。叫了两声，无人答应，自己醒了，方想起袭人不在家，自己也好笑起来。晴雯已醒，因笑唤麝月道：“连我都醒了，他守在旁边还不知道，真是个挺死尸的。”麝月翻身打个哈气笑道：“他叫袭人，与我什么相干！”因问：“作什么？”宝玉说：“要吃茶。”麝月忙起来，单穿红绸小棉袄儿。宝玉道：“披上我的袄儿再去，仔细冷着。”麝月听说，回手便把宝玉披着起夜的一件貂颏满襟暖袄[1]披上，下去向盆内洗手，先倒了一钟温水，拿了大漱盂，宝玉漱了一口；然后才向茶槅[2]上取了茶碗，先用温水濡[3]了一濡，向暖壶中倒了半碗茶，递与宝玉吃了；自己也漱了一漱，吃了半碗。晴雯笑道：“好妹子，也赏我一口儿。”麝月笑道：“越发上脸儿了！”晴雯道：“好妹妹，明儿晚上你别动，我服侍你一夜，如何？”麝月听说，只得也服侍他漱了口，倒了半碗茶与他吃过。麝月笑道：“你们两个别睡，说着话儿，我出去走走回来。”晴雯笑道：“外头有个鬼等着你呢。”宝玉道：“外头自然有大月亮的，我们说话，你只管去。”一面说，一面便嗽了两声。

麝月便开了后门，揭起毡帘一看，果然好月色。晴雯等他出去，便欲唬他玩耍。仗着素日比别

---

[1] 貂颏满襟暖袄：貂颏皮做的大襟袄。颏，下巴。满襟，大襟。
[2] 茶槅：放茶碗的架子。
[3] 濡（shuàn）：同“涮”。

人气壮，不畏寒冷，也不披衣，只穿着小袄，便蹑手蹑脚的下了熏笼，随后出来。宝玉笑劝道："看冻着，不是玩的。"晴雯只摆手，随后出了房门。只见月光如水，忽然一阵微风，只觉侵肌透骨，不禁毛骨悚然。心下自思道："怪道人说热身子不可被风吹，这一冷果然利害。"一面正要唬麝月，只听宝玉高声在内道："晴雯出去了！"晴雯忙回身进来，笑道："那里就唬死了他？偏你惯会这蝎蝎螫螫老婆汉像[1]的！"宝玉笑道："倒不为唬坏了他，头一则你冻着也不好；二则他不防，不免一喊，倘或唬醒了别人，不说咱们是玩意，倒反说袭人才去了一夜，你们就见神见鬼的。你来把我的这边被掖一掖。"晴雯听说，便上来掖了掖，伸手进去渥一渥时，宝玉笑道："好冷手！我说看冻着。"一面又见晴雯两腮如胭脂一般，用手摸了一摸，也觉冰冷。宝玉道："快进被来渥渥罢。"

一语未了，只听咯噔的一声门响，麝月慌慌张张的笑了进来，说道："吓了我一跳好的。黑影子里，山子石后头，只见一个人蹲着。我才要叫喊，原来是那个大锦鸡，见了人一飞，飞到亮处来，我才看真了。若冒冒失失一嚷，倒闹起人来。"一面说，一面洗手，又笑道："晴雯出去我怎么不见？一定是要唬我去了。"宝玉笑道："这不是他，在这里渥呢！我若不叫的快，可是倒唬一跳。"晴雯笑道："也不用我唬去，这小蹄子已经自怪自惊的了。"一面说，一面仍回自己被中去了。麝月道："你就这么'跑解马'[2]似的打扮得伶伶俐俐的出

---

[1] 蝎蝎螫螫老婆汉像：为一点儿小事就大惊小怪。

[2] 跑解马：本指在马上表演各种技艺，此指穿着短衣。

去了不成?”宝玉笑道：“可不就这么出去了。”麝月道：“你死不拣好日子！你出去站一站，把皮不冻破了你的。”说着，又将火盆上的铜罩揭起，拿灰锹重将熟炭埋了一埋，拈了两块素香[1]放上，仍旧罩了，至屏后重剔了灯，方才睡下。

晴雯因方才一冷，如今又一暖，不觉打了两个喷嚏。宝玉叹道：“如何？到底伤了风了。”麝月笑道：“他早起就嚷不受用，一日也没吃饭。他这会还不保养些，还要捉弄人。明儿病了，叫他自作自受。”宝玉问：“头上可热?”晴雯嗽了两声，说道：“不相干，那里这么娇嫩起来了。”说着，只听外间房中十锦槅上的自鸣钟当当两声，外间值宿的老嬷嬷嗽了两声，因说道：“姑娘们睡罢，明儿再说罢。”宝玉方悄悄的笑道：“咱们别说话了，又惹他们说话。”说着，方大家睡了。

至次日起来，晴雯果觉有些鼻塞声重，懒怠动弹。宝玉道：“快不要声张！太太知道，又叫你搬了家去养息。家去虽好，到底冷些，不如在这里。你就在里间屋里躺着，我叫人请了大夫，悄悄的从后门来瞧瞧就是了。”晴雯道：“虽如此说，你到底要告诉大奶奶一声儿，不然一时大夫来了，人问起来，怎么说呢?”宝玉听了有理，便唤一个老嬷嬷吩咐道：“你回大奶奶去，就说晴雯白冷着了些，不是什么大病。袭人又不在家，他若家去养病，这里更没有人了。传一个大夫，悄悄的从后门进来瞧瞧，别回太太罢了。”老嬷嬷去了半日，来回说：“大奶奶知道了，说吃两剂药好了便罢，若不好时，还是出去为是。如今时气不好，恐沾带了别人事

---

[1] 素香：普通的香料。

小，姑娘们的身子要紧的。”晴雯睡在暖阁里，只管咳嗽，听了这话，气的喊道：“我那里就害瘟病了，只怕过了人[1]！我离了这里，看你们这一辈子都别头疼脑热的。”说着，便真要起来。宝玉忙按他，笑道：“别生气，这原是他的责任，唯恐太太知道了说他，不过白说一句。你素习好生气，如今肝火自然盛了。”

正说时，人回大夫来了。宝玉便走过来，避在书架之后。只见两三个后门口的老嬷嬷带了一个大夫进来。这里的丫鬟都回避了，有三四个老嬷嬷放下暖阁上的大红绣幔，晴雯从幔中单伸出手去。那大夫见这只手上有两根指甲，足有三寸长，尚有金凤花染的通红的痕迹，便忙回过头来。有一个老嬷嬷忙拿了一块手帕掩了。那大夫方诊了一回脉，起身到外间，向嬷嬷们说道：“小姐的症是外感内滞[2]，近日时气不好，竟算是个小伤寒。幸亏是小姐素日饮食有限，风寒也不大，不过是血气原弱，偶然沾带了些，吃两剂药疏散疏散就好了。”说着，便又随婆子们出去。

彼时，李纨已遣人知会过后门上的人及各处丫鬟回避，那大夫只见了园中的景致，并不曾见一女子。一时出了园门，就在守园门的小厮们的班房内坐了，开了药方。老嬷嬷道：“你老且别去，我们小爷罗唆，恐怕还有话说。”大夫忙道：“方才不是小姐，是位爷不成？那屋子竟是绣房一样，又是放下幔子来的，如何是位爷呢？”老嬷嬷悄悄笑道：“我的老爷，怪道小厮们才说今儿请了一位新大夫

[1] 过了人：吴方言。传染他人。
[2] 外感内滞：中医用语。外感，受风寒暑热而致病。内滞，肠胃消化不良。

来了，真不知我们家的事。那屋子是我们小哥儿的，那人是他屋里的丫头，倒是个大姐，那里的小姐？若是小姐的绣房，小姐病了，你那么容易就进去了？”说着，拿了药方进去。

宝玉看时，上面有紫苏、桔梗、防风、荆芥等药，后面又有枳实、麻黄。宝玉道：“该死，该死，他拿着女孩儿们也像我们一样的治，如何使得！凭他有什么内滞，这枳实、麻黄如何禁得。谁请了来的？快打发他去罢！再请一个熟的来。”

宝玉懂点儿中医，所以宝钗说他“杂学旁收”。

老婆子道：“用药好不好，我们不知道这理。如今再叫小厮去请王太医去倒容易，只是这大夫又不是告诉总管房请来的，这轿马钱是要给他的。”宝玉道：“给他多少？”婆子道：“少了不好看，也得一两银子，才是我们这门户的礼。”宝玉道：“王太医来了给他多少？”婆子笑道：“王太医和张太医每常来了，也并没个给钱的，不过每年四节大趸[1]送礼，那是一定的年例。这人新来了一次，须得给他一两银子去。”宝玉听说，便命麝月去取银子。麝月道：“花大奶奶还不知搁在那里呢？”宝玉道：“我常见他在螺甸小柜子[2]里取钱，我和你找去。”

说着，二人来至宝玉堆东西的房子，开了螺甸柜子，上一槅子都是些笔墨、扇子、香饼、各色荷包、汗巾等物；下一槅却是几串钱。于是开了抽屉，才看见一个小簸箩内放着几块银子，倒也有一把戥子。麝月便拿了一块银子，提起戥子来问宝玉：“那是一两的星儿？”宝玉笑道：“你问我？有

[1] 大趸（dǔn）：凑在一起。
[2] 螺甸小柜子：用贝壳磨薄制成各种花样镶嵌装饰的小柜。

宝玉连银子是几两也分不清，从小让人侍候惯的。

趣，你倒成了才来的了。”麝月也笑了，又要去问人。宝玉道：“拣那大的给他一块就是了。又不作买卖，算这些做什么！”麝月听了，便放下戥子，拣了一块掂了一掂，笑道：“这一块只怕是一两了。宁可多些好，别少了，叫那穷小子笑话，不说咱们不识戥子，倒说咱们有心小器似的。”那婆子站在外头台矶上，笑道：“那是五两的锭子夹了半边，这一块至少还有二两呢！这会子又没夹剪，姑娘收了这块，再拣一块小些的罢。”麝月早掩了柜子出来，笑道：“谁又找去！多了些你拿了去罢。”宝玉道：“你只快叫茗烟再请王大夫去就是了。”婆子接了银子，自去料理。

一时茗烟果请了王太医来，诊了脉后，说的病症与前相仿，只是方子上果没有枳实、麻黄等药，倒有当归、陈皮、白芍等，药之分量较先也减了些。宝玉喜道：“这才是女孩儿们的药，虽然疏散，也不可太过。旧年我病了，却是伤寒内里饮食停滞，他瞧了，还说我禁不起麻黄、石膏、枳实等狼虎药。我和你们一比，我就如那野坟圈子里长的几十年的一棵老杨树，你们就如秋天芸儿进我的那才开的白海棠，连我禁不起的药，你们如何禁得起。”麝月等笑道：“野坟里只有杨树不成？难道就没有松柏？我最嫌的是杨树，那么大笨树，叶子只一点子，没一丝风，他也是乱响。你偏比他，也太下流了。”宝玉笑道：“松柏不敢比。连孔子都说：‘岁寒然后知松柏之后凋也。’可知这两件东西高雅，不怕羞臊的才拿他混比呢。”

说着，只见老婆子取了药来。宝玉命把煎药的银吊子找了出来，就命在火盆上煎。晴雯因说：“正经给他们茶房里煎去，弄得这屋里药气，如何使得。”宝玉道：“药气比一切的花香果子香都雅。神仙采药烧药，再者高人逸士采药治药，是最妙的一件东西。这屋里我正想各色都齐了，就只少药香，如今恰好全了。”一面说，一面早命人煨上。又嘱咐麝月打点东西，遣老嬷嬷去看袭人，劝他少哭。一一妥当，方过前边来贾母王夫人处问安吃饭。

正值凤姐儿和贾母王夫人商议说：“天又短又冷，不如以后大嫂子带着姑娘们在园子里吃饭一样。等天长暖和了，再来回的跑也不妨。”王夫人笑道：“这也是好主意。刮风下雪倒便宜。吃些东西受了冷气也不好；空心走来，一肚子冷风，压上些东西也不好。不如后园门里头的五间大房子，横竖有女人们上夜的，挑两个厨子女人在那里，单给他姊妹们弄饭。新鲜菜蔬是有分例的，在总管房里支去，或要钱，或要东西；那些野鸡、獐、狍各样野味，分些给他们就是了。”贾母道：“我也正想着呢，就怕又添一个厨房多事些。”凤姐道：“并不多事。一样的分例，这里添了，那里减了。就便多费些事，小姑娘们冷风朔气的，别人还可，第一林妹妹如何禁得住？就连宝兄弟也禁不住，何况众位姑娘。”贾母道：“正是这话了。上次我要说这话，我见你们的大事太多了，如今又添出这些事来。”要知端的——

第五十二回

俏平儿情掩虾须镯　勇晴雯病补雀金裘

贾母道："正是这话了。上次我要说这话，我见你们的大事多，如今又添出这些事来，你们固然不敢抱怨，未免想着我只顾疼这些小孙子孙女儿们，就不体贴你们这当家人了。你既这么说出来，更好了。"因此时薛姨妈李婶都在座，邢夫人及尤氏婆媳也都过来请安，还未过去，贾母向王夫人等说道："今儿我才说这话，素日我不说，一则怕逞了凤丫头的脸，二则众人不服。今日你们都在这里，都是经过妯娌姑嫂的，还有他这样想的到的没有？"薛姨妈、李婶、尤氏等齐笑说："真个少有。别人不过是礼上面子情儿，实在他是真疼小叔子小姑子。就是老太太跟前，也是真孝顺。"

贾母注意维持凤姐的威信。

贾母点头叹道："我虽疼他，我又怕他太伶俐也不是好事。"凤姐儿忙笑道："这话老祖宗说差了。世人都说太伶俐聪明，怕活不长。世人都说得，人人都信，独老祖宗不当说，不当信。老祖宗只有伶俐聪明过我十倍的，怎么如今这样福寿双全的？只怕我明儿还胜老祖宗一倍呢！我活一千岁后，等老祖宗归了西，我才死呢。"贾母笑道："众人都死了，单剩下咱们两个老妖精，有什么意思。"说的众人都笑了。

拐着弯奉承贾母长寿。

宝玉因记挂着晴雯袭人等事，便先回园里来。

到房中，药香满屋，一人不见，只见晴雯独卧于炕上，脸面烧的飞红，又摸了一摸，只觉烫手。忙又向炉上将手烘暖，伸进被去摸了一摸身上，也是火烧。因说道："别人去了也罢，麝月秋纹也这样无情，各自去了？"晴雯道："秋纹是我撵了他去吃饭的，麝月是方才平儿来找他出去了。两人鬼鬼祟祟的，不知说什么。必是说我病了不出去。"宝玉道："平儿不是那样人。况且他并不知你病特来瞧你，想来一定是找麝月来说话，偶然见你病了，随口说特瞧你的病，这也是人情乖觉取和的常事。便不出去，有不是，与他何干？你们素日又好，断不肯为这无干的事伤和气。"晴雯道："这话也是，只是疑他为什么忽然又瞒起我来。"宝玉笑道："让我从后门出去，到那窗根下听听他们说些什么，来告诉你。"说着，果然从后门出去，至窗下潜听。

只闻麝月悄问道："你怎么就得了的？"平儿道："那日洗手时不见了，二奶奶就不许吵嚷，出了园子，即刻就传给园里各处的妈妈们小心查访。我们只疑惑邢姑娘的丫头，本来又穷，只怕小孩子家没见过，拿了起来也是有的。再不料定是你们这里的。幸而二奶奶没有在屋里，你们这里的宋妈妈去了，拿着这支镯子，说是小丫头子坠儿偷起来的，被他看见，来回二奶奶的。我赶忙接了镯子，想了一想：宝玉是偏在你们身上留心用意、争胜要强的，那一年有一个良儿偷玉，刚冷了一二年，间还有人提起来趁愿，这会子又跑出一个偷金子的来了。而且更偷到街坊家去了。偏是他这样，偏是他的人打嘴。所以我倒忙叮咛宋妈，千万别告诉宝玉，只当没有这事，别和一个人提起。第二件，老太太、太太听了也生气。三则袭人和你们也不好看。所以我回二奶奶，只说：‘我往大奶奶那里去的，谁知镯子褪了口，丢在草根底下，雪深了没看见。今儿雪化尽了，黄澄澄的映着日头，还在那里呢，我就拣了起来。”二奶奶也就信了，所以我来告诉你们。你们以后防着他些，别使唤他到别处去。等袭人回来，你们商议着，变个法子打发出去就完了。”麝月道：“这小娼妇也见过些东西，怎么这么眼皮子浅。”平儿道：“究竟这镯子能多少重，原是二奶奶的，说这叫做‘虾须镯’，倒是这颗珠子还罢了。晴雯那蹄子是块爆炭，要告诉了他，他是忍不住的。一时气了，或打或骂，依旧嚷出来不好，所以单告诉你，留心就是了。”说着便作辞而去。

宝玉听了，又喜又气又叹。喜的是平儿竟能体贴自己；气的是坠儿小窃；叹的是坠儿那样一个伶俐人，作出这丑事来。因而回至房中，把平儿之话一长一短告诉了晴雯。又说：“他说你是个要强的，如今病着，听了这话越发要添病，等好了再告诉你。”晴雯听了，果然气的蛾眉倒蹙，凤眼圆睁，即时就叫坠儿。宝玉忙劝道：“你这一喊出来，岂不辜负了平儿待你我之心了。不如领他这个情，过后打发他就完了。”晴雯道：“虽如此说，只是这口气如何忍得!”宝玉道：“这有什么气的？你只养病就是了。”

晴雯服了药，至晚间又服二和，夜间虽有些汗，还未见效，仍是发烧，头疼鼻塞声重。次日，王太医又来诊视，另加减汤剂。虽然稍减了烧，仍是头疼。宝玉便命麝月：“取鼻烟来，给他嗅些，痛打几个嚏喷，就通了关窍。”麝月果真去取了一个金镶双扣金星玻璃的一个扁盒来，递与宝玉。宝玉便揭翻盒扇，里面有西洋珐琅的黄发赤身女子，两肋又有肉翅，里面盛着些真正汪恰洋烟[1]。晴雯只顾看画儿，宝玉道："嗅些，走了气就不好了。"晴雯听说，忙用指甲挑了些嗅入鼻中，不怎样。便又多多挑了些嗅入。忽觉鼻中一股酸辣透入囟门，接连打了五六个嚏喷，眼泪鼻涕登时齐流。晴雯忙收了盒子，笑道："了不得，好爽快！拿纸来。"早有小丫头子递过一搭子细纸，晴雯便一张一张的拿来擤鼻子。宝玉笑问："如何?"晴雯笑道："果觉通快些，只是太阳还疼。"

宝玉笑道："越性尽用西洋药治一治，只怕就好了。"说着，便命麝月："和二奶奶要去，就说我说了：姐姐那里常有那西洋贴头疼的膏子药，叫做'依弗哪'，找寻一点儿。"麝月答应了，去了半日，果拿了半节来。便去找了一块红缎子角儿，铰了两块指顶大的圆式，将那药烤和了，用簪挺摊上。晴雯自拿着一面靶镜，贴在两太阳上。麝月笑道："病的蓬头鬼一样，如今贴了这个，倒俏皮了。二奶奶贴惯了，倒不大显。"说毕，又向宝玉道："二奶奶说了：明日是舅老爷生日，太太说了叫你去呢。明儿穿什么衣裳?今儿晚上好打点齐备了，省得明儿早起费手。"宝玉道："什么顺手就是什么罢了。一年闹生日也闹不清。"说着，便起身出房，往惜春房中去看画。

刚到院门外边，忽见宝琴的小丫鬟名小螺者从那边过去，宝玉忙赶上问："那去?"小螺笑道："我们二位姑娘都在林姑娘房里呢，我如今也往那里去。"宝玉听了，转步也便同他往潇湘馆来。不但宝钗姊妹在此，且连邢岫烟也在那里，四人围坐在

---

[1] 汪恰洋烟：鼻烟的一种。

熏笼上叙家常。紫鹃倒坐在暖阁里，临窗作针黹。一见他来，都笑说："又来了一个！可没了你的坐处了。"宝玉笑道："好一幅'冬闺集艳图'！可惜我迟来了一步。横竖这屋子比各屋子暖，这椅子坐着并不冷。"说着，便坐在黛玉常坐的搭着灰鼠椅搭的一张椅上。

因见暖阁之中有一玉石条盆，里面攒三聚五栽着一盆单瓣水仙，点着宣石[1]，便极口赞："好花！这屋子越发暖，这花香的越清香。昨日未见。"黛玉因说道："这是你家的大总管赖大婶子送薛二姑娘的，两盆腊梅，两盆水仙。他送了我一盆水仙，送了蕉丫头一盆腊梅。我原不要的，又恐辜负了他的心。你若要，我转送你如何？"宝玉道："我屋里却有两盆，只是不及这个。琴妹妹送你的，如何又转送人，这个断使不得。"黛玉道："我一日药吊子不离火，我竟是药培着呢，那里还搁的住花香来熏？越发弱了。况且这屋子里一股药香，反把这花香搅坏了。不如你抬了去，这花也清净了，没杂味来搅他。"宝玉笑道："我屋里今儿也有病人煎药呢，你怎么知道的？"黛玉笑道："这话奇了，我原是无心的话，谁知你屋里的事？你不早来听说古记[2]，这会子来了，自惊自怪的。"

宝玉笑道："咱们明儿下一社又有了题目了，就咏水仙腊梅。"黛玉听了，笑道："罢，罢！我再不敢作诗了，作一回，罚一回，没的怪羞的。"说着，便两手握起脸来。宝玉笑道："何苦来！又奚落我作什么。我还不怕臊呢，你倒握起脸来了。"

---

［1］宣石：产于安徽宁国（旧属宣城）的一种白石，多用于叠假山。
［2］古记：传说故事。

宝钗因笑道："下次我邀一社，四个诗题，四个词题。每人四首诗，四阕词。头一个诗题《咏〈太极图〉》，限一先的韵，五言律，要把一先的韵都用尽了，一个不许剩。"

宝琴笑道："这一说，可知是姐姐不是真心起社了，这分明难人。若论起来，也强扭的出来，不过颠来倒去弄些《易经》上的话生填，究竟有何趣味。我八岁时节，跟我父亲到西海沿子上买洋货，谁知有个真真国的女孩子，才十五岁，那脸面就和那西洋画上的美人一样，也披着黄头发，打着联垂，满头带的都是珊瑚、猫儿眼、祖母绿这些宝石；身上穿着金丝织的锁子甲洋锦袄袖；带着倭刀，也是镶金嵌宝的，实在画儿上的也没他好看。有人说他通中国的诗书，会讲五经，能作诗填词，因此我父亲央烦了一位通事官[1]，烦他写了一张字，就写的是他作的诗。"众人都称奇道异。宝玉忙笑道："好妹妹，你拿出来我瞧瞧。"宝琴笑道："在南京收着呢，此时那里去取来？"

宝玉听了，大失所望，便说："没福得见这世面。"黛玉笑拉宝琴道："你别哄我们。我知道你这一来，你的这些东西未必放在家里，自然都是要带了来的，这会子又扯谎说没带来。他们虽信，我是不信的。"宝琴便红了脸，低头微笑不语。宝钗笑道："偏这个颦儿惯说这些白话[2]，把你就伶俐的。"黛玉道："若带了来，就给我们见识见识也罢了。"宝钗笑道："箱子笼子一大堆还没理清，知道在那个里头呢！等过日收拾清了，找出来大家再看

[1] 通事官：翻译。
[2] 白话：此指点破底细的大实话。

就是了。”又向宝琴道：“你若记得，何不念念我们听听。”宝琴方答道：“记得是首五言律，外国的女子也就难为他了。”宝钗道：“你且别念，等把云儿叫了来，也叫他听听。”说着，便叫小螺来吩咐道：“你到我那里去，就说我们这里有一个外国美人来了，作的好诗，请你这‘诗疯子’来瞧去，再把我们‘诗呆子’也带来。”小螺笑着去了。

半日，只听湘云笑问：“那一个外国美人来了？”一头说，一头果和香菱来了。众人笑道：“人未见形，先已闻声。”宝琴等忙让坐，遂把方才的话重叙了一遍。湘云笑道：“快念来听听。”宝琴因念道：

昨夜朱楼梦，今宵水国吟。
岛云蒸大海，岚气接丛林。
月本无今古，情缘自浅深。
汉南春历历，焉得不关心。

众人听了，都道：“难为他！竟比我们中国人还强。”一语未了，只见麝月走来说：“太太打发人来告诉二爷，明儿一早往舅舅那里去，就说太太身上不大好，不得亲自来。”宝玉忙站起来答应道：“是。”因问宝钗宝琴可去。宝钗道：“我们不去，昨儿单送了礼去了。”大家说了一回方散。

宝玉因让诸姊妹先行，自己落后。黛玉便又叫住他问道：“袭人到底多早晚回来。”宝玉道：“自然等送了殡才来呢。”黛玉还有话说，又不曾出口，出了一回神，便说道：“你去罢。”宝玉也觉心里有许多话，只是口里不知要说什么，想了一想，也笑道：“明日再说罢。”一面下了阶矶，低头正欲迈步，复又忙回身问道：“如今的夜越发长了，你一夜咳嗽几遍？醒几次？”黛玉道：“昨儿夜里好了，只嗽了两遍，却只睡了四更一个更次，就再不能睡了。”宝玉又笑道：“正是有句要紧的话，这会子才想起来。”一面说，一面便挨过身来，悄悄道：“我想宝姐姐送你的燕窝——”一语未了，只见赵姨娘走了进来瞧黛玉，问：“姑娘这两天好？”黛玉便知他是从探春处来，从门前过，顺路的人情。黛玉忙陪笑让坐，说：“难得姨娘想着，怪冷的，亲身走来。”又忙命倒茶，一面又使眼色与宝玉。宝玉会意，便走了出来。

正值吃晚饭时，见了王夫人，王夫人又嘱他早去。宝玉回来，看晴雯吃了药。此夕宝玉便不命晴雯挪出暖阁来，自己便在晴雯外边。又命将熏笼抬至暖阁前，麝月便在熏笼上。一宿无话。

至次日，天未明时，晴雯便叫醒麝月道：“你也该醒了，只是睡不够！你出去叫人给他预备茶水，我叫醒他就是了。”麝月忙披衣起来道：“咱们叫起他来，穿好衣裳，抬过这火箱去，再叫他们进来。老嬷嬷们已经说过，不叫他在这屋里，怕过了病气。如今他们见咱们挤在一处，又该唠叨了。”晴雯道：“我也是这么说呢。”二人才叫时，宝玉已醒了，忙起身披衣。麝月先叫进小丫头子来，收拾妥当了，才命秋纹檀云等进来，一同服侍宝玉梳洗毕。麝月道：“天又阴阴的，只怕有雪，穿那一套毡的罢。”宝玉点头，即时换了衣裳。小丫头便用小茶盘捧了一盖碗建莲红枣儿汤来，宝玉喝了两口。麝月又捧过一小碟法制紫姜[1]来，宝玉噙了

[1] 法制紫姜：地道的嫩姜酱菜。

一块。又嘱咐了晴雯一回，便往贾母处来。

贾母犹未起来，知道宝玉出门，便开了房门，命宝玉进去。宝玉见贾母身后宝琴面向里也睡着未醒。贾母见宝玉身上穿着荔色哆罗呢的天马箭袖，大红猩猩毡盘金彩绣石青妆缎沿边的排穗褂子。贾母道："下雪呢么?"宝玉道："天阴着，还没下呢。"贾母便命鸳鸯来："把昨儿那一件乌云豹的氅衣给他罢。"鸳鸯答应了，走去果取了一件来。

宝玉看时，金翠辉煌，碧彩闪灼，又不似宝琴所披之凫靥裘。只听贾母笑道："这叫作'雀金呢'，这是俄罗斯国拿孔雀毛拈了线织的。前儿把那一件野鸭子的给了你小妹妹，这件给你罢。"宝玉磕了一个头，便披在身上。贾母笑道："你先给你娘瞧瞧去再去。"宝玉答应了，便出来，只见鸳鸯站在地下揉眼睛。因自那日鸳鸯发誓决绝之后，他总不和宝玉讲话。宝玉正自日夜不安，此时见他又要回避，宝玉便上来笑道："好姐姐，你瞧瞧，我穿着这个好不好。"鸳鸯一摔手，便进贾母房中来了。宝玉只得到了王夫人房中，与王夫人看了，然后又回至园中，与晴雯麝月看过后，复回至贾母房中，回说："太太看了，只说可惜了的，叫我仔细穿，别遭踏了他。"贾母道："就剩下了这一件，你遭踏了也再没了。这会子特给你做这个也是没有的事。"说着又嘱咐他："不许多吃酒，早些回来。"宝玉应了几个"是"。

鸳鸯拒嫁，在贾赦看来，宝玉和贾琏都脱不了干系，鸳鸯因此而避嫌。

老嬷嬷跟至厅上，只见宝玉的奶兄李贵和王荣、张若锦、赵亦华、钱启、周瑞六个人，带着茗烟、伴鹤、锄药、扫红四个小厮，背着衣包，抱着坐褥，笼着一匹雕鞍彩辔的白马，早已伺候多时了。老嬷嬷又吩咐了他六人些话，六个人忙答应了几个"是"，忙捧鞭坠镫。宝玉慢慢的上了马，李贵和王荣笼着嚼环，钱启周瑞二人在前引导，张若锦、赵亦华在两边紧贴宝玉后身。宝玉在马上笑道："周哥，钱哥，咱们打这角门走罢，省得到了老爷的书房门口又下来。"周瑞侧身笑道："老爷不在家，书房天天锁着的，爷可以不用下来罢了。"宝玉笑道："虽锁着，也要下来的。"钱启李贵等都笑道："爷说的是。便托懒不下来，倘或遇见赖大爷林二爷，虽不好说爷，也劝两句。有的不是，都派在我们身上，又说我们不教爷礼了。"周瑞钱启便一直出角门来。

宝玉虽然和父亲关系紧张，挨打以后，感情上越发疏远，但礼节还是必须严格遵守。慎独。

正说话时，顶头果见赖大进来。宝玉忙笼住马，意欲下来。赖大忙上来抱住腿。宝玉便在镫上站起来，笑携他的手，说了几句话。接着又见一个小厮带着二三十个拿扫帚簸箕的人进来，见了宝玉，都顺墙垂手立住，独那为首的小厮打千儿，请了一个安。宝玉不识名姓，只微笑点了点头儿。马已过去，那人方带人去了。于是出了角门，门外又有李贵等六人的小厮并几个马夫，早预备下十来匹马专候。一出了角门，李贵等都各上了马，前引傍围的一阵烟去了。不在话下。

这里晴雯吃了药，仍不见病退，急的乱骂大夫，说："只会骗人的钱，一剂好药也不给人吃。"麝月笑劝他道："你太性急了，俗语说：'病来如山倒，病去如抽丝。'又不是老君的仙丹，那有这样灵药！你只静养几天，自然好了。你越急越着手。"晴雯又骂小丫头子们："那里钻沙[1]去了！瞅我病了，都大胆子走了。明儿我好了，一个一个的才揭你们的皮呢！"

[1] 钻沙：不见了。

唬的小丫头子篆儿忙进来问："姑娘作什么。"晴雯道："别人都死绝了，就剩了你不成?"

说着，只见坠儿也蹭了进来。晴雯道："你瞧瞧这小蹄子，不问他还不来呢。这里又放月钱了，又散果子了，你该跑在头里了。你往前些，我不是老虎吃了你!"坠儿只得前凑。晴雯便冷不防欠身一把将他的手抓住，向枕边取了一丈青[1]，向他手上乱戳，口内骂道："要这爪子作什么？拈不得针，拿不动线，只会偷嘴吃。眼皮子又浅，爪子又轻，打嘴现世的，不如戳烂了!"坠儿疼的乱哭乱喊。麝月忙拉开坠儿，按晴雯睡下，笑道："才出了汗，又作死。等你好了，要打多少打不的？这会子闹什么!"晴雯便命人叫宋嬷嬷进来，说道："宝二爷才告诉了我，叫我告诉你们，坠儿很懒，宝二爷当面使他，他拨嘴儿不动，连袭人使他，他背后骂他。今儿务必打发他出去，明儿宝二爷亲自回太太就是了。"宋嬷嬷听了，心下便知镯子事发，因笑道："虽如此说，也等花姑娘回来知道了，再打发他。"晴雯道："宝二爷今儿千叮咛万嘱咐的，什么'花姑娘''草姑娘'，我们自然有道理。你只依我的话，快叫他家的人来领他出去。"麝月道："这也罢了。早也去，晚也去，带了去早清净一日。"

宋嬷嬷听了，只得出去唤了他母亲来，打点了他的东西，又来见晴雯等，说道："姑娘们怎么了，你侄女儿不好，你们教导他，怎么撵出去？也到底给我们留个脸儿。"晴雯道："你这话只等宝玉来问他，与我们无干。"那媳妇冷笑道："我有胆子问他去！他那一件事不是听姑娘们的调停？他纵依了，

[1] 一丈青：即耳挖子。

姑娘们不依，也未必中用。比如方才说话，虽是背地里，姑娘就直叫他的名字。在姑娘们就使得，在我们就成了野人了。”

晴雯听说，一发急红了脸，说道：“我叫了他的名字了，你在老太太跟前告我去，说我撒野，也撵出我去。”麝月忙道：“嫂子，你只管带了人出去，有话再说。这个地方岂有你叫喊讲礼的？你见谁和我们讲过礼？别说嫂子你，就是赖奶奶林大娘，也得担待我们三分。便是叫名字，从小儿直到如今，都是老太太吩咐过的，你们也知道的，恐怕难养活，巴巴的写了他的小名儿，各处贴着叫万人叫去，为的是好养活。连挑水、挑粪、花子都叫得，何况我们！连昨儿林大娘叫了一声‘爷’，老太太还说他呢，此是一件。二则，我们这些人常回老太太的话去，可不叫着名字回话，难道也称‘爷’？那一日不把宝玉两个字念二百遍，偏嫂子又来挑这个了！过一日嫂子闲了，在老太太、太太跟前，听听我们当着面儿叫他就知道了。嫂子原也不得在老太太、太太跟前当些体统差事，成年家只在三门外头混，怪不得不知我们里头的规矩。这里不是嫂子久站的，再一会，不用我们说话，就有人来问你了。有什么分证话，且带了他去，你回了林大娘，叫他来找二爷说话。家里上千的人，你也跑来，我也跑来，我们认人问姓，还认不清呢！”说着，便叫小丫头子：“拿了擦地的布来擦地！”

伶牙俐齿的晴雯，再加上个能说会道的麝月，坠儿的妈说了几句话，招来她一车子的话，黄河决了堤似的。

那媳妇听了，无言可对，亦不敢久立，赌气带了坠儿就走。宋妈妈忙道：“怪道你这嫂子不知规矩，你女儿在这屋里一场，临去时，也给姑娘们磕个头。没有别的谢礼——便有谢礼，他们也不希罕——不过磕个头，尽了心。怎么说走就走？”坠儿听了，只得翻身进来，给他两个磕了两个头，又找秋纹等。他们也不睬他。那媳妇嗐声叹气，不敢多言，抱恨而去。

晴雯方才又闪了风，着了气，反觉更不好了，翻腾至掌灯，刚安静了些。只见宝玉回来，进门就嗐声跺脚。麝月忙问原故，宝玉道：“今儿老太太喜喜欢欢的给了这个褂子，谁知不防后襟子上烧了一块，幸而天晚了，老太太、太太都不理论。”一面说，一面脱下来。麝月瞧时，果见有指顶大的烧眼，说：“这必定是手炉里的火迸上了。这不值什么，赶着叫人悄悄的拿出去，叫个能干织补匠人织上就是了。”说着便用包袱包了，交与一个妈妈送出去。说：“赶天亮就有才好。千万别给老太太、太太知道。”

婆子去了半日，仍旧拿回来，说：“不但能干织补匠人，就连裁缝绣匠并作女工的问了，都不认得这是什么，都不敢揽。”麝月道：“这怎么样呢！明儿不穿也罢了。”宝玉道：“明儿是正日子，老太太、太太说了，还叫穿这个去呢。偏头一日就烧了，岂不扫兴。”晴雯听了半日，忍不住翻身说道：“拿来我瞧瞧罢。没那个福气穿就罢了。这会子又着急。”宝玉笑道：“这话倒说的是。”说着，便递与晴雯，又移过灯来，细看了一会。晴雯道：“这是孔雀金线织的，如今咱们也拿孔雀金线就像界线[1]似的界密了，只怕还可混得过去。”麝月笑道：“孔雀线现成的，但这里除了你，还有谁会界线？”晴雯道：“说不得，我挣命罢了。”宝玉忙道：“这如何使得！才好了些，如何做得活。”

晴雯不光是模样好，嘴尖舌快，而且针线好。

[1] 界线：手工刺绣和织补工艺中所用的一种纵横线织法。

晴雯道："不用你蝎蝎螫螫的，我自知道。"一面说，一面坐起来，挽了一挽头发，披了衣裳，只觉头重身轻，满眼金星乱迸，实实撑不住。若不做，又怕宝玉着急，少不得狠命咬牙捱着。便命麝月只帮着拈线。晴雯先拿了一根比一比，笑道："这虽不很像，若补上，也不很显。"宝玉道："这就很好，那里又找俄罗斯国的裁缝去。"晴雯先将里子拆开，用茶杯口大的一个竹弓钉牢在背面，再将破口四边用金刀刮的散松松的，然后用针纫了两条，分出经纬，亦如界线之法，先界出地子后，依本衣之纹来回织补。补两针，又看看，织补两针，又端详端详。无奈头晕眼黑，气喘神虚，补不上三五针，便伏在枕上歇一会。

关键时刻，拼了命为宝玉排忧解难。这是刻画晴雯的一个重头戏。

宝玉在旁，一时又问："吃些滚水不吃？"一时又命："歇一歇。"一时又拿一件灰鼠斗篷替他披在背上，一时又命拿个拐枕与他靠着。急的晴雯央道："小祖宗！你只管睡罢。再熬上半夜，明儿把眼睛抠搂[1]了，怎么处！"宝玉见他着急，只得胡乱睡下，仍睡不着。

一时只听自鸣钟已敲了四下，刚刚补完；又用小牙刷慢慢的剔出绒毛来。麝月道："这就很好，若不留心，再看不出的。"宝玉忙要了瞧瞧，说道："真真一样了。"晴雯已嗽了几阵，好容易补完了，说了一声："补虽补了，到底不像，我也再不能了！"嗳哟了一声，便身不由主倒下了。要知端的，且听下回分解。

[1] 抠搂：眼珠深陷在眼眶里。

第五十三回

宁国府除夕祭宗祠　荣国府元宵开夜宴

话说宝玉见晴雯将雀裘补完，已使的力尽神危，忙命小丫头子来替他捶着，彼此捶打了一会歇下。没一顿饭的工夫，天已大亮，且不出门，只叫快传大夫。一时王太医来了，诊了脉，疑惑说道："昨日已好了些，今日如何反虚微浮缩起来，敢是吃多了饮食？不然就是劳了神思。外感却倒清了，这汗后失于调养，非同小可。"一面说，一面出去开了药方进来。

宝玉看时，已将疏散驱邪诸药减去了，倒添了茯苓、地黄、当归等益神养血之剂。宝玉一面忙命人煎去，一面叹说："这怎么处！倘或有个好歹，都是我的罪孽。"晴雯睡在枕上嗐道："好太爷！你干你的去罢！那里就得痨病了。"宝玉无奈，只得去了。至下半天，说身上不好就回来了。

晴雯此症虽重，幸亏他素习是个使力不使心的；再素习饮食清淡，饥饱无伤。这贾宅中的风俗秘法，无论上下，只一略有些伤风咳嗽，总以净饿为主，次则服药调养。故于前日一病时，净饿了两三日，又谨慎服药调治，如今劳碌了些，又加倍培养了几日，便渐渐的好了。近日园中姊妹皆各在房中吃饭，炊爨饮食亦便，宝玉自能变法要汤要羹调停，不必细说。

袭人送母殡后，业已回来，麝月便将平儿所说宋妈坠儿一事，并晴雯撵逐出去也曾回过宝玉等话，一一告诉袭人。袭人也没说别的，只说太性急了些。只因李纨亦因时气感冒；邢夫人又正害火眼，迎春岫烟皆过去朝夕侍药；李婶之弟又接了李婶和李纹李绮家去住几日；宝玉又见袭人常常思母含悲，晴雯犹未大愈：因此诗社之日，皆未有人作兴，便空了几社。

当下已是腊月，离年日近，王夫人与凤姐治办年事。王子腾升了九省都检点，贾雨村补授了大司马，协理军机参赞朝政，不题。

《红楼梦》里虚拟的职官颇多，作者不希望读者对号入座。

且说贾珍那边，开了宗祠，着人打扫，收拾供器，请神主，又打扫上房，以备悬供遗真影像。此时荣宁二府内外上下，皆是忙忙碌碌。这日宁府中尤氏正起来同贾蓉之妻打点送贾母这边的针线礼物，正值丫头捧了一茶盘押岁锞子进来，回说："兴儿回奶奶，前儿那一包碎金子共是一百五十三两六钱七分，里头成色不等，共总倾[1]了二百二十个锞子。"说着递上去。尤氏看了看，只见也有梅花式的，也有海棠式的，也有笔锭如意的，也有八宝联春的。尤氏命："收起这个来，叫他把银锞子快快交了进来。"丫鬟答应去了。

一时贾珍进来吃饭，贾蓉之妻回避了。贾珍因问尤氏："咱们春祭的恩赏可领了不曾？"尤氏道："今儿我打发蓉儿关去了。"贾珍道："咱们家虽不等这几两银子使，多少是皇上天恩。早关了来，给那边老太太见过，置了祖宗的供，上领皇上的恩，

[1] 倾：一种工艺。将金银熔化，倒入模子里铸造。

下则是托祖宗的福。咱们那怕用一万银子供祖宗，到底不如这个又体面，又是沾恩锡福的。除咱们这样一二家之外，那些世袭穷官儿家，若不仗着这银子，拿什么上供过年？真正皇恩浩大，想的周到。”尤氏道：“正是这话。”

二人正说着，只见人回：“哥儿来了。”贾珍便命叫他进来。只见贾蓉捧了一个小黄布口袋进来。贾珍道：“怎么去了这一日。”贾蓉陪笑回说：“今儿不在礼部关领，又分在光禄寺库上，因又到了光禄寺才领了下来。光禄寺的官儿们都说问父亲好，多日不见，都着实想念。”贾珍笑道：“他们那里是想我。这又到了年下了，不是想我的东西，就是想我的戏酒了。”一面说，一面瞧那黄布口袋上有印，就是“皇恩永锡”四个大字，那一边又有礼部祠祭司的印记，又写着一行小字，道是“宁国公贾演荣国公贾源恩赐永远春祭赏共二分，净折银若干两，某年月日龙禁尉候补侍卫贾蓉当堂领讫，值年寺丞某人”，下面一个朱笔花押。

贾珍看了，吃过饭，盥漱毕，换了靴帽，命贾蓉捧着银子跟了来，回过贾母王夫人，又至这边回过贾赦邢夫人，方回家去，取出银子，命将口袋向宗祠大炉内焚了。又命贾蓉道：“你去问问你琏二婶子，正月里请吃年酒的日子拟了没有。若拟定了，叫书房里明白开了单子来，咱们再请时，就不能重犯了。旧年不留心重了几家，不说咱们不留神，倒像两宅商议定了送虚情怕费事一样。”贾蓉忙答应了过去。一时，拿了请人吃年酒的日期单子来了。贾珍看了，命交与赖升去看了，请人别重这上头日子。因在厅上看着小厮们抬围屏，擦抹几案金银供器。只见小厮手里拿着个禀帖并一篇帐目，回说："黑山村的乌庄头来了。"

贾珍道："这个老砍头的今儿才来。"说着，贾蓉接过禀帖和帐目，忙展开捧着，贾珍倒背着两手，向贾蓉手内只看红禀帖上写着："门下庄头乌进孝叩请爷、奶奶万福金安，并公子小姐金安。新春大喜大福，荣贵平安，加官进禄，万事如意。"贾珍笑道："庄家人有些意思。"贾蓉也忙笑说："别看文法，只取个吉利罢了。"一面忙展开单子看时，只见上面写着：

大鹿三十只，獐子五十只，狍子五十只，暹猪二十个，汤猪二十个，龙猪二十个，野猪二十个，家腊猪二十个，野羊二十个，青羊二十个，家汤羊二十个，家风羊二十个，鲟鳇鱼二个，各色杂鱼二百斤，活鸡、鸭、鹅各二百只，风鸡、鸭、鹅二百只，野鸡、兔子各二百对，熊掌二十对，鹿筋二十斤，海参五十斤，鹿舌五十条，牛舌五十条，蛏干二十斤，榛、松、桃、杏穰各二口袋，大对虾五十对，干虾二百斤，银霜炭上等选用一千斤、中等二千斤，柴炭三万斤，御田胭脂米二石，碧糯五十斛，白糯五十斛，粉粳五十斛，杂色粱谷各五十斛，下用常米一千石，各色干菜一车，外卖粱谷、牲口各项之银共折银二千五百两。外门下孝敬哥儿姐儿顽意：活鹿两对，活白兔四对，黑兔四对，活锦鸡两对，西洋鸭两对。

贾珍看完，便命带进他来。一时，只见乌进孝进来，只在院内磕头请安。贾珍命人拉他起来，笑说："你还硬朗。"乌进孝笑回："托爷的福，还能走得动。”贾珍道：“你儿子也大了，该叫他走走也罢了。”乌进孝笑道：“不瞒爷说，小的们走惯了，不来也闷的慌。他们可不是都愿意来见见天子脚下世面？他们到底年轻，怕路上有闪失，再过几年就可放心了。”

贾珍道：“你走了几日？”乌进孝道：“回爷的话，今年雪大，外头都是四五尺深的雪，前日忽然一暖一化，路上竟难走的很，耽搁了几日。虽走了一个月零两日，因日子有限了，怕爷心焦，可不赶着来了。”贾珍道：“我说呢，怎么今儿才来。我才看那单子上，今年你这老货又来打擂台[1]来了。”乌进孝忙进前了两步，回道：“回爷说，今年年成实在不好。从三月下雨起，接接连连直到八月，竟没有一连晴过五日。九月里一场碗大的雹子，方近一千三百里地，连人带房并牲口粮食，打伤了上千上万的，所以才这样。小的并不敢说谎。”贾珍皱眉道：“我算定了你至少也有五千两银子来，这够作什么的！如今你们一共只剩了八九个庄子，今年倒有两处报了旱涝，你们又打擂台，真真是又教别过年了。”

乌进孝道：“爷的这地方还算好呢！我兄弟离我那里只一百多里，谁知竟大差了。他现管着那府里八处庄地，比爷这边多着几倍，今年也只这些东西，不过多二三千两银子，也是有饥荒打呢。”贾珍道：“正是呢，我这边都可，已没有什么外项大事，不过是一年的费用。我受用些，就费些；我受些委屈就省些。再者年例送人请人，我把脸皮厚些，可省些也就完了。比不得那府里，这几年添了

[1] 打擂台：此指搪塞。

许多花钱的事，一定不可免是要花的，却又不添些银子产业。这一二年倒赔了许多，不和你们要，找谁去！”乌进孝笑道：“那府里如今虽添了事，有去有来，娘娘和万岁爷岂不赏的！”贾珍听了，笑向贾蓉等道：“你们听，他这话可笑不可笑？”贾蓉等忙笑道：“你们山坳海沿子上的人，那里知道这道理。娘娘难道把皇上的库给了我们不成！他心里纵有这心，他也不能作主。岂有不赏之理，按时到节不过是些彩缎古董顽意儿。纵赏银子，不过一百两金子，才值了一千两银子，够一年的什么？这二年那一年不多赔出几千银子来！头一年省亲连盖花园子，你算算那一注共花了多少，就知道了。再两年再一回省亲，只怕就精穷了。”贾珍笑道：“所以他们庄家老实人，外明不知里暗的事。黄柏木作磬槌子——外头体面里头苦。”贾蓉又笑向贾珍道：“果真那府里穷了。前儿我听见凤姑娘和鸳鸯悄悄商议，要偷出老太太的东西去当银子呢。”贾珍笑道：“那又是你凤姑娘的鬼，那里就穷到如此。他必定是见去路太多了，实在赔的狠了，不知又要省那一项的钱，先设此法使人知道，说穷到如此了。我心里却有一个算盘，还不至如此田地。”说着，命人带了乌进孝出去，好生待他，不在话下。

省亲影射康熙的南巡，贾蓉的话正是影射曹家因多次接待南巡的康熙而造成巨额亏空的问题。

这里贾珍吩咐将方才各物，留出供祖的来，将各样取了些，命贾蓉送过荣府里。然后自己留了家中所用的，馀者派出等例来，一分一分的堆在月台下，命人将族中的子侄唤来与他们。接着荣国府也送了许多供祖之物及与贾珍之物。

贾珍看着收拾完备供器，靸着鞋，披着猞猁狲大裘，命人在厅柱下石矶上太阳中铺了一个大狼皮褥子，负暄[1]闲看各子弟们来领取年物。因见贾芹亦来领物，贾珍叫他过来，说道："你作什么也来了？谁叫你来的?"贾芹垂手回说："听见大爷这里叫我们领东西，我没等人去叫就来了。"贾珍道："我这东西，原是给你那些闲着无事的无进益的小叔叔兄弟们的。那二年你闲着，我也给过你的。你如今在那府里管事，家庙里管和尚道士们，一月又有你的分例外，这些和尚的分例银子都从你手里过，你还来取这个，太也贪了！你自己瞧瞧，你穿的可像个手里使钱办事的？先前说你没进益，如今又怎么了？比先倒不像了。"贾芹道："我家里原人口多，费用大。"贾珍冷笑道："你还支吾我。你在家庙里干的事，打谅我不知道呢。你到了那里自然是爷了，没人敢违拗你。你手里又有了钱，离着我们又远，你就为王称霸起来，夜夜招聚匪类赌钱，养老婆小子。这会子花的这个形象，你还敢领东西来？领不成东西，领一顿驮水棍[2]去才罢。等过了年，我必和你琏二叔说，换回你来。"贾芹红了脸，不敢答应。

人回："北府水王爷送了字联、荷包来了。"贾珍听说，忙命贾蓉出去款待，"只说我不在家。"贾蓉去了，这里贾珍看着领完东西，回房与尤氏吃毕晚饭，一宿无话。至次日，更比往日忙，都不必细说。

已到了腊月二十九日了，各色齐备，两府中都换了门神、联对、挂牌，新油了桃符[3]，焕然一新。宁国府从大门、仪门、大厅、暖阁、内厅、内

[1] 负暄（xuān）：晒太阳取暖。
[2] 驮水棍：背水用作支撑的棍棒。此指打人的棍棒。
[3] 桃符：画有神像或题有门神名用来辟邪的桃木板。

三门、内仪门并内塞门[1]，直到正堂，一路正门大开，两边阶下一色朱红大高烛，点的两条金龙一般。

次日，由贾母有诰封者，皆按品级着朝服，先坐八人大轿，带领着众人进宫朝贺，行礼领宴毕回来，便到宁国府暖阁下轿。诸子弟有未随入朝者，皆在宁府门前排班伺候，然后引入宗祠。

且说宝琴是初次，一面细细留神打谅这宗祠，原来宁府西边另一个院子，黑油栅栏内五间大门，上悬一块匾，写着是"贾氏宗祠"四个字，旁书"衍圣公孔继宗书"。两旁有一副长联，写道是：

肝脑涂地，兆姓赖保育之恩；
功名贯天，百代仰蒸尝[2]之盛。

亦衍圣公所书。进入院中，白石甬路，两边皆是苍松翠柏。月台上设着青绿古铜鼎彝等器。抱厦前上面悬一九龙金匾，写道是："星辉辅弼"。乃先皇御笔。两边一副对联，写道是：

勋业有光昭日月，功名无间及儿孙。

亦是御笔。五间正殿前悬一闹龙填青匾[3]，写道是："慎终追远"[4]。旁边一副对联，写道是：

---

［1］ 内塞门：内仪门与正堂间的又一重屏门。
［2］ 蒸尝：泛指祭祀。蒸，冬祭。尝，秋祭。
［3］ 填青匾：底面青色的匾。
［4］ 慎终追远：慎终，父母亡故，则居丧尽礼。追远，按时诚敬地祭祀祖先。追念先人、保持祖德的意思。

已后儿孙承福德，至今黎庶念荣宁。

俱是御笔。里边香烛辉煌，锦幛绣幕，虽列着神主，却看不真切。只见贾府人分昭穆[1]排班立定：贾敬主祭，贾赦陪祭，贾珍献爵，贾琏贾琮献帛，宝玉捧香，贾菖贾菱展拜毯，守焚池。青衣乐奏，三献爵，拜兴[2]毕，焚帛奠酒，礼毕，乐止，退出。

众人围随着贾母至正堂上，影前锦幔高挂，彩屏张护，香烛辉煌。上面正居中悬着宁荣二祖遗像，皆是披蟒腰玉；两边还有几轴列祖遗影。贾荇贾芷等从内仪门挨次列站，直到正堂廊下。槛外方是贾敬贾赦，槛内是各女眷。众家人小厮皆在仪门之外。

每一道菜至，传至仪门，贾荇贾芷等便接了，按次传至阶上贾敬手中。贾蓉系长房长孙，独他随女眷在槛内，每贾敬捧菜至，传于贾蓉，贾蓉便传于他妻子，又传于凤姐尤氏诸人，直传至供桌前，方传于王夫人。王夫人传于贾母，贾母方捧放在桌上。邢夫人在供桌之西，东向立，同贾母供放。直至将菜饭汤点酒茶传完，贾蓉方退出下阶，归入贾芹阶位之首。

凡从文旁之名者，贾敬为首；下则从玉者，贾珍为首；再下从草头者，贾蓉为首；左昭右穆，男东女西；俟贾母拈香下拜，众人方一齐跪下，将五间大厅，三间抱厦，内外廊檐，阶上阶下两丹墀内，花团锦簇，塞的无一隙空地。鸦雀无闻，只听

[1] 昭穆：古代宗法制度对于宗庙祭祀排列次序的规定，始祖居中，始祖的下一代为昭，居左，昭辈的下一代为穆，居右；穆辈的下一代又为昭，居左；以后各代依此类推。

[2] 拜兴：跪拜和起立。

铿锵叮当，金铃玉珮微微摇曳之声，并起跪靴履飒沓之响。一时礼毕，贾敬贾赦等便忙退出，至荣府专候与贾母行礼。

尤氏上房早已袭地铺满红毡，当地放着象鼻三足鳅沿鎏金珐琅大火盆，正面炕上铺新猩红毡，设着大红彩绣云龙捧寿的靠背引枕，外另有黑狐皮的袱子搭在上面，大白狐皮坐褥，请贾母上去坐了。两边又铺皮褥，让贾母一辈的两三个妯娌坐了。这边横头排插之后小炕上，也铺了皮褥，让邢夫人等坐了。地下两面相对十二张雕漆椅上，都是一色灰鼠椅搭小褥，每一张椅下一个大铜脚炉，让宝琴等姊妹坐了。尤氏用茶盘亲捧茶与贾母，蓉妻捧与众老祖母，然后尤氏又捧与邢夫人等，蓉妻又捧与众姊妹。凤姐李纨等只在地下伺候。茶毕，邢夫人等便先起身来侍贾母。贾母吃茶，与老妯娌闲话了两三句，便命看轿。

凤姐儿忙上去搀起来。尤氏笑回说："已经预备下老太太的晚饭。每年都不肯赏些体面用过晚饭过去，果然我们就不及凤丫头不成?"凤姐儿搀着贾母笑道："老祖宗快走，咱们家去吃饭，别理他。"贾母笑道："你这里供着祖宗，忙的什么似的，那里搁得住我闹。况且每年我不吃，你们也要送去的。不如还送了去，我吃不了留着明儿再吃，岂不多吃些。"说的众人都笑了。又吩咐他："好生派妥当人夜里看香火，不是大意得的。"尤氏答应了。一面走出来至暖阁前上了轿。尤氏等闪过屏风，小厮们才领轿夫，请了轿出大门。尤氏亦随邢夫人等同至荣府。

尤氏见凤姐一次，必打趣一回。

这里轿出大门，这一条街上，东一边合面设列着宁国府的仪仗执事乐器，西一边合面设列着荣国府的仪仗执事乐器，来往行人皆屏退不从此过。一时来至荣府，也是大门正厅直开到底。如今便不在暖阁下轿了，过了大厅，便转弯向西，至贾母这边正厅上下轿。

众人围随同至贾母正室之中，亦是锦裀绣屏，焕然一新。当地火盆内焚着松柏香、百合草。贾母归了坐，老嬷嬷来回："老太太们来行礼。"贾母忙又起身要迎，只见两三个老妯娌已进来了。大家挽手，笑了一回，让了一回。吃茶去后，贾母只送至内仪门便回来，归正坐。

贾敬贾赦等领诸子弟进来。贾母笑道："一年价难为你们，不行礼罢。"一面说着，一面男一起，女一起，一起一起俱行过了礼。左右两旁设下交椅，然后又按长幼挨次归坐受礼。两府男妇小厮丫鬟亦按差役上中下行礼毕，散押岁钱、荷包、金银锞，摆上合欢宴来。男东女西归坐，献屠苏酒、合欢汤、吉祥果、如意糕毕，贾母起身进内间更衣，众人方各散出。

那晚各处佛堂灶王前焚香上供，王夫人正房院内设着天地纸马香供，大观园正门上也挑着大明角灯，两溜高照，各处皆有路灯。上下人等，皆打扮的花团锦簇，一夜人声嘈杂，语笑喧阗，爆竹起火，络绎不绝。

至次日五鼓，贾母等又按品大妆，摆全副执事进宫朝贺，兼祝元春千秋。领宴回来，又至宁府祭过列祖，方回来受礼毕，便换衣歇息。所有贺节来的亲友一概不会，只和薛姨妈李婶二人说话取便，或者同宝玉、宝琴、钗、玉等姊妹赶围棋抹牌作戏。王夫人与凤姐是天天忙着请人吃年酒，那边厅上院内皆是戏酒，亲友络绎不绝，一连忙了七八日才完了。早又元宵将近，宁荣二府皆张灯结彩。十一日是贾赦请贾母等，次日贾珍又请，贾母皆去随便领了半日。王夫人和凤姐儿连日被人请去吃年酒，不能胜记。

至十五日之夕，贾母便在大花厅上命摆几席酒，定一班小戏，满挂各色佳灯，带领荣宁二府各子侄孙男孙媳等家宴。贾敬素不茹酒，也不去请他，于后十七日祖祀已完，他便仍出城去修养。便这几日在家内，亦是净室默处，一概无听无闻，不在话下。贾赦略领了贾母之赐，也便告辞而去。贾母知他在此彼此不便，也就随他去了。贾赦自到家中与众门客赏灯吃酒，自然是笙歌聒耳，锦绣盈眸，其取便快乐另与这边不同的。

这边贾母花厅之上共摆了十来席。每一席旁边设一几，几上设炉瓶三事[1]，焚着御赐百合宫香。又有八寸来长四五寸宽二三寸高的点着山石布满青苔的小盆景，俱是新鲜花卉。又有小洋漆茶盘，内放着旧窑[2]茶杯并十锦小茶吊，里面泡着上等名茶。一色皆是紫檀透雕，嵌着大红纱透绣花卉并草字诗词的璎珞。

原来绣这璎珞的也是个姑苏女子，名唤慧娘。因他亦是书香宦门之家，他原精于书画，不过偶然绣一两件针线作耍，并非市卖之物。凡这屏上所绣之花卉，皆仿的是唐、宋、元、明各名家的折枝花卉，故其格式配色皆从雅，本来非一味浓艳匠工可比。每一枝花侧皆用古人题此花之旧句，或诗词歌赋不一，皆用黑绒绣出草字来，且字迹勾踢、转

---

［1］炉瓶三事：焚香的三件东西——香炉、香盒和放香铲的瓶。
［2］旧窑：仿古的窑。

折、轻重、连断皆与笔草无异，亦不比市绣字迹板强可恨。他不仗此技获利，所以天下虽知，得者甚少，凡世宦富贵之家，无此物者甚多，当今便称为“慧绣”。竟有世俗射利者，近日仿其针迹，愚人获利。偏这慧娘命夭，十八岁便死了，如今竟不能再得一件的了。凡所有之家，纵有一两件，皆珍藏不用。有那一干翰林文魔先生们，因深惜“慧绣”之佳，便说这“绣”字不能尽其妙，这样笔迹说一“绣”字，反似乎唐突了，便大家商议了，将“绣”字便隐去，换了一个“纹”字，所以如今都称为“慧纹”。

若有一件真“慧纹”之物，价则无限。贾府之荣，也只有两三件，上年将那两件已进了上，目下只剩这一副璎珞，一共十六扇，贾母爱如珍宝，不入在请客名色陈设之内，只留在自己这边，高兴摆酒时赏玩。又有各色旧窑小瓶中都点缀着“岁寒三友”、“玉堂富贵”等新鲜花草。

上面两席是李婶薛姨妈二位。贾母于东边设一透雕夔龙护屏矮足短榻，靠背引枕皮褥俱全。榻之上一头又设一个极轻巧洋漆描金小几，几上放着茶吊、茶碗、漱盂、洋巾之类，又有一个眼镜匣子。贾母歪在榻上，与众人说笑一回，又自取眼镜向戏台上照一回，又向薛姨妈李婶笑说：“恕我老了，骨头疼，容我放肆些，歪着相陪罢。”因又命琥珀坐在榻上，拿着美人拳[1]捶腿。

榻下并不摆席面，只有一张高几，却设着璎珞花瓶香炉等物。外另设一精致小高桌，设着酒杯匙箸，将自己这一席设于榻旁，命宝琴、湘云、黛

[1] 美人拳：一种小木锤，外裹以皮革，老人用以捶打腰腿。

玉、宝玉四人坐着。每一馔一果来，先捧与贾母看了，喜则留在小桌上尝一尝，仍撤了放在他四人席上，只算他四人是跟着贾母坐。故下面方是邢夫人王夫人之位，再下便是尤氏、李纨、凤姐、贾蓉之妻。西边一路便是宝钗、李纹、李绮、岫烟、迎春姊妹等。两边大梁上，挂着一对联三聚五玻璃芙蓉彩穗灯。每一席前竖一柄漆干倒垂荷叶，叶上有烛信插着彩烛。这荷叶乃是錾珐琅的，活信可以扭转，如今皆将荷叶扭转向外，将灯影逼住全向外照，看戏分外真切。窗格门户一齐摘下，全挂彩穗各种宫灯。廊檐内外及两边游廊罩棚，将各色羊角、玻璃、戳纱、料丝[1]或绣、或画、或堆、或抠、或绢、或纸诸灯挂满。

廊上几席，便是贾珍、贾琏、贾环、贾琮、贾蓉、贾芹、贾芸、贾菱、贾菖等。贾母也曾差人去请众族中男女，奈他们或有年迈懒于热闹的；或有家内没有人不便来的；或有疾病淹缠，欲来竟不能来的；或有一等妒富愧贫不来的；甚至于有一等憎畏凤姐之为人而赌气不来的；或有羞口羞脚，不惯见人，不敢来的：因此族众虽多，女客来者只不过贾菌之母娄氏带了贾菌来了，男子只有贾芹、贾芸、贾菖、贾菱四个现是在凤姐麾下办事的来了。当下人虽不全，在家庭间小宴中，数来也算是热闹的了。

当下又有林之孝之妻带了六个媳妇，抬了三张炕桌，每一张上搭着一条红毡，毡上放着选净一般大新出局的铜钱，用大红彩绳串着，每二人搭一

[1] 戳纱、料丝：均是用作灯罩的材料。戳纱，一种竖纹的纱。料丝，将玛瑙或紫石英融化，抽丝而成。

张，共三张。林之孝家的指示将那两张摆至薛姨妈李婶的席下，将一张送至贾母榻下来。贾母便说："放在当地罢。"这媳妇们都素知规矩的，放下桌子，一并将钱都打开，将彩绳抽去，散堆在桌上。

此时正唱《西楼·楼会》[1]这出将终，于叔夜因赌气去了，那文豹便发科诨道："你赌气去了，恰好今日正月十五，荣国府中老祖宗家宴，待我骑了这马，赶进去讨些果子吃是要紧的。"说毕，引的贾母等都笑了。薛姨妈等都说："好个鬼头孩子，可怜见的。"凤姐便说："这孩子才九岁了。"贾母笑说："难为他说的巧。"便说了一个"赏"字。早有三个媳妇已经手下预备下小簸箩，听见一个"赏"字，走上去向桌上的散钱堆内，每人便撮了一簸箩，走出来向戏台说："老祖宗、姨太太、亲家太太赏文豹买果子吃的!"说着，向台上便一撒，只听豁啷啷满台的钱响。

贾珍贾琏已命小厮们抬了大簸箩的钱来，暗暗的预备在那里。听见贾母一赏，要知端的——

[1]《西楼·楼会》：明末清初袁于令所作《西楼记》传奇中的一出。该剧演于鹃和妓女穆素徽悲欢离合的故事。

第五十四回

史太君破陈腐旧套　王熙凤效戏彩斑衣

却说贾珍贾琏暗暗预备下大簸箩的钱，听见贾母说“赏”，他们也忙命小厮们快撒钱。只听满台钱响，贾母大悦。

二人遂起身，小厮们忙将一把新暖银壶捧在贾琏手内，随了贾珍趋至里面。贾珍先至李婶席上，躬身取下杯来，回身，贾琏忙斟了一盏；然后便至薛姨妈席上，也斟了。二人忙起身笑说：“二位爷请坐着罢了，何必多礼。”于是除邢、王二夫人，满席都离了席，俱垂手旁侍。

贾珍等至贾母榻前，因榻矮，二人便屈膝跪了。贾珍在先捧杯，贾琏在后捧壶。虽只二人奉酒，那贾环弟兄等，却也是排班按序，一溜随着他二人进来，见他二人跪下，也都一溜跪下。宝玉也忙跪下了。史湘云悄推他笑道：“你这会又帮着跪下作什么？有这样，你也去斟一巡酒岂不好？”宝玉悄笑道：“再等一会子再斟去。”说着，等他二人斟完起来，方起来。又与邢夫人王夫人斟过来。贾珍笑道：“妹妹们怎么样呢？”贾母等都说：“你们去罢，他们倒便宜些。”说了，贾珍等方退出。

当下天未二鼓，戏演的是《八义》中《观灯》[1]八出。正在热闹之际，宝玉因下席往外走。贾母因说："你往那里去！外头爆竹利害，仔细天上掉下火纸来烧了。"宝玉回说："不往远去，只出去就来。"贾母命婆子们好生跟着。于是宝玉出来，只有麝月秋纹并几个小丫头随着。

捧在手里怕摔了，含在嘴里怕化了。

贾母因说："袭人怎么不见？他如今也有些拿大了，单支使小女孩子出来。"王夫人忙起身笑回道："他妈前日没了，因有热孝，不便前头来。"贾母听了点头，又笑道："跟主子却讲不起这孝与不孝。若是他还跟我，难道这会子也不在这里不成？皆因我们太宽了，有人使，不查这些，竟成了例了。"凤姐儿忙过来笑回道："今儿晚上他便没孝，那园子里也须得他看着，灯烛花炮最是耽险的。这里一唱戏，园子里的人谁不偷来瞧瞧。他还细心，各处照看照看。况且这一散后宝兄弟回去睡觉，各色都是齐全的。若他再来了，众人又不经心，散了回去，铺盖也是冷的，茶水也不齐备，各色都不便宜，所以我叫他不用来，只看屋子。散了又齐备，我们这里也不耽心，又可以全他的礼，岂不三处有益。老祖宗要叫他，我叫他来就是了。"

贾母并不知道王夫人已经提高了袭人的待遇，凤姐便出来圆场。

贾母听了这话，忙说："你这话很是，比我想的周到，快别叫他了。但只他妈几时没了，我怎么不知道。"凤姐笑道："前儿袭人去亲自回老太太的，怎么倒忘了。"贾母想了一想笑说："想起来了。我的记性竟平常了。"众人都笑说："老太太那里记得这些事。"贾母因又叹道："我想着，他从小儿服侍了我一场，

[1]《八义》、《观灯》：《八义》，明代徐元所作传奇《八义记》，据元杂剧《赵氏孤儿》改编。《观灯》，是该剧的折子戏。

又服侍了云儿一场，末后给了一个魔王宝玉，亏他魔了这几年。他又不是咱们家的根生土长的奴才，没受过咱们什么大恩典。他妈没了，我想着要给他几两银子发送，也就忘了。”凤姐儿道：“前儿太太赏了他四十两银子，也就是了。”

贾母听说，点头道：“这还罢了。正好鸳鸯的娘前儿也死了，我想他老子娘都在南边，我也没叫他家去守孝，如今叫他两个一处作伴儿去。”又命婆子将些果子菜馔点心之类与他两个吃去。琥珀笑说：“还等这会子呢，他早就去了。”说着，大家又吃酒看戏。

且说宝玉一径来至园中，众婆子见他回房，便不跟去，只坐在园门里茶房里烤火，和管茶的女人偷空饮酒斗牌。宝玉至院中，虽是灯光灿烂，却无人声。麝月道：“他们都睡了不成？咱们悄悄的进去唬他们一跳。”于是大家蹑足潜踪的进了镜壁一看，只见袭人和一人对面都歪在地炕上，那一头有两三个老嬷嬷打盹。

宝玉只当他两个睡着了，才要进去，忽听鸳鸯叹了一声，说道：“可知天下事难定。论理你单身在这里，父母在外头，每年他们东去西来，没个定准，想来你是不能送终的了，偏生今年就死在这里，你倒出去送了终。”袭人道：“正是。我也想不到能够看父母回首[1]。太太又赏了四十两银子，这倒也算养我一场，我也不敢妄想了。”宝玉听了，忙转身悄向麝月等道：“谁知他也来了。我这一进去，他又赌气走了。不如咱们回去罢，让他两个清清静静的说一回。袭人正一个闷着，他幸而来的

［1］回首：死亡的讳称。

好。”说着，仍悄悄的出来。

宝玉便走过山石之后去站着撩衣，麝月秋纹皆站住背过脸去，口内笑说：“蹲下再解小衣，仔细风吹了肚子。”后面两个小丫头子知是小解，忙先出去茶房预备去了。这里宝玉刚转过来，只见两个媳妇子迎面来了，问是谁，秋纹道：“宝玉在这里，你大呼小叫，仔细唬着他。”那媳妇们忙笑道：“我们不知道，大节下来惹祸了。姑娘们可连日辛苦了。”说着，已到了跟前。

麝月等问：“手里拿的是什么？”媳妇们道：“是老太太赏金、花二位姑娘吃的。”秋纹笑道：“外头唱的是《八义》，没唱《混元盒》[1]，那里又跑出‘金花娘娘’来了。”宝玉笑命：“揭起来我瞧瞧。”秋纹麝月忙上去将两个盒子揭开。两个媳妇忙蹲下身子，宝玉看了两盒内都是席上所有的上等果品菜馔，点了一点头，迈步就走。麝月二人忙胡乱掷了盒盖，跟上来。宝玉笑道：“这两个女人倒和气，会说话，他们天天乏了，倒说你们连日辛苦，倒不是那矜功自伐[2]的。”麝月道：“这好的也很好，那不知礼的也太不知礼。”宝玉笑道：“你们是明白人，耽待他们是粗笨可怜的人就完了。”一面说，一面来至园门。

那几个婆子虽吃酒斗牌，却不住出来打探，见宝玉来了，也都跟上了。来至花厅后廊上，只见那两个小丫头一个捧着小沐盆，一个搭着手巾，又拿着沤子[3]壶在那里久等。秋纹先忙伸手向盆内试

---

[1] 《混元盒》：明末清初的一部神魔剧，其中有金花圣母娘娘同张真人斗法的情节。秋纹借“金花娘娘”打趣“金（鸳鸯）、花（袭人）”二人。

[2] 矜（jīn）功自伐：居功自夸。矜，自大。伐，自夸。

[3] 沤（òu）子：一种润肤的油脂香蜜。

了一试，说道："你越大越粗心了，那里弄的这冷水。"小丫头笑道："姑娘瞧瞧这个天，我怕水冷，巴巴的倒的是滚水，这还冷了。"

正说着，可巧见一个老婆子提着一壶滚水走来。小丫头便说："好奶奶，过来给我倒上些。"那婆子道："哥哥儿，这是老太太泡茶的，劝你走了舀去罢，那里就走大了脚。"秋纹道："凭你是谁的，你不给？我管把老太太茶吊子倒了洗手。"那婆子回头见是秋纹，忙提起壶来就倒。秋纹道："够了。你这么大年纪也没个见识，谁不知是老太太的水！要不着的人就敢要了。"婆子笑道："我眼花了，没认出这姑娘来。"宝玉洗了手，那小丫头子拿小壶倒了些沤子在他手内，宝玉沤了。秋纹麝月也趁热水洗了一回，沤了，跟进宝玉来。

宝玉便要了一壶暖酒，也从李婶薛姨妈斟起，二人也让坐。贾母便说："他小，让他斟去，大家倒要干过这杯。"说着，便自己干了。邢、王二夫人也忙干了，让他二人。薛李也只得干了。贾母又命宝玉道："连你姐姐妹妹一齐斟上，不许乱斟，都要叫他干了。"宝玉听说，答应着，一一按次斟了。

至黛玉前，偏他不饮，拿起杯来，放在宝玉唇上边，宝玉一气饮干。黛玉笑说："多谢。"宝玉替他斟上一杯。凤姐儿便笑道："宝玉，别喝冷酒，仔细手颤，明儿写不得字，拉不得弓。"宝玉忙道："没有吃冷酒。"凤姐儿笑道："我知道没有，不过白嘱咐你。"然后宝玉将里面斟完，只除贾蓉之妻是丫头们斟的。复出至廊上，又与贾珍等斟了。坐了一回，方进来仍归旧坐。

黛玉与宝玉的关系已经跨过热恋阶段，进入成熟的阶段，显得随和从容。

一时上汤后，又接献元宵来。贾母便命将戏暂歇歇："小孩子们可怜见的，也给他们些滚汤滚菜的吃了再唱。"又命将各色果子元宵等物拿些与他们吃去。

一时歇了戏，便有婆子带了两个门下常走的女先生儿进来，放两张杌子在那一边命他坐了，将弦子琵琶递过去。贾母便问李薛听何书，他二人都回说："不拘什么都好。"贾母便问："近来可有添些什么新书?"那两个女先儿回说道："倒有一段新书，是残唐五代的故事。"贾母问是何名，女先儿道："叫做《凤求鸾》。"贾母道："这一个名字倒好，不知因什么起的，先大概说说原故，若好再说。"女先儿道："这书上乃说残唐之时，有一位乡绅，本是金陵人氏，名唤王忠，曾做过两朝宰辅。如今告老还家，膝下只有一位公子，名唤王熙凤。"

众人听了，笑将起来。贾母笑道："这重了我们凤丫头了。"媳妇忙上去推他，"这是二奶奶的名字，少混说。"贾母笑道："你说，你说。"女先生忙笑着站起来，说："我们该死了，不知是奶奶的讳。"凤姐儿笑道："怕什么，你们只管说罢，重名重姓的多呢。"

理解万岁。

女先生又说道："这年王老爷打发了王公子上京赶考，那日遇见大雨，进到一个庄上避雨。谁知这庄上也有个乡绅，姓李，与王老爷是世交，便留下这公子住在书房里。这李乡绅膝下无儿，只有一位千金小姐。这小姐芳名叫作雏鸾，琴棋书画，无所不通。"贾母忙道："怪道叫作《凤求鸾》。不用说，我猜着了，自然是这王熙凤要求这雏鸾小姐为妻。"女先儿笑道："老祖宗原来听过这一回书。"众人都道："老太太什么没听过！便没听过，也猜着了。"

贾母笑道："这些书都是一个套子，左不过是些佳人才子，最没趣儿。把人家女儿说的那样坏，还说是佳人，编的连影儿也没有了。开口都是书香门第，父亲不是尚书就是宰相，生一个小姐必是爱如珍宝。这小姐必是通文知礼，无所不晓，竟是个绝代佳人。只一见了一个清俊的男人，不管是亲是友，便想起终身大事来，父母也忘了，书礼也忘了，鬼不成鬼，贼不成贼，那一点儿是佳人？便是满腹文章，做出这些事来，也算不得是佳人了。比如男人满腹文章去作贼，难道那王法就说他是才子就不入贼情一案不成？可知那编书的是自己塞了自己的嘴。再者，既说是世宦书香大家小姐都知礼读书，连夫人都知书识礼，便是告老还家，自然这样大家人口不少，奶母丫鬟服侍小姐的人也不少，怎么这些书上，凡有这样的事，就只小姐和紧跟的一个丫鬟？你们白想想，那些人都是管什么的，可是前言不答后语？"

贾母批评才子佳人小说戏曲的公式化，违反生活情理。

众人听了，都笑说："老太太这一说，是谎都批出来了。"贾母笑道："这有个原故：编这样书的，有一等妒人家富贵，或有求不遂心，所以编出来污秽人家。再一等，他自己看了这些书看魔了，他也想一个佳人，所以编了出来取乐。何尝他知道那世宦读书家的道理！别说他那书上那些世宦书礼大家，如今眼下真的，拿我们这中等人家说起，也没有这样的事，别说是那些大家子。可知是诌掉了下巴的话。所以我们从不许说这些书，丫头们也不懂这些话。这几年我老了，他们姊妹们住的远，我偶然闷了，说几句听听，他们一来，就忙歇了。"李薛二人都笑说："这正是大家的规矩，连我们家也没这些杂话给孩子们听见。"

凤姐儿走上来斟酒，笑道："罢，罢，酒冷了，老祖宗喝一口润润嗓子再掰谎[1]。这一回就叫作《掰谎记》，就出在本朝本地本年本月本日本时，老祖宗一张口难说两家话，花开两朵，各表一枝，是真是谎且不表，再整那观灯看戏的人。老祖宗且让这二位亲戚吃一杯酒看两出戏之后，再从昨朝话言掰起如何?"他一面斟酒，一面笑说，未曾说完，众人俱已笑倒。两个女先生也笑个不住，都说："奶奶好刚口[2]。奶奶要一说书，真连我们吃饭的地方也没了。"

薛姨妈笑道："你少兴头些，外头有人，比不得往常。"凤姐儿笑道："外头的只有一位珍大爷。我们还是论哥哥妹妹，从小儿一处淘气了这么大。这几年因做了亲，我如今立了多少规矩了。便不是从小儿的兄妹，便以伯叔论，那《二十四孝》上'斑衣戏彩'[3]，他们不能来'戏彩'引老祖宗笑一笑，我这里好容易引的老祖宗笑了一笑，多吃了一点儿东西，大家喜欢，都该谢我才是，难道反笑话我不成?"贾母笑道："可是这两日我竟没有痛痛的笑一场，倒是亏他才一路笑的我心里痛快了些，我再吃一钟酒。"吃着酒，又命宝玉："也敬你姐姐一杯。"凤姐儿笑道："不用他敬，我讨老祖宗的寿罢。"说着，便将贾母的杯拿起来，将半杯剩酒吃了，将杯递与丫鬟，另将温水浸的杯换了一个上来。于是各席上的杯都撤去，另将温水浸着待换的

[1] 掰谎：揭穿谎言。

[2] 刚口：说书艺人的用语，意为言词利索。

[3] 《二十四孝》上"斑衣戏彩"：《二十四孝》是元代郭居业编的一本宣扬封建孝道的书，收有二十四个孝子的故事，"斑衣戏彩"即是其中之一，写七十岁的老莱子穿上色彩斑斓的衣裳，拿着玩具学儿童嬉戏，以娱乐双亲。

杯斟了新酒上来，然后归坐。

女先生回说：“老祖宗不听这书，或者弹一套曲子听听罢。”贾母便说道：“你们两个对一套《将军令》罢。”二人听说，忙和弦按调拨弄起来。贾母因问：“天有几更了。”众婆子忙回：“三更了。”贾母道：“怪道寒浸浸的起来。”早有众丫鬟拿了添换的衣裳送来。王夫人起身笑说道：“老太太不如挪进暖阁里地炕上倒也罢了。这二位亲戚也不是外人，我们陪着就是了。”贾母听说，笑道：“既这样说，不如大家都挪进去，岂不暖和?”王夫人道：“恐里间坐不下。”贾母笑道：“我有道理。如今也不用这些桌子，只用两三张并起来，大家坐在一处挤着，又亲香，又暖和。”众人都道：“这才有趣。”说着，便起了席。

众媳妇忙撤去残席，里面直顺并了三张大桌，另又添换了果馔摆好。贾母便说：“这都不要拘礼，只听我分派你们就坐才好。”说着便让薛李正面上坐，自己西向坐了，叫宝琴、黛玉、湘云三人皆紧依左右坐下，向宝玉说：“你挨着你太太。”于是邢夫人王夫人之中夹着宝玉，宝钗等姊妹在西边，挨次下去便是娄氏带着贾菌，尤氏李纨夹着贾兰，下面横头便是贾蓉之妻。贾母便说：“珍哥儿带着你兄弟们去罢，我也就睡了。”

贾珍忙答应，又都进来。贾母道：“快去罢！不用进来，才坐好了，又都起来。你快歇着，明日还有大事呢。”贾珍忙答应了，又笑说：“留下蓉儿斟酒才是。”贾母笑道：“正是忘了他。”贾珍答应了一个“是”，便转身带领贾琏等出来。二人自是欢喜，便命人将贾琮贾璜各自送回家去，便邀了贾琏去追欢买笑，不在话下。

这里贾母笑道："我正想着虽然这些人取乐，竟没一对双全的，就忘了蓉儿。这可全了，蓉儿就合你媳妇坐在一处，倒也团圆了。"因有媳妇回说开戏，贾母笑道："我们娘儿们正说的兴头，又要吵起来。况且那孩子们熬夜怪冷的，也罢，叫他们且歇歇，把咱们的女孩子们叫了来，就在这台上唱两出给他们瞧瞧。"媳妇听了，答应了出来，忙的一面着人往大观园去传人，一面二门口去传小厮们伺候。小厮们忙至戏房将班中所有的大人一概带出，只留下小孩子们。

一时，梨香院的教习带了文官等十二个人，从游廊角门出来。婆子们抱着几个软包[1]，因不及抬箱，估料着贾母爱听的三五出戏的彩衣包了来。婆子们带了文官等进去见过，只垂手站着。贾母笑道："大正月里，你师父也不放你们出来逛逛。你等唱什么？刚才八出《八义》闹得我头疼，咱们清淡些好。你瞧瞧，薛姨太太这李亲家太太都是有戏的人家，不知听过多少好戏的。这些姑娘都比咱们家姑娘见过好戏，听过好曲子。如今这小戏子又是那有名玩戏家的班子，虽是小孩子们，却比大班还强。咱们好歹别落了褒贬，少不得弄个新样儿的。叫芳官唱一出《寻梦》[2]，只提琴与管箫合，笙笛一概不用。"文官笑道："这也是的，我们的戏自然不能入姨太太和亲家太太姑娘们的眼，不过听我们一个发脱口齿[3]，再听一个喉咙罢了。"贾母笑道："正是这话了。"李婶薛姨妈喜的都笑道："好个灵透孩子，他也跟着老太太打趣我们。"贾母笑

[1] 软包：布包。
[2] 《寻梦》：《牡丹亭》的第十二出。写杜丽娘在花园中循迹重温鸳梦。
[3] 发脱口齿：唱戏时的发声吐字。

道："我们这原是随便的顽意儿，又不出去做买卖，所以竟不大合时。"说着又道："叫葵官唱一出《惠明下书》[1]，也不用抹脸。只用这两出叫他们听个疏异[2]罢了。若省一点力，我可不依。"

文官等听了出来，忙去扮演上台，先是《寻梦》，次是《下书》。众人都鸦雀无闻，薛姨妈因笑道："实在亏他，戏也看过几百班，从没见用箫管的。"贾母道："也有，只是像方才《西楼·楚江情》一支，多有小生吹箫和的。这大套的实在少，这也在主人讲究不讲究罢了。这算什么出奇？"指湘云道："我像他这么大的时节，他爷爷有一班小戏，偏有一个弹琴的凑了来，即如《西厢记》的《听琴》，《玉簪记》的《琴挑》，《续琵琶》[3]的《胡笳十八拍》，竟成了真的了，比这个更如何？"众人都道："这更难得了。"贾母便命个媳妇来，吩咐文官等叫他们吹一套《灯月圆》。媳妇领命而去。

当下贾蓉夫妻二人捧酒一巡，凤姐儿因见贾母十分高兴，便笑道："趁着女先儿们在这里，不如叫他们击鼓，咱们传梅，行一个'春喜上眉梢'的令如何？"贾母笑道："这是个好令，正对时对景。"忙命人取了一面黑漆铜钉花腔令鼓来，与女先儿们击着，席上取了一枝红梅。贾母笑道："若到谁手里住了，吃一杯，也要说个什么才好。"凤姐儿笑道："依我说，谁像老祖宗要什么有什么呢。我们这不会的，岂不没意思。依我说也要雅俗共赏，不

[1]《惠明下书》：《西厢记》第二本第二折，写和尚惠明持张生的书信，去请白马将军杜确前来普救寺解围。

[2]疏异：新鲜别致。

[3]《续琵琶》：曹雪芹的祖父曹寅撰写的传奇，写蔡邕的女儿蔡文姬在曹操帮助下，从匈奴回到汉朝的故事。

如谁输了谁说个笑话罢。”众人听了，都知道他素日善说笑话，最是他肚内有无限的新鲜趣谈。今儿如此说，不但在席的诸人喜欢，连地下服侍的老小人等无不欢喜。那小丫头子们都忙出去，找姐唤妹的告诉他们：“快来听，二奶奶又说笑话儿了。”众丫头子们便挤了一屋子。

于是戏完乐罢。贾母命将些汤点果菜与文官等吃去，便命响鼓。那女先儿们皆是惯的，或紧或慢，或如残漏之滴，或如迸豆之疾，或如惊马之乱驰，或如疾电之光而忽暗。其鼓声慢，传梅亦慢；鼓声疾，传梅亦疾。恰恰至贾母手中，鼓声忽住。大家呵呵一笑，贾蓉忙上来斟了一杯。众人都笑道：“自然老太太先喜了，我们才托赖些喜。”贾母笑道：“这酒也罢了，只是这笑话倒有些个难说。”众人都说：“老太太的比凤姐儿的还好还多，赏一个，我们也笑一笑儿。”

贾母笑道：“并没什么新鲜发笑的，少不得老脸皮子厚的说一个罢了。”因说道：“一家子养了十个儿子，娶了十房媳妇。惟有第十个媳妇聪明伶俐，心巧嘴乖，公婆最疼，成日家说那九个不孝顺。这九个媳妇委屈，便商议说：‘咱们九个心里孝顺，只是不像那小蹄子嘴巧，所以公公婆婆老了，只说他好，这委屈向谁诉去？’大媳妇有主意，便说道：‘咱们明儿到阎王庙去烧香，和阎王爷说去，问他一问，叫我们托生人，为什么单单的给那小蹄子一张乖嘴，我们都是笨的。’众人听了都喜欢，说这主意不错。第二日便都到阎王庙里来烧了香，九个人都在供桌底下睡着了。九个魂专等阎王驾到，左等不来，右等也不到。正着急，只见孙行者驾着筋斗云来了，看见九个魂便要拿金箍棒打，唬得九个魂忙跪下央求。孙行者问原故，九个人忙细细的告诉了他。孙行者听了，把脚一跺，叹了一口气道：‘这原故幸亏遇见我，等着阎王来了，他也不得知道的。’九个人听了，就求说：‘大圣发个慈悲，我们就好了。’孙行者笑道：‘这却不难。那日你们妯娌十个托生时，可巧我到阎王那里去的，因为撒了泡尿在地下，你那小婶子便吃了。你们如今要伶俐嘴乖，有的是尿，再撒泡你们吃了就是了。’”说毕，大家都笑起来。

凤姐儿笑道：“好的，幸而我们都笨嘴笨腮的，不然也就吃了猴儿尿了。”尤氏娄氏都笑向李纨道：“咱们这里谁是吃过猴儿尿的，别装没事人儿。”薛姨妈笑道：“笑话儿不在好歹，只要对景就发笑。”说着又击起鼓来。小丫头子们只要听凤姐儿的笑话，便悄悄的和女先儿说明，以咳嗽为记。须臾传至两遍，刚到了凤姐儿手里，小丫头子们故意咳嗽，女先儿便住了。

众人齐笑道：“这可拿住他了。快吃了酒说一个好的，别太逗的人笑的肠子疼。”凤姐儿想了一想，笑道：“一家子也是过正月半，合家赏灯吃酒，真真的热闹非常，祖婆婆、太婆婆、婆婆、媳妇、孙子媳妇、重孙子媳妇、亲孙子、侄孙子、重孙子、灰孙子、滴滴搭搭的孙子、孙女儿、外孙女儿、姨表孙女儿、姑表孙女儿，……嗳哟哟，真好热闹！”众人听他说着，已经笑了，都说：“听数贫嘴，又不知编派那一个呢？”尤氏笑道：“你要招我，我可撕你的嘴。”凤姐儿起身拍手笑道：“人家费力说，你们混，我就不说了。”贾母笑道：“你说你说，底下怎么样？”凤姐儿想了一想，笑道：“底下就团团的坐了一屋子，吃了一夜酒就散了。”众

好贯口。

人见他正言厉色的说了，别无他话，都怔怔的还等下话，只觉冰冷无味。

史湘云看了他半日，凤姐儿笑道："再说一个过正月半的。几个人抬着个房子大的炮仗往城外放去，引了上万的人跟着瞧去。有一个性急的人等不得，便偷着拿香点着了。只听'噗哧'一声，众人哄然一笑都散了。这抬炮仗的人抱怨卖炮仗的扞的不结实，没等放就散了。湘云道："难道他本人没听见响?"凤姐儿道："这本人原是聋子。"众人听说，一回想，不觉一齐失声都大笑起来。又想着先前那一个没完的，问他："先一个怎么样？也该说完。"凤姐儿将桌子一拍，说道："好罗唆，到了第二日是十六日，年也完了，节也完了，我看着人忙着收东西还闹不清，那里还知道底下的事了。"众人听说，复又笑将起来。凤姐儿笑道："外头已经四更，依我说，老祖宗也乏了，咱们也该'聋子放炮仗——散了'罢。"尤氏等用手帕子握着嘴，笑的前仰后合，指他说道："这个东西真会数贫嘴。"贾母笑道："真真这凤丫头越发贫嘴了。"一面说，一面吩咐道："他提起炮仗来，咱们也把烟火放了解解酒。"

贾蓉听了，忙出去带着小厮们就在院内安下屏架，将烟火设吊齐备。这烟火皆系各处进贡之物，虽不甚大，却极精巧，各色故事俱全，夹着各色花炮。林黛玉禀气柔弱，不禁毕驳之声，贾母便搂他在怀中。薛姨妈搂着湘云。湘云笑道："我不怕。"宝钗等笑道："他专爱自己放大炮仗，还怕这个呢。"王夫人便将宝玉搂入怀内。凤姐儿笑道："我们是没有人疼的了。"尤氏笑道："有我呢，我搂着你。也不怕臊，你这会子又撒娇了，听见放炮仗，吃了蜜蜂儿屎的，今儿又轻狂起来。”凤姐儿笑道：“等散了，咱们园子里放去。我比小厮们还放的好呢。”

说话之间，外面一色一色的放了又放，又有许多的满天星、九龙入云、一声雷、飞天十响之类的零碎小爆竹。放罢，然后又命小戏子打了一回“莲花落”[1]，撒了满台的钱，命那些孩子们满台抢钱取乐。又上汤时，贾母说道：“夜长，觉的有些饿了。”凤姐儿忙回说：“有预备的鸭子肉粥。”贾母道：“我吃些清淡的罢。”凤姐儿忙道：“也有枣儿熬的粳米粥，预备太太们吃斋的。”贾母笑道：“不是油腻腻的就是甜的。”凤姐儿又忙道：“还有杏仁茶，只怕也甜。”贾母道：“倒是这个还罢了。”说着，又命人撤去残席，外面另设上各种精致小菜。大家随便随意吃了些，用过漱口茶，方散。

十七日一早，又过宁府行礼，伺候掩了宗祠，收过影像，方回来。此日便是薛姨妈家请吃年酒。十八日便是赖大家，十九日便是宁府赖升家，二十日便是林之孝家，二十一日便是单大良家，二十二日便是吴新登家。这几家，贾母也有去的，也有不去的，也有高兴直待众人散了方回的，也有兴尽半日一时就来的。凡诸亲友来请或来赴席的，贾母一概怕拘束不会，自有邢夫人、王夫人、凤姐儿三人料理。连宝玉只除王子腾家去了，馀者亦皆不会，只说贾母留下解闷。所以倒是家下人家来请，贾母可以自便之处，方高兴去逛逛。闲言不提，且说当下元宵已过——

[1] 莲花落：曲艺的一种。原为行乞卖唱者所唱，后出现专业艺人。

第五十五回

辱亲女愚妾争闲气　欺幼主刁奴蓄险心

且说元宵已过，只因当今以孝治天下，目下宫中有一位太妃欠安，故各嫔妃皆为之减膳谢妆，不独不能省亲，亦且将宴乐俱免。故荣府今岁元宵亦无灯谜之集。

刚将年事忙过，凤姐儿便小月[1]了，在家一月，不能理事，天天两三个太医用药。凤姐儿自恃强壮，虽不出门，然筹画计算，想起什么事来，便命平儿去回王夫人，任人谏劝，他只不听。王夫人便觉失了膀臂，一人能有许多的精神？凡有了大事，自己主张；将家中琐碎之事，一应都暂令李纨协理。李纨是个尚德不尚才的，未免逞纵了下人。王夫人便命探春合同李纨裁处，只说过了一月，凤姐将息好了，仍交与他。

谁知凤姐禀赋气血不足，兼年幼不知保养，平生争强斗智，心力更亏，故虽系小月，竟着实亏虚下来，一月之后，复添了下红之症。他虽不肯说出来，众人看他面目黄瘦，便知失于调养。王夫人只令他好生服药调养，不令他操心。他自己也怕成了大症，遗笑于人，便想偷空调养，恨不得一时复旧如常。谁知一直服药调养到八九月间，才渐渐的起

[1] 小月：流产。

复过来，下红也渐渐止了。此是后话。

如今且说目今王夫人见他如此，探春与李纨暂难谢事，园中人多，又恐失于照管，因又特请了宝钗来，托他各处小心："老婆子们不中用，得空儿吃酒斗牌，白日里睡觉，夜里斗牌，我都知道的。凤丫头在外头，他们还有个惧怕，如今他们又该取便了。好孩子，你还是个妥当人，你兄弟妹妹们又小，我又没工夫，你替我辛苦两天，照看照看。凡有想不到的事，你来告诉我，别等老太太问出来，我没话回。那些人不好了，你只管说。他们不听，你来回我。别弄出大事来才好。"宝钗听说，只得答应了。

王夫人用探春和宝钗，是知人善任。

时届孟春，黛玉又犯了嗽疾。湘云亦因时气所感，亦卧病于蘅芜苑，一天医药不断。探春同李纨相住间隔，二人近日同事，不比往年，来往回话人等亦不便，故二人议定：每日早晨皆到园门口南边的三间小花厅上去会齐办事，吃过早饭，于午错方回房。这三间厅原系预备省亲之时众执事太监起坐之处，故省亲之后也用不着了，每日只有婆子们上夜。如今天已和暖，不用十分修饰，只不过略略的铺陈了，便可他二人起坐。这厅上也有一匾，题着"辅仁谕德"四字，家下俗呼皆只叫"议事厅"儿。如今他二人每日卯正至此，午正方散。凡一应执事媳妇等来往回话者，络绎不绝。

众人先听见李纨独办，各各心中暗喜，以为李纨素日原是个厚道多恩无罚的，自然比凤姐儿好搪塞。便添了一个探春，也都想着不过是个未出闺阁的年轻小姐，且素日也最平和恬淡，因此都不在意，比凤姐儿前更懈怠了许多。只三四日后，几件事过手，渐觉探春精细处不让凤姐，只不过是言语安静，性情和顺而已。

可巧连日有王公侯伯世袭官员十几处，皆系荣宁非亲即友或世交之家，或有升迁，或有黜降，或有婚丧红白等事，王夫人贺吊迎送，应酬不暇，前边更无人。他二人便一日皆在厅上起坐。宝钗便一日在上房监察，至王夫人回方散。每于夜间针线暇时，临寝之先，坐了小轿带领园中上夜人等各处巡察一次。他三人如此一理，更觉比凤姐儿当权时倒更谨慎了些。因而里外下人都暗中抱怨说："刚刚的倒了一个'巡海夜叉'，又添了三个'镇山太岁'，越性连夜里偷着吃酒顽的工夫都没了。"

这日王夫人正是往锦乡侯府去赴席，李纨与探春早已梳洗，伺候出门去后，回至厅上坐了。刚吃茶时，只见吴新登的媳妇进来回说："赵姨娘的兄弟赵国基昨日死了。昨日回过太太，太太说知道了，叫回姑娘奶奶来。"说毕，便垂手旁侍，再不言语。彼时来回话者不少，都打听他二人办事如何：若办得妥当，大家则安个畏惧之心；若少有嫌隙不当之处，不但不畏伏，出二门还要编出许多笑话来取笑。吴新登的媳妇心中已有主意，若是凤姐前，他便早已献勤说出许多主意，又查出许多旧例来任凤姐儿拣择施行。如今他藐视李纨老实，探春是年轻的姑娘，所以只说出这一句话来，试他二人有何主见。

探春便问李纨。李纨想了一想，便道："前儿袭人的妈死了，听见说赏银四十两。这也赏他四十两罢了。"吴新登家的听了，忙答应了是，接了对牌就走。探春道："你且回来。"吴新登家的只得回来。探春道："你且别支银子。我且问你：那几年老太太屋里的几位老姨奶奶，也有家里的也有外头的这两个分别。家里的若死了人是赏多少，外头的死了人是赏多少，你且说两个我们听听。”

一问，吴新登家的便都忘了，忙陪笑回说：“这也不是什么大事，赏多少谁还敢争不成？”探春笑道：“这话胡闹。依我说，赏一百倒好。若不按例，别说你们笑话，明儿也难见你二奶奶。”吴新登家的笑道：“既这么说，我查旧帐去，此时却记不得。”探春笑道：“你办事办老了的，还记不得，倒来难我们。你素日回你二奶奶也现查去？若有这道理，凤姐姐还不算利害，也就算是宽厚了！还不快找了来我瞧。再迟一日，不说你们粗心，反像我们没主意了。”吴新登家的满面通红，忙转身出来。众媳妇们都伸舌头。这里又回别的事。

一时，吴家的取了旧帐来。探春看时，两个家里的赏过皆二十两，两个外头的皆赏过四十两。外还有两个外头的，一个赏过一百两，一个赏过六十两。这两笔底下皆注有原故：一个是隔省迁父母之柩，外赏六十两；一个是现买葬地，外赏二十两。探春便递与李纨看了。探春便说：“给他二十两银子。把这帐留下，我们细看看。”吴新登家的去了。

探春是家法面前，人人平等。

忽见赵姨娘进来，李纨探春忙让坐。赵姨娘开口便说道：“这屋里的人都踩下我的头去还罢了。姑娘你也想一想，该替我出气才是。”一面说，一面眼泪鼻涕哭起来。探春忙道：“姨娘这话说谁，我竟不解。谁踩姨娘的头？说出来我替姨娘出气。”赵姨娘道：“姑娘现踩我，我告诉谁！”探春听说，忙站起来，说道：“我并不敢。”李纨也站起来劝。

赵姨娘道：“你们请坐下，听我说。我这屋里熬油似的熬了这么大年纪，又有你和你兄弟，这会子连袭人都不如了，我还有什么脸？连你也没脸面，别说我了！”探春笑道：“原来为这个。我说我并不敢犯法违理。”一面便坐了，拿帐翻与赵姨娘看，又念与他听，又说道：“这是祖宗手里旧规矩，人人都依着，偏我改了不成？也不但袭人，将来环儿收了外头的，自然也是同袭人一样。这原不是什么争大争小的事，讲不到有脸没脸的话上。他是太太的奴才，我是按着旧规矩办。说办的好，领祖宗的恩典、太太的恩典；若说办的不均，那是他糊涂不知福，也只好凭他抱怨去。太太连房子赏了人，我有什么有脸之处；一文不赏，我也没什么没脸之处。依我说，太太不在家，姨娘安静些养神罢了，何苦只要操心。太太满心疼我，因姨娘每每生事，几次寒心。我但凡是个男人，可以出得去，我必早走了，立一番事业，那时自有我一番道理。偏我是女孩儿家，一句多话也没有我乱说的。太太满心里都知道。如今因看重我，才叫我照管家务，还没有做一件好事，姨娘倒先来作践我。倘或太太知道了，怕我为难不叫我管，那才正经没脸，连姨娘也真没脸！”一面说，一面不禁滚下泪来。

赵姨娘没见识，没成算，计较小利，趁着探春理家，想求得额外的照顾，这就给以法理家的探春出了难题。探春一口一个“姨娘”，是严格按礼法办事。按礼法，妻妾关系是主奴关系。妾生的子女必须把父亲的正妻作为自己的嫡母，而生母只能作为“庶母”，妾室的亲戚也不能算是贾府的亲戚，所以探春说赵国基是奴才并不是不近人情。

赵姨娘没了别话答对，便说道：“太太疼你，你越发拉扯拉扯我们。你只顾讨太太的疼，就把我们忘了。”探春道：“我怎么忘了？叫我怎么拉扯？这也问你们各人，那一个主子不疼出力得用的人？那一个好人用人拉扯的？”李纨在旁只管劝说：“姨娘别生气。也怨不得姑娘，他满心里要拉扯，口里怎么说的出来。”探春忙道：“这大嫂子也糊涂了。我拉扯谁？谁家姑娘们拉扯奴才了？他们的好歹，你们该知道，与我什么相干。”赵姨娘气的问道：“谁叫你拉扯别人去了？你不当家我也不来问你。你如今现说一是一，说二是二。如今你舅舅死了，你多给了二三十两银子，难道太太就不依你？分明太太是好太太，都是你们尖酸刻薄，可惜太太有恩无处使。姑娘放心，这也使不着你的银子。明儿等出了阁，我还想你额外照看赵家呢。如今没有长羽毛，就忘了根本，只拣高枝儿飞去了！”

探春没听完，已气的脸白气噎，抽抽咽咽的一面哭，一面问道：“谁是我舅舅？我舅舅年下才升了九省检点，那里又跑出一个舅舅来？我倒素习按理尊敬，越发敬出这些亲戚来了。既这么说，环儿出去为什么赵国基又站起来，又跟他上学？为什么不拿出舅舅的款来？何苦来，谁不知道我是姨娘养的，必要过两三个月寻出由头来，彻底来翻腾一阵，生怕人不知道，故意的表白表白。也不知谁给谁没脸？幸亏我还明白，但凡糊涂不知理的，早急了。”李纨急的只管劝，赵姨娘只管还唠叨。

忽听有人说：“二奶奶打发平姑娘说话来了。”赵姨娘听说，方把口止住。只见平儿进来，赵姨娘忙陪笑让坐，又忙问：“你奶奶好些？我正要瞧去，就只没得空儿。”李纨见平儿进来，因问他来做什么。平儿笑道：“奶奶说，赵姨奶奶的兄弟没了，恐怕奶奶和姑娘不知有旧例，若照常例，只得二十两。如今请姑娘裁夺着，再添些也使得。”探春早已拭去泪痕，忙说道：“又好好的添什么，谁又是二十四个月养下来的？不然也是那出兵放马背着主子逃出命来过的人不成？你主子真个倒巧，叫我开了例，他做好人，拿着太太不心疼的钱乐的做人情。你告诉他，我不敢添减混出主意。他添他施恩，等他好了出来，爱怎么添添去。”平儿一来时已明白了对半，今听这一番话，越发会意，见探春有怒色，便不敢以往日喜乐之时相待，只一边垂手

李纨、平儿都想帮探春圆场，但探春不领这份情，坚决按规矩办事，借此树立威信。

默侍。

时值宝钗也从上房中来，探春等忙起身让坐。未及开言，又有一个媳妇进来回事。因探春才哭了，便有三四个小丫鬟捧了沐盆、巾帕、靶镜等物来。此时探春因盘膝坐在矮板榻上，那捧盆的丫鬟走至跟前，便双膝跪下，高捧沐盆；那两个小丫鬟，也都在旁屈膝捧着巾帕并靶镜脂粉之饰。平儿见待书不在这里，便忙上来与探春挽袖卸镯，又接过一条大手巾来，将探春面前衣襟掩了。探春方伸手向面盆中盥沐。那媳妇便回道："回奶奶姑娘，家学里支环爷和兰哥儿的一年公费。"平儿先道："你忙什么！你睁着眼看，见姑娘洗脸，你不出去伺候着，先说话来。二奶奶跟前你也这么没眼色来着？姑娘虽然恩宽，我去回了二奶奶，只说你们眼里都没姑娘，你们都吃了亏，可别怨我。"唬的那个媳妇忙陪笑道："我粗心了。"一面说，一面忙退出去。

探春一面匀脸，一面向平儿冷笑道："你迟了一步，还有可笑的：连吴姐姐这么个办老了事的，也不查清楚了，就来混我们。幸亏我们问他，他竟有脸说忘了。我说他回你主子事也忘了再找去？我料着你那主子未必有耐性儿等他去找。"平儿忙笑道："他有这一次，管包腿上的筋早折了两根。姑娘别信他们。那是他们瞅着大奶奶是个菩萨，姑娘又是个腼腆小姐，固然是托懒来混。"说着，又向门外说道："你们只管撒野，等奶奶大安了，咱们再说。"门外的众媳妇都笑道："姑娘，你是个最明白的人，俗语说'一人作罪一人当'，我们并不敢欺蔽小姐。如今小姐是娇客[1]，若认真惹恼了，死无葬身之地。”

平儿冷笑道：“你们明白就好了。”又陪笑向探春道：“姑娘知道二奶奶本来事多，那里照看的这些，保不住不忽略。俗语说‘旁观者清’，这几年姑娘冷眼看着，或有该添该减的去处二奶奶没行到，姑娘竟一添减，头一件于太太的事有益，第二件也不枉姑娘待我们奶奶的情义了。”

话未说完，宝钗李纨皆笑道：“好丫头，真怨不得凤丫头偏疼他！本来无可添减的事，如今听你一说，倒要找出两件来斟酌斟酌，不辜负你这话。”探春笑道：“我一肚子气，没人煞性子，正要拿他奶奶出气去，偏他碰了来，说了这些话，叫我也没了主意了。”

一面说，一面叫进方才那媳妇来，问：“环爷和兰哥儿家学里这一年的银子，是做那一项用的？”那媳妇便回说：“一年学里吃点心或者买纸笔，每位有八两银子的使用。”探春道：“凡爷们的使用，都是各屋里领了月钱的。环哥的是姨娘领二两，宝玉的是老太太屋里袭人领二两，兰哥儿的是大奶奶屋里领。怎么学里每人又多这八两？原来上学去的是为这八两银子！从今儿起，把这一项蠲了。平儿，回去告诉你奶奶，说我的话，把这一条务必免了。”平儿笑道：“早就该免。旧年奶奶原说要免的，因年下忙，就忘了。”那个媳妇只得答应着去了。就有大观园中媳妇捧了饭盒来。

待书素云早已抬过一张小饭桌来，平儿也忙着上菜。探春笑道：“你说完了话干你的去罢，在这

[1] 娇客：指探春。

里忙什么。”平儿笑道：“我原没事的。二奶奶打发了我来，一则说话，二则恐这里人不方便，原是叫我帮着妹妹们服侍奶奶姑娘的。”探春因问：“宝姑娘的饭怎么不端来一处吃？丫鬟们听说，忙出至檐外命媳妇去说：“宝姑娘如今在厅上一处吃，叫他们把饭送了这里来。”探春听说，便高声说道：“你别混支使人！那都是办大事的管家娘子们，你们支使他要饭要茶的，连个高低都不知道！平儿这里站着，你叫叫去。”

平儿忙答应了一声出来。那些媳妇们都忙悄悄的拉住笑道：“那里用姑娘去叫，我们已有人叫去了。”一面说，一面用手帕撢石矶上说：“姑娘站了半天乏了，这太阳影里且歇歇。”平儿便坐下。又有茶房里的两个婆子拿了个坐褥铺下，说：“石头冷，这是极干净的，姑娘将就坐一坐儿罢。”平儿忙陪笑道：“多谢。”一个又捧了一碗精致新茶出来，也悄悄笑说：“这不是我们的常用茶，原是伺候姑娘们的，姑娘且润一润罢。”

平儿忙欠身接了，因指众媳妇悄悄说道：“你们太闹的不像了。他是个姑娘家，不肯发威动怒，这是他尊重，你们就藐视欺负他。果然招他动了大气，不过说他个粗糙就完了，你们就现吃不了的亏。他撒个娇，太太也得让他一二分，二奶奶也不敢怎样。你们就这么大胆子小看他，可是鸡蛋往石头上碰。”众人都忙道：“我们何尝敢大胆了，都是赵姨奶奶闹的。”

平儿也悄悄的说：“罢了，好奶奶们。‘墙倒众人推’，那赵姨奶奶原有些倒三不着两，有了事都就赖他。你们素日那眼里没人，心术利害，我这几年难道还不知道？二奶奶若是略差一点儿的，早被

平儿替赵姨娘说了公道话。

你们这些奶奶治倒了。饶这么着，得一点空儿，还要难他一难，好几次没落了你们的口声[1]。众人都道："如何敢！"平儿道："他利害，你们都怕他，惟我知道他心里也就不算不怕你们呢。前儿我们还议论到这里，再不能依头顺尾，必有两场气生。那三姑娘虽是个姑娘，你们都横看了他。二奶奶在这些大姑子小姑子里头，也就只单畏他五分。你们这会子倒不把他放在眼里了。"

正说着，只见秋纹走来。众媳妇忙赶着问好，又说："姑娘也且歇一歇，里头摆饭呢。等撤下饭桌子，再回话去。"秋纹笑道："我比不得你们，我那里等得。"说着便直要上厅去。平儿忙叫："快回来。"秋纹回头见了平儿，笑道："你又在这里充什么外围的防护?"一面回身便坐在平儿褥上。

平儿悄问："回什么?"秋纹道："问一问宝玉的月银我们的月钱多早晚才领。"平儿道："这什么大事。你快回去告诉袭人，说我的话，凭有什么事今儿都别回。若回一件，管驳一件；回一百件，管驳一百件。"秋纹听了，忙问："这是为什么了?"平儿与众媳妇等都忙告诉他原故，又说："正要找几件利害事与有体面的人开例作法子[2]，镇压与众人作榜样呢。何苦你们先来碰在这钉子上。你这一去说了，他们若拿你们也作一二件榜样，又碍着老太太、太太；若不拿着你们作一二件，人家又说偏一个向一个，仗着老太太、太太威势的就怕，也不敢动，只拿着软的作鼻子头[3]。你听听罢，二奶奶的事，他还要驳两件，才压的众人口声呢。"

[1] 口声：口实，话柄。
[2] 作法子：惩戒某人，以此立威示戒。
[3] 作鼻子头：当作开先例的人。

秋纹听了，伸舌笑道："幸而平姐姐在这里，没的臊一鼻子灰。我赶早知会他们去。"说着，便起身走了。

接着宝钗的饭至，平儿忙进来服侍。那时赵姨娘已去，三人在板床上吃饭。宝钗面南，探春面西，李纨面东。众媳妇皆在廊下静候，里头只有他们紧跟常侍的丫鬟伺候，别人一概不敢擅入。这些媳妇们都悄悄的议论说："大家省事罢，别安着没良心的主意。连吴大娘才都讨了没意思，咱们又是什么有脸的。"他们一边悄议，等饭完回事。

只觉里面鸦雀无声，并不闻碗箸之声。一时只见一个丫鬟将帘栊高揭，又有两个将桌抬出。茶房内早有三个丫头捧着三沐盆水，见饭桌已出，三人便进去了。一回又捧出沐盆并漱盂来，方有待书、素云、莺儿三个，每人用茶盘捧了三盖碗茶进去。一时等他三人出来，待书命小丫头子："好生伺候着，我们吃饭来换你们，别又偷坐着去。"众媳妇们方慢慢的一个一个的安分回事，不敢如先前轻慢疏忽了。

探春气方渐平，因向平儿道："我有一件大事，早要和你奶奶商议，如今可巧想起来。你吃了饭快来。宝姑娘也在这里，咱们四个人商议了，再细细问你奶奶可行可止。"平儿答应回去。

凤姐因问为何去这一日，平儿便笑着将方才的原故细细说与他听了。凤姐儿笑道："好，好，好，好个三姑娘！我说他不错。只可惜他命薄，没托生在太太肚里。"平儿笑道："奶奶也说糊涂话了。他便不是太太养的，难道谁敢小看他，不与别的一样看了？"凤姐儿叹道："你那里知道，虽然庶出一样，女儿却比不得男人，将来攀亲时，如今有一种轻狂人，先要打听姑娘是正出庶出，多有为庶出不要的。殊不知别说庶出，便是我们的丫头，比人家的小姐还强呢。将来不知那个没造化的，挑庶正误了事呢；也不知那个有造化的，不挑庶正的得了去。”

凤姐没有嫡庶的成见，具体问题具体分析，对探春和贾环区别对待。

说着，又向平儿笑道：“你知道，我这几年生了多少省俭的法子，一家子大约也没个不背地里恨我的。我如今也是骑上老虎了。虽然看破些，无奈一时也难宽放；二则家里出去的多，进来的少。凡百大小事仍是照着老祖宗手里的规矩，却一年进的产业又不及先时。多省俭了，外人又笑话，老太太、太太也受委屈，家下人也抱怨刻薄。若不趁早儿料理省俭之计，再几年就都赔尽了。”平儿道：“可不是这话！将来还有三四位姑娘，还有两三个小爷，一位老太太，这几件大事未完呢。”

凤姐儿笑道：“我也虑到这里，倒也够了：宝玉和林妹妹他两个一娶一嫁，可以使不着官中的钱，老太太自有梯己拿出来。二姑娘是大老爷那边的，也不算。剩下三四个，满破着每人花上一万银子。环哥娶亲有限，花上三千两银子，不拘那里省一抿子也就够了。老太太事出来，一应都是全了的，不过零星杂项，便费也满破三五千两。如今再俭省些，陆续也就够了。只怕如今平空又生出一两件事来，可就了不得了。咱们且别虑后事，你且吃了饭，快听他商议什么。这正碰了我的机会，我正愁没个膀臂。虽有个宝玉，他又不是这里头的货，纵收伏了他也不中用。大奶奶是个佛爷，也不中用。二姑娘更不中用，亦且不是这屋里的人。四姑娘小呢。兰小子更小。环儿更是个燎毛的小冻猫子，只等有热灶火坑让他钻去罢。真真一个娘肚子里跑出这样天悬地隔的两个人来，我想到这里就不服。再者林丫头和宝姑娘他两个倒好，偏又都是亲戚，又不好管咱家务事。况且一个是美人灯儿，风吹吹就坏了；一个是拿定了主意，‘不干己事不张口，一问摇头三不知’，也难十分去问他。倒只剩了三姑娘一个，心里嘴里都也来的，又是咱家的正人，太太又疼他，虽然面上淡淡的，皆因是赵姨娘那老东西闹的，心里却是和宝玉一样疼呢。比不得环儿，实在令人难疼，要依我的性早撵出去了。如今他既有这主意，正该和他协同，大家做个膀臂，我也不孤不独了。按正理，天理良心上论，咱们有他这个人帮着，咱们也省些心，于太太的事也有些益。若按私心藏奸上论，我也太行毒了，也该抽头退步。回头看看了，再要穷追苦克，人恨极了，暗地里笑里藏刀，咱们两个才四个眼睛，两个心，一时不防，倒弄坏了。趁着紧溜[1]之中，他出头一料理，众人就把往日恨咱们的恨心暂可解了。还有一件，我虽知你极明白，恐怕你心里挽不过来，如今嘱咐你：他虽是姑娘家，心里却事事明白，不过是言语谨慎；他又比我知书识字，更利害一层了。如今俗语‘擒贼必先擒王’，他如今要作法开端，一定是先拿我开端。倘或他要驳我的事，你可别分辩，你只越恭敬，越说驳的是才好。千万别想着怕我没脸，和他一犟，就不好了。”

借探春理家，凤姐从理家的角度，将宝玉、黛玉、宝钗、探春、迎春、惜春、贾环一一评价。凤姐借自己养病歇假，将家人的怨恨也分给探春一些。

平儿不等说完，便笑道：“你太把人看糊涂了。我才已经行在先，这会子又反嘱咐我。”凤姐儿笑道：“我是恐怕你心里眼里只有了我，一概没有别人之故，不得不嘱咐。既已行在先，更比我明白

[1] 紧溜：紧要关头。

了。你又急了，满口里‘你’‘我’起来。”平儿道：“偏说‘你’！你不依，这不是嘴巴子，再打一顿。难道这脸上还没尝过的不成！”凤姐儿笑道：“你这小蹄子，要掂多少过子[1]才罢。看我病的这样，还来怄我。过来坐下，横竖没人来，咱们一处吃饭是正经。”

说着，丰儿等三四个小丫头子进来放小炕桌。凤姐只吃燕窝粥，两碟子精致小菜，每日分例菜已暂减去。丰儿便将平儿的四样分例菜端至桌上，与平儿盛了饭来。平儿屈一膝于炕沿之上，半身犹立于炕下，陪着凤姐儿吃了饭，服侍漱盥。漱毕，嘱咐了丰儿些话，方往探春处来。只见院中寂静，人已散出。要知端的——

[1] 掂多少过子：以一事作话柄，反复提起。

第五十六回

敏探春兴利除宿弊　时宝钗小惠全大体

话说平儿陪着凤姐儿吃了饭，服侍盥漱毕，方往探春处来。只见院中寂静，只有丫鬟婆子诸内壸[1]近人在窗外听候。

平儿进入厅中，他姊妹三人正议论些家务，说的便是年内赖大家请吃酒，他家花园中的事。见他来了，探春便命他脚踏上坐了，因说道："我想的事不为别的，因想着我们一月有二两月银外，丫头们又另有月钱。前儿又有人回，要我们一月所用的头油脂粉，每人又是二两。这又同才刚学里的八两一样，重重叠叠，事虽小，钱有限，看起来也不妥当。你奶奶怎么就没想到这个？"

平儿笑道："这有个原故：姑娘们所用的这些东西，自然是该有分例。每月买办买了，令女人们各房交与我们收管，不过预备姑娘们使用就罢了，没有一个我们天天各人拿钱找人买头油又是脂粉去的理。所以外头买办总领了去，按月使女人按房交与我们的。姑娘们的每月这二两，原不是为买这些的，原为的是一时当家的奶奶太太或不在，或不得闲，姑娘们偶然一时可巧要几个钱使，省得找人去。这原是恐怕姑娘们受委屈，可知这个钱并不是

[1] 内壸（kǔn）：即内室。

买这个才有的。如今我冷眼看着，各房里的我们的姊妹都是现拿钱买这些东西的，竟有一半。我就疑惑，不是买办脱了空，迟些日子，就是买的不是正经货，弄些使不得的东西来搪塞。”

探春、李纨都笑道：“你也留心看出来了。脱空是没有的，也不敢，只是迟些日子；催急了，不知那里弄些来，不过是个名儿，其实使不得，依然得现买。就用这二两银子，另叫别人的奶妈子的或是弟兄哥哥的儿子买了来才使得。若使了官中的人，依然是那一样的。不知他们是什么法子，是铺子里坏了不要的，他们都弄了来，单预备给我们?”平儿笑道：“买办买的是那样的，他买了好的来，买办岂肯和他善开交，又说他使坏心要夺这买办了。所以他们也只得如此，宁可得罪了里头，不肯得罪了外头办事的人。姑娘们只能可[1]使奶妈妈们，他们也就不敢闲话了。”

探春道：“因此我心中不自在。钱费两起，东西又白丢一半，通算起来，反费了两折子，不如竟把买办的每月蠲了为是。此是一件事。第二件，年里往赖大家去，你也去的，你看他那小园子比咱们这个如何?”平儿笑道：“还没有咱们这一半大，树木花草也少多了。”探春道：“我因和他家女儿说闲话儿，谁知那么个园子，除他们带的花、吃的笋菜鱼虾之外，一年还有人包了去，年终足有二百两银子剩。从那日我才知道，一个破荷叶，一根枯草根子，都是值钱的。”

宝钗笑道：“真真膏粱纨绮之谈。虽是千金小姐，原不知这事，但你们都念过书识字的，竟没看

[1] 能可：宁可。

见朱夫子有一篇《不自弃文》[1]不成?”探春笑道：“虽看过，那不过是勉人自励，虚比浮词，那里都真有的?”宝钗道：“朱子都有虚比浮词? 那句句都是有的。你才办了两天时事，就利欲熏心，把朱子都看虚浮了。你再出去见了那些利弊大事，越发把孔子也看虚了!”探春笑道：“你这样一个通人，竟没看见子书? 当日姬子有云，登利禄之场，处运筹之界者，窃尧舜之词，背孔孟之道。”宝钗笑道：“底下一句呢?”探春笑道：“如今只断章取意，念出底下一句，我自己骂我自己不成?”宝钗道：“天下没有不可用的东西；既可用，便值钱。难为你是个聪明人，这些正事大节目事竟没经历，也可惜迟了。”李纨笑道：“叫了人家来，不说正事，你们且对讲学问。”宝钗道：“学问中便是正事。此刻于小事上用学问一提，那小事越发作高一层了。不拿学问提着，便都流入市俗去了。”

宝钗理论多，探春点子多。宝钗多从道德角度考虑，探春多从按劳取酬角度入手。

三人只是取笑之谈，说了笑了一回，便仍谈正事。探春因又接说道：“咱们这园子只算比他们的多一半，加一倍算，一年就有四百银子的利息。若此时也出脱生发银子，自然小器，不是咱们这样人家的事。若派出两个一定的人来，既有许多值钱之物，一味任人作践，也似乎暴殄天物。不如在园子里所有的老妈妈中，拣出几个本分老诚能知园圃的事的，派准他们收拾料理，也不必要他们交租纳税，只问他们一年可以孝敬些什么。一则园子有专定之人修理，花木自又一年好似一年的，也不用临时忙乱；二则也不至作践，白辜负了东西；三则老

[1]《不自弃文》：出自《朱子文集大全类编》，大意是天下无废物、无废人。或说作者是朱熹，或说另有其人。

妈妈们也可借此小补，不枉年日在园中辛苦；四则亦可以省了这些花儿匠山子匠打扫人等的工费。将此有馀，以补不足，未为不可。”

宝钗正在地下看壁上的字画，听如此说一句，便点一回头，说完，便笑道：“善哉，三年之内无饥馑矣！”李纨笑道：“好主意。这果一行，太太必喜欢。省钱事小，第一有人打扫，专司其职，又许他们去卖钱。使之以权，动之以利，再无不尽职的了。”平儿道：“这件事须得姑娘说出来。我们奶奶虽有此心，也未必好出口。此刻姑娘们在园里住着，不能多弄些玩意儿去陪衬，反叫人去监管修理，图省钱，这话断不好出口。”

宝钗忙走过来，摸着他的脸笑道：“你张开嘴，我瞧瞧你的牙齿舌头是什么作的。从早起来到这会子，你说了这些话，一套一个样子，也不奉承三姑娘，也没见你说奶奶才短想不到，也并没有三姑娘说一句，你就说一句是；横竖三姑娘一套话出来，你就有一套话进去；总是三姑娘想的到的，你奶奶也想到了，只是必有个不可办的原故。这会子又是因姑娘住的园子，不好因省钱令人去监管。你们想想这话，若果真交与人弄钱去的，那人自然是一枝花也不许掐，一个果子也不许动了，姑娘们分中自然不敢，天天与小姑娘们就吵不清。他这远愁近虑，不亢不卑。他奶奶便不是和咱们好，听他这一番话，也必要自愧的变好了，不和也变和了。”

探春笑道：“我早起一肚子气，听他来了，忽然想起他主子来，素日当家使出来的好撒野的人，我见了他便生了气。谁知他来了，避猫鼠儿似的站了半日，怪可怜的。接着又说了那么些话，不说他主子待我好，倒说‘不枉姑娘待我们奶奶素日的情意了。’这一句，不但没了气，我倒愧了，又伤起心来。我细想，我一个女孩儿家，自己还闹得没人疼没人顾的，我那里还有好处去待人。”口内说到这里，不免又流下泪来。

李纨等见他说的恳切，又想他素日因赵姨娘每生诽谤，在王夫人跟前亦为赵姨娘所累，亦都不免流下泪来，都忙劝道：“趁今日清净，大家商议两件兴利剔弊的事，也不枉太太委托一场。又提这没要紧的事做什么？”平儿忙道：“我已明白了。姑娘竟说谁好，竟一派人就完了。”探春道：“虽如此说，也须得回你奶奶一声。我们这里搜剔小遗，已经不当，皆因你奶奶是个明白人，我才这样行，若是糊涂多蛊多妒[1]的，我也不肯，倒像抓他乖一般。岂可不商议了行。”平儿笑道：“既这样，我去告诉一声。”说着去了，半日方回来，笑说：“我说是白走一趟，这样好事，奶奶岂有不依的。”

探春听了，便和李纨命人将园中所有婆子的名单要来，大家参度，大概定了几个。又将他们一齐传来，李纨大概告诉与他们。众人听了，无不愿意，也有说：“那一片竹子单交给我，一年工夫，明年又是一片。除了家里吃的笋，一年还可交些钱粮。”这一个说：“那一片稻地交给我，一年这些顽的大小雀鸟的粮食不必动官中钱粮，我还可以交钱粮。”

分工明确，责任到人，有奖有罚。较之凤姐，更注意把经济利益与实际劳动挂钩，减少中间环节，提出一套兴利除弊的新规。

探春才要说话，人回：“大夫来了，进园瞧姑娘。”众婆子只得去接大夫。平儿忙说：“单你们，有一百个也不成个体统，难道没有两个管事的头脑带进大夫来？”回事的那人说：“有，吴大娘和单大

[1] 多蛊（gǔ）多妒：居心歹毒，喜欢妒忌。

娘他两个在西南角上聚锦门等着呢。”平儿听说，方罢了。

众婆子去后，探春问宝钗如何。宝钗笑答道：“幸于始者怠于终，缮其辞者嗜其利。”[1]探春听了点头称赞，便向册上指出几人来与他三人看。平儿忙去取笔砚来。他三人说道：“这一个老祝妈是个妥当的，况他老头子和他儿子代代都是管打扫竹子，如今竟把这所有的竹子交与他。这一个老田妈本是种庄稼的，稻香村一带凡有菜蔬稻稗之类，虽是顽意儿，不必认真大治大耕，也须得他去，再一按时加些培植，岂不更好？”

探春又笑道：“可惜，蘅芜苑和怡红院这两处大地方竟没有出利息之物。”李纨忙笑道：“蘅芜苑更利害。如今香料铺并大市大庙卖的各处香料香草儿，都不是这些东西？算起来比别的利息更大。怡红院别说别的，单只说春夏天一季玫瑰花，共下多少花？还有一带篱笆上蔷薇、月季、宝相、金银藤，单这没要紧的草花干了，卖到茶叶铺药铺去，也值几个钱。”探春笑道：“原来如此。只是弄香草的没有在行的人。”

平儿忙笑道：“跟宝姑娘的莺儿他妈就是会弄这个的，上回他还采了些晒干了编成花篮葫芦给我顽的，姑娘倒忘了不成？”宝钗笑道：“我才赞你，你到来捉弄我了。”三人都诧异，都问这是为何。宝钗道：“断断使不得！你们这里多少得用的人，一个一个闲着没事办，这会子我又弄个人来，叫那起人连我也看小了。我倒替你们想出一个人来：怡

[1] 幸于始者怠于终，缮其辞者嗜其利：开始时侥幸获利而幸喜，最终趋于懈怠；善于辞令的人，贪图一时的利益。

红院有个老叶妈，他就是茗烟的娘。那是个诚实老人家，他又和我们莺儿的娘极好，不如把这事交与叶妈。他有不知的，不必咱们说，他就找莺儿的娘去商议了。那怕叶妈全不管，竟交与那一个，那是他们私情儿，有人说闲话，也就怨不到咱们身上了。如此一行，你们办的又至公，于事又甚妥。”李纨平儿都道：“是极。”探春笑道：“虽如此，只怕他们见利忘义。”平儿笑道：“不相干，前儿莺儿还认了叶妈做干娘，请吃饭吃酒，两家和厚的好的很呢。”探春听了，方罢了。又共同斟酌出几人来，俱是他四人素昔冷眼取中的，用笔圈出。

一时婆子们来回大夫已去，将药方送上去。三人看了，一面遣人送出去取药，监派调服，一面探春与李纨明示诸人：某人管某处，按四季除家中定例用多少外，馀者任凭你们采取了去取利，年终算帐。

探春笑道：“我又想起一件事：若年终算帐归钱时，自然归到帐房，仍是上头又添一层管主，还在他们手心里，又剥一层皮。这如今我们兴出这事来派了你们，已是跨过他们的头去了，心里有气，只说不出来；你们年终去归帐，他们还不捉弄你们等什么？再者，这一年间管什么的，主子有一全分，他们就得半分。这是家里的旧例，人所共知的，别的偷着的在外。如今这园子里是我的新创，竟别入他们手，每年归帐，竟归到里头来才好。”

宝钗笑道：“依我说，里头也不用归帐。这个多了那个少了，倒多了事。不如问他们谁领这一分的，他就揽一宗事去。不过是园里的人的动用。我替你们算出来了，有限的几宗事：不过是头油、胭粉、香、纸，每一位姑娘几个丫头，都是有定例的；再者，各处笤帚、撮簸、掸子并大小禽鸟、鹿、兔吃的粮食。不过这几样，都是他们包了去，不用帐房去领钱。你算算，就省下多少来？”

平儿笑道：“这几宗虽小，一年通共算了，也省的下四百两银子。”宝钗笑道：“却又来，一年四百，二年八百两，取租的钱房子也能看得了几间，薄地也可添几亩。虽然还有富馀的，但他们既辛苦闹一年，也要叫他们剩些，贴补贴补自家。虽是兴利节用为纲，然亦不可太啬。纵再省上二三百银子，失了大体统也不像。所以如此一行，外头帐房里一年少出四五百银子，也不觉得很艰啬了，他们里头却也得些小补。这些没营生的妈妈们也宽裕了，园子里花木，也可以每年滋长蕃盛，你们也得了可使之物。这庶几不失大体。若一味要省时，那里不搜寻出几个钱来。凡有些馀利的，一概入了官中，那时里外怨声载道，岂不失了你们这样人家的大体？如今这园里几十个老妈妈们，若只给了这几个，那剩的也必抱怨不公。我才说的，他们只供给这个几样，也未免太宽裕了。一年竟除这个之外，他每人不论有馀无馀，只叫他拿出若干贯钱来，大家凑齐，单散与园中这些妈妈们。他们虽不料理这些，却日夜也是在园中照看当差之人，关门闭户，起早睡晚，大雨大雪，姑娘们出入，抬轿子，撑船，拉冰床[1]，一应粗糙活计，都是他们的差使。一年在园里辛苦到头，这园内既有出息，也是分内该沾带些的。还有一句至小的话，越发说破了：你们只管了自己宽裕，不分与他们些，他们虽不敢明怨，心里却都不服，只用假公济私的多摘你们几个

---

[1] 冰床：冰上滑行用的小坐床。

果子，多掐几枝花儿，你们有冤还没处诉。他们也沾带了些利息，你们有照顾不到的，他们就替你们照顾了。”

众婆子听了这个议论，又去了帐房受辖制，又不与凤姐儿去算帐，一年不过多拿出若干贯钱来，各各欢喜异常，都齐说：“愿意。强如出去被他揉搓着，还得拿出钱来呢。”那不得管地的听了每年终又无故得分钱，也都喜欢起来，口内说：“他们辛苦收拾，是该剩些钱贴补的。我们怎么好‘稳坐吃三注’[1]的？”

宝钗笑道：“妈妈们也别推辞了，这原是分内应当的。你们只要日夜辛苦些，别躲懒纵放人吃酒赌钱就是了。不然，我也不该管这事；你们一般听见，姨娘亲口嘱托我三五回，说大奶奶如今又不得闲儿，别的姑娘又小，托我照看照看。我若不依，分明是叫姨娘操心。你们奶奶又多病多痛，家务也忙。我原是个闲人，便是个街坊邻居，也要帮着些，何况是亲姨娘托我。我免不得去小就大，讲不起众人嫌我。倘或我只顾了小分沽名钓誉，那时酒醉赌博生出事来，我怎么见姨娘？你们那时后悔也迟了，就连你们素日的老脸也都丢了。这些姑娘小姐们，这么一所大花园，都是你们照看，皆因看得你们是三四代的老妈妈，最是循规遵矩的，原该大家齐心，顾些体统。你们反纵放别人任意吃酒赌博，姨娘听见了，教训一场犹可，倘若被那几个管家娘子听见了，他们也不用回姨娘，竟教导你们一番。你们这年老的反受了年小的教训，虽是他们是管家，管的着你们，何如自己存些体统，他们如何

[1] 稳坐吃三注：坐吃多方钱财。注，赌注。

得来作践。所以我如今替你们想出这个额外的进益来，也为大家齐心把这园里周全的谨谨慎慎，使那些有权执事的看见这般严肃谨慎，且不用他们操心，他们心里岂不敬服。也不枉替你们筹画进益，既能夺他们之权，生你们之利，岂不能行无为之治，分他们之忧。你们去细想想这话。”家人都欢声鼎沸说：“姑娘说的很是。从此姑娘奶奶只管放心，姑娘奶奶这样疼顾我们，我们再要不体上情，天地也不容了。”

刚说着，只见林之孝家的进来说：“江南甄府里家眷昨日到京，今日进宫朝贺。此刻先遣人来送礼请安。”说着，便将礼单送上去。探春接了，看道是：“上用的妆缎蟒缎十二匹，上用杂色缎十二匹，上用各色纱十二匹，上用宫绸十二匹，官用各色缎纱绸绫二十四匹。”李纨也看过，说：“用上等封儿赏他。”因又命人回了贾母。

贾母便命人叫李纨、探春、宝钗等也都过来，将礼物看了。李纨收过，一边吩咐内库上人说：“等太太回来看了再收。”贾母因说：“这甄家又不与别家相同，上等赏封赏男人，只怕展眼又打发女人来请安，预备下尺头。”一语未完，果然人回：“甄府四个女人来请安。”贾母听了，忙命人带进来。

那四个人都是四十往上的年纪，穿戴之物，皆比主子不甚差别。请安问好毕，贾母命拿了四个脚踏来，他四人谢了坐，待宝钗等坐了，方都坐下。贾母便问：“多早晚进京的？”四人忙起身回说：“昨日进的京。今日太太带了姑娘进宫请安去了，故令女人们来请安，问候姑娘们。”贾母笑问道：“这些年没进京，也不想到今年来。”四人也都笑回道：

"正是，今年是奉旨进京的。"贾母问道："家眷都来了?"四人回说："老太太和哥儿、两位小姐并别位太太都没来，就只太太带了三姑娘来了。"贾母道："有人家没有?"四人道："尚没有。"贾母笑道："你们大姑娘和二姑娘这两家，都和我们家甚好。"四人笑道："正是。每年姑娘们有信回去说，全亏府上照看。"贾母笑道："什么照看，原是世交，又是老亲，原应当的。你们二姑娘更好，竟不自尊自大，所以我们才走的亲密。"四人笑道："这是老太太过谦了。"

贾母又问："你这哥儿也跟着你们老太太?"四人回说："也是跟着老太太。"贾母道："几岁了?"又问："上学不曾?"四人笑说："今年十三岁。因长得齐整，老太太很疼。自幼淘气异常，天天逃学，老爷太太也不便十分管教。"贾母笑道："也不成了我们家的了！你这哥儿叫什么名字?"四人道："因老太太当作宝贝一样，他又生的白，老太太便叫作宝玉。"贾母便向李纨等道："偏也叫作个宝玉。"李纨忙欠身笑道："从古至今，同时隔代重名的很多。"四人也笑道："起了这个小名儿之后，我们上下都疑惑，不知那位亲友家也倒似曾有一个的。只是这十来年没进京来，却记不真了。"贾母笑道："那就是我的孙子。人来。"众媳妇丫头答应了一声，走近几步。贾母笑道："园里把咱们的宝玉叫了来，给这四个管家娘子瞧瞧，比他们的宝玉如何?"

众媳妇听了，忙去了，半刻围了宝玉进来。四人一见，忙起身笑道："唬了我们一跳。若是我们不进府来，倘若别处遇见，还只道我们的宝玉后赶着也进了京了呢。"一面说，一面都上来拉他的手，问长问短。宝玉忙也笑问好。

贾母笑道："比你们的长的如何？"李纨等笑道："四位妈妈才一说，可知是模样相仿了。"贾母笑道："那有这样巧事？大家子孩子们再养的娇嫩，除了脸上有残疾十分黑丑的，大概看去都是一样的齐整。这也没有什么怪处。"四人笑道："如今看来，模样是一样。据老太太说，淘气也一样。我们看来，这位哥儿性情却比我们的好些。"贾母忙问："怎见得？"四人笑道："方才我们拉哥儿的手说话便知。我们那一个只说我们糊涂，慢说拉手，他的东西我们略动一动也不依。所使唤的人都是女孩子们。"

四人未说完，李纨姊妹等禁不住都失声笑出来。贾母也笑道："我们这会子也打发人去见了你们宝玉，若拉他的手，他也自然勉强忍耐一时。可知你我这样人家的孩子们，凭他们有什么刁钻古怪的毛病儿，见了外人，必是要还出正经礼数来的。若他不还正经礼数，也断不容他刁钻去了。就是大人溺爱的，是他一则生的得人意，二则见人礼数竟比大人行出来的不错，使人见了可爱可怜，背地里所以才纵他一点子。若一味他只管没里没外，不与大人争光，凭他生的怎样，也是该打死的。"

四人听了，都笑说："老太太这话正是。虽然我们宝玉淘气古怪，有时见了人客，规矩礼数更比大人有礼。所以无人见了不爱，只说为什么还打他。殊不知他在家里无法无天，大人想不到的话他偏会说，想不到的事他偏要行，所以老爷太太恨的无法。就是弄性，也是小孩子的常情，胡乱花费，这也是公子哥儿的常情，怕上学，也是小孩子的常情，都还治的过来。第一，天生下来这一种刁钻古怪的脾气，如何使得。”一语未了，人回：“太太回来了。”王夫人进来问过安。他四人请了安，大概说了两句。贾母便命歇歇去。王夫人亲捧过茶，方退出。四人告辞了贾母，便往王夫人处来，说了一会家务，打发他们回去，不必细说。

这里贾母喜的逢人便告诉，也有一个宝玉，也都一般行景。众人都说天下之大，世宦之多，同名者也甚多，祖母溺爱孙者亦古今之常情，不是什么罕事，故皆不介意。独宝玉是个迂阔呆公子的性情，自为是那四人承悦贾母之词。后至蘅芜苑去看湘云病去，史湘云说他：“你放心闹罢，先是‘单丝不成线，独树不成林’，如今有了个对子，闹急了，再打很了，你逃走到南京找那一个去。”宝玉道：“那里的谎话你也信了，偏又有个宝玉了？”湘云道：“怎么列国有个蔺相如，汉朝又有个司马相如呢？”宝玉笑道：“这也罢了，偏又模样儿也一样，这是没有的事。”湘云道：“怎么匡人看见孔子，只当是阳虎[1]呢？”宝玉笑道：“孔子阳虎虽同貌，却不同名；蔺与司马虽同名，而又不同貌；偏我和他就两样俱同不成？”湘云没了话答对，因笑道：“你只会胡搅，我也不和你分证。有也罢，没也罢，与我无干。”说着便睡下了。

宝玉心中便又疑惑起来：若说必无，然亦似有；若说必有，又并无目睹。心中闷闷了，回至房中榻上默默盘算，不觉就忽忽的睡去，不觉竟到了一座花园之内。宝玉诧异道：“除了我们大观园，更又有这一个园子？”

---

[1] 阳虎：即阳货，春秋鲁国人。孔子过匡，匡人围困他数天，因为孔子的相貌像欺压过匡人的阳虎。

正疑惑间，从那边来了几个女儿，都是丫鬟。宝玉又诧异道："除了鸳鸯、袭人、平儿之外，也竟还有这一干人?"只见那些丫鬟笑道："宝玉怎么跑到这里来了?"宝玉只当是说他自己，忙来陪笑说道："因我偶步到此，不知是那位世交的花园，好姐姐们，带我逛逛。"众丫鬟都笑道："原来不是咱家的宝玉。他生的倒也还干净，嘴儿也倒乖觉。"

宝玉听了，忙道："姐姐们，这里也竟还有个宝玉?"丫鬟们忙道："宝玉二字，我们是奉老太太、太太之命，为保佑他延寿消灾的。我们叫他，他听见喜欢。你是那里远方来的臭小厮，也乱叫起他来。仔细你的臭肉，打不烂你的。"又一个丫鬟笑道："咱们快走罢，别叫宝玉看见，又说同这臭小厮说了话，把咱熏臭了。"说着一径去了。

宝玉纳闷道："从来没有人如此荼毒我，他们如何竟这样?真亦有我这样一个人不成?"一面想，一面顺步早到了一所院内。宝玉又诧异道："除了怡红院，也更还有这么一个院落。"忽上了台矶，进入屋内，只见榻上有一个人卧着，那边有几个女孩儿做针线，也有嘻笑顽耍的。只见榻上那个少年叹了一声。一个丫鬟笑问道："宝玉，你不睡又叹什么?想必为你妹妹病了，你又胡愁乱恨呢。"

宝玉听说，心下也便吃惊。只见榻上少年说道："我听见老太太说，长安都中也有个宝玉，和我一样的性情，我只不信。我才作了一个梦，竟梦中到了都中一个花园子里头，遇见几个姐姐，都叫我臭小厮，不理我。好容易找到他房里头，偏他睡觉，空有皮囊，真性不知那去了。"宝玉听说，忙说道："我因找宝玉来到这里。原来你就是宝玉?"榻上的忙下来拉住笑道："原来你就是宝玉?这可不是梦里了。”宝玉道：“这如何是梦？真而又真了。”一语未了，只见人来说：“老爷叫宝玉。”唬得二人皆慌了。一个宝玉就走，一个宝玉便忙叫：“宝玉快回来，快回来！”

袭人在旁听他梦中自唤，忙推醒他，笑问道：“宝玉在那里？”此时宝玉虽醒，神意尚恍惚，因向门外指说：“才出去了。”袭人笑道：“那是你梦迷了。你揉眼细瞧，是镜子里照的你影儿。”宝玉向前瞧了一瞧，原是那嵌的大镜对面相照，自己也笑了。早有人捧过漱盂茶卤[1]来，漱了口。麝月道：“怪道老太太常嘱咐说小人屋里不可多有镜子。小人魂不全，有镜子照多了，睡觉惊恐作胡梦。如今倒在大镜子那里安了一张床。有时放下镜套还好；往前去，天热困倦不定，那里想的到放他，比如方才就忘了。自然是先躺下照着影儿顽的，一时合上眼，自然是胡梦颠倒；不然如何得看着自己叫着自己的名字？不如明儿挪进床来是正经。”一语未了，只见王夫人遣人来叫宝玉，不知有何话说——

[1] 茶卤：用以漱口的茶汁。

第五十七回

慧紫鹃情辞试忙玉　慈姨妈爱语慰痴颦

话说宝玉听王夫人唤他，忙至前边来，原来是王夫人要带他拜甄夫人去。宝玉自是欢喜，忙去换衣服，跟了王夫人到那里。见其家中形景，自与荣宁不甚差别，或有一二稍盛者。细问，果有一宝玉。甄夫人留席，竟日方回，宝玉方信。因晚间回家来，王夫人又吩咐预备上等的席面，定名班大戏，请过甄夫人母女。后二日，他母女便不作辞，回任去了。无话。

这日宝玉因见湘云渐愈，然后去看黛玉。正值黛玉才歇午觉，宝玉不敢惊动，因紫鹃正在回廊上手里做针黹，便来问他："昨日夜里咳嗽可好了?"紫鹃道："好些了。"宝玉笑道："阿弥陀佛！宁可好了罢。"紫鹃笑道："你也念起佛来，真是新闻!"宝玉笑道："所谓'病笃乱投医'了。"一面说，一面见他穿着弹墨绫薄绵袄，外面只穿着青缎夹背心，宝玉便伸手向他身上摸了一摸，说："穿这样单薄，还在风口里坐着，春天风馋[1]，时气又不好，你再病了，越发难了。"紫鹃便说道："从此咱们只可说话，别动手动脚的。一年大二年小的，叫

---

［1］ 风馋：春风侵袭衣衫单薄者，使人致病。

宝玉还停留在青梅竹马的阶段呢。

人看着不尊重。打紧的那起混帐行子们背地里说你，你总不留心，还只管和小时一般行为，如何使得。姑娘常常吩咐我们，不叫和你说笑。你近来瞧他远着你还恐远不及呢。”说着便起身，携了针线进别房去了。

宝玉见了这般景况，心中忽浇了一盆冷水一般，只瞅着竹子，发了一回呆。因祝妈正来挖笋修竿，便怔怔的走出来，一时魂魄失守，心无所知，随便坐在一块山石上出神，不觉滴下泪来。直呆了五六顿饭工夫，千思万想，总不知如何是可。

偶值雪雁从王夫人房中取了人参来，从此经过，忽扭项看见桃花树下石上一人手托着腮颊出神，不是别人，却是宝玉。雪雁疑惑道：“怪冷的，他一个人在这里作什么？春天凡有残疾的人都犯病，敢是他犯了呆病了？”一边想，一边便走过来蹲下笑道：“你在这里作什么呢？”宝玉忽见了雪雁，便说道：“你又作什么来找我？你难道不是女儿？他既防嫌，不许你们理我，你又来寻我，倘被人看见，岂不又生口舌？你快家去罢了。”雪雁听了，只当是他又受了黛玉的委屈，只得回至房中。

黛玉未醒，将人参交与紫鹃。紫鹃因问他：“太太做什么呢？”雪雁道：“也歇中觉，所以等了这半日。姐姐你听笑话儿：我因等太太的工夫，和玉钏儿姐姐坐在下房里说话儿，谁知赵姨奶奶招手儿叫我。我只当有什么话说，原来他和太太告了假，出去给他兄弟伴宿坐夜，明儿送殡去，跟他的小丫头子小吉祥儿没衣裳，要借我的月白缎子袄儿。我想他们一般也有两件子的，往脏地方儿去恐怕弄脏了，自己的舍不得穿，故此借别人的。借我的弄脏了也是小事，只是我想，他素日有些什么好处到咱们跟前，所以我说了：‘我的衣裳簪环都是姑娘叫紫鹃姐姐收着呢。如今先得去告诉他，还得回姑娘呢。姑娘身上又病着，更费了大事，误了你老出门，不如再转借罢。’”紫鹃笑道：“你这个小东西子倒也巧。你不借给他，你往我和姑娘身上推，叫人怨不着你。他这会子就下去了，还是等明日一早才去？”雪雁道：“这会子就去的，只怕此时已去了。”紫鹃点点头。雪雁道：“姑娘还没醒呢，是谁给了宝玉气受，坐在那里哭呢。”紫鹃听了，忙问在那里。雪雁道：“在沁芳亭后头桃花树底下呢。”

紫鹃听说，忙放下针线，又嘱咐雪雁好生听叫：“若问我，答应我就来。”说着，便出了潇湘馆，一径来寻宝玉，走至宝玉跟前，含笑说道：“我不过说了那两句话，为的是大家好，你就赌气跑了这风地里来哭，作出病来唬我。”宝玉忙笑道：“谁赌气了！我因为听你说的有理，我想你们既这样说，自然别人也是这样说，将来渐渐的都不理我了，我所以想着自己伤心。”

紫鹃也便挨他坐着。宝玉笑道：“方才对面说话你尚走开，这会子如何又来挨我坐着？”紫鹃道：“你都忘了？几日前你们兄妹两个正说话，赵姨娘一头走了进来——我才听见他不在家，所以我来问你。正是前日你和他才说了一句‘燕窝’就歇住了，总没提起，我正想着问你。”宝玉道：“也没什么要紧。不过我想着宝姐姐也是客中，既吃燕窝，又不可间断，若只管和他要，太也托实[1]。虽不便和太太要，我已经在老太太跟前略露了个风声，

[1] 托实：太过实在。

只怕老太太和凤姐姐说了。我告诉他的，竟没告诉完了他。如今我听见一日给你们一两燕窝，这也就完了。”紫鹃道：“原来是你说了，这又多谢你费心。我们正疑惑，老太太怎么忽然想起来叫人每一日送一两燕窝来呢？这就是了。”宝玉笑道：“这要天天吃惯了，吃上三二年就好了。”紫鹃道：“在这里吃惯了，明年家去，那里有这闲钱吃这个。”

宝玉听了，吃了一惊，忙问：“谁？往那个家去？”紫鹃道：“你妹妹回苏州家去。”宝玉笑道：“你又说白话。苏州虽是原籍，因没了姑父姑母，无人照看，才就了来的。明年回去找谁？可见是扯谎。”紫鹃冷笑道：“你太看小了人。你们贾家独是大族人口多的，除了你家，别人只得一父一母，房族中真个再无人了不成？我们姑娘来时，原是老太太心疼他年小，虽有叔伯，不如亲父母，故此接来住几年。大了该出阁时，自然要送还林家的。终不成林家的女儿在你贾家一世不成？林家虽贫到没饭吃，也是世代书宦人家，断不肯将他家的人丢在亲戚家，落人的耻笑。所以早则明年春天，迟则秋天，这里纵不送去，林家亦必有人来接的。前日夜里姑娘和我说了，叫我告诉你：将从前小时顽的东西，有他送你的，叫你都打点出来还他。他也将你送他的打叠了在那里呢。”宝玉听了，便如头顶上响了一个焦雷一般。紫鹃看他怎样回答，等了半日，见他只不作声。忽见晴雯找来说：“老太太叫你呢，谁知道在这里。”紫鹃笑道：“他这里问姑娘的病症。我告诉了他半日，他只不信。你倒拉他去罢。”说着，自己便走回房去了。

不经逗。谁知紫鹃假言逗出真情。

晴雯见他呆呆的，一头热汗，满脸紫胀，忙拉他的手，一直到怡红院中。袭人见了这般，慌起来，只说时气所感，热汗被风扑了。无奈宝玉发热事犹小可，更觉两个眼珠儿直直的起来，口角边津液流出，皆不知觉。给他个枕头，他便睡下；扶他起来，他便坐着；倒了茶来，他便吃茶。众人见他这般，一时忙乱起来，又不敢造次去回贾母，先便差人出去请李嬷嬷。

一时李嬷嬷来了，看了半日，问他几句话也无回答，用手向他脉门摸了摸，嘴唇人中上边着力掐了两下，掐的指印如许来深，竟也不觉疼。李嬷嬷只说了一声“可了不得了”，“呀”的一声便搂着放声大哭起来。急的袭人忙拉他说：“你老人家瞧瞧，可怕不怕？且告诉我们去回老太太、太太去。你老人家怎么先哭起来？”李嬷嬷捶床捣枕说：“这可不中用了！我白操了一世心了！”袭人等以他年老多知，所以请他来看，如今见他这般一说，都信以为实，也都哭起来。

晴雯便告诉袭人，方才如此这般。袭人听了，便忙到潇湘馆来，见紫鹃正服侍黛玉吃药，也顾不得什么，便走上来问紫鹃道：“你才和我们宝玉说了些什么？你瞧他去，你回老太太去，我也不管了！”说着，便坐在椅上。

黛玉忽见袭人满面急怒，又有泪痕，举止大变，便不免也慌了，忙问怎么了。袭人定了一会，哭道：“不知紫鹃姑奶奶说了些什么话，那个呆子眼也直了，手脚也冷了，话也不说了，李妈妈掐着也不疼了，已死了大半个了！连李妈妈都说不中用了，那里放声大哭。只怕这会子都死了！”黛玉一听此言，李妈妈乃是经过的老妪，说不中用了，可知必不中用。哇的一声，将腹中之药一概呛出，抖肠搜肺、炽胃扇肝的痛声大嗽了几阵，一时面红发乱，目胂筋浮，喘的抬不起头来。紫鹃忙上来捶背，黛玉伏枕喘息半晌，推紫鹃道：“你不用捶，你竟拿绳子来勒死我是正经！”紫鹃哭道：“我并没说什么，不过是说了几句顽话，他就认真了。”袭人道：“你还不知道他，那傻子每每顽话认了真。”黛玉道：“你说了什么话，趁早儿去解说，他只怕就醒过来了。”紫鹃听说，忙下了床，同袭人到了怡红院。

谁知贾母王夫人等已都在那里了。贾母一见了紫鹃，眼内出火，骂道：“你这小蹄子，和他说了什么？”紫鹃忙道：“并没说什么，不过说几句顽话。”谁知宝玉见了紫鹃，方嗳呀了一声，哭出来了。众人一见，方都放下心来。贾母便拉住紫鹃，只当他得罪了宝玉，所以拉紫鹃命他打。

谁知宝玉一把拉住紫鹃，死也不放，说：“要去连我也带了去。”众人不解，细问起来，方知紫鹃说“要回苏州去”一句顽话引出来的。贾母流泪道：“我当有什么要紧大事，原来是这句顽话。”又向紫鹃道：“你这孩子素日最是个伶俐聪敏的，你又知道他有个呆根子，平白的哄他作什么？”薛姨妈劝道：“宝玉本来心实，可巧林姑娘又是从小儿来的，他姊妹两个一处长了这么大，比别的姊妹更不同。这会子热剌剌的说一个去，别说他是个实心的傻孩子，便是冷心肠的大人也要伤心。这并不是什么大病，老太太和姨太太只管万安，吃一两剂药就好了。”

正说着，人回林之孝家的单大良家的都来瞧哥儿来了。贾母道：“难为他们想着，叫他们来瞧瞧。”宝玉听了一个“林”字，便满床闹起来说：“了不得了，林家的人接他们来了，快打出去罢！”贾母听了，也忙说："打出去罢。"又忙安慰说："那不是林家的人。林家的人都死绝了，没人来接他的，你只放心罢。"宝玉哭道："凭他是谁，除了林妹妹，都不许姓林的！"贾母道："没姓林的来，凡姓林的我都打走了。"一面吩咐众人："以后别叫林之孝家的进园来，你们也别说'林'字。好孩子们，你们听我这句话罢！"众人忙答应，又不敢笑。

一时宝玉又一眼看见了十锦格子上陈设的一只金西洋自行船，便指着乱叫说："那不是接他们来的船来了，湾在那里呢。"贾母忙命拿下来。袭人忙拿下来，宝玉伸手要，袭人递过，宝玉便掖在被中，笑道："可去不成了！"一面说，一面死拉着紫鹃不放。

一时人回大夫来了，贾母忙命快进来。王夫人、薛姨妈、宝钗等暂避里间，贾母便端坐在宝玉身旁。王太医进来见许多的人，忙上去请了贾母的安，拿了宝玉的手诊了一回。那紫鹃少不得低了头。王大夫也不解何意，起身说道："世兄这症乃是急痛迷心。古人曾云：'痰迷有别。有气血亏柔，饮食不能熔化痰迷者；有怒恼中痰裹而迷者；有急痛壅塞者。'此亦痰迷之症，系急痛所致，不过一时壅蔽，较诸痰迷似轻。"

贾母道："你只说怕不怕，谁同你背药书呢。"王太医忙躬身笑说："不妨，不妨。"贾母道："果真不妨？"王太医道："实在不妨，都在晚生身上。"贾母道："既如此，请到外面坐，开药方。若吃好了，我另外预备好谢礼，叫他亲自捧了送去磕头；若耽误了，打发人去拆了太医院大堂。"王太医只躬身笑说："不敢，不敢。"他原听了说"另具上等谢礼命宝玉去磕头"，故满口说"不敢"，竟未听见贾母后来说拆太医院之戏语，犹说“不敢”，贾母与众人反倒笑了。

一时，按方煎了药来服下，果觉比先安静。无奈宝玉只不肯放紫鹃，只说他去了便是要回苏州去了。贾母王夫人无法，只得命紫鹃守着他，另将琥珀去服侍黛玉。

黛玉不时遣雪雁来探消息，这边事务尽知，自己心中暗叹。幸喜众人都知宝玉原有些呆气，自幼是他二人亲密。如今紫鹃之戏语亦是常情，宝玉之病亦非罕事，因不疑到别事去。

晚间宝玉稍安，贾母王夫人等方回房去。一夜还遣人来问讯几次。李奶母带领宋嬷嬷等几个年老人用心看守，紫鹃、袭人、晴雯等日夜相伴。有时宝玉睡去，必从梦中惊醒，不是哭了说黛玉已去，便是说有人来接。每一惊时，必得紫鹃安慰一番方罢。彼时贾母又命将祛邪守灵丹及开窍通神散各样上方秘制诸药，按方饮服。

次日又服了王太医药，渐次好起来。宝玉心下明白，因恐紫鹃回去，故有时或作佯狂之态。紫鹃自那日也着实后悔，如今日夜辛苦，并没有怨意。袭人等皆心安神定，因向紫鹃笑道：“都是你闹的，还得你来治。也没见我们这呆子听了风就是雨，往后怎么好。”暂且按下。

因此时湘云之症已愈，天天过来瞧看，见宝玉明白了，便将他病中狂态形容了与他瞧，引的宝玉自己伏枕而笑。原来他起先那样竟是不知的，如今听人说还不信。无人时，紫鹃在侧，宝玉又拉他的手问道：“你为什么唬我？”紫鹃道：“不过是哄你顽的，你就认真了。”宝玉道：“你说的那样有情有理，如何是顽话。”紫鹃笑道：“那些顽话都是我编的。林家实没了人口，纵有也是极远的。族中也都不在苏州住，各省流寓不定。纵有人来接，老太太必不放去的。”

宝玉道：“便老太太放去，我也不依。”紫鹃笑道：“果真的你不依？只怕是口里的话。你如今也大了，连亲也定下了，过二三年再娶了亲，你眼里还有谁了？”宝玉听了，又惊问：“谁定了亲？定了谁？”紫鹃笑道：“年里我听见老太太说，要定下琴姑娘呢。不然那么疼他？”宝玉笑道：“人人只说我傻，你比我更傻。不过是句顽话，他已经许给梅翰林家了。果然定下了他，我还是这个形景了？先是我发誓赌咒砸这劳什子，你都没劝过，说我疯的？刚刚的这几日才好了，你又来怄我。”

一面说，一面咬牙切齿的，又说道：“我只愿这会子立刻我死了，把心迸出来你们瞧见了，然后连皮带骨一概都化成一股灰——灰还有形迹，不如再化一股烟——烟还可凝聚，人还看见，须得一阵大乱风吹的四面八方都登时散了，这才好！”一面说，一面又滚下泪来。

紫鹃忙上来握他的嘴，替他擦眼泪，又忙笑解释道：“你不用着急。这原是我心里着急，故来试你。”宝玉听了，更又诧异，问道：“你又着什么急？”紫鹃笑道：“你知道，我并不是林家的人，我也和袭人鸳鸯是一伙的，偏把我给了林姑娘使。偏生他又和我极好，比他苏州带来的还好十倍，一时一刻我们两个离不开。我如今心里却愁，他倘或要去了，我必要跟了他去的。我是合家在这里，我若不去，辜负了我们素日的情常；若去，又弃了本家。所以我疑惑，故设出这谎话来问你，谁知你就傻闹起来。”宝玉笑道：“原来是你愁这个，所以你是傻子。从此后再别愁了。我只告诉你一句趸话[1]：活着，咱们一处活着；不活着，咱们一处化灰化烟，如何?”

紫鹃听了，心下暗暗筹画。忽有人回：“环爷兰哥儿问候。”宝玉道：“就说难为他们，我才睡了，不必进来。”婆子答应去了。紫鹃笑道：“你也好了，该放我回去瞧瞧我们那一个去了。”宝玉道：“正是这话。我昨日就要叫你去的，偏又忘了。我已经大好了，你就去罢。”紫鹃听说，方打叠铺盖妆奁之类。宝玉笑道：“我看见你文具里头有三两面镜子，你把那面小菱花的给我留下罢。我搁在枕头旁边，睡着好照，明儿出门带着也轻巧。”紫鹃听说，只得与他留下，先命人将东西送过去，然后别了众人，自回潇湘馆来。

林黛玉近日闻得宝玉如此形景，未免又添些病症，多哭几场。今见紫鹃来了，问其原故，已知大愈，仍遣琥珀去服侍贾母。夜间人定后，紫鹃已宽衣卧下之时，悄向黛玉笑道：“宝玉的心倒实，听见咱们去就那样起来。”黛玉不答。

对木石前盟的又一次确认。

紫鹃停了半晌，自言自语的说道：“一动不如一静。我们这里就算好人家，别的都容易，最难得的是从小儿一处长大，脾气情性都彼此知道的了。”黛玉啐道：“你这几天还不乏，趁这会子不歇一歇，还嚼什么蛆。”紫鹃笑道：“倒不是白嚼蛆，我倒是一片真心为姑娘。替你愁了这几年了，无父母无兄弟，谁是知疼着热的人？趁早儿老太太还明白硬朗的时节，作定了大事要紧。俗语说‘老健春寒秋后

[1] 趸话：总括的话。

热’[1]，倘或老太太一时有个好歹，那时虽也完事，只怕耽误了时光，还不得趁心如意呢。公子王孙虽多，那一个不是三房五妾，今儿朝东，明儿朝西？要一个天仙来，也不过三夜五夕，也丢在脖子后头了，甚至于为妾为丫头反目成仇的。若娘家有人有势的还好些，若是姑娘这样的人，有老太太一日还好一日，若没了老太太，也只是凭人去欺负了。所以说，拿主意要紧。姑娘是个明白人，岂不闻俗语说：‘万两黄金容易得，知心一个也难求’。”

父母双亡，婚姻大事无人做主。

黛玉听了，便说道：“这丫头今儿可疯了？怎么去了几日，忽然变了一个人。我明儿必回老太太退回去，我不敢要你了。”紫鹃笑道：“我说的是好话，不过叫你心里留神，并没叫你去为非作歹，何苦回老太太，叫我吃了亏，又有何好处？”说着，竟自睡了。

黛玉听了这话，口内虽如此说，心内未尝不伤感，待他睡了，便直泣了一夜，至天明方打了一个盹儿。次日勉强盥漱了，吃了些燕窝粥，便有贾母等亲来看视了，又嘱咐了许多话。

目今是薛姨妈的生日，自贾母起，诸人皆有祝贺之礼。黛玉亦早备了两色针线送去。是日也定了一本小戏请贾母王夫人等，独有宝玉与黛玉二人不曾去得。至散时，贾母等顺路又瞧他二人一遍，方回房去。次日，薛姨妈家又命薛蝌陪诸伙计吃了一天酒，连忙了三四天方完备。

因薛姨妈看见邢岫烟生得端雅稳重，且家道贫寒，是个钗荆裙布的女儿，便欲说与薛蟠为妻。因

[1] 老健春寒秋后热：春寒不会持久；秋后再热，也是暂时的。比喻老年人的健康难以长久。

薛蟠素习行止浮奢，又恐遭踏人家的女儿。正在踌躇之际，忽想起薛蝌未娶，看他二人恰是一对天生地设的夫妻，因谋之于凤姐儿。凤姐儿叹道："姑妈素知我们太太有些左性的，这事等我慢谋。"

因贾母去瞧凤姐儿时，凤姐儿便和贾母说："薛姑妈有件事求老祖宗，只是不好启齿的。"贾母忙问何事，凤姐便将求亲一事说了。贾母笑道："这有什么不好启齿？这是极好的事。等我和你婆婆说了，怕他不依？"因回房来，即刻就命人来请邢夫人过来，硬作保山[1]。邢夫人想了一想：薛家根基不错，且现今大富，薛蝌生得又好，且贾母硬作保山，将计就计便应了。贾母十分喜欢，忙命人请了薛姨妈来。

二人见了，自然有许多谦辞。邢夫人即刻命人去告诉邢忠夫妇。他夫妇原是此来投靠邢夫人的，如何不依，早极口的说妙极。贾母笑道："我最爱管个闲事，今儿又管成了一件事，不知得多少谢媒钱？"薛姨妈笑道："这是自然的。纵抬了十万银子来，只怕不希罕。但只一件，老太太既是主亲，还得一位才好。"贾母笑道："别的没有，我们家折腿烂手的人还有两个。"说着，便命人去叫过尤氏婆媳二人来。贾母告诉他原故，彼此忙都道喜。

贾母吩咐道："咱们家的规矩你是尽知的，从没有两亲家争里争面的。如今你算替我在当中料理，也不可太啬，也不可太费，把他两家的事周全了回我。"尤氏忙答应了。薛姨妈喜之不尽，回家来忙命写了请帖补送过宁府。尤氏深知邢夫人情性，本不欲管，无奈贾母亲自嘱咐，只得应了，惟

[1] 保山：此指媒人。

有忖度邢夫人之意行事。薛姨妈是个无可无不可的人，倒还易说。这且不在话下。

如今薛姨妈既定了邢岫烟为媳，合宅皆知。邢夫人本欲接出岫烟去住，贾母因说："这又何妨，两个孩子又不能见面，就是姨太太和他一个大姑，一个小姑，又何妨？况且都是女儿，正好亲香呢。"邢夫人方罢。

蝌岫二人前次途中皆曾有一面之遇，大约二人心中也皆如意。只是邢岫烟未免比先时拘泥了些，不好与宝钗姊妹共处闲语；又兼湘云是个爱取笑的，更觉不好意思。幸他是个知书达礼的，虽有女儿身分，还不是那种佯羞诈愧一味轻薄造作之辈。

宝钗自见他时，见他家业贫寒，二则别人之父母皆年高有德之人，独他父母偏是酒糟透之人，于女儿分中平常；邢夫人也不过是脸面之情，亦非真心疼爱；且岫烟为人雅重，迎春是个有气的死人，连他自己尚未照管齐全，如何能照管到他身上，凡闺阁中家常一应需用之物，或有亏乏，无人照管，他又不与人张口，宝钗倒暗中每相体贴接济，也不敢与邢夫人知道，亦恐多心闲话之故耳。如今却出人意料之外奇缘作成这门亲事。岫烟心中先取中宝钗，然后方取薛蝌。有时岫烟仍与宝钗闲话，宝钗仍以姊妹相呼。

宝钗富有同情心，并不势利。

这日宝钗因来瞧黛玉，恰值岫烟也来瞧黛玉，二人在半路相遇。宝钗含笑唤他到跟前，二人同走至一块石壁后，宝钗笑问他："这天还冷的很，你怎么倒全换了夹的？"岫烟见问，低头不答。宝钗便知道又有了原故，因又笑问道："必定是这个月的月钱又没得。凤丫头如今也这样没心没计了。"岫烟道："他倒想着不错日子给，因姑妈打发人和我说，一个月用不了二两银子，叫我省一两给爹妈送出去，要使什么，横竖有二姐姐的东西，能着[1]些儿搭着就使了。姐姐想，二姐姐也是个老实人，也不大留心，我使他的东西，他虽不说什么，他那些妈妈丫头，那一个是省事的，那一个是嘴里不尖的？我虽在那屋里，却不敢很使他们，过三天五天，我倒得拿出钱来给他们打酒买点心吃才好。因一月二两银子还不够使，如今又去了一两。前儿我悄悄的把绵衣服叫人当了几吊钱盘缠。”

宝钗听了，愁眉叹道：“偏梅家又合家在任上，后年才进来。若是在这里，琴儿过去了，好再商议你这事。离了这里就完了。如今不先完了他妹妹的事，也断不敢先娶亲的。如今倒是一件难事。再迟两年，又怕你熬煎出病来。等我和妈再商议，有人欺负你，你只管耐些烦儿，千万别自己熬煎出病来。不如把那一两银子明儿也越性给了他们，倒都歇心。你以后也不用白给那些人东西吃，他尖刺让他们去尖刺，很听不过了，各人走开。倘或短了什么，你别存那小家儿女气，只管找我去。并不是作亲后方如此，你一来时咱们就好的。便怕人闲话，你打发小丫头悄悄的和我说去就是了。”岫烟低头答应了。

宝钗又指他裙上一个碧玉珮问道：“这是谁给你的？”岫烟道：“这是三姐姐给的。”宝钗点头笑道：“他见人人皆有，独你一个没有，怕人笑话，故此送你一个。这是他聪明细致之处。但还有一句话你也要知道，这些妆饰原出于大官富贵之家的小姐，你看我从头至脚可有这些富丽闲妆？然七八年

[1] 能着：将就。

之先，我也是这样来的，如今一时比不得一时了，所以我都自己该省的就省了。将来你这一到了我们家，这些没有用的东西，只怕还有一箱子。咱们如今比不得他们了，总要一色从实守分为主，不比他们才是。”岫烟笑道：“姐姐既这样说，我回去摘了就是了。”宝钗忙笑道：“你也太听说了。这是他好意送你，你不佩着，他岂不疑心。我不过是偶然提到这里，以后知道就是了。”

岫烟忙又答应，又问：“姐姐此时那里去？”宝钗道：“我到潇湘馆去。你且回去把那当票叫丫头送来，我那里悄悄的取出来，晚上再悄悄的送给你去，早晚好穿，不然风扇了事大。但不知当在那里了？”岫烟道：“叫作‘恒舒典’，是鼓楼西大街的。”宝钗笑道：“这闹在一家去了。伙计们倘或知道了，好说‘人没过来，衣裳先过来’了。”岫烟听说，便知是他家的本钱，也不觉红了脸一笑，二人走开。

宝钗就往潇湘馆来。正值他母亲也来瞧黛玉，正说闲话呢。宝钗笑道：“妈多早晚来的？我竟不知道。”薛姨妈道：“我这几天连日忙，总没来瞧瞧宝玉和他。所以今儿瞧他二个，都也好了。”黛玉忙让宝钗坐了，因向宝钗道：“天下的事真是人想不到的，怎么想的到姨妈和大舅母又作一门亲家。”薛姨妈道：“我的儿，你们女孩家那里知道，自古道‘千里姻缘一线牵’。管姻缘的有一位月下老人，预先注定，暗里只用一根红丝把这两个人的脚绊住，凭你两家隔着海，隔着国，有世仇的，也终久有机会作了夫妇。这一件事都是出人意料之外，凭父母本人都愿意了，或是年年在一处的，以为是定了的亲事，若月下老人不用红线拴的，再不能到一处。比如你姐妹两个的婚姻，此刻也不知在眼前，也不知在山南海北呢。”

宝钗道：“惟有妈，说动话就拉上我们。”一面说，一面伏在他母亲怀里笑说：“咱们走罢。”黛玉笑道：“你瞧，这么大了，离了姨妈他就是个最老道的，见了姨妈他就撒娇儿。”薛姨妈用手摩弄着宝钗，叹向黛玉道：“你这姐姐就和凤哥儿在老太太跟前一样，有了正经事，就和他商量，没了事，幸亏他开开我的心。我见了他这样，有多少愁不散的。”黛玉听说，流泪叹道：“他偏在这里这样，分明是气我没娘的人，故意来刺我的眼。”宝钗笑道：“妈瞧他轻狂，倒说我撒娇儿。”

薛姨妈道：“也怨不得他伤心，可怜没父母，到底没个亲人。”又摩娑黛玉笑道：“好孩子别哭。你见我疼你姐姐你伤心了，你不知我心里更疼你呢。你姐姐虽没了父亲，到底有我，有亲哥哥，这就比你强了。我每每和你姐姐说，心里很疼你，只是外头不好带出来的。你这里人多口杂，说好话的人少，说歹话的人多，不说你无依无靠，为人作人配人疼，只说我们看老太太疼你了，我们也洑上水[1]去了。”

黛玉笑道：“姨妈既这么说，我明日就认姨妈做娘，姨妈若是弃嫌不认，便是假意疼我了。”薛姨妈道：“你不厌我，就认了才好。”宝钗忙道：“认不得的。”黛玉道：“怎么认不得?”宝钗笑问道：“我且问你，我哥哥还没定亲事，为什么反将邢妹妹先说与我兄弟了，是什么道理?”黛玉道：“他不在家，或是属相生日不对，所以先说与兄弟了。”宝钗笑道：“非也。我哥哥已经相准了，只等

[1] 洑（fù）上水：比喻巴结权势。洑，游泳。

来家就下定了，也不必提出人来，我方才说你认不得娘，你细想去。”说着，便和他母亲挤眼儿发笑。

黛玉听了，便也一头伏在薛姨妈身上，说道：“姨妈不打他我不依。”薛姨妈忙也搂他笑道：“你别信你姐姐的话，他是顽你呢。”宝钗笑道：“真个的，妈明儿和老太太求了他作媳妇，岂不比外头寻的好?”黛玉便够上来要抓他，口内笑说：“你越发疯了。”薛姨妈忙也笑劝，用手分开方罢。因又向宝钗道：“连邢女儿我还怕你哥哥遭踏了他，所以给你兄弟说了。别说这孩子，我也断不肯给他。前儿老太太因要把你妹妹说给宝玉，偏生又有了人家，不然倒是一门好亲。前儿我说定了邢女儿，老太太还取笑说：‘我原要说他的人，谁知他的人没到手，倒被他说了我们的一个去了。’虽是顽话，细想来倒也有些意思。我想宝琴虽有了人家，我虽没人可给，难道一句话也不说。我想着，你宝兄弟老太太那样疼他，他又生的那样，若要外头说去，老太太断不中意。不如竟把你林妹妹定与他，岂不四角俱全[1]?”

林黛玉先还怔怔的，听后来见说到自己身上，便啐了宝钗一口，红了脸，拉着宝钗笑道：“我只打你！你为什么招出姨妈这些老没正经的话来?”宝钗笑道：“这可奇了！妈说你，为什么打我?”紫鹃忙也跑来笑道：“姨太太既有这主意，为什么不和太太说去?”薛姨妈哈哈笑道：“你这孩子，急什么，想必催着你姑娘出了阁，你也要早些寻一个小女婿去了。”紫鹃听了，也红了脸，笑道：“姨太太真个倚老卖老的起来。”说着，便转身去了。黛玉

[1] 四角俱全：完美无缺。

先骂："又与你这蹄子什么相干？"后来见了这样，也笑起来说："阿弥陀佛！该，该，该！也臊了一鼻子灰去了！"薛姨妈母女及屋内婆子丫鬟都笑起来。婆子们因也笑道："姨太太虽是顽话，却倒也不差呢。到闲了时和老太太一商议，姨太太竟做媒保成这门亲事是千妥万妥的。"薛姨妈道："我一出这主意，老太太必喜欢的。"

一语未了，忽见湘云走来，手里拿着一张当票，口内笑道："这是个帐篇子？"黛玉瞧了，也不认得。地下婆子们都笑道："这可是一件奇货，这个乖可不是白教人的。"宝钗忙一把接了，看时，就是岫烟才说的当票，忙折了起来。

薛姨妈忙说："那必定是那个妈妈的当票子失落了，回来急的他们找。那里得的？"湘云道："什么是当票子？"众人都笑道："真真是个呆子，连个当票子也不知道。"薛姨妈叹道："怨不得他，真真是侯门千金，而且又小，那里知道这个？那里去有这个？便是家下人有这个，他如何得见？别笑他呆子，若给你们家的小姐们看了，也都成了呆子。"众婆子笑道："林姑娘方才也不认得，别说姑娘们。此刻宝玉他倒是外头常走出去的，只怕也还没见过呢。"薛姨妈忙将原故讲明。

湘云黛玉二人听了，方笑道："原来为此。人也太会想钱了，姨妈家的当铺也有这个不成？"众人笑道："这又呆了。'天下老鸹一般黑'，岂有两样的？"薛姨妈因又问是那里拣的？湘云方欲说时，宝钗忙说："是一张死了没用的，不知那年勾了帐的，香菱拿着哄他们玩的。"薛姨妈听了此话是真，也就不问了。一时人来回："那府里大奶奶过来请姨太太说话呢。"薛姨妈起身去了。

这里屋内无人时，宝钗方问湘云何处捡的。湘云笑道："我见你令弟媳的丫头篆儿悄悄的递与莺儿。莺儿便随手夹在书里，只当我没看见。我等他们出去了，我偷着看，竟不认得。知道你们都在这里，所以拿来大家认认。"黛玉忙问："怎么，他也当衣裳不成？既当了，怎么又给你去？"宝钗见问，不好隐瞒他两个，遂将方才之事都告诉了他二人。

黛玉便说"兔死狐悲，物伤其类"，不免感叹起来。史湘云便动了气说："等我问着二姐姐去！我骂那起老婆子丫头一顿，给你们出气何如？"说着，便要走。宝钗忙一把拉住，笑道："你又发疯了，还不给我坐着呢。"黛玉笑道："你要是个男人，出去打一个抱不平儿。你又充什么荆轲聂政，真真好笑。"湘云道："既不叫我问他去，明儿也把他接到咱们苑里一处住去，岂不好？"宝钗笑道："明日再商量。"说着，人报："三姑娘四姑娘来了。"三人听了，忙掩了口不提此事。要知端的，且听下回分解。

第五十八回

杏子阴假凤泣虚凰[1]　茜纱窗真情揆痴理

话说他三人因见探春等进来，忙将此话掩住不提。探春等问候过，大家说笑了一会方散。

谁知上回所表的那位老太妃已薨，凡诰命等皆入朝随班按爵守制。敕谕天下：凡有爵之家，一年内不得筵宴音乐，庶民皆三月不得婚嫁。贾母、邢、王、尤、许婆媳祖孙等皆每日入朝随祭，至未正以后方回。在大内偏宫二十一日后，方请灵入先陵，地名曰孝慈县。这陵离都来往得十来日之功，如今请灵至此，还要停放数日，方入地宫[2]，故得一月光景。宁府贾珍夫妻二人，也少不得是要去的。

两府无人，因此大家计议，家中无主，便报了尤氏产育，将他腾挪出来，协理荣宁两处事体。因又托了薛姨妈在园内照管他姊妹丫鬟。薛姨妈只得也挪进园来。因宝钗处有湘云香菱；李纨处目今李婶母女虽去，然有时亦来住三五日不定，贾母又将宝琴送与他去照管；迎春处有岫烟；探春因家务冗杂，且不时有赵姨娘与贾环来嘈聒，甚不方便；惜春处房屋狭小；况贾母又千叮咛万嘱咐托他照管林

[1] 假凤虚凰：凤雄，凰雌。藕官与药官在戏中扮夫妻，而皆女孩，所以说假说虚。
[2] 地宫：帝王的地下陵寝。

黛玉，薛姨妈素习也最怜爱他的，今既巧遇这事，便挪至潇湘馆来和黛玉同房，一应药饵饮食十分经心。黛玉感戴不尽，以后便亦如宝钗之呼，连宝钗前亦直以姐姐呼之，宝琴前直以妹妹呼之，俨似同胞共出，较诸人更似亲切。

贾母见如此，也十分喜悦放心。薛姨妈只不过照管他姊妹，禁约得丫头辈，一应家中大小事务也不肯多口。尤氏虽天天过来，也不过应名点卯，亦不肯乱作威福，且他家内上下也只剩他一个料理，再者每日还要照管贾母王夫人的下处一应所需饮馔铺设之物，所以也甚操劳。

当下荣宁两处主人既如此不暇，并两处执事人等，或有人跟随入朝的，或有朝外照理下处事务的，又有先踹踏[1]下处的，也都各各忙乱。因此两处下人无了正经头绪，也都偷安，或乘隙结党，与权暂执事者窃弄威福。荣府只留得赖大并几个管事照管外务。这赖大手下常用几个人已去，虽另委人，都是些生的，只觉不顺手。且他们无知，或赚骗无节，或呈告无据，或举荐无因，种种不善，在在生事，也难备述。

又见各官宦家，凡养优伶男女者，一概蠲免遣发，尤氏等便议定，待王夫人回家回明，也欲遣发十二个女孩子，又说："这些人原是买的，如今虽不学唱，尽可留着使唤，令其教习们自去也罢了。"王夫人因说："这学戏的倒比不得使唤的，他们也是好人家的儿女，因无能卖了做这事，装丑弄鬼的几年。如今有这机会，不如给他们几两银子盘费，各自去罢。当日祖宗手里都是有这例的。咱们如今

---

［1］踹（cǎi）踏：实地察看。踹，踩。

写王夫人厚道之处。

损阴坏德，而且还小器。如今虽有几个老的还在，那是他们各有原故，不肯回去的，所以才留下使唤，大了配了咱们家的小厮们了。”尤氏道：“如今我们也去问他十二个，有愿意回去的，就带了信儿，叫上父母来亲自来领回去，给他们几两银子盘缠方妥当。若不叫上他父母亲人来，只怕有混帐人顶名冒领出去又转卖了，岂不辜负了这恩典。若有不愿意回去的，就留下。”王夫人笑道：“这话妥当。”

尤氏等又遣人告诉了凤姐儿。一面说与总理房中，每教习给银八两，令其自便。凡梨香院一应物件，查清注册收明，派人上夜。将十二个女孩子叫来面问，倒有一多半不愿意回家的：也有说父母虽有，他只以卖我们为事，这一去还被他卖了；也有说父母已亡，或被叔伯兄弟所卖的；也有说无人可投的；也有说恋恩不舍的。所愿去者止四五人。王夫人听了，只得留下。将去者四五人皆令其干娘领回家去，单等他亲父母来领；将不愿去者分散在园中使唤。

贾母便留下文官自使，将正旦芳官指与宝玉，将小旦蕊官送了宝钗，将小生藕官指与了黛玉，将大花面葵官送了湘云，将小花面荳官送了宝琴，将老外艾官送了探春，尤氏便讨了老旦茄官去。当下各得其所，就如倦鸟出笼，每日园中游戏。众人皆知他们不能针黹，不惯使用，皆不大责备。其中或有一二个知事的，愁将来无应时之技，亦将本技丢开，便学起针黹纺绩女工诸务。

一日正是朝中大祭，贾母等五更便去了，先到下处用些点心小食，然后入朝。早祭已毕，方退至下处，用过早饭，略歇片刻，复入朝待中晚二祭完毕，方出至下处歇息，用过晚饭方回家。可巧这下处乃是一个大官的家庙，乃比丘尼[1]焚修，房舍极多极净。东西二院，荣府便赁了东院，北静王府便赁了西院。太妃少妃每日宴息，见贾母等在东院，彼此同出同入，都有照应。外面细事不消细述。

且说大观园中因贾母王夫人天天不在家内，又送灵去一月方回，各丫鬟婆子皆有闲空，多在园内游玩。更又将梨香院内服侍的众婆子一概撤回，并散在园内听使，更觉园内人多了几十个。因文官等一干人或心性高傲，或倚势凌下，或拣衣挑食，或口角锋芒，大概不安分守理者多。因此众婆子无不含怨，只是口中不敢与他们分证。如今散了学，大家称了愿，也有丢开手的，也有心地狭窄犹怀旧怨的，因将众人皆分在各房名下，不敢来厮侵。

可巧这日乃是清明之日，贾琏已备下年例祭祀，带领贾环、贾琮、贾兰三人去往铁槛寺祭柩烧纸。宁府贾蓉也同族中几人各办祭祀前往。因宝玉未大愈，故不曾去得。饭后发倦，袭人因说："天气甚好，你且出去逛逛，省得丢下粥碗就睡，存在心里。"宝玉听说，只得拄了一支杖，靸着鞋，步出院外。

因近日将园中分与众婆子料理，各司各业，皆在忙时，也有修竹的，也有刖树[2]的，也有栽花的，也有种豆的，池中又有驾娘们行着船夹泥[3]种藕。香菱、湘云、宝琴与丫鬟等都坐在山石上，瞧他们取乐。宝玉也慢慢行来。湘云见了他来，忙

---

[1] 比丘尼：即尼姑。
[2] 刖（wū）树：将树木旧枝大半砍去，使其另发新枝。
[3] 夹泥：捞取河底烂泥做肥料。

湘云放言无忌。

笑说："快把这船打出去，他们是接林妹妹的。"众人都笑起来。宝玉红了脸，也笑道："人家的病，谁是故意的，你也形容着取笑儿。"湘云笑道："病也比人家另一样，原招笑儿，反说起人来。"说着，宝玉便也坐下，看着众人忙乱了一回。湘云因说："这里有风，石头上又冷，坐坐去罢。"

宝玉便也正要去瞧林黛玉，便起身拄拐辞了他们，从沁芳桥一带堤上走来。只见柳垂金线，桃吐丹霞，山石之后，一株大杏树，花已全落，叶稠阴翠，上面已结了豆子大小的许多小杏。宝玉因想道："能病了几天，竟把杏花辜负了！不觉已到'绿叶成荫子满枝'了！"因此仰望杏子不舍。又想起邢岫烟已择了夫婿一事，虽说是男女大事，不可不行，但未免又少了一个好女儿。不过两年，便也要"绿叶成荫子满枝"了。再过几日，这杏树子落枝空，再几年，岫烟未免乌发如银，红颜似槁了，因此不免伤心，只管对杏流泪叹息。

少了一个少女，多了一个少妇。

正悲叹时，忽有一个雀儿飞来，落于枝上乱啼。宝玉又发了呆性，心下想道："这雀儿必定是杏花正开时他曾来过，今见无花空有子叶，故也乱啼。这声韵必是啼哭之声，可恨公冶长[1]不在眼前，不能问他。但不知明年再发时，这个雀儿可还记得飞到这里来与杏花一会了？"

见落花而伤心，睹飞鸟而感叹，迎风洒泪，对月伤神，触景生情，神与物游。宝玉的诗人气质，与林黛玉是天生一对。

正胡思间，忽见一股火光从山石那边发出，将雀儿惊飞。宝玉吃一大惊，又听那边有人喊道："藕官，你要死，怎弄些纸钱进来烧？我回去回奶奶们去，仔细你的肉！"宝玉听了，益发疑惑起来，忙转过山石看时，只见藕官满面泪痕，蹲在那里，

[1] 公冶长：孔子的弟子，传说其通鸟语。

手里还拿着火，守着些纸钱灰作悲。宝玉忙问道："你与谁烧纸钱？快不要在这里烧。你或是为父母兄弟，你告诉我姓名，外头去叫小厮们打了包袱写上名姓去烧[1]。"藕官见了宝玉，只不作一声。

宝玉数问不答，忽见一婆子恶狠狠走来拉藕官，口内说道："我已经回了奶奶们了，奶奶气的了不得。"藕官听了，终是孩气，怕辱没了没脸，便不肯去。婆子道："我说你们别太兴头过馀了，如今还比你们在外头随心乱闹呢。这是尺寸地方儿[2]。"指宝玉道："连我们的爷还守规矩呢，你是什么阿物儿，跑来胡闹。怕也不中用，跟我快走罢！"

宝玉忙道："他并没烧纸钱，原是林妹妹叫他来烧那烂字纸的。你没看真，反错告了他。"藕官正没了主意，见了宝玉，也正添了畏惧，忽听他反掩饰，心内转忧成喜，也便硬着口说道："你很看真是纸钱了么？我烧的是林姑娘写坏了的字纸！"那婆子听如此，亦发狠起来，便弯腰向纸灰中拣那不曾化尽的遗纸，拣了两点在手内，说道："你还嘴硬，有据有证在这里。我只和你厅上讲去！"说着，拉了袖子，就拽着要走。

宝玉忙把藕官拉住，用拄杖敲开那婆子的手，说道："你只管拿了那个回去。实告诉你：我昨夜作了一个梦，梦见杏花神和我要一挂白纸钱，不可叫本房人烧，要一个生人替我烧了，我的病就好的快。所以我请了这白钱，巴巴儿的和林姑娘烦了他来，替我烧了祝赞。原不许一个人知道的，所以我

[1] 打了包袱写上名姓去烧：将纸箔做的元宝之类装在纸袋里，写上姓名去烧。
[2] 尺寸地方儿：讲规矩的地方。

今日才能起来，偏你看见了。我这会子又不好了，都是你冲了！你还要告他去。藕官，只管去，见了他们你就照依我这话说。等老太太回来，我就说他故意来冲神祇，保祐我早死。”

以护花为己任。

藕官听了，益发得了主意，反倒拉着婆子要走。那婆子听了这话，忙丢下纸钱，陪笑央告宝玉道：“我原不知道，二爷若回了老太太，我这老婆子岂不完了？我如今回奶奶们去，就说是爷祭神，我看错了。”宝玉道：“你也不许再回去了，我便不说。”婆子道：“我已经回了，叫我来带他，我怎好不回去的。也罢，就说我已经叫到了他，林姑娘叫了去了。”宝玉想一想，方点头应允。那婆子只得去了。

这里宝玉问他：“到底是为谁烧纸？我想来若是为父母兄弟，你们皆烦人外头烧过了，这里烧这几张，必有私自的情理。”藕官因方才护庇之情感激于衷，便知他是自己一流的人物，便含泪说道：“我这事，除了你屋里的芳官并宝姑娘的蕊官，并没第三个人知道。今日被你遇见，又有这段意思，少不得也告诉了你，只不许再对人言讲。”又哭道：“我也不便和你面说，你只回去背人悄问芳官就知道了。”说毕，扬常而去。

宝玉听了，心下纳闷，只得踱到潇湘馆，瞧黛玉益发瘦的可怜，问起来，比往日已算大愈了。黛玉见他也比先大瘦了，想起往日之事，不免流下泪来，些微谈了谈，便催宝玉去歇息调养。宝玉只得回来。因记挂着要问芳官那原委，偏有湘云香菱来了，正和袭人芳官说笑，不好叫他，恐人又盘诘，只得耐着。

一时芳官又跟了他干娘去洗头。他干娘偏又先叫了他亲女儿洗过了后，才叫芳官洗。芳官见了这般，便说他偏心，“把你女儿的剩水给我洗。我一个月的月钱都是你拿着，沾我的光不算，反倒给我剩东剩西的。”他干娘羞愧变成恼，便骂他：“不识抬举的东西！怪不得人人说戏子没一个好缠的。凭你甚么好人，入了这一行，都弄坏了。这一点子屄崽子，也挑幺挑六，咸嘴淡舌，咬群的骡子似的！”娘儿两个吵起来。

袭人忙打发人去说：“少乱嚷，瞅着老太太不在家，一个个连句安静话也不说了。”晴雯因说：“都是芳官不省事，不知狂的什么，也不过是会两出戏，倒像杀了贼王、擒了反叛来的。”袭人道：“一个巴掌拍不响，老的也太不公些，小的也太可恶些。”宝玉道：“怨不得芳官。自古说‘物不平则鸣’。他少亲失眷的，在这里没人照看，赚了他的钱。又作践他，如何怪得。”因又向袭人道：“他一月多少钱？以后不如你收了过来照管他，岂不省事？”袭人道：“我要照看他那里不照看了，又要他那几个钱才照看他？没的讨人骂去了。”说着，便起身至那屋里取了一瓶花露油并些鸡卵、香皂、头绳之类，叫一个婆子来送给芳官去，叫他另要水自洗，不要吵闹了。

他干娘益发羞愧，便说芳官“没良心，花掰[1]我克扣你的钱。”便向他身上拍了几把，芳官便哭起来。宝玉便走出，袭人忙劝：“作什么？我去说他。”晴雯忙先过来，指他干娘说道：“你老人家太不省事。你不给他洗头的东西，我们饶给他东西，你不自臊，还有脸打他。他要还在学里学艺，

[1] 花掰（bāi）：胡编瞎说。

你也敢打他不成!”那婆子便说:“一日叫娘,终身是母。他排场我,我就打得!”

袭人唤麝月道:“我不会和人拌嘴,晴雯性太急,你快过去震吓他两句。”麝月听了,忙过来说道:“你且别嚷。我且问你,别说我们这一处,你看满园子里,谁在主子屋里教导过女儿的?便是你的亲女儿,既分了房,有了主子,自有主子打得骂得,再者大些的姑娘姐姐们打得骂得,谁许老子娘又半中间管闲事了?都这样管,又要叫他们跟着我们学什么?越老越没了规矩!你见前儿坠儿的娘来吵,你也来跟他学?你们放心,因连日这个病那个病,老太太又不得闲心,所以我没回。等两日消闲了,咱们痛快回一回,大家把威风煞一煞儿才好。宝玉才好了些,连我们也不敢大声说话,你反打的人狼号鬼叫的。上头能出了几日门,你们就无法无天的,眼睛里没了我们,再两天你们就该打我们了。他不要你这干娘,怕粪草埋了他不成?”宝玉恨的用拄杖敲着门槛子说道:“这些老婆子都是些铁心石头肠子,也是件大奇的事。不能照看,反倒折挫,天长地久,如何是好!”晴雯道:“什么‘如何是好’,都撵了出去,不要这些中看不中吃的!”那婆子羞愧难当,一言不发。

奴才分三六九等,不知规矩就得吃亏。芳官分配到了怡红院,已经有了主,做干娘的没权教训她了。

那芳官只穿着海棠红的小棉袄,底下丝绸撒花袷裤,敞着裤腿,一头乌油似的头发披在脑后,哭的泪人一般。麝月笑道:“把一个莺莺小姐,反弄成拷打红娘了!这会子又不妆扮了,还是这么松怠怠的。”宝玉道:“他这本来面目极好,倒别弄紧衬了。”晴雯过去拉了他,替他洗净了发,用手巾拧干，松松的挽了一个慵妆髻[1]，命他穿了衣服过这边来了。

接着司内厨的婆子来问："晚饭有了，可送不送?"小丫头听了，进来问袭人。袭人笑道："方才胡吵了一阵，也没留心听钟几下了。"晴雯道："那劳什子又不知怎么了，又得去收拾。"说着，便拿过表来瞧了一瞧说："略等半钟茶的工夫就是了。"小丫头去了。麝月笑道："提起淘气，芳官也该打几下。昨儿是他摆弄了那坠子，半日就坏了。"说话之间，便将食具打点现成。

一时小丫头子捧了盒子进来站住。晴雯麝月揭开看时，还是只四样小菜。晴雯笑道："已经好了，还不给两样清淡菜吃。这稀饭咸菜闹到多早晚?"一面摆好，一面又看那盒中，却有一碗火腿鲜笋汤，忙端了放在宝玉跟前。宝玉便就桌上喝了一口，说："好烫!"袭人笑道："菩萨，能几日不见荤，馋的这样起来。"一面说，一面忙端起轻轻用口吹。因见芳官在侧，便递与芳官，笑道："你也学着些服侍，别一味呆憨呆睡。口劲轻着，别吹上唾沫星儿。"芳官依言果吹了几口，甚妥。

宝玉欣赏芳官的野气，但芳官没有规矩，袭人等大丫头管不住她，她的身份已经从戏子变为了奴婢，却依然不懂礼节，没有完成角色的转换。

他干娘也忙端饭在门外伺候。向日芳官等一到时原从外边认的，就同往梨香院去了。这干婆子原系荣府三等人物，不过令其与他们浆洗，皆不曾入内答应，故此不知内帏规矩。今亦托赖他们方入园中，随女归房。这婆子先领过麝月的排场，方知了一二分，生恐不令芳官认他做干娘，便有许多失利之处，故心中只要买转他们。今见芳官吹汤，便忙跑进来笑道："他不老成，仔细打了碗，让我吹罢。"一

[1] 慵妆髻：偏垂一边的蓬松的发髻。

面说，一面就接。

晴雯忙喊："出去！你让他砸了碗，也轮不到你吹。你什么空儿跑到这里槅子来了？还不出去。"一面又骂小丫头们："瞎了心的，他不知道，你们也不说给他！"小丫头们都说："我们撵他，他不出去；说他，他又不信。如今带累我们受气，你可信了？我们到的地方儿，有你到的一半，还有你一半到不去的呢。何况又跑到我们到不去的地方还不算，又去伸手动嘴的了。"一面说，一面推他出去。阶下几个等空盒家伙的婆子见他出来，都笑道："嫂子也没用镜子照一照，就进去了。"羞的那婆子又恨又气，只得忍耐下去。

芳官吹了几口，宝玉笑道："好了，仔细伤了气。你尝一口，可好了？"芳官只当是顽话，只是笑看着袭人等。袭人道："你就尝一口何妨。"晴雯笑道："你瞧我尝。"说着就喝了一口。芳官见如此，自己也便尝了一口，说："好了。"递与宝玉。宝玉喝了半碗，吃了几片笋，又吃了半碗粥就罢了。

众人拣收出去了。小丫头捧了沐盆，盥漱已毕，袭人等出去吃饭。宝玉使个眼色与芳官，芳官本自伶俐，又学几年戏，何事不知？便装说头疼不吃饭了。袭人道："既不吃饭，你就在屋里作伴儿，把这粥给你留着，一时饿了再吃。"说着，都去了。

这里宝玉和他只二人，宝玉便将方才从火光发起，如何见了藕官，又如何谎言护庇，又如何藕官叫我问你，从头至尾，细细的告诉他一遍，又问他祭的果系何人。芳官听了，满面含笑，又叹一口气，说道："这事说来可笑又可叹。"宝玉听了，忙问如何。芳官笑道："你说他祭的是谁？祭的是死了的药官。"宝玉道："这是友谊，也应当的。"

芳官笑道："那里是友谊？他竟是疯傻的想头，说他自己是小生，药官是小旦，常做夫妻，虽说是假的，每日那些曲文排场，皆是真正温存体贴之事，故此二人就疯了，虽不做戏，寻常饮食起坐，两个人竟是你恩我爱。药官一死，他哭的死去活来，至今不忘，所以每节烧纸。后来补了蕊官，我们见他一般的温柔体贴，也曾问他得新弃旧的。他说：'这又有个大道理。比如男子丧了妻，或有必当续弦者，也必要续弦为是。便只是不把死的丢过不提，便是情深意重了。若一味因死的不续，孤守一世，妨了大节，也不是理，死者反不安了。'你说可是又疯又呆？说来可是可笑？"

入戏太深，因戏生情。

宝玉听说了这篇呆话，独合了他的呆性，不觉又是欢喜，又是悲叹，又称奇道绝，说："天既生这样人，又何用我这须眉浊物玷辱世界。"因又忙拉芳官嘱道："既如此说，我也有一句话嘱咐他，我若亲对面与他讲未免不便，须得你告诉他。"芳官问何事。宝玉道："以后断不可烧纸钱。这纸钱原是后人异端，不是孔子的遗训。以后逢时按节，只备一个炉，到日随便焚香，一心诚虔，就可感格[1]了。愚人原不知，无论神佛死人，必要分出等例，各式各例的。殊不知只一'诚心'二字为主。即值仓皇流离之日，虽连香亦无，随便有土有草，只以洁净，便可为祭，不独死者享祭，便是神鬼也来享的。你瞧瞧我那案上，只设一炉，不论日期，时常焚香。他们皆不知原故，我心里却各有所因。随便有清茶便供一钟茶，有新水就供一盏水，或有鲜花，或有鲜果，甚至荤羹腥菜，只要心诚意

[1] 感格：感动。

洁，便是佛也都可来享，所以说，只在敬不在虚名。以后快命他不可再烧纸。”芳官听了，便答应着。一时吃过饭，便有人回：“老太太、太太回来了。”——

心诚第一，形式是其次。

第五十九回

柳叶渚边嗔莺咤燕　绛云轩里召将飞符

话说宝玉听说贾母等回来，遂多添了一件衣服，拄杖前边来，都见过了。贾母等因每日辛苦，都要早些歇息，一宿无话，次日五鼓，又往朝中去。

离送灵日不远，鸳鸯、琥珀、翡翠、玻璃四人都忙着打点贾母之物，玉钏、彩云、彩霞等皆打叠王夫人之物，当面查点与跟随的管事媳妇们。跟随的一共大小六个丫鬟，十个老婆子媳妇子，男人不算。连日收拾驮轿[1]器械。鸳鸯与玉钏儿皆不随去，只看屋子。一面先几日预发帐幔铺陈之物，先有四五个媳妇并几个男人领了出来，坐了几辆车绕道先至下处，铺陈安插等候。

临日，贾母带着蓉妻坐一乘驮轿，王夫人在后亦坐一乘驮轿，贾珍骑马率了众家丁护卫。又有几辆大车与婆子丫鬟等坐，并放些随换的衣包等件。是日薛姨妈尤氏率领诸人直送至大门外方回。贾琏恐路上不便，一面打发了他父母起身赶上贾母王夫人驮轿，自己也随后带领家丁押后跟来。

荣府内赖大添派人丁上夜，将两处厅院都关了，一应出入人等，皆走西边小角门。日落时，便命关了仪门，不放人出入。园中前后东西角门亦皆

[1] 驮轿：前后两匹骡马驮着的轿子。

关锁，只留王夫人大房之后常系他姊妹出入之门，东边通薛姨妈的角门，这两门因在内院，不必关锁。里面鸳鸯和玉钏儿也各将上房关了，自领丫鬟婆子下房去安歇。每日林之孝之妻进来，带领十来个婆子上夜，穿堂内又添了许多小厮们坐更打梆子，已安插得十分妥当。

一日清晓，宝钗春困已醒，搴帷下榻，微觉轻寒，启户视之，见园中土润苔青，原来五更时落了几点微雨。于是唤起湘云等人来，一面梳洗，湘云因说两腮作痒，恐又犯了杏癍癣，因问宝钗要些蔷薇硝来。宝钗道："前儿剩的都给了妹子。"因说："颦儿配了许多，我正要和他要些，因今年竟没发痒，就忘了。"因命莺儿去取些来。莺儿应了才去时，蕊官便说："我同你去，顺便瞧瞧藕官。"说着，一径同莺儿出了蘅芜苑。

二人你言我语，一面行走，一面说笑，不觉到了柳叶渚，顺着柳堤走来。因见柳叶才吐浅碧，丝若垂金，莺儿便笑道："你会拿着柳条子编东西不会？"蕊官笑道："编什么东西？"莺儿道："什么编不得？顽的使的都可。等我摘些下来，带着这叶子编个花篮儿，采了各色花放在里头，才是好顽呢。"说着，且不去取硝，且伸手挽翠披金，采了许多的嫩条，命蕊官拿着。莺儿一行走一行编花篮，随路见花便采一二枝，编出一个玲珑过梁的篮子。枝上自有本来翠叶满布，将花放上，却也别致有趣。喜的蕊官笑道；"姐姐，给了我罢。"莺儿道："这一个咱们送林姑娘，回来咱们再多采些，编几个大家玩。"说着，来至潇湘馆中。

黛玉也正晨妆，见了篮子，便笑说："这个新鲜花篮是谁编的?”莺儿笑说:“我编了送姑娘玩的。”黛玉接了笑道:“怪道人赞你的手巧,这玩意儿却也别致。”一面瞧了,一面便命紫鹃挂在那里。莺儿又问候了薛姨妈,方和黛玉要硝。黛玉忙命紫鹃包了一包,递与莺儿。黛玉又道:“我好了,今日要出去逛逛。你回去说与姐姐,不用过来问候妈了,也不敢劳他来瞧我,梳了头同妈都往你那里去,连饭也端了那里去吃,大家热闹些。”

莺儿答应了出来,便到紫鹃房中找蕊官。只见藕官与蕊官二人正说得高兴,不能相舍,因说:“姑娘也去呢,藕官先同我们去等着岂不好?”紫鹃听如此说,便也说道:“这话倒是,他这里淘气的也可厌。”一面说,一面便将黛玉的匙箸用一块洋巾包了,交与藕官道:“你先带了这个去,也算一趟差了。”

藕官接了,笑嘻嘻同他二人出来,一径顺着柳堤走来。莺儿便又采些柳条,越性坐在山石上编起来,又命蕊官先送了硝去再来。他二人只顾爱看他编,那里舍得去。莺儿只顾催说:“你们再不去,我也不编了。”藕官便说:“我同你去了再快回来。”二人方去了。

这里莺儿正编,只见何婆的小女春燕走来,笑问:“姐姐编什么呢?”正说着,蕊藕二人也到了。春燕便向藕官道:“前儿你到底烧什么纸?被我姨妈看见了,要告你没告成,倒被宝玉赖了他一大些不是,气的他一五一十告诉我妈。你们在外头这二三年积了些什么仇恨,如今还不解开?”藕官冷笑道:“有什么仇恨?他们不知足,反怨我们了。在外头这两年,别的东西不算,只算我们的米菜,不知赚了多少家去,合家子吃不了,还有每日买东买西赚的钱在外。逢我们使他们一使儿，就怨天怨地的。你说说可有良心？”

春燕笑道：“他是我的姨妈，也不好向着外人反说他的。怨不得宝玉说：‘女孩儿未出嫁，是颗无价之宝珠；出了嫁，不知怎么就变出许多的不好的毛病来，虽是颗珠子，却没有光彩宝色，是颗死珠了；再老了，更变的不是珠子，竟是鱼眼睛了。分明一个人，怎么变出三样来？’这话虽是混话，倒也有些不差。别人不知道，只说我妈和姨妈，他老姊妹两个，如今越老了越把钱看的真了。先时老姐儿两个在家抱怨没个差使，没个进益，幸亏有了这园子，把我挑进来，可巧把我分到怡红院。家里省了我一个人的费用不算外，每月还有四五百钱的馀剩，这也还说不够。后来老姊妹二人都派到梨香院去照看他们，藕官认了我姨妈，芳官认了我妈，这几年着实宽裕了。如今挪进来也算撒开手了，还只无厌。你说好笑不好笑？我姨妈刚和藕官吵了，接着我妈为洗头就和芳官吵。芳官连要洗头也不给他洗。昨日得月钱，推不去了，买了东西先叫我洗。我想了一想：我自有钱，就没钱要洗时，不管袭人、晴雯、麝月，那一个跟前和他们说一声，也都容易，何必借这个光儿？好没意思。所以我不洗。他又叫我妹妹小鸠儿洗了，才叫芳官，果然就吵起来。接着又要给宝玉吹汤，你说可笑死了人？我见他一进来，我就告诉那些规矩。他只不信，只要强做知道的，足的讨个没趣儿。幸亏园里的人多，没人分记的清楚谁是谁的亲故。若有人记得，只有我们一家人吵，什么意思呢？你这会子又跑来弄这个。这一带地上的东西都是我姑娘管着，一得了这地方，比得了永远基业还利害，每日早起晚睡，自己辛苦了还不算，每日逼着我们来照看，生恐有人遭踏，又怕误了我的差使。如今进来了，老姑嫂两个照看得谨谨慎慎，一根草也不许人动。你还掐这些花儿，又折他的嫩树，他们即刻就来，仔细他们抱怨。”

莺儿道：“别人乱折乱掐使不得，独我使得。自从分了地基之后，每日里各房皆有分例，吃的不用算，单管花草顽意儿。谁管什么，每日谁就把各房里姑娘丫头戴的，必要各色送些折枝的去，还有插瓶的。惟有我们姑娘说了：‘一概不用送，等要什么再和你们要。’究竟没有要过一次。我今便掐些，他们也不好意思说的。”

一语未了，他姑娘果然拄了拐走来。莺儿春燕等忙让坐。那婆子见采了许多嫩柳，又见藕官等都采了许多鲜花，心内便不受用；看着莺儿编，又不好说什么，便说春燕道：“我叫你来照看照看，你就贪住玩不去了。倘或叫起你来，你又说我使你了，拿我做隐身符儿[1]你来乐。”春燕道：“你老又使我，又怕，这会子反说我。难道把我劈做八瓣子不成?”

莺儿笑道：“姑妈，你别信小燕的话。这都是他摘下来的，烦我给他编，我撵他，他不去。”春燕笑道：“你可少玩儿，你只顾玩儿，他老人家就认真了。”那婆子本是愚顽之辈，兼之年近昏眊[2]，惟利是命，一概情面不管，正心疼肝断，无计可施，听莺儿如此说，便以老卖老，拿起拄杖来向春燕身上击了几下，骂道：“小蹄子，我说着

[1] 隐身符儿：此指挡箭牌。
[2] 昏眊（mào）：昏聩的老年。

你，你还和我强嘴儿呢。你妈恨的牙根痒痒，要撕你的肉吃呢。你还来和我强梆子似的。”打的春燕又愧又急，哭道：“莺儿姐姐玩话，你老就认真打我。我妈为什么恨我？我又没烧胡了洗脸水，有什么不是！”

莺儿本是玩话，忽见婆子认真动了气，忙上去拉住，笑道：“我才是玩话，你老人家打他，我岂不愧？”那婆子道：“姑娘，你别管我们的事，难道为姑娘在这里，不许我管孩子不成？”莺儿听见这般蠢话，便赌气红了脸，撒了手冷笑道：“你老人家要管，那一刻管不得，偏我说了一句玩话就管他了。我看你老管去！”说着，便坐下，仍编柳篮子。

偏又有春燕的娘出来找他，喊道：“你不来舀水，在那里做什么呢？”那婆子便接声儿道：“你来瞧瞧，你的女儿连我也不服了！在那里排揎我呢。”那婆子一面走过来说：“姑奶奶，又怎么了？我们丫头眼里没娘罢了，连姑妈也没了不成？”莺儿见他娘来了，只得又说原故。他姑娘那里容人说话，便将石上的花柳与他娘瞧道：“你瞧瞧，你女儿这么大孩子顽的。他先领着人遭踏我，我怎么说人？”

他娘也正为芳官之气未平，又恨春燕不遂他的心，便走上来打耳刮子，骂道：“小娼妇，你能上去了几年？你也跟那起轻狂浪小妇学，怎么就管不得你们了？干的我管不得，你是我屄里掉出来的，难道也不敢管你不成！既是你们这起蹄子到的去的地方我到不去，你就该死在那里伺候，又跑出来浪汉。”一面又抓起柳条子来，直送到他脸上，问道：“这叫作什么？这编的是你娘的屄！”莺儿忙道：“那是我们编的，你老别指桑骂槐。”那婆子深妒袭人晴雯一干人，已知凡房中大些的丫鬟都比他们有些体统权势，凡见了这一干人，心中又畏又让，未免又气又恨，亦且迁怒于众，复又看见了藕官，又是他令姊的冤家，四处凑成一股怒气。

那春燕啼哭着往怡红院去了。他娘又恐问他为何哭，怕他又说出自己打他，又要受晴雯等之气，不免着起急来，又忙喊道："你回来！我告诉你再去。"春燕那里肯回来？急的他娘跑了去要拉他。他回头看见，便也往前飞跑。他娘只顾赶他，不防脚下被青苔滑倒，引的莺儿三个人反都笑了。莺儿便赌气将花柳皆掷于河中，自回房去。这里把个婆子心疼的只念佛，又骂："促狭小蹄子！遭踏了花儿，雷也是要打的。"自己且掐花与各房送去不提。

却说春燕一直跑入院中，顶头遇见袭人往黛玉处去问安。春燕便一把抱住袭人，说："姑娘救我！我娘又打我呢。"袭人见他娘来了，不免生气，便说道："三日两头儿打了干的打亲的，还是卖弄你女儿多，还是认真不知王法？"这婆子虽来了几日，见袭人不言不语是好性的，便说道："姑娘你不知道，别管我们闲事！都是你们纵的，这会子还管什么？"说着，便又赶着打。

袭人气的转身进来，见麝月正在海棠下晾手巾，听得如此喊闹，便说："姐姐别管，看他怎样。"一面使眼色与春燕，春燕会意，便直奔了宝玉去。众人都笑说："这可是没有的事都闹出来了。"麝月向婆子道："你再略煞一煞气儿，难道这些人的脸面，和你讨一个情还讨不下来不成？"那婆子见他女儿奔到宝玉身边去，又见宝玉拉了春燕的手说："别怕，有我呢。"

春燕又一行哭，又一行说，把方才莺儿等事都说出来。宝玉越发急起来，说："你只在这里闹也罢了，怎么连亲戚也都得罪起来?”麝月又向婆子及众人道：“怨不得这嫂子说我们管不着他们的事，我们虽无知错管了，如今请出一个管得着的人来管一管，嫂子就心服口服，也知道规矩了。”便回头叫小丫头子：“去把平儿给我们叫来！平儿不得闲就把林大娘叫了来。”那小丫头应了就走。众媳妇上来笑说：“嫂子，快求姑娘们叫回那孩子罢。平姑娘来了，可就不好了。”那婆子说道：“凭你那个平姑娘来也凭个理，没有娘管女儿大家管着娘的。”众人笑道：“你当是那个平姑娘？是二奶奶屋里的平姑娘。他有情呢，你说两句；他一翻脸，嫂子你吃不了兜着走!”

说话之间，只见小丫头子回来说：“平姑娘正有事，问我作什么，我告诉了他，他说：‘既这样，且撵他出去，告诉了林大娘在角门外打他四十板子就是了。’”那婆子听如此说，自不舍得出去，便又泪流满面，央告袭人等说：“好容易我进来了，况且我是寡妇，家里没人，正好一心无挂的在里头服侍姑娘们。姑娘们也便宜，我家里也省些搅过[1]。我这一去，又要去自己生火过活，将来不免又没了过活。”

不肯忍，实际利益就得受损。

袭人见他如此，早又心软了，便说：“你既要在这里，又不守规矩，又不听说，又乱打人。那里弄你这个不晓事的来，天天斗口，也叫人笑话，失了体统。”晴雯道：“理他呢，打发去了是正经。谁和他去对嘴对舌的。”那婆子又央众人道：“我虽错了，姑娘们吩咐了，我以后改过。姑娘们那不是行好积德。”一面又央春燕道：“原是我为打你起的，

[1] 搅过：日常的吃穿用度。

究竟没打成你，我如今反受了罪，你也替我说说。”宝玉见如此可怜，只得留下，吩咐他不可再闹。那婆子走来一一的谢过了下去。

只见平儿走来，问系何事。袭人等忙说：“已完了，不必再提。”平儿笑道：“‘得饶人处且饶人’，得省的将就省些事也罢了。能去了几日，只听各处大小人儿都作起反来了，一处不了又一处，叫我不知管那一处的是。”袭人笑道：“我只说我们这里反了，原来还有几处。”平儿笑道：“这算什么。正和珍大奶奶算呢，这三四日的工夫，一共大小出来了八九件了。你这里是极小的，算不起数儿来，还有大的可气可笑之事。”不知袭人问他果系何事，且听下回分解。

奴才既然分了三六九等，自然难免磕磕碰碰。

第六十回

茉莉粉替去蔷薇硝　玫瑰露引来茯苓霜

话说袭人因问平儿，何事这等忙乱。平儿笑道："都是世人想不到的，说来也好笑，等几日告诉你，如今没头绪呢，且也不得闲儿。"一语未了，只见李纨的丫鬟来了，说："平姐姐可在这里，奶奶等你，你怎么不去了？"平儿忙转身出来，口内笑说："来了，来了。"袭人等笑道："他奶奶病了，他又成了香饽饽了，都抢不到手。"平儿去了。不提。

宝玉便叫春燕："你跟了你妈去，到宝姑娘房里给莺儿几句好话听听，也不可白得罪了他。"春燕答应了，和他妈出去。宝玉又隔窗说道："不可当着宝姑娘说，仔细反叫莺儿受教导。"

娘儿两个应了出来，一壁走着，一面说闲话儿。春燕因向他娘道："我素日劝你老人家再不信，何苦闹出没趣来才罢。"他娘笑道："小蹄子，你走罢，俗语道：'不经一事，不长一智。'我如今知道了。你又该来支问着我。"春燕笑道："妈，你若安分守己，在这屋里长久了，自有许多的好处。我且告诉你句话：宝玉常说，将来这屋里的人，无论家里外头的，一应我们这些人，他都要回太太全放出去，与本人父母自便呢。你只说这一件可好不好？"他娘听说，喜的忙问："这话果真？"春燕道："谁可扯这谎做什么？”婆子听了，便念佛不绝。

当下来至蘅芜苑中，正值宝钗、黛玉、薛姨妈等吃饭。莺儿自去泡茶，春燕便和他妈一径到莺儿前，陪笑说“方才言语冒撞了，姑娘莫嗔莫怪，特来陪罪”等语。莺儿忙笑让坐，又倒茶。他娘儿两个说有事，便作辞回来。

忽见蕊官赶出叫：“妈妈姐姐，略站一站。”一面走上来，递了一个纸包与他们，说是蔷薇硝，带与芳官去擦脸。春燕笑道：“你们也太小气了，还怕那里没这个与他，巴巴的你又弄一包给他去。”蕊官道：“他是他的，我送的是我的。好姐姐，千万带回去罢。”春燕只得接了。娘儿两个回来，正值贾环贾琮二人来问候宝玉，也才进去。春燕便向他娘说：“只我进去罢，你老不用去。”他娘听了，自此便百依百随的，不敢倔强了。

春燕进来，宝玉知道回复，便先点头。春燕知意，便不再说一语，略站了一站，便转身出来，使眼色与芳官。芳官出来，春燕方悄悄的说与他蕊官之事，并与了他硝。宝玉并无与琮环可谈之语，因笑问芳官手里是什么。芳官便忙递与宝玉瞧，又说是擦春癣的蔷薇硝。宝玉笑道：“亏他想得到。”贾环听了，便伸着头瞧了一瞧，又闻得一股清香，便弯腰向靴桶内掏出一张纸来托着，笑说：“好哥哥，给我一半儿。”宝玉只得要与他。芳官心中因是蕊官之赠，不肯与别人，连忙拦住，笑说道：“别动这个，我另拿些来。”宝玉会意，忙笑包上，说道：“快取来。”

芳官接了这个，自去收好，便从奁中去寻自己常使的。启奁看时，盒内已空，心中疑惑，早间还剩了些，如何没了？因问人时，都说不知。麝月便说："这会子且忙着问这个，不过是这屋里人一时短了使了。你不管拿些什么给他们，他们那里看得出来？快打发他们去了，咱们好吃饭。"芳官听了，便将些茉莉粉包了一包拿来。贾环见了，喜的就伸手来接。芳官便忙向炕上一掷。贾环只得向炕上拾了，揣在怀内，方作辞而去。

原来贾政不在家，且王夫人等又不在家，贾环连日也便装病逃学。如今得了硝，兴兴头头来找彩云。正值彩云和赵姨娘闲谈，贾环嘻嘻向彩云道："我也得了一包好的，送你擦脸。你常说，蔷薇硝擦癣，比外头的银硝强。你且看看，可是这个？"彩云打开一看，嗤的一声笑了，说道："你是和谁要来的？"贾环便将方才之事说了。彩云笑道："这是他们哄你这乡老呢。这不是硝，这是茉莉粉。"贾环看了一看，果然比先的带些红色，闻闻也是喷香，因笑道："这也是好的，硝粉一样，留着擦罢，自是比外头买的高便好。"彩云只得收了。

赵姨娘便说："有好的给你！谁叫你要去了，怎怨他们耍你！依我，拿了去照脸摔给他去，趁着这回子撞尸的撞尸去了，挺床的便挺床，吵一出子，大家别心净，也算是报仇。莫不是两个月之后，还找出这个碴儿来问你不成？便问你，你也有话说。宝玉是哥哥，不敢冲撞他罢了。难道他屋里的猫儿狗儿，也不敢去问问不成！"贾环听说，便低了头。彩云忙说："这又何苦生事，不管怎样，忍耐些罢了。"

挑动儿子去闹。

赵姨娘道："你快休管，横竖与你无干。乘着抓住了理，骂给那些浪淫妇们一顿也是好的。"又指贾环道："呸！你这下流没刚性的，也只好受这些毛崽子的气！平白我说你一句儿，或无心中错拿了一件东西给你，你倒会扭头暴筋瞪着眼蹾摔[1]娘。这会子被那起屄崽子耍弄也罢了。你明儿还想这些家里人怕你呢。你没有屄本事，我也替你羞。”贾环听了，不免又愧又急，又不敢去，只摔手说道：“你这么会说，你又不敢去，支使了我去闹。倘或往学里告去捱了打，你敢自不疼呢？遭遭儿调唆了我闹去，闹出了事来，我捱了打骂，你一般也低了头。这会子又调唆我和毛丫头们去闹。你不怕三姐姐，你敢去，我就服你。”只这一句话，便戳了他娘的肺，便喊说：“我肠子里爬出来的，我再怕不成！这屋里越发有得说了。”一面说，一面拿了那包子，便飞也似的往园中去了。彩云死劝不住，只得躲入别房。贾环便也躲出仪门，自去顽耍。

赵姨娘直进园子，正是一头火，顶头正遇见藕官的干娘夏婆子走来。见赵姨娘气恨恨的走来，因问：“姨奶奶那去？”赵姨娘又说：“你瞧瞧，这屋里连三日两日进来唱戏的小粉头们，都三般两样掂人分量放小菜碟儿了。若是别一个，我还不恼，若叫这些小娼妇捉弄了，还成个什么！”夏婆子听了，正中己怀，忙问因何。赵姨娘悉将芳官以粉作硝轻侮贾环之事说了。

夏婆子道：“我的奶奶，你今日才知道，这算什么事。连昨日这个地方他们私自烧纸钱，宝玉还拦到头里。人家还没拿进个什么儿来，就说使不得，不干不净的忌讳。这烧纸倒不忌讳？你老想一想，这屋里除了太太，谁还大似你？你老自己撑不起来；但凡撑起来的，谁还不怕你老人家？如今我想，乘着这几个小粉头儿恰不是正头货，得罪了他

[1] 蹾摔：摔手顿足，发脾气。

们也有限的，快把这两件事抓着理扎个筏子[1]，我在旁作证据，你老把威风抖一抖，以后也好争别的礼。便是奶奶姑娘们，也不好为那起小粉头子说你老的。”赵姨娘听了这话，益发有理，便说：“烧纸的事不知道，你却细细的告诉我。”夏婆子便将前事一一的说了，又说：“你只管说去。倘或闹起，还有我们帮着你呢。”赵姨娘听了越发得了意，仗着胆子便一径到了怡红院中。

又被人撺掇、挑拨。

可巧宝玉听见黛玉在那里，便往那里去了。芳官正与袭人等吃饭，见赵姨娘来了，便都起身笑让：“姨奶奶吃饭，有什么事这么忙？”赵姨娘也不答话，走上来便将粉照着芳官脸上撒来，指着芳官骂道：“小淫妇！你是我银子钱买来学戏的，不过娼妇粉头之流！我家里下三等奴才也比你高贵些的，你都会看人下菜碟儿。宝玉要给东西，你拦在头里，莫不是要了你的了？拿这个哄他，你只当他不认得呢！好不好，他们是手足，都是一样的主子，那里有你小看他的！”

芳官那里禁得住这话，一行哭，一行说：“没了硝我才把这个给他的。若说没了，又恐他不信，难道这不是好的？我便学戏，也没往外头去唱。我一个女孩儿家，知道什么是粉头面头的！姨奶奶犯不着来骂我，我又不是姨奶奶家买的。‘梅香拜把子——都是奴儿’[2]呢！”袭人忙拉他说：“休胡说！”赵姨娘气的便上来打了两个耳刮子。袭人等忙上来拉劝，说：“姨奶奶别和他小孩子一般见识，等我们说他。”芳官捱了两下打，那里肯依，便拾

[1] 扎个筏子：找借口出气。
[2] 梅香拜把子——都是奴儿：歇后语，意思是不管老儿，都是奴才辈的。梅香，婢女的代称。儿，排行。

头打滚，泼哭泼闹起来。口内便说："你打得起我么？你照照那模样儿再动手！我叫你打了去，我还活着！"便撞在怀里叫他打。

众人一面劝，一面拉他。晴雯悄拉袭人说："别管他们，让他们闹去，看怎么开交！如今乱为王了，什么你也来打，我也来打，都这样起来还了得呢！"

外面跟着赵姨娘来的一干的人听见如此，心中各各称愿，都念佛说："也有今日！"又有那一干怀怨的老婆子见打了芳官，也都称愿。

当下藕官蕊官等正在一处作耍，湘云的大花面葵官，宝琴的荳官，两个闻了此信，慌忙找着他两个说："芳官被人欺侮，咱们也没趣，须得大家破着大闹一场，方争过气来。"四人终是小孩子心性，只顾他们情分上义愤，便不顾别的，一齐跑入怡红院中。荳官先便一头，几乎不曾将赵姨娘撞了一跤。那三个也便拥上来，放声大哭，手撕头撞，把个赵姨娘裹住。晴雯等一面笑，一面假意去拉。急的袭人拉起这个，又跑了那个，口内只说："你们要死！有委曲只好说，这没理的事如何使得！"赵姨娘反没了主意，只好乱骂。蕊官藕官两个一边一个，抱住左右手；葵官荳官前后头顶住。四人只说："你只打死我们四个就罢！"芳官直挺挺躺在地下，哭得死过去。

一个戏班子出来的，抱团。

看热闹不怕事大。

正没开交，谁知晴雯早遣春燕回了探春。当下尤氏、李纨、探春三人带着平儿与众媳妇走来，将四个喝住。问起原故，赵姨娘便气的瞪着眼粗了筋，一五一十说个不清。尤李两个不答言，只喝禁他四人。探春便叹气说："这是什么大事，姨娘也太肯动气了！我正有一句话要请姨娘商议，怪道丫头说不知在那里，原来在这里生气呢，快同我来。”尤氏、李纨都笑说：“姨娘请到厅上来，咱们商量。”

赵姨娘无法，只得同他三人出来，口内犹说长说短。探春便说：“那些小丫头子们原是些顽意儿，喜欢呢，和他说说笑笑；不喜欢便可以不理他。便他不好了，也如同猫儿狗儿抓咬了一下子，可恕就恕，不恕时也只该叫了管家媳妇们去说给他去责罚，何苦自己不尊重，大吆小喝失了体统。你瞧周姨娘，怎不见人欺他，他也不寻人去。我劝姨娘且回房去煞煞性儿，别听那些混帐人的调唆，没的惹人笑话，自己呆，白给人作粗活。心里有二十分的气，也忍耐这几天，等太太回来自然料理。”一席话说得赵姨娘闭口无言，只得回房去了。

这里探春气的和尤氏李纨说：“这么大年纪，行出来的事总不叫人敬服。这是什么意思，也值得吵一吵，并不留体统，耳朵又软，心里又没有计算。这又是那起没脸面的奴才们的调停，作弄出个呆人替他们出气。”越想越气，因命人查是谁调唆的。媳妇们只得答应着，出来相视而笑，都说是“大海里那里寻针去。”只得将赵姨娘的人并园中人唤来盘诘，都说不知道。众人没法，只得回探春：“一时难查，慢慢访查，凡有口舌不妥的，一总来回了责罚。”

探春气渐渐平服方罢。可巧艾官便悄悄的回探春说：“都是夏妈和我们素日不对，每每的造言生事。前儿赖藕官烧纸，幸亏是宝玉叫他烧的，宝玉自己应了，他才没话说。今儿我与姑娘送手帕去，看见他和姨奶奶在一处说了半天，嘁嘁喳喳的，见了我才走开了。”探春听了，虽知情弊，亦料定他们皆是一党，本皆淘气异常，便只答应，也不肯据此为实。

谁知夏婆子的外孙女儿蝉姐儿便是探春处当役的，时常与房中丫鬟们买东西呼唤人，众女孩儿都和他好。这日饭后，探春正上厅理事，翠墨在家看屋子，因命蝉姐儿出去叫小幺儿买糕去。蝉姐儿便说："我才扫了个大院子，腰腿生疼的，你叫个别的人去罢。"翠墨笑说："我又叫谁去？你趁早儿去，我告诉你一句好话，你到后门顺路告诉你老娘，防着些儿。"说着，便将艾官告他老娘话告诉了他。蝉姐儿听了，忙接了钱道："这个小蹄子也要捉弄人，等我告诉去。"说着，便起身出来。

没有不透风的墙。

至后门边，只见厨房内此刻手闲之时，都坐在阶砌上说闲话呢。他老娘亦在内。蝉姐儿便命一个婆子出去买糕。他且一行骂，一行说，将方才之话告诉与夏婆子。夏婆子听了，又气又怕，便欲去找艾官问他，又欲往探春前去诉冤。蝉姐儿忙拦住说："你老人家去怎么说呢？这话怎得知道的，可又叨登不好了。说给你老防着就是了，那里忙到这一时儿。"

正说着，忽见芳官走来，扒着院门，笑向厨房中柳家媳妇说道："柳嫂子，宝二爷说了：晚饭的素菜要一样凉凉的酸酸的东西，只别搁上香油弄腻了。"柳家的笑道："知道。今儿怎遣你来了告诉这么一句要紧话。你不嫌脏，进来逛逛儿不是？"

芳官才进来，忽有一个婆子手里托了一碟糕来。芳官便戏道："谁买的热糕？我先尝一块儿。"蝉姐儿一手接了道："这是人家买的，你们还稀罕这个。"柳家的见了，忙笑道："芳姑娘，你喜吃这个？我这里有才买下给你姐姐吃的，他不曾吃，还收在那里，干干净净没动呢。”说着，便拿了一碟出来，递与芳官，又说：“你等我进去替你炖口好茶来。”一面进去，现通开火炖茶。芳官便拿着热糕，问到蝉姐儿脸上说：“稀罕吃你那糕，这个不是糕不成？我不过说着顽罢了，你给我磕个头，我也不吃。”说着，便将手内的糕一块一块的掰了，掷着打雀儿顽，口内笑说：“柳嫂子，你别心疼，我回来买二斤给你。”

爱而知其恶，写出芳官的任性、不明事理。

小蝉气的怔怔的，瞅着冷笑道：“雷公老爷也有眼睛，怎不打这作孽的！他还气我呢。我可拿什么比你们，又有人进贡，又有人作干奴才，溜你们好上好儿，帮衬着说句话儿。”众媳妇都说：“姑娘们，罢呀，天天见了就咕唧。”有几个伶透的，见了他们对了口，怕又生事，都拿起脚来各自走开了。当下蝉姐儿也不敢十分说他，一面咕嘟着去了。

这里柳家的见人散了，忙出来和芳官说：“前儿那话儿说了不曾？”芳官道：“说了。等一二日再提这事。偏那赵不死的又和我闹了一场。前儿那玫瑰露姐姐吃了不曾，他到底可好些？”柳家的道：“可不都吃了。他爱的什么似的，又不好问你再要的。”芳官道：“不值什么，等我再要些来给他就是了。”

原来这柳家的有个女儿，今年才十六岁，虽是厨役之女，却生的人物与平、袭、紫、鸳皆类。因他排行第五，因叫他是五儿。因素有弱疾，故没得差。近因柳家的见宝玉房中的丫鬟差轻人多，且又闻得宝玉将来都要放他们，故如今要送他到那里应名儿。正无头路，可巧这柳家的是梨香院的差役，他最小意殷勤，服侍得芳官一干人比别的干娘还好。芳官等亦待他们极好，如今便和芳官说了，央芳官去与宝玉说。宝玉虽是依允，只是近日病着，又见事多，尚未说得。

前言少述，且说当下芳官回至怡红院中，回复了宝玉。宝玉正在听见赵姨娘厮吵，心中自是不悦，说又不是，不说又不是，只得等吵完了，打听着探春劝了他去后方从蘅芜苑回来，劝了芳官一阵，方大家安妥。今见他回来，又说还要些玫瑰露与柳五儿吃去，宝玉忙道："有的，我又不大吃，你都给他去罢。"说着命袭人取了出来，见瓶中亦不多，遂连瓶与了他。

芳官便自携了瓶与他去。正值柳家的带进他女儿来散闷，在那边犄角子上一带地方儿逛了一回，便回到厨房内，正吃茶歇脚儿。芳官拿了一个五寸来高的小玻璃瓶来，迎亮照看，里面小半瓶胭脂一般的汁子，还道是宝玉吃的西洋葡萄酒。母女两个忙说："快拿旋子[1]烫滚水，你且坐下。"芳官笑道："就剩了这些，连瓶子都给你们罢。"

五儿听了，方知是玫瑰露，忙接了，谢了又谢。芳官又问他"好些?"五儿道："今儿精神些，进来逛逛。这后边一带，也没什么意思，不过见些大石头大树和房子后墙，正经好景致也没看见。"芳官道："你为什么不往前去?"柳家的道："我没叫他往前去。姑娘们也不认得他，倘有不对眼的人看见了，又是一番口舌。明儿托你携带他有了房头[2]，怕没有人带着他逛呢，只怕逛腻了的日子还有呢。"芳官听了，笑道："怕什么，有我呢。"柳家的忙道："嗳哟哟，我的姑娘，我们的头皮儿

[1] 旋子：一种温酒用的圆筒形器皿。
[2] 房头：即户头。指奴婢有了归属。

薄，比不得你们。”说着，又倒了茶来。芳官那里吃这茶，只漱了一口就走了。柳家的说道：“我这里占着手，五丫头送送。”

五儿便送出来，因见无人，又拉着芳官说道：“我的话到底说了没有?”芳官笑道：“难道哄你不成? 我听见屋里正经还少两个人的窝儿，并没补上。一个是红玉的，琏二奶奶要去还没给人来；一个是坠儿的，也还没补。如今要你一个也不算过分。皆因平儿每每的和袭人说，凡有动人动钱的事，得挨的且挨一日更好。如今三姑娘正要拿人扎筏子呢，连他屋里的事都驳了两三件，如今正要寻我们屋里的事没寻着，何苦来往网里碰去。倘或说些话驳了，那时老了，倒难回转。不如等冷一冷，老太太、太太心闲了，凭是天大的事先和老的一说，没有不成的。”五儿道：“虽如此说，我却性急等不得了。趁如今挑上来了，一则给我妈争口气，也不枉养我一场；二则添了月钱，家里又从容些；三则我的心开一开，只怕这病就好了——便是请大夫吃药，也省了家里的钱。”芳官道：“我都知道了，你只放心。”二人别过，芳官自去不提。

单表五儿回来，与他娘深谢芳官之情。他娘因说：“再不承望得了这些东西，虽然是个珍贵物儿，却是吃多了也最动热。竟把这个倒些送个人去，也是个大情。”五儿问：“送谁?”他娘道：“送你舅舅的儿子，昨日热病，也想这些东西吃。如今我倒半盏与他去。”五儿听了，半日没言语，随他妈倒了半盏子去，将剩的连瓶便放在家伙厨内。五儿冷笑道：“依我说，竟不给他也罢了。倘或有人盘问起来，倒又是一场事了。”他娘道：“那里怕起这些来，还了得了。我们辛辛苦苦的，里头赚些东西，也是应当的。难道是贼偷的不成?”说着，一径去了。直至外边他哥哥家中，他侄子正躺着，一见了这个，他哥嫂侄男无不欢喜。现从井上取了凉水，和吃了一碗，心中一畅，头目清凉。剩的半盏，用纸覆着，放在桌上。

可巧又有家中几个小厮同他侄儿素日相好的，走来问候他的病。内中有一小伙名唤钱槐者，乃系赵姨娘之内亲。他父母现在库上管帐，他本身又派跟贾环上学。因他有些钱势，尚未娶亲，素日看上了柳家的五儿标致，和父母说了，欲娶他为妻。也曾央中保媒人再四求告。柳家父母却也情愿，争奈五儿执意不从，虽未明言，却行止中已带出，父母未敢应允。近日又想往园内去，越发将此事丢开，只等三五年后放出来，自向外边择婿了。钱家见他如此，也就罢了。怎奈钱槐不得五儿，心中又气又愧，发恨定要弄取成配，方了此愿。今也同人来瞧望柳侄，不期柳家的在内。

柳家的忽见一群人来了，内中有钱槐，便推说不得闲，起身便走了。他哥嫂忙说：“姑妈怎么不吃茶就走？倒难为姑妈记挂。”柳家的因笑道：“只怕里面传饭，再闲了出来瞧侄子罢。”他嫂子因向抽屉内取了一个纸包出来，拿在手内送了柳家的出来，至墙角边递与柳家的，又笑道：“这是你哥哥昨儿在门上该班儿，谁知这五日一班，竟偏冷淡，一个外财没发。只有昨儿有粤东的官儿来拜，送了上头两小篓子茯苓霜。馀外给了门上人一篓作门礼，你哥哥分了这些。这地方千年松柏最多，所以单取了这茯苓的精液和了药，不知怎么弄出这怪俊的白霜儿来。说第一用人乳和着，每日早起吃一钟，最补人的；第二用牛奶子；万不得，滚白水也好。我们想着，正宜外甥女儿吃。原是上半日打发小丫头子送了家去的，他说锁着门，连外甥女儿也进去了。本来我要瞧瞧他去，给他带了去的，又想主子们不在家，各处严紧，我又没甚么差使，有要没紧跑些什么。况且这两日风声，闻得里头家反宅乱的，倘或沾带了倒值多的。姑娘来的正好，亲自带去罢。”

柳氏道了生受，作别回来。刚到了角门前，只见一个小幺儿笑道：“你老人家那里去了？里头三次两趟叫人传呢，我们三四个人都找你老去了，还没来。你老人家却从那里来了？这条路又不是家去的路，我倒疑心起来。”那柳家的笑骂道：“好猴儿崽子……”要知端的，且听下回分解。

第六十一回

投鼠忌器宝玉瞒赃　判冤决狱平儿行权

那柳家的笑道："好猴儿崽子，你亲婶子找野老儿去了，你岂不多得一个叔叔，有什么疑的！别讨我把你头上的杩子盖[1]似的几根屄毛挦下来！还不开门让我进去呢。"这小厮且不开门，且拉着笑说："好婶子，你这一进去，好歹偷些杏子出来赏我吃。我这里老等。你若忘了时，日后半夜三更打酒买油的，我不给你老人家开门，也不答应你，随你干叫去。"柳氏啐道："发了昏的，今年不比往年，把这些东西都分给了众奶奶了。一个个的不像抓破了脸的，人打树底下一过，两眼就像那黧鸡[2]似的，还动他的果子！昨儿我从李子树下一走，偏有一个蜜蜂儿往脸上一过，我一招手儿，偏你那好舅母就看见了。他离的远看不真，只当我摘李子呢，就屄声浪嗓喊起来，说又是'还没供佛呢'，又是'老太太、太太不在家还没进鲜呢，等进了上头，嫂子们都有分的'，倒像谁害了馋痨等李子出汗呢。叫我也没好话说，抢白了他一顿。可是你舅母姨娘两三个亲戚都管着，怎不和他们要去，倒和我来要。这可是'仓老鼠和老鸹去借

[1] 杩（mà）子盖：儿童的一种发型，四周剃去，中间留短发，犹如杩桶盖。
[2] 黧（lí）鸡：一种黑鸡，凶猛善斗。

粮——守着的没有，飞着的有’。”

小厮笑道：“哎哟哟，没有罢了，说上这些闲话！我看你老以后就用不着我了？就便是姐姐有了好地方，将来更呼唤着的日子多，只要我们多答应他些就有了。”柳氏听了，笑道：“你这个小猴精，又捣鬼吊白的，你姐姐有什么好地方了?”那小厮笑道：“别哄我了，早已知道了。单是你们有内牵[1]，难道我们就没有内牵不成？我虽在这里听哈，里头却也有两个姊妹成个体统的，什么事瞒了我们!”

正说着，只听门内又有老婆子向外叫：“小猴儿们，快传你柳婶子去罢，再不来可就误了。”柳家的听了，不顾和小厮说话，忙推门进去，笑说：“不必忙，我来了。”一面来至厨房——虽有几个同伴的人，他们都不敢自专，单等他来调停分派——一面问众人：“五丫头那去了?”众人都说：“才往茶房里找他们姊妹去了。”

柳家的听了，便将茯苓霜搁起，且按着房头分派菜馔。忽见迎春房里小丫头莲花儿走来说：“司棋姐姐说了，要碗鸡蛋，炖的嫩嫩的。”柳家的道：“就是这样尊贵。不知怎的，今年这鸡蛋短的很，十个钱一个还找不出来。昨儿上头给亲戚家送粥米去，四五个买办出去，好容易才凑了二千个来。我那里找去？你说给他，改日吃罢。”

莲花儿道：“前儿要吃豆腐，你弄了些馊的，叫他说了我一顿。今儿要鸡蛋又没有了。什么好东西，我就不信连鸡蛋都没有了，别叫我翻出来。”一面说，一面真个走来，揭起菜箱一看，只见里面果有十来个鸡蛋，说道：“这不是？你就这么利害!

[1] 内牵：内线。

吃的是主子的，我们的分例，你为什么心疼？又不是你下的蛋，怕人吃了。”柳家的忙丢了手里的活计，便上来说道：“你少满嘴里混唚！你娘才下蛋呢！通共留下这几个，预备菜上的浇头。姑娘们不要，还不肯做上去呢，预备接急的。你们吃了，倘或一声要起来，没有好的，连鸡蛋都没了。你们深宅大院，水来伸手，饭来张口，只知鸡蛋是平常物件，那里知道外头买卖的行市呢。别说这个，有一年连草根子都没了的日子还有呢。我劝他们，细米白饭，每日肥鸡大鸭子，将就些儿也罢了。吃腻了膈，天天又闹起故事来了。鸡蛋、豆腐，又是什么面筋、酱萝卜炸儿，敢自倒换口味。只是我又不是答应你们的，一处要一样，就是十来样。我倒别伺候头层主子，只预备你们二层主子了。”

莲花听了，便红了脸，喊道：“谁天天要你什么来？你说上这两车子话！叫你来，不是为便宜却为什么。前儿小燕来，说‘晴雯姐姐要吃芦蒿’，你怎么忙的还问肉炒鸡炒？小燕说‘荤的因不好才另叫你炒个面筋的，少搁油才好。’你忙的倒说‘自己发昏’，赶着洗手炒了，狗颠儿[1]似的亲捧了去。今儿反倒拿我作筏子，说我给众人听。”柳家的忙道：“阿弥陀佛！这些人眼见的。别说前儿一次，就从旧年一立厨房以来，凡各房里偶然间不论姑娘姐儿们要添一样半样，谁不是先拿了钱来，另买另添。有的没的，名声好听，说我单管姑娘厨房省事，又有剩头儿，算起帐来，惹人恶心：连姑娘带姐儿们四五十人，一日也只管要两只鸡，两只鸭子，十来斤肉，一吊钱的菜蔬。你们算算，够作

[1] 狗颠儿：像狗那样一路小跑。这里讽刺柳嫂献殷勤。

什么的？连本项两顿饭还撑持不住，还搁的住这个点这样，那个点那样，买来的又不吃，又买别的去。既这样，不如回了太太，多添些分例，也像大厨房里预备老太太的饭，把天下所有的菜蔬用水牌[1]写了，天天转着吃，吃到一个月现算倒好。连前儿三姑娘和宝姑娘偶然商议了要吃个油盐炒枸杞芽儿来，现打发个姐儿拿着五百钱来给我，我倒笑起来了，说：'二位姑娘就是大肚子弥勒佛，也吃不了五百钱的去。这三二十个钱的事，还预备的起。'赶着我送回钱去，到底不收，说赏我打酒吃，又说'如今厨房在里头，保不住屋里的人不去叨登[2]，一盐一酱，那不是钱买的？你不给又不好，给了你又没的赔。你拿着这个钱，全当还了他们素日叨登的东西窝儿。'这就是明白体下的姑娘，我们心里只替他念佛。没的赵姨奶奶听了又气不忿，又说太便宜了我，隔不了十天，也打发个小丫头子来寻这样寻那样，我倒好笑起来。你们竟成了例，不是这个，就是那个，我那里有这些赔的。"

柳家的看人下菜碟，但她也有她的难处。这是一个夹缝中的人物。作者借她写出大观园奴仆之间错综复杂的矛盾。

正乱时，只见司棋又打发人来催莲花儿，说他："死在这里了，怎么就不回去？"莲花儿赌气回来，便添了一篇话，告诉了司棋。司棋听了，不免心头起火。此刻伺候迎春饭罢，带了小丫头们走来，见了许多人正吃饭，见他来的势头不好，都忙起身陪笑让坐。司棋便喝命小丫头子动手，"凡箱柜所有的菜蔬，只管丢出来喂狗，大家赚不成。"

小丫头子们巴不得一声，七手八脚抢上去，一顿乱翻乱掷的。众人一面拉劝，一面央告司棋说：

[1] 水牌：暂时记写又可随时擦去的油漆木牌。
[2] 叨登：叨扰。

"姑娘别误听了小孩子的话。柳嫂子有八个头，也不敢得罪姑娘。说鸡蛋难买是真。我们才也说他不知好歹，凭是什么东西，也少不得变法儿去。他已经悟过来了，连忙蒸上了。姑娘不信瞧那火上。"

司棋被众人一顿好言，方将气劝的渐平。小丫头们也没得摔完东西，便拉开了。司棋连说带骂，闹了一回，方被众人劝去。柳家的只好摔碗丢盘自己咕嘟了一回，蒸了一碗蛋令人送去。司棋全泼了地下了。那人回来也不敢说，恐又生事。

懦弱的迎春手下，偏有一个厉害无比的丫鬟司棋。柳家的忍气吞声，又蒸一碗蛋送去，司棋竟泼在地下，非常过分。事情不大，但把司棋得理不让人的可恶也写足了。

柳家的打发他女儿喝了一回汤，吃了半碗粥，又将茯苓霜一节说了。五儿听罢，便心下要分些赠芳官，遂用纸另包了一半，趁黄昏人稀之时，自己花遮柳隐的来找芳官。且喜无人盘问。一径到了怡红院门前，不好进去，只在一簇玫瑰花前站立，远远的望着。

有一盏茶时，可巧小燕出来，忙上前叫住。小燕不知是那一个，至跟前方看真切，因问作什么。五儿笑道："你叫出芳官来，我和他说话。"小燕悄笑道："姐姐太性急了，横竖等十来日就来了，只管找他做什么。方才使了他往前头去了，你且等他一等。不然，有什么话告诉我，等我告诉他。恐怕你等不得，只怕关园门了。"五儿便将茯苓霜递与了小燕，又说这是茯苓霜，如何吃，如何补益，"我得了些送他的，转烦你递与他就是了。"说毕，作辞回来。

正走蓼溆一带，忽见迎头林之孝家的带着几个婆子走来，五儿藏躲不及，只得上来问好。林之孝家的问道："我听见你病了，怎么跑到这里来？"五儿陪笑道："因这两日好些，跟我妈进来散散闷。才因我妈使我到怡红院送家伙去。"林之孝家的说道："这话岔了。方才我见你妈出来我才关门。既是你妈使了你去，他如何不告诉我说你在这里呢，竟出去让我关门，是何主意？可知是你扯谎。"五儿听了，没话回答，只说："原是我妈一早教我取去的，我忘了，挨到这时我才想起来了。只怕我妈错当我先出去了，所以没和大娘说得。"

林之孝家的听他辞钝色虚，又因近日玉钏儿说那边正房内失落了东西，几个丫头对赖，没主儿，心下便起了疑。可巧小蝉、莲花儿并几个媳妇子走来，见了这事，便说道："林奶奶倒要审审他。这两日他往这里头跑的不像，鬼鬼唧唧的，不知干些什么事。"小蝉又道："正是。昨儿玉钏姐姐说，太太耳房里的柜子开了，少了好些零碎东西。琏二奶奶打发平姑娘和玉钏姐姐要些玫瑰露，谁知也少了一罐子。若不是寻露，还不知道呢。"莲花儿笑道："这话我没听见，今儿我倒看见一个露瓶子。"

林之孝家的正因这些事没主儿，每日凤姐儿使平儿催逼他，一听此言，忙问在那里。莲花儿便说："在他们厨房里呢。"林之孝家的听了，忙命打了灯笼，带着众人来寻。五儿急的便说："那原是宝二爷屋里的芳官给我的。"林之孝家的便说："不管你方官圆官，现有了赃证，我只呈报了，凭你主子前辩去。"一面说，一面进入厨房，莲花儿带着，取出露瓶。恐还有偷的别物，又细细搜了一遍，又得了一包茯苓霜，一并拿了，带了五儿，来回李纨与探春。

那时李纨正因兰哥儿病了，不理事务，只命去见探春。探春已归房。人回进去，丫鬟们都在院内纳凉，探春在内盥沐，只有待书回进去。半日，出来说："姑娘知道了，叫你们找平儿回二奶奶去。"

林之孝家的只得领出来。到凤姐儿那边，先找着了平儿，平儿进去回了凤姐。

凤姐方才歇下，听见此事，便吩咐："将他娘打四十板子，撵出去，永不许进二门。把五儿打四十板子，立刻交给庄子上，或卖或配人。"平儿听了，出来依言吩咐了林之孝家的。五儿唬的哭哭啼啼，给平儿跪着，细诉芳官之事。平儿道："这也不难，等明日问了芳官便知真假。但这茯苓霜前日人送了来，还等老太太、太太回来看了才敢打动，这不该偷了去。"五儿见问，忙又将他舅舅送的一节说了出来。

平儿听了，笑道："这样说，你竟是个平白无辜之人，拿你来顶缸[1]。此时天晚，奶奶才进了药歇下，不便为这点子小事去絮叨。如今且将他交给上夜的人看守一夜，等明儿我回了奶奶，再做道理。"林之孝家的不敢违拗，只得带了出来交与上夜的媳妇们看守，自便去了。

这里五儿被人软禁起来，一步不敢多走。又兼众媳妇也有劝他说，不该做这没行止之事；也有报怨说，正经更还坐不上来，又弄个贼来给我们看，倘或眼不见寻了死，或逃走了，都是我们的不是。于是又有素日一干与柳家不睦的人，见了这般，十分趁愿，都来奚落嘲戏他。这五儿心内又气又委屈，竟无处可诉；且本来怯弱有病，这一夜思茶无茶，思水无水，思睡无衾枕，呜呜咽咽直哭了一夜。

谁知和他母女不和的那些人，巴不得一时撵出他们去，惟恐次日有变，大家先起了个清早，都悄悄的来买转平儿，一面送些东西，一面又奉承他办

[1] 顶缸：代人受过。

事简断，一面又讲述他母亲素日许多不好。平儿一一的都应着，打发他们去了，却悄悄的来访袭人，问他可果真芳官给他露了。袭人便说："露却是给了芳官，芳官转给何人我却不和。"袭人于是又问芳官，芳官听了，唬天跳地，忙应是自己送他的。

芳官便又告诉了宝玉，宝玉也慌了，说："露虽有了，若勾起茯苓霜来，他自然也实供。若听见了是他舅舅门上得的，他舅舅又有了不是，岂不是人家的好意，反被咱们陷害了。"因忙和平儿计议："露的事虽完，然这霜也是有不是的。好姐姐，你叫他说也是芳官给他的就完了。"平儿笑道："虽如此，只是他昨晚已经同人说是他舅舅给的了，如何又说你给的？况且那边所丢的露也是无主儿，如今有赃证的白放了，又去找谁？谁还肯认？众人也未必心服。"

晴雯走来笑道："太太那边的露再无别人，分明是彩云偷了给环哥儿去了。你们可瞎乱说。"平儿笑道："谁不知是这个原故，但今玉钏儿急的哭，悄悄问着他，他若应了，玉钏儿也罢了，大家也就混着不问了。难道我们好意兜揽这事不成！可恨彩云不但不应，他还挤玉钏儿，说他偷了去了。两个人窝里发炮，先吵的合府皆知，我们如何装没事人。少不得要查的。殊不知告失盗的就是贼，又没赃证，怎么说他。"

宝玉道："也罢，这件事我也应起来，就说是我唬他们顽的，悄悄的偷了太太的来了。两件事都完了。"袭人道："也倒是件阴骘事，保全人的贼名儿。只是太太听见又说你小孩子气，不知好歹了。"平儿笑道："这也倒是小事。如今便从赵姨娘屋里起了赃来也容易，我只怕又伤着一个好人的体面。

别人都别管，这一个人岂不又生气。我可怜的是他，不肯为打老鼠伤了玉瓶。”说着，把三个指头一伸。袭人等听说，便知他说的是探春。大家都忙说：“可是这话。竟是我们这里应了起来的为是。”

平儿又笑道：“也须得把彩云和玉钏儿两个业障叫了来，问准了他方好。不然他们得了益，不说为这个，倒像我没了本事问不出来，烦出这里来完事，他们以后越发偷的偷，不管的不管了。”袭人等笑道：“正是，也要你留个地步。”

平儿便命人叫了他两个来，说道：“不用慌，贼已有了。”玉钏儿先问贼在那里，平儿道：“现在二奶奶屋里，你问他什么应什么。我心里明知不是他偷的，可怜他害怕都承认。这里宝二爷不过意，要替他认一半。我待要说出来，但只是这做贼的素日又是和我好的一个姊妹，窝主却是平常，里面又伤着一个好人的体面，因此为难，少不得央求宝二爷应了，大家无事。如今反要问你们两个，还是怎样？若从此以后大家小心存体面，这便求宝二爷应了；若不然，我就回了二奶奶，别冤屈了好人。”

彩云听了，不觉红了脸，一时羞恶之心感发，便说道：“姐姐放心，也别冤了好人，也别带累了无辜之人伤体面。偷东西原是赵姨奶奶央告我再三，我拿了些与环哥是情真。连太太在家我们还拿过，各人去送人，也是常事。我原说嚷过两天就罢了。如今既冤屈了好人，我心也不忍。姐姐竟带了我回奶奶去，我一概应了完事。”

众人听了这话，一个个都诧异，他竟这样有肝胆。宝玉忙笑道：“彩云姐姐果然是个正经人。如今也不用你应，我只说是我悄悄的偷的唬你们顽，如今闹出事来，我原该承认。只求姐姐们以后省些彩云一人做事一人当，不忍冤枉别人。风浪中看出一个人的品格。

事，大家就好了。”彩云道：“我干的事为什么叫你应，死活我该去受。”平儿袭人忙道：“不是这样说，你一应了，未免又叨登出赵姨奶奶来，那时三姑娘听了，岂不生气。竟不如宝二爷应了，大家无事，且除这几个人皆不得知道这事，何等的干净。但只以后千万大家小心些就是了。要拿什么，好歹耐到太太到家，那怕连这房子给了人，我们就没干系了。”彩云听了，低头想了一想，方依允。

于是大家商议妥贴，平儿带了他两个并芳官往前边来，至上夜房中叫了五儿，将茯苓霜一节也悄悄的教他说系芳官所赠，五儿感谢不尽。平儿带他们来至自己这边，已见林之孝家的带领了几个媳妇，押解着柳家的等够多时。

林之孝家的又向平儿说：“今儿一早押了他来，恐园里没人伺候姑娘们的饭，我暂且将秦显的女人派了去伺候。姑娘一并回明奶奶，他倒干净谨慎，以后就派他常伺候罢。”平儿道：“秦显的女人是谁？我不大相熟。”林之孝家的道：“他是园里南角子上夜的，白日里没什么事，所以姑娘不大相识。高高孤拐[1]，大大的眼睛，最干净爽利的。”玉钏儿道：“是了。姐姐，你怎么忘了？他是跟二姑娘的司棋的婶娘。司棋的父母虽是大老爷那边的人，他这叔叔却是咱们这边的。”

平儿听了，方想起来，笑道：“哦，你早说是他，我就明白了。”又笑道：“也太派急了些。如今这事八下里水落石出了，连前儿太太屋里丢的也有了主儿。是宝玉那日过来和这两个业障要什么的，偏这两个业障怄他顽，说太太不在家不敢拿。宝玉

[1] 孤拐：颧骨。

便瞅他两个不堤防的时节，自己进去拿了些什么出来。这两个业障不知道，就唬慌了。如今宝玉听见带累了别人，方细细的告诉了我，拿出东西来我瞧，一件不差。那茯苓霜是宝玉外头得了的，也曾赏过许多人，不独园内人有，连妈妈子们讨了出去给亲戚们吃，又转送人，袭人也曾给过芳官之流的人。他们私情各相来往，也是常事。前儿那两篓还摆在议事厅上，好好的原封没动，怎么就混赖起人来。等我回了奶奶再说。”说毕，抽身进了卧房，将此事照前言回了凤姐儿一遍。

平儿先是调查，弄清真相，然后与宝玉、袭人商量了一个万全之策。充分表现出平儿的能干、厚道、公平公正，她将此事对奴仆各方的伤害降低到最低的限度。宝玉则再一次扮演了护花的角色。平儿说服凤姐，没有将事情扩大化，很高明。

凤姐儿道：“虽如此说，但宝玉为人不管青红皂白，爱兜揽事情。别人再求求他去，他又搁不住人两句好话，给他个炭篓子[1]戴上，什么事他不应承。咱们若信了，将来若大事也如此，如何治人。还要细细的追求才是。依我的主意，把太太屋里的丫头都拿来，虽不便擅加拷打，只叫他们垫着磁瓦子跪在太阳地下，茶饭也别给吃。一日不说跪一日，便是铁打的，一日也管招了。又道是‘苍蝇不抱无缝的蛋’。虽然这柳家的没偷，到底有些影儿，人才说他。虽不加贼刑，也革出不用。朝廷家原有罣误[2]的，倒也不算委屈了他。”

平儿道：“何苦来操这心！‘得放手时须放手。’什么大不了的事，乐得不施恩呢。依我说，纵在这屋里操上一百分的心，终久咱们是那边屋里去的。没的结些小人仇恨，使人含怨。况且自己又三灾八难的，好容易怀了一个哥儿，到了六七个月还掉了，焉知不是素日操劳太过，气恼伤着的。如今乘

[1] 炭篓子：恭维的话，比喻高帽子。
[2] 罣（guà）误：受别人牵连而被处分撤职。

不要到处树敌。

早儿见一半不见一半的，也倒罢了。”一席话，说的凤姐儿倒笑了，说道：“凭你这小蹄子发放去罢。我才精爽些了，没的淘气。”平儿笑道：“这不是正经!”说毕，转身出来，一一发放。要知端的，且听下回分解。

第六十二回

憨湘云醉眠芍药裀[1]　呆香菱情解石榴裙

话说平儿出来吩咐林之孝家的道："大事化为小事，小事化为没事，方是兴旺之家。若得不了一点子小事，便扬铃打鼓的乱折腾起来，不成道理。如今将他母女带回，照旧去当差。将秦显家的仍旧退回。再不必提此事。只是每日小心巡察要紧。"说毕，起身走了。柳家的母女忙向上磕头，林家的带回园中，回了李纨探春，二人皆说："知道了，宁可无事，很好。"

水清无鱼。

司棋等人空兴头了一阵。那秦显家的好容易等了这个空子钻了来，只兴头上半天。在厨房内正乱着接收家伙米粮煤炭等物，又查出许多亏空来，说："粳米短了两石，常用米又多支了一个月的，炭也欠着额数。"一面又打点送林之孝家的礼，悄悄的备了一篓炭，五百斤木柴，一担粳米，在外边就遣了子侄送入林家去了；又打点送帐房的礼；又预备几样菜蔬请几位同事的人，说："我来了，全仗列位扶持。自今以后都是一家人了。我有照顾不到的，好歹大家照顾些。"

正乱着，忽有人来说与他："看过这早饭就出去罢。柳嫂儿原无事，如今还交与他管了。"秦显

---

[1] 芍药裀：用芍药的落花当褥子。

家的听了，轰去魂魄，垂头丧气，登时掩旗息鼓，卷包而出。送人之物白丢了许多，自己倒要折变了赔补亏空。连司棋都气了个倒仰，无计挽回，只得罢了。

赵姨娘正因彩云私赠了许多东西，被玉钏儿吵出，生恐查诘出来，每日捏一把汗打听信儿。忽见彩云来告诉说："都是宝玉应了，从此无事。"赵姨娘方把心放下来。谁知贾环听如此说，便起了疑心，将彩云凡私赠之物都拿了出来，照着彩云的脸摔了去，说："这两面三刀的东西！我不稀罕。你不和宝玉好，他如何肯替你应。你既有担当给了我，原该不与一个人知道。如今你既然告诉他，我再要这个，也没趣儿。"

写贾环的薄情和浑犟。辜负了彩云的一片真心。

彩云见如此，急的发身赌誓，至于哭了。百般解说，贾环执意不信，说："不看你素日之情，去告诉二嫂子，就说你偷来给我，我不敢要。你细想去。"说毕，摔手出去了。急的赵姨娘骂："没造化的种子，蛆心[1]孽障。"气的彩云哭个泪干肠断。赵姨娘百般的安慰他："好孩子，他辜负了你的心，我看的真。让我收起来，过两日他自然回转过来了。"说着，便要收东西。彩云赌气一顿包起来，乘人不见时，来至园中，都撇在河内，顺水沉的沉漂的漂了。自己气的夜间在被内暗哭。

将赵姨娘与贾环做对比，赵姨娘已经是一个浑人，而贾环则连赵姨娘都不如。贾环是《红楼梦》中少有的没有一点儿可取之处的人物。

当下又值宝玉生日已到，原来宝琴也是这日，二人相同。因王夫人不在家，也不曾像往年闹热。只有张道士送了四样礼，换的寄名符儿；还有几处

[1] 蛆心：坏心肠。

僧尼庙的和尚姑子送了供尖儿[1]，并寿星纸马疏头，并本命星官值年太岁周年换的锁儿。家中常走的女先儿来上寿。王子腾那边，仍是一套衣服，一双鞋袜，一百寿桃，一百束上用银丝挂面。薛姨娘处减一等。其馀家中人，尤氏仍是一双鞋袜；凤姐儿是一个宫制四面和合荷包，里面装一个金寿星，一件波斯国所制玩器。各庙中遣人去放堂[2]舍钱。又另有宝琴之礼，不能备述。姐妹中皆随便，或有一扇的，或有一字的，或有一画的，或有一诗的，聊复应景而已。

这日宝玉清晨起来，梳洗已毕，冠带出来。至前厅院中，已有李贵等四五个人在那里设下天地香烛，宝玉炷了香。行毕礼，奠茶焚纸后，便至宁府中宗祠祖先堂两处行毕礼，出至月台上，又朝上遥拜过贾母、贾政、王夫人等。一顺到尤氏上房，行过礼，坐了一回，方回荣府。先至薛姨妈处，薛姨妈再三拉着，然后又遇见薛蝌，让一回，方进园来。晴雯、麝月二人跟随，小丫头夹着毡子，从李氏起，一一挨着比他长的房中到过。复出二门，至李、赵、张、王四个奶妈家让了一回，方进来。虽众人要行礼，也不曾受。回至房中，袭人等只都来说一声就是了。王夫人有言，不令年轻人受礼，恐折了福寿，故皆不磕头。

歇一时，贾环、贾兰等来了，袭人连忙拉住，坐了一坐，便去了。宝玉笑说走乏了，便歪在床上。方吃了半盏茶，只听外面咭咭呱呱，一群丫头笑进来，原来是翠墨、小螺、翠缕、入画，邢岫烟

[1] 供尖儿：供品的顶端部分。
[2] 放堂：旧时施主在寺庙中布施僧众以期消灾得福。

的丫头篆儿，并奶子抱巧姐儿，彩鸾、绣鸾八九个人，都抱着红毡笑着走来，说：“拜寿的挤破了门了，快拿面来我们吃。”刚进来时，探春、湘云、宝琴、岫烟、惜春也都来了。宝玉忙迎出来，笑说：“不敢起动，快预备好茶。”进入房中，不免推让一回，大家归坐。袭人等捧过茶来，才吃了一口，平儿也打扮的花枝招展的来了。

宝玉忙迎出来，笑说：“我方才到凤姐姐门上，回了进去，不能见，我又打发人进去让姐姐的。”平儿笑道：“我正打发你姐姐梳头，不得出来回你。后来听见又说让我，我那里禁当的起，所以特赶来磕头。”宝玉笑道：“我也禁当不起。”袭人早在外间安了座，让他坐。平儿便福下去，宝玉作揖不迭。平儿便跪下去，宝玉也忙还跪下，袭人连忙搀起来。又下了一福，宝玉又还了一揖。袭人笑推宝玉：“你再作揖。”宝玉道：“已经完了，怎么又作揖？”袭人笑道：“这是他来给你拜寿。今儿也是他的生日，你也该给他拜寿。”宝玉听了，喜的忙作下揖去，说：“原来今儿也是姐姐的芳诞。”平儿还万福不迭。

湘云拉宝琴、岫烟说：“你们四个人对拜寿，直拜一天才是。”探春忙问：“原来邢妹妹也是今儿？我怎么就忘了。”忙命丫头：“去告诉二奶奶，赶着补了一分礼，与琴姑娘的一样，送到二姑娘屋里去。”丫头答应着去了。岫烟见湘云直口说出来，少不得要到各房去让让。

探春笑道：“倒有些意思，一年十二个月，月月有几个生日。人多了，便这等巧，也有三个一日、两个一日的。大年初一日也不白过，大姐姐占了去。怨不得他福大，生日比别人就占先。又是太祖太爷的生日。过了灯节，就是姨太太和宝姐姐，他们娘儿两个遇的巧。三月初一日是太太，初九日是琏二哥哥。二月没人。”袭人道：“二月十二是林姑娘，怎么没人？就只不是咱家的人。”探春笑道：“我这个记性是怎么了！”宝玉笑指袭人道：“他和林妹妹是一日，所以他记的。”

探春笑道：“原来你两个倒是一日。每年连头也不给我们磕一个。平儿的生日我们也不知道，这也是才知道。”平儿笑道：“我们是那牌儿名上的人，生日也没拜寿的福，又没受礼职分，可吵闹什么，可不悄悄的过去。今儿他又偏吵出来了，等姑娘们回房，我再行礼去罢。”探春笑道：“也不敢惊动。只是今儿倒要替你过个生日，我心才过得去。”宝玉、湘云等一齐都说：“很是。”探春便吩咐了丫头：“去告诉他奶奶，就说我们大家说了，今儿一日不放平儿出去，我们也大家凑了分子过生日呢。”丫头笑着去了，半日，回来说：“二奶奶说了，多谢姑娘们给他脸。不知过生日给他些什么吃，只别忘了二奶奶，就不来絮聒他了。”众人都笑了。

探春因说道：“可巧今儿里头厨房不预备饭，一应下面弄菜都是外头收拾。咱们就凑了钱叫柳家的来揽了去，只在咱们里头收拾倒好。”众人都说是极。探春一面遣人去问李纨、宝钗、黛玉，一面遣人去传柳家的进来，吩咐他内厨房中快收拾两桌酒席。

柳家的不知何意，因说外厨房都预备了。探春笑道：“你原来不知道，今儿是平姑娘的华诞。外头预备的是上头的，这如今我们私下又凑了分子，单为平姑娘预备两桌请他。你只管拣新巧的菜蔬预备了来，开了帐和我那里领钱。”柳家的笑道：“原来今日也是平姑娘的千秋，我竟不知道。”说着，便向平儿磕下头去，慌的平儿拉起他来。柳家的忙去预备酒席。

这里探春又邀了宝玉，同到厅上去吃面，等到李纨宝钗一齐来全，又遣人去请薛姨妈与黛玉。因天气和暖，黛玉之疾渐愈，故也来了。花团锦簇，挤了一厅的人。

谁知薛蝌又送了巾扇香帛四色寿礼与宝玉，宝玉于是过去陪他吃面。两家皆治了寿酒，互相酬送，彼此同领。至午间，宝玉又陪薛蝌吃了两杯酒。宝钗带了宝琴过来与薛蝌行礼，把盏毕，宝钗因嘱薛蝌："家里的酒也不用送过那边去，这虚套竟可收了。你只请伙计们吃罢。我们和宝兄弟进去还要待人去呢，也不能陪你了。"薛蝌忙说："姐姐兄弟只管请，只怕伙计们也就好来了。"宝玉忙又告过罪，方同他姊妹回来。

一进角门，宝钗便命婆子将门锁上，把钥匙要了自己拿着。宝玉忙说："这一道门何必关，又没多的人走。况且姨娘、姐姐、妹妹都在里头，倘或家去取什么，岂不费事。"宝钗笑道："小心没过逾的。你瞧你们那边，这几日七事八事，竟没有我们这边的人，可知是这门关的有功效了。若是开着，保不住那起人图顺脚，抄近路从这里走，拦谁的是？不如锁了，连妈和我也禁着些，大家别走。纵有了事，就赖不着这边的人了。"

宝玉笑道："原来姐姐也知道我们那边近日丢了东西？"宝钗笑道："你只知道玫瑰露和茯苓霜两件，乃因人而及物。若非因人，你连这两件还不知道呢。殊不知还有几件比这两件大的呢。若以后叨登不出来，是大家的造化；若叨登出来，不知里头连累多少人呢。你也是不管事的人，我才告诉你。

平儿是个明白人，我前儿也告诉了他，皆因他奶奶不在外头，所以使他明白了。若不出来，大家乐得丢开手。若犯出来，他心里已有稿子，自有头绪，就冤屈不着平人了。你只听我说，以后留神小心就是了，这话也不可对第二个人讲。”

为抄检大观园做铺垫。

说着，来到沁芳亭边，只见袭人、香菱、待书、素云、晴雯、麝月、芳官、蕊官、藕官等十来个人都在那里看鱼作耍。见他们来了，都说：“芍药栏里预备下了，快去上席罢。”宝钗等随携了他们同到了芍药栏中红香圃三间小敞厅内。连尤氏已请过来了，诸人都在那里，只没平儿。

原来平儿出去，有赖林诸家送了礼来，连三接四，上中下三等家人来拜寿送礼的不少，平儿忙着打发赏钱道谢，一面又色色的回明凤姐儿，不过留下几样，也有不收的，也有收下即刻赏与人的。忙了一回，又直待凤姐儿吃过面，方换了衣裳往园里来。

刚进了园，就有几个丫鬟来找他，一同到了红香圃中。只见筵开玳瑁，褥设芙蓉[1]。众人都笑：“寿星全了。”上面四座定要让他们四个人坐，四人皆不肯。薛姨妈说：“我老天拔地，又不合你们的群儿，我倒觉拘的慌，不如我到厅上随便躺躺去倒好。我又吃不下什么去，又不大吃酒，这里让他们倒便宜。”尤氏等执意不从。宝钗道：“这也罢了，倒是让妈在厅上歪着自如些，有爱吃的送些过去，倒自在了。且前头没人在那里，又可照看了。”探春等笑道：“既这样，恭敬不如从命。”因大家送了他到议事厅上，眼看着命丫头们铺了一个锦褥并靠

[1] 筵开玳瑁，褥设芙蓉：开玳瑁之筵，设芙蓉之褥。

背引枕之类，又嘱咐："好生给姨妈捶腿，要茶要水别推三扯四的。回来送了东西来，姨妈吃了就赏你们吃。只别离了这里出去。"小丫头们都答应了。

探春等方回来。终久让宝琴、岫烟二人在上，平儿面西坐，宝玉面东坐。探春又接了鸳鸯来，二人并肩对面相陪。西边一桌，宝钗、黛玉、湘云、迎春、惜春，一面又拉了香菱、玉钏儿二人打横。三桌上，尤氏李纨又拉了袭人、彩云陪坐。四桌上便是紫鹃、莺儿、晴雯、小螺、司棋等人围坐。当下探春等还要把盏，宝琴等四人都说："这一闹，一日都坐不成了。"方才罢了。两个女先儿要弹词上寿，众人都说："我们没人要听那些野话，你厅上去说给姨太太解闷儿去罢。"一面又将各色吃食拣了，命人送与薛姨妈去。

宝玉便说："雅坐无趣，须要行令才好。"众人有的说行这个令好，那个又说行那个令好。黛玉道："依我说，拿了笔砚将各色全都写了，拈成阄儿，咱们抓出那个来，就是那个。"众人都道妙。即拿了一副笔砚花笺。香菱近日学了诗，又天天学写字，见了笔砚便图不得，连忙起座说："我写"。

大家想了一回，共得了十来个，念着，香菱一一的写了，搓成阄儿，掷在一个瓶中间。探春便命平儿拣，平儿向内搅了一搅，用箸拈了一个出来，打开看，上写着"射覆"[1]二字。宝钗笑道："把个酒令的祖宗拈出来。'射覆'从古有的，如今失了传，这是后人纂的，比一切的令都难。这里头倒有一半是不会的，不如毁了，另拈一个雅俗共赏

[1] 射覆：一种猜谜游戏。本来的玩法是用碗盆等物把某物盖起来，猜中者胜。后来也作为一种酒令，从猜物变成猜诗文。

的。”探春笑道：“既拈了出来，如何又毁。如今再拈一个，若是雅俗共赏的，便叫他们行去。咱们行这个。”说着又着袭人拈了一个，却是“拇战”[1]。史湘云笑着说：“这个简断爽利，合了我的脾气。我不行这个‘射覆’，没的垂头丧气闷人，我只划拳去了。”探春道：“惟有他乱令，宝姐姐快罚他一钟。”宝钗不容分说，便灌湘云一杯。

探春道：“我吃一杯，我是令官，也不用宣，只听我分派。”命取了令骰令盆来，“从琴妹掷起，挨下掷去，对了点的二人射覆。”宝琴一掷，是个三，岫烟宝玉等皆掷的不对，直到香菱方掷了个三。宝琴笑道：“只好室内生春[2]，若说到外头去，可太没头绪了。”探春道：“自然。三次不中者罚一杯。你覆，他射。”宝琴想了一想，说了个“老”字。香菱原生于这令，一时想不到，满室满席都不见有与“老”字相连的成语。湘云先听了，便也乱看，忽见门斗上贴着“红香圃”三个字，便知宝琴覆的是“吾不如老圃”的“圃”字。见香菱射不着，众人击鼓又催，便悄悄的拉香菱，教他说“药”字。黛玉偏看见了，说“快罚他，又在那里私相传递呢。”哄的众人都知道了，忙又罚了一杯，恨的湘云拿筷子敲黛玉的手。于是罚了香菱一杯。

下则宝钗和探春对了点子。探春便覆了一个“人”字。宝钗笑道：“这个‘人’字泛的很。”探春笑道：“添一字，两覆一射也不泛了。”说着，便又说了一个“窗”字。宝钗一想，因见席上有鸡，

[1] 拇战：即划拳。
[2] 室内生春：所射覆的谜底限于本室内的事物。

便射着他是用“鸡窗”[1]、“鸡人”[2]二典了，因射了一个“埘”[3]字。探春知他射着，用了“鸡栖于埘”的典，二人一笑，各饮一口门杯。

湘云等不得，早和宝玉“三”、“五”乱叫，划起拳来。那边尤氏和鸳鸯隔着席也“七”、“八”乱叫划起来。平儿袭人也作了一对划拳，叮叮当当只听得腕上的镯子响。一时湘云赢了宝玉，袭人赢了平儿，尤氏赢了鸳鸯，三个人限酒底酒面，湘云便说：“酒面要一句古文，一句旧诗，一句骨牌名，一句曲牌名，还要一句时宪书[4]上的话，共总凑成一句话。酒底要关人事的果菜名。”众人听了，都笑说：“惟有他的令也比人唠叨，倒也有意思。”便催宝玉快说。宝玉笑道：“谁说过这个，也等想一想儿。”黛玉便道：“你多喝一钟，我替你说。”宝玉真个喝了酒，听黛玉说道：

落霞与孤鹜齐飞，风急江天过雁哀，却是一只折足雁，叫的人九回肠，这是鸿雁来宾。

说的大家笑了，说：“这一串子倒有些意思。”黛玉又拈了一个榛穰，说酒底道：

榛子非关隔院砧，何来万户捣衣声。

令完，鸳鸯、袭人等皆说的是一句俗语，都带一个“寿”字的，不能多赘。

---

[1] 鸡窗：书室。
[2] 鸡人：古代宫中报晓的官。
[3] 埘（shí）：凿在墙壁上的鸡窝。
[4] 时宪书：历书。

大家轮流乱划了一阵，这上面湘云又和宝琴对了手，李纨和岫烟对了点子。李纨便覆了一个“瓢”字，岫烟便射了一个“绿”字，二人会意，各饮一口。湘云的拳却输了，请酒面酒底。宝琴笑道：“请君入瓮。”大家笑起来，说：“这个典用的当。”湘云便说道：

奔腾而砰湃，江间波浪兼天涌，须要铁锁缆孤舟，既遇着一江风，不宜出行。

说的众人都笑了，说：“好个诌断了肠子的。怪道他出这个令，故意惹人笑。”又听他说酒底。湘云吃了酒，拣了一块鸭肉呷口，忽见碗内有半个鸭头，遂拣了出来吃脑子。众人催他，“别只顾吃，到底快说了。”湘云便用箸子举着说道：

这鸭头不是那丫头，头上那讨桂花油。

众人越发笑起来，引的晴雯、小螺、莺儿等一干人都走过来说：“云姑娘会开心儿，拿着我们取笑儿，快罚一杯才罢。怎见得我们就该擦桂花油的？倒得每人给一瓶子桂花油擦擦。”黛玉笑道：“他倒有心给你们一瓶子油，又怕挂误着打盗窃的官司。”众人不理论，宝玉却明白，忙低了头。彩云有心病，不觉的红了脸。宝钗忙暗暗的瞅了黛玉一眼。黛玉自悔失言，原是趣宝玉的，就忘了趣着彩云。自悔不及，忙一顿行令划拳岔开了。

底下宝玉可巧和宝钗对了点子。宝钗覆了一个“宝”字，宝玉想了一想，便知是宝钗作戏指自己所佩通灵玉而言，便笑道：“姐姐拿我作雅谑，我却射着了。说出来姐姐别恼，就是姐姐的讳‘钗’字就是了。”众人道：“怎么解?”宝玉道：“他说‘宝’，底下自然是‘玉’了。我射‘钗’字，旧诗曾有‘敲断玉钗红烛冷’，岂不射着了。”湘云说道：“这用时事却使不得，两个人都该罚。”香菱忙道：“不止时事，这也有出处。”湘云道：“‘宝玉’二字并无出处，不过是春联上或有之，诗书纪载并无，算不得。”香菱道：“前日我读岑嘉州五言律，现有一句说‘此乡多宝玉’，怎么你倒忘了?后来又读李义山七言绝句，又有一句‘宝钗无日不生尘’，我还笑说他两个名字都原来在唐诗上呢。”众人笑说：“这可问住了，快罚一杯。”湘云无语，只得饮了。

香菱学诗，进步飞快，已经可以和小姐们分庭抗礼。

大家又该对点的对点，划拳的划拳。这些人因贾母王夫人不在家，没了管束，便任意取乐，呼三喝四，喊七叫八。满厅中红飞翠舞，玉动珠摇，真是十分热闹。顽了一回，大家方起席散了一散，倏然不见了湘云，只当他外头自便就来，谁知越等越没了影响，使人各处去找，那里找得着。

接着林之孝家的同着几个老婆子来，生恐有正事呼唤，二者恐丫鬟们年轻，乘王夫人不在家不服探春等约束，恣意痛饮，失了体统，故来请问有事无事。探春见他们来了，便知其意，忙笑道：“你们又不放心，来查我们来了。我们没有多吃酒，不过是大家顽笑，将酒作个引子，妈妈们别耽心。”李纨尤氏都也笑说：“你们歇着去罢，我们也不敢叫他们多吃了。”林之孝家的等人笑说：“我们知道，连老太太叫姑娘吃酒姑娘们还不肯吃，何况太太们不在家，自然顽罢了。我们怕有事，来打听打听。二则天长了，姑娘们顽一回子还该点补些小食儿。素日又不大吃杂东西，如今吃一两杯酒，若不多吃些东西，怕受伤。”探春笑道：“妈妈们说的是，我们也正要吃呢。”因回头命取点心来。

两旁丫鬟们答应了，忙去传点心。探春又笑让：“你们歇着去罢，或是姨妈那里说话儿去。我们即刻打发人送酒你们吃去。”林之孝家的等人笑回：“不敢领了。”又站了一回，方退了出来。平儿摸着脸笑道：“我的脸都热了，也不好意思见他们。依我说竟收了罢，别惹他们再来，倒没意思了。”探春笑道：“不相干，横竖咱们不认真喝酒就罢了。”

正说着，只见一个小丫头笑嘻嘻的走来：“姑娘们快瞧云姑娘去，吃醉了图凉快，在山子后头一块青板石凳上睡着了。”众人听说，都笑道：“快别吵嚷。”说着，都走来看时，果见湘云卧于山石僻处一个石凳子上，业经香梦沉酣，四面芍药花飞了一身，满头脸衣襟上皆是红香散乱，手中的扇子在地下，也半被落花埋了，一群蜂蝶闹穰穰的围着他，又用鲛帕包了一包芍药花瓣枕着。众人看了，又是爱，又是笑，忙上来推唤挽扶。湘云口内犹作睡语说酒令，唧唧嘟嘟说：

湘云醉眠芍药裀，一幅唯美的图画。湘云在书中没有集中的描写，也没有令人印象深刻的故事，但分散的描写也写出了湘云的性格之美。

泉香而酒冽，玉碗盛来琥珀光，直饮到梅梢月上，醉扶归，却为宜会亲友。

众人笑推他，说道：“快醒醒儿吃饭去，这潮凳上还睡出病来呢。”湘云慢启秋波，见了众人，低头看了一看自己，方知是醉了。原是来纳凉避静的，不觉的因多罚了两杯酒，娇娜不胜，便睡着了，心中反觉自愧。连忙起身扎挣着同人来至红香圃中，用过水，又吃了两盏酽茶。探春忙命将醒酒石[1]拿来给他衔在口内，一时又命他喝了一些酸汤，方才觉得好了些。

当下又选了几样果菜与凤姐送去，凤姐儿也送了几样来。宝钗等吃过点心，大家也有坐的，也有立的，也有在外观花的，也有扶栏观鱼的，各自取便说笑不一。探春便和宝琴下棋，宝钗岫烟观局。林黛玉和宝玉在一簇花下唧唧哝哝不知说些什么。

只见林之孝家的和一群女人带了一个媳妇进来。那媳妇愁眉苦脸，也不敢进厅，只到了阶下，便朝上跪下了，碰头有声。探春因一块棋受了敌，算来算去纵得了两个眼，便折了官着[2]，两眼只瞅着棋枰，一只手却伸在盒内，只管抓弄棋子作想，林之孝家的站了半天，因回头要茶时才看见，问："什么事?"林之孝家的便指那媳妇说："这是四姑娘屋里的小丫头彩儿的娘，现是园内伺候的人。嘴很不好，才是我听见了问着他，他说的话也不敢回姑娘，竟要撵出去才是。"探春道："怎么不回大奶奶?"林之孝家的道："方才大奶奶都往厅上姨太太处去了，顶头看见，我已回明白了，叫回姑娘来。"探春道："怎么不回二奶奶?"平儿道："不回去也罢，我回去说一声就是了。"探春点点头，道："既这么着，就撵出他去，等太太来了，再回定夺。"说毕仍又下棋。这林之孝家的带了那人去。不提。

黛玉和宝玉二人站在花下，遥遥知意。黛玉便说道："你家三丫头倒是个乖人。虽然叫他管些事，

[1] 醒酒石：相传一种可以解酒的石头。
[2] 官着：指围棋下到收官阶段，双方填补空地。官，共有。

倒也一步儿不肯多走。差不多的人就早作起威福来了。”宝玉道：“你不知道呢。你病着时，他干了好几件事。这园子也分了人管，如今多掐一草也不能了。又蠲了几件事，单拿我和凤姐姐作筏子禁别人。最是心里有算计的人，岂只乖而已。”黛玉道：“要这样才好，咱们家里也太花费了。我虽不管事，心里每常闲了，替你们一算计，出的多进的少，如今若不省俭，必致后手不接。”宝玉笑道：“凭他怎么后手不接，也短不了咱们两个人的。”黛玉听了，转身就往厅上寻宝钗说笑去了。

宝玉和黛玉的议论，是探春理家的又一种反应。前面有了奴仆的反应，赵姨娘的反应，凤姐、平儿的反应。

旁观者清。

宝玉正欲走时，只见袭人走来，手内捧着一个小连环洋漆茶盘，里面可式放着两钟新茶，因问：“他往那去了？我见你两个半日没吃茶，巴巴的倒了两钟来，他又走了。”宝玉道：“那不是他，你给他送去。”说着自拿了一钟。袭人便送了那钟去，偏和宝钗在一处，只得一钟茶，便说：“那位渴了那位先接了，我再倒去。”宝钗笑道：“我却不渴，只要一口漱一漱就够了。”说着先拿起来喝了一口，剩下半杯递在黛玉手内。袭人笑说：“我再倒去。”黛玉笑道：“你知道我这病，大夫不许我多吃茶，这半钟尽够了，难为你想的到。”说毕，饮干，将杯放下。袭人又来接宝玉的。宝玉因问：“这半日没见芳官，他在那里呢?”袭人四顾一瞧说：“才在这里几个人斗草的，这会子不见了。”

宝玉听说，便忙回至房中，果见芳官面向里睡在床上。宝玉推他说道：“快别睡觉，咱们外头顽去，一回儿好吃饭的。”芳官道：“你们吃酒不理我，教我闷了半日，可不来睡觉罢了。”宝玉拉了他起来，笑道：“咱们晚上家里再吃，回来我叫袭人姐姐带了你桌上吃饭，何如?”芳官道：“藕官蕊官都不上去，单我在那里也不好。我也不惯吃那个面条子，早起也没好生吃。才刚饿了，我已告诉了柳嫂子，先给我做一碗汤盛半碗粳米饭送来，我这里吃了就完事。若是晚上吃酒，不许教人管着我，我要尽力吃够了才罢。我先在家里，吃二三斤好惠泉酒呢。如今学了这劳什子，他们说怕坏嗓子，这几年也没闻见。乘今儿我是要开斋了。”宝玉道：“这个容易。”

说着，只见柳家的果遣了人送了一个盒子来。小燕接着揭开，里面是一碗虾丸鸡皮汤，又是一碗酒酿清蒸鸭子，一碟腌的胭脂鹅脯，还有一碟四个奶油松瓤卷酥，并一大碗热腾腾碧荧荧蒸的绿畦香稻粳米饭。小燕放在案上，走去拿了小菜并碗箸过来，拨了一碗饭。芳官便说：“油腻腻的，谁吃这些东西。”只将汤泡饭吃了一碗，拣了两块腌鹅就不吃了。宝玉闻着，倒觉比往常之味又胜些似的，遂吃了一个卷酥，又命小燕也拨了半碗饭，泡汤一吃，十分香甜可口。小燕和芳官都笑了。吃毕，小燕便将剩的要交回。宝玉道：“你吃了罢，若不够再要些来。”小燕道：“不用要，这就够了。方才麝月姐姐拿了两盘子点心给我们吃了，我再吃了这个，尽不用再吃了。”

说着，便站在桌旁一顿吃了，又留下两个卷酥，说：“这个留着给我妈吃。晚上要吃酒，给我两碗酒吃就是了。”宝玉笑道：“你也爱吃酒？等着咱们晚上痛喝一阵。你袭人姐姐和晴雯姐姐量也好，也要喝，只是每日不好意思。今儿大家开斋。还有一件事，想着嘱咐你，我竟忘了，此刻才想起来。以后芳官全要你照看他，他或有不到的去处，你提他，袭人照顾不过这些人来。”小燕道：“我都知道，都不用操心。但只这五儿怎么样？”宝玉道：

“你和柳家的说去，明儿直叫他进来罢，等我告诉他们一声就完了。”芳官听了，笑道：“这倒是正经。”小燕又叫两个小丫头进来，服侍洗手倒茶，自己收了家伙，交与婆子，也洗了手，便去找柳家的。不在话下。

宝玉便出来，仍往红香圃寻众姐妹，芳官在后拿着巾扇。刚出了院门，只见袭人晴雯二人携手回来。宝玉问：“你们做什么？”袭人道：“摆下饭了，等你吃饭呢。”宝玉便笑着将方才吃的饭一节告诉了他两个。袭人笑道：“我说你是猫儿食，闻见了香就好。隔锅饭儿香。虽然如此，也该上去陪他们多少应个景儿。”晴雯用手指戳在芳官额上，说道：“你就是个狐媚子，什么空儿跑了去吃饭，两个人怎么就约下了，也不告诉我们一声儿。”袭人笑道：“不过是误打误撞的遇见了，说约下了，可是没有的事。”

晴雯道：“既这么着，要我们无用。明儿我们都走了，让芳官一个人就够使了。”袭人笑道：“我们都去了使得，你却去不得。”晴雯道：“惟有我是第一个要去，又懒又笨，性子又不好，又没用。”袭人笑道：“倘或那孔雀褂子再烧个窟窿，你去了谁可会补呢。你倒别和我拿三撇四的，我烦你做个什么，把你懒的横针不拈，竖线不动。一般也不是我的私活烦你，横竖都是他的，你就都不肯做。怎么我去了几天，你病的七死八活，一夜连命也不顾给他做了出来，这又是什么原故？你到底说话，别只佯憨，和我笑，也当不了什么。”大家说着，来至厅上。薛姨妈也来了。大家依序坐下吃饭。宝玉只用茶泡半碗饭，应景而已。一时吃毕，大家吃茶闲话，又随便顽笑。

外面小螺和香菱、芳官、蕊官、藕官、荳官等四五个人，都满园中顽了一回，大家采了些花草来兜着，坐在花草堆中斗草。这一个说："我有观音柳。"那一个说："我有罗汉松。"那一个又说："我有君子竹。"这一个又说："我有美人蕉。"这个又说："我有星星翠。"那个又说："我有月月红。"这个又说："我有《牡丹亭》上的牡丹花。"那个又说："我有《琵琶记》里的枇杷果。"荳官便说："我有姐妹花。"众人没了，香菱便说："我有夫妻蕙。"荳官说："从没听见有个夫妻蕙。"香菱道："一箭一花为兰，一箭数花为蕙。凡蕙有两枝，上下结花者为兄弟蕙，有并头结花者为夫妻蕙。我这枝并头的，怎么不是夫妻蕙。"荳官没的说了，便起身笑道："依你说，若是这两枝一大一小，就是老子儿子蕙了。若两枝背面开的，就是仇人蕙了。你汉子去了大半年，你想夫妻了？便扯上蕙也有夫妻，好不害羞!"香菱听了，红了脸，忙要起身拧他，笑骂道："我把你这个烂了嘴的小蹄子！满嘴里汗𢱇[1]的胡说了。等我起来打不死你这小蹄子!"

荳官见他要勾来，怎容他起来，便忙连身将他压倒。回头笑着央告蕊官等："你们来，帮着我拧他这谄嘴。"两个人滚在草地下。众人拍手笑说："了不得了，那是一洼子水，可惜污了他的新裙子了。"荳官回头看了一看，果见旁边有一汪积雨，香菱的半扇裙子都污湿了，自己不好意思，忙夺了手跑了。众人笑个不住，怕香菱拿他们出气，笑着一哄而散。

香菱起身低头一瞧，那裙上犹滴滴点点流下绿

[1] 汗𢱇（biē）：胡言乱语。

水来。正恨骂不绝，可巧宝玉见他们斗草，也寻了些花草来凑戏，忽见众人跑了，只剩了香菱一个低头弄裙，因问："怎么散了？"香菱便说："我有一枝夫妻蕙，他们不知道，反说我诌，因此闹起来，把我的新裙子也脏了。"宝玉笑道："你有夫妻蕙，我这里倒有一枝并蒂菱。"口内说，手内却真个拈着一枝并蒂菱花，又拈了那枝夫妻蕙在手内。香菱道："什么夫妻不夫妻，并蒂不并蒂，你瞧瞧这裙子。"

宝玉方低头一瞧，便嗳呀了一声，说："怎么就拖在泥里了？可惜这石榴红绫最不经染。"香菱道："这是前儿琴姑娘带了来的。姑娘做了一条，我做了一条，今儿才上身。"宝玉跌脚叹道："若你们家，一日遭踏这一百件也不值什么。只是头一件既系琴姑娘带来的，你和宝姐姐每人才一件，他的尚好，你的先脏了，岂不辜负他的心。二则姨妈老人家嘴碎，饶这么样，我还听见常说你们不知过日子，只会遭踏东西，不知惜福呢。这叫姨妈看见了，又说一个不清。"

香菱听了这话，却碰在心坎儿上，反倒喜欢起来了，因笑道："就是这话了。我虽有几条新裙子，都不和这一样，若有一样的，赶着换了，也就好了。过后再说。"宝玉道："你快休动，只站着方好，不然连小衣儿膝裤鞋面都要拖脏。我有个主意：袭人上月做了一条和这个一模一样的，他因有孝，如今也不穿。竟送了你换下这个来，如何？"香菱笑着摇头说："不好。他们倘或听见了倒不好。"宝玉道："这怕什么。等他们孝满了，他爱什么难道不许你送他别的不成。你若这样，还是你素日为人了！况且不是瞒人的事，只管告诉宝姐姐也可，只不过怕姨妈老人家生气罢了。"香菱想了一想有理，便点头笑道："就是这样罢了，别辜负了你的心。我等着，你千万叫他亲自送来才好。”

宝玉听了，喜欢非常，答应了忙忙的回来。一壁里低头心下暗算：“可惜这么一个人，没父母，连自己本姓都忘了，被人拐出来，偏又卖与了这个霸王。”因又想起上日平儿也是意外想不到的，今日更是意外之意外的事了。一壁胡思乱想，来至房中，拉了袭人，细细告诉了他原故。

宝玉爱为女孩效劳。

香菱之为人，无人不怜爱的。袭人又本是个手中撒漫的，况与香菱素相交好，一闻此信，忙就开箱取了出来折好，随了宝玉来寻着香菱，他还站在那里等呢。袭人笑道：“我说你太淘气了，足的淘出个故事来才罢。”香菱红了脸，笑说：“多谢姐姐了，谁知那起促狭鬼使黑心。”说着，接了裙子，展开一看，果然同自己的一样。又命宝玉背过脸去，自己叉手向内解下来，将这条系上。袭人道：“把这脏了的交与我拿回去，收拾了再给你送来。你若拿回去，看见了也是要问的。”香菱道：“好姐姐，你拿去不拘给那个妹妹罢。我有了这个，不要他了。”袭人道：“你倒大方的好。”香菱忙又万福道谢，袭人拿了脏裙便走。

香菱见宝玉蹲在地下，将方才的夫妻蕙与并蒂菱用树枝儿抠了一个坑，先抓些落花来铺垫了，将这菱蕙安放好，又将些落花来掩了，方撮土掩埋平服。香菱拉他的手，笑道：“这又叫做什么？怪道人人说你惯会鬼鬼祟祟使人肉麻的事。你瞧瞧，你这手弄的泥乌苔滑的，还不快洗去。”宝玉笑着，方起身走了去洗手，香菱也自走开。二人已走远了数步，香菱复转身回来叫住宝玉。宝玉不知有何话，扎着两只泥手，笑嘻嘻的转来问：“什么？”香菱只顾笑。因那边他的小丫头臻儿走来说：“二姑娘等你说话呢。”香菱方向宝玉道：“裙子的事可别向你哥哥说才好。”说毕，即转身走了。宝玉笑道：“可不我疯了，往虎口里探头儿去呢。”说着，也回去洗手去了。不知端详，且听下回分解。

第六十三回

寿怡红群芳开夜宴　死金丹独艳理亲丧

话说宝玉回至房中洗手，因与袭人商议："晚间吃酒，大家取乐，不可拘泥。如今吃什么，好早说给他们备办去。"袭人笑道："你放心，我和晴雯、麝月、秋纹四个人，每人五钱银子，共是二两。芳官、碧痕、小燕、四儿四个人，每人三钱银子，他们有假的不算，共是三两二钱银子，早已交给了柳嫂子，预备四十碟果子。我和平儿说了，已经抬了一坛好绍兴酒藏在那边了。我们八个人单替你过生日。"宝玉听了，喜的忙说："他们是那里的钱，不该叫他们出才是。"晴雯道："他们没钱，难道我们是有钱的！这原是各人的心。那怕他偷的呢，只管领他们的情就是。"宝玉听了，笑说："你说的是。"袭人笑道："你一天不挨他两句硬话村[1]你，你再过不去。"晴雯笑道："你如今也学坏了，专会架桥拨火儿[2]。"说着，大家都笑了。

宝玉说："关院门罢。"袭人笑道："怪不得人说你是'无事忙'，这会子关了门，人倒疑惑，越性再等一等。"宝玉点头，因说："我出去走走，四儿舀水去，小燕一个跟我来罢。"说着，走至外边，

---

[1] 村：粗俗，此指顶撞。

[2] 架桥拨火儿：拨弄是非，挑起矛盾。

因见无人，便问五儿之事。小燕道："我才告诉了柳嫂子，他倒喜欢的很。只是五儿那夜受了委屈烦恼，回家去又气病了，那里来得。只等好了罢。"宝玉听了，不免后悔长叹，因又问："这事袭人知道不知道？"小燕道："我没告诉，不知芳官可说了不曾。"宝玉道："我却没告诉过他，也罢，等我告诉他就是了。"说毕，复走进来，故意洗手。

宝玉的泛爱倾向，想把喜欢的女孩都召到怡红院来。

已是掌灯时分，听得院门前有一群人进来。大家隔窗悄视，果见林之孝家的和几个管事的女人走来，前头一人提着大灯笼。晴雯悄笑道："他们查上夜的人来了。这一出去，咱们好关门了。"只见怡红院凡上夜的人都迎了出去，林之孝家的看了不少。林之孝家的吩咐："别耍钱吃酒，放倒头睡到大天亮。我听见是不依的。"众人都笑说："那里有那样大胆子的人。"林之孝家的又问："宝二爷睡下了没有？"众人都回不知道。

袭人忙推宝玉。宝玉靸了鞋，便迎出来，笑道："我还没睡呢。妈妈进来歇歇。"又叫："袭人倒茶来。"林之孝家的忙进来，笑说："还没睡？如今天长夜短了，该早些睡，明儿起的方早。不然到了明日起迟了，人笑话说不是个读书上学的公子了，倒像那起挑脚汉了。"说毕，又笑。宝玉忙笑道："妈妈说的是。我每日都睡的早，妈妈每日进来可都是我不知道的，已经睡了。今儿因吃了面，怕停住食，所以多顽一会子。"林之孝家的又向袭人等笑说："该沏些个普洱茶吃。"袭人晴雯二人忙笑说："沏了一盄子女儿茶，已经吃过两碗了。大娘也尝一碗，都是现成的。"说着，晴雯便倒了一碗来。

林之孝家的又笑道："这些时我听见二爷嘴里

都换了字眼，赶着这几位大姑娘们竟叫起名字来。虽然在这屋里，到底是老太太、太太的人，还该嘴里尊重些才是。若一时半刻偶然叫一声使得，若只管叫起来，怕以后兄弟侄儿照样，便惹人笑话，说这家子的人眼里没有长辈。”宝玉笑道：“妈妈说的是。我原不过是一时半刻的。”袭人晴雯都笑说：“这可别委屈了他。直到如今，他可姐姐没离了口。不过顽的时候叫一声半声名字，若当着人却是和先一样。”林之孝家的笑道：“这才好呢，这才是读书知礼的。越自己谦越尊重，别说是三五代的陈人，现从老太太、太太屋里拨过来的，便是老太太、太太屋里的猫儿狗儿，轻易也伤他不的。这才是受过调教的公子行事。”说毕，吃了茶，便说：“请安歇罢，我们走了。”宝玉还说：“再歇歇。”那林之孝家的已带了众人，又查别处去了。

这里晴雯等忙命关了门，进来笑说：“这位奶奶那里吃了一杯来了，唠三叨四的，又排场了我们一顿去了。”麝月笑道：“他也不是好意的，少不得也要常提着些儿。也堤防着怕走了大褶儿的意思。”说着，一面摆上酒果。

袭人道：“不用高桌，咱们把那张花梨圆炕桌子放在炕上坐，又宽绰，又便宜。”说着，大家果然抬来。麝月和四儿那边去搬果子，用两个大茶盘做四五次方搬运了来。两个老婆子蹲在外面火盆上筛酒。宝玉说：“天热，咱们都脱了大衣裳才好。”众人笑道：“你要脱你脱，我们还要轮流安席[1]呢。”宝玉笑道：“这一安就安到五更天了。知道我最怕这些俗套子，在外人跟前不得已的，这会子还怄我就不好了。”

[1] 安席：宴席入座时主人对宾客的一套礼节。

众人听了，都说："依你。"于是先不上坐，且忙着卸妆宽衣。

一时将正装卸去，头上只随便挽着纂儿，身上皆是长裙短袄。宝玉只穿着大红棉纱小袄子，下面绿绫弹墨袷裤，散着裤脚，倚着一个各色玫瑰芍药花瓣装的玉色夹纱新枕头，和芳官两个先划拳。当时芳官满口嚷热，只穿着一件玉色红青酡绒三色缎子斗的水田小夹袄[1]，束着一条柳绿汗巾，底下是水红撒花夹裤，也散着裤腿。头上眉额编着一圈小辫，总归至顶心，结一根鹅卵粗细的总辫，拖在脑后。右耳眼内只塞着米粒大小的一个小玉塞子，左耳上单带着一个白果大小的硬红镶金大坠子，越显的面如满月犹白，眼如秋水还清。引的众人笑说："他两个倒像是双生的弟兄两个。"

袭人等一一的斟了酒来，说："且等等再划拳，虽不安席，每人在手里吃我们一口罢了。"于是袭人为先，端在唇上吃了一口，馀依次下去，一一吃过，大家方团圆坐定。小燕四儿因炕沿坐不下，便端了两张椅子，近炕放下。那四十个碟子，皆是一色白粉定窑的，不过只有小茶碟大，里面不过是山南海北，中原外国，或干或鲜，或水或陆，天下所有的酒馔果菜。

宝玉因说："咱们也该行个令才好。"袭人道："斯文些的才好，别大呼小叫，惹人听见。二则我们不识字，可不要那些文的。"麝月笑道："拿骰子咱们抢红[2]罢。"宝玉道："没趣，不好。咱们占花名儿好。"晴雯笑道："正是早已想弄这个顽意

[1] 玉色红青酡（tuó）绒三色缎子斗的水田小夹袄：酡绒，淡红。斗，几种颜色拼接成图案。水田，多种颜色的方块衣料缝在一起。

[2] 抢红：掷骰子，红点多者为赢。

儿。”袭人道：“这个顽意虽好，人少了没趣。”小燕笑道：“依我说，咱们竟悄悄的把宝姑娘林姑娘请了来顽一回子，到二更天再睡不迟。”袭人道：“又开门喝户的闹，倘或遇见巡夜的问呢?”宝玉道：“怕什么，咱们三姑娘也吃酒，再请他一声才好。还有琴姑娘。”众人都道：“琴姑娘罢了，他在大奶奶屋里，叨登的大发了。”宝玉道：“怕什么，你们就快请去。”小燕四儿都得不得一声，二人忙命开了门，分头去请。

晴雯、麝月、袭人三人又说：“他两个去请，只怕宝林两个不肯来，须得我们请去，死活拉他来。”于是袭人晴雯忙又命老婆子打个灯笼，二人又去。果然宝钗说夜深了，黛玉说身上不好，他二人再三央求说：“好歹给我们一点体面，略坐坐再来。”探春听了却也欢喜。因想：“不请李纨，倘或被他知道了倒不好。”便命翠墨同了小燕也再三的请了李纨和宝琴二人，会齐，先后都到了怡红院中。袭人又死活拉了香菱来。炕上又并了一张桌子，方坐开了。

宝玉忙说：“林妹妹怕冷，过这边靠板壁坐。”又拿个靠背垫着些。袭人等都端了椅子在炕沿下一陪。黛玉却离桌远远的靠着靠背，因笑向宝钗、李纨、探春等道：“你们日日说人夜聚饮博，今儿我们自己也如此，以后怎么说人。”李纨笑道：“这有何妨。一年之中不过生日节间如此，并无夜夜如此，这倒也不怕。”

说着，晴雯拿了一个竹雕的签筒来，里面装着象牙花名签子，摇了一摇，放在当中。又取过骰子来，盛在盒内，摇了一摇，揭开一看，里面是五点，数至宝钗。宝钗便笑道：“我先抓，不知抓出个什么来。”说着，将筒摇了一摇，伸手掣出一根，大家一看，只见签上画着一支牡丹，题着“艳冠群芳”四字，下面又有镌的小字一句唐诗，道是：

任是无情也动人。

任是无情也动人，暗示宝钗一切以理智、实利来考虑的思维特点。意思是宝钗虽冷，自有其美丽动人的一面。

又注着：“在席共贺一杯，此为群芳之冠，随意命人，不拘诗词雅谑，道一则以侑酒[1]。”众人看了，都笑说：“巧的很，你也原配牡丹花。”说着，大家共贺了一杯。宝钗吃过，便笑说：“芳官唱一支我们听罢。”芳官道：“既这样，大家吃门杯好听的。”于是大家吃酒。芳官便唱：

寿筵开处风光好。

众人都道：“快打回去。这会子很不用你来上寿，拣你极好的唱来。”芳官只得细细的唱了一支《赏花时》：

翠凤毛翎扎帚叉，闲踏天门扫落花。您看那风起玉尘沙。猛可的那一层云下，抵多少门外即天涯。您再休要剑斩黄龙一线儿差，再休向东老贫穷卖酒家。您与俺高眼向云霞。洞宾呵，您得了人可便早些儿回话；若迟呵，错教人留恨碧桃花。

才罢。宝玉却只管拿着那签，口内颠来倒去念“任是无情也动人”，听了这曲子，眼看着芳官不语。湘云忙一手夺了，掷与宝钗。宝钗又掷了一个十六

[1] 侑（yòu）酒：劝酒。

点，数到探春。

探春笑道："我还不知得个什么呢。"伸手掣了一根出来，自己一瞧，便掷在地下，红了脸，笑道："这东西不好，不该行这令。这原是外头男人们行的令，许多混话在上头。"众人不解，袭人等忙拾了起来，众人看上面是一枝杏花，那红字写着"瑶池仙品"四字，诗云：

暗示探春出嫁藩王。

日边红杏倚云栽。

注云："得此签者，必得贵婿，大家恭贺一杯，共同饮一杯。"众人笑道："我说是什么呢。这签原是闺阁中取戏的，除了这两三根有这话的，并无杂话，这有何妨。我们家已有了个王妃，难道你也是王妃不成。大喜，大喜。"说着，大家来敬。探春那里肯饮，却被史湘云、香菱、李纨等三四个人强死强活灌了下去。探春只命蠲了这个，再行别的，众人断不肯依。湘云拿着他的手强掷了个十九点出来，便该李氏掣。

李氏摇了一摇，掣出一根来一看，笑道："好极。你们瞧瞧，这劳什子竟有些意思。"众人瞧那签上，画着一枝老梅，是写着"霜晓寒姿"四字，那一面旧诗是：

竹篱茅舍自甘心。

注云："自饮一杯，下家掷骰。"李纨笑道："真有趣，你们掷去罢。我只自吃一杯，不问你们的废与兴。"说着，便吃酒，将骰过与黛玉。黛玉一掷，是个十八点，便该湘云掣。

湘云笑着，揎拳掳袖的伸手掣了一根出来。大家看时，一面画着一枝海棠，题着“香梦沉酣”四字，那面诗道是：

只恐夜深花睡去。

黛玉笑道：“‘夜深’两个字，改‘石凉’两个字。”众人便知他趣白日间湘云醉卧的事，都笑了。湘云笑指那自行船与黛玉看，又说“快坐上那船家去罢，别多话了。”众人都笑了。因看注云：“既云‘香梦沉酣’，掣此签者不便饮酒，只令上下二家各饮一杯。”湘云拍手笑道：“阿弥陀佛，真真好签!”恰好黛玉是上家，宝玉是下家。二人斟了两杯只得要饮。宝玉先饮了半杯，瞅人不见，递与芳官，端起来便一扬脖。黛玉只管和人说话，将酒全折在漱盂内了。湘云便绰起骰子来一掷个九点，数去该麝月。

麝月便掣了一根出来。大家看时，这面上一枝荼蘼花，题着“韶华胜极”四字，那边写着一句旧诗，道是：

开到荼蘼花事了。

注云：“在席各饮三杯送春。”麝月问怎么讲，宝玉愁眉，忙将签藏了，说：“咱们且喝酒。”说着，大家吃了三口，以充三杯之数。麝月一掷个十九点，该香菱。

香菱便掣了一根并蒂花，题着“联春绕瑞”，那面写着一句诗，道是：

连理枝头花正开。

注云："共贺掣者三杯，大家陪饮一杯。"香菱便又掷了个六点，该黛玉掣。

黛玉默默的想道："不知还有什么好的被我掣着方好。"一面伸手取了一根，只见上面画着一枝芙蓉，题着"风露清愁"四字，那面一句旧诗，道是：

莫怨东风当自嗟。

注云："自饮一杯，牡丹陪饮一杯。"众人笑说："这个好极。除了他，别人不配作芙蓉。"黛玉也自笑了。于是饮了酒，便掷了个二十点，该着袭人。

袭人便伸手取了一支出来，却是一枝桃花，题着"武陵别景"四字，那一面旧诗写着道是：

桃红又是一年春。

注云："杏花陪一盏，坐中同庚者陪一盏，同辰者陪一盏，同姓者陪一盏。"众人笑道："这一回热闹有趣。"大家算来，香菱、晴雯、宝钗三人皆与他同庚，黛玉与他同辰，只无同姓者。芳官忙道："我也姓花，我也陪他一钟。"于是大家斟了酒，黛玉因向探春笑道："命中该着招贵婿的，你是杏花，快喝了，我们好喝。"探春笑道："这是个什么，大嫂子顺手给他一下子。"李纨笑道："人家不得贵婿反挨打，我也不忍的。"说的众人都笑了。

袭人才要掷，只听有人叫门。老婆子忙出去问时，原来是薛姨妈打发人来了接黛玉的。众人因问几更了，人回："二更以后了，钟打过十一下了。"宝玉犹不信，要过表来瞧了一瞧，已是子初初刻十分了。黛玉便起身说："我可撑不住了，回去还要吃药呢。"众人说："也都该散了。"袭人宝玉等还要留着众人。李纨宝钗等都说："夜太深了不像，这已是破格了。"袭人道："既如此，每位再吃一杯再走。"说着，晴雯等已都斟满了酒，每人吃了，都命点灯。袭人等直送过沁芳亭河那边方回来。

关了门，大家复又行起令来。袭人等又用大钟斟了几钟，用盘攒了各样果菜与地下的老嬷嬷们吃。彼此有了三分酒，便猜拳赢唱小曲儿。那天已四更时分，老嬷嬷们一面明吃，一面暗偷，酒坛已罄，众人听了纳罕，方收拾盥漱睡觉。

芳官吃的两腮胭脂一般，眉梢眼角越添了许多丰韵，身子图不得[1]，便睡在袭人身上，道："好姐姐，心跳的很。"袭人笑道："谁许你尽力灌起来。"小燕四儿也图不得，早睡了。晴雯还只管叫。宝玉道："不用叫了，咱们且胡乱歇一歇罢。"自己便枕了那红香枕，身子一歪，便也睡着了。袭人见芳官醉的很，恐闹他唾酒，只得轻轻起来，就将芳官扶在宝玉之侧，由他睡了。自己却在对面榻上倒下。

大家黑甜一觉，不知所之。及至天明，袭人睁眼一看，只见天色晶明，忙说："可迟了。"向对面床上瞧了一瞧，只见芳官头枕着炕沿上，睡犹未醒，连忙起来叫他。宝玉已翻身醒了，笑道："可迟了！"因又推芳官起身。那芳官坐起来，犹发怔揉眼睛。袭人笑道："不害羞，你吃醉了，怎么也不拣地方儿乱挺下了。"芳官听了，瞧了一瞧，方知道

［1］图不得：撑不住。

和宝玉同榻，忙笑的下地来，说："我怎么吃的不知道了。"宝玉笑道："我竟也不知道了。若知道，给你脸上抹些黑墨。"说着，丫头进来伺候梳洗。

宝玉笑道："昨儿有扰，今儿晚上我还席。"袭主笑道："罢罢罢，今儿可别闹了，再闹就有人说话了。"宝玉道："怕什么，不过才两次罢了。咱们也算是会吃酒了，那一坛子酒，怎么就吃光了。正是有趣，偏又没了。"袭人笑道："原要这样才有趣。必至兴尽了，反无后味了。昨儿都好上来了，晴雯连臊也忘了，我记得他还唱了一个。"四儿笑道："姐姐忘了，连姐姐还唱了一个呢。在席的谁没唱过!"众人听了，俱红了脸，用两手握着笑个不住。

忽见平儿笑嘻嘻的走来，说亲自来请昨日在席的人："今儿我还东，短一个也使不得。"众人忙让坐吃茶。晴雯笑道："可惜昨夜没他。"平儿忙问："你们夜里做什么来?"袭人便说："告诉不得你。昨儿夜里热闹非常，连往日老太太、太太带着众人顽也不及昨儿这一顽。一坛酒我们都鼓捣光了，一个个吃的把臊都丢了，三不知的又都唱起来。四更多天才横三竖四的打了一个盹儿。"平儿笑道："好，白和我要了酒来，也不请我，还说着给我听，气我。"晴雯道："今儿他还席，必来请你的，等着罢。"平儿笑问道："他是谁，谁是他?"晴雯听了，赶着笑打，说道："偏你这耳朵尖，听得真。"平儿笑道："这会子有事不和你说，我干事去了。一回再打发人来请，一个不到，我是打上门来的。"宝玉等忙留，他已经去了。

这里宝玉梳洗了正吃茶，忽然一眼看见砚台底下压着一张纸，因说道："你们这随便混压东西也不好。"袭人晴雯等忙问："又怎么了，谁又有了不是了?”宝玉指道:“砚台下是什么?一定又是那位的样子忘记了收的。”晴雯忙启砚拿了出来,却是一张字帖儿,递与宝玉看时,原来是一张粉笺子,上面写着“槛外人妙玉恭肃遥叩芳辰”。

宝玉看毕,直跳了起来,忙问:“这是谁接了来的?也不告诉。”袭人晴雯等见了这般,不知当是那个要紧的人来的帖子,忙一齐问:“昨儿谁接下了一个帖子?”四儿忙飞跑进来,笑说:“昨儿妙玉并没亲来,只打发个妈妈送来。我就搁在那里,谁知一顿酒就忘了。”众人听了,道:“我当谁的,这样大惊小怪。这也不值的。”宝玉忙命:“快拿纸来。”当时拿了纸,研了墨,看他下着“槛外人”三字,自己竟不知回帖上回个什么字样才相敌。只管提笔出神,半天仍没主意。因又想:“若问宝钗去,他必又批评怪诞,不如问黛玉去。”

想罢,袖了帖儿,径来寻黛玉。刚过了沁芳亭,忽见岫烟颤颤巍巍的迎面走来。宝玉忙问:“姐姐那里去?”岫烟笑道:“我找妙玉说话。”宝玉听了诧异,说道:“他为人孤癖,不合时宜,万人不入他目。原来他推重姐姐,竟知姐姐不是我们一流的俗人。”岫烟笑道:“他也未必真心重我,但我和他做过十年的邻居,只一墙之隔。他在蟠香寺修炼,我家原寒素,赁房居住,就赁的是他庙里的房子,住了十年,无事到他庙里去作伴。我所认的字都是承他所授。我和他又是贫贱之交,又有半师之分。因我们投亲去了,闻得他因不合时宜,权势不容,竟投到这里来。如今又天缘凑合,我们得遇,旧情竟未易。承他青目,更胜当日。”

宝玉听了,恍如听了焦雷一般,喜的笑道:“怪道姐姐举止言谈,超然如野鹤闲云,原来有本而来。正因他的一件事我为难，要请教别人去。如今遇见姐姐，真是天缘巧合，求姐姐指教。”说着，便将拜帖取与岫烟看。岫烟笑道：“他这脾气竟不能改，竟是生成这等放诞诡僻了。从来没见拜帖上下别号的，这可是俗语说的‘僧不僧，俗不俗，女不女，男不男’，成个什么道理。”宝玉听说，忙笑道：“姐姐不知道，他原不在这些人中，算他原是世人意外之人。因取我是个些微有知识的，方给我这帖子。我因不知回什么字样才好，竟没了主意，正要去问林妹妹，可巧遇见了姐姐。”

岫烟听了宝玉这话，且只顾用眼上下细细打量了半日，方笑道：“怪道俗语说的‘闻名不如见面’，又怪不得妙玉竟下这帖子给你，又怪不得上年竟给你那些梅花。既连他这样，少不得我告诉你原故。他常说：‘古人中自汉晋五代唐宋以来皆无好诗，只有两句好，说道：“纵有千年铁门槛，终须一个土馒头[1]。”’所以他自称‘槛外之人’。又常赞文是庄子的好，故又或称为‘畸人’[2]。他若帖子上是自称‘畸人’的，你就还他个‘世人’。畸人者，他自称是畸零之人；你谦自己乃世中扰扰之人，他便喜了。如今他自称‘槛外之人’，是自谓蹈于铁槛之外了；故你如今只下‘槛内人’，便合了他的心了。”宝玉听了，如醍醐灌顶，嗳哟了一声，方笑道：“怪道我们家庙说是‘铁槛寺’呢，原来有这一说。姐姐就请，让我去写回帖。”岫烟听了，便自往栊翠庵来。宝玉回房写了帖子，上面只写“槛内人宝玉熏沐谨拜”几字，亲自拿了到栊翠庵，

[1] 土馒头：坟堆。死亡的讳称。
[2] 畸人：行事违背世俗常礼的怪人。

只隔门缝儿投进去便回来了。

因又见芳官梳了头，挽起纂来，带了些花翠，忙命他改妆，又命将周围的短发剃了去，露出碧青头皮来，当中分大顶，又说："冬天作大貂鼠卧兔儿[1]带，脚上穿虎头盘云五彩小战靴，或散着裤腿，只用净袜厚底镶鞋。"又说："芳官之名不好，竟改了男名才别致。"因又改作"雄奴"。芳官十分称心，又说："既如此，你出门也带我出去。有人问，只说我和茗烟一样的小厮就是了。"宝玉笑道："到底人看的出来。"芳官笑道："我说你是无才的。咱家现有几家土番，你就说我是个小土番儿。况且人人说我打联垂好看，你想这话可妙？"

宝玉听了，喜出意外，忙笑道："这却很好。我亦常见官员人等多有跟从外国献俘之种，图其不畏风霜，鞍马便捷。既这等，再起个番名，叫作'耶律雄奴'。'雄奴'二音，又与匈奴相通，都是犬戎名姓。况且这两种人自尧舜时便为中华之患，晋唐诸朝，深受其害。幸得咱们有福，生在当今之世，大舜之正裔，圣虞之功德仁孝，赫赫格天，同天地日月亿兆不朽，所以凡历朝中跳梁猖獗之小丑，到了如今竟不用一干一戈，皆天使其拱手俛头缘远来降。我们正该作践他们，为君父生色。"芳官笑道："既这样着，你该去操习弓马，学些武艺，挺身出去拿几个反叛来，岂不尽忠效力了。何必借我们，你鼓唇摇舌的，自己开心作戏，却说是称功颂德呢。"宝玉笑道："所以你不明白。如今四海宾服，八方宁静，千载百载不用武备。咱们虽一戏一笑，也该称颂，方不负坐享升平了。"芳官听了有

[1] 卧兔儿：一种形如卧兔的帽子。

芳官野性未泯，合了宝玉的意。写出芳官与晴雯的同中之异。

理，二人自为妥帖甚宜。宝玉便叫他“耶律雄奴”。

究竟贾府二宅皆有先人当年所获之囚赐为奴隶，只不过令其饲养马匹，皆不堪大用。湘云素习憨戏异常，他也最喜武扮的，每每自己束銮带，穿折袖[1]。近见宝玉将芳官扮成男子，他便将葵官也扮了个小子。那葵官本是常刮剔短发，好便于面上粉墨油彩，手脚又伶便，打扮了又省一层手。李纨探春见了也爱，便将宝琴的荳官也就命他打扮了一个小童，头上两个丫髻，短袄红鞋，只差了涂脸，便俨是戏上的一个琴童。湘云将葵官改了，换作“大英”。因他姓韦，便叫他作韦大英，方合自己的意思，暗有“惟大英雄能本色”之语，何必涂朱抹粉，才是男子。荳官身量年纪皆极小，又极鬼灵，故曰荳官。园中人也有唤他作“阿荳”的，也有唤作“炒豆子”的。宝琴反说琴童书童等名太熟了，竟是荳字别致，便换作“荳童”。

因饭后平儿还席，说红香圃太热，便在榆荫堂中摆了几席新酒佳肴。可喜尤氏又带了佩凤偕鸳二妾过来游玩。这二妾亦是青年姣憨女子，不常过来的，今既入了这园，再遇见湘云、香菱、芳蕊一干女子，所谓“方以类聚，物以群分”二语不错，只见他们说笑不了，也不管尤氏在那里，只凭丫鬟们去服侍，且同众人一一的游玩。一时到了怡红院，忽听宝玉叫“耶律雄奴”，把佩凤、偕鸳、香菱三个人笑在一处，问是什么话，大家也学着叫这名字，又叫错了音韵，或忘了字眼，甚至于叫出“野驴子”来，引的合园中人凡听见者无不笑倒。宝玉

[1] 折袖：袍褂袖口上接出一个半圆形的袖头。

又见人人取笑，恐作践了他，忙又说："海西福朗思牙[1]，闻有金星玻璃宝石，他本国番语以金星玻璃名为'温都里纳'[2]。如今将你比作他，就改名唤叫'温都里纳'可好?"芳官听了更喜，说："就是这样罢。"因此又唤了这名。众人嫌拗口，仍翻汉名，就唤"玻璃"。

闲言少述，且说当下众人都在榆荫堂中以酒为名，大家顽笑，命女先儿击鼓。平儿采了一枝芍药，大家约二十来人传花为令，热闹了一回。因人回说："甄家有两个女人送东西来了。"探春和李纨尤氏三人出去议事厅相见，这里众人且出来散一散。佩凤偕鸳两个去打秋千顽耍，宝玉便说："你两个上去，让我送。"慌的佩凤说："罢了，别替我们闹乱子，倒是叫'野驴子'来送送使得。"宝玉忙笑说："好姐姐们别顽了，没的叫人跟着你们学着骂他。"偕鸳又说："笑软了，怎么打呢。掉下来栽出你的黄子来。"佩凤便赶着他打。

正玩笑不绝，忽见东府中几个人慌慌张张跑来说："老爷宾天[3]了。"众人听了，唬了一大跳，忙都说："好好的并无疾病，怎么就没了?"家下人说："老爷天天修炼，定是功行圆满，升仙去了。"尤氏一闻此言，又见贾珍父子并贾琏等皆不在家，一时竟没个着己的男子来，未免忙了。只得忙卸了妆饰，命人先到玄真观将所有的道士都锁了起来，等大爷来家审问。一面忙忙坐车带了赖升一干老家人媳妇出城。又请太医看视到底系何病。大夫们见

[1] 福朗思牙：即法兰西。
[2] 温都里纳：法语音译，即内含金星的棕黄色宝石。
[3] 宾天：本指帝王之死，后泛指尊者死亡。

人已死，何处诊脉来，素知贾敬导气之术[1]总属虚诞，更至参星礼斗[2]，守庚申[3]，服灵砂，妄作虚为，过于劳神费力，反因此伤了性命的。如今虽死，肚中坚硬似铁，面皮嘴唇烧的紫绛皱裂。便向媳妇回说："系玄教中吞金服砂，烧胀而殁。"众道士慌的回说："原是老爷秘法新制的丹砂吃坏事，小道们也曾劝说'功行未到且服不得'，不承望老爷于今夜守庚申时悄悄的服了下去，便升仙了。这恐是虔心得道，已出苦海，脱去皮囊，自了去也。"

尤氏也不听，只命锁着，等贾珍来发放，且命人去飞马报信。一面看视这里窄狭，不能停放，横竖也不能进城的，忙装裹好了，用软轿抬至铁槛寺来停放，掐指算来，至早也得半月的工夫，贾珍方能来到。目今天气炎热，实不得相待，遂自行主持，命天文生[4]择了日期入殓。寿木已系早年备下寄在此庙的，甚是便易。三日后便开丧破孝。一面且做起道场来等贾珍。

荣府中凤姐儿出不来，李纨又照顾姊妹，宝玉不识事体，只得将外头之事暂托了几个家中二等管事人。贾瑞、贾珖、贾珩、贾璎、贾菖、贾菱等各有执事。尤氏不能回家，便将他继母接来在宁府看家。他这继母只得将两个未出嫁的小女带来，一并起居才放心。

且说贾珍闻了此信，即忙告假。礼部因贾珍并贾蓉是有职之员。而且当今隆敦孝弟，不敢自专，

[1] 导气之术：锻炼身体和医疗疾病的一种方法，类似于气功。
[2] 参星礼斗：礼拜北斗星。
[3] 守庚申：道教迷信认为，人腹中有一种怪物"三尸"，专察人隐私，每到庚申日就向天帝告发，减人禄寿。如果人庚申日不眠，"三尸"就不能上天告状，就可以长生不死。
[4] 天文生：此指风水先生。

具本请旨。原来天子极是仁孝过天的，且更隆重功臣之裔，一见此本，便诏问贾敬何职。礼部代奏：“系进士出身，祖职已荫其子贾珍。贾敬因年迈多疾，常养静于都城之外玄真观。今因疾殁于寺中，其子珍，其孙蓉，现因国丧随驾在此，故乞假归殓。”天子听了，忙下额外恩旨曰：“贾敬虽白衣[1]无功于国，念彼祖父之功，追赐五品之职。令其子孙扶柩由北下之门进都，入彼私第殡殓。任子孙尽丧礼毕扶柩回籍外，着光禄寺按上例赐祭。朝中由王公以下准其祭吊。钦此。”此旨一下，不但贾府中人谢恩，连朝中所有大臣皆嵩呼[2]称颂不绝。

贾珍父子星夜驰回，半路中又见贾蹁贾珖二人领家丁飞骑而来，看见贾珍，一齐滚鞍下马请安。贾珍忙问：“作什么?”贾蹁回说：“嫂子恐哥哥和侄儿来了，老太太路上无人，叫我们两个来护送老太太的。”贾珍听了，赞称不绝，又问家中如何料理。贾蹁等便将如何拿了道士，如何挪至家庙，怕家内无人接了亲家母和两个姨娘在上房住着。贾蓉当下也下了马，听见两个姨娘来了，便和贾珍一笑。贾珍忙说了几声“妥当”，加鞭便走，店也不投，连夜换马飞驰。一日到了都门，先奔入铁槛寺。那天已是四更天气，坐更的闻知，忙喝起众人来。贾珍下了马，和贾蓉放声大哭，从大门外便跪爬进来，至棺前稽颡泣血[3]，直哭到天亮喉咙都哑了方住。尤氏等都一齐见过。贾珍父子忙按礼换了凶服，在棺前俯伏，无奈自要理事，竟不能目不

[1] 白衣：平民百姓。

[2] 嵩（sōng）呼：臣子颂祝皇帝万岁。

[3] 稽颡（qǐ sǎng）泣血：稽颡，古时的礼节，跪拜时，拱手至地，以额触地。颡，额。泣血，眼泪流尽，继之以血，表示极度悲痛。

视物，耳不闻声，少不得减些悲戚，好指挥众人。因将恩旨备述与众亲友听了。一面先打发贾蓉家中料理停灵之事。

贾蓉得不得一声儿，先骑马飞来至家，忙命前厅收桌椅，下槅扇，挂孝幔子，门前起鼓手棚牌楼等事。又忙着进来看外祖母两个姨娘。原来尤老安人年高喜睡，常歪着，他二姨娘三姨娘都和丫头们作活计，见他来了，都道烦恼。贾蓉且嘻嘻的望他二姨娘笑说："二姨娘，你又来了，我们父亲正想你呢。"尤二姐便红了脸，骂道："蓉小子，我过两日不骂你几句，你就过不得了。越发连个体统都没了。还亏你是大家公子哥儿，每日念书学礼的，越发连那小家子瓢坎的也跟不上。"说着顺手拿起一个熨斗来，搂头就打，吓的贾蓉抱着头滚到怀里告饶。尤三姐便上来撕嘴，又说："等姐姐来家，咱们告诉他。"贾蓉忙笑着跪在炕上求饶，他两个又笑了。贾蓉又和二姨抢砂仁吃，尤二姐嚼了一嘴渣子，吐了他一脸。贾蓉用舌头都舔着吃了。

尤二姐与贾蓉的打情骂俏。贾蓉的轻薄无耻。

众丫头看不过，都笑说："热孝在身上，老娘才睡了觉，他两个虽小，到底是姨娘家，你太眼里没有奶奶了。回来告诉爷，你吃不了兜着走。"贾蓉撇下他姨娘，便抱着丫头们亲嘴："我的心肝，你说的是，咱们馋他两个。"丫头们忙推他，恨的骂："短命鬼儿，你一般有老婆丫头，只和我们闹。知道的说是顽；不知道的人，再遇见那脏心烂肺的爱多管闲事嚼舌头的人，吵嚷的那府里谁不知道，谁不背地里嚼舌说咱们这边乱帐。"贾蓉笑道："各门另户，谁管谁的事。都够使的了。从古至今，连汉朝和唐朝，人还说脏唐臭汉，何况咱们这宗人家。谁家没风流事，别讨我说出来。连那边大老爷

贾敬尸骨未寒，贾蓉热孝之中调戏姨娘、猥亵丫鬟，下流无耻。

这么利害，琏叔还和那小姨娘不干净呢。凤姑娘那样刚强，瑞叔还想他的帐。那一件瞒了我!”

贾蓉只管信口开合胡言乱道之间，只见他老娘醒了，请安问好，又说：“难为老祖宗劳心，又难为两位姨娘受委屈，我们爷儿们感戴不尽。惟有等事完了，我们合家大小，登门去磕头。”尤老安人点头道：“我的儿，倒是你们会说话。亲戚们原是该的。”又问：“你父亲好？几时得了信赶到的？”贾蓉笑道：“才刚赶到的，先打发我瞧你老人家来了。好歹求你老人家事完了再去。”说着，又和他二姨挤眼，那尤二姐便悄悄咬牙含笑骂：“很会嚼舌头的猴儿崽子，留下我们给你爹作娘不成!”贾蓉又戏他老娘道：“放心罢，我父亲每日为两位姨娘操心，要寻两个又有根基又富贵又年轻又俏皮的两位姨爹，好聘嫁这二位姨娘的。这几年总没拣得，可巧前日路上才相准了一个。”尤老只当真话，忙问是谁家的，二姊妹丢了活计，一头笑，一头赶着打。说：“妈别信这雷打的。”连丫头们都说：“天老爷有眼，仔细雷要紧!”又值人来回话：“事已完了，请哥儿出去看了，回爷的话去。”那贾蓉方笑嘻嘻的去了。不知如何，且听下回分解。

第六十四回

幽淑女悲题五美吟　浪荡子情遗九龙珮

话说贾蓉见家中诸事已妥，连忙赶至寺中，回明贾珍。于是连夜分派各项执事人役，并预备一切应用幡杠等物。择于初四日卯时请灵柩进城，一面使人知会诸位亲友。

是日，丧仪焜耀，宾客如云，自铁槛寺至宁府，夹路看的何止数万人。内中有嗟叹的，也有羡慕的，又有一等半瓶醋的读书人，说是"丧礼与其奢易莫若俭戚"的，一路纷纷议论不一。至未申时方到，将灵柩停放在正堂之内。供奠举哀已毕，亲友渐次散回，只剩族中人分理迎宾送客等事。近亲只有邢大舅相伴未去。

贾珍贾蓉此时为礼法所拘，不免在灵旁藉草枕块[1]，恨苦居丧。人散后，仍乘空寻他小姨子们厮混。宝玉亦每日在宁府穿孝，至晚人散，方回园里。凤姐身体未愈，虽不能时常在此，或遇开坛诵经亲友上祭之日，亦扎挣过来，相帮尤氏料理。

热孝期间，不思哀痛，反而趁机淫乱。对照贾珍在秦可卿丧事期间的极度哀痛，其人品之近于禽兽，可知矣。

一日，供毕早饭，因此时天气尚长，贾珍等连日劳倦，不免在灵旁假寐。宝玉见无客至，遂欲回家看视黛玉，因先回至怡红院中。进入门来，只见院中寂静无人，有几个老婆子与小丫头们在回廊下

---

［1］ 藉草枕块：睡干草，枕土块。这是古时居父母丧的礼节。

取便乘凉，也有睡卧的，也有坐着打盹的。宝玉也不去惊动。只有四儿看见，连忙上前来打帘子。将掀起时，只见芳官自内带笑跑出，几乎与宝玉撞个满怀。一见宝玉，方含笑站住，说道："你怎么来了？你快与我拦住晴雯，他要打我呢。"

一语未了，只听得屋内嘻嘻哗喇的乱响，不知是何物撒了一地。随后晴雯赶来骂道："我看你这小蹄子往那里去，输了不叫打。宝玉不在家，我看你有谁来救你。"宝玉连忙带笑拦住，说道："你妹子小，不知怎么得罪了你，看我的分上，饶他罢。"晴雯也不想宝玉此时回来，乍一见，不觉好笑，遂笑说道："芳官竟是个狐狸精变的，竟是会拘神遣将的符咒也没有这样快。"又笑道："就是你真请了神来，我也不怕。"遂夺手仍要捉拿芳官。芳官早已藏在宝玉身后。

宝玉遂一手拉了晴雯，一手携了芳官，进入屋内。看时，只见西边炕上麝月、秋纹、碧痕、紫绡等正在那里抓子儿[1]赢瓜子儿呢。却是芳官输与晴雯，芳官不肯叫打，跑了出去。晴雯因赶芳官，将怀内的子儿撒了一地。宝玉欢喜道："如此长天，我不在家，正恐你们寂寞，吃了饭睡觉睡出病来，大家寻件事顽笑消遣甚好。"因不见袭人，又问道："你袭人姐姐呢？"晴雯道："袭人么，越发道学了，独自个在屋里面壁[2]呢。这好一会我没进去，不知他作什么呢，一些声气也听不见。你快瞧瞧去罢，或者此时参悟了，也未可定。"

宝玉听说，一面笑，一面走至里间。只见袭人

---

[1] 抓（chuǎ）子儿：一种女孩子的游戏。将数个小东西扔起来再抓住，以抓接又快又准者为胜。

[2] 面壁：达摩面对墙壁，坐禅修炼。这是晴雯讽刺袭人的话。

坐在近窗床上，手中拿着一根灰色绦子，正在那里打结子呢。见宝玉进来，连忙站起来，笑道："晴雯这东西编派我什么呢。我因要赶着打完了这结子，没工夫和他们瞎闹，因哄他们道：'你们玩去罢，趁着二爷不在家，我要在这里静坐一坐，养一养神。'他就编派了我这些混话，什么'面壁了''参禅了'的，等一会我不撕他那嘴。"

宝玉笑着挨近袭人坐下，瞧他打结子，问道："这么长天，你也该歇息歇息，或和他们玩笑，要不，瞧瞧林妹妹去也好。怪热的，打这个那里使？"袭人道："我见你带的扇套还是那年东府里蓉大奶奶的事情上作的。那个青东西除族中或亲友家夏天有丧事方带得着，一年遇着带一两遭，平常又不犯做。如今那府里有事，这是要过去天天带的，所以我赶着另作一个。等打完了结子，给你换下那旧的来。你虽然不讲究这个，若叫老太太回来看见，又该说我们躲懒，连你的穿带之物都不经心了。"宝玉笑道："这真难为你想的到。只是也不可过于赶，热着了倒是大事。"

说着，芳官早托了一杯凉水内新湃的茶来。因宝玉素昔秉赋柔脆，虽暑月不敢用冰，只以新汲井水将茶连壶浸在盆内，不时更换，取其凉意而已。宝玉就芳官手内吃了半盏，遂向袭人道："我来时已吩咐了茗烟，若珍大哥那边有要紧的客来时，叫他即刻送信；若无要紧的事，我就不过去了。"说毕，遂出了房门，又回头向碧痕等道："如有事往林姑娘处来找我。"于是一径往潇湘馆来看黛玉。

将过了沁芳桥，只见雪雁领着两个老婆子，手中都拿着菱藕瓜果之类。宝玉忙问雪雁道："你们姑娘从来不吃这些凉东西的，拿这些瓜果何用？不是要请那位姑娘奶奶么?”雪雁笑道：“我告诉你，可不许你对姑娘说去。”宝玉点头应允。雪雁便命两个婆子：“先将瓜果送去交与紫鹃姐姐。他要问我，你就说我做什么呢，就来。”那婆子答应着去了。雪雁方说道：“我们姑娘这两日方觉身上好些了。今日饭后，三姑娘来会着要瞧二奶奶去，姑娘也没去。又不知想起了甚么来，自己伤感了一回，提笔写了好些，不知是诗是词。叫我传瓜果去时，又听叫紫鹃将屋内摆着的小琴桌上的陈设搬下来，将桌子挪在外间当地，又叫将那龙文鼒[1]放在桌上，等瓜果来时听用。若说是请人呢，不犯先忙着把个炉摆出来。若说点香呢，我们姑娘素日屋内除摆新鲜花果木瓜之类，又不大喜熏衣服；就是点香，亦当点在常坐卧之处。难道是老婆子们把屋子熏臭了要拿香熏熏不成。究竟连我也不知何故。”说毕，便连忙的去了。

宝玉这里不由的低头心内细想道：“据雪雁说来，必有原故。若是同那一位姊妹们闲坐，亦不必如此先设馔具。或者是姑爹姑妈的忌辰，但我记得每年到此日期老太太都吩咐另外整理肴馔送去与林妹妹私祭，此时已过。大约必是七月因为瓜果之节，家家都上秋祭的坟，林妹妹有感于心，所以在私室自已奠祭，取《礼记》：‘春秋荐其时食’之意，也未可定。但我此刻走去，见他伤感，必极力劝解，又怕他烦恼郁结于心；若不去，又恐他过于伤感，无人劝止。两件皆足致疾。莫若先到凤姐姐处一看，在彼稍坐即回。如若见林妹妹伤感，再设法开解，既不至使其过悲，哀痛稍申，亦不至抑郁

[1] 鼒（zī）：小鼎。

致病。”想毕，遂出了园门，一径到凤姐处来。

正有许多执事婆子们回事毕，纷纷散出。凤姐儿正倚着门和平儿说话呢。一见了宝玉，笑道：“你回来了么。我才吩咐了林之孝家的。叫他使人告诉跟你的小厮，若没什么事趁便请你回来歇息歇息。再者那里人多，你那里禁得住那些气味。不想恰好你倒来了。”宝玉笑道：“多谢姐姐记挂。我也因今日没事，又见姐姐这两日没往那府里去，不知身上可大愈否，所以回来看视看视。”凤姐道：“左右也不过是这样，三日好两日不好的。老太太、太太不在家，这些大娘们，嗳，那一个是安分的，每日不是打架，就拌嘴，连赌博偷盗的事情，都闹出来了两三件了。虽说有三姑娘帮着办理，他又是个没出阁的姑娘。也有叫他知道得的，也有往他说不得的事，也只好强扎挣着罢了。总不得心静一会儿。别说想病好，求其不添，也就罢了。”宝玉道：“虽如此说，姐姐还要保重身体，少操些心才是。”说毕，又说了些闲话，别了凤姐，一直往园中走来。

进了潇湘馆院门看时，只见炉袅残烟，奠馀玉醴。紫鹃正看着人往里搬桌子，收陈设呢。宝玉便知已经祭完了，走入屋内，只见黛玉面向里歪着，病体恹恹，大有不胜之态。紫鹃连忙说道：“宝二爷来了。”黛玉方慢慢的起来，含笑让坐。宝玉道：“妹妹这两天可大好些了？气色倒觉静些，只是为何又伤心了？”黛玉道：“可是你没的说了，好好的我多早晚又伤心了？”宝玉笑道：“妹妹脸上现有泪痕，如何还哄我呢。只是我想妹妹素日本来多病，凡事当各自宽解，不可过作无益之悲。若作践坏了身子，使我……”说到这里，觉得以下的话有些难说，连忙咽住。只因他虽说和黛玉一处长大，情投意合，又愿同生死，却只是心中领会，从来未曾当面说出。况兼黛玉心多，每每说话造次，得罪了他。今日原为的是来劝解，不想把话又说造次了，接不下去，心中一急，又怕黛玉恼他。又想一想自己的心实在的是为好，因而转急为悲，早已滚下泪来。黛玉起先原恼宝玉说话不论轻重，如今见此光景，心有所感，本来素昔爱哭，此时亦不免无言对泣。

却说紫鹃端了茶来，打谅二人又为何事角口，因说道："姑娘才身上好些，宝二爷又来怄气了，到底是怎么样?"宝玉一面拭泪笑道："谁敢怄妹妹了。"一面搭讪着起来闲步。只见砚台底下微露一纸角，不禁伸手拿起。黛玉忙要起身来夺，已被宝玉揣在怀内，笑央道："好妹妹，赏我看看罢。"黛玉道："不管什么，来了就混翻。"

一语未了，只见宝钗走来，笑道："宝兄弟要看什么?"宝玉因未见上面是何言词，又不知黛玉心中如何，未敢造次回答，却望着黛玉笑。黛玉一面让宝钗坐，一面笑说道："我曾见古史中有才色的女子，终身遭际令人可欣可羡可悲可叹者甚多。今日饭后无事，因欲择出数人，胡乱凑几首诗以寄感慨，可巧探丫头来会我瞧凤姐姐去，我也身上懒懒的没同他去。才将做了五首，一时困倦起来，撂在那里，不想二爷来了就瞧见了，其实给他看也倒没有什么，但只我嫌他是不是的写给人看去。"宝玉忙道："我多早晚给人看来呢。昨日那把扇子，原是我爱那几首白海棠的诗，所以我自己用小楷写了，不过为的是拿在手中看着便易。我岂不知闺阁中诗词字迹是轻易往外传诵不得的。自从你说了，我总没拿出园子去。"

宝钗道："林妹妹这虑的也是。你既写在扇子上，偶然忘记了，拿在书房里去被相公们看见了，岂有不问是谁做的呢。倘或传扬开了，反为不美。自古道'女子无才便是德'，总以贞静为主，女工还是第二件。其馀诗词，不过是闺中游戏，原可以会可以不会。咱们这样人家的姑娘，倒不要这些才华的名誉。"因又笑向黛玉道："拿出来给我看看无妨，只不叫宝兄弟拿出去就是了。"黛玉笑道："既如此说，连你也可以不必看了。"又指着宝玉笑道："他早已抢了去了。"宝玉听了，方自怀内取出，凑至宝钗身旁，一同细看。只见写道：

宝钗虽然有才，却主张"女子无才便是德"，自觉地遵守礼教。

西　施

一代倾城逐浪花，吴宫空自忆儿家。
效颦莫笑东村女，头白溪边尚浣纱。

虞　姬

肠断乌骓夜啸风，虞兮幽恨对重瞳。
黥彭甘受他年醢，饮剑何如楚帐中。

明　妃

绝艳惊人出汉宫，红颜命薄古今同。
君王纵使轻颜色，予夺权何畀画工？

绿　珠

瓦砾明珠一例抛，何曾石尉重娇娆。
都缘顽福前生造，更有同归慰寂寥。

红　拂

长揖雄谈态自殊，美人具眼识穷途。
尸居馀气杨公幕，岂得羁縻女丈夫。

宝玉看了，赞不绝口，又说道："妹妹这诗恰好只做了五首，何不就命曰《五美吟》。"于是不容分说，便提笔写在后面。宝钗亦说道："做诗不论何题，只要善翻古人之意。若要随人脚踪走去，纵使字句精工，已落第二义，究竟算不得好诗，即如前人所咏昭君之诗甚多，有悲挽昭君的，有怨恨延寿的，又有讥汉帝不能使画工图貌贤臣而画美人的，纷纷不一。后来王荆公复有'意态由来画不成，当时枉杀毛延寿'；永叔有'耳目所见尚如此，万里安能制夷狄'。二诗俱能各出己见，不与人同。今日林妹妹这五首诗，亦可谓命意新奇，别开生面了。"

怀古贵在翻新。否则，甘蔗渣儿嚼了再嚼，有何滋味？所咏五女，都是文学戏曲加工过的艺术形象，并非纯粹的历史人物。

仍欲往下说时，只见有人回道："琏二爷回来了。适才外间传说，往东府里去了好一会了，想必就回来的。"宝玉听了，连忙起身，迎至大门以内等待。恰好贾琏自外下马进来。于是宝玉先迎着贾琏跪下，口中给贾母王夫人等请了安，又给贾琏请了安。二人携手走了进来。只见李纨、凤姐、宝钗、黛玉、迎、探、惜等早在中堂等候，一一相见已毕。因听贾琏说道："老太太明日一早到家，一路身体甚好。今日先打发了我来回家看视，明日五更，仍要出城迎接。"说毕，众人又问了些路途的景况。因贾琏是远归，遂大家别过，让贾琏回房歇息。一宿晚景，不必细述。

至次日饭时前后，果见贾母王夫人等到来。众人接见已毕，略坐了一坐，吃了一杯茶，便领了王夫人等人过宁府中来。只听见里面哭声震天，却是贾赦贾琏送贾母到家即过这边来了。当下贾母进入里面，早有贾赦贾琏率领族中人哭着迎了出来。他父子一边一个挽了贾母，走至灵前，又有贾珍贾蓉跪着扑入贾母怀中痛哭。贾母暮年人，见此光景，亦搂了珍蓉等痛哭不已。贾赦贾琏在旁苦劝，方略略止住。又转至灵右，见了尤氏婆媳，不免又相持大痛一场。哭毕，众人方上前一一请安问好。贾珍因贾母才回家来，未得歇息，坐在此间，看着未免要伤心，遂再三求贾母回家；王夫人等亦再三相劝。贾母不得已，方回来了。果然年迈的人禁不住风霜伤感，至夜间便觉头闷目酸，鼻塞声重。连忙请了医生来诊脉下药，足足的忙乱了半夜一日。幸而发散的快，未曾传经[1]，至三更天，些须发了点汗，脉静身凉，大家方放了心。至次日仍服药调理。

又过了数日，乃贾敬送殡之期，贾母犹未大愈，遂留宝玉在家侍奉。凤姐因未曾甚好，亦未去。其馀贾赦、贾琏、邢夫人、王夫人等率领家人仆妇，都送至铁槛寺，至晚方回。贾珍尤氏并贾蓉仍在寺中守灵，等过百日后，方扶柩回籍。家中仍托尤老娘并二姐三姐照管。

却说贾琏素日既闻尤氏姐妹之名，恨无缘得见。近因贾敬停灵在家，每日与二姐三姐相认已熟，不禁动了垂涎之意。况知与贾珍贾蓉等素有聚

---

[1] 传经：中医术语，指风寒通过经络传至全身。

麀[1]之诮，因而乘机百般撩拨，眉目传情。那三姐却只是淡淡相对，只有二姐也十分有意。但只是眼目众多，无从下手。贾琏又怕贾珍吃醋，不敢轻动，只好二人心领神会而已。

贾琏好色，本性难移。尤二姐本是失足女，经济上又处于困境，幻想着凭自己的美貌攀上贾琏，过上富贵的生活。贾琏不知贾珍作何想法，不免尴尬犹豫。

此时出殡以后，贾珍家下人少，除尤老娘带领二姐三姐并几个粗使的丫鬟老婆子在正室居住外，其馀婢妾，都随在寺中。外面仆妇，不过晚间巡更，日间看守门户。白日无事，亦不进里面去。所以贾琏便欲趁此下手。遂托相伴贾珍为名，亦在寺中住宿，又时常借着替贾珍料理家务，不时至宁府中来勾搭二姐。

一日，有小管家俞禄来回贾珍道："前者所用棚杠孝布并请杠人青衣，共使银一千一百十两，除给银五百两外，仍欠六百零十两。昨日两处买卖人俱来催讨，小的特来讨爷的示下。"贾珍道："你且向库上领去就是了，这又何必来回我。"俞禄道："昨日已曾上库上去领，但只是老爷宾天以后，各处支领甚多，所剩还要预备百日道场及庙中用度，此时竟不能发给。所以小的今日特来回爷，或者爷内库里暂且发给，或者挪借何项，吩咐了小的好办。"贾珍笑道："你还当是先呢，有银子放着不使。你无论那里借了给他罢。"俞禄笑回道："若说一二百，小的还可以挪借；这五六百，小的一时那里办得来。"

贾珍想了一回，向贾蓉道："你问你娘去，昨日出殡以后，有江南甄家送来打祭银[2]五百两，未曾交到库上去，你先要了来，给他去罢。"贾蓉

[1] 聚麀（yōu）：指父子共占一个女子的禽兽行为。麀，母鹿。贾琏又加进来，成为一个乱伦的群体。
[2] 打祭银：送给死者家属以代祭品的银钱。

答应了，连忙过这边来回了尤氏，复转来回他父亲道："昨日那项银子已使了二百两，下剩的三百两令人送至家中交与老娘收了。"贾珍道："既然如此，你就带了他去，向你老娘要了出来交给他。再也瞧瞧家中有事无事，问你两个姨娘好。下剩的俞禄先借了添上罢。"

贾蓉与俞禄答应了，方欲退出，只见贾琏走了进来。俞禄忙上前请了安。贾琏便问何事，贾珍一一告诉了。贾琏心中想道："趁此机会正可至宁府寻二姐。"一面遂说道："这有多大事，何必向人借去。昨日我方得了一项银子还没有使呢，莫若给他添上，岂不省事。"贾珍道："如此甚好。你就吩咐了蓉儿，一并令他取去。"贾琏忙道："这必得我亲身取去。再我这几日没回家了，还要给老太太、老爷、太太们请请安去。到大哥那边查查家人们有无生事，再也给亲家太太请请安。"贾珍笑道："只是又劳动你，我心里倒不安。"贾琏也笑道："自家兄弟，这有何妨呢。"贾珍又吩咐贾蓉道："你跟了你叔叔去，也到那边给老太太、老爷、太太们请安，说我和你娘都请安，打听打听老太太身上可大安了？还服药呢没有？"贾蓉一一答应了，跟随贾琏出来，带了几个小厮，骑上马一同进城。

在路叔侄闲话。贾琏有心，便提到尤二姐，因夸说如何标致，如何做人好，举止大方，言语温柔，无一处不令人可敬可爱，"人人都说你婶子好，据我看那里及你二姨一零儿呢。"贾蓉揣知其意，便笑道："叔叔既这么爱他，我给叔叔作媒，说了做二房，何如？"贾琏笑道："你这是顽话还是正经话？"贾蓉道："我说的是当真的话。"贾琏又笑道："敢自好呢。只是怕你婶子不依，再也怕你老娘不愿意。况且我听见说你二姨儿已有了人家了。”

贾蓉道：“这都无妨。我二姨儿三姨儿都不是我老爷养的，原是我老娘带了来的。听见说，我老娘在那一家时，就把我二姨儿许给皇粮庄头张家，指腹为婚。后来张家遭了官司败落了，我老娘又自那家嫁了出来，如今这十数年，两家音信不通。我老娘时常报怨，要与他家退婚，我父亲也要将二姨转聘。只等有了好人家，不过令人找着张家，给他十几两银子，写上一张退婚的字儿。想张家穷极了的人，见了银子，有什么不依的。再他也知道咱们这样的人家，也不怕他不依。又是叔叔这样人说了做二房，我管保我老娘和我父亲都愿意。倒只是婶子那里却难。”贾琏听到这里，心花都开了，那里还有什么话说，只是一味呆笑而已。

贾蓉又想了一想，笑道：“叔叔若有胆量，依我的主意管保无妨，不过多花上几个钱。”贾琏忙道：“有何主意，快些说来，我没有不依的。”贾蓉道：“叔叔回家，一点声色也别露，等我回明了我父亲，向我老娘说妥，然后在咱们府后方近左右买上一所房子及应用家伙，再拨两窝子家人过去服侍。择了日子，人不知鬼不觉娶了过去，嘱咐家人不许走漏风声。婶子在里面住着，深宅大院，那里就得知道了。叔叔两下里住着，过个一年半载，即或闹出来，不过挨上老爷一顿骂。叔叔只说婶子总不生育，原是为子嗣起见，所以私自在外面作成此事。就是婶子，见生米做成熟饭，也只得罢了。再求一求老太太，没有不完的事。”

贾蓉为叔叔贾琏设谋划策，定下金屋藏娇之计。作者在王熙凤协理宁国府以后，将视野再一次跳出大观园，跳出荣国府，扩展到宁国府。

自古道“欲令智昏”，贾琏只顾贪图二姐美色，听了贾蓉一篇话，遂为计出万全，将现今身上有服，并停妻再娶，严父妒妻种种不妥之处，皆置之贾蓉亦想趁机分一杯羹，是所谓有其父必有其子。将贾珍、贾蓉与贾琏对比，则贾珍父子还不如贾琏。同是纨绔，作者分出了他们的层次。

度外了。却不知贾蓉亦非好意，素日因同他姨娘有情，只因贾珍在内，不能畅意。如今若是贾琏娶了，少不得在外居住，趁贾琏不在时，好去鬼混之意。贾琏那里思想及此，遂向贾蓉致谢道："好侄儿，你果然能够说成了，我买两个绝色的丫头谢你。"说着，已至宁府门首。

贾蓉说道："叔叔进去，向我老娘要出银子来，就交给俞禄罢。我先给老太太请安去。"贾琏含笑点头道："老太太跟前别说我和你一同来的。"贾蓉道："知道。"又附耳向贾琏道："今日要遇见二姨，可别性急了，闹出事来，往后倒难办了。"贾琏笑道："少胡说，你快去罢。我在这里等你。"于是贾蓉自去给贾母请安。

贾琏进入宁府，早有家人头儿率领家人等请安，一路围随至厅上。贾琏一一的问了些话，不过塞责而已，便命家人散去，独自往里面走来。原来贾琏贾珍素日亲密，又是弟兄，本无可避忌之人，自来是不等通报的。于是走至上房，早有廊下伺候的老婆子打起帘子，让贾琏进去。

贾琏进入房中一看，只见南边炕上只有尤二姐带着两个丫鬟一处做活，却不见尤老娘与三姐。贾琏忙上前问好相见。尤二姐含笑让坐，便靠东边排插儿[1]坐下。贾琏仍将上首让与二姐儿，说了几句见面情儿，便笑问道："亲家太太和三妹妹那里去了，怎么不见？"尤二姐笑道："才有事往后头去了，也就来的。"此时伺候的丫鬟因倒茶去，无人在跟前，贾琏不住的拿眼瞟着二姐。二姐低了头，只含笑不理。

[1] 排插儿：一种用于室内局部分隔的设施。

贾琏又不敢造次动手动脚，因见二姐手中拿着一条拴着荷包的绢子摆弄，便搭讪着往腰里摸了摸，说道："槟榔荷包也忘记了带了来，妹妹有槟榔，赏我一口吃。"二姐道："槟榔倒有，就只是我的槟榔从来不给人吃。"贾琏便笑着欲近身来拿。二姐怕人看见不雅，便连忙一笑，撂了过来。贾琏接在手中，都倒了出来，拣了半块吃剩下的撂在口中吃了，又将剩下的都揣了起来。刚要把荷包亲身送过去，只见两个丫鬟倒了茶来。

贾琏一面接了茶吃茶，一面暗将自己带的一个汉玉九龙珮解了下来，拴在手绢上，趁丫鬟回头时，仍撂了过去。二姐亦不去拿，只装看不见，坐着吃茶。只听后面一阵帘子响，却是尤老娘三姐带着两个小丫鬟自后面走来。贾琏送目与二姐，令其拾取，这尤二姐亦只是不理。贾琏不知二姐何意，甚是着急，只得迎上来与尤老娘三姐相见。一面又回头看二姐时，只见二姐笑着，没事人似的；再又看一看绢子，已不知那里去了，贾琏方放了心。

郎有情，妾有意。贾琏本是玩弄女性的浪荡子，尤二姐亦轻薄水性之人，两人拍即合。

于是大家归坐后，叙了些闲话。贾琏说道："大嫂子说，前日有一包银子交给亲家太太收起来了，今日因要还人，大哥令我来取。再也看看家里有事无事。"尤老娘听了，连忙使二姐拿钥匙去取银子。这里贾琏又说道："我也要给亲家太太请请安，瞧瞧二位妹妹。亲家太太脸面倒好，只是二位妹妹在我们家里受委屈。"尤老娘笑道："咱们都是至亲骨肉，说那里的话。在家里也是住着，在这里也是住着。不瞒二爷说，我们家里自从先夫去世，家计也着实艰难了，全亏了这里姑爷帮助。如今姑爷家里有了这样大事，我们不能别的出力，白看一看家，还有什么委屈了的呢。"正说着，二姐已取了银子来，交与尤老娘。尤老娘便递与贾琏。贾琏叫一个小丫头叫了一个老婆子来，吩咐他道：“你把这个交给俞禄，叫他拿过那边去等我。”老婆子答应了出去。

只听得院内是贾蓉的声音说话。须臾进来，给他老娘姨娘请了安，又向贾琏笑道：“才刚老爷还问叔叔呢，说是有什么事情要使唤。原要使人到庙里去叫，我回老爷说叔叔就来。老爷还吩咐我，路上遇着叔叔叫快去呢。”贾琏听了，忙要起身，又听贾蓉和他老娘说道：“那一次我和老太太说的，我父亲要给二姨说的姨父，就和我这叔叔的面貌身量差不多儿。老太太说好不好？”一面说着，又悄悄的用手指着贾琏和他二姨努嘴。二姐倒不好意思说什么，只见三姐似笑非笑、似恼非恼的骂道：“坏透了的小猴儿崽子！没了你娘的说了！多早晚我才撕他那嘴呢！”一面说着，便赶了过来。贾蓉早笑着跑了出去，贾琏也笑着辞了出来。走至厅上，又吩咐了家人们不可耍钱吃酒等话。又悄悄的央贾蓉，回去急速和他父亲说。一面便带了俞禄过来，将银子添足，交给他拿去。一面给贾赦请安，又给贾母去请安。不提。

却说贾蓉见俞禄跟了贾琏去取银子，自己无事，便仍回至里面，和他两个姨娘嘲戏一回，方起身。至晚到寺，见了贾珍回道：“银子已经交给俞禄了。老太太已大愈了，如今已经不服药了。”说毕，又趁便将路上贾琏要娶尤二姐做二房之意说了。又说如何在外面置房子住，不使凤姐知道，“此时总不过为的是子嗣艰难起见。为的是二姨是见过的，亲上做亲，比别处不知道的人家说了来的好。所以二叔再三央我对父亲说。”只不说是他自己的主意。

贾珍想了想，笑道："其实倒也罢了。只不知你二姨心中愿意不愿意。明日你先去和你老娘商量，叫你老娘问准了你二姨，再作定夺。"于是又教了贾蓉一篇话，便走过来将此事告诉了尤氏。尤氏却知此事不妥，因而极力劝止。无奈贾珍主意已定，素日又是顺从惯了的，况且他与二姐本非一母，不便深管，因而也只得由他们闹去了。

尤氏素来与凤姐亲密。如今贾琏服丧期间，背着凤姐，在外面停妻再娶。贾珍、贾蓉在其中牵线搭桥，将来只怕是吃不了兜着走，所以尤氏极力劝阻。可是，尤氏与尤二姐、尤三姐本是异父异母的姊妹，她又管不了贾珍。

至次日一早，果然贾蓉复进城来见他老娘，将他父亲之意说了。又添上许多话，说贾琏做人如何好，目今凤姐身子有病，已是不能好的了，暂且买了房子在外面住着，过个一年半载，只等凤姐一死，便接了二姨进去做正室。又说他父亲此时如何聘，贾琏那边如何娶，如何接了你老人家养老，往后三姨也是那边应了替聘，说得天花乱坠，不由得尤老娘不肯。况且素日全亏贾珍周济，此时又是贾珍作主替聘，而且妆奁不用自己置买，贾琏又是青年公子，比张华胜强十倍，遂连忙过来与二姐商议。二姐又是水性的人，在先已和姐夫不妥，又常怨恨当时错许张华，致使后来终身失所，今见贾琏有情，况是姐夫将他聘嫁，有何不肯，也便点头依允。当下回复了贾蓉，贾蓉回了他父亲。

在贾琏偷娶尤二姐的过程中，贾蓉起了桥梁的作用，此为后来凤姐深怨贾蓉之原因。

次日命人请了贾琏到寺中来，贾珍当面告诉了他尤老娘应允之事。贾琏自是喜出望外，感谢贾珍贾蓉父子不尽。于是二人商量着，使人看房子打首饰，给二姐置买妆奁及新房中应用床帐等物。不过几日，早将诸事办妥。已于宁荣街后二里远近小花枝巷内买定一所房子，共二十馀间。又买了两个小丫鬟。贾珍又给了一房家人，名叫鲍二，夫妻两口，以备二姐过来时服侍。那鲍二两口子听见这个巧宗儿，如何不来呢？又使人将张华父子叫来，逼勒着与尤老娘写退婚书。

却说张华之祖，原当皇粮庄头，后来死去。至张华父亲时，仍充此役，因与尤老娘前夫相好，所以将张华与尤二姐指腹为婚。后来不料遭了官司，败落了家产，弄得衣食不周，那里还娶得起媳妇呢。尤老娘又自那家嫁了出来，两家有十数年音信不通。今被贾府家人唤至，逼他与二姐退婚，心中虽不愿意，无奈惧怕贾珍等势焰，不敢不依，只得写了一张退婚文约。尤老娘与了二十两银子，两家退亲不提。

这里贾琏等见诸事已妥，遂择了初三黄道吉日，以便迎娶二姐过门。下回分解。

第六十五回

贾二舍[1]偷娶尤二姨　尤三姐思嫁柳二郎

话说贾琏、贾珍、贾蓉三人商议，事事妥帖，至初二日，先将尤老和三姐送入新房。尤老一看，虽不似贾蓉口内之言，也十分齐备，母女二人已称了心。鲍二夫妇见了如一盆火，赶着尤老一口一声唤老娘，又或是老太太；赶着三姐唤三姨，或是姨娘。至次日五更天，一乘素轿，将二姐抬来。各色香烛纸马，并铺盖以及酒饭，早已备得十分妥当。一时，贾琏素服坐了小轿而来，拜过天地，焚了纸马。那尤老见二姐身上头上焕然一新，不似在家模样，十分得意。搀入洞房。是夜贾琏同他颠鸾倒凤，百般恩爱，不消细说。

尤老娘一嫁再嫁，家境艰难，改善生活的唯一希望在两个漂亮的女儿身上。偏偏两个女儿名声不好，尤二姐的娃娃亲张家又败落了。现在贾琏看上了尤二姐，真是求之不得。并且，眼看凤姐身体堪忧，尤二姐扶正大有希望，前景看好。

那贾琏越看越爱，越瞧越喜，不知要怎生奉承这二姐，乃命鲍二等人不许提三说二的，直以奶奶称之，自己也称奶奶，竟将凤姐一笔勾倒。有时回家中，只说在东府有事羁绊，凤姐辈因知他和贾珍相得，自然是或有事商议，也不疑心。再家下人虽多，都不管这些事。便有那游手好闲专打听小事的人，也都去奉承贾琏，乘机讨些便宜，谁肯去露风。于是贾琏深感贾珍不尽。贾琏一月出五两银子做天天的供给。若不来时，他母女三人一处吃饭；

［1］二舍：即二公子，二少爷。

贾琏瞒天过海，自以为得计。尤二姐遇到贾琏，决心改邪归正，做一个恪守妇道的良家妇女。从失足开始，到幻想名分而最后落入陷阱而死，尤二姐为她的幼稚而羡慕富贵付出了最高昂的代价。

若贾琏来了，他夫妻二人一处吃，他母女便回房自吃。贾琏又将自己积年所有的梯己，一并搬了与二姐收着，又将凤姐素日之为人行事，枕边衾内尽情告诉了他，只等一死，便接他进去。二姐听了，自是愿意。当下十来个人，倒也过起日子来，十分丰足。

眼见已是两个月光景。这日贾珍在铁槛寺作完佛事，晚间回家时，因与他姨妹久别，竟要去探望探望。先命小厮去打听贾琏在与不在，小厮回来说不在。贾珍欢喜，将左右一概先遣回去，只留两个心腹小童牵马。一时，到了新房，已是掌灯时分，悄悄入去。两个小厮将马拴在圈内，自往下房去听候。

贾珍进来，屋内才点灯，先看过了尤氏母女，然后二姐出见，贾珍仍唤二姨。大家吃茶，说了一回闲话。贾珍因笑说："我作的这保山如何？若错过了，打着灯笼还没处寻，过日你姐姐还备了礼来瞧你们呢。"说话之间，尤二姐已命人预备下酒馔，关起门来，都是一家人，原无避讳。那鲍二来请安，贾珍便说："你还是个有良心的小子，所以叫你来服侍。日后自有大用你之处，不可在外头吃酒生事。我自然赏你。倘或这里短了什么，你琏二爷事多，那里人杂，你只管去回我。我们弟兄不比别人。"鲍二答应道："是，小的知道。若小的不尽心，除非不要这脑袋了。"贾珍点头说："要你知道。"当下四人一处吃酒。

尤二姐知局[1]，便邀他母亲说："我怪怕的，

[1] 知局：知趣，识相。

妈同我到那边走走来。”尤老也会意，便真个同他出来，只剩小丫头们。贾珍便和三姐挨肩擦脸，百般轻薄起来。小丫头子们看不过，也都躲了出去，凭他两个自在取乐，不知作些什么勾当。

尤二姐本与贾珍有染，现在决心跟贾琏，便避着贾珍。尤三姐的形象再一次验证了《红楼梦》刻画人物的特点：爱而知其恶，憎而知其善。

跟的两个小厮都在厨下和鲍二饮酒，鲍二女人上灶。忽见两个丫头也走了来嘲笑，要吃酒。鲍二因说：“姐儿们不在上头服侍，也偷来了。一时叫起来没人，又是事。”他女人骂道：“胡涂浑呛了的忘八！你撞丧[1]那黄汤罢。撞丧醉了，夹着你那膫子挺你的尸去。叫不叫，与你屄相干！一应有我承当，风雨横竖洒不着你头上来。”这鲍二原因妻子发迹的，近日越发亏他。自己除赚钱吃酒之外，一概不管，贾琏等也不肯责备他，故他视妻如母，百依百随，且吃够了便去睡觉。这里鲍二家的陪着这些丫鬟小厮吃酒，讨他们的好，准备在贾珍前上好。

四人正吃的高兴，忽听扣门之声，鲍二家的忙出来开门，看见是贾琏下马，问有事无事。鲍二女人便悄悄告他说：“大爷在这里西院里呢。”贾琏听了，便回至卧房。只见尤二姐和他母亲都在房中，见他来了，二人面上便有些讪讪的。贾琏反推不知，只命：“快拿酒来，咱们吃两杯好睡觉。我今日很乏了。”尤二姐忙上来陪笑接衣奉茶，问长问短。贾琏喜的心痒难受。一时鲍二家的端上酒来，二人对饮。他丈母不吃，自回房中睡去了。两个小丫头分了一个过来服侍。

尴尬。

贾琏的心腹小童隆儿拴马去，见已有了一匹马，细瞧一瞧，知是贾珍的，心下会意，也来厨

[1] 撞丧：滥饮。

下。只见喜儿寿儿两个正在那里坐着吃酒，见他来了，也都会意，故笑道："你这会子来的巧。我们因赶不上爷的马，恐怕犯夜[1]，往这里来借宿一宵的。"隆儿便笑道："有的是炕，只管睡。我是二爷使我送月银的，交给了奶奶，我也不回去了。"喜儿便说："我们吃多了，你来吃一钟。"隆儿才坐下，端起杯来，忽听马棚内闹将起来。原来二马同槽，不能相容，互相蹶踢起来。隆儿等慌的忙放下酒杯，出来喝马，好容易喝住，另拴好了，方进来。鲍二家的笑说："你三人就在这里罢，茶也现成了，我可去了。"说着，带门出去。

讽刺贾琏、贾珍同时与尤二姐、尤三姐鬼混。

这里喜儿喝了几杯，已是楞子眼了。隆儿寿儿关了门，回头见喜儿直挺挺的仰卧炕上，二人便推他说："好兄弟，起来好生睡，只顾你一个人，我们就苦了。"那喜儿便说道："咱们今儿可要公公道道的贴一炉子烧饼，要有一个充正经的人，我痛把你妈一肏。"隆儿寿儿见他醉了，也不便多说，只得吹了灯，将就睡下。

尤二姐听见马闹，心下便不自安，只管用言语混乱贾琏。那贾琏吃了几杯，春兴发作，便命收了酒果，掩门宽衣。尤二姐只穿着大红小袄，散挽乌云，满脸春色，比白日更增了颜色。贾琏搂他笑道："人人都说我们那夜叉婆齐整，如今我看来，给你拾鞋也不要。"尤二姐道："我虽标致，却无品行。看来到底是不标致的好。"贾琏忙问道："这话如何说？我却不解。"尤二姐滴泪说道："你们拿我作愚人待，什么事我不知。我如今和你作了两个月夫妻，日子虽浅，我也知你不是愚人。我生是你的

尤二姐百依百顺，比母夜叉凤辣子强百倍。

[1] 犯夜：触犯夜行的禁例。

人，死是你的鬼，如今既作了夫妻，我终身靠你，岂敢瞒藏一字。我算是有靠，将来我妹子却如何结果？据我看来，这个形景恐非长策，要作长久之计方可。”贾琏听了，笑道：“你且放心，我不是拈酸吃醋之辈。前事我已尽知，你也不必惊慌。你因妹夫倒是作兄的，自然不好意思，不如我去破了这例。”说着走了，便至西院中来，只见窗内灯烛辉煌，二人正吃酒取乐。

贾琏便推门进去，笑说：“大爷在这里，兄弟来请安。”贾珍羞的无话，只得起身让坐。贾琏忙笑道：“何必又作如此景象，咱们弟兄从前是如何样来！大哥为我操心，我今日粉身碎骨，感激不尽。大哥若多心，我意何安。从此以后，还求大哥如昔方好；不然，兄弟能可绝后，再不敢到此处来了。”说着，便要跪下。慌的贾珍连忙搀起，只说：“兄弟怎么说，我无不领命。”贾琏忙命人：“看酒来，我和大哥吃两杯。”又拉尤三姐说：“你过来，陪小叔子一杯。”贾珍笑着说：“老二，到底是你，哥哥必要吃干这钟。”说着，一扬脖。

贾琏索性把窗户纸戳破。尤二姐归贾琏，尤三姐归贾珍，各玩各的。这是贾琏的如意算盘。

尤三姐站在炕上，指贾琏笑道：“你不用和我花马吊嘴[1]的，清水下杂面，你吃我看见[2]。见提着影戏人子[3]上场，好歹别戳破这层纸儿。你别油蒙了心，打谅我们不知道你府上的事。这会子花了几个臭钱，你们哥儿俩拿着我们姐儿两个权当粉头来取乐儿，你们就打错了算盘了。我也知道你那老婆太难缠，如今把我姐姐拐了来做二房，偷的

[1] 花马吊嘴：花言巧语。
[2] 清水下杂面，你吃我看见：杂面是粗粮所做，难以下咽，所以有“清水下杂面——我看你怎么吃”的歇后语。
[3] 影戏人子：皮影戏中用皮或纸剪的人物。

锣儿敲不得。我也要会会那凤奶奶去，看他是几个脑袋几只手。若大家好取和便罢；倘若有一点叫人过不去，我有本事先把你两个的牛黄狗宝[1]掏了出来，再和那泼妇拼了这命，也不算是尤三姑奶奶！喝酒怕什么，咱们就喝！”说着，自己绰起壶来斟了一杯，自己先喝了半杯，搂过贾琏的脖子来就灌，说：“我和你哥哥已经吃过了，咱们来亲香亲香。”唬的贾琏酒都醒了。

尤三姐与尤二姐一样是失足之女，可是，三姐不像二姐那么糊涂，她知道贾琏、贾珍不过是玩弄女性，并无真情。知道贾琏家里有一个厉害的老婆，二姐前景堪忧。让贾琏、贾珍不要冒充情种，不必花言巧语。

贾珍也不承望尤三姐这等无耻老辣。弟兄两个本是风月场中耍惯的，不想今日反被这闺女一席话说住。尤三姐一叠声又叫：“将姐姐请来，要乐咱们四个一处同乐。俗语说‘便宜不过当家’，他们是弟兄，咱们是姊妹，又不是外人，只管上来。”尤二姐反不好意思起来。贾珍得便就要一溜，尤三姐那里肯放。贾珍此时方后悔，不承望他是这种为人，与贾琏反不好轻薄起来。

两个风月场中的老手，被尤三姐玩弄于股掌之间。

这尤三姐松松挽着头发，大红袄子半掩半开，露着葱绿抹胸，一痕雪脯。底下绿裤红鞋，一对金莲或翘或并，没半刻斯文。两个坠子却似打秋千一般，灯光之下，越显得柳眉笼翠雾，檀口点丹砂。本是一双秋水眼，再吃了酒，又添了饧涩淫浪，不独将他二姊压倒，据珍琏评去，所见过的上下贵贱若干女子，皆未有此绰约风流者。二人已酥麻如醉，不禁去招他一招，他那淫态风情，反将二人禁住。那尤三姐放出手眼来略试了一试，他弟兄两个竟全然无一点别识别见，连口中一句响亮话都没了，不过是酒色二字而已。自己高谈阔论，任意挥霍洒落一阵，拿他弟兄二人嘲笑取乐，竟真是他嫖

[1] 牛黄狗宝：本指病牛胆内和癞狗腹中的结石，这里比喻黑心思。

了男人，并非男人淫了他。一时他的酒足兴尽，也不容他弟兄多坐，撵了出去，自己关门睡去了。

自此后，或略有丫鬟婆娘不到之处，便将贾琏、贾珍、贾蓉三个泼声厉言痛骂，说他爷儿三个诓骗了他寡妇孤女。贾珍回去之后，以后亦不敢轻易再来，有时尤三姐自己高了兴悄命小厮来请，方敢去一会，到了这里，也只好随他的便。谁知这尤三姐天生脾气不堪，仗着自己风流标致，偏要打扮的出色，另式作出许多万人不及的淫情浪态来，哄的男子们垂涎落魄，欲近不能，欲远不舍，迷离颠倒，他以为乐。

尤三姐索性拿出荡妇之无耻老辣，使贾琏、贾珍爱又不是，恨又不是。尤三姐捉弄贾琏、贾珍，有其泼辣处，有从中取乐处，亦有其无奈处。

他母姊二人也十分相劝，他反说："姐姐糊涂。咱们金玉一般的人，白叫这两个现世宝沾污了去，也算无能。而且他家有一个极利害的女人，如今瞒着他不知，咱们方安。倘或一日他知道了，岂有干休之理，势必有一场大闹，不知谁生谁死。趁如今我不拿他们取乐作践准折，到那时白落个臭名，后悔不及。"因此一说，他母女见不听劝，也只得罢了。那尤三姐天天挑拣穿吃，打了银的，又要金的；有了珠子，又要宝石；吃的肥鹅，又宰肥鸭。或不趁心，连桌一推；衣裳不如意，不论绫缎新整，便用剪刀剪碎，撕一条，骂一句，究竟贾珍等何曾随意了一日，反花了许多昧心钱。

不幸而言中。

贾琏来了，只在二姐房内，心中也悔上来。无奈二姐倒是个多情人，以为贾琏是终身之主了，凡事倒还知疼着痒。若论起温柔和顺，凡事必商必议，不敢恃才自专，实较凤姐高十倍；若论标致，言谈行事，也胜五分。虽然如今改过，但已经失了脚，有了一个"淫"字，凭他有甚好处也不算了。偏这贾琏又说："谁人无错，知过必改就好。"故不提已往之淫，只取现今之善，便如胶授漆，似水如鱼，一心一计，誓同生死，那里还有凤平二人在意了！

二姐在枕边衾内，也常劝贾琏说："你和珍大哥商议商议，拣个相熟的人，把三丫头聘了罢。留着他不是常法子，终久要生出事来怎么处?"贾琏道："前日我曾回过大哥的，他只是舍不得。我说'是块肥羊肉，只是烫的慌；玫瑰花儿可爱，刺大扎手。咱们未必降的住，正经拣个人聘了罢。'他只意意思思，就丢开手了。你叫我有何法。"二姐道："你放心。咱们明日先劝三丫头，他肯了，让他自己闹去。闹的无法，少不得聘他。"贾琏听了说："这话极是。"

至次日，二姐另备了酒，贾琏也不出门，至午间特请他小妹过来，与他母亲上坐。尤三姐便知其意，酒过三巡，不用姐姐开口，先便滴泪泣道："姐姐今日请我，自有一番道理要说。但妹子不是那愚人，也不用絮絮叨叨提那从前丑事，我已尽知，说也无益。既如今姐姐也得了好处安身，妈也有了安身之处，我也要自寻归结去，方是正理。但终身大事，一生至一死，非同儿戏。我如今改过守分，只要我拣一个素日可心如意的人方跟他去。若凭你们拣择，虽是富比石崇，才过子建，貌比潘安的，我心里进不去，也白过了一世。"

要嫁给一个她真正爱的人。

贾琏笑道："这也容易。凭你说是谁就是谁，一应彩礼都有我们置办，母亲也不用操心。"尤三姐泣道："姐姐知道，不用我说。"贾琏笑问二姐是谁，二姐一时也想不起来。大家想来，贾琏便料定是此人无疑了，便拍手笑道："我知道了！这人原不差，果然好眼力。"二姐笑问是谁，贾琏笑道：

“别人他如何进得去，一定是宝玉。”二姐与尤老听了，亦以为然。尤三姐便啐了一口，道：“我们有姊妹十个，也嫁你弟兄十个不成。难道除了你家，天下就没了好男子了不成!”众人听了都诧异：“除去他，还有那一个?”尤三姐笑道：“别只在眼前想，姐姐只在五年前想就是了。”

正说着，忽见贾琏的心腹小厮兴儿走来请贾琏说：“老爷那边紧等着叫爷呢。小的答应往舅老爷那边去了，小的连忙来请。”贾琏又忙问：“昨日家里没人问?”兴儿道：“小的回奶奶说，爷在家庙里同珍大爷商议作百日的事，只怕不能来家。”贾琏忙命拉马，隆儿跟随去了，留下兴儿答应人来事务。

尤二姐拿了两碟菜，命拿大杯斟了酒，就命兴儿在炕沿下蹲着吃，一长一短向他说话儿。问他家里奶奶多大年纪，怎个利害的样子，老太太多大年纪，太太多大年纪，姑娘几个，各样家常等语。兴儿笑嘻嘻的在炕沿下一头吃，一头将荣府之事备细告诉他母女。又说：“我是二门上该班的人。我们共是两班，一班四个，共是八个。这八个人有几个是奶奶的心腹，有几个是爷的心腹。奶奶的心腹我们不敢惹，爷的心腹奶奶的就敢惹。提起我们奶奶来，心里歹毒，口里尖快。我们二爷也算是个好的，那里见得他。倒是跟前的平姑娘为人很好，虽然和奶奶一气，他倒背着奶奶常作些个好事。小的们凡有了不是，奶奶是容不过的，只求求他去就完了。如今合家大小除了老太太、太太两个人，没有不恨他的，只不过面子情儿怕他。皆因他一时看的人都不及他，只一味哄着老太太、太太两个人喜欢。他说一是一，说二是二，没人敢拦他。又恨不得把银子钱省下来堆成山，好叫老太太、太太说他会过日子，殊不知苦了下人，他讨好儿。估着有好事，他就不等别人去说，他先抓尖儿；或有了不好的事，或他自己错了，他便一缩头推到别人身上来，他还在旁边拨火儿。如今连他正经婆婆大太太都嫌了他，说他'雀儿拣着旺处飞，黑母鸡一窝儿，自家的事不管，倒替人家去瞎张罗'。若不是老太太在头里，早叫过他去了。"

尤二姐笑道："你背着他这等说他，将来你又不知怎么说我呢。我又差他一层儿，越发有的说了。"兴儿忙跪下说道："奶奶要这样说，小的不怕雷打！但凡小的们有造化起来，先娶奶奶时若得了奶奶这样的人，小的们也少挨些打骂，也少提心吊胆的。如今跟爷的这几个人，谁不背前背后称扬奶奶盛德怜下。我们商量着叫二爷要出来，情愿来答应奶奶呢。"尤二姐笑道："猴儿肏的，还不起来呢。说句顽话，就唬的那样起来。你们作什么来，我还要找了你奶奶去呢。"兴儿连忙摇手说："奶奶千万不要去。我告诉奶奶，一辈子别见他才好。嘴甜心苦，两面三刀；上头一脸笑，脚下使绊子；明是一盆火，暗是一把刀：都占全了。只怕三姨的这张嘴还说他不过。奶奶这样斯文良善人，那里是他的对手！"尤氏笑道："我只以礼待他，他敢怎么样！"

旁观者清，借兴儿之口，从小厮的角度刻画凤姐的性格。可惜二姐糊涂，对凤姐之狠毒估计严重不足。尤二姐哪是凤姐的对手！

兴儿道："不是小的吃了酒放肆胡说，奶奶便有礼让，他看见奶奶比他标致，又比他得人心，他怎肯干休善罢？人家是醋罐子，他是醋缸醋瓮。凡丫头们二爷多看一眼，他有本事当着爷打个烂羊头。虽然平姑娘在屋里，大约一年二年之间两个有一次到一处，他还要口里掂十个过子呢，气的平姑娘性子发了，哭闹一阵，说：'又不是我自己寻来的，你又浪着劝我，我原不依，你反说我反了，这会子又这样。'他一般的也罢了，倒央告平姑娘。"尤二姐笑道："可是扯谎？这样一个夜叉，怎么反怕屋里的人呢？"兴儿道："这就是俗语说的'天下逃不过一个理字去'了。这平儿是他自幼的丫头，陪了过来一共四个，嫁人的嫁人，死的死了，只剩了这个心腹。他原为收了屋里，一则显他贤良名儿，二则又拴爷的心，好不外头走邪的。又还有一段因果：我们家的规矩，凡爷们大了，未娶亲之先都先放两个人服侍的。二爷原有两个，谁知他来了没半年，都寻出不是来，都打发出去了。别人虽不好说，自己脸上过不去，所以强逼着平姑娘作了房里人。那平姑娘又是个正经人，从不把这一件事放在心上，也不会挑妻窝夫的，倒一味忠心赤胆服侍他，才容下了。"

又给平儿做了一份鉴定。极赞平儿的贤良。

尤二姐笑道："原来如此。但我听见你们家还有一位寡妇奶奶和几位姑娘。他这样利害，这些人如何依得？"兴儿拍手笑道："原来奶奶不知道。我们家这位寡妇奶奶，他的浑名叫作'大菩萨'，第一个善德人。我们家的规矩又大，寡妇奶奶们不管事，只宜清净守节。妙在姑娘又多，只把姑娘们交给他，看书写字，学针线，学道理，这是他的责任。除此，问事不知，说事不管。只因这一向他病了，事多，这大奶奶暂管几日。究竟也无可管，不过是按例而行，不像他多事逞才。我们大姑娘不用说，但凡不好也没这段大福了。二姑娘的浑名是'二木头'，戳一针也不知嗳哟一声。三姑娘的浑名是'玫瑰花'。"尤氏姊妹忙笑问何意。兴儿笑道："玫瑰花又红又香，无人不爱的，只是刺戳手。也是一位神道[1]，可惜不是太太养的，‘老鸹窝里出凤凰’。四姑娘小，他正经是珍大爷的亲妹子，因自幼无母，老太太命太太抱过来养这么大，也是一位不管事的。奶奶不知道，我们家的姑娘不算，另外有两个姑娘，真是天上少有，地下无双。一个是咱们姑太太的女儿，姓林，小名儿叫什么黛玉，面庞身段和三姨不差什么，一肚子文章，只是一身多病，这样的天，还穿夹的，出来风儿一吹就倒了。我们这起没王法的嘴都悄悄的叫他‘多病西施’。还有一位姨太太的女儿，姓薛，叫什么宝钗，竟是雪堆出来的。每常出门或上车。或一时院子里瞥见一眼，我们鬼使神差，见了他两个，不敢出气儿。”尤二姐笑道：“你们大家规矩，虽然你们小孩子进的去，然遇见小姐们，原该远远藏开。”兴儿摇手道：“不是，不是。那正经大礼，自然远远的藏开，自不必说。就藏开了，自己不敢出气，是生怕这气大了，吹倒了姓林的；气暖了，吹化了姓薛的。”说的满屋里都笑起来了。不知端详，且听下回分解。

连带着评价李纨、迎春、探春、惜春。最后极赞黛玉和宝钗。

[1] 神道：出类拔萃的人物。

第六十六回

情小妹耻情归地府　冷二郎一冷入空门

话说鲍二家的打他一下子，笑道："原有些真的，叫你又编了这混话，越发没了捆儿[1]。你倒不像跟二爷的人，这些混话倒像是宝玉那边的了。"尤二姐才要又问，忽见尤三姐笑问道："可是你们家那宝玉，除了上学，他作些什么？"兴儿笑道："姨娘别问他，说起来姨娘也未必信。他长了这么大，独他没有上过正经学堂。我们家从祖宗直到二爷，谁不是寒窗十载，偏他不喜读书。老太太的宝贝，老爷先还管，如今也不敢管了。成天家疯疯癫癫的，说的话人也不懂，干的事人也不知。外头人人看着好清俊模样儿，心里自然是聪明的，谁知是外清而内浊，见了人，一句话也没有。所有的好处，虽没上过学，倒难为他认得几个字。每日也不习文，也不学武，又怕见人，只爱在丫头群里闹。再者也没刚柔，有时见了我们，喜欢时没上没下，大家乱顽一阵；不喜欢各自走了，他也不理人。我们坐着卧着，见了他也不理，他也不责备。因此没人怕他，只管随便，都过的去。"

尤三姐笑道："主子宽了，你们又这样；严了，又报怨。可知难缠。"尤二姐道："我们看他倒好，

[1] 没了捆儿：没有拘管，说话离谱。

原来这样。可惜了一个好胎子。”尤三姐道：“姐姐信他胡说，咱们也不是见过一面两面的，行事言谈吃喝，原有些女儿气，那是只在里头惯了的。若说糊涂，那些儿糊涂？姐姐记得，穿孝时咱们同在一处，那日正是和尚们进来绕棺[1]，咱们都在那里站着，他只站在头里挡着人。人说他不知礼，又没眼色。过后他即悄悄的告诉咱们说：‘姐姐不知道，我并不是没眼色。想和尚们脏，恐怕气味熏了姐姐们。’接着他吃茶，姐姐又要茶，那个老婆子就拿了他的碗倒。他赶忙说：‘我吃脏了的，另洗了再拿来。’这两件上，我冷眼看去，原来他在女孩子们前不管怎样都过的去，只不大合外人的式，所以他们不知道。”尤二姐听说，笑道：“依你说，你两个已是情投意合了。竟把你许了他，岂不好？”三姐见有兴儿，不便说话，只低头嗑瓜子。

写兴儿眼中的宝玉：没人怕他。写尤三姐对宝玉的看法：尊重女孩。

兴儿笑道：“若论模样儿行事为人，倒是一对好的。只是他已有了，只未露形。将来准是林姑娘定了的。因林姑娘多病，二则都还小，故尚未及此。再过三二年，老太太便一开言，那是再无不准的了。”大家正说话，只见隆儿又来了，说：“老爷有事，是件机密大事，要遣二爷往平安州去。不过三五日就起身，来回也得半月工夫。今日不能来了。请老奶奶早和二姨定了那事，明日爷来，好作定夺。”说着，带了兴儿回去了。

从兴儿口中写出贾府中的群众舆论：都看好宝玉和黛玉的婚姻。

这里尤二姐命掩了门早睡，盘问他妹子一夜。至次日午后，贾琏方来了。尤二姐因劝他说：“既有正事，何必忙忙又来，千万别为我误事。”贾琏道：“也没甚事，只是偏偏的又出来了一件远差。

[1] 绕棺：迷信习俗，和尚或道士绕着棺材念经以超度亡灵。

出了月就起身，得半月工夫才来。”尤二姐道：“既如此，你只管放心前去，这里一应不用你记挂。三妹子他从不会朝更暮改的。他已说了改悔，必是改悔的。他已择定了人，你只要依他就是了。”贾琏问是谁，尤二姐笑道：“这人此刻不在这里，不知多早才来，也难为他眼力不错。自己说了，这人一年不来，他等一年；十年不来，等十年；若这人死了再不来了，他情愿剃了头当姑子去，吃长斋念佛，以了今生。”

尤三姐下定决心，非此人不嫁。

贾琏问：“到底是谁，这样动他的心？”二姐笑道：“说来话长。五年前我们老娘家里做生日，妈和我们到那里与老娘拜寿。他家请了一起串客[1]，里头有个作小生的叫作柳湘莲，他看上了，如今要是他才嫁。旧年我们闻得柳湘莲惹了一个祸逃走了，不知可又回来了不曾？”贾琏听了道：“怪道呢！我说是个什么样人，原来是他！果然眼力不错。你不知道这柳二郎，那样一个标致人，最是冷面冷心的，差不多的人，他都无情无义。他最和宝玉合的来。去年因打了薛呆子，他不好意思见我们的，不知那里去了一向。后来听见有人说来了，不知是真是假。一问宝玉的小子们就知道了。倘或没来，他萍踪浪迹，知道几年才来，岂不白耽搁了？”尤二姐道：“我们这三丫头说的出来，干的出来，他怎样说，只依他便了。”

二人正说之间，只见尤三姐走来说道：“姐夫，你只放心。我们不是那心口两样的人，说什么是什么。若有了姓柳的来，我便嫁他。从今日起，我吃斋念佛，只服侍母亲，等他来了，嫁了他去，若一

[1] 串客：喜欢串戏的业余演员。串，表演。

尤三姐不明白：浪子回头金不换，浪女回头却要一辈子背负骂名。

百年不来，我自己修行去了。”说着，将一根玉簪击作两段，“一句不真，就如这簪子！”说着，回房去了，真个竟非礼不动，非礼不言起来。贾琏无了法，只得和二姐商议了一回家务，复回家与凤姐商议起身之事。一面着人问茗烟，茗烟说：“竟不知道。大约未来；若来了，必是我知道的。”一面又问他的街坊，也说未来。贾琏只得回复了二姐。至起身之日已近，前两天便说起身，却先往二姐这边来住两夜，从这里再悄悄长行。果见小妹竟又换了一个人，又见二姐持家勤慎，自是不消记挂。

是日一早出城，就奔平安州大道，晓行夜住，渴饮饥餐。方走了三日，那日正走之间，顶头来了一群驮子，内中一伙，主仆十来骑马，走的近来一看，不是别人，竟是薛蟠和柳湘莲来了。贾琏深为奇怪，忙伸马迎了上来，大家一齐相见，说些别后寒温，大家便入酒店歇下，叙谈叙谈。

贾琏因笑说：“闹过之后，我们忙着请你两个和解，谁知柳兄踪迹全无。怎么你两个今日倒在一处了?”薛蟠笑道：“天下竟有这样奇事。我同伙计贩了货物，自春天起身，往回里走，一路平安。谁知前日到了平安州界，遇一伙强盗，已将东西劫去。不想柳二弟从那边来了，方把贼人赶散，夺回货物，还救了我们的性命。我谢他又不受，所以我们结拜了生死弟兄，如今一路进京。从此后我们是亲弟亲兄一般。到前面岔口上分路，他就分路往南二百里有他一个姑妈，他去望候望候。我先进京去安置了我的事，然后给他寻一所宅子，寻一门好亲事，大家过起来。”贾琏听了道：“原来如此，倒教我们悬了几日心。”因又听道寻亲，又忙说道：“我正有一门好亲事堪配二弟。”说着，便将自己娶尤氏，如今又要发嫁小姨一节说了出来，只不说尤三姐自择之语。又嘱薛蟠且不可告诉家里，等生了儿子，自然是知道的。

薛蟠听了大喜，说："早该如此，这都是舍表妹之过。"湘莲忙笑说："你又忘情了，还不住口。"薛蟠忙止住不语，便说："既是这等，这门亲事定要做的。"湘莲道："我本有愿，定要一个绝色的女子。如今既是贵昆仲[1]高谊，顾不得许多了，任凭裁夺，我无不从命。"贾琏笑道："如今口说无凭，等柳兄一见，便知我这内娣的品貌是古今有一无二的了。"

湘莲听了大喜，说："既如此说，等弟探过姑娘，不过月中就进京的，那时再定如何?"贾琏笑道："你我一言为定，只是我信不过柳兄。你乃是萍踪浪迹，倘然淹滞不归，岂不误了人家。须得留一定礼。"湘莲道："大丈夫岂有失信之理。小弟素系寒贫，况且客中，何能有定礼。"薛蟠道："我这里现成，就备一分二哥带去。"贾琏笑道："也不用金帛之礼，须是柳兄亲身自有之物，不论物之贵贱，不过我带去取信耳。"湘莲道："既如此说，弟无别物，此剑防身，不能解下。囊中尚有一把鸳鸯剑，乃吾家传代之宝，弟也不敢擅用，只随身收藏而已。贾兄请拿去为定。弟纵系水流花落之性，然亦断不舍此剑者。"说毕，解囊出剑，捧与贾琏。贾琏命人收了。大家又饮了几杯，方各自上马，作别起程。正是：

将军不下马，各自奔前程。

---

[1] 昆仲：对他人兄弟的尊称。昆，兄。仲，弟。

且说贾琏一日到了平安州，见了节度，完了公事。因又嘱他十月前后务要还来一次，贾琏领命。次日连忙取路回家，先到尤二姐处探望。谁知贾琏出门之后，尤二姐操持家务十分谨肃，每日关门阖户，一点外事不闻。他小妹子果是个斩钉截铁之人，每日侍奉母姊之馀，只安分守己，随分过活。虽是夜晚间孤衾独枕，不惯寂寞，奈一心丢了众人，只念柳湘莲早早回来完了终身大事。这日贾琏进门，见了这般景况，喜之不尽，深念二姐之德。大家叙些寒温之后，贾琏便将路上相遇湘莲一事说了出来，又将鸳鸯剑取出，递与三姐。

一对曾经的失足姊妹，从此洗心革面，铁心要做良家妇女。

三姐看时，上面龙吞夔护[1]，珠宝晶荧，将靶一掣，里面却是两把合体的。一把上面錾着一“鸳”字，一把上面錾着一“鸯”字，冷飕飕，明亮亮，如两痕秋水一般。三姐喜出望外，连忙收了，挂在自己绣房床上，每日望着剑，自笑终身有靠。贾琏住了两天，回去复了父命，回家合宅相见。那时凤姐已大愈，出来理事行走了。贾琏又将此事告诉了贾珍。贾珍因近日又遇了新友，将这事丢过，不在心上，任凭贾琏裁夺，只怕贾琏独力不加，少不得又给了他三十两银子。贾琏拿来交与二姐预备妆奁。

谁知八月内湘莲方进了京，先来拜见薛姨妈，又遇见薛蝌，方知薛蟠不惯风霜，不服水土，一进京时便病倒，在家请医调治。听见湘莲来了，请入卧室相见。薛姨妈也不念旧事，只感救命之恩，母子们十分称谢。又说起亲事一节，凡一应东西皆已妥当，只等择日。柳湘莲也感激不尽。

[1] 龙吞夔（kuí）护：夔龙环抱的花纹。夔，《山海经》中所说的独足怪兽。

次日又来见宝玉，二人相会，如鱼得水。湘莲因问贾琏偷娶二房之事，宝玉笑道："我听见茗烟一干人说，我却未见，我也不敢多管。我又听见茗烟说，琏二哥哥着实问你，不知有何话说？"湘莲就将路上所有之事一概告诉宝玉，宝玉笑道："大喜，大喜！难得这个标致人，果然是个古今绝色，堪配你之为人。"湘莲道："既是这样，他那里少了人物，如何只想到我。况且我又素日不甚和他厚，也关切不至此。路上工夫忙忙的就那样再三要来定，难道女家反赶着男家不成。我自己疑惑起来，后悔不该留下这剑作定。所以后来想起你来，可以细细问个底里才好。"宝玉道："你原是个精细人，如何既许了定礼又疑惑起来？你原说只要一个绝色的，如今既得了个绝色便罢了，何必再疑？"

开始怀疑。

湘莲道："你既不知他娶，如何又知是绝色？"宝玉道："他是珍大嫂子的继母带来的两位小姨。我在那里和他们混了一个月，怎么不知？真真一对尤物，他又姓尤。"湘莲听了，跌足道："这事不好，断乎做不得了。你们东府里除了那两个石头狮子干净，只怕连猫儿狗儿都不干净。我不做这剩忘八。"宝玉听说，红了脸。

湘莲自惭失言，连忙作揖说："我该死胡说。你好歹告诉我，他品行如何？"宝玉笑道："你既深知，又来问我作甚么？连我也未必干净了。"湘莲笑道："原是我自己一时忘情，好歹别多心。"宝玉笑道："何必再提，这倒似有心了。"湘莲作揖告辞出来，心中想着若去找薛蟠，一则他现卧病，二则他又浮躁，不如去索回定礼。主意已定，便一径来找贾琏。

贾琏正在新房中，闻得湘莲来了，喜之不禁，忙迎了出来，让到内室与尤老相见。湘莲只作揖称老伯母，自称晚生，贾琏听了诧异。吃茶之间，湘莲便说："客中偶然忙促，谁知家姑母于四月间订了弟妇，使弟无言可回。若从了老兄背了姑母，似非合理。若系金帛之订，弟不敢索取，但此剑系祖父所遗，请仍赐回为幸。"贾琏听了，便不自在，回说："定者，定也。原怕反悔所以为定。岂有婚姻之事，出入随意的？还要斟酌。"湘莲笑道："虽如此说，弟愿领责领罚，然此事断不敢从命。"贾琏还要饶舌，湘莲便起身说："请兄外坐一叙，此处不便。"

那尤三姐在房明明听见。好容易等了他来，今忽见反悔，便知他在贾府中得了消息，自然是嫌自己淫奔无耻之流，不屑为妻。今若容他出去和贾琏说退亲，料那贾琏必无法可处，自己岂不无趣。一听贾琏要同他出去，连忙摘下剑来，将一股雌锋隐在肘内，出来便说："你们不必出去再议，还你的定礼。"一面泪如雨下，左手将剑并鞘送与湘莲，右手回肘只往项上一横。可怜：

揉碎桃花红满地，玉山倾倒[1]再难扶。

芳灵蕙性，渺渺冥冥，不知那边去了。当下唬得众人急救不迭。尤老一面嚎哭，一面又骂湘莲。贾琏忙揪住湘莲，命人捆了送官。

尤二姐忙止泪反劝贾琏："你太多事，人家并没威逼他死，是他自寻短见。你便送他到官，又有何益，反觉生事出丑。不如放他去罢，岂不省事。"贾琏此时也没了主意，便放了手命湘莲快去。湘莲

[1] 玉山倾倒：这里指身死倒地。玉山，形容仪容之美。典出《世说新语·容止》。

反不动身，泣道："我并不知是这等刚烈贤妻，可敬，可敬。"湘莲反伏尸大哭一场。等买了棺木，眼见入殓，又抚棺大哭一场，方告辞而去。

柳湘莲在意尤三姐的过去，后悔定亲，今见三姐如此刚烈，又悔恨自己的绝情。

出门无所之，昏昏默默，自想方才之事。原来尤三姐这样标致，又这等刚烈，自悔不及。正走之间，只见薛蟠的小厮寻他家去，那湘莲只管出神。那小厮带他到新房之中，十分齐整。忽听环珮叮当，尤三姐从外而入，一手捧着鸳鸯剑，一手捧着一卷册子，向柳湘莲泣道："妾痴情待君五年矣。不期君果冷心冷面，妾以死报此痴情。妾今奉警幻之命，前往太虚幻境修注案中所有一干情鬼。妾不忍一别，故来一会，从此再不能相见矣。"说着便走。湘莲不舍，忙欲上来拉住问时，那尤三姐便说："来自情天，去由情地。前生误被情惑，今既耻情而觉，与君两无干涉。"说毕，一阵香风，无踪无影去了。

借此虚幻情节，渲染尤三姐之刚烈和柳湘莲之悔恨。

湘莲警觉，似梦非梦，睁眼看时，那里有薛家小童，也非新室，竟是一座破庙，旁边坐着一个跏腿道士捕虱。湘莲便起身稽首相问："此系何方？仙师仙名法号？"道士笑道："连我也不知道此系何方，我系何人，不过暂来歇足而已。"柳湘莲听了，不觉冷然如寒冰侵骨，掣出那股雄剑，将万根烦恼丝一挥而尽，便随那道士，不知往那里去了。后回便见——

第六十七回

见土仪颦卿思故里　闻秘事凤姐讯家童

话说尤三姐自尽之后，尤老娘和二姐儿、贾珍、贾琏等俱不胜悲恸，自不必说，忙令人盛殓，送往城外埋葬。柳湘莲见尤三姐身亡，痴情眷恋，却被道人数句冷言打破迷关，竟自截发出家，跟随疯道人飘然而去，不知何往。暂且不表。

且说薛姨妈闻知湘莲已说定了尤三姐为妻，心中甚喜，正是高高兴兴要打算替他买房子，治家伙，择吉迎娶，以报他救命之恩。忽有家中小厮吵嚷“三姐儿自尽了”，被小丫头们听见，告知薛姨妈。薛姨妈不知为何，心甚叹息。正在猜疑，宝钗从园里过来，薛姨妈便对宝钗说道：“我的儿，你听见了没有？你珍大嫂子的妹妹三姑娘，他不是已经许定给你哥哥的义弟柳湘莲了么，不知为什么自刎了。那柳湘莲也不知往那里去了。真正奇怪的事，叫人意想不到。”

宝钗听了，并不在意，便说道：“俗语说的好，‘天有不测风云，人有旦夕祸福’。这也是他们前生命定。前日妈妈为他救了哥哥，商量着替他料理，如今已经死的死了，走的走了，依我说，也只好由他罢了。妈妈也不必为他们伤感了。倒是自从哥哥打江南回来了一二十日，贩了来的货物，想来也该发完了。那同伴去的伙计们辛辛苦苦的，回来几个

死的死了，走的走了，但生活还得继续。

月了，妈妈和哥哥商议商议，也该请一请，酬谢酬谢才是。别叫人家看着无礼似的。”

母女正说话间，见薛蟠自外而入，眼中尚有泪痕。一进门来，便向他母亲拍手说道：“妈妈可知道柳二哥尤三姐的事么?”薛姨妈说：“我才听见说，正在这里和你妹妹说这件公案呢。”薛蟠道：“妈妈可听见说柳湘莲跟着一个道士出了家了么?”薛姨妈道：“这越发奇了。怎么柳相公那样一个年轻的聪明人，一时糊涂，就跟着道士去了呢。我想你们好了一场，他又无父母兄弟，只身一人在此，你该各处找找他才是。靠那道士能往那里远去，左不过是在这方近左右的庙里寺里罢了。”薛蟠说：“何尝不是呢。我一听见这个信儿，就连忙带了小厮们在各处寻找，连一个影儿也没有。又去问人，都说没看见。”

薛姨妈说：“你既找寻过没有，也算把你作朋友的心尽了。焉知他这一出家不是得了好处去呢。只是你如今也该张罗张罗买卖，二则把你自己娶媳妇应办的事情，倒早些料理料理。咱们家没人，俗语说的‘夯雀儿先飞’，省得临时丢三落四的不齐全，令人笑话。再者你妹妹才说，你也回家半个多月了，想货物也该发完了，同你去的伙计们，也该摆桌酒给他们道道乏才是。人家陪着你走了二三千里的路程，受了四五个月的辛苦，而且在路上又替你担了多少的惊怕沉重。”薛蟠听说，便道：“妈妈说的很是。倒是妹妹想的周到。我也这样想着，只因这些日子为各处发货闹的脑袋都大了。又为柳二哥的事忙了这几日，反倒落了一个空，白张罗了一会子，倒把正经事都误了。要不然定了明儿后儿下帖儿请罢。”薛姨妈道：“由你办去罢。”

话犹未了，外面小厮进来回说："管总的张大爷差人送了两箱子东西来，说这是爷各自买的，不在货帐里面。本要早送来，因货物箱子压着，没得拿；昨儿货物发完了，所以今日才送来了。"一面说，一面又见两个小厮搬进了两个夹板夹的大棕箱。薛蟠一见，说："嗳哟，可是我怎么就糊涂到这步田地了！特特的给妈和妹妹带来的东西，都忘了没拿了家里来，还是伙计送了来了。"宝钗说："亏你说，还是特特的带来的才放了一二十天，若不是特特的带来，大约要放到年底下才送来呢。我看你也诸事太不留心了。"薛蟠笑道："想是在路上叫人把魂吓掉了，还没归窍呢。"说着大家笑了一回，便向小丫头说："出去告诉小厮们，东西收下，叫他们回去罢。"

薛姨妈同宝钗因问："到底是什么东西，这样捆着绑着的?"薛蟠便命叫两个小厮进来，解了绳子，去了夹板，开了锁看时，这一箱都是绸缎绫锦洋货等家常应用之物。薛蟠笑着道："那一箱是给妹妹带的。"亲自来开。母女二人看时，却是些笔、墨、纸、砚、各色笺纸、香袋、香珠、扇子、扇坠、花粉、胭脂等物；外有虎丘带来的自行人、酒令儿，水银灌的打筋斗小小子，沙子灯，一出一出的泥人儿的戏，用青纱罩的匣子装着；又有在虎丘山上泥捏的薛蟠小像，与薛蟠毫无相差。宝钗见了，别的都不理论，倒是薛蟠的小像，拿着细细看了一看，又看看他哥哥，不禁笑起来了。因叫莺儿带着几个老婆子将这些东西连箱子送到园里去，又和母亲哥哥说了一回闲话儿，才回园里去了。这里薛姨妈将箱子里的东西取出，一分一分的打点清楚，叫同喜送给贾母并王夫人等处不提。

且说宝钗到了自己房中，将那些玩意儿一件一件的过了目，除了自己留用之外，一分一分配合妥当，也有送笔墨纸砚的，也有送香袋扇子香坠的，也有送脂粉头油的，有单送顽意儿的。只有黛玉的比别人不同，且又加厚一倍。一一打点完毕，使莺儿同着一个老婆子，跟着送往各处。

交过心的姊妹，自然不同。

这边姊妹诸人都收了东西，赏赐来使，说见面再谢。惟有林黛玉看见他家乡之物，反自触物伤情，想起父母双亡，又无兄弟，寄居亲戚家中，那里有人也给我带些土物？想到这里，不觉的又伤起心来了。

紫鹃深知黛玉心肠，但也不敢说破，只在一旁劝道："姑娘的身子多病，早晚服药，这两日看着比那些日子略好些。虽说精神长了一点儿，还算不得十分大好。今儿宝姑娘送来的这些东西，可见宝姑娘素日看得姑娘很重，姑娘看着该喜欢才是，为什么反倒伤起心来。这不是宝姑娘送东西来倒叫姑娘烦恼了不成？就是宝姑娘听见，反觉脸上不好看。再者这里老太太们为姑娘的病体，千方百计请好大夫配药诊治，也为是姑娘的病好。这如今才好些，又这样哭哭啼啼，岂不是自己遭踏了自己身子，叫老太太看着添了愁烦了么？况且姑娘这病，原是素日忧虑过度，伤了血气。姑娘的千金贵体，也别自己看轻了。"紫鹃正在这里劝解，只听见小丫头子在院内说："宝二爷来了。"紫鹃忙说："请二爷进来罢。"

只见宝玉进房来了，黛玉让坐毕，宝玉见黛玉泪痕满面，便问："妹妹，又有谁气着你了？"黛玉勉强笑道："谁生什么气。"旁边紫鹃将嘴向床后桌上一努，宝玉会意，往那里一瞧，见堆着许多东西，就知道是宝钗送来的，便取笑说道："那里这些东西，不是妹妹要开杂货铺啊？"黛玉也不答言。紫鹃笑着道："二爷还提东西呢。因宝姑娘送了些东西来，姑娘一看就伤起心来了。我正在这里劝解，恰好二爷来的很巧，替我们劝劝。"宝玉明知黛玉是这个缘故，却也不敢提头儿，只得笑说道："你们姑娘的缘故，想来不为别的，必是宝姑娘送来的东西少，所以生气伤心。妹妹，你放心，等我明年叫人往江南去，与你多多的带两船来，省得你淌眼抹泪的。"

黛玉听了这些话，也知宝玉是为自己开心，也不好推，也不好任，因说道："我任凭怎么没见世面，也到不了这步田地，因送的东西少，就生气伤心。我又不是两三岁的小孩子，你也忒把人看得小气了。我有我的缘故，你那里知道。"说着，眼泪又流下来了。宝玉忙走到床前，挨着黛玉坐下，将那些东西一件一件拿起来摆弄着细瞧，故意问这是什么，叫什么名字；那是什么做的，这样齐整；这是什么，要他做什么使用。又说这一件可以摆在面前，又说那一件可以放在条桌上当古董儿倒好呢。一味的将些没要紧的话来厮混。

黛玉见宝玉如此，自己心里倒过不去，便说："你不用在这里混搅了。咱们到宝姐姐那边去罢。"宝玉巴不得黛玉出去散散闷，解了悲痛，便道："宝姐姐送咱们东西，咱们原该谢谢去。"黛玉道："自家姊妹，这倒不必。只是到他那边，薛大哥回来了，必然告诉他些南边的古迹儿，我去听听，只当回了家乡一趟的。"说着，眼圈儿又红了。宝玉便站着等他。黛玉只得同他出来，往宝钗那里去了。

且说薛蟠听了母亲之言，急下了请帖，办了酒席。次日，请了四位伙计，俱已到齐，不免说些贩卖帐目发货之事。不一时，上席让坐，薛蟠挨次斟了酒。薛姨妈又使人出来致意。大家喝着酒说闲话儿。内中一个道："今日这席上短两个好朋友。"众人齐问是谁，那人道："还有谁，就是贾府上的琏二爷和大爷的盟弟柳二爷。"大家果然都想起来，问着薛蟠道："怎么不请琏二爷和柳二爷来？"薛蟠闻言，把眉一皱，叹口气道："琏二爷又往平安州去了，头两天就起了身的。那柳二爷竟别提起，真是天下头一件奇事。什么是柳二爷，如今不知那里作柳道爷去了。"

众人都诧异道："这是怎么说？"薛蟠便把湘莲前后事体说了一遍。众人听了，越发骇异，因说道："怪不的前日我们在店里仿仿佛佛也听见人吵嚷说，有一个道士三言两语把一个人度了去了，又说一阵风刮了去了，只不知是谁。我们正发货，那里有闲工夫打听这个事去，到如今还是似信不信的，谁知就是柳二爷呢。早知是他，我们大家也该劝他劝才是。任他怎么着，也不叫他去。"内中一个道："别是这么着罢？"众人问怎么样，那人道："柳二爷那样个伶俐人，未必是真跟了道士去罢。他原会些武艺，又有力量，或看破那道士的妖术邪法，特意跟他去，在背地摆布他，也未可知。"薛蟠道："果然如此倒也罢了。世上这些妖言惑众的人，怎么没人治他一下子。"众人道："那时难道你知道了也没找寻他去？"薛蟠说："城里城外，那里没有找到？不怕你们笑话，我找不着他，还哭了一场呢。"言毕，只是长吁短叹无精打彩的，不像往日高兴。众伙计见他这样光景，自然不便久坐，不过随便喝了几杯酒，吃了饭，大家散了。

且说宝玉同着黛玉到宝钗处来。宝玉见了宝钗，便说道："大哥哥辛辛苦苦的带了东西来，姐姐留着使罢，又送我们。"宝钗笑道："原不是什么好东西，不过是远路带来的土物儿，大家看着新鲜些就是了。"黛玉道："这些东西我们小时候倒不理会，如今看见，真是新鲜物儿了。"宝钗因笑道："妹妹知道，这就是俗语说的'物离乡贵'，其实可算什么呢。"宝玉听了这话正对了黛玉方才的心事，连忙拿话岔道："明年好歹大哥哥再去时，替我们多带些来。"黛玉瞅了他一眼，便道："你要你只管说，不必拉扯上人。姐姐你瞧，宝哥哥不是给姐姐来道谢，竟又要定下明年的东西来了。"说的宝钗宝玉都笑了。

三个人又闲话了一回，因提起黛玉的病来。宝钗劝了一回，因说道："妹妹若觉着身子不爽快，倒要自己勉强扎挣着出来各处走走逛逛，散散心，比在屋里闷坐着到底好些。我那两日不是觉着发懒，浑身发热，只是要歪着，也因为时气不好，怕病，因此寻些事情自己混着。这两日才觉着好些了。"黛玉道："姐姐说的何尝不是。我也是这么想着呢。"大家又坐了一会子方散。宝玉仍把黛玉送至潇湘馆门首，才各自回去了。

生命在于运动。

且说赵姨娘因见宝钗送了贾环些东西，心中甚是喜欢，想道："怨不得别人都说那宝丫头好，会做人，很大方，如今看起来果然不错。他哥哥能带了多少东西来，他挨门儿送到，并不遗漏一处，也不露出谁薄谁厚，连我们这样没时运的，他都想到了。若是那林丫头，他把我们娘儿们正眼也不瞧，那里还肯送我们东西？"一面想，一面把那些东西翻来覆去的摆弄瞧看一回。忽然想到宝钗系王夫人

从赵姨娘的角度，将宝钗的会做人和黛玉的目无下尘做一对比。

的亲戚，为何不到王夫人跟前卖个好儿呢。自己便蝎蝎螫螫的拿着东西，走至王夫人房中，站在旁边，陪笑说道："这是宝姑娘才刚给环哥儿的。难为宝姑娘这么年轻的人，想的这么周到，真是大户人家的姑娘，又展样，又大方，怎么叫人不敬服呢。怪不得老太太和太太成日家都夸他疼他。我也不敢自专就收起来，特拿来给太太瞧瞧，太太也喜欢喜欢。"王夫人听了，早知道来意了，又见他说的不伦不类，也不便不理他，说道："你自管收了去给环哥顽罢。"赵姨娘来时兴兴头头，谁知抹了一鼻子灰，满心生气，又不敢露出来，只得讪讪的出来了。到了自己房中，将东西丢在一边，嘴里咕咕哝哝自言自语道："这个又算了个什么儿呢。"一面坐着，各自生了一回闷气。

自讨没趣。

却说莺儿带着老婆子们送东西回来，回复了宝钗，将众人道谢的话并赏赐的银钱都回完了，那老婆子便出去了。莺儿走近前来一步，挨着宝钗悄悄的说道："刚才我到琏二奶奶那边，看见二奶奶一脸的怒气。我送下东西出来时，悄悄的问小红，说刚才二奶奶从老太太屋里回来，不似往日欢天喜地的，叫了平儿去，唧唧咕咕的不知说了些什么。看那个光景，倒像有什么大事的似的。姑娘没听见那边老太太有什么事?"宝钗听了，也自己纳闷，想不出凤姐是为什么有气，便道："各人家有各人的事，咱们那里管得。你去倒茶去罢。"莺儿于是出来，自去倒茶不提。

东窗事发。不直接去写，而是借不相干的莺儿制造悬念。

且说宝玉送了黛玉回来，想着黛玉的孤苦，不免也替他伤感起来。因要将这话告诉袭人，进来时却只有麝月、秋纹在房中。因问："你袭人姐姐那里去了?"麝月道："左不过在这几个院里，那里就丢了他。一时不见，就这样找。”宝玉笑着道：“不是怕丢了他。因我方才到林姑娘那边，见林姑娘又正伤心呢。问起来却是为宝姐姐送了他东西，他看见是他家乡的土物，不免对景伤情。我要告诉你袭人姐姐，叫他闲时过去劝劝。”正说着，晴雯进来了，因问宝玉道：“你回来了，你又要叫劝谁？”宝玉将方才的话说了一遍。晴雯道：“袭人姐姐才出去，听见他说要到琏二奶奶那边去。保不住还到林姑娘那里。”宝玉听了，便不言语。秋纹倒了茶来，宝玉漱了一口，递给小丫头子，心中着实不自在，就随便歪在床上。

却说袭人因宝玉出门，自己作了回活计，忽想起凤姐身上不好，这几日也没有过去看看，况闻贾琏出门，正好大家说说话儿。便告诉晴雯：“好生在屋里，别都出去了，叫宝玉回来抓不着人。”晴雯道：“嗳哟，这屋里单你一个人记挂着他，我们都是白闲着混饭吃的。”袭人笑着，也不答言，就走了。

刚来到沁芳桥畔，那时正是夏末秋初，池中莲叶新残相间，红绿离披。袭人走着，沿堤看顽了一回。猛抬头看见那边葡萄架底下有人拿着掸子在那里掸什么呢，走到跟前，却是老祝妈。那老婆子见了袭人，便笑嘻嘻的迎上来，说道：“姑娘怎么今日得工夫出来逛逛？”袭人道：“可不是。我要到琏二奶奶家瞧瞧去。你在这里做什么呢？”那婆子道：“我在这里赶蜜蜂儿。今年三伏里雨水少，这果子树上都有虫子，把果子吃的疤瘌流星的掉了好些下来。姑娘还不知道呢，这马蜂最可恶的，一嘟噜上只咬破三两个儿，那破的水滴到好的上头，连这一嘟噜都是要烂的。姑娘你瞧，咱们说话的空儿没赶，就落上许多了。”袭人道：“你就是不住手的赶，也赶不了许多。你倒是告诉买办，叫他多多做些小冷布[1]口袋儿，一嘟噜套上一个，又透风，又不遭塌。”婆子笑道：“倒是姑娘说的是。我今年才管上，那里知道这个巧法儿呢。”因又笑着说道：“今年果子虽遭踏了些，味儿倒好，不信摘一个姑娘尝尝。”袭人正色道：“这那里使得。不但没熟吃不得，就是熟了，上头还没有供鲜，咱们倒先吃了。你是府里使老了的，难道连这个规矩都不懂了。”老祝忙笑道：“姑娘说得是。我见姑娘很喜欢，我才敢这么说，可就把规矩错了，我可是老糊涂了。”袭人道：“这也没有什么。只是你们有年纪的老奶奶们，别先领着头儿这么着就好了。”说着遂一径出了园门，来到凤姐这边。

一到院里，只听凤姐说道：“天理良心，我在这屋里熬的越发成了贼了。”袭人听见这话，知道有原故了，又不好回来，又不好进去，遂把脚步放重些，隔着窗子问道：“平姐姐在家里呢么?”平儿忙答应着迎出来。袭人便问：“二奶奶也在家里呢么，身上可大安了?”说着，已走进来。

凤姐装着在床上歪着呢，见袭人进来，也笑着站起来，说：“好些了，叫你惦着。怎么这几日不过我们这边坐坐?”袭人道：“奶奶身上欠安，本该天天过来请安才是。但只怕奶奶身上不爽快，倒要静静儿的歇歇儿，我们来了，倒吵的奶奶烦。”凤姐笑道：“烦是没的话。倒是宝兄弟屋里虽然人多，也就靠着你一个照看他，也实在的离不开。我常听

[1] 冷布：稀疏透气的纱布。

见平儿告诉我，说你背地里还惦着我，常常问我。这就是你尽心了。”一面说着，叫平儿挪了张杌子放在床边，让袭人坐下。

丰儿端进茶来，袭人欠身道：“妹妹坐着罢。”一面说闲话儿。只见一个小丫头子在外间屋里悄悄的和平儿说：“旺儿来了。在二门上伺候着呢。”又听见平儿也悄悄的道：“知道了。叫他先去，回来再来，别在门口儿站着。”袭人知他们有事，又说了两句话，便起身要走。凤姐道：“闲来坐坐，说说话儿，我倒开心。”因命平儿：“送送你妹妹。”平儿答应着送出来。只见两三个小丫头子，都在那里屏声息气齐齐的伺候着。袭人不知何事，便自去了。

却说平儿送出袭人，进来回道：“旺儿才来了，因袭人在这里，我叫他先到外头等等儿，这会子还是立刻叫他呢，还是等着？请奶奶的示下。”凤姐道：“叫他来。”平儿忙叫小丫头去传旺儿进来。这里凤姐又问平儿：“你到底是怎么听见说的？”平儿道：“就是头里那小丫头子的话。他说他在二门里头听见外头两个小厮说：‘这个新二奶奶比咱们旧二奶奶还俊呢，脾气儿也好。’不知是旺儿是谁，吆喝了两个一顿，说：‘什么新奶奶旧奶奶的，还不快悄悄儿的呢，叫里头知道了，把你的舌头还割了呢。’”平儿正说着，只见一个小丫头进来回说：“旺儿在外头伺候着呢。”凤姐听了，冷笑了一声说：“叫他进来。”那小丫头出来说：“奶奶叫呢。”旺儿连忙答应着进来。

旺儿请了安，在外间门口垂手侍立。凤姐儿道：“你过来，我问你话。”旺儿才走到里间门旁站着。凤姐儿道：“你二爷在外头弄了人，你知道不知道？”旺儿又打着千儿回道：“奴才天天在二门上听差事，如何能知道二爷外头的事呢。”凤姐冷笑道：“你自然不知道。你要知道，你怎么拦人呢。”旺儿见这话，知道刚才的话已经走了风了，料着瞒不过，便又跪回道：“奴才实在不知。就是头里兴儿和喜儿两个人在那里混说，奴才吆喝了他们两句。内中深情底里奴才不知道，不敢妄回。求奶奶问兴儿，他是长跟二爷出门的。”

凤姐听了，下死劲啐了一口，骂道：“你们这一起没良心的混帐忘八崽子！都是一条藤儿，打量我不知道呢。先去给我把兴儿那个忘八崽子叫了来，你也不许走。问明白了他，回来再问你。好，好，好，这才是我使出来的好人呢！”那旺儿只得连声答应几个是，磕了个头爬起来出去，去叫兴儿。

却说兴儿正在帐房儿里和小厮们玩呢，听见说二奶奶叫，先唬了一跳，却也想不到是这件事发作了，连忙跟着旺儿进来。旺儿先进去，回说：“兴儿来了。”凤姐儿厉声道：“叫他来！”那兴儿听见这个声音儿，早已没了主意了，只得乍着胆子进来。凤姐儿一见，便说：“好小子啊！你和你爷办的好事啊！你只实说罢！”兴儿一闻此言，又看见凤姐儿气色及两边丫头们的光景，早唬软了，不觉跪下，只是磕头。

凤姐儿道：“论起这事来，我也听见说不与你相干。但只你不早来回我知道，这就是你的不是了。你要实说了，我还饶你；再有一字虚言，你先摸摸你腔子上几个脑袋瓜子！”兴儿战兢兢的朝上磕头道：“奶奶问的是什么事，奴才同爷办坏了？”凤姐听了，一腔火都发作起来，喝命：“打嘴巴！”旺儿过来才要打时，凤姐儿骂道：“什么糊涂忘八崽子！叫他自己打，用你打吗？一会子你再各人打你那嘴巴子还不迟呢。”那兴儿真个自己左右开弓打了自己十几个嘴巴。凤姐儿喝声“站住”，问道：“你二爷外头娶了什么新奶奶旧奶奶的事，你大概不知道啊。”

兴儿见说出这件事来，越发着了慌，连忙把帽子抓下来在砖地上咕咚咕咚碰的头山响，口里说道：“只求奶奶超生，奴才再不敢撒一个字儿的谎。”凤姐道：“快说！”兴儿直蹶蹶的跪起来回道：“这事头里奴才也不知道。就是这一天，东府里大老爷送了殡，俞禄往珍大爷庙里去领银子。二爷同着蓉哥儿到了东府里，道儿上爷儿两个说起珍大奶奶那边的二位姨奶奶来。二爷夸他好，蓉哥儿哄着二爷，说把二姨奶奶说给二爷。”凤姐听到这里，使劲啐道：“呸！没脸的忘八蛋！他是你那一门子的姨奶奶！”

兴儿忙又磕头说：“奴才该死！”往上瞅着，不敢言语。凤姐儿道：“完了吗？怎么不说了？”兴儿方才又回道：“奶奶恕奴才，奴才才敢回。”凤姐啐道：“放你妈的屁，这还什么恕不恕了。你好生给我往下说，好多着呢。”兴儿又回道：“二爷听见这个话就喜欢了。后来奴才也不知道怎么就弄真了。”凤姐微微冷笑道：“这个自然么，你可那里知道呢！你知道的只怕都烦了呢。是了，说底下的罢！”兴儿回道：“后来就是蓉哥儿给二爷找了房子。”凤姐忙问道：“如今房子在那里？”兴儿道：“就在府后头。”凤姐儿道：“哦。”回头瞅着平儿道：“咱们都是死人哪。你听听！”平儿也不敢作声。

兴儿又回道：“珍大爷那边给了张家不知多少银子，那张家就不问了。”凤姐道：“这里头怎么又扯拉上什么张家李家咧呢？”兴儿回道：“奶奶不知道，这二奶奶……”刚说到这里，又自己打了个嘴巴，把凤姐儿倒怄笑了。两边的丫头也都抿着嘴儿笑。兴儿想了想，说道：“那珍大奶奶的妹子……”凤姐儿接着道：“怎么样？快说呀。”兴儿道：“那珍大奶奶的妹子原来从小儿有人家的，姓张，叫什么张华，如今穷的待好讨饭。珍大爷许了他银子，他就退了亲了。”

凤姐儿听到这里，点了点头儿，回头便望丫头们说道：“你们都听见了？小忘八崽子，头里他还说他不知道呢！”兴儿又回道：“后来二爷才叫人裱糊了房子，娶过来了。”凤姐道：“打那里娶过来的？”兴儿回道：“就在他老娘家抬过来的。”凤姐道：“好罢咧。”又问：“没人送亲么？”兴儿道：“就是蓉哥儿。还有几个丫头老婆子们，没别人。”凤姐道：“你大奶奶没来吗？”兴儿道：“过了两天，大奶奶才拿了些东西来瞧的。”凤姐儿笑了一笑，回头向平儿道：“怪道那两天二爷称赞大奶奶不离嘴呢。”掉过脸来又问兴儿，“谁服侍呢？自然是你了。”兴儿赶着碰头不言语。

凤姐又问：“前头那些日子说给那府里办事，想来办的就是这个了。”兴儿回道：“也有办事的时候，也有往新房子里去的时候。”凤姐又问道：“谁和他住着呢。”兴儿道：“他母亲和他妹子。昨儿他妹子各人[1]抹了脖子了。”凤姐道：“这又为什么？”兴儿随将柳湘莲的事说了一遍。凤姐道：“这个人还算造化高，省了当那出名儿的忘八。”因又问道：“没了别的事了么？”兴儿道：“别的事奴才不知道。奴才刚才说的字字是实话，一字虚假，奶奶问出来只管

[1] 各人：自个儿。

凤姐审问兴儿的过程，如老吏断案，恐吓、讽刺、挖苦。把所有的情况审得一清二楚：贾蓉牵线搭桥；贾珍资助并张罗此事；尤二姐本来与张华有婚约，花钱退了婚；那藏娇的金屋在哪里。情况调查清楚以后，决策有了基础。

打死奴才，奴才也无怨的。”

凤姐低了一回头，便又指着兴儿说道：“你这个猴儿崽子就该打死。这有什么瞒着我的？你想着瞒了我，就在你那糊涂爷跟前讨了好儿了，你新奶奶好疼你。我不看你刚才还有点怕惧儿，不敢撒谎，我把你的腿不给你砸折了呢。”说着喝声，“起去。”兴儿瞌了个头，才爬起来，退到外间门口，不敢就走。凤姐道：“过来，我还有话呢。”兴儿赶忙垂手敬听。凤姐道：“你忙什么，新奶奶等着赏你什么呢？”兴儿也不敢抬头。

凤姐道：“你从今日不许过去。我什么时候叫你，你什么时候到。迟一步儿，你试试！出去罢。”兴儿忙答应几个“是”，退出门来。凤姐又叫道：“兴儿！”兴儿赶忙答应回来。凤姐道：“快出去告诉你二爷去，是不是啊？”兴儿回道：“奴才不敢。”凤姐道：“你出去提一个字儿，隄防你的皮！”兴儿连忙答应着才出去了。

凤姐又叫：“旺儿呢？”旺儿连忙答应着过来。凤姐把眼直瞪瞪的瞅了两三句话的工夫，才说道：“好旺儿，很好，去罢！外头有人提一个字儿，全在你身上。”旺儿答应着也出去了。

凤姐便叫倒茶。小丫头子们会意，都出去了。这里凤姐才和平儿说：“你都听见了？这才好呢。”平儿也不敢答言，只好陪笑儿。凤姐越想越气，歪在枕上只是出神，忽然眉头一皱，计上心来。便叫：“平儿来。”平儿连忙答应过来。凤姐道：“我想这件事竟该这么着才好。也不必等你二爷回来再商量了。”未知凤姐如何办理，下回分解。

第六十八回

苦尤娘赚入大观园　酸凤姐大闹宁国府

话说贾琏起身去后，偏值平安节度巡边在外，约一个月方回。贾琏未得确信，只得住在下处等候。及至回来相见，将事办妥，回程已是将两个月的限了。

谁知凤姐心下早已算定，只待贾琏前脚走了，回来便传各色匠役，收拾东厢房三间，照依自己正室一样装饰陈设。至十四日便回明贾母王夫人，说十五日一早要到姑子庙进香去。只带了平儿、丰儿、周瑞媳妇、旺儿媳妇四人，未曾上车，便将原故告诉了众人。又吩咐众男人，素衣素盖，一径前来。

兴儿引路，一直到了二姐门前扣门。鲍二家的开了。兴儿笑说："快回二奶奶去，大奶奶来了。"鲍二家的听了这句，顶梁骨走了真魂，忙飞进报与尤二姐。尤二姐虽也一惊，但已来了，只得以礼相见，于是忙整衣迎了出来。至门前，凤姐方下车进来。尤二姐一看，只见头上皆是素白银器，身上月白缎袄，青缎披风，白绫素裙。眉弯柳叶，高吊两梢，目横丹凤，神凝三角。俏丽若三春之桃，清素若九秋之菊。周瑞旺儿二女人搀入院来。尤二姐陪笑忙迎上来万福，张口便叫："姐姐下降，不曾远接，望恕仓促之罪。"说着便福了下来。凤姐忙陪笑还礼不迭。二人携手同入室中。

凤姐上座，尤二姐命丫鬟拿褥子来便行礼，说："奴家年轻，一从到了这里，诸事皆系家母和家姐商议主张。今日有幸相会，若姐姐不弃奴家寒微，凡事求姐姐的指示教训。奴亦倾心吐胆，只服侍姐姐。"说着，便行下礼去。

凤姐儿忙下座以礼相还，口内忙说："皆因奴家妇人之见，一味劝夫慎重，不可在外眠花卧柳，恐惹父母担忧。此皆是你我之痴心，怎奈二爷错会奴意。眠花宿柳之事瞒奴或可；今娶姐姐二房之大事亦人家大礼，亦不曾对奴说。奴亦曾劝二爷早行此礼，以备生育。不想二爷反以奴为那等嫉妒之妇，私自行此大事，并不说知。使奴有冤难诉，惟天地可表。前于十日之先奴已风闻，恐二爷不乐，遂不敢先说。今可巧远行在外，故奴家亲自拜见过，还求姐姐下体奴心，起动大驾，挪至家中。你我姊妹同居同处，彼此合心谏劝二爷，慎重世务，保养身体，方是大礼。若姐姐在外，奴在内，虽愚贱不堪相伴，奴心又何安。再者，使外人闻知，亦甚不雅观。二爷之名也要紧，倒是谈论奴家，奴亦不怨。所以今生今世奴之名节全在姐姐身上。那起下人小人之言，未免见我素日持家太严，背后加减些言语，自是常情。姐姐乃何等样人物，岂可信真。若我实有不好之处，上头三层公婆，中有无数姊妹妯娌，况贾府世代名家，岂容我到今日。今日二爷私娶姐姐在外，若别人则怒，我则以为幸。正是天地神佛不忍我被小人们诽谤，故生此事。我今来求姐姐进去和我一样同居同处，同分同例，同侍公婆，同谏丈夫。喜则同喜，悲则同悲；情似亲妹，和比骨肉。不但那起小人见了，自悔从前错认了我；就是二爷来家一见，他作丈夫之人，心中也未免暗悔。所以姐姐竟是我的大恩人，使我从前之名一洗无馀了。若姐姐不随奴去，奴亦情愿在此相陪。奴愿作妹子，每日服侍姐姐梳头洗面。只求姐姐在二爷跟前替我好言方便方便，容我一席之地安身，奴死也愿意。”说着，便呜呜咽咽哭将起来。尤二姐见了这般，也不免滴下泪来。

凤姐真是一个好演员。分明一个醋坛子，却扮成一个蒙冤含屈的贤妻良母。凤姐不能直接大闹，自有其难言的苦衷：尤二姐毕竟是亲戚，贾琏是将她作二房，凤姐没有给贾琏生一个儿子。在此情况下，凤姐直接撕破脸大闹，难免落下悍妇的恶名。

二人对见了礼，分序坐下。平儿忙也上来要见礼。尤二姐见他打扮不凡，举止品貌不俗，料定是平儿，连忙亲身挽住，只叫“妹子快休如此，你我是一样的人。”凤姐忙也起身笑说：“折死他了！妹子只管受礼，他原是咱们的丫头。以后快别如此。”说着，又命周瑞家的从包袱里取出四匹上色尺头，四对金珠簪环为拜礼。尤二姐忙拜受了。

二人吃茶，对诉已往之事。凤姐口内全是自怨自错，“怨不得别人，如今只求姐姐疼我”等语。尤二姐见了这般，便认作他是个极好的人，小人不遂心诽谤主子亦是常理，故倾心吐胆，叙了一回，竟把凤姐认为知己。又见周瑞家的等媳妇在旁边称扬凤姐素日许多善政，只是吃亏心太痴了，惹人怨；又说：“已经预备了房屋，奶奶进去一看便知。”

好哄。诱进大观园，落入凤姐掌心。

尤氏心中早已要进去同住方好，今又见如此，岂有不允之理，便说：“原该跟了姐姐去，只是这里怎样?”凤姐儿道：“这有何难，姐姐的箱笼细软只管着小厮搬了进去。这些粗笨货要他无用，还叫人看着。姐姐说谁妥当就叫谁在这里。”尤二姐忙说：“今日既遇见姐姐，这一进去，凡事只凭姐姐料理。我也来的日子浅，也不曾当过家，世事不明白，如何敢作主。这几件箱笼拿进去罢。我也没有什么东西，那也不过是二爷的。”凤姐听了，便命周瑞家的记清，好生看管着抬到东厢房去。

于是催着尤二姐穿戴了，二人携手上车，又同坐一处，又悄悄的告诉他："我们家的规矩大。这事老太太一概不知，倘或知二爷孝中娶你，管把他打死了。如今且别见老太太、太太。我们有一个花园子极大，姊妹住着，容易[1]没人去的。你这一去且在园里住两天，等我设个法子回明白了，那时再见方妥。"尤二姐道："任凭姐姐裁处。"那些跟车的小厮们皆是预先说明的，如今不去大门，只奔后门而来。

下了车，赶散众人。凤姐便带尤氏进了大观园的后门，来到李纨处相见了。彼时大观园中十停人已有九停人知道了，今忽见凤姐带了进来，引动多人来看问。尤二姐一一见过。众人见他标致和悦，无不称扬。凤姐一一的吩咐了众人："都不许在外走了风声，若老太太、太太知道，我先叫你们死。"园中婆子丫鬟都素惧凤姐的，又系贾琏国孝家孝中所行之事，知道关系非常，都不管这事。凤姐悄悄的求李纨收养几日，"等回明了，我们自然过去的。"李纨见凤姐那边已收拾房屋，况在服中，不好倡扬，自是正理，只得收下权住。凤姐又变法将他的丫头一概退出，又将自己的一个丫头送他使唤。暗暗吩咐园中媳妇们："好生照看着他。若有走失逃亡，一概和你们算帐。"自己又去暗中行事。合家之人都暗暗纳罕说："看他如何这等贤惠起来了。"

换成自己的人。尤二姐变成孤身一人。直教她叫天天不应，叫地地不灵。

那尤二姐得了这个所在，又见园中姊妹各各相好，倒也安心乐业的自为得其所矣。谁知三日之后，丫头善姐便有些不服使唤起来。尤二姐因说：

[1] 容易：此指轻易。

“没了头油了，你去回声大奶奶拿些来。”善姐便道：“二奶奶，你怎么不知好歹没眼色。我们奶奶天天承应了老太太，又要承应这边太太那边太太。这些妯娌姊妹，上下几百男女，天天起来，都等他的话。一日少说，大事也有一二十件，小事还有三五十件。外头的从娘娘算起，以及王公侯伯家多少人情客礼，家里又有这些亲友的调度。银子上千钱上万，一日都从他一个手一个心一个口里调度，那里为这点子小事去烦琐他。我劝你能着些儿罢。咱们又不是明媒正娶来的，这是他亘古少有一个贤良人才这样待你，若差些儿的人，听见了这话，吵嚷起来，把你丢在外，死不死，活不活，你又敢怎样呢！”一席话，说的尤氏垂了头，自为有这一说，少不得将就些罢了。

既已进门，就由不得你了。苦日子在后头呢！

那善姐渐渐连饭也怕端来与他吃，或早一顿，或晚一顿，所拿来之物，皆是剩的。尤二姐说过两次，他反先乱叫起来。尤二姐又怕人笑他不安分，少不得忍着。隔上五日八日见凤姐一面，那凤姐却是和容悦色，满嘴里姐姐不离口。又说：“倘有下人不到之处，你降不住他们，只管告诉我，我打他们。”又骂丫头媳妇说：“我深知你们，软的欺，硬的怕，背开我的眼，还怕谁。倘或二奶奶告诉我一个不字，我要你们的命。尤氏见他这般的好心，思想，“既有他，何必我又多事。下人不知好歹，也是常情。我若告了，他们受了委屈，反叫人说我不贤良。”因此反替他们遮掩。

凤姐一面使旺儿在外打听细事，这尤二姐之事皆已深知。原来已有了婆家的，女婿现在才十九岁，成日在外嫖赌，不理生业，家私花尽，父亲撵他出来，现在赌钱场存身。父亲得了尤婆十两银子退了亲的，这女婿尚不知道。原来这小伙子名叫张华。凤姐都一一尽知原委，便封了二十两银子与旺儿，悄悄命他将张华勾来养活，着他写一张状子，只管往有司衙门中告去，就告琏二爷“国孝家孝之中，背旨瞒亲，仗财依势，强逼退亲，停妻再娶”等语。这张华也深知利害，先不敢造次。

旺儿回了凤姐，凤姐气的骂：“癞狗扶不上墙的种子。你细细的说给他，便告我们家谋反也没事的。不过是借他一闹，大家没脸。若告大了，我这里自然能够平息的。”旺儿领命，只得细说与张华。凤姐又吩咐旺儿：“他若告了你，你就和他对词去。”如此如此，这般这般，“我自有道理。”旺儿听了有他做主，便又命张华状子上添上自己，说：“你只告我来往过付，一应调唆二爷做的。”张华便得了主意，和旺儿商议定了，写了一纸状子，次日便往都察院喊了冤。

察院坐堂看状，见是告贾琏的事，上面有家人旺儿一人，只得遣人去贾府传旺儿来对词。青衣[1]不敢擅入，只命人带信。那旺儿正等着此事，不用人带信，早在这条街上等候。见了青衣，反迎上去笑道：“起动众位兄弟，必是兄弟的事犯了。说不得，快来套上。”众青衣不敢，只说：“你老去罢，别闹了。”于是来至堂前跪了。

察院命将状子与他看。旺儿故意看了一遍，碰头说道：“这事小的尽知，小的主人实有此事。但这张华素与小的有仇，故意攀扯小的在内。其中还有别人，求老爷再问。”张华碰头说：“虽还有人，

---

[1] 青衣：穿黑衣的衙役。

小的不敢告他，所以只告他下人。”旺儿故意急的说：“糊涂东西，还不快说出来！这是朝廷公堂之上，凭是主子，也要说出来。”张华便说出贾蓉来。

察院听了无法，只得去传贾蓉。凤姐又差了庆儿暗中打听，告了起来，便忙将王信唤来，告诉他此事，命他托察院只虚张声势警唬而已，又拿了三百银子与他去打点。是夜王信到了察院私第，安了根子。那察院深知原委，收了赃银。次日回堂，只说张华无赖，因拖欠了贾府银两，枉捏虚词，诬赖良人。都察院又素与王子腾相好，王信也只到家说了一声，况是贾府之人，巴不得了事，便也不提此事，且都收下，只传贾蓉对词。

且说贾蓉等正忙着贾珍之事，忽有人来报信，说有人告你们如此如此，这般这般，快作道理。贾蓉慌了，忙来回贾珍。贾珍说：“我防了这一着，只亏他大胆子。”即刻封了二百银子着人去打点察院，又命家人去对词。正商议之间，人报：“西府二奶奶来了。”贾珍听了这个，倒吃了一惊，忙要同贾蓉藏躲。不想凤姐进来了，说：“好大哥哥，带着兄弟们干的好事！”贾蓉忙请安，凤姐拉了他就进来。贾珍还笑说：“好生伺候你姑娘，吩咐他们杀牲口备饭。”说了，忙命备马，躲往别处去了。

这里凤姐儿带着贾蓉走来上房，尤氏正迎了出来，见凤姐气色不善，忙笑说：“什么事情这等忙？”凤姐照脸一口唾沫啐道：“你尤家的丫头没人要了，偷着只往贾家送！难道贾家的人都是好的，普天下死绝了男人了！你就愿意给，也要三媒六证，大家说明，成个体统才是。你痰迷了心，脂油蒙了窍，国孝家孝两重在身，就把个人送来了。这会子被人家告我们，我又是个没脚蟹[1]，连官场中都知道我利害吃醋，如今指名提我，要休我。我来了你家，干错了什么不是，你这等害我？或是老太太、太太有了话在你心里，使你们做这圈套，要挤我出去。如今咱们两个一同去见官，分证明白。回来咱们公同请了合族中人，大家觌面[2]说个明白。给我休书，我就走路。”一面说，一面大哭，拉着尤氏，只要去见官。急的贾蓉跪在地下碰头，只求：“姑娘婶子息怒。”

凤姐儿一面又骂贾蓉：“天雷劈脑子五鬼分尸的没良心的种子！不知天有多高，地有多厚，成日家调三窝四，干出这些没脸面没王法败家破业的营生。你死了的娘阴灵也不容你，祖宗也不容，还敢来劝我！”哭骂着扬手就打。贾蓉忙磕头有声说：“婶子别动气，仔细手，让我自己打。婶子别生气。”说着，自己举手左右开弓自己打了一顿嘴巴子，又自己问着自己说：“以后可再顾三不顾四的混管闲事了？以后还单听叔叔的话不听婶子的话了？”众人又是劝，又要笑，又不敢笑。

贾珍见势不妙，溜之大吉，尤氏和贾蓉留下来顶雷。贾蓉给自己的错误定性为两条：一是多管闲事，二是跟错了人。显然是一种避重就轻的检查。

凤姐儿滚到尤氏怀里，嚎天动地，大放悲声，只说：“给你兄弟娶亲我不恼。为什么使他违旨背亲，将混帐名儿给我背着？咱们只去见官，省得捕快皂隶来拿。再者咱们只过去见了老太太、太太和众族人，大家公议了，我既不贤良，又不容丈夫娶亲买妾，只给我一纸休书，我即刻就走。你妹妹我也亲身接来家，生怕老太太、太太生气，也不敢回，现在三茶六饭金奴银婢的住在园里。我这里赶

[1] 没脚蟹：比喻行动不得，手足无措。
[2] 觌（dí）面：当面。觌，见。

着收拾房子，和我一样的道理，只等老太太知道了。原说接过来大家安分守己的，我也不提旧事了。谁知又是有了人家的。不知你们干的什么事，我一概又不知道。如今告我，我昨日急了，纵然我出去见官，也丢的是你贾家的脸，少不得偷把太太的五百两银子去打点。如今把我的人还锁在那里。”说了又哭，哭了又骂，后来放声大哭起祖宗爹妈来，又要寻死撞头。把个尤氏揉搓成一个面团，衣服上全是眼泪鼻涕，并无别语，只骂贾蓉：“孽障种子！和你老子作的好事！我就说不好的。”

凤姐上门，兴师问罪，声讨尤氏，如黄河决了大堤。尤氏哪是凤姐的对手，被凤姐揉搓得没个人样。

凤姐儿听说，哭着两手搬着尤氏的脸紧对相问道：“你发昏了？你的嘴里难道有茄子塞着？不然他们给你嚼子衔上了？为什么你不告诉我去？你若告诉了我，这会子平安不了？怎得经官动府，闹到这步田地，你这会子还怨他们。自古说：‘妻贤夫祸少，表壮不如里壮[1]。’你但凡是个好的，他们怎得闹出这些事来！你又没才干，又没口齿，锯了嘴子的葫芦[2]，就只会一味瞎小心图贤良的名儿。总是他们也不怕你，也不听你。”说着啐了几口。尤氏也哭道：“何曾不是这样。你不信问问跟的人，我何曾不劝的，也得他们听。叫我怎么样呢，怨不得妹妹生气，我只好听着罢了。”

尤氏冤枉，她的错误只是知情不举。但凤姐咬住她不放。攻其一点，不及其余。不顾尤氏的面子，揭出她在家庭中软弱的地位。

众姬妾丫鬟媳妇已是乌压压跪了一地，陪笑求说：“二奶奶最圣明的。虽是我们奶奶的不是，奶奶也作践的够了。当着奴才们，奶奶们素日何等的好来，如今还求奶奶给留脸。”说着，捧上茶来。凤姐也摔了，一面止了哭挽头发，又喝骂贾蓉：

---

［1］表壮不如里壮：意思是说丈夫能干，不如家有贤妻。
［2］锯了嘴子的葫芦：意思是没有嘴，成了哑巴，不会说话。

“出去请大哥哥来。我对面问他，亲大爷的孝才五七，侄儿娶亲，这个礼我竟不知道。我问问，也好学着日后教导子侄的。”贾蓉只跪着磕头，说：“这事原不与父母相干，都是儿子一时吃了屎，调唆叔叔作的。我父亲也并不知道。如今我父亲正要商量接太爷出殡，婶子若闹起来，儿子也是个死。只求婶子责罚儿子，儿子谨领。这官司还求婶子料理，儿子竟不能干这大事。婶子是何等样人，岂不知俗语说的‘胳膊只折在袖子里’。儿子糊涂死了，既作了不肖的事，就同那猫儿狗儿一般。婶子既教训，就不和儿子一般见识的，少不得还要婶子费心费力将外头的事压住了才好。原是婶子有这个不肖的儿子，既惹了祸，少不得委屈，还要疼儿子。”说着，又磕头不绝。

见凤姐又要追究贾珍的责任，贾蓉把责任都揽到自己身上，把父亲贾珍从纠纷中摘出去。他知道凤姐疼他，只要把自己臭骂一顿，骂得狗屁不是，也就过关了。真正的罪魁祸首自然是贾琏和尤二姐。

凤姐见他母子这般，也再难往前施展了，只得又转过了一副形容言谈来，与尤氏反陪礼说：“我是年轻不知事的人，一听见有人告诉了，把我吓昏了，不知方才怎样得罪了嫂子。可是蓉儿说的‘胳膊折了往袖子里藏’，少不得嫂子要体谅我。还要嫂子转替哥哥说了，先把这官司按下去才好。”尤氏贾蓉一齐都说：“婶子放心，横竖一点儿连累不着叔叔。婶子方才说用过了五百两银子，少不得我娘儿们打点五百两银子与婶子送过去，好补上的，不然岂有反教婶子又添上亏空之名，越发我们该死了。但还有一件，老太太、太太们跟前婶子还要周全方便，别提这些话方好。”

凤姐儿又冷笑道：“你们饶压着我的头干了事，这会子反哄着我替你们周全。我虽然是个呆子，也呆不到如此。嫂子的兄弟是我的丈夫，嫂子既怕他绝后，我岂不比嫂子更怕他绝后。嫂子的令妹就是我的妹子一样。我一听见这话，连夜喜欢的连觉也睡不成，赶着传人收拾了屋子，就要接进来同住。倒是奴才小人的见识，他们倒说：'奶奶太好性了。若是我们的主意，先回了老太太、太太看是怎样，再收拾房子去接也不迟。'我听了这话，教我要打要骂的，才不言语。谁知偏不称我的意，偏打我的嘴，半空里又跑出一个张华来告了一状。我听见了，吓的两夜没合眼儿，又不敢声张，只得求人去打听这张华是什么人，这样大胆。打听了两日，谁知是个无赖的花子。我年轻不知事，反笑了，说：'他告什么？'倒是小子们说：'原是二奶奶许了他的。他如今正是急了，冻死饿死也是个死；现在有这个理他抓着，纵然死了，死的倒比冻死饿死还值些。怎么怨的他告呢。这事原是爷做的太急了。国孝一层罪，家孝一层罪，背着父母私娶一层罪，停妻再娶一层罪。俗语说："拚着一身剐，敢把皇帝拉下马。"他穷疯了的人，什么事作不出来，况且他又拿着这满理，不告等请不成。'嫂子说，我便是个韩信张良，听了这话，也把智谋吓回去了。你兄弟又不在家，又没个商议，少不得拿钱去垫补，谁知越使钱越被人拿住了刀靶，越发来讹。我是耗子尾巴上长疮——多少脓血儿？所以又急又气，少不得来找嫂子。"

尤氏贾蓉不等说完，都说："不必操心，自然要料理的。"贾蓉又道："那张华不过是穷急，故舍了命才告。咱们如今想了一个法儿，竟许他些银子，只叫他应了妄告不实之罪，咱们替他打点完了官司。他出来时再给他些个银子就完了。"凤姐儿笑道："好孩子，怨不得你顾一不顾二的作这些事出来。原来你竟糊涂。若你说得这话，他暂且依了，且打出官司来又得了银子，眼前自然了事。这些人既是无赖之徒，银子到手一旦光了，他又寻事故讹诈。倘又叨登起来这事，咱们虽不怕，也终担心。搁不住他说既没毛病为什么反给他银子，终久是不了之局。”

贾蓉原是个明白人，听如此一说，便笑道：“我还有个主意，‘来是是非人，去是是非者’，这事还得我了才好。如今我竟去问张华个主意，或是他定要人，或是他愿意了事得钱再娶。他若说一定要人，少不得我去劝我二姨，叫他出来仍嫁他去；若说要钱，我们这里少不得给他。”凤姐儿忙道：“虽如此说，我断舍不得你姨娘出去，我也断不肯使他去。好侄儿，你若疼我，只能可多给他钱为是。”贾蓉深知凤姐口虽如此，心却是巴不得只要本人出来，他却做贤良人。如今怎说怎依。

分明是凤姐挑动张华去告状，把事情闹大，让自己站到道德的制高点上，却让尤氏和贾蓉去收拾烂摊子。自己放火，又自己灭火。尤氏挨骂之后，又去破费银子。

凤姐儿欢喜了，又说：“外头好处了，家里终久怎么样？你也同我过去回明才是。”尤氏又慌了，拉凤姐讨主意如何撒谎才好。凤姐冷笑道：“既没这本事，谁叫你干这事了。这会子又这个腔儿，我又看不上。待要不出个主意，我又是个心慈面软的人，凭人撮弄我，我还是一片痴心。说不得让我应起来。如今你们只别露面，我只领了你妹妹去与老太太、太太们磕头，只说原系你妹妹，我看上了很好。正因我不大生长，原说买两个人放在屋里的，今既见你妹妹很好，而又是亲上做亲的，我愿意娶来做二房。皆因家中父母姊妹新近一概死了，日子又艰难，不能度日，若等百日之后，无奈无家无业，实难等得。我的主意接了进来，已经厢房收拾了出来暂且住着，等满了服再圆房。仗着我不怕臊的脸，死活赖去，有了不是，也寻不着你们了。你们母子想想，可使得?”尤氏贾蓉一齐笑说：“到底是婶子宽洪大量，足智多谋。等事妥了，少不得我们娘儿们过去拜谢。”尤氏忙命丫鬟们服侍凤姐梳妆洗脸，又摆酒饭，亲自递酒拣菜。

得了便宜卖乖。凤姐把宁国府闹了个天翻地覆。

凤姐也不多坐，执意就走了。进园中将此事告诉与尤二姐，又说我怎么操心打听，又怎么设法子，须得如此如此方救下众人无罪，少不得我去拆开这鱼头[1]，大家才好。不知端详，且听下回分解。

[1] 拆（zhái）开这鱼头：比喻处理复杂难办的事情。

第六十九回

弄小巧用借剑杀人　觉大限[1]吞生金自逝

话说尤二姐听了，又感谢不尽，只得跟了他来。尤氏那边怎好不过来的，少不得也过来跟着凤姐去回，方是大礼。凤姐笑说：“你只别说话，等我去说。”尤氏道：“这个自然。但一有个不是，是往你身上推的。”说着，大家先来至贾母房中。

正值贾母和园中姊妹们说笑解闷，忽见凤姐带了一个标致小媳妇进来，忙觑着眼看，说：“这是谁家的孩子！好可怜见的。”凤姐上来笑道：“老祖宗倒细细的看看，好不好？”说着，忙拉二姐说：“这是太婆婆，快磕头。”二姐忙行了大礼，展拜起来。又指着众姊妹说：这是某人某人，你先认了，太太瞧过了再见礼。二姐听了，一一又从新故意的问过，垂头站在旁边。贾母上下瞧了一遍，因又笑问：“你姓什么？今年十几了？”凤姐忙又笑说：“老祖宗且别问，只说比我俊不俊。”贾母又戴了眼镜，命鸳鸯琥珀：“把那孩子拉过来，我瞧瞧肉皮儿。”众人都抿嘴儿笑着，只得推他上去。贾母细瞧了一遍，又命琥珀：“拿出手来我瞧瞧。”鸳鸯又揭起裙子来。贾母瞧毕，摘下眼镜来，笑说道：“竟是个齐全孩子，我看比你俊些。”

---

[1] 大限：死期。

凤姐听说，笑着忙跪下，将尤氏那边所编之话，一五一十细细的说了一遍，“少不得老祖宗发慈心，先许他进来，住一年后再圆房。”贾母听了道：“这有什么不是。既你这样贤良，很好。只是一年后方可圆得房。”凤姐听了，叩头起来，又求贾母着两个女人一同带去见太太们，说是老祖宗的主意。贾母依允，遂使二人带去见了邢夫人等。王夫人正因他风声不雅，深为忧虑，见他今行此事，岂有不乐之理。于是尤二姐自此见了天日，挪到厢房居住。

贾母那么精明的老太太都被凤姐骗了过去，完全蒙在鼓里。

凤姐一面使人暗暗调唆张华，只叫他要原妻，这里还有许多赔送外，还给他银子安家过活。张华原无胆无心告贾家的，后来又见贾蓉打发人来对词，那人原说的：“张华先退了亲。我们皆是亲戚。接到家里住着是真，并无娶嫁之说。皆因张华拖欠了我们的债务，追索不与，方诬赖小的主人那些个。”察院都和贾王两处有瓜葛，况又受了贿，只说张华无赖，以穷讹诈，状子也不收，打了一顿赶出来。庆儿在外替他打点，也没打重。又调唆张华：“亲原是你家定的，你只要亲事，官必还断给你。”于是又告。王信那边又透了消息与察院，察院便批：“张华所欠贾宅之银，令其限内按数交还；其所定之亲，仍令其有力时娶回。”又传了他父亲来当堂批准。他父亲亦系庆儿说明，乐得人财两进，便去贾家领人。

凤姐儿一面吓的来回贾母，说如此这般，“都是珍大嫂子干事不明，并没和那家退准，惹人告了，如此官断。”贾母听了，忙唤了尤氏过来，说他作事不妥，“既是你妹子从小曾与人指腹为婚，又没退断，使人混告了。”尤氏听了，只得说：“他连银子都收了，怎么没准。”凤姐在旁又说：“张华的口供上现说不曾见银子，也没见人去。他老子说：‘原是亲家母说过一次，并没应准。亲家母死了，你们就接进去作二房。’如此没有对证的话，只好由他去混说。幸而琏二爷不在家，没曾圆房，这还无妨。只是人已来了，怎好送回去，岂不伤脸。”贾母道：“又没圆房，没的强占人家有夫之人，名声也不好，不如送给他去。那里寻不出好人来。”尤二姐听了，又回贾母说：“我母亲实于某年月日给了他十两银子退准的。他因穷急了告，又翻了口。我姐姐原没错办。”贾母听了，便说：“可见刁民难惹。既这样，凤丫头去料理料理。”凤姐听了无法，只得应着。回来只命人去找贾蓉。

贾蓉深知凤姐之意，若要使张华领回，成何体统，便回了贾珍，暗暗遣人去说张华：“你如今既有许多银子，何必定要原人。若只管执定主意，岂不怕爷们一怒，寻出个由头，你死无葬身之地。你有了银子，回家去什么好人寻不出来。你若走时，还赏你些路费。”张华听了，心中想了一想，这倒是好主意，和父亲商议已定，约共也得了有百金，父子次日起个五更，便回原籍去了。

贾蓉打听得真了，来回了贾母凤姐，说：“张华父子妄告不实，惧罪逃走，官府亦知此情，也不追究，大事完毕。”凤姐听了，心中一想：若必定着张华带回二姐去，未免贾琏回来再花几个钱包占住，不怕张华不依。还是二姐不去，自己相伴着还妥当，且再作道理。只是张华此去不知何往，他倘或再将此事告诉了别人，或日后再寻出这由头来翻案，岂不是自己害了自己。原先不该如此将刀靶付与外人去的。因此悔之不迭，复又想了一条主意出来，悄命旺儿遣人寻着了他，或讹他作贼，和他打官司将他治死，或暗中使人算计，务将张华治死，方剪草除根，保住自己的名誉。

旺儿领命出来，回家细想：人已走了完事，何必如此大作，人命关天，非同儿戏，我且哄过他去，再作道理。因此在外躲了几日，回来告诉凤姐，只说张华是有了几两银子在身上，逃去第三日在京口地界，五更天已被截路人打闷棍打死了。他老子唬死在店房，在那里验尸掩埋。凤姐听了不信，说："你要扯谎，我再使人打听出来敲你的牙！"自此方丢过不究。凤姐和尤二姐和美非常，更比亲姊亲妹还胜十倍。

那贾琏一日事毕回来，先到了新房中，已竟悄悄的封锁，只有一个看房子的老头儿。贾琏问他原故，老头子细说原委，贾琏只在镫中跌足。少不得来见贾赦与邢夫人，将所完之事回明。贾赦十分欢喜，说他中用，赏了他一百两银子，又将房中一个十七岁的丫鬟名唤秋桐者，赏他为妾。贾琏叩头领去，喜之不尽。见了贾母和家中人，回来见凤姐，未免脸上有些愧色。谁知凤姐儿他反不似往日容颜，同尤二姐一同出迎，叙了寒温。贾琏将秋桐之事说了，未免脸上有些得意之色，骄矜之容。凤姐听了，忙命两个媳妇坐车在那边接了来。心中一刺未除，又平空添了一刺，说不得且吞声忍气，将好颜面换出来遮掩。一面又命摆酒接风，一面带了秋桐来见贾母与王夫人等。贾琏心中也暗暗的纳罕。

以为交了桃花运。

那日已是腊月十二日，贾珍起身，先拜了宗祠，然后过来辞拜贾母等人。和族中人直送到洒泪亭方回，独贾琏贾蓉二人送出三日三夜方回。一路上贾珍命他好生收心治家等语，二人口内答应，也说些大礼套话，不必烦叙。

且说凤姐在家，外面待尤二姐自不必说得，只是心中又怀别意。无人处只和尤二姐说："妹妹的声名很不好听，连老太太、太太们都知道了，说妹妹在家做女孩儿就不干净，又和姐夫有些首尾，'没人要的了你拣了来，还不休了再寻好的。'我听见这话，气得倒仰，查是谁说的，又查不出来。这日久天长，这些个奴才们跟前，怎么说嘴。我反弄了个鱼头来拆。"说了两遍，自己又气病了，茶饭也不吃，除了平儿，众丫头媳妇无不言三语四，指桑说槐，暗相讥刺。

秋桐自为系贾赦之赐，无人僭他的，连凤姐、平儿皆不放在眼里，岂肯容他。张口是"先奸后娶没汉子要的娼妇，也来要我的强。"凤姐听了暗乐，尤二姐听了暗愧暗怒暗气。凤姐既装病，便不和尤二姐吃饭了。每日只命人端了菜饭到他房中去吃，那茶饭都系不堪之物。平儿看不过，自拿了钱出来弄菜与他吃，或是有时只说和他园中去顽，在园中厨内另做了汤水与他吃，也无人敢回凤姐。只有秋桐一时撞见了，便去说舌告诉凤姐说："奶奶的名声，生是平儿弄坏了的。这样好菜好饭浪着不吃，却往园里去偷吃。"凤姐听了，骂平儿说："人家养猫拿耗子，我的猫只倒咬鸡。"平儿不敢多说，自此也要远着了。又暗恨秋桐，难以出口。

写平儿的善良。秋桐得意，不知自己不过是被凤姐当枪使。

园中姊妹如李纨、迎春、惜春等人，皆为凤姐是好意，然宝黛一干人暗为二姐担心。虽都不便多事，惟见二姐可怜，常来了，倒还都悯恤他。每日常无人处说起话来，尤二姐便淌眼抹泪，又不敢抱怨。凤姐儿又并无露出一点坏形来。

宝玉、黛玉深知凤姐之为人，所以为尤二姐担心。将李纨、迎春、惜春与宝玉、黛玉对比着写。

贾琏来家时，见了凤姐贤良，也便不留心。况素习以来因贾赦姬妾丫鬟最多，贾琏每怀不轨之心，只未敢下手。如这秋桐辈等人，皆是恨老爷年迈昏愦，贪多嚼不烂，没的留下这些人作什么，因此除了几个知礼有耻的，馀者或有与二门上小幺儿们嘲戏的。甚至于与贾琏眉来眼去相偷期的，只惧贾赦之威，未曾到手。这秋桐便和贾琏有旧，从未来过一次。今日天缘凑巧，竟赏了他，真是一对烈火干柴，如胶投漆，燕尔新婚，连日那里拆的开。那贾琏在二姐身上之心也渐渐淡了，只有秋桐一人是命。

凤姐虽恨秋桐，且喜借他先可发脱二姐，自己且抽头，用“借剑杀人”之法“坐山观虎斗”，等秋桐杀了尤二姐，自己再杀秋桐。主意已定，没人处常又私劝秋桐说：“你年轻不知事。他现是二房奶奶，你爷心坎儿上的人，我还让他三分，你去硬碰他，岂不是自寻其死?”那秋桐听了这话，越发恼了，天天大口乱骂说：“奶奶是软弱人，那等贤惠，我却做不来。奶奶把素日的威风怎都没了。奶奶宽洪大量，我却眼里揉不下沙子去。让我和他这淫妇做一回，他才知道。”凤姐儿在屋里，只装不敢出声儿。气的尤二姐在房里哭泣，饭也不吃，又不敢告诉贾琏。次日贾母见他眼红红的肿了，问他，又不敢说。

借刀杀人，凤姐之用心何其毒也！

秋桐正是抓乖卖俏之时，他便悄悄的告诉贾母王夫人等说：“专会作死，好好的成天家号丧，背地里咒二奶奶和我早死了，他好和二爷一心一计的过。”贾母听了便说：“人太生娇俏了，可知心就嫉妒。凤丫头倒好意待他，他倒这样争锋吃醋的。可是个贱骨头。”因此渐次便不大欢喜。众人见贾母不喜，不免又往下踏践起来，弄得这尤二姐要死不能，要生不得。还是亏了平儿，时常背着凤姐，看他这般，与他排解排解。

那尤二姐原是个花为肠肚雪作肌肤的人，如何经得这般磨折，不过受了一个月的暗气，便恹恹得了一病，四肢懒动，茶饭不进，渐次黄瘦下去。夜来合上眼，只见他小妹子手捧鸳鸯宝剑前来说："姐姐，你一生为人心痴意软，终吃了这亏。休信那妒妇花言巧语，外作贤良，内藏奸狡，他发恨定要弄你一死方罢。若妹子在世，断不肯令你进来，即进来时，亦不容他这样。此亦系理数应然，你我生前淫奔不才，使人家丧伦败行，故有此报。你依我将此剑斩了那妒妇，一同归至警幻案下，听其发落。不然，你则白白的丧命，且无人怜惜。"尤二姐泣道："妹妹，我一生品行既亏，今日之报既系当然，何必又生杀戮之冤。随我去忍耐。若天见怜，使我好了，岂不两全。"小妹笑道："姐姐，你终是个痴人。自古'天网恢恢，疏而不漏'，天道好还[1]。你虽悔过自新，然已将人父子兄弟致于麀聚之乱，天怎容你安生。"尤二姐泣道："既不得安生，亦是理之当然，奴亦无怨。"小妹听了，长叹而去。

尤二姐惊醒，却是一梦。等贾琏来看时，因无人在侧，便泣说："我这病便不能好了。我来了半年，腹中也有身孕，但不能预知男女。倘天见怜，生了下来还可，若不然，我这命就不保，何况于他。"贾琏亦泣说："你只放心，我请名人来医治。"于是出去即刻请医生。

[1] 天道好还：上天行道，善恶必有报应。

谁知王太医亦谋干了军前效力，回来好讨荫封的。小厮们走去，便请了个姓胡的太医，名叫君荣。进来诊脉看了，说是经水不调，全要大补。贾琏便说：“已是三月庚信[1]不行，又常作呕酸，恐是胎气。”胡君荣听了，复又命老婆子们请出手来再看看。尤二姐少不得又从帐内伸出手来。胡君荣又诊了半日，说：“若论胎气，肝脉自应洪大。然木盛则生火，经水不调亦皆因由肝木所致。医生要大胆，须得请奶奶将金面略露露，医生观观气色，方敢下药。”贾琏无法，只得命将帐子掀起一缝，尤二姐露出脸来。胡君荣一见，魂魄如飞上九天，通身麻木，一无所知。

一时掩了帐子，贾琏就陪他出来，问是如何。胡太医道：“不是胎气，只是瘀血凝结。如今只以下迂血通经脉要紧。”于是写了一方，作辞而去。贾琏命人送了药礼，抓了药来，调服下去。只半夜，尤二姐腹痛不止，谁知竟将一个已成形的男胎打了下来。于是血行不止，二姐就昏迷过去。贾琏闻知，大骂胡君荣。一面再遣人去请医调治，一面命人去打告胡君荣。胡君荣听了，早已卷包逃走。

庸医杀人。

这里太医便说：“本来气血生成亏弱，受胎以来，想是着了些气恼，郁结于中。这位先生擅用虎狼之剂，如今大人元气十分伤其八九，一时难保就愈。煎丸二药并行，还要一些闲言闲事不闻，庶可望好。”说毕而去。急的贾琏查是谁请了姓胡的来，一时查了出来，便打了半死。

凤姐比贾琏更急十倍，只说：“咱们命中无子，好容易有了一个，又遇见这样没本事的大夫。”于

---

[1] 庚信：即月经。

是天地前烧香礼拜，自己通陈[1]祷告说："我或有病，只求尤氏妹子身体大愈，再得怀胎生一男子，我愿吃长斋念佛。"贾琏众人见了，无不称赞。贾琏与秋桐在一处时，凤姐又做汤做水的着人送与二姐。又骂平儿不是个有福的，"也和我一样。我因多病了，你却无病也不见怀胎。如今二奶奶这样，都因咱们无福，或犯了什么，冲的他这样。"因又叫人出去算命打卦。偏算命的回来又说："系属兔的阴人冲犯。"大家算将起来，只有秋桐一人属兔，说他冲的。

秋桐近见贾琏请医治药，打人骂狗，为尤二姐十分尽心，他心中早浸了一缸醋在内了。今又听见如此说他冲了，凤姐儿又劝他说："你暂且别处去躲几个月再来。"秋桐便气的哭骂道："理那起瞎肏的混咬舌根！我和他'井水不犯河水'，怎么就冲了他！好个爱八哥儿，在外头什么人不见，偏来了就有人冲了。白眉赤脸，那里来的孩子？他不过指着哄我们那个棉花耳朵的爷罢了。纵有孩子，也不知姓张姓王。奶奶希罕那杂种羔子，我不喜欢！老了谁不成？谁不会养！一年半载养一个，倒还是一点搀杂没有的呢！"骂的众人又要笑，又不敢笑。

极写秋桐之恶。凤姐借刀杀人，借了一把钢刀。

可巧邢夫人过来请安，秋桐便哭告邢夫人说："二爷奶奶要撵我回去，我没了安身之处，太太好歹开恩。"邢夫人听说，慌的数落凤姐儿一阵，又骂贾琏："不知好歹的种子，凭他怎不好，是你父亲给的。为个外头来的撵他，连老子都没了。你要撵他，你不如还你父亲去倒好。"说着，赌气去了。秋桐更又得意，越性走到他窗户根底下大哭大骂起

[1] 通陈：向上天陈情。

来。尤二姐听了，不免更添烦恼。

晚间，贾琏在秋桐房中歇了，凤姐已睡，平儿过来瞧他，又悄悄劝他："好生养病，不要理那畜生。"尤二姐拉他哭道："姐姐，我从到了这里，多亏姐姐照应。为我，姐姐也不知受了多少闲气。我若逃的出命来，我必答报姐姐的恩德；只怕我逃不出命来，也只好等来生罢。"平儿也不禁滴泪说道："想来都是我坑了你。我原是一片痴心，从没瞒他的话。既听见你在外头，岂有不告诉他的。谁知生出这些个事来。"尤二姐忙道："姐姐这话错了。若姐姐便不告诉他，他岂有打听不出来的，不过是姐姐说的在先。况且我也要一心进来，方成个体统，与姐姐何干。"二人哭了一回，平儿又嘱咐了几句，夜已深了，方去安息。

平儿后悔自己把线索告诉了凤姐。

这里尤二姐心下自思："病已成势，日无所养，反有所伤，料定必不能好。况胎已打下，无可悬心，何必受这些零气，不如一死，倒还干净。常听见人说，生金子可以坠死，岂不比上吊自刎又干净。"想毕，挣挣起来，打开箱子，找出一块生金，也不知多重，恨命含泪便吞入口中，几次狠命直脖，方咽了下去。于是赶忙将衣服首饰穿戴齐整，上炕躺下了。当下人不知，鬼不觉。

此时此刻，尤二姐已经生不如死，心想长痛不如短痛，一了百了。

到第二日早晨，丫鬟媳妇们见他不叫人，乐得且自己去梳洗。凤姐便和秋桐都上去了。平儿看不过，说丫头们："你们就只配没人心的打着骂着使也罢了，一个病人，也不知可怜可怜。他虽好性儿，你们也该拿出个样儿来，别太过逾了，墙倒众人推。"丫鬟听了，急推房门进来看时，却穿戴的齐齐整整，死在炕上。于是方吓慌了，喊叫起来。平儿进来看了，不禁大哭。众人虽素习惧怕凤姐，然想尤二姐实在温和怜下，比凤姐原强，如今死去，谁不伤心落泪，只不敢与凤姐看见。

当下合宅皆知。贾琏进来，搂尸大哭不止。凤姐也假意哭道："狠心的妹妹！你怎么丢下我去了，辜负了我的心！"尤氏贾蓉等也来哭了一场，劝住贾琏。贾琏便回了王夫人，讨了梨香院停放五日，挪到铁槛寺去，王夫人依允。贾琏忙命人去开了梨香院的门，收拾出正房来停灵。贾琏嫌后门出灵不像，便对着梨香院的正墙上通街现开了一个大门。两边搭棚，安坛场做佛事。用软榻铺了锦缎衾褥，将二姐抬上榻去，用衾单盖了。八个小厮和几个媳妇围随，从内子墙[1]一带抬往梨香院来。那里已请下天文生预备，揭起衾单一看，只见这尤二姐面色如生，比活着还美貌。贾琏又搂着大哭，只叫："奶奶，你死的不明，都是我坑了你！"

浪荡子良心发现。"死的不明"是伏笔。

贾蓉忙上来劝："叔叔解着些儿，我这个姨娘自己没福。"说着，又向南指大观园的界墙，贾琏会意，只悄悄跌脚说："我忽略了，终久对出来，我替你报仇。"天文生回说："奶奶卒于今日正卯时，五日出不得，或是三日，或是七日方可。明日寅时入殓大吉。"贾琏道："三日断乎使不得，竟是七日。因家叔家兄皆在外，小丧不敢多停，等到外头，还放五七，做大道场才掩灵。明年往南去下葬。"天文生应诺，写了殃榜[2]而去。宝玉已早过来陪哭一场。众族中人也都来了。

伏笔。凤姐聪明反被聪明误，贾琏因此而深恨凤姐，后来报复凤姐，使其"哭向金陵事更哀"。凤姐一生所为，害死尤二姐为狠毒之最。

贾琏忙进去找凤姐，要银子治办棺椁丧礼。凤姐见抬了出去，推有病，回："老太太、太太说我

[1] 内子墙：即府第中相邻院落之间夹道两侧的墙。
[2] 殃榜：阴阳先生给死者写的文书。

病着，忌三房[1]，不许我去。”因此也不出来穿孝，且往大观园中来。绕过群山，至北界墙根下往外听，隐隐绰绰听了一言半语，回来又回贾母说如此这般。贾母道：“信他胡说，谁家痨病死的孩子不烧了一撒，也认真的开丧破土起来。既是二房一场，也是夫妻之分，停五七日抬出来，或一烧或乱葬地上埋了完事。”凤姐笑道：“可是这话。我又不敢劝他。”

正说着，丫鬟来请凤姐，说：“二爷等着奶奶拿银子呢。”凤姐只得来了，便问他“什么银子？家里近来艰难，你还不知道？咱们的月例，一月赶不上一月，鸡儿吃了过年粮。昨儿我把两个金项圈当了三百银子，你还做梦呢。这里还有二三十两银子，你要就拿去。”说着，命平儿拿了出来，递与贾琏，指着贾母有话，又去了。恨的贾琏没话可说，只得开了尤氏箱柜，去拿自己的梯己。及开了箱柜，一滴无存，只有些折簪烂花并几件半新不旧的绸绢衣裳，都是尤二姐素习所穿的，不禁又伤心哭了起来。自己用个包袱一齐包了，也不命小厮丫鬟来拿，便自己提着来烧。

尤二姐已死，凤姐不用再装了。

平儿又是伤心，又是好笑，忙将二百两一包的碎银子偷了出来，到厢房拉住贾琏，悄递与他，说：“你只别作声才好，你要哭，外头多少哭不得，又跑了这里来点眼[2]。”贾琏听说，便说：“你说的是。”接了银子，又将一条裙子递与平儿，说：“这是他家常穿的，你好生替我收着，作个念心儿。”平儿只得掩了，自己收去。贾琏拿了银子与

再写平儿的善良。

---

[1] 忌三房：旧俗，生病的人忌进新房、产房和灵房。
[2] 点眼：现眼，当众出丑。

衣服，走来命人先去买板。好的又贵，中的又不要。贾琏骑马自去要瞧，至晚间，果抬了一副好板进来，价银五百两赊着，连夜赶造。一面分派了人口穿孝守灵，晚来也不进去，只在这里伴宿。正是——

第七十回

林黛玉重建桃花社　史湘云偶填柳絮词

话说贾琏自在梨香院伴宿七日夜，天天僧道不断做佛事。贾母唤了他去，吩咐不许送往家庙中。贾琏无法，只得又和时觉说了，就在尤三姐之上点了一个穴，破土埋葬。那日送殡，只不过族中人与王信夫妇、尤氏婆媳而已。凤姐一应不管，只凭他自去办理。

因又年近岁逼，诸务猬集不算外，又有林之孝开了一个人名单子来，共有八个二十五岁的单身小厮应该娶妻成房，等里面有该放的丫头们好求指配。凤姐看了，先来问贾母和王夫人。大家商议，虽有几个应该发配的，奈各人皆有原故：第一个鸳鸯发誓不去。自那日之后，一向未和宝玉说话，也不盛妆浓饰。众人见他志坚，也不好相强。第二个琥珀，又有病，这次不能了。彩云因近日和贾环分崩，也染了无医之症。只有凤姐儿和李纨房中粗使的大丫鬟出去了，其馀年纪未足。令他们外头自娶去了。

原来这一向因凤姐病了，李纨探春料理家务不得闲暇，接着过年过节，出来许多杂事，竟将诗社搁起。如今仲春天气，虽得了工夫，争奈宝玉因冷遁了柳湘莲，剑刎了尤小妹，金逝了尤二姐，气病了柳五儿，连连接接，闲愁胡恨，一重不了一重添。弄得情色若痴，语言常乱，似染怔忡之疾。慌的袭人等又不敢回贾母，只百般逗他顽笑。

这日清晨方醒，只听外间房内咭咭呱呱之笑声不断。袭人因笑说："你快出去解救，晴雯和麝月两个人按住温都里那膈肢呢。"宝玉听了，忙披上灰鼠袄子出来一瞧，只见他三人被褥尚未叠起，大衣也未穿。那晴雯只穿着葱绿院绸小袄，红小衣红睡鞋，披着头发，骑在雄奴身上。麝月是红绫抹胸，披着一身旧衣，在那里抓雄奴的肋肢。雄奴却仰在炕上，穿着撒花紧身儿，红裤绿袜，两脚乱蹬，笑的喘不过气来。宝玉忙上前笑说："两个大的欺负一个小的，等我助力。"说着，也上床来膈肢晴雯。晴雯触痒，笑的忙丢下雄奴，和宝玉对抓。雄奴趁势又将晴雯按倒，向他肋下抓动。袭人笑说："仔细冻着了。"看他四人裹在一处倒好笑。

还是孩子。

忽有李纨打发碧月来说："昨儿晚上奶奶在这里把块手帕子忘了，不知可在这里?"小燕说："有，有，有，我在地下拾了起来，不知是那一位的，才洗了出来晾着，还未干呢。"碧月见他四人乱滚，因笑道："倒是这里热闹，大清早起就咭咭呱呱的顽到一处。"宝玉笑道："你们那里人也不少，怎么不顽?"碧月道："我们奶奶不顽，把两个姨娘和琴姑娘也宾住[1]了。如今琴姑娘又跟了老太太前头去了，更寂寞了。两个姨娘今年过了，到明年冬天都去了，又更寂寞呢。你瞧宝姑娘那里，出去了一个香菱，就冷清了多少，把个云姑娘落了单。"

怡红院里的民主氛围，是别的院子里所没有的。

[1] 宾住：拘束住。

正说着，只见湘云又打发了翠缕来说："请二爷快出去瞧好诗。"宝玉听了，忙问："那里的好诗？"翠缕笑道："姑娘们都在沁芳亭上，你去了便知。"宝玉听了，忙梳洗了出来，果见黛玉、宝钗、湘云、宝琴、探春都在那里，手里拿着一篇诗看。见他来时，都笑说："这会子还不起来，咱们的诗社散了一年，也没有人作兴[1]。如今正是初春时节，万物更新，正该鼓舞另立起来才好。"湘云笑道："一起诗社时是秋天，就不应发达。如今恰好万物逢春，皆主生盛。况这首桃花诗又好，就把海棠社改作桃花社。"宝玉听着，点头说："很好。"且忙着要诗看。众人都又说："咱们此时就访稻香老农去，大家议定好起的。"说着，一齐起来，都往稻香村来。

宝玉一壁走，一壁看那纸上写着《桃花行》一篇，曰：

桃花帘外东风软，桃花帘内晨妆懒。
帘外桃花帘内人，人与桃花隔不远。
东风有意揭帘栊，花欲窥人帘不卷。
桃花帘外开仍旧，帘中人比桃花瘦。
花解怜人花也愁，隔帘消息风吹透。
风透湘帘花满庭，庭前春色倍伤情。
闲苔院落门空掩，斜日栏杆人自凭。
凭栏人向东风泣，茜裙偷傍桃花立。
桃花桃叶乱纷纷，花绽新红叶凝碧。
雾裹烟封一万株，烘楼照壁红模糊。

[1] 作兴：发起，发动。

天机烧破鸳鸯锦[1]，春酣欲醒移珊枕[2]。
侍女金盆进水来，香泉影蘸胭脂冷。
胭脂鲜艳何相类，花之颜色人之泪；
若将人泪比桃花，泪自长流花自媚。
泪眼观花泪易干，泪干春尽花憔悴。
憔悴花遮憔悴人，花飞人倦易黄昏。
一声杜宇春归尽，寂寞帘栊空月痕！

宝玉看了并不称赞，却滚下泪来。便知出自黛玉，因此落下泪来，又怕众人看见，又忙自己擦了。因问："你们怎么得来？"宝琴笑道："你猜是谁作的？"宝玉笑道："自然是潇湘子稿。"宝琴笑道："现是我作的呢。"宝玉笑道："我不信。这声调口气，迥乎不像蘅芜之体，所以不信。"宝钗笑道："所以你不通。难道杜工部首首只作'丛菊两开他日泪'之句不成！一般的也有'红绽雨肥梅''水荇牵风翠带长'之媚语。"宝玉笑道："固然如此说。但我知道姐姐断不许妹妹有此伤悼语句，妹妹虽有此才，是断不肯作的。比不得林妹妹曾经离丧，作此哀音。"众人听说，都笑了。

已至稻香村中，将诗与李纨看了，自不必说称赏不已。说起诗社，大家议定：明日乃三月初二日，就起社，便改"海棠社"为"桃花社"，林黛玉就为社主。明日饭后，齐集潇湘馆。因又大家拟题。黛玉便说："大家就作桃花诗一百韵。"宝钗道："使不得。从来桃花诗最多，纵作了必落套，比不得你这一首古风。须得再拟。"正说着，人回："舅

[1] 天机烧破鸳鸯锦：天机，天上仙女用的织机。烧，桃花之火红。鸳鸯锦，形容天空的彩霞好似仙女织出的锦缎。
[2] 珊枕：珊瑚枕。

太太来了。姑娘出去请安。”因此大家都往前头来见王子腾的夫人，陪着说话。吃饭毕，又陪入园中来，各处游玩一遍。至晚饭后掌灯方去。

次日乃是探春的寿日，元春早打发了两个小太监送了几件玩器。合家皆有寿仪，自不必说。饭后，探春换了礼服，各处去行礼。黛玉笑向众人道：“我这一社开的又不巧了，偏忘了这两日是他的生日。虽不摆酒唱戏的，少不得都要陪他在老太太、太太跟前玩笑一日，如何能得闲空儿。”因此改至初五。

《红楼梦》里老爷、公子、太太、小姐，每年的生日忙不过来。

这日众姊妹皆在房中侍早膳毕，便有贾政书信到了。宝玉请安，将请贾母的安禀拆开念与贾母听，上面不过是请安的话，说六月中准进京等语。其馀家信事务之帖，自有贾琏和王夫人开读。众人听说六七月回京，都喜之不尽。偏生近日王子腾之女许与保宁侯之子为妻，择于五月初十日过门，凤姐儿又忙着张罗，常三五日不在家。这日王子腾的夫人又来接凤姐儿，一并请众甥男甥女闲乐一日。贾母和王夫人命宝玉、探春、林黛玉、宝钗四人同凤姐去。众人不敢违拗，只得回房去另妆饰了起来。五人作辞，去了一日，掌灯方回。

宝玉进入怡红院，歇了半刻，袭人便乘机见景劝他收一收心，闲时把书理一理预备着。宝玉屈指算一算说：“还早呢。”袭人道：“书是第一件，字是第二件。到那时你纵有了书，你的字写的在那里呢?”宝玉笑道：“我时常也有写了的好些，难道都没收着?”袭人道：“何曾没收着。你昨儿不在家，我就拿出来，共总数了一数，才有五六十篇。这三四年的工夫，难道只有这几张字不成。依我说，从明日起，把别的心全收了起来，天天快临几张字补上。虽不能按日都有，也要大概看得过去。”宝玉听了，忙的自己又亲检了一遍，实在搪塞不去，便说：“明日为始，一天写一百字才好。”说话时大家安息。

至次日起来梳洗了，便在窗下研墨，恭楷临帖。贾母因不见他，只当病了，忙使人来问。宝玉方去请安，便说写字之故，先将早起清晨的工夫尽了出来，再作别的，因此出来迟了。贾母听了，便十分欢喜，吩咐他：“以后只管写字念书，不用出来也使得。你去回你太太知道。”宝玉听说，便往王夫人房中来说明。王夫人便说：“临阵磨枪，也不中用。有这会子着急，天天写写念念，有多少完不了的。这一赶，又赶出病来才罢。”宝玉回说不妨事。这里贾母也说怕急出病来。探春宝钗等都笑说：“老太太不用急。书虽替他不得，字却替得的。我们每人每日临一篇给他，搪塞过这一步就完了。一则老爷到家不生气，二则他也急不出病来。”贾母听说，喜之不尽。

各人字体不一，如何蒙混过关？

原来林黛玉闻得贾政回家，必问宝玉的功课，宝玉肯分心，恐临期吃了亏。因此自己只装作不耐烦，把诗社便不起，也不以外事去勾引他。探春宝钗二人每日也临一篇楷书字与宝玉，宝玉自己每日也加工，或写二百三百不拘。至三月下旬，便将字又集凑出许多来。这日正算，再得五十篇，也就混的过了。谁知紫鹃走来，送了一卷东西与宝玉，拆开看时，却是一色老油竹纸上临的钟王蝇头小楷[1]，字迹且与自己十分相似。喜的宝玉和紫鹃作了一个揖，又亲自来道谢。接着，史湘云、宝琴

[1] 钟王蝇头小楷：钟王，三国时魏国的书法家钟繇、晋代的书法家王羲之。蝇头，指小字。

二人亦皆临了几篇相送。凑成虽不足功课，亦足搪塞了。

读书写字全为应付父亲贾政一人。大家一起帮他作弊。

宝玉放了心，于是将所应读之书，又温理过几遍。正是天天用功，可巧近海一带海啸，又遭踏了几处生民。地方官题本奏闻，奉旨就着贾政顺路查看赈济回来。如此算去，至冬底方回。宝玉听了，便把书字又搁过一边，仍是照旧游荡。

时值暮春之际，史湘云无聊，因见柳花飘舞，便偶成一小令，调寄《如梦令》，其词曰：

> 岂是绣绒残吐，卷起半帘香雾，纤手自拈来，空使鹃啼燕妒。且住，且住！莫使春光别去。

自己作了，心中得意，便用一条纸儿写好，与宝钗看了，又来找黛玉。黛玉看毕，笑道："好，也新鲜有趣。我却不能。"湘云笑道："咱们这几社总没有填词。你明日何不起社填词，改个样儿，岂不新鲜些。"黛玉听了，偶然兴动，便说："这话说的极是。我如今便请他们去。"说着，一面吩咐预备了几色果点之类，一面就打发人分头去请众人。这里他二人便拟了柳絮之题，又限出几个调来，写了绾在壁上。

众人来看时，以柳絮为题，限各色小调。又都看了史湘云的，称赏了一回。宝玉笑道："这词上我们倒平常，少不得也要胡诌起来。"于是大家拈阄，宝钗便拈得了《临江仙》，宝琴拈得了《西江月》，探春拈得了《南柯子》，黛玉拈得了《唐多令》，宝玉拈得了《蝶恋花》。紫鹃炷了一支梦甜香，大家思索起来。

再一次突出黛玉之才思敏捷。

一时黛玉有了，写完。接着宝琴宝钗都有了。他三人写完，互相看时，宝钗便笑道："我先瞧完了你们的，再看我的。"探春笑道："嗳呀，今儿这香怎么这样快，已剩了三分了。我才有了半首。"因又问宝玉可有了。宝玉虽作了些，只是自己嫌不好，又都抹了，要另作，回头看香，已将烬了。李纨笑道："这算输了。蕉丫头的半首且写出来。"探春听说，忙写了出来。众人看时，上面却只半首《南柯子》，写道是：

空挂纤纤缕，徒垂络络丝，也难绾系也难羁，一任东西南北各分离。

李纨笑道："这也却好作，何不续上？"宝玉见香没了，情愿认负，不肯勉强塞责，将笔搁下，来瞧这半首。见没完时，反倒动了兴开了机，乃提笔续道是：

落去君休惜，飞来我自知。莺愁蝶倦晚芳时，纵是明春再见隔年期！

众人笑道："正经你分内的又不能，这却偏有了。纵然好，也不算得。"说着，看黛玉的《唐多令》：

粉堕百花洲，香残燕子楼。一团团逐对成毬。飘泊亦如人命薄，空缱绻，说风流。
草木也知愁，韶华竟白头！叹今生谁舍谁收？嫁与东风春不管，凭尔去，忍淹留。

众人看了，俱点头感叹，说："太作悲了，好是固然好的。”因又看宝琴的是《西江月》：

汉苑零星有限，隋堤点缀无穷。三春事业付东风，明月梅花一梦。　　几处落红庭院，谁家香雪帘栊？江南江北一般同，偏是离人恨重！

众人都笑说：“到底是他的声调壮。‘几处’‘谁家’两句最妙。”宝钗笑道：“终不免过于丧败。我想，柳絮原是一件轻薄无根无绊的东西，然依我的主意，偏要把他说好了，才不落套。所以我诌了一首来，未必合你们的意思。”众人笑道：“不要太谦。我们且赏鉴，自然是好的。”因看这一首《临江仙》道是：

白玉堂前春解舞，东风卷得均匀。

湘云先笑道：“好一个‘东风卷得均匀’！这一句就出人之上了。”又看底下道：

蜂团蝶阵乱纷纷。几曾随逝水，岂必委芳尘。　　万缕千丝终不改，任他随聚随分。韶华休笑本无根，好风频借力，送我上青云！

众人拍案叫绝，都说：“果然翻得好气力，自然是这首为尊。缠绵悲戚，让潇湘妃子；情致妩媚，却是枕霞；小薛与蕉客今日落第，要受罚的。”宝琴笑道：“我们自然受罚，但不知付白卷子的又怎么罚？”李纨道：“不要忙，这定要重重罚他。下次为例。”

一语未了，只听窗外竹子上一声响，恰似窗屉子倒了一般，众人唬了一跳。丫鬟们出去瞧时，帘外丫鬟嚷道："一个大蝴蝶风筝挂在竹梢上了。"众丫鬟笑道："好一个齐整风筝！不知是谁家放断了绳，拿下他来。"宝玉等听了，也都出来看时，宝玉笑道："我认得这风筝。这是大老爷那院里娇红姑娘放的，拿下来给他送过去罢。"紫鹃笑道："难道天下没有一样的风筝，单他有这个不成？我不管，我且拿起来。"探春道："紫鹃也学小气了。你们一般的也有，这会子拾人走了的，也不怕忌讳。"黛玉笑道："可是呢，知道是谁放晦气[1]的，快掉出去罢。把咱们的拿出来，咱们也放晦气。"紫鹃听了，赶忙命小丫头们将这风筝送出与园门上值日的婆子去了，倘有人来找，好与他们去的。

这里小丫头们听见放风筝，巴不得一声儿，七手八脚都忙着拿出个美人风筝来。也有搬高凳去的，也有捆剪子股的，也有拨籰[2]的。宝钗等都立在院门前，命丫头们在院外敞地下放去。宝琴笑道："你这个不大好看，不如三姐姐的那一个软翅子大凤凰好。"宝钗笑道："果然。"因回头向翠墨笑道："你把你们的拿来也放放。"翠墨笑嘻嘻的果然也取去了。

宝玉又兴头起来，也打发个小丫头子家去，说："把昨儿赖大娘送我的那个大鱼取来。"小丫头子去了半天，空手回来，笑道："晴姑娘昨儿放走了。"宝玉道："我还没放一遭儿呢。"探春笑道："横竖是给你放晦气罢了。"宝玉道："也罢。再把

---

[1] 放晦气：旧俗，放风筝而剪断扯线，让风筝飞走，以放走坏运气。

[2] 籰（yuè）子：放风筝时用来缠丝、线、纱的工具。

那个大螃蟹拿来罢。”丫头去了，同了几个人扛了一个美人并籰子来，说道：“袭姑娘说，昨儿把螃蟹给了三爷了。这一个是林大娘才送来的，放这一个罢。”宝玉细看了一回，只见这美人做的十分精致。心中欢喜，便叫放起来。

此时探春的也取了来，翠墨带着几个小丫头子们在那边山坡上已放了起来。宝琴也命人将自己的一个大红蝙蝠也取来。宝钗也高兴，也取了一个来，却是一连七个大雁的，都放起来。独有宝玉的美人放不起来。宝玉说丫头们不会放，自己放了半天，只起房高便落下来了。急的宝玉头上出汗，众人又笑。宝玉恨的掷在地下，指着风筝道：“若不是个美人，我一顿脚跺个稀烂。”黛玉笑道：“那是顶线不好，拿出去另使人打了顶线就好了。”宝玉一面使人拿去打顶线，一面又取一个来放。大家都仰面而看，天上这几个风筝都起在半空中去了。

一时丫鬟们又拿了许多各式各样的送饭的[1]来，顽了一回。紫鹃笑道：“这一回的劲大，姑娘来放罢。”黛玉听说，用手帕垫着手，顿了一顿，果然风紧力大，接过籰子来，随着风筝的势将籰子一松，只听一阵豁剌剌响，登时籰子线尽。黛玉因让众人来放。众人都笑道：“各人都有，你先请罢。”黛玉笑道：“这一放虽有趣，只是不忍。”李纨道：“放风筝图的是这一乐，所以又说放晦气，你更该多放些，把你这病根儿都带了去就好了。”紫鹃笑道：“我们姑娘越发小气了。那一年不放几个子，今儿忽然又心疼了。姑娘不放，等我放。”说着便向雪雁手中接过一把西洋小银剪子来，齐籰

[1] 送饭的：放风筝的一种附加物。

子根下寸丝不留，咯登一声铰断，笑道："这一去把病根儿可都带了去了。"那风筝飘飘摇摇，只管往后退了去，一时只有鸡蛋大小，展眼只剩了一点黑星，再展眼便不见了。

众人皆仰面睃眼说："有趣，有趣。"宝玉道："可惜不知落在那里去了。若落在有人烟处，被小孩子得了还好；若落在荒郊野外无人烟处，我替他寂寞。想起来把我这个放去，教他两个作伴儿罢。"于是也用剪子剪断，照先放去。探春正要剪自己的凤凰，见天上也有一个凤凰，因道："这也不知是谁家的。"众人皆笑说："且别剪你的，看他倒像要来绞的样儿。"说着，只见那凤凰渐逼近来，遂与这凤凰绞在一处。众人方要往下收线，那一家也要收线，正不开交，又见一个门扇大的玲珑喜字带响鞭，在半天如钟鸣一般，也逼近来。众人笑道："这一个也来绞了。且别收，让他三个绞在一处倒有趣呢。"说着，那喜字果然与这两个凤凰绞在一处。三下齐收乱顿，谁知线都断了，那三个风筝飘飘摇摇都去了。

众人拍手哄然一笑，说："倒有趣，可不知那喜字是谁家的，忒促狭了些。"黛玉说："我的风筝也放去了，我也乏了，我也要歇歇去了。"宝钗说："且等我们放了去，大家好散。"说着，看姊妹们都放去了，大家方散。黛玉回房歪着养乏。要知端的，下回便见。

第七十一回

嫌隙人有心生嫌隙　鸳鸯女无意遇鸳鸯

话说贾政回京之后，诸事完毕，赐假一月在家歇息。因年景渐老，事重身衰，又近因在外几年，骨肉离异，今得晏然复聚于庭室，自觉喜幸不尽。一应大小事务一概益发付于度外，只是看书，闷了便与清客们下棋吃酒，或日间在里面母子夫妻共叙天伦庭闱之乐。

因今岁八月初三日乃贾母八旬之庆，又因亲友全来，恐筵宴排设不开，便早同贾赦及贾珍贾琏等商议，议定于七月二十八日起至八月初五日止荣宁两处齐开筵宴，宁国府中单请官客[1]，荣国府中单请堂客，大观园中收拾出缀锦阁并嘉荫堂等几处大地方来作退居[2]。二十八日请皇亲驸马王公诸公主郡主王妃国君太君夫人[3]等，二十九日便是阁下都府督镇[4]及诰命等，三十日便是诸官长及诰命并远近亲友及堂客。初一日是贾赦的家宴，初二日是贾政，初三日是贾珍贾琏，初四日是贾府中合族长幼大小共凑的家宴。初五日是赖大林之孝等

---

［1］ 官客：男客人。

［2］ 退居：供客人临时休息的处所。

［3］ 国君、太君、夫人：按官阶赐予臣下母、妻的封号。国君的封号一般赐给亲王的母亲。

［4］ 阁下、都府、督镇：阁下，入内阁办事的大学士。都府，泛指军政将帅的府署的长官。督镇，泛指各省督抚、总兵之类的长官和将帅。

家下管事人等共凑一日。

自七月上旬，送寿礼者便络绎不绝。礼部奉旨：钦赐金玉如意一柄，彩缎四端，金玉环四个，帑银五百两。元春又命太监送出金寿星一尊，沉香拐一只，伽南珠[1]一串，福寿香一盒，金锭一对，银锭四对，彩缎十二匹，玉杯四只。馀者自亲王驸马以及大小文武官员之家凡所来往者，莫不有礼，不能胜记。堂屋内设下大桌案，铺了红毡，将凡所有精细之物都摆上，请贾母过目。贾母先一二日还高兴过来瞧瞧，后来烦了，也不过目，只说："叫凤丫头收了，改日闷了再瞧。"

至二十八日，两府中俱悬灯结彩，屏开鸾凤，褥设芙蓉，笙箫鼓乐之音，通衢越巷。宁府中本日只有北静王、南安郡王、永昌驸马、乐善郡王并几个世交公侯应袭，荣府中南安王太妃、北静王妃并几位世交公侯诰命。贾母等俱是按品大妆迎接。大家厮见，先请入大观园内嘉荫堂，茶毕更衣后，方出至荣庆堂上拜寿入席。大家谦逊半日，方才入席。

上面两席是南、北王妃，下面依序，便是众公侯诰命。左边下手一席，陪客是锦乡侯诰命与临昌伯诰命；右边下手一席，方是贾母主位。邢夫人王夫人带领尤氏凤姐并族中几个媳妇，两溜雁翅站在贾母身后侍立。林之孝赖大家的带领众媳妇都在竹帘外面伺候上菜上酒，周瑞家的带领几个丫鬟在围屏后伺候呼唤。凡跟来的人，早又有人管待别处去了。

一时台上参了场[2]，台下一色十二个未留发

[1] 伽（qié）南珠：用伽南香（即沉香）制成的念珠。
[2] 参了场：喜庆祝寿时演戏，开场前演员出台致贺，即为"参场"。

的小厮伺候。须臾，一小厮捧了戏单至阶下，先递与回事的媳妇。这媳妇接了，才递与林之孝家的，林之孝家的用一小茶盘托上，挨身入帘来递与尤氏的侍妾佩凤。佩凤接了才奉与尤氏。尤氏托着走至上席，南安太妃谦让了一回，点了一出吉庆戏文，然后又谦让了一回，北静王妃也点了一出。众人又让了一回，命随便拣好的唱罢了。少时，菜已四献，汤始一道，跟来各家的放了赏。大家便更衣复入园来，另献好茶。

南安太妃因问宝玉，贾母笑道："今日几处庙里念'保安延寿经'，他跪经[1]去了。"又问众小姐们，贾母笑道："他们姊妹们病的病，弱的弱，见人腼腆，所以叫他们给我看屋子去了。有的是小戏子，传了一班在那边厅上陪着他姨娘家姊妹们也看戏呢。"南安太妃笑道："既这样，叫人请来。"贾母回头命凤姐儿去把史、薛、林带来，"再只叫你三妹妹陪着来罢。"

凤姐答应了，来至贾母这边，只见他姊妹们正吃果子看戏，宝玉也才从庙里跪经回来。凤姐儿说了话。宝钗姊妹与黛玉探春湘云五人来至园中，大家见了，不过请安问好让坐等事。众人中也有见过的，还有一两家不曾见过的，都齐声夸赞不绝。其中湘云最熟，南安太妃因笑道："你在这里，听见我来了还不出来，还只等请去。我明儿和你叔叔算帐。"因一手拉着探春，一手拉着宝钗，问几岁了，又连声夸赞。因又松了他两个，又拉着黛玉宝琴，也着实细看，极夸一回。又笑道："都是好的，不知叫我夸那一个的是。"早有人将备用礼物打点出

---

[1] 跪经：做佛事或祭典时，施主跟着跪拜，以表虔诚。

五分来：金玉戒指各五个，腕香珠五串。南安太妃笑道："你姊妹们别笑话，留着赏丫头们罢。"五人忙拜谢过。北静王妃也有五样礼物，馀者不必细说。

吃了茶，园中略逛了一逛，贾母等因又让入席。南安太妃便告辞，说身上不快，"今日若不来，实在使不得，因此恕我竟先要告别了。"贾母等听说，也不便强留，大家又让了一回，送至园门，坐轿而去。接着北静王妃略坐一坐也就告辞了。馀者也有终席的，也有不终席的。

贾母劳乏了一日，次日便不出来会人，一应都是邢夫人王夫人管待。有那些世家子弟拜寿的，只到厅上行礼，贾赦、贾政、贾珍等还礼管待，至宁府坐席。不在话下。

这几日，尤氏晚间也不回那府里去，白日间待客，晚间陪贾母顽笑，又帮凤姐料理出入大小器皿，以及收放赏礼事务。晚间在园内李氏房中歇宿。这日晚间服侍过贾母晚饭后，贾母因说："你们也乏了，我也乏了，早些寻一点子吃的歇歇去。明儿还要起早闹呢。"尤氏答应着退了出来，到凤姐儿房里来吃饭。凤姐儿在楼上看着人收送礼的新围屏，只有平儿在房里与凤姐儿叠衣服。尤氏因问："你们奶奶吃了饭了没有?"平儿笑道："吃饭岂不请奶奶去的。"尤氏笑道："既这样，我别处找吃的去。饿的我受不得了。"说着，就走。平儿忙笑道："奶奶请回来。这里有点心，且点补一点儿，回来再吃饭。"尤氏笑道："你们忙的这样，我园里和他姊妹们闹去。"一面说，一面就走。平儿留不住，只得罢了。

地位越高，生日礼节越隆重，越烦琐，老年人累不起。

且说尤氏一径来至园中，只见园中正门与各处角门仍未关，犹吊着各色彩灯，因回头命小丫头叫该班的女人。那丫鬟走入班房中，竟没一个人影，回来回了尤氏。尤氏便命传管家的女人。这丫头应了便出去，到二门外鹿顶内，乃是管事的女人议事取齐之所。到了这里，只有两个婆子分菜果呢。因问："那一位奶奶在这里？东府奶奶立等一位奶奶，有话吩咐。"

这两个婆子只顾分菜果，又听见是东府里的奶奶，不大在心上，因就回说："管家奶奶们才散了。"小丫头道："散了，你们家里传他去。"婆子道："我们只管看屋子，不管传人。姑娘要传人再派传人的去。"小丫头听了道："嗳呀，嗳呀，这可反了！怎么你们不传去？你哄那新来了的，怎么哄起我来了！素日你们不传谁传去！这会子打听了梯己信儿，或是赏了那位管家奶奶的东西，你们争着狗颠儿似的传去的，不知谁是谁呢。琏二奶奶要传，你们可也这么回？"这两个婆子一则吃了酒，二则被这丫头揭挑着弊病，便羞激怒了，因回口道："扯你的臊！我们的事，传不传不与你相干！你不用揭挑我们，你想想，你那老子娘在那边管家爷们跟前比我们还更会溜须呢。什么'清水下杂面你吃我也见'的事，各家门，另家户，你有本事，排场你们那边人去。我们这边，你们还早些呢！"丫头听了，气白了脸，因说道："好，好，这话说的好！"一面转身进来回话。

尤氏已早入园来，因遇见了袭人、宝琴、湘云三人同着地藏庵的两个姑子正说故事顽笑，尤氏因说饿了，先到怡红院，袭人装了几样荤素点心出来与尤氏吃。两个姑子、宝琴、湘云等都吃茶，仍说故事。

那小丫头子一径找了来，气狠狠的把方才的话都说了出来。尤氏听了，冷笑道："这是两个什么人?"两个姑子并宝琴湘云等听了，生怕尤氏生气，忙劝说："没有的事，必是这一个听错了。"两个姑子笑推这丫头道："你这孩子好性气，那糊涂老嬷嬷们的话，你也不该来回才是。咱们奶奶万金之躯，劳乏了几日，黄汤辣水没吃，咱们哄他欢喜一会还不得一半儿，说这些话做什么。"袭人也忙笑拉出他去，说："好妹子，你且出去歇歇，我打发人叫他们去。"尤氏道："你不要叫人，你去就叫这两个婆子来，到那边把他们家的凤儿叫来。"袭人笑道："我请去。"尤氏道："偏不要你去。"两个姑子忙立起身来，笑道："奶奶素日宽洪大量，今日老祖宗千秋，奶奶生气，岂不惹人议论。"宝琴湘云二人也都笑劝。尤氏道："不为老太太的千秋，我断不依。且放着就是了。"

说话之间，袭人早又遣了一个丫头去到园门外找人，可巧遇见周瑞家的，这小丫头子就把这话告诉周瑞家的。周瑞家的虽不管事，因他素日仗着是王夫人的陪房，原有些体面，心性乖滑，专管各处献勤讨好，所以各处房里的主人都喜欢他。他今日听了这话，忙的便跑入怡红院来，一面飞走，一面口内说："气坏了奶奶了，可了不得！我们家里，如今惯的太不堪了。偏生我不在跟前，若在跟前，且打给他们几个耳刮子，再等过了这几日算帐。"尤氏见了他，也便笑道："周姐姐你来，有个理你说说。这早晚门还大开着，明灯亮烛，出入的人又杂，倘有不防的事，如何使得？因此叫该班的人吹灯关门。谁知一个人芽儿也没有。"周瑞家的道："这还了得！前儿二奶奶还吩咐了他们，说这几日事多人杂，一晚就关门吹灯，不是园里人不许放进去。今儿就没了人。这事过了这几日，必要打几个才好。”

尤氏又说小丫头子的话。周瑞家的道：“奶奶不要生气，等过了事，我告诉管事的打他个臭死。只问他们，谁叫他们说这‘各家门各家户’的话！我已经叫他们吹了灯，关上正门和角门子。”正乱着，只见凤姐儿打发人来请吃饭。尤氏道：“我也不饿了，才吃了几个饽饽，请你奶奶自吃罢。”

一时周瑞家的得便出去，便把方才的事回了凤姐，又说：“这两个婆子就是管家奶奶，时常我们和他说话，都似狠虫一般。奶奶若不戒饬，大奶奶脸上过不去。”凤姐道：“既这么着，记上两个人的名字，等过了这几日，捆了送到那府里凭大嫂子开发，或是打几下子，或是他开恩饶了他们，随他去就是了，什么大事。”周瑞家的听了，巴不得一声儿，素日因与这几个人不睦，出来了便命一个小厮到林之孝家传凤姐的话，立刻叫林之孝家的进来见大奶奶；一面又传人立刻捆起这两个婆子来，交到马圈里派人看守。

林之孝家的不知有什么事，此时已经点灯，忙坐车进来，先见凤姐。至二门上传进话去，丫头们出来说：“奶奶才歇了。大奶奶在园里，叫大娘见了大奶奶就是了。”林之孝家的只得进园来到稻香村，丫鬟们回进去，尤氏听了反过意不去，忙唤进他来，因笑向他道：“我不过为找人找不着因问你，你既去了，也不是什么大事，谁又把你叫进来，倒要你白跑一遭。不大的事，已经撒开手了。”林之孝家的也笑道：“二奶奶打发人传我，说奶奶有话吩咐。”尤氏笑道：“这是那里的话，只当你没去，白问你。这是谁又多事告诉了凤丫头，大约周姐姐说的。你家去歇着罢，没有什么大事。”李纨又要说原故，尤氏反拦住了。

林之孝家的见如此，只得便回身出园去。可巧遇见赵姨娘，姨娘因笑道：“嗳哟哟，我的嫂子！这会子还不家去歇歇，还跑些什么？”林之孝家的便笑说何曾不家去的，如此这般进来了。又是个齐头故事[1]。赵姨娘原是好察听这些事的，且素日又与管事的女人们扳厚[2]，互相连络，好作首尾。方才之事，已竟闻得八九，听林之孝家的如此说，便恁般如此告诉了林之孝家的一遍，林之孝家的听了，笑道：“原来是这事，也值一个屁！开恩呢，就不理论；心窄些儿，也不过打几下子就完了。”赵姨娘道：“我的嫂子，事虽不大，可见他们太张狂了些。巴巴的传进你来，明明戏弄你，顽算你。快歇歇去，明儿还有事呢，也不留你吃茶去。”

说毕，林之孝家的出来，到了侧门前，就有方才两个婆子的女儿上来哭着求情。林之孝家的笑道：“你这孩子好糊涂，谁叫你娘吃酒混说了，惹出事来，连我也不知道。二奶奶打发人捆他，连我还有不是呢。我替谁讨请去。”这两个小丫头子才七八岁，原不识事，只管哭啼求告。缠的林之孝家的没法，因说道：“糊涂东西！你放着门路不去，却缠我来。你姐姐现给了那边太太作陪房费大娘的儿子，你走过去告诉你姐姐，叫亲家娘和太太一说，什么完不了的事！”一语提醒了这一个，那一个还求。林之孝家的啐道：“糊涂攮的！他过去一

[1] 齐头故事：无头案。
[2] 扳厚：因套近乎而有交情。

说，自然都完了。没有个单放了他妈，又只打你妈的理。”说毕，上车去了。

这一个小丫头果然过来告诉了他姐姐，和费婆子说了。这费婆子原是邢夫人的陪房，起先也曾兴过时，只因贾母近来不大作兴邢夫人，所以连这边的人也减了威势。凡贾政这边有些体面的人，那边各各皆虎视耽耽。这费婆子常倚老卖老，仗着邢夫人，常吃些酒，嘴里胡骂乱怨的出气。如今贾母庆寿这样大事，干看着人家逞才卖技办事，呼幺喝六弄手脚，心中早已不自在，指鸡骂狗，闲言闲语的乱闹。这边的人也不和他较量。如今听了周瑞家的捆了他亲家，越发火上浇油，仗着酒兴，指着隔断的墙大骂了一阵，便走上来求邢夫人，说他亲家并没什么不是，“不过和那府里的大奶奶的小丫头白斗了两句话，周瑞家的便调唆了咱家二奶奶捆到马圈里，等过了这两日还要打。求太太——我那亲家娘也是七八十岁的老婆子——和二奶奶说声，饶他这一次罢。”

邢夫人自为要鸳鸯之后讨了没意思，后来见贾母越发冷淡了他，凤姐的体面反胜自己；且前日南安太妃来了，要见他姊妹，贾母又只令探春出来，迎春竟似有如无，自己心内早已怨忿不乐，只是使不出来。又值这一干小人在侧，他们心内嫉妒挟怨之事不敢施展，便背地里造言生事，挑拨主人。先不过是告那边的奴才，后来渐次告到凤姐“只哄着老太太喜欢了他好就中作威作福，辖治着琏二爷，调唆二太太，把这边的正经太太倒不放在心上。”后来又告到王夫人，说：“老太太不喜欢太太，都是二太太和琏二奶奶调唆的。”邢夫人纵是铁心铜胆的人，妇女家终不免生些嫌隙之心，近日因此着

贾府里的矛盾——主子与主子之间，奴仆与奴仆之间，婆媳之间，荣国府与宁国府之间——鸡毛蒜皮，错综复杂，剪不断，理还乱。

实恶绝凤姐。今听了如此一篇话，也不说长短。

至次日一早，见过贾母，众族人中到齐，坐席开戏。贾母高兴，又见今日无远亲，都是自己族中子侄辈，只便衣常妆出来，堂上受礼。当中独设一榻，引枕靠背脚踏俱全，自己歪在榻上。榻之前后左右，皆是一色的小矮凳，宝钗、宝琴、黛玉、湘云、迎春、探春、惜春姊妹等围绕。因贾瑞之母也带了女儿喜鸾，贾琼之母也带了女儿四姐儿，还有几房的孙女儿，大小共有二十来个。贾母独见喜鸾和四姐儿生得又好，说话行事与众不同，心中喜欢，便命他两个也过来榻前同坐。宝玉却在榻上脚下与贾母捶腿。

首席便是薛姨妈，下边两溜皆顺着房头辈数下去。帘外两廊都是族中男客，也依次而坐。先是那女客一起一起行礼，后方是男客行礼。贾母歪在榻上，只命人说"免了罢"，早已都行完了。然后赖大等带领众家人，从仪门直跪至大厅上，磕头礼毕，又是众家下媳妇，然后各房的丫鬟，足闹了两三顿饭时。然后又抬了许多雀笼来，在当院中放了生。贾赦等焚过了天地寿星纸，方开戏饮酒。直到歇了中台[1]，贾母方进来歇息，命他们取便，因命凤姐儿留下喜鸾四姐儿顽两日再去。凤姐儿出来便和他母亲说，他两个母亲素日都承凤姐的照顾，也巴不得一声儿。他两个也愿意在园内顽耍，至晚便不回家了。

邢夫人直至晚间散时，当着许多人陪笑和凤姐求情说："我听见昨儿晚上二奶奶生气，打发周管家的娘子捆了两个老婆子，可也不知犯了什么罪。

[1] 中台：旧时演戏，开场时由次要演员先演开场戏，中台才由主要演员演出正本戏。

论理我不该讨情，我想老太太好日子，发狠的还舍钱舍米，周贫济老，咱们家先倒折磨起老人家来了。不看我的脸，权且看老太太，竟放了他们罢。”说毕，上车去了。

婆媳博弈。贾赦娶鸳鸯受挫，贾琏偷娶尤二姐鸡飞蛋打，贾母生日时迎春受到冷落，一连串的羞辱，旧根新仇借此发作。

凤姐听了这话，又当着许多人，又羞又气，一时抓寻不着头脑，憋得脸紫涨，回头向赖大家的等笑道：“这是那里的话。昨儿因为这里的人得罪了那府里的大嫂子，我怕大嫂子多心，所以尽让他发放，并不为得罪了我。这又是谁的耳报神这么快。”王夫人因问为什么事，凤姐儿笑将昨日的事说了。尤氏也笑道：“连我并不知道，你原也太多事了。”凤姐儿道：“我为你脸上过不去，所以等你开发，不过是个礼。就如我在你那里有人得罪了我，你自然送了来尽我开发。凭他是什么好奴才，到底错不过这个礼去。这又不知谁过去没的献勤儿，这也当作一件事情去说。”王夫人道：“你太太说的是。就是珍哥儿媳妇也不是外人，也不用这些虚礼。老太太的千秋要紧，放了他们为是。”说着，回头便命人去放了那两个婆子。

凤姐由不得越想越气越愧，不觉的灰心转悲，滚下泪来。因赌气回房哭泣，又不使人知觉。偏是贾母打发了琥珀来叫立等说话。琥珀见了，诧异道：“好好的，这是什么原故？那里立等你呢。”凤姐听了，忙擦干了泪，洗面另施了脂粉，方同琥珀过来。

凤姐本是为尤氏出气，那两个婆子并未得罪凤姐，凤姐却被婆婆邢夫人当众羞辱，心里自是委屈。

贾母因问道：“前儿这些人家送礼来的共有几家有围屏？”凤姐儿道：“共有十六家有围屏，十二架大的，四架小的炕屏。内中只有江南甄家一架大屏十二扇，大红缎子缂丝[1]‘满床笏’，一面是泥金‘百寿图’的，是头等的。还有粤海将军邬家一架玻璃的还罢了。”贾母道：“既这样，这两架别动，好生搁着，我要送人的。”凤姐儿答应了。

鸳鸯忽过来向凤姐儿面上只管瞧，引的贾母问说：“你不认得他？只管瞧什么。”鸳鸯笑道：“怎么他的眼肿肿的，所以我诧异，只管看。”贾母听说，便叫进前来，也觑着眼看。凤姐笑道：“才觉的一阵痒痒，揉肿了些。”鸳鸯笑道：“别又是受了谁的气了不成？”凤姐道：“谁敢给我气受，便受了气，老太太好日子，我也不敢哭的。”贾母道：“正是呢。我正要吃晚饭，你在这里打发我吃，剩下的你就和珍儿媳妇吃了。你两个在这里帮着两个师傅替我拣佛豆儿，你们也积积寿[2]，前儿你姊妹们和宝玉都拣了，如今也叫你们拣拣，别说我偏心。”

凤姐虽然是贾母的红人，但凤姐知道，贾母生日，万万不可破坏了喜庆的气氛。

说话时，先摆上一桌素的来，两个姑子吃了。然后才摆上荤的，贾母吃毕，抬出外间。尤氏凤姐儿二人正吃，贾母又叫把喜鸾四姐儿二人也叫来，跟他二人吃毕，洗了手，点上香，捧过一升豆子来。两个姑子先念了佛偈，然后一个一个的拣在一个簸箩内，每拣一个，念一声佛。明日煮熟了，令人在十字街结寿缘。贾母歪着听两个姑子又说些佛家的因果善事。

鸳鸯早已听见琥珀说凤姐哭之事，又和平儿前打听得原故。晚间人散时，便回说：“二奶奶还是哭的，那边大太太当着人给二奶奶没脸。”贾母因问为什么原故，鸳鸯便将原故说了。贾母道：“这

[1] 缂丝：即刻丝，用彩色丝线织成图案的丝织品。

[2] 拣佛豆儿、积寿：生日旧俗，众人一面念佛一面拣豆，然后把佛豆煮熟，在街口送给行人，以求添寿。

才是凤丫头知礼处，难道为我的生日由着奴才们把一族中的主子都得罪了也不管罢。这是大太太素日没好气，不敢发作，所以今儿拿着这个作法子，明是当着众人给凤儿没脸罢了。”正说着，只见宝琴等进来，也就不说了。

鸳鸯与凤姐关系亲密。贾母得知真相，更加喜欢凤姐。

贾母因问：“你在那里来。”宝琴道：“在园里林姐姐屋里大家说话的。”贾母忽想起一事来，忙唤一个老婆子来，吩咐他：“到园里各处女人们跟前嘱咐嘱咐，留下的喜姐儿和四姐儿，虽然穷，也和家里的姑娘们是一样，大家照看经心些。我知道咱们家的男男女女都是‘一个富贵心，两只体面眼[1]’，未必把他两个放在眼里。有人小看了他们，我听见可不依。”婆子应了方要走时，鸳鸯道：“我说去罢。他们那里听他的话。”说着，便一径往园子来。

贾母不势利。这就是《红楼梦》的写实风格。

先到稻香村中，李纨与尤氏都不在这里。问丫鬟们，说：“都在三姑娘那里呢。”鸳鸯回身又来至晓翠堂，果见那园中人都在那里说笑。见他来了，都笑说：“你这会子又跑来做什么?”又让他坐。鸳鸯笑道：“不许我也逛逛么?”于是把方才的话说了一遍。李纨忙起身听了，就叫人把各处的头儿唤了一个来。令他们传与诸人知道。不在话下。

这里尤氏笑道：“老太太也太想的到，实在我们年轻力壮的人捆上十个也赶不上。”李纨道：“凤丫头仗着鬼聪明儿，还离脚踪儿不远。咱们是不能的了。”鸳鸯道：“罢哟，还提凤丫头虎丫头呢，他也可怜见儿的。虽然这几年没有在老太太、太太跟前有个错缝儿，暗里也不知得罪了多少人。总而言

[1] 体面眼：即势利眼。

之，为人是难作的：若太老实了没有个机变，公婆又嫌太老实了，家里人也不怕；若有些机变，未免又治一经损一经[1]。如今咱们家里更好，新出来的这些底下奴字号的奶奶们，一个个心满意足，都不知要怎么样才好，稍有不得意，不是背地里咬舌根，就是挑三窝四的。我怕老太太生气，一点儿也不肯说。不然我告诉出来，大家别过太平日子。这不是我当着三姑娘说，老太太偏疼宝玉，有人背地里怨言还罢了，算是偏心。如今老太太偏疼你，我听着也是不好。这可笑不可笑？”探春笑道：“糊涂人多，那里较量得许多。我说倒不如小人家人少，虽然寒素些，倒是欢天喜地，大家快乐。我们这样人家人多，外头看着我们不知千金万金小姐，何等快乐，殊不知我们这里说不出来的烦难，更利害。”宝玉道：“谁都像三妹妹好多心。事事我常劝你，总别听那些俗语，想那些俗事，只管安富尊荣才是。比不得我们没这清福，该应浊闹的。”尤氏道：“谁都像你，真是一心无挂碍，只知道和姊妹们玩笑，饿了吃，困了睡，再过几年，不过还是这样，一点后事也不虑。”宝玉笑道：“我能够和姊妹们过一日是一日，死了就完了。什么后事不后事。”

后事是什么？宝玉一天天长大，婚姻和生活道路两大问题已经逼在眼前。

李纨等都笑道：“这可又是胡说。就算你是个没出息的，终老在这里，难道他姊妹们都不出阁的？”尤氏笑道：“怨不得人都说他是假长了一个胎子，究竟是个又傻又呆的。”宝玉笑道：“人事莫定，知道谁死谁活。倘或我在今日明日、今年明年死了，也算是遂心一辈子了。”众人不等说完，便说：“可是又疯了，别和他说话才好。若和他说话，

空有一副好皮囊。李纨和尤氏对不想长大的宝玉的评论。

[1] 治一经损一经：此指顾此失彼。

不是呆话，就是疯话。”喜鸾因笑道：“二哥哥，你别这样说，等这里姐姐们果然都出了阁，横竖老太太、太太也寂寞，我来和你作伴儿。”李纨尤氏等都笑道：“姑娘也别说呆话，难道你是不出阁的？这话哄谁。”说的喜鸾低了头。当下已是起更时分，大家各自归房安歇，众人都且不提。

且说鸳鸯一径回来，刚至园门前，只见角门虚掩，犹未上闩。此时园内无人来往，只有该班的房内灯光掩映，微月半天。鸳鸯又不曾有个作伴的，也不曾提灯笼，独自一个，脚步又轻，所以该班的人皆不理会。偏生又要小解，因下了甬路，寻微草处，行至一湖山石后大桂树阴下来。刚转过石后，只听一阵衣衫响，吓了一惊不小。定睛一看，只见是两个人在那里，见他来了，便想往石后树丛藏躲。鸳鸯眼尖，趁月色见准一个穿红裙子梳鬅头[1]高大丰壮身材，的是迎春房里的司棋。鸳鸯只当他和别的女孩子也在此方便，见自己来了，故意藏躲恐吓着耍，因便笑叫道：“司棋，你不快出来，吓着我，我就喊起来当贼拿了。这么大丫头了，没个黑家白日的只是顽不够。”

这本是鸳鸯的戏语，叫他出来。谁知他贼人胆虚，只当鸳鸯已看见他的首尾了，生恐叫喊起来使众人知觉更不好，且素日鸳鸯又和自己亲厚不比别人，便从树后跑出来，一把拉住鸳鸯，便双膝跪下，只说：“好姐姐，千万别嚷！”鸳鸯反不知因何，忙拉他起来，笑问道：“这是怎么说？”司棋满脸红胀，又流下泪来。鸳鸯再一回想，那一个人影

---

[1] 鬅（péng）头：一种发髻蓬松的女子发式。鬅，头发散乱的样子。

恍惚像个小厮，心下便猜着了八九，自己反羞的面红耳赤，又怕起来。因定了一会，忙悄问："那个是谁?"司棋复跪下道："是我姑舅兄弟。"鸳鸯啐了一口，道："要死，要死。"司棋又回头悄道："你不用藏着，姐姐已看见了，快出来磕头。"那小厮听了，只得也从树后爬出来，磕头如捣蒜。

伏笔。为抄检大观园做铺垫。

鸳鸯忙要回身，司棋拉住苦求，哭道："我们的性命，都在姐姐身上，只求姐姐超生要紧!"鸳鸯道："你放心，我横竖不告诉一个人就是了。"一语未了，只听角门上有人说道："金姑娘已出去了，角门上锁罢。"鸳鸯正被司棋拉住，不得脱身，听见如此说，便接声道："我在这里有事，且略住手，我出来了。"司棋听了，只得松手让他去了——

第七十二回

王熙凤恃强羞说病　来旺妇倚势霸成亲

且说鸳鸯出了角门，脸上犹红，心内突突的，真是意外之事。因想这事非常，若说出来，奸盗相连，关系人命，还保不住带累了旁人。横竖与自己无干，且藏在心内，不说与一人知道。回房复了贾母的命，大家安息。从此凡晚间便不大往园中来。因思园中尚有这样奇事，何况别处，因此连别处也不大轻走动了。

鸳鸯虽然厉害，为人却是厚道。

原来，那司棋因从小儿和他姑表兄弟在一处顽笑起住时，小儿戏言，便都订下将来不娶不嫁。近年大了，彼此又出落的品貌风流。常时司棋回家时，二人眉来眼去，旧情不忘，只不能入手。又彼此生怕父母不从，二人便设法彼此里外买嘱园内老婆子们留门看道，今日趁乱，方初次入港。虽未成双，却也海誓山盟，私传表记，已有无限风情了。忽被鸳鸯惊散，那小厮早穿花度柳，从角门出去了。司棋一夜不曾睡着，又后悔不来。至次日，见了鸳鸯，自是脸上一红一白，百般过不去。心内怀着鬼胎，茶饭无心，起坐恍惚。挨了两日，竟不听见有动静，方略放下了心。

爱情是见不得人的事情。

这日晚间，忽有个婆子来悄告诉他道："你兄弟竟逃走了，三四天没归家。如今打发人四处找他呢。"司棋听了，气个倒仰，因思道："纵是闹了出来，也该死在一处。他自为是男人，先就走了，可见是个没情意的。”因此又添了一层气。次日便觉心内不快，百般支持不住，一头睡倒，恹恹的成了大病。

鸳鸯闻知那边无故走了一个小厮，园内司棋又病重，要往外挪，心下料定是二人惧罪之故，“生怕我说出来，方吓到这样。”因此自己反过意不去，指着来望候司棋，支出人去，反自己立身发誓，与司棋说：“我若告诉一个人，立刻现死现报！你只管放心养病，别白糟踏了小命儿。”司棋一把拉住，哭道：“我的姐姐，咱们从小儿耳鬓厮磨，你不曾拿我当外人待，我也不敢怠慢了你。如今我虽一着走错，你若果然不告诉一个人，你就是我的亲娘一样。从此后我活一日是你给我一日，我的病好之后，把你立个长生牌位，我天天焚香礼拜，保佑你一生福寿双全。我若死了时，变驴变狗报答你。再俗语说，‘千里搭长棚，没有不散的筵席。’再过三二年，咱们都是要离这里的。俗语又说，‘浮萍尚有相逢日，人岂全无见面时。’倘或日后咱们遇见了，那时我又怎么报你的德行。”一面说，一面哭。

再次发出盛筵必散的警告。

这一席话反把鸳鸯说的心酸，也哭起来了。因点头道：“正是这话。我又不是管事的人，何苦我坏你的声名，我白去献勤。况且这事我自己也不便开口向人说。你只放心。从此养好了，可要安分守己，再不许胡行乱作了。”司棋在枕上点首不绝。

鸳鸯又安慰了他一番，方出来。因知贾琏不在家中，又因这两日凤姐儿声色怠惰了些，不似往日一样，因顺路也来望候。因进入凤姐院门，二门上的人见是他来，便立身待他进去。鸳鸯刚至堂屋中，只见平儿从里间出来，见了他来，便忙上来悄声笑道："才吃了一口饭歇了午睡，你且这屋里略坐坐。"

鸳鸯听了，只得同平儿到东边房里来。小丫头倒了茶来。鸳鸯因悄问："你奶奶这两日是怎么了？我看他懒懒的。"平儿见问，因房内无人，便叹道："他这懒懒的也不止今日了，这有一月之前便是这样。又兼这几日忙乱了几天，又受了些闲气，从新又勾起来。这两日比先又添了些病，所以支持不住，便露出马脚来了。"鸳鸯忙道："既这样，怎么不早请大夫来治？"平儿叹道："我的姐姐，你还不知道他的脾气的。别说请大夫来吃药。我看不过，白问了一声身上觉怎么样，他就动了气，反说我咒他病了。饶这样，天天还是察三访四，自己再不肯看破些且养身子。"

凤姐争强好胜，不愿落人褒贬，所以有病也强撑着，装作没病似的。

鸳鸯道："虽然如此，到底该请大夫来瞧瞧是什么病，也都好放心。"平儿道："我的姐姐，说起病来，据我看也不是什么小症候。"鸳鸯忙道："是什么病呢？"平儿见问，又往前凑了一凑，向耳边说道："只从上月行了经之后，这一个月竟沥沥淅淅的没有止住。这可是大病不是？"鸳鸯听了，忙答道："嗳哟！依你这话，这可不成了血山崩[1]了。"平儿忙啐了一口，又悄笑道："你女孩儿家，这是怎么说的，倒会咒人呢。"鸳鸯见说，不禁红了脸，又悄笑道："究竟我也不知什么是崩不崩的，你倒忘了不成，先我姐姐不是害这病死了。我也不知是什么病，因无心听见妈和亲家妈说，我还纳闷，后来也是听见妈细说原故，才明白了一二分。"平儿笑道："你该知道的，我竟也忘了。"

---

[1] 血山崩：中医妇女病症名，即崩漏。

二人正说着，只见小丫头进来向平儿道："方才朱大娘又来了。我们回了他奶奶才歇午觉，他往太太上头去了。"平儿听了点头。鸳鸯问："那一个朱大娘?"平儿道："就是官媒婆[1]那朱嫂子。因有什么孙大人家来和咱们求亲，所以他这两日天天弄个帖子来赖死赖活。"一语未了，小丫头跑来说："二爷进来了。"说话之间，贾琏已走至堂屋门，口内唤平儿。

平儿答应着才迎出去，贾琏已找至这间房内来。至门前，忽见鸳鸯坐在炕上，便煞住脚，笑道："鸳鸯姐姐，今儿贵脚踏贱地。"鸳鸯只坐着，笑道："来请爷奶奶的安，偏又不在家的不在家，睡觉的睡觉。"贾琏笑道："姐姐一年到头辛苦服侍老太太，我还没看你去，那里还敢劳动来看我们。正是巧的很，我才要找姐姐去。因为穿着这袍子热，先来换了夹袍子再过去找姐姐，不想天可怜，省我走这一趟，姐姐先在这里等我了。"一面说，一面在椅上坐下。

鸳鸯因问："又有什么说的?"贾琏未语先笑道："因有一件事，我竟忘了，只怕姐姐还记得。上年老太太生日，曾有一个外路和尚[2]来孝敬一个蜡油冻的佛手[3]，因老太太爱，就即刻拿过来摆着了。因前日老太太生日，我看古董帐上还有这一笔，却不知此时这件东西着落何方。古董房里的人也回过我两次，等我问准了好注上一笔。所以我问姐姐，如今还是老太太摆着呢，还是交到谁手里去了呢?"鸳鸯听说，便道："老太太摆了几日厌烦了，就给

[1] 官媒婆：衙门中的女差役。
[2] 外路和尚：云游四方的和尚。
[3] 蜡油冻的佛手：用黄色蜜蜡冻石雕刻成的佛手。冻石，一种半透明的名贵石头。

了你们奶奶。你这会子又问我来。我连日子还记得，还是我打发了老王家的送来的。你忘了，或是问你们奶奶和平儿。”

平儿正拿衣服，听见如此说，忙出来回说：“交过来了，现在楼上放着呢。奶奶已经打发过人出去说过给了这屋里，他们发昏，没记上，又来叨登这些没要紧的事。”贾琏听说，笑道：“既然给了你奶奶，我怎么不知道，你们就昧下了。”平儿道：“奶奶告诉二爷，二爷还要送人，奶奶不肯，好容易留下的。这会子自己忘了，倒说我们昧下。那是什么好东西，什么没有的物儿。比那强十倍的东西也没昧下一遭，这会子爱上那不值钱的！”

贾琏垂头含笑想了一想，拍手道：“我如今竟糊涂了！丢三忘四，惹人抱怨，竟大不像先了。”鸳鸯笑道：“也怨不得。事情又多，口舌又杂，你再喝上两杯酒，那里清楚的许多。”一面说，一面就起身要去。

贾琏忙也立身说道：“好姐姐，再坐一坐，兄弟还有事相求。”说着便骂小丫头：“怎么不沏好茶来！快拿干净盖碗，把昨儿进上的新茶沏一碗来。”说着向鸳鸯道：“这两日因老太太的千秋，所有的几千两银子都使了。几处房租地税通在九月才得，这会子竟接不上。明儿又要送南安府里的礼，又要预备娘娘的重阳节礼，还有几家红白大礼，至少还得三二千两银子用，一时难去支借。俗语说‘求人不如求己’。说不得，姐姐担个不是，暂且把老太太查不着的金银家伙偷着运出一箱子来，暂押千数两银子支腾过去。不上半年的光景，银子来了，我就赎了交还，断不能叫姐姐落不是。”

鸳鸯听了，笑道：“你倒会变法儿，亏你怎么想来。”贾琏笑道：“不是我扯谎，若论除了姐姐，也还有人手里管的起千数两银子的，只是他们为人都不如你明白有胆量。我若和他们一说，反吓住了他们。所以我‘宁撞金钟一下，不打破鼓三千’。”一语未了，忽有贾母那边的小丫头子忙忙走来找鸳鸯，说：“老太太找姐姐半日，我们那里没找到，却在这里。”鸳鸯听说，忙的且去见贾母。

贾琏见他去了，只得回来瞧凤姐。谁知凤姐已醒了，听他和鸳鸯借当，自己不便答话，只躺在榻上。听见鸳鸯去了，贾琏进来，凤姐因问道：“他可应准了?”贾琏笑道：“虽然未应准，却有几分成手，须得你晚上再和他一说，就十分成了。”凤姐笑道：“我不管这事。倘或说准了，这会子说得好听，到有了钱的时节，你就丢在脖子后头，谁去和你打饥荒去。倘或老太太知道了，倒把我这几年的脸面都丢了。”

贾琏笑道：“好人，你若说定了，我谢你如何?”凤姐笑道：“你说，谢我什么?”贾琏笑道：“你说要什么就给你什么。”平儿一旁笑道：“奶奶倒不要谢的。昨儿正说，要作一件什么事，恰少一二百银子使，不如借了来，奶奶拿一二百银子，岂不两全其美。”凤姐笑道：“幸亏提起我来，就是这样也罢。”贾琏笑道：“你们太也狠了。你们这会子别说一千两的当头，就是现银子要三五千，只怕也难不倒。我不和你们借就罢了。这会子烦你说一句话，还要个利钱，真真了不得。”

凤姐听了，翻身起来说：“我有三千五万，不是赚的你的。如今里里外外上上下下背着我嚼说我的不少，就差你来说了，可知没家亲引不出外鬼来。我们王家可那里来的钱，都是你们贾家赚的。

别叫我恶心了。你们看着你家什么石崇邓通。把我王家的地缝子扫一扫，就够你们过一辈子呢。说出来的话也不怕臊！现有对证：把太太和我的嫁妆细看看，比一比你们的，那一样是配不上你们的。”贾琏笑道：“说句顽话就急了。这有什么这样的，要使一二百两银子值什么，多的没有，这还有，先拿进来，你使了再说，如何?”凤姐道：“我又不等着衔口垫背[1]，忙了什么。”贾琏道：“何苦来，不犯着这样肝火盛。”

凤姐娘家有钱，底气十足，自信满满。

凤姐听了，又自笑起来，“不是我着急，你说的话戳人的心。我因为我想着后日是尤二姐的周年，我们好了一场，虽不能别的，到底给他上个坟烧张纸，也是姊妹一场。他虽没留下个男女，也不要‘前人撒土迷了后人的眼’才是。”一语倒把贾琏说没了话，低头打算了半晌，方道：“难为你想的周全，我竟忘了。既是后日才用，若明日得了这个，你随便使多少就是了。”

一语未了，只见旺儿媳妇走进来。凤姐便问：“可成了没有?”旺儿媳妇道：“竟不中用。我说须得奶奶作主就成了。”贾琏便问：“又是什么事?”凤姐儿见问，便说道：“不是什么大事。旺儿有个小子，今年十七岁了，还没得女人，因要求太太房里的彩霞，不知太太心里怎么样，就没有计较得。前日太太见彩霞大了，二则又多病多灾的，因此开恩打发他出去了，给他老子娘随便自己拣女婿去罢。因此旺儿媳妇来求我。我想他两家也就算门当户对的，一说去自然成的，谁知他这会子来了说不

[1] 衔口垫背：衔口，殓葬时给死者口中含珠玉或米粮。垫背，在死者褥下放钱物。此指并不等钱急用。

中用。”贾琏道：“这是什么大事，比彩霞好的多着呢。”

旺儿家的陪笑道：“爷虽如此说，连他家还看不起我们，别人越发看不起我们了。好容易相看准一个媳妇，我只说求爷奶奶的恩典，替作成了。奶奶又说他必肯的，我就烦了人走过去试一试，谁知白讨了没趣。若论那孩子倒好，据我素日私意儿试他，他心里没有甚说的，只是他老子娘两个老东西太心高了些。”一语戳动了凤姐和贾琏，凤姐因见贾琏在此，且不作一声，只看贾琏的光景。贾琏心中有事，那里把这点子事放在心里。待要不管，只是看着他是凤姐儿的陪房，且又素日出过力的，脸上实在过不去，因说道：“什么大事，只管咕咕唧唧的。你放心且去，我明儿作媒打发两个有体面的人，一面说，一面带着定礼去，就说我的主意。他十分不依，叫他来见我。”旺儿家的看着凤姐，凤姐便扭嘴儿。

旺儿家的会意，忙爬下就给贾琏磕头谢恩。贾琏忙道：“你只给你姑娘磕头。我虽如此说了这样行，到底也得你姑娘打发个人叫他女人上来，和他好说更好些。虽然他们必依，然这事也不可霸道了。”凤姐忙道：“连你还这样开恩操心呢，我倒反袖手旁观不成。旺儿家的，你听见说了这事？你也忙忙的给我完了事来。说给你男人，外头所有的帐，一概赶今年年底下收了进来，少一个钱我也不依的。我的名声不好，再放一年，都要生吃了我呢。”旺儿媳妇笑道：“奶奶也太胆小了。谁敢议论奶奶！若收了时，公道说，我们倒还省些事，不大得罪人。”

凤姐冷笑道：“我也是一场痴心白使了。我真个的还等钱作什么，不过为的是日用出的多，进的少。这屋里有的没的，我和你姑爷一月的月钱，再连上四个丫头的月钱，通共一二十两银子，还不够三五天的使用呢。若不是我千凑万挪的，早不知道到什么破窑里去了。如今倒落了一个放帐破落户的名儿。既这样，我就收了回来。我比谁不会花钱？咱们以后就坐着花，到多早晚是多早晚。这不是样儿：前儿老太太生日，太太急了两个月，想不出法儿来，还是我提了一句，后楼上现有些没要紧的大铜锡家伙四五箱子，拿去弄了三百银子，才把太太遮羞礼儿搪过去了。我是你们知道的，那一个金自鸣钟卖了五百六十两银子。没有半个月，大事小事倒有十来件，白填在里头。今儿外头也短住了，不知是谁的主意，搜寻上老太太了。明儿再过一年，各人搜寻到头面衣服，可就好了！”

旺儿媳妇笑道：“那一位太太奶奶的头面衣服折变了不够过一辈子的，只是不肯罢了。”凤姐道：“不是我说没了能耐的话，要像这样，我竟不能了。昨晚上忽然作了一个梦，说来也可笑，梦见一个人，虽然面善，却又不知名姓，找我。问他作什么，他说娘娘打发他来要一百匹锦。我问他是那一位娘娘，他说的又不是咱们家的娘娘。我就不肯给他，他就上来夺。正夺着，就醒了。”旺儿家的笑道：“这是奶奶的日间操心，常应候宫里的事。”

一语未了，人回：“夏太府打发了一个小内监来说话。”贾琏听了，忙皱眉道：“又是什么话，一年他们也搬够了。”凤姐道：“你藏起来，等我见他，若是小事罢了，若是大事，我自有话回他。”贾琏便躲入内套间去。这里凤姐命人带进小太监来，让他椅子上坐了吃茶，因问何事。

那小太监便说："夏爷爷因今儿偶见一所房子，如今竟短二百两银子，打发我来问舅奶奶家里，有现成的银子暂借一二百，过一两日就送过来。"凤姐儿听了，笑道："什么是送过来，有的是银子，只管先兑了去。改日等我们短了，再借去也是一样。"小太监道："夏爷爷还说了，上两回还有一千二百两银子没送来，等今年年底下，自然一齐都送过来。"凤姐笑道："你夏爷爷好小气，这也值得提在心上。我说一句话，不怕他多心，若都这样记清了还我们，不知还了多少了。只怕没有；若有，只管拿去。"因叫旺儿媳妇来，"出去不管那里先支二百两来。"旺儿媳妇会意，因笑道："我才因别处支不动，才来和奶奶支的。"凤姐道："你们只会里头来要钱，叫你们外头弄去就不能了。"说着叫平儿，"把我那两个金项圈拿出去，暂且押四百两银子。"

平儿答应了，去半日，果然拿了一个锦盒子来，里面两个锦袱包着。打开时，一个金累丝攒珠的，那珍珠都有莲子大小；一个点翠嵌宝石的。两个都与宫中之物不离上下。一时拿去，果然拿了四百两银子来。凤姐命与小太监打叠起一半，那一半命人与了旺儿媳妇，命他拿去办八月中秋的节。

那小太监便告辞了，凤姐命人替他拿着银子，送出大门去了。这里贾琏出来笑道："这一起外祟何日是了！"凤姐笑道："刚说着，就来了一股子。"贾琏道："昨儿周太监来，张口一千两。我略应慢了些，他就不自在。将来得罪人之处不少。这会子再发个三二百万的财就好了。"一面说，一面平儿服侍凤姐另洗了面，更衣往贾母处去伺候晚饭。

这里贾琏出来，刚至外书房，忽见林之孝走来。贾琏因问何事。林之孝说道："方才听得雨村降了，却不知因何事，只怕未必真。”贾琏道：“真不真，他那官儿也未必保得长。将来有事，只怕未必不连累咱们，宁可疏远着他好。”林之孝道：“何尝不是，只是一时难以疏远。如今东府大爷和他更好，老爷又喜欢他，时常来往，那个不知。”贾琏道：“横竖不和他谋事，也不相干。你去再打听真了，是为什么。”

贾琏对贾雨村没好印象。贾琏虽然好色，不管香的臭的都往里揽，但也有良心，也看不惯贾雨村这种趋炎附势之徒。怕贾雨村连累贾府，是伏笔。

林之孝答应了，却不动身，坐在下面椅子上，且说些闲话。因又说起家道艰难，便趁势又说：“人口太重了。不如拣个空日回明老太太老爷，把这些出过力的老家人用不着的，开恩放几家出去。一则他们各有营运，二则家里一年也省些口粮月钱。再者里头的姑娘也太多。俗语说，‘一时比不得一时’，如今说不得先时的例了，少不得大家委屈些，该使八个的使六个，该使四个的便使两个。若各房算起来，一年也可以省得许多月米月钱。况且里头的女孩子们一半都太大了，也该配人的配人。成了房，岂不又孳生出人来。”贾琏道：“我也这样想着，只是老爷才回家来，多少大事未回，那里议到这个上头。前儿官媒拿了个庚帖来求亲，太太还说老爷才来家，每日欢天喜地的说骨肉完聚，忽然就提起这事，恐老爷又伤心，所以且不叫提这事。”林之孝道：“这也是正理，太太想的周到。”

贾琏道：“正是，提起这话我想起了一件事来。我们旺儿的小子要说太太房里的彩霞。他昨儿求我，我想什么大事，不管谁去说一声去。这会子有谁闲着，我打发个人去说一声，就说我的话。”林之孝听了，只得应着，半晌笑道：“依我说，二爷竟别管这件事。旺儿的那小儿子虽然年轻，在外头吃酒赌钱，无所不至。虽说都是奴才们，到底是一辈子的事。彩霞那孩子这几年我虽没见，听得越发出挑的好了，何苦来白糟踏一个人。”

贾琏道：“他小儿子原会吃酒，不成人？”林之孝冷笑道：“岂只吃酒赌钱，在外头无所不为。我们看他是奶奶的人，也只见一半不见一半罢了。”贾琏道：“我竟不知道这些事。既这样，那里还给他老婆，且给他一顿棍，锁起来，再问他老子娘。”林之孝笑道：“何必在这一时。那是错也等他再生事，我们自然回爷处治。如今且恕他。”贾琏不语，一时林之孝出去。

晚间，凤姐已命人唤了彩霞之母来说媒。那彩霞之母满心纵不愿意，见凤姐亲自和他说，何等体面，便心不由意的满口应了出去。今凤姐问贾琏，可说了没有，贾琏因说：“我原要说的，打听得他小儿子大不成人，故还不曾说。若果然不成人，且管教他两日，再给他老婆不迟。”凤姐听说，便说：“你听见谁说他不成人？”贾琏道：“不过是家里的人，还有谁。”凤姐笑道：“我们王家的人，连我还不中你们的意，何况奴才呢。我才已经和他母亲说了，他娘已经欢天喜地应了，难道又叫进他来不要了不成？”贾琏道：“既你说了，又何必退，明儿说给他老子好生管他就是了。”这里说话不提。

此处将凤姐与贾琏对比着写，写凤姐的霸道包办，造成彩霞婚姻的不幸。写出贾琏的厚道之处。

且说彩霞因前日出去，等父母择人，心中虽是与贾环有旧，尚未作准。今日又见旺儿每每来求亲，早闻得旺儿之子酗酒赌博，而且容颜丑陋，一技不知，自此心中越发懊恼。生恐旺儿仗凤姐之势，一时作成，终身为患，不免心中急躁。遂至晚间悄命他妹子小霞进二门来找赵姨娘，问了端的。

赵姨娘素日深与彩霞契合，巴不得与了贾环，方有个膀臂，不承望王夫人又放了出去。每唆贾环去讨，一则贾环羞口难开，二则贾环也不大甚在意，不过是个丫头，他去了，将来自然还有，遂迁延住不说，意思便丢开手。无奈赵姨娘又不舍，又见他妹子来问，是晚得空，便先求了贾政。贾政因说道："且忙什么，等他们再念一二年书再放人不迟。我已经看中了两个丫头，一个与宝玉，一个给环儿。只是年纪还小，又怕他们误了书，所以再等一二年。"赵姨娘道："宝玉已有了二年了，老爷还不知道?"贾政听了，忙问道："谁给的?"赵姨娘方欲说话，只听外面一声响，不知何物，大家吃了一惊不小。要知端的，且听下回分解。

写贾环的薄情，辜负了彩霞的真情。连赵姨娘都不如。这是将母子对比着写。

第七十三回

痴丫头误拾绣春囊　懦小姐不问累金凤

话说那赵姨娘和贾政说话，忽听外面一声响，不知何物。忙问时，原来是外间窗屉不曾扣好，塌了屈戌了吊[1]下来。赵姨娘骂了丫头几句，自己带领丫鬟上好，方进来打发贾政安歇。不在话下。

却说怡红院中宝玉正才睡下，丫鬟们正欲各散安歇，忽听有人击院门。老婆子开了门，见是赵姨娘房内的丫鬟名唤小鹊的。问他什么事，小鹊不答，直往房内来找宝玉。只见宝玉才睡下，晴雯等犹在床边坐着，大家顽笑，见他来了，都问："什么事，这时候又跑了来作什么?"小鹊笑向宝玉道："我来告诉你一个信儿。方才我们奶奶这般如此在老爷前说了你。仔细明儿老爷问你话。"说着回身就去了。袭人命留他吃茶，因怕关门，遂一直去了。

这里宝玉听了，便如孙大圣听见了紧箍咒一般，登时四肢五内一齐皆不自在起来。想来想去，别无他法，且理熟了书预备明儿盘考。口内不舛错，便有他事，也可搪塞一半。想罢，忙披衣起来要读书。心中又自后悔，这些日子只说不提了，偏又丢生，早知该天天好歹温习些的。

---

[1] 屈戌了吊：门窗上的环钮搭扣。

如今打算打算，肚子内现可背诵的，不过只有“学”“庸”“二论”[1]是带注背得出的。至上本《孟子》，就有一半是夹生的，若凭空提一句，断不能接背的；至“下孟”，就有一大半忘了。算起“五经”来，因近来作诗，常把《诗经》读些，虽不甚精阐，还可塞责。别的虽不记得，素日贾政也幸未吩咐过读的，纵不知，也还不妨。

至于古文，还是那几年所读过的几篇，连《左传》、《国策》、《公羊》、《谷粱》汉唐等文，不过几十篇，这几年竟未曾温得半篇片语，虽闲时也曾遍阅，不过一时之兴，随看随忘，未下苦工夫，如何记得。这是断难塞责的。

更有时文八股一道，因平素深恶此道，原非圣贤之制撰，焉能阐发圣贤之微奥，不过作后人饵名钓禄之阶。虽贾政当日起身时选了百十篇命他读的，不过偶因见其中或一二股内，或承起之中，有作的或精致、或流荡、或游戏、或悲感，稍能动性者，偶一读之，不过供一时之兴趣，究竟何曾成篇潜心玩索。

宝玉厌恶功名富贵，鄙视觅取功名的敲门砖——八股文。

如今若温习这个，又恐明日盘诘那个；若温习那个，又恐盘驳这个。况一夜之功，亦不能全然温习。因此越添了焦燥。自己读书不知紧要，却带累着一房丫鬟们皆不能睡。袭人麝月晴雯等几个大的是不用说，在旁剪烛斟茶；那些小的，都困眼朦胧，前仰后合起来。晴雯因骂道：“什么蹄子们，一个个黑日白夜挺尸挺不够，偶然一次睡迟了些，就装出这腔调来了。再这样，我拿针戳你们两下子!”

---

[1] “学”、“庸”、“二论”：即《大学》、《中庸》、《论语》。

话犹未了，只听外间咕咚一声，急忙看时，原来是一个小丫头子坐着打盹，一头撞到壁上了，从梦中惊醒，恰正是晴雯说这话之时，他怔怔的只当是晴雯打了他一下，遂哭央说："好姐姐，我再不敢了。"众人都发起笑来。

宝玉忙劝道："饶他去罢，原该叫他们都睡去才是。你们也该替换着睡去。"袭人忙道："小祖宗，你只顾你的罢。统共这一夜的工夫，你把心暂且用在这几本书上，等过了这一关，由你再张罗别的去，也不算误了什么。"宝玉听他说的恳切，只得又读。读了没有几句，麝月又斟了一杯茶来润舌，宝玉接茶吃了。因见麝月只穿着短袄，解了裙子，宝玉道："夜静了，冷，到底穿一件大衣裳才是。"麝月笑指着书道："你暂且把我们忘了，把心且略对着他些罢。"

话犹未了，只听金星玻璃从后房门跑进来，口内喊说："不好了，一个人从墙上跳下来了！"众人听说，忙问在那里，即喝起人来，各处寻找。晴雯因见宝玉读书苦恼，劳费一夜神思，明日也未必妥当，心下正要替宝玉想出一个主意来脱此难，正好忽逢此一惊，即便生计，向宝玉道："趁这个机会快装病，只说唬着了。"

此话正中宝玉心怀，因而遂传起上夜人等来，打着灯笼，各处搜寻，并无踪迹，都说："小姑娘们想是睡花了眼出去，风摇的树枝儿，错认作人了。"晴雯便道："别放诌屁！你们查的不严，怕担不是，还拿这话来支吾。才刚并不是一个人见的，宝玉和我们出去有事，大家亲见的。如今宝玉唬的颜色都变了，满身发热，我如今还要上房里取安魂丸药去。太太问起来，是要回明白的，难道依你说就罢了不成。”

众人听了，吓的不敢则声，只得又各处去找。晴雯和玻璃二人果出去要药，故意闹的众人皆知宝玉吓着了。王夫人听了，忙命人来看视给药，又吩咐各上夜人仔细搜查，又一面叫查二门外邻园墙上夜的小厮们。于是园内灯笼火把，直闹了一夜。至五更天，就传管家男女，命仔细查一查，拷问内外上夜男女等人。

贾母闻知宝玉被吓，细问原由，不敢再隐，只得回明。贾母道：“我料到必有此事。如今各处上夜都不小心，还是小事，只怕他们就是贼也未可知。”当下邢夫人并尤氏等都过来请安，凤姐、李纨及姊妹等皆陪侍，听贾母如此说，都默无所答。独探春出位笑道：“近因凤姐姐身子不好，几日园内的人比先放肆了许多。先前不过是大家偷着一时半刻，或夜里坐更时，三四个人聚在一处，或掷骰或斗牌，小小的顽意，不过为熬困。近来渐次放诞，竟开了赌局，甚至有头家局主，或三十吊五十吊三百吊的大输赢。半月前竟有争斗相打之事。”贾母听了，忙说：“你既知道，为何不早回我们来？”探春道：“我因想着太太事多，且连日不自在，所以没回。只告诉了大嫂子和管事的人们，戒饬过几次，近日好些。”

贾母忙道：“你姑娘家，如何知道这里头的利害。你自为要钱常事，不过怕起争端。殊不知夜间既要钱，就保不住不吃酒；既吃酒，就免不得门户任意开锁。或买东西，寻张觅李，其中夜静人稀，趋便藏贼引奸引盗，何等事作不出来。况且园内的姊妹们起居所伴者皆系丫头媳妇们，贤愚混杂，贼盗事小，再有别事，倘略沾带些，关系不小。这事岂可轻恕。”探春听说，便默然归坐。

凤姐虽未大愈，精神固比素常稍减，今见贾母如此说，便忙道：“偏生我又病了。”遂回头命人速传林之孝家的等总理家事四个媳妇到来，当着贾母申饬了一顿。贾母命即刻查了头家赌家来，有人出首者赏，隐情不告者罚。

林之孝家的等见贾母动怒，谁敢狗私，忙至园内传齐人，一一盘查。虽不免大家赖一回，终不免水落石出。查得大头家三人，小头家八人，聚赌者通共二十多人，都带来见贾母，跪在院内磕响头求饶。贾母先问大头家名姓和钱之多少。原来这三个大头家，一个就是林之孝的两姨亲家，一个就是园内厨房内柳家媳妇之妹，一个就是迎春之乳母。这是三个为首的，馀者不能多记。

贾母便命将骰子牌一并烧毁，所有的钱入官分散与众人，将为首者每人打四十大板，撵出，总不许再入；从者每人打二十大板，革去三月月钱，拨入圊厕行[1]内。又将林之孝家的申饬了一番。林之孝家的见他的亲戚又与他打嘴，自己也觉没趣。迎春在坐，也觉没意思。

牵三挂四。作者继续为抄检大观园做铺垫。

黛玉、宝钗、探春等见迎春的乳母如此，也是物伤其类的意思，遂都起身笑向贾母讨情说：“这个妈妈素日原不顽的，不知怎么也偶然高兴。求看二姐姐面上，饶他这次罢。”贾母道：“你们不知。大约这些奶子们，一个个仗着奶过哥儿姐儿，原比别人有些体面，他们就生事，比别人更可恶，专管调唆主子护短偏向。我都是经过的。况且要拿一个作法，恰好果然就遇见了一个。你们别管，我自有

贾母没有投鼠忌器的顾虑。

[1] 圊（qīng）厕行：打扫管理厕所的行当。圊，厕所。

道理。”宝钗等听说，只得罢了。

一时贾母歇晌，大家散出，都知贾母今日生气，皆不敢各散回家，只得在此暂候。尤氏便往凤姐儿处来闲话了一回，因他也不自在，只得往园内寻众姑嫂闲谈。邢夫人在王夫人处坐了一回，也就往园内散散心来。刚至园门前，只见贾母房内的小丫头子名唤傻大姐的笑嘻嘻走来，手内拿着个花红柳绿的东西，低头一壁瞧着，一壁只管走，不防迎头撞见邢夫人，抬头看见，方才站住。邢夫人因说：“这痴丫头，又得了个什么狗不识儿这么欢喜？拿来我瞧瞧。”

原来这傻大姐年方十四五岁，是新挑上来的与贾母这边提水桶扫院子专作粗活的一个丫头。只因他生得体肥面阔，两只大脚，作粗活简捷爽利，且心性愚顽，一无知识，行事出言，常在规矩之外。贾母因喜欢他爽利便捷，又喜他出言可以发笑，便起名为“呆大姐”，常闷来便引他取笑一回，毫无避忌，因此又叫他作“痴丫头”。他纵有失礼之处，见贾母喜欢他，众人也就不去苛责。

这丫头也得了这个力，若贾母不唤他时，便入园内来顽耍。今日正在园内掏促织，忽在山石背后得了一个五彩绣香囊，其华丽精致，固是可爱，但上面绣的并非花鸟等物，一面却是两个人赤条条的盘踞相抱，一面是几个字。这痴丫头原不认得是春意，便心下盘算：“敢是两个妖精打架？不然必是两口子相打。”左右猜解不来，正要拿去与贾母看，是以笑嘻嘻的一壁看，一壁走，忽见了邢夫人如此说，便笑道：“太太真个说的巧，真个是狗不识呢。太太请瞧一瞧。”说着，便送过去。

邢夫人接来一看，吓得连忙死紧攥住，忙问：

"你是那里得的?"傻大姐道:"我掏促织儿在山石上捡的。"邢夫人道:"快休告诉一人。这不是好东西,连你也要打死。皆因你素日是傻子,以后再别提起了。"这傻大姐听了,反吓的黄了脸,说:"再不敢了。"磕了个头,呆呆而去。邢夫人回头看时,都是些女孩儿,不便递与,自己便塞在袖内,心内十分罕异,揣摩此物从何而至,且不形于声色,且来至迎春室中。

迎春正因他乳母获罪,自觉无趣,心中不自在,忽报母亲来了,遂接入内室。奉茶毕,邢夫人因说道:"你这么大了,你那奶妈子行此事,你也不说说他。如今别人都好好的,偏咱们的人做出这事来,什么意思。"迎春低着头弄衣带,半晌答道:"我说他两次,他不听也无法。况且他是妈妈,只有他说我的,没有我说他的。"邢夫人道:"胡说!你不好了他原该说,如今他犯了法,你就该拿出小姐的身分来。他敢不从,你就回我去才是。如今直等外人共知,是什么意思。再者,只他去放头儿[1],还恐怕他巧言花语的和你借贷些簪环衣履作本钱,你这心活面软,未必不周接他些。若被他骗去,我是一个钱没有的,看你明日怎么过节。"迎春不语,只低头弄衣带。

写迎春懦弱,谁都可以欺负。

邢夫人见他这般,因冷笑道:"总是你那好哥哥好嫂子,一对儿赫赫扬扬,琏二爷凤奶奶,两口子遮天盖日,百事周到,竟通共这一个妹子,全不在意。但凡是我身上掉下来的,又有一话说——只好凭他们罢了。况且你又不是我养的,你虽然不是同他一娘所生,到底是同出一父,也该彼此瞻顾

[1] 放头儿:这里指聚赌、作头家。

些，也免别人笑话。我想，天下的事也难较定，你是大老爷跟前人养的，这里探丫头也是二老爷跟前人养的，出身一样。如今你娘死了，从前看来，你两个的娘，只有你娘比如今赵姨娘强十倍的。你该比探丫头强才是，怎么反不及他一半！谁知竟不然。这可不是异事。倒是我一生无儿无女的，一生干净，也不能惹人笑话。”旁边伺侯的媳妇们便趁机道：“我们的姑娘老实仁德，那里像他们三姑娘伶牙俐齿，会要姊妹们的强。他们明知姐姐这样，他竟不顾恤一点儿。”邢夫人道：“连他哥哥嫂子还如是，别人又作什么呢。”

挑动迎春与探春的矛盾。邢夫人好拨弄是非。

一言未了，人回：“琏二奶奶来了。”邢夫人听了，冷笑两声，命人出去说：“请他自去养病，我这里不用他伺候。”接着又有探事的小丫头来报说：“老太太醒了。”邢夫人方起身前边来。迎春送至院外方回。

绣桔因说道：“如何，前儿我回姑娘，那一个攒珠累丝金凤[1]竟不知那里去了。回了姑娘，姑娘竟不问一声儿。我说必是老奶奶拿去典了银子放头儿的，姑娘不信，只说司棋收着呢。问司棋，司棋虽病着，心里却明白。我去问他，他说没有收起来，还在书架上匣内暂放着，预备八月十五日恐怕要戴呢。姑娘就该问老奶奶一声，只是脸软怕人恼。如今竟怕无着落，明儿要都戴时，独咱们不戴，是何意思呢。”

迎春道：“何用问，自然是他拿去暂时借一肩[2]了。我只说他悄悄的拿了出去，不过一时半晌，仍

---

[1] 攒珠累丝金凤：用金丝穿了珍珠，堆叠而成凤形的发饰。
[2] 借一肩：此指借他人之物典押得钱以应急用。

旧悄悄的送来就完了，谁知他就忘了。今日偏又闹出来，问他想也无益。”绣桔道：“何曾是忘记！他是试准了姑娘的性格，所以才这样。如今我有个主意：我竟走到二奶奶房里，将此事回了他，或他着人去要，或他省事拿几吊钱来替他赔补。如何?”迎春忙道：“罢，罢，罢，省些事罢。宁可没有了，又何必生事。”绣桔道：“姑娘怎么这样软弱。都要省起事来，将来连姑娘还骗了去呢，我竟去的是。”说着便走。迎春便不言语，只好由他。

谁知迎春乳母之媳王住儿媳妇正因他婆婆得了罪，来求迎春去讨情，听他们正说金凤一事，且不进去。也因素日迎春懦弱，他们都不放在心上。如今见绣桔立意去回凤姐，估着这事脱不去的，且又有求迎春之事，只得进来，陪笑先向绣桔说：“姑娘，你别去生事。姑娘的金丝凤，原是我们老奶奶老糊涂了，输了几个钱，没的捞梢[1]，所以暂借了去。原说一日半晌就赎的，因总未捞过本儿来，就迟住了。可巧今儿又不知是谁走了风声，弄出事来。虽然这样，到底主子的东西，我们不敢迟误下，终久是要赎的。如今还要求姑娘看从小儿吃奶的情常，往老太太那边去讨个情面，救出他老人家来才好。”迎春先便说道：“好嫂子，你趁早儿打了这妄想，要等我去说情儿，等到明年也不中用的。方才连宝姐姐林妹妹大伙儿说情，老太太还不依，何况是我一个人。我自己愧还愧不来，反去讨臊去。”绣桔便说：“赎金凤是一件事，说情是一件事，别绞在一处说。难道姑娘不去说情，你就不赎了不成？嫂子且取了金凤来再说。”

[1] 捞梢：指赌博中的翻本。

王住儿家的听见迎春如此拒绝他，绣桔的话又锋利无可回答，一时脸上过不去，也明欺迎春素日好性儿，乃向绣桔发话道："姑娘，你别太仗势了。你满家子算一算，谁的妈妈奶子不仗着主子哥儿姐儿多得些益，偏咱们就这样丁是丁卯是卯的，只许你们偷偷摸摸的哄骗了去。自从邢姑娘来了，太太吩咐一个月俭省出一两银子来与舅太太去，这里饶添了邢姑娘的使费，反少了一两银子。常时短了这个，少了那个，那不是我们供给？谁又要去？不过大家将就些罢了。算到今日，少说些也有三十两了。我们这一向的钱，岂不白填了限呢。"绣桔不待说完，便啐了一口，道："作什么你白填了三十两，我且和你算算帐，姑娘要了些什么东西？"迎春听见这媳妇发邢夫人之私意，忙止道："罢，罢，罢。你不能拿了金凤来，不必牵三扯四乱嚷。我也不要那凤了。便是太太们问时，我只说丢了，也妨碍不着什么的，你出去歇息歇息倒好。"一面叫绣桔倒茶来。

绣桔又气又急，因说道："姑娘虽不怕，我们是作什么的，把姑娘的东西丢了。他倒赖说姑娘使了他们的钱，这如今竟要准折起来。倘或太太问姑娘为什么使了这些钱，敢是我们就中取势了？这还了得!"一行说，一行就哭了。司棋听不过，只得勉强过来，帮着绣桔问着那媳妇。迎春劝止不住，自拿了一本《太上感应篇》来看。

迎春懦弱至极。与绣桔的有担当对比着写。

三人正没开交，可巧宝钗、黛玉、宝琴、探春等因恐迎春今日不自在，都约来安慰他。走至院中，听得两三个人较口。探春从纱窗内一看，只见迎春倚在床上看书，若有不闻之状。探春也笑了。小丫鬟们忙打起帘子，报道："姑娘们来了。"迎春怕的是探春。将迎春的懦弱与探春的敢作敢当对比着写。

方放下书起身。那媳妇见有人来，且又有探春在内，不劝而自止了，遂趁便要去。

探春坐下，便问："才刚谁在这里说话？倒像拌嘴似的。"迎春笑道："没有说什么，左不过是他们小题大作罢了。何必问他。"探春笑道："我才听见什么'金凤'，又是什么'没有钱只和我们奴才要'，谁和奴才要钱了？难道姐姐和奴才要钱了不成？难道姐姐不是和我们一样有月钱的，一样有用度不成？"司棋绣桔道："姑娘说的是了。姑娘们都是一样的，那一位姑娘的钱不是由着奶奶妈妈们使，连我们也不知道怎样是算帐，不过要东西只说得一声儿。如今他偏要说姑娘使过了头儿，他赔出许多来了。究竟姑娘何曾和他要什么了。"

探春笑道："姐姐既没有和他要，必定是我们或者和他们要了不成！你叫他进来，我倒要问问他。"迎春笑道："这话又可笑。你们又无沾碍，何得带累于他。"探春笑道："这倒不然。我和姐姐一样，姐姐的事和我的也是一般，他说姐姐就是说我。我那边的人有怨我的，姐姐听见也即同怨姐姐是一理。咱们是主子，自然不理论那些钱财小事，只知想起什么要什么，也是有的事。但不知金累丝凤因何又夹在里头？"那王住儿媳妇生恐绣桔等告出他来，遂忙进来用话掩饰。探春深知其意，因笑道："你们所以糊涂。如今你奶奶已得了不是，趁此求求二奶奶，把方才的钱尚未散人的拿出些来赎取了就完了。比不得没闹出来，大家都藏着留脸面；如今既是没了脸，趁此时纵有十个罪，也只一人受罚，没有砍两颗头的理。你依我，竟是和二奶奶说去。在这里大声小气，如何使得。"

这媳妇被探春说出真病，也无可赖了，只不敢往凤姐处自首。探春笑道："我不听见便罢，既听见，少不得替你们分解分解。"谁知探春早使个眼色与待书出去了。

这里正说话，忽见平儿进来。宝琴拍手笑说道："三姐姐敢是有驱神召将的符术？"黛玉笑道："这倒不是道家玄术，倒是用兵最精的，所谓'守如处女，脱如狡兔'，出其不备之妙策也。"二人取笑。宝钗便使眼色与二人，令其不可，遂以别话岔开。探春见平儿来了，遂问："你奶奶可好些了？真是病糊涂了，事事都不在心上，叫我们受这样的委曲。"平儿忙道："姑娘怎么委曲？谁敢给姑娘气受，姑娘快吩咐我。"

当时住儿媳妇儿方慌了手脚，遂上来赶着平儿叫："姑娘坐下，让我说原故请听。"平儿正色道："姑娘这里说话，也有你我混插口的礼！你但凡知礼，只该在外头伺候。不叫你进不来的地方，几曾有外头的媳妇子们无故到姑娘们房里来的例。"绣桔道："你不知我们这屋里是没礼的，谁爱来就来。"平儿道："都是你们的不是。姑娘好性儿，你们就该打出去，然后再回太太去才是。"王住儿媳妇见平儿出了言，红了脸方退出去。

探春接着道："我且告诉你，若是别人得罪了我，倒还罢了。如今那住儿媳妇和他婆婆仗着是妈妈，又瞅着二姐姐好性儿，如此这般私自拿了首饰去赌钱，而且还捏造假帐折算，威逼着还要去讨情，和这两个丫头在卧房里大嚷大叫，二姐姐竟不能辖治，所以我看不过，才请你来问一声：还是他原是天外的人，不知道理？还是谁主使他如此，先把二姐姐制伏，然后就要治我和四姑娘了？"平儿忙陪笑道："姑娘怎么今日说这话出来？我们奶奶如何当得起！”

探春冷笑道：“俗语说的‘物伤其类’，‘齿竭唇亡’[1]，我自然有些惊心。”平儿问迎春道：“若论此事，还不是大事，极好处置。但他现是姑娘的奶嫂，据姑娘怎么样为是？”当下迎春只和宝钗阅“感应篇”故事，究竟连探春之语亦不曾闻得，忽见平儿如此说，仍笑道：“问我，我也没什么法子。他们的不是，自作自受，我也不能讨情，我也不去苛责就是了。至于私自拿去的东西，送来我收下，不送来我也不要了。太太们要问，我可以隐瞒遮饰过去，是他的造化，若瞒不住，我也没法，没有个为他们反欺枉太太们的理，少不得直说。你们若说我好性儿，没个决断，竟有好主意可以八面周全，不使太太们生气，任凭你们处治，我总不知道。”

无是非，无原则，无底线，无办法，无态度，怎么都行。可怜之人，必有可恨之处。

众人听了，都好笑起来。黛玉笑道：“真是‘虎狼屯于阶陛，尚谈因果’[2]。若使二姐姐是个男人，这一家上下若许人，又如何裁治他们。”迎春笑道：“正是。多少男人尚如此，何况我哉。”一语未了，只见又有一人进来。正不知道是那个，且听下回分解。

---

[1] 齿竭唇亡：比喻两者相互依存，损了一方，必定危及另一方。

[2] 虎狼屯于阶陛，尚谈因果：面对生死攸关的事情，居然若无其事，不闻不问。

第七十四回

惑奸谗抄检大观园　矢孤介[1]杜绝宁国府

话说平儿听迎春说了，正自好笑，忽见宝玉也来了。原来管厨房柳家的媳妇之妹，也因放头开赌得了不是。这园中有素与柳家不睦的，便又告出柳家来，说他和他妹子是伙计，虽然他妹子出名，其实赚了钱两个人平分。因此凤姐要治柳家之罪。

那柳家的因得此信，便慌了手脚，因思素与怡红院人最为深厚，故走来悄悄的央求晴雯金星玻璃等人。金星玻璃告诉了宝玉。宝玉因思内中迎春之乳母也现有此罪，不若来约同迎春去讨情，比自己独去单为柳家说情又更妥当，故此前来。忽见许多人在此，见他来时，都问："你的病可好了？跑来作什么?"宝玉不便说出讨情一事，只说："来看二姐姐。"当下众人也不在意，且说些闲话。

平儿便出去办累丝金凤一事。那王住儿媳妇紧跟在后，口内百般央求，只说："姑娘好歹口内超生，我横竖去赎了来。"平儿笑道："你迟也赎，早也赎，既有今日，何必当初。你的意思得过去就过去了。既是这样，我也不好意思告人，趁早去赎了来交与我送去，我一字不提。"王住儿媳妇听说，方放下心来，就拜谢，又说："姑娘自去贵干，我

[1] 矢孤介：誓守孤介之志。矢，立誓。孤介，品格清高，不随流俗。

赶晚拿了来，先回了姑娘，再送去，如何?”平儿道：“赶晚不来，可别怨我。”说毕，二人方分路各自散了。

平儿到房，凤姐问他：“三姑娘叫你作什么?”平儿笑道：“三姑娘怕奶奶生气，叫我劝着奶奶些，问奶奶这两天可吃些什么。”凤姐笑道：“倒是他还记挂着我。刚才又出来了一件事：有人来告柳二媳妇和他妹子通同开局，凡妹子所为，都是他作主。我想，你素日肯劝我‘多一事不如省一事’，就可闲一时心，自己保养保养也是好的。我因听不进去，果然应了些，先把太太得罪了，而且自己反赚了一场病。如今我也看破了，随他们闹去罢，横竖还有许多人呢。我白操一会子心，倒惹的万人咒骂。我且养病要紧；便是好了，我也作个好好先生，得乐且乐，得笑且笑，一概是非都凭他们去罢。所以我只答应着知道了，白不在我心上。”平儿笑道：“奶奶果然如此，便是我们的造化。”

凤姐如此狠毒，可贾府离不开凤姐。凤姐是贾府的晴雨表。凤姐得意之时，贾府如日中天；凤姐抱病之日，贾府家反宅乱。现在凤姐都怕得罪人了，可见贾府将不复往日繁华。

一语未了，只见贾琏进来，拍手叹气道：“好好的又生事！前儿我和鸳鸯借当，那边太太怎么知道了。才刚太太叫过我去，叫我不管那里先迁挪二百银子，做八月十五日节间使用。我回没处迁挪。太太就说：‘你没有钱就有地方迁挪。我白和你商量，你就搪塞我。你就说没地方，前儿一千银子的当是那里的？连老太太的东西你都有神通弄出来，这会子二百银子，你就这样。幸亏我没和别人说去。’我想太太分明不短，何苦来要寻事奈何人。”凤姐儿道：“那日并没一个外人，谁走了这个消息。”

平儿听了，也细想那日有谁在此，想了半日，笑道：“是了。那日说话时没一个外人，但晚上送东西来的时节，老太太那边傻大姐的娘也可巧来送浆洗衣服。他在下房里坐了一会子，见一大箱子东西，自然要问，必是小丫头们不知道，说了出来，也未可知。”因此便唤了几个小丫头来问，那日谁告诉呆大姐的娘。众小丫头慌了，都跪下赌咒发誓，说：“自来也不敢多说一句话。有人凡问什么，都答应不知道。这事如何敢多说。”

凤姐详情[1]说：“他们必不敢，倒别委屈了他们。如今且把这事靠后，且把太太打发了去要紧。宁可咱们短些，又别讨没意思。”因叫平儿：“把我的金项圈拿来，且去暂押二百银子来送去完事。”贾琏道：“越性多押二百，咱们也要使呢。”凤姐道：“很不必，我没处使钱。这一去还不知指那一项赎呢。”平儿拿去，吩咐一个人唤了旺儿媳妇来领去，不一时拿了银子来。贾琏亲自送去，不在话下。

这里凤姐和平儿猜疑，终是谁人走的风声，竟拟不出人来。凤姐儿又道：“知道这事还是小事，怕的是小人趁便又造非言，生出别的事来。打紧那边正和鸳鸯结下仇了，如今听得他私自借给琏二爷东西，那起小人眼馋肚饱，连没缝儿的鸡蛋还要下蛆呢，如今有了这个因由，恐怕又造出些没天理的话来也定不得。在你琏二爷还无妨，只是鸳鸯，正经女儿，带累了他受屈，岂不是咱们的过失。”

平儿笑道：“这也无妨。鸳鸯借东西，看的是奶奶，并不为的是二爷。一则鸳鸯虽应名是他私情，其实他是回过老太太的。老太太因怕孙男弟女多，这个也借，那个也要，到跟前撒个娇儿，和谁要去，因此只装不知道。纵闹了出来，究竟那也无

[1] 详情：分析情况。

碍。”凤姐儿道：“理固如此。只是你我是知道的，那不知道的，焉得不生疑呢。”

一语未了，人报：“太太来了。”凤姐听了诧异，不知为何事亲来，与平儿等忙迎出来。只见王夫人气色更变，只带一个贴己的小丫头走来，一语不发，走至里间坐下。凤姐忙奉茶，因陪笑问道：“太太今日高兴，到这里逛逛。”王夫人喝命：“平儿出去！”平儿见了这般，着慌不知怎么样了，忙应了一声，带着众小丫头一齐出去，在房门外站住，越性将房门掩了，自己坐在台矶上，所有的人，一个不许进去。

凤姐也着了慌，不知有何等事。只见王夫人含着泪，从袖内掷出一个香袋子来，说：“你瞧。”凤姐忙拾起一看，见是十锦春意香袋，也吓了一跳，忙问：“太太从那里得来？”王夫人见问，越发泪如雨下，颤声说道：“我从那里得来！我天天坐在井里，拿你当个细心人，所以我才偷个空儿。谁知你也和我一样。这样的东西，大天白日明摆在园里山石上，被老太太的丫头拾着，不亏你婆婆遇见，早已送到老太太跟前去了。我且问你，这个东西如何遗在那里来？”

邢夫人托人将绣春囊传给王夫人，王夫人气色更变，厉声呵斥平儿出去。“泪如雨下”，颤声回答，简直是失态。同时反映出邢夫人与王夫人、与凤姐的矛盾。

凤姐听得，也更了颜色，忙问：“太太怎知是我的？”王夫人又哭又叹说道：“你反问我！你想，一家子除了你们小夫小妻，馀者老婆子们，要这个何用？再女孩子们是从那里得来？自然是那琏儿不长进下流种子那里弄来。你们又和气，当作一件顽意儿，年轻人儿女闺房私意是有的，你还和我赖！幸而园内上下人还不解事，尚未捡得。倘或丫头们捡着，你姊妹看见，这还了得。不然有那小丫头们捡着，出去说是园内拣着的，外人知道，这性命脸面要也不要？”

凤姐听说，又急又愧，登时紫涨了面皮，便依炕沿双膝跪下，也含泪诉道：“太太说的固然有理，我也不敢辩我并无这样的东西。但其中还要求太太细详其理：那香袋是外头雇工仿着内工绣的，带这穗子一概是市卖货。我便年轻不尊重些，也不要这劳什子，自然都是好的，此其一。二者这东西也不是常带着的，我纵有，也只好在家里，焉肯带在身上各处去？况且又在园里去，个个姊妹我们都肯拉拉扯扯，倘或露出来，不但在姊妹前，就是奴才看见，我有什么意思？我虽年轻不尊重，亦不能糊涂至此。三则论主子内我是年轻媳妇，算起奴才来，比我更年轻的又不止一个人了。况且他们也常进园，晚间各人家去，焉知不是他们身上的？四则除我常在园里之外，还有那边太太常带过几个小姨娘来，如嫣红翠云等人，皆系年轻侍妾，他们更该有这个了。还有那边珍大嫂子，他也不算甚老，他也常带过佩凤等人来，焉知又不是他们的？五则园内丫头太多，保的住个个都是正经的不成？也有年纪大些的知道了人事，或者一时半刻人查问不到偷着出去，或借着因由同二门上小幺儿们打牙犯嘴，外头得了来的，也未可知。如今不但我没此事，就连平儿，我也可以下保的。太太请细想。”

凤姐伶牙俐齿，自然不能蒙此无名之冤。同时替平儿做担保。

王夫人听了这一席话大近情理，因叹道：“你起来。我也知道你是大家小姐出身，焉得轻薄至此，不过我气急了，拿了话激你。但如今却怎么处？你婆婆才打发人封了这个给我瞧，说是前日从傻大姐手里得的，把我气了个死。”凤姐道：“太太快别生气。若被众人觉察了，保不定老太太不知道。且平心静气暗暗访察，才得确实；纵然访不着，外人也不能知道。这叫作‘胳膊折在袖内’。如今惟有趁着赌钱的因由革了许多的人这空儿，把周瑞媳妇旺儿媳妇等四五个贴近不能走话的人安插在园里，以查赌为由。再如今他们的丫头也太多了，保不住人大心大，生事作耗，等闹出事来，反悔之不及。如今若无故裁革，不但姑娘们委屈烦恼，就连太太和我也过不去。不如趁此机会，以后凡年纪大些的，或有些咬牙难缠的，拿个错儿撵出去配了人。一则保得住没有别的事，二则也可省些用度。太太想我这话如何?”

王夫人叹道：“你说的何尝不是，但从公细想来，你这几个姊妹也甚可怜了。也不用远比，只说如今你林妹妹的母亲，未出阁时，是何等的娇生惯养，是何等的金尊玉贵，那才像个千金小姐的体统。如今这几个姊妹，不过比人家的丫头略强些罢了。通共每人只有两三个丫头像个人样，馀者纵有四五个小丫头子，竟是庙里的小鬼。如今还要裁革了去，不但于我心不忍，只怕老太太未必就依。虽然艰难，难不至此。我虽没受过大荣华富贵，比你们是强的。如今我宁可省些，别委屈了他们。以后要省俭先从我来倒使的。如今且叫人传了周瑞家的等人进来，就吩咐他们快快暗地访拿这事要紧。”

王夫人与凤姐商量整顿大观园。

凤姐听了，即唤平儿进来吩咐出去。一时，周瑞家的与吴兴家的、郑华家的、来旺家的、来喜家的现在五家陪房进来，馀者皆在南方，各有执事。王夫人正嫌人少不能勘察，忽见邢夫人的陪房王善保家的走来，方才正是他送香囊来的。王夫人向来看视邢夫人之得力心腹人等原无二意，今见他来打听此事，十分关切，便向他说：“你去回了太太，也进园内照管照管，不比别人又强些。”这王善保家的正因素日进园去那些丫鬟们不大趋奉他，他心里大不自在，要寻他们的故事又寻不着，恰好生出这事来，以为得了把柄。又听王夫人委托，正撞在心坎上，说：“这个容易。不是奴才多话，论理这事该早严紧的。太太也不大往园里去，这些女孩子们一个个倒像受了封诰似的。他们就成了千金小姐了。闹下天来，谁敢哼一声儿。不然，就调唆姑娘的丫头们，说欺负了姑娘们了，谁还耽得起。”

王夫人道：“这也有的常情，跟姑娘的丫头原比别的娇贵些。你们该劝他们。连主子们的姑娘不教导尚且不堪，何况他们。”王善保家的道：“别的都还罢了。太太不知道，一个宝玉屋里的晴雯，那丫头仗着他生的模样儿比别人标致些，又生了一张巧嘴，天天打扮的像个西施的样子，在人跟前能说惯道，掐尖要强。一句话不投机，他就立起两个骚眼睛来骂人，妖妖趫趫，大不成个体统。”

王夫人听了这话，猛然触动往事，便问凤姐道：“上次我们跟了老太太进园逛去，有一个水蛇腰、削肩膀、眉眼又有些像你林妹妹的，正在那里骂小丫头。我的心里很看不上那个轻狂样子，因同老太太走，我不曾说得。后来要问是谁，又偏忘了。今日对了坎儿，这丫头想必就是他了。”凤姐道：“若论这些丫头们，共总比起来，都没晴雯生得好。论举止言语，他原有些轻薄。方才太太说的倒很像他，我也忘了那日的事，不敢乱说。”

王善保家的便道：“不用这样，此刻不难叫了他来太太瞧瞧。”王夫人道：“宝玉房里常见我的只有袭人麝月，这两个笨笨的倒好。若有这个，他自不敢来见我的。我一生最嫌这样的人，况且又出来这个事。好好的宝玉，倘或叫这蹄子勾引坏了，那还了得。”因叫自己的丫头来，吩咐他到园里去，“只说我说有话问他们，留下袭人麝月服侍宝玉不必来，有一个晴雯最伶俐，叫他即刻快来。你不许和他说什么。”

小丫头子答应了，走入怡红院，正值晴雯身上不自在，睡中觉才起来，正发闷，听如此说，只得随了他来。素日这些丫鬟皆知王夫人最嫌趫妆艳饰语薄言轻者，故晴雯不敢出头。今因连日不自在，并没十分妆饰，自为无碍。及到了凤姐房中，王夫人一见他钗軃[1]鬓松，衫垂带褪，有春睡捧心之遗风[2]，而且形容面貌恰是上月的那人，不觉勾起方才的火来。王夫人原是天真烂漫之人，喜怒出于心臆，不比那些饰词掩意之人，今既真怒攻心，又勾起往事，便冷笑道：“好个美人！真像个病西施了。你天天作这轻狂样儿给谁看？你干的事，打量我不知道呢！我且放着你，自然明儿揭你的皮！宝玉今日可好些？”

晴雯一听如此说，心内大异，便知有人暗算了他。虽然着恼，只不敢作声。他本是个聪敏过顶的人，见问宝玉可好些，他便不肯以实话对，只说：“我不大到宝玉房里去，又不常和宝玉在一处，好歹我不能知道，只问袭人麝月两个。”王夫人道：“这就该打嘴！你难道是死人，要你们作什么！”

晴雯道：“我原是跟老太太的人。因老太太说园里空大人少，宝玉害怕，所以拨了我去外间屋里上夜，不过看屋子。我原回过我笨，不能服侍。老太太骂了我，说：‘又不叫你管他的事，要伶俐的

---

[1] 钗軃（duǒ）：发髻上的钗饰将要脱落。軃，下垂的样子。

[2] 春睡捧心之遗风：春睡，喻杨贵妃的醉态。捧心，指西施蹙眉捧心之美。王夫人认为晴雯装出妖娆的样子来勾引宝玉。

作什么。’我听了这话才去的。不过十天半个月之内，宝玉闷了大家顽一会子就散了。至于宝玉饮食起坐，上一层有老奶奶老妈妈们，下一层又有袭人麝月秋纹几个人。我闲着还要作老太太屋里的针线，所以宝玉的事竟不曾留心。太太既怪，从此后我留心就是了。”

晴雯聪明，应变能力强。她判断有人进谗，便说自己与宝玉接触很少，宝玉的起居自有人管，以免蒙上勾引宝玉的罪名。

王夫人信以为实了，忙说：“阿弥陀佛！你不近宝玉是我的造化，竟不劳你费心。既是老太太给宝玉的，我明儿回了老太太，再撵你。”因向王善保家的道：“你们进去，好生防他几日，不许他在宝玉房里睡觉。等我回过老太太，再处治他。”喝声：“去！站在这里，我看不上这浪样儿！谁许你这样花红柳绿的妆扮！”晴雯只得出来，这气非同小可，一出门便拿手帕子握着脸，一头走，一头哭，直哭到园门内去。

这里王夫人向凤姐等自怨道：“这几年我越发精神短了，照顾不到。这样妖精似的东西竟没看见。只怕这样的还有，明日倒得查查。”凤姐见王夫人盛怒之际，又因王善保家的是邢夫人的耳目，常调唆着邢夫人生事，纵有千百样言词，此刻也不敢说，只低头答应着。王善保家的道：“太太且请养息身体要紧，这些小事只交与奴才。如今要查这个主儿也极容易，等到晚上园门关了的时节，内外不通风，我们竟给他们个猛不防，带着人到各处丫头们房里搜寻。想来谁有这个，断不单只有这个，自然还有别的东西。那时翻出别的来，自然这个也是他的。”王夫人道：“这话倒是。若不如此，断不能清的清白的白。”因问凤姐如何。凤姐只得答应说：“太太说的是，就行罢了。”王夫人道：“这主意很是，不然一年也查不出来。”于是大家商议

凤姐对治理整顿大观园抱着消极敷衍的态度。她知道，是邢夫人点的火，也怕因此而得罪大观园的姊妹。

王善保家的出主意，采取突然袭击的方式，抄检大观园。王夫人一向认为，宝玉的问题，根子在他身边的丫鬟，尤其是像晴雯那样的“妖精”。

已定。

至晚饭后，待贾母安寝了，宝钗等入园时，王善保家的便请了凤姐一并入园，喝命将角门皆上锁，便从上夜的婆子处抄检起，不过抄检出些多馀攒下蜡烛灯油等物。王善保家的道："这也是赃，不许动，等明儿回过太太再动。"

于是先就到怡红院中，喝命关门。当下宝玉正因晴雯不自在，忽见这一干人来，不知为何直扑了丫头们的房内去，因迎出凤姐来，问是何故。凤姐道："丢了一件要紧的东西，因大家混赖，恐怕有丫头们偷了，所以大家都查一查去疑。"一面说，一面坐下吃茶。

王善保家的等搜了一回，又细问这几个箱子是谁的，都叫本人来亲自打开。袭人因见晴雯这样，知道必有异事，又见这番抄检，只得自己先出来打开了箱子并匣子，任其搜检一番，不过是平常动用之物。随放下又搜别人的，挨次都一一搜过。

到了晴雯的箱子，因问："是谁的，怎不开了让搜？"袭人等方欲代晴雯开时，只见晴雯挽着头发闯进来，豁啷一声将箱子掀开，两手捉着底子朝天，往地下尽情一倒，将所有之物尽都倒出。王善保家的也觉没趣，看了一看，也无甚私弊之物。回了凤姐，要往别处去。

晴雯做出了最激烈的反抗。我们看到，当晴雯的人格尊严遭到冒犯的时候，她的表现是多么勇敢！

凤姐儿道："你们可细细的查，若这一番查不出来，难回话的。"众人都道："都细翻看了，没什么差错东西。虽有几样男人物件，都是小孩子的东西，想是宝玉的旧物件，没甚关系的。"凤姐听了，笑道："既如此咱们就走，再瞧别处去。"

说着，一径出来，因向王善保家的道："我有一句话，不知是不是。要抄检只抄检咱们家的人，薛大姑娘屋里，断乎检抄不得的。”王善保家的笑道：“这个自然。岂有抄起亲戚家来的。”凤姐点头道：“我也这样说呢。”一头说，一头到了潇湘馆内。

黛玉已睡了，忽报这些人来，也不知为甚事。才要起来，只见凤姐已走进来，忙按住他不许起来，只说：“睡罢，我们就走。”这边且说些闲话。那个王善保家的带了众人到丫鬟房中，也一一开箱倒笼抄检了一番。因从紫鹃房中抄出两副宝玉常换下来的寄名符儿，一副束带上的披带，两个荷包并扇套，套内有扇子。打开看时皆是宝玉往年往日手内曾拿过的。王善保家的自为得了意，遂忙请凤姐过来验视，又说：“这些东西从那里来的？”凤姐笑道：“宝玉和他们从小儿在一处混了几年，这自然是宝玉的旧东西。这也不算什么罕事，撂下再往别处去是正经。”紫鹃笑道：“直到如今，我们两下里的东西也算不清。要问这一个，连我也忘了是那年月日有的了。”王善保家的听凤姐如此说，也只得罢了。

又到探春院内，谁知早有人报与探春了。探春也就猜着必有原故，所以引出这等丑态来，遂命众丫鬟秉烛开门而待。

探春已经得到消息，早已森严壁垒，更加众志成城。

一时众人来了。探春故问何事。凤姐笑道：“因丢了一件东西，连日访察不出人来，恐怕旁人赖这些女孩子们，所以越性大家搜一搜，使人去疑，倒是洗净他们的好法子。”探春冷笑道：“我们的丫头，自然都是些贼，我就是头一个窝主。既如此，先来搜我的箱柜，他们所有偷了来的都交给我藏着呢。”说着，便命丫头们把箱柜一齐打开，将镜奁、妆盒、衾袱、衣包若大若小之物一齐打开，请凤姐去抄阅。凤姐陪笑道：“我不过是奉太太的

三姑娘小小年纪，却处变不惊，指挥若定，一派大将风度。她不听凤姐的，把事情都揽到自己身上，使秋爽斋顿时成为一个整体。她把自己和丫鬟们绑在一起，挺身而出，捍卫自己和丫鬟们的尊严。

凤姐素来对探春惧怕三分。

命来，妹妹别错怪我。何必生气。”因命丫鬟们快快关上。

平儿丰儿等忙着替待书等关的关，收的收。探春道：“我的东西倒许你们搜阅；要想搜我的丫头，这却不能。我原比众人歹毒，凡丫头所有的东西我都知道，都在我这里间收着，一针一线他们也没的收藏，要搜所以只来搜我。你们不依，只管去回太太，只说我违背了太太，该怎么处治，我去自领。你们别忙，自然连你们抄的日子有呢！你们今日早起不曾议论甄家，自己家里好好的抄家，果然今日真抄了。咱们也渐渐的来了。可知这样大族人家，若从外头杀来，一时是杀不死的，这是古人曾说的‘百足之虫，死而不僵’，必须先从家里自杀自灭起来，才能一败涂地！”说着，不觉流下泪来。凤姐只看着众媳妇们。

联系到甄家被抄，把抄检看作贾府衰败的象征。与此同时，作者为后来贾府被抄家做了铺垫。

周瑞家的便道：“既是女孩子的东西全在这里，奶奶且请到别处去罢，也让姑娘好安寝。”凤姐便起身告辞。探春道：“可细细的搜明白了？若明日再来，我就不依了。”凤姐笑道：“既然丫头们的东西都在这里，就不必搜了。”探春冷笑道：“你果然倒乖。连我的包袱都打开了，还说没翻。明日敢说我护着丫头们，不许你们翻了。你趁早说明，若还要翻，不妨再翻一遍。”凤姐知道探春素日与众不同的，只得陪笑道：“我已经连你的东西都搜查明白了。”探春又问众人：“你们也都搜明白了不曾？”周瑞家的等都陪笑说：“都翻明白了。”

那王善保家的本是个心内没成算的人，素日虽闻探春的名，他自为众人没眼力没胆量罢了，那里一个姑娘家就这样起来；况且又是庶出，他敢怎么。他自恃是邢夫人陪房，连王夫人尚另眼相看，何况别个。今见探春如此，他只当是探春认真单恼凤姐，与他们无干。他便要趁势作脸献好，因越众向前拉起探春的衣襟，故意一掀，嘻嘻笑道：“连姑娘身上我都翻了，果然没有什么。”凤姐见他这样，忙说：“妈妈走罢，别疯疯颠颠的。”一语未了，只听“拍”的一声，王家的脸上早着了探春一掌。

王善保家的不知好歹，又好表现，遇到探春这个厉害的主，该她倒霉！挨一巴掌，自取其辱。

探春登时大怒，指着王家的问道：“你是什么东西，敢来拉扯我的衣裳！我不过看着太太的面上，你又有年纪，叫你一声妈妈，你就狗仗人势，天天作耗，专管生事。如今越性了不得了。你打谅我是同你们姑娘那样好性儿，由着你们欺负他，就错了主意！你搜检东西我不恼，你不该拿我取笑。”说着，便亲自解衣卸裙，拉着凤姐儿细细的翻。又说：“省得叫奴才来翻我身上。”

凤姐平儿等忙与探春束裙整袂，口内喝着王善保家的说：“妈妈吃两口酒就疯疯颠颠起来。前儿把太太也冲撞了。快出去，不要提起了。”又劝探春休得生气。探春冷笑道：“我但凡有气性，早一头碰死了！不然，岂许奴才来我身上翻贼赃了。明儿一早，我先回过老太太、太太，然后过去给大娘陪礼，该怎么，我就领。”

那王善保家的讨了个没意思，在窗外只说：“罢了，罢了，这也是头一遭挨打。我明儿回了太太，仍回老娘家去罢。这个老命还要他做什么！”探春喝命丫鬟道：“你们没听他说的这话，还等我和他对嘴去不成。”待书等听说，便出去说道：“你果然回老娘家去，倒是我们的造化了。只怕舍不得去。”凤姐笑道：“好丫头，真是有其主必有其仆。”探春冷笑道：“我们作贼的人，嘴里都有三言两语

凤姐幸灾乐祸，暗中得意。

的。这还算笨的，背地里就只不会调唆主子。”平儿忙也陪笑解劝，一面又拉了待书进来。周瑞家的等人劝了一番。凤姐直待服侍探春睡下，方带着人往对过暖香坞来。

彼时李纨犹病在床上，他与惜春是紧邻，又与探春相近，故顺路先到这两处。因李纨才吃了药睡着，不好惊动，只到丫鬟们房中一一的搜了一遍，也没有什么东西，遂到惜春房中来。

因惜春年少，尚未识事，吓的不知当有什么事故，凤姐也少不得安慰他。谁知竟在入画箱中寻出一大包金银锞子来，约共三四十个，又有一副玉带板子并一包男人的靴袜等物。入画也黄了脸。

因问是那里来的，入画只得跪下哭诉真情，说：“这是珍大爷赏我哥哥的。因我们老子娘都在南方，如今只跟着叔叔过日子。我叔叔婶子只要吃酒赌钱，我哥哥怕交给他们又花了，所以每常得了，悄悄的烦了老妈妈带进来叫我收着的。”惜春胆小，见了这个也害怕，说：“我竟不知道。这还了得！二嫂子，你要打他，好歹带他出去打罢，我听不惯的。”凤姐笑道：“这话若果真呢，也倒可恕，只是不该私自传送进来。这个可以传递，什么不可以传递。这倒是传递人的不是了。若这话不真，倘是偷来的，你可就别想活了。”入画跪着哭道：“我不敢扯谎。奶奶只管明日问我们奶奶和大爷去，若说不是赏的，就拿我和我哥哥一同打死无怨。”

凤姐道：“这个自然要问的，只是真赏的也有不是。谁许你私自传送东西的！你且说是谁作接应，我便饶你。下次万万不可。”惜春道：“嫂子别饶他这次方可。这里人多，若不拿一个人作法，那些大的听见了，又不知怎样呢。嫂子若饶他，我也不依。”凤姐道：“素日我看他还好。谁没一个错，只这一次。二次犯下，二罪俱罚。但不知传递是谁。”惜春道：“若说传递，再无别个，必是后门上的张妈。他常肯和这些丫头们鬼鬼祟祟的，这些丫头们也都肯照顾他。”凤姐听说，便命人记下，将东西且交给周瑞家的暂拿着，等明日对明再议。于是别了惜春，方往迎春房内来。

迎春已经睡着了，丫鬟们也才要睡，众人叩门半日才开。凤姐吩咐：“不必惊动小姐。”遂往丫鬟们房里来。因司棋是王善保的外孙女儿，凤姐倒要看看王家的可藏私不藏，遂留神看他搜检。先从别人箱子搜起，皆无别物。及到了司棋箱子中搜了一回，王善保家的说：“也没有什么东西。”

才要盖箱时，周瑞家的道：“且住，这是什么？”说着，便伸手掣出一双男子的锦带袜并一双缎鞋来。又有一个小包袱，打开看时，里面有一个同心如意并一个字帖儿。一总递与凤姐。凤姐因当家理事，每每看开帖并帐目，也颇识得几个字了。便看那帖子是大红双喜笺帖，上面写道：

> 上月你来家后，父母已觉察你我之意。但姑娘未出阁，尚不能完你我之心愿。若园内可以相见，你可托张妈给一信息。若得在园内一见，倒比来家得说话。千万，千万。再所赐香袋二个，今已查收外，特寄香珠一串，略表我心。千万收好。表弟潘又安拜具。

凤姐看罢，不怒而反乐。别人并不识字。王家的素日并不知道他姑表姊弟有这一节风流故事，见了这鞋袜，心内已是有些毛病，又见有一红帖，凤姐又看着笑，他便说道："必是他们胡写的帐目，不成个字，所以奶奶见笑。"凤姐笑道："正是这个帐竟算不过来。你是司棋的老娘，他的表弟也该姓王，怎么又姓潘呢?"王善保家的见问的奇怪，只得勉强告道："司棋的姑妈给了潘家，所以他姑表兄弟姓潘。上次逃走了的潘又安就是他表弟。"凤姐笑道："这就是了。"因道："我念给你听听。"说着从头念了一遍，大家都唬了一跳。

王善保家的搬起石头砸自己的脚。

这王家的一心只要拿人的错儿，不想反拿住了他外孙女儿，又气又臊。周瑞家的四人又都问着他："你老可听见了？明明白白，再没的话说了。如今据你老人家，该怎么样?"这王家的只恨没地缝儿钻进去。凤姐只瞅着他嘻嘻的笑，向周瑞家的笑道："这倒也好。不用你们作老娘的操一点儿心，他鸦雀不闻的给你们弄了一个好女婿来，大家倒省心。"周瑞家的也笑着凑趣儿。

王善保家的是邢夫人陪房，这里其实反映的是邢夫人和凤姐婆媳之间的积怨和矛盾。

王家的气无处泄，便自己回手打着自己的脸，骂道："老不死的娼妇，怎么造下孽了！说嘴打嘴，现世现报在人眼里。"众人见这般，俱笑个不住，又半劝半讽的。凤姐见司棋低头不语，也并无畏惧惭愧之意，倒觉可异。料此时夜深，且不必盘问，只怕他夜间自愧去寻拙志[1]，遂唤两个婆子监守起他来。带了人，拿了赃证回来，且自安歇，等待明日料理。谁知到夜里又连起来几次，下面淋血不止。

作者对司棋的爱情采取同情的态度。

至次日，便觉身体十分软弱，起来发晕，遂撑不住。请太医来，诊脉毕，遂立药案云："看得少

[1] 寻拙志：想不开，寻短见。

奶奶系心气不足，虚火乘脾，皆由忧劳所伤，以致嗜卧好眠，胃虚土弱，不思饮食。今聊用升阳养荣[1]之剂。”写毕，遂开了几样药名，不过是人参、当归、黄芪等类之剂。一时退去，有老嬷嬷们拿了方子回过王夫人，不免又添一番愁闷，遂将司棋等事暂未理。

可巧这日尤氏来看凤姐，坐了一回，到园中去又看过李纨。才要望候众姊妹们去，忽见惜春遣人来请，尤氏遂到了他房中来。惜春便将昨晚之事细细告诉与尤氏，又命将入画的东西一概要来与尤氏过目。

尤氏道：“实是你哥哥赏他哥哥的，只不该私自传送，如今官盐竟成了私盐[2]了。”因骂入画“糊涂脂油蒙了心的”。惜春道：“你们管教不严，反骂丫头。这些姊妹，独我的丫头这样没脸，我如何去见人。昨儿我立逼着凤姐姐带了他去，他只不肯。我想，他原是那边的人，凤姐姐不带他去，也原有理。我今日正要送过去，嫂子来的恰好，快带了他去。或打，或杀，或卖，我一概不管。”

入画听说，又跪下哭求，说：“再不敢了。只求姑娘看从小儿的情常，好歹生死在一处罢。”尤氏和奶娘等人也都十分了解，说他“不过一时糊涂了，下次再不敢的。他从小儿服侍你一场，到底留着他为是”。谁知惜春虽然年幼，却天生地一种百折不回的廉介孤独僻性，任人怎说，他只以为丢了他的体面，咬定牙断乎不肯。更又说的好：“不但

惜春的绝情自私。不顾入画从小服侍她的辛劳，不顾嫂子尤氏的情面，执意要把入画扫地出门。其实入画不过是收藏了一些贾珍赏赐给她哥哥的东西。连凤姐都认为，如果情况属实，可以原谅。惜春是大观园里真正的冷美人。与探春的保护丫鬟们的尊严形成前后的对比。

[1] 升阳养荣：升阳，中医术语，指提升阳气，使其旺盛。养荣，治疗心气虚、血不能正常运行等病症的营养周身之法。

[2] 官盐竟成了私盐：比喻本是主人赏赐的合法的东西，因私自传送则成了不合法的了。

不要入画，如今我也大了，连我也不便往你们那边去了。况且近日我每每风闻得有人背地里议论什么多少不堪的闲话，我若再去，连我也编派上了。”

尤氏道：“谁议论什么？又有什么可议论的！姑娘是谁，我们是谁。姑娘既听见人议论我们，就该问着他才是。”惜春冷笑道：“你这话问着我倒好。我一个姑娘家，只有躲是非的，我反去寻是非，成个什么人了！还有一句话：我不怕你恼，好歹自有公论，又何必去问人。古人说得好‘善恶生死，父子不能有所勖助[1]’，何况你我二人之间。我只知道保得住我就够了，不管你们。从此以后，你们有事别累我。”

尤氏听了，又气又好笑，因向地下众人道：“怪道人人都说这四丫头年轻糊涂，我只不信。你们听才一篇话，无原无故，又不知好歹，又没个轻重。虽然是小孩子的话，却又能寒人的心。”众嬷嬷笑道：“姑娘年轻，奶奶自然要吃些亏的。”惜春冷笑道：“我虽年轻，这话却不年轻。你们不看书不识几个字，所以都是些呆子，看着明白人，倒说我年轻糊涂。”

尤氏道：“你是状元榜眼探花，古今第一个才子。我们是糊涂人，不如你明白，何如？”惜春道：“状元榜眼难道就没有糊涂的不成。可知他们也有不能了悟的。”尤氏笑道：“你倒好。才是才子，这会子又作大和尚了，又讲起了悟来了。”惜春道：“我不了悟，我也舍不得入画了。”尤氏道：“可知你是个心冷口冷心狠意狠的人。”惜春道：“古人曾

---

[1] 勖（xù）助：勉励帮助。

也说的‘不作狠心人，难得自了汉’。[1] 我清清白白的一个人，为什么教你们带累坏了我！”

尤氏心内原有病，怕说这些话。听说有人议论，已是心中羞恼激射，只是在惜春分上不好发作，忍耐了大半。今见惜春又说这句，因按捺不住，因问惜春道：“怎么就带累了你了？你的丫头的不是，无故说我，我倒忍了这半日，你倒越发得了意，只管说这些话。你是千金万金的小姐，我们以后就不亲近，仔细带累了小姐的美名。即刻就叫人将入画带了过去！”说着，便赌气起身去了。惜春道：“若果然不来，倒也省了口舌是非，大家倒还清净。”尤氏也不答话，一径往前边去了。不知后事如何——

[1] 不作狠心人，难得自了汉：意谓不绝情狠心，就不能摒弃种种烦恼。在这一点上，宝玉与惜春有共鸣之点。惟其如此，宝玉后来有悬崖撒手、出家而去的决绝之举。

第七十五回

开夜宴异兆发悲音　赏中秋新词得佳谶

话说尤氏从惜春处赌气出来，正欲往王夫人处去。跟从的老嬷嬷们因悄悄的回道："奶奶且别往上房去。才有甄家的几个人来，还有些东西，不知是作什么机密事。奶奶这一去恐不便。"尤氏听了道："昨日听见你爷说，看邸报甄家犯了罪，现今抄没家私，调取进京治罪。怎么又有人来?"老嬷嬷道："正是呢。才来了几个女人，气色不成气色，慌慌张张的，想必有什么瞒人的事情。"

尤氏听了，便不往前去，仍往李氏这边来了。恰好太医才诊了脉去。李纨近日也略觉精爽了些，拥衾倚枕，坐在床上，正欲一二人来说些闲话。因见尤氏进来不似往日和蔼可亲，只呆呆的坐着。李纨因问道："你过来了这半日，可在别屋里吃些东西没有？只怕饿了。"命素云瞧有什么新鲜点心拣了来。尤氏忙止道："不必，不必。你这一向病着，那里有什么新鲜东西。况且我也不饿。"李纨道："昨日他姨娘家送来的好茶面子[1]，倒是对碗来你喝罢。"说毕，便吩咐人去对茶。

尤氏出神无语。跟来的丫头媳妇们因问："奶奶今日中晌尚未洗脸，这会子趁便可净一净好?"

[1] 茶面子：把面粉炒熟，加上配料，可用开水冲调食用。

尤氏点头。李纨忙命素云来取自己妆奁。素云一面取来，一面将自己的胭粉拿来，笑道："我们奶奶就少这个。奶奶不嫌脏，这是我的，能着用些。"李纨道："我虽没有，你就该往姑娘们那里取去。怎么公然拿出你的来。幸而是他，若是别人，岂不恼呢。"尤氏笑道："这又何妨。自来我凡过来，谁的没使过，今日忽然又嫌脏了？"一面说，一面盘膝坐在炕沿上。银蝶上来忙代为卸去腕镯戒指，又将一大袱手巾盖在下截，将衣裳护严。小丫鬟炒豆儿捧了一大盆温水走至尤氏跟前，只弯腰捧着。

银蝶笑道："说一个个没机变的，说一个葫芦就是一个瓢。奶奶不过待咱们宽些，在家里不管怎样罢了，你就得了意，不管在家出外，当着亲戚也只随着便了。"尤氏道："你随他去罢，横竖洗了就完事了。"炒豆儿忙赶着跪下。尤氏笑道："我们家上下大小的人只会讲外面假礼假体面，究竟作出来的事都够使的了。"李纨听如此说，便知他已知道昨夜的事，因笑道："你这话有因，谁作事究竟够使了？"尤氏道："你倒问我！你敢是病着死过去了！"

一语未了，只见人报："宝姑娘来了。"忙说快请时，宝钗已走进来。尤氏忙擦脸起身让坐，因问："怎么一个人忽然走来，别的姊妹都怎么不见？"宝钗道："正是我也没有见他们。只因今日我们奶奶身上不自在，家里两个女人也都因时症未起炕，别的靠不得，我今儿要出去伴着老人家夜里作伴儿。要去回老太太、太太，我想又不是什么大事，且不用提，等好了我横竖进来的，所以来告诉大嫂子一声。"李纨听说，只看着尤氏笑。尤氏也只看着李纨笑。一时尤氏盥沐已毕，大家吃面茶。

李纨因笑道："既这样，且打发人去请姨娘的安，问是何病。我也病着，不能亲自来的。好妹妹，你去只管去，我自打发人去到你那里去看屋子。你好歹住一两天还进来，别叫我落不是。"宝钗笑道："落什么不是呢，这也是通共常情，你又不曾卖放了贼。依我的主意，也不必添人过去，竟把云丫头请了来，你和他住一两日，岂不省事。"尤氏道："可是史大妹妹往那里去了?"宝钗道："我才打发他们找你们探丫头去了，叫他同到这里来，我也明白告诉他。"

正说着，果然报："云姑娘和三姑娘来了。"大家让坐已毕，宝钗便说要出去一事。探春道："很好。不但姨妈好了还来的，就便好了不来也使得。"尤氏笑道："这话奇怪，怎么撵起亲戚来了?"探春冷笑道："正是呢，有叫人撵的，不如我先撵。亲戚们好，也不在必要死住着才好。咱们倒是一家子亲骨肉呢，一个个不像乌眼鸡似的，恨不得你吃了我，我吃了你!"尤氏忙笑道："我今儿是那里来的晦气，偏都碰着你姊妹们的气头儿上了。"探春道："谁叫你赶热灶来了!"因问："谁又得罪了你呢?"因又寻思道："惜丫头不犯罗唣你，却是谁呢?"尤氏只含糊答应。

在温情脉脉的亲情背后，看到勾心斗角、明争暗斗的冷酷现实。利益的冰水将亲情淹没。

探春知他畏事不肯多言，因笑道："你别装老实了。除了朝廷治罪，没有砍头的，你不必畏头畏尾。实告诉你罢，我昨日把王善保家的那老婆子打了，我还顶着个罪呢。不过背地里说我些闲话，难道也还打我一顿不成!"宝钗忙问因何又打他，探春悉把昨夜怎的抄检，怎的打他，一一说了出来。尤氏见探春已经说了出来，便把惜春方才之事也说了出来。

探春道："这是他的僻性，孤介太过，我们再傲不过他的。"又告诉他们说："今日一早不见动静，打听凤辣子又病了。我就打发我妈妈出去打听王善保家的是怎样。回来告诉我说，王善保家的挨了一顿打，大太太嗔着他多事。"尤氏李纨道："这倒也是正理。"探春冷笑道："这种掩饰谁不会作，且再瞧就是了。"尤氏李纨皆默无所答。一时估着前头用饭，湘云和宝钗回房打点衣衫。不在话下。

尤氏等遂辞了李纨，往贾母这边来。贾母歪在榻上，王夫人说甄家因何获罪，如今抄没了家产，回京治罪等语。贾母听了正不自在，恰好见他姊妹来了，因问："从那里来的？可知凤姐妯娌两个的病今日怎样？"尤氏等忙回道："今日都好些。"贾母点头叹道："咱们别管人家的事，且商量咱们八月十五日赏月是正经。"王夫人笑道："都已预备下了。不知老太太拣那里好，只是园里空，夜晚风冷。"贾母笑道："多穿两件衣服何妨，那里正是赏月的地方，岂可倒不去的。"

说话之间，早有媳妇丫鬟们抬过饭桌来，王夫人尤氏等忙上来放箸捧饭。贾母见自己的几色菜已摆完，另有两大捧盒内捧了几色菜来，便知是各房另外孝敬的旧规矩。贾母因问："都是些什么？上几次我就吩咐，如今可以把这些蠲了罢，你们还不听。如今比不得在先辐辏的时光[1]了。"鸳鸯忙道："我说过几次，都不听，也只罢了。"王夫人笑道："不过都是家常东西。今日我吃斋，没有别的。那些面筋豆腐老太太又不大甚爱吃，只拣了一样椒

[1] 辐辏（còu）的时光：兴盛的时光。

油莼齑酱[1]来。”贾母笑道：“这样正好，正想这个吃。”鸳鸯听说，便将碟子挪在跟前。宝琴一一的让了，方归坐。贾母便命探春来同吃。探春也都让过了，便和宝琴对面坐下。待书忙去取了碗来。

鸳鸯又指那几样菜道：“这两样看不出是什么东西来，大老爷送来的。这一碗是鸡髓笋，是外头老爷送上来的。”一面说，一面就只将这碗笋送至桌上。贾母略尝了两点，便命：“将那两样着人送回去，就说我吃了。以后不必天天送，我想吃自然来要。”媳妇们答应着，仍送过去，不在话下。

贾母因问：“有稀饭吃些罢了。”尤氏早捧过一碗来，说是红稻米粥。贾母接来吃了半碗，便吩咐：“将这粥送给凤哥儿吃去。”又指着，“这一碗笋和这一盘风腌果子狸给颦儿宝玉两个吃去，那一碗肉给兰小子吃去。”又向尤氏道：“我吃了，你就来吃了罢。”尤氏答应着，待贾母漱口洗手毕，贾母便下地和王夫人说闲话行食[2]。尤氏告坐。

探春宝琴二人也起来了，笑道：“失陪，失陪。”尤氏笑道：“剩我一个人，大排桌的不惯。”贾母笑道：“鸳鸯琥珀来趁势也吃些，又作了陪客。”尤氏笑道：“好，好，好，我正要说呢。”贾母笑道：“看着多多的人吃饭，最有趣的。”又指银蝶道：“这孩子也好，也来同你主子一块来吃，等你们离了我，再立规矩去。”尤氏道：“快过来，不必装假。”贾母负手看着取乐。

因见伺候添饭的人手内捧着一碗下人的米饭，尤氏吃的仍是白粳米饭，贾母问道：“你怎么昏了，

---

[1] 莼齑（chún jī）酱：用莼菜捣碎腌制的小菜。
[2] 行食：饭后消食。

盛这个饭来给你奶奶。”那人道：“老太太的饭完了。今日添了一位姑娘，所以短了些。”鸳鸯道：“如今都是可着头做帽子了，要一点儿富馀也不能的。”王夫人忙回道：“这一二年旱涝不定，田上的米都不能按数交的。这几样细米更艰难了，所以都可着吃的多少关去，生恐一时短了，买的不顺口。”

入不敷出，贾府已经衰象难掩。

贾母笑道：“这正是‘巧媳妇做不出没米的粥’来。”众人都笑起来。鸳鸯道：“既这然，你就去把三姑娘的饭拿来添也是一样，就这样笨。”尤氏笑道：“我这个就够了，也不用取去。”鸳鸯道：“你够了，我不会吃的。”地下的媳妇们听说，方忙着取去了。一时王夫人也去用饭，这里尤氏直陪贾母说话取笑。

到起更的时候，贾母说：“黑了，过去罢。”尤氏方告辞出来。走至大门前上了车，银蝶坐在车沿上。众媳妇放下帘子来，便带着小丫头们先直走过那边大门口等着去了。因二府之门相隔没有一箭之路，每日家常来往不必定要周备，况天黑夜晚之间回来的遭数更多，所以老嬷嬷带着小丫头，只几步便走了过来。两边大门上的人都列在东西街口，早把行人断住。尤氏大车上也不用牲口，只用七八个小厮挽环拽轮，轻轻的便推拽过这边阶矶上来。于是众小厮退过狮子以外，众嬷嬷打起帘子，银蝶先下来，然后搀下尤氏来。

大小七八个灯笼照的十分真切。尤氏因见两边狮子下放着四五辆大车，便知系来赴赌之人所乘，遂向银蝶众人道：“你看，坐车的是这样，骑马的还不知有几个呢。马自然在圈里拴着，咱们看不见。也不知道他娘老子挣下多少钱与他们，这么开心儿。”一面说，一面已到了厅上。

贾蓉之妻带领家下媳妇丫头们，也都秉烛接了出来。尤氏笑道：“成日家我要偷着瞧瞧他们，也没得便。今儿倒巧，就顺便打他们窗户跟前走过去。”众媳妇答应着，提灯引路，又有一个先去悄悄的知会服侍的小厮们不要失惊打怪。于是尤氏一行人悄悄的来至窗下，只听里面称三赞四，要笑之音虽多，又兼有恨五骂六，忿怨之声亦不少。

原来贾珍近因居丧，每不得游顽旷荡，又不得观优闻乐作遣。无聊之极，便生了个破闷之法。日间以习射为由，请了各世家弟兄及诸富贵亲友来较射。因说：“白白的只管乱射，终无裨益，不但不能长进，而且坏了式样，必须立个罚约，赌个利物，大家才有勉力之心。”因此在天香楼下箭道内立了鹄子[1]，皆约定每日早饭后来射鹄子。

贾珍不肯出名，便命贾蓉作局家。这些来的皆系世袭公子，人人家道丰富，且都在少年，正是斗鸡走狗、问柳评花的一干游侠纨裤。因此大家议定，每日轮流作晚饭之主——每日来射，不便独扰贾蓉一人之意。于是天天宰猪割羊，屠鹅戮鸭，好似临潼斗宝[2]一般，都要卖弄自己家的好厨役好烹炮。不到半月工夫，贾赦贾政听见这般，不知就里，反说这才是正理，文既误矣，武事当亦该习，况在武荫[3]之属。两处遂也命贾环、贾琮、宝玉、贾兰等四人于饭后过来，跟着贾珍习射一回，方许回去。

贾珍志不在此，再过一二日便渐次以歇臂养力

[1] 鹄（gǔ）子：箭靶的中心。此指箭靶。
[2] 临潼斗宝：意指夸富斗奢，争强赌胜。典出元杂剧《临潼斗宝》。
[3] 武荫：因武功而得到封荫。

为由，晚间或抹抹骨牌，赌个酒东而已，至后渐次至钱。如今三四月的光景，竟一日一日赌胜于射了，公然斗叶[1]掷骰，放头开局，夜赌起来。家下人借此各有些进益，巴不得的如此，所以竟成了势了。外人皆不知一字。

近日邢夫人之胞弟邢德全也酷好如此，故也在其中。又有薛蟠，头一个惯喜送钱与人的，见此岂不快乐。这邢德全虽系邢夫人之胞弟，却居心行事大不相同。这个邢德全只知吃酒赌钱、眠花宿柳为乐，手中滥漫使钱，待人无二心，好酒者喜之，不饮者则不去亲近，无论上下主仆皆出自一意，并无贵贱之分，因此都唤他“傻大舅”。薛蟠是早已出名的呆大爷。今日二人皆凑在一处，都爱“抢新快”[2]爽利，便又会了两家，在外间炕上“抢新快”。

别的又有几家在当地下大桌上打公番[3]。里间又一起斯文些的，抹骨牌打天九[4]。此间服侍的小厮都是十五岁以下的孩子，若成丁的男子到不了这里，故尤氏方潜至窗外偷看。其中有两个十六七岁娈童以备奉酒的，都打扮的粉妆玉琢。今日薛蟠又输了一张，正没好气，幸而掷第二张完了，算来除翻过来倒反赢了，心中只是兴头起来。贾珍道：“且打住，吃了东西再来。”因问那两处怎样。里头打天九的，也作了帐等吃饭。打公番的未清，且不肯吃。于是各不能顾，先摆下一大桌，贾珍陪

[1] 斗叶：玩纸牌赌钱。

[2] 抢新快：一种赌博游戏，六个骰子，按一定的点色组合，定出分数，进行比赛，分多者胜。

[3] 打公番：骨牌的一种赌博玩法。未详。

[4] 打天九：骨牌的一种赌博玩法。因为“天”（12点）和“九”（9点）合为一副最大，由此得名。

着吃，命贾蓉落后陪那一起。

薛蟠兴头了，便搂着一个娈童吃酒，又命将酒去敬邢傻舅。傻舅输家，没心绪，吃了两碗，便有些醉意，嗔着两个娈童只赶着赢家不理输家了，因骂道："你们这起兔子[1]，就是这样专洑上水。天天在一处，谁的恩你们不沾，只不过我这一会子输了几两银子，你们就三六九等了。难道从此以后再没有求着我们的事了！"众人见他带酒，忙说："很是，很是。果然他们风俗不好。"因喝命："快敬酒赔罪。"两个娈童都是演就的局套，忙都跪下奉酒，说："我们这行人，师父教的不论远近厚薄，只看一时有钱势就亲敬；便是活佛神仙，一时没了钱势了，也不许去理他。况且我们又年轻，又居这个行次，求舅太爷体恕些我们就过去了。"说着，便举着酒俯膝跪下。

邢大舅心内虽软了，只还故作怒意不理。众人又劝道："这孩子是实情话。老舅是久惯怜香惜玉的，如何今日反这样起来？若不吃这酒，他两个怎样起来。"邢大舅已撑不住了，便说道："若不是众位说，我再不理。"说着，方接过来一气喝干了。又斟一碗来。这邢大舅便酒勾往事，醉露真情起来，乃拍案对贾珍叹道："怨不的他们视钱如命。多少世宦大家出身的，若提起'钱势'二字，连骨肉都不认了。老贤甥，昨日我和你那边的令伯母赌气，你可知道否？"贾珍道："不曾听见。"邢大舅叹道："就为钱这件混帐东西。利害，利害！"

贾珍深知他与邢夫人不睦，每遭邢夫人弃恶，扳出怨言，因劝道："老舅，你也太散漫些。若只

[1] 兔子：即娈童、男妓。

管花去，有多少给老舅花的。”邢大舅道：“老贤甥，你不知我邢家底里。我母亲去世时我尚小，世事不知。他姊妹三个人，只有你令伯母年长出阁，一分家私都是他把持带来。如今二家姐虽也出阁，他家也甚艰窘，三家姐尚在家里，一应用度都是这里陪房王善保家的掌管。我便来要钱，也非要的是你贾府的，我邢家家私也就够我花了。无奈竟不得到手，所以有冤无处诉。”贾珍见他酒后叨叨，恐人听见不雅，连忙用话解劝。

借邢夫人弟弟邢德全之口，写邢夫人当年趁弟弟妹妹年幼霸占家产。

外面尤氏等听得十分真切，乃悄向银蝶笑道：“你听见了？这是北院里大太太的兄弟抱怨他呢。可怜他亲兄弟还是这样说，这就怨不得这些人了。”因还要听时，正值打公番者也歇住了，要吃酒。因有一个问道：“方才是谁得罪了老舅，我们竟不曾听明白，且告诉我们评评理。”邢德全见问，便把两个娈童不理输的只赶赢的话说了一遍。这一个年少的纨裤道：“这样说，原可恼的，怨不得舅太爷生气。我且问你两个：舅太爷虽然输了，输的不过是银子钱，并没有输丢了鸡巴，怎就不理他了？”说着，众人大笑起来，连邢德全也喷了一地饭。尤氏在外面悄悄的啐了一口，骂道：“你听听，这一起子没廉耻的小挨刀的，才丢了脑袋骨子，就胡唚嚼毛了。再肏攮下黄汤去，还不知唚出些什么来呢。”一面说，一面便进去卸妆安歇。至四更时，贾珍方散，往佩凤房里去了。

次日起来，就有人回西瓜月饼都全了，只待分派送人。贾珍吩咐佩凤道：“你请你奶奶看着送罢，我还有别的事呢。”佩凤答应去了，回了尤氏，尤氏只得一一分派遣人送去。一时佩凤又来说：“爷问奶奶，今儿出门不出？说咱们是孝家，明儿十五过不得节，今儿晚上倒好，可以大家应个景儿，吃些瓜饼酒。”尤氏道：“我倒不愿出门呢。那边珠大奶奶又病了，凤丫头又睡倒了，我再不过去，越发没个人了。况且又不得闲，应什么景儿。”佩凤道：“爷说了，今儿已辞了众人，直等十六才来呢，好歹定要请奶奶吃酒的。”尤氏笑道：“请我，我没的还席。”

佩凤笑着去了，一时又来笑道：“爷说，连晚饭也请奶奶吃，好歹早些回来，叫我跟了奶奶去呢。”尤氏道：“这样，早饭吃什么？快些吃了，我好走。”佩凤道：“爷说早饭在外头吃，请奶奶自已吃罢。”尤氏问道：“今日外头有谁？”佩凤道：“听见说外头有两个南京新来的，倒不知是谁。”说话之间，贾蓉之妻也梳妆了来见过。少时摆上饭来，尤氏在上，贾蓉之妻在下相陪，婆媳二人吃毕饭。尤氏便换了衣服，仍过荣府来，至晚方回去。

果然贾珍煮了一口猪，烧了一腔羊，备了一桌菜及果品之类，不可胜记，就在会芳园丛绿堂中，屏开孔雀，褥设芙蓉，带领妻子姬妾，先饭后酒，开怀赏月作乐。将一更时分，真是风清月朗，上下如银。贾珍因要行令，尤氏便叫佩凤等四个人也都入席，下面一溜坐下，猜枚划拳，饮了一回。贾珍有了几分酒，益发高兴，便命取了一竿紫竹箫来，命佩凤吹箫，文花唱曲，喉清嗓嫩，真令人魄醉魂飞。唱罢复又行令。

那天将有三更时分，贾珍酒已八分。大家正添衣饮茶，换盏更酌之际，忽听那边墙下有人长叹之声。大家明明听见，都悚然疑畏起来。贾珍忙厉声叱咤，问：“谁在那里？”连问几声，没有人答应。尤氏道：“必是墙外边家里人也未可知。”贾珍道：

祠堂那边墙下传来长叹之音，暗示祖宗见此不肖子孙，失望长叹。此处是《聊斋志异》笔法。

"胡说。这墙四面皆无下人的房子，况且那边又紧靠着祠堂，焉得有人。"一语未了，只听得一阵风声，竟过墙去了。恍惚闻得祠堂内槅扇开阖之声。只觉得风气森森，比先更觉凉飒起来；月色惨淡，也不似先明朗。众人都觉毛发倒竖。贾珍酒已吓醒了一半，只比别人撑持得住些，心下也十分疑畏，便大没兴头起来。勉强又坐了一会子，就归房安歇去了。

次日一早起来，乃是十五日，带领众子侄开祠堂行朔望之礼[1]，细察祠内，都仍是照旧好好的，并无怪异之迹。贾珍自为醉后自怪，也不提此事。礼毕，仍闭上门，看着锁禁起来。

贾珍夫妻至晚饭后方过荣府来。只见贾赦贾政都在贾母房内坐着说闲话，与贾母取笑。贾琏、宝玉、贾环、贾兰皆在地下侍立。贾珍来了，都一一见过。说了两句话后，贾母命坐，贾珍方在近门小杌子上告了座，警身侧坐[2]。贾母笑问道："这两日你宝兄弟的箭如何了？"贾珍忙起身笑道："大长进了，不但样式好，而且弓也长了一个力气[3]。"贾母道："这也够了，且别贪力，仔细努伤。"贾珍忙答应几个"是"。贾母又道："你昨日送来的月饼好；西瓜看着好，打开却也罢了。"贾珍笑道："月饼是新来的一个专做点心的厨子，我试了试果然好，才敢做了孝敬。西瓜往年都还可以，不知今年怎么就不好了。"贾政道："大约今年雨水太勤之故。"贾母笑道："此时月已上了，咱们且去上香。"

[1] 朔望之礼：旧时名门望族每逢初一、十五要到祠堂祭祖。朔，初一。望，十五。
[2] 警身侧坐：恭敬严肃地侧身而坐。
[3] 力气：古代拉弓用力的单位，"一个力气"相当于九斤十二两。

说着，便起身扶着宝玉的肩，带领众人齐往园中来。

当下园之正门俱已大开，吊着羊角大灯。嘉荫堂前月台上焚着斗香[1]，秉着风烛，陈献着瓜饼及各色果品。邢夫人等一干女客皆在里面久候。真是月明灯彩，人气香烟，晶艳氤氲，不可形状。地下铺着拜毯锦褥。贾母盥手上香拜毕，于是大家皆拜过。贾母便说："赏月在山上最好。"因命在那山脊上的大厅上去。众人听说，就忙着在那里去铺设。贾母且在嘉荫堂中吃茶少歇，说些闲话。

一时，人回："都齐备了。"贾母方扶着人上山来。王夫人等因说："恐石上苔滑，还是坐竹椅上去。"贾母道："天天有人打扫，况且极平稳的宽路，何必不疏散疏散筋骨。"于是贾赦贾政等在前导引，又是两个老婆子秉着两把羊角手罩，鸳鸯、琥珀、尤氏等贴身搀扶，邢夫人等在后围随，从下逶迤而上，不过百馀步，至山之峰脊上，便是这座敞厅。因在山之高脊，故名曰凸碧山庄。于厅前平台上列下桌椅，又用一架大围屏隔作两间。凡桌椅形式皆是圆的，特取团圆之意。上面居中贾母坐下，左垂首贾赦、贾珍、贾琏、贾蓉，右垂首贾政、宝玉、贾环、贾兰，团团围坐。只坐了半壁，下面还有半壁馀空。

贾母笑道："常日倒还不觉人少，今日看来，还是咱们的人也甚少，算不得甚么。想当年过的日子，到今夜男女三四十个，何等热闹。今日就这样，太少了。待要再叫几个来，他们都是有父母的，家里去应景，不好来的。如今叫女孩们来坐那边罢。"于是令人向围屏后将迎春、探春、惜春三

---

[1] 斗香：将香捆扎成塔形，点燃顶上一股，从上到下层层燃尽。

个请出来。贾琏、宝玉等一齐出坐，先尽他姊妹坐了，然后在下方依次坐定。

贾母便命折一枝桂花来，命一媳妇在屏后击鼓传花。若花到谁手中，饮酒一杯，罚说笑话一个。于是先从贾母起，次贾赦，一一接过。鼓声两转，恰恰在贾政手中住了，只得饮了酒。众姊妹弟兄皆你悄悄的扯我一下，我暗暗的又捏你一把，都含笑倒要听是何笑话。

贾政见贾母喜悦，只得承欢。方欲说时，贾母又笑道："若说的不笑了，还要罚。"贾政笑道："只得一个，说来不笑，也只好受罚了。"因笑道：

"一家子一个人最怕老婆的。"

才说了一句，大家都笑了。因从不曾见贾政说过笑话，所以才笑。贾母笑道："这必是好的。"贾政笑道："若好，老太太多吃一杯。"贾母笑道："自然。"贾政又说道：

"这个怕老婆的人从不敢多走一步。偏是那日是八月十五，到街上买东西，便遇见了几个朋友，死活拉到家里去吃酒。不想吃醉了，便在朋友家睡着了，第二日才醒，后悔不及，只得来家赔罪。他老婆正洗脚，说：'既是这样，你替我舔舔就饶你。'这男人只得给他舔，未免恶心要吐。他老婆便恼了，要打，说：'你这样轻狂！'唬得他男人忙跪下求说：'并不是奶奶的脚脏。只因昨晚吃多了黄酒，又吃了几块月饼馅子，所以今日有些作酸呢。'"

这个包袱好。

说的贾母与众人都笑了。贾政忙斟了一杯，送与贾母。贾母笑道："既这样，快叫人取烧酒来，别叫你们受累。"众人又都笑起来。

于是又击鼓，便从贾政传起，可巧传至宝玉鼓止。宝玉因贾政在坐，自是踧踖[1]不安，花偏又在他手内，因想："说笑话倘或说不好了，又说没口才，连一笑话不能说，何况别的，这有不是。若说好了，又说正经的不会，只惯油嘴贫舌，更有不是。不如不说的好。"乃起身辞道："我不能说笑话，求再限别的罢了。"贾政道："既这样，限一个'秋'字，就即景作一首诗。若好，便赏你；若不好，明日仔细。"贾母忙道："好好的行令，如何又要作诗?"贾政道："他能的。"贾母听说，道："既这样就作。"命人取了纸笔来，贾政道："只不许用那些冰玉晶银彩光明素等样堆砌字眼，要另出己见，试试你这几年的情思。"宝玉听了，碰在心坎上，遂立想了四句，向纸上写了，呈与贾政看，道是：……

贾政看了，点头不语。贾母见这般，知无甚大不好，便问："怎么样?"贾政因欲贾母喜悦，便说："难为他。只是不肯念书，到底词句不雅。"贾母道："这就罢了。他能多大，定要他做才子不成!这就该奖励他，以后越发上心了。"贾政道："正是。"因回头命个老嬷嬷出去吩咐书房内的小厮，"把我海南带来的扇子取两把给他。"宝玉忙拜谢，仍复归座行令。

当下贾兰见奖励宝玉，他便出席也做一首递与贾政看时，写道是：……

---

[1] 踧踖（cù jí）：恭敬而局促的样子。

贾政看了喜不自胜，遂并讲与贾母听时，贾母也十分欢喜，也忙令贾政赏他。于是大家归坐，复行起令来。

这次在贾赦手内住了，只得吃了酒，说笑话。因说道：

“一家子一个儿子最孝顺。偏生母亲病了，各处求医不得，便请了一个针灸的婆子来。这婆子原不知道脉理，只说是心火，如今用针灸之法，针灸针灸就好了。这儿子慌了，便问：‘心见铁即死，如何针得？’婆子道：‘不用针心，只针肋条就是了。’儿子道：‘肋条离心甚远，怎么就好？’婆子道：‘不妨事，你不知天下父母心偏的多呢。’”

贾赦的这个包袱有讽刺贾母偏心的嫌疑。

众人听说，都笑起来。贾母也只得吃半杯酒，半日笑道：“我也得这个婆子针一针就好了。”贾赦听说，便知自己出言冒撞，贾母疑了心，忙起身笑与贾母把盏，以别言解释。贾母亦不好再提，且行起令来。

不料这次花却在贾环手里。贾环近日读书稍进，其脾味中不好务正也与宝玉一样，故每常也好看些诗词，专好奇诡仙鬼一格。今见宝玉作诗受奖，他便技痒，只当着贾政不敢造次。如今可巧花在手中，便也索纸笔来立挥一绝与贾政。贾政看了，亦觉罕异，只是词句终带着不乐读书之意，遂不悦道：“可见是弟兄了。发言吐气总属邪派，将来都是不由规矩准绳，一起下流货。妙在古人中有

‘二难’，你两个也可以称‘二难’[1]了。只是你两个的‘难’字，却是作难以教训之‘难’字讲才好。哥哥是公然以温飞卿自居，如今兄弟又自为曹唐再世了。”说的贾赦等都笑了。

贾赦乃要诗瞧了一遍，连声赞好，道：“这诗据我看甚是有骨气。想来咱们这样人家，原不比那起寒酸，定要‘雪窗荧火’[2]，一日蟾宫折桂，方得扬眉吐气。咱们的子弟都原该读些书，不过比别人略明白些，可以做得官时就跑不了一个官的。何必多费了工夫，反弄出书呆子来。所以我爱他这诗，竟不失咱们侯门的气概。”因回头吩咐人去取了自己的许多玩物来赏赐与他。因又拍着贾环的头，笑道：“以后就这么做去，方是咱们的口气，将来这世袭的前程定跑不了你袭呢。”贾政听说，忙劝说：“不过他胡诌如此，那里就论到后事了。”

说着便斟上酒，又行了一回令。贾母便说：“你们去罢。自然外头还有相公们候着，也不可轻忽了他们。况且二更多了，你们散了，再让我和姑娘们多乐一回，好歇着了。”贾赦等听了，方止了令，又大家公进了一杯酒，方带着子侄们出去了。要知端详，再听下回。

---

[1] 二难：本指兄弟二人才德俱优，难分高下。这里是讽刺两人是难兄难弟。

[2] 雪窗荧火：冬夜借窗前雪光读书，夏夜借囊中萤光读书。荧，通“萤”。

第七十六回

凸碧堂品笛感凄清　凹晶馆联诗悲寂寞

话说贾赦贾政带领贾珍等散去不提。且说贾母这里命将围屏撤去，两席并而为一。众媳妇另行擦桌整果，更杯洗箸，陈设一番。贾母等都添了衣，盥漱吃茶，方又入坐，团团围绕。贾母看时，宝钗姊妹二人不在坐内，知他们家去圆月去了，且李纨凤姐二人又病着，少了四个人，便觉冷清了好些。

贾母因笑道："往年你老爷们不在家，咱们越性请过姨太太来，大家赏月，却十分闹热。忽一时想起你老爷来，又不免想到母子夫妻儿女不能一处，也都没兴。及至今年你老爷来了，正该大家团圆取乐，又不便请他们娘儿们来说说笑笑。况且他们今年又添了两口人，也难丢了他们跑到这里来。偏又把凤丫头病了，有他一人来说说笑笑，还抵得十个人的空儿。可见天下事总难十全。"说毕，不觉长叹一声，遂命拿大杯来斟热酒。

没有凤姐，贾母的欢乐少了大半。对众人来说，曹操在时骂曹操，曹操死了想曹操。

王夫人笑道："今日得母子团圆，自比往年有趣。往年娘儿们虽多，终不似今年自己骨肉齐全的好。"贾母笑道："正是为此，所以我才高兴拿大杯来吃酒。你们也换大杯才是。"邢夫人等只得换上大杯来。因夜深体乏，且不能胜酒，未免都有些倦意，无奈贾母兴犹未阑，只得陪饮。

贾母又命将罽毡铺于阶上，命将月饼西瓜果品等类都叫搬下去，令丫头媳妇们也都团团围坐赏月。贾母因见月至中天，比先越发精彩可爱，因说："如此好月，不可不闻笛。"因命人将十番上女孩子传来。贾母道："音乐多了，反失雅致，只用吹笛的远远的吹起来就够了。"说毕，刚才去吹时，只见跟邢夫人的媳妇走来向邢夫人前说了两句话。贾母便问："什么事?"那媳妇便回说："方才大老爷出去，被石头绊了一下，蹓了腿。"贾母听说，忙命两个婆子快看去，又命邢夫人快去。

邢夫人遂告辞起身。贾母便又说："珍哥媳妇也趁着便就家去罢，我也就睡了。"尤氏笑道："我今日不回去了，定要和老祖宗吃一夜。"贾母笑道："使不得，使不得。你们小夫妻家，今夜不要团圆团圆，如何为我耽搁了。"尤氏红了脸，笑道："老祖宗说的我们太不堪了。我们虽然年轻，已经是十来年的夫妻，也奔四十岁的人了。况且孝服未满，陪着老太太顽一夜还罢了，岂有自去团圆的理。"

贾母听说，笑道："这话很是，我倒也忘了孝未满。可怜你公公已死二年多了，可是我倒忘了，该罚我一大杯。既这样，你就越性别送，陪着我罢了。你叫蓉儿媳妇送去，就顺便回去罢。"尤氏说了。蓉妻答应着，送出邢夫人，一同至大门，各自上车回去。不在话下。

这里贾母仍带众人赏了一回桂花，又入席换暖酒来。正说着闲话，猛不防只听那壁厢桂花树下，呜呜咽咽，悠悠扬扬，吹出笛声来。趁着这明月清风，天空地静，真令人烦心顿解，万虑齐除，都肃然危坐，默默相赏。听约两盏茶时，方才止住，大家称赞不已。

于是遂又斟上暖酒来。贾母笑道："果然可听么?”众人笑道:“实在可听。我们也想不到这样,须得老太太带领着,我们也得开些心胸。”贾母道:“这还不大好,须得拣那曲谱越慢的吹来越好。”说着,便将自己吃的一个内造瓜仁油松穰月饼,又命斟一大杯热酒,送给谱笛之人,慢慢的吃了再细细的吹一套来。媳妇们答应了。

方送去,只见方才瞧贾赦的两个婆子回来了,说:“右脚面上白肿了些,如今调服了药,疼的好些了,也没甚大关系。”贾母点头叹道:“我也太操心。打紧说我偏心,我反这样。”因就将方才贾赦的笑话说与王夫人尤氏等听。王夫人等因笑劝道:“这原是酒后大家说笑,不留心也是有的,岂有敢说老太太之理。老太太自当解释才是。”

只见鸳鸯拿了软巾兜与大斗篷来,说:“夜深了,恐露水下来,风吹了头,须要添了这个。坐坐也该歇了。”贾母道:“偏今儿高兴,你又来催。难道我醉了不成,偏到天亮!”因命再斟酒来。一面戴上兜巾,披了斗篷,大家陪着又饮,说些笑话。只听桂花阴里,呜呜咽咽,袅袅悠悠,又发出一缕笛音来,果真比先越发凄凉。大家都寂然而坐。夜静月明,且笛声悲怨,贾母年老带酒之人,听此声音,不免有触于心,禁不住堕下泪来。众人此时都不禁有凄凉寂寞之意,半日,方知贾母伤感,才忙转身陪笑,发语解释。又命换暖酒,且住了笛。

尤氏笑道:“我也就学了一个笑话,说与老太太解解闷。”贾母勉强笑道:“这样更好,快说来我听。”尤氏乃说道:“一家子养了四个儿子:大儿子只一个眼睛,二儿子只一个耳朵,三儿子只一个鼻子眼,四儿子倒都齐全,偏又是个哑巴。”正说到这里,只见贾母已朦胧双眼,似有睡去之态。尤氏方住了，忙和王夫人轻轻的请醒。贾母睁眼笑道："我不困，白闭闭眼养神。你们只管说，我听着呢。"王夫人等笑道："夜已四更了，风露也大，请老太太安歇罢。明日再赏十六，也不辜负这月色。"贾母道："那里就四更了?"王夫人笑道："实已四更，他们姊妹们熬不过，都去睡了。"

贾母听说，细看了一看，果然都散了，只有探春在此。贾母笑道："也罢。你们也熬不惯，况且弱的弱，病的病，去了倒省心。只是三丫头可怜见的，尚还等着。你也去罢，我们散了。"说着，便起身，吃了一口清茶，便有预备下的竹椅小轿，便围着斗篷坐上，两个婆子搭起，众人围随出园去了。不在话下。

这里众媳妇收拾杯盘碗盏时，却少了个细茶杯，各处寻觅不见，又问众人："必是谁失手打了。撂在那里，告诉我拿了磁瓦去交收是证见，不然又说偷起来了。"众人都说："没有打了，只怕跟姑娘的人打了，也未可知。你细想想，或问问他们去。"一语提醒了这管家伙的媳妇，因笑道："是了，那一会记得是翠缕拿着的。我去问他。"说着便去找时，刚下了甬路，就遇见了紫鹃和翠缕来了。

翠缕便问道："老太太散了，可知我们姑娘那去了?"这媳妇道："我来问那一个茶钟往那里去了，你们倒问我要姑娘。"翠缕笑道："我因倒茶给姑娘吃的，展眼回头，就连姑娘也没了。"那媳妇道："太太才说都睡觉去了。你不知那里顽去了，还不知道呢。"翠缕和紫鹃道："断乎没有悄悄的睡去之理，只怕在那里走了一走。如今见老太太散了，赶过前边送去，也未可知。我们且往前边找找去。有了姑娘，自然你的茶钟也有了。你明日一早再找，有什么忙的。”媳妇笑道：“有了下落就不必忙了，明儿就和你要罢。”说毕回去，仍查收家伙。这里紫鹃和翠缕便往贾母处来。不在话下。

原来黛玉和湘云二人并未去睡觉。只因黛玉见贾府中许多人赏月，贾母犹叹人少，不似当年热闹，又提宝钗姊妹家去母女弟兄自去赏月等语，不觉对景感怀，自去俯栏垂泪。宝玉近因晴雯病势甚重，诸务无心，王夫人再四遣他去睡，他也便去了。探春又因近日家事着恼，无暇游玩。虽有迎春惜春二人，偏又素日不大甚合。所以只剩了湘云一人宽慰他，因说：“你是个明白人，何必作此形景自苦。我也和你一样，我就不似你这样心窄。何况你又多病，还不自己保养。可恨宝姐姐，姊妹天天说亲道热，早已说今年中秋要大家一处赏月，必要起社，大家联句，到今日便弃了咱们，自己赏月去了。社也散了，诗也不作了。倒是他们父子叔侄纵横起来。你可知宋太祖说的好：‘卧榻之侧，岂容他人酣睡。’他们不作，咱们两个竟联起句来，明日羞他们一羞。”黛玉见他这般劝慰，不肯负他的豪兴，因笑道：“你看这里这等人声嘈杂，有何诗兴。”

黛玉和湘云，同是父母双亡、寄人篱下之孤女。

湘云笑道：“这山上赏月虽好，终不及近水赏月更妙。你知道这山坡底下就是池沿，山坳里近水一个所在就是凹晶馆。可知当日盖这园子时就有学问。这山之高处，就叫凸碧；山之低洼近水处，就叫作凹晶。这‘凸’‘凹’二字，历来用的人最少。如今直用作轩馆之名，更觉新鲜，不落窠臼。可知这两处一上一下，一明一暗，一高一矮，一山一水，竟是特因玩月而设此处。有爱那山高月小的，便往这里来；有爱那皓月清波的，便往那里去。只是这两个字俗念作‘洼’‘拱’二音，便说俗了，不大见用，只陆放翁用了一个‘凹’字，说‘古砚微凹聚墨多’，还有人批他俗，岂不可笑。”林黛玉道：“也不只放翁才用，古人中用者太多。如江淹《青苔赋》，东方朔《神异经》，以至《画记》上云张僧繇画一乘寺的故事，不可胜举。只是今人不知，误作俗字用了。实和你说罢，这两个字还是我拟的呢。因那年试宝玉，因他拟了几处，也有存的，也有删改的，也有尚未拟的。这是后来我们大家把这没有名色的也都拟出来了，注了出处，写了这房屋的坐落，一并带进去与大姐姐瞧了。他又带出来，命给舅舅瞧过。谁知舅舅倒喜欢起来，又说：‘早知这样，那日该就叫他姊妹一并拟了，岂不有趣。’所以凡我拟的，一字不改都用了。如今就往凹晶馆去看看。”

说着，二人便同下了山坡。只一转弯，就是池沿，沿上一带竹栏相接，直通着那边藕香榭的路径。因这几间就在此山怀抱之中，乃凸碧山庄之退居，因洼而近水，故颜其额曰“凹晶溪馆”。因此处房宇不多，且又矮小，故只有两个老婆子上夜。今日打听得凸碧山庄的人应差，与他们无干，这两个老婆子关了月饼果品并犒赏的酒食来，二人吃得既醉且饱，早已熄灯睡了。

黛玉湘云见熄了灯，湘云笑道：“倒是他们睡了好。咱们就在这卷棚底下近水赏月如何?”二人遂在两个湘妃竹墩上坐下。只见天上一轮皓月，池中一轮水月，上下争辉，如置身于晶宫鲛室之内。微风一过，粼粼然池面皱碧铺纹，真令人神清气净。湘云笑道：“怎得这会子坐上船吃酒倒好。这要是我家里这样，我就立刻坐船了。”黛玉笑道：

“正是古人常说的好‘事若求全何所乐’。据我说，这也罢了，偏要坐船起来。”湘云笑道：“得陇望蜀，人之常情。可知那些老人家说的不错。说贫穷之家自为富贵之家事事称心，告诉他说竟不能遂心，他们不肯信的；必得亲历其境，他方知觉了。就如咱们两个，虽父母不在，然却也忝在富贵之乡，只你我竟有许多不遂心的事。”黛玉笑道：“不但你我不能称心，就连老太太、太太以至宝玉、探丫头等人，无论事大事小，有理无理，其不能各遂其心者，同一理也，何况你我旅居客寄之人哉！”湘云听说，恐怕黛玉又伤感起来，忙道：“休说这些闲话，咱们且联诗。”

天下不如意事，常十之八九。家家都有一本难念的经。黛玉难得如此豁达。

正说间，只听笛韵悠扬起来。黛玉笑道：“今日老太太、太太高兴了，这笛子吹的有趣，倒是助咱们的兴趣了。咱两个都爱五言，就还是五言排律罢。”湘云道：“限何韵？”黛玉笑道：“咱们数这个栏杆的直棍，这头到那头为止。他是第几根就用第几韵。若十六根，便是‘一先’起。这可新鲜？”湘云笑道：“这倒别致。”于是二人起身，便从头数至尽头，止得十三根。湘云道：“偏又是‘十三元’了。这个韵少，作排律只怕牵强不能押韵呢。少不得你先起一句罢了。”黛玉笑道：“倒要试试咱们谁强谁弱，只是没有纸笔记。”湘云道：“不妨，明儿再写。只怕这一点聪明还有。”

黛玉道：“我先起一句现成的俗语罢。”因念道：

三五中秋夕，

湘云想了一想，道：

清游拟上元[1]。
撒天箕斗[2]灿，

林黛玉笑道：

匝地管弦繁。
几处狂飞盏，

湘云笑道：“这一句‘几处狂飞盏’有些意思。这倒要对的好呢。”想了一想，笑道：

谁家不启轩。
轻寒风剪剪，

黛玉道：“对的比我的却好。只是底下这句又说熟话了，就该加劲说了去才是。”湘云道：“诗多韵险，也要铺陈些才是。纵有好的，且留在后头。”黛玉笑道：“到后头没有好的，我看你羞不羞。”因联道：

良夜景暄暄。
争饼嘲黄发[3]，

湘云笑道：“这句不好，是你杜撰，用俗事来难我了。”黛玉笑道：“我说你不曾见过书呢。吃饼是旧典，唐书唐志你看了来再说。”湘云笑道：“这也难不倒我，我也有了。”因联道：

[1] 上元：元宵节。
[2] 箕、斗：星宿名，这里泛指群星。
[3] 黄发：老年人。

分瓜笑绿媛[1]。
香新荣玉桂，

黛玉笑道："分瓜可是实实的你杜撰了。"湘云笑道："明日咱们对查了出来大家看看，这会子别耽误工夫。"黛玉笑道："虽如此，下句也不好，不犯着又用'玉桂''金兰'等字样来塞责。"因联道：

色健茂金萱[2]。
蜡烛辉琼宴，

湘云笑道："'金萱'二字便宜了你，省了多少力。这样现成的韵被你得了，只是不犯着替他们颂圣去。况且下句你也是塞责了。"黛玉笑道："你不说'玉桂'，我难道强对个'金萱'么？再也要铺陈些富丽，方才是即景之实事。"湘云只得又联道：

觥筹乱绮园。
分曹尊一令[3]，

黛玉笑道："下句好，只是难对些。"因想了一想，联道：

射覆听三宣。
骰彩红成点，

[1] 绿媛：年轻女子。绿，指乌黑的头发。媛，美女。
[2] 金萱：萱草的美称，又名忘忧草。
[3] 分曹尊一令：意谓以令官一人之命为尊，分出对手，行射覆、猜拳等酒令。分曹，分出对手。

湘云笑道："'三宣'有趣，竟化俗成雅了。只是下句又说上骰子。"少不得联道：

传花鼓滥喧。
晴光摇院宇，

黛玉笑道："对的却好。下句又溜了，只管拿些风月来塞责。"湘云道："究竟没说到月上，也要点缀点缀，方不落题。"黛玉道："且姑存之，明日再斟酌。"因联道：

素彩接乾坤。
赏罚无宾主，

湘云道："又说他们作什么，不如说咱们。"只得联道：

吟诗序仲昆。
构思时倚槛，

黛玉道："这可以入上你我了。"因联道：

拟景或依门。
酒尽情犹在，

湘云说道："是时侯了。"乃联道：

更残乐已谖[1]。
渐闻语笑寂，

黛玉说道："这时侯可知一步难似一步了。"因联道：

空剩雪霜痕。
阶露团朝菌[2]，

湘云笑道："这一句怎么押韵，让我想想。"因起身负手，想了一想，笑道："够了，幸而想出一个字来，几乎败了。"因联道：

庭烟敛夕棔[3]。
秋湍泻石髓[4]，

黛玉听了，不禁也起身叫妙，说："这促狭鬼，果然留下好的。这会子才说'棔'字，亏你想得出。"湘云道："幸而昨日看历朝文选见了这个字，我不知是何树，因要查一查。宝姐姐说不用查，这就是如今俗叫作明开夜合的。我信不及，到底查了一查，果然不错。看来宝姐姐知道的竟多。"黛玉笑道："'棔'字用在此时更恰，也还罢了。只是'秋湍'一句亏你好想。只这一句，别的都要抹倒。我少不得打起精神来对一句，只是再不能似这一句了。"因想了一想，道：

---

[1] 谖（xuān）：忘记，引申为止歇。
[2] 朝菌：一种朝生暮死的菌类。
[3] 棔（hūn）：即合欢树，夜间叶子成对合拢。
[4] 石髓：即钟乳石。

风叶聚云根[1]。
宝婺[2]情孤洁，

湘云道：“这对的也还好。只是下一句你也溜了，幸而是景中情，不单用‘宝婺’来塞责。”因联道：

银蟾气吐吞。
药经灵兔捣，

黛玉不语点头，半日随念道：

人向广寒奔。
犯斗邀牛女，

湘云也望月点首，联道：

乘槎待帝孙。
虚盈轮莫定，

黛玉笑道：“又用比兴了。”因联道：

晦朔魄空存[3]。
壶漏声将涸，

湘云方欲联时，黛玉指池中黑影与湘云看道：“你看那河里怎么像个人在黑影里去了，敢是个鬼罢?”湘云笑道：“可是又见鬼了。我是不怕鬼的，等我

---

[1] 云根：指山石，古人以为云气生于山石，故有此称。
[2] 婺（wù）：婺女，星宿名，这里代指秋星。
[3] 晦朔魄空存：晦，阴历每月的最后一天。朔，阴历每月的初一。魄，月魄，指月体。空存，无光。

打他一下。”因弯腰拾了一块小石片向那池中打去，只听打得水响，一个大圆圈将月影荡散复聚者几次。只听那黑影里嘎然一声，却飞起一个白鹤来，直往藕香榭去了。黛玉笑道：“原来是他，猛然想不到，反吓了一跳。”湘云笑道：“这个鹤有趣，倒助了我了。”因联道：

窗灯焰已昏。
寒塘渡鹤影，

林黛玉听了，又叫好，又跺足，说：“了不得，这鹤真是助他的了！这一句更比‘秋湍’不同，叫我对什么才好？‘影’字只有一个‘魂’字可对，况且‘寒塘渡鹤’何等自然，何等现成，何等有景且又新鲜，我竟要搁笔了。”湘云笑道：“大家细想就有了，不然就放着明日再联也可。”黛玉只看天，不理他，半日，猛然笑道：“你不必捞嘴[1]，我也有了，你听听。”因对道：

冷月葬诗魂。

湘云拍手赞道：“果然好极！非此不能对。好个‘葬诗魂’！”因又叹道：“诗固新奇，只是太颓丧了些。你现病着，不该作此过于清奇诡谲之语。”黛玉笑道：“不如此如何压倒你。下句竟还未得，只为用工在这一句了。”

一语未了，只见栏外山石后转出一个人来，笑道：“好诗，好诗，果然太悲凉了。不必再往下联，

“冷月葬诗魂”，梦稿、蒙府、戚序本均作“冷月葬花魂”。“冷月葬花魂”，是《红楼梦》中第一好诗句。月有形而魂无痕，冷可感觉而魂难捉摸。以花形容美女，并不新奇，而以冷月之光安葬娇花之魂，却是想落天外。凄冷、艳丽、哀伤、高洁，最适合黛玉的身份、性格和心境。

[1] 捞嘴：多嘴。

若底下只这样去，反不显这两句了，倒觉得堆砌牵强。”二人不防，倒唬了一跳。细看时，不是别人，却是妙玉。

二人皆诧异，因问：“你如何到了这里?”妙玉笑道：“我听见你们大家赏月，又吹的好笛，我也出来玩赏这清池皓月。顺脚走到这里，忽听见你两个联诗，更觉清雅异常，故此听住了。只是方才我听见这一首中，有几句虽好，只是过于颓败凄楚。此亦关人之气数而有，所以我出来止住。如今老太太都已早散了，满园的人想俱已睡熟了，你两个的丫头还不知在那里找你们呢。你们也不怕冷了？快同我来，到我那里去吃杯茶，只怕就天亮了。”黛玉笑道：“谁知道就这个时侯了。”

三人遂一同来至栊翠庵中。只见龛焰犹青，炉香未烬。几个老嬷嬷也都睡了，只有小丫鬟在蒲团上垂头打盹。妙玉唤他起来，现去烹茶。忽听叩门之声，小丫鬟忙去开门看时，却是紫鹃翠缕与几个老嬷嬷来找他姊妹两个。进来见他们正吃茶，因都笑道：“要我们好找，一个园里走遍了，连姨太太那里都找到了。才到了那山坡底下小亭里找时，可巧那里上夜的正睡醒了。我们问他们，他们说，方才亭外头棚下两个人说话，后来又添了一个，听见说大家往庵里去。我们就知是这里了。”妙玉忙命小丫鬟引他们到那边去坐着歇息吃茶。自取了笔砚纸墨出来，将方才的诗命他二人念着，遂从头写出来。

黛玉见他今日十分高兴，便笑道：“从来没见你这样高兴。若不见你这样高兴，我也不敢唐突请教，这还可以见教否？若不堪时，便就烧了；若或可改，即请改正改正。”妙玉笑道：“也不敢妄加评赞。只是这才有了二十二韵。我意思想着你二位警句已出，再若续时，恐后力不加。我竟要续貂，又恐有玷。”黛玉从没见妙玉作过诗，今见他高兴如此，忙说：“果然如此，我们的虽不好，亦可以带好了。”妙玉道：“如今收结，到底还该归到本来面目上去。若只管丢了真情真事且去搜奇捡怪，一则失了咱们的闺阁面目，二则也与题目无涉了。”二人皆道极是。

妙玉遂提笔一挥而就，递与他二人道：“休要见笑。依我必须如此，方翻转过来，虽前头有凄楚之句，亦无甚碍了。”二人接了看时，只见他续道：

香篆[1]销金鼎，脂冰腻玉盆。
箫增嫠妇[2]泣，衾倩侍儿温。
空帐悬文凤，闲屏掩彩鸳。
露浓苔更滑，霜重竹难扪。
犹步萦纡沼，还登寂历原。
石奇神鬼搏，木怪虎狼蹲。
赑屃[3]朝光透，罘罳[4]晓露屯。
振林千树鸟，啼谷一声猿。
歧熟焉忘径，泉知不问源。
钟鸣栊翠寺，鸡唱稻香村。
有兴悲何继，无愁意岂烦。
芳情只自遣，雅趣向谁言。
彻旦休云倦，烹茶更细论。

---

[1] 香篆：即篆香，一种形似篆字的记时的香。
[2] 嫠（lí）妇：寡妇。
[3] 赑屃（bì xì）：传说赑屃能负重，故石碑下的石座多雕作赑屃的形状，这里代指石碑。
[4] 罘罳（fú sī）：金属丝网，围护在屋檐下以防鸟雀侵扰。

后书：《右中秋夜大观园即景联句三十五韵》。

黛玉湘云二人皆赞赏不已，说：“可见我们天天是舍近而求远。现有这样诗仙在此，却天天去纸上谈兵。”妙玉笑道：“明日再润色。此时想也快天亮了，到底要歇息歇息才是。”林史二人听说，便起身告辞，带领丫鬟出来。妙玉送至门外，看他们去远，方掩门进来。不在话下。

这里翠缕向湘云道：“大奶奶那里还有人等着咱们睡去呢。如今还是那里去好？”湘云笑道：“你顺路告诉他们，叫他们睡罢。我这一去未免惊动病人，不如闹林姑娘半夜去罢。”说着，大家走至潇湘馆中，有一半人已睡去。二人进去，方才卸妆宽衣，盥漱已毕，方上床安歇。紫鹃放下绡帐，移灯掩门出去。

谁知湘云有择席之病[1]，虽在枕上，只是睡不着。黛玉又是个心血不足常常失眠的，今日又错过困头，自然也是睡不着。二人在枕上翻来覆去。黛玉因问道：“怎么你还没睡着？”湘云微笑道：“我有择席的病，况且走了困，只好躺躺罢。你怎么也睡不着？”黛玉叹道：“我这睡不着也并非今日，大约一年之中，通共也只好睡十夜满足的。”湘云道：“却是你病的原故，所以……”不知下文什么——

[1] 择席之病：在陌生的地方睡不着。

第七十七回

俏丫鬟抱屈夭风流　美优伶斩情归水月

话说王夫人见中秋已过，凤姐病已比先减了，虽未大愈，然亦可以出入行走得了，仍命大夫每日诊脉服药，又开了丸药方子来配调经养荣丸。因用上等人参二两，王夫人命人取时，翻寻了半日，只向小匣内寻了几枝簪挺粗细的。王夫人看了嫌不好，命再找去，又找了一大包须末出来。

捉襟见肘，贾府败象难掩。

王夫人焦躁道："用不着偏有，但用着了，再找不着。成日家我说叫你们查一查，都归拢在一处，你们白不听，就随手混撂。你们不知他的好处，用起来得多少换买来还不中使呢。"彩云道："想是没了，就只有这个。上次那边的太太来寻了些去，太太都给过去了。"王夫人道："没有的话，你再细找找。"彩云只得又去找，又拿了几包药材来说："我们不认得这个，请太太自看。除这个再没有了。"王夫人打开看时，也都忘了，不知都是什么药，并没有一枝人参。因一面遣人去问凤姐有无，凤姐来说："也只有些参膏芦须[1]。虽有几枝，也不是上好的，每日还要煎药里用呢。"王夫人听了，只得向邢夫人那里问去。邢夫人说："因上次没了，才往这里来寻，早已用完了。"

[1] 参膏芦须：参膏，用碎参熬的膏。芦须，人参的下脚部分。须，细根。

王夫人没法，只得亲身过来请问贾母。贾母忙命鸳鸯取出当日所馀的来，竟还有一大包，皆有手指头粗细的，遂称二两与王夫人。王夫人出来交与周瑞家的拿去令小厮送与医生家去，又命将那几包不能辨得的药也带了去，命医生认了，各包记号了来。

一时，周瑞家的又拿了进来说："这几包都各包好记上名字了。但这一包人参固然是上好的，如今就连三十换也不能得这样的了，但年代太陈了。这东西比别的不同，凭是怎样好的，只过一百年后，便自己就成了灰了。如今这个虽未成灰，然已成了朽糟烂木，也无性力的了。请太太收了这个，倒不拘粗细，好歹再换些新的倒好。"王夫人听了，低头不语，半日才说："这可没法了，只好去买二两来罢。"也无心看那些，只命："都收了罢。"因向周瑞家的说："你就去说给外头人们，拣好的换二两来。倘一时老太太问，你们只说用的是老太太的，不必多说。"

周瑞家的方才要去时，宝钗因在坐，乃笑道："姨娘且住。如今外头卖的人参都没好的。虽有一枝全的，他们也必截做两三段，镶嵌上芦泡须枝，掺匀了好卖，看不得粗细。我们铺子里常和参行交易，如今我去和妈说了，叫哥哥去托个伙计过去和参行商议说明，叫他把未作的原枝好参兑二两来。不妨咱们多使几两银子，也得了好的。"王夫人笑道："倒是你明白。就难为你亲自走一趟更好。"

于是宝钗去了，半日回来说："已遣人去，赶晚就有回信的。明日一早去配也不迟。"王夫人自是喜悦，因说道："'卖油的娘子水梳头'，自来家里有好的，不知给了人多少。这会子轮到自己用，反倒各处求人去了。”说毕长叹。宝钗笑道：“这东西虽然值钱，究竟不过是药，原该济众散人才是。咱们比不得那没见世面的人家，得了这个，就珍藏密敛的。”王夫人点头道：“这话极是。”

雪中送炭。

一时宝钗去后，因见无别人在室，遂唤周瑞家的来问前日园中搜检的事情可得个下落。周瑞家的是已和凤姐等人商议停妥，一字不隐，遂回明王夫人。

王夫人听了，虽惊且怒，却又作难，因思司棋系迎春之人，皆系那边的人，只得令人去回邢夫人。周瑞家的回道：“前日那边太太嗔着王善保家的多事，打了几个嘴巴子，如今他也装病在家，不肯出头了。况且又是他外孙女儿，自己打了嘴，他只好装个忘了，日久平服了再说。如今我们过去回时，恐怕又多心，倒像似咱们多事似的。不如直把司棋带过去，一并连赃证与那边太太瞧了，不过打一顿配了人，再指个丫头来，岂不省事。如今白告诉去，那边太太再推三阻四的，又说‘既这样你太太就该料理，又来说什么’，岂不反耽搁了。倘那丫头瞅空寻了死，反不好了。如今看了两三天，人都有个偷懒的时候，倘一时不到，岂不倒弄出事来。”王夫人想了一想，说：“这也倒是。快办了这一件，再办咱们家的那些妖精。”

周瑞家的听说，会齐了那几个媳妇，先到迎春房里，回迎春道：“太太们说了，司棋大了，连日他娘求了太太，太太已赏了他娘配人，今日叫他出去，另挑好的与姑娘使。”说着，便命司棋打点走路。迎春听了，含泪似有不舍之意，因前夜已闻得别的丫鬟悄悄的说了原故，虽数年之情难舍，但事关风化，亦无可如何了。那司棋也曾求了迎春，实指望迎春能死保赦下的，只是迎春语言迟慢，耳软心活，是不能作主的。

迎春软弱至极，但求自保，是指不上的。与惜春的情况又有所区别，惜春是绝情，迎春是懦弱。

司棋见了这般，知不能免，因哭道："姑娘好狠心！哄了我这两日，如今怎么连一句话也没有？"周瑞家的等说道："你还要姑娘留你不成？便留下，你也难见园里的人了。依我们的好话，快快收了这样子，倒是人不知鬼不觉的去罢，大家体面些。"迎春含泪道："我知道你干了什么大不是，我还十分说情留下，岂不连我也完了。你瞧入画也是几年的人，怎么说去就去了。自然不止你两个，想这园里凡大的都要去呢。依我说，将来终有一散，不如你各人去罢。"周瑞家的道："所以到底是姑娘明白。明儿还有打发的人呢，你放心罢。"

司棋无法，只得含泪与迎春磕头，和众姊妹告别，又向迎春耳根说："好歹打听我要受罪，替我说个情儿，就是主仆一场！"迎春亦含泪答应："放心。"

于是周瑞家的人等带了司棋出了院门，又命两个婆子将司棋所有的东西都与他拿着。走了没几步，后头只见绣桔赶来，一面也擦着泪，一面递与司棋一个绢包说："这是姑娘给你的。主仆一场，如今一旦分离，这个与你作个想念罢。"司棋接了，不觉更哭起来了，又和绣桔哭了一回。周瑞家的不耐烦，只管催促，二人只得散了。

司棋因又哭告道："婶子大娘们，好歹略徇个情儿，如今且歇一歇，让我到相好的姊妹跟前辞一辞，也是我们这几年好了一场。"周瑞家的等人皆各有事务，作这些事便是不得已了，况且又深恨他们素日大样，如今那里有工夫听他的话，因冷笑道："我劝你走罢，别拉拉扯扯的了。我们还有正

司棋泼辣，得罪人多。现在司棋被逐，幸灾乐祸者不少。

经事呢。谁是你一个衣包里爬出来的，辞他们作什么，他们看你的笑声还看不了呢。你不过是挨一会是一会罢了，难道就算了不成！依我说快走罢。”一面说，一面总不住脚，直带着往后角门出去了。司棋无奈，又不敢再说，只得跟了出来。

可巧正值宝玉从外而入，一见带了司棋出去，又见后面抱着些东西，料着此去再不能来了。因闻得上夜之事，又兼晴雯之病亦因那日加重，细问晴雯，又不说是为何。上日又见入画已去，今又见司棋亦走，不觉如丧魂魄一般，因忙拦住问道：“那里去?”周瑞家的等皆知宝玉素日行为，又恐唠叨误事，因笑道：“不干你事，快念书去罢。”宝玉笑道：“好姐姐们，且站一站，我有道理。”周瑞家的便道：“太太不许少捱一刻，又有什么道理。我们只知遵太太的话，管不得许多。”

司棋见了宝玉，因拉住哭道：“他们做不得主，你好歹求求太太去。”宝玉不禁也伤心，含泪说道：“我不知你作了什么大事，晴雯也病了，如今你又去。都要去了，这却怎么的好。”周瑞家的发躁向司棋道：“你如今不是副小姐了，若不听话，我就打得你。别想着往日姑娘护着，任你们作耗。越说着，还不好好走。如今和小爷们拉拉扯扯，成个什么体统!”那几个媳妇不由分说，拉着司棋便出去了。

宝玉又恐他们去告舌，恨的只瞪着他们，看已去远，方指着恨道：“奇怪，奇怪，怎么这些人只一嫁了汉子，染了男人的气味，就这样混帐起来，比男人更可杀了!”守园门的婆子听了，也不禁好笑起来，因问道：“这样说，凡女儿个个是好的了，女人个个是坏的了?”宝玉点头道：“不错，不错!”

婆子们笑道："还有一句话我们糊涂不解，倒要请问请问。"

方欲说时，只见几个老婆子走来，忙说道："你们小心，传齐了伺候着。此刻太太亲自来园里，在那里查人呢。只怕还查到这里来呢。又吩咐快叫怡红院的晴雯姑娘的哥嫂来，在这里等着领出他妹妹去。"因笑道："阿弥陀佛！今日天睁了眼，把这一个祸害妖精退送了，大家清净些。"宝玉一闻得王夫人进来亲查，便料定晴雯也保不住了，早飞也似的赶了去，所以这后来趁愿之语竟未得听见。

晴雯向日得宠，口快如刀，招来羡慕嫉妒恨。

宝玉及到了怡红院，只见一群人在那里，王夫人在屋里坐着，一脸怒色，见宝玉也不理。晴雯四五日水米不曾沾牙，恹恹弱息，如今现从炕上拉了下来，蓬头垢面，两个女人才架起来去了。王夫人吩咐，只许把他贴身衣服撂出去，馀者好衣服留下给好丫头们穿。

又命把这里所有的丫头们都叫来一一过目。原来王夫人自那日着恼之后，王善保家的去趁势告倒了晴雯，本处有人和园中不睦的，也就随机趁便下了些话。王夫人皆记在心中。因节间有碍，故忍了两日，今日特来亲自阅人。一则为晴雯犹可，二则因竟有人指宝玉为由，说他大了，已解人事，都由屋里的丫头们不长进教习坏了。因这事更比晴雯一人较甚，乃从袭人起以至于极小作粗活的小丫头们，个个亲自看了一遍。

因问："谁是和宝玉一日的生日？"本人不敢答应，老嬷嬷指道："这一个蕙香，又叫作四儿的，是同宝玉一日生日的。"王夫人细看了一看，虽比不上晴雯一半，却有几分水秀。视其行止，聪明皆露在外面，且也打扮的不同。王夫人冷笑道："这也是个不怕臊的。他背地里说的，同日生日就是夫妻。这可是你说的？打谅我隔的远，都不知道呢。可知道我身子虽不大来，我的心耳神意时时都在这里。难道我通共一个宝玉，就白放心凭你们勾引坏了不成！”这个四儿见王夫人说着他素日和宝玉的私语，不禁红了脸，低头垂泪。王夫人即命也快把他家的人叫来，领出去配人。

又问：“谁是耶律雄奴？”老嬷嬷们便将芳官指出。王夫人道：“唱戏的女孩子，自然是狐狸精了！上次放你们，你们又懒待出去，可就该安分守己才是。你就成精鼓捣起来，调唆着宝玉无所不为。”芳官笑辩道：“并不敢调唆什么。”王夫人笑道：“你还强嘴。我且问你，前年我们往皇陵上去，是谁调唆宝玉要柳家的丫头五儿了？幸而那丫头短命死了，不然进来了，你们又连伙聚党遭害这园了呢。你连你干娘都欺倒了，岂止别人！”因喝命：“唤他干娘来领去，就赏他外头自寻个女婿去吧。把他的东西一概给他。”又吩咐上年凡有姑娘们分的唱戏的女孩子们，一概不许留在园里，都令其各人干娘带出，自行聘嫁。一语传出，这些干娘皆感恩趁愿不尽，都约齐来与王夫人磕头领去。

王夫人又满屋里搜捡宝玉之物。凡略有眼生之物，一并命收的收，卷的卷，着人拿到自己房内去了。因说：“这才干净，省得旁人口舌。”因又吩咐袭人麝月等人：“你们小心！往后再有一点分外之事，我一概不饶。因叫人查看了，今年不宜迁挪，暂且挨过今年，明年一并给我仍旧搬出去心净。”说毕，茶也不吃，遂带领众人又往别处去阅人。暂且说不到后文。

如今且说宝玉只当王夫人不过来搜检搜检，无甚大事，谁知竟这样雷嗔电怒的来了。所责之事皆系平日私语，一字不爽，料必不能挽回的。虽心下恨不能一死，但王夫人盛怒之际，自不敢多言一句，多动一步，一直跟送王夫人到沁芳亭。王夫人命："回去好生念念那书，仔细明儿问你。才已发下狠了。"宝玉听如此说，方回来，一路打算："谁这样犯舌？况这里事也无人知道，如何就都说着了。"一面想，一面进来，只见袭人在那里垂泪。且又去了心上第一等的人，岂不伤心，便倒在床上也哭起来。

袭人知他心内别的还犹可，独有晴雯是第一件大事，乃推他劝道："哭也不中用了。你起来我告诉你，晴雯已经好了，他这一家去，倒心净养几天。你果然舍不得他，等太太气消了，你再求老太太，慢慢的叫进来也不难。不过太太偶然信了人的诽言，一时气头上如此罢了。"宝玉哭道："我究竟不知晴雯犯了何等滔天大罪！"袭人道："太太只嫌他生的太好了，未免轻佻些。在太太是深知这样美人似的人必不安静，所以恨嫌他，像我们这粗粗笨笨的倒好。"宝玉道："这也罢了。咱们私自顽话怎么也知道了？又没外人走风的，这可奇怪。"袭人道："你有甚忌讳的，一时高兴了，你就不管有人无人了。我也曾使过眼色，也曾递过暗号，倒被那别人已知道了，你反不觉。"宝玉道："怎么人人的不是太太都知道，单不挑出你和麝月秋纹来？"

宝玉怀疑袭人、麝月、秋纹告密而陷害晴雯、芳官、四儿等人。

袭人听了这话，心内一动，低头半日，无可回答，因便笑道："正是呢。若论我们也有顽笑不留心的孟浪去处，怎么太太竟忘了？想是还有别的事，等完了再发放我们，也未可知。"宝玉笑道："你是头一个出了名的至善至贤之人，他两个又是你陶冶教育的，焉得还有孟浪该罚之处！只是芳官尚小，过于伶俐些，未免倚强压倒了人，惹人厌。四儿是我误了他，还是那年我和你拌嘴的那日起，叫上来作些细活，未免夺占了地位，故有今日。只是晴雯也是和你一样，从小儿在老太太屋里过来的，虽然他生得比人强，也没甚妨碍去处。就只是他的性情爽利，口角锋芒些，究竟也不曾得罪你们。想是他过于生得好了，反被这好所误。”说毕，复又哭起来。

袭人细揣此话，好似宝玉有疑他之意，竟不好再劝，因叹道：“天知道罢了。此时也查不出人来了，白哭一会子也无益。倒是养着精神，等老太太喜欢时，回明白了再要他是正理。”宝玉冷笑道：“你不必虚宽我的心。等到太太平服了再瞧势头去要时，知他的病等得等不得。他自幼上来娇生惯养，何尝受过一日委屈。连我知道他的性格，还时常冲撞了他。他这一下去，就如同一盆才抽出嫩箭来的兰花送到猪窝里去一般。况又是一身重病，里头一肚子的闷气。他又没有亲爷热娘，只有一个醉泥鳅姑舅哥哥。他这一去，一时也不惯的，那里还等得几日。知道还能见他一面两面不能了！”说着又越发伤心起来。

袭人笑道：“可是你‘只许州官放火，不许百姓点灯’。我们偶然说一句略妨碍些的话，就说是不吉利之谈，你如今好好的咒他，是该的了！他便比别人娇些，也不至这样起来。”宝玉道：“不是我妄口咒他，今年春天已有兆头的。”袭人忙问何兆。宝玉道：“这阶下好好的一株海棠花，竟无故死了半边，我就知有异事，果然应在他身上。”

袭人听了，又笑起来，因说道：“我待不说，又撑不住，你太也婆婆妈妈的了。这样的话，岂是你读书的男人说的。草木怎又关系起人来？若不是婆婆妈妈的，真也成了个呆子了。”宝玉叹道：“你们那里知道，不但草木，凡天下之物，皆是有情有理的，也和人一样，得了知己，便极有灵验的。若用大题目比，就有孔子庙前之桧、坟前之蓍，诸葛祠前之柏，岳武穆坟前之松[1]。这都是堂堂正大随人之正气，千古不磨之物。世乱则萎，世治则荣，几千百年了，枯而复生者几次。这岂不是兆应？小题目比，就有杨太真沉香亭之木芍药[2]，端正楼之相思树[3]，王昭君冢上之草，岂不也有灵验。所以这海棠亦应其人欲亡，故先就死了半边。”

袭人宽慰宝玉，也是对晴雯的真实看法：自觉比晴雯高一等级，对晴雯几次抢白她，不免心存怨恨。

袭人听了这篇痴话，又可笑，又可叹，因笑道：“真真的这话越发说上我的气来了。那晴雯是个什么东西，就费这样心思，比出这些正经人来！还有一说，他纵好，也灭不过我的次序去。便是这海棠，也该先来比我，也还轮不到他。想是我要死了。”宝玉听说，忙握他的嘴，劝道：“这是何苦！一个未清，你又这样起来。罢了，再别提这事，别弄的去了三个，又饶上一个。”袭人听说，心下暗喜道：“若不如此，你也不能了局。”

宝玉乃道：“从此休提起，全当他们三个死了，不过如此。况且死了的也曾有过，也没有见我怎么样，此一理也。如今且说现在的，倒是把他的东西，作瞒上不瞒下，悄悄的打发人送出去与了他。再或有咱们常时积攒下的钱，拿几吊出去给他养

[1] 孔子庙前之桧……岳武穆坟前之松：传说植物有灵验的四个典故。
[2] 木芍药：即牡丹。
[3] 端正楼之相思树：端正楼，位于骊山的华清宫，是杨贵妃梳洗的地方。相思树，即端正楼前的琪树。安史之乱后唐明皇见琪树而思念死在马嵬驿的杨贵妃。

病，也是你姊妹好了一场。”袭人听了，笑道：“你太把我们看的又小器又没人心了。这话还等你说，我才已将他素日所有的衣裳以至各什各物总打点下了，都放在那里。如今白日里人多眼杂，又恐生事，且等到晚上，悄悄的叫宋妈给他拿出去。我还有攒下的几吊钱也给他罢。”宝玉听了，感谢不尽。袭人笑道：“我原是久已出了名的贤人，连这一点子好名儿还不会买来不成!”宝玉听他方才的话，忙陪笑抚慰一时。晚间果密遣宋妈送去。

宝玉将一切人稳住，便独自得便出了后角门，央一个老婆子带他到晴雯家去瞧瞧。先是这婆子百般不肯，只说怕人知道，“回了太太，我还吃饭不吃饭!”无奈宝玉死活央告，又许他些钱，那婆子方带了他来。

这晴雯当日系赖大家用银子买的，那时晴雯才得十岁，尚未留头。因常跟赖嬷嬷进来，贾母见他生得伶俐标致，十分喜爱。故此赖嬷嬷就孝敬了贾母使唤，后来所以到了宝玉房里。这晴雯进来时，也不记得家乡父母，只知有个姑舅哥哥，专能庖宰，也沦落在外，故又求了赖家的收买进来吃工食。

赖家的见晴雯虽到贾母跟前，千伶百俐，嘴尖性大，却倒还不忘旧，故又将他姑舅哥哥收买进来，把家里一个女孩子配了他。成了房后，谁知他姑舅哥哥一朝身安泰，就忘却当年流落时，任意吃死酒，家小也不顾。偏又娶了个多情美色之妻，见他不顾身命，不知风月，一味死吃酒，便不免有蒹葭倚玉[1]之叹，红颜寂寞之悲。又见他器量宽宏，

[1] 蒹葭（jiān jiā）倚玉：蒹葭，即芦苇。玉，玉树。此指多混虫不配和灯姑娘结为夫妇。

并无嫉衾妒枕之意，这媳妇遂恣情纵欲，满宅内便延揽英雄，收纳材俊，上上下下竟有一半是他考试过的。若问他夫妻姓甚名谁，便是上回贾琏所接见的多浑虫灯姑娘儿的便是了。

目今晴雯只有这一门亲戚，所以出来就在他家。此时多浑虫外头去了，那灯姑娘吃了饭去串门子，只剩下晴雯一人，在外间房内爬着。

宝玉命那婆子在院门瞭哨，他独自掀起草帘进来，一眼就看见晴雯睡在芦席土炕上，幸而衾褥还是旧日铺的。心内不知自己怎么才好，因上来含泪伸手轻轻拉他，悄唤两声。

当下晴雯又因着了风，又受了他哥嫂的歹话，病上加病，嗽了一日，才朦胧睡了。忽闻有人唤他，强展星眸，一见是宝玉，又惊又喜，又悲又痛，忙一把死攥住他的手。哽咽了半日，方说出半句话来："我只当不得见你了。"接着便嗽个不住。宝玉也只有哽咽之分。

晴雯道："阿弥陀佛，你来的好，且把那茶倒半碗我喝。渴了这半日，叫半个人也叫不着。"宝玉听说，忙拭泪问："茶在那里？"晴雯道："那炉台上就是。"宝玉看时，虽有个黑沙吊子，却不像个茶壶。只得桌上去拿了一个碗，也甚大甚粗，不像个茶碗，未到手内，先就闻得油膻之气。宝玉只得拿了来，先拿些水洗了两次，复又用水汕过，方提起沙壶斟了半碗。看时，绛红的，也太不成茶。晴雯扶枕道："快给我喝一口罢！这就是茶了。那里比得咱们的茶！"宝玉听说，先自己尝了一尝，并无清香，且无茶味，只一味苦涩，略有茶意而已。尝毕，方递与晴雯。只见晴雯如得了甘露一般，一气都灌下去了。

此一时彼一时。

宝玉心下暗道："往常那样好茶，他尚有不如意之处；今日这样。看来，可知古人说的'饱饫烹宰，饥餍糟糠'，又道是'饭饱弄粥'，可见都不错了。"一面想，一面流泪问道："你有什么说的，趁着没人告诉我。"晴雯呜咽道："有什么可说的！不过挨一刻是一刻，挨一日是一日。我已知横竖不过三五日的光景，就好回去了。只是一件，我死也不甘心的：我虽生的比别人略好些，并没有私情密意勾引你怎样，如何一口死咬定了我是个狐狸精！我太不服。今日既已担了虚名，而且临死，不是我说一句后悔的话，早知如此，我当日也另有个道理。不料痴心傻意，只说大家横竖是在一处。不想平空里生出这一节话来，有冤无处诉。"说毕又哭。

宝玉拉着他的手，只觉瘦如枯柴，腕上犹戴着四个银镯，因泣道："且卸下这个来，等好了再戴上罢。"因与他卸下来，塞在枕下。又说："可惜这两个指甲，好容易长了二寸长，这一病好了，又损好些。"晴雯拭泪，就伸手取了剪刀，将左手上两根葱管一般的指甲齐根铰下；又伸手向被内将贴身穿着的一件旧红绫袄脱下，并指甲都与宝玉道："这个你收了，以后就如见我一般。快把你的袄儿脱下来我穿。我将来在棺材内独自躺着，也就像还在怡红院的一样了。论理不该如此，只是担了虚名，我可也是无可如何了。"宝玉听说，忙宽衣换上，藏了指甲。晴雯又哭道："回去他们看见了要问，不必撒谎，就说是我的。既担了虚名，越性如此，也不过这样了。"

既然已经担了勾引宝玉的恶名，不如将它落实。

一语未了，只见他嫂子笑嘻嘻掀帘进来，道："好呀，你两个的话，我已都听见了。"又向宝玉道："你一个作主子的，跑到下人房里作什么？看我年轻又俊，敢是来调戏我么?”宝玉听说，吓的忙陪笑央道：“好姐姐，快别大声。他服侍我一场，我私自来瞧瞧他。”灯姑娘便一手拉了宝玉进里间来，笑道：“你不叫嚷也容易，只是依我一件事。”说着，便坐在炕沿上，却紧紧的将宝玉搂入怀中。

宝玉如何见过这个，心内早突突的跳起来了，急的满面红涨，又羞又怕，只说：“好姐姐，别闹。”灯姑娘乜斜醉眼，笑道：“呸！成日家听见你风月场中惯作工夫的，怎么今日就反讪起来。”宝玉红了脸，笑道：“姐姐放手，有话咱们好说。外头有老妈妈，听见什么意思。”灯姑娘笑道：“我早进来了，却叫婆子去园门等着呢。我等什么似的，今儿等着了你。虽然闻名，不如见面，空长了一个好模样儿，竟是没药性的炮仗，只好装幌子罢了，倒比我还发讪怕羞。可知人的嘴一概听不得的。就比如方才我们姑娘下来，我也料定你们素日偷鸡盗狗的。我进来一会在窗下细听，屋内只你二人，若有偷鸡盗狗的事，岂有不谈及于此，谁知你两个竟还是各不相扰。可知天下委屈事也不少。如今我反后悔错怪了你们。既然如此，你但放心。以后你只管来，我也不罗唣你。”

借灯姑娘为晴雯和宝玉正名。

宝玉听说，才放下心来，方起身整衣央道：“好姐姐，你千万照看他两天。我如今去了。”说毕出来，又告诉晴雯。二人自是依依不舍，也少不得一别。晴雯知宝玉难行，遂用被蒙头，总不理他，宝玉方出来。意欲到芳官四儿处去，无奈天黑，出来了半日，恐里面人找他不见，又恐生事，遂且进园来了，明日再作计较。因乃至后角门，小厮正抱铺盖，里边嬷嬷们正查人，若再迟一步也就关了。

宝玉进入园中，且喜无人知道。到了自己房

内，告诉袭人只说在薛姨妈家去的，也就罢了。一时铺床，袭人不得不问今日怎么睡。宝玉道："不管怎么睡罢了。"

原来这一二年间，袭人因王夫人看重了他了，他越发自要尊重。凡背人之处，或夜晚之间，总不与宝玉狎昵，较先幼时反倒疏远了。况虽无大事办理，然一应针线并宝玉及诸小丫头们凡出入银钱衣履什物等事，也甚烦琐；且有吐血旧症虽愈，然每因劳碌风寒所感，即嗽中带血，故迩来夜间总不与宝玉同房。宝玉夜间常醒，又极胆小，每醒必唤人。因晴雯睡卧警醒，且举动轻便，故夜晚一应茶水起坐呼唤之任皆悉委他一人，所以宝玉外床只是他睡。今他去了，袭人只得要问，因思此任比日间紧要之意。宝玉既答不管怎样，袭人只得还依旧年之例，遂仍将自己铺盖搬来设于床外。

宝玉发了一晚上呆。及催他睡下，袭人等也都睡后，听着宝玉在枕上长吁短叹，复去翻来，直至三更以后，方渐渐的安顿了，略有齁声。袭人方放心，也就朦胧睡着。没半盏茶时，只听宝玉叫"晴雯"。袭人忙睁开眼连声答应，问作什么。宝玉因要吃茶。袭人忙下去向盆内蘸过手，从暖壶内倒了半盏茶来吃过。宝玉乃笑道："我近来叫惯了他，却忘了是你。"袭人笑道："他一乍来时你也曾睡梦中直叫我，半年后才改了。我知道这晴雯人虽去了，这两个字只怕是不能去的。"说着，大家又卧下。

宝玉又翻转了一个更次，至五更方睡去时，只见晴雯从外头走来，仍是往日形景，进来笑向宝玉道："你们好生过罢，我从此就别过了。"说毕，翻身便走。宝玉忙叫时，又将袭人叫醒。袭人还只当他惯了口乱叫，却见宝玉哭了，说道："晴雯死了。"袭人笑道："这是那里的话！你就知道胡闹，被人听着什么意思。"宝玉那里肯听，恨不得一时亮了就遣人去问信。

及至天亮时，就有王夫人房里小丫头立等叫开前角门传王夫人的话："'即时叫起宝玉，快洗脸，换了衣裳快来，因今儿有人请老爷寻秋赏桂花，老爷因喜欢他前儿作得诗好，故此要带他们去。'这都是太太的话，一句别错了。你们快飞跑告诉他去，立逼叫他快来，老爷在上房里还等他吃面茶呢。环哥儿已来了。快跑，快跑。再着一个人去叫兰哥儿，也要这等说。"里面的婆子听一句，应一句，一面扣扭子，一面开门。一面早有两三个人一行扣衣，一行分头去了。

袭人听得叩院门，便知有事，忙一面命人问时，自己已起来了。听得这话，忙促人来舀了面汤[1]，催宝玉起来盥漱。他自去取衣。因思跟贾政出门，便不肯拿出十分出色的新鲜衣履来，只拣那二等成色的来。宝玉此时亦无法，只得忙忙的前来。果然贾政在那里吃茶，十分喜悦。宝玉忙行了省晨之礼。贾环贾兰二人也都见过宝玉。贾政命坐吃茶，向环兰二人道："宝玉读书不如你两个，论题联和诗这种聪明，你们皆不及他。今日此去，未免强你们做诗，宝玉须听便助他们两个。"王夫人等自来不曾听见这等考语，真是意外之喜。

一时候他父子二人等去了。方欲过贾母这边来时，就有芳官等三个的干娘走来，回说："芳官自前日蒙太太的恩典赏了出去，他就疯了似的，茶也

[1] 面汤：洗脸的热水。

不吃，饭也不用，勾引上藕官蕊官，三个人寻死觅活，只要剪了头发做尼姑去。我只当是小孩子家一时出去不惯也是有的，不过隔两日就好了。谁知越闹越凶，打骂着也不怕。实在没法，所以来求太太，或者就依他们做尼姑去，或教导他们一顿，赏给别人作女儿去罢，我们也没这福。”王夫人听了道：“胡说！那里由得他们起来，佛门也是轻易入进去的！每人打一顿给他们，看还闹不闹了！”

当下因八月十五日各庙内上供去，皆有各庙内的尼姑来送供尖之例，王夫人曾于十五日就留下水月庵的智通与地藏庵的圆信住两日，至今日未回，听得此信，巴不得又拐两个女孩子去作活使唤，因都向王夫人道：“咱们府上到底是善人家。因太太好善，所以感应得这些小姑娘们皆如此。虽说佛门轻易难入，也要知道佛法平等。我佛立愿，原是一切众生无论鸡犬皆要度他，无奈迷人不醒。若果有善根能醒悟，即可以超脱轮回。所以经上现有虎狼蛇虫得道者就不少。如今这两三个姑娘既然无父无母，家乡又远，他们既经了这富贵，又想从小儿命苦入了这风流行次，将来知道终身怎么样，所以苦海回头，立意出家修修来世，也是他们的高意。太太倒不要限了善念。”

王夫人原是个好善的，先听彼等之语不肯听其自由者，因思芳官等不过皆系小儿女，一时不遂心，故有此意，但恐将来熬不得清净，反致获罪。今听这两个拐子的话大近情理；且近日家中多故，又有邢夫人遣人来知会，明日接迎春家去住两日，以备人家相看；且又有官媒婆来求说探春等事，心绪正烦，那里着意在这些小事上。既听此言，便笑答道：“你两个既这等说，你们就带了作徒弟去如何?”两个姑子听了，念一声佛道：“善哉！善哉！若如此，可是你老人家阴德不小。”说毕，便稽首拜谢。

王夫人道：“既这样，你们问他们去。若果真心，即上来当着我拜了师父去罢。”这三个女人听了出去，果然将他三人带来。王夫人问之再三，他三人已是立定主意，遂与两个姑子叩了头，又拜辞了王夫人。王夫人见他们意皆决断，知不可强了，反倒伤心可怜，忙命人取了些东西来赍赏了他们，又送了两个姑子些礼物。从此芳官跟了水月庵的智通，蕊官藕官二人跟了地藏庵的圆信，各自出家去了。再听下回分解。

抄检大观园的余波。王夫人对宝玉的伤害更甚于贾政。

第七十八回

老学士闲征姽婳[1]词　痴公子杜撰芙蓉诔

话说两个尼姑领了芳官等去后，王夫人便往贾母处来省晨，见贾母喜欢，便趁便回道："宝玉屋里有个晴雯，那个丫头也大了，而且一年之间，病不离身；我常见他比别人分外淘气，也懒；前日又病倒了十几天，叫大夫瞧，说是女儿痨[2]，所以我就赶着叫他下去了。若养好了也不用叫他进来，就赏他家配人去也罢了。再那几个学戏的女孩子，我也作主放出去了。一则他们都会戏，口里没轻没重，只会混说，女孩儿们听了如何使得？二则他们既唱了会子戏，白放了他们，也是应该的。况丫头们也太多，若说不够使，再挑上几个来也是一样。"贾母听了，点头道："这倒是正理，我也正想着如此呢。但晴雯那丫头我看他甚好，怎么就这样起来。我的意思，这些丫头的模样爽利言谈针线多不及他，将来只他还可以给宝玉使唤得。谁知变了。"

贾母对晴雯的印象：模样好，言谈爽利，针线好。三大优点。

王夫人笑道："老太太挑中的人原不错。只怕他命里没造化，所以得了这个病。俗语又说'女大十八变'。况且有了本事的人，未免就有些调歪。老太太还有什么不曾经验过的。三年前我也就留心

---

[1] 姽婳（guǐ huà）：形容女子温柔美好。
[2] 女儿痨：年轻女子患上肺结核。

这件事。先只取中了他，我便留心。冷眼看去，他色色虽比人强，只是不大沉重。若说沉重知大礼，莫若袭人第一。虽说贤妻美妾，然也要性情和顺举止沉重的更好些。就是袭人模样虽比晴雯略次一等，然放在房里，也算得一二等的了。况且行事大方，心地老实，这几年来，从未逢迎着宝玉淘气。凡宝玉十分胡闹的事，他只有死劝的。因此品择了二年，一点不错了，我就悄悄的把他丫头的月分钱止住，我的月分银子里批出二两银子来给他。不过使他自己知道越发小心效好之意。且不明说者，一则宝玉年纪尚小，老爷知道了又恐说耽误了书；二则宝玉再自为已是跟前的人不敢劝他说他，反倒纵性起来。所以直到今日才回明老太太。”

贾母听了，笑道：“原来这样，如此更好了。袭人本来从小儿不言不语，我只说他是没嘴的葫芦。既是你深知，岂有大错误的。而且你这不明说与宝玉的主意更好。且大家别提这事，只是心里知道罢了。我深知宝玉将来也是个不听妻妾劝的。我也解不过来，也从未见过这样的孩子。别的淘气都是应该的，只他这种和丫头们好却是难懂。我为此也耽心，每每的冷眼查看他。只和丫头们闹，必是人大心大，知道男女的事了，所以爱亲近他们。既细细查试，究竟不是为此。岂不奇怪。想必原是个丫头错投了胎不成。”说着，大家笑了。王夫人又回今日贾政如何夸奖，又如何带他们逛去，贾母听了，更加喜悦。

贾母深知宝玉要走自己的路，将来也是不听妻妾劝的。对宝玉接近女孩而又并非好色感到很不理解。

一时，只见迎春妆扮了前来告辞过去。凤姐也来省晨，伺候过早饭，又说笑了一回。贾母歇晌后，王夫人便唤了凤姐，问他丸药可曾配来。凤姐儿道：“还不曾呢，如今还是吃汤药。太太只管放心，我已大好了。”王夫人见他精神复初，也就信了。因告诉撵逐晴雯等事，又说：“怎么宝丫头私自回家睡了，你们都不知道？我前儿顺路都查了一查。谁知兰小子这一个新进来的奶子也十分的妖乔，我也不喜欢他。我也说与你嫂子了，好不好叫他各自去罢。况且兰小子也大了，用不着奶子了。我因问你大嫂子：‘宝丫头出去难道你也不知道不成？’他说是告诉了他的，不过住两三日，等你姨妈好了就进来。姨妈究竟没甚大病，不过还是咳嗽腰疼，年年是如此的。他这去必有原故，敢是有人得罪了他不成？那孩子心重，亲戚们住一场，别得罪了人，反不好了。”

凤姐笑道：“谁可好好的得罪着他？况且他天天在园里，左不过是他们姊妹那一群人。”王夫人道：“别是宝玉有嘴无心，傻了似的从没个忌讳，高兴了信嘴胡说也是有的。”凤姐笑道：“这可是太太过于操心了。若说他出去干正经事说正经话去，却像个傻子；若只叫进来在这些姊妹跟前以至于大小的丫头们跟前，他最有尽让，又恐怕得罪了人，那是再不得有人恼他的。我想薛妹妹出去，想必为着前时搜检众丫头的东西的原故。他自然为信不及园里的人才搜检，他又是亲戚，现也有丫头老婆在内，我们又不好去搜检，恐我们疑他，所以多了这个心，自己回避了。也是应该避嫌疑的。”

王夫人听了这话不错，自己遂低头想了一想，便命人请了宝钗来分晰前日的事以解他疑心，又仍命他进来照旧居住。宝钗陪笑道：“我原要早出去的，只是姨娘有许多的大事，所以不便来说。可巧前日妈又不好了，家里两个靠得的女人也病着，我所以趁便出去了。姨娘今日既已知道了，我正好明讲出情理来，就从今日辞了好搬东西的。”

王夫人凤姐都笑着：“你太固执了。正经再搬进来为是，休为没要紧的事反疏远了亲戚。”宝钗笑道：“这话说的太不解了，并没为什么事我出去。我为的是妈近来神思比先大减，而且夜间晚上没有得靠的人，通共只我一个。二则如今我哥哥眼看要娶嫂子，多少针线活计并家里一切动用的器皿，尚有未齐备的，我也须得帮着妈去料理料理。姨妈和凤姐姐都知道我们家的事，不是我撒谎。三则自我在园里，东南上小角门子就常开着，原是为我走的，保不住出入的人就图省路也从那里走，又没人盘查，设若从那里生出一件事来，岂不两碍脸面。而且我进园里来住原不是什么大事，因前几年年纪皆小，且家里没事，有在外头的，不如进来姊妹相共，或作针线，或玩笑，皆比在外头闷坐着好，如今彼此都大了，也彼此皆有事。况姨娘这边历年皆遇不遂心的事故，那园子也太大，一时照顾不到，皆有关系，惟有少几个人，就可以少操些心。所以今日不但我执意辞去，此外还要劝姨娘如今该减些的就减些，也不为失了大家的体统。据我看，园里这一项费用也竟可以免的，说不得当日的话。姨娘深知我家的，难道我们家当日也是这样冷落不成。”凤姐听了这篇话，便向王夫人笑道：“这话竟是，不必强他了。”王夫人点头道：“我也无可回答，只好随你便罢了。”

宝钗为避嫌搬出大观园，正是抄检大观园的余波。

说话之间，只见宝玉等已回来，因说他父亲还未散，恐天黑了，所以先叫我们回来了。王夫人忙问：“今日可有丢了丑?”宝玉笑道：“不但不丢丑，倒拐了许多东西来。”接着，就有老婆子们从二门上小厮手内接了东西来。王夫人一看时，只见扇子三把，扇坠三个，笔墨共六匣，香珠三串，玉绦环三个。宝玉说道："这是梅翰林送的，那是杨侍郎送的，这是李员外送的，每人一分。"说着，又向怀中取出一个旃檀香小护身佛来，说："这是庆国公单给我的。"

王夫人又问在席何人、作何诗词等语毕，只将宝玉一分令人拿着，同宝玉兰环前来见过贾母。贾母看了，喜欢不尽，不免又问些话。无奈宝玉一心记着晴雯，答应完了话时，便说骑马颠了，骨头疼。贾母便说："快回房去换了衣服，疏散疏散就好了，不许睡倒。"宝玉听了，便忙入园来。

当下麝月秋纹已带了两个丫头来等候，见宝玉辞了贾母出来，秋纹便将笔墨拿起来，一同随宝玉进园来。宝玉满口里说"好热"，一壁走，一壁便摘冠解带，将外面的大衣服都脱下来麝月拿着，只穿着一件松花绫子夹袄，袄内露出血点般大红裤子来。秋纹见这条红裤是晴雯手内针线，因叹道："这条裤子以后收了罢，真是物件在人去了。"麝月忙也笑道："这是晴雯的针线。"又叹道："真真物在人亡了！"秋纹将麝月拉了一把，笑道："这裤子配着松花色袄儿、石青靴子，越显出这靛青的头，雪白的脸来了。"

宝玉在前只装听不见，又走了两步，便止步道："我要走一走，这怎么好？"麝月道："大白日里，还怕什么？还怕丢了你不成！"因命两个小丫头跟着，"我们送了这些东西去再来。"宝玉道："好姐姐，等一等我再去。"麝月道："我们去了就来。两个人手里都有东西，倒像摆执事的，一个捧着文房四宝，一个捧着冠袍带履，成个什么样子。"宝玉听见，正中心怀，便让他两个去了。

他便带了两个小丫头到一石后，也不怎么样，只问他二人道："自我去了，你袭人姐姐打发人瞧晴雯姐姐去了不曾？"这一个答道："打发宋妈妈瞧去了。"宝玉道："回来说什么？"小丫头道："回来说晴雯姐姐直着脖子叫了一夜，今日早起就闭了眼，住了口，世事不知，也出不得一声儿，只有倒气的分儿了。"宝玉忙道："一夜叫的是谁？"小丫头子说："一夜叫的是娘。"宝玉拭泪道："还叫谁？"小丫头子道："没有听见叫别人了。"宝玉道："你糊涂，想必没有听真。"

旁边那一个小丫头最伶俐，听宝玉如此说，便上来说："真个他糊涂。"又向宝玉道："不但我听得真切，我还亲自偷着看去的。"宝玉听说，忙问："你怎么又亲自看去？"小丫头道："我因想晴雯姐姐素日与别人不同，待我们极好。如今他虽受了委屈出去，我们不能别的法子救他，只亲去瞧瞧，也不枉素日疼我们一场。就是人知道了回了太太，打我们一顿，也是愿受的。所以我拚着挨一顿打，偷着下去瞧了一瞧。谁知他平生为人聪明，至死不变。他因想着那起俗人不可说话，所以只闭眼养神，见我去了便睁开眼，拉我的手问：'宝玉那去了？'我告诉他实情。他叹了一口气说：'不能见了。'我就说：'姐姐何不等一等他回来见一面，岂不两完心愿？'他就笑道：'你们还不知道。我不是死，如今天上少了一位花神，玉皇敕命我去司主。我如今在未正二刻到任司花，宝玉须待未正三刻才到家，只少得一刻的工夫，不能见面。世上凡该死之人阎王勾取了过去，是差些小鬼来捉人魂魄。若要迟延一时半刻，不过烧些纸钱浇些浆饭，那鬼只顾抢钱去了，该死的人就可多待些个工夫。我这如今是有天上的神仙来召请，岂可捱得时刻!’我听了这话，竟不大信，及进来到房里留神看时辰表时，果然是未正二刻他咽了气，正三刻上就有人来叫我们，说你来了。这时候倒都对合。”

宝玉忙道：“你不识字看书，所以不知道。这原是有的，不但花有一个神，一样花有一位神之外还有总花神。但他不知是作总花神去了，还是单管一样花的神?”这丫头听了，一时诌不出来。恰好这是八月时节，园中池上芙蓉正开。这丫头便见景生情，忙答道：“我也曾问他是管什么花的神，告诉我们日后也好供养的。他说：‘天机不可泄漏。你既这样虔诚，我只告诉你，你只可告诉宝玉一人。除他之外若泄了天机，五雷就来轰顶的。’他就告诉我说，他就是专管这芙蓉花的。”

宝玉听了这话，不但不为怪，亦且去悲而生喜，乃指芙蓉笑道：“此花也须得这样一个人去司掌。我就料定他那样的人必有一番事业做的。虽然超出苦海，从此不能相见，也免不得伤感思念。”因又想：“虽然临终未见，如今且去灵前一拜，也算尽这五六年的情常。”

想毕忙至房中，又另穿戴了，只说去看黛玉，遂一人出园来，往前次之处去，意为停柩在内。谁知他哥嫂见他一咽气便回了进去，希图早些得几两发送例银。王夫人闻知，便命赏了十两烧埋银子。又命：“即刻送到外头焚化了罢。女儿痨死的，断不可留!”他哥嫂听了这话，一面得银，一面就雇了人来入殓，抬往城外化人场[1]上去了。剩的衣履簪环，约有三四百金之数，他兄嫂自收了为后日

［1］ 化人场：火葬场。

之计。二人将门锁上，一同送殡去未回。宝玉走来扑了个空。

宝玉自立了半天，别无法儿，只得复身进入园中。待回至房中，甚觉无味，因乃顺路来找黛玉。偏黛玉不在房中，问其何往，丫鬟们回说："往宝姑娘那里去了。"宝玉又至蘅芜苑中，只见寂静无人，房内搬的空空落落的，不觉吃一大惊。忽见几个老婆子走来，宝玉忙问这是什么原故。老婆子道："宝姑娘出去了。这里交我们看着，还没有搬清楚。我们帮着送了些东西去，这也就完了。你老人家请出去罢，让我们扫扫灰尘也好，从此你老人家省跑这一处的腿子了。"

宝玉听了，怔了半天，因看着那院中的香藤异蔓，仍是翠翠青青，忽比昨日好似改作凄凉了一般，更又添了伤感。默默出来，又见门外的一条翠樾埭上也半日无人来往，不似当日各处房中丫鬟不约而来者络绎不绝。又俯身看那埭下之水，仍是溶溶脉脉的流将过去。心下因想："天地间竟有这样无情的事!"悲感一番，忽又想到去了司棋、入画、芳官等五个；死了晴雯；今又去了宝钗等一处；迎春虽尚未去，然连日也不见回来，且接连有媒人来求亲：大约园中之人不久都要散的了。纵生烦恼，也无济于事。不如还是找黛玉去相伴一日，回来还是和袭人厮混，只这两三个人，只怕还是同死同归的。想毕，仍往潇湘馆来，偏黛玉尚未回来。宝玉想亦当出去候送才是，无奈不忍悲感，还是不去的是，遂又垂头丧气的回来。

正在不知所以之际，忽见王夫人的丫头进来找他说："老爷回来了，找你呢，又得了好题目来了。快走，快走。"宝玉听了，只得跟了出来。到王夫人房中，他父亲已出去了。王夫人命人送宝玉至书房中。

彼时贾政正与众幕友们谈论寻秋之胜，又说："快散时忽然谈及一事，最是千古佳谈，'风流隽逸，忠义慷慨'八字皆备，倒是个好题目，大家要作一首挽词。"众幕宾听了，都忙请教系何等妙事。

贾政乃道："当日曾有一位王封曰恒王，出镇青州。这恒王最喜女色，且公馀好武，因选了许多美女，日习武事。每公馀辄开宴连日，令众美女习战斗攻拔之事。其姬中有姓林行四者，姿色既冠，且武艺更精，皆呼为林四娘。恒王最得意，遂超拔林四娘统辖诸姬，又呼为'姽婳将军'。"众清客都称"妙极神奇。竟以'姽婳'下加'将军'二字，反更觉妩媚风流，真绝世奇文也。想这恒王也是千古第一风流人物了。"贾政笑道："这话自然是如此，但更有可奇可叹之事。"众清客都愕然惊问道："不知底下有何奇事？"贾政道："谁知次年便有'黄巾'、'赤眉'一干流贼馀党复又乌合，抢掠山左一带。恒王意为犬羊之恶，不足大举，因轻骑前剿。不意贼众颇有诡谲智术，两战不胜，恒王遂为众贼所戮。于是青州城内文武官员，各各皆谓'王尚不胜，你我何为！'遂将有献城之举。林四娘得闻凶报，遂集聚众女将，发令说道：'你我皆向蒙王恩，戴天履地，不能报其万一。今王既殒身国事，我意亦当殒身于王。尔等有愿随者，即时同我前往；有不愿者，亦早各散。'众女将听他这样，都一齐说愿意。于是林四娘带领众人连夜出城，直杀至贼营里头。众贼不防，也被斩戮了几员首贼。然后大家见是不过几个女人，料不能济事，遂回戈倒兵，奋力一阵，把林四娘等一个不曾留下，倒作成了这林四娘的一片忠义之志。后来报至中都，自天子以至百官，无不惊骇道奇。其后朝中自然又有人去剿灭，天兵一到，化为乌有，不必深论。只就林四娘一节，众位听了，可羡不可羡呢？”众幕友都叹道：“实在可羡可奇，实是个妙题，原该大家挽一挽才是。”说着，早有人取了笔砚，按贾政口中之言稍加改易了几个字，便成了一篇短序，递与贾政看了。贾政道：“不过如此。他们那里已有原序。昨日因又奉恩旨，着察核前代以来应加褒奖而遗落未经请奏各项人等，无论僧尼乞丐与女妇人等，有一事可嘉，即行汇送履历至礼部备请恩奖。所以他这原序也送往礼部去了。大家听见这新闻，所以都要作一首《姽婳词》，以志其忠义。”众人听了，都又笑道：“这原该如此。只是更可羡者，本朝皆系千古未有之旷典隆恩，实历代所不及处，可谓‘圣朝无阙事’[1]，唐朝人预先竟说了，竟应在本朝。如今年代方不虚此一句。”贾政点头道：“正是。”

说话间，贾环叔侄亦到。贾政命他们看了题目。他两个虽能诗，较腹中之虚实虽也去宝玉不远，但第一件他两个终是别路，若论举业一道，似高过宝玉，若论杂学，则远不能及；第二件他二人才思滞钝，不及宝玉空灵娟逸，每作诗亦如八股之法，未免拘板庸涩。

那宝玉虽不算是个读书人，然亏他天性聪敏，且素喜好些杂书，他自为古人中也有杜撰的，也有误失之处，拘较不得许多；若只管怕前怕后起来，

[1] 圣朝无阙事：即圣明的朝廷没有过失。

纵堆砌成一篇，也觉得甚无趣味。因心里怀着这个念头，每见一题，不拘难易，他便毫无费力之处，就如世上的流嘴滑舌之人，无风作有，信着伶口俐舌，长篇大论，胡扳乱扯，敷演出一篇话来。虽无稽考，却都说得四座春风。虽有正言厉语之人，亦不得压倒这一种风流去。

近日贾政年迈，名利大灰，然起初天性也是个诗酒放诞之人，因在子侄辈中，少不得规以正路。近见宝玉虽不读书，竟颇能解此，细评起来，也还不算十分玷辱了祖宗。就思及祖宗们，各各亦皆如此，虽有深精举业的，也不曾发迹过一个，看来此亦贾门之数。况母亲溺爱，遂也不强以举业逼他了。所以近日是这等待他。又要环兰二人举业之馀，怎得亦同宝玉才好，所以每欲作诗，必将三人一齐唤来对作。

贾政对于宝玉、贾环、贾兰三人有客观的评价：论举业，宝玉不如环、兰；论诗赋杂学、才思敏捷，环、兰远不及宝玉。从难从严的方针失败以后，贾政不再以举业强迫宝玉，决定顺其自然。这是贾政教育方针的重大转变。贾政的形象由迂腐固执一变而为开明通达。

闲言少述。且说贾政又命他三人各吊一首，谁先成者赏，佳者额外加赏。贾环贾兰二人近日当着多人皆作过几首了，胆量愈壮，今看了题，遂自去思索。一时，贾兰先有了。贾环生恐落后也就有了。二人皆已录出，宝玉尚自出神。贾政与众人且看他二人的二首。

贾兰的是一首七言绝句，写道是：

姽婳将军林四娘，玉为肌骨铁为肠，
捐躯自报恒王后，此日青州土亦香。

众幕宾看了，便皆大赞："小哥儿十三岁的人就如此，可知家学渊源，真不诬矣。"贾政笑道："稚子口角，也还难为他。"

又看贾环的，是首五言律，写道是：

红粉不知愁，将军意未休。
掩啼离绣幕，抱恨出青州。
自谓酬王德，讵能复寇仇。
谁题忠义墓，千古独风流。

众人道：“更佳。倒是大几岁年纪，立意又自不同。”贾政道：“还不甚大错，终不恳切。”众人道：“这就罢了。三爷才大不多两岁，俱在未冠之时，如此用了工去，再过几年，怕不是大阮小阮了。”贾政笑道：“过奖了。只是不肯读书过失。”

因又问宝玉怎样。众人道：“二爷细心镂刻，定又是风流悲感，不同此等的了。”宝玉笑道：“这个题目似不称近体，须得古体，或歌或行，长篇一首，方能恳切。”众人听了，都立身点头拍手道：“我说他立意不同！每一题到手必先度其体格宜与不宜，这便是老手妙法。就如裁衣一般，未下剪时，须度其身量。这题目名曰《姽婳词》，且既有了序，此必是长篇歌行方合体的。或拟白乐天《长恨歌》，或拟温八叉《击瓯歌》，或拟李长吉《会稽歌》，或拟咏古词，半叙半咏，流利飘逸，始能尽妙。”

清客之曲意奉承，要讨贾政欢喜。

贾政听说，也合了主意，遂自提笔向纸上要写，又向宝玉笑道：“如此，你念我写。若不好了，我捶你那肉。谁许你先大言不惭了！”宝玉只得念了一句，道是：

恒王好武兼好色，

贾政写了看时，摇头道：“粗鄙。”一幕宾道：“要这样方古，究竟不粗。且看他底下的。”贾政道：“姑存之。”宝玉又道：

遂教美女习骑射。
秾歌艳舞不成欢，列阵挽戈为自得。

贾政写出，众人都道：“只这第三句便古朴老健，极妙。这四句平叙出，也最得体。”贾政道：“休谬加奖誉，且看转的如何。”宝玉念道：

眼前不见尘沙起，将军俏影红灯里。

众人听了这两句，便都叫：“妙！好个‘不见尘沙起’！又承了一句‘俏影红灯里’，用字用句，皆入神化了。”宝玉道：

叱咤时闻口舌香，霜矛雪剑娇难举。

众人听了，便拍手笑道：“益发画出来了。当日敢是宝公也在座，见其娇且闻其香否？不然，何体贴至此。”宝玉笑道：“闺阁习武，任其勇悍，怎似男人。不待问而可知娇怯之形的了。”贾政道：“还不快续，这又有你说嘴的了。”

宝玉只得又想了一想，念道：

丁香结子芙蓉绦，

众人都道：“转‘绦’，‘萧’韵，更妙，这才流利飘荡。而且这一句也绮靡秀媚的妙。”贾政写了，看道：“这一句不好。已写过‘口舌香’‘娇难举’，何必又如此。这是力量不加，故又用这些堆砌货来搪塞。”宝玉笑道：“长歌也须得要些词藻点缀点缀，不然便觉萧索。”贾政道：“你只顾用那些，但这一句底下如何能转至武事？若再多说两句，岂不蛇足了。”宝玉道：“如此，底下一句转煞住，想亦可矣。”贾政冷笑道：“你有多大本领？上头说了一句大开门的散话，如今又要一句连转带煞，岂不心有馀而力不足些。”宝玉听了，垂头想了一想，说了一句道：

不系明珠系宝刀。

忙问：“这一句可还使得？”众人拍案叫绝。贾政写了，看着笑道：“且放着，再续。”宝玉道：“若使得，我便要一气下去了。若使不得，越性涂了，我再想别的意思出来，再另措词。”贾政听了，便喝道：“多话！不好了再作，便作十篇百篇，还怕辛苦了不成！”宝玉听说，只得想了一会，便念道：

战罢夜阑心力怯，脂痕粉渍污鲛鮹。

贾政道：“又一段。底下怎样？”宝玉道：

明年流寇走山东，强吞虎豹势如蜂。

众人道：“好个‘走’字！便见得高低了。且通句转的也不板。”宝玉又念道：

王率天兵思剿灭，一战再战不成功。
腥风吹折陇头麦，日照旌旗虎帐空。

青山寂寂水澌澌，正是恒王战死时。
雨淋白骨血染草，月冷黄沙鬼守尸。

众人都道："妙极，妙极！布置，叙事，词藻，无不尽美。且看如何至四娘，必另有妙转奇句。"

宝玉又念道：

纷纷将士只保身，青州眼见皆灰尘，
不期忠义明闺阁，愤起恒王得意人。

众人都道："铺叙得委婉。"贾政道："太多了，底下只怕累赘呢。"宝玉乃又念道：

恒王得意数谁行，姽婳将军林四娘，
号令秦姬驱赵女，艳李秾桃临战场。
绣鞍有泪春愁重，铁甲无声夜气凉。
胜负自然难预定，誓盟生死报前王。
贼势猖獗不可敌，柳折花残实可伤，
魂依城郭家乡近，马践胭脂骨髓香。
星驰时报入京师，谁家儿女不伤悲！
天子惊慌恨失守，此时文武皆垂首。
何事文武立朝纲，不及闺中林四娘。
我为四娘长太息，歌成馀意尚傍徨！

念毕，众人都大赞不止，又都从头看了一遍。贾政笑道："虽然说了几句，到底不大恳切。"因说："去罢。"三人如得了赦的一般，一齐出来，各自回房。

众人皆无别话，不过至晚安歇而已。独有宝玉一心凄楚，回至园中，猛然见池上芙蓉，想起小丫鬟说晴雯作了芙蓉之神，不觉又喜欢起来，乃看着芙蓉嗟叹了一会。忽又想起死后并未到灵前一祭，如今何不在芙蓉前一祭，岂不尽了礼，比俗人去灵前祭吊又更觉别致。

想毕，便欲行礼。忽又止住道："虽如此，亦不可太草率，也须得衣冠整齐，奠仪周备，方为诚敬。"想了一想，"如今若学那世俗之奠礼，断然不可；竟也还要别开生面，另立排场，风流奇异，于世无涉，方不负我二人之为人。况且古人有云：'潢污行潦，蘋蘩蕴藻之贱，可以羞王公，荐鬼神。'[1]原不在物之贵贱，全在心之诚敬而已。此其一也。二则诔文挽词也须另出己见，自放手眼，亦不可蹈袭前人的套头，填写几字搪塞耳目之文，亦必须洒泪泣血，一字一咽，一句一啼，宁使文不足悲有馀，万不可尚文藻而反失悲戚。况且古人多有微词[2]，非自我今作俑[3]也。奈今人全惑于功名二字，尚古之风一洗皆尽，恐不合时宜，于功名有碍之故。我又不希罕那功名，不为世人观阅称赞，何必不远师楚人之《大言》、《招魂》、《离骚》、《九辩》、《枯树》、《问难》、《秋水》、《大人先生传》等法，或杂参单句，或偶成短联，或用实典，或设譬喻，随意所之，信笔而去，喜则以文为戏，悲则以言志痛，辞达意尽为止，何必若世俗之拘拘于方寸之间哉。"

---

[1] 潢（huáng）污……荐鬼神：意谓只要心诚，即使是坑中积水和野生水草，也可以奉献王公，祭奠鬼神。潢污，坑中的死水。行潦（lǎo），车辙中水。蘋，浮萍。蕴藻，水草。羞，奉献。荐，呈献。

[2] 微词：含蓄之词。

[3] 作俑：开创坏的先例。典出《孟子·梁惠王上》："仲尼曰：'始作俑者，其无后乎。"

宝玉本是个不读书之人，再心中有了这篇歪意，怎得有好诗好文作出来。他自己却任意纂著，并不为人知慕，所以大肆妄诞，竟杜撰成一篇长文，用晴雯素日所喜之冰鲛縠一幅楷字写成，名曰《芙蓉女儿诔》，前序后歌。又备了四样晴雯所喜之物，于是夜月下，命那小丫头捧至芙蓉花前。先行礼毕，将那诔文即挂于芙蓉枝上，乃泣涕念曰：

维

太平不易之元[1]，蓉桂竞芳之月，无可奈何之日，怡红院浊玉，谨以群花之蕊、冰鲛之縠、沁芳之泉、枫露之茗，四者虽微，聊以达诚申信，乃致祭于

白帝宫中抚司秋艳芙蓉女儿之前曰：

窃思女儿自临浊世，迄今凡十有六载。其先之乡籍姓氏，湮沦而莫能考者久矣。而玉得于衾枕栉沐之间，栖息宴游之夕，亲昵狎亵，相与共处者，仅五年八月有畸。

噫！女儿曩生之昔，其为质则金玉不足喻其贵，其为性则冰雪不足喻其洁，其为神则星日不足喻其精，其为貌则花月不足喻其色。姊妹悉慕媖娴[2]，妪媪咸仰惠德。

模仿杜牧《李贺集序》里的构思和语言。

孰料鸠鸩恶其高，鹰鸷翻遭罦罬[3]；薋葹妒其臭，茝兰竟被芟钼[4]！花原自怯，岂

---

[1] 维太平不易之元：维，语助词。太平不易，意即永远太平无事。元，纪年。

[2] 媖娴（yīng xián）：美好文静。

[3] 孰料……罦罬（fú zhuó）：鸠（jiū），斑鸠，比喻进谗之小人。鸩（zhèn），传说中的恶鸟，喻指恶人。恶，厌恶，憎恨。鹰鸷，飞翔高空的猛禽，此喻晴雯。罦罬，一种捕鸟兽之网，此泛指罗网。

[4] 薋葹（cí shī）……芟钼（shān chú）：薋、葹，两种恶草，此喻嫉妒晴雯之小人。臭（xiù），气味，这里指香气。茝（chǎi）、兰，两种香草，比喻晴雯。芟钼，除掉。

奈狂飙；柳本多愁，何禁骤雨。偶遭蛊虿之谗，遂抱膏肓之疚。故尔樱唇红褪，韵吐呻吟；杏脸香枯，色陈颇颔[1]。诼谣謑诟，出自屏帏；荆棘蓬榛，蔓延户牖。岂招尤则替，实攘诟而终。既忳幽沉于不尽，复含罔屈于无穷。高标见嫉，闺帏恨比长沙[2]；直烈遭危，巾帼惨于羽野。

自蓄辛酸，谁怜夭折！仙云既散，芳趾难寻。洲迷聚窟，何来却死之香[3]？海失灵槎[4]，不获回生之药。眉黛烟青，昨犹我画；指环玉冷，今倩谁温？鼎炉之剩药犹存，襟泪之馀痕尚渍。镜分鸾别[5]，愁开麝月之奁；梳化龙飞[6]，哀折檀云之齿[7]。委金钿于草莽，拾翠匐[8]于尘埃。楼空鳷鹊[9]，徒悬七夕之针[10]；带断鸳鸯，谁续五丝之缕？况乃金天属节，白帝司时，孤衾有梦，空室无人。桐阶月暗，芳魂与倩影同销；蓉帐香残，娇喘共细言皆绝。连天衰草，岂独蒹葭；匝地悲声，无非蟋蟀。露苔晚砌，穿帘不度寒砧；雨荔秋垣，隔院希闻怨笛。芳名未泯，檐前鹦鹉犹呼；艳质将亡，槛外海棠预老。捉迷屏后，

---

[1] 颇颔（kǎn hàn）：面容憔悴。
[2] 长沙：代指贾谊，其曾为长沙王太傅。
[3] 却死之香：起死回生的香药。
[4] 灵槎：神仙的木筏。
[5] 镜分鸾别：本指夫妻分别，这里借喻与晴雯的永别。
[6] 梳化龙飞：指晋人陶侃悬梭于壁，梭化龙飞去的故事。这里改梭为梳，用以契合宝玉、晴雯之过往。
[7] 檀云之齿：檀木梳之齿。
[8] 翠匐（è）：装潢着翠羽的发饰。
[9] 鳷鹊：鳷鹊楼，西汉上林苑楼观名。
[10] 七夕之针：旧俗，七月七日夜，天上牛郎织女相会，妇女于当晚穿针，称为乞巧。

莲瓣无声；斗草庭前，兰芽枉待。抛残绣线，银笺彩缕谁裁？折断冰丝[1]，金斗御香未熨。

昨承严命，既趋车而远涉芳园；今犯慈威，复泣杖而遽抛孤匶[2]。及闻槥棺被燹[3]，惭违共穴之盟；石椁成灾，愧迨同灰之诮。尔乃西风古寺，淹滞青燐；落日荒丘，零星白骨。楸榆飒飒，蓬艾萧萧。隔雾圹以啼猿，绕烟塍而泣鬼。自为红绡帐里，公子情深；始信黄土垄中，女儿命薄！汝南[4]泪血，斑斑洒向西风；梓泽余衷[5]，默默诉凭冷月。

呜呼！固鬼蜮之为灾，岂神灵而亦妒。钳诐奴[6]之口，讨岂从宽；剖悍妇之心，忿犹未释！在君之尘缘虽浅，然玉之鄙意岂终。因蓄惓惓之思，不禁谆谆之问。始知上帝垂旌，花宫待诏，生侪兰蕙，死辖芙蓉。听小婢之言，似涉无稽；以浊玉之思，则深为有据。

何也？昔叶法善摄魂以撰碑[7]，李长吉被诏而为记[8]，事虽殊，其理则一也。故相物以配才，苟非其人，恶乃滥乎？始信上帝委托权衡，可谓至洽至协，庶不负其所秉赋也。因希其不昧之灵，或陟降于兹；特不揣鄙俗之

---

[1] 冰丝：代指素绢所制的衣服。

[2] “今犯”句：慈威，母亲的威仪。匶（jiù），“柩”的古字。

[3] 槥（huì）棺被燹（xiǎn）：槥，小而薄的棺材。燹，火，指焚烧。

[4] 汝南：指南朝宋汝南王，此借汝南王同刘碧玉的故事比喻自己对晴雯的深情。

[5] 梓泽余衷：此指石崇与绿珠的故事。梓泽，指石崇为其爱妾绿珠所建的金谷园。

[6] 诐（bì）奴：恶奴。

[7] 叶法善摄魂以撰碑：唐开元间，道士叶法善曾求刺史李邕为其祖父写碑文，文成之后，又求书写，李邕未允。叶遂用道术，使李邕在梦中为其书写。

[8] 李长吉被诏而为记：李长吉，即唐代诗人李贺。据说李贺临死时忽然见一穿红衣、骑赤虬、手持诏书的人，从天上来对他说，天帝建成了白玉楼，召他前去作文记述其事。事见李商隐所作《李长吉小传》。

词，有污慧听。乃歌而招之曰：

天何如是之苍苍兮，乘玉虬以游乎穹窿耶？

地何如是之茫茫兮，驾瑶象以降乎泉壤耶？

望缴盖之陆离兮，抑箕尾之光耶？

列羽葆而为前导兮，卫危虚[1]于旁耶？

驱丰隆[2]以为比从兮，望舒[3]月以离耶？

听车轨而伊轧兮，御鸾鹥以征耶？

闻馥郁而薆然[4]兮，纫蘅杜以为纕[5]耶？

炫裙裾之烁烁兮，镂明月以为珰耶？

籍葳蕤而成坛畤兮，檠莲焰以烛兰膏耶？

文瓟瓝以为觯斝兮[6]，漉醽醁以浮桂醑耶[7]？

瞻云气而凝盼兮，仿佛有所觇耶？

俯窈窕而属耳兮，恍惚有所闻耶？

期汗漫而无夭阏兮[8]，忍捐弃余于尘埃耶？

倩风廉[9]之为余驱车兮，冀联辔而携归耶？

余中心为之慨然兮，徒噭噭而何为耶？

君偃然而长寝兮，岂天运之变于斯耶？

---

[1] 危虚：星宿名，即危星和虚星。
[2] 丰隆：古代神话中的云神或雷神。
[3] 望舒：古代神话中为月亮驾车的神。
[4] 薆（ài）然：香气浓郁。
[5] 纕（xiāng）：佩带。
[6] “文瓟瓝（páo páo）”句：瓟瓝，葫芦。觯斝（zhì jiǎ），古代两种酒器名。
[7] “漉醽醁（líng lù）”句：醽醁，美酒名。桂醑，桂花美酒。
[8] 期汗漫而无夭阏（è）兮：期，希望。汗漫，深邃无边。夭阏，阻拦。
[9] 风廉：即飞廉，古代神话中的风神。

既窀穸[1]且安稳兮，反其真而复奚化耶？

余犹桎梏而悬附[2]兮，灵格余以嗟来耶！

来兮止兮，君其来耶？

若夫鸿蒙而居，寂静以处，虽临于兹，余亦莫睹。搴烟萝而为步幛，列枪蒲而森行伍。警柳眼之贪眠，释莲心之味苦。素女[3]约于桂岩，宓妃[4]迎于兰渚。弄玉吹笙[5]，寒簧击敔[6]。征嵩岳之妃，启骊山之姥[7]。龟呈洛浦之灵[8]，兽作咸池之舞[9]。潜赤水兮龙吟，集珠林[10]兮凤翥。爰格爰诚，匪簠匪筥[11]。发轫乎霞城，返旌乎玄圃[12]。既显微而若通，复氤氲而倏阻。离合兮烟云，空蒙兮雾雨。尘霾敛兮星高，溪山丽兮月午。何心意之忡忡，若寤寐之栩栩。余乃欷歔怅望，泣涕傍徨。人语兮寂历，天籁兮筼筜[13]。鸟惊散而飞，鱼唼喋以响。志哀兮是祷，成礼兮期祥。

呜呼哀哉！尚飨[14]！

---

[1] 窀穸（zhūn xī）：墓穴，此指埋葬。

[2] 悬附：意即累赘。

[3] 素女：古代神话中善鼓瑟的神女。

[4] 宓妃：即洛神，洛水之神。

[5] 弄玉吹笙：传说春秋时秦穆公之女弄玉善吹笙，能招来凤凰，嫁给善吹箫的萧史。

[6] 寒簧击敔（yǔ）：寒簧，仙女。相传她曾作过西王母的散花仙史，后又当月宫的侍书，向嫦娥学紫云之歌、霓裳之舞。敔，一种打击乐器。

[7] 骊山之姥：女仙，也称骊山老母。

[8] 龟呈洛浦之灵：传说夏禹治水时，洛水中有神龟背负文书献于夏禹。

[9] 兽作咸池之舞：百兽随着《咸池》乐曲起舞。

[10] 珠林：神话传说中生长珠宝的树林。

[11] “爰格”句：格，感动。匪，通“非”。簠（fǔ），古代祭祀或宴会时，用来盛谷物的长方形器皿。筥（jǔ），圆形的竹筐。

[12] “发轫”句：发轫，驱车行进，引申为启程。轫，放在车轮前的横木，车启行时须抽去。霞城、玄圃，皆神仙所居之地。

[13] 筼筜（yún dāng）：长节的竹。

[14] 尚飨（xiǎng）：希望死者来享用祭品。旧时祭文常以此作为结束语。

读毕，遂焚帛奠茗，犹依依不舍。丫鬟催至再四，方才回身。忽听山石之后有一人笑道："且请留步。"二人听了，不免一惊。那丫鬟回头一看，却是个人影从芙蓉花中走出来，他便大叫："不好，有鬼。晴雯真来显魂了!"唬得宝玉也忙看时，——且听下回分解。

第七十九回

薛文龙悔娶河东狮[1]　贾迎春误嫁中山狼

话说宝玉才祭完了晴雯，只听花影中有人声，倒唬了一跳。走出来细看，不是别人，却是林黛玉，满面含笑，口内说道："好新奇的祭文！可与曹娥碑[2]并传的了。"宝玉听了，不觉红了脸，笑答道："我想着世上这些祭文都蹈于熟滥了，所以改个新样，原不过是我一时的顽意，谁知又被你听见了。有什么大使不得的，何不改削改削。"

黛玉道："原稿在那里？倒要细细一读。长篇大论，不知说的是些什么，只听见中间两句，什么'红绡帐里，公子多情；黄土垄中，女儿薄命。'这一联意思却好，只是'红绡帐里'未免熟滥些。放着现成真事，为什么不用？"宝玉忙问："什么现成的真事？"黛玉笑道："咱们如今都系霞影纱糊的窗槅，何不说'茜纱窗下，公子多情'呢？"宝玉听了，不禁跌足笑道："好极，是极！到底是你想的出，说的出。可知天下古今现成的好景妙事尽多，只是愚人蠢子说不出想不出罢了。但只一件：虽然这一改新妙之极，但你居此则可，在我实不敢当。"说着，又接连说了一二百句"不敢"。

---

[1] 河东狮：比喻嫉妒强悍的妇人。

[2] 曹娥碑：东汉孝女曹娥，其父投江而死，曹娥寻父尸体不得，最后亦投江而死。上虞县官为之立碑。

黛玉笑道："何妨。我的窗即可为你之窗，何必分晰得如此生疏。古人异姓陌路，尚然同肥马，衣轻裘，敝之而无憾，何况咱们。"宝玉笑道："论交之道，不在肥马轻裘，即黄金白璧，亦不当锱铢较量。倒是这唐突闺阁，万万使不得的。如今我越性将'公子''女儿'改去，竟算是你诔他的倒妙。况且素日你又待他甚厚，故今宁可弃此一篇大文，万不可弃此'茜纱'新句。竟莫若改作'茜纱窗下，小姐多情；黄土垄中，丫鬟薄命。'如此一改，虽于我无涉，我也是惬怀的。"黛玉笑道："他又不是我的丫头，何用作此语。况且小姐丫鬟亦不典雅，等我的紫鹃死了，我再如此说，还不算迟。"宝玉听了，忙笑道："这是何苦又咒他。"黛玉笑道："是你要咒的，并不是我说的。"宝玉道："我又有了，这一改可极妥当了。莫若说'茜纱窗下，我本无缘；黄土垄中，卿何薄命。'"

黛玉听了，忡然变色，心中虽有无限的狐疑乱拟，外面却不肯露出，反连忙含笑点头称妙，说："果然改的好。再不必乱改了，快去干正经事罢。才刚太太打发人叫你明儿一早快过大舅母那边去。你二姐姐已有人家求准了，想是明儿那家人来拜允，所以叫你们过去呢。"宝玉拍手道："何必如此忙？我身上也不大好，明儿还未必能去呢。"黛玉道："又来了，我劝你把脾气改改罢。一年大二年小，……"一面说话，一面咳嗽起来。宝玉忙道："这里风冷，咱们只顾呆站在这里，快回去罢。"黛玉道："我也家去歇息了，明儿再见罢。"说着，便自取路去了。

宝玉只得闷闷的转步，又忽想起来黛玉无人随伴，忙命小丫头子跟了送回去。自己到了怡红院中，果有王夫人打发老嬷嬷来，吩咐他明日一早过贾赦那边去，与方才黛玉之言相对。

原来贾赦已将迎春许与孙家了。这孙家乃是大同府人氏，祖上系军官出身，乃当日宁荣府中之门生，算来亦系世交。如今孙家只有一人在京，现袭指挥之职，此人名唤孙绍祖，生得相貌魁梧，体格健壮，弓马娴熟，应酬权变，年纪未满三十，且又家资饶富，现在兵部候缺题升。因未有室，贾赦见是世交之孙，且人品家当都相称合，遂青目择为东床娇婿。亦曾回明贾母。

贾母心中却不十分称意，想来拦阻亦恐不听，儿女之事自有天意前因，况且他是亲父主张，何必出头多事，为此只说“知道了”三字，馀不多及。

贾政又深恶孙家，虽是世交，当年不过是彼祖希慕荣宁之势，有不能了结之事才拜在门下的，并非诗礼名族之裔，因此倒劝谏过两次，无奈贾赦不听，也只得罢了。

对于孙绍祖，贾赦认为是东床娇婿，贾母认为是迎春亲父做主，不便拦阻；贾政则深恶孙家，劝谏两次。三种态度。

宝玉却从未会过这孙绍祖一面的，次日只得过去聊以塞责。只听见说娶亲的日子甚急，不过今年就要过门的，又见邢夫人等回了贾母将迎春接出大观园去等事，越发扫去了兴头，每日痴痴呆呆的，不知作何消遣。又听得说陪四个丫头过去，更又跌足自叹道：“从今后这世上又少了五个清洁人了。”因此天天到紫菱洲一带地方徘徊瞻顾，见其轩窗寂寞，屏帐翛然[1]，不过有几个该班上夜的老妪。再看那岸上的蓼花苇叶，池内的翠荇香菱，也都觉摇摇落落，似有追忆故人之态，迥非素常逞妍斗色之可比。既领略得如此寥落凄惨之景，是以情不自

[1] 屏帐翛（xiāo）然：人去室空的景况。翛然，空寂的样子。

禁，乃信口吟成一歌曰：

> 池塘一夜秋风冷，吹散芰荷红玉影。
> 蓼花菱叶不胜愁，重露繁霜压纤梗。
> 不闻永昼敲棋声，燕泥点点污棋枰。
> 古人惜别怜朋友，况我今当手足情！

宝玉方才吟罢，忽闻背后有人笑道："你又发什么呆呢？"宝玉回头忙看是谁，原来是香菱。宝玉便转身笑问道："我的姐姐，你这会子跑到这里来做什么？许多日子也不进来逛逛。"香菱拍手笑嘻嘻的说道："我何曾不要来。如今你哥哥回来了，那里比先时自由自在的了。才刚我们奶奶使人找你凤姐姐的，竟没找着，说往园子里来了。我听见了这话，我就讨了这件差进来找他。遇见他的丫头，说在稻香村呢。如今我往稻香村去，谁知又遇见了你。我且问你，袭人姐姐这几日可好？怎么忽然把个晴雯姐姐也没了，到底是什么病？二姑娘搬出去的好快，你瞧瞧这地方好空落落的。"

宝玉应之不迭，又让他同到怡红院去吃茶。香菱道："此刻竟不能，等找着琏二奶奶，说完了正经事再来。"宝玉道："什么正经事这么忙？"香菱道："为你哥哥娶嫂子的事，所以要紧。"宝玉道："正是。说的到底是那一家的？只听见吵嚷了这半年，今儿又说张家的好，明儿又要李家的，后儿又议论王家的。这些人家的女儿他也不知道造了什么罪了，叫人家好端端议论。"香菱道："这如今定了，可以不用搬扯别家了。"

宝玉忙问："定了谁家的？"香菱道："因你哥哥上次出门贸易时，在顺路到了个亲戚家去。这门亲原是老亲，且又和我们是同在户部挂名行商，也是数一数二的大门户。前日说起来，你们两府都也知道的。合长安城中，上至王侯，下至买卖人，都称他家是'桂花夏家'。"宝玉笑问道："如何又称为'桂花夏家'?"香菱道："他家本姓夏，非常的富贵。其馀田地不用说，单有几十顷地独种桂花，凡这长安城里城外桂花局俱是他家的，连宫里一应陈设盆景亦是他家贡奉，因此才有这个浑号。如今太爷也没了，只有老奶奶带着一个亲生的姑娘过活，也并没有哥儿兄弟，可惜他竟一门尽绝了后。"

封建社会，没有儿子就是绝后。

宝玉忙道："咱们也别管他绝后不绝后，只是这姑娘可好？你们大爷怎么就中意了?"香菱笑道："一则是天缘，二则是'情人眼里出西施'。当年又是通家来往，从小儿都一处厮混过。叙起亲是姑舅兄妹，又没嫌疑。虽离开了这几年，前儿一到他家，夏奶奶又是没儿子的，一见了你哥哥出落的这样，又是哭，又是笑，竟比见了儿子的还胜。又令他兄妹相见，谁知这姑娘出落得花朵似的了，在家里也读书写字，所以你哥哥当时就一心看准了。连当铺里老朝奉伙计们一群人蹧扰了人家三四日，他们还留多住几日，好容易苦辞才放回家。你哥哥一进门，就咕咕唧唧求我们奶奶去求亲。我们奶奶原也是见过这姑娘的，且又门当户对，也就依了。和这里姨太太凤姑娘商议了，打发人去一说就成了。只是娶的日子太急，所以我们忙乱的很。我也巴不得早些过来，又添一个作诗的人了。"宝玉冷笑道："虽如此说，但只我听这话不知怎么倒替你耽心虑后呢。"香菱听了，不觉红了脸，正色道："这是什么话！素日咱们都是厮抬厮敬的，今日忽然提起这些事来，是什么意思！怪不得人人都说你是个亲近香菱单纯幼稚至极。不知夏金桂一进门，她的苦日子就开始了。

不得的人。”一面说，一面转身走了。

宝玉见他这样，便怅然如有所失，呆呆的站了半天，思前想后，不觉滴下泪来，只得没精打彩，还入怡红院来。一夜不曾安稳，睡梦之中犹唤晴雯，或魇魔惊怖，种种不宁。次日便懒进饮食，身体作热。此皆近日抄检大观园、逐司棋、别迎春、悲晴雯等羞辱惊恐悲凄之所致，兼以风寒外感，故酿成一疾，卧床不起。贾母听得如此，天天亲来看视。王夫人心中自悔不合因晴雯过于逼责了他。心中虽如此，脸上却不露出。只吩咐众奶娘等好生服侍看守，一日两次带进医生来诊脉下药。一月之后，方才渐渐的痊愈。

贾母命好生保养，过百日方许动荤腥油面等物，方可出门行走。这一百日内，连院门前皆不许到，只在房中顽笑。四五十日后，就把他拘约的火星乱迸，那里忍耐得住。虽百般设法，无奈贾母王夫人执意不从，也只得罢了。因此和那些丫鬟们无所不至，恣意耍笑作戏。又听得薛蟠摆酒唱戏，热闹非常，已娶亲入门，闻得这夏家小姐十分俊俏，也略通文翰，宝玉恨不得就过去一见才好。

再过些时，又闻得迎春出了阁。宝玉思及当时姊妹们一处，耳鬓厮磨，从今一别，纵得相逢，也必不似先前那等亲密了。眼前又不能去一望，真令人凄惶迫切之至。少不得潜心忍耐，暂同这些丫鬟们厮闹释闷，幸免贾政责备逼迫读书之难。这百日内，只不曾拆毁了怡红院，和这些丫头们无法无天，凡世上所无之事，都顽耍出来。如今且不消细说。

且说香菱自那日抢白了宝玉之后，心中自为宝玉有意唐突他，“怨不得我们宝姑娘不敢亲近，可见我不如宝姑娘远矣；怨不得林姑娘时常和他角口气的痛哭，自然唐突他也是有的了。从此倒要远避他才好。”因此，以后连大观园也不轻易进来。日日忙乱着，薛蟠娶过亲，自为得了护身符，自己身上分去责任，到底比这样安宁些；二则又闻得是个有才有貌的佳人，自然是典雅和平的：因此他心中盼过门的日子比薛蟠还急十倍。好容易盼得一日娶过了门，他便十分殷勤小心服侍。

原来这夏家小姐今年方十七岁，生得亦颇有姿色，亦颇识得几个字。若论心中的邱壑经纬，颇步熙凤之后尘。只吃亏了一件，从小时父亲去世的早，又无同胞弟兄，寡母独守此女，娇养溺爱，不啻珍宝，凡女儿一举一动，彼母皆百依百随，因此未免娇养太过，竟酿成个盗跖的性气。爱自己尊若菩萨，窥他人秽如粪土；外具花柳之姿，内秉风雷之性。在家中时常就和丫鬟们使性弄气，轻骂重打的。今日出了阁，自为要作当家的奶奶，比不得作女儿时腼腆温柔，须要拿出这威风来，才钤压得住人；况且见薛蟠气质刚硬，举止骄奢，若不趁热灶一气炮制熟烂，将来必不能自竖旗帜矣；又见有香菱这等一个才貌俱全的爱妾在室，越发添了“宋太祖灭南唐”之意，“卧榻之侧岂容他人酣睡”之心。

因他家多桂花，他小名就唤做金桂。他在家时不许人口中带出金桂二字来，凡有不留心误道一字者，他便定要苦打重罚才罢。他因想桂花二字是禁止不住的，须另换一名，因想桂花曾有广寒嫦娥之说，便将桂花改为嫦娥花，又寓自己身分如此。

薛蟠本是个怜新弃旧的人，且是有酒胆无饭力的，如今得了这样一个妻子，正在新鲜兴头上，凡事未免尽让他些。那夏金桂见了这般形景，便也试着一步紧似一步。一月之中，二人气概还都相平；至两月之后，便觉薛蟠的气概渐次低矮了下去。一日薛蟠酒后，不知要行何事，先与金桂商议，金桂执意不从。薛蟠忍不住便发了几句话，赌气自行了，这金桂便气的哭如醉人一般，茶汤不进，装起病来。请医疗治，医生又说："气血相逆，当进宽胸顺气之剂。"

薛姨娘恨的骂了薛蟠一顿，说："如今娶了亲，眼前抱儿子了，还是这样胡闹。人家凤凰蛋似的，好容易养了一个女儿，比花朵儿还轻巧，原看的你是个人物，才给你作老婆。你不说收了心安分守己，一心一计和和气气的过日子，还是这样胡闹，味嗓[1]了黄汤，折磨人家。这会子花钱吃药白遭心。"一席话说的薛蟠后悔不迭，反来安慰金桂。金桂见婆婆如此说丈夫，越发得了意，便装出些张致来，总不理薛蟠。薛蟠没了主意，惟自怨而已，好容易十天半月之后，才渐渐的哄转过金桂的心来，自此便加一倍小心，不免气概又矮了半截下来。

薛姨妈气到失去理智。

那金桂见丈夫旗纛渐倒，婆婆良善，也就渐渐的持戈试马起来。先时不过挟制薛蟠，后来倚娇作媚，将及薛姨妈，后又将至薛宝钗。宝钗久察其不轨之心，每随机应变，暗以言语弹压其志。金桂知其不可犯，每欲寻隙，又无隙可乘，只得曲意俯就。一日金桂无事，因和香菱闲谈，问香菱家乡父母。香菱皆答忘记，金桂便不悦，说有意欺瞒了他。回问他"香菱"二字是谁起的名字，香菱便答："姑娘起的。"金桂冷笑道："人人都说姑娘通，

夏金桂自小娇生惯养，养成极度自私的性格，有心机，有手段，刁钻狠毒，控制欲极强。薛家本以为门当户对，娶得佳人，谁知引狼入室，从此家无宁日。将薛姨妈母女对照着写，更加突出宝钗才是薛家的主心骨。

[1] 味（chuáng）嗓：乱吃滥饮。

只这一个名字就不通。”香菱忙笑道：“嗳哟，奶奶不知道，我们姑娘的学问连我们姨老爷时常还夸呢。”欲明后事，且见下回。

第八十回

美香菱屈受贪夫棒　王道士胡诌妒妇方

话说金桂听了，将脖项一扭，嘴唇一撇，鼻孔里哧哧两声，拍着掌冷笑道："菱角花谁闻见香来着？若说菱角香了，正经那些香花放在那里？可是不通之极！"香菱道："不独菱花，就连荷叶莲蓬，都是有一股清香的。但他那原不是花香可比，若静日静夜或清早半夜细领略了去，那一股清香比是花儿都好闻呢。就连菱角、鸡头、苇叶、芦根得了风露，那一股清香，就令人心神爽快的。"金桂道："依你说，那兰花桂花倒香的不好了？"香菱说到热闹头上，忘了忌讳，便接口道："兰花桂花的香，又非别花之香可比。"

一句未完，金桂的丫鬟名唤宝蟾者，忙指着香菱的脸儿说道："要死，要死！你怎么直叫起姑娘的名字来！"香菱猛省了，反不好意思，忙陪笑赔罪说："一时说顺了嘴，奶奶别计较。"金桂笑道："这有什么，你也太小心了。但只是我想这个'香'字到底不妥，意思要换一个字，不知你服不服？"香菱忙笑道："奶奶说那里话，此刻连我一身一体俱属奶奶，何得换一名字反问我服不服，叫我如何当得起。奶奶说那一个字好，就用那一个。"

金桂笑道："你虽说的是，只怕姑娘多心，说'我起的名字，反不如你？你能来了几日，就驳我的回了。’”香菱笑道：“奶奶有所不知，当日买了我来时，原是老奶奶使唤的，故此姑娘起得名字。后来我自服侍了爷，就与姑娘无涉了。如今又有了奶奶，益发不与姑娘相干。况且姑娘又是极明白的人，如何恼得这些呢。”金桂道：“既这样说，‘香’字竟不如‘秋’字妥当。菱角菱花皆盛于秋，岂不比‘香’字有来历些。”香菱道：“就依奶奶这样罢了。”自此后遂改了秋字，宝钗亦不在意。

改“香菱”为“秋菱”，试探宝钗的反应。

只因薛蟠天性是“得陇望蜀”的，如今得娶了金桂，又见金桂的丫鬟宝蟾有三分姿色，举止轻浮可爱，便时常要茶要水的故意撩逗他。宝蟾虽亦解事，只是怕着金桂，不敢造次，且看金桂的眼色。金桂亦颇觉察其意，想着：“正要摆布香菱，无处寻隙，如今他既看上了宝蟾，如今且舍出宝蟾去与他，他一定就和香菱疏远了，我且乘他疏远之时，便摆布了香菱。那时宝蟾原是我的人，也就好处了。”打定了主意，伺机而发。

如凤姐之借秋桐治尤二姐，同为借刀杀人之计。其满肚机杼、心狠手辣，不次于凤姐。

这日薛蟠晚间微醺，又命宝蟾倒茶来吃。薛蟠接碗时，故意捏他的手。宝蟾又乔装躲闪，连忙缩手。两下失误，豁啷一声，茶碗落地，泼了一身一地的茶。薛蟠不好意思，佯说宝蟾不好生拿着。宝蟾说：“姑爷不好生接。”金桂冷笑道：“两个人的腔调儿都够使了。别打谅谁是傻子。”薛蟠低头微笑不语，宝蟾红了脸出去。

一时安歇之时，金桂便故意的撵薛蟠别处去睡，“省得你馋痨饿眼。”薛蟠只是笑。金桂道：“要作什么和我说，别偷偷摸摸的不中用。”薛蟠听了，仗着酒盖脸，便趁势跪在被上拉着金桂笑道：“好姐姐，你若要把宝蟾赏了我，你要怎样就怎样。你要人脑子也弄来给你。”金桂笑道：“这话好不通。你爱谁，说明了，就收在房里，省得别人看着不雅。我可要什么呢。”薛蟠得了这话，喜的称谢不尽，是夜曲尽丈夫之道，奉承金桂。次日也不出门，只在家中厮奈[1]，越发放大了胆。

至午后，金桂故意出去，让个空儿与他二人。薛蟠便拉拉扯扯的起来。宝蟾心里也知八九，也就半推半就，正要入港。谁知金桂是有心等候的，料必在难分之际，便叫丫头小舍儿过来。原来这小丫头也是金桂从小儿在家使唤的，因他自幼父母双亡，无人看管，便大家叫他作小舍儿，专作些粗笨的生活。金桂如今有意独唤他来吩咐道：“你去告诉秋菱，到我屋里将手帕取来，不必说我说的。”小舍儿听了，一径寻着香菱说：“菱姑娘，奶奶的手帕子忘记在屋里了。你去取来送上去岂不好？”

香菱正因金桂近日每每的折挫他，不知何意，百般竭力挽回不暇。听了这话，忙往房里来取。不防正遇见他二人推就之际，一头撞了进去，自己倒羞的耳面飞红，忙转身回避不迭。那薛蟠自为是过了明路的[2]，除了金桂，无人可怕，所以连门也不掩，今见香菱撞来，故也略有些惭愧，还不十分在意。无奈宝蟾素日最是说嘴要强的，今遇见了香菱，便恨无地缝儿可入，忙推开薛蟠，一径跑了，口内还恨怨不迭，说他强奸力逼等语。

香菱中计。

薛蟠好容易圈哄的要上手，却被香菱打散，不免一腔兴头变作了一腔恶怒，都在香菱身上，不容分说，赶出来啐了两口，骂道：“死娼妇，你这会子作什么来撞尸游魂！”香菱料事不好，三步两步

[1] 厮奈：混日子。
[2] 过了明路的：已经说明白的。

早已跑了。

薛蟠再来找宝蟾，已无踪迹了，于是恨的只骂香菱。至晚饭后，已吃得醺醺然，洗澡时不防水略热了些，烫了脚，便说香菱有意害他，赤条精光赶着香菱踢打了两下。香菱虽未受过这气苦，既到此时，也说不得了，只好自悲自怨，各自走开。

薛蟠中计。喜新厌旧，得陇望蜀，却毫无算计，步步落入悍妇陷阱。

彼时金桂已暗和宝蟾说明，今夜令薛蟠和宝蟾在香菱房中去成亲，命香菱过来陪自己先睡。先是香菱不肯，金桂说他嫌脏了，再必是图安逸，怕夜里劳动服侍，又骂说："你那没见世面的主子，见一个，爱一个，把我的人霸占了去，又不叫你来。到底是什么主意，想必是逼我死罢了。"

薛蟠听了这话，又怕闹黄了宝蟾之事，忙又赶来骂香菱："不识抬举！再不去便要打了！"香菱无奈，只得抱了铺盖来。金桂命他在地下铺睡。香菱无奈，只得依命。刚睡下，便叫倒茶，一时又叫捶腿，如是一夜七八次，总不使其安逸稳卧片时。那薛蟠得了宝蟾，如获珍宝，一概都置之不顾。恨的金桂暗暗的发恨道："且叫你乐这几天，等我慢慢的摆布了来，那时可别怨我！"一面隐忍，一面设计摆布香菱。

半月光景，忽又装起病来，只说心疼难忍，四肢不能转动。请医疗治不效，众人都说是香菱气的。闹了两日，忽又从金桂的枕头内抖出纸人来，上面写着金桂的年庚八字，有五根针钉在心窝并四肢骨节等处。于是众人反乱起来，当作新闻，先报与薛姨妈。

薛姨妈先忙手忙脚的，薛蟠自然更乱起来，立刻要拷打众人。金桂笑道："何必冤枉众人，大约是宝蟾的镇魇法儿。"薛蟠道："他这些时并没多空儿在你房里，何苦赖好人。”金桂冷笑道：“除了他还有谁，莫不是我自己不成！虽有别人，谁可敢进我的房呢。”薛蟠道：“香菱如今是天天跟着你，他自然知道，先拷问他就知道了。”金桂冷笑道：“拷问谁，谁肯认？依我说竟装个不知道，大家丢开手罢了。横竖治死我也没什么要紧，乐得再娶好的。若据良心上说，左不过是你三个多嫌我一个。”说着，一面痛哭起来。

薛蟠更被这一席话激怒，顺手抓起一根门闩来，一径抢步找着香菱，不容分说便劈头劈面打起来，一口咬定是香菱所施。香菱叫屈，薛姨妈跑来禁喝说：“不问明白，你就打起人来了。这丫头服侍了你这几年，那一点不周到，不尽心？他岂肯如今作这没良心的事！你且问个清浑皂白，再动粗卤。”金桂听见他婆婆如此说着，怕薛蟠耳软心活，便益发嚎啕大哭起来，一面又哭喊说：“这半个多月把我的宝蟾霸占了去，不容他进我的房，唯有秋菱跟着我睡。我要拷问宝蟾，你又护到头里。你这会子又赌气打他去。治死我，再拣富贵的标致的娶来就是了，何苦作出这些把戏来！”薛蟠听了这些话，越发着了急。

薛姨妈听见金桂句句挟制着儿子，百般恶赖的样子，十分可恨。无奈儿子偏不硬气，已是被他挟制软惯了。如今又勾搭上丫头，被他说霸占了去，他自己反要占温柔让夫之礼。这魇魔法究竟不知谁作的，实是俗语说的“清官难断家务事”，此时正是公婆难断床帏事了。因此无法，只得赌气喝骂薛蟠说：“不争气的孽障！骚狗也比你体面些！谁知你三不知的把陪房丫头也摸索上了，叫老婆说嘴霸占了丫头，什么脸出去见人！也不知谁使的法子，也不问青红皂白，好歹就打人。我知道你是个得新弃旧的东西，白辜负了我当日的心。他既不好，你也不许打，我即刻叫人牙子来卖了他，你就心净了。”说着，命香菱“收拾了东西跟我来”，一面叫人去，“快叫个人牙子来，多少卖几两银子，拔去肉中刺，眼中钉，大家过太平日子。”薛蟠见母亲动了气，早也低下头了。

金桂听了这话，便隔着窗子往外哭道：“你老人家只管卖人，不必说着一个扯着一个的。我们很是那吃醋拈酸容不下人的不成，怎么‘拔出肉中刺，眼中钉’？是谁的钉，谁的刺？但凡多嫌着他，也不肯把我的丫头也收在房里了。”薛姨妈听说，气的身战气咽道：“这是谁家的规矩？婆婆这里说话，媳妇隔着窗子拌嘴。亏你是旧家人家的女儿！满嘴里大呼小喊，说的是什么！”

薛蟠急的跺脚说：“罢哟，罢哟！看人听见笑话。”金桂意谓一不作，二不休，越发发泼喊起来了，说：“我不怕人笑话！你的小老婆治我害我，我倒怕人笑话了！再不然，留下他，就卖了我。谁还不知道你薛家有钱，行动拿钱垫人[1]，又有好亲戚挟制着别人。你不趁早施为，还等什么？嫌我不好，谁叫你们瞎了眼，三求四告的跑了我们家作什么去了！这会子人也来了，金的银的也赔了，略有个眼睛鼻子的也霸占去了，该挤发我了！”一面哭喊，一面滚揉，自己拍打。薛蟠急的说又不好，劝又不好，打又不好，央告又不好，只是出入咳声叹气，抱怨说运气不好。

一个夏金桂，把薛家弄了个人仰马翻。究其原因，一是薛蟠好色，而又糊涂；二是薛姨妈糊涂，不能保护香菱。只有一个明白人——宝钗。

当下薛姨妈早被薛宝钗劝进去了，只命人来卖

[1] 拿钱垫人：用钱摆平。

香菱。宝钗笑道："咱们家从来只知买人，并不知卖人之说。妈可是气的糊涂了，倘或叫人听见，岂不笑话。哥哥嫂子嫌他不好，留着我使唤，我正也没人使呢。"薛姨妈道："留下他还是淘气，不如打发了他倒干净。"宝钗笑道："他跟着我也是一样，横竖不叫他到前头去。从此断绝了他那里，也如卖了一般。"香菱早已跑到薛姨妈跟前痛哭哀求，只不愿出去，情愿跟着姑娘，薛姨妈也只得罢了。

自此以后，香菱果跟随宝钗到园内去了，把前面路径竟一心断绝。虽然如此，终不免对月伤悲，挑灯自叹。本来怯弱，虽在薛蟠房中几年，皆由血分中有病，是以并无胎孕。今复加以气怒伤感，内外折挫不堪，竟酿成干血之症[1]，日渐羸瘦作烧，饮食懒进，请医诊视服药亦不效验。

香菱命苦，加上自己的单纯幼稚，成为家庭纷争最大的牺牲品。

那时金桂又吵闹了数次，气的薛姨妈母女惟暗自垂泪，怨命而已。薛蟠虽曾仗着酒胆挺撞过两三次，持棍欲打，那金桂便递与他身子随意叫打；这里持刀欲杀时，便伸与他脖项。薛蟠也实不能下手，只得乱闹了一阵罢了。如今习惯成自然，反使金桂越发长了威风，薛蟠越发软了气骨。虽是香菱犹在，却亦如不在的一般，纵不能十分畅快，也就不觉的碍眼了，且姑置不究。如此又渐次寻趁宝蟾。

宝蟾却不比香菱的情性，最是个烈火干柴，既和薛蟠情投意合，便把金桂忘在脑后。近见金桂又作践他，他便不肯低服容让半点。先是一冲一撞的拌嘴口角，后来金桂气急了，甚至于骂，再至于打。他虽不敢还言还手，便大撒泼性，拾头打滚，寻死觅活，昼则刀剪，夜则绳索，无所不闹。薛蟠

[1] 干血之症：一种妇女病，即结核性的闭经。

此时一身难以两顾，惟徘徊观望于二者之间，十分闹的无法，便出门躲在外厢。

金桂不发作性气，有时欢喜，便纠聚人来斗纸牌、掷骰子作乐。又生平最喜啃骨头，每日务要杀鸡鸭，将肉赏人吃，只单以油炸焦骨头下酒。吃的不耐烦或动了气，便肆行海骂，说："有别的忘八粉头乐的，我为什么不乐!"薛家母女总不去理他。薛蟠亦无别法，惟日夜悔恨不该娶这搅家星罢了，都是一时没了主意。于是宁荣二宅之人，上上下下，无有不知，无有不叹者。

此时宝玉已过了百日，出门行走。亦曾过来见过金桂，"举止形容也不怪厉，一般是鲜花嫩柳，与众姊妹不差上下的人，焉得这等样情性，可为奇之至极。"因此心下纳闷。这日与王夫人请安去，又正遇见迎春奶娘来家请安，说起孙绍祖甚属不端，"姑娘惟有背地里淌眼抹泪的，只要接了来家散诞[1]两日。"王夫人因说："我正要这两日接他去，只因七事八事的都不遂心，所以就忘了。前儿宝玉去了，回来也曾说过的。明日是个好日子，就接他去。"正说着，贾母打发人来找宝玉，说："明儿一早往天齐庙还愿。"宝玉如今巴不得各处去逛逛，听见如此，喜的一夜不曾合眼，盼明不明的。

次日一早，梳洗穿带已毕，随了两三个老嬷嬷坐车出西城门外天齐庙来烧香还愿。这庙里已是昨日预备停妥的。宝玉天生性怯，不敢近狰狞神鬼之像。这天齐庙本系前朝所修，极其宏壮。如今年深岁久，又极其荒凉。里面泥胎塑像皆极其凶恶，是

[1] 散诞：散心。

以忙忙的焚过纸马钱粮，便退至道院歇息。一时吃过饭，众嬷嬷和李贵等人围随宝玉到处散诞顽耍了一回。宝玉困倦，复回至静室安歇。众嬷嬷生恐他睡着了，便请当家的老王道士来陪他说话儿。

这老王道士专意在江湖上卖药，弄些海上方治人射利。这庙外现挂着招牌，丸散膏丹，色色俱备，亦长在宁荣两宅走动熟惯，都与他起了个浑号，唤他作“王一贴”，言他的膏药灵验，只一贴百病皆除之意。

当下王一贴进来，宝玉正歪在炕上想睡，李贵等正说“哥儿别睡着了”，厮混着。看见王一贴进来，都笑道：“来的好，来的好。王师父，你极会说古记的，说一个与我们小爷听听。”王一贴笑道：“正是呢。哥儿别睡，仔细肚里面筋作怪。”说着，满屋里人都笑了。宝玉也笑着起身整衣。王一贴喝命徒弟们快泡好酽茶来。

茗烟道：“我们爷不吃你的茶，连这屋里坐着还嫌膏药气息呢。”王一贴笑道：“没当家花花的[1]，膏药从不拿进这屋里来的。知道哥儿今日必来，头三五天就拿香熏了又熏的。”宝玉道：“可是呢，天天只听见你的膏药好，到底治什么病?”王一贴道：“哥儿若问我的膏药，说来话长，其中细理，一言难尽。共药一百二十味，君臣相济，宾主得宜，温凉兼用，贵贱殊方。内则调元补气，开胃口，养荣卫，宁神安志，去寒去暑，化食化痰；外则和血脉，舒筋络，出死肌，生新肉，去风散毒。其效如神，贴过的便知。”

江湖游医的广告词。

宝玉道：“我不信一张膏药就治这些病。我且

[1] 没当家花花的：没当家，意思是不敢、罪过。花花的，没有实际意义的词尾。

问你，倒有一种病可也贴的好么？”王一贴道：“百病千灾，无不立效。若不见效，哥儿只管揪着胡子打我这老脸，拆我这庙何如？只说出病源来。”宝玉笑道：“你猜，若你猜的着，便贴的好了。”王一贴听了，寻思一会，笑道：“这倒难猜，只怕膏药有些不灵了。”宝玉命李贵等：“你们且出去散散。这屋里人多，越发蒸臭了。”李贵等听说，且都出去自便，只留下茗烟一人。这茗烟手内点着一枝梦甜香，宝玉命他坐在身旁，却倚在他身上。

王一贴心有所动，便笑嘻嘻走近前来，悄悄的说道：“我可猜着了。想是哥儿如今有了房中的事情，要滋助的药，可是不是？”话犹未完，茗烟先喝道：“该死，打嘴！”宝玉犹未解，忙问：“他说什么？”茗烟道：“信他胡说。”唬的王一贴不敢再问，只说：“哥儿明说了罢。”宝玉道：“我问你，可有贴女人的妒病方子没有？”王一贴听说，拍手笑道：“这可罢了。不但说没有方子，就是听也没有听见过。”宝玉笑道：“这样还算不得什么。”王一贴又忙道：“贴妒的膏药倒没经过，倒有一种汤药或者可医，只是慢些儿，不能立竿见影的效验。”

宝玉道：“什么汤药，怎么吃法？”王一贴道：“这叫做‘疗妒汤’：用极好的秋梨一个，二钱冰糖，一钱陈皮，水三碗，梨熟为度，每日清早吃这么一个梨，吃来吃去就好了。”宝玉道：“这也不值什么，只怕未必见效。”王一贴道：“一剂不效吃十剂，今日不效明日再吃，今年不效吃到明年。横竖这三味药都是润肺开胃不伤人的，甜丝丝的，又止咳嗽，又好吃。吃过一百岁，人横竖是要死的，死了还妒什么！那时就见效了。”说着，宝玉茗烟都大笑不止，骂“油嘴的牛头”。

插一游医，借其插科打诨，调节一下沉闷压抑的气氛和节奏。

王一贴笑道："不过是闲着解午盹罢了，有什么关系。说笑了你们就值钱。实告你们说，连膏药也是假的。我有真药，我还吃了作神仙呢。有真的，跑到这里来混？"正说着，吉时已到，请宝玉出去焚化钱粮散福。功课完毕，方进城回家。

那时迎春已来家好半日，孙家的婆娘媳妇等人已待过晚饭，打发回家去了。迎春方哭哭泣泣的在王夫人房中诉委曲，说孙绍祖"一味好色，好赌酗酒，家中所有的媳妇丫头将及淫遍。略劝过两三次，便骂我是'醋汁子老婆拧出来的'。又说老爷曾收着他五千银子，不该使了他的。如今他来要了两三次不得，他便指着我的脸说道：'你别和我充夫人娘子，你老子使了我五千银子，把你准折卖给我的。好不好，打一顿撵在下房里睡去。当日有你爷爷在时，希图上我们的富贵，赶着相与的。论理我和你父亲是一辈，如今强压我的头，卖了一辈。又不该作了这门亲，倒没的叫人看着赶势利似的。'"一行说，一行哭的呜呜咽咽，连王夫人并众姊妹无不落泪。

父亲贾赦促成的恶姻缘。

王夫人只得用言语解劝说："已是遇见了这不晓事的人，可怎么样呢。想当日你叔叔也曾劝过大老爷，不叫作这门亲的。大老爷执意不听，一心情愿，到底作不好了。我的儿，这也是你的命。"迎春哭道："我不信我的命就这么不好！从小儿没了娘，幸而过婶子这边过了几年心净日子，如今偏又是这么个结果！"王夫人一面解劝，一面问他随意要在那里安歇。迎春道："乍乍的离了姊妹们，只是眠思梦想。二则还记挂着我的屋子，还得在园里旧房子里住得三五天，死也甘心了。不知下次还可能得住不得住了呢！"王夫人忙劝道："快休乱说。

不过年轻的夫妻们，闲牙斗齿，亦是万万人之常事，何必说这丧话。”仍命人忙忙的收拾紫菱洲房屋，命姊妹们陪伴着解释，又吩咐宝玉：“不许在老太太跟前走漏一些风声，倘或老太太知道了这些事，都是你说的。”宝玉唯唯的听命。

迎春是夕仍在旧馆安歇。众姊妹丫鬟等更加亲热异常。一连住了三日，才往邢夫人那边去。先辞过贾母及王夫人，然后与众姊妹分别，更皆悲伤不舍。还是王夫人薛姨妈等安慰劝释，方止住了过那边去。又在邢夫人处住了两日，就有孙绍祖的人来接去。迎春虽不愿去，无奈惧孙绍祖之恶，只得勉强忍情作辞了。邢夫人本不在意，也不问其夫妻和睦，家务烦难，只面情塞责而已。终不知端的，且听下回分解。

邢夫人本非迎春生母，任其生死。再写邢夫人的愚昧冷酷。

第八十一回

占旺相四美钓游鱼　奉严词两番入家塾

且说迎春归去之后，邢夫人像没有这事，倒是王夫人抚养了一场，却甚实伤感，在房中自己叹息了一回。只见宝玉走来请安，看见王夫人脸上似有泪痕，也不敢坐，只在旁边站着。王夫人叫他坐下，宝玉才捱上炕来，就在王夫人身旁坐了。王夫人见他呆呆的瞅着，似有欲言不言的光景，便道："你又为什么这样呆呆的？"宝玉道："并不为什么，只是昨儿听见二姐姐这种光景，我实在替他受不得。虽不敢告诉老太太，却这两夜只是睡不着。我想咱们这样人家的姑娘，那里受得这样的委屈。况且二姐姐是个最懦弱的人，向来不会和人拌嘴，偏偏儿的遇见这样没人心的东西，竟一点儿不知道女人的苦处。"说着，几乎滴下泪来。王夫人道："这也是没法儿的事。俗语说的，'嫁出去的女孩儿泼出去的水'，叫我能怎么样呢。"宝玉道："我昨儿夜里倒想了一个主意：咱们索性回明了老太太，把二姐姐接回来，还叫他紫菱洲住着，仍旧我们姐妹弟兄们一块儿吃，一块儿顽，省得受孙家那混帐行子的气。等他来接，咱们硬不叫他去。由他接一百回，咱们留一百回，只说是老太太的主意。这个岂不好呢！"王夫人听了，又好笑，又好恼，说道："你又发了呆气了，混说的是什么！大凡做了女孩儿，终久是要出门子的，嫁到人家去，娘家那里顾得，也只好看他自己的命运，碰得好就好，碰得不好也就没法儿。你难道没听见人说'嫁鸡随鸡，嫁狗随狗'？那里个个都像你大姐姐做娘娘呢。况且你二姐姐是新媳妇，孙姑爷也还是年轻的人，各人有各人的脾气，新来乍到，自然要有些扭别的。过几年大家摸着脾气儿，生儿长女以后那就好了。你断断不许在老太太跟前说起半个字，我知道了是不依你的。快去干你的去罢，不要在这里混说。"

说得宝玉也不敢作声，坐了一回，无精打彩的出来了。憋着一肚子闷气无处可泄，走到园中，一径往潇湘馆来。

刚进了门，便放声大哭起来。黛玉正在梳洗才毕，见宝玉这个光景，倒吓了一跳，问："是怎么了？和谁怄了气了？"连问几声。宝玉低着头，伏在桌子上，呜呜咽咽，哭的说不出话来。黛玉便在椅子上怔怔的瞅着他，一会子问道："到底是别人和你怄了气了，还是我得罪了你呢？"宝玉摇手道："都不是，都不是。"黛玉道："那么着，为什么这么伤起心来？"宝玉道："我只想着咱们大家越早些死的越好，活着真真没有趣儿！"黛玉听了这话，更觉惊讶，道："这是什么话，你真正发了疯了不成！"宝玉道："也并不是我发疯，我告诉你，你也不能不伤心。前儿二姐姐回来的样子和那些话，你也都听见看见了。我想人到了大的时候，为什么要嫁？嫁出去受人家这般苦楚！还记得咱们初结'海棠社'的时候，大家吟诗做东道，那时候何等热闹。如今宝姐姐家去了，连香菱也不能过来，二姐姐又出了门子了，几个知心知意的人都不在一处，弄得这样光景。我原打算去告诉老太太接二姐姐回来，谁知太太不依，倒说我呆、混说，我又不敢言语。这不多几时，你瞧瞧，园中光景，已经大变了。若再过几年，又不知怎么样了。故此越想不由人不心里难受起来。"黛玉听了这番言语，把头渐渐的低了下去，身子渐渐的退至炕上，一言不发，叹了口气，便向里躺下去了。

紫鹃刚拿进茶来，见他两个这样，正在纳闷。只见袭人来了，进来看见宝玉，便道："二爷在这里呢么，老太太那里叫呢。我估量着二爷就是在这里。"黛玉听见是袭人，便欠身起来让坐。黛玉的两个眼圈儿已经哭的通红了。宝玉看见道："妹妹，我刚才说的不过是些呆话，你也不用伤心。你要想我的话时，身子更要保重才好。你歇歇儿罢，老太太那边叫我，我看看去就来。"说着，往外走了。袭人悄问黛玉道："你两个人又为什么？"黛玉道："他为他二姐姐伤心；我是刚才眼睛发痒揉的，并不为什么。"袭人也不言语，忙跟了宝玉出来，各自散了。宝玉来到贾母那边，贾母却已经歇晌，只得回到怡红院。

到了午后，宝玉睡了中觉起来，甚觉无聊，随手拿了一本书看。袭人见他看书，忙去沏茶伺候。谁知宝玉拿的那本书却是《古乐府》，随手翻来，正看见曹孟德“对酒当歌，人生几何”一首，不觉刺心。因放下这一本，又拿一本看时，却是晋文，翻了几页，忽然把书掩上，托着腮，只管痴痴的坐着。袭人倒了茶来，见他这般光景便道：“你为什么又不看了?”宝玉也不答言，接过茶来喝了一口，便放下了。袭人一时摸不着头脑，也只管站在旁边呆呆的看着他。忽见宝玉站起来，嘴里咕咕哝哝的说道：“好一个‘放浪形骸之外’!”袭人听了，又好笑，又不敢问他，只得劝道：“你若不爱看这些书，不如还到园里逛逛，也省得闷出毛病来。”那宝玉只管口中答应，只管出着神往外走了。

一时走到沁芳亭，但见萧疏景象，人去房空。又来至蘅芜院，更是香草依然，门窗掩闭。转过藕香榭来，远远的只见几个人在蓼溆一带栏杆上靠着，有几个小丫头蹲在地下找东西。宝玉轻轻的走在假山背后听着。只听一个说道：“看他洑上来不洑上来。”好似李纹的语音。一个笑道：“好，下去了。我知道他不上来的。”这个却是探春的声音。一个又道：“是了，姐姐你别动，只管等着。他横竖上来。”一个又说：“上来了。”这两个是李绮邢岫烟的声儿。宝玉忍不住，拾了一块小砖头儿，往那水里一撂，咕咚一声，四个人都吓了一跳，惊讶道：“这是谁这么促狭？唬了我们一跳。”宝玉笑着从山子后直跳出来，笑道：“你们好乐啊，怎么不叫我一声儿?”探春道：“我就知道再不是别人，必是二哥哥这样淘气。没什么说的，你好好儿的赔我们的鱼罢。刚才一个鱼上来，刚刚儿的要钓着，叫你唬跑了。”宝玉笑道：“你们在这里顽竟不找我，我还要罚你们呢。”大家笑了一回。宝玉道：“咱们大家今儿钓鱼占占谁的运气好。看谁钓得着就是他今年的运气好，钓不着就是他今年运气不好。咱们谁先钓?”探春便让李纹，李纹不肯。探春笑道：“这样就是我先钓。”回头向宝玉说道：“二哥哥，你再赶走了我的鱼，我可不依了。”宝玉道：“头里原是我要唬你们顽，这会子你只管钓罢。”探春把丝绳抛下，没十来句话的工夫，就有一个杨叶窜儿吞着钩子把漂儿坠下去，探春把竿一挑，往地下一撩，却活迸的。侍书在满地上乱抓，两手捧着，搁在小磁坛内清水养着。探春把钓竿递与李纹。李纹也把钓竿垂下，但觉丝儿一动，忙挑起来，却是个空钩子。又垂下去，半晌钩丝一动，又挑起来，还是空钩子。李纹把那钩子拿上来一瞧，原来往里钩了。李纹笑道："怪不得钓不着。"忙叫素云把钩子敲好了，换上新虫子，上边贴好了苇片儿。垂下去一会儿，见苇片直沉下去，急忙提起来，倒是一个二寸长的鲫瓜儿。李纹笑着道："宝哥哥钓罢。"宝玉道："索性三妹妹和邢妹妹钓了我再钓。"岫烟却不答言。只见李绮道："宝哥哥先钓罢。"说着水面上起了一个泡儿。探春道："不必尽着让了。你看那鱼都在三妹妹那边呢，还是三妹妹快着钓罢。"李绮笑着接了钓竿儿，果然沉下去就钓了一个。然后岫烟也钓着了一个，随将竿子仍旧递给探春，探春才递与宝玉。宝玉道："我是要做姜太公的。"便走下石矶，坐在池边钓起来，岂知那水里的鱼看见人影儿，都躲到别处去了。宝玉抡着钓竿等了半天，那钓丝儿动也不动。刚有一个鱼儿在水边吐沫，宝玉把竿子一幌又唬走了。急的宝玉道："我最是个性儿急的人，他偏性儿慢，这可怎么样呢。好鱼儿，快来罢！你也成全成全我呢。"说得四人都笑了。一言未了，只见钓丝微微一动。宝玉喜得满怀，用力往上一兜，把钓竿往石上一碰，折作两段，丝也振断了，钩子也不知往那里去了。众人越发笑起来。探春道："再没见像你这样卤人。"

正说着，只见麝月慌慌张张的跑来说："二爷，老太太醒了，叫你快去呢。"五个人都唬了一跳。探春便问麝月道："老太太叫二爷什么事？"麝月道："我也不知道。就只听见说是什么闹破了，叫宝玉来问，还要叫琏二奶奶一块儿查问呢。"吓得宝玉发了一回呆，说道："不知又是那个丫头遭了瘟了。"探春道："不知什么事，二哥哥你快去，有什么信儿，先叫麝月来告诉我们一声儿。"说着，便同李纹李绮岫烟走了。

宝玉走到贾母房中，只见王夫人陪着贾母摸牌。宝玉看见无事，才把心放下了一半。贾母见他进来，便问道："你前年那一次大病的时候，后来亏了一个疯和尚和个瘸道士治好了的。那会子病里，你觉得是怎么样？"宝玉想了一回，道："我记得得病的时候儿，好好的站着，倒像背地里有人把我拦头一棍，疼的眼睛前头漆黑，看见满屋子里都是些青面獠牙、拿刀举棒的恶鬼。躺在炕上，觉得脑袋上加了几个脑箍似的。以后便疼的任什么不知道了。到好的时候，又记得堂屋里一片金光直照到我房里来，那些鬼都跑着躲避，便不见了。我的头也不疼了，心上也就清楚了。”贾母告诉王夫人道：“这个样儿也就差不多了。”

说着凤姐也进来了，见了贾母，又回身见过了王夫人，说道：“老祖宗要问我什么？”贾母道：“你前年害了邪病，你还记得怎么样？”凤姐儿笑道：“我也不很记得了。但觉自己身子不由自主，倒像有些鬼怪拉拉扯扯要我杀人才好，有什么，拿什么，见什么，杀什么。自己原觉很乏，只是不能住手。”贾母道：“好的时候还记得么？”凤姐道：“好的时候好像空中有人说了几句话似的，却不记得说什么来着。”贾母道：“这么看起来竟是他了。他姐儿两个病中的光景和才说的一样。这老东西竟这样坏心，宝玉枉认了他做干妈。倒是这个和尚道人，阿弥陀佛，才是救宝玉性命的，只是没有报答他。”凤姐道：“怎么老太太想起我们的病来呢？”贾母道：“你问你太太去，我懒待说。”王夫人道：“才刚老爷进来说起宝玉的干妈竟是个混帐东西，邪魔外道的。如今闹破了，被锦衣府拿住送入刑部监，要问死罪的了，前几天被人告发的。那个人叫做什么潘三保，有一所房子卖与斜对过当铺里。这房子加了几倍价钱，潘三保还要加，当铺里那里还肯。潘三保便买嘱了这老东西，因他常到当铺里去，那当铺里人的内眷都与他好的。他就使了个法儿，叫人家的内人便得了邪病，家翻宅乱起来。他又去说这个病他能治，就用些神马纸钱烧献了，果然见效。他又向人家内眷们要了十几两银子。岂知老佛爷有眼，应该败露了。这一天急要回去，掉了一个绢包儿。当铺里人捡起来一看，里头有许多纸人，还有四丸子很香的香。正诧异着呢，那老东西倒回来找这绢包儿。这里的人就把他拿住，身边一搜，搜出一个匣子，里面有象牙刻的一男一女，不穿衣服，光着身子的两个魔王，还有七根朱红绣花针。立时送到锦衣府去，问出许多官员家大户太太姑娘们的隐情事来。所以知会了营里，把他家中一抄，抄出好些泥塑的煞神，几匣子闹香。炕背后空屋子里挂着一盏七星灯，灯下有几个草人，有头上戴着脑箍的，有胸前穿着钉子的，有项上拴着锁子的。柜子里无数纸人儿，底下几篇小帐，上面记着某家验过，应找银若干。得人家油钱香分也不计其数。”凤姐道：“咱们的病，一准是他。我记得咱们病后，那老妖精向赵姨娘处来过几次，要向赵姨娘讨银子，见了我，便脸上变貌变色，两眼黧鸡似的。我当初还猜疑了几遍，总不知什么原故。如今说起来，却原来都是有因的。但只我在这里当家，自然惹人恨怨，怪不得人治我。宝玉可和人有什么仇呢，忍得下这样毒手。”贾母道：“焉知不因我疼宝玉不疼环儿，竟给你们种了毒了呢。”王夫人道：“这老货已经问了罪，决不好叫他来对证。没有对证，赵姨娘那里肯认帐。事情又大，闹出来，外面也不雅，等他自作自受，少不得要自己败露的。”贾母道：“你这话说的也是，这样事，没有对证，也难作准。只是佛爷菩萨看的真，他们姐儿两个，如今又比谁不济了呢。罢了，过去的事，凤哥儿也不必提了。今日你和你太太都在我这边吃了晚饭再过去罢。”遂叫鸳鸯琥珀等传饭。凤姐赶忙笑道：“怎么老祖宗倒操起心来!”王夫人也笑了。只见外头几个媳妇伺候。凤姐连忙告诉小丫头子传饭：“我和太太都跟着老太太吃。”正说着，只见玉钏儿走来对王夫人道：“老爷要找一件什么东西，请太太伺候了老太太的饭完了自己去找一找呢。”贾母道：“你去罢，保不住你老爷有要紧的事。”王夫人答应着，便留下凤姐儿伺候，自己退了出来。

回至房中，和贾政说了些闲话，把东西找了出来。贾政便问道：“迎儿已经回去了，他在孙家怎么样?”王夫人道：“迎丫头一肚子眼泪，说孙姑爷凶横的了不得。”因把迎春的话述了一遍。贾政叹道：“我原知不是对头，无奈大老爷已说定了，教我也没法。不过迎丫头受些委屈罢了。”王夫人道：“这还是新媳妇，只指望他以后好了好。”说着，嗤的一笑。贾政道：“笑什么?”王夫人道：“我笑宝玉，今儿早起特特的到这屋里来，说的都是些孩子话。”贾政道：“他说什么?”王夫人把宝玉的言语笑述了一遍。贾政也忍不住的笑，因又说道：“你提宝玉，我正想起一件事来。这小孩子天天放在园里，也不是事。生女儿不得济，还是别人家的人；生儿若不济事，关系非浅。前日倒有人和我提起一位先生来，学问人品都是极好的，也是南边人。但我想南边先生性情最是和平，咱们城里的孩子，个个踢天弄井，鬼聪明倒是有的，可以搪塞就搪塞过去了；胆子又大，先生再要不肯给没脸，一日哄哥儿似的，没的白耽误了。所以老辈子不肯请外头的先生，只在本家择出有年纪再有点学问的请来掌家塾。如今儒大太爷虽学问也只中平，但还弹压的住这些小孩子们，不至以颟顸了事。我想宝玉闲着总不好，不如仍旧叫他家塾中读书去罢了。”王夫人道：“老爷说的很是。自从老爷外任去了，他又常病，竟耽搁了好几年。如今且在家学里温习温习，也是好的。”贾政点头，又说些闲话，不题。

且说宝玉次日起来，梳洗已毕，早有小厮们传进话来说：“老爷叫二爷说话。”宝玉忙整理了衣服，来至贾政书房中，请了安站着。贾政道：“你近来作些什么功课？虽有几篇字，也算不得什么。我看你近来的光景，越发比头几年散荡了，况且每每听见你推病不肯念书。如今可大好了，我还听见你天天在园子里和姊妹们顽顽笑笑，甚至和那些丫头们混闹，把自己的正经事，总丢在脑袋后头。就是做得几句诗词，也并不怎么样，有什么稀罕处！比如应试选举，到底以文章为主，你这上头倒没有一点儿工夫。我可嘱咐你：自今日起，再不许做诗做对的了，单要习学八股文章。限你一年，若毫无长进，你也不用念书了，我也不愿有你这样的儿子了。”遂叫李贵来，说：“明儿一早，传焙茗跟了宝玉去收拾应念的书籍，一齐拿过来我看看，亲自送他到家学里去。”喝命宝玉：“去罢！明日起早来见我。”宝玉听了，半日竟无一言可答，因回到怡红院来。

袭人正在着急听信，见说取书，倒也欢喜。独是宝玉要人即刻送信与贾母，欲叫拦阻。贾母得信，便命人叫过宝玉来，告诉他说：“只管放心先去，别叫你老子生气。有什么难为你，有我呢。”宝玉没法，只得回来嘱咐了丫头们：“明日早早叫我，老爷要等着送我到家学里去呢。”袭人等答应了，同麝月两个倒替着醒了一夜。

次日一早，袭人便叫醒宝玉，梳洗了，换了衣服，打发小丫头子传了焙茗在二门上伺候，拿着书籍等物。袭人又催了两遍，宝玉只得出来过贾政书房中来，先打听“老爷过来了没有?”书房中小厮答应：“方才一位清客相公请老爷回话，里边说梳洗呢，命清客相公出去候着去了。”宝玉听了，心里稍稍安顿，连忙到贾政这边来。恰好贾政着人来叫，宝玉便跟着进去。贾政不免又嘱咐几句话，带了宝玉上了车，焙茗拿着书籍，一直到家塾中来。

早有人先抢一步回代儒说：“老爷来了。”代儒站起身来，贾政早已走入，向代儒请了安。代儒拉着手问了好，又问：“老太太近日安么?”宝玉过来也请了安。贾政站着，请代儒坐了，然后坐下。贾政道："我今日自己送他来，因要求托一番。这孩子年纪也不小了，到底要学个成人的举业，才是终身立身成名之事。如今他在家中只是和些孩子们混闹，虽懂得几句诗词，也是胡诌乱道的；就是好了，也不过是风云月露，与一生的正事毫无关涉。"代儒道："我看他相貌也还体面，灵性也还去得，为什么不念书，只是心野贪顽。诗词一道，不是学不得的，只要发达了以后，再学还不迟呢。"贾政道："原是如此。目今只求叫他读书、讲书、作文章。倘或不听教训，还求太爷认真的管教管教他，才不至有名无实的白耽误了他的一世。"说毕，站起来又作了一个揖，然后说了些闲话，才辞了出去。代儒送至门首，说："老太太前替我问好请安罢。"贾政答应着，自己上车去了。

代儒回身进来，看见宝玉在西南角靠窗户摆着一张花梨小桌，右边堆下两套旧书，薄薄儿的一本文章，叫焙茗将纸墨笔砚都搁在抽屉里藏着。代儒道："宝玉，我听见说你前儿有病，如今可大好了？"宝玉站起来道："大好了。"代儒道："如今论起来，你可也该用功了。你父亲望你成人恳切的很。你且把从前念过的书，打头儿理一遍。每日早起理书，饭后写字，晌午讲书，念几遍文章就是了。"宝玉答应了个"是"，回身坐下时，不免四面一看。见昔时金荣辈不见了几个，又添了几个小学生，都是些粗俗异常的。忽然想起秦钟来，如今没有一个做得伴说句知心话儿的，心上凄然不乐，却不敢作声，只是闷着看书。代儒告诉宝玉道："今日头一天，早些放你家去罢。明日要讲书了。但是你又不是很愚夯的，明日我倒要你先讲一两章书我听，试试你近来的工课何如，我才晓得你到怎么个分儿上头。"说得宝玉心中乱跳。欲知明日听解何如，且听下回分解。

第八十二回

老学究讲义警顽心　病潇湘痴魂惊噩梦

话说宝玉下学回来，见了贾母。贾母笑道："好了，如今野马上了笼头了。去罢，见见你老爷，回来散散儿去罢。"宝玉答应着，去见贾政。贾政道："这早晚就下了学了么？师父给你定了工课没有？"宝玉道："定了。早起理书，饭后写字，晌午讲书念文章。"贾政听了，点点头儿，因道："去罢，还到老太太那边陪着坐坐去。你也该学些人功道理，别一味的贪顽。晚上早些睡，天天上学早些起来。你听见了？"宝玉连忙答应几个"是"，退出来，忙忙又去见王夫人，又到贾母那边打了个照面儿。

赶着出来，恨不得一走就走到潇湘馆才好。刚进门口，便拍着手笑道："我依旧回来了！"猛可里倒唬了黛玉一跳。紫鹃打起帘子，宝玉进来坐下。黛玉道："我恍惚听见你念书去了。这么早就回来了？"宝玉道："嗳呀，了不得！我今儿不是被老爷叫了念书去了么，心上倒像没有和你们见面的日子了。好容易熬了一天，这会子瞧见你们，竟如死而复生的一样，真真古人说'一日三秋'，这话再不错的。"黛玉道："你上头去过了没有？"宝玉道："都去过了。"黛玉道："别处呢？"宝玉道："没有。"黛玉道："你也该瞧瞧他们去。"宝玉道："我这会子懒待动了，只和妹妹坐着说一会子话儿罢。老爷还叫早睡早起，只好明儿再瞧他们去了。"黛玉道："你坐坐儿，可是正该歇歇儿去了。"宝玉道："我那里是乏，只是闷得慌。这会子咱们坐着才把闷散了，你又催起我来。"黛玉微微的一笑，因叫紫鹃："把我的龙井茶给二爷沏一碗。二爷如今念书了，比不的头里。"紫鹃笑着答应，去拿茶叶，叫小丫头子沏茶。宝玉接着说道："还提什么念书，我最厌这些道学话。更可笑的是八股文章，拿他诓功名混饭吃也罢了，还要说代圣贤立言。好些的，不过拿些经书凑搭凑搭还罢了；更有一种可笑的，肚子里原没有什么，东拉西扯，弄的牛鬼蛇神，还自以为博奥。这那里是阐发圣贤的道理。目下老爷口口声声叫我学这个，我又不敢违拗，你这会子还提念书呢。”黛玉道：“我们女孩儿家虽然不要这个，但小时跟着你们雨村先生念书，也曾看过。内中也有近情近理的，也有清微淡远的。那时候虽不大懂，也觉得好，不可一概抹倒。况且你要取功名，这个也清贵些。”宝玉听到这里，觉得不甚入耳，因想黛玉从来不是这样人，怎么也这样势欲熏心起来？又不敢在他跟前驳回，只在鼻子眼里笑了一声。正说着，忽听外面两个人说话，却是秋纹和紫鹃。只听秋纹道：“袭人姐姐叫我老太太那里接去，谁知却在这里。”紫鹃道：“我们这里才沏了茶，索性让他喝了再去。”说着，二人一齐进来。宝玉和秋纹笑道：“我就过去，又劳动你来找。”秋纹未及答言，只见紫鹃道：“你快喝了茶去罢，人家都想了一天了。”秋纹啐道：“呸，好混帐丫头！”说的大家都笑了。宝玉起身才辞了出来。黛玉送到屋门口儿，紫鹃在台阶下站着，宝玉出去，才回房里来。

却说宝玉回到怡红院中，进了屋子，只见袭人从里间迎出来，便问：“回来了么？”秋纹应道：“二爷早来了，在林姑娘那边来着。”宝玉道：“今日有事没有？”袭人道：“事却没有。方才太太叫鸳鸯姐姐来吩咐我们：如今老爷发狠叫你念书，如有丫鬟们再敢和你顽笑，都要照着晴雯司棋的例办。我想，服侍你一场，赚了这些言语，也没什么趣儿。”说着，便伤起心来。宝玉忙道：“好姐姐，你放心。我只好生念书，太太再不说你们了。我今儿晚上还要看书，明日师父叫我讲书呢。我要使唤，横竖有麝月秋纹呢，你歇歇去罢。”袭人道：“你要真肯念书，我们服侍你也是欢喜的。”宝玉听了，赶忙吃了晚饭，就叫点灯，把念过的“四书”翻出来。只是从何处看起？翻了一本，看去章章里头似乎明白，细按起来，却不很明白。看着小注，又看讲章，闹到梆子下来了，自己想道：“我在诗词上觉得很容易，在这个上头竟没头脑。”便坐着呆呆的呆想。袭人道：“歇歇罢，做工夫也不在这一时的。”宝玉嘴里只管胡乱答应。麝月袭人才服侍他睡下，两个才也睡了。及至睡醒一觉，听得宝玉炕上还是翻来复去。袭人道：“你还醒着呢么？你倒别混想了，养养神明儿好念书。”宝玉道：“我也是这样想，只是睡不着。你来给我揭去一层被。”袭人道：“天气不热，别揭罢。”宝玉道：“我心里烦躁的很。”自把被窝褪下来。袭人忙爬起来按住，把手去他头上一摸，觉得微微有些发烧。袭人道：“你别动了，有些发烧了。”宝玉道：“可不是。”袭人道：“这是怎么说呢!”宝玉道：“不怕，是我心烦的原故。你别吵嚷，省得老爷知道了，必说我装病逃学，不然怎么病的这样巧。明儿好了，原到学里去就完事了。”袭人也觉得可怜，说道：“我靠着你睡罢。”便和宝玉捶了一回脊梁，不知不觉大家都睡着了。

直到红日高升，方才起来。宝玉道：“不好了，晚了!”急忙梳洗毕，问了安，就往学里来了。代儒已经变着脸，说：“怪不得你老爷生气，说你没出息。第二天你就懒惰，这是什么时候才来!”宝玉把昨儿发烧的话说了一遍，方过去了，原旧念书。到了下晚，代儒道：“宝玉，有一章书你来讲讲。”宝玉过来一看，却是“后生可畏”章。宝玉心上说：“这还好，幸亏不是‘学’‘庸’。”问道：“怎么讲呢?”代儒道：“你把节旨句子细细儿讲来。”宝玉把这章先朗朗的念了一遍，说：“这章书是圣人勉励后生，教他及时努力，不要弄到……”说到这里，抬头向代儒一瞧。代儒觉得了，笑了一笑道：“你只管说，讲书是没有什么避忌的。《礼记》上说‘临文不讳’，只管说，‘不要弄到’什么?”宝玉道：“不要弄到老大无成。先将‘可畏’二字激发后生的志气，后把‘不足畏’二字警惕后生的将来。”说罢，看着代儒。代儒道：“也还罢了。串讲呢?”宝玉道：“圣人说，人生少时，心思才力，样样聪明能干，实在是可怕的。那里料得定他后来的日子不像我的今日。若是悠悠忽忽到了四十岁，又到五十岁，既不能够发达，这种人虽是他后生时像个有用的，到了那个时候，这一辈子就没有人怕他了。”代儒笑道：“你方才节旨讲的倒清楚，只是句子里有些孩子气。‘无闻’二字不是不能发达做官的话。‘闻’是实在自己能够明理见道，就不做官也是有‘闻’了。不然，古圣贤有遁世不见知的，岂不是不做官的人，难道也是‘无闻’么?‘不足畏’是使人料得定，方与‘焉知’的‘知’字对针，不是‘怕’的字眼。要从这里看出，方能入细。你懂得不懂得?”宝玉道：“懂得了。”代儒道：“还有一章，你也讲一讲。”代儒往前揭了一篇，指给宝玉。宝玉看是“吾未见好德如好色者也”。宝玉觉得这一章却有些刺心，便陪笑道："这句话没有什么讲头。"代儒道："胡说！譬如场中出了这个题目，也说没有做头么？"宝玉不得已，讲道："是圣人看见人不肯好德，见了色便好的了不得。殊不想德是性中本有的东西，人偏都不肯好他。至于那个色呢，虽也是从先天中带来，无人不好的。但是德乃天理，色是人欲，人那里肯把天理好的像人欲似的。孔子虽是叹息的话，又是望人回转来的意思。并且见得人就有好德的好得终是浮浅，直要像色一样的好起来，那才是真好呢。"代儒道："这也讲的罢了。我有句话问你：你既懂得圣人的话，为什么正犯着这两件病？我虽不在家中，你们老爷也不曾告诉我，其实你的毛病我却尽知的。做一个人，怎么不望长进？你这会儿正是'后生可畏'的时候，'有闻''不足畏'全在你自己做去了。我如今限你一个月，把念过的旧书全要理清，再念一个月文章。以后我要出题目叫你作文章了。如若懈怠，我是断乎不依的。自古道：'成人不自在，自在不成人。'你好生记着我的话。"宝玉答应了，也只得天天按着功课干去。不提。

且说宝玉上学之后，怡红院中甚觉清净闲暇。袭人倒可做些活计，拿着针线要绣个槟榔包儿，想着如今宝玉有了工课，丫头们可也没有饥荒了。早要如此，晴雯何至弄到没有结果？兔死狐悲，不觉滴下泪来。忽又想到自己终身本不是宝玉的正配，原是偏房。宝玉的为人，却还拿得住，只怕娶了一个利害的，自己便是尤二姐香菱的后身。素来看着贾母王夫人光景及凤姐儿往往露出话来，自然是黛玉无疑了。那黛玉就是个多心人。想到此际，脸红心热，拿着针不知戳到那里去了，便把活计放下，走到黛玉处去探探他的口气。

黛玉正在那里看书，见是袭人，欠身让坐。袭人也连忙迎上来问："姑娘这几天身子可大好了？"黛玉道："那里能够，不过略硬朗些。你在家里做什么呢？"袭人道："如今宝二爷上了学，房中一点事儿没有，因此来瞧瞧姑娘，说说话儿。"说着，紫鹃拿茶来。袭人忙站起来道："妹妹坐着罢。"因又笑道："我前儿听见秋纹说，妹妹背地里说我们什么来着。"紫鹃也笑道："姐姐信他的话！我说宝二爷上了学，宝姑娘又隔断了，连香菱也不过来，自然是闷的。"袭人道："你还提香菱呢，这才苦呢，撞着这位太岁奶奶，难为他怎么过！"把手伸着两个指头道："说起来，比他还利害，连外头的脸面都不顾了。”黛玉接着道：“他也够受了，尤二姑娘怎么死了！”袭人道：“可不是。想来都是一个人，不过名分里头差些，何苦这样毒？外面名声也不好听。”黛玉从不闻袭人背地里说人，今听此话有因，便说道：“这也难说。但凡家庭之事，不是东风压了西风，就是西风压了东风。”袭人道：“做了旁边人，心里先怯了，那里倒敢去欺负人呢。”

说着，只见一个婆子在院里问道：“这里是林姑娘的屋子么？那位姐姐在这里呢？”雪雁出来一看，模模糊糊认得是薛姨妈那边的人，便问道：“作什么？”婆子道：“我们姑娘打发来给这里林姑娘送东西的。”雪雁道：“略等等儿。”雪雁进来回了黛玉，黛玉便叫领他进来。那婆子进来请了安，且不说送什么，只是觑着眼瞧黛玉，看的黛玉脸上倒不好意思起来，因问道：“宝姑娘叫你来送什么？”婆子方笑着回道：“我们姑娘叫给姑娘送了一瓶儿蜜饯荔枝来。”回头又瞧见袭人，便问道：“这位姑娘不是宝二爷屋里的花姑娘么？”袭人笑道：“妈妈怎么认得我？”婆子笑道：“我们只在太太屋里看屋子，不大跟太太姑娘出门，所以姑娘们都不大认得。姑娘们碰着到我们那边去，我们都模糊记得。”说着，将一个瓶儿递给雪雁，又回头看看黛玉，因笑着向袭人道：“怨不得我们太太说这林姑娘和你们宝二爷是一对儿，原来真是天仙似的。”袭人见他说话造次，连忙岔道：“妈妈，你乏了，坐坐吃茶罢。”那婆子笑嘻嘻的道：“我们那里忙呢，都张罗琴姑娘的事呢。姑娘还有两瓶荔枝，叫给宝二爷送去。”说着，颤颤巍巍告辞出去。黛玉虽恼这婆子方才冒撞，但因是宝钗使来的，也不好怎么样他。等他出了屋门，才说一声道：“给你们姑娘道费心。”那老婆子还只管嘴里咕咕哝哝的说：“这样好模样儿，除了宝玉，什么人擎受的起。”黛玉只装没听见。袭人笑道：“怎么人到了老来，就是混说白道的，叫人听着又生气，又好笑。”一时雪雁拿过瓶子来与黛玉看。黛玉道：“我懒待吃，拿了搁起去罢。”又说了一回话，袭人才去了。

一时晚妆将卸，黛玉进了套间，猛抬头看见了荔枝瓶，不禁想起日间老婆子的一番混话，甚是刺心。当此黄昏人静，千愁万绪，堆上心来。想起自己身子不牢，年纪又大了。看宝玉的光景，心里虽没别人，但是老太太舅母又不见有半点意思。深恨父母在时，何不早定了这头婚姻。又转念一想道："倘若父母在时，别处定了婚姻，怎能够似宝玉这般人材心地，不如此时尚有可图。"心内一上一下，辗转缠绵，竟像辘轳一般。叹了一回气，掉了几点泪，无情无绪，和衣倒下。

不知不觉，只见小丫头走来说道："外面雨村贾老爷请姑娘。"黛玉道："我虽跟他读过书，却不比男学生，要见我作什么？况且他和舅舅往来，从未提起，我也不便见的。"因叫小丫头："回复'身上有病不能出来'，与我请安道谢就是了。"小丫头道："只怕要与姑娘道喜，南京还有人来接。"说着，又见凤姐同邢夫人、王夫人、宝钗等都来笑道："我们一来道喜，二来送行。"黛玉慌道："你们说什么话？"凤姐道："你还装什么呆。你难道不知道林姑爷升了湖北的粮道，娶了一位继母，十分合心合意。如今想着你撂在这里，不成事体，因托了贾雨村作媒，将你许了你继母的什么亲戚，还说是续弦，所以着人到这里来接你回去。大约一到家中就要过去的，都是你继母作主。怕的是道儿上没有照应，还叫你琏二哥哥送去。"说得黛玉一身冷汗。黛玉又恍惚父亲果在那里做官的样子，心上急着硬说道："没有的事，都是凤姐姐混闹。"只见邢夫人向王夫人使个眼色儿，"他还不信呢，咱们走罢。"黛玉含着泪道："二位舅母坐坐去。"众人不言语，都冷笑而去。黛玉此时心中干急，又说不出来，哽哽咽咽。恍惚又是和贾母在一处的似的，心中想道："此事惟求老太太，或还可救。"于是两腿跪下去，抱着贾母的腰说道："老太太救我！我南边是死也不去的！况且有了继母，又不是我的亲娘。我是情愿跟着老太太一块儿的。"但见老太太呆着脸儿笑道："这个不干我事。"黛玉哭道："老太太，这是什么事呢。"老太太道："续弦也好，倒多一副妆奁。"黛玉哭道："我若在老太太跟前，决不使这里分外的闲钱，只求老太太救我。"贾母道："不中用了。做了女人，终是要出嫁的，你孩子家，不知道，在此地终非了局。"黛玉道："我在这里情愿自己做个奴婢过活，自做自吃，也是愿意。只求老太太作主。"老太太总不言语。黛玉抱着贾母的腰哭道："老太太，你向来最是慈悲的，又最疼我的，到了紧急的时候怎么全不管！不要说我是你的外孙女儿，是隔了一层了，我的娘是你的亲生女儿，看我娘分上，也该护庇些。"说着，撞在怀里痛哭，听见贾母道："鸳鸯，你来送姑娘出去歇歇。我倒被他闹乏了。"黛玉情知不是路了，求去无用，不如寻个自尽，站起来往外就走。深痛自己没有亲娘，便是外祖母与舅母姊妹们，平时何等待的好，可见都是假的。又一想："今日怎么独不见宝玉？或见一面，看他还有法儿?"便见宝玉站在面前，笑嘻嘻地说："妹妹大喜呀。"黛玉听了这一句话，越发急了，也顾不得什么了，把宝玉紧紧拉住说："好，宝玉，我今日才知道你是个无情无义的人了!"宝玉道："我怎么无情无义？你既有了人家儿，咱们各自干各自的了。"黛玉越听越气，越没了主意，只得拉着宝玉哭道："好哥哥，你叫我跟了谁去?"宝玉道："你要不去，就在这里住着。你原是许了我的，所以你才到我们这里来。我待你是怎么样的，你也想想。"黛玉恍惚又像果曾许过宝玉的，心内忽又转悲作喜，问宝玉道："我是死活打定主意的了。你到底叫我去不去?"宝玉道："我说叫你住下。你不信我的话，你就瞧瞧我的心。"说着，就拿着一把小刀子往胸口上一划，只见鲜血直流。黛玉吓得魂飞魄散，忙用手握着宝玉的心窝，哭道："你怎么做出这个事来，你先来杀了我罢!"宝玉道："不怕，我拿我的心给你瞧。"还把手在划开的地方儿乱抓。黛玉又颤又哭，又怕人撞破，抱住宝玉痛哭。宝玉道："不好了，我的心没有了，活不得了。"说着，眼睛往上一翻，咕咚就倒了。黛玉拚命放声大哭。只听见紫鹃叫道："姑娘，姑娘，怎么魇住了？快醒醒儿脱了衣服睡罢。"黛玉一翻身，却原来是一场噩梦。

喉间犹是哽咽，心上还是乱跳，枕头上已经湿透，肩背身心，但觉冰冷。想了一回，"父亲死得久了，与宝玉尚未放定，这是从那里说起?"又想梦中光景，无倚无靠，再真把宝玉死了，那可怎么样好！一时痛定思痛，神魂俱乱。又哭了一回，遍身微微的出了一点儿汗，扎挣起来，把外罩大袄脱了，叫紫鹃盖好了被窝，又躺下去。翻来复去，那里睡得着。只听得外面淅淅飒飒，又像风声，又像雨声。又停了一会子，又听得远远的吆呼声儿，却是紫鹃已在那里睡着，鼻息出入之声。自己扎挣着爬起来，围着被坐了一会。觉得窗缝里透进一缕凉风来，吹得寒毛直竖，便又躺下。正要朦胧睡去，听得竹枝上不知有多少家雀儿的声儿，啾啾唧唧，叫个不住。那窗上的纸，隔着屜子，渐渐的透进清光来。

黛玉此时已醒得双眸炯炯，一回儿咳嗽起来，连紫鹃都咳嗽醒了。紫鹃道："姑娘，你还没睡着么？又咳嗽起来了，想是着了风了。这会儿窗户纸发清了，也待好亮起来了。歇歇儿罢，养养神，别尽着想长想短的了。"黛玉道："我何尝不要睡，只是睡不着。你睡你的罢。"说了又嗽起来。紫鹃见黛玉这般光景，心中也自伤感，睡不着了。听见黛玉又嗽，连忙起来，捧着痰盒。这时天已亮了。黛玉道："你不睡了么？"紫鹃笑道："天都亮了，还睡什么呢。"黛玉道："既这样，你就把痰盒儿换了罢。"紫鹃答应着，忙出来换了一个痰盒儿，将手里的这个盒儿放在桌上，开了套间门出来，仍旧带上门，放下撒花软帘，出来叫醒雪雁。开了屋门去倒那盒子时，只见满盒子痰，痰中好些血星，唬了紫鹃一跳，不觉失声道："嗳哟，这还了得！"黛玉里面接着问是什么，紫鹃自知失言，连忙改说道："手里一滑，几乎撂了痰盒子。"黛玉道："不是盒子里的痰有了什么？"紫鹃道："没有什么。"说着这句话时，心中一酸，那眼泪直流下来，声儿早已岔了。黛玉因为喉间有些甜腥，早自疑惑，方才听见紫鹃在外边诧异，这会子又听见紫鹃说话声音带着悲惨的光景，心中觉了八九分，便叫紫鹃："进来罢，外头看凉着。"紫鹃答应了一声，这一声更比头里凄惨，竟是鼻中酸楚之音。黛玉听了，凉了半截。看紫鹃推门进来时，尚拿手帕拭眼。黛玉道："大清早起，好好的为什么哭？"紫鹃勉强笑道："谁哭来，早起起来眼睛里有些不舒服。姑娘今夜大概比往常醒的时候更大罢，我听见咳嗽了大半夜。"黛玉道："可不是，越要睡，越睡不着。"紫鹃道："姑娘身上不大好，依我说，还得自己开解着些。身子是根本，俗语说的，'留得青山在，依旧有柴烧。'况这里自老太太、太太起，那个不疼姑娘。"只这一句话，又勾起黛玉的梦来。觉得心头一撞，眼中一黑，神色俱变，紫鹃连忙端着痰盒，雪雁捶着脊梁，半日才吐出一口痰来。痰中一缕紫血，簌簌乱跳。紫鹃雪雁脸都唬黄了。两个旁边守着，黛玉便昏昏躺下。紫鹃看着不好，连忙努嘴叫雪雁叫人去。

雪雁才出屋门，只见翠缕翠墨两个人笑嘻嘻的走来。翠缕便道："林姑娘怎么这早晚还不出门？我们姑娘和三姑娘都在四姑娘屋里讲究四姑娘画的那张园子景儿呢。"雪雁连忙摆手儿，翠缕翠墨二人倒都吓了一跳，说："这是什么原故？"雪雁将方才的事，一一告诉他二人。二人都吐了吐舌头儿说："这可不是顽的！你们怎么不告诉老太太去？这还了得！你们怎么这么糊涂。"雪雁道："我这里才要去，你们就来了。"正说着，只听紫鹃叫道："谁在外头说话？姑娘问呢。"三个人连忙一齐进来。翠缕翠墨见黛玉盖着被躺在床上，见了他二人便说道："谁告诉你们了？你们这样大惊小怪的。"翠墨道："我们姑娘和云姑娘才都在四姑娘屋里讲究四姑娘画的那张园子图儿，叫我们来请姑娘来，不知姑娘身上又欠安了。"黛玉道："也不是什么大病，不过觉得身子略软些，躺躺儿就起来了。你们回去告诉三姑娘和云姑娘，饭后若无事，倒是请他们来这里坐坐罢。宝二爷没到你们那边去？"二人答道："没有。"翠墨又道："宝二爷这两天上了学了，老爷天天要查功课，那里还能像从前那么乱跑呢。"黛玉听了，默然不言。二人又略站了一回，都悄悄的退出来了。

且说探春湘云正在惜春那边论评惜春所画大观园图，说这个多一点，那个少一点，这个太疏，那个太密。大家又议着题诗，着人去请黛玉商议。正说着，忽见翠缕翠墨二人回来，神色匆忙。湘云便先问道："林姑娘怎么不来？"翠缕道："林姑娘昨日夜里又犯了病了，咳嗽了一夜。我们听见雪雁说，吐了一盒子痰血。"探春听了诧异道："这话真么？"翠缕道："怎么不真。"翠墨道："我们刚才进去去瞧了瞧，颜色不成颜色，说话儿的气力儿都微了。"湘云道："不好的这么着，怎么还能说话呢。"探春道："怎么你这么糊涂，不能说话不是已经……"说到这里却咽住了。惜春道："林姐姐那样一个聪明人，我看他总有些瞧不破，一点半点儿都要认起真来。天下事那里有多少真的呢。"探春道："既这么着，咱们都过去看看。倘若病的利害，咱们好过去告诉大嫂子回老太太，传大夫进来瞧瞧，也得个主意。"湘云道："正是这样。"惜春道："姐姐们先去，我回来再过去。"

于是探春湘云扶了小丫头，都到潇湘馆来。进入房中，黛玉见他二人，不免又伤心起来。因又转念想起梦中，连老太太尚且如此，何况他们。况且我不请他们，他们还不来呢。心里虽是如此，脸上却碍不过去，只得勉强令紫鹃扶起，口中让坐。探春湘云都坐在床沿上，一头一个。看了黛玉这般光景，也自伤感。探春便道："姐姐怎么身上又不舒服了？"黛玉道："也没什么要紧，只是身子软得很。"紫鹃在黛玉身后偷偷的用手指那痰盒儿。湘云到底年轻，性情又兼直爽，伸手便把痰盒拿起来看。不看则已，看了唬的惊疑不止，说："这是姐姐吐的？这还了得！"初时黛玉昏昏沉沉，吐了也没细看，此时见湘云这么说，回头看时，自己早已灰了一半。探春见湘云冒失，连忙解说道："这不过是肺火上炎，带出一半点来，也是常事。偏是云丫头，不拘什么，就这样蝎蝎螫螫的！"湘云红了脸，自悔失言。探春见黛玉精神短少，似有烦倦之意，连忙起身说道："姐姐静静的养养神罢，我们回来再瞧你。"黛玉道："累你二位惦着。"探春又嘱咐紫鹃好生留神服侍姑娘，紫鹃答应着。探春才要走，只听外面一个人嚷起来。未知是谁，下回分解。

第八十三回

省宫闱贾元妃染恙　闹闺阃薛宝钗吞声

话说探春湘云才要走时，忽听外面一个人嚷道："你这不成人的小蹄子！你是个什么东西，来这园子里头混搅!"黛玉听了，大叫一声道："这里住不得了。"一手指着窗外，两眼反插上去。原来黛玉住在大观园中，虽靠着贾母疼爱，然在别人身上，凡事终是寸步留心。听见窗外老婆子这样骂着，在别人呢，一句是贴不上的，竟像专骂着自己的。自思一个千金小姐，只因没了爹娘，不知何人指使这老婆子来这般辱骂，那里委屈得来，因此肝肠崩裂，哭晕去了。紫鹃只是哭叫："姑娘怎么样了，快醒转来罢。"探春也叫了一回。半晌，黛玉回过这口气，还说不出话来，那只手仍向窗外指着。

探春会意，开门出去，看见老婆子手中拿着拐棍赶着一个不干不净的毛丫头道："我是为照管这园中的花果树木来到这里，你作什么来了！等我家去打你一个知道。"这丫头扭着头，把一个指头探在嘴里，瞅着老婆子笑。探春骂道："你们这些人如今越发没了王法了，这里是你骂人的地方儿吗!"老婆子见是探春，连忙陪着笑脸儿说道："刚才是我的外孙女儿，看见我来了他就跟了来。我怕他闹，所以才吆喝他回去，那里敢在这里骂人呢。"探春道："不用多说了，快给我都出去。这里林姑娘身上不大好，还不快去么。"老婆子答应了几个"是"，说着一扭身去了。那丫头也就跑了。

探春回来，看见湘云拉着黛玉的手只管哭，紫鹃一手抱着黛玉，一手给黛玉揉胸口，黛玉的眼睛方渐渐的转过来了。探春笑道："想是听见老婆子的话，你疑了心了么?"黛玉只摇摇头儿。探春道："他是骂他外孙女儿，我才刚也听见了。这种东西说话再没有一点道理的，他们懂得什么避讳。"

黛玉听了点点头儿，拉着探春的手道："妹妹……"叫了一声，又不言语了。探春又道："你别心烦。我来看你是姊妹们应该的，你又少人服侍。只要你安心肯吃药，心上把喜欢事儿想想，能够一天一天的硬朗起来，大家依旧结社做诗，岂不好呢。"湘云道："可是三姐姐说的，那么着不乐？"黛玉哽咽道："你们只顾要我喜欢，可怜我那里赶得上这日子，只怕不能够了！"探春道："你这话说的太过了。谁没个病儿灾儿的，那里就想到这里来了。你好生歇歇儿罢，我们到老太太那边，回来再看你。你要什么东西，只管叫紫鹃告诉我。"黛玉流泪道："好妹妹，你到老太太那里只说我请安，身上略有点不好，不是什么大病，也不用老太太烦心的。"探春答应道："我知道，你只管养着罢。"说着，才同湘云出去了。

这里紫鹃扶着黛玉躺在床上，地下诸事，自有雪雁照料，自己只守着旁边，看着黛玉，又是心酸，又不敢哭泣。那黛玉闭着眼躺了半晌，那里睡得着？觉得园里头平日只见寂寞，如今躺在床上，偏听得风声，虫鸣声，鸟语声，人走的脚步声，又像远远的孩子们啼哭声，一阵一阵的聒噪的烦躁起来，因叫紫鹃放下帐子来。雪雁捧了一碗燕窝汤递与紫鹃，紫鹃隔着帐子轻轻问道："姑娘喝一口汤罢？"黛玉微微应了一声。紫鹃复将汤递给雪雁，自己上来搀扶黛玉坐起，然后接过汤来，搁在唇边试了一试，一手搂着黛玉肩臂，一手端着汤送到唇边。黛玉微微睁眼喝了两三口，便摇摇头儿不喝了。紫鹃仍将碗递给雪雁，轻轻扶黛玉睡下。

静了一时，略觉安顿。只听窗外悄悄问道："紫鹃妹妹在家么？"雪雁连忙出来，见是袭人，因悄悄说道："姐姐屋里坐着。"袭人也便悄悄问道："姑娘怎么着？"一面走，一面雪雁告诉夜间及方才之事。袭人听了这话，也唬怔了，因说道："怪道刚才翠缕到我们那边，说你们姑娘病了，唬的宝二爷连忙打发我来看看是怎么样。"正说着，只见紫鹃从里间掀起帘子望外看，见袭人，点头儿叫他。袭人轻轻走过来问道："姑娘睡着了吗？"紫鹃点点头儿，问道："姐姐才听见说了？"袭人也点点头儿，蹙着眉道："终久怎么样好呢！那一位昨夜也把我唬了个半死儿。"紫鹃忙问怎么了，袭人道："昨日晚上睡觉还是好好儿的，谁知半夜里一叠连声的嚷起心疼来，嘴里胡说白道，只说好像刀子割了去的似的。直闹到打亮梆子以后才好些了。

你说唬人不唬人。今日不能上学，还要请大夫来吃药呢。”正说着，只听黛玉在帐子里又咳嗽起来。紫鹃连忙过来捧痰盒儿接痰。黛玉微微睁眼问道：“你和谁说话呢?”紫鹃道：“袭人姐姐来瞧姑娘来了。”说着，袭人已走到床前。黛玉命紫鹃扶起，一手指着床边，让袭人坐下。袭人侧身坐了，连忙陪着笑劝道：“姑娘倒还是躺着罢。”黛玉道：“不妨，你们快别这样大惊小怪的。刚才是说谁半夜里心疼起来?”袭人道：“是宝二爷偶然魇住了，不是认真怎么样。”黛玉会意，知道是袭人怕自己又悬心的原故，又感激，又伤心。因趁势问道：“既是魇住了，不听见他还说什么?”袭人道：“也没说什么。”黛玉点点头儿，迟了半日，叹了一声，才说道：“你们别告诉宝二爷说我不好，看耽搁了他的工夫，又叫老爷生气。”袭人答应了，又劝道：“姑娘还是躺躺歇歇罢。”黛玉点头，命紫鹃扶着歪下。袭人不免坐在旁边，又宽慰了几句，然后告辞，回到怡红院，只说黛玉身上略觉不受用，也没什么大病。宝玉才放了心。

且说探春湘云出了潇湘馆，一路往贾母这边来。探春因嘱咐湘云道：“妹妹，回来见了老太太，别像刚才那样冒冒失失的了。”湘云点头笑道：“知道了，我头里是叫他唬的忘了神了。”说着，已到贾母那边。探春因提起黛玉的病来。贾母听了自是心烦，因说道：“偏是这两个玉儿多病多灾的。林丫头一来二去的大了，他这个身子也要紧。我看那孩子太是个心细。”众人也不敢答言。贾母便向鸳鸯道：“你告诉他们，明儿大夫来瞧了宝玉，就叫他到林姑娘那屋里去。”鸳鸯答应着，出来告诉了婆子们，婆子们自去传话。这里探春湘云就跟着贾母吃了晚饭，然后同回园中去。不提。

到了次日，大夫来了，瞧了宝玉，不过说饮食不调，着了点儿风邪，没大要紧，疏散疏散就好了。这里王夫人凤姐等一面遣人拿了方子回贾母，一面使人到潇湘馆告诉说大夫就过来。紫鹃答应了，连忙给黛玉盖好被窝，放下帐子。雪雁赶着收拾房里的东西。一时贾琏陪着大夫进来了，便说道：“这位老爷是常来的，姑娘们不用回避。”老婆子打起帘子，贾琏让着进入房中坐下。贾琏道：“紫鹃姐姐，你先把姑娘的病势向王老爷说说。”王大夫道：“且慢说。等我诊了脉，听我说了看是对不对，若有不合的地方，姑娘们再告诉我。”紫鹃便向帐中扶出黛玉的一只手来，搁在迎手上。紫鹃又把镯子连袖子轻轻的搂起，不叫压住了脉息。那王大夫诊了好一回儿，又换那只手也诊了，便同贾琏出来，到外间屋里坐下，说道："六脉皆弦，因平日郁结所致。"说着，紫鹃也出来站在里间门口。那王大夫便向紫鹃道："这病时常应得头晕，减饮食，多梦，每到五更，必醒个几次。即日间听见不干自己的事，也必要动气，且多疑多惧。不知者疑为性情乖诞，其实因肝阴亏损，心气衰耗，都是这个病在那里作怪。不知是否？"紫鹃点点头儿，向贾琏道："说的很是。"王太医道："既这样就是了。"说毕起身，同贾琏往外书房去开方子。小厮们早已预备下一张梅红单帖，王太医吃了茶，因提笔先写道：

六脉弦迟，素由积郁。左寸无力，心气已衰。关脉独洪，肝邪偏旺。木气不能疏达，势必上侵脾土，饮食无味，甚至胜所不胜，肺金定受其殃。气不流精，凝而为痰；血随气涌，自然咳吐。理宜疏肝保肺，涵养心脾。虽有补剂，未可骤施。姑拟黑逍遥以开其先，复用归肺固金以继其后。不揣固陋，俟高明裁服。

又将七味药与引子写了。贾琏拿来看时，问道："血势上冲，柴胡使得么？"王大夫笑道："二爷但知柴胡是升提之品，为吐衄所忌。岂知用鳖血拌炒，非柴胡不足宣少阳甲胆之气。以鳖血制之，使其不致升提，且能培养肝阴，制遏邪火。所以《内经》说：'通因通用，塞因塞用。'柴胡用鳖血拌炒，正是'假周勃以安刘'的法子。"贾琏点头道："原来是这么着，这就是了。"王大夫又道："先请服两剂，再加减或再换方子罢。我还有一点小事，不能久坐，容日再来请安。"说着，贾琏送了出来，说道："舍弟的药就是那么着了？"王大夫道："宝二爷倒没什么大病，大约再吃一剂就好了。"说着，上车而去。

这里贾琏一面叫人抓药，一面回到房中告诉凤姐黛玉的病原与大夫用的药，述了一遍。只见周瑞家的走来回了几件没要紧的事，贾琏听到一半，便说道："你回二奶奶罢，我还有事呢。"说着就走了。周瑞家的回完了这件事，又说道："我方才到林姑娘那边，看他那个病，竟是不好呢。脸上一点血色也没有，摸了摸身上，只剩得一把骨头。问问他，也没有话说，只是淌眼泪。回来紫鹃告诉我说：‘姑娘现在病着，要什么自己又不肯要，我打算要问二奶奶那里支用一两个月的月钱。如今吃药虽是公中的，零用也得几个钱。’我答应了他，替他来回奶奶。”凤姐低了半日头，说道：“竟这么着罢：我送他几两银子使罢，也不用告诉林姑娘。这月钱却是不好支的，一个人开了例，要是都支起来，那如何使得呢。你不记得赵姨娘和三姑娘拌嘴了，也无非为的是月钱。况且近来你也知道，出去的多，进来的少，总绕不过弯儿来。不知道的，还说我打算的不好；更有那一种嚼舌根的，说我搬运到娘家去了。周嫂子，你倒是那里经手的人，这个自然还知道些。”周瑞家的道：“真正委屈死人！这样大门头儿，除了奶奶这样心计儿当家罢了。别说是女人当不来，就是三头六臂的男人，还撑不住呢。还说这些个混帐话。”说着，又笑了一声，道：“奶奶还没听见呢，外头的人还更糊涂呢。前儿周瑞回家来，说起外头的人打谅着咱们府里不知怎么样有钱呢。也有说‘贾府里的银库几间，金库几间，使的家伙都是金子镶了玉石嵌了的。’也有说‘姑娘做了王妃，自然皇上家的东西分的了一半子给娘家。前儿贵妃娘娘省亲回来，我们还亲见他带了几车金银回来，所以家里收拾摆设的水晶宫似的。那日在庙里还愿，花了几万银子，只算得牛身上拔了一根毛罢咧。’有人还说‘他门前的狮子只怕还是玉石的呢。园子里还有金麒麟，叫人偷了一个去，如今剩下一个了。家里的奶奶姑娘不用说，就是屋里使唤的姑娘们，也是一点儿不动，喝酒下棋，弹琴画画，横竖有服侍的人呢。单管穿罗罩纱，吃的戴的，都是人家不认得的。那些哥儿姐儿们更不用说了，要天上的月亮，也有人去拿下来给他顽。’还有歌儿呢，说是‘宁国府，荣国府，金银财宝如粪土。吃不穷，穿不穷，算来……’”说到这里，猛然咽住。原来那时歌儿说道是“算来总是一场空”。这周瑞家的说溜了嘴，说到这里，忽然想起这话不好，因咽住了。凤姐儿听了，已明白必是句不好的话了。也不便追问，因说道：“那都没要紧。只是这金麒麟的话从何而来？”周瑞家的笑道：“就是那庙里的老道士送给宝二爷的小金麒麟儿。后来丢了几天，亏了史姑娘捡着还了他，外头就造出这个谣言来了。奶奶说这些人可笑不可笑？”凤姐道：“这些话倒不是可笑，倒是可怕的。咱们一日难似一日，外面还是这么讲究。俗语儿说的，‘人怕出名猪怕壮’，况且又是个虚名儿，终久还不知怎么样呢。”周瑞家的道：“奶奶虑的也是。只是满城里茶坊酒铺儿以及各胡同儿都是这样说，并且不是一年了，那里握的住众人的嘴。”凤姐点点头儿，因叫平儿称了几两银子，递给周瑞家的，道：“你先拿去交给紫鹃，只说我给他添补买东西的。若要官中的，只管要去，别提这月钱的话。他也是个伶透人，自然明白我的话。我得了空儿，就去瞧姑娘去。”周瑞家的接了银子，答应着自去。不提。

且说贾琏走到外面，只见一个小厮迎上来回道：“大老爷叫二爷说话呢。”贾琏急忙过来，见了贾赦。贾赦道：“方才风闻宫里头传了一个太医院御医、两个吏目去看病，想来不是宫女儿下人了。这几天娘娘宫里有什么信儿没有？”贾琏道：“没有。”贾赦道：“你去问问二老爷和你珍大哥。不然，还该叫人去到太医院里打听打听才是。”贾琏答应了，一面吩咐人往太医院去，一面连忙去见贾政贾珍。贾政听了这话，因问道：“是那里来的风声？”贾琏道：“是大老爷才说的。”贾政道：“你索性和你珍大哥到里头打听打听。”贾琏道：“我已经打发人往太医院打听去了。”一面说着，一面退出来，去找贾珍。只见贾珍迎面来了，贾琏忙告诉贾珍。贾珍道：“我止为也听见这话，来回大老爷二老爷去的。”于是两个人同着来见贾政。贾政道：“如系元妃，少不得终有信的。”说着，贾赦也过来了。

到了晌午，打听的尚未回来。门上人进来，回说：“有两个内相在外要见二位老爷呢。”贾赦道：“请进来。”门上的人领了老公进来。贾赦贾政迎至二门外，先请了娘娘的安，一面同着进来，走至厅上让了坐。老公道：“前日这里贵妃娘娘有些欠安。昨日奉过旨意，宣召亲丁四人进里头探问。许各带丫头一人，馀皆不用。亲丁男人只许在宫门外递个职名，请安听信，不得擅入。准于明日辰巳时进去，申酉时出来。”贾政贾赦等站着听了旨意，复又坐下，让老公吃茶毕，老公辞了出去。

贾赦贾政送出大门，回来先禀贾母。贾母道：“亲丁四人，自然是我和你们两位太太了。那一个人呢？”众人也不敢答言，贾母想了想，道：“必得是凤姐儿，他诸事有照应。你们爷儿们各自商量去罢。”贾赦贾政答应了出来，因派了贾琏贾蓉看家外，凡文字辈至草字辈一应都去。遂吩咐家人预备四乘绿轿，十馀辆大车，明儿黎明伺候。家人答应去了。贾赦贾政又进去回明老太太，辰巳时进去，申酉时出来，今日早些歇歇，明日好早些起来收拾进宫。贾母道："我知道，你们去罢。"赦政等退出。这里邢夫人王夫人、凤姐儿也都说了一会子元妃的病，又说了些闲话，才各自散了。

次日黎明，各间屋子丫头们将灯火俱已点齐，太太们各梳洗毕，爷们亦各整顿好了。一到卯初，林之孝和赖大进来，至二门口回道："轿车俱已齐备，在门外伺候着呢。"不一时，贾赦邢夫人也过来了。大家用了早饭。凤姐先扶老太太出来，众人围随，各带使女一人，缓缓前行。又命李贵等二人先骑马去外宫门接应，自己家眷随后。文字辈至草字辈各自登车骑马，跟着众家人，一齐去了。贾琏贾蓉在家中看家。

且说贾家的车辆轿马俱在外西垣门口歇下等着。一回儿，有两个内监出来说："贾府省亲的太太奶奶们，着令入宫探问；爷们俱着令内宫门外请安，不得入见。"门上人叫快进去。贾府中四乘轿子跟着小内监前行，贾家爷们在轿后步行跟着，令众家人在外等候。走近宫门口，只见几个老公在门上坐着，见他们来了，便站起来说道："贾府爷们至此。"贾赦贾政便捱次立定。轿子抬至宫门口，便都出了轿。早有几个小内监引路，贾母等各有丫头扶着步行。走至元妃寝宫，只见奎壁辉煌，琉璃照耀。又有两个小宫女儿传谕道："只用请安，一概仪注都免。"贾母等谢了恩，来至床前请安毕，元妃都赐了坐。贾母等又告了坐。元妃便向贾母道："近日身上可好?"贾母扶着小丫头，颤颤巍巍站起来，答应道："托娘娘洪福，起居尚健。"元妃又向邢夫人王夫人问了好，邢、王二夫人站着回了话。元妃又问凤姐家中过的日子若何，凤姐站起来回奏道："尚可支持。"元妃道："这几年来难为你操心。"凤姐正要站起来回奏，只见一个宫女传进许多职名，请娘娘龙目。元妃看时，就是贾赦贾政等若干人。那元妃看了职名，眼圈儿一红，止不住流下泪来。宫女儿递过绢子，元妃一面拭泪，一面传谕道："今日稍安，令他们外面暂歇。"贾母等站起来，又谢了恩。元妃含泪道："父女弟兄，反不如小家子得以常常亲近。"贾母等都忍着泪道："娘娘不用悲伤，家中已托着娘娘的福多了。"元妃又问："宝玉近来若何?"贾母道：

"近来颇肯念书。因他父亲逼得严紧，如今文字也都做上来了。"元妃道："这样才好。"遂命外宫赐宴，便有两个宫女儿、四个小太监引了到一座宫里，已摆得齐整，各按坐次坐了。不必细述。一时吃完了饭，贾母带着他婆媳三人谢过宴，又耽搁了一回。看看已近酉初，不敢羁留，俱各辞了出来。元妃命宫女儿引道，送至内宫门，门外仍是四个小太监送出。贾母等依旧坐着轿子出来，贾赦接着，大伙儿一齐回去。到家又要安排明后日进宫，仍令照应齐集。不题。

且说薛家夏金桂赶了薛蟠出去，日间拌嘴没有对头，秋菱又住在宝钗那边去了，只剩得宝蟾一人同住。既给与薛蟠作妾，宝蟾的意气又不比从前了。金桂看去更是一个对头，自己也后悔不来。一日，吃了几杯闷酒，躺在炕上，便要借那宝蟾做个醒酒汤儿，因问着宝蟾道："大爷前日出门，到底是到那里去？你自然是知道的了。"宝蟾道："我那里知道。他在奶奶跟前还不说，谁知道他那些事！"金桂冷笑道："如今还有什么奶奶太太的，都是你们的世界了。别人是惹不得的，有人护庇着，我也不敢去虎头上捉虱子。你还是我的丫头，问你一句话，你就和我摔脸子，说塞话。你既这么有势力，为什么不把我勒死了，你和秋菱不拘谁做了奶奶，那不清净了么！偏我又不死，碍着你们的道儿。"宝蟾听了这话，那里受得住，便眼睛直直的瞅着金桂道："奶奶这些闲话只好说给别人听去！我并没和奶奶说什么。奶奶不敢惹人家，何苦来拿着我们小软儿出气呢。正经的，奶奶又装听不见，'没事人一大堆'了。"说着，便哭天哭地起来。金桂越发性起，便爬下炕来，要打宝蟾。宝蟾也是夏家的风气，半点儿不让。金桂将桌椅杯盏，尽行打翻，那宝蟾只管喊冤叫屈，那里理会他半点儿。

岂知薛姨妈在宝钗房中听见如此吵嚷，叫香菱："你去瞧瞧，且劝劝他。"宝钗道："使不得，妈妈别叫他去。他去了岂能劝他，那更是火上浇了油了。"薛姨妈道："既这么样，我自己过去。"宝钗道："依我说妈妈也不用去，由着他们闹去罢。这也是没法儿的事了。"薛姨妈道："这那里还了得！"说着，自己扶了丫头，往金桂这边来。宝钗只得也跟着过去，又嘱咐香菱道："你在这里罢。"

母女同至金桂房门口，听见里头正还嚷哭不止。薛姨妈道：“你们是怎么着，又这样家翻宅乱起来，这还像个人家儿吗！矮墙浅屋的，难道都不怕亲戚们听见笑话了么。”金桂屋里接声道：“我倒怕人笑话呢！只是这里扫帚颠倒竖，也没有主子，也没有奴才，也没有妻，没有妾，是个混帐世界了。我们夏家门子里没见过这样规矩，实在受不得你们家这样委屈了！”宝钗道：“大嫂子，妈妈因听见闹得慌，才过来的。就是问的急了些，没有分清‘奶奶’‘宝蟾’两字，也没有什么。如今且先把事情说开，大家和和气气的过日子，也省的妈妈天天为咱们操心。”那薛姨妈道：“是啊，先把事情说开了，你再问我的不是还不迟呢。”金桂道：“好姑娘，好姑娘，你是个大贤大德的。你日后必定有个好人家，好女婿，决不像我这样守活寡，举眼无亲，叫人家骑上头来欺负的。我是个没心眼儿的人，只求姑娘我说话别往死里挑捡，我从小儿到如今，没有爹娘教导。再者我们屋里老婆汉子大女人小女人的事，姑娘也管不得！”宝钗听了这话，又是羞，又是气；见他母亲这样光景，又是疼不过。因忍了气说道：“大嫂子，我劝你少说句儿罢。谁挑捡你？又是谁欺负你？不要说是嫂子，就是秋菱，我也从来没有加他一点声气儿的。”金桂听了这几句话，更加拍着炕沿大哭起来，说：“我那里比得秋菱，连他脚底下的泥我还跟不上呢！他是来久了的，知道姑娘的心事，又会献勤儿；我是新来的，又不会献勤儿，如何拿我比他。何苦来，天下有几个都是贵妃的命，行点好儿罢！别修的像我嫁个糊涂行子守活寡，那就是活活儿的现了眼了！”薛姨妈听到那里，万分气不过，便站起身来道：“不是我护着自己的女孩儿，他句句劝你，你却句句怄他。你有什么过不去，不要寻他，勒死我倒也是希松的。”宝钗忙劝道：“妈妈，你老人家不用动气。咱们既来劝他，自己生气，倒多了层气。不如且出去，等嫂子歇歇儿再说。”因吩咐宝蟾道：“你可别再多嘴了。”跟了薛姨妈出得房来。

走过院子里，只见贾母身边的丫头同着秋菱迎面走来。薛姨妈道：“你从那里来，老太太身上可安？”那丫头道：“老太太身上好，叫来请姨太太安，还谢谢前儿的荔枝，还给琴姑娘道喜。”宝钗道：“你多早晚来的？”那丫头道：“来了好一会子了。”薛姨妈料他知道，红着脸说道：“这如今我们家里闹得也不像个过日子的人家了，叫你们那边听见笑话。”丫头道：“姨太太说那里的话，谁家没个碟大碗小磕着碰着的呢。那是姨太太多心罢咧。”说着，跟了回到薛姨妈房中，略坐了一回就去了。宝钗正嘱咐香菱些话，只听薛姨妈忽然叫道：“左肋疼痛的很。”说着，便向炕上躺下。唬得宝钗香菱二人手足无措。要知后事如何，下回分解。

第八十四回

试文字宝玉始提亲　探惊风贾环重结怨

却说薛姨妈一时因被金桂这场气怄得肝气上逆，左肋作痛。宝钗明知是这个原故，也等不及医生来看，先叫人去买了几钱钩藤来，浓浓的煎了一碗，给他母亲吃了。又和秋菱给薛姨妈捶腿揉胸，停了一会儿，略觉安顿。这薛姨妈只是又悲又气，气的是金桂撒泼，悲的是宝钗有涵养，倒觉可怜。宝钗又劝了一回，不知不觉的睡了一觉，肝气也渐渐平复了。宝钗便说道："妈妈，你这种闲气不要放在心上才好。过几天走的动了，乐得往那边老太太姨妈处去说说话儿散散闷也好。家里横竖有我和秋菱照看着，谅他也不敢怎么样。"薛姨妈点点头道："过两日看罢了。"

且说元妃疾愈之后，家中俱各喜欢。过了几日，有几个老公走来，带着东西银两，宣贵妃娘娘之命，因家中省问勤劳，俱有赏赐。把物件银两一一交代清楚。贾赦贾政等禀明了贾母，一齐谢恩毕，太监吃了茶去了。大家回到贾母房中，说笑了一回。外面老婆子传进来说："小厮们来回道，那边有人请大老爷说要紧的话呢。"贾母便向贾赦道："你去罢。"贾赦答应着，退出来自去了。

这里贾母忽然想起，和贾政笑道："娘娘心里却甚实惦记着宝玉，前儿还特特的问他来着呢。"贾政陪笑道："只是宝玉不大肯念书，辜负了娘娘的美意。"贾母道："我倒给他上了个好儿，说他近日文章都做上来了。"贾政笑道："那里能像老太太的话呢。"贾母道："你们时常叫他出去作诗作文，难道他都没作上来么。小孩子家慢慢的教导他，可是人家说的，'胖子也不是一口儿吃的'。"贾政听了这话，忙陪笑道："老太太说的是。"贾母又道："提起宝玉，我还有一件事和你商量。如今他也大了，你们也该留神看一个好孩子给他定下。这也是他终身的大事。也别论远近亲戚，什么穷啊富的，只要深知那姑娘的脾性儿好模样儿周正的就好。"贾政道："老太太吩咐的很是。但只一件，姑娘也要好，第一要他自己学好才好，不然不稂不莠的，反倒耽误了人家的女孩儿，岂不可惜。"贾母听了这话，心里却有些不喜欢，便说道："论起来，现放着你们作父母的，那里用我去张心。但只我想宝玉这孩子从小儿跟着我，未免多疼他一点儿，耽误了他成人的正事也是有的。只是我看他那生来的模样儿也还齐整，心性儿也还实在，未必一定是那种没出息的，必至糟踏了人家的女孩儿。也不知是我偏心，我看着横竖比环儿略好些，不知你们看着怎么样。"几句话说得贾政心中甚实不安，连忙陪笑道："老太太看的人也多了，既说他好有造化的，想来是不错的。只是儿子望他成人性儿太急了一点，或者竟和古人的话相反，倒是'莫知其子之美'了。"一句话把贾母也怄笑了，众人也都陪着笑了。贾母因说道："你这会子也有了几岁年纪，又居着官，自然越历练越老成。"说到这里，回头瞅着邢夫人和王夫人笑道："想他那年轻的时候，那一种古怪脾气，比宝玉还加一倍呢。直等娶了媳妇，才略略的懂了些人事儿。如今只抱怨宝玉，这会子我看宝玉比他还略体些人情儿呢。"说的邢夫人王夫人都笑了。因说道："老太太又说起逗笑儿的话儿来了。"说着，小丫头子们进来告诉鸳鸯："请示老太太，晚饭伺候下了。"贾母便问："你们又咕咕唧唧的说什么？"鸳鸯笑着回明了。贾母道："那么着，你们也都吃饭去罢，单留凤姐儿和珍哥媳妇跟着我吃罢。"贾政及邢、王二夫人都答应着，伺候摆上饭来，贾母又催了一遍，才都退出各散。

却说邢夫人自去了。贾政同王夫人进入房中。贾政因提起贾母方才的话来，说道："老太太这样疼宝玉，毕竟要他有些实学，日后可以混得功名，才好不枉老太太疼他一场，也不至糟踏了人家的女儿。"王夫人道："老爷这话自然是该当的。"贾政因着个屋里的丫头传出去告诉李贵："宝玉放学回来，索性吃饭后再叫他过来，说我还要问他话呢。"李贵答应了"是"。至宝玉放了学刚要过来请安，只见李贵道："二爷先不用过去。老爷吩咐了，今日叫二爷吃了饭再过去呢，听见还有话问二爷呢。"宝玉听了这话，又是一个闷雷。只得见过贾母，便回园吃饭。三口两口吃完，忙漱了口，便往贾政这边来。

贾政此时在内书房坐着，宝玉进来请了安，一旁侍立。贾政问道："这几日我心上有事，也忘了问你。那一日你说你师父叫你讲一个月的书就要给你开笔，如今算来将两个月了，你到底开了笔了没有?"宝玉道："才做过三次。师父说且不必回老爷知道，等好些再回老爷知道罢。因此这两天总没敢回。"贾政道："是什么题目?"宝玉道："一个是《吾十有五而志于学》，一个是《人不知而不愠》，一个是《则归墨》三字。"贾政道："都有稿儿么?"宝玉道："都是作了抄出来师父又改的。"贾政道："你带了家来了还是在学房里呢?"宝玉道："在学房里呢。"贾政道："叫人取了来我瞧。"宝玉连忙叫人传话与焙茗："叫他往学房中去，我书桌子抽屉里有一本薄薄儿竹纸本子，上面写着'窗课'两字的就是，快拿来。"一回儿焙茗拿了来递给宝玉。宝玉呈与贾政。贾政翻开看时，见头一篇写着题目是《吾十有五而志于学》。他原本破的是"圣人有志于学，幼而已然矣。"代儒却将幼字抹去，明用"十五"。贾政道："你原本'幼'字便扣不清题目了。'幼'字是从小起至十六以前都是'幼'。这章书是圣人自言学问工夫与年俱进的话，所以十五、三十、四十、五十、六十、七十俱要明点出来，才见得到了几时有这么个光景，到了几时又有那么个光景。师父把你'幼'字改了'十五'，便明白了好些。"看到承题，那抹去的原本云："夫不志于学，人之常也。"贾政摇头道："不但是孩子气，可见你本性不是个学者的志气。"又看后句"圣人十五而志之，不亦难乎"，说道："这更不成话了。"然后看代儒的改本云："夫人孰不学，而志于学者卒鲜。此圣人所为自信于十五时欤。"便问"改的懂得么?"宝玉答应道："懂得。"又看第二艺，题目是《人不知而不愠》，便先看代儒的改本云："不以不知而愠者，终无改其说乐矣。"方觑着眼看那抹去的底本，说道："你是什么?——'能无愠人之心，纯乎学者也。'上一句似单做了'而不愠'三个字的题目，下一句又犯了下文君子的分界。必如改笔才合题位呢。且下句找清上文，方是书理。须要细心领略。"宝玉答应着。贾政又往下看，"夫不知，未有不愠者也；而竟不然。是非由说而乐者，曷克臻此。"原本末句"非纯学者乎。"

贾政道："这也与破题同病的。这改的也罢了，不过清楚，还说得去。"第三艺是《则归墨》，贾政看了题目，自己扬着头想了一想，因问宝玉道："你的书讲到这里了么？"宝玉道："师父说，《孟子》好懂些，所以倒先讲《孟子》，大前日才讲完了。如今讲'上论语'呢。"贾政因看这个破承倒没大改。破题云："言于舍杨之外，若别无所归者焉。"贾政道："第二句倒难为你。""夫墨，非欲归者也；而墨之言已半天下矣，则舍杨之外，欲不归于墨，得乎？"贾政道："这是你做的么？"宝玉答应道："是。"贾政点点头儿，因说道："这也并没有什么出色处，但初试笔能如此，还算不离。前年我在任上时，还出过《惟士为能》这个题目。那些童生都读过前人这篇，不能自出心裁，每多抄袭。你念过没有？"宝玉道："也念过。"贾政道："我要你另换个主意，不许雷同了前人，只做个破题也使得。"宝玉只得答应着，低头搜索枯肠。贾政背着手，也在门口站着作想。只见一个小小厮往外飞走，看见贾政，连忙侧身垂手站住。贾政便问道："作什么？"小厮回道："老太太那边姨太太来了，二奶奶传出话来，叫预备饭呢。"贾政听了，也没言语。那小厮自去了。

谁知宝玉自从宝钗搬回家去，十分想念，听见薛姨妈来了，只当宝钗同来，心中早已忙了，便乍着胆子回道："破题倒作了一个，但不知是不是。"贾政道："你念来我听。"宝玉念道："天下不皆士也，能无产者亦仅矣。"贾政听了，点着头道："也还使得。以后作文，总要把界限分清，把神理想明白了再去动笔。你来的时候老太太知道不知道？"宝玉道："知道的。"贾政道："既如此，你还到老太太处去罢。"宝玉答应了个"是"，只得拿捏着慢慢的退出，刚过穿廊月洞门的影屏，便一溜烟跑到老太太院门口。急得焙茗在后头赶着叫："看跌倒了！老爷来了。"宝玉那里听得见。刚进得门来，便听见王夫人、凤姐、探春等笑语之声。

丫鬟们见宝玉来了，连忙打起帘子，悄悄告诉道："姨太太在这里呢。"宝玉赶忙进来给薛姨妈请安，过来才给贾母请了晚安。贾母便问："你今儿怎么这早晚才散学？"宝玉悉把贾政看文章并命作破题的话述了一遍。贾母笑容满面。宝玉因问众人道："宝姐姐在那里坐着呢？"薛姨妈笑道："你宝姐姐没过来，家里和香菱作活呢。"宝玉听了，心中索然，又不好就走。只见说着话儿已摆上饭来，自然是贾母薛姨妈上坐，探春等陪坐。薛姨妈道："宝哥儿呢?"贾母忙笑说道："宝玉跟着我这边坐罢。"宝玉连忙回道："头里散学时李贵传老爷的话，叫吃了饭过去。我赶着要了一碟菜，泡茶吃了一碗饭，就过去了。老太太和姨妈姐姐们用罢。"贾母道："既这么着，凤丫头就过来跟着我。你太太才说他今儿吃斋，叫他们自己吃去罢。"王夫人也道："你跟着老太太姨太太吃罢，不用等我，我吃斋呢。"于是凤姐告了坐，丫头安了杯箸，凤姐执壶斟了一巡，才归坐。

大家吃着酒。贾母便问道："可是才姨太太提香菱，我听见前儿丫头们说'秋菱'，不知是谁，问起来才知道是他。怎么那孩子好好的又改了名字呢?"薛姨妈满脸飞红，叹了口气道："老太太再别提起。自从蟠儿娶了这个不知好歹的媳妇，成日家咕咕唧唧，如今闹的也不成个人家了。我也说过他几次，他牛心不听说，我也没那么大精神和他们尽着吵去，只好由他们去。可不是他嫌这丫头的名儿不好改的。"贾母道："名儿什么要紧的事呢?"薛姨妈道："说起来我也怪臊的，其实老太太这边有什么不知道的。他那里是为这名儿不好，听见说他因为是宝丫头起的，他才有心要改。"贾母道："这又是什么原故呢?"薛姨妈把手绢子不住的擦眼泪，未曾说，又叹了一口气，道："老太太还不知道呢，这如今媳妇子专和宝丫头怄气。前日老太太打发人看我去，我们家里正闹呢。"贾母连忙接着问道："可是前儿听见姨太太肝气疼，要打发人看去，后来听见说好了，所以没着人去。依我，劝姨太太竟把他们别放在心上。再者，他们也是新过门的小夫妻，过些时自然就好了。我看宝丫头性格儿温厚和平，虽然年轻，比大人还强几倍。前日那小丫头子回来说，我们这边还都赞叹了他一会子。都像宝丫头那样心胸儿脾气儿，真是百里挑一的。不是我说句冒失话，那给人家作了媳妇儿，怎么叫公婆不疼，家里上上下下的不宾服呢。"宝玉头里已经听烦了，推故要走，及听见这话，又坐了呆呆的往下听。薛姨妈道："不中用。他虽好，到底是女孩儿家。养了蟠儿这个糊涂孩子，真真叫我不放心，只怕在外头喝点子酒，闹出事来。幸亏老太太这里的大爷二爷常和他在一块儿，我还放点儿心。"宝玉听到这里，便接口道："姨妈更不用悬心。薛大哥相好的都是些正经买卖大客人，都是有体面的，那里就闹出事来。"薛姨妈笑道："依你这样说，我敢只不用操心了。"说话间，饭已吃完。宝玉先告辞了，晚间还要看书，便各自去了。

这里丫头们刚捧上茶来，只见琥珀走过来向贾母耳朵旁边说了几句，贾母便向凤姐儿道："你快去罢，瞧瞧巧姐儿去罢。"凤姐听了，还不知何故，大家也怔了。琥珀遂过来向凤姐道："刚才平儿打发小丫头子来回二奶奶，说巧姐儿身上不大好，请二奶奶忙着些过来才好呢。"贾母因说道："你快去罢，姨太太也不是外人。"凤姐连忙答应，在薛姨妈跟前告了辞。又见王夫人说道："你先过去，我就去。小孩子家魂儿还不全呢，别叫丫头们大惊小怪的，屋里的猫儿狗儿，也叫他们留点神儿。尽着孩子贵气，偏有这些琐碎。"凤姐答应了，然后带了小丫头回房去了。

这里薛姨妈又问了一回黛玉的病。贾母道："林丫头那孩子倒罢了，只是心重些，所以身子就不大很结实了。要赌灵性儿，也和宝丫头不差什么；要赌宽厚待人里头，却不济他宝姐姐有耽待、有尽让了。"薛姨妈又说了两句闲话儿，便道："老太太歇着罢。我也要到家里去看看，只剩下宝丫头和香菱了。打那么同着姨太太看看巧姐儿。"贾母道："正是。姨太太上年纪的人看看是怎么不好，说给他们，也得点主意儿。"薛姨妈便告辞，同着王夫人出来，往凤姐院里去了。

却说贾政试了宝玉一番，心里却也喜欢，走向外面和那些门客闲谈。说起方才的话来，便有新进到来最善大棋的一个王尔调名作梅的说道："据我们看来，宝二爷的学问已是大进了。"贾政道："那有进益，不过略懂得些罢咧，'学问'两个字早得很呢。"詹光道："这是老世翁过谦的话。不但王大兄这般说，就是我们看，宝二爷必定要高发的。"贾政笑道："这也是诸位过爱的意思。"那王尔调又道："晚生还有一句话，不揣冒昧，和老世翁商议。"贾政道："什么事？"王尔调陪笑道："也是晚生的相与，做过南韶道的张大老爷家有一位小姐，说是生得德容功貌俱全，此时尚未受聘。他又没有儿子，家资巨万。但是要富贵双全的人家，女婿又要出众，才肯作亲。晚生来了两个月，瞧着宝二爷的人品学业，都是必要大成的。老世翁这样门楣，还有何说。若晚生过去，包管一说就成。"贾政道："宝玉说亲却也是年纪了，并且老太太常说起。但只张大老爷素来尚未深悉。”詹光道：“王兄所提张家，晚生却也知道。况和大老爷那边是旧亲，老世翁一问便知。”贾政想了一回，道：“大老爷那边不曾听得这门亲戚。”詹光道：“老世翁原来不知，这张府上原和邢舅太爷那边有亲的。”贾政听了，方知是邢夫人的亲戚。坐了一回，进来了，便要同王夫人说知，转问邢夫人去。谁知王夫人陪了薛姨妈到凤姐那边看巧姐儿去了。那天已经掌灯时候，薛姨妈去了，王夫人才过来了。贾政告诉了王尔调和詹光的话，又问巧姐儿怎么了。王夫人道：“怕是惊风的光景。”贾政道：“不甚利害呀？”王夫人道：“看着是搐风的来头，只还没搐出来呢。”贾政听了，便不言语，各自安歇，一宿晚景不提。

却说次日邢夫人过贾母这边来请安，王夫人便提起张家的事，一面回贾母，一面问邢夫人。邢夫人道：“张家虽系老亲，但近年来久已不通音信，不知他家的姑娘是怎么样的。倒是前日孙亲家太太打发老婆子来问安，却说起张家的事，说他家有个姑娘，托孙亲家那边有对劲的提一提。听见说只这一个女孩儿，十分娇养，也识得几个字，见不得大阵仗儿，常在房中不出来的。张大老爷又说，只有这一个女孩儿，不肯嫁出去，怕人家公婆严，姑娘受不得委屈，必要女婿过门赘在他家，给他料理些家事。”贾母听到这里，不等说完便道：“这断使不得。我们宝玉别人服侍他还不够呢，倒给人家当家去。”邢夫人道：“正是老太太这个话。”贾母因向王夫人道：“你回来告诉你老爷，就说我的话，这张家的亲事是作不得的。”王夫人答应了。贾母便问：“你们昨日看巧姐儿怎么样？头里平儿来回我说很不大好，我也要过去看看呢。”邢、王二夫人道：“老太太虽疼他，他那里耽的住。”贾母道：“却也不止为他，我也要走动走动，活活筋骨儿。”说着，便吩咐：“你们吃饭去罢，回来同我过去。”邢、王二夫人答应着出来，各自去了。

一时吃了饭，都来陪贾母到凤姐房中。凤姐连忙出来接了进去。贾母便问巧姐儿到底怎么样。凤姐儿道：“只怕是搐风的来头。”贾母道：“这么着还不请人赶着瞧！”凤姐道：“已经请去了。”贾母因同邢、王二夫人进房来看，只见奶子抱着，用桃红绫子小绵被儿裹着，脸皮趣青，眉梢鼻翅微有动意。贾母同邢、王二夫人看了看，便出外间坐下。正说间，只见一个小丫头回凤姐道："老爷打发人问姐儿怎么样。"凤姐道："替我回老爷，就说请大夫去了。一会儿开了方子，就过去回老爷。"贾母忽然想起张家的事来，向王夫人道："你该就去告诉你老爷，省得人家去说了回来又驳回。"又问邢夫人道："你们和张家如今为什么不走了？"邢夫人因又说："论起那张家行事，也难和咱们作亲，太啬克，没的玷辱了宝玉。"凤姐听了这话，已知八九，便问道："太太不是说宝兄弟的亲事？"邢夫人道："可不是么。"贾母接着因把刚才的话告诉凤姐。凤姐笑道："不是我当着老祖宗太太们跟前说句大胆的话，现放着天配的姻缘，何用别处去找。"贾母笑问道："在那里？"凤姐道："一个'宝玉'，一个'金锁'，老太太怎么忘了？"贾母笑了一笑，因说："昨日你姑妈在这里，你为什么不提？"凤姐道："老祖宗和太太们在前头，那里有我们小孩子家说话的地方儿。况且姨妈过来瞧老祖宗，怎么提这些个，这也得太太们过去求亲才是。"贾母笑了，邢、王二夫人也都笑了。贾母因道："可是我背晦了。"

说着人回："大夫来了。"贾母便坐在外间，邢、王二夫人略避。那大夫同贾琏进来，给贾母请了安，方进房中。看了出来，站在地下躬身回贾母道："妞儿一半是内热，一半是惊风。须先用一剂发散风痰药，还要用四神散才好，因病势来得不轻。如今的牛黄都是假的，要找真牛黄方用得。"贾母道了乏，那大夫同贾琏出去开了方子，去了。凤姐道："人参家里常有，这牛黄倒怕未必有，外头买去，只是要真的才好。"王夫人道："等我打发人到姨太太那边去找找。他家蟠儿是向与那些西客们做买卖，或者有真的也未可知。我叫人去问问。"正说话间，众姊妹都来瞧来了，坐了一回，也都跟着贾母等去了。

这里煎了药给巧姐儿灌了下去，只见喀的一声，连药带痰都吐出来，凤姐才略放了一点儿心。只见王夫人那边的小丫头拿着一点儿的小红纸包儿说道："二奶奶，牛黄有了。太太说了，叫二奶奶亲自把分两对准了呢。"凤姐答应着接过来，便叫平儿配齐了真珠、冰片、朱砂，快熬起来。自己用戥子按方秤了，搀在里面，等巧姐儿醒了好给他吃。只见贾环掀帘进来说："二姐姐，你们巧姐儿怎么了？妈叫我来瞧瞧他。"凤姐见了他母子便嫌，说：“好些了。你回去说，叫你们姨娘想着。”那贾环口里答应，只管各处瞧看。看了一回，便问凤姐儿道：“你这里听的说有牛黄，不知牛黄是怎么个样儿，给我瞧瞧呢。”凤姐道：“你别在这里闹了，妞儿才好些。那牛黄都煎上了。”贾环听了，便去伸手拿那铞子瞧时，岂知措手不及，沸的一声，铞子倒了，火已泼灭了一半。贾环见不是事，自觉没趣，连忙跑了。凤姐急的火星直爆，骂道：“真真那一世的对头冤家！你何苦来还来使促狭！从前你妈要想害我，如今又来害妞儿。我和你几辈子的仇呢！”一面骂平儿不照应。正骂着，只见丫头来找贾环。凤姐道：“你去告诉赵姨娘，说他操心也太苦了。巧姐儿死定了，不用他惦着了！”平儿急忙在那里配药再熬，那丫头摸不着头脑，便悄悄问平儿道：“二奶奶为什么生气？”平儿将环哥弄倒药铞子说了一遍。丫头道：“怪不得他不敢回来，躲了别处去了。这环哥儿明日还不知怎么样呢。平姐姐，我替你收拾罢。”平儿说：“这倒不消。幸亏牛黄还有一点，如今配好了，你去罢。”丫头道：“我一准回去告诉赵姨奶奶，也省得他天天说嘴。”

丫头回去果然告诉了赵姨娘。赵姨娘气的叫：“快找环儿！”环儿在外间屋子里躲着，被丫头找了来。赵姨娘便骂道：“你这个下作种子！你为什么弄洒了人家的药，招的人家咒骂。我原叫你去问一声，不用进去。你偏进去，又不就走，还要虎头上捉虱子。你看我回了老爷，打你不打！”这里赵姨娘正说着，只听贾环在外间屋子里更说出些惊心动魄的话来。未知何言，下回分解。

第八十五回

贾存周报升郎中任　薛文起复惹放流刑

话说赵姨娘正在屋里抱怨贾环，只听贾环在外间屋里发话道："我不过弄倒了药铞子，洒了一点子药，那丫头子又没就死了，值的他也骂我，你也骂我，赖我心坏，把我往死里糟踏。等着我明儿还要那小丫头子的命呢，看你们怎么着！只叫他们隄防着就是了。"那赵姨娘赶忙从里间出来，握住他的嘴说道："你还只管信口胡唚，还叫人家先要了我的命呢！"娘儿两个吵了一回。赵姨娘听见凤姐的话，越想越气，也不着人来安慰凤姐一声儿。过了几天，巧姐儿也好了。因此两边结怨比从前更加一层了。

一日林之孝进来回道："今日是北静郡王生日，请老爷的示下。"贾政吩咐道："只按向年旧例办了，回大老爷知道，送去就是了。"林之孝答应了，自去办理。不一时，贾赦过来同贾政商议，带了贾珍、贾琏、宝玉去与北静王拜寿。别人还不理论，惟有宝玉素日仰慕北静王的容貌威仪，巴不得常见才好，遂连忙换了衣服，跟着来到北府。贾赦贾政递了职名候谕。不多时，里面出来了一个太监，手里掐着数珠儿，见了贾赦贾政，笑嘻嘻的说道："二位老爷好？"贾赦贾政也都赶忙问好。他兄弟三人也过来问了好。那太监道："王爷叫请进去呢。"于是爷儿五个跟着那太监进入府中，过了两层门，转过一层殿去，里面方是内宫门。刚到门前，大家站住，那太监先进去回王爷去了。这里门上小太监都迎着问了好。一时那太监出来，说了个"请"字，爷儿五个肃敬跟入。只见北静郡王穿着礼服，已迎到殿门廊下。贾赦贾政先上来请安，捱次便是珍、琏、宝玉请安。那北静郡王单拉着宝玉道："我久不见你，很惦记你。"因又笑问道："你那块玉儿好？"

宝玉躬着身打着一半千儿回道："蒙王爷福庇，都好。"北静王道："今日你来，没有什么好东西给你吃的，倒是大家说说话儿罢。"说着，几个老公打起帘子，北静王说"请"，自己却先进去，然后贾赦等都躬着身跟进去。先是贾赦请北静王受礼，北静王也说了两句谦辞，那贾赦早已跪下，次及贾政等挨次行礼，自不必说。

那贾赦等复肃敬退出。北静王吩咐太监等让在众戚旧一处好生款待，却单留宝玉在这里说话儿，又赏了坐。宝玉又磕头谢了恩，在挨门边绣墩上侧坐，说了一回读书作文诸事。北静王甚加爱惜，又赏了茶，因说道："昨儿巡抚吴大人来陛见，说起令尊翁前任学政时，秉公办事，凡属生童，俱心服之至。他陛见时，万岁爷也曾问过，他也十分保举，可知是令尊翁的喜兆。"宝玉连忙站起，听毕这一段话，才回启道："此是王爷的恩典，吴大人的盛情。"正说着，小太监进来回道："外面诸位大人老爷都在前殿谢王爷赏宴。"说着，呈上谢宴并请午安的帖子来。北静王略看了一看，仍递给小太监，笑了一笑说道："知道了，劳动他们。"那小太监又回道："这贾宝玉王爷单赏的饭预备了。"北静王便命那太监带了宝玉到一所极小巧精致的院里，派人陪着吃了饭，又过来谢了恩。北静王又说了些好话儿，忽然笑说道："我前次见你那块玉倒有趣儿，回来说了个式样，叫他们也作了一块来。今日你来得正好，就给你带回去顽罢。"因命小太监取来，亲手递给宝玉。宝玉接过来捧着，又谢了，然后退出。北静王又命两个小太监跟出来，才同着贾赦等回来了。贾赦便各自回院里去。

这里贾政带着他三人回来见过贾母，请过了安，说了一回府里遇见的人。宝玉又回了贾政吴大人陛见保举的话。贾政道："这吴大人本来咱们相好，也是我辈中人，还倒是有骨气的。"又说了几句闲话儿，贾母便叫"歇着去罢。"贾政退出，珍、琏、宝玉都跟到门口。贾政道："你们都回去陪老太太坐着去罢。"说着，便回房去。刚坐了一坐，只见一个小丫头回道："外面林之孝请老爷回话。"说着，递上个红单帖来，写着吴巡抚的名字。贾政知是来拜，便叫小丫头叫林之孝进来。贾政出至廊檐下。林之孝进来回道："今日巡抚吴大人来拜，奴才回了去了。再奴才还听见说，现今工部出了一个郎中缺，外头人和部里都吵嚷是老爷拟正呢。"贾政道："瞧罢咧。”林之孝又回了几句话，才出去了。

且说珍、琏、宝玉三人回去，独有宝玉到贾母那边，一面述说北静王待他的光景，并拿出那块玉来。大家看着笑了一回。贾母因命人：“给他收起去罢，别丢了。”因问：“你那块玉好生带着罢？别闹混了。”宝玉在项上摘了下来，说：“这不是我那一块玉，那里就掉了呢。比起来，两块玉差远着呢，那里混得过。我正要告诉老太太，前儿晚上我睡的时候把玉摘下来挂在帐子里，他竟放起光来了，满帐子都是红的。”贾母说道：“又胡说了，帐子的檐子是红的，火光照着，自然红是有的。”宝玉道：“不是。那时候灯已灭了，屋里都漆黑的了，还看得见他呢。”邢、王二夫人抿着嘴笑。凤姐道：“这是喜信发动了。”宝玉道：“什么喜信？”贾母道：“你不懂得。今儿个闹了一天，你去歇歇儿去罢，别在这里说呆话了。”宝玉又站了一回儿，才回园中去了。

这里贾母问道：“正是。你们去看薛姨妈说起这事没有？”王夫人道：“本来就要去看的，因凤丫头为巧姐儿病着，耽搁了两天，今日才去的。这事我们都告诉了，姨妈倒也十分愿意，只说蟠儿这时候不在家，目今他父亲没了，只得和他商量商量再办。”贾母道：“这也是情理的话。既这么样，大家先别提起，等姨太太那边商量定了再说。”

不说贾母处谈论亲事，且说宝玉回到自己房中，告诉袭人道：“老太太与凤姐姐方才说话含含糊糊，不知是什么意思。”袭人想了想，笑了一笑道：“这个我也猜不着。但只刚才说这些话时，林姑娘在跟前没有？”宝玉道：“林姑娘才病起来，这些时何曾到老太太那边去呢。”正说着，只听外间屋里麝月与秋纹拌嘴。袭人道：“你两个又闹什么？”麝月道：“我们两个斗牌，他赢了我的钱他拿了去，他输了钱就不肯拿出来。这也罢了，他倒把我的钱都抢了去了。”宝玉笑道：“几个钱什么要紧，傻丫头，不许闹了。”说的两个人都咕嘟着嘴坐着去了。这里袭人打发宝玉睡下。不提。

却说袭人听了宝玉方才的话，也明知是给宝玉提亲的事。因恐宝玉每有痴想，这一提起不知又招出他多少呆话来，所以故作不知，自己心上却也是头一件关切的事。夜间躺着想了个主意，不如去见见紫鹃，看他有什么动静，自然就知道了。次日一早起来，打发宝玉上了学，自己梳洗了，便慢慢的去到潇湘馆来。只见紫鹃正在那里掐花儿呢，见袭人进来，便笑嘻嘻的道："姐姐屋里坐着。"袭人道："坐着，妹妹掐花儿呢吗？姑娘呢？"紫鹃道："姑娘才梳洗完了，等着温药呢。"紫鹃一面说着，一面同袭人进来。见了黛玉正在那里拿着一本书看。袭人陪着笑道："姑娘怨不得劳神，起来就看书。我们宝二爷念书若能像姑娘这样，岂不好了呢。"黛玉笑着把书放下。雪雁已拿着个小茶盘里托着一钟药，一钟水，小丫头在后面捧着痰盒漱盂进来。原来袭人来时要探探口气，坐了一回，无处入话，又想着黛玉最是心多，探不成消息再惹着了他倒是不好，又坐了坐，搭讪着辞了出来了。

将到怡红院门口，只见两个人在那里站着呢。袭人不便往前走，那一个早看见了，连忙跑过来。袭人一看，却是锄药，因问"你作什么？"锄药道："刚才芸二爷来了，拿了个帖儿，说给咱们宝二爷瞧的，在这里候信。"袭人道："宝二爷天天上学，你难道不知道，还候什么信呢。"锄药笑道："我告诉他了。他叫告诉姑娘，听姑娘的信呢。"袭人正要说话，只见那一个也慢慢的蹭了过来，细看时，就是贾芸，溜溜湫湫往这边来了。袭人见是贾芸，连忙向锄药道："你告诉说知道了，回来给宝二爷瞧罢。"那贾芸原要过来和袭人说话，无非亲近之意，又不敢造次，只得慢慢踱来。相离不远，不想袭人说出这话，自己也不好再往前走，只好站住。这里袭人已掉背脸往回里去了。贾芸只得怏怏而回，同锄药出去了。

晚间宝玉回房，袭人便回道："今日廊下小芸二爷来了。"宝玉道："作什么？"袭人道："他还有个帖儿呢。"宝玉道："在那里？拿来我看看。"麝月便走去在里间屋里书槅子上头拿了来。宝玉接过看时，上面皮儿上写着"叔父大人安禀"。宝玉道："这孩子怎么又不认我作父亲了？"袭人道："怎么？"宝玉道："前年他送我白海棠时称我作'父亲大人'，今日这帖子封皮上写着'叔父'，可不是又不认了么。"袭人道："他也不害臊，你也不害臊。他那么大了，倒认你这么大儿的作父亲，可不是他不害臊？你正经连个——"刚说到这里，脸一红，微微的一笑。宝玉也觉得了，便道："这倒难讲。俗语说：'和尚无儿，孝子多着呢。'只是我看着他还伶俐得人心儿，才这么着；他不愿意，我还不希罕呢。”说着，一面拆那帖儿。袭人也笑道：“那小芸二爷也有些鬼鬼头头的。什么时候又要看人，什么时候又躲躲藏藏的，可知也是个心术不正的货。”宝玉只顾拆开看那字儿，也不理会袭人这些话。袭人见他看那帖儿，皱一回眉，又笑一笑儿，又摇摇头儿，后来光景竟大不耐烦起来。袭人等他看完了，问道：“是什么事情?”宝玉也不答言，把那帖子已经撕作几段。袭人见这般光景，也不便再问，便问宝玉吃了饭还看书不看。宝玉道：“可笑芸儿这孩子竟这样的混帐。”袭人见他所答非所问，便微微的笑着问道：“到底是什么事?”宝玉道：“问他作什么，咱们吃饭罢。吃了饭歇着罢，心里闹的怪烦的。”说着叫小丫头子点了一个火儿来，把那撕的帖儿烧了。

一时小丫头们摆上饭来。宝玉只是怔怔的坐着，袭人连哄带怄催着吃了一口儿饭，便搁下了，仍是闷闷的歪在床上。一时间，忽然掉下泪来。此时袭人麝月都摸不着头脑。麝月道：“好好儿的，这又是为什么?都是什么芸儿雨儿的，不知什么事弄了这么个浪帖子来，惹的这么傻了的似的，哭一会子，笑一会子。要天长日久闹起这闷葫芦来，可叫人怎么受呢。”说着，竟伤起心来。袭人旁边由不得要笑，便劝道：“好妹妹，你也别怄人了。他一个人就够受了，你又这么着。他那帖子上的事难道与你相干?”麝月道：“你混说起来了。知道他帖儿上写的是什么混帐话，你混往人身上扯。要那么说，他帖儿上只怕倒与你相干呢。”袭人还未答言，只听宝玉在床上噗哧的一声笑了，爬起来抖了抖衣裳，说：“咱们睡觉罢，别闹了。明日我还起早念书呢。”说着便躺下睡了。一宿无话。

次日宝玉起来梳洗了，便往家塾里去。走出院门，忽然想起，叫焙茗略等，急忙转身回来叫：“麝月姐姐呢?”麝月答应着出来问道：“怎么又回来了?”宝玉道：“今日芸儿要来了，告诉他别在这里闹，再闹我就回老太太和老爷去了。”麝月答应了，宝玉才转身去了。刚往外走着，只见贾芸慌慌张张往里来，看见宝玉连忙请安，说：“叔叔大喜了。”那宝玉估量着是昨日那件事，便说道：“你也太冒失了，不管人心里有事没事，只管来搅。”贾芸陪笑道：“叔叔不信只管瞧去，人都来了，在咱们大门口呢。”宝玉越发急了，说：“这是那里的话!”正说着，只听外边一片声嚷起来。贾芸道：

“叔叔听这不是?”宝玉越发心里狐疑起来，只听一个人嚷道：“你们这些人好没规矩，这是什么地方，你们在这里混嚷。”那人答道：“谁叫老爷升了官呢，怎么不叫我们来吵喜呢。别人家盼着吵还不能呢。”宝玉听了，才知道是贾政升了郎中了，人来报喜的。心中自是甚喜。连忙要走时，贾芸赶着说道：“叔叔乐不乐？叔叔的亲事要再成了，不用说是两层喜了。”宝玉红了脸，啐了一又道：“呸！没趣儿的东西！还不快走呢。”贾芸把脸红了道：“这有什么的，我看你老人家就不——”宝玉沉着脸道：“就不什么?”贾芸未及说完，也不敢言语了。

宝玉连忙来到家塾中，只见代儒笑着说道：“我才刚听见你老爷升了。你今日还来了么?”宝玉陪笑道：“过来见了太爷，好到老爷那边去。”代儒道：“今日不必来了，放你一天假罢。可不许回园子里顽去。你年纪不小了，虽不能办事，也当跟着你大哥他们学学才是。”宝玉答应着回来。刚走到二门口，只见李贵走来迎着，旁边站住笑道：“二爷来了么，奴才才要到学里请去。”宝玉笑道：“谁说的?”李贵道：“老太太才打发人到院里去找二爷，那边的姑娘们说二爷学里去了。刚才老太太打发人出来叫奴才去给二爷告几天假，听说还要唱戏贺喜呢，二爷就来了。”说着，宝玉自己进去。进了二门，只见满院里丫头老婆都是笑容满面，见他来了，笑道：“二爷这早晚才来，还不快进去给老太太道喜去呢。”

宝玉笑着进了房门，只见黛玉挨着贾母左边坐着呢，右边是湘云。地下邢、王二夫人。探春、惜春、李纨、凤姐、李纹、李绮、邢岫烟一干姐妹，都在屋里，只不见宝钗、宝琴、迎春三人。宝玉此时喜的无话可说，忙给贾母道了喜，又给邢、王二夫人道喜，一一见了众姐妹，便向黛玉笑道：“妹妹身体可大好了?”黛玉也微笑道：“大好了。听见说二哥哥身上也欠安，好了么?”宝玉道：“可不是，我那日夜里忽然心里疼起来，这几天刚好些就上学去了，也没能过去看妹妹。”黛玉不等他说完，早扭过头和探春说话去了。凤姐在地下站着笑道：“你两个那里像天天在一处的，倒像是客一般，有这些套话，可是人说的‘相敬如宾’了。”说的大家一笑。林黛玉满脸飞红，又不好说，又不好不说，迟了一回儿，才说道：“你懂得什么?”众人越发笑了。凤姐一时回过味来，才知道自己出言冒失，正要拿话岔时，只见宝玉忽然向黛玉道："林妹妹，你瞧芸儿这种冒失鬼。"说了这一句，方想起来，便不言语了。招的大家又都笑起来，说："这从那里说起。"黛玉也摸不着头脑，也跟着讪讪的笑。宝玉无可搭讪，因又说道："可是刚才我听见有人要送戏，说是几儿?"大家都瞅着他笑。凤姐儿道："你在外头听见，你来告诉我们。你这会子问谁呢?"宝玉得便说道："我外头再去问问去。"贾母道："别跑到外头去，头一件看报喜的笑话，第二件你老子今日大喜，回来碰见你，又该生气了。"宝玉答应了个"是"，才出来了。

这里贾母因问凤姐谁说送戏的话，凤姐道："说是舅太爷那边说，后儿日子好，送一班新出的小戏儿给老太太、老爷、太太贺喜。"因又笑着说道："不但日子好，还是好日子呢。"说着这话，却瞅着黛玉笑。黛玉也微笑。王夫人因道："可是呢，后日还是外甥女儿的好日子呢。"贾母想了一想，也笑道："可见我如今老了，什么事都糊涂了。亏了有我这凤丫头是我个'给事中'。既这么着，很好，他舅舅家给他们贺喜，你舅舅家就给你做生日，岂不好呢。"说的大家都笑起来，说道："老祖宗说句话儿都是上篇上论的，怎么怨得有这么大福气呢。"说着，宝玉进来，听见这些话，越发乐的手舞足蹈了。一时，大家都在贾母这边吃饭，甚热闹，自不必说。饭后，那贾政谢恩回来，给宗祠里磕了头，便来给贾母磕头，站着说了几句话，便出去拜客去了。这里接连着亲戚族中的人来来去去，闹闹穰穰，车马填门，貂蝉满座，真是：

花到正开蜂蝶闹，月逢十足海天宽。

如此两日，已是庆贺之期。这日一早，王子腾和亲戚家已送过一班戏来，就在贾母正厅前搭起行台。外头爷们都穿着公服陪侍，亲戚来贺的约有十馀桌酒。里面为着是新戏，又见贾母高兴，便将琉璃戏屏隔在后厦，里面也摆下酒席。上首薛姨妈一桌，是王夫人宝琴陪着；对面老太太一桌，是邢夫人岫烟陪着；下面尚空两桌，贾母叫他们快来。一回儿，只见凤姐领着众丫头，都簇拥着林黛玉来了。黛玉略换了几件新鲜衣服，打扮得宛如嫦娥下界，含羞带笑的出来见了众人。湘云、李纹、李纨都让他上首座，黛玉只是不肯。贾母笑道：“今日你坐了罢。”薛姨妈站起来问道：“今日林姑娘也有喜事么？”贾母笑道：“是他的生日。”薛姨妈道：“咳，我倒忘了。”走过来说道：“恕我健忘，回来叫宝琴过来拜姐姐的寿。”黛玉笑说“不敢”。大家坐了。那黛玉留神一看，独不见宝钗，便问道：“宝姐姐可好么？为什么不过来？”薛姨妈道：“他原该来的，只因无人看家，所以不来。”黛玉红着脸微笑道：“姨妈那里又添了大嫂子，怎么倒用宝姐姐看起家来？大约是他怕人多热闹，懒待来罢。我倒怪想他的。”薛姨妈笑道：“难得你惦记他。他也常想你们姊妹们，过一天我叫他来，大家叙叙。”

说着，丫头们下来斟酒上菜，外面已开戏了。出场自然是一两出吉庆戏文，乃至第三出，只见金童玉女，旗幡宝幢，引着一个霓裳羽衣的小旦，头上披着一条黑帕，唱了一回儿进去了。众皆不识，听见外面人说：“这是新打的《蕊珠记》里的《冥升》。小旦扮的是嫦娥，前因堕落人寰，几乎给人为配，幸亏观音点化，他就未嫁而逝，此时升引月宫。不听见曲里头唱的‘人间只道风情好，那知道秋月春花容易抛，几乎不把广寒宫忘却了！’”第四出是《吃糠》，第五出是达摩带着徒弟过江回去，正扮出些海市蜃楼，好不热闹。

众人正在高兴时，忽见薛家的人满头汗闯进来，向薛蝌说道：“二爷快回去，并里头回明太太也请速回去，家中有要事。”薛蝌道：“什么事？”家人道：“家去说罢。”薛蝌也不及告辞就走了。薛姨妈见里头丫头传进话去，更骇得面如土色，即忙起身，带着宝琴，别了一声，即刻上车回去了。弄得内外愕然。贾母道：“咱们这里打发人跟过去听听，到底是什么事，大家都关切的。”众人答应了个“是”。

不说贾府依旧唱戏，单说薛姨妈回去，只见有两个衙役站在二门口，几个当铺里伙计陪着，说：“太太回来自有道理。”正说着，薛姨妈已进来了。那衙役们见跟从着许多男妇簇拥着一位老太太，便知是薛蟠之母。看见这个势派，也不敢怎么，只得垂手侍立，让薛姨妈进去了。

那薛姨妈走到厅房后面，早听见有人大哭，却是金桂。薛姨妈赶忙走来，只见宝钗迎出来，满面泪痕，见了薛姨妈，便道："妈妈听了先别着急，办事要紧。"薛姨妈同着宝钗进了屋子，因为头里进门时已经走着听见家人说了，吓的战战兢兢的了，一面哭着，因问："到底是和谁?"只见家人回道："太太此时且不必问那些底细，凭他是谁，打死了总是要偿命的，且商量怎么办才好。"薛姨妈哭着出来道："还有什么商议?"家人道："依小的们的主见，今夜打点银两同着二爷赶去和大爷见了面，就在那里访一个有斟酌的刀笔先生，许他些银子，先把死罪撕掳开，回来再求贾府去上司衙门说情。还有外面的衙役，太太先拿出几两银子来打发了他们。我们好赶着办事。"薛姨妈道："你们找着那家子，许他发送银子，再给他些养济银子，原告不追，事情就缓了。"宝钗在帘内说道："妈妈，使不得。这些事越给钱越闹的凶，倒是刚才小厮说的话是。"薛姨妈又哭道："我也不要命了，赶到那里见他一面，同他死在一处就完了。"宝钗急的一面劝，一面在帘子里叫人"快同二爷办去罢。"丫头们搀进薛姨妈来。薛蝌才往外走，宝钗道："有什么信打发人即刻寄了来，你们只管在外头照料。"薛蝌答应着去了。

这宝钗方劝薛姨妈，那里金桂趁空儿抓住香菱，又和他嚷道："平常你们只管夸他们家里打死了人　点事也没有，就进京来了的，如今撺掇的真打死人了。平日里只讲有钱有势有好亲戚，这时候我看着也是唬的慌手慌脚的了。大爷明儿有个好歹儿不能回来时，你们各自干你们的去了，撂下我一个人受罪!"说着，又大哭起来。这里薛姨妈听见，越发气的发昏。宝钗急的没法。正闹着，只见贾府中王夫人早打发大丫头过来打听来了。宝钗虽心知自己是贾府的人了，一则尚未提明，二则事急之时，只得向那大丫头道："此时事情头尾尚未明白，就只听见说我哥哥在外头打死了人被县里拿了去了，也不知怎么定罪呢。刚才二爷才去打听去了，一半日得了准信，赶着就给那边太太送信去。你先回去道谢太太惦记着，底下我们还有多少仰仗那边爷们的地方呢。"那丫头答应着去了。薛姨妈和宝钗在家抓摸不着。

过了两日，只见小厮回来，拿了一封书交给小丫头拿进来。宝钗拆开看时，书内写着：

大哥人命是误伤，不是故杀。今早用蝌出名补了一张呈纸进去，尚未批出。大哥前头口供甚是不好，待此纸批准后再录一堂，能够翻供得好，便可得生了。快向当铺内再取银五百两来使用。千万莫迟。并请太太放心。馀事问小厮。

宝钗看了，一一念给薛姨妈听了。薛姨妈拭着眼泪说道："这么看起来，竟是死活不定了。"宝钗道："妈妈先别伤心，等着叫进小厮来问明了再说。"一面打发小丫头把小厮叫进来。薛姨妈便问小厮道："你把大爷的事细说与我听听。"小厮道："我那一天晚上听见大爷和二爷说的，把我唬糊涂了。"未知小厮说出什么话来，下回分解。

第八十六回

受私贿老官翻案牍　寄闲情淑女解琴书

话说薛姨妈听了薛蝌的来书，因叫进小厮问道："你听见你大爷说，到底是怎么就把人打死了呢？"小厮道："小的也没听真切。那一日大爷告诉二爷说。"说着回头看了一看，见无人，才说道："大爷说自从家里闹的特利害，大爷也没心肠了，所以要到南边置货去。这日想着约一个人同行，这人在咱们这城南二百多地住。大爷找他去了，遇见在先和大爷好的那个蒋玉菡带着些小戏子进城。大爷同他在个铺子里吃饭喝酒，因为这当槽儿的尽着拿眼瞟蒋玉菡，大爷就有了气了。后来蒋玉菡走了。第二天，大爷就请找的那个人喝酒，酒后想起头一天的事来，叫那当槽儿的换酒，那当槽儿的来迟了，大爷就骂起来了。那个人不依，大爷就拿起酒碗照他打去。谁知那个人也是个泼皮，便把头伸过来叫大爷打。大爷拿碗就砸他的脑袋一下，他就冒了血了，躺在地下，头里还骂，后头就不言语了。"薛姨妈道："怎么也没人劝劝吗？"那小厮道："这个没听见大爷说，小的不敢妄言。"薛姨妈道："你先去歇歇罢。"小厮答应出来。这里薛姨妈自来见王夫人，托王夫人转求贾政。贾政问了前后，也只好含糊应了，只说等薛蝌递了呈子，看他本县怎么批了再作道理。

这里薛姨妈又在当铺里兑了银子，叫小厮赶着去了。三日后果有回信。薛姨妈接着了，即叫小丫头告诉宝钗，连忙过来看了。只见书上写道：

带去银两做了衙门上下使费。哥哥在监也不大吃苦，请太太放心。独是这里的人很刁，尸亲见证都不依，连哥哥请的那个朋友也帮着他们。我与李祥两个俱系生地生人，幸找着一个好先生，许他银子，才讨个主意，说是须得拉扯着同哥哥喝酒的吴良，弄人保出他来，许他银两，叫他撕掳。他若不依，便说张三是他打死，明推在异乡人身上，他吃不住，就好办了。我依着他，果然吴良出来。现在买嘱尸亲见证，又做了一张呈子。前日递的，今日批来，请看呈底便知。

因又念呈底道：

具呈人某，呈为兄遭飞祸代伸冤抑事。窃生胞兄薛蟠，本籍南京，寄寓西京。于某年月日备本往南贸易。去未数日，家奴送信回家，说遭人命。生即奔宪治，知兄误伤张姓，及至囹圄。据兄泣告，实与张姓素不相认，并无仇隙。偶因换酒角口，生兄将酒泼地，恰值张三低头拾物，一时失手，酒碗误碰囟门身死。蒙恩拘讯，兄惧受刑，承认斗殴致死。仰蒙宪天仁慈，知有冤抑，尚未定案。生兄在禁，具呈诉辩，有干例禁。生念手足，冒死代呈，伏乞宪慈恩准，提证质讯，开恩莫大。生等举家仰戴鸿仁，永永无既矣。激切上呈。

批的是：

尸场检验，证据确凿。且并未用刑，尔兄自认斗杀，招供在案。今尔远来，并非目睹，何得捏词妄控。理应治罪，姑念为兄情切，且恕。不准。

薛姨妈听到那里，说道："这不是救不过来了么。这怎么好呢!"宝钗道："二哥的书还没看完，后面还有呢。"因又念道："有要紧的问来使便知。"薛姨妈便问来人，因说道："县里早知我们的家当充足，须得在京里谋干得大情，再送一分大礼，还可以复审，从轻定案。太太此时必得快办，再迟了就怕大爷要受苦了。"

薛姨妈听了，叫小厮自去，即刻又到贾府与王夫人说明原故，恳求贾政。贾政只肯托人与知县说情，不肯提及银物。薛姨妈恐不中用，求凤姐与贾琏说了，花上几千银子，才把知县买通。薛蝌那里也便弄通了。然后知县挂牌坐堂，传齐了一干邻保证见尸亲人等，监里提出薛蟠。刑房书吏俱一一点名。知县便叫地保对明初供，又叫尸亲张王氏并尸叔张二问话。张王氏哭禀道："小的的男人是张大，南乡里住，十八年前死了。大儿子二儿子也都死了，光留下这个死的儿子叫张三，今年二十三岁，还没有娶女人呢。为小人家里穷，没得养活，在李家店里做当槽儿的。那一天晌午，李家店里打发人来叫俺，说'你儿子叫人打死了。'我的青天老爷，小的就唬死了。跑到那里，看见我儿子头破血出的躺在地下喘气儿，问他话也说不出来，不多一会儿就死了。小人就要揪住这个小杂种拚命。"众衙役吆喝一声。张王氏便磕头道："求青天老爷伸冤，小人就只这一个儿子了。"知县便叫下去，又叫李家店的人问道："那张三是你店内佣工的么?"那李二回道："不是佣工，是做当槽儿的。"知县道："那日尸场上你说张三是薛蟠将碗砸死的，你亲眼见的么。"李二说道："小的在柜上，听见说客房里要酒。不多一回，便听见说'不好了，打伤了。'小的跑进去，只见张三躺在地下，也不能言语。小的便喊禀地保，一面报他母亲去了。他们到底怎样打的，实在不知道，求太爷问那喝酒的便知道了。"知县喝道："初审口供，你是亲见的，怎么如今说没有见?"李二道："小的前日唬昏了乱说。"衙役又吆喝了一声。知县便叫吴良问道："你是同在一处喝酒的么?薛蟠怎么打的，据实供来。"吴良说："小的那日在家，这个薛大爷叫我喝酒。他嫌酒不好要换，张三不肯。薛大爷生气把酒向他脸上泼去，不晓得怎么样就碰在那脑袋上了。这是亲眼见的。"知县道："胡说。前日尸场上薛蟠自己认拿碗砸死的，你说你亲眼见的，怎么今日的供不对?掌嘴。"衙役答应着要打，吴良求着说："薛蟠实没有与张三打架，酒碗失手碰在脑袋上的。求老爷问薛蟠便是恩典了。"知县叫提薛蟠，问道："你与张三到底有什么仇隙?毕竟是如何死的，实供上来。"薛蟠道："求太老爷开恩，小的实没有打他。为他不肯换酒，故拿酒泼他，不想一时失手，酒碗误碰在他的脑袋上。小的即忙掩他的血，那里知道再掩不住，血淌多了，过一回就死了。前日尸场上怕太老爷要打，所以说是拿碗砸他的。只求太爷开恩。"知县便喝道："好个糊涂东西!本县问你怎么砸他的，你便供说恼他不换酒才砸的，今日又供是失手碰的。”知县假作声势，要打要夹，薛蟠一口咬定。知县叫仵作将前日尸场填写伤痕据实报来。仵作禀报说：“前日验得张三尸身无伤，惟囟门有磁器伤长一寸七分，深五分，皮开，囟门骨脆裂破三分。实系磕碰伤。”知县查对尸格相符，早知书吏改轻，也不驳诘，胡乱便叫画供。张王氏哭喊道：“青天老爷！前日听见还有多少伤，怎么今日都没有了？”知县道：“这妇人胡说，现有尸格，你不知道么。”叫尸叔张二便问道：“你侄儿身死，你知道有几处伤？”张二忙供道：“脑袋上一伤。”知县道：“可又来。”叫书吏将尸格给张王氏瞧去，并叫地保尸叔指明与他瞧，现有尸场亲押证见俱供并未打架，不为斗殴。只依误伤吩咐画供。将薛蟠监禁候详，馀令原保领出，退堂。张王氏哭着乱嚷，知县叫众衙役撵他出去。张二也劝张王氏道：“实在误伤，怎么赖人。现在太老爷断明，不要胡闹了。”薛蝌在外打听明白，心内喜欢，便差人回家送信。等批详回来，便好打点赎罪，且住着等信。只听路上三三两两传说，有个贵妃薨了，皇上辍朝三日。这里离陵寝不远，知县办差垫道，一时料着不得闲，住在这里无益，不如到监告诉哥哥安心等着，“我回家去，过几日再来。”薛蟠也怕母亲痛苦，带信说：“我无事，必须衙门再使费几次，便可回家了。只是不要可惜银钱。”

薛蝌留下李祥在此照料，一径回家，见了薛姨妈，陈说知县怎样徇情，怎样审断，终定了误伤，将来尸亲那里再花些银子，一准赎罪，便没事了。薛姨妈听说，暂且放心，说：“正盼你来家中照应。贾府里本该谢去，况且周贵妃薨了，他们天天进去，家里空落落的。我想着要去替姨太太那边照应照应作伴儿，只是咱们家又没人。你这来的正好。”薛蝌道：“我在外头原听见说是贾妃薨了，这么才赶回来的。我们元妃好好儿的，怎么说死了？”薛姨妈道：“上年原病过一次，也就好了。这回又没听见元妃有什么病。只闻那府里头几天老太太不大受用，合上眼便看见元妃娘娘。众人都不放心，直至打听起来，又没有什么事。到了大前儿晚上，老太太亲口说是‘怎么元妃独自一个人到我这里？’众人只道是病中想的话，总不信。老太太又说：‘你们不信，元妃还与我说是荣华易尽，须要退步抽身。’众人都说：‘谁不想到？这是有年纪的人思前想后的心事。’所以也不当件事。

恰好第二天早起，里头吵嚷出来说娘娘病重，宣各诰命进去请安。他们就惊疑的了不得，赶着进去。他们还没有出来，我们家里已听见周贵妃薨逝了。你想外头的讹言，家里的疑心，恰碰在一处，可奇不奇!”宝钗道：“不但是外头的讹言舛错，便在家里的，一听见‘娘娘’两个字，也就都忙了，过后才明白。这两天那府里这些丫头婆子来说，他们早知道不是咱们家的娘娘。我说：‘你们那里拿得定呢？’他说道：‘前几年正月，外省荐了一个算命的，说是很准。那老太太叫人将元妃八字夹在丫头们八字里头，送出去叫他推算。他独说这正月初一日生日的那位姑娘只怕时辰错了，不然真是个贵人，也不能在这府中。老爷和众人说，不管他错不错，照八字算去。那先生便说，甲申年正月丙寅这四个字内有伤官败财，惟申字内有正官禄马，这就是家里养不住的，也不见什么好。这日子是乙卯，初春木旺，虽是比肩，那里知道愈比愈好，就像那个好木料，愈经斲削，才成大器。独喜得时上什么辛金为贵，什么巳中正官禄马独旺，这叫作飞天禄马格。又说什么日禄归时，贵重的很，天月二德坐本命，贵受椒房之宠。这位姑娘若是时辰准了，定是一位主子娘娘。这不是算准了么！我们还记得说，可惜荣华不久，只怕遇着寅年卯月，这就是比而又比，劫而又劫，譬如好木，太要做玲珑剔透，本质就不坚了。他们把这些话都忘记了，只管瞎忙。我才想起来告诉我们大奶奶，今年那里是寅年卯月呢。’”宝钗尚未说完，薛蝌急道：“且不要管人家的事，既有这样个神仙算命的，我想哥哥今年什么恶星照命，遭这么横祸，快开八字与我给他算去，看有妨碍么。”宝钗道：“他是外省来的，不知如今在京不在了。”

说着，便打点薛姨妈往贾府去。到了那里，只有李纨探春等在家接着，便问道：“大爷的事怎么样了？”薛姨妈道：“等详上司才定，看来也到不了死罪了。”这才大家放心。探春便道：“昨晚太太想着说，上回家里有事，全仗姨太太照应，如今自己有事，也难提了。心里只是不放心。”薛姨妈道：“我在家里也是难过。只是你大哥遭了事，你二兄弟又办事去了，家里你姐姐一个人，中什么用？况且我们媳妇儿又是个不大晓事的，所以不能脱身过来。目今那里知县也正为预备周贵妃的差事，不得了结案件，所以你二兄弟回来了，我才得过来看看。”李纨便道：“请姨太太这里住几天更好。”薛姨妈点头道：“我也要在这边给你们姐妹们作作伴儿，就只你宝妹妹冷静些。”惜春道：“姨妈要惦着，为什么不把宝姐姐也请过来？”薛姨妈笑着说道：“使不得。”惜春道：“怎么使不得？他先怎么住着来呢？”李纨道：“你不懂的，人家家里如今有事，怎么来呢。”惜春也信以为实，不便再问。

正说着，贾母等回来。见了薛姨妈，也顾不得问好，便问薛蟠的事。薛姨妈细述了一遍。宝玉在旁听见什么蒋玉菡一段，当着人不问，心里打量是“他既回了京，怎么不来瞧我？”又见宝钗也不过来，不知是怎么个原故。心内正自呆呆的想呢，恰好黛玉也来请安。宝玉稍觉心里喜欢，便把想宝钗来的念头打断，同着姊妹们在老太太那里吃了晚饭。大家散了，薛姨妈将就住在老太太的套间屋里。

宝玉回到自己房中，换了衣服，忽然想起蒋玉菡给的汗巾，便向袭人道：“你那一年没有系的那条红汗巾子还有没有？”袭人道：“我搁着呢。问他做什么？”宝玉道：“我白问问。”袭人道：“你没有听见，薛大爷相与这些混帐人，所以闹到人命关天。你还提那些作什么？有这样白操心，倒不如静静儿的念念书，把这些个没要紧的事撂开了也好。”宝玉道：“我并不闹什么，偶然想起，有也罢，没也罢，我白问一声，你们就有这些话。”袭人笑道：“并不是我多话。一个人知书达理，就该往上巴结才是。就是心爱的人来了，也叫他瞧着喜欢尊敬啊。”宝玉被袭人一提，便说：“了不得，方才我在老太太那边，看见人多，没有与林妹妹说话。他也不曾理我，散的时候他先走了，此时必在屋里。我去就来。”说着就走。袭人道：“快些回来罢，这都是我提头儿，倒招起你的高兴来了。”

宝玉也不答言，低着头，一径走到潇湘馆来。只见黛玉靠在桌上看书。宝玉走到跟前，笑说道：“妹妹早回来了。”黛玉也笑道：“你不理我，我还在那里做什么！”宝玉一面笑说：“他们人多说话，我插不下嘴去，所以没有和你说话。”一面瞧着黛玉看的那本书。书上的字一个也不认得，有的像“芍”字，有的像“茫”字，也有一个“大”字旁边“九”字加上一勾，中间又添个“五”字，也有上头“五”字“六”字又添一个“木”字，底下又是一个“五”字，看着又奇怪，又纳闷，便说：“妹妹近日愈发进了，看起天书来了。”黛玉嗤的一声笑道：“好个念书的人，连个琴谱都没有见过。”宝玉道：“琴谱怎么不知道，为什么上头的字一个也不认得。妹妹你认得么?”黛玉道：“不认得瞧他做什么?”宝玉道：“我不信，从没有听见你会抚琴。我们书房里挂着好几张，前年来了一个清客先生叫做什么嵇好古，老爷烦他抚了一曲。他取下琴来说，都使不得，还说：‘老先生若高兴，改日携琴来请教。’想是我们老爷也不懂，他便不来了。怎么你有本事藏着?”黛玉道：“我何尝真会呢。前日身上略觉舒服，在大书架上翻书，看有一套琴谱，甚有雅趣，上头讲的琴理甚通，手法说的也明白，真是古人静心养性的工夫。我在扬州也听得讲究过，也曾学过，只是不弄了，就没有了。这果真有‘三日不弹，手生荆棘。’前日看这几篇没有曲文，只有操名。我又到别处找了一本有曲文的来看着，才有意思。究竟怎么弹得好，实在也难。书上说的师旷鼓琴能来风雷龙凤；孔圣人尚学琴于师襄，一操便知其为文王；高山流水，得遇知音。”说到这里，眼皮儿微微一动，慢慢的低下头去。宝玉正听得高兴，便道：“好妹妹，你才说的实在有趣，只是我才见上头的字都不认得，你教我几个呢。”黛玉道：“不用教的，一说便可以知道的。”宝玉道：“我是个糊涂人，得教我那个‘大’字加一勾，中间一个‘五’字的。”黛玉笑道：“这‘大’字‘九’字是用左手大拇指按琴上的九徽，这一勾加‘五’字是右手钩五弦。并不是一个字，乃是一声，是极容易的。还有吟、揉、绰、注、撞、走、飞、推等法，是讲究手法的。”宝玉乐得手舞足蹈的说：“好妹妹，你既明琴理，我们何不学起来。”黛玉道：“琴者，禁也。古人制下，原以治身，涵养性情，抑其淫荡，去其奢侈。若要抚琴，必择静室高斋，或在层楼的上头，在林石的里面，或是山巅上，或是水涯上。再遇着那天地清和的时候，风清月朗，焚香静坐，心不外想，气血和平，才能与神合灵，与道合妙。所以古人说‘知音难遇’。若无知音，宁可独对着那清风明月，苍松怪石，野猿老鹤，抚弄一番，以寄兴趣，方为不负了这琴。还有一层，又要指法好，取音好。若必要抚琴，先须衣冠整齐，或鹤氅，或深衣，要如古人的像表，那才能称圣人之器，然后盥了手，焚上香，方才将身就在榻边，把琴放在案上，坐在第五徽的地方儿，对着自己的当心，两手方从容抬起，这才心身俱正。还要知道轻重疾徐，卷舒自若，体态尊重方好。”宝玉道：“我们学着顽，若这么讲究起来，那就难了。”

两个人正说着，只见紫鹃进来，看见宝玉笑说道：“宝二爷，今日这样高兴。”宝玉笑道：“听见妹妹讲究的叫人顿开茅塞，所以越听越爱听。”紫鹃道：“不是这个高兴，说的是二爷到我们这边来的话。”宝玉道：“先时妹妹身上不舒服，我怕闹的他烦。再者我又上学，因此显着就疏远了似的。”紫鹃不等说完，便道：“姑娘也是才好，二爷既这么说，坐坐也该让姑娘歇歇儿了，别叫姑娘只是讲究劳神了。”宝玉笑道：“可是我只顾爱听，也就忘了妹妹劳神了。”黛玉笑道：“说这些倒也开心，也没有什么劳神的。只是怕我只管说，你只管不懂呢。”宝玉道：“横竖慢慢的自然明白了。”说着，便站起来道：“当真的妹妹歇歇儿罢。明儿我告诉三妹妹和四妹妹去，叫他们都学起来，让我听。”黛玉笑道：“你也太受用了。即如大家学会了抚起来，你不懂，可不是对——”黛玉说到那里，想起心上的事，便缩住口，不肯往下说了。宝玉便笑道：“只要你们能弹，我便爱听，也不管牛不牛的了。”黛玉红了脸一笑。紫鹃雪雁也都笑了。

于是走出门来，只见秋纹带着小丫头捧着一小盆兰花来说：“太太那边有人送了四盆兰花来，因里头有事没有空儿顽他，叫给二爷一盆，林姑娘一盆。”黛玉看时，却有几枝双朵儿的，心中忽然一动，也不知是喜是悲，便呆呆的呆看。那宝玉此时却一心只在琴上，便说：“妹妹有了兰花，就可以做《猗兰操》了。”黛玉听了，心里反不舒服。回到房中，看着花，想到“草木当春，花鲜叶茂，想我年纪尚小，便像三秋蒲柳。若是果能随愿，或者渐渐的好来，不然，只恐似那花柳残春，怎禁得风催雨送。”想到那里，不禁又滴下泪来。紫鹃在旁看见这般光景，却想不出原故来。方才宝玉在这里那么高兴，如今好好的看花，怎么又伤起心来。正愁着没法儿劝解，只见宝钗那边打发人来。未知何事，下回分解。

第八十七回

感秋深抚琴悲往事　坐禅寂走火入邪魔

却说黛玉叫进宝钗家的女人来，问了好，呈上书子。黛玉叫他去喝茶，便将宝钗来书打开看时，只见上面写着：

妹生辰不偶，家运多艰，姊妹伶仃，萱亲衰迈。兼之猇声狺语，旦暮无休。更遭惨祸飞灾，不啻惊风密雨。夜深辗侧，愁绪何堪。属在同心，能不为之愍恻乎？回忆海棠结社，序属清秋，对菊持螯，同盟欢洽。犹记"孤标傲世偕谁隐，一样花开为底迟"之句，未尝不叹冷节遗芳，如吾两人也。感怀触绪，聊赋四章，匪曰无故呻吟，亦长歌当哭之意耳。

悲时序之递嬗兮，又属清秋。感遭家之不造兮，独处离愁。北堂有萱兮，何以忘忧？无以解忧兮，我心咻咻。一解。

云凭凭兮秋风酸，步中庭兮霜叶干。何去何从兮，失我故欢。静言思之兮恻肺肝！二解。

惟鲔有潭兮，惟鹤有梁。鳞甲潜伏兮，羽毛何长！搔首问兮茫茫，高天厚地兮，谁知余之永伤。三解。

银河耿耿兮寒气侵，月色横斜兮玉漏沉。忧心炳炳兮发我哀吟，吟复吟兮寄我知音。四解。

黛玉看了，不胜伤感。又想："宝姐姐不寄与别人，单寄与我，也是惺惺惜惺惺的意思。"正在沉吟，只听见外面有人说道："林姐姐在家里呢么？"黛玉一面把宝钗的书叠起，口内便答应道："是谁？"正问着，早见几个人进来，却是探春、湘云、李纹、李绮。彼此问了好，雪雁倒上茶来，大家喝了，说些闲话。因想起前年的菊花诗来，黛玉便道："宝姐姐自从挪出去，来了两遭，如今索性有事也不来了，真真奇怪。我看他终久还来我们这里不来。"探春微笑道："怎么不来，横竖要来的。如今是他们尊嫂有些脾气，姨妈上了年纪的人，又兼有薛大哥的事，自然得宝姐姐照料一切，那里还比得先前有工夫呢。"正说着，忽听得唿喇喇一片风声，吹了好些落叶，打在窗纸上。停了一回儿，又透过一阵清香来。众人闻着，都说道："这是何处来的香风？这像什么香？"黛玉道："好像木樨香。"探春笑道："林姐姐终不脱南边人的话，这大九月里的，那里还有桂花呢。"黛玉笑道："原是啊，不然怎么不竟说是桂花香只说似乎像呢。"湘云道："三姐姐，你也别说。你可记得'十里荷花，三秋桂子'？在南边，正是晚桂开的时候了。你只没有见过罢了，等你明日到南边去的时候，你自然也就知道了。"探春笑道："我有什么事到南边去？况且这个也是我早知道的，不用你们说嘴。"李纹李绮只抿着嘴儿笑。黛玉道："妹妹，这可说不齐。俗语说，'人是地行仙'，今日在这里，明日就不知在那里。譬如我，原是南边人，怎么到了这里呢？"湘云拍着手笑道："今儿三姐姐可叫林姐姐问住了。不但林姐姐是南边人到这里，就是我们这几个人就不同。也有本来是北边的；也有根子是南边，生长在北边的；也有生长在南边，到这北边的，今儿大家都凑在一处。可见人总有一个定数，大凡地和人总是各自有缘分的。"众人听了都点头，探春也只是笑。又说了一会子闲话儿，大家散出。黛玉送到门口，大家都说："你身上才好些，别出来了，看着了风。"

于是黛玉一面说着话儿，一面站在门口又与四人殷勤了几句，便看着他们出院去了。进来坐着，看看已是林鸟归山，夕阳西坠。因史湘云说起南边的话，便想着"父母若在，南边的景致，春花秋月，水秀山明，二十四桥，六朝遗迹。不少下人服侍，诸事可以任意，言语亦可不避。香车画舫，红杏青帘，惟我独尊。今日寄人篱下，纵有许多照应，自己无处不要留心。不知前生作了什么罪孽，今生这样孤凄。真是李后主说的'此间日中，只以眼泪洗面'矣！"一面思想，不知不觉神往那里去了。

紫鹃走来，看见这样光景，想着必是因刚才说起南边北边的话来，一时触着黛玉的心事了，便问道："姑娘们来说了半天话，想来姑娘又劳了神了。刚才我叫雪雁告诉厨房里给姑娘作了一碗火肉白菜汤，加了一点儿虾米儿，配了点青笋紫菜。姑娘想着好么?"黛玉道："也罢了。"紫鹃道："还熬了一点江米粥。"黛玉点点头儿，又说道："那粥该你们两个自己熬了，不用他们厨房里熬才是。"紫鹃道："我也怕厨房里弄的不干净，我们各自熬呢。就是那汤，我也告诉雪雁和柳嫂儿说了，要弄干净着。柳嫂儿说了，他打点妥当，拿到他屋里叫他们五儿瞅着炖呢。"黛玉道："我倒不是嫌人家肮脏，只是病了好些日子，不周不备，都是人家。这会子又汤儿粥儿的调度，未免惹人厌烦。"说着，眼圈儿又红了。紫鹃道："姑娘这话也是多想。姑娘是老太太的外孙女儿，又是老太太心坎儿上的。别人求其在姑娘跟前讨好儿还不能呢，那里有抱怨的。"黛玉点点头儿，因又问道："你才说的五儿，不是那日和宝二爷那边的芳官在一处的那个女孩儿?"紫鹃道："就是他。"黛玉道："不听见说要进来么?"紫鹃道："可不是，因为病了一场，后来好了才要进来，正是晴雯他们闹出事来的时候，也就耽搁住了。"黛玉道："我看那丫头倒也还头脸儿干净。"说着，外头婆子送了汤来。雪雁出来接时，那婆子说道："柳嫂儿叫回姑娘，这是他们五儿作的，没敢在大厨房里作，怕姑娘嫌肮脏。"雪雁答应着接了进来。黛玉在屋里已听见了，吩咐雪雁告诉那老婆子回去说，叫他费心。雪雁出来说了，老婆子自去。这里雪雁将黛玉的碗箸安放在小几儿上，因问黛玉道："还有咱们南来的五香大头菜，拌些麻油醋可好么?"黛玉道："也使得，只不必累赘了。"一面盛上粥来，黛玉吃了半碗，用羹匙舀了两口汤喝，就搁下了。两个丫鬟撤了下来，拭净了小几端下去，又换上一张常放的小几。黛玉漱了口，盥了手，便道："紫鹃，添了香了没有?"紫鹃道："就添去。"黛玉道："你们就把那汤和粥吃了罢，味儿还好，且是干净。待我自己添香罢。"两个人答应了，在外间自吃去了。

这里黛玉添了香，自己坐着。才要拿本书看，只听得园内的风自西边直透到东边，穿过树枝，都在那里唏嘚哗喇不住的响。一回儿，檐下的铁马也只管叮叮当当的乱敲起来。一时雪雁先吃完了，进来伺候。黛玉便问道："天气冷了，我前日叫你们把那些小毛儿衣服晾晾，可曾晾过没有?"

雪雁道："都晾过了。"黛玉道："你拿一件来我披披。"雪雁走去将一包小毛衣服抱来，打开毡包，给黛玉自拣。只见内中夹着个绢包儿，黛玉伸手拿起打开看时，却是宝玉病时送来的旧手帕，自己题的诗，上面泪痕犹在，里头却包着那剪破了的香囊扇袋并宝玉通灵玉上的穗子。原来晾衣服时从箱中捡出，紫鹃恐怕遗失了，遂夹在这毡包里的。这黛玉不看则已，看了时也不说穿那一件衣服，手里只拿着那两方手帕，呆呆的看那旧诗。看了一回，不觉的簌簌泪下。紫鹃刚从外间进来，只见雪雁正捧着一毡包衣裳在旁边呆立，小几上却搁着剪破的香囊，两三截儿扇袋和那铰折了的穗子，黛玉手中自拿着两方旧帕，上边写着字迹，在那里对着滴泪。正是：

失意人逢失意事，新啼痕间旧啼痕。

紫鹃见了这样，知是他触物伤情，感怀旧事，料道劝也无益，只得笑着道："姑娘还看那些东西作什么，那都是那几年宝二爷和姑娘小时一时好了，一时恼了，闹出来的笑话儿。要像如今这样斯抬斯敬，那里能把这些东西白遭塌了呢。"紫鹃这话原给黛玉开心，不料这几句话更提起黛玉初来时和宝玉的旧事来，一发珠泪连绵起来。紫鹃又劝道："雪雁这里等着呢，姑娘披上一件罢。"那黛玉才把手帕撂下。紫鹃连忙拾起，将香袋等物包起拿开。这黛玉方披了一件皮衣，自己闷闷的走到外间来坐下。回头看见案上宝钗的诗启尚未收好，又拿出来瞧了两遍，叹道："境遇不同，伤心则一。不免也赋四章，翻入琴谱，可弹可歌，明日写出来寄去，以当和作。"便叫雪雁将外边桌上笔砚拿来，濡墨挥毫，赋成四叠。又将琴谱翻出，借他《猗兰》、《思贤》两操，合成音韵，与自己做的配齐了，然后写出，以备送与宝钗。又即叫雪雁向箱中将自己带来的短琴拿出，调上弦，又操演了指法。黛玉本是个绝顶聪明人，又在南边学过几时，虽是手生，到底一理就熟。抚了一番，夜已深了，便叫紫鹃收拾睡觉。不题。

却说宝玉这日起来梳洗了，带着焙茗正往书房中来，只见墨雨笑嘻嘻的跑来迎头说道："二爷今日便宜了，太爷不在书房里，都放了学了。"宝玉道："当真的么？"墨雨道："二爷不信，那不是三爷和兰哥儿来了。"宝玉看时，只见贾环贾兰跟着小厮们，两个笑嘻的嘴里咭咭呱呱不知说些什么，迎头来了。见了宝玉，都垂手站住。宝玉问道："你们两个怎么就回来了？"贾环道："今日太爷有事，说是放一天学，明儿再去呢。"宝玉听了，方回身到贾母贾政处去禀明了，然后回到怡红院中。袭人问道："怎么又回来了？"宝玉告诉了他，只坐了一坐儿，便往外走。袭人道："往那里去，这样忙法？就放了学，依我说也该养养神儿了。"宝玉站住脚，低了头，说道："你的话也是。但是好容易放一天学，还不散散去，你也该可怜我些儿了。"袭人见说的可怜，笑道："由爷去罢。"正说着，端了饭来。宝玉也没法儿，只得且吃饭，三口两口忙忙的吃完，漱了口，一溜烟往黛玉房中去了。

走到门口，只见雪雁在院中晾绢子呢。宝玉因问："姑娘吃了饭了么？"雪雁道："早起喝了半碗粥，懒待吃饭。这时候打盹儿呢。二爷且到别处走走，回来再来罢。"宝玉只得回来。

无处可去，忽然想起惜春有好几天没见，便信步走到蓼风轩来。刚到窗下，只见静悄悄一无人声。宝玉打谅他也睡午觉，不便进去。才要走时，只听屋里微微一响，不知何声。宝玉站住再听，半日又拍的一响。宝玉还未听出，只见一个人道："你在这里下了一个子儿，那里你不应么？"宝玉方知是下大棋，但只急切听不出这个人的语音是谁。底下方听见惜春道："怕什么，你这么一吃我，我这么一应，你又这么吃，我又这么应。还缓着一着儿呢，终久连得上。"那一个又道："我要这么一吃呢？"惜春道："阿嗄，还有一着'反扑'在里头呢！我倒没防备。"宝玉听了，听那一个声音很熟，却不是他们姊妹。料着惜春屋里也没外人，轻轻的掀帘进去。看时不是别人，却是那栊翠庵的槛外人妙玉。这宝玉见是妙玉，不敢惊动。妙玉和惜春正在凝思之际，也没理会。宝玉却站在旁边看他两个的手段。只见妙玉低着头问惜春道："你这个'畸角儿'不要了么？"惜春道："怎么不要。你那里头都是死子儿，我怕什么。"妙玉道："且别说满话，试试看。"惜春道："我便打了起来，看你怎么样。"妙玉却微微笑着，把边上子一接，却搭转一吃，把惜春的一个角儿都打起来了，笑着说道："这叫做'倒脱靴势’。”

惜春尚未答言，宝玉在旁情不自禁，哈哈一笑，把两个人都唬了一大跳。惜春道：“你这是怎么说，进来也不言语，这么使促狭唬人。你多早晚进来的？”宝玉道：“我头里就进来了，看着你们两个争这个‘畸角儿’。”说着，一面与妙玉施礼，一面又笑问道：“妙公轻易不出禅关，今日何缘下凡一走？”妙玉听了，忽然把脸一红，也不答言，低了头自看那棋。宝玉自觉造次，连忙陪笑道：“倒是出家人比不得我们在家的俗人，头一件心是静的。静则灵，灵则慧。”宝玉尚未说完，只见妙玉微微的把眼一抬，看了宝玉一眼，复又低下头去，那脸上的颜色渐渐的红晕起来。宝玉见他不理，只得讪讪的旁边坐了。惜春还要下子，妙玉半日说道：“再下罢。”便起身理理衣裳，重新坐下，痴痴的问着宝玉道：“你从何处来？”宝玉巴不得这一声，好解释前头的话，忽又想道：“或是妙玉的机锋。”转红了脸答应不出来。妙玉微微一笑，自和惜春说话。惜春也笑道：“二哥哥，这什么难答的，你没的听见人家常说的‘从来处来’么。这也值得把脸红了，见了生人的似的。”妙玉听了这话，想起自家，心上一动，脸上一热，必然也是红的，倒觉不好意思起来。因站起来说道：“我来得久了，要回庵里去了。”惜春知妙玉为人，也不深留，送出门口。妙玉笑道：“久已不来这里，弯弯曲曲的，回去的路头都要迷住了。”宝玉道：“这倒要我来指引指引何如？”妙玉道：“不敢，二爷前请。”

于是二人别了惜春，离了蓼风轩，弯弯曲曲，走近潇湘馆，忽听得叮咚之声。妙玉道：“那里的琴声？”宝玉道：“想必是林妹妹那里抚琴呢。”妙玉道：“原来他也会这个，怎么素日不听见提起？”宝玉悉把黛玉的事述了一遍，因说：“咱们去看他。”妙玉道：“从古只有听琴，再没有‘看琴’的。”宝玉笑道：“我原说我是个俗人。”说着，二人走至潇湘馆外，在山子石坐着静听，甚觉音调清切。只听得低吟道：

风萧萧兮秋气深，美人千里兮独沉吟。望故乡兮何处，倚栏杆兮涕沾襟。

歇了一回，听得又吟道：

山迢迢兮水长，照轩窗兮明月光。耿耿不寐兮银河渺茫，罗衫怯怯兮风露凉。

又歇了一歇。妙玉道：“刚才‘侵’字韵是第一叠，如今‘阳’字韵是第二叠了。咱们再听。”里边又吟道：

子之遭兮不自由，予之遇兮多烦忧。之子与我兮心焉相投，思古人兮俾无尤。

妙玉道：“这又是一拍。何忧思之深也!”宝玉道：“我虽不懂得，但听他音调，也觉得过悲了。”里头又调了一回弦。妙玉道：“君弦太高了，与无射律只怕不配呢。”里边又吟道：

人生斯世兮如轻尘，天上人间兮感夙因。感夙因兮不可惙，素心如何天上月。

妙玉听了，呀然失色道：“如何忽作变徵之声？音韵可裂金石矣。只是太过。”宝玉道：“太过便怎么?”妙玉道：“恐不能持久。”正议论时，听得君弦蹦的一声断了。妙玉站起来连忙就走。宝玉道：“怎么样?”妙玉道：“日后自知，你也不必多说。”竟自走了。弄得宝玉满肚疑团，没精打彩的归至怡红院中，不表。

单说妙玉归去，早有道婆接着，掩了庵门，坐了一回，把“禅门日诵”念了一遍。吃了晚饭，点上香拜了菩萨，命道婆自去歇着，自己的禅床靠背俱已整齐，屏息垂帘，跏趺坐下，断除妄想，趋向真如。坐到三更过后，听得屋上骨碌碌一片瓦响，妙玉恐有贼来，下了禅床，出到前轩，但见云影横空，月华如水。那时天气尚不很凉，独自一个凭栏站了一回，忽听房上两个猫儿一递一声厮叫。那妙玉忽想起日间宝玉之言，不觉一阵心跳耳热。自己连忙收慑心神，走进禅房，仍到禅床上坐了。怎奈神不守舍，一时如万马奔驰，觉得禅床便恍荡起来，身子已不在庵中。便有许多王孙公子要求娶他，又有些媒婆扯扯拽拽扶他上车，自己不肯去。一回儿又有盗贼劫他，持刀执棍的逼勒，只得哭喊求救。早惊醒了庵中女尼道婆等众，都拿火来照看。只见妙玉两手撒开，又中流沫。急叫醒时，只见眼睛直竖，两颧鲜红，骂道："我是有菩萨保佑，你们这些强徒敢要怎么样！"众人都唬的没了主意，都说道："我们在这里呢，快醒转来罢。"妙玉道："我要回家去，你们有什么好人送我回去罢。"道婆道："这里就是你住的房子。"说着，又叫别的女尼忙向观音前祷告，求了签，翻开签书看时，是触犯了西南角上的阴人。就有一个说："是了。大观园中西南角上本来没有人住，阴气是有的。"一面弄汤弄水的在那里忙乱。那女尼原是自南边带来的，服侍妙玉自然比别人尽心，围着妙玉，坐在禅床上。妙玉回头道："你是谁?"女尼道："是我。"妙玉仔细瞧了一瞧，道："原来是你。"便抱住那女尼呜呜咽咽的哭起来，说道："你是我的妈呀，你不救我，我不得活了。"那女尼一面唤醒他，一面给他揉着。道婆倒上茶来喝了，直到天明才睡了。

女尼便打发人去请大夫来看脉，也有说是思虑伤脾的，也有说是热入血室的，也有说是邪祟触犯的，也有说是内外感冒的，终无定论。后请得一个大夫来看了，问："曾打坐过没有?"道婆说道："向来打坐的。"大夫道："这病可是昨夜忽然来的么?"道婆道："是。"大夫道："这是走魔入火的原故。"众人问："有碍没有?"大夫道："幸亏打坐不久，魔还入得浅，可以有救。"写了降伏心火的药，吃了一剂，稍稍平复些。外面那些游头浪子听见了，便造作许多谣言说："这样年纪，那里忍得住。况且又是很风流的人品，很乖觉的性灵，以后不知飞在谁手里，便宜谁去呢。"过了几日，妙玉病虽略好，神思未复，终有些恍惚。

一日惜春正坐着，彩屏忽然进来回道："姑娘知道妙玉师父的事吗?"惜春道："他有什么事?"彩屏道："我昨日听见邢姑娘和大奶奶那里说呢。他自从那日和姑娘下棋回去，夜间忽然中了邪，嘴里乱嚷说强盗来抢他来了，到如今还没好。姑娘你说这不是奇事吗。"惜春听了，默然无语，因想："妙玉虽然洁净，毕竟尘缘未断。可惜我生在这种人家不便出家。我若出了家时，那有邪魔缠扰，一念不生，万缘俱寂。"想到这里，蓦与神会，若有所得，便口占一偈云：

大造本无方，云何是应住。
既从空中来，应向空中去。

占毕，即命丫头焚香。自己静坐了一回，又翻开那棋谱来，把孔融王积薪等所著看了几篇。内中"荷叶包蟹势"、"黄莺搏兔势"都不出奇，"三十六局杀角势"一时也难会难记，独看到"八龙走马"，觉得甚有意思。正在那里作想，只听见外面一个人走进院来，连叫彩屏。未知是谁，下回分解。

第八十八回

博庭欢宝玉赞孤儿　正家法贾珍鞭悍仆

却说惜春正在那里揣摩棋谱，忽听院内有人叫彩屏，不是别人，却是鸳鸯的声儿。彩屏出去，同着鸳鸯进来。那鸳鸯却带着一个小丫头，提了一个小黄绢包儿。惜春笑问道："什么事？"鸳鸯道："老太太因明年八十一岁，是个暗九。许下一场九昼夜的功德，发心要写三千六百五十零一部《金刚经》。这已发出外面人写了。但是俗说《金刚经》就像那道家的符壳，《心经》才算是符胆。故此《金刚经》内必要插着《心经》，更有功德。老太太因《心经》是更要紧的，观自在又是女菩萨，所以要几个亲丁奶奶姑娘们写上三百六十五部，如此又虔诚，又洁净。咱们家中除了二奶奶，头一宗他当家没有空儿，二宗他也写不上来，其馀会写字的，不论写得多少，连东府珍大奶奶姨娘们都分了去，本家里头自不用说。"惜春听了，点头道："别的我做不来，若要写经，我最信心的。你搁下喝茶罢。"鸳鸯才将那小包儿搁在桌上，同惜春坐下。彩屏倒了一钟茶来。惜春笑问道："你写不写？"鸳鸯道："姑娘又说笑话了。那几年还好，这三四年来姑娘见我还拿了拿笔儿么。"惜春道："这却是有功德的。"鸳鸯道："我也有一件事：向来服侍老太太安歇后，自己念上米佛，已经念了三年多了。我把这个米收好，等老太太做功德的时候，我将他衬在里头供佛施食，也是我一点诚心。"惜春道："这样说来，老太太做了观音，你就是龙女了。"鸳鸯道："那里跟得上这个分儿。却是除了老太太，别的也服侍不来，不晓得前世什么缘分儿。"说着要走，叫小丫头把小绢包打开，拿出来道："这素纸一扎是写《心经》的。"又拿起一子儿藏香道："这是叫写经时点着写的。"惜春都应了。

鸳鸯遂辞了出来，同小丫头来至贾母房中，回了一遍。看见贾母与李纨打双陆，鸳鸯旁边瞧着。李纨的骰子好，掷下去把老太太的锤打下了好几个去。鸳鸯抿着嘴儿笑。忽见宝玉进来，手中提了两个细篾丝的小笼子，笼内有几个蝈蝈儿，说道："我听说老太太夜里睡不着，我给老太太留下解解闷。"贾母笑道："你别瞅着你老子不在家，你只管淘气。"宝玉笑道："我没有淘气。"贾母道："你没淘气，不在学房里念书，为什么又弄这个东西呢。"宝玉道："不是我自己弄的。今儿因师父叫环儿和兰儿对对子，环儿对不来，我悄悄的告诉了他。他说了，师父喜欢，夸了他两句。他感激我的情，买了来孝敬我的。我才拿了来孝敬老太太的。"贾母道："他没有天天念书么，为什么对不上来？对不上来就叫你儒大爷爷打他的嘴巴子，看他臊不臊。你也够受了，不记得你老子在家时，一叫做诗做词，唬的倒像个小鬼儿似的，这会子又说嘴了。那环儿小子更没出息，求人替做了，就变着方法儿打点人。这么点子孩子就闹鬼闹神的，也不害臊，赶大了还不知是个什么东西呢。"说的满屋子人都笑了。贾母又问道："兰小子呢，做上来了没有？这该环儿替他了，他又比他小了。是不是？"宝玉笑道："他倒没有，却是自己对的。"贾母道："我不信，不然就也是你闹了鬼了。如今你还了得，'羊群里跑出骆驼来了，就只你大。'你又会做文章了。"宝玉笑道："实在是他作的。师父还夸他明儿一定有大出息呢。老太太不信，就打发人叫了他来亲自试试，老太太就知道了。"贾母道："果然这么着我才喜欢。我不过怕你撒谎。既是他做的，这孩子明儿大概还有一点儿出息。"因看着李纨，又想起贾珠来，"这也不枉你大哥哥死了，你大嫂子拉扯他一场，日后也替你大哥哥顶门壮户。"说到这里，不禁流下泪来。李纨听了这话，却也动心，只是贾母已经伤心，自己连忙忍住泪笑劝道："这是老祖宗的馀德，我们托着老祖宗的福罢咧。只要他应得了老祖宗的话，就是我们的造化了。老祖宗看着也喜欢，怎么倒伤起心来呢。"因又回头向宝玉道："宝叔叔明儿别这么夸他，他多大孩子，知道什么。你不过是爱惜他的意思，他那里懂得，一来二去，眼大心肥，那里还能够有长进呢。"贾母道："你嫂子这也说的是。就只他还太小呢，也别逼犞紧了他。小孩子胆儿小，一时逼急了，弄出点子毛病来，书倒念不成，把你的工夫都白糟踏了。”贾母说到这里，李纨却忍不住扑簌簌掉下泪来，连忙擦了。

只见贾环贾兰也都进来给贾母请了安。贾兰又见过他母亲，然后过来在贾母旁边侍立。贾母道：“我刚才听见你叔叔说你对的好对子，师父夸你来着。”贾兰也不言语，只管抿着嘴儿笑。鸳鸯过来说道：“请示老太太，晚饭伺候下了。”贾母道：“请你姨太太去罢。”琥珀接着便叫人去王夫人那边请薛姨妈。这里宝玉贾环退出。素云和小丫头们过来把双陆收起。李纨尚等着伺候贾母的晚饭，贾兰便跟着他母亲站着。贾母道：“你们娘儿两个跟着我吃罢。”李纨答应了。一时摆上饭来，丫鬟回来禀道：“太太叫回老太太，姨太太这几天浮来暂去，不能过来回老太太，今日饭后家去了。”于是贾母叫贾兰在身旁边坐下，大家吃饭，不必细述。

却说贾母刚吃完了饭，盥漱了，歪在床上说闲话儿。只见小丫头子告诉琥珀，琥珀过来回贾母道：“东府大爷请晚安来了。”贾母道：“你们告诉他，如今他办理家务乏乏的，叫他歇着去罢。我知道了。”小丫头告诉老婆子们，老婆子才告诉贾珍。贾珍然后退出。

到了次日，贾珍过来料理诸事。门上小厮陆续回了几件事，又一个小厮回道：“庄头送果子来了。”贾珍道：“单子呢？”那小厮连忙呈上。贾珍看时，上面写着不过是时鲜果品，还夹带菜蔬野味若干在内。贾珍看完，问向来经管的是谁。门上的回道：“是周瑞。”便叫周瑞：“照帐点清，送往里头交代。等我把来帐抄下一个底子，留着好对。”又叫“告诉厨房，把下菜中添几宗给送果子的来人，照常赏饭给钱。”周瑞答应了。一面叫人搬至凤姐儿院子里去，又把庄上的帐同果子交代明白。出去了一回儿，又进来回贾珍道：“才刚来的果子，大爷曾点过数目没有？”贾珍道：“我那里有工夫点这个呢。给了你帐，你照帐点就是了。”周瑞道：“小的曾点过，也没有少，也不能多出来。大爷既留下底子，再叫送果子来的人问问，他这帐是真的假的。”贾珍道：“这是怎么说，不过是几个果子罢咧，有什么要紧。我又没有疑你。”说着，只见鲍二走来，磕了一个头，说道：“求大爷原旧放小的在外头伺候罢。”贾珍道：“你们这又是怎么着？”鲍二道：“奴才在这里又说不上话来。”贾珍道：“谁叫你说话。”鲍二道：“何苦来，在这里作眼睛珠儿。”周瑞接口道：“奴才在这里经管地租庄子，银钱出入每年也有三五十万来往，老爷太太奶奶们从没有说过话的，何况这些零星东西。若照鲍二说起来，爷们家里的田地房产都被奴才们弄完了。”贾珍想道：“必是鲍二在这里拌嘴，不如叫他出去。”因向鲍二说道：“快滚罢。”又告诉周瑞说：“你也不用说了，你干你的事罢。”二人各自散了。

贾珍正在厢房里歇着，听见门上闹的翻江搅海。叫人去查问，回来说道：“鲍二和周瑞的干儿子打架。”贾珍道：“周瑞的干儿子是谁？”门上的回道：“他叫何三，本来是个没味儿的，天天在家里喝酒闹事，常来门上坐着。听见鲍二与周瑞拌嘴，他就插在里头。”贾珍道：“这却可恶。把鲍二和那个什么何几给我一块儿捆起来！周瑞呢？”门上的回道：“打架时他先走了。”贾珍道：“给我拿了来！这还了得了！”众人答应了。正嚷着，贾琏也回来了，贾珍便告诉了一遍。贾琏道：“这还了得！”又添了人去拿周瑞。周瑞知道躲不过，也找到了。贾珍便叫都捆上。贾琏便向周瑞道：“你们前头的话也不要紧，大爷说开了，很是了。为什么外头又打架！你们打架已经使不得，又弄个野杂种什么何三来闹，你不压伏压伏他们，倒竟走了。”就把周瑞踢了几脚。贾珍道：“单打周瑞不中用。”喝命人把鲍二和何三各人打了五十鞭子，撵了出去，方和贾琏两个商量正事。下人背地里便生出许多议论来：也有说贾珍护短的；也有说不会调停的；也有说他本不是好人，前儿尤家姊妹弄出许多丑事来，那鲍二不是他调停着二爷叫了来的吗，这会子又嫌鲍二不济事，必是鲍二的女人服侍不到了。人多嘴杂，纷纷不一。

却说贾政自从在工部掌印，家人中尽有发财的。那贾芸听见了，也要插手弄一点事儿，便在外头说了几个工头，讲了成数，便买了些时新绣货，要走凤姐儿门子。凤姐正在房中听见丫头们说：“大爷二爷都生了气，在外头打人呢。”凤姐听了，不知何故，正要叫人去问问，只见贾琏已进来了，把外面的事告诉了一遍。凤姐道：“事情虽不要紧，但这风俗儿断不可长。此刻还算咱们家里正旺的时候儿，他们就敢打架。以后小辈儿们当了家，他们越发难制伏了。前年我在东府里，亲眼见过焦大吃的烂醉，躺在台阶子底下骂人，不管上上下下一混汤子的混骂。他虽是有过功的人，到底主子奴才的名分，也要存点儿体统才好。珍大奶奶不是我说是个老实头，个个人都叫他养得无法无天的。如今又弄出一个什么鲍二，我还听见是你和珍大爷得用的人，为什么今儿又打他呢？”贾琏听了这话刺心，便觉讪讪的，拿话来支开，借有事，说着就走了。

小红进来回道：“芸二爷在外头要见奶奶。”凤姐一想，“他又来做什么？”便道：“叫他进来罢。”小红出来，瞅着贾芸微微一笑。贾芸赶忙凑近一步问道：“姑娘替我回了没有？”小红红了脸，说道：“我就是见二爷的事多。”贾芸道：“何曾有多少事能到里头来劳动姑娘呢。就是那一年姑娘在宝二叔房里，我才和姑娘——”小红怕人撞见，不等说完，赶忙问道：“那年我换给二爷的一块绢子，二爷见了没有？”那贾芸听了这句话，喜的心花俱开，才要说话，只见一个小丫头从里面出来，贾芸连忙同着小红往里走。两个人一左一右，相离不远，贾芸悄悄的道：“回来我出来还是你送出我来，我告诉你还有笑话儿呢。”小红听了，把脸飞红，瞅了贾芸一眼，也不答言。同他到了凤姐门口，自己先进去回了，然后出来，掀起帘子点手儿，口中却故意说道：“奶奶请芸二爷进来呢。”

贾芸笑了一笑，跟着他走进房来，见了凤姐儿，请了安，并说：“母亲叫问好。”凤姐也问了他母亲好。凤姐道：“你来有什么事？”贾芸道：“侄儿从前承婶娘疼爱，心上时刻想着，总过意不去。欲要孝敬婶娘，又怕婶娘多想。如今重阳时候，略备了一点儿东西。婶娘这里那一件没有，不过是侄儿一点孝心。只怕婶娘不肯赏脸。”凤姐儿笑道：“有话坐下说。”贾芸才侧身坐了，连忙将东西捧着搁在旁边桌上。凤姐又道：“你不是什么有馀的人，何苦又去花钱。我又不等着使。你今日来意是怎么个想头儿，你倒是实说。”贾芸道：“并没有别的想头儿，不过感念婶娘的恩惠，过意不去罢咧。”说着微微的笑了。凤姐道：“不是这么说。你手里窄，我很知道，我何苦白白儿使你的。你要我收下这个东西，须先和我说明白了。要是这么含着骨头露着肉的，我倒不收。”贾芸没法儿，只得站起来陪着笑儿说道：“并不是有什么妄想。前几日听见老爷总办陵工，侄儿有几个朋友办过好些工程，极妥当的，要求婶娘在老爷跟前提一提。办得一两种，侄儿再忘不了婶娘的恩典。若是家里用得着，侄儿也能给婶娘出力。”凤姐道：“若是别的我却可以作主。至于衙门里的事，上头呢，都是堂官司员定的；底下呢，都是那些书办衙役们办的。别人只怕插不上手。连自己的家人，也不过跟着老爷服侍服侍。就是你二叔去，亦只是为的是各自家里的事，他也并不能搀越公事。论家事，这里是踩一头儿撬一头儿的，连珍大爷还弹压不住，你的年纪儿又轻，辈数儿又小，那里缠的清这些人呢。况且衙门里头的事差不多儿也要完了，不过吃饭瞎跑。你在家里什么事作不得，难道没了这碗饭吃不成。我这是实在话，你自己回去想想就知道了。你的情意我已经领了，把东西快拿回去，是那里弄来的，仍旧给人家送了去罢。”正说着，只见奶妈子一大起带了巧姐儿进来。那巧姐儿身上穿得锦团花簇，手里拿着好些顽意儿，笑嘻嘻走到凤姐身边学舌。贾芸一见，便站起来笑盈盈的赶着说道：“这就是大妹妹么？你要什么好东西不要？”那巧姐儿便哑的一声哭了。贾芸连忙退下。凤姐道：“乖乖不怕。”连忙将巧姐揽在怀里道：“这是你芸大哥哥，怎么认起生来了。”贾芸道：“妹妹生得好相貌，将来又是个有大造化的。”那巧姐儿回头把贾芸一瞧，又哭起来，叠连几次。贾芸看这光景坐不住，便起身告辞要走。凤姐道：“你把东西带了去罢。”贾芸道：“这一点子婶娘还不赏脸？”凤姐道：“你不带去，我便叫人送到你家去。芸哥儿，你不要这么样，你又不是外人，我这里有机会，少不得打发人去叫你，没有事也没法儿，不在乎这些东东西西上的。”贾芸看见凤姐执意不受，只得红着脸道：“既这么着，我再找得用的东西来孝敬婶娘罢。”凤姐儿便叫小红拿了东西，跟着贾芸送出来。

贾芸走着，一面心中想道：“人说二奶奶利害，果然利害。一点儿都不漏缝，真正斩钉截铁，怪不得没有后世。这巧姐儿更怪，见了我好像前世的冤家似的。真正晦气，白闹了这么一天。”小红见贾芸没得彩头，也不高兴，拿着东西跟出来。贾芸接过来，打开包儿拣了两件，悄悄的递给小红。小红不接，嘴里说道：“二爷别这么着，看奶奶知道了，大家倒不好看。”贾芸道：“你好生收着罢，怕什么，那里就知道了呢。你若不要，就是瞧不起我了。”小红微微一笑，才接过来，说道：“谁要你这些东西，算什么呢。”说了这句话，把脸又飞红了。贾芸也笑道：“我也不是为东西，况且那东西也算不了什么。”说着话儿，两个已走到二门口。贾芸把下剩的仍旧揣在怀内。小红催着贾芸道：“你先去罢，有什么事情，只管来找我。我如今在这院里了，又不隔手。”贾芸点点头儿，说道：“二奶奶太利害，我可惜不能长来。刚才我说的话，你横竖心里明白，得了空儿再告诉你罢。”小红满脸羞红，说道：“你去罢，明儿也长来走走。谁叫你和他生疏呢。”贾芸道：“知道了。”贾芸说着出了院门。这里小红站在门口，怔怔的看他去远了，才回来了。

却说凤姐在房中吩咐预备晚饭，因又问道：“你们熬了粥了没有？”丫鬟们连忙去问，回来回道：“预备了。”凤姐道：“你们把那南边来的糟东西弄一两碟来罢。”秋桐答应了，叫丫头们伺候。平儿走来笑道：“我倒忘了，今儿晌午奶奶在上头老太太那边的时候，水月庵的师父打发人来，要向奶奶讨两瓶南小菜，还要支用几个月的月银，说是身上不受用。我问那道婆来着：‘师父怎么不受用？’他说：‘四五天了，前儿夜里因那些小沙弥小道士里头有几个女孩子睡觉没有吹灯，他说了几次不听。那一夜看见他们三更以后灯还点着呢，他便叫他们吹灯，个个都睡着了，没有人答应，只得自己亲自起来给他们吹灭了。回到炕上，只见有两个人，一男一女，坐在炕上。他赶着问是谁，那里把一根绳子往他脖子上一套，他便叫起人来。众人听见，点上灯火一齐赶来，已经躺在地下，满口吐白沫子，幸亏救醒了。此时还不能吃东西，所以叫来寻些小菜儿的。’我因奶奶不在房中，不便给他。我说：‘奶奶此时没有空儿，在上头呢，回来告诉。’便打发他回去了。才刚听见说起南菜，方想起来了，不然就忘了。”凤姐听了，呆了一呆，说道：“南菜不是还有呢，叫人送些去就是了。那银子过一天叫芹哥来领就是了。”又见小红进来回道：“才刚二爷差人来，说是今晚城外有事，不能回来，先通知一声。”凤姐道：“是了。”

说着，只听见小丫头从后面喘吁吁的嚷着直跑到院子里来，外面平儿接着，还有几个丫头们，咭咭唧唧的说话。凤姐道：“你们说什么呢？”平儿道：“小丫头子有些胆怯，说鬼话。”凤姐叫那一个小丫头进来，问道：“什么鬼话？”那丫头道：“我才刚到后边去叫打杂儿的添煤，只听得三间空屋子里哗喇哗喇的响，我还道是猫儿耗子，又听得嗳的一声，像个人出气儿的似的。我害怕，就跑回来了。”凤姐骂道：“胡说！我这里断不兴说神说鬼，我从来不信这些个话。快滚出去罢。”那小丫头出去了。凤姐便叫彩明将一天零碎日用帐对过一遍，时已将近二更。大家又歇了一回，略说些闲话，遂叫各人安歇去罢。凤姐也睡下了。

将近三更，凤姐似睡不睡，觉得身上寒毛一乍，自己惊醒了，越躺着越发起渗来，因叫平儿秋桐过来作伴。二人也不解何意。那秋桐本来不顺凤姐，后来贾琏因尤二姐之事不大爱惜他了，凤姐又笼络他，如今倒也安静，只是心里比平儿差多了，外面情儿。今见凤姐不受用，只得端上茶来。凤姐喝了一口，道：“难为你，睡去罢，只留平儿在这里就够了。”秋桐却要献勤儿，因说道：“奶奶睡不着，倒是我们两个轮流坐坐也使得。”凤姐一面说，一面睡着了。平儿秋桐看见凤姐已睡，只听得远远的鸡叫了，二人方都穿着衣服略躺了一躺，就天亮了，连忙起来服侍凤姐梳洗。凤姐因夜中之事，心神恍惚不宁，只是一味要强，仍然扎挣起来。正坐着纳闷，忽听个小丫头子在院里问道：“平姑娘在屋里么?”平儿答应了一声，那小丫头掀起帘子进来，却是王夫人打发过来来找贾琏，说：“外头有人回要紧的官事。老爷才出了门，太太叫快请二爷过去呢。”凤姐听见唬了一跳。未知何事，下回分解。

第八十九回

人亡物在公子填词　蛇影杯弓颦卿绝粒

却说凤姐正自起来纳闷，忽听见小丫头这话，又唬了一跳，连忙问道："什么官事?"小丫头道："也不知道。刚才二门上小厮回进来，回老爷有要紧的官事，所以太太叫我请二爷来了。"凤姐听是工部里的事，才把心略略的放下，因说道："你回去回太太，就说二爷昨日晚上出城有事，没有回来。打发人先回珍大爷去罢。"那丫头答应着去了。

一时贾珍过来见了部里的人，问明了，进来见了王夫人，回道："部中来报，昨日总河奏到河南一带决了河口，湮没了几府州县。又要开销国帑，修理城工。工部司官又有一番照料，所以部里特来报知老爷的。"说完退出，及贾政回家来回明。从此直到冬间，贾政天天有事，常在衙门里。宝玉的工课也渐渐松了，只是怕贾政觉察出来，不敢不常在学房里去念书，连黛玉处也不敢常去。

那时已到十月中旬，宝玉起来要往学房中去。这日天气陡寒，只见袭人早已打点出一包衣服，向宝玉道："今日天气很冷，早晚宁使暖些。"说着，把衣服拿出来给宝玉挑了一件穿。又包了一件，叫小丫头拿出交给焙茗，嘱咐道："天气凉，二爷要换时，好生预备着。"焙茗答应了，抱着毡包，跟着宝玉自去。宝玉到了学房中，做了自己的工课，忽听得纸窗呼喇喇一派风声。代儒道："天气又发冷。"把风门推开一看，只见西北上一层层的黑云渐渐往东南扑上来。焙茗走进来回宝玉道："二爷，天气冷了，再添些衣服罢。"宝玉点点头儿。只见焙茗拿进一件衣服来，宝玉不看则已，看了时神已痴了。那些小学生都巴着眼瞧，却原是晴雯所补的那件雀金裘。宝玉道："怎么拿这一件来！是谁给你的?"焙茗道："是里头姑娘们包出来的。”宝玉道：“我身上不大冷，且不穿呢，包上罢。”代儒只当宝玉可惜这件衣服，却也心里喜他知道俭省。焙茗道：“二爷穿上罢，着了凉，又是奴才的不是了。二爷只当疼奴才罢。”宝玉无奈，只得穿上，呆呆的对着书坐着。代儒也只当他看书，不甚理会。晚间放学时，宝玉便往代儒托病告假一天。代儒本来上年纪的人，也不过伴着几个孩子解闷儿，时常也八病九痛的，乐得去一个少操一日心。况且明知贾政事忙，贾母溺爱，便点点头儿。

宝玉一径回来，见过贾母王夫人，也是这样说，自然没有不信的，略坐一坐便回园中去了。见了袭人等，也不似往日有说有笑的，便和衣躺在炕上。袭人道：“晚饭预备下了，这会儿吃还是等一等儿？”宝玉道：“我不吃了，心里不舒服。你们吃去罢。”袭人道：“那么着你也该把这件衣服换下来了，那个东西那里禁得住揉搓。”宝玉道：“不用换。”袭人道：“倒也不但是娇嫩物儿，你瞧瞧那上头的针线也不该这么糟踏他呀。”宝玉听了这话，正碰在他心坎儿上，叹了一口气道：“那么着，你就收起来给我包好了，我也总不穿他了。”说着，站起来脱下。袭人才过来接时，宝玉已经自己叠起。袭人道：“二爷怎么今日这样勤谨起来了？”宝玉也不答言，叠好了，便问：“包这个的包袱呢？”麝月连忙递过来，让他自己包好，回头却和袭人挤着眼儿笑。宝玉也不理会，自己坐着，无精打彩，猛听架上钟响，自己低头看了看表，针已指到酉初二刻了。一时小丫头点上灯来。袭人道：“你不吃饭，喝一口粥儿罢。别净饿着，看仔细饿上虚火来，那又是我们的累赘了。”宝玉摇摇头儿，说：“不大饿，强吃了倒不受用。”袭人道：“既这么着，就索性早些歇着罢。”于是袭人麝月铺设好了，宝玉也就歇下，翻来复去只睡不着，将及黎明，反朦胧睡去，不一顿饭时，早又醒了。

此时袭人麝月也都起来。袭人道：“昨夜听着你翻腾到五更多，我也不敢问你。后来我就睡着了，不知到底你睡着了没有？”宝玉道：“也睡了一睡，不知怎么就醒了。”袭人道：“你没有什么不受用？”宝玉道：“没有，只是心上发烦。”袭人道：“今日学房里去不去？”宝玉道：“我昨儿已经告了一天假了，今儿我要想园里逛一天，散散心，只是怕冷。你叫他们收拾一间房子，备下一炉香，搁下纸墨笔砚。你们只管干你们的，我自己静坐半天才好。别叫他们来搅我。”麝月接着道：“二爷要静静儿的用工夫，谁敢来搅。”袭人道：“这么着很好，也省得着了凉。自己坐坐，心神也不散。”因又问：“你既懒待吃饭，今日吃什么？早说好传给厨房里去。”宝玉道：“还是随便罢，不必闹的大惊小怪的。倒是要几个果子搁在那屋里，借点果子香。”袭人道：“那个屋里好？别的都不大干净，只有晴雯起先住的那一间，因一向无人，还干净，就是清冷些。”宝玉道：“不妨，把火盆挪过去就是了。”袭人答应了。正说着，只见一个小丫头端了一个茶盘儿，一个碗，一双牙箸，递给麝月道：“这是刚才花姑娘要的，厨房里老婆子送了来了。”麝月接了一看，却是一碗燕窝汤，便问袭人道：“这是姐姐要的么？”袭人笑道：“昨夜二爷没吃饭，又翻腾了一夜，想来今日早起心里必是发空的，所以我告诉小丫头们叫厨房里作了这个来的。”袭人一面叫小丫头放桌儿，麝月打发宝玉喝了，漱了口。只见秋纹走来说道：“那屋里已经收拾妥了，但等着一时炭劲过了，二爷再进去罢。”宝玉点头，只是一腔心事，懒怠说话。一时小丫头来请，说笔砚都安放妥当了。宝玉道：“知道了。”又一个小丫头回道：“早饭得了。二爷在那里吃？”宝玉道：“就拿了来罢，不必累赘了。”小丫头答应了自去。一时端上饭来，宝玉笑了一笑，向袭人麝月道：“我心里闷得很，自己吃只怕又吃不下去，不如你们两个同我一块儿吃，或者吃的香甜，我也多吃些。”麝月笑道：“这是二爷的高兴，我们可不敢。”袭人道：“其实也使得，我们一处喝酒，也不止今日。只是偶然替你解闷儿还使得，若认真这样，还有什么规矩体统呢。”说着三人坐下。宝玉在上首，袭人麝月两个打横陪着。吃了饭，小丫头端上漱口茶，两个看着撤了下去。宝玉因端着茶，默默如有所思，又坐了一坐，便问道：“那屋里收拾妥了么？”麝月道：“头里就回过了，这回子又问。”

宝玉略坐了一坐，便过这间屋子来，亲自点了一炷香，摆上些果品，便叫人出去，关上了门。外面袭人等都静悄无声。宝玉拿了一幅泥金角花的粉红笺出来，口中祝了几句，便提起笔来写道：

怡红主人焚付晴姐知之，酌茗清香，庶几来飨。

其词云：

随身伴，独自意绸缪。谁料风波平地起，顿教躯命即时休。孰与话轻柔？　东逝水，无复向西流。想象更无怀梦草，添衣还见翠云裘。脉脉使人愁！

写毕，就在香上点个火焚化了。静静儿等着，直待一炷香点尽了，才开门出来。袭人道："怎么出来了？想来又闷的慌了。"

宝玉笑了一笑，假说道："我原是心里烦，才找个地方儿静坐坐儿。这会子好了，还要外头走走去呢。"说着，一径出来，到了潇湘馆中，在院里问道："林妹妹在家里呢么？"紫鹃接应道："是谁？"掀帘看时，笑道："原来是宝二爷。姑娘在屋里呢，请二爷到屋里坐着。"宝玉同着紫鹃走进来。黛玉却在里间呢，说道："紫鹃，请二爷屋里坐罢。"宝玉走到里间门口，看见新写的一副紫墨色泥金云龙笺的小对，上写着："绿窗明月在，青史古人空。"宝玉看了，笑了一笑，走入门去，笑问道："妹妹做什么呢？"黛玉站起来迎了两步，笑着让道："请坐。我在这里写经，只剩得两行了，等写完了再说话儿。"因叫雪雁倒茶。宝玉道："你别动，只管写。"说着，一面看见中间挂着一幅单条，上面画着一个嫦娥，带着一个侍者；又一个女仙，也有一个侍者，捧着一个长长儿的衣囊似的，二人身边略有些云护，别无点缀，全仿李龙眠白描笔意，上有"斗寒图"三字，用八分书写着。宝玉道："妹妹这幅《斗寒图》可是新挂上的？"黛玉道："可不是。昨日他们收拾屋子，我想起来，拿出来叫他们挂上的。"宝玉道："是什么出处？"黛玉笑道："眼前熟的很的，还要问人。"宝玉笑道："我一时想不起，妹妹告诉我罢。"黛玉道："岂不闻'青女素娥俱耐冷，月中霜里斗婵娟'。"宝玉道："是啊。这个实在新奇雅致，却好此时拿出来挂。"说着，又东瞧瞧，西走走。

雪雁沏了茶来，宝玉吃着。又等了一会子，黛玉经才写完，站起来道："简慢了。"宝玉笑道："妹妹还是这么客气。"但见黛玉身上穿着月白绣花小毛皮袄，加上银鼠坎肩；头上挽着随常云髻，簪上一枝赤金匾簪，别无花朵；腰下系着杨妃色绣花绵裙。真比如：

亭亭玉树临风立，冉冉香莲带露开。

宝玉因问道："妹妹这两日弹琴来着没有？"黛玉道："两日没弹了。因为写字已经觉得手冷，那里还去弹琴。"宝玉道："不弹也罢了。我想琴虽是清高之品，却不是好东西，从没有弹琴里弹出富贵寿考来的，只有弹出忧思怨乱来的。再者弹琴也得心里记谱，未免费心。依我说，妹妹身子又单弱，不操这心也罢了。"黛玉抿着嘴儿笑。宝玉指着壁上道："这张琴可就是么？怎么这么短？"黛玉笑道："这张琴不是短，因我小时学抚的时候别的琴都够不着，因此特地做起来的。虽不是焦尾枯桐，这鹤山凤尾还配得齐整，龙池雁足高下还相宜。你看这断纹不是牛旄似的么，所以音韵也还清越。"宝玉道："妹妹这几天来做诗没有？"黛玉道："自结社以后没大作。"宝玉笑道："你别瞒我，我听见你吟的什么'不可惙，素心如何天上月'，你搁在琴里觉得音响分外的响亮。有的没有？"黛玉道："你怎么听见了？"宝玉道："我那一天从蓼风轩来听见的，又恐怕打断你的清韵，所以静听了一会就走了。我正要问你：前路是平韵，到末了儿忽转了仄韵，是个什么意思？"黛玉道："这是人心自然之音，做到那里就到那里，原没有一定的。"宝玉道："原来如此。可惜我不知音，枉听了一会子。"黛玉道："古来知音人能有几个？"宝玉听了，又觉得出言冒失了，又怕寒了黛玉的心，坐了一坐，心里像有许多话，却再无可讲的。黛玉因方才的话也是冲口而出，此时回想，觉得太冷淡些，也就无话。宝玉一发打量黛玉设疑，遂讪讪的站起来说道："妹妹坐着罢。我还要到三妹妹那里瞧瞧去呢。"黛玉道："你若是见了三妹妹，替我问候一声罢。"宝玉答应着便出来了。

黛玉送至屋门口，自己回来闷闷的坐着，心里想道："宝玉近来说话半吐半吞，忽冷忽热，也不知他是什么意思。"正想着，紫鹃走来道："姑娘，经不写了？我把笔砚都收好了？"黛玉道："不写了，收起去罢。"说着，自己走到里间屋里床上歪着，慢慢的细想。紫鹃进来问道："姑娘喝碗茶罢？"黛玉道："不喝呢。我略歪歪儿，你们自己去罢。"

紫鹃答应着出来，只见雪雁一个人在那里发呆。紫鹃走到他跟前问道："你这会子也有了什么心事了么？"雪雁只顾发呆，倒被他唬了一跳，因说道："你别嚷，今日我听见了一句话，我告诉你听，奇不奇。你可别言语。"说着，往屋里努嘴儿。因自己先行，点着头儿叫紫鹃同他出来，到门外平台底下，悄悄儿的道："姐姐你听见了么？宝玉定了亲了！"紫鹃听见，唬了一跳，说道："这是那里来的话？只怕不真罢。"雪雁道："怎么不真，别人大概都知道，就只咱们没听见。"紫鹃道："你是那里听来的？"雪雁道："我听见侍书说的，是个什么知府家，家资也好，人才也好。"紫鹃正听时，只听得黛玉咳嗽了一声，似乎起来的光景。紫鹃恐怕他出来听见，便拉了雪雁摇摇手儿，往里望望，不见动静，才又悄悄儿的问道："他到底怎么说来？"雪雁道："前儿不是叫我到三姑娘那里去道谢吗，三姑娘不在屋里，只有侍书在那里。大家坐着，无意中说起宝二爷的淘气来，他说宝二爷怎么好，只会顽儿，全不像大人的样子，已经说亲了，还是这么呆头呆脑。我问他定了没有，他说是定了，是个什么王大爷做媒的。那王大爷是东府里的亲戚，所以也不用打听，一说就成了。"紫鹃侧着头想了一想，"这句话奇！"又问道："怎么家里没有人说起？"雪雁道："侍书也说的是老太太的意思。若 说起，恐怕宝玉野了心，所以都不提起。侍书告诉了我，又叮嘱千万不可露风，说出来只道是我多嘴。"把手往里一指，"所以他面前也不提。今日是你问起，我不犯瞒你。"

正说到这里，只听鹦鹉叫唤，学着说："姑娘回来了，快倒茶来！"倒把紫鹃雪雁吓了一跳，回头并不见有人，便骂了鹦鹉一声，走进屋内。只见黛玉喘吁吁的刚坐在椅子上，紫鹃搭讪着问茶问水。黛玉问道："你们两个那里去了？再叫不出一个人来。"说着便走到炕边，将身子一歪，仍旧倒在炕上，往里躺下，叫把帐子撩下。紫鹃雪雁答应出去。他两个心里疑惑方才的话只怕被他听了去了，只好大家不提。谁知黛玉一腔心事，又窃听了紫鹃雪雁的话，虽不很明白，已听得了七八分，如同将身撂在大海里一般。思前想后，竟应了前日梦中之谶，千愁万恨，堆上心来。左右打算，不如早些死了，免得眼见了意外的事情，那时反倒无趣。又想到自己没了爹娘的苦，自今以后，把身子一天一天的糟踏起来，一年半载，少不得身登清净。打定了主意，被也不盖，衣也不添，竟是合眼装睡。紫鹃和雪雁来伺候几次，不见动静，又不好叫唤。晚饭都不吃。点灯已后，紫鹃掀开帐子，见已睡著了，被窝都蹬在脚后。怕他着了凉，轻轻儿拿来盖上。黛玉也不动，单待他出去，仍然褪下。那紫鹃只管问雪雁："今儿的话到底是真的是假的?"雪雁道："怎么不真。"紫鹃道："侍书怎么知道的?"雪雁道："是小红那里听来的。"紫鹃道："头里咱们说话，只怕姑娘听见了，你看刚才的神情，大有原故。今日以后，咱们倒别提这件事了。"说着，两个人也收拾要睡。紫鹃进来看时，只见黛玉被窝又蹬下来，复又给他轻轻盖上。一宿晚景不提。

次日，黛玉清早起来，也不叫人，独自一个呆呆的坐着。紫鹃醒来，看见黛玉已起，便惊问道："姑娘怎么这样早?"黛玉道："可不是，睡得早，所以醒得早。"紫鹃连忙起来，叫醒雪雁，伺候梳洗。那黛玉对着镜子，只管呆呆的自看。看了一回，那泪珠儿断断连连，早已湿透了罗帕。正是：

瘦影正临春水照，卿须怜我我怜卿。

紫鹃在旁也不敢劝，只怕倒把闲话勾引旧恨来。迟了好一会，黛玉才随便梳洗了，那眼中泪渍终是不干。又自坐了一会，叫紫鹃道："你把藏香点上。"紫鹃道："姑娘，你睡也没睡得几时，如何点香？不是要写经?"黛玉点点头儿。紫鹃道："姑娘今日醒得太早，这会子又写经，只怕太劳神了罢。"黛玉道："不怕，早完了早好。况且我也并不是为经，倒借着写字解解闷儿。以后你们见了我的字迹，就算见了我的面儿了。"说着，那泪直流下来。紫鹃听了这话，不但不能再劝，连自己也掌不住滴下泪来。

原来黛玉立定主意，自此已后，有意糟踏身子，茶饭无心，每日渐减下来。宝玉下学时，也常抽空问候，只是黛玉虽有万千言语，自知年纪已大，又不便似小时可以柔情挑逗，所以满腔心事，只是说不出来。宝玉欲将实言安慰，又恐黛玉生嗔，反添病症。两个人见了面，只得用浮言劝慰，真真是亲极反疏了。那黛玉虽有贾母王夫人等怜恤，不过请医调治，只说黛玉常病，那里知他的心病。紫鹃等虽知其意，也不敢说。从此一天一天的减，到半月之后，肠胃日薄，一日果然粥都不能吃了。黛玉日间听见的话，都似宝玉娶亲的话，看见怡红院中的人，无论上下，也像宝玉娶亲的光景。薛姨妈来看，黛玉不见宝钗，越发起疑心，索性不要人来看望，也不肯吃药，只要速死。睡梦之中，常听见有人叫宝二奶奶的。一片疑心，竟成蛇影。一日竟是绝粒，粥也不喝，恹恹一息，垂毙殆尽。未知黛玉性命如何，且看下回分解。

第九十回

失绵衣贫女耐嗷嘈　送果品小郎惊叵测

却说黛玉自立意自戕之后，渐渐不支，一日竟至绝粒。从前十几天内，贾母等轮流看望，他有时还说几句话；这两日索性不大言语。心里虽有时昏晕，却也有时清楚。贾母等见他这病不似无因而起，也将紫鹃雪雁盘问过两次，两个那里敢说。便是紫鹃欲向侍书打听消息，又怕越闹越真，黛玉更死得快了，所以见了侍书，毫不提起。那雪雁是他传话弄出这样缘故来，此时恨不得长出百十个嘴来说“我没说”，自然更不敢提起。到了这一天黛玉绝粒之日，紫鹃料无指望了，守着哭了会子，因出来偷向雪雁道：“你进屋里来好好儿的守着他。我去回老太太、太太和二奶奶去，今日这个光景大非往常可比了。”雪雁答应，紫鹃自去。

这里雪雁正在屋里伴着黛玉，见他昏昏沉沉，小孩子家那里见过这个样儿，只打谅如此便是死的光景了，心中又痛又怕，恨不得紫鹃一时回来才好。正怕着，只听窗外脚步走响，雪雁知是紫鹃回来，才放下心了，连忙站起来掀着里间帘子等他。只见外面帘子响处，进来了一个人，却是侍书。那侍书是探春打发来看黛玉的，见雪雁在那里掀着帘子，便问道：“姑娘怎么样?”雪雁点点头儿叫他进来。侍书跟进来，见紫鹃不在屋里，瞧了瞧黛玉，只剩得残喘微延，唬的惊疑不止，因问：“紫鹃姐姐呢?”雪雁道：“告诉上屋里去了。”那雪雁此时只打谅黛玉心中一无所知了，又见紫鹃不在面前，因悄悄的拉了侍书的手问道：“你前日告诉我说的什么王大爷给这里宝二爷说了亲，是真话么?”侍书道：“怎么不真。”雪雁道：“多早晚放定的?”侍书道：“那里就放定了呢。那一天我告诉你时，是我听见小红说的。后来我到二奶奶那边去，二奶奶正和平姐姐说呢，说那都是门客们借着这个事讨老爷的喜欢，往后好拉拢的意思。别说大太太说不好，就是大太太愿意，说那姑娘好，那大太太眼里看的出什么人来！再者老太太心里早有了人了，就在咱们园子里的。大太太那里摸的着底呢。老太太不过因老爷的话，不得不问问罢咧。又听见二奶奶说，宝玉的事，老太太总是要亲上作亲的，凭谁来说亲，横竖不中用。”雪雁听到这里，也忘了神了，因说道：“这是怎么说，白白的送了我们这一位的命了！”侍书道：“这是从那里说起？”雪雁道：“你还不知道呢。前日都是我和紫鹃姐姐说来着，这一位听见了，就弄到这步田地了。”侍书道：“你悄悄儿的说罢，看仔细他听见了。”雪雁道：“人事都不省了，瞧瞧罢，左不过在这一两天了。”正说着，只见紫鹃掀帘进来说：“这还了得！你们有什么话，还不出去说，还在这里说。索性逼死他就完了。”侍书道：“我不信有这样奇事。”紫鹃道：“好姐姐，不是我说，你又该恼了。你懂得什么呢！懂得也不传这些舌了。”

这里三个人正说着，只听黛玉忽然又嗽了一声。紫鹃连忙跑到炕沿前站着，侍书雪雁也都不言语了。紫鹃弯着腰，在黛玉身后轻轻问道：“姑娘喝口水罢。”黛玉微微答应了一声。雪雁连忙倒了半钟滚白水，紫鹃接了托着，侍书也走近前来。紫鹃和他摇头儿，不叫他说话，侍书只得咽住了。站了一回，黛玉又嗽了一声。紫鹃趁势问道：“姑娘喝水呀？”黛玉又微微应了一声，那头似有欲抬之意，那里抬得起。紫鹃爬上炕去，爬在黛玉旁边，端着水试了冷热，送到唇边，扶了黛玉的头，就到碗边，喝了一口。紫鹃才要拿时，黛玉意思还要喝一口，紫鹃便托着那碗不动。黛玉又喝了一口，摇摇头儿不喝了，喘了一口气，仍旧躺下。半日，微微睁眼说道：“刚才说话不是侍书么？”紫鹃答应道：“是。”侍书尚未出去，因连忙过来问候。黛玉睁眼看了，点点头儿，又歇了一歇，说道：“回去问你姑娘好罢。”侍书见这番光景，只当黛玉嫌烦，只得悄悄的退出去了。

原来那黛玉虽则病势沉重，心里却还明白。起先侍书雪雁说话时，他也模糊听见了一半句，却只作不知，也因实无精神答理。及听了雪雁侍书的话，才明白过前头的事情原是议而未成的，又兼侍书说是凤姐说的，老太太的主意亲上作亲，又是园中住着的，非自己而谁？因此一想，阴极阳生，心神顿觉清爽许多，所以才喝了两口水，又要想问侍书的话。恰好贾母、王夫人、李纨、凤姐听见紫鹃之言，都赶着来看。黛玉心中疑团已破，自然不似先前寻死之意了。虽身体软弱，精神短少，却也勉强答应一两句了。凤姐因叫过紫鹃问道：“姑娘也不至这样，这是怎么说，你这样唬人。”紫鹃道：“实在头里看着不好，才敢去告诉的，回来见姑娘竟好了许多，也就怪了。”贾母笑道：“你也别怪他，他懂得什么。看见不好就言语，这倒是他明白的地方，小孩子家，不嘴懒脚懒就好。”说了一回，贾母等料着无妨，也就去了。正是：

心病终须心药治，解铃还是系铃人。

不言黛玉病渐减退，且说雪雁紫鹃背地里都念佛。雪雁向紫鹃说道：“亏他好了，只是病的奇怪，好的也奇怪。”紫鹃道：“病的倒不怪，就只好的奇怪。想来宝玉和姑娘必是姻缘，人家说的‘好事多磨’，又说道‘是姻缘棒打不回’。这样看起来，人心天意，他们两个竟是天配的了。再者，你想那一年我说了林姑娘要回南去，把宝玉没急死了，闹得家翻宅乱。如今一句话，又把这一个弄得死去活来。可不说的三生石上百年前结下的么。”说着，两个悄悄的抿着嘴笑了一回。雪雁又道：“幸亏好了。咱们明儿再别说了，就是宝玉娶了别的人家儿的姑娘，我亲见他在那里结亲，我也再不露一句话了。”紫鹃笑道：“这就是了。”不但紫鹃和雪雁在私下里讲究，就是众人也都知道黛玉的病也病得奇怪，好也好得奇怪，三三两两，唧唧哝哝议论着。不多几时，连凤姐儿也知道了，邢、王二夫人也有些疑惑，倒是贾母略猜着了八九。

那时正值邢、王二夫人凤姐等在贾母房中说闲话，说起黛玉的病来。贾母道：“我正要告诉你们，宝玉和林丫头是从小儿在一处的，我只说小孩子们，怕什么？以后时常听得林丫头忽然病，忽然好，都为有了些知觉了。所以我想他们若尽着搁在一块儿，毕竟不成体统。你们怎么说？”王夫人听了，便呆了一呆，只得答应道：“林姑娘是个有心计儿的。至于宝玉，呆头呆恼，不避嫌疑是有的，看起外面，却还都是个小孩儿形象。此时若忽然或把那一个分出园外，不是倒露了什么痕迹了么。古来说的：‘男大须婚，女大须嫁。'老太太想，倒是赶着把他们的事办办也罢了。"贾母皱了一皱眉，说道："林丫头的乖僻，虽也是他的好处，我的心里不把林丫头配他，也是为这点子。况且林丫头这样虚弱，恐不是有寿的。只有宝丫头最妥。"王夫人道："不但老太太这么想，我们也是这样。但林姑娘也得给他说了人家儿才好，不然女孩儿家长大了，那个没有心事？倘或真与宝玉有些私心，若知道宝玉定下宝丫头，那倒不成事了。"贾母道："自然先给宝玉娶了亲，然后给林丫头说人家，再没有先是外人后是自己的。况且林丫头年纪到底比宝玉小两岁。依你们这样说，倒是宝玉定亲的话不许叫他知道倒罢了。"凤姐便吩咐众丫头们道："你们听见了，宝二爷定亲的话，不许混吵嚷。若有多嘴的，提防着他的皮。"贾母又向凤姐道："凤哥儿，你如今自从身上不大好，也不大管园里的事了。我告诉你，须得经点儿心。不但这个，就像前年那些人喝酒耍钱，都不是事。你还精细些，少不得多分点心儿，严紧严紧他们才好。况且我看他们也就只还服你。"凤姐答应了。娘儿们又说了一回话，方各自散了。

从此凤姐常到园中照料。一日，刚走进大观园，到了紫菱洲畔，只听见一个老婆子在那里嚷。凤姐走到跟前，那婆子才瞧见了，早垂手侍立，口里请了安。凤姐道："你在这里闹什么？"婆子道："蒙奶奶们派我在这里看守花果，我也没有差错，不料邢姑娘的丫头说我们是贼。"凤姐道："为什么呢？"婆子道："昨儿我们家的黑儿跟着我到这里顽了一回，他不知道，又往邢姑娘那边去瞧了一瞧，我就叫他回去了。今儿早起听见他们丫头说丢了东西了。我问他丢了什么，他就问起我来了。"凤姐道："问了你一声，也犯不着生气呀。"婆子道："这里园子到底是奶奶家里的，并不是他们家里的。我们都是奶奶派的，贼名儿怎么敢认呢。"凤姐照脸啐了一口，厉声道："你少在我跟前唠唠叨叨的！你在这里照看，姑娘丢了东西，你们就该问哪，怎么说出这些没道理的话来。把老林叫了来，撵出他去。"丫头们答应了。只见邢岫烟赶忙出来，迎着凤姐陪笑道："这使不得，没有的事，事情早过去了。"凤姐道："姑娘，不是这个话。倒不讲事情，这名分上太岂有此理了。"岫烟见婆子跪在地下告饶，便忙请凤姐到里边去坐。凤姐道：

“他们这种人我知道，他除了我，其馀都没上没下的了。”岫烟再三替他讨饶，只说自己的丫头不好。凤姐道：“我看着邢姑娘的分上，饶你这一次。”婆子才起来，磕了头，又给岫烟磕了头，才出去了。

这里二人让了坐。凤姐笑问道：“你丢了什么东西了？”岫烟笑道：“没有什么要紧的，是一件红小袄儿，已经旧了的。我原叫他们找，找不着就罢了。这小丫头不懂事，问了那婆子一声，那婆子自然不依了。这都是小丫头糊涂不懂事，我也骂了几句，已经过去了，不必再提了。”凤姐把岫烟内外一瞧，看见虽有些皮绵衣服，已是半新不旧的，未必能暖和。他的被窝多半是薄的。至于房中桌上摆设的东西，就是老太太拿来的，却一些不动，收拾的干干净净。凤姐心上便很爱敬他，说道：“一件衣服原不要紧，这时候冷，又是贴身的，怎么就不问一声儿呢。这撒野的奴才了不得了！”说了一回，凤姐出来，各处去坐了一坐，就回去了。到了自己房中，叫平儿取了一件大红洋绉的小袄儿，一件松花色绫子一斗珠儿的小皮袄，一条宝蓝盘锦镶花绵裙，一件佛青银鼠褂子，包好叫人送去。

那时岫烟被那老婆子聒噪了一场，虽有凤姐来压住，心上终是不安。想起“许多姊妹们在这里，没有一个下人敢得罪他的，独自我这里，他们言三语四，刚刚凤姐来碰见。”想来想去，终是没意思，又说不出来。正在吞声饮泣，看见凤姐那边的丰儿送衣服过来。岫烟一看，决不肯受。丰儿道：“奶奶吩咐我说，姑娘要嫌是旧衣裳，将来送新的来。”岫烟笑谢道：“承奶奶的好意，只是因我丢了衣服，他就拿来，我断不敢受。你拿回去千万谢你们奶奶，承你奶奶的情，我算领了。”倒拿个荷包给了丰儿。那丰儿只得拿了去了。不多时，又见平儿同着丰儿过来，岫烟忙迎着问了好，让了坐。平儿笑说道：“我们奶奶说，姑娘特外道的了不得。”岫烟道：“不是外道，实在不过意。”平儿道：“奶奶说，姑娘要不收这衣裳，不是嫌太旧，就是瞧不起我们奶奶。刚才说了，我要拿回去，奶奶不依我呢。”岫烟红着脸笑谢道：“这样说了，叫我不敢不收。”又让了一回茶。

平儿同丰儿回去，将到凤姐那边，碰见薛家差来的一个老婆子，接着问好。平儿便问道：“你那里来的？”婆子道：“那边太太姑娘叫我来请各位太太、奶奶、姑娘们的安。我才刚在奶奶前问起姑娘来，说姑娘到园中去了。可是从邢姑娘那里来么?”平儿道：“你怎么知道?”婆子道：“方才听见说。真真的二奶奶和姑娘们的行事叫人感念。”平儿笑了一笑说：“你回来坐着罢。”婆子道：“我还有事，改日再过来瞧姑娘罢。”说着走了。平儿回来，回复了凤姐。不在话下。

且说薛姨妈家中被金桂搅得翻江倒海，看见婆子回来，述起岫烟的事，宝钗母女二人不免滴下泪来。宝钗道：“都为哥哥不在家，所以叫邢姑娘多吃几天苦。如今还亏凤姐姐不错。咱们底下也得留心，到底是咱们家里人。”说着，只见薛蝌进来说道：“大哥哥这几年在外头相与的都是些什么人，连一个正经的也没有，来一起子，都是些狐群狗党。我看他们那里是不放心，不过将来探探消息儿罢咧。这两天都被我干出去了。以后吩咐了门上，不许传进这种人来。”薛姨妈道：“又是蒋玉菡那些人哪?”薛蝌道：“蒋玉菡却倒没来，倒是别人。”薛姨妈听了薛蝌的话，不觉又伤心起来，说道：“我虽有儿，如今就像没有的了，就是上司准了，也是个废人。你虽是我侄儿，我看你还比你哥哥明白些，我这后辈子全靠你了。你自己从今更要学好。再者，你聘下的媳妇儿，家道不比往时了。人家的女孩儿出门子不是容易，再没别的想头，只盼着女婿能干，他就有日子过了。若邢丫头也像这个东西，”说着把手往里头一指，道，“我也不说了。邢丫头实在是个有廉耻有心计儿的，又守得贫，耐得富。只是等咱们的事情过去了，早些把你们的正经事完结了，也了我一宗心事。”薛蝌道：“琴妹妹还没有出门子，这倒是太太烦心的一件事。至于这个，可算什么呢。”大家又说了一回闲话。

薛蝌回到自己房中，吃了晚饭，想起邢岫烟住在贾府园中，终是寄人篱下，况且又穷，日用起居，不想可知。况兼当初一路同来，模样儿性格儿都知道的。可知天意不均：如夏金桂这种人，偏教他有钱，娇养得这般泼辣；邢岫烟这种人，偏教他这样受苦。阎王判命的时候，不知如何判法的。想到闷来也想吟诗一首，写出来出出胸中的闷气。又苦自己没有工夫，只得混写道：

蛟龙失水似枯鱼，两地情怀感索居。
同在泥涂多受苦，不知何日向清虚。

写毕看了一回，意欲拿来粘在壁上，又不好意思。自己沉吟道："不要被人看见笑话。"又念了一遍，道："管他呢，左右粘上自己看着解闷儿罢。"又看了一回，到底不好，拿来夹在书里。又想自己年纪可也不小了，家中又碰见这样飞灾横祸，不知何日了局，致使幽闺弱质，弄得这般凄凉寂寞。

正在那里想时，只见宝蟾推门进来，拿着一个盒子，笑嘻嘻放在桌上。薛蝌站起来让坐。宝蟾笑着向薛蝌道："这是四碟果子，一小壶儿酒，大奶奶叫给二爷送来的。"薛蝌陪笑道："大奶奶费心。但是叫小丫头们送来就完了，怎么又劳动姐姐呢。"宝蟾道："好说。自家人，二爷何必说这些套话。再者我们大爷这件事，实在叫二爷操心，大奶奶久已要亲自弄点什么儿谢二爷，又怕别人多心。二爷是知道的，咱们家里都是言合意不合，送点子东西没要紧，倒没的惹人七嘴八舌的讲究。所以今日些微的弄了一两样果子，一壶酒，叫我亲自悄悄儿的送来。"说着，又笑瞅了薛蝌一眼，道："明儿二爷再别说这些话，叫人听着怪不好意思的。我们不过也是底下的人，服侍的着大爷就服侍的着二爷，这有何妨呢。"薛蝌一则秉性忠厚，二则到底年轻，只是向来不见金桂和宝蟾如此相待，心中想到刚才宝蟾说为薛蟠之事也是情理，因说道："果子留下罢，这个酒儿，姐姐只管拿回去。我向来的酒上实在很有限，挤住了偶然喝一钟，平日无事是不能喝的。难道大奶奶和姐姐还不知道么。"宝蟾道："别的我作得主，独这一件事，我可不敢应。大奶奶的脾气儿，二爷是知道的，我拿回去，不说二爷不喝，倒要说我不尽心了。"薛蝌没法，只得留下。宝蟾方才要走，又到门口往外看看，回过头来向着薛蝌一笑，又用手指着里面说道："他还只怕要来亲自给你道乏呢。"薛蝌不知何意，反倒讪讪的起来，因说道："姐姐替我谢大奶奶罢。天气寒，看凉着。再者，自己叔嫂，也不必拘这些个礼。"宝蟾也不答言，笑着走了。

薛蝌始而以为金桂为薛蟠之事，或者真是不过意，备此酒果给自己道乏，也是有的。及见了宝蟾这种鬼鬼祟祟不尴不尬的光景，也觉了几分。

却自己回心一想："他到底是嫂子的名分，那里就有别的讲究了呢。或者宝蟾不老成，自己不好意思怎么样，却指着金桂的名儿，也未可知。然而到底是哥哥的屋里人，也不好。"忽又一转念："那金桂素性为人毫无闺阁理法，况且有时高兴，打扮得妖调非常，自以为美，又焉知不是怀着坏心呢？不然，就是他和琴妹妹也有了什么不对的地方儿，所以设下这个毒法儿，要把我拉在浑水里，弄一个不清不白的名儿，也未可知。"想到这里，索性倒怕起来。正在不得主意的时候，忽听窗外扑哧的笑了一声，把薛蝌倒唬了一跳。未知是谁，下回分解。

第九十一回

纵淫心宝蟾工设计　布疑阵宝玉妄谈禅

话说薛蝌正在狐疑，忽听窗外一笑，唬了一跳，心中想道："不是宝蟾，定是金桂。只不理他们，看他们有什么法儿。"听了半日，却又寂然无声。自己也不敢吃那酒果。掩上房门，刚要脱衣时，只听见窗纸上微微一响。薛蝌此时被宝蟾鬼混了一阵，心中七上八下，竟不知是如何是好。听见窗纸微响，细看时，又无动静，自己反倒疑心起来，掩了怀，坐在灯前，呆呆的细想；又把那果子拿了一块，翻来覆去的细看。猛回头，看见窗上纸湿了一块，走过来觑着眼看时，冷不防外面往里一吹，把薛蝌唬了一大跳。听得吱吱的笑声，薛蝌连忙把灯吹灭了，屏息而卧。只听外面一个人说道："二爷为什么不喝酒吃果子，就睡了？"这句话仍是宝蟾的语音。薛蝌只不作声装睡。又隔有两句话时，又听得外面似有恨声道："天下那里有这样没造化的人。"薛蝌听了是宝蟾又似是金桂的语音。这才知道他们原来是这一番意思，翻来覆去，直到五更后才睡着了。

刚到天明，早有人来扣门。薛蝌忙问是谁，外面也不答应。薛蝌只得起来，开了门看时，却是宝蟾，拢着头发，掩着怀，穿一件片锦边琵琶襟小紧身，上面系一条松花绿半新的汗巾，下面并未穿裙，正露着石榴红洒花夹裤，一双新绣红鞋。原来宝蟾尚未梳洗，恐怕人见，赶早来取家伙。薛蝌见他这样打扮便走进来，心中又是一动，只得陪笑问道："怎么这样早就起来了？"宝蟾把脸红着，并不答言，只管把果子折在一个碟子里，端着就走。薛蝌见他这般，知是昨晚的原故，心里想道："这也罢了。倒是他们恼了，索性死了心，也省得来缠。"于是把心放下，唤人舀水洗脸。自己打算在家里静坐两天，一则养养心神，二则出去怕人找他。原来和薛蟠好的那些人因见薛家无人，只有薛蝌在那里办事，年纪又轻，便生许多觊觎之心。也有想插在里头做跑腿的；也有能做状子的，认得一二个书役的，要给他上下打点的；甚至有叫他在内趁钱的；也有造作谣言恐吓的：种种不一。薛蝌见了这些人，远远躲避，又不敢面辞，恐怕激出意外之变，只好藏在家中，听候转详。不提。

且说金桂昨夜打发宝蟾送了些酒果去探探薛蝌的消息，宝蟾回来将薛蝌的光景一一的说了。金桂见事有些不大投机，便怕白闹一场，反被宝蟾瞧不起，欲把两三句话遮饰改过口来，又可惜了这个人，心里倒没了主意，怔怔的坐着。那知宝蟾亦知薛蟠难以回家，正欲寻个头路，因怕金桂拿他，所以不敢透漏。今见金桂所为先已开了端了，他便乐得借风使船，先弄薛蝌到手，不怕金桂不依，所以用言挑拨。见薛蝌似非无情，又不甚兜揽，一时也不敢造次。后来见薛蝌吹灯自睡，大觉扫兴，回来告诉金桂，看金桂有甚方法，再作道理。及见金桂怔怔的，似乎无技可施，他也只得陪金桂收拾睡了。夜里那里睡得着，翻来覆去，想出一个法子来：不如明儿一早起来，先去取了家伙，却自己换上一两件动人的衣服，也不梳洗，越显出一番娇媚来。只看薛蝌的神情，自己反倒装出一番恼意，索性不理他。那薛蝌若有悔心，自然移船泊岸，不愁不先到手。及至见了薛蝌，仍是昨晚这般光景，并无邪僻之意，自己只得以假为真，端了碟子回来，却故意留下酒壶，以为再来搭转之地。只见金桂问道："你拿东西去有人碰见么？"宝蟾道："没有。""二爷也没问你什么？"宝蟾道："也没有。"金桂因一夜不曾睡着，也想不出一个法子来，只得回思道："若作此事，别人可瞒，宝蟾如何能瞒？不如我分惠于他，他自然没有不尽心的。我又不能自去，少不得要他作脚，倒不如和他商量一个稳便主意。"因带笑说道："你看二爷到底是个怎么样的人？"宝蟾道："倒像个糊涂人。"金桂听了笑道："你如何说起爷们来了。"宝蟾也笑道："他辜负奶奶的心，我就说得他。"金桂道："他怎么辜负我的心，你倒得说说。"宝蟾道："奶奶给他好东西吃，他倒不吃，这不是辜负奶奶的心么。"说着，却把眼溜着金桂一笑。金桂道："你别胡想。我给他送东西，为大爷的事不辞劳苦，我所以敬他；又怕人说瞎话，所以问你。你这些话向我说，我不懂是什么意思。"宝蟾笑道："奶奶别多心，我是跟奶奶的，还有两个心么。但是事情要密些，倘或声张起来，不是顽的。”金桂也觉得脸飞红了，因说道：“你这个丫头就不是个好货！想来你心里看上了，却拿我作筏子，是不是呢?”宝蟾道：“只是奶奶那么想罢咧，我倒是替奶奶难受。奶奶要真瞧二爷好，我倒有个主意。奶奶想，那个耗子不偷油呢，他也不过怕事情不密，大家闹出乱子来不好看。依我想，奶奶且别性急，时常在他身上不周不备的去处张罗张罗。他是个小叔子，又没娶媳妇儿，奶奶就多尽点心儿和他贴个好儿，别人也说不出什么来。过几天他感奶奶的情，他自然要谢候奶奶。那时奶奶再备点东西儿在咱们屋里，我帮着奶奶灌醉了他，怕跑了他?他要不应，咱们索性闹起来，就说他调戏奶奶。他害怕，他自然得顺着咱们的手儿。他再不应，他也不是人，咱们也不至白丢了脸面。奶奶想怎么样?”金桂听了这话，两颧早已红晕了，笑骂道：“小蹄子，你倒偷过多少汉子的似的，怪不得大爷在家时离不开你。”宝蟾把嘴一撇，笑说道：“罢哟，人家倒替奶奶拉纤，奶奶倒往我们说这个话咧。”从此金桂一心笼络薛蝌，倒无心混闹了。家中也少觉安静。

当日宝蟾自去取了酒壶，仍是稳稳重重一脸的正气。薛蝌偷眼看了，反倒后悔，疑心或者是自己错想了他们，也未可知。果然如此，倒辜负了他这一番美意，保不住日后倒要和自己也闹起来，岂非自惹的呢。过了两天，甚觉安静。薛蝌遇见宝蟾，宝蟾便低头走了，连眼皮儿也不抬；遇见金桂，金桂却一盆火儿的赶着。薛蝌见这般光景，反倒过意不去。这且不表。

且说宝钗母女觉得金桂几天安静，待人忽亲热起来，一家子都为罕事。薛姨妈十分欢喜，想到必是薛蟠娶这媳妇时冲犯了什么，才败坏了这几年。目今闹出这样事来，亏得家里有钱，贾府出力，方才有了指望。媳妇儿忽然安静起来，或者是蟠儿转过运气来了，也未可知，于是自己心里倒以为希有之奇。这日饭后扶了同贵过来，到金桂房里瞧瞧。走到院中，只听一个男人和金桂说话。同贵知机，便说道：“大奶奶，老太太过来了。”说着已到门口。只见一个人影儿在房门后一躲，薛姨妈一吓，倒退了出来。金桂道：“太太请里头坐。没有外人，他就是我的过继兄弟，本住在屯里，不惯见人，因没有见过太太。今儿才来，还没去请太太的安。”薛姨妈道：“既是舅爷，不妨见见。”金桂叫兄弟出来，见了薛姨妈，作了一个揖，问了好。薛姨妈也问了好，坐下叙起话来。薛姨妈道：“舅爷上京几时了?”那夏三道：“前月我妈没有人管家，把我过继来的。前日才进京，今日来瞧姐姐。”薛姨妈看那人不尴尬，于是略坐坐儿，便起身道：“舅爷坐着罢。”回头向金桂道：“舅爷头上末下的来，留在咱们这里吃了饭再去罢。”金桂答应着，薛姨妈自去了。金桂见婆婆去了，便向夏三道：“你坐着，今日可是过了明路的了，省得我们二爷查考你。我今日还叫你买些东西，只别叫众人看见。”夏三道：“这个交给我就完了。你要什么，只要有钱，我就买得来。”金桂道：“且别说嘴，你买上了当，我可不收。”说着，二人又笑了一回，然后金桂陪夏三吃了晚饭，又告诉他买的东西，又嘱咐一回，夏三自去。从此夏三往来不绝。虽有个年老的门上人，知是舅爷，也不常回，从此生出无限风波，这是后话。不表。

一日薛蟠有信寄回，薛姨妈打开叫宝钗看时，上写：

> 男在县里也不受苦，母亲放心。但昨日县里书办说，府里已经准详，想是我们的情到了。岂知府里详上去，道里反驳下来。亏得县里主文相公好，即刻做了回文顶上去了。那道里却把知县申饬。现在道里要亲提，若一上去，又要吃苦。必是道里没有托到。母亲见字，快快托人求道爷去。还叫兄弟快来，不然就要解道。银子短不得。火速，火速。

薛姨妈听了，又哭了一场，自不必说。薛蝌一面劝慰，一面说道：“事不宜迟。”薛姨妈没法，只得叫薛蝌到县照料，命人即便收拾行李，兑了银子，家人李祥本在那里照应的，薛蝌又同了一个当中伙计连夜起程。

那时手忙脚乱，虽有下人办理，宝钗又恐他们思想不到，亲来帮着，直闹至四更才歇。到底富家女子娇养惯的，心上又急，又苦劳了一会，晚上就发烧。到了明日，汤水都吃不下。莺儿去回了薛姨妈。薛姨妈急来看时，只见宝钗满面通红，身如燔灼，话都不说。薛姨妈慌了手脚，便哭得死去活来。宝琴扶着劝薛姨妈。秋菱也泪如泉涌，只管叫着。宝钗不能说话，手也不能摇动，眼干鼻塞。叫人请医调治，渐渐苏醒回来。薛姨妈等大家略略放心。早惊动荣宁两府的人，先是凤姐打发人送十香返魂丹来，随后王夫人又送至宝丹来。贾母邢、王二夫人以及尤氏等都打发丫头来问候，却都不叫宝玉知道。一连治了七八天，终不见效，还是他自己想起冷香丸，吃了三丸，才得病好。后来宝玉也知道了，因病好了，没有瞧去。

那时薛蝌又有信回来，薛姨妈看了，怕宝钗耽忧，也不叫他知道。自己来求王夫人，并述了一会子宝钗的病。薛姨妈去后，王夫人又求贾政。贾政道："此事上头可托，底下难托，必须打点才好。"王夫人又提起宝钗的事来，因说道："这孩子也苦了。既是我家的人了，也该早些娶了过来才是，别叫他糟踏坏了身子。"贾政道："我也是这么想。但是他家乱忙，况且如今到了冬底，已经年近岁逼，不无各自要料理些家务。今冬且放了定，明春再过礼，过了老太太的生日，就定日子娶。你把这番话先告诉薛姨太太。"王夫人答应了。

到了明日，王夫人将贾政的话向薛姨妈述了。薛姨妈想着也是。到了饭后，王夫人陪着来到贾母房中，大家让了坐。贾母道："姨太太才过来？"薛姨妈道："还是昨儿过来的。因为晚了，没得过来给老太太请安。"王夫人便把贾政昨夜所说的话向贾母述了一遍，贾母甚喜。说着，宝玉进来了。贾母便问道："吃了饭了没有？"宝玉道："才打学房里回来，吃了要往学房里去，先见见老太太。又听见说姨妈来了，过来给姨妈请请安。"因问："宝姐姐可大好了？"薛姨妈笑道："好了。"原来方才大家正说着，见宝玉进来，都煞住了。宝玉坐了坐，见薛姨妈情形不似从前亲热，"虽是此刻没有心情，也不犯大家都不言语。"满腹猜疑，自往学中去了。

晚间回来，都见过了，便往潇湘馆来。掀帘进来，紫鹃接着，见里间屋内无人，宝玉道："姑娘那里去了？"紫鹃道："上屋里去了。知道姨太太过来，姑娘请安去了。二爷没有到上屋里去么？"宝玉道："我去了来的，没有见你姑娘。"紫鹃道："这也奇了。"宝玉问："姑娘到底那里去了？"紫鹃道："不定。"宝玉往外便走。刚出屋门，只见黛玉带着雪雁，冉冉而来。

宝玉道："妹妹回来了。"缩身退步进来。

黛玉进来，走入里间屋内，便请宝玉里头坐。紫鹃拿了一件外罩换上，然后坐下，问道："你上去看见姨妈没有？"宝玉道："见过了。"黛玉道："姨妈说起我没有？"宝玉道："不但没有说起你，连见了我也不像先时亲热。今日我问起宝姐姐病来，他不过笑了一笑，并不答言。难道怪我这两天没有去瞧他么。"黛玉笑了一笑道："你去瞧过没有？"宝玉道："头几天不知道；这两天知道了，也没有去。"黛玉道："可不是。"宝玉道："老太太不叫我去，太太也不叫我去，老爷又不叫我去，我如何敢去。若是像从前这扇小门走得通的时候，要我一天瞧他十趟也不难。如今把门堵了，要打前头过去，自然不便了。"黛玉道："他那里知道这个原故。"宝玉道："宝姐姐为人是最体谅我的。"黛玉道："你不要自己打错了主意。若论宝姐姐，更不体谅，又不是姨妈病，是宝姐姐病。向来在园中，做诗赏花饮酒，何等热闹，如今隔开了，你看见他家里有事了，他病到那步田地，你像没事人一般，他怎么不恼呢。"宝玉道："这样难道宝姐姐便不和我好了不成？"黛玉道："他和你好不好我却不知，我也不过是照理而论。"宝玉听了，瞪着眼呆了半晌。黛玉看见宝玉这样光景，也不睬他，只是自己叫人添了香，又翻出书来细看了一会。只见宝玉把眉一皱，把脚一跺道："我想这个人生他做什么！天地间没有了我，倒也干净！"黛玉道："原是有了我，便有了人；有了人，便有无数的烦恼生出来，恐怖，颠倒，梦想，更有许多缠碍。——才刚我说的都是顽话，你不过是看见姨妈没精打彩，如何便疑到宝姐姐身上去？姨妈过来原为他的官司事情心绪不宁，那里还来应酬你？都是你自己心上胡思乱想，钻入魔道里去了。"宝玉豁然开朗，笑道："很是，很是。你的性灵比我竟强远了，怨不得前年我生气的时候，你和我说过几句禅语，我实在对不上来。我虽丈六金身，还借你一茎所化。"黛玉乘此机会说道："我便问你一句话，你如何回答？"宝玉盘着腿，合着手，闭着眼，嘘着嘴道："讲来。"黛玉道："宝姐姐和你好你怎么样？宝姐姐不和你好你怎么样？宝姐姐前儿和你好，如今不和你好你怎么样？今儿和你好，后来不和你好你怎么样？你和他好他偏不和你好你怎么样？你不和他好他偏要和你好你怎么样？"宝玉呆了半晌，忽然大笑道："任凭弱水三千，我只取一瓢饮。”黛玉道：“瓢之漂水奈何?”宝玉道：“非瓢漂水，水自流，瓢自漂耳!”黛玉道：“水止珠沉，奈何?”宝玉道：“禅心已作沾泥絮，莫向春风舞鹧鸪。”黛玉道：“禅门第一戒是不打诳语的。”宝玉道：“有如三宝。”黛玉低头不语。

只听见檐外老鸹呱呱的叫了几声，便飞向东南上去，宝玉道：“不知主何吉凶。”黛玉道：“人有吉凶事，不在鸟音中。”忽见秋纹走来说道：“请二爷回去。老爷叫人到园里来问过，说二爷打学里回来了没有。袭人姐姐只说已经来了。快去罢。”吓得宝玉站起身来往外忙走，黛玉也不敢相留。未知何事，下回分解。

第九十二回

评女传巧姐慕贤良　玩母珠贾政参聚散

话说宝玉从潇湘馆出来，连忙问秋纹道："老爷叫我作什么?"秋纹笑道："没有叫，袭人姐姐叫我请二爷，我怕你不来，才哄你的。"宝玉听了才把心放下，因说："你们请我也罢了，何苦来唬我。"说着，回到怡红院内。袭人便问道："你这好半天到那里去了?"宝玉道："在林姑娘那边，说起薛姨妈宝姐姐的事来，便坐住了。"袭人又问道："说些什么?"宝玉将打禅语的话述了一遍。袭人道："你们再没个计较，正经说些家常闲话儿，或讲究些诗句，也是好的，怎么又说到禅语上了。又不是和尚。"宝玉道："你不知道，我们有我们的禅机，别人是插不下嘴去的。"袭人笑道："你们参禅参翻了，又叫我们跟着打闷葫芦了。"宝玉道："头里我也年纪小，他也孩子气，所以我说了不留神的话，他就恼了。如今我也留神，他也没有恼的了。只是他近来不常过来，我又念书，偶然到一处，好像生疏了似的。"袭人道："原该这么着才是。都长了几岁年纪了，怎么好意思还像小孩子时候的样子。"宝玉点头道："我也知道。如今且不用说那个。我问你，老太太那里打发人来说什么来着没有?"袭人道："没有说什么。"宝玉道："必是老太太忘了。明儿不是十一月初一日么，年年老太太那里必是个老规矩，要办消寒会，齐打伙儿坐下喝酒说笑。我今日已经在学房里告了假了，这会子没有信儿，明儿可是去不去呢?若去了呢，白白的告了假；若不去，老爷知道了又说我偷懒。"袭人道："据我说，你竟是去的是。才念的好些儿了，又想歇着。依我说也该上紧些才好。昨儿听见太太说，兰哥儿念书真好，他打学房里回来，还各自念书作文章，天天晚上弄到四更多天才睡。你比他大多了，又是叔叔，倘或赶不上他，又叫老太太生气。倒不如明儿早起去罢。”麝月道：“这样冷天，已经告了假又去，倒叫学房里说：既这么着就不该告假呀，显见的是告谎假脱滑儿。依我说落得歇一天。就是老太太忘记了，咱们这里就不消寒了么，咱们也闹个会儿不好么。”袭人道：“都是你起头儿，二爷更不肯去了。”麝月道：“我也是乐一天是一天，比不得你要好名儿，使唤一个月再多得二两银子！”袭人啐道：“小蹄子，人家说正经话，你又来胡拉混扯的了。”麝月道：“我倒不是混拉扯，我是为你。”袭人道：“为我什么？”麝月道：“二爷上学去了，你又该咕嘟着嘴想着，巴不得二爷早一刻儿回来，就有说有笑的了。这会子又假撇清，何苦呢！我都看见了。”

袭人正要骂他，只见老太太那里打发人来说道：“老太太说了，叫二爷明儿不用上学去呢。明儿请了姨太太来给他解闷，只怕姑娘们都来，家里的史姑娘、邢姑娘、李姑娘们都请了，明儿来赴什么消寒会呢。”宝玉没有听完便喜欢道：“可不是，老太太最高兴的，明日不上学是过了明路的了。”袭人也便不言语了。那丫头回去。宝玉认真念了几天书，巴不得顽这一天。又听见薛姨妈过来，想着“宝姐姐自然也来”。心里喜欢，便说：“快睡罢，明日早些起来。”于是一夜无话。

到了次日，果然一早到老太太那里请了安，又到贾政王夫人那里请了安，回明了老太太今儿不叫上学，贾政也没言语，便慢慢退出来，走了几步，便一溜烟跑到贾母房中。见众人都没来，只有凤姐那边的奶妈子带了巧姐儿，跟着几个小丫头过来，给老太太请了安，说：“我妈妈先叫我来请安，陪着老太太说说话儿。妈妈回来就来。”贾母笑着道：“好孩子，我一早就起来了，等他们总不来，只有你二叔叔来了。”那奶妈子便说：“姑娘给你二叔叔请安。”宝玉也问了一声“妞妞好？”巧姐儿道：“我昨夜听见我妈妈说，要请二叔叔去说话。”宝玉道：“说什么呢？”巧姐儿道：“我妈妈说，跟着李妈认了几年字，不知道我认得不认得。我说都认得，我认给妈妈瞧。妈妈说我瞎认，不信，说我一天尽子顽，那里认得。我瞧着那些字也不要紧，就是那《女孝经》也是容易念的。妈妈说我哄他，要请二叔叔得空儿的时候给我理理。”贾母听了，笑道：“好孩子，你妈妈是不认得字的，所以说你哄他。明儿叫你二叔叔理给他瞧瞧，他就信了。”宝玉道：

“你认了多少字了？”巧姐儿道：“认了三千多字，念了一本《女孝经》，半个月头里又上了《列女传》。”宝玉道：“你念了懂得吗？你要不懂，我倒是讲讲这个你听罢。”贾母道：“做叔叔的也该讲究给侄女儿听听。”宝玉道：“那文王后妃是不必说了，想来是知道的。那姜后脱簪待罪，齐国的无盐虽丑，能安邦定国，是后妃里头的贤能的。若说有才的，是曹大姑、班婕妤、蔡文姬、谢道韫诸人。孟光的荆钗布裙，鲍宣妻的提瓮出汲，陶侃母的截发留宾，还有画荻教子的，这是不厌贫的。那苦的里头，有乐昌公主破镜重圆，苏蕙的回文感主。那孝的是更多了，木兰代父从军，曹娥投水寻父的尸首等类也多，我也说不得许多。那个曹氏的引刀割鼻，是魏国的故事。那守节的更多了，只好慢慢的讲。若是那些艳的，王嫱、西子、樊素、小蛮、绛仙等。妒的是秃妾发、怨洛神等类，也少。文君、红拂是女中的……”贾母听到这里，说：“够了，不用说了。你讲的太多，他那里还记得呢。”巧姐儿道：“二叔叔才说的，也有念过的，也有没念过的。念过的二叔叔一讲，我更知道了好些。”宝玉道：“那字是自然认得的了，不用再理。明儿我还上学去呢。”巧姐儿道：“我还听见我妈妈昨儿说，我们家的小红头里是二叔叔那里的，我妈妈要了来，还没有补上人呢。我妈妈想着要把什么柳家的五儿补上，不知二叔叔要不要。”宝玉听了更喜欢，笑着道：“你听你妈妈的话！要补谁就补谁罢咧，又问什么要不要呢。”因又向贾母笑道：“我瞧大妞妞这个小模样儿，又有这个聪明儿，只怕将来比凤姐姐还强呢，又比他认的字。”贾母道：“女孩儿家认得字呢也好，只是女工针黹倒是要紧的。”巧姐儿道：“我也跟着刘妈妈学着做呢，什么扎花儿咧、拉锁子，我虽弄不好，却也学着会做几针儿。”贾母道：“咱们这样人家固然不仗着自己做，但只到底知道些，日后才不受人家的拿捏。”巧姐儿答应着“是”，还要宝玉解说《列女传》，见宝玉呆呆的，也不敢再说。

你道宝玉呆的是什么？只因柳五儿要进怡红院，头一次是他病了不能进来，第二次王夫人撵了晴雯，大凡有些姿色的，都不敢挑。后来又在吴贵家看晴雯去，五儿跟着他妈给晴雯送东西去，见了一面，更觉娇娜妩媚。今日亏得凤姐想着，叫他补入小红的窝儿，竟是喜出望外了。所以呆呆的想他。

贾母等着那些人，见这时候还不来，又叫丫头去请。回来李纨同着他妹子，探春、惜春、史湘云、黛玉都来了，大家请了贾母的安。众人厮见。独有薛姨妈未到，贾母又叫请去。果然姨妈带着宝琴过来。宝玉请了安，问了好。只不见宝钗邢岫烟二人。黛玉便问起“宝姐姐为何不来?”薛姨妈假说身上不好。邢岫烟知道薛姨妈在坐，所以不来。宝玉虽见宝钗不来，心中纳闷，因黛玉来了，便把想宝钗的心暂且搁开。不多时，邢、王二夫人也来了。凤姐听见婆婆们先到了，自己不好落后，只得打发平儿先来告假，说是正要过来，因身上发热，过一回儿就来。贾母道：“既是身上不好，不来也罢。咱们这时候很该吃饭了。”丫头们把火盆往后挪了一挪儿，就在贾母榻前一溜摆下两桌，大家序次坐下。吃了饭，依旧围炉闲谈，不须多赘。

且说凤姐因何不来？头里为着倒比邢、王二夫人迟了，不好意思；后来旺儿家的来回说：“迎姑娘那里打发人来请奶奶安，还说并没有到上头，只到奶奶这里来。”凤姐听了纳闷，不知又是什么事，便叫那人进来，问：“姑娘在家好?”那人道：“有什么好的，奴才并不是姑娘打发来的，实在是司棋的母亲央我来求奶奶的。”凤姐道：“司棋已经出去了，为什么来求我?”那人道：“自从司棋出去，终日啼哭。忽然那一日他表兄来了，他母亲见了，恨得什么似的，说他害了司棋，一把拉住要打。那小子不敢言语。谁知司棋听见了，急忙出来老着脸和他母亲道：‘我是为他出来的，我也恨他没良心。如今他来了，妈要打他，不如勒死了我。’他母亲骂他：‘不害臊的东西，你心里要怎么样?’司棋说道：‘一个女人配一个男人。我一时失脚上了他的当，我就是他的人了，决不肯再失身给别人的。我恨他为什么这样胆小，一身作事一身当，为什么要逃。就是他一辈子不来了，我也一辈子不嫁人的。妈要给我配人，我原拚着一死的。今儿他来了，妈问他怎么样。若是他不改心，我在妈跟前磕了头，只当是我死了，他到那里，我跟到那里，就是讨饭吃也是愿意的。’他妈气得了不得，便哭着骂着说：‘你是我的女儿，我偏不给他，你敢怎么着。’那知道那司棋这东西糊涂，便一头撞在墙上，把脑袋撞破，鲜血直流，竟死了。他妈哭着救不过来，便要叫那小子偿命。他表兄说道：‘你们不用着急。我在外头原发了财，因想着他才回来的，心也算是真了。你们若不信，只管瞧。’说着，打怀里掏出一匣子金珠首饰来。他妈妈看见了便心软了，说：‘你既有心，为什么总不言语？’他外甥道：‘大凡女人都是水性杨花，我若说有钱，他便是贪图银钱了。如今他只为人，就是难得的。我把金珠给你们，我去买棺盛殓他。’那司棋的母亲接了东西，也不顾女孩儿了，便由着外甥去。那里知道他外甥叫人抬了两口棺材来。司棋的母亲看见诧异，说：‘怎么棺材要两口？’他外甥笑道：‘一口装不下，得两口才好。’司棋的母亲见他外甥又不哭，只当是他心疼的傻了。岂知他忙着把司棋收拾了，也不啼哭，眼错不见，把带的小刀子往脖子里一抹，也就抹死了。司棋的母亲懊悔起来，倒哭得了不得。如今坊上知道了，要报官。他急了，央我来求奶奶说个人情，他再过来给奶奶磕头。”凤姐听了，诧异道：“那有这样傻丫头，偏偏的就碰见这个傻小子！怪不得那一天翻出那些东西来，他心里没事人似的，敢只是这么个烈性孩子。论起来，我也没这么大工夫管他这些闲事，但只你才说的叫人听着怪可怜见儿的。也罢了，你回去告诉他，我和你二爷说，打发旺儿给他撕掳就是了。”凤姐打发那人去了，才过贾母这边来。不提。

且说贾政这日正与詹光下大棋，通局的输赢也差不多，单为着一只角儿死活未分，在那里打劫。门上的小厮进来回道：“外面冯大爷要见老爷。”贾政道：“请进来。”小厮出去请了，冯紫英走进门来。贾政即忙迎着。冯紫英进来，在书房中坐下，见是下棋，便道：“只管下棋，我来观局。”詹光笑道：“晚生的棋是不堪瞧的。”冯紫英道：“好说，请下罢。”贾政道：“有什么事么？”冯紫英道：“没有什么话。老伯只管下棋，我也学几着儿。”贾政向詹光道：“冯大爷是我们相好的，既没事，我们索性下完了这一局再说话儿。冯大爷在旁边瞧着。”冯紫英道：“下采不下采？”詹光道：“下采的。”冯紫英道：“下采的是不好多嘴的。”贾政道：“多嘴也不妨，横竖他输了十来两银子，终久是不拿出来的。往后只好罚他做东便了。”詹光笑道：“这倒使得。”冯紫英道：“老伯和詹公对下么？”贾政笑道：“从前对下，他输了；如今让他两个子儿，他又输了。时常还要悔几着，不叫他悔他就急了。”詹光也笑道：“没有的事。”贾政道：“你试试瞧。”大家一面说笑，一面下完了。做起棋来，詹光还了棋头，输了七个子儿。冯紫英道："这盘终吃亏在打劫里头。老伯劫少，就便宜了。"

贾政对冯紫英道："有罪，有罪。咱们说话儿罢。"冯紫英道："小侄与老伯久不见面，一来会会，二来因广西的同知进来引见，带了四种洋货，可以做得贡的。一件是围屏，有二十四扇槅子，都是紫檀雕刻的。中间虽说不是玉，却是绝好的硝子石，石上镂出山水人物楼台花鸟等物。一扇上有五六十个人，都是宫妆的女子，名为《汉宫春晓》。人的眉目口鼻以及出手衣褶，刻得又清楚又细腻。点缀布置都是好的。我想尊府大观园中正厅上却可用得着。还有一个钟表，有三尺多高，也是一个小童儿拿着时辰牌，到了什么时候他就报什么时辰。里头也有些人在那里打十番的。这是两件重笨的，却还没有拿来。现在我带在这里两件却有些意思儿。"就在身边拿出一个锦匣子，见几重白绵裹着，揭开了绵子，第一层是一个玻璃盒子，里头金托子大红绉绸托底，上放着一颗桂圆大的珠子，光华耀目。冯紫英道："据说这就叫做母珠。"因叫拿一个盘儿来。詹光即忙端过一个黑漆茶盘，道："使得么?"冯紫英道："使得。"便又向怀里掏出一个白绢包儿，将包儿里的珠子都倒在盘里散着，把那颗母珠搁在中间，将盘置于桌上。看见那些小珠子儿滴溜滴溜滚到大珠身边来，一回儿把这颗大珠子抬高了，别处的小珠子一颗也不剩，都粘在大珠上。詹光道："这也奇怪。"贾政道："这是有的，所以叫做母珠，原是珠之母。"那冯紫英又回头看着他跟来的小厮道："那个匣子呢?"那小厮赶忙捧过一个花梨木匣子来。大家打开看时，原来匣内衬着虎纹锦，锦上叠着一束蓝纱。詹光道："这是什么东西?"冯紫英道："这叫做鲛绡帐。"在匣子里拿出来时，叠得长不满五寸，厚不上半寸，冯紫英一层一层的打开，打到十来层，已经桌上铺不下了。冯紫英道："你看里头还有两折，必得高屋里去才张得下。这就是鲛丝所织，暑热天气张在堂屋里头，苍蝇蚊子一个不能进来，又轻又亮。"贾政道："不用全打开，怕叠起来倒费事。"詹光便与冯紫英一层一层折好收拾。冯紫英道："这四件东西价儿也不很贵，两万银他就卖。母珠一万，鲛绡帐五千，《汉宫春晓》与自鸣钟五千。"贾政道："那里买得起。"冯紫英道："你们是个国戚，难道宫里头用不着么?"贾政道："用得着的很多，只是那里有这些银子。等我叫人拿进去给老太太瞧瞧。”冯紫英道：“很是。”

贾政便着人叫贾琏把这两件东西送到老太太那边去，并叫人请了邢、王二夫人凤姐儿都来瞧着，又把两样东西一一试过。贾琏道：“他还有两件：一件是围屏，一件是乐钟。共总要卖二万银子呢。”凤姐儿接着道：“东西自然是好的，但是那里有这些闲钱。咱们又不比外任督抚要办贡。我已经想了好些年了，像咱们这种人家，必得置些不动摇的根基才好，或是祭地，或是义庄，再置些坟屋。往后子孙遇见不得意的事，还是有点儿底子，不到一败涂地。我的意思是这样，不知老太太、老爷、太太们怎么样。若是外头老爷们要买，只管买。”贾母与众人都说：“这话说的倒也是。”贾琏道：“还了他罢。原是老爷叫我送给老太太瞧，为的是宫里好进。谁说买来搁在家里？老太太还没开口，你便说了一大些丧气话！”

说着，便把两件东西拿了出去，告诉了贾政，说老太太不要。便与冯紫英道：“这两件东西好可好，就只没银子。我替你留心，有要买的人，我便送信给你去。”冯紫英只得收拾好，坐下说些闲话，没有兴头，就要起身。贾政道：“你在我这里吃了晚饭去罢。”冯紫英道：“罢了，来了就叨扰老伯吗！”贾政道：“说那里的话。”正说着，人回：“大老爷来了。”贾赦早已进来。彼此相见，叙些寒温。不一时摆上酒来，肴馔罗列，大家喝着酒。至四五巡后，说起洋货的话，冯紫英道：“这种货本是难消的，除非要像尊府这种人家，还可消得，其馀就难了。”贾政道：“这也不见得。”贾赦道：“我们家里也比不得从前了，这回儿也不过是个空门面。”冯紫英又问：“东府珍大爷可好么？我前儿见他，说起家常话儿来，提到他令郎续娶的媳妇，远不及头里那位秦氏奶奶了。如今后娶的到底是那一家的，我也没有问起。”贾政道：“我们这个侄孙媳妇儿，也是这里大家，从前做过京畿道的胡老爷的女孩儿。”紫英道：“胡道长我是知道的。但是他家教上也不怎么样。也罢了，只要姑娘好就好。”

贾琏道：“听得内阁里人说起，贾雨村又要升了。”贾政道：“这也好，不知准不准。”贾琏道：“大约有意思的了。”冯紫英道：“我今儿从吏部里来，也听见这样说。雨村老先生是贵本家不是?”贾政道：“是。”冯紫英道：“是有服的还是无服的?”贾政道：“说也话长。他原籍是浙江湖州府人，流寓到苏州，甚不得意。有个甄士隐和他相好，时常周济他。以后中了进士，得了榜下知县，便娶了甄家的丫头。如今的太太不是正配。岂知甄士隐弄到零落不堪，没有找处。雨村革了职以后，那时还与我家并未相识，只因舍妹丈林如海林公在扬州巡盐的时候，请他在家做西席，外甥女儿是他的学生。因他有起复的信要进京来，恰好外甥女儿要上来探亲，林姑老爷便托他照应上来的，还有一封荐书，托我吹嘘吹嘘。那时看他不错，大家常会。岂知雨村也奇，我家世袭起，从代字辈下来，宁荣两宅人口房舍以及起居事宜，一概都明白，因此遂觉得亲热了。”因又笑说道：“几年间门子也会钻了。由知府推升转了御史，不过几年，升了吏部侍郎，署兵部尚书。为着一件事降了三级，如今又要升了。”冯紫英道：“人世的荣枯，仕途的得失，终属难定。”贾政道：“像雨村算便宜的了。还有我们差不多的人家就是甄家，从前一样功勋，一样的世袭，一样的起居，我们也是时常往来。不多几年，他们进京来差人到我这里请安，还很热闹。一回儿抄了原籍的家财，至今杳无音信，不知他近况若何，心下也着实惦记。看了这样，你想做官的怕不怕?”贾赦道：“咱们家是最没有事的。”冯紫英道：“果然，尊府是不怕的。一则里头有贵妃照应，二则故旧好亲戚多，三则你家自老太太起至于少爷们，没有一个刁钻刻薄的。”贾政道：“虽无刁钻刻薄，却没有德行才情。白白的衣租食税，那里当得起。”贾赦道：“咱们不用说这些话，大家吃酒罢。”大家又喝了几杯，摆上饭来。吃毕，喝茶。冯家的小厮走来轻轻的向紫英说了一句，冯紫英便要告辞了。贾赦贾政道：“你说什么?”小厮道：“外面下雪，早已下了梆子了。”贾政叫人看时，已是雪深一寸多了。贾政道：“那两件东西你收拾好了么?”冯紫英道：“收好了。若尊府要用，价钱还自然让些。”贾政道：“我留神就是了。”紫英道：“我再听信罢。天气冷，请罢，别送了。”贾赦贾政便命贾琏送了出去。未知后事如何，下回分解。

第九十三回

甄家仆投靠贾家门　水月庵掀翻风月案

却说冯紫英去后，贾政叫门上人来吩咐道："今儿临安伯那里来请吃酒，知道是什么事?"门上的人道："奴才曾问过，并没有什么喜庆事。不过南安王府里到了一班小戏子，都说是个名班。伯爷高兴，唱两天戏请相好的老爷们瞧瞧，热闹热闹。大约不用送礼的。"说着，贾赦过来问道："明儿二老爷去不去?"贾政道："承他亲热，怎么好不去的。"说着，门上进来回道："衙门里书办来请老爷明日上衙门，有堂派的事，必得早些去。"贾政道："知道了。"说着，只见两个管屯里地租子的家人走来，请了安，磕了头，旁边站着。贾政道："你们是郝家庄的?"两个答应了一声。贾政也不往下问，竟与贾赦各自说了一回话儿散了。家人等秉着手灯送过贾赦去。

这里贾琏便叫那管租的人道："说你的。"那人说道："十月里的租子奴才已经赶上来了，原是明儿可到。谁知京外拿车，把车上的东西不由分说都掀在地下。奴才告诉他说是府里收租子的车，不是买卖车。他更不管这些。奴才叫车夫只管拉着走，几个衙役就把车夫混打了一顿，硬扯了两辆车去了。奴才所以先来回报，求爷打发个人到衙门里去要了来才好。再者，也整治整治这些无法无天的差役才好。爷还不知道呢，更可怜的是那买卖车，客商的东西全不顾，掀下来赶着就走。那些赶车的但说句话，打的头破血出的。"贾琏听了，骂道："这个还了得!"立刻写了一个帖儿，叫家人："拿去向拿车的衙门里要车去，并车上东西。若少了一件，是不依的。快叫周瑞。"周瑞不在家。又叫旺儿，旺儿晌午出去了，还没有回来。贾琏道："这些忘八羔子，一个都不在家！他们终年家吃粮不管事。"因吩咐小厮们："快给我找去。"说着，也回到自己屋里睡下。不题。

且说临安伯第二天又打发人来请。贾政告诉贾赦道："我是衙门里有事，琏儿要在家等候拿车的事情，也不能去，倒是大老爷带宝玉应酬一天也罢了。"贾赦点头道："也使得。"贾政遣人去叫宝玉，说："今儿跟大爷到临安伯那里听戏去。"宝玉喜欢的了不得，便换上衣服，带了焙茗、扫红、锄药三个小子出来，见了贾赦，请了安，上了车，来到临安伯府里。门上人回进去，一会子出来说："老爷请。"于是贾赦带着宝玉走入院内，只见宾客喧阗。贾赦宝玉见了临安伯，又与众宾客都见过了礼。大家坐着说笑了一回。只见一个掌班的拿着一本戏单，一个牙笏，向上打了一个千儿，说道："求各位老爷赏戏。"先从尊位点起，挨至贾赦，也点了一出。那人回头见了宝玉，便不向别处去，竟抢步上来打个千儿道："求二爷赏两出。"宝玉一见那人，面如傅粉，唇若涂朱，鲜润如出水芙蕖，飘扬似临风玉树。原来不是别人，就是蒋玉菡。前日听得他带了小戏儿进京，也没有到自己那里。此时见了，又不好站起来，只得笑道："你多早晚来的?"蒋玉菡把手在自己身子上一指，笑道："怎么二爷不知道么?"宝玉因众人在坐，也难说话，只得胡乱点了一出。蒋玉菡去了，便有几个议论道："此人是谁?"有的说："他向来是唱小旦的，如今不肯唱小旦，年纪也大了，就在府里掌班。头里也改过小生。他也攒了好几个钱，家里已经有两三个铺子，只是不肯放下本业，原旧领班。"有的说："想必成了家了。"有的说："亲还没有定。他倒拿定一个主意，说是人生配偶关系一生一世的事，不是混闹得的，不论尊卑贵贱，总要配的上他的才能。所以到如今还并没娶亲。"宝玉暗忖度道："不知日后谁家的女孩儿嫁他。要嫁着这样的人材儿，也算是不辜负了。"那时开了戏，也有昆腔，也有高腔，也有弋腔梆子腔，做得热闹。

过了晌午，便摆开桌子吃酒。又看了一回，贾赦便欲起身。临安伯过来留道："天色尚早，听见说蒋玉菡还有一出《占花魁》，他们顶好的首戏。"宝玉听了，巴不得贾赦不走。于是贾赦又坐了一会。果然蒋玉菡扮着秦小官服侍花魁醉后神情，把这一种怜香惜玉的意思，做得极情尽致。以后对饮对唱，缠绵缱绻。宝玉这时不看花魁，只把两只眼睛独射在秦小官身上。更加蒋玉菡声音响亮，口齿清楚，按腔落板，宝玉的神魂都唱了进去了。直等这出戏进场后，更知蒋玉菡极是情种，非寻常戏子可比。因想着《乐记》上说的是“情动于中，故形于声。声成文谓之音。”所以知声，知音，知乐，有许多讲究。声音之原，不可不察。诗词一道，但能传情，不能入骨，自后想要讲究讲究音律。宝玉想出了神，忽见贾赦起身，主人不及相留。宝玉没法，只得跟了回来。到了家中，贾赦自回那边去了，宝玉来见贾政。

贾政才下衙门，正向贾琏问起拿车之事。贾琏道：“今儿门人拿帖儿去，知县不在家。他的门上说了：这是本官不知道的，并无牌票出去拿车，都是那些混帐东西在外头撒野挤讹头。既是老爷府里的，我便立刻叫人去追办，包管明儿连车连东西一并送来，如有半点差迟，再行禀过本官，重重处治。此刻本官不在家，求这里老爷看破些，可以不用本官知道更好。”贾政道：“既无官票，到底是何等样人在那里作怪？”贾琏道：“老爷不知，外头都是这样。想来明儿必定送来的。”贾琏说完下来，宝玉上去见了。贾政问了几句，便叫他往老太太那里去。

贾琏因为昨夜叫空了家人，出来传唤，那起人多已伺候齐全。贾琏骂了一顿，叫大管家赖升：“将各行档的花名册子拿来，你去查点查点。写一张谕帖，叫那些人知道：若有并未告假，私自出去，传唤不到，贻误公事的，立刻给我打了撵出去！”赖升连忙答应了几个“是”，出来吩咐了一回。家人各自留意。

过不几时，忽见有一个人头上戴着毡帽，身上穿着一身青布衣裳，脚下穿着一双撒鞋，走到门上向众人作了个揖。众人拿眼上上下下打谅了他一番，便问他是那里来的。那人道：“我自南边甄府中来的。并有家老爷手书一封，求这里的爷们呈上尊老爷。”众人听见他是甄府来的，才站起来让他坐下道：“你乏了，且坐坐，我们给你回就是了。”门上一面进来回明贾政，呈上来书。贾政拆书看时，上写着：

世交夙好，气谊素敦。遥仰襜帷，不胜依切。弟因菲材获谴，自分万死难偿，幸邀宽宥，待罪边隅，迄今门户凋零，家人星散。所有

> 奴子包勇，向曾使用，虽无奇技，人尚悫实。倘使得备奔走，糊口有资，屋乌之爱，感佩无涯矣。专此奉达，馀容再叙。不宣。

贾政看完，笑道："这里正因人多，甄家倒荐人来，又不好却的。"吩咐门上："叫他见我。且留他住下，因材使用便了。"门上出去，带进人来。见贾政便磕了三个头，起来道："家老爷请老爷安。"自己又打个千儿说："包勇请老爷安。"贾政回问了甄老爷的好，便把他上下一瞧。但见包勇身长五尺有零，肩背宽肥，浓眉爆眼，磕额长髯，气色粗黑，垂着手站着。便问道："你是向来在甄家的，还是住过几年的？"包勇道："小的向在甄家的。"贾政道："你如今为什么要出来呢？"包勇道："小的原不肯出来。只是家爷再四叫小的出来，说是别处你不肯去，这里老爷家里只当原在自己家里一样的，所以小的来的。"贾政道："你们老爷不该有这事情，弄到这样的田地。"包勇道："小的本不敢说，我们老爷只是太好了，一味的真心待人，反倒招出事来。"贾政道："真心是最好的了。"包勇道："因为太真了，人人都不喜欢，讨人厌烦是有的。"贾政笑了一笑道："既这样，皇天自然不负他的。"包勇还要说时，贾政又问道："我听见说你们家的哥儿不是也叫宝玉么？"包勇道："是。"贾政道："他还肯向上巴结么？"包勇道："老爷若问我们哥儿，倒是一段奇事。哥儿的脾气也和我家老爷一个样子，也是一味的诚实。从小儿只管和那些姐妹们在一处顽，老爷太太也狠打过几次，他只是不改。那一年太太进京的时候儿，哥儿大病了一场，已经死了半日，把老爷几乎急死，装裹都预备了。幸喜后来好了，嘴里说道，走到一座牌楼那里，见了一个姑娘领着他到了一座庙里，见了好些柜子，里头见了好些册子。又到屋里，见了无数女子，说是多变了鬼怪似的，也有变做骷髅儿的。他吓急了，便哭喊起来。老爷知他醒过来了，连忙调治，渐渐的好了。老爷仍叫他在姐妹们一处顽去，他竟改了脾气了，好着时候的顽意儿一概都不要了，惟有念书为事。就有什么人来引诱他，他也全不动心。如今渐渐的能够帮着老爷料理些家务了。"贾政默然想了一回，道："你去歇歇去罢。等这里用着你时，自然派你一个行次儿。"包勇答应着退下来，跟着这里人出去歇息。不提。

一日贾政早起刚要上衙门，看见门上那些人在那里交头接耳，好像要使贾政知道的似的，又不好明回，只管咕咕唧唧的说话。贾政叫上来问道："你们有什么事，这么鬼鬼祟祟的?"门上的人回道："奴才们不敢说。"贾政道："有什么事不敢说的?"门上的人道："奴才今儿起来开门出去，见门上贴着一张白纸，上写着许多不成事体的字。"贾政道："那里有这样的事，写的是什么?"门上的人道："是水月庵里的腌脏话。"贾政道："拿给我瞧。"门上的人道："奴才本要揭下来，谁知他贴得结实，揭不下来，只得一面抄一面洗。刚才李德揭了一张给奴才瞧，就是那门上贴的话。奴才们不敢隐瞒。"说着呈上那帖儿。贾政接来看时，上面写着：

西贝草斤年纪轻，水月庵里管尼僧。
一个男人多少女，窝娼聚赌是陶情。
不肖子弟来办事，荣国府内出新闻。

贾政看了，气得头昏目晕，赶着叫门上的人不许声张，悄悄叫人往宁荣两府靠近的夹道子墙壁上再去找寻。随即叫人去唤贾琏出来。

贾琏即忙赶至。贾政忙问道："水月庵中寄居的那些女尼女道，向来你也查考查考过没有?"贾琏道："没有。一向都是芹儿在那里照管。"贾政道："你知道芹儿照管得来照管不来?"贾琏道："老爷既这么说，想来芹儿必有不妥当的地方儿。"贾政叹道："你瞧瞧这个帖儿写的是什么。"贾琏一看，道："有这样事么。"正说着，只见贾蓉走来，拿着一封书子，写着"二老爷密启"。打开看时，也是无头榜一张，与门上所贴的话相同。贾政道："快叫赖大带了三四辆车子到水月庵里去，把那些女尼女道士一齐拉回来。不许泄漏，只说里头传唤。"赖大领命去了。

且说水月庵中小女尼女道士等初到庵中，沙弥与道士原系老尼收管，日间教他些经忏。以后元妃不用，也便习学得懒怠了。那些女孩子们年纪渐渐的大了，都也有个知觉了。更兼贾芹也是风流人物，打量芳官等出家只是小孩子性儿，便去招惹他们。那知芳官竟是真心，不能上手，便把这心肠移到女尼女道士身上。因那小沙弥中有个名叫沁香的和女道士中有个叫做鹤仙的，长得都甚妖娆，贾芹便和这两个人勾搭上了。闲时便学些丝弦，唱个曲儿。那时正当十月中旬，贾芹给庵中那些人领了月例银子，便想起法儿来，告诉众人道："我为你们领月钱不能进城，又只得在这里歇着。怪冷的，怎么样？我今儿带些果子酒，大家吃着乐一夜好不好？"那些女孩子都高兴，便摆起桌子，连本庵的女尼也叫了来，惟有芳官不来。贾芹喝了几杯，便说道要行令。沁香等道："我们都不会，到不如搳拳罢。谁输了喝一杯，岂不爽快。"本庵的女尼道："这天刚过晌午，混嚷混喝的不像。且先喝几盅，爱散的先散去，谁爱陪芹大爷的，回来晚上尽子喝去，我也不管。"

正说着，只见道婆急忙进来说："快散了罢，府里赖大爷来了。"众女尼忙乱收拾，便叫贾芹躲开。贾芹因多喝了几杯，便道："我是送月钱来的，怕什么!"话犹未完，已见赖大进来，见这般样子，心里大怒。为的是贾政吩咐不许声张，只得含糊装笑道："芹大爷也在这里呢么。"贾芹连忙站起来道："赖大爷，你来作什么？"赖大说："大爷在这里更好。快快叫沙弥道士收拾上车进城，宫里传呢。"贾芹等不知原故，还要细问。赖大说："天已不早了，快快的好赶进城。"众女孩子只得一齐上车，赖大骑着大走骡押着赶进城。不题。

却说贾政知道这事，气得衙门也不能上了，独坐在内书房叹气。贾琏也不敢走开。忽见门上的进来禀道："衙门里今夜该班是张老爷，因张老爷病了，有知会来请老爷补一班。"贾政正等赖大回来要办贾芹，此时又要该班，心里纳闷，也不言语。贾琏走上去说道："赖大是饭后出去的，水月庵离城二十来里，就赶进城也得二更天。今日又是老爷的帮班，请老爷只管去。赖大来了，叫他押着，也别声张，等明儿老爷回来再发落。倘或芹儿来了，也不用说明，看他明儿见了老爷怎么样说。"贾政听来有理，只得上班去了。

贾琏抽空才要回到自己房中，一面走着，心里抱怨凤姐出的主意，欲要埋怨，因他病着，只得隐忍，慢慢的走着。且说那些下人一人传十传到里头。先是平儿知道，即忙告诉凤姐。凤姐因那一夜不好，恹恹的总没精神，正是惦记铁槛寺的事情。听说外头贴了匿名揭帖的一句话，吓了一跳，忙问贴的是什么。平儿随口答应，不留神就错说了道："没要紧，是馒头庵里的事情。"凤姐本是心虚，听见馒头庵的事情，这一唬直唬怔了，一句话没说出来，急火上攻，眼前发晕，咳嗽了一阵，哇的一声，吐出一口血来。平儿慌了，说道："水月庵里不过是女沙弥女道士的事，奶奶着什么急。"凤姐听是水月庵，才定了定神，说道："呸，糊涂东西，到底是水月庵呢，是馒头庵?"平儿笑道："是我头里错听了是馒头庵，后来听见不是馒头庵，是水月庵。我刚才也就说溜了嘴，说成馒头庵了。"凤姐道："我就知道是水月庵，那馒头庵与我什么相干。原是这水月庵是我叫芹儿管的，大约克扣了月钱。"平儿道："我听着不像月钱的事，还有些腌脏话呢。"凤姐道："我更不管那个。你二爷那里去了?"平儿说："听见老爷生气，他不敢走开。我听见事情不好，我吩咐这些人不许吵嚷，不知太太们知道了么。但听见说老爷叫赖大拿这些女孩子去了。且叫个人前头打听打听。奶奶现在病着，依我竟先别管他们的闲事。"正说着，只见贾琏进来。凤姐欲待问他，见贾琏一脸的怒气，暂且装作不知。贾琏饭没吃完，旺儿来说："外头请爷呢，赖大回来了。"贾琏道："芹儿来了没有?"旺儿道："也来了。"贾琏便道："你去告诉赖人，说老爷上班儿去了。把这些个女孩子暂且收在园里，明日等老爷回来送进宫去。只叫芹儿在内书房等着我。"旺儿去了。

贾芹走进书房，只见那些下人指指点点，不知说什么。看起这个样儿来，不像宫里要人。想着问人，又问不出来。正在心里疑惑，只见贾琏走出来。贾芹便请了安，垂手侍立，说道："不知道娘娘宫里即刻传那些孩子们做什么，叫侄儿好赶。幸喜侄儿今儿送月钱去还没有走，便同着赖大来了。二叔想来是知道的。"贾琏道："我知道什么！你才是明白的呢。"贾芹摸不着头脑儿，也不敢再问。贾琏道："你干得好事，把老爷都气坏了。"贾芹道："侄儿没有干什么。庵里月钱是月月给的，孩子们经忏是不忘记的。"贾琏见他不知，又是平素常在一处顽笑的，便叹口气道："打嘴的东西，你各自去瞧瞧罢!"便从靴掖儿里头拿出那个揭帖来，扔与他瞧。贾芹拾来一看，吓得面如土色，说道："这是谁干的！我并没得罪人，为什么这么坑我！我一月送钱去，只走一趟，并没有这些事。若是老爷回来打着问我，侄儿便该死了。我母亲知道，更要打死。”说着，见没人在旁边，便跪下去说道：“好叔叔，救我一救儿罢！”说着，只管磕头，满眼泪流。贾琏想道：“老爷最恼这些，要是问准了有这些事，这场气也不小。闹出去也不好听，又长那个贴帖儿的人的志气了。将来咱们的事多着呢。倒不如趁着老爷上班儿，和赖大商量着，若混过去，就可以没事了。现在没有对证。”想定主意，便说：“你别瞒我，你干的鬼鬼祟祟的事，你打谅我都不知道呢。若要完事，就是老爷打着问你，你一口咬定没有才好。没脸的，起去罢！”叫人去唤赖大。

不多时，赖大来了。贾琏便与他商量。赖大说：“这芹大爷本来闹的不像了。奴才今儿到庵里的时候，他们正在那里喝酒呢。帖儿上的话是一定有的。”贾琏道：“芹儿你听，赖大还赖你不成。”贾芹此时红涨了脸，一句也不敢言语。还是贾琏拉着赖大，央他：“护庇护庇罢，只说是芹哥儿在家里找来的。你带了他去，只说没有见我。明日你求老爷也不用问那些女孩子了，竟是叫了媒人来，领了去一卖完事。果然娘娘再要的时候儿，咱们再买。”赖大想来，闹也无益，且名声不好，就应了。贾琏叫贾芹：“跟了赖大爷去罢，听着他教你。你就跟着他。”说罢，贾芹又磕了一个头，跟着赖大出去。到了没人的地方儿，又给赖大磕头。赖大说：“我的小爷，你太闹的不像了。不知得罪了谁，闹出这个乱儿。你想想谁和你不对罢。”贾芹想了一想，忽然想起一个人来。未知是谁，下回分解。

第九十四回

宴海棠贾母赏花妖　失宝玉通灵知奇祸

话说赖大带了贾芹出来，一宿无话，静候贾政回来。单是那些女尼女道重进园来，都喜欢的了不得，欲要到各处逛逛，明日预备进宫。不料赖大便吩咐了看园的婆子并小厮看守，惟给了些饮食，却是一步不准走开。那些女孩子摸不着头脑，只得坐着等到天亮。园里各处的丫头虽都知道拉进女尼们来预备宫里使唤，却也不能深知原委。

到了明日早起，贾政正要下班，因堂上发下两省城工估销册子立刻要查核，一时不能回家，便叫人回来告诉贾琏说："赖大回来，你务必查问明白。该如何办就如何办了，不必等我。"贾琏奉命，先替芹儿喜欢，又想道：若是办得一点影儿都没有，又恐贾政生疑，"不如回明二太太讨个主意办去，便是不合老爷的心，我也不至甚担干系。"主意定了，进内去见王夫人，陈说："昨日老爷见了揭帖生气，把芹儿和女尼女道等都叫进府来查办。今日老爷没空问这种不成体统的事，叫我来回太太，该怎么便怎么样。我所以来请示太太，这件事如何办理？"王夫人听了，诧异道："这是怎么说！若是芹儿这么样起来，这还成咱们家的人了么！但只这个贴帖儿的也可恶，这些话可是混嚼说得的么。你到底问了芹儿有这件事没有呢？"贾琏道："刚才也问过了。太太想，别说他干了没有，就是干了，一个人干了混帐事也肯应承么？但只我想芹儿也不敢行此事，知道那些女孩子都是娘娘一时要叫的，倘或闹出事来，怎么样呢？依侄儿的主见，要问也不难，若问出来，太太怎么个办法呢？"王夫人道："如今那些女孩子在那里？"贾琏道："都在园里锁着呢。"王夫人道："姑娘们知道不知道？"贾琏道："大约姑娘们也都知道是预备宫里头的话，外头并没提起别的来。"王夫人道：

“很是。这些东西一刻也是留不得的。头里我原要打发他们去来着，都是你们说留着好，如今不是弄出事来了么。你竟叫赖大那些人带去，细细的问他的本家有人没有，将文书查出，花上几十两银子，雇只船，派个妥当人送到本地，一概连文书发还了，也落得无事。若是为着一两个不好，个个都押着他们还俗，那又太造孽了。若在这里发给官媒，虽然我们不要身价，他们弄去卖钱，那里顾人的死活呢。芹儿呢，你便狠狠的说他一顿。除了祭祀喜庆，无事叫他不用到这里来，看仔细碰在老爷气头儿上，那可就吃不了兜着走了。并说与帐房儿里，把这一项钱粮档子销了。还打发个人到水月庵，说老爷的谕：除了上坟烧纸，若有本家爷们到他那里去，不许接待。若再有一点不好风声，连老姑子一并撵出去。”

贾琏一一答应了，出去将王夫人的话告诉赖大，说：“是太太主意，叫你这么办去。办完了，告诉我去回太太。你快办去罢。回来老爷来，你也按着太太的话回去。”赖大听说，便道：“我们太太真正是个佛心。这班东西着人送回去。既是太太好心，不得不挑个好人。芹哥儿竟交给二爷开发了罢。那个贴帖儿的，奴才想法儿查出来，重重的收拾他才好。”贾琏点头说：“是了。”即刻将贾芹发落。赖大也赶着把女尼等领出，按着主意办去了。晚上贾政回家，贾琏赖大回明贾政。贾政本是省事的人，听了也便撂开手了。独有那些无赖之徒，听得贾府发出二十四个女孩子出来，那个不想。究竟那些人能够回家不能，未知着落，亦难虚拟。

且说紫鹃因黛玉渐好，园中无事，听见女尼等预备宫内使唤，不知何事，便到贾母那边打听打听，恰遇着鸳鸯下来，闲着坐下说闲话儿，提起女尼的事。鸳鸯诧异道：“我并没有听见，回来问问二奶奶就知道了。”正说着，只见傅试家两个女人过来请贾母的安，鸳鸯要陪了上去。那两个女人因贾母正睡晌觉，就与鸳鸯说了一声儿回去了。紫鹃问：“这是谁家差来的?”鸳鸯道：“好讨人嫌。家里有了一个女孩儿生得好些，便献宝的似的，常常在老太太面前夸他家姑娘长得怎么好，心地怎么好，礼貌上又能，说话儿又简绝，做活计儿手儿又巧，会写会算，尊长上头最孝敬的，就是待下人也是极和平的。来了就编这么一大套，常常说给老太太听。我听着很烦。这几个老婆子真讨人嫌。我们老太太偏爱听那些个话。老太太也罢了，还有宝玉，素常见了老婆子便很厌烦的，偏见了他们家的老婆子便不厌烦。你说奇不奇！前儿还来说，他们姑娘现有多少人家儿来求亲，他们老爷总不肯应，心里只要和咱们这种人家作亲才肯。一回夸奖，一回奉承，把老太太的心都说活了。”紫鹃听了一呆，便假意道：“若老太太喜欢，为什么不就给宝玉定了呢？”鸳鸯正要说出原故，听见上头说：“老太太醒了。”鸳鸯赶着上去。

紫鹃只得起身出来，回到园里。一头走，一头想道：“天下莫非只有一个宝玉，你也想他，我也想他。我们家的那一位越发痴心起来了，看他的那个神情儿，是一定在宝玉身上的了。三番五次的病，可不是为着这个是什么！这家里金的银的还闹不清，若添了一个什么傅姑娘，更了不得了。我看宝玉的心也在我们那一位的身上，听着鸳鸯的说话竟是见一个爱一个的。这不是我们姑娘白操了心了吗？”紫鹃本是想着黛玉，往下一想，连自己也不得主意了，不免掉下泪来。要想叫黛玉不用瞎操心呢，又恐怕他烦恼；若是看着他这样，又可怜见儿的。左思右想，一时烦躁起来，自己啐自己道：“你替人耽什么忧！就是林姑娘真配了宝玉，他的那性情儿也是难服侍的。宝玉性情虽好，又是贪多嚼不烂的。我倒劝人不必瞎操心，我自己才是瞎操心呢。从今以后，我尽我的心服侍姑娘，其馀的事全不管！”这么一想，心里倒觉清净。回到潇湘馆来，见黛玉独自一人坐在炕上，理从前做过的诗文词稿。抬头见紫鹃来，便问：“你到那里去了？”紫鹃道：“我今儿瞧了瞧姐妹们去。”黛玉道：“敢是找袭人姐姐去么？”紫鹃道：“我找他做什么。”黛玉一想这话，怎么顺嘴说了出来，反觉不好意思，便啐道：“你找谁与我什么相干！倒茶去罢。”

紫鹃也心里暗笑，出来倒茶。只听见园里的一叠声乱嚷，不知何故，一面倒茶，一面叫人去打听。回来说道：“怡红院里的海棠本来萎了几棵，也没人去浇灌他。昨日宝玉走去，瞧见枝头上好像有了骨朵儿似的。人都不信，没有理他。忽然今日开得很好的海棠花，众人诧异，都争着去看。连老太太、太太都哄动了来瞧花儿呢，所以大奶奶叫人收拾园里败叶枯枝，这些人在那里传唤。”黛玉也听见了，知道老太太来，便更了衣，叫雪雁去打听，“若是老太太来了，即来告诉我。”雪雁去不多时，便跑来说：“老太太、太太好些人都来了，请姑娘就去罢。”黛玉略自照了一照镜子，掠了一掠鬓发，便扶着紫鹃到怡红院来。

已见老太太坐在宝玉常卧的榻上，黛玉便说道：“请老太太安。”退后，便见了邢、王二夫人，回来与李纨、探春、惜春、邢岫烟彼此问了好。只有凤姐因病未来；史湘云因他叔叔调任回京，接了家去；薛宝琴跟他姐姐家去住了；李家姐妹因见园内多事，李婶娘带了在外居住：所以黛玉今日见的只有数人。大家说笑了一回，讲究这花开得古怪。贾母道：“这花儿应在三月里开的，如今虽是十一月，因节气迟，还算十月，应着小阳春的天气，这花开因为和暖是有的。”王夫人道：“老太太见的多，说得是。也不为奇。”邢夫人道：“我听见这花已经萎了一年，怎么这回不应时候儿开了，必有个原故。”李纨笑道：“老太太与太太说得都是。据我的糊涂想头，必是宝玉有喜事来了，此花先来报信。”探春虽不言语，心内想：“此花必非好兆。大凡顺者昌，逆者亡。草木知运，不时而发，必是妖孽。”只不好说出来。独有黛玉听说是喜事，心里触动，便高兴说道：“当初田家有荆树一棵，三个弟兄因分了家，那荆树便枯了。后来感动了他弟兄们仍旧归在一处，那荆树也就荣了。可知草木也随人的。如今二哥哥认真念书，舅舅喜欢，那棵树也就发了。”贾母王夫人听了喜欢，便说：“林姑娘比方得有理，很有意思。”

正说着，贾赦、贾政、贾环、贾兰都进来看花。贾赦便说：“据我的主意，把他砍去，必是花妖作怪。”贾政道：“见怪不怪，其怪自败。不用砍他，随他去就是了。”贾母听见，便说：“谁在这里混说！人家有喜事好处，什么怪不怪的。若有好事，你们享去；若是不好，我一个人当去。你们不许混说。”贾政听了，不敢言语，讪讪的同贾赦等走了出来。

那贾母高兴，叫人传话到厨房里，快快预备酒席，大家赏花。叫：“宝玉、环儿、兰儿各人做一首诗志喜。林姑娘的病才好，不要他费心，若高兴，给你们改改。”对着李纨道：“你们都陪我喝酒。”李纨答应了“是”，便笑对探春笑道：“都是你闹的。”探春道：“饶不叫我们做诗，怎么我们闹的。”李纨道：“海棠社不是你起的么，如今那棵海棠也要来入社了。”大家听着都笑了。一时摆上酒菜，一面喝着，彼此都要讨老太太的欢喜，大家说些兴头话。宝玉上来，斟了酒，便立成了四句诗，写出来念与贾母听道：

海棠何事忽摧隤，今日繁花为底开？
应是北堂增寿考，一阳旋复占先梅。

贾环也写了来念道：

草木逢春当茁芽，海棠未发候偏差。
人间奇事知多少，冬月开花独我家。

贾兰恭楷誊正，呈与贾母，贾母命李纨念道：

烟凝媚色春前萎，霜浥微红雪后开。
莫道此花知识浅，欣荣预佐合欢杯。

贾母听毕，便说："我不大懂诗，听去倒是兰儿的好，环儿做得不好。都上来吃饭罢。"宝玉看见贾母喜欢，更是兴头。因想起："晴雯死的那年海棠死的，今日海棠复荣，我们院内这些人自然都好。但是晴雯不能像花的死而复生了。"顿觉转喜为悲。忽又想起前日巧姐提凤姐要把五儿补入，或此花为他而开，也未可知，却又转悲为喜，依旧说笑。

贾母还坐了半天，然后扶了珍珠回去了。王夫人等跟着过来。只见平儿笑嘻嘻的迎上来说："我们奶奶知道老太太在这里赏花，自己不得来，叫奴才来服侍老太太、太太们，还有两匹红送给宝二爷包裹这花，当作贺礼。"袭人过来接了，呈与贾母看。贾母笑道："偏是凤丫头行出点事儿来，叫人看着又体面，又新鲜，很有趣儿。"袭人笑着向平儿道："回去替宝二爷给二奶奶道谢。要有喜大家喜。"贾母听了笑道："嗳哟，我还忘了呢，凤丫头虽病着，还是他想得到，送得也巧。"一面说着，众人就随着去了。平儿私与袭人道："奶奶说，这花开得奇怪，叫你铰块红绸子挂挂，便应在喜事上去了。以后也不必只管当作奇事混说。”袭人点头答应，送了平儿出去。不题。

且说那日宝玉本来穿着一裹圆的皮袄在家歇息，因见花开，只管出来看一回，赏一回，叹一回，爱一回的，心中无数悲喜离合，都弄到这株花上去了。忽然听说贾母要来，便去换了一件狐腋箭袖，罩一件元狐腿外褂，出来迎接贾母。匆匆穿换，未将通灵宝玉挂上。及至后来贾母去了，仍旧换衣。袭人见宝玉脖子上没有挂着，便问：“那块玉呢？”宝玉道：“才刚忙乱换衣，摘下来放在炕桌上，我没有带。”袭人回看桌上并没有玉，便向各处找寻，踪影全无，吓得袭人满身冷汗。宝玉道：“不用着急，少不得在屋里的。问他们就知道了。”袭人当作麝月等藏起吓他顽，便向麝月等笑着说道：“小蹄子们，顽呢到底有个顽法。把这件东西藏在那里了？别真弄丢了，那可就大家活不成了。”麝月等都正色道：“这是那里的话！顽是顽笑是笑，这个事非同儿戏，你可别混说。你自己昏了心了，想想罢，想想搁在那里了。这会子又混赖人了。”袭人见他这般光景，不像是顽话，便着急道：“皇天菩萨小祖宗，到底你摆在那里去了？”宝玉道：“我记得明明放在炕桌上的，你们到底找啊。”袭人、麝月、秋纹等也不敢叫人知道，大家偷偷儿的各处搜寻。闹了大半天，毫无影响，甚至翻箱倒笼，实在没处去找，便疑到方才这些人进来，不知谁捡了去了。袭人说道：“进来的谁不知道这玉是性命似的东西呢，谁敢捡了去呢。你们好歹先别声张，快到各处问去。若有姐妹们捡着吓我们顽呢，你们给他磕头要了回来；若是小丫头偷了去，问出来也不回上头，不论把什么送他换了出来都使得的。这可不是小事，真要丢了这个，比丢了宝二爷的还利害呢。”麝月秋纹刚要往外走，袭人又赶出来嘱咐道：“头里在这里吃饭的倒先别问去，找不成再惹出些风波来，更不好了。”麝月等依言分头各处追问，人人不晓，个个惊疑。麝月等回来，俱目瞪口呆，面面相窥。宝玉也吓怔了。袭人急的只是干哭。找是没处找，回又不敢回，怡红院里的人吓得个个像木雕泥塑一般。

大家正在发呆，只见各处知道的都来了。探春叫把园门关上，先命个老婆子带着两个丫头，再往各处去寻去；一面又叫告诉众人：若谁找出来，重重的赏银。大家头宗要脱干系，二宗听见重赏，不顾命的混找了一遍，甚至于茅厕里都找到。谁知那块玉竟像绣花针儿一般，找了一天，总无影响。李纨急了，说："这件事不是顽的，我要说句无礼的话了。"众人道："什么呢?"李纨道："事情到了这里，也顾不得了。现在园里除了宝玉，都是女人，要求各位姐姐、妹妹、姑娘都要叫跟来的丫头脱了衣服，大家搜一搜。若没有，再叫丫头们去搜那些老婆子并粗使的丫头。"大家说道："这话也说的有理。现在人多手乱，鱼龙混杂，倒是这么一来，你们也洗洗清。"探春独不言语。那些丫头们也都愿意洗净自己。先是平儿起，平儿说道："打我先搜起。"于是各人自己解怀，李纨一气儿混搜。探春嗔着李纨道："大嫂子，你也学那起不成材料的样子来了。那个人既偷了去，还肯藏在身上？况且这件东西在家里是宝，到了外头，不知道的是废物，偷他做什么？我想来必是有人使促狭。"众人听说，又见环儿不在这里，昨儿是他满屋里乱跑，都疑到他身上，只是不肯说出来。探春又道："使促狭的只有环儿。你们叫个人去悄悄的叫了他来，背地里哄着他，叫他拿出来，然后吓着他，叫他不要声张。这就完了。"大家点头称是。

李纨便向平儿道："这件事还是得你去才弄得明白。"平儿答应，就赶着去了。不多时同了环儿来了。众人假意装出没事的样子，叫人沏了碗茶搁在里间屋里，众人故意搭讪走开。原叫平儿哄他，平儿便笑着向环儿道："你二哥哥的玉丢了，你瞧见了没有?"贾环便急得紫涨了脸，瞪着眼说道："人家丢了东西，你怎么又叫我来查问，疑我。我是犯过案的贼么!"平儿见这样子，倒不敢再问，便又陪笑道："不是这么说，怕三爷要拿了去吓他们，所以白问问瞧见了没有，好叫他们找。"贾环道："他的玉在他身上，看见不看见该问他，怎么问我。捧着他的人多着咧！得了什么不来问我，丢了东西就来问我!"说着，起身就走。众人不好拦他。这里宝玉倒急了，说道："都是这劳什子闹事，我也不要他了。你们也不用闹了。环儿一去，必是嚷得满院里都知道了，这可不是闹事了么。"袭人等急得又哭道："小祖宗，你看这玉丢了没要紧，若是上头知道了，我们这些人就要粉身碎骨了!"说着，便嚎啕大哭起来。

众人更加伤感，明知此事掩饰不来，只得要商议定了话，回来好回贾母诸人。宝玉道："你们竟也不用商议，硬说我砸了就完了。"平儿道："我的爷，好轻巧话儿！上头要问为什么砸的呢，他们也是个死啊。倘或要起砸破的碴儿来，那又怎么样呢?"宝玉道："不然便说我前日出门丢了。"众人一想，这句话倒还混得过去，但是这两天又没上学，又没往别处去。宝玉道："怎么没有，大前儿还到南安王府里听戏去了呢，便说那日丢的。"探春道："那也不妥。既是前儿丢的，为什么当日不来回。"众人正在胡思乱想，要装点撒谎，只听得赵姨娘的声儿哭着喊着走来说："你们丢了东西自己不找，怎么叫人背地里拷问环儿。我把环儿带了来，索性交给你们这一起洑上水的，该杀该剐，随你们罢。"说着，将环儿一推说："你是个贼，快快的招罢!"气得环儿也哭喊起来。

李纨正要劝解，丫头来说："太太来了。"袭人等此时无地可容，宝玉等赶忙出来迎接。赵姨娘暂且也不敢作声，跟了出来。王夫人见众人都有惊惶之色，才信方才听见的话，便道："那块玉真丢了么?"众人都不敢作声，王夫人走进屋里坐下，便叫袭人。慌得袭人连忙跪下，含泪要禀。王夫人道："你起来，快快叫人细细找去，一忙乱倒不好了。"袭人哽咽难言。宝玉生恐袭人真告诉出来，便说道："太太，这事不与袭人相干。是我前日到南安王府那里听戏，在路上丢了。"王夫人道："为什么那日不找?"宝玉道："我怕他们知道，没有告诉他们。我叫焙茗等在外头各处找过的。"王夫人道："胡说！如今脱换衣服不是袭人他们服侍的么。大凡哥儿出门回来，手巾荷包短了，还要个明白，何况这块玉不见了，便不问的么!"宝玉无言可答。赵姨娘听见，便得意了，忙接过口道："外头丢了东西，也赖环儿!"话未说完，被王夫人喝道："这里说这个，你且说那些没要紧的话!"赵姨娘便不敢言语了。还是李纨探春从实的告诉了王夫人一遍，王夫人也急得泪如雨下，索性要回明贾母，去问邢夫人那边跟来的这些人去。

凤姐病中也听见宝玉失玉，知道王夫人过来，料躲不住，便扶了丰儿来到园里。正值王夫人起身要走，凤姐姣怯怯的说："请太太安。"宝玉等过来问了凤姐好。王夫人因说道："你也听见了么，这可不是奇事吗？刚才眼错不见就丢了，再找不着。你去想想，打从老太太那边丫头起至你们平儿，谁的手不稳，谁的心促狭。我要回了老太太，认真的查出来才好。不然是断了宝玉的命根子了。”凤姐回道：“咱们家人多手杂，自古说的，‘知人知面不知心’，那里保得住谁是好的。但是一吵嚷已经都知道了，偷玉的人若叫太太查出来，明知是死无葬身之地，他着了急，反要毁坏了灭口，那时可怎么处呢。据我的糊涂想头，只说宝玉本不爱他，撂丢了，也没有什么要紧。只要大家严密些，别叫老太太老爷知道。这么说了，暗暗的派人去各处察访，哄骗出来，那时玉也可得，罪名也好定。不知太太心里怎么样?”王夫人迟了半日，才说道：“你这话虽也有理，但只是老爷跟前怎么瞒的过呢。”便叫环儿过来道：“你二哥哥的玉丢了，白问了你一句，怎么你就乱嚷。若是嚷破了，人家把那个毁坏了，我看你活得活不得!”贾环吓得哭道：“我再不敢嚷了。”赵姨娘听了，那里还敢言语。王夫人便吩咐众人道：“想来自然有没找到的地方儿，好端端的在家里的，还怕他飞到那里去不成。只是不许声张。限袭人三天内给我找出来，要是三天找不着，只怕也瞒不住，大家那就不用过安静日子了。”说着，便叫凤姐儿跟到邢夫人那边商议踩缉。不题。

这里李纨等纷纷议论，便传唤看园子的一干人来，叫把园门锁上，快传林之孝家的来，悄悄儿的告诉了他，叫他吩咐前后门上，三天之内，不论男女下人从里头可以走动，要出时一概不许放出，只说里头丢了东西，待这件东西有了着落，然后放人出来。林之孝家的答应了“是”，因说：“前儿奴才家里也丢了一件不要紧的东西，林之孝必要明白，上街去找了一个测字的，那人叫做什么刘铁嘴，测了一个字，说的很明白，回来依旧一找便找着了。”袭人听见，便央及林家的道：“好林奶奶，出去快求林大爷替我们问问去。”那林之孝家的答应着出去了。邢岫烟道：“若说那外头测字打卦的，是不中用的。我在南边闻妙玉能扶乩，何不烦他问一问。况且我听见说这块玉原有仙机，想来问得出来。”众人都诧异道：“咱们常见的，从没有听他说起。”麝月便忙问岫烟道：“想来别人求他是不肯的，好姑娘，我给姑娘磕个头，求姑娘就去，若问出来了，我一辈子总不忘你的恩。”说着，赶忙就要磕下头去，岫烟连忙拦住。黛玉等也都怂恿着岫烟速往栊翠庵去。一面林之孝家的进来说道：“姑娘们大喜。林之孝测了字回来说，这玉是丢不了的，将来横竖有人送还来的。”众人听了，也都半信半疑，惟有袭人麝月喜欢的了不得。探春便问："测的是什么字?"林之孝家的道："他的话多，奴才也学不上来，记得是拈了个赏人东西的'赏'字。那刘铁嘴也不问，便说：'丢了东西不是?'"李纨道："这就算好。"林之孝家的道："他还说，'赏'字上头一个'小'字，底下一个'口'字，这件东西很可嘴里放得，必是个珠子宝石。"众人听了，夸赞道："真是神仙。往下怎么说?"林之孝家的道："他说底下'贝'字，拆开不成一个'见'字，可不是'不见'了?因上头拆了'当'字，叫快到当铺里找去。'赏'字加一'人'字，可不是'偿'字?只要找着当铺就有人，有了人便赎了来，可不是偿还了吗。"众人道："既这么着，就先往左近找起，横竖几个当铺都找遍了，少不得就有了。咱们有了东西，再问人就容易了。"李纨道："只要东西，那怕不问人都使得。林嫂子，烦你就把测字的话快去告诉二奶奶，回了太太，先叫太太放心。就叫二奶奶快派人查去。"林家的答应了便走。

众人略安了一点儿神，呆呆的等岫烟回来。正呆等，只见跟宝玉的焙茗在门外招手儿，叫小丫头子快出来。那小丫头赶忙的出去了。焙茗便说道："你快进去告诉我们二爷和里头太太奶奶姑娘们天大喜事。"那小丫头子道："你快说罢，怎么这么累赘。"焙茗笑着拍手道："我告诉姑娘，姑娘进去回了，咱们两个人都得赏钱呢。你打量什么，宝二爷的那块玉呀，我得了准信来了。"未知如何，下回分解。

第九十五回

因讹成实元妃薨逝　以假混真宝玉疯癫

话说焙茗在门口和小丫头子说宝玉的玉有了，那小丫头急忙回来告诉宝玉。众人听了，都推着宝玉出去问他，众人在廊下听着。宝玉也觉放心，便走到门口问道："你那里得了？快拿来。"焙茗道："拿是拿不来的，还得托人做保去呢。"宝玉道："你快说是怎么得的，我好叫人取去。"焙茗道："我在外头知道林爷爷去测字，我就跟了去。我听见说在当铺里找，我没等他说完，便跑到几个当铺里去。我比给他们瞧，有一家便说有。我说给我罢，那铺子里要票子。我说当多少钱，他说三百钱的也有，五百钱的也有。前儿有一个人拿这么一块玉当了三百钱去，今儿又有人也拿一块玉当了五百钱去。"宝玉不等说完，便道："你快拿三百五百钱去取了来，我们挑着看是不是。"里头袭人便啐道："二爷不用理他。我小时候儿听见我哥哥常说，有些人卖那些小玉儿，没钱用便去当。想来是家家当铺里有的。"众人正在听得诧异，被袭人一说，想了一想，倒大家笑起来，说："快叫二爷进来罢，不用理那糊涂东西了。他说的那些玉，想来不是正经东西。"

宝玉正笑着，只见岫烟来了。原来岫烟走到栊翠庵见了妙玉，不及闲话，便求妙玉扶乩。妙玉冷笑几声，说道："我与姑娘来往，为的是姑娘不是势利场中的人。今日怎么听了那里的谣言，过来缠我。况且我并不晓得什么叫扶乩。"说着，将要不理。岫烟懊悔此来，知他脾气是这么着的，"一时我已说出，不好白回去，又不好与他质证他会扶乩的话。"只得陪着笑将袭人等性命关系的话说了一遍，见妙玉略有活动，便起身拜了几拜。妙玉叹道："何必为人作嫁。但是我进京以来，素无人知，今日你来破例，恐将来缠绕不休。"岫烟道："我也一时不忍，知你必是慈悲的。便是将来他人求你，愿不愿在你，谁敢相强。”妙玉笑了一笑，叫道婆焚香，在箱子里找出沙盘乩架，书了符，命岫烟行礼，祝告毕，起来同妙玉扶着乩。不多时，只见那仙乩疾书道：

> 噫！来无迹，去无踪，青埂峰下倚古松。欲追寻，山万重，入我门来一笑逢。

书毕，停了乩。岫烟便问请是何仙，妙玉道：“请的是拐仙。”岫烟录了出来，请教妙玉解识。妙玉道：“这个可不能，连我也不懂。你快拿去，他们的聪明人多着哩。”岫烟只得回来。进入院中，各人都问怎么样了。岫烟不及细说，便将所录乩语递与李纨。众姊妹及宝玉争看，都解的是：“一时要找是找不着的，然而丢是丢不了的，不知几时不找便出来了。但是青埂峰不知在那里?”李纨道：“这是仙机隐语。咱们家里那里跑出青埂峰来，必是谁怕查出，撂在有松树的山子石底下，也未可定。独是‘入我门来’这句，到底是入谁的门呢?”黛玉道：“不知请的是谁!”岫烟道：“拐仙。”探春道：“若是仙家的门，便难入了。”

袭人心里着忙，便捕风捉影的混找，没一块石底下不找到，只是没有。回到院中，宝玉也不问有无，只管傻笑。麝月着急道：“小祖宗！你到底是那里丢的，说明了，我们就是受罪也在明处啊。”宝玉笑道：“我说外头丢的，你们又不依。你如今问我，我知道么!”李纨探春道：“今儿从早起闹起，已到三更来的天了。你瞧林妹妹已经掌不住，各自去了。我们也该歇歇儿了，明儿再闹罢。”说着，大家散去。宝玉即便睡下。可怜袭人等哭一回，想一回，一夜无眠。暂且不提。

且说黛玉先自回去，想起金石的旧话来，反自喜欢，心里说道：“和尚道士的话真个信不得。果真金玉有缘，宝玉如何能把这玉丢了呢。或者因我之事，拆散他们的金玉，也未可知。”想了半天，更觉安心，把这一天的劳乏竟不理会，重新倒看起书来。紫鹃倒觉身倦，连催黛玉睡下。黛玉虽躺下，又想到海棠花上，说“这块玉原是胎里带来的，非比寻常之物，来去自有关系。若是这花主好事呢，不该失了这玉呀？看来此花开的不祥，莫非他有不吉之事?”不觉又伤起心来。又转想到喜事上头，此花又似应开，此玉又似应失，如此一悲一喜，直想到五更，方睡着。

次日，王夫人等早派人到当铺里去查问，凤姐暗中设法找寻。一连闹了几天，总无下落。还喜贾母贾政未知。袭人等每日提心吊胆，宝玉也好几天不上学，只是怔怔的，不言不语，没心没绪的。王夫人只知他因失玉而起，也不大着意。那日正在纳闷，忽见贾琏进来请安，嘻嘻的笑道：“今日听得军机贾雨村打发人来告诉二老爷说，舅太爷升了内阁大学士，奉旨来京，已定明年正月二十日宣麻。有三百里的文书去了，想舅太爷昼夜趱行，半个多月就要到了。侄儿特来回太太知道。”王夫人听说，便欢喜非常。正想娘家人少，薛姨妈家又衰败了，兄弟又在外任，照应不着。今日忽听兄弟拜相回京，王家荣耀，将来宝玉都有倚靠，便把失玉的心又略放开些了。天天专望兄弟来京。

忽一天，贾政进来，满脸泪痕，喘吁吁的说道：“你快去禀知老太太，即刻进宫。不用多人的，是你服侍进去。因娘娘忽得暴病，现在太监在外立等，他说太医院已经奏明痰厥，不能医治。”王夫人听说，便大哭起来。贾政道：“这不是哭的时候，快快去请老太太，说得宽缓些，不要吓坏了老人家。”贾政说着，出来吩咐家人伺候。王夫人收了泪，去请贾母，只说元妃有病，进去请安。贾母念佛道：“怎么又病了！前番吓的我了不得，后来又打听错了。这回情愿再错了也罢。”王夫人一面回答，一面催鸳鸯等开箱取衣饰穿戴起来。王夫人赶着回到自己房中，也穿戴好了，过来伺候。一时出厅上轿进宫。不题。

且说元春自选了凤藻宫后，圣眷隆重，身体发福，未免举动费力。每日起居劳乏，时发痰疾。因前日侍宴回宫，偶沾寒气，勾起旧病。不料此回甚属利害，竟至痰气壅塞，四肢厥冷。一面奏明，即召太医调治。岂知汤药不进，连用通关之剂，并不见效。内官忧虑，奏请预办后事。所以传旨命贾氏椒房进见。贾母王夫人遵旨进宫，见元妃痰塞口涎，不能言语，见了贾母，只有悲泣之状，却少眼泪。贾母进前请安，奏些宽慰的话。少时贾政等职名递进，宫嫔传奏，元妃目不能顾，渐渐脸色改变。内宫太监即要奏闻，恐派各妃看视，椒房姻戚未便久羁，请在外宫伺候。贾母王夫人怎忍便离，无奈国家制度，只得下来，又不敢啼哭，惟有心内悲感。朝门内官员有信。不多时，只见太监出来，立传钦天监。贾母便知不好，尚未敢动。稍刻，小太监传谕出来说："贾娘娘薨逝。"是年甲寅年十二月十八日立春，元妃薨日是十二月十九日，已交卯年寅月，存年四十三岁。贾母含悲起身，只得出宫上轿回家。贾政等亦已得信，一路悲戚。到家中，邢夫人、李纨、凤姐、宝玉等出厅分东西迎着贾母请了安，并贾政王夫人请安，大家哭泣。不题。

次日早起，凡有品级的，按贵妃丧礼，进内请安哭临。贾政又是工部，虽按照仪注办理，未免堂上又要周旋他些，同事又要请教他，所以两头更忙，非比从前太后与周妃的丧事了。但元妃并无所出，惟谥曰"贤淑贵妃"。此是王家制度，不必多赘。只讲贾府中男女天天进宫，忙的了不得。幸喜凤姐儿近日身子好些，还得出来照应家事，又要预备王子腾进京接风贺喜。凤姐胞兄王仁知道叔叔入了内阁，仍带家眷来京。凤姐心里喜欢，便有些心病，有这些娘家的人，也便撂开，所以身子倒觉比前好了些。王夫人看见凤姐照旧办事，又把担子卸了一半，又眼见兄弟来京，诸事放心，倒觉安静些。

独有宝玉原是无职之人，又不念书，代儒学里知他家里有事，也不来管他；贾政正忙，自然没有空儿查他。想来宝玉趁此机会，竟可与姊妹们天天畅乐，不料他自失了玉后，终日懒怠走动，说话也糊涂了。并贾母等出门回来，有人叫他去请安，便去；没人叫他，他也不动。袭人等怀着鬼胎，又不敢去招惹他，恐他生气。每天茶饭，端到面前便吃，不来也不要。袭人看这光景不像是有气，竟像是有病的。袭人偷着空儿到潇湘馆告诉紫鹃，说是"二爷这么着，求姑娘给他开导开导。"紫鹃虽即告诉黛玉，只因黛玉想着亲事上头一定是自己了，如今见了他，反觉不好意思："若是他来呢，原是小时在一处的，也难不理他；若说我去找他，断断使不得。"所以黛玉不肯过来。袭人又背地里去告诉探春。那知探春心里明明知道海棠开得怪异，"宝玉"失的更奇，接连着元妃姐姐薨逝，谅家道不祥，日日愁闷，那有心肠去劝宝玉。况兄妹们男女有别，只好过来一两次。宝玉又终是懒懒的，所以也不大常来。

宝钗也知失玉。因薛姨妈那日应了宝玉的亲事，回去便告诉了宝钗。薛姨妈还说："虽是你姨妈说了，我还没有应准，说等你哥哥回来再定。你愿意不愿意？"宝钗反正色的对母亲道："妈妈这话说错了。女孩儿家的事情是父母做主的。如今我父亲没了，妈妈应该做主的，再不然问哥哥。怎么问起我来？"所以薛姨妈更爱惜他，说他虽是从小娇养惯的，却也生来的贞静，因此在他面前，反不提起宝玉了。宝钗自从听此一说，把"宝玉"两字自然更不提起了。如今虽然听见失了玉，心里也甚惊疑，倒不好问，只得听旁人说去，竟像不与自己相干的。只有薛姨妈打发丫头过来了好几次问信。因他自己的儿子薛蟠的事焦心，只等哥哥进京便好为他出脱罪名；又知元妃已薨，虽然贾府忙乱，却得凤姐好了，出来理家，也把贾家的事撂开了。只苦了袭人，虽然在宝玉跟前低声下气的服侍劝慰，宝玉竟是不懂，袭人只有暗暗的着急而已。

过了几日，元妃停灵寝庙，贾母等送殡去了几天。岂知宝玉一日呆似一日，也不发烧，也不疼痛，只是吃不像吃，睡不像睡，甚至说话都无头绪。那袭人麝月等一发慌了，回过凤姐几次。凤姐不时过来，起先道是找不着玉生气，如今看他失魂落魄的样子，只有日日请医调治。煎药吃了好几剂，只有添病的，没有减病的。及至问他那里不舒服，宝玉也不说出来。

直至元妃事毕，贾母惦记宝玉，亲自到园看视。王夫人也随过来。袭人等忙叫宝玉接去请安。宝玉虽说是病，每日原起来行动，今日叫他接贾母去，他依然仍是请安，惟是袭人在旁扶着指教。贾母见了，便道："我的儿，我打谅你怎么病着，故此过来瞧你。今你依旧的模样儿，我的心放了好些。"王夫人也自然是宽心的。但宝玉并不回答，只管嘻嘻的笑。贾母等进屋坐下，问他的话，袭人教一句，他说一句，大不似往常，直是一个傻子似的。贾母愈看愈疑，便说："我才进来看时，不见有什么病，如今细细一瞧，这病果然不轻，竟是神魂失散的样子。到底因什么起的呢？"王夫人知事难瞒，又瞧瞧袭人怪可怜的样子，只得便依着宝玉先前的话，将那往南安王府里去听戏时丢了这块玉的话，悄悄的告诉了一遍。心里也彷徨的很，生恐贾母着急，并说：“现在着人在四下里找寻，求签问卦，都说在当铺里找，少不得找着的。”贾母听了，急得站起来，眼泪直流，说道：“这件玉如何是丢得的！你们忒不懂事了，难道老爷也是撂开手的不成！”王夫人知贾母生气，叫袭人等跪下，自己敛容低首回说：“媳妇恐老太太着急老爷生气，都没敢回。”贾母咳道：“这是宝玉的命根子。因丢了，所以他是这么失魂丧魄的。还了得！况是这玉满城里都知道，谁捡了去便叫你们找出来么！叫人快快请老爷，我与他说。”那时吓得王夫人袭人等俱哀告道：“老太太这一生气，回来老爷更了不得了。现在宝玉病着，交给我们尽命的找来就是了。”贾母道：“你们怕老爷生气，有我呢。”便叫麝月传人去请，不一时传进话来，说：“老爷谢客去了。”贾母道：“不用他也使得。你们便说我说的话，暂且也不用责罚下人，我便叫琏儿来写出赏格，悬在前日经过的地方，便说有人捡得送来者，情愿送银一万两，如有知人捡得送信找得者，送银五千两。如真有了，不可吝惜银子。这么一找，少不得就找出来了。若是靠着咱们家几个人找，就找一辈子，也不能得。”王夫人也不敢直言。贾母传话告诉贾琏，叫他速办去了。贾母便叫人：“将宝玉动用之物都搬到我那里去，只派袭人秋纹跟过来，馀者仍留园内看屋子。”宝玉听了，终不言语，只是傻笑。

贾母便携了宝玉起身，袭人等搀扶出园。回到自己房中，叫王夫人坐下，看人收拾里间屋内安置，便对王夫人道：“你知道我的意思么？我为的园里人少，怡红院里的花树忽萎忽开，有些奇怪。头里仗着一块玉能除邪祟，如今此玉丢了，生恐邪气易侵，故我带他过来一块儿住着。这几天也不用叫他出去，大夫来就在这里瞧。”王夫人听说，便接口道：“老太太想的自然是。如今宝玉同着老太太住了，老太太的福气大，不论什么都压住了。”贾母道：“什么福气，不过我屋里干净些，经卷也多，都可以念念定定心神。你问宝玉好不好？”那宝玉见问，只是笑。袭人叫他说“好”，宝玉也就说“好”。王夫人见了这般光景，未免落泪，在贾母这里，不敢出声。贾母知王夫人着急，便说道：“你回去罢，这里有我调停他。晚上老爷回来，告诉他不必来见我，不许言语就是了。”王夫人去后，贾母叫鸳鸯找些安神定魄的药，按方吃了。不题。

且说贾政当晚回家，在车内听见道儿上人说道："人要发财也容易的很。"那个问道："怎么见得?"这个人又道："今日听见荣府里丢了什么哥儿的玉了，贴着招帖儿，上头写着玉的大小式样颜色，说有人捡了送去，就给一万两银子；送信的还给五千呢。"贾政虽未听得如此真切，心里诧异，急忙赶回，便叫门上的人问起那事来。门上的人禀道："奴才头里也不知道，今儿晌午琏二爷传出老太太的话，叫人去贴帖儿，才知道的。"贾政便叹气道："家道该衰，偏生养这么一个孽障！才养他的时候满街的谣言，隔了十几年略好了些，这会子又大张晓谕的找玉，成何道理!"说着，忙走进里头去问王夫人。王夫人便一五一十的告诉。贾政知是老太太的主意，又不敢违拗，只抱怨王夫人几句。又走出来，叫瞒着老太太，背地里揭了这个帖儿下来。岂知早有那些游手好闲的人揭了去了。

过了些时，竟有人到荣府门上，口称送玉来。家内人们听见，喜欢的了不得，便说："拿来，我给你回去。"那人便怀内掏出赏格来，指给门上人瞧，"这不是你府上的帖子么，写明送玉来的给银一万两。二太爷，你们这会子瞧我穷，回来我得了银子，就是个财主了。别这么待理不理的。"门上听他话头来得硬，说道："你到底略给我瞧一瞧，我好给你回去。"那人初倒不肯，后来听人说得有理，便掏出那玉，托在掌中一扬说："这是不是?"众家人原是在外服役，只知有玉，也不常见，今日才看见这玉的模样儿了。急忙跑到里头，抢头报似的。那日贾政贾赦出门，只有贾琏在家。众人回明，贾琏还细问真不真。门上人口称："亲眼见过，只是不给奴才，要见主子，一手交银，一手交玉。"贾琏却也喜欢，忙去禀知王夫人，即便回明贾母。把个袭人乐得合掌念佛。贾母并不改口，一叠连声："快叫琏儿请那人到书房内坐下，将玉取来一看，即便送银。"贾琏依言，请那人进来当客待他，用好言道谢："要借这玉送到里头，本人见了，谢银分厘不短。"那人只得将一个红绸子包儿送过去。贾琏打开一看，可不是那一块晶莹美玉吗。贾琏素昔原不理论，今日倒要看看，看了半日，上面的字也仿佛认得出来，什么"除邪祟"等字。贾琏看了，喜之不胜，便叫家人伺候，忙忙的送与贾母王夫人认去。

这会子惊动了合家的人，都等着争看。凤姐见贾琏进来，便劈手夺去，不敢先看，送到贾母手里。贾琏笑道："你这么一点儿事还不叫我献功呢。"贾母打开看时，只见那玉比先前昏暗了好些。一面擦摸，鸳鸯拿上眼镜儿来，戴着一瞧，说："奇怪，这块玉倒是的，怎么把头里的宝色都没了呢?"王夫人看了一会子，也认不出，便叫凤姐过来看。凤姐看了道："像倒像，只是颜色不大对。不如叫宝兄弟自己一看就知道了。"袭人在旁也看着未必是那一块，只是盼得的心盛，也不敢说出不像来。凤姐于是从贾母手中接过来，同着袭人拿来给宝玉瞧。这时宝玉正睡着才醒。凤姐告诉道："你的玉有了。"宝玉睡眼朦胧，接在手里也没瞧，便往地下一撂道："你们又来哄我了。"说着只是冷笑。凤姐连忙拾起来，道："这也奇了，怎么你没瞧就知道呢。"宝玉也不答言，只管笑。王夫人也进屋里来了，见他这样，便道："这不用说了。他那玉原是胎里带来的一种古怪东西，自然他有道理。想来这个必是人见了帖儿照样做的。"大家此时恍然大悟。贾琏在外间屋里听见这话，便说道："既不是，快拿来给我问问他去，人家这样事，他敢来鬼混。"贾母喝住道："琏儿，拿了去给他，叫他去罢。那也是穷极了的人没法儿了，所以见我们家有这样事，他便想着赚几个钱也是有的。如今白白的花了钱弄了这个东西，又叫咱们认出来了。依着我不要难为他，把这玉还他，说不是我们的，赏给他几两银子。外头的人知道了，才肯有信儿就送来呢。若是难为了这一个人，就有真的，人家也不敢拿来了。"贾琏答应出去。那人还等着呢，半日不见人来，正在那里心里发虚，只见贾琏气忿走出来了。未知何如，下回分解。

第九十六回

瞒消息凤姐设奇谋　泄机关颦儿迷本性

话说贾琏拿了那块假玉忿忿走出，到了书房。那个人看见贾琏的气色不好，心里先发了虚了，连忙站起来迎着。刚要说话，只见贾琏冷笑道："好大胆，我把你这个混帐东西！这里是什么地方儿，你敢来掉鬼！"回头便问："小厮们呢？"外头轰雷一般几个小厮齐声答应。贾琏道："取绳子去捆起他来。等老爷回来问明了，把他送到衙门里去。"众小厮又一齐答应"预备着呢。"嘴里虽如此，却不动身。那人先自唬的手足无措，见这般势派，知道难逃公道，只得跪下给贾琏碰头，口口声声只叫："老太爷别生气。是我一时穷极无奈，才想出这个没脸的营生来。那玉是我借钱做的，我也不敢要了，只得孝敬府里的哥儿顽罢。"说毕，又连连磕头。贾琏啐道："你这个不知死活的东西！这府里希罕你的那朽不了的浪东西！"正闹着，只见赖大进来，陪着笑向贾琏道："二爷别生气了。靠他算个什么东西，饶了他，叫他滚出去罢。"贾琏道："实在可恶。"赖大贾琏作好作歹，众人在外头都说道："糊涂狗攮的，还不给爷和赖大爷磕头呢。快快的滚罢，还等窝心脚呢！"那人赶忙磕了两个头，抱头鼠窜而去。从此街上闹动了"贾宝玉弄出'假宝玉'"来。

且说贾政那日拜客回来，众人因为灯节底下，恐怕贾政生气，已过去的事了，便也都不肯回。只因元妃的事忙碌了好些时，近日宝玉又病着，虽有旧例家宴，大家无兴，也无有可记之事。到了正月十七日，王夫人正盼王子腾来京，只见凤姐进来回说"今日二爷在外听得有人传说，我们家大老爷赶着进京，离城只二百多里地，在路上没了。太太听见了没有？"王夫人吃惊道："我没有听见，老爷昨晚也没有说起，到底在那里听见的?"凤姐道："说是在枢密张老爷家听见的。"王夫人怔了半天，那眼泪早流下来了，因拭泪说道："回来再叫琏儿索性打听明白了来告诉我。"凤姐答应去了。王夫人不免暗里落泪，悲女哭弟，又为宝玉耽忧。如此连三接二，都是不随意的事，那里搁得住，便有些心口疼痛起来。又加贾琏打听明白了来说道："舅太爷是赶路劳乏，偶然感冒风寒，到了十里屯地方，延医调治。无奈这个地方没有名医，误用了药，一剂就死了。但不知家眷可到了那里没有?"王夫人听了，一阵心酸，便心口疼得坐不住，叫彩云等扶了上炕，还扎挣着叫贾琏去回了贾政，"即速收拾行装迎到那里，帮着料理完毕，即刻回来告诉我们。好叫你媳妇儿放心。"贾琏不敢违拗，只得辞了贾政起身。贾政早已知道，心里很不受用；又知宝玉失玉以后神志惛愦，医药无效；又值王夫人心疼。那年正值京察，工部将贾政保列一等。二月，吏部带领引见。皇上念贾政勤俭谨慎，即放了江西粮道。即日谢恩，已奏明起程日期。虽有众亲朋贺喜，贾政也无心应酬，只念家中人口不宁，又不敢耽延在家。正在无计可施，只听见贾母那边叫"请老爷。"

贾政即忙进去，看见王夫人带着病也在那里。便向贾母请了安。贾母叫他坐下，便说："你不日就要赴任，我有多少话与你说，不知你听不听?"说着，掉下泪来。贾政忙站起来说道："老太太有话只管吩咐，儿子怎敢不遵命呢。"贾母咽哽着说道："我今年八十一岁的人了，你又要做外任去，偏有你大哥在家，你又不能告亲老。你这一去了，我所疼的只有宝玉，偏偏的又病得糊涂，还不知道怎么样呢。我昨日叫赖升媳妇出去叫人给宝玉算算命，这先生算得好灵，说要娶了金命的人帮扶他，必要冲冲喜才好，不然只怕保不住。我知道你不信那些话，所以教你来商量。你的媳妇也在这里，你们两个也商量商量，还是要宝玉好呢，还是随他去呢?"贾政陪笑说道："老太太当初疼儿子这么疼的，难道做儿子的就不疼自己的儿子不成么。只为宝玉不上进，所以时常恨他，也不过是恨铁不成钢的意思。老太太既要给他成家，这也是该当的，岂有逆着老太太不疼他的理。如今宝玉病着，儿子也是不放心。因老太太不叫他见我，所以儿子也不敢言语。我到底瞧瞧宝玉是个什么病。"王夫人见贾政说着也有些眼圈儿红，知道心里是疼的，便叫袭人扶了宝玉来。宝玉见了他父亲，袭人叫他请安，他便请了个安。贾政见他脸面很瘦，目光无神，大有疯傻之状，便叫人扶了进去，便想到："自己也是望六的人了，如今又放外任，不知道几年回来。倘或这孩子果然不好，一则年老无嗣，虽说有孙子，到底隔了一层；二则老太太最疼的是宝玉，若有差错，可不是我的罪名更重了。"瞧瞧王夫人，一包眼泪，又想到他身上，复站起来说："老太太这么大年纪，想法儿疼孙子，做儿子的还敢违拗？老太太主意该怎么便怎么就是了。但只姨太太那边不知说明白了没有？"王夫人便道："姨太太是早应了的。只为蟠儿的事没有结案，所以这些时总没提起。"贾政又道："这就是第一层的难处。他哥哥在监里，妹子怎么出嫁。况且贵妃的事虽不禁婚嫁，宝玉应照已出嫁的姐姐有九个月的功服，此时也难娶亲。再者我的起身日期已经奏明，不敢耽搁，这几天怎么办呢？"贾母想了一想："说的果然不错。若是等这几件事过去，他父亲又走了。倘或这病一天重似一天，怎么好？只可越些礼办了才好。"想定主意，便说道："你若给他办呢，我自然有个道理，包管都碍不着。姨太太那边我和你媳妇亲自过去求他。蟠儿那里我央蝌儿去告诉他，说是要救宝玉的命，诸事将就，自然应的。若说服里娶亲，当真使不得。况且宝玉病着，也不可教他成亲，不过是冲冲喜，我们两家愿意，孩子们又有金玉的道理，婚是不用合的了。即挑了好日子，按着咱们家分儿过了礼。赶着挑个娶亲日子，一概鼓乐不用，倒按宫里的样子，用十二对提灯，一乘八人轿子抬了来，照南边规矩拜了堂，一样坐床撒帐，可不是算娶了亲了么。宝丫头心地明白，是不用虑的。内中又有袭人，也还是个妥妥当当的孩子。再有个明白人常劝他更好。他又和宝丫头合的来。再者姨太太曾说，宝丫头的金锁也有个和尚说过，只等有玉的便是婚姻，焉知宝丫头过来，不因金锁倒招出他那块玉来，也定不得。从此一天好似一天，岂不是大家的造化。这会子只要立刻收拾屋子，铺排起来。这屋子是要你派的。一概亲友不请，也不排筵席，待宝玉好了，过了功服，然后再摆席请人。这么着都赶的上。你也看见了他们小两口的事，也好放心的去。"贾政听了，原不愿意，只是贾母做主，不敢违命，勉强陪笑说道："老太太想的极是，也很妥当。只是要吩咐家下众人，不许吵嚷得里外皆知，这要耽不是的。姨太太那边，只怕不肯；若是果真应了，也只好按着老太太的主意办去。”贾母道：“姨太太那里有我呢。你去吧。”贾政答应出来，心中好不自在。因赴任事多，部里领凭，亲友们荐人，种种应酬不绝，竟把宝玉的事，听凭贾母交与王夫人凤姐儿了。惟将荣禧堂后身王夫人内屋旁边一大跨所二十馀间房屋指与宝玉，馀者一概不管。贾母定了主意叫人告诉他去，贾政只说很好，此是后话。

且说宝玉见过贾政，袭人扶回里间炕上。因贾政在外，无人敢与宝玉说话，宝玉便昏昏沉沉的睡去。贾母与贾政所说的话，宝玉一句也没有听见。袭人等却静静儿的听得明白。头里虽也听得些风声，到底影响，只不见宝钗过来，却也有些信真。今日听了这些话，心里方才水落归漕，倒也喜欢。心里想道：“果然上头的眼力不错，这才配得是。我也造化。若他来了，我可以卸了好些担子。但是这一位的心里只有一个林姑娘，幸亏他没有听见，若知道了，又不知要闹到什么分儿了。”袭人想到这里，转喜为悲，心想：“这件事怎么好？老太太、太太那里知道他们心里的事。一时高兴说给他知道，原想要他病好。若是他仍似前的心事，初见林姑娘便要摔玉砸玉；况且那年夏天在园里把我当作林姑娘，说了好些私心话；后来因为紫鹃说了句顽话儿，便哭得死去活来。若是如今和他说要娶宝姑娘，竟把林姑娘撂开，除非是他人事不知还可，若稍明白些，只怕不但不能冲喜，竟是催命了！我再不把话说明，那不是一害三个人了么。”袭人想定主意，待等贾政出去，叫秋纹照看着宝玉，便从里间出来，走到王夫人身旁，悄悄的请了王夫人到贾母后身屋里去说话。贾母只道是宝玉有话，也不理会，还在那里打算怎么过礼，怎么娶亲。

那袭人同了王夫人到了后间，便跪下哭了。王夫人不知何意，把手拉着他说：“好端端的，这是怎么说？有什么委屈起来说。”袭人道：“这话奴才是不该说的，这会子因为没有法儿了。”王夫人道：“你慢慢说。”袭人道：“宝玉的亲事老太太、太太已定了宝姑娘了，自然是极好的一件事。只是奴才想着，太太看去宝玉和宝姑娘好，还是和林姑娘好呢？”王夫人道：“他两个因从小儿在一处，所以宝玉和林姑娘又好些。”袭人道：“不是好些。”便将宝玉素与黛玉这些光景一一的说了，还说：“这些事都是太太亲眼见的。独是夏天的话我从没敢和别人说。”王夫人拉着袭人道：“我看外面儿已瞧出几分来了。你今儿一说，更加是了。但是刚才老爷说的话想必都听见了，你看他的神情儿怎么样?”袭人道：“如今宝玉若有人和他说话他就笑，没人和他说话他就睡。所以头里的话却倒都没听见。”王夫人道：“倒是这件事叫人怎么样呢?”袭人道：“奴才说是说了，还得太太告诉老太太，想个万全的主意才好。”王夫人便道：“既这么着，你去干你的，这时候满屋子的人，暂且不用提起，等我瞅空儿回明老太太，再作道理。”说着，仍到贾母跟前。

贾母正在那里和凤姐儿商议，见王夫人进来，便问道：“袭人丫头说什么?这么鬼鬼祟祟的。”王夫人趁问，便将宝玉的心事，细细回明贾母。贾母听了，半日没言语。王夫人和凤姐也都不再说了。只见贾母叹道：“别的事都好说。林丫头倒没有什么；若宝玉真是这样，这可叫人作了难了。”只见凤姐想了一想，因说道：“难倒不难，只是我想了个主意，不知姑妈肯不肯。”王夫人道：“你有主意只管说给老太太听，大家娘儿们商量着办罢了。”凤姐道：“依我想，这件事只有一个掉包儿的法子。”贾母道：“怎么掉包儿?”凤姐道：“如今不管宝兄弟明白不明白，大家吵嚷起来，说是老爷做主，将林姑娘配了他了。瞧他的神情儿怎么样。要是他全不管，这个包儿也就不用掉了。若是他有些喜欢的意思，这事却要大费周折呢。”王夫人道：“就算他喜欢，你怎么样办法呢?”凤姐走到王夫人耳边，如此这般的说了一遍。王夫人点了几点头儿，笑了一笑说道：“也罢了。”贾母便问道：“你娘儿两个捣鬼，到底告诉我是怎么着呀?”凤姐恐贾母不懂，露泄机关，便也向耳边轻轻的告诉了一遍。贾母果真一时不懂，凤姐笑着又说了几句。贾母笑道：“这么着也好，可就只忒苦了宝丫头了。倘或吵嚷出来，林丫头又怎么样呢?”凤姐道：“这个话原只说给宝玉听，外头一概不许提起，有谁知道呢。”

正说间，丫头传进话来说：“琏二爷回来了。”王夫人恐贾母问及，使个眼色与凤姐。凤姐便出来迎着贾琏努了个嘴儿，同到王夫人屋里等着去了。一回儿王夫人进来，已见凤姐哭的两眼通红。贾琏请了安，将到十里屯料理王子腾的丧事的话说了一遍，便说：“有恩旨赏了内阁的职衔，谥了文勤公，命本宗扶柩回籍，着沿途地方官员照料。昨日起身，连家眷回南去了。舅太太叫我回来请安问好，说如今想不到不能进京，有多少话不能说。听见我大舅子要进京，若是路上遇见了，便叫他来到咱们这里细细的说。”王夫人听毕，其悲痛自不必言。凤姐劝慰了一番，“请太太略歇一歇，晚上来再商量宝玉的事罢。”说毕，同了贾琏回到自己房中，告诉了贾琏，叫他派人收拾新房。不题。

一日，黛玉早饭后带着紫鹃到贾母这边来，一则请安，二则也为自己散散闷。出了潇湘馆，走了几步，忽然想起忘了手绢子来，因叫紫鹃回去取来，自己却慢慢的走着等他。刚走到沁芳桥那边山石背后，当日同宝玉葬花之处，忽听一个人呜呜咽咽在那里哭。黛玉煞住脚听时，又听不出是谁的声音，也听不出哭着叨叨的是些什么话。心里甚是疑惑，便慢慢的走去。及到了跟前，却见一个浓眉大眼的丫头在那里哭呢。黛玉未见他时，还只疑府里这些大丫头有什么说不出的心事，所以来这里发泄发泄；及至见了这个丫头，却又好笑，因想到：这种蠢货有什么情种，自然是那屋里作粗活的丫头受了大女孩子的气了。细瞧了一瞧，却不认得。那丫头见黛玉来了，便也不敢再哭，站起来拭眼泪。黛玉问道：“你好好的为什么在这里伤心?”那丫头听了这话，又流泪道：“林姑娘你评评这个理。他们说话我又不知道，我就说错了一句话，我姐姐也不犯就打我呀。”黛玉听了，不懂他说的是什么，因笑问道：“你姐姐是那一个?”那丫头道：“就是珍珠姐姐。”黛玉听了，才知他是贾母屋里的，因又问：“你叫什么?”那丫头道：“我叫傻大姐儿。”黛玉笑了一笑，又问：“你姐姐为什么打你? 你说错了什么话了?”那丫头道：“为什么呢，就是为我们宝二爷娶宝姑娘的事情。”黛玉听了这句话，如同一个疾雷，心头乱跳。略定了定神，便叫了这丫头“你跟了我这里来。”那丫头跟着黛玉到那畸角儿上葬桃花的去处，那里背静。黛玉因问道：“宝二爷娶宝姑娘，他为什么打你呢?”傻大姐道：“我们老太太和太太二奶奶商量了，因为我们老爷要起身，说就赶着往姨太太商量把宝姑娘娶过来罢。头一宗，给宝二爷冲什么喜，第二宗——”说到这里，又瞅着黛玉笑了一笑，才说道：“赶着办了，还要给林姑娘说婆婆家呢。”黛玉已经听呆了。这丫头只管说道：“我又不知道他们怎么商量的，不叫人吵嚷，怕宝姑娘听见害臊。我白和宝二爷屋里的袭人姐姐说了一句：‘咱们明儿更热闹了，又是宝姑娘，又是宝二奶奶，这可怎么叫呢！’林姑娘，你说我这话害着珍珠姐姐什么了吗，他走过来就打了我一个嘴巴，说我混说，不遵上头的话，要撵出我去。我知道上头为什么不叫言语呢，你们又没告诉我，就打我。”说着，又哭起来。

那黛玉此时心里竟是油儿酱儿糖儿醋儿倒在一处的一般，甜苦酸咸，竟说不上什么味儿来了。停了一会儿，颤巍巍的说道：“你别混说了。你再混说，叫人听见又要打你了。你去罢。”说着，自己移身要回潇湘馆去。那身子竟有千百斤重的，两只脚却像踩着棉花一般，早已软了，只得一步一步慢慢的走将来。走了半天，还没到沁芳桥畔，原来脚下软了。走的慢，且又迷迷痴痴，信着脚从那边绕过来，更添了两箭地的路。这时刚到沁芳桥畔，却又不知不觉的顺着堤往回里走起来。紫鹃取了绢子来，却不见黛玉。正在那里看时，只见黛玉颜色雪白，身子恍恍荡荡的，眼睛也直直的，在那里东转西转。又见一个丫头往前头走了，离的远，也看不出是那一个来。心中惊疑不定，只得赶过来轻轻的问道：“姑娘怎么又回去？是要往那里去？”黛玉也只模糊听见，随口应道：“我问问宝玉去！”紫鹃听了，摸不着头脑，只得搀着他到贾母这边来。

黛玉走到贾母门口，心里微觉明晰，回头看见紫鹃搀着自己，便站住了问道：“你作什么来的？”紫鹃陪笑道：“我找了绢子来了。头里见姑娘在桥那边呢，我赶着过去问姑娘，姑娘没理会。”黛玉笑道：“我打量你来瞧宝二爷来了呢，不然怎么往这里走呢。”紫鹃见他心里迷惑，便知黛玉必是听见那丫头什么话了，惟有点头微笑而已。只是心里怕他见了宝玉，那一个已经是疯疯傻傻，这一个又这样恍恍惚惚，一时说出些不大体统的话来，那时如何是好？心里虽如此想，却也不敢违拗，只得搀他进去。那黛玉却又奇怪了，这时不似先前那样软了，也不用紫鹃打帘子，自己掀起帘子进来，却是寂然无声。因贾母在屋里歇中觉，丫头们也有脱滑顽去的，也有打盹儿的，也有在那里伺候老太太的。倒是袭人听见帘子响，从屋里出来一看，见是黛玉，便让道：“姑娘屋里坐罢。”黛玉笑着道：“宝二爷在家么?”袭人不知底里，刚要答言，只见紫鹃在黛玉身后和他努嘴儿，指着黛玉，又摇摇手儿。袭人不解何意，也不敢言语。黛玉却也不理会，自己走进房来。看见宝玉在那里坐着，也不起来让坐，只瞅着嘻嘻的傻笑。黛玉自己坐下，却也瞅着宝玉笑。两个人也不问好，也不说话，也无推让，只管对着脸傻笑起来。袭人看见这番光景，心里不大得主意，只是没法儿。忽然听着黛玉说道：“宝玉，你为什么病了?”宝玉笑道：“我为林姑娘病了。”袭人紫鹃两个吓得面目改色，连忙用言语来岔。两个却又不答言，仍旧傻笑起来。袭人见了这样，知道黛玉此时心中迷惑不减于宝玉，因悄和紫鹃说道：“姑娘才好了，我叫秋纹妹妹同着你搀回姑娘歇歇去罢。”因回头向秋纹道：“你和紫鹃姐姐送林姑娘去罢，你可别混说话。”秋纹笑着，也不言语，便来同着紫鹃搀起黛玉。

那黛玉也就站起来，瞅着宝玉只管笑，只管点头儿。紫鹃又催道：“姑娘回家去歇歇罢。”黛玉道：“可不是，我这就是回去的时候儿了。”说着，便回身笑着出来了，仍旧不用丫头们搀扶，自己却走得比往常飞快。紫鹃秋纹后面赶忙跟着走。黛玉出了贾母院门，只管一直走去。紫鹃连忙搀住叫道：“姑娘往这么来。”黛玉仍是笑着随了往潇湘馆来。离门口不远，紫鹃道：“阿弥陀佛，可到了家了!”只这一句话没说完，只见黛玉身子往前一栽，哇的一声，一口血直吐出来。未知性命如何，且听下回分解。

第九十七回

林黛玉焚稿断痴情　薛宝钗出闺成大礼

话说黛玉到潇湘馆门口，紫鹃说了一句话，更动了心，一时吐出血来，几乎晕倒。亏了还同着秋纹，两个人挽扶着黛玉到屋里来。那时秋纹去后，紫鹃雪雁守着，见他渐渐苏醒过来，问紫鹃道："你们守着哭什么?"紫鹃见他说话明白，倒放了心了，因说："姑娘刚才打老太太那边回来，身上觉着不大好，唬的我们没了主意，所以哭了。"黛玉笑道："我那里就能够死呢。"这一句话没完，又喘成一处。原来黛玉因今日听得宝玉宝钗的事情，这本是他数年的心病，一时急怒，所以迷惑了本性。及至回来吐了这一口血，心中却渐渐的明白过来，把头里的事一字也不记得了。这会子见紫鹃哭，方模糊想起傻大姐的话来，此时反不伤心，惟求速死，以完此债。这里紫鹃雪雁只得守着，想要告诉人去，怕又像上次招得凤姐儿说他们失惊打怪的。

那知秋纹回去，神情慌遽。正值贾母睡起中觉来，看见这般光景，便问怎么了。秋纹吓的连忙把刚才的事回了一遍。贾母大惊说："这还了得!"连忙着人叫了王夫人凤姐过来，告诉了他婆媳两个。凤姐道："我都嘱咐到了，这是什么人去走了风呢。这不更是一件难事了吗。"贾母道："且别管那些，先瞧瞧去是怎么样了。"说着便起身带着王夫人凤姐等过来看视。见黛玉颜色如雪，并无一点血色，神气昏沉，气息微细。半日又咳嗽了一阵，丫头递了痰盒，吐出都是痰中带血的。大家都慌了。只见黛玉微微睁眼，看见贾母在他旁边，便喘吁吁的说道："老太太，你白疼了我了!"贾母一闻此言，十分难受，便道："好孩子，你养着罢，不怕的。"黛玉微微一笑，把眼又闭上了。外面丫头进来回凤姐道："大夫来了。"于是大家略避。王大夫同着贾琏进来，诊了脉，说道："尚不妨事。这是郁气伤肝，肝不藏血，所以神气不定。如今要用敛阴止血的药，方可望好。"王大夫说完，同着贾琏出去开方取药去了。

贾母看黛玉神气不好，便出来告诉凤姐等道："我看这孩子的病，不是我咒他，只怕难好。你们也该替他预备预备，冲一冲。或者好了，岂不是大家省心。就是怎么样，也不至临时忙乱。咱们家里这两天正有事呢。"凤姐儿答应了。贾母又问了紫鹃一回，到底不知是那个说的。贾母心里只是纳闷，因说："孩子们从小儿在一处儿顽，好些是有的。如今大了懂的人事，就该要分别些，才是做女孩儿的本分，我才心里疼他。若是他心里有别的想头，成了什么人了呢！我可是白疼了他了。你们说了，我倒有些不放心。"因回到房中，又叫袭人来问。袭人仍将前日回王夫人的话并方才黛玉的光景述了一遍。贾母道："我方才看他却还不至糊涂，这个理我就不明白了。咱们这种人家，别的事自然没有的，这心病也是断断有不得的。林丫头若不是这个病呢，我凭着花多少钱都使得。若是这个病，不但治不好，我也没心肠了。"凤姐道："林妹妹的事老太太倒不必张心，横竖有他二哥哥天天同着大夫瞧看。倒是姑妈那边的事要紧。今日早起听见说，房子不差什么就妥当了，竟是老太太、太太到姑妈那边，我也跟了去，商量商量。就只一件，姑妈家里有宝妹妹在那里，难以说话，不如索性请姑妈晚上过来，咱们一夜都说结了，就好办了。"贾母王夫人都道："你说的是。今日晚了，明日饭后咱们娘儿们就过去。"说着，贾母用了晚饭。凤姐同王夫人各自归房。不提。

且说次日凤姐吃了早饭过来，便要试试宝玉，走进里间说道："宝兄弟大喜，老爷已择了吉日要给你娶亲了。你喜欢不喜欢?"宝玉听了，只管瞅着凤姐笑，微微的点点头儿。凤姐笑道："给你娶林妹妹过来好不好?"宝玉却大笑起来。凤姐看着，也断不透他是明白是糊涂，因又问道："老爷说你好了才给你娶林妹妹呢，若还是这么傻，便不给你娶了。"宝玉忽然正色道："我不傻，你才傻呢。"说着，便站起来说："我去瞧瞧林妹妹，叫他放心。"凤姐忙扶住了，说："林妹妹早知道了。他如今要做新媳妇了，自然害羞，不肯见你的。”宝玉道：“娶过来他到底是见我不见？”凤姐又好笑，又着忙，心里想：“袭人的话不差。提了林妹妹，虽说仍旧说些疯话，却觉得明白些。若真明白了，将来不是林姑娘，打破了这个灯虎儿，那饥荒才难打呢。”便忍笑说道：“你好好儿的便见你，若是疯疯颠颠的，他就不见你了。”宝玉说道：“我有一个心，前儿已交给林妹妹了。他要过来，横竖给我带来，还放在我肚子里头。”凤姐听着竟是疯话，便出来看着贾母笑。贾母听了，又是笑，又是疼，便说道：“我早听见了。如今且不用理他，叫袭人好好的安慰他。咱们走罢。”

说着王夫人也来。大家到了薛姨妈那里，只说惦记着这边的事来瞧瞧。薛姨妈感激不尽，说些薛蟠的话。喝了茶，薛姨妈才要叫人告诉宝钗，凤姐连忙拦住说：“姑妈不必告诉宝妹妹。”又向薛姨妈陪笑说道：“老太太此来，一则为瞧姑妈，二则也有句要紧的话特请姑妈到那边商议。”薛姨妈听了，点点头儿说：“是了。”于是大家又说些闲话便回来了。

当晚薛姨妈果然过来，见过了贾母，到王夫人屋里来，不免说起王子腾来，大家落了一回泪。薛姨妈便问道：“刚才我到老太太那里，宝哥儿出来请安还好好儿的，不过略瘦些，怎么你们说得很利害？”凤姐便道：“其实也不怎么样，只是老太太悬心。目今老爷又要起身外任去，不知几年才来。老太太的意思，头一件叫老爷看着宝兄弟成了家也放心，二则也给宝兄弟冲冲喜，借大妹妹的金锁压压邪气，只怕就好了。”薛姨妈心里也愿意，只虑着宝钗委屈，便道：“也使得，只是大家还要从长计较计较才好。”王夫人便按着凤姐的话和薛姨妈说，只说：“姨太太这会子家里没人，不如把装奁一概蠲免。明日就打发蝌儿去告诉蟠儿，一面这里过门，一面给他变法儿撕掳官事。”并不提宝玉的心事，又说：“姨太太，既作了亲，娶过来早早好一天，大家早放一天心。”正说着，只见贾母差鸳鸯过来候信。薛姨妈虽恐宝钗委屈，然也没法儿，又见这般光景，只得满口应承。鸳鸯回去回了贾母。贾母也甚喜欢，又叫鸳鸯过来求薛姨妈和宝钗说明原故，不叫他受委屈。薛姨妈也答应了。便议定凤姐夫妇作媒人。大家散了。王夫人姊妹不免又叙了半夜话儿。

次日，薛姨妈回家将这边的话细细的告诉了宝钗，还说：“我已经应承了。”宝钗始则低头不语，后来便自垂泪。薛姨妈用好言劝慰解释了好些话。宝钗自回房内，宝琴随去解闷。薛姨妈才告诉了薛蝌，叫他明日起身，“一则打听审详的事，二则告诉你哥哥一个信儿，你即便回来。”

薛蝌去了四日，便回来回复薛姨妈道：“哥哥的事上司已经准了误杀，一过堂就要题本了，叫咱们预备赎罪的银子。妹妹的事，说‘妈妈做主很好的，赶着办又省了好些银子，叫妈妈不用等我，该怎么着就怎么办罢。’”薛姨妈听了，一则薛蟠可以回家，二则完了宝钗的事，心里安放了好些。便是看着宝钗心里好像不愿意似的，“虽是这样，他是女儿家，素来也孝顺守礼的人，知我应了，他也没得说的。”便叫薛蝌：“办泥金庚帖，填上八字，即叫人送到琏二爷那边去。还问了过礼的日子来，你好预备。本来咱们不惊动亲友，哥哥的朋友是你说的‘都是混帐人’，亲戚呢，就是贾王两家，如今贾家是男家，王家无人在京里。史姑娘放定的事，他家没有来请咱们，咱们也不用通知。倒是把张德辉请了来，托他照料些，他上几岁年纪的人，到底懂事。”薛蝌领命，叫人送帖过去。

次日贾琏过来，见了薛姨妈，请了安，便说：“明日就是上好的日子，今日过来回姨太太，就是明日过礼罢。只求姨太太不要挑饬就是了。”说着，捧过通书来。薛姨妈也谦逊了几句，点头应允。贾琏赶着回去回明贾政。贾政便道：“你回老太太说，既不叫亲友们知道，诸事宁可简便些。若是东西上，请老太太瞧了就是了，不必告诉我。”贾琏答应，进内将话回明贾母。

这里王夫人叫了凤姐命人将过礼的物件都送与贾母过目，并叫袭人告诉宝玉。那宝玉又嘻嘻的笑道：“这里送到园里，回来园里又送到这里。咱们的人送，咱们的人收，何苦来呢。”贾母王夫人听了，都喜欢道：“说他糊涂，他今日怎么这么明白呢。”鸳鸯等忍不住好笑，只得上来一件一件的点明给贾母瞧，说：“这是金项圈，这是金珠首饰，共八十件。这是妆蟒四十匹。这是各色绸缎一百二十匹。这是四季的衣服共一百二十件。外面也没有预备羊酒，这是折羊酒的银子。”贾母看了，都说“好”，轻轻的与凤姐说道：“你去告诉姨太太，说：不是虚礼，求姨太太等蟠儿出来慢慢的叫人给他妹妹做来就是了。那好日子的被褥还是咱们这里代办了罢。”凤姐答应了，出来叫贾琏先过去，又叫周瑞旺儿等，吩咐他们：“不必走大门，只从园里从前开的便门内送去，我也就过去。这门离潇湘馆还远，倘别处的人见了，嘱咐他们不用在潇湘馆里提起。”众人答应着送礼而去。宝玉认以为真，心里大乐，精神便觉得好些，只是语言总有些疯傻。那过礼的回来都不提名说姓，因此上下人等虽都知道，只因凤姐吩咐，都不敢走漏风声。

且说黛玉虽然服药，这病日重一日。紫鹃等在旁苦劝，说道：“事情到了这个分儿，不得不说了。姑娘的心事，我们也都知道。至于意外之事是再没有的。姑娘不信，只拿宝玉的身子说起，这样大病，怎么做得亲呢。姑娘别听瞎话，自己安心保重才好。”黛玉微笑一笑，也不答言，又咳嗽数声，吐出好些血来。紫鹃等看去，只有一息奄奄，明知劝不过来，惟有守着流泪，天天三四趟去告诉贾母。鸳鸯测度贾母近日比前疼黛玉的心差了些，所以不常去回。况贾母这几日的心都在宝钗宝玉身上，不见黛玉的信儿也不大提起，只请太医调治罢了。

黛玉向来病着，自贾母起，直到姊妹们的下人，常来问候。今见贾府中上下人等都不过来，连一个问的人都没有，睁开眼，只有紫鹃一人。自料万无生理，因扎挣着向紫鹃说道：“妹妹，你是我最知心的，虽是老太太派你服侍我这几年，我拿你就当作我的亲妹妹。”说到这里，气又接不上来。紫鹃听了，一阵心酸，早哭得说不出话来。迟了半日，黛玉又一面喘一面说道：“紫鹃妹妹，我躺着不受用，你扶起我来靠着坐坐才好。”紫鹃道：“姑娘的身上不大好，起来又要抖搂着了。”黛玉听了，闭上眼不言语了。一时又要起来。紫鹃没法，只得同雪雁把他扶起，两边用软枕靠住，自己却倚在旁边。

黛玉那里坐得住，下身自觉硌的疼，狠命的撑着，叫过雪雁来道：“我的诗本子。”说着又喘。雪雁料是要他前日所理的诗稿，因找来送到黛玉跟前。黛玉点点头儿，又抬眼看那箱子。雪雁不解，只是发怔。黛玉气的两眼直瞪，又咳嗽起来，又吐了一口血。雪雁连忙回身取了水来，黛玉漱了，吐在盒内。紫鹃用绢子给他拭了嘴。黛玉便拿那绢子指着箱子，又喘成一处，说不上来，闭了眼。紫鹃道：“姑娘歪歪儿罢。”黛玉又摇摇头儿。紫鹃料是要绢子，便叫雪雁开箱，拿出一块白绫绢子来。黛玉瞧了，撂在一边，使劲说道："有字的。"紫鹃这才明白过来，要那块题诗的旧帕，只得叫雪雁拿出来递给黛玉。紫鹃劝道："姑娘歇歇罢，何苦又劳神，等好了再瞧罢。"只见黛玉接到手里，也不瞧诗，扎挣着伸出那只手来狠命的撕那绢子，却是只有打颤的分儿，那里撕得动。紫鹃早已知他是恨宝玉，却也不敢说破，只说："姑娘何苦自己又生气!"黛玉点点头儿，掖在袖里，便叫雪雁点灯。雪雁答应，连忙点上灯来。

黛玉瞧瞧，又闭了眼坐着，喘了一会子，又道："笼上火盆。"紫鹃打谅他冷，因说道："姑娘躺下，多盖一件罢。那炭气只怕耽不住。"黛玉又摇头儿。雪雁只得笼上，搁在地下火盆架上。黛玉点头，意思叫挪到炕上来。雪雁只得端上来，出去拿那张火盆炕桌。那黛玉却又把身子欠起，紫鹃只得两只手来扶着他。黛玉这才将方才的绢子拿在手中，瞅着那火点点头儿，往上一撂。紫鹃唬了一跳，欲要抢时，两只手却不敢动。雪雁又出去拿火盆桌子，此时那绢子已经烧着了。紫鹃劝道："姑娘这是怎么说呢。"黛玉只作不闻，回手又把那诗稿拿起来，瞧了瞧又撂下了。紫鹃怕他也要烧，连忙将身倚住黛玉，腾出手来拿时，黛玉又早拾起，撂在火上。此时紫鹃却够不着，干急。雪雁正拿进桌子来，看见黛玉一撂，不知何物，赶忙抢时，那纸沾火就着，如何能够少待，早已烘烘的着了。雪雁也顾不得烧手，从火里抓起来撂在地下乱踩，却已烧得所馀无几了。那黛玉把眼一闭，往后一仰，几乎不曾把紫鹃压倒。紫鹃连忙叫雪雁上来将黛玉扶着放倒，心里突突的乱跳。欲要叫人时，天又晚了；欲不叫人时，自己同着雪雁和鹦哥等几个小丫头，又怕一时有什么原故。好容易熬了一夜。

到了次日早起，觉黛玉又缓过一点儿来。饭后，忽然又嗽又吐，又紧起来。紫鹃看着不祥了，连忙将雪雁等都叫进来看守，自己却来回贾母。那知到了贾母上房，静悄悄的，只有两三个老妈妈和几个做粗活的丫头在那里看屋子呢。紫鹃因问道："老太太呢?"那些人都说不知道。紫鹃听这话诧异，遂到宝玉屋里去看，竟也无人。遂问屋里的丫头，也说不知。紫鹃已知八九，"但这些人怎么竟这样狠毒冷淡!"又想到黛玉这几天竟连一个人问的也没有，越想越悲，索性激起一腔闷气来，一扭身便出来了。自己想了一想："今日倒要看看宝玉是何形状！看他见了我怎么样过的去！那一年我说了一句谎话他就急病了，今日竟公然做出这件事来！可知天下男子之心真真是冰寒雪冷，令人切齿的！"一面走，一面想，早已来到怡红院。只见院门虚掩，里面却又寂静的很。紫鹃忽然想到："他要娶亲，自然是有新屋子的，但不知他这新屋子在何处？"

正在那里徘徊瞻顾，看见墨雨飞跑，紫鹃便叫住他。墨雨过来笑嘻嘻的道："姐姐在这里做什么？"紫鹃道："我听见宝二爷娶亲，我要来看看热闹儿。谁知不在这里，也不知是几儿。"墨雨悄悄的道："我这话只告诉姐姐，你可别告诉雪雁他们。上头吩咐了，连你们都不叫知道呢。就是今日夜里娶，那里是在这里，老爷派琏二爷另收拾了房子了。"说着又问："姐姐有什么事么？"紫鹃道："没什么事，你去罢。"墨雨仍旧飞跑去了。紫鹃自己也发了一回呆，忽然想起黛玉来，这时候还不知是死是活。因两泪汪汪，咬着牙发狠道："宝玉，我看他明儿死了，你算是躲的过不见了！你过了你那如心如意的事儿，拿什么脸来见我！"一面哭，一面走，呜呜咽咽的自回去了。

还未到潇湘馆，只见两个小丫头在门里往外探头探脑的，一眼看见紫鹃，那一个便嚷道："那不是紫鹃姐姐来了吗。"紫鹃知道不好了，连忙摆手儿不叫嚷，赶忙进去看时，只见黛玉肝火上炎，两颧红赤。紫鹃觉得不妥，叫了黛玉的奶妈王奶奶来。一看，他便大哭起来。这紫鹃因王奶妈有些年纪，可以仗个胆儿，谁知竟是个没主意的人，反倒把紫鹃弄得心里七上八下。忽然想起一个人来，便命小丫头急忙去请。你道是谁，原来紫鹃想起李宫裁是个孀居，今日宝玉结亲，他自然回避。况且园中诸事向系李纨料理，所以打发人去请他。

李纨正在那里给贾兰改诗，冒冒失失的见一个丫头进来回说："大奶奶，只怕林姑娘好不了，那里都哭呢。"李纨听了，吓了一大跳，也不及问了，连忙站起身来便走，素云碧月跟着，一头走着，一头落泪，想着："姐妹在一处一场，更兼他那容貌才情真是寡二少双，惟有青女素娥可以仿佛一二，竟这样小小的年纪，就作了北邙乡女！偏偏凤姐想出一条偷梁换柱之计，自己也不好过潇湘馆来，竟未能少尽姊妹之情。真真可怜可叹。"一头想着，已走到潇湘馆的门口。里面却又寂然无声，李纨倒着起忙来，想来必是已死，都哭过了，那衣衾未知装裹妥当了没有？连忙三步两步走进屋子来。

里间门口一个小丫头已经看见，便说："大奶奶来了。"紫鹃忙往外走，和李纨走了个对脸。李纨忙问"怎么样？"紫鹃欲说话时，惟有喉中哽咽的分儿，却一字说不出。那眼泪一似断线珍珠一般，只将一只手回过去指着黛玉。李纨看了紫鹃这般光景，更觉心酸，也不再问，连忙走过来。看时，那黛玉已不能言。李纨轻轻叫了两声，黛玉却还微微的开眼，似有知识之状，但只眼皮嘴唇微有动意，口内尚有出入之息，却要一句话一点泪也没有了。李纨回身见紫鹃不在跟前，便问雪雁。雪雁道："他在外头屋里呢。"李纨连忙出来，只见紫鹃在外间空床上躺着，颜色青黄，闭了眼只管流泪，那鼻涕眼泪把一个砌花锦边的褥子已湿了碗大的一片。李纨连忙唤他，那紫鹃才慢慢的睁开眼欠起身来。李纨道："傻丫头，这是什么时候，且只顾哭你的！林姑娘的衣衾还不拿出来给他换上，还等多早晚呢。难道他个女孩儿家，你还叫他赤身露体精着来光着去吗！"紫鹃听了这句话，一发止不住痛哭起来。李纨一面也哭，一面着急，一面拭泪，一面拍着紫鹃的肩膀说："好孩子，你把我的心都哭乱了，快着收拾他的东西罢，再迟一会子就了不得了。"

正闹着，外边一个人慌慌张张跑进来，倒把李纨唬了一跳，看时却是平儿。跑进来看见这样，只是呆磕磕的发怔。李纨道："你这会子不在那边，做什么来了？"说着，林之孝家的也进来了。平儿道："奶奶不放心，叫来瞧瞧。既有大奶奶在这里，我们奶奶就只顾那一头儿了。"李纨点点头儿。平儿道："我也见见林姑娘。"说着，一面往里走，一面早已流下泪来。这里李纨因和林之孝家的道："你来的正好，快出去瞧瞧去，告诉管事的预备林姑娘的后事。妥当了叫他来回我，不用到那边去。"林之孝家的答应了，还站着。李纨道："还有什么话呢？"林之孝家的道："刚才二奶奶和老太太商量了，那边用紫鹃姑娘使唤使唤呢。"李纨还未答言，只见紫鹃道："林奶奶，你先请罢。等着人死了我们自然是出去的，那里用这么……"说到这里却又不好说了，因又改说道："况且我们在这里守着病人，身上也不洁净。林姑娘还有气儿呢，不时的叫我。”李纨在旁解说道：“当真这林姑娘和这丫头也是前世的缘法儿。倒是雪雁是他南边带来的，他倒不理会。惟有紫鹃，我看他两个一时也离不开。”林之孝家的头里听了紫鹃的话，未免不受用，被李纨这番一说，却也没的说，又见紫鹃哭得泪人一般，只好瞅着他微微的笑，因又说道：“紫鹃姑娘这些闲话倒不要紧，只是他却说得，我可怎么回老太太呢。况且这话是告诉得二奶奶的吗！”

正说着，平儿擦着眼泪出来道：“告诉二奶奶什么事？”林之孝家的将方才的话说了一遍。平儿低了一回头，说：“这么着罢，就叫雪姑娘去罢。”李纨道：“他使得吗？”平儿走到李纨耳边说了几句，李纨点点头儿道：“既是这么着，就叫雪雁过去也是一样的。”林之孝家的因问平儿道：“雪姑娘使得吗？”平儿道：“使得，都是一样。”林家的道：“那么姑娘就快叫雪姑娘跟了我去。我先去回了老太太和二奶奶，这可是大奶奶和姑娘的主意。回来姑娘再各自回二奶奶去。”李纨道：“是了。你这么大年纪，连这么点子事还不耽呢。”林家的笑道：“不是不耽，头一宗这件事老太太和二奶奶办的，我们都不能很明白；再者又有大奶奶和平姑娘呢。”说着，平儿已叫了雪雁出来。原来雪雁因这几日嫌他小孩子家懂得什么，便也把心冷淡了。况且听是老太太和二奶奶叫，也不敢不去。连忙收拾了头，平儿叫他换了新鲜衣服，跟着林家的去了。随后平儿又和李纨说了几句话。李纨又嘱咐平儿打那么催着林之孝家的叫他男人快办了来。平儿答应着出来，转了个弯子，看见林家的带着雪雁在前头走呢，赶忙叫住道：“我带了他去罢，你先告诉林大爷办林姑娘的东西去罢。奶奶那里我替回就是了。”那林家的答应着去了。这里平儿带了雪雁到了新房子里，回明了自去办事。

却说雪雁看见这般光景，想起他家姑娘，也未免伤心，只是在贾母凤姐跟前不敢露出。因又想道：“也不知用我作什么，我且瞧瞧。宝玉一日家和我们姑娘好的蜜里调油，这时候总不见面了，也不知是真病假病。怕我们姑娘不依，他假说丢了玉，装出傻子样儿来，叫我们姑娘寒了心，他好娶宝姑娘的意思。我看看他去，看他见了我傻不傻。莫不成今儿还装傻么！”一面想着，已溜到里间屋子门口，偷偷儿的瞧。这时宝玉虽因失玉昏愦，但只听见娶了黛玉为妻，真乃是从古至今天上人间第一件畅心满意的事了，那身子顿觉健旺起来——只不过不似从前那般灵透，所以凤姐的妙计百发百中——巴不得即见黛玉，盼到今日完姻，真乐得手舞足蹈，虽有几句傻话，却与病时光景大相悬绝了。雪雁看了，又是生气，又是伤心，他那里晓得宝玉的心事，便各自走开。

这里宝玉便叫袭人快快给他装新，坐在王夫人屋里。看见凤姐尤氏忙忙碌碌，再盼不到吉时，只管问袭人道：“林妹妹打园里来，为什么这么费事，还不来?”袭人忍着笑道：“等好时辰。”回来又听见凤姐与王夫人道：“虽然有服，外头不用鼓乐，咱们南边规矩要拜堂的，冷清清使不得。我传了家内学过音乐管过戏子的那些女人来吹打，热闹些。”王夫人点头说：“使得。”

一时大轿从大门进来，家里细乐迎出去，十二对宫灯，排着进来，倒也新鲜雅致。傧相请了新人出轿。宝玉见新人蒙着盖头，喜娘披着红扶着。下首扶新人的你道是谁，原来就是雪雁。宝玉看见雪雁，犹想：“因何紫鹃不来，倒是他呢?”又想道：“是了，雪雁原是他南边家里带来的，紫鹃仍是我们家的，自然不必带来。”因此见了雪雁竟如见了黛玉的一般欢喜。傧相赞礼，拜了天地。请出贾母受了四拜，后请贾政夫妇登堂，行礼毕，送入洞房。还有坐床撒帐等事，俱是按金陵旧例。贾政原为贾母作主，不敢违拗，不信冲喜之说。那知今日宝玉居然像个好人一般，贾政见了，倒也喜欢。那新人坐了床便要揭起盖头的，凤姐早已防备，故请贾母王夫人等进去照应。

宝玉此时到底有些傻气，便走到新人跟前说道：“妹妹身上好了?好些天不见了，盖着这劳什子做什么!”欲待要揭去，反把贾母急出一身冷汗来。宝玉又转念一想道：“林妹妹是爱生气的，不可造次。”又歇了一歇，仍是按捺不住，只得上前揭了。喜娘接去盖头，雪雁走开，莺儿等上来伺候。宝玉睁眼一看，好像宝钗，心里不信，自己一手持灯，一手擦眼，一看，可不是宝钗么!只见他盛妆艳服，丰肩愞体，鬟低鬓亸，眼瞤息微，真是荷粉露垂，杏花烟润了。宝玉发了一回怔，又见莺儿立在旁边，不见了雪雁。宝玉此时心无主意，自己反以为是梦中了，呆呆的只管站着。众人接过灯去，扶了宝玉仍旧坐下，两眼直视，半语全无。贾母恐他病发，亲自扶他上床。凤姐尤氏请了宝钗进入里间床上坐下，宝钗此时自然是低头不语。宝玉定了一回神，见贾母王夫人坐在那边，便轻轻的叫袭人道："我是在那里呢？这不是做梦么？"袭人道："你今日好日子，什么梦不梦的混说。老爷可在外头呢。"宝玉悄悄儿的拿手指着道："坐在那里这一位美人儿是谁？"袭人握了自己的嘴，笑的说不出话来，歇了半日才说道："是新娶的二奶奶。"众人也都回过头去，忍不住的笑。宝玉又道："好糊涂，你说二奶奶到底是谁？"袭人道："宝姑娘。"宝玉道："林姑娘呢？"袭人道："老爷作主娶的是宝姑娘，怎么混说起林姑娘来。"宝玉道："我才刚看见林姑娘了么，还有雪雁呢，怎么说没有。你们这都是做什么顽呢？"凤姐便走上来轻轻的说道："宝姑娘在屋里坐着呢。别混说，回来得罪了他，老太太不依的。"宝玉听了，这会子糊涂更利害了。本来原有昏愦的病，加以今夜神出鬼没，更叫他不得主意，便也不顾别的了，口口声声只要找林妹妹去。贾母等上前安慰，无奈他只是不懂。又有宝钗在内，又不好明说。知宝玉旧病复发，也不讲明，只得满屋里点起安息香来，定住他的神魂，扶他睡下。众人鸦雀无闻，停了片时，宝玉便昏沉睡去。贾母等才得略略放心，只好坐以待旦，叫凤姐去请宝钗安歇。宝钗置若罔闻，也便和衣在内暂歇。贾政在外，未知内里原由，只就方才眼见的光景想来，心下倒放宽了。恰是明日就是起程的吉日，略歇了一歇，众人贺喜送行。贾母见宝玉睡着，也回房去暂歇。

次早，贾政辞了宗祠，过来拜别贾母，禀称："不孝远离，惟愿老太太顺时颐养。儿子一到任所，即修禀请安，不必挂念。宝玉的事，已经依了老太太完结，只求老太太训诲。"贾母恐贾政在路不放心，并不将宝玉复病的话说起，只说："我有一句话，宝玉昨夜完姻，并不是同房。今日你起身，必该叫他远送才是。他因病冲喜，如今才好些，又是昨日一天劳乏，出来恐怕着了风。故此问你，你叫他送呢，我即刻去叫他；你若疼他，我就叫人带了他来，你见见，叫他给你磕头就算了。"贾政道："叫他送什么，只要他从此以后认真念书，比送我还喜欢呢。"贾母听了，又放了一条心，便叫贾政坐着，叫鸳鸯去如此如此，带了宝玉，叫袭人跟着来。鸳鸯去了不多一会，果然宝玉来了，仍是叫他行礼。宝玉见了父亲，神志略敛些，片时清楚，也没什么大差。贾政吩咐了几句，宝玉答应了。贾政叫人扶他回去了，自己回到王夫人房中，又切实的叫王夫人管教儿子，断不可如前娇纵。明年乡试，务必叫他下场。王夫人一一的听了，也没提起别的。即忙命人扶了宝钗过来，行了新妇送行之礼，也不出房。其馀内眷俱送至二门而回。贾珍等也受了一番训饬。大家举酒送行，一班子弟及晚辈亲友，直送至十里长亭而别。

不言贾政起程赴任。且说宝玉回来，旧病陡发，更加昏愦，连饮食也不能进了。未知性命如何，下回分解。

第九十八回

苦绛珠魂归离恨天　病神瑛泪洒相思地

话说宝玉见了贾政，回至房中，更觉头昏脑闷，懒待动弹，连饭也没吃，便昏沉睡去。仍旧延医诊治，服药不效，索性连人也认不明白了。大家扶着他坐起来，还是像个好人。一连闹了几天，那日恰是回九之期，若不过去，薛姨妈脸上过不去，若说去呢，宝玉这般光景。贾母明知是为黛玉而起，欲要告诉明白，又恐气急生变。宝钗是新媳妇，又难劝慰，必得姨妈过来才好。若不回九，姨妈嗔怪。便与王夫人凤姐商议道："我看宝玉竟是魂不守舍，起动是不怕的。用两乘小轿叫人扶着从园里过去，应了回九的吉期，以后请姨妈过来安慰宝钗，咱们一心一计的调治宝玉，可不两全？"王夫人答应了，即刻预备。幸亏宝钗是新媳妇，宝玉是个疯傻的，由人掇弄过去了。宝钗也明知其事，心里只怨母亲办得糊涂，事已至此，不肯多言。独有薛姨妈看见宝玉这般光景，心里懊悔，只得草草完事。

到家，宝玉越加沉重，次日连起坐都不能了。日重一日，甚至汤水不进。薛姨妈等忙了手脚，各处遍请名医，皆不识病源。只有城外破寺中住着个穷医，姓毕，别号知庵的，诊得病源是悲喜激射，冷暖失调，饮食失时，忧忿滞中，正气壅闭：此内伤外感之症。于是度量用药，至晚服了，二更后果然省些人事，便要水喝。贾母王夫人等才放了心，请了薛姨妈带了宝钗都到贾母那里暂且歇息。

宝玉片时清楚，自料难保，见诸人散后，房中只有袭人，因唤袭人至跟前，拉着手哭道："我问你，宝姐姐怎么来的？我记得老爷给我娶了林妹妹过来，怎么被宝姐姐赶了去了？他为什么霸占住在这里？我要说呢，又恐怕得罪了他。你们听见林妹妹哭得怎么样了？"袭人不敢明说，只得说道："林姑娘病着呢。"宝玉又道："我瞧瞧他去。"说着，要起来。岂知连日饮食不进，身子那能动转，便哭道："我要死了！我有一句心里的话，只求你回明老太太：横竖林妹妹也是要死的，我如今也不能保。两处两个病人都要死的，死了越发难张罗。不如腾一处空房子，趁早将我同林妹妹两个抬在那里，活着也好一处医治服侍，死了也好一处停放。你依我这话，不枉了几年的情分。"袭人听了这些话，便哭的哽嗓气噎。宝钗恰好同了莺儿过来，也听见了，便说道："你放着病不保养，何苦说这些不吉利的话。老太太才安慰了些，你又生出事来。老太太一生疼你一个，如今八十多岁的人了，虽不图你的封诰，将来你成了人，老太太也看着乐一天，也不枉了老人家的苦心。太太更是不必说了，一生的心血精神，抚养了你这一个儿子，若是半途死了，太太将来怎么样呢。我虽是命薄，也不至于此。据此三件看来，你便要死，那天也不容你死的，所以你是不得死的。只管安稳着，养个四五天后，风邪散了，太和正气一足，自然这些邪病都没有了。"宝玉听了，竟是无言可答，半晌方才嘻嘻的笑道："你是好些时不和我说话了，这会子说这些大道理的话给谁听？"宝钗听了这话，便又说道："实告诉你说罢，那两日你不知人事的时候，林妹妹已经亡故了。"宝玉忽然坐起来，大声诧异道："果真死了吗？"宝钗道："果真死了。岂有红口白舌咒人死的呢。老太太、太太知道你姐妹和睦，你听见他死了自然你也要死，所以不肯告诉你。"宝玉听了，不禁放声大哭，倒在床上。

忽然眼前漆黑，辨不出方向，心中正自恍惚，只见眼前好像有人走来，宝玉茫然问道："借问此是何处？"那人道："此阴司泉路。你寿未终，何故至此？"宝玉道："适闻有一故人已死，遂寻访至此，不觉迷途。"那人道："故人是谁？"宝玉道："姑苏林黛玉。"那人冷笑道："林黛玉生不同人，死不同鬼，无魂无魄，何处寻访！凡人魂魄，聚而成形，散而为气，生前聚之，死则散焉。常人尚无可寻访，何况林黛玉呢。汝快回去罢。"宝玉听了，呆了半晌道："既云死者散也，又如何有这个阴司呢？"那人冷笑道："那阴司说有便有，说无就无。皆为世俗溺于生死之说，设言以警世，便道上天深怒愚人，或不守分安常，或生禄未终自行夭折，或嗜淫欲尚气逞凶无故自陨者，特设此地狱，囚其魂魄，受无边的苦，以偿生前之罪。汝寻黛玉，是无故自陷也。且黛玉已归太虚幻境，汝若有心寻访，潜心修养，自然有时相见。如不安生，即以自行夭折之罪囚禁阴司，除父母外，欲图一见黛玉，终不能矣。”那人说毕，袖中取出一石，向宝玉心口掷来。宝玉听了这话，又被这石子打着心窝，吓的即欲回家，只恨迷了道路。

正在踌躇，忽听那边有人唤他。回首看时，不是别人，正是贾母、王夫人、宝钗、袭人等围绕哭泣叫着。自己仍旧躺在床上。见案上红灯，窗前皓月，依然锦绣丛中，繁华世界。定神一想，原来竟是一场大梦。浑身冷汗，觉得心内清爽。仔细一想，真正无可奈何，不过长叹数声而已。宝钗早知黛玉已死，因贾母等不许众人告诉宝玉知道，恐添病难治。自己却深知宝玉之病实因黛玉而起，失玉次之，故趁势说明，使其一痛决绝，神魂归一，庶可疗治。贾母王夫人等不知宝钗的用意，深怪他造次。后来见宝玉醒了过来，方才放心。立即到外书房请了毕大夫进来诊视。那大夫进来诊了脉，便道：“奇怪，这回脉气沉静，神安郁散，明日进调理的药，就可以望好了。”说着出去。众人各自安心散去。

袭人起初深怨宝钗不该告诉，惟是口中不好说出。莺儿背地也说宝钗道：“姑娘忒性急了。”宝钗道：“你知道什么好歹，横竖有我呢。”那宝钗任人诽谤，并不介意，只窥察宝玉心病，暗下针砭。一日，宝玉渐觉神志安定，虽一时想起黛玉，尚有糊涂。更有袭人缓缓的将“老爷选定的宝姑娘为人和厚；嫌林姑娘秉性古怪，原恐早夭；老太太恐你不知好歹，病中着急，所以叫雪雁过来哄你”的话时常劝解。宝玉终是心酸落泪。欲待寻死，又想着梦中之言，又恐老太太、太太生气，又不能撩开。又想黛玉已死，宝钗又是第一等人物，方信金石姻缘有定，自己也解了好些。宝钗看来不妨大事，于是自己心也安了，只在贾母王夫人等前尽行过家庭之礼后，便设法以释宝玉之忧。宝玉虽不能时常坐起，亦常见宝钗坐在床前，禁不住生来旧病。宝钗每以正言劝解，以“养身要紧，你我既为夫妇，岂在一时”之语安慰他。那宝玉心里虽不顺遂，无奈日里贾母王夫人及薛姨妈等轮流相伴，夜间宝钗独去安寝，贾母又派人服侍，只得安心静养。又见宝钗举动温柔，也就渐渐的将爱慕黛玉的心肠略移在宝钗身上，此是后话。

却说宝玉成家的那一日，黛玉白日已昏晕过去，却心头口中一丝微气不断，把个李纨和紫鹃哭的死去活来。到了晚间，黛玉却又缓过来了，微微睁开眼，似有要水要汤的光景。此时雪雁已去，只有紫鹃和李纨在旁。紫鹃便端了一盏桂圆汤和的梨汁，用小银匙灌了两三匙。黛玉闭着眼静养了一会子，觉得心里似明似暗的。此时李纨见黛玉略缓，明知是回光返照的光景，却料着还有一半天耐头，自己回到稻香村料理了一回事情。

这里黛玉睁开眼一看，只有紫鹃和奶妈并几个小丫头在那里，便一手攥了紫鹃的手，使着劲说道："我是不中用的人了。你服侍我几年，我原指望咱们两个总在一处。不想我……"说着，又喘了一会子，闭了眼歇着。紫鹃见他攥着不肯松手，自己也不敢挪动，看他的光景比早半天好些，只当还可以回转，听了这话，又寒了半截。半天，黛玉又说道："妹妹，我这里并没亲人。我的身子是干净的，你好歹叫他们送我回去。"说到这里，又闭了眼不言语了。那手却渐渐紧了，喘成一处，只是出气大入气小，已经促疾的很了。

紫鹃忙了，连忙叫人请李纨，可巧探春来了。紫鹃见了，忙悄悄的说道："三姑娘，瞧瞧林姑娘罢。"说着，泪如雨下。探春过来，摸了摸黛玉的手已经凉了，连目光也都散了。探春紫鹃正哭着叫人端水来给黛玉擦洗，李纨赶忙进来了。三个人才见了，不及说话。刚擦着，猛听黛玉直声叫道："宝玉，宝玉，你好……"说到"好"字，便浑身冷汗，不作声了。紫鹃等急忙扶住，那汗愈出，身子便渐渐的冷了。探春李纨叫人乱着拢头穿衣，只见黛玉两眼一翻，呜呼，香魂一缕随风散，愁绪三更入梦遥！

当时黛玉气绝，正是宝玉娶宝钗的这个时辰。紫鹃等都大哭起来。李纨探春想他素日的可疼，今日更加可怜，也便伤心痛哭。因潇湘馆离新房子甚远，所以那边并没听见。一时大家痛哭了一阵，只听得远远一阵音乐之声，侧耳一听，却又没有了。探春李纨走出院外再听时，惟有竹梢风动，月影移墙，好不凄凉冷淡！一时叫了林之孝家的过来，将黛玉停放毕，派人看守，等明早去回凤姐。

凤姐因见贾母王夫人等忙乱，贾政起身，又为宝玉惛愦更甚，正在着急异常之时，若是又将黛玉的凶信一回，恐贾母王夫人愁苦交加，急出病来，只得亲自到园。到了潇湘馆内，也不免哭了一场。见了李纨探春，知道诸事齐备，便说："很好。只是刚才你们为什么不言语，叫我着急？"探春道："刚才送老爷，怎么说呢。"凤姐道："还倒是你们两个可怜他些。这么着，我还得那边去招呼那个冤家呢。但是这件事好累坠，若是今日不回，使不得；若回了，恐怕老太太搁不住。"李纨道："你去见机行事，得回再回方好。"凤姐点头，忙忙的去了。

凤姐到了宝玉那里，听见大夫说不妨事，贾母王夫人略觉放心，凤姐便背了宝玉，缓缓的将黛玉的事回明了。贾母王夫人听得都唬了一大跳。贾母眼泪交流说道："是我弄坏了他了。但只是这个丫头也忒傻气！"说着，便要到园里去哭他一场，又惦记着宝玉，两头难顾。王夫人等含悲共劝贾母不必过去，"老太太身子要紧。"贾母无奈，只得叫王夫人自去。又说："你替我告诉他的阴灵：'并不是我忍心不来送你，只为有个亲疏。你是我的外孙女儿，是亲的了，若与宝玉比起来，可是宝玉比你更亲些。倘宝玉有些不好，我怎么见他父亲呢。'"说着，又哭起来。王夫人劝道："林姑娘是老太太最疼的，但只寿夭有定。如今已经死了，无可尽心，只是葬礼上要上等的发送。一则可以少尽咱们的心，二则就是姑太太和外甥女儿的阴灵儿，也可以少安了。"贾母听到这里，越发痛哭起来。凤姐恐怕老人家伤感太过，明仗着宝玉心中不甚明白，便偷偷的使人来撒个谎儿哄老太太道："宝玉那里找老太太呢。"贾母听见，才止住泪问道："不是又有什么缘故？"凤姐陪笑道："没什么缘故，他大约是想老太太的意思。"贾母连忙扶了珍珠儿，凤姐也跟着过来。

走至半路，正遇王夫人过来，一一回明了贾母。贾母自然又是哀痛的，只因要到宝玉那边，只得忍泪含悲的说道："既这么着，我也不过去了。由你们办罢，我看着心里也难受，只别委屈了他就是了。"王夫人凤姐一一答应了。贾母才过宝玉这边来，见了宝玉，因问："你做什么找我？"宝玉笑道："我昨日晚上看见林妹妹来了，他说要回南去。我想没人留的住，还得老太太给我留一留他。"贾母听着，说："使得，只管放心罢。"袭人因扶宝玉躺下。

贾母出来到宝钗这边来。那时宝钗尚未回九，所以每每见了人倒有些含羞之意。这一天见贾母满面泪痕，递了茶，贾母叫他坐下。宝钗侧身陪着坐了，才问道："听得林妹妹病了，不知他可好些了?"贾母听了这话，那眼泪止不住流下来，因说道："我的儿，我告诉你，你可别告诉宝玉。都是因你林妹妹，才叫你受了多少委屈。你如今作媳妇了，我才告诉你。这如今你林妹妹没了两三天了，就是娶你的那个时辰死的。如今宝玉这一番病还是为着这个，你们先都在园子里，自然也都是明白的。"宝钗把脸飞红了，想到黛玉之死，又不免落下泪来。贾母又说了一回话去了。自此宝钗千回万转，想了一个主意，只不肯造次，所以过了回九才想出这个法子来。如今果然好些，然后大家说话才不至似前留神。

独是宝玉虽然病势一天好似一天，他的痴心总不能解，必要亲去哭他一场。贾母等知他病未除根，不许他胡思乱想，怎奈他郁闷难堪，病多反复。倒是大夫看出心病，索性叫他开散了，再用药调理，倒可好得快些。宝玉听说，立刻要往潇湘馆来。贾母等只得叫人抬了竹椅子过来，扶宝玉坐上。贾母王夫人即便先行。到了潇湘馆内，一见黛玉灵柩，贾母已哭得泪干气绝。凤姐等再三劝住。王夫人也哭了一场。李纨便请贾母王夫人在里间歇着，犹自落泪。

宝玉一到，想起未病之先来到这里，今日屋在人亡，不禁嚎啕大哭。想起从前何等亲密，今日死别，怎不更加伤感。众人原恐宝玉病后过哀，都来解劝，宝玉已经哭得死去活来，大家搀扶歇息。其馀随来的，如宝钗，俱极痛哭。独是宝玉必要叫紫鹃来见，问明姑娘临死有何话说。紫鹃本来深恨宝玉，见如此，心里已回过来些，又见贾母王夫人都在这里，不敢洒落宝玉，便将林姑娘怎么复病，怎么烧毁帕子，焚化诗稿，并将临死说的话，一一的都告诉了。宝玉又哭得气噎喉干。探春趁便又将黛玉临终嘱咐带柩回南的话也说了一遍。贾母王夫人又哭起来。多亏凤姐能言劝慰，略略止些，便请贾母等回去。宝玉那里肯舍，无奈贾母逼着，只得勉强回房。

贾母有了年纪的人，打从宝玉病起，日夜不宁，今又大痛一阵，已觉头晕身热。虽是不放心惦着宝玉，却也挣扎不住，回到自己房中睡下。王夫人更加心痛难禁，也便回去，派了彩云帮着袭人照应，并说："宝玉若再悲戚，速来告诉我们。”宝钗是知宝玉一时必不能舍，也不相劝，只用讽刺的话说他。宝玉倒恐宝钗多心，也便饮泣收心。歇了一夜，倒也安稳。明日一早，众人都来瞧他，但觉气虚身弱，心病倒觉去了几分。于是加意调养，渐渐的好起来。贾母幸不成病，惟是王夫人心痛未痊。那日薛姨妈过来探望，看见宝玉精神略好，也就放心，暂且住下。

一日，贾母特请薛姨妈过去商量说：“宝玉的命都亏姨太太救的，如今想来不妨了，独委屈了你的姑娘。如今宝玉调养百日，身体复旧，又过了娘娘的功服，正好圆房。要求姨太太作主，另择个上好的吉日。”薛姨妈便道：“老太太主意很好，何必问我。宝丫头虽生的粗笨，心里却还是极明白的。他的情性老太太素日是知道的。但愿他们两口儿言和意顺，从此老太太也省好些心，我姐姐也安慰些，我也放了心了。老太太便定个日子。还通知亲戚不用呢?”贾母道：“宝玉和你们姑娘生来第一件大事，况且费了多少周折，如今才得安逸，必要大家热闹几天。亲戚都要请的。一来酬愿，二则咱们吃杯喜酒，也不枉我老人家操了好些心。”薛姨妈听说，自然也是喜欢的，便将要办妆奁的话也说了一番。贾母道：“咱们亲上做亲，我想也不必这些。若说动用的，他屋里已经满了。必定宝丫头他心爱的要你几件，姨太太就拿了来。我看宝丫头也不是多心的人，不比的我那外孙女儿的脾气，所以他不得长寿。”说着，连薛姨妈也便落泪。恰好凤姐进来，笑道：“老太太姑妈又想着什么了?”薛姨妈道：“我和老太太说起你林妹妹来，所以伤心。”凤姐笑道：“老太太和姑妈且别伤心，我刚才听了个笑话儿来了，意思说给老太太和姑妈听。”贾母拭了拭眼泪，微笑道：“你又不知要编派谁呢，你说来我和姨太太听听。说不笑我们可不依。”只见那凤姐未从张口，先用两只手比着，笑弯了腰了。未知他说出些什么来，下回分解。

第九十九回

守官箴恶奴同破例　阅邸报老舅自担惊

话说凤姐见贾母和薛姨妈为黛玉伤心，便说：“有个笑话儿说给老太太和姑妈听”，未从开口，先自笑了，因说道：“老太太和姑妈打谅是那里的笑话儿？就是咱们家的那二位新姑爷新媳妇啊。”贾母道：“怎么了？”凤姐拿手比着道：“一个这么坐着，一个这么站着。一个这么扭过去，一个这么转过来。一个又……”说到这里，贾母已经大笑起来，说道：“你好生说罢，倒不是他们两口儿，你倒把人怄的受不得了。”薛姨妈也笑道：“你往下直说罢，不用比了。”凤姐才说道：“刚才我到宝兄弟屋里，我看见好几个人笑。我只道是谁，巴着窗户眼儿一瞧，原来宝妹妹坐在炕沿上，宝兄弟站在地下。宝兄弟拉着宝妹妹的袖子，口口声声只叫：‘宝姐姐，你为什么不会说话了？你这么说一句话，我的病包管全好。’宝妹妹却扭着头只管躲。宝兄弟却作了一个揖，上前又拉宝妹妹的衣服。宝妹妹急得一扯，宝兄弟自然病后是脚软的，索性一扑，扑在宝妹妹身上了。宝妹妹急得红了脸，说道：‘你越发比先不尊重了。’”说到这里，贾母和薛姨妈都笑起来。凤姐又道：“宝兄弟便立起身来笑道：‘亏了跌了这一交，好容易才跌出你的话来了。’”薛姨妈笑道：“这是宝丫头古怪。这有什么的，既作了两口儿，说说笑笑的怕什么。他没见他琏二哥和你。”凤姐儿笑道：“这是怎么说呢，我饶说笑话给姑妈解闷儿，姑妈反倒拿我打起卦来了。”贾母也笑道：“要这么着才好。夫妻固然要和气，也得有个分寸儿。我爱宝丫头就在这尊重上头。只是我愁着宝玉还是那么傻头傻脑的，这么说起来，比头里竟明白多了。你再说说，还有什么笑话儿没有？”凤姐道：“明儿宝玉圆了房，亲家太太抱了外孙子，那时候不更是笑话儿了么。”贾母笑道：“猴儿，我在这里同着姨太太想你林妹妹，你来怄个笑儿还罢了，怎么臊起皮来了。你不叫我们想你林妹妹，你不用太高兴了。你林妹妹恨你，将来不要独自一个到园里去，隄防他拉着你不依。”凤姐笑道：“他倒不怨我。他临死咬牙切齿倒恨着宝玉呢。”贾母薛姨妈听着，还道是顽话儿，也不理会，便道：“你别胡拉扯了。你去叫外头挑个很好的日子给你宝兄弟圆了房儿罢。”凤姐去了，择了吉日，重新摆酒唱戏请亲友。这不在话下。

却说宝玉虽然病好复原，宝钗有时高兴翻书观看，谈论起来，宝玉所有眼前常见的尚可记忆，若论灵机，大不似从前活变了。连他自己也不解，宝钗明知是通灵失去，所以如此。倒是袭人时常说他：“你何故把从前的灵机都忘了？那些旧毛病忘了才好，为什么你的脾气还觉照旧，在道理上更糊涂了呢?”宝玉听了并不生气，反是嘻嘻的笑。有时宝玉顺性胡闹，多亏宝钗劝说，诸事略觉收敛些。袭人倒可少费些唇舌，惟知悉心服侍。别的丫头素仰宝钗贞静和平，各人心服，无不安静。只有宝玉到底是爱动不爱静的，时常要到园里去逛。贾母等一则怕他招受寒暑，二则恐他睹景伤情，虽黛玉之柩已寄放城外庵中，然而潇湘馆依然人亡屋在，不免勾起旧病来，所以也不使他去。况且亲戚姊妹们，薛宝琴已回到薛姨妈那边去了；史湘云因史侯回京，也接了家去了，又有了出嫁的日子，所以不大常来，只有宝玉娶亲那一日与吃喜酒这天来过两次，也只在贾母那边住下，为着宝玉已经娶过亲的人，又想自己就要出嫁的，也不肯如从前的诙谐谈笑，就是有时过来，也只和宝钗说话，见了宝玉不过问好而已；那邢岫烟却是因迎春出嫁之后便随着邢夫人过去；李家姊妹也另住在外，即同着李婶娘过来，亦不过到太太们与姐妹们处请安问好，即回到李纨那里略住一两天就去了：所以园内的只有李纨、探春、惜春了。贾母还要将李纨等挪进来，为着元妃薨后，家中事情接二连三，也无暇及此。现今天气一天热似一天，园里尚可住得，等到秋天再挪。此是后话，暂且不提。

且说贾政带了几个在京请的幕友，晓行夜宿，一日到了本省，见过上司，即到任拜印受事，便查盘各属州县粮米仓库。贾政向来作京官，只晓得郎中事务都是一景儿的事情，就是外任，原是学差，也无关于吏治上。

所以外省州县折收粮米勒索乡愚这些弊端，虽也听见别人讲究，却未尝身亲其事。只有一心做好官，便与幕宾商议出示严禁，并谕以一经查出，必定详参揭报。初到之时，果然胥吏畏惧，便百计钻营，偏遇贾政这般古执。那些家人跟了这位老爷在都中一无出息，好容易盼到主人放了外任，便在京指着在外发财的名头向人借贷，做衣裳装体面，心里想着，到了任，银钱是容易的了。不想这位老爷呆性发作，认真要查办起来，州县馈送一概不受。门房签押等人心里盘算道："我们再挨半个月，衣服也要当完了。债又逼起来，那可怎么样好呢。眼见得白花花的银子，只是不能到手。"那些长随也道："你们爷们到底还没花什么本钱来的。我们才冤，花了若干的银子打了个门子，来了一个多月，连半个钱也没见过。想来跟这个主儿是不能捞本儿的了。明儿我们齐打伙儿告假去。"次日果然聚齐，都来告假。贾政不知就里，便说："要来也是你们，要去也是你们。既嫌这里不好，就都请便。"那些长随怨声载道而去。

只剩下些家人，又商议道："他们可去的去了，我们去不了的，到底想个法儿才好。"内中有一个管门的叫李十儿，便说："你们这些没能耐的东西，着什么忙！我见这长字号儿的在这里，不犯给他出头。如今都饿跑了，瞧瞧你十太爷的本领，少不得本主儿依我。只是要你们齐心，打伙儿弄几个钱回家受用，若不随我，我也不管了，横竖拚得过你们。"众人都说："好十爷，你还主儿信得过。若你不管，我们实在是死症了。"李十儿道："不要我出了头得了银钱，又说我得了大分儿了。窝儿里反起来，大家没意思。"众人道："你万安，没有的事。就没有多少，也强似我们腰里掏钱。"

正说着，只见粮房书办走来找周二爷。李十儿坐在椅子上，跷着一只腿，挺着腰说道："找他做什么？"书办便垂手陪着笑说道："本官到了一个多月的任，这些州县太爷见得本官的告示利害，知道不好说话，到了这时候都没有开仓。若是过了漕，你们太爷们来做什么的。"李十儿道："你别混说。老爷是有根蒂的，说到那里是要办到那里。这两天原要行文催兑，因我说了缓几天才歇的。你到底找我们周二爷做什么？"书办道："原为打听催文的事，没有别的。"李十儿道："越发胡说，方才我说催文，你就信嘴胡诌。可别鬼鬼祟祟来讲什么帐，我叫本官打了你，退你。"书办道：

“我在这衙门内已经三代了。外头也有些体面，家里还过得，就规规矩矩伺候本官升了还能够，不像那些等米下锅的。”说着，回了一声“二太爷，我走了。”李十儿便站起，堆着笑说：“这么不禁顽，几句话就脸急了。”书办道：“不是我脸急，若再说什么，岂不带累了二太爷的清名呢。”李十儿过来拉着书办的手说：“你贵姓啊？”书办道：“不敢，我姓詹，单名是个‘会’字，从小儿也在京里混了几年。”李十儿道：“詹先生，我是久闻你的名的。我们弟兄们是一样的，有什么话晚上到这里咱们说一说。”书办也说：“谁不知道李十太爷是能事的，把我一诈就吓毛了。”大家笑着走开。那晚便与书办咕唧了半夜，第二天拿话去探贾政，被贾政痛骂了一顿。

隔一天拜客，里头吩咐伺候，外头答应了。停了一会子，打点已经三下了，大堂上没有人接鼓。好容易叫个人来打了鼓。贾政踱出暖阁，站班喝道的衙役只有一个。贾政也不查问，在墀下上了轿，等轿夫又等了好一回。来齐了，抬出衙门，那个炮只响得一声，吹鼓亭的鼓手只有一个打鼓，一个吹号筒。贾政便也生气说：“往常还好，怎么今儿不齐集至此。”抬头看那执事，却是搀前落后。勉强拜客回来，便传误班的要打，有的说因没有帽子误的，有的说是号衣当了误的，又有的说是三天没吃饭抬不动。贾政生气，打了一两个也就罢了。隔一天，管厨房的上来要钱，贾政带来银两付了。

以后便觉样样不如意，比在京的时候倒不便了好些。无奈，便唤李十儿问道：“我跟来这些人怎样都变了？你也管管。现在带来银两早使没有了，藩库俸银尚早，该打发京里取去。”李十儿禀道：“奴才那一天不说他们，不知道怎么样这些人都是没精打彩的，叫奴才也没法儿。老爷说家里取银子，取多少？现在打听节度衙门这几天有生日，别的府道老爷都上千上万的送了，我们到底送多少呢？”贾政道：“为什么不早说？”李十儿说：“老爷最圣明的。我们新来乍到，又不与别位老爷很来往，谁肯送信。巴不得老爷不去，便好想老爷的美缺。”贾政道：“胡说，我这官是皇上放的，不与节度做生日便叫我不做不成！”李十儿笑着回道：“老爷说的也不错。京里离这里很远，凡百的事都是节度奏闻。他说好便好，说不好便吃不住。到得明白，已经迟了。就是老太太、太太们，那个不愿意老爷在外头烈烈轰轰的做官呢。”贾政听了这话，也自然心里明白，道：“我正要问你，为什么都说起来？”李十儿回说：“奴才本不敢说。老爷既问到这里，若不说是奴才没良心，若说了少不得老爷又生气。”贾政道：“只要说得在理。”李十儿说道：“那些书吏衙役都是花了钱买着粮道的衙门，那个不想发财？俱要养家活口。自从老爷到了任，并没见为国家出力，倒先有了口碑载道。”贾政道：“民间有什么话？”李十儿道：“百姓说，凡有新到任的老爷，告示出得愈利害，愈是想钱的法儿。州县害怕了，好多多的送银子。收粮的时候，衙门里便说新道爷的法令，明是不敢要钱，这一留难叨蹬，那些乡民心里愿意花几个钱早早了事，所以那些人不说老爷好，反说不谙民情。便是本家大人是老爷最相好的，他不多几年已巴到极顶的分儿，也只为识时达务能够上和下睦罢了。”贾政听到这话，道：“胡说，我就不识时务吗？若是上和下睦，叫我与他们猫鼠同眠吗。”李十儿回说道：“奴才为着这点忠心儿掩不住，才这么说。若是老爷就是这样做去，到了功不成名不就的时候，老爷又说奴才没良心，有什么话不告诉老爷了。”贾政道：“依你怎么做才好？”李十儿道：“也没有别的。趁着老爷的精神年纪，里头的照应，老太太的硬朗，为顾着自己就是了。不然到不了一年，老爷家里的钱也都贴补完了，还落了自上至下的人抱怨，都说老爷是做外任的，自然弄了钱藏着受用。倘遇著一两件为难的事，谁肯帮着老爷？那时办也办不清，悔也悔不及。”贾政道：“据你一说，是叫我做贪官吗？送了命还不要紧，必定将祖父的功勋抹了才是？”李十儿回禀道：“老爷极圣明的人，没看见旧年犯事的几位老爷吗？这几位都与老爷相好，老爷常说是个做清官的，如今名在那里！现有几位亲戚，老爷向来说他们不好的，如今升的升，迁的迁。只在要做的好就是了。老爷要知道，民也要顾，官也要顾。若是依着老爷不准州县得一个大钱，外头这些差使谁办。只要老爷外面还是这样清名声原好，里头的委屈只要奴才办去，关碍不着老爷的。奴才跟主儿一场，到底也要掏出忠心来。”贾政被李十儿一番言语，说得心无主见，道：“我是要保性命的，你们闹出来不与我相干。”说着，便踱了进去。

李十儿便自己做起威福，钩连内外一气的哄着贾政办事，反觉得事事周到，件件随心。所以贾政不但不疑，反多相信。便有几处揭报，上司见贾政古朴忠厚，也不查察。惟是幕友们耳目最长，见得如此，得便用言规谏，无奈贾政不信，也有辞去的，也有与贾政相好在内维持的。于是漕务事毕，尚无陨越。

一日，贾政无事，在书房中看书。签押上呈进一封书子，外面官封上开着："镇守海门等处总制公文一角，飞递江西粮道衙门。"贾政拆封看时，只见上写道：

> 金陵契好，桑梓情深。昨岁供职来都，窃喜常依座右。仰蒙雅爱，许结朱陈，至今佩德勿谖。祗因调任海疆，未敢造次奉求，衷怀歉仄，自叹无缘。今幸棨戟遥临，快慰平生之愿。正申燕贺，先蒙翰教，边帐光生，武夫额手。虽隔重洋，尚叨樾荫。想蒙不弃卑寒，希望茑萝之附。小儿已承青盼，淑媛素仰芳仪。如蒙践诺，即遣冰人。途路虽遥，一水可通。不敢云百辆之迎，敬备仙舟以俟。兹修寸幅，恭贺升祺，并求金允。临颖不胜待命之至。
>
> 世弟周琼顿首。

贾政看了，心想："儿女姻缘果然有一定的。旧年因见他就了京职，又是同乡的人，素来相好，又见那孩子长得好，在席间原提起这件事。因未说定，也没有与他们说起。后来他调了海疆，大家也不说了。不料我今升任至此，他写书来问。我看起门户却也相当，与探春到也相配。但是我并未带家眷，只可写字与他商议。"正在踌躇，只见门上传进一角文书，是议取到省会议事件。贾政只得收拾上省，候节度派委。

一日在公馆闲坐，见桌上堆着一堆字纸，贾政一一看去，见刑部一本："为报明事，会看得金陵籍行商薛蟠——"贾政便吃惊道："了不得，已经提本了！"随用心看下去，是"薛蟠殴伤张三身死，串嘱尸证捏供误杀一案。"贾政一拍桌道："完了！"只得又看，底下是：

> 据京营节度使咨称：缘薛蟠籍隶金陵，行过太平县，在李家店歇宿，与店内当槽之张三素不相认，于某年月日薛蟠令店主备酒邀请太平县民吴良同饮，令当槽张三取酒。因酒不甘，薛蟠令换好酒。张三因称酒已沽定难换。薛蟠因伊倔强，将酒照脸泼去，不期去势甚猛，恰值张三低头拾箸，一时失手，将酒碗掷在张三囟门，皮破血出，逾时殒命。李店主趋救不及，随向张三之母告知。伊母张王氏往看，见已身死，随喊禀地保赴县呈报。前署县诣验，仵作将骨破一寸三分及腰眼一伤，漏报填格，详府审转。看得薛蟠实系泼酒失手，掷碗误伤张三身死，将薛蟠照过失杀人，准斗杀罪收赎等因前来。臣等细阅各犯证尸亲前后供词不符，且查《斗杀律》注云："相争为斗，相打为殴。必实无争斗情形，邂逅身死，方可以过失杀定拟。"应令该节度审明实情，妥拟具题。今据该节度疏称：薛蟠因张三不肯换酒，醉后拉着张三右手，先殴腰眼一拳。张三被殴回骂，薛蟠将碗掷出，致伤囟门深重，骨碎脑破，立时殒命。是张三之死实由薛蟠以酒碗砸伤深重致死，自应以薛蟠拟抵。将薛蟠依《斗杀律》拟绞监候，吴良拟以杖徒。承审不实之府州县应请……

以下注着"此稿未完"。贾政因薛姨妈之托曾托过知县，若请旨革审起来，牵连着自己，好不放心。即将下一本开看，偏又不是。只好翻来复去将报看完，终没有接这一本的。心中狐疑不定，更加害怕起来。

正在纳闷，只见李十儿进来："请老爷到官厅伺候去，大人衙门已经打了二鼓了。"贾政只是发怔，没有听见。李十儿又请了一遍。贾政道："这便怎么处?"李十儿道："老爷有什么心事?"贾政将看报之事说了一遍。李十儿道："老爷放心。若是部里这么办了，还算便宜薛大爷呢。奴才在京的时候听见，薛大爷在店里叫了好些媳妇，都喝醉了生事，直把个当槽儿的活活打死的。奴才听见不但是托了知县，还求琏二爷去花了好些钱各衙门打通了才提的。不知道怎么部里没有弄明白。如今就是闹破了，也是官官相护的，不过认个承审不实革职处分罢，那里还肯认得银子听情呢。老爷不用想，等奴才再打听罢。不要误了上司的事。"贾政道："你们那里知道，只可惜那知县听了一个情，把这个官都丢了，还不知道有罪没有呢。”李十儿道：“如今想他也无益，外头伺候着好半天了，请老爷就去罢。”贾政不知节度传办何事，且听下回分解。

第一〇〇回

破好事香菱结深恨　悲远嫁宝玉感离情

话说贾政去见了节度，进去了半日不见出来，外头议论不一。李十儿在外也打听不出什么事来，便想到报上的饥荒，实在也着急，好容易听见贾政出来，便迎上来跟着，等不得回去，在无人处便问："老爷进去这半天，有什么要紧的事?"贾政笑道："并没有事。只为镇海总制是这位大人的亲戚，有书来嘱托照应我，所以说了些好话。又说我们如今也是亲戚了。"李十儿听得，心内喜欢，不免又壮了些胆子，便竭力纵恿贾政许这亲事。贾政心想薛蟠的事到底有什么挂碍，在外头信息不早，难以打点，故回到本任来便打发家人进京打听，顺便将总制求亲之事回明贾母，如若愿意，即将三姑娘接到任所。家人奉命赶到京中，回明了王夫人，便在吏部打听得贾政并无处分，惟将署太平县的这位老爷革职，即写了禀帖安慰了贾政，然后住着等信。

且说薛姨妈为着薛蟠这件人命官司，各衙门内不知花了多少银钱，才定了误杀具题。原打量将当铺折变给人，备银赎罪。不想刑部驳审，又托人花了好些钱，总不中用，依旧定了个死罪，监着守候秋天大审。薛姨妈又气又疼，日夜啼哭。宝钗虽时常过来劝解，说是："哥哥本来没造化。承受了祖父这些家业，就该安安顿顿的守着过日子。在南边已经闹的不像样，便是香菱那件事情就了不得，因为仗着亲戚们的势力，花了些银钱，这算白打死了一个公子。哥哥就该改过做起正经人来，也该奉养母亲才是，不想进了京仍是这样。妈妈为他不知受了多少气，哭掉了多少眼泪。给他娶了亲，原想大家安安逸逸的过日子，不想命该如此，偏偏娶的嫂子又是一个不安静的，所以哥哥躲出门的。真正俗语说的‘冤家路儿狭’，不多几天就闹出人命来了。妈妈和二哥哥也算不得不尽心的了，花了银钱不算，自己还求三拜四的谋干。无奈命里应该，也算自作自受。大凡养儿女是为着老来有靠，便是小户人家还要挣一碗饭养活母亲，那里有将现成的闹光了反害的老人家哭的死去活来的？不是我说，哥哥的这样行为，不是儿子，竟是个冤家对头。妈妈再不明白，明哭到夜，夜哭到明，又受嫂子的气。我呢，又不能常在这里劝解，我看见妈妈这样，那里放得下心。他虽说是傻，也不肯叫我回去。前儿老爷打发人回来说，看见京报唬的了不得，所以才叫人来打点的。我想哥哥闹了事，担心的人也不少。幸亏我还是在跟前的一样，若是离乡调远听见了这个信，只怕我想妈妈也就想杀了。我求妈妈暂且养养神，趁哥哥的活口现在，问问各处的帐目。人家该咱们的，咱们该人家的，亦该请个旧伙计来算一算，看看还有几个钱没有。”薛姨妈哭着说道：“这几天为闹你哥哥的事，你来了，不是你劝我，便是我告诉你衙门的事。你还不知道，京里的官商名字已经退了，两个当铺已经给了人家，银子早拿来使完了。还有一个当铺，管事的逃了，亏空了好几千两银子，也夹在里头打官司。你二哥哥天天在外头要帐，料着京里的帐已经去了几万银子，只好拿南边公分里银子并住房折变才够。前两天还听见一个荒信，说是南边的公当铺也因为折了本儿收了。若是这么着，你娘的命可就活不成的了。”说着，又大哭起来。宝钗也哭着劝道：“银钱的事，妈妈操心也不中用，还有二哥哥给我们料理。单可恨这些伙计们，见咱们的势头儿败了，各自奔各自的去也罢了，我还听见说帮着人家来挤我们的讹头。可见我哥哥活了这么大，交的人总不过是些个酒肉弟兄，急难中是一个没有的。妈妈若是疼我，听我的话，有年纪的人，自己保重些。妈妈这一辈子，想来还不致挨冻受饿。家里这点子衣裳家伙，只好听凭嫂子去，那是没法儿的了。所有的家人婆子，瞧他们也没心在这里，该去的叫他们去。就可怜香菱苦了一辈子，只好跟着妈妈过去。实在短什么，我要是有的，还可以拿些个来，料我们那个也没有不依的。就是袭姑娘也是心术正道的，他听见我哥哥的事，他倒提起妈妈来就哭。我们那一个还道是没事的，所以不大着急，若听见了也是要唬个半死儿的。”薛姨妈不等说完，便说：

“好姑娘，你可别告诉他。他为一个林姑娘几乎没要了命，如今才好了些。要是他急出个原故来，不但你添一层烦恼，我越发没了依靠了。”宝钗道：“我也是这么想，所以总没告诉他。”

正说着，只听见金桂跑来外间屋里哭喊道：“我的命是不要的了！男人呢，已经是没有活的分儿了。咱们如今索性闹一闹，大伙儿到法场上去拚一拚。”说着，便将头往隔断板上乱撞，撞的披头散发。气得薛姨妈白瞪着两只眼，一句话也说不出来。还亏得宝钗嫂子长、嫂子短，好一句、歹一句的劝他。金桂道：“姑奶奶，如今你是比不得头里的了。你两口儿好好的过日子，我是个单身人儿，要脸做什么！”说着，便要跑到街上回娘家去，亏得人还多，扯住了，又劝了半天方住。把个宝琴唬的再不敢见他。若是薛蝌在家，他便抹粉施脂，描眉画鬓，奇情异致的打扮收拾起来，不时打从薛蝌住房前过，或故意咳嗽一声，或明知薛蝌在屋，特问房里何人。有时遇见薛蝌，他便妖妖乔乔、娇娇痴痴的问寒问热，忽喜忽嗔。丫头们看见，都赶忙躲开。他自己也不觉得，只是一意一心要弄得薛蝌感情时，好行宝蟾之计。那薛蝌却只躲着；有时遇见，也不敢不周旋一二，只怕他撒泼放刁的意思。更加金桂一则为色迷心，越瞧越爱，越想越幻，那里还看得出薛蝌的真假来。只有一宗，他见薛蝌有什么东西都是托香菱收着，衣服缝洗也是香菱，两个人偶然说话，他来了，急忙散开，一发动了一个醋字。欲待发作薛蝌，却是舍不得，只得将一腔隐恨都搁在香菱身上。却又恐怕闹了香菱得罪了薛蝌，倒弄得隐忍不发。

一日，宝蟾走来笑嘻嘻的向金桂道：“奶奶看见了二爷没有？”金桂道：“没有。”宝蟾笑道：“我说二爷的那种假正经是信不得的。咱们前日送了酒去，他说不会喝；刚才我见他到太太那屋里去，那脸上红扑扑儿的一脸酒气。奶奶不信，回来只在咱们院门口等他，他打那边过来时奶奶叫住他问问，看他说什么。”金桂听了，一心的怒气，便道：“他那里就出来了呢。他既无情义，问他作什么！”宝蟾道：“奶奶又迂了。他好说，咱们也好说，他不好说，咱们再另打主意。”金桂听着有理，因叫宝蟾瞧着他，看他出去了。宝蟾答应着出来。金桂却去打开镜奁，又照了一照，把嘴唇儿又抹了一抹，然后拿一条洒花绢子，才要出来，又似忘了什么的，心里倒不知怎么是好了。只听宝蟾外面说道："二爷今日高兴呵，那里喝了酒来了？"金桂听了，明知是叫他出来的意思，连忙掀起帘子出来。只见薛蝌和宝蟾说道："今日是张大爷的好日子，所以被他们强不过吃了半钟，到这时候脸还发烧呢。"一句话没说完，金桂早接口道："自然人家外人的酒比咱们自己家里的酒是有趣儿的。"薛蝌被他拿话一激，脸越红了，连忙走过来陪笑道："嫂子说那里的话。"宝蟾见他二人交谈，便躲到屋里去了。

这金桂初时原要假意发作薛蝌两句，无奈一见他两颊微红，双眸带涩，别有一种谨愿可怜之意，早把自己那骄悍之气感化到爪洼国去了，因笑说道："这么说，你的酒是硬强着才肯喝的呢。"薛蝌道："我那里喝得来。"金桂道："不喝也好，强如像你哥哥喝出乱子来，明儿娶了你们奶奶儿，像我这样守活寡受孤单呢！"说到这里，两个眼已经乜斜了，两腮上也觉红晕了。薛蝌见这话越发邪僻了，打算着要走。金桂也看出来了，那里容得，早已走过来一把拉住。薛蝌急了道："嫂子放尊重些。"说着浑身乱颤。金桂索性老着脸道："你只管进来，我和你说一句要紧的话。"正闹着，忽听背后一个人叫道："奶奶，香菱来了。"把金桂唬了一跳，回头瞧时，却是宝蟾掀着帘子看他二人的光景，一抬头见香菱从那边来了，赶忙知会金桂。金桂这一惊不小，手已松了。薛蝌得便脱身跑了。那香菱正走着，原不理会，忽听宝蟾一嚷，才瞧见金桂在那里拉住薛蝌往里死拽。香菱却唬的心头乱跳，自己连忙转身回去。这里金桂早已连吓带气，呆呆的瞅着薛蝌去了。怔了半天，恨了一声，自己扫兴归房，从此把香菱恨入骨髓。那香菱本是要到宝琴那里，刚走出腰门，看见这般，吓回去了。

是日，宝钗在贾母屋里听得王夫人告诉老太太要聘探春一事。贾母说道："既是同乡的人，很好。只是听见说那孩子到过我们家里，怎么你老爷没有提起？"王夫人道："连我们也不知道。"贾母道："好便好，但是道儿太远。虽然老爷在那里，倘或将来老爷调任，可不是我们孩子太单了吗。"王夫人道："两家都是做官的，也是拿不定。或者那边还调进来；即不然，终有个叶落归根。况且老爷既在那里做官，上司已经说了，好意思不给么？想来老爷的主意定了，只是不敢做主，故遣人来回老太太的。"贾母道：

“你们愿意更好。只是三丫头这一去了，不知三年两年那边可能回家？若再迟了，恐怕我赶不上再见他一面了。”说着，掉下泪来。王夫人道：“孩子们大了，少不得总要给人家的。就是本乡本土的人，除非不做官还使得，若是做官的，谁保得住总在一处。只要孩子们有造化就好。譬如迎姑娘倒配得近呢，偏是时常听见他被女婿打闹，甚至不给饭吃。就是我们送了东西去，他也摸不着。近来听见益发不好了，也不放他回来。两口子拌起来就说咱们使了他家的银钱。可怜这孩子总不得个出头的日子。前儿我惦记他，打发人去瞧他，迎丫头藏在耳房里不肯出来。老婆子们必要进去，看见我们姑娘这样冷天还穿着几件旧衣裳。他一包眼泪的告诉婆子们说：‘回去别说我这么苦，这也是命里所招，也不用送什么衣服东西来，不但摸不着，反要添一顿打。说是我告诉的。’老太太想想，这倒是近处眼见的，若不好更难受。倒亏了大太太也不理会他，大老爷也不出个头！如今迎姑娘实在比我们三等使唤的丫头还不如。我想探丫头虽不是我养的，老爷既看见过女婿，定然是好才许的。只请老太太示下，择个好日子，多派几个人送到他老爷任上。该怎么着，老爷也不肯将就。”贾母道：“有他老子作主，你就料理妥当，拣个长行的日子送去，也就定了一件事。”王夫人答应着“是”。宝钗听得明白，也不敢则声，只是心里叫苦：“我们家里姑娘们就算他是个尖儿，如今又要远嫁，眼看着这里的人一天少似一天了。”见王夫人起身告辞出去，他也送了出来，一径回到自己房中，并不与宝玉说话。见袭人独自一个做活，便将听见的话说了。袭人也很不受用。

却说赵姨娘听见探春这事，反欢喜起来，心里说道：“我这个丫头在家忒瞧不起我，我何从还是个娘，比他的丫头还不济。况且洑上水护着别人。他挡在头里，连环儿也不得出头。如今老爷接了去，我倒干净。想要他孝敬我，不能够了。只愿意他像迎丫头似的，我也称称愿。”一面想着，一面跑到探春那边与他道喜说：“姑娘，你是要高飞的人了，到了姑爷那边自然比家里还好。想来你也是愿意的。便是养了你一场，并没有借你的光儿。就是我有七分不好，也有三分的好，总不要一去了把我搁在脑杓子后头。”探春听着毫无道理，只低头作活，一句也不言语。赵姨娘见他不理，气忿忿的自己去了。

这里探春又气又笑，又伤心，也不过自己掉泪而已。坐了一回，闷闷的走到宝玉这边来。宝玉因问道："三妹妹，我听见林妹妹死的时候你在那里来着。我还听见说，林妹妹死的时候远远的有音乐之声。或者他是有来历的也未可知。"探春笑道："那是你心里想着罢了。只是那夜却怪，不似人家鼓乐之音。你的话或者也是。"宝玉听了，更以为实。又想前日自己神魂飘荡之时，曾见一人，说是黛玉生不同人，死不同鬼，必是那里的仙子临凡。忽又想起那年唱戏做的嫦娥，飘飘艳艳，何等风致。过了一回，探春去了。因必要紫鹃过来，立刻回了贾母去叫他。无奈紫鹃心里不愿意，虽经贾母王夫人派了过来，也就没法，只是在宝玉跟前，不是嗳声，就是叹气的。宝玉背地里拉着他，低声下气要问黛玉的话，紫鹃从没好话回答。宝钗倒背地里夸他有忠心，并不嗔怪他。那雪雁虽是宝玉娶亲这夜出过力的，宝钗见他心地不甚明白，便回了贾母王夫人，将他配了一个小厮，各自过活去了。王奶妈养着他，将来好送黛玉的灵柩回南。鹦哥等小丫头仍服侍了老太太。宝玉本想念黛玉，因此及彼，又想跟黛玉的人已经云散，更加纳闷。闷到无可如何，忽又想起黛玉死得这样清楚，必是离凡返仙去了，反又欢喜。

忽然听见袭人和宝钗那里讲究探春出嫁之事，宝玉听了，啊呀的一声，哭倒在炕上。唬得宝钗袭人都来扶起说："怎么了？"宝玉早哭的说不出来，定了一回子神，说道："这日子过不得了！我姊妹们都一个一个的散了！林妹妹是成了仙去了。大姐姐呢已经死了，这也罢了，没天天在一块。二姐姐呢，碰着了一个混帐不堪的东西。三妹妹又要远嫁，总不得见的了。史妹妹又不知要到那里去。薛妹妹是有了人家的。这些姐姐妹妹，难道一个都不留在家里，单留我做什么！"袭人忙又拿话解劝。宝钗摆着手说："你不用劝他，让我来问他。"因问着宝玉道："据你的心里，要这些姐妹都在家里陪到你老了，都不要为终身的事吗？若说别人，或者还有别的想头。你自己的姐姐妹妹，不用说没有远嫁的；就是有，老爷作主，你有什么法儿！打量天下独是你一个人爱姐姐妹妹呢，若是都像你，就连我也不能陪你了。大凡人念书，原为的是明理，怎么你益发糊涂了。这么说起来，我同袭姑娘各自一边儿去，让你把姐姐妹妹们都邀了来守着你。"宝玉听了，两只手拉住宝钗袭人道："我也知道。为什么散的这么早呢？等我化了灰的时候再散也不迟。"袭人掩着他的嘴道："又胡说。才这两天身上好些，二奶奶才吃些饭。若是你又闹翻了，我也不管了。"宝玉慢慢的听他两个人说话都有道理，只是心上不知道怎样才好，只得强说道："我却明白，但只是心里闹的慌。"宝钗也不理他，暗叫袭人快把定心丸给他吃了，慢慢的开导他。袭人便欲告诉探春说临行不必来辞，宝钗道："这怕什么。等消停几日，待他心里明白，还要叫他们多说句话儿呢。况且三姑娘是极明白的人，不像那些假惺惺的人，少不得有一番箴谏。他以后便不是这样了。"正说着，贾母那边打发过鸳鸯来说，知道宝玉旧病又发，叫袭人劝说安慰，叫他不要胡思乱想。袭人等应了。鸳鸯坐了一会子去了。那贾母又想起探春远行，虽不备妆奁，其一应动用之物俱该预备，便把凤姐叫来，将老爷的主意告诉了一遍，即叫他料理去。凤姐答应，不知怎么办理，下回分解。

第一〇一回

大观园月夜感幽魂　散花寺神签惊异兆

却说凤姐回至房中，见贾琏尚未回来，便分派那管办探春行装奁事的一干人。那天已有黄昏以后，因忽然想起探春来，要瞧瞧他去，便叫丰儿与两个丫头跟着，头里一个丫头打着灯笼。走出门来，见月光已上，照耀如水。凤姐便命打灯笼的"回去罢。"因而走至茶房窗下，听见里面有人嘁嘁喳喳的，又似哭，又似笑，又似议论什么的。凤姐知道不过是家下婆子们又不知搬什么是非，心内大不受用，便命小红进去，装做无心的样子细细打听着，用话套出原委来。小红答应着去了。凤姐只带着丰儿来至园门前，门尚未关，只虚虚的掩着。于是主仆二人方推门进去，只见园中月色比着外面更觉明朗，满地下重重树影，杳无人声，甚是凄凉寂静。刚欲往秋爽斋这条路来，只听唿的一声风过，吹的那树枝上落叶满园中唰喇喇的作响，枝梢上吱喽喽发哨，将那些寒鸦宿鸟都惊飞起来。凤姐吃了酒，被风一吹，只觉身上发噤起来。那丰儿也把头一缩说："好冷！"凤姐也撑不住，便叫丰儿："快回去把那件银鼠坎肩儿拿来，我在三姑娘那里等着。"丰儿巴不得一声，也要回去穿衣裳来，答应了一声，回头就跑了。

凤姐刚举步走了不远，只觉身后咈咈哧哧，似有闻嗅之声，不觉头发森然竖了起来。由不得回头一看，只见黑油油一个东西在后面伸着鼻子闻他呢，那两只眼睛恰似灯光一般。凤姐吓的魂不附体，不觉失声的咳了一声。却是一只大狗。那狗抽头回身，拖着一个扫帚尾巴，一气跑上大土山上方站住了，回身犹向凤姐拱爪儿。凤姐儿此时心跳神移，急急的向秋爽斋来。已将来至门口，方转过山子，只见迎面有一个人影儿一恍。凤姐心中疑惑，心里想着必是那一房里的丫头，便问："是谁？"问了两声，并没有人出来，已经吓得神魂飘荡。恍恍忽忽的似乎背后有人说道："婶娘连我也不认得了!"凤姐忙回头一看，只见这人形容俊俏，衣履风流，十分眼熟，只是想不起是那房那屋里的媳妇来。只听那人又说道："婶娘只管享荣华受富贵的心盛，把我那年说的立万年永远之基都付于东洋大海了。"凤姐听说，低头寻思，总想不起。那人冷笑道："婶娘那时怎样疼我了，如今就忘在九霄云外了。"凤姐听了，此时方想起来是贾蓉的先妻秦氏，便说道："嗳呀，你是死了的人哪，怎么跑到这里来了呢!"啐了一口，方转回身，脚下不防一块石头绊了一跤，犹如梦醒一般，浑身汗如雨下。虽然毛发悚然，心中却也明白，只见小红丰儿影影绰绰的来了。凤姐恐怕落人的褒贬，连忙爬起来说道："你们做什么呢，去了这半天？快拿来我穿上罢。"一面丰儿走至跟前服侍穿上，小红过来搀扶。凤姐道："我才到那里，他们都睡了。咱们回去罢。"一面说，一面带了两个丫头急急忙忙回到家中。贾琏已回来了，只是见他脸上神色更变，不似往常，待要问他，又知他素日性格，不敢突然相问，只得睡了。

至次日五更，贾琏就起来要往总理内庭都检点太监裘世安家来打听事务。因太早了，见桌上有昨日送来的抄报，便拿起来闲看。第一件是云南节度使王忠一本，新获了一起私带神枪火药出边事，共有十八名人犯。头一名鲍音，口称系太师镇国公贾化家人。第二件苏州刺史李孝一本，参劾纵放家奴，倚势凌辱军民，以致因奸不遂杀死节妇一家人命三口事。凶犯姓时名福，自称系世袭三等职衔贾范家人。贾琏看见这两件，心中早又不自在起来，待要看第三件，又恐迟了不能见裘世安的面，因此急急的穿了衣服，也等不得吃东西，恰好平儿端上茶来，喝了两口，便出来骑马走了。

平儿在房内收拾换下的衣服。此时凤姐尚未起来，平儿因说道："今儿夜里我听着奶奶没睡什么觉，我这会子替奶奶捶着，好生打个盹儿罢。"凤姐半日不言语。平儿料着这意思是了，便爬上炕来坐在身边轻轻的捶着。才捶了几拳，那凤姐刚有要睡之意，只听那边大姐儿哭了。凤姐又将眼睁开，平儿连向那边叫道："李妈，你到底是怎么着？姐儿哭了，你到底拍着他些。你也忒好睡了。"那边李妈从梦中惊醒，听得平儿如此说，心中没好气，只得狠命拍了几下，口里嘟嘟囔囔的骂道："真真的小短命鬼儿，放着尸不挺，三更半夜嚎你娘的丧!”一面说，一面咬牙便向那孩子身上拧了一把。那孩子哇的一声大哭起来了。凤姐听见，说“了不得！你听听，他该挫磨孩子了。你过去把那黑心的养汉老婆下死劲的打他几下子，把妞妞抱过来。”平儿笑道：“奶奶别生气，他那里敢挫磨姐儿，只怕是不隄防错碰了一下子也是有的。这会子打他几下子没要紧，明儿叫他们背地里嚼舌根，倒说三更半夜打人。”凤姐听了，半日不言语，长叹一声说道：“你瞧瞧，这会子不是我十旺八旺的呢！明儿我要是死了，剩下这小孽障，还不知怎么样呢!”平儿笑道：“奶奶这怎么说！大五更的，何苦来呢!”凤姐冷笑道：“你那里知道，我是早已明白了。我也不久了。虽然活了二十五岁，人家没见的也见了，没吃的也吃了，也算全了。所有世上有的也都有了。气也算赌尽了，强也算争足了，就是寿字儿上头缺一点儿，也罢了。”平儿听说，由不的滚下泪来。凤姐笑道：“你这会子不用假慈悲，我死了你们只有欢喜的。你们一心一计和和气气的，省得我是你们眼里的刺似的。只有一件，你们知好歹只疼我那孩子就是了。”平儿听说这话，越发哭的泪人似的。凤姐笑道：“别扯你娘的臊了，那里就死了呢。哭的那么痛！我不死还叫你哭死了呢。”平儿听说，连忙止住哭，道：“奶奶说得这么伤心。”一面说，一面又捶，半日不言语，凤姐又朦胧睡去。

平儿方下炕来要去，只听外面脚步响。谁知贾琏去迟了，那裘世安已经上朝去了，不遇而回，心中正没好气，进来就问平儿道：“那些人还没起来呢么?”平儿回说：“没有呢。”贾琏一路摔帘子进来，冷笑道：“好，好，这会子还都不起来，安心打擂台打撒手儿!”一叠声又要吃茶。平儿忙倒了一碗茶来。原来那些丫头老婆见贾琏出了门又复睡了，不打谅这会子回来，原不曾预备。平儿便把温过的拿了来。贾琏生气，举起碗来，哗啷一声摔了个粉碎。

凤姐惊醒，唬了一身冷汗，嗳哟一声，睁开眼，只见贾琏气狠狠的坐在旁边，平儿弯着腰拾碗片子呢。凤姐道：“你怎么就回来了?”问了一声，半日不答应，只得又问一声。贾琏嚷道：“你不要我回来，叫我死在外头罢!”凤姐笑道：“这又是何苦来呢！常时我见你不像今儿回来的快，问你一声，也没什么生气的。”贾琏又嚷道：“又没遇见，怎么不快回来呢!”凤姐笑道："没有遇见，少不得奈烦些，明儿再去早些儿，自然遇见了。"贾琏嚷道："我可不吃着自己的饭替人家赶獐子呢。我这里一大堆的事没个动秤儿的，没来由为人家的事，瞎闹了这些日子，当什么呢！正经那有事的人还在家里受用，死活不知，还听见说要锣鼓喧天的摆酒唱戏做生日呢。我可瞎跑他娘的腿子！"一面说，一面往地下啐了一口，又骂平儿。凤姐听了，气的干咽，要和他分证，想了一想，又忍住了，勉强陪笑道："何苦来生这么大气，大清早起和我叫喊什么。谁叫你应了人家的事？你既应了，就得耐烦些，少不得替人家办办。也没见这个人自己有为难的事还有心肠唱戏摆酒的闹！"贾琏道："你可说么，你明儿倒也问问他！"凤姐诧异道："问谁？"贾琏道："问谁！问你哥哥。"凤姐道："是他吗？"贾琏道："可不是他，还有谁呢！"凤姐忙问道："他又有什么事叫你替他跑？"贾琏道："你还在坛子里呢。"凤姐道："真真这就奇了，我连一个字儿也不知道。"贾琏道："你怎么能知道呢，这个事连太太和姨太太还不知道呢。头一件怕太太和姨太太不放心，二则你身上又常嚷不好，所以我在外头压住了，不叫里头知道的。说起来真真可人恼！你今儿不问我，我也不便告诉你。你打谅你哥哥行事像个人呢，你知道外头人都叫他什么？"凤姐道："叫他什么？"贾琏道："叫他什么，叫他'忘仁'！"凤姐扑哧的一笑："他可不叫王仁叫什么呢。"贾琏道："你打谅那个王仁吗，是忘了仁义礼智信的那个'忘仁'哪！"凤姐道："这是什么人这么刻薄嘴儿遭塌人。"贾琏道："不是遭塌他吗，今儿索性告诉你，你也不知道知道你那哥哥的好处，到底知道他给他二叔做生日呵！"凤姐想了一想道："嗳哟，可是呵，我还忘了问你，二叔不是冬天的生日吗？我记得年年都是宝玉去。前者老爷升了，二叔那边送过戏来，我还偷偷儿的说，二叔为人是最啬刻的，比不得大舅太爷。他们各自家里还乌眼鸡似的。不么，昨儿大舅太爷没了，你瞧他是个兄弟，他还出了个头儿揽了个事儿吗！所以那一天说，赶他的生日咱们还他一班子戏，省了亲戚跟前落亏欠。如今这么早就做生日，也不知道是什么意思。"贾琏道："你还作梦呢。他一到京，接着舅太爷的首尾就开了一个吊，他怕咱们知道拦他，所以没告诉咱们，弄了好几千银子。后来二舅嗔着他，说他不该一网打尽。他吃不住了，变了个法子就指着你们二叔的生日撒了个网，想着再弄几个钱好打点二舅太爷不生气，也不管亲戚朋友冬天夏天的，人家知道不知道，这么丢脸！你知道我起早为什么？这如今因海疆的事情御史参了一本，说是大舅太爷的亏空，本员已故，应着落其弟王子胜、侄王仁赔补。爷儿两个急了，找了我给他们托人情。我见他们吓的那么个样儿，再者又关系太太和你，我才应了。想着找找总理内庭都检点老裘替办办，或者前任后任挪移挪移。偏又去晚了，他进里头去了，我白起来跑了一趟。他们家里还那里定戏摆酒呢。你说说，叫人生气不生气！”

凤姐听了，才知王仁所行如此。但他素性要强护短，听贾琏如此说，便道：“凭他怎么样，到底是你的亲大舅儿。再者，这件事死的大太爷活的二叔都感激你。罢了，没什么说的，我们家的事，少不得我低三下四的求你了，省的带累别人受气，背地里骂我。”说着，眼泪早流下来，掀开被窝一面坐起来，一面挽头发，一面披衣裳。贾琏道：“你倒不用这么着，是你哥哥不是人，我并没说你呀。况且我出去了，你身上又不好，我都起来了，他们还睡觉。咱们老辈子有这个规矩么！你如今作好好先生不管事了。我说了一句你就起来，明儿我要嫌这些人，难道你都替了他们么。好没意思啊！”凤姐听了这些话，才把泪止住了，说道：“天呢不早了，我也该起来了。你有这么说的，你替他们家在心的办办，那就是你的情分了。再者也不光为我，就是太太听见也喜欢。”贾琏道：“是了，知道了。‘大萝卜还用屎浇’。”平儿道：“奶奶这么早起来做什么，那一天奶奶不是起来有一定的时候儿呢。爷也不知是那里的邪火，拿着我们出气。何苦来呢，奶奶也算替爷挣够了，那一点儿不是奶奶挡头阵。不是我说，爷把现成儿的也不知吃了多少，这会子替奶奶办了一点子事，又关会着好几层儿呢，就是这么拿糖作醋的起来，也不怕人家寒心。况且这也不单是奶奶的事呀。我们起迟了，原该爷生气，左右到底是奴才呀。奶奶跟前尽着身子累的成了个病包儿了，这是何苦来呢。”说着，自己的眼圈儿也红了。那贾琏本是一肚子闷气，那里见得这一对娇妻美妾又尖利又柔情的话呢，便笑道：“够了，算了罢。他一个人就够使的了，不用你帮着。左右我是外人，多早晚我死了，你们就清净了。”凤姐道：“你也别说那个话，谁知道谁怎么样呢。你不死我还死呢，早死一天早心净。”说着，又哭起来。平儿只得又劝了一回。那时天已大亮，日影横窗。贾琏也不便再说，站起来出去了。

这里凤姐自己起来，正在梳洗，忽见王夫人那边小丫头过来道："太太说了，叫问二奶奶今日过舅太爷那边去不去？要去，说叫二奶奶同着宝二奶奶一路去呢。"凤姐因方才一段话，已经灰心丧意，恨娘家不给争气；又兼昨夜园中受了那一惊，也实在没精神，便说道："你先回太太去，我还有一两件事没办清，今日不能去。况且他们那又不是什么正经事。宝二奶奶要去各自去罢。"小丫头答应着，回去回复了。不在话下。

且说凤姐梳了头，换了衣服，想了想，虽然自己不去，也该带个信儿。再者，宝钗还是新媳妇，出门子自然要过去照应照应的。于是见过王夫人，支吾了一件事，便过来到宝玉房中。只见宝玉穿着衣服歪在炕上，两个眼睛呆呆的看宝钗梳头。凤姐站在门口，还是宝钗一回头看见了，连忙起身让坐。宝玉也爬起来，凤姐才笑嘻嘻的坐下。宝钗因说麝月道："你们瞧着二奶奶进来也不言语声儿。"麝月笑着道："二奶奶头里进来就摆手儿不叫言语么。"凤姐因向宝玉道："你还不走，等什么呢。没见这么大人了还是这么小孩子气的。人家各自梳头，你爬在旁边看什么？成日家一块子在屋里还看不够？也不怕丫头们笑话。"说着，哧的一笑，又瞅着他咂嘴儿。宝玉虽也有些不好意思，还不理会，把个宝钗直臊的满脸飞红，又不好听着，又不好说什么，只见袭人端过茶来，只得搭讪着自己递了一袋烟。凤姐儿笑着站起来接了，道："二妹妹，你别管我们的事，你快穿衣服罢。"宝玉一面也搭讪着找这个，弄那个。凤姐道："你先去罢，那里有个爷们等着奶奶们一块儿走的理呢。"宝玉道："我只是嫌我这衣裳不大好，不如前年穿着老太太给的那件雀金呢好。"凤姐因怄他道："你为什么不穿？"宝玉道："穿着太早些。"凤姐忽然想起，自悔失言，幸亏宝钗也和王家是内亲，只是那些丫头们跟前已经不好意思了。袭人却接着说道："二奶奶还不知道呢，就是穿得，他也不穿了。"凤姐儿道："这是什么原故？"袭人道："告诉二奶奶，真真是我们这位爷的行事都是天外飞来的。那一年因二舅太爷的生日，老太太给了他这件衣裳，谁知那一天就烧了。我妈病重了，我没在家。那时候还有晴雯妹妹呢，听见说病着整给他补了一夜，第二天老太太才没瞧出来呢。去年那一天上学天冷，我叫焙茗拿了去给他披披。谁知这位爷见了这件衣裳想起晴雯来了，说了总不穿了，叫我给他收一辈子呢。”凤姐不等说完，便道：“你提晴雯，可惜了儿的，那孩子模样儿手儿都好，就只嘴头子利害些。偏偏儿的太太不知听了那里的谣言，活活儿的把个小命儿要了。还有一件事，那一天我瞧见厨房里柳家的女人他女孩儿，叫什么五儿，那丫头长的和晴雯脱了个影儿似的。我心里要叫他进来，后来我问他妈，他妈说是很愿意。我想着宝二爷屋里的小红跟了我去，我还没还他呢，就把五儿补过来。平儿说太太那一天说了，凡像那个样儿的都不叫派到宝二爷屋里呢。我所以也就搁下了。这如今宝二爷也成了家了，还怕什么呢，不如我就叫他进来。可不知宝二爷愿意不愿意？要想着晴雯，只瞧见这五儿就是了。”宝玉本要走，听见这些话已呆了。袭人道：“为什么不愿意，早就要弄了来的，只是因为太太的话说的结实罢了。”凤姐道：“那么着明儿我就叫他进来。太太的跟前有我呢。”宝玉听了，喜不自胜，才走到贾母那边去了。这里宝钗穿衣服。凤姐儿看他两口儿这般恩爱缠绵，想起贾琏方才那种光景，好不伤心，坐不住，便起身向宝钗笑道：“我和你向老太太屋里去罢。”笑着出了房门，一同来见贾母。

宝玉正在那里回贾母往舅舅家去。贾母点头说道：“去罢，只是少吃酒，早些回来。你身子才好些。”宝玉答应着出来，刚走到院内，又转身回来向宝钗耳边说了几句不知什么。宝钗笑道：“是了，你快去罢。”将宝玉催着去了。这贾母和凤姐宝钗说了没三句话，只见秋纹进来传说：“二爷打发焙茗转来，说请二奶奶。”宝钗说道：“他又忘了什么，又叫他回来？”秋纹道：“我叫小丫头问了，焙茗说是‘二爷忘了一句话，二爷叫我回来告诉二奶奶：若是去呢，快些来罢；若不去呢，别在风地里站着。’”说的贾母凤姐并地下站着的众老婆子丫头都笑了。宝钗飞红了脸，把秋纹啐了一口，说道：“好个糊涂东西！这也值得这样慌慌张张跑了来说。”秋纹也笑着回去叫小丫头去骂焙茗。那焙茗一面跑着，一面回头说道：“二爷把我巴巴的叫下马来，叫回来说的。我若不说，回来对出来又骂我了。这会子说了，他们又骂我。”那丫头笑着跑回来说了。贾母向宝钗道：“你去罢，省得他这么记挂。”说的宝钗站不住，又被凤姐怄他顽笑，没好意思，才走了。

只见散花寺的姑子大了来了，给贾母请安，见过了凤姐，坐着吃茶。

贾母因问他："这一向怎么不来?"大了道："因这几日庙中作好事，有几位诰命夫人不时在庙里起坐，所以不得空儿来。今日特来回老祖宗，明儿还有一家作好事，不知老祖宗高兴不高兴，若高兴也去随喜随喜。"贾母便问："做什么好事?"大了道："前月为王大人府里不干净，见神见鬼的，偏生那太太夜间又看见去世的老爷。因此昨日在我庙里告诉我，要在散花菩萨跟前许愿烧香，做四十九天的水陆道场，保佑家口安宁，亡者升天，生者获福。所以我不得空儿来请老太太的安。"却说凤姐素日最厌恶这些事的，自从昨夜见鬼，心中总是疑疑惑惑的，如今听了大了这些话，不觉把素日的心性改了一半，已有三分信意，便问大了道："这散花菩萨是谁?他怎么就能避邪除鬼呢?"大了见问，便知他有些信意，便说道："奶奶今日问我，让我告诉奶奶知道。这个散花菩萨来历根基不浅，道行非常。生在西天大树国中，父母打柴为生。养下菩萨来，头长三角，眼横四目，身长三尺，两手拖地。父母说这是妖精，便弃在冰山之后了。谁知这山上有一个得道的老猢狲出来打食，看见菩萨顶上白气冲天，虎狼远避，知道来历非常，便抱回洞中抚养。谁知菩萨带了来的聪慧，禅也会谈，与猢狲天天谈道参禅，说的天花散漫缤纷。至一千年后飞升了。至今山上犹见谈经之处天花散漫，所求必灵，时常显圣，救人苦厄。因此世人才盖了庙，塑了像供奉。"凤姐道："这有什么凭据呢?"大了道："奶奶又来搬驳了。一个佛爷可有什么凭据呢?就是撒谎也不过哄一两个人罢咧，难道古往今来多少明白人都被他哄了不成。奶奶只想，惟有佛家香火历来不绝，他到底是祝国祝民，有些灵验，人才信服。"凤姐听了大有道理，因道："既这么，我明儿去试试。你庙里可有签?我去求一签，我心里的事签上批的出?批的出来我从此就信了。"大了道："我们的签最是灵的，明儿奶奶去求一签就知道了。"贾母道："既这么着，索性等到后日初一你再去求。"说着，大了吃了茶，到王夫人各房里去请了安，回去不提。

这里凤姐勉强扎挣着，到了初一清早，令人预备了车马，带着平儿并许多奴仆来至散花寺。大了带了众姑子接了进去。献茶后，便洗手至大殿上焚香。那凤姐儿也无心瞻仰圣像，一秉虔诚，磕了头，举起签筒默默的将那见鬼之事并身体不安等故祝告了一回。才摇了三下，只听唰的一声，筒中撺出一支签来。于是叩头拾起一看，只见写着“第三十三签，上上大吉。”大了忙查签簿看时，只见上面写着“王熙凤衣锦还乡”。凤姐一见这几个字，吃一大惊，惊问大了道：“古人也有叫王熙凤的么?”大了笑道：“奶奶最是通今博古的，难道汉朝的王熙凤求官的这一段事也不晓得?”周瑞家的在旁笑道：“前年李先儿还说这一回书的，我们还告诉他重着奶奶的名字不要叫呢。”凤姐笑道：“可是呢，我倒忘了。”说着，又瞧底下的，写的是：

去国离乡二十年，于今衣锦返家园。
蜂采百花成蜜后，为谁辛苦为谁甜!
行人至，音信迟，讼宜和，婚再议。

看完也不甚明白。大了道：“奶奶大喜。这一签巧得很，奶奶自幼在这里长大，何曾回南京去了。如今老爷放了外任，或者接家眷来，顺便还家，奶奶可不是‘衣锦还乡’了?”一面说，一面抄了个签经交与丫头。凤姐也半疑半信的。大了摆了斋来，凤姐只动了一动，放下了要走，又给了香银。大了苦留不住，只得让他走了。凤姐回至家中，见了贾母王夫人等，问起签来，命人一解，都欢喜非常，“或者老爷果有此心，咱们走一趟也好。”凤姐儿见人人这么说，也就信了。不在话下。

却说宝玉这一日正睡午觉，醒来不见宝钗，正要问时，只见宝钗进来。宝玉问道：“那里去了？半日不见。”宝钗笑道：“我给凤姐姐瞧一回签。”宝玉听说，便问是怎么样的。宝钗把签帖念了一回，又道：“家中人人都说好的。据我看，这‘衣锦还乡’四字里头还有原故，后来再瞧罢了。”宝玉道：“你又多疑了，妄解圣意。‘衣锦还乡’四字从古至今都知道是好的，今儿你又偏生看出缘故来了。依你说，这‘衣锦还乡’还有什么别的解说?”宝钗正要解说，只见王夫人那边打发丫头过来请二奶奶。宝钗立刻过去。未知何事，下回分解。

第一〇二回

宁国府骨肉病灾祲　大观园符水驱妖孽

话说王夫人打发人来唤宝钗，宝钗连忙过来，请了安。王夫人道：“你三妹妹如今要出嫁了，只得你们作嫂子的大家开导开导他，也是你们姊妹之情。况且他也是个明白孩子，我看你们两个也很合的来。只是我听见说宝玉听见他三妹妹出门子，哭的了不的，你也该劝劝他。如今我的身子是十病九痛的，你二嫂子也是三日好两日不好。你还心地明白些，诸事也别说只管吞着不肯得罪人，将来这一番家事，都是你的担子。”宝钗答应着。王夫人又说道：“还有一件事，你二嫂子昨儿带了柳家媳妇的丫头来，说补在你们屋里。”宝钗道：“今日平儿才带过来，说是太太和二奶奶的主意。”王夫人道：“是呦，你二嫂子和我说，我想也没要紧，不便驳他的回。只是一件，我见那孩子眉眼儿上头也不是个很安顿的。起先为宝玉房里的丫头狐狸似的，我撵了几个，那时候你也知道，不然你怎么搬回家去了呢。如今有你，自然不比先前了。我告诉你，不过留点神儿就是了。你们屋里就是袭人那孩子还可以使得。”宝钗答应了，又说了几句话，便过来了。饭后到了探春那边，自有一番殷勤劝慰之言，不必细说。

次日，探春将要起身，又来辞宝玉。宝玉自然难割难分。探春便将纲常大体的话，说的宝玉始而低头不语，后来转悲作喜，似有醒悟之意。于是探春放心，辞别众人，竟上轿登程，水舟车陆而去。

先前众姊妹们都住在大观园中，后来贾妃薨后，也不修葺。到了宝玉娶亲，林黛玉一死，史湘云回去，宝琴在家住着，园中人少，况兼天气寒冷，李纨姊妹、探春、惜春等俱挪回旧所。到了花朝月夕，依旧相约顽耍。

如今探春一去，宝玉病后不出屋门，益发没有高兴的人了。所以园中寂寞，只有几家看园的人住着。那日尤氏过来送探春起身，因天晚省得套车，便从前年在园里开通宁府的那个便门里走过去了。觉得凄凉满目，台榭依然，女墙一带都种作园地一般，心中怅然如有所失，因到家中，便有些身上发热，扎挣一两天，竟躺倒了。日间的发烧犹可，夜里身热异常，便谵语绵绵。贾珍连忙请了大夫看视。说感冒起的，如今缠经，入了足阳明胃经，所以谵语不清，如有所见，有了大秽即可身安。尤氏服了两剂，并不稍减，更加发起狂来。

贾珍着急，便叫贾蓉来打听外头有好医生再请几位来瞧瞧。贾蓉回道："前儿这位太医是最兴时的了。只怕我母亲的病不是药治得好的。"贾珍道："胡说，不吃药难道由他去罢。"贾蓉道："不是说不治。为的是前日母亲从西府去，回来是穿着园子里走来家的，一到了家就身上发烧，别是撞客着了罢？外头有个毛半仙，是南方人，卦起的很灵，不如请他来占卦占卦。看有信儿呢，就依着他，要是不中用，再请别的好大夫来。"贾珍听了，即刻叫人请来。坐在书房内喝了茶，便说："府上叫我，不知占什么事？"贾蓉道："家母有病，请教一卦。"毛半仙道："既如此，取净水洗手，设下香案。让我起出一课来看就是了。"一时下人安排定了。他便怀里掏出卦筒来，走到上头恭恭敬敬的作了一个揖，手内摇着卦筒，口里念道："伏以太极两仪，絪缊交感。图书出而变化不穷，神圣作而诚求必应。兹有信官贾某，为因母病，虔请伏羲、文王、周公、孔子四大圣人，鉴临在上，诚感则灵，有凶报凶，有吉报吉。先请内象三爻。"说着，将筒内的钱倒在盘内，说"有灵的头一爻就是交。"拿起来又摇了一摇，倒出来说是单。第三爻又是交。检起钱来，嘴里说是："内爻已示，更请外象三爻，完成一卦。"起出来是单拆单。那毛半仙收了卦筒和铜钱，便坐下问道："请坐，请坐。让我来细细的看看。这个卦乃是'未济'之卦。世爻是第三爻，午火兄弟劫财，晦气是一定该有的。如今尊驾为母问病，用神是初爻，真是父母爻动出官鬼来。五爻上又有一层官鬼，我看令堂太夫人的病是不轻的。还好，还好，如今子亥之水休囚，寅木动而生火。世爻上动出一个子孙来，倒是克鬼的。况且日月生身，再隔两日子水官鬼落空，交到戌日就好了。但是父母爻上变鬼，恐怕令尊大人也有些关碍。就是本身世爻比劫过重，到了水旺土衰的日子也不好。”说完了，便撅着胡子坐着。贾蓉起先听他捣鬼，心里忍不住要笑，听他讲的卦理明白，又说生怕父亲也不好，便说道：“卦是极高明的，但不知我母亲到底是什么病?”毛半仙道：“据这卦上世爻午火变水相克，必是寒火凝结。若要断得清楚，揲蓍也不大明白，除非用大六壬才断得准。”贾蓉道：“先生都高明的么?”毛半仙道：“知道些。”贾蓉便要请教，报了一个时辰。毛先生便画了盘子，将神将排定。“算去是戌上白虎，这课叫做‘魄化课’。大凡白虎乃是凶将，乘旺象气受制，便不能为害。如今乘着死神死煞及时令囚死，则为饿虎，定是伤人。就如魄神受惊消散，故名‘魄化’。这课象说是人身丧鬼，忧患相仍，病多丧死，讼有忧惊。按象有日暮虎临，必定是傍晚得病的。象内说，凡占此课，必定旧宅有伏虎作怪，或有形响。如今尊驾为大人而占，正合着虎在阳忧男，在阴忧女。此课十分凶险呢。”贾蓉没有听完，唬得面上失色道：“先生说得很是。但与那卦又不大相合，到底有妨碍么?”毛半仙道：“你不用慌，待我慢慢的再看。”低着头又咕哝了一会子，便说“好了，有救星了！算出巳上有贵神救解，谓之‘魄化魂归’。先忧后喜，是不妨事的。只要小心些就是了。”

贾蓉奉上卦金，送了出去，回禀贾珍，说是：“母亲的病是在旧宅傍晚得的，为撞着什么伏尸白虎。”贾珍道：“你说你母亲前日从园里走回来的，可不是那里撞着的。你还记得你二婶娘到园里去，回来就病了。他虽没有见什么，后来那些丫头老婆们都说是山子上一个毛烘烘的东西，眼睛有灯笼大，还会说话，把他二奶奶赶了回来，唬出一场病来。”贾蓉道：“怎么不记得。我还听见宝叔家的茗烟说，晴雯是做了园里芙蓉花的神了，林姑娘死了半空里有音乐，必定他也是管什么花儿了。想这许多妖怪在园里，还了得！头里人多阳气重，常来常往不打紧。如今冷落的时候，母亲打那里走，还不知踹了什么花儿呢，不然就是撞着那一个。那卦也还算是准的。”贾珍道：“到底说有妨碍没有呢?”贾蓉道：“据他说，到了戌日就好了。只愿早两天好，或除两天才好。”贾珍道：“这又是什么意思?”贾蓉道：“那先生若是这样准，生怕老爷也有些不自在。”

正说着，里头喊说："奶奶要坐起到那边园里去，丫头们都按捺不住。"贾珍等进去安慰定了。只闻尤氏嘴里乱说："穿红的来叫我，穿绿的来赶我。"地下这些人又怕又好笑。贾珍便命人买些纸钱送到园里烧化，果然那夜出了汗，便安静些。到了戌日，也就渐渐的好起来。由是一人传十，十人传百，都说大观园中有了妖怪。唬得那些看园的人也不修花补树，灌溉果蔬。起先晚上不敢行走，以致鸟兽逼人，甚至日里也是约伴持械而行。过了些时，果然贾珍患病。竟不请医调治，轻则到园化纸许愿，重则详星拜斗。贾珍方好，贾蓉等相继而病。如此接连数月，闹得两府俱怕。从此风声鹤唳，草木皆妖。园中出息，一概全蠲，各房月例重新添起，反弄得荣府中更加拮据。那些看园的没有了想头，个个要离此处，每每造言生事，便将花妖树怪编派起来，各要搬出，将园门封固，再无人敢到园中。以致崇楼高阁，琼馆瑶台，皆为禽兽所栖。

却说晴雯的表兄吴贵正住在园门口，他媳妇自从晴雯死后，听见说作了花神，每日晚间便不敢出门。这一日吴贵出门买东西，回来晚了。那媳妇子本有些感冒着了，日间吃错了药，晚上吴贵到家，已死在炕上。外面的人因那媳妇子不妥当，便都说妖怪爬过墙吸了精去死的。于是老太太着急的了不得，替另派了好些人将宝玉的住房围住，巡逻打更。这些小丫头们还说，有的看见红脸的，有的看见很俊的女人的，吵嚷不休。唬得宝玉天天害怕。亏得宝钗有把持的，听得丫头们混说，便唬吓着要打，所以那些谣言略好些。无奈各房的人都是疑人疑鬼的不安静，也添了人坐更，于是更加了好些食用。

独有贾赦不大很信，说："好好园子，那里有什么鬼怪！"挑了个风清日暖的日子，带了好几个家人，手内持着器械，到园踹看动静。众人劝他不依。到了园中，果然阴气逼人。贾赦还扎挣前走，跟的人都探头缩脑。内中有个年轻的家人，心内已经害怕，只听呼的一声，回过头来，只见五色灿烂的一件东西跳过去了，唬得嗳哟一声，腿子发软，便躺倒了。贾赦回身查问，那小子喘嘘嘘的回道："亲眼看见一个黄脸红须绿衣青裳一个妖怪走到树林子后头山窟窿里去了。"贾赦听了，便也有些胆怯，问道："你们都看见么？"有几个推顺水船儿的回说："怎么没瞧见，因老爷在头里，不敢惊动罢了。奴才们还撑得住。”说得贾赦害怕，也不敢再走，急急的回来，吩咐小子们：“不要提及，只说看遍了，没有什么东西。”心里实也相信，要到真人府里请法官驱邪。岂知那些家人无事还要生事，今见贾赦怕了，不但不瞒着，反添些穿凿，说得人人吐舌。

贾赦没法，只得请道士到园作法事驱邪逐妖。择吉日先在省亲正殿上铺排起坛场，上供三清圣像，旁设二十八宿并马、赵、温、周四大将，下排三十六天将图像。香花灯烛设满一堂，钟鼓法器排两边，插着五方旗号。道纪司派定四十九位道众的执事，净了一天的坛。三位法官行香取水毕，然后擂起法鼓，法师们俱戴上七星冠，披上九宫八卦的法衣，踏着登云履，手执牙笏，便拜表请圣。又念了一天的消灾驱邪接福的《洞元经》，以后便出榜召将。榜上大书“太乙混元上清三境灵宝符录演教大法师行文敕令本境诸神到坛听用。”

那日两府上下爷们仗着法师擒妖，都到园中观看，都说：“好大法令！呼神遣将的闹起来，不管有多少妖怪也唬跑了。”大家都挤到坛前。只见小道士们将旗幡举起，按定五方站住，伺候法师号令。三位法师，一位手提宝剑拿着法水，一位捧着七星皂旗，一位举着桃木打妖鞭，立在坛前。只听法器一停，上头令牌三下，口中念念有词，那五方旗便团团散布。法师下坛，叫本家领着到各处楼阁殿亭房廊屋舍山崖水畔洒了法水，将剑指画了一回，回来连击牌令，将七星旗祭起，众道士将旗幡一聚，接下打怪鞭望空打了三下。本家众人都道拿住妖怪，争着要看，及到跟前，并不见有什么形响。只见法师叫众道士拿取瓶罐，将妖收下，加上封条。法师朱笔书符收禁，令人带回在本观塔下镇住，一面撤坛谢将。

贾赦恭敬叩谢了法师。贾蓉等小弟兄背地都笑个不住，说：“这样的大排场，我打量拿着妖怪给我们瞧瞧到底是些什么东西，那里知道是这样收罗，究竟妖怪拿去了没有?”贾珍听见骂道：“糊涂东西，妖怪原是聚则成形、散则成气，如今多少神将在这里，还敢现形吗！无非把这妖气收了，便不作祟，就是法力了。”众人将信将疑，且等不见响动再说。那些下人只知妖怪被擒，疑心去了，便不大惊小怪，往后果然没人提起了。贾珍等病愈复原，都道法师神力。独有一个小子笑说道：“头里那些响动我也不知道，就是跟着大老爷进园这一日，明明是个大公野鸡飞过去了，拴儿吓离了眼，说得活像。我们都替他圆了个谎，大老爷就认真起来。倒瞧了个很热闹的坛场。”众人虽然听见，那里肯信，究无人住。

一日，贾赦无事，正想要叫几个家下人搬住园中，看守房屋，惟恐夜晚藏匿奸人。方欲传出话去，只见贾琏进来，请了安，回说今日到他大舅家去听见一个荒信，“说是二叔被节度使参进来，为的是失察属员，重征粮米，请旨革职的事。”贾赦听了吃惊道：“只怕是谣言罢。前儿你二叔带书子来说，探春于某日到了任所，择了某日吉时送了你妹子到了海疆，路上风恬浪静，合家不必挂念。还说节度认亲，倒设席贺喜，那里有做了亲戚倒提参起来的。且不必言语，快到吏部打听明白就来回我。”

贾琏即刻出去，不到半日回来便说：“才到吏部打听，果然二叔被参。题本上去，亏得皇上的恩典，没有交部，便下旨意，说是失察属员，重征粮米，苛虐百姓，本应革职，姑念初膺外任，不谙吏治，被属员蒙蔽，着降三级，加恩仍以工部员外上行走，并令即日回京。这信是准的。正在吏部说话的时候，来了一个江西引见知县，说起我们二叔，是很感激的，但说是个好上司，只是用人不当，那些家人在外招摇撞骗，欺凌属员，已经把好名声都弄坏了。节度大人早已知道，也说我们二叔是个好人。不知怎么样这回又参了。想是忒闹得不好，恐将来弄出大祸，所以借了一件失察的事情参的，倒是避重就轻的意思也未可知。”贾赦未听说完，便叫贾琏：“先去告诉你婶子知道，且不必告诉老太太就是了。”贾琏去回王夫人。未知有何话说，下回分解。

第一〇三回

施毒计金桂自焚身　昧真禅雨村空遇旧

话说贾琏到了王夫人那边，一一的说了。次日到了部里打点停妥，回来又到王夫人那边，将打点吏部之事告知。王夫人便道："打听准了么？果然这样，老爷也愿意，合家也放心。那外任是何尝做得的！若不是那样的参回来，只怕叫那些混帐东西把老爷的性命都坑了呢！"贾琏道："太太那里知道？"王夫人道："自从你二叔放了外任，并没有一个钱拿回来，把家里的倒掏摸了好些去了。你瞧那些跟老爷去的人，他男人在外头不多几时，那些小老婆子们便金头银面的妆扮起来了，可不是在外头瞒着老爷弄钱？你叔叔便由着他们闹去，若弄出事来，不但自己的官做不成，只怕连祖上的官也要抹掉了呢。"贾琏道："婶子说得很是。方才我听见参了，吓的了不得，直等打听明白才放心。也愿意老爷做个京官，安安逸逸的做几年，才保得住一辈子的声名。就是老太太知道了，倒也是放心的，只要太太说得宽缓些。"王夫人道："我知道。你到底再去打听打听。"

贾琏答应了，才要出来，只见薛姨妈家的老婆子慌慌张张的走来，到王夫人里间屋内，也没说请安，便道："我们太太叫我来告诉这里的姨太太，说我们家了不得了，又闹出事来了。"王夫人听了，便问："闹出什么事来？"那婆子又说："了不得，了不得！"王夫人哼道："糊涂东西！有要紧事你到底说啊！"婆子便说："我们家二爷不在家，一个男人也没有。这件事情出来怎么办！要求太太打发几位爷们去料理料理。"王夫人听着不懂，便急着道："究竟要爷们去干什么事？"婆子道："我们大奶奶死了。"王夫人听了，便啐道："这种女人死，死了罢咧，也值得大惊小怪的！"婆子道："不是好好儿死的，是混闹死的。快求太太打发人去办办。"说着就要走。王夫人又生气，又好笑，说："这婆子好混帐。琏哥儿，倒不如你过去瞧瞧，别理那糊涂东西。"那婆子没听见打发人去，只听见说别理他，他便赌气跑回去了。这里薛姨妈正在着急，再等不来，好容易见那婆子来了，便问："姨太太打发谁来?"婆子叹说道："人最不要有急难事，什么好亲好眷，看来也不中用。姨太太不但不肯照应我们，倒骂我糊涂。"薛姨妈听了，又气又急道："姨太太不管，你姑奶奶怎么说了?"婆子道："姨太太既不管，我们家的姑奶奶自然更不管了。没有去告诉。"薛姨妈啐道："姨太太是外人，姑娘是我养的，怎么不管!"婆子一时省悟道："是啊，这么着我还去。"

正说着，只见贾琏来了，给薛姨妈请了安，道了恼，回说："我婶子知道弟妇死了，问老婆子，再说不明，着急得很，打发我来问个明白，还叫我在这里料理。该怎么样，姨太太只管说了办去。"薛姨妈本来气得干哭，听见贾琏的话，便笑着说："倒要二爷费心。我说姨太太是待我最好的，都是这老货说不清，几乎误了事。请二爷坐下，等我慢慢的告诉你。"便说："不为别的事，为的是媳妇不是好死的。"贾琏道："想是为兄弟犯事怨命死的?"薛姨妈道："若这样倒好了。前几个月头里，他天天蓬头赤脚的疯闹。后来听见你兄弟问了死罪，他虽哭了一场，以后倒擦脂抹粉的起来。我若说他，又要吵个了不得，我总不理他。有一天不知怎么样来要香菱去作伴，我说：'你放着宝蟾，还要香菱做什么，况且香菱是你不爱的，何苦招气生。'他必不依。我没法儿，便叫香菱到他屋里去。可怜这香菱不敢违我的话，带着病就去了。谁知道他待香菱很好，我倒喜欢。你大妹妹知道了，说：'只怕不是好心罢。'我也不理会。头几天香菱病着，他倒亲手去做汤给他吃，那知香菱没福，刚端到跟前，他自己烫了手，连碗都砸了。我只说必要迁怒在香菱身上，他倒没生气，自己还拿笤帚扫了，拿水泼净了地，仍旧两个人很好。昨儿晚上，又叫宝蟾去做了两碗汤来，自己说同香菱一块儿喝。隔了一回，听见他屋里两只脚蹬响，宝蟾急的乱嚷，以后香菱也嚷着扶着墙出来叫人。我忙着看去，只见媳妇鼻子眼睛里都流出血来，在地下乱滚，两手在心口乱抓，两脚乱蹬，把我就吓死了，问他也说不出来，只管直嚷，闹了一回就死了。我瞧那光景是服了毒的。宝蟾便哭着来揪香菱，说他把药药死了奶奶了。我看香菱也不是这么样的人，再者他病的起还起不来，怎么能药人呢。无奈宝蟾一口咬定。我的二爷，这叫我怎么办！只得硬着心肠叫老婆子们把香菱捆了，交给宝蟾，便把房门反扣了。我同你二妹妹守了一夜，等府里的门开了才告诉去的。二爷你是明白人，这件事怎么好？”贾琏道：“夏家知道了没有？”薛姨妈道：“也得撕掳明白了才好报啊。”贾琏道：“据我看起来，必要经官才了得下来。我们自然疑在宝蟾身上，别人便说宝蟾为什么药死他奶奶，也是没答对的。若说在香菱身上，竟还装得上。”正说着，只见荣府女人们进来说：“我们二奶奶来了。”贾琏虽是大伯子，因从小儿见的，也不回避。宝钗进来见了母亲，又见了贾琏，便往里间屋里同宝琴坐下。薛姨妈也将前事告诉一遍。宝钗便说：“若把香菱捆了，可不是我们也说是香菱药死的了么？妈妈说这汤是宝蟾做的，就该捆起宝蟾来问他呀。一面便该打发人报夏家去，一面报官的是。”薛姨妈听见有理，便问贾琏。贾琏道：“二妹子说得很是。报官还得我去，托了刑部里的人，相验问口供的时候有照应得。只是要捆宝蟾放香菱倒怕难些。”薛姨妈道：“并不是我要捆香菱，我恐怕香菱病中受冤着急，一时寻死，又添了一条人命，才捆了交给宝蟾，也是一个主意。”贾琏道：“虽是这么说，我们倒帮了宝蟾了。若要放都放，要捆都捆，他们三个人是一处的。只要叫人安慰香菱就是了。”薛姨妈便叫人开门进去，宝钗就派了带来几个女人帮着捆宝蟾。只见香菱已哭得死去活来，宝蟾反得意洋洋。以后见人要捆他，便乱嚷起来。那禁得荣府的人吆喝着，也就捆了。竟开着门，好叫人看着。这里报夏家的人已经去了。

那夏家先前不住在京里，因近年消索，又记挂女儿，新近搬进京来。父亲已没，只有母亲，又过继了一个混帐儿子，把家业都花完了，不时的常到薛家。那金桂原是个水性人儿，那里守得住空房，况兼天天心里想念薛蝌，便有些饥不择食的光景。无奈他这一干兄弟又是个蠢货，虽也有些知觉，只是尚未入港。所以金桂时常回去，也帮贴他些银钱。这些时正盼金桂回家，只见薛家的人来，心里就想又拿什么东西来了。不料说这里姑娘服毒死了，他便气得乱嚷乱叫。金桂的母亲听见了，更哭喊起来，说：“好端端的女孩儿在他家，为什么服了毒呢！”哭着喊着的，带了儿子，也等不得雇车，便要走来。那夏家本是买卖人家，如今没了钱，那顾什么脸面。儿子头里就走，他跟了一个破老婆子出了门，在街上啼啼哭哭的雇了一辆破车，便跑到薛家。

进门也不打话，便儿一声肉一声的要讨人命。那时贾琏到刑部托人，家里只有薛姨妈、宝钗、宝琴，何曾见过个阵仗，都吓得不敢则声。便要与他讲理，他们也不听，只说："我女孩儿在你家得过什么好处，两口朝打暮骂的。闹了几时，还不容他两口子在一处，你们商量着把女婿弄在监里，永不见面。你们娘儿们仗着好亲戚受用也罢了，还嫌他碍眼，叫人药死了他，倒说是服毒！他为什么服毒！"说着，直奔着薛姨妈来。薛姨妈只得后退，说："亲家太太且请瞧瞧你女儿，问问宝蟾，再说歪话不迟。"那宝钗宝琴因外面有夏家的儿子，难以出来拦护，只在里边着急。恰好王夫人打发周瑞家的照看，一进门来，见一个老婆子指着薛姨妈的脸哭骂。周瑞家的知道必是金桂的母亲，便走上来说："这位是亲家太太么？大奶奶自己服毒死的，与我们姨太太什么相干，也不犯这么遭塌呀。"那金桂的母亲问："你是谁？"薛姨妈见有了人，胆子略壮了些，便说："这就是我亲戚贾府里的。"金桂的母亲便说道："谁不知道，你们有仗腰子的亲戚，才能够叫姑爷坐在监里。如今我的女孩儿倒白死了不成！"说着，便拉薛姨妈说："你到底把我女儿怎样弄杀了？给我瞧瞧！"周瑞家的一面劝说："只管瞧瞧，用不着拉拉扯扯。"便把手一推。夏家的儿子便跑进来不依道："你仗着府里的势头儿来打我母亲么！"说着，便将椅子打去，却没有打着。里头跟宝钗的人听见外头闹起来，赶着来瞧，恐怕周瑞家的吃亏，齐打伙的上去半劝半喝。那夏家的母子索性撒起泼来，说："知道你们荣府的势头儿。我们家的姑娘已经死了，如今也都不要命了！"说着，仍奔薛姨妈拚命。地下的人虽多，那里挡得住，自古说的"一人拚命，万夫莫当。"

正闹到危急之际，贾琏带了七八个家人进来，见是如此，便叫人先把夏家的儿子拉出去，便说："你们不许闹，有话好好儿的说。快将家里收拾收拾，刑部里头的老爷们就来相验了。"金桂的母亲正在撒泼，只见来了一位老爷，几个在头里吆喝，那些人都垂手侍立。金桂的母亲见这个光景，也不知是贾府何人，又见他儿子已被众人揪住，又听见说刑部来验，他心里原想看见女儿尸首先闹了一个稀烂再去喊官去，不承望这里先报了官，也便软了些。薛姨妈已吓糊涂了。还是周瑞家的回说：“他们来了，也没有去瞧他姑娘，便作践起姨太太来了。我们为好劝他，那里跑进一个野男人，在奶奶们里头混撒村混打，这可不是没有王法了!”贾琏道：“这回子不用和他讲理，等一会子打着问他，说：男人有男人的所在，里头都是些姑娘奶奶们，况且有他母亲还瞧不见他们姑娘么，他跑进来不是要打抢来了么!”家人们做好做歹压伏住了。周瑞家的仗着人多，便说：“夏太太，你不懂事，既来了，该问个青红皂白。你们姑娘是自己服毒死了，不然便是宝蟾药死他主子了，怎么不问明白，又不看尸首，就想讹人来了呢，我们就肯叫一个媳妇儿白死了不成！现在把宝蟾捆着，因为你们姑娘必要点病儿，所以叫香菱陪着他，也在一个屋里住，故此两个人都看守在那里，原等你们来眼看看刑部相验，问出道理来才是啊。”

金桂的母亲此时势孤，也只得跟着周瑞家的到他女孩儿屋里，只见满脸黑血，直挺挺的躺在炕上，便叫哭起来。宝蟾见是他家的人来，便哭喊说：“我们姑娘好意待香菱，叫他在一块儿住，他倒抽空儿药死我们姑娘!”那时薛家上下人等俱在，便齐声吆喝道：“胡说，昨日奶奶喝了汤才药死的，这汤可不是你做的!”宝蟾道：“汤是我做的，端了来我有事走了，不知香菱起来放些什么在里头药死的。”金桂的母亲听未说完，就奔香菱。众人拦住。薛姨妈便道：“这样子是砒霜药的，家里决无此物。不管香菱宝蟾，终有替他买的，回来刑部少不得问出来，才赖不去。如今把媳妇权放平正，好等官来相验。”众婆子上来抬放。宝钗道：“都是男人进来，你们将女人动用的东西检点检点。”只见炕褥底下有一个揉成团的纸包儿。金桂的母亲瞧见便拾起，打开看时，并没有什么，便撩开了。宝蟾看见道：“可不是有了凭据了。这个纸包儿我认得，头几天耗子闹得慌，奶奶家去与舅爷要的，拿回来搁在首饰匣内，必是香菱看见了拿来药死奶奶的。若不信，你们看看首饰匣里有没有了。”

金桂的母亲便依着宝蟾的所在取出匣子，只有几支银簪子。薛姨妈便说：“怎么好些首饰都没有了?”宝钗叫人打开箱柜，俱是空的，便道：“嫂子这些东西被谁拿去，这可要问宝蟾。”金桂的母亲心里也虚了好些，见薛姨妈查问宝蟾，便说："姑娘的东西他那里知道。"周瑞家的道："亲家太太别这么说呢。我知道宝姑娘是天天跟着大奶奶的，怎么说不知！"这宝蟾见问得紧，又不好胡赖，只得说道："奶奶自己每每带回家去，我管得么。"众人便说："好个亲家太太！哄着拿姑娘的东西，哄完了叫他寻死来讹我们。好罢了，回来相验便是这么说。"宝钗叫人："到外头告诉琏二爷说，别放了夏家的人。"

里面金桂的母亲忙了手脚，便骂宝蟾道："小蹄子别嚼舌头了！姑娘儿时拿东西到我家去。"宝蟾道："如今东西是小，给姑娘偿命是大。"宝琴道："有了东西就有偿命的人了。快请琏二哥哥问准了夏家的儿子买砒霜的话，回来好回刑部里的话。"金桂的母亲着了急道："这宝蟾必是撞见鬼了，混说起来。我们姑娘何尝买过砒霜。若这么说，必是宝蟾药死了的。"宝蟾急的乱嚷说："别人赖我也罢了，怎么你们也赖起我来呢！你们不是常和姑娘说，叫他别受委屈，闹得他们家破人亡，那时将东西卷包儿一走，再配一个好姑爷。这个话是有的没有？"金桂的母亲还未及答言，周瑞家的便接口说道："这是你们家的人说的，还赖什么呢。"金桂的母亲恨的咬牙切齿的骂宝蟾说："我待你不错呀，为什么你倒拿话来葬送我呢！回来见了官，我就说是你药死姑娘的。"宝蟾气得瞪着眼说："请太太放了香菱罢，不犯着白害别人。我见官自有我的话。"

宝钗听出这个话头儿来了，便叫人反倒放开了宝蟾，说："你原是个爽快人，何苦白冤在里头。你有话索性说了，大家明白，岂不完了事了呢。"宝蟾也怕见官受苦，便说："我们奶奶天天抱怨说：'我这样人，为什么碰着这个瞎眼的娘，不配给二爷，偏给了这么个混帐糊涂行子。要是能够同二爷过一天，死了也是愿意的。'说到那里，便恨香菱。我起初不理会，后来看见与香菱好了，我只道是香菱教他什么了，不承望昨儿的汤不是好意。"金桂的母亲接说道："益发胡说了，若是要药香菱，为什么倒药了自己呢？"宝钗便问道："香菱，昨日你喝汤来着没有？"香菱道："头几天我病得抬不起头来，奶奶叫我喝汤，我不敢说不喝，刚要扎挣起来，那碗汤已经洒了，倒叫奶奶收拾了个难，我心里很过不去。昨儿听见叫我喝汤，我喝不下去，没有法儿正要喝的时候儿呢，偏又头晕起来。只见宝蟾姐姐端了去。我正喜欢，刚合上眼，奶奶自己喝着汤，叫我尝尝，我便勉强也喝了。”宝蟾不待说完，便道：“是了，我老实说罢。昨儿奶奶叫我做两碗汤，说是和香菱同喝。我气不过，心里想着香菱那里配我做汤给他喝呢。我故意的一碗里头多抓了一把盐，记了暗记儿，原想给香菱喝的。刚端进来，奶奶却拦着我到外头叫小子们雇车，说今日回家去。我出去说了，回来见盐多的这碗汤在奶奶跟前呢，我恐怕奶奶喝着咸，又要骂我。正没法的时候，奶奶往后头走动，我眼错不见就把香菱这碗汤换了过来。也是合该如此，奶奶回来就拿了汤去到香菱床边喝着，说：‘你到底尝尝。’那香菱也不觉咸。两个人都喝完了。我正笑香菱没嘴道儿，那里知道这死鬼奶奶要药香菱，必定趁我不在将砒霜撒上了，也不知道我换碗，这可就是天理昭彰，自害其身了。”于是众人往前后一想，真正一丝不错，便将香菱也放了，扶着他仍旧睡在床上。

不说香菱得放，且说金桂母亲心虚事实，还想辩赖。薛姨妈等你言我语，反要他儿子偿还金桂之命。正然吵嚷，贾琏在外嚷说：“不用多说了，快收拾停当，刑部老爷就到了。”此时惟有夏家母子着忙，想来总要吃亏的，不得已反求薛姨妈道：“千不是万不是，终是我死的女孩儿不长进，这也是自作自受。若是刑部相验，到底府上脸面不好看。求亲家太太息了这件事罢。”宝钗道：“那可使不得，已经报了，怎么能息呢。”周瑞家的等人大家做好做歹的劝说：“若要息事，除非夏亲家太太自己出去拦验，我们不提长短罢了。”贾琏在外也将他儿子吓住，他情愿迎到刑部具结拦验。众人依允。薛姨妈命人买棺成殓。不提。

且说贾雨村升了京兆府尹兼管税务，一日出都查勘开垦地亩，路过知机县，到了急流津。正要渡过彼岸，因待人夫，暂且停轿。只见村旁有一座小庙，墙壁坍颓，露出几株古松，倒也苍老。雨村下轿，闲步进庙，但见庙内神像金身脱落，殿宇歪斜，旁有断碣，字迹模糊，也看不明白。意欲行至后殿，只见一翠柏下荫着一间茅庐，庐中有一个道士合眼打坐。雨村走近看时，面貌甚熟，想着倒像在那里见来的，一时再想不出来。从人便欲吆喝。雨村止住，徐步向前叫一声：“老道。”那道士双眼微启，微微的笑道："贵官何事?"雨村便道："本府出都查勘事件，路过此地，见老道静修自得，想来道行深通，意欲冒昧请教。"那道人说："来自有地，去自有方。"雨村知是有些来历的，便长揖请问："老道从何处修来，在此结庐?此庙何名?庙中共有几人?或欲真修，岂无名山；或欲结缘，何不通衢?"那道人道："葫芦尚可安身，何必名山结舍。庙名久隐，断碣犹存。形影相随，何须修募。岂似那'玉在匵中求善价，钗于奁内待时飞'之辈耶!"

雨村原是个颖悟人，初听见"葫芦"两字，后闻"玉钗"一对，忽然想起甄士隐的事来。重复将那道士端详一回，见他容貌依然，便屏退从人，问道："君家莫非甄老先生么?"那道人从容笑道："什么真，什么假!要知道真即是假，假即是真。"雨村听说出贾字来，益发无疑，便从新施礼道："学生自蒙慨赠到都，托庇获隽公车，受任贵乡，始知老先生超悟尘凡，飘举仙境。学生虽溯洄思切，自念风尘俗吏，未由再觐仙颜。今何幸于此处相遇，求老仙翁指示愚蒙。倘荷不弃，京寓甚近，学生当得供奉，得以朝夕聆教。"那道人也站起来回礼道："我于蒲团之外，不知天地间尚有何物。适才尊官所言，贫道一概不解。"说毕，依旧坐下。雨村复又心疑："想去若非士隐，何貌言相似若此?离别来十九载，面色如旧，必是修炼有成，未肯将前身说破。但我既遇恩公，又不可当面错过。看来不能以富贵动之，那妻女之私更不必说了。"想罢又道："仙师既不肯说破前因，弟子于心何忍!"正要下礼，只见从人进来，禀说天色将晚，快请渡河。雨村正无主意，那道人道："请尊官速登彼岸，见面有期，迟则风浪顿起。果蒙不弃，贫道他日尚在渡头候教。"说毕，仍合眼打坐。雨村无奈，只得辞了道人出庙。正要过渡，只见一人飞奔而来。未知何事，下回分解。

第一〇四回

醉金刚小鳅生大浪　痴公子馀痛触前情

话说贾雨村刚欲过渡，见有人飞奔而来，跑到跟前，口称："老爷，方才进的那庙火起了！"雨村回首看时，只见烈炎烧天，飞灰蔽目。雨村心想，"这也奇怪，我才出来，走不多远，这火从何而来？莫非士隐遭劫于此？"欲待回去，又恐误了过河；若不回去，心下又不安。想了一想，便问道："你方才见这老道士出来了没有？"那人道："小的原随老爷出来，因腹内疼痛，略走了一走。回头看见一片火光，原来就是那庙中火起，特赶来禀知老爷。并没有见有人出来。"雨村虽则心里狐疑，究竟是名利关心的人，那肯回去看视，便叫那人："你在这里等火灭了进去瞧那老道在与不在，即来回禀。"那人只得答应了伺候。

雨村过河，仍自去查看，查了几处，遇公馆便自歇下。明日又行一程，进了都门，众衙役接着，前呼后拥的走着。雨村坐在轿内，听见轿前开路的人吵嚷。雨村问是何事。那开路的拉了一个人过来跪在轿前禀道："那人酒醉不知回避，反冲突过来。小的吆喝他，他倒恃酒撒赖，躺在街心，说小的打了他了。"雨村便道："我是管理这里地方的。你们都是我的子民，知道本府经过，喝了酒不知退避，还敢撒赖！"那人道："我喝酒是自己的钱，醉了躺的是皇上的地，便是大人老爷也管不得。"雨村怒道："这人目无法纪，问他叫什么名字。"那人回道："我叫醉金刚倪二。"雨村听了生气，叫人："打这金刚，瞧他是金刚不是！"手下把倪二按倒，着实的打了几鞭。倪二负痛，酒醒求饶。雨村在轿内笑道："原来是这么个金刚么。我且不打你，叫人带进衙门慢慢的问你。"众衙役答应，拴了倪二，拉着便走。倪二哀求，也不中用。

雨村进内复旨回曹，那里把这件事放在心上。那街上看热闹的三三两两传说："倪二仗着有些力气，恃酒讹人，今儿碰在贾大人手里，只怕不轻饶的。"这话已传到他妻女耳边。那夜果等倪二不见回家，他女儿便到各处赌场寻觅，那赌博的都是这么说，他女儿急得哭了。众人都道："你不用着急。那贾大人是荣府的一家。荣府里的一个什么二爷和你父亲相好，你同你母亲去找他说个情，就放出来了。"倪二的女儿听了，想了一想，"果然我父亲常说间壁贾二爷和他好，为什么不找他去。"赶着回来，即和母亲说了。

娘儿两个去找贾芸。那日贾芸恰在家，见他母女两个过来，便让坐。贾芸的母亲便倒茶。倪家母女即将倪二被贾大人拿去的话说了一遍，"求二爷说情放出来"。贾芸一口应承，说："这算不得什么，我到西府里说一声就放了。那贾大人全仗我家的西府里才得做了这么大官，只要打发个人去一说就完了。"倪家母女欢喜，回来便到府里告诉了倪二，叫他不用忙，已经求了贾二爷，他满口应承，讨个情便放出来的。倪二听了也喜欢。

不料贾芸自从那日给凤姐送礼不收，不好意思进来，也不常到荣府。那荣府的门上原看着主子的行事，叫谁走动才有些体面，一时来了他便进去通报；若主子不大理了，不论本家亲戚，他一概不回，支了去就完事。那日贾芸到府上说"给琏二爷请安"。门上的说："二爷不在家，等回来我们替回罢。"贾芸欲要说"请二奶奶的安"，生恐门上厌烦，只得回家。又被倪家母女催逼着说："二爷常说府上是不论那个衙门，说一声谁敢不依。如今还是府里的一家，又不为什么大事，这个情还讨不来，白是我们二爷了。"贾芸脸上下不来，嘴里还说硬话："昨儿我们家里有事，没打发人说去，少不得今儿说了就放。什么大不了的事！"倪家母女只得听信。

岂知贾芸近日大门竟不得进去，绕到后头要进园内找宝玉，不料园门锁着，只得垂头丧气的回来。想起"那年倪二借银与我，买了香料送给他，才派我种树。如今我没有钱去打点，就把我拒绝。他也不是什么好的，拿着太爷留下的公中银钱在外放加一钱，我们穷本家要借一两也不能。他打谅保得住一辈子不穷的了，那知外头的声名很不好。我不说罢了，若说起来，人命官司不知有多少呢。"一面想着，来到家中，只见倪家母女都等着。贾芸无言可支，便说道："西府里已经打发人说了，只言贾大人不依。

你还求我们家的奴才周瑞的亲戚冷子兴去才中用。”倪家母女听了说：“二爷这样体面爷们还不中用，若是奴才，是更不中用了。”贾芸不好意思，心里发急道：“你不知道，如今的奴才比主子强多着呢。”倪家母女听来无法，只得冷笑几声说：“这倒难为二爷白跑了这几天，等我们那一个出来再道乏罢。”说毕出来，另托人将倪二弄了出来，只打了几板，也没有什么罪。

倪二回家，他妻女将贾家不肯说情的话说了一遍。倪二正喝着酒，便生气要找贾芸，说：“这小杂种，没良心的东西！头里他没有饭吃要到府内钻谋事办，亏我倪二爷帮了他。如今我有了事他不管。好罢咧，若是我倪二闹出来，连两府里都不干净！”他妻女忙劝道：“嗳，你又喝了黄汤便是这样有天没日头的，前儿可不是醉了闹的乱子，捱了打还没好呢，你又闹了。”倪二道：“捱了打便怕他不成，只怕拿不着由头！我在监里的时候，倒认得了好几个有义气的朋友，听见他们说起来，不独是城内姓贾的多，外省姓贾的也不少。前儿监里收下了好几个贾家的家人。我倒说，这里的贾家小一辈子并奴才们虽不好，他们老一辈的还好，怎么犯了事。我打听打听，说是和这里贾家是一家，都住在外省，审明白了解进来问罪的，我才放心。若说贾二这小子他忘恩负义，我便和几个朋友说他家怎样倚势欺人，怎样盘剥小民，怎样强娶有男妇女，叫他们吵嚷出来，有了风声到了都老爷耳朵里，这一闹起来，叫你们才认得倪二金刚呢！”他女人道：“你喝了酒睡去罢！他又强占谁家的女人来了，没有的事你不用混说了。”倪二道：“你们在家里那里知道外头的事。前年我在赌场里碰见了小张，说他女人被贾家占了，他还和我商量。我倒劝他才了事的。但不知这小张如今那里去了，这两年没见。若碰着了他，我倪二出个主意叫贾老二死，给我好好的孝敬孝敬我倪二太爷才罢了。你倒不理我了！”说着，倒身躺下，嘴里还是咕咕嘟嘟的说了一回，便睡去了。他妻女只当是醉话，也不理他。明日早起，倪二又往赌场中去了。不题。

且说雨村回到家中，歇息了一夜，将道上遇见甄士隐的事告诉了他夫人一遍。他夫人便埋怨他：“为什么不回去瞧一瞧，倘或烧死了，可不是咱们没良心！”说着，掉下泪来。雨村道：“他是方外的人了，不肯和咱们在一处的。”正说着，外头传进话来，禀说：“前日老爷吩咐瞧火烧庙去的回来了回话。”雨村踱了出来。那衙役打千请了安，回说：“小的奉老爷的命回去，也不等火灭，便冒火进去瞧那个道士，岂知他坐的地方多烧了。小的想着那道士必定烧死了。那烧的墙屋往后塌去，道士的影儿都没有，只有一个蒲团、一个瓢儿还是好好的。小的各处找寻他的尸首，连骨头都没有一点儿。小的恐老爷不信，想要拿这蒲团瓢儿回来做个证见，小的这么一拿，岂知都成了灰了。”雨村听毕，心下明白，知士隐仙去，便把那衙役打发了出去。回到房中，并没提起士隐火化之言，恐他妇女不知，反生悲感，只说并无形迹，必是他先走了。

雨村出来，独坐书房，正要细想士隐的话，忽有家人传报说：“内廷传旨，交看事件。”雨村疾忙上轿进内，只听见人说：“今日贾存周江西粮道被参回来，在朝内谢罪。”雨村忙到了内阁，见了各大人，将海疆办理不善的旨意看了，出来即忙找着贾政，先说了些为他抱屈的话，后又道喜，问：“一路可好?”贾政也将违别以后的话细细的说了一遍。雨村道：“谢罪的本上了去没有?”贾政道：“已上去了，等膳后下来看旨意罢。”正说着，只听里头传出旨来叫贾政，贾政即忙进去。各大人有与贾政关切的，都在里头等着。等了好一回方见贾政出来，看见他带着满头的汗。众人迎上去接着，问：“有什么旨意。”贾政吐舌道：“吓死人，吓死人！倒蒙各位大人关切，幸喜没有什么事。”众人道：“旨意问了些什么?”贾政道：“旨意问的是云南私带神枪一案。本上奏明是原任太师贾化的家人，主上一时记着我们先祖的名字，便问起来。我忙着磕头奏明先祖的名字是代化，主上便笑了，还降旨意说：‘前放兵部后降府尹的不是也叫贾化么?’”那时雨村也在旁边，倒吓了一跳，便问贾政道：“老先生怎么奏的?”贾政道：“我便慢慢奏道，‘原任太师贾化是云南人，现任府尹贾某是浙江湖州人。’主上又问‘苏州刺史奏的贾范是你一家了?’我又磕头奏道：‘是。’主上便变色道：‘纵使家奴强占良民妻女，还成事么！’我一句不敢奏。主上又问道：‘贾范是你什么人?’我忙奏道：‘是远族。’主上哼了一声，降旨叫出来了。可不是诧事。”众人道：“本来也巧，怎么一连有这两件事。”贾政道：“事到不奇，倒是都姓贾的不好。算来我们寒族人多，年代久了，各处都有。现在虽没有事，究竟主上记着一个贾字就不好。”众人说：“真是真，假是假，怕什么。”贾政道：“我心里巴不得不做官，只是不敢告老。现在我们家里两个世袭，这也无可奈何的。”雨村道：“如今老先生仍是工部，想来京官是没有事的。”贾政道：“京官虽然无事，我究竟做过两次外任，也就说不齐了。”众人道：“二老爷的人品行事我们都佩服的。就是令兄大老爷，也是个好人。只要在令侄辈身上严紧些就是了。”贾政道：“我因在家的日子少，舍侄的事情不大查考，我心里也不甚放心。诸位今日提起，都是至相好，或者听见东宅的侄儿家有什么不奉规矩的事么？”众人道：“没听见别的，只有几位侍郎心里不大和睦，内监里头也有些。想来不怕什么，只要嘱咐那边令侄诸事留神就是了。”众人说毕，举手而散。

贾政然后回家，众子侄等都迎接上来。贾政迎着，请贾母的安，然后众子侄俱请了贾政的安，一同进府。王夫人等已到了荣禧堂迎接。贾政先到了贾母那里拜见了，陈述些违别的话。贾母问探春消息。贾政将许嫁探春的事都禀明了，还说：“儿子起身急促，难过重阳，虽没有亲见，听见那边亲家的人来说的极好。亲家老爷太太都说请老太太的安；还说今冬明春大约还可调进京来，这便好了。如今闻得海疆有事，只怕那时还不能调。”贾母始则因贾政降调回来，知探春远在他乡，一无亲故，心下不悦。后听贾政将官事说明，探春安好，也便转悲为喜，便笑着叫贾政出去。然后弟兄相见，众子侄拜见，定了明日清晨拜祠堂。

贾政回到自己屋内，王夫人等见过，宝玉、贾琏替另拜见。贾政见了宝玉果然比起身之时脸面丰满，倒觉安静，并不知他心里糊涂，所以心甚喜欢，不以降调为念，心想“幸亏老太太办理的好。”又见宝钗沉厚更胜先时，兰儿文雅俊秀，便喜形于色。独见环儿仍是先前，究不甚钟爱。歇息了半天，忽然想起“为何今日短了一人？”王夫人知是想着黛玉。前因家书未报，今日又初到家，正是喜欢，不便直告，只说是病着。岂知宝玉的心里已如刀绞，因父亲到家，只得把持心性伺候。王夫人家筵接风，子孙敬酒。凤姐虽是侄媳，现办家事，也随了宝钗等递酒。贾政便叫：“递了一巡酒都歇息去罢。”命众家人不必伺候，待明早拜过宗祠，然后进见。分派已定，贾政与王夫人说些别后的话，馀者王夫人都不敢言。倒是贾政先提起王子腾的事来，王夫人也不敢悲戚。贾政又说蟠儿的事，王夫人只说他是自作自受，趁便也将黛玉已死的话告诉。贾政反吓了一惊，不觉掉下泪来，连声叹息。王夫人也掌不住，也哭了。旁边彩云等即忙拉衣，王夫人止住，重又说些喜欢的话，便安寝了。

次日一早，至宗祠行礼，众子侄都随往。贾政便在祠旁厢房坐下，叫了贾珍贾琏过来，问起家中事务，贾珍拣可说的说了。贾政又道："我初回家，也不便来细细查问。只是听见外头说起你家里更不比往前，诸事要谨慎才好。你年纪也不小了，孩子们该管教管教，别叫他们在外头得罪人。琏儿也该听听。不是才回家便说你们，因我有所闻，所以才说的，你们更该小心些。"贾珍等脸涨通红的，也只答应个"是"字，不敢说什么。贾政也就罢了。回归西府，众家人磕头毕，仍复进内，众女仆行礼，不必多赘。

只说宝玉因昨贾政问起黛玉，王夫人答以有病，他便暗里伤心。直待贾政命他回去，一路上已滴了好些眼泪。回到房中，见宝钗和袭人等说话，他便独坐外间纳闷。宝钗叫袭人送过茶去，知他必是怕老爷查问工课，所以如此，只得过来安慰。宝玉便借此说："你们今夜先睡 回，我要定定神。这时更不如从前，三言可忘两语，老爷瞧了不好。你们睡罢，叫袭人陪着我。"宝钗听去有理，便自己到房先睡。

宝玉轻轻的叫袭人坐着，央他把紫鹃叫来，有话问他。"但是紫鹃见了我，脸上嘴里总是有气似的，须得你去解释开了他来才好。"袭人道："你说要定神，我倒喜欢，怎么又定到这上头了？有话你明儿问不得!"宝玉道："我就是今晚得闲，明日倘或老爷叫干什么便没空儿。好姐姐，你快去叫他来。"袭人道："他不是二奶奶叫是不来的。"宝玉道："我所以央你去说明白了才好。"袭人道："叫我说什么？"宝玉道："你还不知道我的心也不知道他的心么？都为的是林姑娘。你说我并不是负心的，我如今叫你们弄成了一个负心人了!"说着这话，便瞧瞧里头，用手一指说："他是我本不愿意的，都是老太太他们捉弄的，好端端把一个林妹妹弄死了。就是他死，也该叫我见见，说个明白，他自己死了也不怨我。你是听见三姑娘他们说的，临死恨怨我。那紫鹃为他姑娘，也恨得我了不得。你想我是无情的人么？晴雯到底是个丫头，也没有什么大好处，他死了，我老实告诉你罢，我还做个祭文去祭他。那时林姑娘还亲眼见的。如今林姑娘死了，莫非倒不如晴雯么，死了连祭都不能祭一祭。林姑娘死了还有知的，他想起来不要更怨我么!”袭人道：“你要祭便祭去，要我们做什么?”宝玉道：“我自从好了起来就想要做一首祭文的，不知道我如今一点灵机都没有了。若祭别人，胡乱却使得；若是他断断俗俚不得一点儿的。所以叫紫鹃来问，他姑娘这条心他们打从那样上看出来的。我没病的头里还想得出来，一病以后都不记得。你说林姑娘已经好了，怎么忽然死的？他好的时候我不去，他怎么说？我病时候他不来，他也怎么说？所以有他的东西，我诓了过来，你二奶奶总不叫我动，不知什么意思。”袭人道：“二奶奶惟恐你伤心罢了，还有什么!”宝玉道：“我不信。既是他这么念我，为什么临死都把诗稿烧了，不留给我作个纪念？又听见说天上有音乐响，必是他成了神或是登了仙去。我虽见过了棺材，到底不知道棺材里有他没有。”袭人道：“你这话益发糊涂了，怎么一个人不死就搁上一个空棺材当死了人呢。”宝玉道：“不是嗄！大凡成仙的人，或是肉身去的，或是脱胎去的。好姐姐，你倒底叫了紫鹃来。”袭人道：“如今等我细细的说明了你的心，他若肯来还好，若不肯来，还得费多少话。就是来了，见你也不肯细说。据我主意，明后日等二奶奶上去了，我慢慢的问他，或者倒可仔细。遇着闲空儿我再慢慢的告诉你。”宝玉道：“你说得也是。你不知道我心里的着急。”正说着，麝月出来说：“二奶奶说，天已四更了，请二爷进去睡罢。袭人姐姐必是说高了兴了，忘了时候儿了。”袭人听了道：“可不是，该睡了，有话明儿再说罢。”宝玉无奈，只得含愁进去，又向袭人耳边道：“明儿不要忘了。”袭人笑说：“知道了。”麝月笑道：“你们两个又闹鬼了。何不和二奶奶说了，就到袭人那边睡去，由着你们说一夜，我们也不管。”宝玉摆手道：“不用言语。”袭人恨道：“小蹄子，你又嚼舌根，看我明儿撕你!”回转头来对宝玉道：“这不是二爷闹的，说了四更的话，总没有说到这里。”一面说，一面送宝玉进屋，各人散去。

那夜宝玉无眠，到了明日，还思这事。只闻得外头传进话来说：“众亲朋因老爷回家，都要送戏接风。老爷再四推辞，说：‘唱戏不必，竟在家里备了水酒，倒请亲朋过来大家谈谈。’于是定了后儿摆席请人，所以进来告诉。”不知所请何人，下回分解。

第一〇五回

锦衣军查抄宁国府　骢马使弹劾平安州

话说贾政正在那里设宴请酒，忽见赖大急忙走上荣禧堂来回贾政道："有锦衣府堂官赵老爷带领好几位司官说来拜望。奴才要取职名来回，赵老爷说：'我们至好，不用的。'一面就下车来走进来了。请老爷同爷们快接去。"贾政听了，心想："赵老爷并无来往，怎么也来？现在有客，留他不便，不留又不好。"正自思想，贾琏说："叔叔快去罢，再想一回，人都进来了。"正说着，只见二门上家人又报进来说："赵老爷已进二门了。"贾政等抢步接去，只见赵堂官满脸笑容，并不说什么，一径走上厅来。后面跟着五六位司官，也有认得的，也有不认得的，但是总不答话。贾政等心里不得主意，只得跟了上来让坐。众亲友也有认得赵堂官的，见他仰着脸不大理人，只拉着贾政的手，笑着说了几句寒温的话。众人看见来头不好，也有躲进里间屋里的，也有垂手侍立的。

贾政正要带笑叙话，只见家人慌张报道："西平王爷到了。"贾政慌忙去接，已见王爷进来。赵堂官抢上去请了安，便说："王爷已到，随来各位老爷就该带领府役把守前后门。"众官应了出去。贾政等知事不好，连忙跪接。西平郡王用两手扶起，笑嘻嘻的说道："无事不敢轻造，有奉旨交办事件，要赦老接旨。如今满堂中筵席未散，想有亲友在此未便，且请众位府上亲友各散，独留本宅的人听候。"赵堂官回说："王爷虽是恩典，但东边的事，这位王爷办事认真，想是早已封门。"众人知是两府干系，恨不能脱身。只见王爷笑道："众位只管就请，叫人来给我送出去，告诉锦衣府的官员说，这都是亲友，不必盘查，快快放出。"那些亲友听见，就一溜烟如飞的出去了。独有贾赦贾政一干人唬得面如土色，满身发颤。

不多一回，只见进来无数番役，各门把守。本宅上下人等，一步不能乱走。赵堂官便转过一付脸来回王爷道："请爷宣旨意，就好动手。"这些番役却撩衣勒臂，专等旨意。西平王慢慢的说道："小王奉旨带领锦衣府赵全来查看贾赦家产。"贾赦等听见，俱俯伏在地。王爷便站在上头说："有旨意：'贾赦交通外官，依势凌弱，辜负朕恩，有忝祖德，着革去世职。钦此。'"赵堂官一叠声叫："拿下贾赦，其馀皆看守。"维时贾赦、贾政、贾琏、贾珍、贾蓉、贾蔷、贾芝、贾兰俱在，惟宝玉假说有病，在贾母那边打闹，贾环本来不大见人的，所以就将现在几人看住。赵堂官即叫他的家人："传齐司员，带同番役，分头按房抄查登帐。"这一言不打紧，唬得贾政上下人等面面相看，喜得番役家人摩拳擦掌，就要往各处动手。西平王道："闻得赦老与政老同房各爨的，理应遵旨查看贾赦的家资，其馀且按房封锁，我们复旨去再候定夺。"赵堂官站起来说："回王爷：贾赦贾政并未分家，闻得他侄儿贾琏现在承总管家，不能不尽行查抄。"西平王听了，也不言语。赵堂官便说："贾琏贾赦两处须得奴才带领去查抄才好。"西平王便说："不必忙，先传信后宅，且请内眷回避，再查不迟。"一言未了，老赵家奴番役已经拉着本宅家人领路，分头查抄去了。王爷喝命："不许罗唣！待本爵自行查看。"说着，便慢慢的站起来要走，又吩咐说："跟我的人一个不许动，都给我站在这里候着，回来一齐瞧着登数。"正说着，只见锦衣司官跪禀说："在内查出御用衣裙并多少禁用之物，不敢擅动，回来请示王爷。"一回儿又有一起人来拦住王爷，就回说："东跨所抄出两箱房地契又一箱借票，却都是违例取利的。"老赵便说："好个重利盘剥！很该全抄！请王爷就此坐下，叫奴才去全抄来再候定夺罢。"说着，只见王府长史来禀说："守门军传进来说，主上特命北静王到这里宣旨，请爷接去。"赵堂官听了，心里喜欢说："我好晦气，碰着这个酸王。如今那位来了，我就好施威。"一面想着，也迎出来。

只见北静王已到大厅，就向外站着，说："有旨意，锦衣府赵全听宣。"说："奉旨意：'着锦衣官惟提贾赦质审，馀交西平王遵旨查办。钦此。'"西平王领了，好不喜欢，便与北静王坐下，着赵堂官提取贾赦回衙。里头那些查抄的人听得北静王到，俱一齐出来，及闻赵堂官走了，大家没趣，只得侍立听候。北静王便拣选两个诚实司官并十来个老年番役，馀者一概逐出。西平王便说：“我正与老赵生气。幸得王爷到来降旨，不然这里很吃大亏。”北静王说：“我在朝内听见王爷奉旨查抄贾宅，我甚放心，谅这里不致荼毒。不料老赵这么混帐。但不知现在政老及宝玉在那里，里面不知闹到怎么样了。”众人回禀：“贾政等在下房看守着，里面已抄得乱腾腾的了。”西平王便吩咐司员：“快将贾政带来问话。”众人命带了上来。贾政跪了请安，不免含泪乞恩。北静王便起身拉着，说：“政老放心。”便将旨意说了。贾政感激涕零，望北又谢了恩，仍上来听候。王爷道：“政老，方才老赵在这里的时候，番役呈禀有禁用之物并重利欠票，我们也难掩过。这禁用之物原办进贵妃用的，我们声明，也无碍。独是借券想个什么法儿才好。如今政老且带司员实在将赦老家产呈出，也就了事，切不可再有隐匿，自干罪戾。”贾政答应道：“犯官再不敢。但犯官祖父遗产并未分过，惟各人所住的房屋有的东西便为已有。”两王便说：“这也无妨，惟将赦老那一边所有的交出就是了。”又吩咐司员等依命行去，不许胡混乱动。司官领命去了。

且说贾母那边女眷也摆家宴，王夫人正在那边说：“宝玉不到外头，恐他老子生气。”凤姐带病哼哼唧唧的说：“我看宝玉也不是怕人，他见前头陪客的人也不少了，所以在这里照应也是有的。倘或老爷想起里头少个人在那里照应，太太便把宝兄弟献出去，可不是好？”贾母笑道：“凤丫头病到这地位，这张嘴还是那么尖巧。”正说到高兴，只听见邢夫人那边的人一直声的嚷进来说：“老太太、太太，不……不好了！多多少少的穿靴带帽的强……强盗来了，翻箱倒笼的来拿东西。”贾母等听着发呆。又见平儿披头散发拉着巧姐哭啼啼的来说：“不好了，我正与姐儿吃饭，只见来旺被人拴着进来说：‘姑娘快快传进去，请太太们回避，外面王爷就进来查抄家产。’我听了着忙，正要进房拿要紧东西，被一伙人浑推浑赶出来的。咱们这里该穿该带的快快收拾。”王邢二夫人等听得，俱魂飞天外，不知怎样才好。独见凤姐先前圆睁两眼听着，后来便一仰身栽到地下死了。贾母没有听完，便吓得涕泪交流，连话也说不出来。那时一屋子人拉这个，扯那个，正闹得翻天覆地，又听见一叠声嚷说：“叫里面女眷们回避，王爷进来了！”

可怜宝钗宝玉等正在没法，只见地下这些丫头婆子乱抬乱扯的时候，贾琏喘吁吁的跑进来说："好了，好了，幸亏王爷救了我们了！"众人正要问他，贾琏见凤姐死在地下，哭着乱叫，又怕老太太吓坏了，急得死去活来。还亏平儿将凤姐叫醒，令人扶着。老太太也回过气来，哭得气短神昏，躺在炕上。李纨再三宽慰。然后贾琏定神将两王恩典说明，惟恐贾母邢夫人知道贾赦被拿，又要唬死，暂且不敢明说，只得出来照料自己屋内。

一进屋门，只见箱开柜破，物件抢得半空。此时急得两眼直竖，淌泪发呆。听见外头叫，只得出来。见贾政同司员登记物件，一人报说："赤金首饰共一百二十三件，珠宝俱全。珍珠十三挂，淡金盘二件，金碗二对，金抢碗二个，金匙四十把，银大碗八十个，银盘二十个，三镶金象牙筯二把，镀金执壶四把，镀金折盂三对，茶托二件，银碟七十六件，银酒杯三十六个。黑狐皮十八张，青狐六张，貂皮三十六张，黄狐三十张，猞猁狲皮十二张，麻叶皮三张，洋灰皮六十张，灰狐腿皮四十张，酱色羊皮二十张，猢狸皮二张，黄狐腿二把，小白狐皮二十块，洋呢三十度，毕叽二十三度，姑绒十二度，香鼠筒子十件，豆鼠皮四方，天鹅绒一卷，梅鹿皮一方，云狐筒子二件，貉崽皮一卷，鸭皮七把，灰鼠一百六十张，獾子皮八张，虎皮六张，海豹三张，海龙十六张，灰色羊四十把，黑色羊皮八十三张，元狐帽沿十副，倭刀帽沿十二副，貂帽沿二副，小狐皮十六张，江貉皮二张，獭子皮二张，猫皮三十五张，倭股十二度，绸缎一百三十卷，纱绫一百八一卷，羽线绉三十二卷，氆氇三十卷，妆蟒缎八卷，葛布三捆，各色布三捆，各色皮衣一百三十二件，棉夹单纱绢衣三百四十件。玉玩三十二件，带头九副，铜锡等物五百余件，钟表十八件，朝珠九挂，各色妆蟒三十四件，上用蟒缎迎手靠背三分，宫妆衣裙八套，脂玉圈带一条，黄缎十二卷。潮银五千二百两，赤金五十两，钱七千吊。"一切动用家伙攒钉登记，以及荣国赐第，俱一一开列，其房地契纸，家人文书，亦俱封裹。贾琏在旁边窃听，只不听见报他的东西，心里正在疑惑。只闻两家王爷问贾政道："所抄家资内有借券，实系盘剥，究是谁行的？政老据实才好。"贾政听了，跪在地下碰头说："实在犯官不理家务，这些事全不知道。问犯官侄儿贾琏才知。"贾琏连忙走上跪下，禀说："这一箱文书既在奴才屋内抄出来的，敢说不知道么。只求王爷开恩，奴才叔叔并不知道的。”两王道：“你父已经获罪，只可并案办理。你今认了也是正理。如此叫人将贾琏看守，馀俱散收宅内。政老，你须小心候旨。我们进内复旨去了，这里有官役看守。”说着，上轿出门。贾政等就在二门跪送。北静王把手一伸，说：“请放心。”觉得脸上大有不忍之色。

此时贾政魂魄方定，犹是发怔。贾兰便说：“请爷爷进内瞧老太太，再想法儿打听东府里的事。”贾政疾忙起身进内。只见各门上妇女乱糟糟的，不知要怎样。贾政无心查问，一直到贾母房中，只见人人泪痕满面，王夫人宝玉等围住贾母，寂静无言，各各掉泪。惟有邢夫人哭作一团。因见贾政进来，都说：“好了，好了！”便告诉老太太说：“老爷仍旧好好的进来，请老太太安心罢。”贾母奄奄一息的，微开双目说：“我的儿，不想还见得着你！”一声未了，便嚎啕的哭起来。于是满屋里人俱哭个不住。贾政恐哭坏老母，即收泪说：“老太太放心罢。本来事情原不小，蒙主上天恩，两位王爷的恩典，万般轸恤。就是大老爷暂时拘质，等问明白了，主上还有恩典。如今家里一些也不动了。”贾母见贾赦不在，又伤心起来，贾政再三安慰方止。

众人俱不敢走散，独邢夫人回至自己那边，见门总封锁，丫头婆子亦锁在几间屋内。邢夫人无处可走，放声大哭起来，只得往凤姐那边去。见二门旁舍亦上封条，惟有屋门开着，里头呜咽不绝。邢夫人进去，见凤姐面如纸灰，合眼躺着，平儿在旁暗哭。邢夫人打谅凤姐死了，又哭起来。平儿迎上来说：“太太不要哭。奶奶抬回来觉着像是死的了，幸得歇息一回苏过来，哭了几声，如今痰息气定，略安一安神。太太也请定定神罢。但不知老太太怎样了？”邢夫人也不答言，仍走到贾母那边。见眼前俱是贾政的人，自己夫子被拘，媳妇病危，女儿受苦，现在身无所归，那里禁得住。众人劝慰，李纨等令人收拾房屋请邢夫人暂住，王夫人拨人服侍。

贾政在外，心惊肉跳，拈须搓手的等候旨意。听见外面看守军人乱嚷道：“你到底是那一边的？既碰在我们这里，就记在这里册上。拴着他，交给里头锦衣府的爷们！”贾政出外看时，见是焦大，便说：“怎么跑到这里来？”焦大见问，便号天蹈地的哭道：“我天天劝，这些不长进的爷们，倒拿我当作冤家！连爷还不知道焦大跟着太爷受的苦！今朝弄到这个田地！珍大爷蓉哥儿都叫什么王爷拿了去了，里头女主儿们都被什么府里衙役抢得披头散发撂在一处空房里，那些不成材料的狗男女却像猪狗似的拦起来了。所有的都抄出来搁着，木器钉得破烂，磁器打得粉碎。他们还要把我拴起来。我活了八九十岁，只有跟着太爷捆人的，那里倒叫人捆起来！我便说我是西府里，就跑出来。那些人不依，押到这里，不想这里也是那么着。我如今也不要命了，和那些人拚了罢！”说着撞头。众役见他年老，又是两王吩咐，不敢发狠，便说：“你老人家安静些，这是奉旨的事。你且这里歇歇，听个信儿再说。”贾政听明，虽不理他，但是心里刀绞似的，便道：“完了，完了！不料我们一败涂地如此！”

正在着急听候内信，只见薛蝌气嘘嘘的跑进来说：“好容易进来了！姨父在那里。”贾政道：“来得好，但是外头怎么放进来的？”薛蝌道：“我再三央说，又许他们钱，所以我才能够出入的。”贾政便将抄去之事告诉了他，便烦去打听打听，“就有好亲，在火头上也不便送信，是你就好通信了。”薛蝌道：“这里的事我倒想不到，那边东府的事我已听见说，完了。”贾政道：“究竟犯什么事？”薛蝌道：“今朝为我哥哥打听决罪的事，在衙内闻得，有两位御史风闻得珍大爷引诱世家子弟赌博，这款还轻；还有一大款是强占良民妻女为妾，因其女不从，凌逼致死。那御史恐怕不准，还将咱们家的鲍二拿去，又还拉出一个姓张的来。只怕连都察院都有不是，为的是姓张的曾告过的。”贾政尚未听完，便跺脚道：“了不得！罢了，罢了！”叹了一口气，扑簌簌的掉下泪来。

薛蝌宽慰了几句，即便又出来打听去了。隔了半日，仍旧进来说：“事情不好。我在刑科打听，倒没有听见两王复旨的信，但听得说李御史今早参奏平安州奉承京官，迎合上司，虐害百姓，好几大款。”贾政慌道：“那管他人的事，到底打听我们的怎么样？”薛蝌道：“说是平安州就有我们，那参的京官就是赦老爷。说的是包揽词讼。所以火上浇油。就是同朝这些官府，俱藏躲不迭，谁肯送信。就即如才散的这些亲友，有的竟回家去了，也有远远儿的歇下打听的。可恨那些贵本家便在路上说，‘祖宗挣下的功业，弄出事来了，不知道飞到那个头上，大家也好施威。’”贾政没有听完，复又顿足道："都是我们大爷忒糊涂，东府也忒不成事体。如今老太太与琏儿媳妇是死是活还不知道呢。你再打听去，我到老太太那边瞧瞧。若有信，能够早一步才好。"正说着，听见里头乱嚷出来说："老太太不好了！"急得贾政即忙进去。未知生死如何，下回分解。

第一〇六回

王熙凤致祸抱羞惭　贾太君祷天消祸患

话说贾政闻知贾母危急，即忙进去看视。见贾母惊吓气逆，王夫人鸳鸯等唤醒回来，即用疏气安神的丸药服了，渐渐的好些，只是伤心落泪。贾政在旁劝慰，总说是“儿子们不肖，招了祸来累老太太受惊。若老太太宽慰些，儿子们尚可在外料理；若是老太太有什么不自在，儿子们的罪孽更重了。”贾母道：“我活了八十多岁，自作女孩儿起到你父亲手里，都托着祖宗的福，从没有听见过那些事。如今到老了，见你们倘或受罪，叫我心里过得去么！倒不如合上眼随你们去罢了。”说着，又哭。

贾政此时着急异常，又听外面说：“请老爷，内廷有信。”贾政急忙出来，见是北静王府长史，一见面便说“大喜。”贾政谢了，请长史坐下，“请问王爷有何谕旨？”那长史道：“我们王爷同西平郡王进内复奏，将大人的惧怕的心、感激天恩之话都代奏了。主上甚是悯恤，并念及贵妃溘逝未久，不忍加罪，着加恩仍在工部员外上行走。所封家产，惟将贾赦的入官，馀俱给还。并传旨令尽心供职。惟抄出借券令我们王爷查核，如有违禁重利的一概照例入官，其在定例生息的同房地文书尽行给还。贾琏着革去职衔，免罪释放。”贾政听毕，即起身叩谢天恩，又拜谢王爷恩典。“先请长史大人代为禀谢，明晨到阙谢恩，并到府里磕头。”那长史去了。少停，传出旨来。承办官遵旨一一查清，入官者入官，给还者给还，将贾琏放出，所有贾赦名下男妇人等造册入官。

可怜贾琏屋内东西除将按例放出的文书发给外，其馀虽未尽入官的，早被查抄的人尽行抢去，所存者只有家伙物件。贾琏始则惧罪，后蒙释放已是大幸，及想起历年积聚的东西并凤姐的体己不下七八万金，一朝而尽，怎得不痛。且他父亲现禁在锦衣府，凤姐病在垂危，一时悲痛。又见贾政含泪叫他，问道：“我因官事在身，不大理家，故叫你们夫妇总理家事。你父亲所为固难劝谏，那重利盘剥究竟是谁干的？况且非咱们这样人家所为。如今入了官，在银钱是不打紧的，这种声名出去还了得吗！”贾琏跪下说道：“侄儿办家事，并不敢存一点私心。所有出入的帐目，自有赖大、吴新登、戴良等登记，老爷只管叫他们来查问。现在这几年，库内的银子出多入少，虽没贴补在内，已在各处做了好些空头，求老爷问太太就知道了。这些放出去的账，连侄儿也不知道那里的银子，要问周瑞旺儿才知道。”贾政道：“据你说来，连你自己屋里的事还不知道，那些家中上下的事更不知道了。我这回也不来查问你，现今你无事的人，你父亲的事和你珍大哥的事还不快去打听打听。”贾琏一心委屈，含着眼泪答应了出去。贾政叹气连连的想道：“我祖父勤劳王事，立下功勋，得了两个世职，如今两房犯事都革去了。我瞧这些子侄没一个长进的。老天啊，老天啊！我贾家何至一败如此！我虽蒙圣恩格外垂慈，给还家产，那两处食用自应归并一处，叫我一人那里支撑的住。方才琏儿所说更加诧异，说不但库上无银，而且尚有亏空，这几年竟是虚名在外。只恨我自己为什么糊涂若此。倘或我珠儿在世，尚有膀臂；宝玉虽大，更是无用之物。”想到那里，不觉泪满衣襟。又想：“老太太偌大年纪，儿子们并没有自能奉养一日，反累他吓得死去活来。种种罪孽，叫我委之何人！”

正在独自悲切，只见家人禀报各亲友进来看候。贾政一一道谢，说起：“家门不幸，是我不能管教子侄，所以至此。”有的说：“我久知令兄赦大老爷行事不妥，那边珍哥更加骄纵。若说因官事错误得个不是，于心无愧，如今自己闹出的，倒带累了二老爷。”有的说：“人家闹的也多，也没见御史参奏，不是珍老大得罪朋友，何至如此。”有的说：“也不怪御史，我们听见说是府上的家人同几个泥腿在外头哄嚷出来的。御史恐参奏不实，所以诓了这里的人去才说出来的。我想府上待下人最宽的，为什么还有这事。”有的说：“大凡奴才们是一个养活不得的。今儿在这里都是好亲友我才敢说，就是尊驾在外任，我保不得——你是不爱钱的——那外头的风声也不好，都是奴才们闹的。你该隄防些。如今虽说没有动你的家，倘或再遇着主上疑心起来，好些不便呢。”贾政听说，心下着忙道：“众位听见我的风声怎样?”众人道：“我们虽没听见实据，只闻外面人说你在粮道任上怎么叫门上家人要钱。”贾政听了，便说道：“我是对得天的，从不敢起这要钱的念头。只是奴才在外招摇撞骗，闹出事来我就吃不住了。”众人道：“如今怕也无益，只好将现在的管家们都严严的查一查，若有抗主的奴才，查出来严严的办一办。”贾政听了点头。便见门上进来回禀说：“孙姑爷那边打发人来说，自己有事不能来，着人来瞧瞧。说大老爷该他一种银子，要在二老爷身上还的。”贾政心内忧闷，只说：“知道了。”众人都冷笑道：“人说令亲孙绍祖混帐，真有些。如今丈人抄了家，不但不来瞧看帮补照应，倒赶忙的来要银子，真真不在理上。”贾政道：“如今且不必说他。那头亲事原是家兄配错的，我的侄女儿的罪已经受够了，如今又招我来。”正说着，只见薛蝌进来说道：“我打听锦衣府赵堂官必要照御史参的办去，只怕大老爷和珍大爷吃不住。”众人都道：“二老爷，还得是你出去求求王爷，怎么挽回挽回才好。不然这两家就完了。”贾政答应致谢，众人都散。

那时天已点灯时候，贾政进去请贾母的安，见贾母略略好些。回到自己房中，埋怨贾琏夫妇不知好歹，如今闹出放账取利的事情，大家不好。方见凤姐所为，心里很不受用。凤姐现在病重，知他所有什物尽被抄抢光，心内郁结，一时未便埋怨，暂且隐忍不言。一夜无话。次早贾政进内谢恩，并到北静王府西平王府两处叩谢，求两位王爷照应他哥哥侄儿。两位应许。贾政又在同寅相好处托情。

且说贾琏打听得父兄之事不很妥，无法可施，只得回到家中。平儿守着凤姐哭泣，秋桐在耳房中抱怨凤姐。贾琏走近旁边，见凤姐奄奄一息，就有多少怨言，一时也说不出来。平儿哭道：“如今事已如此，东西已去不能复来。奶奶这样，还得再请个大夫调治调治才好。”贾琏啐道：“我的性命还不保，我还管他么!”凤姐听见，睁眼一瞧，虽不言语，那眼泪流个不尽，见贾琏出去，便与平儿道：“你别不达事务了，到了这样田地，你还顾我做什么。我巴不得今儿就死才好。只要你能够眼里有我，我死之后，你扶养大了巧姐儿，我在阴司里也感激你的。”平儿听了，放声大哭。凤姐道："你也是聪明人。他们虽没有来说我，他必抱怨我。虽说事是外头闹的，我若不贪财，如今也没有我的事，不但是枉费心计，挣了一辈子的强，如今落在人后头。我只恨用人不当，恍惚听得那边珍大爷的事说是强占良民妻子为妾，不从逼死，有个姓张的在里头，你想想还有谁，若是这件事审出来，咱们二爷是脱不了的，我那时怎样见人。我要即时就死，又耽不起吞金服毒的。你到还要请大夫，可不是你为顾我反倒害了我了么。"平儿愈听愈惨，想来实在难处，恐凤姐自寻短见，只得紧紧守着。

幸贾母不知底细，因近日身子好些，又见贾政无事，宝玉宝钗在旁天天不离左右，略觉放心。素来最疼凤姐，便叫鸳鸯"将我体己东西拿些给凤丫头，再拿些银钱交给平儿，好好的服侍好了凤丫头，我再慢慢的分派。"又命王夫人照看了邢夫人。又加了宁国府第入官，所有财产房地等并家奴等俱造册收尽，这里贾母命人将车接了尤氏婆媳等过来。可怜赫赫宁府只剩得他们婆媳两个并佩凤、偕鸾二人，连一个下人没有。贾母指出房子一所居住，就在惜春所住的间壁。又派了婆子四人丫头两个服侍。一应饭食起居在大厨房内分送，衣裙什物又是贾母送去，零星需用亦在帐房内开销，俱照荣府每人月例之数。那贾赦、贾珍、贾蓉在锦衣府使用，帐房内实在无项可支。如今凤姐一无所有，贾琏况又多债务满身，贾政不知家务，只说已经托人，自有照应。贾琏无计可施，想到那亲戚里头薛姨妈家已败，王子腾已死，馀者亲戚虽有，俱是不能照应，只得暗暗差人下屯将地亩暂卖了数千金作为监中使费。贾琏如此一行，那些家奴见主家势败，也便趁此弄鬼，并将东庄租税也就指名借用些。此是后话，暂且不提。

且说贾母见祖宗世职革去，现在子孙在监质审，邢夫人、尤氏等日夜啼哭，凤姐病在垂危，虽有宝玉宝钗在侧，只可解劝，不能分忧，所以日夜不宁，思前想后，眼泪不干。一日傍晚，叫宝玉回去，自己扎挣坐起，叫鸳鸯等各处佛堂上香，又命自己院内焚起斗香，用拐拄着出到院中。琥珀知是老太太拜佛，铺下大红短毡拜垫。贾母上香跪下磕了好些头，念了一回佛，含泪祝告天地道："皇天菩萨在上，我贾门史氏，虔诚祷告，求菩萨慈悲。我贾门数世以来，不敢行凶霸道。我帮夫助子，虽不能为善，亦不敢作恶。必是后辈儿孙骄侈暴佚，暴殄天物，以致合府抄检。现在儿孙监禁，自然凶多吉少，皆由我一人罪孽，不教儿孙，所以至此。我今即求皇天保佑：在监逢凶化吉，有病的早早安身。总有合家罪孽，情愿一人承当，只求饶恕儿孙。若皇天见怜，念我虔诚，早早赐我一死，宽免儿孙之罪。”默默说到此，不禁伤心，呜呜咽咽的哭泣起来。鸳鸯、珍珠一面解劝，一面扶进房去。

只见王夫人带了宝玉、宝钗过来请晚安，见贾母悲伤，三人也大哭起来。宝钗更有一层苦楚：想哥哥也在外监，将来要处决，不知可减缓否；翁姑虽然无事，眼见家业萧条；宝玉依然疯傻，毫无志气。想到后来终身，更比贾母、王夫人哭得更痛。宝玉见宝钗如此大恸，他亦有一番悲戚。想的是老太太年老不得安，老爷、太太见此光景不免悲伤，众姐妹风流云散，一日少似一日。追想在园中吟诗起社，何等热闹，自从林妹妹一死，我郁闷到今，又有宝姐姐过来，未便时常悲切。见他忧兄思母，日夜难得笑容，今见他悲哀欲绝，心里更加不忍，竟嚎啕大哭。鸳鸯、彩云、莺儿、袭人见他们如此，也各有所思，便也呜咽起来。馀者丫头们看得伤心，也便陪哭，竟无人解慰。满屋中哭声惊天动地，将外头上夜婆子吓慌，急报于贾政知道。那贾政正在书房纳闷，听见贾母的人来报，心中着忙，飞奔进内。远远听得哭声甚众，打量老太太不好，急得魂魄俱丧，疾忙进来，只见坐着悲啼，神魂方定。说是“老太太伤心，你们该劝解，怎么的齐打伙儿哭起来了。”众人听到贾政声气，急忙止哭，大家对面发怔。贾政上前安慰了老太太，又说了众人几句。各自心想道：“我们原恐老太太悲伤，故来劝解，怎么忘情大家痛哭起来。”

正自不解，只见老婆子带了史侯家的两个女人进来，请了贾母的安，又向众人请安毕，便说：“我们家老爷、太太、姑娘打发我来，说听见府里的事原没有什么大事，不过一时受惊。恐怕老爷太太烦恼，叫我们过来告诉一声，说这里二老爷是不怕的了。我们姑娘本要自己来的，因不多几日就要出阁，所以不能来了。”贾母听了，不便道谢，说：“你回去给我问好。这是我们的家运合该如此。承你老爷太太惦记，过一日再来奉谢。你家姑娘出阁，想来你们姑爷是不用说的了。他们的家计如何？”两个女人回道：

“家计倒不怎么着，只是姑爷长的很好，为人又和平。我们见过好几次，看来与这里宝二爷差不多，还听得说才情学问都好的。”贾母听了，喜欢道：“咱们都是南边人，虽在这里住久了，那些大规矩还是从南方礼儿，所以新姑爷我们都没见过。我前儿还想起我娘家的人来，最疼的就是你们家姑娘，一年三百六十天，在我跟前的日子倒有二百多天，混得这么大了。我原想给他说个好女婿，又为他叔叔不在家，我又不便作主。他既造化配了个好姑爷，我也放心。月里出阁我原想过来吃杯喜酒的，不料我家闹出这样事来，我的心就像在热锅里熬的似的，那里能够再到你们家去。你回去说我问好，我们这里的人都说请安问好。你替另告诉你家姑娘，不要将我放在心里。我是八十多岁的人了，就死也算不得没福的了。只愿他过了门，两口子和顺，百年到老，我便安心了。”说着，不觉掉下泪来。那女人道：“老太太也不必伤心。姑娘过了门，等回了九，少不得同姑爷过来请老太太的安，那时老太太见了才喜欢呢。”贾母点头。那女人出去。别人都不理论，只有宝玉听了发了一回怔，心里想道：“如今一天一天的都过不得了。为什么人家养了女儿到大了必要出嫁，一出了嫁就改变。史妹妹这样一个人又被他叔叔硬压着配人了，他将来见了我必是又不理我了。我想一个人到了这个没人理的分儿，还活着做什么。”想到那里，又是伤心。见贾母此时才安，又不敢哭泣，只是闷闷的。

一时贾政不放心，又进来瞧瞧老太太，见是好些，便出来传了赖大，叫他将合府里管事家人的花名册子拿来，一齐点了一点，除去贾赦入官的人，尚有三十馀家，共男女二百十二名。贾政叫现在府内当差的男人共二十一名进来，问起历年居家用度，共有若干进来，该用若干出去。那管总的家人将近来支用簿子呈上。贾政看时，所入不敷所出，又加连年宫里花用，账上有在外浮借的也不少。再查东省地租，近年所交不及祖上一半，如今用度比祖上更加十倍。贾政不看则已，看了急得跺脚道：“这了不得！我打量虽是琏儿管事，在家自有把持，岂知好几年头里已就寅年用了卯年的，还是这样装好看，竟把世职俸禄当作不打紧的事情，为什么不败呢！我如今要就省俭起来，已是迟了。”想到那里，背着手踱来踱去，竟无方法。

众人知贾政不知理家，也是白操心着急，便说道：“老爷也不用焦心，这是家家这样的。若是统总算起来，连王爷家还不够。不过是装着门面，过到那里就到那里。如今老爷到底得了主上的恩典，才有这点子家产，若是一并入了官，老爷就不用过了不成。”贾政嗔道：“放屁！你们这班奴才最没有良心的，仗着主子好的时候任意开销，到弄光了，走的走，跑的跑，还顾主子的死活吗！如今你们道是没有查封是好，那知道外头的名声。大本儿都保不住，还搁得住你们在外头支架子说大话诓人骗人，到闹出事来望主子身上一推就完了。如今大老爷与珍大爷的事，说是咱们家人鲍二在外传播的，我看这人口册上并没有鲍二，这是怎么说?”众人回道：“这鲍二是不在册档上的。先前在宁府册上，为二爷见他老实，把他们两口子叫过来了。及至他女人死了，他又回宁府去。后来老爷衙门有事，老太太们爷们往陵上去，珍大爷替理家事带过来的，以后也就去了。老爷数年不管家事，那里知道这些事来。老爷打量册上没有名字的就只有这个人，不知一个人手下亲戚们也有，奴才还有奴才呢。”贾政道：“这还了得!”想去一时不能清理，只得喝退众人，早打了主意在心里了，且听贾赦等事审得怎样再定。

一日正在书房筹算，只见一人飞奔进来说：“请老爷快进内廷问话。”贾政听了心下着忙，只得进去。未知凶吉，下回分解。

第一〇七回

散馀资贾母明大义　复世职政老沐天恩

话说贾政进内，见了枢密院各位大人，又见了各位王爷。北静王道："今日我们传你来，有遵旨问你的事。"贾政即忙跪下。众大人便问道："你哥哥交通外官，恃强凌弱，纵儿聚赌，强占良民妻女不遂逼死的事，你都知道么？"贾政回道："犯官自从主恩钦点学政，任满后查看赈恤，于上年冬底回家，又蒙堂派工程，后又往江西监道，题参回都，仍在工部行走，日夜不敢怠惰。一应家务并未留心伺察，实在糊涂，不能管教子侄，这就是辜负圣恩。亦求主上重重治罪。"

北静王据说转奏，不多时传出旨来。北静王便述道："主上因御史参奏贾赦交通外官，恃强凌弱。据该御史指出平安州互相往来，贾赦包揽词讼。严鞫贾赦，据供平安州原系姻亲来往，并未干涉官事。该御史亦不能指实。惟有倚势强索石呆子古扇一款是实的，然系玩物，究非强索良民之物可比。虽石呆子自尽，亦系疯傻所致，与逼勒致死者有间。今从宽将贾赦发往台站效力赎罪。所参贾珍强占良民妻女为妾不从逼死一款，提取都察院原案，看得尤二姐实系张华指腹为婚未娶之妻，因伊贫苦自愿退婚，尤二姐之母愿结贾珍之弟为妾，并非强占。再尤三姐自刎掩埋并未报官一款，查尤三姐原系贾珍妻妹，本意为伊择配，因被逼索定礼，众人扬言秽乱，以致羞忿自尽，并非贾珍逼勒致死。但身系世袭职员，罔知法纪，私埋人命，本应重治，念伊究属功臣后裔，不忍加罪，亦从宽革去世职，派往海疆效力赎罪。贾蓉年幼无干省释。贾政实系在外任多年，居官尚属勤慎，免治伊治家不正之罪。"贾政听了，感激涕零，叩首不及，又叩求王爷代奏下忱。北静王道："你该叩谢天恩，更有何奏？"贾政道："犯官仰蒙圣恩不加大罪，又蒙将家产给还，实在扪心惶愧，愿将祖宗遗受重禄积馀置产一并交官。”北静王道：“主上仁慈待下，明慎用刑，赏罚无差。如今既蒙莫大深恩，给还财产，你又何必多此一奏。”众官也说不必。贾政便谢了恩，叩谢了王爷出来。恐贾母不放心，急忙赶回。

上下男女人等不知传进贾政是何吉凶，都在外头打听，一见贾政回家，都略略的放心，也不敢问。只见贾政忙忙的走到贾母跟前，将蒙圣恩宽免的事，细细告诉了一遍。贾母虽则放心，只是两个世职革去，贾赦又往台站效力，贾珍又往海疆，不免又悲伤起来。邢夫人、尤氏听见那话，更哭起来。贾政便道：“老太太放心。大哥虽则台站效力，也是为国家办事，不致受苦，只要办得妥当，就可复职。珍儿正是年轻，很该出力。若不是这样，便是祖父的馀德，亦不能久享。”说了些宽慰的话。

贾母素来本不大喜欢贾赦，那边东府贾珍究竟隔了一层。只有邢夫人、尤氏痛哭不已。邢夫人想着“家产一空，丈夫年老远出，膝下虽有琏儿，又是素来顺他二叔的，如今是都靠着二叔，他两口子更是顺着那边去了。独我一人孤苦伶仃，怎么好。”那尤氏本来独掌宁府的家计，除了贾珍也算是惟他为尊，又与贾珍夫妇相和，“如今犯事远出，家财抄尽，依住荣府，虽则老太太疼爱，终是依人门下。又带了偕鸾、佩凤，蓉儿夫妇又是不能兴家立业的人。”又想着“二妹妹三妹妹俱是琏二叔闹的，如今他们倒安然无事，依旧夫妇完聚。只留我们几人，怎生度日！”想到这里，痛哭起来。贾母不忍，便问贾政道：“你大哥和珍儿现已定案，可能回家？蓉儿既没他的事，也该放出来了。”贾政道：“若在定例，大哥是不能回家的。我已托人徇个私情，叫我们大老爷同侄儿回家好置办行装，衙门内业已应了。想来蓉儿同着他爷爷父亲一起出来。只请老太太放心，儿子办去。”贾母又道：“我这几年老的不成人了，总没有问过家事。如今东府是全抄去了，房屋入官不消说的。你大哥那边琏儿那里也都抄去了。咱们西府银库，东省地土，你知道到底还剩了多少？他两个起身，也得给他们几千银子才好。”

贾政正是没法，听见贾母一问，心想着：“若是说明，又恐老太太着急；若不说明，不用说将来，现在怎样办法？”定了主意，便回道：“若老太太不问，儿子也不敢说。如今老太太既问到这里，现在琏儿也在这里，昨日儿子已查了，旧库的银子早已虚空，不但用尽，外头还有亏空。现今大哥这件事若不花银托人，虽说主上宽恩，只怕他们爷儿两个也不大好。就是这项银子尚无打算。东省的地亩早已寅年吃了卯年的租儿了，一时也算不转来，只好尽所有的蒙圣恩没有动的衣服首饰折变了给大哥、珍儿作盘费罢了。过日的事只可再打算。”贾母听了，又急得眼泪直淌，说道：“怎么着，咱们家到了这样田地了么！我虽没有经过，我想起我家向日比这里还强十倍，也是摆了几年虚架子，没有出这样事已经塌下来了，不消一二年就完了。据你说起来，咱们竟一两年就不能支了。”贾政道：“若是这两个世俸不动，外头还有些挪移。如今无可指称，谁肯接济。”说着，也泪流满面，“想起亲戚来，用过我们的如今都穷了，没有用过我们的又不肯照应了。昨日儿子也没有细查，只看家下的人丁册子，别说上头的钱一无所出，那底下的人也养不起许多。”

贾母正在忧虑，只见贾赦、贾珍、贾蓉一齐进来给贾母请安。贾母看这般光景，一只手拉着贾赦，一只手拉着贾珍，便大哭起来。他两人脸上羞惭，又见贾母哭泣，都跪在地下哭着说道：“儿孙们不长进，将祖上功勋丢了，又累老太太伤心，儿孙们是死无葬身之地的了！”满屋中人看这光景，又一齐大哭起来。贾政只得劝解：“倒先要打算他两个的使用，大约在家只可住得一两日，迟则人家就不依了。”老太太含悲忍泪的说道：“你两个且各自同你们媳妇们说说话儿去罢。”又吩咐贾政道：“这件事是不能久待的，想来外面挪移恐不中用，那时误了钦限怎么好。只好我替你们打算罢了。就是家中如此乱糟糟的，也不是常法儿。”一面说着，便叫鸳鸯吩咐去了。

这里贾赦等出来，又与贾政哭泣了一会，都不免将从前任性过后恼悔如今分离的话说了一会，各自同媳妇那边悲伤去了。贾赦年老，倒也抛的下；独有贾珍与尤氏怎忍分离！贾琏、贾蓉两个也只有拉着父亲啼哭。虽说是比军流减等，究竟生离死别，这也是事到如此，只得大家硬着心肠过去。

却说贾母叫邢、王二夫人同了鸳鸯等，开箱倒笼，将做媳妇到如今积攒的东西都拿出来，又叫贾赦、贾政、贾珍等，一一的分派说：“这里现有的银子，交贾赦三千两，你拿二千两去做你的盘费使用，留一千给大太太另用。这三千给珍儿，你只许拿一千去，留下二千交你媳妇过日子。仍旧各自度日，房子是在一处，饭食各自吃罢。四丫头将来的亲事还是我的事。只可怜凤丫头操心了一辈子，如今弄得精光，也给他三千两，叫他自己收着，不许叫琏儿用。如今他还病得神昏气丧，叫平儿来拿去。这是你祖父留下来的衣服，还有我少年穿的衣服首饰，如今我用不着。男的呢，叫大老爷、珍儿、琏儿、蓉儿拿去分了，女的呢，叫大太太、珍儿媳妇、凤丫头拿了分去。这五百两银子交给琏儿，明年将林丫头的棺材送回南去。”分派定了，又叫贾政道：“你说现在还该着人的使用，这是少不得的。你叫拿这金子变卖偿还。这是他们闹掉了我的，你也是我的儿子，我并不偏向。宝玉已经成了家，我剩下这些金银等物，大约还值几千两银子，这是都给宝玉的了。珠儿媳妇向来孝顺我，兰儿也好，我也分给他们些。这便是我的事情完了。”贾政见母亲如此明断分晰，俱跪下哭着说：“老太太这么大年纪，儿孙们没点孝顺，承受老祖宗这样恩典，叫儿孙们更无地自容了!”贾母道：“别瞎说，若不闹出这个乱儿，我还收着呢。只是现在家人过多，只有二老爷是当差的，留几个人就够了。你就吩咐管事的，将人叫齐了，他分派妥当。各家有人便就罢了。譬如一抄尽了，怎么样呢？我们里头的，也要叫人分派，该配人的配人，赏去的赏去。如今虽说咱们这房子不入官，你到底把这园子交了才好。那些田地原交琏儿清理，该卖的卖，该留的留，断不要支架子做空头。我索性说了罢，江南甄家还有几两银子，二太太那里收着，该叫人就送去罢。倘或再有点事出来，可不是他们躲过了风暴又遇了雨了么。”

贾政本是不知当家立计的人，一听贾母的话，一一领命，心想：“老太太实在真真是理家的人，都是我们这些不长进的闹坏了。”贾政见贾母劳乏，求着老太太歇歇养神。贾母又道：“我所剩的东西也有限，等我死了做结果我的使用。馀的都给我服侍的丫头。”贾政等听到这里，更加伤感。大家跪下：“请老太太宽怀，只愿儿子们托老太太的福，过了些时都邀了恩眷。那时兢兢业业的治起家来，以赎前愆，奉养老太太到一百岁的时候。”贾母道：“但愿这样才好，我死了也好见祖宗。你们别打量我是享得富贵受不得贫穷的人哪，不过这几年看着你们轰轰烈烈，我落得都不管，说说笑笑养身子罢了，那知道家运一败直到这样！若说外头好看里头空虚，是我早知道的了。只是‘居移气，养移体’，一时下不得台来。如今借此正好收敛，守住这个门头，不然叫人笑话你。你还不知，只打量我知道穷了便着急的要死，我心里是想着祖宗莫大的功勋，无一日不指望你们比祖宗还强，能够守住也就罢了。谁知他们爷儿两个做些什么勾当!”

贾母正自长篇大论的说，只见丰儿慌慌张张的跑来回王夫人道：“今早我们奶奶听见外头的事，哭了一场，如今气都接不上来。平儿叫我来回太太。”丰儿没有说完，贾母听见，便问：“到底怎么样?”王夫人便代回道：“如今说是不大好。”贾母起身道：“嗳，这些冤家竟要磨死我了!”说着，叫人扶着，要亲自看去。贾政即忙拦住劝道：“老太太伤了好一回的心，又分派了好些事，这会该歇歇。便是孙子媳妇有什么事，该叫媳妇瞧去就是了，何必老太太亲身过去呢。倘或再伤感起来，老太太身上要有一点儿不好，叫做儿子的怎么处呢。”贾母道：“你们各自出去，等一会子再进来。我还有话说。”贾政不敢多言，只得出来料理兄侄起身的事，又叫贾琏挑人跟去。这里贾母才叫鸳鸯等派人拿了给凤姐的东西跟着过来。

凤姐正在气厥。平儿哭得眼红，听见贾母带着王夫人、宝玉、宝钗过来，疾忙出来迎接。贾母便问：“这会子怎么样了?”平儿恐惊了贾母，便说：“这会子好些。老太太既来了，请进去瞧瞧。”他先跑进去轻轻的揭开帐子。凤姐开眼瞧着，只见贾母进来，满心惭愧。先前原打算贾母等恼他，不疼的了，是死活由他的，不料贾母亲自来瞧，心里一宽，觉那拥塞的气略松动些，便要扎挣坐起。贾母叫平儿按着，“不要动，你好些么?”凤姐含泪道：“我从小儿过来，老太太、太太怎么样疼我。那知我福气薄，叫神鬼支使的失魂落魄，不但不能够在老太太跟前尽点孝心，公婆前讨个好，还是这样把我当人，叫我帮着料理家务，被我闹的七颠八倒，我还有什么脸儿见老太太、太太呢！今日老太太、太太亲自过来，我更当不起了，恐怕该活三天的又折上了两天去了。”说着，悲咽。贾母道：“那些事原是外头闹起来的，与你什么相干。就是你的东西被人拿去，这也算不了什么呀。我带了好些东西给你，任你自便。”说着，叫人拿上来给他瞧瞧。

凤姐本是贪得无厌的人，如今被抄尽净，本是愁苦，又恐人埋怨，正是几不欲生的时候，今儿贾母仍旧疼他，王夫人也没嗔怪，过来安慰他，又想贾琏无事，心下安放好些，便在枕上与贾母磕头，说道："请老太太放心。若是我的病托着老太太的福好了些，我情愿自己当个粗使丫头，尽心竭力的服侍老太太、太太罢。"贾母听他说得伤心，不免掉下泪来。宝玉是从来没有经过这大风浪的，心下只知安乐、不知忧患的人，如今碰来碰去都是哭泣的事，所以他竟比傻子尤甚，见人哭他就哭。凤姐看见众人忧闷，反倒勉强说几句宽慰贾母的话，求着"请老太太、太太回去，我略好些过来磕头。"说着，将头仰起。贾母叫平儿"好生服侍，短什么到我那里要去。"说着，带了王夫人将要回到自己房中。只听见两三处哭声，贾母实在不忍闻见，便叫王夫人散去，叫宝玉"去见你大爷大哥，送一送就回来。"自己躺在榻上下泪。幸喜鸳鸯等能用百样言语劝解，贾母暂且安歇。

不言贾赦等分离悲痛。那些跟去的人谁是愿意的？不免心中抱怨，叫苦连天。正是生离果胜死别，看者比受者更加伤心。好好的一个荣国府，闹到人嚎鬼哭。贾政最循规矩，在伦常上也讲究的，执手分别后，自己先骑马赶至城外举酒送行，又叮咛了好些国家轸恤勋臣，力图报称的话。贾赦等挥泪分头而别。

贾政带了宝玉回家，未及进门，只见门上有好些人在那里乱嚷说："今日旨意，将荣国公世职着贾政承袭。"那些人在那里要喜钱，门上人和他们分争，说是"本来的世职我们本家袭了，有什么喜报。"那些人说道："那世职的荣耀比任什么还难得，你们大老爷闹掉了，想要这个再不能的了。如今的圣人在位，赦过宥罪，还赏给二老爷袭了，这是千载难逢的，怎么不给喜钱。"正闹着，贾政回家，门上回了，虽则喜欢，究是哥哥犯事所致，反觉感极涕零，赶着进内告诉贾母。王夫人正恐贾母伤心，过来安慰，听得世职复还，自是欢喜。又见贾政进来，贾母拉了说些勤黾报恩的话。独有邢夫人尤氏心下悲苦，只不好露出来。且说外面这些趋炎奉势的亲戚朋友，先前贾宅有事都远避不来，今儿贾政袭职，知圣眷尚好，大家都来贺喜。那知贾政纯厚性成，因他袭哥哥的职，心内反生烦恼，只知感激天恩。于第二日进内谢恩，到底将赏还府第园子备折奏请入官。内廷降旨不必，贾政才得放心。回家以后，循分供职，但是家计萧条，入不敷出。贾政又不能在外应酬。

家人们见贾政忠厚，凤姐抱病不能理家，贾琏的亏缺一日重似一日，难免典房卖地。府内家人几个有钱的，怕贾琏缠扰，都装穷躲事，甚至告假不来，各自另寻门路。独有一个包勇，虽是新投到此，恰遇荣府坏事，他倒有些真心办事，见那些人欺瞒主子，便时常不忿。奈他是个新来乍到的人，一句话也插不上，他便生气，每天吃了就睡。众人嫌他不肯随和，便在贾政前说他终日贪杯生事，并不当差。贾政道："随他去罢。原是甄府荐来，不好意思，横竖家内添这一人吃饭，虽说是穷，也不在他一人身上。"并不叫来驱逐。众人又在贾琏跟前说他怎样不好，贾琏此时也不敢自作威福，只得由他。

忽一日，包勇奈不过，吃了几杯酒，在荣府街上闲逛，见有两个人说话。那人说道："你瞧，这么个大府，前儿抄了家，不知如今怎么样了。"那人道："他家怎么能败，听见说里头有位娘娘是他家的姑娘，虽是死了，到底有根基的。况且我常见他们来往的都是王公侯伯，那里没有照应。便是现在的府尹前任的兵部是他们的一家，难道有这些人还护庇不来么？"那人道："你白住在这里！别人犹可，独是那个贾大人更了不得！我常见他在两府来往，前儿御史虽参了，主子还叫府尹查明实迹再办。你道他怎么样？他本沾过两府的好处，怕人说他回护一家，他便狠狠的踢了一脚，所以两府里才到底抄了。你道如今的世情还了得吗！"两人无心说闲话，岂知旁边有人跟着听的明白。包勇心下暗想："天下有这样负恩的人！但不知是我老爷的什么人。我若见了他，便打他一个死，闹出事来我承当去。"

那包勇正在酒后胡思乱想，忽听那边喝道而来。包勇远远站着。只见那两人轻轻的说道："这来的就是那个贾大人了。"包勇听了，心里怀恨，趁了酒兴，便大声的道："没良心的男女！怎么忘了我们贾家的恩了。"雨村在轿内，听得一个"贾"字，便留神观看，见是一个醉汉，便不理会过去了。那包勇醉着不知好歹，便得意洋洋回到府中，问起同伴，知是方才见的那位大人是这府里提拔起来的。"他不念旧恩，反来踢弄咱们家里，见了他骂他几句，他竟不敢答言。"那荣府的人本嫌包勇，只是主人不计较他，如今他又在外闯祸，不得不回，趁贾政无事，便将包勇喝酒闹事的话回了。贾政此时正怕风波，听得家人回禀，便一时生气，叫进包勇骂了几句，便派去看园，不许他在外行走。那包勇本是直爽的脾气，投了主子他便赤心护主，岂知贾政反倒责骂他。他也不敢再辨，只得收拾行李往园中看守浇灌去了。未知后事如何，下回分解。

第一〇八回

强欢笑蘅芜庆生辰　死缠绵潇湘闻鬼哭

却说贾政先前曾将房产并大观园奏请入官，内廷不收，又无人居住，只好封锁。因园子接连尤氏惜春住宅，太觉旷阔无人，遂将包勇罚看荒园。此时贾政理家，又奉了贾母之命将人口渐次减少，诸凡省俭，尚且不能支持。幸喜凤姐为贾母疼惜，王夫人等虽则不大喜欢，若说治家办事尚能出力，所以将内事仍交凤姐办理。但近来因被抄以后，诸事运用不来，也是每形拮据。那些房头上下人等原是宽裕惯的，如今较之往日，十去其七，怎能周到，不免怨言不绝。凤姐也不敢推辞，扶病承欢贾母。过了些时，贾赦、贾珍各到当差地方，恃有用度，暂且自安，写书回家，都言安逸，家中不必挂念。于是贾母放心，邢夫人尤氏也略略宽怀。

一日，史湘云出嫁回门，来贾母这边请安。贾母提起他女婿甚好，史湘云也将那里过日平安的话说了，请老太太放心。又提起黛玉去世，不免大家泪落。贾母又想起迎春苦楚，越觉悲伤起来。史湘云劝解一回，又到各家请安问好毕，仍到贾母房中安歇，言及“薛家这样人家被薛大哥闹的家破人亡。今年虽是缓决人犯，明年不知可能减等？”贾母道：“你还不知道呢，昨儿蟠儿媳妇死的不明白，几乎又闹出一场大事来。还幸亏老佛爷有眼，叫他带来的丫头自己供出来了，那夏奶奶才没的闹了，自家拦住相验。你姨妈这里才将皮裹肉的打发出去了。你说说，真真是六亲同运！薛家是这样了，姨太太守着薛蝌过日，为这孩子有良心，他说哥哥在监里尚未结局，不肯娶亲。你邢妹妹在大太太那边也就很苦。琴姑娘为他公公死了尚未满服，梅家尚未娶去。二太太的娘家舅太爷一死，凤丫头的哥哥也不成人，那二舅太爷也是个小气的，又是官项不清，也是打饥荒。甄家自从抄家以后别无信息。”湘云道：“三姐姐去了曾有书字回家么?”贾母道：“自从嫁了去，二老爷回来说，你三姐姐在海疆甚好。只是没有书信，我也日夜惦记。为着我们家连连的出些不好事，所以我也顾不来。如今四丫头也没有给他提亲。环儿呢，谁有功夫提起他来。如今我们家的日子比你从前在这里的时候更苦些。只可怜你宝姐姐，自过了门，没过一天安逸日子。你二哥哥还是这样疯疯颠颠，这怎么处呢!”湘云道：“我从小儿在这里长大的，这里那些人的脾气我都知道的。这一回来了，竟都改了样子了。我打量我隔了好些时没来，他们生疏我。我细想起来，竟不是的，就是见了我，瞧他们的意思原要像先前一样的热闹，不知道怎么，说说就伤心起来了。我所以坐坐就到老太太这里来了。”贾母道：“如今这样日子在我也罢了，你们年轻轻儿的人还了得！我正要想个法儿叫他们还热闹一天才好，只是打不起这个精神来。”湘云道：“我想起来了，宝姐姐不是后儿的生日吗，我多住一天，给他拜过寿，大家热闹一天。不知老太太怎么样?”贾母道：“我真正气糊涂了。你不提我竟忘了，后日可不是他的生日！我明日拿出钱来，给他办个生日。他没有定亲的时候倒做过好几次，如今他过了门，倒没有做。宝玉这孩子头里很伶俐很淘气，如今为着家里的事不好，把这孩子越发弄的话都没有了。倒是珠儿媳妇还好，他有的时候是这么着，没的时候他也是这么着，带着兰儿静静儿的过日子，倒难为他。”湘云道：“别人还不离，独有琏二嫂子连模样儿都改了，说话也不伶俐了。明日等我来引导他们，看他们怎么样。但是他们嘴里不说，心里要抱怨我，说我有了——”湘云说到那里，却把脸飞红了。贾母会意，道：“这怕什么。原来姊妹们都是在一处乐惯了的，说说笑笑，再别要留这些心。大凡一个人，有也罢没也罢，总要受得富贵耐得贫贱才好。你宝姐姐生来是个大方的人，头里他家这样好，他也一点儿不骄傲，后来他家坏了事，他也是舒舒坦坦的。如今在我家里，宝玉待他好，他也是那样安顿；一时待他不好，不见他有什么烦恼。我看这孩子倒是个有福气的。你林姐姐那是个最小性儿又多心的，所以到底不长命。凤丫头也见过些事，很不该略见些风波就改了样子，他若这样没见识，也就是小器了。后儿宝丫头的生日，我替另拿出银子来，热热闹闹给他做个生日，也叫他喜欢这一天。”湘云答应道：“老太太说得很是。索性把那些姐妹们都请来了，大家叙一叙。”贾母道：“自然要请的。”一时高兴道：“叫鸳鸯拿出一百银子来交给外头，叫他明日起预备两天的酒饭。”鸳鸯领命，叫婆子交了出去。一宿无话。

次日传话出去，打发人去接迎春，又请了薛姨妈、宝琴，叫带了香菱来。又请李婶娘。不多半日，李纹、李绮都来了。宝钗本没有知道，听见老太太的丫头来请，说：“薛姨太太来了，请二奶奶过去呢。”宝钗心里喜欢，便是随身衣服过去，要见他母亲。只见他妹子宝琴并香菱都在这里，又见李婶娘等人也都来了。心想：“那些人必是知道我们家的事情完了，所以来问候的。”便去问了李婶娘好，见了贾母，然后与他母亲说了几句话，便与李家姐妹们问好。湘云在旁说道：“太太们请都坐下，让我们姐妹们给姐姐拜寿。”宝钗听了倒呆了一呆，回来一想：“可不是明日是我的生日吗!”便说：“妹妹们过来瞧老太太是该的，若说为我的生日，是断断不敢的。”正推让着，宝玉也来请薛姨妈、李婶娘的安。听见宝钗自己推让，他心里本早打算过宝钗生日，因家中闹得七颠八倒，也不敢在贾母处提起，今见湘云等众人要拜寿，便喜欢道：“明日才是生日，我正要告诉老太太来。”湘云笑道：“扯臊，老太太还等你告诉。你打量这些人为什么来？是老太太请的!”宝钗听了，心下未信。只听贾母合他母亲道：“可怜宝丫头做了一年新媳妇，家里接二连三的有事，总没有给他做过生日。今日我给他做个生日，请姨太太、太太们来大家说说话儿。”薛姨妈道：“老太太这些时心里才安，他小人儿家还没有孝敬老太太，倒要老太太操心。”湘云道：“老太太最疼的孙子是二哥哥，难道二嫂子就不疼了么！况且宝姐姐也配老太太给他做生日。”宝钗低头不语。宝玉心里想道：“我只说史妹妹出了阁是换了一个人了，我所以不敢亲近他，他也不来理我。如今听他的话，原是和先前一样的。为什么我们那个过了门更觉得腼腆了，话都说不出来了呢?”

正想着，小丫头进来说：“二姑奶奶回来了。”随后李纨、凤姐都进来，大家厮见一番。迎春提起他父亲出门，说：“本要赶来见见，只是他拦着不许来，说是咱们家正是晦气时候，不要沾染在身上。我扭不过，没有来，直哭了两三天。”凤姐道：“今儿为什么肯放你回来?”迎春道：“他又说咱们家二老爷又袭了职，还可以走走，不妨事的，所以才放我来。”说着，又哭起来。贾母道：“我原为气得慌，今日接你们来给孙子媳妇过生日，说说笑笑解个闷儿。你们又提起这些烦事来，又招起我的烦恼来了。”迎春等都不敢作声了。凤姐虽勉强说了几句有兴的话，终不似先前爽利，招人发笑。贾母心里要宝钗喜欢，故意的怄凤姐儿说话。凤姐也知贾母之意，便竭力张罗，说道：“今儿老太太喜欢些了。你看这些人好几时没有聚在一处，今儿齐全。”说着回过头去，看见婆婆、尤氏不在这里，又缩住了口。贾母为着“齐全”两字，也想邢夫人等，叫人请去。邢夫人、尤氏、惜春等听见老太太叫，不敢不来，心内也十分不愿意，想着家业零败，偏又高兴给宝钗做生日，到底老太太偏心，便来了也是无精打彩的。贾母问起岫烟来，邢夫人假说病着不来。贾母会意，知薛姨妈在这里有些不便，也不提了。

一时摆下果酒。贾母说：“也不送到外头，今日只许咱们娘儿们乐一乐。”宝玉虽然娶过亲的人，因贾母疼爱，仍在里头打混，但不与湘云、宝琴等同席，便在贾母身旁设着一个坐儿，他代宝钗轮流敬酒。贾母道：“如今且坐下大家喝酒，到挨晚儿再到各处行礼去。若如今行起来了，大家又闹规矩，把我的兴头打回去就没趣了。”宝钗便依言坐下。贾母又叫人来道：“咱们今儿索性洒脱些，各留　两个人伺候。我叫鸳鸯带了彩云、莺儿、袭人、平儿等在后间去，也喝一钟酒。”鸳鸯等说：“我们还没有给二奶奶磕头，怎么就好喝酒去呢。”贾母道：“我说了，你们只管去，用的着你们再来。”鸳鸯等去了。这里贾母才让薛姨妈等喝酒，见他们都不是往常的样子，贾母着急道：“你们到底是怎么着？大家高兴些才好。”湘云道：“我们又吃又喝，还要怎样！”凤姐道：“他们小的时候儿都高兴，如今都碍着脸不敢混说，所以老太太瞧着冷净了。”

宝玉轻轻的告诉贾母道：“话是没有什么说的，再说就说到不好的上头来了。不如老太太出个主意，叫他们行个令儿罢。”贾母侧着耳朵听了，笑道：“若是行令，又得叫鸳鸯去。”宝玉听了，不待再说，就出席到后间去找鸳鸯，说：“老太太要行令，叫姐姐去呢。”鸳鸯道：“小爷，让我们舒舒服服的喝一杯罢，何苦来又来搅什么。”宝玉道：“当真老太太说，得叫你去呢，与我什么相干。”鸳鸯没法，说道：“你们只管喝，我去了就来。”便到贾母那边。老太太道："你来了，不是要行令吗。"鸳鸯道："听见宝二爷说老太太叫，我敢不来吗。不知老太太要行什么令儿？"贾母道："那文的怪闷的慌，武的又不好，你倒是想个新鲜顽意儿才好。"鸳鸯想了想道："如今姨太太有了年纪，不肯费心，倒不如拿出令盆骰子来，大家掷个曲牌名儿赌输赢酒罢。"贾母道："这也使得。"便命人取骰盆放在桌上。鸳鸯说："如今用四个骰子掷去，掷不出名儿来的罚一杯，掷出名儿来，每人喝酒的杯数儿掷出来再定。"众人听了道："这是容易的，我们都随着。"鸳鸯便打点儿。众人叫鸳鸯喝了一杯，就在他身上数起，恰是薛姨妈先掷。薛姨妈便掷了一下，却是四个幺。鸳鸯道："这是有名的，叫做'商山四皓'。有年纪的喝一杯。"于是贾母、李婶娘、邢王两夫人都该喝。贾母举酒要喝，鸳鸯道："这是姨太太掷的，还该姨太太说个曲牌名儿，下家儿接一句《千家诗》。说不出的罚一杯。"薛姨妈道："你又来算计我了，我那里说得上来。"贾母道："不说到底寂寞，还是说一句的好。下家儿就是我了，若说不出来，我陪姨太太喝一钟就是了。"薛姨妈便道："我说个'临老入花丛'。"贾母点点头儿道："将谓偷闲学少年。"说完，骰盆过到李纹，便掷了两个四两个二。鸳鸯说："也有名了，这叫作'刘阮入天台'。"李纹便接着说了个"二士入桃源。"下手儿便是李纨，说道："寻得桃源好避秦。"大家又喝了一口。骰盆又过到贾母跟前，便掷了两个二两个三。贾母道："这要喝酒了？"鸳鸯道："有名儿的，这是'江燕引雏'。众人都该喝一杯。"凤姐道："雏是雏，倒飞了好些了。"众人瞅了他一眼，凤姐便不言语。贾母道："我说什么呢？'公领孙'罢。"下手是李绮，便说道："闲看儿童捉柳花。"众人都说好。宝玉巴不得要说，只是令盆轮不到，正想着，恰好到了跟前，便掷了一个二两个三一个幺，便说道："这是什么？"鸳鸯笑道："这是个'臭'，先喝一杯再掷罢。"宝玉只得喝了又掷，这一掷掷了两个三两个四。鸳鸯道："有了，这叫做'张敞画眉'。"宝玉明白打趣他，宝钗的脸也飞红了。凤姐不大懂得，还说："二兄弟快说了，再找下家儿是谁。"宝玉明知难说，自认"罚了罢，我也没下家。"过了令盆轮到李纨，便掷了一下儿。鸳鸯道："大奶奶掷的是'十二金钗'。"宝玉听了，赶到李纨身旁看时，只见红绿对开，便说："这一个好看得很。"忽然想起十二钗的梦来，便呆呆的退到自己座上，心里想，“这十二钗说是金陵的，怎么家里这些人如今七大八小的就剩了这几个。”复又看看湘云、宝钗，虽说都在，只是不见了黛玉，一时按捺不住，眼泪便要下来。恐人看见，便说身上躁的很，脱脱衣服去，挂了筹出席去了。这史湘云看见宝玉这般光景，打量宝玉掷不出好的，被别人掷了去，心里不喜欢，便去了；又嫌那个令儿没趣，便有些烦。只见李纨道：“我不说了，席间的人也不齐，不如罚我一杯。”贾母道：“这个令儿也不热闹，不如蠲了罢。让鸳鸯掷一下，看掷出个什么来。”小丫头便把令盆放在鸳鸯跟前。鸳鸯依命便掷了两个二一个五，那一个骰子在盆中只管转，鸳鸯叫道：“不要五！”那骰子单单转出一个五来。鸳鸯道：“了不得！我输了。”贾母道：“这是不算什么的吗？”鸳鸯道：“名儿倒有，只是我说不上曲牌名来。”贾母道：“你说名儿，我给你诌。”鸳鸯道：“这是浪扫浮萍？”贾母道：“这也不难，我替你说个‘秋鱼入菱窠’。”鸳鸯下手的就是湘云，便道：“白萍吟尽楚江秋。”众人都道：“这句很确。”贾母道：“这令完了。咱们喝两杯吃饭罢。”回头一看，见宝玉还没进来，便问道：“宝玉那里去了，还不来？”鸳鸯道：“换衣服去了。”贾母道：“谁跟了去的？”那莺儿便上来回道：“我看见二爷出去，我叫袭人姐姐跟了去了。”贾母王夫人才放心。

等了一回，王夫人叫人去找来。小丫头子到了新房，只见五儿在那里插蜡。小丫头便问：“宝二爷那里去了？”五儿道：“在老太太那边喝酒呢。”小丫头道：“我在老太太那里，太太叫我来找的。岂有在那里倒叫我来找的理。”五儿道：“这就不知道了，你到别处找去罢。”小丫头没法，只得回来，遇见秋纹，便道：“你见二爷那里去了？”秋纹道：“我也找他。太太们等他吃饭，这会子那里去了呢？你快去回老太太去，不必说不在家，只说喝了酒不大受用不吃饭了，略躺一躺再来，请老太太们吃饭罢。”小丫头依言回去告诉珍珠，珍珠依言回了贾母。贾母道：“他本来吃不多，不吃也罢了。叫他歇歇罢。告诉他今儿不必过来，有他媳妇在这里。”珍珠便向小丫头道：“你听见了？”小丫头答应着，不便说明，只得在别处转了一转，说告诉了。众人也不理会，便吃毕饭，大家散坐说话。不题。

且说宝玉一时伤心，走了出来，正无主意，只见袭人赶来，问是怎么了。宝玉道："不怎么，只是心里烦得慌。何不趁他们喝酒咱们两个到珍大奶奶那里逛逛去。"袭人道："珍大奶奶在这里，去找谁?"宝玉道："不找谁，瞧瞧他现在这里住的房屋怎么样。"袭人只得跟着，一面走，一面说。走到尤氏那边，又一个小门儿半开半掩，宝玉也不进去。只见看园门的两个婆子坐在门槛上说话儿。宝玉问道："这小门开着么?"婆子道："天天是不开的。今儿有人出来说，今日预备老太太要用园里的果子，故开着门等着。"宝玉便慢慢的走到那边，果见腰门半开，宝玉便走了进去。袭人忙拉住道："不用去，园里不干净，常没有人去，不要撞见什么。"宝玉仗着酒气，说："我不怕那些。"袭人苦苦的拉住不容他去。婆子们上来说道："如今这园子安静的了。自从那日道士拿了妖去，我们摘花儿、打果子一个人常走的。二爷要去，咱们都跟着，有这些人怕什么。"宝玉喜欢，袭人也不便相强，只得跟着。

宝玉进得园来，只见满目凄凉，那些花木枯萎，更有几处亭馆，彩色久经剥落，远远望见一丛修竹，倒还茂盛。宝玉一想，说："我自病时出园住在后边，一连几个月不准我到这里，瞬息荒凉。你看独有那几杆翠竹菁葱，这不是潇湘馆么!"袭人道："你几个月没来，连方向都忘了。咱们只管说话，不觉将怡红院走过了。"回过头来用手指着道："这才是潇湘馆呢。"宝玉顺着袭人的手一瞧，道："可不是过了吗！咱们回去瞧瞧。"袭人道："天晚了，老太太必是等着吃饭，该回去了。"宝玉不言，找着旧路，竟往前走。

你道宝玉虽离了大观园将及一载，岂遂忘了路径？只因袭人恐他见了潇湘馆，想起黛玉又要伤心，所以用言混过。岂知宝玉只望里走，天又晚，恐招了邪气，故宝玉问他，只说已走过了，欲宝玉不去。不料宝玉的心惟在潇湘馆内。袭人见他往前急走，只得赶上，见宝玉站着，似有所见，如有所闻，便道："你听什么?"宝玉道："潇湘馆倒有人住着么?"袭人道："大约没有人罢。"宝玉道："我明明听见有人在内啼哭，怎么没有人!"袭人道："你是疑心。素常你到这里，常听见林姑娘伤心，所以如今还是那样。"宝玉不信，还要听去。婆子们赶上说道："二爷快回去罢。天已晚了，别处我们还敢走走，只是这里路又隐僻，又听得人说这里林姑娘死后常听见有哭声，所以人都不敢走的。”宝玉袭人听说，都吃了一惊。宝玉道："可不是。”说着，便滴下泪来，说："林妹妹，林妹妹，好好儿的是我害了你了！你别怨我，只是父母作主，并不是我负心。”愈说愈痛，便大哭起来。袭人正在没法，只见秋纹带着些人赶来对袭人道："你好大胆，怎么领了二爷到这里来！老太太、太太他们打发人各处都找到了，刚才腰门上有人说是你同二爷到这里来了，唬得老太太、太太们了不得，骂着我，叫我带人赶来，还不快回去么！”宝玉犹自痛哭。袭人也不顾他哭，两个人拉着就走，一面替他拭眼泪，告诉他老太太着急。宝玉没法，只得回来。

袭人知老太太不放心，将宝玉仍送到贾母那边。众人都等着未散。贾母便说："袭人，我素常知你明白，才把宝玉交给你，怎么今儿带他园里去！他的病才好，倘或撞着什么，又闹起来，这便怎么处？”袭人也不敢分辩，只得低头不语。宝钗看宝玉颜色不好，心里着实的吃惊。倒还是宝玉恐袭人受委屈，说道："青天白日怕什么。我因为好些时没到园里逛逛，今儿趁着酒兴走走。那里就撞着什么了呢！”凤姐在园里吃过大亏的，听到那里寒毛倒竖，说："宝兄弟胆子忒大了。”湘云道："不是胆大，倒是心实。不知是会芙蓉神去了，还是寻什么仙去了。”宝玉听着，也不答言。独有王夫人急的一言不发。贾母问道："你到园里可曾唬着么？这回不用说了，以后要逛，到底多带几个人才好。不然大家早散了。回去好好的睡一夜，明日一早过来，我还要找补，叫你们再乐一天呢。不要为他又闹出什么原故来。”众人听说，辞了贾母出来。薛姨妈便到王夫人那里住下。史湘云仍在贾母房中。迎春便往惜春那里去了。馀者各自回去。不题。独有宝玉回到房中，嗳声叹气。宝钗明知其故，也不理他，只是怕他忧闷，勾出旧病来，便进里间叫袭人来细问他宝玉到园怎么的光景。未知袭人怎生回说，下回分解。

第一〇九回

候芳魂五儿承错爱　还孽债迎女返真元

话说宝钗叫袭人问出原故，恐宝玉悲伤成疾，便将黛玉临死的话与袭人假作闲谈，说是："人生在世，有意有情，到了死后各自干各自的去了，并不是生前那样个人死后还是这样。活人虽有痴心，死的竟不知道。况且林姑娘既说仙去，他看凡人是个不堪的浊物，那里还肯混在世上。只是人自己疑心，所以招些邪魔外祟来缠扰了。"宝钗虽是与袭人说话，原说给宝玉听的。袭人会意，也说是"没有的事。若说林姑娘的魂灵儿还在园里，我们也算好的，怎么不曾梦见了一次。"宝玉在外间听得，细细的想道："果然也奇。我知道林妹妹死了，那一日不想几遍，怎么从没梦过。想是他到天上去了，瞧我这凡夫俗子不能交通神明，所以梦都没有一个儿。我就在外间睡着，或者我从园里回来，他知道我的实心，肯与我梦里一见。我必要问他实在那里去了，我也时常祭奠。若是果然不理我这浊物，竟无一梦，我便不想他了。"主意已定，便说："我今夜就在外间睡了，你们也不用管我。"宝钗也不强他，只说："你不要胡思乱想。你不瞧瞧，太太因你园里去了急得话都说不出来。若是知道还不保养身子，倘或老太太知道了，又说我们不用心。"宝玉道："白这么说罢咧，我坐一会子就进来。你也乏了，先睡罢。"宝钗知他必进来的，假意说道："我睡了，叫袭姑娘伺候你罢。"宝玉听了，正合机宜。候宝钗睡了，他便叫袭人麝月另铺设下一副被褥，常叫人进来瞧二奶奶睡着了没有。宝钗故意装睡，也是一夜不宁。那宝玉知是宝钗睡着，便与袭人道："你们各自睡罢，我又不伤感。你若不信，你就服侍我睡了再进去，只要不惊动我就是了。"袭人果然服侍他睡下，便预备下了茶水，关好了门，进里间去照应一回，各自假寐，宝玉若有动静，再为出来。宝玉见袭人等进来，便将坐更的两个婆子支到外头，他轻轻的坐起来，暗暗的祝了几句，便睡下了，欲与神交。起初再睡不着，以后把心一静，便睡去了。

岂知一夜安眠，直到天亮。宝玉醒来，拭眼坐起来想了一回，并无有梦，便叹口气道："正是'悠悠生死别经年，魂魄不曾来入梦'。"宝钗却一夜反没有睡着，听宝玉在外边念这两句，便接口道："这句又说莽撞了，如若林妹妹在时，又该生气了。"宝玉听了，反不好意思，只得起来搭讪着往里间走来，说："我原要进来的，不觉得一个盹儿就打着了。"宝钗道："你进来不进来与我什么相干。"袭人等本没有睡，眼见他们两个说话，即忙倒上茶来。已见老太太那边打发小丫头来，问："宝二爷昨睡得安顿么？若安顿时，早早的同二奶奶梳洗了就过去。"袭人便说："你去回老太太，说宝玉昨夜很安顿，回来就过来。"小丫头去了。

宝钗起来梳洗了，莺儿袭人等跟着先到贾母那里行了礼，便到王夫人那边起至凤姐都让过了，仍到贾母处，见他母亲也过来了。大家问起："宝玉晚上好么？"宝钗便说："回去就睡了，没有什么。"众人放心，又说些闲话。只见小丫头进来说："二姑奶奶要回去了。听见说孙姑爷那边人来到大太太那里说了些话，大太太叫人到四姑娘那边说不必留了，让他去罢。如今二姑奶奶在大太太那边哭呢，大约就过来辞老太太。"贾母众人听了，心中好不自在，都说："二姑娘这样一个人，为什么命里遭着这样的人，一辈子不能出头。这便怎么好！"说着，迎春进来，泪痕满面，因为是宝钗的好日子，只得含着泪，辞了众人要回去。贾母知道他的苦处，也不便强留，只说道："你回去也罢了。但是不要悲伤，碰着了这样人，也是没法儿的。过几天我再打发人接你去。"迎春道："老太太始终疼我，如今也疼不来了。可怜我只是没有再来的时候了。"说着，眼泪直流。众人都劝道："这有什么不能回来的？比不得你三妹妹，隔得远，要见面就难了。"贾母等想起探春，不觉也大家落泪，只为是宝钗的生日，即转悲为喜说："这也不难，只要海疆平静，那边亲家调进京来，就见的着了。"大家说："可不是这么着呢。"说着，迎春只得含悲而别。众人送了出来，仍回贾母那里。从早至暮，又闹了一天。

众人见贾母劳乏，各自散了。独有薛姨妈辞了贾母，到宝钗那里，说道："你哥哥是今年过了，直要等到皇恩大赦的时候减了等才好赎罪。这几年叫我孤苦伶仃怎么处！我想要与你二哥哥完婚，你想想好不好?"宝钗道："妈妈是为着大哥哥娶了亲唬怕的了，所以把二哥哥的事犹豫起来。据我说很该就办。邢姑娘是妈妈知道的，如今在这里也很苦，娶了去虽说我家穷，究竟比他傍人门户好多着呢。"薛姨妈道："你得便的时候就去告诉老太太，说我家没人，就要拣日子了。"宝钗道："妈妈只管同二哥哥商量，挑个好日子，过来和老太太、大太太说了，娶过去就完了一宗事。这里大太太也巴不得娶了去才好。"薛姨妈道："今日听见史姑娘也就回去了，老太太心里要留你妹妹在这里住几天，所以他住下了。我想他也是不定多早晚就走的人了，你们姊妹们也多叙几天话儿。"宝钗道："正是呢。"于是薛姨妈又坐了一坐，出来辞了众人回去了。

却说宝玉晚间归房，因想昨夜黛玉竟不入梦，"或者他已经成仙，所以不肯来见我这种浊人也是有的；不然就是我的性儿太急了，也未可知。"便想了个主意，向宝钗说道："我昨夜偶然在外间睡着，似乎比在屋里睡的安稳些，今日起来心里也觉清净些。我的意思还要在外间睡两夜，只怕你们又来拦我。"宝钗听了，明知早晨他嘴里念诗是为着黛玉的事了。想来他那个呆性是不能劝的，倒好叫他睡两夜，索性自己死了心也罢了，况兼昨夜听他睡的倒也安静，便道："好没来由，你只管睡去，我们拦你作什么！但只不要胡思乱想，招出些邪魔外祟来。"宝玉笑道："谁想什么！"袭人道："依我劝二爷竟还是屋里睡罢，外边一时照应不到，着了风倒不好。"宝玉未及答言，宝钗却向袭人使了个眼色。袭人会意，便道："也罢，叫个人跟着你罢，夜里好倒茶倒水的。"宝玉便笑道："这么说，你就跟了我来。"袭人听了倒没意思起来，登时飞红了脸，一声也不言语。宝钗素知袭人稳重，便说道："他是跟惯了我的，还叫他跟着我罢。叫麝月、五儿照料着也罢了。况且今日他跟着我闹了一天也乏了，该叫他歇歇了。"宝玉只得笑着出来。宝钗因命麝月、五儿给宝玉仍在外间铺设了，又嘱咐两个人醒睡些，要茶要水都留点神儿。

两个答应着出来，看见宝玉端然坐在床上，闭目合掌，居然像个和尚一般，两个也不敢言语，只管瞅着他笑。宝钗又命袭人出来照应。袭人看见这般却也好笑，便轻轻的叫道："该睡了，怎么又打起坐来了！"宝玉睁开眼看见袭人，便道："你们只管睡罢，我坐一坐就睡。"袭人道："因为你昨日那个光景，闹的二奶奶一夜没睡。你再这么着，成何事体。"宝玉料着自己不睡都不肯睡，便收拾睡下。袭人又嘱咐了麝月等几句，才进去关门睡了。这里麝月五儿两个人也收拾了被褥，伺候宝玉睡着，各自歇下。

那知宝玉要睡越睡不着，见他两个人在那里打铺，忽然想起那年袭人不在家时晴雯、麝月两个人服侍，夜间麝月出去，晴雯要唬他，因为没穿衣服着了凉，后来还是从这个病上死的。想到这里，一心移在晴雯身上去了。忽又想起凤姐说五儿给晴雯脱了个影儿，因又将想晴雯的心肠移在五儿身上。自己假装睡着，偷偷的看那五儿，越瞧越像晴雯，不觉呆性复发。听了听，里间已无声息，知是睡了。却见麝月也睡着了，便故意叫了麝月两声，却不答应。五儿听见宝玉唤人，便问道："二爷要什么？"宝玉道："我要漱漱口。"五儿见麝月已睡，只得起来重新剪了蜡花，倒了一钟茶来，一手托着漱盂。却因赶忙起来的，身上只穿着一件桃红绫子小袄儿，松松的挽着一个鬏儿。宝玉看时，居然晴雯复生。忽又想起晴雯说的"早知担个虚名，也就打个正经主意了"，不觉呆呆的呆看，也不接茶。

那五儿自从芳官去后，也无心进来了。后来听见凤姐叫他进来服侍宝玉，竟比宝玉盼他进来的心还急。不想进来以后，见宝钗袭人一般尊贵稳重，看着心里实在敬慕；又见宝玉疯疯傻傻，不似先前风致；又听见王夫人为女孩子们和宝玉顽笑都撵了：所以把这件事搁在心上，倒无一毫的儿女私情了。怎奈这位呆爷今晚把他当作晴雯，只管爱惜起来。那五儿早已羞得两颊红潮，又不敢大声说话，只得轻轻的说道："二爷漱口啊。"宝玉笑着接了茶在手中，也不知道漱了没有，便笑嘻嘻的问道："你和晴雯姐姐好不是啊？"五儿听了摸不着头脑，便道："都是姐妹，也没有什么不好的。"宝玉又悄悄的问道："晴雯病重了我看他去，不是你也去了么？"五儿微微笑着点头儿。宝玉道："你听见他说什么了没有？"五儿摇着头儿道："没有。"宝玉已经忘神，便把五儿的手一拉。五儿急得红了脸，心里乱跳，便悄悄说道："二爷有什么话只管说，别拉拉扯扯的。"宝玉才放了手，说道："他和我说来着，'早知担了个虚名，也就打正经主意了。'你怎么没听见么？"五儿听了这话明明是轻薄自己的意思，又不敢怎么样，便说道："那是他自己没脸，这也是我们女孩儿家说得的吗。"宝玉着急道："你怎么也是这么个道学先生！我看你长的和他一模一样，我才肯和你说这个话，你怎么倒拿这些话来糟踏他！"

此时五儿心中也不知宝玉是怎么个意思，便说道："夜深了，二爷也睡罢，别紧着坐着，看凉着。刚才奶奶和袭人姐姐怎么嘱咐了？"宝玉道："我不凉。"说到这里，忽然想起五儿没穿着大衣服，就怕他也像晴雯着了凉，便说道："你为什么不穿上衣服就过来！"五儿道："爷叫的紧，那里有尽着穿衣裳的空儿。要知道说这半天话儿时，我也穿上了。"宝玉听了，连忙把自己盖的一件月白绫子绵袄儿揭起来递给五儿，叫他披上。五儿只不肯接，说："二爷盖着罢，我不凉。我凉我有我的衣裳。"说着，回到自己铺边，拉了一件长袄披上。又听了听，麝月睡的正浓，才慢慢过来说："二爷今晚不是要养神呢吗？"宝玉笑道："实告诉你罢，什么是养神，我倒是要遇仙的意思。"五儿听了，越发动了疑心，便问道："遇什么仙？"宝玉道："你要知道，这话长着呢。你挨着我来坐下，我告诉你。"五儿红了脸笑道："你在那里躺着，我怎么坐呢。"宝玉道："这个何妨。那一年冷天，也是你麝月姐姐和你晴雯姐姐顽，我怕冻着他，还把他揽在被里渥着呢。这有什么的！大凡一个人总不要酸文假醋才好。"五儿听了，句句都是宝玉调戏之意。那知这位呆爷却是实心实意的话儿。五儿此时走开不好，站着不好，坐下不好，倒没了主意了，因微微的笑着道："你别混说了，看人家听见这是什么意思。怨不得人家说你专在女孩儿身上用工夫，你自己放着二奶奶和袭人姐姐都是仙人儿似的，只爱和别人胡缠。明儿再说这些话，我回了二奶奶，看你什么脸见人。"

正说着，只听外面咕咚一声，把两个人吓了一跳。里间宝钗咳嗽了一声。宝玉听见，连忙呶嘴儿。五儿也就忙忙的息了灯悄悄的躺下了。原来宝钗、袭人因昨夜不曾睡，又兼日间劳乏了一天，所以睡去，都不曾听见他们说话。此时院中一响，早已惊醒，听了听，也无动静。宝玉此时躺在床上，心里疑惑："莫非林妹妹来了，听见我和五儿说话故意吓我们的？"翻来覆去，胡思乱想，五更以后，才朦胧睡去。

却说五儿被宝玉鬼混了半夜，又兼宝钗咳嗽，自己怀着鬼胎，生怕宝钗听见了，也是思前想后，一夜无眠。次日一早起来，见宝玉尚自昏昏睡着，便轻轻的收拾了屋子。那时麝月已醒，便道："你怎么这么早起来了，你难道一夜没睡吗？"五儿听这话又似麝月知道了的光景，便只是讪笑，也不答言。不一时，宝钗袭人也都起来，开了门见宝玉尚睡，却也纳闷："怎么外边两夜睡得倒这般安稳？"及宝玉醒来，见众人都起来了，自己连忙爬起，揉着眼睛，细想昨夜又不曾梦见，可是仙凡路隔了。慢慢的下了床，又想昨夜五儿说的宝钗袭人都是天仙一般，这话却也不错，便怔怔的瞅着宝钗。宝钗见他发怔，虽知他为黛玉之事，却也定不得梦不梦，只是瞅的自己倒不好意思，便道："二爷昨夜可真遇见仙了么？"宝玉听了，只道昨晚的话宝钗听见了，笑着勉强说道："这是那里的话！"那五儿听了这一句，越发心虚起来，又不好说的，只得且看宝钗的光景。只见宝钗又笑着问五儿道："你听见二爷睡梦中和人说话来着么？"宝玉听了，自己坐不住，搭讪着走开了。五儿把脸飞红，只得含糊道："前半夜倒说了几句，我也没听真。什么'担了虚名'，又什么'没打正经主意'，我也不懂，劝着二爷睡了。后来我也睡了，不知二爷还说来着没有。"宝钗低头一想："这话明是为黛玉了。但尽着叫他在外头，恐怕心邪了招出些花妖月姊来。况兼他的旧病原在姊妹上情重，只好设法将他的心意挪移过来，然后能免无事。"想到这里，不免面红耳热起来，也就讪讪的进房梳洗去了。

且说贾母两日高兴，略吃多了些，这晚有些不受用，第二天便觉着胸口饱闷。鸳鸯等要回贾政。贾母不叫言语，说："我这两日嘴馋些吃多了点子，我饿一顿就好了。你们快别吵嚷。"于是鸳鸯等并没有告诉人。

这日晚间，宝玉回到自己屋里，见宝钗自贾母王夫人处才请了晚安回来。宝玉想着早起之事，未免赧颜抱惭。宝钗看他这样，也晓得是个没意思的光景，因想着："他是个痴情人，要治他的这病，少不得仍以痴情治之。"想了一回，便问宝玉道："你今夜还在外间睡去罢咧？"宝玉自觉没趣，便道："里间外间都是一样的。"宝钗意欲再说，反觉不好意思。袭人道："罢呀，这倒是什么道理呢。我不信睡得那么安稳!"五儿听见这话，连忙接口道："二爷在外间睡，别的倒没什么，只是爱说梦话，叫人摸不着头脑儿，又不敢驳他的回。"袭人便道："我今日挪到床上睡睡，看说梦话不说？你们只管把二爷的铺盖铺在里间就完了。"宝钗听了，也不作声。宝玉自己惭愧不来，那里还有强嘴的分儿，便依着搬进里间来。一则宝玉负愧，欲安慰宝钗之心；二则宝钗恐宝玉思郁成疾，不如假以词色，使得稍觉亲近，以为移花接木之计。于是当晚袭人果然挪出去。宝玉因心中愧悔，宝钗欲拢络宝玉之心，自过门至今日，方才如鱼得水，恩爱缠绵，所谓二五之精妙合而凝的了。此是后话。

且说次日宝玉宝钗同起，宝玉梳洗了先过贾母这边来。这里贾母因疼宝玉，又想宝钗孝顺，忽然想起一件东西，便叫鸳鸯开了箱子，取出祖上所遗一个汉玉玦，虽不及宝玉他那块玉石，挂在身上却也稀罕。鸳鸯找出来递与贾母，便说道："这件东西我好像从没见的，老太太这些年还记得这样清楚，说是那一箱什么匣子里装着，我按着老太太的话一拿就拿出来了。老太太怎么想着拿出来做什么?"贾母道："你那里知道，这块玉还是祖爷爷给我们老太爷，老太爷疼我，临出嫁的时候叫了我去亲手递给我的。还说：'这玉是汉时所佩的东西，很贵重，你拿着就像见了我的一样。'我那时还小，拿了来也不当什么，便撂在箱子里。到了这里，我见咱们家的东西也多，这算得什么，从没带过，一撂便撂了六十多年。今儿见宝玉这样孝顺，他又丢了一块玉，故此想着拿出来给他，也像是祖上给我的意思。"一时宝玉请了安，贾母便喜欢道："你过来，我给你一件东西瞧瞧。"宝玉走到床前，贾母便把那块汉玉递给宝玉。宝玉接来一瞧，那玉有三寸方圆，形似甜瓜，色有红晕，甚是精致。宝玉口口称赞。贾母道："你爱么？这是我祖爷爷给我的，我传了你罢。"宝玉笑着请了个安谢了，又拿了要送给他母亲瞧。贾母道："你太太瞧了告诉你老子，又说疼儿子不如疼孙子了。他们从没见过。"宝玉笑着去了。宝钗等又说了几句话，也辞了出来。

自此贾母两日不进饮食，胸口仍是结闷，觉得头晕目眩，咳嗽。邢、王二夫人、凤姐等请安，见贾母精神尚好，不过叫人告诉贾政，立刻来请了安。贾政出来，即请大夫看脉。不多一时，大夫来诊了脉，说是有年纪的人停了些饮食，感冒些风寒，略消导发散些就好了。开了方子，贾政看了，知是寻常药品，命人煎好进服。以后贾政早晚进来请安，一连三日，不见稍减。贾政又命贾琏："打听好大夫，快去请来瞧老太太的病。咱们家常请的几个大夫，我瞧着不怎么好，所以叫你去。"贾琏想了一想，说道："记得那年宝兄弟病的时候，倒是请了一个不行医的来瞧好了的，如今不如找他。"贾政道："医道却是极难的，愈是不兴时的大夫倒有本领。你就打发人去找来罢。"贾琏即忙答应去了，回来说道："这刘大夫新近出城教书去了，过十来天进城一次。这时等不得，又请了一位，也就来了。"贾政听了，只得等着。不题。

且说贾母病时，合宅女眷无日不来请安。一日，众人都在那里，只见看园内腰门的老婆子进来，回说："园里的栊翠庵的妙师父知道老太太病了，特来请安。"众人道："他不常过来，今儿特地来，你们快请进来。"凤姐走到床前回贾母。岫烟是妙玉的旧相识，先走出去接他。只见妙玉头带妙常髻，身上穿一件月白素绸袄儿，外罩一件水田青缎镶边长背心，拴着秋香色的丝絛，腰下系一条淡墨画的白绫裙，手执麈尾念珠，跟着一个侍儿，飘飘拽拽的走来。岫烟见了问好，说是"在园内住的日子，可以常常来瞧瞧你。近来因为园内人少，一个人轻易难出来。况且咱们这里的腰门常关着，所以这些日子不得见你。今儿幸会。"妙玉道："头里你们是热闹场中，你们虽在外园里住，我也不便常来亲近。如今知道这里的事情也不大好，又听说是老太太病着，又惦记你，并要瞧瞧宝姑娘。我那管你们的关不关，我要来就来，我不来你们要我来也不能啊。"岫烟笑道："你还是那种脾气。"一面说着，已到贾母房中。众人见了都问了好。妙玉走到贾母床前问候，说了几句套话。贾母便道："你是个女菩萨，你瞧瞧我的病可好得了好不了？"妙玉道："老太太这样慈善的人，寿数正有呢。一时感冒，吃几贴药想来也就好了。有年纪人只要宽心些。"贾母道："我倒不为这些，我是极爱寻快乐的。如今这病也不觉怎样，只得胸隔闷饱，刚才大夫说是气恼所致。你是知道的，谁敢给我气受，这不是那大夫脉理平常么。我和琏儿说了，还是头一个大夫说感冒伤食的是，明儿仍请他来。"说着，叫鸳鸯吩咐厨房里办一桌净素菜来，请他在这里便饭。妙玉道："我已吃过午饭了，我是不吃东西的。"王夫人道："不吃也罢，咱们多坐一会说些闲话儿罢。"妙玉道："我久已不见你们，今儿来瞧瞧。"又说了一回话便要走，回头见惜春站着，便问道："四姑娘为什么这样瘦？不要只管爱画劳了心。"惜春道："我久不画了。如今住的房屋不比园里的显亮，所以没兴画。"妙玉道："你如今住在那一所了？"惜春道："就是你才进来的那个门东边的屋子。你要来很近。"妙玉道："我高兴的时候来瞧你。"惜春等说着送了出去，回身过来，听见丫头们回说大夫在贾母那边呢。众人暂且散去。

那知贾母这病日重一日，延医调治不效，以后又添腹泻。贾政着急，知病难医，即命人到衙门告假，日夜同王夫人亲视汤药。一日，见贾母略进些饮食，心里稍宽。只见老婆子在门外探头，王夫人叫彩云看去，问问是谁。彩云看了是陪迎春到孙家去的人，便道："你来做什么？"婆子道："我来了半日，这里找不着一个姐姐们，我又不敢冒撞，我心里又急。"彩云道："你急什么？又是姑爷作践姑娘不成么？"婆子道："姑娘不好了。前儿闹了一场，姑娘哭了一夜，昨日痰堵住了。他们又不请大夫，今日更利害了。"彩云道："老太太病着呢，别大惊小怪的。"王夫人在内已听见了，恐老太太听见不受用，忙叫彩云带他外头说去。岂知贾母病中心静，偏偏听见，便道："迎丫头要死了么？"王夫人便道："没有。婆子们不知轻重，说是这两日有些病，恐不能就好，到这里问大夫。"贾母道："瞧我的大夫就好，快请了去。"王夫人便叫彩云叫这婆子去回大太太去，那婆子去了。这里贾母便悲伤起来，说是："我三个孙女儿，一个享尽了福死了，三丫头远嫁不得见面，迎丫头虽苦，或者熬出来，不打量他年轻轻儿的就要死了。留着我这么大年纪的人活着做什么！"王夫人鸳鸯等解劝了好半天。那时宝钗、李氏等不在房中，凤姐近来有病，王夫人恐贾母生悲添病，便叫人叫了他们来陪着，自己回到房中，叫彩云来埋怨这婆子不懂事，"以后我在老太太那里，你们有事不用来回。"丫头们依命不言。岂知那婆子刚到邢夫人那里，外头的人已传进来说："二姑奶奶死了。"邢夫人听了，也便哭了一场。现今他父亲不在家中，只得叫贾琏快去瞧看。知贾母病重，众人都不敢回。可怜一位如花似月之女，结褵年馀，不料被孙家揉搓以致身亡。又值贾母病笃，众人不便离开，竟容孙家草草完结。

贾母病势日增，只想这些好女儿。一时想起湘云，便打发人去瞧他。回来的人悄悄的找鸳鸯，因鸳鸯在老太太身旁，王夫人等都在那里，不便上去，到了后头找了琥珀，告诉他道："老太太想史姑娘，叫我们去打听。那里知道史姑娘哭得了不得，说是姑爷得了暴病，大夫都瞧了，说这病只怕不能好，若变了个痨病，还可捱过四五年。所以史姑娘心里着急。又知道老太太病，只是不能过来请安，还叫我不要在老太太面前提起。倘或老太太问起来，务必托你们变个法儿回老太太才好。"琥珀听了，咳了一声，就也不言语了，半日说道："你去罢。"琥珀也不便回，心里打算告诉鸳鸯，叫他撒谎去，所以来到贾母床前，只见贾母神色大变，地下站着一屋子的人，嘁嘁的说"瞧着是不好了"，也不敢言语了。这里贾政悄悄的叫贾琏到身旁，向耳边说了几句话。贾琏轻轻的答应出去了，便传齐了现在家的一干家人说："老太太的事待好出来了，你们快快分头派人办去。头一件先请出板来瞧瞧，好挂里子。快到各处将各人的衣服量了尺寸，都开明了，便叫裁缝去做孝衣。那棚杠执事都去讲定。厨房里还该多派几个人。"赖大等回道："二爷，这些事不用爷费心，我们早打算好了。只是这项银子在那里打算？"贾琏道："这种银了不用打算了，老太太自己早留下了。刚才老爷的主意只要办的好，我想外面也要好看。"赖大等答应，派人分头办去。

贾琏复回到自己房中，便问平儿："你奶奶今儿怎么样？"平儿把嘴往里一努说："你瞧去。"贾琏进内，见凤姐正要穿衣，一时动不得，暂且靠在炕桌儿上。贾琏道："你只怕养不住了。老太太的事今儿明儿就要出来了，你还脱得过么。快叫人将屋里收拾收拾就该扎挣上去了。若有了事，你我还能回来么。"凤姐道："咱们这里还有什么收拾的，不过就是这点子东西，还怕什么！你先去罢，看老爷叫你。我换件衣裳就来。"

贾琏先回到贾母房里，向贾政悄悄的回道："诸事已交派明白了。"贾政点头。外面又报太医进来了，贾琏接入，又诊了一回，出来悄悄的告诉贾琏："老太太的脉气不好，防着些。"贾琏会意，与王夫人等说知。王夫人即忙使眼色叫鸳鸯过来，叫他把老太太的装裹衣服预备出来。鸳鸯自去料理。贾母睁眼要茶喝，邢夫人便进了一杯参汤。贾母刚用嘴接着喝，便道："不要这个，倒一钟茶来我喝。"众人不敢违拗，即忙送上来，一口喝了，还要，又喝一口，便说："我要坐起来。"贾政等道："老太太要什么只管说，可以不必坐起来才好。"贾母道："我喝了口水，心里好些，略靠着和你们说说话。"珍珠等用手轻轻的扶起，看见贾母这回精神好些。未知生死，下回分解。

第一一〇回

史太君寿终归地府　王凤姐力诎失人心

却说贾母坐起说道："我到你们家已经六十多年了。从年轻的时候到老来，福也享尽了。自你们老爷起，儿子孙子也都算是好的了。就是宝玉呢，我疼了他一场。"说到那里，拿眼满地下瞅着。王夫人便推宝玉走到床前。贾母从被窝里伸出手来拉着宝玉道："我的儿，你要争气才好！"宝玉嘴里答应，心里一酸，那眼泪便要流下来，又不敢哭，只得站着，听贾母说道："我想再见一个重孙子我就安心了。我的兰儿在那里呢？"李纨也推贾兰上去。贾母放了宝玉，拉着贾兰道："你母亲是要孝顺的，将来你成了人，也叫你母亲风光风光。凤丫头呢？"凤姐本来站在贾母旁边，赶忙走到眼前说："在这里呢。"贾母道："我的儿，你是太聪明了，将来修修福罢。我也没有修什么，不过心实吃亏，那些吃斋念佛的事我也不大干，就是旧年叫人写了些《金刚经》送送人，不知送完了没有？"凤姐道："没有呢。"贾母道："早该施舍完了才好。我们大老爷和珍儿是在外头乐了，最可恶的是史丫头没良心，怎么总不来瞧我。"鸳鸯等明知其故，都不言语。贾母又瞧了一瞧宝钗，叹了口气，只见脸上发红。贾政知是回光返照，即忙进上参汤。贾母的牙关已经紧了，合了一回眼，又睁着满屋里瞧了一瞧。王夫人宝钗上去轻轻扶着，邢夫人凤姐等便忙穿衣，地下婆子们已将床安设停当，铺了被褥，听见贾母喉间略一响动，脸变笑容，竟是去了，享年八十三岁。众婆子疾忙停床。

于是贾政等在外一边跪着，邢夫人等在内一边跪着，一齐举起哀来。外面家人各样预备齐全，只听里头信儿一传出来，从荣府大门起至内宅门扇扇大开，一色净白纸糊了，孝棚高起，大门前的牌楼立时竖起，上下人等登时成服。贾政报了丁忧。礼部奏闻，主上深仁厚泽，念及世代功勋，又系元妃祖母，赏银一千两，谕礼部主祭。家人们各处报丧。众亲友虽知贾家势败，今见圣恩隆重，都来探丧。择了吉时成殓，停灵正寝。贾赦不在家，贾政为长，宝玉、贾环、贾兰是亲孙，年纪又小，都应守灵。贾琏虽也是亲孙，带着贾蓉尚可分派家人办事。虽请了些男女外亲来照应，内里邢、王二夫人、李纨、凤姐、宝钗等是应灵旁哭泣的，尤氏虽可照应，他贾珍外出依住荣府，一向总不上前，且又荣府的事不甚谙练。贾蓉的媳妇更不必说了。惜春年小，虽在这里长的，他于家事全不知道。所以内里竟无一人支持，只有凤姐可以照管里头的事。况又贾琏在外作主，里外他二人倒也相宜。

凤姐先前仗着自己的才干，原打量老太太死了他大有一番作用。邢、王二夫人等本知他曾办过秦氏的事，必是妥当，于是仍叫凤姐总理里头的事。凤姐本不应辞，自然应了，心想："这里的事本是我管的，那些家人更是我手下的人，太太和珍大嫂子的人本来难使唤些，如今他们都去了。银项虽没有了对牌，这种银子是现成的。外头的事又是他办着。虽说我现今身子不好，想来也不致落褒贬，必是比宁府里还得办些。"心下已定，且待明日接了三，后日一早便叫周瑞家的传出话去，将花名册取上来。凤姐一一的瞧了，统共只有男仆二十一人，女仆只有十九人，馀者俱是些丫头，连各房算上，也不过三十多人，难以点派差使。心里想道："这回老太太的事倒没有东府里的人多。"又将庄上的弄出几个，也不敷差遣。

正在思算，只见一个小丫头过来说："鸳鸯姐姐请奶奶。"凤姐只得过去。只见鸳鸯哭得泪人一般，一把拉着凤姐儿说道："二奶奶请坐，我给二奶奶磕个头。虽说服中不行礼，这个头是要磕的。"鸳鸯说着跪下。慌的凤姐赶忙拉住，说道："这是什么礼，有话好好的说。"鸳鸯跪着，凤姐便拉起来。鸳鸯说道："老太太的事一应内外都是二爷和二奶奶办，这种银子是老太太留下的。老太太这一辈子也没有糟踏过什么银钱，如今临了这件大事，必得求二奶奶体体面面的办一办才好。我方才听见老爷说什么诗云子曰，我不懂；又说什么'丧与其易，宁戚'，我听了不明白。我问宝二奶奶，说是老爷的意思老太太的丧事只要悲切才是真孝，不必糜费图好看的念头。我想老太太这样一个人，怎么不该体面些！我虽是奴才丫头，敢说什么，只是老太太疼二奶奶和我这一场，临死了还不叫他风光风光！我想二奶奶是能办大事的，故此我请二奶奶来求作个主。我生是跟老太太的人，老太太死了我也是跟老太太的，若是瞧不见老太太的事怎么办，将来怎么见老太太呢！”凤姐听了这话来的古怪，便说：“你放心，要体面是不难的。况且老爷虽说要省，那势派也错不得。便拿这项银子都花在老太太身上，也是该当的。”鸳鸯道：“老太太的遗言说，所有剩下的东西是给我们的，二奶奶倘或用着不够，只管拿这个去折变补上。就是老爷说什么，我也不好违老太太的遗言。那日老太太分派的时候不是老爷在这里听见的么。”凤姐道：“你素来最明白的，怎么这会子那样的着急起来了。”鸳鸯道：“不是我着急，为的是大太太是不管事的，老爷是怕招摇的，若是二奶奶心里也是老爷的想头，说抄过家的人家丧事还是这么好，将来又要抄起来，也就不顾起老太太来，怎么处！在我呢是个丫头，好歹碍不着，到底是这里的声名。”凤姐道：“我知道了，你只管放心，有我呢！”鸳鸯千恩万谢的托了凤姐。

那凤姐出来想道：“鸳鸯这东西好古怪，不知打了什么主意，论理老太太身上本该体面些。嗳，不要管他，且按着咱们家先前的样子办去。”于是叫了旺儿家的来把话传出去请二爷进来。不多时，贾琏进来，说道：“怎么找我？你在里头照应着些就是了。横竖作主是咱们二老爷，他说怎么着咱们就怎么着。”凤姐道：“你也说起这个话来了，可不是鸳鸯说的话应验了么。”贾琏道：“什么鸳鸯的话？”凤姐便将鸳鸯请进去的话述了一遍。贾琏道：“他们的话算什么。才刚二老爷叫我去，说老太太的事固要认真办理，但是知道的呢，说是老太太自己结果自己，不知道的只说咱们都隐匿起来了，如今很宽裕。老太太的这种银子用不了谁还要么，仍旧该用在老太太身上。老太太是在南边的坟地虽有，阴宅却没有。老太太的柩是要归到南边去的，留这银子在祖坟上盖起些房屋来，再余下的置买几顷祭田。咱们回去也好，就是不回去，也叫这些贫穷族中住着，也好按时按节早晚上香，时常祭扫祭扫。你想这些话可不是正经主意？据你这个话，难道都花了罢？”凤姐道：“银子发出来了没有？”贾琏道：“谁见过银子！我听见咱们太太听见了二老爷的话，极力的撺掇二太太和二老爷，说这是好主意。叫我怎么着！现在外头棚扛上要支几百银子，这会子还没有发出来。我要去，他们都说有，先叫外头办了回来再算。你想这些奴才们有钱的早溜了，按着册子叫去，有的说告病，有的说下庄子去了。走不动的有几个，只有赚钱的能耐，还有赔钱的本事么！”凤姐听了，呆了半天，说道：“这还办什么！”

正说着，见来了一个丫头说：“大太太的话问二奶奶，今儿第三天了，里头还很乱，供了饭还叫亲戚们等着吗？叫了半天，来了菜，短了饭，这是什么办事的道理！”凤姐急忙进去，吆喝人来伺候，胡弄着将早饭打发了。偏偏那日人来的多，里头的人都死眉瞪眼的。凤姐只得在那里照料了一会子，又惦记着派人，赶着出来叫了旺儿家的传齐了家人女人们，一一分派了。众人都答应着不动。凤姐道：“什么时候，还不供饭！”众人道：“传饭是容易的，只要将里头的东西发出来，我们才好照管去。”凤姐道：“糊涂东西，派定了你们少不得有的。”众人只得勉强应着。凤姐即往上房取发应用之物，要去请示邢、王二夫人，见人多难说，看那时候已经日渐平西了，只得找了鸳鸯，说要老太太存的这一分家伙。鸳鸯道：“你还问我呢，那一年二爷当了赎了来了么！”凤姐道：“不用银的金的，只要这一分平常使的。”鸳鸯道：“大太太珍大奶奶屋里使的是那里来的！”凤姐一想不差，转身就走，只得到王夫人那边找了玉钏彩云，才拿了一分出来，急忙叫彩明登帐，发与众人收管。

鸳鸯见凤姐这样慌张，又不好叫他回来，心想：“他头里作事何等爽利周到，如今怎么掣肘的这个样儿。我看这两三天连一点头脑都没有，不是老太太白疼了他了吗！”那里知邢夫人一听贾政的话，正合着将来家计艰难的心，巴不得留一点子作个收局。况且老太太的事原是长房作主，贾赦虽不在家，贾政又是拘泥的人，有件事便说请大奶奶的主意。邢夫人素知凤姐手脚大，贾琏的闹鬼，所以死拿住不放松。鸳鸯只道已将这项银两交了出去了，故见凤姐掣肘如此，便疑为不肯用心，便在贾母灵前唠唠叨叨哭个不了。邢夫人等听了话中有话，不想到自己不令凤姐便宜行事，反说凤丫头果然有些不用心。王夫人到了晚上叫了凤姐过来说：“咱们家虽说不济，外头的体面是要的。这两三日人来人往，我瞧着那些人都照应不到，想是你没有吩咐。还得你替我们操点心儿才好。”凤姐听了，呆了一会，要将银两不凑手的话说出，但是银钱是外头管的，王夫人说的是照应不到，凤姐也不敢辨，只好不言语。邢夫人在旁说道：“论理该是我们做媳妇的操心，本不是孙子媳妇的事。但是我们动不得身，所以托你的，你是打不得撒手的。”凤姐紫涨了脸，正要回说，只听外头鼓乐一奏，是烧黄昏纸的时候了，大家举起哀来，又不得说。凤姐原想回来再说，王夫人催他出去料理，说道：“这里有我们的，你快快儿的去料理明儿的事罢。”

凤姐不敢再言，只得含悲忍泣的出来，又叫人传齐了众人，又吩咐了一会，说：“大娘婶子们可怜我罢！我上头捱了好些说，为的是你们不齐截，叫人笑话。明儿你们豁出些辛苦来罢。”那些人回道：“奶奶办事不是今儿个一遭儿了，我们敢违拗吗？只是这回的事上头过于累赘。只说打发这顿饭罢，有的在这里吃，有的要在家里吃，请了那位太太，又是那位奶奶不来。诸如此类，那得齐全。还求奶奶劝劝那些姑娘们不要挑饬就好了。”凤姐道：“头一层是老太太的丫头们是难缠的，太太们的也难说话，叫我说谁去呢。”众人道：“从前奶奶在东府里还是署事，要打要骂，怎么这样锋利，谁敢不依。如今这些姑娘们都压不住了？”凤姐叹道：“东府里的事虽说托办的，太太虽在那里，不好意思说什么。如今是自己的事情，又是公中的，人人说得话。再者外头的银钱也叫不灵，即如棚里要一件东西，传了出来总不见拿进来。这叫我什么法儿呢。”众人道：“二爷在外头倒怕不应付么？”凤姐道：“还提那个，他也是那里为难。第一件银钱不在他手里，要一件得回一件，那里凑手。”众人道：“老太太这项银子不在二爷手里吗？”凤姐道：“你们回来问管事的便知道了。”众人道：“怨不得我们听见外头男人抱怨说：‘这么件大事，咱们一点摸不着，净当苦差！’叫人怎么能齐心呢？”凤姐道：“如今不用说了，眼面前的事大家留些神罢。倘或闹的上头有了什么说的，我和你们不依的。”众人道：“奶奶要怎么样他们敢抱怨吗，只是上头一人一个主意，我们实在难周到的。”凤姐听了没法，只得央说道：“好大娘们！明儿且帮我一天，等我把姑娘们闹明白了再说罢咧。”众人听命而去。

凤姐一肚子的委屈，愈想愈气，直到天亮又得上去。要把各处的人整理整理，又恐邢夫人生气；要和王夫人说，怎奈邢夫人挑唆。这些丫头们见邢夫人等不助着凤姐的威风，更加作践起他来。幸得平儿替凤姐排解，说是“二奶奶巴不得要好，只是老爷太太们吩咐了外头，不许糜费，所以我们二奶奶不能应付到了。”说过几次才得安静些。虽说僧经道忏，上祭挂帐，络绎不绝，终是银钱吝啬，谁肯踊跃，不过草草了事。连日王妃诰命也来得不少，凤姐也不能上去照应，只好在底下张罗，叫了那个，走了这个，发一回急，央及一会，胡弄过了一起，又打发一起。别说鸳鸯等看去不像样，连凤姐自己心里也过不去了。

邢夫人虽说是冢妇，仗着“悲戚为孝”四个字，倒也都不理会。王夫人落得跟了邢夫人行事，馀者更不必说了。独有李纨瞧出凤姐的苦处，也不敢替他说话，只自叹道：“俗语说的，‘牡丹虽好，全仗绿叶扶持’，太太们不亏了凤丫头，那些人还帮着吗！若是三姑娘在家还好，如今只有他几个自己的人瞎张罗，面前背后的也抱怨说是一个钱摸不着，脸面也不能剩一点儿。老爷是一味的尽孝，庶务上头不大明白，这样的一件大事，不撒散几个钱就办的开了吗！可怜凤丫头闹了几年，不想在老太太的事上，只怕保不住脸了。”于是抽空儿叫了他的人来吩咐道：“你们别看着人家的样儿，也糟踏起琏二奶奶来。别打量什么穿孝守灵就算了大事了，不过混过几天就是了。看见那些人张罗不开，便插个手儿也未为不可，这也是公事，大家都该出力的。”那些素服李纨的人都答应着说：“大奶奶说得很是。我们也不敢那么着，只听见鸳鸯姐姐们的口话儿好像怪琏二奶奶的似的。”李纨道：“就是鸳鸯我也告诉过他，我说琏二奶奶并不是在老太太的事上不用心，只是银子钱都不在他手里，叫他巧媳妇还作的上没米的粥来吗？如今鸳鸯也知道了，所以他不怪他了。只是鸳鸯的样子竟是不像从前了，这也奇怪，那时候有老太太疼他倒没有作过什么威福，如今老太太死了，没有了仗腰子的了，我看他倒有些气质不大好了。我先前替他愁，这会子幸喜大老爷不在家才躲过去了，不然他有什么法儿。”

说着，只见贾兰走来说：“妈妈睡罢，一天到晚人来客去的也乏了，歇歇罢。我这几天总没有摸摸书本儿，今儿爷爷叫我家里睡，我喜欢的很，要理个一两本书才好。别等脱了孝再都忘了。”李纨道：“好孩子，看书呢自然是好的。今儿且歇歇罢，等老太太送了殡再看罢。”贾兰道：“妈妈要睡，我也就睡在被窝里头想想也罢了。”众人听了都夸道：“好哥儿，怎么这点年纪得了空儿就想到书上！不像宝二爷娶了亲的人还是那么孩子气，这几日跟着老爷跪着，瞧他很不受用，巴不得老爷一动身就跑过来找二奶奶，不知唧唧咕咕的说些什么，甚至弄的二奶奶都不理他了。他又去找琴姑娘，琴姑娘也远避他。邢姑娘也不很同他说话。倒是咱们本家的什么喜姑娘咧四姑娘咧，哥哥长哥哥短的和他亲蜜。我们看那宝二爷除了和奶奶姑娘们混混，只怕他心里也没有别的事，白过费了老太太的心，疼了他这么大，那里及兰哥儿一零儿呢。大奶奶，你将来是不愁的了。”李纨道：“就好也还小，只怕到他大了，咱们家还不知怎么样了呢！环哥儿你们瞧着怎么样？”众人道：“这一个更不像样儿了！两个眼睛倒像个活猴儿似的，东溜溜，西看看，虽在那里嚎丧，见了奶奶姑娘们来了，他在孝幔子里头净偷着眼儿瞧人呢。”李纨道：“他的年纪其实也不小了。前日听见说还要给他说亲呢，如今又得等着了。嗳，还有一件事——咱们家这些人，我看来也是说不清的，且不必说闲话——后日送殡各房的车辆是怎么样了？”众人道：“琏二奶奶这几天闹的像失魂落魄的样儿了，也没见传出去。昨儿听见我的男人说，琏二爷派了蔷二爷料理，说是咱们家的车也不够，赶车的也少，要到亲戚家去借去呢。”李纨笑道：“车也都是借得的么？”众人道：“奶奶说笑话儿了，车怎么借不得？只是那一日所有的亲戚都用车，只怕难借，想来还得雇呢。”李纨道：“底下人的只得雇，上头白车也有雇的么？”众人道：“现在大太太东府里的大奶奶、小蓉奶奶都没有车了，不雇那里来的呢？”李纨听了叹息道：“先前见有咱们家儿的太太奶奶们坐了雇的车来咱们都笑话，如今轮到自己头上了。你明儿去告诉你的男人，我们的车马早早儿的预备好了，省得挤。”众人答应了出去。不题。

且说史湘云因他女婿病着，贾母死后只来的一次，屈指算是后日送殡，不能不去。又见他女婿的病已成痨症，暂且不妨，只得坐夜前一日过来。想起贾母素日疼他；又想到自己命苦，刚配了一个才貌双全的男人，性情又好，偏偏的得了冤孽症候，不过捱日子罢了。于是更加悲痛，直哭了半夜。鸳鸯等再三劝慰不止。宝玉瞅着也不胜悲伤，又不好上前去劝，见他淡妆素服，不敷脂粉，更比未出嫁的时候犹胜几分。转念又看宝琴等淡素装饰，自有一种天生丰韵。独有宝钗浑身孝服，那知道比寻常穿颜色时更有一番雅致。心里想道："所以千红万紫终让梅花为魁，殊不知并非为梅花开的早，竟是'洁白清香'四字是不可及的了。但只这时候若有林妹妹也是这样打扮，又不知怎样的丰韵了！"想到这里，不觉的心酸起来，那泪珠便直滚滚的下来了，趁着贾母的事，不妨放声大哭。众人正劝湘云不止，外间又添出一个哭的来了。大家只道是想着贾母疼他的好处，所以伤悲，岂知他们两个人各自有各自的心事。这场大哭，不禁满屋的人无不下泪。还是薛姨妈、李婶娘等劝住。

明日是坐夜之期，更加热闹。凤姐这日竟支撑不住，也无方法，只得用尽心力，甚至咽喉嚷破敷衍过了半日。到了下半天，人客更多了，事情也更繁了，瞻前不能顾后。正在着急，只见一个小丫头跑来说："二奶奶在这里呢，怪不得大太太说，里头人多照应不过来，二奶奶是躲着受用去了。"凤姐听了这话，一口气撞上来，往下一咽，眼泪直流，只觉得眼前一黑，嗓子里一甜，便喷出鲜红的血来，身子站不住，就蹲倒在地。幸亏平儿急忙过来扶住。只见凤姐的血吐个不住。未知性命如何，下回分解。

第一一一回

鸳鸯女殉主登太虚 狗彘奴欺天招伙盗

话说凤姐听了小丫头的话，又气又急又伤心，不觉吐了一口血，便昏晕过去，坐在地下。平儿急来靠着，忙叫了人来搀扶着，慢慢的送到自己房中，将凤姐轻轻的安放在炕上，立刻叫小红斟上一杯开水送到凤姐唇边。凤姐呷了一口，昏迷仍睡。秋桐过来略瞧了一瞧，却便走开，平儿也不叫他。只见丰儿在旁站着，平儿叫他快快的去回明白了二奶奶吐血发晕不能照应的话，告诉了邢、王二夫人。邢夫人打量凤姐推病藏躲，因这时女亲在内不少，也不好说别的，心里却不全信，只说："叫他歇着去罢。"众人也并无言语。只说这晚人客来往不绝，幸得几个内亲照应。家下人等见凤姐不在，也有偷闲歇力的，乱乱吵吵，已闹的七颠八倒，不成事体了。

到二更多天远客去后，便预备辞灵。孝幕内的女眷大家都哭了一阵。只见鸳鸯已哭的昏晕过去了，大家扶住捶闹了一阵才醒过来，便说"老太太疼我一场我跟了去"的话。众人都打谅人到悲哭俱有这些言语，也不理会。到了辞灵之时，上上下下也有百十馀人，只鸳鸯不在。众人忙乱之时，谁去捡点。到了琥珀等一干的人哭奠之时，却不见鸳鸯，想来是他哭乏了，暂在别处歇着，也不言语。辞灵以后，外头贾政叫了贾琏问明送殡的事，便商量着派人看家。贾琏回说："上人里头派了芸儿在家照应，不必送殡；下人里头派了林之孝的一家子照应拆棚等事。但不知里头派谁看家？"贾政道："听见你母亲说是你媳妇病了不能去，就叫他在家的。你珍大嫂子又说你媳妇病得利害，还叫四丫头陪着，带领了几个丫头婆子照看上屋里才好。"贾琏听了，心想："珍大嫂子与四丫头两个不合，所以撺掇着不叫他去，若是上头就是他照应，也是不中用的。我们那一个又病着，也难照应。”想了一回，回贾政道：“老爷且歇歇儿，等进去商量定了再回。”贾政点了点头，贾琏便进去了。

谁知此时鸳鸯哭了一场，想到“自己跟着老太太一辈子，身子也没有着落。如今大老爷虽不在家，大太太的这样行为我也瞧不上。老爷是不管事的人，以后便乱世为王起来了，我们这些人不是要叫他们掇弄了么。谁收在屋子里，谁配小子，我是受不得这样折磨的，倒不如死了干净。但是一时怎么样的个死法呢?”一面想，一面走回老太太的套间屋内。刚跨进门，只见灯光惨淡，隐隐有个女人拿着汗巾子好似要上吊的样子。鸳鸯也不惊怕，心里想道：“这一个是谁？和我的心事一样，倒比我走在头里了。”便问道：“你是谁？咱们两个人是一样的心，要死一块儿死。”那个人也不答言。鸳鸯走到跟前一看，并不是这屋子的丫头，仔细一看，觉得冷气侵人时就不见了。鸳鸯呆了一呆，退出在炕沿上坐下，细细一想道：“哦，是了，这是东府里的小蓉大奶奶啊！他早死了的了，怎么到这里来？必是来叫我来了。他怎么又上吊呢?”想了一想道：“是了，必是教给我死的法儿。”鸳鸯这么一想，邪侵入骨，便站起来，一面哭，一面开了妆匣，取出那年绞的一绺头发，揣在怀里，就在身上解下一条汗巾，按着秦氏方才比的地方拴上。自己又哭了一回，听见外头人客散去，恐有人进来，急忙关上屋门，然后端了一个脚凳自己站上，把汗巾拴上扣儿套在咽喉，便把脚凳蹬开。可怜咽喉气绝，香魂出窍，正无投奔，只见秦氏隐隐在前，鸳鸯的魂魄疾忙赶上说道：“蓉大奶奶，你等等我。”那个人道：“我并不是什么蓉大奶奶，乃警幻之妹可卿是也。”鸳鸯道：“你明明是蓉大奶奶，怎么说不是呢?”那人道：“这也有个缘故，待我告诉你，你自然明白了。我在警幻宫中原是个钟情的首坐，管的是风情月债，降临尘世，自当为第一情人，引这些痴情怨女早早归入情司，所以该当悬梁自尽的。因我看破凡情，超出情海，归入情天，所以太虚幻境痴情一司竟自无人掌管。今警幻仙子已经将你补入，替我掌管此司，所以命我来引你前去的。”鸳鸯的魂道：“我是个最无情的，怎么算我是个有情的人呢?”那人道：“你还不知道呢。世人都把那淫欲之事当作‘情’字，所以作出伤风败化的事来，还自谓风月多情，无关紧要。不知‘情’之一字，喜怒哀乐未发之时便是个性，喜怒哀乐已发便是情了。至于你我这个情，正是未发之情，就如那花的含苞一样，欲待发泄出来，这情就不为真情了。”鸳鸯的魂听了点头会意，便跟了秦氏可卿而去。

这里琥珀辞了灵，听邢、王二夫人分派看家的人，想着去问鸳鸯明日怎样坐车的，在贾母的外间屋里找了一遍不见，便找到套间里头。刚到门口，见门儿掩着，从门缝里望里看时，只见灯光半明不灭的，影影绰绰，心里害怕，又不听见屋里有什么动静，便走回来说道：“这蹄子跑到那里去了?”劈头见了珍珠，说：“你见鸳鸯姐姐来着没有?”珍珠道：“我也找他，太太们等他说话呢。必在套间里睡着了罢。”琥珀道：“我瞧了，屋里没有。那灯也没人夹蜡花儿，漆黑怪怕的，我没进去。如今咱们一块儿进去瞧，看有没有。”琥珀等进去正夹蜡花，珍珠说：“谁把脚凳撂在这里，几乎绊我一跤。”说着往上一瞧，唬的嗳哟一声，身子往后一仰，咕咚的栽在琥珀身上。琥珀也看见了，便大嚷起来，只是两只脚挪不动。

外头的人也都听见了，跑进来一瞧，大家嚷着报与邢、王二夫人知道。王夫人宝钗等听了，都哭着去瞧。邢夫人道：“我不料鸳鸯倒有这样志气，快叫人去告诉老爷。”只有宝玉听见此信，便唬的双眼直竖。袭人等慌忙扶着，说道：“你要哭就哭，别憋着气。”宝玉死命的才哭出来了，心想“鸳鸯这样一个人偏又这样死法”，又想“实在天地间的灵气独钟在这些女子身上了。他算得了死所，我们究竟是一件浊物，还是老太太的儿孙，谁能赶得上他。”复又喜欢起来。那时宝钗听见宝玉大哭，也出来了，及到跟前，见他又笑。袭人等忙说：“不好了，又要疯了。”宝钗道：“不妨事，他有他的意思。”宝玉听了，更喜欢宝钗的话，“倒是他还知道我的心，别人那里知道。”正在胡思乱想，贾政等进来，着实的嗟叹着，说道：“好孩子，不枉老太太疼他一场!”即命贾琏出去吩咐人连夜买棺盛殓，“明日便跟着老太太的殡送出，也停在老太太棺后，全了他的心志。”贾琏答应出去。这里命人将鸳鸯放下，停放里间屋内。平儿也知道了，过来同袭人、莺儿等一干人都哭的哀哀欲绝。内中紫鹃也想起自己终身一无着落，“恨不跟了林姑娘去，又全了主仆的恩义，又得了死所。如今空悬在宝玉屋内，虽说宝玉仍是柔情蜜意，究竟算不得什么?”于是更哭得哀切。

王夫人即传了鸳鸯的嫂子进来，叫他看着入殓。遂与邢夫人商量了，在老太太项内赏了他嫂子一百两银子，还说等闲了将鸳鸯所有的东西俱赏他们。他嫂子磕了头出去，反喜欢说："真真的我们姑娘是个有志气的，有造化的，又得了好名声，又得了好发送。"旁边一个婆子说道："罢呀嫂子，这会子你把一个活姑娘卖了一百银子便这么喜欢了，那时候儿给了大老爷，你还不知得多少银钱呢，你该更得意了。"一句话戳了他嫂子的心，便红了脸走开了。刚走到二门上，见林之孝带了人抬进棺材来了，他只得也跟进去帮着盛殓，假意哭嚎了几声。贾政因他为贾母而死，要了香来上了三炷，作了一个揖，说："他是殉葬的人，不可作丫头论。你们小一辈都该行个礼。"宝玉听了，喜不自胜，走上来恭恭敬敬磕了几个头。贾琏想他素日的好处，也要上来行礼，被邢夫人说道："有了一个爷们便罢了，不要折受他不得超生。"贾琏就不便过来了。宝钗听了，心中好不自在，便说道："我原不该给他行礼，但只老太太去世，咱们都有未了之事，不敢胡为，他肯替咱们尽孝，咱们也该托托他好好的替咱们服侍老太太西去，也少尽一点子心哪。"说着扶了莺儿走到灵前，一面奠酒，那眼泪早扑簌簌流下来了，奠毕拜了几拜，狠狠的哭了他一场。众人也有说宝玉的两口子都是傻子，也有说他两个心肠儿好的，也有说他知礼的。贾政反倒合了意。

一面商量定了看家的仍是凤姐、惜春，馀者都遣去伴灵。一夜谁敢安眠，一到五更，听见外面齐人。到了辰初发引，贾政居长，衰麻哭泣，极尽孝子之礼。灵柩出了门，便有各家的路祭，一路上的风光不必细述。走了半日，来至铁槛寺安灵，所有孝男等俱应在庙伴宿，不题。

且说家中林之孝带领拆了棚，将门窗上好，打扫净了院子，派了巡更的人到晚打更上夜。只是荣府规例，一、二更，三门掩上，男人便进不去了，里头只有女人们查夜。凤姐虽隔了一夜渐渐的神气清爽了些，只是那里动得。只有平儿同着惜春各处走了一走，咐吩了上夜的人，也便各自归房。

却说周瑞的干儿子何三，去年贾珍管事之时，因他和鲍二打架，被贾珍打了一顿，撵在外头，终日在赌场过日。近知贾母死了，必有些事情领办，岂知探了几天的信，一些也没有想头，便嗳声叹气的回到赌场中，闷闷的坐下。那些人便说道："老三，你怎么样？不下来捞本了么？"何三道："倒想要捞一捞呢，就只没有钱么。"那些人道："你到你们周大太爷那里去了几日，府里的钱你也不知弄了多少来，又来和我们装穷儿了。"何三道："你们还说呢，他们的金银不知有几百万，只藏着不用。明儿留着不是火烧了就是贼偷了，他们才死心呢。"那些人道："你又撒谎，他家抄了家，还有多少金银？"何三道："你们还不知道呢，抄去的是撂不了的。如今老太太死还留了好些金银，他们一个也不使，都在老太太屋里搁着，等送了殡回来才分呢。"内中有一个人听在心里，掷了几骰，便说："我输了几个钱，也不翻本儿了，睡去了。"说着，便走出来拉了何三道："老三，我和你说句话。"何三跟他出来。那人道："你这样一个伶俐人，这样穷，为你不服这口气。"何三道："我命里穷，可有什么法儿呢。"那人道："你才说荣府的银子这么多，为什么不去拿些使唤使唤？"何三道："我的哥哥，他家的金银虽多，你我去白要一二钱他们给咱们吗！"那人笑道："他不给咱们，咱们就不会拿吗！"何三听了这话里有话，便问道："依你说怎么样拿呢？"那人道："我说你没有本事，若是我，早拿了来了。"何三道："你有什么本事？"那人便轻轻的说道："你若要发财，你就引个头儿。我有好些朋友都是通天的本事，不要说他们送殡去了，家里剩下几个女人，就让有多少男人也不怕。只怕你没这么大胆子罢咧。"何三道："什么敢不敢！你打谅我怕那个干老子么，我是瞧着干妈的情儿上头才认他作干老子罢咧，他又算了人了！你刚才的话，就只怕弄不来倒招了饥荒。他们那个衙门不熟？别说拿不来，倘或拿了来也要闹出来的。"那人道："这么说你的运气来了。我的朋友还有海边上的呢，现今都在这里看个风头，等个门路。若到了手，你我在这里也无益，不如大家下海去受用不好么？你若撂不下你干妈，咱们索性把你干妈也带了去，大家伙儿乐一乐好不好？"何三道："老大，你别是醉了罢，这些话混说的什么。"说着，拉了那人走到一个僻静地方，两个人商量了一回，各人分头而去。暂且不题。

且说包勇自被贾政吆喝派去看园，贾母的事出来也忙了，不曾派他差使，他也不理会，总是自做自吃，闷来睡一觉，醒时便在园里耍刀弄棍，倒也无拘无束。那日贾母一早出殡，他虽知道，因没有派他差事，他任意闲游。只见一个女尼带了一个道婆来到园内腰门那里扣门，包勇走来说道："女师父那里去?"道婆道："今日听得老太太的事完了，不见四姑娘送殡，想必是在家看家。想他寂寞，我们师父来瞧他一瞧。"包勇道："主子都不在家，园门是我看的，请你们回去罢。要来呢，等主子们回来了再来。"婆子道："你是那里来的个黑炭头，也要管起我们的走动来了。"包勇道："我嫌你们这些人，我不叫你们来，你们有什么法儿!"婆子生了气，嚷道："这都是反了天的事了！连老太太在日还不能拦我们的来往走动呢，你是那里的这么个横强盗，这样没法没天的。我偏要打这里走!"说着，便把手在门环上狠狠的打了几下。妙玉已气的不言语，正要回身便走，不料里头看二门的婆子听见有人拌嘴似的，开门一看，见是妙玉，已经回身走去，明知必是包勇得罪了走了。近日婆子们都知道上头太太们四姑娘都亲近得很，恐他日后说出门上不放他进来，那时如何担得住，赶忙走来说："不知师父来，我们开门迟了。我们四姑娘在家里还正想师父呢，快请回来。看园子的小子是个新来的，他不知咱们的事，回来回了太太，打他一顿撵出去就完了。"妙玉虽是听见，总不理他。那经得看腰门的婆子赶上再四央求，后来才说出怕自己担不是，几乎急的跪下，妙玉无奈，只得随了那婆子过来。包勇见这般光景，自然不好拦他，气得瞪眼叹气而回。

这里妙玉带了道婆走到惜春那里，道了恼，叙了些闲话。说起"在家看家，只好熬个几夜。但是二奶奶病着，一个人又闷又是害怕，能有一个人在这里我就放心。如今里头一个男人也没有，今儿你既光降，肯伴我一宵，咱们下棋说话儿，可使得么?"妙玉本自不肯，见惜春可怜，又提起下棋，一时高兴应了，打发道婆回去取了他的茶具衣褥，命侍儿送了过来，大家坐谈一夜。惜春欣幸异常，便命彩屏去开上年蠲的雨水，预备好茶。那妙玉自有茶具。那道婆去了不多一时，又来了个侍者，带了妙玉日用之物。惜春亲自烹茶。两人言语投机，说了半天，那时已是初更时候，彩屏放下棋枰，两人对弈。惜春连输两盘，妙玉又让了四个子儿，惜春方赢了半子。这时已到四更，天空地阔，万籁无声。妙玉道："我到五更须得打坐一回，我自有人服侍，你自去歇息。”惜春犹是不舍，见妙玉要自己养神，不便扭他。

正要歇去，猛听得东边上屋内上夜的人一片声喊起，惜春那里的老婆子们也接着声嚷道：“了不得了！有了人了！”唬得惜春彩屏等心胆俱裂，听见外头上夜的男人便声喊起来。妙玉道：“不好了，必是这里有了贼了。”正说着，这里不敢开门，便掩了灯光。在窗户眼内往外一瞧，只是几个男人站在院内，唬得不敢作声，回身摆着手轻轻的爬下来说：“了不得，外头有几个大汉站着。”说犹未了，又听得房上响声不绝，便有外头上夜的人进来吆喝拿贼。一个人说道：“上屋里的东西都丢了，并不见人。东边有人去了，咱们到西边去。”惜春的老婆子听见有自己的人，便在外间屋里说道：“这里有好些人上了房了。”上夜的都道：“你瞧，这可不是吗。”大家一齐嚷起来。只听房上飞下好些瓦来，众人都不敢上前。

正在没法，只听园门腰门一声大响，打进门来，见一个梢长大汉，手执木棍。众人唬得藏躲不及，听得那人喊说道：“不要跑了他们一个！你们都跟我来。”这些家人听了这话，越发唬得骨软筋酥，连跑也跑不动了。只见这人站在当地只管乱喊，家人中有一个眼尖些的看出来了，你道是谁，正是甄家荐来的包勇。这些家人不觉胆壮起来，便颤巍巍的说道：“有一个走了，有的在房上呢。”包勇便向地下一扑，耸身上房追赶那贼。这些贼人明知贾家无人，先在院内偷看惜春房内，见有个绝色女尼，便顿起淫心，又欺上屋俱是女人，且又畏惧，正要踹进门去，因听外面有人进来追赶，所以贼众上房。见人不多，还想抵挡，猛见一人上房赶来，那些贼见是一人，越发不理论了，便用短兵抵住。那经得包勇用力一棍打去，将贼打下房来。那些贼飞奔而逃，从园墙过去，包勇也在房上追捕。岂知园内早藏下了几个在那里接赃，已经接过好些，见贼伙跑回，大家举械保护，见追的只有一人，明欺寡不敌众，反倒迎上来。包勇一见，生气道：“这些毛贼！敢来和我斗斗！”那伙贼便说：“我们有一个伙计被他们打倒了，不知死活，咱们索性抢了他出来。”这里包勇闻声即打，那伙贼便抡起器械，四五个人围住包勇乱打起来。外头上夜的人也都仗着胆子，只顾赶了来。众贼见斗他不过，只得跑了。包勇还要赶时，被一个箱子一绊，立定看时，心想东西未丢，众贼远逃，也不追赶。便叫众人将灯照看，地下只有几个空箱，叫人收拾，他便欲跑回上房。因路径不熟，走到凤姐那边，见里面灯烛辉煌，便问："这里有贼没有?"里头的平儿战兢兢的说道："这里也没开门，只听上屋叫喊说有贼呢。你到那里去罢。"包勇正摸不着路头，遥见上夜的人过来，才跟着一齐寻到上屋。见是门开户启，那些上夜的在那里啼哭。

一时贾芸、林之孝都进来了，见是失盗。大家着急进内查点，老太太的房门大开，将灯一照，锁头拧折，进内一瞧，箱柜已开，便骂那些上夜女人道："你们都是死人么！贼人进来你们不知道的么!"那些上夜的人啼哭着说道："我们几个人轮更上夜，是管二三更的，我们都没有住脚前后走的。他们是四更五更，我们的下班儿。只听见他们喊起来，并不见一个人，赶着照看，不知什么时候把东西早已丢了。求爷们问管四五更的。"林之孝道："你们个个要死，回来再说。咱们先到各处看去。"上夜的男人领着走到尤氏那边，门儿关紧，有几个接音说："唬死我们了。"林之孝问道："这里没有丢东西?"里头的人方开了门道："这里没丢东西。"林之孝带着人走到惜春院内，只听得里面说道："了不得了！唬死了姑娘了，醒醒儿罢。"林之孝便叫人开门，问是怎样了。里头婆子开门说："贼在这里打仗，把姑娘都唬坏了，亏得妙师父和彩屏才将姑娘救醒。东西是没失。"林之孝道："贼人怎么打仗?"上夜的男人说："幸亏包大爷上了房把贼打跑了去了，还听见打倒一个人呢。"包勇道："在园门那里呢。"贾芸等走到那边，果见一人躺在地下死了。细细一瞧，好像周瑞的干儿子。众人见了诧异，派一个人看守着，又派两个人照看前后门，俱仍旧关锁着。

林之孝便叫人开了门，报了营官，立刻到来查勘。踏察贼迹是从后夹道上屋的，到了西院房上，见那瓦破碎不堪，一直过了后园去了。众上夜的齐声说道："这不是贼，是强盗。"营官着急道："并非明火执杖，怎算是盗。"上夜的道："我们赶贼，他在房上掷瓦，我们不能近前，幸亏我们家的姓包的上房打退。赶到园里，还有好几个贼竟与姓包的打仗，打不过姓包的才都跑了。"营官道："可又来，若是强盗，倒打不过你们的人么。不用说了，你们快查清了东西，递了失单，我们报就是了。"

贾芸等又到上屋，已见凤姐扶病过来，惜春也来。贾芸请了凤姐的安，问了惜春的好。大家查看失物，因鸳鸯已死，琥珀等又送灵去了，那些东西都是老太太的，并没见数，只用封锁，如今打从那里查去。众人都说："箱柜东西不少，如今一空，偷的时候不小，那些上夜的人管什么的！况且打死的贼是周瑞的干儿子，必是他们通同一气的。"凤姐听了，气的眼睛直瞪瞪的便说："把那些上夜的女人都拴起来，交给营里审问。"众人叫苦连天，跪地哀求。不知怎生发放，并失去的物有无着落，下回分解。

第一一二回

活冤孽妙尼遭大劫　死雠仇赵妾赴冥曹

话说凤姐命捆起上夜众女人送营审问，女人跪地哀求。林之孝同贾芸道："你们求也无益。老爷派我们看家，没有事是造化，如今有了事，上下都担不是，谁救得你。若说是周瑞的干儿子，连太太起，里里外外的都不干净。"凤姐喘吁吁的说道："这都是命里所招，和他们说什么，带了他们去就是了。这丢的东西你告诉营里去说，实在是老太太的东西，问老爷们才知道。等我们报了去，请了老爷们回来，自然开了失单送来。文官衙门里我们也是这样报。"贾芸林之孝答应出去。

惜春一句话也没有，只是哭道："这些事我从来没有听见过，为什么偏偏碰在咱们两个人身上！明儿老爷太太回来，叫我怎么见人！说把家里交给咱们，如今闹到这个分儿，还想活着么！"凤姐道："咱们愿意吗！现在有上夜的人在那里。"惜春道："你还能说，况且你又病着。我是没有说的。这都是我大嫂子害了我的，他撺掇着太太派我看家的。如今我的脸搁在那里呢！"说着，又痛哭起来。凤姐道："姑娘，你快别这么想，若说没脸，大家一样的。你若这么糊涂想头，我更搁不住了。"二人正说着，只听见外头院子里有人大嚷的说道："我说那三姑六婆是再要不得的，我们甄府里从来是一概不许上门的，不想这府里倒不讲究这个呢。昨儿老太太的殡才出去，那个什么庵里的尼姑死要到咱们这里来，我吆喝着不准他们进来，腰门上的老婆子倒骂我，死央及叫放那姑子进去。那腰门子一会儿开着，一会儿关着，不知做什么，我不放心没敢睡，听到四更这里就嚷起来。我来叫门倒不开了，我听见声儿紧了，打开了门，见西边院子里有人站着，我便赶走打死了。我今儿才知道，这是四姑奶奶的屋子。那个姑子就在里头，今儿天没亮溜出去了，可不是那姑子引进来的贼么。”平儿等听着，都说：“这是谁这么没规矩？姑娘奶奶都在这里，敢在外头混嚷吗。”凤姐道：“你听见说‘他甄府里’，别就是甄家荐来的那个厌物罢。”惜春听得明白，更加心里过不的。凤姐接着问惜春道：“那个人混说什么姑子，你们那里弄了个姑子住下了？”惜春便将妙玉来瞧他留着下棋守夜的话说了。凤姐道：“是他么，他怎么肯这样，是再没有的话。但是叫这讨人嫌的东西嚷出来，老爷知道了也不好。”惜春愈想愈怕，站起来要走。凤姐虽说坐不住，又怕惜春害怕弄出事来，只得叫他先别走，“且看着人把偷剩下的东西收起来，再派了人看着才好走呢。”平儿道：“咱们不敢收，等衙门里来了踏看了才好收呢。咱们只好看着。但只不知老爷那里有人去了没有？”凤姐道：“你叫老婆子问去。”一回进来说：“林之孝是走不开，家下人要伺候查验的，再有的是说不清楚的，已经芸二爷去了。”凤姐点头，同惜春坐着发愁。

且说那伙贼原是何三等邀的，偷抢了好些金银财宝接运出去，见人追赶，知道都是那些不中用的人，要往西边屋内偷去，在窗外看见里面灯光底下两个美人：一个姑娘，一个姑子。那些贼那顾性命，顿起不良，就要踹进来，因见包勇来赶，才获赃而逃。只不见了何三。大家且躲入窝家。到第二天打听动静，知是何三被他们打死，已经报了文武衙门。这里是躲不住的，便商量趁早归入海洋大盗一处，去若迟了，通缉文书一行，关津上就过不去了。内中一个人胆子极大，便说：“咱们走是走，我就只舍不得那个姑子，长的实在好看。不知是那个庵里的雏儿呢？”一个人道：“啊呀，我想起来了，必就是贾府园里的什么栊翠庵里的姑子。不是前年外头说他和他们家什么宝二爷有原故，后来不知怎么又害起相思病来了，请大夫吃药的就是他。”那一个人听了，说：“咱们今日躲一天，叫咱们大哥借钱置办些买卖行头，明儿亮钟时候陆续出关。你们在关外二十里坡等我。”众贼议定，分赃俵散。不题。

且说贾政等送殡，到了寺内安厝毕，亲友散去。贾政在外厢房伴灵，邢、王二夫人等在内，一宿无非哭泣。到了第二日，重新上祭。正摆饭时，只见贾芸进来，在老太太灵前磕了个头，忙忙的跑到贾政跟前跪下请了安，喘吁吁的将昨夜被盗，将老太太上房的东西都偷去，包勇赶贼打死了一个，已经呈报文武衙门的话说了一遍。贾政听了发怔。邢、王二夫人等在里头也听见了，都唬得魂不附体，并无一言，只有啼哭。贾政过了一会子问失单怎样开的，贾芸回道："家里的人都不知道，还没有开单。"贾政道："还好，咱们动过家的，若开出好的来反担罪名。快叫琏儿。"贾琏领了宝玉等去别处上祭未回，贾政叫人赶了回来。贾琏听了，急得直跳，一见芸儿，也不顾贾政在那里，便把贾芸狠狠的骂了一顿说："不配抬举的东西，我将这样重任托你，押着人上夜巡更，你是死人么！亏你还有脸来告诉！"说着，往贾芸脸上啐了几口。贾芸垂手站着，不敢回一言。贾政道："你骂他也无益了。"贾琏然后跪下说："这便怎么样？"贾政道："也没法儿，只有报官缉贼。但只是一件：老太太遗下的东西咱们都没动，你说要银子，我想老太太死得几天，谁忍得动他那一项银子。原打谅完了事算了帐还人家，再有的在这里和南边置坟产的，再有东西也没见数儿。如今说文武衙门要失单，若将几件好的东西开上恐有碍，若说金银若干，衣饰若干，又没有实在数目，谎开使不得。倒可笑你如今竟换了一个人了，为什么这样料理不开！你跪在这里是怎么样呢！"贾琏也不敢答言，只得站起来就走。贾政又叫道："你那里去？"贾琏又跪下道："赶回去料理清楚再来回。"贾政哼的一声，贾琏把头低下。贾政道："你进去回了你母亲，叫了老太太的一两个丫头去，叫他们细细的想了开单子。"贾琏心里明知老太太的东西都是鸳鸯经管，他死了问谁？就问珍珠，他们那里记得清楚。只不敢驳回，连连的答应了，起来走到里头。邢、王夫人又埋怨了一顿，叫贾琏快回去，问他们这些看家的说"明儿怎么见我们！"贾琏也只得答应了出来，一面命人套车预备琥珀等进城，自己骑上骡子，跟了几个小厮，如飞的回去。贾芸也不敢再回贾政，斜签着身子慢慢的溜出来，骑上了马来赶贾琏。一路无话。

到回了家中，林之孝请了安，一直跟了进来。贾琏到了老太太上屋，见了凤姐、惜春在那里，心里又恨又说不出来，便问林之孝道："衙门里瞧了没有？"林之孝自知有罪，便跪下回道："文武衙门都瞧了，来踪去迹也看了，尸也验了。"贾琏吃惊道："又验什么尸？"林之孝又将包勇打死的伙贼似周瑞的干儿子的话回了贾琏。贾琏道："叫芸儿。"贾芸进来也跪着听话。贾琏道："你见老爷时怎么没有回周瑞的干儿子做了贼被包勇打死的话?"贾芸说道："上夜的人说像他的，恐怕不真，所以没有回。"贾琏道："好糊涂东西！你若告诉了我，就带了周瑞来一认可不就知道了。"林之孝回道："如今衙门里把尸首放在市口儿招认去了。"贾琏道："这又是个糊涂东西，谁家的人做了贼，被人打死，要偿命么!"林之孝回道："这不用人家认，奴才就认得是他。"贾琏听了想道："是啊，我记得珍大爷那一年要打的可不是周瑞家的么。"林之孝回说："他和鲍二打架来着，还见过的呢。"贾琏听了更生气，便要打上夜的人。林之孝哀告道："请二爷息怒，那些上夜的人，派了他们，还敢偷懒?只是爷府上的规矩，三门里一个男人不敢进去的，就是奴才们，里头不叫，也不敢进去。奴才在外同芸哥儿刻刻查点，见三门关的严严的，外头的门一重没有开。那贼是从后夹道子来的。"贾琏道："里头上夜的女人呢。"林之孝将分更上夜奉奶奶的命捆着等爷审问的话回了。贾琏又问"包勇呢?"林之孝说："又往园里去了。"贾琏便说："去叫来。"小厮们便将包勇带来。说："还亏你在这里，若没有你，只怕所有房屋里的东西都抢了去了呢。"包勇也不言语。惜春恐他说出那话，心下着急。凤姐也不敢言语。只见外头说："琥珀姐姐等回来了。"大家见了，不免又哭一场。

贾琏叫人检点偷剩下的东西，只有些衣服尺头钱箱未动，馀者都没有了。贾琏心里更加着急，想着"外头的棚杠银、厨房的钱都没有付给，明儿拿什么还呢!"便呆想了一会。只见琥珀等进去，哭了一会，见箱柜开着，所有的东西怎能记忆，便胡乱想猜，虚拟了一张失单，命人即送到文武衙门。贾琏复又派人上夜。凤姐、惜春各自回房。贾琏不敢在家安歇，也不及埋怨凤姐，竟自骑马赶出城外。这里凤姐又恐惜春短见，又打发了丰儿过去安慰。

天已二更。不言这里贼去关门，众人更加小心，谁敢睡觉。且说伙贼一心想着妙玉，知是孤庵女众，不难欺负。到了三更夜静，便拿了短兵器，带了些闷香，跳上高墙。远远瞧见栊翠庵内灯光犹亮，便潜身溜下，藏在房头僻处。等到四更，见里头只有一盏海灯，妙玉一人在蒲团上打坐。歇了一会，便嗳声叹气的说道："我自元墓到京，原想传个名的，为这里请来，不能又栖他处。昨儿好心去瞧四姑娘，反受了这蠢人的气，夜里又受了大惊。今日回来，那蒲团再坐不稳，只觉肉跳心惊。"因素常一个打坐的，今日又不肯叫人相伴。岂知到了五更，寒颤起来。正要叫人，只听见窗外一响，想起昨晚的事，更加害怕，不免叫人。岂知那些婆子都不答应。自己坐着，觉得一股香气透入囟门，便手足麻木，不能动弹，口里也说不出话来，心中更自着急。只见一个人拿着明晃晃的刀进来。此时妙玉心中却是明白，只不能动，想是要杀自己，索性横了心，倒也不怕。那知那个人把刀插在背后，腾出手来将妙玉轻轻的抱起，轻薄了一会子，便拖起背在身上。此时妙玉心中只是如醉如痴。可怜一个极洁极净的女儿，被这强盗的闷香熏住，由着他掇弄了去了。

却说这贼背了妙玉来到园后墙边，搭了软梯，爬上墙跳出去了。外边早有伙计弄了车辆在园外等着，那人将妙玉放倒在车上，反打起官衔灯笼，叫开栅栏，急急行到城门，正是开门之时。门官只知是有公干出城的，也不及查诘。赶出城去，那伙贼加鞭赶到二十里坡和众强徒打了照面，各自分头奔南海而去。不知妙玉被劫或是甘受污辱，还是不屈而死，不知下落，也难妄拟。

只言栊翠庵一个跟妙玉的女尼，他本住在静室后面，睡到五更，听见前面有人声响，只道妙玉打坐不安。后来听见有男人脚步，门窗响动，欲要起来瞧看，只是身子发软懒怠开口，又不听见妙玉言语，只睁着两眼听着。到了天亮，终觉得心里清楚，披衣起来，叫了道婆预备妙玉茶水，他便往前面来看妙玉。岂知妙玉的踪迹全无，门窗大开。心里诧异，昨晚响动甚是疑心，说："这样早，他到那里去了？"走出院门一看，有一个软梯靠墙立着，地下还有一把刀鞘，一条搭膊，便道："不好了，昨晚是贼烧了闷香了！"急叫人起来查看，庵门仍是紧闭。那些婆子女侍们都说："昨夜煤气熏着了，今早都起不起来，这么早叫我们做什么。"那女尼道："师父不知那里去了。"众人道："在观音堂打坐呢。"女尼道："你们还做梦呢，你来瞧瞧。"众人不知，也都着忙，开了庵门，满园里都找到了，"想来或是到四姑娘那里去了。"

众人来叩腰门，又被包勇骂了一顿。众人说道："我们妙师父昨晚不知去向，所以来找。求你老人家叫开腰门，问一问来了没来就是了。"包勇道："你们师父引了贼来偷我们，已经偷到手了，他跟了贼去受用去了。"众人道："阿弥陀佛，说这些话的防着下割舌地狱!"包勇生气道："胡说，你们再闹我就要打了。"众人陪笑央告道："求爷叫开门我们瞧瞧，若没有，再不敢惊动你太爷了。"包勇道："你不信你去找，若没有，回来问你们。"包勇说着叫开腰门，众人找到惜春那里。

惜春正是愁闷，惦着"妙玉清早去后不知听见我们姓包的话了没有，只怕又得罪了他，以后总不肯来。我的知己是没有了。况我现在实难见人。父母早死，嫂子嫌我，头里有老太太，到底还疼我些，如今也死了，留下我孤苦伶仃，如何了局!"想到："迎春姐姐磨折死了，史姐姐守着病人，三姐姐远去，这都是命里所招，不能自由。独有妙玉如闲云野鹤，无拘无束。我能学他，就造化不小了。但我是世家之女，怎能遂意。这回看家已大担不是，还有何颜在这里。又恐太太们不知我的心事，将来的后事如何呢?"想到其间，便要把自己的青丝绞去，要想出家。彩屏等听见，急忙来劝，岂知已将一半头发绞去。彩屏愈加着忙，说道："一事不了又出一事，这可怎么好呢!"正在吵闹，只见妙玉的道婆来找妙玉。彩屏问起来由，先唬了一跳，说是昨日一早去了没来。里面惜春听见，急忙问道："那里去了?"道婆们将昨夜听见的响动，被煤气熏着，今早不见有妙玉，庵内软梯刀鞘的话说了一遍。惜春惊疑不定，想起昨日包勇的话来，必是那些强盗看见了他，昨晚抢去了也未可知。但是他素来孤洁的很，岂肯惜命?"怎么你们都没听见么?"众人道："怎么不听见！只是我们这些人都是睁着眼连一句话也说不出，必是那贼子烧了闷香。妙姑一人想也被贼闷住，不能言语；况且贼人必多，拿刀弄杖威逼着，他还敢声喊么?"正说着，包勇又在腰门那里嚷，说："里头快把这些混帐的婆子赶了出来罢，快关腰门!"彩屏听见恐担不是，只得叫婆子出去，叫人关了腰门。惜春于是更加苦楚，无奈彩屏等再三以礼相劝，仍旧将一半青丝笼起。大家商议不必声张，就是妙玉被抢也当作不知，且等老爷太太回来再说。惜春心里的死定下一个出家的念头，暂且不提。

且说贾琏回到铁槛寺，将到家中查点了上夜的人，开了失单报去的话回了。贾政道："怎样开的?"贾琏便将琥珀所记得的数目单子呈出，并说："这上头元妃赐的东西已经注明。还有那人家不大有的东西不便开上，等侄儿脱了孝出去托人细细的缉访，少不得弄出来的。"贾政听了合意，就点头不言。贾琏进内见了邢、王二夫人，商量着"劝老爷早些回家才好呢，不然都是乱麻似的。"邢夫人道："可不是，我们在这里也是惊心吊胆。"贾琏道："这是我们不敢说的，还是太太的主意二老爷是依的。"邢夫人便与王夫人商议妥了。

过了一夜，贾政也不放心，打发宝玉进来说："请太太们今日回家，过两三日再来。家人们已经派定了，里头请太太们派人罢。"邢夫人派了鹦哥等一干人伴灵，将周瑞家的等人派了总管，其馀上下人等都回去。一时忙乱套车备马。贾政等在贾母灵前辞别，众人又哭了一场。

都起来正要走时，只见赵姨娘还爬在地下不起。周姨娘打量他还哭，便去拉他。岂知赵姨娘满嘴白沫，眼睛直竖，把舌头吐出，反把家人唬了一大跳。贾环过来乱嚷。赵姨娘醒来说道："我是不回去的，跟着老太太回南去。"众人道："老太太那用你来!"赵姨娘道："我跟了一辈子老太太，大老爷还不依，弄神弄鬼的来算计我。——我想仗着马道婆要出出我的气，银子白花了好些，也没有弄死了一个。如今我回去了，又不知谁来算计我。"众人听见，早知是鸳鸯附在他身上。邢、王二夫人都不言语瞅着。只有彩云等代他央告道："鸳鸯姐姐，你死是自己愿意的，与赵姨娘什么相干，放了他罢。"见邢夫人在这里，也不敢说别的。赵姨娘道："我不是鸳鸯，他早到仙界去了。我是阎王差人拿我去的，要问我为什么和马婆子用魇魔法的案件。"说着便叫"好琏二奶奶，你在这里老爷面前少顶一句儿罢，我有一千日的不好还有一天的好呢。好二奶奶，亲二奶奶，并不是我要害你，我一时糊涂，听了那个老娼妇的话。"正闹着，贾政打发人进来叫环儿。婆子们去回说："赵姨娘中了邪了，三爷看着呢。"贾政道："没有的事，我们先走了。"于是爷们等先回。这里赵姨娘还是混说，一时救不过来。邢夫人恐他又说出什么来，便说："多派几个人在这里瞧着他，咱们先走，到了城里打发大夫出来瞧罢。”王夫人本嫌他，也打撒手儿。宝钗本是仁厚的人，虽想着他害宝玉的事，心里究竟过不去，背地里托了周姨娘在这里照应。周姨娘也是个好人，便应承了。李纨说道：“我也在这里罢。”王夫人道：“可以不必。”于是大家都要起身。贾环急忙道：“我也在这里吗？”王夫人啐道：“糊涂东西！你姨妈的死活都不知，你还要走吗！”贾环就不敢言语了。宝玉道：“好兄弟，你是走不得的。我进了城打发人来瞧你。”说毕，都上车回家。寺里只有赵姨娘、贾环、鹦哥等人。

贾政、邢夫人等先后到家，到了上房哭了一场。林之孝带了家下众人请了安，跪着。贾政喝道：“去罢！明日问你！”凤姐那日发晕了几次，竟不能出接，只有惜春见了，觉得满面羞惭。邢夫人也不理他，王夫人仍是照常，李纨、宝钗拉着手说了几句话。独有尤氏说道：“姑娘，你操心了，倒照应了好几天！”惜春一言不答，只紫涨了脸。宝钗将尤氏一拉，使了个眼色。尤氏等各自归房去了。贾政略略的看了一看，叹了口气，并不言语。到书房席地坐下，叫了贾琏、贾蓉、贾芸吩咐了几句话。宝玉要在书房来陪贾政，贾政道：“不必。”兰儿仍跟他母亲。一宿无话。

次日，林之孝一早进书房跪着，贾政将前后被盗的事问了一遍。并将周瑞供了出来，又说：“衙门拿住了鲍二，身边搜出了失单上的东西。现在夹讯，要在他身上要这一伙贼呢。”贾政听了大怒道：“家奴负恩，引贼偷窃家主，真是反了！”立刻叫人到城外将周瑞捆了，送到衙门审问。林之孝只管跪着不敢起来。贾政道：“你还跪着做什么？”林之孝道：“奴才该死，求老爷开恩。”正说着，赖大等一干办事家人上来请了安，呈上丧事帐簿。贾政道：“交给琏二爷算明了来回。”吆喝着林之孝起来出去了。贾琏一腿跪着，在贾政身边说了一句话。贾政把眼一瞪道：“胡说，老太太的事，银两被贼偷去，就该罚奴才拿出来么！”贾琏红了脸不敢言语，站起来也不敢动。贾政道：“你媳妇怎么样？”贾琏又跪下说：“看来是不中用了。”贾政叹口气道：“我不料家运衰败一至如此！况且环哥儿他妈尚在庙中病着，也不知是什么症候，你们知道不知道？”贾琏也不敢言语。贾政道：“传出话去，叫人带了大夫瞧去。”贾琏即忙答应着出来，叫人带了大夫到铁槛寺去瞧赵姨娘。未知死活，下回分解。

第一一三回

忏宿冤凤姐托村妪　释旧憾情婢感痴郎

话说赵姨娘在寺内得了暴病，见人少了，更加混说起来，唬得众人都恨，就有两个女人搀着。赵姨娘双膝跪在地下，说一回，哭一回，有时爬在地下叫饶，说："打杀我了！红胡子的老爷，我再不敢了。"有一时双手合着，也是叫疼。眼睛突出，嘴里鲜血直流，头发披散，人人害怕，不敢近前。那时又将天晚，赵姨娘的声音只管喑哑起来了，居然鬼嚎一般。无人敢在他跟前，只得叫了几个有胆量的男人进来坐着，赵姨娘一时死去，隔了些时又回过来，整整的闹了一夜。

到了第二天，也不言语，只装鬼脸，自己拿手撕开衣服，露出胸膛，好像有人剥他的样子。可怜赵姨娘虽说不出来，其痛苦之状实在难堪。正在危急，大夫来了，也不敢诊，只嘱咐"办理后事罢"，说了起身就走。那送大夫的家人再三央告说："请老爷看看脉，小的好回禀家主。"那大夫用手一摸，已无脉息。贾环听了，然后大哭起来。众人只顾贾环，谁料理赵姨娘。只有周姨娘心里苦楚，想到："做偏房侧室的下场头不过如此！况他还有儿子的，我将来死起来还不知怎样呢！"于是反哭的悲切。且说那人赶回家去回禀了。贾政即派家人去照例料理，陪着环儿住了三天，一同回来。

那人去了，这里一人传十，十人传百，都知道赵姨娘使了毒心害人被阴司里拷打死了。又说是"琏二奶奶只怕也好不了，怎么说琏二奶奶告的呢。"这些话传到平儿耳内，甚是着急，看着凤姐的样子实在是不能好的了，看着贾琏近日并不似先前的恩爱，本来事也多，竟像不与他相干的。平儿在凤姐跟前只管劝慰，又想着邢、王二夫人回家几日，只打发人来问问，并不亲身来看。凤姐心里更加悲苦。贾琏回来也没有一句贴心的话。

凤姐此时只求速死，心里一想，邪魔悉至。只见尤二姐从房后走来，渐近床前说："姐姐，许久的不见了。做妹妹的想念的很，要见不能，如今好容易进来见见姐姐。姐姐的心机也用尽了，咱们的二爷糊涂，也不领姐姐的情，反倒怨姐姐作事过于苛刻，把他的前程去了，叫他如今见不得人。我替姐姐气不平。"凤姐恍惚说道："我如今也后悔我的心忒窄了，妹妹不念旧恶，还来瞧我。"平儿在旁听见，说道："奶奶说什么？"凤姐一时苏醒，想起尤二姐已死，必是他来索命。被平儿叫醒，心里害怕，又不肯说出，只得勉强说道："我神魂不定，想是说梦话。给我捶捶。"平儿上去捶着，见个小丫头子进来，说是"刘姥姥来了，婆子们带着来请奶奶的安。"平儿急忙下来说："在那里呢？"小丫头子说："他不敢就进来，还听奶奶的示下。"平儿听了点头，想凤姐病里必是懒待见人，便说道："奶奶现在养神呢，暂且叫他等着。你问他来有什么事么？"小丫头子说道："他们问过了，没有事。说知道老太太去世了，因没有报才来迟了。"小丫头子说着，凤姐听见，便叫"平儿，你来，人家好心来瞧，不要冷淡人家。你去请了刘姥姥进来，我和他说说话儿。"平儿只得出来请刘姥姥这里坐。

凤姐刚要合眼，又见一个男人一个女人走向炕前，就像要上炕似的。凤姐着忙，便叫平儿说："那里来了一个男人跑到这里来了！"连叫两声，只见丰儿小红赶来说："奶奶要什么？"凤姐睁眼一瞧，不见有人，心里明白，不肯说出来，便问丰儿道："平儿这东西那里去了？"丰儿道："不是奶奶叫去请刘姥姥去了么。"凤姐定了一会神，也不言语。

只见平儿同刘姥姥带了一个小女孩儿进来，说："我们姑奶奶在那里？"平儿引到炕边，刘姥姥便说："请姑奶奶安。"凤姐睁眼一看，不觉一阵伤心，说："姥姥你好？怎么这时候才来？你瞧你外孙女儿也长的这么大了。"刘姥姥看着凤姐骨瘦如柴，神情恍惚，心里也就悲惨起来，说："我的奶奶，怎么这几个月不见，就病到这个分儿。我糊涂的要死，怎么不早来请姑奶奶的安！"便叫青儿给姑奶奶请安。青儿只是笑，凤姐看了倒也十分喜欢，便叫小红招呼着。刘姥姥道："我们屯乡里的人不会病的，若一病了就要求神许愿，从不知道吃药的。我想姑奶奶的病不要撞着什么了罢？"平儿听着那话不在理，便在背地里扯他。刘姥姥会意，便不言语。那里知道这句话倒合了凤姐的意，扎挣着说："姥姥你是有年纪的人，说的不错。你见过的赵姨娘也死了，你知道么?"刘姥姥诧异道："阿弥陀佛！好端端一个人怎么就死了？我记得他也有一个小哥儿，这便怎么样呢?"平儿道："这怕什么，他还有老爷太太呢。"刘姥姥道："姑娘，你那里知道，不好死了是亲生的，隔了肚皮子是不中用的。"这句话又招起凤姐的愁肠，呜呜咽咽的哭起来了。众人都来劝解。

巧姐儿听见他母亲悲哭，便走到炕前用手拉着凤姐的手，也哭起来。凤姐一面哭着道："你见过了姥姥了没有?"巧姐儿道："没有。"凤姐道："你的名字还是他起的呢，就和干娘一样，你给他请个安。"巧姐儿便走到跟前，刘姥姥忙着拉着道："阿弥陀佛，不要折杀我了！巧姑娘，我一年多不来，你还认得我么?"巧姐儿道："怎么不认得。那年在园里见的时候我还小，前年你来，我还合你要隔年的蝈蝈儿，你也没有给我，必是忘了。"刘姥姥道："好姑娘，我是老糊涂了。若说蝈蝈儿，我们屯里多得很，只是不到我们那里去，若去了，要一车也容易。"凤姐道："不然你带了他去罢。"刘姥姥笑道："姑娘这样千金贵体，绫罗裹大了的，吃的是好东西，到了我们那里，我拿什么哄他顽，拿什么给他吃呢？这倒不是坑杀我了么。"说着，自己还笑，他说："那么着，我给姑娘做个媒罢。我们那里虽说是屯乡里，也有大财主人家，几千顷地，几百牲口，银子钱亦不少，只是不像这里有金的，有玉的。姑奶奶是瞧不起这种人家，我们庄家人瞧着这样大财主，也算是天上的人了。"凤姐道："你说去，我愿意就给。"刘姥姥道："这是顽话儿罢咧。放着姑奶奶这样，大官大府的人家只怕还不肯给，那里肯给庄家人。就是姑奶奶肯了，上头太太们也不给。"巧姐因他这话不好听，便走了去和青儿说话。两个女孩儿倒说得上，渐渐的就熟起来了。

这里平儿恐刘姥姥话多，搅烦了凤姐，便拉了刘姥姥说："你提起太太来，你还没有过去呢。我出去叫人带了你去见见，也不枉来这一趟。"刘姥姥便要走。凤姐道："忙什么，你坐下，我问你近来的日子还过的么?"刘姥姥千恩万谢的说道："我们若不仗着姑奶奶"，说着，指着青儿说："他的老子娘都要饿死了。如今虽说是庄家人苦，家里也挣了好几亩地，又打了一眼井，种些菜蔬瓜果，一年卖的钱也不少，尽够他们嚼吃的了。这两年姑奶奶还时常给些衣服布匹，在我们村里算过得的了。阿弥陀佛，前日他老子进城，听见姑奶奶这里动了家，我就几乎唬杀了。亏得又有人说不是这里，我才放心。后来又听见说这里老爷升了，我又喜欢，就要来道喜，为的是满地的庄家来不得。昨日又听说老太太没有了，我在地里打豆子，听见了这话，唬得连豆子都拿不起来了，就在地里狠狠的哭了一大场。我和女婿说，我也顾不得你们了，不管真话谎话，我是要进城瞧瞧去的。我女儿女婿也不是没良心的，听见了也哭了一回子，今儿天没亮就赶着我进城来了。我也不认得一个人，没有地方打听，一径来到后门，见是门神都糊了，我这一唬又不小。进了门找周嫂子，再找不着，撞见一个小姑娘，说周嫂子他得了不是了，撵了。我又等了好半天，遇见了熟人，才得进来。不打谅姑奶奶也是那么病。"说着，又掉下泪来。平儿等着急，也不等他说完拉着就走，说："你老人家说了半天，口干了，咱们喝碗茶去罢。"拉着刘姥姥到下房坐着，青儿在巧姐儿那边。刘姥姥道："茶倒不要。好姑娘，叫人带了我去请太太的安，哭哭老太太去罢。"平儿道："你不用忙，今儿也赶不出城的了。方才我是怕你说话不防头招的我们奶奶哭，所以催你出来的。别思量。"刘姥姥道："阿弥陀佛，姑娘是你多心，我知道。倒是奶奶的病怎么好呢?"平儿道："你瞧去妨碍不妨碍?"刘姥姥道："说是罪过，我瞧着不好。"

正说着，又听凤姐叫呢。平儿及到床前，凤姐又不言语了。平儿正问丰儿，贾琏进来，向炕上一瞧，也不言语，走到里间气哼哼的坐下。只有秋桐跟了进去，倒了茶，殷勤一回，不知嘁嘁喳喳的说些什么。回来贾琏叫平儿来问道："奶奶不吃药么?"平儿道："不吃药。怎么样呢?"贾琏道："我知道么！你拿柜子上的钥匙来罢。"平儿见贾琏有气，又不敢问，只得出来凤姐耳边说了一声。凤姐不言语，平儿便将一个匣子搁在贾琏那里就走。贾琏道："有鬼叫你吗！你搁着叫谁拿呢?"平儿忍气打开，取了钥匙开了柜子，便问道："拿什么?"贾琏道："咱们有什么吗?"平儿气得哭道："有话明白说，人死了也愿意!"贾琏道："还要说么！头里的事是你们闹的。如今老太太的还短了四五千银子，老爷叫我拿公中的地帐弄银子，你说有么？外头拉的帐不开发使得么？谁叫我应这个名儿！只好把老太太给我的东西折变去罢了。你不依么？”平儿听了，一句不言语，将柜里东西搬出。只见小红过来说：“平姐姐快走，奶奶不好呢。”平儿也顾不得贾琏，急忙过来，见凤姐用手空抓，平儿用手攥着哭叫。贾琏也过来一瞧，把脚一跺道：“若是这样，是要我的命了。”说着，掉下泪来。丰儿进来说：“外头找二爷呢。”贾琏只得出去。

这里凤姐愈加不好，丰儿等不免哭起来。巧姐听见赶来。刘姥姥也急忙走到炕前，嘴里念佛，捣了些鬼，果然凤姐好些。一时王夫人听了丫头的信，也过来了，先见凤姐安静些，心下略放心，见了刘姥姥，便说：“刘姥姥，你好？什么时候来的？”刘姥姥便说：“请太太安。”不及细说，只言凤姐的病。讲究了半天，彩云进来说：“老爷请太太呢。”王夫人叮咛了平儿几句话，便过去了。凤姐闹了一回，此时又觉清楚些，见刘姥姥在这里，心里信他求神祷告，便把丰儿等支开，叫刘姥姥坐在头边，告诉他心神不宁如见鬼怪的样。刘姥姥便说我们屯里什么菩萨灵，什么庙有感应。凤姐道：“求你替我祷告，要用供献的银钱我有。”便在手腕上褪下一支金镯子来交给他。刘姥姥道：“姑奶奶，不用那个。我们村庄人家许了愿，好了，花上几百钱就是了，那用这些。就是我替姑奶奶求去，也是许愿。等姑奶奶好了，要花什么自己去花罢。”凤姐明知刘姥姥一片好心，不好勉强，只得留下，说：“姥姥，我的命交给你了。我的巧姐儿也是千灾百病的，也交给你了。”刘姥姥顺口答应，便说：“这么着，我看天气尚早，还赶得出城去，我就去了。明儿姑奶奶好了，再请还愿去。”凤姐因被众冤魂缠绕害怕，巴不得他就去，便说：“你若肯替我用心，我能安稳睡一觉，我就感激你了。你外孙女儿叫他在这里住下罢。”刘姥姥道：“庄家孩子没有见过世面，没的在这里打嘴。我带他去的好。”凤姐道：“这就是多心了。既是咱们一家，这怕什么。虽说我们穷了，这一个人吃饭也不碍什么。”刘姥姥见凤姐真情，落得叫青儿住几天，又省了家里的嚼吃。只怕青儿不肯，不如叫他来问问，若是他肯，就留下。于是和青儿说了几句。青儿因与巧姐儿顽得熟了，巧姐又不愿他去，青儿又愿意在这里。刘姥姥便吩咐了几句，辞了平儿，忙忙的赶出城去。不题。

且说栊翠庵原是贾府的地址，因盖省亲园子，将那庵圈在里头，向来食用香火并不动贾府的钱粮。今日妙玉被劫，那女尼呈报到官，一则候官府缉盗的下落，二则是妙玉基业不便离散，依旧住下。不过回明了贾府。那时贾府的人虽都知道，只为贾政新丧，且又心事不宁，也不敢将这些没要紧的事回禀。只有惜春知道此事，日夜不安。渐渐传到宝玉耳边，说妙玉被贼劫去，又有的说妙玉凡心动了跟人而走。宝玉听得十分纳闷，想来必是被强徒抢去，这个人必不肯受，一定不屈而死。但是一无下落，心下甚不放心，每日长嘘短叹。还说："这样一个人自称为'槛外人'，怎么遭此结局！"又想到："当日园中何等热闹，自从二姐姐出阁以来，死的死，嫁的嫁，我想他一尘不染是保得住的了，岂知风波顿起，比林妹妹死的更奇！"由是一而二，二而三，追思起来，想到《庄子》上的话，虚无缥缈，人生在世，难免风流云散，不禁的大哭起来。袭人等又道是他的疯病发作，百般的温柔解劝。宝钗初时不知何故，也用话箴规。怎奈宝玉抑郁不解，又觉精神恍惚。宝钗想不出道理，再三打听，方知妙玉被劫不知去向，也是伤感，只为宝玉愁烦，便用正言解释。因提起"兰儿自送殡回来，虽不上学，闻得日夜攻苦。他是老太太的重孙，老太太素来望你成人，老爷为你日夜焦心，你为闲情痴意糟踏自己，我们守着你如何是个结果！"说得宝玉无言可答，过了一回才说道："我那管人家的闲事，只可叹咱们家的运气衰颓。"宝钗道："可又来，老爷太太原为是要你成人，接续祖宗遗绪。你只是执迷不悟，如何是好。"宝玉听来，话不投机，便靠在桌上睡去。宝钗也不理他，叫麝月等伺候着，自己却去睡了。

宝玉见屋里人少，想起："紫鹃到了这里，我从没合他说句知心的话儿，冷冷清清撂着他，我心里甚不过意。他呢，又比不得麝月秋纹，我可以安放得的。想起从前我病的时候，他在我这里伴了好些时，如今他的那一面小镜子还在我这里，他的情义却也不薄了。如今不知为什么，见我就是冷冷的。若说为我们这一个呢，他是和林妹妹最好的，我看他待紫鹃也不错。我有不在家的日子，紫鹃原与他有说有讲的；到我来了，紫鹃便走开了。想来自然是为林妹妹死了我便成了家的原故。嗳，紫鹃，紫鹃，你这样一个聪明女孩儿，难道连我这点子苦处都看不出来么!”因又一想：“今晚他们睡的睡，做活的做活，不如趁着这个空儿我找他去，看他有什么话。倘或我还有得罪之处，便陪个不是也使得。”想定主意，轻轻的走出了房门，来找紫鹃。

那紫鹃的下房也就在西厢里间。宝玉悄悄的走到窗下，只见里面尚有灯光，便用舌头舐破窗纸往里一瞧，见紫鹃独自挑灯，又不是做什么，呆呆的坐着。宝玉便轻轻的叫道：“紫鹃姐姐还没有睡么?”紫鹃听了唬了一跳，怔怔的半日才说：“是谁?”宝玉道：“是我。”紫鹃听着，似乎是宝玉的声音，便问：“是宝二爷么?”宝玉在外轻轻的答应了一声。紫鹃问道：“你来做什么?”宝玉道：“我有一句心里的话要和你说说，你开了门，我到你屋里坐坐。”紫鹃停了一会儿说道：“二爷有什么话，天晚了，请回罢，明日再说罢。”宝玉听了，寒了半截。自己还要进去，恐紫鹃未必开门，欲要回去，这一肚子的隐情，越发被紫鹃这一句话勾起。无奈，说道：“我也没有多馀的话，只问你一句。”紫鹃道：“既是一句，就请说。”宝玉半日反不言语。紫鹃在屋里不见宝玉言语，知他素有痴病，恐怕一时实在抢白了他，勾起他的旧病倒也不好了，因站起来细听了一听，又问道：“是走了，还是傻站着呢？有什么又不说，尽着在这里怄人。已经怄死了一个，难道还要怄死一个么！这是何苦来呢!”说着，也从宝玉舐破之处往外一张，见宝玉在那里呆听。紫鹃不便再说，回身剪了剪烛花。忽听宝玉叹了一声道：“紫鹃姐姐，你从来不是这样铁心石肠，怎么近来连一句好好儿的话都不和我说了？我固然是个浊物，不配你们理我；但只我有什么不是，只望姐姐说明了，那怕姐姐一辈子不理我，我死了倒作个明白鬼呀!”紫鹃听了，冷笑道：“二爷就是这个话呀，还有什么？若就是这个话呢，我们姑娘在时我也跟着听俗了！若是我们有什么不好处呢，我是太太派来的，二爷倒是回太太去，左右我们丫头们更算不得什么了。”说到这里，那声儿便哽咽起来，说着又醒鼻涕，宝玉在外知他伤心哭了，便急的跺脚道：“这是怎么说，我的事情你在这里几个月还有什么不知道的。就便别人不肯替我告诉你，难道你还不叫我说，叫我憋死了不成!”说着，也呜咽起来了。

宝玉正在这里伤心，忽听背后一个人接言道：“你叫谁替你说呢？谁是谁的什么？自己得罪了人自己央及呀，人家赏脸不赏在人家，何苦来拿我们这些没要紧的垫喘儿呢。”这一句话把里外两个人都吓了一跳。你道是谁，原来却是麝月。宝玉自觉脸上没趣。只见麝月又说道：“到底是怎么着？一个陪不是，一个人又不理。你倒是快快的央及呀。嗳，我们紫鹃姐姐也就太狠心了，外头这么怪冷的，人家央及了这半天，总连个活动气儿也没有。”又向宝玉道：“刚才二奶奶说了，多早晚了，打量你在那里呢，你却一个人站在这房檐底下做什么！”紫鹃里面接着说道：“这可是什么意思呢？早就请二爷进去，有话明日说罢。这是何苦来！”宝玉还要说话，因见麝月在那里，不好再说别的，只得一面同麝月走回，一面说道：“罢了，罢了！我今生今世也难剖白这个心了！惟有老天知道罢了！”说到这里，那眼泪也不知从何处来的，滔滔不断了。麝月道：“二爷，依我劝你死了心罢，白陪眼泪也可惜了儿的。”宝玉也不答言，遂进了屋子。只见宝钗睡了，宝玉也知宝钗装睡。却是袭人说了一句道：“有什么话明日说不得，巴巴儿的跑那里去闹，闹出——”说到这里也就不肯说，迟了一迟才接着道：“身上不觉怎么样？”宝玉也不言语，只摇摇头儿，袭人一面才打发睡下。一夜无眠，自不必说。

这里紫鹃被宝玉一招，越发心里难受，直直的哭了一夜。思前想后，“宝玉的事，明知他病中不能明白，所以众人弄鬼弄神的办成了。后来宝玉明白了，旧病复发，常时哭想，并非忘情负义之徒。今日这种柔情，一发叫人难受，只可怜我们林姑娘真真是无福消受他。如此看来，人生缘分都有一定，在那未到头时，大家都是痴心妄想。乃至无可如何，那糊涂的也就不理会了，那情深义重的也不过临风对月，洒泪悲啼。可怜那死的倒未必知道，这活的真真是苦恼伤心，无休无了。算来竟不如草木石头，无知无觉，倒也心中干净！”想到此处，倒把一片酸热之心一时冰冷了。才要收拾睡时，只听东院里吵嚷起来。未知何事，下回分解。

第一一四回

王熙凤历幻返金陵　甄应嘉蒙恩还玉阙

却说宝玉宝钗听说凤姐病的危急，赶忙起来。丫头秉烛伺候。正要出院，只见王夫人那边打发人来说："琏二奶奶不好了，还没有咽气，二爷二奶奶且慢些过去罢。琏二奶奶的病有些古怪，从三更天起到四更时候，琏二奶奶没有住嘴说些胡话，要船要轿的，说到金陵归入册子去。众人不懂，他只是哭哭喊喊的。琏二爷没有法儿，只得去糊了船轿，还没拿来，琏二奶奶喘着气等呢。叫我们过来说，等琏二奶奶去了再过去罢。"宝玉道："这也奇，他到金陵做什么？"袭人轻轻的和宝玉说道："你不是那年做梦，我还记得说有多少册子，不是琏二奶奶也到那里去么？"宝玉听了点头道："是呀，可惜我都不记得那上头的话了。这么说起来，人都有个定数的了。但不知林妹妹又到那里去了？我如今被你一说，我有些懂得了。若再做这个梦时，我得细细的瞧一瞧，便有未卜先知的分儿了。"袭人道："你这样的人可是不可和你说话的，偶然提了一句，你便认起真来了吗？就算你能先知了，你有什么法儿！"宝玉道："只怕不能先知，若是能了，我也犯不着为你们瞎操心了。"

两人正说着，宝钗走来问道："你们说什么？"宝玉恐他盘诘，只说："我们谈论凤姐姐。"宝钗道："人要死了，你们还只管议论人。旧年你还说我咒人，那个签不是应了么？"宝玉又想了一想，拍手道："是的，是的。这么说起来，你倒能先知了。我索性问问你，你知道我将来怎么样？"宝钗笑道："这是又胡闹起来了。我是就他求的签上的话混解的，你就认了真了。你就和邢妹妹一样的了，你失了玉，他去求妙玉扶乩，批出来的众人不解，他还背地里和我说妙玉怎么前知，怎么参禅悟道。如今他遭此大难，他如何自己都不知道，这可是算得前知吗？就是我偶然说着了二奶奶的事情，其实知道他是怎么样了，只怕我连我自己也不知道呢。这样下落可不是虚诞的事，是信得的么！”宝玉道：“别提他了。你只说邢妹妹罢，自从我们这里连连的有事，把他这件事竟忘记了。你们家这么一件大事怎么就草草的完了，也没请亲唤友的。”宝钗道：“你这话又是迂了。我们家的亲戚只有咱们这里和王家最近。王家没了什么正经人了。咱们家遭了老太太的大事，所以也没请，就是琏二哥张罗了张罗。别的亲戚虽也有一两门子，你没过去，如何知道。算起来我们这二嫂子的命和我差不多，好好的许了我二哥哥，我妈妈原想要体体面面的给二哥哥娶这房亲事的。一则为我哥哥在监里，二哥哥也不肯大办；二则为咱家的事；三则为我二嫂子在大太太那边忒苦，又加着抄了家，大太太是苛刻一点的，他也实在难受：所以我和妈妈说了，便将将就就的娶了过去。我看二嫂子如今倒是安心乐意的孝敬我妈妈，比亲媳妇还强十倍呢。待二哥哥也是极尽妇道的，和香菱又甚好，二哥哥不在家，他两个和和气气的过日子。虽说是穷些，我妈妈近来倒安逸好些。就是想起我哥哥来不免悲伤。况且常打发人家里来要使用，多亏二哥哥在外头帐头儿上讨来应付他的。我听见说城里有几处房子已经典去，还剩了一所在那里，打算着搬去住。”宝玉道：“为什么要搬？住在这里你来去也便宜些，若搬远了，你去就要一天了。”宝钗道：“虽说是亲戚，倒底各自的稳便些。那里有个一辈子住在亲戚家的呢。”

宝玉还要讲出不搬去的理，王夫人打发人来说：“琏二奶奶咽了气了。所有的人多过去了，请二爷二奶奶就过去。”宝玉听了，也掌不住跺脚要哭。宝钗虽也悲戚，恐宝玉伤心，便说：“有在这里哭的，不如到那边哭去。”

于是两人一直到凤姐那里。只见好些人围着哭呢。宝钗走到跟前，见凤姐已经停床，便大放悲声。宝玉也拉着贾琏的手大哭起来。贾琏也重新哭泣。平儿等因见无人劝解，只得含悲上来劝止了。众人都悲哀不止。贾琏此时手足无措，叫人传了赖大来，叫他办理丧事。自己回明了贾政去，然后行事。但是手头不济，诸事拮据，又想起凤姐素日来的好处，更加悲哭不已，又见巧姐哭的死去活来，越发伤心。哭到天明，即刻打发人去请他大舅子王仁过来。那王仁自从王子腾死后，王子胜又是无能的人，任他胡为，已闹的六亲不和。今知妹子死了，只得赶着过来哭了一场。见这里诸事将就，心下便不舒服，说："我妹妹在你家辛辛苦苦当了好几年家，也没有什么错处，你们家该认真的发送发送才是。怎么这时候诸事还没有齐备！"贾琏本与王仁不睦，见他说些混帐话，知他不懂的什么，也不大理他。王仁便叫了他外甥女儿巧姐过来说："你娘在时，本来办事不周到，只知道一味的奉承老太太，把我们的人都不大看在眼里。外甥女儿，你也大了，看见我曾经沾染过你们没有！如今你娘死了，诸事要听着舅舅的话。你母亲娘家的亲戚就是我和你二舅舅了。你父亲的为人我也早知道的了，只有重别人，那年什么尤姨娘死了，我虽不在京，听见人说花了好些银子。如今你娘死了，你父亲倒是这样的将就办去吗！你也不快些劝劝你父亲。"巧姐道："我父亲巴不得要好看，只是如今比不得从前了。现在手里没钱，所以诸事省些是有的。"王仁道："你的东西还少么！"巧姐儿道："旧年抄去，何尝还了呢。"王仁道："你也这样说。我听见老太太又给了好些东西，你该拿出来。"巧姐又不好说父亲用去，只推不知道。王仁便道："哦，我知道了，不过是你要留着做嫁妆罢咧。"巧姐听了，不敢回言，只气得哽噎难鸣的哭起来了。平儿生气说道："舅老爷有话，等我们二爷进来再说，姑娘这么点年纪，他懂的什么。"王仁道："你们是巴不得二奶奶死了，你们就好为王了。我并不要什么，好看些也是你们的脸面。"说着，赌气坐着。巧姐满怀的不舒服，心想："我父亲并不是没情，我妈妈在时舅舅不知拿了多少东西去，如今说得这样干净。"于是便不大瞧得起他舅舅了。岂知王仁心里想来，他妹妹不知攒积了多少，虽说抄了家，那屋里的银子还怕少吗。"必是怕我来缠他们，所以也帮着这么说，这小东西儿也是不中用的。"从此王仁也嫌了巧姐儿了。

贾琏并不知道，只忙着弄银钱使用。外头的大事叫赖大办了，里头也要用好些钱，一时实在不能张罗。平儿知他着急，便叫贾琏道："二爷也别过于伤了自己的身子。"贾琏道："什么身子，现在日用的钱都没有，这件事怎么办！偏有个糊涂行子又在这里蛮缠，你想有什么法儿！"平儿道："二爷也不用着急，若说没钱使唤，我还有些东西旧年幸亏没有抄去，在里头。二爷要就拿去当着使唤罢。”贾琏听了，心想难得这样，便笑道：“这样更好，省得我各处张罗。等我银子弄到手了还你。”平儿道：“我的也是奶奶给的，什么还不还，只要这件事办的好看些就是了。”贾琏心里倒着实感激他，便将平儿的东西拿了去当钱使用，诸凡事情便与平儿商量。秋桐看着心里就有些不甘，每每口角里头便说：“平儿没有了奶奶，他要上去了。我是老爷的人，他怎么就越过我去了呢。”平儿也看出来了，只不理他。倒是贾琏一时明白，越发把秋桐嫌了，一时有些烦恼便拿着秋桐出气。邢夫人知道，反说贾琏不好。贾琏忍气。不题。

再说凤姐停了十馀天，送了殡。贾政守着老太太的孝，总在外书房。那时清客相公渐渐的都辞去了，只有个程日兴还在那里，时常陪着说说话儿。提起“家运不好，一连人口死了好些，大老爷和珍大爷又在外头，家计一天难似一天。外头东庄地亩也不知道怎么样，总不得了呀!”程日兴道：“我在这里好些年，也知道府上的人那一个不是肥己的。一年一年都往他家里拿，那自然府上是一年不够一年了。又添了大老爷珍大爷那边两处的费用，外头又有些债务，前儿又破了好些财，要想衙门里缉贼追赃是难事。老世翁若要安顿家事，除非传那些管事的来，派一个心腹的人各处去清查清查，该去的去，该留的留，有了亏空着在经手的身上赔补，这就有了数儿了。那一座大的园子人家是不敢买的。这里头的出息也不少，又不派人管了。那年老世翁不在家，这些人就弄神弄鬼儿的，闹的一个人不敢到园里。这都是家人的弊。此时把下人查一查，好的使着，不好的便撵了，这才是道理。”贾政点头道：“先生你所不知，不必说下人，便是自己的侄儿也靠不住。若要我查起来，那能一一亲见亲知。况我又在服中，不能照管这些了。我素来又兼不大理家，有的没的，我还摸不着呢。”程日兴道：“老世翁最是仁德的人，若在别家的，这样的家计，就穷起来，十年五载还不怕，便向这些管家的要也就够了。我听见世翁的家人还有做知县的呢。”贾政道：“一个人若要使起家人们的钱来，便了不得了，只好自己俭省些。但是册子上的产业，若是实有还好，生怕有名无实了。”程日兴道：“老世翁所见极是。晚生为什么说要查查呢!”贾政道：“先生必有所闻。”程日兴道："我虽知道些那些管事的神通，晚生也不敢言语的。"贾政听了，便知话里有因，便叹道："我自祖父以来都是仁厚的，从没有刻薄过下人。我看如今这些人一日不似一日了。在我手里行出主子样儿来，又叫人笑话。"

两人正说着，门上的进来回道："江南甄老爷到来了。"贾政便问道："甄老爷进京为什么?"那人道："奴才也打听了，说是蒙圣恩起复了。"贾政道："不用说了，快请罢。"那人出去请了进来。那甄老爷即是甄宝玉之父，名叫甄应嘉，表字友忠，也是金陵人氏，功勋之后。原与贾府有亲，素来走动的。因前年挂误革了职，动了家产。今遇主上眷念功臣，赐还世职，行取来京陛见。知道贾母新丧，特备祭礼择日到寄灵的地方拜奠，所以先来拜望。贾政有服不能远接，在外书房门口等着。那位甄老爷一见，便悲喜交集，因在制中不便行礼，便拉着了手叙了些阔别思念的话，然后分宾主坐下，献了茶，彼此又将别后事情的话说了。贾政问道："老亲翁几时陛见的?"甄应嘉道："前日。"贾政道："主上隆恩，必有温谕。"甄应嘉道："主上的恩典真是比天还高，下了好些旨意。"贾政道："什么好旨意?"甄应嘉道："近来越寇猖獗，海疆一带小民不安，派了安国公征剿贼寇。主上因我熟悉土疆，命我前往安抚，但是即日就要起身。昨日知老太太仙逝，谨备瓣香至灵前拜奠，稍尽微忱。"贾政即忙叩首拜谢，便说："老亲翁即此一行，必是上慰圣心，下安黎庶，诚哉莫大之功，正在此行。但弟不克亲睹奇才，只好遥聆捷报。现在镇海统制是弟舍亲，会时务望青照。"甄应嘉道："老亲翁与统制是什么亲戚?"贾政道："弟那年在江西粮道任时，将小女许配与统制少君，结褵已经三载。因海口案内未清，继以海寇聚奸，所以音信不通。弟深念小女，俟老亲翁安抚事竣后，拜恳便中请为一视。弟即修数行烦尊纪带去，便感激不尽了。"甄应嘉道："儿女之情，人所不免，我正在有奉托老亲翁的事。日蒙圣恩召取来京，因小儿年幼，家下乏人，将贱眷全带来京。我因钦限迅速，昼夜先行，贱眷在后缓行，到京尚需时日。弟奉旨出京，不敢久留。将来贱眷到京，少不得要到尊府，定叫小犬叩见。如可进教，遇有姻事可图之处，望乞留意为感。"贾政一一答应。那甄应嘉又说了几句话，就要起身，说："明日在城外再见。"贾政见他事忙，谅难再坐，只得送出书房。

贾琏宝玉早已伺候在那里代送，因贾政未叫，不敢擅入。甄应嘉出来，两人上去请安。应嘉一见宝玉，呆了一呆，心想："这个怎么甚像我家宝玉？只是浑身缟素。"因问："至亲久阔，爷们都不认得了。"贾政忙指贾琏道："这是家兄名赦之子琏二侄儿。"又指着宝玉道："这是第二小犬，名叫宝玉。"应嘉拍手道奇："我在家听见说老亲翁有个衔玉生的爱子，名叫宝玉。因与小儿同名，心中甚为罕异。后来想着这个也是常有的事，不在意了。岂知今日一见，不但面貌相同，且举止一般，这更奇了。"问起年纪，比这里的哥儿略小一岁。贾政便因提起承属包勇，问及令郎哥儿与小儿同名的话述了一遍。应嘉因属意宝玉，也不暇问及那包勇的得妥，只连连的称道："真真罕异!"因又拉了宝玉的手，极致殷勤。又恐安国公起身甚速，急须预备长行，勉强分手徐行。贾琏宝玉送出，一路又问了宝玉好些的话。及至登车去后，贾琏宝玉回来见了贾政，便将应嘉问的话回了一遍。

贾政命他二人散去。贾琏又去张罗算明凤姐丧事的帐目。宝玉回到自己房中，告诉了宝钗，说是："常提的甄宝玉，我想一见不能，今日倒先见了他父亲了。我还听得说宝玉也不日要到京了，要来拜望我老爷呢。又人人说和我一模一样的，我只不信。若是他后儿到了咱们这里来，你们都去瞧去，看他果然和我像不像。"宝钗听了道："嗳，你说话怎么越发不留神了，什么男人同你一样都说出来了，还叫我们瞧去吗!"宝玉听了，知是失言，脸上一红，连忙的还要解说。不知何话，下回分解。

第一一五回

惑偏私惜春矢素志　证同类宝玉失相知

话说宝玉为自己失言被宝钗问住，想要掩饰过去，只见秋纹进来说：“外头老爷叫二爷呢。”宝玉巴不得一声，便走了。去到贾政那里，贾政道：“我叫你来不为别的，现在你穿着孝，不便到学里去，你在家里，必要将你念过的文章温习温习。我这几天倒也闲着，隔两三日要做几篇文章我瞧瞧，看你这些时进益了没有。”宝玉只得答应着。贾政又道：“你环兄弟兰侄儿我也叫他们温习去了。倘若你作的文章不好，反倒不及他们，那可就不成事了。”宝玉不敢言语，答应了个“是”，站着不动。贾政道：“去罢。”宝玉退了出来，正撞见赖大诸人拿着些册子进来。

宝玉一溜烟回到自己房中，宝钗问了知道叫他作文章，倒也喜欢，惟有宝玉不愿意，也不敢怠慢。正要坐下静静心，见有两个姑子进来，宝玉看是地藏庵的，来和宝钗说：“请二奶奶安。”宝钗待理不理的说：“你们好？”因叫人来：“倒茶给师父们喝。”宝玉原要和那姑子说话，见宝钗似乎厌恶这些，也不好兜搭。那姑子知道宝钗是个冷人，也不久坐，辞了要去。宝钗道：“再坐坐去罢。”那姑子道：“我们因在铁槛寺做了功德，好些时没来请太太奶奶们的安，今日来了，见过了奶奶太太们，还要看四姑娘呢。”宝钗点头，由他去了。

那姑子便到惜春那里，见了彩屏，说：“姑娘在那里呢？”彩屏道：“不用提了。姑娘这几天饭都没吃，只是歪着。”那姑子道：“为什么？”彩屏道：“说也话长。你见了姑娘只怕他便和你说了。”惜春早已听见，急忙坐起来说：“你们两个人好啊？见我们家事差了，便不来了。”那姑子道：“阿弥陀佛！有也是施主，没也是施主，别说我们是本家庵里的，受过老太太多少恩惠呢。如今老太太的事，太太奶奶们都见了，只没有见姑娘，心里惦记，今儿是特特的来瞧姑娘来的。”惜春便问起水月庵的姑子来，那姑子道：“他们庵里闹了些事，如今门上也不肯常放进来了。”便问惜春道：“前儿听见说栊翠庵的妙师父怎么跟了人去了？”惜春道：“那里的话！说这个话的人隄防着割舌头。人家遭了强盗抢去，怎么还说这样的坏话。”那姑子道：“妙师父的为人怪僻，只怕是假惺惺罢。在姑娘面前我们也不好说的。那里像我们这些粗夯人，只知道讽经念佛，给人家忏悔，也为着自己修个善果。”惜春道：“怎么样就是善果呢？”那姑子道：“除了咱们家这样善德人家儿不怕，若是别人家，那些诰命夫人小姐也保不住一辈子的荣华。到了苦难来了，可就救不得了。只有个观世音菩萨大慈大悲，遇见人家有苦难的就慈心发动，设法儿救济。为什么如今都说大慈大悲救苦救难的观世音菩萨呢。我们修了行的人，虽说比夫人小姐们苦多着呢，只是没有险难的了。虽不能成佛作祖，修修来世或者转个男身，自己也就好了。不像如今脱生了个女人胎子，什么委屈烦难都说不出来。姑娘你还不知道呢，要是人家姑娘们出了门子，这一辈子跟着人是更没法儿的。若说修行，也只要修得真。那妙师父自为才情比我们强，他就嫌我们这些人俗，岂知俗的才能得善缘呢。他如今到底是遭了大劫了。”惜春被那姑子一番话说得合在机上，也顾不得丫头们在这里，便将尤氏待他怎样，前儿看家的事说了一遍。并将头发指给他瞧道：“你打谅我是什么没主意恋火坑的人么？早有这样的心，只是想不出道儿来。”那姑子听了，假作惊慌道：“姑娘再别说这个话！珍大奶奶听见还要骂杀我们，撵出庵去呢！姑娘这样人品，这样人家，将来配个好姑爷，享一辈子的荣华富贵。”惜春不等说完，便红了脸说：“珍大奶奶撵得你，我就撵不得么？”那姑子知是真心，便索性激他一激，说道：“姑娘别怪我们说错了话，太太奶奶们那里就依得姑娘的性子呢？那时闹出没意思来倒不好。我们倒是为姑娘的话。”惜春道：“这也瞧罢咧。”彩屏等听这话头不好，便使个眼色儿给姑子叫他走。那姑子会意，本来心里也害怕，不敢挑逗，便告辞出去。惜春也不留他，便冷笑道：“打谅天下就是你们一个地藏庵么！”那姑子也不敢答言去了。

彩屏见事不妥，恐担不是，悄悄的去告诉了尤氏说：“四姑娘绞头发的念头还没有息呢。他这几天不是病，竟是怨命。奶奶隄防些，别闹出事来，那会子归罪我们身上。”尤氏道：“他那里是为要出家，他为的是大爷不在家，安心和我过不去，也只好由他罢了。”彩屏等没法，也只好常常劝解。岂知惜春一天一天的不吃饭，只想绞头发。彩屏等吃不住，只得到各处告诉。邢、王二夫人等也都劝了好几次，怎奈惜春执迷不解。

邢、王二夫人正要告诉贾政，只听外头传进来说：“甄家的太太带了他们家的宝玉来了。”众人急忙接出，便在王夫人处坐下。众人行礼，叙些寒温，不必细述。只言王夫人提起甄宝玉与自己的宝玉无二，要请甄宝玉进来一见。传话出去，回来说道：“甄少爷在外书房同老爷说话，说的投了机了，打发人来请我们二爷三爷，还叫兰哥儿，在外头吃饭。吃了饭进来。”说毕，里头也便摆饭。不题。

且说贾政见甄宝玉相貌果与宝玉一样，试探他的文才，竟应对如流，甚是心敬，故叫宝玉等三人出来警励他们。再者倒底叫宝玉来比一比。宝玉听命，穿了素服，带了兄弟侄儿出来，见了甄宝玉，竟是旧相识一般。那甄宝玉也像那里见过的，两人行了礼，然后贾环贾兰相见。本来贾政席地而坐，要让甄宝玉在椅子上坐。甄宝玉因是晚辈，不敢上坐，就在地下铺了褥子坐下。如今宝玉等出来，又不能同贾政一处坐着，为甄宝玉又是晚一辈，又不好叫宝玉等站着。贾政知是不便，站着又说了几句话，叫人摆饭，说：“我失陪，叫小儿辈陪着，大家说说话儿，好叫他们领领大教。”甄宝玉逊谢道：“老伯大人请便。侄儿正欲领世兄们的教呢。”贾政回复了几句，便自往内书房去。那甄宝玉反要送出来，贾政拦住。宝玉等先抢了一步出了书房门槛，站立着看贾政进去，然后进来让甄宝玉坐下。彼此套叙了一回，诸如久慕竭想的话，也不必细述。

且说贾宝玉见了甄宝玉，想到梦中之景，并且素知甄宝玉为人必是和他同心，以为得了知己。因初次见面，不便造次。且又贾环贾兰在坐，只有极力夸赞说：“久仰芳名，无由亲炙。今日见面，真是谪仙一流的人物。”那甄宝玉素来也知贾宝玉的为人，今日一见，果然不差，“只是可与我共学，不可与你适道，他既和我同名同貌，也是三生石上的旧精魂了。既我略知了些道理，怎么不和他讲讲。但是初见，尚不知他的心与我同不同，只好缓缓的来。”便道：“世兄的才名，弟所素知的，在世兄是数万人的里头选出来最清最雅的，在弟是庸庸碌碌一等愚人，忝附同名，殊觉玷辱了这两个字。”贾宝玉听了，心想：“这个人果然同我的心一样的。但是你我都是男人，不比那女孩儿们清洁，怎么他拿我当作女孩儿看待起来?”便道：“世兄谬赞，实不敢当。弟是至浊至愚，只不过一块顽石耳，何敢比世兄品望高清，实称此两字。”甄宝玉道：“弟少时不知分量，自谓尚可琢磨。岂知家遭消索，数年来更比瓦砾犹贱，虽不敢说历尽甘苦，然世道人情略略的领悟了好些。世兄是锦衣玉食，无不遂心的，必是文章经济高出人上，所以老伯钟爱，将为席上之珍。弟所以才说尊名方称。”贾宝玉听这话头又近了禄蠹的旧套，想话回答。贾环见未与他说话，心中早不自在。倒是贾兰听了这话甚觉合意，便说道：“世叔所言固是太谦，若论到文章经济，实在从历练中出来的，方为真才实学。在小侄年幼，虽不知文章为何物，然将读过的细味起来，那膏粱文绣比着令闻广誉，真是不啻百倍的了。”甄宝玉未及答言，贾宝玉听了兰儿的话心里越发不合，想道：“这孩子从几时也学了这一派酸论。”便说道：“弟闻得世兄也诋尽流俗，性情中另有一番见解。今日弟幸会芝范，想欲领教一番超凡入圣的道理，从此可以净洗俗肠，重开眼界，不意视弟为蠢物，所以将世路的话来酬应。”甄宝玉听说，心里晓得“他知我少年的性情，所以疑我为假。我索性把话说明，或者与我作个知心朋友也是好的。”便说道：“世兄高论，固是真切。但弟少时也曾深恶那些旧套陈言，只是一年长似一年，家君致仕在家，懒于酬应，委弟接待。后来见过那些大人先生尽都是显亲扬名的人，便是著书立说，无非言忠言孝，自有一番立德立言的事业，方不枉生在圣明之时，也不致负了父亲师长养育教诲之恩，所以把少时那一派迂想痴情渐渐的淘汰了些。如今尚欲访师觅友，教导愚蒙，幸会世兄，定当有以教我。适才所言，并非虚意。”贾宝玉愈听愈不耐烦，又不好冷淡，只得将言语支吾。幸喜里头传出话来说：“若是外头爷们吃了饭，请甄少爷里头去坐呢。”宝玉听了，趁势便邀甄宝玉进去。

那甄宝玉依命前行，贾宝玉等陪着来见王夫人。贾宝玉见是甄太太上坐，便先请过了安，贾环贾兰也见了。甄宝玉也请了王夫人的安。两母两子互相厮认。虽是贾宝玉是娶过亲的，那甄夫人年纪已老，又是老亲，因见贾宝玉的相貌身材与他儿子一般，不禁亲热起来。王夫人更不用说，拉着甄宝玉问长问短，觉得比自己家的宝玉老成些。回看贾兰，也是清秀超群的，虽不能像两个宝玉的形象，也还随得上。只有贾环粗夯，未免有偏爱之色。众人一见两个宝玉在这里，都来瞧看，说道："真真奇事，名字同了也罢，怎么相貌身材都是一样的。亏得是我们宝玉穿孝，若是一样的衣服穿着，一时也认不出来。"内中紫鹃一时痴意发作，便想起黛玉来，心里说道："可惜林姑娘死了，若不死时，就将那甄宝玉配了他，只怕也是愿意的。"正想着，只听得甄夫人道："前日听得我们老爷回来说，我们宝玉年纪也大了，求这里老爷留心一门亲事。"王夫人正爱甄宝玉，顺口便说道："我也想要与令郎作伐。我家有四个姑娘，那三个都不用说，死的死、嫁的嫁了，还有我们珍大侄儿的妹子，只是年纪过小几岁，恐怕难配。倒是我们大媳妇的两个堂妹子生得人才齐整，二姑娘呢，已经许了人家，三姑娘正好与令郎为配。过一天我给令郎作媒，但是他家的家计如今差些。"甄夫人道："太太这话又客套了。如今我们家还有什么，只怕人家嫌我们穷罢了。"王夫人道："现今府上复又出了差，将来不但复旧，必是比先前更要鼎盛起来。"甄夫人笑着道："但愿依着太太的话更好。这么着就求太太作个保山。"甄宝玉听他们说起亲事，便告辞出来。贾宝玉等只得陪着来到书房，见贾政已在那里，复又立谈几句。听见甄家的人来回甄宝玉道："太太要走了，请爷回去罢。"于是甄宝玉告辞出来。贾政命宝玉环兰相送。不题。

且说宝玉自那日见了甄宝玉之父，知道甄宝玉来京，朝夕盼望。今儿见面原想得一知己，岂知谈了半天，竟有些冰炭不投。闷闷的回到自己房中，也不言，也不笑，只管发怔。宝钗便问："那甄宝玉果然像你么?"宝玉道："相貌倒还是一样的。只是言谈间看起来并不知道什么，不过也是个禄蠹。"宝钗道："你又编派人家了。怎么就见得也是个禄蠹呢?"宝玉道："他说了半天，并没个明心见性之谈，不过说些什么文章经济，又说什么为忠为孝，这样人可不是个禄蠹么！只可惜他也生了这样一个相貌。我想来，有了他，我竟要连我这个相貌都不要了。"宝钗见他又发呆话，便说道：

“你真真说出句话来叫人发笑，这相貌怎么能不要呢。况且人家这话是正理，做了一个男人原该要立身扬名的，谁像你一味的柔情私意。不说自己没有刚烈，倒说人家是禄蠹。”宝玉本听了甄宝玉的话甚不耐烦，又被宝钗抢白了一场，心中更加不乐，闷闷昏昏，不觉将旧病又勾起来了，并不言语，只是傻笑。宝钗不知，只道是“我的话错了，他所以冷笑”，也不理他。岂知那日便有些发呆，袭人等怄他也不言语。过了一夜，次日起来只是发呆，竟有前番病的样子。

一日，王夫人因为惜春定要绞发出家，尤氏不能拦阻，看着惜春的样子是若不依他必要自尽的，虽然昼夜着人看着，终非常事，便告诉了贾政。贾政叹气跺脚，只说：“东府里不知干了什么，闹到如此地位。”叫了贾蓉来说了一顿，叫他去和他母亲说，认真劝解劝解。“若是必要这样，就不是我们家的姑娘了。”岂知尤氏不劝还好，一劝了更要寻死，说：“做了女孩儿终不能在家一辈子的，若像二姐姐一样，老爷太太们倒要烦心，况且死了。如今譬如我死了似的，放我出了家，干干净净的一辈子，就是疼我了。况且我又不出门，就是栊翠庵，原是咱们家的基趾，我就在那里修行。我有什么，你们也照应得着。现在妙玉的当家的在那里。你们依我呢，我就算得了命了；若不依我呢，我也没法，只有死就完了。我如若遂了自己的心愿，那时哥哥回来我和他说，并不是你们逼着我的。若说我死了，未免哥哥回来倒说你们不容我。”尤氏本与惜春不合，听他的话也似乎有理，只得去回王夫人。

王夫人已到宝钗那里，见宝玉神魂失所，心下着忙，便说袭人道：“你们忒不留神，二爷犯了病也不来回我。”袭人道：“二爷的病原来是常有的，一时好，一时不好。天天到太太那里仍旧请安去，原是好好儿的，今儿才发糊涂些。二奶奶正要来回太太，恐防太太说我们大惊小怪。”宝玉听见王夫人说他们，心里一时明白，恐他们受委屈，便说道：“太太放心，我没什么病，只是心里觉着有些闷闷的。”王夫人道：“你是有这病根子，早说了好请大夫瞧瞧，吃两剂药好了不好！若再闹到头里丢了玉的时候似的，就费事了。”宝玉道：“太太不放心便叫个人来瞧瞧，我就吃药。”王夫人便叫丫头传话出来请大夫。这一个心思都在宝玉身上，便将惜春的事忘了。迟了一回，大夫看了，服药。王夫人回去。

过了几天，宝玉更糊涂了，甚至于饭食不进，大家着急起来。恰又忙着脱孝，家中无人，又叫了贾芸来照应大夫。贾琏家下无人，请了王仁来在外帮着料理。那巧姐儿是日夜哭母，也是病了。所以荣府中又闹得马仰人翻。

一日又当脱孝来家，王夫人亲身又看宝玉，见宝玉人事不醒，急得众人手足无措。一面哭着，一面告诉贾政说："大夫回了，不肯下药，只好预备后事。"贾政叹气连连，只得亲自看视，见其光景果然不好，便又叫贾琏办去。贾琏不敢违拗，只得叫人料理。手头又短，正在为难，只见一个人跑进来说："二爷，不好了，又有饥荒来了。"贾琏不知何事，这一唬非同小可，瞪着眼说道："什么事?"那小厮道："门上来了一个和尚，手里拿着二爷的这块丢的玉，说要一万赏银。"贾琏照脸啐道："我打量什么事，这样慌张。前番那假的你不知道么！就是真的，现在人要死了，要这玉做什么!"小厮道："奴才也说了，那和尚说给他银子就好了。"又听着外头嚷进来说："这和尚撒野，各自跑进来了，众人拦他拦不住。"贾琏道："那里有这样怪事，你们还不快打出去呢。"正闹着，贾政听见了，也没了主意了。里头又哭出来说："宝二爷不好了!"贾政益发着急。只见那和尚嚷道："要命拿银子来!"贾政忽然想起，头里宝玉的病是和尚治好的，这会子和尚来，或者有救星。但是这玉倘或是真，他要起银子来怎么样呢?想了一想，姑且不管他，果真人好了再说。

贾政叫人去请，那和尚已进来了，也不施礼，也不答话，便往里就跑。贾琏拉着道："里头都是内眷，你这野东西混跑什么!"那和尚道："迟了就不能救了。"贾琏急得一面走一面乱嚷道："里头的人不要哭了，和尚进来了。"王夫人等只顾着哭，那里理会。贾琏走近来又嚷，王夫人等回过头来，见一个长大的和尚，唬了一跳，躲避不及。那和尚直走到宝玉炕前，宝钗避过一边，袭人见王夫人站着，不敢走开。只见那和尚道："施主们，我是送玉来的。"说着，把那块玉擎着道："快把银子拿出来，我好救他。"王夫人等惊惶无措，也不择真假，便说道："若是救活了人，银子是有的。"那和尚笑道："拿来。"王夫人道："你放心，横竖折变的出来。"和尚哈哈大笑，手拿着玉在宝玉耳边叫道："宝玉，宝玉，你的宝玉回来了。"说了这一句，王夫人等见宝玉把眼一睁。袭人说道："好了。"只见宝玉便问道："在那里呢?"那和尚把玉递给他手里。宝玉先前紧紧的攥着，后来慢慢的得过手来，放在自己眼前细细的一看说："嗳呀，久违了!"里外众人都喜欢的念佛，连宝钗也顾不得有和尚了，贾琏也走过来一看。果见宝玉回过来了，心里一喜，疾忙躲出去了。

那和尚也不言语，赶来拉着贾琏就跑。贾琏只得跟着到了前头，赶着告诉贾政。贾政听了喜欢，即找和尚施礼叩谢。和尚还了礼坐下。贾琏心下狐疑："必是要了银子才走。"贾政细看那和尚，又非前次见的，便问："宝刹何方？法师大号？这玉是那里得的？怎么小儿一见便会活过来呢?"那和尚微微笑道："我也不知道，只要拿一万银子来就完了。"贾政见这和尚粗鲁，也不敢得罪，便说："有。"和尚道："有便快拿来罢，我要走了。"贾政道："略请少坐，待我进内瞧瞧。"和尚道："你去快出来才好。"

贾政果然进去，也不及告诉便走到宝玉炕前。宝玉见是父亲来，欲要爬起，因身子虚弱起不来。王夫人按着说道："不要动。"宝玉笑着拿这玉给贾政瞧道："宝玉来了。"贾政略略一看，知道此事有些根源，也不细看，便和王夫人道："宝玉好过来了。这赏银怎么样?"王夫人道："尽着我所有的折变了给他就是了。"宝玉道："只怕这和尚不是要银子的罢。"贾政点头道："我也看来古怪，但是他口口声声的要银子。"王夫人道："老爷出去先款留着他再说。"贾政出来，宝玉便嚷饿了，喝了一碗粥，还说要饭。婆子们果然取了饭来，王夫人还不敢给他吃。宝玉说："不妨的，我已经好了。"便爬着吃了一碗，渐渐的神气果然好过来了，便要坐起来。麝月上去轻轻的扶起，因心里喜欢，忘了情说道："真是宝贝，才看见了一会儿就好了。亏的当初没有砸破。"宝玉听了这话，神色一变，把玉一撂，身子往后一仰。未知死活，下回分解。

第一一六回

得通灵幻境悟仙缘　送慈柩故乡全孝道

话说宝玉一听麝月的话，身往后仰，复又死去，急得王夫人等哭叫不止。麝月自知失言致祸，此时王夫人等也不及说他。那麝月一面哭着，一面打定主意，心想："若是宝玉一死，我便自尽跟了他去!"不言麝月心里的事。且言王夫人等见叫不回来，赶着叫人出来找和尚救治。岂知贾政进内出去时，那和尚已不见了。贾政正在诧异，听见里头又闹，急忙进来。见宝玉又是先前的样子，口关紧闭，脉息全无。用手在心窝中一摸，尚是温热。贾政只得急忙请医灌药救治。

那知那宝玉的魂魄早已出了窍了。你道死了不成？却原来恍恍惚惚赶到前厅，见那送玉的和尚坐着，便施了礼。那知和尚站起身来，拉着宝玉就走。宝玉跟了和尚，觉得身轻如叶，飘飘摇摇，也没出大门，不知从那里走了出来。行了一程，到了个荒野地方，远远的望见一座牌楼，好像曾到过的。正要问那和尚时，只见恍恍惚惚来了一个女人。宝玉心里想道："这样旷野地方，那得有如此的丽人，必是神仙下界了。"宝玉想着，走近前来细细一看，竟有些认得的，只是一时想不起来。见那女人和和尚打了一个照面就不见了。宝玉一想，竟是尤三姐的样子，越发纳闷："怎么他也在这里？"又要问时，那和尚拉着宝玉过了那牌楼，只见牌上写着"真如福地"四个大字，两边一副对联，乃是：

假去真来真胜假，无原有是有非无。

转过牌坊，便是一座宫门。门上横书四个大字道："福善祸淫"。又有一副对子，大书云：

过去未来，莫谓智贤能打破；
前因后果，须知亲近不相逢。

宝玉看了，心下想道："原来如此。我倒要问问因果来去的事了。"这么一想，只见鸳鸯站在那里招手儿叫他。宝玉想道："我走了半日，原不曾出园子，怎么改了样子了呢?"赶着要和鸳鸯说话，岂知一转眼便不见了，心里不免疑惑起来。走到鸳鸯站的地方儿，乃是一溜配殿，各处都有匾额。宝玉无心去看，只向鸳鸯立的所在奔去。见那一间配殿的门半掩半开，宝玉也不敢造次进去，心里正要问那和尚一声，回过头来，和尚早已不见了。宝玉恍惚，见那殿宇巍峨，绝非大观园景象。便立住脚，抬头看那匾额上写道："引觉情痴"。两边写的对联道：

喜笑悲哀都是假，贪求思慕总因痴。

宝玉看了，便点头叹息。想要进去找鸳鸯问他是什么所在，细细想来甚是熟识，便仗着胆子推门进去。满屋一瞧，并不见鸳鸯，里头只是黑漆漆的，心下害怕。正要退出，见有十数个大橱，橱门半掩。

宝玉忽然想起："我少时做梦曾到过这个地方。如今能够亲身到此，也是大幸。"恍惚间，把找鸳鸯的念头忘了。便壮着胆把上首的大橱开了橱门一瞧，见有好几本册子，心里更觉喜欢，想道："大凡人做梦，说是假的，岂知有这梦便有这事。我常说还要做这个梦再不能的，不料今儿被我找着了。但不知那册子是那个见过的不是?"伸手在上头取了一本，册上写着"金陵十二钗正册"。宝玉拿着一想道："我恍惚记得是那个，只恨记不得清楚。"便打开头一页看去，见上头有画，但是画迹模糊，再瞧不出来。后面有几行字迹也不清楚，尚可摹拟，便细细的看去，见有什么"玉带"，上头有个好像"林"字，心里想道："不要是说林妹妹罢?"便认真看去，底下又有"金簪雪里"四字，诧异道："怎么又像他的名字呢。"复将前后四句合起来一念道："也没有什么道理，只是暗藏着他两个名字，并不为奇。独有那'怜'字'叹'字不好。这是怎么解？"想到那里，又自啐道："我是偷着看，若只管呆想起来，倘有人来，又看不成了。"遂往后看去，也无暇细玩那画图，只从头看去。看到尾儿有几句词，什么"相逢大梦归"一句，便恍然大悟道："是了，果然机关不爽，这必是元春姐姐了。若都是这样明白，我要抄了去细玩起来，那些姊妹们的寿夭穷通没有不知的了。我回去自不肯泄漏，只做一个未卜先知的人，也省了多少闲想。"又向各处一瞧，并没有笔砚，又恐人来，只得忙着看去。只见图上影影有一个放风筝的人儿，也无心去看。急急的将那十二首诗词都看遍了。也有一看便知的，也有一想便得的，也有不大明白的，心下牢牢记着。一面叹息，一面又取那《金陵又副册》一看，看到"堪羡优伶有福，谁知公子无缘"，先前不懂，见上面尚有花席的影子，便大惊痛哭起来。

待要往后再看，听见有人说道："你又发呆了！林妹妹请你呢。"好似鸳鸯的声气，回头却不见人。心中正自惊疑，忽鸳鸯在门外招手。宝玉一见，喜得赶出来。但见鸳鸯在前影影绰绰的走，只是赶不上。宝玉叫道："好姐姐，等等我。"那鸳鸯并不理，只顾前走。宝玉无奈，尽力赶去，忽见别有一洞天，楼阁高耸，殿角玲珑，且有好些宫女隐约其间。宝玉贪看景致，竟将鸳鸯忘了。宝玉顺步走入一座宫门，内有奇花异卉，都也认不明白。惟有白石花阑围着一颗青草，叶头上略有红色，但不知是何名草，这样矜贵。只见微风动处，那青草已摇摆不休，虽说是一枝小草，又无花朵，其妩媚之态，不禁心动神怡，魂消魄丧。宝玉只管呆呆的看着，只听见旁边有一人说道："你是那里来的蠢物，在此窥探仙草！"宝玉听了，吃了一惊，回头看时，却是一位仙女，便施礼道："我找鸳鸯姐姐，误入仙境，恕我冒昧之罪。请问神仙姐姐，这里是何地方？怎么我鸳鸯姐姐到此还说是林妹妹叫我？望乞明示。"那人道："谁知你的姐姐妹妹，我是看管仙草的，不许凡人在此逗留。"宝玉欲待要出来，又舍不得，只得央告道："神仙姐姐既是那管理仙草的，必然是花神姐姐了。但不知这草有何好处？"那仙女道："你要知道这草，说起来话长着呢。那草本在灵河岸上，名曰绛珠草。因那时萎败，幸得一个神瑛侍者日以甘露灌溉，得以长生。后来降凡历劫，还报了灌溉之恩，今返归真境。所以警幻仙子命我看管，不令蜂缠蝶恋。”宝玉听了不解，一心疑定必是遇见了花神了，今日断不可当面错过，便问：“管这草的是神仙姐姐了。还有无数名花必有专管的，我也不敢烦问，只有看管芙蓉花的是那位神仙？”那仙女道：“我却不知，除是我主人方晓。”宝玉便问道：“姐姐的主人是谁？”那仙女道：“我主人是潇湘妃子。”宝玉听道：“是了，你不知道这位妃子就是我的表妹林黛玉。”那仙女道：“胡说。此地乃上界神女之所，虽号为潇湘妃子，并不是娥皇女英之辈，何得与凡人有亲。你少来混说，瞧着叫力士打你出去。”

宝玉听了发怔，只觉自形秽浊，正要退出，又听见有人赶来说道：“里面叫请神瑛侍者。”那人道：“我奉命等了好些时，总不见有神瑛侍者过来，你叫我那里请去。”那一个笑道：“才退去的不是么？”那侍女慌忙赶出来说：“请神瑛侍者回来。”宝玉只道是问别人，又怕被人追赶，只得踉跄而逃。正走时，只见一人手提宝剑迎面拦住说：“那里走！”唬得宝玉惊惶无措，仗着胆抬头一看，却不是别人，就是尤三姐。宝玉见了，略定些神，央告道：“姐姐怎么你也来逼起我来了。”那人道：“你们弟兄没有一个好人，败人名节，破人婚姻。今儿你到这里，是不饶你的了！”宝玉听去话头不好，正自着急，只听后面有人叫道：“姐姐快快拦住，不要放他走了。”尤三姐道：“我奉妃子之命等候已久，今儿见了，必定要一剑斩断你的尘缘。”宝玉听了益发着忙，又不懂这些话到底是什么意思，只得回头要跑。岂知身后说话的并非别人，却是晴雯。宝玉一见，悲喜交集，便说：“我一个人走迷了道儿，遇见仇人，我要逃回，却不见你们一人跟着我。如今好了，晴雯姐姐，快快的带我回家去罢。”晴雯道：“侍者不必多疑，我非晴雯，我是奉妃子之命特来请你一会，并不难为你。”宝玉满腹狐疑，只得问道：“姐姐说是妃子叫我，那妃子究是何人？”晴雯道：“此时不必问，到了那里自然知道。”宝玉没法，只得跟着走。细看那人背后举动恰是晴雯，那面目声音是不错的了，“怎么他说不是？我此时心里模糊。且别管他，到了那边见了妃子，就有不是，那时再求他，到底女人的心肠是慈悲的，必是恕我冒失。”

正想着，不多时到了一个所在。只见殿宇精致，彩色辉煌，庭中一丛翠竹，户外数本苍松。廊檐下立着几个侍女，都是宫妆打扮，见了宝玉进来，便悄悄的说道："这就是神瑛侍者么?"引着宝玉的说道："就是。你快进去通报罢。"有一侍女笑着招手，宝玉便跟着进去。过了几层房舍，见一正房，珠帘高挂。那侍女说："站着候旨。"宝玉听了，也不敢则声，只得在外等着。那侍女进去不多时，出来说："请侍者参见。"又有一人卷起珠帘。只见一女子，头戴花冠，身穿绣服，端坐在内。宝玉略一抬头，见是黛玉的形容，便不禁的说道："妹妹在这里！叫我好想。"那帘外的侍女悄咤道："这侍者无礼，快快出去。"说犹未了，又见一个侍儿将珠帘放下。宝玉此时欲待进去又不敢，要走又不舍，待要问明，见那些侍女并不认得，又被驱逐，无奈出来。心想要问晴雯，回头四顾，并不见有晴雯。心下狐疑，只得怏怏出来，又无人引着，正欲找原路而去，却又找不出旧路了。

正在为难，见凤姐站在一所房檐下招手。宝玉看见喜欢道："可好了，原来回到自己家里了。我怎么一时迷乱如此。"急奔前来说："姐姐在这里么，我被这些人捉弄到这个分儿。林妹妹又不肯见我，不知何原故。"说着，走到凤姐站的地方，细看起来并不是凤姐，原来却是贾蓉的前妻秦氏。宝玉只得立住脚要问"凤姐姐在那里"，那秦氏也不答言，竟自往屋里去了。宝玉恍恍惚惚的又不敢跟进去，只得呆呆的站着，叹道："我今儿得了什么不是，众人都不理我。"便痛哭起来。见有几个黄巾力士执鞭赶来，说是"何处男人敢闯入我们这天仙福地来，快走出去!"宝玉听得，不敢言语。正要寻路出来，远远望见一群女子说笑前来。宝玉看时，又像有迎春等一干人走来，心里喜欢，叫道："我迷住在这里，你们快来救我!"正嚷着，后面力士赶来。宝玉急得往前乱跑，忽见那一群女子都变作鬼怪形像，也来追扑。

宝玉正在情急，只见那送玉来的和尚手里拿着一面镜子一照，说道："我奉元妃娘娘旨意，特来救你。"登时鬼怪全无，仍是一片荒郊。宝玉拉着和尚说道："我记得是你领我到这里，你一时又不见了。看见了好些亲人，只是都不理我，忽又变作鬼怪，到底是梦是真，望老师明白指示。"那和尚道："你到这里曾偷看什么东西没有?"宝玉一想道："他既能带我到天仙福地，自然也是神仙了，如何瞒得他。况且正要问个明白。"便道："我倒见了好些册子来着。"那和尚道："可又来，你见了册子还不解么！世上的情缘都是那些魔障。只要把历过的事情细细记着，将来我与你说明。”说着，把宝玉狠命的一推，说：“回去罢!”宝玉站不住脚，一交跌倒，口里嚷道：“阿哟!”

王夫人等正在哭泣，听见宝玉苏来，连忙叫唤。宝玉睁眼看时，仍躺在炕上，见王夫人宝钗等哭的眼泡红肿。定神一想，心里说道：“是了，我是死去过来的。”遂把神魂所历的事呆呆的细想，幸喜多还记得，便哈哈的笑道：“是了，是了。”王夫人只道旧病复发，便好延医调治，即命丫头婆子快去告诉贾政，说是“宝玉回过来了，头里原是心迷住了，如今说出话来，不用备办后事了。”贾政听了，即忙进来看视，果见宝玉苏来，便道：“没的痴儿你要唬死谁么!”说着，眼泪也不知不觉流下来了。又叹了几口气，仍出去叫人请医生诊脉服药。这里麝月正思自尽，见宝玉一过来，也放了心。只见王夫人叫人端了桂圆汤叫他喝了几口，渐渐的定了神。王夫人等放心，也没有说麝月，只叫人仍把那玉交给宝钗给他带上，“想起那和尚来，这玉不知那里找来的，也是古怪。怎么一时要银一时又不见了，莫非是神仙不成?”宝钗道：“说起那和尚来的踪迹去的影响，那玉并不是找来的。头里丢的时候，必是那和尚取去的。”王夫人道：“玉在家里怎么能取的了去?”宝钗道：“既可送来，就可取去。”袭人麝月道：“那年丢了玉，林大爷测了个字，后来二奶奶过了门，我还告诉过二奶奶，说测的那字是什么‘赏’字。二奶奶还记得么?”宝钗想道：“是了。你们说测的是当铺里找去，如今才明白了，竟是个和尚的‘尚’字在上头，可不是和尚取了去的么。”王夫人道：“那和尚本来古怪。那年宝玉病的时候，那和尚来说是我们家有宝贝可解，说的就是这块玉了。他既知道，自然这块玉到底有些来历。况且你女婿养下来就嘴里含着的。古往今来，你们听见过这么第二个么。只是不知终久这块玉到底是怎么着，就连咱们这一个也还不知是怎么着。病也是这块玉，好也是这块玉，生也是这块玉——”说到这里忽然住了，不免又流下泪来。宝玉听了，心里却也明白，更想死去的事愈加有因，只不言语，心里细细的记忆。那时惜春便说道：“那年失玉，还请妙玉请过仙，说是‘青埂峰下倚古松’，还有什么‘入我门来一笑逢’的话，想起来‘入我门’三字大有讲究。佛教的法门最大，只怕二哥不能入得去。”宝玉听了，又冷笑几声。宝钗听了，不觉的把眉头儿肐揪着发起怔来。尤氏道：“偏你一说又是佛门了。你出家的念头还没有歇么？”惜春笑道：“不瞒嫂子说，我早已断了荤了。”王夫人道：“好孩子，阿弥陀佛，这个念头是起不得的。”惜春听了，也不言语。宝玉想“青灯古佛前”的诗句，不禁连叹几声。忽又想起一床席一枝花的诗句来，拿眼睛看着袭人，不觉又流下泪来。众人都见他忽笑忽悲，也不解是何意，只道是他的旧病。岂知宝玉触处机来，竟能把偷看册上诗句俱牢牢记住了，只是不说出来，心中早有一个成见在那里了。暂且不题。

且说众人见宝玉死去复生，神气清爽，又加连日服药，一天好似一天，渐渐的复原起来。便是贾政见宝玉已好，现在丁忧无事，想起贾赦不知几时遇赦，老太太的灵柩久停寺内，终不放心，欲要扶柩回南安葬，便叫了贾琏来商议。贾琏便道：“老爷想得极是，如今趁着丁忧干了一件大事更好。将来老爷起了服，生恐又不能遂意了。但是我父亲不在家，侄儿呢又不敢僭越。老爷的主意很好，只是这件事也得好几千银子。衙门里缉赃那是再缉不出来的。”贾政道：“我的主意是定了，只为大爷不在家，叫你来商议商议怎么个办法。你是不能出门的。现在这里没有人，我为是好几口材都要带回去的，一个怎么样的照应呢，想起把蓉哥儿带了去。况且有他媳妇的棺材也在里头。还有你林妹妹的，那是老太太的遗言说跟着老太太一块儿回去的。我想这一项银子只好在那里挪借几千，也就够了。”贾琏道：“如今的人情过于淡薄。老爷呢，又丁忧；我们老爷呢，又在外头，一时借是借不出来的了。只好拿房地文书出去押去。”贾政道：“住的房子是官盖的，那里动得。”贾琏道：“住房是不能动的。外头还有几所可以出脱的，等老爷起复后再赎也使得。将来我父亲回来了，倘能也再起用，也好赎的。只是老爷这么大年纪，辛苦这一场，侄儿们心里实不安。”贾政道：“老太太的事，是应该的。只要你在家谨慎些，把持定了才好。”贾琏道：“老爷这倒只管放心，侄儿虽糊涂，断不敢不认真办理的。况且老爷回南少不得多带些人去，所留下的人也有限了，这点子费用还可以过的来。就是老爷路上短少些，必经过赖尚荣的地方，可也叫他出点力儿。”贾政道：“自己的老人家的事，叫人家帮什么。”贾琏答应了“是”，便退出来打算银钱。

贾政便告诉了王夫人，叫他管了家，自己便择了发引长行的日子，就要起身。宝玉此时身体复元，贾环贾兰倒认真念书，贾政都交付给贾琏，叫他管教，“今年是大比的年头。环儿是有服的，不能入场；兰儿是孙子，服满了也可以考的；务必叫宝玉同着侄儿考去。能够中一个举人，也好赎一赎咱们的罪名。”贾琏等唯唯应命。贾政又吩咐了在家的人，说了好些话，才别了宗祠，便在城外念了几天经，就发引下船，带了林之孝等而去。也没有惊动亲友，惟有自家男女送了一程回来。

宝玉因贾政命他赴考，王夫人便不时催逼查考起他的工课来。那宝钗袭人时常劝勉，自不必说。那知宝玉病后虽精神日长，他的念头一发更奇僻了，竟换了一种。不但厌弃功名仕进，竟把那儿女情缘也看淡了好些。只是众人不大理会，宝玉也并不说出来。一日，恰遇紫鹃送了林黛玉的灵柩回来，闷坐自己屋里啼哭，想着：“宝玉无情，见他林妹妹的灵柩回去并不伤心落泪，见我这样痛哭也不来劝慰，反瞅着我笑。这样负心的人，从前都是花言巧语来哄着我们！前夜亏我想得开，不然几乎又上了他的当。只是一件叫人不解，如今我看他待袭人等也是冷冷儿的。二奶奶是本来不喜欢亲热的，麝月那些人就不抱怨他么？我想女孩子们多半是痴心的，白操了那些时的心，看将来怎样结局！”正想着，只见五儿走来瞧他，见紫鹃满面泪痕，便说：“姐姐又想林姑娘了？想一个人闻名不如眼见，头里听着宝二爷女孩子跟前是最好的，我母亲再三的把我弄进来。岂知我进来了，尽心竭力的服侍了几次病，如今病好了，连一句好话也没有剩出来，如今索性连眼儿也都不瞧了。”紫鹃听他说的好笑，便噗嗤的一笑，啐道：“呸，你这小蹄子，你心里要宝玉怎么个样儿待你才好？女孩儿家也不害臊，连名公正气的屋里人瞧着他还没事人一大堆呢，有功夫理你去！”因又笑着拿个指头往脸上抹着问道：“你到底算宝玉的什么人哪？”那五儿听了，自知失言，便飞红了脸。待要解说不是要宝玉怎样看待，说他近来不怜下的话，只听院门外乱嚷说：“外头和尚又来了，要那一万银子呢。太太着急，叫琏二爷和他讲去，偏偏琏二爷又不在家。那和尚在外头说些疯话，太太叫请二奶奶过去商量。”不知怎样打发那和尚，下回分解。

第一一七回

阻超凡佳人双护玉　欣聚党恶子独承家

话说王夫人打发人来叫宝钗过去商量，宝玉听见说是和尚在外头，赶忙的独自一人走到前头，嘴里乱嚷道："我的师父在那里?"叫了半天，并不见有和尚，只得走到外面。见李贵将和尚拦住，不放他进来。宝玉便说道："太太叫我请师父进去。"李贵听了松了手，那和尚便摇摇摆摆的进去。宝玉看见那僧的形状与他死去时所见的一般，心里早有些明白了，便上前施礼，连叫："师父，弟子迎候来迟。"那僧说："我不要你们接待，只要银子，拿了来我就走。"宝玉听来又不像有道行的话，看他满头癞疮，混身腌臜破烂，心里想道："自古说'真人不露相，露相不真人'，也不可当面错过，我且应了他谢银，并探探他的口气。"便说道："师父不必性急，现在家母料理，请师父坐下略等片刻。弟子请问，师父可是从'太虚幻境'而来?"那和尚道："什么幻境，不过是来处来去处去罢了！我是送还你的玉来的。我且问你，那玉是从那里来的?"宝玉一时对答不来。那僧笑道："你自己的来路还不知，便来问我!"宝玉本来颖悟，又经点化，早把红尘看破，只是自己的底里未知；一闻那僧问起玉来，好像当头一棒，便说道："你也不用银子了，我把那玉还你罢。"那僧笑道："也该还我了。"

宝玉也不答言，往里就跑，走到自己院内，见宝钗袭人等都到王夫人那里去了，忙向自己床边取了那玉便走出来。迎面碰见了袭人，撞了一个满怀，把袭人唬了一跳，说道："太太说，你陪着和尚坐着很好，太太在那里打算送他些银两。你又回来做什么?"宝玉道："你快去回太太，说不用张罗银两了，我把这玉还了他就是了。"袭人听说，即忙拉住宝玉道："这断使不得的！那玉就是你的命，若是他拿去了，你又要病着了。"宝玉道：

“如今不再病的了，我已经有了心了，要那玉何用!”摔脱袭人，便要想走。袭人急得赶着嚷道：“你回来，我告诉你一句话。”宝玉回过头来道：“没有什么说的了。”袭人顾不得什么，一面赶着跑，一面嚷道：“上回丢了玉，几乎没有把我的命要了！刚刚儿的有了，你拿了去，你也活不成，我也活不成了！你要还他，除非是叫我死了!”说着，赶上一把拉住。宝玉急了道：“你死也要还，你不死也要还!”狠命的把袭人一推，抽身要走。怎奈袭人两只手绕着宝玉的带子不放松，哭喊着坐在地下。里面的丫头听见连忙赶来，瞧见他两个人的神情不好，只听见袭人哭道：“快告诉太太去，宝二爷要把那玉去还和尚呢!”丫头赶忙飞报王夫人。那宝玉更加生气，用手来掰开了袭人的手，幸亏袭人忍痛不放。紫鹃在屋里听见宝玉要把玉给人，这一急比别人更甚，把素日冷淡宝玉的主意都忘在九霄云外了，连忙跑出来帮着抱住宝玉。那宝玉虽是个男人，用力摔打，怎奈两个人死命的抱住不放，也难脱身，叹口气道：“为一块玉这样死命的不放，若是我一个人走了，又待怎么样呢?”袭人紫鹃听到那里，不禁嚎啕大哭起来。

正在难分难解，王夫人宝钗急忙赶来，见是这样形景，便哭着喝道：“宝玉，你又疯了吗!”宝玉见王夫人来了，明知不能脱身，只得陪笑说道：“这当什么，又叫太太着急。他们总是这样大惊小怪的，我说那和尚不近人情，他必要一万银子，少一个不能。我生气进来拿这玉还他，就说是假的，要这玉干什么。他见得我们不希罕那玉，便随意给他些就过去了。”王夫人道：“我打量真要还他，这也罢了。为什么不告诉明白了他们，叫他们哭哭喊喊的像什么。”宝钗道：“这么说呢倒还使得。要是真拿那玉给他，那和尚有些古怪，倘或一给了他，又闹到家口不宁，岂不是不成事了么？至于银钱呢，就把我的头面折变了，也还够了呢。”王夫人听了道：“也罢了，且就这么办罢。”宝玉也不回答。只见宝钗走上来在宝玉手里拿了这玉，说道：“你也不用出去，我合太太给他钱就是了。”宝玉道：“玉不还他也使得，只是我还得当面见他一见才好。”袭人等仍不肯放手，到底宝钗明决，说：“放了手由他去就是了。”袭人只得放手。宝玉笑道：“你们这些人原来重玉不重人哪。你们既放了我，我便跟着他走了，看你们就守着那块玉怎么样!”袭人心里又着急起来，仍要拉他，只碍着王夫人和宝钗的面前，又不好太露轻薄。恰好宝玉一撒手就走了。袭人忙叫小丫头在三门口传了焙茗等，“告诉外头照应着二爷，他有些疯了。”小丫头答应了出去。

王夫人宝钗等进来坐下，问起袭人来由，袭人便将宝玉的话细细说了。王夫人宝钗甚是不放心，又叫人出去吩咐众人伺候，听着和尚说些什么。回来小丫头传话进来回王夫人道：“二爷真有些疯了。外头小厮们说，里头不给他玉，他也没法，如今身子出来了，求着那和尚带了他去。”王夫人听了说道：“这还了得！那和尚说什么来着？”小丫头回道：“和尚说要玉不要人。”宝钗道：“不要银子了么？”小丫头道：“没听见说，后来和尚和二爷两个人说着笑着，有好些话外头小厮们都不大懂。”王夫人道：“糊涂东西，听不出来，学是自然学得来的。”便叫小丫头：“你把那小厮叫进来。”小丫头连忙出去叫进那小厮，站在廊下，隔着窗户请了安。王夫人便问道：“和尚和二爷的话你们不懂，难道学也学不来吗？”那小厮回道：“我们只听见说什么‘大荒山’，什么‘青埂峰’，又说什么‘太虚境’，‘斩断尘缘’这些话。”王夫人听了也不懂。宝钗听了，唬得两眼直瞪，半句话都没有了。

正要叫人出去拉宝玉进来，只见宝玉笑嘻嘻的进来说：“好了，好了。”宝钗仍是发怔。王夫人道：“你疯疯颠颠的说的是什么？”宝玉道：“正经话又说我疯颠。那和尚与我原认得的，他不过也是要来见我一见。他何尝是真要银子呢，也只当化个善缘就是了。所以说明了他自己就飘然而去了。这可不是好了么！”王夫人不信，又隔着窗户问那小厮。那小厮连忙出去问了门上的人，进来回说：“果然和尚走了。说请太太们放心，我原不要银子，只要宝二爷时常到他那里去去就是了。诸事只要随缘，自有一定的道理。”王夫人道：“原来是个好和尚，你们曾问住在那里？”门上道：“奴才也问来着，他说我们二爷是知道的。”王夫人问宝玉道：“他到底住在那里？”宝玉笑道：“这个地方说远就远，说近就近。”宝钗不待说完，便道：“你醒醒儿罢，别尽着迷在里头。现在老爷太太就疼你一个人，老爷还吩咐叫你干功名长进呢。”宝玉道：“我说的不是功名么！你们不知道，‘一子出家，七祖升天’呢。”王夫人听到那里，不觉伤心起来，说：“我们的家运怎么好，一个四丫头口口声声要出家，如今又添出一个来了。我这样个日子过他做什么！”说着，大哭起来。宝钗见王夫人伤心，只得上前苦劝。宝玉笑道："我说了这一句顽话，太太又认起真来了。"王夫人止住哭声道："这些话也是混说的么！"

正闹着，只见丫头来回话："琏二爷回来了，颜色大变，说请太太回去说话。"王夫人又吃了一惊，说道："将就些，叫他进来罢，小婶子也是旧亲，不用回避了。"贾琏进来，见了王夫人请了安。宝钗迎着也问了贾琏的安。回说道："刚才接了我父亲的书信，说是病重的很，叫我就去，若迟了恐怕不能见面。"说到那里，眼泪便掉下来了。王夫人道："书上写的是什么病？"贾琏道："写的是感冒风寒起来的，如今成了痨病了。现在危急，专差一个人连日连夜赶来的，说如若再耽搁一两天就不能见面了。故来回太太，侄儿必得就去才好。只是家里没人照管。蔷儿芸儿虽说糊涂，到底是个男人，外头有了事来还可传个话。侄儿家里倒没有什么事，秋桐是天天哭着喊着不愿意在这里，侄儿叫了他娘家的人来领了去了，倒省了平儿好些气。虽是巧姐没人照应，还亏平儿的心不很坏。妞儿心里也明白，只是性气比他娘还刚硬些，求太太时常管教管教他。"说着眼圈儿一红，连忙把腰里拴槟榔荷包的小绢子拉下来擦眼。王夫人道："放着他亲祖母在那里，托我做什么。"贾琏轻轻的说道："太太要说这个话，侄儿就该活活儿的打死了。没什么说的，总求太太始终疼侄儿就是了。"说着，就跪下来了。王夫人也眼圈儿红了，说："你快起来，娘儿们说话儿，这是怎么说。只是一件，孩子也大了，倘或你父亲有个一差二错又耽搁住了，或者有个门当户对的来说亲，还是等你回来，还是你太太作主？"贾琏道："现在太太们在家，自然是太太们做主，不必等我。"王夫人道："你要去，就写了禀帖给二老爷送个信，说家下无人，你父亲不知怎样，快请二老爷将老太太的大事早早的完结，快快回来。"贾琏答应了"是"，正要走出去，复转回来回说道："咱们家的家下人家里还够使唤，只是园里没有人太空了。包勇又跟了他们老爷去了。姨太太住的房子，薛二爷已搬到自己的房子内住了。园里一带屋子都空着，忒没照应，还得太太叫人常查看查看。那栊翠庵原是咱们家的地基，如今妙玉不知那里去了，所有的根基他的当家女尼不敢自己作主，要求府里一个人管理管理。"王夫人道："自己的事还闹不清，还搁得住外头的事么。这句话好歹别叫四丫头知道，若是他知道了，又要吵着出家的念头出来了。你想咱们家什么样的人家，好好的姑娘出了家，还了得!”贾琏道：“太太不提起侄儿也不敢说，四妹妹到底是东府里的，又没有父母，他亲哥哥又在外头，他亲嫂子又不大说的上话。侄儿听见要寻死觅活了好几次。他既是心里这么着的了，若是牛着他，将来倘或认真寻了死，比出家更不好了。”王夫人听了点头道：“这件事真真叫我也难担。我也做不得主，由他大嫂子去就是了。”

贾琏又说了几句才出来，叫了众家人来交代清楚，写了书，收拾了行装，平儿等不免叮咛了好些话。只有巧姐儿惨伤的了不得，贾琏又欲托王仁照应，巧姐到底不愿意；听见外头托了芸蔷二人，心里更不受用，嘴里却说不出来，只得送了他父亲，谨谨慎慎的随着平儿过日子。丰儿小红因凤姐去世，告假的告假，告病的告病，平儿意欲接了家中一个姑娘来，一则给巧姐作伴，二则可以带量他。遍想无人，只有喜鸾四姐儿是贾母旧日钟爱的，偏偏四姐儿新近出了嫁了，喜鸾也有了人家儿，不日就要出阁，也只得罢了。

且说贾芸贾蔷送了贾琏，便进来见了邢、王二夫人。他两个倒替着在外书房住下，日间便与家人厮闹，有时找了几个朋友吃个车箍辘会，甚至聚赌，里头那里知道。一日邢大舅王仁来，瞧见了贾芸贾蔷住在这里，知他热闹，也就借着照看的名儿时常在外书房设局赌钱喝酒。所有几个正经的家人，贾政带了几个去，贾琏又跟去了几个，只有那赖林诸家的儿子侄儿。那些少年托着老子娘的福吃喝惯了的，那知当家立计的道理。况且他们长辈都不在家，便是没笼头的马了，又有两个旁主人怂恿，无不乐为。这一闹，把个荣国府闹得没上没下，没里没外。那贾蔷还想勾引宝玉，贾芸拦住道：“宝二爷那个人没运气的，不用惹他。那一年我给他说了一门子绝好的亲，父亲在外头做税官，家里开几个当铺，姑娘长的比仙女儿还好看。我巴巴儿的细细的写了一封书子给他，谁知他没造化——”说到这里，瞧了瞧左右无人，又说：“他心里早和咱们这个二婶娘好上了。你没听见说，还有一个林姑娘呢，弄的害了相思病死的，谁不知道。这也罢了，各自的姻缘罢咧。谁知他为这件事倒恼了我了，总不大理。他打谅谁必是借谁的光儿呢。”贾蔷听了点点头，才把这个心歇了。

他两个还不知道宝玉自会那和尚以后，他是欲断尘缘。一则在王夫人跟前不敢任性，已与宝钗袭人等皆不大款洽了。那些丫头不知道，还要逗他，宝玉那里看得到眼里。他也并不将家事放在心里。时常王夫人宝钗劝他念书，他便假作攻书，一心想着那个和尚引他到那仙境的机关。心目中触处皆为俗人，却在家难受，闲来倒与惜春闲讲。他们两个人讲得上了，那种心更加准了几分，那里还管贾环贾兰等。那贾环为他父亲不在家，赵姨娘已死，王夫人不大理会他，便入了贾蔷一路。倒是彩云时常规劝，反被贾环辱骂。玉钏儿见宝玉疯颠更甚，早和他娘说了要求着出去。如今宝玉贾环他哥儿两个各有一种脾气，闹得人人不理。独有贾兰跟着他母亲上紧攻书，作了文字送到学里请教代儒。因近来代儒老病在床，只得自己刻苦。李纨是素来沉静，除了请王夫人的安，会会宝钗，馀者一步不走，只有看着贾兰攻书。所以荣府住的人虽不少，竟是各自过各自的，谁也不肯做谁的主。贾环贾蔷等愈闹的不像事了，甚至偷典偷卖，不一而足。贾环更加宿娼滥赌，无所不为。

一日邢大舅王仁都在贾家外书房喝酒，一时高兴，叫了几个陪酒的来唱着喝着劝酒。贾蔷便说：“你们闹的太俗。我要行个令儿。”众人道：“使得。”贾蔷道：“咱们‘月’字流觞罢。我先说起‘月’字，数到那个便是那个喝酒，还要酒面酒底。须得依着令官，不依者罚三大杯。”众人都依了。贾蔷喝了一杯令酒，便说：“飞羽觞而醉月。”顺饮数到贾环。贾蔷说：“酒面要个‘桂’字。”贾环便说道：“‘冷露无声湿桂花’。酒底呢？”贾蔷道：“说个‘香’字。”贾环道：“天香云外飘。”大舅说道：“没趣，没趣。你又懂得什么字了，也假斯文起来！这不是取乐，竟是怄人了。咱们都蠲了，倒是搳搳拳，输家喝输家唱，叫做‘苦中苦’。若是不会唱的，说个笑话儿也使得，只要有趣。”众人都道：“使得。”于是乱搳起来。王仁输了，喝了一杯，唱了一个。众人道好，又搳起来了。是个陪酒的输了，唱了一个什么“小姐小姐多丰彩”。以后邢大舅输了，众人要他唱曲儿，他道：“我唱不上来的，我说个笑话儿罢。”贾蔷道：“若说不笑仍要罚的。”邢大舅就喝了杯，便说道："诸位听着：村庄上有一座元帝庙，旁边有个土地祠。那元帝老爷常叫土地来说闲话儿。一日元帝庙里被了盗，便叫土地去查访。土地禀道：'这地方没有贼的，必是神将不小心，被外贼偷了东西去。'元帝道：'胡说，你是土地，失了盗不问你问谁去呢？你倒不去拿贼，反说我的神将不小心吗？'土地禀道：'虽说是不小心，到底是庙里的风水不好。'元帝道：'你倒会看风水么？'土地道：'待小神看看。'那土地向各处瞧了一会，便来回禀道：'老爷坐的身子背后两扇红门就不谨慎。小神坐的背后是砌的墙，自然东西丢不了。以后老爷的背后亦改了墙就好了。'元帝老爷听来有理，便叫神将派人打墙。众神将叹口气道：'如今香火一炷也没有，那里有砖灰人工来打墙！'元帝老爷没法，叫众神将作法，却都没有主意。那元帝老爷脚下的龟将军站起来道：'你们不中用，我有主意。你们将红门拆下来，到了夜里拿我的肚子垫住这门口，难道当不得一堵墙么？'众神将都说道：'好，又不花钱，又便当结实。'于是龟将军便当这个差使，竟安静了。岂知过了几天，那庙里又丢了东西。众神将叫了土地来说道：'你说砌了墙就不丢东西，怎么如今有了墙还要丢？'那土地道：'这墙砌的不结实。'众神将道：'你瞧去。'土地一看，果然是一堵好墙，怎么还有失事？把手摸了一摸道：'我打谅是真墙，那里知道是个假墙！'"众人听了大笑起来。贾蔷也忍不住的笑，说道："傻大舅，你好！我没有骂你，你为什么骂我！快拿杯来罚一大杯。"邢大舅喝了，已有醉意。

众人又喝了几杯，都醉起来。邢大舅说他姐姐不好，王仁说他妹妹不好，都说的狠狠毒毒的。贾环听了，趁着酒兴也说凤姐不好，怎样苛刻我们，怎么样踏我们的头。众人道："大凡做个人，原要厚道些。看凤姑娘仗着老太太这样的利害，如今焦了尾巴梢子了，只剩了一个姐儿，只怕也要现世现报呢。"贾芸想着凤姐待他不好，又想起巧姐儿见他就哭，也信着嘴儿混说。还是贾蔷道："喝酒罢，说人家做什么。"那两个陪酒的道："这位姑娘多大年纪了？长得怎么样？"贾蔷道："模样儿是好的很的。年纪也有十三四岁了。"那陪酒的说道："可惜这样人生在府里这样人家，若生在小户人家，父母兄弟都做了官，还发了财呢。"众人道："怎么样？"那陪酒的说："现今有个外藩王爷，最是有情的，要选一个妃子。若合了式，父母兄弟都跟了去。可不是好事儿吗?”众人都不大理会，只有王仁心里略动了一动，仍旧喝酒。

只见外头走进赖林两家的子弟来，说：“爷们好乐呀!”众人站起来说道：“老大老三怎么这时候才来? 叫我们好等!”那两个人说道：“今早听见一个谣言，说是咱们家又闹出事来了，心里着急，赶到里头打听去，并不是咱们。”众人道：“不是咱们就完了，为什么不就来?”那两个说道：“虽不是咱们，也有些干系。你们知道是谁，就是贾雨村老爷。我们今儿进去，看见带着锁子，说要解到三法司衙门里审问去呢。我们见他常在咱们家里来往，恐有什么事，便跟了去打听。”贾芸道：“到底老大用心，原该打听打听。你且坐下喝一杯再说。”两人让了一回，便坐下，喝着酒道：“这位雨村老爷人也能干，也会钻营，官也不小了，只是贪财，被人家参了个婪索属员的几款。如今的万岁爷是最圣明最仁慈的，独听了一个‘贪’字，或因糟塌了百姓，或因恃势欺良，是极生气的，所以旨意便叫拿问。若是问出来了，只怕搁不住。若是没有的事，那参的人也不便。如今真真是好时候，只要有造化做个官儿就好。”众人道：“你的哥哥就是有造化的，现做知县还不好么。”赖家的说道：“我哥哥虽是做了知县，他的行为只怕也保不住怎么样呢。”众人道：“手也长么?”赖家的点点头儿，便举起杯来喝酒。众人又道：“里头还听见什么新闻?”两人道：“别的事没有，只听见海疆的贼寇拿住了好些，也解到法司衙门里审问。还审出好些贼寇，也有藏在城里的，打听消息，抽空儿就劫抢人家。如今知道朝里那些老爷们都是能文能武，出力报效，所到之处早就消灭了。”众人道：“你听见有在城里的，不知审出咱们家失盗了一案来没有?”两人道：“倒没有听见。恍惚有人说是有个内地里的人，城里犯了事，抢了一个女人下海去了。那女人不依，被这贼寇杀了。那贼寇正要跳出关去，被官兵拿住了，就在拿获的地方正了法了。”众人道：“咱们栊翠庵的什么妙玉不是叫人抢去，不要就是他罢?”贾环道：“必是他!”众人道：“你怎么知道?”贾环道：“妙玉这个东西是最讨人嫌的。他一日家捏酸，见了宝玉就眉开眼笑了。我若见了他，他从不拿正眼瞧我一瞧。真要是他，我才趁愿呢!”众人道：“抢的人也不少，那里就是他。”贾芸道：“有点信儿。前日有个人说，他庵里的道婆做梦，说看见是妙玉叫人杀了。”众人笑道：“梦话算不得。”邢大舅道：“管他梦不梦，咱们快吃饭罢。今夜做个大输赢。”众人愿意，便吃毕了饭，大赌起来。

赌到三更多天，只听见里头乱嚷，说是四姑娘合珍大奶奶拌嘴，把头发都绞掉了，赶到邢夫人王夫人那里去磕了头，说是要求容他做尼姑呢，送他一个地方，若不容他，他就死在眼前。那邢王两位太太没主意，叫请蔷大爷芸二爷进去。贾芸听了，便知是那回看家的时候起的念头，想来是劝不过来的了，便合贾蔷商议道：“太太叫我们进去，我们是做不得主的。况且也不好做主，只好劝去。若劝不住，只好由他们罢。咱们商量了写封书给琏二叔，便卸了我们的干系了。”两人商量定了主意，进去见了邢王两位太太，便假意的劝了一回。无奈惜春立意必要出家，就不放他出去，只求一两间净屋子给他诵经拜佛。尤氏见他两个不肯作主，又怕惜春寻死，自己便硬做主张，说是：“这个不是索性我耽了罢。说我做嫂子的容不下小姑子，逼他出了家了就完了。若说到外头去呢，断断使不得。若在家里呢，太太们都在这里，算我的主意罢。叫蔷哥儿写封书子给你珍大爷琏二叔就是了。”贾蔷等答应了。不知邢、王二夫人依与不依，下回分解。

第一一八回

记微嫌舅兄欺弱女　惊谜语妻妾谏痴人

话说邢、王二夫人听尤氏一段话，明知也难挽回。王夫人只得说道："姑娘要行善，这也是前生的夙根，我们也实在拦不住。只是咱们这样人家的姑娘出了家，不成了事体。如今你嫂子说了准你修行，也是好处。却有一句话要说，那头发可以不剃的，只要自己的心真，那在头发上头呢。你想妙玉也是带发修行的，不知他怎样凡心一动，才闹到那个分儿。姑娘执意如此，我们就把姑娘住的房子便算了姑娘的静室。所有服侍姑娘的人也得叫他们来问：他若愿意跟的，就讲不得说亲配人；若不愿意跟的，另打主意。"惜春听了，收了泪，拜谢了邢、王二夫人、李纨、尤氏等。王夫人说了，便问彩屏等谁愿跟姑娘修行。彩屏等回道："太太们派谁就是谁。"王夫人知道不愿意，正在想人。袭人立在宝玉身后，想来宝玉必要大哭，防着他的旧病。岂知宝玉叹道："真真难得。"袭人心里更自伤悲。宝钗虽不言语，遇事试探，见是执迷不醒，只得暗中落泪。王夫人才要叫了众丫头来问。忽见紫鹃走上前去，在王夫人面前跪下，回道："刚才太太问跟四姑娘的姐姐，太太看着怎么样？"王夫人道："这个如何强派得人的，谁愿意他自然就说出来了。"紫鹃道："姑娘修行自然姑娘愿意，并不是别的姐姐们的意思。我有句话回太太，我也并不是拆开姐姐们，各人有各人的心。我服侍林姑娘一场，林姑娘待我也是太太们知道的，实在恩重如山，无以可报。他死了，我恨不得跟了他去。但是他不是这里的人，我又受主子家的恩典，难以从死。如今四姑娘既要修行，我就求太太们将我派了跟着姑娘，服侍姑娘一辈子。不知太太们准不准。若准了，就是我的造化了。"邢、王二夫人尚未答言，只见宝玉听到那里，想起黛玉一阵心酸，眼泪早下来了。众人才要问他时，他又哈哈的大笑，走上来道：“我不该说的。这紫鹃蒙太太派给我屋里，我才敢说。求太太准了他罢，全了他的好心。”王夫人道：“你头里姊妹出了嫁，还哭得死去活来；如今看见四妹妹要出家，不但不劝，倒说好事，你如今到底是怎么个意思，我索性不明白了。”宝玉道：“四妹妹修行是已经准的了，四妹妹也是一定主意了。若是真的，我有一句话告诉太太；若是不定的，我就不敢混说了。”惜春道：“二哥哥说话也好笑，一个人主意不定便扭得过太太们来了？我也是像紫鹃的话，容我呢，是我的造化，不容我呢，还有一个死呢。那怕什么！二哥哥既有话，只管说。”宝玉道：“我这也不算什么泄漏了，这也是一定的。我念一首诗给你们听听罢！”众人道：“人家苦得很的时候，你倒来做诗。怄人！”宝玉道：“不是做诗，我到一个地方儿看了来的。你们听听罢。”众人道：“使得。你就念念，别顺着嘴儿胡诌。”宝玉也不分辩，便说道：

勘破三春景不长，缁衣顿改昔年妆。
可怜绣户侯门女，独卧青灯古佛旁！

李纨宝钗听了，诧异道：“不好了，这人入了迷了。”王夫人听了这话，点头叹息，便问宝玉：“你到底是那里看来的？”宝玉不便说出来，回道：“太太也不必问，我自有见的地方。”王夫人回过味来，细细一想，便更哭起来道：“你说前儿是顽话，怎么忽然有这首诗？罢了，我知道了，你们叫我怎么样呢！我也没有法儿了，也只得由着你们去罢！但是要等我合上了眼，各自干各自的就完了！”宝钗一面劝着，这个心比刀绞更甚，也掌不住便放声大哭起来。袭人已经哭的死去活来，幸亏秋纹扶着。宝玉也不啼哭，也不相劝，只不言语。贾兰贾环听到那里，各自走开。李纨竭力的解说：“总是宝兄弟见四妹妹修行，他想来是痛极了，不顾前后的疯话，这也作不得准的。独有紫鹃的事情准不准，好叫他起来。”王夫人道：“什么依不依，横竖一个人的主意定了，那也是扭不过来的。可是宝玉说的也是一定的了。”紫鹃听了磕头。惜春又谢了王夫人。紫鹃又给宝玉宝钗磕了头。宝玉念声“阿弥陀佛！难得，难得。不料你倒先好了！”宝钗虽然有把持，也难掌住。只有袭人，也顾不得王夫人在上，便痛哭不止，说：“我也愿意跟了四姑娘去修行。”宝玉笑道：“你也是好心，但是你不能享这个清福的。”袭人哭道：“这么说，我是要死的了！”宝玉听到那里，倒觉伤心，只是说不出来。因时已五更，宝玉请王夫人安歇，李纨等各自散去。彩屏等暂且服侍惜春回去，后来指配了人家。紫鹃终身服侍，毫不改初。此是后话。

且言贾政扶了贾母灵柩一路南行，因遇着班师的兵将船只过境，河道拥挤，不能速行，在道实在心焦。幸喜遇见了海疆的官员，闻得镇海统制钦召回京，想来探春一定回家，略略解些烦心。只打听不出起程的日期，心里又烦躁。想到盘费算来不敷，不得已写书一封，差人到赖尚荣任上借银五百，叫人沿途迎上来应需用。那人去了几日，贾政的船才行得十数里。那家人回来，迎上船只，将赖尚荣的禀启呈上。书内告了多少苦处，备上白银五十两。贾政看了生气，即命家人立刻送还，将原书发回，叫他不必费心。那家人无奈，只得回到赖尚荣任所。

赖尚荣接到原书银两，心中烦闷，知事办得不周到，又添了一百，央求来人带回，帮着说些好话。岂知那人不肯带回，撂下就走了。赖尚荣心下不安，立刻修书到家，回明他父亲，叫他设法告假赎出身来。于是赖家托了贾蔷贾芸等在王夫人面前乞恩放出。贾蔷明知不能，过了一日，假说王夫人不依的话回复了。赖家一面告假，一面差人到赖尚荣任上，叫他告病辞官。王夫人并不知道。

那贾芸听见贾蔷的假话，心里便没想头，连日在外又输了好些银钱，无所抵偿，便和贾环相商。贾环本是一个钱没有的，虽是赵姨娘积蓄些微，早被他弄光了，那能照应人家。便想起凤姐待他刻薄，要趁贾琏不在家要摆布巧姐出气，遂把这个当叫贾芸来上，故意的埋怨贾芸道：“你们年纪又大，放着弄银钱的事又不敢办，倒和我没有钱的人相商。”贾芸道：“三叔，你这话说的倒好笑，咱们一块儿顽，一块儿闹，那里有银钱的事。”贾环道：“不是前儿有人说是外藩要买个偏房，你们何不和王大舅商量把巧姐说给他呢？”贾芸道：“叔叔，我说句招你生气的话，外藩花了钱买人，还想能和咱们走动么。”贾环在贾芸耳边说了些话，贾芸虽然点头，只道贾环是小孩子的话，也不当事。恰好王仁走来说道："你们两个人商量些什么，瞒着我么?"贾芸便将贾环的话附耳低言的说了。王仁拍手道："这倒是一种好事，又有银子。只怕你们不能，若是你们敢办，我是亲舅舅，做得主的。只要环老三在大太太跟前那么一说，我找邢大舅再一说，太太们问起来你们齐打伙说好就是了。"贾环等商议定了，王仁便去找邢大舅，贾芸便去回邢、王二夫人，说得锦上添花。

王夫人听了虽然入耳，只是不信。邢夫人听得邢大舅知道，心里愿意，便打发人找了邢大舅来问他。那邢大舅已经听了王仁的话，又可分肥，便在邢夫人跟前说道："若说这位郡王，是极有体面的。若应了这门亲事，虽说是不是正配，保管一过了门，姊夫的官早复了，这里的声势又好了。"邢夫人本是没主意人，被傻大舅一番假话哄得心动，请了王仁来一问，更说得热闹。于是邢夫人倒叫人出去追着贾芸去说。王仁即刻找了人去到外藩公馆说了。那外藩不知底细，便要打发人来相看。贾芸又钻了相看的人，说明"原是瞒着合宅的，只说是王府相亲。等到成了，他祖母作主，亲舅舅的保山，是不怕的。"那相看的人应了。贾芸便送信与邢夫人，并回了王夫人。那李纨宝钗等不知原故，只道是件好事，也都欢喜。

那日果然来了几个女人，都是艳妆丽服。邢夫人接了进去，叙了些闲话。那来人本知是个诰命，也不敢待慢。邢夫人因事未定，也没有和巧姐说明，只说有亲戚来瞧，叫他去见。那巧姐到底是个小孩子，那管这些，便跟了奶妈过来。平儿不放心，也跟着来。只见有两个宫人打扮的，见了巧姐便浑身上下一看，更又起身来拉着巧姐的手又瞧了一遍，略坐了一坐就走了。倒把巧姐看得羞臊，回到房中纳闷，想来没有这门亲戚，便问平儿。平儿先看见来头，却也猜着八九必是相亲的。"但是二爷不在家，大太太作主，到底不知是那府里的。若说是对头亲，不该这样相看。瞧那几个人的来头，不像是本支王府，好像是外头路数。如今且不必和姑娘说明，且打听明白再说。"

平儿心下留神打听。那些丫头婆子都是平儿使过的，平儿一问，所有听见外头的风声都告诉了。平儿便吓的没了主意，虽不和巧姐说，便赶着去告诉了李纨宝钗，求他二人告诉王夫人。王夫人知道这事不好，便和邢夫人说知。怎奈邢夫人信了兄弟并王仁的话，反疑心王夫人不是好意，便说："孙女儿也大了，现在琏儿不在家，这件事我还做得主。况且是他亲舅爷爷和他亲舅舅打听的，难道倒比别人不真么！我横竖是愿意的。倘有什么不好，我和琏儿也抱怨不着别人！"

王夫人听了这些话，心下暗暗生气，勉强说些闲话，便走了出来，告诉了宝钗，自己落泪。宝玉劝道："太太别烦恼，这件事我看来是不成的。这又是巧姐儿命里所招，只求太太不管就是了。"王夫人道："你一开口就是疯话。人家说定了就要接过去。若依平儿的话，你琏二哥可不抱怨我么。别说自己的侄孙女儿，就是亲戚家的，也是要好才好。邢姑娘是我们作媒的，配了你二大舅子，如今和和顺顺的过日子不好么。那琴姑娘梅家娶了去，听见说是丰衣足食的很好。就是史姑娘是他叔叔的主意，头里原好，如今姑爷痨病死了，你史妹妹立志守寡，也就苦了。若是巧姐儿错给了人家儿，可不是我的心坏？"

正说着，平儿过来瞧宝钗，并探听邢夫人的口气。王夫人将邢夫人的话说了一遍。平儿呆了半天，跪下求道："巧姐儿终身全仗着太太。若信了人家的话，不但姑娘一辈子受了苦，便是琏二爷回来怎么说呢！"王夫人道："你是个明白人，起来，听我说。巧姐儿到底是大太太孙女儿，他要作主，我能够拦他么？"宝玉劝道："无妨碍的，只要明白就是了。"平儿生怕宝玉疯颠嚷出来，也并不言语，回了王夫人竟自去了。

这里王夫人想到烦闷，一阵心痛，叫丫头扶着勉强回到自己房中躺下，不叫宝玉宝钗过来，说睡睡就好的。自己却也烦闷，听见说李婶娘来了也不及接待。只见贾兰进来请了安，回道："今早爷爷那里打发人带了一封书子来，外头小子们传进来的。我母亲接了正要过来，因我老娘来了，叫我先呈给太太瞧，回来我母亲就过来来回太太。还说我老娘要过来呢。"说着，一面把书子呈上。王夫人一面接书，一面问道："你老娘来作什么？"贾兰道："我也不知道。我只见我老娘说，我三姨儿的婆婆家有什么信儿来了。"王夫人听了，想起来还是前次给甄宝玉说了李绮，后来放定下茶，想来此时甄家要娶过门，所以李婶娘来商量这件事情，便点点头儿。一面拆开书信，见上面写着道：

近因沿途俱系海疆凯旋船只，不能迅速前行。闻探姐随翁婿来都，不知曾有信否？前接到琏侄手禀，知大老爷身体欠安，亦不知已有确信否？宝玉兰哥场期已近，务须实心用功，不可怠惰。老太太灵柩抵家，尚需日时。我身体平善，不必挂念。此谕宝玉等知道。月日手书。蓉儿另禀。

王夫人看了，仍旧递给贾兰，说："你拿去给你二叔叔瞧瞧，还交给你母亲罢。"

正说着，李纨同李婶娘过来。请安问好毕，王夫人让了坐。李婶娘便将甄家要娶李绮的话说了一遍。大家商议了一会子。李纨因问王夫人道："老爷的书子太太看过了么？"王夫人道："看过了。"贾兰便拿着给他母亲瞧。李纨看了道："三姑娘出门了好几年，总没有来，如今要回京了。太太也放了好些心。"王夫人道："我本是心痛，看见探丫头要回来了，心里略好些。只是不知几时才到。"李婶娘便问了贾政在路好。李纨因向贾兰道："哥儿瞧见了？场期近了，你爷爷惦记的什么似的。你快拿了去给二叔叔瞧去罢。"李婶娘道："他们爷儿两个又没进过学，怎么能下场呢？"王夫人道："他爷爷做粮道的起身时，给他们爷儿两个援了例监了。"李婶娘点头。贾兰一面拿着书子出来，来找宝玉。

却说宝玉送了王夫人去后，正拿着《秋水》一篇在那里细玩。宝钗从里间走出，见他看的得意忘言，便走过来一看，见是这个，心里着实烦闷。细想他只顾把这些出世离群的话当作一件正经事，终久不妥。看他这种光景，料劝不过来，便坐在宝玉旁边，怔怔的坐着。宝玉见他这般，便道："你这又是为什么？"宝钗道："我想你我既为夫妇，你便是我终身的倚靠，却不在情欲之私。论起荣华富贵，原不过是过眼烟云，但自古圣贤，以人品根柢为重。"宝玉也没听完，把那书本搁在旁边，微微的笑道："据你说人品根柢，又是什么古圣贤，你可知古圣贤说过'不失其赤子之心'。那赤子有什么好处，不过是无知无识无贪无忌。我们生来已陷溺在贪嗔痴爱中，犹如污泥一般，怎么能跳出这般尘网。如今才晓得'聚散浮生'四字，古人说了，不曾提醒一个。既要讲到人品根柢，谁是到那太初一步地位的！”宝钗道：“你既说‘赤子之心’，古圣贤原以忠孝为赤子之心，并不是遁世离群无关无系为赤子之心。尧舜禹汤周孔时刻以救民济世为心，所谓赤子之心，原不过是‘不忍’二字。若你方才所说的，忍于抛弃天伦，还成什么道理?”宝玉点头笑道：“尧舜不强巢许，武周不强夷齐。”宝钗不等他说完，便道：“你这个话益发不是了。古来若都是巢许夷齐，为什么如今人又把尧舜周孔称为圣贤呢！况且你自比夷齐，更不成话，伯夷叔齐原是生在商末世，有许多难处之事，所以才有托而逃。当此圣世，咱们世受国恩，祖父锦衣玉食；况你自有生以来，自去世的老太太以及老爷太太视如珍宝。你方才所说，自己想一想是与不是。”宝玉听了，也不答言，只有仰头微笑。宝钗因又劝道：“你既理屈词穷，我劝你从此把心收一收，好好的用用功。但能博得一第，便是从此而止，也不枉天恩祖德了。”宝玉点了点头，叹了口气说道：“一第呢，其实也不是什么难事，倒是你这个‘从此而止，不枉天恩祖德’却还不离其宗。”宝钗未及答言，袭人过来说道：“刚才二奶奶说的古圣先贤，我们也不懂。我只想着我们这些人从小儿辛辛苦苦跟着二爷，不知陪了多少小心，论起理来原该当的，但只二爷也该体谅体谅。况二奶奶替二爷在老爷太太跟前行了多少孝道，就是二爷不以夫妻为事，也不可太辜负了人心。至于神仙那一层更是谎话，谁见过有走到凡间来的神仙呢！那里来的这么个和尚，说了些混话，二爷就信了真。二爷是读书的人，难道他的话比老爷太太还重么！”宝玉听了，低头不语。

袭人还要说时，只听外面脚步走响，隔着窗户问道：“二叔在屋里呢么?”宝玉听了，是贾兰的声音，便站起来笑道：“你进来罢。”宝钗也站起来。贾兰进来，笑容可掬的给宝玉宝钗请了安，问了袭人的好——袭人也问了好——便把书子呈给宝玉瞧。宝玉接在手中看了，便道：“你三姑姑回来了。”贾兰道：“爷爷既如此写，自然是回来的了。”宝玉点头不语，默默如有所思。贾兰便问：“叔叔看见爷爷后头写的叫咱们好生念书了？叔叔这一程子只怕总没作文章罢?”宝玉笑道：“我也要作几篇熟一熟手，好去诓这个功名。”贾兰道：“叔叔既这样，就拟几个题目，我跟着叔叔作作，也好进去混场，别到那时交了白卷子惹人笑话。不但笑话我，人家连叔叔都要笑话了。”宝玉道：“你也不至如此。”说着，宝钗命贾兰坐下。宝玉仍坐在原处，贾兰侧身坐了。两个谈了一回文，不觉喜动颜色。宝钗见他爷儿两个谈得高兴，便仍进屋里去了。心中细想宝玉此时光景，或者醒悟过来了，只是刚才说话，他把那“从此而止”四字单单的许可，这又不知是什么意思了。宝钗尚自犹豫，惟有袭人看他爱讲文章，提到下场，更又欣然。心里想道：“阿弥陀佛！好容易讲四书似的才讲过来了!”这里宝玉和贾兰讲文，莺儿沏过茶来，贾兰站起来接了。又说了一会子下场的规矩并请甄宝玉在一处的话，宝玉也甚似愿意。一时贾兰回去，便将书子留给宝玉了。

那宝玉拿着书子，笑嘻嘻走进来递给麝月收了，便出来将那本《庄子》收了，把几部向来最得意的，如《参同契》、《元命苞》、《五灯会元》之类，叫出麝月秋纹莺儿等都搬了搁在一边。宝钗见他这番举动，甚为罕异，因欲试探他，便笑问道：“不看他倒是正经，但又何必搬开呢。”宝玉道：“如今才明白过来了。这些书都算不得什么，我还要一火焚之，方为干净。”宝钗听了，更欣喜异常。只听宝玉口中微吟道：“内典语中无佛性，金丹法外有仙舟。”宝钗也没很听真，只听得“无佛性”、“有仙舟”几个字，心中转又狐疑，且看他作何光景。宝玉便命麝月秋纹等收拾一间静室，把那些语录名稿及应制诗之类都找出来搁在静室中，自己却当真静静的用起功来。宝钗这才放了心。

那袭人此时真是闻所未闻，见所未见，便悄悄的笑着向宝钗道：“到底奶奶说话透彻，只一路讲究，就把二爷劝明白了。就只可惜迟了一点儿，临场太近了。”宝钗点头微笑道：“功名自有定数，中与不中倒也不在用功的迟早。但愿他从此一心巴结正路，把从前那些邪魔永不沾染就是好了。”说到这里，见房里无人，便悄说道：“这一番悔悟回来固然很好，但只一件，怕又犯了前头的旧病，和女孩儿们打起交道来，也是不好。”袭人道：“奶奶说的也是。二爷自从信了和尚，才把这些姐妹冷淡了；如今不信和尚，真怕又要犯了前头的旧病呢。我想奶奶和我二爷原不大理会，紫鹃去了，如今只他们四个，这里头就是五儿有些个狐媚子，听见说他妈求了大奶奶和奶奶，说要讨出去给人家儿呢，但是这两天到底在这里呢。麝月秋纹虽没别的，只是二爷那几年也都有些顽顽皮皮的。如今算来只有莺儿二爷倒不大理会，况且莺儿也稳重。我想倒茶弄水只叫莺儿带着小丫头们服侍就够了，不知奶奶心里怎么样。”宝钗道：“我也虑的是这些，你说的倒也罢了。”从此便派莺儿带着小丫头服侍。

那宝玉却也不出房门，天天只差人去给王夫人请安。王夫人听见他这番光景，那一种欣慰之情，更不待言了。到了八月初三，这一日正是贾母的冥寿。宝玉早晨过来磕了头，便回去，仍到静室中去了。饭后，宝钗袭人等都和姊妹们跟着邢、王二夫人在前面屋里说闲话儿。宝玉自在静室冥心危坐，忽见莺儿端了一盘瓜果进来说：“太太叫人送来给二爷吃的。这是老太太的克什。”宝玉站起来答应了，复又坐下，便道：“搁在那里罢。”莺儿一面放下瓜果，一面悄悄向宝玉道：“太太那里夸二爷呢。”宝玉微笑。莺儿又道：“太太说了，二爷这一用功，明儿进场中了出来，明年再中了进士，作了官，老爷太太可就不枉了盼二爷了。”宝玉也只点头微笑。莺儿忽然想起那年给宝玉打络子的时候宝玉说的话来，便道：“真要二爷中了，那可是我们姑奶奶的造化了。二爷还记得那一年在园子里，不是二爷叫我打梅花络子时说的，我们姑奶奶后来带着我不知到那一个有造化的人家儿去呢。如今二爷可是有造化的罢咧。”宝玉听到这里，又觉尘心一动，连忙敛神定息，微微的笑道：“据你说来，我是有造化的，你们姑娘也是有造化的，你呢?”莺儿把脸飞红了，勉强道：“我们不过当丫头一辈子罢咧，有什么造化呢!”宝玉笑道：“果然能够一辈子是丫头，你这个造化比我们还大呢!”莺儿听见这话似乎又是疯话了，恐怕自己招出宝玉的病根来，打算着要走。只见宝玉笑着说道：“傻丫头，我告诉你罢。”未知宝玉又说出什么话来，且听下回分解。

第一一九回

中乡魁宝玉却尘缘　沐皇恩贾家延世泽

话说莺儿见宝玉说话摸不着头脑，正自要走，只听宝玉又说道："傻丫头，我告诉你罢。你姑娘既是有造化的，你跟着他自然也是有造化的了。你袭人姐姐是靠不住的。只要往后你尽心服侍他就是了。日后或有好处，也不枉你跟着他熬了一场。"莺儿听了前头像话，后头说的又有些不像了，便道："我知道了。姑娘还等我呢。二爷要吃果子时，打发小丫头叫我就是了。"宝玉点头，莺儿才去了。一时宝钗袭人回来，各自房中去了。不题。

且说过了几天便是场期，别人只知盼望他爷儿两个作了好文章便可以高中的了，只有宝钗见宝玉的功课虽好，只是那有意无意之间，却别有一种冷静的光景。知他要进场了，头一件，叔侄两个都是初次赴考，恐人马拥挤有什么失闪；第二件，宝玉自和尚去后总不出门，虽然见他用功喜欢，只是改的太速太好了，反倒有些信不及，只怕又有什么变故。所以进场的头一天，一面派了袭人带了小丫头们同着素云等给他爷儿两个收拾妥当，自己又都过了目，好好的搁起预备着；一面过来同李纨回了王夫人，拣家里的老成管事的多派了几个，只说怕人马拥挤碰了。

次日宝玉贾兰换了半新不旧的衣服，欣然过来见了王夫人。王夫人嘱咐道："你们爷儿两个都是初次下场，但是你们活了这么大，并不曾离开我一天。就是不在我眼前，也是丫鬟媳妇们围着，何曾自己孤身睡过一夜。今日各自进去，孤孤凄凄，举目无亲，须要自己保重。早些作完了文章出来，找着家人早些回来，也叫你母亲媳妇们放心。"王夫人说着不免伤心起来。贾兰听一句答应一句。只见宝玉一声不哼，待王夫人说完了，走过来给王夫人跪下，满眼流泪，磕了三个头，说道："母亲生我一世，我也无可答报，只有这一入场用心作了文章，好好的中个举人出来。那时太太喜欢喜欢，便是儿子一辈的事也完了，一辈子的不好也都遮过去了。”王夫人听了，更觉伤心起来，便道：“你有这个心自然是好的，可惜你老太太不能见你的面了！”一面说，一面拉他起来。那宝玉只管跪着不肯起来，便说道：“老太太见与不见，总是知道的，喜欢的，既能知道了，喜欢了，便不见也和见了的一样。只不过隔了形质，并非隔了神气啊。”李纨见王夫人和他如此，一则怕勾起宝玉的病来，二则也觉得光景不大吉祥，连忙过来说道：“太太，这是大喜的事，为什么这样伤心？况且宝兄弟近来很知好歹，很孝顺，又肯用功，只要带了侄儿进去好好的作文章，早早的回来，写出来请咱们的世交老先生们看了，等着爷儿两个都报了喜就完了。”一面叫人搀起宝玉来。宝玉却转过身来给李纨作了个揖，说：“嫂子放心。我们爷儿两个都是必中的。日后兰哥还有大出息，大嫂子还要带凤冠穿霞帔呢。”李纨笑道：“但愿应了叔叔的话，也不枉——”说到这里，恐怕又惹起王夫人的伤心来，连忙咽住了。宝玉笑道：“只要有了个好儿子能够接续祖基，就是大哥哥不能见，也算他的后事完了。”李纨见天气不早了，也不肯尽着和他说话，只好点点头儿。此时宝钗听得早已呆了，这些话不但宝玉，便是王夫人李纨所说，句句都是不祥之兆，却又不敢认真，只得忍泪无言。那宝玉走到跟前，深深的作了一个揖。众人见他行事古怪，也摸不着是怎么样，又不敢笑他。只见宝钗的眼泪直流下来。众人更是纳罕。又听宝玉说道：“姐姐，我要走了，你好生跟着太太听我的喜信儿罢。”宝钗道：“是时候了，你不必说这些唠叨话了。”宝玉道：“你倒催的我紧，我自己也知道该走了。”回头见众人都在这里，只没惜春紫鹃，便说道：“四妹妹和紫鹃姐姐跟前替我说一句罢，横竖是再见就完了。”众人见他的话又像有理，又像疯话。大家只说他从没出过门，都是太太的一套话招出来的，不如早早催他去了就完了事了，便说道：“外面有人等你呢，你再闹就误了时辰了。”宝玉仰面大笑道：“走了，走了！不用胡闹了，完了事了！”众人也都笑道：“快走罢。”独有王夫人和宝钗娘儿两个倒像生离死别的一般，那眼泪也不知从那里来的，直流下来，几乎失声哭出。但见宝玉嘻天哈地，大有疯傻之状，遂从此出门走了。正是：

走求名利无双地，打出樊笼第一关。

不言宝玉贾兰出门赴考。且说贾环见他们考去，自己又气又恨，便自大为王说：“我可要给母亲报仇了。家里一个男人没有，上头大太太依了我，还怕谁!”想定了主意，跑到邢夫人那边请了安，说了些奉承的话。那邢夫人自然喜欢，便说道：“你这才是明理的孩子呢。像那巧姐儿的事，原该我做主的，你琏二哥糊涂，放着亲奶奶，倒托别人去!”贾环道：“人家那头儿也说了，只认得这一门子。现在定了，还要备一分大礼来送太太呢。如今太太有了这样的藩王孙女婿儿，还怕大老爷没大官做么！不是我说自己的太太，他们有了元妃姐姐，便欺压的人难受。将来巧姐儿别也是这样没良心，等我去问问他。”邢夫人道：“你也该告诉他，他才知道你的好处。只怕他父亲在家也找不出这么门子好亲事来！但只平儿那个糊涂东西，他倒说这件事不好，说是你太太也不愿意。想来恐怕我们得了意。若迟了你二哥回来，又听人家的话，就办不成了。”贾环道：“那边都定了，只等太太出了八字。王府的规矩，三天就要来娶的。但是一件，只怕太太不愿意，那边说是不该娶犯官的孙女，只好悄悄的抬了去，等大老爷免了罪做了官，再大家热闹起来。”邢夫人道：“这有什么不愿意，也是礼上应该的。”贾环道：“既这么着，这帖子太太出了就是了。”邢夫人道：“这孩子又糊涂了，里头都是女人，你叫芸哥儿写了一个就是了。”贾环听说，喜欢的了不得，连忙答应了出来，赶着和贾芸说了，邀着王仁到那外藩公馆立文书兑银子去了。

那知刚才所说的话，早被跟邢夫人的丫头听见。那丫头是求了平儿才挑上的，便抽空儿赶到平儿那里，一五一十的都告诉了。平儿早知此事不好，已和巧姐细细的说明。巧姐哭了一夜，必要等他父亲回来作主，大太太的话不能遵。今儿又听见这话，便大哭起来，要和太太讲去。平儿急忙拦住道：“姑娘且慢着。大太太是你的亲祖母，他说二爷不在家，大太太做得主的，况且还有舅舅做保山。他们都是一气，姑娘一个人那里说得过呢。我到底是下人，说不上话去。如今只可想法儿，断不可冒失的。”邢夫人那边的丫头道："你们快快的想主意，不然可就要抬走了。"说着，各自去了。平儿回过头来见巧姐哭作一团，连忙扶着道："姑娘，哭是不中用的，如今是二爷够不着，听见他们的话头——"这句话还没说完，只见邢夫人那边打发人来告诉："姑娘大喜的事来了。叫平儿将姑娘所有应用的东西料理出来。若是赔送呢，原说明了等二爷回来再办。"平儿只得答应了。

回来又见王夫人过来，巧姐儿一把抱住，哭得倒在怀里。王夫人也哭道："妞儿不用着急，我为你吃了大太太好些话，看来是扭不过来的。我们只好应着缓下去，即刻差个家人赶到你父亲那里去告诉。"平儿道："太太还不知道么？早起三爷在大太太跟前说了，什么外藩规矩三日就要过去的。如今大太太已叫芸哥儿写了名字年庚去了，还等得二爷么？"王夫人听说是"三爷"，便气得说不出话来，呆了半天，一叠声叫人找贾环。找了半日，人回："今早同蔷哥儿王舅爷出去了。"王夫人问："芸哥呢？"众人回说不知道。巧姐屋内人人瞪眼，一无方法。王夫人也难和邢夫人争论，只有大家抱头大哭。

有个婆子进来，回说："后门上的人说，那个刘姥姥又来了。"王夫人道："咱们家遭着这样事，那有工夫接待人。不拘怎么回了他去罢。"平儿道："太太该叫他进来，他是姐儿的干妈，也得告诉告诉他。"王夫人不言语，那婆子便带了刘姥姥进来。各人见了问好。刘姥姥见众人的眼圈儿都是红的，也摸不着头脑，迟了一会子，便问道："怎么了？太太姑娘们必是想二姑奶奶了。"巧姐儿听见提起他母亲，越发大哭起来。平儿道："姥姥别说闲话，你既是姑娘的干妈，也该知道的。"便一五一十的告诉了。把个刘姥姥也唬怔了，等了半天，忽然笑道："你这样一个伶俐姑娘，没听见过鼓儿词么，这上头的方法多着呢。这有什么难的。"平儿赶忙问道："姥姥你有什么法儿快说罢。"刘姥姥道："这有什么难的呢，一个人也不叫他们知道，扔崩一走，就完了事了。"平儿道："这可是混说了。我们这样人家的人，走到那里去！"刘姥姥道："只怕你们不走，你们要走，就到我屯里去。我就把姑娘藏起来，即刻叫我女婿弄了人，叫姑娘亲笔写个字儿，赶到姑老爷那里，少不得他就来了。可不好么？"平儿道："大太太知道呢？"刘姥姥道："我来他们知道么？"平儿道："大太太住在后头，他待人刻薄，有什么信没有送给他的。你若前门走来就知道了，如今是后门来的，不妨事。”刘姥姥道：“咱们说定了几时，我叫女婿打了车来接了去。”平儿道：“这还等得几时呢，你坐着罢。”急忙进去，将刘姥姥的话避了旁人告诉了。王夫人想了半天不妥当。平儿道：“只有这样。为的是太太才敢说明，太太就装不知道，回来倒问大太太。我们那里就有人去，想二爷回来也快。”王夫人不言语，叹了一口气。巧姐儿听见，便和王夫人道：“只求太太救我，横竖父亲回来只有感激的。”平儿道：“不用说了，太太回去罢。回来只要太太派人看屋子。”王夫人道：“掩密些。你们两个人的衣服铺盖是要的。”平儿道：“要快走了才中用呢，若是他们定了，回来就有了饥荒了。”一句话提醒了王夫人，便道：“是了，你们快办去罢，有我呢。”于是王夫人回去，倒过去找邢夫人说闲话儿，把邢夫人先绊住了。平儿这里便遣人料理去了，嘱咐道：“倒别避人，有人进来看见，就说是大太太吩咐的，要一辆车子送刘姥姥去。”这里又买嘱了看后门的人雇了车来。平儿便将巧姐装做青儿模样，急急的去了。后来平儿只当送人，眼错不见，也跨上车去了。

原来近日贾府后门虽开，只有一两个人看着，馀外虽有几个家下人，因房大人少，空落落的，谁能照应。且邢夫人又是个不怜下人的，众人明知此事不好，又都感念平儿的好处，所以通同一气放走了巧姐。邢夫人还自和王夫人说话，那里理会。只有王夫人甚不放心，说了一回话，悄悄的走到宝钗那里坐下，心里还是惦记着。宝钗见王夫人神色恍惚，便问：“太太的心里有什么事?”王夫人将这事背地里和宝钗说了。宝钗道：“险得很！如今得快快儿的叫芸哥儿止住那里才妥当。”王夫人道：“我找不着环儿呢。”宝钗道：“太太总要装作不知，等我想个人去叫大太太知道才好。”王夫人点头，一任宝钗想人。暂且不言。

且说外藩原是要买几个使唤的女人，据媒人一面之辞，所以派人相看。相看的人回去禀明了藩王。藩王问起人家，众人不敢隐瞒，只得实说。那外藩听了，知是世代勋戚，便说：“了不得！这是有干例禁的，几乎误了大事！况我朝觐已过，便要择日起程，倘有人来再说，快快打发出去。”这日恰好贾芸王仁等递送年庚，只见府门里头的人便说：“奉王爷的命，再敢拿贾府的人来冒充民女者，要拿住究治的。如今太平时候，谁敢这样大胆!”

这一嚷，唬得王仁等抱头鼠窜的出来，埋怨那说事的人，大家扫兴而散。

贾环在家候信，又闻王夫人传唤，急得烦燥起来。见贾芸一人回来，赶着问道："定了么?"贾芸慌忙跺足道："了不得，了不得！不知谁露了风了!"还把吃亏的话说了一遍。贾环气得发怔说："我早起在大太太跟前说的这样好，如今怎么样处呢？这都是你们众人坑了我了!"正没主意，听见里头乱嚷，叫着贾环等的名字说："大太太二太太叫呢。"两个人只得蹭进去。只见王夫人怒容满面说："你们干的好事！如今逼死了巧姐和平儿了，快快的给我找还尸首来完事!"两个人跪下。贾环不敢言语，贾芸低头说道："孙子不敢干什么，为的是邢舅太爷和王舅爷说给巧妹妹作媒，我们才回太太们的。大太太愿意，才叫孙子写帖儿去的。人家还不要呢。怎么我们逼死了妹妹呢!"王夫人道："环儿在大太太那里说的，三日内便要抬了走。说亲作媒有这样的么！我也不问你们，快把巧姐儿还了我们，等老爷回来再说。"邢夫人如今也是一句话儿说不出了，只有落泪。王夫人便骂贾环说："赵姨娘这样混帐的东西，留的种子也是这混帐的!"说着，叫丫头扶了回到自己房中。

那贾环贾芸邢夫人三个人互相埋怨，说道："如今且不用埋怨，想来死是不死的，必是平儿带了他到那什么亲戚家躲着去了。"邢夫人叫了前后的门人来骂着，问巧姐儿和平儿知道那里去了。岂知下人一口同音说是："大太太不必问我们，问当家的爷们就知道了。在大太太也不用闹，等我们太太问起来我们有话说。要打大家打，要发大家都发。自从琏二爷出了门，外头闹的还了得！我们的月钱月米是不给了，赌钱喝酒闹小旦，还接了外头的媳妇儿到宅里来。这不是爷吗。"说得贾芸等顿口无言。王夫人那边又打发人来催说："叫爷们快找来。"那贾环等急得恨无地缝可钻，又不敢盘问巧姐那边的人。明知众人深恨，是必藏起来了。但是这句话怎敢在王夫人面前说。只得各处亲戚家打听，毫无踪迹。里头一个邢夫人，外头环儿等，这几天闹的昼夜不宁。

看看到了出场日期，王夫人只盼着宝玉贾兰回来。等到晌午，不见回来，王夫人李纨宝钗着忙，打发人去到下处打听。去了一起，又无消息，连去的人也不来了。回来又打发一起人去，又不见回来。三个人心里如热油熬煎，等到傍晚有人进来，见是贾兰。众人喜欢问道："宝二叔呢?"贾兰也不及请安，便哭道："二叔丢了。"王夫人听了这话便怔了，半天也不言语，便直挺挺的躺倒床上。亏得彩云等在后面扶着，下死的叫醒转来哭着。见宝钗也是白瞪两眼。袭人等已哭得泪人一般，只有哭着骂贾兰道："糊涂东西，你同二叔在一处，怎么他就丢了?"贾兰道："我和二叔在下处，是一处吃一处睡。进了场，相离也不远，刻刻在一处的。今儿一早，二叔的卷子早完了，还等我呢。我们两个人一起去交了卷子，一同出来，在龙门口一挤，回头就不见了。我们家接场的人都问我，李贵还说看见的，相离不过数步，怎么一挤就不见了。现叫李贵等分头的找去，我也带了人各处号里都找遍了，没有，我所以这时候才回来。"王夫人是哭的一句话也说不出来，宝钗心里已知八九，袭人痛哭不已。贾蔷等不等吩咐，也是分头而去。可怜荣府的人个个死多活少，空备了接场的酒饭。贾兰也忘却了辛苦，还要自己找去。倒是王夫人拦住道："我的儿，你叔叔丢了，还禁得再丢了你么。好孩子，你歇歇去罢。"贾兰那里肯走。尤氏等苦劝不止。众人中只有惜春心里却明白了，只不好说出来，便问宝钗道："二哥哥带了玉去了没有?"宝钗道："这是随身的东西，怎么不带!"惜春听了便不言语。袭人想起那日抢玉的事来，也是料着那和尚作怪，柔肠几断，珠泪交流，呜呜咽咽哭个不住。追想当年宝玉相待的情分，有时怄他，他便恼了，也有一种令人回心的好处，那温存体贴是不用说了。若怄急了他，便赌誓说做和尚。那知道今日却应了这句话！看看那天已觉是四更天气，并没有个信儿。李纨又怕王夫人苦坏了，极力的劝着回房。众人都跟着伺候，只有邢夫人回去。贾环躲着不敢出来。王夫人叫贾兰去了，一夜无眠。次日天明，虽有家人回来，都说没有一处不寻到，实在没有影儿。于是薛姨妈、薛蝌、史湘云、宝琴、李婶等，接二连三的过来请安问信。

如此一连数日，王夫人哭得饮食不进，命在垂危。忽有家人回道："海疆来了一人，口称统制大人那里来的，说我们家的三姑奶奶明日到京了。"王夫人听说探春回京，虽不能解宝玉之愁，那个心略放了些。到了明日，果然探春回来。众人远远接着，见探春出跳得比先前更好了，服采鲜明。

见了王夫人形容枯槁，众人眼肿腮红，便也大哭起来，哭了一会，然后行礼。看见惜春道姑打扮，心里很不舒服。又听见宝玉心迷走失，家中多少不顺的事，大家又哭起来。还亏得探春能言，见解亦高，把话来慢慢儿的劝解了好些时，王夫人等略觉好些。再明儿，三姑爷也来了。知有这样的事，探春住下劝解。跟探春的丫头老婆也与众姐妹们相聚，各诉别后的事。从此上上下下的人，竟是无昼无夜专等宝玉的信。

那一夜五更多天，外头几个家人进来到二门口报喜。几个小丫头乱跑进来，也不及告诉大丫头了，进了屋子便说："太太奶奶们大喜。"王夫人打谅宝玉找着了，便喜欢的站起身来说："在那里找着的，快叫他进来。"那人道："中了第七名举人。"王夫人道："宝玉呢?"家人不言语，王夫人仍旧坐下。探春便问："第七名中的是谁?"家人回说："是宝二爷。"正说着，外头又嚷道："兰哥儿中了。"那家人赶忙出去接了报单回禀，见贾兰中了一百三十名。李纨心下喜欢，因王夫人不见了宝玉，不敢喜形于色。王夫人见贾兰中了，心下也是喜欢，只想："若是宝玉一回来，咱们这些人不知怎样乐呢!"独有宝钗心下悲苦，又不好掉泪。众人道喜，说是"宝玉既有中的命，自然再不会丢的。况天下那有迷失了的举人。"王夫人等想来不错，略有笑容。众人便趁势劝王夫人等多进了些饮食。只见三门外头焙茗乱嚷说："我们二爷中了举人，是丢不了的了。"众人问道："怎见得呢?"焙茗道："'一举成名天下闻'，如今二爷走到那里，那里就知道的。谁敢不送来!"里头的众人都说："这小子虽是没规矩，这句话是不错的。"惜春道："这样大人了，那里有走失的。只怕他勘破世情，入了空门，这就难找着他了。"这句话又招得王夫人等又大哭起来。李纨道："古来成佛作祖成神仙的，果然把爵位富贵都抛了也多得很。"王夫人哭道："他若抛了父母，这就是不孝，怎能成佛作祖。"探春道："大凡一个人不可有奇处。二哥哥生来带块玉来，都道是好事，这么说起来，都是有了这块玉的不好。若是再有几天不见，我不是叫太太生气，就有些原故了，只好譬如没有生这位哥哥罢了。果然有来头成了正果，也是太太几辈子的修积。"宝钗听了不言语，袭人那里忍得住，心里一疼，头上一晕，便栽倒了。王夫人见了可怜，命人扶他回去。贾环见哥哥侄儿中了，又为巧姐的事大不好意思，只抱怨蔷芸两个，知道探春回来，此事不肯干休，又不敢躲开，这几天竟是如在荆棘之中。

明日贾兰只得先去谢恩，知道甄宝玉也中了，大家序了同年。提起贾宝玉心迷走失，甄宝玉叹息劝慰。知贡举的将考中的卷子奏闻，皇上一一的披阅，看取中的文章俱是平正通达的。见第七名贾宝玉是金陵籍贯，第一百三十名又是金陵贾兰，皇上传旨询问，两个姓贾的是金陵人氏，是否贾妃一族。大臣领命出来，传贾宝玉贾兰问话，贾兰将宝玉场后迷失的话并将三代陈明，大臣代为转奏。皇上最是圣明仁德，想起贾氏功勋，命大臣查复，大臣便细细的奏明。皇上甚是悯恤，命有司将贾赦犯罪情由查案呈奏。皇上又看到海疆靖寇班师善后事宜一本，奏的是海宴河清，万民乐业的事。皇上圣心大悦，命九卿叙功议赏，并大赦天下。贾兰等朝臣散后拜了座师，并听见朝内有大赦的信，便回了王夫人等。合家略有喜色，只盼宝玉回来。薛姨妈更加喜欢，便要打算赎罪。

一日，人报甄老爷同三姑爷来道喜，王夫人便命贾兰出去接待。不多一回，贾兰进来笑嘻嘻的回王夫人道："太太们大喜了。甄老伯在朝内听见有旨意，说是大老爷的罪名免了，珍大爷不但免了罪，仍袭了宁国三等世职。荣国世职仍是老爷袭了，俟丁忧服满，仍升工部郎中。所抄家产，全行赏还。二叔的文章，皇上看了甚喜，问知元妃兄弟，北静王还奏说人品亦好，皇上传旨召见，众大臣奏称据伊侄贾兰回称出场时迷失，现在各处寻访，皇上降旨着五营各衙门用心寻访。这旨意一下，请太太们放心，皇上这样圣恩，再没有找不着了。"王夫人等这才大家称贺，喜欢起来。只有贾环等心下着急，四处找寻巧姐。

那知巧姐随了刘姥姥带着平儿出了城，到了庄上，刘姥姥也不敢轻亵巧姐，便打扫上房让给巧姐平儿住下。每日供给虽是乡村风味，倒也洁净。又有青儿陪着，暂且宽心。那庄上也有几家富户，知道刘姥姥家来了贾府姑娘，谁不来瞧，都道是天上神仙。也有送菜果的，也有送野味的，到也热闹。内中有个极富的人家，姓周，家财巨万，良田千顷。只有一子，生得文雅清秀，年纪十四岁，他父母延师读书，新近科试中了秀才。那日他母亲看见了巧姐，心里羡慕，自想："我是庄家人家，那能配得起这样世家小姐!”呆呆的想着。刘姥姥知他心事，拉着他说：“你的心事我知道了，我给你们做个媒罢。”周妈妈笑道：“你别哄我，他们什么人家，肯给我们庄家人么。”刘姥姥道：“说着瞧罢。”于是两人各自走开。

刘姥姥惦记着贾府，叫板儿进城打听，那日恰好到宁荣街，只见有好些车轿在那里。板儿便在邻近打听，说是：“宁荣两府复了官，赏还抄的家产，如今府里又要起来了。只是他们的宝玉中了官，不知走到那里去了。”板儿心里喜欢，便要回去，又见好几匹马到来，在门前下马。只见门上打千儿请安说：“二爷回来了，大喜！大老爷身上安了么?”那位爷笑着道：“好了。又遇恩旨，就要回来了。”还问：“那些人做什么的?”门上回说：“是皇上派官在这里下旨意，叫人领家产。”那位爷便喜欢进去。板儿便知是贾琏了。也不用打听，赶忙回去告诉了他外祖母。刘姥姥听说，喜的眉开眼笑，去和巧姐儿贺喜，将板儿的话说了一遍。平儿笑说道：“可不是，亏得姥姥这样一办，不然姑娘也摸不着那好时候。”巧姐更自欢喜。正说着，那送贾琏信的人也回来了，说是：“姑老爷感激得很，叫我一到家快把姑娘送回去。又赏了我好几两银子。”刘姥姥听了得意，便叫人赶了两辆车，请巧姐平儿上车。巧姐等在刘姥姥家住熟了，反是依依不舍，更有青儿哭着，恨不能留下。刘姥姥知他不忍相别，便叫青儿跟了进城，一径直奔荣府而来。

且说贾琏先前知道贾赦病重，赶到配所，父子相见，痛哭了一场，渐渐的好起来。贾琏接着家书，知道家中的事，禀明贾赦回来，走到中途，听得大赦，又赶了两天，今日到家，恰遇颁赏恩旨。里面邢夫人等正愁无人接旨，虽有贾兰，终是年轻，人报琏二爷回来，大家相见，悲喜交集，此时也不及叙话，即到前厅叩见了钦命大人。问了他父亲好，说明日到内府领赏，宁国府第发交居住。众人起身辞别，贾琏送出门去。见有几辆屯车，家人们不许停歇，正在吵闹。贾琏早知道是巧姐来的车，便骂家人道：“你们这班糊涂忘八崽子，我不在家，就欺心害主，将巧姐儿都逼走了。如今人家送来，还要拦阻，必是你们和我有什么仇么!”众家人原怕贾琏回来不依，想来少时才破，岂知贾琏说得更明，心下不懂，只得站着回道：“二爷出门，奴才们有病的，有告假的，都是三爷、蔷大爷、芸大爷作主，不与奴才们相干。”贾琏道：“什么混帐东西！我完了事再和你们说，快把车赶进来！”

贾琏进去见邢夫人，也不言语，转身到了王夫人那里，跪下磕了个头，回道：“姐儿回来了，全亏太太。环兄弟太太也不用说他了。只是芸儿这东西，他上回看家就闹乱儿，如今我去了几个月，便闹到这样。回太太的话，这种人撵了他不往来也使得。”王夫人道：“你大舅子为什么也是这样？”贾琏道：“太太不用说，我自有道理。”正说着，彩云等回道：“巧姐儿进来了。”见了王夫人，虽然别不多时，想起这样逃难的景况，不免落下泪来。巧姐儿也便大哭。贾琏谢了刘姥姥。王夫人便拉他坐下，说起那日的话来。贾琏见平儿，外面不好说别的，心里感激，眼中流泪。自此贾琏心里愈敬平儿，打算等贾赦等回来要扶平儿为正。此是后话。暂且不题。

邢夫人正恐贾琏不见了巧姐，必有一番的周折，又听见贾琏在王夫人那里，心下更是着急，便叫丫头去打听。回来说是巧姐儿同着刘姥姥在那里说话，邢夫人才如梦初觉，知他们的鬼，还抱怨着王夫人“调唆我母子不和，到底是那个送信给平儿的？”正问着，只见巧姐同着刘姥姥带了平儿，王夫人在后头跟着进来，先把头里的话都说在贾芸王仁身上，说：“大太太原是听见人说，为的是好事，那里知道外头的鬼。”邢夫人听了，自觉羞惭。想起王夫人主意不差，心里也服。于是邢王夫人彼此心下相安。

平儿回了王夫人，带了巧姐到宝钗那里来请安，各自提各自的苦处。又说到“皇上隆恩，咱们家该兴旺起来了。想来宝二爷必回来的。”正说到这话，只见秋纹忽忙来说：“袭人不好了！”不知何事，且听下回分解。

第一二〇回

甄士隐详说太虚情　贾雨村归结红楼梦

话说宝钗听秋纹说袭人不好，连忙进去瞧看。巧姐儿同平儿也随着走到袭人炕前。只见袭人心痛难禁，一时气厥。宝钗等用开水灌了过来，仍旧扶他睡下，一面传请大夫。巧姐儿问宝钗道："袭人姐姐怎么病到这个样?"宝钗道："大前儿晚上哭伤了心了，一时发晕栽倒了。太太叫人扶他回来，他就睡倒了。因外头有事，没有请大夫瞧他，所以致此。"说着，大夫来了，宝钗等略避。大夫看了脉，说是急怒所致，开了方子去了。

原来袭人模糊听见说宝玉若不回来，便要打发屋里的人都出去，一急越发不好了。到大夫瞧后，秋纹给他煎药。他各自一人躺着，神魂未定，好像宝玉在他面前，恍惚又像是见个和尚，手里拿着一本册子揭着看，还说道："你别错了主意，我是不认得你们的了。"袭人似要和他说话，秋纹走来说："药好了，姐姐吃罢。"袭人睁眼一瞧，知是个梦，也不告诉人。吃了药，便自己细细的想："宝玉必是跟了和尚去。上回他要拿玉出去，便是要脱身的样子，被我揪住，看他竟不像往常，把我混推混搡的，一点情意都没有。后来待二奶奶更生厌烦。在别的姊妹跟前，也是没有一点情意。这就是悟道的样子。但是你悟了道，抛了二奶奶怎么好！我是太太派我服侍你，虽是月钱照着那样的分例，其实我究竟没有在老爷太太跟前回明就算了你的屋里人。若是老爷太太打发我出去，我若死守着，又叫人笑话；若是我出去，心想宝玉待我的情分，实在不忍。"左思右想，实在难处。想到刚才的梦"好像和我无缘"的话，"倒不如死了干净"。岂知吃药以后，心痛减了好些，也难躺着，只好勉强支持。过了几日，起来服侍宝钗。宝钗想念宝玉，暗中垂泪，自叹命苦。又知他母亲打算给哥哥赎罪，很费张罗，不能不帮着打算。暂且不表。

且说贾政扶贾母灵柩，贾蓉送了秦氏凤姐鸳鸯的棺木，到了金陵，先安了葬。贾蓉自送黛玉的灵也去安葬。贾政料理坟基的事。一日接到家书，一行一行的看到宝玉贾兰得中，心里自是喜欢。后来看到宝玉走失，复又烦恼，只得赶忙回来。在道儿上又闻得有恩赦的旨意，又接家书，果然赦罪复职，更是喜欢，便日夜趱行。

一日，行到毘陵驿地方，那天乍寒下雪，泊在一个清净去处。贾政打发众人上岸投帖辞谢朋友，总说即刻开船，都不敢劳动。船中只留一个小厮伺候，自己在船中写家书，先要打发人起早到家。写到宝玉的事，便停笔。抬头忽见船头上微微的雪影里面一个人，光着头，赤着脚，身上披着一领大红猩猩毡的斗篷，向贾政倒身下拜。贾政尚未认清，急忙出船，欲待扶住问他是谁。那人已拜了四拜，站起来打了个问讯。贾政才要还揖，迎面一看，不是别人，却是宝玉。贾政吃一大惊，忙问道："可是宝玉么?"那人只不言语，似喜似悲。贾政又问道："你若是宝玉，如何这样打扮，跑到这里?"宝玉未及回言，只见舡头上来了两人，一僧一道，夹住宝玉说道："俗缘已毕，还不快走。"说着，三个人飘然登岸而去。贾政不顾地滑，疾忙来赶。见那三人在前，那里赶得上。只听得他们三人口中不知是那个作歌曰：

我所居兮，青埂之峰。我所游兮，鸿蒙太空。谁与我游兮，吾谁与从。渺渺茫茫兮，归彼大荒。

贾政一面听着，一面赶去，转过一小坡，倏然不见。贾政已赶得心虚气喘，惊疑不定，回过头来，见自己的小厮也是随后赶来。贾政问道："你看见方才那三个人么?"小厮道："看见的。奴才为老爷追赶，故也赶来。后来只见老爷，不见那三个人了。"贾政还欲前走，只见白茫茫一片旷野，并无一人。贾政知是古怪，只得回来。

众家人回舡，见贾政不在舱中，问了舡夫，说是"老爷上岸追赶两个和尚一个道士去了。”众人也从雪地里寻踪迎去，远远见贾政来了，迎上去接着，一同回船。贾政坐下，喘息方定，将见宝玉的话说了一遍。众人回禀，便要在这地方寻觅。贾政叹道：“你们不知道，这是我亲眼见的，并非鬼怪。况听得歌声大有元妙。那宝玉生下时衔了玉来，便也古怪，我早知不祥之兆，为的是老太太疼爱，所以养育到今。便是那和尚道士，我也见了三次：头一次是那僧道来说玉的好处；第二次便是宝玉病重，他来了将那玉持诵了一番，宝玉便好了；第三次送那玉来，坐在前厅，我一转眼就不见了。我心里便有些诧异，只道宝玉果真有造化，高僧仙道来护佑他的。岂知宝玉是下凡历劫的，竟哄了老太太十九年！如今叫我才明白。”说到那里，掉下泪来。众人道：“宝二爷果然是下凡的和尚，就不该中举人了。怎么中了才去?”贾政道：“你们那里知道，大凡天上星宿，山中老僧，洞里的精灵，他自具一种性情。你看宝玉何尝肯念书，他若略一经心，无有不能的。他那一种脾气也是各别另样。”说着，又叹了几声。众人便拿“兰哥得中，家道复兴”的话解了一番。贾政仍旧写家书，便把这事写上，劝谕合家不必想念了。写完封好，即着家人回去。贾政随后赶回。暂且不题。

且说薛姨妈得了赦罪的信，便命薛蝌去各处借贷，并自己凑齐了赎罪银两。刑部准了，收兑了银子，一角文书将薛蟠放出。他们母子姊妹弟兄见面，不必细述，自然是悲喜交集了。薛蟠自己立誓说道：“若是再犯前病，必定犯杀犯剐!”薛姨妈见他这样，便要握他嘴说：“只要自己拿定主意，必定还要妄口巴舌血淋淋的起这样恶誓么！只香菱跟了你受了多少的苦处，你媳妇已经自己治死自己了，如今虽说穷了，这碗饭还有得吃，据我的主意，我便算他是媳妇了，你心里怎么样?”薛蟠点头愿意。宝钗等也说：“很该这样。”倒把香菱急得脸涨通红，说是：“服侍大爷一样的，何必如此。”众人便称起大奶奶来，无人不服。薛蟠便要去拜谢贾家，薛姨妈宝钗也都过来。见了众人，彼此聚首，又说了一番的话。

正说着，恰好那日贾政的家人回家，呈上书子，说：“老爷不日到了。”王夫人叫贾兰将书子念给听。贾兰念到贾政亲见宝玉的一段，众人听了都痛哭起来，王夫人宝钗袭人等更甚。大家又将贾政书内叫家内“不必悲伤，原是借胎”的话解说了一番。“与其作了官，倘或命运不好，犯了事坏家败产，那时倒不好了。宁可咱们家出一位佛爷，倒是老爷太太的积德，所以才投到咱们家来。不是说句不顾前后的话，当初东府里太爷倒是修炼了十几年，也没有成了仙。这佛是更难成的。太太这么一想，心里便开豁了。”王夫人哭着和薛姨妈道：“宝玉抛了我，我还恨他呢。我叹的是媳妇的命苦，才成了一二年的亲，怎么他就硬着肠子都撂下了走了呢！”薛姨妈听了也甚伤心。宝钗哭得人事不知。所有爷们都在外头，王夫人便说道：“我为他担了一辈子的惊，刚刚儿的娶了亲，中了举人，又知道媳妇作了胎，我才喜欢些，不想弄到这样结局！早知这样，就不该娶亲害了人家的姑娘！”薛姨妈道：“这是自己一定的，咱们这样人家，还有什么别的说的吗？幸喜有了胎，将来生个外孙子必定是有成立的，后来就有了结果了。你看大奶奶，如今兰哥儿中了举人，明年成了进士，可不是就做了官了么。他头里的苦也算吃尽的了，如今的甜来，也是他为人的好处。我们姑娘的心肠儿姊姊是知道的，并不是刻薄轻佻的人，姊姊倒不必耽忧。”王夫人被薛姨妈一番言语说得极有理，心想：“宝钗小时候更是廉静寡欲极爱素淡的，他所以才有这个事，想人生在世真有一定数的。看着宝钗虽是痛哭，他端庄样儿一点不走，却倒来劝我，这是真真难得的！不想宝玉这样一个人，红尘中福分竟没有一点儿！”想了一回，也觉解了好些。又想到袭人身上：“若说别的丫头呢，没有什么难处的，大的配了出去，小的服侍二奶奶就是了。独有袭人可怎么处呢？”此时人多，也不好说，且等晚上和薛姨妈商量。

那日薛姨妈并未回家，因恐宝钗痛哭，所以在宝钗房中解劝。那宝钗却是极明理，思前想后，“宝玉原是一种奇异的人。夙世前因，自有一定，原无可怨天尤人。”更将大道理的话告诉他母亲了。薛姨妈心里反倒安了，便到王夫人那里先把宝钗的话说了。王夫人点头叹道：“若说我无德，不该有这样好媳妇了。”说着，更又伤心起来。薛姨妈倒又劝了一会子，因又提起袭人来，说：“我见袭人近来瘦的了不得，他是一心想着宝哥儿。但是正配呢理应守的，屋里人愿守也是有的。惟有这袭人，虽说是算个屋里人，到底他和宝哥儿并没有过明路儿的。”王夫人道：“我才刚想着，正要等妹妹商量商量。若说放他出去，恐怕他不愿意，又要寻死觅活的；若要留着他也罢，又恐老爷不依。所以难处。”薛姨妈道：“我看姨老爷是再不肯叫守着的。再者姨老爷并不知道袭人的事，想来不过是个丫头，那有留的理呢？只要姊姊叫他本家的人来，狠狠的吩咐他，叫他配一门正经亲事，再多多的陪送他些东西。那孩子心肠儿也好，年纪儿又轻，也不枉跟了姐姐会子，也算姐姐待他不薄了。袭人那里还得我细细劝他。就是叫他家的人来也不用告诉他，只等他家里果然说定了好人家儿，我们还打听打听，若果然足衣足食，女婿长的像个人儿，然后叫他出去。”王夫人听了道：“这个主意很是。不然叫老爷冒冒失失的一办，我可不是又害了一个人了么!”薛姨妈听了点头道：“可不是么!”又说了几句，便辞了王夫人，仍到宝钗房中去了。

看见袭人泪痕满面，薛姨妈便劝解譬喻了一会。袭人本来老实，不是伶牙俐齿的人，薛姨妈说一句，他应一句，回来说道：“我是做下人的人，姨太太瞧得起我，才和我说这些话，我是从不敢违拗太太的。”薛姨妈听他的话，“好一个柔顺的孩子!”心里更加喜欢。宝钗又将大义的话说了一遍，大家各自相安。

过了几日，贾政回家，众人迎接。贾政见贾赦贾珍已都回家，弟兄叔侄相见，大家历叙别来的景况。然后内眷们见了，不免想起宝玉来，又大家伤了一会子心。贾政喝住道：“这是一定的道理。如今只要我们在外把持家事，你们在内相助，断不可仍是从前这样的散慢。别房的事，各有各家料理，也不用承总。我们本房的事，里头全归于你，都要按理而行。”王夫人便将宝钗有孕的话也告诉了，将来丫头们都放出去。贾政听了，点头无语。

次日贾政进内，请示大臣们，说是：“蒙恩感激，但未服阕，应该怎么谢恩之处，望乞大人们指教。”众朝臣说是代奏请旨。于是圣恩浩荡，即命陛见。贾政进内谢了恩，圣上又降了好些旨意，又问起宝玉的事来。贾政据实回奏。圣上称奇，旨意说，宝玉的文章固是清奇，想他必是过来人，所以如此。若在朝中，可以进用。他既不敢受圣朝的爵位，便赏了一个“文妙真人”的道号。贾政又叩头谢恩而出。

回到家中，贾琏贾珍接着，贾政将朝内的话述了一遍，众人喜欢。贾珍便回说："宁国府第收拾齐全，回明了要搬过去。栊翠庵圈在园内，给四妹妹静养。"贾政并不言语，隔了半日，却吩咐了一番仰报天恩的话。贾琏也趁便回说："巧姐亲事，父亲太太都愿意给周家为媳。"贾政昨晚也知巧姐的始末，便说："大老爷大太太作主就是了。莫说村居不好，只要人家清白，孩子肯念书，能够上进。朝里那些官儿难道都是城里的人么?"贾琏答应了"是"，又说："父亲有了年纪，况且又有痰症的根子，静养几年，诸事原仗二老爷为主。"贾政道："提起村居养静，甚合我意。只是我受恩深重，尚未酬报耳。"贾政说毕进内。贾琏打发请了刘姥姥来，应了这件事。刘姥姥见了王夫人等，便说些将来怎样升官，怎样起家，怎样子孙昌盛。

正说着，丫头回道："花自芳的女人进来请安。"王夫人问几句话，花自芳的女人将亲戚作媒，说的是城南蒋家的，现在有房有地，又有铺面，姑爷年纪略大几岁，并没有娶过的，况且人物儿长的是百里挑一的。王夫人听了愿意，说道："你去应了，隔几日进来再接你妹子罢。"王夫人又命人打听，都说是好。王夫人便告诉了宝钗，仍请了薛姨妈细细的告诉了袭人。袭人悲伤不已，又不敢违命的，心里想起宝玉那年到他家去，回来说的死也不回去的话，"如今太太硬作主张。若说我守着，又叫人说我不害臊；若是去了，实不是我的心愿"，便哭得咽哽难鸣，又被薛姨妈宝钗等苦劝，回过念头想道："我若是死在这里，倒把太太的好心弄坏了。我该死在家里才是。"

于是，袭人含悲叩辞了众人，那姐妹分手时自然更有一番不忍说。袭人怀着必死的心肠上车回去，见了哥哥嫂子，也是哭泣，但只说不出来。那花自芳悉把蒋家的聘礼送给他看，又把自己所办妆奁一一指给他瞧，说那是太太赏的，那是置办的。袭人此时更难开口，住了两天，细想起来："哥哥办事不错，若是死在哥哥家里，岂不又害了哥哥呢。"千思万想，左右为难，真是一缕柔肠，几乎牵断，只得忍住。

那日已是迎娶吉期，袭人本不是那一种泼辣人，委委屈屈的上轿而去，心里另想到那里再作打算。岂知过了门，见那蒋家办事极其认真，全都按着正配的规矩。一进了门，丫头仆妇都称奶奶。袭人此时欲要死在这里，又恐害了人家，辜负了一番好意。那夜原是哭着不肯俯就的，那姑爷却极柔情曲意的承顺。到了第二天开箱，这姑爷看见一条猩红汗巾，方知是宝玉的丫头。原来当初只知是贾母的侍儿，益想不到是袭人。此时蒋玉菡念着宝玉待他的旧情，倒觉满心惶愧，更加周旋，又故意将宝玉所换那条松花绿的汗巾拿出来。袭人看了，方知这姓蒋的原来就是蒋玉菡，始信姻缘前定。袭人才将心事说出，蒋玉菡也深为叹息敬服，不敢勉强，并越发温柔体贴，弄得个袭人真无死所了。看官听说：虽然事有前定，无可奈何。但孽子孤臣，义夫节妇，这"不得已"三字也不是一概推委得的。此袭人所以在又副册也。正是前人过那桃花庙的诗上说道：

千古艰难惟一死，伤心岂独息夫人！

不言袭人从此又是一番天地。且说那贾雨村犯了婪索的案件，审明定罪，今遇大赦，褫籍为民。雨村因叫家眷先行，自己带了一个小厮，一车行李，来到急流津觉迷渡口。只见一个道者从那渡头草棚里出来，执手相迎。雨村认得是甄士隐，也连忙打恭。士隐道："贾老先生别来无恙?"雨村道："老仙长到底是甄老先生！何前次相逢觌面不认？后知火焚草亭，下鄙深为惶恐。今日幸得相逢，益叹老仙翁道德高深。奈鄙人下愚不移，致有今日。"甄士隐道："前者老大人高官显爵，贫道怎敢相认！原因故交，敢赠片言，不意老大人相弃之深。然而富贵穷通，亦非偶然，今日复得相逢，也是一桩奇事。这里离草庵不远，暂请膝谈，未知可否?"

雨村欣然领命，两人携手而行，小厮驱车随后，到了一座茅庵。士隐让进雨村坐下，小童献上茶来。雨村便请教仙长超尘的始末。士隐笑道："一念之间，尘凡顿易。老先生从繁华境中来，岂不知温柔富贵乡中有一宝玉乎?"雨村道："怎么不知。近闻纷纷传述，说他也遁入空门。下愚当时也曾与他往来过数次，再不想此人竟有如是之决绝。"士隐道："非也。这一段奇缘，我先知之。昔年我与先生在仁清巷旧宅门口叙话之前，我已会过他一面。"雨村惊讶道："京城离贵乡甚远，何以能见?"士隐道："神交久矣。"雨村道："既然如此，现今宝玉的下落，仙长定能知之。"士隐道：

“宝玉，即宝玉也。那年荣宁查抄之前，钗黛分离之日，此玉早已离世。一为避祸，二为撮合，从此夙缘一了，形质归一。又复稍示神灵，高魁贵子，方显得此玉那天奇地灵煅炼之宝，非凡间可比。前经茫茫大士渺渺真人携带下凡，如今尘缘已满，仍是此二人携归本处，这便是宝玉的下落。”雨村听了，虽不能全然明白，却也十知四五，便点头叹道：“原来如此，下愚不知。但那宝玉既有如此的来历，又何以情迷至此，复又豁悟如此？还要请教。”士隐笑道：“此事说来，老先生未必尽解。太虚幻境即是真如福地。一番阅册，原始要终之道，历历生平，如何不悟？仙草归真，焉有通灵不复原之理呢！”雨村听着，却不明白了。知仙机也不便更问，因又说道：“宝玉之事既得闻命，但是敝族闺秀如此之多，何元妃以下算来结局俱属平常呢？”士隐叹息道：“老先生莫怪拙言，贵族之女俱属从情天孽海而来。大凡古今女子，那‘淫’字固不可犯，只这‘情’字也是沾染不得的。所以崔莺苏小，无非仙子尘心；宋玉相如，大是文人口孽。凡是情思缠绵的，那结果就不可问了。”雨村听到这里，不觉拈须长叹，因又问道：“请教老仙翁，那荣宁两府，尚可如前否？”士隐道：“福善祸淫，古今定理。现今荣宁两府，善者修缘，恶者悔祸，将来兰桂齐芳，家道复初，也是自然的道理。”雨村低了半日头，忽然笑道：“是了，是了。现在他府中有一个名兰的已中乡榜，恰好应着‘兰’字。适间老仙翁说‘兰桂齐芳’，又道宝玉‘高魁子贵’，莫非他有遗腹之子，可以飞黄腾达的么？”士隐微微笑道：“此系后事，未便预说。”雨村还要再问，士隐不答，便命人设具盘飧，邀雨村共食。

食毕，雨村还要问自己的终身，士隐便道：“老先生草庵暂歇，我还有一段俗缘未了，正当今日完结。”雨村惊讶道：“仙长纯修若此，不知尚有何俗缘？”士隐道：“也不过是儿女私情罢了。”雨村听了益发惊异：“请问仙长，何出此言？”士隐道：“老先生有所不知，小女英莲幼遭尘劫，老先生初任之时曾经判断。今归薛姓，产难完劫，遗一子于薛家以承宗祧。此时正是尘缘脱尽之时，只好接引接引。”士隐说着拂袖而起。雨村心中恍恍惚惚，就在这急流津觉迷渡口草庵中睡着了。

这士隐自去度脱了香菱，送到太虚幻境，交那警幻仙子对册。刚过牌坊，见那一僧一道，缥缈而来。士隐接着说道："大士、真人，恭喜，贺喜！情缘完结，都交割清楚了么?"那僧道说："情缘尚未全结，倒是那蠢物已经回来了。还得把他送还原所，将他的后事叙明，不枉他下世一回。"士隐听了，便拱手而别。那僧道仍携了玉到青埂峰下，将宝玉安放在女娲炼石补天之处，各自云游而去。从此后，"天外书传天外事，两番人作一番人。"

这一日空空道人又从青埂峰前经过，见那补天未用之石仍在那里，上面字迹依然如旧，又从头的细细看了一遍，见后面偈文后又历叙了多少收缘结果的话头，便点头叹道："我从前见石兄这段奇文，原说可以闻世传奇，所以曾经抄录，但未见返本还原。不知何时复有此一佳话，方知石兄下凡一次，磨出光明，修成圆觉，也可谓无复遗憾了。只怕年深日久，字迹模糊，反有舛错，不如我再抄录一番，寻个世上清闲无事的人，托他传遍，知道奇而不奇，俗而不俗，真而不真，假而不假。或者尘梦劳人，聊倩鸟呼归去；山灵好客，更从石化飞来，亦未可知。"想毕，便又抄了，仍袖至那繁华昌盛的地方，遍寻了一番，不是建功立业之人，即系餬口谋衣之辈，那有闲情更去和石头饶舌。直寻到急流津觉迷渡口，草庵中睡着一个人，因想他必是闲人，便要将这抄录的《石头记》给他看看。那知那人再叫不醒。空空道人复又使劲拉他，才慢慢的开眼坐起，便接来草草一看，仍旧掷下道："这事我已亲见尽知。你这抄录的尚无舛错，我只指与你一个人，托他传去，便可归结这一新鲜公案了。"空空道人忙问何人，那人道："你须待某年某月某日某时到一个悼红轩中，有个曹雪芹先生，只说贾雨村言托他如此如此。"说毕，仍旧睡下了。

那空空道人牢牢记着此言，又不知过了几世几劫，果然有个悼红轩，见那曹雪芹先生正在那里翻阅历来的古史。空空道人便将贾雨村言了，方把这《石头记》示看。那雪芹先生笑道："果然是'贾雨村言'了!"空空道人便问："先生何以认得此人，便肯替他传述?"曹雪芹先生笑道："说你空，原来你肚里果然空空。既是假语村言，但无鲁鱼亥豕以及背谬矛盾之处，乐得与二三同志，酒馀饭饱，雨夕灯窗之下，同消寂寞，又不必大人先生品题传世。似你这样寻根究底，便是刻舟求剑，胶柱鼓瑟了。"那空空道人听了，仰天大笑，掷下抄本，飘然而去。一面走着，口中说道："果然是敷衍荒唐！不但作者不知，抄者不知，并阅者也不知。不过游戏笔墨，陶情适性而已！"后人见了这本奇传，亦曾题过四句为作者缘起之言更转一竿头云：

说到辛酸处，荒唐愈可悲。
由来同一梦，休笑世人痴！

享读经典丛书

你可以读懂《红楼梦》

上册

北京烁享阅读编委会——编著

河北大学出版社
·保定·

出 版 人：朱文富
选题策划：邓一鸣
责任编辑：郝 健
装帧设计：赵 谦
责任校对：刘景坤 赵 麟
责任印制：常 凯

图书在版编目（CIP）数据

你可以读懂《红楼梦》/ 北京烁享阅读编委会编著
. -- 保定 ：河北大学出版社，2022.8
(享读经典丛书)
ISBN 978-7-5666-1985-3

Ⅰ. ①你… Ⅱ. ①北… Ⅲ. ①《红楼梦》研究 Ⅳ.
① I207.411

中国版本图书馆 CIP 数据核字 (2021) 第 269486 号

你可以读懂《红楼梦》
NI KEYI DUDONG HONGLOU MENG

出版发行：河北大学出版社
地址：河北省保定市七一东路2666号 邮编：071000
电话：0312-5073003 0312-5073029
网址：www.hbdxcbs.com
邮箱：hbdxcbs818@163.com
印 刷：保定市正大印刷有限公司
幅面尺寸：185 mm × 260 mm
字 数：1675千字
印 张：112.75
版 次：2022年8月第1版
印 次：2022年8月第1次印刷
书 号：ISBN 978-7-5666-1985-3
定 价：198.00 元（全三册）

阅读是提高文学感受能力的必经之路

（代总序）

承蒙烁享阅读的邀请，为“享读经典丛书”作序。这套丛书的诞生，顺应了当今提倡阅读的潮流。经典阅读与语文教育的关系，目前还处在探讨阶段。现在我就个人的理解，发表点一管之见，供大家参考。

现在强调阅读经典，是有道理的。经典经过了时间的考验，是宝贵的文化遗产。无数的作品被时间淘汰了，无人过问，而经典却活了下来，其中必有道理。时代在不断地变化和进步，但是，我们无法否定经典的价值。我们不能数典忘祖。经过经典阅读，受到经典熏染的人，他的思想境界、审美趣味，显然是不一样的。《三国演义》那种史诗般的风格与战争描写，《红楼梦》那种哀感顽艳的爱情描写，《儒林外史》对世态的讽刺，鲁迅对国民性犀利的剖析，至今为止，依然给我们一种说不尽道不完的感觉。文化的发展是连续的，它不断地吐故纳新，历久而弥新。文化不断地抛弃那些陈腐的东西，与此同时，它又不断地从传统中汲取好的东西。而传统文化的精华常常凝聚在经典的作品之中。经典作品中自然包含一些过时的观念，甚至包含一些封建的糟粕，可是，经典对社会、对历史的认识，对人性的理解和描写，又常常包含着非常深刻的内容。更不必说经典作品的艺术成就，可以为今人提供丰富的美的享受和陶冶人的情操，为创作提供无尽的启发。经典的生命力，经典之所以能够成为经典，其原因也就在这里。

对于经典的学习，是从阅读开始的。认真细致的阅读，是培养文学感受能力的必经之路。加强文学的感受能力是提高语文水平的关键。有些学生在语文学习中会进入一种误区：跳过阅读这一环节，直接奔向主题的分析、艺术的分析、语法的分析，囫囵吞枣地去记忆那些结论。缺乏阅读的训练，阅读量太少，就难以获得文学的感受能力，对文学的美没有感受，不知道如何去欣赏文学的美。阅读是不能替代的，是必须亲力亲为的。文学的美是必须在阅读中才能有所体会的，文学的感受能力唯有通过大量的认真细致的阅读才能培养出来。文学感受能力的提高，会对学生的写作能力产生积极的影响。感受一通，一通百通。

现在烁享阅读推出“享读经典丛书”，从经典入手，从阅读入手，是很好的事情。希望能够以此提升当代青少年阅读经典的兴趣，培养一种准确、细腻、丰富、鲜活的文学感受能力，真正提高自己的语文水平。如果我们能够把经典的阅读培养成一种终身的爱好，那就是最理想的结果。

张国风

2021 年 8 月 11 日

写在前面的话

提起《红楼梦》，几乎没有中国人不知道。《红楼梦》是中国古典四大名著之一，是中国小说伟大的巅峰之作，也是迄今为止被众多文人学者追捧和探究的文学经典。

在学界，关于《红楼梦》的研究，自其问世起，至今没有间断，二三百年来，形成了浩瀚庞杂的“红学”。清代时，已经有“开谈不说《红楼梦》，读尽诗书也枉然”的说法。到了当代，甚至有人直接将其奉为“天下第一书”。

此外，《红楼梦》里的精彩故事也被大量改编成影视、戏曲等，在百姓间广为流传，对于其中的主要人物和情节，人们总能说上几句。不过，若要深究《红楼梦》到底是一部什么样的小说，它缘何得以长久以来都受到如此高的评价，却很少有人能讲得清楚。

对当代读者而言，《红楼梦》更是远离了大家的生活经验和语言习惯，初初读来难免感到晦涩，难得要领。

既然如此，中学生在十几岁的年纪，为什么要来阅读《红楼梦》呢？

概括地说，《红楼梦》描写了中国传统社会在世俗和精神两个层面的面貌，反映了民族心灵当中复杂而深刻的特质，是传统文化集大成的一部小说，也是值得每个中国人终生阅读的经典名著。

毫无疑问，《红楼梦》是最严肃的文学作品，包含着极其深厚的哲学思想，但其中又充满生动精彩的情节，引人入胜，令人不能释手。可以说，《红楼梦》是一部罕见的真正达到了雅俗共赏的小说。

曹雪芹在开篇第一回便告诉读者，“我这一段故事，也不愿世人称奇道妙，也不定要世人喜悦检读，只愿他们当那醉淫饱卧之时，或避事去愁之际，把此一玩”。这种游戏的心态，读者在阅读时常常能够感受得到。

当然，这绝非作者对小说价值的自我否定，否则他也不会半生潦倒，饱蘸血泪，直到生命的最后时刻，还在“批阅增删”这部“满纸荒唐言”的作品了。毋宁说，曹雪芹正是通过写作《红楼梦》，体会到如何用解脱开悟的心境，去看待人世间的悲欢离合。他也愿意读者能够抱着消愁解闷的平常心，走进这个充满艺术张力的悲剧故事。

实际上，《红楼梦》不仅是一部作者曹雪芹没有写完的书，更是一部读者永远也读不完的书。《红楼梦》的丰富性决定了不同年代、经历、身份、年龄的读者都能从中读到不一样的内容。这些心灵的共鸣，无所谓深刻与浅薄，高尚与低俗，都是读者和作者一段偶然的相遇所擦出的美妙火花。

更何况《红楼梦》中的主角们都只不过十几岁上下的年纪，贾宝玉和林黛玉、薛宝钗等女孩子们生活的大观园原本就是一个青春的理想乐园。正处在青春时期的中学生们，应当更容易走进这些少男少女的内心世界，去和他们的顽皮淘气、离经叛道共鸣，同他们的爱恨情仇、喜怒哀乐共情。

值得一提的是，今天我们阅读《红楼梦》，不能忽略作者的时代背景和家世背景。

《红楼梦》诞生于18世纪的清代，作者虽刻意模糊了故事发生的具体年代，但从内容上看，其中的人和事距离我们已经有二三百年之久了。当时的社会制度、礼法规范、文化风俗、价值判断等，都和今天有很大的差异。

尤其是小说集中描写的封建上层阶级的贵宦生活，不仅牵涉满汉融合的诸多习俗，还和皇室内廷紧密相关。贾、史、王、薛四大家族，江南甄家及其他王公贵族，还有林黛玉父亲家族、李纨娘家等，无不是所谓“诗礼簪缨之族”“钟鸣鼎食之家”。

作者对书中主要人物的学识修为、精神品格、思想信仰也多有详尽细腻的刻画，黛玉的才情、宝钗的儒雅、探春的超逸……无不令人欣赏、向往。

在第五十六回，作者借贾母之口说道：“可知你我这样人家的孩子们，凭他们有什么刁钻古怪的毛病儿，见了外人，必是要还出正经礼数来的。若他不还正经礼数，也断不容他刁钻去了。……若一味他只管没里没外，不与大人争光，凭他生的怎样，也是该打死的。”这就是贾、林、薛等主角们从小耳濡目染的礼法教养。

脂砚斋在批语中也不忘时常提醒读者，曹雪芹是笔笔写尽“大家风范”“侯门风俗”“世家风调”。

当时世家大族的富贵，不只是“银子成了土泥”的奢靡，更是精神上非凡的气质见识。同时，这样的大家族在生活运作上也很特殊，贾府中上千号人都要遵守严格的道德准则，辨上下、严内外。成长于其中的人们，在思想、心理、价值观等各方面，都与一般人不尽相同。当代人要理解这些，就更加感到隔阂了。

可以说，作者对满洲旗人文化、贵族世家礼法的写实再现，是我们读懂《红楼梦》的一把钥匙。《红楼梦》对当时的中国社会做了一次极为深刻的描写，回到传统中去，尽可能抛开当代人的常识和价值观，尝试和过去的时代沟通，我们才能更加立体地看待《红楼梦》中的人物和他们的命运悲剧。

内务府旗人世家出身的曹雪芹，完全就是个没落贵族的落魄公子。其祖上随清军入关后，因军功受袭，到曹雪芹出生，曹家已经富贵显赫了百余年。康熙在位时，曹家三代任江宁织造一职近六十年，是皇帝极为信任的心腹。

一直到雍正继位，曹家被抄没败落，其间所经历的繁华盛世是我们今天根本想象不到的场面。这些原本讳莫如深的贵族生活实况，都被曹雪芹搬到了《红楼梦》中。

在第十三回，作者借秦可卿死前给凤姐托梦道：“如今我们家赫赫扬扬，已将百载，一日倘或乐极悲生，若应了那句‘树倒猢狲散’的俗语，岂不虚称了一世的诗书旧族了!”这段话旁，脂砚斋感慨地留下了“树倒猢狲散之语，全犹在耳，曲指三十五年矣。伤哉。宁不恸杀!”的批语。由此推断，小说里的贾府和现实中的曹家，多少有些牵连不断的关系。

现实中，曹家在经历过“鲜花着锦，烈火烹油”的美好时光后，走向破灭，后代曹雪芹只能在北京西郊落魄维生，用余生全部心血撰写这些不断被记忆过滤仍留存下来的昔日往事。从一个“梦”字，我们就能读出他在“十年辛苦不寻常”的写作中，是怎样怀抱着深深的自忏和追悔，因而笔下总流淌着怀旧的、悲恸的情绪。

从本质上看，《红楼梦》就是曹雪芹的追忆似水年华，是他对青春过早流逝的眷恋，对家族遭遇末世的愧疚，对生命悲剧结局的叹息。正如作家王蒙所说，《红楼梦》又是挽歌，又是忏悔，又是回忆录。

因此，当大家翻开《红楼梦》，完全不必怀着畏惧心，害怕啃不下这部中国最伟大的文学瑰宝。不如就先抛开考证派、索隐派、评点派等各家烦冗的研究材料，只从小说文本本身出发，随着贾宝玉这块“无材补天”的顽石，一同前往“富贵场”“温柔乡”的红尘之中，去感受青春的转瞬即逝、人生的聚散离合、命运的浮沉起落。

如果还能再多看到一些，那么就透过曹雪芹多重叙事的视角，去读一读他笔下的神话结构、象征隐喻、人物塑造，去品味他华丽的文字以及背后苍凉的哲学。

这或许才是今天的中学生读者打开《红楼梦》的正确方式。是为记。

张文雁

2022 年 7 月

目　录

上　册

中　册

下　册

阅读名片

作者生平及家世背景

中国小说史上，《红楼梦》堪称最传神的作品，同时也是一部神秘的作品。《红楼梦》诞生于清代康雍乾盛世时期，自成书以来，关于作者、续作者、书籍版本变迁等信息都备受争议，难下定论。目前，学术界普遍采信考证派的观点，认为其原作者就是曹雪芹。

关于曹雪芹本人的生平，历史上留下的资料并不多，其原名、生卒年份，甚至生父是谁，都还是有争论的问题，但有关他的家族史料，大体上却有据可考。

一般认为，曹雪芹名霑，号雪芹，又号芹溪、芹圃。据他的好友张宜泉在《春柳堂诗稿》中所写，曹雪芹“姓曹名霑，字梦阮，号芹溪居士”。

关于曹雪芹的生年，主要有两种观点：一是认为其出生于康熙五十四年（1715），二是认为其出生于雍正二年（1724）。今天学术界普遍认为第一种观点较为合理。

关于曹雪芹的卒年，也有三种不同的观点：一是认为其卒于乾隆二十七年（1762），二是认为其卒于乾隆二十八年（1763），三是认为其卒于乾隆二十九年（1764）。张宜泉《伤芹溪居士》诗题下注解道“年未五旬而卒”，曹雪芹另一位好友敦诚诗作中也有“四十年华付杳冥”之句，可见，曹雪芹去世的时候应该不过四十几岁。

曹家祖上原为汉人，祖籍东北辽阳（今辽阳市），在明代即以军功发迹。到了天启元年（1621）左右，曹雪芹的五世祖曹锡远及其子曹振彦因兵败被满人俘获，后又随清军入关，被编入内务府籍正白旗，成为满洲上三旗（即镶黄旗、正黄旗、正白旗）包衣。到曹雪芹这一代，曹家以汉人身份入旗已经超过一百年，是被正式列入《八旗通志》的旗人。

值得注意的是，“包衣”一词在满语中即“家人”“家的”之意。在清代，包衣在一定意义上等同于“家奴”，为主人所私有。不过，八旗中的包衣旗人却并非一般贱民奴仆。曹家所属的内务府三旗包衣则更为特殊，他们既是皇家的世代奴仆，又拥有较高的社会地位，他们和皇家的主奴关系比起一般大臣和皇帝的君臣关系还要密切。据史料记载，内务府旗人还允许入学、考试、为官，一些内务府包衣甚至能够世代身居要职，成为皇帝亲信。曹雪芹就是出生在这样一个正白旗包衣世家。

曹振彦身为贡士，先后担任过山西吉州知州、大同府知府、两浙盐法道等官职，这些官职均是关系国库收入和民生的重要职务，其个人能力可见一斑。同时，其长子曹玺、次子曹尔正均在内务府任职。此时的曹家已然发迹。

不过，曹家与皇家的关系愈发紧密，得益于曹玺之妻孙氏曾为康熙皇帝儿时的保姆，这可能是曹玺得以出任江宁织造一职的重要原因。康熙和孙氏感情笃深，对她敬爱有加。康熙二十三年（1684），曹玺死于任上，康熙在当年南巡时曾亲自到曹家抚慰其家属。

江宁织造的本职工作是负责向宫廷提供衣料及祭祀、封诰、赏赐等用途的丝织品。出于曹家与康熙本人的亲密关系，曹玺还会为皇帝搜集稀奇古玩，时刻关注江宁这一富庶地区的吏治情况，俨然成为皇帝耳目。

曹玺死后，康熙三十一年（1692），曹玺长子曹寅调任江宁织造，承袭父业。和父亲一样，曹寅任江宁织造期间也承担着收集江宁吏治情报的任务，以密折的形式呈送给康熙。康熙一生六次南巡，曹家接驾四次，均在曹寅任上。曹寅极富文化修养，擅长诗文，曾管领《全唐诗》刻印，还会写传奇剧本，同时也是一位藏书家，在文人群体中颇有威望，能够团结江宁地区的文人，因而很得康熙器重。康熙四十三年（1704），曹寅接任两淮巡盐御史，并三度连任。正是在曹寅任上，曹家势力达到了顶峰。

不过好景不长，康熙五十一年（1712），曹寅病故，长子曹颙继任江宁织造，三年后便病逝了。康熙又命将曹寅的胞弟曹荃（宣）之子曹頫过继给曹寅，并让他继续担任江宁织造一职。此时的曹家虽然历任江宁织造，权势显赫，但大肆挥霍的生活已经为后来的衰败埋下了伏笔。实际上，曹寅在江宁织造和巡盐御史任上时，就已经因复杂的官场现实产生了巨额亏空，但康熙并未因此而责怪曹家，甚至谕令其他官员为其补上亏空。

雍正继位后，有心扭转康熙后期“以宽仁为尚”的为政风格，惩治腐败亏空的官吏。对于曹家在江宁织造任上产生的多达数十万两白银的亏空，给予了严厉的训斥，对曹頫的为官表现也多有不满。终于，在雍正六年(1728)，曹家管事被缉拿，“所有房产什物，一并查清，造册封固”。

曹頫下狱、曹家被抄没之后，同年，举家迁至北京，仅有几所位于崇文门外蒜市口的房屋可供居住。当时的曹雪芹只有十三四岁（以其生于1715年之说推算），也跟随家人从南京搬到北京。从此，他开启了人生中截然不同的另一个阶段。

关于曹雪芹在北京的生活，我们所知的并不详细，只知道他的晚年经历相当坎坷，而且家境日益落魄，后来搬到了京城西郊居住。从曹雪芹的两位满人好友敦敏、敦诚兄弟的诗中，我们可以尝试还原其晚年艰难困顿的生活：“满径蓬蒿老不华，举家食粥酒常赊”“傲骨如君世已奇，嶙峋更见此支离”“寻诗人去留僧舍，卖画钱来付酒家”……居于陋室，饱经沧桑，残杯冷炙，食少肉糜，即便诗书清贫，仍旧纵酒狂放，这就是曹雪芹的晚年写照。

尽管今天我们对历史真相尚存在诸多不确定之处，但不可否认，曹家先时特殊的旗人贵族世家背景，以及祖父曹寅深厚的文学艺术造诣，都对曹雪芹产生过深远的影响。曹雪芹本人也确如好友笔下所写“素性放达好饮，又善诗画”。

另一方面，幼年时富贵繁华的生活，和抄家后穷困潦倒的生活，在他的一生中形成了鲜明的转折。也正因此，才令这位旷世奇才，半生泣血，写就了《红楼梦》这样一部“满纸荒唐言，一把辛酸泪”的伟大小说。

版本、批点与内容概述

《红楼梦》的成书过程十分曲折。根据作者在第一回所写："后因曹雪芹于悼红轩中披阅十载，增删五次，纂成目录，分出章回……"足可见曹雪芹写《红楼梦》实在是"十年辛苦不寻常"。由于经过多次修订，且最终没有完稿，其版本也极为复杂，一直是红学界研究的大问题。

《红楼梦》的众多版本主要可以分为两大系统。

一个是止于前八十回的手抄本，上面有脂砚斋、畸笏叟等人的批语，简称脂本，或脂评本。这样的手抄本在《红楼梦》问世之初，在作者的亲友圈流传了近三十年，现存世的大概有十几种之多，且篇幅和内容上有所出入。

需要注意的是，今天我们尚能看到的手抄本都非原本，学界称为过录本，即经人誊抄的本子，根据抄录年代而命名。目前常见的是甲戌本、己卯本、庚辰本。其中，甲戌本成书于乾隆十九年（1754），仅存十六回，其祖本应为脂评抄本，全称为《脂砚斋重评石头记》。己卯本为乾隆二十四年（1759）的"定本"。庚辰本则为乾隆二十五年（1760）的"定本"。就目前所知的材料来看，庚辰本是曹雪芹去世前的最后一版"定本"，也是研究《红楼梦》最重要的依据。

除此之外，还有蒙古王府本（简称蒙府本）、戚蓼生序本（简称戚序本）、梦觉主人序本（简称梦觉本）、舒元炜序本（简称舒序本）、郑振铎藏本（简称郑藏本）、圣彼得堡俄罗斯科学院东方古籍文献研究所藏本（简称列藏本）等，大多为流传过程中的抄本或刻本。

另一个是一百二十回足本，最早由书商程伟元和进士高鹗整理印刻出来，世称程高本。其中也有两个版本，第一版问世于乾隆五十六年（1791）冬，称程甲本；七十多天后，即乾隆五十七年（1792）春又改版重印，推出第二版，称程乙本。

由于将后四十回情节补足，活字印刷的程甲本一经推出便广为流传。“五四”以来，胡适用新式标点标注出版的程乙本成为风行的普及读本。但程高本后四十回内容究竟出自谁手，学术界始终有分歧，且程乙本前八十回内容与脂本多有不同，也被认为是程伟元、高鹗擅加篡改而成。

不过，程乙本卷首所载程、高二人合写的《引言》中写道，“书中后四十回，系就历年所得，集腋成裘，更无他本可考。惟按其前后关照者，略为修辑，使其有应接而无矛盾”。学术界对于这段话的真实性看法不一，有学者认为这段话不可信，只是程、高二人作为书商为了牟利所编造的谎言，也有学者选择相信程、高二人的说法，认为这正是后四十回非高鹗所续的证据之一。

无论后四十回是否为程、高所作，较无异议的是，其在艺术水平上远无法与前八十回相较，对于部分情节的处理也略显生硬。但在原本丢失的情况下，程高本的后四十回延续了原作的悲剧底色，为读者提供了较为完整的《红楼梦》故事，还是有其价值的。

今天学界一般认为，手抄本的文本价值在于其更大程度地保留了作品的原貌，同样值得注意的是抄本上留下的大量点评批语。在不同的版本中，出现的评点者也有所不同，最多的是脂砚斋和畸笏叟，不过，这两个名字是否同为一人，尚无定论。

据目前的考证，脂砚斋应为曹雪芹的至亲好友，或是族中长辈，二人在思想上契合度非常高，在《红楼梦》的创作过程中，脂砚斋可谓第一读者，同时又是批评家，对曹雪芹的创作有不容小觑的影响力。从脂砚斋和畸笏叟的批语中，我们能够部分还原《红楼梦》的写作及修改过程，对于八十回后的情节走向也有一定的推测。可以说，脂批为我们今天更好地读懂曹雪芹、读懂《红楼梦》，提供了大量具有权威性的一手资料。通过脂批所透露的信息，也有学者推断，曹雪芹应该写完或至少初步构思了八十回后的内容，可惜的是，今天我们已无缘一见曹雪芹八十回后的原作了。

距乾隆五十六年（1791）《红楼梦》第一次刊印八年后，《红楼梦》已在社会上得到普遍赞誉，且很快传播到海外各地。据考证，乾隆五十八年（1793），《红楼梦》就已传入日本。及至19世纪，更是出现了英、日、俄文的摘译本和英文节译本。20世纪后，越来越多的国家翻译了《红楼梦》，吸引了来自世界各地的“红学”爱好者。在各国文学研究者眼中，《红楼梦》是“世界文学的财富”，“传达了人类的心灵和思想”，对于《红楼梦》的研究也逐渐在全世界范围内兴起。

本书所选用《红楼梦》版本，前八十回以庚辰本为底本，缺文处则依据其他脂评本及程高本补足。后四十回以程甲本为底本，并以程乙本等各本校勘。《红楼梦》原著批注自第一回至八十回止，后四十回内容因学界尚有诸多争议，不再单独批注，特此说明。

《红楼梦》又名《石头记》，其内容涵盖万千，绝非寥寥数语可以道尽。总体来说，《红楼梦》以宝玉、黛玉、宝钗的爱情、婚姻为主线，辅之以金陵十二钗的人生命运，并以贾、史、王、薛四大家族的活动为背景，详尽描述了中国古代传统贵族，特别是清代旗人贵族世家在官场、生活等方方面面的故事，铺开了一幅宏大而又详尽的叙事画卷，由此成为中国小说史上难以逾越的一座高山。

“有一千个读者，就有一千个哈姆雷特”，情节丰富曲折的《红楼梦》更是如此。正如鲁迅在《〈绛洞花主〉小引》中所言：“经学家看见《易》，道学家看见淫，才子看见缠绵，革命家看见排满，流言家看见宫闱秘事……”个中滋味还要待读者走进“大观园”亲自品读。

红 楼 梦

第一回

甄士隐梦幻识通灵　贾雨村风尘怀闺秀

此开卷第一回也。作者自云：因曾历过一番梦幻之后，故将真事隐去，而借“通灵”之说，撰此《石头记》一书也。故曰“甄士隐”云云。但书中所记何事何人？自又云：“今风尘碌碌，一事无成，忽念及当日所有之女子，一一细考较去，觉其行止见识，皆出于我之上。何我堂堂须眉[1]，诚不若彼裙钗[2]哉？实愧则有馀，悔又无益之大无可如何之日也！当此，则自欲将已往所赖天恩祖德，锦衣纨袴[3]之时，饫甘餍肥[4]之日，背父兄教育之恩，负师友规训之德，以至今日一技无成、半生潦倒之罪，编述一集，以告天下人：我之罪固不免，然闺阁中本自历历有人，万不可因我之不肖[5]，自护己短，一并使其泯灭也。虽今日之茅椽蓬牖[6]，瓦灶绳床[7]，其晨夕风露，阶柳庭花，亦未有妨我之襟怀笔墨者。虽

一方面是忏悔，一方面是愤世嫉俗。那么矛盾，又那么痛苦。

[1] 须眉：指男子。

[2] 裙钗：指女子。

[3] 锦衣纨（wán）袴：华丽的服装。纨，细绢。

[4] 饫（yù）甘餍（yàn）肥：吃腻了香甜精美的食品。饫，吃饱。餍，吃腻。

[5] 不肖：品行不好，没有出息。

[6] 茅椽（chuán）蓬牖（yǒu）：茅草做椽，蓬杆做窗。椽，檩条。牖，窗子。

[7] 瓦灶绳床：瓦灶，土坯烧的锅灶。绳床，用绳绷成的坐具。

有关平生所遇少女们的回忆，安慰着他，也折磨着他。他要把闺阁中的人物写出来，把她们的聪明可爱展示在人们面前。她们是美丽的，又是真实的，是一个个各有其面目的鲜活的生命。

我未学，下笔无文，又何妨用假语村言，敷演出一段故事来，亦可使闺阁昭传，复可悦世之目，破人愁闷，不亦宜乎?”故曰“贾雨村”云云。

此回中凡用“梦”用“幻”等字，是提醒阅者眼目，亦是此书立意本旨。

列位看官：你道此书从何而来？说起根由虽近荒唐，细按则深有趣味。待在下将此来历注明，方使阅者了然不惑。

原来女娲氏炼石补天[1]之时，于大荒山无稽崖炼成高经十二丈、方经二十四丈顽石三万六千五百零一块。娲皇氏只用了三万六千五百块，只单单剩了一块未用，便弃在此山青埂峰下。谁知此石自经煅炼之后，灵性已通，因见众石俱得补天，独自己无材不堪入选，遂自怨自叹，日夜悲号惭愧。

一部极度写实的作品，却选择一个云山雾罩的开头。曹雪芹不想受到任何写作模式的束缚。

顽石，形容其秉性之倔强。这是它有灵气而又不堪入选的真正原因。

一日，正当嗟悼之际，俄见[2]一僧一道远远而来，生得骨格不凡，丰神迥异，说说笑笑来至峰下，坐于石边高谈快论。先是说些云山雾海神仙玄幻之事，后便说到红尘中荣华富贵。此石听了，不觉打动凡心，也想要到人间去享一享这荣华富贵；但自恨粗蠢，不得已，便口吐人言，向那僧道说道：“大师，弟子蠢物，不能见礼了。适闻二位谈那人世间荣耀繁华，心切慕之。弟子质虽粗蠢，性却稍通；况见二师仙形道体，定非凡品，必有补天济世之材，利物济人之德。如蒙发一点慈心，携带弟子得入红尘，在那富贵场中、温柔乡里受享几

[1] 女娲（wā）氏炼石补天：古代神话传说。女娲氏，补天造人之神。
[2] 俄见：忽然看见。

年，自当永佩洪恩[1]，万劫不忘也。”二仙师听毕，齐憨笑道：“善哉，善哉！那红尘中有却有些乐事，但不能永远依恃；况又有‘美中不足，好事多魔’八个字紧相连属，瞬息间则又乐极悲生，人非物换，究竟是到头一梦，万境归空，倒不如不去的好。”

这石凡心已炽，那里听得进这话去，乃复苦求再四。二仙知不可强制，乃叹道：“此亦静极思动，无中生有之数也。既如此，我们便携你去受享受享，只是到不得意时，切莫后悔。”石道：“自然，自然。”那僧又道：“若说你性灵，却又如此质蠢，并更无奇贵之处。如此也只好踮脚[2]而已。也罢，我如今大施佛法助你助，待劫终之日，复还本质，以了此案。你道好否？”石头听了，感谢不尽。那僧便念咒书符，大展幻术，将一块大石登时变成一块鲜明莹洁的美玉，且又缩成扇坠大小的可佩可拿。那僧托于掌上，笑道：“形体倒也是个宝物了！还只没有实在的好处，须得再镌上数字，使人一见便知是奇物方妙。然后携你到那昌明隆盛之邦，诗礼簪缨之族[3]，花柳繁华地，温柔富贵乡去安身乐业。”石头听了，喜不能禁，乃问：“不知赐了弟子那几件奇处，又不知携了弟子到何地方？望乞明示，使弟子不惑。”那僧笑道：“你且莫问，日后自然明白的。”说着，便袖了这石，同那道人飘然而去，竟不知投奔何方何舍。

借用神仙下凡的模式。

后来，又不知过了几世几劫，因有个空空道人访道求仙，忽从这大荒山无稽崖青埂峰下经过，忽

---

[1] 永佩洪恩：永远牢记大恩。
[2] 踮脚：垫脚。
[3] 诗礼簪（zān）缨之族：书香门第的官宦家族。簪缨，贵族佩戴的冠饰。

见一大块石上字迹分明，编述历历。空空道人乃从头一看，原来就是无材补天，幻形入世，蒙茫茫大士、渺渺真人携入红尘，历尽离合悲欢炎凉世态的一段故事。后面又有一首偈[1]云：

无材可去补苍天，枉入红尘若许年。
此系身前身后事，倩谁记去作奇传？

诗后便是此石坠落之乡，投胎之处，亲自经历的一段陈迹故事。其中家庭闺阁琐事，以及闲情诗词倒还全备，或可适趣解闷；然朝代年纪，地舆邦国却反失落无考。

空空道人遂向石头说道："石兄，你这一段故事，据你自己说有些趣味，故编写在此，意欲问世传奇。据我看来，第一件，无朝代年纪可考；第二件，并无大贤大忠理朝廷治风俗的善政，其中只不过几个异样女子，或情或痴，或小才微善，亦无班姑、蔡女[2]之德能。我纵抄去，恐世人不爱看呢。"石头笑答道："我师何太痴耶！若云无朝代可考，今我师竟假借汉唐等年纪添缀，又有何难？但我想，历来野史，皆蹈一辙，莫如我这不借此套者，反倒新奇别致，不过只取其事体情理罢了，又何必拘拘于朝代年纪哉！再者，市井俗人喜看理治之书者甚少，爱适趣闲文者特多。历来野史，或讪谤君相，或贬人妻女，奸淫凶恶，不可胜数。更有一种风月笔墨[3]，其淫秽污臭，屠毒笔墨，坏人子弟，又不可胜数。至若佳人才子等书，则又千部

书中所写是何时何地之事，语焉不详，故意含糊其词。曹雪芹不愿意人们去对号入座。

鄙视陈陈相因的小说套路。

[1] 偈（jì）：佛经中的唱词。
[2] 班姑、蔡女：班姑，即班昭；蔡女，即蔡文姬。二人都是历史上的博学才女。
[3] 风月笔墨：描写风花雪月的色情文字。

共出一套，且其中终不能不涉于淫滥，以致满纸潘安、子建、西子、文君[1]，不过作者要写出自己的那两首情诗艳赋来，故假拟出男女二人名姓，又必旁出一小人其间拨乱，亦如剧中之小丑然。且鬟婢开口即者也之乎，非文即理[2]。故逐一看去，悉皆自相矛盾、大不近情理之话，竟不如我半世亲睹亲闻的这几个女子，虽不敢说强似前代书中所有之人，但事迹原委，亦可以消愁破闷；也有几首歪诗熟话，可以喷饭供酒。至若离合悲欢，兴衰际遇，则又追踪蹑迹，不敢稍加穿凿，徒为供人之目而反失其真传者。今之人，贫者日为衣食所累，富者又怀不足之心，纵一时稍闲，又有贪淫恋色、好货[3]寻愁之事，那里去有工夫看那理治之书？所以我这一段故事，也不愿世人称奇道妙，也不定要世人喜悦检读，只愿他们当那醉淫饱卧之时，或避事去愁之际，把此一玩，岂不省了些寿命筋力？就比那谋虚逐妄[4]，却也省了口舌是非之害，腿脚奔忙之苦。再者，亦令世人换新眼目，不比那些胡牵乱扯忽离忽遇，满纸才人淑女、子建文君红娘小玉[5]等通共熟套之旧稿。我师意为何如?”

对不合情理的、公式化的才子佳人小说极为鄙视。

空空道人听如此说，思忖半晌，将《石头记》再检阅一遍，因见上面虽有些指奸责佞贬恶诛邪之语，亦非伤时骂世之旨；及至君仁臣良父慈子孝，凡伦常所关之处，皆是称功颂德，眷眷无穷，实非

[1] 潘安、子建、西子、文君：这里指才子佳人。潘安，即晋代文人潘安仁。子建，即三国时文学家曹植。西子，即春秋时越国美女西施。文君，即汉代文学家司马相如的妻子卓文君。

[2] 非文即理：不是咬文嚼字就是宣扬礼教。

[3] 好货：贪图财物。

[4] 谋虚逐妄：追求不切实际的东西，这里指追名逐利。

[5] 红娘小玉：红娘，《西厢记》中崔莺莺的丫鬟。小玉，唐代蒋防所作传奇《霍小玉传》中的女主人公。

别书之可比。虽其中大旨谈情，亦不过实录其事，又非假拟妄称，一味淫邀艳约、私订偷盟之可比。因毫不干涉时世，方从头至尾抄录回来，问世传奇。从此空空道人因空[1]见色，由色生情，传情入色，自色悟空，遂易名为情僧，改《石头记》为《情僧录》。东鲁孔梅溪则题曰《风月宝鉴》。后因曹雪芹于悼红轩中披阅十载，增删五次，纂成目录，分出章回，则题曰《金陵十二钗》。并题一绝云：

全书以宝玉、黛玉的爱情悲剧和宝玉、宝钗的婚姻悲剧为主线，以家族的衰落为背景。“大旨谈情”，是说了一半。

满纸荒唐言，一把辛酸泪。
都云作者痴，谁解其中味！

弦外之音，意味深长，惹得后来的索隐派心痒难耐，想落天外，走火入魔。

出则既明，且看石上是何故事。按那石上书云：

当日地陷东南，这东南一隅有处曰姑苏[2]，有城曰阊门[3]者，最是红尘中一二等富贵风流之地。这阊门外有个十里街，街内有个仁清巷，巷内有个古庙，因地方窄狭，人皆呼作葫芦庙。庙旁住着一家乡宦，姓甄，名费，字士隐。嫡妻封氏，情性贤淑，深明礼义。家中虽不甚富贵，然本地便也推他为望族了。因这甄士隐禀性恬淡，不以功名为念，每日只以观花修竹、酌酒吟诗为乐，倒是神仙一流人品。只是一件不足：如今年已半百，膝下无儿，只有一女，乳名唤作英莲，年方三岁。

“甄士隐”，将真事隐去。

“英莲”，应怜。命运悲惨。《红楼梦》中第一个登场的薄命女子。

一日，炎夏永昼，士隐于书房闲坐，至手倦抛书，伏几少憩，不觉朦胧睡去。梦至一处，不辨是何地方。忽见那厢来了一僧一道，且行且谈。

[1] 空：与下文的“色”“情”同为佛教用语。
[2] 姑苏：即苏州。
[3] 阊（chāng）门：苏州城的西北门。

只听道人问道："你携了这蠢物，意欲何往？"那僧笑道："你放心，如今现有一段风流公案正该了结，这一干风流冤家[1]，尚未投胎入世。趁此机会，就将此蠢物夹带于中，使他去经历经历。"那道人道："原来近日风流冤孽又将造劫历世去不成？但不知落于何方何处？"那僧笑道："此事说来好笑，竟是千古未闻的罕事。只因西方灵河岸上三生石畔，有绛珠草一株，时有赤瑕宫神瑛侍者，日以甘露灌溉，这绛珠草始得久延岁月。后来既受天地精华，复得雨露滋养，遂得脱却草胎木质，得换人形，仅修成个女体，终日游于离恨天外，饥则食蜜青果为膳，渴则饮灌愁海[2]水为汤。只因尚未酬报灌溉之德，故其五内[3]便郁结着一段缠绵不尽之意。恰近日这神瑛侍者凡心偶炽，乘此昌明太平朝世，意欲下凡造历幻缘，已在警幻仙子案前挂了号。警幻亦曾问及，灌溉之情未偿，趁此倒可了结的。那绛珠仙子道：'他是甘露之惠，我并无此水可还。他既下世为人，我也去下世为人，但把我一生所有的眼泪还他，也偿还得过他了。'因此一事，就勾出多少风流冤家来，陪他们去了结此案。"

神瑛，也是灵石、美玉，与前面的顽石、后面的通灵宝玉，是一身而三体。暗喻宝玉思想性格的复杂：既是聪明机敏的青年公子，又是让家长失望的孽根祸胎。还泪的故事，暗示宝玉与黛玉的木石前盟，并非一般的报恩故事。奇石的内涵，被作者充分地发掘利用。

草蛇灰线，伏脉千里。

那道人道："果是罕闻。实未闻有还泪之说。想来这一段故事，比历来风月事故更加琐碎细腻了。"那僧道："历来几个风流人物，不过传其大概以及诗词篇章而已；至家庭闺阁中一饮一食，总未述记。再者，大半风月故事，不过偷香窃玉、暗约私奔而已，并不曾将儿女之真情发泄一二。想这一干人入世，其情痴色鬼、贤愚不肖者，悉与前人传

[1] 风流冤家：相爱的男女。
[2] 离恨天、密青果、灌愁海：比喻男女之间的感情及怨恨愁苦。
[3] 五内：五脏，即心、肝、脾、肾、肺。此指内心深处。

述不同矣。”那道人道：“趁此何不你我也去下世度脱[1]几个，岂不是一场功德？”那僧道：“正合吾意。你且同我到警幻仙子宫中，将蠢物交割清楚，待这一干风流孽鬼下世已完，你我再去。如今虽已有一半落尘，然犹未全集。”道人道：“既如此，便随你去来。”

却说甄士隐俱听得明白，但不知所云“蠢物”系何东西。遂不禁上前施礼，笑问道：“二仙师请了。”那僧道也忙答礼相问。士隐因说道：“适闻仙师所谈因果，实人世罕闻者。但弟子愚浊，不能洞悉明白，若蒙大开痴顽，备细一闻，弟子则洗耳谛听，稍能警省，亦可免沉沦之苦。”二仙笑道：“此乃玄机不可预泄者。到那时不要忘我二人，便可跳出火坑矣。”士隐听了，不便再问。因笑道：“玄机不可预泄，但适云‘蠢物’，不知为何，或可一见否？”那僧道：“若问此物，倒有一面之缘。”说着，取出递与士隐。

士隐接了看时，原来是块鲜明美玉，上面字迹分明，镌着“通灵宝玉”四字，后面还有几行小字。正欲细看时，那僧便说已到幻境，便强从手中夺了去，与道人竟过一大石牌坊，上书四个大字，乃是“太虚幻境”。两边又有一副对联，道是：

这副对联的第一种含义：艺术之真，并非生活之真。艺术似幻，包含生活之真。第二种含义：世俗的种种追求，看似真实，其实都是转瞬即逝，都是靠不住的，都是假的，最后都会归于虚无。

假作真时真亦假，无为有处有还无。

士隐意欲也跟了过去，方举步时，忽听一声霹雳，有若山崩地陷。士隐大叫一声，定睛一看，只见烈日炎炎，芭蕉冉冉，所梦之事便忘了大半。又

[1] 度脱：佛教用语，意思是超度解脱。

见奶母正抱了英莲走来。士隐见女儿越发生得粉妆玉琢，乖觉可喜，便伸手接来，抱在怀内，逗他顽耍一回，又带至街前，看那过会[1]的热闹。

方欲进来时，只见从那边来了一僧一道：那僧则癞头跣脚，那道则跛足蓬头，疯疯癫癫，挥霍[2]谈笑而至。及至到了他门前，看见士隐抱着英莲，那僧便大哭起来，又向士隐道："施主，你把这有命无运、累及爹娘之物，抱在怀内作甚?"士隐听了，知是疯话，也不去睬他。那僧还说："舍我罢，舍我罢!"士隐不耐烦，便抱女儿撤身要进去，那僧乃指着他大笑，口内念了四句言词道：

神仙常作邋遢形状，讽刺世人的以貌取人，有眼不识金镶玉。

疯话却是真话。世人常常错过。

> 惯养娇生笑你痴，菱花空对雪澌澌。
> 好防佳节元宵后，便是烟消火灭时。

全是预言。英莲后来成为薛蟠之妾，改名"香菱"，所以说是"菱花"。"雪"，借谐音，指薛，薛蟠。英莲在元宵节失联。含糊其词，埋下伏笔，后来一一落实。

士隐听得明白，心下犹豫，意欲问他们来历。只听道人说道："你我不必同行，就此分手，各干营生去罢。三劫后，我在北邙山[3]等你，会齐了同往太虚幻境销号。"那僧道："最妙，最妙!"说毕，二人一去，再不见个踪影了。士隐心中此时自忖：这两个人必有来历，该试一问，如今悔却晚也。

这士隐正痴想，忽见隔壁葫芦庙内寄居的一个穷儒——姓贾名化、字表时飞、别号雨村者走了出来。这贾雨村原系湖州人氏，也是诗书仕宦之族，因他生于末世，父母祖宗根基已尽，人口衰丧，只剩得他一身一口，在家乡无益，因进京求取功名，

贾雨村是作者精心布置的一个辅助人物，他在小说结构上的作用会慢慢地体现出来。贾化，假话。贾雨村，即假语村言。他是书中仕途经济的代表，作者对他没有好感。

---

[1] 过会：古代节日期间街上的杂耍、音乐表演。
[2] 挥霍：表示动作潇洒。
[3] 北邙（máng）山：即今河南省洛阳市北的邙山，东汉及北魏的王侯多葬于此，此处泛指墓地。

再整基业。自前岁来此，又淹蹇[1]住了，暂寄庙中安身，每日卖字作文为生，故士隐常与他交接。

当下雨村见了士隐，忙施礼陪笑道："老先生倚门伫望，敢街市上有甚新闻否?"士隐笑道："非也。适因小女啼哭，引他出来作耍，正是无聊之甚，兄来得正妙，请入小斋一谈，彼此皆可消此永昼。"说着，便令人送女儿进去，自与雨村携手来至书房中。小童献茶。方谈得三五句话，忽家人飞报："严老爷来拜。"士隐慌的忙起身谢罪道："恕诳驾[2]之罪，略坐，弟即来陪。"雨村忙起身亦让道："老先生请便。晚生乃常造之客，稍候何妨。"说着，士隐已出前厅去了。

这里雨村且翻弄书籍解闷。忽听得窗外有女子嗽声，雨村遂起身往窗外一看，原来是一个丫鬟，在那里撷花[3]，生得仪容不俗，眉目清明，虽无十分姿色，却亦有动人之处。雨村不觉看的呆了。

伏笔。后来成为贾雨村的续弦。

那甄家丫鬟撷了花，方欲走时，猛抬头见窗内有人，敝巾旧服，虽是贫窘，然生得腰圆背厚，面阔口方，更兼剑眉星眼，直鼻权腮[4]。这丫鬟忙转身回避，心下乃想："这人生的这样雄壮，却又这样褴褛，想他定是我家主人常说的什么贾雨村了，每有意帮助周济，只是没甚机会。我家并无这样贫窘亲友，想定是此人无疑了。怪道又说他必非久困之人。"如此想来，不免又回头两次。

雨村见他回了头，便自为这女子心中有意于

---

[1] 淹蹇（yān jiǎn）：耽搁。
[2] 诳（kuáng）驾：失陪。
[3] 撷（xié）花：采花。
[4] 权腮：颧骨腮，即指颧骨长得高，一种贵相。

他，便狂喜不尽，自为此女子必是个巨眼英雄[1]，风尘中之知己也。一时小童进来，雨村打听得前面留饭，不可久待，遂从夹道中自便出门去了。士隐待客既散，知雨村自便，也不去再邀。

巨眼识得英雄，赢得风尘知己。后来娇杏“命运两济”，与英莲的“有命无运”形成对比。

一日，早又中秋佳节。士隐家宴已毕，乃又另具一席于书房，却自己步月至庙中来邀雨村。原来雨村自那日见了甄家之婢曾回顾他两次，自为是个知己，便时刻放在心上。今又正值中秋，不免对月有怀，因而口占五言一律云：

未卜三生愿，频添一段愁。
闷来时敛额，行去几回头。
自顾风前影，谁堪月下俦？[2]
蟾光如有意，先上玉人楼。

雨村吟罢，因又思及平生抱负，苦未逢时，乃又搔首对天长叹，复高吟一联曰：

玉在匮中求善价，钗于奁内待时飞。

踌躇满志，雄心躁动，待价而沽。

恰值士隐走来听见，笑道：“雨村兄真抱负不浅也！”雨村忙笑道：“不过偶吟前人之句，何敢狂诞至此。”因问：“老先生何兴至此？”士隐笑道：“今夜中秋，俗谓‘团圆之节’，想尊兄旅寄僧房，不无寂寥之感，故特具小酌，邀兄到敝斋一饮，不知可纳芹意[3]否？”雨村听了，并不推辞，便笑道：

[1] 巨眼英雄：有远见、能识别人才的人。
[2] “自顾”二句：风中看着自己的身影，慨叹有谁能欣赏自己，可以成为自己的伴侣呢？俦(chóu)，伴侣。
[3] 芹意：谦称送礼、请客。

“既蒙厚爱，何敢拂此盛情。”说着，便同士隐复过这边书院中来。

须臾茶毕，早已设下杯盘，那美酒佳肴自不必说。二人归坐，先是款斟漫饮，次渐谈至兴浓，不觉飞觥限斝[1]起来。当时街坊上家家箫管，户户弦歌，当头一轮明月，飞彩凝辉，二人愈添豪兴，酒到杯干。雨村此时已有七八分酒意，狂兴不禁，乃对月寓怀，口号[2]一绝云：

时逢三五便团圆，满把晴光护玉栏。
天上一轮才捧出，人间万姓仰头看。

士隐听了，大叫：“妙哉！吾每谓兄必非久居人下者，今所吟之句，飞腾之兆已见，不日可接履于云霓之上[3]矣。可贺，可贺！”乃亲斟一斗为贺。雨村因干过，叹道：“非晚生酒后狂言，若论时尚之学，晚生也或可去充数沽名，只是目今行囊路费一概无措，神京路远，非赖卖字撰文即能到者。”士隐不待说完，便道：“兄何不早言。愚每有此心，但每遇兄时，兄并未谈及，愚故未敢唐突。今既及此，愚虽不才，‘义利’二字却还识得。且喜明岁正当大比，兄宜作速入都，春闱[4]一战，方不负兄之所学也。其盘费馀事，弟自代为处置，亦不枉兄之谬识矣！”当下即命小童进去，速封五十两白银，并两套冬衣。又云：“十九日乃黄道之期，兄

对自己的才学颇为自信。

[1] 飞觥（gōng）限斝（jiǎ）：觥筹交错、饮酒尽兴的情景。
[2] 口号：随口吟诗。
[3] 接履于云霓之上：平步青云。
[4] 大比、春闱（wéi）：明清的科举考试分为三个级别：院试、乡试、会试。乡试、会试三年一次，也称“大比”。会试在春天举行，也称为“春闱”。

可即买舟西上，待雄飞高举，明冬再晤，岂非大快之事耶!”雨村收了银衣，不过略谢一语，并不介意，仍是吃酒谈笑。那天已交了三更，二人方散。

士隐送雨村去后，回房一觉，直至红日三竿方醒。因思昨夜之事，意欲再写两封荐书与雨村带至神都，使雨村投谒个仕宦之家为寄足之地。因使人过去请时，那家人去了回来说：“和尚说，贾爷今日五鼓已进京去了，也曾留下话与和尚转达老爷，说‘读书人不在黄道黑道[1]，总以事理为要，不及面辞了。’”士隐听了，也只得罢了。

真是闲处光阴易过，倏忽又是元宵佳节矣。士隐命家人霍启抱了英莲去看社火花灯，半夜中，霍启因要小解，便将英莲放在一家门槛上坐着。待他小解完了来抱时，那有英莲的踪影?急得霍启直寻了半夜，至天明不见，那霍启也就不敢回来见主人，便逃往他乡去了。那士隐夫妇，见女儿一夜不归，便知有些不妥，再使几人去寻找，回来皆云连音响皆无。夫妻二人，半世只生此女，一旦失落，岂不思想，因此昼夜啼哭，几乎不曾寻死。看看的一月，士隐先就得了一病；当时封氏孺人也因思女构疾，日日请医疗治。

“霍启”，祸起。一个一次性利用的人物。

撕心裂肺之痛。

不想这日三月十五，葫芦庙中炸供[2]，那些和尚不加小心，致使油锅火逸，便烧着窗纸。此方人家多用竹篱木壁者，大抵也因劫数，于是接二连三，牵五挂四，将一条街烧得如火焰山一般。彼时虽有军民来救，那火已成了势，如何救得下?直烧

[1] 黄道黑道：古人占卜，黄道主吉，黑道主凶。
[2] 炸供：供神的油炸食品。

了一夜，方渐渐的熄去，也不知烧了几家。只可怜甄家在隔壁，早已烧成一片瓦砾场了。只有他夫妇并几个家人的性命不曾伤了。急得士隐惟跌足长叹而已。只得与妻子商议，且到田庄上去安身。偏值近年水旱不收，鼠盗蜂起，无非抢田夺地，鼠窃狗偷，民不安生，因此官兵剿捕，难以安身。士隐只得将田庄都折变了，便携了妻子与两个丫鬟投他岳丈家去。

福不双至，祸不单行。

他岳丈名唤封肃，本贯大如州人氏，虽是务农，家中都还殷实。今见女婿这等狼狈而来，心中便有些不乐。幸而士隐还有折变田地的银子未曾用完，拿出来托他随分就价[1]薄置些须房地，为后日衣食之计。那封肃便半哄半赚，些须与他些薄田朽屋。士隐乃读书之人，不惯生理稼穑等事，勉强支持了一二年，越觉穷了下去。封肃每见面时，便说些现成话，且人前人后又怨他们不善过活，只一味好吃懒作等语。士隐知投人不着，心中未免悔恨，再兼上年惊唬，急忿怨痛，已有积伤，暮年之人，贫病交攻，竟渐渐的露出那下世的光景[2]来。

世态炎凉。

可巧这日拄了拐杖挣挫到街前散散心时，忽见那边来了一个跛足道人，疯癫落脱，麻屣鹑衣[3]，口内念着几句言词，道是：

世人都晓神仙好，惟有功名忘不了！
古今将相在何方？荒冢一堆草没了。
世人都晓神仙好，只有金银忘不了！
终朝只恨聚无多，及到多时眼闭了。

---

[1] 随分就价：按当时的市价。
[2] 下世的光景：不久于人世的样子。
[3] 麻屣（xǐ）鹑（chún）衣：麻鞋和破烂的衣服。

世人都晓神仙好，只有娇妻忘不了！
君生日日说恩情，君死又随人去了。
世人都晓神仙好，只有儿孙忘不了！
痴心父母古来多，孝顺儿孙谁见了？

世人都羡慕神仙，可又忘不了那些世俗的欲望。要成仙得道，就必须斩断欲望的纠缠，了结这些尘缘。了结了才能“好”，“好”就是了结。

士隐听了，便迎上来道：“你满口说些什么？只听见些‘好’‘了’‘好’‘了’。”那道人笑道：“你若果听见‘好’‘了’二字，还算你明白。可知世上万般，好便是了，了便是好。若不了，便不好；若要好，须是了。我这歌儿，便名《好了歌》。”士隐本是有宿慧[1]的，一闻此言，心中早已彻悟。因笑道：“且住！待我将你这《好了歌》解注出来何如？”道人笑道：“你解，你解。”士隐乃说道：

陋室空堂，当年笏满床；衰草枯杨，曾为歌舞场。蛛丝儿结满雕梁，绿纱今又糊在蓬窗上。说什么脂正浓、粉正香，如何两鬓又成霜？昨日黄土陇头送白骨，今宵红灯帐底卧鸳鸯。金满箱，银满箱，展眼乞丐人皆谤。正叹他人命不长，那知自己归来丧！训有方，保不定日后作强梁。择膏粱，谁承望流落在烟花巷！因嫌纱帽小，致使锁枷扛；昨怜破袄寒，今嫌紫蟒长：乱烘烘你方唱罢我登场，反认他乡是故乡。甚荒唐，到头来都是为他人作嫁衣裳！

进一步发挥《好了歌》的意思。反复地将昨天与今天对照，以兴衰荣辱的强烈反差来否定功名富贵的追求。官场的谁是谁非、谁胜谁负，没有意义。不过是“乱烘烘你方唱罢我登场”。人生无常，命运无常。

那疯跛道人听了，拍掌笑道：“解得切，解得切！”士隐便说一声“走罢！”将道人肩上褡裢抢了过来

[1]　宿慧：超常的、先天的智慧。

背着，竟不回家，同了疯道人飘飘而去。当下烘动街坊，众人当作一件新闻传说。封氏闻得此信，哭个死去活来，只得与父亲商议，遣人各处访寻，那讨音信？无奈何，少不得依靠着他父母度日。幸而身边还有两个旧日的丫鬟服侍，主仆三人，日夜作些针线发卖，帮着父亲用度。那封肃虽然日日抱怨，也无可奈何了。

这日，那甄家大丫鬟在门前买线，忽听街上喝道之声，众人都说新太爷到任。丫鬟于是隐在门内看时，只见军牢快手[1]，一对一对的过去，俄而大轿抬着一个乌帽猩袍的官府过去。丫鬟倒发了个怔，自思这官好面善，倒像在那里见过的。于是进入房中，也就丢过不在心上。至晚间，正待歇息之时，忽听一片声打的门响，许多人乱嚷，说："本府太爷差人来传人问话。"封肃听了，唬得目瞪口呆，不知有何祸事，且听下回分解。

[1] 军牢快手：主要负责缉捕、防卫、行刑的隶卒。

第二回

贾夫人仙逝扬州城　冷子兴演说荣国府

却说封肃因听见公差传唤，忙出来陪笑启问。那些人只嚷："快请出甄爷来!"封肃忙陪笑道："小人姓封，并不姓甄。只有当日小婿姓甄，今已出家一二年了，不知可是问他?"那些公人道："我们也不知什么'真''假'，因奉太爷之命来问，他既是你女婿，便带了你去亲见太爷面禀，省得乱跑。"说着，不容封肃多言，大家推拥他去了。封家人个个都惊慌，不知何兆。

那天约二更时，只见封肃方回来，欢天喜地。众人忙问端的。他乃说道："原来本府新升的太爷姓贾名化，本贯湖州人氏，曾与女婿旧日相交。方才在咱门前过去，因见娇杏那丫头买线，所以他只当女婿移住于此。我一一将原故回明，那太爷倒伤感叹息了一回；又问外孙女儿，我说看灯丢了。太爷说：'不妨，我自使番役[1]务必探访回来。'说了一回话，临走倒送了我二两银子。"甄家娘子听了，不免心中伤感。一宿无话。

至次日，早有雨村遣人送了两封银子、四匹锦缎，答谢甄家娘子；又寄一封密书与封肃，转托问甄家娘子要那娇杏作二房。封肃喜的屁滚尿流，巴

[1] 番役：负责缉捕的差役。

不得去奉承，便在女儿前一力撺掇[1]成了，乘夜只用一乘小轿，便把娇杏送进去了。雨村欢喜，自不必说，乃封百金赠封肃，外谢甄家娘子许多物事，令其好生养赡，以待寻访女儿下落。封肃回家无话。

却说娇杏这丫鬟，便是那年回顾雨村者。因偶然一顾，便弄出这段事来，亦是自己意料不到之奇缘。谁想他命运两济[2]，不承望自到雨村身边，只一年便生了一子；又半载，雨村嫡妻忽染疾下世，雨村便将他扶侧作正室夫人了。正是：

偶因一着错，便为人上人。

原来，雨村因那年士隐赠银之后，他于十六日便起身入都，至大比之期，不料他十分得意，已会了进士，选入外班[3]，今已升了本府知府。虽才干优长，未免有些贪酷之弊；且又恃才侮上，那些官员皆侧目而视。不上一年，便被上司寻了个空隙，作成一本，参他"生情狡猾，擅纂礼仪[4]，且沽清正之名，而暗结虎狼之属，致使地方多事，民命不堪"等语。龙颜大怒，即批革职。该部文书一到，本府官员无不喜悦。那雨村心中虽十分惭恨，却面上全无一点怨色，仍是嘻笑自若；交代过公事，将历年做官积的些资本并家小人属送至原籍，安排妥协[5]，却是自己担风袖月[6]，游览天

[1] 撺掇（cuān duó）：怂恿。
[2] 命运两济：天命和机遇都适合。
[3] 外班：中进士以后派遣外省做官。
[4] 擅纂（zuǎn）礼仪：擅自纂集由礼部掌管的礼制仪式。
[5] 妥协：妥当。
[6] 担风袖月：比喻无牵无挂，逍遥自在。

下胜迹。

那日，偶又游至维扬[1]地面，因闻得今岁鹾政[2]点的是林如海。这林如海姓林名海，字表如海，乃是前科的探花[3]，今已升至兰台寺大夫[4]，本贯姑苏人氏，今钦点出为巡盐御史，到任方一月有馀。原来这林如海之祖，曾袭过列侯，今到如海，业经五世。起初时，只封袭三世，因当今隆恩盛德，远迈前代，额外加恩，至如海之父，又袭了一代；至如海，便从科第出身。虽系钟鼎之家[5]，却亦是书香之族。只可惜这林家支庶不盛，子孙有限，虽有几门，却与如海俱是堂族而已，没甚亲支嫡派的。今如海年已四十，只有一个三岁之子，偏又于去岁死了。虽有几房姬妾，奈他命中无子，亦无可如何之事。今只有嫡妻贾氏生得一女，乳名黛玉，年方五岁。夫妻无子，故爱如珍宝，且又见他聪明清秀，便也欲使他读书识得几个字，不过假充养子之意，聊解膝下荒凉[6]之叹。

雨村正值偶感风寒，病在旅店，将一月光景方渐愈。一因身体劳倦，二因盘费不继，也正欲寻个合式之处，暂且歇下。幸有两个旧友，亦在此境居住，因闻得鹾政欲聘一西宾[7]，雨村便相托友力，谋了进去，且作安身之计。妙在只一个女学生，并两个伴读丫鬟，这女学生年又小，身体又极怯弱，

[1] 维扬：扬州。
[2] 鹾（cuō）政：朝廷派到地方管理盐务的官员。
[3] 探花：殿试一甲的第三名。
[4] 兰台寺大夫：主管弹劾的御史台为兰台，御史府为兰台寺，设官称兰台史令。这里是作者虚拟的官名。
[5] 钟鼎之家：即钟鸣鼎食之家。指权贵豪门。
[6] 膝下荒凉：没有子嗣。
[7] 西宾：家庭教师或官僚的幕客。

工课不限多寡，故十分省力。

堪堪[1]又是一载的光阴，谁知女学生之母贾氏夫人一疾而终。女学生侍汤奉药，守丧尽哀，遂又将辞馆别图。林如海意欲令女守制[2]读书，故又将他留下。近因女学生哀痛过伤，本自怯弱多病的，触犯旧症，遂连日不曾上学。雨村闲居无聊，每当风日晴和，饭后便出来闲步。

这日，偶至郭外，意欲赏鉴那村野风光。忽信步至一山环水旋、茂林深竹之处，隐隐的有座庙宇，门巷倾颓，墙垣朽败，门前有额，题着“智通寺”三字，门旁又有一副旧破的对联，曰：

身后有馀忘缩手，眼前无路想回头。

雨村看了，因想到：“这两句话，文虽浅近，其意则深。我也曾游过些名山大刹，倒不曾见过这话头，其中想必有个翻过筋斗来的[3]亦未可知，何不进去试试。”想着走入，看时只有一个龙钟老僧在那里煮粥。雨村见了，便不在意。及至问他两句话，那老僧既聋且昏，齿落舌钝，所答非所问。

雨村不耐烦，便仍出来，意欲到那村肆中沽饮三杯，以助野趣，于是款步行来。将入肆门，只见座上吃酒之客有一人起身大笑，接了出来，口内说：“奇遇，奇遇。”雨村忙看时，此人是都中在古董行中贸易的号冷子兴者，旧日在都相识。雨村最赞这冷子兴是个有作为大本领的人，这子兴又借雨村斯文之名，故二人说话投机，最相契合。

---

[1] 堪堪：眼看。
[2] 守制：古人父母死后要守孝三年，闭门读书，谢绝世务。
[3] 翻过筋斗来的：比喻遭受过挫折的人。

雨村忙笑问道："老兄何日到此？弟竟不知。今日偶遇，真奇缘也。"子兴道："去年岁底到家，今因还要入都，从此顺路找个敝友说一句话，承他之情，留我多住两日。我也无紧事，且盘桓两日，待月半时也就起身了。今日敝友有事，我因闲步至此，且歇歇脚，不期这样巧遇！"一面说，一面让雨村同席坐了，另整上酒肴来。二人闲谈漫饮，叙些别后之事。

雨村因问："近日都中可有新闻没有？"子兴道："倒没有什么新闻，倒是老先生你贵同宗[1]家，出了一件小小的异事。"雨村笑道："弟族中无人在都，何谈及此？"子兴笑道："你们同姓，岂非同宗一族？"雨村问是谁家。子兴道："荣国府贾府中，可也玷辱了先生的门楣么？"雨村笑道："原来是他家。若论起来，寒族人丁却不少，自东汉贾复以来，支派繁盛，各省皆有，谁逐细考查得来？若论荣国一支，却是同谱。但他那等荣耀，我们不便去攀扯，至今故越发生疏难认了。"

子兴叹道："老先生休如此说。如今的这宁荣两门，也都萧疏了，不比先时的光景。"雨村道："当日宁荣两宅的人口也极多，如何就萧疏了？"冷子兴道："正是，说来也话长。"雨村道："去岁我到金陵地界，因欲游览六朝遗迹，那日进了石头城[2]，从他老宅门前经过。街东是宁国府，街西是荣国府，二宅相连，竟将大半条街占了。大门前虽冷落无人，隔着围墙一望，里面厅殿楼阁，也还都峥嵘轩峻；就是后一带花园子里面树木山石，也

[1] 同宗：本指同出一个远祖。这里泛指同姓。
[2] 石头城：即南京。

还都有蓊蔚洇润[1]之气，那里像个衰败之家？”冷子兴笑道：“亏你是进士出身，原来不通！古人有云：‘百足之虫，死而不僵。’[2]如今虽说不及先年那样兴盛，较之平常仕宦之家，到底气象不同。如今生齿[3]日繁，事务日盛，主仆上下，安富尊荣者尽多，运筹谋画者无一；其日用排场费用，又不能将就省俭，如今外面的架子虽未甚倒，内囊[4]却也尽上来了。这还是小事。更有一件大事：谁知这样钟鸣鼎食之家，翰墨诗书之族，如今的儿孙，竟一代不如一代了！”雨村听说，也纳罕道：“这样诗礼之家，岂有不善教育之理？别门不知，只说这宁、荣二宅，是最教子有方的。”

贾府已经在衰败的路上。不祥的阴云笼罩全书。

关键是教育出了问题。教育问题集中体现在宝玉身上，因为贾府的儿孙中，唯有宝玉尚略可望成。

子兴叹道：“正说的是这两门呢。待我告诉你：当日宁国公与荣国公是一母同胞弟兄两个。宁公居长，生了四个儿子。宁公死后，贾代化袭了官，也养了两个儿子：长名贾敷，至八九岁上便死了，只剩了次子贾敬袭了官，如今一味好道，只爱烧丹炼汞[5]，馀者一概不在心上。幸而早年留下一子，名唤贾珍，因他父亲一心想作神仙，把官倒让他袭了。他父亲又不肯回原籍来，只在都中城外和道士们胡羼[6]。这位珍爷倒生了一个儿子，今年才十六岁，名叫贾蓉。如今敬老爹一概不管。这珍爷那里肯读书，只一味高乐[7]不了，把宁国府竟翻了过来，也没有人敢来管他。再说荣府你听，方才所

[1] 蓊（wēng）蔚洇（yīn）润：形容植物茂盛润泽。
[2] 百足之虫，死而不僵：比喻富贵之家即使已经衰败，但仍能维持表面的繁荣。
[3] 生齿：人口。
[4] 内囊：家底，家产。
[5] 烧丹炼汞：道教徒炼丹砂、服水银，以求长生。
[6] 胡羼（chàn）：鬼混。
[7] 高乐：寻欢作乐。

说异事，就出在这里。自荣公死后，长子贾代善袭了官，娶的也是金陵世勋史侯家的小姐为妻，生了两个儿子：长子贾赦，次子贾政。如今代善早已去世，太夫人尚在，长子贾赦袭着官；次子贾政，自幼酷喜读书，祖、父最疼，原欲以科甲出身的，不料代善临终时遗本一上，皇上因恤先臣，即时令长子袭官外，问还有几子，立刻引见，遂额外赐了这政老爹一个主事之衔，令其入部习学，如今现已升了员外郎了。这政老爹的夫人王氏，头胎生的公子，名唤贾珠，十四岁进学，不到二十岁就娶了妻生了子，一病死了。第二胎生了一位小姐，生在大年初一，这就奇了；不想次年又生了一位公子，说来更奇，一落胎胞，嘴里便衔下一块五彩晶莹的玉来，上面还有许多字迹，就取名叫作宝玉。你道是新奇异事不是？”

雨村笑道：“果然奇异。只怕这人来历不小。”子兴冷笑道：“万人皆如此说，因而乃祖母便先爱如珍宝。那年周岁时，政老爹便要试他将来的志向，便将那世上所有之物摆了无数，与他抓取[1]。谁知他一概不取，伸手只把些脂粉钗环抓来。政老爹便大怒了，说：‘将来酒色之徒耳！’因此便大不喜悦。独那史老太君还是命根一样。说来又奇，如今长了七八岁，虽然淘气异常，但其聪明乖觉处，百个不及他一个。说起孩子话来也奇怪，他说：‘女儿是水作的骨肉，男人是泥作的骨肉。我见了女儿，我便清爽；见了男子，便觉浊臭逼人。’你道好笑不好笑？将来色鬼无疑了！”雨村罕然厉色

[1] 抓取：即“抓周”。旧俗，婴孩满周岁，在他面前陈列各种物品，任其抓取，以此来预测他未来的志向和前途。

借冷子兴与贾雨村的大段夹叙夹议，介绍贾府的来龙去脉。特别介绍了宝玉的少女崇拜。

忙止道："非也！可惜你们不知道这人来历。大约政老前辈也错以淫魔色鬼看待了。若非多读书识事，加以致知格物之功，悟道参玄之力[1]，不能知也。"

子兴见他说得这样重大，忙请教其端。雨村道："天地生人，除大仁大恶两种，馀者皆无大异。若大仁者，则应运而生，大恶者，则应劫而生[2]。运生世治，劫生世危。尧、舜、禹、汤、文、武、周、召、孔、孟、董、韩、周、程、张、朱[3]，皆应运而生者。蚩尤、共工、桀、纣、始皇、王莽、曹操、桓温、安禄山、秦桧[4]等，皆应劫而生者。大仁者，修治天下；大恶者，挠乱天下。清明灵秀，天地之正气，仁者之所秉也；残忍乖僻，天地之邪气，恶者之所秉也。今当运隆祚永[5]之朝，太平无为之世，清明灵秀之气所秉者，上至朝廷，下及草野，比比皆是。所馀之秀气，漫无所归，遂为甘露，为和风，洽然[6]溉及四海。彼残忍乖僻之邪气，不能荡溢于光天化日之中，遂凝结充塞于深沟大壑之内，偶因风荡，或被云催，略有摇动感发之意，一丝半缕误而泄出者，偶值灵秀之气适过，正不容邪，邪复妒正，两不相下，亦如风水雷电，地中既遇，既不能消，又不能让，必至搏

[1] 致知格物、悟道参玄：接触事物，推究其道理，就能使人们固有的知识得到发挥，领会和推究宗教中的玄妙道理。

[2] 若大仁者……应劫而生：圣贤之人是顺应祥和的气运而生的；邪恶之人是随着灾难的气运而生的。

[3] 尧、舜……张、朱：指唐尧、虞舜、夏禹、成汤、周文王、周武王、周公旦、召公奭、孔子、孟子、董仲舒、韩愈、周敦颐、程颢、程颐、张载、朱熹等圣贤。这是一个道统的谱系。

[4] 蚩尤、共工……秦桧：指蚩尤、共工、夏桀、商纣王、秦始皇、王莽、曹操、桓温、安禄山、秦桧等恶人。

[5] 运隆祚（zuò）永：国运昌盛，皇位传世长久。

[6] 洽然：和谐滋润。

击掀发后始尽。故其气亦必赋人，发泄一尽始散。使男女偶秉此气而生者，在上则不能成仁人君子，下亦不能为大凶大恶。置之于万万人中，其聪俊灵秀之气，则在万万人之上；其乖僻邪谬不近人情之态，又在万万人之下。若生于公侯富贵之家，则为情痴情种；若生于诗书清贫之族，则为逸士高人；纵再偶生于薄祚寒门，断不能为走卒健仆，甘遭庸人驱制驾驭，必为奇优名倡。如前代之许由、陶潜、阮籍、嵇康、刘伶、王谢二族、顾虎头、陈后主、唐明皇、宋徽宗、刘庭芝、温飞卿、米南宫、石曼卿、柳耆卿、秦少游，近日之倪云林、唐伯虎、祝枝山，再如李龟年、黄幡绰、敬新磨、卓文君、红拂、薛涛、崔莺、朝云之流，此皆易地则同之人也。”

借贾雨村的正邪二气之说，强调宝玉性格的复杂和矛盾，强调宝玉有个性，不为人所驾驭，是一个另类。

子兴道：“依你说，‘成则王侯败则贼’了。”雨村道：“正是这意。你还不知，我自革职以来，这两年遍游各省，也曾遇见两个异样孩子。所以，方才你一说这宝玉，我就猜着了八九亦是这一派人物。不用远说，只金陵城内，钦差金陵省体仁院总裁[1]甄家，你可知么?”子兴道：“谁人不知！这甄府和贾府就是老亲，又系世交。两家来往，极其亲热的。便在下也和他家来往非止一日了。”

雨村笑道：“去岁我在金陵，也曾有人荐我到甄府处馆。我进去看其光景，谁知他家那等显贵，却是个富而好礼之家，倒是个难得之馆。但这一个学生，虽是启蒙，却比一个举业[2]的还劳神。说起来更可笑，他说：‘必得两个女儿伴着我读书，

[1] 体仁院总裁：作者虚拟的官职。
[2] 举业：此指学习八股文。

我方能认得字，心里也明白；不然我自己心里糊涂。'又常对跟他的小厮们说：'这女儿两个字，极尊贵、极清净的，比那阿弥陀佛、元始天尊[1]的这两个宝号还更尊荣无对的呢！你们这浊口臭舌，万不可唐突了这两个字要紧。但凡要说时，必须先用清水香茶漱了口才可；设若失错，便要凿牙穿腮等事。'其暴虐浮躁，顽劣憨痴，种种异常。只一放了学，进去见了那些女儿们，其温厚和平，聪敏文雅，竟又变了一个人了。因此，他令尊也曾下死笞楚[2]过几次，无奈竟不能改。每打的吃疼不过时，他便'姐姐''妹妹'乱叫起来。后来听得里面女儿们拿他取笑：'因何打急了只管叫姐妹做甚？莫不是求姐妹去说情讨饶？你岂不愧些！'他回答的最妙。他说：'急疼之时，只叫'姐姐''妹妹'字样，或可解疼也未可知，因叫了一声，便果觉不疼了，遂得了秘法：每疼痛之极，便连叫姐妹起来了。'你说可笑不可笑？也因祖母溺爱不明，每因孙辱师责子，因此我就辞了馆出来。如今在这巡盐御史林家做馆了。你看，这等子弟，必不能守祖父之根基，从师长之规谏的。只可惜他家几个姊妹都是少有的。"

补写黛玉情况。再写元春、迎春、探春、惜春，四姊妹的名字暗寓"原应叹息"四字。

子兴道："便是贾府中，现有的三个也不错。政老爹的长女，名元春，现因贤孝才德，选入宫中作女史[3]去了。二小姐乃赦老爹之妾所出，名迎春；三小姐乃政老爹之庶出，名探春；四小姐乃宁府珍爷之胞妹，名唤惜春。因史老夫人极爱孙女，都跟在祖母这边一处读书，听得个个不错。"雨村

[1] 阿弥陀佛、元始天尊：分别是大乘佛教的佛名和道教的尊神。
[2] 笞（chī）楚：鞭打。
[3] 女史：宫中女官。

道："更妙在甄家的风俗，女儿之名，亦皆从男子之名命字，不似别家另外用这些'春'、'红'、'香'、'玉'等艳字的。何得贾府亦落此俗套？"子兴道："不然。只因现今大小姐是正月初一日所生，故名元春，馀者方从了'春'字。上一辈的，却也是从兄弟而来的。现有对证：目今你贵东家林公之夫人，即荣府中赦、政二公之胞妹，在家时名唤贾敏。不信时，你回去细访可知。"雨村拍案笑道："怪道这女学生读至凡书中有'敏'字，皆念作'密'字[1]，每每如是；写字遇着'敏'字，又减一二笔，我心中就有些疑惑。今听你说，的是为此无疑矣。怪道我这女学生言语举止另是一样，不与近日女子相同，度其母必不凡，方得其女，今知为荣府外孙，又不足罕矣，可伤上月竟亡故了。"子兴叹道："老姊妹四个，这一个是极小的，又没了。长一辈的姊妹，一个也没了。只看这小一辈的，将来之东床[2]如何呢？"

雨村道："正是。方才说这政公，已有衔玉之儿，又有长子所遗一个弱孙。这赦老竟无一个不成？"子兴道："政公既有玉儿之后，其妾又生了一个，倒不知其好歹。只眼前现有二子一孙，却不知将来如何。若问那赦公，也有二子，长名贾琏，今已二十来往了，亲上作亲，娶的就是政老爹夫人王氏之内侄女，今已娶了二年。这位琏爷身上现捐的是个同知，也是不肯读书，于世路上好机变，言谈去的，所以如今只在乃叔政老爷家住着，帮着料理些家务。谁知自娶了他令夫人之后，倒上下无一人

[1]"敏"字皆念作"密"字：念尊长之名，必须避讳，以他字代替。
[2] 东床：即女婿。

不称颂他夫人的，琏爷倒退了一射之地[1]：说模样又极标致，言谈又爽利，心机又极深细，竟是个男人万不及一的。”

借冷子兴之口，对凤姐做了初步的刻画：精明强干，年轻漂亮，言谈爽利，心机深细。至于冷子兴何以对贾府的情况如此熟悉，以后自有交代。通过冷子兴的介绍，已经为故事的背景做了很好的铺垫。

雨村听了，笑道：“可知我前言不谬。你我方才所说的这几个人，都只怕是那正邪两赋而来一路之人，未可知也。”子兴道：“邪也罢，正也罢，只顾算别人家的帐，你也吃一杯酒才好。”雨村道：“正是，只顾说话，竟多吃了几杯。”子兴笑道：“说着别人家的闲话，正好下酒，即多吃几杯何妨。”雨村向窗外看道：“天也晚了，仔细关了城。我们慢慢的进城再谈，未为不可。”于是，二人起身，算还酒帐。方欲走时，又听得后面有人叫道：“雨村兄，恭喜了！特来报个喜信的。”雨村忙回头看时——

[1] 一射之地：亦称“一箭之地”，即一箭所射出的距离，一百二十多步远。

第三回

贾雨村夤缘[1]复旧职　林黛玉抛父进京都

却说雨村忙回头看时，不是别人，乃是当日同僚一案参革的号张如圭者。他本系此地人，革后家居，今打听得都中奏准起复[2]旧员之信，他便四下里寻情找门路，忽遇见雨村，故忙道喜。二人见了礼，张如圭便将此信告诉雨村，雨村自是欢喜，忙忙的叙了两句，遂作别各自回家。冷子兴听得此言，便忙献计，令雨村央烦林如海，转向都中去央烦贾政。雨村领其意，作别回至馆中，忙寻邸报[3]看真确了。

如圭，如鬼。与霍启一样，是一个招之即来、挥之即去的人物。

次日，面谋之如海。如海道："天缘凑巧，因贱荆[4]去世，都中家岳母念及小女无人依傍教育，前已遣了男女船只来接，因小女未曾大痊，故未及行。此刻正思向蒙训教之恩未经酬报，遇此机会，岂有不尽心图报之理。但请放心。弟已预为筹画至此，已修下荐书一封，转托内兄务为周全协佐，方可稍尽弟之鄙诚，即有所费用之例，弟于内兄信中已注明白，亦不劳尊兄多虑矣。"雨村一面打恭，谢不释口，一面又问："不知令亲大人现居何职？

[1] 夤（yín）缘：攀附权贵以求升迁。

[2] 起复：重新启用降职的官员。

[3] 邸（dǐ）报：又名"邸钞"，京都发行的类似报纸的东西。上面登录一些朝廷的文告之类。

[4] 贱荆：对自已妻子的谦称。

只怕晚生草率，不敢骤然入都干渎[1]。”如海笑道：“若论舍亲，与尊兄犹系同谱，乃荣公之孙：大内兄现袭一等将军，名赦，字恩侯；二内兄名政，字存周，现任工部员外郎，其为人谦恭厚道，大有祖父遗风，非膏粱轻薄仕宦之流，故弟方致书烦托。否则不但有污尊兄之清操，即弟亦不屑为矣。”雨村听了，心下方信了昨日子兴之言，于是又谢了林如海。如海乃说：“已择了出月初二日小女入都，尊兄即同路而往，岂不两便？”雨村唯唯听命，心中十分得意。如海遂打点礼物并饯行之事，雨村一一领了。

上回已经通过冷子兴之口介绍了贾政“自幼酷喜读书，祖、父最疼”，此回又借林如海之口呼应，说贾政“谦恭厚道，大有祖父遗风”。

那女学生黛玉，身体方愈，原不忍弃父而往；无奈他外祖母致意务去，且兼如海说：“汝父年将半百，再无续室之意；且汝多病，年又极小，上无亲母教养，下无姊妹兄弟扶持，今依傍外祖母及舅氏姊妹去，正好减我顾盼之忧，何反云不往？”黛玉听了，方洒泪拜别，随了奶娘及荣府几个老妇人登舟而去。雨村另有一只船，带两个小童，依附黛玉而行。

有日到了都中，进入神京[2]，雨村先整了衣冠，带了小童，拿着宗侄的名帖，至荣府的门前投了。彼时贾政已看了妹丈之书，即忙请入相会。见雨村相貌魁伟，言语不俗，且这贾政最喜读书人，礼贤下士，济弱扶危，大有祖风；况又系妹丈致意，因此优待雨村，更又不同，便竭力内中协助。题奏之日，轻轻谋了一个复职候缺，不上两个月，金陵应天府缺出，便谋补了此缺，拜辞了贾政，择

[1] 干渎（dú）：冒犯。
[2] 神京：即京城。

日上任去了。不在话下。

且说黛玉自那日弃舟登岸时，便有荣国府打发了轿子并拉行李的车辆久候了。这林黛玉常听得母亲说过，他外祖母家与别家不同。他近日所见的这几个三等仆妇，吃穿用度，已是不凡了，何况今至其家。因此步步留心，时时在意，不肯轻易多说一句话，多行一步路，惟恐被人耻笑了他去。

自上了轿，进入城中，从纱窗向外瞧了一瞧，其街市之繁华，人烟之阜盛，自与别处不同。又行了半日，忽见街北蹲着两个大石狮子，三间兽头大门，门前列坐着十来个华冠丽服之人。正门却不开，只有东西两角门有人出入。正门之上有一匾，匾上大书“敕造[1]宁国府”五个大字。黛玉想道：“这必是外祖之长房了。”想着，又往西行，不多远，照样也是三间大门，方是荣国府了。却不进正门，只进了西边角门。那轿夫抬进去，走了一射之地，将转弯时，便歇下退出去了。后面的婆子们已都下了轿，赶上前来。另换了三四个衣帽周全十七八岁的小厮上来，复抬起轿子。众婆子步下围随至一垂花门[2]前落下。众小厮退出，众婆子上来打起轿帘，扶黛玉下轿。林黛玉扶着婆子的手，进了垂花门，两边是抄手游廊[3]，当中是穿堂[4]，当地放着一个紫檀架子大理石的大插屏[5]。转过插屏，小小的三间厅，厅后就是后面的正房大院。正

[1] 敕造：奉皇帝之命而建造。

[2] 垂花门：旧式宅院中将外院和内宅分开的大门。门额两侧雕刻有倒悬的垂花，门上盖有小屋顶，称为垂花门。

[3] 抄手游廊：院门内两侧环绕庭院的走廊。

[4] 穿堂：连接前后两个院落的供穿行的厅堂。

[5] 大插屏：置于穿堂中的大屏风，作为装饰，并可遮蔽正堂。

面五间上房，皆雕梁画栋，两边穿山游廊[1]厢房，挂着各色鹦鹉、画眉等鸟雀。台矶之上，坐着几个穿红着绿的丫头，一见他们来了，便忙都笑迎上来，说："刚才老太太还念呢，可巧就来了。"于是三四人争着打起帘笼，一面听得人回话："林姑娘到了。"

贾府的奢华气派，全由林黛玉的眼睛去看去感受，取得一种陌生化的美感。

黛玉方进入房时，只见两个人搀着一位鬓发如银的老母迎上来，黛玉便知是他外祖母。方欲拜见时，早被他外祖母一把搂入怀中，心肝儿肉叫着大哭起来。当下地下侍立之人，无不掩面涕泣，黛玉也哭个不住。一时众人慢慢解劝住了，黛玉方拜见了外祖母。——此即冷子兴所云之史氏太君，贾赦贾政之母也。当下贾母一一指与黛玉："这是你大舅母；这是你二舅母；这是你先珠大哥的媳妇珠大嫂子。"黛玉一一拜见过。贾母又说："请姑娘们来。今日远客才来，可以不必上学去了。"众人答应了一声，便去了两个。

不一时，只见三个奶嬷嬷并五六个丫鬟，簇拥着三个姊妹来了。第一个肌肤微丰，合中身材，腮凝新荔，鼻腻鹅脂，温柔沉默，观之可亲。第二个削肩细腰，长挑身材，鸭蛋脸面，俊眼修眉，顾盼神飞，文彩精华，见之忘俗。第三个身量未足，形容尚小。其钗环裙袄，三人皆是一样的妆饰。黛玉忙起身迎上来见礼，互相厮认过，大家归了坐。丫鬟们斟上茶来。不过说些黛玉之母如何得病，如何请医服药，如何送死发丧。不免贾母又伤感起来，因说："我这些儿女，所疼者独有你母，今日一旦先舍我而去，连面也不能一见，今见了你，我怎不

从黛玉的眼中写出迎春、探春、惜春，独独突出探春之气度不俗。

[1] 穿山游廊：从山墙开门处接起的走廊。

伤心!”说着，搂了黛玉在怀，又呜咽起来。众人忙都宽慰解释，方略略止住。

众人见黛玉年貌虽小，其举止言谈不俗，身体面庞虽怯弱不胜，却有一段自然的风流态度，便知他有不足之症。因问：“常服何药，如何不急为疗治?”黛玉道：“我自来是如此，从会吃饮食时便吃药，到今日未断，请了多少名医修方配药，皆不见效。那一年我三岁时，听得说来了一个癞头和尚，说要化我去出家，我父母固是不从。他又说：‘既舍不得他，只怕他的病一生也不能好的了。若要好时，除非从此以后总不许见哭声；除父母之外，凡有外姓亲友之人，一概不见，方可平安了此一世。’疯疯癫癫，说了这些不经之谈，也没人理他。如今还是吃人参养荣丸。”贾母道：“正好，我这里正配丸药呢。叫他们多配一料就是了。”

一语未了，只听后院中有人笑声，说：“我来迟了，不曾迎接远客!”黛玉纳罕道：“这些人个个皆敛声屏气，恭肃严整如此，这来者系谁，这样放诞无礼?”心下想时，只见一群媳妇丫鬟围拥着一个人从后房门进来。这个人打扮与众姑娘不同：彩绣辉煌，恍若神妃仙子。头上戴着金丝八宝攒珠髻[1]，绾着朝阳五凤挂珠钗[2]；项上带着赤金盘螭璎珞圈[3]；裙边系着豆绿宫绦双衡比目玫瑰珮[4]；身上穿着缕金百蝶穿花大红洋缎窄裉

凤姐的第一次亮相。人未到而声已到。从初来乍到的黛玉的感受去写。写出凤姐在贾母心中的地位，在荣国府的地位。会说话，四面八方都照顾到。既讨好了贾母，又赞美了黛玉，又没有冷落众人。

[1] 金丝八宝攒（cuán）珠髻：用金丝穿绕珍珠和镶嵌玛瑙、碧玉之类珠宝而制成的发髻。
[2] 朝阳五凤挂珠钗：一种发钗，分五股，每股上有一只口衔珍珠串的凤凰。
[3] 赤金盘螭（chī）璎珞圈：一种金色项圈，镶有无角的龙和珠玉串。
[4] 双衡比目玫瑰珮：玫瑰色玉片雕成的双鱼形玉佩。

袄[1]，外罩五彩刻丝石青银鼠褂[2]；下着翡翠撒花洋绉裙[3]。一双丹凤三角眼，两弯柳叶吊梢眉[4]，身量苗条，体格风骚。粉面含春威不露，丹唇未启笑先闻。黛玉连忙起身接见。贾母笑道，“你不认得他，他是我们这里有名的一个泼皮破落户儿[5]，南省俗谓作‘辣子’，你只叫他‘凤辣子’就是了。”

挖苦中透着亲密。

黛玉正不知以何称呼，只见众姊妹都忙告诉他道：“这是琏嫂子。”黛玉虽不识，也曾听见母亲说过，大舅贾赦之子贾琏，娶的就是二舅母王氏之内侄女，自幼假充男儿教养的，学名王熙凤。黛玉忙陪笑见礼，以“嫂”呼之。

这熙凤携着黛玉的手，上下细细打谅了一回，仍送至贾母身边坐下，因笑道：“天下真有这样标致的人物，我今儿才算见了！况且这通身的气派，竟不像老祖宗的外孙女儿，竟是个嫡亲的孙女，怨不得老祖宗天天口头心头一时不忘。只可怜我这妹妹这样命苦，怎么姑妈偏就去世了！”说着，便用帕拭泪。贾母笑道：“我才好了，你倒来招我。你妹妹远路才来，身子又弱，也才劝住了，快再休提前话。”这熙凤听了，忙转悲为喜道：“正是呢！我一见了妹妹，一心都在他身上了，又是喜欢，又是伤心，竟忘记了老祖宗。该打，该打！”又忙携黛

赞叹黛玉的标致和气派，目的是暗赞老祖宗知道疼人。

[1] 缕金百蝶穿花大红洋缎窄裉（kèn）袄：一种紧身袄，大红洋缎面料，上面用金线绣成百蝶穿花的图案。裉，上衣前后在腋下的接缝。

[2] 五彩刻丝石青银鼠褂：一种对襟外衣，淡灰青色的衣面，银鼠皮的衣里，有各种彩色刻丝。刻丝，丝织品上用平丝织成图案。

[3] 翡翠撒花洋绉裙：一种裙子，用翠绿色带有自然皱纹的平纹绸缎制成，以散碎的小花点为纹饰。

[4] 丹凤三角眼、柳叶吊梢眉：丹凤眼，眼尾略微上翘的眼形。柳叶吊梢眉，形容眉梢斜侵入鬓的样子。

[5] 泼皮破落户儿：没有正当职业的无赖。这里是对凤姐的戏称。

玉之手，问："妹妹几岁了？可也上过学？现吃什么药？在这里不要想家，想要什么吃的、什么玩的，只管告诉我；丫头老婆们不好了，也只管告诉我。"一面又问婆子们："林姑娘的行李东西可搬进来了？带了几个人来？你们赶早打扫两间下房，让他们去歇歇。"

当家奶奶的范儿。

说话时，已摆了茶果上来。熙凤亲为捧茶捧果。又见二舅母问他："月钱[1]放过了不曾？"熙凤道："月钱已放完了。才刚带着人到后楼上找缎子，找了这半日，也并没有见昨日太太说的那样的，想是太太记错了？"王夫人道："有没有，什么要紧。"因又说道："该随手拿出两个来给你这妹妹去裁衣裳的，等晚上想着叫人再去拿罢，可别忘了。"熙凤道："这倒是我先料着了，知道妹妹不过这两日到的，我已预备下了，等太太回去过了目好送来。"王夫人一笑，点头不语。

当下茶果已撤，贾母命两个老嬷嬷带了黛玉去见两个母舅。时贾赦之妻邢氏忙亦起身，笑回道："我带了外甥女过去，倒也便宜[2]。"贾母笑道："正是呢，你也去罢，不必过来了。"邢夫人答应了一声"是"字，遂带了黛玉与王夫人作辞。大家送至穿堂前。

出了垂花门，早有众小厮们拉过一辆翠幄青绸车[3]，邢夫人携了黛玉，坐在上面，众婆子们放下车帘，方命小厮们抬起，拉至宽处，方驾上驯骡，亦出了西角门，往东过荣府正门，便入一黑油

---

[1] 月钱：每月发放给家中主仆的零花钱。
[2] 便（biàn）宜：方便，顺便。
[3] 翠幄（wò）青绸车：一种轿车，用粗厚的绿绸作车帐，青色的绸子作车帘。

大门中，至仪门[1]前方下来。众小厮退出，方打起车帘，邢夫人搀着黛玉的手，进入院中。黛玉度其房屋院宇，必是荣府中花园隔断过来的。进入三层仪门，果见正房厢庑游廊，悉皆小巧别致，不似方才那边轩峻壮丽；且院中随处之树木山石皆在。一时进入正室，早有许多盛妆丽服之姬妾丫鬟迎着，邢夫人让黛玉坐了，一面命人到外面书房去请贾赦。一时人来回话说："老爷说了：'连日身上不好，见了姑娘彼此倒伤心，暂且不忍相见。劝姑娘不要伤心想家，跟着老太太和舅母，即同家里一样。姊妹们虽拙，大家一处伴着，亦可以解些烦闷。或有委屈之处，只管说得，不要外道才是。'"黛玉忙站起来，一一听了。再坐一刻，便告辞。

邢夫人苦留吃过晚饭去，黛玉笑回道："舅母爱惜赐饭，原不应辞，只是还要过去拜见二舅舅，恐领了赐迟去不恭，异日再领，未为不可。望舅母容谅。"邢夫人听说，笑道："这倒是了。"遂令两三个嬷嬷用方才的车好生送了姑娘过去。于是黛玉告辞。邢夫人送至仪门前，又嘱咐了众人几句，眼看着车去了方回来。

一时黛玉进了荣府，下了车。众嬷嬷引着，便往东转弯，穿过一个东西的穿堂，向南大厅之后，仪门内大院落，上面五间大正房，两边厢房鹿顶耳房钻山[2]，四通八达，轩昂壮丽，比贾母处不同。黛玉便知这方是正经正内室，一条大甬路[3]，直接出大门的。进入堂屋中，抬头迎面先看见一个赤

[1] 仪门：官衙、府第大门之内的门。

[2] 两边厢房鹿顶耳房钻山：厢房，四合院中东西两侧的房子。耳房，正房两侧的房子。鹿顶，平屋顶。钻山，在山墙上开门以连接厢房与耳房。

[3] 甬路：庭院中间的通道。

金九龙青地大匾，匾上写着斗大的三个大字，是“荣禧堂”，后有一行小字：“某年月日，书赐荣国公贾源”，又有“万几宸翰之宝”[1]。大紫檀雕螭案上，设着三尺来高青绿古铜鼎，悬着待漏随朝墨龙大画[2]，一边是金蜼彝[3]，一边是玻璃盒[4]。地下两溜十六张楠木交椅，又有一副对联，乃乌木联牌，镶着錾银[5]的字迹，道是：

座上珠玑昭日月，堂前黼黻[6]焕烟霞。

下面一行小字，道是：“同乡世教弟[7]勋袭东安郡王穆莳拜手书”。

原来王夫人时常居坐宴息，亦不在这正室，只在这正室东边的三间耳房内。于是老嬷嬷引黛玉进东房门来。临窗大炕上铺着猩红洋罽[8]，正面设着大红金钱蟒靠背，石青金钱蟒引枕[9]，秋香色[10]金钱蟒大条褥。两边设一对梅花式洋漆小几。左边几上文王鼎匙箸香盒[11]；右边几上汝窑美人觚[12]——觚内插着时鲜花卉，并茗碗痰盒等物。

---

[1] 万几宸（chén）翰之宝：皇帝印章上的文字。万几，即万机，形容皇帝政务繁忙。宸，即北极星，代指皇帝。翰，墨迹、书法。宝，御玺。

[2] 待漏随朝墨龙大画：漏，古代的计时器，指时间。随朝，朝见皇帝。墨龙大画，巨龙在海潮中隐现的大幅水墨画。隐喻朝见皇帝之意。

[3] 金蜼彝（wěi yí）：有蜼形的青铜祭器。蜼，一种长尾猿。彝，泛指青铜礼器。

[4] 盒（hǎi）：一种盛酒的器具。

[5] 錾（zàn）银：一种银雕工艺。錾，雕刻。

[6] 黼黻（fǔ fú）：古代官僚贵族礼服上绣的花纹。

[7] 世教弟：有世交的情谊。教弟，年长者的自谦。

[8] 罽（jì）：毛毯。

[9] 引枕：圆墩形的靠枕。

[10] 秋香色：淡黄绿色。

[11] 文王鼎匙箸（zhù）香盒：一种小型的仿古香炉。

[12] 汝窑美人觚（gū）：宋代河南汝州窑烧制的瓷器。觚，盛酒器。

地下面西一溜四张椅上，都搭着银红撒花椅搭[1]，底下四副脚踏。椅之两边，也有一对高几，几上茗碗瓶花俱备。其馀陈设，自不必细说。

老嬷嬷们让黛玉炕上坐，炕沿上却有两个锦褥对设，黛玉度其位次，便不上炕，只向东边椅子上坐了。本房内的丫鬟忙捧上茶来。黛玉一面吃茶，一面打谅这些丫鬟们，妆饰衣裙，举止行动，果亦与别家不同。茶未吃了，只见一个穿红绫袄青缎掐牙[2]背心的丫鬟走来笑说道："太太说，请林姑娘到那边坐罢。"老嬷嬷听了，于是又引黛玉出来，到了东廊三间小正房内。

正面炕上横设一张炕桌，桌上磊着书籍茶具，靠东壁面西设着半旧的青缎靠背引枕。王夫人却坐在西边下首，亦是半旧的青缎靠背坐褥。见黛玉来了，便往东让。黛玉心中料定这是贾政之位。因见挨炕一溜三张椅子上，也搭着半旧的弹墨椅袱[3]，黛玉便向椅上坐了。王夫人再四携他上炕，他方挨王夫人坐了。王夫人因说："你舅舅今日斋戒去了，再见罢。只是有一句话嘱咐你：你三个姊妹倒都极好，以后一处念书认字学针线，或是偶一顽笑，都有尽让的。但我不放心的最是一件：我有一个孽根祸胎，是家里的'混世魔王'，今日因庙里还愿去了，尚未回来，晚间你看见便知了。你只以后不要睬他，你这些姊妹都不敢沾惹他的。"

黛玉亦常听得母亲说过，二舅母生的有个表

---

[1] 椅搭：搭在椅上的长方形绣花呢缎饰物。

[2] 掐牙：嵌在衣服夹边上的锦缎细条。

[3] 弹墨椅袱：用纸剪镂空图案覆盖在布料上，然后用墨色或其他颜色喷成各种图案。椅袱，椅套。

兄，乃衔玉而诞，顽劣异常，极恶读书，最喜在内帏[1]厮混；外祖母又极溺爱，无人敢管。今见王夫人如此说，便知说的是这表兄了。因陪笑道："舅母说的，可是衔玉所生的这位哥哥？在家时亦曾听见母亲常说，这位哥哥比我大一岁，小名就唤宝玉，虽极憨顽，说在姊妹情中极好的。况我来了，自然只和姊妹同处，兄弟们自是别院另室的，岂得去沾惹之理？"王夫人笑道："你不知道原故：他与别人不同，自幼因老太太疼爱，原系同姊妹们一处娇养惯了的。若姊妹们有日不理他，他倒还安静些，纵然他没趣，不过出了二门，背地里拿着他两个小幺儿[2]出气，咕唧一会子就完了。若这一日姊妹们和他多说一句话，他心里一乐，便生出多少事来。所以嘱咐你别睬他。他嘴里一时甜言蜜语，一时有天无日，一时又疯疯傻傻，只休信他。"

宝玉是在女孩堆里长大的。

黛玉一一的都答应着。只见一个丫鬟来回："老太太那里传晚饭了。"王夫人忙携黛玉从后房门由后廊往西，出了角门，是一条南北宽夹道。南边是倒座三间小小的抱厦厅[3]，北边立着一个粉油大影壁[4]，后有一半大门，小小一所房室。王夫人笑指向黛玉道："这是你凤姐姐的屋子，回来你好往这里找他来，少什么东西，你只管和他说就是了。"这院门上也有四五个才总角[5]的小厮，都垂手侍立。王夫人遂携黛玉穿过一个东西穿堂，便是贾母的后院了。

---

[1] 内帏（wéi）：内室，女子的居处。

[2] 小幺（yāo）儿：童仆。

[3] 倒座、抱厦厅：倒座，与正房相对的房子。抱厦厅，堂屋后面的侧室。

[4] 影壁：门内或门外作装饰的照墙。

[5] 总角：儿童向上的两个发髻，此指儿童时代。

于是，进入后房门，已有多人在此伺候，见王夫人来了，方安设桌椅。贾珠之妻李氏捧饭，熙凤安箸，王夫人进羹。贾母正面榻上独坐，两边四张空椅，熙凤忙拉了黛玉在左边第一张椅上坐了，黛玉十分推让。贾母笑道："你舅母你嫂子们不在这里吃饭。你是客，原应如此坐的。"黛玉方告了座，坐了。贾母命王夫人坐了。迎春姊妹三个告了座方上来。迎春便坐右手第一，探春坐左第二，惜春坐右第二。旁边丫鬟执着拂尘[1]、漱盂、巾帕。李、凤二人立于案旁布让[2]。外间伺候之媳妇丫鬟虽多，却连一声咳嗽不闻。

寂然饭毕，各有丫鬟用小茶盘捧上茶来。当日林如海教女以惜福养身，云饭后务待饭粒咽尽，过一时再吃茶，方不伤脾胃。今黛玉见了这里许多事情不合家中之式，不得不随的，少不得一一改过来，因而接了茶。早见人又捧过漱盂来，黛玉也照样漱了口。盥手毕，又捧上茶来，这方是吃的茶。贾母便说："你们去罢，让我们自在说话儿。"王夫人听了，忙起身，又说了两句闲话，方引凤、李二人去了。贾母因问黛玉念何书。黛玉道："只刚念了《四书》[3]。"黛玉又问姊妹们读何书。贾母道："读的是什么书，不过是认得两个字，不是睁眼的瞎子罢了！"

一语未了，只听外面一阵脚步响，丫鬟进来笑道："宝玉来了！"黛玉心中正疑惑着："这个宝玉，不知是怎生个惫懒[4]人物，懵懂顽童？——倒不

[1] 拂尘：拂拭尘土、驱赶蚊蝇的工具，马尾形，有持柄。
[2] 布让：向客人敬菜、劝餐。
[3] 《四书》：《大学》《中庸》《论语》《孟子》的合称。
[4] 惫懒（bèi lài）：无赖，顽皮。

见那蠢物也罢了。”心中想着，忽见丫鬟话未报完，已进来了一位年轻的公子：

> 头上戴着束发嵌宝紫金冠，齐眉勒着二龙抢珠金抹额[1]；穿一件二色金百蝶穿花大红箭袖[2]，束着五彩丝攒花结长穗宫绦[3]，外罩石青起花八团倭缎排穗褂[4]；登着青缎粉底小朝靴[5]。面若中秋之月，色如春晓之花，鬓若刀裁，眉如墨画，面如桃瓣，目若秋波。虽怒时而若笑，即瞋视而有情。项上金螭璎珞，又有一根五色丝绦，系着一块美玉。

一个光彩照人的宝玉，前面冷子兴、王夫人对宝玉的负面评价全被推翻。

黛玉一见，便吃一大惊，心下想道：“好生奇怪，倒像在那里见过一般，何等眼熟到如此！”只见这宝玉向贾母请了安，贾母便命：“去见你娘来。”宝玉即转身去了。一时回来，再看，已换了冠带：头上周围一转的短发，都结成小辫，红丝结束，共攒至顶中胎发，总编一根大辫，黑亮如漆，从顶至梢，一串四颗大珠，用金八宝坠角[6]；身上穿着银红撒花半旧大袄，仍旧带着项圈、宝玉、寄名锁、护身符[7]等物；下面半露松花撒花绫裤腿，锦边弹墨袜，厚底大红鞋。越显得面如敷粉，唇若施脂；转盼多情，语言常笑。天然一段风骚，全在

一对有情人的心灵感应。前世有缘。

---

[1] 紫金冠、二龙抢珠金抹额：紫金冠，古代把头发束扎在顶部的一种髻冠。抹额，围在额前用以压发的束带；二龙抢珠，是所饰的图案。

[2] 箭袖：古代为便于射箭设计的窄袖衣服，这里代指男子服式。

[3] 长穗宫绦（tāo）：系在腰间的绦带。

[4] 起花八团倭缎排穗褂：仿照日本织法所制的缎褂，缎面有凸起的绒毛团花，下边缘有彩穗。

[5] 青缎粉底小朝靴：深青色的缎面、白色厚底、半高筒的靴子。

[6] 坠角：此指辫梢所坠的饰品。

[7] 寄名锁、护身符：寄名锁，旧俗，怕幼儿夭折，给寺院一些财物，让幼儿当寺院的寄名弟子，并在幼儿的项下挂一个金锁，叫“寄名锁”。护身符，从道观领来的一种符箓，借以避灾免祸。

眉梢；平生万种情思，悉堆眼角。看其外貌最是极好，却难知其底细。后人有《西江月》二词，批宝玉极恰，其词曰：

无故寻愁觅恨，有时似傻如狂。纵然生得好皮囊，腹内原来草莽。 潦倒不通世务，愚顽怕读文章。行为偏僻性乖张，那管世人诽谤！

富贵不知乐业，贫穷难耐凄凉。可怜辜负好韶光，于国于家无望。 天下无能第一，古今不肖无双。寄言纨袴与膏粱：莫效此儿形状！

贾母因笑道："外客未见，就脱了衣裳，还不去见你妹妹！"宝玉早已看见多了一个姊妹，便料定是林姑妈之女，忙来作揖。厮见毕归坐，细看形容，与众各别：

再从宝玉去看新来的黛玉。

两弯似蹙非蹙罥烟眉[1]，一双似泣非泣含露目。态生两靥之愁[2]，娇袭一身之病。泪光点点，娇喘微微。闲静时如姣花照水，行动处似弱柳扶风。心较比干多一窍[3]，病如西子胜三分[4]。

一对有情人的心心相印。

宝玉看罢，因笑道："这个妹妹我曾见过的。"贾母笑道："可又是胡说，你又何曾见过他？"宝玉笑道："虽然未曾见过他，然我看着面善，心里就算

[1] 罥（juàn）烟眉：形容眉毛像一抹轻烟。罥，挂。

[2] 态生两靥（yè）之愁：娇态流露于忧愁的面容。靥，脸上的酒窝。

[3] 心较比干多一窍：比干，商纣王时忠臣，进谏而死。纣王说："我听说圣人心有七窍。"于是，剖比干，观其心。古人认为心窍越多越聪明。此处是形容林黛玉的聪明。

[4] 病如西子胜三分：林黛玉的病弱娇媚胜过了西施。

是旧相识，今日只作远别重逢，亦未为不可。”贾母笑道：“更好，更好，若如此，更相和睦了。”宝玉便走近黛玉身边坐下，又细细打量一番，因问：“妹妹可曾读书?”黛玉道：“不曾读，只上了一年学，些须认得几个字。”宝玉又道：“妹妹尊名是那两个字?”黛玉便说了名。宝玉又问表字。黛玉道：“无字。”宝玉笑道：“我送妹妹一妙字，莫若‘颦颦’二字极妙。”探春便问何出。宝玉道：“《古今人物通考》上说：‘西方有石名黛，可代画眉之墨。’况这林妹妹眉尖若蹙，用取这两个字，岂不两妙!”探春笑道：“只恐又是你的杜撰。”宝玉笑道：“除《四书》外，杜撰的太多，偏只我是杜撰不成?”又问黛玉：“可也有玉没有?”众人不解其语，黛玉便忖度着因他有玉，故问我有也无，因答道：“我没有那个。想来那玉是一件罕物，岂能人人有的。”

宝玉听了，登时发作起痴狂病来，摘下那玉，就狠命摔去，骂道：“什么罕物，连人之高低不择，还说‘通灵’不‘通灵’呢！我也不要这劳什子[1]了!”吓的众人一拥争去拾玉。贾母急的搂了宝玉道：“孽障！你生气，要打骂人容易，何苦摔那命根子!”宝玉满面泪痕泣道：“家里姐姐妹妹都没有，单我有，我说没趣；如今来了这们一个神仙似的妹妹也没有，可知这不是个好东西。”贾母忙哄他道：“你这妹妹原有这个来的，因你姑妈去世时，舍不得你妹妹，无法处，遂将他的玉带了去了：一则全殉葬之礼，尽你妹妹之孝心；二则你姑妈之灵，亦可权作见了女儿之意。因此他只说没有

[1] 劳什子：玩意儿。

这个，不便自己夸张之意。你如今怎比得他？还不好生慎重带上，仔细你娘知道了。”说着，便向丫鬟手中接来，亲与他带上。宝玉听如此说，想一想大有情理，也就不生别论了。

当下，奶娘来请问黛玉之房舍。贾母说：“今将宝玉挪出来，同我在套间暖阁儿里，把你林姑娘暂安置碧纱橱[1]里。等过了残冬，春天再与他们收拾房屋，另作一番安置罢。”宝玉道：“好祖宗，我就在碧纱橱外的床上很妥当，何必又出来闹的老祖宗不得安静。”贾母想了一想说：“也罢哩。”每人一个奶娘并一个丫头照管，馀者在外间上夜听唤。一面早有熙凤命人送了一顶藕合色花帐，并几件锦被缎褥之类。

黛玉只带了两个人来：一个是自幼奶娘王嬷嬷，一个是十岁的小丫头，亦是自幼随身的，名唤作雪雁。贾母见雪雁甚小，一团孩气，王嬷嬷又极老，料黛玉皆不遂心省力的，便将自己身边的一个二等丫头，名唤鹦哥者与了黛玉。外亦如迎春等例，每人除自幼乳母外，另有四个教引嬷嬷[2]，除贴身掌管钗钏盥沐两个丫鬟外，另有五六个洒扫房屋来往使役的小丫鬟。当下，王嬷嬷与鹦哥陪侍黛玉在碧纱橱内。宝玉之乳母李嬷嬷，并大丫鬟名唤袭人者，陪侍在外面大床上。

原来这袭人亦是贾母之婢，本名珍珠。贾母因溺爱宝玉，生恐宝玉之婢无竭力尽忠之人，素喜袭人心地纯良，克尽职任，遂与了宝玉。宝玉因知他

---

［1］ 碧纱橱：一种隔门，常在其空心处糊以轻纱。
［2］ 教引嬷嬷：教育幼儿各种礼节的保姆。

本姓花，又曾见旧人诗句上有“花气袭人”之句[1]，遂回明贾母，更名袭人。这袭人亦有些痴处：服侍贾母时，心中眼中只有一个贾母；如今服侍宝玉，心中眼中又只有一个宝玉。只因宝玉性情乖僻，每每规谏宝玉不听，心中着实忧郁。

是晚，宝玉李嬷嬷已睡了，他见里面黛玉和鹦哥犹未安息，他自卸了妆，悄悄进来，笑问：“姑娘怎么还不安息?”黛玉忙让：“姐姐请坐。”袭人在床沿上坐了。鹦哥笑道：“林姑娘正在这里伤心，自己淌眼抹泪的说：‘今儿才来，就惹出你家哥儿的狂病，倘或摔坏了那玉，岂不是因我之过!’因此便伤心，我好容易劝好了”。袭人道：“姑娘快休如此，将来只怕比这个更奇怪的笑话儿还有呢！若为他这种行止，你多心伤感，只怕你伤感不了呢。快别多心!”黛玉道：“姐姐们说的，我记着就是了。究竟那玉不知是怎么个来历？上面还有字迹?”袭人道：“连一家子也不知来历，上头还有现成的眼儿，听得说，落草[2]时是从他口里掏出来的。等我拿来你看便知。”黛玉忙止道：“罢了，此刻夜深，明日再看也不迟。”大家又叙了一回，方才安歇。

次日起来，省[3]过贾母，因往王夫人处来，正值王夫人与熙凤在一处拆金陵来的书信看，又有王夫人之兄嫂处遣了两个媳妇来说话的。黛玉虽不知原委，探春等却都晓得是议论金陵城中所居的薛

[1] “花气袭人”之句：即宋人陆游《村居书喜》中“花气袭人知骤暖”句，意思是花香扑人，知道天气骤然变暖。
[2] 落草：小儿出生。
[3] 省（xǐng）：晚辈早晨向长辈问安。

家姨母之子姨表兄薛蟠，倚财仗势，打死人命，现在应天府案下审理。如今母舅王子腾得了信息，故遣他家内的人来告诉这边，意欲唤取进京之意。

第四回

薄命女偏逢薄命郎　葫芦僧乱判葫芦案[1]

却说黛玉同姊妹们至王夫人处，见王夫人与兄嫂处的来使计议家务，又说姨母家遭人命官司等语。因见王夫人事情冗杂，姊妹们遂出来，至寡嫂李氏房中来了。

原来这李氏即贾珠之妻。珠虽夭亡，幸存一子，取名贾兰，今方五岁，已入学攻书。这李氏亦系金陵名宦之女，父名李守中，曾为国子监祭酒[2]，族中男女无有不诵诗读书者。至李守中承继以来，便说“女子无才便有德”，故生了李氏时，便不十分令其读书，只不过将些《女四书》、《列女传》、《贤媛集》[3] 等三四种书，使他认得几个字，记得前朝这几个贤女便罢了，却只以纺绩井臼[4]为要，因取名为李纨，字宫裁。因此这李纨虽青春丧偶，居家处膏粱锦绣之中，竟如槁木死灰[5]一般，一概无见无闻，惟知侍亲养子，外则陪侍小姑等针黹[6]诵读而已。今黛玉虽客寄于斯，日有这

[1] 葫芦案：葫芦，“糊涂”的谐音。“葫芦案”即“糊涂案”。

[2] 国子监祭酒：国子监的主管。国子监，国家的最高学府。

[3] 《女四书》、《列女传》、《贤媛集》：明人王相汇集《女诫》《女论语》《内训》《女范捷录》为一书，名为《女四书》。《列女传》，西汉刘向所编。《贤媛集》，或指《世说新语》第十九篇《贤媛》。

[4] 井臼（jiù）：汲水、舂米等家务事。

[5] 槁木死灰：比喻情欲已灭。

[6] 针黹（zhǐ）：妇女的针线活儿。

般姐妹相伴，除老父外，馀者也都无庸虑及了。

如今且说雨村，因补授了应天府，一下马就有一件人命官司详[1]至案下，乃是两家争买一婢，各不相让，以至殴伤人命。彼时雨村即拘原告之人来审。那原告道："被殴死者乃小人之主人。因那日买了一个丫头，不想是拐子拐来卖的。这拐子先已得了我家的银子，我家小爷原说第三日方是好日子，再接入门。这拐子便又悄悄的卖与薛家，被我们知道了，去找拿卖主，夺取丫头。无奈薛家原系金陵一霸，倚财仗势，众豪奴将我小主人竟打死了。凶身主仆已皆逃走，无影无踪，只剩了几个局外之人。小人告了一年的状，竟无人作主。望大老爷拘拿凶犯，剪恶除凶，以救孤寡，死者感戴天恩不尽！"

雨村听了大怒道："岂有这样放屁的事！打死人命就白白的走了，再拿不来的！"因发签差公人立刻将凶犯族中人拿来拷问，令他们实供藏在何处；一面再动海捕文书[2]。正要发签时，只见案边立的一个门子[3]使眼色儿，——不令他发签之意。雨村心下甚为疑怪，只得停了手，即时退堂，至密室，侍从皆退去，只留门子服侍。

这门子忙上来请安，笑问："老爷一向加官进禄，八九年来就忘了我了？"雨村道："却十分面善得紧，只是一时想不起来。"那门子笑道："老爷真是贵人多忘事，把出身之地竟忘了。不记当年葫芦庙里之事？"雨村听了，如雷震一惊，方想起往事。

---

[1] 详：旧时下属向上司报告、请示的公文。这里是上报的意思。
[2] 海捕文书：官府通缉逃犯的公文。
[3] 门子：官衙里负责看门、传达等杂务的差役。

原来这门子本是葫芦庙内一个小沙弥[1]，因被火之后，无处安身，欲投别庙去修行，又耐不得清凉景况，因想这件生意倒还轻省热闹，遂趁年纪小蓄了发，充了门子。雨村那里料得是他，便忙携手笑道："原来是故人。"又让坐了好谈。这门子不敢坐。雨村笑道："贫贱之交不可忘。你我故人也；二则此系私室，既欲长谈，岂有不坐之理?"这门子听说，方告了座，斜签着坐[2]了。

雨村因问方才何故有不令发签之意。这门子道："老爷既荣任到这一省，难道就没抄一张本省'护官符'来不成?"雨村忙问："何为'护官符'?我竟不知。"门子道："这还了得！连这个不知，怎能作得长远！如今凡作地方官者，皆有一个私单，上面写的是本省最有权有势、极富极贵的大乡绅名姓，各省皆然；倘若不知，一时触犯了这样的人家，不但官爵不保，只怕连性命还保不成呢！所以绰号叫作'护官符'。方才所说的这薛家，老爷如何惹得他！他这件官司并无难断之处，皆因都碍着情分面上，所以如此。"一面说，一面从顺袋[3]中取出一张抄写的"护官符"来，递与雨村，看时，上面皆是本地大族名宦之家的谚俗口碑[4]。其口碑排写得明白，下面所注的皆是自始祖官爵并房次。石头亦曾抄写了一张，今据石上所抄云：

贾不假，白玉为堂金作马。宁国荣国二公之后，共二十房分，除宁荣亲派八房在都外，现原籍住者十二房。

---

[1] 沙弥：小和尚。
[2] 斜签着坐：侧身直腰坐在凳子边上，表示谦恭。
[3] 顺袋：衣服小襟上的口袋。
[4] 谚俗口碑：人们口口相传的话。

阿房宫，三百里，住不下金陵一个史。保龄侯尚书令史公之后，房分共十八，都中现住者十房，原籍现居八房。

东海缺少白玉床，龙王来请金陵王。都太尉统制县伯王公之后，共十二房，都中二房，馀在籍。

丰年好大雪，珍珠如土金如铁。紫薇舍人薛公之后，现领内府帑银行商，共八房分。

雨村犹未看完，忽听传点[1]，人报："王老爷来拜。"雨村忙具衣冠出去迎接。有顿饭工夫，方回来细问。这门子道："这四家皆连络有亲，一损皆损，一荣皆荣，扶持遮饰，俱有照应的。今告打死人之薛，就系丰年大雪之'雪'。也不单靠这三家，他的世交亲友在都在外者，本亦不少。老爷如今拿谁去？"雨村听如此说，便笑问门子道："如你这样说来，却怎么了结此案？你大约也深知这凶犯躲的方向了？"

"一损皆损，一荣皆荣"这八个字非常重要。贾、史、王、薛四家是命运共同体。好运时沾光，倒霉时沾包。

门子笑道："不瞒老爷说，不但这凶犯躲的方向我知道，一并这拐卖之人我也知道，死鬼买主也深知道。待我细说与老爷听：这个被打之死鬼，乃是本地一个小乡绅之子，名唤冯渊，自幼父母早亡，又无兄弟，只他一个人守着些薄产过日子。长到十八九岁上，酷爱男风[2]，最厌女子。这也是前生冤孽，可巧遇见这拐子卖丫头，他便一眼看上了这丫头，立意买来作妾，立誓再不交结男子，也不再娶第二个了，所以郑重其事，必待三日后方过门。谁晓这拐子又偷卖与薛家，他意欲卷了两家的银子，再逃往他省。谁知又不曾走脱，两家拿住，

[1] 传点：在官衙或官僚府邸中，撞击金属响器，用以报时或表示集众。
[2] 男风：男宠。

打了个臭死，都不肯收银，只要领人。那薛家公子岂是让人的，便喝着手下人一打，将冯公子打了个稀烂，抬回家去三日死了。这薛公子原是早已择定日子上京去的，头起身两日前，就偶然遇见这丫头，意欲买了就进京的，谁知闹出这事来。既打了冯公子，夺了丫头，他便没事人一般，只管带了家眷走他的路。他这里自有弟兄奴仆在此料理，也并非为此些些小事值得他一逃走的。这且别说，老爷你当被卖之丫头是谁?”雨村道：“我如何得知。”门子冷笑道：“这人算来还是老爷的大恩人呢！他就是葫芦庙旁住的甄老爷的小姐，名唤英莲的。”雨村罕然道：“原来就是他！闻得养至五岁被人拐去，却如今才来卖呢?”

门子道：“这一种拐子单管偷拐五六岁的儿女，养在一个僻静之处，到十一二岁，度其容貌，带至他乡转卖。当日这英莲，我们天天哄他顽耍；虽隔了七八年，如今十二三岁的光景，其模样虽然出脱得齐整好些，然大概相貌，自是不改，熟人易认。况且他眉心中原有米粒大小的一点胭脂痦[1]，从胎里带来的，所以我却认得。偏生这拐子又租了我的房舍居住，那日拐子不在家，我也曾问他。他是被拐子打怕了的，万不敢说，只说拐子系他亲爹，因无钱偿债，故卖他。我又哄之再四，他又哭了，只说‘我不记得小时之事！’这可无疑了。那日冯公子相看了，兑了银子，拐子醉了，他自叹道：‘我今日罪孽可满了！’后又听见冯公子令三日之后过门，他又转有忧愁之态。我又不忍其形景，等拐子出去，又命内人去解释他：‘这冯公子必待好日

[1] 胭脂痦（jì）：红色的胎记。

期来接，可知必不以丫鬟相看。况他是个绝风流人品，家里颇过得，素习又最厌恶堂客，今竟破价买你，后事不言可知。只耐得三两日，何必忧闷！'他听如此说，方才略解忧闷，自为从此得所。谁料天下竟有这等不如意事，第二日，他偏又卖与薛家。若卖与第二个人还好，这薛公子的混名人称'呆霸王'，最是天下第一个弄性尚气的人，而且使钱如土，遂打了个落花流水，生拖死拽，把个英莲拖去，如今也不知死活。这冯公子空喜一场，一念未遂，反花了钱，送了命，岂不可叹！"

雨村听了，亦叹道："这也是他们的孽障[1]遭遇，亦非偶然。不然这冯渊如何偏只看准了这英莲？这英莲受了拐子这几年折磨，才得了个头路，且又是个多情的，若能聚合了，倒是件美事，偏又生出这段事来。这薛家纵比冯家富贵，想其为人，自然姬妾众多，淫佚无度，未必及冯渊定情于一人者。这正是梦幻情缘，恰遇一对薄命儿女。且不要议论他，只目今这官司，如何剖断才好？"门子笑道："老爷当年何其明决，今日何反成了个没主意的人了！小的闻得老爷补升此任，亦系贾府王府之力；此薛蟠即贾府之亲，老爷何不顺水行舟，作个整人情，将此案了结，日后也好去见贾府王府。"雨村道："你说的何尝不是。但事关人命，蒙皇上隆恩，起复委用，实是重生再造，正当殚心竭力图报之时，岂可因私而废法？是我实不能忍为者。"门子听了，冷笑道："老爷说的何尝不是大道理，但只是如今世上是行不去的。岂不闻古人有云：'大丈夫相时而动'，又曰：'趋吉避凶者为君子'。

[1] 孽障：佛教用词，前世所作的恶会成为今世的障碍。

依老爷这一说，不但不能报效朝廷，亦且自身不保，还要三思为妥。”

雨村低了半日头，方说道：“依你怎么样?”门子道：“小人已想了一个极好的主意在此：老爷明日坐堂，只管虚张声势，动文书发签拿人。原凶自然是拿不来的，原告固是定要将薛家族中及奴仆人等拿几个来拷问。小的在暗中调停，令他们报个暴病身亡，令族中及地方上共递一张保呈，老爷只说善能扶鸾[1]请仙，堂上设下乩坛，令军民人等只管来看。老爷就说：‘乩仙批了，死者冯渊与薛蟠原因夙孽相逢，今狭路既遇，原应了结。薛蟠今已得了无名之病，被冯魂追索已死。其祸皆因拐子某人而起，拐之人原系某乡某姓人氏，按法处治，馀不略及’等语。小人暗中嘱托拐子，令其实招。众人见乩仙批语与拐子相符，馀者自然也都不虚了。薛家有的是钱，老爷断一千也可，五百也可，与冯家作烧埋之费。那冯家也无甚要紧的人，不过为的是钱，见有了这个银子，想来也就无话了。老爷细想此计如何?”雨村笑道：“不妥，不妥。等我再斟酌斟酌，或可压服口声。”二人计议，天色已晚，别无话说。

至次日坐堂，勾取一应有名人犯，雨村详加审问，果见冯家人口稀疏，不过赖此欲多得些烧埋之费；薛家仗势倚情，偏不相让，故致颠倒未决。雨村便徇情枉法，胡乱判断了此案。冯家得了许多烧埋银子，也就无甚话说了。

贾雨村本性贪酷，为巴结权势，将昔日恩人之孤女送进火海，是中国人最痛恨的中山狼式人物。

雨村断了此案，急忙作书信二封，与贾政并京

[1] 扶鸾（luán）：即扶乩，一种迷信占卜术。由两人扶持木制丁字架，假作施术，请神降临以问吉凶，丁字架的竖木便可作笔在沙盘上画出文字作答。

营节度使[1]王子腾，不过说“令甥之事已完，不必过虑”等语。此事皆由葫芦庙内之沙弥新门子所出，雨村又恐他对人说出当日贫贱时的事来，因此心中大不乐意，后来到底寻了个不是，远远的充发[2]了他才罢。

当下言不着雨村。且说那买了英莲打死冯渊的薛公子，亦系金陵人氏，本是书香继世之家。只是如今这薛公子幼年丧父，寡母又怜他是个独根孤种，未免溺爱纵容，遂至老大无成；且家中有百万之富，现领着内帑钱粮，采办杂料。

这薛公子学名薛蟠，字表文起，今年方十有五岁，性情奢侈，言语傲慢。虽也上过学，不过略识几字，终日惟有斗鸡走马，游山玩水而已。虽是皇商[3]，一应经济世事，全然不知，不过赖祖父之旧情分，户部挂虚名，支领钱粮，其馀事体，自有伙计老家人等措办。寡母王氏乃现任京营节度使王子腾之妹，与荣国府贾政的夫人王氏，是一母所生的姊妹，今年方四十上下年纪，只有薛蟠一子。还有一女，比薛蟠小两岁，乳名宝钗，生得肌骨莹润，举止娴雅。当日有他父亲在日，酷爱此女，令其读书识字，较之乃兄竟高过十倍。自父亲死后，见哥哥不能依贴母怀，他便不以书字为事，只留心针黹家计等事，好为母亲分忧解劳。

近因今上[4]崇诗尚礼，征采才能，降不世

[1] 节度使：官职名，掌管边境地区由数州组成的一镇，拥有军政大权。元朝以后废除此职。
[2] 充发：即充军发配。将重犯押解到边远地方服役。
[3] 皇商：为皇家采购各种物品的人。
[4] 今上：当朝的皇帝。

出[1]之隆恩，除聘选妃嫔外，凡仕宦名家之女，皆亲送名达部，以备选为公主郡主[2]入学陪侍，充为才人赞善[3]之职。二则自薛蟠父亲死后，各省中所有的买卖承局、总管、伙计人等，见薛蟠年轻不谙世事，便趁时拐骗起来，京都中几处生意，渐亦消耗。薛蟠素闻得都中乃第一繁华之地，正思一游，便趁此机会，一为送妹待选，二为望亲，三因亲自入部销算旧帐，再计新支，——其实则为游览上国[4]风光之意。因此早已打点下行装细软，以及馈送亲友各色土物人情等类，正择日已定起身，不想偏遇见了拐子重卖英莲。薛蟠见英莲生得不俗，立意买他，又遇冯家来夺人，因恃强喝令手下豪奴将冯渊打死。他便将家中事务一一的嘱托了族中人并几个老家人，他便带了母妹竟自起身长行去了。人命官司一事，他竟视为儿戏，自为花上几个臭钱，没有不了的。

在路不记其日。那日已将入都时，却又闻得母舅王子腾升了九省统制[5]，奉旨出都查边。薛蟠心中暗喜道："我正愁进京去有个嫡亲的母舅管辖着，不能任意挥霍挥霍；偏如今又升出去了，可知天从人愿。"因和母亲商议道："咱们京中虽有几处房舍，只是这十来年没人进京居住，那看守的人未免偷着租赁与人，须得先着几个人去打扫收拾才好。"他母亲道："何必如此招摇！咱们这一进京，原该先拜望亲友，或是在你舅舅家，或是你姨爹

贾雨村是黛玉的塾师，恰好图谋复职，于是带了林如海的书信，送黛玉进京。贾雨村当上了应天府的知府，恰好经手薛蟠打死冯渊一案，徇私枉法，薛蟠扬长而去，带母亲和妹妹薛宝钗进京。如此，我们看出作者设计贾雨村这一辅助人物的作用：使悲剧的两大女主人公黛玉和宝钗聚集一起，以便尽快地将爱情悲剧和婚姻悲剧端出来。前面贾雨村和冷子兴的对话又为我们介绍了贾府的家世渊源，介绍了贾府诸多的人物，对他们的思想性格有了大致的勾勒。

[1] 不世出：不常有的。
[2] 郡主：亲王之女。
[3] 才人、赞善：此处指宫中女官名。清宫中并无此类女官。
[4] 上国：即京城。
[5] 九省统制：作者虚拟的官名。

家。他两家的房舍极是便宜的，咱们先能着住下，再慢慢的着人去收拾，岂不消停些。”薛蟠道：“如今舅舅正升了外省去，家里自然忙乱起身，咱们这工夫一窝一拖的奔了去，岂不没眼色。”他母亲道：“你舅舅家虽升了去，还有你姨爹家。况这几年来，你舅舅姨娘两处，每每带信捎书，接咱们来。如今既来了，你舅舅虽忙着起身，你贾家姨娘未必不苦留我们。咱们且忙忙收拾房屋，岂不使人见怪？你的意思我却知道，守着舅舅姨爹住着，未免拘紧了你，不如你各自住着，好任意施为。你既如此，你自去挑所宅子去住。我和你姨娘，——姊妹们别了这几年，却要厮守几日。我带了你妹子投你姨娘家去，你道好不好？”薛蟠见母亲如此说，情知扭不过的，只得吩咐人夫一路奔荣国府来。

那时王夫人已知薛蟠官司一事，亏贾雨村维持了结，才放了心。又见哥哥升了边缺，正愁又少了娘家的亲戚来往，略加寂寞。过了几日，忽家人传报：“姨太太带了哥儿姐儿，合家进京，正在门外下车。”喜的王夫人忙带了女媳人等，接出大厅，将薛姨妈等接了进去。姊妹们暮年相会，自不必说悲喜交集，泣笑叙阔一番。忙又引了拜见贾母，将人情土物各种酬献了。合家俱厮见过，忙又治席接风。

薛蟠已拜见过贾政，贾琏又引着拜见了贾赦、贾珍等。贾政便使人上来对王夫人说：“姨太太已有了春秋[1]，外甥年轻不知世路，在外住着恐有人生事。咱们东北角上梨香院一所十来间房，白空闲着，打扫了，请姨太太和姐儿哥儿住了甚好。”王夫人未及留，贾母也就遣人来说“请姨太太就在

[1] 春秋：年纪。

这里住下，大家亲密些”等语。薛姨妈正要同居一处，方可拘紧些儿子；若另住在外，又恐他纵性惹祸，遂忙道谢应允。又私与王夫人说明：“一应日费供给一概免却，方是处常之法。”王夫人知他家不难于此，遂亦从其愿。从此后薛家母子就在梨香院住了。

原来这梨香院即当日荣公暮年养静之所，小小巧巧，约有十馀间房屋，前厅后舍俱全。另有一门通街，薛蟠家人就走此门出入。西南有一角门，通一夹道，出夹道便是王夫人正房的东边了。每日或饭后，或晚间，薛姨妈便过来，或与贾母闲谈，或与王夫人相叙。宝钗日与黛玉迎春姊妹等一处，或看书下棋，或作针黹，倒也十分乐业。

只是薛蟠起初之心，原不欲在贾宅居住者，但恐姨父管约拘禁，料必不自在的；无奈母亲执意在此，且宅中又十分殷勤苦留，只得暂且住下，一面使人打扫出自己的房屋，再移居过去的。谁知自从在此住了不上一月的光景，贾宅族中凡有的子侄，俱已认熟了一半，凡是那些纨袴气习者，莫不喜与他来往，今日会酒，明日观花，甚至聚赌嫖娼，渐渐无所不至，引诱的薛蟠比当日更坏了十倍。虽然贾政训子有方，治家有法，一则族大人多，照管不到这些；二则现任族长乃是贾珍，彼乃宁府长孙，又现袭职，凡族中事，自有他掌管；三则公私冗杂，且素性潇洒，不以俗务为要，每公暇之时，不过看书着棋而已，馀事多不介意。况且这梨香院相隔两层房舍，又有街门另开，任意可以出入，所以这些子弟们竟可以放意畅怀的闹，因此遂将移居之念渐渐打灭了。

第五回

游幻境指迷十二钗　饮仙醪[1]曲演红楼梦

第四回中既将薛家母子在荣府内寄居等事略已表明，此回则暂不能写矣。

如今且说林黛玉自在荣府以来，贾母万般怜爱，寝食起居，一如宝玉，迎春、探春、惜春三个亲孙女倒且靠后；便是宝玉和黛玉二人之亲密友爱处，亦自较别个不同，日则同行同坐，夜则同息同止，真是言和意顺，略无参商[2]。不想如今忽然来了一个薛宝钗，年岁虽大不多，然品格端方，容貌丰美，人多谓黛玉所不及。而且宝钗行为豁达，随分从时，不比黛玉孤高自许，目无下尘[3]，故比黛玉大得下人之心。便是那些小丫头子们，亦多喜与宝钗去顽。因此黛玉心中便有些悒郁不忿之意，宝钗却浑然不觉。那宝玉亦在孩提之间，况自天性所禀来的一片愚拙偏僻，视姊妹弟兄皆出一意，并无亲疏远近之别。其中因与黛玉同随贾母一处坐卧，故略比别个姊妹熟惯些。既熟惯，则更觉亲密；既亲密，则不免一时有求全之毁，不虞之隙[4]。这日不知为何，他二人言语有些不合起来，

---

[1] 仙醪（láo）：仙酒。

[2] 参商："参"和"商"是此出彼没的星宿，常用来形容两人分离不得见面或两人感情不和。

[3] 目无下尘：形容为人骄傲，瞧不起人。

[4] 求全之毁，不虞（yú）之隙：因要求完美而常有责难；因相处亲密而常有意想不到的矛盾。

黛玉又气的独在房中垂泪，宝玉又自悔言语冒撞，前去俯就，那黛玉方渐渐的回转来。

因东边宁府中花园内梅花盛开，贾珍之妻尤氏乃治酒，请贾母、邢夫人、王夫人等赏花。是日先携了贾蓉之妻，二人来面请。贾母等于早饭后过来，就在会芳园游顽，先茶后酒，不过皆是宁荣二府女眷家宴小集，并无别样新文趣事可记。

一时宝玉倦怠，欲睡中觉，贾母命人好生哄着，歇一回再来。贾蓉之妻秦氏便忙笑回道："我们这里有给宝叔收拾下的屋子，老祖宗放心，只管交与我就是了。"又向宝玉的奶娘丫鬟等道："嬷嬷、姐姐们，请宝叔随我这里来。"贾母素知秦氏是个极妥当的人，生的袅娜纤巧，行事又温柔和平，乃重孙媳中第一个得意之人，见他去安置宝玉，自是安稳的。

当下秦氏引了一簇人来至上房内间。宝玉抬头看见一幅画贴在上面，画的人物固好，其故事乃是《燃藜图》[1]，也不看系何人所画，心中便有些不快。又有一副对联，写的是：

世事洞明皆学问，人情练达即文章。

这副对联是说，人情世故都是学问。意思是要人明白和适应人情世故，而宝玉是叛逆者，所以不喜欢。可是，作者如果不精通人情世故，则写不出《红楼梦》。

及看了这两句，纵然室宇精美，铺陈华丽，亦断断不肯在这里了，忙说："快出去！快出去！"秦氏听了笑道："这里还不好，可往那里去呢？不然往我屋里去吧。"宝玉点头微笑。有一个嬷嬷说道："那里有个叔叔往侄儿房里睡觉的理？"秦氏笑道："嗳

[1]《燃藜图》：劝人勤奋苦读的画。

哟哟，不怕他恼，他能多大呢，就忌讳这些个！上月你没看见我那个兄弟来了，虽然与宝叔同年，两个人若站在一处，只怕那个还高些呢。”宝玉道：“我怎么没见过，你带他来我瞧瞧。”众人笑道：“隔着二三十里，往那里带去，见的日子有呢。”说着大家来至秦氏房中。刚至房门，便有一股细细的甜香袭人而来。宝玉觉得眼饧[1]骨软，连说“好香！”入房向壁上看时，有唐伯虎画的《海棠春睡图》[2]，两边有宋学士秦太虚写的一副对联[3]，其联云：

嫩寒锁梦因春冷，芳气笼人是酒香。

案上设着武则天当日镜室中设的宝镜，一边摆着飞燕立着舞过的金盘[4]，盘内盛着安禄山掷过伤了太真乳的木瓜[5]。上面设着寿阳公主于含章殿下卧的榻[6]，悬的是同昌公主制的联珠帐[7]。宝玉含笑连说：“这里好！”秦氏笑道：“我这屋子大约神仙也可以住得了。”说着亲自展开了西子浣过的纱衾，移了红娘抱过的鸳枕。于是众奶母服侍宝玉卧好，款款散了，只留袭人、媚人、晴雯、麝月四个丫鬟为伴。秦氏便分咐小丫鬟们，好生在廊檐下看着猫儿狗儿打架。

武则天、赵飞燕、杨贵妃，都是有绯闻的后妃，武则天后来还当了皇帝。加上寿阳公主的卧榻，同昌公主的帷帐，渲染出一种浓郁的香艳氛围，为下面的艳情梦幻做了铺垫，也与“大旨谈情”的说法做了呼应。

[1] 眼饧（xíng）：眼睛发涩，困倦欲睡。
[2]《海棠春睡图》：描绘杨贵妃醉态的图画。
[3] 宋学士秦太虚写的一副对联：北宋词人秦观，字太虚。这副对联有可能是作者杜撰的。
[4] 飞燕立着舞过的金盘：赵飞燕，汉成帝的皇后，身轻善舞。据说成帝为其制金盘，宫人托举，赵飞燕在盘上起舞。
[5] 安禄山掷过伤了太真乳的木瓜：贵妃杨玉环，道号太真。据说她与安禄山关系暧昧。
[6] 寿阳公主于含章殿下卧的榻：寿阳公主，南朝宋武帝刘裕的女儿。据说她卧于含章殿檐下，梅花落额，留下花痕，拂之不去。
[7] 同昌公主制的联珠帐：同昌公主，唐懿宗之爱女。其以珍珠续成连珠帐。

那宝玉刚合上眼，便惚惚的睡去，犹似秦氏在前，遂悠悠荡荡，随了秦氏，至一所在。但见朱栏白石，绿树清溪，真是人迹希逢，飞尘不到。宝玉在梦中欢喜，想道："这个去处有趣，我就在这里过一生，纵然失了家也愿意，强如天天被父母师傅打呢。"正胡思之间，忽听山后有人作歌曰：

春梦随云散，飞花逐水流；
寄言众儿女，何必觅闲愁。

宝玉听了是女子的声音。歌音未息，早见那边走出一个人来，蹁跹袅娜，端的与人不同。有赋为证：

方离柳坞[1]，乍出花房。但行处，鸟惊庭树；将到时，影度回廊[2]。仙袂乍飘兮，闻麝兰之馥郁；荷衣欲动兮，听环佩之铿锵。靥笑春桃兮，云堆翠髻；唇绽樱颗[3]兮，榴齿[4]含香。纤腰之楚楚兮，回风舞雪[5]；珠翠之辉辉兮，满额鹅黄[6]。出没花间兮，宜嗔宜喜[7]；徘徊池上兮，若飞若扬。蛾眉颦笑兮，将言而未语；莲步乍移兮，待止而欲行。美彼之良质兮，冰清玉润；慕彼之华服兮，闪灼文章[8]。爱彼之貌容兮，香培玉琢；

[1] 柳坞（wù）：种植柳树作为屏障。此指柳树成荫之地。
[2] 影度回廊：身影在回廊上移动，形容仙姑身姿之美。
[3] 唇绽樱颗：嘴唇像樱桃一样鲜艳饱满。
[4] 榴齿：牙齿晶亮整齐，如一排石榴。
[5] 回风舞雪：仙子的体态如风雪一样轻盈。
[6] 满额鹅黄：妇女在额上涂嫩黄色作为妆饰。
[7] 宜嗔宜喜：不论生气还是高兴，都给人以美感。
[8] 闪灼文章：灿烂的花纹。文章，指交错相间的花纹。

美彼之态度兮，凤翥龙翔[1]。其素若何，春梅绽雪。其洁若何，秋菊被霜。其静若何，松生空谷。其艳若何，霞映澄塘。其文若何，龙游曲沼。其神若何，月射寒江。应惭西子，实愧王嫱[2]。奇矣哉，生于孰地，来自何方；信矣乎，瑶池不二，紫府无双[3]。果何人哉？如斯之美也！

宝玉见是一个仙姑，喜的忙来作揖问道："神仙姐姐不知从那里来，如今要往那里去？也不知这是何处，望乞携带携带。"那仙姑笑道："吾居离恨天之上，灌愁海之中，乃放春山遣香洞太虚幻境警幻仙姑是也：司人间之风情月债，掌尘世之女怨男痴。因近来风流冤孽，缠绵于此处，是以前来访察机会，布散相思。今忽与尔相逢，亦非偶然。此离吾境不远，别无他物，仅有自采仙茗一盏，亲酿美酒一瓮，素练魔舞[4]歌姬数人，新填《红楼梦》仙曲十二支，试随吾一游否？"宝玉听说，便忘了秦氏在何处，竟随了仙姑，至一所在，有石牌横建，上书"太虚幻境"四个大字，两边一副对联，乃是：

这副对联第二次出现。充满佛道虚无的色彩。一切繁华、一切恩爱，都是虚幻，都是转瞬即逝的，都是假象。

假作真时真亦假，无为有处有还无。

转过牌坊，便是一座宫门，上面横书四个大字，道是："孽海情天"。又有一副对联，大书云：

---

[1] 凤翥（zhù）龙翔：凤舞龙飞，形容仙子体态的飘逸柔美。翥，鸟儿高飞。
[2] 王嫱（qiáng）：即西汉美女王昭君。
[3] 瑶池、紫府：皆神话中的仙境。
[4] 魔舞：即天魔舞，一种宫廷乐舞。

厚地高天，堪叹古今情不尽；
痴男怨女，可怜风月债难偿。

宝玉看了，心下自思道："原来如此。但不知何为'古今之情'，何为'风月之债'？从今倒要领略领略。"宝玉只顾如此一想，不料早把些邪魔招入膏肓[1]了。当下随了仙姑进入二层门内，至两边配殿，皆有匾额对联，一时看不尽许多，惟见有几处写的是："痴情司"、"结怨司"、"朝啼司"、"夜怨司"、"春感司"、"秋悲司"。看了，因向仙姑道："敢烦仙姑引我到那各司中游玩游玩，不知可使得？"仙姑道："此各司中皆贮的是普天之下所有的女子过去未来的簿册，尔凡眼尘躯，未便先知的。"宝玉听了，那里肯依，复央之再四。仙姑无奈，说："也罢，就在此司内略随喜[2]随喜罢了。"宝玉喜不自胜，抬头看这司的匾上，乃是"薄命司"三字，两边对联写的是：

爱情不是当事人自由的选择，不是甜蜜和幸福。而是悲，是怨，是命，是眼泪和痛苦，是孽债，是梦幻。

春恨秋悲皆自惹，花容月貌为谁妍。

宝玉看了，便知感叹。进入门来，只见有十数个大厨，皆用封条封着。看那封条上，皆是各省的地名。宝玉一心只拣自己的家乡封条看，遂无心看别省的了。只见那边厨上封条上大书七字云："金陵十二钗正册"。宝玉问道："何为'金陵十二钗正册'？"警幻道："即贵省中十二冠首女子之册，故为'正册'。"宝玉道："常听人说，金陵极大，怎

[1] 膏肓（huāng）：心脏和横隔膜之间的部位叫膏肓，古人认为病入膏肓则无可救药。
[2] 随喜：佛教术语，表示人做了善事而随之心生欢喜。这里指游览寺院。

么只十二个女子？如今单我家里，上上下下，就有几百女孩子呢。”警幻冷笑道：“贵省女子固多，不过择其紧要者录之。下边二厨则又次之。馀者庸常之辈，则无册可录矣。”宝玉听说，再看下首二厨上，果然写着“金陵十二钗副册”，又一个写着“金陵十二钗又副册”。宝玉便伸手先将“又副册”厨开了，拿出一本册来，揭开一看，只见这首页上画着一幅画，又非人物，也无山水，不过是水墨滃染的满纸乌云浊雾而已。后有几行字迹，写的是：

写晴雯。心比天高，风流灵巧，是其取祸之道。

霁月难逢，彩云易散。心比天高，身为下贱。风流灵巧招人怨。寿夭多因毁谤生，多情公子空牵念。

宝玉看了，又见后面画着一簇鲜花，一床破席，也有几句言词，写道是：

写袭人。脂砚斋的批语透露，袭人后来嫁给了优伶蒋玉菡。

枉自温柔和顺，空云似桂如兰；
堪羡优伶有福，谁知公子无缘。

宝玉看了不解。遂掷下这个，又去开了副册厨门，拿起一本册来，揭开看时，只见画着一株桂花，下面有一池沼，其中水涸泥干，莲枯藕败，后面书云：

写香菱。暗示香菱最后被夏金桂虐待而死。

根并荷花一茎香，平生遭际实堪伤。
自从两地生孤木，致使香魂返故乡。

宝玉看了仍不解。便又掷了，再去取“正册”看，只见头一页上便画着两株枯木，木上悬着一围玉带；又有一堆雪，雪下一股金簪。也有四句言词，道是：

可叹停机德，堪怜咏絮才。
玉带林中挂，金簪雪里埋。

兼写黛玉和宝钗。

宝玉看了仍不解。待要问时，情知他必不肯泄漏；待要丢下，又不舍。遂又往后看时，只见画着一张弓，弓上挂着香橼。也有一首歌词云：

二十年来辨是非，榴花开处照宫闱。
三春争及初春景，虎兕相逢大梦归。

写元春。她是金陵十二钗中唯一的政治人物，是将贾府和“圣眷”联系在一起的人物。她的荣辱沉浮关系着贾府的兴衰。

后面又画着两人放风筝，一片大海，一只大船，船中有一女子掩面泣涕之状。也有四句写云：

才自精明志自高，生于末世运偏消。
清明涕送江边望，千里东风一梦遥。

写探春之才以及远嫁之悲。

后面又画几缕飞云，一湾逝水。其词曰：

富贵又何为，襁褓之间父母违。
展眼吊斜晖，湘江水逝楚云飞。

写湘云身世的孤苦及美好婚姻的短暂。

后面又画着一块美玉，落在泥垢之中。其断语云：

欲洁何曾洁，云空未必空。
可怜金玉质，终陷淖泥中。

写妙玉的高洁及结局的悲惨。

后面忽见画着个恶狼，追扑一美女，欲啖之意。其书云：

写迎春结婚一年即被丈夫虐待致死。

子系中山狼，得志便猖狂。
金闺花柳质，一载赴黄粱。

后面便是一所古庙，里面有一美人在内看经独坐。其判云：

写惜春最后出家为尼，遁入空门。如花的容貌，似水的流年，竟枯萎于青灯黄卷之下。

勘破三春景不长，缁衣顿改昔年妆。
可怜绣户侯门女，独卧青灯古佛旁。

后面便是一片冰山，上面有一只雌凤。其判曰：

写凤姐先是仗着贾母的宠爱，威重令行，后来却智穷计拙，极为孤立，乃至于被遗弃。

凡鸟偏从末世来，都知爱慕此生才。
一从二令三人木，哭向金陵事更哀。

后面又是一座荒村野店，有一美人在那里纺绩。其判云：

写贾府事败，巧姐沦落为农妇。

事败休云贵，家亡莫论亲。
偶因济刘氏，巧得遇恩人。

后面又画着一盆茂兰，旁有一位凤冠霞帔的美人。也有判云：

写李纨晚年荣华即至，却突然死去。

桃李春风结子完，到头谁似一盆兰。
如冰水好空相妒，枉与他人作笑谈。

后面又画着高楼大厦，有一美人悬梁自缢。其判云：

情天情海幻情身，情既相逢必主淫。

漫言不肖皆荣出，造衅开端实在宁。

写秦可卿因淫情而死。曹雪芹原来写的是，秦可卿与贾珍乱伦，败露以后，秦自缢身亡。后来在畸笏叟建议下，改作病死。但又削删不尽，留下一些痕迹，判词和美人悬梁自缢的配图透露了其中的玄机。

宝玉还欲看时，那仙姑知他天分高明，性情颖慧，恐把仙机泄漏，遂掩了卷册，笑向宝玉道："且随我去游玩奇景，何必在此打这闷葫芦！"

宝玉恍恍惚惚，不觉弃了卷册，又随了警幻来至后面。但见珠帘绣幕，画栋雕檐，说不尽那光摇朱户金铺地，雪照琼窗玉作宫。更见仙花馥郁，异草芬芳，真好个所在。又听警幻笑道："你们快出来迎接贵客！"一语未了，只见房中又走出几个仙子来，皆是荷袂蹁跹，羽衣飘舞，姣若春花，媚如秋月。一见了宝玉，都怨谤警幻道："我们不知系何'贵客'，忙的接了出来！姐姐曾说今日今时必有绛珠妹子的生魂前来游玩，故我等久待。何故反引这浊物来污染这清净女儿之境？"

宝玉听如此说，便吓得欲退不能退，果觉自形污秽不堪。警幻忙携住宝玉的手，向众姊妹道："你等不知原委：今日原欲往荣府去接绛珠，适从宁府所过，偶遇宁荣二公之灵，嘱吾云：'吾家自国朝定鼎[1]以来，功名奕世[2]，富贵传流，虽历百年，奈运终数尽，不可挽回者。故遗之子孙虽多，竟无可以继业。其中惟嫡孙宝玉一人，禀性乖张，性情怪谲，虽聪明灵慧，略可望成，无奈吾家运数合终，恐无人规引入正。幸仙姑偶来，万望先以情欲声色等事警其痴顽，或能使彼跳出迷人圈子，然后入于正路，亦吾兄弟之幸矣。'如此嘱吾，故发慈心，引彼至此。先以彼家上中下三等女子之

[1] 定鼎：新朝建国定都。
[2] 奕（yì）世：世代绵延。

终身册籍，令彼熟玩，尚未觉悟；故引彼再至此处，令其再历饮馔声色之幻，或冀将来一悟，亦未可知也。”

说毕，携了宝玉入室。但闻一缕幽香，竟不知其所焚何物。宝玉遂不禁相问。警幻冷笑道：“此香尘世中既无，尔何能知！此香乃系诸名山胜境内初生异卉之精，合各种宝林珠树之油所制，名‘群芳髓’。”宝玉听了，自是羡慕而已。大家入座，小丫鬟捧上茶来。宝玉自觉清香异味，纯美非常，因又问何名。警幻道：“此茶出在放春山遣香洞，又以仙花灵叶上所带之宿露而烹，此茶名曰‘千红一窟’。”宝玉听了，点头称赏。因看房内，瑶琴、宝鼎、古画、新诗，无所不有；更喜窗下亦有唾绒[1]，奁间时渍粉污。壁上也见悬着一副对联，书云：

幽微灵秀地，无可奈何天。

宝玉看毕，无不羡慕。因又请问众仙姑姓名：一名痴梦仙姑，一名钟情大士，一名引愁金女，一名度恨菩提[2]，各各道号不一。少刻，有小丫鬟来调桌安椅，设摆酒馔。真是：琼浆满泛玻璃盏，玉液浓斟琥珀杯。更不用再说那肴馔之盛。宝玉因闻得此酒清香甘冽，异乎寻常，又不禁相问。警幻道：“此酒乃以百花之蕊，万木之汁，加以麟髓之醅、凤乳之麹[3]酿成，因名为‘万艳同杯’。”宝玉称赏不迭。

---

[1] 唾绒：旧时妇女刺绣时常咬断绣线以换线，所以口中常沾留线绒，随口吐出即所谓唾绒。
[2] 菩提：梵文音译，佛教术语，指觉悟、智慧。
[3] 醅（pēi）、麹（qū）：醅，未经过滤的酒；麹，酿酒用的发酵之物。

饮酒间，又有十二个舞女上来，请问演何词曲。警幻道："就将新制《红楼梦》十二支演上来。"舞女们答应了，便轻敲檀板，款按银筝，听他歌道是：

开辟鸿蒙……

方歌了一句，警幻便说道："此曲不比尘世中所填传奇之曲，必有生旦净末之则，又有南北九宫[1]之限。此或咏叹一人，或感怀一事，偶成一曲，即可谱入管弦。若非个中人[2]，不知其中之妙。料尔亦未必深明此调。若不先阅其稿，后听其歌，翻成嚼蜡矣。"说毕，回头命小丫鬟取了《红楼梦》原稿来，递与宝玉。宝玉接来，一面目视其文，一面耳聆其歌曰：

〔红楼梦引子〕　开辟鸿蒙[3]，谁为情种？都只为风月情浓。趁着这奈何天，伤怀日，寂寥时，试遣愚衷。因此上，演出这怀金悼玉的《红楼梦》。

怀金，金即指薛宝钗。悼玉，玉即指林黛玉。

〔终身误〕　都道是金玉良姻[4]，俺只念木石前盟[5]。空对着，山中高士晶莹雪；终不忘，世外仙姝寂寞林。叹人间，美中不足今方信。纵然是齐眉举案[6]，到底意难平。

贾、林的爱情悲剧和贾、薛的婚姻悲剧重叠在一起，是悲中之悲。

---

［1］南北九宫：指南北戏曲的宫调。南，指南曲（传奇）。北，指北曲（杂剧）。九宫，即九个宫调。

［2］个中人：局中人，行家。

［3］开辟鸿蒙：鸿蒙，宇宙形成前的原始混沌状态。开辟鸿蒙，即开天辟地。

［4］金玉良姻：指宝钗与宝玉的姻缘。宝钗有金锁，宝玉有通灵宝玉。

［5］木石前盟：据书中神瑛侍者以甘露灌溉绛珠仙草的神话，这里指宝玉与黛玉前生注定的爱情。

［6］齐眉举案：形容夫妻相敬。典出东汉梁鸿与孟光的故事。

〔枉凝眉〕 一个是阆苑仙葩，一个是美玉无瑕。若说没奇缘，今生偏又遇着他；若说有奇缘，如何心事终虚化？一个枉自嗟呀，一个空劳牵挂。一个是水中月，一个是镜中花。想眼中能有多少泪珠儿，怎经得秋流到冬尽，春流到夏！

人生阴差阳错的无奈。

宝玉听了此曲，散漫无稽，不见得好处；但其声韵凄惋，竟能销魂醉魄。因此也不察其原委，问其来历，就暂以此释闷而已。因又看下面唱道：

元春选为贵妃，将贾府推至“烈火烹油，鲜花着锦”的巅峰，她的猝亡又成为贾府权势急转直下的催化剂。

〔恨无常〕 喜荣华正好，恨无常又到。眼睁睁，把万事全抛。荡悠悠，把芳魂消耗。望家乡，路远山高。故向爹娘梦里相寻告：儿命已入黄泉，天伦呵，须要退步抽身早！

探春远嫁，与亲人生离死别之苦。

〔分骨肉〕 一帆风雨路三千，把骨肉家园齐来抛闪。恐哭损残年，告爹娘，休把儿悬念。自古穷通皆有定，离合岂无缘？从今分两地，各自保平安。奴去也，莫牵连。

史湘云身世孤苦，但性格豪爽。虽然嫁得才貌仙郎，却又中途分离。

〔乐中悲〕 襁褓中，父母叹双亡。纵居那绮罗从，谁知娇养？幸生来，英豪阔大宽宏量，从未将儿女私情略萦心上。好一似，霁月光风耀玉堂。厮配得才貌仙郎，博得个地久天长，准折得幼年时坎坷形状。终久是云散高唐，水涸湘江[1]。这是尘寰中消长数应当，何必枉悲伤！

〔世难容〕 气质美如兰，才华阜比仙。

[1] 云散高唐，水涸湘江：云散高唐，借楚怀王梦会巫山神女的故事，比喻史湘云夫妻离散。水涸湘江，用娥皇、女英二妃于湘江哭舜的故事，寓指史湘云的美好婚姻转瞬即逝。

天生成孤癖人皆罕。你道是啖肉食腥膻，视绮罗俗厌；却不知太高人愈妒，过洁世同嫌。可叹这，青灯古殿人将老；辜负了，红粉朱楼春色阑。到头来，依旧是风尘肮脏违心愿。好一似，无瑕白玉遭泥陷；又何须，王孙公子叹无缘。

妙玉高洁孤傲，难容于世。最后沦落风尘，违背了素日的心愿。

〔喜冤家〕　中山狼，无情兽，全不念当日根由。一味的骄奢淫荡贪还构。觑着那，侯门艳质同蒲柳；作践的，公府千金似下流。叹芳魂艳魄，一载荡悠悠。

迎春嫁给了禽兽一般的丈夫孙绍祖，命运最惨。

〔虚花悟〕　将那三春看破，桃红柳绿待如何？把这韶华打灭，觅那清淡天和。说什么，天上夭桃盛，云中杏蕊多。到头来，谁把秋捱过？则看那，白杨村里人呜咽，青枫林下鬼吟哦。更兼着，连天衰草遮坟墓。这的是，昨贫今富人劳碌，春荣秋谢花折磨。似这般，生关死劫谁能躲？闻说道，西方宝树唤婆娑，上结着长生果。

目睹家族的没落，目睹姊妹的不幸，惜春万念俱灰，遁入空门。

〔聪明累〕　机关算尽太聪明，反算了卿卿性命。生前心已碎，死后性空灵。家富人宁，终有个家亡人散各奔腾。枉费了，意悬悬半世心；好一似，荡悠悠三更梦。忽喇喇似大厦倾，昏惨惨似灯将尽。呀！一场欢喜忽悲辛。叹人世，终难定！

凤姐聪明反被聪明误。苦苦支撑危局，企图力挽狂澜，最后回天无力，终于一败涂地。

〔留馀庆[1]〕　留馀庆，留馀庆，忽遇恩人；幸娘亲，幸娘亲，积得阴功。劝人生，济困扶穷，休似俺那爱银钱忘骨肉的狠舅奸兄！正是乘除加减，上有苍穹。

贾府衰败，骨肉相残。巧姐为“狠舅奸兄”所出卖，有幸被刘姥姥救出火坑。

[1] 留馀庆：前辈留下的德泽。

李纨早寡，晚年时，儿子贾兰终于做官，李纨却猝然去世。

〔晚韶华〕 镜里恩情，更那堪梦里功名！那美韶华去之何迅！再休提绣帐鸳衾。只这带珠冠，披凤袄，也抵不了无常性命。虽说是，人生莫受老来贫，也须要阴骘积儿孙。气昂昂头戴簪缨，气昂昂头戴簪缨；光灿灿胸悬金印；威赫赫爵禄高登，威赫赫爵禄高登；昏惨惨黄泉路近。问古来将相可还存？也只是虚名儿与后人钦敬。

秦可卿自缢。贾府的子孙皆堕落腐败，不能继承祖业。

〔好事终〕 画梁春尽落香尘。擅风情，秉月貌，便是败家的根本。箕裘颓堕皆从敬，家事消亡首罪宁。[1] 宿孽总因情。

总写金陵十二钗的悲惨结局，总写贾府家亡人散、彻底败落的惨象。

〔收尾·飞鸟各投林〕 为官的，家业凋零；富贵的，金银散尽；有恩的，死里逃生；无情的，分明报应。欠命的，命已还；欠泪的，泪已尽。冤冤相报实非轻，分离聚合皆前定。欲知命短问前生，老来富贵也真侥幸。看破的，遁入空门；痴迷的，枉送了性命。好一似食尽鸟投林，落了片白茫茫大地真干净！

歌毕，还要歌副曲。警幻见宝玉甚无趣味，因叹："痴儿竟尚未悟！"那宝玉忙止歌姬不必再唱，自觉朦胧恍惚，告醉求卧。警幻便命撤去残席，送宝玉至一香闺绣阁之中，其间铺陈之盛，乃素所未见之物。更可骇者，早有一位女子在内，其鲜艳妩媚，有似乎宝钗，风流袅娜，则又如黛玉。正不知何意，忽警幻道："尘世中多少富贵之家，那些绿窗风月，绣阁烟霞，皆被淫污纨袴与那些流荡女子

[1] 箕裘（jī qiú）颓堕……首罪宁：箕裘颓堕，儿孙不能继承祖业。典出《礼记·学记》："良冶之子，必学为裘；良弓之子，必学为箕。"敬，指贾敬。宁，指宁国府。

悉皆玷辱。更可恨者，自古来多少轻薄浪子，皆以‘好色不淫’为饰，又以‘情而不淫’[1]作案，此皆饰非掩丑之语也。好色即淫，知情更淫。是以巫山之会，云雨之欢，皆由既悦其色、复恋其情所致也。吾所爱汝者，乃天下古今第一淫人也。”

宝玉听了，唬的忙答道：“仙姑差了。我因懒于读书，家父母尚每垂训饬，岂敢再冒‘淫’字。况且年纪尚小，不知‘淫’字为何物。”警幻道：“非也。淫虽一理，意则有别。如世之好淫者，不过悦容貌，喜歌舞，调笑无厌，云雨无时，恨不能尽天下之美女供我片时之趣兴，此皆皮肤滥淫之蠢物耳。如尔则天分中生成一段痴情，吾辈推之为‘意淫’。‘意淫’二字，惟心会而不可口传，可神通而不可语达。汝今独得此二字，在闺阁中，固可为良友，然于世道中未免迂阔怪诡，百口嘲谤，万目睚眦[2]。今既遇令祖宁荣二公剖腹深嘱，吾不忍君独为我闺阁增光，见弃于世道，是以特引前来，醉以灵酒，沁以仙茗，警以妙曲，再将吾妹一人，乳名兼美字可卿者，许配于汝。今夕良时，即可成姻。不过令汝领略此仙闺幻境之风光尚如此，何况尘境之情景哉？而今后万万解释，改悟前情，留意于孔孟之间，委身于经济之道[3]。”说毕便秘授以云雨之事，推宝玉入房，将门掩上自去。

情深而不涉淫乱，停留在精神层面的男女之情，是所谓“意淫”。

那宝玉恍恍惚惚，依警幻所嘱之言，未免有儿女之事，难以尽述。至次日，便柔情缱绻[4]，软语温存，与可卿难解难分。因二人携手出去游顽之

[1] 情而不淫：有情而不流于淫乱。
[2] 睚眦（yá zì）：瞪眼。
[3] 经济之道：封建社会治国安邦之道。
[4] 缱绻（qiǎn quǎn）：形容情投意合、温柔缠绵的样子。

时，忽至一个所在，但见荆榛遍地，狼虎同群，迎面一道黑溪阻路，并无桥梁可通。正在犹豫之间，忽见警幻后面追来，告道："快休前进，作速回头要紧！"宝玉忙止步问道："此系何处？"警幻道："此即迷津也。深有万丈，遥亘千里，中无舟楫可通，只有一个木筏，乃木居士掌舵，灰侍者撑篙，不受金银之谢，但遇有缘者渡之。尔今偶游至此，设如堕落其中，则深负我从前谆谆警戒之语矣。"话犹未了，只听迷津内水响如雷，竟有许多夜叉海鬼将宝玉拖将下去。吓得宝玉汗下如雨，一面失声喊叫："可卿救我！"吓得袭人辈众丫鬟忙上来搂住，叫："宝玉别怕，我们在这里！"

却说秦氏正在房外嘱咐小丫头们好生看着猫儿狗儿打架，忽听宝玉在梦中唤他的小名，因纳闷道："我的小名这里从没人知道的，他如何知道，在梦里叫出来？"正是：

一场幽梦同谁近，千古情人独我痴。

第六回

贾宝玉初试云雨情　刘姥姥一进荣国府

却说秦氏因听见宝玉从梦中唤他的乳名，心中自是纳闷，又不好细问。彼时宝玉迷迷惑惑，若有所失。众人忙端上桂圆汤来，呷了两口，遂起身整衣。袭人伸手与他系裤带时，不觉伸手至大腿处，只觉冰凉一片粘湿，唬的忙退出手来，问是怎么了。宝玉红涨了脸，把他的手一捻。袭人本是个聪明女子，年纪本又比宝玉大两岁，近来也渐通人事，今见宝玉如此光景，心中便觉察一半了，不觉也羞的红胀了脸面，不敢再问。仍旧理好衣裳，遂至贾母处来，胡乱吃毕了晚饭，过这边来。

袭人忙趁众奶娘丫鬟不在旁时，另取出一件中衣[1]来与宝玉换上。宝玉含羞央告道："好姐姐，千万别告诉人。"袭人亦含羞笑问道："你梦见什么故事了？是那里流出来的那些脏东西？"宝玉道："一言难尽。"说着便把梦中之事细说与袭人听了。说至警幻所授云雨之情，羞的袭人掩面伏身而笑。宝玉亦素喜袭人柔媚娇俏，遂强袭人同领警幻所训云雨之事。袭人素知贾母已将自己与了宝玉的，今便如此，亦不为越礼，遂和宝玉偷试一番，幸得无人撞见。自此宝玉视袭人更比别个不同，袭人待宝

---

［1］中衣：贴身衬裤。

玉更为尽心。暂且别无话说。

按荣府中一宅人合算起来，人口虽不多，从上至下也有三四百丁；虽事不多，一天也有一二十件，竟如乱麻一般，并无个头绪可作纲领。正寻思从那一件事自那一个人写起方妙，恰好忽从千里之外，芥荳之微，小小一个人家，因与荣府略有些瓜葛，这日正往荣府中来，因此便就此一家说来，倒还是头绪。你道这一家姓甚名谁，又与荣府有甚瓜葛？且听细讲。

方才所说的这小小之家，乃本地人氏，姓王，祖上曾作过小小的一个京官，昔年与凤姐之祖王夫人之父认识。因贪王家的势利，便连了宗[1]认作侄儿。那时只有王夫人之大兄凤姐之父与王夫人随在京中的，知有此一门连宗之族，馀者皆不认识。目今其祖已故，只有一个儿子，名唤王成，因家业萧条，仍搬出城外原乡中住去了。王成新近亦因病故，只有其子，小名狗儿。狗儿亦生一子，小名板儿，嫡妻刘氏，又生一女，名唤青儿。一家四口，仍以务农为业。因狗儿白日间又作些生计，刘氏又操井臼等事，青板姊弟两个无人看管，狗儿遂将岳母刘姥姥接来一处过活。这刘姥姥乃是个积年的老寡妇，膝下又无儿女，只靠两亩薄田度日。今者女婿接来养活，岂不愿意，遂一心一计，帮趁着女儿女婿过活起来。

因这年秋尽冬初，天气冷将上来，家中冬事未办，狗儿未免心中烦虑，吃了几杯闷酒，在家闲寻气恼，刘氏也不敢顶撞。因此刘姥姥看不过，乃劝

[1] 连了宗：即“联宗”，此指为拉关系把同姓而非同宗的人认作本家。

道："姑爷，你别嗔着我多嘴。咱们村庄人，那一个不是老老诚诚的，守多大碗儿吃多大的饭。你皆因年小的时候，托着你那老家之福，吃喝惯了，如今所以把持不住。有了钱就顾头不顾尾，没了钱就瞎生气，成个什么男子汉大丈夫呢！如今咱们虽离城住着，终是天子脚下。这长安城中，遍地都是钱，只可惜没人会去拿去罢了。在家跳蹋[1]会子也不中用。"狗儿听说，便急道："你老只会炕头儿上混说，难道叫我打劫偷去不成？"刘姥姥道："谁叫你偷去呢。也到底想法儿大家裁度，不然那银子钱自己跑到咱家来不成？"狗儿冷笑道："有法儿还等到这会子呢。我又没有收税的亲戚，作官的朋友，有什么法子可想的？便有，也只怕他们未必来理我们呢！"

京城里商机无限。

刘姥姥道："这倒不然。谋事在人，成事在天。咱们谋到了，看菩萨的保佑，有些机会，也未可知。我倒替你们想出一个机会来。当日你们原是和金陵王家连过宗的，二十年前，他们看承你们还好；如今自然是你们拉硬屎[2]，不肯去亲近他，故疏远起来。想当初我和女儿还去过一遭。他们家的二小姐着实响快，会待人，倒不拿大。如今现是荣国府贾二老爷的夫人。听得说，如今上了年纪，越发怜贫恤老，最爱斋僧敬道，舍米舍钱的。如今王府虽升了边任，只怕这二姑太太还认得咱们。你何不去走动走动，或者他念旧，有些好处，也未可知。要是他发一点好心，拔一根寒毛比咱们的腰还粗呢。"刘氏一旁接口道："你老虽说的是，但只你

---

[1] 跳蹋：着急顿足。

[2] 拉硬屎：装作硬气。

我这样个嘴脸，怎么好到他门上去的。先不先，他们那些门上的人也未必肯去通信。没的去打嘴现世[1]。”

谁知狗儿利名心最重，听如此一说，心下便有些活动起来。又听他妻子这话，便笑接道：“姥姥既如此说，况且当年你又见过这姑太太一次，何不你老人家明日就走一趟，先试试风头再说。”刘姥姥道：“嗳哟哟！可是说的‘侯门深似海’，我是个什么东西，他家人又不认得我，我去了也是白去的。”狗儿笑道：“不妨，我教你老人家一个法子：你竟带了外孙子板儿，先去找陪房[2]周瑞，若见了他，就有些意思了。这周瑞先时曾和我父亲交过一件事，我们极好的。”刘姥姥道：“我也知道他的。只是许多时不走动，知道他如今是怎样。这也说不得了，你又是个男人，又这样个嘴脸，自然去不得；我们姑娘年轻媳妇子，也难卖头卖脚的，倒还是舍着我这付老脸去碰一碰。果然有些好处，大家都有益；便是没银子来，我也到那公府侯门见一见世面，也不枉我一生。”说毕，大家笑了一回。当晚计议已定。

次日天未明，刘姥姥便起来梳洗了，又将板儿教训了几句。那板儿才五六岁的孩子，一无所知，听见带他进城逛去，便喜的无不应承。于是刘姥姥带他进城，找至宁荣街。

来至荣府大门石狮子前，只见簇簇轿马，刘姥姥便不敢过去，且掸了掸衣服，又教了板儿几句话，然后蹭到角门前。只见几个挺胸叠肚指手画脚

[1] 打嘴现世：说嘴打嘴，现世现报。
[2] 陪房：随富家女陪嫁的仆人。

的人，坐在大板凳上，说东谈西呢。刘姥姥只得蹭上来问："太爷们纳福[1]。"众人打量了他一会，便问"那里来的?"刘姥姥陪笑道："我找太太的陪房周大爷的，烦那位太爷替我请他老出来。"那些人听了，都不瞅睬，半日方说道："你远远的在那墙角下等着，一会子他们家有人就出来的。"内中有一老年人说道："不要误他的事，何苦要他。"因向刘姥姥道："那周大爷已往南边去了。他在后一带住着，他娘子却在家。你要找时，从这边绕到后街上后门上去问就是了。"

刘姥姥听了谢过，遂携了板儿，绕到后门上。只见门前歇着些生意担子，也有卖吃的，也有卖顽耍物件的，闹吵吵三二十个小孩子在那里厮闹。刘姥姥便拉住一个道："我问哥儿一声，有个周大娘可在家么?"孩子们道："那个周大娘？我们这里周大娘有三个呢，还有两个周奶奶，不知是那一行当的?"刘姥姥道："是太太的陪房周瑞。"孩子道："这个容易，你跟我来。"说着，跳蹿蹿的引着刘姥姥进了后门，至一院墙边，指与刘姥姥道："这就是他家。"又叫道："周大娘，有个老奶奶来找你呢，我带了来了。"

周瑞家的在内听说，忙迎了出来，问："是那位?"刘姥姥忙迎上来问道："好呀，周嫂子!"周瑞家的认了半日，方笑道："刘姥姥，你好呀！你说说，能几年，我就忘了。请家里来坐罢。"刘姥姥一壁里走着，一壁笑说道："你老是贵人多忘事，那里还记得我们呢。"说着，来至房中。周瑞家的命雇的小丫头倒上茶来吃着。周瑞家的又问板儿

[1] 纳福：受福。见面时说的客套话。

道："你都长这们大了！"又问些别后闲话。又问刘姥姥："今日还是路过，还是特来的？"刘姥姥便说："原是特来瞧瞧嫂子你，二则也请请姑太太的安。若可以领我见一见更好，若不能，便借重嫂子转致意罢了。"

周瑞家的听了，便已猜着几分来意。只因昔年他丈夫周瑞争买田地一事，其中多得狗儿之力，今见刘姥姥如此而来，心中难却其意；二则也要显弄自己的体面。听如此说，便笑说道："姥姥你放心。大远的诚心诚意来了，岂有个不教你见个真佛去的呢。论理，人来客至回话，却不与我相干。我们这里都是各占一样儿：我们男的只管春秋两季地租子，闲时只带着小爷们出门子就完了；我只管跟太太奶奶们出门的事。皆因你原是太太的亲戚，又拿我当个人，投奔了我来，我就破个例，给你通个信去。但只一件，姥姥有所不知，我们这里又不比五年前了。如今太太竟不大管事，都是琏二奶奶管家了。你道这琏二奶奶是谁？就是太太的内侄女，当日大舅老爷的女儿，小名凤哥的。"刘姥姥听了，罕问道："原来是他！怪道呢，我当日就说他不错呢。这等说来，我今儿还得见他了。"周瑞家的道："这自然的。如今太太事多心烦，有客来了，略可推得去的就推过去了，都是凤姑娘周旋迎待。今儿宁可不会太太，倒要见他一面，才不枉这里来一遭。"刘姥姥道："阿弥陀佛！全仗嫂子方便了。"周瑞家的道："说那里话。俗语说的：'与人方便，自己方便。'不过用我说一句话罢了，害着我什么。"说着，便叫小丫头到倒厅[1]上悄悄的打听打

[1] 倒厅：旧时建筑中坐南向北的厅房以及大厅后面向后院开门的附属部分。

听，老太太屋里摆了饭了没有。小丫头去了。这里二人又说些闲话。

刘姥姥因说："这凤姑娘今年大还不过二十岁罢了，就这等有本事，当这样的家，可是难得的。"周瑞家的听了道："我的姥姥，告诉不得你呢。这位凤姑娘年纪虽小，行事却比世人都大呢。如今出挑的美人一样的模样儿，少说些有一万个心眼子。再要赌口齿，十个会说话的男人也说他不过。回来你见了就信了。就只一件，待下人未免太严些个。"说着，只见小丫头回来说："老太太屋里已摆完了饭了，二奶奶在太太屋里呢。"周瑞家的听了，连忙起身，催着刘姥姥说："快走，快走。这一下来他吃饭是个空子，咱们先赶着去。若迟一步，回事的人也多了，难说话。再歇了中觉，越发没了时候了。"说着一齐下了炕，打扫打扫衣服，又教了板儿几句话，随着周瑞家的，逶迤往贾琏的住处来。

从周瑞家的角度，对凤姐的形象做侧面的描写。

荣国府里最忙的人，当然也是最有实权的人物。

先到了倒厅，周瑞家的将刘姥姥安插在那里略等一等。自己先过了影壁，进了院门，知凤姐未下来，先找着凤姐的一个心腹通房大丫头[1]名唤平儿的。周瑞家的先将刘姥姥起初来历说明，又说："今日大远的特来请安。当日太太是常会的，今日不可不见，所以我带了他进来了。等奶奶下来，我细细回明，奶奶想也不责备我莽撞的。"平儿听了，便作了主意："叫他们进来，先在这里坐着就是了。"周瑞家的听了，方出去引他两个进入院来。

上了正房台矶，小丫头打起猩红毡帘，才入堂屋，只闻一阵香扑了脸来，竟不辨是何气味，身子如在云端里一般。满屋中之物都耀眼争光的，使人

[1] 通房大丫头：已经收纳为妾的侍婢。

借刘姥姥的窥富，从一个乡下穷老婆子的视角，写贾府的无比奢华，取得一种陌生化的美感。加上板儿的反应，进一步加强了表现的艺术效果。

一面突出贾府的奢华，一面又突出了平儿的美貌和气质。

头悬目眩。刘姥姥此时惟点头咂嘴念佛而已。于是来至东边这间屋内，乃是贾琏的女儿大姐儿睡觉之所。平儿站在炕沿边，打量了刘姥姥两眼，只得问个好让坐。刘姥姥见平儿遍身绫罗，插金带银，花容玉貌的，便当是凤姐儿了。才要称姑奶奶，忽见周瑞家的称他是平姑娘，又见平儿赶着周瑞家的称周大娘，方知不过是个有些体面的丫头了。于是让刘姥姥和板儿上了炕，平儿和周瑞家的对面坐在炕沿上，小丫头子斟了茶来吃茶。

刘姥姥只听见咯当咯当的响声，大有似乎打箩柜筛面[1]的一般，不免东瞧西望的。忽见堂屋中柱子上挂着一个匣子，底下又坠着一个秤砣般一物，却不住的乱幌。刘姥姥心中想着："这是什么爱物儿[2]？有甚用呢？"正呆时，只听得当的一声，又若金钟铜磬一般，不防倒唬的一展眼。接着又是一连八九下。方欲问时，只见小丫头子们齐乱跑，说："奶奶下来了。"周瑞家的与平儿忙起身，命刘姥姥"只管等着，是时候我们来请你"。说着，都迎出去了。

刘姥姥屏声侧耳默候。只听远远有人笑声，约有一二十妇人，衣裙窸窣，渐入堂屋，往那边屋内去了。又见两三个妇人，都捧着大漆捧盒，进这边来等候。听得那边说了声"摆饭"，渐渐的人才散出，只有伺候端菜的几个人。半日鸦雀不闻之后，忽见二人抬了一张炕桌来，放在这边炕上，桌上碗盘森列，仍是满满的鱼肉在内，不过略动了几样。板儿一见了，便吵着要肉吃，刘姥姥一巴掌打了他

[1] 打箩柜筛面：木柜里装有筛面的箩，踩踏机关筛面的时候，发出咯噔咯噔的声音。
[2] 爱物儿：玩意儿。

去。忽见周瑞家的笑嘻嘻走过来，招手儿叫他。刘姥姥会意，于是带了板儿下炕，至堂屋中，周瑞家的又和他唧咕了一会，方过这边屋里来。

只见门外錾铜钩上悬着大红撒花软帘，南窗下是炕，炕上大红毡条，靠东边板壁立着一个锁子锦[1]靠背与一个引枕，铺着金心绿闪缎大坐褥，旁边有雕漆痰盒。那凤姐儿家常带着秋板貂鼠昭君套[2]，围着攒珠勒子[3]，穿着桃红撒花袄，石青刻丝灰鼠披风，大红洋绉银鼠皮裙，粉光脂艳，端端正正坐在那里，手内拿着小铜火箸儿拨手炉内的灰。平儿站在炕沿边，捧着小小的一个填漆[4]茶盘，盘内一个小盖钟。凤姐也不接茶，也不抬头，只管拨手炉内的灰，慢慢的问道："怎么还不请进来？"一面说，一面抬身要茶时，只见周瑞家的已带了两个人在地下站着呢。这才忙欲起身犹未起身时，满面春风的问好，又嗔着周瑞家的怎么不早说。刘姥姥在地下已是拜了数拜，问姑奶奶安。凤姐忙说："周姐姐，快搀起来，别拜罢，请坐。我年轻，不大认得，可也不知是什么辈数，不敢称呼。"周瑞家的忙回道："这就是我才回的那姥姥了。"凤姐点头。刘姥姥已在炕沿上坐了。板儿便躲在背后，百般的哄他出来作揖，他死也不肯。

矜持而又保持必要的礼貌。

凤姐儿笑道："亲戚们不大走动，都疏远了。知道的呢，说你们弃厌我们，不肯常来；不知道的那起小人，还只当我们眼里没人似的。"刘姥姥忙念佛道："我们家道艰难，走不起，来了这里，没

[1] 锁子锦：用金丝线织成锁链形图案的锦缎。
[2] 秋板貂鼠昭君套：用秋季绒毛没有长全的貂鼠皮做的没有顶的女用皮帽罩。
[3] 勒子：帽箍，用珠玉或绒缎做成，套在额上，掩至耳间。
[4] 填漆：一种漆器工艺。

的给姑奶奶打嘴，就是管家爷们看着也不像。”凤姐儿笑道：“这话没的叫人恶心。不过借赖着祖父虚名，作了穷官儿，谁家有什么，不过是个旧日的空架子。俗语说，‘朝廷还有三门子穷亲戚’呢，何况你我。”说着，又问周瑞家的回了太太了没有。周瑞家的道：“如今等奶奶的示下。”凤姐道：“你去瞧瞧，要是有人有事就罢，得闲儿呢就回，看怎么说。”周瑞家的答应着去了。

这里凤姐叫人抓些果子与板儿吃，刚问些闲话时，就有家下许多媳妇管事的来回话。平儿回了，凤姐道：“我这里陪客呢，晚上再来回。若有很要紧的，你就带进来现办。”平儿出去了，一会进来说：“我都问了，没什么紧事，我就叫他们散了。”凤姐点头。只见周瑞家的回来，向凤姐道：“太太说了，今日不得闲，二奶奶陪着便是一样。多谢费心想着。白来逛逛呢便罢；若有甚说的，只管告诉二奶奶，都是一样。”刘姥姥道：“也没甚说的，不过是来瞧瞧姑太太、姑奶奶，也是亲戚们的情分。”周瑞家的道：“没甚说的便罢；若有话，只管回二奶奶，是和太太一样的。”一面说，一面递眼色与刘姥姥。

刘姥姥会意，未语先飞红的脸，欲待不说，今日又所为何来？只得忍耻说道：“论理今儿初次见姑奶奶，却不该说，只是大远的奔了你老这里来，也少不的说了。”刚说到这里，只听二门上小厮们回说：“东府里的小大爷进来了。”凤姐忙止刘姥姥：“不必说了。”一面便问：“你蓉大爷在那里呢？”只听一路靴子脚响，进来了一个十七八岁的少年，面目清秀，身材俊俏，轻裘宝带，美服华冠。刘姥姥此时坐不是，立不是，藏没处藏。凤姐

小说忌平，插进一个贾蓉借炕屏的事，多一曲折。

笑道："你只管坐着，这是我侄儿。"刘姥姥方扭扭捏捏在炕沿上坐了。

贾蓉笑道："我父亲打发我来求婶子，说上回老舅太太给婶子的那架玻璃炕屏，明日请一个要紧的客，借了略摆一摆就送过来。"凤姐道："说迟了一日，昨儿已经给了人了。"贾蓉听着，嘻嘻的笑着，在炕沿上半跪道："婶子若不借，又说我不会说话了，又挨一顿好打呢。婶子只当可怜侄儿罢。"凤姐笑道："也没见你们，王家的东西都是好的不成？你们那里放着那些好东西，只是看不见，偏我的就是好的。"贾蓉笑道："那里有这个好呢！只求开恩罢。"凤姐道："若碰一点儿，你可仔细你的皮！"因命平儿拿了楼房的钥匙，传几个妥当人抬去。贾蓉喜的眉开眼笑，说："我亲自带了人拿去，别由他们乱碰。"说着便起身出去了。

凤姐则厉害中透着亲密。

这里凤姐忽又想起一事来，便向窗外："叫蓉哥回来。"外面几个人接声说："蓉大爷快回来。"贾蓉忙复身转来，垂手侍立，听阿凤指示。那凤姐只管慢慢的吃茶，出了半日的神，又笑道："罢了，你且去罢。晚饭后你来再说罢。这会子有人，我也没精神了。"贾蓉应了一声，方慢慢的退去。

场面暧昧。

这里刘姥姥心神方定，才又说道："今日我带了你侄儿来，也不为别的，只因他老子娘在家里，连吃的都没有。如今天又冷了，越想没个派头儿[1]，只得带了你侄儿奔了你老来。"说着又推板儿道："你那爹在家怎么教你来？打发咱们作煞事来？只顾吃果子咧。"凤姐早已明白了，听他不会说话，因笑止道："不必说了，我知道了。"因问周

[1] 派头儿：盼头儿。

瑞家的："这姥姥不知可用了早饭没有？"刘姥姥忙说道："一早就往这里赶咧，那里还有吃饭的工夫咧。"凤姐听说，忙命快传饭来。一时周瑞家的传了一桌客饭来，摆在东边屋内，过来带了刘姥姥和板儿过去吃饭。

凤姐说道："周姐姐，好生让着些儿，我不能陪了。"于是过东边房里来。又叫过周瑞家的去，问他才回了太太，说了些什么？周瑞家的道："太太说，他们家原不是一家子，不过因出一姓，当年又与太老爷在一处作官，偶然连了宗的。这几年来也不大走动。当时他们来一遭，却也没空了他们。今儿既来了瞧瞧我们，是他的好意思，也不可简慢了他。便是有什么说的，叫奶奶裁度着就是了。"凤姐听了说道："我说呢，既是一家子，我如何连影儿也不知道。"

平儿打听好了王夫人的意图，凤姐心里有数了。

说话时，刘姥姥已吃毕了饭，拉了板儿过来，舔舌咂嘴的道谢。凤姐笑道："且请坐下，听我告诉你老人家。方才的意思，我已知道了。若论亲戚之间，原该不等上门来就该有照应才是。但如今家内杂事太烦，太太渐上了年纪，一时想不到也是有的。况是我近来接着管些事，都不知道这些亲戚们。二则外头看着虽是烈烈轰轰的，殊不知大有大的艰难去处，说与人也未必信罢。今儿你既老远的来了，又是头一次见我张口，怎好叫你空回去呢。可巧昨儿太太给我的丫头们做衣裳的二十两银子，我还没动呢，你若不嫌少，就暂且先拿了去罢。"

"大有大的艰难去处"，此话从凤姐嘴里说出来，意味深长。

那刘姥姥先听见告艰难，只当是没有，心里便突突的；后来听见给他二十两，喜的又浑身发痒起来，说道："嗳，我也是知道艰难的。但俗语说的：'瘦死的骆驼比马大'，凭他怎样，你老拔根寒毛比我们的腰还粗呢!”周瑞家的见他说的粗鄙，只管使眼色止他。凤姐看见，笑而不睬，只命平儿把昨儿那包银子拿来，再拿一吊钱来，都送到刘姥姥的跟前。凤姐乃道：“这是二十两银子，暂且给这孩子做件冬衣罢。若不拿着，就真是怪我了。这钱雇车坐罢。改日无事，只管来逛逛，方是亲戚们的意思。天也晚了，也不虚留你们了，到家里该问好的问个好儿罢。”一面说，一面就站了起来。

刘姥姥只管千恩万谢的，拿了银子钱，随了周瑞家的来至外面。周瑞家的道：“我的娘啊！你见了他怎么倒不会说了？开口就是‘你侄儿’。我说句不怕你恼的话，便是亲侄儿，也要说和软些。蓉大爷才是他的正经侄儿呢，他怎么又跑出这么一个侄儿来了。”刘姥姥笑道：“我的嫂子，我见了他，心眼儿里爱还爱不过来，那里还说的上话来呢。”二人说着，又到周瑞家坐了片时。刘姥姥便要留下一块银子与周瑞家孩子们买果子吃，周瑞家的如何放在眼里，执意不肯。刘姥姥感谢不尽，仍从后门去了。正是：

得意浓时易接济，受恩深处胜亲朋。

刘姥姥似乎是一个不相干的人，其实不然。她一进荣国府，乃至二进、三进，恰好成为贾府兴衰的见证人。三进已经是八十回以后的事情。

第七回

送宫花贾琏戏熙凤　宴宁府宝玉会秦钟

话说周瑞家的送了刘姥姥去后，便上来回王夫人话。谁知王夫人不在上房，问丫鬟们时，方知往薛姨妈那边闲话去了。周瑞家的听说，便转出东角门至东院，往梨香院来。刚至院门前，只见王夫人的丫鬟金钏儿，和一个才留了头[1]的小女孩儿站在台阶坡上顽。见周瑞家的来了，便知有话回，因向内努嘴儿。

周瑞家的轻轻掀帘进去，只见王夫人和薛姨妈长篇大套的说些家务人情等语。周瑞家的不敢惊动，遂进里间来。只见薛宝钗穿着家常衣服，头上只散挽着纂[2]儿，坐在炕里边，伏在小炕桌上同丫鬟莺儿正描花样子呢。见他进来，宝钗才放下笔，转过身来，满面堆笑让："周姐姐坐。"周瑞家的也忙陪笑问"姑娘好?"一面炕沿上坐了，因说："这有两三天也没见姑娘到那边逛逛去，只怕是你宝兄弟冲撞了你不成?"宝钗笑道："那里的话。只因我那种病又发了，所以这两天没出屋子。"周瑞家的道："正是呢，姑娘到底有什么病根儿，也该趁早儿请个大夫来，好生开个方子，认真吃几剂

[1] 留了头：古时女子幼年剃发，随着年龄增长，先留顶心头发，再留全发，又叫"留满头"。
[2] 纂（zuǎn）儿：妇女梳在头后的发髻。

药，一势儿除了根才是。小小的年纪倒作下个病根儿，也不是顽的。”宝钗听了便笑道：“再不要提吃药。为这病请大夫吃药，也不知白花了多少银子钱呢。凭你什么名医仙药，从不见一点儿效。后来还亏了一个秃头和尚，说专治无名之症，因请他看了。他说我这是从胎里带来的一股热毒，幸而先天壮，还不相干；若吃寻常药，是不中用的。他就说了一个海上方[1]，又给了一包药末子作引子，异香异气的，不知是那里弄了来的。他说发了时吃一丸就好。倒也奇怪，吃他的药倒效验些。”

周瑞家的因问：“不知是个什么海上方儿？姑娘说了，我们也记着，说与人知道，倘遇见这样病，也是行好的事。”宝钗见问，乃笑道：“不用这方儿还好，若用了这方儿，真真把人琐碎死。东西药料一概都有限，只难得‘可巧’二字：要春天开的白牡丹花蕊十二两，夏天开的白荷花蕊十二两，秋天的白芙蓉蕊十二两，冬天的白梅花蕊十二两。将这四样花蕊，于次年春分这日晒干，和在药末子一处，一齐研好。又要雨水这日的雨水十二钱，……”周瑞家的忙道：“嗳哟！这么说来，这就得三年的工夫。倘或雨水这日竟不下雨，这却怎处呢？”宝钗笑道：“所以说那里有这样可巧的雨，便没雨也只好再等罢了。还要白露这日的露水十二钱，霜降这日的霜十二钱，小雪这日的雪十二钱。把这四样水调匀，和了药，再加十二钱蜂蜜，十二钱白糖，丸了龙眼大的丸子，盛在旧磁坛内，埋在花根底下。若发了病时，拿出来吃一丸，用十二分黄柏煎汤送下。”

此处皆小说家言，不可认真。

[1] 海上方：民间秘方。

周瑞家的听了笑道："阿弥陀佛，真巧死人的事儿！等十年未必都这样巧的呢。"宝钗道："竟好，自他说了去后，一二年间可巧都得了，好容易配成一料。如今从南带至北，现在就埋在梨花树底下呢。"周瑞家的又问道："这药可有名字没有呢？"宝钗道："有。这也是那癞头和尚说下的，叫作'冷香丸'。"周瑞家的听了，点头儿，因又说："这病发了时到底觉怎么着？"宝钗道："也不觉甚怎么着，只不过喘嗽些，吃一丸下去也就好些了。"

宝钗有理智的一面，吃的药也带"冷"字。甄士隐三次遇到一僧一道；林黛玉三岁时，有一个"癞头和尚"要化她出家；冷香丸的方子是一个"秃头和尚"给的。这种半仙似的人物一出现，必然伴随着超现实的情节，使故事活泛起来。

周瑞家的还欲说话时，忽听王夫人问："谁在房里呢？"周瑞家的忙出去答应了，趁便回了刘姥姥之事。略待半刻，见王夫人无语，方欲退出，薛姨妈忽又笑道："你且站住。我有一宗东西，你带了去罢。"说着便叫香菱。只听帘栊响处，方才和金钏顽的那个小丫头进来了，问："奶奶叫我作什么？"薛姨妈道："把匣子里的花儿拿来。"香菱答应了，向那边捧了个小锦匣来。薛姨妈道："这是宫里头的新鲜样法，拿纱堆的花儿十二支。昨儿我想起来，白放着可惜了儿的，何不给他们姊妹们戴去。昨儿要送去，偏又忘了。你今儿来的巧，就带了去罢。你家的三位姑娘，每人一对，剩下的六枝，送林姑娘两枝，那四枝给了凤哥罢。"王夫人道："留着给宝丫头戴罢，又想着他们作什么。"薛姨妈道："姨娘不知道，宝丫头古怪着呢，他从来不爱这些花儿粉儿的。"

天生丽质，不需打扮。

说着，周瑞家的拿了匣子，走出房门，见金钏仍在那里晒日阳儿。周瑞家的因问他道："那香菱小丫头子，可就是常说临上京时买的、为他打人命官司的那个小丫头子么？"金钏道："可不就是他。"正说着，只见香菱笑嘻嘻的走来。周瑞家的便拉了他的手，细细的看了一会，因向金钏儿笑道："倒好个模样儿，竟有些像咱们东府里蓉大奶奶的品格儿。"金钏儿笑道："我也是这们说呢。"周瑞家的又问香菱："你几岁投身到这里？"又问："你父母今在何处？今年十几岁了？本处是那里人？"香菱听问，都摇头说："不记得了。"周瑞家的和金钏儿听了，倒反为叹息伤感一回。

苦命。

一时间周瑞家的携花至王夫人正房后头来。原来近日贾母说孙女儿们太多了，一处挤着倒不方便，只留宝玉黛玉二人这边解闷，却将迎、探、惜三人移到王夫人这边房后三间小抱厦内居住，令李纨陪伴照管。如今周瑞家的故顺路先往这里来，只见几个小丫头子都在抱厦内听呼唤呢。迎春的丫鬟司棋与探春的丫鬟待书二人正掀帘子出来，手里都捧着茶钟，周瑞家的便知他们姊妹在一处坐着呢，遂进入内房，只见迎春、探春二人正在窗下围棋。周瑞家的将花送上，说明缘故。二人忙住了棋，都欠身道谢，命丫鬟们收了。

贾母最疼的是宝玉和黛玉。迎春、探春和惜春则靠后。

周瑞家的答应了，因说："四姑娘不在房里，只怕在老太太那边呢。"丫鬟们道："那屋里不是四姑娘？"周瑞家的听了，便往这边屋里来。只见惜春正同水月庵的小姑子智能儿一处顽耍呢，见周瑞家的进来，惜春便问他何事。周瑞家的便将花匣打开，说明原故。惜春笑道："我这里正和智能儿说，我明儿也剃了头同他作姑子去呢，可巧又送了花儿来；若剃了头，可把这花儿戴在那里呢？"说着，大家取笑一回，惜春命丫鬟入画来收了。

再一次暗示：惜春的结局是出家当尼姑。

周瑞家的因问智能儿："你是什么时候来的？

你师父那秃歪剌[1]往那里去了?”智能儿道:“我们一早就来了。我师父见了太太,就往于老爷府内去了,叫我在这里等他呢。”周瑞家的又道:“十五的月例香供银子可曾得了没有?”智能儿摇头儿说:“我不知道。”惜春听了,便问周瑞家的:“如今各庙月例银子是谁管着?”周瑞家的道:“是余信管着。”惜春听了笑道:“这就是了。他师父一来,余信家的就赶上来,和他师父咕唧了半日,想是就为这事了。”

那周瑞家的又和智能儿劳叨了一会,便往凤姐儿处来。穿夹道从李纨后窗下过,隔着玻璃窗户,见李纨在炕上歪着睡觉呢,遂越过西花墙,出西角门进入凤姐院中。走至堂屋,只见小丫头丰儿坐在凤姐房门槛上,见周瑞家的来了,连忙摆手儿叫他往东屋里去。周瑞家的会意,忙蹑手蹑足往东边房里来,只见奶子正拍着大姐儿睡觉呢。周瑞家的悄问奶子道:“姐儿睡中觉呢?也该清醒了。”奶子摇头儿。正说着,只听那边一阵笑声,却有贾琏的声音。接着房门响处,平儿拿着大铜盆出来,叫丰儿舀水进去。平儿便到这边来,一见了周瑞家的便问:“你老人家又跑了来作什么?”周瑞家的忙起身,拿匣子与他,说送花儿一事。平儿听了,便打开匣子,拿了四枝,转身去了。半刻工夫,手里拿出两枝来,先叫彩明吩咐道:“送到那边府里给小蓉大奶奶戴去。”次后方命周瑞家的回去道谢。

周瑞家的这才往贾母这边来。穿过了穿堂,抬头忽见他女儿打扮着才从他婆家来。周瑞家的忙问:“你这会跑来作什么?”他女儿笑道:“妈一向

[1] 秃歪剌:骂尼姑的话。歪剌,不正经的女人。

身上好？我在家里等了这半日，妈竟不出去，什么事情这样忙的不回家？我等烦了，自己先到了老太太跟前请了安了，这会子请太太的安去。妈还有什么不了的差事，手里是什么东西？”周瑞家的笑道：“嗳！今儿偏偏的来了个刘姥姥，我自己多事，为他跑了半日；这会子又被姨太太看见了，送这几枝花儿与姑娘奶奶们。这会子还没送清楚呢。你这会子跑了来，一定有什么事。”他女儿笑道：“你老人家倒会猜。实对你老人家说，你女婿前儿因多吃了两杯酒，和人分争，不知怎的被人放了一把邪火[1]，说他来历不明，告到衙门里，要递解还乡。所以我来和你老人家商议商议，这个情分，求那一个可了事呢？”周瑞家的听了道：“我就知道呢。这有什么大不了的事！你且家去等我，我给林姑娘送了花儿去就回家去。此时太太二奶奶都不得闲儿，你回去等我。这有什么，忙的如此。”女儿听说，便回去了，又说：“妈，好歹快来。”周瑞家的道：“是了。小人儿家没经过什么事，就急得你这样了。”说着，便到黛玉房中去了。

女婿被人告了，周瑞家的不当回事，一点儿也不着急，间接写贾府的势力之大。

谁知此时黛玉不在自己房中，却在宝玉房中大家解九连环[2]玩呢。周瑞家的进来笑道：“林姑娘，姨太太着我送花儿与姑娘戴来了。”宝玉听说，便先问：“什么花儿？拿来给我。”一面早伸手接过来了。开匣看时，原来是宫制堆纱新巧的假花儿。黛玉只就宝玉手中看了一看，便问道：“还是单送我一人的，还是别的姑娘们都有呢？”周瑞家的道：“各位都有了，这两枝是姑娘的了。”黛玉冷笑道：

[1] 放了一把邪火：造谣中伤。
[2] 九连环：一种智力玩具。九个圆环套在一个框架上，全部解下者为胜。

“我就知道，别人不挑剩下的也不给我。”周瑞家的听了，一声儿不言语。宝玉便问道：“周姐姐，你作什么到那边去了?”周瑞家的因说：“太太在那里，因回话去了，姨太太就顺便叫我带来了。”宝玉道：“宝姐姐在家作什么呢？怎么这几日也不过这边来?”周瑞家的道：“身上不大好呢。”宝玉听了，便和丫头说：“谁去瞧瞧？只说我与林姑娘打发了来请姨太太姐姐安，问姐姐是什么病，现吃什么药。论理我该亲自来的，就说才从学里来，也着了些凉，异日再亲自来看罢。”说着，茜雪便答应去了。周瑞家的自去，无话。

什么官司，还不是一句话的事。至此方才点出，那冷子兴竟是周瑞家的女婿，难怪他对贾府的情况如此了解。他对凤姐的评价正从周瑞家的那里来。回味前文，可以体味出作者设置这一辅助人物的意图。

原来这周瑞的女婿，便是雨村的好友冷子兴，近因卖古董和人打官司，故教女人来讨情分。周瑞家的仗着主子的势利，把这些事也不放在心上，晚间只求求凤姐儿便完了。

至掌灯时分，凤姐已卸了妆，来见王夫人回话：“今儿甄家送了来的东西，我已收了。咱们送他的，趁着他家有年下进鲜[1]的船回去，一并都交给他们带了去罢?”王夫人点头。凤姐又道：“临安伯老太太生日的礼已经打点了，派谁送去呢?”王夫人道：“你瞧谁闲着，就叫他们去四个女人就是了，又来当什么正经事问我。”凤姐又笑道：“今日珍大嫂子来，请我明日过去逛逛，明日倒没有什么事情。”王夫人道：“有事没事都害不着什么。每常他来请，有我们，你自然不便意[2]；他既不请我们，单请你，可知是他诚心叫你散淡散淡，别辜

[1] 进鲜：官僚贵族向皇帝进献水果鱼虾等时鲜物品。
[2] 便意：方便。

负了他的心，便有事也该过去才是。”凤姐答应了。当下李纨、迎、探等姐妹们亦来定省毕，各自归房无话。

次日凤姐梳洗了，先回王夫人毕，方来辞贾母。宝玉听了，也要跟了逛去。凤姐只得答应，立等着换了衣服，姐儿两个坐了车，一时进入宁府。早有贾珍之妻尤氏与贾蓉之妻秦氏婆媳两个，引了多少姬妾丫鬟媳妇等接出仪门。那尤氏一见了凤姐，必先笑嘲一阵，一手携了宝玉同入上房来归坐。秦氏献茶毕。凤姐因说："你们请我来作什么？有什么好东西孝敬我，就快献上来，我还有事呢。”尤氏秦氏未及答话，地下几个姬妾先就笑说："二奶奶今儿不来就罢，既来了就依不得二奶奶了。”正说着，只见贾蓉进来请安。宝玉因问："大哥哥今日不在家么？”尤氏道："出城与老爷请安去了。可是，你怪闷的，坐在这里作什么？何不也去逛逛。”

秦氏笑道："今儿巧，上回宝叔立刻要见的我那兄弟，他今儿也在这里，想在书房里呢，宝叔何不去瞧一瞧？”宝玉听了，即便下炕要走。尤氏凤姐都忙说："好生着，忙什么？”一面便吩咐好生小心跟着，别委曲着他，倒比不得跟了老太太过来就罢了。凤姐说道："既这么着，何不请进这秦小爷来，我也瞧一瞧。难道我见不得他不成？”尤氏笑道："罢，罢！可以不必见，他比不得咱们家的孩子们，胡打海摔的惯了。人家的孩子都是斯斯文文的惯了，乍见了你这破落户，还被人笑话死了呢。”凤姐笑道："普天下的人，我不笑话就罢了。竟叫这小孩子笑话我不成？”贾蓉笑道："不是这话，他生的腼腆，没见过大阵仗儿，婶子见了，没的生气。”凤姐道：“凭他什么样儿的，我也要见一见！别放你娘的屁了。再不带我看看，给你一顿好嘴巴。”贾蓉笑嘻嘻的说：“我不敢扭着，就带他来。”

说着，果然出去带进一个小后生来，较宝玉略瘦些，眉清目秀，粉面朱唇，身材俊俏，举止风流，似在宝玉之上，只是怯怯羞羞，有女儿之态，腼腆含糊，慢向凤姐作揖问好。凤姐喜的先推宝玉，笑道：“比下去了！”便探身一把携了这孩子的手，就命他身傍坐了，慢慢的问他：几岁了，读什么书，弟兄几个，学名唤什么。秦钟一一答应了。早有凤姐的丫鬟媳妇们见凤姐初会秦钟，并未备得表礼[1]来，遂忙过那边去告诉平儿。平儿知道凤姐与秦氏厚密，虽是小后生家，亦不可太俭，遂自作主意，拿了一匹尺头、两个“状元及第”的小金锞子[2]，交付与来人送过去。凤姐犹笑说太简薄等语。秦氏等谢毕。一时吃过饭，尤氏、凤姐、秦氏等抹骨牌，不在话下。

那宝玉自见了秦钟的人品出众，心中似有所失，痴了半日，自己心中又起了呆意，乃自思道：“天下竟有这等人物！如今看来，我竟成了泥猪癞狗了。可恨我为什么生在这侯门公府之家，若也生在寒门薄宦之家，早得与他交结，也不枉生了一世。我虽如此比他尊贵，可知锦绣纱罗，也不过裹了我这根死木头；美酒羊羔，也不过填了我这粪窟泥沟。‘富贵’二字，不料遭我荼毒了！”秦钟自见了宝玉形容出众，举止不凡，更兼金冠绣服，骄婢侈童，心中亦自思道：“果然这宝玉怨不得人溺爱

[1] 表礼：赠送或赏赐的礼物。
[2] 尺头、“状元及第”的小金锞子：尺头，衣料。“状元及第”的小金锞子，小金锭，印有状元戴花骑马的图案。

他。可恨我偏生于清寒之家，不能与他耳鬓交接，可知‘贫窭’[1]二字限人，亦世间之大不快事。”二人一样的胡思乱想。忽然宝玉问他读什么书。秦钟见问，因而答以实话。二人你言我语，十来句后，越觉亲密起来。

宝玉喜欢的男孩，就是像秦钟一样的，带有女性气质的男孩。

一时摆上茶果，宝玉便说：“我两个又不吃酒，把果子摆在里间小炕上，我们那里坐去，省得闹你们。”于是二人进里间来吃茶。秦氏一面张罗与凤姐摆酒果，一面忙进来嘱宝玉道：“宝叔，你侄儿倘或言语不防头[2]，你千万看着我，不要理他。他虽腼腆，却性子左强[3]，不大随和此是有的。”宝玉笑道：“你去罢，我知道了。”秦氏又嘱了他兄弟一回，方去陪凤姐。

一时凤姐尤氏又打发人来问宝玉：“要吃什么，外面有，只管要去。”宝玉只答应着，也无心在饮食上，只问秦钟近日家务等事。秦钟因说：“业师于去年病故，家父又年纪老迈，残疾在身，公务繁冗，因此尚未议及再延师一事，目下不过在家温习旧课而已。再读书一事，必须有一二知己为伴，时常大家讨论，才能进益。”宝玉不待说完，便答道：“正是呢，我们却有个家塾，合族中有不能延师的，便可入塾读书，子弟们中亦有亲戚在内可以附读。我因业师上年回家去了，也现荒废着呢。家父之意，亦欲暂送我去温习旧书，待明年业师上来，再各自在家里读。家祖母因说：一则家学里之子弟太多，生恐大家淘气，反不好；二则也因我病了几天，遂暂且耽搁着。如此说来，尊翁如今也为此事

[1] 贫窭（jù）：贫寒。
[2] 不防头：冒失。
[3] 左强（jiàng）：执拗，倔强。

悬心。今日回去，何不禀明，就往我们敝塾中来，我亦相伴，彼此有益，岂不是好事？”秦钟笑道：“家父前日在家提起延师一事，也曾提起这里的义学[1]倒好，原要来和这里的亲翁商议引荐。因这里又事忙，不便为这点小事来聒絮的。宝叔果然度小侄或可磨墨涤砚，何不速速的作成，又彼此不致荒废，又可以常相谈聚，又可以慰父母之心，又可以得朋友之乐，岂不是美事？”宝玉道：“放心，放心。咱们回来告诉你姐夫姐姐和琏二嫂子。你今日回家就禀明令尊，我回去再禀明祖母，再无不速成之理。”二人计议已定。那天气已是掌灯时候，出来又看他们顽了一回牌。算帐时，却又是秦氏尤氏二人输了戏酒的东道，言定后日吃这东道。一面就叫送饭。

吃毕晚饭，因天黑了，尤氏说：“先派两个小子送了这秦相公家去。”媳妇们传出去半日，秦钟告辞起身。尤氏问：“派了谁送去？”媳妇们回说：“外头派了焦大，谁知焦大醉了，又骂呢。”尤氏秦氏都说道：“偏又派他作什么！放着这些小子们，那一个派不得？偏要惹他去。”凤姐道：“我成日家说你太软弱了，纵的家里人这样还了得了。”尤氏叹道：“你难道不知这焦大的？连老爷都不理他的，你珍大哥哥也不理他。只因他从小儿跟着太爷们出过三四回兵，从死人堆里把太爷背了出来，得了命；自己挨着饿，却偷了东西来给主子吃；两日没得水，得了半碗水给主子喝，他自己喝马溺。不过仗着这些功劳情分，有祖宗时都另眼相待，如今谁肯难为他去。他自己又老了，又不顾体面，一味吃

[1] 义学：一种免费学校，也叫“义塾”。

酒，吃醉了，无人不骂。我常说给管事的，不要派他差事，全当一个死的就完了。今儿又派了他。”凤姐道：“我何曾不知这焦大。倒是你们没主意，有这样的，何不打发他远远的庄子上去就完了。”说着，因问：“我们的车可齐备了？”地下众人都应道：“伺候齐了。”

凤姐起身告辞，和宝玉携手同行。尤氏等送至大厅，只见灯烛辉煌，众小厮都在丹墀[1]侍立。那焦大又恃贾珍不在家，即在家亦不好怎样他，更可以任意洒落洒落[2]。因趁着酒兴，先骂大总管赖二，说他不公道，欺软怕硬，“有了好差事就派别人，像这等黑更半夜送人的事，就派我。没良心的王八羔子！瞎充管家！你也不想想，焦大太爷跷跷脚，比你的头还高呢。二十年头里的焦大太爷眼里有谁？别说你们这一起杂种王八羔子们！”

正骂的兴头上，贾蓉送凤姐的车出去，众人喝他不听，贾蓉忍不得，便骂了他两句，使人捆起来，“等明日酒醒了，问他还寻死不寻死了！”那焦大那里把贾蓉放在眼里，反大叫起来，赶着贾蓉叫：“蓉哥儿，你别在焦大跟前使主子性儿。别说你这样儿的，就是你爹、你爷爷，也不敢和焦大挺腰子[3]！不是焦大一个人，你们就做官儿享荣华受富贵？你祖宗九死一生挣下这家业，到如今了，不报我的恩，反和我充起主子来了。不和我说别的还可，若再说别的，咱们红刀子进去白刀子出来！”凤姐在车上说与贾蓉道：“以后还不早打发了这个没王法的东西！留在这里岂不是祸害？倘或亲友知

焦大之骂主子，是为主子好，是说如此下去，贾府就要垮台，所以鲁迅说焦大是“贾府的屈原”。凤姐责备尤氏过于软弱，放纵家人，正是后来凤姐协理宁国府严格管理的铺垫。

[1] 丹墀（chí）：红色的台阶。
[2] 洒落洒落：数说别人的不是。
[3] 挺腰子：摆架子，耍威风。

道了，岂不笑话咱们，这样的人家连个王法规矩都没有。”贾蓉答应“是”。

众小厮见他太撒野了，只得上来几个，掀翻捆倒，拖往马圈里去。焦大越发连贾珍都说出来，乱嚷乱叫说：“我要往祠堂里哭太爷去。那里承望到如今生下这些畜牲来！每日家偷狗戏鸡，爬灰[1]的爬灰，养小叔子的养小叔子，我什么不知道？咱们‘胳膊折了往袖子里藏’！”众小厮听他说出这些没天日的话来，唬的魂飞魄散，也不顾别的了，便把他捆起来，用土和马粪满满的填了他一嘴。

凤姐和贾蓉等也遥遥的闻得，便都装作没听见。宝玉在车上见这般醉闹，倒也有趣，因问凤姐道：“姐姐，你听他说‘爬灰的爬灰’，什么是‘爬灰’？”凤姐听了，连忙立眉嗔目断喝道：“少胡说！那是醉汉嘴里混唚[2]，你是什么样的人，不说没听见，还倒细问！等我回去回了太太，仔细捶你不捶你！”唬的宝玉忙央告道：“好姐姐，我再不敢了。”凤姐道：“这才是呢。等到了家，咱们回了老太太，打发你同你秦家侄儿学里念书去要紧。”说着，却自回往荣府而来。正是：

不因俊俏难为友，正为风流始读书。

[1] 爬灰：公公与儿媳乱伦私通。

[2] 混唚（qìn）：骂人的话，把别人说话比作牲畜呕吐。唚，牲畜呕吐。

第八回

比通灵金莺微露意　探宝钗黛玉半含酸

话说凤姐和宝玉回家，见过众人。宝玉先便回明贾母秦钟要上家塾之事，自己也有了个伴读的朋友，正好发奋；又着实的称赞秦钟的人品行事，最使人怜爱。凤姐又在一旁帮着说“过日他还来拜老祖宗”等语，说的贾母喜欢起来。凤姐又趁势请贾母后日过去看戏。贾母虽年老，却极有兴头。至后日，又有尤氏来请，遂携了王夫人林黛玉宝玉等过去看戏。至晌午，贾母便回来歇息了。王夫人本是好清净的，见贾母回来也就回来了。然后凤姐坐了首席，尽欢至晚无话。

却说宝玉因送贾母回来，待贾母歇了中觉，意欲还去看戏取乐，又恐扰的秦氏等人不便，因想起近日薛宝钗在家养病，未去亲候，意欲去望他一望。若从上房后角门过去，又恐遇见别事缠绕，再或可巧遇见他父亲，更为不妥，宁可绕远路罢了。当下众嬷嬷丫鬟伺候他换衣服，见他不换，仍出二门去了。众嬷嬷丫鬟只得跟随出来，还只当他去那府中看戏。谁知到穿堂，便向东向北绕厅后而去。偏顶头遇见了门下清客相公[1]詹光单聘仁二人走

詹光，沾光。单聘仁，善骗人。

[1] 清客相公：官僚贵族之家插科打诨、帮闲凑趣的门客。

来，一见了宝玉，便都笑着赶上来，一个抱住腰，一个携着手，都道："我的菩萨哥儿，我说作了好梦呢，好容易得遇见了你。"说着，请了安，又问好，劳叨半日，方才走开。老嬷嬷叫住，因问："二位爷是从老爷跟前来的不是？"二人点头道："老爷在梦坡斋小书房里歇中觉呢，不妨事的。"一面说，一面走了。说的宝玉也笑了。

于是转弯向北奔梨香院来。可巧银库房的总领名唤吴新登与仓上的头目名戴良，还有几个管事的头目，共有七个人，从帐房里出来，一见了宝玉，赶来都一齐垂手站住。独有一个买办名唤钱华，因他多日未见宝玉，忙上来打千儿[1]请安，宝玉忙含笑携他起来。众人都笑说："前儿在一处看见二爷写的斗方儿[2]，字法越发好了，多早晚儿赏我们几张贴贴。"宝玉笑道："在那里看见了？"众人道："好几处都有，都称赞的了不得，还和我们寻呢。"宝玉笑道："不值什么，你们说与我的小幺儿们就是了。"一面说，一面前走，众人待他过去，方都各自散了。

闲言少述，且说宝玉来至梨香院中，先入薛姨妈室中来，正见薛姨妈打点针黹与丫鬟们呢。宝玉忙请了安，薛姨妈忙一把拉了他，抱入怀内，笑说："这们冷天，我的儿，难为你想着来，快上炕来坐着罢。"命人倒滚滚的茶来。宝玉因问："哥哥不在家？"薛姨妈叹道："他是没笼头的马，天天忙不了，那里肯在家一日。"宝玉道："姐姐可大安了？"薛姨妈道："可是呢，你前儿又想着打发人来

[1] 打千儿：清代满族男子向人请安时通行的半跪礼，上身前倾，右腿后弯，右手下垂。
[2] 斗方儿：用一尺见方的纸写成的字幅或画的画。

瞧他。他在里间不是，你去瞧他，里间比这里暖和，那里坐着，我收拾收拾就进去和你说话儿。”

宝玉听说，忙下了炕来至里间门前，只见吊着半旧的红细软帘。宝玉掀帘一迈步进去，先就看见薛宝钗坐在炕上作针线，头上挽着漆黑油光的髻儿，蜜合色棉袄，玫瑰紫二色金银鼠比肩褂，葱黄绫棉裙，一色半新不旧，看去不觉奢华。唇不点而红，眉不画而翠，脸若银盆，眼如水杏。罕言寡语，人谓藏愚；安分随时，自云守拙。宝玉一面看，一面问：“姐姐可大愈了?”宝钗抬头只见宝玉进来，连忙起身含笑答说：“已经大好了，倒多谢记挂着。”说着，让他在炕沿上坐了，即命莺儿斟茶来。一面又问老太太姨娘安，别的姐妹们都好。一面看宝玉头上戴着累丝嵌宝紫金冠，额上勒着二龙抢珠金抹额，身上穿着秋香色立蟒白狐腋箭袖，系着五色蝴蝶鸾绦，项上挂着长命锁、记名符，另外有一块落草时衔下来的宝玉。

宝钗因笑说道：“成日家说你的这玉，究竟未曾细细的赏鉴，我今儿倒要瞧瞧。”说着便挪近前来。宝玉亦凑了上去，从项上摘了下来，递在宝钗手内。宝钗托于掌上，只见大如雀卵，灿若明霞，莹润如酥，五色花纹缠护。这就是大荒山中青埂峰下的那块顽石的幻相。后人曾有诗嘲云：

女娲炼石已荒唐，又向荒唐演大荒[1]。
失去幽灵真境界，幻来亲就臭皮囊。
好知运败金无彩，堪叹时乖玉不光。
白骨如山忘姓氏，无非公子与红妆。

---

[1]“又向”句：又向荒唐的人间演述大荒山青埂峰的故事。

那顽石亦曾记下他这幻相并癞僧所镌的篆文，今亦按图画于后。但其真体最小，方能从胎中小儿口内衔下。今若按其体画，恐字迹过于微细，使观者大废眼光，亦非畅事。故今只按其形式，无非略展些规矩，使观者便于灯下醉中可阅。今注明此故，方无胎中之儿口有多大，怎得衔此狼犺[1]蠢大之物等语之谤。

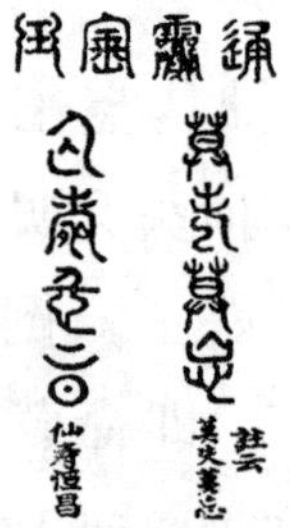

通灵宝玉正面图式

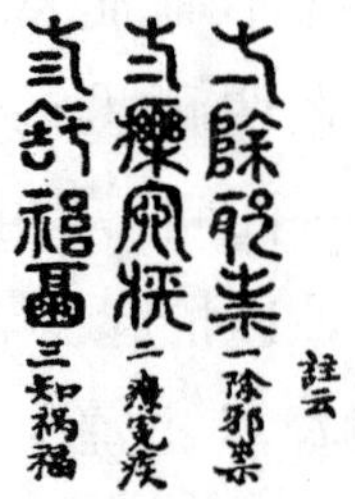

通灵宝玉反面图式

宝钗看毕，又从新翻过正面来细看，口内念道："莫失莫忘，仙寿恒昌。"念了两遍，乃回头向莺儿笑道："你不去倒茶，也在这里发呆作什么？"莺儿嘻嘻笑道："我听这两句话，倒像和姑娘的项圈上的两句话是一对儿。"宝玉听了，忙笑道："原来姐姐那项圈上也有八个字，我也赏鉴赏鉴。"宝钗道："你别听他的话，没有什么字。"宝玉笑央："好姐姐，你怎么瞧我的了呢。"宝钗被缠不过，因说道："也是个人给了两句吉利话儿，所以錾上了，叫天天带着；不然，沉甸甸的有什么趣儿。"一面说，一面解了排扣，从里面大红袄上将那珠宝晶莹黄金灿烂的璎珞掏将出来。宝玉忙托了锁看时，果然一面有四个篆字，两面八字，共成两句吉谶[2]。

[1] 狼犺（kāng）：粗蠢笨重。

[2] 吉谶（chèn）：预示吉利的话。

亦曾按式画下形相：

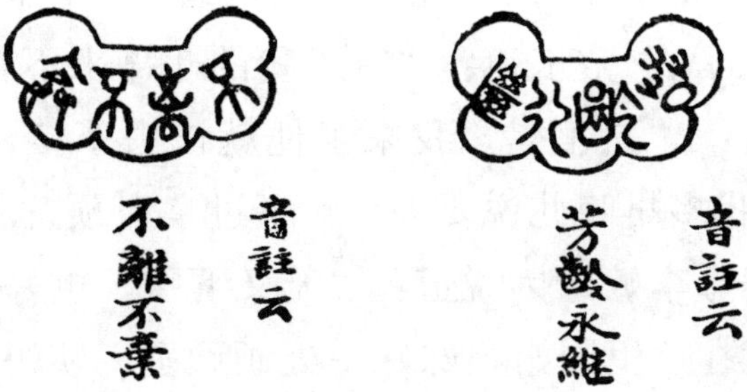

宝玉看了，也念了两遍，又念自己的两遍，因笑问："姐姐这八个字倒真与我的是一对。"莺儿笑道："是个癞头和尚送的，他说必须錾在金器上——"宝钗不待说完，便嗔他不去倒茶，一面又问宝玉从那里来。

作者对通灵宝玉充分地利用。一方面，它通向金玉良姻；一方面，它又是顽石，连着神瑛侍者，通向木石前盟。宝玉的双重悲剧（爱情悲剧和婚姻悲剧）都借石头的种种变化而得以呈现。既是美玉，又是顽石，隐喻着宝玉思想性格的复杂和矛盾。所以，《红楼梦》原来的书名是《石头记》。

宝玉此时与宝钗就近，只闻一阵阵凉森森甜丝丝的幽香，竟不知系何香气，遂问："姐姐熏的是什么香？我竟从未闻见过这味儿。"宝钗笑道："我最怕熏香！好好的衣服，熏的烟燎火气的。"宝玉道："既如此，这是什么香？"宝钗想了一想，笑道："是了，是我早起吃了丸药的香气。"宝玉笑道："什么丸药这么好闻？好姐姐，给我一丸尝尝。"宝钗笑道："又混闹了，一个药也是混吃的？"

一语未了，忽听外面人说："林姑娘来了。"话犹未了，林黛玉已摇摇的走了进来，一见了宝玉，便笑道："嗳哟，我来的不巧了！"宝玉等忙起身笑让坐，宝钗因笑道："这话怎么说？"黛玉笑道："早知他来，我就不来了。"宝钗道："我更不解这意。"黛玉笑道："要来一群都来，要不来一个也不来；今儿他来了，明儿我再来，如此间错开了来着，岂不天天有人来了？也不至于太冷落，也不至于太热闹了。姐姐如何反不解这意思？"

酸。

宝玉因见他外面罩着大红羽缎[1]对衿褂子，因问："下雪了么？"地下婆娘们道："下了这半日雪珠儿了。"宝玉道："取了我的斗篷来不曾？"黛玉便道："是不是，我来了他就该去了。"宝玉笑道："我多早晚儿说要去了？不过拿来预备着。"宝玉的奶母李嬷嬷因说道："天又下雪，也好早晚的了，就在这里同姐姐妹妹一处顽顽罢。姨妈那里摆茶果子呢。我叫丫头去取了斗篷来，说给小幺儿们散了罢。"宝玉应允。李嬷嬷出去，命小厮们都各散去不提。

这里薛姨妈已摆了几样细巧茶果来留他们吃茶。宝玉因夸前日在那府里珍大嫂子的好鹅掌鸭信[2]。薛姨妈听了，忙也把自己糟的取了些来与他尝。宝玉笑道："这个须得就酒才好。"薛姨妈便令人去灌了最上等的酒来。李嬷嬷便上来道："姨太太，酒倒罢了。"宝玉央道："妈妈，我只喝一钟。"李嬷嬷道："不中用！当着老太太、太太，那怕你吃一坛呢。想那日我眼错不见一会，不知是那一个没调教的，只图讨你的好儿，不管别人死活，给了你一口酒吃，葬送的我挨了两日骂。姨太太不知道，他性子又可恶，吃了酒更弄性。有一日老太太高兴了，又尽着他吃，什么日子又不许他吃，何苦我白赔在里面。"薛姨妈笑道："老货，你只放心吃你的去。我也不许他吃多了。便是老太太问，有我呢。"一面令小丫鬟："来，让你奶奶们去，也吃一杯搪搪雪气。"那李嬷嬷听如此说，只得和众人去吃些酒水。

---

[1] 羽缎：可御风雪的毛织品。

[2] 鸭信：鸭舌头。

这里宝玉又说："不必温暖了，我只爱吃冷的。"薛姨妈忙道："这可使不得，吃了冷酒，写字手打飐儿[1]。"宝钗笑道："宝兄弟，亏你每日家杂学旁收[2]的，难道就不知道酒性最热，若热吃下去，发散的就快；若冷吃下去，便凝结在内，以五脏去暖他，岂不受害？从此还不快不要吃那冷的了。"宝玉听这话有情理，便放下冷酒，命人暖来方饮。

黛玉磕着瓜子儿，只抿着嘴笑。可巧黛玉的小丫鬟雪雁走来与黛玉送小手炉，黛玉因含笑问他："谁叫你送来的？难为他费心，那里就冷死了我！"雪雁道："紫鹃姐姐怕姑娘冷，使我送来的。"黛玉一面接了，抱在怀中，笑道："也亏你倒听他的话。我平日和你说的，全当耳旁风；怎么他说了你就依，比圣旨还快些！"宝玉听这话，知是黛玉借此奚落他，也无回复之词，只嘻嘻的笑两声罢了。宝钗素知黛玉是如此惯了的，也不去睬他。薛姨妈因道："你素日身子弱，禁不得冷的，他们记挂着你倒不好？"黛玉笑道："姨妈不知道。幸亏是姨妈这里，倘或在别人家，人家岂不恼？好说就看的人家连个手炉也没有，巴巴的从家里送个来。不说丫鬟们太小心过馀，还只当我素日是这等轻狂惯了呢。"薛姨妈道："你这个多心的，有这样想，我就没这样心。"

旁敲侧击，含沙射影，林黛玉热恋阶段的敏感与苛刻。

说话时，宝玉已是三杯过去。李嬷嬷又上来拦阻。宝玉正在心甜意洽之时，和宝黛姊妹说说笑笑的，那肯不吃。宝玉只得屈意央告："好妈妈，我再吃两钟就不吃了。"李嬷嬷道："你可仔细老爷今

[1] 打飐儿：打颤，发抖。
[2] 杂学旁收：不学正经学问而爱好诗词歌赋以及各种闲杂学问。

儿在家，隄防问你的书!”宝玉听了这话，便心中大不自在，慢慢的放了酒，垂了头。黛玉先忙的说：“别扫大家的兴！舅舅若叫你，只说姨妈留着呢。这个妈妈，他吃了酒，又拿我们来醒脾[1]了!”一面悄推宝玉，使他赌气；一面悄悄的咕哝说：“别理那老货，咱们只管乐咱们的。”那李嬷嬷不知黛玉的意思，因说道：“林姐儿，你不要助着他了。你倒劝劝他，只怕他还听些。”林黛玉冷笑道：“我为什么助他？我也不犯着劝他。你这妈妈太小心了，往常老太太又给他酒吃，如今在姨妈这里多吃一口，料也不妨事。必定姨妈这里是外人，不当在这里的也未可定。”李嬷嬷听了，又是急，又是笑，说道：“真真这林姐儿，说出一句话来，比刀子还尖。你——这算了什么。”宝钗也忍不住笑着，把黛玉腮上一拧，说道：“真真这个颦丫头的一张嘴，叫人恨又不是，喜欢又不是。”薛姨妈一面又说：“别怕，别怕，我的儿！来这里没好的你吃，别把这点子东西唬的存在心里，倒叫我不安。只管放心吃，都有我呢。越发吃了晚饭去，便醉了，就跟着我睡罢。”因命：“再烫热酒来！姨妈陪你吃两杯，可就吃饭罢。”宝玉听了，方又鼓起兴来。

李嬷嬷因吩咐小丫头子们：“你们在这里小心着，我家里换了衣服就来，悄悄的回姨太太，别由着他，多给他吃。”说着便家去了。这里虽还有三两个婆子，都是不关痛痒的，见李嬷嬷走了，也都悄悄去寻方便去了。只剩了两个小丫头子，乐得讨宝玉的欢喜。幸而薛姨妈千哄万哄的，只容他吃了几杯，就忙收过了。作酸笋鸡皮汤，宝玉痛喝了两

[1] 醒脾：原指开胃，此指寻开心。

碗，吃了半碗碧粳粥。一时薛林二人也吃完了饭，又釅釅的沏上茶来大家吃了。薛姨妈方放了心。雪雁等三四个丫头已吃了饭，进来伺候。黛玉因问宝玉道："你走不走？"宝玉乜斜[1]倦眼道："你要走，我和你一同走。"黛玉听说，遂起身道："咱们来了这一日，也该回去了。还不知那边怎么找咱们呢。"说着，二人便告辞。

小丫头们忙捧过斗笠来，宝玉便把头略低一低，命他戴上。那丫头便将着大红猩毡斗笠一抖，才往宝玉头上一合，宝玉便说："罢，罢！好蠢东西，你也轻些儿！难道没见过别人戴过的？让我自己戴罢。"黛玉站在炕沿上道："罗唆什么，过来，我瞧瞧罢。"宝玉忙就近前来。黛玉用手整理，轻轻笼住束发冠，将笠沿掖在抹额之上，将那一颗核桃大的绛绒簪缨扶起，颤巍巍露于笠外。整理已毕，端相了端相，说道："好了，披上斗篷罢。"宝玉听了，方接了斗篷披上。薛姨妈忙道："跟你们的妈妈都还没来呢，且略等等不迟。"宝玉道："我们倒去等他们，有丫头们跟着也够了。"薛姨妈不放心，到底命两个妇女跟随他兄妹方罢。他二人道了扰，一径回至贾母房中。

贾母尚未用晚饭，知是薛姨妈处来，更加欢喜。因见宝玉吃了酒，遂命他自回房去歇着，不许再出来了。因命人好生看侍着。忽想起跟宝玉的人来，遂问众人："李奶子怎么不见？"众人不敢直说家去了，只说："才进来的，想有事才去了。"宝玉踉跄回头道："他比老太太还受用呢，问他作什么！没有他只怕我还多活两日。"一面说，一面来至自

---

[1] 乜（miē）斜：眯着眼睛斜视。形容其醉态。

己的卧室。只见笔墨在案，晴雯先接出来，笑说道："好，好，要我研了那些墨，早起高兴，只写了三个字，丢下笔就走了，哄的我们等了一日。快来与我写完这些墨才罢!"宝玉忽然想起早起的事来，因笑道："我写的那三个字在那里呢?"晴雯笑道："这个人可醉了。你头里过那府里去，嘱咐贴在这门斗上，这会子又这么问。我生怕别人贴坏了，我亲自爬高上梯的贴上，这会子还冻的手僵冷的呢。"宝玉听了，笑道："我忘了。你的手冷，我替你渥着。"说着便伸手携了晴雯的手，同仰首看门斗上新书的三个字。

一时黛玉来了，宝玉笑道："好妹妹，你别撒谎，你看这三个字那一个好?"黛玉仰头看里间门斗上，新贴了三个字，写着"绛云轩"。黛玉笑道："个个都好。怎么写的这们好了？明儿也与我写一个匾。"宝玉嘻嘻的笑道："又哄我呢。"说着又问："袭人姐姐呢?"晴雯向里间炕上努嘴。宝玉一看，只见袭人和衣睡着在那里。宝玉笑道："好，太渥早了些。"因又问晴雯道："今儿我在那府里吃早饭，有一碟子豆腐皮的包子，我想着你爱吃，和珍大奶奶说了，只说我留着晚上吃，叫人送过来的，你可吃了?"晴雯道："快别提。一送了来，我知道是我的，偏我才吃了饭，就放在那里。后来李奶奶来了看见，说：'宝玉未必吃了，拿来给我孙子吃去罢。'他就叫人拿了家去了。"接着茜雪捧上茶来。宝玉因让："林妹妹吃茶。"众人笑说："林妹妹早走了，还让呢。"

宝玉吃了半碗茶，忽又想起早起的茶来，因问茜雪道："早起沏了一碗枫露茶，我说过，那茶是三四次后才出色的，这会子怎么又沏了这个来?"

茜雪道："我原是留着的，那会子李奶奶来了，他要尝尝，就给他吃了。"宝玉听了，将手中的茶杯只顺手往地下一掷，豁啷一声，打了个粉碎，泼了茜雪一裙子的茶。又跳起来问着茜雪道："他是你那一门子的奶奶，你们这么孝敬他？不过是仗着我小时候吃过他几日奶罢了。如今逞的他比祖宗还大了。如今我又吃不着奶了，白白的养着祖宗作什么！撵了出去，大家干净！"说着便要去立刻回贾母，撵他乳母。

在宝玉来说，他忘本了。在李嬷嬷来说，她只知道吃老本，倚老卖老。

原来袭人实未睡着，不过故意装睡，引宝玉来怄他顽耍。先闻得说字问包子等事，也还可不必起来；后来摔了茶钟，动了气，遂连忙起来解释劝阻。早有贾母遣人来问是怎么了。袭人忙道："我才倒茶来，被雪滑倒了，失手砸了钟子。"一面又安慰宝玉道："你立意要撵他，也好，我们也都愿意出去，不如趁势连我们一齐撵了。我们也好，你也不愁再有好的来服侍你。"宝玉听了这话，方无了言语，被袭人等扶至炕上，脱换了衣服。不知宝玉口内还说些什么，只觉口齿缠绵，眼眉愈加饧涩，忙服侍他睡下。袭人伸手从他项上摘下那通灵玉来，用自己的手帕包好，塞在褥下，次日带时便冰不着脖子。那宝玉就枕便睡着了。彼时李嬷嬷等已进来了，听见醉了，不敢前来再加触犯，只悄悄的打听睡了，方放心散去。

次日醒来，就有人回："那边小蓉大爷带了秦相公来拜。"宝玉忙接了出去，领了拜见贾母。贾母见秦钟形容标致，举止温柔，堪陪宝玉读书，心中十分欢喜，便留茶留饭，又命人带去见王夫人等。众人因素爱秦氏，今见了秦钟是这般人品，也都欢喜，临去时都有表礼。贾母又与了一个荷包并一个金魁星[1]，取“文星和合”[2]之意。又嘱咐他道：“你家住的远，或有一时寒热饥饱不便，只管住在这里，不必限定了。只和你宝叔在一处，别跟着那些不长进的东西们学。”秦钟一一的答应，回去禀知。

他父亲秦业现任营缮郎[3]，年近七十，夫人早亡。因当年无儿女，便向养生堂[4]抱了一个儿子并一个女儿。谁知儿子又死了，只剩女儿，小名唤可儿，长大时，生的形容袅娜，性格风流。因素与贾家有些瓜葛，故结了亲，许与贾蓉为妻。那秦业至五旬之上方得了秦钟。因去岁业师亡故，未暇延请高明之士，只得暂时在家温习旧课。正思要和亲家去商议送往他家塾中，暂且不致荒废，可巧遇见了宝玉这个机会。又知贾家塾中现今司塾的是贾代儒，乃当今之老儒，秦钟此去，学业料必进益，成名可望，因此十分喜悦。只是宦囊羞涩[5]，那贾家上上下下都是一双富贵眼睛，贽见礼[6]必须丰厚，容易拿不出来，又恐误了儿子的终身大事，说不得东拚西凑的恭恭敬敬封了二十四两贽见礼，亲自带了秦钟，来代儒家拜见了。然后听宝玉上学之日，好一同入塾。正是：

补叙出秦家贫窘情况。

早知日后闲争气，岂肯今朝错读书。

[1] 金魁星：黄金铸成的魁星神像，有祝颂功名顺利之意。魁星，北斗第一星，是掌文运之神。
[2] 文星和合：文星，即所谓的文昌星、文曲星，为吉星，保功名。和合，民间所奉喜庆吉祥之神。
[3] 营缮郎：明清时工部营缮司的官员。
[4] 养生堂：收养弃婴的慈善机构。
[5] 宦囊羞涩：做官者手头拮据。
[6] 贽（zhì）见礼：旧时学生拜见老师时送的礼物。

第九回

恋风流情友入家塾　起嫌疑顽童闹学堂

话说秦业父子专候贾家的人来送上学择日之信。原来宝玉急于要和秦钟相遇，却顾不得别的，遂择了后日一定上学。“后日一早请秦相公到我这里，会齐了，一同前去。”——打发了人送了信。

至是日一早，宝玉起来时，袭人早已把书笔文物包好，收拾得停停妥妥，坐在床沿上发闷。见宝玉醒来，只得服侍他梳洗。宝玉见他闷闷的，因笑问道：“好姐姐，你怎么又不自在了？难道怪我上学去丢的你们冷清了不成？”袭人笑道：“这是那里话。读书是极好的事，不然就潦倒一辈子，终久怎么样呢。但只一件：只是念书的时节想着书，不念的时节想着家些。别和他们一处顽闹，碰见老爷不是顽的。虽说是奋志要强，那工课宁可少些，一则贪多嚼不烂，二则身子也要保重。这就是我的意思，你可要体谅。”袭人说一句，宝玉应一句。袭人又道：“大毛衣服[1]我也包好了，交出给小子们去了。学里冷，好歹想着添换，比不得家里有人照顾。脚炉手炉的炭也交出去了，你可着他们添。那一起懒贼，你不说，他们乐得不动，白冻坏了你。”宝玉道：“你放心，出外头我自己都会调停的。你

生怕学习负担太重，累着了。宝玉是那种死用功的人吗？袭人是杞人忧天了。宝玉突然对上学有了兴趣，只是为了可以借此和秦钟厮守在一起。他的入学动机就不纯。出污泥而并非不染。

[1] 大毛衣服：用贵重皮毛中长毛可御严寒的皮毛筒子做的皮袄。

们也别闷死在这屋里，长和林妹妹一处去顽笑着才好。”说着，俱已穿戴齐备，袭人催他去见贾母、贾政、王夫人等。宝玉又去嘱咐了晴雯麝月等几句，方出来见贾母。贾母也未免有几句嘱咐的话。然后去见王夫人，又出来书房中见贾政。

偏生这日贾政回家早些，正在书房中与相公清客们闲谈。忽见宝玉进来请安，回说上学里去，贾政冷笑道：“你如果再提‘上学’两个字，连我也羞死了。依我的话，你竟顽你的去是正理。仔细站脏了我这地，靠脏了我的门！”众清客相公们都早起身笑道：“老世翁何必又如此。今日世兄一去，三二年就可显身成名的了，断不似往年仍作小儿之态了。天也将饭时，世兄竟快请罢。”说着便有两个年老的携了宝玉出去。

贾政对宝玉寄予厚望，但他的方式方法是讽刺挖苦。宝玉见父亲，如鼠见猫。

贾政因问：“跟宝玉的是谁？”只听外面答应了两声，早进来三四个大汉，打千儿请安。贾政看时，认得是宝玉的奶母之子，名唤李贵。因向他道：“你们成日家跟他上学，他到底念了些什么书！倒念了些流言混语在肚子里，学了些精致的淘气。等我闲一闲，先揭了你的皮，再和那不长进的算帐！”吓的李贵忙双膝跪下，摘了帽子，碰头有声，连连答应“是”，又回说：“哥儿已念到第三本《诗经》，什么‘呦呦鹿鸣，荷叶浮萍’[1]，小的不敢撒谎。”说的满座哄然大笑起来。贾政也撑不住笑了。因说道：“那怕再念三十本《诗经》，也都是掩耳偷铃，哄人而已。你去请学里太爷的安，就说我说了：什么《诗经》古文，一概不用虚应故事，只

[1] “呦呦”二句：《诗经·小雅·鹿鸣》有云“呦呦鹿鸣，食野之苹”。李贵说的“荷叶浮萍”，是他没文化、学舌闹出的笑话。

是先把《四书》一气讲明背熟，是最要紧的。”李贵忙答应“是”，见贾政无话，方退出去。

科举考的是《四书》。

此时宝玉独站在院外屏声静候，待他们出来，便忙忙的走了。李贵等一面掸衣服，一面说道：“哥儿听见了不曾？可先要揭我们的皮呢！人家的奴才跟主子赚些好体面，我们这等奴才白陪着挨打受骂的。从此后也可怜见些才好。”宝玉笑道：“好哥哥，你别委曲，我明儿请你。”李贵道：“小祖宗，谁敢望你请，只求听一句半句话就有了。”说着，又至贾母这边，秦钟早来候着了，贾母正和他说话儿呢。于是二人见过，辞了贾母。宝玉忽想起未辞黛玉，因又忙至黛玉房中来作辞。彼时黛玉才在窗下对镜理妆，听宝玉说上学去，因笑道：“好，这一去，可定是要‘蟾宫折桂’[1]去了。我不能送你了。”宝玉道：“好妹妹，等我下了学再吃饭。和胭脂膏子也等我来再制。”劳叨了半日，方撤身去了。黛玉忙又叫住问道：“你怎么不去辞辞你宝姐姐呢？”宝玉笑而不答，一径同秦钟上学去了。

奴才的委屈。

原来这贾家之义学，离此也不甚远，不过一里之遥，原系始祖所立，恐族中子弟有贫穷不能请师者，即入此中肄业。凡族中有官爵之人，皆供给银两，按俸之多寡帮助，为学中之费。特共举年高有德之人为塾掌[2]，专为训课子弟。如今宝秦二人来了，一一的都互相拜见过，读起书来。自此以后，他二人同来同往，同坐同起，愈加亲密。又兼贾母爱惜，也时常的留下秦钟，住上三天五日，与

[1] 蟾宫折桂：比喻科举及第。
[2] 塾掌：私塾的主管。

自己的重孙一般疼爱。因见秦钟不甚宽裕，更又助他些衣履等物。不上一月之工，秦钟在荣府便熟了。宝玉终是不安本分之人，竟一味的随心所欲，因此又发了癖性，又特向秦钟悄说道：“咱们俩个人一样的年纪，况又是同窗，以后不必论叔侄，只论弟兄朋友就是了。”先是秦钟不肯，当不得宝玉不依，只叫他“兄弟”，或叫他的表字“鲸卿”，秦钟也只得混着乱叫起来。

原来这学中虽都是本族人丁与些亲戚的子弟，俗语说的好：“一龙生九种，九种各别。”未免人多了，就有龙蛇混杂，下流人物在内。自宝、秦二人来了，都生的花朵儿一般的模样，又见秦钟腼腆温柔，未语面先红，怯怯羞羞，有女儿之风；宝玉又是天生成惯能作小服低，赔身下气，情性体贴，话语绵缠，因此二人更加亲厚，也怨不得那起同窗人起了疑，背地里你言我语，诟谇谣诼[1]，布满书房内外。

原来薛蟠自来王夫人处住后，便知有一家学，学中广有青年子弟，不免偶动了龙阳之兴[2]，因此也假来上学读书，不过是三日打鱼，两日晒网，白送些束脩[3]礼物与贾代儒，却不曾有一些儿进益，只图结交些契弟。谁想这学内就有好几个小学生，图了薛蟠的银钱吃穿，被他哄上手的，也不消多记。更又有两个多情的小学生，亦不知是那一房的亲眷，亦未考真名姓，只因生得妩媚风流，满学中都送了他两个外号，一号“香怜”，一号“玉爱”。虽都有窃慕之意，将不利于孺子之心[4]，只

---

[1] 诟谇（gòu suì）谣诼（zhuó）：辱骂诽谤。

[2] 龙阳之兴：喜好男色的兴致。

[3] 束脩（xiū）：学费。

[4] 将不利于孺子之心：语出《尚书·金縢》。这里意指有人在这两个孩子身上打坏主意。

是都惧薛蟠的威势，不敢来沾惹。如今宝、秦二人一来，见了他两个，也不免缱绻羡慕，亦因知系薛蟠相知，故未敢轻举妄动。香、玉二人心中，也一般的留情与宝、秦。因此四人心中虽有情意，只未发迹。每日一入学中，四处各坐，却八目勾留[1]，或设言托意，或咏桑寓柳[2]，遥以心照，却外面自为避人眼目。不意偏又有几个滑贼看出形景来，都背后挤眉弄眼，或咳嗽扬声，这也非止一日。

没有学习的氛围。

可巧这日代儒有事，早已回家去了，只留下一句七言对联，命学生对了，明日再来上书；将学中之事，又命贾瑞暂且管理。妙在薛蟠如今不大来学中应卯[3]了，因此秦钟趁此和香怜挤眉弄眼，递暗号儿，二人假装出小恭，走至后院说梯己话[4]。秦钟先问他："家里的大人可管你交朋友不管？"一语未了，只听背后咳嗽了一声。二人唬的忙回头看时，原来是窗友名金荣者。香怜有些性急，羞怒相激，问他道："你咳嗽什么？难道不许我两个说话不成？"金荣笑道："许你们说话，难道不许我咳嗽不成？我只问你们：有话不明说，许你们这样鬼鬼祟祟的干什么故事？我可也拿住了，还赖什么！先得让我抽个头[5]儿，咱们一声儿不言语，不然大家就奋起来[6]。"秦、香二人急的飞红的脸，便问道："你拿住什么了？"金荣笑道："我现拿住了是真的。"说着，又拍着手笑嚷道："贴的好烧饼！你们都不买一个吃去？"秦钟香怜二人又气又急，忙

[1] 勾留：此指眉来眼去。
[2] 咏桑寓柳：比喻言在此而意在彼。
[3] 应卯：到班应付点名。
[4] 梯己话：知心话。
[5] 抽个头：抽头，本指设局聚赌抽取头钱以获利，此指占点儿便宜。
[6] 奋起来：声张起来。

进去向贾瑞前告金荣，说金荣无故欺负他两个。

原来这贾瑞最是个图便宜没行止的人，每在学中以公报私，勒索子弟们请他；后又附助着薛蟠图些银钱酒肉，一任薛蟠横行霸道，他不但不去管约，反助纣为虐讨好儿。偏那薛蟠本是浮萍心性，今日爱东，明日爱西，近来又有了新朋友，把香、玉二人又丢开一边。就连金荣亦是当日的好朋友，自有了香、玉二人，便弃了金荣。近日连香、玉亦已见弃。故贾瑞也无了提携帮衬之人，不说薛蟠得新弃旧，只怨香、玉二人不在薛蟠前提携帮补他，因此贾瑞金荣等一干人，也正在醋妒他两个。今见秦、香二人来告金荣，贾瑞心中便更不自在起来，虽不好呵叱秦钟，却拿着香怜作法[1]，反说他多事，着实抢白了几句。香怜反讨了没趣，连秦钟也讪讪的各归坐位去了。金荣越发得了意，摇头咂嘴的，口内还说许多闲话，玉爱偏又听了不忿，两个人隔座咕咕唧唧的角起口来。金荣只一口咬定说："方才明明的撞见他两个在后院子里亲嘴摸屁股，一对一肏，撅草根儿抽长短，谁长谁先干。"金荣只顾得意乱说，却不防还有别人。谁知早又触怒了一个。你道这个是谁？

原来这一个名唤贾蔷，亦系宁府中之正派玄孙，父母早亡，从小儿跟着贾珍过活，如今长了十六岁，比贾蓉生的还风流俊俏。他弟兄二人最相亲厚，常相共处。宁府人多口杂，那些不得志的奴仆们，专能造言诽谤主人，因此不知又有什么小人诟谇谣诼之词。贾珍想亦风闻得些口声不大好，自己也要避些嫌疑，如今竟分与房舍，命贾蔷搬出宁

[1] 作法（zā fá）：方言，找岔头拿某人出气，压服他人。

府，自去立门户过活去了。

这贾蔷外相既美，内性又聪明，虽然应名来上学，亦不过虚掩眼目而已。仍是斗鸡走狗，赏花玩柳。总恃上有贾珍溺爱，下有贾蓉匡助，因此族人谁敢来触逆于他。他既和贾蓉最好，今见有人欺负秦钟，如何肯依？如今自己要挺身出来报不平，心中却忖度一番，想道："金荣贾瑞一干人，都是薛大叔的相知，向日我又与薛大叔相好，倘或我一出头，他们告诉了老薛，我们岂不伤和气？待要不管，如此谣言，说的大家没趣。如今何不用计制伏，又止息口声，又伤不了脸面。"想毕，也装作出小恭，走至外面，悄悄的把跟宝玉的书童名唤茗烟者唤到身边，如此这般，调拨他几句。

这茗烟乃是宝玉第一个得用的，且又年轻不谙世事，如今听贾蔷说金荣如此欺负秦钟，连他爷宝玉都干连在内，不给他个利害，下次越发狂纵难制了。这茗烟无故就要欺压人的，如今得了这个信，又有贾蔷助着，便一头进来找金荣，也不叫金相公了，只说"姓金的，你是什么东西！"贾蔷遂跺一跺靴子，故意整整衣服，看看日影儿说："是时候了。"遂先向贾瑞说有事要早走一步。贾瑞不敢强他，只得随他去了。这里茗烟先一把揪住金荣，问道："我们肏屁股不肏屁股，管你毴毠相干，横竖没肏你爹去罢了！你是好小子，出来动一动你茗大爷！"唬的满屋中子弟都忙怔的痴望。贾瑞忙吆喝："茗烟不得撒野！"金荣气黄了脸，说："反了！奴才小子都敢如此，我只和你主子说。"便夺手要去抓打宝玉秦钟。尚未去时，从脑后飕的一声，早见一方砚瓦飞来，并不知系何人打来的，幸未打着，却又打在旁人的座上，这座上乃是贾兰贾菌。

这贾菌亦系荣国府近派的重孙，其母亦少寡，独守着贾菌。这贾菌与贾兰最好，所以二人同桌而坐。谁知贾菌年纪虽小，志气最大，极是淘气不怕人的。他在座上冷眼看见金荣的朋友暗助金荣，飞砚来打茗烟，偏没打着茗烟，便落在他桌上，正打在面前，将一个磁砚水壶打了个粉碎，溅了一书黑水。贾菌如何依得，便骂："好囚攮[1]的们，这不都动了手了么！"骂着，也便抓起砚砖来要打回去。贾兰是个省事的，忙按住砚，极口劝道："好兄弟，不与咱们相干。"贾菌如何忍得住，便两手抱起书匣子来，照那边抡了去。终是身小力薄，却抡不到那里，刚到宝玉秦钟桌案上就落了下来。只听哗啷啷一声，砸在桌上，书本纸片等至于笔砚之物撒了一桌，又把宝玉的一碗茶也砸得碗碎茶流。贾菌便跳出来，要揪打那一个飞砚的。

金荣此时随手抓了一根毛竹大板在手，地狭人多，那里经得舞动长板。茗烟早吃了一下，乱嚷："你们还不来动手！"宝玉还有三个小厮：一名锄药，一名扫红，一名墨雨。这三个岂有不淘气的，一齐乱嚷："小妇养的！动了兵器了！"墨雨遂掇起一根门闩，扫红锄药手中都是马鞭子，蜂拥而上。贾瑞急的拦一回这个，劝一回那个，谁听他的话，肆行大闹。众顽童也有趁势帮着打太平拳[2]助乐的，也有胆小藏在一边的，也有直立在桌上拍着手儿乱笑，喝着声儿叫打的。登时间鼎沸起来。

场面失控，但作者写来，纹丝不乱。这一回没有中心人物，写的是群众场面，一群顽童。

外边李贵等几个大仆人听见里边作起反来，忙都进来一齐喝住。问是何原故。众声不一，这一个

[1] 囚攮：骂人的话。意为囚犯养的。
[2] 打太平拳：别人打架时，趁着混乱，在旁打几下冷拳。

如此说，那一个又如彼说。李贵且喝骂了茗烟四个一顿，撵了出去。秦钟的头早撞在金荣的板上，打起一层油皮，宝玉正拿褂襟子替他揉呢，见喝住了众人，便命："李贵，收书！拉马来，我去回太爷去！我们被人欺负了，不敢说别的，守礼来告诉瑞大爷，瑞大爷反倒派我们的不是，听着人家骂我们，还调唆他们打我们。茗烟见人欺负我，他岂有不为我的；他们反打伙儿打了茗烟，连秦钟的头也打破了。还在这里念什么书！茗烟他也是为有人欺侮我的。不如散了罢。"李贵劝道："哥儿不要性急。太爷既有事回家去了，这会子为这点子事去聒噪他老人家，倒显的咱们没理。依我的主意，那里的事那里了结好，何必去惊动他老人家。这都是瑞大爷的不是，太爷不在这里，你老人家就是这学里的头脑了，众人看着你行事。众人有了不是，该打的打，该罚的罚，如何等闹到这步田地还不管？"贾瑞道："我吆喝着都不听。"李贵笑道："不怕你老人家恼我，素日你老人家到底有些不正经，所以这些兄弟才不听。就闹到太爷跟前去，连你老人家也是脱不过的。还不快作主意撕罗[1]开了罢。"宝玉道："撕罗什么？我必是回去的！"秦钟哭道："有金荣，我是不在这里念书的。"宝玉道："这是为什么？难道有人家来的，咱们倒来不得？我必回明白众人，撵了金荣去。"又问李贵："金荣是那一房的亲戚？"李贵想了一想道："也不用问了。若问起那一房的亲戚，更伤了兄弟们的和气。"

和为贵。大事化小，小事化了。贾瑞的无能与李贵的担当形成对比。

茗烟在窗外道："他是东胡同子里璜大奶奶的

[1] 撕罗：调停，解决。

侄儿。那是什么硬正仗腰子的[1]，也来唬我们。璜大奶奶是他姑娘。你那姑妈只会打旋磨子[2]，给我们琏二奶奶跪着借当头[3]。我眼里就看不起他那样的主子奶奶!”李贵忙断喝不止，说：“偏你这小狗肏的知道，有这些蛆嚼[4]!”宝玉冷笑道：“我只当是谁的亲戚，原来是璜嫂子的侄儿，我就去问问他来!”说着便要走。叫茗烟进来包书。茗烟包着书，又得意道：“爷也不用自己去见，等我到他家，就说老太太有说的话问他呢，雇上一辆车拉进去，当着老太太问他，岂不省事。”李贵忙喝道：“你要死！仔细回去我好不好先捶了你，然后再回老爷太太，就说宝玉全是你调唆的。我这里好容易劝哄好了一半了，你又来生个新法子。你闹了学堂，不说变法儿压息了才是，倒要往大里闹!”茗烟方不敢作声儿了。

此时贾瑞也怕闹大了，自己也不干净，只得委曲着来央告秦钟，又央告宝玉。先是他二人不肯。后来宝玉说：“不回去也罢了，只叫金荣赔不是便罢。”金荣先是不肯，后来禁不得贾瑞也来逼他去赔不是，李贵等只得好劝金荣说：“原是你起的端，你不这样，怎得了局?”金荣强不得，只得与秦钟作了揖。宝玉还不依，偏定要磕头。贾瑞只要暂息此事，又悄悄的劝金荣说：“俗语说的好：‘杀人不过头点地。’你既惹出事来，少不得下点气儿，磕个头就完事了。”金荣无奈，只得进前来与秦钟磕头。且听下回分解。

---

[1] 硬正仗腰子的：强大的靠山。

[2] 打旋（xué）磨子：围着人打转，即向人献殷勤。

[3] 借当头：借人东西去当铺典当。

[4] 蛆嚼：骂人胡说八道。

第十回

金寡妇贪利权受辱　张太医论病细穷源

话说金荣因人多势众，又兼贾瑞勒令，赔了不是，给秦钟磕了头，宝玉方才不吵闹了。大家散了学，金荣回到家中，越想越气，说："秦钟不过是贾蓉的小舅子，又不是贾家的子孙，附学读书，也不过和我一样。他因仗着宝玉和他好，他就目中无人。他既是这样，就该行些正经事，人也没的说。他素日又和宝玉鬼鬼祟祟的，只当人都是瞎子，看不见。今日他又去勾搭人，偏偏的撞在我眼睛里。就是闹出事来，我还怕什么不成?"

他母亲胡氏听见他咕咕嘟嘟的说，因问道："你又要争什么闲气？好容易我望你姑妈说了，你姑妈千方百计的才向他们西府里的琏二奶奶跟前说了，你才得了这个念书的地方。若不是仗着人家，咱们家里还有力量请的起先生？况且人家学里，茶也是现成的，饭也是现成的。你这二年在那里念书，家里也省好大的嚼用呢。省出来的，你又爱穿件鲜明衣服。再者，不是因你在那里念书，你就认得什么薛大爷了？那薛大爷一年不给不给，这二年也帮了咱们有七八十两银子。你如今要闹出了这个学房，再要找这么个地方，我告诉你说罢，比登天还难呢！你给我老老实实的顽一会子睡你的觉去，好多着呢。"于是金荣忍气吞声，不多一时他自去

大局为重，不要意气用事。实际利益压倒意气之争。只怕出气一时，吃苦一世。

睡了。次日仍旧上学去了。不在话下。

且说他姑娘，原聘给的是贾家玉字辈的嫡派，名唤贾璜。但其族人那里皆能像宁荣二府的富势，原不用细说。这贾璜夫妻守着些小的产业，又时常到宁荣二府里去请请安，又会奉承凤姐儿并尤氏，所以凤姐儿尤氏也时常资助资助他，方能如此度日。今日正遇天气晴明，又值家中无事，遂带了一个婆子，坐上车，来家里走走，瞧瞧寡嫂并侄儿。

闲话之间，金荣的母亲偏提起昨日贾家学房里的那事，从头至尾，一五一十都向他小姑子说了。这璜大奶奶不听则已，听了，一时怒从心上起，说道："这秦钟小崽子是贾门的亲戚，难道荣儿不是贾门的亲戚？人都别忒势利了，况且都作的是什么有脸的好事！就是宝玉，也犯不上向着他到这个样。等我去到东府瞧瞧我们珍大奶奶，再向秦钟他姐姐说说，叫他评评这个理。"这金荣的母亲听了这话，急的了不得，忙说道："这都是我的嘴快，告诉了姑奶奶了，求姑奶奶别去，别管他们谁是谁非。倘或闹起来，怎么在那里站得住。若是站不住，家里不但不能请先生，反倒在他身上添出许多嚼用来呢。"璜大奶奶听了，说道："那里管得许多，你等我说了，看是怎么样！"也不容他嫂子劝，一面叫老婆子瞧了车，就坐上往宁府里来。

到了宁府，进了车门，到了东边小角门前下了车，进去见了贾珍之妻尤氏。也未敢气高，殷殷勤勤叙过寒温，说了些闲话，方问道："今日怎么没见蓉大奶奶？"尤氏说道："他这些日子不知怎么着，经期有两个多月没来。叫大夫瞧了，又说并不是喜。那两日，到了下半天就懒待动，话也懒待说，眼神也发眩。我说他：'你且不必拘礼，早晚不必照例上来，你就好生养养罢。就是有亲戚一家儿来，有我呢。就有长辈们怪你，等我替你告诉。’连蓉哥我都嘱咐了，我说：‘你不许累掯[1]他，不许招他生气，叫他静静的养养就好了。他要想什么吃，只管到我这里取来。倘或我这里没有，只管望你琏二婶子那里要去。倘或他有个好和歹，你再要娶这么一个媳妇，这么个模样儿，这么个性情的人儿，打着灯笼也没地方找去。’他这为人行事，那个亲戚，那个一家的长辈不喜欢他？所以我这两日好不烦心，焦的我了不得。偏偏今日早晨他兄弟来瞧他，谁知那小孩子家不知好歹，看见他姐姐身上不大爽快，就有事也不当告诉他，别说是这么一点子小事，就是你受了一万分的委曲，也不该向他说才是。谁知他们昨儿学房里打架，不知是那里附学来的一个人欺侮了他了。里头还有些不干不净的话，都告诉了他姐姐。婶子，你是知道那媳妇的：虽则见了人有说有笑，会行事儿，他可心细，心又重，不拘听见个什么话儿，都要度量个三日五夜才罢。这病就是打这个秉性上头思虑出来的。今儿听见有人欺负了他兄弟，又是恼，又是气。恼的是那群混帐狐朋狗友的扯是搬非、调三惑四的那些人；气的是他兄弟不学好，不上心念书，以致如此学里吵闹。他听了这事，今日索性连早饭也没吃。我听见了，我方到他那边安慰了他一会子，又劝解了他兄弟一会子。我叫他兄弟到那边府里找宝玉去了，我才看着他吃了半盏燕窝汤，我才过来了。婶子，你说我心焦不心焦？况且如今又没个好大夫，我想到他这病上，我心里倒像针扎似的。你们知道有什

[1] 累掯（lēi kèn）：强制、逼勒。

么好大夫没有?"

金氏听了这半日话，把方才在他嫂子家的那一团要向秦氏理论的盛气，早吓的都丢在爪洼国[1]去了。听见尤氏问他有知道的好大夫的话，连忙答道："我们这么听着，实在也没见人说有个好大夫。如今听起大奶奶这个来，定不得还是喜呢。嫂子倒别教人混治。倘或认错了，这可是了不得的。"尤氏道："可不是呢。"正是说话间，贾珍从外进来，见了金氏，便向尤氏问道："这不是璜大奶奶么?"金氏向前给贾珍请了安。贾珍向尤氏说道："让这大妹妹吃了饭去。"贾珍说着话，就过那屋里去了。金氏此来，原要向秦氏说说秦钟欺负了他侄儿的事，听见秦氏有病，不但不能说，亦且不敢提了。况且贾珍尤氏又待的很好，反转怒为喜，又说了一会子话儿，方家去了。

璜大奶奶的虎头蛇尾。兴师问罪之旅，一变而为慰问探病之行。由气壮如牛一变而为急流勇退，小人物由于自己对主人的依赖而带来的软弱，由告状迅速地滑向屈服。

金氏去后，贾珍方过来坐下，问尤氏道："今日他来，有什么说的事情么?"尤氏答道："倒没说什么。一进来的时候，脸上倒像有些着了恼的气色似的，及说了半天话，又提起媳妇这病，他倒渐渐的气色平定了。你又叫让他吃饭，他听见媳妇这么病，也不好意思只管坐着，又说了几句闲话儿就去了，倒没求什么事。如今且说媳妇这病，你到那里寻一个好大夫来与他瞧瞧要紧，可别耽误了。现今咱们家走的这群大夫，那里要得，一个个都是听着人的口气儿，人怎么说，他也添几句文话儿说一遍。可倒殷勤的很，三四个人一日轮流着倒有四五遍来看脉。他们大家商量着立个方子，吃了也不见效，倒弄得一日换四五遍衣裳，坐起来见大夫，其

[1] 爪洼国：古代南洋国名，今属印度尼西亚。明清时常用来泛指极遥远的地方。

实于病人无益。”贾珍说道：“可是。这孩子也糊涂，何必脱脱换换的，倘再着了凉，更添一层病，那还了得。衣裳任凭是什么好的，可又值什么，孩子的身子要紧，就是一天穿一套新的，也不值什么。我正进来要告诉你：方才冯紫英来看我，他见我有些抑郁之色，问我是怎么了。我才告诉他说，媳妇忽然身子有好大的不爽快，因为不得个好太医，断不透是喜是病，又不知有妨碍无妨碍，所以我这两日心里着实着急。冯紫英因说起他有一个幼时从学的先生，姓张名友士，学问最渊博的，更兼医理极深，且能断人的生死。今年是上京给他儿子来捐官[1]，现在他家住着呢。这么看来，竟是合该媳妇的病在他手里除灾亦未可知。我即刻差人拿我的名帖请去了。今日倘或天晚了不能来，明日想必一定来。况且冯紫英又即刻回家亲自去求他，务必叫他来瞧瞧。等这个张先生来瞧了再说罢。”

尤氏听了，心中甚喜，因说道：“后日是太爷的寿日，到底怎么办？”贾珍说道：“我方才到了太爷那里去请安，兼请太爷来家来受一受一家子的礼。太爷因说道：‘我是清净惯了的，我不愿意往你们那是非场中去闹去。你们必定说是我的生日，要叫我去受众人些头，莫过你把我从前注的《阴骘文》[2]给我令人好好的写出来刻了，比叫我无故受众人的头还强百倍呢。倘或明日后日这两日一家子要来，你就在家里好好的款待他们就是了。也不必给我送什么东西来，连你后日也不必来；你要心中不安，你今日就给我磕了头去。倘或后日你要

[1] 捐官：向政府交纳钱粮买官。
[2]《阴骘（zhì）文》：托名文昌帝所作的劝善书。

来，又跟随多少人来闹我，我必和你不依。’如此说了又说，后日我是再不敢去的了。且叫来升来，吩咐他预备两日的筵席。”尤氏因叫人叫了贾蓉来：“吩咐来升照旧例预备两日的筵席，要丰丰富富的。你再亲自到西府里去请老太太、大太太、二太太和你琏二婶子来逛逛。你父亲今日又听见一个好大夫，业已打发人请去了，想必明日必来。你可将他这些日子的病症细细的告诉他。”

贾蓉一一的答应着出去了。正遇着方才去冯紫英家请那先生的小子回来了，因回道：“奴才方才到了冯大爷家，拿了老爷的名帖请那先生去。那先生说道：‘方才这里大爷也向我说了。但是今日拜了一天的客，才回到家，此时精神实在不能支持，就是去到府上也不能看脉。’他说等调息一夜，明日务必到府。他又说，他‘医学浅薄，本不敢当此重荐，因我们冯大爷和府上的大人既已如此说了，又不得不去，你先替我回明大人就是了。大人的名帖实不敢当。’仍叫奴才拿回来了。哥儿替奴才回一声儿罢。”贾蓉转身复进去，回了贾珍尤氏的话，方出来叫了来升来，吩咐他预备两日的筵席的话。来升听毕，自去照例料理。不在话下。

且说次日午间，人回道：“请的那张先生来了。”贾珍遂延入大厅坐下。茶毕，方开言道：“昨承冯大爷示知老先生人品学问，又兼深通医学，小弟不胜钦仰之至。”张先生道：“晚生粗鄙下士，本知见浅陋，昨因冯大爷示知，大人家第谦恭下士，又承呼唤，敢不奉命。但毫无实学，倍增颜汗[1]。”贾珍道：“先生何必过谦。就请先生进去看看儿妇，仰仗高明，以释下怀。”

于是，贾蓉同了进去。到了贾蓉居室，见了秦氏，向贾蓉说道：“这就是尊夫人了？”贾蓉道：“正是。请先生坐下，让我把贱内的病症说一说再看脉如何？”那先生道：“依小弟的意思，竟先看过脉再说的为是。我是初造尊府的，本也不晓得什么，但是我们冯大爷务必叫小弟过来看看，小弟所以不得不来。如今看了脉息，看小弟说的是不是，再将这些日子的病势讲一讲，大家斟酌一个方儿。可用不可用，那时大爷再定夺。”贾蓉道：“先生实在高明，如今恨相见之晚。就请先生看一看脉息，可治不可治，以便使家父母放心。”于是家下媳妇们捧过大迎枕[2]来，一面给秦氏拉着袖口，露出脉来。先生方伸手按在右手脉上，调息了至数[3]，宁神细诊了有半刻的工夫，方换过左手，亦复如是。诊毕脉息，说道：“我们外边坐罢。”

贾蓉于是同先生到外间房里床上坐下，一个婆子端了茶来。贾蓉道：“先生请茶。”于是陪先生吃了茶，遂问道：“先生看这脉息，还治得治不得？”先生道：“看得尊夫人这脉息：左寸沉数，左关沉伏；右寸细而无力，右关需而无神。其左寸沉数者，乃心气虚而生火；左关沉伏者，乃肝家气滞血亏。右寸细而无力者，乃肺经气分太虚；右关需而无神者，乃脾土被肝木克制。心气虚而生火者，应现经期不调，夜间不寐。肝家血亏气滞者，必然肋

---

[1] 颜汗：羞愧得脸上出汗，也作“汗颜”。

[2] 迎枕：中医把脉时垫在病人手背下的小枕。

[3] 调息了至数：中医诊病时，医生先调整好自己的呼吸，然后诊察病人在医生一呼一吸间的脉动次数。

下疼胀，月信过期，心中发热。肺经气分太虚者，头目不时眩晕，寅卯间必然自汗，如坐舟中。脾土被肝木克制者，必然不思饮食，精神倦怠，四肢酸软。据我看这脉息，应当有这些症候才对。或以这个脉为喜脉，则小弟不敢从其教也。”[1] 旁边一个贴身服侍的婆子道：“何尝不是这样呢。真正先生说的如神，倒不用我们告诉了。如今我们家里现有好几位太医老爷瞧着呢，都不能的当真切的这么说，有一位说是喜，有一位说是病，这位说不相干，那位说怕冬至，总没有个准话儿。求老爷明白指示指示。”

那先生笑道：“大奶奶这个症候，可是那众位耽搁了。要在初次行经的日期就用药治起来，不但断无今日之患，而且此时已全愈了。如今既是把病耽误到这个地位，也是应有此灾。依我看来，这病尚有三分治得。吃了我的药看，若是夜间睡的着觉，那时又添了二分拿手了。据我看这脉息：大奶奶是个心性高强聪明不过的人；聪明忒过，则不如意事常有；不如意事常有，则思虑太过。此病是忧虑伤脾，肝木忒旺，经血所以不能按时而至。大奶奶从前的行经的日子问一问，断不是常缩，必是常长的。是不是?”这婆子答道：“可不是，从没有缩过，或是长两日三日，以至十日都长过。”先生听了道：“妙啊！这就是病源了。从前若能够以养心调经之药服之，何至于此。这如今明显出一个水亏木旺的症候来。待用药看看。”于是写了方子，递与贾蓉，上写的是：

张太医医术高明，不用病人开口，便知病情如何。可惜他开的药方也没有见效。真是治得了病治不了命。

[1] “先生道”一段：中医诊脉，涉及左右手的寸、关、尺六部脉，各自反映不同脏腑的病情。“寸、关、尺”，是桡动脉的三个诊脉的部位。桡骨茎突处为“关”，近腕端为“寸”，近肘端为“尺”。月信，即月经。寅卯间，指凌晨五点前后。喜脉，怀孕的脉象。

益气养荣补脾和肝汤

人参二钱	白术二钱土炒	云苓三钱	熟地四钱
归身二钱酒洗	白芍二钱炒	川芎钱半	黄芪三钱
香附米二钱制	醋柴胡八分	怀山药二钱炒	真阿胶二钱蛤粉炒
延胡索钱半酒炒	炙甘草八分		

引用建莲子七粒去心　　红枣二枚

贾蓉看了，说："高明的很。还要请教先生，这病与性命终久有妨无妨?"先生笑道："大爷是最高明的人。人病到这个地位，非一朝一夕的症候，吃了这药也要看医缘了。依小弟看来，今年一冬是不相干的。总是过了春分，就可望全愈了。"贾蓉也是个聪明人，也不往下细问了。

于是贾蓉送了先生去了，方将这药方子并脉案都给贾珍看了，说的话也都回了贾珍并尤氏了。尤氏向贾珍说道："从来大夫不像他说的这么痛快，想必用的药也不错。"贾珍道："人家原不是混饭吃久惯行医的人。因为冯紫英我们好，他好容易求了他来了。既有这个人，媳妇的病或者就能好了。他那方子上有人参，就用前日买的那一斤好的罢。"贾蓉听毕话，方出来叫人打药去煎给秦氏吃。不知秦氏服了此药病势如何，下回分解。

第十一回

庆寿辰宁府排家宴　见熙凤贾瑞起淫心

话说是日贾敬的寿辰，贾珍先将上等可吃的东西、稀奇些的果品，装了十六大捧盒，着贾蓉带领家下人等与贾敬送去，向贾蓉说道："你留神看太爷喜欢不喜欢，你就行了礼来。你说：'我父亲遵太爷的话未敢来，在家里率领合家都朝上行了礼了。'"贾蓉听罢，即率领家人去了。

这里渐渐的就有人来。先是贾琏、贾蔷到来，先看了各处的座位，并问："有什么顽意儿没有？"家人答道："我们爷原算计请太爷今日来家来，所以并未敢预备顽意儿。前日听见太爷又不来了，现叫奴才们找了一班小戏儿并一档子打十番的[1]，都在园子里戏台上预备着呢。"

次后邢夫人、王夫人、凤姐儿、宝玉都来了，贾珍并尤氏接了进去。尤氏的母亲已先在这里呢。大家见过了，彼此让了坐。贾珍尤氏二人亲自递了茶，因说道："老太太原是老祖宗，我父亲又是侄儿，这样日子，原不敢请他老人家；但是这个时候，天气正凉爽，满园的菊花又盛开，请老祖宗过来散散闷，看着众儿孙热闹热闹，是这个意思。谁

---

[1] 一档（dàng）子打十番的：一班演奏十番的艺人。十番，一种用乐器合奏的套曲，又称十番锣鼓。

知老祖宗又不肯赏脸。”凤姐儿未等王夫人开口，先说道：“老太太昨日还说要来着呢，因为晚上看着宝兄弟他们吃桃儿，老人家又嘴馋，吃了有大半个，五更天的时候就一连起来了两次，今日早晨略觉身子倦些。因叫我回大爷，今日断不能来了，说有好吃的要几样，还要很烂的。”贾珍听了笑道：“我说老祖宗是爱热闹的，今日不来，必定有个原故，若是这么着就是了。”

王夫人道：“前日听见你大妹妹说，蓉哥儿媳妇儿身上有些不大好，到底是怎么样?”尤氏道：“他这个病得的也奇。上月中秋还跟着老太太、太太们顽了半夜，回家来好好的。到了二十后，一日比一日觉懒，也懒待吃东西，这将近有半个多月了。经期又有两个月没来。”邢夫人接着说道：“别是喜罢?”

正说着，外头人回道：“大老爷、二老爷并一家子的爷们都来了，在厅上呢。”贾珍连忙出去了。这里尤氏方说道：“从前大夫也有说是喜的。昨日冯紫英荐了他从学过的一个先生，医道很好，瞧了说不是喜，竟是很大的一个症候。昨儿开了方子，吃了一剂药，今日头眩的略好些，别的仍不见怎么样大见效。”凤姐儿道：“我说他不是十分支持不住，今日这样的日子，再也不肯不扎挣着上来。”尤氏道：“你是初三日在这里见他的，他强扎挣了半天，也是因你们娘儿两个好的上头，他才恋恋的舍不得去。”凤姐儿听了，眼圈儿红了半天，半日方说道：“真是‘天有不测风云，人有旦夕祸福’。这个年纪，倘或就因这个病上怎么样了，人还活着有什么趣儿!”

正说话间，贾蓉进来，给邢夫人、王夫人、凤姐儿前都请了安，方回尤氏道："方才我去给太爷送吃食去，并回说我父亲在家中伺候老爷们，款待一家子的爷们，遵太爷的话并未敢来。太爷听了甚喜欢，说：'这才是。'叫告诉父亲母亲好生伺候太爷太太们，叫我好生伺候叔叔婶子们并哥哥们。还说那《阴骘文》，叫急急的刻出来，印一万张散人。我将此话都回了我父亲了。我这会子得快出去打发太爷们并合家爷们吃饭。"凤姐儿说："蓉哥儿，你且站住。你媳妇今日到底是怎么着？"贾蓉皱皱眉说道："不好么！婶子回来瞧瞧去就知道了。"于是贾蓉出去了。

这里尤氏向邢夫人、王夫人道："太太们在这里吃饭好，还是在园子里吃去好？小戏儿现预备在园子里呢。"王夫人向邢夫人道："我们索性吃了饭再过去罢，也省好些事。"邢夫人道："很好。"于是尤氏就吩咐媳妇婆子们："快送饭来。"门外一齐答应了一声，都各人端各人的去了。不多一时，摆上了饭。尤氏让邢夫人、王夫人并他母亲都上了坐，他与凤姐儿、宝玉侧席坐了。刑夫人、王夫人道："我们来原为给大老爷拜寿，这不竟是我们来过生日来了么？"凤姐儿说道："大老爷原是好养静的，已经修炼成了，也算得是神仙了。太太们这么一说，这就叫作'心到神知'了。"一句话说的满屋里的人都笑起来了。

于是，尤氏的母亲并邢夫人、王夫人、凤姐儿都吃毕饭，漱了口，净了手；才说要往园子里去，贾蓉进来向尤氏说道："老爷们并众位叔叔哥哥兄弟们也都吃了饭了。大老爷说家里有事，二老爷是不爱听戏又怕人闹的慌，都才去了。别的一家子爷们都被琏二叔并蔷兄弟让过去听戏去了。方才南安郡王、东平郡王、西宁郡王、北静郡王四家王爷，并镇国公牛府等六家，忠靖侯史府等八家，都差人持了名帖送寿礼来，俱回了我父亲，先收在帐房里了，礼单都上上档子[1]了。老爷的领谢的名帖都交给各来人了，各来人也都照旧例赏了，众来人都让吃了饭才去了。母亲该请二位太太、老娘、婶子都过园子里坐着去罢。"尤氏道："也是才吃完了饭，就要过去了。"

凤姐儿说："我回太太，我先瞧瞧蓉哥儿媳妇，我再过去。"王夫人道："很是。我们都要去瞧瞧他，倒怕他嫌闹的慌，说我们问他好罢。"尤氏道："好妹妹，媳妇听你的话，你去开导开导他，我也放心。你就快些过园子里来。"宝玉也要跟了凤姐儿去瞧秦氏去，王夫人道："你看看就过去罢，那是侄儿媳妇。"于是尤氏请了邢夫人、王夫人并他母亲都过会芳园去了。

凤姐儿、宝玉方和贾蓉到秦氏这边来。进了房门，悄悄的走到里间房门口，秦氏见了，就要站起来，凤姐儿说："快别起来，看起猛了头晕。"于是凤姐儿就紧走了两步，拉住秦氏的手，说道："我的奶奶！怎么几日不见，就瘦的这么着了！"于是就坐在秦氏坐的褥子上。宝玉也问了好，坐在对面椅子上。贾蓉叫："快倒茶来，婶子和二叔在上房还未喝茶呢。"

秦氏拉着凤姐儿的手，强笑道："这都是我没福。这样人家，公公婆婆当自己的女孩儿似的待。婶娘的侄儿虽说年轻，却也是他敬我，我敬他，从来没有红过脸儿。就是一家子的长辈同辈之中，除

[1] 上档子：记在簿册上。档子，分门别类登记的簿册。

了婶子倒不用说了，别人也从无不疼我的，也无不和我好的。这如今得了这个病，把我那要强的心一分也没了。公婆跟前未得孝顺一天；就是婶娘这样疼我，我就有十分孝顺的心，如今也不能够了。我自想着，未必熬的过年去呢！”

宝玉正眼瞅着那《海棠春睡图》并那秦太虚写的“嫩寒锁梦因春冷，芳气笼人是酒香”的对联，不觉想起在这里睡晌觉梦到“太虚幻境”的事来。正自出神，听得秦氏说了这些话，如万箭攒心，那眼泪不知不觉就流下来了。凤姐儿心中虽十分难过，但恐怕病人见了众人这个样儿反添心酸，倒不是来开导劝解的意思了。见宝玉这个样子，因说道：“宝兄弟，你忒婆婆妈妈的了。他病人不过是这么说，那里就到得这个田地了？况且能多大年纪的人，略病一病儿就这么想那么想的，这不是自己倒给自己添病了么？”贾蓉道：“他这病也不用别的，只是吃得些饮食就不怕了。”凤姐儿道：“宝兄弟，太太叫你快过去呢。你别在这里只管这么着，倒招的媳妇也心里不好。太太那里又惦着你。”因向贾蓉说道：“你先同你宝叔叔过去罢，我还略坐一坐儿。”贾蓉听说，即同宝玉过会芳园来了。

凤姐的意思，心态很重要。

这里凤姐儿又劝解了秦氏一番，又低低的说了许多衷肠话儿。尤氏打发人请了两三遍，凤姐儿才向秦氏说道：“你好生养着罢，我再来看你。合该你这病要好，所以前日就有人荐了这个好大夫来，再也是不怕的了。”秦氏笑道：“任凭神仙也罢，治得病治不得命。婶子，我知道我这病不过是挨日子。”凤姐儿说道：“你只管这么想着，病那里能好呢？总要想开了才是。况且听得大夫说，若是不治，怕的是春天不好呢。如今才九月半，还有四五个月的工夫，什么病治不好呢？咱们若是不能吃人参的人家，这也难说了；你公公婆婆听见治得好你，别说一日二钱人参，就是二斤也能够吃的起。好生养着罢，我过园子里去了。”秦氏又道：“婶子，恕我不能跟过去了。闲了时候还求婶子常过来瞧瞧我，咱们娘儿们坐坐，多说几遭话儿。”凤姐儿听了，不觉得又眼圈儿一红，遂说道：“我得了闲儿必常来看你。”

于是凤姐儿带领跟来的婆子丫头并宁府的媳妇婆子们，从里头绕进园子的便门来。但只见：

> 黄花满地，白柳横坡。小桥通若耶之溪，曲径接天台之路。石中清流激湍，篱落飘香；树头红叶翩翩，疏林如画。西风乍紧，初罢莺啼；暖日当暄[1]，又添蛩语[2]。遥望东南，建几处依山之榭；纵观西北，结三间临水之轩，笙簧[3]盈耳，别有幽情；罗绮[4]穿林，倍添韵致。

凤姐儿正自看园中的景致，一步步行来赞赏。猛然从假山石后走过一个人来，向前对凤姐儿说道：“请嫂子安。”凤姐儿猛然见了，将身子望后一退，说道：“这是瑞大爷不是?”贾瑞说道：“嫂子连我也不认得了？不是我是谁!”凤姐儿道：“不是不认得，猛然一见，不想到是大爷到这里来。”贾瑞道：“也是合该我与嫂子有缘。我方才偷出了席，在这

[1] 暖日当暄：温暖的阳光晒得正暖。暄，暖和。
[2] 蛩（qióng）语：蟋蟀的叫声。蛩，蟋蟀。
[3] 笙簧：一种管乐器。这里形容水声的悦耳动听。
[4] 罗绮（qǐ）：丝织品，这里借指服饰华丽的人们。

个清净地方略散一散，不想就遇见嫂子也从这里来。这不是有缘么?”一面说着，一面拿眼睛不住的觑着凤姐儿。

场面尴尬。

凤姐儿是个聪明人，见他这个光景，如何不猜透八九分呢，因向贾瑞假意含笑道：“怨不得你哥哥时常提你，说你很好。今日见了，听你说这几句话儿，就知道你是个聪明和气的人了。这会子我要到太太们那里去，不得和你说话儿，等闲了咱们再说话儿罢。”贾瑞道：“我要到嫂子家里去请安，又恐怕嫂子年轻，不肯轻易见人。”凤姐儿假意笑道：“一家子骨肉，说什么年轻不年轻的话。”贾瑞听了这话，再不想到今日得这个奇遇，那神情光景亦发不堪难看了。凤姐儿说道：“你快入席去罢。仔细他们拿住罚你酒。”贾瑞听了，身上已木了半边，慢慢的一面走着，一面回过头来看。凤姐儿故意的把脚步放迟了些儿，见他去远了，心里暗忖道：“这才是知人知面不知心呢，那里有这样禽兽样的人呢。他如果如此，几时叫他死在我的手里，他才知道我的手段!”

虚与委蛇，诱敌深入。

于是凤姐儿方移步前来。将转过了一重山坡，见两三个婆子慌慌张张的走来，见了凤姐儿，笑说道：“我们奶奶见二奶奶只是不来，急的了不得，叫奴才们又来请奶奶来了。”凤姐儿说道：“你们奶奶就是这么急脚鬼似的。”凤姐儿慢慢的走着，问：“戏唱了几出了?”那婆子回道：“有八九出了。”说话之间，已来到了天香楼的后门，见宝玉和一群丫头们在那里玩呢。凤姐儿说道：“宝兄弟，别忒淘气了。”有一个丫头说道：“太太们都在楼上坐着呢，请奶奶就从这边上去罢。”

凤姐儿听了，款步提衣上了楼，见尤氏已在楼梯口等着呢。尤氏笑说道："你们娘儿两个忒好了，见了面总舍不得来了。你明日搬来和他住着罢。你坐下，我先敬你一钟。"于是凤姐儿在邢、王二夫人前告了坐，又在尤氏的母亲前周旋了一遍，仍同尤氏坐在一桌上吃酒听戏。尤氏叫拿戏单，让凤姐儿点戏，凤姐儿说道："亲家太太和太太们在这里，我如何敢点。"邢夫人王夫人说道："我们和亲家太太都点了好几出了，你点两出好的我们听。"凤姐儿立起身来答应了一声，方接过戏单，从头一看，点了一出《还魂》[1]，一出《弹词》[2]，递过戏单去说："现在唱的这《双官诰》[3]，唱完了，再唱这两出，也就是时候了。"王夫人道："可不是呢，也该趁早叫你哥哥嫂子歇歇，他们又心里不静。"尤氏说道："太太们又不常过来，娘儿们多坐一会子去，才有趣儿，天还早呢。"凤姐儿立起身来望楼下一看，说："爷们都往那里去了？"旁边一个婆子道："爷们才到凝曦轩，带了打十番的那里吃酒去了。"凤姐儿说道："在这里不便宜，背地里又不知干什么去了！"尤氏笑道："那里都像你这么正经人呢。"

于是说说笑笑，点的戏都唱完了，方才撤下酒席，摆上饭来。吃毕，大家才出园子来，到上房坐下，吃了茶，方才叫预备车，向尤氏的母亲告了辞。尤氏率同众姬妾并家下婆子媳妇们方送出来；贾珍率领众子侄都在车旁侍立，等候着呢，见了邢

---

[1]《还魂》：明代汤显祖著《牡丹亭》中的一出。《牡丹亭》写柳梦梅和杜丽娘的爱情故事。《还魂》写杜丽娘死而复生和柳梦梅结为夫妇。

[2]《弹词》：清代洪昇著《长生殿》中的一出。《长生殿》写唐玄宗和杨贵妃的爱情故事。《弹词》写乐工李龟年经历"安史之乱"，流落江南以弹琵琶卖唱为生。

[3]《双官诰》：清代陈二白所作传奇，写冯琳如的婢妾碧莲守节教子，后来得了夫子双份官诰的故事。

夫人、王夫人道："二位婶子明日还过来逛逛。"王夫人道："罢了，我们今日整坐了一日，也乏了，明日歇歇罢。"于是都上车去了。贾瑞犹不时拿眼睛觑着凤姐儿。贾珍等进去后，李贵才拉过马来，宝玉骑上，随了王夫人去了。这里贾珍同一家子的弟兄子侄吃过了晚饭，方大家散了。

次日，仍是众族人等闹了一日，不必细说。此后凤姐儿不时亲自来看秦氏。秦氏也有几日好些，也有几日仍是那样。贾珍、尤氏、贾蓉好不焦心。

且说贾瑞到荣府来了几次，偏都遇见凤姐儿往宁府那边去了。这年正是十一月三十日冬至。到交节的那几日，贾母、王夫人、凤姐儿日日差人去看秦氏，回来的人都说："这几日也没见添病，也不见甚好。"王夫人向贾母说："这个症候，遇着这样大节不添病，就有好大的指望了。"贾母说："可是呢，好个孩子，要是有些原故，可不叫人疼死。"说着，一阵心酸，叫凤姐儿说道："你们娘儿两个也好了一场，明日大初一，过了明日，你后日再去看一看他去。你细细的瞧瞧他那光景，倘或好些儿，你回来告诉我，我也喜欢喜欢。那孩子素日爱吃的，你也常叫人做些给他送过去。"凤姐儿一一的答应了。

到了初二日，吃了早饭，来到宁府，看见秦氏的光景，虽未甚添病，但是那脸上身上的肉全瘦干了。于是和秦氏坐了半日，说了些闲话儿，又将这病无妨的话开导了一遍。秦氏说道："好不好，春天就知道了。如今现过了冬至，又没怎么样，或者好的了也未可知。婶子回老太太、太太放心罢。昨日老太太赏的那枣泥馅的山药糕，我倒吃了两块，倒像克化[1]的动似的。”凤姐儿说道：“明日再给你送来。我到你婆婆那里瞧瞧，就要赶着回去回老太太话去。”秦氏道：“婶子替我请老太太、太太安罢。”

凤姐儿答应着就出来了，到了尤氏上房坐下。尤氏道：“你冷眼瞧媳妇是怎么样？”凤姐儿低了半日头，说道：“这实在没法儿了。你也该将一应的后事用的东西给他料理料理，冲一冲[2]也好。”尤氏道：“我也叫人暗暗的预备了。就是那件东西不得好木头，暂且慢慢的办罢。”于是凤姐儿吃了茶，说了一会子话儿，说道：“我要快回去回老太太的话去呢。”尤氏道：“你可缓缓的说，别吓着老太太。”凤姐儿道：“我知道。”

伏笔。

于是凤姐儿就回来了。到了家中，见了贾母，说：“蓉哥儿媳妇请老太太安，给老太太磕头，说他好些了，求老祖宗放心罢。他再略好些，还要给老祖宗磕头请安来呢。”贾母道：“你看他是怎么样？”凤姐儿说：“暂且无妨，精神还好呢。”贾母听了，沉吟了半日，因向凤姐儿说：“你换换衣服歇歇去罢。”

凤姐儿答应着出来，见过了王夫人，到了家中，平儿将烘的家常的衣服给凤姐儿换了。凤姐儿方坐下，问道：“家里没有什么事么？”平儿方端了茶来，递了过去，说道：“没有什么事。就是那三百银子的利银，旺儿媳妇送进来，我收了。再有瑞大爷使人来打听奶奶在家没有，他要来请安说话。”凤姐儿听了，哼了一声，说道：“这畜生合该作死，

---

[1] 克化：消化。
[2] 冲一冲：旧俗，为重病人预备丧事，或提前举行婚礼，认为可以冲散病邪。

看他来了怎么样!”平儿因问道:“这瑞大爷是因什么只管来?”凤姐儿遂将九月里宁府园子里遇见他的光景,他说的话,都告诉了平儿。平儿说道:“癞蛤蟆想天鹅肉吃,没人伦的混帐东西,起这个念头,叫他不得好死!”凤姐儿道:“等他来了,我自有道理。”不知贾瑞来时作何光景,且听下回分解。

第十二回

王熙凤毒设相思局　贾天祥正照风月鉴

话说凤姐正与平儿说话，只见有人回说："瑞大爷来了。"凤姐急命"快请进来。"贾瑞见往里让，心中喜出望外，急忙进来，见了凤姐，满面陪笑，连连问好。凤姐儿也假意殷勤，让茶让坐。

贾瑞见凤姐如此打扮，亦发酥倒，因饧了眼问道："二哥哥怎么还不回来？"凤姐道："不知什么原故。"贾瑞笑道："别是路上有人绊住了脚了，舍不得回来也未可知？"凤姐道："也未可知。男人家见一个爱一个也是有的。"贾瑞笑道："嫂子这话说错了，我就不这样。"凤姐笑道："像你这样的人能有几个呢，十个里也挑不出一个来。"贾瑞听了，喜的抓耳挠腮，又道："嫂子天天也闷的很。"凤姐道："正是呢，只盼个人来说话解解闷儿。"贾瑞笑道："我倒天天闲着，天天过来替嫂子解解闲闷可好不好？"凤姐笑道："你哄我呢，你那里肯往我这里来。"贾瑞道："我在嫂子跟前，若有一点谎话，天打雷劈！只因素日闻得人说，嫂子是个利害人，在你跟前一点也错不得，所以唬住了我。如今见嫂子最是个有说有笑极疼人的，我怎么不来，——死了也愿意！"凤姐笑道："果然你是个明白人，比贾蓉、贾蔷两个强远了。我看他那样清秀，只当他们心里明白，谁知竟是两个胡涂虫，一点不知人心。"

贾瑞听了这话，越发撞在心坎儿上，由不得又往前凑了一凑，觑着眼看凤姐带的荷包，然后又问带着什么戒指。凤姐悄悄道："放尊重着，别叫丫头们看了笑话。"贾瑞如听纶音[1]佛语一般，忙往后退。凤姐笑道："你该走了。"贾瑞说："我再坐一坐儿。——好狠心的嫂子。"凤姐又悄悄的道："大天白日，人来人往，你就在这里也不方便。你且去，等着晚上起了更你来，悄悄的在西边穿堂儿等我。"贾瑞听了，如得珍宝，忙问道："你别哄我。但只那里人过的多，怎么好躲的?"凤姐道："你只放心。我把上夜的小厮们都放了假，两边门一关，再没别人了。"贾瑞听了，喜之不尽，忙忙的告辞而去，心内以为得手。

盼到晚上，果然黑地里摸入荣府，趁掩门时，钻入穿堂。果见漆黑无一人，往贾母那边去的门户已锁，倒只有向东的门未关。贾瑞侧耳听着，半日不见人来，忽听咯噔一声，东边的门也倒关了。贾瑞急的也不敢则声，只得悄悄的出来，将门撼了撼，关的铁桶一般。此时要求出去亦不能够，南北皆是大房墙，要跳亦无攀援。这屋内又是过门风，空落落；现是腊月天气，夜又长，朔风凛凛，侵肌裂骨，一夜几乎不曾冻死。好容易盼到早晨，只见一个老婆子先将东门开了，进去叫西门。贾瑞瞅他背着脸，一溜烟抱着肩跑了出来，幸而天气尚早，人都未起，从后门一径跑回家去。

原来贾瑞父母早亡，只有他祖父代儒教养。那代儒素日教训最严，不许贾瑞多走一步，生怕他在外吃酒赌钱，有误学业。今忽见他一夜不归，只料

[1] 纶（lún）音：圣旨。

定他在外非饮即赌，嫖娼宿妓，那里想到这段公案，因此气了一夜。贾瑞也捻着一把汗，少不得回来撒谎，只说："往舅舅家去了，天黑了，留我住了一夜。"代儒道："自来出门，非禀我不敢擅出，如何昨日私自去了？据此亦该打，何况是撒谎。"因此，发狠到底打了三四十板，不许吃饭，令他跪在院内读文章，定要补出十天的工课来方罢。贾瑞直冻了一夜，今又遭了苦打，且饿着肚子，跪着在风地里读文章，其苦万状。

一个古板的腐儒，偏有一个花心的孙子。

此时贾瑞前心犹是未改，再想不到是凤姐捉弄他。过后两日，得了空，便仍来找凤姐。凤姐故意抱怨他失信，贾瑞急的赌身发誓。凤姐因见他自投罗网，少不得再寻别计令他知改，故又约他道："今日晚上，你别在那里了。你在我这房后小过道子里那间空屋里等我，可别冒撞了。"贾瑞道："果真？"凤姐道："谁可哄你，你不信就别来。"贾瑞道："来，来，来。死也要来！"凤姐道："这会子你先去罢。"贾瑞料定晚间必妥，此时先去了。凤姐在这里便点兵派将，设下圈套。

欲擒故纵。

那贾瑞只盼不到晚上，偏生家里亲戚又来了，直等吃了晚饭才去，那天已有掌灯时候。又等他祖父安歇了，方溜进荣府，直往那夹道中屋子里来等着，热锅上的蚂蚁一般，只是干转。左等不见人影，右听也没声响，心下自思："别是又不来了，又冻我一夜不成？"正自胡猜，只见黑魆魆的来了一个人，贾瑞便意定是凤姐，不管皂白，饿虎一般，等那人刚至门前，便如猫捕鼠的一般，抱住叫道："亲嫂子，等死我了。"说着，抱到屋里炕上就亲嘴扯裤子，满口里"亲娘"、"亲爹"的乱叫起来。那人只不作声。贾瑞拉了自己裤子，硬帮帮的就想顶入。忽见灯光一闪，只见贾蔷举着个捻子[1]照道："谁在屋里？"只见炕上那人笑道："瑞大叔要臊我呢。"贾瑞一见，却是贾蓉，真臊的无地可入，不知要怎么样才好，回身就要跑，被贾蔷一把揪住道："别走！如今琏二婶已经告到太太跟前，说你无故调戏他。他暂用了个脱身计，哄你在这边等着，太太气死过去，因此叫我来拿你。刚才你又拦住他，没的说，跟我去见太太！"

贾瑞听了，魂不附体，只说："好侄儿，只说没有见我，明日我重重的谢你。"贾蔷道："你若谢我，放你不值什么，只不知你谢我多少？况且口说无凭，写一文契来。"贾瑞道："这如何落纸呢？"贾蔷道："这也不妨，写一个赌钱输了外人帐目，借头家银若干两便罢。"贾瑞道："这也容易。只是此时无纸笔。"贾蔷道："这也容易。"说罢，翻身出来，纸笔现成，拿来命贾瑞写。他俩作好作歹，只写了五十两，然后画了押，贾蔷收起来。然后撕逻贾蓉。贾蓉先咬定牙不依，只说："明日告诉族中的人评评理。"贾瑞急的至于叩头。贾蔷作好作歹的，也写了一张五十两欠契才罢。

贾蔷又道："如今要放你，我就担着不是。老太太那边的门早已关了，老爷正在厅上看南京的东西，那一条路定难过去，如今只好走后门。若这一走，倘或遇见了人，连我也完了。等我们先去哨探哨探，再来领你。这屋你还藏不得，少时就来堆东西。等我寻个地方。"说毕，拉着贾瑞，仍熄了灯，出至院外，摸着大台矶底下，说道："这窝儿里好，你只蹲着，别哼一声，等我们来再动。"说毕，二

[1] 捻（niǎn）子：引火用的纸卷儿。此处借以照明。

人去了。

贾瑞此时身不由己，只得蹲在那里。心下正盘算，只听头顶上一声响，嗗拉拉一净桶尿粪从上面直泼下来，可巧浇了他一身一头，贾瑞撑不住嗳哟了一声，忙又掩住口，不敢声张，满头满脸浑身皆是尿屎，冰冷打战。只见贾蔷跑来叫："快走，快走!"贾瑞如得了命，三步两步从后门跑到家里，天已三更，只得叫门。开门人见他这般景况，问是怎的。少不得扯谎说："黑了，失脚掉在茅厕里了。"一面到了自己房中更衣洗濯，心下方想到是凤姐顽他，因此发一回恨；再想想凤姐的模样儿，又恨不得一时搂在怀内，一夜竟不曾合眼。

自此满心想凤姐，只不敢往荣府去了。贾蓉两个又常常的来索银子，他又怕祖父知道，正是相思尚且难禁，更又添了债务；日间工课又紧，他二十来岁人，尚未娶亲，迩来想着凤姐，未免有那指头告了消乏[1]等事；更兼两回冻恼奔波，因此三五下里夹攻，不觉就得了一病。心内发膨胀，口中无滋味，脚下如绵，眼中似醋，黑夜作烧，白昼常倦，下溺连精，嗽痰带血：诸如此症，不上一年都添全了。于是不能支持，一头睡倒，合上眼还只梦魂颠倒，满口乱说胡话，惊怖异常。百般请医疗治，诸如肉桂、附子、鳖甲、麦冬、玉竹等药，吃了有几十斤下去，也不见个动静。

倏又腊尽春回，这病更又沉重。代儒也着了忙，各处请医疗治，皆不见效。因后来吃"独参汤"[2]，代儒如何有这力量，只得往荣府来寻。王

---

[1] 指头告了（liǎo）消乏：手淫。

[2] 独参汤：中医药方，独用人参一味，重或一、二两，治元气大亏的危症。

夫人命凤姐秤二两给他，凤姐回说："前儿新近都替老太太配了药，那整的太太又说留着送杨提督的太太配药，偏生昨儿我已送了去了。"王夫人道："就是咱们这边没了，你打发个人往你婆婆那边问问，或是你珍大哥哥那府里再寻些来，凑着给人家。吃好了，救人一命，也是你的好处。"凤姐听了，也不遣人去寻，只得将些渣末泡须凑了几钱，命人送去，只说："太太送来的，再也没了。"然后回王夫人，只说："都寻了来，共凑了有二两送去。"

贾瑞虽然好色，自作自受，但凤姐的手段亦过于狠毒。

那贾瑞此时要命心甚切，无药不吃，只是白花钱，不见效。忽然这日有个跛足道人来化斋，口称专治冤业之症[1]。贾瑞偏生在内就听见了，直着声叫喊说："快请进那位菩萨来救我！"一面叫，一面在枕上叩首。众人只得带了那道士进来。贾瑞一把拉住，连叫"菩萨救我！"那道士叹道："你这病非药可医。我有个宝贝与你，你天天看时，此命可保矣。"说毕，从褡裢中取出一面镜子来——两面皆可照人，镜把上面錾着"风月宝鉴"四字——递与贾瑞道："这物出自太虚幻境空灵殿上，警幻仙子所制，专治邪思妄动之症，有济世保生之功。所以带他到世上，单与那些聪明杰俊、风雅王孙等看照。千万不可照正面，只照他的背面，要紧，要紧！三日后吾来收取，管叫你好了。"说毕，佯常而去[2]，众人苦留不住。

贾瑞收了镜子，想道："这道士倒有意思，我何不照一照试试。"想毕，拿起"风月鉴"来，向反面一照，只见一个骷髅立在里面，唬得贾瑞连忙

[1] 冤业之症：迷信说法，由于结冤造孽而得的病。
[2] 佯（yáng）常而去：扬长而去。

掩了，骂："道士混帐，如何吓我！——我倒再照正面是什么。"想着，又将正面一照，只见凤姐站在里面招手叫他。贾瑞心中一喜，荡悠悠的觉得进了镜子，与凤姐云雨一番，凤姐仍送他出来。到了床上，嗳哟了一声，一睁眼，镜子从手里掉过来，仍是反面立着一个骷髅。贾瑞自觉汗津津的，底下已遗了一滩精。心中到底不足，又翻过正面来，只见凤姐还招手叫他，他又进去。如此三四次。到了这次，刚要出镜子来，只见两个人走来，拿铁锁把他套住，拉了就走。贾瑞叫道："让我拿了镜子再走。"——只说了这句，就再不能说话了。

旁边服侍贾瑞的众人，只见他先还拿着镜子照，落下来，仍睁开眼拾在手内，末后镜子落下来便不动了。众人上来看看，已没了气，身子底下冰凉渍湿一大滩精，这才忙着穿衣抬床。代儒夫妇哭的死去活来，大骂道士，"是何妖镜！若不早毁此物，遗害于世不小。"遂命架火来烧，只听镜内哭道："谁叫你们瞧正面了！你们自己以假为真，何苦来烧我？"正哭着，只见那跛足道人从外面跑来，喊道："谁毁'风月鉴'，吾来救也！"说着，直入中堂，抢入手内，飘然去了。

风月宝鉴，是超现实的想象。其中的寓意很明确：世人喜欢的美人，是假，是幻，而世人厌恶的骷髅却是真，是实。可怜世人看不透，去追那虚幻的东西，枉自丢了性命。毒设相思计，特写凤姐的狠毒。

当下，代儒料理丧事，各处去报丧。三日起经，七日发引[1]，寄灵于铁槛寺，日后带回原籍。当下贾家众人齐来吊问，荣府贾赦赠银二十两，贾政亦是二十两，宁国府贾珍亦有二十两，别者族中贫富不等，或三两五两，不可胜数。另有各同窗家分资，也凑了二三十两。代儒家道虽然淡薄，倒也

[1] 起经、发引：起经，旧俗，人死后三天开始请和尚道士念经。发引，出殡时，送丧人牵着引索作前导，把灵柩运出。

丰丰富富完了此事。

谁知这年冬底，林如海的书信寄来，却为身染重疾，写书特来接林黛玉回去。贾母听了，未免又加忧闷，只得忙忙的打点黛玉起身。宝玉大不自在，争奈父女之情，也不好拦劝。于是贾母定要贾琏送他去，仍叫带回来。一应土仪[1]盘缠，不消烦说，自然要妥贴。作速择了日期，贾琏与林黛玉辞别了贾母等，带领仆从，登舟往扬州去了。要知端的，且听下回分解。

[1] 土仪：用土特产作为礼物。

第十三回

秦可卿死封龙禁尉[1]　王熙凤协理宁国府

话说凤姐儿自贾琏送黛玉往扬州去后，心中实在无趣，每到晚间，不过和平儿说笑一回，就胡乱睡了。

这日夜间，正和平儿灯下拥炉倦绣，早命浓薰绣被，二人睡下，屈指算行程该到何处，不知不觉已交三鼓。平儿已睡熟了。凤姐方觉星眼微朦，恍惚只见秦氏从外走来，含笑说道："婶子好睡！我今日回去，你也不送我一程。因娘儿们素日相好，我舍不得婶子，故来别你一别。还有一件心愿未了，非告诉婶子，别人未必中用。"

凤姐听了，恍惚问道："有何心愿？你只管托我就是了。"秦氏道："婶婶，你是个脂粉队里的英雄，连那些束带顶冠的男子也不能过你，你如何连两句俗语也不晓得？常言'月满则亏，水满则溢'；又道是'登高必跌重'。如今我们家赫赫扬扬，已将百载，一日倘或乐极悲生，若应了那句'树倒猢狲散'的俗语，岂不虚称了一世的诗书旧族了！"凤姐听了此话，心胸大快，十分敬畏，忙问道："这话虑的极是，但有何法可以永保无虞？"秦氏冷

借秦可卿之梦再一次点出，贾府已经在走下坡路。"月满则亏，水满则溢""登高必跌重""乐极悲生""树倒猢狲散"，一连串的严重警告。

[1] 龙禁尉：皇帝侍卫官名。是作者虚拟的职官。

笑道："婶子好痴也。否极泰来[1]，荣辱自古周而复始，岂人力能可保常的。但如今能于荣时筹画下将来衰时的世业，亦可谓常保永全了。即如今日诸事都妥，只有两件未妥，若把此事如此一行，则后日可保永全了。"

凤姐便问何事。秦氏道："目今祖茔虽四时祭祀，只是无一定的钱粮；第二，家塾虽立，无一定的供给。依我想来，如今盛时固不缺祭祀供给，但将来败落之时，此二项有何出处？莫若依我定见，趁今日富贵，将祖茔附近多置田庄房舍地亩，以备祭祀供给之费皆出自此处，将家塾亦设于此。合同族中长幼，大家定了则例，日后按房掌管这一年的地亩、钱粮、祭祀、供给之事。如此周流，又无争竞，亦不有典卖诸弊。便是有了罪，凡物可入官，这祭祀产业连官也不入的。便败落下来，子孙回家读书务农，也有个退步，祭祀又可永继。若目今以为荣华不绝，不思后日，终非长策。眼见不日又有一件非常喜事，真是烈火烹油、鲜花着锦之盛。要知道，也不过是瞬息的繁华，一时的欢乐，万不可忘了那'盛筵必散'的俗语。此时若不早为后虑，临期只恐后悔无益了。"凤姐忙问："有何喜事？"秦氏道："天机不可泄漏。只是我与婶子好了一场，临别赠你两句话，须要记着。"因念道：

三春去后诸芳尽，各自须寻各自门。

凤姐还欲问时，只听二门上传事云板连叩四下[2]，

[1] 否（pǐ）极泰来：情况恶坏至极，就会开始好转。否，坏。泰，吉利。

[2] 云板连叩四下：云板敲击四次，是告知凶讯的声响。

将凤姐惊醒。人回："东府蓉大奶奶没了。"凤姐闻听，吓了一身冷汗，出了一回神，只得忙忙的穿衣，往王夫人处来。

彼时合家皆知，无不纳罕，都有些疑心。那长一辈的想他素日孝顺，平一辈的想他素日和睦亲密，下一辈的想他素日慈爱，以及家中仆从老小想他素日怜贫惜贱、慈老爱幼之恩，莫不悲嚎痛哭者。

闲言少叙，却说宝玉因近日林黛玉回去，剩得自己孤恓，也不和人顽耍，每到晚间便索然睡了。如今从梦中听见说秦氏死了，连忙翻身爬起来，只觉心中似戳了一刀的不忍，哇的一声，直喷出一口血来。袭人等慌慌忙忙上来搊扶[1]，问是怎么样，又要回贾母来请大夫。宝玉笑道："不用忙，不相干，这是急火攻心，血不归经[2]。"说着便爬起来，要衣服换了，来见贾母，即时要过去。袭人见他如此，心中虽放不下，又不敢拦，只是由他罢了。贾母见他要去，因说："才咽气的人，那里不干净；二则夜里风大，等明早再去不迟。"宝玉那里肯依。贾母命人备车，多派跟随人役，拥护前来。

一直到了宁国府前，只见府门洞开，两边灯笼照如白昼，乱烘烘人来人往，里面哭声摇山振岳。宝玉下了车，忙忙奔至停灵之室，痛哭一番。然后见过尤氏。谁知尤氏正犯了胃疼旧疾，睡在床上。然后又出来见贾珍。彼时贾代儒、代修、贾敕、贾效、贾敦、贾赦、贾政、贾琮、贾㻞、贾珩、贾珖、贾琛、贾琼、贾璘、贾蔷、贾菖、贾菱、贾芸、贾芹、贾蓁、贾萍、贾藻、贾蘅、贾芬、贾

[1]　搊（chōu）扶：从身后扶起来。
[2]　血不归经：中医指血液不循经脉运行而流溢于外的病理现象。

芳、贾兰、贾菌、贾芝等都来了。贾珍哭的泪人一般，正和贾代儒等说道："合家大小，远近亲友，谁不知我这媳妇比儿子还强十倍。如今伸腿去了，可见这长房内绝灭无人了。"说着又哭起来。众人忙劝："人已辞世，哭也无益，且商议如何料理要紧。"贾珍拍手道："如何料理，不过尽我所有罢了！"

正说着，只见秦业、秦钟并尤氏的几个眷属尤氏姊妹也都来了。贾珍便命贾琼、贾琛、贾璘、贾蔷四个人去陪客，一面吩咐去请钦天监阴阳司[1]来择日，择准停灵七七四十九日，三日后开丧送讣闻。这四十九日，单请一百单八众禅僧在大厅上拜大悲忏[2]，超度前亡后化诸魂，以免亡者之罪；另设一坛于天香楼上，是九十九位全真道士[3]，打四十九日解冤洗业醮[4]。然后停灵于会芳园中，灵前另外五十众高僧、五十众高道，对坛按七作好事[5]。那贾敬闻得长孙媳死了，因自为早晚就要飞升，如何肯又回家染了红尘，将前功尽弃呢，因此并不在意，只凭贾珍料理。

贾珍见父亲不管，亦发恣意奢华。看板时，几副杉木板皆不中用。可巧薛蟠来吊问，因见贾珍寻好板，便说道："我们木店里有一副板，叫作什么樯木，出在潢海铁网山上，作了棺材，万年不坏。这还是当年先父带来，原系义忠亲王老千岁要的，因他坏了事[6]，就不曾拿去。现在还封在店内，

---

[1] 钦天监阴阳司：作者虚拟的官署名。钦天监，官署名。掌管观察天象、编制历法。

[2] 拜大悲忏：请僧人念经拜佛、超度亡魂时，念"大悲咒"。

[3] 全真道士：信奉全真教的道士。

[4] 打醮（jiào）：旧时请僧道设坛念经、解除冤孽的一种仪式。

[5] 按七作好事：旧俗，从死日算起，死者的亲属每隔七天设奠一次，请僧道替死者诵经修福，直到七七为止。期满后即可降生。

[6] 坏了事：因获罪而被罢官。

也没有人出价敢买。你若要，就抬来使罢。”贾珍听说，喜之不尽，即命人抬来。大家看时，只见帮底皆厚八寸，纹若槟榔，味若檀麝，以手扣之，玎珰如金玉。大家都奇异称赞。贾珍笑问：“价值几何？”薛蟠笑道：“拿一千两银子来，只怕也没处买去。什么价不价，赏他们几两工钱就是了。”贾珍听说，忙谢不尽，即命解锯糊漆。贾政因劝道：“此物恐非常人可享者，殓以上等杉木也就是了。”此时贾珍恨不能代秦氏之死，这话如何肯听。

于贾政颇多正面描写。

因忽又听得秦氏之丫鬟名唤瑞珠者，见秦氏死了，他也触柱而亡。此事可罕，合族人也都称叹。贾珍遂以孙女之礼殓殡，一并停灵于会芳园中之登仙阁。小丫鬟名宝珠者，因见秦氏身无所出，乃甘心愿为义女，誓任摔丧驾灵[1]之任。贾珍喜之不尽，即时传下，从此皆呼宝珠为小姐。那宝珠按未嫁女之丧，在灵前哀哀欲绝。于是，合族人丁并家下诸人，都各遵旧制行事，自不得紊乱。

贾珍因想着贾蓉不过是个黉门监[2]，灵幡经榜上写时不好看，便是执事[3]也不多，因此心下甚不自在。可巧这日正是首七第四日，早有大明宫掌宫内相[4]戴权，先备了祭礼遣人来，次后坐了大轿，打伞鸣锣，亲来上祭。贾珍忙接着，让至逗蜂轩献茶。贾珍心中打算定了主意，因而趁便就说要与贾蓉捐个前程的话。戴权会意，因笑道：“想是为丧礼上风光些。”贾珍忙笑道：“老内相所见不

[1] 摔丧驾灵：旧俗，出殡将起棺材时，由孝子在灵前摔碎一只瓦盆，叫“摔丧”，也称“摔盆”。驾灵，旧时出殡，孝子亲自抬扶灵柩或牵引灵车。

[2] 黉（hóng）门监：即监生。黉，学校。

[3] 执事：仪仗。

[4] 内相：对太监的尊称。

差。”戴权道：“事倒凑巧，正有个美缺。如今三百员龙禁尉短了两员，昨儿襄阳侯的兄弟老三来求我，现拿了一千五百两银子，送到我家里。你知道，咱们都是老相与，不拘怎么样，看着他爷爷的分上，胡乱应了。还剩了一个缺，谁知永兴节度使冯胖子来求，要与他孩子捐，我就没工夫应他。既是咱们的孩子要捐，快写个履历来。”贾珍听说，忙吩咐：“快命书房里人恭敬写了大爷的履历来。”小厮不敢怠慢，去了一刻，便拿了一张红纸来与贾珍。贾珍看了，忙送与戴权。看时，上面写道：

> 江南江宁府江宁县监生贾蓉，年二十岁。曾祖，原任京营节度使世袭一等神威将军贾代化；祖，乙卯科进士贾敬；父，世袭三品爵威烈将军贾珍。

戴权看了，回手便递与一个贴身的小厮收了，说道：“回来送与户部堂官[1]老赵，说我拜上他，起一张五品龙禁尉的票，再给个执照，就把这履历填上，明儿我来兑银子送去。”小厮答应了，戴权也就告辞了。贾珍十分款留不住，只得送出府门。临上轿，贾珍因问：“银子还是我到部兑，还是一并送入老内相府中?”戴权道：“若到部里，你又吃亏了。不如平准一千二百银子，送到我家就完了。”贾珍感谢不尽，只说：“待服满后，亲带小犬[2]到府叩谢。”于是作别。

接着，便又听喝道之声，原来是忠靖侯史鼎的

---

[1] 堂官：明清时对各署衙长官的称呼。

[2] 小犬：谦称自己的儿子。

夫人来了。王夫人、邢夫人、凤姐等刚迎入上房，又见锦乡侯、川宁侯、寿山伯三家祭礼摆在灵前。少时，三人下轿，贾政等忙接上大厅。如此亲朋你来我去，也不能胜数。只这四十九日，宁国府街上一条白漫漫人来人往，花簇簇官去官来。

贾珍命贾蓉次日换了吉服，领凭回来。灵前供用执事等物，俱按五品职例。灵牌疏上皆写“天朝诰授贾门秦氏恭人[1]之灵位”。会芳园临街大门洞开，旋在两边起了鼓乐厅，两班青衣按时奏乐，一对对执事摆的刀斩斧齐。更有两面朱红销金大字牌对竖在门外，上面大书：“防护内廷紫禁道御前侍卫龙禁尉”。对面高起着宣坛[2]，僧道对坛榜文，榜上大书：“世袭宁国公冢孙[3]妇、防护内廷御前侍卫龙禁尉贾门秦氏恭人之丧。四大部洲[4]至中之地、奉天承运太平之国，总理虚无寂静教门僧录司正堂万虚、总理元始三一教门道录司[5]正堂叶生等，敬谨修斋，朝天叩佛”，以及“恭请诸伽兰、揭谛、功曹[6]等神，圣恩普锡，神威远镇，四十九日消灾洗业平安水陆道场[7]”等语，亦不消烦记。

只是贾珍虽然此时心意满足，但里面尤氏又犯了旧疾，不能料理事务，惟恐各诰命[8]来往，亏

---

[1] 恭人：明清时四品官妻子的封号。
[2] 宣坛：为僧道讲经作法所设的台子。
[3] 冢（zhǒng）孙：嫡长孙。
[4] 四大部洲：中国佛教中认为的在须弥山周围咸海中的四大洲。
[5] 僧录司、道录司：明清时代掌管全国僧道事务的最高衙署。
[6] 伽兰、揭谛、功曹：伽兰，本指僧人居住的园林、寺院，这里指卫护园林、寺院的伽兰神。揭谛，佛教传说中的护法神。功曹，道教传说中的值日神。
[7] 水陆道场：超度水陆二界鬼魂的佛教仪式活动。
[8] 诰命：此指有朝廷封号的贵族妇女。

了礼数，怕人笑话，因此心中不自在。当下正忧虑时，因宝玉在侧问道："事事都算安贴了，大哥哥还愁什么?"贾珍见问，便将里面无人的话说了出来。宝玉听说笑道："这有何难，我荐一个人与你权理这一个月的事，管必妥当。"贾珍忙问："是谁?"宝玉见座间还有许多亲友，不便明言，走至贾珍耳边说了两句。贾珍听了喜不自禁，连忙起身笑道："果然安贴，如今就去。"说着拉了宝玉，辞了众人，便往上房里来。

可巧这日非正经日期，亲友来的少，里面不过几位近亲堂客，邢夫人、王夫人、凤姐并合族中的内眷陪坐。闻人报："大爷进来了。"唬的众婆娘嗯的一声，往后藏之不迭，独凤姐款款站了起来。贾珍此时也有些病症在身，二则过于悲痛了，因拄个拐踱了进来。邢夫人等因说道："你身上不好，又连日事多，该歇歇才是，又进来做什么?"贾珍一面扶拐，扎挣[1]着要蹲身跪下请安道乏。邢夫人等忙叫宝玉搀住，命人挪椅子来与他坐。

贾珍断不肯坐，因勉强陪笑道："侄儿进来有一件事要求二位婶子并大妹妹。"邢夫人等忙问："什么事?"贾珍忙笑道："婶子自然知道，如今孙子媳妇没了，侄儿媳妇偏又病倒，我看里头着实不成个体统。怎么屈尊大妹妹一个月，在这里料理料理，我就放心了。"邢夫人笑道："原来为这个。你大妹妹现在你二婶子家，只和你二婶子说就是了。"王夫人忙道："他一个小孩子家，何曾经过这样事，倘或料理不清，反叫人笑话，倒是再烦别人好。"

[1] 扎挣：挣扎，勉强支持着。

贾珍笑道："婶子的意思侄儿猜着了，是怕大妹妹劳苦了。若说料理不开——我包管必料理的开——便是错一点儿，别人看着还是不错的。从小儿大妹妹顽笑着就有杀伐决断，如今出了阁，又在那府里办事，越发历练老成了。我想了这几日，除了大妹妹再无人了。婶子不看侄儿、侄儿媳妇的分上，只看死了的分上罢！"说着滚下泪来。

王夫人心中怕的是凤姐儿未经过丧事，怕他料理不清，惹人耻笑。今见贾珍苦苦的说到这步田地，心中已活了几分，却又眼看着凤姐出神。那凤姐素日最喜揽事办，好卖弄才干，虽然当家妥当，也因未办过婚丧大事，恐人还不服，巴不得遇见这事。今见贾珍如此一来，他心中早已欢喜。先见王夫人不允，后见贾珍说的情真，王夫人有活动之意，便向王夫人道："大哥哥说的这么恳切，太太就依了罢。"王夫人悄悄的道："你可能么？"凤姐道："有什么不能的。外面的大事已经大哥哥料理清了，不过是里头照管照管，便是我有不知道的，问问太太就是了。"王夫人见说的有理，便不作声。贾珍见凤姐允了，又陪笑道："也管不得许多了，横竖要求大妹妹辛苦辛苦。我这里先与妹妹行礼，等事完了，我再到那府里去谢。"说着，就作揖下去，凤姐儿还礼不迭。

婚姻、丧葬，是家族最大的事情，凤姐将其看作大显身手的绝佳机会。

贾珍便忙向袖中取了宁国府对牌[1]出来，命宝玉送与凤姐，又说："妹妹爱怎样就怎样，要什么只管拿这个取去，也不必问我。只求别存心替我省钱，只要好看为上；二则也要同那府里一样待人才好，不要存心怕人抱怨。只这两件外，我再没不

[1] 对牌：用竹、木制成的支领财物的凭证。

放心的了。”凤姐不敢就接牌，只看着王夫人。王夫人道：“你哥哥既这么说，你就照看照看罢了。只是别自作主意，有了事，打发人问你哥哥、嫂子要紧。”宝玉早向贾珍手里接过对牌来，强递与凤姐了。贾珍又问：“妹妹住在这里，还是天天来呢？若是天天来，越发辛苦了。不如我这里赶着收拾出一个院落来，妹妹住过这几日倒安稳。”凤姐笑道：“不用。那边也离不得我，倒是天天来的好。”贾珍听说，只得罢了。然后又说了一回闲话，方才出去。

两副重担一肩挑。

一时女眷散后，王夫人因问凤姐：“你今儿怎么样？”凤姐儿道：“太太只管请回去，我须得先理出一个头绪来，才回去得呢。”王夫人听说，便先同邢夫人等回去，不在话下。

这里凤姐儿来至三间一所抱厦内坐了，因想：头一件是人口混杂，遗失东西；第二件，事无专执，临期推委；第三件，需用过费，滥支冒领；第四件，任无大小，苦乐不均；第五件，家人豪纵，有脸者不服钤束[1]，无脸者不能上进。此五件实是宁国府中风俗。不知凤姐如何处治，且听下回分解。正是：

凤姐知道，宁国府的问题，要害是管理。对宁国府管理上的五大弊病洞若观火。

金紫万千谁治国，裙钗一二可齐家。

[1] 钤（qián）束：约束、管制。

第十四回

林如海捐馆[1]扬州城　贾宝玉路谒北静王

话说宁国府中都总管来升闻得里面委请了凤姐，因传齐同事人等说道："如今请了西府里琏二奶奶管理内事，倘或他来支取东西，或是说话，我们须要比往日小心些。每日大家早来晚散，宁可辛苦这一个月，过后再歇着，不要把老脸丢了。那是个有名的烈货，脸酸心硬，一时恼了，不认人的。"众人都道："有理。"又有一个笑道："论理，我们里面也须得他来整治整治，都忒不像了。"正说着，只见来旺媳妇拿了对牌来领取呈文京榜纸札[2]，票上批着数目。众人连忙让坐倒茶，一面命人按数取纸来抱着，同来旺媳妇一路来至仪门口，方交与来旺媳妇自己抱进去了。

借宁国府里总管来升的评价，侧面刻画凤姐的性格。

凤姐即命彩明钉造簿册。即时传来升媳妇，兼要家口花名册来查看，又限于明日一早传齐家人媳妇进来听差等语。大概点了一点数目单册，问了来升媳妇几句话，便坐车回家。一宿无话。

至次日，卯正二刻便过来了。那宁国府中婆娘媳妇闻得到齐，只见凤姐正与来升媳妇分派，众人不敢擅入，只在窗外听觑。只听凤姐与来升媳妇

---

[1] 捐馆：死亡的委婉说法。

[2] 呈文京榜纸扎：呈文、京榜，二者都是纸的名称。纸札，纸张。

道："既托了我，我就说不得要讨你们嫌了。我可比不得你们奶奶好性儿，由着你们去，再不要说你们'这府里原是这样'的话，如今可要依着我行，错我半点儿，管不得谁是有脸的，谁是没脸的，一例现清白处治。"说着，便吩咐彩明念花名册，按名一个一个的唤进来看视。

从严从重，先礼后兵。

一时看完，便又吩咐道："这二十个分作两班，一班十个，每日在里头单管人客来往倒茶，别的事不用他们管。这二十个也分作两班，每日单管本家亲戚茶饭，别的事也不用他们管。这四十个人也分作两班，单在灵前上香添油，挂幔守灵，供饭供茶，随起举哀[1]，别的事也不与他们相干。这四个人单在内茶房收管杯碟茶器，若少一件，便叫他四个描赔[2]。这四个人单管酒饭器皿，少一件，也是他四个描赔。这八个单管监收祭礼。这八个单管各处灯油、蜡烛、纸札，我总支了来，交与你八个，然后按我的定数再往各处去分派。这三十个每日轮流各处上夜，照管门户，监察火烛，打扫地方。这下剩的按着房屋分开，某人守某处，某处所有桌椅古董起，至于痰盒掸帚，一草一苗，或丢或坏，就和守这处的人算帐描赔。来升家的每日揽总查看，或有偷懒的，赌钱吃酒的，打架拌嘴的，立刻来回我。你有徇情，经我查出，三四辈子的老脸就顾不成了。如今都有定规，以后那一行乱了，只和那一行说话。素日跟我的人，随身自有钟表，不论大小事，我是皆有一定的时辰。横竖你们上房里也有时辰钟。卯正二刻我来点卯，巳正吃早饭，凡

[1] 随起举哀：分派奴仆随同死者亲属一起号哭示哀。
[2] 描赔：照原样赔偿。

有领牌回事的，只在午初刻。戌初烧过黄昏纸[1]，我亲到各处查一遍，回来上夜的交明钥匙。第二日仍是卯正二刻过来。说不得咱们大家辛苦这几日罢，事完了，你们家大爷自然赏你们。”

分工明确，责、权、利一一落实。杰出的管理型人才。

说罢，又吩咐按数发与茶叶、油烛、鸡毛掸子、笤帚等物。一面又搬取家伙：桌围、椅搭、坐褥、毡席、痰盒、脚踏之类。一面交发，一面提笔登记，某人管某处，某人领某物，开得十分清楚。众人领了去，也都有了投奔，不似先时只拣便宜的做，剩下的苦差没个招揽。各房中也不能趁乱失迷东西。便是人来客往，也都安静了，不比先前一个正摆茶，又去端饭，正陪举哀，又顾接客。如这些无头绪、荒乱、推托、偷闲、窃取等弊，次日一概都蠲[2]了。

严格管理，立竿见影。

凤姐儿见自己威重令行，心中十分得意。因见尤氏犯病，贾珍又过于悲哀，不大进饮食，自己每日从那府中煎了各样细粥，精致小菜，命人送来劝食。贾珍也另外吩咐每日送上等菜到抱厦内，单与凤姐。那凤姐不畏勤劳，天天于卯正二刻就过来点卯理事，独在抱厦内起坐，不与众妯娌合群，便有堂客来往，也不迎会。

以身作则，不辞辛劳。

这日乃五七正五日上，那应佛僧正开方破狱[3]，传灯照亡[4]，参阎君，拘都鬼，筵请地藏

[1] 黄昏纸：旧俗，丧家每天定时在灵前烧纸钱，黄昏时烧的那次就是黄昏纸。

[2] 蠲（juān）：免除。

[3] 应佛僧正开方破狱：应佛僧，专门支应佛事的和尚。开方破狱，僧人为亡灵诵《破地狱偈文》，以求佛祖开恩，超度亡灵出地狱。

[4] 传灯照亡：旧时迷信，认为冥途黑暗，而佛法能破除黑暗，犹如明灯。因此在死人脚后燃灯照耀亡灵。

王，开金桥[1]，引幢幡[2]；那道士们正伏章申表[3]，朝三清[4]，叩玉帝；禅僧们行香，放焰口[5]，拜水忏[6]；又有十三众尼僧，搭绣衣，靸红鞋，在灵前默诵接引诸咒[7]，十分热闹。

那凤姐必知今日人客不少，在家中歇宿一夜，至寅正，平儿便请起来梳洗。及收拾完备，更衣盥手，吃了两口奶子糖粳米粥，漱口已毕，已是卯正二刻了。来旺媳妇率领诸人伺候已久。凤姐出至厅前，上了车，前面打了一对明角灯[8]，大书"荣国府"三个大字，款款来至宁府。

大门上门灯朗挂，两边一色戳灯[9]，照如白昼，白汪汪穿孝仆从两边侍立。请车至正门上，小厮等退去，众媳妇上来揭起车帘。凤姐下了车，一手扶着丰儿，两个媳妇执着手把灯罩，簇拥着凤姐进来。宁府诸媳妇迎来请安接待。凤姐缓缓走入会芳园中登仙阁灵前，一见了棺材，那眼泪恰似断线之珠，滚将下来。院中许多小厮垂手伺候烧纸。凤姐吩咐得一声："供茶烧纸。"只听一棒锣鸣，诸乐齐奏，早有人端过一张大圈椅来，放在灵前，凤姐坐了，放声大哭。于是里外男女上下，见凤姐出声，都忙忙接声嚎哭。一时贾珍尤氏遣人来劝，凤姐方才止住。

---

[1] 开金桥：为死者开金桥，使其来世托生于福禄之地。

[2] 幢幡（chuáng fān）：旗子。幢，竿头安装宝珠，竿身装饰有锦帛的旗子。幡，垂直挂在竿子上的旗子。

[3] 伏章申表：道士斋醮时，俯首屈身，向上帝恭读表章。

[4] 三清：道教的三位至尊神，即玉清、上清、太清。

[5] 放焰口：为地狱中饿鬼举行超度的佛事。焰口，饿鬼名。

[6] 拜水忏：和尚念"水忏经"，为死者祈求免除冤孽灾祸。

[7] 接引诸咒：接引死者到极乐世界的咒语。

[8] 明角灯：灯罩由羊角熬成半透明的薄片做的灯。

[9] 戳灯：一种可以竖在地上的灯笼，又名高灯。

来旺媳妇献茶漱口毕，凤姐方起身，别过族中诸人，自入抱厦内来。按名查点，各项人数都已到齐，只有迎送亲客上的一人未到。即命传到，那人已张惶愧惧。凤姐冷笑道："我说是谁误了，原来是你！你原比他们有体面，所以才不听我的话。"那人道："小的天天都来的早，只有今儿，醒了觉得早些，因又睡迷了，来迟了一步，求奶奶饶过这次。"正说着，只见荣国府中的王兴媳妇来了，在前探头。

凤姐且不发放这人，却先问："王兴媳妇作什么？"王兴媳妇巴不得先问他完了事，连忙进去说："领牌取线，打车轿网络[1]。"说着，将个帖儿递上去。凤姐命彩明念道："大轿两顶，小轿四顶，车四辆，共用大小络子若干根，用珠儿线若干斤。"凤姐听了，数目相合，便命彩明登记，取荣国府对牌掷下。王兴家的去了。

凤姐方欲说话时，见荣国府的四个执事人进来，都是要支取东西领牌来的。凤姐命彩明要了帖念过，听了一共四件，指两件说道："这两件开销错了，再算清了来取。"说着掷下帖子来。那二人扫兴而去。

凤姐因见张材家的在旁，因问："你有什么事？"张材家的忙取帖儿回说："就是方才车轿围作成，领取裁缝工银若干两。"凤姐听了，便收了帖子，命彩明登记。待王兴家的交过牌，得了买办的回押相符，然后方与张材家的去领。一面又命念那一个，是为宝玉外书房完竣，支买纸料糊裱。凤姐听了，即命收帖儿登记，待张材家的缴清，又发与这人去了。

---

[1] 车轿网络：车轿上装饰用的丝线编织品。

凤姐便说道："明儿他也睡迷了，后儿我也睡迷了，将来都没了人了。本来要饶你，只是我头一次宽了，下次人就难管，不如现开发的好。"登时放下脸来，喝命："带出去，打二十板子！"一面又掷下宁国府对牌："出去说与来升，革他一月银米！"众人听说，又见凤姐眉立，知是恼了，不敢怠慢，拖人的出去拖人，执牌传谕的忙去传谕。那人身不由己，已拖出去挨了二十大板，还要进来叩谢。凤姐道："明日再有误的，打四十，后日的六十，有不怕挨打的，只管误！"说着，吩咐："散了罢。"

杀鸡给猴看。

窗外众人听说，方各自执事去了。彼时宁国荣国两处执事领牌交牌的，人来人往不绝，那抱愧被打之人含羞去了，这才知道凤姐利害。众人不敢偷闲，自此兢兢业业，执事保全。不在话下。

如今且说宝玉因见今日人众，恐秦钟受了委曲，因默与他商议，要同他往凤姐处来坐。秦钟道："他的事多，况且不喜人去，咱们去了，他岂不烦腻。"宝玉道："他怎好腻我们，不相干，只管跟我来。"说着，便拉了秦钟，直至抱厦。凤姐才吃饭，见他们来了，便笑道："好长腿子，快上来罢。"宝玉道："我们偏了[1]。"凤姐道："在这边外头吃的，还是那边吃的？"宝玉道："这边同那些浑人吃什么！原是那边，我们两个同老太太吃了来的。"一面归坐。

凤姐吃毕饭，就有宁国府中的一个媳妇来领牌，为支取香灯事。凤姐笑道："我算着你们今儿

---

[1] 偏了：谦词，意即占先。表示自己已经吃过饭了。

该来支取，总不见来，想是忘了。这会子到底来取，要忘了，自然是你们包出来，都便宜了我。”那媳妇笑道：“何尝不是忘了，方才想起来，再迟一步，也领不成了。”说罢，领牌而去。

一时登记交牌。秦钟因笑道：“你们两府里都是这牌，倘或别人私弄一个，支了银子跑了，怎样？”凤姐笑道：“依你说，都没王法了。”宝玉因道：“怎么咱们家没人领牌子做东西？”凤姐道：“人家来领的时候，你还做梦呢。我且问你，你们这夜书多早晚才念呢？”宝玉道：“巴不得这如今就念才好，他们只是不快收拾出书房来，这也无法。”凤姐笑道：“你请我一请，包管就快了。”宝玉道：“你要快也不中用，他们该作到那里的，自然就有了。”凤姐笑道：“便是他们作，也得要东西，搁不住我不给对牌是难的。”宝玉听说，便猴[1]向凤姐身上立刻要牌，说：“好姐姐，给出牌子来，叫他们要东西去。”凤姐道：“我乏的身子上生疼，还搁的住揉搓。你放心罢，今儿才领了纸裱糊去了，他们该要的还等叫去呢，可不傻了？”宝玉不信，凤姐便叫彩明查册子与宝玉看了。

正闹着，人回：“苏州去的人昭儿来了。”凤姐急命唤进来。昭儿打千儿请安。凤姐便问：“回来做什么的？”昭儿道：“二爷打发回来的。林姑老爷是九月初三日巳时没的。二爷带了林姑娘同送林姑老爷灵到苏州，大约赶年底就回来。二爷打发小的来报个信请安，讨老太太示下，还瞧瞧奶奶家里好，叫把大毛衣服带几件去。”凤姐道：“你见过别人了没有？”昭儿道：“都见过了。”说毕，连忙退

[1] 猴：像猴子一样贴身纠缠。

去。凤姐向宝玉笑道："你林妹妹可在咱们家住长了。"宝玉道："了不得，想来这几日他不知哭的怎样呢。"说着，蹙眉长叹。

凤姐见昭儿回来，因当着人未及细问贾琏，心中自是记挂，待要回去，争奈事情繁杂，一时去了，恐有延迟失误，惹人笑话。少不得耐到晚上回来，复令昭儿进来，细问一路平安信息。连夜打点大毛衣服，和平儿亲自检点包裹，再细细追想所需何物，一并包藏交付昭儿。又细细吩咐昭儿："在外好生小心服侍，不要惹你二爷生气；时时劝他少吃酒，别勾引他认得混帐老婆，果然有这些事，回来打折你的腿"等语。赶乱完了，天已四更将尽，纵睡下又走了困，不觉天明鸡唱，忙梳洗过宁府中来。

那贾珍因见发引日近，亲自坐车，带了阴阳司吏，往铁槛寺来踏看寄灵所在。又一一嘱咐住持[1]色空，好生预备新鲜陈设，多请名僧，以备接灵使用。色空忙看晚斋。贾珍也无心茶饭，因天晚不得进城，就在净室[2]胡乱歇了一夜。次日早，便进城来料理出殡之事，一面又派人先往铁槛寺，连夜另外修饰停灵之处，并厨茶等项接灵人口坐落。

里面凤姐见日期有限，也预先逐细分派料理，一面又派荣府中车轿人从跟王夫人送殡，又顾自己送殡去占下处。目今正值缮国公诰命亡故，王邢二夫人又去打祭送殡；西安郡王妃华诞，送寿礼；镇国公诰命生了长男，预备贺礼；又有胞兄王仁连家眷回南，一面写家信禀叩父母并备带往之物；又有

[1] 住持：主持一个佛寺的和尚。
[2] 净室：和尚的住室。

迎春染病，每日请医服药，看医生启帖、症源、药案等事，亦难尽述。又兼发引在迩，因此忙的凤姐茶饭也没工夫吃得，坐卧不能清净。刚到了宁府，荣府的人又跟到宁府；既回到荣府，宁府的人又找到荣府。凤姐见如此，心中倒十分欢喜，并不偷安推托，恐落人褒贬，因此日夜不暇，筹画得十分的整肃。于是合族上下无不称叹者。

日理万机，指挥若定。

这日伴宿[1]之夕，里面两班小戏并耍百戏的与亲朋堂客伴宿，尤氏犹卧于内室，一应张罗款待，独是凤姐一人周全承应。合族中虽有许多妯娌，但或有羞口的，或有羞脚的，或有不惯见人的，或有惧贵怯官的，种种之类，俱不及凤姐举止舒徐，言语慷慨，珍贵宽大；因此也不把众人放在眼里，挥霍指示，任其所为，目若无人。一夜中灯明火彩，客送官迎，那百般热闹，自不用说的。至天明，吉时已到，一班六十四名青衣请灵，前面铭旌[2]上大书：

脂粉须眉齐却步，唯有一个是能人！

奉天洪建兆年不易之朝诰封一等宁国公冢孙妇防护内廷紫禁道御前侍卫龙禁尉享强寿[3]贾门秦氏恭人之灵柩。

一应执事陈设，皆系现赶着新做出来的，一色光艳夺目。宝珠自行未嫁女之礼外，摔丧驾灵，十分哀苦。

那时官客送殡的，有镇国公牛清之孙现袭一等

[1] 伴宿：丧家在出殡前一夜，全家整晚守灵。
[2] 铭旌：人死后，在丈许的红绫或青布上，请有身份的人书写死者生前的官职、称谓，用竹竿挑起来，竖在灵前，叫作“铭旌”。
[3] 享强寿：青年早逝。

伯牛继宗，理国公柳彪之孙现袭一等子柳芳，齐国公陈翼之孙世袭三品威镇将军陈瑞文，治国公马魁之孙世袭三品威远将军马尚，修国公侯晓明之孙世袭一等子侯孝康；缮国公诰命亡故，故其孙石光珠守孝不曾来得。这六家与宁荣二家，当日所称“八公”的便是。余者更有南安郡王之孙，西宁郡王之孙，忠靖侯史鼎，平原侯之孙世袭二等男蒋子宁，定城侯之孙世袭二等男兼京营游击谢鲸，襄阳侯之孙世袭二等男戚建辉，景田侯之孙五城兵马司裘良。馀者锦乡伯公子韩奇，神武将军公子冯紫英，陈也俊、卫若兰等诸王孙公子，不可枚数。堂客算来亦有十来顶大轿，三四十小轿，连家下大小轿车辆，不下百馀十乘。连前面各色执事、陈设、百耍，浩浩荡荡，一带摆三四里远。

走不多时，路旁彩棚高搭，设席张筵，和音奏乐，俱是各家路祭[1]：第一座是东平王府祭棚，第二座是南安郡王祭棚，第三座是西宁郡王，第四座是北静郡王的。原来这四王，当日惟北静王功高，及今子孙犹袭王爵。现今北静王水溶年未弱冠[2]，生得形容秀美，情性谦和。近闻宁国公冢孙妇告殂，因想当日彼此祖父相与之情，同难同荣，未以异姓相视，因此不以王位自居，上日也曾探丧上祭，如今又设路祭，命麾下各官在此伺候。自己五更入朝，公事一毕，便换了素服，坐大轿鸣锣张伞而来，至棚前落轿。手下各官两旁拥侍，军民人众不得往还。

一时只见宁府大殡浩浩荡荡、压地银山一般从

[1] 路祭：亲友在灵柩经过的路上设供致祭。
[2] 弱冠：男子成年。

北而至。早有宁府开路传事人看见，连忙回去报与贾珍。贾珍急命前面驻扎，同贾赦贾政三人连忙迎来，以国礼相见。水溶在轿内欠身含笑答礼，仍以世交称呼接待，并不妄自尊大。贾珍道："犬妇之丧，累蒙郡驾下临，荫生[1]辈何以克当。"水溶笑道："世交之谊，何出此言。"遂回头命长府官[2]主祭代奠。贾赦等一旁还礼毕，复身又来谢恩。

水溶十分谦逊，因问贾政道："那一位是衔宝而诞者？几次要见一见，都为杂冗所阻，想今日是来的，何不请来一会。"贾政听说，忙回去，急命宝玉脱去孝服，领他前来。那宝玉素日就曾听得父兄亲友人等说闲话时，赞水溶是个贤王，且生得才貌双全，风流潇洒，每不以官俗国体所缚。每思相会，只是父亲拘束严密，无由得会，今见反来叫他，自是欢喜。一面走，一面早瞥见那水溶坐在轿内，好个仪表人材。不知近看时又是怎样，且听下回分解。

过于铺张，究竟于死人何益！协理宁国府一节，专写凤姐之能干。

[1] 荫生：明清时依靠先辈的馀荫取得监生资格的人。
[2] 长府官：王府的长史，负责掌管一府的日常事务。

第十五回

王凤姐弄权铁槛寺　秦鲸卿得趣馒头庵

话说宝玉举目见北静王水溶头上戴着洁白簪缨银翅王帽，穿着江牙海水五爪坐龙白蟒袍，系着碧玉红鞓带[1]，面如美玉，目似明星，真好秀丽人物。宝玉忙抢上来参见，水溶连忙从轿内伸出手来挽住。见宝玉戴着束发银冠，勒着双龙出海抹额，穿着白蟒箭袖，围着攒珠银带，面若春花，目如点漆。水溶笑道："名不虚传，果然如'宝'似'玉'。"因问："衔的那宝贝在那里?"宝玉见问，连忙从衣内取了递与过去。水溶细细的看了，又念了那上头的字，因问："果灵验否?"贾政忙道："虽如此说，只是未曾试过。"水溶一面极口称奇道异，一面理好彩绦，亲自与宝玉带上，又携手问宝玉几岁，读何书。宝玉一一的答应。

水溶见他语言清楚，谈吐有致，一面又向贾政笑道："令郎真乃龙驹凤雏，非小王在世翁前唐突，将来'雏凤清于老凤声'[2]，未可量也。"贾政忙陪笑道："犬子岂敢谬承金奖。赖藩郡馀祯[3]，果如是言，亦荫生辈之幸矣。"水溶又道："只是一件，令郎如是资质，想老太夫人、夫人辈自然钟爱

[1] 鞓（tīng）带：皮革做的带子。
[2] "雏凤清于老凤声"：比喻儿子将胜过父亲。句出李商隐诗。
[3] 赖藩郡馀祯：托郡王的福。祯，吉祥。

极矣；但吾辈后生，甚不宜钟溺，钟溺则未免荒失学业。昔小王曾蹈此辙，想令郎亦未必不如是也。若令郎在家难以用功，不妨常到寒第。小王虽不才，却多蒙海上众名士凡至都者，未有不另垂青目[1]，是以寒第高人颇聚。令郎常去谈会谈会，则学问可以日进矣。”贾政忙躬身答应。

水溶又将腕上一串念珠卸了下来，递与宝玉道：“今日初会，仓促竟无敬贺之物，此系前日圣上亲赐鹡苓香念珠一串，权为贺敬之礼。”宝玉连忙接了，回身奉与贾政。贾政与宝玉一齐谢过。于是贾赦、贾珍等一齐上来请回舆，水溶道：“逝者已登仙界，非碌碌你我尘寰中之人也。小王虽上叨天恩，虚邀郡袭，岂可越仙輀[2]而进也？”贾赦等见执意不从，只得告辞谢恩回来，命手下掩乐停音，滔滔然将殡过完，方让水溶回舆去了。不在话下。

且说宁府送殡，一路热闹非常。刚至城门前，又有贾赦、贾政、贾珍等诸同僚属下各家祭棚接祭，一一的谢过，然后出城，竟奔铁槛寺大路行来。彼时贾珍带贾蓉来到诸长辈前，让坐轿上马，因而贾赦一辈的各自上了车轿，贾珍一辈的也将要上马。凤姐儿因记挂着宝玉，怕他在郊外纵性逞强，不服家人的话，贾政管不着这些小事，惟恐有个失闪，难见贾母，因此便命小厮来唤他。宝玉只得来到他车前。凤姐笑道：“好兄弟，你是个尊贵人，女孩儿一样的人品，别学他们猴在马上。下

[1] 垂青目：即垂青，正眼看人，表示尊重、高看。典出晋人阮籍事迹。
[2] 輀（ér）：运灵柩的车子。

来，咱们姐儿两个坐车，岂不好?”宝玉听说，忙下了马，爬入凤姐车上，二人说笑前来。

不一时，只见从那边两骑马压地飞来，离凤姐车不远，一齐蹿下来，扶车回说：“这里有下处，奶奶请歇更衣。”凤姐急命请邢夫人王夫人的示下，那人回来说：“太太们说不用歇了，叫奶奶自便罢。”凤姐听了，便命歇了再走。众小厮听了，一带辕马，岔出人群，往北飞走。宝玉在车内急命请秦相公。那时秦钟正骑马随着他父亲的轿，忽见宝玉的小厮跑来，请他去打尖[1]。秦钟看时，只见凤姐儿的车往北而去，后面拉着宝玉的马，搭着鞍笼，便知宝玉同凤姐坐车，自己也便带马赶上来，同入一庄门内。早有家人将众庄汉撵尽。那庄农人家无多房舍，婆娘们无处回避，只得由他们去了。那些村姑庄妇见了凤姐、宝玉、秦钟的人品衣服，礼数款段[2]，岂有不爱看的?

一时凤姐进入茅堂，因命宝玉等先出去顽顽。宝玉等会意，因同秦钟出来，带着小厮们各处游顽。凡庄农动用之物，皆不曾见过。宝玉一见了锹、镢、锄、犁等物，皆以为奇，不知何项所使，其名为何。小厮在旁一一的告诉了名色，说明原委。宝玉听了，因点头叹道：“怪道古人诗上说，‘谁知盘中餐，粒粒皆辛苦’，正为此也。”一面说，一面又至一间房前，只见炕上有个纺车，宝玉又问小厮们：“这又是什么?”小厮们又告诉他原委。宝玉听说，便上来拧转作耍，自为有趣。只见一个约有十七八岁的村庄丫头跑了来乱嚷：“别动坏了!”

[1] 打尖：旅途中间休息。
[2] 款段：风度举止。

众小厮忙断喝拦阻。宝玉忙丢开手，陪笑说道："我因为没见过这个，所以试他一试。"那丫头道："你们那里会弄这个，站开了，我纺与你瞧。"秦钟暗拉宝玉笑道："此卿大有意趣。"宝玉一把推开，笑道："该死的！再胡说，我就打了。"说着，只见那丫头纺起线来。宝玉正要说话时，只听那边老婆子叫道："二丫头，快过来！"那丫头听见，丢下纺车，一径去了。

宝玉怅然无趣。只见凤姐儿打发人来叫他两个进去。凤姐洗了手，换衣服抖灰，问他们换不换。宝玉不换，只得罢了。家下仆妇们将带着行路的茶壶茶杯、十锦屉盒、各样小食端来，凤姐等吃过茶，待他们收拾完备，便起身上车。外面旺儿预备下赏封，赏了本村主人。庄妇等来叩赏。凤姐并不在意，宝玉却留心看时，内中并无二丫头。一时上了车，出来走不多远，只见迎头二丫头怀里抱着他小兄弟，同着几个小女孩子说笑而来。宝玉恨不得下车跟了他去，料是众人不依的，少不得以目相送，争奈车轻马快，一时展眼无踪。

走不多时，仍又跟上大殡了。早有前面法鼓金铙，幢幡宝盖：铁槛寺接灵众僧齐至。少时到入寺中，另演佛事，重设香坛。安灵于内殿偏室之中，宝珠安于里寝室相伴。外面贾珍款待一应亲友，也有扰饭的，也有不吃饭而辞的，一应谢过乏，从公侯伯子男[1]一起一起的散去，至未末时分方才散尽了。里面的堂客皆是凤姐张罗接待，先从显官诰命散起，也到晌午大错[2]时方散尽了。只有几个

[1] 公侯伯子男：古代的五等爵位名。
[2] 晌午大错：正午过去较久但未到下一个时辰。

亲戚是至近的，等做过三日安灵道场方去。那时邢、王二夫人知凤姐必不能来家，也便就要进城。王夫人要带宝玉去，宝玉乍到郊外，那里肯回去，只要跟凤姐住着。王夫人无法，只得交与凤姐便回来了。

原来这铁槛寺原是宁荣二公当日修造，现今还是有香火地亩布施[1]，以备京中老了[2]人口，在此便宜寄放。其中阴阳两宅[3]俱已预备妥贴，好为送灵人口寄居。不想如今后辈人口繁盛，其中贫富不一，或性情参商：有那家业艰难安分的，便住在这里了；有那尚排场有钱势的，只说这里不方便，一定另外或村庄或尼庵寻个下处，为事毕宴退之所。即今秦氏之丧，族中诸人皆权在铁槛寺下榻，独有凤姐嫌不方便，因而早遣人来和馒头庵的姑子净虚说了，腾出两间房子来作下处。

净虚，净是虚的。

原来这馒头庵就是水月庵，因他庙里做的馒头好，就起了这个浑号，离铁槛寺不远。当下和尚工课已完，奠过晚茶，贾珍便命贾蓉请凤姐歇息。凤姐见还有几个妯娌陪着女亲，自己便辞了众人，带了宝玉、秦钟往水月庵来。原来秦业年迈多病，不能在此，只命秦钟等待安灵罢了。那秦钟便只跟着凤姐、宝玉，一时到了水月庵，净虚带领智善、智能两个徒弟出来迎接，大家见过。凤姐等来至净室更衣净手毕，因见智能儿越发长高了，模样儿越发出息了，因说道："你们师徒怎么这些日子也不往我们那里去?"净虚道："可是这几天都没工夫，因胡老爷府里产了公子，太太送了十两银子来这里，

---

[1] 香火地亩布施：施舍田地给寺庙，其收入作为香火费用。

[2] 老了：死了。

[3] 阴阳两宅：停放灵柩处和墓地为阴宅，活人所居为阳宅。

叫请几位师父念三日《血盆经》[1]，忙的没个空儿，就没来请奶奶的安。”

不言老尼陪着凤姐。且说秦钟、宝玉二人正在殿上顽耍，因见智能过来，宝玉笑道：“能儿来了。”秦钟道：“理那东西作什么？”宝玉笑道：“你别弄鬼，那一日在老太太屋里，一个人没有，你搂着他作什么？这会子还哄我。”秦钟笑道：“这可是没有的话。”宝玉笑道：“有没有也不管你，你只叫住他倒碗茶来我吃，就丢开手。”秦钟笑道：“这又奇了，你叫他倒去，还怕他不倒？何必要我说呢。”宝玉道：“我叫他倒的是无情意的，不及你叫他倒的是有情意的。”秦钟只得说道：“能儿，倒碗茶来给我。”

那智能儿自幼在荣府走动，无人不识，因常与宝玉秦钟顽笑。他如今大了，渐知风月，便看上了秦钟人物风流，那秦钟也极爱他妍媚，二人虽未上手，却已情投意合了。今智能儿见了秦钟，心眼俱开，走去倒了茶来。秦钟笑说：“给我。”宝玉叫：“给我！”智能儿抿嘴笑道：“一碗茶也争，我难道手里有蜜！”宝玉先抢得了，吃着，方要问话，只见智善来叫智能去摆茶碟子，一时来请他两个去吃茶果点心。他两个那里吃这些东西，坐一坐仍出来顽耍。

凤姐也略坐片时，便回至净室歇息，老尼相送。此时众婆娘媳妇见无事，都陆续散了，自去歇息，跟前不过几个心腹常侍小婢，老尼便趁机说道：“我正有一事，要到府里求太太，先请奶奶一个示下。”凤姐因问何事。

---

[1]《血盆经》：佛经名，念诵此经为产妇祈福消灾。

老尼道："阿弥陀佛！只因当日我先在长安县内善才庵内出家的时节，那时有个施主姓张，是大财主。他有个女儿小名金哥，那年都往我庙里来进香，不想遇见了长安府府太爷的小舅子李衙内。那李衙内一心看上，要娶金哥，打发人来求亲，不想金哥已受了原任长安守备[1]的公子的聘定。张家若退亲，又怕守备不依，因此说已有了人家。谁知李公子执意不依，定要娶他女儿。张家正无计策，两处为难。不想守备家听了此信，也不管青红皂白，便来作践辱骂，说一个女儿许几家，偏不许退定礼，就打官司告状起来。那张家急了，只得着人上京来寻门路，赌气偏要退定礼。我想如今长安节度云老爷与府上最契，可以求太太与老爷说声，打发一封书去，求云老爷和那守备说一声，不怕那守备不依。若是肯行，张家连倾家孝顺也都情愿。"

"这事倒不大"，小菜一碟。"太太再不管这样的事"，先难一难净虚。

凤姐听了笑道："这事倒不大，只是太太再不管这样的事。"老尼道："太太不管，奶奶也可以主张了。"凤姐听说笑道："我也不等银子使，也不做这样的事。"净虚听了，打去妄想，半晌叹道："虽如此说，张家已知我来求府里，如今不管这事，张家不知道没工夫管这事，不希罕他的谢礼，倒像府里连这点子手段也没有的一般。"

请将不如激将。

凤姐听了这话，便发了兴头，说道："你是素日知道我的，从来不信什么是阴司地狱报应的，凭是什么事，我说要行就行。你叫他拿三千银子来，我就替他出这口气。"老尼听说，喜不自禁，忙说："有，有！这个不难。"凤姐又道："我比不得他们扯篷拉纤的图银子。这三千银子，不过是给打发说

凤姐不相信因果报应之类的鬼话。

[1] 守备：武官名，负责城镇的守卫，与知府级别近似。

去的小厮做盘缠，使他赚几个辛苦钱，我一个钱也不要他的。便是三万两，我此刻也拿的出来。”老尼连忙答应，又说道：“既如此，奶奶明日就开恩也罢了。”凤姐道：“你瞧瞧我忙的，那一处少了我？既应了你，自然快快的了结。”老尼道：“这点子事，在别人的跟前就忙的不知怎么样，若是奶奶的跟前，再添上些也不够奶奶一发挥的。只是俗语说的，‘能者多劳’，太太因大小事见奶奶妥贴，越性[1]都推给奶奶了，奶奶也要保重金体才是。”一路话奉承的凤姐越发受用，也不顾劳乏，更攀谈起来。

怕被净虚小瞧了，说不在乎这点儿钱，真不知她图的什么！看来，三千两是双方都能够接受的价格，张家也承受得起。

一顿米汤，灌得凤姐迷迷糊糊，如在云雾之中。弄权铁槛寺一节，专写凤姐之贪。

谁想秦钟趁黑无人，来寻智能。刚至后面房中，只见智能独在房中洗茶碗，秦钟跑来便搂着亲嘴。智能急的跺着脚说：“这算什么！再这么我就叫唤。”秦钟求道：“好人，我已急死了。你今儿再不依，我就死在这里。”智能道：“你想怎样？除非等我出了这牢坑，离了这些人，才依你。”秦钟道：“这也容易，只是远水救不得近渴。”说着，一口吹了灯，满屋漆黑，将智能抱到炕上，就云雨起来。

那智能百般的挣挫不起，又不好叫的，少不得依他了。正在得趣，只见一人进来，将他二人按住，也不则声。二人不知是谁，唬的不敢动一动。只听那人嗤的一声，撑不住笑了，二人听声方知是宝玉。秦钟连忙起来，抱怨道：“这算什么？”宝玉笑道：“你倒不依，咱们就叫喊起来。”羞的智能趁黑地跑了。宝玉拉了秦钟出来道：“你可还和我强？”秦钟笑道：“好人，你只别嚷的众人知道，你要怎样我都依你。”宝玉笑道：“这会子也不用说，

[1] 越性：索性。

等一会睡下，再细细的算帐。”一时宽衣安歇的时节，凤姐在里间，秦钟宝玉在外间，满地下皆是家下婆子，打铺坐更。凤姐因怕通灵玉失落，便等宝玉睡下，命人拿来搡在自己枕边。宝玉不知与秦钟算何帐目，未见真切，未曾记得，此系疑案，不敢纂创。

一宿无话。至次日一早，便有贾母王夫人打发了人来看宝玉，又命多穿两件衣服，无事宁可回去。宝玉那里肯回去，又有秦钟恋着智能，调唆宝玉求凤姐再住一天。凤姐想了一想：凡丧仪大事虽妥，还有一半点小事未曾安插，可以指此再住一日，岂不又在贾珍跟前送了满情；二则又可以完净虚那事；三则顺了宝玉的心，贾母听见，岂不欢喜？因有此三益，便向宝玉道：“我的事都完了，你要在这里逛，少不得越性辛苦一日罢了，明儿可是定要走的了。”宝玉听说，千姐姐万姐姐的央求：“只住一日，明儿必回去的。”于是又住了一夜。

凤姐便命悄悄将昨日老尼之事，说与来旺儿。来旺儿心中俱已明白，急忙进城找着主文的相公，假托贾琏所嘱，修书一封，连夜往长安县来，不过百里路程，两日工夫俱已妥协。那节度使名唤云光，久欠贾府之情，这点小事，岂有不允之理，给了回书，旺儿回来。且不在话下。

却说凤姐等又过一日，次日方别了老尼，着他三日后往府里去讨信。那秦钟与智能百般不忍分离，背地里多少幽期密约，俱不用细述，只得含恨而别。凤姐又到铁槛寺中照望一番。宝珠执意不肯回家，贾珍只得派妇女相伴。后回再见。

第十六回

贾元春才选凤藻宫　秦鲸卿夭逝黄泉路

话说宝玉见收拾了外书房，约定与秦钟读夜书。偏那秦钟秉赋最弱，因在郊外受了些风霜，又与智能儿偷期绻缱，未免失于调养，回来时便咳嗽伤风，懒进饮食，大有不胜之态，遂不敢出门，只在家中养息。宝玉便扫了兴头，只得付于无可奈何，且自静候大愈时再约。

那凤姐儿已是得了云光的回信，俱已妥协。老尼达知张家，果然那守备忍气吞声的收了前聘之物。谁知那张家父母如此爱势贪财，却养了一个知义多情的女儿，闻得父母退了前夫，他便一条麻绳悄悄的自缢了。那守备之子闻得金哥自缢，他也是个极多情的，遂也投河而死，不负妻义。张李两家没趣，真是人财两空。这里凤姐却坐享了三千两，王夫人等连一点消息也不知道。自此凤姐胆识愈壮，以后有了这样的事，便恣意的作为起来，也不消多记。

一对有情人殉情而死，凤姐坐享三千两银子，净虚干了这么一件有损阴骘的事情，不知她死后如何向佛祖交代。实则她与凤姐一样，都是不信因果报应的。

一日正是贾政的生辰，宁荣二处人丁都齐集庆贺，闹热非常。忽有门吏忙忙进来，至席前报说："有六宫都太监[1]夏老爷来降旨。"唬的贾赦贾政

[1] 六宫都太监：掌管六宫的太监总管。作者虚拟的官名。

等一干人不知是何消息，忙止了戏文，撤去酒席，摆了香案，启中门跪接。早见六宫都太监夏守忠乘马而至，前后左右又有许多内监跟从。那夏守忠也并不曾负诏捧敕[1]，至檐前下马，满面笑容，走至厅上，南面而立，口内说："特旨：立刻宣贾政入朝，在临敬殿陛见。"说毕，也不及吃茶，便乘马去了。贾政等不知是何兆头，只得急忙更衣入朝。

贾母等合家人等心中皆惶惶不定，不住的使人飞马来往报信。有两个时辰工夫，忽见赖大等三四个管家喘吁吁跑进仪门报喜，又说"奉老爷命，速请老太太带领太太等进朝谢恩"等语。那时贾母正心神不定，在大堂廊下伫立，那邢夫人、王夫人、尤氏、李纨、凤姐、迎春姊妹以及薛姨妈等皆在一处，听如此信至，贾母便唤进赖大来细问端的。赖大禀道："小的们只在临敬门外伺候，里头的信息一概不能得知。后来还是夏太监出来道喜，说咱们家大小姐晋封为凤藻宫尚书[2]，加封贤德妃。后来老爷出来亦如此吩咐小的。如今老爷又往东宫去了，速请老太太领着太太们去谢恩。"

元春升作贵妃，这是贾府达到顶峰的标志性事件，是所谓"烈火烹油、鲜花着锦"之盛。但顶峰也是下坡滑落的起点。

贾母等听了方心神安定，不免又都洋洋喜气盈腮。于是都按品大妆起来。贾母带领邢夫人、王夫人、尤氏，一共四乘大轿入朝。贾赦、贾珍亦换了朝服，带领贾蓉、贾蔷奉侍贾母大轿前往。于是宁荣两处上下里外，莫不欣然踊跃，个个面上皆有得意之状，言笑鼎沸不绝。

谁知近日水月庵的智能私逃进城，找至秦钟家下看视秦钟，不意被秦业知觉，将智能逐出，将秦

[1] 负诏捧敕：拿着皇帝的命令。诏、敕，均指皇帝的命令。
[2] 凤藻宫尚书：作者虚拟的宫名和职官。

钟打了一顿，自己气的老病发作，三五日光景呜呼死了。秦钟本自怯弱，又带病未愈，受了笞杖，今见老父气死，此时悔痛无及，更又添了许多症候。因此宝玉心中怅然如有所失。虽闻得元春晋封之事，亦未解得愁闷。贾母等如何谢恩，如何回家，亲朋如何来庆贺，宁荣两处近日如何热闹，众人如何得意，独他一个皆视有如无，毫不曾介意。因此众人嘲他越发呆了。

若无其事的淡漠，与众不同。突出宝玉超凡脱俗的气度。写他“一肚皮的不合时宜”。

且喜贾琏与黛玉回来，先遣人来报信，明日就可到家，宝玉听了，方略有些喜意。细问原由，方知贾雨村亦进京陛见，皆由王子腾累上保本[1]，此来候补京缺，与贾琏是同宗弟兄，又与黛玉有师从之谊，故同路作伴而来。林如海已葬入祖坟了，诸事停妥，贾琏方进京的。本该出月到家，因闻得元春喜信，遂昼夜兼程而进，一路俱各平安。宝玉只问得黛玉“平安”二字，馀者也就不在意了。

好容易盼至明日午错[2]，果报：“琏二爷和林姑娘进府了。”见面时彼此悲喜交集，未免又大哭一阵，后又致喜庆之词。宝玉心中品度黛玉，越发出落的超逸了。黛玉又带了许多书籍来，忙着打扫卧室，安插器具，又将些纸笔等物分送宝钗、迎春、宝玉等人。宝玉又将北静王所赠鹡鸰香串珍重取出来，转赠黛玉。黛玉说：“什么臭男人拿过的！我不要他。”遂掷而不取。宝玉只得收回，暂且无话。

且说贾琏自回家参见过众人，回至房中。正值凤姐近日多事之时，无片刻闲暇之工，见贾琏远路

[1] 保本：向皇帝保荐人才的奏本。
[2] 午错：过了正午。

归来，少不得拨冗接待，因房内无外人，便笑道："国舅老爷大喜！国舅老爷一路风尘辛苦。小的听见昨日的头起报马来报，说今日大驾归府，略预备了一杯水酒掸尘，不知可赐光谬领否？"贾琏笑道："岂敢岂敢，多承多承！"一面平儿与众丫鬟参拜毕，献茶。

贾琏遂问别后家中的诸事，又谢凤姐的操持劳碌。凤姐道："我那里照管得这些事！见识又浅，口角又笨，心肠又直率，人家给个棒槌，我就认作'针'。脸又软，搁不住人给两句好话，心里就慈悲了。况且又没经历过大事，胆子又小，太太略有些不自在，就吓的我连觉也睡不着了。我苦辞了几回，太太又不容辞，倒反说我图受用，不肯习学了。殊不知我是捻着一把汗儿呢。一句也不敢多说，一步也不敢多走。你是知道的，咱们家所有的这些管家奶奶们，那一位是好缠的？错一点儿他们就笑话打趣，偏一点儿他们就指桑说槐的抱怨。'坐山观虎斗'，'借剑杀人'，'引风吹火'，'站干岸儿'，'推倒油瓶不扶'，都是全挂子的武艺。况且我年纪轻，头等不压众，怨不得不放我在眼里。更可笑，那府里忽然蓉儿媳妇死了，珍大哥又再三再四的在太太跟前跪着讨情，只要请我帮他几日；我是再四推辞，太太断不依，只得从命。依旧被我闹了个马仰人翻，更不成个体统，至今珍大哥哥还抱怨后悔呢。你这一来了，明儿你见了他，好歹描补[1]描补，就说我年纪小，原没见过世面，谁叫大爷错委他的。"

协理宁国府，是凤姐平生得意之作，却自谦如此。这些话从争强好胜的凤姐嘴里说出来，显然是言不由衷。把自己描绘得像一个未经世事的小姑娘。

正说着，只听外间有人说话，凤姐便问："是

[1] 描补：说话办事不周，事后加以解释弥补。

谁?”平儿进来回道：“姨太太打发了香菱妹子来问我一句话，我已经说了，打发他回去了。”贾琏笑道：“正是呢，方才我见姨妈去，不防和一个年轻的小媳妇子撞了个对面，生的好齐整模样。我疑惑咱家并无此人，说话时因问姨妈，谁知就是上京来买的那小丫头，名叫香菱的，竟与薛大傻子作了房里人，开了脸[1]，越发出挑的标致了。那薛大傻子真玷辱了他。”凤姐道：“嗳！往苏杭走了一趟回来，也该见些世面了，还是这么眼馋肚饱的。你要爱他，不值什么，我去拿平儿换了他来如何？那薛老大也是‘吃着碗里看着锅里’的，这一年来的光景，他为要香菱不能到手，和姨妈打了多少饥荒[2]。也因姨妈看着香菱模样儿好还是末则，其为人行事，却又比别的女孩子不同，温柔安静，差不多的主子姑娘也跟他不上呢，故此摆酒请客的费事，明堂正道的与他作了妾。过了没半月，也看的马棚风[3]一般了，我倒心里可惜了的。”一语未了，二门上小厮传报：“老爷在大书房等二爷呢。”贾琏听了，忙忙整衣出去。

凤姐之赞香菱，后面之欣赏探春，说明她并不势利。《红楼梦》写人物，爱而知其恶，憎而知其善。

这里凤姐乃问平儿：“方才姨妈有什么事，巴巴的打发了香菱来？”平儿笑道：“那里来的香菱，是我借他暂撒个谎。奶奶说说，旺儿嫂子越发连个成算也没了。”说着，又走到凤姐身边，悄悄的说道：“奶奶的那利钱银子，迟不送来，早不送来，这会子二爷在家，他且送这个来了。幸亏我在堂屋里撞见，不然时走了来回奶奶，二爷倘或问奶奶是什么利钱，奶奶自然不肯瞒二爷的，少不得照实告

[1] 开了脸：旧时女子出嫁时用线绞净脸上的汗毛，修齐鬓角。
[2] 打饥荒：这里指纠缠不休。
[3] 马棚风：比喻习以为常。

诉二爷。我们二爷那脾气，油锅里的钱还要找出来花呢，听见奶奶有了这个梯己，他还不放心的花了呢。所以我赶着接了过来，叫我说了他两句，谁知奶奶偏听见了问，我就撒谎说香菱来了。”凤姐听了笑道：“我说呢，姨妈知道你二爷来了，忽喇巴的反打发个房里人来了？原来你这蹄子肏鬼。”

说话时贾琏已进来，凤姐便命摆上酒馔来，夫妻对坐。凤姐虽善饮，却不敢任兴，只陪侍着贾琏。一时贾琏的乳母赵嬷嬷走来，贾琏凤姐忙让吃酒，令其上炕去。赵嬷嬷执意不肯。平儿等早于炕沿下设下一杌[1]，又有一小脚踏，赵嬷嬷在脚踏上坐了。贾琏向桌上拣两盘肴馔与他放在杌上自吃。凤姐又道：“妈妈很嚼不动那个，倒没的矼了他的牙。”因向平儿道：“早起我说那一碗火腿炖肘子很烂，正好给妈妈吃，你怎么不拿了去赶着叫他们热来？”又道：“妈妈，你尝一尝你儿子带来的惠泉酒。”赵嬷嬷道：“我喝呢，奶奶也喝一盅，怕什么？只不要过多了就是了。我这会子跑了来，倒也不为饮酒，倒有一件正经事，奶奶好歹记在心里，疼顾我些罢。我们这爷，只是嘴里说的好，到了跟前就忘了我们。幸亏我从小儿奶了你这么大。我也老了，有的是那两个儿子，你就另眼照看他们些，别人也不敢呲牙儿[2]的。我还再四的求了你几遍，你答应的倒好，到如今还是燥屎[3]。这如今又从天上跑出这一件大喜事来，那里用不着人？所以倒是和奶奶来说是正经。靠着我们爷，只怕我还饿死了呢。”

凤姐说了算，贾琏说了不算。阴盛阳衰，西风压倒东风。

[1] 杌（wù）：小凳。
[2] 呲（zī）牙儿：启唇露齿，此指议论讥刺。
[3] 燥屎：歇后语，燥屎——干搁着。指受人之托，却搁置不办。

凤姐笑道："妈妈你放心，两个奶哥哥都交给我。你从小儿奶的儿子，你还有什么不知他那脾气的？拿着皮肉倒往那不相干的外人身上贴。可是现放着奶哥哥，那一个不比人强？你疼顾照看他们，谁敢说个'不'字儿？没的白便宜了外人——我这话也说错了，我们看着是'外人'，你却看着'内人'一样呢。"说的满屋里人都笑了。赵嬷嬷也笑个不住，又念佛道："可是屋子里跑出青天来了。若说'内人''外人'这些混帐原故，我们爷是没有，不过是脸软心慈，搁不住人求两句罢了。"凤姐笑道："可不是呢，有'内人'的他才慈软呢，他在咱们娘儿们跟前才是刚硬呢!"赵嬷嬷笑道："奶奶说的太尽情了，我也乐了，再吃一杯好酒。从此我们奶奶作了主，我就没的愁了。"

贾琏此时没好意思，只是讪笑吃酒，说"胡说"二字，——"快盛饭来，吃碗子还要往珍大爷那边去商议事呢。"凤姐道："可是别误了正事。才刚老爷叫你作什么?"贾琏道："就为省亲。"凤姐忙问道："省亲的事竟准了不成?"贾琏笑道："虽不十分准，也有八分准了。"凤姐笑道："可见当今[1]的隆恩。历来听书看戏，古时从未有的。"赵嬷嬷又接口道："可是呢，我也老糊涂了。我听见上上下下吵嚷了这些日子，什么省亲不省亲，我也不理论他去；如今又说省亲，到底是怎么个原故?"贾琏道："如今当今贴体万人之心，世上至大莫如'孝'字，想来父母儿女之性，皆是一理，不是贵贱上分别的。当今自为日夜侍奉太上皇、皇太后，尚不能略尽孝意，因见宫里嫔妃才人等皆是入宫多

[1] 当今：即今上，当朝皇帝。

年，抛离父母音容，岂有不思想之理？在儿女思想父母，是分所应当。想父母在家，若只管思念儿女，竟不能见，倘因此成疾致病，甚至死亡，皆由朕躬禁锢，不能使其遂天伦之愿，亦大伤天和之事。故启奏太上皇、皇太后，每月逢二六日期，准其椒房[1]眷属入宫请候看视。于是太上皇、皇太后大喜，深赞当今至孝纯仁，体天格物。因此二位老圣人又下旨意，说椒房眷属入宫，未免有国体仪制，母女尚不能惬怀。竟大开方便之恩，特降谕诸椒房贵戚，除二六日入宫之恩外，凡有重宇别院之家，可以驻跸关防[2]之处，不妨启请内廷鸾舆[3]入其私第，庶可略尽骨肉私情、天伦中之至性。此旨一下，谁不踊跃感戴？现今周贵人[4]的父亲已在家里动了工了，修盖省亲别院呢。又有吴贵妃的父亲吴天佑家，也往城外踏看地方去了。这岂不有八九分了？”

赵嬷嬷道：“阿弥陀佛！原来如此。这样说，咱们家也要预备接咱们大小姐了？”贾琏道：“这何用说呢！不然，这会子忙的是什么？”凤姐笑道：“若果如此，我可也见个大世面了。可恨我小几岁年纪，若早生二三十年，如今这些老人家也不薄我没见世面了。说起当年太祖皇帝仿舜巡[5]的故事，比一部书还热闹，我偏没造化赶上。”赵嬷嬷道：“嗳哟哟，那可是千载希逢的！那时候我才记事儿，咱们贾府正在姑苏扬州一带监造海舫，修理海塘，

[1] 椒房：泛指后妃。
[2] 驻跸（bì）关防：驻跸，帝王后妃在宫外的停留驻扎。关防，因礼制和保安的需要而采取分割内外的措施。
[3] 鸾舆：皇帝、后妃所乘的宫车。
[4] 贵人：嫔妃的一种称号，位在妃、嫔之下。
[5] 舜巡：相传帝舜曾南巡到苍梧之野，这里指皇帝的巡行。

只预备接驾一次，把银子都花的淌海水似的！说起来……”凤姐忙接道：“我们王府也预备过一次。那时我爷爷单管各国进贡朝贺的事，凡有的外国人来，都是我们家养活。粤、闽、滇、浙所有的洋船货物都是我们家的。”

暗指康熙南巡之事。曹家四次接驾，诚然是风光体面，但因此而造成了巨额亏空，种下祸根。曹寅去世时，留下了三十二万两的巨大亏空，临终时为此而死不瞑目。雍正登基以后，这笔亏空成为曹家被抄家的导火索。

赵嬷嬷道：“那是谁不知道的？如今还有个口号儿呢，说‘东海少了白玉床，龙王来请江南王’，这说的就是奶奶府上了。还有如今现在江南的甄家，嗳哟哟，好势派！独他家接驾四次，若不是我们亲眼看见，告诉谁谁也不信的。别讲银子成了土泥，凭是世上所有的，没有不是堆山塞海的，‘罪过可惜’四个字竟顾不得了。”凤姐道：“常听见我们太爷们也这样说，岂有不信的。只纳罕他家怎么就这么富贵呢？”赵嬷嬷道：“告诉奶奶一句话，也不过是拿着皇帝家的银子往皇帝身上使罢了！谁家有那些钱买这个虚热闹去？”

正说的热闹，王夫人又打发人来瞧凤姐吃了饭不曾。凤姐便知有事等他，忙忙的吃了半碗饭，漱口要走，又有二门上小厮们回：“东府里蓉、蔷二位哥儿来了。”贾琏才漱了口，平儿捧着盆盥手，见他二人来了，便问：“什么话？快说。”凤姐且止步稍候，听他二人回些什么。

贾蓉先回说：“我父亲打发我来回叔叔：老爷们已经议定了，从东边一带，借着东府里花园起，转至北边，一共丈量准了，三里半大，可以盖造省亲别院了。已经传人画图样去了，明日就得。叔叔才回家，未免劳乏，不用过我们那边去，有话明日一早再请过去面议。”贾琏笑着忙说：“多谢大爷费心体谅，我就不过去了。正经是这个主意才省事，盖造也容易；若采置别处地方去，那更费事，且倒不成体统。你回去说这样很好，若老爷们再要改时，全仗大爷谏阻，万不可另寻地方。明日一早我给大爷去请安去，再议细话罢。”贾蓉忙应几个“是”。

贾蔷又近前回说：“下姑苏聘请教习，采买女孩子，置办乐器行头等事，大爷派了侄儿，带领着来管家两个儿子，还有单聘仁、卜固修两个清客相公，一同前去，所以命我来见叔叔。”贾琏听了，将贾蔷打量了打量，笑道：“你能在这一行么？这个事虽不算甚大，里头大有藏掖[1]的。”贾蔷笑道：“只好学习着办罢了。”

贾蓉在身旁灯影下悄拉凤姐的衣襟，凤姐会意，因笑道：“你也太操心了，难道大爷比咱们还不会用人？偏你又怕他不在行了。谁都是在行的？孩子们已长的这么大了，‘没吃过猪肉，也看见过猪跑’。大爷派他去，原不过是个坐纛旗儿[2]，难道认真的叫他去讲价钱会经纪[3]去呢！依我说就很好。”贾琏道：“自然是这样。并不是我驳回，少不得替他算计算计。”因问：“这一项银子动那一处的？”贾蔷道：“才也议到这里。赖爷爷说，不用从京里带下去，江南甄家还收着我们五万银子。明日写一封书信会票[4]我们带去，先支三万，下剩二万存着，等置办花烛彩灯并各色帘栊帐幔的使费。”贾琏点头道：“这个主意好。”

凤姐忙向贾蔷道：“既这样，我有两个在行妥当人，你就带他们去办，这个便宜了你呢。”贾蔷

[1] 藏掖：此指营私舞弊的机会。

[2] 坐纛（dào）旗儿：主帅，这里指不管具体事的主事人。纛，古代军中的大旗。

[3] 经纪：即经纪人，商人。

[4] 会票：即汇票。

忙陪笑说："正要和婶婶讨两个人呢，这可巧了。"因问名字。凤姐便问赵嬷嬷。彼时赵嬷嬷已听呆了话，平儿忙笑推他，他才醒悟过来，忙说："一个叫赵天梁，一个叫赵天栋。"凤姐道："可别忘了，我可干我的去了。"说着便出去了。贾蓉忙送出来，又悄悄的向凤姐道："婶子要什么东西，吩咐我开个帐给蔷兄弟带了去，叫他按帐置办了来。"凤姐笑道："别放你娘的屁！我的东西还没处撂呢，希罕你们鬼鬼祟祟的？"说着一径去了。

这里贾蔷也悄问贾琏："要什么东西？顺便置来孝敬叔叔。"贾琏笑道："你别兴头。才学着办事，倒先学会了这把戏。我短了什么，少不得写信来告诉你，且不要论到这里。"说毕，打发他二人去了。接着回事的人来，不止三四次，贾琏害乏，便传与二门上，一应不许传报，俱等明日料理。凤姐至三更时分方下来安歇，一宿无话。

次早贾琏起来，见过贾赦贾政，便往宁府中来，合同老管事的人等，并几位世交门下清客相公，审察两府地方，缮画省亲殿宇，一面察度办理人丁。自此后，各行匠役齐集，金银铜锡以及土木砖瓦之物，搬运移送不歇。先令匠人拆宁府会芳园墙垣楼阁，直接入荣府东大院中。荣府东边所有下人一带群房尽已拆去。当日宁荣二宅，虽有一小巷界断不通，然这小巷亦系私地，并非官道，故可以连属。会芳园本是从北拐角墙下引来一股活水，今亦无烦再引。其山石树木虽不敷用，贾赦住的乃是荣府旧园，其中竹树山石以及亭榭栏杆等物，皆可挪就前来。如此两处又甚近，凑来一处，省得许多财力，纵亦不敷，所添亦有限。全亏一个老明公[1]号山子野者，一一筹画起造。

贾政不惯于俗务，只凭贾赦、贾珍、贾琏、赖大、来升、林之孝、吴新登、詹光、程日兴等几人安插摆布。凡堆山凿池，起楼竖阁，种竹栽花，一应点景等事，又有山子野制度[2]。下朝闲暇，不过各处看望看望，最要紧处和贾赦等商议商议便罢了。贾赦只在家高卧，有芥豆之事，贾珍等或自去回明，或写略节；或有话说，便传呼贾琏、赖大等领命。贾蓉单管打造金银器皿。贾蔷已起身往姑苏去了。贾珍、赖大等又点人丁，开册籍，监工等事，一笔不能写到，不过是喧阗热闹非常而已。暂且无话。

且说宝玉近因家中有这等大事，贾政不来问他的书，心中是件畅事；无奈秦钟之病日重一日，也着实悬心，不能乐业。这日一早起来才梳洗完毕，意欲回了贾母去望候秦钟，忽见茗烟在二门照壁前探头缩脑，宝玉忙出来问他："作什么?"茗烟道："秦相公不中用了!"宝玉听说，吓了一跳，忙问道："我昨儿才瞧了他来，还明明白白，怎么就不中用了?"茗烟道："我也不知道，才刚是他家的老头子来特告诉我的。"宝玉听了，忙转身回明贾母。贾母吩咐："好生派妥当人跟去，到那里尽一尽同窗之情就回来，不许多耽搁了。"

宝玉听了，忙忙的更衣出来，车犹未备，急的满厅乱转。一时催促的车到，忙上了车，李贵、茗

[1] 明公：即先生。
[2] 制度：筹划。

烟等跟随。来至秦钟门首，悄无一人，遂蜂拥至内室，唬的秦钟的两个远房婶母并几个弟兄都藏之不迭。

此时秦钟已发过两三次昏了，移床易箦[1]多时矣。宝玉一见，便不禁失声。李贵忙劝道："不可不可，秦相公是弱症，未免炕上挺扛的骨头不受用，所以暂且挪下来松散些。哥儿如此，岂不反添了他的病？"宝玉听了，方忍住近前，见秦钟面如白蜡，合目呼吸于枕上。宝玉忙叫道："鲸兄！宝玉来了。"连叫两三声，秦钟不睬。宝玉又道："宝玉来了。"

那秦钟早已魂魄离身，只剩得一口悠悠馀气在胸，正见许多鬼判持牌提索来捉他。那秦钟魂魄那里肯就去，又记念着家中无人掌管家务，又记挂着父亲还有留积下的三四千两银子，又记挂着智能尚无下落，因此百般求告鬼判。无奈这些鬼判都不肯徇私，反叱咤秦钟道："亏你还是读过书的人，岂不知俗语说的：'阎王叫你三更死，谁敢留人到五更。'我们阴间上下都是铁面无私的，不比你们阳间瞻情顾意，有许多的关碍处。"

此处皆游戏文字，如读《聊斋志异》。

正闹着，那秦钟魂魄忽听见"宝玉来了"四字，便忙又央求道："列位神差，略发慈悲，让我回去，和这一个好朋友说一句话就来的。"众鬼道："又是什么好朋友？"秦钟道："不瞒列位，就是荣国公的孙子，小名宝玉。"都判官听了，先就唬慌起来，忙喝骂鬼使道："我说你们放了他回去走走罢，你们断不依我的话，如今只等他请出个运旺时

[1] 易箦（zé）：孔子弟子曾参恪守礼制，病危时一定要人换掉大夫才能寝用的华美竹席，故后来把人之将死称为"易箦"。

盛的人来才罢。”众鬼见都判如此，也都忙了手脚，一面又报怨道：“你老人家先是那等雷霆电雹，原来见不得‘宝玉’二字。依我们愚见，他是阳，我们是阴，怕他们也无益于我们。”都判道：“放屁！俗语说的好，‘天下官管天下事’，自古人鬼之道却是一般，阴阳并无二理。别管他阴也罢，阳也罢，还是把他放回没有错了的。”

众鬼听说，只得将秦魂放回，哼了一声，微开双目，见宝玉在侧，乃勉强叹道：“怎么不肯早来？再迟一步也不能见了。”宝玉忙携手垂泪道：“有什么话留下两句。”秦钟道：“并无别话。以前你我见识自为高过世人，我今日才知自误了。以后还该立志功名，以荣耀显达为是。”说毕，便长叹一声，萧然长逝了。

第十七回至十八回

大观园试才题对额　荣国府归省庆元宵

话说秦钟既死，宝玉痛哭不已，李贵等好容易劝解半日方住，归时犹是凄恻哀痛。贾母帮了几十两银子，外又另备奠仪，宝玉去吊纸[1]。七日后便送殡掩埋了，别无述记。只有宝玉日日思慕感悼，然亦无可如何了。

又不知历几何时，这日贾珍等来回贾政："园内工程俱已告竣，大老爷已瞧过了，只等老爷瞧了，或有不妥之处，再行改造，好题匾额对联的。"贾政听了，沉思一会，说道："这匾额对联倒是一件难事。论理该请贵妃赐题才是，然贵妃若不亲睹其景，大约亦必不肯妄拟；若直待贵妃游幸[2]过再请题，偌大景致，若干亭榭，无字标题，也觉寥落无趣，任有花柳山水，也断不能生色。"众清客在旁笑答道："老世翁所见极是。如今我们有个愚见：各处匾额对联断不可少，亦断不可定名。如今且按其景致，或两字、三字、四字，虚合其意，拟了出来，暂且做灯匾联悬了。待贵妃游幸时，再请定名，岂不两全？"贾政等听了，都道："所见不

[1] 吊纸：在死者灵前烧纸吊祭。
[2] 游幸：帝王、后妃到某地游赏。

差。我们今日且看看去，只管题了，若妥当便用；不妥时，然后将雨村请来，令他再拟。”众人笑道：“老爷今日一拟定佳，何必又待雨村。”贾政笑道：“你们不知，我自幼于花鸟山水题咏上就平平；如今上了年纪，且案牍纷烦，于这怡情悦性文章上更生疏了。纵拟了出来，不免迂腐古板，反不能使花柳园亭生色，似不妥协，反没意思。”众清客笑道：“这也无妨。我们大家看了公拟，各举其长，优则存之，劣则删也，未为不可。”贾政道：“此论极是。且喜今日天气和暖，大家去逛逛。”说着起身，引众人前往。

贾珍先去园中知会众人。可巧近日宝玉因思念秦钟，忧戚不尽，贾母常命人带他到园中来戏耍。此时亦才进去，忽见贾珍走来，向他笑道：“你还不出去，老爷就来了。”宝玉听了，带着奶娘小厮们，一溜烟就出园来。方转过弯，顶头贾政引众客来了，躲之不及，只得一边站了。贾政近因闻得塾掌称赞宝玉专能对对联，虽不喜读书，偏倒有些歪才情似的，今日偶然撞见这机会，便命他跟来。宝玉只得随往，尚不知何意。

宝玉对《四书》没有兴趣，但对诗赋却很喜欢，而且比较擅长。贾政从塾师那里了解到这一情况。

贾政刚至园门前，只见贾珍带领许多执事人来，一旁侍立。贾政道：“你且把园门都关上，我们先瞧了外面再进去。”贾珍听说，命人将门关了。贾政先秉正[1]看门。只见正门五间，上面桶瓦泥鳅脊[2]；那门栏窗槅，皆是细雕新鲜花样，并无朱粉涂饰；一色水磨群墙[3]，下面白石台矶，凿

[1] 秉正：摆正了姿势。
[2] 桶瓦泥鳅脊：使用半圆筒形的瓦，使屋面两坡桶瓦垄过脊时呈卷棚式，形如泥鳅。
[3] 水磨群墙：用磨砖对缝作法砌的群墙。群墙，窗台和腰线石以下的墙体。

成西番草花样[1]。左右一望，皆雪白粉墙，下面虎皮石，随势砌去，果然不落富丽俗套，自是欢喜。遂命开门，只见迎面一带翠嶂挡在前面。众清客都道："好山，好山！"贾政道："非此一山，一进来园中所有之景悉入目中，则有何趣。"众人道："极是。非胸中大有邱壑[2]，焉想及此。"说毕，往前一望，见白石峻嶒[3]，或如鬼怪，或如猛兽，纵横拱立，上面苔藓成斑，藤萝掩映，其中微露羊肠小径。贾政道："我们就从此小径游去，回来由那一边出去，方可遍览。"

说毕，命贾珍在前引导，自己扶了宝玉，逶迤进入山口。抬头忽见山上有镜面白石一块，正是迎面留题处。贾政回头笑道："诸公请看，此处题以何名方妙？"众人听说，也有说该题"叠翠"二字，也有说该题"锦嶂"的，又有说"赛香炉[4]"的，又有说"小终南[5]"的，种种名色，不止几十个。

原来众客心中早知贾政要试宝玉的功业进益如何，只将些俗套来敷衍。宝玉亦料定此意。贾政听了，便回头命宝玉拟来。宝玉道："尝闻古人有云：'编新不如述旧，刻古终胜雕今。'况此处并非主山正景，原无可题之处，不过是探景一进步耳。莫若直书'曲径通幽处'[6]这句旧诗在上，倒还大方气派。"众人听了，都赞道："是极！二世兄天分高，才情远，不似我们读腐了书的。"贾政笑道："不可谬奖。他年小，不过以一知充十用，取笑罢

清客寄人篱下，仰人鼻息，擅长察言观色、见机行事。一得顺着主人贾政；二得调和贾政、宝玉父子之间的紧张关系；三得制造宝玉表现的机会，千万不能逞才抢了宝玉的风头。

[1] 西番草花样：一种连续的西番草图案。西番草，一种常绿缠绕植物。
[2] 胸中大有邱壑：比喻其才识胸襟非同一般。
[3] 峻嶒（léng céng）：形容山势高峻。
[4] 香炉：指江西庐山香炉峰。
[5] 终南：即陕西终南山。
[6] 曲径通幽处：语出唐人常建《题破山寺后禅院》诗。

了。再俟选拟。”

说着，进入石洞来，只见佳木茏葱，奇花烱灼，一带清流，从花木深处曲折泻于石隙之下。再进数步，渐向北边，平坦宽豁，两边飞楼插空，雕甍[1]绣槛，皆隐于山坳树杪[2]之间。俯而视之，则清溪泻雪，石磴穿云，白石为栏，环抱池沿，石桥三港[3]，兽面衔吐[4]。桥上有亭。贾政与诸人上了亭子，倚栏坐了，因问：“诸公以何题此？”诸人都道：“当日欧阳公《醉翁亭记》有云：‘有亭翼然’，就名‘翼然’。”贾政笑道：“‘翼然’虽佳，但此亭压水而成，还须偏于水题方称。依我拙裁，欧阳公之‘泻出于两峰之间’，竟用他这一个‘泻’字。”有一客道：“是极，是极。竟是‘泻玉’二字妙。”贾政拈髯寻思，因抬头见宝玉侍侧，便笑命他也拟一个来。

宝玉听说，连忙回道：“老爷方才所议已是。但是如今追究了去，似乎当日欧阳公题酿泉用一‘泻’字则妥，今日此泉若亦用‘泻’字，则觉不妥。况此处虽云省亲驻跸别墅，亦当入于应制[5]之例，用此等字眼，亦觉粗陋不雅。求再拟较此蕴藉[6]含蓄者。”贾政笑道：“诸公听此论若何？方才众人编新，你又说不如述古；如今我们述古，你又说粗陋不妥。你且说你的来我听。”宝玉道：“有用‘泻玉’二字，则莫若‘沁芳’二字，岂不新雅？”贾政拈髯点头不语。众人都忙迎合，赞宝玉

---

[1] 甍（méng）：屋脊。
[2] 杪（miǎo）：树梢。
[3] 港：指桥下的涵洞。
[4] 兽面衔吐：此指桥侧的兽面石雕，作张口状。
[5] 应制：奉帝王诏命所作的诗文。
[6] 蕴藉：含而不露。

才情不凡。贾政道："匾上二字容易。再作一副七言对联来。"宝玉听说，立于亭上，四顾一望，便机上心来，乃念道：

绕堤柳借三篙翠，隔岸花分一脉香。

贾政听了，点头微笑。众人先称赞不已。

于是出亭过池，一山一石，一花一木，莫不着意观览。忽抬头看见前面一带粉垣，里面数楹修舍，有千百竿翠竹遮映。众人都道："好个所在!"于是大家进入，只见入门便是曲折游廊，阶下石子漫成甬路。上面小小两三间房舍，一明两暗，里面都是合着地步[1]打就的床几椅案。从里间房内又得一小门，出去则是后院，有大株梨花兼着芭蕉。又有两间小小退步[2]。后院墙下忽开一隙，得泉一派，开沟仅尺许，灌入墙内，绕阶缘屋至前院，盘旋竹下而出。贾政笑道："这一处还罢了。若能月夜坐此窗下读书，不枉虚生一世。"说毕，看着宝玉，唬的宝玉忙垂了头。

众客忙用话开释，又说道："此处的匾该题四个字。"贾政笑问："那四字?"一个道是"淇水遗风"[3]。贾政道："俗。"又一个是"睢园雅迹"[4]。贾政道："也俗。"贾珍笑道："还是宝兄弟拟一个来。"贾政道："他未曾作，先要议论人家的好歹，可见就是个轻薄人。"众客道："议论的极是，其奈

清客明白，贾政嘴上压着宝玉，斥责宝玉，但毕竟宝玉是他儿子，夸宝玉就是肯定贾政的教子有方。他们委婉地反驳贾政的贬刺宝玉，为宝玉辩解，使贾政更加高兴。清客都是内行，凑趣也能说到点子上，马屁不会拍到马脚上。

---

[1] 合着地步：根据房间的大小和方位。

[2] 退步：套间之类的建筑。

[3] 淇水遗风：《诗・卫风・淇奥》中借淇水赞颂卫武公的学识德行。此借古喻今，赞誉屋主人的文采风度。

[4] 睢（suī）园雅迹：睢园，汉代梁孝王刘武在睢阳建的花园。雅迹，文雅的遗迹。

他何。”贾政忙道：“休如此纵了他。”因命他道：“今日任你狂为乱道，先设议论来，然后方许你作。方才众人说的，可有使得的？”宝玉见问，答道：“都似不妥。”贾政冷笑道：“怎么不妥？”宝玉道：“这是第一处行幸之处，必须颂圣方可。若用四字的匾，又有古人现成的，何必再作。”贾政道：“难道‘淇水’‘睢园’不是古人的？”宝玉道：“这太板腐了。莫若‘有凤来仪’[1]四字。”众人都哄然叫妙。贾政点头道：“畜生，畜生，可谓‘管窥蠡测’[2]矣。”因命：“再题一联来。”宝玉便念道：

宝鼎茶闲烟尚绿，幽窗棋罢指犹凉。

贾政摇头说道：“也未见长。”说毕，引众人出来。

方欲走时，忽又想起一事来，因问贾珍道：“这些院落房宇并几案桌椅都算有了，还有那些帐幔帘子并陈设玩器古董，可也都是一处一处合式配就的？”贾珍回道：“那陈设的东西早已添了许多，自然临期合式陈设。帐幔帘子，昨日听见琏兄弟说，还不全。那原是一起工程之时就画了各处的图样，量准尺寸，就打发人办去的。想必昨日得了一半。”贾政听了，便知此事不是贾珍的首尾[3]，便命人去唤贾琏。

一时，贾琏赶来，贾政问他共有几种，现今得了几种，尚欠几种。贾琏见问，忙向靴桶取靴掖[4]内装的一个纸折略节来，看了一看，回道：

[1] 有凤来仪：凤，比喻后妃。来仪，归来。

[2] 管窥蠡（lí）测：从管子里看天，用瓢量海水，比喻见识短浅。蠡，瓠瓢。

[3] 首尾：本指事情的始末，此指经办。

[4] 靴掖：靴筒内的小夹子，用皮革或绸缎制成，可装名帖之类。

“妆蟒绣堆[1]、刻丝弹墨并各色绸绫大小幔子一百二十架，昨日得了八十架，下欠四十架。帘子二百挂，昨日俱得了。外有猩猩毡帘二百挂，金丝藤红漆竹帘二百挂，墨漆竹帘二百挂，五彩线络盘花帘二百挂，每样得了一半，也不过秋天都全了。椅搭、桌围、床裙、桌套，每分一千二百件，也有了。”

一面走，一面说，倏尔青山斜阻。转过山怀中，隐隐露出一带黄泥筑就矮墙，墙头皆用稻茎掩护。有几百株杏花，如喷火蒸霞一般。里面数楹茅屋。外面却是桑、榆、槿、柘，各色树稚新条，随其曲折，编就两溜青篱。篱外山坡之下，有一土井，旁有桔槔辘轳[2]之属。下面分畦列亩，佳蔬菜花，漫然无际。

贾政笑道：“倒是此处有些道理。固然系人力穿凿，此时一见，未免勾引起我归农之意。我们且进去歇息歇息。”说毕，方欲进篱门去，忽见路旁有一石碣，亦为留题之备。众人笑道：“更妙，更妙！此处若悬匾待题，则田舍家风一洗尽矣。立此一碣，又觉生色许多，非范石湖田家之咏[3]不足以尽其妙。”贾政道：“诸公请题。”众人道：“方才世兄有云，‘编新不如述旧’，此处古人已道尽矣，莫若直书‘杏花村’妙极。”贾政听了，笑向贾珍道：“正亏提醒了我。此处都妙极，只是还少一个酒幌[4]，明日竟作一个，不必华丽，就依外面村

---

[1] 妆蟒绣堆：四种不同的丝织品。妆，即妆缎。蟒，即蟒缎。绣、堆，分别是用绣花工艺和堆花工艺制作的花绣织品。

[2] 桔槔（gāo）辘轳：桔槔，用杠杆的井上汲水工具。辘轳，用滑轮的井上汲水工具。

[3] 范石湖田家之咏：范石湖，即宋代诗人范成大，号石湖居士，其田园诗颇为著名。

[4] 酒幌（huǎng）：以竹竿挑起的酒帘、酒旗。

庄的式样作来，用竹竿挑在树梢。”贾珍答应了，又回道：“此处竟还不可养别的雀鸟，只是买些鹅鸭鸡类，才都相称了。”贾政与众人都道：“更妙。”贾政又向众人道：“‘杏花村’固佳，只是犯了正名[1]，村名直待请名方可。”众客都道：“是呀。如今虚的，便是什么字样好？”

大家想着，宝玉却等不得了，也不等贾政的命，便说道：“旧诗有云：‘红杏梢头挂酒旗’[2]。如今莫若‘杏帘在望’四字。”众人都道：“好个‘在望’！又暗合‘杏花村’意。”宝玉冷笑道：“村名若用‘杏花’二字，则俗陋不堪了。又有古人诗云：‘柴门临水稻花香’[3]，何不就用‘稻香村’的妙？”众人听了，亦发哄声拍手道：“妙！”贾政一声喝断：“无知的业障！你能知道几个古人，能记得几首熟诗，也敢在老先生前卖弄！你方才那些胡说的，不过是试你的清浊，取笑而已，你就认真了！”

说着，引人步入茆堂[4]，里面纸窗木榻，富贵气象一洗皆尽。贾政心中自是喜欢，却瞅宝玉道，“此处如何？”众人见问，都忙悄悄的推宝玉，教他说好。宝玉不听人言，便应声道：“不及‘有凤来仪’多矣。”贾政听了道：“无知的蠢物！你只知朱楼画栋、恶赖富丽为佳，那里知道这清幽气象。终是不读书之过！”宝玉忙答道：“老爷教训的固是，但古人常云‘天然’二字，不知何意？”

---

[1] 犯了正名：这里指园中景物题名直用前人已有的“杏花村”之名，犯了规则。唐人杜牧《清明》诗中有云“借问酒家何处有？牧童遥指杏花村”。

[2] 红杏梢头挂酒旗：出自明代唐寅的《题杏林春燕》诗。

[3] 柴门临水稻花香：出自唐代许浑的《晚自朝台津至韦隐居郊园》诗。

[4] 茆堂：即茅堂。“茆”同“茅”。

众人见宝玉牛心[1]，都怪他呆痴不改。今见问“天然”二字，众人忙道：“别的都明白，为何连‘天然’不知？‘天然’者，天之自然而有，非人力之所成也。”宝玉道：“却又来！此处置一田庄，分明见得人力穿凿扭捏而成。远无邻村，近不负郭，背山山无脉，临水水无源，高无隐寺之塔，下无通市之桥，峭然孤出，似非大观。争似先处有自然之理，得自然之气，虽种竹引泉，亦不伤于穿凿。古人云‘天然图画’四字，正畏非其地而强为地，非其山而强为山，虽百般精而终不相宜……”未及说完，贾政气的喝命：“叉出去！”刚出去，又喝命：“回来！”命：“再题一联，若不通，一并打嘴！”宝玉只得念道：

新涨绿添浣葛处，好云香护采芹人。

贾政听了，摇头说：“更不好。”一面引人出来，转过山坡，穿花度柳，抚石依泉，过了荼蘼架，再入木香棚，越牡丹亭，度芍药圃，入蔷薇院，出芭蕉坞，盘旋曲折。忽闻水声潺湲，泻出石洞，上则萝薜倒垂，下则落花浮荡。众人都道：“好景，好景！”贾政道：“诸公题以何名？”众人道：“再不必拟了，恰恰乎是‘武陵源’[2]三个字。”贾政笑道：“又落实了，而且陈旧。”众人笑道：“不然就用‘秦人旧舍’四字也罢了。”宝玉道：“这越发过露了。‘秦人旧舍’说避乱之意，如何使得？莫若‘蓼汀花溆’[3]四字。”贾政听了，

[1] 牛心：倔强，死心眼儿。
[2] 武陵源：即桃花源。
[3] 蓼（liǎo）汀花溆（xù）：汀，水边平地。溆，水边。

更批胡说。

于是要进港洞时，又想起有船无船。贾珍道："采莲船共四只，座船一只，如今尚未造成。"贾政笑道："可惜不得入了。"贾珍道："从山上盘道亦可以进去。"说毕，在前导引，大家攀藤抚树过去。只见水上落花愈多，其水愈清，溶溶荡荡，曲折萦迂。池边两行垂柳，杂着桃杏，遮天蔽日，真无一些尘土。忽见柳阴中又露出一个折带朱栏板桥来，度过桥去，诸路可通，便见一所清凉瓦舍，一色水磨砖墙，清瓦花堵。那大主山所分之脉，皆穿墙而过。

贾政道："此处这所房子，无味的很。"因而步入门时，忽迎面突出插天的大玲珑山石来，四面群绕各式石块，竟把里面所有房屋悉皆遮住，而且一株花木也无。只见许多异草：或有牵藤的，或有引蔓的，或垂山巅，或穿石隙，甚至垂檐绕柱，萦砌盘阶，或如翠带飘飘，或如金绳盘屈，或实若丹砂，或花如金桂，味芬气馥，非花香之可比。贾政不禁笑道："有趣！只是不大认识。"有的说："是薜荔藤萝。"贾政道："薜荔藤萝不得如此异香。"宝玉道："果然不是。这些之中也有藤萝薜荔。那香的是杜若蘅芜，那一种大约是茝兰，这一种大约是清葛，那一种是金䔲草，这一种是玉蕗藤，红的自然是紫芸，绿的定是青芷。想来《离骚》、《文选》等书上所有的那些异草，也有叫作什么藿蒳姜荨的，也有叫作什么纶组紫绛的，还有石帆、水松、扶留等样，又有叫什么绿荑的，还有什么丹椒、蘼芜、风连。如今年深岁改，人不能识，故皆像形夺名[1]，渐渐的唤差了，也是有的。”未及说完，贾政喝道：“谁问你来！”唬的宝玉倒退，不敢再说。

贾政因见两边俱是抄手游廊，便顺着游廊步入。只见上面五间清厦连着卷棚[2]，四面出廊，绿窗油壁，更比前几处清雅不同。贾政叹道：“此轩中煮茶操琴，亦不必再焚名香矣。此造已出意外，诸公必有佳作新题以颜其额[3]，方不负此。”众人笑道：“再莫若‘兰风蕙露’贴切了。”贾政道：“也只好用这四字。其联若何？”一人道：“我倒想了一对，大家批削改正。”念道是：

麝兰芳霭斜阳院，杜若香飘明月洲。

众人道：“妙则妙矣，只是‘斜阳’二字不妥。”那人道：“古人诗云‘蘼芜满手泣斜晖’。”众人道：“颓丧，颓丧。”又一人道：“我也有一联，诸公评阅评阅。”因念道：

三径香风飘玉蕙，一庭明月照金兰。

贾政拈髯沉吟，意欲也题一联。忽抬头见宝玉在旁不敢则声，因喝道：“怎么你应说话时又不说了？还要等人请教你不成！”宝玉听说，便回道：“此处并没有什么‘兰麝’、‘明月’、‘洲渚’之类，若要这样着迹说起来，就题二百联也不能完。”贾政道：“谁按着你的头，叫你必定说这些字样呢？”宝玉

[1] 像形夺名：按照形状起名字。
[2] 卷棚：屋面两坡之间采用弧形的连接。
[3] 以颜其额：在匾额上题字。

道："如此说，匾上则莫若'蘅芷清芬'四字。"对联则是：

吟成荳蔻才犹艳，睡足荼蘼梦也香。

贾政笑道："这是套的'书成蕉叶文犹绿'，不足为奇。"众客道："李太白'凤凰台'之作，全套'黄鹤楼'[1]，只要套得妙。如今细评起来，方才这一联，竟比'书成蕉叶'犹觉幽娴活泼。视'书成'之句，竟似套此而来。"贾政笑说："岂有此理！"

贾政有坚实的文史基础，绝非不学无术之人。

说着，大家出来。行不多远，则见崇阁巍峨，层楼高起，面面琳宫[2]合抱，迢迢复道[3]萦纡，青松拂檐，玉栏绕砌，金辉兽面，彩焕螭头[4]。贾政道："这是正殿了。只是太富丽了些。"众人都道："要如此方是。虽然贵妃崇节尚俭，天性恶繁悦朴，然今日之尊，礼仪如此，不为过也。"一面说，一面走，只见正面现出一座玉石牌坊来，上面龙蟠螭护，玲珑凿就。贾政道："此处书以何文？"众人道："必是'蓬莱仙境'方妙。"贾政摇头不语。

宝玉见了这个所在，心中忽有所动，寻思起来，倒像那里曾见过的一般，却一时想不起那年月日的事了。贾政又命他作题，宝玉只顾细思前景，全无心于此了。众人不知其意，只当他受了这半日的折磨，精神耗散，才尽词穷了；再要考难逼迫，着了急，或生出事来，倒不便。遂忙都劝贾政："罢，罢，明日再题罢了。"贾政心中也怕贾母不放

[1] 凤凰台、黄鹤楼：凤凰台，指李白《登金陵凤凰台》诗。黄鹤楼，指崔颢《黄鹤楼》诗。
[2] 琳宫：神仙居住的地方，这里形容宫室瑰丽如仙境。
[3] 复道：楼阁之间架空连接的通道。
[4] 螭（chī）头：螭头形的屋顶装饰。

心，遂冷笑道："你这畜生，也竟有不能之时了。也罢，限你一日，明日若再不能，我定不饶。这是要紧一处，更要好生作来！"

说着，引人出来，再一观望，原来自进门起，所行至此，才游了十之五六。又值人来回，有雨村处遣人回话。贾政笑道："此数处不能游了。虽如此，到底从那一边出去，纵不能细观，也可稍览。"说着，引客行来，至一大桥前，见水如晶帘一般奔入。原来这桥便是通外河之闸，引泉而入者。贾政因问："此闸何名？"宝玉道："此乃沁芳泉之正源，就名'沁芳闸'。"贾政道："胡说，偏不用'沁芳'二字。"

于是一路行来，或清堂茅舍，或堆石为垣，或编花为牖，或山下得幽尼佛寺，或林中藏女道丹房[1]，或长廊曲洞，或方厦圆亭，贾政皆不及进去。因说半日腿酸，未尝歇息，忽又见前面又露出一所院落来，贾政笑道："到此可要进去歇息歇息了。"说着，一径引人绕着碧桃花，穿过一层竹篱花障编就的月洞门，俄见粉墙环护，绿柳周垂。贾政与众人进去。

一入门，两边都是游廊相接。院中点衬几块山石，一边种着数本芭蕉；那一边乃是一颗西府海棠，其势若伞，丝垂翠缕，葩吐丹砂。众人赞道："好花，好花！从来也见过许多海棠，那里有这样妙的。"贾政道："这叫作'女儿棠'，乃是外国之种。俗传系出'女儿国'中，云彼国此种最盛，亦荒唐不经之说罢了。"众人笑道："然虽不经，如何此名传久了？"宝玉道："大约骚人咏士，以此花之

[1] 丹房：道士炼丹之所。

色红晕若施脂，轻弱似扶病，大近乎闺阁风度，所以以‘女儿’命名。想因被世间俗恶听了，他便以野史纂入为证，以俗传俗，以讹传讹，都认真了。”众人都摇身赞妙。

一面说话，一面都在廊外抱厦下打就的榻上坐了。贾政因问：“想几个什么新鲜字来题此?”一客道：“‘蕉鹤’二字最妙。”又一个道：“‘崇光泛彩’方妙。”贾政与众人都道：“好个‘崇光泛彩’!”宝玉也道：“妙极。”又叹：“只是可惜了。”众人问：“如何可惜?”宝玉道：“此处蕉棠两植，其意暗蓄‘红’‘绿’二字在内。若只说蕉，则棠无着落；若只说棠，蕉亦无着落。固有蕉无棠不可，有棠无蕉更不可。”贾政道：“依你如何?”宝玉道：“依我，题‘红香绿玉’四字，方两全其妙。”贾政摇头道：“不好，不好!”

说着，引人进入房内。只见这几间房内收拾的与别处不同，竟分不出间隔来的。原来四面皆是雕空玲珑木板，或“流云百蝠”[1]，或“岁寒三友”[2]，或山水人物，或翎毛花卉，或集锦[3]，或博古[4]，或卍福卍寿[5]。各种花样，皆是名手雕镂，五彩销金嵌宝的。一槅一槅，或有贮书处，或有设鼎处，或安置笔砚处，或供花设瓶、安放盆景处。其槅各式各样，或天圆地方，或葵花蕉叶，或连环半壁。真是花团锦簇，剔透玲珑。倏尔五色纱糊就，竟系小窗；倏尔彩绫轻覆，竟系幽户。且

[1] 流云百蝠：云朵、蝙蝠组成的图案。“蝠”、“福”谐音，寓有多福之意。
[2] 岁寒三友：松、竹、梅。
[3] 集锦：集合了多种花样的图案。
[4] 博古：这里指仿古的色彩。
[5] 卍福卍寿：万福万寿。

满墙满壁，皆系随依古董玩器之形抠成的槽子。诸如琴、剑、悬瓶、桌屏之类，虽悬于壁，却都是与壁相平的。众人都道："好精致想头！难为怎么想来！"

原来贾政等走了进来，未进两层，便都迷了旧路，左瞧也有门可通，右瞧又有窗暂隔，及到了跟前，又被一架书挡住。回头再走，又有窗纱明透，门径可行；及至门前，忽见迎面也进来了一群人，都与自己形相一样，——却是一架玻璃大镜相照。及转过镜去，益发见门子多了。贾珍笑道："老爷随我来。从这门出去，便是后院，从后院出去，倒比先近了。"说着，又转了两层纱橱锦槅，果得一门出去，院中满架蔷薇、宝相[1]。转过花障，则见青溪前阻。众人咤异："这股水又是从何而来？"贾珍遥指道："原从那闸起流至那洞口，从东北山坳里引到那村庄里，又开一道岔口，引到西南上，共总流到这里，仍旧合在一处，从那墙下出去。"众人听了，都道："神妙之极！"说着，忽见大山阻路。众人都道："迷了路了。"贾珍笑道："随我来。"仍在前导引，众人随他，直由山脚边忽一转，便是平坦宽阔大路，豁然大门前见。众人都道："有趣，有趣，真搜神夺巧之至！"于是大家出来。

那宝玉一心只记挂着里边，又不见贾政吩咐，少不得跟到书房。贾政忽想起他来，方喝道："你还不去？难道还逛不足！也不想逛了这半日，老太太必悬挂着。快进去，疼你也白疼了。"宝玉听说，方退了出来。

宝玉是贾母的心头肉。宝玉一去贾政那里，贾母就紧张。

[1] 宝相：即宝相花，是一种装饰花样。

至院外，就有跟贾政的几个小厮上来拦腰抱住，都说："今儿亏我们，老爷才喜欢，老太太打发人出来问了几遍，都亏我们回说喜欢；不然，若老太太叫你进去，就不得展才了。人人都说，你才那些诗比世人的都强。今儿得了这样的彩头，该赏我们了。"宝玉笑道："每人一吊钱。"众人道："谁没见那一吊钱！把这荷包赏了罢。"说着，一个上来解荷包，那一个就解扇囊，不容分说，将宝玉所佩之物尽行解去。又道："好生送上去罢。"一个抱了起来，几个围绕，送至贾母二门前。那时贾母已命人看了几次。众奶娘丫鬟跟上来，见过贾母，知不曾难为着他，心中自是欢喜。

少时袭人倒了茶来，见身边佩物一件无存，因笑道："带的东西又是那起没脸的东西们解了去了。"林黛玉听说，走来瞧瞧，果然一件无存，因向宝玉道："我给的那个荷包也给他们了？你明儿再想我的东西，可不能够了！"说毕，赌气回房，将前日宝玉所烦他作的那个香袋儿——才做了一半——赌气拿过来就铰。宝玉见他生气，便知不妥，忙赶过来，早剪破了。

宝玉已见过这香囊，虽尚未完，却十分精巧，费了许多工夫。今见无故剪了，却也可气。因忙把衣领解了，从里面红袄襟上将黛玉所给的那荷包解了下来，递与黛玉瞧道："你瞧瞧，这是什么！我那一回把你的东西给人了？"林黛玉见他如此珍重，带在里面，可知是怕人拿去之意，因此又自悔莽撞，未见皂白，就剪了香袋，因此又愧又气，低头一言不发。宝玉道："你也不用剪，我知道你是懒待给我东西。我连这荷包奉还，何如？"说着，掷向他怀中便走。黛玉见如此，越发气起来，声咽气堵，又汪汪的滚下泪来，拿起荷包来又剪。宝玉见他如此，忙回身抢住，笑道："好妹妹，饶了他罢！"黛玉将剪子一摔，拭泪说道："你不用同我好一阵歹一阵的，要恼，就撂开手。这当了什么！"说着，赌气上床，面向里倒下拭泪。禁不住宝玉上来"妹妹"长"妹妹"短赔不是。

前面贾母一片声找宝玉。众奶娘丫鬟们忙回说："在林姑娘房里呢。"贾母听说道："好，好，好！让他姊妹们一处顽顽罢。才他老子拘了他这半天，让他开心一会子罢。只别叫他们拌嘴，不许扭了他。"众人答应着。黛玉被宝玉缠不过，只得起来道："你的意思不叫我安生，我就离了你。"说着往外就走。宝玉笑道："你到那里，我跟到那里。"一面仍拿起荷包来带上。黛玉伸手抢道："你说不要了，这会子又带上，我也替你怪臊的！"说着，"嗤"的一声又笑了。宝玉道："好妹妹，明儿另替我作个香袋儿罢。"黛玉道："那也只瞧我高兴罢了。"一面说，一面二人出房，到王夫人上房中去了，可巧宝钗亦在那里。

此时王夫人那边热闹非常。原来贾蔷已从姑苏采买了十二个女孩子——并聘了教习——以及行头等事来了。那时薛姨妈另迁于东北上一所幽静房舍居住，将梨香院早已腾挪出来，另行修理了，就令教习在此教演女戏。又另派家中旧有曾演学过歌唱的女人们——如今皆已皤然[1]老妪了，着他们带领管理。就令贾蔷总理其日用出入银钱等事，以及诸凡大小所需之物料帐目。

又有林之孝家的来回："采访聘买得十个小尼

[1] 皤（pó）然：头发全白的样子。皤，白色。

姑、小道姑都有了，连新作的二十分道袍也有了。外有一个带发修行的，本是苏州人氏，祖上也是读书仕宦之家。因生了这位姑娘自小多病，买了许多替身儿[1]皆不中用，足的[2]这位姑娘亲自入了空门，方才好了，所以带发修行，今年才十八岁，法名妙玉。如今父母俱已亡故，身边只有两个老嬷嬷、一个小丫头服侍。文墨也极通，经文也不用学了，模样儿又极好。因听见'长安'都中有观音遗迹并贝叶遗文[3]，去岁随了师父上来，现在西门外牟尼院住着。他师父极精演先天神数[4]，于去冬圆寂[5]了。妙玉本欲扶灵回乡的，他师父临寂遗言，说他'衣食起居不宜回乡，在此静居，后来自然有你的结果'。所以他竟未回乡。"王夫人不等回完，便说："既这样，我们何不接了他来。"林之孝家的回道："接他，他说'侯门公府，必以贵势压人，我再不去的。'"王夫人道："他既是官宦小姐，自然骄傲些，就下个帖子请他何妨。"林之孝家的答应了出去，命书启相公写请帖去请妙玉。次日遣人备车轿去接等后话，暂且搁过，此时不能表白。

妙玉的情况，让林之孝家的随口带了出来。

当下又有人回，工程上等着糊东西的纱绫，请凤姐去开楼拣纱绫；又有人来回，请凤姐开库，收金银器皿。连王夫人并上房丫鬟等众，皆一时不得闲的。宝钗便说："咱们别在这里碍手碍脚，找探丫头去。"说着，同宝玉黛玉往迎春等房中来闲顽，

[1] 替身儿：旧俗，认为命中有灾的人，可以用出家做僧尼的办法来消灾，于是，富贵人家便买穷人的孩子替代出家，称为"替身"。

[2] 足的：最后，终于。

[3] 贝叶遗文：古代印度写在贝多树叶子上的佛经。

[4] 先天神数：北宋邵雍虚构"先天八卦图"，推测宇宙和人事变化。此指此类学说。

[5] 圆寂：指佛或僧侣的逝世。

无话。

王夫人等日日忙乱，直到十月将尽，幸皆全备：各处监管都交清帐目；各处古董文玩，皆已陈设齐备；采办鸟雀的，自仙鹤、孔雀以及鹿、兔、鸡、鹅等类，悉已买全，交于园中各处像景饲养；贾蔷那边也演出二十出杂戏来；小尼姑、道姑也都学会了念几卷经咒。贾政方略心意宽畅，又请贾母等进园，色色斟酌，点缀妥当，再无一些遗漏不当之处了。于是贾政方择日题本[1]。本上之日，奉朱批准奏：次年正月十五上元之日，恩准贵妃省亲。贾府领了此恩旨，益发昼夜不闲，年也不曾好生过的。

展眼元宵在迩，自正月初八日，就有太监出来先看方向：何处更衣，何处燕坐[2]，何处受礼，何处开宴，何处退息。又有巡察地方总理关防太监等，带了许多小太监出来，各处关防，挡围幙；指示贾宅人员何处退，何处跪，何处进膳，何处启事，种种仪注不一。外面又有工部官员并五城兵备道打扫街道，撵逐闲人。贾赦等督率匠人扎花灯烟火之类，至十四日，俱已停妥。这一夜，上下通不曾睡。

至十五日五鼓，自贾母等有爵者，皆按品服大妆。园内各处，帐舞蟠龙，帘飞彩凤，金银焕彩，珠宝争辉，鼎焚百合之香，瓶插长春之蕊，静悄无人咳嗽。贾赦等在西街门外，贾母等在荣府大门外。街头巷口，俱系围幙挡严。正等的不耐烦，忽一太监坐大马而来，贾母忙接入，问其消息。太监

[1] 题本：明清时各衙门向皇帝奏事的文书。
[2] 燕坐：闲坐。

道："早多着呢！未初刻用过晚膳，未正二刻还到宝灵宫拜佛，酉初刻进大明宫领宴看灯方请旨，只怕戌初才起身呢。"凤姐听了道："既这么着，老太太、太太且请回房，等是时候再来也不迟。"于是贾母等暂且自便，园中悉赖凤姐照理。又命执事人带领太监们去吃酒饭。

一时传人一担一担的挑进蜡烛来，各处点灯。方点完时，忽听外边马跑之声。一时，有十来个太监都喘吁吁跑来拍手儿。这些太监会意，都知道是"来了，来了"，各按方向站住。贾赦领合族子侄在西街门外，贾母领合族女眷在大门外迎接。

半日静悄悄的。忽见一对红衣太监骑马缓缓的走来，至西街门下了马，将马赶出围幙之外，便垂手面西站住。半日又是一对，亦是如此。少时便来了十来对，方闻得隐隐细乐之声。一对对龙旌凤翣，雉羽夔头[1]，又有销金提炉焚着御香；然后一把曲柄七凤黄金伞过来，便是冠袍带履。又有值事太监捧着香珠、绣帕、漱盂、拂尘等类。一队队过完，后面方是八个太监抬着一顶金顶金黄绣凤版舆[2]，缓缓行来。贾母等连忙路旁跪下。早飞跑过几个太监来，扶起贾母、邢夫人、王夫人来。那版舆抬进大门，入仪门往东去，到一所院落门前，有执拂太监跪请下舆更衣。于是抬舆入门，太监等散去，只有昭容、彩嫔等引领元春下舆。只见院内各色花灯烂灼，皆系纱绫扎成，精致非常。上面有一匾灯，写着"体仁沐德"四字。元春入室，更衣毕复出，上舆进园。只见园中香烟缭绕，花彩缤

[1] 龙旌凤翣（shà），雉羽夔（kuí）头：帝后的仪仗用物。翣，用野鸡羽毛编成的长柄大扇。夔，古代传说中的灵异动物。

[2] 版舆：一种木制坐车。

纷，处处灯光相映，时时细乐声喧，说不尽这太平气象，富贵风流。

——此时自己回想当初在大荒山中，青埂峰下，那等凄凉寂寞；若不亏癞僧、跛道二人携来到此，又安能得见这般世面。本欲作一篇《灯月赋》、《省亲颂》，以志今日之事，但又恐入了别书的俗套。按此时之景，即作一赋一赞，也不能形容得尽其妙；即不作赋赞，其豪华富丽，观者诸公亦可想而知矣。所以倒是省了这工夫纸墨，且说正经的为是。

且说贾妃在轿内看此园内外如此豪华，因默默叹息奢华过费。忽又见执拂太监跪请登舟，贾妃乃下舆。只见清流一带，势如游龙，两边石栏上，皆系水晶玻璃各色风灯，点的如银光雪浪；上面柳杏诸树虽无花叶，然皆用通草[1]绸绫纸绢依势作成，粘于枝上的，每一株悬灯数盏；更兼池中荷荇凫鹭之属，亦皆系螺蚌羽毛之类作就的。诸灯上下争辉，真系玻璃世界，珠宝乾坤。船上亦系各种精致盆景诸灯，珠帘绣幙，桂楫兰桡，自不必说。已而入一石港，港上一面匾灯，明现着“蓼汀花溆”四字。

按此四字并“有凤来仪”等处，皆系上回贾政偶然一试宝玉之课艺才情耳，何今日认真用此匾联？况贾政世代诗书，来往诸客屏侍座陪者，悉皆才技之流，岂无一名手题撰，竟用小儿一戏之辞苟且搪塞？真似暴发新荣之家，滥使银钱，一味抹油涂朱，毕则大书“前门绿柳垂金锁，后户青山列锦屏”之类，则以为大雅可观，岂《石头记》中通部

[1] 通草：即通脱木，一种小乔木。此指用其茎髓制成的假花。

所表之宁荣贾府所为哉！据此论之，竟大相矛盾了。诸公不知，待蠢物将原委说明，大家方知。

当日这贾妃未入宫时，自幼亦系贾母教养。后来添了宝玉，贾妃乃长姊，宝玉为弱弟，贾妃之心上念母年将迈，始得此弟，是以怜爱宝玉，与诸弟待之不同。且同随祖母，刻未暂离。那宝玉未入学堂之先，三四岁时，已得贾妃手引口传，教授了几本书、数千字在腹内了。其名分虽系姊弟，其情状有如母子。自入宫后，时时带信出来与父母说："千万好生扶养，不严不能成器，过严恐生不虞，且致父母之忧。"眷念切爱之心，刻未能忘。前日贾政闻塾师背后赞宝玉偏才尽有，贾政未信，适巧遇园已落成，令其题撰，聊一试其情思之清浊。其所拟之匾联虽非妙句，在幼童为之，亦或可取。即另使名公大笔为之，固不费难，然想来倒不如这本家风味有趣。更使贾妃见之，知系其爱弟所为，亦或不负其素日切望之意。因有这段原委，故此竟用了宝玉所题之联额。那日虽未曾题完，后来亦曾补拟。

闲文少述，且说贾妃看了四字，笑道："'花溆'二字便妥，何必'蓼汀'？"侍坐太监听了，忙下小舟登岸，飞传与贾政。贾政听了，即忙移换。

一时，舟临内岸，复弃舟上舆，便见琳宫绰约，桂殿巍峨。石牌坊上明显"天仙宝境"四字，贾妃忙命换"省亲别墅"四字。于是进入行宫。但见庭燎[1]烧空，香屑布地，火树琪花[2]，金窗玉槛。说不尽帘卷虾须，毯铺鱼獭[3]，鼎飘麝脑之

[1] 庭燎：庭院中照明的火炬。
[2] 火树琪花：形容灯火之盛。琪，美玉。
[3] 帘卷虾须，毯铺鱼獭（tǎ）：用细如虾须的竹丝做成的帘子，用水獭皮做成的毯子。

香，屏列雉尾之扇。真是：

金门玉户神仙府，桂殿兰宫妃子家。

贾妃乃问："此殿何无匾额？"随侍太监跪启曰："此系正殿，外臣未敢擅拟。"贾妃点头不语。礼仪太监跪请升座受礼，两陛乐起。礼仪太监二人引贾赦、贾政等于月台[1]下排班，殿上昭容传谕曰："免。"太监引贾赦等退出。又有太监引荣国太君及女眷等自东阶升月台上排班，昭容再传谕曰："免。"于是引退。

茶已三献，贾妃降座，乐止。退入侧殿更衣，方备省亲车驾出园。至贾母正室，欲行家礼，贾母等俱跪止不迭。贾妃满眼垂泪，方彼此上前厮见，一手搀贾母，一手搀王夫人，三个人满心里皆有许多话，只是俱说不出，只管呜咽对泣。邢夫人、李纨、王熙凤、迎、探、惜三姊妹等，俱在旁围绕，垂泪无言。

半日，贾妃方忍悲强笑，安慰贾母、王夫人道："当日既送我到那不得见人的去处，好容易今日回家娘儿们一会，不说说笑笑，反倒哭起来。一会子我去了，又不知多早晚才来！"说到这句，不禁又哽咽起来。邢夫人等忙上来解劝。贾母等让贾妃归座，又逐次一一见过，又不免哭泣一番。然后东西两府掌家执事人丁在厅外行礼，及两府掌家执事媳妇领丫鬟等行礼毕。贾妃因问："薛姨妈、宝钗、黛玉因何不见？"王夫人启曰："外眷无职，未敢擅入。"贾妃听了，忙命快请。一时，薛姨妈等

[1] 月台：正殿前的露天平台。

进来，欲行国礼，亦命免过，上前各叙阔别寒温。又有贾妃原带进宫去的丫鬟抱琴等上来叩见，贾母等连忙扶起，命人别室款待。执事太监及彩嫔、昭容各侍从人等，宁国府及贾赦那宅两处自有人款待，只留三四个小太监答应。母女姊妹深叙些离别情景，及家务私情。

又有贾政至帘外问安，贾妃垂帘行参等事。又隔帘含泪谓其父曰："田舍之家，虽齑盐布帛[1]，终能聚天伦之乐；今虽富贵已极，骨肉各方，然终无意趣！"贾政亦含泪启道："臣，草莽寒门，鸠群鸦属之中，岂意得征凤鸾之瑞。今贵人上锡天恩，下昭祖德，此皆山川日月之精奇、祖宗之远德钟于一人，幸及政夫妇。且今上启天地生物之大德，垂古今未有之旷恩，虽肝脑涂地，臣子岂能得报于万一！惟朝乾夕惕[2]，忠于厥职外，愿我君万寿千秋，乃天下苍生之同幸也。贵妃切勿以政夫妇残犁[3]为念，懑愤金怀，更祈自加珍爱。惟业业兢兢，勤慎恭肃以侍上，庶不负上体贴眷爱如此之隆恩也。"贾妃亦嘱"只以国事为重，暇时保养，切勿记念"等语。

刻画出贵妃那种养在黄金笼中，欲为平民而不可得的痛苦。这种富贵已极却又骨肉分离的生活，毫无意趣。活埋人性的富贵，多么的残酷虚伪。天伦之乐比富贵荣华更可贵。

贾政又启："园中所有亭台轩馆，皆系宝玉所题；如果有一二稍可寓目者，请别赐名为幸。"元妃听了宝玉能题，便含笑说："果进益了。"贾政退出。贾妃见宝、林二人亦发比别姊妹不同，真是姣花软玉一般。因问："宝玉为何不进见？"贾母乃启："无谕，外男不敢擅入。"元妃命快引进来。小太监出去引宝玉进来，先行国礼毕，元妃命他进

[1] 齑（jī）盐布帛：指粗茶淡饭，寻常布衣。齑，切碎的腌菜。
[2] 朝乾夕惕（tì）：从早到晚兢兢业业，不敢懈怠。乾，即"乾乾"，自强不息。惕，小心谨慎。
[3] 残犁：疑为"残年"之误。

前，携手揽于怀内，又抚其头颈笑道："比先竟长了好些……"一语未终，泪如雨下。

虽名为姐弟，其情状犹如母子。

尤氏、凤姐等上来启道："筵宴齐备，请贵妃游幸。"元妃等起身，命宝玉导引，遂同诸人步至园门前。早见灯光火树之中，诸般罗列非常。进园来先从"有凤来仪"、"红香绿玉"、"杏帘在望"、"蘅芷清芬"等处，登楼步阁，涉水缘山，百般眺览徘徊。一处处铺陈不一，一桩桩点缀新奇。贾妃极加奖赞，又劝："以后不可太奢，此皆过分之极。"已而至正殿，谕免礼归座，大开筵宴。贾母等在下相陪，尤氏、李纨、凤姐等亲捧羹把盏。

元妃乃命传笔砚伺候，亲搦湘管，择其几处最喜者赐名。按其书云：

"顾恩思义"匾额

"天地启宏慈，赤子苍头[1]同感戴；

古今垂旷典[2]，九州万国被恩荣。"此一匾一联书于正殿

"大观园"园之名

"有凤来仪"赐名曰"潇湘馆"

"红香绿玉"改作"怡红快绿"即名曰"怡红院"

"蘅芷清芬"赐名曰"蘅芜苑"

"杏帘在望"赐名曰"浣葛山庄"

正楼曰"大观楼"，东面飞楼曰"缀锦阁"，西面斜楼曰"含芳阁"；更有"蓼风轩"、"藕香榭"、"紫菱洲"、"荇叶渚"等名；又有四字的匾额十数个，

---

[1] 赤子苍头：泛指老百姓。赤子，婴儿。苍头，此指老人。
[2] 旷典：空前的恩典。

诸如“梨花春雨”、“桐剪秋风”、“荻芦夜雪”等名，此时悉难全记。又命旧有匾联俱不必摘去。于是先题一绝云：

衔山抱水建来精，多少工夫筑始成。
天上人间诸景备，芳园应锡[1]大观名。

写毕，向诸姊妹笑道：“我素乏捷才，且不长于吟咏，妹辈素所深知。今夜聊以塞责，不负斯景而已。异日少暇，必补撰《大观园记》并《省亲颂》等文，以记今日之事。妹辈亦各题一匾一诗，随才之长短，亦暂吟成，不可因我微才所缚。且喜宝玉竟知题咏，是我意外之想。此中‘潇湘馆’、‘蘅芜苑’二处，我所极爱，次之‘怡红院’、‘浣葛山庄’，此四大处，必得别有章句题咏方妙。前所题之联虽佳，如今再各赋五言律一首，使我当面试过，方不负我自幼教授之苦心。”宝玉只得答应了，下来自去构思。

迎、探、惜三人之中，要算探春又出于姊妹之上，然自忖亦难与薛林争衡，只得勉强随众塞责而已。李纨也勉强凑成一律。贾妃先挨次看姊妹们的，写道是：

旷性怡情匾额　迎春

园成景备特精奇，奉命羞题额旷怡。
谁信世间有此境，游来宁不畅神思？

---

[1] 锡：赐。

万象争辉匾额　探春

名园筑出势巍巍，奉命何惭学浅微。
精妙一时言不出，果然万物生光辉。

文章造化匾额　惜春

山水横拖千里外，楼台高起五云中。
园修日月光辉里，景夺文章造化功。

文采风流匾额　李纨

秀水明山抱复回，风流文采胜蓬莱。
绿裁歌扇迷芳草，红衬湘裙舞落梅。
珠玉自应传盛世，神仙何幸下瑶台。
名园一自邀游赏，未许凡人到此来。

凝晖钟瑞匾额　薛宝钗

芳园筑向帝城西，华日祥云笼罩奇。
高柳喜迁莺出谷，修篁时待凤来仪。
文风已著宸游夕，孝化应隆归省时。
睿藻仙才盈彩笔，自惭何敢再为辞？

世外仙源匾额　林黛玉

名园筑何处，仙境别红尘。
借得山川秀，添来景物新。
香融金谷酒，花媚玉堂人。
何幸邀恩宠，宫车过往频。

贾妃看毕，称赏一番，又笑道：“终是薛林二妹之作与众不同，非愚姊妹可同列者。”原来林黛玉安心今夜大展奇才，将众人压倒，不想贾妃只命一匾一咏，倒不好违谕多作，只胡乱作一首五言律应景罢了。

彼时宝玉尚未作完，只刚作了“潇湘馆”与“蘅芜苑”二首，正作“怡红院”一首，起草内有“绿玉春犹卷”一句。宝钗转眼瞥见，便趁众人不理论，急忙回身悄推他道：“他因不喜‘红香绿玉’四字，改了‘怡红快绿’；你这会子偏用‘绿玉’二字，岂不是有意和他争驰了？况且蕉叶之说也颇多，再想一个字改了罢。”宝玉见宝钗如此说，便拭汗道：“我这会子总想不起什么典故出处来。”宝钗笑道：“你只把‘绿玉’的‘玉’字改作‘蜡’字就是了。”宝玉道：“‘绿蜡’可有出处？”宝钗见问，悄悄的咂嘴点头笑道：“亏你，今夜不过如此，将来金殿对策，你大约连‘赵钱孙李’都忘了呢！唐钱珝咏芭蕉诗头一句：‘冷烛无烟绿蜡干’，你都忘了不成？”宝玉听了，不觉洞开心臆，笑道：“该死，该死！现成眼前之物偏倒想不起来了，真可谓‘一字师’[1]了。从此后我只叫你师父，再不叫姐姐了。”宝钗亦悄悄的笑道：“还不快作上去，只管姐姐妹妹的。谁是你姐姐，那上头穿黄袍的才是你姐姐！你又认我这姐姐来了。”一面说笑，因说笑又怕他耽延工夫，遂抽身走开了。宝玉只得续成，共有了三首。

林黛玉的表现欲。

此时林黛玉未得展其抱负，自是不快。因见宝玉独作四律，大费神思，何不代他作两首，也省他些精神不到之处。想着，便也走至宝玉案旁，悄问：“可都有了？”宝玉道：“才有了三首，只少‘杏帘在望’一首了。”黛玉道：“既如此，你只抄

[1] 一字师：唐人诗僧齐己有诗《早梅》：“前村深雪里，昨夜数枝开。”郑谷改“数枝”为“一枝”，齐己钦佩。时人称郑谷为“一字师”。

录前三首罢。赶你写完那三首，我也替你作出这首了。”说毕，低头一想，早已吟成一律，便写在纸条上，搓成个团子，掷在他跟前。宝玉打开一看，只觉此首比自己所作的三首高过十倍，真是喜出望外，遂忙恭楷呈上。贾妃看道：

有凤来仪　臣　宝玉谨题

秀玉初成实，堪宜待凤凰。
竿竿青欲滴，个个绿生凉。
迸砌妨阶水，穿帘碍鼎香。
莫摇清碎影，好梦昼初长。

蘅芷清芬

蘅芜满净苑，萝薜助芬芳。
软衬三春草，柔拖一缕香。
轻烟迷曲径，冷翠滴回廊。
谁谓池塘曲，谢家幽梦长。

怡红快绿

深庭长日静，两两出婵娟。
绿蜡春犹卷，红妆夜未眠。
凭栏垂绛袖，倚石护青烟。
对立东风里，主人应解怜。

杏帘在望

杏帘招客饮，在望有山庄。
菱荇鹅儿水，桑榆燕子梁。
一畦春韭绿，十里稻花香。
盛世无饥馁，何须耕织忙。

贾妃看毕，喜之不尽，说："果然进益了！"又指"杏帘"一首为前三首之冠，遂将"浣葛山庄"改为"稻香村"。又命探春另以彩笺誊录出方才一共十数首诗，出令太监传与外厢。贾政等看了，都称颂不已。贾政又进《归省颂》。元春又命以琼酥金脍等物，赐与宝玉并贾兰。此时贾兰极幼，未达诸事，只不过随母依叔行礼，故无别传。贾环从年内染病未痊，自有闲处调养，故亦无传。

那时贾蔷带领十二个女戏，在楼下正等的不耐烦，只见一太监飞跑来说："作完了诗，快拿戏目来！"贾蔷急将锦册呈上，并十二个花名单子。少时，太监出来，只点了四出戏：

第一出，《豪宴》；第二出，《乞巧》；
第三出，《仙缘》；第四出，《离魂》。[1]

贾蔷忙张罗扮演起来。一个个歌欺裂石之音[2]，舞有天魔之态。虽是妆演的形容，却作尽悲欢情状。刚演完了，一太监执一金盘糕点之属进来，问："谁是龄官？"贾蔷便知是赐龄官之物，喜的忙接了，命龄官叩头。太监又道："贵妃有谕，说'龄官极好，再作两出戏，不拘那两出就是了'。"贾蔷忙答应了，因命龄官作《游园》、《惊梦》[3]二出。龄官自为此二出原非本角之戏，执意不作，定要作

[1]《豪宴》等剧目：《豪宴》，清初李玉《一捧雪》传奇中的一出，演明代莫怀古因玉杯"一捧雪"而被奸臣害得家破人亡的故事。《乞巧》，清初洪昇所作传奇《长生殿》中的一出。《仙缘》，明代汤显祖《邯郸记》中《合仙》一出，剧本演吕洞宾下凡度化卢生的故事。《离魂》，汤显祖《牡丹亭》改编本的一出。

[2] 歌欺裂石之音：歌声激越，超过了石裂之音。欺，超过。

[3]《游园》、《惊梦》：《牡丹亭》中的折子戏，演杜丽娘梦中与柳梦梅在牡丹亭相聚。

《相约》、《相骂》[1]二出。贾蔷扭他不过，只得依他作了。贾妃甚喜，命“不可难为了这女孩子，好生教习”，额外赏了两匹宫缎、两个荷包并金银锞子、食物之类。然后撤筵，将未到之处复又游顽。忽见山环佛寺，忙另盥手进去焚香拜佛，又题一匾云：“苦海慈航”[2]。又额外加恩与一般幽尼女道。

少时，太监跪启：“赐物俱齐，请验等例。”乃呈上略节。贾妃从头看了，俱甚妥协，即命照此遵行。太监听了，下来一一发放。原来贾母的是金、玉如意各一柄，沉香拐拄一根，伽楠念珠一串，“富贵长春”宫缎四匹，“福寿绵长”宫绸四匹，紫金“笔锭如意”锞十锭，“吉庆有鱼”银锞十锭。邢夫人、王夫人二分，只减了如意、拐、珠四样。贾敬、贾赦、贾政等，每分御制新书二部，宝墨二匣，金、银爵各二只，表礼按前。宝钗、黛玉诸姊妹等，每人新书一部，宝砚一方，新样格式金银锞二对。宝玉亦同此。贾兰则是金银项圈二个，金银锞二对。尤氏、李纨、凤姐等，皆金银锞四锭，表礼四端。外表礼二十四端，清钱一百串，是赐与贾母、王夫人及诸姊妹房中奶娘众丫鬟的。贾珍、贾琏、贾环、贾蓉等，皆是表礼一分，金锞一双。其馀彩缎百端，金银千两，御酒华筵，是赐东西两府凡园中管理工程、陈设、答应[3]及司戏、掌灯诸人的。外有清钱五百串，是赐厨役、优伶、百戏、杂行人丁的。

众人谢恩已毕，执事太监启道：“时已丑正三

---

[1] 《相约》、《相骂》：明代月榭主人《钗钏记》中的两出。《相约》演皇甫吟与史碧桃私约婚姻事。《相骂》演丫鬟云香与老夫人拌嘴的事。

[2] 苦海慈航：佛教认为，人生是苦海，出家是跳出苦海，是慈悲的行为。

[3] 陈设、答应：指近侍当差的人。

刻，请驾回銮。”贾妃听了，不由的满眼又滚下泪来。却又勉强堆笑，拉住贾母、王夫人的手，紧紧的不忍释放，再四叮咛：“不须挂念，好生自养。如今天恩浩荡，一月许进内省视一次，见面是尽有的，何必伤惨。倘明岁天恩仍许归省，万不可如此奢华靡费了!”贾母等已哭的哽噎难言了。贾妃虽不忍别，怎奈皇家规范，违错不得，只得忍心上舆去了。这里诸人好容易将贾母、王夫人安慰解劝，搀扶出园去了。正是——

本书的底本用的是庚辰本，此本的十七、十八两回尚未分开。借着宝玉一路地“题”过去，将大观园里的各处景点做了介绍，等于一篇《大观园记》。避免了平铺直叙的介绍。

第十九回

情切切良宵花解语　意绵绵静日玉生香

话说贾妃回宫，次日见驾谢恩，并回奏归省之事。龙颜甚悦，又发内帑彩缎金银等物，以赐贾政及各椒房等员，不必细说。

且说荣宁二府中因连日用尽心力，真是人人力倦，各各神疲，又将园中一应陈设动用之物收拾了两三天方完。第一个凤姐事多任重，别人或可偷安躲静，独他是不能脱得的；二则本性要强，不肯落人褒贬，只挣着与无事的人一样。

第一个宝玉是极无事最闲暇的。偏这日一早，袭人的母亲又亲来回过贾母，接袭人家去吃年茶，晚间才得回来。因此，宝玉只和众丫头们掷骰子赶围棋作戏。正在房内顽的没兴头，忽见丫头们来回说："东府珍大爷来请过去看戏、放花灯。"宝玉听了，便命换衣裳。才要去时，忽又有贾妃赐出糖蒸酥酪来；宝玉想上次袭人喜吃此物，便命留与袭人了。自己回过贾母，过去看戏。

谁想贾珍这边唱的是《丁郎认父》、《黄伯央大摆阴魂阵》[1]，更有《孙行者大闹天宫》、《姜子牙

[1]《丁郎认父》、《黄伯央大摆阴魂阵》：《丁郎认父》，此剧演明代杜文学被严嵩迫害流落湖广，最后与儿子丁郎相认的事。《黄伯央大摆阴魂阵》，演燕将乐毅的师父黄伯杨下山布迷魂阵围困齐将孙膑的故事。

斩将封神》等类的戏文。倏尔神鬼乱出，忽又妖魔毕露，甚至于扬幡过会，号佛[1]行香，锣鼓喊叫之声远闻巷外。满街之人个个都赞："好热闹戏，别人家断不能有的。"宝玉见那繁华热闹到如此不堪的田地，只略坐了一坐，便走开各处闲耍。先是进内去和尤氏和丫鬟姬妾说笑了一回，便出二门来。

尤氏等仍料他出来看戏，遂也不曾照管。贾珍、贾琏、薛蟠等只顾猜枚行令，百般作乐，也不理论，纵一时不见他在座，只道在里边去了，故也不问。至于跟宝玉的小厮们，那年纪大些的，知宝玉这一来了，必是晚间才散，因此偷空也有去会赌的，也有往亲友家去吃年茶的，更有或嫖或饮的，都私散了，待晚间再来；那小些的，都钻进戏房里瞧热闹去了。

宝玉见一个人没有，因想"这里素日有个小书房，内曾挂着一轴美人，极画的得神。今日这般热闹，想那里自然无人，那美人也自然是寂寞的，须得我去望慰他一回。"想着，便往书房里来。刚到窗前，闻得房内有呻吟之韵。宝玉倒唬了一跳：敢是美人活了不成？乃乍着胆子，舔破窗纸，向内一看——那轴美人却不曾活，却是茗烟按着一个女孩子，也干那警幻所训之事。宝玉禁不住大叫："了不得！"一脚踹进门去，将那两个唬开了，抖衣而颤。

茗烟见是宝玉，忙跪求不迭。宝玉道："青天白日，这是怎么说。珍大爷知道，你是死是活？"一面看那丫头，虽不标致，倒还白净，些微亦有动人处，羞的脸红耳赤，低首无言。宝玉跺脚道：

[1] 号佛：大声念佛。

"还不快跑!"一语提醒了那丫头,飞也似去了。宝玉又赶出去,叫道:"你别怕,我是不告诉人的。"急的茗烟在后叫:"祖宗,这是分明告诉人了!"宝玉因问:"那丫头十几岁了?"茗烟道:"大不过十六七岁了。"宝玉道:"连他的岁属也不问问,别的自然越发不知了。可见他白认得你了。可怜,可怜!"又问:"名字叫什么?"茗烟大笑道:"若说出名字来话长——真真新鲜奇文,竟是写不出来的。据他说,他母亲养他的时节做了一个梦,梦见得了一匹锦,上面是五色富贵不断头卍字的花样,所以他的名字叫作卍儿。"宝玉听了笑道:"真也新奇,想必他将来有些造化。"说着,沉思一会。

茗烟因问:"二爷为何不看这样的好戏?"宝玉道:"看了半日,怪烦的,出来逛逛,就遇见你们了。这会子作什么呢?"茗烟蚩蚩笑道:"这会子没人知道,我悄悄的引二爷往城外逛逛去,一会子再往这里来,他们就不知道了。"宝玉道:"不好,仔细花子[1]拐了去。便是他们知道了,又闹大了,不如往熟近些的地方去,还可就来。"茗烟道:"熟近地方,谁家可去?这却难了。"宝玉道:"依我的主意,咱们竟找你花大姐姐去,瞧他在家作什么呢。"茗烟笑道:"好,好!倒忘了他家。"又道:"若他们知道了,说我引着二爷胡走,要打我呢?"宝玉道:"有我呢。"茗烟听说,拉了马,二人从后门就走了。

幸而袭人家不远,不过一半里路程,展眼已到门前。茗烟先进去叫袭人之兄花自芳。彼时袭人之母接了袭人与几个外甥女儿、几个侄女儿来家,正

[1] 花子:拐骗小孩的人贩子。

吃果茶。听见外面有人叫“花大哥”，花自芳慌忙出去看时，见是他主仆两个，唬的惊疑不止，连忙抱下宝玉来，在院内嚷道：“宝二爷来了！”别人听见还可，袭人听了，也不知为何，忙跑出来迎着宝玉，一把拉着问：“你怎么来了？”宝玉笑道：“我怪闷的，来瞧瞧你作什么呢。”袭人听了，才放下心来，嗐了一声，笑道：“你也忒胡闹了，可作什么来呢！”一面又问茗烟：“还有谁跟来？”茗烟笑道：“别人都不知，就只我们两个。”袭人听了，复又惊慌，说道：“这还了得！倘或碰见了人，或是遇见了老爷，街上人挤车碰，马轿纷纷的，若有个闪失，也是顽得的！你们的胆子比斗还大。都是茗烟调唆的，回去我定告诉嬷嬷们打你。”茗烟撅了嘴道：“二爷骂着打着，叫我引了来，这会子推到我身上。我说别来罢，——不然我们还去罢。”花自芳忙劝：“罢了，已是来了，也不用多说了。只是茅檐草舍，又窄又脏，爷怎么坐呢？”

袭人之母也早迎了出来。袭人拉了宝玉进去。宝玉见房中三五个女孩儿，见他进来，都低了头，羞惭惭的。花自芳母子两个百般怕宝玉冷，又让他上炕，又忙另摆果桌，又忙倒好茶。袭人笑道：“你们不用白忙，我自然知道。果子也不用摆，也不敢乱给东西吃。”一面说，一面将自己的坐褥拿了铺在一个杌上，宝玉坐了；用自己的脚炉垫了脚，向荷包内取出两个梅花香饼儿来，又将自己的手炉掀开焚上，仍盖好，放与宝玉怀内；然后将自己的茶杯斟了茶，送与宝玉。彼时他母兄已是忙另齐齐整整摆上一桌子果品来。袭人见总无可吃之物，因笑道：“既来了，没有空去之理，好歹尝一点儿，也是来我家一趟。”说着，便拈了几个松子穰，吹去细皮，用手帕托着送与宝玉。

宝玉看见袭人两眼微红，粉光融滑，因悄问袭人："好好的哭什么?"袭人笑道："何尝哭，才迷了眼揉的。"因此便遮掩过了。当下宝玉穿着大红金蟒狐腋箭袖，外罩石青貂裘排穗褂。袭人道："你特为往这里来又换新服，他们就不问你往那去的?"宝玉笑道："珍大爷那里去看戏换的。"袭人点头。又道："坐一坐就回去罢，这个地方不是你来的。"宝玉笑道："你就家去才好呢，我还替你留着好东西呢。"袭人悄笑道："悄悄的，叫他们听着什么意思。"一面又伸手从宝玉项上将通灵玉摘了下来，向他姊妹们笑道："你们见识见识。时常说起来都当希罕，恨不能一见，今儿可尽力瞧了。再瞧什么希罕物儿，也不过是这么个东西。"说毕，递与他们传看了一遍，仍与宝玉挂好。又命他哥哥去或雇一乘小轿，或雇一辆小车，送宝玉回去。花自芳道："有我送去，骑马也不妨了。"袭人道："不为不妨，为的是碰见人。"

花自芳忙去雇了一顶小轿来，众人也不敢相留，只得送宝玉出去。袭人又抓些果子与茗烟，又把些钱与他买花炮放，教他："不可告诉人，连你也有不是"。一直送宝玉至门前，看着上轿，放下轿帘。花、茗二人牵马跟随。来至宁府街，茗烟命住轿，向花自芳道："须等我同二爷还到东府里混一混，才好过去的，不然人家就疑惑了。"花自芳听说有理，忙将宝玉抱出轿来，送上马去。宝玉笑说："倒难为你了。"于是仍进后门来。俱不在话下。

却说宝玉自出了门，他房中这些丫鬟们都越性恣意的顽笑，也有赶围棋的，也有掷骰抹牌的，磕了一地瓜子皮。偏奶母李嬷嬷拄拐进来请安，瞧瞧宝玉，见宝玉不在家，丫头们只顾顽闹，十分看不过。因叹道："只从我出去了，不大进来，你们越发没个样儿了，别的妈妈们越不敢说你们了。那宝玉是个丈八的灯台——照见人家，照不见自家的。只知嫌人家脏，这是他的屋子，由着你们遭塌，越不成体统了。"这些丫头们明知宝玉不讲究这些，二则李嬷嬷已是告老解事出去的了，如今管他们不着，因此只顾顽，并不理他。那李嬷嬷还只管问"宝玉如今一顿吃多少饭"、"什么时辰睡觉"等语。丫头们总胡乱答应。有的说："好一个讨厌的老货！"

李嬷嬷又问道："这盖碗里是酥酪，怎不送与我去？我就吃了罢。"说毕，拿匙就吃。一个丫头道："快别动！那是说了给袭人留着的，回来又惹气了。你老人家自己承认，别带累我们受气。"李嬷嬷听了，又气又愧，便说道："我不信他这样坏了。别说我吃了一碗牛奶，就是再比这个值钱的，也是应该的。难道待袭人比我还重？难道他不想想怎么长大了？我的血变的奶，吃的长这么大，如今我吃他一碗牛奶，他就生气了？我偏吃了，看怎么样！你们看袭人不知怎样，那是我手里调理出来的毛丫头，什么阿物儿[1]！"一面说，一面赌气将酥酪吃尽。又一丫头笑道："他们不会说话，怨不得你老人家生气。宝玉还时常送东西孝敬你老去，岂有为这个不自在的。"李嬷嬷道："你们也不必妆狐媚子[2]哄我，打量上次为茶撵茜雪的事我不知道呢。明儿有了不是，我再来领！"说着，赌气去了。

少时，宝玉回来，命人去接袭人。只见晴雯躺

[1] 阿物儿：玩意儿。

[2] 妆狐媚子：献媚讨好。

在床上不动，宝玉因问："敢是病了？再不然输了？"秋纹道："他倒是赢的。谁知李老太太来了，混输了，他气的睡去了。"宝玉笑道："你别和他一般见识，由他去就是了。"说着，袭人已来，彼此相见。袭人又问宝玉何处吃饭，多早晚回来，又代母妹问诸同伴姊妹好。一时换衣卸妆。宝玉命取酥酪来，丫鬟们回说："李奶奶吃了。"宝玉才要说话，袭人便忙笑道："原来是留的这个，多谢费心。前儿我吃的时候好吃，吃过了好肚子疼，足的吐了才好。他吃了倒好，搁在这里倒白遭塌了。我只想风干栗子吃，你替我剥栗子，我去铺床。"

袭人奉行息事宁人的策略。不得罪任何人，能够忍受一切委屈。

宝玉听了信以为真，方把酥酪丢开，取栗子来，自向灯前检剥。一面见众人不在房中，乃笑问袭人道："今儿那个穿红的是你什么人？"袭人道："那是我两姨妹子。"宝玉听了，赞叹了两声。袭人道："叹什么？我知道你心里的缘故，想是说他那里配红的。"宝玉笑道："不是，不是。那样的不配穿红的，谁还敢穿。我因为见他实在好的很，怎么也得他在咱们家就好了。"袭人冷笑道："我一个人是奴才命罢了，难道连我的亲戚都是奴才命不成？定还要拣实在好的丫头才往你家来？"宝玉听了，忙笑道："你又多心了。我说往咱们家来，必定是奴才不成？说亲戚就使不得？"袭人道："那也搬配不上。"

宝玉便不肯再说，只是剥栗子。袭人笑道："怎么不言语了？想是我才冒撞冲犯了你，明儿赌气花几两银子买他们进来就是了。"宝玉笑道："你说的话，怎么叫我答言呢。我不过是赞他好，正配生在这深堂大院里，没的我们这种浊物倒生在这里。"袭人道："他虽没这造化，倒也是娇生惯养的呢，我姨爹姨娘的宝贝。如今十七岁，各样的嫁妆都齐备了，明年就出嫁。”宝玉听了“出嫁”二字，不禁又嗐了两声。正是不自在，又听袭人叹道：“只从我来这几年，姊妹们都不得在一处。如今我要回去了，他们又都去了。”

宝玉听这话内有文章，不觉吃一惊，忙丢下栗子，问道：“怎么，你如今要回去了?”袭人道：“我今儿听见我妈和哥哥商议，教我再耐烦一年，明年他们上来，就赎我出去的呢。”宝玉听了这话，越发怔了，因问：“为什么要赎你?”袭人道：“这话奇了！我又比不得是你这里的家生子儿[1]，一家子都在别处，独我一个人在这里，怎么是个了局?”宝玉道：“我不叫你去也难。”袭人道：“从来没这道理。便是朝廷宫里，也有个定例，或几年一选，几年一入，也没有个长远留下人的理，别说你了!”

宝玉想一想，果然有理。又道：“老太太不放你也难。”袭人道：“为什么不放？我果然是个最难得的，或者感动了老太太，老太太必不放我出去的，设或多给我们家几两银子，留下我，然或有之；其实我也不过是个平常的人，比我强的多而且多。自我从小儿来了，跟着老太太，先服侍了史大姑娘几年，如今又服侍了你几年。如今我们家来赎，正是该叫去的，只怕连身价也不要，就开恩叫我去呢。若说为服侍的你好，不叫我去，断然没有的事。那服侍的好，是分内应当的，不是什么奇功。我去了，仍旧有好的来，不是没了我就不成事。”

宝玉听了这些话，竟是有去的理，无留的理，

[1] 家生子儿：家奴的子女。

心内越发急了，因又道："虽然如此说，我只一心留下你，不怕老太太不和你母亲说。多多给你母亲些银子，他也不好意思接你了。"袭人道："我妈自然不敢强。且慢说和他好说，又多给银子；就便不好和他说，一个钱也不给，安心要强留下我，他也不敢不依。但只是咱们家从没干过这倚势仗贵霸道的事。这比不得别的东西，因为你喜欢，加十倍利弄了来给你，那卖的人不得吃亏，可以行得。如今无故平空留下我，于你又无益，反叫我们骨肉分离，这件事，老太太、太太断不肯行的。"宝玉听了，思忖半晌，乃说道："依你说，你是去定了?"袭人道："去定了。"宝玉听了，自思道："谁知这样一个人，这样薄情无义。"乃叹道："早知道都是要去的，我就不该弄了来，临了剩我一个孤鬼儿。"说着，便赌气上床睡去了。

原来袭人在家，听见他母兄要赎他回去，他就说至死也不回去的。又说："当日原是你们没饭吃，就剩我还值几两银子，若不叫你们卖，没有个看着老子娘饿死的理。如今幸而卖到这个地方，吃穿和主子一样，又不朝打暮骂。况且如今爹虽没了，你们却又整理的家成业就，复了元气。若果然还艰难，把我赎出来，再多掏澄几个钱，也还罢了，其实又不难了。这会子又赎我作什么?权当我死了，再不必起赎我的念头!"因此哭闹了一阵。

他母兄见他这般坚执，自然必不出来的了。况且原是卖倒的死契[1]，明仗着贾宅是慈善宽厚之家，不过求一求，只怕身价银一并赏了还是有的事呢。二则，贾府中从不曾作践下人，只有恩多威少

[1] 卖倒的死契：买卖人口时所立的一种不许悔改的契约。

的。且凡老少房中所有亲侍的女孩子们，更比待家下众人不同，平常寒薄人家的小姐，也不能那样尊重的。因此，他母子两个也就死心不赎了。次后忽然宝玉去了，他二个又是那般景况，他母子二人心下更明白了，越发石头落了地，而且是意外之想，彼此放心，再无赎念了。

如今且说袭人自幼见宝玉性格异常，其淘气憨顽自是出于众小儿之外，更有几件千奇百怪口不能言的毛病儿。近来仗着祖母溺爱，父母亦不能十分严紧拘管，更觉放荡弛纵，任性恣情，最不喜务正。每欲劝时，料不能听，今日可巧有赎身之论，故先用骗词，以探其情，以压其气，然后好下箴规[1]。今见他默默睡去了，知其情有不忍，气已馁堕。自己原不想栗子吃的，只因怕为酥酪又生事故，亦如茜雪之茶等事，是以假以栗子为由，混过宝玉不提就完了。于是命小丫头子们将栗子拿去吃了，自己来推宝玉。只见宝玉泪痕满面，袭人便笑道："这有什么伤心的，你果然留我，我自然不出去了。"宝玉见这话有文章，便说道："你倒说说，我还要怎么留你，我自己也难说了。"袭人笑道："咱们素日好处，再不用说。但今日你安心留我，不在这上头。我另说出两三件事来，你果然依了我，就是你真心留我了，刀搁在脖子上，我也是不出去的了。"

宝玉忙笑道："你说，那几件？我都依你。好姐姐，好亲姐姐，别说两三件，就是两三百件，我也依。只求你们同看着我，守着我，等我有一日化成了飞灰，——飞灰还不好，灰还有形有迹，还有

---

[1] 箴（zhēn）规：规劝，告诫。

知识。——等我化成一股轻烟，风一吹便散了的时候，你们也管不得我，我也顾不得你们了。那时凭我去，我也凭你们爱那里去就去了。”话未说完，急的袭人忙握他的嘴，说：“好好的，正为劝你这些，倒更说的狠了。”宝玉忙说道：“再不说这话了。”袭人道：“这是头一件要改的。”宝玉道：“改了。再要说，你就拧嘴。还有什么？”

袭人道：“第二件，你真喜读书也罢，假喜也罢，只是在老爷跟前或在别人跟前，你别只管批驳诮谤，只作出个喜读书的样子来，也教老爷少生些气，在人前也好说嘴。他心里想着，我家代代读书，只从有了你，不承望你不喜读书，已经他心里又气又愧了。而且背前背后乱说那些混话，凡读书上进的人，你就起个名字叫作‘禄蠹’[1]；又说只除‘明明德’[2]外无书，都是前人自己不能解圣人之书，便另出己意，混编纂出来的。这些话，怎么怨得老爷不气，不时时打你。叫别人怎么想你？”宝玉笑道：“再不说了。那原是那小时不知天高地厚，信口胡说，如今再不敢说了。还有什么？”

袭人道：“再不可毁僧谤道，调脂弄粉。还有更要紧的一件，再不许吃人嘴上擦的胭脂了，与那爱红的毛病儿。”宝玉道：“都改，都改。再有什么，快说。”袭人笑道：“再也没有了。只是百事检点些，不任意任情的就是了。你若果都依了，便拿八人轿也抬不出我去了。”宝玉笑道：“你在这里长远了，不怕没八人轿你坐。”袭人冷笑道：“这我可不希罕的。有那个福气，没有那个道理。纵坐了，

[1] 禄蠹（dù）：指热衷功名利禄的人。蠹，蛀虫。
[2] 明明德：语出《大学》，意即发扬光明善良的品德。

也没甚趣。”

二人正说着，只见秋纹走进来，说：“快三更了，该睡了。方才老太太打发嬷嬷来问，我答应睡了。”宝玉命取表来看时，果然针已指到亥正，方从新盥漱，宽衣安歇，不在话下。

至次日清晨，袭人起来，便觉身体发重，头疼目胀，四肢火热。先时还扎挣的住，次后捱不住，只要睡着，因而和衣躺在炕上。宝玉忙回了贾母，传医诊视，说道：“不过偶感风寒，吃一两剂药疏散疏散就好了。”开方去后，令人取药来煎好。刚服下去，命他盖上被渥汗，宝玉自去黛玉房中来看视。

彼时黛玉自在床上歇午，丫鬟们皆出去自便，满屋内静悄悄的。宝玉揭起绣线软帘，进入里间，只见黛玉睡在那里，忙走上来推他道：“好妹妹，才吃了饭，又睡觉。”将黛玉唤醒。黛玉见是宝玉，因说道：“你且出去逛逛。我前儿闹了一夜，今儿还没有歇过来，浑身酸疼。”宝玉道：“酸疼事小，睡出来的病大。我替你解闷儿，混过困去就好了。”黛玉只合着眼，说道：“我不困，只略歇歇儿，你且别处去闹会子再来。”宝玉推他道：“我往那去呢，见了别人就怪腻的。”

黛玉听了，嗤的一声笑道：“你既要在这里，那边去老老实实的坐着，咱们说话儿。”宝玉道：“我也歪着。”黛玉道：“你就歪着。”宝玉道：“没有枕头，咱们在一个枕头上。”黛玉道：“放屁！外头不是枕头？拿一个来枕着。”宝玉出至外间，看了一看，回来笑道：“那个我不要，也不知是那个脏婆子的。”黛玉听了，睁开眼，起身笑道：“真真你就是我命中的‘天魔星’[1]！请枕这一个。”说着，将自己枕的推与宝玉，又起身将自己的再拿了一个来，自己枕了，二人对面倒下。

黛玉因看见宝玉左边腮上有钮扣大小的一块血渍，便欠身凑近前来，以手抚之细看，又道：“这又是谁的指甲刮破了？”宝玉侧身，一面躲，一面笑道：“不是刮的，只怕是才刚替他们淘漉胭脂膏子，擓上了一点儿。”说着，便找手帕子要揩拭。黛玉便用自己的帕子替他揩拭了，口内说道：“你又干这些事了。干也罢了，必定还要带出幌子来。便是舅舅看不见，别人看见了，又当奇事新鲜话儿去学舌讨好儿，吹到舅舅耳朵里，又该大家不干净惹气。”

从两小无猜迈向朦胧的初恋。黛玉在爱情方面是早熟的。

宝玉总未听见这些话，只闻得一股幽香，却是从黛玉袖中发出，闻之令人醉魂酥骨。宝玉一把便将黛玉的袖子拉住，要瞧笼着何物。黛玉笑道：“冬寒十月，谁带什么香呢。”宝玉笑道：“既然如此，这香是那里来的？”黛玉道：“连我也不知道。想必是柜子里头的香气，衣服上熏染的也未可知。”宝玉摇头道：“未必。这香的气味奇怪，不是那些香饼子、香毬子、香袋子的香。”黛玉冷笑道：“难道我也有什么‘罗汉’‘真人’给我些香不成？便是得了奇香，也没有亲哥哥亲兄弟弄了花儿、朵儿、霜儿、雪儿替我炮制。我有的是那些俗香罢了。”

扯到冷香丸上去。黛玉心中对宝玉和宝钗的关系高度敏感，时不时地会扯起宝钗来，以此敲打并试探宝玉。试探的结果是频繁的怄气。

宝玉笑道：“凡我说一句，你就拉上这么些，不给你个利害，也不知道，从今儿可不饶你了。”说着翻身起来，将两只手呵了两口，便伸手向黛玉

[1] 天魔星：天魔，印度佛教所说的四魔之一。此指缠人的冤家。

膈肢窝内两胁下乱挠。黛玉素性触痒不禁，宝玉两手伸来乱挠，便笑的喘不过气来，口里说："宝玉！你再闹，我就恼了。"宝玉方住了手，笑问道："你还说这些不说了？"黛玉笑道："再不敢了。"一面理鬓笑道："我有奇香，你有'暖香'没有？"

宝玉见问，一时解不来，因问："什么'暖香'？"黛玉点头叹笑道："蠢才，蠢才！你有玉，人家就有金来配你；人家有'冷香'，你就没有'暖香'去配？"宝玉方听出来，笑道："方才求饶，如今更说狠了。"说着，又去伸手。黛玉忙笑道："好哥哥，我可不敢了。"宝玉笑道："饶便饶你，只把袖子我闻一闻。"说着，便拉了袖子笼在面上，闻个不住。黛玉夺了手道："这可该去了。"宝玉笑道："去，不能。咱们斯斯文文的躺着说话儿。"说着，复又倒下。黛玉也倒下，用手帕子盖上脸。宝玉有一搭没一搭的说些鬼话，黛玉只不理。宝玉问他几岁上京，路上见何景致古迹，扬州有何遗迹故事，土俗民风。黛玉只不答。

金玉良姻，正是黛玉的心病。又是一次试探。

宝玉只怕他睡出病来，便哄他道："嗳哟！你们扬州衙门里有一件大故事，你可知道？"黛玉见他说的郑重，且又正言厉色，只当是真事，因问："什么事？"宝玉见问，便忍着笑顺口诌道：

"扬州有一座黛山，山上有个林子洞。"

黛玉笑道："就是扯谎，自来也没听见这山。"宝玉道："天下山水多着呢，你那里知道这些不成。等我说完了，你再批评。"黛玉道："你且说。"宝玉又诌道：

“林子洞里原来有群耗子精。那一年腊月初七日，老耗子升座议事，因说：‘明日乃是腊八，世上人都熬腊八粥。如今我们洞中果品短少，须得趁此打劫些来方妙。’乃拔令箭一枝，遣一能干的小耗前去打听。一时小耗回报：‘各处察访打听已毕，惟有山下庙里果米最多。’老耗问：‘米有几样？果有几品？’小耗道：‘米豆成仓，不可胜记。果品有五种：一红枣，二栗子，三落花生，四菱角，五香芋。’老耗听了大喜，即时点耗前去。乃拔令箭问：‘谁去偷米？’一耗便接令去偷米。又拔令箭问：‘谁去偷豆？’又一耗接令去偷豆。然后一一的都各领令去了。只剩了香芋一种，因又拔令箭问：‘谁去偷香芋？’只见一个极小极弱的小耗应道：‘我愿去偷香芋。’老耗并众耗见他这样，恐不谙练，且怯懦无力，都不准他去。小耗道：‘我虽年小身弱，却是法术无边，口齿伶俐，机谋深远。此去管比他们偷的还巧呢。’众耗忙问：‘如何比他们巧呢？’小耗道：‘我不学他们直偷。我只摇身一变，也变成个香芋，滚在香芋堆里，使人看不出，听不见，却暗暗的用分身法搬运，渐渐的就搬运尽了。岂不比直偷硬取的巧些？’众耗听了，都道：‘妙却妙，只是不知怎么个变法，你先变个我们瞧瞧。’小耗听了，笑道：‘这个不难，等我变来。’说毕，摇身说‘变’，竟变了一个最标致美貌的一位小姐。众耗忙笑道：‘变错了，变错了。原说变果子的，如何变出小姐来？’小耗现形笑道：“我说你们没见世面，只认得这果子是香芋，却不知盐课林老爷的小姐才是真正的香玉呢。’”

黛玉听了，翻身爬起来，按着宝玉笑道：“我把你烂了嘴的！我就知道你是编我呢。”说着，便拧的宝玉连连央告，说：“好妹妹，饶我罢，再不敢了！我因为闻你香，忽然想起这个故典来。”黛玉笑道：“饶[1]骂了人，还说是故典呢。”

一语未了，只见宝钗走来，笑问：“谁说故典呢？我也听听。”黛玉忙让坐，笑道：“你瞧瞧，有谁！他饶骂了人，还说是故典。”宝钗笑道：“原来是宝兄弟，怨不得他，他肚子里的故典原多。只是可惜一件，凡该用故典之时，他偏就忘了。有今日记得的，前儿夜里的芭蕉诗就该记得。眼面前的倒想不起来，别人冷的那样，你急的只出汗。这会子偏又有记性了。”黛玉听了笑道：“阿弥陀佛！到底是我的好姐姐。你一般也遇见对子[2]了，可知一还一报，不爽不错的。”刚说到这里，只听宝玉房中一片声嚷，吵闹起来。正是——

[1] 饶：且不说。
[2] 对子：对手。

第二十回

王熙凤正言弹妒意　林黛玉俏语谑娇音

话说宝玉在林黛玉房中说“耗子精”，宝钗撞来，讽刺宝玉元宵不知“绿蜡”之典，三人正在房中互相讥刺取笑。那宝玉正恐黛玉饭后贪眠，一时存了食，或夜间走了困，皆非保养身体之法；幸而宝钗走来，大家谈笑，那林黛玉方不欲睡，自己才放了心。忽听他房中嚷起来，大家侧耳听了一听，林黛玉先笑道：“这是你妈妈和袭人叫嚷呢。那袭人也罢了，你妈妈再要认真排场[1]他，可见老背晦了。”

宝玉忙要赶过来，宝钗忙一把拉住道：“你别和你妈妈吵才是，他老糊涂了，倒要让他一步为是。”宝玉道：“我知道了。”说毕走来，只见李嬷嬷拄着拐棍，在当地骂袭人：“忘了本的小娼妇！我抬举起你来，这会子我来了，你大模大样的躺在炕上，见我来也不理一理。一心只想妆狐媚子哄宝玉，哄的宝玉不理我，听你们的话。你不过是几两臭银子买来的毛丫头，这屋里你就作耗[2]，如何使得！好不好拉出去配一个小子，看你还妖精似的哄宝玉不哄！”袭人先只道李嬷嬷不过为他躺着生

[1] 排场：数落，指责。与下文的“排揎”同义。
[2] 作耗：闹事。

气，少不得分辩说“病了，才出汗，蒙着头，原没看见你老人家”等语。后来只管听他说“哄宝玉”、“妆狐媚”，又说“配小子”等，由不得又愧又委屈，禁不住哭起来。

宝玉虽听了这些话，也不好怎样，少不得替袭人分辩病了吃药等话，又说：“你不信，只问别的丫头们。”李嬷嬷听了这话，益发气起来了，说道：“你只护着那起狐狸，那里认得我了，叫我问谁去？谁不帮着你呢，谁不是袭人拿下马[1]来的！我都知道那些事。我只和你在老太太、太太跟前去讲了。把你奶了这么大，到如今吃不着奶了，把我丢在一旁，逞着丫头们要我的强。”一面说，一面也哭起来。彼时黛玉宝钗等也走过来劝说：“妈妈，你老人家担待他们一点子就完了。”李嬷嬷见他二人来了，便拉住诉委屈，将当日吃茶，茜雪出去，与昨日酥酪等事，唠唠叨叨说个不清。

旗人贵族家庭里的奶妈，地位特殊。她不是主子，但主子要敬她三分。她是奴才，却不同于一般的奴才。李嬷嬷不会说话，说话不看对象，不分时间、地点、场合，就知道吃老本，成为一个讨厌的老货。

可巧凤姐正在上房算完输赢帐，听得后面高声嚷动，便知是李嬷嬷老病发了，排揎宝玉的人。——正值他今儿输了钱，迁怒于人。便连忙赶过来，拉了李嬷嬷，笑道：“好妈妈，别生气。大节下，老太太才喜欢了一日，你是个老人家，别人高声，你还要管他们呢；难道你反不知道规矩，在这里嚷起来，叫老太太生气不成？你只说谁不好，我替你打他。我家里烧的滚热的野鸡，快来跟我吃酒去。”一面说，一面拉着走，又叫：“丰儿，替你李奶奶拿着拐棍子，擦眼泪的手帕子。”

凤姐知道怎么哄李嬷嬷，一只野鸡、一碗酒、几句好话，就把她拉走了。

那李嬷嬷脚不沾地跟了凤姐走了，一面还说：“我也不要这老命了，越性今儿没了规矩，闹一场

[1] 拿下马：降服。

子，讨个没脸，强如受那娼妇蹄子的气!”后面宝钗黛玉随着，见凤姐儿这般，都拍手笑道：“亏这一阵风来，把个老婆子撮了去了。”宝玉点头叹道：“这又不知是那里的帐，只拣软的排揎。昨儿又不知是那个姑娘得罪了，上在他帐上。”

一句未了，晴雯在旁笑道：“谁又不疯了，得罪他作什么。便得罪了他，就有本事承认，不犯着带累别人!”袭人一面哭，一面拉宝玉道：“为我得罪了一个老奶奶，你这会子又为我得罪这些人，这还不够我受的，还只是拉别人。”宝玉见他这般病势，又添了这些烦恼，连忙忍气吞声，安慰他仍旧睡下出汗。又见他汤烧火热，自己守着他，歪在旁边，劝他只养着病，别想着些没要紧的事生气。袭人冷笑道：“要为这些事生气，这屋里一刻还站不得了。但只是天长日久，只管这样，可叫人怎么样才好呢。时常我劝你，别为我们得罪人，你只顾一时为我们那样，他们都记在心里，遇着坎儿[1]，说的好说不好听，大家什么意思。”一面说，一面禁不住流泪，又怕宝玉烦恼，只得又勉强忍着。

袭人最能忍辱负重。

一时杂使的老婆子煎了二和药[2]来。宝玉见他才有汗意，不肯叫他起来，自己便端着就枕与他吃了，即命小丫头子们铺炕。袭人道：“你吃饭不吃饭，到底老太太、太太跟前坐一会子，和姑娘们玩一会子再回来。我就静静的躺一躺也好。”宝玉听说，只得替他去了簪环，看他躺下，自往上房来。

宝玉和丫鬟之间很平等。

同贾母吃毕饭，贾母犹欲同那几个老管家嬷嬷斗牌解闷，宝玉记着袭人，便回至房中，见袭人朦

[1] 坎儿：比喻遇到麻烦。
[2] 二和药：煎了第二遍的汤药。

朦睡去。自己要睡，天气尚早。彼时晴雯、绮霰、秋纹、碧痕都寻热闹，找鸳鸯、琥珀等耍戏去了，独见麝月一个人在外间房里灯下抹骨牌。宝玉笑问道："你怎不同他们玩去？"麝月道："没有钱。"宝玉道："床底下堆着那么些，还不够你输的？"麝月道："都玩去了，这屋里交给谁呢？那一个又病了。满屋里上头是灯，地下是火。那些老妈妈子们，老天拔地，服侍一天，也该叫他们歇歇；小丫头子们也是服侍了一天，这会子还不叫他们玩玩去。所以让他们都去罢，我在这里看着。"

麝月敬业，有责任心，是袭人的翻版。

宝玉听了这话，公然又是一个袭人。因笑道："我在这里坐着，你放心去罢。"麝月道："你既在这里，越发不用去了。咱们两个说话玩笑岂不好？"宝玉笑道："咱两个作什么呢？怪没意思的。也罢了，早上你说头痒，这会子没什么事，我替你篦头罢。"麝月听了便道："就是这样。"说着，将文具镜匣搬来，卸去钗钏，打开头发，宝玉拿了篦子替他一一的梳篦。

怡红院里很民主，宝玉时时忘记尊卑贵贱。

只篦了三五下，只见晴雯忙忙走进来取钱。一见了他两个，便冷笑道："哦，交杯盏还没吃，倒上头[1]了！宝玉笑道："你来，我也替你篦一篦。"晴雯道："我没那么大福。"说着，拿了钱，便摔帘子出去了。

宝玉在麝月身后，麝月对镜，二人在镜内相视。宝玉便向镜内笑道："满屋里就只是他磨牙。"麝月听说，忙向镜中摆手，宝玉会意。忽听唿一声帘子响，晴雯又跑进来问道："我怎么磨牙了？咱们倒得说说。"麝月笑道："你去你的罢，又来问人

[1] 上头：旧俗，女子出嫁才开始梳发髻，表示由姑娘变成了媳妇，叫作上头。

了。”晴雯笑道：“你又护着。你们那瞒神弄鬼的，我都知道。等我捞回本儿来再说话。”说着，一径出去了。这里宝玉通了头，命麝月悄悄的服侍他睡下，不肯惊动袭人。一宿无话。

至次日清晨起来，袭人已是夜间发了汗，觉得轻省了些，只吃些米汤静养。宝玉放了心，因饭后走到薛姨妈这边来闲逛。彼时正月内，学房中放年学，闺阁中忌针黹，却都是闲时。贾环也过来顽，正遇见宝钗、香菱、莺儿三个赶围棋作耍，贾环见了也要玩。宝钗素习看他亦如宝玉，并没他意。今儿听他要玩，让他上来坐了一处。一磊十个钱，头一回自己赢了，心中十分欢喜。后来接连输了几盘，便有些着急。赶着这盘正该自己掷骰子，若掷个七点便赢，若掷个六点，下该莺儿掷三点就赢了。因拿起骰子来，狠命一掷，一个作定了五，那一个乱转。莺儿拍着手只叫“幺”，贾环便瞪着眼，“六——七——八”混叫。那骰子偏生转出幺来。贾环急了，伸手便抓起骰子来，然后就拿钱，说是个六点。莺儿便说：“分明是个幺!”宝钗见贾环急了，便瞅莺儿说道：“越大越没规矩，难道爷们还赖你？还不放下钱来呢!”

莺儿满心委屈，见宝钗说，不敢则声，只得放下钱来，口内嘟囔说：“一个作爷的，还赖我们这几个钱，连我也不放在眼里。前儿我和宝二爷玩，他输了那些，也没着急。下剩的钱，还是几个小丫头子们一抢，他一笑就罢了。”宝钗不等说完，连忙断喝。贾环道：“我拿什么比宝玉呢。你们怕他，都和他好，都欺负我不是太太养的。”说着，便哭了。宝钗忙劝他：“好兄弟，快别说这话，人家笑话你。”又骂莺儿。

正值宝玉走来，见了这般形况，问：“是怎么了?”贾环不敢则声。宝钗素知他家规矩，凡作兄弟的，都怕哥哥。却不知那宝玉是不要人怕他的。他想着：“弟兄们一并都有父母教训，何必我多事，反生疏了。况且我是正出，他是庶出[1]，饶这样还有人背后谈论，还禁得辖治他了。”更有个呆意思存在心里。——你道是何呆意?因他自幼姊妹丛中长大，亲姊妹有元春、探春，伯叔的有迎春、惜春，亲戚中又有史湘云、林黛玉、薛宝钗等诸人。他便料定，原来天生人为万物之灵，凡山川日月之精秀，只钟于女儿，须眉男子不过是些渣滓浊沫而已。因有这个呆念在心，把一切男子都看成混沌浊物，可有可无。只是父亲叔伯兄弟中，因孔子是亘古第一人说下的，不可忤慢，只得要听他这句话。所以，弟兄之间不过尽其大概的情理就罢了，并不想自己是丈夫，须要为子弟之表率。是以贾环等都不怕他，却怕贾母，才让他三分。

如今宝钗恐怕宝玉教训他，倒没意思，便连忙替贾环掩饰。宝玉道：“大正月里哭什么?这里不好，你别处玩去。你天天念书，倒念糊涂了。比如这件东西不好，横竖那一件好，就弃了这件取那个。难道你守着这个东西哭一会子就好了不成?你原是来取乐玩的，既不能取乐，就往别处去再寻乐玩去。哭一会子，难道算取乐玩了不成?倒招自己烦恼，不如快去为是。”贾环听了，只得回来。

宝钗是谁都不得罪，包括贾环。

赵姨娘见他这般，因问：“又是那里垫了踹

[1] 正出、庶出：正出，指正室（妻）生的子女。庶出，指侧室（妾）生的子女。

窝[1]来了？”一问不答，再问时，贾环便说：“同宝姐姐玩的，莺儿欺负我，赖我的钱，宝玉哥哥撵我来了。”赵姨娘啐道：“谁叫你上高台盘去了？下流没脸的东西！那里顽不得？谁叫你跑了去讨没意思？”

正说着，可巧凤姐在窗外过，都听在耳内。便隔窗说道：“大正月又怎么了？环兄弟小孩子家，一半点儿错了，你只教导他，说这些淡话作什么！凭他怎么去，还有太太老爷管他呢，就大口啐他！他现是主子，不好了，横竖有教导他的人，与你什么相干！环兄弟，出来，跟我顽去。”

赵姨娘、贾环母子俩的克星到了。

贾环素日怕凤姐比怕王夫人更甚，听见叫他，忙唯唯的出来。赵姨娘也不敢则声。凤姐向贾环道：“你也是个没气性的！时常说给你：要吃，要喝，要顽，要笑，只爱同那一个姐姐妹妹哥哥嫂子顽，就同那个顽。你不听我的话，反叫这些人教的歪心邪意，狐媚子霸道的。自己不尊重，要往下流走，安着坏心，还只管怨人家偏心。输了几个钱？就这么个样儿！”贾环见问，只得诺诺的回说：“输了一二百。”凤姐道：“亏你还是爷，输了一二百钱就这样！”回头叫丰儿：“去取一吊钱来，姑娘们都在后头顽呢，把他送了顽去。——你明儿再这么下流狐媚子，我先打了你，打发人告诉学里，皮不揭了你的！为你这个不尊重，恨的你哥哥牙根痒痒，不是我拦着，窝心脚把你的肠子窝出来了。”喝命：“去罢！”贾环诺诺的跟了丰儿，得了钱，自己和迎春等顽去。不在话下。

---

［1］垫了踹窝：垫平路面，此指被人作践。

且说宝玉正和宝钗顽笑，忽见人说："史大姑娘来了。"宝玉听了，抬身就走。宝钗笑道："等着，咱们两个一齐走，瞧瞧他去。"说着，下了炕，同宝玉一齐来至贾母这边。只见史湘云大笑大说的，见他两个来，忙问好厮见。正值林黛玉在旁，因问宝玉："在那里的？"宝玉便说："在宝姐姐家的。"黛玉冷笑道："我说呢，亏在那里绊住，不然早就飞了来了。"宝玉笑道："只许同你顽，替你解闷儿。不过偶然去他那里一趟，就说这话。"林黛玉道："好没意思的话！去不去管我什么事，我又没叫你替我解闷儿。可许你从此不理我呢！"说着，便赌气回房去了。

酸。

宝玉忙跟了来，问道："好好的又生气了？就是我说错了，你到底也还坐在那里，和别人说笑一会子。又来自己纳闷。"林黛玉道："你管我呢！"宝玉笑道："我自然不敢管你，只没有个看着你自己作践了身子呢。"林黛玉道："我作践坏了身子，我死，与你何干！"宝玉道："何苦来，大正月里，死了活了的。"林黛玉道："偏说死！我这会子就死！你怕死，你长命百岁的，如何？"宝玉笑道："要像只管这样闹，我还怕死呢？倒不如死了干净。"黛玉忙道："正是了，要是这样闹，不如死了干净。"宝玉道："我说我自己死了干净，别听错了话赖人。"

正说着，宝钗走来道："史大妹妹等你呢。"说着，便推宝玉走了。这里黛玉越发气闷，只向窗前流泪。没两盏茶的工夫，宝玉仍来了。林黛玉见了，越发抽抽噎噎的哭个不住。宝玉见了这样，知难挽回，打叠起千百样的款语温言来劝慰。不料自己未张口，只见黛玉先说道："你又来作什么？横竖如今有人和你顽，比我又会念，又会作，又会写，又会说笑，又怕你生气拉了你去，你又作什么来？死活凭我去罢了！”

宝玉听了，忙上来悄悄的说道：“你这么个明白人，难道连‘亲不间疏，先不僭后’[1]也不知道？我虽糊涂，却明白这两句话。头一件，咱们是姑舅姊妹，宝姐姐是两姨姊妹，论亲戚，他比你疏。第二件，你先来，咱们两个一桌吃，一床睡，长的这么大了，他是才来的，岂有个为他疏你的？”林黛玉啐道：“我难道为叫你疏他？我成了个什么人了呢！我为的是我的心。”宝玉道：“我也为的是我的心。难道你就知你的心，不知我的心不成？”林黛玉听了，低头一语不发，半日说道：“你只怨人行动嗔怪了你，你再不知道你自己怄人难受。就拿今日天气比，分明今儿冷的这样，你怎么倒反把个青肷[2]披风脱了呢？”宝玉笑道：“何尝不穿着，见你一恼，我一暴躁就脱了。”林黛玉叹道：“回来伤了风，又该饿着吵吃的了。”

恨不得把心掏出来给林黛玉看。

二人正说着，只见湘云走来，笑道：“爱哥哥，林姐姐，你们天天一处玩，我好容易来了，也不理我一理儿。”黛玉笑道：“偏是咬舌子爱说话，连个‘二’哥哥也叫不出来，只是‘爱’哥哥‘爱’哥哥的。回来赶围棋儿，又该你闹‘幺爱三四五’了。”宝玉笑道：“你学惯了他，明儿连你还咬起来呢。”史湘云道：“他再不放人一点儿，专挑人的不好。你自己便比世人好，也不犯着见一个打趣一个。我指出一个人来，你敢挑他，我就服你。”黛

湘云的快人快语。

[1] 亲不间疏，先不僭（jiàn）后：亲密者不被疏远者所离间，先到者不被后来者所超越。
[2] 青肷（qiǎn）：青狐腋部的毛皮。

玉忙问是谁。湘云道："你敢挑宝姐姐的短处，就算你是好的。我算不如你，他怎么不及你呢。"黛玉听了，冷笑道："我当是谁，原来是他！我那里敢挑他呢。"宝玉不等说完，忙用话岔开。湘云笑道："这一辈子我自然比不上你。我只保佑着明儿得一个咬舌的林姐夫，时时刻刻你可听'爱''厄'去。阿弥陀佛，那才现在我眼里！"说的众人一笑，湘云忙回身跑了。要知端详，下回分解。

第二十一回

贤袭人娇嗔箴宝玉　俏平儿软语救贾琏

话说史湘云跑了出来，怕林黛玉赶上，宝玉在后忙说："仔细绊跌了！那里就赶上了?"林黛玉赶到门前，被宝玉叉手在门框上拦住，笑劝道："饶他这一遭罢。"林黛玉扳着手说道："我若饶过云儿，再不活着!"湘云见宝玉拦住门，料黛玉不能出来，便立住脚笑道："好姐姐，饶我这一遭罢。"恰值宝钗来在湘云身后，也笑道："我劝你两个看宝兄弟分上，都丢开手罢。"黛玉道："我不依。你们是一气的，都戏弄我不成!"宝玉劝道："谁敢戏弄你！你不打趣他，他焉敢说你。"四人正难分解，有人来请吃饭，方往前边来。那天早又掌灯时分，王夫人、李纨、凤姐、迎、探、惜等都往贾母这边来，大家闲话了一回，各自归寝。湘云仍往黛玉房中安歇。

女孩们的嬉闹斗嘴，情景如画。

宝玉送他二人到房，那天已二更多时，袭人来催了几次，方回自己房中来睡。次日天明时，便披衣靸鞋往黛玉房中来时，不见紫鹃、翠缕二人，只见他姊妹两个尚卧在衾内。那林黛玉严严密密裹着一幅杏子红绫被，安稳合目而睡。那史湘云却一把青丝拖于枕畔，被只齐胸，一弯雪白的膀子撂于被外，又带着两个金镯子。宝玉见了，叹道："睡觉还是不老实！回来风吹了，又嚷肩窝疼了。"一面

将黛玉和湘云的睡姿对比着写。

怜香惜玉。

说，一面轻轻的替他盖上。林黛玉早已醒了，觉得有人，就猜着定是宝玉，因翻身一看，果中其料。因说道："这早晚就跑过来作什么?"宝玉笑道："这天还早呢！你起来瞧瞧。"黛玉道："你先出去，让我们起来。"宝玉听了，转身出至外边。

黛玉起来叫醒湘云，二人都穿了衣服。宝玉复又进来，坐在镜台旁边，只见紫鹃、雪雁进来服侍梳洗。湘云洗了面，翠缕便拿残水要泼，宝玉道："站着，我趁势洗了就完了，省得又过去费事。"说着便走过来，弯腰洗了两把。紫鹃递过香皂去，宝玉道："这盆里的就不少，不用搓了。"再洗了两把，便要手巾。翠缕道："还是这个毛病儿，多早晚才改。"

宝玉也不理，忙忙的要过青盐擦了牙，嗽了口，完毕，见湘云已梳完了头，便走过来笑道："好妹妹，替我梳上头罢。"湘云道："这可不能了。"宝玉笑道："好妹妹，你先时怎么替我梳了呢?"湘云道："如今我忘了，怎么梳呢?"宝玉道："横竖我不出门，又不带冠子勒子，不过打几根散辫子就完了。"说着，又千妹妹万妹妹的央告。湘云只得扶过他的头来，一一梳篦。在家不戴冠，并不总角，只将四围短发编成小辫，往顶心发上归了总，编一根大辫，红绦结住。自发顶至辫梢，一路四颗珍珠，下面有金坠脚。湘云一面编着，一面说道："这珠子只三颗了，这一颗不是的。我记得是一样的，怎么少了一颗?"宝玉道："丢了一颗。"湘云道："必定是外头去掉下来，不防被人拣了去，倒便宜他。"

黛玉一旁盥手，冷笑道："也不知是真丢了，也不知是给了人镶什么戴去了!"宝玉不答，因镜台两边俱是妆奁等物，顺手拿起来赏玩，不觉又顺手拈了胭脂，意欲要往口边送，因又怕史湘云说。正犹豫间，湘云果在身后看见，一手掠着辫子，便伸手来“拍”的一下，从手中将胭脂打落，说道：“这不长进的毛病儿，多早晚才改过！”

一语未了，只见袭人进来，看见这般光景，知是梳洗过了，只得回来自己梳洗。忽见宝钗走来，因问：“宝兄弟那去了？”袭人含笑道：“宝兄弟那里还有在家里的工夫！”宝钗听说，心中明白。又听袭人叹道：“姊妹们和气，也有个分寸礼节，也没个黑家白日闹的！凭人怎么劝，都是耳旁风。”宝钗听了，心中暗忖道：“倒别看错了这个丫头，听他说话，倒有些识见。”宝钗便在炕上坐了，慢慢的闲言中套问他年纪家乡等语，留神窥察，其言语志量深可敬爱。

宝钗欣赏袭人，她们是一路。

一时宝玉来了，宝钗方出去。宝玉便问袭人道：“怎么宝姐姐和你说的这么热闹，见我进来就跑了？”问一声不答，再问时，袭人方道：“你问我么？我那里知道你们的原故。”宝玉听了这话，见他脸上气色非往日可比，便笑道：“怎么动了真气？”袭人冷笑道：“我那里敢动气！只是从今以后别进这屋子了。横竖有人服侍你，再别来支使我。我仍旧还服侍老太太去。”一面说，一面便在炕上合眼倒下。宝玉见了这般景况，深为骇异，禁不住赶来劝慰。那袭人只管合了眼不理。宝玉无了主意，因见麝月进来，便问道：“你姐姐怎么了？”麝月道：“我知道么？问你自己便明白了。”宝玉听说，呆了一回，自觉无趣，便起身叹道：“不理我罢，我也睡去。”说着，便起身下炕，到自己床上歪下。

袭人听他半日无动静，微微的打鼾，料他睡

着，便起身拿一领斗蓬来，替他刚压上，只听“忽”的一声，宝玉便掀过去，也仍合目装睡。袭人明知其意，便点头冷笑道：“你也不用生气，从此后我只当哑子，再不说你一声儿，如何？”宝玉禁不住起身问道：“我又怎么了？你又劝我。你劝我也罢了，才刚又没见你劝我，一进来你就不理我，赌气睡了。我还摸不着是为什么，这会子你又说我恼了。我何尝听见你劝我什么话了。”袭人道：“你心里还不明白，还等我说呢！”

正闹着，贾母遣人来叫他吃饭，方往前边来，胡乱吃了半碗，仍回自己房中。只见袭人睡在外头炕上，麝月在旁边抹骨牌。宝玉素知麝月与袭人亲厚，一并连麝月也不理，揭起软帘自往里间来。麝月只得跟进来。宝玉便推他出去，说：“不敢惊动你们。”麝月只得笑着出来，唤了两个小丫头进来。宝玉拿一本书，歪着看了半天，因要茶，抬头只见两个小丫头在地下站着。一个大些儿的生得十分水秀，宝玉便问：“你叫什么名字？”那丫头便说：“叫蕙香。”宝玉便问：“是谁起的？”蕙香道：“我原叫芸香的，是花大姐姐改了蕙香。”宝玉道：“正经该叫‘晦气’罢了，什么蕙香呢！”又问：“你姊妹几个？”蕙香道：“四个。”宝玉道：“你第几？”蕙香道：“第四。”宝玉道：“明儿就叫‘四儿’，不必什么‘蕙香’‘兰气’的。那一个配比这些花，没的玷辱了好名好姓。”一面说，一面命他倒了茶来吃。袭人和麝月在外间听了抿嘴而笑。

宝玉对女孩的态度好不好，也得看他当时的心情如何。

这一日，宝玉也不大出房，也不和姊妹丫头等厮闹，自己闷闷的，只不过拿着书解闷，或弄笔墨；也不使唤众人，只叫四儿答应。谁知四儿是个聪敏乖巧不过的丫头，见宝玉用他，他变尽方法笼络宝玉。至晚饭后，宝玉因吃了两杯酒，眼饧耳热之际，若往日则有袭人等大家喜笑有兴，今日却冷清清的一人对灯，好没兴趣。待要赶了他们去，又怕他们得了意，以后越发来劝；若拿出做上的规矩来镇唬，似乎无情太甚。说不得横心只当他们死了，横竖自然也要过的。便权当他们死了，毫无牵挂，反能怡然自悦。因命四儿剪灯烹茶，自己看了一回《南华经》[1]。正看至《外篇·胠箧》[2]一则，其文曰：

故绝圣弃知[3]，大盗乃止；擿[4]玉毁珠，小盗不起；焚符破玺[5]，而民朴鄙；掊斗折衡[6]，而民不争；殚残[7]天下之圣法，而民始可与论议。擢乱六律[8]，铄绝竽瑟[9]，塞瞽旷[10]之耳，而天下始人含其聪[11]矣；灭文章，散五采，胶离朱[12]之目，而天下始人含其明矣；毁绝钩绳而弃规矩[13]，攦工倕之指[14]，而天下始人有其巧矣。

---

[1]《南华经》：即《庄子》。
[2] 胠箧（qū qiè）：撬开箱箧。胠，从旁边开启。箧，储物小箱。
[3] 绝圣弃知：抛弃聪明智巧。
[4] 擿（zhì）：扔掉。
[5] 焚符破玺（xǐ）：焚烧信符，砸碎印章。
[6] 掊（pǒu）斗折衡：把斗击破，把秤折断。掊，击破。衡，秤。
[7] 殚（dān）残：毁灭。殚，尽。
[8] 擢（zhuó）乱六律：搅乱音律。六律，古代音乐术语。用乐律确定声音的高低清浊。乐律有十二，阴阳各六，阳为律，阴为吕。这里泛指音律。
[9] 铄（shuò）绝竽瑟：销毁乐器。铄，销熔。
[10] 瞽（gǔ）旷：即师旷，春秋时代的盲乐师。瞽，眼盲。
[11] 聪：灵敏的听觉。
[12] 离朱：即离娄，古代传说中视力最好的人。
[13] 钩绳规矩：钩，定曲线的工具。绳，定直线的工具。规，画圆形的工具。矩，画方形的工具。
[14] 攦（lì）工倕（chuí）之指：攦，折断。工倕，相传为帝尧时的巧匠。

看至此，意趣洋洋，趁着酒兴，不禁提笔续曰：

> 时逢青春的烦恼，想从庄子那里得到解脱。大意是说，如果黛、钗不是那么聪明美丽，如果袭人和麝月不是那么时时来规劝，天下哪来这些烦恼？这些似乎是戏言，但是，后来宝玉能够“悬崖撒手”，出家而去，是和这种想法有关的。

焚花散麝，而闺阁始人含其劝[1]矣；戕宝钗之仙姿，灰[2]黛玉之灵窍，丧减情意，而闺阁之美恶始相类矣。彼含其劝，则无参商之虞[3]矣；戕其仙姿，无恋爱之心矣；灰其灵窍，无才思之情矣。彼钗、玉、花、麝者，皆张其罗而穴其隧[4]，所以迷眩缠陷[5]天下者也。

续毕，掷笔就寝。头刚着枕便酣然睡去，一夜竟不知所之，直至天明方醒。翻身看时，只见袭人和衣睡在衾上。宝玉将昨日的事已付与度外，便推他说道：“起来好生睡，看冻着了。”

原来袭人见他无晓夜和姊妹们厮闹，若直劝他，料不能改，故用柔情以警之，料他不过半日片刻仍复好了。不想宝玉一日一夜竟不回转，自己反不得主意，直一夜没好生睡得。今忽见宝玉如此，料他心意回转，便越性不睬他。宝玉见他不应，便伸手替他解衣，刚解开了钮子，被袭人将手推开，又自扣了。宝玉无法，只得拉他的手笑道：“你到底怎么了？”连问几声，袭人睁眼说道：“我也不怎么。你睡醒了，你自过那边房里去梳洗，再迟了就赶不上。”宝玉道：“我过那里去？”袭人冷笑道：“你问我，我知道？你爱往那里去，就往那里去。

[1] “焚花”句：花，即花袭人；麝，即麝月。含其劝，收起她们的劝勉、箴规。
[2] 灰：堵塞。
[3] 参商之虞：彼此不和的嫌隙。
[4] 穴其隧：挖好了陷阱。
[5] 迷眩（xuàn）缠陷：用声色迷惑人，纠缠控制人。

从今咱们两个丢开手，省得鸡声鹅斗，叫别人笑。横竖那边腻了过来，这边又有个什么‘四儿’‘五儿’服侍。我们这起东西，可是白‘玷辱了好名好姓’的。”宝玉笑道：“你今儿还记着呢！”袭人道：“一百年还记着呢！比不得你，拿着我的话当耳旁风，夜里说了，早起就忘了。”宝玉见他娇嗔满面，情不可禁，便向枕边拿起一根玉簪来，一跌两段，说道：“我再不听你说，就同这个一样。”袭人忙的拾了簪子，说道：“大清早起，这是何苦来！听不听什么要紧，也值得这种样子。”宝玉道：“你那里知道我心里急！”袭人笑道：“你也知道着急么！可知我心里怎么样？快起来洗脸去罢。”说着，二人方起来梳洗。

宝玉往上房去后，谁知黛玉走来，见宝玉不在房中，因翻弄案上书看，可巧翻出昨儿的《庄子》来。看至所续之处，不觉又气又笑，不禁也提笔续书一绝云：

> 无端弄笔是何人？作践南华《庄子因》[1]。
> 不悔自己无见识，却将丑语怪他人！

写毕，也往上房来见贾母，后往王夫人处来。

谁知凤姐之女大姐病了，正乱着请大夫来诊脉。大夫便说：“替夫人奶奶们道喜，姐儿发热是见喜[2]了，并非别病。”王夫人凤姐听了，忙遣人问：“可好不好？”医生回道：“病虽险，却顺，倒

---

[1]《庄子因》：康熙年间林云铭的一部阐释、评点《庄子》的著作。
[2] 见喜：小儿得天花，痘疹发出后可望平安，所以称为“见喜”。

还不妨。预备桑虫猪尾要紧。”凤姐听了，登时忙将起来：一面打扫房屋供奉痘疹娘娘，一面传与家人忌煎炒等物，一面命平儿打点铺盖衣服与贾琏隔房，一面又拿大红尺头与奶子丫头亲近人等裁衣。外面又打扫净室，款留两个医生，轮流斟酌诊脉下药，十二日不放家去。贾琏只得搬出外书房来斋戒，凤姐与平儿都随着王夫人日日供奉娘娘。

那个贾琏，只离了凤姐便要寻事，独寝了两夜，便十分难熬，便暂将小厮们内有清俊的选来出火。不想荣国府内有一个极不成器破烂酒头厨子，名唤多官，人见他懦弱无能，都唤他作“多浑虫”。因他自小父母替他在外娶了一个媳妇，今年方二十来往年纪，生得有几分人才，见者无不羡爱。他生性轻浮，最喜拈花惹草，多浑虫又不理论，只是有酒有肉有钱，便诸事不管了，所以荣宁二府之人都得入手。因这个媳妇美貌异常，轻浮无比，众人都呼他作“多姑娘儿”。

如今贾琏在外熬煎，往日也曾见过这媳妇，失过魂魄，只是内惧娇妻，外惧娈宠[1]，不曾下得手。那多姑娘儿也曾有意于贾琏，只恨没空。今闻贾琏挪在外书房来，他便没事也要走两趟去招惹。惹的贾琏似饥鼠一般，少不得和心腹的小厮们计议，合同遮掩谋求，多以金帛相许。小厮们焉有不允之理，况都和这媳妇是好友，一说便成。是夜二鼓人定，多浑虫醉昏在炕，贾琏便溜了来相会。进门一见其态，早已魄飞魂散，也不用情谈款叙，便宽衣动作起来。

谁知这媳妇有天生的奇趣，一经男子挨身，便

---

[1] 娈（luán）宠：即男宠。

觉遍身筋骨瘫软，使男子如卧棉上；更兼淫态浪言，压倒娼妓，诸男子到此岂有惜命者哉。那贾琏恨不得连身子化在他身上。那媳妇故作浪语，在下说道：“你家女儿出花儿，供着娘娘，你也该忌两日，倒为我脏了身子。快离了我这里罢。”贾琏一面大动，一面喘吁吁答道：“你就是娘娘！我那里管什么娘娘！”那媳妇越浪，贾琏越丑态毕露。一时事毕，两个又海誓山盟，难分难舍，此后遂成相契。

一日大姐毒尽瘢回，十二日后送了娘娘，合家祭天祀祖，还愿焚香，庆贺放赏已毕，贾琏仍复搬进卧室。见了凤姐，正是俗语云“新婚不如远别”，更有无限恩爱，自不必烦絮。

次日早起，凤姐往上屋去后，平儿收拾贾琏在外的衣服铺盖，不承望枕套中抖出一绺青丝来。平儿会意，忙拽在袖内，便走至这边房内来，拿出头发来，向贾琏笑道：“这是什么?”贾琏看见着了忙，抢上来要夺。平儿便跑，被贾琏一把揪住，按在炕上，掰手要夺，口内笑道：“小蹄子，你不趁早拿出来，我把你膀子撅折了。”平儿笑道：“你就是没良心的。我好意瞒着他来问，你倒赌狠！你只赌狠，等他回来我告诉他，看你怎么着。”贾琏听说，忙陪笑央求道：“好人，赏我罢，我再不赌狠了。”

一语未了，只听凤姐声音进来。贾琏听见松了手，平儿刚起身，凤姐已走进来，命平儿快开匣子，替太太找样子。平儿忙答应了找时，凤姐见了贾琏，忽然想起来，便问平儿：“拿出去的东西都收进来了么?”平儿道：“收进来了。”凤姐道：“可少什么没有?”平儿道：“我也怕丢下一两件，细细的查了查，也不少。”凤姐道：“不少就好，只是别多出来罢?”平儿笑道：“不丢万幸，谁还添出来呢?”凤姐冷笑道："这半个月难保干净，或者有相厚的丢下的东西：戒指、汗巾[1]、香袋儿，再至于头发、指甲，都是东西。"一席话，说的贾琏脸都黄了。

贾琏在凤姐身后，只望着平儿杀鸡抹脖[2]使眼色儿。平儿只装着看不见，因笑道："怎么我的心就和奶奶的心一样！我就怕有这些个，留神搜了一搜，竟一点破绽也没有。奶奶不信时，那些东西我还没收呢，奶奶亲自翻寻一遍去。"凤姐笑道："傻丫头，他便有这些东西，那里就叫咱们翻着了！"说着，寻了样子又上去了。

平儿指着鼻子，晃着头笑道："这件事怎么回谢我呢？"喜的个贾琏身痒难挠，跑上来搂着，"心肝肠肉"乱叫乱谢。平儿仍拿了头发笑道："这是我一生的把柄了。好就好，不好就抖露出这事来。"贾琏笑道："你只好生收着罢，千万别叫他知道。"口里说着，瞅他不防，便抢了过来，笑道："你拿着终是祸患，不如我烧了他完事了。"一面说着，一面便塞于靴掖内。平儿咬牙道："没良心的东西，过了河就拆桥，明儿还想我替你撒谎！"

贾琏见他娇俏动情，便搂着求欢，被平儿夺手跑了，急的贾琏弯着腰恨道："死促狭[3]小淫妇！一定浪上人的火来，他又跑了。"平儿在窗外笑道："我浪我的，谁叫你动火了？难道图你受用一回，叫他知道了，又不待见我。"贾琏道："你不用怕他，等我性子上来，把这醋罐打个稀烂，他才认得我呢！他防我像防贼似的，只许他同男人说话，不许我和女人说话；我和女人略近些，他就疑惑，他

[1] 汗巾：系腰用的长巾。
[2] 杀鸡抹脖：伸长了脖子，情急的样子。
[3] 促狭：刁钻机灵。

不论小叔子侄儿，大的小的，说说笑笑，就不怕我吃醋了。以后我也不许他见人!”平儿道：“他醋你使得，你醋他使不得。他原行的正走的正；你行动便有个坏心，连我也不放心，别说他了。”贾琏道：“你两个一口贼气。都是你们行的是，我凡行动都存坏心。多早晚都死在我手里!”

一句未了，凤姐走进院来，因见平儿在窗外，就问道：“要说话两个人不在屋里说，怎么跑出一个来，隔着窗子，是什么意思?”贾琏在窗内接道：“你可问他，倒像屋里有老虎吃他呢。”平儿道：“屋里一个人没有，我在他跟前作什么?”凤姐儿笑道：“正是没人才好呢。”平儿听说，便说道：“这话是说我呢?”凤姐笑道：“不说你说谁?”平儿道：“别叫我说出好话来了。”说着，也不打帘子让凤姐，自己先摔帘子进来，往那边去了。

凤姐自掀帘子进来，说道：“平儿疯魔了。这蹄子认真要降伏我，仔细你的皮要紧!”贾琏听了，已绝倒[1]在炕上，拍手笑道：“我竟不知平儿这么利害，从此倒伏他了。”凤姐道：“都是你惯的他，我只和你说!”贾琏听说忙道：“你两个不卯[2]，又拿我来作人[3]。我躲开你们。”凤姐道：“我看你躲到那里去。”贾琏道：“我就来。”凤姐道：“我有话和你商量。”不知商量何事，且听下回分解。正是：

淑女从来多抱怨，娇妻自古便含酸。

---

[1] 绝倒：大笑不能自持。
[2] 不卯：不投合。
[3] 作人：拿人出气。

第二十二回

听曲文宝玉悟禅机　制灯谜贾政悲谶语

话说贾琏听凤姐儿说有话商量，因止步问是何话。凤姐道："二十一是薛妹妹的生日，你到底怎么样呢?"贾琏道："我知道怎么样！你连多少大生日都料理过了，这会子倒没了主意?"凤姐道："大生日料理，不过是有一定的则例在那里。如今他这生日，大又不是，小又不是，所以和你商量。"贾琏听了，低头想了半日道："你今儿糊涂了。现有比例，那林妹妹就是例。往年怎么给林妹妹过的，如今也照依给薛妹妹过就是了。"凤姐听了，冷笑道："我难道连这个也不知道？我原也这么想定了。但昨儿听见老太太说，问起大家的年纪生日来，听见薛大妹妹今年十五岁，虽不是整生日，也算得将笄之年[1]。老太太说要替他作生日。想来若果真替他作，自然比往年与林妹妹的不同了。"贾琏道："既如此，就比林妹妹的多增些。"凤姐道："我也这们想着，所以讨你的口气。我若私自添了东西，你又怪我不告诉明白你了。"贾琏笑道："罢，罢，这空头情我不领。你不盘察我就够了，我还怪你!"说着，一径去了，不在话下。

宝钗在贾母心中的地位渐渐地超过了林黛玉。宝钗更会做人，会讨家长的喜欢。

[1] 将笄（jī）之年：女子已经成年。笄，簪子。古代女子十五岁开始戴笄表示成年。

且说史湘云住了两日，因要回去。贾母因说：“等过了你宝姐姐的生日，看了戏再回去。”史湘云听了，只得住下。又一面遣人回去，将自己旧日作的两色针线活计取来，为宝钗生辰之仪。

谁想贾母自见宝钗来了，喜他稳重和平，正值他才过第一个生辰，便自己蠲资二十两，唤了凤姐来，交与他置酒戏。凤姐凑趣笑道：“一个老祖宗给孩子们作生日，不拘怎样，谁还敢争，又办什么酒戏。既高兴要热闹，就说不得自己花上几两。巴巴的找出这霉烂的二十两银子来作东道，这意思还叫我赔上。果然拿不出来也罢了，金的、银的、圆的、扁的，压塌了箱子底，只是勒掯我们。举眼看看，谁不是儿女？难道将来只有宝兄弟顶了你老人家上五台山[1]不成？那些梯己只留与他，我们如今虽不配使，也别苦了我们。这个够酒的？够戏的？”说的满屋里都笑起来。贾母亦笑道：“你们听听这嘴！我也算会说的，怎么说不过这猴儿。你婆婆也不敢强嘴，你和我啷啷的。”凤姐笑道：“我婆婆也是一样的疼宝玉，我也没处去诉冤，倒说我强嘴。”说着，又引着贾母笑了一回，贾母十分喜悦。

到晚间，众人都在贾母前，定昏之馀，大家娘儿姊妹等说笑时，贾母因问宝钗爱听何戏，爱吃何物等语。宝钗深知贾母年老人，喜热闹戏文，爱吃甜烂之食，便总依贾母往日素喜者说了出来。贾母更加欢悦。次日便先送过衣服玩物礼去，王夫人、凤姐、黛玉等诸人皆有，随分不一，不须多记。

至二十一日，就贾母内院中搭了家常小巧戏

---

[1] 顶了你老人家上五台山：顶，即“顶灵”，旧时出殡，主丧的孝子在灵前顶着铭旌，持幡领路。五台山，位于山西的佛教圣地。上五台山，暗喻死后成佛登仙。

台，定了一班新出小戏，昆弋两腔[1]皆有。就在贾母上房摆了几席家宴酒席，并无一个外客，只有薛姨妈、史湘云、宝钗是客，馀者皆是自己人。这日早起，宝玉因不见林黛玉，便到他房中来寻，只见林黛玉歪在炕上。宝玉笑道："起来吃饭去，就开戏了。你爱看那一出？我好点。"林黛玉冷笑道："你既这样说，你就特叫一班戏来，拣我爱的唱给我看。这会子犯不上跐[2]着人借光儿问我。"宝玉笑道："这有什么难的。明儿就这样行，也叫他们借咱们的光儿。"一面说，一面拉起他来，携手出去吃了饭。

过生日是大观园里一大内容。《红楼梦》里借生日做了很多文章。贾母郑重其事地给宝钗过生日，引起黛玉的不快。

点戏时，贾母一定先叫宝钗点。宝钗推让一遍，无法，只得点了一折《西游记》。贾母自是欢喜，然后便命凤姐点。凤姐亦知贾母喜热闹，更喜谑笑科诨[3]，便点了一出《刘二当衣》[4]。贾母果真更又喜欢，然后便命黛玉点。黛玉因让薛姨妈王夫人等。贾母道："今日原是我特带着你们取笑，咱们只管咱们的，别理他们。我巴巴的唱戏摆酒，为他们不成？他们在这里白听白吃，已经便宜了，还让他们点呢!"说着，大家都笑了。黛玉方点了一出。然后宝玉、史湘云、迎、探、惜、李纨等俱各点了，按出扮演。

至上酒席时，贾母又命宝钗点。宝钗点了一出《鲁智深醉闹五台山》。宝玉道："只好点这些戏。"宝钗道："你白听了这几年的戏，那里知道这出戏的好处，排场又好，词藻更妙。"宝玉道："我从来

[1] 昆弋（yì）两腔：两种戏曲声腔，昆山腔和弋阳腔。
[2] 跐（cǐ）：蹬踏，引申为仰仗、借光。
[3] 科诨（hùn）：即插科打诨，指古代戏曲中逗乐的动作和对话。
[4]《刘二当衣》：弋阳腔剧目，演财主刘二的吝啬。

怕这些热闹戏。”宝钗笑道：“要说这一出热闹，你还算不知戏呢。你过来，我告诉你，这一出戏热闹不热闹。——是一套北《点绛唇》[1]，铿锵顿挫，韵律不用说是好的了；只那词藻中有一支《寄生草》[2]，填的极妙，你何曾知道。”宝玉见说的这般好，便凑近来央告：“好姐姐，念与我听听。”宝钗便念道：

漫揾[3]英雄泪，相离处士[4]家。谢慈悲剃度[5]在莲台[6]下。没缘法[7]转眼分离乍[8]。赤条条来去无牵挂。那里讨烟蓑雨笠卷单行[9]？一任俺芒鞋破钵随缘化[10]！

宝玉听了，喜的拍膝画圈，称赏不已，又赞宝钗无书不知。林黛玉道：“安静看戏罢，还没唱《山门》，你倒《妆疯》[11]了。”说的湘云也笑了。于是大家看戏。

至晚散时，贾母深爱那作小旦的与一个作小丑的，因命人带进来，细看时益发可怜见。因问年纪，那小旦才十一岁，小丑才九岁，大家叹息一回。贾母令人另拿些肉果与他两个，又另外赏钱两

---

[1] 北《点绛唇》：一种北曲的曲牌名。

[2]《寄生草》：曲牌名，是《点绛唇》套曲中的一支曲子。

[3] 漫揾（wèn）：不经意地揩拭。

[4] 处士：隐士。

[5] 剃度：剃发出家。

[6] 莲台：佛像所坐的状似莲花的台座。

[7] 缘法：缘分。

[8] 乍：仓促。

[9]“烟蓑”句：烟蓑（suō）雨笠，蓑衣斗笠。卷单行，即离寺而去。游方僧人入寺寄寓，须先将衣钵袋挂在僧堂的钩上，叫作“挂单”，所以离寺就叫“卷单”。

[10]“芒鞋”句：芒鞋，草鞋。随缘化，随机缘而求人布施，这里指随遇而安。

[11]《妆疯》：北曲折子戏，演唐代尉迟敬德因不肯挂帅出征而装疯的故事。

串。凤姐笑道："这个孩子扮上活像一个人，你们再看不出来。"宝钗心里也知道，便只一笑不肯说。宝玉也猜着了，亦不敢说。史湘云接着笑道："倒像林妹妹的模样儿。"宝玉听了，忙把湘云瞅了一眼，使个眼色。众人却都听了这话，留神细看，都笑起来了，说果然不错。一时散了。

晚间，湘云更衣时，便命翠缕把衣包打开收拾，都包了起来。翠缕道："忙什么，等去的日子再包不迟。"湘云道："明儿一早就走。在这里作什么？——看人家的鼻子眼睛，什么意思！"宝玉听了这话，忙赶近前拉他说道："好妹妹，你错怪了我。林妹妹是个多心的人。别人分明知道，不肯说出来，也皆因怕他恼。谁知你不防头就说了出来，他岂不恼你。我是怕你得罪了他，所以才使眼色。你这会子恼我，不但辜负了我，而且反倒委曲了我。若是别人，那怕他得罪了十个人，与我何干呢。"湘云摔手道："你那花言巧语别哄我。我也原不如你林妹妹，别人说他，拿他取笑都使得，只我说了就有不是。我原不配说他。他是小姐主子，我是奴才丫头，得罪了他，使不得！"宝玉急的说道："我倒是为你，反为出不是来了。我要有外心，立刻就化成灰，叫万人践踹！"湘云道："大正月里，少信嘴胡说。这些没要紧的恶誓、散话[1]、歪话，说给那些小性儿、行动爱恼的人、会辖治你的人听去！别叫我啐你。"说着，一径至贾母里间屋里，忿忿的躺着去了。

宝玉没趣，只得又来寻黛玉。刚到门槛前，黛玉便推出来，将门关上。宝玉又不解何意，在窗外

[1] 散话：闲话。

只是吞声叫“好妹妹”。黛玉总不理他。宝玉闷闷的垂头自审。袭人早知端的，当此时断不能劝。那宝玉只是呆呆的站在那里。黛玉只当他回房去了，便起来开门，只见宝玉还站在那里。黛玉反不好意思，不好再关，只得抽身上床躺着。宝玉随进来问道：“凡事都有个原故，说出来，人也不委屈。好好的就恼了，终是什么原故起的?”林黛玉冷笑道：“问的我倒好，我也不知为什么原故。我原是给你们取笑的，——拿我比戏子取笑。”宝玉道：“我并没有比你，我并没笑，为什么恼我呢?”黛玉道：“你还要比？你还要笑？你不比不笑，比人家比了笑了的还利害呢!”宝玉听说，无可分辩，不则一声。

黛玉又道：“这一节还恕得。再者，你为什么又和云儿使眼色？这安的是什么心？莫不是他和我顽，他就自轻自贱了？他原是公侯的小姐，我原是贫民的丫头，他和我顽，设若我回了口，岂不他自惹人轻贱呢。是这主意不是？这却也是你的好心，只是那一个偏又不领你这好情，一般也恼了。你又拿我作情，倒说我小性儿，行动肯恼。你又怕他得罪了我，我恼他。我恼他，与你何干？他得罪了我，又与你何干?”

如鲁迅所说，宝玉是“爱博而心劳”。

宝玉见说，方才与湘云私谈，他也听见了。细想自己原为他二人，怕生隙恼，方在中间调和，不想并未调和成功，反已落了两处的贬谤。正合着前日所看《南华经》上，有“巧者劳而智者忧，无能者无所求，饱食而遨游，泛若不系之舟”；又曰“山木自寇，源泉自盗”[1]等语。因此越想越无

[1] 山木自寇，源泉自盗：语出《庄子·人间世》及化用自《庄子·山木》，意即山中的树木因成材而招人来砍伐，源泉之水因甜美而招人来盗饮。

趣。再细想来，目下不过这两个人，尚未应酬妥协，将来犹欲为何？想到其间，也无庸分辩回答，自己转身回房来。林黛玉见他去了，便知他回思无趣，赌气去了，一言也不曾发，不禁自己越发添了气，便说道："这一去，一辈子也别来，也别说话。"

宝玉不理，回房躺在床上，只是瞪瞪的。袭人深知原委，不敢就说，只得以他事来解释，因说道："今儿看了戏，又勾出几天戏来。宝姑娘一定要还席的。"宝玉冷笑道："他还不还，管谁什么相干。"袭人见这话不是往日的口吻，因又笑道："这是怎么说？好好的大正月里，娘儿们姊妹们都喜喜欢欢的，你又怎么这个形景了？"宝玉冷笑道："他们娘儿们姊妹们欢喜不欢喜，也与我无干。"袭人笑道："他们既随和，你也随和，岂不大家彼此有趣。"宝玉道："什么是'大家彼此'！他们有'大家彼此'，我是'赤条条来去无牵挂'。"谈及此句，不觉泪下。袭人见此光景，不肯再说。宝玉细想这句意味，不禁大哭起来，翻身起来至案，遂提笔立占一偈云：

你证我证，心证意证。
是无有证，斯可云证。
无可云证，是立足境。[1]

写毕，自虽解悟，又恐人看此不解，因此亦填一支《寄生草》，也写在偈后。自己又念一遍，自觉无挂碍，中心自得，便上床睡了。

---

[1] "你证我证"一偈：大意是，彼此都想从对方印证彼此的感情，不断地以心去试探，只有到了情意灭绝时，方能彻底觉悟；待到万境皆空，一切都无可验证之时，才算是真正的安身立命之地。

谁想黛玉见宝玉此番果断而去，故以寻袭人为由，来视动静。袭人笑回："已经睡了。"黛玉听说，便要回去。袭人笑道："姑娘请站住，有一个字帖儿，瞧瞧是什么话。"说着，便将方才那曲子与偈语悄悄拿来，递与黛玉看。黛玉看了，知是宝玉一时感忿而作，不觉可笑可叹，便向袭人道："作的是顽意儿，无甚关系。"说毕，便携了回房去，与湘云同看。次日又与宝钗看。宝钗看其词曰：

无我原非你，从他不解伊。肆行无碍凭来去。茫茫着甚悲愁喜，纷纷说甚亲疏密。从前碌碌却因何，到如今回头试想真无趣！

看毕，又看那偈语，又笑道："这个人悟了。都是我的不是，都是我昨儿一支曲子惹出来的。这些道书禅机最能移性[1]。明儿认真说起这些疯话来，存了这个意思，都是从我这一只曲子上来，我成了个罪魁了。"说着，便撕了个粉碎，递与丫头们说："快烧了罢。"黛玉笑道："不该撕，等我问他。你们跟我来，包管叫他收了这个痴心邪话。"

佛道在帮助人解脱痛苦的同时，能够改变人的世界观、人生观。

三人果然都往宝玉屋里来。一进来，黛玉便笑道："宝玉，我问你：至贵者是'宝'，至坚者是'玉'。尔有何贵？尔有何坚？"宝玉竟不能答。三人拍手笑道："这样钝愚，还参禅呢。"黛玉又道："你那偈末云，'无可云证，是立足境'，固然好了，只是据我看，还未尽善。我再续两句在后。"因念云："无立足境，是方干净。"宝钗道："实在这方

[1] 道书禅机最能移性：道书禅机，道家的书和佛门禅宗宣扬的真理。移性，改变人的思想。

悟彻。当日南宗六祖惠能[1]，初寻师至韶州，闻五祖弘忍在黄梅，他便充役火头僧。五祖欲求法嗣[2]，令徒弟诸僧各出一偈。上座神秀[3]说道：'身是菩提树，心如明镜台，时时勤拂拭，莫使有尘埃。'[4]彼时惠能在厨房碓米，听了这偈，说道：'美则美矣，了则未了。'因自念一偈曰：'菩提本非树，明镜亦非台，本来无一物，何处染尘埃？'[5]五祖便将衣钵[6]传他。今儿这偈语，亦同此意了。只是方才这句机锋，尚未完全了结，这便丢开手不成？"黛玉笑道："彼时不能答，就算输了，这会子答上了也不为出奇。只是以后再不许谈禅了。连我们两个所知所能的，你还不知不能呢，还去参禅呢。"宝玉自己以为觉悟，不想忽被黛玉一问，便不能答；宝钗又比出"语录"[7]来，此皆素不见他们能者。自己想了一想："原来他们比我的知觉在先，尚未解悟，我如今何必自寻苦恼。"想毕，便笑道："谁又参禅，不过一时顽话罢了。"说着，四人仍复如旧。

忽然人报，娘娘差人送出一个灯谜儿，命你们大家去猜，猜着了每人也作一个进去。四人听说忙出去，至贾母上房。只见一个小太监，拿了一盏四角平头白纱灯，专为灯谜而制，上面已有一个，众

[1] 惠能：南宗禅宗的创立者。
[2] 法嗣：佛教宗派的传人。
[3] 上座神秀：上座，僧职，地位仅次于住持。神秀，北宗禅宗的创立者。
[4] "身是菩提树"一偈：人就像菩提树，具有佛性，必须勤于修练，方能觉悟。心灵像镜子，必须时时地拂去尘土，才能保持明亮。这是禅宗北宗的"渐悟"的主张。
[5] "菩提本非树"一偈：佛性就在心中，不用诵经、坐禅、布施，只要体会佛经的精神，便可立地成佛。这代表了禅宗南宗的"顿悟"的主张。
[6] 衣钵：佛家师徒间传承授受的法器。衣，指袈裟。钵，指僧人盛饭的食器。
[7] 语录：此指僧徒用当时口语记录其师的传授，称为"语录"。

人都争看乱猜。小太监又下谕道："众小姐猜着了，不要说出来，每人只暗暗的写在纸上，一齐封进宫去，娘娘自验是否。"宝钗等听了，近前一看，是一首七言绝句，并无甚新奇，口中少不得称赞，只说难猜，故意寻思，其实一见就猜着了。宝玉、黛玉、湘云、探春四个人也都解了，各自暗暗的写了半日。一并将贾环、贾兰等传来，一齐各揣机心都猜了，写在纸上。然后各人拈一物作成一谜，恭楷写了，挂在灯上。

太监去了，至晚出来传谕："前日娘娘所制，俱已猜着，惟二小姐与三爷猜的不是。小姐们作的也都猜了，不知是否。"说着，也将写的拿出来。也有猜着的，也有猜不着的，都胡乱说猜着了。太监又将颁赐之物送与猜着之人，每人一个宫制诗筒[1]，一柄茶筅[2]，独迎春、贾环二人未得。迎春自为玩笑小事，并不介意，贾环便觉得没趣。且又听太监说："三爷说的这个不通，娘娘也没猜，叫我带回问三爷是个什么。"众人听了，都来看他作的什么，写道是：

大哥有角只八个，二哥有角只两根。
大哥只在床上坐，二哥爱在房上蹲。

通过对比，写贾环之愚钝。

众人看了，大发一笑。贾环只得告诉太监说："一个枕头，一个兽头[3]。"太监记了，领茶而去。

贾母见元春这般有兴，自己越发喜乐，便命速作一架小巧精致围屏灯来，设于堂屋，命他姊妹们

[1] 诗筒：装诗歌草稿用的竹筒。
[2] 茶筅（xiǎn）：竹子所制，洗涤茶具的刷箒。
[3] 兽头：古代建筑屋檐角上所塑的两角怪兽。

各自暗暗的作了，写出来粘于屏上，然后预备下香茶细果以及各色玩物，为猜着之贺。贾政朝罢，见贾母高兴，况在节间，晚上也来承欢取乐。设了酒果，备了玩物，上房悬了彩灯，请贾母赏灯取乐。上面贾母、贾政、宝玉一席，下面王夫人、宝钗、黛玉、湘云又一席，迎、探、惜三个又一席。地下婆娘丫鬟站满。李宫裁、王熙凤二人在里间又一席。贾政因不见贾兰，便问："怎么不见兰哥?"地下婆娘忙进里间问李氏，李氏起身笑着回道："他说方才老爷并没去叫他，他不肯来。"婆娘回复了贾政。众人都笑说："天生的牛心古怪。"贾政忙遣贾环与两个婆娘将贾兰唤来。贾母命他在身旁坐了，抓果品与他吃。大家说笑取乐。

往常间只有宝玉长谈阔论，今日贾政在这里，便惟有唯唯而已。馀者湘云虽系闺阁弱女，却素喜谈论，今日贾政在席，也自缄口禁言。黛玉本性懒与人共，原不肯多语。宝钗原不妄言轻动，便此时亦是坦然自若。故此一席虽是家常取乐，反见拘束不乐。贾母亦知因贾政一人在此所致之故，酒过三巡，便撵贾政去歇息。贾政亦知贾母之意，撵了自己去后，好让他们姊妹兄弟取乐的。贾政忙陪笑道："今日原听见老太太这里大设春灯雅谜，故也备了彩礼酒席，特来入会。何疼孙子孙女之心，便不略赐与儿子半点?"贾母笑道："你在这里，他们都不敢说笑，没的倒叫我闷。你要猜谜时，我便说一个你猜，猜不着是要罚的。"贾政忙笑道："自然要罚。若猜着了，也是要领赏的。"贾母道："这个自然。"说着便念道：

猴子身轻站树梢。

——打一果名。

贾政已知是荔枝，便故意乱猜别的，罚了许多东西；然后方猜着，也得了贾母的东西。然后也念一个与贾母猜，念道：

身自端方，体自坚硬。

虽不能言，有言必应。

——打一用物。

说毕，便悄悄的说与宝玉。宝玉意会，又悄悄的告诉了贾母。贾母想了想，果然不差，便说："是砚台。"贾政笑道："到底是老太太，一猜就是。"回头说："快把贺彩送上来。"地下妇女答应一声，大盘小盘一齐捧上。贾母逐件看去，都是灯节下所用所顽新巧之物，甚喜，遂命："给你老爷斟酒。"宝玉执壶，迎春送酒。贾母因说："你瞧瞧那屏上，都是他姊妹们做的，再猜一猜我听。"

贾政答应，起身走至屏前，只见头一个写道是：

能使妖魔胆尽摧，身如束帛气如雷。

一声震得人方恐，回首相看已化灰。

暗寓元春富贵已极，却不得善终。

贾政道："这是炮竹嗄。"宝玉答道："是。"贾政又看道：

天运人功理不穷，有功无运也难逢。

因何镇日纷纷乱，只为阴阳数不同。

暗寓迎春命运不佳。

贾政道："是算盘。"迎春笑道："是。"又往下看是：

暗寓探春远嫁。

阶下儿童仰面时，清明妆点最堪宜。
游丝一断浑无力，莫向东风怨别离。

贾政道："这是风筝。"探春笑道："是。"又看道是：

暗寓惜春出家。

前身色相总无成，不听菱歌听佛经。
莫道此生沉黑海，性中自有大光明。

贾政道："这是佛前海灯嘎。"惜春笑答道："是海灯。"

贾政心内沉思道："娘娘所作爆竹，此乃一响而散之物。迎春所作算盘，是打动乱如麻。探春所作风筝，乃飘飘浮荡之物。惜春所作海灯，一发清净孤独。今乃上元佳节，如何皆作此不祥之物为戏耶?"心内愈思愈闷，因在贾母之前，不敢形于色，只得仍勉强往下看去。只见后面写着七言律诗一首，却是宝钗所作，随念道：

暗寓宝钗寡居的凄凉。

朝罢谁携两袖烟，琴边衾里总无缘。
晓筹不用鸡人报，五夜无烦侍女添。
焦首朝朝还暮暮，煎心日日复年年。
光阴荏苒须当惜，风雨阴晴任变迁。

贾政看完，心内自忖道："此物还倒有限。只是小小之人作此词句，更觉不祥，皆非永远福寿之辈。"想到此处，愈觉烦闷，大有悲戚之状，因而将适才的精神减去十分之八九，只垂头沉思。

进一步集中渲染大观园众女儿的悲惨结局。

贾母见贾政如此光景，想到或是他身体劳乏亦未可定，又兼之恐拘束了众姊妹不得高兴玩耍，即对贾政云：“你竟不必猜了，去安歇罢。让我们再坐一会，也好散了。”贾政一闻此言，连忙答应几个“是”字，又勉强劝了贾母一回酒，方才退出去了。回至房中只是思索，翻来覆去竟难成寐，不由伤悲感慨，不在话下。

且说贾母见贾政去了，便道：“你们可自在乐一乐罢。”一言未了，早见宝玉跑至围屏灯前，指手画脚，满口批评，这个这一句不好，那一个破的不恰当，如同开了锁的猴子一般。宝钗便道：“还像适才坐着，大家说说笑笑，岂不斯文些儿。”凤姐自里间忙出来插口道：“你这个人，就该老爷每日令你寸步不离方好。适才我忘了，为什么不当着老爷，撺掇叫你也作诗谜儿。若果如此，怕不得这会子正出汗呢。”说的宝玉急了，扯着凤姐儿，扭股儿糖似的只是厮缠。贾母又与李宫裁并众姊妹说笑了一会，也觉有些困倦起来。听了听已是漏下四鼓，命将食物撤去，赏散与众人，随起身道：“我们安歇罢。明日还是节下，该当早起。明日晚间再玩罢。”且听下回分解。

第二十三回

西厢记妙词通戏语　牡丹亭艳曲警芳心

话说贾元春自那日幸大观园回宫去后，便命将那日所有的题咏，命探春依次抄录妥协，自己编次，叙其优劣，又命在大观园勒石[1]，为千古风流雅事。因此，贾政命人各处选拔精工名匠，在大观园磨石镌字，贾珍率领蓉、萍等监工。因贾蔷又管理着文官等十二个女戏并行头等事，不大得便，因此贾珍又将贾菖、贾菱唤来监工。一日，汤蜡钉朱[2]，动起手来。这也不在话下。

且说那个玉皇庙并达摩庵两处，一班的十二个小沙弥并十二个小道士，如今挪出大观园来，贾政正想发到各庙去分住。不想后街上住的贾芹之母周氏，正盘算着也要到贾政这边谋一个大小事务与儿子管管，也好弄些银钱使用，可巧听见这件事出来，便坐轿子来求凤姐。凤姐因见他素日不大拿班作势的，便依允了，想了几句话便回王夫人说："这些小和尚道士万不可打发到别处去，一时娘娘出来就要承应。倘或散了，若再用时，可是又费事。依我的主意，不如将他们竟送到咱们家庙里铁槛寺去，月间不过派一个人拿几两银子去买柴米就

[1] 勒石：在石碑上刻字。

[2] 汤蜡钉朱：石碑上用朱笔写好文字，再将白蜡熔化，涂在上面，保护朱书，叫作"汤蜡"。然后，石工按朱书镌刻，叫作"钉朱"。

完了。说声用，走去叫来，一点儿不费事呢。”王夫人听了，便商之于贾政。贾政听了笑道：“倒是提醒了我，就是这样。”即时唤贾琏来。

当下贾琏正同凤姐吃饭，一闻呼唤，不知何事，放下饭便走。凤姐一把拉住，笑道：“你且站住，听我说话。若是别的事我不管，若是为小和尚们的事，好歹依我这么着。”如此这般教了一套话。贾琏笑道：“我不知道，你有本事你说去。”凤姐听了，把头一梗，把筷子一放，腮上似笑不笑的瞅着贾琏道：“你当真的，还是玩话？”贾琏笑道：“西廊下五嫂子的儿子芸儿来求了我两三遭，要个事情管管。我依了，叫他等着。好容易出来这件事，你又夺了去。”凤姐儿笑道：“你放心。园子东北角子上，娘娘说了，还叫多多的种松柏树，楼底下还叫种些花草。等这件事出来，我管保叫芸儿管这件工程。”贾琏道：“果然这样也罢了。只是昨儿晚上，我不过是要改个样儿，你就扭手扭脚的。”凤姐儿听了，嗤的一声笑了，向贾琏啐了一口，低下头便吃饭。

凤姐强势，说了算，事事压贾琏一头。

贾琏已经笑着去了，到了前面见了贾政，果然是小和尚一事。贾琏便依了凤姐的主意，说道：“如今看来，芹儿倒大大的出息了，这件事竟交与他去管办。横竖照在里头的规例，每月叫芹儿支领就是了。”贾政原不大理论这些事，听贾琏如此说，便如此依了。贾琏回到房中告诉凤姐儿，凤姐即命人去告诉了周氏。贾芹便来见贾琏夫妻两个，感谢不尽。凤姐又作情央贾琏先支三个月的供给，叫他写了领字，贾琏批票画了押，登时发了对牌出去。银库上按数发出三个月的供给来，白花花二三百两。贾芹随手拈一块，撂与掌平的人，叫他们吃茶罢。于是命小厮拿回家，与母亲商议。登时雇了大叫驴，自己骑上；又雇了几辆车，至荣国府角门前，唤出二十四个人来，坐上车，一径往城外铁槛寺去了。当下无话。

如今且说贾元春，因在宫中自编大观园题咏之后，忽想起那大观园中景致，自己幸过之后，贾政必定敬谨封锁，不敢使人进去骚扰，岂不寥落。况家中现有几个能诗会赋的姊妹，何不命他们进去居住，也不使佳人落魄，花柳无颜。却又想到宝玉自幼在姊妹丛中长大，不比别的兄弟，若不命他进去，只怕他冷清了，一时不大畅快，未免贾母王夫人愁虑，须得也命他进园居住方妙。想毕，遂命太监夏守忠到荣国府来下一道谕，命宝钗等只管在园中居住，不可禁约封锢，命宝玉仍随进去读书。

贾政、王夫人接了这谕，待夏守忠去后，便来回明贾母，遣人进去各处收拾打扫，安设帘幔床帐。别人听了还自犹可，惟宝玉听了这谕，喜的无可不可。正和贾母盘算，要这个，弄那个，忽见丫鬟来说："老爷叫宝玉。"宝玉听了，好似打了个焦雷，登时扫去兴头，脸上转了颜色，便拉着贾母扭的好似扭股儿糖，杀死不敢去。贾母只得安慰他道："好宝贝，你只管去，有我呢，他不敢委曲了你。况且你又作了那篇好文章。想是娘娘叫你进去住，他吩咐你几句，不过不教你在里头淘气。他说什么，你只好生答应着就是了。"一面安慰，一面唤了两个老嬷嬷来，吩咐"好生带了宝玉去，别叫他老子唬着他。"老嬷嬷答应了。

鼠要去见猫。

宝玉只得前去，一步挪不了三寸，蹭到这边来。可巧贾政在王夫人房中商议事情，金钏儿、彩云、彩霞、绣鸾、绣凤等众丫鬟都在廊檐底下站着呢，一见宝玉来，都抿着嘴笑。金钏一把拉住宝玉，悄悄的笑道：“我这嘴上是才擦的香浸胭脂，你这会子可吃不吃了？”彩云一把推开金钏，笑道：“人家正心里不自在，你还奚落他。趁这会子喜欢，快进去罢。”宝玉只得挨进门去。原来贾政和王夫人都在里间呢。赵姨娘打起帘子，宝玉躬身进去。只见贾政和王夫人对面坐在炕上说话，地下一溜椅子，迎春、探春、惜春、贾环四个人都坐在那里。一见他进来，惟有探春和惜春、贾环站了起来。

写金钏喜欢与宝玉开玩笑，为日后的打情骂俏酿出事来做铺垫。

贾政一举目，见宝玉站在跟前，神彩飘逸，秀色夺人；看看贾环，人物委琐，举止荒疏；忽又想起贾珠来，再看看王夫人只有这一个亲生的儿子，素爱如珍，自己的胡须将已苍白：因这几件上，把素日嫌恶处份宝玉之心不觉减了八九。半晌说道：“娘娘吩咐，说你日日外头嬉游，渐次疏懒，如今叫禁管，同你姊妹在园里读书写字。你可好生用心习学，再如不守分安常，你可仔细！”宝玉连连的答应了几个“是”。王夫人便拉他在身旁坐下。他姊弟三人依旧坐下。

王夫人摸挲着宝玉的脖项说道：“前儿的丸药都吃完了？”宝玉答道：“还有一丸。”王夫人道：“明儿再取十丸来，天天临睡的时候，叫袭人服侍你吃了再睡。”宝玉道：“只从太太吩咐了，袭人天天晚上想着，打发我吃。”贾政问道：“袭人是何人？”王夫人道：“是个丫头。”贾政道：“丫头不管叫个什么罢了，是谁这样刁钻，起这样的名字？”王夫人见贾政不自在了，便替宝玉掩饰道：“是老太太起的。”贾政道：“老太太如何知道这话，一定是宝玉。”宝玉见瞒不过，只得起身回道：“因素日读诗，曾记古人有一句诗云：‘花气袭人知昼暖’。因这个丫头姓花，便随口起了这个名字。”王夫人忙又道："宝玉，你回去改了罢。老爷也不用为这小事动气。"贾政道："究竟也无碍，又何用改。只是可见宝玉不务正，专在这些秾词艳赋上作工夫。"说毕，断喝一声："作业的畜生，还不出去！"王夫人也忙道："去罢，只怕老太太等你吃饭呢。"宝玉答应了，慢慢的退出去，向金钏儿笑着伸伸舌头，带着两个嬷嬷一溜烟去了。

刚至穿堂门前，只见袭人倚门立在那里，一见宝玉平安回来，堆下笑来问道："叫你作什么？"宝玉告诉他："没有什么，不过怕我进园去淘气，吩咐吩咐。"一面说，一面回至贾母跟前，回明原委。只见林黛玉正在那里，宝玉便问他："你住那一处好？"林黛玉正心里盘算这事，忽见宝玉问他，便笑道："我心里想着潇湘馆好，爱那几竿竹子隐着一道曲栏，比别处更觉幽静。"宝玉听了拍手笑道："正和我的主意一样，我也要叫你住这里呢。我就住怡红院，咱们两个又近，又都清幽。"

闯鬼门关回来了。

二人正计较，就有贾政遣人来回贾母说："二月二十二日子好，哥儿姐儿们好搬进去的。这几日内遣人进去分派收拾。"薛宝钗住了蘅芜苑，林黛玉住了潇湘馆，贾迎春住了缀锦楼，探春住了秋爽斋，惜春住了蓼风轩，李氏住了稻香村，宝玉住了怡红院。每一处添两个老嬷嬷，四个丫头，除各人奶娘亲随丫鬟不算外，另有专管收拾打扫的。至二十二日，一齐进去，登时园内花招绣带，柳拂香风，不似前番那等寂寞了。

闲言少叙。且说宝玉自进花园以来，心满意足，再无别项可生贪求之心。每日只和姊妹丫头们一处，或读书，或写字，或弹琴下棋，作画吟诗，以至描鸾刺凤，斗草簪花[1]，低吟悄唱，拆字猜枚[2]，无所不至，倒也十分快乐。他曾有几首即事诗，虽不算好，却倒是真情真景，略记几首云：

天下第一闲人。

春夜即事

霞绡云幄[3]任铺陈，隔巷蟆更[4]听未真。
枕上轻寒窗外雨，眼前春色梦中人。
盈盈烛泪因谁泣，点点花愁为我嗔。
自是小鬟娇懒惯，拥衾不耐笑言频。

夏夜即事

倦绣佳人幽梦长，金笼鹦鹉唤茶汤。
窗明麝月开宫镜，室霭檀云品御香。
琥珀杯倾荷露滑，玻璃槛纳柳风凉。
水亭处处齐纨[5]动，帘卷朱楼罢晚妆。

秋夜即事

绛芸轩里绝喧哗，桂魄[6]流光浸茜纱。
苔锁石纹容睡鹤，井飘桐露湿栖鸦。
抱衾婢至舒金凤，倚槛人归落翠花。
静夜不眠因酒渴，沉烟重拨索烹茶。

---

[1] 斗草簪花：斗草，即"斗百草"，一种闺中游戏，春夏时，各采花草竹木，举其名称作对，以吉祥而少见者为胜。簪花，相互戴插花朵，多而佳者为胜。

[2] 拆字猜枚：古代的两种游戏。拆字，即把汉字的偏旁笔画拆开或合并，做出解说。猜枚，饮酒助兴时的游戏，取若干小物握于拳中，让人猜单双、数目、颜色等。

[3] 霞绡云幄（wò）：彩色的丝被，轻柔的帏帐。

[4] 蟆更：即虾蟆更，江南夜间击柝报更。

[5] 齐纨：本指古代齐国出产的细绢。

[6] 桂魄：指月亮。

冬夜即事

梅魂竹梦已三更，锦罽鹴衾[1]睡未成。
松影一庭惟见鹤，梨花[2]满地不闻莺。
女儿翠袖诗怀冷，公子金貂酒力轻[3]。
却喜侍儿知试茗，扫将新雪及时烹。

因这几首诗，当时有一等势利人，见是荣国府十二三岁的公子作的，抄录出来各处称颂；再有一等轻浮子弟，爱上那风骚妖艳之句，也写在扇头壁上，不时吟哦赏赞。因此竟有人来寻诗觅字，倩画求题的。宝玉亦发得了意，镇日家作这些外务。

谁想静中生烦恼，忽一日不自在起来，这也不好，那也不好，出来进去只是闷闷的。园中那些人多半是女孩儿，正在混沌世界，天真烂熳之时，坐卧不避，嘻笑无心，那里知宝玉此时的心事。那宝玉心内不自在，便懒在园内，只在外头鬼混，却又痴痴的。茗烟见他这样，因想与他开心，左思右想，皆是宝玉顽奈烦了的，不能开心，惟有这件，宝玉不曾看见过。想毕，便走去到书坊内，把那古今小说并那飞燕、合德[4]、武则天、杨贵妃的外传与那传奇角本买了许多来，引宝玉看。宝玉何曾见过这些书，一看见了便如得了珍宝。茗烟又嘱咐他不可拿进园去，“若叫人知道了，我就吃不了兜着走呢”。宝玉那里舍的不拿进去，踟蹰再三，单

[1] 锦罽（jì）鹴（shuāng）衾：锦罽，织有文彩的毛毯。鹴，即鹔鹴，雁的一种。鹴衾，绣有鹔鹴图案的被子。
[2] 梨花：此指雪。
[3] “公子”句：公子穿着貂裘，犹嫌酒力不足以御寒。
[4] 合德：赵飞燕的妹妹赵合德。

把那文理细密的拣了几套进去，放在床顶上，无人时自己密看。那粗俗过露的，都藏在外面书房里。

那一日正当三月中浣[1]，早饭后，宝玉携了一套《会真记》[2]，走到沁芳闸桥边桃花底下一块石上坐着，展开《会真记》，从头细玩。正看到"落红成阵"，只见一阵风过，把树头上桃花吹下一大半来，落的满身满书满地皆是。宝玉要抖将下来，恐怕脚步践踏了，只得兜了那花瓣，来至池边，抖在池内。那花瓣浮在水面，飘飘荡荡，竟流出沁芳闸去了。回来只见地下还有许多。

宝玉正踟蹰间，只听背后有人说道："你在这里作什么？"宝玉一回头，却是林黛玉来了，肩上担着花锄，锄上挂着花囊，手内拿着花帚。宝玉笑道："好，好，来把这个花扫起来，撂在那水里。我才撂了好些在那里呢。"林黛玉道："撂在水里不好。你看这里的水干净，只一流出去，有人家的地方脏的臭的混倒，仍旧把花遭塌了。那畸角上我有一个花冢，如今把他扫了，装在这绢袋里，拿土埋上，日久不过随土化了，岂不干净。"

爱花惜花葬花，一面写黛玉多愁善感的诗人气质，一面暗示黛玉未来的命运。

宝玉听了喜不自禁，笑道："待我放下书，帮你来收拾。"黛玉道："什么书？"宝玉见问，慌的藏之不迭，便说道："不过是《中庸》、《大学》。"黛玉笑道："你又在我跟前弄鬼。趁早儿给我瞧，好多着呢。"宝玉道："好妹妹，若论你，我是不怕的。你看了，好歹别告诉别人去。真真这是好书！你要看了，连饭也不想吃呢。"一面说，一面递了过去。林黛玉把花具且都放下，接书来瞧，从头看

---

[1] 中浣（huàn）：每月的中旬。
[2]《会真记》：即唐代元稹的传奇《莺莺传》。此指元代王实甫据其所作的杂剧《西厢记》。

去，越看越爱看，不到一顿饭工夫，将十六出俱已看完，自觉词藻警人，馀香满口。虽看完了书，却只管出神，心内还默默记诵。

宝玉笑道："妹妹，你说好不好？"林黛玉笑道："果然有趣。"宝玉笑道："我就是个'多愁多病身'，你就是那'倾国倾城貌'。"林黛玉听了，不觉带腮连耳通红，登时直竖起两道似蹙非蹙的眉，瞪了两只似睁非睁的眼，微腮带怒，薄面含嗔，指宝玉道："你这该死的胡说！好好的把这淫词艳曲弄了来，还学了这些混话来欺负我。我告诉舅舅舅母去。"说到"欺负"两个字上，早又把眼睛圈儿红了，转身就走。宝玉着了急，向前拦住说道："好妹妹，千万饶我这一遭，原是我说错了。若有心欺负你，明儿我掉在池子里，教个癞头鼋吞了去，变个大忘八，等你明儿做了'一品夫人'病老归西的时候，我往你坟上替你驮一辈子的碑去。"说的林黛玉嗤的一声笑了，一面揉着眼睛，一面笑道："一般也唬的这个调儿，还只管胡说。'呸，原来是苗而不秀[1]，是个银样镴枪头[2]。'"宝玉听了，笑道："你这个呢？我也告诉去。"林黛玉笑道："你说你会过目成诵，难道我就不能一目十行么？"

林黛玉的发怒，出于女孩的自卫本能。

宝玉一面收书，一面笑道："正经快把花埋了罢，别提那个了。"二人便收拾落花，正才掩埋妥协，只见袭人走来，说道："那里没找到，摸在这里来。那边大老爷身上不好，姑娘们都过去请安，老太太叫打发你去呢。快回去换衣裳去罢。"宝玉听了，忙拿了书，别了黛玉，同袭人回房换衣不提。

---

[1] 苗而不秀：意谓庄稼苗长了却不秀穗，比喻中看不中用。
[2] 银样镴（là）枪头：比喻虚有其表，其实无能。

这里林黛玉见宝玉去了，又听见众姊妹也不在房，自己闷闷的。正欲回房，刚走到梨香院墙角上，只听墙内笛韵悠扬，歌声婉转。林黛玉便知是那十二个女孩子演习戏文呢。只因林黛玉素习不大喜看戏文，便不留心，只管往前走。偶然两句吹到耳内，明明白白，一字不落，唱道是："原来姹紫嫣红开遍，似这般都付与断井颓垣。"林黛玉听了，倒也十分感慨缠绵，便止住步侧耳细听，又听唱道是："良辰美景奈何天，赏心乐事谁家院。"听了这两句，不觉点头自叹，心下自思道："原来戏上也有好文章。可惜世人只知看戏，未必能领略这其中的趣味。"想毕，又后悔不该胡想，耽误了听曲子。又侧耳时，只听唱道："则为你如花美眷，似水流年……"林黛玉听了这两句，不觉心动神摇。又听道"你在幽闺自怜"等句[1]，亦发如醉如痴，站立不住，便一蹲身坐在一块山子石上，细嚼"如花美眷，似水流年"八个字的滋味。忽又想起前日见古人诗中有"水流花谢两无情"[2]之句，再又有词中有"流水落花春去也，天上人间"[3]之句，又兼方才所见《西厢记》中"花落水流红，闲愁万种"[4]之句，都一时想起来，凑聚在一处。仔细忖度，不觉心痛神痴，眼中落泪。正没个开交，忽觉背上击了一下，及回头看时，原来是……且听下回分解。正是：

妆晨绣夜心无矣，对月临风恨有之。

---

[1] "原来姹紫嫣红"至"你在幽闺自怜"：句出《牡丹亭·惊梦》。前四句是杜丽娘唱词，馀则为柳梦梅唱词。

[2] 水流花谢两无情：句出唐人崔涂《春夕旅怀》诗。

[3] 流水落花春去也，天上人间：句出五代南唐李煜《浪淘沙》词。

[4] 花落水流红，闲愁万种：《西厢记》第一本《楔子》中崔莺莺的唱词。

第二十四回

醉金刚轻财尚义侠　痴女儿遗帕惹相思

话说林黛玉正自情思萦逗、缠绵固结之时，忽有人从背后击了他一掌，说道："你作什么一个人在这里?"林黛玉倒唬了一跳，回头看时，不是别人，却是香菱。林黛玉道："你这个傻丫头，唬我一跳。你这会子打那里来?"香菱嘻嘻的笑道："我来寻我们的姑娘的，找他总找不着。你们紫鹃也找你呢，说琏二奶奶送了什么茶叶来给你的。走罢，回家去坐着。"一面说着，一面拉着黛玉的手回潇湘馆来了。果然凤姐儿送了两小瓶上用新茶来。林黛玉和香菱坐了。况他们有甚正事谈讲，不过说些这一个绣的好，那一个刺的精，又下一回棋，看两句书，香菱便走了。不在话下。

如今且说宝玉因被袭人找回房去，果见鸳鸯歪在床上看袭人的针线呢，见宝玉来了，便说道："你往那里去了？老太太等着你呢，叫你过那边请大老爷的安去。还不快换了衣服走呢。"袭人便进房去取衣服。宝玉坐在床沿上，褪了鞋等靴子穿的工夫，回头见鸳鸯穿着水红绫子袄儿，青缎子背心，束着白绉绸汗巾儿，脸向那边低着头看针线，脖子上戴着花领子。宝玉便把脸凑在他脖项上，闻那香油气，不住用手摩挲，其白腻不在袭人之下，便猴上身去涎皮笑道："好姐姐，把你嘴上的胭脂赏我吃了罢。"一面说着，一面扭股糖似的粘在身上。鸳鸯便叫道："袭人，你出来瞧瞧。你跟他一辈子，也不劝劝，还是这么着。"袭人抱了衣服出来，向宝玉道："左劝也不改，右劝也不改，你到底是怎么样？你再这么着，这个地方可就难住了。"一边说，一边催他穿了衣服，同鸳鸯往前面来见贾母。

见过贾母，出至外面，人马俱已齐备。刚欲上马，只见贾琏请安回来了，正下马，二人对面，彼此问了两句话。只见旁边转出一个人来，"请宝叔安"。宝玉看时，只见这人容长脸，长挑身材，年纪只好十八九岁，生得着实斯文清秀，倒也十分面善，只是想不起是那一房的，叫什么名字。贾琏笑道："你怎么发呆，连他也不认得？他是后廊上[1]住的五嫂子的儿子芸儿。"宝玉笑道："是了，是了，我怎么就忘了。"因问他母亲好，这会子什么勾当。贾芸指贾琏道："找二叔说句话。"宝玉笑道："你倒比先越发出挑了，倒像我的儿子。"贾琏笑道："好不害臊！人家比你大四五岁呢，就替你作儿子了？"宝玉笑道："你今年十几岁了？"贾芸道："十八岁。"

原来这贾芸最伶俐乖觉，听宝玉这样说，便笑道："俗语说的，'摇车里的爷爷，拄拐的孙孙'。虽然岁数大，山高高不过太阳。只从我父亲没了，这几年也无人照管教导。如若宝叔不嫌侄儿蠢笨，认作儿子，就是我的造化了。"贾琏笑道："你听见了？认儿子不是好开交的呢。"说着就进去了。宝

[1] 后廊上：此指贾府附近的一处住房。

玉笑道："明儿你闲了，只管来找我，别和他们鬼鬼祟祟的。这会子我不得闲儿。明儿你到书房里来，和你说天话儿，我带你园里玩耍去。"说着扳鞍上马，众小厮围随往贾赦这边来。

见了贾赦，不过是偶感些风寒，先述了贾母问的话，然后自己请了安。贾赦先站起来回了贾母话，次后便唤人来："带哥儿去太太屋里坐着。"宝玉退出，来至后面，进入上房。邢夫人见了他来，先倒站了起来，请过贾母安，宝玉方请安。邢夫人拉他上炕坐了，方问别人好，又命人倒茶来。一钟茶未吃完，只见那贾琮来问宝玉好。邢夫人道："那里找活猴儿去！你那奶妈子死绝了，也不收拾收拾你，弄的黑眉乌嘴的，那里像大家子念书的孩子！"

正说着，只见贾环、贾兰小叔侄两个也来了，请过安，邢夫人便叫他两个椅子上坐了。贾环见宝玉同邢夫人坐在一个坐褥上，邢夫人又百般摩挲抚弄他，早已心中不自在了，坐不多时，便和贾兰使眼色儿要走。贾兰只得依他，一同起身告辞。宝玉见他们要走，自己也就起身，要一同回去。邢夫人笑道："你且坐着，我还和你说话呢。"宝玉只得坐了。邢夫人向他两个道："你们回去，各人替我问你们各人的母亲好。你们姑娘、姐姐、妹妹都在这里呢，闹的我头晕，今儿不留你们吃饭了。"贾环等答应着，便出来回家去了。

宝玉笑道："可是姐姐们都过来了，怎么不见？"邢夫人道："他们坐了一会子，都往后头不知那屋里去了。"宝玉道："大娘方才说有话说，不知是什么话？"邢夫人笑道："那里有什么话，不过是叫你等着，同你姊妹们吃了饭去。还有一个好玩的东西给你带回去玩。”娘儿两个说话，不觉早又晚饭时节。调开桌椅，罗列杯盘，母女姊妹们吃毕了饭。宝玉去辞贾赦，同姊妹们一同回家，见过贾母、王夫人等，各自回房安息。不在话下。

且说贾芸进去见了贾琏，因打听可有什么事情。贾琏告诉他："前儿倒有一件事情出来，偏生你婶子再三求了我，给了贾芹了。他许了我，说明儿园里还有几处要栽花木的地方，等这个工程出来，一定给你就是了。"贾芸听了，半晌说道："既是这样，我就等着罢。叔叔也不必先在婶子跟前提我今儿来打听的话，到跟前再说也不迟。"贾琏道："提他作什么，我那里有这些工夫说闲话儿呢。明儿一个五更，还要到兴邑去走一趟，须得当日赶回来才好。你先去等着，后日起更以后你来讨信儿，来早了我不得闲。"说着便回后面换衣服去了。

贾芸出了荣国府回家，一路思量，想出一个主意来，便一径往他母舅卜世仁家来。原来卜世仁现开香料铺，方才从铺子里来，忽见贾芸进来，彼此见过了，因问他这早晚什么事跑了来。贾芸道："有件事求舅舅帮衬帮衬。我有一件事，用些冰片麝香使用，好歹舅舅每样赊四两给我，八月里按数送了银子来。"卜世仁冷笑道："再休提赊欠一事。前儿也是我们铺子里一个伙计，替他的亲戚赊了几两银子的货，至今总未还上。因此我们大家赔上，立了合同，再不许替亲友赊欠。谁要赊欠，就要罚他二十两银子的东道。况且如今这个货也短，你就拿现银子到我们这不三不四的铺子里来买，也还没

卜世仁，不是人。

有这些，只好倒扁儿[1]去。这是一。二则你那里有正经事，不过赊了去又是胡闹。你只说舅舅见你一遭儿就派你一遭儿不是。你小人儿家很不知好歹，也到底立个主见，赚几个钱，弄得穿是穿吃是吃的，我看着也喜欢。”

贾芸笑道：“舅舅说的倒干净。我父亲没的时候，我年纪又小，不知事。后来听见我母亲说，都还亏舅舅们在我们家出主意，料理的丧事。难道舅舅就不知道的，还是有一亩地两间房子，如今在我手里花了不成？巧媳妇做不出没米的粥来，叫我怎么样呢？还亏是我呢，要是别个，死皮赖脸三日两头儿来缠着舅舅，要三升米二升豆子的，舅舅也就没有法呢。”

卜世仁道：“我的儿，舅舅要有，还不是该的。我天天和你舅母说，只愁你没算计儿。你但凡立的起来，到你大房里，就是他们爷儿们见不着，便下个气，和他们的管家或者管事的人们嬉和嬉和[2]，也弄个事儿管管。前日我出城去，撞见了你们三房里的老四，骑着大叫驴，带着五辆车，有四五十和尚道士，往家庙去了。他那不亏能干的，就有这样的好事儿到他手里了！”贾芸听他韶刀[3]的不堪，便起身告辞。卜世仁道：“怎么急的这样，吃了饭再去罢。”一句未完，只见他娘子说道：“你又糊涂了。说着没有米，这里买了半斤面来下给你吃，这会子还装胖呢。留下外甥挨饿不成？”卜世仁说：“再买半斤来添上就是了。”他娘子便叫女孩儿：“银姐，往对门王奶奶家去问，有钱借二三十个，

[1] 倒扁儿：无货可卖，到别家铺子去套购货物来应付门面。
[2] 嬉和嬉和：主动地亲近、讨好。
[3] 韶刀：絮叨，没分寸。

明儿就送过来。”夫妻两个说话，那贾芸早说了几个“不用费事”，去的无影无踪了。

夫妻俩演双簧，装穷。演技拙劣。

不言卜家夫妇，且说贾芸赌气离了母舅家门，一径回归旧路，心下正自烦恼，一边想，一边低头只管走，不想一头就碰在一个醉汉身上，把贾芸唬了一跳。听那醉汉骂道：“臊你娘的！瞎了眼睛，碰起我来了。”贾芸忙要躲身，早被那醉汉一把抓住，对面一看，不是别人，却是紧邻倪二。原来这倪二是个泼皮，专放重利债，在赌博场吃闲钱，专管打降[1]吃酒。如今正从欠钱人家索了利钱，吃醉回来，不想被贾芸碰了一头，正没好气，抡拳就要打。只听那人叫道：“老二住手！是我冲撞了你。”倪二听见是熟人的语音，将醉眼睁开看时，见是贾芸，忙把手松了，趔趄[2]着笑道：“原来是贾二爷，我该死，我该死。这会子往那里去？”贾芸道：“告诉不得你，平白的又讨了个没趣儿。”倪二道：“不妨不妨，有什么不平的事，告诉我，替你出气。这三街六巷，凭他是谁，有人得罪了我醉金刚倪二的街坊，管叫他人离家散！”

贾芸道：“老二，你且别气，听我告诉你这原故。”说着，便把卜世仁一段事告诉了倪二。倪二听了大怒，“要不是令舅，我便骂不出好话来，真真气死我倪二。也罢，你也不用愁烦，我这里现有几两银子，你若用什么，只管拿去买办。但只一件，你我作了这些年的街坊，我在外头有名放帐，你却从没有和我张过口。也不知你厌恶我是个泼皮，怕低了你的身分；也不知是你怕我难缠，利钱

[1] 打降：即打架。
[2] 趔趄（liè qie）：走路东倒西歪。

重？若说怕利钱重，这银子我是不要利钱的，也不用写文约；若说怕低了你的身分，我就不敢借给你了，各自走开。”一面说，一面果然从搭包[1]里掏出一卷银子来。

贾芸心下自思：“素日倪二虽然是泼皮无赖，却因人而使，颇颇的有义侠之名。若今日不领他这情，怕他臊了，倒恐生事。不如借了他的，改日加倍还他也倒罢了。”想毕笑道：“老二，你果然是个好汉，我何曾不想着你，和你张口。但只是我见你所相与交结的，都是些有胆量的有作为的人，似我们这等无能无为的你倒不理。我若和你张口，你岂肯借给我。今日既蒙高情，我怎敢不领，回家按例写了文约过来便是了。”倪二大笑道：“好会说话的人。我却听不上这话。既说‘相与交结’四个字，如何放帐给他，使他的利钱！既把银子借与他，图他的利钱，便不是相与交结了。闲话也不必讲。既肯青目，这是十五两三钱有零的银子，便拿去治买东西。你要写什么文契，趁早把银子还我，让我放给那些有指望的人使去。”贾芸听了，一面接了银子，一面笑道：“我便不写罢了，有何着急的。”倪二笑道：“这不是话。天气黑了，也不让茶让酒，我还到那边有点事情去，你竟请回去。我还求你带个信儿与舍下，叫他们早些关门睡罢，我不回家去了；倘或有要紧事儿，叫我们女儿明儿一早到马贩子王短腿家来找我。”一面说，一面趔趄着脚儿去了，不在话下。

仗义偏有屠狗辈。

且说贾芸偶然碰了这件事，心中也十分罕希，想那倪二倒果然有些意思，只是还怕他一时醉中慷

[1] 搭包：长条口袋，或是搭在肩上，或是扎在腰里，盛放钱物。

慨，到明日加倍的要起来，便怎处，心内犹豫不决。忽又想道："不妨，等那件事成了，也可加倍还他。"想毕，一直走到个钱铺里，将那银子称一称，十五两三钱四分二厘。贾芸见倪二不撒谎，心下越发欢喜，收了银子，来至家门，先到隔壁将倪二的信捎了与他娘子知道，方回家来。见他母亲自在炕上拈线，见他进来，便问那去了一日。贾芸恐他母亲生气，便不说起卜世仁的事来，只说在西府里等琏二叔的，问他母亲吃了饭不曾。他母亲已吃过了，说留的饭在那里。小丫头子拿过来与他吃。

体贴亲情。细节处写贾芸之孝。

那天已是掌灯时候，贾芸吃了饭收拾歇息，一宿无话。次日一早起来，洗了脸，便出南门，大香铺里买了冰麝，便往荣国府来。打听贾琏出了门，贾芸便往后面来。到贾琏院门前，只见几个小厮拿着大高笤帚在那里扫院子呢。忽见周瑞家的从门里出来叫小厮们："先别扫，奶奶出来了。"贾芸忙上前笑问："二婶婶那去？"周瑞家的道："老太太叫，想必是裁什么尺头。"

正说着，只见一群人簇着凤姐出来了。贾芸深知凤姐是喜奉承尚排场的，忙把手逼着[1]，恭恭敬敬抢上来请安。凤姐连正眼也不看，仍往前走着，只问他母亲好，"怎么不来我们这里逛逛？"贾芸道："只是身上不大好，倒时常记挂着婶子，要来瞧瞧，又不能来。"凤姐笑道："可是会撒谎，不是我提起他来，你就不说他想我了。"贾芸笑道："侄儿不怕雷打了，就敢在长辈前撒谎。昨儿晚上还提起婶子来，说婶子身子生的单弱，事情又多，亏婶子好大精神，竟料理的周周全全；要是差一点

[1] 把手逼（bì）着：两臂下垂，两手紧贴身体两侧，以表示敬畏。

儿的，早累的不知怎么样呢。”

凤姐听了满脸是笑，不由的便止了步，问道：“怎么好好的你娘儿们在背地里嚼起我来?”贾芸道：“有个原故，只因我有个朋友，家里有几个钱，现开香铺。只因他身上捐着个通判[1]，前儿选了云南不知那一处，连家眷一齐去，把这香铺也不在这里开了。便把帐物攒了一攒，该给人的给人，该贱发的贱发了，像这细贵的货，都分着送与亲朋。他就一共送了我些冰片、麝香。我就和我母亲商量，若要转买，不但卖不出原价来，而且谁家拿这些银子买这个作什么，便是很有钱的大家子，也不过使个几分几钱就挺折腰[2]了；若说送人，也没个人配使这些，倒叫他一文不值半文转卖了。因此我就想起婶子来。往年间我还见婶子大包的银子买这些东西呢，别说今年贵妃宫中，就是这个端阳节下，不用说这些香料自然是比往常加上十倍去的。因此想来想去，只孝顺婶子一个人才合式，方不算遭塌这东西。”一边说，一边将一个锦匣举起来。

贾琏羞于承认惧内的事实，贾芸看出奥妙，改求凤姐。贾芸一面要照顾贾琏的面子，所以趁贾琏出门去找凤姐；一面怕凤姐收礼时，顾虑送者小看了她，于是编出一套谎话。这就是送礼的学问。

凤姐正是要办端阳的节礼，采买香料药饵的时节，忽见贾芸如此一来，听这一篇话，心下又是得意又是欢喜，便命丰儿：“接过芸哥儿的来，送了家去，交给平儿。”因又说道：“看着你这样倒很知好歹，怪道你叔叔常提你，说你说话儿也明白，心里有见识。”贾芸听这话入了港，便打进一步来，故意问道：“原来叔叔也曾提我的?”凤姐见问，才要告诉他与他管事情的那话，便忙又止住，心下想道：“我如今要告诉他那话，倒叫他看着我见不得

[1] 通判：明清时协助知府处理政务的官。
[2] 挺折腰：到顶了。

东西似的，为得了这点子香，就混许他管事了。今儿先别提起这事。”想毕，便把派他监种花木工程的事都隐瞒的一字不提，随口说了两句淡话，便往贾母那里去了。贾芸也不好提的，只得回来。

因昨日见了宝玉，叫他到外书房等着，贾芸吃了饭便又进来，到贾母那边仪门外绮霰斋书房里来。只见焙茗、锄药两个小厮下象棋，为夺“车”正拌嘴；还有引泉、扫花、挑云、伴鹤四五个，又在房檐上掏小雀儿玩。贾芸进入院内，把脚一跺，说道：“猴头们淘气，我来了。”众小厮看见贾芸进来，都才散了。贾芸进入房内，便坐在椅子上问：“宝二爷没下来?”焙茗道：“今儿总没下来。二爷说什么，我替你哨探哨探去。”说着，便出去了。

大观园里的奴仆，他们的名字也是如此文雅。

这里贾芸便看字画古玩，有一顿饭工夫还不见来，再看看别的小厮，都顽去了。正是烦闷，只听门前娇声嫩语的叫了一声“哥哥”。贾芸往外瞧时，看是一个十六七岁的丫头，生的倒也细巧干净。那丫头见了贾芸，便抽身躲了过去。恰值焙茗走来，见那丫头在门前，便说道：“好，好，正抓不着个信儿。”贾芸见了焙茗，也就赶了出来，问怎么样。焙茗道：“等了这一日，也没个人儿过来。这就是宝二爷房里的。好姑娘，你进去带个信儿，就说廊上的二爷来了。”

那丫头听说，方知是本家的爷们，便不似先前那等回避，下死眼把贾芸钉了两眼。听那贾芸说道：“什么是廊上廊下的，你只说是芸儿就是了。”半晌，那丫头冷笑了一笑：“依我说，二爷竟请回家去，有什么话明儿再来。今儿晚上得空儿我回了他。”焙茗道：“这是怎么说?”那丫头道：“他今儿也没睡中觉，自然吃的晚饭早。晚上他又不下来。

难道只是要的二爷在这里等着挨饿不成！不如家去，明儿来是正经。便是回来有人带信，那都是不中用的。他不过口里应着，他倒给带呢！”贾芸听这丫头说话简便俏丽，待要问他的名字，因是宝玉房里的，又不便问，只得说道：“这话倒是，我明儿再来。”说着便往外走。焙茗道：“我倒茶去，二爷吃了茶再去。”贾芸一面走，一面回头说：“不吃茶，我还有事呢。”口里说话，眼睛瞧那丫头还站在那里呢。

一见钟情。

那贾芸一径回家。至次日来至大门前，可巧遇见凤姐往那边去请安，才上了车，见贾芸来，便命人唤住，隔窗子笑道：“芸儿，你竟有胆子在我的跟前弄鬼。怪道你送东西给我，原来你有事求我。昨儿你叔叔才告诉我说你求他。”贾芸笑道：“求叔叔这事，婶子休提，我昨儿正后悔呢。早知这样，我竟一起头求婶子，这会子也早完了。谁承望叔叔竟不能的。”凤姐笑道：“怪道你那里没成儿[1]，昨儿又来寻我。”贾芸道：“婶子辜负了我的孝心，我并没有这个意思。若有这个意思，昨儿还不求婶子。如今婶子既知道了，我倒要把叔叔丢下，少不得求婶子好歹疼我一点儿。”

凤姐冷笑道：“你们要拣远路儿走，叫我也难说。早告诉我一声儿，有什么不成的，多大点子事，耽误到这会子。那园子里还要种树种花，我只想不出一个人来，你早来不早完了。”贾芸笑道：“既这样，婶子明儿就派我罢。”凤姐半晌道：“这个我看着不大好。等明年正月里烟火灯烛那个大宗儿下来，再派你罢。”贾芸道：“好婶子，先把这个

[1] 没成儿：没指望。

派了我罢。果然这个办的好，再派我那个。”凤姐笑道：“你倒会拉长线儿。罢了，要不是你叔叔说，我不管你的事。我也不过吃了饭就过来，你到午错的时候来领银子，后儿就进去种树。”说毕，令人驾起香车，一径去了。

贾芸喜不自禁，来至绮霰斋打听宝玉，谁知宝玉一早便往北静王府里去了。贾芸便呆呆的坐到晌午，打听凤姐回来，便写个领票来领对牌。至院外，命人通报了，彩明走了出来，单要了领票进去，批了银数年月，一并连对牌交与了贾芸。贾芸接了，看那批上银数批了二百两，心中喜不自禁，翻身走到银库上，交与收牌票的，领了银子。回家告诉母亲，自是母子俱各欢喜。次日一过五鼓，贾芸先找了倪二，将前银按数还他。那倪二见贾芸有了银子，他便按数收回，不在话下。这里贾芸又拿了五十两，出西门找到花儿匠方椿家里去买树，不在话下。

如今且说宝玉，自那日见了贾芸，曾说明日着他进来说话儿。如此说了之后，他原是富贵公子的口角，那里还把这个放在心上，因而便忘怀了。这日晚上，从北静王府里回来，见过贾母、王夫人等，回至园内，换了衣服，正要洗澡。袭人因被薛宝钗烦了去打结子[1]；秋纹、碧痕两个去催水；檀云又因他母亲的生日接了出去；麝月又现在家中养病；虽还有几个作粗活听唤的丫头，估着叫不着他们，都出去寻伙觅伴的玩去了。不想这一刻的工夫，只剩了宝玉在房内。偏生的宝玉要吃茶，一连

---

［1］结子：用丝绳或绦带编结成花样，用以系挂饰物，下有长穗。

叫了两三声，方见两三个老嬷嬷走进来。宝玉见了他们，连忙摇手儿说："罢，罢，不用你们了。"老婆子们只得退出。

宝玉见没丫头们，只得自己下来，拿了碗向茶壶去倒茶。只听背后说道："二爷仔细烫了手，让我们来倒。"一面说，一面走上来，早接了碗过去。宝玉倒唬了一跳，问："你在那里的？忽然来了，唬我一跳。"那丫头一面递茶，一面回说："我在后院子里，才从里间的后门进来，难道二爷就没听见脚步响？"宝玉一面吃茶，一面仔细打量那丫头：穿着几件半新不旧的衣裳，倒是一头黑鬒鬒[1]的头发，挽着个䰖，容长脸面，细巧身材，却十分俏丽干净。

宝玉看了，便笑问道："你也是我这屋里的人么？"那丫头道："是的。"宝玉道："既是这屋里的，我怎么不认得？"那丫头听说，便冷笑了一声道："认不得的也多，岂只我一个。从来我又不递茶递水，拿东拿西，眼见的事一点儿不作，那里认得呢。"宝玉道："你为什么不作那眼见的事？"那丫头道："这话我也难说。只是有一句话回二爷：昨儿有个什么芸儿来找二爷。我想二爷不得空儿，便叫焙茗回他，叫他今日早起来，不想二爷又往北府里去了。"

刚说到这句话，只见秋纹、碧痕嘻嘻哈哈的说笑着进来，两个人共提着一桶水，一手撩着衣裳，趔趔趄趄，泼泼撒撒的。那丫头便忙迎去接。那秋纹、碧痕正对着抱怨，"你湿了我的裙子"，那个又说"你踹了我的鞋"。忽见走出一个人来接水，二

---

[1] 黑鬒（zhěn）鬒：形容头发乌黑。

人看时，不是别人，原来是小红。二人便都诧异，将水放下，忙进房来东瞧西望，并没个别人，只有宝玉，便心中大不自在。只得预备下洗澡之物，待宝玉脱了衣裳，二人便带上门出来，走到那边房内便找小红，问他方才在屋里说什么。小红道："我何曾在屋里的？只因我的手帕子不见了，往后头找手帕子去。不想二爷要茶吃，叫姐姐们一个没有，是我进去了，才倒了茶，姐姐们便来了。"

秋纹听了，兜脸啐了一口，骂道："没脸的下流东西！正经叫你催水去，你说有事，倒叫我们去，你可等着做这个巧宗儿。一里一里的，这不上来了。难道我们倒跟不上你了？你也拿镜子照照，配递茶递水不配！"碧痕道："明儿我说给他们，凡要茶要水送东送西的事，咱们都别动，只叫他去便是了。"秋纹道："这么说，不如我们散了，单让他在这屋里呢。"二人你一句，我一句，正闹着，只见有个老嬷嬷进来传凤姐的话说："明日有人带花儿匠来种树，叫你们严禁些，衣服裙子别混晒混晾的。那土山上一溜都拦着帏幙呢，可别混跑。"秋纹便问："明儿不知是谁带进匠人来监工？"那婆子道："说什么后廊上的芸哥儿。"秋纹、碧痕听了都不知道，只管混问别的话。那小红听见了，心内却明白，就知是昨儿外书房所见那人了。

奴婢也分三六九等，互相踩踏。人才难以出头的原因之一。

原来这小红本姓林，小名红玉，只因"玉"字犯了林黛玉、宝玉，便都把这个字隐起来，便都叫他"小红"。原是荣国府中世代的旧仆，他父母现在收管各处房田事务。这红玉年方十六岁，因分人在大观园的时节，把他便分在怡红院中，倒也清幽雅静。不想后来命人进来居住，偏生这一所儿又被宝玉占了。这红玉虽然是个不谙事的丫头，却因他原有三分容貌，心内着实妄想痴心的向上攀高，每每的要在宝玉面前现弄现弄。只是宝玉身边一干人，都是伶牙俐爪的，那里插的下手去。不想今儿才有些消息，又遭秋纹等一场恶意，心内早灰了一半。正闷闷的，忽然听见老嬷嬷说起贾芸来，不觉心中一动，便闷闷的回至房中，睡在床上暗暗盘算，翻来掉去，正没个抓寻。忽听窗外低低的叫道："红玉，你的手帕子我拾在这里呢。"红玉听了忙走出来看，不是别人，正是贾芸。红玉不觉的粉面含羞，问道："二爷在那里拾着的？"贾芸笑道："你过来，我告诉你。"一面说，一面就上来拉他。那红玉急回身一跑，却被门槛绊倒。要知端的，下回分解。

第二十五回

魇魔法[1]姊弟逢五鬼　红楼梦通灵遇双真[2]

话说红玉心神恍惚，情思缠绵，忽朦胧睡去，遇见贾芸要拉他，却回身一跑，被门槛绊了一跤，唬醒过来，方知是梦。因此翻来覆去，一夜无眠。至次日天明，方才起来，就有几个丫头子来会他去打扫房子地面，提洗脸水。这红玉也不梳洗，向镜中胡乱挽了一挽头发，洗了洗手，腰内束了一条汗巾子，便来打扫房屋。

日有所思，夜有所梦。

谁知宝玉昨儿见了红玉，也就留了心。若要直点名唤他来使用，一则怕袭人等寒心；二则又不知红玉是何等行为，若好还罢了，若不好起来，那时倒不好退送的。因此心下闷闷的，早起来也不梳洗，只坐着出神。一时下了窗子，隔着纱屉子[3]，向外看的真切，只见好几个丫头在那里扫地，都擦胭抹粉，簪花插柳的，独不见昨儿那一个。宝玉便靸了鞋晃出了房门，只装着看花儿，这里瞧瞧，那里望望，一抬头，只见西南角上游廊底下栏杆上似有一个人倚在那里，却恨面前有一株海棠花遮着，看不真切。只得又转了一步，仔细一看，可不是昨儿那个丫头在那里出神。待要迎上去，又不好去

[1] 魇（yǎn）魔法：一种迷信活动。用法术使人受祸或使其神智迷糊。
[2] 双真：此指癞头和尚和跛足道人。真，真人、仙人。
[3] 纱屉子：类似纱窗。

的。正想着，忽见碧痕来催他洗脸，只得进去了。不在话下。

却说红玉正自出神，忽见袭人招手叫他，只得走上前来。袭人笑道："我们这里的喷壶还没有收拾了来呢，你到林姑娘那里去，把他们的借来使使。"红玉答应了，便走出来往潇湘馆去。正走上翠烟桥，抬头一望，只见山坡上高处都是拦着帏幙，方想起今儿有匠役在里头种树。因转身一望，只见那边远远一簇人在那里掘土，贾芸正坐在那山子石上。红玉待要过去，又不敢过去，只得闷闷的向潇湘馆取了喷壶回来，无精打彩自向房内倒着。众人只说他一时身上不爽快，都不理论。

展眼过了一日，原来次日就是王子腾夫人的寿诞，那里原打发人来请贾母王夫人的，王夫人见贾母不自在，也便不去了。倒是薛姨妈同凤姐儿并贾家几个姊妹、宝钗、宝玉一齐都去了，至晚方回。

可巧王夫人见贾环下了学，便命他来抄个《金刚咒》唪诵唪诵[1]。那贾环正在王夫人炕上坐着，命人点灯，拿腔作势的抄写。一时又叫彩云倒杯茶来，一时又叫玉钏儿来剪剪蜡花，一时又说金钏儿挡了灯影。众丫鬟们素日厌恶他，都不答理。只有彩霞还和他合的来，倒了一钟茶来递与他。因见王夫人和人说话儿，他便悄悄的向贾环说道："你安些分罢，何苦讨这个厌那个厌的。"贾环道："我也知道了，你别哄我。如今你和宝玉好，把我不答理，我也看出来了。"彩霞咬着嘴唇，向贾环头上戳了一指头，说道："没良心的！狗咬吕洞宾，不

没人缘。

[1]《金刚咒》唪（fěng）诵：《金刚咒》，《金刚经》后面的咒语。唪诵，大声念经。

识好人心。”

两人正说着，只见凤姐来了，拜见过王夫人。王夫人便一长一短的问他，今儿是那几位堂客，戏文好歹，酒席如何等语。说了不多几句话，宝玉也来了，进门见了王夫人，不过规规矩矩说了几句，便命人除去抹额，脱了袍服，拉了靴子，便一头滚在王夫人怀里。王夫人便用手满身满脸摩挲抚弄他，宝玉也扳着王夫人的脖子说长道短的。王夫人道：“我的儿，你又吃多了酒，脸上滚热。你还只是揉搓，一会闹上酒来。还不在那里静静的倒一会子呢。”说着，便叫人拿个枕头来。宝玉听说便下来，在王夫人身后倒下，又叫彩霞来替他拍着。宝玉便和彩霞说笑，只见彩霞淡淡的，不大答理，两眼睛只向贾环处看。宝玉便拉他的手笑道：“好姐姐，你也理我理儿呢。”一面说，一面拉他的手，彩霞夺手不肯，便说：“再闹，我就嚷了。”

王夫人百般疼爱宝玉，越显得贾环没人疼、没人爱。

二人正闹着，原来贾环听的见，素日原恨宝玉，如今又见他和彩霞闹，心中越发按不下这口毒气。虽不敢明言，却每每暗中算计，只是不得下手，今见相离甚近，便要用热油烫瞎他的眼睛。因而故意装作失手，把那一盏油汪汪的蜡灯向宝玉脸上只一推。只听宝玉“嗳哟”了一声，满屋里众人都唬了一跳。连忙将地下的戳灯挪过来，又将里外间屋的灯拿了三四盏看时，只见宝玉满脸是油。王夫人又急又气，一面命人来替宝玉擦洗，一面又骂贾环。凤姐三步两步的上炕去替宝玉收拾着，一面笑道：“老三还是这么慌脚鸡似的，我说你上不得高台盘。赵姨娘时常也该教导教导他。”一句话提醒了王夫人，那王夫人不骂贾环，便叫过赵姨娘来骂道：“养出这样黑心不知道理下流种子来，也不

心肠歹毒，痛下狠手。

管管！几番几次我都不理论，你们得了意了，越发上来了！”

那赵姨娘素日虽然常怀嫉妒之心，不忿凤姐宝玉两个，也不敢露出来；如今贾环又生了事，受这场恶气，不但吞声承受，而且还要走去替宝玉收拾。只见宝玉左边脸上烫了一溜燎泡出来，幸而眼睛竟没动。王夫人看了，又是心疼，又怕明日贾母问怎么回答，急的又把赵姨娘数落一顿。然后又安慰了宝玉一回，又命取败毒消肿药来敷上。宝玉道：“有些疼，还不妨事。明儿老太太问，就说是我自己烫的罢了。”凤姐笑道：“便说是自己烫的，也要骂人为什么不小心看着，叫你烫了！横竖有一场气生的，到明儿凭你怎么说去罢。”王夫人命人好生送了宝玉回房去后，袭人等见了，都慌的了不得。

写宝玉的厚道。人家如此害他，他还怕人家受责难。

林黛玉见宝玉出了一天门，就觉闷闷的，没个可说话的人。至晚，正打发人来问了两三遍回来不曾，这遍方才回来，又偏生烫了。林黛玉便赶着来瞧，只见宝玉正拿镜子照呢，左边脸上满满的敷了一脸的药。林黛玉只当烫的十分利害，忙上来问怎么烫了，要瞧瞧。宝玉见他来了，忙把脸遮着，摇手叫他出去，不肯叫他看。——知道他的癖性喜洁，见不得这些东西。林黛玉自己也知道自己也有这件癖性，知道宝玉的心内怕他嫌脏，因笑道：“我瞧瞧，烫了那里了，有什么遮着藏着的。”一面说，一面就凑上来，强搬着脖子瞧了一瞧，问他疼的怎么样。宝玉道：“也不很疼，养一两日就好了。”林黛玉坐了一回，闷闷的回房去了。一宿无话。

次日，宝玉见了贾母，虽然自己承认是自己烫的，不与别人相干，免不得那贾母又把跟从的人骂一顿。

过了一日，就有宝玉寄名的干娘[1]马道婆进荣国府来请安。见了宝玉，唬一大跳，问起原由，说是烫的，便点头叹息一回，向宝玉脸上用指头画了一画，口内嘟嘟囔囔的又持诵了一回，说道："管保就好了，这不过是一时飞灾。"又向贾母道："祖宗老菩萨那里知道，那经典佛法上说的利害，大凡那王公卿相人家的子弟，只一生长下来，暗里便有许多促狭鬼跟着他，得空便拧他一下，或掐他一下，或吃饭时打下他的饭碗来，或走着推他一跤，所以往往的那些大家子孙多有长不大的。"

装神弄鬼。

贾母听如此说，便赶着问："这有什么佛法解释[2]没有呢?"马道婆道："这个容易，只是替他多作些因果善事也就罢了。再那经上还说，西方有位大光明普照菩萨，专管照耀阴暗邪祟，若有善男子善女子虔心供奉者，可以永佑儿孙康宁安静，再无惊恐邪祟撞客[3]之灾。"贾母道："倒不知怎么个供奉这位菩萨?"马道婆道："也不值些什么，不过除香烛供养之外，一天多添几斤香油，点上个大海灯。这海灯，便是菩萨现身法像[4]，昼夜不敢息的。"贾母道："一天一夜也得多少油?明白告诉我，我也好作这件功德的。"马道婆听如此说，便笑道："这也不拘，随施主菩萨们随心愿舍罢了。像我们庙里，就有好几处的王妃诰命供奉的：南安郡王府里的太妃，他许的多，愿心大，一天是四十

[1] 寄名的干娘：此指把子弟寄其名下为义子的道姑。寄名是为了得到神灵的保佑。
[2] 佛法解释：此指用佛法消灾去病。解释，消解发散。
[3] 撞客：突然神智昏迷、胡言乱语，迷信以为是鬼神附体，俗称"撞客"。
[4] 现身法像：佛变幻出来的形象。

八斤油，一斤灯草，那海灯也只比缸略小些；锦田侯的诰命次一等，一天不过二十四斤油；再还有几家也有五斤的、三斤的、一斤的，都不拘数。那小家子穷人家舍不起这些，就是四两半斤，也少不得替他点。”

马道婆很狡猾，说多了怕引起贾母的怀疑。她给贾母划了一个范围：从几十斤到四两半斤。她知道，贾母必定是取其折中之数。

贾母听了，点头思忖。马道婆又道：“还有一件，若是为父母尊亲长上的，多舍些不妨；若是像老祖宗如今为宝玉，若舍多了倒不好，还怕哥儿禁不起，倒折了福。也不当家花花的[1]，要舍，大则七斤，小则五斤，也就是了。”贾母说：“既是这样说，你便一日五斤合准了，每月打趸来关了去[2]。”马道婆念了一声“阿弥陀佛慈悲大菩萨”。贾母又命人来吩咐：“以后大凡宝玉出门的日子，拿几串钱交给他的小子们带着，遇见僧道穷苦人好舍。”

说毕，那马道婆又坐了一回，便又往各院各房问安，闲逛了一回。一时来至赵姨娘房内，二人见过，赵姨娘命小丫头倒了茶来与他吃。马道婆因见炕上堆着些零碎绸缎湾角，赵姨娘正粘鞋呢。马道婆道：“可是我正没了鞋面子了。赵奶奶你有零碎缎子，不拘什么颜色的，弄一双鞋面给我。”赵姨娘听说，便叹口气说道：“你瞧瞧那里头，还有那一块是成样的？成了样的东西，也不能到我手里来！有的没的都在这里，你不嫌，就挑两块子去。”马道婆见说，果真便挑了两块袖将起来。

赵姨娘问道：“前日我送了五百钱去，在药王[3]跟前上供，你可收了没有？”马道婆道：“早

[1] 不当家花花的：意即当不起。
[2] 打趸（dǔn）来关了去：凑足总数领走。趸，整数。关，领取。
[3] 药王：菩萨名。传说以神农或扁鹊为药王，另一说唐代孙思邈为药王。

已替你上了供了。”赵姨娘叹口气道：“阿弥陀佛！我手里但凡从容些，也时常的上个供，只是心有馀力量不足。”马道婆道：“你只管放心，将来熬的环哥儿大了，得个一官半职，那时你要作多大的功德不能？”赵姨娘听说，鼻子里笑了一声，说道：“罢，罢，再别说起。如今就是个样儿，我们娘儿们跟的上这屋里那一个儿！也不是有了宝玉，竟是得了活龙。他还是小孩子家，长的得人意儿，大人偏疼他些也还罢了；我只不服这个主儿。”一面说，一面伸出两个指头儿来。马道婆会意，便问道：“可是琏二奶奶？”赵姨娘唬的忙摇手儿，走到门前，掀帘子向外看看无人，方进来向马道婆悄悄说道：“了不得，了不得！提起这个主儿来，真真把人气杀，叫人一言难尽。我白和你打个赌，明儿这一分家私要不都叫他搬送到娘家去，我也不是个人。”

马道婆见他如此说，便探他口气说道：“我还用你说，难道都看不出来。也亏你们，心里也不理论，只凭他去。倒也妙。”赵姨娘道：“我的娘，不凭他去，难道谁还敢把他怎么样呢？”马道婆听说，鼻子里一笑，半晌说道：“不是我说句造孽的话，你们没有本事！——也难怪别人。明不敢怎样，暗里也就算计了，还等到这如今！”赵姨娘闻听这话里有道理，心内暗暗的欢喜，便说道：“怎么暗里算计？我倒有这个意思，只是没这样的能干人。你若教给我这法子，我大大的谢你。”马道婆听说这话打拢了一处，便又故意说道：“阿弥陀佛！你快休问我，我那里知道这些事。罪过，罪过。”赵姨娘道：“你又来了。你是最肯济困扶危的人，难道就眼睁睁的看人家来摆布死了我们娘儿两个不成？

难道还怕我不谢你?”马道婆听说如此,便笑道:“若说我不忍叫你娘儿们受人委曲还犹可,若说谢我的这两个字,可是你错打算盘了。就便是我希图你谢,靠你有些什么东西能打动我?”

赵姨娘听这话口气松动了,便说道:“你这么个明白人,怎么糊涂起来了。你若果然法子灵验,把他两个绝了,明日这家私不怕不是我环儿的。那时你要什么不得?”马道婆听了,低了头,半晌说道:“那时候事情妥了,又无凭据,你还理我呢!”赵姨娘道:“这又何难。如今我虽手里没什么,也零碎攒了几两梯己,还有几件衣服簪子,你先拿些去。下剩的,我写个欠银子文契给你,你要什么保人也有,那时我照数给你。”马道婆道:“果然这样?”赵姨娘道:“这如何还撒得谎。”说着便叫过一个心腹婆子来,耳根底下嘁嘁喳喳说了几句话。

那婆子出去了,一时回来,果然写了个五百两欠契来。赵姨娘便印了手模,走到橱柜里将梯己拿了出来,与马道婆道:“这个你先拿了去做香烛供奉使费,可好不好?”马道婆看看白花花的一堆银子,又有欠契,并不顾青红皂白,满口里应着,伸手先去抓了银子掖起来,然后收了欠契。又向裤腰里掏了半晌,掏出十个纸铰的青面白发的鬼来,并两个纸人,递与赵姨娘,又悄悄的教他道:“把他两个的年庚八字[1]写在这两个纸人身上,一并五个鬼都掖在他们各人的床上就完了。我只在家里作法,自有效验。千万小心,不要害怕!”正才说着,只见王夫人的丫鬟进来找道:“奶奶可在这里,太太等你呢。”二人方散了,不在话下。

马道婆的贪婪较之净虚毫无逊色,但手段的狠毒下作则超过了净虚。

---

[1] 年庚八字:即生辰八字,指人诞生的年月日时,以天干地支计,共八个字,故称“八字”。

却说林黛玉因见宝玉近日烫了脸，总不出门，倒时常在一处说说话儿。这日饭后看了两篇书，自觉无趣，便同紫鹃雪雁做了一回针线，更觉烦闷。便倚着房门出了一回神，信步出来，看阶下新迸出的稚笋，不觉出了院门。来到园中，四顾无人，惟见花光柳影，鸟语溪声。

林黛玉信步便往怡红院中来，只见几个丫头舀水，都在回廊上围着看画眉洗澡呢。听见房内有笑声，林黛玉便入房中看时，原来是李宫裁、凤姐、宝钗都在这里呢，一见他进来都笑道："这不又来了一个。"林黛玉笑道："今儿齐全，谁下帖子请来的？"凤姐道："前儿我打发了丫头送了两瓶茶叶去，你往那去了？"林黛玉笑道："哦，可是倒忘了，多谢多谢。"凤姐儿又道："你尝了可还好不好？"没有说完，宝玉便说道："论理可倒罢了，只是我说不大甚好，也不知别人尝着怎么样。"宝钗道："味倒轻，只是颜色不大好些。"凤姐道："那是暹罗[1]进贡来的。我尝着也没什么趣儿，还不如我每日吃的呢。"林黛玉道："我吃着好，不知你们的脾胃是怎样？"宝玉道："你果然爱吃，把我这个也拿了去吃罢。"凤姐笑道："你要爱吃，我那里还有呢。"林黛玉道："果真的，我就打发丫头取去了。"凤姐道："不用取去，我打发人送来就是了。我明儿还有一件事求你，一同打发人送来。"

林黛玉听了笑道："你们听听，这是吃了他们家一点子茶叶，就来使唤人了。"凤姐笑道："倒求你，你倒说这些闲话，吃茶吃水的。你既吃了我们

[1] 暹（xiān）罗：古国名，在今泰国一带。

家的茶[1]，怎么还不给我们家作媳妇?”众人听了一齐都笑起来。林黛玉红了脸，一声儿不言语，便回过头去了。李宫裁笑向宝钗道：“真真我们二婶子的诙谐是好的。”林黛玉道：“什么诙谐，不过是贫嘴贱舌讨人厌恶罢了。”说着便啐了一口。凤姐笑道：“你别作梦！你给我们家作了媳妇，少什么?”指宝玉道：“你瞧瞧，人物儿、门第配不上，根基配不上，家私配不上？那一点还玷辱了谁呢?”

林黛玉抬身就走。宝钗便叫：“颦儿急了，还不回来坐着。走了倒没意思。”说着便站起来拉住。刚至房门前，只见赵姨娘和周姨娘两个人进来瞧宝玉。李宫裁、宝钗、宝玉等都让他两个坐。独凤姐只和林黛玉说笑，正眼也不看他们。宝钗方欲说话时，只见王夫人房内的丫头来说：“舅太太来了，请奶奶姑娘们出去呢。”李宫裁听了，连忙叫着凤姐等走了。赵、周两个忙辞了宝玉出去。宝玉道：“我也不能出去，你们好歹别叫舅母进来。”又道：“林妹妹，你先略站一站，我说一句话。”凤姐听了，回头向林黛玉笑道：“有人叫你说话呢。”说着便把林黛玉往里一推，和李纨一同去了。

这里宝玉拉着林黛玉的袖子，只是嘻嘻的笑，心里有话，只是口里说不出来。此时林黛玉只是禁不住把脸红涨了，挣着要走。宝玉忽然“嗳哟”了一声，说：“好头疼!”林黛玉道：“该，阿弥陀佛!”只见宝玉大叫一声：“我要死!”将身一纵，离地跳有三四尺高，口内乱嚷乱叫，说起胡话来了。林黛玉并丫头们都唬慌了，忙去报知王夫人、贾母等。此时王子腾的夫人也在这里，都一齐来

---

[1] 吃了我们家的茶：女子受聘，俗称“吃茶”。

时，宝玉益发拿刀弄杖，寻死觅活的，闹得天翻地覆。贾母、王夫人见了，唬的抖衣乱颤，且“儿”一声“肉”一声放声恸哭。于是惊动诸人，连贾赦、邢夫人、贾珍、贾政、贾琏、贾蓉、贾芸、贾萍、薛姨妈、薛蟠并周瑞家的一干家中上上下下里里外外众媳妇丫头等，都来园内看视。

魇魔法的效应，自然是小说家言，只是为了刻画赵姨娘的愚昧狠毒。

登时园内乱麻一般。正没个主见，只见凤姐手持一把明晃晃钢刀砍进园来，见鸡杀鸡，见狗杀狗，见人就要杀人。众人越发慌了。周瑞媳妇忙带着几个有力量的胆壮的婆娘上去抱住，夺下刀来，抬回房去。平儿、丰儿等哭的泪天泪地。贾政等心中也有些烦难，顾了这里，丢不下那里。

凤姐和宝玉正是赵姨娘最恨的两个人，欲置之死地而后快。

别人慌张自不必讲，独有薛蟠更比诸人忙到十分去：又恐薛姨妈被人挤倒，又恐薛宝钗被人瞧见，又恐香菱被人臊皮，——知道贾珍等是在女人身上做功夫的，因此忙的不堪。忽一眼瞥见了林黛玉风流婉转，已酥倒在那里。

当下众人七言八语，有的说请端公送祟[1]的，有的说请巫婆跳神[2]的，有的又荐玉皇阁的张真人，种种喧腾不一。也曾百般医治祈祷，问卜求神，总无效验。堪堪日落。王子腾夫人告辞去后，次日王子腾也来瞧问。接着小史侯家、邢夫人弟兄辈并各亲戚眷属都来瞧看，也有送符水的，也有荐僧道的，总不见效。他叔嫂二人愈发糊涂，不省人事，睡在床上，浑身火炭一般，口内无般不说。到夜晚间，那些婆娘媳妇丫头们都不敢上前。因此把他二人都抬到王夫人的上房内，夜间派了贾芸带着

[1] 端公送祟：请巫师烧纸念咒，送走鬼祟。端公，即巫师。
[2] 跳神：巫婆烧香上供，请神仙附体，手舞足蹈，代神降旨。

小厮们挨次轮班看守。贾母、王夫人、邢夫人、薛姨妈等寸地不离，只围着干哭。

此时贾赦、贾政又恐哭坏了贾母，日夜熬油费火，闹的人口不安，也都没了主意。贾赦还各处去寻僧觅道。贾政见不灵效，着实懊恼，因阻贾赦道："儿女之数，皆由天命，非人力可强者。他二人之病出于不意，百般医治不效，想天意该如此，也只好由他们去罢。"贾赦也不理此话，仍是百般忙乱，那里见些效验。看看三日光阴，那凤姐和宝玉躺在床上，益发连气都将没了。合家人口无不惊慌，都说没了指望，忙着将他二人的后世的衣履都治备下了。贾母、王夫人、贾琏、平儿、袭人这几个人更比诸人哭的忘餐废寝，觅死寻活。赵姨娘、贾环等自是称愿。

到了第四日早晨，贾母等正围着宝玉哭时，只见宝玉睁开眼说道："从今以后，我可不在你家了！快收拾了，打发我走罢。"贾母听了这话，如同摘心去肝一般。赵姨娘在旁劝道："老太太也不必过于悲痛。哥儿已是不中用了，不如把哥儿的衣服穿好，让他早些回去，也免些苦；只管舍不得他，这口气不断，他在那世里也受罪不安生。"这些话没说完，被贾母照脸啐了一口唾沫，骂道："烂了舌头的混帐老婆，谁叫你来多嘴多舌的！你怎么知道他在那世里受罪不安生？怎么见得不中用了？你愿他死了，有什么好处？你别做梦！他死了，我只和你们要命。素日都不是你们调唆着逼他写字念书，把胆子唬破了，见了他老子不像个避猫鼠儿？都不是你们这起淫妇调唆的！这会子逼死了，你们遂了心，我饶那一个！"一面骂，一面哭。

贾政在旁听见这些话，心里越发难过，便喝退赵姨娘，自己上来委婉解劝。一时又有人来回说："两口棺椁都做齐了，请老爷出去看。"贾母听了，如火上浇油一般，便骂："是谁做了棺椁？"一叠声只叫把做棺材的拉来打死。

正闹的天翻地覆，没个开交，只闻得隐隐的木鱼声响，念了一句："南无[1]解冤孽菩萨。有那人口不利，家宅颠倾，或逢凶险，或中邪祟者，我们善能医治。"贾母、王夫人听见这些话，那里还耐得住，便命人去快请进来。贾政虽不自在，奈贾母之言如何违拗；想如此深宅，何得听的这样真切，心中亦希罕，命人请了进来。众人举目看时，原来是一个癞头和尚与一个跛足道人。见那和尚是怎的模样：

鼻如悬胆两眉长，目似明星蓄宝光，
破衲芒鞋无住迹，腌臜更有满头疮。

那道人又是怎生模样：

一足高来一足低，浑身带水又拖泥。
相逢若问家何处，却在蓬莱弱水[2]西。

神仙常常作邋遢残疾模样，如济公、铁拐李之流。

贾政问道："你道友二人在那庙焚修？"那僧笑道："长官不须多话。因闻得府上人口不利，故特来医治。"贾政道："倒有两个人中邪，不知你们有何符水？"那道人笑道："你家现有希世奇珍，如何还问我们要符水？"贾政听这话有意思，心中便动

---

[1] 南无（nā mó）：佛教用语，意即虔诚礼拜，祈求度我。
[2] 蓬莱弱水：蓬莱，传说中的仙山。弱水，神话中羽毛不浮的水流。

了，因说道："小儿落草时虽带了一块宝玉下来，上面说能除邪祟，谁知竟不灵验。"那僧道："长官你那里知道那物的妙用。只因他如今被声色货利所迷，故不灵验了。你今且取他出来，待我们持诵持诵，只怕就好了。"

贾政听说，便向宝玉项上取下那玉来递与他二人。那和尚接了过来，擎在掌上，长叹一声道："青埂峰一别，展眼已过十三载矣！人世光阴，如此迅速，尘缘满日，若似弹指！可羡你当时的那段好处：

> 天不拘兮地不羁，心头无喜亦无悲；
> 却因锻炼通灵后，便向人间觅是非。

可叹你今日这番经历：

> 粉渍脂痕污宝光，绮栊昼夜困鸳鸯。
> 沉酣一梦终须醒，冤孽偿清好散场！"

念毕，又摩弄一回，说了些疯话，递与贾政道："此物已灵，不可亵渎，悬于卧室上槛，将他二人安在一室之内，除亲身妻母外，不可使阴人[1]冲犯。三十三日之后，包管身安病退，复旧如初。"说着回头便走了。贾政赶着还说话，让二人坐了吃茶，要送谢礼，他二人早已出去了。贾母等还只管着人去赶，那里有个踪影。少不得依言将他二人就安放在王夫人卧室之内，将玉悬在门上。王夫人亲身守着，不许别个人进来。

---

[1] 阴人：指女人。男为阳，女为阴。

至晚间他二人竟渐渐醒来，说腹中饥饿。贾母、王夫人如得了珍宝一般，旋熬了米汤来与他二人吃了，精神渐长，邪祟稍退，一家子才把心放下来。李宫裁并贾府三艳、薛宝钗、林黛玉、平儿、袭人等在外间听信息。闻得吃了米汤，省了人事，别人未开口，林黛玉先就念了一声“阿弥陀佛”。薛宝钗便回头看了他半日，嗤的一声笑。众人都不会意，贾惜春道：“宝姐姐，好好的笑什么？”宝钗笑道：“我笑如来佛比人还忙：又要讲经说法，又要普渡众生；这如今宝玉、凤姐姐病了，又烧香还愿，赐福消灾；今才好些，又管林姑娘的姻缘了。你说忙的可笑不可笑。”林黛玉不觉的红了脸，啐了一口道：“你们这起人不是好人，不知怎么死！再不跟着好人学，只跟着凤姐贫嘴烂舌的学。”一面说，一面摔帘子出去了。不知端详，且听下回分解。

第二十六回

蜂腰桥设言传心事　潇湘馆春困发幽情

话说宝玉养过了三十三天之后，不但身体强壮，亦且连脸上疮痕平复，仍回大观园内去。这也不在话下。

且说近日宝玉病的时节，贾芸带着家下小厮坐更看守，昼夜在这里，那红玉同众丫鬟也在这里守着宝玉，彼此相见多日，都渐渐混熟了。那红玉见贾芸手里拿的手帕子，倒像是自己从前掉的，待要问他，又不好问的。不料那和尚道士来过，用不着一切男人，贾芸仍种树去了。这件事待要放下，心内又放不下，待要问去，又怕人猜疑。

一个有情，一个有意，关键是接触的机会多不多。

正是犹豫不决神魂不定之际，忽听窗外问道："姐姐在屋里没有？"红玉闻听，在窗眼内望外一看，原来是本院的个小丫头名叫佳蕙的，因答说："在家里，你进来罢。"佳蕙听了，跑进来就坐在床上，笑道："我好造化！才刚在院子里洗东西，宝玉叫往林姑娘那里送茶叶，花大姐姐交给我送去。可巧老太太那里给林姑娘送钱来，正分给他们的丫头们呢。见我去了，林姑娘就抓了两把给我，也不知多少。你替我收着。"便把手帕子打开，把钱倒了出来，红玉替他一五一十的数了收起。

佳蕙道："你这一程子心里到底觉怎么样？依

我说，你竟家去住两日，请一个大夫来瞧瞧，吃两剂药就好了。”红玉道：“那里的话，好好的，家去作什么!”佳蕙道：“我想起来了，林姑娘生的弱，时常他吃药，你就和他要些来吃，也是一样。”红玉道：“胡说！药也是混吃的。”佳蕙道：“你这也不是个长法儿，又懒吃懒喝的，终久怎么样?”红玉道：“怕什么，还不如早些儿死了倒干净!”佳蕙道：“好好的，怎么说这些话?”红玉道：“你那里知道我心里的事!”

佳蕙点头想了一会，道：“可也怨不得，这个地方难站。就像昨儿老太太因宝玉病了这些日子，说跟着服侍的这些人都辛苦了，如今身上好了，各处还完了愿，叫把跟着的人都按着等儿赏他们。我们算年纪小，上不去，我也不抱怨；像你怎么也不算在里头？我心里就不服。袭人那怕他得十分儿，也不恼他，原该的。说良心话，谁还敢比他呢？别说他素日殷勤小心，便是不殷勤小心，也拚不得。可气晴雯、绮霰他们这几个，都算在上等里去，仗着老子娘的脸面，众人倒捧着他去。你说可气不可气?”红玉道：“也不犯着气他们。俗语说的好，‘千里搭长棚，没有个不散的筵席’，谁守谁一辈子呢？不过三年五载，各人干各人的去了。那时谁还管谁呢?”这两句话不觉感动了佳蕙的心肠，由不得眼睛红了，又不好意思好端端的哭，只得勉强笑道：“你这话说的却是。昨儿宝玉还说，明儿怎么样收拾房子，怎么样做衣裳，倒像有几百年的熬煎。”

再一次敲响盛筵必散的警钟。

红玉听了冷笑了两声，方要说话，只见一个未留头的小丫头子走进来，手里拿着些花样子并两张纸，说道：“这是两个样子，叫你描出来呢。”说着向红玉掷下，回身就跑了。红玉向外问道：“倒是谁的？也等不得说完就跑，谁蒸下馒头等着你，怕冷了不成！”那小丫头在窗外只说得一声：“是绮大姐姐的。”抬起脚来咕咚咕咚又跑了。

红玉便赌气把那样子掷在一边，向抽屉内找笔，找了半天都是秃了的，因说道：“前儿一枝新笔，放在那里了？怎么一时想不起来。”一面说着，一面出神，想了一会方笑道：“是了，前儿晚上莺儿拿了去了。”便向佳蕙道：“你替我取了来。”佳蕙道：“花大姐姐还等着我替他抬箱子呢，你自己取去罢。”红玉道：“他等着你，你还坐着闲打牙儿？我不叫你取去，他也不等着你了。坏透了的小蹄子！”说着，自己便出房来，出了怡红院，一径往宝钗院内来。

刚至沁芳亭畔，只见宝玉的奶娘李嬷嬷从那边走来。红玉立住笑问道：“李奶奶，你老人家那去了？怎打这里来？”李嬷嬷站住将手一拍道：“你说说，好好的又看上了那个种树的什么云哥儿雨哥儿的，这会子逼着我叫了他来。明儿叫上房里听见，可又是不好。”红玉笑道：“你老人家当真的就依了他去叫了？”李嬷嬷道：“可怎么样呢？”红玉笑道：“那一个要是知道好歹，就回不进来才是。”李嬷嬷道：“他又不痴，为什么不进来？”红玉道：“既是进来，你老人家该同他一齐来，回来叫他一个人乱碰，可是不好呢。”李嬷嬷道：“我有那样工夫和他走？不过告诉了他，回来打发个小丫头子或是老婆子，带进他来就完了。”说着，拄着拐杖一径去了。

红玉听说，便站着出神，且不去取笔。一时，只见一个小丫头子跑来，见红玉站在那里，便问道：“林姐姐，你在这里作什么呢？”红玉抬头见是小丫头子坠儿。红玉道：“那去？”坠儿道：“叫我带进芸二爷来。”说着一径跑了。这里红玉刚走至蜂腰桥门前，只见那边坠儿引着贾芸来了。那贾芸一面走，一面拿眼把红玉一溜；那红玉只装着和坠儿说话，也把眼去一溜贾芸：四目恰相对时，红玉不觉脸红了，一扭身往蘅芜苑去了。不在话下。

这里贾芸随着坠儿，逶迤来至怡红院中。坠儿先进去回明了，然后方领贾芸进去。贾芸看时，只见院内略略有几点山石，种着芭蕉，那边有两只仙鹤在松树下剔翎[1]。一溜回廊上吊着各色笼子，笼着仙禽异鸟。上面小小五间抱厦，一色雕镂新鲜花样隔扇，上面悬着一个匾额，四个大字，题道是“怡红快绿”。贾芸想道：“怪道叫‘怡红院’，原来匾上是恁样四个字。”正想着，只听里面隔着纱窗子笑说道：“快进来罢。我怎么就忘了你两三个月！”

贾芸听得是宝玉的声音，连忙进入房内。抬头一看，只见金碧辉煌，文章炯灼，却看不见宝玉在那里。一回头，只见左边立着一架大穿衣镜，从镜后转出两个一般大的十五六岁的丫头来说：“请二爷里头屋里坐。”贾芸连正眼也不敢看，连忙答应了。又进一道碧纱橱，只见小小一张填漆床上，悬着大红销金撒花帐子。宝玉穿着家常衣服，靸着鞋，倚在床上拿着本书看，见他进来，将书掷下，早堆着笑立起身来。贾芸忙上前请了安，宝玉让坐，便在下面一张椅子上坐了。宝玉笑道：“只从那个月见了你，我叫你往书房里来，谁知接接连连许多事情，就把你忘了。”贾芸笑道：“总是我没福，偏偏又遇着叔叔身上欠安。叔叔如今可大安

---

[1] 剔（tī）翎：鸟用嘴啄刮自己的羽毛。

了?”宝玉道:“大好了。我倒听见说你辛苦了好几天。”贾芸道:“辛苦也是该当的。叔叔大安了,也是我们一家子的造化。”

说着,只见有个丫鬟端了茶来与他。那贾芸口里和宝玉说着话,眼睛却溜瞅那丫鬟:细挑身材,容长脸面,穿着银红袄儿,青缎背心,白绫细折裙。——不是别个,却是袭人。那贾芸自从宝玉病了几天,他在里头混了两日,他却把那有名人口认记了一半。他也知道袭人在宝玉房中比别个不同,今见他端了茶来,宝玉又在旁边坐着,便忙站起来笑道:“姐姐怎么替我倒起茶来。我来到叔叔这里,又不是客,让我自己倒罢。”宝玉道:“你只管坐着罢。丫头们跟前也是这样。”贾芸笑道:“虽如此说,叔叔房里姐姐们,我怎么敢放肆呢。”一面说,一面坐下吃茶。

那宝玉便和他说些没要紧的散话。又说道谁家的戏子好,谁家的花园好,又告诉他谁家的丫头标致,谁家的酒席丰盛,又是谁家有奇货,又是谁家有异物。那贾芸口里只得顺着他说,说了一会,见宝玉有些懒懒的了,便起身告辞。宝玉也不甚留,只说:“你明儿闲了,只管来。”仍命小丫头子坠儿送他出去。

出了怡红院,贾芸见四顾无人,便把脚慢慢停着些走,口里一长一短和坠儿说话,先问他“几岁了?名字叫什么?你父母在那一行上?在宝叔房内几年了?一个月多少钱?共总宝叔房内有几个女孩子?”那坠儿见问,便一桩桩的都告诉他了。贾芸又道:“才刚那个与你说话的,他可是叫小红?”坠儿笑道:“他倒叫小红。你问他作什么?”贾芸道:“方才他问你什么手帕子,我倒拣了一块。”坠儿听了笑道："他问了我好几遍，可有看见他的帕子。我有那么大工夫管这些事！今儿他又问我，他说我替他找着了，他还谢我呢。才在蘅芜苑门口说的，二爷也听见了，不是我撒谎。好二爷，你既拣了，给我罢。我看他拿什么谢我。"

原来上月贾芸进来种树之时，便拣了一块罗帕，便知是所在园内的人失落的，但不知是那一个人的，故不敢造次[1]。今听见红玉问坠儿，便知是红玉的，心内不胜喜幸。又见坠儿追索，心中早得了主意，便向袖内将自己的一块取了出来，向坠儿笑道："我给是给你，你若得了他的谢礼，不许瞒着我。"坠儿满口里答应了，接了手帕子，送出贾芸，回来找红玉，不在话下。

如今且说宝玉打发了贾芸去后，意思懒懒的歪在床上，似有朦胧之态。袭人便走上来，坐在床沿上推他，说道："怎么又要睡觉？闷的很，你出去逛逛不是？"宝玉见说，便拉他的手笑道："我要去，只是舍不得你。"袭人笑道："快起来罢！"一面说，一面拉了宝玉起来。宝玉道："可往那去呢？怪腻腻烦烦的。"袭人道："你出去了就好了。只管这么葳蕤[2]，越发心里烦腻。"

宝玉无精打采的，只得依他。晃出了房门，在回廊上调弄了一回雀儿；出至院外，顺着沁芳溪看了一回金鱼。只见那边山坡上两只小鹿箭也似的跑来，宝玉不解其意。正自纳闷，只见贾兰在后面拿着一张小弓追了下来，一见宝玉在前面，便站住

无所事事。

[1] 造次：鲁莽。
[2] 葳蕤（wēi ruí）：原指草木下垂的样子，此指无精打采。

了，笑道：“二叔叔在家里呢，我只当出门去了。”宝玉道：“你又淘气了。好好的射他作什么？”贾兰笑道：“这会子不念书，闲着作什么？所以演习演习骑射。”宝玉道：“把牙栽了，那时才不演呢。”

说着，顺着脚一径来至一个院门前，只见凤尾森森，龙吟细细[1]。举目望门上一看，只见匾上写着“潇湘馆”三字。宝玉信步走入，只见湘帘垂地，悄无人声。走至窗前，觉得一缕幽香从碧纱窗中暗暗透出。宝玉便将脸贴在纱窗上，往里看时，耳内忽听得细细的长叹了一声道：“‘每日家情思睡昏昏。’[2]”宝玉听了，不觉心内痒将起来，再看时，只见黛玉在床上伸懒腰。宝玉在窗外笑道：“为甚么‘每日家情思睡昏昏’？”一面说，一面掀帘子进来了。

林黛玉自觉忘情，不觉红了脸，拿袖子遮了脸，翻身向里装睡着了。宝玉才走上来要扳他的身子，只见黛玉的奶娘并两个婆子却跟了进来说：“妹妹睡觉呢，等醒了再请来。”刚说着，黛玉便翻身坐了起来，笑道：“谁睡觉呢。”那两三个婆子见黛玉起来，便笑道：“我们只当姑娘睡着了。”说着，便叫紫鹃说：“姑娘醒了，进来伺侯。”一面说，一面都去了。

黛玉坐在床上，一面抬手整理鬓发，一面笑向宝玉道：“人家睡觉，你进来作什么？”宝玉见他星眼微饧，香腮带赤，不觉神魂早荡，一歪身坐在椅子上，笑道：“你才说什么？”黛玉道：“我没说什么。”宝玉笑道：“给你个榧子[3]吃！我都听见了。”

---

[1] 凤尾森森，龙吟细细：凤尾森森，形容竹林茂盛。龙吟细细，这里指风吹竹林发出的声响。

[2] 每日家情思睡昏昏：《西厢记》第二本《崔莺莺夜听琴》第一折中莺莺的唱词。

[3] 榧（fěi）子：拇指和中指捏紧，猛然相捻发出声响。

二人正说话，只见紫鹃进来。宝玉笑道："紫鹃，把你们的好茶倒碗我吃。"紫鹃道："那里是好的呢？要好的，只是等袭人来。"黛玉道："别理他，你先给我舀水去罢。"紫鹃笑道："他是客，自然先倒了茶来再舀水去。"说着倒茶去了。宝玉笑道："好丫头，'若共你多情小姐同鸳帐，怎舍得叠被铺床？'[1]"林黛玉登时撂下脸来，说道："二哥哥，你说什么？"宝玉笑道："我何尝说什么。"黛玉便哭道："如今新兴的，外头听了村话来，也说给我听；看了混帐书，也来拿我取笑儿。我成了爷们解闷的。"一面哭着，一面下床来往外就走。宝玉不知要怎样，心下慌了，忙赶上来道："好妹妹，我一时该死，你别告诉去。我再要敢，嘴上就长个疔，烂了舌头。"

宝玉所引《西厢记》中张生此句唱词，本有轻薄之意，难怪黛玉发怒生气。黛玉要在互相尊重的前提下发展双方的感情。

正说着，只见袭人走来说道："快回去穿衣服，老爷叫你呢。"宝玉听了，不觉打了个焦雷一般，也顾不得别的，疾忙回来穿衣服。出园来，只见焙茗在二门前等着，宝玉便问道："你可知道叫我是为什么？"焙茗道："爷快出来罢，横竖是见去的，到那里就知道了。"一面说，一面催着宝玉。

转过大厅，宝玉心里还自狐疑，只听墙角边一阵呵呵大笑，回头只见薛蟠拍着手笑了出来，笑道："要不说姨夫叫你，你那里出来的这么快。"焙茗也笑道："爷别怪我。"忙跪下了。宝玉怔了半天，方解过来了，是薛蟠哄他出来。薛蟠连忙打恭作揖陪不是，又求"不要难为了小子，都是我逼他去的。"宝玉也无法了，只好笑问道："你哄我也罢了，怎么说我父亲呢？我告诉姨娘去，评评这个

---

[1]"若共你"二句：《西厢记》第一本《张君瑞闹道场》第二折张生的唱词。

理，可使得么？”薛蟠忙道：“好兄弟，我原为求你快些出来，就忘了忌讳这句话。改日你也哄我，说我的父亲就完了。”宝玉道：“嗳，嗳，越发该死了。”又向焙茗道：“反叛肏的，还跪着作什么！”焙茗连忙叩头起来。

薛蟠道：“要不是，我也不敢惊动，只因明儿五月初三日是我的生日，谁知古董行的程日兴，他不知那里寻了来的这么粗这么长粉脆的鲜藕，这么大的大西瓜，这么长一尾新鲜的鲟鱼，这么大的一个暹罗国进贡的灵柏香熏的暹猪。你说，他这四样礼可难得不难得？那鱼、猪不过贵而难得，这藕和瓜亏他怎么种出来的。我连忙孝敬了母亲，赶着给你们老太太、姨父、姨母送了些去。如今留了些，我要自己吃，恐怕折福，左思右想，除我之外，惟有你还配吃，所以特请你来。可巧唱曲儿的小幺儿又才来了，我同你乐一天何如？”

程日兴，成日兴。胡斯来，胡来。

一面说，一面来至他书房里。只见詹光、程日兴、胡斯来、单聘仁等并唱曲儿的都在这里，见他进来，请安的，问好的，都彼此见过了。吃了茶，薛蟠即命人摆酒来。说犹未了，众小厮七手八脚摆了半天，方才停当归坐。宝玉果见瓜藕新异，因笑道：“我的寿礼还未送来，倒先扰了。”薛蟠道：“可是呢，明儿你送我什么？”宝玉道：“我可有什么可送的？若论银钱吃的穿的东西，究竟还不是我的，惟有我写一张字，画一张画，才算是我的。”

薛蟠笑道：“你提画儿，我才想起来。昨儿我看人家一张春宫[1]，画的着实好。上面还有许多的字，也没细看，只看落的款，是‘庚黄’画的。

[1] 春宫：色情淫画。

真真的好的了不得!”宝玉听说，心下猜疑道：“古今字画也都见过些，那里有个‘庚黄’?”想了半天，不觉笑将起来，命人取过笔来，在手心里写了两个字，又问薛蟠道：“你看真了是‘庚黄’?”薛蟠道：“怎么看不真!”宝玉将手一撒，与他看道：“别是这两字罢？其实与‘庚黄’相去不远。”众人都看时，原来是“唐寅”两个字，都笑道：“想必是这两字，大爷一时眼花了也未可知。”薛蟠只觉没意思，笑道：“谁知他‘糖银’‘果银’的。”

低俗，没文化。

正说着，小厮来回“冯大爷来了”。宝玉便知是神武将军冯唐之子冯紫英来了。薛蟠等一齐都叫“快请”。说犹未了，只见冯紫英一路说笑，已进来了。众人忙起席让坐。冯紫英笑道：“好呀！也不出门了，在家里高乐罢。”宝玉薛蟠都笑道：“一向少会，老世伯身上康健?”紫英答道：“家父倒也托庇康健。近来家母偶着了些风寒，不好了两天。”

薛蟠见他面上有些青伤，便笑道：“这脸上又和谁挥拳的？挂了幌子[1]了。”冯紫英笑道：“从那一遭把仇都尉的儿子打伤了，我就记了再不怄气，如何又挥拳？这个脸上，是前日打围[2]，在铁网山教兔鹘[3]捎一翅膀。”宝玉道：“几时的话?”紫英道：“三月二十八日去的，前儿也就回来了。”宝玉道：“怪道前儿初三四儿，我在沈世兄家赴席不见你呢。我要问，不知怎么就忘了。单你去了，还是老世伯也去了?”紫英道：“可不是家父去，我没法儿，去罢了。难道我闲疯了，咱们几个人吃酒听唱的不乐，寻那个苦恼去？这一次，大不

[1] 挂了幌子：挂了相。
[2] 打围：围猎禽兽，即打猎。
[3] 兔鹘（gǔ）：一种猎鹰。

幸之中又大幸。”

薛蟠众人见他吃完了茶，都说道：“且入席，有话慢慢的说。”冯紫英听说，便立起身来说道：“论理，我该陪饮几杯才是，只是今儿有一件大大要紧的事，回去还要见家父面回，实不敢领。”薛蟠宝玉众人那里肯依，死拉着不放。冯紫英笑道：“这又奇了。你我这些年，那回儿有这个道理的？果然不能遵命。若必定叫我领，拿大杯来，我领两杯就是了。”众人听说，只得罢了。薛蟠执壶，宝玉把盏，斟了两大海[1]。那冯紫英站着，一气而尽。

宝玉道：“你到底把这个‘不幸之幸’说完了再走。”冯紫英笑道：“今儿说的也不尽兴。我为这个，还要特治一东，请你们去细谈一谈；二则还有所恳之处。”说着执手就走。薛蟠道：“越发说的人热剌剌的丢不下。多早晚才请我们，告诉了，也免的人犹疑。”冯紫英道：“多则十日，少则八天。”一面说，一面出门上马去了。众人回来，依席又饮了一回方散。

宝玉回至园中，袭人正记挂着他去见贾政，不知是祸是福；只见宝玉醉醺醺的回来，问其原故，宝玉一一向他说了。袭人道：“人家牵肠挂肚的等着，你且高乐去，也到底打发人来给个信儿。”宝玉道：“我何尝不要送信儿，只因冯世兄来了，就混忘了。”

正说着，只见宝钗走进来笑道：“偏了我们新鲜东西了。”宝玉笑道：“姐姐家的东西，自然先偏了我们了。”宝钗摇头笑道：“昨儿哥哥倒特特的请

[1] 大海：大酒杯。

我吃，我不吃，叫他留着请人送人罢。我知道我的命小福薄，不配吃那个。”说着，丫鬟倒了茶来，吃茶说闲话儿，不在话下。

却说那林黛玉听见贾政叫了宝玉去了，一日不回来，心中也替他忧虑。至晚饭后，闻听宝玉来了，心里要找他问问是怎么样了。一步步行来，见宝钗进宝玉的院内去了，自己也便随后走了来。刚到了沁芳桥，只见各色水禽都在池中浴水，也认不出名色来，但见一个个文彩炫耀，好看异常，因而站住看了一会。再往怡红院来，只见院门关着，黛玉便以手扣门。

谁知晴雯和碧痕正拌了嘴，没好气，忽见宝钗来了，那晴雯正把气移在宝钗身上，正在院内抱怨说：“有事没事跑了来坐着，叫我们三更半夜的不得睡觉!”忽听又有人叫门，晴雯越发动了气，也并不问是谁，便说道：“都睡下了，明儿再来罢!”林黛玉素知丫头们的情性，他们彼此顽耍惯了，恐怕院内的丫头没听真是他的声音，只当是别的丫头们来了，所以不开门，因而又高声说道：“是我，还不开么?”晴雯偏生还没听出来，便使性子说道：“凭你是谁，二爷吩咐的，一概不许放人进来呢!”

林黛玉听了，不觉气怔在门外，待要高声问他，逗起气来，自己又回思一番：“虽说是舅母家如同自己家一样，到底是客边[1]。如今父母双亡，无依无靠，现在他家依栖。如今认真淘气[2]，也觉没趣。”一面想，一面又滚下泪珠来。正是回去

虽然贾母疼她，她终究觉得自己是寄人篱下的一个孤女。

[1] 客边：以客人的身份寄居在别人家里。
[2] 淘气：这里是怄气之意。

不是，站着不是。正没主意，只听里面一阵笑语之声，细听一听，竟是宝玉、宝钗二人。林黛玉心中益发动了气，左思右想，忽然想起了早起的事来：“必竟是宝玉恼我要告他的原故。但只我何尝告你了，你也打听打听，就恼我到这步田地。你今儿不叫我进来，难道明儿就不见面了！”越想越伤感起来，也不顾苍苔露冷，花径风寒，独立墙角边花阴之下，悲悲戚戚呜咽起来。

原来这林黛玉秉绝代姿容，具希世俊美，不期这一哭，那附近柳枝花朵上的宿鸟栖鸦一闻此声，俱忒楞楞飞起远避，不忍再听。真是：

花魂默默无情绪，鸟梦痴痴何处惊。

因有一首诗道：

颦儿才貌世应希，独抱幽芳出绣闺；
呜咽一声犹未了，落花满地鸟惊飞。

那林黛玉正自啼哭，忽听“吱喽”一声，院门开处，不知是那一个出来。要知端的，且听下回分解。

第二十七回

滴翠亭杨妃戏彩蝶　埋香冢飞燕泣残红[1]

话说林黛玉正自悲泣，忽听院门响处，只见宝钗出来了，宝玉袭人一群人送了出来。待要上去问着宝玉，又恐当着众人问羞了宝玉不便，因而闪过一旁，让宝钗去了，宝玉等进去关了门，方转过来，犹望着门洒了几点泪。自觉无味，方转身回来，无精打采的卸了残妆。

紫鹃雪雁素日知道林黛玉的情性：无事闷坐，不是愁眉，便是长叹，且好端端的不知为了什么，常常的便自泪道不干的。先时还有人解劝，怕他思父母，想家乡，受了委曲，只得用话宽慰解劝。谁知后来一年一月的竟常常的如此，把这个样儿看惯了，也都不理论了。所以也没人理，由他去闷坐，只管睡觉去了。那林黛玉倚着床栏杆，两手抱着膝，眼睛含着泪，好似木雕泥塑的一般，直坐到二更多天方才睡了。一宿无话。

至次日乃是四月二十六日，原来这日未时交芒种节。尚古风俗：凡交芒种节的这日，都要设摆各色礼物，祭饯花神，言芒种一过，便是夏日了，众花皆卸，花神退位，须要饯行。然闺中更兴这件风

[1] 杨妃、飞燕：杨贵妃和赵飞燕，一胖一瘦。这里代指宝钗和黛玉。

俗，所以大观园中之人都早起来了。那些女孩子们，或用花瓣柳枝编成轿马的，或用绫锦纱罗叠成干旄旌幢[1]的，都用彩线系了。每一颗树上，每一枝花上，都系了这些物事。满园里绣带飘飖，花枝招展，更兼这些人打扮得桃羞柳让，燕妒莺惭，一时也道不尽。

且说宝钗、迎春、探春、惜春、李纨、凤姐等并巧姐、大姐、香菱与众丫鬟们在园内玩耍，独不见林黛玉。迎春因说道："林妹妹怎么不见？好个懒丫头！这会子还睡觉不成？"宝钗道："你们等着，我去闹了他来。"说着便丢下了众人，一直往潇湘馆来。正走着，只见文官等十二个女孩子也来了，上来问了好，说了一回闲话。宝钗回身指道："他们都在那里呢，你们找他们去罢。我叫林姑娘去就来。"说着便逶迤往潇湘馆来。

忽然抬头，见宝玉进去了，宝钗便站住低头想了想：宝玉和林黛玉是从小儿一处长大，他兄妹间多有不避嫌疑之处，嘲笑喜怒无常；况且林黛玉素习猜忌，好弄小性儿的。此刻自己也跟了进去，一则宝玉不便，二则黛玉嫌疑。罢了，倒是回来的妙。想毕抽身回来。

刚要寻别的姊妹去，忽见前面一双玉色蝴蝶，大如团扇，一上一下迎风翩跹，十分有趣。宝钗意欲扑了来玩耍，遂向袖中取出扇子来，向草地下来扑。只见那一双蝴蝶忽起忽落，来来往往，穿花度柳，将欲过河去了。倒引的宝钗蹑手蹑脚的，一直跟到池中滴翠亭上，香汗淋漓，娇喘细细。宝钗也

---

[1] 干旄（máo）旌（jīng）幢：泛指各色彩旗。干旄，饰有牦牛尾的旗杆。旌，有五彩鸟羽装饰的旗子。幢，形状像伞的旗子。

无心扑了，刚欲回来，只听滴翠亭里边嘁嘁喳喳有人说话。原来这亭子四面俱是游廊曲桥，盖造在池中水上，四面雕镂槅子糊着纸。

宝钗在亭外听见说话，便煞住脚往里细听，只听说道："你瞧瞧这手帕子，果然是你丢的那块，你就拿着；要不是，就还芸二爷去。"又有一人说话："可不是我那块！拿来给我罢。"又听道："你拿什么谢我呢？难道白寻了来不成。"又答道："我既许了谢你，自然不哄你。"又听说道："我寻了来给你，自然谢我；但只是拣的人，你就不拿什么谢他？"又回道："你别胡说。他是个爷们家，拣了我的东西，自然该还的。我拿什么谢他呢？"又听说道："你不谢他，我怎么回他呢？况且他再三再四的和我说了，若没谢的，不许我给你呢。"半晌，又听答道："也罢，拿我这个给他，算谢他的罢。——你要告诉别人呢？须说个誓来。"又听说道："我要告诉一个人，就长一个疔，日后不得好死！"又听说道："嗳呀！咱们只顾说话，看有人来悄悄在外头听见。不如把这槅子都推开了，便是有人见咱们在这里，他们只当我们说顽话呢。若走到跟前，咱们也看的见，就别说了。"

宝钗在外面听见这话，心中吃惊，想道："怪道从古至今那些奸淫狗盗的人，心机都不错。这一开了，见我在这里，他们岂不臊了。况才说话的语音，大似宝玉房里的红儿的言语。他素昔眼空心大，是个头等刁钻古怪东西。今儿我听了他的短儿，一时人急造反，狗急跳墙，不但生事，而且我还没趣。如今便赶着躲了，料也躲不及，少不得要使个'金蝉脱壳'的法子。"犹未想完，只听"咯吱"一声，宝钗便故意放重了脚步，笑着叫道："颦儿，我看你往那里嫁祸于黛玉。

藏!”一面说，一面故意往前赶。

那亭内的红玉坠儿刚一推窗，只听宝钗如此说着往前赶，两个人都唬怔了。宝钗反向他二人笑道：“你们把林姑娘藏在那里了?”坠儿道：“何曾见林姑娘了。”宝钗道：“我才在河那边看着林姑娘在这里蹲着弄水儿的。我要悄悄的唬他一跳，还没有走到跟前，他倒看见我了，朝东一绕就不见了。别是藏在这里头了。”一面说，一面故意进去寻了一寻，抽身就走，口内说道：“一定是又钻在山子洞里去了。遇见蛇，咬一口也罢了。”一面说一面走，心中又好笑：这件事算遮过去了，不知他二人是怎样。

谁知红玉听了宝钗的话，便信以为真，让宝钗去远，便拉坠儿道：“了不得了！林姑娘蹲在这里，一定听了话去了!”坠儿听说，也半日不言语。红玉又道：“这可怎么样呢?”坠儿道：“便是听了，管谁筋疼，各人干各人的就完了。”红玉道：“若是宝姑娘听见，还倒罢了。林姑娘嘴里又爱刻薄人，心里又细，他一听见了，倘或走露了风声，怎么样呢?”二人正说着，只见文官、香菱、司棋、待书等上亭子来了。二人只得掩住这话，且和他们顽笑。

只见凤姐儿站在山坡上招手叫，红玉连忙弃了众人，跑至凤姐跟前，堆着笑问：“奶奶使唤作什么事?”凤姐打谅[1]了一打谅，见他生的干净俏丽，说话知趣，因笑道：“我的丫头今儿没跟进我来。我这会子想起一件事来，要使唤个人出去，不知你能干不能干，说的齐全不齐全?”红玉笑道：“奶奶有什么话，只管吩咐我说去。若说的不齐全，

[1] 打谅：即打量。

误了奶奶的事，凭奶奶责罚就是了。”凤姐笑道：“你是那位小姐房里的？我使你出去，他回来找你，我好替你说的。”红玉道：“我是宝二爷房里的。”凤姐听了笑道：“嗳哟！你原来是宝玉房里的，怪道呢。也罢了，等他问，我替你说。你到我们家，告诉你平姐姐：外头屋里桌子上汝窑盘子架儿底下放着一卷银子，那是一百六十两，给绣匠的工价，等张材家的来要，当面称给他瞧了，再给他拿去。再里头床头间有一个小荷包拿了来。”

红玉听说撤身去了，回来只见凤姐不在这山坡子上了。因见司棋从山洞里出来，站着系裙子，便赶上来问道：“姐姐，不知道二奶奶往那里去了？”司棋道：“没理论。”红玉听了，抽身又往四下里一看，只见那边探春宝钗在池边看鱼。红玉上来陪笑问道：“姑娘们可知道二奶奶那去了？”探春道：“往你大奶奶院里找去。”红玉听了，才往稻香村来，顶头只见晴雯、绮霰、碧痕、紫绡、麝月、待书、入画、莺儿等一群人来了。

晴雯一见了红玉，便说道：“你只是疯罢！院子里花儿也不浇，雀儿也不喂，茶炉子也不烧[1]，就在外头逛。”红玉道：“昨儿二爷说了，今儿不用浇花，过一日浇一回罢。我喂雀儿的时侯，姐姐还睡觉呢。”碧痕道：“茶炉子呢？”红玉道：“今儿不该我烧的班儿，有茶没茶别问我。”绮霰道：“你听听他的嘴！你们别说了，让他逛去罢。”红玉道：“你们再问问我逛了没有。二奶奶使唤我说话取东西的。”说着将荷包举给他们看，方没言语了。

大家分路走开。晴雯冷笑道：“怪道呢！原来

[1] 烧（lóng）：生火。

晴雯之厉害，丫头中数第一。得罪人之多，也数她第一。

爬上高枝儿去了，把我们不放在眼里。不知说了一句话半句话，名儿姓儿知道了不曾呢，就把他兴的这样！这一遭半遭儿的算不得什么，过了后儿还得听呵！有本事从今儿出了这园子，长长远远的在高枝儿上才算得。”一面说着去了。

这里红玉听说，不便分证，只得忍着气来找凤姐儿。到了李氏房中，果见凤姐儿在这里和李氏说话儿呢。红玉上来回道：“平姐姐说，奶奶刚出来了，他就把银子收了起来，才张材家的来讨，当面称了给他拿去了。”说着将荷包递了上去，又道：“平姐姐教我回奶奶：才旺儿进来讨奶奶的示下，好往那家子去。平姐姐就把那话按着奶奶的主意打发他去了。”凤姐笑道：“他怎么按我的主意打发去了？”红玉道：“平姐姐说：我们奶奶问这里奶奶好。原是我们二爷不在家，虽然迟了两天，只管请奶奶放心。等五奶奶好些，我们奶奶还会了五奶奶来瞧奶奶呢。五奶奶前儿打发了人来说，舅奶奶带了信来了，问奶奶好，还要和这里的姑奶奶寻两丸延年神验万全丹。若有了，奶奶打发人来，只管送在我们奶奶这里。明儿有人去，就顺路给那边舅奶奶带去的。”

话未说完，李氏道：“嗳哟哟！这些话我就不懂了。什么‘奶奶’‘爷爷’的一大堆。”凤姐笑道：“怨不得你不懂，这是四五门子的话呢。”说着又向红玉笑道：“好孩子，难为你说的齐全。别像他们扭扭捏捏的蚊子似的。嫂子你不知道，如今除了我随手使的几个丫头老婆之外，我就怕和他们说话。他们必定把一句话拉长了作两三截儿，咬文咬字，拿着腔儿，哼哼唧唧的，急的我冒火，他们那里知道！先时我们平儿也是这么着，我就问着他：难道必定装蚊子哼哼就是美人了？说了几遭，才好些儿了。”李宫裁笑道：“都像你泼皮破落户才好。”凤姐又道：“这一个丫头就好。方才两遭，说话虽不多，听那口声就简断。”说着又向红玉笑道：“你明儿服侍我去罢。我认你作女儿，我一调理，你就出息了。”

红玉听了，扑哧一笑。凤姐道：“你怎么笑？你说我年轻，比你能大几岁，就作你的妈了？你还作春梦呢！你打听打听，这些人头比你大的大的，赶着我叫妈，我还不理。今儿抬举了你呢！”红玉笑道：“我不是笑这个，我笑奶奶认错了辈数了。我妈是奶奶的女儿，这会子又认我作女儿。”凤姐道：“谁是你妈？”李宫裁笑道：“你原来不认得他？他是林之孝之女。”凤姐听了十分诧异，说道：“哦！原来是他的丫头。”又笑道：“林之孝两口子都是锥子扎不出一声儿来的。我成日家说，他们倒是配就了的一对夫妻，一个天聋，一个地哑。那里承望养出这么个伶俐丫头来！你十几岁了？”红玉道：“十七岁了。”又问名字，红玉道：“原叫红玉的，因为重了宝二爷，如今只叫红儿了。”

凤姐听说将眉一皱，把头一回，说道：“讨人嫌的很！得了玉的益似的，你也玉，我也玉。”因说道：“既这么着，肯跟，我还和他妈说，‘赖大家的如今事多，也不知这府里谁是谁，你替我好好的挑两个丫头我使’，他一般答应着。他饶不挑，倒把这女孩子送了别处去。难道跟我必定不好？”李氏笑道：“你可是又多心了。他进来在先，你说话在后，怎么怨的他妈！”凤姐道：“既这么着，明儿我和宝玉说，叫他再要人，叫这丫头跟我去。可不知本人愿意不愿意？”红玉笑道：“愿意不愿意，我们也不敢说。只是跟着奶奶，我们也学些眉眼高

世有伯乐，然后有千里马；千里马常有，而伯乐不常有也。

低，出入上下，大小的事也得见识见识。”刚说着，只见王夫人的丫头来请，凤姐便辞了李宫裁去了。红玉回怡红院去，不在话下。

如今且说林黛玉因夜间失寐，次日起来迟了，闻得众姊妹都在园中作饯花会，恐人笑他痴懒，连忙梳洗了出来。刚到了院中，只见宝玉进门来了，笑道：“好妹妹，你昨儿可告我了不曾？教我悬了一夜心。”林黛玉便回头叫紫鹃道：“把屋子收拾了，撂下一扇纱屉；看那大燕子回来，把帘子放下来，拿狮子[1]倚住；烧了香就把炉罩上。”一面说一面又往外走。宝玉见他这样，还认作是昨日中晌的事，那知晚间的这段公案，还打恭作揖的。林黛玉正眼也不看，各自出了院门，一直找别的姊妹去了。宝玉心中纳闷，自己猜疑：看起这个光景来，不像是为昨日的事；但只昨日我回来的晚了，又没有见他，再没有冲撞了他的去处了。一面想，一面由不得随后追了来。

只见宝钗探春正在那边看鹤舞，见黛玉去了，三个一同站着说话儿。又见宝玉来了，探春便笑道：“宝哥哥，身上好？我整整的三天没见你了。”宝玉笑道：“妹妹身上好？我前儿还在大嫂子跟前问你呢。”探春道：“宝哥哥，你往这里来，我和你说话。”宝玉听说，便跟了他，离了钗、玉两个，到了一棵石榴树下。

探春因说道：“这几天老爷可曾叫你？”宝玉笑道：“没有叫。”探春说：“昨儿我恍惚听见说老爷叫你出去的。”宝玉笑道：“那想是别人听错了，并

[1] 狮子：此指一种压帘子用的带座的小狮子。

没叫的。”探春又笑道：“这几个月，我又攒下有十来吊钱了。你还拿了去，明儿出门逛去的时侯，或是好字画，好轻巧顽意儿，替我带些来。”宝玉道：“我这么城里城外、大廊小庙的逛，也没见个新奇精致东西，左不过是那些金、玉、铜、磁，没处撂的古董，再就是绸缎吃食衣服了。”探春道：“谁要这些。怎么像你上回买的那柳枝儿编的小篮子，整竹子根抠的香盒儿，胶泥垛的风炉儿，这就好了。我喜欢的什么似的，谁知他们都爱上了，都当宝贝似的抢了去了。”宝玉笑道：“原来要这个。这不值什么，拿五百钱出去给小子们，管拉一车来。”探春道：“小厮们知道什么。你拣那朴而不俗、直而不拙[1]者，这些东西，你多多的替我带了来。我还像上回的鞋作一双你穿，比那一双还加工夫，如何呢?”

宝玉笑道：“你提起鞋来，我想起个故事：那一回我穿着，可巧遇见了老爷，老爷就不受用，问是谁作的。我那里敢提‘三妹妹’三个字，我就回说是前儿我生日，是舅母给的。老爷听了是舅母给的，才不好说什么，半日还说：‘何苦来！虚耗人力，作践绫罗，作这样的东西。’我回来告诉了袭人，袭人说这还罢了，赵姨娘气的抱怨的了不得：‘正经兄弟，鞋搭拉袜搭拉的没人看的见，且作这些东西！’”探春听说，登时沉下脸来，道：“这话糊涂到什么田地！怎么我是该作鞋的人么？环儿难道没有分例的？一般的衣裳是衣裳，鞋袜是鞋袜，丫头老婆一屋子，怎么抱怨这些话！给谁听呢！我不过是闲着没事儿，作一双半双，爱给那个哥哥兄弟，随我的心。谁敢管我不成！这也是白气。”宝

[1] 直而不拙：简单而不粗笨。

玉听了，点头笑道："你不知道，他心里自然又有个想头了。"探春听说，益发动了气，将头一扭，说道："连你也糊涂了！他那想头自然是有的，不过是那阴微鄙贱的见识。他只管这么想，我只管认得老爷、太太两个人，别人我一概不管。就是姊妹弟兄跟前，谁和我好，我就和谁好，什么偏的庶的，我也不知道。论理我不该说他，但忒昏愦的不像了！还有笑话呢：就是上回我给你那钱，替我带那顽的东西。过了两天，他见了我，也是说没钱使，怎么难，我也不理论。谁知后来丫头们出去了，他就抱怨起来，说我攒的钱为什么给你使，倒不给环儿使呢。我听见这话，又好笑又好气，我就出来往太太跟前去了。"正说着，只见宝钗那边笑道："说完了，来罢。显见的是哥哥妹妹了，丢下别人，且说梯己去。我们听一句儿就使不得了！"说着，探春宝玉二人方笑着来了。

宝玉因不见了林黛玉，便知他躲了别处去了，想了一想，索性迟两日，等他的气消一消再去也罢了。因低头看见许多凤仙石榴等各色落花，锦重重的落了一地，因叹道："这是他心里生了气，也不收拾这花儿来了。待我送了去，明儿再问着他。"说着，只见宝钗约着他们往外头去。宝玉道："我就来。"说毕，等他二人去远了，便把那花兜了起来，登山渡水，过树穿花，一直奔了那日同林黛玉葬桃花的去处来。

将已到了花冢，犹未转过山坡，只听山坡那边有呜咽之声，一行数落着，哭的好不伤感。宝玉心下想道："这不知是那房里的丫头，受了委曲，跑到这个地方来哭。"一面想，一面煞住脚步，听他哭道是：

花谢花飞花满天，红消香断有谁怜？
游丝软系飘春榭，落絮轻沾扑绣帘。
闺中女儿惜春暮，愁绪满怀无释处，
手把花锄出绣闺，忍踏落花来复去。
柳丝榆荚自芳菲，不管桃飘与李飞。
桃李明年能再发，明年闺中知有谁？
三月香巢已垒成，梁间燕子太无情！
明年花发虽可啄，却不道人去梁空巢也倾。
一年三百六十日，风刀霜剑严相逼，
明媚鲜妍能几时，一朝飘泊难寻觅。
花开易见落难寻，阶前闷杀葬花人，
独倚花锄泪暗洒，洒上空枝见血痕。
杜鹃无语正黄昏，荷锄归去掩重门。
青灯照壁人初睡，冷雨敲窗被未温。
怪奴底事倍伤神，半为怜春半恼春：
怜春忽至恼忽去，至又无言去不闻。
昨宵庭外悲歌发，知是花魂与鸟魂？
花魂鸟魂总难留，鸟自无言花自羞。
愿奴胁下生双翼，随花飞到天尽头。
天尽头，何处有香丘？
未若锦囊收艳骨，一抔[1]净土掩风流。
质本洁来还洁去，强于污淖陷渠沟。
尔今死去侬收葬，未卜侬[2]身何日丧？
侬今葬花人笑痴，他年葬侬知是谁？
试看春残花渐落，便是红颜老死时。
一朝春尽红颜老，花落人亡两不知！

黛玉葬花。迎风洒泪，对花伤神。由花及己，对死亡的敏感。

宝玉听了不觉痴倒。要知端详，且听下回分解。

---

[1] 一抔（póu）：一捧。
[2] 侬：我。

第二十八回

蒋玉菡情赠茜香罗　薛宝钗羞笼红麝串

数不清的误会，数不清的怄气，热恋阶段的敏感、苛刻与痛苦。

话说林黛玉只因昨夜晴雯不开门一事，错疑在宝玉身上。至次日又可巧遇见饯花之期，正是一腔无明[1]正未发泄，又勾起伤春愁思，因把些残花落瓣去掩埋，由不得感花伤己，哭了几声，便随口念了几句。不想宝玉在山坡上听见，先不过点头感叹；次后听到"侬今葬花人笑痴，他年葬侬知是谁"，"一朝春尽红颜老，花落人亡两不知"等句，不觉恸倒山坡之上，怀里兜的落花撒了一地。试想林黛玉的花颜月貌，将来亦到无可寻觅之时，宁不心碎肠断！既黛玉终归无可寻觅之时，推之于他人，如宝钗、香菱、袭人等，亦可到无可寻觅之时矣。宝钗等终归无可寻觅之时，则自己又安在哉？且自身尚不知何在何往，则斯处、斯园、斯花、斯柳，又不知当属谁姓矣！——因此一而二，二而三，反复推求了去，真不知此时此际欲为何等蠢物，杳无所知，逃大造，出尘网[2]，始可解释这段悲伤。正是：花影不离身左右，鸟声只在耳东西。

那林黛玉正自伤感，忽听山坡上也有悲声，心下想道："人人都笑我有些痴病，难道还有一个痴

[1] 无明：佛家用语，意即没有智慧。佛家认为人的种种烦恼痛苦是由"无明"引起的。后常用来代指怒火。

[2] 大造、尘网：大造，造化，大自然。尘网，指世俗人间如网，将人束缚。

子不成?”想着，抬头一看，见是宝玉。林黛玉看见，便道：“啐！我道是谁，原来是这个狠心短命的……”刚说到“短命”二字，又把口掩住，长叹了一声，自己抽身便走了。

这里宝玉悲恸了一回，忽然抬头不见了黛玉，便知黛玉看见他躲开了，自己也觉无味，抖抖土起来，下山寻归旧路，往怡红院来。可巧看见林黛玉在前头走，连忙赶上去，说道：“你且站住。我知你不理我，我只说一句话，从今后撂开手。”林黛玉回头看见是宝玉，待要不理他，听他说“只说一句话，从此撂开手”，这话里有文章，少不得站住说道：“有一句话，请说来。”宝玉笑道：“两句话，说了你听不听?”黛玉听说，回头就走。宝玉在身后面叹道：“既有今日，何必当初！”林黛玉听见这话，由不得站住，回头道：“当初怎么样？今日怎么样?”宝玉叹道：“当初姑娘来了，那不是我陪着玩笑？凭我心爱的，姑娘要，就拿去；我爱吃的，听见姑娘也爱吃，连忙干干净净收着等姑娘吃。一桌子吃饭，一床上睡觉。丫头们想不到的，我怕姑娘生气，我替丫头们想到了。我心里想着：姊妹们从小儿长大，亲也罢，热也罢，和气到了儿，才见得比人好。如今谁承望姑娘人大心大，不把我放在眼里，倒把外四路的[1]什么宝姐姐凤姐姐的放在心坎儿上，倒把我三日不理四日不见的。我又没个亲兄弟亲姊妹。——虽然有两个，你难道不知道是和我隔母的？我也和你似的独出，只怕同我的心一样。谁知我是白操了这个心，弄的有冤无处诉！”说着不觉滴下眼泪来。

爱情表白，鼓起很大的勇气。竭力消除黛玉的担忧。试探阶段接近结束。

[1] 外四路的：指关系疏远的。

黛玉耳内听了这话，眼内见了这形景，心内不觉灰了大半，也不觉滴下泪来，低头不语。宝玉见他这般形景，遂又说道："我也知道我如今不好了，但只凭着怎么不好，万不敢在妹妹跟前有错处。便有一二分错处，你倒是或教导我，戒我下次，或骂我两句，打我两下，我都不灰心。谁知你总不理我，叫我摸不着头脑，少魂失魄，不知怎么样才好。就便死了，也是个屈死鬼，任凭高僧高道忏悔也不能超生，还得你申明了缘故，我才得托生呢!"

黛玉听了这个话，不觉将昨晚的事都忘在九霄云外了，便说道："你既这么说，昨儿为什么我去了，你不叫丫头开门?"宝玉诧异道："这话从那里说起?我要是这么样，立刻就死了!"林黛玉啐道："大清早起死呀活的，也不忌讳。你说有呢就有，没有就没有，起什么誓呢。"宝玉道："实在没有见你去。就是宝姐姐坐了一坐，就出来了。"林黛玉想了一想，笑道："是了。想必是你的丫头们懒待动，丧声歪气的也是有的。"宝玉道："想必是这个原故。等我回去问了是谁，教训教训他们就好了。"黛玉道："你的那些姑娘们也该教训教训，只是我论理不该说。今儿得罪了我的事小，倘或明儿宝姑娘来，什么贝姑娘来，也得罪了，事情岂不大了。"说着抿着嘴笑。宝玉听了，又是咬牙，又是笑。

忘不了宝钗这个情敌。

二人正说话，只见丫头来请吃饭，遂都往前头来了。王夫人见了林黛玉，因问道："大姑娘，你吃那鲍太医的药可好些?"林黛玉道："也不过这么着。老太太还叫我吃王大夫的药呢。"宝玉道："太太不知道，林妹妹是内症，先天生的弱，所以禁不住一点风寒，不过吃两剂煎药就好了，散了风寒，还是吃丸药的好。"王夫人道："前儿大夫说了个丸药的名字，我也忘了。”宝玉道：“我知道那些丸药，不过叫他吃什么人参养荣丸。”王夫人道：“不是。”宝玉又道：“八珍益母丸？左归？右归？再不，就是麦味地黄丸。”王夫人道：“都不是。我只记得有个‘金刚’两个字的。”宝玉扎手[1]笑道：“从来没听见有个什么‘金刚丸’。若有了‘金刚丸’，自然有‘菩萨散’了！”说的满屋里人都笑了。宝钗抿嘴笑道：“想是天王补心丹。”王夫人笑道：“是这个名儿。如今我也糊涂了。”宝玉道：“太太倒不糊涂，都是叫‘金刚’‘菩萨’支使糊涂了。”王夫人道：“扯你娘的臊！又欠你老子捶你了。”宝玉笑道：“我老子再不为这个捶我的。”

王夫人又道：“既有这个名儿，明儿就叫人买些来吃。”宝玉笑道：“这些都不中用的。太太给我三百六十两银子，我替妹妹配一料丸药，包管一料不完就好了。”王夫人道：“放屁！什么药就这么贵？”宝玉笑道：“当真的呢，我这个方子比别的不同。那个药名儿也古怪，一时也说不清。只讲那头胎紫河车，人形带叶参，三百六十两不足龟，大何首乌，千年松根，茯苓胆，诸如此类的药都不算为奇，只在群药里算。那为君的药[2]，说起来唬人一跳。前儿薛大哥哥求了我一二年，我才给了他这方子。他拿了方子去又寻了二三年，花了有上千的银子，才配成了。太太不信，只问宝姐姐。”宝钗听说，笑着摇手儿说：“我不知道，也没听见。你别叫姨娘问我。”王夫人笑道：“到底是宝丫头，好孩子，不撒谎。”宝玉站在当地，听见如此说，一

[1] 扎手：两手摊开的姿势。
[2] 为君的药：指中药药方中起主要作用的药。

回身把手一拍，说道："我说的倒是真话呢，倒说我撒谎。"口里说着，忽一回身，只见林黛玉坐在宝钗身后抿着嘴笑，用手指头在脸上画着羞他。

凤姐因在里间屋里看着人放桌子，听如此说，便走来笑道："宝兄弟不是撒谎，这倒是有的。上日薛大哥亲自和我来寻珍珠，我问他作什么，他说配药。他还抱怨说，不配也罢了，如今那里知道这么费事。我问他什么药，他说是宝兄弟的方子，说了多少药，我也没工夫听。他说不然我也买几颗珍珠了，只是定要头上带过的，所以来和我寻。他说：'妹妹就没散的，花儿上也得，掐下来，过后儿我拣好的再给妹妹穿了来。'我没法儿，把两枝珠花儿现拆了给他。还要了一块三尺上用大红纱去乳钵乳了隔面子[1]呢。"凤姐说一句，那宝玉念一句佛，说："太阳在屋子里呢！"凤姐说完了，宝玉又道："太太想，这不过是将就呢。正经按那方子，这珍珠宝石定要在古坟里的，有那古时富贵人家装裹的头面[2]，拿了来才好。如今那里为这个去刨坟掘墓，所以只是活人带过的，也可以使得。"王夫人道："阿弥陀佛，不当家花花的！就是坟里有这个，人家死了几百年，这会子翻尸盗骨的，作了药也不灵！"

宝玉向林黛玉说道："你听见了没有，难道二姐姐也跟着我撒谎不成？"脸望着黛玉说话，却拿眼睛飘着宝钗。黛玉便拉王夫人道："舅母听听，宝姐姐不替他圆谎，他支吾着我。"王夫人也道："宝玉很会欺负你妹妹。"宝玉笑道："太太不知道

[1] 去乳钵乳了隔面子：去乳钵，研磨药面用的小臼。乳，把药碾细。隔面子，筛药面子。
[2] 装裹的头面：指死人戴的珠宝。装裹，装殓。

这原故。宝姐姐先在家里住着，那薛大哥哥的事，他也不知道，何况如今在里头住着呢，自然是越发不知道了。林妹妹才在背后羞我，打谅我撒谎呢。”

正说着，只见贾母房里的丫头找宝玉林黛玉去吃饭。林黛玉也不叫宝玉，便起身拉了那丫头就走。那丫头说等着宝玉一块儿走。林黛玉道：“他不吃饭了，咱们走吧。”那个丫头道：“吃不吃，等他一块儿去。老太太问，让他说去。”黛玉道：“你就等着。我先走了。”说着便出去了。宝玉道：“我今儿还跟着太太吃罢。”王夫人道：“罢，罢，我今儿吃斋，你正经吃你的去罢。”宝玉道：“我也跟着吃斋。”说着便叫那丫头“去罢”，自己先跑到桌子上坐了。王夫人向宝钗等笑道：“你们只管吃你们的，由他去罢。”宝钗因笑道：“你正经去罢。吃不吃，陪着林姑娘走一趟，他心里打紧[1]的不自在呢。”宝玉道：“理他呢，过一会子就好了。”

一时吃过饭，宝玉一则怕贾母记挂，二则也记挂着林黛玉，忙忙的要茶漱口。探春惜春都笑道：“二哥哥，你成日家忙些什么？吃饭吃茶也是这么忙碌碌的。”宝钗笑道：“你叫他快吃了瞧林妹妹去罢，叫他在这里胡羼些什么。”

宝玉吃了茶，便出来，一直往西院来。可巧走到凤姐儿院门前，只见凤姐蹬着门槛子拿耳挖子剔牙，看着十来个小厮们挪花盆呢。见宝玉来了，笑道：“你来的好。进来，进来，替我写几个字儿。”宝玉只得跟了进来。到了屋里，凤姐命人取过笔砚纸来，向宝玉道：“大红妆缎四十匹，蟒缎四十匹，上用纱各色一百匹，金项圈四个。”宝玉道：“这算

---

[1] 打紧：确实。

什么？又不是帐，又不是礼物，怎么个写法？”凤姐儿道：“你只管写上，横竖我自己明白就罢了。”宝玉听说只得写了。凤姐一面收起，一面笑道：“还有句话告诉你，不知你依不依？你屋里有个丫头叫红玉，我要叫了来使唤，明儿我再替你挑几个，可使得？”宝玉道：“我屋里的人也多的很，姐姐喜欢谁，只管叫了来，何必问我。”凤姐笑道：“既这么着，我就叫人带他去了。”宝玉道：“只管带去。”说着便要走。

凤姐儿道：“你回来，我还有一句话呢。”宝玉道：“老太太叫我呢，有话等我回来说罢。”说着便来至贾母这边，只见都已吃完饭了。贾母因问他：“跟着你娘吃了什么好的？”宝玉笑道：“也没什么好的，我倒多吃了一碗饭。”因问：“林妹妹在那里？”贾母道：“里头屋里呢。”

宝玉进来，只见地下一个丫头吹熨斗，炕上两个丫头打粉线，黛玉弯着腰拿着剪子裁什么呢。宝玉走进来笑道：“哦，这是作什么呢？才吃了饭，这么空着头[1]，一会子又头疼了。”黛玉并不理，只管裁他的。有一个丫头说道：“那块绸子角儿还不好呢，再熨他一熨。”黛玉便把剪子一撂，说道：“理他呢，过一会子就好了。”宝玉听了，只是纳闷。

无微不至的关怀。

只见宝钗探春等也来了，和贾母说了一回话。宝钗也进来问：“林妹妹作什么呢？”因见林黛玉裁剪，因笑道：“妹妹越发能干了，连裁剪都会了。”黛玉笑道：“这也不过是撒谎哄人罢了。”宝钗笑道：“我告诉你个笑话儿，才刚为那个药，我说了个不知道，宝兄弟心里不受用了。”林黛玉道：“理

[1] 空着头：俯身低头。

他呢，过会子就好了。”宝玉向宝钗道：“老太太要抹骨牌，正没人呢，你抹骨牌去罢。”宝钗听说，便笑道：“我是为抹骨牌才来了?”说着便走了。

林黛玉道：“你倒是去罢，这里有老虎，看吃了你!”说着又裁。宝玉见他不理，只得还陪笑说道：“你也出去逛逛再裁不迟。”林黛玉总不理。宝玉便问丫头们：“这是谁叫裁的?”林黛玉见问丫头们，便说道：“凭他谁叫我裁，也不管二爷的事!”宝玉方欲说话，只见有人进来回说“外头有人请”。宝玉听了，忙撤身出来。黛玉向外头说道：“阿弥陀佛！赶你回来，我死了也罢了。”

宝玉出来，到外面，只见焙茗说道：“冯大爷家请。”宝玉听了，知道是昨日的话，便说：“要衣裳去。”自己便往书房里来。焙茗一直到了二门前等人，只见一个老婆子出来了，焙茗上去说道：“宝二爷在书房里等出门的衣裳，你老人家进去带个信儿。”那婆子说：“放你娘的屁！倒好，宝二爷如今在园里住着，跟他的人都在园里，你又跑了这里来带信儿来了!”焙茗听了，笑道：“骂的是，我也糊涂了。”说着一径往东边二门前来。可巧门上小厮在甬路底下踢球，焙茗将原故说了。小厮跑了进去，半日抱了一个包袱出来，递与焙茗。回到书房里，宝玉换了，命人备马，只带着焙茗、锄药、双瑞、双寿四个小厮去了。

一径到了冯紫英家门口，有人报与了冯紫英，出来迎接进去。只见薛蟠早已在那里久候，还有许多唱曲儿的小厮并唱小旦的蒋玉菡、锦香院的妓女云儿。大家都见过了，然后吃茶。宝玉擎茶笑道：“前儿所言幸与不幸之事，我昼悬夜想，今日一闻呼唤即至。”冯紫英笑道：“你们令表兄弟倒都心实。前日不过是我的设辞，诚心请你们一饮，恐又推托，故说下这句话。今日一邀即至，谁知都信真了。”说毕大家一笑，然后摆上酒来，依次坐定。冯紫英先命唱曲儿的小厮过来让酒，然后命云儿也来敬。

那薛蟠三杯下肚，不觉忘了情，拉着云儿的手笑道：“你把那梯己新样儿的曲子唱个我听，我吃一坛如何？”云儿听说，只得拿起琵琶来，唱道：

两个冤家，都难丢下，想着你来又记挂着他。两个人形容俊俏，都难描画。想昨宵幽期私订在荼蘼架，一个偷情，一个寻拿，拿住了三曹对案[1]，我也无回话。

唱毕笑道：“你喝一坛子罢了。”薛蟠听说，笑道：“不值一坛，再唱好的来。”

宝玉笑道：“听我说来：如此滥饮，易醉而无味。我先喝一大海，发一新令，有不遵者，连罚十大海，逐出席外与人斟酒。”冯紫英蒋玉菡等都道：“有理，有理。”宝玉拿起海来一气饮干，说道：“如今要说悲、愁、喜、乐四字，却要说出女儿来，还要注明这四字原故。说完了，饮门杯。酒面要唱一个新鲜时样曲子；酒底要席上生风[2]一样东西，或古诗、旧对、《四书》《五经》成语。”薛蟠未等说完，先站起来拦道：“我不来，别算我。这竟是

[1] 三曹对案：原告、被告和证人当场进行对质。

[2] 门杯、酒面、酒底、席上生风：门杯，相对于公用的酒杯而言，指放在各人面前的酒杯。酒面，斟满一杯酒，不饮，先行令。酒底，每行完一个酒令，饮干一杯酒。席上生风，借酒席上的食品等现前之物，说一句相关的古诗文。

捉弄我呢!”云儿也站起来，推他坐下，笑道：“怕什么？这还亏你天天吃酒呢，难道你连我也不如！我回来还说呢。说是了，罢；不是了，不过罚上几杯，那里就醉死了。你如今一乱令，倒喝十大海，下去斟酒不成?”众人都拍手道妙。薛蟠听说无法，只得坐了。

就他是没文化的。

听宝玉说道：

女儿悲，青春已大守空闺。
女儿愁，悔教夫婿觅封侯。
女儿喜，对镜晨妆颜色美。
女儿乐，秋千架上春衫薄。

众人听了，都道：“说得有理。”薛蟠独扬着脸摇头说：“不好，该罚!”众人问：“如何该罚?”薛蟠道：“他说的我通不懂，怎么不该罚?”云儿便拧他一把，笑道：“你悄悄的想你的罢。回来说不出，又该罚了。”于是拿琵琶听宝玉唱道：

滴不尽相思血泪抛红豆，开不完春柳春花满画楼，睡不稳纱窗风雨黄昏后，忘不了新愁与旧愁，咽不下玉粒金莼噎满喉，照不见菱花镜里形容瘦。展不开的眉头，捱不明的更漏。呀！恰便似遮不住的青山隐隐，流不断的绿水悠悠。

唱完，大家齐声喝彩，独薛蟠说无板。宝玉饮了门杯，便拈起一片梨来，说道：

雨打梨花深闭门。

完了令，下该冯紫英，说道：

女儿悲，儿夫染病在垂危。
女儿愁，大风吹倒梳妆楼。
女儿喜，头胎养了双生子。
女儿乐，私向花园掏蟋蟀。

说毕，端起酒来，唱道：

你是个可人，你是个多情，你是个刁钻古怪鬼灵精，你是个神仙也不灵。我说的话儿你全不信，只叫你去背地里细打听，才知道我疼你不疼！

唱完，饮了门杯，说道：

鸡声茅店月。

令完，下该云儿。云儿便说道：

女儿悲，将来终身指靠谁？

薛蟠叹道："我的儿，有你薛大爷在，你怕什么！"众人都道："别混他，别混他！"云儿又道：

女儿愁，妈妈[1]打骂何时休！

[1] 妈妈：此指老鸨。

薛蟠道："前儿我见了你妈，还吩咐他不叫他打你呢。"众人都道："再多言者罚酒十杯。"薛蟠连忙自己打了一个嘴巴子，说道："没耳性[1]，再不许说了。"云儿又道：

女儿喜，情郎不舍还家里。
女儿乐，住了箫管弄弦索。

说完，便唱道：

荳蔻开花三月三，一个虫儿往里钻。钻了半日不得进去，爬到花儿上打秋千。肉儿小心肝，我不开了你怎么钻？

唱毕，饮了门杯，说道："桃之夭夭。"令完了，下该薛蟠。

薛蟠道："我可要说了：女儿悲——"说了半日，不见说底下的。冯紫英笑道："悲什么？快说来。"薛蟠登时急的眼睛铃铛一般，瞪了半日，才说道："女儿悲——"又咳嗽了两声，说道：

女儿悲，嫁了个男人是乌龟。

众人听了都大笑起来。薛蟠道："笑什么，难道我说的不是？一个女儿嫁了，汉子要当忘八，他怎么不伤心呢？"众人笑的弯腰说道："你说的很是，快说底下的。"薛蟠瞪了一瞪眼，又说道：

[1] 没耳性：没记性。

女儿愁——

说了这句，又不言语了。众人道：“怎么愁？”薛蟠道：

绣房蹿出个大马猴。

众人呵呵笑道：“该罚，该罚！这句更不通，先还可恕。”说着便要筛酒[1]。宝玉笑道：“押韵就好。”薛蟠道：“令官都准了，你们闹什么？”众人听说，方才罢了。云儿笑道：“下两句越发难说了，我替你说罢。”薛蟠道：“胡说！当真我就没好的了！听我说罢：

女儿喜，洞房花烛朝慵起。

众人听了，都诧异道：“这句何其太韵？”薛蟠又道：

女儿乐，一根毛罷往里戳。

众人听了，都扭着脸说道：“该死，该死！快唱了罢。”薛蟠便唱道：

一个蚊子哼哼哼。

众人都怔了，说：“这是个什么曲儿？”薛蟠还唱道：

两个苍蝇嗡嗡嗡。

[1] 筛酒：斟酒。

众人都道："罢，罢，罢！"薛蟠道："爱听不听！这是新鲜曲儿，叫作哼哼韵。你们要懒待听，连酒底都免了，我就不唱。"众人都道："免了罢，免了罢，倒别耽误了别人家。"

于是蒋玉菡说道：

女儿悲，丈夫一去不回归。
女儿愁，无钱去打桂花油。
女儿喜，灯花并头结双蕊。
女儿乐，夫唱妇随真和合。

说毕，唱道：

可喜你天生成百媚娇，恰便似活神仙离碧霄。度青春，年正小；配鸾凤，真也着。呀！看天河正高，听谯楼鼓敲，剔银灯同入鸳帏悄。

唱毕，饮了门杯，笑道："这诗词上我倒有限。幸而昨日见了一副对子，可巧只记得这句，幸而席上还有这件东西。"说毕，便干了酒，拿起一朵木樨[1]来，念道：

花气袭人知昼暖。

众人倒都依了，完令。薛蟠又跳了起来，喧嚷道："了不得，了不得！该罚，该罚！这席上又没有宝贝，你怎么念起宝贝来？"蒋玉菡怔了，说道："何曾有宝贝？"薛蟠道："你还赖呢！你再念来。"蒋

[1] 木樨（xī）：即桂花。

玉菡只得又念了一遍。薛蟠道："袭人可不是宝贝是什么！你们不信，只问他。"说毕，指着宝玉。宝玉没好意思起来，说："薛大哥，你该罚多少?"薛蟠道："该罚，该罚!"说着拿起酒来，一饮而尽。冯紫英与蒋玉菡等不知原故，云儿便告诉了出来。蒋玉菡忙起身陪罪。众人都道："不知者不作罪。"

少刻，宝玉出席解手，蒋玉菡便随了出来。二人站在廊檐下，蒋玉菡又陪不是。宝玉见他妩媚温柔，心中十分留恋，便紧紧的搭着他的手，叫他："闲了往我们那里去。还有一句话借问，也是你们贵班中，有一个叫琪官的，他在那里？如今名驰天下，我独无缘一见。"蒋玉菡笑道："就是我的小名儿。"宝玉听说，不觉欣然跌足笑道："有幸，有幸！果然名不虚传。今儿初会，便怎么样呢?"想了一想，向袖中取出扇子，将一个玉玦扇坠[1]解下来，递与琪官，道："微物不堪，略表今日之谊。"琪官接了，笑道："无功受禄，何以克当！也罢，我这里得了一件奇物，今日早起方系上，还是簇新的，聊可表我一点亲热之意。"说毕撩衣，将系小衣儿一条大红汗巾子解了下来，递与宝玉，道："这汗巾子是茜香国女国王所贡之物，夏天系着，肌肤生香，不生汗渍。昨日北静王给我的，今日才上身。若是别人，我断不肯相赠。二爷请把自己系的解下来，给我系着。"宝玉听说，喜不自禁，连忙接了，将自己一条松花汗巾解了下来，递与琪官。

二人方束好，只听一声大叫："我可拿住了!"

[1] 玉玦（jué）扇坠：玉玦，环形玉器名，有缺口。扇坠，系在扇柄上的饰物。

只见薛蟠跳了出来，拉着二人道："放着酒不吃，两个人逃席出来干什么？快拿出来我瞧瞧。"二人都道："没有什么。"薛蟠那里肯依，还是冯紫英出来才解开了。于是复又归坐饮酒，至晚方散。

宝玉回至园中，宽衣吃茶。袭人见扇子上的坠儿没了，便问他："那里去了？"宝玉道："马上丢了。"睡觉时只见腰里一条血点似的大红汗巾子，袭人便猜了八九分，因说道："你有了好的系裤子，把我那条还我罢。"宝玉听说，方想起那条汗巾子原是袭人的，不该给人才是，心里后悔，口里说不出来，只得笑道："我赔你一条罢。"袭人听了，点头叹道："我就知道又干这些事！也不该拿着我的东西给那起混帐人去。也难为你，心里没个算计儿。"再要说几句，又恐怄上他的酒来，少不得也睡了，一宿无话。

至次日天明，方才醒了，只见宝玉笑道："夜里失了盗也不晓得，你瞧瞧裤子上。"袭人低头一看，只见昨日宝玉系的那条汗巾子系在自己腰里呢，便知是宝玉夜间换了，忙一顿把[1]解下来，说道："我不希罕这行子，趁早儿拿了去!"宝玉见他如此，只得委婉解劝了一回。袭人无法，只得系在腰里。过后宝玉出去，终久解下来掷在个空箱子里，自己又换了一条系着。

伏笔。这是宝玉挨打的原因之一，又暗寓袭人后来嫁给蒋玉菡的结局。前面蒋玉菡又说了一句"花气袭人知昼暖"。

宝玉并未理论，因问起昨日可有什么事情。袭人便回说："二奶奶打发人叫了红玉去了。他原要等你来的，我想什么要紧，我就作了主，打发他去了。"宝玉道："很是。我已知道了，不必等我罢了。"袭人又道："昨儿贵妃打发夏太监出来，送了

[1] 一顿把：一下子。

一百二十两银子，叫在清虚观初一到初三打三天平安醮，唱戏献供，叫珍大爷领着众位爷们跪香拜佛呢。还有端午儿的节礼也赏了。”说着命小丫头子来，将昨日所赐之物取了出来，只见上等宫扇两柄，红麝香珠二串，凤尾罗二端，芙蓉簟[1]一领。宝玉见了，喜不自胜，问“别人的也都是这个?”袭人道：“老太太的多着一个香如意，一个玛瑙枕。太太、老爷、姨太太的只多着一个如意。你的同宝姑娘的一样。林姑娘同二姑娘、三姑娘、四姑娘只单有扇子同数珠儿，别人都没了。大奶奶、二奶奶他两个是每人两匹纱，两匹罗，两个香袋，两个锭子药[2]。”

元春更看好金玉良姻。

宝玉听了，笑道：“这是怎么个原故？怎么林姑娘的倒不同我的一样，倒是宝姐姐的同我一样！别是传错了罢?”袭人道：“昨儿拿出来，都是一份一份的写着签子，怎么就错了！你的是在老太太屋里的，我去拿了来了。老太太说了，明儿叫你一个五更天进去谢恩呢。”宝玉道：“自然要走一趟。”说着便叫紫绡来：“拿了这个到林姑娘那里去，就说是昨儿我得的，爱什么留下什么。”紫绡答应了，拿了去，不一时回来说：“林姑娘说了，昨儿也得了，二爷留着罢。”

宝玉听说，便命人收了。刚洗了脸出来，要往贾母那里请安去，只见林黛玉顶头来了。宝玉赶上去笑道：“我的东西叫你拣，你怎么不拣?”林黛玉昨日所恼宝玉的心事早又丢开，又顾今日的事了，因说道：“我没这么大福禁受，比不得宝姑娘，什

[1] 芙蓉簟（diàn）：编有芙蓉花图案的竹席。簟，竹席。
[2] 锭子药：制成小块的药。

么金什么玉的，我们不过是草木之人！”宝玉听他提出“金玉”二字来，不觉心动疑猜，便说道：“除了别人说什么金什么玉，我心里要有这个想头，天诛地灭，万世不得人身！”林黛玉听他这话，便知他心里动了疑，忙又笑道：“好没意思，白白的说什么誓？管你什么金什么玉的呢！”宝玉道：“我心里的事也难对你说，日后自然明白。除了老太太、老爷、太太这三个人，第四个就是妹妹了。要有第五个人，我也说个誓。”林黛玉道：“你也不用说誓，我很知道你心里有‘妹妹’，但只是见了‘姐姐’，就把‘妹妹’忘了。”宝玉道：“那是你多心，我再不的。”林黛玉道：“昨儿宝丫头不替你圆谎，为什么问着我呢？那要是我，你又不知怎么样了。”

金玉良姻和木石前盟，是黛玉的心病。

正说着，只见宝钗从那边来了，二人便走开了。宝钗分明看见，只装看不见，低着头过去了，到了王夫人那里，坐了一回，然后到了贾母这边，只见宝玉在这里呢。薛宝钗因往日母亲对王夫人等曾提过“金锁是个和尚给的，等日后有玉的方可结为婚姻”等语，所以总远着宝玉。昨儿见元春所赐的东西，独他与宝玉一样，心里越发没意思起来。幸亏宝玉被一个林黛玉缠绵住了，心心念念只记挂着林黛玉，并不理论这事。此刻忽见宝玉笑问道：“宝姐姐，我瞧瞧你的红麝串子？”可巧宝钗左腕上笼着一串，见宝玉问他，少不得褪了下来。宝钗生的肌肤丰泽，容易褪不下来。宝玉在旁看着雪白一段酥臂，不觉动了羡慕之心，暗暗想道：“这个膀子要长在林妹妹身上，或者还得摸一摸，偏生长在他身上。”正是恨没福得摸，忽然想起“金玉”一事来，再看看宝钗形容，只见脸若银盆，眼似水

宝钗对金玉良姻的敏感不次于黛玉。

杏，唇不点而红，眉不画而翠，比林黛玉另具一种妩媚风流，不觉就呆了，宝钗褪了串子来递与他也忘了接。

关键的场面，总能让林妹妹碰上。这是作者有意将黛玉卷入矛盾的漩涡，以便表现她的性格。

宝钗见他怔了，自己倒不好意思的，丢下串子，回身才要走，只见林黛玉蹬着门槛子，嘴里咬着手帕子笑呢。宝钗道："你又禁不得风吹，怎么又站在那风口里?"林黛玉笑道："何曾不是在屋里的。只因听见天上一声叫唤，出来瞧了瞧，原来是个呆雁。"薛宝钗道："呆雁在那里呢?我也瞧一瞧。"林黛玉道："我才出来，他就'忒儿'一声飞了。"口里说着，将手里的帕子一甩，向宝玉脸上甩来。宝玉不防，正打在眼上，"嗳哟"了一声。要知端的，且听下回分解。

第二十九回

享福人福深还祷福　痴情女情重愈斟情

话说宝玉正自发怔，不想黛玉将手帕子甩了来，正碰在眼睛上，倒唬了一跳，问是谁。林黛玉摇着头儿笑道：“不敢，是我失了手。因为宝姐姐要看呆雁，我比给他看，不想失了手。”宝玉揉着眼睛，待要说什么，又不好说的。

一时，凤姐儿来了，因说起初一日在清虚观打醮的事来，遂约着宝钗、宝玉、黛玉等看戏去。宝钗笑道：“罢，罢，怪热的。什么没看过的戏，我就不去了。”凤姐儿道：“他们那里凉快，两边又有楼。咱们要去，我头几天打发人去，把那些道士都赶出去，把楼打扫干净，挂起帘子来，一个闲人不许放进庙去，才是好呢。我已经回了太太了，你们不去我去。这些日子也闷的很了。家里唱动戏，我又不得舒舒服服的看。”

贾母听说，笑道：“既这么着，我同你去。”凤姐听说，笑道：“老祖宗也去，敢情好了！就只是我又不得受用了。”贾母道：“到明儿，我在正面楼上，你在旁边楼上，你也不用到我这边来立规矩，可好不好?”凤姐儿笑道：“这就是老祖宗疼我了。”贾母因又向宝钗道：“你也去，连你母亲也去。长天老日的，在家里也是睡觉。”宝钗只得答应着。

王夫人吃斋念佛，好静；贾母好热闹，享受儿孙满堂的天伦之乐。

贾母又打发人去请了薛姨妈，顺路告诉王夫人，要带了他们姊妹去。王夫人因一则身上不好，二则预备着元春有人出来，早已回了不去的；听贾母如今这样说，笑道："还是这么高兴。"因打发人去到园里告诉："有要逛的，只管初一跟了老太太逛去。"这个话一传开了，别人都还可已，只是那些丫头们天天不得出门槛子，听了这话，谁不要去。便是各人的主子懒怠去，他也百般撺掇了去，因此李宫裁等都说去。贾母越发心中喜欢，早已吩咐人去打扫安置，都不必细说。

单表到了初一这一日，荣国府门前车辆纷纷，人马簇簇。那底下凡执事人等，闻得是贵妃作好事，贾母亲去拈香，正是初一日乃月之首日，况是端阳节间，因此凡动用的什物，一色都是齐全的，不同往日。

少时，贾母等出来。贾母坐一乘八人大轿，李氏、凤姐儿、薛姨妈每人一乘四人轿，宝钗、黛玉二人共坐一辆翠盖珠缨八宝车。迎春、探春、惜春三人共坐一辆朱轮华盖车。然后贾母的丫头鸳鸯、鹦鹉、琥珀、珍珠，林黛玉的丫头紫鹃、雪雁、春纤，宝钗的丫头莺儿、文杏，迎春的丫头司棋、绣桔，探春的丫头待书、翠墨，惜春的丫头入画、彩屏，薛姨妈的丫头同喜、同贵，外带着香菱、香菱的丫头臻儿，李氏的丫头素云、碧月，凤姐儿的丫头平儿、丰儿、小红，并王夫人两个丫头也要跟了凤姐儿去的是金钏、彩云，奶子抱着大姐儿带着巧姐儿另在一车，还有两个丫头，一共又连上各房的老嬷嬷奶娘并跟出门的家人媳妇子，乌压压的占了一街的车。

贾母等已经坐轿去了多远，这门前尚未坐完。

这个说“我不同你在一处”，那个说“你压了我们奶奶的包袱”，那边车上又说“蹭了我的花儿”，这边又说“碰折了我的扇子”，咭咭呱呱，说笑不绝。周瑞家的走来过去的说道：“姑娘们，这是街上，看人笑话。”说了两遍，方觉好了。前头的全副执事摆开，早已到了清虚观了。宝玉骑着马，在贾母轿前。街上人都站在两边。

将至观前，只听钟鸣鼓响，早有张法官[1]执香披衣，带领众道士在路旁迎接。贾母的轿刚至山门以内，贾母在轿内因看见有守门大帅并千里眼、顺风耳、当方土地、本境城隍各位泥胎圣像，便命住轿。贾珍带领各子弟上来迎接。

凤姐儿知道鸳鸯等在后面，赶不上来搀贾母，自己下了轿，忙要上来搀。可巧有个十二三岁的小道士儿，拿着剪筒[2]，照管剪各处蜡花，正欲得便且藏出去，不想一头撞在凤姐儿怀里。凤姐便一扬手，照脸一下，把那小孩子打了一个筋斗，骂道：“野牛肏的，胡朝那里跑！”那小道士也不顾拾烛剪，爬起来往外还要跑。正值宝钗等下车，众婆娘媳妇正围随的风雨不透，但见一个小道士滚了出来，都喝声叫“拿，拿，拿！打，打，打！”

贾母听了忙问：“是怎么了？”贾珍忙出来问。凤姐上去搀住贾母，就回说：“一个小道士儿，剪灯花的，没躲出去，这会子混钻呢。”贾母听说，忙道：“快带了那孩子来，别唬着他。小门小户的孩子，都是娇生惯养的，那里见的这个势派。倘或唬着他，倒怪可怜见的，他老子娘岂不疼的慌？”

将贾母与凤姐对比，写贾母的厚道。

[1] 法官：对有职位的道士的尊称。
[2] 剪筒：存放蜡烬的用具。

说着，便叫贾珍去好生带了来。贾珍只得去拉了那孩子来。

那孩子还一手拿着蜡剪，跪在地下乱战。贾母命贾珍拉起来，叫他别怕。问他几岁了。那孩子通说不出话来。贾母还说“可怜见的”，又向贾珍道：“珍哥儿，带他去罢。给他些钱买果子吃，别叫人难为了他。”贾珍答应，领他去了。这里贾母带着众人，一层一层的瞻拜观玩。外面小厮们见贾母等进入二层山门，忽见贾珍领了一个小道士出来，叫人来带去，给他几百钱，不要难为了他。家人听说，忙上来领了下去。

贾珍站在阶矶上，因问：“管家在那里？”底下站的小厮们见问，都一齐喝声说：“叫管家！”登时林之孝一手扣着帽子跑了来，到贾珍跟前。贾珍道：“虽说这里地方大，今儿不承望来这么些人。你使的人，你就带了往你的那院里去；使不着的，打发到那院里去。把小幺儿们多挑几个在这二层门上同两边的角门上，伺候着要东西传话。你可知道不知道，今儿小姐奶奶们都出来，一个闲人也到不了这里。”林之孝忙答应“晓得”，又说了几个“是”。贾珍道：“去罢。”又问：“怎么不见蓉儿？”

一声未了，只见贾蓉从钟楼里跑了出来。贾珍道：“你瞧瞧他，我这里也还没敢说热，他倒乘凉去了！”喝命家人啐他。那小厮们都知道贾珍素日的性子，违拗不得，有个小厮便上来向贾蓉脸上啐了一口。贾珍又道：“问着他！”那小厮便问贾蓉道：“爷还不怕热，哥儿怎么先乘凉去了？”贾蓉垂着手，一声不敢说。那贾芸、贾萍、贾芹等听见了，不但他们慌了，亦且连贾璜、贾𪩘、贾琼等也都忙了，一个一个从墙根下慢慢的溜上来。贾珍又向贾蓉道："你站着作什么？还不骑了马跑到家里，告诉你娘母子去！老太太同姑娘们都来了，叫他们快来伺候。"

贾蓉听说，忙跑了出来，一叠声要马，一面抱怨道："早都不知作什么的，这会子寻趁[1]我。"一面又骂小子："捆着手呢？马也拉不来。"待要打发小子去，又恐后来对出来，说不得亲自走一趟，骑马去了，不在话下。

且说贾珍方要抽身进去，只见张道士站在旁边陪笑说道："论理我不比别人，应该里头伺候。只因天气炎热，众位千金都出来了，法官不敢擅入，请爷的示下。恐老太太问，或要随喜那里，我只在这里伺候罢了。"贾珍知道，这张道士虽然是当日荣国府国公的替身[2]，曾经先皇御口亲呼为"大幻仙人"，如今现掌"道录司"[3]印，又是当今封为"终了真人"，现今王公藩镇都称他为"神仙"，所以不敢轻慢。二则他又常往两个府里去，凡夫人小姐都是见的。今见他如此说，便笑道："咱们自己，你又说起这话来。再多说，我把你这胡子还挦[4]了呢！还不跟我进来。"那张道士呵呵大笑，跟了贾珍进来。

贾珍到贾母跟前，控身[5]陪笑说："这张爷爷进来请安。"贾母听了，忙道："搀他来。"贾珍忙去搀了过来。那张道士先哈哈笑道："无量寿佛！老祖宗一向福寿安康？众位奶奶小姐纳福？一向没

---

[1] 寻趁：原指寻找，此指找碴儿。
[2] 替身：旧俗，王公贵族寄名为僧道，本人不在寺观，而由别人为替身。
[3] 道录司：明清时管理道教事务的机构。
[4] 挦（xún）：拔（毛）。
[5] 控身：半弯腰，以示尊敬。

到府里请安，老太太气色越发好了。”贾母笑道：“老神仙，你好?”张道士笑道：“托老太太万福万寿，小道也还康健。别的倒罢，只记挂着哥儿，一向身上好？前日四月二十六日，我这里做遮天大王的圣诞，人也来的少，东西也很干净，我说请哥儿来逛逛，怎么说不在家?”贾母说道：“果真不在家。”一面回头叫宝玉。谁知宝玉解手去了才来，忙上前问：“张爷爷好?”张道士忙抱住问了好，又向贾母笑道：“哥儿越发发福了。”贾母道：“他外头好，里头弱。又搭着他老子逼着他念书，生生的把个孩子逼出病来了。”张道士道：“前日我在好儿处看见哥儿写的字，作的诗，都好的了不得，怎么老爷还抱怨说哥儿不大喜欢念书呢？依小道看来，也就罢了。”又叹道：“我看见哥儿的这个形容身段，言谈举动，怎么就同当日国公爷一个稿子!”说着两眼流下泪来。贾母听说，也由不得满脸泪痕，说道：“正是呢，我养这些儿子孙子，也没一个像他爷爷的，就只这玉儿像他爷爷。”

隔代亲，祖母溺爱孙子的口吻。

贾母最疼宝玉的重要原因：宝玉长得非常像爷爷。

那张道士又向贾珍道：“当日国公爷的模样儿，爷们一辈的不用说，自然没赶上，大约连大老爷、二老爷也记不清楚了。”说毕呵呵又一大笑，道：“前日在一个人家看见一位小姐，今年十五岁了，生的倒也好个模样儿。我想着哥儿也该寻亲事了。若论这个小姐模样儿，聪明智慧，根基家当，倒也配的过。但不知老太太怎么样，小道也不敢造次。等请了老太太的示下，才敢向人去说。”贾母道：“上回有和尚说了，这孩子命里不该早娶，等再大一大儿再定罢。你可如今打听着，不管他根基富贵，只要模样配的上就好，来告诉我。便是那家子穷，不过给他几两银子罢了。只是模样性格儿难得好的。”

说毕，只见凤姐儿笑道：“张爷爷，我们丫头的寄名符儿你也不换去。前儿亏你还有那么大脸，打发人和我要鹅黄缎子去！要不给你，又恐怕你那老脸上过不去。”张道士呵呵大笑道：“你瞧，我眼花了，也没看见奶奶在这里，也没道多谢。符早已有了，前日原要送去的，不指望娘娘来作好事，就混忘了，还在佛前镇着。待我取来。”说着跑到大殿上去，一时拿了一个茶盘，搭着大红蟒缎经袱子[1]，托出符来。大姐儿的奶子接了符。

张道士方欲抱过大姐儿来，只见凤姐笑道：“你就手里拿出来罢了，又用个盘子托着。”张道士道：“手里不干不净的，怎么拿，用盘子洁净些。”凤姐儿笑道：“你只顾拿出盘子来，倒唬我一跳。我不说你是为送符，倒像是和我们化布施来了。”众人听说，哄然一笑，连贾珍也撑不住笑了。贾母回头道：“猴儿猴儿，你不怕下割舌头地狱！”凤姐儿笑道：“我们爷儿们不相干。他怎么常常的说我该积阴骘，迟了就短命呢！”

张道士也笑道：“我拿出盘子来一举两用，却不为化布施，倒要将哥儿的这玉请了下来，托出去给那些远来的道友并徒子徒孙们见识见识。”贾母道：“既这们着，你老人家老天拔地的跑什么，就带他去，瞧了，叫他进来，岂不省事？”张道士道：“老太太不知道，看着小道是八十多岁的人，托老太太的福倒也健壮；二则外面的人多，气味难闻，况是个暑热的天，哥儿受不惯，倘或哥儿受了腌臜气味，倒值多了。”贾母听说，便命宝玉摘下通灵

---

[1] 经袱子：僧道用以包裹经卷的布帛。

玉来，放在盘内。那张道士兢兢业业的用蟒袱子垫着，捧了出去。

这里贾母与众人各处游玩了一回，方去上楼。只见贾珍回说："张爷爷送了玉来了。"刚说着，只见张道士捧了盘子，走到跟前笑道："众人托小道的福，见了哥儿的玉，实在可罕。都没什么敬贺之物，这是他们各人传道的法器[1]，都愿意为敬贺之礼。哥儿便不希罕，只留着在房里顽耍赏人罢。"贾母听说，向盘内看时，只见也有金璜[2]，也有玉玦，或有事事如意，或有岁岁平安，皆是珠穿宝贯，玉琢金镂，共有三五十件。因说道："你也胡闹。他们出家人是那里来的，何必这样，这不能收。"张道士笑道："这是他们一点敬心，小道也不能阻挡。老太太若不留下，岂不叫他们看着小道微薄，不像是门下出身[3]了。"

贾母听如此说，方命人接了。宝玉笑道："老太太，张爷爷既这么说，又推辞不得，我要这个也无用，不如叫小子们捧了这个，跟着我出去散给穷人罢。"贾母笑道："这倒说的是。"张道士又忙拦道："哥儿虽要行好，但这些东西虽说不甚希奇，到底也是几件器皿。若给了乞丐，一则与他们无益，二则反倒遭塌了这些东西。要舍给穷人，何不就散钱与他们。"宝玉听说，便命收下，等晚间拿钱施舍罢了。说毕，张道士方退出去。

这里贾母与众人上了楼，在正面楼上归坐。凤姐等占了东楼。众丫头等在西楼，轮流伺候。贾珍一

---

[1] 法器：道士传道的器具。

[2] 金璜（huáng）：璜，玉制的半璧形装饰品。金璜，仿璜的金饰品。

[3] 门下出身：门下，门庭之下。门下出身，指其为荣国公替身。

时来回："神前拈了戏[1]，头一本《白蛇记》[2]。"贾母问："《白蛇记》是什么故事？"贾珍道："是汉高祖斩蛇方起首的故事。第二本是《满床笏》[3]。"贾母笑道："这倒是第二本上？也罢了。神佛要这样，也只得罢了。"又问第三本，贾珍道："第三本是《南柯梦》[4]。"贾母听了便不言语。贾珍退了下来，至外边预备着申表、焚钱粮[5]、开戏，不在话下。

且说宝玉在楼上，坐在贾母旁边，因叫个小丫头子捧着方才那一盘子贺物，将自己的玉戴上，用手翻弄寻拨，一件一件的挑与贾母看。贾母因看见有个赤金点翠的麒麟，便伸手拿了起来，笑道："这件东西好像我看见谁家的孩子也带着这么一个的。"宝钗笑道："史大妹妹有一个，比这个小些。"贾母道："原来是云儿有这个。"宝玉道："他这么往我们家去住着，我也没看见。"探春笑道："宝姐姐有心，不管什么他都记得。"林黛玉冷笑道："他在别的上还有限，惟有这些人带的东西上越发留心。"宝钗听说，便回头装没听见。

黛玉敲打宝钗。宝钗装聋，不露锋芒，不去招惹黛玉。

宝玉听见史湘云有这件东西，自己便将那麒麟忙拿起来揣在怀里。一面心里又想到怕人看见他听见史湘云有了，他就留这件，因此手里揣着，却拿眼睛飘人。只见众人都倒不大理论，惟有林黛玉瞅着他点头儿，似有赞叹之意。宝玉不觉心里没好意思起来，又掏了出来，向黛玉笑道："这个东西倒

黛玉注意着宝玉对金麒麟的态度。这是黛玉从才子佳人小说和戏曲里学来的敏感。

---

［1］神前拈了戏：打醮演戏是娱神，必须由神来点戏。实际上是由抽签来决定。
［2］《白蛇记》：明代弋阳腔剧本，演刘邦斩白蛇起义的故事。
［3］《满床笏》：清代传奇，演唐代郭子仪一门富贵的故事。
［4］《南柯梦》：汤显祖的传奇，演淳于棼梦至大槐安国做驸马，荣华显赫，而终于失宠见逐的故事。
［5］焚钱粮：纸袋里装上金银箔纸折叠成的元宝，祭神时与申表同时焚烧。

好顽，我替你留着，到了家穿上你带。”林黛玉将头一扭，说道：“我不希罕。”宝玉笑道：“你果然不希罕，我少不得就拿着。”说着又揣了起来。

刚要说话，只见贾珍贾蓉的妻子婆媳两个来了，彼此见过，贾母方说：“你们又来做什么，我不过没事来逛逛。”一句话没说了，只见人报：“冯将军家有人来了。”原来，冯紫英家听见贾府在庙里打醮，连忙预备了猪羊香烛茶银之类的东西送礼。凤姐儿听了，忙赶过正楼来，拍手笑道：“嗳呀！我就不防这个。只说咱们娘儿们来闲逛逛，人家只当咱们大摆斋坛的来送礼。都是老太太闹的。这又不得预备赏封儿。”刚说了，只见冯家的两个管家娘子上楼来了。冯家两个未去，接着赵侍郎也有礼来了。

于是，接二连三，都听见贾府打醮，女眷都在庙里，凡一应远亲近友、世家相与都来送礼。贾母才后悔起来，说：“又不是什么正经斋事，我们不过闲逛逛，就想不到这礼上，没的惊动了人。”因此虽看了一天戏，至下午便回来了，次日便懒怠去。凤姐又说：“打墙也是动土[1]，已经惊动了人，今儿乐得还去逛逛。”那贾母因昨日张道士提起宝玉说亲的事来，谁知宝玉一日心中不自在，回家来生气，嗔着张道士与他说了亲，口口声声说，从今以后不再见张道士了，别人也并不知为什么原故；二则林黛玉昨日回家又中了暑：因此二事，贾母便执意不去了。凤姐见不去，自己带了人去，也不在话下。

[1] 打墙也是动土：意即反正已经劳动人家，不如继续做下去。

且说宝玉因见林黛玉又病了，心里放不下，饭也懒去吃，不时来问。林黛玉又怕他有个好歹，因说道："你只管看你的戏去，在家里作什么？"宝玉因昨日张道士提亲，心中大不受用，今听见林黛玉如此说，心里因想着："别人不知道我的心还可恕，连他也奚落起我来。"因此心中更比往日的烦恼加了百倍。若是别人跟前，断不能动这肝火，只是林黛玉说了这话，倒比往日别人说这话不同，由不得立刻沉下脸来，说道："我白认得了你。罢了，罢了！"林黛玉听说，便冷笑了两声道："我也知道白认得了我，那里像人家有什么配的上呢。"宝玉听了，便向前来直问到脸上："你这么说，是安心咒我天诛地灭？"林黛玉一时解不过这个话来。宝玉又道："昨儿还为这个赌了几回咒，今儿你到底又准我一句。我便天诛地灭，你又有什么益处？"林黛玉一闻此言，方想起上日的话来。今日原是自己说错了，又是着急，又是羞愧，便颤颤兢兢的说道："我要安心咒你，我也天诛地灭。何苦来！我知道，昨日张道士说亲，你怕阻了你的好姻缘，你心里生气，来拿我煞性子。"

度过青梅竹马的阶段，婚姻问题摆在眼前，无可回避。

原来那宝玉自幼生成有一种下流[1]痴病，况从幼时和黛玉耳鬓厮磨，心情相对；及如今稍明时事，又看了那些邪书僻传，凡远亲近友之家所见的那些闺英闱秀，皆未有稍及林黛玉者，所以早存了一段心事，只不好说出来，故每每或喜或怒，变尽法子暗中试探。那林黛玉偏生也是个有些痴病的，也每用假情试探。因你也将真心真意瞒了起来，只用假意，我也将真心真意瞒了起来，只用假意。如

[1] 下流：不入流，指与主流价值观不合。和现在"卑鄙下流"中的"下流"意思不同。

此两假相逢，终有一真。其间琐琐碎碎，难保不有口角之争。

即如此刻，宝玉的心内想的是："别人不知我的心，还有可恕，难道你就不想我的心里眼里只有你！你不能为我烦恼，反来以这话奚落堵我。可见我心里一时一刻白有你，你竟心里没我。"心里这意思，只是口里说不出来。那林黛玉心里想着："你心里自然有我，虽有'金玉相对'之说，你岂是重这邪说不重我的。我便时常提这'金玉'，你只管了然自若无闻的，方见得是待我重，而毫无此心了。如何我只一提'金玉'的事，你就着急，可知你心里时时有'金玉'，见我一提，你又怕我多心，故意着急，安心哄我。"

看来两个人原本是一个心，但都多生了枝叶，反弄成两个心了。那宝玉心中又想着："我不管怎么样都好，只要你随意，我便立刻因你死了也情愿。你知也罢，不知也罢，只由我的心，可见你方和我近，不和我远。"那林黛玉心里又想着："你只管你，你好我自好，你何必为我而自失。殊不知你失我自失。可见是你不叫我近你，有意叫我远你了。"如此看来，却都是求近之心，反弄成疏远之意。如此之话，皆他二人素习所存私心，也难备述。

如今只述他们外面的形容。那宝玉又听见他说"好姻缘"三个字，越发逆了己意，心里干噎，口里说不出话来，便赌气向颈上抓下通灵宝玉，咬牙恨命往地下一摔，道："什么捞什骨子，我砸了你完事!"偏生那玉坚硬非常，摔了一下，竟文风没动。宝玉见没摔碎，便回身找东西来砸。林黛玉见他如此，早已哭起来，说道："何苦来，你摔砸那哑吧物件。有砸他的，不如来砸我。"二人闹着，紫鹃雪雁等忙来解劝。后来见宝玉下死砸玉，忙上来夺，又夺不下来，见比往日闹的大了，少不得去叫袭人。袭人忙赶了来，才夺了下来。宝玉冷笑道："我砸我的东西，与你们什么相干!"

袭人见他脸都气黄了，眼眉都变了，从来没气的这样，便拉着他的手，笑道："你同妹妹拌嘴，不犯着砸他；倘或砸坏了，叫他心里脸上怎么过的去?"林黛玉一行哭着，一行听了这话说到自己心坎儿上来，可见宝玉连袭人不如，越发伤心大哭起来。心里一烦恼，方才吃的香薷饮[1]解暑汤便承受不住，"哇"的一声都吐了出来。紫鹃忙上来用手帕子接住，登时一口一口的把一块手帕子吐湿。雪雁忙上来捶。紫鹃道："虽然生气，姑娘到底也该保重着些。才吃了药好些，这会子因和宝二爷拌嘴，又吐出来。倘或犯了病，宝二爷怎么过的去呢?"宝玉听了这话说到自己心坎儿上来，可见黛玉不如一紫鹃。

又见林黛玉脸红头胀，一行啼哭，一行气凑[2]，一行是泪，一行是汗，不胜怯弱。宝玉见了这般，又自己后悔方才不该同他较证[3]，这会子他这样光景，我又替不了他。心里想着，也由不的滴下泪来了。袭人见他两个哭，由不得守着宝玉也心酸起来，又摸着宝玉的手冰凉，待要劝宝玉不哭罢，一则又恐宝玉有什么委曲闷在心里，二则又恐薄了林黛玉。不如大家一哭，就丢开手了，因此也流下泪来。紫鹃一面收拾了吐的药，一面拿扇子替林黛玉轻轻的扇着，见三个人都鸦雀无声，各人

[1] 香薷（rú）饮：由香薷、厚朴、扁豆制成的一种药剂。
[2] 气凑：形容上气不接下气的样子。
[3] 较证：较真儿，辩驳是非。

哭各人的，也由不得伤心起来，也拿手帕子擦泪。四个人都无言对泣。

一时，袭人勉强笑向宝玉道：“你不看别的，你看看这玉上穿的穗子，也不该同林姑娘拌嘴。”林黛玉听了，也不顾病，赶来夺过去，顺手抓起一把剪子来要剪。袭人紫鹃刚要夺，已经剪了几段。林黛玉哭道：“我也是白效力。他也不希罕，自有别人替他再穿好的去。”袭人忙接了玉道：“何苦来，这是我才多嘴的不是了。”宝玉向林黛玉道：“你只管剪，我横竖不带他，也没什么。”

只顾里头闹，谁知那些老婆子们见林黛玉大哭大吐，宝玉又砸玉，不知道要闹到什么田地，倘或连累了他们，便一齐往前头回贾母王夫人知道，好不干连了他们。那贾母王夫人见他们忙忙的作一件正经事来告诉，也都不知有了什么大祸，便一齐进园来瞧他兄妹。急的袭人抱怨紫鹃为什么惊动了老太太、太太；紫鹃又只当是袭人去告诉的，也抱怨袭人。那贾母、王夫人进来，见宝玉也无言，林黛玉也无话，问起来又没为什么事，便将这祸移到袭人紫鹃两个人身上，说“为什么你们不小心服侍，这会子闹起来都不管了！”因此将他二人连骂带说教训了一顿。二人都没话，只得听着。还是贾母带出宝玉去了，方才平服。

过了一日，至初三日，乃是薛蟠生日，家里摆酒唱戏，来请贾府诸人。宝玉因得罪了林黛玉，二人总未见面，心中正自后悔，无精打采的，那里还有心肠去看戏，因而推病不去。林黛玉不过前日中了些暑溽之气，本无甚大病，听见他不去，心里想：“他是好吃酒看戏的，今日反不去，自然是因为昨儿气着了。再不然，他见我不去，他也没心肠去。只是昨儿千不该万不该剪了那玉上的穗子。管定他再不带了，还得我穿了他才带。”因而心中十分后悔。

那贾母见他两个都生了气，只说趁今儿那边看戏，他两个见了也就完了，不想又都不去。老人家急的抱怨说：“我这老冤家是那世里的孽障，偏生遇见了这么两个不省事的小冤家，没有一天不叫我操心。真是俗语说的，‘不是冤家不聚头’。几时我闭了这眼，断了这口气，凭着这两个冤家闹上天去，我眼不见心不烦，也就罢了。偏又不咽这口气。”自己抱怨着也哭了。这话传入宝林二人耳内。原来他二人竟是从未听见过“不是冤家不聚头”的这句俗语，如今忽然得了这句话，好似参禅的一般，都低头细嚼这句话的滋味，都不觉潸然泣下。虽不曾会面，然一个在潇湘馆临风洒泪，一个在怡红院对月长吁，却不是人居两地，情发一心！

李清照有词云：“一种相思，两处闲愁。此情无计可消除，才下眉头，却上心头。”

袭人因劝宝玉道：“千万不是，都是你的不是。往日家里小厮们和他们的姊妹拌嘴，或是两口子分争，你听见了，你还骂小厮们蠢，不能体贴女孩儿们的心。今儿你也这么着了。明儿初五，大节下，你们两个再这们仇人似的，老太太越发要生气，一定弄的大家不安生。依我劝，你正经下个气，陪个不是，大家还是照常一样，这么也好，那么也好。”那宝玉听见了不知依与不依，要知端详，且听下回分解。

和为贵。关键是多做自我批评。

第三十回

宝钗借扇机带双敲[1]　龄官划蔷痴及局外

话说林黛玉自与宝玉口角后，也自后悔，但又无去就他之理，因此日夜闷闷，如有所失。紫鹃度其意，乃劝道："若论前日之事，竟是姑娘太浮躁了些。别人不知宝玉那脾气，难道咱们也不知道的。为那玉也不是闹了一遭两遭了。"黛玉啐道："你倒来替人派我的不是。我怎么浮躁了?"紫鹃笑道："好好的，为什么又剪了那穗子？岂不是宝玉只有三分不是，姑娘倒有七分不是。我看他素日在姑娘身上就好，皆因姑娘小性儿，常要歪派[2]他，才这么样。"

紫鹃与袭人都是和为贵，策略也一样。

林黛玉正欲答话，只听院外叫门。紫鹃听了一听，笑道："这是宝玉的声音，想必是来赔不是来了。"林黛玉听了道："不许开门!"紫鹃道："姑娘又不是了。这么热天毒日头地下，晒坏了他如何使得呢!"口里说着，便出去开门，果然是宝玉。一面让他进来，一面笑道："我只当是宝二爷再不上我们这门了，谁知这会子又来了。"宝玉笑道："你们把极小的事倒说大了。好好的，为什么不来？我便死了，魂也要一日来一百遭。妹妹可大好了?"

---

[1] 机带双敲：一语双关，讽刺两人。
[2] 歪派：故意找碴儿，指责别人。

紫鹃道："身上病好了，只是心里还气不大好。"宝玉笑道："我晓得有什么气。"一面说着，一面进来，只见林黛玉又在床上哭。

那林黛玉本不曾哭，听见宝玉来，由不得伤了心，止不住滚下泪来。宝玉笑着走近床来，道："妹妹身上可大好了？"林黛玉只顾拭泪，并不答应。宝玉因便挨在床沿上坐了，一面笑道："我知道妹妹不恼我。但只是我不来，叫旁人看着，倒像是咱们又拌了嘴的似的。若等他们来劝咱们，那时节岂不咱们倒觉生分了？不如这会子，你要打要骂，凭着你怎么样，千万别不理我。"说着，又把"好妹妹"叫了几万声。

林黛玉心里原是再不理宝玉的，这会子听见宝玉说别叫人知道他们拌了嘴就生分了似的这一句话，又可见得比别人原亲近，因又撑不住哭道："你也不用哄我。从今以后，我也不敢亲近二爷，二爷也全当我去了。"宝玉听了笑道："你往那去呢？"林黛玉道："我回家去。"宝玉笑道："我跟了你去。"林黛玉道："我死了呢？"宝玉道："你死了，我做和尚！"林黛玉一闻此言，登时将脸放下来，问道："想是你要死了，胡说的是什么！你家倒有几个亲姐姐亲妹妹呢，明儿都死了，你有几个身子去作和尚？明儿我倒把这话告诉别人去评评。"

宝玉自知这话说的造次了，后悔不来，登时脸上红胀起来，低着头不敢则一声。幸而屋里没人。林黛玉直瞪瞪的瞅了他半天，气的一声儿也说不出话来。见宝玉憋的脸上紫胀，便咬着牙用指头狠命的在他额颅上戳了一下，哼了一声，咬牙说道："你这——"刚说了两个字，便又叹了一口气，仍拿起手帕子来檫眼泪。

宝玉心里原有无限的心事，又兼说错了话，正自后悔；又见黛玉戳他一下，要说又说不出来，自叹自泣，因此自己也有所感，不觉滚下泪来。要用帕子揩拭，不想又忘了带来，便用衫袖去檫。林黛玉虽然哭着，却一眼看见了，见他穿着簇新藕合纱衫，竟去拭泪，便一面自己拭着泪，一面回身将枕边搭的一方绡帕子拿起来，向宝玉怀里一摔，一语不发，仍掩面自泣。宝玉见他摔了帕子来，忙接住拭了泪，又挨近前些，伸手拉了林黛玉一只手，笑道："我的五脏都碎了，你还只是哭。走罢，我同你往老太太跟前去。"林黛玉将手一摔道："谁同你拉拉扯扯的。一天大似一天的，还这么涎皮赖脸的，连个道理也不知道。"

一句没说完，只听喊道："好了!"宝林二人不防，都唬了一跳，回头看时，只见凤姐儿跳了进来，笑道："老太太在那里抱怨天抱怨地，只叫我来瞧瞧你们好了没有。我说不用瞧，过不了三天，他们自己就好了。老太太骂我，说我懒。我来了，果然应了我的话了。也没见你们两个人有些什么可拌的，三日好了，两日恼了，越大越成了孩子了!有这会子拉着手哭的，昨儿为什么又成了乌眼鸡[1]呢！还不跟我走，到老太太跟前，叫老人家也放些心。"说着拉了林黛玉就走。林黛玉回头叫丫头们，一个也没有。凤姐道："又叫他们作什么，有我服侍你呢。"一面说，一面拉了就走。宝玉在后面跟着出了园门。

到了贾母跟前，凤姐笑道："我说他们不用人费心，自己就会好的。老祖宗不信，一定叫我去说

[1] 乌眼鸡：比喻好斗之人。

合。我及至到那里要说合，谁知两个人倒在一处对赔不是了。对笑对诉，倒像'黄鹰抓住了鹞子的脚'，两个都扣了环[1]了，那里还要人去说合。"说的满屋里都笑起来。

此时宝钗正在这里。那林黛玉只一言不发，挨着贾母坐下。宝玉没甚说的，便向宝钗笑道："大哥哥好日子，偏生我又不好了，没别的礼送，连个头也不得磕去。大哥哥不知我病，倒像我懒，推故不去的。倘或明儿恼了，姐姐替我分辨分辨。"宝钗笑道："这也多事。你便要去也不敢惊动，何况身上不好。弟兄们日日一处，要存这个心倒生分了。"宝玉又笑道："姐姐知道体谅我就好了。"又道："姐姐怎么不看戏去?"宝钗道："我怕热，看了两出，热的很。要走，客又不散。我少不得推身上不好，就来了。"宝玉听说，自己由不得脸上没意思，只得又搭讪笑道："怪不得他们拿姐姐比杨妃，原来也体丰怯热。"

宝钗听说，不由的大怒，待要怎样，又不好怎样。回思了一回，脸红起来，便冷笑了两声，说道："我倒像杨妃，只是没一个好哥哥好兄弟可以作得杨国忠的!"二人正说着，可巧小丫头靛儿因不见了扇子，和宝钗笑道："必是宝姑娘藏了我的。好姑娘，赏我罢。"宝钗指他道："你要仔细！我和你顽过，你再疑我。和你素日嘻皮笑脸的那些姑娘们跟前，你该问他们去。"说的个靛儿跑了。宝玉自知又把话说造次了，当着许多人，更比才在林黛玉跟前更不好意思，便急回身又同别人搭讪去了。

好性儿的宝姐姐，难得发火。

林黛玉听见宝玉奚落宝钗，心中着实得意，才

---

［1］扣了环：以鹰爪之相扣，比喻亲密不可分。

宝玉得罪宝钗，宝钗反击，黛玉称心。

要搭言也趁势儿取个笑，不想靛儿因找扇子，宝钗又发了两句话，他便改口笑道："宝姐姐，你听了两出什么戏?"宝钗因见林黛玉面上有得意之态，一定是听了宝玉方才奚落之言，遂了他的心愿，忽又见问他这话，便笑道："我看的是李逵骂了宋江，后来又赔不是。"宝玉便笑道："姐姐通今博古，色色都知道，怎么连这一出戏的名字也不知道，就说了这么一串子。这叫《负荆请罪》[1]。"宝钗笑道："原来这叫作《负荆请罪》！你们通今博古，才知道'负荆请罪'，我不知道什么是'负荆请罪'！"一句话还未说完，宝玉林黛玉二人心里有病，听了这话早把脸羞红了。

宝钗一箭双雕。莫以为宝姐姐是软柿子。

凤姐于这些上虽不通达，但只见他三人形景，便知其意，便也笑着问人道："你们大暑天，谁还吃生姜呢?"众人不解其意，便说道："没有吃生姜。"凤姐故意用手摸着腮，诧异道："既没人吃生姜，怎么这么辣辣的?"宝玉黛玉二人听见这话，越发不好过了。宝钗再要说话，见宝玉十分讨愧，形景改变，也就不好再说，只得一笑收住。别人总未解得他四个人的言语，因此付之流水。

一时宝钗凤姐去了，林黛玉笑向宝玉道："你也试着比我利害的人了。谁都像我心拙口笨的，由着人说呢。"宝玉正因宝钗多了心，自己没趣，又见林黛玉来问着他，越发没好气起来。待要说两句，又恐林黛玉多心，说不得忍着气，无精打采一直出来。

---

[1]《负荆请罪》：指元代康进之《李逵负荆》杂剧。演李逵误会宋江、鲁智深而大闹忠义堂，真相大白后，李逵向他们负荆请罪。

谁知目今盛暑之时，又当早饭已过、各处主仆人等多半都因日长神倦之时，宝玉背着手，到一处，一处鸦雀无闻。从贾母这里出来，往西走过了穿堂，便是凤姐的院落。到他们院门前，只见院门掩着。知道凤姐素日的规矩，每到天热，午间要歇一个时辰的，进去不便，遂进角门，来到王夫人上房内。只见几个丫头子手里拿着针线，却打盹儿呢。

王夫人在里间凉榻上睡着，金钏儿坐在旁边捶腿，也乜斜着眼乱恍。宝玉轻轻的走到跟前，把他耳上带的坠子一扚[1]，金钏儿睁开眼，见是宝玉。宝玉悄悄的笑道："就困的这么着?"金钏抿嘴一笑，摆手令他出去，仍合上眼。宝玉见了他，就有些恋恋不舍的，悄悄的探头瞧瞧王夫人合着眼，便自己向身边荷包里带的香雪润津丹掏了一丸出来，便向金钏儿口里一送。金钏儿并不睁眼，只管噙了。宝玉上来便拉着手，悄悄的笑道："我明日和太太讨你，咱们在一处罢。"金钏儿不答。宝玉又道："不然，等太太醒了我就讨。"

金钏儿睁开眼，将宝玉一推，笑道："你忙什么！'金簪子掉在井里头，有你的只是有你的'，连这句话语难道也不明白？我倒告诉你个巧宗儿，你往东小院子里拿环哥儿同彩云去。"宝玉笑道："凭他怎么去罢，我只守着你。"只见王夫人翻身起来，照金钏儿脸上就打了个嘴巴子，指着骂道："下作小娼妇，好好的爷们，都叫你教坏了。"宝玉见王夫人起来，早一溜烟去了。

这里金钏儿半边脸火热，一声不敢言语。登时众丫头听见王夫人醒了，都忙进来。王夫人便叫玉

[1] 扚（dǐ）：吴方言，指用两手指甲掐物。

钏儿："把你妈叫来，带出你姐姐去。"金钏儿听说，忙跪下哭道："我再不敢了。太太要打骂，只管发落，别叫我出去就是天恩了。我跟了太太十来年，这会子撵出去，我还见人不见人呢！"王夫人固然是个宽仁慈厚的人，从来不曾打过丫头们一个，今忽见金钏儿行此无耻之事，此乃平生最恨者，故气忿不过，打了一下，骂了几句。虽金钏儿苦求，亦不肯收留，到底唤了金钏儿之母白老媳妇来领了下去。那金钏儿含羞忍辱的出去，不在话下。

素日吃斋念佛的大善人王夫人，暴露出她的冷酷绝情、伪善自私。贾政注意的是宝玉的学业，王夫人注意的是宝玉和女孩子的关系。

且说那宝玉见王夫人醒来，自己没趣，忙进大观园来。只见赤日当空，树阴合地，满耳蝉声，静无人语。刚到了蔷薇花架，只听有人哽噎之声。宝玉心中疑惑，便站住细听，果然架下那边有人。如今五月之际，那蔷薇正是花叶茂盛之时，宝玉便悄悄的隔着篱笆洞儿一看，只见一个女孩子蹲在花下，手里拿着根绾头的簪子在地下抠土，一面悄悄的流泪。

宝玉心中想道："难道这也是个痴丫头，又像颦儿来葬花不成？"因又自叹道："若真也葬花，可谓'东施效颦'，不但不为新特，且更可厌了。"想毕，便要叫那女子，说："你不用跟着那林姑娘学了。"话未出口，幸而再看时，这女孩子面生，不是个侍儿，倒像是那十二个学戏的女孩子之内的，却辨不出他是生旦净丑那一个角色来。宝玉忙把舌头一伸，将口掩住，自己想道："幸而不曾造次。上两次皆因造次了，颦儿也生气，宝儿也多心，如今再得罪了他们，越发没意思了。"

一面想，一面又恨认不得这个是谁。再留神细看，只见这女孩子眉蹙春山，眼颦秋水，面薄腰纤，袅袅婷婷，大有林黛玉之态。宝玉早又不忍弃他而去，只管痴看。只见他虽然用金簪划地，并不是掘土埋花，竟是向土上画字。宝玉用眼随着簪子的起落，一直一画一点一勾的看了去，数一数，十八笔。自己又在手心里用指头按着他方才下笔的规矩写了，猜是个什么字。写成一想，原来就是个蔷薇花的“蔷”字。

宝玉想道：“必定是他也要作诗填词。这会子见了这花，因有所感，或者偶成了两句，一时兴至恐忘，在地下画着推敲，也未可知。且看他底下再写什么。”一面想，一面又看，只见那女孩子还在那里画呢，画来画去，还是个“蔷”字。再看，还是个“蔷”字。里面的原是早已痴了，画完一个又画一个，已经画了有几千个“蔷”。外面的不觉也看痴了，两个眼睛珠儿只管随着簪子动，心里却想：“这女孩子一定有什么话说不出来的大心事，才这样个形景。外面既是这个形景，心里不知怎么熬煎。看他的模样儿这般单薄，心里那里还搁的住熬煎。可恨我不能替你分些过来。”

伏中阴晴不定，片云可以致雨，忽一阵凉风过了，唰唰的落下一阵雨来。宝玉看着那女子头上滴下水来，纱衣裳登时湿了。宝玉想道：“这时下雨。他这个身子，如何禁得骤雨一激！”因此禁不住便说道：“不用写了。你看下大雨，身上都湿了。”那女孩子听说倒唬了一跳，抬头一看，只见花外一个人叫他不要写了，下大雨了。一则宝玉脸面俊秀；二则花叶繁茂，上下俱被枝叶隐住，刚露着半边脸，那女孩子只当是个丫头，再不想是宝玉，因笑道：“多谢姐姐提醒了我。难道姐姐在外头有什么遮雨的？”一句提醒了宝玉，“嗳哟”了一声，才觉傻样。

得浑身冰凉。低头一看，自己身上也都湿了。说声“不好”，只得一气跑回怡红院去了，心里却还记挂着那女孩子没处避雨。

原来明日是端阳节，那文官等十二个女子都放了学，进园来各处顽耍。可巧小生宝官、正旦玉官两个女孩子，正在怡红院和袭人玩笑，被大雨阻住。大家把沟堵了，水积在院内，把些绿头鸭、花㶉鶒[1]、彩鸳鸯，捉的捉，赶的赶，缝了翅膀，放在院内顽耍，将院门关了。袭人等都在游廊上嘻笑。

宝玉见关着门，便以手扣门，里面诸人只顾笑，那里听见。叫了半日，拍的门山响，里面方听见了，估谅着宝玉这会子再不回来的。袭人笑道：“谁这会子叫门，没人开去。”宝玉道：“是我。”麝月道：“是宝姑娘的声音。”晴雯道：“胡说！宝姑娘这会子做什么来。”袭人道：“让我隔着门缝儿瞧瞧，可开就开，要不可开，叫他淋着去。”说着，便顺着游廊到门前，往外一瞧，只见宝玉淋的雨打鸡一般。袭人见了又是着忙又是可笑，忙开了门，笑的弯着腰拍手道：“这么大雨地里跑什么？那里知道是爷回来了。”

宝玉一肚子没好气，满心里要把开门的踢几脚，及开了门，并不看真是谁，还只当是那些小丫头子们，便抬腿踢在肋上。袭人“嗳哟”了一声。宝玉还骂道：“下流东西们！我素日担待你们得了意，一点儿也不怕，越发拿我取笑儿了。”口里说着，一低头见是袭人哭了，方知踢错了，忙笑道：“嗳哟，是你来了！踢在那里了？”袭人从来不曾受

心情不好时，好脾气也没了。

[1] 㶉鶒（xī chì）：一种类似鸳鸯的水鸟。

过一句大话的，今儿忽见宝玉生气踢他一下，又当着许多人，又是羞，又是气，又是疼，真一时置身无地。待要怎么样，料着宝玉未必是安心踢他，少不得忍着说道："没有踢着。还不换衣裳去。"

宝玉一面进房来解衣，一面笑道："我长了这么大，今日是头一遭儿生气打人，不想就偏遇见了你！"袭人一面忍痛换衣裳，一面笑道："我是个起头儿的人，不论事大事小事好事歹，自然也该从我起。但只是别说打了我，明儿顺了手也打起别人来。"宝玉道："我才也不是安心。"袭人道："谁说你是安心了！素日开门关门，都是那起小丫头子们的事。他们是憨皮惯了的，早已恨的人牙痒痒，他们也没个怕惧儿。你当是他们，踢一下子，唬唬他们也好些。才刚是我淘气，不叫开门的。"

说着，那雨已住了，宝官、玉官也早去了。袭人只觉肋下疼的心里发闹，晚饭也不曾好生吃。至晚间洗澡时脱了衣服，只见肋上青了碗大一块，自己倒唬了一跳，又不好声张。

一时睡下，梦中作痛，由不得"嗳哟"之声从睡中哼出。宝玉虽说不是安心，因见袭人懒懒的，也睡不安稳。忽夜间听得"嗳哟"，便知踢重了，自己下床悄悄的秉灯来照。刚到床前，只见袭人嗽了两声，吐出一口痰来，"嗳哟"一声，睁开眼见了宝玉，倒唬了一跳道："作什么？"宝玉道："你梦里'嗳哟'，必定踢重了。我瞧瞧。"袭人道："我头上发晕，嗓子里又腥又甜，你倒照一照地下罢。"宝玉听说，果然持灯向地下一照，只见一口鲜血在地。宝玉慌了，只说"了不得了！"袭人见了，也就心冷了半截。要知端的，且听下回分解。

第三十一回

撕扇子作千金一笑　因麒麟伏白首双星[1]

话说袭人见了自己吐的鲜血在地，也就冷了半截，想着往日常听人说："少年吐血，年月不保，纵然命长，终是废人了。"想起此言，不觉将素日想着后来争荣夸耀之心尽皆灰了，眼中不觉滴下泪来。宝玉见他哭了，也不觉心酸起来，因问道："你心里觉的怎么样？"袭人勉强笑道："好好的，觉怎么呢。"宝玉的意思即刻便要叫人烫黄酒，要山羊血黎洞丸来。袭人拉了他的手，笑道："你这一闹不打紧，闹起多少人来，倒抱怨我轻狂。分明人不知道，倒闹的人知道了，你也不好，我也不好。正经明儿你打发小子问问王太医去，弄点子药吃吃就好了。人不知鬼不觉的可不好？"宝玉听了有理，也只得罢了，向案上斟了茶来，给袭人漱了口。袭人知宝玉心内是不安稳的，待要不叫他服侍，他又必不依；二则定要惊动别人，不如由他去罢：因此只在榻上由宝玉去服侍。

一交五更，宝玉也顾不的梳洗，忙穿衣出来，将王济仁叫来，亲自确问。王济仁问其原故，不过是伤损，便说了个丸药的名字，怎么服，怎么敷。

[1] 因麒麟伏白首双星：根据脂砚斋的批语，这一回目的意思是借麒麟为史湘云和卫若兰的故事做伏笔。白首，老人。双星，牛郎、织女星。

宝玉记了，回园依方调治。不在话下。

这日正是端阳佳节，蒲艾簪门，虎符系臂[1]。午间，王夫人治了酒席，请薛家母女等赏午[2]。宝玉见宝钗淡淡的，也不和他说话，自知是昨儿的原故。王夫人见宝玉没精打采，也只当是金钏儿昨日之事，他没好意思的，越发不理他。林黛玉见宝玉懒懒的，只当是他因为得罪了宝钗的原故，心中不自在，形容也就懒懒的。凤姐昨日晚间王夫人就告诉了他宝玉金钏的事，知道王夫人不自在，自己如何敢说笑，也就随着王夫人的气色行事，更觉淡淡的。贾迎春姊妹见众人无意思，也都无意思了。因此，大家坐了一坐就散了。

林黛玉天性喜散不喜聚。他想的也有个道理，他说，“人有聚就有散，聚时欢喜，到散时岂不清冷？既清冷则生伤感，所以不如倒是不聚的好。比如那花开时令人爱慕，谢时则增惆怅，所以倒是不开的好。”故此人以为喜之时，他反以为悲。那宝玉的情性只愿常聚，生怕一时散了添悲；那花只愿常开，生怕一时谢了没趣；及到筵散花谢，虽有万种悲伤，也就无可如何了。

因此，今日之筵，大家无兴散了，林黛玉倒不觉得，倒是宝玉心中闷闷不乐，回至自己房中长吁短叹。偏生晴雯上来换衣服，不防又把扇子失了手跌在地下，将股子跌折。宝玉因叹道：“蠢才，蠢才！将来怎么样？明日你自己当家立事，难道也是这么顾前不顾后的？”晴雯冷笑着：“二爷近来气大

[1] 蒲艾簪门，虎符系臂：端午旧俗，把蒲草、艾草插在门上，把虎符系在儿童的臂上，以此避邪。簪，插。虎符，用绫罗做成的小老虎。

[2] 赏午：端午旧俗，午饭时饮雄黄酒，吃樱桃、桑葚等时鲜水果，赏石榴花。

的很，行动就给脸子瞧。前儿连袭人都打了，今儿又来寻我们的不是。要踢要打凭爷去。就是跌了扇子，也是平常的事。先时连那么样的玻璃缸、玛瑙碗不知弄坏了多少，也没见个大气儿，这会子一把扇子就这么着了。何苦来！要嫌我们就打发我们，再挑好的使。好离好散的，倒不好?”宝玉听了这些话，气的浑身乱战，因说道：“你不用忙，将来有散的日子!”

袭人在那边早已听见，忙赶过来向宝玉道：“好好的，又怎么了？可是我说的‘一时我不到，就有事故儿’。”晴雯听了冷笑道：“姐姐既会说，就该早来，也省了爷生气。自古以来，就是你一个人服侍爷的，我们原没服侍过。因为你服侍的好，昨日才挨窝心脚；我们不会服侍的，到明儿还不知是个什么罪呢!”袭人听了这话，又是恼，又是愧，待要说几句话，又见宝玉已经气的黄了脸，少不得自己忍了性子，推晴雯道：“好妹妹，你出去逛逛，原是我们的不是。”

晴雯听他说“我们”两个字，自然是他和宝玉了，不觉又添了醋意，冷笑几声，道：“我倒不知道你们是谁，别教我替你们害臊了！便是你们鬼鬼祟祟干的那事儿，也瞒不过我去，那里就称起‘我们’来了。明公正道，连个姑娘[1]还没挣上去呢，也不过和我似的，那里就称上‘我们’了!”袭人羞的脸紫胀起来，想一想，原来是自己把话说错了。宝玉一面说：“你们气不忿，我明儿偏抬举他。”袭人忙拉了宝玉的手道：“他一个糊涂人，你和他分证什么？况且你素日又是有担待的，比这大

袭人与宝玉的关系非同一般，但毕竟不是正式的关系，如果自己默认了，就很被动。现在晴雯将其挑破，使宝玉和袭人都非常尴尬。

[1] 姑娘：此指通房丫头。

的过去了多少，今儿是怎么了？”晴雯冷笑道：“我原是糊涂人，那里配和我说话呢！”袭人听说道：“姑娘倒是和我拌嘴呢，是和二爷拌嘴呢？要是心里恼我，你只和我说，不犯着当着二爷吵；要是恼二爷，不该这们吵的万人知道。我才也不过为了事，进来劝开了，大家保重。姑娘倒寻上我的晦气。又不像是恼我，又不像是恼二爷，夹枪带棒，终久是个什么主意？我就不多说，让你说去。”说着便往外走。

宝玉向晴雯道：“你也不用生气，我也猜着你的心事了。我回太太去，你也大了，打发你出去好不好？”晴雯听见了这话，不觉又伤起心来，含泪说道：“为什么我出去？要嫌我，变着法儿打发我出去，也不能够。”宝玉道：“我何曾经过这个吵闹？一定是你要出去了。不如回太太，打发你去吧。”说着，站起来就要走。袭人忙回身拦住，笑道：“往那里去？”宝玉道：“回太太去。”袭人笑道：“好没意思！真个的去回，你也不怕臊了？便是他认真的要去，也等把这气下去了，等无事中说话儿回了太太也不迟。这会子急急的当作一件正经事去回，岂不叫太太犯疑？”宝玉道：“太太必不犯疑，我只明说是他闹着要去的。”晴雯哭道：“我多早晚闹着要去了？饶生了气，还拿话压派我。只管去回，我一头碰死了也不出这门儿。”宝玉道：“这也奇了。你又不去，你又闹些什么？我经不起这吵，不如去了倒干净。”说着一定要去回。

维护他和袭人的面子。

袭人见拦不住，只得跪下了。碧痕、秋纹、麝月等众丫鬟见吵闹，都鸦雀无闻的在外头听消息，这会子听见袭人跪下央求，便一齐进来都跪下了。宝玉忙把袭人扶起来，叹了一声，在床上坐下，叫众人起去，向袭人道："叫我怎么样才好！这个心使碎了也没人知道。"说着不觉滴下泪来。袭人见宝玉流下泪来，自己也就哭了。

一幅爱博而心劳的生动图画。

晴雯在旁哭着，方欲说话，只见林黛玉进来，便出去了。林黛玉笑道："大节下怎么好好的哭起来？难道是为争粽子吃争恼了不成？"宝玉和袭人嗤的一笑。黛玉道："二哥哥不告诉我，我问你就知道了。"一面说，一面拍着袭人的肩，笑道："好嫂子，你告诉我。必定是你两个拌了嘴了。告诉妹妹，替你们和劝和劝。"袭人推他道："林姑娘你闹什么？我们一个丫头，姑娘只是混说。"黛玉笑道："你说你是丫头，我只拿你当嫂子待。"宝玉道："你何苦来替他招骂名儿。饶这么着，还有人说闲话，还搁的住你来说他。"袭人笑道："林姑娘，你不知道我的心事，除非一口气不来死了倒也罢了。"林黛玉笑道："你死了，别人不知怎么样，我先就哭死了。"宝玉笑道："你死了，我作和尚去。"袭人笑道："你老实些罢，何苦还说这些话。"林黛玉将两个指头一伸，抿嘴笑道："作了两个和尚了。我从今以后都记着你作和尚的遭数儿。"宝玉听得，知道是他点前儿的话，自己一笑也就罢了。

林黛玉一口咬定袭人是"嫂子"，是看清了袭人作为妾的身份，并且承认而接受这种关系。但林黛玉对宝玉与宝钗的关系却非常警惕。

宝玉不止一次地说，黛玉死了，他作和尚去。这是作者在暗示宝玉最后出家的结局。

一时黛玉去后，就有人说"薛大爷请"，宝玉只得去了。原来是吃酒，不能推辞，只得尽席而散。

晚间回来，已带了几分酒，踉跄来至自己院内，只见院中早把乘凉枕榻设下，榻上有个人睡着。宝玉只当是袭人，一面在榻沿上坐下，一面推他，问道："疼的好些了？"只见那人翻身起来说："何苦来，又招我！"宝玉一看，原来不是袭人，却是晴雯。宝玉将他一拉，拉在身旁坐下，笑道："你的性子越发惯娇了。早起就是跌了扇子，我不过说了那两句，你就说上那些话。说我也罢了，袭人好意来劝，你又括上他，你自己想想，该不该?”晴雯道：“怪热的，拉拉扯扯作什么！叫人来看见像什么！我这身子也不配坐在这里。”宝玉笑道：“你既知道不配，为什么睡着呢?”晴雯没的话，嗤的又笑了，说：“你不来便使得，你来了就不配了。起来，让我洗澡去。袭人麝月都洗了澡，我叫了他们来。”宝玉笑道：“我才又吃了好些酒，还得洗一洗。你既没有洗，拿了水来咱们两个洗。”

白天刚刚闹翻，晚上就好了。

晴雯摇手笑道：“罢，罢，我不敢惹爷。还记得碧痕打发你洗澡，足有两三个时辰，也不知道作什么呢。我们也不好进去的。后来洗完了，进去瞧瞧，地下的水淹着床腿，连席子上都汪着水，也不知是怎么洗了，叫人笑了几天。我也没那工夫收拾，也不用同我洗去。今儿也凉快，那会子洗了，可以不用再洗。我倒舀一盆水来，你洗洗脸通通头。才刚鸳鸯送了好些果子来，都湃[1]在那水晶缸里呢，叫他们打发你吃。”宝玉笑道：“既这么着，你也不许洗去，只洗洗手来拿果子来吃罢。”

晴雯笑道：“我慌张的很，连扇子还跌折了，那里还配打发吃果子。倘或再打破了盘子，还更了不得呢。”宝玉笑道：“你爱打就打，这些东西原不过是借人所用，你爱这样，我爱那样，各自性情不同。比如那扇子原是扇的，你要撕着玩也可以使得，只是不可生气时拿他出气。就如杯盘，原是盛东西的，你喜听那一声响，就故意的碎了也可以使得，只是别在生气时拿他出气。这就是爱物了。”晴雯听了，笑道：“既这么说，你就拿了扇子来我

[1] 湃（bá）：用冰或凉水浸泡水果或饮料使其冷却。

撕。我最喜欢撕的。”宝玉听了，便笑着递与他。晴雯果然接过来，嗤的一声，撕了两半，接着嗤嗤又听几声。宝玉在旁笑着说：“响的好，再撕响些！”

正说着，只见麝月走过来，笑道：“少作些孽罢。”宝玉赶上来，一把将他手里的扇子也夺了递与晴雯。晴雯接了，也撕了几半子，二人都大笑。麝月道：“这是怎么说，拿我的东西开心儿？”宝玉笑道：“打开扇子匣子你拣去，什么好东西！”麝月道：“既这么说，就把匣子搬了出来，让他尽力的撕，岂不好？”宝玉笑道：“你就搬去。”麝月道：“我可不造这孽。他也没折了手，叫他自己搬去。”晴雯笑着，倚在床上说道：“我也乏了，明儿再撕罢。”宝玉笑道：“古人云，‘千金难买一笑’，几把扇子能值几何！”一面说着，一面叫袭人。袭人才换了衣服走出来，小丫头佳蕙过来拾去破扇，大家乘凉，不消细说。

麝月的规规矩矩，更衬出晴雯的恃宠作娇。

至次日午间，王夫人、薛宝钗、林黛玉众姊妹正在贾母房内坐着，就有人回：“史大姑娘来了。”一时果见史湘云带领众多丫鬟媳妇走进院来。宝钗黛玉等忙迎至阶下相见。青年姊妹间经月不见，一旦相逢，其亲密自不必细说。

一时进入房中，请安问好，都见过了。贾母因说：“天热，把外头的衣服脱脱罢。”史湘云忙起身宽衣。王夫人因笑道：“也没见穿上这些作什么？”史湘云笑道：“都是二婶婶叫穿的，谁愿意穿这些。”宝钗一旁笑道：“姨娘不知道，他穿衣裳还更爱穿别人的衣裳。可记得旧年三四月里，他在这里住着，把宝兄弟的袍子穿上，靴子也穿上，额子也勒上，猛一瞧倒像是宝兄弟，就是多两个坠子。他站在那椅子后边，哄的老太太只是叫‘宝玉，你过来，仔细那上头挂的灯穗子招下灰来迷了眼。’他只是笑，也不过去。后来大家撑不住笑了，老太太才笑了，说‘倒扮上男人好看了’。”林黛玉道：“这算什么。惟有前年正月里接了他来，住了没两日就下起雪来，老太太和舅母那日想是才拜了影[1]回来，老太太的一个新新的大红猩猩毡斗篷放在那里，谁知眼错不见他就披了，又大又长，他就拿了个汗巾子拦腰系上，和丫头们在后院子扑雪人儿去，一跤栽到沟跟前，弄了一身泥水。”说着，大家想着前情，都笑了。

宝钗笑向那周奶妈道：“周妈，你们姑娘还是那么淘气不淘气了?”周奶娘也笑了。迎春笑道：“淘气也罢了，我就嫌他爱说话。也没见睡在那里还是咭咭呱呱，笑一阵，说一阵，也不知那里来的那些话。”王夫人道：“只怕如今好了。前日有人家来相看，眼见有婆婆家了，还是那们着。”贾母因问：“今儿还是住着，还是家去呢?”周奶娘笑道：“老太太没有看见衣服都带了来，可不住两天?”史湘云问道：“宝玉哥哥不在家么?”宝钗笑道：“他再不想着别人，只想宝兄弟，两个人好憨的。这可见还没改了淘气。”贾母道：“如今你们大了，别提小名儿了。”

刚说着，只见宝玉来了，笑道：“云妹妹来了。前儿打发人接你去，怎么不来?”王夫人道：“这里老太太才说这一个，他又来提名道姓的了。”林黛玉道：“你哥哥得了好东西，等着你呢。”史湘云道：“什么好东西?”宝玉笑道：“你信他呢！几日

---

［1］拜了影：旧俗，逢年过节或祭祀时，子孙叩拜祖先的画像。

不见，越发高了。”湘云笑道：“袭人姐姐好?”宝玉道：“多谢你记挂。”湘云道：“我给他带了好东西来了。”说着，拿出手帕子来，挽着一个疙瘩。宝玉道：“什么好的?你倒不如把前儿送来的那种绛纹石的戒指儿带两个给他。”湘云笑道：“这是什么?”说着便打开。众人看时，果然就是上次送来的那绛纹戒指，一包四个。

林黛玉笑道：“你们瞧瞧他这主意。前儿一般的打发人给我们送了来，你就把他[1]带来，岂不省事?今儿巴巴的自己带了来，我当又是什么新奇东西，原来还是他。真真你是糊涂人。”史湘云笑道：“你才糊涂呢！我把这理说出来，大家评一评谁糊涂。给你们送东西，就是使来的不用说话，拿进来一看，自然就知是送姑娘们的了；若带他们的东西，这得我先告诉来人，这是那一个丫头的，那是那一个丫头的，那使来的人明白还好，再糊涂些，丫头的名字他也不记得，混闹胡说的，反连你们的东西都搅糊涂了。若是打发个女人素日知道的还罢了，偏生前儿又打发小子来，可怎么说丫头们的名字呢?横竖我来给他们带来，岂不清白。”说着，把四个戒指放下，说道：“袭人姐姐一个，鸳鸯姐姐一个，金钏儿姐姐一个，平儿姐姐一个：这倒是四个人的，难道小子们也记得这们清白?”

众人听了，都笑道：“果然明白。”宝玉笑道：“还是这么会说话，不让人。”林黛玉听了，冷笑道：“他不会说话，他的金麒麟会说话。”一面说着，便起身走了。幸而诸人都不曾听见，只有薛宝钗抿嘴一笑。宝玉听见了，倒自己后悔又说错了

[1] 他：此指戒指。

话，忽见宝钗一笑，由不得也笑了。宝钗见宝玉笑了，忙起身走开，找了林黛玉去说话。贾母向湘云道："吃了茶歇一歇，瞧瞧你的嫂子们去。园里也凉快，同你姐姐们去逛逛。"

湘云答应了，将三个戒指儿包上，歇了一歇，便起身要瞧凤姐等人去。众奶娘丫头跟着，到了凤姐那里，说笑了一回，出来便往大观园来，见过了李宫裁，少坐片时，便往怡红院来找袭人。因回头说道："你们不必跟着，只管瞧你们的朋友亲戚去，留下翠缕服侍就是了。"

众人听了，自去寻姑觅嫂，早剩下湘云翠缕两个人。翠缕道："这荷花怎么还不开？"史湘云道："时候没到。"翠缕道："这也和咱们家池子里的一样，也是楼子花[1]？"湘云道："他们这个还不如咱们的。"翠缕道："他们那边有棵石榴，接连四五枝，真是楼子上起楼子，这也难为他长。"史湘云道："花草也是同人一样，气脉充足，长的就好。"翠缕把脸一扭，说道："我不信这话。若说同人一样，我怎么不见头上又长出一个头来的人？"

湘云听了，由不得一笑，说道："我说你不用说话，你偏好说。这叫人怎么好答言？天地间都赋阴阳二气所生，或正或邪，或奇或怪，千变万化，都是阴阳顺逆多少。一生出来，人罕见的就奇，究竟理还是一样。"翠缕道："这么说起来，从古至今，开天辟地，都是些阴阳了？"湘云笑道："糊涂东西，越说越放屁。什么'都是些阴阳'，难道还有两个阴阳不成！'阴''阳'两个字还只是一字，阳尽了就成阴，阴尽了就成阳，不是阴尽了又有个

好为人师的湘云，给翠缕讲哲学。

[1] 楼子花：在花蕊里又开出一层花。

阳生出来，阳尽了又有个阴生出来。”翠缕道：“这糊涂死了我！什么是个阴阳，没影没形的。我只问姑娘，这阴阳是怎么个样儿？”湘云道：“阴阳可有什么样儿，不过是个气，器物赋了成形。比如天是阳，地就是阴；水是阴，火就是阳；日是阳，月就是阴。”

翠缕听了，笑道：“是了，是了，我今儿可明白了。怪道人都管着日头叫‘太阳’呢，算命的管着月亮叫什么‘太阴星’，就是这个理了。”湘云笑道：“阿弥陀佛！刚刚的明白了。”翠缕道：“这些大东西有阴阳也罢了，难道那些蚊子、虼蚤、蠓虫儿、花儿、草儿、瓦片儿、砖头儿也有阴阳不成？”湘云道：“怎么有没阴阳的呢？比如那一个树叶儿还分阴阳呢，那边向上朝阳的便是阳，这边背阴覆下的便是阴。”翠缕听了，点头笑道：“原来这样，我可明白了。只是咱们这手里的扇子，怎么是阳，怎么是阴呢？”湘云道：“这边正面就是阳，那边反面就为阴。”

翠缕又点头笑了，还要拿几件东西问，因想不起个什么来，猛低头就看见湘云宫绦上系的金麒麟，便提起来笑道：“姑娘，这个难道也有阴阳？”湘云道：“走兽飞禽，雄为阳，雌为阴；牝为阴，牡为阳[1]。怎么没有呢！”翠缕道：“这是公的，到底是母的呢？”湘云道：“这连我也不知道。”翠缕道：“这也罢了，怎么东西都有阴阳，咱们人倒没有阴阳呢？”湘云照脸啐了一口道：“下流东西，好生走罢。越问越问出好的来了！”翠缕笑道：“这有什么不告诉我的呢？我也知道了，不用难我。”

[1] 牝、牡：鸟兽雌者为牝，雄者为牡。

湘云笑道："你知道什么？"翠缕道："姑娘是阳，我就是阴。"说着，湘云拿手帕子握着嘴，呵呵的笑起来。翠缕道："说是了，就笑的这样了。"湘云道："很是，很是。"翠缕道："人规矩主子为阳，奴才为阴。我连这个大道理也不懂得？"湘云笑道："你很懂得。"

顿悟。

一面说，一面走，刚到蔷薇架下，湘云道："你瞧那是谁掉的首饰，金晃晃在那里。"翠缕听了，忙赶上拾在手里攥着，笑道："可分出阴阳来了。"说着，先拿史湘云的麒麟瞧。湘云要他拣的瞧，翠缕只管不放手，笑道："是件宝贝，姑娘瞧不得。这是从那里来的？好奇怪！我从来在这里没见有人有这个。"湘云道："拿来我看。"翠缕将手一撒，笑道："请看。"湘云举目一验，却是文彩辉煌的一个金麒麟，比自己佩的又大又有文彩。湘云伸手擎在掌上，只是默默不语。

正自出神，忽见宝玉从那边来了，笑问道："你两个在这日头底下作什么呢？怎么不找袭人去？"湘云连忙将那麒麟藏起道："正要去呢。咱们一处走。"说着，大家进入怡红院来。

袭人正在阶下倚槛迎风，忽见湘云来了，连忙迎下来，携手笑说一向久别情况。一时进来归坐，宝玉因笑道："你该早来，我得了一件好东西，专等你呢。"说着，一面在身上摸掏，掏了半天，呵呀了一声，便问袭人"那个东西你收起来了么？"袭人道："什么东西？"宝玉道："前儿得的麒麟。"袭人道："你天天带在身上的，怎么问我？"宝玉听了，将手一拍说道："这可丢了，往那里找去！"就要起身自己寻去。湘云听了，方知是他遗落的，便笑问道："你几时又有了麒麟了？"宝玉道："前儿好容易得的呢，不知多早晚丢了，我也糊涂了。”湘云笑道：“幸而是顽的东西，还是这么慌张。”说着，将手一撒，笑道：“你瞧瞧，是这个不是?”宝玉一见由不得欢喜非常，因说道……不知是如何，且听下回分解。

第三十二回

诉肺腑心迷活宝玉　含耻辱情烈死金钏

话说宝玉见那麒麟，心中甚是欢喜，便伸手来拿，笑道："亏你捡着了。你是那里捡的？"史湘云笑道："幸而是这个，明儿倘或把印也丢了，难道也就罢了不成？"宝玉笑道："倒是丢了印平常，若丢了这个，我就该死了。"

袭人斟了茶来与史湘云吃，一面笑道："大姑娘，听见前儿你大喜了。"史湘云红了脸，吃茶不答。袭人道："这会子又害臊了。你还记得十年前，咱们在西边暖阁住着，晚上你同我说的话儿？那会子不害臊，这会子怎么又害臊了？"史湘云笑道："你还说呢。那会子咱们那么好，后来我们太太没了，我家去住了一程子，怎么就把你派了跟二哥哥，我来了，你就不像先待我了。"袭人笑道："你还说呢。先姐姐长姐姐短哄着我替你梳头洗脸，作这个弄那个，如今大了，就拿出小姐的款来。你既拿小姐的款，我怎敢亲近呢？"史湘云道："阿弥陀佛，冤枉冤哉！我要这样，就立刻死了。你瞧瞧，这么大热天，我来了，必定赶来先瞧瞧你。不信你问问缕儿，我在家时时刻刻那一回不念你几声。"话未了，忙的袭人和宝玉都劝道："玩话你又认真了。还是这么性急。"史湘云道："你不说你的话噎人，倒说人性急。"一面说，一面打开手帕子，将戒指递与袭人。

袭人感谢不尽，因笑道："你前儿送你姐姐们的，我已得了；今儿你亲自又送来，可见是没忘了我。只这个就试出你来了。戒指儿能值多少，可见你的心真。"史湘云道："是谁给你的?"袭人道："是宝姑娘给我的。"湘云笑道："我只当是林姐姐给你的，原来是宝钗姐姐给了你。我天天在家里想着，这些姐姐们再没一个比宝姐姐好的。可惜我们不是一个娘养的。我但凡有这么个亲姐姐，就是没了父母，也是没妨碍的。"说着，眼睛圈儿就红了。宝玉道："罢，罢，罢！不用提这个话。"史湘云道："提这个便怎么？我知道你的心病，恐怕你的林妹妹听见，又怪嗔我赞了宝姐姐。可是为这个不是?"袭人在旁嗤的一笑，说道："云姑娘，你如今大了，越发心直口快了。"宝玉笑道："我说你们这几个人难说话，果然不错。"史湘云道："好哥哥，你不必说话叫我恶心。只会在我们跟前说话，见了你林妹妹，又不知怎么了。"

礼轻情意重。

黛玉与宝钗的比较是敏感的问题，心直口快、口无遮拦的湘云一语道破。

袭人道："且别说玩话，正有一件事还要求你呢。"史湘云便问"什么事?"袭人道："有一双鞋，抠了垫心子[1]。我这两日身上不好，不得做，你可有工夫替我做做?"史湘云笑道："这又奇了，你家放着这些巧人不算，还有什么针线上的，裁剪上的，怎么教我做起来？你的活计叫谁做，谁好意思不做呢。"袭人笑道："你又糊涂了。你难道不知道，我们这屋里的针线，是不要那些针线上的人做的。"史湘云听了，便知是宝玉的鞋了，因笑道："既这么说，我就替你做了罢。只是一件，你的我

[1] 抠（kōu）了垫心子：用剪刀在鞋面上铰出图案，在背面衬上其他颜色的料子。

才作，别人的我可不能。”袭人笑道：“又来了，我是个什么，就烦你做鞋了。实告诉你，可不是我的。你别管是谁的，横竖我领情就是了。”史湘云道：“论理，你的东西也不知烦我做了多少了，今儿我倒不做了的原故，你必定也知道。”袭人道：“倒也不知道。”

史湘云冷笑道：“前儿我听见把我做的扇套子拿着和人家比，赌气又铰了。我早就听见了，你还瞒我。这会子又叫我做，我成了你们的奴才了。”宝玉忙笑道：“前儿的那事，本不知是你做的。”袭人也笑道：“他本不知是你做的。是我哄他的话，说是新近外头有个会做活的女孩子，说扎的出奇的花，我叫他拿了一个扇套子试试看好不好。他就信了，拿出去给这个瞧给那个看的。不知怎么又惹恼了林姑娘，铰了两段。回来他还叫赶着做去，我才说了是你作的，他后悔的什么似的。”史湘云道：“越发奇了。林姑娘他也犯不上生气，他既会剪，就叫他做。”袭人道：“他可不作呢。饶这么着，老太太还怕他劳碌着了。大夫又说好生静养才好，谁还烦他做？旧年好一年的工夫，做了个香袋儿；今年半年，还没见拿针线呢。”

正说着，有人来回说：“兴隆街的大爷来了，老爷叫二爷出去会。”宝玉听了，便知是贾雨村来了，心中好不自在。袭人忙去拿衣服。宝玉一面蹬着靴子，一面抱怨道：“有老爷和他坐着就罢了，回回定要见我。”史湘云一边摇着扇子，笑道：“自然你能会宾接客，老爷才叫你出去呢。”宝玉道：“那里是老爷，都是他自己要请我去见的。”湘云笑道："主雅客来勤，自然你有些警[1]他的好处，他才只要会你。"宝玉道："罢，罢，我也不敢称雅，俗中又俗的一个俗人，并不愿同这些人往来。"

湘云笑道："还是这个情性不改。如今大了，你就不愿读书去考举人进士的，也该常常的会会这些为官做宰的人们，谈谈讲讲些仕途经济的学问，也好将来应酬世务，日后也有个朋友。没见你成年家只在我们队里搅些什么！"宝玉听了道："姑娘请别的姊妹屋里坐坐，我这里仔细污了你知经济学问的。"袭人道："云姑娘快别说这话。上回也是宝姑娘也说过一回，他也不管人脸上过的去过不去，他就咳了一声，拿起脚来走了。这里宝姑娘的话也没说完，见他走了，登时羞的脸通红，说又不是，不说又不是。幸而是宝姑娘，那要是林姑娘，不知又闹到怎么样，哭的怎么样呢。提起这个话来，真真的宝姑娘叫人敬重，自己讪了一会子去了。我倒过不去，只当他恼了。谁知过后还是照旧一样，真真有涵养，心地宽大。谁知这一个反倒同他生分了。那林姑娘见你赌气不理他，你得赔多少不是呢！"宝玉道："林姑娘从来说过这些混帐话不曾？若他也说过这些混帐话，我早和他生分了。"袭人和湘云都点头笑道："这原是混帐话。"

湘云劝宝玉会会官场上的人，讲讲仕途经济，而林黛玉从来未说这些，所以是知己。这里是将湘云与黛玉做比较，突出宝、黛之恋是知己之爱、生死之情。湘云、宝钗、袭人是一路。

原来林黛玉知道史湘云在这里，宝玉又赶来，一定说麒麟的原故。因此心下忖度着，近日宝玉弄来的外传野史，多半才子佳人都因小巧玩物上撮合，或有鸳鸯，或有凤凰，或玉环金珮，或鲛帕鸾绦[2]，皆由小物而遂终身。今忽见宝玉亦有麒麟，

黛玉从小说野史、才子佳人的故事中获得爱情方面的经验。

[1] 警：打动。

[2] 鲛（jiāo）帕鸾绦：鲛，这里指鲛绡纱。传说海中有鲛人，能织绡，后用鲛来指薄纱。鸾绦，织有凤鸾图案的丝带。

便恐借此生隙，同史湘云也做出那些风流佳事来。因而悄悄走来，见机行事，以察二人之意。不想刚走来，正听见史湘云说经济一事，宝玉又说，林妹妹不说这样混帐话，若说这话，我也和他生分了。

林黛玉听了这话，不觉又喜又惊，又悲又叹。所喜者，果然自己眼力不错，素日认他是个知己，果然是个知己。所惊者，他在人前一片私心称扬于我，其亲热厚密，竟不避嫌疑。所叹者，你既为我之知己，自然我亦可为你之知己矣；既你我为知己，则又何必有金玉之论哉；既有金玉之论，亦该你我有之，则又何必来一宝钗哉！所悲者，父母早逝，虽有铭心刻骨之言，无人为我主张。况近日每觉神思恍惚，病已渐成，医者更云气弱血亏，恐致劳怯之症[1]。你我虽为知己，但恐自不能久待；你纵为我知己，奈我薄命何！想到此间，不禁滚下泪来。待进去相见，自觉无味，便一面拭泪，一面抽身回去了。

黛玉确认了宝玉对自己的感情，但与此同时，又有两大忧虑：一是父母双亡，终身大事无人做主；二是自己健康不佳，担心享受不了这份爱情。

这里宝玉忙忙的穿了衣裳出来，忽见林黛玉在前面慢慢的走着，似有拭泪之状，便忙赶上来，笑道："妹妹往那里去？怎么又哭了？又是谁得罪了你？"林黛玉回头见是宝玉，便勉强笑道："好好的，我何曾哭了。"宝玉笑道："你瞧瞧，眼睛上的泪珠儿未干，还撒谎呢。"一面说，一面禁不住抬起手来替他拭泪。林黛玉忙向后退了几步，说道："你又要死了！作什么这么动手动脚的！"宝玉笑道："说话忘了情，不觉的动了手，也就顾不的死活。"林黛玉道："你死了倒不值什么，只是丢下了什么金，又是什么麒麟，可怎么样呢？"一句话又

[1] 劳怯之症：劳，即痨，中医指积劳损耗之病。怯，怯弱。

把宝玉说急了，赶上来问道："你还说这话，到底是咒我还是气我呢?"林黛玉见问，方想起前日的事来，遂自悔自己又说造次了，忙笑道："你别着急，我原说错了。这有什么的，筋都暴起来，急的一脸汗。"一面说，一面禁不住近前伸手替他拭面上的汗。

宝玉瞅了半天，方说道"你放心"三个字。林黛玉听了，怔了半天，方说道："我有什么不放心的？我不明白这话。你倒说说怎么放心不放心?"宝玉叹了一口气，问道："你果不明白这话？难道我素日在你身上的心都用错了？连你的意思若体贴不着，就难怪你天天为我生气了。"林黛玉道："果然我不明白放心不放心的话。"宝玉点头叹道："好妹妹，你别哄我。果然不明白这话，不但我素日之意白用了，且连你素日待我之意也都辜负了。你皆因总是不放心的原故，才弄了一身病。但凡宽慰些，这病也不得一日重似一日。"

宝玉坦率的爱情表白，彻底消除了林黛玉的怀疑，试探阶段彻底结束，数不清的怄气结束。

林黛玉听了这话，如轰雷掣电，细细思之，竟比自己肺腑中掏出来的还觉恳切，竟有万句言语，满心要说，只是半个字也不能吐，却怔怔的望着他。此时宝玉心中也有万句言语，不知从那一句上说起，却也怔怔的望着黛玉。两个人怔了半天，林黛玉只咳了一声，两眼不觉滚下泪来，回身便要走。宝玉忙上前拉住，说道："好妹妹，且略站住，我说一句话再走。"林黛玉一面拭泪，一面将手推开，说道："有什么可说的。你的话我早知道了!"口里说着，却头也不回竟去了。

宝玉站着，只管发起呆来。原来方才出来慌忙，不曾带得扇子，袭人怕他热，忙拿了扇子赶来送与他，忽抬头见了林黛玉和他站着。一时黛玉走了，他还站着不动，因而赶上来说道："你也不带了扇子去，亏我看见，赶了送来。"宝玉出了神，见袭人和他说话，并未看出是何人来，便一把拉住，说道："好妹妹，我的这心事，从来也不敢说，今儿我大胆说出来，死也甘心！我为你也弄了一身的病在这里，又不敢告诉人，只好掩着。只等你的病好了，只怕我的病才得好呢。睡里梦里也忘不了你！"袭人听了这话，吓得魄消魂散，只叫"神天菩萨，坑死我了！"便推他道："这是那里的话！敢是中了邪？还不快去？"宝玉一时醒过来，方知是袭人送扇子来，羞的满面紫胀，夺了扇子，便忙忙的抽身跑了。

这里袭人见他去了，自思方才之言，一定是因黛玉而起，如此看来，将来难免不才之事[1]，令人可惊可畏。想到此间，也不觉怔怔的滴下泪来，心下暗度如何处治方免此丑祸。正裁疑[2]间，忽有宝钗从那边走来，笑道："大毒日头地下，出什么神呢？"袭人见问，忙笑道："那边两个雀儿打架，倒也好玩，我就看住了。"宝钗道："宝兄弟这会子穿了衣服，忙忙的那去了？我才看见走过去，倒要叫住问他呢。他如今说话越发没了经纬[3]，我故此没叫他了，由他过去罢。"袭人道："老爷叫他出去。"宝钗听了，忙道："嗳哟！这么黄天[4]暑热的，叫他做什么！别是想起什么来生了气，叫出去教训一场。"袭人笑道："不是这个，想是有客要会。"宝钗笑道："这个客也没意思，这么热天，

宝玉、黛玉的爱情日趋强烈，日趋明朗，袭人的反应是惊惧，怕产生丑闻。

[1] 不才之事：没出息的事，此指男女间的丑事。
[2] 裁疑：猜测、困惑。
[3] 经纬：规矩、章法。
[4] 黄天：即农历六月，也称"长夏"。按五行说法，夏天色赤，长夏色黄，故大暑天为黄天。

不在家里凉快，还跑些什么!”袭人笑道：“倒是你说说罢。”

宝钗因而问道：“云丫头在你们家做什么呢?”袭人笑道：“才说了一会子闲话。你瞧，我前儿粘的那双鞋，明儿叫他做去。”宝钗听见这话，便两边回头，看无人来往，便笑道：“你这么个明白人，怎么一时半刻的就不会体谅人情。我近来看着云丫头神情，再风里言风里语的听起来，那云丫头在家里竟一点儿作不得主。他们家嫌费用大，竟不用那些针线上的人，差不多的东西多是他们娘儿们动手。为什么这几次他来了，他和我说话儿，见没人在跟前，他就说家里累的很。我再问他两句家常过日子的话，他就连眼圈儿都红了，口里含含糊糊待说不说的。想其形景来，自然从小儿没爹娘的苦。我看着他，也不觉的伤起心来。”

宝钗能够体贴湘云的难处，是其厚道处。湘云与其亲密，不无原因。

袭人见说这话，将手一拍，说：“是了，是了。怪道上月我烦他打十根蝴蝶结子，过了那些日子才打发人送来，还说‘打的粗，且在别处能着使罢；要匀净的，等明儿来住着再好生打罢’。如今听宝姑娘这话，想来我们烦他他不好推辞，不知他在家里怎么三更半夜的做呢。可是我也糊涂了，早知是这样，我也不烦他了。”宝钗道：“上次他就告诉我，在家里做活做到三更天，若是替别人做一点半点，他家的那些奶奶太太们还不受用呢。”

袭人道：“偏生我们那个牛心左性的小爷，凭着小的大的活计，一概不要家里这些活计上的人作。我又弄不开这些。”宝钗笑道：“你理他呢！只管叫人做去，只说是你做的就是了。”袭人道：“那里哄的信他，他才是认得出来呢。说不得我只好慢慢的累去罢了。”宝钗笑道：“你不必忙，我替你作些如何？”袭人笑道：“当真的这样，就是我的福了。晚上我亲自送过来。”

一句话未了，忽见一个老婆子忙忙走来，说道：“这是那里说起！金钏儿姑娘好好的投井死了！”袭人唬了一跳，忙问“那个金钏儿？”那老婆子道：“那里还有两个金钏儿呢？就是太太屋里的。前儿不知为什么撵他出去，在家里哭天哭地的，也都不理会他，谁知找他不见了。刚才打水的人在那东南角上井里打水，见一个尸首，赶着叫人打捞起来，谁知是他。他们家里还只管乱着要救活，那里中用了！”宝钗道：“这也奇了。”袭人听说，点头赞叹，想素日同气之情，不觉流下泪来。宝钗听见这话，忙向王夫人处来道安慰。这里袭人回去。不提。

金钏投井而死，一场风暴正在酝酿之中。

却说宝钗来至王夫人处，只见鸦雀无闻，独有王夫人在里间房内坐着垂泪。宝钗便不好提这事，只得一旁坐了。王夫人便问：“你从那里来？”宝钗道：“从园里来。”王夫人道：“你从园里来，可见你宝兄弟？”宝钗道：“才倒看见了。他穿了衣服出去了，不知那里去。”

王夫人点头哭道：“你可知道一桩奇事？金钏儿忽然投井死了！”宝钗见说，道：“怎么好好的投井？这也奇了。”王夫人道：“原是前儿他把我一件东西弄坏了，我一时生气，打了他几下，撵了他下去。我只说气他两天，还叫他上来，谁知他这么气性大，就投井死了。岂不是我的罪过。”宝钗叹道：“姨娘是慈善人，固然这么想。据我看来，他并不是赌气投井。多半他下去住着，或是在井跟前憨顽，失了脚掉下去的。他在上头拘束惯了，这一出去，自然要到各处去顽顽逛逛，岂有这样大气的理！纵然有这样大气，也不过是个糊涂人，也不为可惜。”王夫人点头叹道：“这话虽然如此说，到底我心不安。”宝钗叹道：“姨娘也不必念念于兹，十分过不去，不过多赏他几两银子发送他，也就尽主仆之情了。”

王夫人道：“刚才我赏了他娘五十两银子，原要还把你妹妹们的新衣服拿两套给他妆裹。谁知凤丫头说可巧都没什么新做的衣服，只有你林妹妹作生日的两套。我想你林妹妹那个孩子素日是个有心的，况且他也三灾八难的，既说了给他过生日，这会子又给人妆裹去，岂不忌讳。因为这么样，我现叫裁缝赶两套给他。要是别的丫头，赏他几两银子也就完了，只是金钏儿虽然是个丫头，素日在我跟前比我的女儿也差不多。”口里说着，不觉泪下。宝钗忙道：“姨娘这会子又何用叫裁缝赶去，我前儿倒做了两套，拿来给他岂不省事。况且他活着的时候也穿过我的旧衣服，身量又相对。”王夫人道：“虽然这样，难道你不忌讳？”宝钗笑道：“姨娘放心，我从来不计较这些。”一面说，一面起身就走。王夫人忙叫了两个人来跟宝姑娘去。

一时宝钗取了衣服回来，只见宝玉在王夫人旁边坐着垂泪。王夫人正才说他，因宝钗来了，却掩了口不说了。宝钗见此光景，察言观色，早知觉了八分，于是将衣服交割明白。王夫人将他母亲叫来拿了去。再看下回便知。

第三十三回

手足耽耽[1]小动唇舌　不肖种种大承笞挞

却说王夫人唤他母亲上来，拿几件簪环当面赏与，又吩咐请几众僧人念经超度。他母亲磕头谢了出去。

原来宝玉会过雨村回来听见了，便知金钏儿含羞赌气自尽，心中早又五内摧伤，进来被王夫人数落教训，也无可回说。见宝钗进来，方得便出来，茫然不知何往，背着手，低头一面感叹，一面慢慢的走着，信步来至厅上。

刚转过屏门，不想对面来了一人正往里走，可巧儿撞了个满怀。只听那人喝了一声“站住!”宝玉唬了一跳，抬头一看，不是别人，却是他父亲，不觉的倒抽了一口气，只得垂手一旁站了。贾政道：“好端端的，你垂头丧气嗐些什么？方才雨村来了要见你，叫你那半天你才出来；既出来了，全无一点慷慨挥洒谈吐，仍是葳葳蕤蕤。我看你脸上一团思欲愁闷气色，这会子又咳声叹气。你那些还不足，还不自在？无故这样，却是为何?”宝玉素日虽是口角伶俐，只是此时一心总为金钏儿感伤，恨不得此时也身亡命殒，跟了金钏儿去。如今见了他父亲说这些话，究竟不曾听见，只是怔呵呵的

一连串的烦恼：张道士的提亲，金钏之死，没存想踢了袭人，无意中得罪了宝钗，与晴雯的吵架，弄得宝玉精神全无。

［1］ 手足耽耽：手足，指宝玉的同父异母的兄弟贾环。耽耽，注目而视的样子，贬义。

站着。

贾政见他惶悚，应对不似往日，原本无气的，这一来倒生了三分气。方欲说话，忽有回事人来回："忠顺亲王府里有人来，要见老爷。"贾政听了，心下疑惑，暗暗思忖道："素日并不和忠顺府来往，为什么今日打发人来?"一面想，一面令"快请"，急走出来看时，却是忠顺府长史官[1]，忙接进厅上坐了献茶。

未及叙谈，那长史官先就说道："下官此来，并非擅造潭府[2]，皆因奉王命而来，有一件事相求。看王爷面上，敢烦老大人作主，不但王爷知情，且连下官辈亦感谢不尽。"贾政听了这话，抓不住头脑，忙陪笑起身问道："大人既奉王命而来，不知有何见谕，望大人宣明，学生好遵谕承办。"那长史官便冷笑道："也不必承办，只用大人一句话就完了。我们府里有一个做小旦的琪官，一向好好在府里，如今竟三五日不见回去，各处去找，又摸不着他的道路，因此各处访察。这一城内，十停人倒有八停人都说，他近日和衔玉的那位令郎相与甚厚。下官辈等听了，尊府不比别家，可以擅入索取，因此启明王爷。王爷亦云：'若是别的戏子呢，一百个也罢了；只是这琪官随机应答，谨慎老诚，甚合我老人家的心，竟断断少不得此人。'故此求老大人转谕令郎，请将琪官放回，一则可慰王爷谆谆奉恳，二则下官辈也可免操劳求觅之苦。"说毕，忙打一躬。

贾政听了这话，又惊又气，即命唤宝玉来。宝

[1] 长史官：总管王府内事务的官吏。

[2] 擅造潭府：擅自来到贵府。潭府，对他人府邸的尊称。潭，深邃。

玉也不知是何原故，忙赶来时，贾政便问："该死的奴才！你在家不读书也罢了，怎么又做出这些无法无天的事来！那琪官现是忠顺王爷驾前承奉的人，你是何等草芥，无故引逗他出来，如今祸及于我。"宝玉听了唬了一跳，忙回道："实在不知此事。究竟连'琪官'两个字不知为何物，岂更又加'引逗'二字！"说着便哭了。

流荡优伶事小，得罪忠顺亲王府，祸及父母事大。平时的荒废学业已经给贾政留下不好的印象。

贾政未及开言，只见那长史官冷笑道："公子也不必掩饰。或隐藏在家，或知其下落，早说了出来，我们也少受些辛苦，岂不念公子之德？"宝玉连说不知，"恐是讹传，也未见得。"那长史官冷笑道："现有据证，何必还赖？必定当着老大人说了出来，公子岂不吃亏？既云不知此人，那红汗巾子怎么到了公子腰里？"宝玉听了这话，不觉轰去魂魄，目瞪口呆，心下自思："这话他如何得知！他既连这样机密事都知道了，大约别的瞒他不过，不如打发他去了，免的再说出别的事来。"因说道："大人既知他的底细，如何连他置买房舍这样大事倒不晓得了？听得说他如今在东郊离城二十里有个什么紫檀堡，他在那里置了几亩田地几间房舍。想是在那里也未可知。"那长史官听了，笑道："这样说，一定是在那里。我且去找一回，若有了便罢，若没有，还要来请教。"说着，便忙忙的走了。

贾政此时气的目瞪口歪，一面送那长史官，一面回头命宝玉"不许动！回来有话问你！"一直送那官员去了。才回身，忽见贾环带着几个小厮一阵乱跑。贾政喝令小厮"快打，快打！"贾环见了他父亲，唬的骨软筋酥，忙低头站住。贾政便问："你跑什么？带着你的那些人都不管你，不知往那里逛去，由你野马一般！"喝令叫跟上学的人来。

贾环见他父亲盛怒，便乘机说道："方才原不曾跑，只因从那井边一过，那井里淹死了一个丫头，我看见人头这样大，身子这样粗，泡的实在可怕，所以才赶着跑了过来。"贾政听了惊疑，问道："好端端的，谁去跳井？我家从无这样事情，自祖宗以来，皆是宽柔以待下人。——大约我近年于家务疏懒，自然执事人操克夺之权[1]，致使生出这暴殄[2]轻生的祸患。若外人知道，祖宗颜面何在！"喝令快叫贾琏、赖大、兴儿来。

小厮们答应了一声，方欲叫去，贾环忙上前拉住贾政的袍襟，贴膝跪下道："父亲不用生气。此事除太太房里的人，别人一点也不知道。我听见我母亲说……"说到这里，便回头四顾一看。贾政知意，将眼一看众小厮，小厮们明白，都往两边后面退去。贾环便悄悄说道："我母亲告诉我说，宝玉哥哥前日在太太屋里，拉着太太的丫头金钏儿强奸不遂，打了一顿。那金钏儿便赌气投井死了。"

关键时刻，贾环进谗，将金钏之死，说成是宝玉强奸未遂，金钏忍辱自尽，完全歪曲了事实的真相，一下子将贾政的怒火彻底点燃。写出贾环的卑鄙下作。而贾政则轻信贾环的谗言，完全没有调查。

话未说完，把个贾政气的面如金纸，大喝"快拿宝玉来！"一面说，一面便往里边书房里去，喝令"今日再有人劝我，我把这冠带家私[3]一应交与他与宝玉过去！我免不得做个罪人，把这几根烦恼鬓毛剃去，寻个干净去处[4]自了，也免得上辱先人下生逆子之罪。"众门客仆从见贾政这个形景，便知又是为宝玉了，一个个都是啖指咬舌，连忙退出。那贾政喘吁吁直挺挺坐在椅子上，满面泪痕，

[1] 克夺之权：生杀予夺之权。
[2] 暴殄（tiǎn）：恣意糟蹋。
[3] 冠带家私：冠带，帽子和束带，是官服的代称，这里代指官爵。家私，家业。
[4] 烦恼鬓毛、干净去处：烦恼鬓毛，佛教称鬓毛为"烦恼丝"。干净去处，即佛教所谓净土。两句均指出家当和尚。

一叠声“拿宝玉！拿大棍！拿索子捆上！把各门都关上！有人传信往里头去，立刻打死！”众小厮们只得齐声答应，有几个来找宝玉。

成见在胸，感情压倒理智，贾政情绪失控，决心严惩不肖之子。黑云压城城欲摧。

那宝玉听见贾政吩咐他“不许动”，早知多凶少吉，那里承望贾环又添了许多的话。正在厅上干转，怎得个人来往里头去捎信，偏生没个人，连焙茗也不知在那里。正盼望时，只见一个老姆姆出来。宝玉如得了珍宝，便赶上来拉他，说道：“快进去告诉：老爷要打我呢！快去，快去！要紧，要紧！”宝玉一则急了，说话不明白；二则老婆子偏生又聋，竟不曾听见是什么话，把“要紧”二字只听作“跳井”二字，便笑道：“跳井让他跳去，二爷怕什么？”宝玉见是个聋子，便着急道：“你出去叫我的小厮来罢。”那婆子道：“有什么不了的事？老早的完了。太太又赏了衣服，又赏了银子，怎么不了事的！”

聋妪的插入，使急转直下的情节多了一层曲折。与此同时，宝玉获救的机会转瞬即逝。

宝玉急的跺脚，正没抓寻处，只见贾政的小厮走来，逼着他出去了。贾政一见，眼都红紫了，也不暇问他在外流荡优伶，表赠私物，在家荒疏学业，淫辱母婢等语，只喝令“堵起嘴来，着实打死！”小厮们不敢违拗，只得将宝玉按在凳上，举起大板打了十来下。贾政犹嫌打轻了，一脚踢开掌板的，自己夺过来，咬着牙狠命盖了三四十下。众门客见打的不祥了，忙上前夺劝。贾政那里肯听，说道：“你们问问他干的勾当可饶不可饶！素日皆是你们这些人把他酿坏了，到这步田地还来解劝。明日酿到他弑君杀父，你们才不劝不成！”

众人听这话不好听，知道气急了，忙又退出，只得觅人进去给信。王夫人不敢先回贾母，只得忙穿衣出来，也不顾有人没人，忙忙赶往书房中来，慌的众门客小厮等避之不及。王夫人一进房来，贾政更如火上浇油一般，那板子越发下去的又狠又快。按宝玉的两个小厮忙松了手走开，宝玉早已动弹不得了。

贾政还欲打时，早被王夫人抱住板子。贾政道："罢了，罢了！今日必定要气死我才罢！"王夫人哭道："宝玉虽然该打，老爷也要自重。况且炎天暑日的，老太太身上也不大好，打死宝玉事小，倘或老太太一时不自在了，岂不事大！"贾政冷笑道："倒休提这话。我养了这不肖的孽障，已不孝；教训他一番，又有众人护持；不如趁今日一发勒死了，以绝将来之患！"说着，便要绳索来勒死。

王夫人用绝后的危险与老太太的安危来警告丈夫，严惩宝玉将导致严重的后果，这种后果非贾政所能承受。在如何教育宝玉的问题上，夫妻发生激烈的冲突。贾政逐渐清醒。这是贾政、王夫人夫妻之间难得的一次思想交流。

王夫人连忙抱住哭道："老爷虽然应当管教儿子，也要看夫妻分上。我如今已将五十岁的人，只有这个孽障，必定苦苦的以他为法，我也不敢深劝。今日越发要他死，岂不是有意绝我。既要勒死他，快拿绳子来先勒死我，再勒死他。我们娘儿们不敢含怨，到底在阴司里得个依靠。"说毕，爬在宝玉身上大哭起来。

贾政是一位标准的正统派，作者将他内心的痛苦和矛盾刻画到了灵魂深处：宝玉必须严惩而又无法痛痛快快地实施。王夫人的出现，形成了严惩宝玉的第一道阻力。

贾政听了此话，不觉长叹一声，向椅上坐了，泪如雨下。王夫人抱着宝玉，只见他面白气弱，底下穿着一条绿纱小衣皆是血渍，禁不住解下汗巾看，由臀至胫，或青或紫，或整或破，竟无一点好处，不觉失声大哭起来，"苦命的儿吓！"因哭出"苦命儿"来，忽又想起贾珠来，便叫着贾珠哭道："若有你活着，便死一百个我也不管了。"此时里面的人闻得王夫人出来，那李宫裁王熙凤与迎春姊妹早已出来了。王夫人哭着贾珠的名字，别人还可，惟有宫裁禁不住也放声哭了。贾政听了，那泪珠更似滚瓜一般滚了下来。

正没开交处，忽听丫鬟来说："老太太来了。"一句话未了，只听窗外颤巍巍的声气说道："先打死我，再打死他，岂不干净了！"贾政见他母亲来了，又急又痛，连忙迎接出来，只见贾母扶着丫头，喘吁吁的走来。

贾政上前躬身陪笑道："大暑热天，母亲有何生气亲自走来？有话只该叫了儿子进去吩咐。"贾母听说，便止住步喘息一回，厉声说道："你原来是和我说话！我倒有话吩咐，只是可怜我一生没养个好儿子，却叫我和谁说去！"贾政听这话不像，忙跪下含泪说道："为儿的教训儿子，也为的是光宗耀祖。母亲这话，我做儿的如何禁得起？"贾母听说，便啐了一口，说道："我说了一句话，你就禁不起，你那样下死手的板子，难道宝玉就禁得起了？你说教训儿子是光宗耀祖，当初你父亲怎么教训你来！"说着，不觉就滚下泪来。

贾母的出现，形成更加严重的贾政无法克服的阻力。母子之间发生激烈的冲突。贾母不管是非曲直，把自己和宝玉绑在一起，同生死，共存亡。严惩宝玉变成声讨贾政，形势发生反转。贾母手里的武器是孝道。严惩宝玉，将使贾政蒙上不孝的罪名。母子争夺孙子的教育权，以儿子的失败而告终。

贾政又陪笑道："母亲也不必伤感，皆是作儿的一时性起，从此以后再不打他了。"贾母便冷笑道："你也不必和我使性子赌气的。你的儿子，我也不该管你打不打。我猜着你也厌烦我们娘儿们。不如我们赶早儿离了你，大家干净！"说着便令人去看轿马，"我和你太太宝玉立刻回南京去！"家下人只得干答应着。

离了这个家，自然是虚声恫吓。

贾母又叫王夫人道："你也不必哭了。如今宝玉年纪小，你疼他，他将来长大成人，为官作宰的，也未必想着你是他母亲了。你如今倒不要疼他，只怕将来还少生一口气呢。"贾政听说，忙叩头哭道："母亲如此说，贾政无立足之地。"贾母冷笑道："你分明使我无立足之地，你反说起你来！只是我们回去了，你心里干净，看有谁来许你打。"

一面说，一面只令快打点行李车轿回去。贾政苦苦叩求认罪。

贾母一面说话，一面又记挂宝玉，忙进来看时，只见今日这顿打不比往日，又是心疼，又是生气，也抱着哭个不了。王夫人与凤姐等解劝了一会，方渐渐的止住。早有丫鬟媳妇等上来，要搀宝玉，凤姐便骂道："糊涂东西，也不睁开眼瞧瞧！打的这么个样儿，还要搀着走！还不快进去把那藤屉子春凳[1]抬出来呢。"众人听说连忙进去，果然抬出春凳来，将宝玉抬放凳上，随着贾母王夫人等进去，送至贾母房中。

彼时贾政见贾母气未全消，不敢自便，也跟了进去。看看宝玉，果然打重了。再看看王夫人，"儿"一声，"肉"一声，"你替珠儿早死了，留着珠儿，免你父亲生气，我也不白操这半世的心了。这会子你倘或有个好歹，丢下我，叫我靠那一个！"数落一场，又哭"不争气的儿"。贾政听了，也就灰心，自悔不该下毒手打到如此地步。先劝贾母，贾母含泪说道："你不出去，还在这里做什么！难道于心不足，还要眼看着他死了才去不成！"贾政听说，方退了出来。

贾政从暴怒中彻底清醒过来，后悔不已。

此时薛姨妈同宝钗、香菱、袭人、史湘云也都在这里。袭人满心委屈，只不好十分使出来，见众人围着，灌水的灌水，打扇的打扇，自己插不下手去，便越性[2]走出来到二门前，令小厮们找了焙茗来细问："方才好端端的，为什么打起来？你也不早来透个信儿！"焙茗急的说："偏生我没在跟

[1] 藤屉子春凳：一种长凳，凳面用藤皮编成，较宽，可坐可卧。
[2] 越性：索性。

前，打到半中间我才听见了。忙打听原故，却是为琪官金钏姐姐的事。”袭人道：“老爷怎么得知道的?”焙茗道：“那琪官的事，多半是薛大爷素日吃醋，没法儿出气，不知在外头唆挑了谁来，在老爷跟前下的火[1]。那金钏儿的事是三爷说的，我也是听见老爷的人说的。”袭人听了这两件事都对景[2]，心中也就信了八九分。然后回来，只见众人都替宝玉疗治。调停完备，贾母令“好生抬到他房内去”。众人答应，七手八脚，忙把宝玉送入怡红院内自己床上卧好。又乱了半日，众人渐渐散去，袭人方进前来经心服侍，问他端的。且听下回分解。

作者借宝玉挨打一事，将书中的重要人物几乎统统卷入。这里先写了贾政、宝玉、王夫人、贾母、贾环。后面的描写将涉及更多的人物，进行更深入的描写。

---

[1] 下的火：进谗言，拨弄是非，使坏。
[2] 对景：对上号。

第三十四回

情中情因情感妹妹　错里错以错劝哥哥

话说袭人见贾母王夫人等去后，便走来宝玉身边坐下，含泪问他："怎么就打到这步田地？"宝玉叹气说道："不过为那些事，问他做什么！只是下半截疼的很，你瞧瞧打坏了那里。"袭人听说，便轻轻的伸手进去，将中衣褪下。宝玉略动一动，便咬着牙叫"嗳哟"，袭人连忙停住手，如此三四次才褪了下来。

袭人看时，只见腿上半段青紫，都有四指宽的僵痕高了起来。袭人咬着牙说道："我的娘，怎么下这般的狠手！你但凡听我一句话，也不得到这步地位。幸而没动筋骨，倘或打出个残疾来，可叫人怎么样呢！"

袭人的初步反应：贾政下手太狠，宝玉不听规劝，咎由自取。

正说着，只听丫鬟们说："宝姑娘来了。"袭人听见，知道穿不及中衣，便拿了一床袷纱被[1]替宝玉盖了。只见宝钗手里托着一丸药走进来，向袭人说道："晚上把这药用酒研开，替他敷上，把那淤血的热毒散开，可以就好了。"说毕，递与袭人，又问道："这会子可好些？"宝玉一面道谢，说："好些了。"又让坐。

宝钗见他睁开眼说话，不像先时，心中也宽慰

---

[1] 袷（jiá）纱被：双层的纱被。

了好些，便点头叹道："早听人一句话，也不至今日。别说老太太、太太心疼，就是我们看着，心里也疼。"刚说了半句又忙咽住，自悔说的话急了，不觉的就红了脸，低下头来。宝玉听得这话如此亲切稠密，竟大有深意，忽见他又咽住不往下说，红了脸，低下头只管弄衣带，那一种娇羞怯怯，非可形容得出者，不觉心中大畅，将疼痛早丢在九霄云外，心中自思："我不过捱了几下打，他们一个个就有这些怜惜悲感之态露出，令人可玩可观，可怜可敬。假若我一时竟遭殃横死，他们还不知是何等悲感呢！既是他们这样，我便一时死了，得他们如此，一生事业纵然尽付东流，亦无足叹惜，冥冥之中若不怡然自得，亦可谓糊涂鬼祟矣。"想着，只听宝钗问袭人道："怎么好好的动了气，就打起来了？"袭人便把焙茗的话说了出来。

宝钗的态度与袭人近似。

宝玉原来还不知道贾环的话，见袭人说出方才知道。因又拉上薛蟠，惟恐宝钗沉心[1]，忙又止住袭人道："薛大哥哥从来不这样的，你们不可混猜度。"宝钗听说，便知道是怕他多心，用话相拦袭人，因心中暗暗想道："打的这个形象，疼还顾不过来，还是这样细心，怕得罪了人，可见在我们身上也算是用心了。你既这样用心，何不在外头大事上做工夫，老爷也欢喜了，也不能吃这样亏。但你固然怕我沉心，所以拦袭人的话，难道我就不知我的哥哥素日恣心纵欲，毫无防范的那种心性。当日为一个秦钟，还闹的天翻地覆，自然如今比先又更利害了。"想毕，因笑道："你们也不必怨这个，怨那个。据我想，到底宝兄弟素日不正，肯和那些

[1] 沉心：多心。

薛蟠被牵连进这一事件，宝钗得知以后，一面替哥哥辩解，一面说宝玉自己不该与优伶来往。宝钗和袭人都是希望宝玉从此改邪归正，走上正道，将坏事变成好事。

人来往，老爷才生气。就是我哥哥说话不防头，一时说出宝兄弟来，也不是有心调唆：一则也是本来的实话，二则他原不理论这些防嫌小事。袭姑娘从小儿只见宝兄弟这么样细心的人，你何尝见过天不怕地不怕、心里有什么口里就说什么的人。”

袭人因说出薛蟠来，见宝玉拦他的话，早已明白自己说造次了，恐宝钗没意思，听宝钗如此说，更觉羞愧无言。宝玉又听宝钗这番话，一半是堂皇正大，一半是去己疑心，更觉比先畅快了。方欲说话时，只见宝钗起身说道：“明儿再来看你，你好生养着罢。方才我拿了药来交给袭人，晚上敷上管保就好了。”说着便走出门去。袭人赶着送出院外，说：“姑娘倒费心了。改日宝二爷好了，亲自来谢。”宝钗回头笑道：“有什么谢处。你只劝他好生静养，别胡思乱想的就好了。想要什么吃的、玩的，你悄悄的往我那里取去，不必惊动老太太、太太众人，倘或吹到老爷耳朵里，虽然彼时不怎么样，将来对景，终是要吃亏的。”说着，一回身去了。

袭人抽身回来，心内着实感激宝钗。进来见宝玉沉思默默似睡非睡的模样，因而退出房外，自去栉沐[1]。宝玉默默的躺在床上，无奈臀上作痛，如针挑刀挖一般，更又热如火炙，略展转时，禁不住“嗳哟”之声。那时天色将晚，因见袭人去了，却有两三个丫鬟伺候，此时并无呼唤之事，因说道：“你们且去梳洗，等我叫时再来。”众人听了，也都退出。

这里宝玉昏昏默默，只见蒋玉菡走了进来，诉

[1] 栉（zhì）沐：梳洗。

说忠顺府拿他之事；又见金钏儿进来哭说为他投井之情。宝玉半梦半醒，都不在意。忽又觉有人推他，恍恍忽忽听得有人悲泣之声。宝玉从梦中惊醒，睁眼一看，不是别人，却是林黛玉。

宝玉犹恐是梦，忙又将身子欠起来，向脸上细细一认，只见两个眼睛肿的桃儿一般，满面泪光，不是黛玉，却是那个？宝玉还欲看时，怎奈下半截疼痛难忍，支持不住，便“嗳哟”一声，仍就倒下，叹了一声，说道：“你又做什么跑来！虽说太阳落下去，那地上的馀热未散，走两趟又要受了暑。我虽然捱了打，并不觉疼痛。我这个样儿，只装出来哄他们，好在外头布散与老爷听，其实是假的。你不可认真。”此时林黛玉虽不是嚎啕大哭，然越是这等无声之泣，气噎喉堵，更觉得利害。听了宝玉这番话，心中虽然有万句言词，只是不能说得，半日，方抽抽噎噎的说道：“你从此可都改了罢！”宝玉听说，便长叹一声，道：“你放心，别说这样话。就便为这些人死了，也是情愿的！”

黛玉的表现又与宝钗不同。虽然她也说：“你从此可都改了罢！”但她也知道，宝玉不可能从此走上家长为他安排的博取功名富贵的“正道”。无声之泣，此时无声胜有声。宝玉挨打以后，与父亲的感情更加疏远，更加确认黛玉是知己。

一句话未了，只见院外人说：“二奶奶来了。”林黛玉便知是凤姐来了，连忙立起身说道：“我从后院子去罢，回头再来。”宝玉一把拉住道：“这可奇了，好好的怎么怕起他来。”林黛玉急的跺脚，悄悄的说道：“你瞧瞧我的眼睛，又该他取笑开心呢。”宝玉听说赶忙的放手。黛玉三步两步转过床后，出后院而去。凤姐从前头已进来了，问宝玉：“可好些了？想什么吃，叫人往我那里取去。”接着，薛姨妈又来了。一时贾母又打发了人来。

至掌灯时分，宝玉只喝了两口汤，便昏昏沉沉的睡去。接着，周瑞媳妇、吴新登媳妇、郑好时媳妇，这几个有年纪常往来的，听见宝玉捱了打，也都进来。袭人忙迎出来，悄悄的笑道："婶婶们来迟了一步，二爷才睡着了。"说着，一面带他们到那边房里坐了，倒茶与他们吃。那几个媳妇子都悄悄的坐了一回，向袭人说："等二爷醒了，你替我们说罢。"

袭人答应了，送他们出去。刚要回来，只见王夫人使个婆子来，口称"太太叫一个跟二爷的人呢"。袭人见说，想了一想，便回身悄悄告诉晴雯、麝月、檀云、秋纹等说："太太叫人，你们好生在房里，我去了就来。"说毕，同那婆子一径出了园子，来至上房。

王夫人正坐在凉榻上摇着芭蕉扇子，见他来了，说："不管叫个谁来也罢了。你又丢下他来了，谁服侍他呢?"袭人见说，连忙陪笑回道："二爷才睡安稳了，那四五个丫头如今也好了，会服侍二爷了，太太请放心。恐怕太太有什么话吩咐，打发他们来，一时听不明白，倒耽误了。"王夫人道："也没甚话，白问问他这会子疼的怎么样。"袭人道："宝姑娘送去的药，我给二爷敷上了，比先好些了。先疼的躺不稳，这会子都睡沉了，可见好些了。"

王夫人又问："吃了什么没有?"袭人道："老太太给的一碗汤，喝了两口，只嚷干渴，要吃酸梅汤。我想着酸梅是个收敛的东西，才刚捱了打，又不许叫喊，自然急的那热毒热血未免不存在心里，倘或吃下这个去激在心里，再弄出大病来，可怎么样呢。因此我劝了半天才没吃，只拿那糖腌的玫瑰卤子和了吃，吃了半碗，又嫌吃絮了，不香甜。"王夫人道："嗳哟，你该早来和我说。前儿有人送了两瓶子香露来，原要给他点子的，我怕他胡糟踏了，就没给。既是他嫌那些玫瑰膏子絮烦，把这个拿两瓶子去。一碗水里只用挑一茶匙儿，就香的了不得呢。”说着就唤彩云来，“把前儿的那几瓶香露拿了来。”袭人道：“只拿两瓶来罢，多了也白糟踏。等不够再要，再来取也是一样。”

彩云听说，去了半日，果然拿了两瓶来，付与袭人。袭人看时，只见两个玻璃小瓶，却有三寸大小，上面螺丝银盖，鹅黄笺上写着“木樨清露”，那一个写着“玫瑰清露”。袭人笑道：“好金贵东西！这么个小瓶儿，能有多少？”王夫人道：“那是进上的，你没看见鹅黄笺子？你好生替他收着，别糟踏了。”

袭人答应着，方要走时，王夫人又叫：“站着，我想起一句话来问你。”袭人忙又回来。王夫人见房内无人，便问道：“我恍惚听见宝玉今儿捱打，是环儿在老爷跟前说了什么话。你可听见这个了？你要听见，告诉我听听，我也不吵出来教人知道是你说的。”袭人道：“我倒没听见这话，只听说为二爷霸占着戏子，人家来和老爷要，为这个打的。”王夫人摇头说道：“也为这个，还有别的原故。”袭人道：“别的原故实在不知道了。我今儿在太太跟前大胆说句不知好歹的话。论理……”说了半截忙又咽住。王夫人道：“你只管说。”袭人笑道：“太太别生气，我就说了。”王夫人道：“我有什么生气的，你只管说来。”

袭人精明，投鼠忌器，不说宝玉挨打与金钏之死有关，因为那是王夫人的心病。

袭人道：“论理，我们二爷也须得老爷教训两顿。若老爷再不管，将来不知做出什么事来呢。”王夫人一闻此言，便合掌念声“阿弥陀佛”，由不得赶着袭人叫了一声“我的儿，亏了你也明白，这话和我的心一样。我何曾不知道管儿子，先时你珠大爷在，我是怎么样管他，难道我如今倒不知管儿子了？只是有个原故：如今我想，我已经快五十岁的人，通共剩了他一个，他又长的单弱，况且老太太宝贝似的，若管紧了他，倘或再有个好歹，或是老太太气坏了，那时上下不安，岂不倒坏了，所以就纵坏了他。我常常掰着口儿劝一阵，说一阵，气的骂一阵，哭一阵，彼时他好，过后儿还是不相干，端的吃了亏才罢了。若打坏了，将来我靠谁呢！”说着，由不得滚下泪来。

袭人见王夫人这般悲感，自己也不觉伤了心，陪着落泪。又道：“二爷是太太养的，岂不心疼。便是我们做下人的服侍一场，大家落个平安，也算是造化了。要这样起来，连平安都不能了。那一日那一时我不劝二爷，只是再劝不醒。偏生那些人又肯亲近他，也怨不得他这样，总是我们劝的倒不好了。今儿太太提起这话来，我还记挂着一件事，每要来回太太，讨太太个主意。只是我怕太太疑心，不但我的话白说了，且连葬身之地都没了。”王夫人听了这话内有因，忙问道：“我的儿，你有话只管说。近来我因听见众人背前背后都夸你，我只说你不过是在宝玉身上留心，或是诸人跟前和气，这些小意思好，所以将你和老姨娘一体行事。谁知你方才和我说的话全是大道理，正和我的想头一样。你有什么只管说什么，只别教别人知道就是了。”

袭人道：“我也没什么别的说。我只想着讨太太一个示下，怎么变个法儿，以后竟还教二爷搬出园外来住就好了。”王夫人听了，吃一大惊，忙拉了袭人的手问道：“宝玉难道和谁作怪了不成？”袭人连忙回道：“太太别多心，并没有这话。这不过是我的小见识。如今二爷也大了，里头姑娘们也大了，况且林姑娘宝姑娘又是两姨姑表姊妹，虽说是姊妹们，到底是男女之分，日夜一处起坐不方便，由不得叫人悬心，便是外人看着也不像。一家子的事，俗语说的'没事常思有事'，世上多少无头脑的事，多半因为无心中做出，有心人看见，当作有心事，反说坏了。只是预先不防着，断然不好。二爷素日性格，太太是知道的。他又偏好在我们队里闹，倘或不防，前后错了一点半点，不论真假，人多口杂，那起小人的嘴有什么避讳，心顺了，说的比菩萨还好，心不顺，就贬的连畜牲不如。二爷将来倘或有人说好，不过大家直过没事；若要叫人说出一个不好字来，我们不用说，粉身碎骨，罪有万重，都是平常小事，但后来二爷一生的声名品行岂不完了，二则太太也难见老爷。俗语又说'君子防不然'，不如这会子防避的为是。太太事情多，一时固然想不到。我们想不到则可，既想到了，若不回明太太，罪越重了。近来我为这事日夜悬心，又不好说与人，惟有灯知道罢了。"

王夫人听了这话，如雷轰电掣的一般，正触了金钏儿之事，心内越发感爱袭人不尽，忙笑道："我的儿，你竟有这个心胸，想的这样周全！我何曾又不想到这里，只是这几次有事就忘了。你今儿这一番话提醒了我。难为你成全我娘儿两个声名体面，真真我竟不知道你这样好。罢了，你且去罢，我自有道理。只是还有一句话：你今既说了这样的话，我就把他交给你了，好歹留心，保全了他，就是保全了我。我自然不辜负你。"

王夫人与袭人的一番对话，是主仆之间难得的一次思想和感情的交流。袭人越位，向王夫人提醒这一点，将王夫人感动得不知如何是好。王夫人从此对袭人刮目相看。这次谈话为后来的抄检大观园乃至于晴雯之死种下祸根。

袭人连连答应着去了。回来正值宝玉睡醒，袭人回明香露之事。宝玉喜不自禁，即令调来尝试，果然香妙非常。因心下记挂着黛玉，满心里要打发人去，只是怕袭人，便设一法，先使袭人往宝钗那里去借书。

宝玉挨打以后，将袭人与晴雯区别开来，他支走袭人，只是为了让晴雯去给黛玉送信物。

袭人去了，宝玉便命晴雯来吩咐道："你到林姑娘那里看看他做什么呢。他要问我，只说我好了。"晴雯道："白眉赤眼[1]，做什么去呢？到底说句话儿，也像一件事。"宝玉道："没有什么可说的。"晴雯道："若不然，或是送件东西，或是取件东西，不然我去了怎么搭讪呢？"宝玉想了一想，便伸手拿了两条手帕子撂与晴雯，笑道："也罢，就说我叫你送这个给他去了。"晴雯道："这又奇了。他要这半新不旧的两条手帕子？他又要恼了，说你打趣他。"宝玉笑道："你放心，他自然知道。"

晴雯听了，只得拿了帕子往潇湘馆来。只见春纤正在栏杆上晾手帕子，见他进来，忙摆手儿，说："睡下了。"晴雯走进来，满屋魆黑。并未点灯。黛玉已睡在床上。问是谁。晴雯忙答道："晴雯。"黛玉道："做什么？"晴雯道："二爷送手帕子来给姑娘。"黛玉听了，心中发闷："做什么送手帕子来给我？"因问："这帕子是谁送他的？必是上好的，叫他留着送别人罢，我这会子不用这个。"晴雯笑道："不是新的，就是家常旧的。"林黛玉听见，越发闷住，着实细心搜求，思忖一时，方大悟过来，连忙说："放下，去罢。"晴雯听了，只得放下，抽身回去，一路盘算，不解何意。

这里林黛玉体贴出手帕子的意思来，不觉神魂驰荡：宝玉这番苦心，能领会我这番苦意，又令我可喜；我这番苦意，不知将来如何，又令我可悲；忽然好好的送两块旧帕子来，若不是领我深意，单看了这帕子，又令我可笑；再想令人私相传递与

---

[1] 白眉赤眼：平白无故。

我，又可惧；我自己每每好哭，想来也无味，又令我可愧。如此左思右想，一时五内沸然炙起。黛玉由不得馀意绵缠，令掌灯，也想不起嫌疑避讳等事，便向案上研墨蘸笔，便向那两块旧帕上走笔写道：

心有灵犀一点通。

眼空蓄泪泪空垂，暗洒闲抛却为谁？
尺幅鲛绡劳解赠，叫人焉得不伤悲！

其二

抛珠滚玉只偷潸，镇日无心镇日闲；
枕上袖边难拂拭，任他点点与斑斑。

其三

彩线难收面上珠，湘江旧迹[1]已模糊；
窗前亦有千竿竹，不识香痕渍也无？

林黛玉还要往下写时，觉得浑身火热，面上作烧，走至镜台揭起锦袱一照，只见腮上通红，自羡压倒桃花，却不知病由此萌。一时方上床睡去，犹拿着那帕子思索，不在话下。

却说袭人来见宝钗，谁知宝钗不在园内，往他母亲那里去了，袭人便空手回来。等至二更，宝钗方回来。原来宝钗素知薛蟠情性，心中已有一半疑是薛蟠调唆了人来告宝玉的，谁知又听袭人说出来，越发信了。究竟袭人是听焙茗说的，那焙茗也是私心窥度，并未据实，竟认准是他说的。那薛蟠

[1] 湘江旧迹：指泪痕。暗用湘妃哭帝舜，泪染斑竹的典故。

都因素日有这个名声，其实这一次却不是他干的，被人生生的一口咬死是他，有口难分。

这日正从外头吃了酒回来，见过母亲，只见宝钗在这里，说了几句闲话，因问："听见宝兄弟吃了亏，是为什么?"薛姨妈正为这个不自在，见他问时，便咬着牙道："不知好歹的东西，都是你闹的，你还有脸来问!"薛蟠见说，便怔了，忙问道："我何尝闹什么?"薛姨妈道："你还装憨呢！人人都知道是你说的，还赖呢。"薛蟠道："人人说我杀了人，也就信了罢?"薛姨妈道："连你妹妹都知道是你说的，难道他也赖你不成?"宝钗忙劝道："妈和哥哥且别叫喊，消消停停的，就有个青红皂白了。"因向薛蟠道："是你说的也罢，不是你说的也罢，事情也过去了，不必较证，倒把小事儿弄大了。我只劝你从此以后在外头少去胡闹，少管别人的事。天天一处大家胡逛，你是个不防头的人，过后儿没事就罢了，倘或有事，不是你干的，人人都也疑惑是你干的，不用说别人，我就先疑惑。"

薛蟠本是个心直口快的人，一生见不得这样藏头露尾的事，又见宝钗劝他不要逛去，他母亲又说他犯舌，宝玉之打是他治的，早已急的乱跳，赌身发誓的分辩。又骂众人："谁这样赃派我？我把那囚攮的牙敲了才罢！分明是为打了宝玉，没的献勤儿，拿我来作幌子。难道宝玉是天王？他父亲打他一顿，一家子定要闹几天。那一回为他不好，姨爹打了他两下子，过后老太太不知怎么知道了，说是珍大哥哥治的，好好的叫了去骂了一顿。今儿越发拉上我了！既拉上，我也不怕，越性进去把宝玉打死了，我替他偿了命，大家干净。"一面嚷，一面抓起一根门闩来就跑。慌的薛姨妈一把抓住，骂道："作死的孽障，你打谁去？你先打我来！"

薛蟠急的眼似铜铃一般，嚷道："何苦来！又不叫我去，又好好的赖我。将来宝玉活一日，我担一日的口舌，不如大家死了清净。"宝钗忙也上前劝道："你忍耐些儿罢。妈急的这个样儿，你不说来劝妈，你还反闹的这样。别说是妈，便是旁人来劝你，也为你好，倒把你的性子劝上来了。"薛蟠道："这会子又说这话。都是你说的！"宝钗道："你只怨我说，再不怨你顾前不顾后的形景。"薛蟠道："你只会怨我顾前不顾后，你怎么不怨宝玉外头招风惹草的那个样子！别说多的，只拿前儿琪官的事比给你们听：那琪官，我们见过十来次的，我并未和他说一句亲热话；怎么前儿他见了，连姓名还不知道，就把汗巾子给他了？难道这也是我说的不成？"薛姨妈和宝钗急的说道："还提这个！可不是为这个打他呢。可见是你说的了。"薛蟠道："真真的气死人了！赖我说的我不恼，我只为一个宝玉闹的这样天翻地覆的。"宝钗道："谁闹了？你先持刀动杖的闹起来，倒说别人闹。"

薛蟠见宝钗说的话句句有理，难以驳正，比母亲的话反难回答，因此便要设法拿话堵回他去，就无人敢拦自己的话了；也因正在气头上，未曾想话之轻重，便说道："好妹妹，你不用和我闹，我早知道你的心了。从先妈和我说，你这金要拣有玉的才可正配，你留了心。见宝玉有那劳什骨子，你自然如今行动护着他。"话未说了，把个宝钗气怔了，拉着薛姨妈哭道："妈妈你听，哥哥说的是什么话！"薛蟠见妹妹哭了，便知自己冒撞了，便赌气走到自己房里安歇不提。

宝玉挨打，又引起宝钗与薛蟠的争执。这是主震以后的余震之一。从薛蟠的角度写宝玉的怜香惜玉，授人以柄。又点出薛蟠眼中宝钗与宝玉的金玉良姻。

这里薛姨妈气的乱战，一面又劝宝钗道："你素日知那孽障说话没道理，明儿我叫他给你陪不是。”宝钗满心委屈气忿，待要怎样，又怕他母亲不安，少不得含泪别了母亲，各自回来，到房里整哭了一夜。

次日早起来，也无心梳洗，胡乱整理整理，便出来瞧母亲。可巧遇见林黛玉独立在花阴之下，问他那里去。薛宝钗因说“家去”，口里说着，便只管走。黛玉见他无精打采的去了，又见眼上有哭泣之状，大非往日可比，便在后面笑道：“姐姐也自保重些儿。就是哭出两缸眼泪来，也医不好棒疮！”不知宝钗如何答对，且听下回分解。

第三十五回

白玉钏亲尝莲叶羹　黄金莺巧结梅花络

话说宝钗分明听见林黛玉刻薄他，因记挂着母亲哥哥，并不回头，一径去了。这里林黛玉还自立于花阴之下，远远的却向怡红院内望着，只见李宫裁、迎春、探春、惜春并各项人等都向怡红院内去过之后，一起一起的散尽了，只不见凤姐儿来，心里自己盘算道："如何他不来瞧宝玉？便是有事缠住了，他必定也是要来打个花胡哨[1]，讨老太太和太太的好儿才是。今儿这早晚不来，必有原故。"一面猜疑，一面抬头再看时，只见花花簇簇一群人又向怡红院内来了。定睛看时，只见贾母搭着凤姐儿的手，后头邢夫人王夫人跟着周姨娘并丫鬟媳妇等人都进院去了。

黛玉并非不懂世故，只是不按世故去做罢了。

黛玉看了不觉点头，想起有父母的人的好处来，早又泪珠满面。少顷，只见宝钗薛姨妈等也进去了。忽见紫鹃从背后走来，说道："姑娘吃药去罢，开水又冷了。"黛玉道："你到底要怎么样？只是催，我吃不吃，管你什么相干！"紫鹃笑道："咳嗽的才好了些，又不吃药了。如今虽然是五月里，天气热，到底也该还小心些。大清早起，在这个潮地方站了半日，也该回去歇息歇息了。"一句话提

紫鹃对黛玉的关心照顾和理解，无微不至，是潇湘馆的袭人。但袭人想把宝玉引上正道，紫鹃可没有类似的想法。黛玉目无下尘，不需要什么引路人。

[1] 打个花胡哨：虚情假意地敷衍一下。

醒了黛玉，方觉得有点腿酸，呆了半日，方慢慢的扶着紫鹃，回潇湘馆来。

一进院门，只见满地下竹影参差，苔痕浓淡，不觉又想起《西厢记》中所云“幽僻处可有人行，点苍苔白露泠泠”二句来，因暗暗的叹道：“双文，双文[1]，诚为命薄人矣。然你虽命薄，尚有孀母弱弟；今日林黛玉之命薄，一并连孀母弱弟俱无。古人云‘佳人命薄’，然我又非佳人，何命薄胜于双文哉！”

湘云是“襁褓中，父母叹双亡”，命苦更甚于黛玉，但湘云就没有这样颓伤。

一面想，一面只管走，不防廊上的鹦哥见林黛玉来了，嘎的一声扑了下来，倒吓了一跳，因说道：“作死的，又扇了我一头灰。”那鹦哥仍飞上架去，便叫：“雪雁，快掀帘子，姑娘来了。”黛玉便止住步，以手扣架道：“添了食水不曾？”那鹦哥便长叹一声，竟大似林黛玉素日吁嗟音韵，接着念道：“侬今葬花人笑痴，他年葬侬知是谁？试看春尽花渐落，便是红颜老死时。一朝春尽红颜老，花落人亡两不知！”黛玉紫鹃听了都笑起来。紫鹃笑道：“这都是素日姑娘念的，难为他怎么记了。”黛玉便令将架摘下来，另挂在月洞窗外的钩上，于是进了屋子，在月洞窗内坐了。吃毕药，只见窗外竹影映入纱来，满屋内阴阴翠润，几簟生凉。黛玉无可释闷，便隔着纱窗调逗鹦哥作戏，又将素日所喜的诗词也教与他念。这且不在话下。

且说薛宝钗来至家中，只见母亲正自梳头呢。一见他来了，便说道：“你大清早起跑来作什么？”宝钗道：“我瞧瞧妈身上好不好。昨儿我去了，不

[1] 双文：叠字作名。指《西厢记》里的崔莺莺。

知他可又过来闹了没有?”一面说，一面在他母亲身旁坐了，由不得哭将起来。薛姨妈见他一哭，自己撑不住，也就哭了一场，一面又劝他：“我的儿，你别委曲了，你等我处分他。你要有个好歹，我指望那一个来!”

薛蟠在外边听见，连忙跑了过来，对着宝钗，左一个揖，右一个揖，只说：“好妹妹，恕我这一次罢!原是我昨儿吃了酒，回来的晚了，路上撞客着了，来家未醒，不知胡说了什么，连自己也不知道，怨不得你生气。”宝钗原是掩面哭的，听如此说，由不得又好笑了，遂抬头向地下啐了一口，说道：“你不用做这些像生儿[1]。我知道你的心里多嫌我们娘儿两个，是要变着法儿叫我们离了你，你就心净了。”

薛蟠听说，连忙笑道：“妹妹这话从那里说起来的，这样我连立足之地都没了。妹妹从来不是这样多心说歪话的人。”薛姨妈忙又接着道：“你只会听见你妹妹的歪话，难道昨儿晚上你说的那话就应该的不成?当真是你发昏了!”薛蟠道：“妈也不必生气，妹妹也不用烦恼，从今以后我再不同他们一处吃酒闲逛如何?”宝钗笑道：“这不明白过来了!”薛姨妈道：“你要有这个横劲，那龙也下蛋了。”薛蟠道：“我若再和他们一处逛，妹妹听见了只管啐我，再叫我畜生，不是人，如何?何苦来，为我一个人，娘儿两个天天操心!妈为我生气还有可恕，若只管叫妹妹为我操心，我更不是人了。如今父亲没了，我不能多孝顺妈多疼妹妹，反教娘生气妹妹烦恼，真连个畜生也不如了。”口里说，眼睛里禁

薛蟠虽是纨绔子弟，终日不务正业，但自知之明还是有的，对妹妹还是有感情的。对妹妹好，也是为了妈高兴。

[1] 像生儿：本指对某种声音、状态的模仿。此指装模作样，引人发笑。

不起也滚下泪来。

薛姨妈本不哭了，听他一说又勾起伤心来。宝钗勉强笑道："你闹够了，这会子又招着妈哭起来了。"薛蟠听说，忙收了泪，笑道："我何曾招妈哭来！罢，罢，罢，丢下这个别提了。叫香菱来倒茶妹妹吃。"宝钗道："我也不吃茶，等妈洗了手，我们就过去了。"薛蟠道："妹妹的项圈我瞧瞧，只怕该炸一炸[1]去了。"宝钗道："黄澄澄的又炸他作什么？"薛蟠又道："妹妹如今也该添补些衣裳了。要什么颜色花样，告诉我。"宝钗道："连那些衣服我还没穿遍了，又做什么？"一时薛姨妈换了衣裳，拉着宝钗进去，薛蟠方出去了。

想弥补一下。

这里薛姨妈和宝钗进园来瞧宝玉，到了怡红院中，只见抱厦里外回廊上许多丫鬟老婆站着，便知贾母等都在这里。母女两个进来，大家见过了，只见宝玉躺在榻上。薛姨妈问他可好些。宝玉忙欲欠身，口里答应着"好些"，又说："只管惊动姨娘、姐姐，我禁不起。"薛姨妈忙扶他睡下，又问他："想什么，只管告诉我。"宝玉笑道："我想起来，自然和姨娘要去的。"

王夫人又问："你想什么吃？回来好给你送来的。"宝玉笑道："也倒不想什么吃，倒是那一回做的那小荷叶儿小莲蓬儿的汤还好些。"凤姐一旁笑道："听听，口味不算高贵，只是太磨牙了。巴巴的想这个吃了。"贾母便一叠声的叫人做去。凤姐儿笑道："老祖宗别急，等我想一想这模子谁收着呢。"因回头吩咐个婆子去问管厨房的要去。那婆子去了半天，来回说："管厨房的说，四副汤模子

[1] 炸一炸：将旧金银器物淬火加工，使其重现光泽。

都交上来了。”凤姐儿听说，想了一想，道：“我记得交给谁了，多半在茶房里。”一面又遣人去问管茶房的，也不曾收。次后还是管金银器皿的送了来。

薛姨妈先接过来瞧时，原来是个小匣子，里面装着四副银模子，都有一尺多长，一寸见方，上面凿着有豆子大小，也有菊花的，也有梅花的，也有莲蓬的，也有菱角的，共有三四十样，打的十分精巧。因笑向贾母王夫人道：“你们府上也都想绝了，吃碗汤还有这些样子。若不说出来，我见这个也不认得这是作什么用的。”凤姐儿也不等人说话，便笑道：“姑妈那里晓得，这是旧年备膳，他们想的法儿。不知弄些什么面印出来，借点新荷叶的清香，全仗着好汤，究竟没意思，谁家常吃他了。那一回呈样的作了一回，他今日怎么想起来了。”说着接了过来，递与个妇人，吩咐厨房里立刻拿几只鸡，另外添了东西，做出十来碗来。

王夫人道：“要这些做什么?”凤姐儿笑道：“有个原故：这一宗东西家常不大作，今儿宝兄弟提起来了，单做给他吃，老太太、姑妈、太太都不吃，似乎不大好。不如借势儿弄些大家吃，托赖连我也上个俊儿[1]。”贾母听了，笑道：“猴儿，把你乖的！拿着官中的钱你做人。”说的大家笑了。凤姐也忙笑道：“这不相干。这个小东道我还孝敬的起。”便回头吩咐妇人，“说给厨房里，只管好生添补着做了，在我的帐上来领银子。”妇人答应着去了。

凤姐知道怎么插科打诨，哄得贾母高兴。贾母离不开凤姐。

宝钗一旁笑道：“我来了这么几年，留神看起来，凤丫头凭他怎么巧，再巧不过老太太去。”贾

---

[1] 上个俊儿：沾光。

母听说，便答道："我如今老了，那里还巧什么。当日我像凤哥儿这么大年纪，比他还来得呢。他如今虽说不如我们，也就算好了，比你姨娘强远了。你姨娘可怜见的，不大说话，和木头似的，在公婆跟前就不大显好。凤儿嘴乖，怎么怨得人疼他。"宝玉笑道："若这么说，不大说话的就不疼了？"贾母道："不大说话的又有不大说话的可疼之处，嘴乖的也有一宗可嫌的，倒不如不说话的好。"宝玉笑道："这就是了。我说大嫂子倒不大说话呢，老太太也是和凤姐姐的一样看待。若是单是会说话的可疼，这些姊妹里头也只是凤姐姐和林妹妹可疼了。"贾母道："提起姊妹，不是我当着姨太太的面奉承，千真万真，从我们家四个女孩儿算起，全不如宝丫头。"薛姨妈听说，忙笑道："这话是老太太说偏了。"王夫人忙又笑道："老太太时常背地里和我说宝丫头好，这倒不是假话。"宝玉勾着贾母原为赞林黛玉的，不想反赞起宝钗来，倒也意出望外，便看着宝钗一笑。宝钗早扭过头去和袭人说话去了。

忽有人来请吃饭，贾母方立起身来，命宝玉好生养着，又把丫头们嘱咐了一回，方扶着凤姐儿，让着薛姨妈，大家出房去了。因问汤好了不曾，又问薛姨妈等："想什么吃，只管告诉我，我有本事叫凤丫头弄了来咱们吃。"薛姨妈笑道："老太太也会怄他的。时常他弄了东西孝敬，究竟又吃不了多少。"凤姐儿笑道："姑妈倒别这样说。我们老祖宗只是嫌人肉酸，若不嫌人肉酸，早已把我还吃了呢。"一句话没说了，引的贾母众人都哈哈的笑起来。

宝玉在房里也撑不住笑了。袭人笑道："真真的二奶奶的这张嘴怕死人!”宝玉伸手拉着袭人笑道:“你站了这半日，可乏了?”一面说，一面拉他身旁坐了。袭人笑道:“可是又忘了。趁宝姑娘在院子里，你和他说，烦他莺儿来打上几根络子。”宝玉笑道:“亏你提起来。”说着，便仰头向窗外道:“宝姐姐，吃过饭叫莺儿来，烦他打几根络子，可得闲儿?”宝钗听见，回头道:“怎么不得闲儿，一会叫他来就是了。”贾母等尚未听真，都止步问宝钗。宝钗说明了，大家方明白。贾母又说道:“好孩子，叫他来替你兄弟作几根。你要无人使唤，我那里闲着的丫头多呢，你喜欢谁，只管叫了来使唤。”薛姨妈宝钗等都笑道:“只管叫他来作就是了，有什么使唤的去处。他天天也是闲着淘气。”

大家说着，往前迈步正走，忽见史湘云、平儿、香菱等在山石边掐凤仙花呢，见了他们走来，都迎上来了。少顷至园外，王夫人恐贾母乏了，便欲让至上房内坐。贾母也觉腿酸，便点头依允。王夫人便令丫头忙先去铺设坐位。那时赵姨娘推病，只有周姨娘与众婆娘丫头们忙着打帘子，立靠背，铺褥子。贾母扶着凤姐儿进来，与薛姨妈分宾主坐了。薛宝钗史湘云坐在下面。王夫人亲捧了茶奉与贾母，李宫裁奉与薛姨妈。贾母向王夫人道:“让他们小妯娌服侍，你在那里坐了，好说话儿。”王夫人方向一张小杌子上坐下，便吩咐凤姐儿道:“老太太的饭在这里放，添了东西来。”凤姐儿答应出去，便令人去贾母那边告诉，那边的婆娘忙往外传了，丫头们忙都赶过来。王夫人便令“请姑娘们去”。请了半天，只有探春惜春两个来了;迎春身上不耐烦，不吃饭;林黛玉自不消说，平素十顿饭只好吃五顿，众人也不着意了。

少顷饭至，众人调放了桌子。凤姐儿用手巾裹着一把牙箸站在地下，笑道："老祖宗和姑妈不用让，还听我说就是了。"贾母笑向薛姨妈道："我们就是这样。"薛姨妈笑着应了。于是凤姐放了四双：上面两双是贾母薛姨妈，两边是薛宝钗史湘云的。王夫人李宫裁等都站在地下看着放菜。凤姐先忙着要干净家伙来，替宝玉拣菜。

少顷，荷叶汤来，贾母看过了。王夫人回头见玉钏儿在那边，便令玉钏与宝玉送去。凤姐道："他一个人拿不去。"可巧莺儿和喜儿都来了。宝钗知道他们已吃了饭，便向莺儿道："宝兄弟正叫你去打络子，你们两个一同去罢。"莺儿答应，同着玉钏儿出来。莺儿道："这么远，怪热的，怎么端了去？"玉钏笑道："你放心，我自有道理。"说着，便令一个婆子来，将汤饭等物放在一个捧盒里，令他端了跟着，他两个却空着手走。一直到了怡红院门内，玉钏儿方接了过来，同莺儿进入宝玉房中。

袭人、麝月、秋纹三个人正和宝玉顽笑呢，见他两个来了，都忙起来，笑道："你两个怎么来的这么碰巧，一齐来了。"一面说，一面接了下来。玉钏儿便向一张杌子上坐了，莺儿不敢坐下。袭人便忙端了个脚踏来，莺儿还不敢坐。宝玉见莺儿来了，却倒十分欢喜；忽见了玉钏儿，便想到他姐姐金钏儿身上，又是伤心，又是惭愧，便把莺儿丢下，且和玉钏儿说话。袭人见把莺儿不理，恐莺儿没好意思的，又见莺儿不肯坐，便拉了莺儿出来，到那边房里去吃茶说话儿去了。

这里麝月等预备了碗箸来伺候吃饭。宝玉只是不吃，问玉钏儿道："你母亲身子好？"玉钏儿满脸怒色，正眼也不看宝玉，半日，方说了一个"好"

字。宝玉便觉没趣，半日，只得又陪笑问道："谁叫你给我送来的？"玉钏儿道："不过是奶奶太太们！"宝玉见他还是这样哭丧，便知他是为金钏儿的原故；待要虚心下气磨转他，又见人多，不好下气的，因而变尽方法，将人都支出去，然后又陪笑问长问短。

那玉钏儿先虽不悦，只管见宝玉一些性子没有，凭他怎么丧谤[1]，他还是温存和气，自己倒不好意思的了，脸上方有三分喜色。宝玉便笑求他："好姐姐，你把那汤拿了来我尝尝。"玉钏儿道："我从不会喂人东西，等他们来了再吃。"宝玉笑道："我不是要你喂我。我因为走不动，你递给我吃了，你好赶早儿回去交代了，你好吃饭的。我只管耽误时候，你岂不饿坏了。你要懒待动，我少不了忍了疼下去取来。"说着便要下床来，扎挣起来，禁不住嗳哟之声。玉钏儿见他这般，忍不住起身说道："躺下罢！那世里造了来的业，这会子现世现报。教我那一个眼睛看的上！"一面说，一面哧的一声又笑了，端过汤来。

宝玉笑道："好姐姐，你要生气只管在这里生罢，见了老太太、太太可放和气些，若还这样，你就又捱骂了。"玉钏儿道："吃罢，吃罢！不用和我甜嘴蜜舌的，我可不信这样话！"说着，催宝玉喝了两口汤。宝玉故意说："不好吃，不吃了。"玉钏儿道："阿弥陀佛！这还不好吃，什么好吃。"宝玉道："一点味儿也没有，你不信，尝一尝就知道了。"玉钏儿真就赌气尝了一尝。宝玉笑道："这可好吃了。"玉钏儿听说，方解过意来，原是宝玉哄

[1] 丧谤：恶声恶气，出语伤人。

他吃一口，便说道："你既说不好吃，这会子说好吃也不给你吃了。"宝玉只管央求陪笑要吃，玉钏儿又不给他，一面又叫人打发吃饭。

金钏自尽，宝玉有负罪感。宝玉变着法子讨好玉钏，加以弥补。

丫头方进来时，忽有人来回话："傅二爷家的两个嬷嬷来请安，来见二爷。"宝玉听说，便知是通判傅试家的嬷嬷来了。那傅试原是贾政的门生，历年来都赖贾家的名势得意，贾政也着实看待，故与别个门生不同，他那里常遣人来走动。

宝玉素习最厌愚男蠢女的，今日却如何又令两个婆子进来？其中原来有个原故：只因那宝玉闻得傅试有个妹子，名唤傅秋芳，也是个琼闺秀玉，常闻人传说才貌俱全，虽自未亲睹，然遐思遥爱之心十分诚敬，不命他们进来，恐薄了傅秋芳，因此连忙命让进来。那傅试原是暴发的，因傅秋芳有几分姿色，聪明过人，那傅试安心仗着妹妹要与豪门贵族结姻，不肯轻意许人，所以耽误到如今。目今傅秋芳年已二十三岁，尚未许人。争奈那些豪门贵族又嫌他穷酸，根基浅薄，不肯求配。那傅试与贾家亲密，也自有一段心事。今日遣来的两个婆子偏生是极无知识的，闻得宝玉要见，进来只刚问了好，说了没两句话。

那玉钏儿见生人来，也不和宝玉厮闹了，手里端着汤只顾听话。宝玉又只顾和婆子说话，一面吃饭，一面伸手去要汤。两个人的眼睛都看着人，不想伸猛了手，便将碗碰翻，将汤泼了宝玉手上。玉钏儿倒不曾烫着，唬了一跳，忙笑道："这是怎么说！"慌的丫头们忙上来接碗。宝玉自己烫了手倒不觉的，却只管问玉钏儿："烫了那里了？疼不疼？"玉钏儿和众人都笑了。玉钏儿道："你自己烫了，只管问我。"宝玉听说，方觉自己烫了。众人上来连忙收拾。宝玉也不吃饭了，洗手吃茶，又和那两个婆子说了两句话。然后两个婆子告辞出去，晴雯等送至桥边方回。

那两个婆子见没人了，一行走，一行谈论。这一个笑道："怪道有人说他家宝玉是外像好里头糊涂，中看不中吃的，果然有些呆气。他自己烫了手，倒问人疼不疼，这可不是个呆子?"那一个又笑道："我前一回来，听见他家里许多人抱怨，千真万真的有些呆气。大雨淋的水鸡似的，他反告诉别人'下雨了，快避雨去罢。'你说可笑不可笑?时常没人在跟前，就自哭自笑的；看见燕子，就和燕子说话；河里看见了鱼，就和鱼说话；见了星星月亮，不是长吁短叹，就是咕咕哝哝的。且是连一点刚性也没有，连那些毛丫头的气都受的。爱惜东西，连个线头儿都是好的；糟踏起来，那怕值千值万的都不管了。"两个人一面说，一面走出园来，辞别诸人回去，不在话下。

借两个不相干的老婆子的议论，刻画宝玉另类的性格。《红楼梦》中常常借旁观者的评价来刻画一个人的思想性格。特别是对宝玉、凤姐、黛玉这几个重要的人物，常常采用这种手法。不同的人，从不同的角度出发，站在各自不同的立场上，去评价去褒贬人物，使人物的形象更加饱满。

如今且说袭人见人去了，便携了莺儿过来，问宝玉打什么络子。宝玉笑向莺儿道："才只顾说话，就忘了你。烦你来不为别的，却为替我打几根络子。"莺儿道："装什么的络子?"宝玉见问，便笑道："不管装什么的，你都每样打几个罢。"莺儿拍手笑道："这还了得！要这样，十年也打不完了。"宝玉笑道："好姐姐，你闲着也没事，都替我打了罢。"

袭人笑道："那里一时都打得完，如今先拣要紧的打两个罢。"莺儿道："什么要紧，不过是扇子、香坠儿、汗巾子。"宝玉道："汗巾子就好。"莺儿道："汗巾子是什么颜色的?"宝玉道："大红的。"莺儿道："大红的须是黑络子才好看的，或是石青的才压的住颜色。”宝玉道：“松花色配什么？”莺儿道：“松花配桃红。”宝玉笑道：“这才娇艳。再要雅淡之中带些娇艳。”莺儿道：“葱绿柳黄是我最爱的。”宝玉道：“也罢了，也打一条桃红，再打一条葱绿。”莺儿道：“什么花样呢？”宝玉道：“共有几样花样？”莺儿道：“一炷香、朝天凳、象眼块、方胜、连环、梅花、柳叶[1]。”宝玉道：“前儿你替三姑娘打的那花样是什么？”莺儿道：“那是攒心梅花。”宝玉道：“就是那样好。”

莺儿对编织很内行。强将手下无弱兵。

一面说，一面叫袭人刚拿了线来，窗外婆子说“姑娘们的饭都有了。”宝玉道：“你们吃饭去，快吃了来罢。”袭人笑道：“有客在这里，我们怎好去的！”莺儿一面理线，一面笑道：“这话又打那里说起，正经快吃了来罢。”袭人等听说方去了，只留下两个小丫头听呼唤。

宝玉一面看莺儿打络子，一面说闲话，因问他“十几岁了？”莺儿手里打着，一面答话说：“十六岁了。”宝玉道：“你本姓什么？”莺儿道：“姓黄。”宝玉笑道：“这个名姓倒对了，果然是个黄莺儿。”莺儿笑道：“我的名字本来是两个字，叫作金莺。姑娘嫌拗口，就单叫莺儿，如今就叫开了。”宝玉道：“宝姐姐也算疼你了。明儿宝姐姐出阁，少不得是你跟去了。”莺儿抿嘴一笑。宝玉笑道：“我常常和袭人说，明儿不知那一个有福的消受你们主子奴才两个呢。”

莺儿笑道：“你还不知道，我们姑娘有几样世人都没有的好处呢，模样儿还在次。”宝玉见莺儿

[1] “一炷香”至“柳叶”：各种编织图案。一炷香，直线形。朝天凳，梯形。象眼块，菱形。方胜，一角相叠的两个菱形。连环，两个套连的圆环。梅花，梅花形。柳叶，柳叶形。

娇憨婉转，语笑如痴，早不胜其情了，那更提起宝钗来！便问他道："好处在那里？好姐姐，细细告诉我听。"莺儿笑道："我告诉你，你可不许又告诉他去。"宝玉笑道："这个自然的。"正说着，只听外头说道："怎么这样静悄悄的！"二人回头看时，不是别人，正是宝钗来了。

宝玉忙让坐。宝钗坐了，因问莺儿"打什么呢？"一面问，一面向他手里去瞧，才打了半截。宝钗笑道："这有什么趣儿，倒不如打个络子把玉络上呢。"一句话提醒了宝玉，便拍手笑道："倒是姐姐说得是，我就忘了。只是配个什么颜色才好？"宝钗道："若用杂色断然使不得，大红又犯了色，黄的又不起眼，黑的又过暗。等我想个法儿：把那金线拿来，配着黑珠儿线，一根一根的拈上，打成络子，这才好看。"

莺儿的师父来了。

宝玉听说，喜之不尽，一叠声便叫袭人来取金线。正值袭人端了两碗菜走进来，告诉宝玉道："今儿奇怪，才刚太太打发人给我送了两碗菜来。"宝玉笑道："必定是今儿菜多，送来给你们大家吃的。"袭人道："不是，指名给我送来的，还不叫我过去磕头。这可是奇了。"宝钗笑道："给你的，你就吃了，这有什么可猜疑的。"袭人笑道："从来没有的事，倒叫我不好意思的。"宝钗抿嘴一笑，说道："这就不好意思了？明儿比这个更叫你不好意思的还有呢。"袭人听了话内有因，素知宝钗不是轻嘴薄舌奚落人的，自己方想起上日王夫人的意思来，便不再提，将菜与宝玉看了，说："洗了手来拿线。"说毕，便一直的出去了。吃过饭，洗了手，进来拿金线与莺儿打络子。此时宝钗早被薛蟠遣人来请出去了。

王夫人在履行她对袭人的承诺，决不会亏待袭人，把宝玉交给她了。袭人不但是宝玉的保姆，而且成了宝玉的监护人。

这里宝玉正看着打络子，忽见邢夫人那边遣了两个丫鬟送了两样果子来与他吃，问他“可走得了？若走得动，叫哥儿明儿过来散散心，太太着实记挂着呢。”宝玉忙道：“若走得了，必请太太的安去。疼的比先好些，请太太放心罢。”一面叫他两个坐下，一面又叫秋纹来，把才拿来的那果子拿一半送与林姑娘去。秋纹答应了，刚欲去时，只听黛玉在院内说话，宝玉忙叫“快请”。要知端的，且听下回分解。

第三十六回

绣鸳鸯梦兆绛芸轩　识分定[1]情悟梨香院

话说贾母自王夫人处回来，见宝玉一日好似一日，心中自是欢喜。因怕将来贾政又叫他，遂命人将贾政的亲随小厮头儿唤来，吩咐他“以后倘有会人待客诸样的事，你老爷要叫宝玉，你不用上来传话，就回他说我说了：一则打重了，得着实将养几个月才走得；二则他的星宿不利[2]，祭了星不见外人，过了八月才许出二门。”那小厮头儿听了，领命而去。贾母又命李嬷嬷袭人等来，将此话说与宝玉，使他放心。

那宝玉本就懒与士大夫诸男人接谈，又最厌峨冠礼服贺吊往还等事，今日得了这句话，越发得了意，不但将亲戚朋友一概杜绝了，而且连家庭中晨昏定省亦发都随他的便了，日日只在园中游卧，不过每日一清早到贾母王夫人处走走就回来了，却每每甘心为诸丫鬟充役，竟也得十分闲消日月。或如宝钗辈有时见机导劝，反生起气来，只说“好好的一个清净洁白女儿，也学的钓名沽誉，入了国贼禄鬼之流。这总是前人无故生事，立言竖辞，原为导后世的须眉浊物。不想我生不幸，亦且琼闺绣阁中

贾政训子，受到贾母的干扰，不了了之，宝玉依然故我。

---

[1] 分定：命中注定的缘分。

[2] 星宿（xiù）不利：星相术士用生辰八字按天上星宿的运数，来推算人的福寿吉凶，凡遇到不吉利的事，即认为是相应的星宿不吉利，需要祭星消灾。

亦染此风，真真有负天地钟灵毓秀[1]之德!”因此祸延古人，除四书外，竟将别的书焚了。众人见他如此疯颠，也都不向他说这些正经话了。独有林黛玉自幼不曾劝他去立身扬名等语，所以深敬黛玉。

唯有黛玉是知己。与宝钗、袭人等拉开距离。

闲言少述。如今且说王凤姐自见金钏死后，忽见几家仆人常来孝敬他些东西，又不时的来请安奉承，自己倒生了疑惑，不知何意。这日又见人来孝敬他东西，因晚间无人时笑问平儿道：“这几家人不大管我的事，为什么忽然这么和我贴近?”平儿冷笑道：“奶奶连这个都想不起来了？我猜他们的女儿都必是太太房里的丫头，如今太太房里有四个大的，一个月一两银子的分例，下剩的都是一个月几百钱。如今金钏儿死了，必定他们要弄这一两银子的巧宗儿呢。”凤姐听了，笑道：“是了，是了，倒是你提醒了。我看这些人也太不知足，钱也赚够了，苦事情又侵不着，弄个丫头搪塞着身子也就罢了，又还想这个。也罢了，他们几家的钱容易也不能花到我跟前，这是他们自寻的，送什么来，我就收什么，横竖我有主意。”凤姐儿安下这个心，所以自管迁延着，等那些人把东西送足了，然后乘空方回王夫人。

金钏死了，众人抢着要去填这个窝，写出大观园里人情冷漠的一面。

这日午间，薛姨妈母女两个与林黛玉等正在王夫人房里大家吃西瓜呢，凤姐儿得便回王夫人道：“自从玉钏儿的姐姐死了，太太跟前少着一个人。太太或看准了那个丫头好，就吩咐，下月好发放月钱的。”王夫人听了，想了一想，道：“依我说，什

[1] 钟灵毓（yù）秀：旧时认为杰出的人才乃是天地间的灵气聚集培养出来的。钟，聚集。毓，养育。

么是例，必定四个五个的，够使就罢了，竟可以免了罢。”凤姐笑道：“论理，太太说的也是。这原是旧例，别人屋里还有两个呢，太太倒不按例了。况且省下一两银子也有限。”王夫人听了，又想一想，道：“也罢，这个分例只管关了来，不用补人，就把这一两银子给他妹妹玉钏儿罢。他姐姐服侍了我一场，没个好结果，剩下他妹妹跟着我，吃个双分子也不为过逾了。”凤姐答应着，回头找玉钏儿，笑道：“大喜，大喜。”玉钏儿过来磕了头。

王夫人问道：“正要问你，如今赵姨娘周姨娘的月例多少？”凤姐道：“那是定例，每人二两。赵姨娘有环兄弟的二两，共是四两，另外四串钱。”王夫人道：“可都按数给他们？”凤姐见问的奇怪，忙道：“怎么不按数给！”王夫人道：“前儿我恍惚听见有人抱怨，说短了一吊钱，是什么原故？”凤姐忙笑道：“姨娘们的丫头，月例原是人各一吊。从旧年他们外头商议的，姨娘们每位的丫头分例减半，人各五百钱，每位两个丫头，所以短了一吊钱。这也抱怨不着我，我倒乐得给他们呢，他们外头又扣着，难道我添上不成。这个事我不过是接手儿，怎么来，怎么去，由不得我作主。我倒说了两三回，仍旧添上这两分的。他们说只有这个项数，叫我也难再说了。如今我手里每月连日子都不错给他们呢。先时在外头关，那个月不打饥荒，何曾顺顺溜溜的得过一遭儿。”

王夫人听说，也就罢了，半日又问：“老太太屋里几个一两的？”凤姐道：“八个。如今只有七个，那一个是袭人。”王夫人道：“这就是了。你宝兄弟也并没有一两的丫头，袭人还算是老太太房里的人。”凤姐笑道：“袭人原是老太太的人，不过给了宝兄弟使。他这一两银子还在老太太的丫头分例上领。如今说因为袭人是宝玉的人，裁了这一两银子，断然使不得。若说再添一个人给老太太，这个还可以裁他的。若不裁他的，须得环兄弟屋里也添上一个才公道均匀了。就是晴雯麝月等七个大丫头，每月人各月钱一吊，佳蕙等八个小丫头，每月人各月钱五百，还是老太太的话，别人如何恼得气得呢。”薛姨娘笑道：“只听凤丫头的嘴，倒像倒了核桃车子的，只听他的帐也清楚，理也公道。”凤姐笑道：“姑妈，难道我说错了不成?”薛姨妈笑道：“说的何尝错，只是你慢些说岂不省力。”凤姐才要笑，忙又忍住了，听王夫人示下。

王夫人想了半日，向凤姐儿道：“明儿挑一个好丫头送去老太太使，补袭人，把袭人的一分裁了。把我每月的月例二十两银子里，拿出二两银子一吊钱来给袭人。以后凡事有赵姨娘周姨娘的，也有袭人的，只是袭人的这一分都从我的分例上匀出来，不必动官中的就是了。”凤姐一一的答应了，笑推薛姨妈道：“姑妈听见了，我素日说的话如何?今儿果然应了我的话。”薛姨妈道：“早就该如此。模样儿自然不用说的，他的那一种行事大方，说话见人和气里头带着刚硬要强，这个实在难得。”王夫人含泪说道：“你们那里知道袭人那孩子的好处?比我的宝玉强十倍！宝玉果然是有造化的，能够得他长长远远的服侍他一辈子，也就罢了。”凤姐道：“既这么样，就开了脸，明放他在屋里岂不好？王夫人道：“那就不好了，一则都年轻，二则老爷也不许，三则那宝玉见袭人是个丫头，纵有放纵的事，倒能听他的劝，如今作了跟前人[1]，那袭人该劝的也不敢十分劝了。如今且浑着，等再过二三年再说。”

说毕半日，凤姐见无话，便转身出来。刚至廊檐上，只见有几个执事的媳妇子正等他回事呢，见他出来，都笑道：“奶奶今儿回什么事，这半天？可是要热着了。”凤姐把袖子挽了几挽，跐着那角门的门槛子，笑道：“这里过门风倒凉快，吹一吹再走。”又告诉众人道：“你们说我回了这半日的话，太太把二百年头里的事都想起来问我，难道我不说罢。”又冷笑道：“我从今以后倒要干几样尅毒事了。抱怨给太太听，我也不怕。糊涂油蒙了心，烂了舌头，不得好死的下作东西，别作娘的春梦！明儿一裹脑子扣的日子还有呢。如今裁了丫头的钱，就抱怨了咱们。也不想一想是奴几[2]，也配使两三个丫头！”一面骂，一面方走了，自去挑人回贾母话去，不在话下。

王夫人与袭人深谈以后，自掏腰包为袭人涨工资。此时的袭人，无姨娘之名，却已有姨娘之实。不是姨娘，胜似姨娘。

凤姐刻薄下人，有风吹到王夫人耳朵里。

却说王夫人等这里吃毕西瓜，又说了一回闲话，各自方散去。宝钗与黛玉等回至园中，宝钗因约黛玉往藕香榭去，黛玉回说立刻要洗澡，便各自散了。

宝钗独自行来，顺路进了怡红院，意欲寻宝玉谈讲以解午倦。不想一入院来，鸦雀无闻，一并连两只仙鹤在芭蕉下都睡着了。宝钗便顺着游廊来至房中，只见外间床上横三竖四，都是丫头们睡觉。转过十锦槅子，来至宝玉的房内。宝玉在床上睡着

[1] 跟前人：指通房丫头。
[2] 奴几：奴才辈。几，排行、辈分。

了，袭人坐在身旁，手里做针线，旁边放着一柄白犀麈[1]。宝钗走近前来，悄悄的笑道："你也过于小心了，这个屋里那里还有苍蝇蚊子，还拿蝇帚子赶什么？"袭人不防，猛抬头见是宝钗，忙放下针线，起身悄悄笑道："姑娘来了，我倒也不防，唬了一跳。姑娘不知道，虽然没有苍蝇蚊子，谁知有一种小虫子，从这纱眼里钻进来，人也看不见，只睡着了，咬一口，就像蚂蚁夹的。"宝钗道："怨不得。这屋子后头又近水，又都是香花儿，这屋子里头又香。这种虫子都是花心里长的，闻香就扑。"

说着，一面又瞧他手里的针线，原来是个白绫红里的兜肚，上面扎着鸳鸯戏莲的花样，红莲绿叶，五色鸳鸯。宝钗道："嗳哟，好鲜亮活计！这是谁的，也值的费这么大工夫？"袭人向床上努嘴儿。宝钗笑道："这么大了，还戴这个？"袭人笑道："他原是不戴，所以特特的做的好了，叫他看见由不得不戴。如今天气热，睡觉都不留神，哄他戴上了，便是夜里纵盖不严些儿，也就不怕了。你说这一个就用了工夫，还没看见他身上现戴的那一个呢。"宝钗笑道："也亏你奈烦。"袭人道："今儿做的工夫大了，脖子低的怪酸的。"又笑道："好姑娘，你略坐一坐，我出去走走就来。"说着便走了。宝钗只顾看着活计，便不留心，一蹲身，刚刚的也坐在袭人方才坐的所在，因又见那活计实在可爱，不由的拿起针来，替他代刺。

不想林黛玉因遇见史湘云约他来与袭人道喜，二人来至院中，见静悄悄的，湘云便转身先到厢房里去找袭人。林黛玉却来至窗外，隔着纱窗往里一

[1] 白犀麈：一种拂尘，用犀牛角做柄上饰物。用以掸去灰尘及驱赶蚊蝇。

看，只见宝玉穿着银红纱衫子，随便睡着在床上，宝钗坐在身旁做针线，旁边放着蝇帚子。

关键的镜头，常常被黛玉赶上。宝玉静卧，宝钗在旁做针线，驱赶蚊蝇，宛然夫妻，可见宝钗并不封建。

林黛玉见了这个景儿，连忙把身子一藏，手握着嘴不敢笑出来，招手儿叫湘云。湘云一见他这般景况，只当有什么新闻，忙也来一看，也要笑时，忽然想起宝钗素日待他厚道，便忙掩住口。知道林黛玉不让人，怕他言语之中取笑，便忙拉过他来道："走罢。我想起袭人来，他说午间要到池子里去洗衣裳，想必去了，咱们那里找他去。"林黛玉心下明白，冷笑了两声，只得随他走了。

将黛玉和湘云做一比较，突出两人与宝钗关系的远近不同。作者心细如发。

这里宝钗只刚做了两三个花瓣，忽见宝玉在梦中喊骂说："和尚道士的话如何信得？什么是金玉姻缘，我偏说是木石姻缘！"薛宝钗听了这话，不觉怔了。忽见袭人走过来，笑道："还没有醒呢。"宝钗摇头。袭人又笑道："我才碰见林姑娘史大姑娘，他们可曾进来？"宝钗道："没见他们进来。"因向袭人笑道："他们没告诉你什么话？"袭人笑道："左不过是他们那些玩话，有什么正经说的。"宝钗笑道："他们说的可不是玩话，我正要告诉你呢，你又忙忙的出去了。"

宝玉梦中表态，木石前盟胜过金玉良姻，使宝钗不免心惊。

一句话未完，只见凤姐儿打发人来叫袭人。宝钗笑道："就是为那话了。"袭人只得唤起两个丫鬟来，一同宝钗出怡红院，自往凤姐这里来。果然是告诉他这话，又叫他与王夫人叩头，且不必去见贾母，倒把袭人不好意思的。见过王夫人，急忙回来，宝玉已醒了，问起原故，袭人且含糊答应，至夜间人静，袭人方告诉。

宝玉喜不自禁，又向他笑道："我可看你回家去不去了！那一回往家里走了一趟，回来就说你哥哥要赎你，又说在这里没着落，终久算什么，说了王夫人青睐袭人，希望她能帮助约束宝玉，宝玉却只开心于袭人不会再离开他，未曾想到如此深度。

那么些无情无义的生分话唬我。从今以后，我可看谁来敢叫你去。”袭人听了，便冷笑道：“你倒别这么说。从此以后我是太太的人了，我要走连你也不必告诉，只回了太太就走。”宝玉笑道：“就便算我不好，你回了太太竟去了，叫别人听见说我不好，你去了你也没意思。”袭人笑道：“有什么没意思，难道作了强盗贼，我也跟着罢。再不然，还有一个死呢。人活百岁，横竖要死，这一口气不在，听不见看不见就罢了。”

宝玉听见这话，便忙握他的嘴，说道：“罢，罢，罢，不用说这些话了。”袭人深知宝玉性情古怪，听见奉承吉利话又厌虚而不实，听了这些尽情实话又生悲感，便悔自己说冒撞了，连忙笑着用话截开，只拣那宝玉素喜谈者问之。先问他春风秋月，再谈及粉淡脂莹，然后谈到女儿如何好，又谈到女儿死，袭人忙掩住口。

宝玉谈至浓快时，见他不说了，便笑道：“人谁不死，只要死的好。那些个须眉浊物，只知道文死谏，武死战[1]，这二死是大丈夫死名死节。竟何如不死的好！必定有昏君他方谏，他只顾邀名，猛拚一死，将来弃君于何地！必定有刀兵他方战，猛拚一死，他只顾图汗马之名，将来弃国于何地！所以这皆非正死。”袭人道：“忠臣良将，出于不得已他才死。”宝玉道：“那武将不过仗血气之勇，疏谋少略，他自己无能，送了性命，这难道也是不得已！那文官更不可比武官了，他念两句书汙在心里，若朝廷少有疵瑕，他就胡弹乱谏，只顾他邀忠烈之名，浊气一涌，即时拚死，这难道也是不得

[1] 文死谏，武死战：文官不惜以死规劝皇帝；武将不惜以死为皇帝打仗。

已！还要知道，那朝廷是受命于天，他不圣不仁，那天也断不把这万几重任与他了。可知那些死的都是沽名，并不知大义。比如我此时若果有造化，该死于此时的，趁你们在，我就死了，再能够你们哭我的眼泪流成大河，把我的尸首漂起来，送到那鸦雀不到的幽僻之处，随风化了，自此再不要托生为人，就是我死的得时了。”袭人忽见说出这些疯话来，忙说困了，不理他。那宝玉方合眼睡着，至次日也就丢开了。

对“文死谏，武死战”的否定，越出了传统的价值观。

一日，宝玉因各处游的烦腻，便想起《牡丹亭》曲来，自己看了两遍，犹不惬怀，因闻得梨香院的十二个女孩子中有小旦龄官最是唱的好，因着意出角门来找时，只见宝官玉官都在院内，见宝玉来了，都笑嘻嘻的让坐。宝玉因问“龄官独在那里?”众人都告诉他说：“在他房里呢。”

宝玉忙至他房内，只见龄官独自倒在枕上，见他进来，文风不动。宝玉素习与别的女孩子顽惯了的，只当龄官也同别人一样，因进前来身旁坐下，又陪笑央他起来唱“袅晴丝”一套[1]。不想龄官见他坐下，忙抬身起来躲避，正色说道：“嗓子哑了。前儿娘娘传进我们去，我还没有唱呢。”宝玉见他坐正了，再一细看，原来就是那日蔷薇花下划“蔷”字那一个。又见如此景况，从来未经过这番被人弃厌，自己便讪讪的红了脸，只得出来了。

泛爱的碰壁。

宝官等不解何故，因问其所以。宝玉便说了，遂出来。宝官便说道：“只略等一等，蔷二爷来了叫他唱，是必唱的。”宝玉听了，心下纳闷，因问：

[1]“袅晴丝”一套：代指《牡丹亭》中《惊梦》一出的曲子。

"蔷哥儿那去了?"宝官道:"才出去了,一定还是龄官要什么,他去变弄去了。"宝玉听了,以为奇特,少站片时,果见贾蔷从外头来了,手里又提着个雀儿笼子,上面扎着个小戏台,并一个雀儿,兴兴头头的往里走着找龄官。见了宝玉,只得站住。宝玉问他:"是个什么雀儿,会衔旗串戏台?"贾蔷笑道:"是个玉顶金豆。"宝玉道:"多少钱买的?"贾蔷道:"一两八钱银子。"一面说,一面让宝玉坐,自己往龄官房里来。

宝玉此刻把听曲子的心都没了,且要看他和龄官是怎样。只见贾蔷进去笑道:"你起来,瞧这个顽意儿。"龄官起身问是什么,贾蔷道:"买了雀儿你顽,省得天天闷闷的无个开心。我先顽个你看。"说着,便拿些谷子哄的那个雀儿在戏台上乱串,衔鬼脸旗帜。众女孩子都笑道"有趣",独龄官冷笑了两声,赌气仍睡去了。贾蔷还只管陪笑,问他好不好。龄官道:"你们家把好好的人弄了来,关在这牢坑里学这个劳什子还不算,你这会子又弄个雀儿来,也偏生干这个。你分明是弄了他来打趣形容我们,还问我好不好。"贾蔷听了,不觉慌起来,连忙赌身立誓。又道:"今儿我那里的香脂油蒙了心!费一二两银子买他来,原说解闷,就没有想到这上头。罢,罢,放了生,免免你的灾病。"说着,果然将雀儿放了,一顿把[1]将笼子拆了。

龄官还说:"那雀儿虽不如人,他也有个老雀儿在窝里,你拿了他来弄这个劳什子也忍得!今儿我咳嗽出两口血来,太太叫大夫来瞧,不说替我细问问,你且弄这个来取笑。偏生我这没人管没人理

---

[1] 一顿把:一下子。

的，又偏病。”说着又哭起来。贾蔷忙道：“昨儿晚上我问了大夫，他说不相干。他说吃两剂药，后儿再瞧。谁知今儿又吐了。这会子请他去。”说着，便要请去。龄官又叫“站住，这会子大毒日头地下，你赌气自去请了来我也不瞧。”贾蔷听如此说，只得又站住。

宝玉见了这般景况，不觉痴了，这才领会了划“蔷”深意。自己站不住，便抽身走了。贾蔷一心都在龄官身上，也不顾送，倒是别的女孩子送了出来。

那宝玉一心裁夺盘算，痴痴的回至怡红院中，正值林黛玉和袭人坐着说话儿呢。宝玉一进来，就和袭人长叹，说道：“我昨晚上的话竟说错了，怪道老爷说我是‘管窥蠡测’。昨夜说你们的眼泪单葬我，这就错了。我竟不能全得了。从此后只是各人各得眼泪罢了。”袭人昨夜不过是些顽话，已经忘了，不想宝玉今又提起来，便笑道：“你可真真有些疯了。”宝玉默默不对，自此深悟人生情缘，各有分定，只是每每暗伤“不知将来葬我洒泪者为谁?”此皆宝玉心中所怀，也不可十分妄拟。

且说林黛玉当下见了宝玉如此形象，便知是又从那里着了魔来，也不便多问，因向他说道：“我才在舅母跟前听的明儿是薛姨妈的生日，叫我顺便来问你出去不出去。你打发人前头说一声去。”宝玉道：“上回连大老爷的生日我也没去，这会子我又去，倘或碰见了人呢? 我一概都不去。这么怪热的，又穿衣裳，我不去姨妈也未必恼。”袭人忙道：“这是什么话? 他比不得大老爷。这里又住的近，又是亲戚，你不去岂不叫他思量。你怕热，只清早起到那里磕个头，吃钟茶再来，岂不好看。”宝玉未说话，黛玉便先笑道：“你看着人家赶蚊子分上，也该去走走。”宝玉不解，忙问：“怎么赶蚊子？”袭人便将昨日睡觉无人作伴，宝姑娘坐了一坐的话说了出来。宝玉听了，忙说：“不该。我怎么睡着了，亵渎了他。”一面又说：“明日必去。”

得罪宝姐姐也不行。

正说着，忽见史湘云穿的齐齐整整的走来辞，说家里打发人来接他。宝玉林黛玉听说，忙站起来让坐。史湘云也不坐，宝林两个只得送他至前面。那史湘云只是眼泪汪汪的，见有他家人在跟前，又不敢十分委曲。少时薛宝钗赶来，愈觉缱绻难舍。还是宝钗心内明白，他家人若回去告诉了他婶娘，待他家去又恐受气，因此倒催他走了。众人送至二门前，宝玉还要往外送，倒是湘云拦住了。一时，回身又叫宝玉到跟前，悄悄的嘱道：“便是老太太想不起我来，你时常提着打发人接我去。”宝玉连连答应了。眼看着他上车去了，大家方才进来。要知端的，且听下回分解。

第三十七回

秋爽斋偶结海棠社　蘅芜苑夜拟菊花题

这年贾政又点了学差[1]，择于八月二十日起身。是日拜过宗祠及贾母起身，宝玉诸子弟等送至洒泪亭。

却说贾政出门去后，外面诸事不能多记。单表宝玉每日在园中任意纵性的逛荡，真把光阴虚度，岁月空添。这日正无聊之际，只见翠墨进来，手里拿着一副花笺送与他。宝玉因道：“可是我忘了，才说要瞧瞧三妹妹去的，可好些了，你偏走来。”翠墨道：“姑娘好了，今儿也不吃药了，不过是凉着一点儿。”宝玉听说，便展开花笺看时，上面写道：

不想长大。

娣[2]探谨奉

二兄文几：前夕新霁，月色如洗，因惜清景难逢，讵忍就卧，时漏已三转，犹徘徊于桐槛之下，未防风露所欺，致获采薪之患[3]。昨蒙亲劳抚嘱，复又数遣侍儿问切，兼以鲜荔并真

[1] 学差：朝廷派往各省掌管科举学校等事的官员，又称“学政”。
[2] 娣：义同“妹”。
[3] 采薪之患：意思是有病不能打柴，是自称有病的婉辞。

卿墨迹[1]见赐，何痌瘝[2]惠爱之深哉！今因伏几凭床处默之时，因思及历来古人中处名攻利敌之场，犹置一些山滴水[3]之区，远招近揖，投辖攀辕[4]，务结二三同志盘桓于其中，或竖词坛，或开吟社，虽一时之偶兴，遂成千古之佳谈。娣虽不才，窃同叨栖处于泉石之间，而兼慕薛林之技。风庭月榭，惜未宴集诗人；帘杏溪桃，或可醉飞吟盏。孰谓莲社[5]之雄才，独许须眉；直以东山[6]之雅会，让馀脂粉。若蒙棹雪而来[7]，娣则扫花以待。此谨奉。

宝玉与探春虽是同父异母，但感情很好，互相欣赏。

宝玉看了，不觉喜的拍手笑道："倒是三妹妹的高雅，我如今就去商议。"一面说，一面就走，翠墨跟在后面。

刚到了沁芳亭，只见园中后门上值日的婆子手里拿着一个字帖走来，见了宝玉，便迎上去，口内说道："芸哥儿请安，在后门口等着，叫我送来的。"宝玉打开看时，写道是：

不肖男芸恭请

父亲大人万福金安。男思自蒙天恩，认于膝

[1] 真卿墨迹：唐代书法家颜真卿的手迹。

[2] 痌瘝（tōng guān）：古代帝王常用"痌瘝乃身""痌瘝在抱"等表示其视民间疾苦犹如自身的病痛，这里探春用以表示宝玉对自己生病的关切。痌，痛。瘝，病。

[3] 些山滴水：指盆景山水之类，此指园林泉石。

[4] 投辖攀辕：表示留客之殷切。投辖，《汉书·陈遵传》说，陈遵嗜酒好客，宴饮时常将客人的车辖投入井中使客人不得离去。辖，穿在车轴头上使轮子不致脱落的零件。攀辕，牵挽住车辕不让走。

[5] 莲社：东晋名僧慧远在庐山东林寺结成的一个文社。

[6] 东山：在浙江会稽。东晋时，谢安曾在此隐居，常邀友人在此游山玩水，吟诗作文。

[7] 棹雪而来：即乘兴而来。此处借用《世说新语》中王子猷雪夜访戴安道的典故。

下，日夜思一孝顺，竟无可孝顺之处。前因买办花草，上托大人金福，竟认得许多花儿匠，并认得许多名园。因忽见有白海棠一种，不可多得。故变尽方法，只弄得两盆。大人若视男是亲男一般，便留下赏玩。因天气暑热，恐园中姑娘们不便，故不敢面见。奉书恭启，并叩台安。　　男芸跪书

宝玉看了，笑道："独他来了，还有什么人?"婆子道："还有两盆花儿。"宝玉道："你出去说，我知道了，难为他想着。你便把花儿送到我屋里去就是了。"一面说，一面同翠墨往秋爽斋来，只见宝钗、黛玉、迎春、惜春已都在那里了。

众人见他进来，都笑说："又来了一个。"探春笑道："我不算俗，偶然起个念头，写了几个帖儿试一试，谁知一招皆到。"宝玉笑道："可惜迟了，早该起个社的。"黛玉道："此时还不算迟，也没什么可惜。但是你们只管起社，可别算上我，我是不敢的。"迎春笑道："你不敢谁还敢呢。"宝玉道："这是一件正经大事，大家鼓舞起来，不要你谦我让的。各有主意自管说出来大家平章[1]。宝姐姐也出个主意，林妹妹也说个话儿。"宝钗道："你忙什么，人还不全呢。"

一语未了，李纨也来了，进门笑道："雅的紧！要起诗社，我自荐我掌坛。前儿春天我原有这个意思的。我想了一想，我又不会作诗，瞎乱些什么，因而也忘了，就没有说得。既是三妹妹高兴，我就帮你作兴起来。"

李纨喜欢与年轻的姊妹在一起，参加诗社，凑个热闹，并非槁木死灰。

[1] 平章：品评，议论。

黛玉道："既然定要起诗社，咱们都是诗翁了，先把这些姐妹叔嫂的字样改了才不俗。"李纨道："极是，何不大家起个别号，彼此称呼则雅。我是定了'稻香老农'，再无人占的。"

探春笑道："我就是'秋爽居士'罢。"宝玉道："居士、主人到底不恰，且又瘰赘。这里梧桐芭蕉尽有，或指梧桐芭蕉起个倒好。"探春笑道："有了，我最喜芭蕉，就称'蕉下客'罢。"众人都道别致有趣。黛玉笑道："你们快牵了他去，炖了脯子吃酒。"众人不解。黛玉笑道："古人曾云'蕉叶覆鹿'[1]。他自称'蕉下客'，可不是一只鹿了？快做了鹿脯来。"众人听了都笑起来。

探春因笑道："你别忙中使巧话来骂人，我已替你想了个极当的美号了。"又向众人道："当日娥皇女英洒泪在竹上成斑，故今斑竹又名湘妃竹。如今他住的是潇湘馆，他又爱哭，将来他想林姐夫，那些竹子也是要变成斑竹的。以后都叫他作'潇湘妃子'就完了。"大家听说，都拍手叫妙。林黛玉低了头方不言语。李纨笑道："我替薛大妹妹也早已想了个好的，也只三个字。"惜春迎春都问是什么。李纨道："我是封他为'蘅芜君'了，不知你们以为如何。"探春笑道："这个封号极好。"宝玉道："我呢？你们也替我想一个。"宝钗笑道："你的号早有了，'无事忙'三字恰当的很。"李纨道："你还是你的旧号'绛洞花主'就好。"宝玉笑道："小时候干的营生，还提他作什么。"探春道："你的号多的很，又起什么。我们爱叫你什么，你就答

"无事忙"，击中要害。看不出宝玉整日忙的是什么。

[1] 蕉叶覆鹿：《列子》说，郑国一樵夫打死一鹿，将其藏在无水的池中，盖上蕉叶，过后却忘了藏鹿之地，以为是梦。黛玉取"蕉下有鹿"的字面意思来打趣探春。

应着就是了。”宝钗道：“还得我送你个号罢。有最俗的一个号，却于你最当。天下难得的是富贵，又难得的是闲散，这两样再不能兼有，不想你兼有了，就叫你‘富贵闲人’也罢了。”宝玉笑道：“当不起，当不起，倒是随你们混叫去罢。”李纨道：“二姑娘四姑娘起个什么号?”迎春道：“我们又不大会诗，白起个号作什么?”探春道：“虽如此，也起个才是。”宝钗道：“他住的是紫菱洲，就叫他‘菱洲’；四丫头在藕香榭，就叫他‘藕榭’就完了。”

李纨道：“就是这样好。但序齿我大，你们都要依我的主意，管情说了大家合意。我们七个人起社，我和二姑娘四姑娘都不会作诗，须得让出我们三个人去。我们三个各分一件事。”探春笑道：“已有了号，还只管这样称呼，不如不有了。以后错了，也要立个罚约才好。”李纨道：“立定了社，再定罚约。我那里地方大，竟在我那里作社。我虽不能作诗，这些诗人竟不厌俗客，我作个东道主人，我自然也清雅起来了。若是要推我作社长，我一个社长自然不够，必要再请两位副社长，就请菱洲藕榭二位学究来，一位出题限韵，一位誊录监场。亦不可拘定了我们三个人不作，若遇见容易些的题目韵脚，我们也随便作一首。你们四个却是要限定的。若如此便起，若不依我，我也不敢附骥[1]了。”迎春惜春本性懒于诗词，又有薛林在前，听了这话便深合己意，二人皆说“极是”。

探春等也知此意，见他二人悦服，也不好强，只得依了。因笑道：“这话也罢了，只是自想好笑，

[1] 附骥：依附他人而成名的自谦之词。

好好的我起了个主意，反叫你们三个来管起我来了。”宝玉道：“既这样，咱们就往稻香村去。”李纨道：“都是你忙，今日不过商议了，等我再请。”宝钗道：“也要议定几日一会才好。”探春道：“若只管会的多，又没趣了。一月之中，只可两三次才好。”宝钗点头道：“一月只要两次就够了。拟定日期，风雨无阻。除这两日外，倘有高兴的，他情愿加一社的，或情愿到他那里去，或附就了来，亦可使得，岂不活泼有趣。”众人都道：“这个主意更好。”

探春道：“只是原系我起的意，我须得先作个东道主人，方不负我这兴。”李纨道：“既这样说，明日你就先开一社如何?”探春道：“明日不如今日，此刻就很好。你就出题，菱洲限韵，藕榭监场。”迎春道：“依我说，也不必随一人出题限韵，竟是拈阄公道。”李纨道：“方才我来时，看见他们抬进两盆白海棠来，倒是好花。你们何不就咏起他来?”迎春道：“都还未赏，先倒作诗。”宝钗道：“不过是白海棠，又何必定要见了才作。古人的诗赋，也不过都是寄兴写情耳。若都是等见了作，如今也没这些诗了。”

迎春道：“既如此，待我限韵。”说着，走到书架前抽出一本诗来，随手一揭，这首竟是一首七言律，递与众人看了，都该作七言律。迎春掩了诗，又向一个小丫头道：“你随口说一个字来。”那丫头正倚门立着，便说了个“门”字。迎春笑道：“就是门字韵，‘十三元’了。头一个韵定要这‘门’字。”说着，又要了韵牌匣子[1]过来，抽出“十三元”一屉，又命那小丫头随手拿四块。那丫头便拿

[1] 韵牌匣子：把每个字做成小牌，按韵部分屉，放于一个箱匣内，称为韵牌匣子。

了“盆”、“魂”、“痕”、“昏”四块来。宝玉道：“这‘盆’、‘门’两个字不大好作呢！”

待书一样预备下四份纸笔，便都悄然各自思索起来。独黛玉或抚梧桐，或看秋色，或又和丫鬟们嘲笑。迎春又令丫鬟炷了一支“梦甜香”。原来这“梦甜香”只有三寸来长，有灯草粗细，以其易烬，故以此烬为限，如香烬未成便要罚。

一时探春便先有了，自提笔写出，又改抹了一回，递与迎春。因问宝钗：“蘅芜君，你可有了？”宝钗道：“有却有了，只是不好。”宝玉背着手，在回廊上踱来踱去，因向黛玉说道：“你听，他们都有了。”黛玉道：“你别管我。”宝玉又见宝钗已誊写出来，因说道：“了不得！香只剩了一寸了，我才有了四句。”又向黛玉道：“香就完了，只管蹲在那潮地下作什么？”黛玉也不理。宝玉道：“我可顾不得你了，好歹也写出来罢。”说着也走在案前写了。

李纨道：“我们要看诗了，若看完了还不交卷是必罚的。”宝玉道：“稻香老农虽不善作却善看，又最公道，你就评阅优劣，我们都服的。”众人都道：“自然。”于是先看探春的稿上写道是：

咏白海棠限门盆魂痕昏

斜阳寒草带重门，苔翠盈铺雨后盆。
玉是精神难比洁，雪为肌骨易销魂。
芳心一点娇无力，倩影三更月有痕。
莫谓缟仙能羽化[1]，多情伴我咏黄昏。

[1]“莫谓”句：缟仙，白衣仙女。缟，白绢。羽化，道家得道成仙。

大家看了，称赏一回。又看宝钗的是：

珍重芳姿昼掩门，自携手瓮灌苔盆。
胭脂洗出秋阶影，冰雪招来露砌魂。
淡极始知花更艳，愁多焉得玉无痕。
欲偿白帝凭清洁，不语婷婷日又昏。

李纨笑道：“到底是蘅芜君。”说着又看宝玉的，道是：

秋容浅淡映重门，七节攒成雪满盆。
出浴太真冰作影，捧心西子玉为魂。
晓风不散愁千点，宿雨还添泪一痕。
独倚画栏如有意，清砧怨笛送黄昏。

大家看了，宝玉说探春的好，李纨才要推宝钗这诗有身分，因又催黛玉。黛玉道：“你们都有了？”说着，提笔一挥而就，掷与众人。李纨等看他写道是：

半卷湘帘半掩门，碾冰为土玉为盆。

看了这句，宝玉先喝起彩来，只说“从何处想来!”又看下面道：

偷来梨蕊三分白，借得梅花一缕魂。

众人看了也都不禁叫好，说“果然比别人又是一样心肠。”又看下面道是：

月窟仙人缝缟袂[1]，秋闺怨女拭啼痕。
娇羞默默同谁诉，倦倚西风夜已昏。

众人看了，都道是这首为上。李纨道："若论风流别致，自是这首；若论含蓄浑厚，终让蘅稿。"探春道："这评的有理，潇湘妃子当居第二。"李纨道："怡红公子是压尾，你服不服?"宝玉道："我的那首原不好了，这评的最公。"又笑道："只是蘅潇二首还要斟酌。"李纨道："原是依我评论，不与你们相干，再有多说者必罚。"宝玉听说，只得罢了。

李纨道："从此后，我定于每月初二、十六这两日开社，出题限韵都要依我。这其间你们有高兴的，你们只管另择日子补开，那怕一个月每天都开社，我只不管。只是到了初二、十六这两日，是必往我那里去。"宝玉道："到底要起个社名才是。"探春道："俗了又不好，特新了，刁钻古怪也不好。可巧才是海棠诗开端，就叫个海棠社罢。虽然俗些，因真有此事，也就不碍了。"说毕人家又商议了一回，略用些酒果，方各自散去。也有回家的，也有往贾母王夫人处去的。当下别人无话。

且说袭人因见宝玉看了字贴儿便慌慌张张的同翠墨去了，也不知是何事。后来又见后门上婆子送了两盆海棠花来。袭人问是那里来的，婆子便将宝玉前一番缘故说了。袭人听说便命他们摆好，让他们在下房里坐了，自己走到自己房内秤了六钱银子封好，又拿了三百钱走来，都递与那两个婆子道：

[1]"月窟"句：月窟，月宫。缟袂，白绢做的衣服。

“这银子赏那抬花来的小子们，这钱你们打酒吃罢。”那婆子们站起来，眉开眼笑，千恩万谢的不肯受，见袭人执意不收，方领了。

袭人又道：“后门上外头可有该班的小子们?”婆子忙应道：“天天有四个，原预备里面差使的。姑娘有什么差使，我们吩咐去。”袭人笑道：“有什么差使？今儿宝二爷要打发人到小侯爷家与史大姑娘送东西去，可巧你们来了，顺便出去叫后门小子们雇辆车来。回来你们就往这里拿钱，不用叫他们又往前头混碰去。”婆子答应着去了。

袭人回至房中，拿碟子盛东西与史湘云送去，却见槅子上碟槽空着。因回头见晴雯、秋纹、麝月等都在一处做针黹，袭人问道：“这一个缠丝白玛瑙碟子那去了?”众人见问，都你看我我看你，都想不起来。半日，晴雯笑道：“给三姑娘送荔枝去的，还没送来呢。”袭人道：“家常送东西的傢伙也多，巴巴的拿这个去。”晴雯道：“我何尝不也这样说。他说这个碟子配上鲜荔枝才好看。我送去，三姑娘见了也说好看，叫连碟子放着，就没带来。你再瞧，那槅子尽上头的一对联珠瓶[1]还没收来呢。”

秋纹笑道：“提起瓶来，我又想起笑话。我们宝二爷说声孝心一动，也孝敬到二十分。因那日见园里桂花，折了两枝，原是自己要插瓶的，忽然想起来说，这是自己园里的才开的新鲜花，不敢自己先顽，巴巴的把那一对瓶拿下来，亲自灌水插好了，叫个人拿着，亲自送一瓶进老太太，又进一瓶与太太。谁知他孝心一动，连跟的人都得了福了。

[1] 联珠瓶：两个并联的圆形瓷瓶。

可巧那日是我拿去的。老太太见了这样，喜的无可无不可，见人就说：'到底是宝玉孝顺我，连一枝花儿也想的到。别人还只抱怨我疼他。'你们知道，老太太素日不大同我说话的，有些不入他老人家的眼的。那日竟叫人拿几百钱给我，说我可怜见的，生的单柔。这可是再想不到的福气。几百钱是小事，难得这个脸面。及至到了太太那里，太太正和二奶奶、赵姨奶奶、周姨奶奶好些人翻箱子，找太太当日年轻的颜色衣裳，不知给那一个。一见了，连衣裳也不找了，且看花儿。又有二奶奶在旁边凑趣儿，夸宝玉又是怎么孝敬，又是怎样知好歹，有的没的说了两车话。当着众人，太太自为又增了光，堵了众人的嘴。太太越发喜欢了，现成的衣裳就赏了我两件。衣裳也是小事，年年横竖也得，却不像这个彩头。"

晴雯笑道："呸！没见世面的小蹄子！那是把好的给了人，挑剩下的才给你，你还充有脸呢。"秋纹道："凭他给谁剩的，到底是太太的恩典。"晴雯道："要是我，我就不要。若是给别人剩下的给我，也罢了。一样这屋里的人，难道谁又比谁高贵些？把好的给他，剩下的才给我，我宁可不要，冲撞了太太，我也不受这口软气。"秋纹忙问："给这屋里谁的？我因为前儿病了几天，家去了，不知是给谁的。好姐姐，你告诉我知道知道。"晴雯道："我告诉了你，难道你这会退还太太去不成？"秋纹笑道："胡说。我白听了喜欢喜欢。那怕给这屋里的狗剩下的，我只领太太的恩典，也不犯[1]管别的事。"众人听了都笑道："骂的巧，可不是给了那

晴雯的强势，集中表现在嘴上。嘴尖舌快，锋利如刀，快人快语，争强好胜。

[1] 不犯：犯不着。

西洋花点子哈巴儿了。”袭人笑道：“你们这起烂了嘴的！得了空就拿我取笑打牙儿[1]。一个个不知怎么死呢。”秋纹笑道：“原来姐姐得了，我实在不知道。我陪个不是罢。”

怡红院的民主氛围，是宝玉一手造成。这是一个特殊的小环境。晴雯出了怡红院，并不强势。

袭人笑道：“少轻狂罢。你们谁取了碟子来是正经。”麝月道：“那瓶得空儿也该收来了。老太太屋里还罢了，太太屋里人多手杂。别人还可以，赵姨奶奶一伙的人见是这屋里的东西，又该使黑心弄坏了才罢。太太也不大管这些，不如早些收来是正经。”晴雯听说，便掷下针黹道：“这话倒是，等我取去。”秋纹道：“还是我取去罢，你取你的碟子去。”晴雯笑道：“我偏取一遭儿去。是巧宗儿你们都得了，难道不许我得一遭儿？”麝月笑道：“通共秋丫头得了一遭儿衣裳，那里今儿又巧，你也遇见找衣裳不成。”晴雯冷笑道：“虽然碰不见衣裳，或者太太看见我勤谨，一个月也把太太的公费里分出二两银子来给我，也定不得。”说着，又笑道：“你们别和我装神弄鬼的，什么事我不知道。”一面说，一面往外跑了。秋纹也同他出来，自去探春那里取了碟子来。

袭人地位悄悄提升以后在怡红院引起的反应。

袭人打点齐备东西，叫过本处的一个老宋妈妈来，向他说道：“你先好生梳洗了，换了出门的衣裳来，如今打发你与史姑娘送东西去。”那宋嬷嬷道：“姑娘只管交给我，有话说与我，我收拾了就好一顺去的。”袭人听说，便端过两个小掐丝盒子来。先揭开一个，里面装的是红菱和鸡头[2]两样鲜果；又揭那一个，是一碟子桂花糖蒸新栗粉糕。

[1] 打牙儿：磨牙，嘲笑。
[2] 鸡头：即鸡头米，芡实的俗称。

又说道："这都是今年咱们这里园里新结的果子，宝二爷送来与姑娘尝尝。再前日姑娘说这玛瑙碟子好，姑娘就留下顽罢。这绢包儿里头是姑娘上日叫我作的活计，姑娘别嫌粗糙，能着[1]用罢。替我们请安，替二爷问好就是了。"宋嬷嬷道："宝二爷不知还有什么说的，姑娘再问问去，回来又别说忘了。"袭人因问秋纹："方才可见在三姑娘那里?"秋纹道："他们都在那里商议起什么诗社呢，又都作诗。想来没话，你只去罢。"宋嬷嬷听了，便拿了东西出去，另外穿戴了。袭人又嘱咐他："从后门出去，有小子和车等着呢。"宋妈去后，不在话下。

宝玉回来，先忙着看了一回海棠，至房内告诉袭人起诗社的事。袭人也把打发宋妈妈与史湘云送东西去的话告诉了宝玉。宝玉听了，拍手道："偏忘了他。我自觉心里有件事，只是想不起来，亏你提起来，正要请他去。这诗社里若少了他还有什么意思。"袭人劝道："什么要紧，不过玩意儿。他比不得你们自在，家里又作不得主儿。告诉他，他要来又由不得他；不来，他又牵肠挂肚的，没的叫他不受用。"宝玉道："不妨事，我回老太太打发人接他去。"正说着，宋妈妈已经回来，回复道生受[2]，与袭人道乏，又说："问二爷作什么呢，我说和姑娘们起什么诗社作诗呢。史姑娘说，他们作诗也不告诉他去，急的了不的。"宝玉听了立身便往贾母处来，立逼着叫人接去。贾母因说："今儿

[1] 能着：将就着。
[2] 生受：道谢话，难为、有劳的意思。

天晚了，明日一早再去。”宝玉只得罢了，回来闷闷的。

次日一早，便又往贾母处来催逼人接去。直到午后，史湘云才来，宝玉方放了心，见面时就把始末原由告诉他，又要与他诗看。李纨等因说道：“且别给他诗看，先说与他韵。他后来，先罚他和了诗：若好，便请入社；若不好，还要罚他一个东道再说。”史湘云道：“你们忘了请我，我还要罚你们呢。就拿韵来，我虽不能，只得勉强出丑。容我入社，扫地焚香我也情愿。”

众人见他这般有趣，越发喜欢，都埋怨昨日怎么忘了他，遂忙告诉他韵。史湘云一心兴头，等不得推敲删改，一面只管和人说着话，心内早已和成，即用随便的纸笔录出，先笑说道：“我却依韵和了两首，好歹我却不知，不过应命而已。”说着递与众人。众人道：“我们四首也算想绝了，再一首也不能了。你倒弄了两首，那里有许多话说，必要重了我们。”一面说，一面看时，只见那两首诗写道：

其一

神仙昨日降都门，种得蓝田玉一盆。
自是霜娥[1]偏爱冷，非关倩女亦离魂。
秋阴[2]捧出何方雪，雨渍添来隔宿痕。
却喜诗人吟不倦，岂令寂寞度朝昏。

[1] 霜娥：神话传说中主管霜雪的女神青女。
[2] 秋阴：秋云。

其二

蘅芷阶通萝薜门，也宜墙角也宜盆。
花因喜洁难寻偶，人为悲秋易断魂。
玉烛滴干风里泪，晶帘隔破月中痕。
幽情欲向嫦娥诉，无奈虚廊夜色昏。

众人看一句，惊讶一句，看到了，赞到了，都说："这个不枉作了海棠诗，真该要起海棠社了。"史湘云道："明日先罚我个东道，就让我先邀一社可使得？"众人道："这更妙了。"因又将昨日的与他评论了一回。

湘云之才，不让黛玉、宝钗。

至晚，宝钗将湘云邀往蘅芜苑安歇去。湘云灯下计议如何设东拟题。宝钗听他说了半日，皆不妥当，因向他说道："既开社，便要作东。虽然是顽意儿，也要瞻前顾后，又要自己便宜，又要不得罪了人，然后方大家有趣。你家里你又作不得主，一个月通共那几串钱，你还不够盘缠呢。这会子又干这没要紧的事，你婶子听见了，越发抱怨你了。况且你就都拿出来，做这个东道也是不够。难道为这个家去要不成？还是往这里要呢？"一席话提醒了湘云，倒踌蹰起来。

没有经济头脑。

宝钗道："这个我已经有个主意。我们当铺里有个伙计，他家田上出的很好的肥螃蟹，前儿送了几斤来。现在这里的人，从老太太起连上园里的人，有多一半都是爱吃螃蟹的。前日姨娘还说要请老太太在园里赏桂花吃螃蟹，因为有事还没有请呢。你如今且把诗社别提起，只管普通一请。等他们散了，咱们有多少诗作不得的。我和我哥哥说，要几篓极肥极大的螃蟹来，再往铺子里取上几坛好宝钗的厚道处。难怪湘云与其格外亲近。

酒，再备上四五桌果碟，岂不又省事又大家热闹了。”湘云听了，心中自是感服，极赞他想的周到。

宝钗又笑道：“我是一片真心为你的话。你千万别多心，想着我小看了你，咱们两个就白好了。你若不多心，我就好叫他们办去的。”湘云忙笑道：“好姐姐，你这样说，倒多心待我了。凭他怎么糊涂，连个好歹也不知，还成个人了？我若不把姐姐当作亲姐姐一样看，上回那些家常话烦难事也不肯尽情告诉你了。”宝钗听说，便叫一个婆子来：“出去和大爷说，依前日的大螃蟹要几篓来，明日饭后请老太太姨娘赏桂花。你说大爷好歹别忘了，我今儿已请下人了。”那婆子出去说明，回来无话。

这里宝钗又向湘云道：“诗题也不要过于新巧了。你看古人诗中那些刁钻古怪的题目和那极险的韵[1]了，若题过于新巧，韵过于险，再不得有好诗，终是小家气。诗固然怕说熟话，更不可过于求生，只要头一件立意清新，自然措词就不俗了。究竟这也算不得什么，还是纺绩针黹是你我的本等。一时闲了，倒是于你我深有益的书看几章是正经。”

湘云只答应着，因笑道：“我如今心里想着，昨日作了海棠诗，我如今要作个菊花诗如何？”宝钗道：“菊花倒也合景，只是前人太多了。”湘云道：“我也是如此想着，恐怕落套。”宝钗想了一想，说道：“有了，如今以菊花为宾，以人为主，竟拟出几个题目来，都是两个字：一个虚字，一个实字，实字便用‘菊’字，虚字就用通用门的。如此又是咏菊，又是赋事，前人也没作过，也不能落套。赋景咏物两关着，又新鲜，又大方。”

[1] 极险的韵：最难押的韵部称为险韵。

湘云笑道："这却很好。只是不知用何等虚字才好。你先想一个我听听。"宝钗想了一想，笑道："《菊梦》就好。"湘云笑道："果然好。我也有一个，《菊影》可使得?"宝钗道："也罢了。只是也有人作过，若题目多，这个也算的上。我又有了一个。"湘云道："快说出来。"宝钗道："《问菊》如何?"湘云拍案叫妙，因接说道："我也有了，《访菊》如何?"宝钗也赞有趣，因说道："越性拟出十个来，写上再来。"说着，二人研墨蘸笔，湘云便写，宝钗便念，一时凑了十个。湘云看了一遍，又笑道："十个还不成幅，越性凑成十二个便全了，也如人家的字画册页一样。"

宝钗听说，又想了两个，一共凑成十二。又说道："既这样，越性编出他个次序先后来。"湘云道："如此更妙，竟弄成个菊谱了。"宝钗道："起首是《忆菊》；忆之不得，故访，第二是《访菊》；访之既得，便种，第三是《种菊》；种既盛开，故相对而赏，第四是《对菊》；相对而兴有馀，故折来供瓶为玩，第五是《供菊》；既供而不吟，亦觉菊无彩色，第六便是《咏菊》；既入词章，不可不供笔墨，第七便是《画菊》；既为菊如是碌碌，究竟不知菊有何妙处，不禁有所问，第八便是《问菊》；菊如解语，使人狂喜不禁，第九便是《簪菊》；如此人事虽尽，犹有菊之可咏者，《菊影》、《菊梦》二首续在第十第十一；末卷便以《残菊》总收前题之盛。这便是三秋的妙景妙事都有了。"

湘云依说将题录出，又看了一回，又问"该限何韵?"宝钗道："我平生最不喜限韵的，分明有好诗，何苦为韵所缚。咱们别学那小家派，只出题不拘韵。原为大家偶得了好句取乐，并不为此而难人。”湘云道：“这话很是。这样大家的诗还进一层。但只咱们五个人，这十二个题目，难道每人作十二首不成?”宝钗道：“那也太难人了。将这题目誊好，都要七言律，明日贴在墙上。他们看了，谁作那一个就作那一个。有力量者，十二首都作也可；不能的，一首不成也可。高才捷足者为尊。若十二首已全，便不许他后赶着又作，罚他就完了。”湘云道：“这倒也罢了。”二人商议妥贴，方才息灯安寝。要知端的，且听下回分解。

第三十八回

林潇湘魁夺菊花诗　薛蘅芜讽和螃蟹咏

话说宝钗湘云二人计议已妥，一宿无话。湘云次日便请贾母等赏桂花。贾母等都说道："是他有兴头，须要扰他这雅兴。"至午，果然贾母带了王夫人凤姐兼请薛姨妈等进园来。贾母因问"那一处好?"王夫人道："凭老太太爱在那一处，就在那一处。"凤姐道："藕香榭已经摆下了，那山坡下两颗桂花开的又好，河里的水又碧清，坐在河当中亭子上岂不敞亮，看着水眼也清亮。"贾母听了，说："这话很是。"说着，就引了众人往藕香榭来。原来这藕香榭盖在池中，四面有窗，左右有曲廊可通，亦是跨水接岸，后面又有曲折竹桥暗接。众人上了竹桥，凤姐忙上来搀着贾母，口里说："老祖宗只管迈大步走，不相干的，这竹子桥规矩是咯吱咯喳的。"

一时进入榭中，只见栏杆外另放着两张竹案，一个上面设着杯箸酒具，一个上头设着茶筅茶盂各色茶具。那边有两三个丫头煽风炉煮茶，这一边另外几个丫头也煽风炉烫酒呢。贾母喜的忙问："这茶想的到，且是地方，东西都干净!"湘云笑道："这是宝姐姐帮着我预备的。"贾母道："我说这个孩子细致，凡事想的妥当。"一面说，一面又看见柱上挂的黑漆嵌蚌[1]的对子，命人念。湘云念道：

芙蓉影破归兰桨，菱藕香深写竹桥。

贾母听了，又抬头看匾，因回头向薛姨妈道：“我先小时，家里也有这么一个亭子，叫做什么‘枕霞阁’。我那时也只像他们这么大年纪，同姊妹们天天顽去。那日谁知我失了脚掉下去，几乎没淹死，好容易救了上来，到底被那木钉把头碰破了。如今这鬓角上那指头顶大一块窝儿就是那残破了。众人都怕经了水，又怕冒了风，都说活不得了，谁知竟好了。”

凤姐不等人说，先笑道：“那时要活不得，如今这大福可叫谁享呢！可知老祖宗从小儿的福寿就不小，神差鬼使碰出那个窝儿来，好盛福寿的。寿星老儿头上原是一个窝儿，因为万福万寿盛满了，所以倒凸高出些来了。”未及说完，贾母与众人都笑软了。贾母笑道：“这猴儿惯的了不得了，只管拿我取笑起来，恨的我撕你那油嘴。”凤姐笑道：“回来吃螃蟹，恐积了冷在心里，讨老祖宗笑一笑开开心，一高兴多吃两个就无妨了。”贾母笑道：“明儿叫你日夜跟着我，我倒常笑笑觉的开心，不许回家去。”王夫人笑道：“老太太因为喜欢他，才惯的他这样。还这样说，他明儿越发无礼了。”贾母笑道：“我喜欢他这样，况且他又不是那不知高低的孩子。家常没人，娘儿们原该这样。横竖礼体不错就罢，没的倒叫他从神儿似的[2]作什么。”

凤姐最能逗老祖宗高兴。这是凤姐的强项。

[1] 嵌蚌：一种装饰工艺，将蚌壳有光泽的部分加工嵌入器物表面。
[2] 从神儿似的：像侍奉之神一样拘谨。

说着，一齐进入亭子，献过茶，凤姐忙着搭桌子，要杯箸。上面一桌，贾母、薛姨妈、宝钗、黛玉、宝玉；东边一桌，史湘云、王夫人、迎、探、惜；西边靠门一小桌，李纨和凤姐的，虚设坐位，二人皆不敢坐，只在贾母王夫人两桌上伺候。凤姐吩咐："螃蟹不可多拿来，仍旧放在蒸笼里，拿十个来，吃了再拿。"一面又要水洗了手，站在贾母跟前剥蟹肉，头次让薛姨妈。薛姨妈道："我自己掰着吃香甜，不用人让。"凤姐便奉与贾母。二次的便与宝玉，又说："把酒烫的滚热的拿来。"又命小丫头们去取菊花叶儿桂花蕊熏的绿豆面子[1]来，预备洗手。

史湘云陪着吃了一个，就下座来让人，又出至外头，令人盛两盘子与赵姨娘周姨娘送去。又见凤姐走来道："你不惯张罗，你吃你的去。我先替你张罗，等散了我再吃。"湘云不肯，又令人在那边廊上摆了两桌，让鸳鸯、琥珀、彩霞、彩云、平儿去坐。鸳鸯因向凤姐笑道："二奶奶在这里伺候，我们可吃去了。"凤姐儿道："你们只管去，都交给我就是了。"说着，史湘云仍入了席。凤姐和李纨也胡乱应个景儿。

凤姐仍是下来张罗，一时出至廊上，鸳鸯等正吃的高兴，见他来了，鸳鸯等站起来道："奶奶又出来作什么？让我们也受用一会子。"凤姐笑道："鸳鸯小蹄子越发坏了，我替你当差，倒不领情，还抱怨我。还不快斟一钟酒来我喝呢。"鸳鸯笑着忙斟了一杯酒，送至凤姐唇边，凤姐一扬脖子吃了。琥珀彩霞二人也斟上一杯，送至凤姐唇边，那

[1] 绿豆面子：绿豆粉。

凤姐也吃了。平儿早剔了一壳黄子送来，凤姐道："多倒些姜醋。"一面也吃了，笑道："你们坐着吃罢，我可去了。"

鸳鸯笑道："好没脸，吃我们的东西。"凤姐儿笑道："你和我少作怪。你知道你琏二爷爱上了你，要和老太太讨了你作小老婆呢。"鸳鸯道："啐，这也是作奶奶说出来的话！我不拿腥手抹你一脸算不得。"说着赶来就要抹。凤姐儿央道："好姐姐，饶我这一遭儿罢。"琥珀笑道："鸳丫头要去了，平丫头还饶他？你们看看他，没有吃了两个螃蟹，倒喝了一碟子醋，他也算不会揽酸了。"平儿手里正掰了个满黄的螃蟹，听如此奚落他，便拿着螃蟹照着琥珀脸上抹来，口内笑骂"我把你这嚼舌根的小蹄子！"琥珀也笑着往旁边一躲，平儿使空了，往前一撞，正恰恰的抹在凤姐儿腮上。凤姐儿正和鸳鸯嘲笑，不防唬了一跳，嗳哟了一声。众人撑不住都哈哈的大笑起来。凤姐也禁不住笑骂道："死娼妇！吃离了眼了，混抹你娘的。"平儿忙赶过来替他擦了，亲自去端水。鸳鸯道："阿弥陀佛！这是个报应。"

凤姐与鸳鸯之间的亲密关系。她们是贾母的左膀右臂，不可或缺的人物。

贾母那边听见，一叠声问："见了什么这样乐，告诉我们也笑笑。"鸳鸯等忙高声笑回道："二奶奶来抢螃蟹吃，平儿恼了，抹了他主子一脸的螃蟹黄子。主子奴才打架呢。"贾母和王夫人等听了也笑起来。贾母笑道："你们看他可怜见的，把那小腿子脐子给他点子吃也就完了。"鸳鸯等笑着答应了，高声又说道："这满桌子的腿子，二奶奶只管吃就是了。"凤姐洗了脸走来，又服侍贾母等吃了一回。黛玉独不敢多吃，只吃了一点儿夹子肉就下来了。

贾母一时不吃了，大家方散，都洗了手，也有看花的，也有弄水看鱼的，游玩了一回。王夫人因回贾母说："这里风大，才又吃了螃蟹，老太太还是回房去歇歇罢了。若高兴，明日再来逛逛。"贾母听了，笑道："正是呢。我怕你们高兴，我走了又怕扫了你们的兴。既这么说，咱们就都去罢。"回头又嘱咐湘云："别让你宝哥哥林姐姐多吃了。"湘云答应着。又嘱咐湘云宝钗二人说："你两个也别多吃。那东西虽好吃，不是什么好的，吃多了肚子疼。"二人忙应着送出园外，仍旧回来，令将残席收拾了另摆。宝玉道："也不用摆，咱们且作诗。把那大团圆桌就放在当中，酒菜都放着。也不必拘定坐位，有爱吃的去吃，大家散坐岂不便宜。"宝钗道："这话极是。"湘云道："虽如此说，还有别人。"因又命另摆一桌，拣了热螃蟹来，请袭人、紫鹃、司棋、待书、入画、莺儿、翠墨等一处共坐。山坡桂树底下铺下两条花毡，命答应的婆子并小丫头等也都坐了，只管随意吃喝，等使唤再来。

湘云便取了诗题，用针绾在墙上。众人看了，都说："新奇固新奇，只怕作不出来。"湘云又把不限韵的原故说了一番。宝玉道："这才是正理，我也最不喜限韵。"林黛玉因不大吃酒，又不吃螃蟹，自令人掇了一个绣墩倚栏杆坐着，拿着钓竿钓鱼。宝钗手里拿着一枝桂花玩了一回，俯在窗槛上爬[1]了桂蕊掷向水面，引的游鱼浮上来唼喋[2]。湘云出一回神，又让一回袭人等，又招呼山坡下的众人只管放量吃。探春和李纨惜春立在垂柳阴中看鸥鹭。迎春又独在花阴下拿着花针穿茉莉花。宝玉

[1] 爬："掐"的俗写。
[2] 唼喋（shà zhá）：鱼张口吞食的声音。

又看了一回黛玉钓鱼，一回又俯在宝钗旁边说笑两句，一回又看袭人等吃螃蟹，自己也陪他饮两口酒。袭人又剥一壳肉给他吃。

黛玉放下钓竿，走至座间，拿起那乌银梅花自斟壶来，拣了一个小小的海棠冻石蕉叶杯。丫鬟看见，知他要饮酒，忙着走上来斟。黛玉道："你们只管吃去，让我自斟，这才有趣儿。"说着便斟了半盏，看时却是黄酒，因说道："我吃了一点子螃蟹，觉得心口微微的疼，须得热热的喝口烧酒。"宝玉忙道："有烧酒。"便令将那合欢花浸的酒烫一壶来。黛玉也只吃了一口便放下了。

宝钗也走过来，另拿了一只杯来，也饮了一口，便蘸笔至墙上把头一个《忆菊》勾了，底下又赘了一个"蘅"字。宝玉忙道："好姐姐，第二个我已经有了四句了，你让我作罢。"宝钗笑道："我好容易有了一首，你就忙的这样。"黛玉也不说话，接过笔来把第八个《问菊》勾了，接着把第十一个《菊梦》也勾了，也赘一个"潇"字。宝玉也拿起笔来，将第二个《访菊》也勾了，也赘上一个"绛"字。探春走来看看道："竟没有人作《簪菊》，让我作这《簪菊》。"又指看宝玉笑道："才宣过总不许带出闺阁字样来，你可要留神。"

说着，只见史湘云走来，将第四第五《对菊》、《供菊》一连两个都勾了，也赘上一个"湘"字。探春道："你也该起个号。"湘云笑道："我们家里如今虽有几处轩馆，我又不住着，借了来也没趣。"宝钗笑道："方才老太太说，你们家也有这个水亭叫'枕霞阁'，难道不是你的。如今虽没了，你到底是旧主人。"众人都道有理，宝玉不待湘云动手，便代将"湘"字抹了，改了一个"霞"字。

又有顿饭工夫，十二题已全，各自誊出来，都交与迎春，另拿了一张雪浪笺[1]过来，一并誊录出来，某人作的底下赘明某人的号。李纨等从头看起：

忆菊　蘅芜君

怅望西风抱闷思，蓼红苇白断肠时。
空篱旧圃秋无迹，瘦月清霜梦有知。
念念心随归雁远，寥寥坐听晚砧痴。
谁怜我为黄花病，慰语重阳会有期。

访菊　怡红公子

闲趁霜晴试一游，酒杯药盏莫淹留。
霜前月下谁家种，槛外篱边何处秋。
蜡屐远来情得得，冷吟不尽兴悠悠。
黄花若解怜诗客，休负今朝挂杖头。

种菊　怡红公子

携锄秋圃自移来，篱畔庭前故故栽。
昨夜不期经雨活，今朝犹喜带霜开。
冷吟秋色诗千首，醉酹寒香酒一杯。
泉溉泥封勤护惜，好知井径绝尘埃。

对菊　枕霞旧友

别圃移来贵比金，一丛浅淡一丛深。
萧疏篱畔科头[2]坐，清冷香中抱膝吟。
数去更无君傲世，看来惟有我知音。
秋光荏苒休辜负，相对原宜惜寸阴。

---

[1] 雪浪笺：一种带有波浪形暗纹的白色诗笺。
[2] 科头：即不戴帽子头巾，光着头。

供菊 枕霞旧友

弹琴酌酒喜堪俦，几案婷婷点缀幽。
隔座香分三径露，抛书人对一枝秋。
霜清纸帐来新梦，圃冷斜阳忆旧游。
傲世也因同气味，春风桃李未淹留。

咏菊 潇湘妃子

无赖诗魔昏晓侵，绕篱欹石自沉音。
毫端蕴秀临霜写，口齿噙香对月吟。
满纸自怜题素怨，片言谁解诉秋心。
一从陶令平章后，千古高风说到今。

画菊 蘅芜君

诗馀戏笔不知狂，岂是丹青费较量。
聚叶泼成千点墨，攒花染出几痕霜。
淡浓神会风前影，跳脱秋生腕底香。
莫认东篱闲采掇，粘屏聊以慰重阳。

问菊 潇湘妃子

欲讯秋情众莫知，喃喃负手叩东篱。
孤标傲世偕谁隐，一样花开为底迟？
圃露庭霜何寂寞，鸿归蛩病[1]可相思？
休言举世无谈者，解语何妨片语时。

簪菊 蕉下客

瓶供篱栽日日忙，折来休认镜中妆。
长安公子因花癖，彭泽先生是酒狂。

---

[1] 鸿归蛩病：秋雁南归，蟋蟀悲鸣。

短鬓冷沾三径露，葛巾香染九秋霜。
高情不入时人眼，拍手凭他笑路旁。

菊影　枕霞旧友

秋光叠叠复重重，潜度偷移三径中。
窗隔疏灯描远近，篱筛破月锁玲珑。
寒芳留照魂应驻，霜印传神梦也空。
珍重暗香休踏碎，凭谁醉眼认朦胧。

菊梦　潇湘妃子

篱畔秋酣一觉清，和云伴月不分明。
登仙非慕庄生蝶，忆旧还寻陶令盟。
睡去依依随雁断，惊回故故恼蛩鸣。
醒时幽怨同谁诉，衰草寒烟无限情。

残菊　蕉下客

露凝霜重渐倾欹，宴赏才过小雪时。
蒂有馀香金淡泊，枝无全叶翠离披。
半床落月蛩声病，万里寒云雁阵迟。
明岁秋风知再会，暂时分手莫相思。

众人看一首，赞一首，彼此称扬不已。李纨笑道："等我从公评来。通篇看来，各人有各人的警句。今日公评：《咏菊》第一，《问菊》第二，《菊梦》第三，题目新，诗也新，立意更新，恼不得要推潇湘妃子为魁了；然后《簪菊》、《对菊》、《供菊》、《画菊》、《忆菊》次之。"宝玉听说，喜的拍手叫"极是，极公道。"黛玉道："我那首也不好，到底伤于纤巧些。"李纨道："巧的却好，不露堆砌生硬。"

李纨不是一个出色的诗人，却是一个优秀的诗歌评论家。

黛玉道："据我看来，头一句好的是'圃冷斜阳忆旧游'，这句背面傅粉。'抛书人对一枝秋'已经妙绝，将供菊说完，没处再说，故翻回来想到未折未供之先，意思深透。"李纨笑道："固如此说，你的'口齿噙香'句也敌的过了。"探春又道："到底要算蘅芜君沉着，'秋无迹'，'梦有知'，把个忆字竟烘染出来了。"宝钗笑道："你的'短鬓冷沾'，'葛巾香染'，也就把簪菊形容的一个缝儿也没了。"湘云道："'偕谁隐'，'为底迟'，真个把个菊花问的无言可对。"李纨笑道："你的'科头坐'，'抱膝吟'，竟一时也不能别开，菊花有知，也必腻烦了。"说的大家都笑了。

宝玉笑道："我又落第。难道'谁家种'，'何处秋'，'蜡屐远来'，'冷吟不尽'，都不是访，'昨夜雨'，'今朝霜'，都不是种不成？但恨敌不上'口齿噙香对月吟'、'清冷香中抱膝吟'、'短鬓'、'葛巾'、'金淡泊'、'翠离披'、'秋无迹'、'梦有知'这几句罢了。"又道："明儿闲了，我一个人作出十二首来。"李纨道："你的也好，只是不及这几句新巧就是了。"

巾帼不让须眉。

大家又评了一回，复又要了热蟹来，就在大圆桌子上吃了一回。宝玉笑道："今日持螯[1]赏桂，亦不可无诗。我已吟成，谁还敢作呢？"说着，便忙洗了手提笔写出。众人看道：

持螯更喜桂阴凉，泼醋擂姜兴欲狂。
饕餮[2]王孙应有酒，横行公子却无肠。

---

[1] 持螯（áo）：吃螃蟹。螯，螃蟹夹子。
[2] 饕餮（tāo tiè）：原为传说中一种贪食凶恶的野兽，比喻贪吃，贪得无厌。

脐间积冷[1]馋忘忌，指上沾腥洗尚香。
原为世人美口腹，坡仙曾笑一生忙。

黛玉笑道："这样的诗，要一百首也有。"宝玉笑道："你这会子才力已尽，不说不能作了，还贬人家。"黛玉听了，并不答言，也不思索，提起笔来一挥，已有了一首。众人看道：

才思敏捷，冠压群芳。

铁甲长戈死未忘，堆盘色相喜先尝。
螯封嫩玉双双满，壳凸红脂块块香。
多肉更怜卿八足，助情谁劝我千觞。
对斯佳品酬佳节，桂拂清风菊带霜。

宝玉看了正喝彩，黛玉便一把撕了，令人烧去，因笑道："我的不及你的，我烧了他。你那个很好，比方才的菊花诗还好，你留着他给人看。"宝钗接着笑道："我也勉强了一首，未必好，写出来取笑儿罢。"说着也写了出来。大家看时，写道是：

桂霭桐阴坐举觞，长安涎口盼重阳。
眼前道路无经纬，皮里春秋空黑黄[2]。

看到这里，众人不禁叫绝。宝玉道："写得痛快！我的诗也该烧了。"又看底下道：

酒未敌腥还用菊，性防积冷定须姜。

[1] 脐间积冷：脐，肚脐，这里指螃蟹的腹部。螃蟹性寒，多食，会积冷腹中，故食时需以生姜解之。

[2] 皮里春秋空黑黄：谓蟹壳里仅有黑的膏膜与黄的蟹黄而已，讽喻世人心黑意险。皮里春秋，典出《晋书·褚裒传》，意思是表面上不露好恶，暗中却含褒贬。

于今落釜成何益，月浦空馀禾黍香。

众人看毕，都说这是食螃蟹绝唱，这些小题目，原要寓大意才算是大才，只是讽刺世人太毒了些。说着，只见平儿复进园来。不知作什么，且听下回分解。

第三十九回

村姥姥是信口开河　情哥哥偏寻根究底

话说众人见平儿来了，都说："你们奶奶作什么呢，怎么不来了?"平儿笑道："他那里得空儿来。因为说没有好生吃得，又不得来，所以叫我来问还有没有，叫我要几个拿了家去吃罢。"湘云道："有，多着呢。"忙令人拿了十个极大的。平儿道："多拿几个团脐的。"众人又拉平儿坐，平儿不肯。

李纨拉着他笑道："偏要你坐。"拉着他身旁坐下，端了一杯酒送到他嘴边。平儿忙喝了一口就要走。李纨道："偏不许你去。显见得只有凤丫头，就不听我的话了。"说着又命："嬷嬷们先送了盒子去，就说我留下平儿了。"

那婆子一时拿了盒子回来说："二奶奶说，叫奶奶和姑娘们别笑话要嘴吃。这个盒子里是方才舅太太那里送来的菱粉糕和鸡油卷儿，给奶奶姑娘们吃的。"又向平儿道："说使你来你就贪住顽不去了。劝你少喝一杯儿罢。"平儿笑道："多喝了又把我怎么样?"一面说，一面只管喝，又吃螃蟹。

李纨揽着他笑道："可惜这么个好体面模样儿，命却平常，只落得屋里使唤。不知道的人，谁不拿你当作奶奶太太看。"平儿一面和宝钗湘云等吃喝，一面回头笑道："奶奶，别只摸的我怪痒的。"李氏道："嗳哟！这硬的是什么?"平儿道："钥匙。"李李纨眼里的平儿。平儿处于凤姐与贾琏的夹缝之中，实属不易。为贾琏偷腥、凤姐泼醋的风波中平儿的表现做了铺垫。

氏道："什么钥匙？要紧梯己东西怕人偷了去，却带在身上。我成日家和人说笑，有个唐僧取经，就有个白马来驮他；有个刘智远打天下，就有个瓜精来送盔甲[1]；有个凤丫头，就有个你。你就是你奶奶的一把总钥匙，还要这钥匙作什么。"平儿笑道："奶奶吃了酒，又拿了我来打趣着取笑儿了。"

宝钗笑道："这倒是真话。我们没事评论起人来，你们这几个都是百个里头挑不出一个来的，妙在各人有各人的好处。"李纨道："大小都有个天理。比如老太太屋里，要没那个鸳鸯如何使得。从太太起，那一个敢驳老太太的回，现在他敢驳回。偏老太太只听他一个人的话。老太太那些穿戴的，别人不记得，他都记得，要不是他经管着，不知叫人诓骗了多少去呢。那孩子心也公道，虽然这样，倒常替人说好话儿，还倒不依势欺人的。"惜春笑道："老太太昨儿还说呢，他比我们还强呢。"平儿道："那原是个好的，我们那里比的上他。"宝玉道："太太屋里的彩霞，是个老实人。"探春道："可不是，外头老实，心里有数儿。太太是那么佛爷似的，事情上不留心，他都知道。凡百[2]一应事都是他提着太太行。连老爷在家出外去的一应大小事，他都知道。太太忘了，他背地里告诉太太。"李纨道："那也罢了。"指着宝玉道："这一个小爷屋里要不是袭人，你们度量到个什么田地！凤丫头就是楚霸王，也得这两只膀子好举千斤鼎。他不是这丫头，就得这么周到了！"

李纨眼里的鸳鸯。一说鸳鸯深得贾母信任，是贾母离不开的人；二说鸳鸯为人公道。李纨的这份鉴定，为后来鸳鸯誓死拒嫁贾赦做了铺垫。

李纨眼里的袭人。说怡红院若是没有袭人，怎么得了。袭人是怡红院里制衡的力量。李纨连评三人，得出大家公认的评语。

平儿笑道："先时陪了四个丫头，死的死，去

[1] 刘智远打天下，就有个瓜精来送盔甲：明初南戏《白兔记·看瓜》，说刘智远遇难，有瓜精送他盔甲，助其成功。

[2] 凡百：所有，全部。

的去，只剩下我一个孤鬼了。”李纨道：“你倒是有造化的。凤丫头也是有造化的。想当初你珠大爷在日，何曾也没两个人。你们看我还是那容不下人的？天天只见他两个不自在。所以你珠大爷一没了，趁年轻我都打发了。若有一个守得住，我倒有个膀臂。”说着滴下泪来。众人都道：“又何必伤心，不如散了倒好。”说着便都洗了手，大家约往贾母王夫人处问安。

众婆子丫头打扫亭子，收拾杯盘。袭人和平儿一同往前去，袭人因让平儿到房里坐坐，再喝一杯茶。平儿说：“不喝茶了，再来罢。”说着便要出去。袭人又叫住问道：“这个月的月钱，连老太太和太太还没放呢，是为什么？”平儿见问，忙转身至袭人跟前，见左近无人，才悄悄说道：“你快别问，横竖再迟几天就放了。”

袭人笑道：“这是为什么，唬得你这样？”平儿悄悄告诉他道：“这个月的月钱，我们奶奶早已支了，放给人使呢。等别处的利钱收了来，凑齐了才放呢。因为是你，我才告诉你，你可不许告诉一个人去。”袭人道：“难道他还短钱使，还没个足厌？何苦还操这心。”平儿笑道：“何曾不是呢。这几年拿着这一项银子，翻出有几百来了。他的公费月例又使不着，十两八两零碎攒了放出去，只他这梯己利钱，一年不到，上千的银子呢。”

借平儿向袭人透露的悄悄话，补叙凤姐之贪。平儿、袭人、鸳鸯三人的关系非同一般。她们是一届的。

袭人笑道：“拿着我们的钱，你们主子奴才赚利钱，哄的我们呆呆的等着。”平儿道：“你又说没良心的话。你难道还少钱使？”袭人道：“我虽不少，只是我也没地方使去，就只预备我们那一个。”平儿道：“你倘若有要紧的事用钱使时，我那里还有几两银子，你先拿来使，明儿我扣下你的就是了。”袭人道：“此时也用不着，怕一时要用起来不够了，我打发人去取就是了。”

平儿答应着，一径出了园门，来至家内，只见凤姐儿不在房里。忽见上回来打抽丰的那刘姥姥和板儿又来了，坐在那边屋里，还有张材家的周瑞家的陪着，又有两三个丫头在地下倒口袋里的枣子倭瓜并些野菜。

众人见他进来，都忙站起来了。刘姥姥因上次来过，知道平儿的身分，忙跳下地来问“姑娘好”，又说：“家里都问好。早要来请姑奶奶的安看姑娘来的，因为庄家忙。好容易今年多打了两石粮食，瓜果菜蔬也丰盛。这是头一起摘下来的，并没敢卖呢，留的尖儿[1]孝敬姑奶奶姑娘们尝尝。姑娘们天天山珍海味的也吃腻了，这个吃个野意儿，也算是我们的穷心。”平儿忙道：“多谢费心。”又让坐，自己也坐了。又让“张婶子周大娘坐”，又令小丫头子倒茶去。

周瑞张材两家的因笑道：“姑娘今儿脸上有些春色，眼圈儿都红了。”平儿笑道：“可不是。我原是不吃的，大奶奶和姑娘们只是拉着死灌，不得已喝了两盅，脸就红了。”张材家的笑道：“我倒想着要吃呢，又没人让我。明儿再有人请姑娘，可带了我去罢。”说着大家都笑了。周瑞家的道：“早起我就看见那螃蟹了，一斤只好秤两个三个。这么三大篓，想是有七八十斤呢。”周瑞家的道：“若是上上下下只怕还不够。”平儿道：“那里够，不过都是有名儿的吃两个子。那些散众的，也有摸得着的，也有摸不着的。”

[1] 尖儿：上好的。

刘姥姥道："这样螃蟹，今年就值五分一斤。十斤五钱，五五二两五，三五一十五，再搭上酒菜，一共倒有二十多两银子。阿弥陀佛！这一顿的钱够我们庄家人过一年了。"平儿因问："想是见过奶奶了?"刘姥姥道："见过了，叫我们等着呢。"说着又往窗外看天气，说道："天好早晚了，我们也去罢，别出不去城才是饥荒[1]呢。"周瑞家的道："这话倒是，我替你瞧瞧去。"说着一径去了，半日方来，笑道："可是你老的福来了，竟投了这两个人的缘了。"

从刘姥姥的视角，再写贾府的奢华。贫富悬殊，不可同日而语。

平儿等问怎么样，周瑞家的笑道："二奶奶在老太太的跟前呢。我原是悄悄的告诉二奶奶，'刘姥姥要家去呢，怕晚了赶不出城去。'二奶奶说：'大远的，难为他扛了那些沉东西来，晚了就住一夜明儿再去。'这可不是投上二奶奶的缘了。这也罢了，偏生老太太又听见了，问刘姥姥是谁。二奶奶便回明白了。老太太说：'我正想个积古的老人家说话儿，请了来我见一见。'这可不是想不到投上缘分了。"说着，催刘姥姥下来前去。刘姥姥道："我这生像儿怎好见的。好嫂子，你就说我去了罢。"平儿忙道："你快去罢，不相干的。我们老太太最是惜老怜贫的，比不得那个狂三诈四的那些人。想是你怯上，我和周大娘送你去。"说着，同周瑞家的引了刘姥姥往贾母这边来。

二门口该班的小厮们见了平儿出来，都站起来了，又有两个跑上来，赶着平儿叫"姑娘"。平儿问："又说什么?"那小厮笑道："这会子也好早晚了，我妈病了，等着我去请大夫。好姑娘，我讨半

---

[1] 饥荒：麻烦。

日假可使的?”平儿道：“你们倒好，都商议定了，一天一个告假，又不回奶奶，只和我胡缠。前儿住儿去了，二爷偏生叫他，叫不着，我应起来了，还说我作了情。你今儿又来了。”周瑞家的道：“当真的他妈病了，姑娘也替他应着，放了他罢。”平儿道：“明儿一早来。听着，我还要使你呢，再睡的日头晒着屁股再来！你这一去，带个信儿给旺儿，就说奶奶的话，问着他那剩的利钱。明儿若不交了来，奶奶也不要了，就越性送他使罢。”那小厮欢天喜地答应去了。

平儿等来至贾母房中，彼时大观园中姊妹们都在贾母前承奉。刘姥姥进去，只见满屋里珠围翠绕，花枝招展，并不知都系何人。只见一张榻上歪着一位老婆婆，身后坐着一个纱罗裹的美人一般的一个丫鬟在那里捶腿，凤姐儿站着正说笑。刘姥姥便知是贾母了，忙上来陪着笑，道了万福，口里说：“请老寿星安。”贾母亦欠身问好，又命周瑞家的端过椅子来坐着。那板儿仍是怯人，不知问候。

贾母道：“老亲家，你今年多大年纪了?”刘姥姥忙立身答道：“我今年七十五了。”贾母向众人道：“这么大年纪了，还这么健朗。比我大好几岁呢。我要到这么大年纪，还不知怎么动不得呢。”刘姥姥笑道：“我们生来是受苦的人，老太太生来是享福的。若我们也这样，那些庄家活也没人作了。”贾母道：“眼睛牙齿都还好?”刘姥姥道：“都还好，就是今年左边的槽牙活动了。”贾母道：“我老了，都不中用了，眼也花，耳也聋，记性也没了。你们这些老亲戚，我都不记得了。亲戚们来了，我怕人笑我，我都不会，不过嚼的动的吃两口，困了睡一觉，闷了时和这些孙子孙女儿顽笑一

刘姥姥会说话，她的奉承使安富尊荣的贾母非常受用。

回就完了。”刘姥姥笑道：“这正是老太太的福了。我们想这么着也不能。”贾母道：“什么福，不过是个老废物罢了。”说的大家都笑了。

贾母又笑道：“我才听见凤哥儿说，你带了好些瓜菜来，叫他快收拾去了，我正想个地里现撷的瓜儿菜儿吃。外头买的，不像你们田地里的好吃。”刘姥姥笑道：“这是野意儿，不过吃个新鲜。依我们想鱼肉吃，只是吃不起。”贾母又道：“今儿既认着了亲，别空空儿的就去。不嫌我这里，就住一两天再去。我们也有个园子，园子里头也有果子，你明日也尝尝，带些家去，你也算看亲戚一趟。”

农家直销，没有中间环节。

凤姐儿见贾母喜欢，也忙留道：“我们这里虽不比你们的场院大，空屋子还有两间。你住两天罢，把你们那里的新闻故事儿说些与我们老太太听听。”贾母笑道：“凤丫头别拿他取笑儿。他是乡屯里的人，老实，那里搁的住你打趣他。”说着，又命人去先抓果子与板儿吃。板儿见人多了，又不敢吃。贾母又命拿些钱给他，叫小幺儿们带他外头顽去。刘姥姥吃了茶，便把些乡村中所见所闻的事情说与贾母，贾母益发得了趣味。正说着，凤姐儿便令人来请刘姥姥吃晚饭。贾母又将自己的菜拣了几样，命人送过去与刘姥姥吃。

留与不留，凤姐全看贾母的意思。

凤姐知道合了贾母的心，吃了饭便又打发过来。鸳鸯忙令老婆子带了刘姥姥去洗了澡，自己挑了两件随常的衣服令给刘姥姥换上。那刘姥姥那里见过这般行事，忙换了衣裳出来，坐在贾母榻前，又搜寻些话出来说。彼时宝玉姊妹们也都在这里坐着，他们何曾听见过这些话，自觉比那些瞽目先生说的书还好听。

那刘姥姥虽是个村野人，却生来的有些见识，况且年纪老了，世情上经历过的，见头一个贾母高兴，第二见这些哥儿姐儿们都爱听，便没了说的也编出些话来讲。因说道："我们村庄上种地种菜，每年每日，春夏秋冬，风里雨里，那有个坐着的空儿，天天都是在那地头子上作歇马凉亭，什么奇奇怪怪的事不见呢。就像去年冬天，接连下了几天雪，地下压了三四尺深。我那日起的早，还没出房门，只听外头柴草响。我想着必定是有人偷柴草来了。我爬着窗户眼儿一瞧，却不是我们村庄上的人。"贾母道："必定是过路的客人们冷了，见现成的柴，抽些烤火去也是有的。"刘姥姥笑道："也并不是客人，所以说来奇怪。老寿星当个什么人？原来是一个十七八岁的极标致的一个小姑娘，梳着溜油光的头，穿着大红袄儿，白绫裙子——"

刚说到这里，忽听外面人吵嚷起来，又说："不相干的，别唬着老太太。"贾母等听了，忙问怎么了，丫鬟回说"南院马棚里走了水[1]，不相干，已经救下去了。"贾母最胆小的，听了这个话，忙起身扶了人出至廊上来瞧，只见东南上火光犹亮。贾母唬的口内念佛，忙命人去火神跟前烧香。王夫人等也忙都过来请安，又回说"已经下去了，老太太请进房去罢。"贾母足的[2]看着火光息了方领众人进来。宝玉且忙着问刘姥姥："那女孩儿大雪地作什么抽柴草？倘或冻出病来呢？"贾母道："都是才说抽柴草惹出火来了，你还问呢。别说这个了，再说别的罢。"宝玉听说，心内虽不乐，也只得罢了。

---

[1] 走了水：即失火。
[2] 足的：到底。

刘姥姥便又想了一篇，说道：“我们庄子东边庄上，有个老奶奶子，今年九十多岁了。他天天吃斋念佛，谁知就感动了观音菩萨夜里来托梦说：‘你这样虔心，原来你该绝后的，如今奏了玉皇，给你个孙子。’原来这老奶奶只有一个儿子，这儿子也只一个儿子，好容易养到十七八岁上死了，哭的什么似的。后果然又养了一个，今年才十三四岁，生的雪团儿一般，聪明伶俐非常。可见这些神佛是有的。”这一席话，实合了贾母王夫人的心事，连王夫人也都听住了。

宝玉心中只记挂着抽柴的故事，因闷闷的心中筹画。探春因问他“昨日扰了史大妹妹，咱们回去商议着邀一社，又还了席，也请老太太赏菊花，何如?”宝玉笑道：“老太太说了，还要摆酒还史妹妹的席，叫咱们作陪呢。等着吃了老太太的，咱们再请不迟。”探春道：“越往前去越冷了，老太太未必高兴。”宝玉道：“老太太又喜欢下雨下雪的。不如咱们等下头场雪，请老太太赏雪岂不好？咱们雪下吟诗，也更有趣了。”林黛玉忙笑道：“咱们雪下吟诗？依我说，还不如弄一捆柴火，雪下抽柴，还更有趣儿呢。”说着，宝钗等都笑了。宝玉瞅了他一眼，也不答话。

一时散了，背地里宝玉足的拉了刘姥姥，细问那女孩儿是谁。刘姥姥只得编了告诉他道：“那原是我们庄北沿地埂子上有一个小祠堂里供的，不是神佛，当先有个什么老爷。”说着又想名姓。宝玉道：“不拘什么名姓，你不必想了，只说原故就是了。”刘姥姥道：“这老爷没有儿子，只有一位小姐，名叫茗玉。小姐知书识字，老爷太太爱如珍宝。可惜这茗玉小姐生到十七岁，一病死了。”宝玉听了，跌足叹惜，又问后来怎么样。刘姥姥道："因为老爷太太思念不尽，便盖了这祠堂，塑了这茗玉小姐的像，派了人烧香拨火。如今日久年深的，人也没了，庙也烂了，那个像就成了精。"宝玉忙道："不是成精，规矩这样人是虽死不死的。"刘姥姥道："阿弥陀佛！原来如此。不是哥儿说，我们都当他成精。他时常变了人出来各村庄店道上闲逛。我才说这抽柴火的就是他了。我们村庄上的人还商议着要打了这塑像平了庙呢。"宝玉忙道："快别如此。若平了庙，罪过不小。"刘姥姥道："幸亏哥儿告诉我，我明儿回去告诉他们就是了。"

宝玉道："我们老太太、太太都是善人，合家大小也都好善喜舍，最爱修庙塑神的。我明儿做一个疏头[1]，替你化些布施，你就做香头[2]，攒了钱把这庙修盖，再装潢了泥像，每月给你香火钱烧香岂不好?"刘姥姥道："若这样，我托那小姐的福，也有几个钱使了。"宝玉又问他地名庄名，来往远近，坐落何方。刘姥姥便顺口胡诌了出来。

宝玉信以为真，回至房中，盘算了一夜。次日一早，便出来给了茗烟几百钱，按着刘姥姥说的方向地名，着茗烟去先踏看明白，回来再做主意。那茗烟去后，宝玉左等也不来，右等也不来，急的热锅上的蚂蚁一般。

好容易等到日落，方见茗烟兴兴头头的回来。宝玉忙问："可有庙了?"茗烟笑道："爷听的不明白，叫我好找。那地名坐落不似爷说的一样，所以找了一日，找到东北上田埂子上才有一个破庙。"

---

[1] 疏头：本指僧道拜忏所焚化的祝文等叫作"疏头"。此指募捐修庙的启事。
[2] 香头：寺庙中管香火的头目。

宝玉听说，喜的眉开眼笑，忙说道："刘姥姥有年纪的人，一时错记了也是有的。你且说你见的。"茗烟道："那庙门却倒是朝南开，也是稀破的。我找的正没好气，一见这个，我说'可好了'，连忙进去。一看泥胎，唬的我跑出来了，活似真的一般。"宝玉喜的笑道："他能变化人了，自然有些生气。"茗烟拍手道："那里有什么女孩儿，竟是一位青脸红发的瘟神爷。"宝玉听了，啐了一口，骂道："真是一个无用的杀才！这点子事也干不来。"茗烟道："二爷又不知看了什么书，或者听了谁的混话，信真了，把这件没头脑的事派我去碰头[1]，怎么说我没用呢?"宝玉见他急了，忙抚慰他道："你别急。改日闲了你再找去。若是他哄我们呢，自然没了，若真是有的，你岂不也积了阴骘。我必重重的赏你。"正说着，只见二门上的小厮来说："老太太房里的姑娘们站在二门口找二爷呢。"

[1] 碰头：乱闯，瞎碰。

第四十回

史太君两宴大观园　金鸳鸯三宣牙牌令

话说宝玉听了，忙进来看时，只见琥珀站在屏风跟前说："快去吧，立等你说话呢。"宝玉来至上房，只见贾母正和王夫人众姊妹商议给史湘云还席。宝玉因说道："我有个主意。既没有外客，吃的东西也别定了样数，谁素日爱吃的拣样儿做几样。也不要按桌席，每人跟前摆一张高几，各人爱吃的东西一两样，再一个什锦攒心盒子[1]，自斟壶，岂不别致。"贾母听了，说"很是"，忙命传与厨房："明日就拣我们爱吃的东西作了，按着人数，再装了盒子来。早饭也摆在园里吃。"商议之间早又掌灯，一夕无话。

次日清早起来，可喜这日天气清朗。李纨侵晨[2]先起，看着老婆子丫头们扫那些落叶，并擦抹桌椅，预备茶酒器皿。只见丰儿带了刘姥姥板儿进来，说"大奶奶倒忙的紧。"李纨笑道："我说你昨儿去不成，只忙着要去。"刘姥姥笑道："老太太留下我，叫我也热闹一天去。"丰儿拿了几把大小钥匙，说道："我们奶奶说了，外头的高几恐不够使，不如开了楼把那收着的拿下来使一天罢。奶奶

[1] 什锦攒心盒子：一种盛果菜的食盒，中心一圆格，四周是扇形盘格。
[2] 侵晨：天将亮时。

原该亲自来的，因和太太说话呢，请大奶奶开了，带着人搬罢。”李氏便令素云接了钥匙，又令婆子出去把二门上的小厮叫几个来。李氏站在大观楼下往上看，令人上去开了缀锦阁，一张一张往下抬。小厮老婆子丫头一齐动手，抬了二十多张下来。李纨道：“好生着，别慌慌张张鬼赶来似的，仔细碰了牙子[1]。”又回头向刘姥姥笑道：“姥姥，你也上去瞧瞧。”刘姥姥听说，巴不得一声儿，便拉了板儿登梯上去。进里面，只见乌压压的堆着些围屏、桌椅、大小花灯之类，虽不大认得，只见五彩炫耀，各有奇妙。念了几声佛，便出来了。然后锁上门，一齐才下来。李纨道：“恐怕老太太高兴，越性把舡上划子、篙桨、遮阳幔子都搬了下来预备着。”众人答应，复又开了，色色的搬了下来。令小厮传驾娘们到舡坞里撑出两只船来。

正乱着安排，只见贾母已带了一群人进来了。李纨忙迎上去，笑道：“老太太高兴，倒进来了。我只当还没梳头呢，才撷了菊花要送去。”一面说，一面碧月早捧过一个大荷叶式的翡翠盘子来，里面盛着各色的折枝菊花。贾母便拣了一朵大红的簪于鬓上。因回头看见了刘姥姥，忙笑道：“过来带花儿。”一语未完，凤姐便拉过刘姥姥来，笑道：“让我打扮你。”说着，将一盘子花横三竖四的插了一头。贾母和众人笑的不住。刘姥姥笑道：“我这头也不知修了什么福，今儿这样体面起来。”众人笑道：“你还不拔下来摔到他脸上呢，把你打扮的成了个老妖精了。”刘姥姥笑道：“我虽老了，年轻时也风流，爱个花儿粉儿的，今儿老风流才好。”

凤姐和鸳鸯紧着张罗，互相合作，让刘姥姥出尽洋相，只为逗贾母高兴，而刘姥姥心领神会，配合默契。

[1] 牙子：此指镶在几面或凳面边沿的雕花装饰。

说笑之间，已来至沁芳亭子上。丫鬟们抱了一个大锦褥子来，铺在栏杆榻板上。贾母倚柱坐下，命刘姥姥也坐在旁边，因问他："这园子好不好?"刘姥姥念佛说道："我们乡下人到了年下，都上城来买画儿贴。时常闲了，大家都说，怎么得也到画儿上去逛逛。想着那个画儿也不过是假的，那里有这个真地方呢。谁知我今儿进这园里一瞧，竟比那画儿还强十倍。怎么得有人也照着这个园子画一张，我带了家去，给他们见见，死了也得好处。"贾母听说，便指着惜春笑道："你瞧我这个小孙女儿，他就会画。等明儿叫他画一张如何?"刘姥姥听了，喜的忙跑过来，拉着惜春说道："我的姑娘，你这么大年纪儿，又这么个好模样，还有这个能干，别是神仙托生的罢。"

贾母少歇一回，自然领着刘姥姥都见识见识。先到了潇湘馆。一进门，只见两边翠竹夹路，土地下苍苔布满，中间羊肠一条石子漫的路。刘姥姥让出路来与贾母众人走，自己却赿走[1]土地。琥珀拉着他说道："姥姥，你上来走，仔细苍苔滑了。"刘姥姥道："不相干的，我们走熟了的，姑娘们只管走罢。可惜你们的那绣鞋，别沾脏了。"他只顾上头和人说话，不防底下果踹滑了，咕咚一跤跌倒。众人拍手都哈哈的笑起来。贾母笑骂道："小蹄子们，还不搀起来，只站着笑。"说话时，刘姥姥已爬了起来，自己也笑了，说道："才说嘴就打了嘴。"贾母问他："可扭了腰了不曾？叫丫头们捶一捶。"刘姥姥道："那里说的我这么娇嫩了。那一天不跌两下子，都要捶起来，还了得呢。"

---

［1］赿（qǐn）走：小心地行走。

紫鹃早打起湘帘，贾母等进来坐下。林黛玉亲自用小茶盘捧了一盖碗茶来奉与贾母。王夫人道："我们不吃茶，姑娘不用倒了。"林黛玉听说，便命丫头把自己窗下常坐的一张椅子挪到下首，请王夫人坐了。刘姥姥因见窗下案上设着笔砚，又见书架上磊着满满的书，刘姥姥道："这必定是那位哥儿的书房了。"贾母笑指黛玉道："这是我这外孙女儿的屋子。"刘姥姥留神打量了黛玉一番，方笑道："这那像个小姐的绣房，竟比那上等的书房还好。"贾母因问："宝玉怎么不见?"众丫头们答说："在池子里舡上呢。"贾母道："谁又预备下舡了?"李纨忙回说："才开楼拿几，我恐怕老太太高兴，就预备下了。"贾母听了方欲说话时，有人回说："姨太太来了。"贾母等刚站起来，只见薛姨妈早进来了，一面归坐，笑道："今儿老太太高兴，这早晚就来了。"贾母笑道："我才说来迟了的要罚他，不想姨太太就来迟了。"

说笑一会，贾母因见窗上纱的颜色旧了，便和王夫人说道："这个纱新糊上好看，过了后来就不翠了。这个院子里头又没有个桃杏树，这竹子已是绿的，再拿这绿纱糊上反不配。我记得咱们先有四五样颜色糊窗的纱呢，明儿给他把这窗上的换了。"凤姐儿忙道："昨儿我开库房，看见大板箱里还有好些匹银红蝉翼纱，也有各样折枝花样的，也有流云卍福花样的，也有百蝶穿花花样的，颜色又鲜，纱又轻软，我竟没见过这样的。拿了两匹出来，作两床绵纱被，想来一定是好的。"贾母听了笑道："呸，人人都说你没有不经过不见过，连这个纱还不认得呢，明儿还说嘴。"薛姨妈等都笑说："凭他怎么经过见过，如何敢比老太太呢。老太太何不教导了他，我们也听听。”凤姐儿也笑说：“好祖宗，教给我罢。”

贾母笑向薛姨妈众人道：“那个纱，比你们的年纪还大呢。怪不得他认作蝉翼纱，原也有些像，不知道的，都认作蝉翼纱。正经名字叫作‘软烟罗’。”凤姐儿道：“这个名儿也好听。只是我这么大了，纱罗也见过几百样，从没听见过这个名色。”贾母笑道：“你能够活了多大，见过几样没处放的东西，就说嘴来了。那个软烟罗只有四样颜色：一样雨过天晴，一样秋香色，一样松绿的，一样就是银红的，若是做了帐子，糊了窗屉，远远的看着，就似烟雾一样，所以叫作‘软烟罗’。那银红的又叫作‘霞影纱’。如今上用的府纱也没有这样软厚轻密的了。”薛姨妈笑道：“别说凤丫头没见，连我也没听见过。”

凤姐儿一面说，早命人取了一匹来了。贾母说：“可不是这个！先时原不过是糊窗屉，后来我们拿这个作被作帐子，试试也竟好。明儿就找出几匹来，拿银红的替他糊窗子。”凤姐答应着。众人都看了，称赞不已。刘姥姥也觑着眼看个不了，念佛说道：“我们想他作衣裳也不能，拿着糊窗子，岂不可惜?”贾母道：“倒是做衣裳不好看。”凤姐忙把自己身上穿的一件大红绵纱袄子襟儿拉了出来，向贾母薛姨妈道：“看我的这袄儿。”贾母薛姨妈都说：“这也是上好的了，这是如今的上用内造的，竟比不上这个。”凤姐儿道：“这个薄片子，还说是上用内造呢，竟连官用的也比不上了。”贾母道：“再找一找，只怕还有青的。若有时都拿出来，送这刘亲家两匹，做一个帐子我挂，下剩的添上里子，做些夹背心子给丫头们穿，白收着霉坏了。”

凤姐忙答应了，仍令人送去。

贾母起身笑道："这屋里窄，再往别处逛去。"刘姥姥念佛道："人人都说大家子住大房。昨儿见了老太太正房，配上大箱大柜大桌子大床，果然威武。那柜子比我们那一间房子还大还高。怪道后院子里有个梯子。我想并不上房晒东西，预备个梯子作什么？后来我想起来，定是为开顶柜收放东西，非离了那梯子，怎么得上去呢。如今又见了这小屋子，更比大的越发齐整了。满屋里的东西都只好看，都不知叫什么，我越看越舍不得离了这里。"凤姐道："还有好的呢，我都带你去瞧瞧。"说着一径离了潇湘馆。

远远望见池中一群人在那里撑舡。贾母道："他们既预备下船，咱们就坐。"一面说着，便向紫菱洲蓼溆一带走来。未至池前，只见几个婆子手里都捧着一色捏丝戗金五彩大盒子[1]走来。凤姐忙问王夫人早饭在那里摆。王夫人道："问老太太在那里，就在那里罢了。"贾母听说，便回头说："你三妹妹那里就好。你就带了人摆去，我们从这里坐了舡去。"

凤姐听说，便回身同了探春、李纨、鸳鸯、琥珀带着端饭的人等，抄着近路到了秋爽斋，就在晓翠堂上调开桌案。鸳鸯笑道："天天咱们说外头老爷们吃酒吃饭都有一个篾片[2]相公，拿他取笑儿。咱们今儿也得了一个女篾片了。"李纨是个厚道人，听了不解。凤姐儿却知是说的是刘姥姥了，也笑说道："咱们今儿就拿他取个笑儿。"二人便如此这般的商议。李纨笑劝道："你们一点好事也不做，又

一个没文化却同样善于插科打诨的篾片。

[1] 捏丝戗（qiàng）金五彩大盒子：一种有窗孔的透气的漆捧盒，窗孔捏铜丝成纱状。戗金，一种漆器工艺，在漆器表面划出细纹，纹沟涂胶，粘上金箔。

[2] 篾（miè）片：依附于富贵人家，为主子帮闲凑趣的人。

不是个小孩儿，还这么淘气，仔细老太太说。”鸳鸯笑道：“很不与你相干，有我呢。”

正说着，只见贾母等来了，各自随便坐下。先着丫鬟端过两盘茶来，大家吃毕。凤姐手里拿着西洋布手巾，裹着一把乌木三镶银箸[1]，敁敪[2]人位，按席摆下。贾母因说：“把那一张小楠木桌子抬过来，让刘亲家近我这边坐着。”众人听说，忙抬了过来。凤姐一面递眼色与鸳鸯，鸳鸯便拉了刘姥姥出去，悄悄的嘱咐了刘姥姥一席话，又说：“这是我们家的规矩，若错了我们就笑话呢。”调停已毕，然后归坐。

薛姨妈是吃过饭来的，不吃，只坐在一边吃茶。贾母带着宝玉、湘云、黛玉、宝钗一桌，王夫人带着迎春姊妹三个人一桌，刘姥姥傍着贾母一桌。贾母素日吃饭，皆有小丫鬟在旁边，拿着漱盂、麈尾、巾帕等物。如今鸳鸯是不当这差的了，今日鸳鸯偏接过麈尾来拂着。丫鬟们知道他要撮弄刘姥姥，便躲开让他。鸳鸯一面侍立，一面悄向刘姥姥说道：“别忘了。”刘姥姥道：“姑娘放心。”那刘姥姥入了坐，拿起箸来，沉甸甸的不伏手[3]。原是凤姐和鸳鸯商议定了，单拿一双老年四楞象牙镶金的筷子与刘姥姥。刘姥姥见了，说道：“这叉爬子比俺那里铁锨还沉，那里犟的过他。”说的众人都笑起来。

只见一个媳妇端了一个盒子站在当地，一个丫鬟上来揭去盒盖，里面盛着两碗菜。李纨端了一碗放在贾母桌上。凤姐儿偏拣了一碗鸽子蛋放在刘姥

[1] 乌木三镶银箸：在乌木筷子下截、中腰及顶端包镶着锡箔，故称“三镶”。
[2] 敁敪（diān duō）：估量、盘算。
[3] 伏手：顺手，好使唤。

姥桌上。贾母这边说声“请”，刘姥姥便站起身来，高声说道：“老刘，老刘，食量大似牛，吃一个老母猪不抬头。”自己却鼓着腮不语。

众人先是发怔，后来一听，上上下下都哈哈的大笑起来。史湘云撑不住，一口饭都喷了出来；林黛玉笑岔了气，伏着桌子叫“嗳哟”；宝玉早滚到贾母怀里，贾母笑的搂着宝玉叫“心肝”；王夫人笑的用手指着凤姐儿，只说不出话来；薛姨妈也撑不住，口里茶喷了探春一裙子；探春手里的饭碗都合在迎春身上；惜春离了坐位，拉着他奶母叫揉一揉肠子。地下的无一个不弯腰屈背，也有躲出去蹲着笑去的，也有忍着笑上来替他姊妹换衣裳的，独有凤姐鸳鸯二人撑着，还只管让刘姥姥。

大观园儿女们东倒西歪的群笑场面，是《红楼梦》全书中写得最欢乐、最放松的段落。各具情态的笑姿中，隐含着各自不同的性格和身份，体现出各自不同的人物关系。场面极混乱，但写来纹丝不乱。独有凤姐、鸳鸯和刘姥姥不笑，撑着，要把这幕喜剧进行到底，要达到最大的喜剧效果。凤姐、鸳鸯、刘姥姥三人的配合可谓天衣无缝。

刘姥姥拿起箸来，只觉不听使，又说道：“这里的鸡儿也俊，下的这蛋也小巧，怪俊的。我且肏攮一个。”众人方住了笑，听见这话又笑起来。贾母笑的眼泪出来，琥珀在后捶着。贾母笑道：“这定是凤丫头促狭鬼儿闹的，快别信他的话了。”那刘姥姥正夸鸡蛋小巧，要肏攮一个，凤姐儿笑道：“一两银子一个呢，你快尝尝罢，那冷了就不好吃了。”刘姥姥便伸箸子要夹，那里夹的起来，满碗里闹了一阵好的，好容易撮起一个来，才伸着脖子要吃，偏又滑下来滚在地下，忙放下箸子要亲自去捡，早有地下的人捡了出去了。刘姥姥叹道：“一两银子，也没听见个响声儿就没了。”

众人已没心吃饭，都看着他笑。贾母又说：“这会子又把那个筷子拿了出来，又不请客摆大筵席。都是凤丫头支使的，还不换了呢。”地下的人原不曾预备这牙箸，本是凤姐和鸳鸯拿了来的，听如此说，忙收了过去，也照样换上一双乌木镶银的。刘姥姥道："去了金的，又是银的，到底不及俺们那个伏手。"凤姐儿道："菜里若有毒，这银子下去了就试的出来。"刘姥姥道："这个菜里若有毒，俺们那菜都成了砒霜了。那怕毒死了也要吃尽了。"贾母见他如此有趣，吃的又香甜，把自己的也都端过来与他吃。又命一个老嬷嬷来，将各样的菜给板儿夹在碗上。

一时吃毕，贾母等都往探春卧室中去说闲话。这里收拾过残桌，又放了一桌。刘姥姥看着李纨与凤姐儿对坐着吃饭，叹道："别的罢了，我只爱你们家这行事。怪道说'礼出大家'。"凤姐儿忙笑道："你可别多心，才刚不过大家取笑儿。"一言未了，鸳鸯也进来笑道："姥姥别恼，我给你老人家赔个不是。"刘姥姥笑道："姑娘说那里话，咱们哄着老太太开个心儿，可有什么恼的！你先嘱咐我，我就明白了，不过大家取个笑儿。我要心里恼，也就不说了。"鸳鸯便骂人"为什么不倒茶给姥姥吃。"刘姥姥忙道："刚才那个嫂子倒了茶来，我吃过了。姑娘也该用饭了。"凤姐儿便拉鸳鸯："你坐下和我们吃了罢，省的回来又闹。"鸳鸯便坐下了。婆子们添上碗箸来，三人吃毕。

刘姥姥笑道："我看你们这些人都只吃这一点儿就完了，亏你们也不饿。怪只道风儿都吹的倒。"鸳鸯便问："今儿剩的菜不少，都那去了？"婆子们道："都还没散呢，在这里等着一齐散与他们吃。"鸳鸯道："他们吃不了这些，挑两碗给二奶奶屋里平丫头送去。"凤姐儿道："他早吃了饭了，不用给他。"鸳鸯道："他不吃了，喂你们的猫。"婆子听了，忙拣了两样拿盒子送去。鸳鸯道："素云那去了？"李纨道："他们都在这里一处吃，又找他作什么。”鸳鸯道：“这就罢了。”凤姐儿道：“袭人不在这里，你倒是叫人送两样给他去。”鸳鸯听说，便命人也送两样去后，鸳鸯又问婆子们：“回来吃酒的攒盒可装上了？”婆子道：“想必还得一会子。”鸳鸯道：“催着些儿。”婆子应喏了。

凤姐儿等来至探春房中，只见他娘儿们正说笑。探春素喜阔朗，这三间屋子并不曾隔断。当地放着一张花梨大理石大案，案上磊着各种名人法帖[1]，并数十方宝砚，各色笔筒，笔海内插的笔如树林一般。那一边设着斗大的一个汝窑花囊[2]，插着满满的一囊水晶球儿的白菊。西墙上当中挂着一大幅米襄阳[3]《烟雨图》，左右挂着一副对联，乃是颜鲁公墨迹，其词云：

烟霞闲骨格　　泉石野生涯

案上设着大鼎。左边紫檀架上放着一个大观窑的大盘，盘内盛着数十个娇黄玲珑大佛手[4]。右边洋漆架上悬着一个白玉比目磬，旁边挂着小锤。那板儿略熟了些，便要摘那锤子要击，丫鬟们忙拦住他。他又要那佛手吃，探春拣了一个与他说：“玩罢，吃不得的。”东边便设着卧榻，拔步床[5]上悬着葱绿双绣花卉草虫的纱帐。板儿又跑过来看，说“这是蝈蝈，这是蚂蚱”。刘姥姥忙打了他一巴掌，

详细描绘探春屋里的陈设，以此衬托探春阔达的胸襟、超凡脱俗的趣味。

[1] 法帖：供人临摹的前人书法范本。

[2] 汝窑花囊：汝窑烧制的花囊。花囊，肚子和口径较花瓶为大，囊口封闭，上有圆孔多个，便于插大花。

[3] 米襄阳：宋代书画家米芾。

[4] 佛手：即佛手柑，形状像半握着的拳。皮色鲜艳，有芳香。

[5] 拔步床：明末出现的一种大床。床前留空，与床门围子形成小廊屋，前有镂雕花罩，两边有小柜，床屉下有抽斗，柜上设奁合、灯台。犹如床置屋中，成为一个独立的生活空间。

骂道："下作黄子[1]，没干没净的乱闹。倒叫你进来瞧瞧，就上脸[2]了。"打的板儿哭起来，众人忙劝解方罢。贾母因隔着纱窗往后院内看了一回，说道："后廊檐下的梧桐也好了，就只细些。"

正说话，忽一阵风过，隐隐听得鼓乐之声。贾母问"是谁家娶亲呢？这里临街倒近。"王夫人等笑回道："街上的那里听的见，这是咱们的那十几个女孩子们演习吹打呢。"贾母便笑道："既是他们演，何不叫他们进来演习。他们也逛一逛，咱们可又乐了。"凤姐听说，忙命人出去叫来，又一面吩咐摆下条桌，铺上红毡子。贾母道："就铺排在藕香榭的水亭子上，借着水音更好听。回来咱们就在缀锦阁底下吃酒，又宽阔，又听的近。"众人都说那里好。

贾母向薛姨妈笑道："咱们走罢。他们姊妹们都不大喜欢人来坐着，怕脏了屋子。咱们别没眼色，正经坐一回子船喝酒去。"说着大家起身便走。探春笑道："这是那里的话，求着老太太、姨妈、太太来坐坐还不能呢。"贾母笑道："我的这三丫头却好，只有两个玉儿可恶。回来吃醉了，咱们偏往他们屋里闹去。"

说着，众人都笑了，一齐出来。走不多远，已到了荇叶渚。那姑苏选来的几个驾娘早把两只棠木舫撑来，众人扶了贾母、王夫人、薛姨妈、刘姥姥、鸳鸯、玉钏儿上了这一只，落后李纨也跟上去。凤姐儿也上去，立在舡头上，也要撑舡。贾母在舱内道："这不是顽的，虽不是河里，也有好深的。你快不给我进来。"凤姐儿笑道："怕什么！老

[1] 下作黄子：下流种子。
[2] 上脸：因受宠而放肆。

祖宗只管放心。”说着便一篙点开。到了池当中，舡小人多，凤姐只觉乱晃，忙把篙子递与驾娘，方蹲下了。然后迎春姊妹等并宝玉上了那只，随后跟来。其馀老嬷嬷散众丫鬟俱沿河随行。

宝玉道：“这些破荷叶可恨，怎么还不叫人来拔去。”宝钗笑道：“今年这几日，何曾饶了这园子闲了，天天逛，那里还有叫人来收拾的工夫。”林黛玉道：“我最不喜欢李义山的诗，只喜他这一句：‘留得残荷听雨声’。偏你们又不留着残荷了。”宝玉道：“果然好句，以后咱们就别叫人拔去了。”说着已到了花溆的萝港之下，觉得阴森透骨，两滩上衰草残菱，更助秋情。

贾母因见岸上的清厦旷朗，便问“这是你薛姑娘的屋子不是?”众人道：“是。”贾母忙命拢岸，顺着云步石梯上去，一同进了蘅芜苑，只觉异香扑鼻。那些奇草仙藤愈冷愈苍翠，都结了实，似珊瑚豆子一般，累垂可爱。及进了房屋，雪洞一般，一色玩器全无，案上只有一个土定瓶[1]中供着数枝菊花，并两部书，茶奁茶杯而已。床上只吊着青纱帐幔，衾褥也十分朴素。

写薛宝钗屋里的陈设，素净、寒气，突出宝钗冷美人的一面。作者对屋里的摆设、人物的服饰、亭园的结构，有一种特殊的记忆力，写来有条不紊，绝不含糊其词。

贾母叹道：“这孩子太老实了。你没有陈设，何妨和你姨娘要些。我也不理论，也没想到，你们的东西自然在家里没带了来。”说着，命鸳鸯去取些古董来，又嗔着凤姐儿：“不送些玩器来与你妹妹，这样小器。”王夫人凤姐儿等都笑回说：“他自己不要的。我们原送了来，他都退回去了。”薛姨妈也笑说：“他在家里也不大弄这些东西的。”贾母摇头道：“使不得。虽然他省事，倘或来一个亲戚，

[1] 土定瓶：仿定窑烧制的一种质地较粗的瓶子。

看着不像；二则年轻的姑娘们，房里这样素净，也忌讳。我们这老婆子，越发该住马圈去了。你们听那些书上戏上说的小姐们的绣房，精致的还了得呢。他们姊妹们虽不敢比那些小姐们，也不要很离了格儿。有现成的东西，为什么不摆？若很爱素净，少几样倒使得。我最会收拾屋子的，如今老了，没有这些闲心了。他们姊妹们也还学着收拾的好，只怕俗气，有好东西也摆坏了。我看他们还不俗。如今让我替你收拾，包管又大方又素净。我的梯己两件，收到如今，没给宝玉看见过，若经了他的眼，也没了。”说着叫过鸳鸯来，亲吩咐道：“你把那石头盆景儿和那架纱桌屏，还有个墨烟冻石鼎，这三样摆在这案上就够了。再把那水墨字画白绫帐子拿来，把这帐子也换了。”鸳鸯答应着，笑道：“这些东西都搁在东楼上的不知那个箱子里，还得慢慢找去，明儿再拿去也罢了。”贾母道：“明日后日都使得，只别忘了。”说着，坐了一回方出来，一径来至缀锦阁下。文官等上来请过安，因问“演习何曲”。贾母道：“只拣你们生的演习几套罢。”文官等下来，往藕香榭去不提。

这里凤姐儿已带着人摆设整齐，上面左右两张榻，榻上都铺着锦裀蓉簟[1]，每一榻前有两张雕漆几，也有海棠式的，也有梅花式的，也有荷叶式的，也有葵花式的，也有方的，也有圆的，其式不一。一个上面放着炉瓶[2]，一分攒盒，一个上面空设着，预备放人所喜食物。上面二榻四几，是贾母薛姨妈；下面一椅两几，是王夫人的，馀者都是

[1] 锦裀（yīn）蓉簟（diàn）：锦裀，华美的丝绸褥子。蓉簟，荷花图案的竹席。
[2] 炉瓶：焚香用具。

一椅一几。东边是刘姥姥，刘姥姥之下便是王夫人。西边便是史湘云，第二便是宝钗，第三便是黛玉，第四迎春、探春、惜春挨次下去，宝玉在末。李纨凤姐二人之几设于三层槛内，二层纱厨之外。攒盒式样，亦随几之式样。每人一把乌银洋錾自斟壶，一个十锦珐琅杯。

大家坐定，贾母先笑道："咱们先吃两杯，今日也行一令才有意思。"薛姨妈等笑道："老太太自然有好酒令，我们如何会呢，安心要我们醉了。我们都多吃两杯就有了。"贾母笑道："姨太太今儿也过谦起来，想是厌我老了。"薛姨妈笑道："不是谦，只怕行不上来倒是笑话了。"王夫人忙笑道："便说不上来，就便多吃一杯酒，醉了睡觉去，还有谁笑话咱们不成。"薛姨妈点头笑道："依令。老太太到底吃一杯令酒才是。"贾母笑道："这个自然。"说着便吃了一杯。

凤姐儿忙走至当地，笑道："既行令，还叫鸳鸯姐姐来行更好。"众人都知贾母所行之令必得鸳鸯提着，故听了这话，都说"很是"。凤姐儿便拉了鸳鸯过来。王夫人笑道："既在令内，没有站着的理。"回头命小丫头子："端一张椅子，放在你二位奶奶的席上。"鸳鸯也半推半就，谢了坐，便坐下，也吃了一钟酒，笑道："酒令大如军令，不论尊卑，惟我是主。违了我的话，是要受罚的。"王夫人等都笑道："一定如此，快些说来。"鸳鸯未开口，刘姥姥便下了席，摆手道："别这样捉弄人，我家去了。"众人都笑道："这却使不得。"鸳鸯喝令小丫头子们："拉上席去！"小丫头子们也笑着，果然拉入席中。刘姥姥只叫"饶了我罢！"鸳鸯道："再多言的罚一壶。"刘姥姥方住了声。

鸳鸯道："如今我说骨牌副儿[1]，从老太太起，顺领说下去，至刘姥姥止。比如我说一副儿，将这三张牌拆开，先说头一张，次说第二张，再说第三张，说完了，合成这一副儿的名字。无论诗词歌赋，成语俗话，比上一句，都要叶韵。错了的罚一杯。"众人笑道："这个令好，就说出来。"

鸳鸯道："有了一副了。左边是张'天'。"贾母道："头上有青天。"众人道："好。"鸳鸯道："当中是个'五与六'。"贾母道："六桥梅花香彻骨。"鸳鸯道："剩得一张'六与幺'。"贾母道："一轮红日出云霄。"鸳鸯道："凑成便是个'蓬头鬼'。"贾母道："这鬼抱住钟馗腿。"说完，大家笑说："极妙。"贾母饮了一杯。

鸳鸯又道："有了一副。左边是个'大长五'。"薛姨妈道："梅花朵朵风前舞。"鸳鸯道："右边还是个'大五长'。"薛姨妈道："十月梅花岭上香。"鸳鸯道："当中'二五'是杂七。"薛姨妈道："织女牛郎会七夕。"鸳鸯道："凑成'二郎游五岳'。"薛姨妈道："世人不及神仙乐。"说完，大家称赏，饮了酒。

鸳鸯又道："有了一副。左边'长幺'两点明。"湘云道："双悬日月照乾坤。"鸳鸯道："右边'长幺'两点明。"湘云道："闲花落地听无声。"鸳鸯道："中间还得'幺四'来。"湘云道："日边红杏倚云栽。"鸳鸯道："凑成'樱桃是九熟'。"湘云道："御园却被鸟衔出。"说完饮了一杯。

鸳鸯道："有了一副。左边是'长三'。"宝钗道："双双燕子语梁间。"鸳鸯道："右边是'三长'。"宝钗道："水荇牵风翠带长。"鸳鸯道："当中'三六'

[1] 骨牌副儿：用两张以上骨牌的色点配成一套，叫作"一副儿"。这里是三张牌为一副儿。

九点在。”宝钗道：“三山半落青天外。”鸳鸯道：“凑成‘铁锁练孤舟’。”宝钗道：“处处风波处处愁。”说完饮毕。

鸳鸯又道：“左边一个‘天’。”黛玉道：“良辰美景奈何天。”宝钗听了，回头看着他。黛玉只顾怕罚，也不理论。鸳鸯道：“中间‘锦屏’颜色俏。”黛玉道：“纱窗也没有红娘报。”鸳鸯道：“剩了‘二六’八点齐。”黛玉道：“双瞻玉座引朝仪。”鸳鸯道：“凑成‘篮子’好采花。”黛玉道：“仙杖香挑芍药花。”说完，饮了一口。

鸳鸯道：“左边‘四五’成花九。”迎春道：“桃花带雨浓。”众人道：“该罚！错了韵，而且又不像。”迎春笑着饮了一口。原是凤姐儿和鸳鸯都要听刘姥姥的笑话，故意都令说错，都罚了。至王夫人，鸳鸯代说了个，下便该刘姥姥。

刘姥姥道：“我们庄家人闲了，也常会几个人弄这个，但不如说的这么好听。少不得我也试一试。”众人都笑道：“容易说的。你只管说，不相干。”鸳鸯笑道：“左边‘四四’是个人。”刘姥姥听了，想了半日，说道：“是个庄家人罢。”众人哄堂笑了。贾母笑道：“说的好，就是这样说。”刘姥姥也笑道：“我们庄家人，不过是现成的本色，众位别笑。”鸳鸯道：“中间‘三四’绿配红。”刘姥姥道：“大火烧了毛毛虫。”众人笑道：“这是有的，还说你的本色。”鸳鸯道：“右边‘幺四’真好看。”刘姥姥道：“一个萝蔔一头蒜。”众人又笑了。鸳鸯笑道：“凑成便是一枝花。”刘姥姥两只手比着，说道：“花儿落了结个大倭瓜。”众人大笑起来。只听外面乱嚷——

第四十一回

栊翠庵茶品梅花雪　怡红院劫遇母蝗虫

话说刘姥姥两只手比着说道："花儿落了结个大倭瓜。"众人听了哄堂大笑起来。于是吃过门杯，因又逗趣笑道："实告诉说罢，我的手脚子粗笨，又喝了酒，仔细失手打了这瓷杯。有木头的杯取个子来，我便失了手，掉了地下也无碍。"众人听了，又笑起来。

凤姐儿听如此说，便忙笑道："果真要木头的，我就取了来。可有一句话先说下：这木头的可比不得瓷的，他都是一套，定要吃遍一套方使得。"刘姥姥听了心下战敠道："我方才不过是趣话取笑儿，谁知他果真竟有。我时常在村庄乡绅大家也赴过席，金杯银杯倒都也见过，从来没见有木头杯之说。哦，是了，想必是小孩子们使的木碗儿，不过诓我多喝两碗。别管他，横竖这酒蜜水儿似的，多喝点子也无妨。"想毕，便说："取来再商量。"凤姐乃命丰儿："到前面里间屋，书架子上有十个竹根套杯取来。"

丰儿听了，答应才然[1]要去，鸳鸯笑道："我知道你这十个杯还小。况且你才说是木头的，这会子又拿了竹根子的来，倒不好看。不如把我们那里

[1] 才然：刚刚。

的黄杨根整抠的十个大套杯拿来，灌他十下子。”凤姐儿笑道：“更好了。”鸳鸯果命人取来。刘姥姥一看，又惊又喜：惊的是一连十个，挨次大小分下来，那大的足似个小盆子，第十个极小的还有手里的杯子两个大；喜的是雕镂奇绝，一色山水树木人物，并有草字以及图印。因忙说道：“拿了那小的来就是了，怎么这样多？”凤姐儿笑道：“这个杯没有喝一个的理。我们家因没有这大量的，所以没人敢使他。姥姥既要，好容易寻了出来，必定要挨次吃一遍才使得。”刘姥姥唬的忙道：“这个不敢。好姑奶奶，饶了我罢。”贾母、薛姨妈、王夫人知道他上了年纪的人，禁不起，忙笑道：“说是说，笑是笑，不可多吃了，只吃这头一杯罢。”刘姥姥道：“阿弥陀佛！我还是小杯吃罢。把这大杯收着，我带了家去慢慢的吃罢。”说的众人又笑起来。鸳鸯无法，只得命人满斟了一大杯，刘姥姥两手捧着喝。

贾母薛姨妈都道：“慢些，不要呛了。”薛姨妈又命凤姐儿布了菜。凤姐笑道：“姥姥要吃什么，说出名儿来，我搛[1]了喂你。”刘姥姥道：“我知什么名儿，样样都是好的。”贾母笑道：“你把茄鲞[2]搛些喂他。”凤姐儿听说，依言搛些茄鲞送入刘姥姥口中，因笑道：“你们天天吃茄子，也尝尝我们的茄子弄的可口不可口。”刘姥姥笑道：“别哄我了，茄子跑出这个味儿来了，我们也不用种粮食，只种茄子了。”众人笑道：“真是茄子，我们再不哄你。”刘姥姥诧异道：“真是茄子？我白吃了半日。姑奶奶再喂我些，这一口细嚼嚼。”凤姐儿果

---

［1］ 搛（jiān）：夹持，这里指用筷子夹菜。

［2］ 茄鲞（xiǎng）：茄干。鲞，本指鱼干，也泛指成片或成丁的腌腊食品。

又搛了些放入口内。

刘姥姥细嚼了半日，笑道："虽有一点茄子香，只是还不像是茄子。告诉我是个什么法子弄的，我也弄着吃去。"凤姐儿笑道："这也不难。你把才下来的茄子把皮签[1]了，只要净肉，切成碎钉子，用鸡油炸了，再用鸡脯子肉并香菌、新笋、蘑菇，五香腐干、各色干果子，俱切成钉子，用鸡汤煨了，将香油一收，外加糟油[2]一拌，盛在瓷罐子里封严，要吃时拿出来，用炒的鸡瓜[3]一拌就是。"刘姥姥听了，摇头吐舌说道："我的佛祖！倒得十来只鸡来配他，怪道这个味儿！"一面说笑，一面慢慢的吃完了酒，还只管细玩那杯。

凤姐笑道："还是不足兴，再吃一杯罢！"刘姥姥忙道："了不得，那就醉死了。我因为爱这样范，亏他怎么作了。"鸳鸯笑道："酒吃完了，到底这杯子是什么木的？"刘姥姥笑道："怨不得姑娘不认得，你们在这金门绣户的，如何认得木头！我们成日家和树林子作街坊，困了枕着他睡，乏了靠着他坐，荒年间饿了还吃他，眼睛里天天见他，耳朵里天天听他，口儿里天天讲他，所以好歹真假，我是认得的。让我认一认。"一面说，一面细细端详了半日，道："你们这样人家断没有那贱东西，那容易得的木头，你们也不收着了。我掂着这杯体重，断乎不是杨木，这一定是黄松的。"众人听了，哄堂大笑起来。

刘姥姥最能搞笑，活跃气氛。

只见一个婆子走来请问贾母，说："姑娘们都到了藕香榭，请示下，就演罢还是再等一会子？"

[1] 签（qiān）：削。
[2] 糟油：用酒糟调制成的油，用来浇拌凉菜。
[3] 鸡瓜：鸡丁。

贾母忙笑道："可是倒忘了他们，就叫他们演罢。"那个婆子答应去了。不一时，只听得箫管悠扬，笙笛并发。正值风清气爽之时，那乐声穿林度水而来，自然使人神怡心旷。

宝玉先禁不住，拿起壶来斟了一杯，一口饮尽。复又斟上，才要饮，只见王夫人也要饮，命人换暖酒，宝玉连忙将自己的杯捧了过来，送到王夫人口边，王夫人便就他手内吃了两口。一时暖酒来了，宝玉仍归旧坐，王夫人提了暖壶下席来，众人皆都出了席，薛姨妈也立起来，贾母忙命李、凤二人接过壶来："让你姨妈坐了，大家才便。"王夫人见如此说，方将壶递与凤姐，自己归坐。贾母笑道："大家吃上两杯，今日着实有趣。"说着擎杯让薛姨妈，又向湘云宝钗道："你姐妹两个也吃一杯。你妹妹虽不大会吃，也别饶他。"说着自己已干了。湘云、宝钗、黛玉也都干了。当下刘姥姥听见这般音乐，且又有了酒，越发喜的手舞足蹈起来。宝玉因下席过来向黛玉笑道："你瞧刘姥姥的样子。"黛玉笑道："当日圣乐一奏，百兽率舞，如今才一牛耳。"众姐妹都笑了。

须臾乐止，薛姨妈出席笑道："大家的酒想也都有了，且出去散散再坐罢。"贾母也正要散散，于是大家出席，都随着贾母游玩。贾母因要带着刘姥姥散闷，遂携了刘姥姥至山前树下盘桓了半晌，又说与他这是什么树，这是什么石，这是什么花。刘姥姥一一的领会，又向贾母道："谁知城里不但人尊贵，连雀儿也是尊贵的。偏这雀儿到了你们这里，他也变俊了，也会说话了。"众人不解，因问什么雀儿变俊了，会讲话。刘姥姥道："那廊下金架子上站的绿毛红嘴是鹦哥儿，我是认得的。那笼子里黑老鸹子怎么又长出凤头来[1]，也会说话呢。”众人听了都笑将起来。

一时只见丫鬟们来请用点心。贾母道：“吃了两杯酒，倒也不饿。也罢，就拿了这里来，大家随便吃些罢。”丫鬟听说，便去抬了两张几来，又端了两个小捧盒。揭开看时，每个盒内两样：这盒内一样是藕粉桂糖糕，一样是松穰鹅油卷。那盒内一样是一寸来大的小饺儿。贾母因问什么馅儿，婆子们忙回是螃蟹的。贾母听了，皱眉说：“这油腻腻的，谁吃这个！”那一样是奶油炸的各色小面果，也不喜欢。因让薛姨妈吃，薛姨妈只拣了一块糕。贾母拣了一个卷子，只尝了一尝，剩的半个递与丫鬟了。

刘姥姥因见那各式各样的小面果子都玲珑剔透，便拣了一朵牡丹花样的笑道：“我们那里最巧的姐儿们，也不能铰出这么个纸的来。我又爱吃，又舍不得吃，包些家去给他们做花样子去倒好。”众人都笑了。贾母道：“家去我送你一瓷坛子。你先趁热吃这个罢。”别人不过拣各人爱吃的吃了一两点就罢了；刘姥姥原不曾吃过这些东西，且都作的小巧，不显盘堆的，他和板儿每样吃了些，就去了半盘子。剩的，凤姐又命攒了两盘并一个攒盒，与文官等吃去。

忽见奶子抱了大姐儿来，大家哄他顽了一会。那大姐儿因抱着一个大柚子玩的，忽见板儿抱着一个佛手，便也要佛手。丫鬟哄他取去，大姐儿等不得，便哭了。众人忙把柚子与了板儿，将板儿的佛

[1] 黑老鸹子……长出凤头来：黑老鸹子，即乌鸦。凤头，凤毛。因八哥与乌鸦形似，喙部上端多了一撮凤毛，故刘姥姥如此说。

手哄过来与他才罢。那板儿因顽了半日佛手，此刻又两手抓着些果子吃，又忽见这柚子又香又圆，更觉好顽，且当球踢着玩去，也就不要佛手了。

当下贾母等吃过茶，又带了刘姥姥至栊翠庵来。妙玉忙接了进去。至院中见花木繁盛，贾母笑道："到底是他们修行的人，没事常常修理，比别处越发好看。"一面说，一面便往东禅堂来。妙玉笑往里让，贾母道："我们才都吃了酒肉，你这里头有菩萨，冲了罪过。我们这里坐坐，把你的好茶拿来，我们吃一杯就去了。"妙玉听了，忙去烹了茶来。

宝玉留神看他是怎么行事。只见妙玉亲自捧了一个海棠花式雕漆填金云龙献寿的小茶盘，里面放一个成窑[1]五彩小盖钟，捧与贾母。贾母道："我不吃六安茶[2]。"妙玉笑说："知道。这是老君眉[3]。"贾母接了，又问是什么水。妙玉笑回"是旧年蠲[4]的雨水。"贾母便吃了半盏，便笑着递与刘姥姥说："你尝尝这个茶。"刘姥姥便一口吃尽，笑道："好是好，就是淡些，再熬浓些更好了。"贾母众人都笑起来。然后众人都是一色官窑脱胎填白盖碗[5]。

那妙玉便把宝钗和黛玉的衣襟一拉，二人随他出去，宝玉悄悄的随后跟了来。只见妙玉让他二人在耳房内，宝钗坐在榻上，黛玉便坐在妙玉的蒲团上。妙玉自向风炉上扇滚了水，另泡一壶茶。宝玉

[1] 成窑：明代成化年间官窑所出的瓷器。
[2] 六安茶：安徽六安出产的一种茶。
[3] 老君眉：湖南洞庭湖君山所产的银针茶，因形如长眉，故名"老君眉"。或说产自福建武夷山。
[4] 蠲：密闭封存使其澄清。
[5] 官窑脱胎填白盖碗：一种名贵的青瓷盖碗。官窑，生产宫廷所需瓷器所设的瓷窑。脱胎，薄胎细白瓷的工艺。填白，甜白。

便走了进来，笑道："偏你们吃梯己茶呢。"二人都笑道："你又赶了来飺[1]茶吃。这里并没你的。"妙玉刚要去取杯，只见道婆收了上面的茶盏来。妙玉忙命："将那成窑的茶杯别收了，搁在外头去罢。"宝玉会意，知为刘姥姥吃了，他嫌脏不要了。

又见妙玉另拿出两只杯来。一个旁边有一耳，杯上镌着"𤫩瓟斝"[2]三个隶字，后有一行小真字是"晋王恺珍玩[3]"，又有"宋元丰五年四月眉山苏轼见于秘府"一行小字。妙玉便斟了一斝，递与宝钗。那一只形似钵而小，也有三个垂珠篆字[4]，镌着"点犀䀉"[5]。妙玉斟了一䀉与黛玉。仍将前番自己常日吃茶的那只绿玉斗来斟与宝玉。

宝玉笑道："常言'世法平等'[6]，他两个就用那样古玩奇珍，我就是个俗器了。"妙玉道："这是俗器？不是我说狂话，只怕你家里未必找的出这么一个俗器来呢。"宝玉笑道："俗话说'随乡入乡'，到了你这里，自然把那金玉珠宝一概贬为俗器了。"妙玉听如此说，十分欢喜，遂又寻出一只九曲十环一百二十节蟠虬整雕竹根的一个大𣼖[7]出来，笑道："就剩了这一个，你可吃的了这一海？"宝玉喜的忙道："吃的了。"妙玉笑道："你虽吃的了，也没这些茶糟踏。岂不闻'一杯为品，二杯即是解渴的蠢物，三杯便是饮牛饮骡了'。你吃这一海便成什么？"说的宝钗、黛玉、宝玉都笑了。

---

[1] 飺（cí）：沾光、揩油。
[2] 𤫩瓟斝（bān páo jiǎ）：形似葫芦的酒器。𤫩、瓟，皆为葫芦。斝，饮器。
[3] 王恺珍玩：王恺，晋代富豪。珍玩，珍奇的古玩、宝物。
[4] 垂珠篆字：相传为汉郎中曹喜所创，笔画断续成小点的篆字。
[5] 点犀䀉（qiáo）：犀牛角做成的饮器。
[6] 世法平等：佛家用语，即平等地对待世间的一切事物。
[7] 𣼖：大杯。

妙玉执壶，只向海内斟了约有一杯。宝玉细细吃了，果觉轻浮[1]无比，赏赞不绝。妙玉正色道："你这遭吃的茶是托他两个福，独你来了，我是不给你吃的。"宝玉笑道："我深知道的，我也不领你的情，只谢他二人便是了。"妙玉听了，方说："这话明白。"

黛玉因问："这也是旧年的雨水？"妙玉冷笑道："你这么个人，竟是大俗人，连水也尝不出来。这是五年前我在玄墓[2]蟠香寺住着，收的梅花上的雪，共得了那一鬼脸青[3]的花瓮一瓮，总舍不得吃，埋在地下，今年夏天才开了。我只吃过一回，这是第二回了。你怎么尝不出来？隔年蠲的雨水那有这样轻浮，如何吃得。"黛玉知他天性怪僻，不好多话，亦不好多坐，吃完茶，便约着宝钗走了出来。

宝玉和妙玉陪笑道："那茶杯虽然脏了，白撂了岂不可惜？依我说，不如就给那贫婆子罢，他卖了也可以度日。你道可使得。"妙玉听了，想了一想，点头说道："这也罢了。幸而那杯子是我没吃过的，若是我吃过的，我就砸碎了也不能给他。你要给他，我也不管你，只交给你，快拿了去罢。"宝玉笑道："自然如此，你那里和他说话授受去，越发连你也脏了。只交与我就是了。"妙玉便命人拿来递与宝玉。

写妙玉，在茶水、茶具上大做文章，极写其洁癖和矜持。

宝玉接了，又道："等我们出去了，我叫几个小幺儿来河里打几桶水来洗地如何？"妙玉笑道："这更好了，只是你嘱咐他们，抬了水只搁在山门

[1] 轻浮：指茶味不凡。
[2] 玄墓：山名，在今江苏吴县。
[3] 鬼脸青：一种釉色深蓝的瓷。

宝玉欣赏并理解妙玉之为人。

外头墙根下，别进门来。”宝玉道：“这是自然的。”说着，便袖着那杯，递与贾母房中小丫头拿着，说：“明日刘姥姥家去，给他带去罢。”交代明白，贾母已经出来要回去。妙玉亦不甚留，送出山门，回身便将门闭了。不在话下。

且说贾母因觉身上乏倦，便命王夫人和迎春姊妹陪了薛姨妈去吃酒，自己便往稻香村来歇息。凤姐忙命人将小竹椅抬来，贾母坐上，两个婆子抬起，凤姐李纨和众丫鬟婆子围随去了，不在话下。这里薛姨妈也就辞出。王夫人打发文官等出去，将攒盒散与众丫鬟们吃去，自己便也乘空歇着，随便歪在方才贾母坐的榻上，命一个小丫头放下帘子来，又命他捶着腿，吩咐他：“老太太那里有信，你就叫我。”说着也歪着睡着了。

宝玉湘云等看着丫鬟们将攒盒搁在山石上，也有坐在山石上的，也有坐在草地下的，也有靠着树的，也有傍着水的，倒也十分热闹。一时又见鸳鸯来了，要带着刘姥姥各处去逛，众人也都赶着取笑。一时来至“省亲别墅”的牌坊底下，刘姥姥道：“嗳呀！这里还有个大庙呢。”说着，便爬下磕头。众人笑弯了腰。刘姥姥道：“笑什么？这牌楼上字我都认得。我们那里这样的庙宇最多，都是这样的牌坊，那字就是庙的名字。”众人笑道：“你认得这是什么庙？”刘姥姥便抬头指那字道：“这不是‘玉皇宝殿’四字？”众人笑的拍手打脚，还要拿他取笑。刘姥姥觉得腹内一阵乱响，忙的拉着一个小丫头，要了两张纸就解衣。众人又是笑，又忙喝他“这里使不得！”忙命一个婆子带了东北角上去了。那婆子指与地方，便乐得走开去歇息。

那刘姥姥因喝了些酒，他脾气[1]不与黄酒相宜，且吃了许多油腻饮食，发渴多喝了几碗茶，不免通泻起来，蹲了半日方完。及出厕来，酒被风禁，且年迈之人，蹲了半天，忽一起身，只觉得眼花头眩，辨不出路径。四顾一望，皆是树木山石楼台房舍，却不知那一处是往那里去的了，只得认着一条石子路慢慢的走来。及至到了房舍跟前，又找不着门，再找了半日，忽见一带竹篱，刘姥姥心中自忖道："这里也有扁豆架子。"

一面想，一面顺着花障走了来，得了一个月洞门进去。只见迎面忽有一带水池，只有七八尺宽，石头砌岸，里面碧浏清水流往那边去了，上面有一块白石横架在上面。刘姥姥便度石过去，顺着石子甬路走去，转了两个弯子，只见有一房门。于是进了房门，只见迎面一个女孩儿，满面含笑迎了出来。刘姥姥忙笑道："姑娘们把我丢下来了，要我碰头碰到这里来。"说了，只觉那女孩儿不答。刘姥姥便赶来拉他的手，"咕咚"一声，便撞到板壁上，把头碰的生疼。细瞧了一瞧，原来是一幅画儿。刘姥姥自忖道："原来画儿有这样活凸出来的。"一面想，一面看，一面又用手摸去，却是一色平的，点头叹了两声。一转身方得了一个小门，门上挂着葱绿撒花软帘。

刘姥姥掀帘进去，抬头一看，只见四面墙壁玲珑剔透，琴剑瓶炉皆贴在墙上，锦笼纱罩，金彩珠光，连地下踩的砖，皆是碧绿凿花，竟越发把眼花了，找门出去，那里有门？左一架书，右一架屏。刚从屏后得了一门转去，只见他亲家母也从外面迎

---

[1] 脾气：此指脾胃。

了进来。刘姥姥诧异，忙问道："你想是见我这几日没家去，亏你找我来。那一位姑娘带你进来的？"他亲家只是笑，不还言。刘姥姥笑道："你好没见世面，见这园里的花好，你就没死活戴了一头。"他亲家也不答。便心下忽然想起："常听大富贵人家有一种穿衣镜，这别是我在镜子里头呢罢。"说毕伸手一摸，再细一看，可不是，四面雕空紫檀板壁将镜子嵌在中间。因说："这已经拦住，如何走出去呢？"一面说，一面只管用手摸。

这镜子原是西洋机括[1]，可以开合。不意刘姥姥乱摸之间，其力巧合，便撞开消息，掩过镜子，露出门来。刘姥姥又惊又喜，迈步出来，忽见有一副最精致的床帐。他此时又带了七八分醉，又走乏了，便一屁股坐在床上，只说歇歇，不承望身不由己，前仰后合的，朦胧着两眼，一歪身就睡熟在床上。

且说众人等他不见，板儿见没了他姥姥，急的哭了。众人都笑道："别是掉在茅厕里了？快叫人去瞧瞧。"因命两个婆子去找。回来说没有。众人各处搜寻不见。袭人敪其道路："是他醉了迷了路，顺着这一条路往我们后院子里去了。若进了花障子到后房门进去，虽然碰头，还有小丫头们知道；若不进花障子再往西南上去，若绕出去还好，若绕不出去，可够他绕回子好的。我且瞧瞧去。"一面想，一面回来，进了怡红院便叫人，谁知那几个房子里小丫头已偷空顽去了。

袭人一直进了房门，转过集锦槅子，就听的鼾齁如雷。忙进来，只闻见酒屁臭气，满屋一瞧，只

[1] 机括：一触即动的开关装置。

见刘姥姥扎手舞脚的仰卧在床上。袭人这一惊不小，慌忙赶上来将他没死活的推醒。那刘姥姥惊醒，睁眼见了袭人，连忙爬起来道："姑娘，我失错了！并没弄脏了床帐。"一面说，一面用手去掸。

袭人恐惊动了人被宝玉知道了，只向他摇手，不叫他说话。忙将鼎内贮了三四把百合香，仍用罩子罩上。些须收拾收拾，所喜不曾呕吐，忙悄悄的笑道："不相干，有我呢。你随我出来。"刘姥姥满口答应，跟了袭人出至小丫头们房中。命他坐了，向他说道："你就说醉倒在山子石上打了个盹儿。"刘姥姥答应知道。又与他两碗茶吃，方觉酒醒了，因问道："这是那个小姐的绣房，这样精致？我就像到了天宫里的一样。"袭人微微笑道："这个么，是宝二爷的卧室。"那刘姥姥吓的不敢作声。袭人带他从前面出去，见了众人，只说他在草地下睡着了，带了他来的。众人都不理会，也就罢了。

袭人息事宁人之处事策略，一以贯之。

一时贾母醒了，就在稻香村摆晚饭。贾母因觉懒懒的，也不吃饭，便坐了竹椅小敞轿，回至房中歇息，命凤姐儿等去吃饭。他姊妹方复进园来。要知端的——

借刘姥姥的一逛，连写黛玉的潇湘馆、探春的秋爽斋、宝钗的蘅芜苑、妙玉的栊翠庵。

第四十二回

蘅芜君兰言[1]解疑癖　潇湘子雅谑补馀香

话说他姊妹复进园来，吃过饭，大家散出，都无别话。

且说刘姥姥带着板儿，先来见凤姐儿，说："明日一早定要家去了。虽住了两三天，日子不多，却把古往今来没见过的，没吃过的，没听见过的，都经验了。难得老太太和姑奶奶并那些小姐们，连各房里的姑娘们，都这样怜贫惜老照看我。我这一回去后没别的报答，惟有请些高香天天给你们念佛，保佑你们长命百岁的，就算我的心了。"

第二次窥富，见了贾母，见了金陵十二钗，逛了大观园，见了世面。是贾府全盛时期的见证人。

凤姐儿笑道："你别喜欢。都是为你，老太太也被风吹病了，睡着说不好过；我们大姐儿也着了凉，在那里发热呢。"刘姥姥听了，忙叹道："老太太有年纪的人，不惯十分劳乏的。"凤姐儿道："从来没像昨儿高兴。往常也进园子逛去，不过到一二处坐坐就回来了。昨儿因为你在这里，要叫你逛逛，一个园子倒走了多半个。大姐儿因为找我去，太太递了一块糕给他，谁知风地里吃了，就发起热来。"

刘姥姥道："小姐儿只怕不大进园子，生地方儿，小人儿家原不该去。比不得我们的孩子，会走

[1] 兰言：知心话，珍贵的话。

了，那个坟圈子里不跑去。一则风扑了也是有的；二则只怕他身上干净，眼睛又净，或是遇见什么神了。依我说，给他瞧瞧祟书本子[1]，仔细撞客着了。”一语提醒了凤姐儿，便叫平儿拿出《玉匣记》着彩明来念。彩明翻了一回念道：“八月二十五日，病者在东南方得遇花神。用五色纸钱四十张，向东南方四十步送之，大吉。”凤姐儿笑道：“果然不错，园子里头可不是花神！只怕老太太也是遇见了。”一面命人请两分纸钱来，着两个人来，一个与贾母送祟，一个与大姐儿送祟。果见大姐儿安稳睡了。

凤姐儿笑道：“到底是你们有年纪的人经历的多。我这大姐儿时常肯病，也不知是个什么原故。”刘姥姥道：“这也有的事。富贵人家养的孩子多太娇嫩，自然禁不得一些儿委曲；再他小人儿家，过于尊贵了，也禁不起。以后姑奶奶少疼他些就好了。”凤姐儿道：“这也有理。我想起来，他还没个名字，你就给他起个名字。一则借借你的寿；二则你们是庄家人，不怕你恼，到底贫苦些，你贫苦人起个名字，只怕压的住他。”刘姥姥听说，便想了一想，笑道：“不知他几时生的？”凤姐儿道：“正是生日的日子不好呢，可巧是七月初七日。”刘姥姥忙笑道：“这个正好，就叫他是巧哥儿。这叫作‘以毒攻毒，以火攻火’的法子。姑奶奶定要依我这名字，他必长命百岁。日后大了，各人成家立业，或一时有不遂心的事，必然是遇难成祥，逢凶化吉，却从这‘巧’字上来。”

伏笔。以后巧姐的逢凶化吉全靠刘姥姥。

凤姐儿听了，自是欢喜，忙道谢，又笑道：

[1] 祟书本子：讲说鬼神星命、吉凶祸福的迷信书籍。

"只保佑他应了你的话就好了。"说着叫平儿来吩咐道："明儿咱们有事，恐怕不得闲儿。你这空儿把送姥姥的东西打点了，他明儿一早就好走的便宜了。"刘姥姥忙说："不敢多破费了。已经遭扰了几日，又拿着走，越发心里不安起来。"凤姐儿道："也没有什么，不过随常的东西。好也罢，歹也罢，带了去，你们街坊邻舍看着也热闹些，也是上城一次。"只见平儿走来说："姥姥过这边瞧瞧。"

刘姥姥忙跟了平儿到那边屋里，只见堆着半炕东西。平儿一一的拿与他瞧着，说道："这是昨日你要的青纱一匹，奶奶另外送你一个实地子月白纱[1]作里子。这是两个茧绸，作袄儿裙子都好。这包袱里是两匹绸子，年下做件衣裳穿。这是一盒子各样内造点心[2]，也有你吃过的，也有你没吃过的，拿去摆碟子请客，比你们买的强些。这两条口袋是你昨日装瓜果子来的，如今这一个里头装了两斗御田粳米，熬粥是难得的；这一条里头是园子里果子和各样干果子。这一包是八两银子。这都是我们奶奶的。这两包，每包里头五十两，共是一百两，是太太给的，叫你拿去或者作个小本买卖，或者置几亩地，以后再别求亲靠友的。"说着又悄悄笑道："这两件袄儿和两条裙子，还有四块包头，一包绒线，可是我送姥姥的。衣裳虽是旧的，我也没大狠穿，你要弃嫌我就不敢说了。"

贾府的怜贫惜老。

平儿说一样，刘姥姥就念一句佛，已经念了几千声佛了。又见平儿也送他这些东西，又如此谦逊，忙念佛道："姑娘说那里话？这样好东西我还

[1] 实地子月白纱：实地子纱，厚密的纱。月白，浅蓝色。
[2] 内造点心：宫内制作的点心。

弃嫌！我便有银子也没处去买这样的呢。只是我怪臊的，收了又不好，不收又辜负了姑娘的心。”平儿笑道：“休说外话，咱们都是自己，我才这样。你放心收了罢，我还和你要东西呢。到年下，你只把你们晒的那个灰条菜干子和豇豆、扁豆、茄子、葫芦条儿各样干菜带些来，我们这里上上下下都爱吃。这个就算了，别的一概不要，别罔费了心。”刘姥姥千恩万谢答应了。平儿道：“你只管睡你的去。我替你收拾妥当了就放在这里，明儿一早打发小厮们雇辆车装上，不用你费一点心的。”刘姥姥越发感激不尽，过来又千恩万谢的辞了凤姐儿，过贾母这一边睡了一夜，次早梳洗了就要告辞。

因贾母欠安，众人都过来请安，出去传请大夫。一时婆子回大夫来了。老妈妈请贾母进幔子[1]去坐。贾母道：“我也老了，那里养不出那阿物儿来，还怕他不成！不要放幔子，就这样瞧罢。”众婆子听了，便拿过一张小桌来，放下一个小枕头，便命人请。

一时只见贾珍、贾琏、贾蓉三个人将王太医领来。王太医不敢走甬路，只走旁阶，跟着贾珍到了阶矶上。早有两个婆子在两边打起帘子，两个婆子在前导引进去，又见宝玉迎了出来。只见贾母穿着青皱绸一斗珠的羊皮褂子[2]，端坐在榻上，两边四个未留头的小丫鬟都拿着蝇帚漱盂等物；又有五六个老嬷嬷雁翅摆在两旁，碧纱橱后隐隐约约有许多穿红着绿戴宝簪珠的人。王太医便不敢抬头，忙上来请了安。

---

[1] 幔子：帐幕。贵妇人起居之处设的坐帐。
[2] 一斗珠的羊皮褂子：用未出生的胎羊皮做成的皮褂子。这样的羊皮卷毛如一粒粒珠子。

贾母见他穿着六品服色，便知是御医了，也便含笑问："供奉[1]好?"因问贾珍："这位供奉贵姓?"贾珍等忙回"姓王。"贾母道："当日太医院正堂王君效，好脉息[2]。"王太医忙躬身低头，含笑回说："那是晚晚生家叔祖。"贾母听了，笑道："原来这样，也是世交了。"一面说，一面慢慢的伸手放在小枕上。老嬷嬷端着一张小杌：连忙放在小桌前，略偏些。王太医便屈一膝坐下，歪着头诊了半日，又诊了那只手，忙欠身低头退出。贾母笑说："劳动了。珍儿让出去好生看茶。"

贾珍贾琏等忙答了几个"是"，复领王太医出到外书房中。王太医说："太夫人并无别症，偶感一点风凉，究竟不用吃药，不过略清淡些，暖着一点儿，就好了。如今写个方子在这里，若老人家爱吃便按方煎一剂吃，若懒待吃，也就罢了。"说着，吃过茶写了方子。

刚要告辞，只见奶子抱了大姐儿出来，笑说："王老爷也瞧瞧我们。"王太医听说忙起身，就奶子怀中，左手托着大姐儿的手，右手诊了一诊，又摸了一摸头，又叫伸出舌头来瞧瞧，笑道："我说姐儿又骂我了，只是要清清净净的饿两顿就好了。不必吃煎药，我送丸药来，临睡时用姜汤研开，吃下去就是了。"说毕作辞而去。

贾珍等拿了药方来，回明贾母原故，将药方放在桌上出去，不在话下。这里王夫人和李纨、凤姐儿、宝钗姊妹等见大夫出去，方从橱后出来。王夫人略坐一坐，也回房去了。

男女授受不亲。

[1] 供奉：以某种技艺侍奉帝王的人。
[2] 好脉息：指切脉的医术高。

刘姥姥见无事，方上来和贾母告辞。贾母说："闲了再来。"又命鸳鸯来："好生打发刘姥姥出去。我身上不好，不能送你。"刘姥姥道了谢，又作辞，方同鸳鸯出来。

到了下房，鸳鸯指炕上一个包袱说道："这是老太太的几件衣服，都是往年间生日节下众人孝敬的，老太太从不穿人家做的，收着也可惜，却是一次也没穿过的。昨日叫我拿出两套儿送你带去，或是送人，或是自己家里穿罢，别见笑。这盒子里是你要的面果子。这包子里是你前儿说的药：梅花点舌丹也有，紫金锭也有，活络丹也有，催生保命丹也有，每一样是一张方子包着，总包在里头了。这是两个荷包，带着顽罢。"说着便抽系子，掏出两个笔锭如意的锞子[1]来给他瞧，又笑道："荷包拿去，这个留下给我罢。"刘姥姥已喜出望外，早又念了几千声佛，听鸳鸯如此说，便说道："姑娘只管留下罢。"鸳鸯见他信以为真，仍与他装上，笑道："哄你顽呢，我有好些呢。留着年下给小孩子们罢。"说着，只见一个小丫头拿了个成窑钟子来递与刘姥姥，"这是宝二爷给你的。"刘姥姥道："这是那里说起。我那一世修了来的，今儿这样。"说着便接了过来。鸳鸯道："前儿我叫你洗澡，换的衣裳是我的，你不弃嫌，我还有几件，也送你罢。"刘姥姥又忙道谢。鸳鸯果然又拿出两件来与他包好。刘姥姥又要到园中辞谢宝玉和众姊妹王夫人等去。鸳鸯道："不用去了。他们这会子也不见人，回来我替你说罢。闲了再来。"又命了一个老

---

[1] 笔锭如意的锞子：锞子，小金锭，小银锭。上面铸有一如意一笔，借谐音寓有"必定如意"的意思。

婆子，吩咐他："二门上叫两个小厮来，帮着姥姥拿了东西送出去。"婆子答应了，又和刘姥姥到了凤姐儿那边一并拿了东西，在角门上命小厮们搬了出去，直送刘姥姥上车去了。不在话下。

收获不小。

且说宝钗等吃过早饭，又往贾母处问过安，回园至分路之处，宝钗便叫黛玉道："颦儿跟我来，有一句话问你。"黛玉便同了宝钗，来至蘅芜苑中。进了房，宝钗便坐了笑道："你跪下，我要审你。"黛玉不解何故，因笑道："你瞧宝丫头疯了！审问我什么？"宝钗冷笑道："好个千金小姐！好个不出闺门的女孩儿！满嘴里说的是什么？你只实说便罢。"黛玉不解，只管发笑，心里也不免疑惑起来，口里只说："我何曾说什么？你不过要捏我的错儿罢了。你倒说出来我听听。"宝钗笑道："你还装憨儿。昨儿行酒令你说的是什么？我竟不知那里来的。"

黛玉一想，方想起来昨儿失于检点，那《牡丹亭》、《西厢记》说了两句，不觉红了脸，便上来搂着宝钗，笑道："好姐姐，原是我不知道随口说的。你教给我，再不说了。"宝钗笑道："我也不知道，听你说的怪生的，所以请教你。"黛玉道："好姐姐，你别说与别人，我以后再不说了。"

宝钗见他羞得满脸飞红，满口央告，便不肯再往下追问，因拉他坐下吃茶，款款的告诉他道："你当我是谁，我也是个淘气的。从小七八岁上也够个人缠的。我们家也算是个读书人家，祖父手里也爱藏书。先时人口多，姊妹弟兄都在一处，都怕看正经书。弟兄们也有爱诗的，也有爱词的，诸如这些‘西厢’‘琵琶’[1]以及‘元人百种’[2]，无所不有。他们是偷背着我们看，我们却也偷背着他们看。后来大人知道了，打的打，骂的骂，烧的烧，才丢开了。所以咱们女孩儿家不认得字的倒好。男人们读书不明理，尚且不如不读书的好，何况你我。就连作诗写字等事，这不是你我分内之事，究竟也不是男人分内之事。男人们读书明理，辅国治民，这便好了。只是如今并不听见有这样的人，读了书倒更坏了。这是书误了他，可惜他也把书糟踏了，所以竟不如耕种买卖，倒没有什么大害处。你我只该做些针黹纺织的事才是，偏又认得了字，既认得了字，不过拣那正经的看也罢了，最怕见了些杂书，移了性情，就不可救了。”一席话，说的黛玉垂头吃茶，心下暗伏，只有答应“是”的一字。

宝钗以自身经历为例，对黛玉进行正面教育。此时黛玉对宝玉的感情已经心中有底，不再担心金玉之论。

忽见素云进来说：“我们奶奶请二位姑娘商议要紧的事呢。二姑娘、三姑娘、四姑娘、史姑娘、宝二爷都在那里等着呢。”宝钗道：“又是什么事?”黛玉道：“咱们到了那里就知道了。”说着便和宝钗往稻香村来，果见众人都在那里。

李纨见了他两个，笑道：“社还没起，就有脱滑[3]的了，四丫头要告一年的假呢。”黛玉笑道：“都是老太太昨儿一句话，又叫他画什么园子图儿，惹得他乐得告假了。”探春笑道：“也别要怪老太太，都是刘姥姥一句话。”林黛玉忙笑道：“可是呢，都是他一句话。他是那一门子的姥姥，直叫他是个‘母蝗虫’就是了。”说着大家都笑起来。宝

[1] “琵琶”：即《琵琶记》，南戏剧本。
[2] “元人百种”：即《元曲选》。
[3] 脱滑：溜走，偷懒。

钗笑道：“世上的话，到了凤丫头嘴里也就尽了。幸而凤丫头不认得字，不大通，不过一概是市俗取笑。更有颦儿这促狭嘴，他用‘春秋’的法子[1]，将市俗的粗话，撮其要，删其繁，再加润色比方出来，一句是一句。这‘母蝗虫’三字，把昨儿那些形景都现出来了。亏他想的倒也快。”众人听了，都笑道：“你这一注解，也就不在他两个以下。”

李纨道：“我请你们大家商议，给他多少日子的假。我给了他一个月，他嫌少，你们怎么说?”黛玉道：“论理一年也不多。这园子盖才盖了一年，如今要画自然得二年工夫呢。又要研墨，又要蘸笔，又要铺纸，又要着颜色，又要……”刚说到这里，众人知道他是取笑惜春，便都笑问说“还要怎样?”黛玉也自己撑不住笑道：“又要照着这样儿慢慢的画，可不得二年的工夫!”众人听了，都拍手笑个不住。宝钗笑道：“‘又要照着这个慢慢的画’，这落后一句最妙。所以昨儿那些笑话儿虽然可笑，回想是没味的。你们细想颦儿这几句话虽是淡的，回想却有滋味。我倒笑的动不得了。”惜春道：“都是宝姐姐赞的他越发逞强，这会子拿我也取笑儿。”

黛玉忙拉他笑道：“我且问你，还是单画这园子呢，还是连我们众人都画在上头呢?”惜春道：“原说只画这园子的，昨儿老太太又说，单画了园子成个房样子了，叫连人都画上，就像‘行乐’[2]似的才好。我又不会这工细楼台，又不会画人物，又不好驳回，正为这个为难呢。”黛玉道：“人物还容易，你草虫上不能。”李纨道：“你又说不通的话

---

[1] “春秋”的法子：即“春秋笔法”，指类似孔子编《春秋》那种暗含褒贬的笔法。

[2] 行乐：行乐图的简称，是我国传统写真画的一种。

了，这个上头那里又用的着草虫？或者翎毛倒要点缀一两样。”黛玉笑道：“别的草虫不画罢了，昨儿‘母蝗虫’不画上，岂不缺了典！”众人听了，又都笑起来。黛玉一面笑的两手捧着胸口，一面说道：“你快画罢，我连题跋都有了，起个名字，就叫作《携蝗大嚼图》。”

众人听了，越发哄然大笑，前仰后合。只听“咕咚”一声响，不知什么倒了，急忙看时，原来是湘云伏在椅子背儿上，那椅子原不曾放稳，被他全身伏着背子大笑，他又不提防，两下里错了劲，向东一歪，连人带椅都歪倒了，幸有板壁挡住，不曾落地。众人一见，越发笑个不住。宝玉忙赶上去扶了起来，方渐渐止了笑。宝玉和黛玉使个眼色儿。黛玉会意，便走至里间将镜袱揭起，照了一照，只见两鬓略松了些，忙开了李纨的妆奁，拿出抿子[1]来，对镜抿了两抿，仍旧收拾好了，方出来，指着李纨道：“这是叫你带着我们作针线教道理呢，你反招我们来大顽大笑的。”李纨笑道：“你们听他这刁话。他领着头儿闹，引着人笑了，倒赖我的不是。真真恨的我只保佑明儿你得一个利害婆婆，再得几个千刁万恶的大姑子小姑子，试试你那会子还这么刁不刁了。”

林黛玉早红了脸，拉着宝钗说：“咱们放他一年的假罢。”宝钗道：“我有一句公道话，你们听听。藕丫头虽会画，不过是几笔写意[2]。如今画这园子，非离了肚子里头有几副丘壑的才能成画。这园子却是像画儿一般，山石树木，楼阁房屋，远

[1] 抿子：旧时梳头时抹发油的小刷子。
[2] 写意：国画中的一派，强调刻画对象的神态和意趣。与工笔画相对。

近疏密，也不多，也不少，恰恰的是这样。你只照样儿往纸上一画，是必不能讨好的。这要看纸的地步远近，该多该少，分主分宾，该添的要添，该减的要减，该藏的要藏，该露的要露。这一起了稿子，再端详斟酌，方成一幅图样。第二件，这些楼台房舍，是必要用界划[1]的。一点不留神，栏杆也歪了，柱子也塌了，门窗也倒竖过来，阶矶也离了缝，甚至于桌子挤到墙里去，花盆放在帘子上来，岂不倒成了一张笑'话'儿了。第三，要插人物，也要有疏密，有高低。衣折裙带，手指足步，最是要紧；一笔不细，不是肿了手就是跏了腿，染脸撕发倒是小事。依我看来竟难的很。如今一年的假也太多，一月的假也太少，竟给他半年的假，再派了宝兄弟帮着他。并不是为宝兄弟知道教着他画，那就更误了事；为的是有不知道的，或难安插的，宝兄弟好拿出去问问那会画的相公，就容易了。"

宝钗是大观园里的"博士"。

宝玉听了，先喜的说："这话极是。詹子亮的工细楼台就极好，程日兴的美人是绝技，如今就问他们去。"宝钗道："我说你是无事忙，说了一声你就问去。等着商议定了再去。如今且拿什么画？"宝玉道："家里有雪浪纸[2]，又大又托墨[3]。"宝钗冷笑道："我说你不中用！那雪浪纸写字画写意画儿，或是会山水的画南宗山水[4]，托墨，禁得

[1] 界划：国画术语。指画家用界尺作线，精细地画出以宫室楼台为主体的画。
[2] 雪浪纸：此指一种优质的宣纸。
[3] 托墨：指纸张容易吸墨。
[4] 南宗山水：注重笔墨意趣的文人山水画。

皴染[1]。拿了画这个，又不托色，又难滃[2]，画也不好，纸也可惜。我教你一个法子。原先盖这园子，就有一张细致图样，虽是匠人描的，那地步方向是不错的。你和太太要了出来，也比着那纸大小，和凤丫头要一块重绢[3]，叫相公矾[4]了，叫他照着这图样删补着立了稿子，添了人物就是了。就是配这些青绿颜色并泥金泥银[5]，也得他们配去。你们也得另炖上风炉子，预备化胶、出胶、洗笔。还得一张粉油大案，铺上毡子。你们那些碟子也不全，笔也不全，都得从新再置一份儿才好。”惜春道：“我何曾有这些画器？不过随手写字的笔画画罢了。就是颜色，只有赭石、广花、藤黄、胭脂这四样。再有，不过是两支着色笔就完了。”宝钗道：“你该早说。这些东西我却还有，只是你也用不着，给你也白放着。如今我且替你收着，等你用着这个的时候我送你些，也只可留着画扇子，若画这大幅的也就可惜了的。今儿替你开个单子，照着单子和老太太要去。你们也未必知道的全，我说着，宝兄弟写。”

很专业。

宝玉早已预备下笔砚了，原怕记不清白，要写了记着，听宝钗如此说，喜的提起笔来静听。宝钗说道：“头号排笔四支，二号排笔四支，三号排笔四支，大染四支，中染四支，小染四支，大南蟹爪十支，小蟹爪十支，须眉十支，大著色二十支，小著色二十支，开面十支，柳条二十支，箭头朱四

[1] 皴（cūn）染：国画的一种技法，多用以表现山石、峰峦及树身的纹理。先勾出轮廓，再用水墨多次地染出层次。这也是《红楼梦》里刻画人物常用的手法。

[2] 滃（wěng）：以色笔和水笔双管并用，层次分明。

[3] 重绢：厚重细密的好绢。

[4] 矾：即明矾。这里指用胶矾水刷生纸生绢，使其变得吸水适度。

[5] 泥金泥银：涂以金粉或银粉作底。

两，南赭四两，石黄四两，石青四两，石绿四两，管黄四两，广花八两，蛤粉四匣，胭脂十片，大赤飞金二百帖，青金二百帖，广匀胶四两，净矾四两。矾绢的胶矾在外，别管他们，你只把绢交出去叫他们矾去。这些颜色，咱们淘澄飞跌[1]着，又顽了又使了，包你一辈子都够使了。再要顶细绢箩四个，粗绢箩四个，担笔[2]四支，大小乳钵四个，大粗碗二十个，五寸粗碟十个，三寸粗白碟二十个，风炉两个，沙锅大小四个，新瓷罐二口，新水桶四只，一尺长白布口袋四条，桴炭二十斤，柳木炭一斤，三屉木箱一个，实地纱一丈，生姜二两，酱半斤。”黛玉忙道：“铁锅一口，锅铲一个。”宝钗道：“这作什么?”黛玉笑道：“你要生姜和酱这些作料，我替你要铁锅来，好炒颜色吃的。”众人都笑起来。宝钗笑道：“你那里知道。那粗色碟子保不住不上火烤，不拿姜汁子和酱预先抹在底子上烤过了，一经了火是要炸的。”众人听说，都道：“原来如此。”

黛玉又看了一回单子，笑着拉探春悄悄的道：“你瞧瞧，画个画儿又要这些水缸箱子来了。想必他糊涂了，把他的嫁妆单子也写上了。”探春“暖”了一声，笑个不住，说道：“宝姐姐，你还不拧他的嘴？你问问他编排你的话。”宝钗笑道：“不用问，狗嘴里还有象牙不成!”一面说，一面走上来，把黛玉按在炕上，便要拧他的脸。黛玉笑着忙央告道：“好姐姐，饶了我罢！颦儿年纪小，只知说，不知道轻重，作姐姐的教导我。姐姐不饶我，还求

[1] 淘澄飞跌：调治国画颜料的四个步骤。淘，碾碎颜料，淘去泥土。澄，兑入胶水，使其澄清。飞，吹去上浮的淡色。跌，跌荡碗盏，留下重色。

[2] 担笔：拂去颜料渣滓的毛笔。

谁去?”众人不知话内有因，都笑道：“说的好可怜见的，连我们也软了，饶了他罢。”

宝钗原是和他顽，忽听他又拉扯前番说他胡看杂书的话，便不好再和他厮闹，放起他来。黛玉笑道：“到底是姐姐，要是我，再不饶人的。”宝钗笑指他道：“怪不得老太太疼你，众人爱你伶俐，今儿我也怪疼你的了。过来，我替你把头发拢一拢。”黛玉果然转过身来，宝钗用手拢上去。宝玉在旁看着，只觉更好看，不觉后悔不该令他抿上鬓去，也该留着，此时叫他替他抿去。正自胡思，只见宝钗说道：“写完了，明儿回老太太去。若家里有的就罢，若没有的，就拿些钱去买了来，我帮着你们配。”宝玉忙收了单子。

大家又说了一回闲话。至晚饭后又往贾母处来请安。贾母原没有大病，不过是劳乏了，兼着了些凉，温存[1]了一日，又吃了一剂药疏散一疏散，至晚也就好了。不知次日又有何话，且听下回分解。

---

[1] 温存：此指休息。

第四十三回

闲取乐偶攒金庆寿　不了情暂撮土为香

话说王夫人因见贾母那日在大观园不过着了些风寒，不是什么大病，请医生吃了两剂药也就好了，便放了心，因命凤姐来吩咐他预备给贾政带送东西。正商议着，只见贾母打发人来请，王夫人忙引着凤姐儿过来。王夫人又请问“这会子可又觉大安些?”贾母道：“今日可大好了。方才你们送来野鸡崽子汤，我尝了一尝，倒有味儿，又吃了两块肉，心里很受用。”王夫人笑道：“这是凤丫头孝敬老太太的。算他的孝心虔，不枉了素日老太太疼他。”贾母点头笑道：“难为他想着。若是还有生的，再炸上两块，咸浸浸的，吃粥有味儿。那汤虽好，就只不对稀饭。”凤姐听了，连忙答应，命人去厨房传话。

这里贾母又向王夫人笑道：“我打发人请你来，不为别的。初二是凤丫头的生日，上两年我原早想替他做生日，偏到跟前有大事，就混过去了。今年人又齐全，料着又没事，咱们大家好生乐一日。”王夫人笑道：“我也想着呢。既是老太太高兴，何不就商议定了?”贾母笑道：“我想往年不拘谁作生日，都是各自送各自的礼，这个也俗了，也觉很生分似的。今儿我出个新法子，又不生分，又可取乐。”王夫人忙道：“老太太怎么想着好，就是怎么样行。”贾母笑道：“我想着，咱们也学那小家子大家凑分子，多少尽着这钱去办，你道好顽不好顽?”王夫人笑道：“这个很好，但不知怎么凑法?”贾母听说，益发高兴起来，忙遣人去请薛姨妈邢夫人等，又叫请姑娘们并宝玉，那府里珍儿媳妇并赖大家的等有头脸管事的媳妇也都叫了来。

众丫头婆子见贾母十分高兴也都高兴，忙忙的各自分头去请的请，传的传，没顿饭的工夫，老的，少的，上的，下的，乌压压挤了一屋子。只薛姨妈和贾母对坐，邢夫人王夫人只坐在房门前两张椅子上，宝钗姊妹等五六个人坐在炕上，宝玉坐在贾母怀前，地下满满的站了一地。贾母忙命拿几个小杌子来，给赖大母亲等几个高年有体面的妈妈坐了。贾府风俗，年高服侍过父母的家人，比年轻的主子还有体面，所以尤氏凤姐儿等只管地下站着，那赖大的母亲等三四个老妈妈告个罪，都坐在小杌子上了。

贾母笑着把方才一席话说与众人听了。众人谁不凑这趣儿？再，也有和凤姐儿好的，有情愿这样的；也有畏惧凤姐儿的，巴不得来奉承的：况且都是拿的出来的，所以一闻此言都欣然应诺。贾母先道：“我出二十两。”薛姨妈笑道：“我随着老太太，也是二十两了。”邢夫人王夫人道：“我们不敢和老太太并肩，自然矮一等，每人十六两罢了。”尤氏李纨也笑道：“我们自然又矮一等，每人十二两罢。”贾母忙和李纨道：“你寡妇失业的，那里还拉你出这个钱，我替你出了罢。”凤姐忙笑道：“老太太别高兴，且算一算帐再揽事。老太太身上已有两分呢，这会子又替大嫂子出十二两，说着高兴，一会子回想又心疼了。过后儿又说‘都是为凤丫头花

薛家有钱。

了钱’，使个巧法子，哄着我拿出三四分子来暗里补上，我还做梦呢。”说的众人都笑了。贾母笑道：“依你怎么样呢?”凤姐笑道：“生日没到，我这会子已经折受[1]的不受用了。我一个钱饶不出，惊动这些人实在不安，不如大嫂子这一分我替他出了罢了。我到了那一日多吃些东西，就享了福了。”邢夫人等听了，都说“很是”。贾母方允了。

凤姐儿又笑道：“我还有一句话呢。我想老祖宗自己二十两，又有林妹妹宝兄弟的两分子。姨妈自己二十两，又有宝妹妹的一分子，这倒也公道。只是二位太太每位十六两，自己又少，又不替人出，这有些不公道。老祖宗吃了亏了!”贾母听了，忙笑道：“倒是我的凤姐儿向着我，这说的很是。要不是你，我叫他们又哄了去了。”凤姐笑道：“老祖宗只把他姐儿两个交给两位太太，一位占一个，派多派少，每位替出一分就是了。”贾母忙说：“这很公道，就是这样。”赖大的母亲忙站起来笑说道：“这可反了！我替二位太太生气。在那边是儿子媳妇，在这边是内侄女儿，倒不向着婆婆、姑娘，倒向着别人。这儿媳妇成了陌路人，内侄女儿竟成了个外侄女儿了。”说的贾母与众人都大笑起来了。

赖大之母因又说道：“少奶奶们十二两，我们自然也该矮一等了。”贾母听说，道：“这使不得。你们虽该矮一等，我知道你们这几个都是财主，果位[2]虽低，钱却比他们多。你们和他们一例才使得。”众妈妈听了，连忙答应。贾母又道：“姑娘们不过应个景儿，每人照一个月的月例就是了。”又

[1] 折受：因享受非分而折福。
[2] 果位：佛教用语。指修炼所达到的境界。此指社会地位。

回头叫鸳鸯来，“你们也凑几个人，商议凑了来。”鸳鸯答应着，去不多时带了平儿、袭人、彩霞等还有几个小丫鬟来，也有二两的，也有一两的。贾母因问平儿：“你难道不替你主子作生日，还入在这里头？”平儿笑道：“我那个私自另外有了，这是官中的，也该出一分。”贾母笑道：“这才是好孩子。”

凤姐又笑道：“上下都全了。还有二位姨奶奶，他出不出，也问一声儿。尽到他们是理，不然，他们只当小看了他们了。”贾母听了，忙说：“可是呢，怎么倒忘了他们！只怕他们不得闲儿，叫一个丫头问问去。”说着，早有丫头去了，半日回来说道：“每位也出二两。”贾母喜道：“拿笔砚来算明，共计多少。”尤氏因悄骂凤姐道：“我把你这没足厌的小蹄子！这么些婆婆婶子来凑银子给你过生日，你还不足，又拉上两个苦瓠子[1]作什么？”凤姐也悄笑道：“你少胡说，一会子离了这里，我才和你算帐。他们两个为什么苦呢？有了钱也是白填送别人，不如拘来咱们乐。”

说着，早已合算了，共凑了一百五十两有馀。贾母道：“一日戏酒用不了。”尤氏道：“既不请客，酒席又不多，两三日的用度都够了。头等，戏不用钱，省在这上头。”贾母道：“凤丫头说那一班好，就传那一班。”凤姐儿道：“咱们家的班子都听熟了，倒是花几个钱叫一班来听听罢。”贾母道：“这件事我交给珍哥媳妇了。越性叫凤丫头别操一点心，受用一日才算。”尤氏答应着。又说了一回话，都知贾母乏了，才渐渐的都散出来。

尤氏等送邢夫人王夫人二人散去，便往凤姐房

---

[1] 苦瓠（hù）子：喻苦命人。瓠，葫芦的一种。

里来商议怎么办生日的话。凤姐儿道："你不用问我，你只看老太太的眼色行事就完了。"尤氏笑道："你这阿物儿，也忒行了大运了。我当有什么事叫我们去，原来单为这个。出了钱不算，还要我来操心，你怎么谢我？"凤姐笑道："你别扯臊[1]，我又没叫你来，谢你什么！你怕操心？你这会子就回老太太去，再派一个就是了。"尤氏笑道："你瞧他兴的这样儿！我劝你收着些儿好。太满了就泼出来了。"二人又说了一回方散。

尤氏最喜欢打趣凤姐。

次日将银子送到宁国府来，尤氏方才起来梳洗，因问是谁送过来的，丫鬟们回说："是林大娘。"尤氏便命叫了他来。丫鬟走至下房，叫了林之孝家的过来。尤氏命他脚踏上坐了，一面忙着梳洗，一面问他："这一包银子共多少？"林之孝家的回说："这是我们底下人的银子，凑了先送过来。老太太和太太们的还没有呢。"正说着，丫鬟们回说："那府里太太和姨太太打发人送分子来了。"尤氏笑骂道："小蹄子们，专会记得这些没要紧的话。昨儿不过老太太一时高兴，故意的要学那小家子凑分子，你们就记得，到了你们嘴里当正经的说。还不快接了进来好生待茶，再打发他们去。"丫鬟应着，忙接了进来，一共两封，连宝钗黛玉的都有了。尤氏问还少谁的，林之孝家的道："还少老太太、太太、姑娘们的和底下姑娘们的。"尤氏道："还有你们大奶奶的呢？"林之孝家的道："奶奶过去，这银子都从二奶奶手里发，一共都有了。"

说着，尤氏已梳洗了，命人伺候车辆。一时来至荣府，先来见凤姐。只见凤姐已将银子封好，正

[1] 扯臊：胡扯，不害羞。

要送去。尤氏问："都齐了？"凤姐儿笑道："都有了，快拿了去罢，丢了我不管。"尤氏笑道："我有些信不及，倒要当面点一点。"说着果然按数一点，只没有李纨的一分。尤氏笑道："我说你肏鬼呢，怎么你大嫂子的没有？"凤姐儿笑道："那么些还不够使？短一分儿也罢了，等不够了我再给你。"尤氏道："昨儿你在人跟前作人，今儿又来和我赖，这个断不依你。我只和老太太要去。"凤姐儿笑道："我看你利害。明儿有了事，我也丁是丁卯是卯的，你也别抱怨。"尤氏笑道："你一般的也怕。不看你素日孝敬我，我才是不依你呢。"说着，把平儿的一分拿了出来，说道："平儿，来！把你的收起去，等不够了，我替你添上。"平儿会意，因说道："奶奶先使着，若剩下了再赏我一样。"尤氏笑道："只许你那主子作弊，就不许我作情儿。"平儿只得收了。尤氏又道："我看着你主子这么细致，弄这些钱那里使去！使不了，明儿带了棺材里使去。"

当着贾母的面，凤姐说，李纨的一份她来出。尤氏来收钱，凤姐却并没有替李纨出，并且不让尤氏说出去。

一面说着，一面又往贾母处来。先请了安，大概说了两句话，便走到鸳鸯房中和鸳鸯商议，只听鸳鸯的主意行事，何以讨贾母的喜欢。二人计议妥当。尤氏临走时，也把鸳鸯二两银子还他，说："这还使不了呢。"说着，一径出来，又至王夫人跟前说了一回话。因王夫人进了佛堂，把彩云一分也还了他。见凤姐不在跟前，一时把周、赵二人的也还了。他两个还不敢收。尤氏道："你们可怜见的，那里有这些闲钱？凤丫头便知道了，有我应着呢。"二人听说，千恩万谢的方收了。于是尤氏一径出来，坐车回家。不在话下。

尤氏偷偷地把平儿、鸳鸯、彩云、赵姨娘、周姨娘的份子钱都退了回去。会做人，也说明了尤氏的厚道。反正钱也够了，没人来审计。

展眼已是九月初二日，园中人都打听得尤氏办得十分热闹，不但有戏，连耍百戏并说书的男女先儿[1]全有，都打点取乐顽耍。李纨又向众姊妹道："今儿是正经社日，可别忘了。宝玉也不来，想必他只图热闹，把清雅就丢开了。"说着，便命丫鬟去瞧作什么，快请了来。丫鬟去了半日，回说："花大姐姐说，今儿一早就出门去了。"众人听了，都诧异说："再没有出门之理。这丫头糊涂，不知说话。"因又命翠墨去。

一时翠墨回来说："可不真出了门了。说有个朋友死了，出去探丧去了。"探春道："断然没有的事。凭他什么，再没今日出门之理。你叫袭人来，我问他。"刚说着，只见袭人走来。李纨等都说道："今儿凭他有什么事，也不该出门。头一件，你二奶奶的生日，老太太都这等高兴，两府上下众人来凑热闹，他倒走了；第二件，又是头一社的正日子，他也不告假，就私自去了！"袭人叹道："昨儿晚上就说了，今儿一早起有要紧的事到北静王府里去，就赶回来的。劝他不要去，他必不依。今儿一早起来，又要素衣裳穿，想必是北静王府里的要紧姬妾没了，也未可知。"李纨等道："若果如此，也该去走走，只是也该回来了。"说着，大家又商议："咱们只管作诗，等他回来罚他。"刚说着，只见贾母已打发人来请，便都往前头来了。袭人回明宝玉的事，贾母不乐，便命人去接。

原来宝玉心里有件私事，于头一日就吩咐茗烟："明日一早要出门，备下两匹马在后门口等着，不要别一个跟着。说给李贵，我往北府里去了。倘或要有人找我，叫他拦住不用找，只说北府里留下

[1] 男女先儿：男女盲艺人。

了，横竖就来的。”茗烟也摸不着头脑，只得依言说了。今儿一早，果然备了两匹马在园后门等着。天亮了，只见宝玉遍体纯素，从角门出来，一语不发跨上马，一弯腰，顺着街就趚[1]下去了。茗烟也只得跨马加鞭赶上，在后面忙问：“往那里去？”宝玉道：“这条路是往那里去的？”茗烟道：“这是出北门的大道。出去了冷清清没有可顽的。”宝玉听说，点头道：“正要冷清清的地方好。”说着，越性加了鞭，那马早已转了两个弯子，出了城门。

茗烟越发不得主意，只得紧紧跟着。一气跑了七八里路出来，人烟渐渐稀少，宝玉方勒住马，回头问茗烟道：“这里可有卖香的？”焙茗道：“香倒有，不知是那一样？”宝玉想道：“别的香不好，须得檀、芸、降[2]三样。”茗烟笑道：“这三样可难得。”宝玉为难。茗烟见他为难，因问道：“要香作什么使？我见二爷时常小荷包有散香，何不找一找。”一句提醒了宝玉，便回手向衣襟上掏出一个荷包来，摸了一摸，竟有两星沉速[3]，心内欢喜：“只是不恭些。”再想自己亲身带的，倒比买的又好些。于是又问炉炭。茗烟道：“这可罢了。荒郊野外那里有？用这些何不早说，带了来岂不便宜。”宝玉道：“糊涂东西，若可带了来，又不这样没命的跑了。”

茗烟想了半日，笑道：“我得了个主意，不知二爷心下如何？我想二爷不止用这个呢，只怕还要用别的。这也不是事。如今我们往前再走二里地，就是水仙庵了。”宝玉听了忙问：“水仙庵就在这

[1] 趚（diān）：即颠，溜了。
[2] 檀、芸、降：三种较为名贵的香。
[3] 两星沉速：两小块沉香和速香。

里？更好了，我们就去。”说着，就加鞭前行，一面回头向茗烟道：“这水仙庵的姑子长往咱们家去，咱们这一去到那里，和他借香炉使使，他自然是肯的。”茗烟道：“别说他是咱们家的香火，就是平白不认识的庙里，和他借，他也不敢驳回。只是一件，我常见二爷最厌这水仙庵的，如何今儿又这样喜欢了？”宝玉道：“我素日因恨俗人不知原故，混供神混盖庙，这都是当日有钱的老公们和那些有钱的愚妇们听见有个神，就盖起庙来供着，也不知那神是何人，因听些野史小说，便信真了。比如这水仙庵里面因供的是洛神[1]，故名水仙庵，殊不知古来并没有个洛神，那原是曹子建的谎话，谁知这起愚人就塑了像供着。今儿却合我的心事，故借他一用。”

说着早已来至门前。那老姑子见宝玉来了，事出意外，竟像天上掉下个活龙来的一般，忙上来问好，命老道来接马。宝玉进去，也不拜洛神之像，却只管赏鉴。虽是泥塑的，却真有“翩若惊鸿，婉若游龙”之态，“荷出绿波，日映朝霞”之姿。宝玉不觉滴下泪来。老姑子献了茶。宝玉因和他借香炉。那姑子去了半日，连香供纸马都预备了来。宝玉道：“一概不用。”说着，便命茗烟捧着炉出至后院中，拣一块干净地方儿，竟拣不出。茗烟道：“那井台儿上如何？”宝玉点头，一齐来至井台上，将炉放下。

茗烟站过一旁。宝玉掏出香来焚上，含泪施了半礼，回身命收了去。茗烟答应，且不收，忙爬下磕了几个头，口内祝道：“我茗烟跟二爷这几年，

[1] 洛神：三国时曹植作《洛神赋》，叙述他和洛水女神相会的故事。

二爷的心事，我没有不知道的，只有今儿这一祭祀没有告诉我，我也不敢问。只是这受祭的阴魂虽不知名姓，想来自然是那人间有一，天上无双，极聪明极俊雅的一位姐姐妹妹了。二爷心事不能出口，让我代祝：若芳魂有感，香魄多情，虽然阴阳间隔，既是知己之间，时常来望候二爷，未尝不可。你在阴间保佑二爷来生也变个女孩儿，和你们一处相伴，再不可又托生这须眉浊物了。”说毕，又磕几个头，才爬起来。

宝玉听他没说完，便撑不住笑了，因踢他道：“休胡说，看人听见笑话。”茗烟起来收过香炉，和宝玉走着，因道：“我已经和姑子说了，二爷还没用饭，叫他随便收拾了些东西，二爷勉强吃些。我知道今儿咱们里头大排筵宴，热闹非常，二爷为此才躲了出来的。横竖在这里清净一天，也就尽到礼了。若不吃东西，断使不得。”宝玉道：“戏酒既不吃，这随便素的吃些何妨。”茗烟道：“这便才是。还有一说，咱们来了，还有人不放心。若没有人不放心，便晚了进城何妨？若有人不放心，二爷须得进城回家去才是。第一老太太、太太也放了心，第二礼也尽了，不过如此。就是家去了看戏吃酒，也并不是二爷有意，原不过陪着父母尽孝道。二爷若单为了这个不顾老太太、太太悬心，就是方才那受祭的阴魂也不安生。二爷想我这话如何？”宝玉笑道：“你的意思我猜着了，你想着只你一个跟了我出来，回来你怕担不是，所以拿这大题目来劝我。我才来了，不过为尽个礼，再去吃酒看戏，并没说一日不进城。这已完了心愿，赶着进城，大家放心，岂不两尽其道。”茗烟道：“这更好了。”说着二人来至禅堂，果然那姑子收拾了一桌素菜，宝玉胡乱吃了些，茗烟也吃了。

二人便上马仍回旧路。茗烟在后面只嘱咐："二爷好生骑着，这马总没大骑的，手里提紧着。"一面说着，早已进了城，仍从后门进去，忙忙来至怡红院中。袭人等都不在房里，只有几个老婆子看屋子，见他来了，都喜的眉开眼笑，说："阿弥陀佛，可来了！把花姑娘急疯了！上头正坐席呢，二爷快去罢。"宝玉听说忙将素服脱了，自去寻了华服换上，问在什么地方坐席，老婆子回说在新盖的大花厅上。

宝玉听说，一径往花厅来，耳内早已隐隐闻得歌管之声。刚至穿堂那边，只见玉钏儿独坐在廊檐下垂泪，一见他来，便收泪说道："凤凰来了，快进去罢。再一会子不来，都反了。"宝玉陪笑道："你猜我往那里去了？"玉钏儿不答，只管擦泪。宝玉忙进厅里，见了贾母王夫人等，众人真如得了凤凰一般。

凤姐与金钏的生日相同，所以玉钏流泪。宝玉私自出城，正为祭奠金钏。

宝玉忙赶着与凤姐儿行礼。贾母王夫人都说他不知道好歹，"怎么也不说声就私自跑了，这还了得！明儿再这样，等老爷回家来，必告诉他打你。"说着又骂跟的小厮们都偏听他的话，说那里去就去，也不回一声儿。一面又问他到底那去了，可吃了什么，可唬着了。宝玉只回说："北静王的一个爱妾昨日没了，给他道恼[1]去。他哭的那样，不好撇下就回来，所以多等了一会子。"贾母道："以后再私自出门，不先告诉我们，一定叫你老子打你。"宝玉答应着。因又要打跟的小子们，众人又忙说情，又劝道："老太太也不必过虑了，他已经

[1] 道恼：慰问遭遇灾祸丧事的人家。

回来，大家该放心乐一回了。”贾母先不放心，自然发狠，如今见他来了，喜且有馀，那里还恨，也就不提了；还怕他不受用，或者别处没吃饱，路上着了惊怕，反百般的哄他。袭人早过来服侍。大家仍旧看戏。当日演的是《荆钗记》[1]。贾母薛姨妈等都看的心酸落泪，也有叹的，也有骂的。要知端的，下回分解。

[1]《荆钗记》：元代柯丹丘作的南戏剧本，演王十朋和钱玉莲的悲欢离合。

第四十四回

变生不测凤姐泼醋　喜出望外平儿理妆

黛玉嘲笑戏中之人，恰如嘲笑宝玉祭奠金钏似的。在哪儿祭不行？心到就行。

话说众人看演《荆钗记》，宝玉和姐妹一处坐着。林黛玉因看到《男祭》这一出上，便和宝钗说道："这王十朋也不通的很，不管在那里祭一祭罢了，必定跑到江边子上来作什么！俗语说，'睹物思人'，天下的水总归一源，不拘那里的水舀一碗看着哭去，也就尽情了。"宝钗不答。宝玉回头要热酒敬凤姐儿。

原来贾母说今日不比往日，定要叫凤姐痛乐一日。本来自己懒待坐席，只在里间屋里榻上歪着和薛姨妈看戏，随心爱吃的拣几样放在小几上，随意吃着说话儿；将自己两桌席面赏那没有席面的大小丫头并那应差听差的妇人等，命他们在窗外廊檐下也只管坐着随意吃喝，不必拘礼。王夫人和邢夫人在地下高桌上坐着，外面几席是他姊妹们坐。

贾母不时吩咐尤氏等："让凤丫头坐在上面，你们好生替我待东[1]，难为他一年到头辛苦。"尤氏答应了，又笑回说道："他坐不惯首席，坐在上头横不是竖不是的，酒也不肯吃。"贾母听了，笑道："你不会，等我亲自让他去。"凤姐儿忙也进来笑说："老祖宗别信他们的话，我吃了好几钟了。"

---

[1] 待东：代东道主招待客人。

贾母笑着，命尤氏："快拉他出去，按在椅子上，你们都轮流敬他。他再不吃，我当真的就亲自去了。"尤氏听说，忙笑着又拉他出来坐下，命人拿了台盏斟了酒，笑道："一年到头难为你孝顺老太太、太太和我。我今儿没什么疼你的，亲自斟杯酒，乖乖儿的在我手里喝一口。"凤姐儿笑道："你要安心孝敬我，跪下我就喝。"尤氏笑道："说的你不知是谁！我告诉你说，好容易今儿这一遭，过了后儿，知道还得像今儿这样不得了？趁着尽力灌丧两钟罢。"凤姐儿见推不过，只得喝了两钟。

尤氏又来打趣凤姐。

接着，众姊妹也来，凤姐也只得每人的喝一口。赖大妈妈见贾母尚这等高兴，也少不得来凑趣儿，领着些嬷嬷们也来敬酒。凤姐儿也难推脱，只得喝了两口。鸳鸯等也来敬，凤姐儿真不能了，忙央告道："好姐姐们，饶了我罢，我明儿再喝罢。"鸳鸯笑道："真个的，我们是没脸的了？就是我们在太太跟前，太太还赏个脸儿呢。往常倒有些体面，今儿当着这些人，倒拿起主子的款儿来了。我原不该来。不喝，我们就走。"说着真个回去了。凤姐儿忙赶上拉住，笑道："好姐姐，我喝就是了。"说着拿过酒来，满满的斟了一杯喝干。鸳鸯方笑了散去，然后又入席。

鸳鸯的口才与凤姐旗鼓相当。

凤姐儿自觉酒沉了[1]，心里突突的似往上撞，要往家去歇歇，只见那耍百戏的上来，便和尤氏说："预备赏钱，我要洗洗脸去。"尤氏点头。凤姐儿瞅人不防，便出了席，往房门后檐下走来。平儿留心，也忙跟了来，凤姐儿便扶着他。才至穿廊

[1] 酒沉了：饮酒过量。

下，只见他房里的一个小丫头正在那里站着，见他两个来了，回身就跑。凤姐儿便疑心，忙叫："站住！"那丫头先只装听不见，无奈后面连平儿也叫，只得回来。

凤姐儿越发起了疑心，忙和平儿进了穿堂，叫那小丫头子也进来，把槅扇关了。凤姐儿坐在小院子的台矶上，命那丫头子跪了，喝命平儿："叫两个二门上的小厮来，拿绳子鞭子，把那眼睛里没主子的小蹄子打烂了！"那小丫头子已经唬的魂飞魄散，哭着只管碰头求饶。凤姐儿问道："我又不是鬼，你见了我，不说规规矩矩站住，怎么倒往前跑？"小丫头子哭道："我原没看见奶奶来。我又记挂着房里无人，所以跑了。"凤姐儿道："房里既没人，谁叫你来的？你便没看见我，我和平儿在后头扯着脖子叫了你十来声，越叫越跑。离的又不远，你聋了不成？你还和我强嘴！"说着便扬手一掌打在脸上，打的那小丫头一栽；这边脸上又一下，登时小丫头子两腮紫胀起来。平儿忙劝："奶奶仔细手疼。"凤姐便说："你再打着问他跑什么。他再不说，把嘴撕烂了他的！"那小丫头子先还强嘴，后来听见凤姐儿要烧了红烙铁来烙嘴，方哭道："二爷在家里，打发我来这里瞧着奶奶的，若见奶奶散了，先叫我送信儿去的。不承望奶奶这会子就来了。"

破了第一道哨兵。

凤姐儿见话中有文章，便又问道："叫你瞧着我作什么？难道怕我家去不成？必有别的原故，快告诉我，我从此以后疼你。你若不细说，立刻拿刀子来割你的肉。"说着，回头向头上拔下一根簪子来，向那丫头嘴上乱戳，唬的那丫头一行躲，一行哭求道："我告诉奶奶，可别说我说的。"平儿一旁劝，一面催他，叫他快说。丫头便说道："二爷也是才来房里的，睡了一会醒了，打发人来瞧瞧奶奶，说才坐席，还得好一会才来呢。二爷就开了箱子，拿了两块银子，还有两根簪子，两匹缎子，叫我悄悄的送与鲍二的老婆去，叫他进来。他收了东西就往咱们屋里来了。二爷叫我来瞧着奶奶，底下的事我就不知道了。"

刑讯逼供，问出真相。

凤姐听了，已气的浑身发软，忙立起身来一径来家。刚至院门，只见又有一个小丫头在门前探头儿，一见了凤姐，也缩头就跑。凤姐儿提着名字喝住。那丫头本来伶俐，见躲不过了，越性跑了出来，笑道："我正要告诉奶奶去呢，可巧奶奶来了。"凤姐儿道："告诉我什么？"那小丫头便说二爷在家这般如此如此，将方才的话也说了一遍。凤姐啐道："你早作什么了？这会子我看见你了，你来推干净儿！"说着也扬手一下打的那丫头一个趔趄，便蹑手蹑脚的走至窗前。

贾琏偷腥，安排了两个丫头放哨，布置不可谓不周密，但都没有起作用，不会处理突发情况。

往里听时，只听里头说笑。那妇人笑道："多早晚你那阎王老婆死了就好了。"贾琏道："他死了，再娶一个也是这样，又怎么样呢？"那妇人道："他死了，你倒是把平儿扶了正，只怕还好些。"贾琏道："如今连平儿他也不叫我沾一沾了。平儿也是一肚子委曲不敢说。我命里怎么就该犯了'夜叉星'。"

诅咒凤姐，又把平儿扯了进去。凤姐得知平儿也对自己不满，自己在家里竟是一个孤家寡人！

凤姐听了，气的浑身乱战，又听他俩都赞平儿，便疑平儿素日背地里自然也有愤怨语了，那酒越发涌了上来，也并不忖度，回身把平儿先打了两下，一脚踢开门进去，也不容分说，抓着鲍二家的撕打一顿。又怕贾琏走出去，便堵着门站着骂道："好淫妇！你偷主子汉子，还要治死主子老婆！平儿过来！你们淫妇忘八一条藤儿，多嫌着我，外面儿你哄我！”说着又把平儿打几下。打的平儿有冤无处诉，只气得干哭，骂道：“你们做这些没脸的事，好好的又拉上我做什么！”说着也把鲍二家的撕打起来。

贾琏也因吃多了酒，进来高兴，未曾作的机密，一见凤姐来了，已没了主意，又见平儿也闹起来，把酒也气上来了。凤姐儿打鲍二家的，他已又气又愧，只不好说的，今见平儿也打，便上来踢骂道：“好娼妇！你也动手打人！”平儿气怯，忙住了手，哭道：“你们背地里说话，为什么拉我呢?”凤姐见平儿怕贾琏，越发气了，又赶上来打着平儿，偏叫打鲍二家的。平儿急了，便跑出来找刀子要寻死。外面众婆子丫头忙拦住解劝。这里凤姐见平儿寻死去，便一头撞在贾琏怀里，叫道：“你们一条藤儿害我，被我听见了，倒都唬起我来。你也勒死我！”贾琏气的墙上拔出剑来，说道：“不用寻死，我也急了，一齐杀了，我偿了命，大家干净。”

夫妻、小妾、姘头四方混战。平儿不敢打鲍二家的，是出于名分。姘头被老婆当面厮打，终于将贾琏激怒，于是贾琏发挥出超常的勇气，居然拔出剑来，吓唬凤姐。

正闹的不开交，只见尤氏等一群人来了，说：“这是怎么说，才好好的，就闹起来。”贾琏见了人，越发“倚酒三分醉”，逞起威风来，故意要杀凤姐儿。凤姐儿见人来了，便不似先前那般泼了，丢下众人，便哭着往贾母那边跑。

此时戏已散出，凤姐跑到贾母跟前，爬在贾母怀里，只说：“老祖宗救我！琏二爷要杀我呢!”贾母、邢夫人、王夫人等忙问怎么了。凤姐儿哭道：“我才家去换衣裳，不防琏二爷在家和人说话，我只当是有客来了，唬得我不敢进去。在窗户外头听了一听，原来是和鲍二家的媳妇商议，说我利害，要拿毒药给我吃了治死我，把平儿扶了正。我原气了，又不敢和他吵，原打了平儿两下，问他为什么要害我。他臊了，就要杀我。”贾母等听了，都信以为真，说：“这还了得！快拿了那下流种子来！”一语未完，只见贾琏拿着剑赶来，后面许多人跟着。

凤姐将贾琏偷腥，说成是贾琏与鲍二家的合谋要毒死她，通奸变成谋杀，性质完全变了。因为河东狮吼不是好名声，所以在贾母和众人面前，凤姐要尽量把自己装扮成一个弱者。

贾琏明仗着贾母素习疼他们，连母亲婶母也无碍，故逞强闹了来。邢夫人王夫人见了，气的忙拦住骂道：“这下流种子！你越发反了，老太太在这里呢！”贾琏乜斜着眼，道：“都是老太太惯的他，他才这样，连我也骂起来了！”邢夫人气的夺下剑来，只管喝他：“快出去！”那贾琏撒娇撒痴，涎言涎语的还只乱说。贾母气的说道：“我知道你也不把我们放在眼里，叫人把他老子叫来！”贾琏听见这话，方趔趄着脚儿出去了，赌气也不往家去，便往外书房来。

这里邢夫人王夫人也说凤姐儿。贾母笑道：“什么要紧的事！小孩子们年轻，馋嘴猫儿似的，那里保得住不这么着。从小儿世人都打这么过的。都是我的不是，叫你多吃了两口酒，又吃起醋来。”说的众人都笑了。贾母又道：“你放心，等明儿我叫他来替你赔不是。你今儿别要过去臊着他。”因又骂：“平儿那蹄子，素日我倒看他好，怎么暗地里这么坏。”尤氏等笑道：“平儿没有不是，是凤丫头拿着人家出气。两口子不好对打，都拿着平儿煞性子。平儿委曲的什么似的呢，老太太还骂人家。”贾母道：“原来这样，我说那孩子倒不像那狐媚魇道的。既这么着，可怜见的，白受他们的气。”因叫琥珀来：“你出去告诉平儿，就说我的话：我知道他受了委曲，明儿我叫凤姐儿替他赔不是。今儿是他主子的好日子，不许他胡闹。”

贾母毕竟有阅历，立即清醒过来，哪里是什么谋杀案，不过是通奸。但凤姐是她的宠儿，这个面子得给，必须让贾琏道歉。

原来平儿早被李纨拉入大观园去了。平儿哭的哽咽难止。宝钗劝道："你是个明白人，素日凤丫头何等待你，今儿不过他多吃一口酒。他可不拿你出气，难道倒拿别人出气不成？别人又笑话他吃醉了。你只管这会子委曲，素日你的好处，岂不都是假的了？"正说着，只见琥珀走来，说了贾母的话。平儿自觉面上有了光辉，方才渐渐的好了，也不往前头来。宝钗等歇息了一回，方来看贾母凤姐。

贾母给了面子就行。平儿的忍辱负重不次于袭人。

宝玉便让平儿到怡红院中来。袭人忙接着，笑道："我先原要让你的，只因大奶奶和姑娘们都让你，我就不好让的了。"平儿也陪笑说"多谢"。因又说道："好好儿的从那里说起，无缘无故白受了一场气。"袭人笑道："二奶奶素日待你好，这不过是一时气急了。"平儿道："二奶奶倒没说的，只是那淫妇治的我，他又偏拿我凑趣，况还有我们那糊涂爷倒打我。"说着便又委曲，禁不住落泪。宝玉忙劝道："好姐姐，别伤心，我替他两个赔不是罢。"平儿笑道："与你什么相干？"宝玉笑道："我们弟兄姊妹都一样。他们得罪了人，我替他赔个不是也是应该的。"又道："可惜这新衣裳也沾了，这里有你花妹妹的衣裳，何不换了下来，拿些烧酒喷了熨一熨。把头也另梳一梳。"一面说，一面便吩咐了小丫头子们舀洗脸水，烧熨斗来。

平儿素习只闻人说宝玉专能和女孩儿们接交；宝玉素日因平儿是贾琏的爱妾，又是凤姐儿的心腹，故不肯和他厮近，因不能尽心，也常为恨事。平儿今见他这般，心中也暗暗的敁敠：果然话不虚传，色色想的周到。又见袭人特特的开了箱子，拿出两件不大穿的衣裳来与他换，便赶忙的脱下自己的衣服，忙去洗了脸。宝玉一旁笑劝道："姐姐还该擦上些脂粉，不然倒像是和凤姐姐赌气了似的。况且又是他的好日子，而且老太太又打发了人来安慰你。”

平儿听了有理，便去找粉，只不见粉。宝玉忙走至妆台前，将一个宣窑[1]瓷盒揭开，里面盛着一排十根玉簪花棒，拈了一根递与平儿。又笑向他道：“这不是铅粉，这是紫茉莉花种，研碎了兑上香料制的。”平儿倒在掌上看时，果见轻白红香，四样俱美，摊在面上也容易匀净，且能润泽肌肤，不似别的粉青重涩滞。然后看见胭脂也不是成张的，却是一个小小的白玉盒子，里面盛着一盒，如玫瑰膏子一样。宝玉笑道：“那市卖的胭脂都不干净，颜色也薄。这是上好的胭脂拧出汁子来，淘澄净了渣滓，配了花露蒸叠成的。只用细簪子挑一点儿抹在手心里，用一点水化开抹在唇上；手心里就够打颊腮了。”平儿依言妆饰，果见鲜艳异常，且又甜香满颊。宝玉又将盆内的一枝并蒂秋蕙用竹剪刀[2]撷了下来，与他簪在鬓上。忽见李纨打发丫头来唤他，方忙忙的去了。

宝玉对化妆品的熟悉和内行不次于女孩。即此可以看出宝玉的女性化特征。

宝玉因自来从未在平儿前尽过心——且平儿又是个极聪明极清俊的上等女孩儿，比不得那起俗蠢拙物——深为恨怨。今日是金钏儿的生日，故一日不乐。不想落后闹出这件事来，竟得在平儿前稍尽片心，亦今生意中不想之乐也。因歪在床上，心内怡然自得。忽又思及贾琏惟知以淫乐悦己，并不知作养脂粉。又思平儿并无父母兄弟姊妹，独自一人，供应贾琏夫妇二人。贾琏之俗，凤姐之威，他

[1] 宣窑：明代宣德年间的官窑。
[2] 竹剪刀：用竹片制成的剪子。

竟能周全妥帖，今儿还遭荼毒，想来此人薄命，比黛玉犹甚。想到此间，便又伤感起来，不觉洒然泪下。因见袭人等不在房内，尽力落了几点痛泪。复起身，又见方才的衣裳上喷的酒已半干，便拿熨斗熨了叠好；见他的手帕子忘去，上面犹有泪渍，又拿至脸盆中洗了晾上。又喜又悲，闷了一回，也往稻香村来，说一回闲话，掌灯后方散。

平儿就在李纨处歇了一夜，凤姐儿只跟着贾母。贾琏晚间归房，冷清清的，又不好去叫，只得胡乱睡了一夜。次日醒了，想昨日之事，大没意思，后悔不来。邢夫人记挂着昨日贾琏醉了，忙一早过来，叫了贾琏过贾母这边来。

贾琏只得忍愧前来，在贾母面前跪下。贾母问他："怎么了？"贾琏忙陪笑说："昨儿原是吃了酒，惊了老太太的驾了，今儿来领罪。"贾母啐道："下流东西，灌了黄汤，不说安分守己的挺尸[1]去，倒打起老婆来了！凤丫头成日家说嘴，霸王似的一个人，昨儿唬得可怜。要不是我，你要伤了他的命，这会子怎么样？"贾琏一肚子的委屈，不敢分辩，只认不是。贾母又道："那凤丫头和平儿还不是个美人胎子？你还不足！成日家偷鸡摸狗，脏的臭的，都拉了你屋里去。为这起淫妇打老婆，又打屋里的人，你还亏是大家子的公子出身，活打了嘴了。若你眼睛里有我，你起来，我饶了你，乖乖的替你媳妇赔个不是，拉了他家去，我就喜欢了。要不然，你只管出去，我也不敢受你的跪。"

贾琏听如此说，又见凤姐儿站在那边，也不盛妆，哭的眼睛肿着，也不施脂粉，黄黄脸儿，比往

[1] 挺尸：骂人睡觉。

常更觉可怜可爱。想着："不如赔了不是，彼此也好了，又讨老太太的喜欢了。"想毕，便笑道："老太太的话，我不敢不依，只是越发纵了他了。"贾母笑道："胡说！我知道他最有礼的，再不会冲撞人。他日后得罪了你，我自然也作主，叫你降伏就是了。"贾琏听说，爬起来，便与凤姐儿作了一个揖，笑道："原来是我的不是，二奶奶饶过我罢。"满屋里的人都笑了。贾母笑道："凤丫头，不许恼了，再恼我就恼了。"

一场风波，由贾母出面，以妥协告终。贾琏向凤姐当面道歉，不许凤姐纠缠不休。

说着，又命人去叫了平儿来，命凤姐儿和贾琏两个安慰平儿。贾琏见了平儿，越发图不得[1]了，所谓"妻不如妾，妾不如偷"，听贾母一说，便赶上来说道："姑娘昨日受了委屈了，都是我的不是。奶奶得罪了你，也是因我而起。我赔了不是不算外，还替你奶奶赔个不是。"说着，也作了一个揖，引的贾母笑了，凤姐儿也笑了。贾母又命凤姐儿来安慰他。平儿忙走上来给凤姐儿磕头，说："奶奶的千秋[2]，我惹了奶奶生气，是我该死。"凤姐儿正自愧悔昨日酒吃多了，不念素日之情，浮躁起来，为听了旁人的话，无故给平儿没脸。今反见他如此，又是惭愧，又是心酸，忙一把拉起来，落下泪来。平儿道："我服侍了奶奶这么几年，也没弹我一指甲。就是昨儿打我，我也不怨奶奶，都是那淫妇治的，怨不得奶奶生气。"说着，也滴下泪来了。贾母便命人将他三人送回房去，"有一个再提此事，即刻来回我，我不管是谁，拿拐棍子给他一顿。"

凤姐与平儿各自做自我批评，重归于好。作者显然对平儿的态度非常欣赏。对凤姐、贾琏、平儿在风波中的表现和心理把握精准，也表现出作者组织戏剧性场面的出色能力。

[1] 图不得：忍不住。
[2] 千秋：代指生日。

三个人从新给贾母、邢王二位夫人磕了头。老嬷嬷答应了，送他三人回去。至房中，凤姐儿见无人，方说道："我怎么像个阎王，又像夜叉？那淫妇咒我死，你也帮着咒。我千日不好，也有一日好。可怜我熬的连个淫妇也不如了，我还有什么脸来过这日子？"说着，又哭了。贾琏道："你还不足？你细想想，昨儿谁的不是多？今儿当着人还是我跪了一跪，又赔不是，你也争足了光了。这会子还叨叨，难道还叫我替你跪下才罢？太要足了强也不是好事。"说的凤姐儿无言可对，平儿嗤的一声又笑了。贾琏也笑道："又好了！真真我也没法了。"

正说着，只见一个媳妇来回说："鲍二媳妇吊死了。"贾琏凤姐儿都吃了一惊。凤姐忙收了怯色，反喝道："死了罢了，有什么大惊小怪的！"一时，只见林之孝家的进来悄回凤姐道："鲍二媳妇吊死了，他娘家的亲戚要告呢。"凤姐儿笑道："这倒好了，我正想要打官司呢！"林之孝家的道："我才和众人劝了他们，又威吓了一阵，又许了他几个钱，也就依了。"凤姐儿道："我没一个钱！有钱也不给，只管叫他告去。也不许劝他，也不用镇吓他，只管让他告去。告不成，倒问他个'以尸讹诈'！"

林之孝家的正在为难，见贾琏和他使眼色儿，心下明白，便出来等着。贾琏道："我出去瞧瞧，看是怎么样。"凤姐儿道："不许给他钱。"贾琏一径出来，和林之孝来商议，着人去作好作歹，许了二百两发送才罢。贾琏生恐有变，又命人去和王子腾说，将番役仵作[1]人等叫了几名来，帮着办丧事。那些人见了如此，纵要复辨亦不敢辨，只得忍

[1] 仵（wǔ）作：验尸的差役。一般由平民担任。

气吞声罢了。贾琏又命林之孝将那二百银子入在流年帐上，分别添补开销过去。又梯己[1]给鲍二些银两，安慰他说："另日再挑个好媳妇给你。"鲍二又有体面，又有银子，有何不依，便仍然奉承贾琏，不在话下。

鲍二家的自杀，以及凤姐、贾琏的不同反应，是突发事件的余波。

里面凤姐心中虽不安，面上只管佯不理论，因房中无人，便拉平儿笑道："我昨儿灌丧了酒了，你别埋怨，打了那里，让我瞧瞧。"平儿道："也没打重。"只听得说，奶奶姑娘都进来了。要知端的，下回分解。

[1] 梯己：此指私下。

第四十五回

金兰契[1]互剖金兰语　风雨夕闷制风雨词

话说凤姐儿正抚恤平儿，忽见众姊妹进来，忙让坐了，平儿斟上茶来。凤姐儿笑道："今儿来的这么齐，倒像下帖子请了来的。"探春笑道："我们有两件事：一件是我的，一件是四妹妹的，还夹着老太太的话。"凤姐儿笑道："有什么事，这么要紧?"探春笑道："我们起了个诗社，头一社就不齐全，众人脸软[2]，所以就乱了。我想必得你去作个监社御史，铁面无私才好。再四妹妹为画园子，用的东西这般那般不全，回了老太太，老太太说：'只怕后头楼底下还有当年剩下的，找一找，若有呢拿出来，若没有，叫人买去。'"凤姐笑道："我又不会作什么'湿的''干的'，要我吃东西去不成?"探春道："你虽不会作，也不要你作。你只监察着我们里头有偷安怠惰的，该怎么样罚他就是了。"凤姐儿笑道："你们别哄我，我猜着了：那里是请我作监社御史，分明是叫我作个进钱的铜商[3]！你们弄什么社，必是要轮流作东道的。你们的月钱不够花了，想出这个法子来拗了我去，好和我要钱。可是这个主意?"一席话说的众人都笑

谁还蒙得了凤姐！

[1] 金兰契：比喻知心朋友。金，喻坚。兰，喻香。契，契合，意气相合。
[2] 脸软：抹不开面子。
[3] 进钱的铜商：进钱的富商。

起来了。

李纨笑道："真真你是个水晶心肝玻璃人。"凤姐儿笑道："亏你是个大嫂子呢！把姑娘们原交给你带着念书学规矩针线的，他们不好，你要劝。这会子他们起诗社，能用几个钱，你就不管了？老太太、太太罢了，原是老封君[1]。你一个月十两银子的月钱，比我们多两倍银子。老太太、太太还说你寡妇失业的，可怜，不够用，又有个小子，足的又添了十两，和老太太、太太平等。又给你园子地，各人取租子。年终分年例，你又是上上分儿。你娘儿们，主子奴才共总没十个人，吃的穿的仍旧是官中的。一年通共算起来，也有四五百银子。这会子你就每年拿出一二百两银子来陪他们顽顽，能几年的限？他们各人出了阁，难道还要你赔不成？这会子你怕花钱，调唆他们来闹我，我乐得去吃一个河涸海干，我还通不知道呢！"

李纨笑道："你们听听，我说了一句，他就疯了，说了两车的无赖泥腿市俗专会打细算盘分斤拨两的话出来。这东西亏他托生在诗书大宦名门之家做小姐，出了嫁又是这样，他还是这么着；若是生在贫寒小户人家，作个小子，还不知怎么下作贫嘴恶舌的呢！天下人都被你算计了去！昨儿还打平儿呢，亏你伸的出手来！那黄汤难道灌丧了狗肚子里去了？气的我只要给平儿打报不平儿。忖度了半日，好容易'狗长尾巴尖儿'的好日子[2]，又怕老太太心里不受用，因此没来，究竟气还未平。你今儿又招我来了。给平儿拾鞋也不要，你们两个只

[1] 封君：古代受封邑的贵族。

[2] "狗长尾巴尖儿"的好日子：代指生日的玩笑话。俗传小狗在胎中，尾巴长足便生下来。

李纨和尤氏都喜欢打趣凤姐。

该换一个过子才是。”说的众人都笑了。凤姐儿忙笑道：“竟不是为诗为画来找我这脸子，竟是为平儿来报仇的。竟不承望平儿有你这一位仗腰子的人。早知道，便有鬼拉着我的手打他，我也不打了。平姑娘，过来！我当着大奶奶姑娘们替你赔个不是，担待我酒后无德[1]罢。”说着，众人又都笑起来了。李纨笑问平儿道：“如何？我说必定要给你争争气才罢。”平儿笑道：“虽如此，奶奶们取笑，我禁不起。”李纨道：“什么禁不起，有我呢。快拿了钥匙叫你主子开了楼房找东西去。”

凤姐儿笑道：“好嫂子，你且同他们回园子里去。才要把这米帐和他们算一算，那边大太太又打发人来叫，又不知有什么话说，须得过去走一趟。还有年下你们添补的衣服，还没打点给他们做去。”李纨笑道：“这些事我都不管，你只把我的事完了我好歇着去，省得这些姑娘小姐闹我。”凤姐忙笑道：“好嫂子，赏我一点空儿。你是最疼我的，怎么今儿为平儿就不疼我了？往常你还劝我说，事情虽多，也该保养身子，捡点着偷空儿歇歇，你今儿反倒逼我的命了。况且误了别人的年下衣裳无碍，他姊妹们的若误了，却是你的责任，老太太岂不怪你不管闲事，这一句现成的话也不说？我宁可自己赔不是，岂敢带累你呢。”李纨笑道：“你们听听，说的好不好？把他会说话的！我且问你，这诗社你到底管不管？”凤姐儿笑道：“这是什么话，我不入社花几个钱，不成了大观园的反叛了，还想在这里吃饭不成？明儿一早就到任，下马拜了印，先放下五十两银子给你们慢慢作会社东道。过后几天，我

[1] 酒后无德：醉后糊涂，没有德行。

又不作诗作文，只不过是个俗人罢了。‘监察’也罢，不‘监察’也罢，有了钱了，你们还撵出我来!”说的众人又都笑起来。凤姐儿道：“过会子我开了楼房，凡有这些东西都叫人搬出来你们看，若使得，留着使，若少什么，照你们单子，我叫人替你们买去就是了。画绢我就裁出来。那图样没有在太太跟前，还在那边珍大爷那里呢。说给你们，别碰钉子去。我打发人取了来，一并叫人连绢交给相公们矾去。如何?”李纨点首笑道：“这难为你，果然这样还罢了。既如此，咱们家去罢，等着他不送了去再来闹他。”说着，便带了他姊妹就走。

服软就好。

凤姐儿道：“这些事再没两个人，都是宝玉生出来的。”李纨听了，忙回身笑道：“正是为宝玉来，反忘了他。头一社是他误了。我们脸软，你说该怎么罚他?”凤姐想了一想，说道：“没有别的法子，只叫他把你们各人屋子里的地罚他扫一遍才好。”众人都笑道：“这话不差。”

说着才要回去，只见一个小丫头扶了赖嬷嬷进来。凤姐儿等忙站起来，笑道：“大娘坐。”又都向他道喜。赖嬷嬷向炕沿上坐了，笑道：“我也喜，主子们也喜。若不是主子们的恩典，我们这喜从何来？昨儿奶奶又打发彩哥儿赏东西，我孙子在门上朝上磕了头了。”李纨笑道：“多早晚上任去?”赖嬷嬷叹道：“我那里管他们，由他们去罢！前儿在家里给我磕头，我没好话，我说：‘哥哥儿，你别说你是官儿了，横行霸道的！你今年活了三十岁，虽然是人家的奴才，一落娘胎胞，主子恩典，放你出来，上托着主子的洪福，下托着你老子娘，也是公子哥儿似的读书认字，也是丫头、老婆、奶子捧凤凰似的。长了这么大，你那里知道那“奴才”两字是怎么写的！只知道享福，也不知道你爷爷和你老子受的那苦恼，熬了两三辈子，好容易挣出你这么个东西来。从小儿三灾八难，花的银子也照样打出你这么个银人儿来了。到二十岁上，又蒙主子的恩典，许你捐个前程在身上。你看那正根正苗的忍饥挨饿的要多少？你一个奴才秧子，仔细折了福！如今乐了十年，不知怎么弄神弄鬼的，求了主子，又选了出来。州县官儿虽小，事情却大，为那一州的州官，就是那一方的父母。你不安分守己，尽忠报国，孝敬主子，只怕天也不容你。'”李纨凤姐儿都笑道：“你也多虑。我们看他也就好了。先那几年还进来了两次，这有好几年没来了，年下生日，只见他的名字就罢了。前儿给老太太、太太磕头来，在老太太那院里，见他又穿着新官的服色，倒越发的威武了，比先时也胖了。他这一得了官，正该你乐呢，反倒愁起这些来！他不好，还有他父亲呢，你只受用你的就完了。闲了坐个轿子进来，和老太太斗一日牌，说一天话儿，谁好意思的委屈了你。家去一般也是楼房厦厅，谁不敬你，自然也是老封君似的了。”

贾府奴才的儿子也做了官。可见贾府的权势之大。

平儿斟上茶来，赖嬷嬷忙站起来接了，笑道：“姑娘不管叫那个孩子倒来罢了，又折受我。”说着，一面吃茶，一面又道：“奶奶不知道。这些小孩子们全要管的严。饶这么严，他们还偷空儿闹个乱子来叫大人操心。知道的说小孩子们淘气；不知道的，人家就说仗着财势欺人，连主子名声也不好。恨的我没法儿，常把他老子叫来骂一顿，才好些。”因又指宝玉道：“不怕你嫌我，如今老爷不过这么管你一管，老太太护在头里。当日老爷小时挨你爷爷的打，谁没看见的。老爷小时，何曾像你这么天不怕地不怕的了。还有那大老爷，虽然淘气，也没像你这扎窝子[1]的样儿，也是天天打。还有东府里你珍哥儿的爷爷，那才是火上浇油的性子，说声恼了，什么儿子，竟是审贼！如今我眼里看着，耳朵里听着，那珍大爷管儿子倒也像当日老祖宗的规矩，只是管的到三不着两的。他自己也不管一管自己，这些兄弟侄儿怎么怨的不怕他？你心里明白，喜欢我说，不明白，嘴里不好意思，心里不知怎么骂我呢。”

正说着，只见赖大家的来了，接着，周瑞家的张材家的都进来回事情。凤姐儿笑道：“媳妇来接婆婆来了。”赖大家的笑道：“不是接他老人家，倒是打听打听奶奶姑娘们赏脸不赏脸？”赖嬷嬷听了，笑道：“可是我糊涂了，正经说的话且不说，且说陈谷子烂芝麻的混捣熟[2]。因为我们小子选了出来，众亲友要给他贺喜，少不得家里摆个酒。我想，摆一日酒，请这个也不是，请那个也不是。又想了一想，托主子洪福，想不到的这样荣耀，就倾了家，我也是愿意的。因此吩咐他老子连摆三日酒：头一日，在我们破花园子里摆几席酒，一台戏，请老太太、太太们、奶奶姑娘们去散一日闷；外头大厅上一台戏，摆几席酒，请老爷们、爷们去增增光。第二日再请亲友。第三日再把我们两府里的伴儿请一请。热闹三天，也是托着主子的洪福一场，光辉光辉。”李纨凤姐儿都笑道：“多早晚的日子？我们必去，只怕老太太高兴要去也定不得。”赖大家的忙道：“择了十四的日子，只看我们奶奶

[1] 扎窝子：本指飞鸟钻在巢中，不肯出来。这里比喻留恋家庭，不思有所作为。
[2] 混捣熟：絮叨。

的老脸罢了。”凤姐笑道：“别人不知道，我是一定去的。先说下，我是没有贺礼的，也不知道放赏，吃完了一走，可别笑话。”赖大家的笑道：“奶奶说那里话？奶奶要赏，赏我们三二万银子就有了。”赖嬷嬷笑道：“我才去请老太太，老太太也说去，可算我这脸还好。”说毕又叮咛了一回，方起身要走，因看见周瑞家的，便想起一事来，因说道：“可是还有一句话问奶奶，这周嫂子的儿子犯了什么不是，撵了他不用？”凤姐儿听了，笑道：“正是我要告诉你媳妇，事情多也忘了。赖嫂子回去说给你老头子，两府里不许收留他小子，叫他各人去罢。”

赖大家的只得答应着。周瑞家的忙跪下央求。赖嬷嬷忙道：“什么事？说给我评评。”凤姐儿道：“前日我生日，里头还没吃酒，他小子先醉了。老娘那边送了礼来，他不说在外头张罗，他倒坐着骂人，礼也不送进来。两个女人进来了，他才带着小幺们往里抬。小幺们倒好，他拿的一盒子倒失了手，撒了一院子馒头。人去了，打发彩明去说他，他倒骂了彩明一顿。这样无法无天的忘八羔子，不撵了作什么！”赖嬷嬷笑道：“我当什么事情，原来为这个。奶奶听我说：他有不是，打他骂他，使他改过，撵了去断乎使不得。他又比不得是咱们家的家生子儿，他现是太太的陪房。奶奶只顾撵了他，太太脸上不好看。依我说，奶奶教导他几板子，以戒下次，仍旧留着才是。不看他娘，也看太太。”凤姐儿听说，便向赖大家的说道：“既这样，打他四十棍，以后不许他吃酒。”赖大家的答应了。周瑞家的磕头起来，又要与赖嬷嬷磕头，赖大家的拉着方罢。然后他三人去了，李纨等也就回园中来。

至晚，果然凤姐命人找了许多旧收的画具出来，送至园中。宝钗等选了一回，各色东西可用的只有一半，将那一半又开了单子，与凤姐儿去照样置买，不必细说。

一日，外面矾了绢，起了稿子进来。宝玉每日便在惜春这里帮忙。探春、李纨、迎春、宝钗等也多往那里闲坐，一则观画，二则便于会面。宝钗因见天气凉爽，夜复渐长，遂至母亲房中商议打点些针线来。日间至贾母处王夫人处省候两次，不免又承色陪坐闲话半时，园中姊妹处也要度时闲话一回，故日间不大得闲，每夜灯下女工必至三更方寝。

黛玉每岁至春分秋分之后，必犯嗽疾；今秋又遇贾母高兴，多游玩了两次，未免过劳了神，近日又复嗽起来，觉得比往常又重，所以总不出门，只在自己房中将养。有时闷了，又盼个姊妹来说些闲话排遣；及至宝钗等来望候他，说不得三五句话又厌烦了。众人都体谅他病中，且素日形体娇弱，禁不得一些委屈，所以他接待不周，礼数粗忽，也都不苛责。

这日宝钗来望他，因说起这病症来。宝钗道："这里走的几个太医虽都还好，只是你吃他们的药总不见效，不如再请一个高明的人来瞧一瞧，治好了岂不好？每年间闹一春一夏，又不老又不小，成什么？不是个常法。"黛玉道："不中用。我知道我这样病是不能好的了。且别说病，只论好的日子我是怎么形景，就可知了。"宝钗点头道："可正是这话。古人说：'食谷者生'，你素日吃的竟不能添养精神气血，也不是好事。"黛玉叹道："'死生有命，富贵在天'，也不是人力可强的。今年比往年反觉又重了些似的。”说话之间，已咳嗽了两三次。宝钗道：“昨儿我看你那药方上，人参肉桂觉得太多了。虽说益气补神，也不宜太热。依我说，先以平肝健胃为要，肝火一平，不能克土[1]，胃气无病，饮食就可以养人了。每日早起拿上等燕窝一两，冰糖五钱，用银铫子[2]熬出粥来，若吃惯了，比药还强，最是滋阴补气的。”

黛玉叹道：“你素日待人，固然是极好的，然我最是个多心的人，只当你心里藏奸。从前日你说看杂书不好，又劝我那些好话，竟大感激你。往日竟是我错了，实在误到如今。细细算来，我母亲去世的早，又无姊妹兄弟，我长了今年十五岁，竟没一个人像你前日的话教导我。怨不得云丫头说你好，我往日见他赞你，我还不受用，昨儿我亲自经过，才知道了。比如若是你说了那个，我再不轻放过你的；你竟不介意，反劝我那些话，可知我竟自误了。若不是从前日看出来，今日这话，再不对你说。你方才说叫我吃燕窝粥的话，虽然燕窝易得，但只我因身上不好了，每年犯这个病，也没什么要紧的去处。请大夫，熬药，人参肉桂，已经闹了个天翻地覆，这会子我又兴出新文[3]来熬什么燕窝粥，老太太、太太、凤姐姐这三个人便没话说，那些底下的婆子丫头们，未免不嫌我太多事了。你看这里这些人，因见老太太多疼了宝玉和凤丫头两个，他们尚虎视眈眈，背地里言三语四的，何况于我？况我又不是他们这里正经主子，原是无依无靠

---

［1］肝火一平，不能克土：中医的五行理论中，肝属木，脾胃属土，木能克土。肝火平，则不能伤脾胃。

［2］铫（diào）子：一种带柄有嘴的小锅。

［3］新文：新花样。

投奔了来的，他们已经多嫌着我了。如今我还不知进退，何苦叫他们咒我？”

黛玉向宝钗说出掏心窝的话，因为黛玉对宝玉已经放心，所以她与宝钗的关系也彻底改善。后面宝玉所谓“是儿时孟光接了梁鸿案”，即是指此。

宝钗道：“这样说，我也是和你一样。”黛玉道：“你如何比我？你又有母亲，又有哥哥，这里又有买卖地土，家里又仍旧有房有地。你不过是亲戚的情分，白住了这里，一应大小事情，又不沾他们一文半个，要走就走了。我是一无所有，吃穿用度，一草一纸，皆是和他们家的姑娘一样，那起小人岂有不多嫌的。”宝钗笑道：“将来也不过多费得一副嫁妆罢了，如今也愁不到这里。”黛玉听了，不觉红了脸，笑道：“人家才拿你当个正经人，把心里的烦难告诉你听，你反拿我取笑儿。”宝钗笑道：“虽是取笑儿，却也是真话。你放心，我在这里一日，我与你消遣一日。你有什么委屈烦难，只管告诉我，我能解的，自然替你解一日。我虽有个哥哥，你也是知道的，只有个母亲比你略强些。咱们也算同病相怜。你也是个明白人，何必作‘司马牛之叹’[1]？你才说的也是，多一事不如省一事。我明日家去和妈妈说了，只怕我们家里还有，与你送几两，每日叫丫头们就熬了，又便宜，又不惊师动众的。”黛玉忙笑道：“东西事小，难得你多情如此。”宝钗道：“这有什么放在口里的！只愁我人人跟前失于应候罢了。只怕你烦了，我且去了。”黛玉道：“晚上再来和我说句话儿。”宝钗答应着便去了，不在话下。

宝钗的厚道处。她帮助黛玉是真诚的。

这里黛玉喝了两口稀粥，仍歪在床上，不想日未落时天就变了，淅淅沥沥下起雨来。秋霖脉脉，阴晴不定，那天渐渐的黄昏，且阴的沉黑，兼着那

[1] 司马牛之叹：没有好兄弟。典出《论语·颜渊》。

雨滴竹梢，更觉凄凉。知宝钗不能来，便在灯下随便拿了一本书，却是《乐府杂稿》，有《秋闺怨》、《别离怨》等词。黛玉不觉心有所感，亦不禁发于章句，遂成《代别离》一首，拟《春江花月夜》之格，乃名其词曰《秋窗风雨夕》。其词曰：

秋花惨淡秋草黄，耿耿秋灯秋夜长。
已觉秋窗秋不尽，那堪风雨助凄凉！
助秋风雨来何速，惊破秋窗秋梦绿。
抱得秋情不忍眠，自向秋屏移泪烛。
泪烛摇摇爇短檠[1]，牵愁照恨动离情。
谁家秋院无风入，何处秋窗无雨声！
罗衾不奈秋风力，残漏声催秋雨急。
连宵脉脉复飕飕，灯前似伴离人泣。
寒烟小院转萧条，疏竹虚窗时滴沥。
不知风雨几时休，已教泪洒窗纱湿。

吟罢搁笔，方要安寝，丫鬟报说："宝二爷来了。"一语未完，只见宝玉头上带着大箬笠[2]，身上披着蓑衣。黛玉不觉笑了："那里来的渔翁！"宝玉忙问："今儿好些？吃了药没有？今儿一日吃了多少饭？"一面说，一面摘了笠，脱了蓑衣，忙一手举起灯来，一手遮住灯光，向黛玉脸上照了一照，觑着眼细瞧了一瞧，笑道："今儿气色好了些。"

黛玉看脱了蓑衣，里面只穿半旧红绫短袄，系着绿汗巾子，膝下露出油绿绸撒花裤子，底下是掐金满绣的绵纱袜子，靸着蝴蝶落花鞋。黛玉问道：

[1] 爇（ruò）短檠（qíng）：意即蜡烛燃尽，将烧及灯台。爇，燃烧，点燃。檠，烛台。
[2] 箬（ruò）笠：用竹篾、箬竹叶或笋壳编制的斗笠。

“上头怕雨，底下这鞋袜子是不怕雨的？也倒干净。”宝玉笑道：“我这一套是全的。有一双棠木屐[1]，才穿了来，脱在廊檐上了。”黛玉又看那蓑衣斗笠不是寻常市卖的，十分细致轻巧，因说道：“是什么草编的？怪道穿上不像那刺猬似的。”宝玉道：“这三样都是北静王送的。他闲了下雨时在家里也是这样。你喜欢这个，我也弄一套来送你。别的都罢了，惟有这斗笠有趣，竟是活的。上头的这顶儿是活的，冬天下雪，带上帽子，就把竹信子[2]抽了，去下顶子来，只剩了这圈子。下雪时男女都戴得，我送你一顶，冬天下雪戴。”黛玉笑道：“我不要他。戴上那个，成个画儿上画的和戏上扮的渔婆了。”及说了出来，方想起话未忖夺，与方才说宝玉的话相连，后悔不及，羞的脸飞红，便伏在桌上嗽个不住。

宝玉却不留心，因见案上有诗，遂拿起来看了一遍，又不禁叫好。黛玉听了，忙起来夺在手内，向灯上烧了。宝玉笑道：“我已背熟了，烧也无碍。”黛玉道：“我也好了许多，谢你一天来几次瞧我，下雨还来。这会子夜深了，我也要歇着，你且请回去，明儿再来。”宝玉听说，回手向怀中掏出一个核桃大小的一个金表来，瞧了一瞧，那针已指到戌末亥初之间，忙又揣了，说道：“原该歇了，又扰的你劳了半日神。”说着，披蓑戴笠出去了，又翻身进来问道：“你想什么吃，告诉我，我明儿一早回老太太，岂不比老婆子们说的明白？”黛玉笑道：“等我夜里想着了，明儿早起告诉你。你听

---

[1] 棠木屐：棠梨木制作的屐。
[2] 竹信子：竹子做的插销。

雨越发紧了，快去罢。可有人跟着没有？”

有两个婆子答应：“有人，外面拿着伞点着灯笼呢。”黛玉笑道：“这个天点灯笼？”宝玉道：“不相干，是明瓦[1]的，不怕雨。”黛玉听说，回手向书架上把个玻璃绣球灯拿了下来，命点一支小蜡来，递与宝玉，道：“这个又比那个亮，正是雨里点的。”宝玉道：“我也有这么一个，怕他们失脚滑倒了打破了，所以没点来。”黛玉道：“跌了灯值钱，跌了人值钱？你又穿不惯木屐子。那灯笼命他们前头照着。这个又轻巧又亮，原是雨里自己拿着的，你自己手里拿着这个，岂不好？明儿再送来。就失了手也有限的，怎么忽然又变出这‘剖腹藏珠’[2]的脾气来！”宝玉听说，连忙接了过来，前头两个婆子打着伞提着明瓦灯，后头还有两个小丫鬟打着伞。宝玉便将这个灯递与一个小丫头捧着，宝玉扶着他的肩，一径去了。

就有蘅芜苑的一个婆子，也打着伞提着灯，送了一大包上等燕窝来，还有一包子洁粉梅片雪花洋糖，说：“这比买的强。姑娘说了：姑娘先吃着，完了再送来。”黛玉道：“回去说‘费心’。”命他外头坐了吃茶。婆子笑道：“不吃茶了，我还有事呢。”黛玉笑道：“我也知道你们忙。如今天又凉，夜又长，越发该会个夜局，痛赌两场。”婆子笑道：“不瞒姑娘说，今年我大沾光儿了。横竖每夜各处有几个上夜的人，误了更也不好，不如会个夜局，又坐了更，又解闷儿。今儿又是我的头家，如今园门关了，就该上场了。”黛玉听说笑道：“难为你。

[1] 明瓦：把蛎壳磨成半透明的薄片，嵌于灯架或窗间以透光照明。
[2] 剖腹藏珠：比喻为物伤身，轻重倒置。

误了你发财，冒雨送来。”命人给他几百钱，打些酒吃，避避雨气。那婆子笑道：“又破费姑娘赏酒吃。”说着，磕了一个头，外面接了钱，打伞去了。

紫鹃收起燕窝，然后移灯下帘，服侍黛玉睡下。黛玉自在枕上感念宝钗，一时又羡他有母兄；一面又想宝玉虽素习和睦，终有嫌疑。又听见窗外竹梢焦叶之上，雨声淅沥，清寒透幕，不觉又滴下泪来。直到四更将阑，方渐渐的睡了。暂且无话。要知端的——

第四十六回

尴尬人难免尴尬事　鸳鸯女誓绝鸳鸯偶

话说林黛玉直到四更将阑，方渐渐的睡去，暂且无话。

如今且说凤姐儿因见邢夫人叫他，不知何事，忙另穿戴了一番，坐车过来。邢夫人将房内人遣出，悄向凤姐儿道："叫你来不为别事，有一件为难的事，老爷托我，我不得主意，先和你商议。老爷因看上了老太太的鸳鸯，要他在房里，叫我和老太太讨去。我想这倒平常有的事，只是怕老太太不给，你可有法子？"凤姐儿听了，忙道："依我说，竟别碰这个钉子去。老太太离了鸳鸯，饭也吃不下去的，那里就舍得了？况且平日说起闲话来，老太太常说，老爷如今上了年纪，作什么左一个小老婆右一个小老婆放在屋里，没的耽误了人家。放着身子不保养，官儿也不好生作去，成日家和小老婆喝酒。太太听这话，很喜欢老爷呢？这会子回避还恐回避不及，倒拿草棍儿戳老虎的鼻子眼儿去了！太太别恼，我是不敢去的。明放着不中用，而且反招出没意思来。老爷如今上了年纪，行事不妥，太太该劝才是。比不得年轻，作这些事无碍。如今兄弟、侄儿、儿子、孙子一大群，还这么闹起来，怎样见人呢？"

一盆冷水浇下来。话里话外，透露出凤姐对公公的轻蔑。

邢夫人冷笑道："大家子三房四妾的也多，偏咱们就使不得？我劝了也未必依。就是老太太心爱的丫头，这么胡子苍白了又作了官的一个大儿子，要了作房里人，也未必好驳回的。我叫了你来，不过商议商议，你先派上了一篇不是。也有叫你要去的理？自然是我说去。你倒说我不劝，你还不知道那性子的，劝不成，先和我恼了。”

邢夫人不但不劝丈夫节欲养身，反而四处紧张活动，为丈夫做媒牵头。邢夫人怕贾赦，她没有退路，只许成功，不许失败。

凤姐儿知道邢夫人禀性愚犟，只知承顺贾赦以自保，次则婪聚财货为自得，家下一应大小事务，俱由贾赦摆布。凡出入银钱事务，一经他手，便克啬异常，以贾赦浪费为名“须得我就中俭省，方可偿补”，儿女奴仆，一人不靠，一言不听的。如今又听邢夫人如此的话，便知他又弄左性[1]，劝了不中用，连忙陪笑说道：“太太这话说的极是。我能活了多大，知道什么轻重？想来父母跟前，别说一个丫头，就是那么大的活宝贝，不给老爷给谁？背地里的话那里信得？我竟是个呆子。琏二爷或有日得了不是，老爷太太恨的那样，恨不得立刻拿来一下子打死；及至见了面，也罢了，依旧拿着老爷太太心爱的东西赏他。如今老太太待老爷，自然也是那样了。依我说，老太太今儿喜欢，要讨今儿就讨去。我先过去哄着老太太发笑，等太太过去了，我搭讪着走开，把屋子里的人我也带开，太太好和老太太说的。给了更好，不给也没妨碍，众人也不知道。”

凤姐随风转舵，反对和赞成的话都让她说得头头是道。

邢夫人见他这般说，便又喜欢起来，又告诉他道：“我的主意先不和老太太要。老太太要说不给，这事便死了。我心里想着先悄悄的和鸳鸯说。他虽害臊，我细细的告诉了他，他自然不言语，就妥

[1] 左性：性情固执刻板。

了。那时再和老太太说，老太太虽不依，搁不住他愿意，常言‘人去不中留’，自然这就妥了。”凤儿姐笑道：“到底是太太有智谋，这是千妥万妥的。别说是鸳鸯，凭他是谁，那一个不想巴高望上，不想出头的？这半个主子不做，倒愿意做个丫头，将来配个小子就完了。”邢夫人笑道：“正是这个话了。别说鸳鸯，就是那些执事的大丫头，谁不愿意这样呢。你先过去，别露一点风声，我吃了晚饭就过来。”

邢夫人考虑到事情有一定的难度，可是，她知道贾母这一关不好过，至于鸳鸯那边，应该没问题。当妾不比当丫头强？

凤姐儿暗想：“鸳鸯素习是个极有心胸识见的丫头，虽如此说，保不严他就愿意。我先过去了，太太后过去，若他依了便没话说；倘或不依，太太是多疑的人，只怕就疑我走了风声，使他拿腔作势的。那时太太又见了应了我的话，羞恼变成怒，拿我出起气来，倒没意思。不如同着一齐过去了，他依也罢，不依也罢，就疑不到我身上了。”想毕，因笑道：“方才临来，舅母那边送了两笼子鹌鹑，我吩咐他们炸了，原要赶太太晚饭上送过来的。我才进大门时，见小子们抬车，说太太的车拔了缝，拿去收拾去了。不如这会子坐了我的车一齐过去倒好。”邢夫人听了，便命人来换衣服。凤姐忙着服侍了一回，娘儿两个坐车过来。凤姐儿又说道：“太太过老太太那里去，我若跟了去，老太太若问起我过去作什么的，倒不好。不如太太先去，我脱了衣裳再来。”

凤姐在邢夫人和贾母的夹缝里远祸全身的一套策略。她把鸳鸯同意和拒绝的两种可能性都考虑到了，尤其是对鸳鸯拒绝的情况做了准备。

邢夫人听了有理，便自往贾母处，和贾母说了一回闲话，便出来假托往王夫人房里去，从后门出去，打鸳鸯的卧房前过。只见鸳鸯正然坐在那里做针线，见了邢夫人，忙站起来。邢夫人笑道：“做什么呢？我瞧瞧，你扎的花儿越发好了。”一面说，一面便接他手内的针线瞧了一瞧，只管赞好。放下针线，又浑身打量。只见他穿着半新的藕合色的绫袄，青缎掐牙背心，下面水绿裙子。蜂腰削背，鸭蛋脸面，乌油头发，高高的鼻子，两边腮上微微的几点雀斑。

鸳鸯见这般看他，自己倒不好意思起来，心里便觉诧异，因笑问道："太太，这会子不早不晚的，过来做什么？"邢夫人使个眼色儿，跟的人退出。邢夫人便坐下，拉着鸳鸯的手笑道："我特来给你道喜来了。"鸳鸯听了，心中已猜着三分，不觉红了脸，低了头不发一言。听邢夫人道："你知道，你老爷跟前竟没有个可靠的人，心里再要买一个，又怕那些人牙子[1]家出来的不干不净，也不知道毛病儿，买了来家，三日两日，又要肏鬼吊猴的。因满府里要挑一个家生女儿收了，又没个好的。不是模样儿不好，就是性子不好，有了这个好处，没了那个好处。因此冷眼选了半年，这些女孩子里头，就只你是个尖儿，模样儿，行事作人，温柔可靠，一概是齐全的。意思要和老太太讨了你去，收在屋里。你比不得外头新买的，你这一进去了，进门就开了脸，就封你姨娘，又体面，又尊贵。你又是个要强的人，俗语说的'金子终得金子换'，谁知竟被老爷看中了你。如今这一来，你可遂了素日志大心高的愿了，也堵一堵那些嫌你的人的嘴。跟了我回老太太去！"说着拉了他的手就要走。鸳鸯红了脸，夺手不行。

原来贾赦要找的是一个可靠的人。人贩子那里买来的不可靠，鸳鸯色色俱全，是最佳选择。

邢夫人知他害臊，因又说道："这有什么臊处？你又不用说话，只跟着我就是了。"鸳鸯只低了头

[1] 人牙子：即人贩子。

不动身。邢夫人见他这般，便又说道："难道你不愿意不成？若果然不愿意，可真是个傻丫头了。放着主子奶奶不作，倒愿意作丫头！三年二年，不过配上个小子，还是奴才。你跟了我们去，你知道我的性子又好，又不是那不容人的人。老爷待你们又好。过一年半载，生下个一男半女，你就和我并肩了。家里人你要使唤谁，谁还不动？现成主子不做去，错过这个机会，后悔就迟了。"鸳鸯只管低了头，仍是不语。邢夫人又道："你这么个响快人，怎么又这样积粘[1]起来？有什么不称心之处，只管说与我，我管保你遂心如意就是了。"鸳鸯仍不语。邢夫人又笑道："想必你有老子娘，你自己不肯说话，怕臊。你等他们问你，这也是理。让我问他们去，叫他们来问你，有话只管告诉他们。"说毕，便往凤姐儿房中来。

邢夫人估摸着鸳鸯要征求父母的同意。读者将希望寄托于贾母。故事后来的发展告诉我们，鸳鸯拒嫁的成功主要是因为她自己的拼死反抗。这就大大提高了鸳鸯在读者心目中的形象。

凤姐儿早换了衣服，因房内无人，便将此话告诉了平儿。平儿也摇头笑道："据我看，此事未必妥。平常我们背着人说起话来，听他那主意，未必是肯的。也只说着瞧罢了。"凤姐儿道："太太必来这屋里商议。依了还可，若不依，白讨个臊，当着你们，岂不脸上不好看。你说给他们炸鹌鹑，再有什么配几样，预备吃饭。你且别处逛逛去，估量着去了再来。"平儿听说，照样传给婆子们，便逍遥自在的往园子里来。

这里鸳鸯见邢夫人去了，必在凤姐儿房里商议去了，必定有人来问他的，不如躲了这里，因找了琥珀说道："老太太要问我，只说我病了，没吃早

[1] 积粘：不爽快。

饭，往园子里逛逛就来。”琥珀答应了。鸳鸯也往园子里来，各处游玩，不想正遇见平儿。平儿因见无人，便笑道：“新姨娘来了！”鸳鸯听了，便红了脸，说道：“怪道你们串通一气来算计我！等着我和你主子闹去就是了。”

平儿听了，自悔失言，便拉他到枫树底下，坐在一块石上，越性把方才凤姐过去回来所有的形景言词始末原由告诉与他。鸳鸯红了脸，向平儿冷笑道：“这是咱们好，比如袭人、琥珀、素云、紫鹃、彩霞、玉钏儿、麝月、翠墨，跟了史姑娘去的翠缕，死了的可人和金钏，去了的茜雪，连上你我，这十来个人，从小儿什么话儿不说？什么事儿不作？这如今因都大了，各自干各自的去了，然我心里仍是照旧，有话有事，并不瞒你们。这话我且放在你心里，且别和二奶奶说：别说大老爷要我做小老婆，就是太太这会子死了，他三媒六聘的娶我去作大老婆，我也不能去。”

鸳鸯和平儿、袭人是无话不说的姊妹。作者借此去写平儿、袭人对此事的反应。

写出鸳鸯对贾赦的极度厌恶。

平儿方欲笑答，只听山石背后哈哈的笑道：“好个没脸的丫头，亏你不怕牙碜。”二人听了不免吃了一惊，忙起身向山石背后找寻，不是别个，却是袭人笑着走了出来问：“什么事情？告诉我。”说着，三人坐在石上。平儿又把方才的话说与袭人，袭人听了说道：“真真这话论理不该我们说，这个大老爷太好色了，略平头正脸的，他就不放手了。”

插进袭人，因为三人是可以交心的伙伴。

平儿道：“你既不愿意，我教你个法子，不用费事就完了。”鸳鸯道：“什么法子？你说来我听。”平儿笑道：“你只和老太太说，就说已经给了琏二爷了，大老爷就不好要了。”鸳鸯啐道：“什么东西！你还说呢，前儿你主子不是这么混说的！谁知应到今儿了。”袭人笑道：“他们两个都不愿意，我就和老太太说，叫老太太说，把你已经许了宝玉了，大老爷也就死了心了。”鸳鸯又是气，又是臊，又是急，因骂道：“两个蹄子不得好死的！人家有为难的事，拿着你们当正经人，告诉你们与我排解排解，你们倒替换着取笑儿。你们自为都有了结果了，将来都是做姨娘的。据我看，天下的事未必都遂心如意。你们且收着些儿，别忒乐过了头儿！”

平儿和袭人出的都是馊主意，会把贾琏和宝玉牵进矛盾的漩涡。让贾琏和宝玉与老色鬼去争鸳鸯，岂非笑话！

二人见他急了，忙陪笑央告道：“好姐姐，别多心，咱们从小儿都是亲姊妹一般，不过无人处偶然取个笑儿。你的主意告诉我们知道，也好放心。”鸳鸯道：“什么主意！我只不去就完了。”平儿摇头道：“你不去未必得干休。大老爷的性子你是知道的。虽然你是老太太房里的人，此刻不敢把你怎么样，将来难道你跟老太太一辈子不成？也要出去的。那时落了他的手，倒不好了。”鸳鸯冷笑道：“老太太在一日，我一日不离这里。若是老太太归西去了，他横竖还有三年的孝呢，没个娘才死了他先放小老婆的！等过三年，知道又是怎么个光景，那时再说。纵到了至急为难，我剪了头发作姑子去；不然，还有一死。一辈子不嫁男人，又怎么样？乐得干净呢！”平儿袭人笑道：“真这蹄子没了脸，越发信口儿都说出来了。”鸳鸯道：“事到如此，臊一会怎么样！你们不信，慢慢的看着就是了。太太才说了，找我老子娘去。我看他南京找去！”平儿道：“你的父母都在南京看房子，没上来，终久也寻的着。现在还有你哥哥嫂子在这里。可惜你是这里的家生女儿，不如我们两个人是单在这里。”鸳鸯道：“家生女儿怎么样？‘牛不吃水强按头’？我不愿意，难道杀我的老子娘不成？”

后来证明，鸳鸯刚烈，是说到做到的人。

正说着，只见他嫂子从那边走来。袭人道：

“当时找不着你的爹娘，一定和你嫂子说了。”鸳鸯道：“这个娼妇专管是个‘九国贩骆驼的’[1]，听了这话，他有个不奉承去的！”说话之间，已来到跟前。他嫂子笑道：“那里没找到，姑娘跑了这里来！你跟了我来，我和你说话。”平儿袭人都忙让坐。他嫂子说：“姑娘们请坐，我找我们姑娘说句话。”袭人平儿都装不知道，笑道：“什么话这样忙？我们这里猜谜儿赢手批子打呢，等猜了这个再去。”鸳鸯道：“什么话？你说罢。”他嫂子笑道：“你跟我来，到那里我告诉你，横竖有好话儿。”鸳鸯道：“可是大太太和你说的那话？”他嫂子笑道：“姑娘既知道，还奈何我！快来，我细细的告诉你，可是天大的喜事。”

鸳鸯听说，立起身来，照他嫂子脸上下死劲啐了一口，指着他骂道：“你快夹着屄嘴离了这里，好多着呢！什么‘好话’！宋徽宗的鹰，赵子昂的马，都是好画儿[2]。什么‘喜事’！状元痘儿灌的浆儿——又满是喜事[3]。怪道成日家羡慕人家女儿作了小老婆，一家子都仗着他横行霸道的，一家子都成了小老婆了！看的眼热了，也把我送在火坑里去。我若得脸呢，你们在外头横行霸道，自已就封自已是舅爷了。我若不得脸败了时，你们把忘八脖子一缩，生死由我。”一面说，一面哭，平儿袭人拦着劝。

鸳鸯的怒火无法向邢夫人发泄，也无法向贾母发泄，作者为她找了一个最佳的发泄口——她的嫂子，一个势利小人。她嫂子来向鸳鸯道喜，来做说客，被鸳鸯骂了个狗血喷头。鸳鸯从市井学来的脏话也是一套一套的。她嫂子只是一句话，却招得鸳鸯开了闸似的。这个插曲，使我们知道了鸳鸯的全部打算和决绝的决心，也看到了鸳鸯之泼辣不次于凤姐。

他嫂子脸上下不来，因说道：“愿意不愿意，你也好说，不犯着牵三挂四的。俗语说‘当着矮

[1] 九国贩骆驼的：比喻能言善辩、钻营图利的人。
[2] 宋徽宗的鹰，赵子昂的马，都是好画儿：歇后语。“好画儿”，“好话儿”谐音。
[3] 状元痘儿灌的浆儿——又满是喜事：歇后语。状元痘是天花痘疹的讳称，痘疹发出灌浆饱满，即脱离危险，故称是喜事。

人，别说短话’。姑奶奶骂我，我不敢还言；这二位姑娘并没惹着你，小老婆长小老婆短，大家脸上怎么过得去？”袭人平儿忙道：“你倒别这么说，他也并不是说我们，你倒别牵三挂四的。你听见那位太太、太爷们封我们做小老婆？况且我们两个也没有爹娘哥哥兄弟在这门子里仗着我们横行霸道的。他骂的人自有他骂的，我们犯不着多心。”鸳鸯道：“他见我骂了他，他臊了，没的盖脸，又拿话挑唆你们两个，幸亏你们两个明白。原是我急了，也没分别出来，他就挑出这个空儿来。”他嫂子自觉没趣，赌气去了。

鸳鸯气得还骂，平儿袭人劝他一回，方才罢了。平儿因问袭人道：“你在那里藏着做甚么的？我们竟没看见你。”袭人道：“我因为往四姑娘房里瞧我们宝二爷去的，谁知迟了一步，说是来家里来了。我疑惑怎么不遇见呢，想要往林姑娘家里找去，又遇见他的人说也没去。我这里正疑惑是出园子去了，可巧你从那里来了，我一闪，你也没看见。后来他又来了。我从这树后头走到山子石后，我却见你两个说话来了，谁知你们四个眼睛没见我。”

一语未了，又听身后笑道：“四个眼睛没见你？你们六个眼睛竟没见我！”三人唬了一跳，回身一看，不是别个，正是宝玉走来。袭人先笑道：“要我好找，你那里来？”宝玉笑道：“我从四妹妹那里出来，迎头看见你来了，我就知道是找我去的，我就藏了起来哄你。看你�[1]着头过去了，进了院子就出来了，逢人就问。我在那里好笑，只等你到

[1] 趛（qǐn）：低着头快走。

了跟前唬你一跳的，后来见你也藏藏躲躲的，我就知道也是要哄人了。我探头往前看了一看，却是他两个，所以我就绕到你身后。你出去，我就躲在你躲的那里了。”平儿笑道：“咱们再往后找找去，只怕还找出两个人来也未可知。”宝玉笑道：“这可再没了。”

鸳鸯已知话俱被宝玉听了，只伏在石头上装睡。宝玉推他笑道：“这石头上冷，咱们回房里去睡，岂不好？”说着拉起鸳鸯来，又忙让平儿来家坐吃茶。平儿和袭人都劝鸳鸯走，鸳鸯方立起身来，四人竟往怡红院来。宝玉将方才的话俱已听见，心中自然不快，只默默的歪在床上，任他三人在外间说笑。

那边邢夫人因问凤姐儿鸳鸯的父母，凤姐因回说：“他爹的名字叫金彩，两口子都在南京看房子，从不大上京。他哥哥金文翔，现在是老太太那边的买办。他嫂子也是老太太那边浆洗上的头儿。”邢夫人便令人叫了他嫂子金文翔媳妇来，细细说与他。金家媳妇自是喜欢，兴兴头头找鸳鸯，指望一说必妥，不想被鸳鸯抢白一顿，又被袭人平儿说了几句，羞恼回来，便对邢夫人说：“不中用，他倒骂了我一场。”

因凤姐儿在旁，不敢提平儿，只说：“袭人也帮着他抢白我，也说了许多不知好歹的话，回不得主子的。太太和老爷商议再买罢。谅那小蹄子也没有这么大福，我们也没有这么大造化。”邢夫人听了，因说道：“又与袭人什么相干？他们如何知道的？”又问：“还有谁在跟前？”金家的道：“还有平姑娘。”凤姐儿忙道：“你不该拿嘴巴子打他回来？我一出了门，他就逛去了，回家来连一个影儿也摸不着他！他必定也帮着说什么呢！”金家的道：“平姑娘没在跟前，远远的看着倒像是他，可也不真切，不过是我白忖度。”凤姐便命人去：“快找了他来，告诉他我来家了，太太也在这里，请他来帮个忙儿。”丰儿忙上来回道：“林姑娘打发了人下请字请了三四次，他才去了。奶奶一进门我就叫他去的。林姑娘说：‘告诉你奶奶，我烦他有事呢。’”凤姐儿听了方罢，故意的还说：“天天烦他，有些什么事！”

邢夫人无计，吃了饭回家，晚间告诉了贾赦。贾赦想了一想，即刻叫贾琏来说：“南京的房子还有人看着，不止一家，即刻叫上金彩来。”贾琏回道：“上次南京信来，金彩已经得了痰迷心窍，那边连棺材银子都赏了，不知如今是死是活，便是活着，人事不知，叫来也无用。他老婆子又是个聋子。”贾赦听了，喝了一声，又骂：“下流囚攮的，偏你这么知道，还不离了我这里！”唬得贾琏退出，一时又叫传金文翔。贾琏在外书房伺候着，又不敢家去，又不敢见他父亲，只得听着。一时金文翔来了，小幺儿们直带入二门里去，隔了五六顿饭的工夫才出来去了。贾琏暂且不敢打听，隔了一会，又打听贾赦睡了，方才过来。至晚间凤姐儿告诉他，方才明白。

鸳鸯一夜没睡。至次日，他哥哥回贾母接他家去逛逛，贾母允了，命他出去。鸳鸯意欲不去，又怕贾母疑心，只得勉强出来。他哥哥只得将贾赦的话说与他，又许他怎么体面，又怎么当家作姨娘。鸳鸯只咬定牙不愿意。

他哥哥无法，少不得去回覆了贾赦。贾赦怒起来，因说道：“我这话告诉你，叫你女人向他说去，就说我的话‘自古嫦娥爱少年’，他必定嫌我老了。大约他恋着少爷们，多半是看上了宝玉，只怕也有贾琏。果有此心，叫他早早歇了心，我要他不来，此后谁还敢收？此是一件。第二件，想着老太太疼他，将来自然往外聘作正头夫妻去。叫他细想，凭他嫁到谁家去，也难出我的手心。除非他死了，或是终身不嫁男人，我就服了他！若不然时，叫他趁早回心转意，有多少好处。”贾赦说一句，金文翔应一声“是”。贾赦道：“你别哄我，我明儿还打发你太太过去问鸳鸯，你们说了，他不依，便没你们的不是。若问他，他再依了，仔细你的脑袋！”

贾赦不但好色无耻，而且凶残蛮横，使读者对他的厌恶远在贾琏乃至贾珍之上。

金文翔忙应了又应，退出回家，也不等得告诉他女人转说，竟自己对面说了这话。把个鸳鸯气的无话可回，想了一想，便说道：“便愿意去，也须得你们带了我回声老太太去。”他哥嫂听了，只当回想过来，都喜之不胜。他嫂子即刻带了他上来见贾母。

可巧王夫人、薛姨妈、李纨、凤姐儿、宝钗等姊妹并外头的几个执事有头脸的媳妇，都在贾母跟前凑趣儿呢。鸳鸯喜之不尽，拉了他嫂子，到贾母跟前跪下，一行哭，一行说，把邢夫人怎么来说，园子里他嫂子又如何说，今儿他哥哥又如何说，“因为不依，方才大老爷越性说我恋着宝玉，不然要等着往外聘，我到天上，这一辈子也跳不出他的手心去，终久要报仇。我是横了心的，当着众人在这里，我这一辈子莫说是‘宝玉’，便是‘宝金’‘宝银’‘宝天王’‘宝皇帝’，横竖不嫁人就完了！就是老太太逼着我，我一刀抹死了，也不能从命！若有造化，我死在老太太之先；若没造化，该讨吃的命，服侍老太太归了西，我也不跟着我老子娘哥哥去，我或是寻死，或是剪了头发当尼姑去！若说我不是真心，暂且拿话来支吾，日后再图别的，天地鬼神，日头月亮照着嗓子，从嗓子里头长疔烂了出来，烂化成酱在这里！”原来他一进来时，便袖了一把剪子，一面说着，一面左手打开头发，右手便铰。众婆娘丫鬟忙来拉住，已剪下半绺来了。众人看时，幸而他的头发极多，铰的不透，连忙替他挽上。

面对贾赦的淫威，鸳鸯毫不示弱，誓死反抗。

贾母听了，气的浑身乱战，口内只说：“我通共剩了这么一个可靠的人，他们还要来算计！”因见王夫人在旁，便向王夫人道：“你们原来都是哄我的！外头孝敬，暗地里盘算我。有好东西也来要，有好人也要，剩了这么个毛丫头，见我待他好了，你们自然气不过，弄开了他，好摆弄我！”王夫人忙站起来，不敢还一言。薛姨妈见连王夫人怪上，反不好劝的了。李纨一听见鸳鸯的话，早带了姊妹们出去。

探春有心的人，想王夫人虽有委曲，如何敢辩；薛姨妈也是亲姊妹，自然也不好辩的；宝钗也不便为姨母辩；李纨、凤姐、宝玉一概不敢辩；这正用着女孩儿之时，迎春老实，惜春小，因此窗外听了一听，便走进来陪笑向贾母道：“这事与太太什么相干？老太太想一想，也有大伯子要收屋里的人，小婶子如何知道？便知道，也推不知道。”犹未说完，贾母笑道：“可是我老糊涂了！姨太太别笑话我。你这个姐姐他极孝顺我，不像我那大太太一味怕老爷，婆婆跟前不过应景儿。可是委屈了他。”薛姨妈只答应“是”，又说：“老太太偏心，多疼小儿子媳妇，也是有的。”贾母道：“不偏心！”因又说道：“宝玉，我错怪了你娘，你怎么也不提我，看着你娘受委屈?”宝玉笑道：“我偏着娘说大爷大娘不成？通共一个不是，我娘在这里不认，却推谁去？我倒要认是我的不是，老太太又不信。”贾母笑道：“这也有理。你快给你娘跪下，你说太太别委屈了，老太太有年纪了，看着宝玉罢。”

宝玉听了，忙走过去，便跪下要说。王夫人忙笑着拉他起来，说：“快起来，快起来，断乎使不得。终不成你替老太太给我赔不是不成?”宝玉听说，忙站起来。贾母又笑道：“凤姐儿也不提我。”凤姐儿笑道：“我倒不派老太太的不是，老太太倒寻上我了?”贾母听了，与众人都笑道：“这可奇了！倒要听听这不是。”凤姐儿道：“谁教老太太会调理人，调理的水葱儿似的，怎么怨得人要？我幸亏是孙子媳妇，若是孙子，我早要了，还等到这会子呢。”贾母笑道：“这倒是我的不是了?”凤姐儿笑道：“自然是老太太的不是了。”贾母笑道：“这样，我也不要了，你带了去罢!”凤姐儿道：“等着修了这辈子，来生托生男人，我再要罢。”贾母笑道：“你带了去，给琏儿放在屋里，看你那没脸的公公还要不要了!”凤姐儿道：“琏儿不配，就只配我和平儿这一对烧糊了的卷子[1]和他混罢。”说的众人都笑起来了。丫鬟回说：“大太太来了。”王夫人忙迎了出去。要知端的——

这一回是鸳鸯的正传。

[1] 烧糊了的卷子：比喻相貌丑陋。卷子，一种面食。

第四十七回

呆霸王调情遭苦打　冷郎君惧祸走他乡

话说王夫人听见邢夫人来了，连忙迎了出去。邢夫人犹不知贾母已知鸳鸯之事，正还要来打听信息，进了院门，早有几个婆子悄悄的回了他，他方知道。待要回去，里面已知，又见王夫人接了出来，少不得进来，先与贾母请安，贾母一声儿不言语，自己也觉得愧悔。凤姐儿早指一事回避了。鸳鸯也自回房去生气。薛姨妈王夫人等恐碍着邢夫人的脸面，也都渐渐的退了。邢夫人且不敢出去。

贾母见无人，方说道："我听见你替你老爷说媒来了。你倒也三从四德，只是这贤慧也太过了！你们如今也是孙子儿子满眼了，你还怕他，劝两句都使不得，还由着你老爷性儿闹。"邢夫人满面通红，回道："我劝过几次不依。老太太还有什么不知道呢，我也是不得已儿。"贾母道："他逼着你杀人，你也杀去？如今你也想想，你兄弟媳妇本来老实，又生得多病多痛，上上下下那不是他操心？你一个媳妇虽然帮着，也是天天丢下笆儿弄扫帚。凡百事情，我如今都自己减了。他们两个就有一些不到的去处，有鸳鸯，那孩子还心细些，我的事情他还想着一点子，该要去的，他就要了来，该添什么，他就度空儿告诉他们添了。鸳鸯再不这样，他娘儿两个，里头外头，大的小的，那里不忽略一件

贾母也会讽刺。

半件，我如今反倒自己操心去不成？还是天天盘算和你们要东西去？我这屋里有的没的，剩了他一个，年纪也大些，我凡百的脾气性格儿他还知道些。二则他还投主子们的缘法，也并不指着我和这位太太要衣裳去，又和那位奶奶要银子去。所以这几年一应事情，他说什么，从你小婶和你媳妇起，以至家下大大小小，没有不信的。所以不单我得靠，连你小婶媳妇也都省心。我有了这么个人，便是媳妇和孙子媳妇有想不到的，我也不得缺了，也没气可生了。这会子他去了，你们弄个什么人来我使？你们就弄他那么一个真珠的人来，不会说话也无用。我正要打发人和你老爷说去，他要什么人，我这里有钱，叫他只管一万八千的买去，就只这个丫头不能。留下他服侍我几年，就比他日夜服侍我尽了孝的一般。你来的也巧，你就去说，更妥当了。”

贾母原则上并不反对贾赦娶妾，只是贾赦不应该来算计她离不开的鸳鸯。留下鸳鸯，侍候我几年，就当是他孝我一样。这就是贾母的逻辑。他要娶妾，我这里有钱，他只管娶去。

说毕，命人来：“请了姨太太你姑娘们来说个话儿。才高兴，怎么又都散了？”丫头们忙答应着去了。众人忙赶着又来。只有薛姨妈向丫鬟道：“我才来了，又作什么去？你就说我睡了觉了。”那丫头道：“好亲亲的姨太太，姨祖宗！我们老太太生气呢，你老人家不去，没个开交了，只当疼我们罢。你老人家嫌乏，我背了你老人家去。”薛姨妈道：“小鬼头儿，你怕些什么？不过骂几句完了。”说着，只得和这小丫头子走来。贾母忙让坐，又笑道：“咱们斗牌罢。姨太太的牌也生，咱们一处坐着，别叫凤姐儿混了我们去。”薛姨妈笑道：“正是呢，老太太替我看着些儿。就是咱们娘儿四个斗呢，还是再添个呢？”王夫人笑道：“可不只四个。”凤姐儿道：“再添一个人热闹些。”贾母道：“叫鸳鸯来，叫他在这下手里坐着。姨太太眼花了，咱们两个的牌都叫他瞧着些儿。”凤姐儿叹了一声，向探春道：“你们知书识字的，倒不学算命!”探春道：“这又奇了。这会子你倒不打点精神赢老太太几个钱，又想算命。”凤姐儿道：“我正要算算命，今儿该输多少呢？我还想赢呢！你瞧瞧，场子没上，左右都埋伏下了。”说的贾母薛姨妈都笑起来。

一时鸳鸯来了，便坐在贾母下手，鸳鸯之下便是凤姐儿。铺下红毡，洗牌告幺[1]，五人起牌。斗了一回，鸳鸯见贾母的牌已十严[2]，只等一张二饼，便递了暗号与凤姐儿。凤姐儿正该发牌，便故意踌躇了半晌，笑道：“我这一张牌定在姨妈手里扣着呢。我若不发这一张，再顶不下来的。”薛姨妈道：“我手里并没有你的牌。”凤姐儿道：“我回来是要查的。”薛姨妈道：“你只管查。你且发下来，我瞧瞧是张什么。”凤姐儿便送在薛姨妈跟前。薛姨妈一看是个二饼，便笑道：“我倒不稀罕他，只怕老太太满了。”凤姐儿听了，忙笑道：“我发错了。”贾母笑的已掷下牌来，说：“你敢拿回去！谁叫你错的不成?”凤姐儿道：“可是我要算一算命呢！这是自己发的，也怨埋伏。”贾母笑道：“可是呢，你自己该打着你那嘴，问着你自己才是。”又向薛姨妈笑道：“我不是小器爱赢钱，原是个彩头儿。”薛姨妈笑道：“可不是这样，那里有那样糊涂人说老太太爱钱呢?”凤姐儿正数着钱，听了这话，忙又把钱穿上[3]了，向众人笑道；“够了我的了。竟不为赢钱，单为赢彩头儿。我到底小器，输了就

故意输钱，哄老祖宗高兴。

[1] 告幺：洗完牌，由头家掷骰子，或每人先翻一张牌，按点数的多少起牌。
[2] 十严：只等所需的最后一张牌出现，即可放牌获胜。
[3] 把钱穿上：旧钱有孔，可以用线穿上。

数钱，快收起来罢。”

贾母规矩是鸳鸯代洗牌，因和薛姨妈说笑，不见鸳鸯动手，贾母道：“你怎么恼了，连牌也不替我洗。”鸳鸯拿起牌来，笑道：“二奶奶不给钱。”贾母道：“他不给钱，那是他交运了。”便命小丫头子：“把他那一吊钱都拿过来。”小丫头子真就拿了，搁在贾母旁边。凤姐儿笑道：“赏我罢，我照数儿给就是了。”薛姨妈笑道：“果然是凤丫头小器，不过是顽儿罢了。”凤姐听说，便站起来，拉着薛姨妈，回头指着贾母素日放钱的一个木匣子笑道：“姨妈瞧瞧，那个里头不知顽了我多少去了。这一吊钱顽不了半个时辰，那里头的钱就招手儿叫他了。只等把这一吊也叫进去了，牌也不用斗了，老祖宗的气也平了，又有正经事差我办去了。”话说未完，引的贾母众人笑个不住。偏有平儿怕钱不够，又送了一吊来。凤姐儿道：“不用放在我跟前，也放在老太太的那一处罢。一齐叫进去倒省事，不用做两次叫箱子里的钱费事。”贾母笑的手里的牌撒了一桌子，推着鸳鸯，叫：“快撕他的嘴！”

平儿依言放下钱，也笑了一回，方回来。至院门前遇见贾琏，问他“太太在那里呢？老爷叫我请过去呢。”平儿忙笑道：“在老太太跟前呢，站了这半日还没动呢。趁早儿丢开手罢。老太太生了半日气，这会子亏二奶奶凑了半日趣儿，才略好了些。”贾琏道：“我过去只说讨老太太的示下，十四往赖大家去不去，好预备轿子的。又请了太太，又凑了趣儿，岂不好？”平儿笑道：“依我说，你竟不去罢。合家子连太太宝玉都有了不是，这会子你又填限[1]去了。”贾琏道：“已经完了，难道还找补不成？况且与我又无干。二则老爷亲自吩咐我请太太的，这会子我打发了人去，倘或知道了，正没好气呢，指着这个拿我出气罢。”说着就走。平儿见他说得有理，也便跟了过来。

贾琏到了堂屋里，便把脚步放轻了，往里间探头，只见邢夫人站在那里。凤姐儿眼尖，先瞧见了，使眼色儿不命他进来，又使眼色与邢夫人。邢夫人不便就走，只得倒了一碗茶来，放在贾母跟前。贾母一回身，贾琏不防，便没躲伶俐。贾母便问：“外头是谁？倒像个小子一伸头。”凤姐儿忙起身说：“我也恍惚看见一个人影儿，让我瞧瞧去。”一面说，一面起身出来。贾琏忙进去，陪笑道：“打听老太太十四可出门？好预备轿子。”贾母道：“既这么样，怎么不进来？又作鬼作神的。”贾琏陪笑道：“见老太太玩牌，不敢惊动，不过叫媳妇出来问问。”贾母道：“就忙到这一时，等他家去，你问多少问不得？那一遭儿你这么小心来着！又不知是来作耳报神的，也不知是来作探子的，鬼鬼祟祟的，倒唬了我一跳。什么好下流种子！你媳妇和我顽牌呢，还有半日的空儿，你家去再和那赵二家的商量治你媳妇去罢。”说着，众人都笑了。鸳鸯笑道：“鲍二家的，老祖宗又拉上赵二家的。”贾母也笑道：“可是，我那里记得什么抱着背着的，提起这些事来，不由我不生气！我进了这门子作重孙子媳妇起，到如今我也有了重孙子媳妇了，连头带尾五十四年，凭着大惊大险千奇百怪的事，也经了些，从没经过这些事。还不离了我这里呢！”

---

[1] 填限：代人受过，充当牺牲品。

贾琏一声儿不敢说，忙退了出来。平儿站在窗外悄悄的笑道："我说着你不听，到底碰在网里了。"正说着，只见邢夫人也出来，贾琏道："都是老爷闹的，如今都搬在我和太太身上。"邢夫人道："我把你没孝心雷打的下流种子！人家还替老子死呢，白说了几句，你就抱怨了。你还不好好的呢，这几日生气，仔细他捶你。"贾琏道："太太快过去罢，叫我来请了好半日了。"说着，送他母亲出来过那边去。

邢夫人将方才的话只略说了几句，贾赦无法，又含愧，自此便告病，且不敢见贾母，只打发邢夫人及贾琏每日过去请安。只得又各处遣人购求寻觅，终究费了八百两银子买了一个十七岁的女孩子来，名唤嫣红，收在屋内。不在话下。

这里斗了半日牌，吃晚饭才罢。此一二日间无话。

展眼到了十四日，黑早，赖大的媳妇又进来请。贾母高兴，便带了王夫人薛姨妈及宝玉姊妹等，到赖大花园中坐了半日。那花园虽不及大观园，却也十分齐整宽阔，泉石林木，楼阁亭轩，也有好几处惊人骇目的。外面厅上，薛蟠、贾珍、贾琏、贾蓉并几个近族的，很远的也没来，贾赦也没来。赖大家内也请了几个现任的官长并几个世家子弟作陪。因其中有柳湘莲，薛蟠自上次会过一次，已念念不忘。又打听他最喜串戏[1]，且串的都是生旦风月戏文，不免错会了意，误认他作了风月子弟，正要与他相交，恨没有个引进，这日可巧遇

[1] 串戏：非职业演员去扮演戏剧。

见，乐得无可不可。且贾珍等也慕他的名，酒盖住了脸，就求他串了两出戏。下来，移席和他一处坐着，问长问短，说此说彼。

那柳湘莲原是世家子弟，读书不成，父母早丧，素性爽侠，不拘细事，酷好耍枪舞剑，赌博吃酒，以至眠花卧柳，吹笛弹筝，无所不为。因他年纪又轻，生得又美，不知他身分的人，却误认作优伶一类。那赖大之子赖尚荣与他素习交好，故他今日请来作陪。不想酒后别人犹可，独薛蟠又犯了旧病。他心中早已不快，得便意欲走开完事，无奈赖尚荣死也不放。赖尚荣又说："方才宝二爷又嘱咐我，才一进门虽见了，只是人多不好说话，叫我嘱咐你散的时候别走，他还有话说呢。你既一定要去，等我叫出他来，你两个见了再走，与我无干。"说着，便命小厮们到里头找一个老婆子，悄悄告诉，"请出宝二爷来。"那小厮去了没一盏茶时，果见宝玉出来了。赖尚荣向宝玉笑道："好叔叔，把他交给你，我张罗人去了。"说着，一径去了。

宝玉便拉了柳湘莲到厅侧小书房中坐下，问他这几日可到秦钟的坟上去了。湘莲道："怎么不去？前日我们几个人放鹰[1]去，离他坟上还有二里，我想今年夏天的雨水勤，恐怕他的坟站不住。我背着众人，走去瞧了一瞧，果然又动了一点子。回家来就便弄了几百钱，第三日一早出去，雇了两个人收拾好了。"宝玉道："怪道呢，上月我们大观园的池子里头结了莲蓬，我摘了十个，叫茗烟出去到坟上供他去，回来我也问他，可被雨冲坏了没有。他说不但不冲，且比上回又新了些。我想着，不过是

[1] 放鹰：即打猎。

这几个朋友新筑了。我只恨我天天圈在家里，一点儿做不得主，行动就有人知道，不是这个拦就是那个劝的，能说不能行。虽然有钱，又不由我使。”湘莲道：“这个事也用不着你操心，外头有我，你只心里有了就是。眼前十月一，我已经打点下上坟的花消。你知道我一贫如洗，家里是没的积聚，纵有几个钱来，又随手就光的，不如趁空儿留下这一分，省得到了跟前扎煞手[1]。”

宝玉道：“我也正为这个要打发茗烟找你，你又不大在家，知道你天天萍踪浪迹，没个一定的去处。”湘莲道：“这也不用找我。这个事不过各尽其道。眼前我还要出门去走走，外头逛个三年五载再回来。”宝玉听了，忙问道：“这是为何?”柳湘莲冷笑道：“你不知道我的心事，等到跟前你自然知道。我如今要别过了。”宝玉道：“好容易会着，晚上同散岂不好?”湘莲道：“你那令姨表兄还是那样，再坐着未免有事，不如我回避了倒好。”宝玉想了一想，道：“既是这样，倒是回避他为是。只是你要果真远行，必须先告诉我一声，千万别悄悄的去了。”说着便滴下泪来。柳湘莲道：“自然要辞的。你只别和别人说就是。”说着便站起来要走，又道：“你们进去，不必送我。”一面说，一面出了书房。

刚至大门前，早遇见薛蟠在那里乱嚷乱叫说：“谁放了小柳儿走了！”柳湘莲听了，火星乱迸，恨不得一拳打死，复思酒后挥拳，又碍着赖尚荣的脸面，只得忍了又忍。薛蟠忽见他走出来，如得了珍宝，忙趔趄着上来一把拉住，笑道：“我的兄弟，

出言不逊，惹怒柳湘莲。

[1] 扎煞手：即张开手，引申为没办法对付。

你往那里去了?”湘莲道:“走走就来。”薛蟠笑道:“好兄弟,你一去都没兴了,好歹坐一坐,你就疼我了。凭你有什么要紧的事,交给哥,你只别忙,有你这个哥,你要做官发财都容易。”

湘莲见他如此不堪,心中又恨又愧,早生一计,便拉他到避人之处,笑道:“你真心和我好,假心和我好呢?”薛蟠听这话,喜的心痒难挠,乜斜着眼忙笑道:“好兄弟,你怎么问起我这话来?我要是假心,立刻死在眼前!”湘莲道:“既如此,这里不便。等坐一坐,我先走,你随后出来,跟到我下处,咱们替另喝一夜酒。我那里还有两个绝好的孩子[1],从没出门。你可连一个跟的人也不用带,到了那里,服侍的人都是现成的。”薛蟠听如此说,喜得酒醒了一半,说:“果然如此?”湘莲道:“如何!人拿真心待你,你倒不信了!”薛蟠忙笑道:“我又不是呆子,怎么有个不信的呢!既如此,我又不认得,你先去了,我在那里找你?”湘莲道:“我这下处在北门外头,你可舍得家,城外住一夜去?”薛蟠笑道:“有了你,我还要家做什么!”湘莲道:“既如此,我在北门外头桥上等你。咱们席上且吃酒去。你看我走了之后你再走,他们就不留心了。”薛蟠听了,连忙答应。于是二人复又入席,饮了一回。那薛蟠难熬,只拿眼看湘莲,心内越想越乐,左一壶右一壶,并不用人让,自己便吃了又吃,不觉酒已八九分了。

湘莲便起身出来,瞅人不防去了,至门外,命小厮杏奴:“先家去罢,我到城外就来。”说毕,已跨马直出北门,桥上等候薛蟠。没顿饭时工夫,只

[1] 绝好的孩子:此指男妓。

见薛蟠骑着一匹大马，远远的赶了来，张着嘴，瞪着眼，头似拨浪鼓一般不住左右乱瞧。及至从湘莲马前过去，只顾望远处瞧，不曾留心近处，反踩过去了。湘莲又是笑，又是恨，便也撒马随后赶来。薛蟠往前看时，渐渐人烟稀少，便又圈马回来再找，不想一回头见了湘莲，如获奇珍，忙笑道："我说你是个再不失信的。"湘莲笑道："快往前走，仔细人看见跟了来，就不便了。"说着，先就撒马前去，薛蟠也紧紧的跟来。

湘莲见前面人迹已稀，且有一带苇塘，便下马，将马拴在树上，向薛蟠笑道："你下来，咱们先设个誓，日后要变了心，告诉人去的，便应了誓。"薛蟠笑道："这话有理。"连忙下了马，也拴在树上，便跪下说道："我要日久变心，告诉人去的，天诛地灭！"一语未了，只听"嘡"的一声，颈后好似铁锤砸下来，只觉得一阵黑，满眼金星乱迸，身不由己，便倒下来。

湘莲走上来瞧瞧，知道他是个笨家，不惯捱打，只使了三分气力，向他脸上拍了几下，登时便开了果子铺[1]。薛蟠先还要挣挫起来，又被湘莲用脚尖点了两点，仍旧跌倒，口内说道："原是两家情愿，你不依，只好说，为什么哄出我来打我？"一面说，一面乱骂。湘莲道："我把你瞎了眼的，你认认柳大爷是谁！你不说哀求，你还伤我！我打死你也无益，只给你个利害罢。"说着，便取了马鞭过来，从背至胫，打了三四十下。薛蟠酒已醒了大半，觉得疼痛难禁，不禁有"嗳哟"之声。湘莲冷笑道："也只如此！我只当你是不怕打的。"一面

[1] 开了果子铺：比喻脸上被打得鼻青脸肿。

说，一面又把薛蟠的左腿拉起来，朝苇中泞泥处拉了几步，滚的满身泥水，又问道："你可认得我了?"薛蟠不应，只伏着哼哼。

湘莲又掷下鞭子，用拳头向他身上擂了几下。薛蟠便乱滚乱叫，说："肋条折了。我知道你是正经人，因为我错听了旁人的话了。"湘莲道："不用拉别人，你只说现在的。"薛蟠道："现在没什么说的。不过你是个正经人，我错了。"湘莲道："还要说软些才饶你。"薛蟠哼哼着道："好兄弟。"湘莲便又一拳。薛蟠"嗳哟"了一声道："好哥哥。"湘莲又连两拳。薛蟠忙"嗳哟"叫道："好老爷，饶了我这没眼睛的瞎子罢！从今以后我敬你怕你了。"湘涟道："你把那水喝两口。"薛蟠一面听了，一面皱眉道："那水脏得很，怎么喝得下去!"湘莲举拳就打。薛蟠忙道："我喝，喝。"说着说着，只得俯头向苇根下喝了一口，犹未咽下去，只听"哇"的一声，把方才吃的东西都吐了出来。湘莲道："好脏东西，你快吃尽了饶你。"薛蟠听了，叩头不迭道："好歹积阴功饶我罢！这至死不能吃的。"湘莲道："这样气息，倒熏坏了我。"说着丢下薛蟠，便牵马认镫[1]去了。这里薛蟠见他已去，方放下心来，后悔自己不该误认了人。待要挣挫起来，无奈遍身疼痛难禁。

到底吃了亏才罢。

谁知贾珍等席上忽不见了他两个，各处寻找不见。有人说："恍惚出北门去了。"薛蟠的小厮们素日是惧他的，他吩咐不许跟去，谁还敢找去？后来还是贾珍不放心，命贾蓉带着小厮们寻踪问迹的直

[1] 认镫（dèng）：脚尖踏进马镫，此指上马。

找出北门，下桥二里多路，忽见苇坑边薛蟠的马拴在那里。众人都道："可好了！有马必有人。"一齐来至马前，只听苇中有人呻吟。大家忙走来一看，只见薛蟠衣衫零碎，面目肿破，没头没脸，遍身内外，滚的似个泥猪一般。

贾蓉心内已猜着九分了，忙下马令人搀了出来，笑道："薛大叔天天调情，今儿调到苇子坑里来了。必定是龙王爷也爱上你风流，要你招驸马去，你就碰到龙犄角上了。"薛蟠羞的恨没地缝儿钻不进去，那里爬的上马去？贾蓉只得命人赶到关厢里雇了一乘小轿子，薛蟠坐了，一齐进城。贾蓉还要抬往赖家去赴席，薛蟠百般央告，又命他不要告诉人，贾蓉方依允了，让他各自回家。贾蓉仍往赖家回复贾珍，并说方才形景。贾珍也知为湘莲所打，也笑道："他须得吃个亏才好。"至晚散了，便来问候。薛蟠自在卧房将养，推病不见。

贾母等回来各自归家时，薛姨妈与宝钗见香菱哭得眼睛肿了。问其原故，忙赶来瞧薛蟠时，脸上身上虽有伤痕，并未伤筋动骨。薛姨妈又是心疼，又是发恨，骂一回薛蟠，又骂一回柳湘莲，意欲告诉王夫人，遣人寻拿柳湘莲。宝钗忙劝道："这不是什么大事，不过他们一处吃酒，酒后反脸常情。谁醉了，多挨几下子打，也是有的。况且咱们家的无法无天，也是人所共知的。妈不过是心疼的缘故。要出气也容易，等三五天哥哥养好了出的去时，那边珍大爷琏二爷这干人也未必白丢开了，自然备个东道，叫了那个人来，当着众人替哥哥赔不是认罪就是了。如今妈先当件大事告诉众人，倒显得妈偏心溺爱，纵容他生事招人，今儿偶然吃了一次亏，妈就这样兴师动众，倚着亲戚之势欺压常薛姨妈护犊，才养出薛蟠这样的纨绔子弟。宝钗理智，会处事，她是薛家的主心骨。

人。”薛姨妈听了道：“我的儿，到底是你想的到，我一时气糊涂了。”宝钗笑道：“这才好呢。他又不怕妈，又不听人劝，一天纵似一天，吃过两三个亏，他倒罢了。”

薛蟠睡在炕上痛骂柳湘莲，又命小厮们去拆他的房子，打死他，和他打官司。薛姨妈禁住小厮们，只说柳湘莲一时酒后放肆，如今酒醒，后悔不及，惧罪逃走了。薛蟠听见如此说了，要知端的——

第四十八回

滥情人情误思游艺[1]　慕雅女雅集苦吟诗

且说薛蟠听见如此说了，气方渐平。三五日后，疼痛虽愈，伤痕未平，只装病在家，愧见亲友。

展眼已到十月，因有各铺面伙计内有算年帐要回家的，少不得家内治酒饯行。内有一个张德辉，年过六十，自幼在薛家当铺内揽总，家内也有二三千金的过活，今岁也要回家，明春方来。因说起，“今年纸札香料短少，明年必是贵的。明年先打发大小儿上来当铺内照管，赶端阳前我顺路贩些纸札香扇来卖。除去关税花销，亦可以剩得几倍利息。”薛蟠听了，心中忖度：“我如今捱了打，正难见人，想着要躲个一年半载，又没处去躲。天天装病，也不是事。况且我长了这么大，文又不文，武又不武，虽说做买卖，究竟戥子算盘从没拿过，地土风俗远近道路又不知道，不如也打点几个本钱，和张德辉逛一年来。赚钱也罢，不赚钱也罢，且躲躲羞去。二则逛逛山水也是好的。”心内主意已定，至酒席散后，便和张德辉说知，命他等一二日一同前往。

晚间薛蟠告诉了他母亲。薛姨妈听了虽是欢喜，但又恐他在外生事，花了本钱倒是末事，因此

[1] 游艺：泛指各种行业的历练。

不命他去。只说“好歹你守着我，我还能放心些。况且也不用做这买卖，也不等着这几百银子来用。你在家里安分守己的，就强似这几百银子了。”薛蟠主意已定，那里肯依。只说：“天天又说我不知世事，这个也不知，那个也不学。如今我发狠把那些没要紧的都断了，如今要成人立事，学习着做买卖，又不准我了，叫我怎么样呢？我又不是个丫头，把我关在家里，何日是个了日？况且那张德辉又是个年高有德的，咱们和他世交，我同他去，怎么得有舛错？我就一时半刻有不好的去处，他自然说我劝我。就是东西贵贱行情，他是知道的，自然色色问他，何等顺利，倒不叫我去。过两日我不告诉家里，私自打点了一走，明年发了财回家，那时才知道我呢。”说毕，赌气睡觉去了。

薛姨妈听他如此说，因和宝钗商议。宝钗笑道：“哥哥果然要经历正事，正是好的了。只是他在家时说着好听，到了外头，旧病复犯，越发难拘束他了。但也愁不得许多。他若是真改了，是他一生的福。若不改，妈也不能又有别的法子。一半尽人力，一半听天命罢了。这么大人了，若只管怕他不知世路，出不得门，干不得事，今年关在家里，明年还是这个样儿。他既说的名正言顺，妈就打谅着丢了八百一千银子，竟交与他试一试。横竖有伙计们帮着，也未必好意思哄骗他的。二则他出去了，左右没有助兴的人，又没了倚仗的人，到了外头，谁还怕谁，有了的吃，没了的饿着，举眼无靠，他见这样，只怕比在家里省了事也未可知。”薛姨妈听了，思忖半晌说道：“倒是你说的是。花两个钱，叫他学些乖来也值了。”商议已定，一宿无话。

至次日，薛姨妈命人请了张德辉来，在书房中命薛蟠款待酒饭，自己在后廊下，隔着窗子，向里千言万语嘱托张德辉照管薛蟠。张德辉满口应承，吃过饭告辞，又回说："十四日是上好出行日期，大世兄即刻打点行李，雇下骡子，十四一早就长行了。"薛蟠喜之不尽，将此话告诉了薛姨妈。薛姨妈便和宝钗香菱并两个老年的嬷嬷连日打点行装，派下薛蟠之乳父老苍头一名，当年谙事旧仆二名，外有薛蟠随身常使小厮二人，主仆一共六人，雇了三辆大车，单拉行李使物，又雇了四个长行骡子。薛蟠自骑一匹家内养的铁青大走骡，外备一匹坐马。诸事完毕，薛姨妈宝钗等连夜劝戒之言，自不必备说。

至十三日，薛蟠先去辞了他舅舅，然后过来辞了贾宅诸人。贾珍等未免又有饯行之说，也不必细述。至十四日一早，薛姨妈宝钗等直同薛蟠出了仪门，母女两个四只泪眼看他去了，方回来。

薛姨妈上京带来的家人不过四五房，并两三个老嬷嬷小丫头，今跟了薛蟠一去，外面只剩了一两个男子。因此薛姨妈即日到书房，将一应陈设玩器并帘幔等物尽行搬了进来收贮，命那两个跟去的男子之妻一并也进来睡觉。又命香菱将他屋里也收拾严紧，"将门锁了，晚间和我去睡。"宝钗道："妈既有这些人作伴，不如叫菱姐姐和我作伴去。我们园里又空，夜长了，我每夜作活，越多一个人岂不越好。"薛姨妈听了，笑道："正是我忘了，原该叫他同你去才是。我前日还同你哥哥说，文杏又小，道三不着两，莺儿一个人不够服侍的，还要买一个丫头来你使。"宝钗道："买的不知底里，倘或走了眼，花了钱小事，没的淘气。倒是慢慢的打听着，有知道来历的，买个还罢了。”一面说，一面命香菱收拾了衾褥妆奁，命一个老嬷嬷并臻儿送至蘅芜苑去，然后宝钗和香菱才同回园中来。

香菱道：“我原要和奶奶说的，大爷去了，我和姑娘作伴儿去。又恐怕奶奶多心，说我贪着园里来顽；谁知你竟说了。”宝钗笑道：“我知道你心里羡慕这园子不是一日两日了，只是没个空儿。就每日来一趟，慌慌张张的，也没趣儿。所以趁着机会，越性住上一年，我也多个作伴的，你也遂了心。”香菱笑道：“好姑娘，你趁着这个工夫，教给我作诗罢。”宝钗笑道：“我说你‘得陇望蜀’呢。我劝你今儿头一日进来，先出园东角门，从老太太起，各处各人你都瞧瞧，问候一声儿，也不必特意告诉他们说搬进园来。若有提起因由，你只带口说我带了你进来作伴儿就完了。回来进了园，再到各姑娘房里走走。”

香菱应着才要走时，只见平儿忙忙的走来。香菱忙问了好，平儿只得陪笑相问。宝钗因向平儿笑道：“我今儿带了他来作伴儿，正要去回你奶奶一声儿。”平儿笑道：“姑娘说的是那里话？我竟没话答言了。”宝钗道：“这才是正理。店房也有个主人，庙里也有个住持。虽不是大事，到底告诉一声，便是园里坐更上夜的人知道添了他两个，也好关门候户的了。你回去告诉一声罢，我不打发人去了。”平儿答应着，因又向香菱笑道：“你既来了，也不拜一拜街坊邻舍去？”宝钗笑道：“我正叫他去呢。”平儿道：“你且不必往我们家去，二爷病了在家里呢。”香菱答应着去了，先从贾母处来，不在话下。

且说平儿见香菱去了，便拉宝钗忙说道："姑娘可听见我们的新闻了?"宝钗道："我没听见新闻。因连日打发我哥哥出门，所以你们这里的事，一概也不知道，连姊妹们这两日也没见。"平儿笑道："老爷把二爷打了个动不得，难道姑娘就没听见?宝钗道："早起恍惚听见了一句，也信不真。我也正要瞧你奶奶去呢，不想你来了。又是为了什么打他?"

平儿咬牙骂道："都是那贾雨村什么风村，半路途中那里来的饿不死的野杂种！认了不到十年，生了多少事出来！今年春天，老爷不知在那个地方看见了几把旧扇子，回家看家里所有收着的这些好扇子都不中用了，立刻叫人各处搜求。谁知就有一个不知死的冤家，混号儿世人叫他作石呆子，穷的连饭也没的吃，偏他家就有二十把旧扇子，死也不肯拿出大门来。二爷好容易烦了多少情，见了这个人，说之再三，把二爷请到他家里坐着，拿出这扇子略瞧了一瞧。据二爷说，原是不能再有的，全是湘妃、棕竹、麋鹿、玉竹的，皆是古人写画真迹，因来告诉了老爷。老爷便叫买他的，要多少银子给他多少。偏那石呆子说：'我饿死冻死，一千两银子一把我也不卖！'老爷没法子，天天骂二爷没能为。已经许了他五百两，先兑银子后拿扇子。他只是不卖，只说：'要扇子，先要我的命！'姑娘想想，这有什么法子?谁知雨村那没天理的听见了，便设了个法子，讹他拖欠了官银，拿他到衙门里去，说所欠官银，变卖家产赔补，把这扇子抄了来，作了官价送了来。那石呆子如今不知是死是活。老爷拿着扇子问着二爷说：'人家怎么弄了来?'二爷只说了一句：'为这点子小事，弄得人坑家败业，也不算什么借平儿之口，写出贾府又一件父亲毒打儿子的事情，这便是贾赦毒打贾琏的事件。宝玉挨打，写得有声有色，波澜起伏。贾琏挨打，却是哪儿起，哪儿了，无人理会。宝玉的问题是人生观的问题，打骂只能触及皮肉，不能解决问题。贾琏挨打，是百分之百的冤枉。在石呆子的问题上，贾琏与父亲唱反调，鄙视没天理的贾雨村，表现出他的正义感，使我们看到了贾琏其人的另一面。

能为！'老爷听了就生了气，说二爷拿话堵老爷，因此这是第一件大的。这几日还有几件小的，我也记不清，所以都凑在一处，就打起来了。也没拉倒用板子棍子，就站着，不知拿什么混打一顿，脸上打破了两处。我们听见姨太太这里有一种丸药，上棒疮的，姑娘快寻一丸子给我。"宝钗听了，忙命莺儿去要了一丸来与平儿。宝钗道："既这样，替我问候罢，我就不去了。"平儿答应着去了，不在话下。

且说香菱见过众人之后，吃过晚饭，宝钗等都往贾母处去了，自己便往潇湘馆中来。此时黛玉已好了大半，见香菱也进园来住，自是欢喜。香菱因笑道："我这一进来了，也得了空儿，好歹教给我作诗，就是我的造化了。"黛玉笑道："既要作诗，你就拜我作师。我虽不通，大略也还教得起你。"香菱笑道："果然这样，我就拜你作师。你可不许腻烦的。"

黛玉道："什么难事，也值得去学！不过是起承转合[1]，当中承转是两副对子，平声对仄声，虚的对实的，实的对虚的，若是果有了奇句，连平仄虚实不对都使得的。"香菱笑道："怪道我常弄一本旧诗偷空儿看一两首，又有对的极工的，又有不对的，又听见说'一三五不论，二四六分明'[2]。看古人的诗上亦有顺的，亦有二四六上错了的，所以天天疑惑。如今听你一说，原来这些格调规矩竟

[1] 起承转合：旧体诗文章法结构的术语。起，开端。承，承接开端加以引申。转，转折，换个角度论述。合，结束语。

[2] 一三五不论，二四六分明：格律诗对平仄声的规定，每句第一、三、五字要求的较宽，平仄皆可，可以不论；第二、四、六字则要求较严，平仄必须依律。

是末事，只要词句新奇为上。”黛玉道：“正是这个道理。词句究竟还是末事，第一立意要紧。若意趣真了，连词句不用修饰，自是好的，这叫做‘不以词害意’[1]。”

香菱笑道：“我只爱陆放翁的诗‘重帘不卷留香久，古砚微凹聚墨多’，说的真有趣！”黛玉道：“断不可看这样的诗。你们因不知诗，所以见了这浅近的就爱，一入了这个格局，再学不出来的。你只听我说，你若真心要学，我这里有《王摩诘[2]全集》，你且把他的五言律读一百首，细心揣摩透熟了，然后再读一二百首老杜的七言律，次再李青莲[3]的七言绝句读一二百首。肚子里先有了这三个人作了底子，然后再把陶渊明、应玚、谢、阮、庾、鲍[4]等人的一看。你又是一个极聪敏伶俐的人，不用一年的工夫，不愁不是诗翁了！”香菱听了，笑道：“既这样，好姑娘，你就把这书给我拿出来，我带回去，夜里念几首也是好的。”

呆霸王薛蟠，偏偏有一个痴迷于诗的妾——香菱。林黛玉的诗歌创作理论，不过是“熟读唐诗三百首，不会作诗也会吟”。

黛玉听说，便命紫鹃将王右丞的五言律拿来，递与香菱，又道：“你只看有红圈的都是我选的，有一首念一首。不明白的问你姑娘，或者遇见我，我讲与你就是了。”香菱拿了诗，回至蘅芜苑中，诸事不顾，只向灯下一首一首的读起来。宝钗连催他数次睡觉，他也不睡。宝钗见他这般苦心，只得随他去了。

一日，黛玉方梳洗完了，只见香菱笑吟吟的送

---

[1] 不以词害意：指作诗以“意”为先，文辞格律次之，不要因过分注重辞采形式而损害了诗意。
[2] 王摩诘：即唐代诗人王维，字摩诘。
[3] 李青莲：即唐代诗人李白，号青莲居士。
[4] 谢、阮、庾、鲍：指南朝宋诗人谢灵运、三国魏诗人阮籍、北朝周诗人庾信、南朝宋诗人鲍照。

了书来，又要换杜律。黛玉笑道："共记得多少首?"香菱笑道："凡红圈选的我尽读了。"黛玉道："可领略了些滋味没有?"香菱笑道："领略了些滋味，不知可是不是，说与你听听。"黛玉笑道："正要讲究讨论，方能长进。你且说来我听。"

香菱笑道："据我看来，诗的好处，有口里说不出来的意思，想去却是逼真的。有似乎无理的，想去竟是有理有情的。"黛玉笑道："这话有了些意思，但不知你从何处见得?"香菱笑道："我看他《塞上》一首，那一联云：'大漠孤烟直，长河落日圆。'想来烟如何直? 日自然是圆的。这'直'字似无理，'圆'字似太俗。合上书一想，倒像是见了这景的。若说再找两个字换这两个，竟再找不出两个字来。再还有'日落江湖白，潮来天地青'，这'白''青'两个字也似无理。想来，必得这两个字才形容得尽，念在嘴里倒像有几千斤重的一个橄榄。还有'渡头馀落日，墟里上孤烟'，这'馀'字和'上'字，难为他怎么想来！我们那年上京来，那日下晚便湾住船，岸上又没有人，只有几棵树，远远的几家人家作晚饭，那个烟竟是碧青，连云直上。谁知我昨日晚上读了这两句，倒像我又到了那个地方去了。"

很有悟性。一个零基础的丫鬟能有如此深入的体会，令人惊奇。

正说着，宝玉和探春也来了，也都入坐听他讲诗。宝玉笑道："既是这样，也不用看诗。会心处不在多，听你说了这两句，可知'三昧'[1]你已得了。"黛玉笑道："你说他这'上孤烟'好，你还不知他这一句还是套了前人来的。我给你这一句瞧瞧，更比这个淡而现成。"说着便把陶渊明的"暖

[1] 三昧：佛教用语。此指事物的奥妙。

暖远人村，依依墟里烟”翻了出来，递与香菱。香菱瞧了，点头叹赏，笑道：“原来‘上’字是从‘依依’两个字上化出来的。”宝玉大笑道：“你已得了，不用再讲，越发倒学杂了。你就作起来，必是好的。”探春笑道：“明儿我补一个柬来，请你入社。”香菱笑道：“姑娘何苦打趣我，我不过是心里羡慕，才学着顽罢了。”

探春黛玉都笑道：“谁不是顽？难道我们是认真作诗呢！若说我们认真成了诗，出了这园子，把人的牙还笑倒了呢。”宝玉道：“这也算自暴自弃了。前日我在外头和相公们商议画儿，他们听见咱们起诗社，求我把稿子给他们瞧瞧。我就写了几首给他们看看，谁不真心叹服。他们都抄了刻去了。”探春黛玉忙问道：“这是真话么？”宝玉笑道：“说谎的是那架上的鹦哥。”黛玉探春听说，都道：“你真真胡闹！且别说那不成诗，便是成诗，我们的笔墨也不该传到外头去。”宝玉道：“这怕什么！古来闺阁中的笔墨不要传出去，如今也没有人知道了。”说着，只见惜春打发了入画来请宝玉，宝玉方去了。

香菱又逼着黛玉换出杜律来，又央黛玉探春二人：“出个题目，让我诌去，诌了来，替我改正。”黛玉道：“昨夜的月最好，我正要诌一首，竟未诌成，你竟作一首来。十四寒[1]的韵，由你爱用那几个字去。”

香菱听了，喜的拿回诗来，又苦思一回作两句诗，又舍不得杜诗，又读两首。如此茶饭无心，坐卧不定。宝钗道：“何苦自寻烦恼。都是颦儿引的你，我和他算帐去。你本来呆头呆脑的，再添上这

[1] 十四寒：诗韵上平声第十四部以“寒”字为首，此韵目称为十四寒。

个，越发弄成个呆子了。”香菱笑道：“好姑娘，别混我。”一面说，一面作了一首，先与宝钗看。宝钗看了笑道：“这个不好，不是这个作法。你别怕臊，只管拿了给他瞧去，看他是怎么说。”香菱听了，便拿了诗找黛玉。

黛玉看时，只见写道是：

月挂中天夜色寒，清光皎皎影团团。
诗人助兴常思玩，野客添愁不忍观。
翡翠楼边悬玉镜，珍珠帘外挂冰盘。
良宵何用烧银烛，晴彩辉煌映画栏。

黛玉笑道：“意思却有，只是措词不雅。皆因你看的诗少，被他缚住了。把这首丢开，再作一首。只管放开胆子去作。”

香菱听了，默默的回来，越性连房也不入，只在池边树下，或坐在山石上出神，或蹲在地下抠土，来往的人都诧异。李纨、宝钗、探春、宝玉等听得此信，都远远的站在山坡上瞧看他。只见他皱一回眉，又自己含笑一回。

宝钗笑道：“这个人定要疯了！昨夜嘟嘟哝哝直闹到五更天才睡下，没一顿饭的工夫天就亮了。我就听见他起来了，忙忙碌碌梳了头就找颦儿去。一回来了，呆了一日，作了一首又不好，这会子自然另作呢。”宝玉笑道：“这正是‘地灵人杰’，老天生人再不虚赋情性的。我们成日叹说可惜他这么个人竟俗了，谁知到底有今日。可见天地至公。”宝钗笑道：“你能够像他这苦心就好了，学什么有个不成的。”宝玉不答。

只见香菱兴兴头头的又往黛玉那边去了。探春笑道："咱们跟了去，看他有些意思没有。"说着，一齐都往潇湘馆来。只见黛玉正拿着诗和他讲究。众人因问黛玉作的如何。黛玉道："自然算难为他了，只是还不好。这一首过于穿凿了，还得另作。"

众人因要诗看时，只见作道：

非银非水映窗寒，试看晴空护玉盘。
淡淡梅花香欲染，丝丝柳带露初干。
只疑残粉涂金砌，恍若轻霜抹玉栏。
梦醒西楼人迹绝，馀容犹可隔帘看。

宝钗笑道："不像吟月了，月字底下添一个'色'字倒还使得，你看句句倒是月色。这也罢了，原来诗从胡说来，再迟几天就好了。"

香菱自为这首妙绝，听如此说，自己扫了兴，不肯丢开手，便要思索起来。因见他姊妹们说笑，便自己走至阶前竹下闲步，挖心搜胆，耳不旁听，目不别视。一时探春隔窗笑说道："菱姑娘，你闲闲罢。"香菱怔怔答道："'闲'字是十五删的，你错了韵了。"众人听了，不觉大笑起来。宝钗道："可真是诗魔了。都是颦儿引的他！"黛玉道："圣人说'诲人不倦'，他又来问我，我岂有不说之理。"李纨笑道："咱们拉了他往四姑娘房里去，引他瞧瞧画儿，叫他醒一醒才好。"

说着，真个出来拉了他过藕香榭，至暖香坞中。惜春正乏倦，在床上歪着睡午觉，画缯[1]立在壁间，用纱罩着。众人唤醒了惜春，揭纱看时，十停方有了三停。香菱见画上有几个美人，因指着

［1］画缯（zēng）：绘画用的绢。

笑道："这一个是我们姑娘，那一个是林姑娘。"探春笑道："凡会作诗的都画在上头，快学罢。"说着，顽笑了一回。

各自散后，香菱满心中还是想诗。至晚间对灯出了一回神，至三更以后上床卧下，两眼鳏鳏[1]，直到五更方才朦胧睡去了。一时天亮，宝钗醒了，听了一听，他安稳睡了，心下想："他翻腾了一夜，不知可作成了？这会子乏了，且别叫他。"正想着，只听香菱从梦中笑道："可是有了，难道这一首还不好？"宝钗听了，又是可叹，又是可笑，连忙唤醒了他，问他："得了什么？你这诚心都通了仙了。学不成诗，还弄出病来呢。"一面说，一面梳洗了，会同姊妹往贾母处来。

原来香菱苦志学诗，精血诚聚，日间做不出，忽于梦中得了八句。梳洗已毕，便忙录出来，自己并不知好歹，便拿来又找黛玉。刚到沁芳亭，只见李纨与众姊妹方从王夫人处回来，宝钗正告诉他们说他梦中作诗说梦话。众人正笑，抬头见他来了，便都争着要诗看。且听下回分解。

知之者不如好之者，好之者不如乐之者。有志者事竟成。

[1] 鳏（guān）鳏：形容忧愁失眠的样子。鳏，一种大鱼，其目常睁不闭。

第四十九回

琉璃世界白雪红梅　脂粉香娃割腥啖膻

话说香菱见众人正说笑，他便迎上去笑道：“你们看这一首。若使得，我便还学；若还不好，我就死了这作诗的心了。”说着，把诗递与黛玉及众人看时，只见写道是：

精华欲掩料应难，影自娟娟魄自寒。
一片砧敲千里白，半轮鸡唱五更残。
绿蓑江上秋闻笛，红袖楼头夜倚栏。
博得嫦娥应借问，缘何不使永团圆！

众人看了笑道：“这首不但好，而且新巧有意趣。可知俗语说‘天下无难事，只怕有心人’。社里一定请你了。”香菱听了心下不信，料着是他们瞒哄自己的话，还只管问黛玉宝钗等。

正说之间，只见几个小丫头并老婆子忙忙的走来，都笑道：“来了好些姑娘奶奶们，我们都不认得，奶奶姑娘们快认亲去。”李纨笑道：“这是那里的话？你到底说明白了是谁的亲戚？”那婆子丫头都笑道：“奶奶的两位妹子都来了。还有一位姑娘，说是薛大姑娘的妹妹，还有一位爷，说是薛大爷的兄弟。我这会子请姨太太去呢，奶奶和姑娘们先上去罢。”说着，一径去了。宝钗笑道：“我们薛蝌和他妹妹来了不成?”李纨也笑道:“我们婶子又上京来了不成?他们也不能凑在一处,这可是奇事。”大家纳闷,来至王夫人上房,只见乌压压一地的人。

原来邢夫人之兄嫂带了女儿岫烟进京来投邢夫人的,可巧凤姐之兄王仁也正进京,两亲家一处打帮来了。走至半路泊船时,正遇见李纨之寡婶带着两个女儿——大名李纹,次名李绮——也上京。大家叙起来又是亲戚,因此三家一路同行。后有薛蟠之从弟薛蝌,因当年父亲在京时已将胞妹薛宝琴许配都中梅翰林之子为婚,正欲进京发嫁,闻得王仁进京,他也带了妹子随后赶来。所以今日会齐了来访投各人亲戚。

王仁,亡仁,无仁也。第五回巧姐的曲子中出卖巧姐的“狠舅”(“爱银钱忘骨肉的狠舅奸兄”),便是王仁。

于是大家见礼叙过,贾母王夫人都欢喜非常。贾母因笑道:“怪道昨日晚上灯花爆了又爆,结了又结,原来应到今日。”一面叙些家常,一面收看带来的礼物,一面命留酒饭。凤姐儿自不必说,忙上加忙。李纨宝钗自然和婶母姊妹叙离别之情。黛玉见了,先是欢喜,次后想起众人皆有亲眷,独自己孤单,无个亲眷,不免又去垂泪。宝玉深知其情,十分劝慰了一番方罢。

然后宝玉忙忙来至怡红院中,向袭人、麝月、晴雯等笑道:“你们还不快看人去!谁知宝姐姐的亲哥哥是那个样子,他这叔伯兄弟形容举止另是一样了,倒像是宝姐姐的同胞兄弟似的。更奇在你们成日家只说宝姐姐是绝色的人物,你们如今瞧瞧他这妹子,更有大嫂嫂这两个妹子,我竟形容不出了。老天,老天,你有多少精华灵秀,生出这些人上之人来!可知我井底之蛙,成日家自说现在的这几个人是有一无二的,谁知不必远寻,就是本地风光,一个赛似一个,如今我又长了一层学问了。除

宝玉的少女崇拜。

了这几个，难道还有几个不成？”一面说，一面自笑自叹。袭人见他又有了魔意，便不肯去瞧。晴雯等早去瞧了一遍回来，欸欸笑向袭人道：“你快瞧瞧去！大太太的一个侄女儿，宝姑娘一个妹妹，大奶奶两个妹妹，倒像一把子四根水葱儿。”

一语未了，只见探春也笑着进来找宝玉，因说道：“咱们的诗社可兴旺了。”宝玉笑道：“正是呢。这是你一高兴起诗社，所以鬼使神差来了这些人。但只一件，不知他们可学过作诗不曾？”探春道：“我才都问了问他们，虽是他们自谦，看其光景，没有不会的。便是不会也没难处，你看香菱就知道了。”

袭人笑道：“他们说薛大姑娘的妹妹更好，三姑娘看着怎么样？”探春道：“果然的话。据我看，连他姐姐并这些人总不及他。”袭人听了，又是诧异，又笑道：“这也奇了，还从那里再瞧好的去呢？我倒要瞧瞧去。”探春道：“老太太一见了，喜欢的无可不可，已经逼着太太认了干女儿了。老太太要养活[1]，才刚已经定了。”宝玉喜的忙问：“这果然的？”探春道：“我几时说过谎！”又笑道：“有了这个好孙女儿，就忘了你这孙子了。”宝玉笑道：“这倒不妨，原该多疼女儿些才是正理。明儿十六，咱们可该起社了。”

探春道：“林丫头刚起来了，二姐姐又病了，终是七上八下的。”宝玉道：“二姐姐又不大作诗，没有他又何妨。”探春道：“越性等几天，他们新来的混熟了，咱们邀上他们岂不好？这会子大嫂子宝姐姐心里自然没有诗兴的，况且湘云没来，颦儿刚

[1] 养活：抚育。

好了，人人不合式。不如等着云丫头来了，这几个新的也熟了，颦儿也大好了，大嫂子和宝姐姐心也闲了，香菱诗也长进了：如此邀一满社，岂不好？咱们两个如今且往老太太那里去听听，除宝姐姐的妹妹不算外，他一定是在咱们家住定了的。倘或那三个要不在咱们这里住，咱们央告着老太太留下他们在园子里住下，咱们岂不多添几个人，越发有趣了。”宝玉听了，喜的眉开眼笑，忙说道：“倒是你明白。我终久是个糊涂心肠，空喜欢一会子，却想不到这上头来。”

说着，兄妹两个一齐往贾母处来。果然王夫人已认了宝琴作干女儿，贾母欢喜非常，连园中也不命住，晚上跟着贾母一处安寝。薛蝌自向薛蟠书房中住下。贾母便和邢夫人说：“你侄女儿也不必家去了，园里住几天，逛逛再去。”

邢夫人兄嫂家中原艰难，这一上京，原仗的是邢夫人与他们治房舍，帮盘缠，听如此说，岂不愿意。邢夫人便将岫烟交与凤姐儿。凤姐儿筹算得园中姊妹多，性情不一，且又不便另设一处，莫若送到迎春一处去，倘日后邢岫烟有些不遂意的事，纵然邢夫人知道了，与自己无干。从此后若邢岫烟家去住的日期不算，若在大观园住到一个月上，凤姐儿亦照迎春的分例送一分与岫烟。凤姐儿冷眼战敠岫烟心性为人，竟不像邢夫人及他的父母一样，却是温厚可疼的人。因此凤姐儿又怜他家贫命苦，比别的姊妹多疼他些，邢夫人倒不大理论了。

凤姐的厚道处。《红楼梦》的写实风格，由此可见一斑。

贾母王夫人因素喜李纨贤惠，且年轻守节，令人敬服，今见他寡婶来了，便不肯令他外头去住。那李婶虽十分不肯，无奈贾母执意不从，只得带着李纹李绮在稻香村住下来。

当下安插既定，谁知保龄侯史鼐又迁委[1]了外省大员，不日要带了家眷去上任。贾母因舍不得湘云，便留下他了，接到家中，原要命凤姐儿另设一处与他住。史湘云执意不肯，只要与宝钗一处住，因此就罢了。

此时大观园中比先更热闹了多少。李纨为首，馀者迎春、探春、惜春、宝钗、黛玉、湘云、李纹、李绮、宝琴、邢岫烟，再添上凤姐儿和宝玉，一共十三个。叙起年庚，除李纨年纪最长，他十二个人皆不过十五六七岁，或有这三个同年，或有那五个共岁，或有这两个同月同日，那两个同刻同时，所差者大半是时刻月分而已。连他们自己也不能细细分晰，不过是“弟”、“兄”、“姊”、“妹”四个字随便乱叫。

如今香菱正满心满意只想作诗，又不敢十分罗唣宝钗，可巧来了个史湘云。那史湘云又是极爱说话的，那里禁得起香菱又请教他谈诗，越发高了兴，没昼没夜高谈阔论起来。宝钗因笑道：“我实在聒噪的受不得了。一个女孩儿家，只管拿着诗作正经事讲起来，叫有学问的人听了，反笑话说不守本分的。一个香菱没闹清，偏又添了你这么个话口袋子，满嘴里说的是什么：怎么是杜工部之沉郁，韦苏州之淡雅，又怎么是温八叉之绮靡，李义山之隐僻。放着两个现成的诗家不知道，提那些死人做什么!”湘云听了，忙笑问道：“是那两个？好姐姐，你告诉我。”宝钗笑道：“呆香菱之心苦，疯湘云之话多。”湘云香菱听了，都笑起来。

[1] 迁委：官职升迁。

正说着，只见宝琴来了，披着一领斗篷，金翠辉煌，不知何物。宝钗忙问："这是那里的?"宝琴笑道："因下雪珠儿，老太太找了这一件给我的。"香菱上来瞧道："怪道这么好看，原来是孔雀毛织的。"湘云道："那里是孔雀毛，就是野鸭子头上的毛作的。可见老太太疼你了，这样疼宝玉，也没给他穿。"宝钗道："真俗语说'各人有缘法'。我也再想不到他这会子来，既来了，又有老太太这么疼他。"湘云道："你除了在老太太跟前，就在园里来，这两处只管顽笑吃喝。到了太太屋里，若太太在屋里，只管和太太说笑，多坐一回无妨；若太太不在屋里，你别进去，那屋里人多心坏，都是要害咱们的。"说的宝钗、宝琴、香菱、莺儿等都笑了。宝钗笑道："说你没心，却又有心；虽然有心，到底嘴太直了。我们这琴儿就有些像你。你天天说要我作亲姐姐，我今儿竟叫你认他作亲妹妹罢了。"湘云又瞅了宝琴半日，笑道："这一件衣裳也只配他穿，别人穿了，实在不配。"

正说着，只见琥珀走来笑道："老太太说了，叫宝姑娘别管紧了琴姑娘。他还小呢，让他爱怎么样就怎么样。要什么东西只管要去，别多心。"宝钗忙起身答应了，又推宝琴笑道："你也不知是那里来的福气！你倒去罢，仔细我们委曲着你。我就不信我那些儿不如你。"说话之间，宝玉黛玉都进来了，宝钗犹自嘲笑。湘云因笑道："宝姐姐，你这话虽是顽话，恰有人真心是这样想呢。"琥珀笑道："真心恼的再没别人，就只是他。"口里说，手指着宝玉。宝钗湘云都笑道："他倒不是这样人。"琥珀又笑道："不是他，就是他。"说着又指着黛玉。湘云便不则声。宝钗忙笑道："更不是了。我的妹妹和他的妹妹一样。他喜欢的比我还疼呢，那里还恼？你信云儿混说。他的那嘴有什么实据。”

宝玉素习深知黛玉有些小性儿，且尚不知近日黛玉和宝钗之事，正恐贾母疼宝琴他心中不自在，今见湘云如此说了，宝钗又如此答，再审度黛玉声色亦不似往时，果然与宝钗之说相符，心中闷闷不解。因想：“他两个素日不是这样的好，今看来竟更比他人好十倍。”一时林黛玉又赶着宝琴叫妹妹，并不提名道姓，直是亲姊妹一般。那宝琴年轻心热，且本性聪敏，自幼读书识字，今在贾府住了两日，大概人物已知。又见诸姊妹都不是那轻薄脂粉，且又和姐姐皆和契，故也不肯怠慢，其中又见林黛玉是个出类拔萃的，便更与黛玉亲敬异常。宝玉看着只是暗暗的纳罕。

一时宝钗姊妹往薛姨妈房内去后，湘云往贾母处来，林黛玉回房歇着。宝玉便找了黛玉来，笑道：“我虽看了《西厢记》，也曾有明白的几句，说了取笑，你曾恼过。如今想来，竟有一句不解，我念出来你讲讲我听。”黛玉听了，便知有文章，因笑道：“你念出来我听听。”宝玉笑道：“那《闹简》上有一句说得最好，‘是几时孟光接了梁鸿案？’[1]‘孟光接了梁鸿案’这七个字，不过是现成的典，难为他这‘是几时’三个虚字问的有趣。是几时接了？你说说我听听。”黛玉听了，禁不住也笑起来，因笑道：“这原问的好。他也问的好，你也问的好。”宝玉道：“先时你只疑我，如今你也没的说，我反落了单。”黛玉笑道：“谁知他竟真是个好人，

［1］孟光接了梁鸿案：这句唱词在《西厢记》中比喻莺莺接受了张生的爱情，这里比喻黛玉接受了宝钗的友情。

我素日只当他藏奸。”因把说错了酒令起，连送燕窝病中所谈之事，细细告诉了宝玉。宝玉方知缘故，因笑道：“我说呢，正纳闷‘是几时孟光接了梁鸿案’，原来是从‘小孩儿家口没遮拦’就接了案了。”

黛玉因又说起宝琴来，想起自己没有姊妹，不免又哭了。宝玉忙劝道：“你又自寻烦恼了。你瞧瞧，今年比旧年越发瘦了，你还不保养。每天好好的，你必是自寻烦恼，哭一会子，才算完了这一天的事。”黛玉拭泪道：“近来我只觉心酸，眼泪却像比旧年少了些的。心里只管酸痛，眼泪却不多。”宝玉道：“这是你哭惯了心里疑的，岂有眼泪会少的！”

与第一回的还泪之说暗中呼应，绛珠仙草要把一生的眼泪还给神瑛侍者，以报答他的甘露灌溉之恩。

正说着，只见他屋里的小丫头子送了猩猩毡斗篷[1]来，又说：“大奶奶才打发人来说，下了雪，要商议明日请人作诗呢。”一语未了，只见李纨的丫头走来请黛玉。宝玉便邀着黛玉同往稻香村来。黛玉换上掐金挖云红香羊皮小靴[2]，罩了一件大红羽纱面白狐狸里的鹤氅[3]，束一条青金闪绿双环四合如意绦[4]，头上罩了雪帽。

二人一齐踏雪行来。只见众姊妹都在那边，都是一色大红猩猩毡与羽毛缎斗篷，独李纨穿一件青哆罗呢[5]对襟褂子，薛宝钗穿一件莲青斗纹锦上

[1] 猩猩毡斗篷：红色毛料制作的斗篷。猩猩，红颜色，因古时说猩猩血可做红颜料。

[2] 掐金挖云红香羊皮小靴：掐金挖云，用金线掐出边缘，再用其他丝织品挖出云头形，装饰靴尖部位。红香羊皮，染成大红的羊皮。

[3] 鹤氅（chǎng）：斗篷类的御寒外衣。

[4] 青金闪绿双环四合如意绦：青金，不显红的金色。闪绿，闪耀出光泽。双环四合如意，绦扣上的图案。绦，丝带。

[5] 哆罗呢：一种西洋传入的呢料。

添花洋线番羓丝[1]的鹤氅；邢岫烟仍是家常旧衣，并无避雪之衣。一时史湘云来了，穿着贾母与他的一件貂鼠脑袋面子大毛黑灰鼠里子里外发烧大褂子[2]，头上带着一顶挖云鹅黄片金里大红猩猩毡昭君套[3]，又围着大貂鼠风领[4]。黛玉先笑道："你们瞧瞧，孙行者来了。他一般的也拿着雪褂子，故意装出个小骚达子来。"湘云笑道："你们瞧我里头打扮的。"一面说，一面脱了褂子。只见他里头穿着一件半新的靠色三镶领袖秋香色盘金五色绣龙窄裉小袖掩衿[5]银鼠短袄，里面短短的一件水红妆缎狐肷褶子[6]，腰里紧紧束着一条蝴蝶结子长穗五色宫绦，脚下也穿着麂皮[7]小靴，越显的蜂腰猿臂、鹤势螂形[8]。众人都笑道："偏他只爱打扮成个小子的样儿，原比他打扮女儿更俏丽了些。"

湘云道："快商议作诗！我听听是谁的东家？"李纨道："我的主意。想来昨儿的正日已过了，再等正日又太远，可巧又下雪，不如大家凑个社，又替他们接风，又可以作诗。你们意思怎么样？"宝玉先道："这话很是。只是今日晚了，若到明儿，晴了又无趣。"众人都道，"这雪未必晴，纵晴了，这一夜下的也够赏了。"李纨道："我这里虽好，又

---

[1] 洋线番羓丝：丝线毛线混合的织物。
[2] 里外发烧大褂子：表里都用毛皮做的大褂子。
[3] 昭君套：一种女用风帽。
[4] 风领：类似围巾的皮领子。
[5] 靠色三镶领袖秋香色盘金五色绣龙窄裉小袖掩衿：靠色，三种相靠近的颜色。三镶，衣服的领袖有三道镶边。盘金，用金线在绣花上再加工。裉，衣服腋下的部位。
[6] 狐肷（qiǎn）褶（xí）子：狐肷，狐狸腋下和腹部的皮毛。褶子，大领的外衣。
[7] 麂（jǐ）皮：麂，小型的鹿。底本误作"麀"。麂皮，多用獐鹿或山羊等的皮加工而成，绒面向外。
[8] 蜂腰猿臂、鹤势螂形：比喻人腰细臂长，身手利索。

不如芦雪广[1]好。我已经打发人笼地炕去了，咱们大家拥炉作诗。老太太想来未必高兴，况且咱们小顽意儿，单给凤丫头个信儿就是了。你们每人一两银子就够了，送到我这里来。”指着香菱、宝琴、李纹、李绮、岫烟道，“他们五个不算外，咱们里头二丫头病了不算，四丫头告了假也不算，你们四分子送了来，我包总五六两银子也尽够了。”宝钗等一齐应诺。因又拟题限韵，李纨笑道：“我心里自己定了，等到了明日临期，横竖知道。”说毕，大家又闲话了一回，方往贾母处来。本日无话。

到了次日一早，宝玉因心里记挂着这事，一夜没好生得睡，天亮了就爬起来。掀开帐子一看，虽门窗尚掩，只见窗上光辉夺目，心内早踌躇起来，埋怨定是晴了，日光已出。一面忙起来揭起窗屉，从玻璃窗内往外一看，原来不是日光，竟是一夜大雪，下将有一尺多厚，天上仍是搓绵扯絮一般。宝玉此时欢喜非常，忙唤人起来，盥漱已毕，只穿一件茄色哆罗呢狐皮袄子，罩一件海龙皮小小鹰膀褂[2]，束了腰，披了玉针蓑，戴上金藤笠，登上沙棠屐，忙忙的往芦雪广来。出了院门，四顾一望，并无二色，远远的是青松翠竹，自己却如装在玻璃盒内一般。于是走至山坡之下，顺着山脚刚转过去，已闻得一股寒香拂鼻。回头一看，恰是妙玉门前栊翠庵中有十数株红梅如胭脂一般，映着雪色，分外显得精神，好不有趣！宝玉便立住，细细的赏玩一回方走。只见蜂腰板桥上一个人打着伞走来，是李纨打发了请凤姐儿去的人。

[1] 广（yǎn）：依山而建的房子。

[2] 海龙皮鹰膀褂：海龙，即海狗。褂子是用一条一条的皮子拼成，正如山鹰翅膀上的花纹，故有此名。

宝玉来至芦雪广，只见丫鬟婆子正在那里扫雪开径。原来这芦雪广盖在傍山临水河滩之上，一带几间，茅檐土壁，槿篱竹牖[1]，推窗便可垂钓，四面都是芦苇掩覆，一条去径逶迤穿芦度苇过去，便是藕香榭的竹桥了。众丫鬟婆子见他披蓑戴笠而来，都笑道："我们才说正少一个渔翁，如今都全了。姑娘们吃了饭才来呢，你也太性急了。"宝玉听了，只得回来。刚至沁芳亭，见探春正从秋爽斋来，围着大红猩猩毡斗篷，戴着观音兜[2]，扶着小丫头，后面一个妇人打着青绸油伞。宝玉知他往贾母处去，便立在亭边，等他来到，二人一同出园前去。宝琴正在里间房内梳洗更衣。

一时众姊妹来齐，宝玉只嚷饿了，连连催饭。好容易等摆上来，头一样菜便是牛乳蒸羊羔。贾母便说："这是我们有年纪的人的菜，没见天日的东西，可惜你们小孩子们吃不得。今儿另外有新鲜鹿肉，你们等着吃。"众人答应了。宝玉却等不得，只拿茶泡了一碗饭，就着野鸡瓜齑忙忙的咽完了。贾母道："我知道你们今儿又有事情，连饭也不顾吃了。"便叫"留着鹿肉与他晚上吃"，凤姐忙说"还有呢"，方才罢了。史湘云便悄和宝玉计较道："有新鲜鹿肉，不如咱们要一块，自己拿了园里弄着，又顽又吃。"宝玉听了，巴不得一声儿，便真和凤姐要了一块，命婆子送入园去。

一时大家散后，进园齐往芦雪广来，听李纨出题限韵，独不见湘云宝玉二人。黛玉道："他两个再到不了一处，若到一处，生出多少故事来。这会

---

[1] 槿篱竹牖：木槿的篱笆，竹制的窗。
[2] 观音兜：女用的风帽，形似观音戴的兜帽。

子一定算计那块鹿肉去了。”正说着，只见李婶也走来看热闹，因问李纨道：“怎么一个带玉的哥儿和那一个挂金麒麟的姐儿，那样干净清秀，又不少吃的，他两个在那里商议着要吃生肉呢，说的有来有去的。我只不信肉也生吃得的。”众人听了，都笑道：“了不得，快拿了他两个来。”黛玉笑道：“这可是云丫头闹的，我的卦再不错。”

李纨等忙出来找着他两个说道：“你们两个要吃生的，我送你们到老太太那里吃去。那怕吃一只生鹿，撑病了不与我相干。这么大雪，怪冷的，替我作祸呢。”宝玉笑道：“没有的事，我们烧着吃呢。”李纨道：“这还罢了。”只见老婆们拿了铁炉、铁叉、铁丝蒙[1]来，李纨道：“仔细割了手，不许哭!”说着，同探春进去了。

凤姐打发了平儿来回复不能来，为发放年例正忙。湘云见了平儿，那里肯放。平儿也是个好顽的，素日跟着凤姐儿无所不至，见如此有趣，乐得顽笑，因而褪去手上的镯子，三个围着火炉儿，便要先烧三块吃。那边宝钗黛玉平素看惯了，不以为异，宝琴等及李婶深为罕事。探春与李纨等已议定了题韵。探春笑道：“你闻闻，香气这里都闻见了，我也吃去。”说着，也找了他们来。李纨也随来说：“客已齐了，你们还吃不够?”湘云一面吃，一面说道：“我吃这个方爱吃酒，吃了酒才有诗。若不是这鹿肉，今儿断不能作诗。”说着，只见宝琴披着凫靥裘站在那里笑。湘云笑道：“傻子，过来尝尝。”宝琴笑说：“怪脏的。”宝钗笑道：“你尝尝去，好吃的。你林姐姐弱，吃了不消化，不然他也

---

[1] 铁丝蒙（méng）：铁丝编的网状架子，用以烘烤食物。

爱吃。”宝琴听了，便过去吃了一块，果然好吃，便也吃起来。

一时凤姐儿打发小丫头来叫平儿。平儿说：“史姑娘拉着我呢，你先走罢。”小丫头去了。一时只见凤姐也披了斗篷走来，笑道：“吃这样好东西，也不告诉我！”说着也凑着一处吃起来。黛玉笑道：“那里找这一群花子去！罢了，罢了，今日芦雪广遭劫，生生被云丫头作践了。我为芦雪广一大哭！”湘云冷笑道：“你知道什么！‘是真名士自风流’，你们都是假清高，最可厌的。我们这会子腥膻大吃大嚼，回来却是锦心绣口。”宝钗笑道：“你回来若作的不好了，把那肉掏了出来，就把这雪压的芦苇子揌[1]上些，以完此劫。”

说着，吃毕，洗漱了一回。平儿带镯子时却少了一个，左右前后乱找了一番，踪迹全无。众人都诧异。凤姐儿笑道：“我知道这镯子的去向。你们只管作诗去，我们也不用找，只管前头去，不出三日包管就有了。”说着又问：“你们今儿作什么诗？老太太说了，离年又近了，正月里还该作些灯谜儿大家顽笑。”众人听了，都笑道：“可是倒忘了。如今赶着作几个好的，预备正月里顽。”说着，一齐来至地炕屋内，只见杯盘果菜俱已摆齐，墙上已贴出诗题、韵脚、格式来了。宝玉湘云二人忙看时，只见题目是“即景联句，五言排律一首，限二萧韵。”后面尚未列次序。李纨道：“我不大会作诗，我只起三句罢，然后谁先得了谁先联。”宝钗道：“到底分个次序。”要知端的，且听下回分解。

---

[1] 揌（sāi）：塞。

第五十回

芦雪广争联即景诗　暖香坞雅制春灯谜

话说薛宝钗道："到底分个次序，让我写出来。"说着，便令众人拈阄为序。起首恰是李氏，然后按次各各开出。凤姐儿说道："既是这样说，我也说一句在上头。"众人都笑说道："更妙了！"宝钗便将稻香老农之上补了一个"凤"字，李纨又将题目讲与他听。凤姐儿想了半日，笑道："你们别笑话我。我只有一句粗话，下剩的我就不知道了。"众人都笑道："越是粗话越好，你说了只管干正事去罢。"凤姐儿笑道："我想下雪必刮北风。昨夜听见了一夜的北风，我有了一句，就是'一夜北风紧'，可使得?"众人听了，都相视笑道："这句虽粗，不见底下的，这正是会作诗的起法。不但好，而且留了多少地步与后人。就是这句为首，稻香老农快写上续下去。"凤姐和李婶平儿又吃了两杯酒，自去了。这里李纨便写了：

一夜北风紧，

自己联道：

开门雪尚飘。
入泥怜洁白，

香菱道：

匝地惜琼瑶。
有意荣枯草，

探春道：

无心饰萎苕[1]。
价高村酿熟，

李绮道：

年稔府粱饶[2]。
葭动灰飞管[3]，

李纹道：

阳回斗转杓[4]。
寒山已失翠，

岫烟道：

冻浦不闻潮。
易挂疏枝柳，

---

[1] 萎苕：枯萎的苇花。

[2] 年稔（rěn）府粱饶：年稔，丰年。府粱饶，官仓里粮食富足。

[3] 葭动灰飞管：葭，芦苇。灰飞管，将芦苇茎内薄膜烧成灰，将灰放置于十二乐律的管内，到一定的节气，相应的律管内的灰会自行飞动。此指冬至来临。

[4] 阳回斗转杓（biāo）：斗，北斗。杓，斗杓，北斗七星中第五、六、七颗星的总称，也称“斗柄”。冬至这天，斗柄指向正北，阳气开始回生。

湘云道：

难堆破叶蕉。
麝煤[1]融宝鼎，

宝琴道：

绮袖笼金貂。
光夺窗前镜，

黛玉道：

香粘壁上椒[2]。
斜风仍故故，

宝玉道：

清梦转聊聊。
何处梅花笛？

宝钗道：

谁家碧玉箫？
鳌愁坤轴陷[3]，

李纨笑道："我替你们看热酒去罢。"宝钗命宝琴续

[1] 麝煤：本指做墨的原料，此指取暖用的优质木炭。
[2] 香粘壁上椒：雪气与墙壁上香椒的香气融和在一起。
[3] 鳌愁坤轴陷：形容雪下得极大，连巨鳌也发愁大雪会压塌大地。鳌：巨龟。坤轴：即地轴。

联，只见湘云站起来道：

龙斗阵云销[1]。
野岸回孤棹，

宝琴也站起道：

吟鞭指灞桥。
赐裘怜抚戍，

湘云那里肯让人，且别人也不如他敏捷，都看他扬眉挺身的说道：

加絮念征徭。
坳垤审夷险[2]，

宝钗连声赞好，也便联道：

枝柯怕动摇。
皑皑轻趁步，

黛玉忙联道：

翦翦舞随腰[3]。
煮芋成新赏，

[1] 龙斗阵云销：大雪纷飞，犹如玉龙相斗，鳞片漫天飘落。销，云朵消散，表示龙战已毕。
[2] 坳垤（ào dié）审夷险：坳，山间平地。垤，小土堆。审，详察。夷，平坦。意谓大雪铺平了道路，行路时需仔细观察路面。
[3] 翦翦舞随腰：白雪随风盘旋起舞。翦翦，形容风轻而带寒意。

一面说，一面推宝玉，命他联。宝玉正看宝钗、宝琴、黛玉三人共战湘云，十分有趣，那里还顾得联诗，今见黛玉推他，方联道：

撒盐是旧谣。
苇蓑犹泊钓，

湘云笑道："你快下去，你不中用，倒耽搁了我。"一面只听宝琴联道：

林斧不闻樵。
伏象千峰凸[1]，

湘云忙联道：

盘蛇一径遥。
花缘经冷聚，

宝钗与众人又忙赞好。探春又联道：

色岂畏霜凋。
深院惊寒雀，

湘云正渴了，忙忙的吃茶，已被岫烟联道：

空山泣老鸦。
阶墀随上下，

[1] 伏象千峰凸：形容山峰被白雪覆盖，犹如伏卧的白象。

湘云忙丢了茶杯，忙联道：

池水任浮漂。
照耀临清晓，

黛玉联道：

缤纷入永宵。
诚忘三尺冷[1]，

湘云忙笑联道：

瑞释九重焦[2]。
僵卧谁相问，

宝琴也忙笑联道：

狂游客喜招。
天机断缟带[3]，

湘云又忙道：

海市失鲛绡[4]。

林黛玉不容他出，接着便道：

---

[1] 诚忘三尺冷：忠诚之心使戍边将士忘却了寒冷。三尺，宝剑。
[2] 瑞释九重焦：意谓瑞雪兆丰年，可以消除皇帝对年景不好的焦虑。瑞，瑞雪。九重，皇帝。焦，焦虑，忧虑。
[3] 天机断缟带：天机，传说织女所用的织机。缟带，白色的丝带。比喻雪的洁白美好。
[4] 海市失鲛绡：海市蜃楼失去了薄绡似的奇幻。依然是比喻雪的洁白美好。

寂寞对台榭，

湘云忙联道：

清贫怀箪瓢。

宝琴也不容情，也忙道：

烹茶冰渐沸，

湘云见这般，自为得趣，又是笑，又忙联道：

煮酒叶难烧。

黛玉也笑道：

没帚山僧扫，

宝琴也笑道：

埋琴稚子挑。

湘云笑的弯了腰，忙念了一句，众人问“到底说的什么?”
湘云喊道：

石楼闲睡鹤，

黛玉笑的握着胸口，高声嚷道：

锦罽暖亲猫。

宝琴也忙笑道：

月窟翻银浪，

湘云忙联道：

霞城隐赤标[1]。

黛玉忙笑道：

沁梅香可嚼，

宝钗笑称好，也忙联道：

淋竹醉堪调。

宝琴也忙道：

或湿鸳鸯带，

湘云忙联道：

时凝翡翠翘。

黛玉又忙道：

---

[1] 霞城隐赤标：霞城，指赤城山。赤标，赤城山的高峰。形容雪大，将山峰隐没。

无风仍脉脉，

宝琴又忙笑联道：

不雨亦潇潇。

湘云伏着已笑软了。众人看他三人对抢，也都不顾作诗，看着也只是笑。黛玉还推他往下联，又道："你也有才尽之时。我听听还有什么舌根嚼了!"湘云只伏在宝钗怀里，笑个不住。宝钗推他起来道："你有本事，把'二萧'的韵全用完了，我才服你。"湘云起身笑道："我也不是作诗，竟是抢命呢。"众人笑道："倒是你说罢。"探春早已料定没有自己联的了，便早写出来，因说："还没收住呢。"李纨听了，接过来便联了一句道：

欲志今朝乐，

李绮收了一句道：

凭诗祝舜尧。

李纨道："够了，够了。虽没作完了韵，賸的字若生扭用了，倒不好了。"说着，大家来细细评论一回，独湘云的多，都笑道："这都是那块鹿肉的功劳。"

李纨笑道："逐句评去都还一气，只是宝玉又落了第了。"宝玉笑道："我原不会联句，只好担待我罢。"李纨笑道："也没有社社担待你的。又说韵险了，又整误了，又不会联句了，今日必罚你。我才看见栊翠庵的红梅有趣，我要折一枝来插瓶。可厌妙玉为人，我不理他。如今罚你去取一枝来。”众人都道这罚的又雅又有趣。

宝玉也乐为，答应着就要走。湘云黛玉一齐说道：“外头冷得很，你且吃杯热酒再去。”湘云早执起壶来，黛玉递了一个大杯，满斟了一杯。湘云笑道：“你吃了我们的酒，你要取不来，加倍罚你。”宝玉忙吃一杯，冒雪而去。李纨命人好好跟着。黛玉忙拦说：“不必，有了人反不得了。”李纨点头说：“是。”一面命丫鬟将一个美女耸肩瓶拿来，贮了水准备插梅，因又笑道：“回来该咏红梅了。”

湘云忙道：“我先作一首。”宝钗忙道：“今日断乎不容你再作了。你都抢了去，别人都闲着，也没趣。回来还罚宝玉，他说不会联句，如今就叫他自己作去。”黛玉笑道：“这话很是。我还有个主意，方才联句不够，莫若拣着联的少的人作红梅。”宝钗笑道：“这话是极。方才邢李三位屈才，且又是客。琴儿和颦儿云儿三个人也抢了许多，我们一概都别作，只让他三个作才是。”李纨因说：“绮儿也不大会作，还是让琴妹妹作罢。”宝钗只得依允，又道：“就用‘红梅花’三个字作韵，每人一首七律。邢大妹妹作‘红’字，你们李大妹妹作‘梅’字，琴儿作‘花’字。”李纨道：“饶过宝玉去，我不服。”湘云忙道：“有个好题目命他作。”众人问何题目？湘云道：“命他就作‘访妙玉乞红梅’，岂不有趣？”众人听了，都说有趣。

一语未了，只见宝玉笑欣欣劕[1]了一枝红梅进来，众丫鬟忙已接过，插入瓶内。众人都笑称

[1] 劕（qián）：肩扛。

谢。宝玉笑道："你们如今赏罢，也不知费了我多少精神呢。"说着，探春早又递过一钟暖酒来，众丫鬟走上来接了蓑笠掸雪。各人房中丫鬟都添送衣服来，袭人也遣人送了半旧的狐腋褂来。李纨命人将那蒸的大芋头盛了一盘，又将朱橘、黄橙、橄榄等物盛了两盘，命人带与袭人去。湘云且告诉宝玉方才的诗题，又催宝玉快作。宝玉道："姐姐妹妹们，让我自己用韵罢，别限韵了。"众人都说："随你作去罢。"

一面说，一面大家看梅花。原来这枝梅花只有二尺来高，旁有一横枝纵横而出，约有五六尺长，其间小枝分歧，或如蟠螭，或如僵蚓，或孤削如笔，或密聚如林，花吐胭脂，香欺兰蕙，各各称赏。谁知邢岫烟、李纹、薛宝琴三人都已吟成，各自写了出来。众人便依"红梅花"三字之序看去，写道是：

咏红梅花 得"红"字 邢岫烟

桃未芳菲杏未红，冲寒先已笑东风。
魂飞庾岭春难辨，霞隔罗浮梦未通。
绿萼添妆融宝炬，缟仙[1]扶醉跨残虹。
看来岂是寻常色，浓淡由他冰雪中。

咏红梅花 得"梅"字 李纹

白梅懒赋赋红梅，逞艳先迎醉眼开。
冻脸有痕皆是血，酸心[2]无恨亦成灰。
误吞丹药移真骨[3]，偷下瑶池脱旧胎。

---

[1] 缟仙：白衣仙人，喻指白梅。
[2] 酸心：梅花结的梅子味酸，故说酸心。
[3] 误吞丹药移真骨：意谓红梅是白梅误吞了丹药换掉真骨变化而来的。

江北江南春灿烂，寄言蜂蝶漫疑猜。

咏红梅花 得“花”字　薛宝琴

疏是枝条艳是花，春妆儿女竞奢华。
闲庭曲槛无馀雪，流水空山有落霞。
幽梦冷随红袖笛，游仙香泛绛河槎。
前身定是瑶台种，无复相疑色相差。

众人看了，都笑称赏了一番，又指末一首说更好。宝玉见宝琴年纪最小，才又敏捷，深为奇异。黛玉湘云二人斟了一小杯酒，齐贺宝琴。宝钗笑道：“三首各有各好。你们两个天天捉弄厌了我，如今捉弄他来了。”李纨又问宝玉：“你可有了？”宝玉忙道：“我倒有了，才一看见那三首，又吓忘了，等我再想。”湘云听了，便拿了一支铜火箸击着手炉，笑道：“我击鼓了，若鼓绝不成，又要罚的。”宝玉笑道：“我已有了。”黛玉提起笔来，说道：“你念，我写。”湘云便击了一下笑道：“一鼓绝。”宝玉笑道：“有了，你写吧。”众人听他念道：

酒未开樽句未裁，

黛玉写了，摇头笑道：“起的平平。”湘云又道：“快着！”宝玉笑道：

寻春问腊到蓬莱。

黛玉湘云都点头笑道：“有些意思了。”宝玉又道：

不求大士瓶中露，为乞嫦娥槛外梅。

黛玉写了，又摇头道："凑巧而已。"湘云忙催二鼓，宝玉又笑道：

入世冷挑红雪去，离尘香割紫云来。
槎枒谁惜诗肩瘦[1]，衣上犹沾佛院苔。

作者虽然鄙视才子佳人小说，但大观园里一次又一次结诗社，如此多的才女吟诗，且个个才思敏捷，不能不说受到了才子佳人小说的影响。

黛玉写毕，湘云大家才评论时，又见几个丫鬟跑进来道："老太太来了。"众人忙迎出来。大家又笑道："怎么这等高兴！"说着，远远见贾母围了大斗篷，带着灰鼠暖兜，坐着小竹轿，打着青绸油伞，鸳鸯琥珀等五六个丫鬟，每人都是打着伞，拥轿而来。李纨等忙往上迎，贾母命人止住说："只在那里就是了。"来至跟前，贾母笑道："我瞒着你太太和凤丫头来了。大雪地下坐着这个无妨，没的叫他们来踹雪。"众人忙一面上前接斗篷，搀扶着，一面答应着。

贾母来至室中，先笑道："好俊梅花！你们也会乐，我来着了。"说着，李纨早命拿了一个大狼皮褥来铺在当中。贾母坐了，因笑道："你们只管顽笑吃喝。我因为天短了，不敢睡中觉，抹了一回牌，想起你们来了，我也来凑个趣儿。"李纨早又捧过手炉来，探春另拿了一副杯箸来，亲自斟了暖酒，奉与贾母。贾母便饮了一口，问那个盘子里是什么东西。众人忙捧了过来，回说是糟鹌鹑。贾母道："这倒罢了，撕一两点腿子来。"李纨忙答应了，要水洗手，亲自来撕。贾母又道："你们仍旧坐下说笑我听。"又命李纨："你也坐下。只如同我

[1] 槎枒谁惜诗肩瘦：槎枒，形容诗人之瘦。诗肩瘦，指诗人瘦肩高耸。

没来的一样才好，不然我就去了。”

众人听了，方依次坐下。只李纨便挪到尽下边。贾母因问作何事了，众人便说作诗。贾母道：“有作诗的，不如作些灯谜，大家正月里好玩。”众人答应了。说笑了一回，贾母便说：“这里潮湿，你们别久坐，仔细受了潮湿。”因说：“你四妹妹那里暖和，我们到那里瞧瞧他的画儿，赶年可有了。”众人笑道：“那里能年下就有了？只怕明年端阳有了。”贾母道：“这还了得！他竟比盖这园子还费工夫了。”

说着，仍坐了竹轿，大家围随，过了藕香榭，穿入一条夹道，东西两边皆有过街门，门楼上里外皆嵌着石头匾，如今进的是西门，向外的匾上凿着“穿云”二字，向里的凿着“度月”两字。来至当中，进了向南的正门，贾母下了轿，惜春已接了出来。从里边游廊过去，便是惜春卧房，门斗上有“暖香坞”三个字。早有几个人打起猩红毡帘，已觉温香拂脸。大家进入房中，贾母并不归坐，只问画在那里。惜春因笑回：“天气寒冷了，胶性皆凝涩不润，画了恐不好看，故此收起来。”贾母笑道：“我年下就要的。你别托懒儿，快拿出来给我快画。”

一语未了，忽见凤姐儿披着紫羯绒褂，笑欣欣的来了，口内说道：“老祖宗今儿也不告诉人，私自就来了，要我好找。”贾母见他来了，心中自是喜悦，便道：“我怕你们冷着了，所以不许人告诉你们去。你真是个鬼灵精儿，到底找了我来。以理，孝敬也不在这上头。”凤姐儿笑道：“我那里是孝敬的心找了来？我因为到了老祖宗那里，鸦没雀静的，问小丫头子们，他又不肯说，叫我找到园里来。我正疑惑，忽然来了两三个姑子，我心里才明白。我想姑子必是来送年疏[1]，或要年例香例银子，老祖宗年下的事也多，一定是躲债来了。我赶忙问了那姑子，果然不错。我连忙把年例给了他们去了。如今来回老祖宗，债主已去，不用躲着了。已预备下希嫩的野鸡，请用晚饭去，再迟一回就老了。”他一行说，众人一行笑。

凤姐儿也不等贾母说话，便命人抬过轿子来。贾母笑着，搀了凤姐的手，仍旧上轿，带着众人，说笑出了夹道东门。一看四面粉妆银砌，忽见宝琴披着凫靥裘站在山坡上遥等，身后一个丫鬟抱着一瓶红梅。众人都笑道："少了两个人，他却在这里等着，也弄梅花去了。”贾母喜的忙笑道："你们瞧，这山坡上配上他的这个人品，又是这件衣裳，后头又是这梅花，像个什么?”众人都笑道："就像老太太屋里挂的仇十洲画的《艳雪图》。”贾母摇头笑道："那画的那里有这件衣裳？人也不能这样好!”

一语未了，只见宝琴背后转出一个披大红猩毡的人来。贾母道："那又是那个女孩儿?”众人笑道："我们都在这里，那是宝玉。”贾母笑道："我的眼越发花了。”说话之间，来至跟前，可不是宝玉和宝琴。宝玉笑向宝钗黛玉等道："我才又到了栊翠庵。妙玉每人送你们一枝梅花，我已经打发人送去了。”众人都笑说："多谢你费心。”

说话之间，已出了园门，来至贾母房中。吃毕饭大家又说笑了一回。忽见薛姨妈也来了，说："好大雪，一日也没过来望候老太太。今日老太太倒不高兴？正该赏雪才是。”贾母笑道："何曾不高兴！我找了他们姊妹们去顽了一会子。”薛姨妈笑

[1] 年疏：每年请僧尼送一次在神佛前焚化的祭文，以求祈福消灾，这种祭文即为年疏。

道："昨日晚上，我原想着今日要和我们姨太太借一日园子，摆两桌粗酒，请老太太赏雪的，又见老太太安息的早。我闻得女儿说，老太太心下不大爽，因此今日也没敢惊动。早知如此，我正该请。"贾母笑道："这才是十月里头场雪，往后下雪的日子多呢，再破费不迟。"薛姨妈笑道："果然如此，算我的孝心虔了。"

凤姐儿笑道："姨妈仔细忘了，如今先秤五十两银子来，交给我收着，一下雪，我就预备下酒，姨妈也不用操心，也不得忘了。"贾母笑道："既这么说，姨太太给他五十两银子收着，我和他每人分二十五两，到下雪的日子，我装心里不快，混过去了，姨太太更不用操心，我和凤丫头倒得了实惠。"凤姐将手一拍，笑道："妙极了，这和我的主意一样。"众人都笑了。贾母笑道："呸！没脸的，就顺着竿子爬上来了！你不该说姨太太是客，在咱们家受屈，我们该请姨太太才是，那里有破费姨太太的理！不这样说呢，还有脸先要五十两银子，真不害臊！"凤姐儿笑道："我们老祖宗最是有眼色的，试一试姨妈，若松呢，拿出五十两来，就和我分。这会子估量着不中用了，翻过来拿我做法子，说出这些大方话来。如今我也不和姨妈要银子，竟替姨妈出银子治了酒，请老祖宗吃了，我另外再封五十两银子孝敬老祖宗，算是罚我个包揽闲事。这可好不好？"话未说完，众人已笑倒在炕上。

贾母因又说及宝琴雪下折梅比画儿上还好，因又细问他的年庚八字并家内景况。薛姨妈度其意思，大约是要与宝玉求配。薛姨妈心中固也遂意，只是已许过梅家了，因贾母尚未明说，自己也不好拟定，遂半吐半露告诉贾母道："可惜这孩子没福，前年他父亲就没了。他从小儿见的世面倒多，跟他父母四山五岳都走遍了。他父亲是好乐的，各处因有买卖，带着家眷，这一省逛一年，明年又往那一省逛半年，所以天下十停走了有五六停了。那年在这里，把他许了梅翰林的儿子，偏第二年他父亲就辞世了，他母亲又是痰症。”凤姐也不等说完，便嗐声跺脚的说：“偏不巧，我正要作个媒呢，又已经许了人家。”贾母笑道：“你要给谁说媒?”凤姐儿说道：“老祖宗别管，我心里看准了他们两个是一对。如今已许了人，说也无益，不如不说罢了。”贾母也知凤姐儿之意，听见已有了人家，也就不提了。大家又闲话了一会方散。一宿无话。

次日雪晴。饭后，贾母又亲嘱惜春：“不管冷暖，你只画去，赶到年下，十分不能便罢了。第一要紧把昨日琴儿和丫头梅花，照模照样，一笔别错，快快添上。”惜春听了虽是为难，只得应了。一时众人都来看他如何画，惜春只是出神。

李纨因笑向众人道：“让他自己想去，咱们且说话儿。昨儿老太太只叫作灯谜，回家和绮儿纹儿睡不着，我就编了两个‘四书’的。他两个每人也编了两个。”众人听了，都笑道：“这倒该作的。先说了，我们猜猜。”李纨笑道：“‘观音未有世家传’，打‘四书’一句。”湘云接着就说：“在止于至善。”宝钗笑道：“你也想一想‘世家传’三个字的意思再猜。”李纨笑道：“再想。”黛玉笑道：“哦，是了。是‘虽善无征’。”众人都笑道：“这句是了。”李纨又道：“一池青草草何名。”湘云忙道：“这一定是‘蒲芦也’。再不是不成?”李纨笑道：“这难为你猜。纹儿的是‘水向石边流出冷’，打一古人名。”探春笑问道：“可是山涛?”李纹笑道：

"是。"李纨又道："绮儿的是个'萤'字，打一个字。"众人猜了半日，宝琴笑道："这个意思却深，不知可是花草的'花'字？"李绮笑道："恰是了。"众人道："萤与花何干？"黛玉笑道："妙得很！萤可不是草化的？"众人会意，都笑了说"好"！

宝钗道："这些虽好，不合老太太的意思，不如作些浅近的物儿，大家雅俗共赏才好。"众人都道："也要作些浅近的俗物才是。"湘云笑道："我编了一支《点绛唇》，恰是俗物，你们猜猜。"说着便念道：

溪壑分离，红尘游戏，真何趣？名利犹虚，后事终难继。

众人不解，想了半日，也有猜是和尚的，也有猜是道士的，也有猜是偶戏人的。宝玉笑了半日，道："都不是，我猜着了，一定是耍的猴儿。"湘云笑道："正是这个了。"众人道："前头都好，末后一句怎么解？"湘云道："那一个耍的猴子不是剁了尾巴去的？"众人听了，都笑起来，说："偏他编个谜儿也是刁钻古怪的。"李纨道："昨日姨妈说，琴妹妹见的世面多，走的道路也多，你正该编谜儿，正用着了。你的诗又好，何不编几个我们猜一猜？"宝琴听了，点头含笑，自去寻思。宝钗也有了一个，念道：

镂檀锲梓[1]一层层，岂系良工堆砌成？
虽是半天风雨过，何曾闻得梵铃声！
——打一物。

[1] 镂檀锲梓：镂、锲，均指雕刻。檀、梓，指质地坚硬的木料。

众人猜时，宝玉也有了一个，念道：

天上人间两渺茫，琅玕[1]节过谨隄防。
鸾音鹤信须凝睇[2]，好把唏嘘答上苍。

黛玉也有了一个，念道是：

騄駬[3]何劳缚紫绳？驰城逐堑势狰狞。
主人指示风雷动，鳌背三山独立名。

探春也有了一个，方欲念时，宝琴走过来笑道：“我从小儿所走的地方的古迹不少，我如今拣了十个地方的古迹，作了十首怀古的诗。诗虽粗鄙，却怀往事，又暗隐俗物十件，姐姐们请猜一猜。”众人听了，都说：“这倒巧，何不写出来大家一看？”要知端的——

[1] 琅玕（láng gān）：本指仙树。此指竹子。
[2] “鸾音”句：鸾音鹤信，仙界传来的消息。凝睇，注视。
[3] 騄駬（lù ěr）：传说为周穆王八匹骏马之一。